席勒文集

I

诗歌　小说

张玉书　选编

人民文学出版社

Friedrich Schiller
WERKE IN SECHS BÄNDEN

图书在版编目（CIP）数据

席勒文集：1—6卷/（德）席勒著；张玉书等译；张玉书选编. —北京：人民文学出版社，2022
ISBN 978-7-02-015779-2

Ⅰ. ①席… Ⅱ. ①席… ②张… Ⅲ. ①席勒（Schiller，Johann Christoph Friedrich 1759—1805）—文集 Ⅳ. ①I516. 14

中国版本图书馆 CIP 数据核字(2019)第 225729 号

责任编辑　**欧阳韬**
装帧设计　**刘　静**
责任印制　**任　祎**

出版发行　**人民文学出版社**
社　　址　**北京市朝内大街 166 号**
邮政编码　**100705**

印　　刷　**三河市中晟雅豪印务有限公司**
经　　销　**全国新华书店等**

字　　数　2000 千字
开　　本　880 毫米×1230 毫米　1/32
印　　张　104. 625　插页 34
印　　数　1—3000
版　　次　2005 年 11 月北京第 1 版
印　　次　2022 年 1 月第 1 次印刷

书　　号　978-7-02-015779-2
定　　价　680. 00 元(全六册)

席　勒

上：马尔巴赫的席勒故居，席勒在此出生
下：席勒读书时的卡尔学院

上：席勒在卡尔学院读书时的剪影，约 1773 年
下：舒巴特

魏玛国家剧院前的歌德与席勒像

《溪边的少年》

《玩耍的孩子》

《异国的少女》

母爱（《大钟歌》）

离别（《大钟歌》）

归来（《大钟歌》）

思慕（《大钟歌》）

相爱（《大钟歌》）

婚礼（《大钟歌》）

主妇（《大钟歌》）

丰收（《大钟歌》）

Schiller.

Ferd. Rothbart gez. Stahlstich v. E. Dertinger

Der Taucher.

Stuttgart, Verlag von Karl Göpel.

《潜水者》

总　　序

摧毁精神巴士底狱的战士——席勒

今天,我们纪念德国伟大诗人弗里德里希·席勒的二百周年忌辰,怀着崇敬,怀着感激,也怀着悲哀和遗憾。席勒英年早逝,只活了四十六年。但这短暂的一生却是不平凡的一生,在这一生中他经历了一次次惨烈的战斗,取得了一次次辉煌的胜利,其光辉的战果便是留给我们的卷帙浩瀚,思想深邃,内容丰富,精雕细刻的传世佳作。两个多世纪来,他的作品鼓舞着全世界亿万读者英勇斗争,奋发向上。

一七五九年十一月十日,席勒出生在德国符腾堡公国的马尔巴赫,这是坐落在内卡河畔的一座幽静的小城。直至今日,这座小城依然宁静如初,民风淳朴。二十世纪,德国许多名胜古迹毁于战火,歌德、贝多芬在法兰克福和波恩的故居都是劫后新建,席勒故居却是少数未遭兵燹的文化圣地之一。走进这幢两层小楼,看到诗人出生的那间不满十平方米的斗室和那狭窄阴暗的楼梯,不由使人肃然起敬。在这所寒碜的小屋里,席勒和他在部队里充当下级军官的诚实虔信的父亲、慈祥温柔的母亲和他深爱的姐姐一起过着简朴温馨的市民阶级的生活,尤其是母子之爱和姐弟之情使他的童年抹上了柔美绚丽的色彩,这个金发碧眼的漂亮男孩在这里享受着人间美好的亲情。

然而,符腾堡公爵卡尔·欧根的一道命令将席勒从这温情如水的小巢拽进残酷无情的人生的竞技场,从而开始了他从未终止的搏斗。公爵在路德维希堡创办了一所军事学院,以他自己的名字命名——卡尔学院,为他政权的绵延永继培养忠诚驯从的臣仆。公爵下令:他手下的军官臣子都必须把儿子送进卡尔学院学习。一七七三年,小小年纪的席勒离开慈爱的母亲,温柔的姐姐,进到这所“奴隶培训所”①。学院纪律严酷,学生不得回家,也难得接受亲人探望,有如一所监狱。然而学校的教学内容却出人意料的开明,法国启蒙运动大师们的思想居然由思想进步的老师公开传授给学生。这丰富的精神滋养,再加上身受的沉重压迫,使席勒心中萌发出反抗专制暴政的火花,这个医学生写出了一部激情如炽的剧本,讨伐专制暴政,号召人们反抗。这就是席勒的第一部剧作《强盗》,剧本的初版题记是一句拉丁文:a tyrannos(打倒暴君!)

一七八二年一月十三日,《强盗》在曼海姆剧院首演,观众为之热血沸腾,剧院中群情激昂。目击者说,观众高声喊叫,互相拥抱,把帽子抛到空中,整座剧院几乎成了一座疯人院,这并非由于《强盗》扉页上“打倒暴君”的那句题记,而是由于剧作家让人们看到封建专制的残暴凶狠,绝灭人性。他让人形象鲜明地看到了人们身受的专制压迫,即使没有这句题记,“打倒暴君”也在作者写作意图之中。席勒着便装前往曼海姆,观看了这次演出,亲身经历了这激动人心的场面,深受鼓舞。

《强盗》的演出大获成功,轰动一时。一七八二年五月末,席勒再次私自前往曼海姆。公爵得知了席勒擅自出行以及该剧公演的消息,大发雷霆,将席勒关了两周禁闭,禁止他再写“喜剧”,并威胁道,否则将给以严惩,把他囚禁在关押重犯的塔楼中。席勒知道,

---

① 参看弗朗茨·梅林《论文学》102页,张玉书、韩耀成、高中甫译,北京,人民文学出版社,1982。

著名诗人舒巴特[1] 的命运正等待着他。无奈之下，他只好逃亡。席勒的逃亡在世界文学史上颇具传奇色彩，在其一生中起着决定性作用。斯图加特已无他容身之地，他若想成为一个作家，自由自在地讴歌自由，反抗暴政，必须脱离这个囚笼，自由翱翔在蓝天上。至于前途如何，他已无暇思考。一七八二年九月二十二日，公爵与来访的贵宾围猎，席勒估计当晚可以不引人注目地通过城门，决定夤夜冒险逃亡。席勒一生中，似乎命中注定，也恐怕是由于他的善良真诚，在困厄危难之时，总有无私的朋友伸出援助之手。若没有他最忠诚无私的朋友、青年音乐家安德烈亚斯·施特赖歇尔和他患难与共，真不知他能否渡过这个难关。城门口值班的恰好是席勒的军校同学沙尔芬施泰因，于是化名里特尔博士的席勒顺利通过城门，驱车前往曼海姆。

《强盗》上演后好评如潮，席勒一举成名。《埃尔福特学者报》的一位极有远见的评论家写道："我们倘若期待着一位德国的莎士比亚，那么这一位就是。"[2]

但这位德国莎士比亚的命运充满坎坷，符腾堡的公爵并未放弃追捕这个胆大妄为、抗命出逃的狂悖臣民，曼海姆剧院总监达尔贝格男爵也不愿担当风险，留下这位才气横溢的文坛新星。然而席勒并不绝望，为了自由，为了写作，他早已做好一切思想准备。幸运的是，他始终有朋友相助，好友施特赖歇尔并未弃他于不顾，在艰险的逃亡途中仍然陪伴着他；曼海姆的导演和出版家保护他的人身安全；军校同学的母亲封·沃尔措根夫人邀请他到自己在鲍

① 克里斯蒂安·舒巴特(1739—1791)，德国诗人，音乐家。因作曲撰文讽刺卡尔·欧根公爵，于一七七三年被驱逐。一七七七年公爵派人越境把他诱捕，囚禁塔楼达十年之久。

② 参看福尔克尔·哈格《炽如烈火的灵魂》，载《明镜》周刊 2004 年第 41 期 170 页。

尔巴赫的庄园去避难。

符腾堡的冬天异常寒冷。就在这隆冬时节，席勒离开曼海姆，前往鲍尔巴赫，投奔沃尔措根夫人，于一七八二年岁末抵达冰封雪盖的鲍尔巴赫。鲍尔巴赫是座小村庄，是直接隶属于皇帝的自由村镇，符腾堡公爵无权在此追捕逃犯，但席勒还是隐姓埋名，作为里特尔博士在鲍尔巴赫住下来。

经过曼海姆以及此后这段困苦的逃亡经历，鲍尔巴赫对于席勒不啻沙漠中的绿洲。这位习惯于在艰苦中奋斗的诗人仿佛进了田园诗一样的理想境地，可以全力以赴地任幻想翱翔，任诗兴驰骋。席勒在这里集中精力修改写作抗击专制暴君的剧作《斐耶斯柯的谋叛》，兴致勃勃地写作一出新的悲剧《路易丝·密勒琳》。同时又收集资料，考虑下一步写作计划。在这方面他得到了新交的朋友，迈宁根公爵图书馆的秘书(即管理员)威廉·赖因瓦尔德的大力帮助。他与席勒一见如故，十分投契。赖因瓦尔德在日记里写道："今天他和我推心置腹地谈了一次，这位青年——席勒——这么年轻就已饱经沧桑。我觉得他很有价值，值得一交。我不相信，我把我的信任给予了一个没有价值的人，除非一切都欺骗了我。在他身上有一种不同寻常的精神，我相信，德国有一天将怀着骄傲称道他的姓名。我已经看到他那双被命运的阴霾笼罩着的眼睛喷射出来的火星，认出这双眼睛让人预感到的丰富的精神。"①

与此同时，忠实的施特赖歇尔在曼海姆散布消息，说席勒正在写一部市民阶级的悲剧，大概已经写完。这个消息引起了剧院总监达尔贝格的注意。这位男爵一反常态，立刻要为曼海姆剧院争取这个剧本。席勒听到剧院的呼唤，立即以惊人的速度赶写他

① 参看彼德·拉恩施泰因《席勒的一生》139—140页，慕尼黑，里斯特出版社，1982。

的市民悲剧。

“我的路易丝·密勒琳催促着我在五点钟就披衣起床。我坐起来，削削羽毛笔，开始构思。”① 这就是日后被恩格斯称做“第一部德国的有政治倾向的戏剧”②《阴谋与爱情》。

历来都有一些以伯乐自居者在赏识千里马时，总是为了利己的目的。他们并未善待千里马，必要时骑之，用后便弃之。曼海姆剧院总监便是这样一位伯乐。诗人身陷困境时，他根本不愿援手。现在他突然又对席勒表现出极大热情，邀请席勒担任该剧院的剧作家。然而年轻诗人的薪金竟比十五岁的女演员还低，任务却极为繁重：一年得写三个剧本。席勒接受了这苛刻的条件。他急于找到演出他剧本的剧院，并未去计较收入多少，待遇优劣。

毕竟正直的人，不以金钱为衡量幸福程度的人，脱离世俗观念、欣赏真正天才的人还是存在。一七八五年，德累斯顿的四个年轻人，刻尔纳和他的朋友胡伯以及他们的未婚妻，从北方向席勒发出友情的召唤。这四位年轻朋友真诚的友谊使席勒忘却了人世间的丑恶和凄惨，他欣然离开南德向北驰去，来到素昧平生但志同道合的朋友身边，沐浴着友谊的阳光雨露。如果说鲍尔巴赫是一块绿洲，在他长途跋涉于沙漠之中时给他以休憩和怡养，那么德累斯顿应是他第二次休养的绿洲。这里水草更丰盛，空气更宁静，而每一次休养都伴随着灵感的激发，新作的问世。对于席勒来说，工作就是生活，安宁无扰的环境，友好和睦的气氛使他才思泉涌，而逆境困厄又激起他拼搏的精神，战斗的意志。于是他又得到滋养，又创作新的作品，这就是他一生的历史，无论处于顺境还是逆境，他

① 参看莱因哈特·布赫瓦尔特《席勒——生平与作品》359页，威斯巴登，海岛出版社，1959。

② 参看冯至主编《德国文学简史》131页，北京，人民文学出版社，1959。

总在充实自己，总在创作，一刻不停。友谊在席勒的一生中至为重要，始而是物质上的帮助，继而主要是精神上的鼓舞，精神上的支持！

这几个朋友和他志同道合，意气相投。他们代表了一代新兴资产阶级知识分子反抗暴政追求自由的倾向。他们给他的物质上的支持和精神上的慰藉使他在悲剧《唐·卡洛斯》中，写出了唐·卡洛斯和波萨侯爵之间的动人友谊，为我们树立了为友谊而献身的范例。自我牺牲，为崇高的目标而奋斗，互相支持，共渡危难，这才是真正的友谊。于是他写下了充满乐观主义激情的《欢乐颂》。只有经历过巨大的苦难，才能知道欢乐的价值，而这种欢乐来自友情，来自对真挚友人的讴歌。席勒的诗表达出拥抱全世界的强烈愿望，希望普天之下，人人相亲相爱，都是兄弟姐妹，这才是人间乐园。《欢乐颂》实际上是对友谊的颂歌。这首名篇经贝多芬谱曲，成为响彻全球的第九交响乐中的著名合唱。①

正当席勒在友人宁静和睦的圈子里歌唱欢乐，畅饮友谊的甘美酒浆之时，天际正隐隐传来雷鸣电闪。十八世纪封建制度的丧钟已快敲响，专制主义的末日即将来临。席勒在《强盗》中发出的“反对暴君”的怒吼，在《斐耶斯科的谋叛》里展现的对共和国的向往，对独夫民贼的鞭笞，在《阴谋与爱情》里对腐朽封建制度的无情揭露和谴责，成为即将铺天盖地向人们袭来的狂风暴雨般的革命怒潮的最初波浪。千年之久的封建制度，像铁盖子一样令人窒息，社会无法发展，人才备受压抑，出身血统决定人们的命运，爵位门第袒护贵族的特权。腐败贪婪的贵族官吏如狼似虎，民不聊生，正

① 《欢乐颂》一九七二年被欧洲理事会确定为“欧洲之歌”，一九九二年成为欧洲联盟的盟歌，标志着人们渴望终结互相仇杀、血流成河的时代，盼望和平互助、友好相处的新时代的到来。

义无从伸张，邪恶恣意妄为。一七八九年七月十四日，巴黎的革命人民终于忍无可忍，攻陷象征专制暴政的巴士底狱，震惊全欧的法国大革命爆发了。在摧枯拉朽的革命风暴中，封建制度迅速坍塌，《马赛曲》的激昂歌声响彻四方。

自由、民主、平等、博爱、人权，这些铿锵有力的法国大革命的口号使莱茵河此岸的德国知识分子也欢欣鼓舞。以长诗《救世主》的作者克洛卜施托克[①]为首的德国诗人首先对法国大革命表示欢迎，德国浪漫派诗人们也心向往之，连平时像外交家一样谨言慎行的歌德一面随魏玛公爵卡尔·奥古斯特参加布劳恩施魏格公爵率领的联军前去讨伐新生的法兰西共和国，一面也不得不对法兰西的革命军队表示赞赏。在瓦尔米炮战[②]之后歌德说道："从这里，从今天起，世界历史开始了一个新的时代。"正如海涅所说："时代精神活生生地攫住了弗里德里希·席勒，他和它搏斗、被它制服、又随同它一起去战斗，他高擎着它的大旗。就在这同一面大旗之下，莱茵河彼岸的人们那时也这样热情激昂地进行着斗争。"[③]

法国大革命爆发前夕，席勒钻研历史，于一七八八年写成《尼德兰独立史》。根据这段历史，他在一七八四年到一七八七年间写下《唐·卡洛斯》一剧，把他在《强盗》、《斐耶斯科的谋叛》和《阴谋与爱情》里凝结的反抗暴君的仇恨，全部倾吐出来。他让波萨侯爵当着暴君菲利普二世的面说出："我不能充当君王的奴隶"，"请您给予思想自由"。正如海涅所说："席勒自己便是那个波萨侯爵，既是

① 克洛卜施托克(1724—1803)，德国诗人、散文家和剧作家。长诗《救世主》(又译《弥赛亚》)写基督的受难、升天和胜利，充满了强烈的宗教感情。

② 一七九二年九月二十日，法军和反法联军在法国瓦尔米高地作战，法军胜出。此后，法军转守为攻，一度节节胜利。

③ 摘自海涅《论浪漫派》。参看张玉书选编《海涅文集》(批评卷)52页，北京，人民文学出版社，2002。

先知，又是战士，他也为他所预言的事情而战。在他那西班牙大氅下面怀着一颗最优美的心灵，这颗心当时在德国热爱过也受过苦。"①

就在这时，席勒不仅拥有真挚的友谊，也赢得了忠诚的爱情。有人认为席勒是个个人生活平淡无奇，只会一味说教的"道学家"，没有什么艳遇，没有铭心刻骨的恋情，不像他的朋友歌德。其实不然。在他青年时代，虽然颠沛流离，穷困潦倒，但这位天才诗人才华横溢，激情满怀，为人正直，刻苦勤奋，使身边的女性为之倾心。军校毕业后，他在斯图加特的女房东让他领略到初恋的甜蜜，使他写出歌唱自己初恋的抒情诗《劳拉之歌》。他军校同学的母亲和妹妹，鲍尔巴赫庄园里的封·沃尔措根夫人和小姐，奉献给他的不仅是真挚的友谊，还有超越友谊的缠绵柔情。出身高贵、天资聪慧的封·卡尔普夫人，捐弃门第偏见与他亲密交往，使他俩一度成为魏玛引人注目的一对情侣，而封·伦格费尔特家的两姐妹都对诗人一往情深，席勒和她们两人的关系是德国文学史上的一段佳话。诗人同时和她们姐妹两个在谈恋爱。这两姐妹同时被这个诗人所吸引，同时对他表示好感和欣赏。很长时间，席勒通讯的对象是两个人。他们的恋爱从一开始就是精神上的交往，感情交融，思想交流，心心相印。姐姐卡塔琳娜以她敏锐的思想、出色的才智吸引着诗人，激发诗人的心智。妹妹夏绿蒂则默默地谛听，暗暗地欣赏，无言地表示着关怀和爱护，她不善辞令，性情沉静，但从心底里喜欢这个才华出众的诗人，准备为他做出牺牲，与他同甘共苦，最后她终于成为诗人的妻子，而姐姐卡塔琳娜则成为席勒夫妇的终生挚友，诗人的知己，忠实的读者，最早的《席勒传》的作者。法国大

① 摘自海涅《论浪漫派》。参看张玉书选编《海涅文集》（批评卷）52页，北京，人民文学出版社，2002。

革命爆发后半年，一七九〇年二月二十二日，夏绿蒂·封·伦格菲尔特和席勒结婚，成为诗人患难与共、终生相伴的妻子。

结婚之前，席勒便在一七八八年十二月成为耶拿大学历史学副教授。当时身为魏玛公国大臣的歌德，给席勒的忠告是“边教边学”。但这份教职并未使席勒的生活得到保障。尽管席勒遐迩闻名，这位副教授却得不到固定的工资。他的收入全靠选课的学生交付的听课费，数额有限。耶拿大学对这位旷世奇才并未给以足够的肯定和关注。席勒坦然面对经济上的困难，有友谊和爱情的支撑，仗着卓越才华和非凡精力，他昂然走上讲台，在一七八八年十二月作了他的就职演讲，题目是《何为世界史，为何学习世界史》。他在演讲中鼓励学生追求精神财富，丰富自己的内心，不要只把学业当作谋生手段。他提到，做学问是为了怡养性情，追求真理，提高思想，而不是为了谋生，如若为了谋生，则一旦学到必要的本领，势必不再追求技术精进，而且会对科学的发展起阻碍作用。那样的努力只是为了得到承认，而这承认便是金钱、报纸的赞美和君王的恩宠。他用自己的榜样来鼓舞他的听众。一七八八年他在《尼德兰独立史》中表达了对“那个国家”的向往，“那里自由已插上了它那令人欢欣愉悦的旗帜”，谈到一种“新的真理”，“这种真理的黎明已在欧洲降临”。“当年使尼德兰人民奋起反抗的力量，在我们当中并未消失，他们大胆的行动赢得了绝妙的成功，如果时机来临，同样的机遇号召我们进行同样的行动，我们也不会得不到成功。”他写这部专著的目的显然并非为了得到大学教授的头衔，而是为了砸烂那“可耻的锁链”，使“王侯们暴力的专横妄为在人类争取自由的斗争中落得可耻的下场”①。

① 转引自福尔克尔·哈格《炽如烈火的灵魂》，载《明镜》周刊 2004 年第 41 期 180 页。

如何养活新建立的两口之家，成了席勒必须面对的问题。教学所得微不足道，这个不愿做君侯奴才的人，自然不肯为五斗米折腰，去求助于“求贤若渴”的魏玛公爵，也不愿去向他极为景仰的魏玛大臣歌德开口，只好鬻文为生。他像着了魔似的奋笔疾书，几乎每天写作十四小时。这就是席勒的性格，这就是他的铮铮傲骨。然而坚强的意志力抗不过病魔的袭击，一七九一年一月，席勒终于病倒，严重的肺炎和肋膜炎使他卧床不起。国外盛传《强盗》的作者已病重不治，死于耶拿。近在咫尺的魏玛公爵和大臣对诗人的病情与家境漠不关心，倒是远在哥本哈根的丹麦奥古斯腾堡公爵和另两位贵族获得这讹传的死讯极为悲痛，立即举行追悼会对这位旷世奇才不幸辞世表示哀思和惋惜。当获悉诗人并未逝世，只是贫病交困，生计艰难，这位丹麦公爵立即伸出援手，向他提供每年一千塔勒的年金，为期三年，使得席勒全家不致有断炊之虞，诗人也能安心治病休养。

离开军校后，席勒一直在和受迫害受欺侮的命运搏斗，在极端困难的情况下写作，很少有时间专门研究哲学。他一直在拼命写作，为了生活，也为了战斗。一七九一年的重病使他被迫辍笔，丹麦朋友的慷慨资助使他终于有了较充裕的时间学习，他潜心钻研了康德的哲学。作家应该是思想家，只会白描现实，没有思想高度，难成真正的作家。这次学习的收获是他撰写了《人的美学教育书简》等一系列论文，在美学史上留下了厚重的一笔，也为他以后的创作打下了坚实的理论基础。康德哲学并未使他误入歧途，而是使他更善于看清人生百态，洞察人的心灵。如果把这一段的研究视为他早期和后期创作的分水岭，我们会发现，他早期的作品，源于生活，鲜活直接，生活气息浓烈，而后期的作品则博大深邃，对人性的揭示更为深刻，更具普遍性，更使他对“德国莎士比亚”的称号当之无愧。

大多封建君侯的一个明显特点乃是对人的轻视，他们自以为血统高贵，忝居高位，一般人，即使名满天下，他们也视而不见。德国的很多君侯不承认席勒的天才，只把他看做可有可无的臣民，更因他文章、戏剧中的叛逆精神而视之为离经叛道的另类，不予迫害已属宽大开明，然而法兰西共和国的革命政府却对席勒表现出空前的热情，赋予他殊荣。新成立的法兰西革命政府向各国杰出的革命家颁发法兰西共和国荣誉公民的证书，得到该荣誉的有美利坚合众国第一任总统华盛顿和《强盗》的作者德国诗人席勒。相比之下，一冷一热，何等明显，以至席勒一度产生举家迁往巴黎的念头。

然而，法国的革命风暴逐步升级，愈演愈烈。雅各宾党人越来越趋极端。一七九三年，国王路易十六和王后玛丽·安托瓦内特相继死于断头机下。断头机运转不停，无辜者血流成河，红色恐怖笼罩一切，举国上下人人自危。接着，革命派内部争权夺利，争相以极端的口号和嗜血的暴行证明自己革命，别人反动。自由平等的革命口号变成消灭异己壮大自己的权力之争的武器，以致革命家罗兰夫人[①] 在被押上断头台时喟然长叹："唉，自由，以你的名义犯下了多少罪行！"最后革命党人也纷纷被昨日的战友送上断头台。大名鼎鼎的革命家丹东和罗伯斯庇尔由于内讧都成为红色风暴的牺牲品。这样的革命进程日后使英国的狄更斯，奥地利的茨威格等作家都感到反感，同时代的德国知识界对法国革命的态度从热情欢迎转变为望而却步，也就不足为奇了。席勒终于打消了前往巴黎的念头。

---

① 玛丽·若娜·罗兰（1754—1793），法国大革命时著名女革命家，吉伦特派领导人，革命政府内政部长让－玛丽·罗兰（1734—1793）的夫人。罗兰在一七九三年逃亡时自尽，罗兰夫人则死于断头机下。

法国革命的形势使席勒失望也使他深思。他认为革命之所以会变成这副模样,在于革命者、革命群众的素质还有待提高,必须对人们进行审美教育,才不致出现高呼人权却践踏人权,高呼自由却扼杀自由的现象。于是他在一七九五年写下一系列《人的美学教育书简》。法国革命不仅引起德国知识界的普遍反感,也使他们的希望破灭了。在德国进行一场革命的强烈愿望化为泡影,德国境内反动势力受到刺激,也为维护自己的统治而采取强化压迫的措施。市民阶级出身的天才诗人歌德终于无法忍受封建贵族的排挤,放弃宦途,专心写作,这样就拉近了他和席勒的距离。一七九六年,席勒主动邀请歌德合作,为他主编的文学刊物《季节女神》撰稿,打消了歌德对他的成见,从而开始了两位诗人至死不渝的友谊和对双方都受益无穷的十年合作。正当欧洲战场硝烟弥漫战火纷飞之际,席勒和歌德回到书斋,用如椽之笔为当代为后世撰写不朽的诗篇,讴歌人性的美好,塑造高贵宏伟的人物群像。他们互相鼓励,互相支持,共同创造了德国文学史上最辉煌的古典文学的巅峰。

十八世纪末,这两位挚友、同行都被逼上奥林波斯山,既然在政治生活中没有用武之地,便在文艺这片园地里精心耕作,在思想的战场上继续战斗。继一七九五、一七九六年合作大量讽刺短诗[①] 之后,他们互相鼓舞,展开友谊竞赛,在一七九七年分别写下了一批精彩绝伦的叙事歌谣[②],这一年也因而被称做"叙事歌谣

---

① 讽刺短诗(Xenia),原意为赠礼,亦指随礼物送人的赠辞,又译"警句诗"或"箴言诗"。古罗马诗人马希尔(40? —104?)的警句诗(Epigramm)是歌德和席勒创作的模本。马希尔的诗风简短生动,含蓄突兀,富于机智和讽刺。参见杨周翰、吴达元、赵萝蕤编《欧洲文学史》82 页,北京,人民文学出版社,1996。

② 叙事歌谣(Ballade),又译"叙事谣曲"、"叙事歌"、"叙事诗"、"故事诗"、"古谭诗"等。一般指以神话、传说、历史故事或当前事件为题材的韵文作品。参见王以铸译《歌德席勒叙事谣曲选》,北京,人民文学出版社,1980。

年”。席勒与歌德不同，他那人口日益增多的家庭全靠他一个人维持，家境窘迫，没有薪俸，为了生计他拼命写作。他是德国文坛上第一位职业作家，靠自由写作为生，除了戏剧、理论文章、叙事歌谣之外，他也创作小说。但席勒是个天生的剧作家，他的一些理论文章也侧重戏剧理论，叙事歌谣如《手套》、《赫洛和勒安德洛斯》、《卡珊德拉》，小说如《招魂唤鬼者》都充满戏剧冲突，悬念迭起，情节动人，可以看出都出自戏剧家的手笔。

席勒和歌德合作的十年可惜也是席勒创作的最后十年。历史剧《华伦斯坦》三部曲是席勒这十年中创作的篇幅最长的巨著。既然现实生活不能提供合适的题材，席勒便拓宽视野，在德国历史中找到十七世纪三十年战争中叱咤风云的天主教同盟的统帅华伦斯坦。他一七九〇至一七九二年间写作的《三十年战争史》展现了波澜壮阔的历史画卷，为他创作《华伦斯坦》提供了必要的素材。一七九九年，《华伦斯坦》全部完成。二百年来对该剧有形形色色的演绎，褒贬不一。作者写作的意图显然不是为一个叛国分子树碑立传，而是利用这个充满矛盾性格的古人来揭示人性的复杂，并且以古讽今，启发读者效法古人的宏伟，来战胜今人的卑微，创造出可与莱茵河彼岸的法国人媲美的惊天动地的活剧，而不失人性的完美。席勒既出色地再现了历史画面，又充分发挥了诗人的自由，既忠实于历史，又以史为鉴，发人深省。

巨作《华伦斯坦》取得成功后，席勒着手写作另一部以英国为背景的历史剧，女主人公是十六世纪的苏格兰女王玛利亚·斯图亚特和她的对立面、被誉为“童贞女王”的英格兰女王伊丽莎白一世。两位女王之间展开的争夺权力和爱情的殊死斗争，显示了席勒出色的戏剧家才能，也证明作者确是揭示女性心理的能手。

席勒此时正当壮年，才高意广，虽比歌德年轻十岁，但已成为与之难分高下的成名作家，可以期待他会创造出更多更好的杰作。

他自己也在一八〇五年四月二十五日给朋友刻尔纳的信里表示，只要能让他活到五十岁，就能在创作丰硕的作家之中占有一席之地。可惜天不假年，早年染上的肺炎、肋膜炎业已落下病根，加上超负荷的工作强度，严重损坏了他的健康。托马斯·曼在短篇小说《艰难的时刻》中，生动地描绘了席勒在深夜里呕心沥血地进行创作的场面。这样"艰难的时刻"何止一夜两夜，而是成年累月。席勒似乎也感到自己来日无多，更是加快速度和时间赛跑。从一七九九年起，他平均以每年一部的速度创作他古典文学时期的几部巨著:《华伦斯坦》、《玛利亚·斯图亚特》、《奥尔良的姑娘》、《墨西拿的未婚妻》和《威廉·退尔》，其中《玛利亚·斯图亚特》和《奥尔良的姑娘》在同一年完成，而改写意大利剧作家哥齐以中国为题材的剧本《图兰朵》只花了两个月的时间，这样快捷的速度是以加倍的精力耗损为代价的。为了使自己始终保持旺盛的精力和充溢的灵感，他只好借助烟草咖啡和酒类。他超人的意志坚强无比，他的灵感也始终汹涌澎湃。诗人丰富的想像力把他从波希米亚的战场带到苏格兰高原，从晴空万里的意大利岛上带到白雪皑皑的瑞士山麓，从金碧辉煌的波兰宫廷带到辽阔无垠的俄罗斯草原，甚至到达远在乐园尽头的中华帝国的首都北京。这位从来没有机会迈出国门的德国作家，听凭想像力尽情奔驰、自由翱翔，在异国他乡、不同民族、不同时代捕捉共同的人性，阐发相同的审美思想，正如海涅所说，他"是个世界主义者"，"摧毁了精神上的巴士底狱，建造着自由的庙堂。这座宏大无比的庙堂应该把各个民族像一个亲如骨肉的大家庭那样团结起来"①，正如《欢乐颂》中那句不朽诗句所期许的:"人人都彼此结为兄弟。"

---

① 摘自海涅《论浪漫派》。参看张玉书选编《海涅文集》(批评卷)52页，北京，人民文学出版社，2002。

纵览席勒的生平和作品，我们发现，他是在进行两条战线的斗争。一方面是不遗余力地对独夫民贼百般揭露无情鞭笞，另一方面是对人民进行审美教育。法国大革命的事实使他认识到，摧毁巴士底狱，推翻国王统治并不意味着大功告成，革命尚未成功。倘若贪欲野心，各式各样的个人私利恶性膨胀，理性遭到摒弃，人性日益泯灭，则今天的革命者会变成明天的独裁者。今天掷地有声、响亮动人的革命口号，会成为蛊惑人心滥杀无辜的谎言骗术。在罗伯斯庇尔的禁欲主义之后，出现督政府时期的纵欲主义，贿赂公行，腐化成风，新的巴士底狱依然存在于人们的头脑中。具有讽刺意味的是，雅各宾党人把路易十六和玛丽·安托瓦内特以及一些贵族送上断头台，加上为之陪葬的数以万计的无辜百姓，封建势力似乎已经彻底埋葬，可是在后雅各宾时期，一批新兴贵族又应运而生。昨日的雅各宾党人今天成了公爵伯爵，新贵们的奢侈糜费比凡尔赛宫当年有过之而无不及。封建势力借尸还魂依然四处游荡。巴士底狱虽然夷为平地，但它阴魂不散。不提高人的素质，不对人进行审美教育，巴士底狱不会彻底摧毁，人类也不可能真正昂然享受自由尊严。

为此，他创造了光彩夺目的人物群像，不论是生活在哪个国家、哪个时代，不论是女王玛利亚·斯图亚特，还是波萨侯爵、牧羊女约翰娜、猎人威廉·退尔，他们都有一个生活原则：追求高尚。倘若仅仅满足于温饱，人和动物何异？得到温饱，是否就实现了人生的目标、生活的意义？有的人满足于现状，不复追求，不复奋斗，也不问这温饱如何得来，是不是伴之以屈辱，是不是以丧失尊严为代价，是不是生活在皮鞭之下，桎梏之中，是不是奴才得到的奖励，为虎作伥的报酬；他们以庸人苟且的目光面对人间的不平，不会因民众备受压迫而义愤填膺，不会因暴君的恶行和世道的不公拍案而起。在席勒创造的人物画廊里，在他描绘的历史画卷中，贯穿着优秀人士的苦难、搏斗、悲剧的命运,贯穿着为创造一个合理的世界,创造一个精神高尚品质优美的人类,而进行的不屈不挠、坚忍不拔、可歌可泣的斗争。他以嫉恶如仇的态度鞭笞人生中的阴暗面,人类中的消极分子。他们伪善、奸诈、阴险、凶残,他们肆意妄为,干出天理不容的罪行,然而内心空虚,感情枯竭,为孤独、疑惑、惊恐、悲愁所折磨。《强盗》中的弗朗茨是一个德国土地上生长出来的袖珍型的理查三世,也是一个好话说尽坏事干绝的独夫,他似乎什么目的都已达到,实际上却是那么可怜猥琐渺小。《威廉·退尔》中的总督格斯勒,凭借武力对手无寸铁的百姓称王称霸,迫使无辜百姓用儿子作为箭靶,在儿子头上射苹果,对人民的欺侮达到无以复加的地步。英格兰女王伊丽莎白一世,善于弄权,精通伪装,看似纯洁高尚,为国为民,不谋私利,单身独居,被人誉为"童贞女王",头顶无私无欲的纯洁祥光,然而这只是表象而非实质,实质上是嫉妒心重,欲壑难填,既追求权力,又渴求爱情的女人。西班牙国王菲利普可以用强权夺取儿子的未婚妻,却无法赢得她的芳心,他可以使满朝文武屈服在他的淫威之下,但没有一个可以信赖的朋友。人们可以用阴谋来扼杀爱情,但不能使真正的恋人恩断情绝。我们看见乐于为朋友而死,为祖国而战,为救助不幸者甘冒风险,为爱情牺牲一切的可歌可泣的人物形象。席勒以此在对人进行审美教育,使人摆脱兽性和低下情操,憎恶生活中阴暗沟渠里的产物,而追求为理想主义所鼓舞的崇高形象。

他为此呕心沥血,像个两头燃烧的蜡烛,分秒必争地创作,终于赶不上死神的步伐,他的最后一部作品《德米特里乌斯》只写完两幕,死神就夺下了他手中的笔。席勒年仅四十六岁便结束了自己光辉灿烂、可惜过于短暂的一生。取材于俄罗斯历史,可能成为杰作的剧本《德米特里乌斯》,终于以未完成的残篇成为诗人的绝唱,给诗人造成了无法弥补的遗憾,给后人留下了无尽的喟叹和惋惜。诗人逝去,诗人永生。不论国界,不分肤色,在世世代代的读者心里,这位热爱人类,为人类歌唱一生,战斗一生的诗人,始终焕发出青年人的蓬勃朝气,炽烈激情。他的诗句永远洋溢着青春的活力,对生活对人类的热爱,对专制暴君,对邪恶势力的仇恨。

一八〇五年五月九日席勒逝世。八年后爆发了欧洲各民族反对拿破仑的解放战争。一八一四年维也纳会议后,欧洲封建势力复辟,德国市民阶级虽然未能效法法国进行革命,但是要求解放,要求全国统一,要求粉碎德国境内僵死顽固的小国林立、封建割据的状态。市民阶级革命不成,便以文学、语言作为全国统一、各阶层融合的共同体,席勒协会应运而生,到处建立席勒协会和诗歌团体,建立民族国家的思想和对席勒的崇敬结合起来。一八三九年斯图加特建立了第一座席勒塑像,其余的席勒塑像也相继树立。在此之前,直到十八世纪末,建立塑像是王侯们的专利,在德国还从未为文化名人树立过塑像。

在一八四八年革命时期,席勒作为一个政治诗人、民族诗人,被德国的市民阶级用来进行斗争。在竞选集会上,人们朗诵吕特利誓词中的名句:"我们要结成一个民族,大家都是兄弟。"① 以此表达德国人民要求统一、要求基本权利的强烈愿望。《威廉·退尔》的演出成为民众的盛大节日,在法兰克福圣保罗教堂召开的国民代表大会上,被引用最多的诗人乃是席勒。在一八五〇年甚至出版了一本席勒年鉴,记载了一八四八、一八四九两年中每天发生的重大事件,全都冠以从席勒著作中摘引的诗句。

一八五九年席勒百年诞辰,这种席勒崇拜达到顶峰。一八四八年革命失败,人们要求民族、政治、文化、社会统一的愿望未能实

① 参看席勒剧作《威廉·退尔》第二幕第二场,瑞士各州代表在吕特利宣誓结盟,一致反抗奥地利的异族统治。

现，在各地举行的纪念席勒诞辰的盛典中，表达了人们对于未能达到的理想的憧憬。一八七一年德国统一后，对席勒的崇敬依然有增无减。纳粹上台之后，这些善于蛊惑人心的骗子自然不会放过机会，利用席勒达到自己美化元首、建立独裁、推行法西斯血腥统治的罪恶目的。精于此道的纳粹宣传部长戈培尔竟然宣称：倘若席勒经历这个"伟大的时代"，定会成为他们的同志。当时出版的一本关于席勒的书干脆就把席勒称做"阿道夫·希特勒的战友"。纳粹将一九三四年称为"席勒年"，并组织"希特勒青年团"成员在席勒故乡马尔巴赫的席勒塑像前举行接力赛跑。然而，民众也用席勒的作品来表达自己反对纳粹的情绪。一九三四年十月，柏林上演《唐·卡洛斯》，当剧中第三幕最后一场波萨侯爵向国王提出"请您允许思想自由"时，观众报以经久不息的雷鸣般的掌声，致使该剧终止上演。纳粹统治最黑暗时期组成的反抗纳粹的"白玫瑰"① 小组在他们的传单里大量引用席勒的名句，使之成为反纳粹的犀利武器。

在中国，席勒是最早介绍过来的德国作家之一。鲁迅一九〇七年在《文化偏至论》中曾提及他的思想②。一九一一年，马君武所译《威廉退尔》在《新中华》杂志发表③，马君武是以"驱逐鞑虏，

---

① 反法西斯小组"白玫瑰"的主要成员是慕尼黑大学学生朔尔兄妹，哥哥汉斯·朔尔（1918—1943），妹妹索菲·朔尔（1921—1943）和库尔特·胡伯教授（1893—1943）。他们散发大量传单，揭露纳粹罪行，被捕后英勇就义。为纪念这些无畏的反法西斯战士，德国许多城市的大街广场以朔尔兄妹和胡伯教授的名字命名。

② 鲁迅写道："而希籁（Fr. Schiller）氏者，乃谓必知感两性，圆满无间，然后谓之全人。"见《鲁迅全集》第一卷 54 页，北京，人民文学出版社，1981。

③ 马君武在剧前"译言"中写道，自己"今来居瑞士之宁茫湖边，感于其地方之文明，人民之自由，到处瞻仰威廉退尔之遗像，为译此曲。此虽戏曲乎，实可作瑞士开国史读也。"见《威廉退尔》第 1 页，上海，中华书局，1925。

恢复中华"为宗旨的同盟会会员,《威廉·退尔》从此成为反抗外国入侵者激发民众爱国主义精神的教材。一九三六年项子龢在日寇入侵、国难未已之际,重译了这部"人类自由史,民族光复史,国民革命史",以唤醒健忘国人之记忆,"鼓舞其勇气,安慰其灵魂,灌溉其心苗",使"民族精神日以旺,自由思想日以深"①。一九三八年宋之的和陈白尘将《威廉·退尔》改编成《民族万岁》公演,对我国军民团结、反抗日本侵略起过极大的鼓舞作用。抗战时期该剧第三幕第三场奥地利总督格斯勒强迫退尔在自己儿子头上射苹果这场戏成为小学课文。一九五五年中国纪念席勒逝世一百五十周年。一九五九年纪念席勒诞生一百周年,中国作家、诗人纷纷撰文纪念这位世界文化名人,其剧作《阴谋与爱情》在北京上演,大获成功。现在,席勒的许多作品已被译成中文。

回顾席勒极不平凡的一生,以及二百年来这位诗人所发生的影响,对我们启发良多。诗人火一样炽烈的诗句,动人心魄的戏剧,一直鼓舞着德国人民和全世界被压迫的人民去进行争取自由民主、反抗专制压迫的斗争。席勒一路陪伴着我们,鼓舞我们前进,给我们无尽的力量和必胜的信心。他与逆境奋斗终生的感人事迹,他的文章风骨,他高尚的人格,使这位英年早逝、在事业巅峰突然与世长辞的诗人,始终像一颗明星闪耀在天际,虽然不时会有云雾把他掩盖,毕竟不能完全遮住他的光辉。随着时间的消逝,诗人似乎已离我们越来越远,然而,人性不灭,人性长存,讴歌人性的诗艺作品不会因时光消逝而减少魅力。在新世纪,诗人席勒正光彩夺目地向我们走来。

我们今天纪念席勒,并不完全因为他文学史上的成就,而主要是因为他这个人。海涅说过,他反对的不是诗人歌德,而是歌德这

① 参见《威廉退尔》译者弁言,上海,开明书店,1936。

个人[①]。我们不揣冒昧，套用他的话：我们尊敬的不仅是诗人席勒，主要是席勒这个人。看看他的奋斗历程，更感到他和我们这么近，这么亲。在他身上有着一切先进知识分子的美好品德，也有着他们的共同命运。如何把人生有限的时间用之于无限崇高无限宏伟无限绵长的事业，席勒为我们树立了一个榜样。席勒为了人类的解放，为了大家能摆脱专制暴君的压迫，过上有尊严的生活而战斗了一生。他的精神遗产历经两个世纪，他高尚的情操和崇高的理想鼓舞了几代人。

真正的伟大不在权势，不在地位，不在称号，而在精神。看你凭什么样的精神，将你的才华用于什么样的事业，看你如何造福于人类。人类从席勒的精神得到鼓舞得到力量，他丰富了人类的精神宝库，他为人类树立了榜样，他使人类奋发向上。人们怀着感激的心情，怀念他，热爱他，尊敬他。虚名如流星，一闪而过，转眼消失于沉沉夜空，而席勒崇高的精神，犹如日月，横贯长空，昼夜光照人间，直至永远。

张 玉 书

二〇〇五年五月九日　蓝旗营

① 原文为："歌德作为诗人，我从未攻击过，我攻击的只是他这个人"。见海涅《论浪漫派》，张玉书选编《海涅文集》（批评卷）57 页，北京，人民文学出版社，2002。

前　言

席勒以《强盗》一剧蜚声文坛。其实早在一七七六年十月，席勒已在《施瓦本杂志》发表了题为《傍晚》的抒情诗，引起了人们的注意。这首诗描绘黄昏薄暮时的壮美景色。太阳像英雄般沉落，田野沐浴着夕照的余辉，天上布满了金色的云层，紫色的晚霞，宛如开遍春日玫瑰的花坛。银色山泉流淌，夜莺啁啾鸣唱。只要上帝愿意，万物停止运转，四野万籁俱寂，诗人也噤声无语，因为要歌唱亿万娇小的精灵，热烈无比的歌声也暗无生气。可是你，诗人，将振动紫色的翅膀，飞到天国的宝座之上。那里不再是傍晚，不再是暮色昏沉，只有主在那里，还有永恒。杂志主编特意提到诗人年仅十六岁，师法维吉尔、莎士比亚、歌德、舒巴特等大师，尤其效法《救世主》和《颂歌集》的作者，诗人克洛卜施托克激越慷慨的诗风①，预言这位少年诗人前程无量。

一七七七年，《施瓦本杂志》刊登了席勒的另一首诗：《征服者》。他在诗中以战斗的豪情和无畏的勇气对暴君表示轻蔑和诅咒：

　　不错，征服者，不错——你想长生不死，
　　喘吁不已的白发老翁，

---

① 克洛卜施托克的颂歌多以歌颂上帝、大自然、友谊、爱情、自由、祖国、永恒等为主题。

和那孤儿寡妇
　也希望你长生不死。

……

但愿雷鸣般的诅咒从我火热的胸中
倾泻在那天平之上，如同崩落的
　天宇——将那天平砸向
　　深深的地狱，

然后，我的愿望，
我最热烈的诅咒
　将得到满足
　　我将满怀着欢乐与狂喜

在他被审判的一天，法官①，
在你圣坛前的尘土中翻滚，雀跃欢呼
　我将永远将这一天庆祝
　　称这一天为美好的日子！

这位少年诗人已基本确立了他的诗风：大气磅礴，刚健雄浑，充溢着古希伯来先知般热烈的激情，又不时闪现出深沉的哲思；崇尚人的尊严与自由，抗击暴政，战斗不已；歌颂大自然的壮丽优美和人世间的爱情友谊，以及他景仰的哲人斗士。

一七八二年，席勒从曼海姆看完《强盗》首演回斯图加特后，出版了《一七八二年诗选》，其中五十首为席勒所写，其余约三十首为诗友之作。这本诗集出版后，他在人们心目中依然是《强盗》的作

① 法官，执行最后审判的上帝。

者。该诗集收入了五首《献给劳拉的歌》，这些诗是席勒献给初恋情人，在斯图加特的女房东路易丝·费歇尔的，虽表现得有些夸张，词句有些堆砌，但我们可以看到奔放狂热的陶醉，炽热激烈的眷恋。也许席勒后来有些“悔其少作”，在一八〇三年出版的诗集中删去了许多描写“爱的激情”的诗节。

引人注目的是席勒关于两位哲学家的诗作。法国大革命的先驱卢梭一七七八年七月二日逝世。同年秋，席勒写下《卢梭》一诗纪念这位一生颠沛流离的革命先行者。他将该诗收入在法国大革命爆发前七年出版的这部诗集，表示他对政治专制和思想压迫的反抗。一七八一年，席勒写下《斯宾诺莎[①]》一诗，献给这位甘守清贫、以真理为惟一追求的哲学家。

一七八〇年左右写成的《昏君》一诗里，诗人向昏君提出警告：

可是，害怕诗歌的语言吧：
复仇的箭将大胆地射穿你们的紫袍，
射进冷酷的国王的心。

以后席勒在《塔利娅》、《缪斯年鉴》、《季节女神》等刊物上，陆续发表了很多诗歌。

席勒的很多诗讴歌人间的真、善、美。一七九五年，他在《妇女的尊严》一诗中写道：

你们要尊敬妇女！她们把天国的玫瑰
织进人间的生活，使之成为点缀，
织出爱情的纽带，使人幸福欢畅，
小心翼翼地用神圣的馨香

① 斯宾诺莎（1632—1677），荷兰哲学家。先世为犹太人，但他因反对犹太教教义而被开除教籍。生活艰苦，以磨镜片为生。

把美好感情的永恒的火花
缝进优美娴雅品行端庄的面纱。

接着他把男子和妇女对比。男人好高骛远,性格狂放,女子注重实际,谦和温柔,富有同情心,消除敌意,使人和解。这就是席勒理想中的女性所具有的美德。

席勒的《欢乐颂》是一首全世界广为传诵的名篇。一七八五年席勒接受素不相识的远方朋友刻尔纳和胡伯以及他们的未婚妻的邀请,脱离了困境,离开曼海姆,来到莱比锡的朋友们的身边。盛夏七月,这几个志同道合的年轻朋友在乡间聚会,热情奔放,情绪高昂,歌颂他们之间神圣的友谊。席勒激动地高呼:"只有我们的友谊才能使我们伟大,善良,幸福。"他们决心乘着友谊的翅膀,抛开尘世的惊恐,脱离狭窄沉闷的生活,进入理想的王国。夏去秋来,这几个朋友在新婚的刻尔纳和弥娜·斯托克两人的新居聚会。根据弥娜的回忆,朋友们在金色秋日的照耀下举杯痛饮,互祝健康,庆贺欢聚一堂。席勒情绪激动昂扬,和弥娜碰杯时,竟把玻璃杯碰破。他干脆把所有的玻璃杯全都扔到墙外,激动地高呼:"永不分离,永在一起,但愿我们能同生共死!"

据说正是为纪念这一令人永生难忘的时刻,席勒写下了《欢乐颂》。只有真正领略到友谊的甘美,并且决心终生呵护这珍贵的友谊之花的人才能迸发出这昂扬的激情,才能写下这永放光芒感人至深的诗句。若干年后,业已失聪的贝多芬为之谱出了第九交响乐中的著名合唱曲,响彻全球。亿万人,互相拥抱吧!亲吻全世界!大家都是兄弟!欢乐,友谊,和平,这是人生的真谛。在这世上,真正幸福的人是能够得到一个真诚朋友的友谊、一个善良女人的爱情的人。谁若做不到这一点,只能悲伤哭泣着离去!

席勒的《大钟歌》是一首脍炙人口的名篇。它用铸造一口大钟的过程来形容人生,始而出生长大,恋爱结婚,生儿育女,接着发生火灾,继而母亲去世。城里秩序井然,人们安居乐业,可是革命爆发了,人们陷入疯狂,最后重归宁静,结局是欢乐和平。在文学批评界,对这首诗的评价曾有过很大差异。赞赏者称作者以高度的概括力,画出了人生的几个重要阶段,以及重大变故,天灾人祸,婚丧喜庆,大钟由制模、浇铸,到完成竣工,十分巧妙地伴随着人生。然而也有批评者指出,该诗的基调是市民阶级的生活模式,其喜、其悲,无不以市民阶级的人生模型为基础,因而调子庸俗,市侩气太浓。这里写的人生乃是勤劳持家的市民的一生,追求的幸福也是安分守己的良民百姓的人生理想。尤其遭人指责的乃是把革命当做大祸,将其描写成一场灾难,有损席勒自由战士的形象,这岂非席勒对自己信念的背叛?

然而如果我们仔细想想席勒所处的时代,也许对他就会理解更深,不至于横加指责。

有人指责的也许就是倒数第二节的诗句:

只听见高呼"自由平等"!
平和的市民拿起刀枪,
大街上,大厅里人潮汹涌,
一帮帮杀人暴徒到处游荡,
妇女用恐怖行径取笑作乐
全都变得像鬣狗一样。
她们用豹子般的利齿,
撕碎敌人还在跳动的心脏。
再也没有神圣的东西,一切虔诚
敬畏的纽带全都断裂,
仁善让位于邪恶,
恶行自由自在无拘无束
唤醒狮子,危险异常,

老虎的利齿会带来死亡，
然而恐惧中最可怕的
乃是人一旦发狂。
那些把天国的火炬交给永远盲目者的人
真该遭殃！
这火炬没有给盲人带来光明，
只会引起熊熊烈火，
把各城各邦化为灰烬。

诗中描绘的情景并非诗人凭空捏造的幻影，而是大革命时期法国生活的写照。席勒的军校同学沃尔措根和好友亚历山大·洪堡当时正在巴黎，席勒从他们那里得知了雅各宾专政时期滥杀无辜的恐怖主义的惊心动魄的情况。这引起了席勒强烈的反感与厌恶，使他把这段历史归结为人类的堕落。他从对革命的满怀希望转为深深失望。他何尝不想歌颂革命，可是在当时巴黎血流成河的情况下怎能指望他会违背良心，胡说一气呢？罗兰夫人临刑前曾长叹："唉，自由，以你的名义犯下了多少罪行！"席勒在此也表达了类似的观点：口号尽可不同，蛊惑人心的目的大同小异。在这点上与其指责席勒，毋宁理解和同情来得更加妥当。

《大钟歌》主要歌颂的是和平和谐的生活，辛勤劳动的人们。诗人用激昂慷慨的声调高呼：

劳动乃是市民的光荣，
成功就是苦干的酬报；
国王因地位受到尊崇，
我们的尊贵在于勤劳。

这样雅俗共赏，来自民众生活，歌颂平民百姓的诗歌，自然深受民众欢迎。席勒逝世后，《大钟歌》曾被改编并数度在席勒的忌辰公演。歌德曾为此写下《席勒大钟歌跋》一诗。[1]

席勒的诗作中还有一首《孔夫子的箴言》,这对中德文化交流是一大贡献。远在乐园尽头的中国并没有偏离他的视野。他注意到这个陌生的国度及其具有代表性的哲人。可见他和歌德一样,襟怀宽广,目光远大。贬低别人,惟德意志民族是尊,是席勒所不屑为的。并非他所有的同时代人都对中国毫无成见。黑格尔对《论语》评价甚低,赫尔德尔对汉语一无所知,却大加讥评,实在令人感到遗憾。在这点上席勒和歌德的确与众不同,不受"欧洲中心论"的影响。歌德写下了《中德四季晨昏杂咏》,还转译过《梅妃》。席勒对中国也心向往之,除了写作《孔夫子的箴言》之外,还改写过意大利作家哥齐的戏剧《图兰朵》。当时欧洲虽然有"中国热",真正了解中国、欣赏和尊重中国文化的人依然还占少数。

《孔夫子的箴言》共两首,分别发表于一七九六年和一八〇〇年的《缪斯年鉴》。第一首约完成于一七九五年七月,同年八月二日,在一封未流传下来的致赫尔德尔的信里附上此诗,赫尔德尔在一七九五年八月五日致席勒的信里提及此诗,认为此诗甚美。威廉·洪堡也写道:"孔子箴言给我很多快乐。我非常喜欢这种短小精悍的句子组成的语言。您写得十分传神。"

第二首约完成于一七九九年九月。九月二十六日席勒写信告诉刻尔纳,因为一八〇〇年的《缪斯年鉴》即将出版,他必须暂停剧本创作,将几首诗加到年鉴中去。其中之一便是《孔夫子的箴言》。

这箴言并非出自孔子手笔,而是席勒假托这位中国哲人之名,表达自己的思想,阐述普遍真理。孔子言简意赅的《论语》应该已为席勒所知,而孔子的名望也为当时欧洲思想界所共识。

---

① 参见《歌德文集》第8卷228—233页,北京,人民文学出版社,1999。

第一首表述时间，讲未来、现在和过去。未来姗姗来迟，现在飞逝如箭，过去永远平静。缺乏耐心，无助于加快时间的步伐。怀疑和害怕，亦不能将其阻挡。想愉快地结束人生的征途，须把未来作为顾问，不要作为行动的傀儡，不要把飞逝的现在当作朋友，别把静止的过去当作敌人。①

第二首表述空间，阐述其广度深度均为无限，人必须不懈努力，孜孜以求。要了解真理，则须知其广袤，探其根本；要追求完满，则须广博；要塑造世界，必须深入底层，方能看清本质。只有锲而不舍才能达到目的，只有充实才能达到明朗之境，真理寓于深渊之中。

一七九一年，席勒大病一场，由于丹麦奥古斯腾堡公爵的赞助，诗人得以静心养病并钻研康德哲学。病愈后，席勒原打算文学创作和哲学研究交替进行，可他毕竟是天才的剧作家，哲学和文艺在他心里分量不同。一七九五年年底，撰写美学论文时，席勒不耐烦的情绪表现得非常明显。

一七九四年，席勒和歌德生活中发生了一件意义重大的事情，那就是德国文坛上的两位巨人建立了联盟，开始了被传为佳话的十年友谊，十年合作。此前两位诗人虽同在一地，彼此相识，但因地位悬殊等种种原因，并非朋友。法国革命后，两人都被迫遁迹于文艺王国，这拉近了他们的距离，消除了一些若隐若现的嫌隙，为两人的深入交往创造了客观条件。从一七九五年起，他们密切合作，经常见面，如不见面，就互相写信，几乎每天通信。

看歌德和席勒的通信集，深感这两位诗人沉湎于艺术王国里，

① 《论语》中的几句话可参看："逝者如斯夫，不舍昼夜"（子罕篇第九）；"人无远虑，必有近忧"（卫灵公篇第十五）；"日月逝矣，岁不我与"（阳货篇第十七）；"往者不可谏，来者犹可追"（微子篇第十八）。徐志刚译注《论语通译》，北京，人民文学出版社，1997。

似乎忘记了当时的欧洲不时响起的炮声，这是居乱世而清幽的超然态度。然而这何尝是他们两人的心愿？既然在政治舞台上无用武之地，便用文艺作为手段，来阐明人生的哲理，用诗艺来改变人的本性。当然，这也与普鲁士于一七九五年与法国签订巴塞尔和约，退出反法同盟，"保持中立"有关。此后，德意志的北部和中部有了十年相对和平的时期，这十年也是德国古典文化的繁荣时期。①

从一七九五年底到第二年，两人合作的第一个成果，一系列主要针对当时的文坛、学界进行反击的讽刺短诗完成。这些两行诗按古罗马讽刺短诗的风格写成。讽刺对象包括那些庸俗化的启蒙主义者，时髦化的虔诚主义者，头脑狭隘、目光短浅、满口陈词滥调的文学批评家们，他们不时向两位诗人射来明枪暗箭，攻击他俩共同的努力，尤其是攻击品位很高的《季节女神》杂志。这些讽刺短诗发表在一七九六年和一九九七的《缪斯年鉴》上。于是一七九六年便作为"讽刺短诗年"载入文学史。他们在两年中合作写下了上千首讽刺短诗。这些隽永深刻的小诗绝不仅仅是针对歌德席勒的年代而作，它们所抨击的鄙陋与丑恶，所揭示的真理至今仍可作为人们的镜鉴。

一七九七年两位诗人合作的成果是一系列优秀的叙事歌谣。共同写作讽刺短诗已经证明是歌德的动议，是谁想到写叙事歌谣的，却弄不清楚。席勒的叙事歌谣如今已成样板，其中大部分完成于一七九七年五月底到九月，进展迅速，显然写得得心应手。与此同时，仿佛在和席勒竞赛，歌德也写出新作《科林斯的新娘》和《神和舞姬》，这是歌德的叙事歌谣中最完美的两首。一七九七年也就

① 参见迪特尔·拉甫著《德意志史》51 页，波恩，Inter Nationes，1987。丁建弘著《德国通史》135 页，上海社会科学院出版社，2002。

成了“叙事歌谣年”。

在歌德与席勒共同创造、互相促进的过程中，问他们两人谁是给与者，谁是接受者是没有意义的。席勒比较年轻，在谈到他们两人的关系和交往时，要无保留得多，也更加充满感激之情。他在很多致歌德的信里，总是强调自己从歌德处受益匪浅。歌德在和席勒交往中，没有这么积极，但也不时真情流露，感谢席勒对他的评论。席勒在一封长信里赞扬了歌德正在创作的长篇小说《威廉·迈斯特》，并坦诚地提出批评和修改意见，歌德在回信里这样写道：“请您继续使我喜悦，使我受到鼓舞。”

一七九八年新年伊始，歌德怀着感激之情谈到他俩已有四年之久的友谊：“我们两人幸运的相遇已经给我们带来了许多好处，我希望这种关系永远同样继续发生作用下去……您给我带来了第二个青春，使我又变成诗人，我其实早已停止成为诗人了。”

尽管歌德收敛矜持，也不得不承认，这段关系对他也同样起了良好的作用。他们在一七九七年叙事歌谣年的合作，自然和讽刺短诗那一年不同，这次的合作仅限于互相启发和鼓舞，阅读对方新作，提出修改建议。

两个人都投身到叙事歌谣这种体裁的创作，把他们迅速写成的一系列歌谣理解成文艺试验。席勒的好友刻尔纳批评席勒的《伊比库斯的鹤》有些“枯燥”，歌德不以为然，认为“这些诗歌格调新颖，拓展了诗艺的类型”。歌德轻易不发表溢美之词，但此前他就向他们共同的朋友谈过他对席勒的叙事歌谣的意见：“就像您已经知道的那样，他的这些歌谣写得非常成功；我希望，我的歌谣在一定程度上能和他的并列，他在任何意义上都比我更适合写这种诗体。”

歌德承认，席勒这种“戏剧性”强的诗写得很好。歌德的长处在于“诗”中有“诗意”，而席勒的长处在于“抓住了戏剧性的瞬间”。这些歌谣是出自戏剧家的手笔。席勒的志趣是写出宏伟的剧作，这些歌谣不妨看做席勒写作《华伦斯坦》等几出大戏的练笔。

在席勒早期的诗歌里，他往往任自己对自己的思想和主观认识的乐趣所驱使，兴之所至，信笔写去。现在则不然，他在这些歌谣里有意识地训练自己的艺术技巧，把诗意当作一种手段来使用。在许多歌谣里他都成功创造了激烈紧张的气氛，取得了强烈感人的效果。

比如《伊比库斯的鹤》，该诗的题材取自古希腊文学，是歌德让给席勒的，歌德本想自己以这个题材写一首歌谣。诗中讲述诗人伊比库斯被强盗杀死，无人在场，只有一群鹤在空中飞过。凶手自以为可以混迹于人群之中，逍遥法外。可是当凶手在剧场看戏时，一群鹤铺天盖地而来，凶手惊恐万分，失声叫出“伊比库斯的鹤来了”！从而露出马脚，最后承认罪行，受到惩处。鹤群为死去的诗人报了仇。此诗写作期间，歌德认真地给他的朋友提出了建议。席勒把第一稿寄给歌德，请他批评，尤其在两个要点上希望听到歌德的意见：一，如何使全诗叙述连贯，因为原始素材中缺乏这一点；二，如何为效果创造气氛。歌德很详尽地作了答复。他指出，鹤群飞过，包括它们飞临剧场，都是候鸟迁徙的自然现象，不必当成奇迹，只是偶然性使这个故事披上了预兆和离奇的色彩。席勒对歌德的常识和经验给他的启发深表感谢，他原来只是把鹤群看做一种譬喻。歌德建议在开篇处加一些铺垫，让伊比库斯先看到鹤群，把这些高飞的远行客和羁旅途中的自己相比，并在遇害后向鹤群喊出遗言。席勒接受了这个建议。歌德认为结尾过于突兀，建议在扮演复仇女神的演员退场后加一个诗节，描述民众听完复仇女神之歌后的情绪。这一点席勒也接受了，他在增加的诗节中刻画了全体观众的惊惧与敬畏。歌德还建议让凶手的惊叫只让附近的观众听见，然后他们和凶手间的冲突引起所有观众的注意。这个建议席勒在回信中拒绝了，他说他将凶手安排在观众席的最高一排，这样他可以最先看到飞来的鹤群，做贼心虚的愚蠢凶手已在复仇女神之歌的震慑下失魂落魄，他看到鹤群后的惊叫在一片肃然的剧场里会特别刺耳，他又在高处，因此所有人都会听见。习惯于点到为止的戏剧家席勒认为这样处理很自然，不必再加一个动作。[①] 他们两人就这样对彼此作品切磋探讨，互相砥砺。

使人惊讶的是在席勒的歌谣中有一点新的特色，那就是他以一种鲜明的形象来描写他自己从未见过的东西，最著名的例子乃是在《潜水者》一诗中对汹涌奔腾、猛烈旋转的海水所作的拟声的描绘。歌德在看到大海时发现席勒的描写得到了证实。但席勒从未出过国门，也从未见过大海，大自然的这一现象，他只是在一个水磨坊那里仔细观察了一下，以小及大，由此及彼，激起他活跃的想像力，描绘出令人惊心动魄的画面。海浪的描写如此，其他自然景观的描绘也是如此。席勒是以丰富的想像力来弥补自己生活经验之不足。

在《卡珊德拉》一诗中，特洛亚城里一片欢声笑语，喜气洋洋，大街小巷都洋溢着节日的气氛，只有卡珊德拉公主一人胸怀悲痛，暗自忧伤，因为她作为先知，可以预见未来。她已经看到这虚假的喜庆转瞬即逝，灾难就要降临。她逃进林间树丛，哀叹自己成为预言者的不幸命运：自从为神效劳，我没有用花朵装饰我的秀发，自从成为你的喉舌，没有再唱欢乐的歌。你让我看见未来，却使我无法享受眼前。为什么让我具有这烛见未来的本领？明明看见厄运逼近，却无法躲避。众人皆醉，惟我独醒；众人快乐，惟我哀伤。我多么希望能和别人一样盲目，至少得享片刻的欢娱，不必总是悲伤

① 参见《歌德席勒通信集》255—261 页，柏林，民族出版社，1955。

哭泣。冬去春来，万象更新，而我知道这一切都是过眼烟云，紧接着将是灭顶之灾。我的青春只是无尽的哀泣。我只知道无穷无尽的悲痛。

卡珊德拉是荷马笔下的一个独具特色的人物，可以预言未来，但其预言却无人相信。席勒此处用独白的方式让她吐露心声，写得真实感人，显示了诗人戏剧家的卓越技巧。

同样，在《赫洛和勒安德尔》这首诗里，很多诗节中几乎全部以女主人公的独白来表示人物的喜怒哀乐。海上风平浪静，女主人公欣喜万分，热切期待着心上人顺利地游过海峡，前来相会。看到波涛汹涌，浊浪滔天，她心急如焚，坐立不安，惟恐心上人泅水渡海时会有闪失，遭遇危险。从春到夏，从夏到秋，这一对恋人度过了多少销魂荡魄的夜晚。秋去冬来，海水寒冷彻骨，男主人公依然如约前来。无人知道他们幽会的秘密。谁也不会想到，爱情的伟力会使男主人公不顾死活，跳进冰冷刺骨的海水，迎着排山倒海的狂涛，越过辽阔的达达尼尔海峡，来和情人欢会。然而灾难终于发生。这一切都在女主人公的内心独白里得到描述。紧张的气氛，动人的情节，复杂的感情，表现得淋漓尽致，而这一切压缩在每节八行的二十六节诗中，可见其语言的精练，节奏的快速，布局的紧凑，在在显出杰出戏剧家的手笔。

在《赫洛和勒安德尔》这首歌谣里，席勒强调为了爱情的自由，人们可以舍生忘死，克服艰难险阻，甚至为此以身相殉。这种争取自由的大无畏精神是积极向上的。席勒描写了海涛的汹涌，寒夜的阴冷，然而恋人的激情无视这一切。这也是对亘古永存的真挚爱情的歌颂。

《潜水者》和《手套》有异曲同工之妙。两首诗都着墨于描写景色、营造气氛，然而归根结底仍然是烘托人物、突出主题。席勒在《潜水者》里用大量篇幅描写海上波涛汹涌，惊涛拍岸。一意孤行、视人命为草芥的国王却忽发奇想,把手中金杯扔进峭壁悬崖下的怒海之中,让勇敢者跃入海底,从惊蛇乱窜般的惊涛骇浪之中去取回金杯,以金杯为奖。岸上观海的骑士望而却步,心惊胆战。只有一个勇士挺身而出,在众人的惊叹声中跃下悬崖,潜入水中,把金杯从海里拾回。灭绝人性的国王竟然意犹未尽,又扔下一枚指环,让人潜入海底打捞。谁若打捞成功,国王将以公主下嫁,作为奖赏。勇士再次跃入海中,但再也没有回来。

《手套》一诗只有七节。诗人用前四节描写斗兽场上的紧张气氛。看台上人头攒动,场地上凶兽对峙。一场龙虎斗即将爆发。加上两只豹子参战,搏斗必然会凶狠惨烈。偏偏就在大家凝神屏息,鸦雀无声之际,一只手套从看台上掉进这几头猛兽当中,全场愕然。诗人这时才引出人物。虚荣心重,善于玩弄恋人感情的贵族小姐居然要求她的骑士为她从猛兽当中去捡手套,以此考验他的爱情。下面情节的发展高潮迭起。先是骑士在众人惊愕之中,从容不迫、不动声色地进入危机四伏的场内,捡回手套,接着是骑士在这位贵族小姐洋洋自得之际给她的出人意表的回答。用短短七节诗竟演绎出这样富有深意的一出戏,的确独具匠心。

“叙事歌谣年”在席勒创作中是个重要转折点。三年养病,三年研修康德哲学,使席勒的思想更加睿智、深邃。病后四年,他有机会向心仪已久的诗人歌德学习,并和他并肩作战,从讽刺短诗到叙事歌谣,进行了全面合作,大量练习,同时也为创作《华伦斯坦》等剧作积累了丰富的经验。

席勒诗作的一个显著特点是其强烈的哲理性。他在德国思想诗(又称哲理诗)方面具有重要地位。[①] 他的《光与热》、《广与深》、《希望》、《妄想的话》、《信仰的金言》等,多意深旨远,发人深思。即

① 参见钱春绮译《席勒诗选》译本序第1页,北京,人民文学出版社,1984。

使在一些描绘自然的诗篇或戏剧性很强的叙事歌谣中，也往往闪现着庄严肃穆的光辉。相比于歌德很多抒情诗的自然坦率，无所顾忌，席勒的诗更多一些沉郁顿挫的森严气象。这也许和两人不同的出身、经历、学养有关。席勒命运多舛，常年飘泊动荡，以艰苦的工作透支自己的身体，身心承受着巨大的压力，一如用肩膀扛起地球的阿特拉斯，又数年潜心研究历史和抽象的思辨哲学，其作品自然会多一分凝重深沉。

席勒诗中对德意志民族的命运和未来也给予了深深的关注。

在席勒遗稿中有一首长诗的草稿，出版家后来给它加了个标题叫《德意志的伟大》。写作此诗的日期已无法确定，大约紧接着一八〇一年初那首即兴诗《新世纪的开始》之后。一七八九年他在颂歌《艺术家》中称“世纪转折时期”的人是“时代最成熟的儿子，通过理性而获得自由，通过法律而变得坚强”，这种欢欣明快的信心在《新世纪的开始》里已不复存在：

高贵的朋友！哪里为和平敞开大门？
　哪里让自由避难藏身？
旧世纪在风暴中消逝，
　新世纪正以杀戮开端。

《德意志的伟大》很可能是对一八〇一年二月签订的吕内维尔和约[①]的直接反应。出版商葛兴和科达似乎对这首诗都不知道，他们希望席勒为这次缔结和约写首颂歌致贺，遭到诗人拒绝。席勒一八〇一年二月二十六日给葛兴的信中写道：“（我之所以不写）也因为我怕，我们德国人在这个和约中扮演了这样可耻的角色，即

① 法国和奥地利所签订的吕内维尔和约规定，德意志帝国皇帝最终放弃莱茵河左岸地区，放弃比利时和列日。参见丁建弘著《德国通史》136页，上海社会科学院出版社，2002。

便是颂歌,到了诗人手里,也会变成一首讽刺诗。”

尽管席勒有时故作冷漠,说他不关心时事,实际上他研究过历史,目光尖锐,看出和平不会持久,神圣罗马帝国注定要沦亡,有两个强大的欣欣向荣的民族——法国和英国将取而代之,互争雄长。所以他在这篇很值得注意的诗稿里就以此作为出发点:

此时此刻,德意志名誉丧尽,
走出浸透他泪水的战争。
两个狂傲的民族
脚踏着他的脖颈,
胜利者决定着他的命运——
他还能自命不凡?还能
为自己的名字自豪欢欣?
还能昂首挺立自信地
步入民族之林?

这篇诗稿一部分是散文,另一部分是不完整的韵文。诗人一开始就提出这样的问题,在“两个狂傲的民族脚踏着他的脖颈”之时,德国人是否还能昂起头来。他在《讽刺短诗》里只是暗示,你们可以昂起头来,可是现在,看到德国政治上日益孱弱,他认为有必要鼓励他的同胞。他在诗里安慰他们:你们可以昂起头来……德意志帝国和德意志民族是两回事。德国人的尊严从来也不是建立在他的君王的头上。离开了政治,德国人建立了他自己的价值。尽管帝国沉沦,德意志的尊严依然不受破坏……这是一种道德上的伟大,它寓于文化之上和民族的性格之中,这种伟大不依赖于它的政治命运……诗人明确指出:

这不是德意志的伟大,
取胜全凭刀剑

要进入精神的王国
战胜各种偏见

席勒为何没写完这首诗并发表,理由不详。看来德国当时的形势,是使他如此决定的重要原因。他从现实中得出了真理,做出了多么出色的预言,多么恳切的忠告。可是后来德国历史的发展多么明显地背离了诗人的忠告!一些人扭曲了诗人的原意,背叛了诗人的教诲,竟用这首诗是来宣扬军国主义,推行穷兵黩武、嗜血好战的侵略政策。认真阅读席勒的诗稿,就会明白,这是有意歪曲。与席勒的思想背道而驰,妄想以武力统治世界的德意志第二帝国、"第三帝国"崩溃了,而席勒诗中所倡导的道德与文化的伟大才是德意志民族,也是全世界各民族应该永远追求的目标。

席勒的戏剧和诗歌天才为人瞩目,他小说创作方面的才华却常被忽视。席勒是德国第一位职业作家,全家人吃穿用度全靠他的写作。他必须写出大量作品,得到足够的稿酬,才能养活全家。他也在《塔利娅》等刊物上发表小说,以飨读者。本书收入席勒小说四篇。

《忍让》发表于一七八二年三月的《符腾堡文学书目》。小说取材于真实事件,叙述兄弟二人和他们共同的心上人的爱情悲剧,语言平实、冷静。

《受侮辱的罪犯》发表于《塔利娅》一七八六年二月号,一七九二年曾稍作改动。作品取材于真实案件,主人公的原型弗里德里希·施拉姆因谋杀罪被判死刑。小说叙述了一个强盗的成长历程,其中对罪犯心理的刻画尤为出色。

《命运的捉弄》发表于《德意志信使》一七八九年一月号。如其副标题所言,该作品亦取材于"真人真事"。主人公的原型是席勒的教父、符腾堡的菲利普·弗里德里希·里格尔将军。小说叙述了主人公一生的升沉荣辱，剖析了他充满矛盾的性格与其命运的关联。

《招魂唤鬼者》于一七八七年至一七八九年间连载在《塔利娅》杂志上。席勒因为这部小说被称做“帮派小说”或“黑社会小说”的创始人之一。

十八世纪末，欧洲各国的封建贵族锦衣玉食，生活糜烂，竟对招魂唤鬼的左道旁门大感兴趣。意大利江湖术士卡利奥斯特罗乘虚而入，在巴黎上层社会行骗。达官显贵、贵妇名媛趋之若鹜。最后发生了项链事件。法王路易十六之妻玛丽·安托瓦内特斥巨资购买的价值连城的项链不翼而飞。骗子被揭发，但王后和巴黎主教也卷入此案。宫廷的腐败糜费公之于众，民怨沸腾，王室威望一落千丈。这是王朝末日的征兆，封建统治病入膏肓，大厦廊柱已被蛀空，根基已在动摇，不久即将坍塌，风暴已在天边，一场灾难在所难免。

无独有偶，一七八六年八月十七日，普鲁士国王弗里德里希二世逝世。新王弗里德里希·威廉二世登基。这位国王也崇尚迷信。大家很怕他会扼杀启蒙运动，社会上思想动荡，大有山雨欲来风满楼之势。民众对这类内幕事件好奇心切，希望在文学作品中有所反映，于是席勒放下《唐·卡洛斯》，开始写作《招魂唤鬼者》。

小说前两部分连载在《塔利娅》一七八七年一月号和一七八八年四月号。席勒起先写得轻松愉快，善于写剧的他自然不难展开情节，埋下伏笔，使之扑朔迷离，悬念迭生。小说线索头绪纷繁，人物众多，往往具有阴阳两面，真伪难辨，场景多变，令人眼花缭乱。这样的小说自然引人入胜，深受读者欢迎。第一部分一发表，便吸引了许多读者。然而要把这撒开的大网收拢，即使像席勒这样的高手，也得花费大量时间，才能面面俱到，不致顾此失彼。因此席勒后来越写越感到吃力。他写信向刻尔纳抱怨浪费时间，简直是在做苦力。

一七八九年，法国大革命爆发，生活已超过了任何虚构故事。另外席勒本来志不在此，小说便戛然而止。一七八九年底在《塔利娅》上发表三、四部分后，小说以未完成的断片出版了单行本，但依然畅销。出版商出高额稿酬希望席勒完成此书，但他不为所动。稿酬虽高，时间更宝贵。他急于完成他的使命，完成《唐·卡洛斯》。一七九二、一七九八年《招魂唤鬼者》又出了两次修订版，席勒做了较多删节。这部未完成之作为德国长篇连载小说开了先河。

一七九四年，克里斯多夫·戈特利布·封·穆尔将他从英文转译的中国长篇小说《好逑传》送给席勒。一八〇〇年八月二十九日，席勒致信出版商翁格尔，希望将该书缩写成短篇小说发表在《小说杂志》上，翁格尔同意了。但席勒这一计划没有完成，只留下几页草稿。

席勒曾翻译改写过法国作家狄德罗的小说《定命论者雅克和他的主人》中的一个片断，发表于《莱茵塔利娅》一七八五年三月号。席勒还根据封·阿尔巴公爵的轶事写过一篇短篇小说，发表于《德意志信使》一七八八年十月号。

小说虽非席勒的主要志趣，但他的几部作品，尤其是《招魂唤鬼者》，以情节见长，故事性强，语言洗炼，对话生动，充分显示了他写作小说的天才，对小说发展做出了贡献。

张　玉　书

二〇〇五年五月

目　次

警句诗

叙事歌谣

诗　　歌

钱春绮 译

傍　　晚

(1776)

太阳,像大功告成的英雄[①]
向深谷露着暮色苍茫的面容
(对另一些更高兴的世人
却是一副清晨的面孔),
它从蔚蓝的天空下降,
呼唤忙碌的人们歇工,
它的告别平息世间的扰攘,
向白昼示意一天的告终。

诗人的才气高涨成神妙的歌唱,
主啊,让这歌声从崇高感情中涌出来,
让热情振起大胆无畏的翅膀,
向你,向你,高飞目标的所在。
把我向天空众天体[②] 之上高举,
怀抱着一种崇高的感情,
赞美傍晚和傍晚的创造者,

① 参见《旧约·诗篇》第十九篇第五节:"太阳……又如勇士欢然奔路。"《新旧约全书》518 页,中国基督教协会,1989。

② 据古希腊哲人毕达哥拉斯天文说:天空中有十个天体,即中心火球、两个地球、太阳、月亮和五个行星,互相围绕着旋转,发出奇妙的天体乐音。

胸中奔涌着如登天国的激情。
这种感情,见弃于伟人和君王,
它只接近卑微的人群——
神啊,你给了我这种天性,
分世界给他们——父啊,只给我歌唱。

哈！疲倦的告别的光芒是怎样
描绘出飘动的积云画图,
那边,傍晚的云彩是怎样
在银波的怀抱之中沐浴;
美景啊,你多么使我欢畅！
成熟的庄稼一片金黄,
漫山遍野仿佛金色的海洋,
橡树的梢头,群山的峰顶,
都被镀上金色的光芒,
山谷像在火海中遨游,
从火红的落霞之中,
高悬的黄昏星放出光芒,
仿佛璀璨的红宝石
在女王淡黄的鬓发间闪动。

瞧,太阳的光辉怎样照耀着京畿,
远处的绿野笑逐颜开;
整个天空昏暗了下来,
此处却显得少壮华丽;
现在傍晚的紫色天河
就像从那极乐世界

花坛上采的春季蔷薇
向金色的云浇了下来,
直浇得云彩浑身湿透。

清澈的银泉像明镜一样
从山上流到草地之上,
给羊群和牧人痛饮一场,
牧羊人躺在柳林旁边,
他的歌声在山谷中飘荡,
又从谷中发出了回响。
静静的大气中充满虫鸣,
枝头传来夜莺的歌唱,
出色的歌声使大家侧耳倾听,
被这神妙的歌声迷住,
树叶都不敢发出声音;
瀑布也放慢奔腾的脚步。
凉爽的西风吹拂着蔷薇,
它正好在关上了心扉,
风使它吐出神奇的香气,
暮气也因此充满了芬芳。

哈,无限者啊,千万众生是怎样
满怀激情地在将你颂扬,
融化成为和谐悦耳的歌唱!
欢呼的美妙的歌唱多么响亮!
喜悦的崇高的声调多么激昂!
我独自默默无语——不,竖琴啊,响起吧,

在尘封的琴弦上奏响献给主的赞歌吧！

自然啊，静下来，倾听崇高的琴声吧，
神就不让你惊骇，
风啊，停止在树叶间飒飒作声，
河啊，停止在原野里汹涌奔腾，
请倾听，跟我一起礼拜：
是上帝之功，让行星和彗星
在广阔天空里密集成群，
让太阳绕着自己的轴线转动，
傍着地球飘过天空。

神啊——当雄鹰划破云霓，
傲然从苍穹冲向大地，
又向上朝着太阳飞升；
神啊——当西风将树叶吹动，
叶子上蠕动着一只毛虫，
虫体里也有一条生命，
千百条河流奔涌在其中，
那里又游着若干幼虫，
各有一个灵魂在活动。

主啊，你可愿让血液停止循环；
让雄鹰垂下它的双翼，
不再有西风吹动叶子，
河流也停止奔腾；
大海不再掀起狂澜，

没有小虫蜷缩,没有天体旋转——
哦,诗人沉默了:为了去赞美
在这片大海里沐浴的亿万娇小的精灵,
他们的存在不引人注目,
你的火热的歌唱归于虚无。

但你就将向王座振起紫色的翅膀,
露出看得更加深透的大胆的目光,
把天使的竖琴弹奏得更加响亮;
那里不再是傍晚,不再是暮色昏沉,
主就在那里,还有永恒!

赫克托耳的告别*

(1780)

安德洛玛刻①

赫克托耳要跟我永别去战斗,
让阿喀琉斯以他无敌的双手
给帕特洛克罗斯献上牺牲?
将来有何人来教导你的幼子②,
去投掷标枪,去敬事各位神祇,
如果阴暗的冥土将你鲸吞?

赫克托耳

亲爱的妻子,你不要眼泪汪汪!
我所热烈向往的,是前赴战场,

---

* 戏剧《强盗》第二幕第二场插曲。由阿玛莉亚所唱。本诗取材于荷马史诗《伊利亚特》。赫克托耳为特洛亚最勇猛的英雄。他杀死希腊勇士帕特洛克罗斯。后为阿喀琉斯所杀。

① 赫克托耳的妻子。

② 名阿斯堤阿那克斯,或斯卡曼德里俄斯。

我要亲手保卫珀耳伽摩斯[①]。
我要为了神祇的神圣的家灶[②],
奋战牺牲,做一个救国的英豪,
渡过斯堤克斯河[③],魂归阴司。

安德洛玛刻

我再也听不到你的武器声响,
厅堂里将要闲放着你的刀枪,
老王[④] 的英雄后代就此断绝。
你去的地方,不再有日光照射,
科库托斯河[⑤] 在荒漠之中呜咽,
你的爱情将在忘川[⑥] 里熄灭。

赫克托耳

我要把一切憧憬、一切念头,
全都沉入忘川的静静的河流,
但不把我的爱情抛撇。
听!那个蛮子已在城墙边叫嚷[⑦],

---

① 特洛亚的卫城。此处即指特洛亚城。
② 古代希腊人家中均有家灶。这是神圣的地方,求神、发誓,均在此处,相当于家庭的祭台。
③ 冥府河名,意译为恨河。人死后,由卡戎把阴魂渡过此河,送往阴司。
④ 原文普里阿摩斯,为特洛亚老王,赫克托耳之父。
⑤ 斯堤克斯河的支流,意译哭川或泪河。
⑥ 冥府河名。饮此河之水,可忘却过去一切。
⑦ 阿喀琉斯来到特洛亚城下挑战。

给我把宝剑挂上，你不要忧伤！
我的爱不会在忘川里熄灭。

布鲁图斯和恺撒[*]

(1780)

布鲁图斯

欢迎你,和平宁静的原野!
　请收留罗马人中的最后一个!
我从杀声震天的腓立比① 逃来,
　伤心万分的一路悄悄地奔走。
卡西乌斯②,你在何处?——罗马已失守!
　我兄弟般的全军将士已惨遭杀戮!
死神之门成了我的逋逃薮!
　世界再没有布鲁图斯容身处!

恺撒

是谁,迈着永无失败的脚步,

---

* 席勒戏剧《强盗》第四幕第五场的插曲,由卡尔·穆尔所唱。布鲁图斯(约前85—前42)为古罗马政治家。于公元前四十四年三月十五日与卡西乌斯等刺杀罗马独裁者恺撒,旨在恢复共和政体。后逃往希腊。腓立比战役(前42年)败于安东尼、屋大维联军,自杀。

① 腓立比古城在马其顿境内。

② 卡西乌斯为古罗马将军。出于共和主义的理想,跟布鲁图斯共谋刺死恺撒。腓立比战役失败后自杀。

从那边的山坡上徜徉过来？
哈！如果我的观看没有失误，
这是一位罗马人的步态。——
台伯河[①]之子——请问你来自何处？
那座七丘城[②]是否还没有变化？
我常常为这个孤儿流泪痛哭，
它从不曾拥有过一位恺撒。

布鲁图斯

哈！带有二十三处伤口的你！
死者啊，是谁唤你还阳？
战战兢兢地缩回地狱的深底，
傲慢的哭泣者！不要得意扬扬！
在腓立比无情的祭坛上，
自由的最后祭品的血在化为青烟，
罗马为布鲁图斯的棺架呜咽，
我去见弥诺斯[③]——你爬到冥河里面！

恺撒

哦，竟被布鲁图斯的剑刺死！
你也——布鲁图斯——你？

① 流经罗马市区的河流。
② 罗马建立在七座山丘之上，故称七丘城。
③ 弥诺斯为克里特国王。死后成为冥国的判官。他仲裁鬼魂之间的纷争，一说决定鬼魂未来的命运，惩罚犯罪者的灵魂。

儿子——你曾叫我父亲——儿子[①],大地
　本来要归你所有,让你承继!
去——你成了最伟大的罗马人,
　因为你的剑刺进父亲的胸膛。
去——一直叫到那座地狱之门:
布鲁图斯成了最伟大的罗马人,
　因为他挥剑刺进父亲的胸膛。
去——现在你明白,为何把我赶来,
　赶到忘川来——
阴郁的艄公[②],把船划来!

布鲁图斯

父亲,且住!——在整个宇宙之内,
　我只识得个惟一的人,
他可与伟大的恺撒媲美,
　就是你叫他儿子的那个人。
只有一个恺撒能毁灭罗马,
　只有布鲁图斯能抵御恺撒;
有布鲁图斯存在,就没有恺撒;
　你向左转,让我向右边走吧。

① 恺撒成为布鲁图斯的继父,这是一个传说,历史上并无确实的材料可资证实。
② 指卡戎。他用渡船把鬼魂送到冥国的门口,并收取摆渡钱。

阿玛莉亚*

（1780）

美丽如天使，快乐得如入英灵殿①，
　他英姿勃发，超过所有的青年，
无限温柔的眼光像春天的丽日，
　反射在镜子似的蓝色海面。

他的亲吻——进入天堂的感受！
　像两团烈火紧紧依偎，
像两把竖琴彼此应和，
　合奏出一曲弥漫天国的和谐。

精神和精神对冲、飞扰、交融，
　嘴唇、面颊在燃烧、在颤抖，
灵魂闯进了灵魂——天和地漂动，
　仿佛融化在相爱者的四周。

他走掉了——只留下一片空虚，
　徒然忧伤地叹息为他哀悼！

---

* 席勒戏剧《强盗》中的女主人公，侠盗卡尔·穆尔的恋人。

① 原文 Walhalla，原意为北欧神话中沃丁神接待战死者英灵的殿堂。

他走掉了,人生的一切乐趣
　都在无益的哀泣声中消逝!

卢　　梭*

（1781）

我们这个时代的耻辱的墓碑，
墓铭使你的祖国永远羞愧，
　卢梭之墓，我对你表示敬意！
和平与安息，愿你在生后享受！
和平与安息，你曾白白地寻求，
　和平与安息，却在此地！

何时才能治愈古老的创伤？
过去黑暗，所以哲人们死亡！
　如今文明了，哲人依旧丧生。
苏格拉底死在诡辩家手里①，
卢梭受尽基督徒折磨而死②，
　卢梭——他要把基督徒改化成人。

---

* 一七七八年五月二十日卢梭被基拉丹侯爵接到巴黎附近的爱尔墨奴维勒别墅去居住。同年七月二日死于该地，葬于白杨岛。

① 苏格拉底为古希腊哲学家。被控以邪说惑众、不崇国教之罪而被判死刑，仰药而死。

② 卢梭于一七六二年发表教育小说《爱弥儿》，遭受迫害。国会宣布该书为禁书，下令焚毁，并下令拘捕卢梭，他被迫逃亡国外。

斯宾诺莎

（1781）

这儿有一棵倒下的橡树，
树梢曾达到白云深处，
它躺在地上了——什么道理？
我听人说，农民们急需
用它优良的木材造屋，
因此把它伐倒在地。

致　春　天

(1781)

欢迎,漂亮的少年!
　你,自然之欣喜!
捧着你送的花篮,
　草地欢迎你!

哎！哎！你回来了!
　如此可爱而漂亮!
我们由衷地高兴,
　走到你身旁。

还记得我的姑娘?
　我可还没有忘却!
那边的姑娘爱过我,
　现在还在爱我!

给我许多花送她,
　我曾向你恳求过——
现在又来恳求你,
　你哩？——你肯给我?

欢迎,漂亮的少年!

你，自然之欣喜！
欢迎你把你的花篮，
带给这里的草地！

世 界 之 大

(1781)

我乘着风翼，掠过当初创造的神灵，
从混沌之中开辟的漂浮的世界飞行，
　　直到浪潮起伏
　　波涛拍岸之处着陆。
抛锚的地方，不再有任何气息，
只有创造之界石在那里竖立。

我看到星星已经朝气蓬勃地苏生，
在太空里继续走着千年的行程，
　　看它们嬉游终朝
　　迈向诱人的目标，
我目眩神迷，向着四周搜寻，
空间里已经看不到——一点星影。

我激励风翼，继续向着虚无之境
大胆地掌握方向，像光一样飞行，
　　苍天驰过我身旁，
　　朦胧得像迷雾一样，
跟在逐日者身后的宇宙系统，
就像溪流的旋涡在急速转动。

瞧，在寂静的路上，有个朝圣者向我
奔来——“止步！旅人，你来此寻找什么？”
　　　　“我一路来到此间，
　　　　要寻找宇宙的岸边！
我去的地方，不再有任何气息，
只有创造之界石在那里竖立！”

“停止吧！你徒然飞行——你的前面是无限！”
“停止吧！你徒然飞行——朝圣者，我后面也是无限！——
　　　　快垂下你的翅膀，
　　　　羽翼，雄鹰的奢望，
你这位大胆的飞行者，幻想之徒，
把绝望之锚向下界那边抛去。”

来自地狱中的一群

(1781)

听——像大海怒涛的喃喃抱怨，
　像流过山沟盆地的溪水潺潺，
那边郁闷地传来沉重、瓮塞、
　痛苦不堪的长叹！

疼痛扭歪了
他们的脸，绝望打开了
　他们的咒骂的嘴。
他们眼睛凹陷，他们的眼光
担忧地窥望冥河的津梁，
　目送着哀伤的河水流泪。

他们轻轻地互问，惴惴不安：
　难道就这样没完没了？——
永恒在他们上空循环周转，
　打断了萨图尔努斯[①] 的镰刀。

---

① 萨图尔努斯为古代罗马的农神，但早就跟希腊的克罗诺斯混为一体而成为时间之神。他的形象是手执镰刀的老人。

斗　　争*

(1784)

不,我不愿再进行这种斗争,
　义务的巨大斗争。
你如不能抑制内心的激情,
　道德啊,别要求这种牺牲。

我发过誓,是的,我发过誓,
　要我克制自己;
你的花环,就让我永远放弃,
　收回去吧,免得我犯罪。

撕掉吧,我们曾经作过的约定!
　她爱我——花环就算丢失了,
陶醉在喜悦中的人,真幸运,
　能像我这样轻易忘记跌倒。

---

* 本诗在有的版本中题名《激情的自由思想　在一七八二年劳拉结婚之时》,诗节增至二十二节。席勒写了一系列的劳拉组诗,表白跟她的恋爱关系。劳拉原名玛尔夏尔克·封·奥斯特海姆,后嫁到魏玛,成为卡尔布少校的夫人,即夏洛特·封·卡尔布(1761—1843)。她在曼海姆认识了席勒,对这位年轻的诗人大为钟情。席勒也曾打算在她离婚后跟她结婚,但都事与愿违。席勒也曾介绍荷尔德林到她家当家庭教师,教导她的儿子。她后来又跟德国作家让·保尔(1763—1825)相恋,让·保尔在其巨著《巨人》中描写的琳达,就是以她为模本的。

她看着蛆虫咬我的青春花朵，
　我的春天已逃走，
暗暗佩服我英勇地放手摆脱，
　宽宏大量地了结我的回报。

美丽的灵魂，别信任天使的善意，
　你的同情给了我犯罪的武器，
在人生的无法估量的领域里，
　可有比你更美的另一种赏赐？

超过我总想躲避的犯罪勾当？
　专横暴虐的造化！
该赠给我的美德的惟一酬赏，
　乃是我的美德的最后一刹那。

忍　　从

（1784）

从前我也生在阿耳卡狄亚[①]，
　我尚在摇篮时代，
自然答应给我极大的造化；
从前我也生在阿耳卡狄亚，
　可是，短促的春天只给我眼泪。

生命的春天只有一度开花；
　如今已萎谢凋零。
沉默的神——我的弟兄们，哭吧！
沉默的神熄灭了我的火把，
　幻象[②] 已无踪无影。

我已站在你的昏暗的桥上，
　令人恐怖的永劫！
请你收下幸福的全权委任状！
我没有拆开，再送回你的手上，
　我不懂幸福喜悦。

---

① 意为从前我也出生在世外桃源，我也曾经幸福过。阿耳卡狄亚为希腊一处山地，居住纯朴的牧民。法国画家普桑有一幅名画即题名《阿耳卡狄亚的牧人》，可参看。

② 短促的浮生。

我要在你宝座前作不平之鸣，
　蒙面的审判者①。
在世间流传一个可喜的传闻：
你用审判的天平统治世人，
　你自称为报应者。

据说在这里，等待恶人的是恐怖，
　等待正人的是欢畅。
你能把内心的隐私完全揭露，
你会把天意的哑谜解释清楚，
　你会给受苦受难的人们结账。

这儿，受逐者找到回家的大道，
　这儿，受苦者结束荆棘的路程。
有一位神子，真理是他的名号，
躲避他的人很多，认清者极少，
　他给我执掌急躁的人生缰绳。

“我要在另外一个世界报答你，
　把你的青春交给我！
我能给你的只有这个指示。”
我考虑另一个世界而接受指示，
　我全部交出我的青春的欢乐。

① 永恒(永劫)。

“交出你那位万分心爱的妇女[1]，
　将你的劳拉献给我！
在彼世会加倍补偿你的痛苦。”——
我从流血的心中将她掏出，
　大声痛哭，把她交给他。

“这是一张开给死人的票据，”
　世人发出了嘲笑；
“这个受暴君雇用的谎言之徒[2]，
他给你以假乱真，鱼目混珠，
　等这张票据到期，你已经死掉。”

一群讥刺者无耻地冷言冷语：
　“难道你竟怕这过期的妄念？
神道算什么？是捏造出来的救主，
为了弥补世界规划的不足[3]，
　由人类头脑想出的济急灵丹。

“什么是未来，它在坟墓中隐藏？
　什么是永恒，你那样夸夸其谈？
由于它藏而不露，才受人景仰，

---

① 指卡尔普夫人(1761—1843)，她在曼海姆认识了年轻的席勒之后，对他大为钟情。

② 冒充真理的宗教。

③ 世界设计得很不完美：善人常遭不幸，恶人反获幸福。因此捏造出神和来世报应的谎言。

它是我们的‘恐惧’[①] 的巨大影像，
　映在良心呵责的凹镜上面。

“它是一个栩栩如生的幻影，
　时代的木乃伊[②]，
它被涂上‘希望’的防腐香精，
又被送进了冷冰冰的墓茔，
　你热昏时的胡话竟说它不死？

“对于希望——腐烂证明它说谎——
　你可曾有过什么孝敬？
死亡已有六千年沉默不响，
可曾有一个死尸从墓中还阳，
　报道关于报应者的音讯？”

我看到时间向你[③] 的岸边飞逝，
　抛下灿烂的自然
在身后躺着，仿佛干枯的尸体，
没一个死者从他的墓中升起，
　可是我还坚信神的誓言。

我把全部欢乐献出做牺牲，

① 对于彼岸的恐惧乃是内疚之心的捏造，就像凹镜（哈哈镜）把影像反映成比原来大得多的巨像。

② 我们的生存时间随死亡同逝，可是却由希望加以人工的保存，成为惑人的生存，就像尸体用防腐剂涂抹以避免腐朽一样。

③ 永恒。

　现在在你的审判席前跪倒。
大众的嘲笑一概置若罔闻，
只有你的至宝才觉得可珍，
　报应者，我要求你给我酬劳。

“我对孩子们钟爱，完全一样！”
　守护神在冥冥中叫着说。
“人子们，听着，有两种花在开放，
专供那些聪明的发现者欣赏，
　它们叫做希望和享乐。

“如果摘下二者中的一枝花，
　另一枝就得放弃。
不能信者，就享乐。这句古话
像世界一样永久。能信者，克制吧！
　最后审判总结一部世界史。

“你有了希望，酬劳已付给了你，
　信仰就是实现了的幸福。
你可以去请教贤士，
瞬间使人蒙受的一切损失，
　永恒决不给与偿补。”

欢　乐　颂*

(1785)

欢乐啊，群神的美丽的火花，
　来自极乐世界的姑娘，
天仙啊，我们意气风发，
　走进你的神圣的殿堂。
无情的时尚隔开了大家，
　靠你的魔力重新聚齐；
在你温柔的羽翼之下，
　人人都彼此结为兄弟。

合　唱

大家拥抱吧，千万生民！
　把这飞吻送给全世界！
　弟兄们，在那星空上界，

---

* 一七八五年，席勒贫困潦倒，听刻尔纳之劝，离开曼海姆，前往莱比锡的哥利斯村居住。他从刻尔纳那里不但得到温暖的友情，还接受经济援助，使他能安心写作。所以作出这首颂诗。又有一说：席勒在莱比锡或其附近，曾救助一个走投无路、愤而投河的神学院学生，给他资助，解决他暂时的困难。几天之后，在一次吃喜酒时，席勒对宾客们谈起此事，大家都慷慨解囊，踊跃捐助，使那个大学生能完成学业，后来获一公职。所以席勒写这首颂诗，歌颂欢乐和人道主义。贝多芬的第九交响曲选本诗的第一节、第二节前半、第三节和第四节的后半作为末乐章的歌词，更使本诗永垂不朽。

一定住着个慈爱的父亲。

谁有这种极大的幸运，
　能有个朋友友好相处，
能获得一个温柔的女性[①]，
　就让他来一同欢呼！
确实，在这扰攘的世界，
　总要能够得一知己，
如果不能，就让他离开
　这个同盟去向隅暗泣。

合　唱

聚居寰宇的芸芸众生，
　你们对同情要知道尊重，
　她引导你们升向星空，
那儿高坐着不可知的神。

众生都吮吸自然的乳房，
　从那儿吸取欢乐的乳汁；
人不论邪恶，不论善良，
　都尾随她的蔷薇足迹。
她赐给我们[②] 亲吻和酒宴，

① 刻尔纳于八月初跟明娜·希托克结婚。又明娜之妹多拉·希托克跟法文教师胡贝尔订了婚。

② "我们"着重指人类。人、虫豸、天使从欢乐获得的赐与各有不同，三者各得其乐，其乐各异。此处显示其区别。

一个刎颈之交的知己；
赐与虫豸的乃是快感，
而天使则是接近上帝①。

合　唱

你们下跪了，千万生民？
世人啊，是预感到造物主？
他一定在星空上居住，
去星空上界将他找寻！

在那永恒的大自然之中，
欢乐是强有力的发条；
把世界大钟的齿轮推动，
欢乐、欢乐也不可缺少。
她从幼芽里催发花枝，
她吸引群星照耀太空，
望远镜也看不到的天体②，
她也使它们在空间转动。

合　唱

就像在那壮丽的太空，

① 原文"天使站在上帝的面前"，即天使以能与上帝接近为乐，不像人类企求醇酒、爱情与友谊。

② 希腊哲人毕达戈拉斯认为在恒星天界有十个天体（中心火球、两个地球、太阳、月亮和五个行星），转动时发出天体的乐音。

她的天体在飞舞，弟兄们，
高高兴兴地奔赴前程，
像一个欣获胜利的英雄。

她对探索者笑脸相迎，
从真理的辉煌的镜中。
她给受苦者指点迷津，
引向道德的陡峭的高峰。
在阳光闪烁的信仰之巅，
可看到她的大旗飘动，
就是透过裂开的棺柩，
也见她站在天使队中。

合　唱

毅然忍耐吧，千万生民！
为更好的世界忍耐！
在上面的星空世界，
伟大的主会酬报我们。

我们对神灵无以为报，
只要能肖似神灵就行。
即使有困苦忧伤来到，
要跟快活人一起高兴。
应当忘记怨恨和复仇，
对于死敌要加以宽恕。
不要逼得他眼泪长流，

不要让他尝后悔之苦。

合　唱

把我们的账簿烧光！
　跟全世界进行和解！
　弟兄们——在那星空上界，
神在审判，像世间一样。

欢乐在酒杯里面起泡；
　喝了金色的葡萄美酒，
绝望者变成勇敢的英豪，
　吃人的人也变得温柔——
当你们传递满满的酒盅，
　弟兄们，从坐位上起身，
要让酒泡飞溅上天空，
　把这杯献给善良的神！

合　唱

星辰的颤音将他颂扬，
　还有天使的赞美歌声，
　把这杯献给善良的神，
他在那边星空之上！

遇到重忧要坚持勇敢，
　要帮助流泪的无辜之人，

要永远信守立下的誓言，
　对友与敌都待以真诚。
在国王驾前也意气昂昂，
　弟兄们，别吝惜生命财产，
让有功者把花冠戴上，
　让骗子们彻底完蛋！

合　唱

巩固这个神圣的团体，
　凭这金色的美酒起誓，
　对于盟约要矢志不移，
凭星空的审判者起誓！

席勒的朋友刻尔纳

刻尔纳之妻明娜

希腊的群神*

(1788)

当你们还在统治美丽的世界，
　还在领着那一代幸福的人，
使用那种欢乐的轻便的引带①，
　神话世界中的美丽的天神！
那时还受人崇拜，那样荣耀，
　跟现在相比，却有多大的变化！
那时，还用花环给你祭庙，
　啊，维纳斯·阿玛土西亚②！

那时，还有诗歌的迷人的外衣
　裹住一切真实，显得美好，
那时，万物都注满充沛的生气，
　从来没有感觉的，也有了感觉，
人们把自然拥抱在爱的怀中，
　给自然赋予一种高贵的意义，
万物在方家们的慧眼之中，
　都显示出神的痕迹。

---

* 原诗每节八行，每行五步，抑扬格，但第八句为四步。黑格尔在《美学》第二卷第三章对本诗有所论述，可参看。

① 引带：拉着学步孩子用的布带。

② 维纳斯在塞浦路斯岛的阿玛土斯特别受人崇拜，故得此名。

现代学者解释,太阳不过是
　没有生命的火球,在那儿旋转,
那时却说是日神赫利俄斯[①],
　驾着黄金的马车,沉静威严。
曾有个树精在那棵树上居住,
　曾有些山精住满这些山头,
曾有可爱的水神,放倒水壶,
　倾注银沫飞溅的泉流。

那棵桂树[②] 曾挣扎大呼救命,
　尼俄柏[③] 默然化成这块石头,
绪任克斯[④] 曾借那芦苇哀鸣,
　菲罗墨拉[⑤] 曾在这林中悲愁。
那条小河有得墨忒耳[⑥] 的眼泪,
　她为珀耳塞福涅哭得好惨,
这座小山曾听到爱神库忒瑞[⑦]
　呼唤美貌的朋友,唤也徒然。

那时,群神还会从天而降,

---

① 赫利俄斯:希腊神话中的太阳神,为许珀里翁之子。每天驾着四马拉的车子在天空巡行一次。一般把他跟阿波罗混同。

② 达佛涅被阿波罗追上,脱身不得,化为月桂树。

③ 尼俄柏原文作“坦塔罗斯的女儿”,她因七子七女被阿波罗射死,而化为石头。

④ 为山林女神,为潘所追求,化为芦苇。

⑤ 菲罗墨拉在林中被姊夫强奸,后来化为夜莺(一说燕子)。

⑥ 得墨忒耳的女儿被冥王抢去,参看《五谷女神的悲叹》。

⑦ 即爱与美之女神阿佛洛狄忒,她的情人阿多尼斯被野猪冲死。

跟丢卡利翁[①] 的后代朝夕相处，
勒托的儿子[②] 还会拿起牧羊杖，
要把皮拉的美貌女儿们征服。
阿摩[③] 在凡人、天神、英雄当中
为他们撮合，缔结美满的姻缘，
在阿玛同特[④]，凡人、天神、英雄
一同参拜爱神的神殿。

在你们愉快的宗教仪式之中，
消除可悲的克制[⑤]、沉郁的严肃；
每一颗心都要幸福地跳动，
因为幸福者就是你们的亲属。
那时只有美，才被奉为神圣，
天神不会由于欢乐而自惭，
只要贞洁的红颜诗歌女神[⑥]
和美惠女神[⑦] 统治人间。
你们的神庙像王宫一样辉煌，
英雄武士为你们举行竞技，
在摆满桂冠的地峡大会[⑧] 之上，
轰隆的赛车向着目的地飞驰。

---

① 宙斯发洪水消灭人类时，只有丢卡利翁和他的妻子皮拉幸存，成了人类的祖先。
② 即阿波罗。他又被尊为畜牧之神，追求过许多女性。
③ 小爱神。
④ 即阿玛土斯，维纳斯的圣地。
⑤ 指基督教的禁欲主义。
⑥ 指罗马神话中的诗歌女神，相当于希腊神话中的缪斯。
⑦ 赐人欢乐与美的美惠三女神。
⑧ 指古希腊的科林斯地峡竞技大会。

热情洋溢的漫舞，婀娜多姿，
　围绕着富丽堂皇的天神祭坛，
在你们额头上面，香发纷披，
　光荣戴上胜利的桂冠。

酒神杖[①] 挥舞者的欢呼歌唱，
　拉着华丽神车前来的文豹，
报告伟大的欢乐使者[②] 光降，
　羊人和林神在前面蹒跚开道；
酒神狂女[③] 在四周跳个不停，
　用舞蹈赞美他的葡萄美酒，
红光满面的主人就邀请来宾
　喝它一个大醉方休。

那时，没有令人厌恶的骸骨[④]
　走近死者床边。只有守护神
在他弥留时，放下手中的火炬，
　从他嘴上吻去最后的生命。
就是冥府里的严厉的审判，
　也由凡人的后代子孙[⑤] 担任，
特拉刻人[⑥] 的感动人心的哀叹

① 酒神杖又译薜荔杖：在长竿上缠绕常春藤与葡萄枝，竿上装一松实。在酒神节日，从者手里均持此杖。
② 酒神。
③ 酒神的女祭司，狂呼吵闹，故称狂女。
④ 基督教的死神形象。
⑤ 冥府的判官弥诺斯、埃阿科斯、拉达曼提斯都是凡人。
⑥ 指歌人俄耳甫斯，他从冥府索回亡妻。

　　也能感动复仇女神。

在那极乐世界的小树林里，
　　快活的阴魂重新获得欢娱，
忠诚的爱发现忠诚的伉俪，
　　赶车的马夫也能找到道路；
利诺斯① 演奏他那惯奏的曲调，
　　阿得墨托斯② 又获得他的故妻，
俄瑞斯忒斯③ 认出他的旧交，
　　弓手④ 获得英雄的弓矢。

走着辛劳的美德道路的斗士，
　　由于崇高的荣誉而获得力量，
完成伟大事业的杰出人士，
　　可以攀附到幸福天神的身旁。
遇到要求索回死者的英雄⑤，
　　沉默的群神也会对他低头，
一对双胞胎兄弟⑥ 高踞天空，
　　照着航过大海的舵手。

美丽的世界，而今安在？大自然

① 希腊神话中的歌人。被阿波罗用琴打死。他老是弹唱自己的悲歌。
② 阿得墨托斯合该丧命，他妻子阿尔刻斯提斯为他替死，被赫拉克勒斯救回。
③ 俄瑞斯忒斯因弑母发疯，病愈后又认识他的老友皮拉得斯。
④ 菲罗克忒忒斯是杰出的弓手。赫拉克勒斯临死时将自己的弓箭送给他。
⑤ 赫拉克勒斯从冥府索回阿尔刻斯提斯。
⑥ 卡斯托耳和波吕克斯（波吕丢刻斯）为宙斯（或廷达瑞俄斯）和勒达所生的双胞胎，后化为双子星座，成为航海者的保护神。

美好的盛世，重回到我们当中！
可叹，只有在诗歌仙境里面，
还寻得到你神奇莫测的仙踪。
大地悲恸自己的一片荒凉，
我的眼前看不见一位神道，
唉，那种温暖的生气勃勃的形象，
只留下了幻影缥缈。

那一切花朵都已落英缤纷，
受到一阵阵可怕的北风洗劫；
为了要抬高一位惟一的神[①]，
这个多神世界只得消灭。
我望着星空，我在伤心地找你，
啊，塞勒涅[②]，再不见你的面影；
我在树林里，我在水上唤你，
却听不到任何回音！

被剥夺了神道的这个大自然，
不复知道她所赐与的欢欣，
不再沉迷于自己的妙相庄严，
不再认识支配自己的精神，
对我们的幸福不感到高兴，
甚至不关心艺术家的荣誉，
就像滴答的摆钟，死气沉沉，

① 基督教是一神教，只崇拜上帝。而古代希腊则奉多神教。
② 月神。

屈从铁一般的规律。

为了获得焕然一新的明天，
　她在今天挖好自己的坟墓，
岁月总是上上下下地旋转，
　绕着一个永远同样的心轴。
群神悠闲地回到诗歌世界，
　尘世的凡人不再需要他们，
世人已长大，不再靠神的引带，
　可以自己保持平衡。

他们回去了，他们也同时带回
　一切至美，一切崇高伟大，
一切生命的音响，一切色彩，
　只把没有灵魂的言语留下。
他们获救了，摆脱时间的潮流，
　在品都斯[①] 山顶上面飘荡；
要在诗歌之中永垂不朽，
　必须在人世间灭亡[②]。

① 希腊山名。阿波罗和缪斯们的神山。

② 这两句名诗常被引用。例如密茨凯维支在叙事诗《康拉德·华伦洛德》的序中引用过，海涅在叙事诗《阿塔·特罗尔》第二十五章也引用过。

见　面*

(1788)

我还看到她——被围在女性们中间，
她站在那里，华贵得超出大家；
她看上去，就像是太阳一般，
我站得远远的，不敢上前靠近她。
我觉得一种充满快乐的恐惧感，
仿佛看到我面前洒满了光华；
可是，我似乎添上了翅膀一样，
大受感动，急忙把琴弦弹响。

在那一瞬间，我有什么观感，
我歌唱什么，我枉费心机思索；
我在体内发现了一个新器官，
把我心中的神圣的激动诉说；
我的灵魂，它被捆绑了多年，
现在一下子挣脱所有的束缚，
在它的最深处发现一些音调，
神妙地沉睡在其中，出乎意料。

---

* 本诗中描述的女性为夏绿蒂·封·伦格菲尔特(1765—1826)。1790年席勒跟她结婚。评论家说本诗令人想到意大利的诗歌。本诗是席勒诗中具有彼特拉克的甜蜜的特殊风格的惟一一首。

当琴弦已经多时沉默不响，
灵魂终于返回到我的身体里，
这时，我从她天使一般的脸上
看到爱与娇羞斗争的痕迹，
听到她又轻又甜的说话声响，
我倒以为飞来了所有的天使——
哦，只有走近上苍天神的一群，
我才能再听到这种悦耳的声音！

“忠诚的心，陷于绝望而消沉，
谦谦静默，从不敢贸然开口，
他自我隐瞒的价值，我看得分明；
我要对粗暴的命运为忠心复仇，
把上上的签奉送给可怜的人，
只有爱才获得采爱之花的享受。
易于感受而且能还报的有心人，
最美的瑰宝就属于这样的心。”

夏绿蒂·封·伦格菲尔特

诗歌的力量

（1795）

从峡谷里倾泻下骤雨，
　以雷霆万钧之势而至，
崩石跟随着水势流去，
　橡树被冲得连根拔起；
旅人在那里听得发愣，
　怀着充满快感的恐怖，
他听到山间流水之声，
　却不知道它来自何处：
诗泉就像这样地奔流，
永远找不到它的源头。

搓生命线的恐怖女神①，
　诗人跟她们紧密相处，
谁能抵制诗人的歌声，
　谁能破除诗人的魔术？
他像拄着神使的节杖②，
　支配世人的激动的心，

---

① 希腊神话中的三个命运女神。

② 神使赫耳墨斯手持节杖，送死人的阴魂前往冥府是他的职司之一。他的节杖又有魔杖的作用。他也曾把伽倪墨得斯送往天上。

可以带它去幽冥之邦①，
　也能不意地送往天庭②，
或半真半假，将它摇晃，
放在感情的秋千架③ 上。

如果它像个命运巨怪，
　迈着巨人一般的脚步，
充满神秘，以精灵姿态，
　突然走进欢乐的队伍；
大人物都要躬身下拜
　来自另一世界的生人，
一切假面具都扯下来，
　浮世欢乐会沉静无声。
面对获得大胜的真理，
一切虚假全都要消逝。

就这样，诗歌号召一声，
　世人立即把俗务丢开，
奋起直追尊严的精神，
　进入神圣的权力世界；
他就隶属于崇高的神，
　任何污俗也不能接近，
其他权威都不许作声，

① 使心脏僵硬，停止跳动。
② 使心脏愉快活泼地跳动。
③ 变化无常的感情。

　　也不会遇到任何厄运；
只要诗歌的魔力永存，
就没有愁眉苦脸的人。

就像经过绝望的怀思，
　　经过长期分别的苦痛，
挥着悔恨之泪的儿子，
　　重新投入慈母的怀中：
诗歌会领着飘泊的人，
　　脱离殊风异俗的他乡，
恢复幸福的纯洁天真，
　　回到青年时代的住房，
不受冷酷的法规羁绊，
而在自然的怀中取暖。

孔夫子的箴言

(1795)

1

时间的步伐有三种不同：
　姗姗来迟的乃是未来，
　疾如飞矢的乃是现在，
过去却永远静止不动。

它在缓步时，任怎样性急，
　不能使它的步子加速。
它在飞逝时，恐惧和犹疑
　不能阻挡住它的去路。
任何懊悔，任何咒语，
　不能使静止者移动寸步。

你要做幸福、聪明的人，
走完你的生命的旅程，
要听从迟来者的教诲，
不要做你的行动的傀儡。
别把飞逝者选作朋友，
别把静止者当作对头。

2*

空间的测量有三种不同。
　它的长度绵延无穷，
　永无间断；它的宽度
　辽阔广远，没有尽处；
　它的深度深陷无底

它们给你一种象征：
　你要进入完美之境，
　须努力向前，永不休息，
　孜孜不倦，永不停止；
　你要看清世界的全面，
　你要向着广处发展；
　你要认清事物的本质，
　必须向深处挖掘到底。
只有坚持才达到目的，
只有充实才使人清楚，
真理藏在深渊的底部。

* 第二首作于一七九九年。

轭下的飞马

（1795）

在一个马市场上——大概是在草市镇[①]，
那里也有别的商品进行交流，
从前，有个饥饿的诗人，
牵来诗神的飞马出售。

这匹飞马响亮地嘶叫，
神气活现地举起前蹄；
人人都惊叹不已，叫道：
“真是高贵的龙种！只可惜，
一对难看的翅膀使苗条化为丑陋！
它去拉漂亮的邮车倒很适宜。”
他们说，“品种确是少有，
但谁要驾车往空中行驶？
谁肯把钱丢在水里。”
最后，有个农民鼓起了勇气。
他说，“翅膀虽然没有用处；
但可以扎紧，或者剪去，
这样，这匹马拉车就很便利。
我情愿冒一次险，出你二十镑；”

① 英国的市镇。据说从前该处有卖妻者。

卖主非常满意，就廉价出让，
迅速成交。“大丈夫，一句话！”
那汉子随即牵走买进的飞马。

　高贵的动物被套在车上；
它没觉得有部没拉惯的车子，
因此，一心想飞，拼命奔驰，
高贵的怒火烧得它发狂，
竟把车子拉翻在深渊的边上。
“好了，”那汉子想道，“这匹发狂的畜生，
不能再靠它拉车。聪明来自经验。
可是，明天我要送客人，
我要把它套在前面当换班。
这匹活泼的马应能顶替双马；
时间长了，性子就会变化。”

　开始走得很好。它的翅膀很轻，
鼓舞着别的马匹，车子疾行如矢。
但后来怎样？它眼望着浮云，
却不习惯让它的马蹄践踏实地，
很快离开安全的车辙疾行，
改不了它那刚强的本性，
闯过沼泽、湿地、良田和灌木丛林；
邮车的其他马匹全都踉跄不稳，
呼喝也无用，拉紧缰绳也不行，
最后，使旅客大吃一惊，
颠簸了一阵，撞碎的车辆，

抛锚在陡峭的山顶之上。

　　“这真是我意想不到！”
那汉子说着，满脸堆着忧思，
“难道永远不能办到？
瞧吧，要制服这个疯子，
加重它工作，减少它饲料。”
他进行试验。这头漂亮的马匹，
不到三天，就很快落膘，
瘦得不成样子。“办法有了，有了！”
那汉子叫道。“行！我要叫它拉犁，
跟我那头强壮的公牛在一起！”

　　说到做到。牛和飞马在一道
拉着耕犁，看上去真是好笑。
这匹怪兽愤然举起它的前蹄，
尽最后努力，想要高飞远游。
徒然；它的同伴却小心翼翼，
福玻斯① 的骏马只得迁就公牛，
最后，由于吃不消长久的抵抗，
全身的力量都已用尽，
高贵的神马终于不胜忧伤，
躺到地上，在灰尘之中打滚。

　　“该死的畜生！”那汉子怒气冲冲，

① 日神、诗神阿波罗的别名。

高声咒骂，同时抽了它几鞭。
“看来你连耕田都不中用①，
我真受了流氓的欺骗。”

　　这时，当他还在挥着鞭子，
余怒未消，却有个快乐的小伙子，
又灵敏，又愉快，沿着大路走向这边。
他用轻捷的手指弹着齐特拉②，
一条金色的丝带可爱地
绾住他的淡黄色头发。
“朋友，赶着两头好牲口去哪里？”
他老远地向农民喊话。
“飞马和公牛套在一根绳子上，
多好的一对！我请问一下，
你肯借给我骑上片刻时光，
让我试试你的马匹？
注意，你会看到奇迹。”

　　飞马被卸下了犁头，
那位青年微笑地跨到它的背上。
马匹刚感到大师的有把握的手，
它就紧紧咬住马缰，
举起前蹄，炯炯的眼睛发出电光。

① 名马受辱于奴隶人之手，食不饱，力不足，才美不外见，且欲与常马等不可得。席勒此诗可与韩愈《杂说四》参看。

② 齐特拉琴为一种拨弦乐器，仿佛琵琶。

它换了一副堂堂的英姿，
像天仙，像天神，昂然奋起，
突然，像卷起一阵猛烈的狂风，
舒展壮丽的羽翼，直冲云天，
就在一眨眼之间，
飞上蔚蓝的高空[1]。

---

① 这个小伙子不仅是个善相马的伯乐，而且有驭马之能。

理想和生活

(1795)

幸福的天神在奥林波斯山上，
生活就像轻风一样，
　永远澄明、清如明镜而平稳。
尽管日月推移，人世代谢，
他们青春美好的盛开的蔷薇，
　却在永劫之中没有变更。
对于感官享乐和心灵平安，
　世人还忧心忡忡，不知取舍；
但在崇高天神的额头上面
　却闪耀着和谐的光辉。

你想在世间能跟天神一样，
在冥府中得到解放，
　不要采下死园中的果子①！
外表可能使人觉得悦目，
享受的无常之乐却很短促，
　情欲很快就要遁逃消逝。
冥河环绕九圈，也阻拦不了

① 一切官能享乐的世界称为“死园”，因为这个园中的花果都要归于死亡。如沉浸于官能的享乐，就不能进入理想的净土。

　五谷女神的女儿重返阳世；
她拿了果实[1]，所以永远割不掉
　她跟阴曹地府的关系。

那些纺绩命运黑线的天神[2]
只能支配我们的肉身；
　可是，幸福的自然的游伴——原型[3]，
不受任何时间威力的影响，
置身在群神之中，像神一样，
　逍遥于太空中的光明仙境。
你要驾她的翅膀高高飞翔，
　就要把尘世间的忧苦摆脱，
从狭隘、阴沉的现实生活中逃亡，
　进入那座理想的王国！

人类的神姿在那里徘徊流连，
没有一切尘世的污点，
　闪发着完美的青春灿烂的光芒，
就像浮世的阴魂，默默无语，
在冥府恨河之旁悠闲地散步，
　就像永生不朽者从天而降，
没有进入凄凉的石棺之中，

---

① 希腊神话：五谷女神得墨忒耳的女儿珀耳塞福涅被冥王劫往冥府，宙斯下令放回，冥王用计叫她吃了一颗石榴子，因此她不能完全回归阳世，每年必须在冥府居住半年。

② 命运女神。

③ 即柏拉图思想中的“原型”，又译为“理式”。

　而在乐园里面亭亭玉立，
当人世斗争的天秤还在摆动，
　那里已经出现胜利。

芬芳的胜利花冠在那里飘动，
并非要你把战斗放松，
　而是让精疲力尽者消除疲劳。
尽管你们的肌肉渴望小休，
生活还要把你们卷入洪流，
　时间也要拖你们旋转舞蹈。
可是，如果勇气的大胆的翅膀
　垂了下来，感到束缚的苦恼，
那么，你就看看“美”的山上，
　能飞达的可喜的目标。

如果需要去保卫，争取统治，
战士和战士互相争持，
　在幸福和荣誉的路上冲杀，
也许因力量不济而丧失胆量，
战车发出嘎吱断裂的声响，
　战场上飞起一阵滚滚的尘沙。
这儿，只有勇气能赢得奖品，
　它在竞车场的决胜点招手，
只有强者能够征服命运，
　弱者总要居于人后。

可是生命的洪流，为岩礁阻拦，

虽然冲得怒沫飞溅，
　如果流过“美”的荫凉的寂境，
就会显得平稳而且和缓，
在它镶着银边的轻波上面，
　会映照着曙光、晚星的面影。
获得满足的欲望在这里安憩，
　融化成温存的互相爱慕，
跟优美自由自在地结合在一起，
　敌意就会完全消除。

如果创造精神孜孜不倦，
要跟物质打成一片，
　要把顽石造型而赋予生命，
那时，就要使辛勤的神经紧张，
就要坚持不懈，集中思想，
　才能使物质要素俯首听命。
只有严肃认真，不怕费力，
　才能听到深藏的真理的泉流，
大理石的脆面，经过凿子
　重力敲凿，才化刚为柔。

可是，要向“美”的化境迈步，
尽让你的一番辛苦
　和被它征服的材料同归尘埃。
眼前惊看到纤巧轻松的雕像，
就像从无之中跳出来一样，
　不像辛苦经营出来的石块。

一切斗争，一切怀疑之心，
　都因胜利的确定而默然无语；
能显示人类缺陷的一切证明
　都完全被扫荡无余。

你们如带着人类可悲的弱点，
站到伟大的法则面前，
　如果罪孽面对神圣的法则①，
你们的道德会因真理的光芒
而趋于灰暗，拿行动对照理想，
　会使勇气丧失而面带愧色。
任何创作者不能到达这目标，
　在这万分恐怖的深渊之上，
没有舟楫可通，没有架桥，
　没有可以抛锚的地方。

可是，如能超越感官的限制，
遁入思想自由之地，
　恐怖的幻影就会消逝于无形，
永远的深渊就会化险为夷；
你能采纳神意作你的意志，
　神就会离开宇宙宝座而降临。
法则的严酷的枷锁只是束缚
　那种蔑视法则的奴隶根性；
随着人类的抵抗宣告结束，

① 指康德的真理与道德的理想。

神的威严也会消隐。

当人类的苦难将你们包围，
当拉奥孔① 抗拒大蛇、
忍受那种不可名状的苦痛，
让人类起来反抗！让他的悲叹
一直传到高高在上的苍天，
扯碎你们富于情感的心胸！
让本性的绝叫获得胜利，
让喜悦的面颊变得发青，
让你们内心中的不灭的精力
终于敌不过神圣的同情！

可是，在那开朗的理想境域，
纯洁的原型居住之处，
不再听到哀号的凄风狂吹。
这里，不再有痛苦刺伤灵魂，
这里，不再看到烦恼的泪痕，
这里只有精神的勇敢的自卫。
这里，平静的晴空非常可爱，
透过忧伤的黑纱闪闪发光，
就像虹霓女神的绚烂的虹彩
映在雨云水滴之上。

① 为阿波罗神庙的祭司，因为他劝阻特洛亚人勿中木马之计，受到神罚，他和他的两个儿子被大蛇盘死。

从前，赫拉克勒斯屈身为奴①，
历尽人生艰苦的道路，
　曾经进行永无止境的战斗，
他曾大战水蛇②，抱住狮子③，
为了把他的朋友④ 救出阴司，
　敏捷地登上渡鬼的小舟。
不肯罢休的女神⑤ 要尽伎俩，
　把一切尘世重荷，一切困苦，
降到甘心忍受的冤家的肩上，
　直到他的生涯结束——

直到这脱去浮世衣衫的神，
在火焰中超脱人身⑥，
　把太空中轻快的空气吸啜。
他对这新鲜的飞升感到高兴，
听凭尘世浮生的沉重的梦影
　一直往下方坠落、坠落、坠落。
奥林波斯的和谐的天乐之声

---

① 赫拉克勒斯因杀死伊菲托斯，寻求赎罪，卖身为奴，在吕狄亚女王翁法勒的宫中服劳役。

② 赫拉克勒斯的第二次冒险：杀死勒耳那沼泽中的水蛇许德拉。

③ 赫拉克勒斯的第一次冒险：杀死涅墨亚森林中的狮子。他紧抱着狮子的脖颈，将它勒死。

④ 庇利托俄斯想抢走冥后，被冥王定罪，将他和忒修斯禁闭在阴司，绑在岩石上。赫拉克勒斯渡过冥河去援救他们。

⑤ 赫拉克勒斯是宙斯和阿尔克墨涅所生。宙斯的正妻赫拉对情敌所生之子视若眼中钉。

⑥ 赫拉克勒斯后来听从神谕，在俄忒山上叫人点起柴堆，将他活活火葬。霎时雷电交加，降下一朵彩云，将他迎上天去。

欢迎超凡入圣者升天归位，
面颊红得像蔷薇一样的女神[①]
嫣然向他献上酒杯。

① 天后赫拉最后跟赫拉克勒斯和解，把生女青春女神赫柏给他为妻。

理　　想

（1795）

你[1] 要不忠地跟我分离，
　带走你的美妙的幻想、
你的痛苦和你的欢喜，
　无情地跟我天各一方？
逝者啊，难道无可挽留，
　哦，我一生的黄金时代？
徒然伤逝，瞧你的奔流
　匆匆奔赴永恒的大海。

明朗的太阳已经落山，
　曾把我青春之路照亮；
理想[2] 也已经烟消云散，
　曾使我陶醉的心欢畅；
对于梦想产生的实体，
　我已失去可喜的信念，
过去理解为神圣美丽，
　已被冷酷的现实摧残。

---

① 富于梦想的青春时代。

② 青年时代的梦想。

就像从前皮格玛利翁[1]，
　拥抱住石像，发出愿心，
等她冷冷的面颊绯红，
　顽石终于涌现出感情，
我也怀着青春的想望，
　热情洋溢地拥抱自然，
等她靠着诗人的胸膛
　开始呼吸而感到温暖，

分享我的如火的激情，
　沉默的自然找到言辞，
回报我以热爱的亲吻，
　了解我的内心的意思；
那时，由我生命的反响，
　无灵魂者也有了感情，
我听到银泉淙淙的歌唱，
　树木、蔷薇也栩栩如生。

临产的宇宙，正在拼命
　扩张我的狭小的胸膛，
它要钻出来，获得生命、
　活动、语言、形象和音响。
当它还处于含苞状态，
　这个世界造型多伟大；

① 希腊神话中塞浦路斯王，曾造一尊大理石女像，恳求阿佛洛狄忒赐与生命而娶之为妻。

可是，它的花开了出来，
　却是多么渺小而贫乏！

这个青年跳进了世途，
　鼓起勇猛无畏的翅膀，
毫无束缚，无忧而无虑，
　只陶醉于梦境的幻想。
他奋翅翱翔，大展鸿图，
　飞近太空最淡的星边，
直达羽翼能飞到之处，
　无法再高，也无法再远。

他扶摇直上，多么轻飘，
　幸运儿还有什么困难！
快乐的旅伴翩翩舞蹈，
　走在人生大车的前面！
幸福拿着金色的花环，
　爱情带来可喜的酬赏，
荣誉捧着群星的冠冕，
　真理映着灿烂的太阳。

可是，唉！刚刚走到半路，
　这些旅伴就已经消失，
他们不忠地各自却步，
　一个接一个背道而驰。
幸福轻捷地逃之夭夭，
　求知欲无法如愿以偿，

怀疑的乌云油然涌到，
　它们遮住真理的阳光。

看到荣誉的神圣花冠，
　被庸人戴着，受到亵渎，
可叹春光是如此之短，
　爱的良辰过得太迅速！
我在荒芜的路上逍遥，
　越来越觉得寂漠荒凉；
昏暗的道路，再看不到
　射出微弱的希望之光。

那些熙熙攘攘的旅伴，
　有谁亲密地厮守着我？
有谁给我安慰和支援，
　随我同去冥府见阎罗？
温柔轻快的友谊之手，
　你能把一切创伤治好，
你能分担人生的忧愁，
　我早已寻你，将你找到。

还有你，你跟友谊交好，
　像她一样，使心灵轻快，
工作啊，你不知道疲劳，
　你慢慢完成，从不破坏，
你在建造永恒的宫殿，
　虽是一粒一粒地聚沙，

却从时间的账册里面，
　划掉分秒、时日和年华。

赛伊斯[*]的蒙着面纱的神像

（1795）

　一位青年，由于热烈的求知欲
驱使，来到埃及的塞伊斯，研究
埃及祭司的秘传教义，他已
通过了好多阶段，孜孜不倦；
钻研的劲头迫使他步步深入，
这位躁急的求知者，圣师很难
使他满足。“如果没完全弄通，
这算懂得了什么？”青年说道，
“知识难道还可以或多或少？
你的真理，难道像感官享乐，
像一笔款子，可以有时多些，
有时少些，永远放在手里？
它不是只有一个，不可分割？
从和声中去掉一个音响，
从虹彩中去掉一种色彩，
只要美丽的万有缺音响、缺色彩，
留下的一切，就等于一无所有。”

---

* 在埃及尼罗河三角洲的古都，古时就是祭司求学之处。也有希腊的哲人在该处跟埃及的学者们交往。席勒本诗系属于晚后的希腊传说。原诗每行五步，抑扬格，不押脚韵。

有一次，他们悄悄地站在一座
沉寂的圆形寺庙里，这样交谈，
一尊蒙着面纱的巨大神像
突然映现在青年眼里。他显得
非常惊奇，望着导师问道：
“在这幅面纱后面藏着什么？”——
回答是“真理”。——“怎么？”青年叫道：
“我惟一追求的乃是真理，难道
这就是人们对我蒙蔽的真理？”

“请你去跟神道讨论，”圣师
回答说，“任何凡人，神说，不能
移动这面纱，除非我亲自揭起。
谁要是用他亵渎的、有罪的手
预先揭起这禁止移动的圣物，
那么他，神说”——“怎么？”——“就看到真理。”——
“这真是一种奇怪的神谕！你自己，
大概从来没有把它揭起过？”——
“我自己？真个没有！我也从没有
想过。”——“我真不懂。既然只有
薄薄的隔膜将我跟真理隔开”——
“这层薄纱，”导师打断他话头，
“是一条法规，弟子，比你想象的
要重得多——对于你的手虽然
很轻，对你的良心，却重达千钧。”

青年左思右想，回到住处；

如焚的求知欲望使他不能
成寐，他在床上辗转反侧，
一到半夜，忽然跳起。不由
自主地怯生生地溜往寺庙。
他非常轻而易举地爬上墙头，
纵身一跳，这个大胆的冒险者，
就进入了圆形寺庙的院中。

这个孤独者站在那里，四周
一片恐怖，笼罩着死样的沉寂，
只有他的脚步声在那神秘的
墓穴之中引起空洞的回响。
月亮从上方、圆顶的天窗外面
射进苍白的、银灰色的光辉，
那座罩着一幅长纱的神像，
在圆寺的阴暗处闪闪发光，
森严可畏，就像真神一样。

他走近前去，脚步有点不稳，
大胆的手已快要触着圣物，
忽然全身发抖，热一阵，冷一阵，
好像有无形的手把他推开。
不幸的人，你要干什么？有个
忠实的声音在他内心里叫着。
你要试探最神圣的禁物？
神谕宣示过，任何凡人不能
移动这面纱，除非我亲自揭起。

可是,同样的神谕不也补充说:
谁揭起这面纱,就会看到真理?
“不管后面是什么！我要揭起它。”
他大声叫着:“我要看真理。”看吧!
传来一阵嘲笑的长久的回声。

他说罢,就把那幅面纱揭起。
你们要问:“他到底见到什么?”
我可不知道。第二天,祭司们看到他
失去知觉,面色苍白,直挺挺
躺在伊西斯[①] 神像的台座旁边。
他在那里见到、碰到的一切,
从没从他嘴里透露过。他那
一生的愉快就此永远消逝,
深度的忧伤过早地送他入墓。
如果有性急的人苦苦地问他,
他就做出郑重警告的回答:
“通过犯罪寻求真理者,该倒楣!
真理永远不会再使他高兴。”

① 古埃及神话中司婚姻、生育繁殖、农业的女神。她是太阳神俄西里斯的妹妹和妻子。希腊人把她跟智慧女神雅典娜和农业女神得墨忒耳等量齐观。

散　步

（1795）

祝福你，我的山，你那红光映照的峰顶！
　祝福你，和蔼地照耀山峰的太阳！
祝福你，苏醒的原野，你们，沙沙的菩提树，
　在树枝上面摇晃的快乐的鸣禽，
还有你，平静的蓝天，你倾泻无限的天光，
　笼罩着褐色的群山、碧绿的森林，
也笼罩住我，我终于逃出书斋的牢笼、
　狭隘的清谈，欣然逃到你这里。
你那四溢的香气沁入我的心脾，
　强烈的明光使我眼目清新。
繁盛的原野闪耀着千变万化的色彩，
　斗艳争妍，却融成优美的一体。
草原铺着辽阔的地毯爽气地欢迎我，
　亲切的绿野蜿蜒着乡村的小路。
忙碌的蜜蜂绕着我嗡嘤，蛱蝶扇动着
　犹豫的翅膀飞绕红艳的苜蓿。
太阳的金箭灼人地直射，没一点微风，
　只有云雀的歌声在晴空飘荡。
忽然，附近的丛林飒飒作响；赤杨
　低垂着树冠，银灰的野草在波动；
甘美的夜色围住我；成荫的榉树的华盖

　把我迎接到芬芳的清凉世界。
景色突然消失在森林的隐秘之处，
　一条蜿蜒的小路引导我上升。
只有从枝叶缝隙之间偷偷地露出
　零落的光辉，蓝天向里面笑望，
可是，帷幕突然揭起。敞开的森林
　出其不意地送回炫目的昼光。
在我的眼前，展开一望无边的远景，
　雾霭的世界被一带青山阻断。
在我脚下，直削下去的山麓深处，
　流过明镜一般的碧绿的山溪。
上上下下，都看到茫茫无尽的碧天①。
　仰看要晕眩，俯视也战战兢兢。
可是，在这永恒的高空深谷之间，
　有一条装着栏杆的安全的小路，
丰饶的河岸从我的身边含笑地溜过，
　绚烂的山谷炫耀着愉快的勤劳。
瞧那些划分农民田产的一条条界线，
　是五谷女神编织成原野的地毯。
是维护人类的女神② 留下的亲切的典章，
　自青铜时代③ 看不到爱情以后！
可是在整齐的田亩上面，蜿蜒交错着

① 碧天映在明镜似的水中，故下望也看到碧天。

② 五谷女神得墨忒耳划分阡陌，建立典章秩序，保护农民，故称为维护人类的女神。

③ 继黄金时代、白银时代以后的第三纪人类，称为青铜的人类。他们残忍粗暴，互相残杀。

R.S.

通达各地的大道，像一条光带，
时而没入森林里，时而攀上了山坡；
平坦的河上驶过一排排木筏。
繁茂的原野里传来各样的羊铃之声，
孤寂的牧人的歌唱唤起了回响。
河岸边点缀着可爱的村庄，有的隐没在
林中，有的高踞在山脊上面。
人类还跟田亩和睦地聚居在一起，
宁静的田野围着朴实的农舍。
葡萄藤亲密地爬上他们的低矮的窗户，
树木的环枝拥抱着他们的茅屋。
幸福的乡民！你们还不懂争取自由①，
还欣然跟田野共守狭隘的旧规。
循环的安稳的收获限制你们的愿望，
在日常工作中消磨平静的浮生！
可是，谁突然劫走这种美景②？异样的
精神迅速弥漫于异样的原野。
刚才亲密结合的，又在脆弱地分离，
只有同类的，跟同类并列在一起③。
我看到等级的形成④，高傲的白杨氏族
显现出整齐的壮观，雍容华贵。
一切有规则，有淘汰，一切都具有意义；

① 此处的自由是跟自然对立而言。

② 从朴素的田园风光突然转向远方城市的文明世界。

③ 在农村里树木、田野、牧场、菜园都亲密无间地混杂在一起。在城市里却同类相聚。田亩、树木、花园都各自分离。

④ 植物世界变成人类生活的缩图，体现出人类生活中的等级形成。

　一长列仆从预示出它们的支配者[①]。
辉煌的圆屋顶远远地炫耀着主人的存在，
　从岩石中心兴起了巍然的城市。
林中的羊人受排挤，被赶进荒野[②]，宗教
　虔诚却赋予石头更高的生命[③]。
人与人越来越接近。外界越来越狭，
　活动更频繁，内心世界更不宁。
瞧那儿，火热的斗争发挥出钢铁的力量，
　竞争的成效很大，团结更生效。
千万双手受一种精神鼓舞，千万人
　胸中燃烧着一种感情，跳动着
同一颗心，为祖国跳动，为宗法鼓舞；
　在这儿地下长眠着尊敬的祖先。
幸福的群神从天而降，他们都在
　奉祀的地区获得庄严的住所；
他们来赠送高贵的礼物：刻瑞斯[④] 首先
　赠送耕犁，赫耳墨斯送铁锚[⑤]，
巴库斯[⑥] 送葡萄，密涅娃[⑦] 赠送橄榄树嫩枝，
　波塞冬[⑧] 也把威武的骏马牵来，

① 植物必须适应规则，经过淘汰，成为人类的奴仆，服从支配它的人类。在德国，看到白杨的林荫路，就表明接近城市。
② 城市占据了森林地方，林神羊人不再受人崇拜。
③ 石头被用来建筑教堂，雕刻神像。
④ 五谷女神。
⑤ 赫耳墨斯为商业之神。船锚为海上贸易的象征。
⑥ 酒神。作为种葡萄的始祖。
⑦ 希腊名雅典娜，为雅典的守护神。她把橄榄树枝送给雅典。
⑧ 海神。他把马匹送给雅典。

大神母库柏勒[①] 驾着狮子拉的车子
　以市民身分进入好客的城门。
神圣的石城！从你处涌出人类的移民，
　到海外诸岛传授道德和技艺，
在拥挤的城门前，贤士们进行审判[②]；
　英雄们[③] 为了保卫家乡而出征。
怀抱婴儿的母亲们登到城墙上面，
　她们目送着征人消逝在远方。
然后，俯伏在天神的祭坛之前祈祷，
　为你们祈祷荣誉、胜利和凯旋。
你们光荣了，胜利了，但只有荣誉归国；
　感人的石碑记载你们的战功：
“行人啊，你如去斯巴达，请传告，你曾目睹
　我们在这里安息，没违背法令[④]。”
亲爱的人们，安息吧！你们用鲜血灌溉的
　繁茂的橄榄树[⑤] 已欣然结出佳果。
自由的贸易盛行，人人各享其所得，
　蓝发的海神在芦苇丛中招手[⑥]。
树干上响起丁丁的斧声，树精在长叹[⑦]。

---

① 她教人兴建城市，给人类带来文明。

② 指古代风俗：在城门附近的广场上进行审判。

③ 指斯巴达三百名勇士。公元前四八〇年，他们在勒俄尼达斯领导下，抗御波斯军而在德摩比利山峡中牺牲。

④ 德摩比利（温泉关）的斯巴达烈士墓墓铭，为诗人西摩尼德斯名句。参看希罗多德《历史》。

⑤ 和平的象征。

⑥ 海神指波塞冬，他的头发映着海水，故成蓝色。招手指邀人航海经商。

⑦ 树木遭到砍伐，树精失所凭依，亦随树而亡。

　　伐倒的大树轰轰地从山顶滚落。
石坑的石块，被杠杆举起，摇摇晃晃；
　　矿工钻到山下的深谷之中。
锻冶神① 的铁砧跟铁锤合拍地齐鸣，
　　在铁拳之下飞迸出钢铁的火花。
金色的麻线绕着跳动的纺锤闪光，
　　织布梭弹着棉线弦唧唧作响。
领港人远在泊船处叫喊，载着本国
　　货物的船舶正等着开往外国；
也有远洋货船洋洋得意地开来，
　　高耸的桅杆上飘着华丽的花环。
市场上熙熙攘攘，起重机忙个不停，
　　惊奇的耳朵听到稀奇的语言。
商人的货栈堆满了世界各地的产品，
　　烈日照射的非洲土地的出产，
阿拉伯食品、极远的图勒② 供应的土产，
　　阿玛尔忒阿把羊角装满了珍爱品③。
于是幸福配才能，生下神圣的子女④，
　　欢乐的艺术吸吮自由之乳成长。
雕刻家以栩栩如生的作品使人悦目，
　　石头被凿出生命，通灵而能言。

---

① 乃赫淮斯托斯的别名，罗马名武尔康。

② 古代人理想中的极北之岛。

③ 宙斯在婴儿时由山羊哺乳，长大后报恩，使山羊变为仙女，名阿玛尔忒阿，并赠以宝角，想到什么，角中就会装满。

④ 指下文欢乐的艺术（给人类创造欢乐的艺术）：雕刻、建筑、诗歌、音乐等。

爱奥尼亚式纤巧的圆柱① 支撑住屋顶，
　万神殿包括了整个奥林波斯。
桥架横越过汹涌的大河，像虹霓女神
　跳过太空，又像离弦的羽箭。
而在沉静的书斋里，哲人在沉思，设计
　奥妙的图形②，探究创造的精神，
试验物质的强力③，观察磁铁的爱憎④，
　研究空气的传声，大气的透光，
通过偶然的奇迹探寻可靠的规律，
　透过现象探寻静止的终极。
文字给沉默的思想赋予血肉和音响，
　立说的纸张⑤ 使它耐得住时劫。
于是，惊讶的眼前，消散了妄想的迷雾，
　黑夜的形象⑥ 在白日之前隐退。
人类粉碎了枷锁⑦。幸福者！恐怖的枷锁
　断了，可别也扯断羞耻的缰绳！
理性要自由，无限的欲望也高呼要自由，
　他们放纵地挣脱神圣的自然。
在岸边叫他们警惕的锚索被暴风吹断，

① 爱奥尼亚人是希腊民族的一支，在古代居小亚细亚西岸。他们神庙中的圆柱以纤巧的装饰为其特色。

② 研究宇宙的科学和数学等。

③ 物质的化学性质。

④ 物质的吸引和排斥现象。

⑤ 书籍。

⑥ 迷信与无知。

⑦ 精神文明使人类获得自由。

　汹涌的狂涛猛烈地攫住他们①；
他们被卷入无底的深渊，看不到海岸，
　无桅杆的船漂在波峰之上；
不变的北极星在云后消隐②，无一幸存，
　甚至胸中的神灵③ 也茫然若失。
谈话没真话，生活没有信仰和忠诚，
　甚至在发誓之时也口吐谎言。
契友的心中，秘密的爱情，也被谗佞
　钻进，使朋友跟朋友互相猜忌。
背叛露出贪婪的眼光睨视着纯洁，
　诽谤者用他有毒的牙齿咬人。
无耻的胸中的思想可以被收买，爱情
　抛去了自由感情的神圣的高贵。
真实啊，你的神圣的标志④ 已被欺诈
　霸占，自然的高贵的声音被亵渎，
贫乏的心在欢乐冲动时将它虚构；
　沉默也难以表示真正的感情。
讲坛⑤ 上侈谈权利，和睦却躲在茅屋里，
　法律的幽灵侍立在王座之旁。
这种木乃伊⑥ 可以保持千百年之久，
　栩栩如生的假象可经久不变，

① 脱离高贵的精神本性而陷入情欲的洪流之中。
② 人类失去了指路明星：宗教和良风善俗。
③ 良心。
④ 指表情、声调、悲喜的眼泪、握手、友谊的接吻等。
⑤ 法庭。
⑥ 一切真实生活都已消失的国家。

直到本性苏醒，直到危急的时代[①]
　伸出铁手，摇撼这空心的建筑，
像一只雌老虎，冲出铁格子牢笼，突然
　恐怖地想起努米底亚[②]的森林，
人类燃烧着犯罪、苦难的怒火站起来，
　在城市废墟中寻找失去的自然。
啊，城墙，打开吧，让这些囚徒获得自由！
　让他们逃生，回到被弃的原野！
可是，我在哪里？路断了。险峻的豁谷
　张开大口，阻拦住进退的道路。
花园、绿篱，这些密友，都抛在身后，
　人类活动的痕迹也背离了我。
只看到堆积着素材，这是生命的胚胎，
　粗坯的玄武岩等着雕刻的妙手。
急湍穿过岩石的裂缝哗啦啦冲下，
　在树根下面愤怒地打开了出路。
这儿荒凉而凄寂。漠漠的空中只有
　苍鹰在飘浮，将天地结合在一起[③]。
没有鼓翼的轻风载着人间苦乐的
　远隔的音响传送到我的高处[④]。
我真是孤独？自然啊，我又投入你怀抱，
　靠在你心头，刚才只是个幻梦，

① 革命爆发。
② 北非古代王国。
③ 苍鹰从地上飞起，升入云中，仿佛将天和地结合起来。
④ 尘世的声音传达不到诗人立足的高处。

它以人生的恐怖形象[①] 凄然攫住我，
　这噩梦已沿着陡峭的深谷沉坠。
我从你纯洁的祭坛上收回更纯的生命，
　收回青春有为的快活的勇气。
意志的目标和规律虽永远在变，
　行动的形式却永远反复循环。
可是，虔敬的自然，你总是恪遵古法，
　永远年轻，你的美不断变化！
孩提时代、青年时代对你的信任，
　你都替成人保持在可靠的手里，
不同的年龄，都受到你同样的哺育；
　在同样的碧空下，同样的绿野上，
远远近近的世代的人们都联袂同游，
　荷马的太阳，也对着我们微笑。

① 指前面描写的豁谷深渊。

大地的瓜分

（1795）

“把世界领去！”高踞天上的宙斯
　吩咐人类，“世界要属于你们。
作为继承的遗产，永久的采邑；
　你们要去和睦地瓜分。”

有手的人，都去匆匆地部署，
　老老少少，各自忙碌不停。
农夫赶往田间去抢收谷物，
　狩猎的贵族驰往森林。

商人看中的，是要充实仓库，
　修院院长选中贵重的陈酒。
国王封锁一切桥梁和公路，
　说道：“什一税归我征收。”

一切早已分妥，才看到诗人
　打从遥远的地方姗姗来迟；
可叹，到处都已是一无所剩，
　一切都有了它的主子。
“倒楣！我是你的忠实的儿子，
　难道单把我一人丢在一边？”

他于是拉开嗓子，唉声叹气，
　跪到宙斯的宝座之前。

“如果你在梦乡里因循坐误，”
　天神回道，“就不能将我埋怨。
当瓜分大地之时，你在何处？”
　诗人说道：“我在你身边。

我的眼睛凝视着你的面庞，
　我的耳朵听你的天乐之声；
请原谅我的心灵，被你的天光
　迷住，竟然忘记了凡尘！”

“怎么办？”宙斯说道——“世界已交出，
　我不再拥有田地、森林和市场。
你如想到天上来跟我同住，
　就请常来，总会为你开放。”

诗人的告别*

(1795)

诗人不吭声。脸上泛出了红晕，
他的双颊仿佛年轻的小姑娘，
他走到你的面前，接受鉴定，
他毫无所惧，懂得尊重对方，
他希望获得内行赞许的掌声，
实事求是，不惑于表面的假象。
谁的心对美具有强烈的接受感，
他才配给诗人戴上荣誉的桂冠。

这些诗歌不愿意再存在下去，
除非其歌声能娱悦多感的心，
用些更美的幻想将心儿裹住，
使它净化成更加高尚的感情；
诗歌并不想传之后世而常驻，
它只是随着时间而消长升沉。
它的诞生出于瞬间的兴致，
而在时序的曼舞之中消逝。

---

* 本诗诗题为 Sängers Abschid。有的版本中题为 Abschied Vom Leser(向读者告别)，置于书尾，列入一八〇四年之作。

春天醒来了,在暖洋洋的牧场上
朝气蓬勃地爆出快乐的生命,
灌木给空气注入甘露的清香,
天空充满了快乐的合唱歌声,
老老少少都走到户外徜徉,
竭尽耳目之娱纵情欢腾。
春天去了！花谢了,结出种子,
随春天同来的一切全都消逝。

警 句 诗*

摇篮中的婴儿

(1795)

幸福的婴儿！摇篮还是你无限的空间。
长大了,无限的世界就变成狭隘。

俄 底 修 斯

(1795)

海洋全阻挡他的归路,俄底修斯,
斯库拉狂吠,卡律布狄斯① 险阻,
他逃过敌意的大海的恐怖,陆上的恐怖,
迷误的航行甚至领他去冥府②。
最后,命运把沉睡的他带回伊塔刻③,
他醒来,却凄然不认识他的祖国。

---

* 警句诗,又译“箴言诗”或“讽刺短诗”。根据柏林建设出版社编排体例冠以此总题。以下一束小诗用悲歌诗体写成,即单行为六步句,双行为五步句。

① 斯库拉和卡律布狄斯是两个峭岩的岩洞中的怪物,参看荷马《俄底修斯之歌》(又译《奥德赛》)第十二歌。

② 《俄底修斯之歌》第十一歌叙述他的冥府之行。

③ 希腊西海岸的岛名。

播　种　者

(1795)

瞧你满怀着希望把良种交给大地，
　等待它们到来春欣欣地萌芽。
你只想在时间犁沟里播下智慧的种子——
　事业，让它悄悄地永久开花？

哥　伦　布*

(1795)

航行吧，勇敢的航海者！听凭机智嘲笑你，
　听凭舵手垂下懒洋洋的手。
永远向西！那儿一定有海岸出现，
　它在你的慧眼中清楚地闪光。
信任指点的上帝，航过沉默的海洋！
　它虽未露面，却已从波中升起。
大自然跟守护神灵永远结成同盟，
　一个答应了，另一个定要去实现。

* 哥伦布为意大利人，在西班牙供职。一四九二年十月十二日航海抵达北美巴哈马群岛，被称为发现新大陆者。

宙斯对赫拉克勒斯说

(1795)

并不是我的神酒使你获得神力，
　是你的神力获得我的神酒。

不　　死

(1795)

你对死感到害怕？你想要永生不死？
　去活在整体中！你去世，它还永存。

神的显现

(1795)

我碰到幸福的人，我就忘记了天神；
　我看到受苦者，天神就来到我面前。

可　敬　者

(1796)

要永远珍视整体！我只能重视个别；
　我总是在个别之中观看整体。

危险的研究欲

（1796）

哦，真理添了多少新敌人！我感到痛心，
　我看到猫头鹰一族都拥向光明。

青春之泉

（1796）

相信我，不是神话：真有个青春之泉
　在常流。你问，在哪里？在诗艺之中。

希望和实现

（1796）

青年人扬起千帆航行在大海之上；
　老年人乘着破船驶回海港①。

共同的命运

（1796）

我们仇视、争吵，因爱恶不同而分手；
　可是，我们的两鬓都一样成霜。

① 黑格尔在《美学》第二卷《序论总论象征型艺术》中曾引用此两行为例。

价值和尊贵

(1796)

你如果有什么,分给我,我出相应的代价;
你如果了不起,我们就交换灵魂。

有　　赠

(1796)

把你所知者告知我;我将感激地恭听。
可是,你谈你自己;算了吧,朋友!

现在这一代

(1796)

从前也都像现在?我不能理解这一代。
只有老年人年轻,而青年已衰老。

锁　　钥

(1796)

你要认识你自己,就去看别人的举动。
要了解别人,就窥看你自己的心。

智慧和明智

（1796）

朋友，你要飞登智慧的最高的峰顶，
　你就去冒险，别管“明智”嘲笑你。
近视者只看到你在高飞时离去的海岸，
　你大胆飞翔的着陆地，他不能看见。

一　　致

（1796）

我们都寻求真理，你从外界的生活，
　我从内心，彼此都肯定会找到。
眼力健全，就会在外界遇到创造主；
　有健全的心，内部会反映出世界。

我的信仰

（1796）

我信什么教？你举出的宗教，我一概
　不信。——为什么全不信？——因为我有信仰。

朋友和敌人

（1796）

朋友可贵，敌人也有用：朋友指点我

能做什么，敌人教我该做啥。

康德及其解释者

（1796）

一个富人竟然能养活这许多乞丐！
　国王们造宫室，手车夫就忙碌起来。

科　　学

（1796）

有的人当她是高贵的女天神，而另一些人
　当她是供应黄油的有用的母牛。

玩耍的孩子

（1796）

孩子，在妈妈膝上玩耍吧！神圣的岛上，
　烦恼寻找不到你，忧虑寻找不到你，
妈妈的手臂慈爱地抱紧你，面临深渊，
　你天真无邪地俯看着漂浮的坟墓微笑。
玩耍吧，可爱的小天真！你还生活在乐土中，
　自由的天性只是听从快活的本能，
饱满的精力还造出虚构的条条框框，
　虽然心有诚意，还缺少责任心和目的性。
玩耍吧，消瘦、认真的工作就要临头了，
　受到控制的义务缺少乐趣和情调。

人生的把戏

（1796）

你想对我的戏箱里观看？
人生的把戏，小型的世界，
就会在你的眼前展开；
但不可站得太近观看，
你必须借助爱的烛光，
小爱神的火炬观看。

看吧！戏台永不会空荡荡：
它会带着孩子登场，
男孩跳跃，少年涌了过来，
大人争斗，什么都敢作敢为。

人人都碰碰他的运道，
可是跑道狭窄不堪；
车轮滚动，轮轴像火烧，
勇士一马当先，胆怯者落在后边，
骄傲者跌倒，让人笑话，
精明者超过大家。

妇女们站在围栏边看着他们，

伸出美丽的手,露出温柔的眼神,
对胜利者送上她们的谢忱。

异国的姑娘[*]

（1796）

在山谷中，到初春时光，
听到第一只云雀飞啼，
就有个美丽神奇的姑娘，
来到贫苦的牧人那里。

她并非在这山谷中出生①，
谁也不知道，她来自哪里；
一旦这姑娘告别众人，
她的踪影就很快消逝。

她一来到，就使人欣慰，
大家都感到衷心欢喜，
可是有一种崇高和尊贵，
使人们无从跟她亲昵。

她带来鲜果，带来鲜花，
那是别处地方的出产，
生在另一种阳光之下，

---

* 诗歌的拟人化。舒伯特曾为本诗谱曲。

① 她是完美的理想之邦的产物。

更加优良的大自然里面。

她给每个人都有奉赠，
给这位赠果，给那位送花；
不论少年和拄杖的老人，
谁都携带了礼物回家。

任何宾客都受她欢迎；
特别是一对情侣走近她，
她就要赠送最好的礼品，
给他们送上最美丽的花。

酒神颂歌*

（1796）

相信我，天上的群神从不会
单独光降。
我刚刚迎来快活的巴库斯①，
微笑的小阿摩② 就跟踪而至。
堂堂的福玻斯③ 也立即出场。
　天上的群神都来聚会，
　我真感觉到蓬荜生辉。

我这个凡俗人，该怎样招待
诸位天神？
赐与我你们的不朽的生命，
天神啊！凡俗人有什么孝敬？
请带我向奥林波斯山飞升！
　欢乐只住在朱庇特宫中；
　请给我神酒，请给我酒盅！

---

* 席勒戏剧《华伦斯坦》的英译者、湖畔诗人柯勒律治曾拟作本诗，收在他的诗集之中。

① 酒神。

② 爱神。

③ 诗神，又是日神，即阿波罗。

把酒盅交给他，给诗人斟酒，
斟吧，赫柏[①]！
用天露润湿他一双眼睛，
让他看不见恨河[②] 的惨景，
却觉得有天神跟他同在。
　天泉的珠泡潺潺地鸣响，
内心平静了，双目也光亮。

---

① 青春女神。在天上为诸神斟酒。

② 冥府的流河。看不到恨河即脱离死亡而得永生之意。

五谷女神的悲叹*

(1796)

可爱的春天不是已来临?
　大地不是已恢复青春?
向阳的山丘一片青青,
　溪河上面解开了冰层。
不再笼罩愁云的宙斯①
　从明镜似的碧波中微笑,
西风鼓着温和的羽翼,
　嫩绿的枝头迸出芽苞。
林中的歌唱已经苏醒,
　山陵女仙在啾啾喳喳:
"你的百花都已经归宁,
　你的女儿却没有回家。"

唉,我已寻了多少时光,
　在人世间走遍西东!

---

* 五谷女神原文为刻瑞斯(希腊名得墨忒耳),她的女儿被冥王抢去,后由宙斯调解,每年回阳世居住半年,因此她女儿成为植物生长的象征。席勒提高了这段神话的悲剧成分,说她们母女不能重逢,借用五谷女神培养植物(根在地下,花叶在阳世)象征母女间爱的联系而将死亡和生命巧妙地结合起来。席勒之友苏菲·拉·罗希方遭丧明之痛,这首诗曾给她莫大的安慰。

① 指晴朗的碧空。

我曾派出你全部光芒，
　提坦[①] 啊，找我女儿的芳踪！
到现在还没接到回报，
　说是见到了我的爱女，
日光，他一切都能找到，
　也找不到我失去的明珠。
宙斯，你可曾将她抢去？
　阴司里的那位冥王，
可曾被她的美貌迷住，
　把她带往冥河之旁？

谁肯前往阴暗的河边，
　通报我的满腹哀愁？
小船永远在驶离河岸，
　但只有鬼魂才能登舟[②]。
任何神明幸福的眼睛，
　决不一顾阴曹地府，
只要冥河在流动不停，
　它决不把活人载渡。
千万条道路通往幽冥，
　却没有一条将人领回；
没有人报告悲痛的母亲，
　说曾目睹她女儿的眼泪[③]。

① 提坦：希腊神话中日神赫利俄斯的别名。
② 卡戎在冥河边用渡船将鬼魂渡往阴间。
③ 海涅《新诗集》中《冥府》一诗曾引用这三节诗，可参看，比较同一诗题的不同手法。

出于皮拉[①] 后代的凡人，
　那些尘世间的慈母，
她们虽在火焰中葬身[②]，
　也能追随她们的子女；
只有宙斯天府的列位
　不能走近冥河之滨，
命运女神，你们只对
　不死的神手下留情[③]。
请把我投入黑夜的阴司，
　让我离开辉煌的天府！
不要尊重女神的权利[④]，
　唉，这只造成母亲的痛苦！

她陪伴那位阴森的丈夫，
　郁郁寡欢，我要前往，
加入轻轻的鬼魂队伍，
　轻轻地去看这位姑娘。
唉，她眼眶里泪珠滚滚，
　徒然寻觅金色的阳光，
她怀念着遥远的凡尘，

① 宙斯用洪水消灭人类，只有丢卡利翁和他的妻子皮拉二人幸存，他们各用一块石头投向身后，石头变成了人。因此他们夫妇成了人类的始祖。
② 死后火葬。
③ 命运女神切断凡人的生命线，使他死亡。而天神是永远不死的，不能进入冥土。也就是说，不能去泉下跟女儿会面。
④ 不死的权利。

Edm. Kanoldt

　没注意到她的亲娘，
直到她感到喜从天降，
　直到胸膛跟胸膛贴紧，
就连那位无情的冥王，
也流下眼泪，深表同情。

白白的愿望！徒然的悲叹！
　安稳的日车依旧在运行，
循着同一个不变的路线，
　宙斯的决定也永不变更[①]。
他永远掉转幸福的头，
　不屑一顾阴暗的冥府[②]，
一被黑夜把女儿抢走，
　我就永远失去了爱女，
除非曙光女神的色彩
　能照红了冥河的波涛，
除非虹霓女神去下界
　架起她的美丽的虹桥[③]。

难道她什么也没留下？
　没有亲自留下个迹象，
留下甘美的保证安慰我，
　说明远别也不变心肠？

---

① 宙斯判定母女分离，这是席勒对古代神话加工的说法。

② 不垂顾阴暗的冥府，免使他的天堂幸福蒙上阴影。

③ 曙光不会照亮冥河，下界也不会出现彩虹，表示母女永不能重逢。

在我们母女二人之间，
　难道没有爱的羁系？
在我们生者死者之间，
　难道没有立过盟誓？
不，她并没有完全消逝，
　我们并没有完全离分！
高高在上的永生的神祇，
　有一句话赠送给我们！

每逢阳春的孩子们丧命，
　每逢凛冽寒冷的北风
吹得花朵和树叶凋零，
　裸露的灌木现出愁容，
从季节神① 的宝角之中，
　我要取出生命的种子，
把它投入冥河之中，
　用这宝贵的谷种作祭礼。
我凄然把它沉入地下，
　放在我的孩子的心头，
让它为我向女儿传话，
　表达我的母爱和哀愁。

等时序女神翩翩舞蹈，
　依旧欣然送回阳春，
受到阳光生气的照耀，

① 为罗马神话中的庭园、果园之神，又为交替的季节之神。

　　死者又会重获新生。
让那看似死去的种子，
　　在大地冰冷的怀中萌芽，
让它欣然重返阳世，
　　欢度绚烂世界的生涯。
禾茎向天空蓬勃生长，
　　根向阴处羞怯地藏身，
冥河和大气都发挥力量，
　　共同分担培育的重任。

它们一半接触着死者，
　　一半接触生者的地境；
它们是我的宝贵使者，
　　传来哭川① 的甘美的声音！
尽管在那可怕的地下，
　　她遭受到冥王的幽禁，
可是从阳春发出的嫩芽，
　　却有可爱的小嘴报信：
即使远离白日的晴空，
　　只看到凄然移动的鬼影，
心房还在热烈地跳动，
　　心里还在燃烧着柔情。

万象更新的绿野的孩子②，

① 冥府河名。
② 春天的百花。

　让你们来快乐地欢呼！
你们的花萼将会充溢
　最纯净的琼浆甘露。
我要让你们光辉灿烂，
　映着虹霓女神的艳光，
我要化妆你们的花瓣，
　就像曙光女神的面庞。
不论是晴光艳丽的春天，
　或是百花凋零的深秋，
让一切多情的心体验
　我的欢喜和我的忧愁。

信仰的金言

（1797）

我要说三句有意义的金言，
　它们流传于人口，
但并非出于外人的创见；
　而是内心所传授。
如果不相信这三句金言，
人也就没什么价值可言。

人生而自由，他是自由人，
　哪怕他生在缧绁中。
不要受惑于暴民的叫声，
　不要听狂徒的煽动！
要提防挣脱锁链的奴隶，
别对自由人存什么惧意！

美德并不是空洞的口号，
　人可在一生中遵行，
哪怕他到处会不慎绊跤，
　他可以努力求上进，
智者的理智所不能看到，

有童心的人会简单做到①。

有神，而且有神圣的意志，
　尽管人意志不坚；
最高的思维② 虎虎有生气，
　超越时间和空间，
万物虽然在永远地循环，
冷静的精神却守常不变。

记住这三句有意义的金言，
　深植于众人之口，
它们并不是从外界起源，
　是你们内心所传授，
人如果相信这三句金言，
他们的价值就永存不变。

① 马克思在《第六届莱茵省议会的辩论（第一篇论文）》中曾引用这两行诗。参看《马克思恩格斯全集》（中文版）第一卷46页。

② 神。

妄想的话

(1797)

三句有意义的话常出于
　善人、至善者之口。
但说得无用,讲的很空虚,
　得不到安慰和补救。
凡是想捕风捉影[①] 的人士,
他不能摘到生命的果实。

他妄想黄金时代会临头,
　正义和善良会获胜——
正义和善良领我们战斗,
　却不能打倒敌人,
你不能在空中将他勒死,
他碰到大地就增添上力气[②]。

他也会妄想:追求的幸福
　会归于高贵的人——
幸福常看中不道德之徒,

① 三句话的影子。

② 希腊神话中巨人安泰,一接触到他的母亲——大地,就获得新的力量。后被赫拉克勒斯带到空中勒死。此处用来比喻正义和善良的敌人,这是大地的产物,包括愿望、情欲、邪恶等。

　世界不属于善人，
他是外来者，他在外流浪，
想寻找永不变易的家乡。

他也会妄想，凡人的理智
　会悟出真理之光——
真理的面纱不能被揭起①，
　只能猜测和想象。
你如用言词囚禁住精神，
自由的精神会御风飞升。

高贵的人士，将妄想戒除，
　要坚持崇高的信念！
虽不是我们耳闻和目睹，
　美和真并不是虚言！
不能向外求，那只是愚夫；
这是你内心永远的产物。

① 参看《赛伊斯的蒙着面纱的神像》一诗。

希　　望

（1797）

世人常常在谈论、梦想
　更好的未来的明朝；
总看到他们在奔跑、迈向
　可喜的辉煌的目标。
世界变老了，又变得年轻，
世人总希望永远在改进。

希望领着他深入人生，
　她跟着快活的孩子，
她的魔光吸引青年人，
　她不跟老年人同逝；
他倦于浮生，在墓中埋葬，
但在他墓畔，还树立希望。

这不是空洞骗人的妄想，
　来自愚夫的头脑，
这是人心中大声的宣扬：
　我们生来要更好；
从内心里面发出的声音，
决不会欺骗希望的魂灵。

光　与　热

（1797）

善良的人进入世界，
　怀着快乐的信念；
他以为，使他心灵鼓舞者，
　也能在外界看见，
他热中于高贵的追求，
向真理伸出忠诚的手。

但一切是如此渺小狭窄，
　如果他一旦经历，
他置身于扰攘的世界，
　就只想保他自己；
他的心冷冷地傲然休憩，
连爱情都不使它介意。

真理的亮光并不是总能
　给我们发出热力。
有福的人，求得学问，
　并不花许多心血。
因此，求最高幸福，要兼备
热情者的认真、老练者的眼力。

广　与　深

（1797）

对一切知识都很渊博，
　这种人为数不少，
你醉心什么，爱好什么，
　都可以向他们请教；
听他们高谈，就像他们
真个占有了一位丽人。

但他们悄悄离开人世，
　从此就无声无臭。
谁要做出不平凡之事，
　获得伟大的成就，
要沉着不懈，从小处做起，
集中他的最大的精力。

尽管树干向高空生长，
　伸出茂密的繁枝，
尽管树叶闪亮而吐香，
　但它们都不结果实；
只有果核，虽潜隐深居，
却藏有森林的骄子——树木。

纳多维西族人的挽歌*

(1797)

瞧呀,他坐在草席之上,
　笔直地坐在那里,
他那端坐的神态,就像
　他依然活在人世。

他的拳头怎么松劲?
　怎不见他在呼吸,
不久前他还对着大神
　喷出烟斗的烟气?

怎不见他张着鹰眼,
　在起伏的草原上,
在带露的原野上面,
　识别驯鹿的去向?

这就是他的飞快的腿,
　曾在雪地里追逐,

---

* 纳多维西族为北美印第安人的一族。席勒本诗是根据英国旅行家卡尔维(1732—1780)所著《北美腹地旅行记》中该挽歌的散文翻译而作。歌德认为这是席勒最佳诗作之一,巴不得他曾写出一打之多。

比二十叉角的鹿还快，
　又快过山上的小鹿？

这就是他那一双惯于
　拉紧雕弓的手臂？
它们的活力已经失去，
　瞧它们松弛地低垂！

祝福他！他已撒手归去，
　去那无雪的地方，
那儿，田里长满玉蜀黍，
　而且是自生自长。

那儿，树上栖满了飞禽，
　森林里尽是野兽，
所有的池塘都有鱼群
　优哉游哉地嬉游。

他在天上跟大神共餐，
　撇下我们在世上，
以便将他的行事夸赞，
　而且还将他埋葬。

快去拿来最后的赠礼，
　唱起挽歌来送丧！
凡是他所喜爱的东西，
　都拿来给他殉葬。

他曾勇猛挥舞的斧头，
　放在他头颅下面，
还有熊的肥壮的腿肉，
　因为旅路很遥远；

还要磨快那一把钢刀，
　他只要晃个三下，
就能从敌人头上削掉
　他的头皮和头发。

再把涂绘身体的油彩，
　放进了他的手掌，
让他在那灵魂的世界
　也能闪发出红光。

挽　　歌

（1799）

就是美，也得消亡！它征服人和群神，
　却打动不了冥府之宙斯[①]的铁石心肠。
只有一次，爱心感化过鬼魂的统治者[②]，
　但到了门口，他又严酷地收回恩赐。
阿佛洛狄忒治不了美少年的创伤，
　眼看着野猪残酷地撕咬他的娇躯[③]。
不死的母亲[④]救不了如神一样的英雄，
　听凭他命中注定，在西门[⑤]旁边阵亡。
可是她却跟涅柔斯[⑥]的女儿们升出海面，
　为她的备受赞誉的儿子大放悲声。
看！群神在落泪，全体女神也都在恸哭，
　哀叹美会消逝，完美竟会死亡。

---

① 指冥王哈得斯。

② 指冥王哈得斯。他的恩赐指他（实为冥后）允许俄耳甫斯把亡妻带回阳世。但由于俄耳甫斯违约，在走出冥府前回头看了妻子的影子，终于永远失去了妻子。

③ 爱与美之女神阿佛洛狄忒宠爱美少年阿多尼斯，他在打猎时被野猪咬死。

④ 指海中神女忒提斯，她是英雄阿喀琉斯的母亲，阿喀琉斯在特洛亚战争中被帕里斯的箭射死。

⑤ 特洛亚城的一个城门。

⑥ 涅柔斯是海神，忒提斯和众多海中神女的父亲。海中神女的数目有三十四位、一百多位、五十位几种说法。

听到亲爱者口中的挽歌也令人壮怀不已。

因为平庸者都无声无息地走下阴司。

大钟歌*

(1799)

我呼唤生者，
我悲悼死者，
我击碎雷霆。①

用粘土烧制成的钟模，
在地下砌得非常坚牢。
帮工们，赶快来进行工作！
今天定要把大钟铸好！
　要显出大匠的妙手，
　必须让灼热的额头
流下一把把淋漓的大汗；
可是，成功却全靠上天。

　认真准备干一件大事，
宜于说一句认真的话语；
如果有良言加以激励，
就能愉快地进行下去。

* 一七八八年席勒游鲁多尔市时，常去铸钟场体验生活，想写一首以铸钟为题材的诗。一七九七年曾开始着笔，但至一七九九年才写成。

① 瑞士夏天豪森市大教堂内大钟的钟铭，原文为拉丁文。

现在让我们用心注视，
微薄的力量能建何大功，
对自己行事从不深思，
这样的庸人受不到器重。
人类有什么值得夸耀，
就在于他有自知之明，
他的内心能觉察到，
他能亲手干什么事情。

把松枝柴捆放在手边，
可是必须非常干燥，
好让聚拢来的火焰
能够进入铸炉的孔道！
把铜浆先行煮开！
赶快把锡块取来，
让这粘稠的铸钟之铜
能够按正规方式流动！

在这深深的铸坑里面
人力加火力做出的产品，
将要高挂在钟楼上面，
叮叮当当为我们作证。
它将来还要代代相传，
打动许多人士的耳朵，
跟伤心的人同声悲叹，
跟虔诚的唱诗班配合。
那造化小儿变化无常，

怎样将下界凡人播弄，
铜钟也要大声传扬，
启发世人，使他们感动。

我看到白泡浮上表面；
好啦！铜块已经熔解。
让我们放进一些草碱，
就能促使浇铸加快。
这个混合的溶浆，
也要把浮泡撇光，
用纯粹的金属铸成，
钟声就会嘹亮而清纯。

因为它要用喜悦的声音
祝福一个可爱的孩子
进入第一步人生旅程，
而从黑甜乡里开始；
在这时间的襁褓之中
还看不出未来的穷通；
温存照顾的慈母之爱
保卫他的黄金时代——
春去秋来，韶光如驶。
他不再爱好青梅竹马，
而投身到广大的人世，
他拄着游杖遍历天涯，
又判若两人，重归故里。
他遇到一位年轻的姑娘，

露着纯洁的含羞的脸，
焕发出青春烂漫的容光，
就像从空而降的天仙。
一种难言的爱慕之情
攫住他的心，他独行踽踽，
眼眶里涌出珠泪盈盈，
他离开粗鲁的小兄弟队伍。
他红着脸尾随着她，
她的话语使他愉快，
他去郊野寻觅鲜花，
送给他的情人插戴。
温情的思慕，甘美的希望！
真是初恋的黄金时代！
他看到开着大门的天堂，
他的心陶醉于幸福欢快；
青春之恋的美满良辰，
但愿它永远没有变更！

　管子已经变成棕色！
　我把小棍插了进去，
　如果见它变得像玻璃，
　就要及时开始浇铸。
　　帮工们，抓紧时机！
　　试试这个混合液，
　看看这些软锡和脆铜，
　是否混合得非常合用。

因为严厉跟温和搭配,
刚与柔一起成双成对,
就能发出美妙的音响。
因此,谁想缔结良姻,
先要看是否心心相印!
幻想之日短,后悔之日长。
当悠扬的教堂钟声
邀人去庆贺新婚大典,
纯洁的花冠多么动人,
戴在新娘的鬈发上面。
可是,随着喜事结束,
也结束了生命的春光,
衣带解开,面纱除去,
就粉碎了美丽的梦想。
热情虽去,
爱还要维持;
花儿虽枯,
还要结果实。
男的要出去,
世路难行,
要努力经营,
勤劳不辍,
巧取豪夺,
冒险投机,
孳孳为利。
于是淌来了无穷的财富,
贵重的物资堆满了仓库,

扩地而建屋,大兴其土木。
贤淑的主妇,
儿女的良母,
则管理家务,
她主持中馈,
聪明贤慧,
教育女孩,
当心男孩,
双手辛勤,
忙个不停,
因持家有方,
使家道兴旺,
财宝装满了芳香的木箱,
纺纱的锭子转得嗡嗡响,
衣物塞满了光洁的橱柜,
有光的毛料,雪白的麻布,
既讲究实用,又讲究华美,
永远在忙碌。

　做父亲的眯着笑眼,
从顶楼的窗户里窥看,
盘算他的兴旺的家产,
看着高耸林立的木柱,
堆得满坑满谷的仓库,
还有摇摇欲坠的粮仓,
田里滔滔起伏的麦浪,
他傲慢地大言不惭:

瞧我这些豪华的家产，
就像地基一样稳固，
不怕任何灾难光顾！
可是威严的造化之神，
从不给人永久的保证，
于是很快就祸事临门。

好了！现在可开始浇铸；
现出一道很好的裂痕。
可是，趁我们还没浇铸，
先说一句虔诚的祷文！
把那只塞子拔去！
愿上天保护房屋！
在这钟柄的管子当中，
已有火红的烟气流动。

人能把火好好驾驭，
火的威力就大有用处，
人的制作，人的创造，
全靠这种天力[①] 效劳；
可是天力也令人恐惧[②]，
如果这位自然的骄女，
让她把她的锁链打开，
凭自己高兴，信步而来。

① 普罗米修斯从天上盗火，故称之为天力。
② 水能载舟，亦能覆舟。火也有利弊的两重性。

如果让她毫无阻碍，
卷过人烟稠密的街道，
酿成一次巨大的火灾，
到处蔓延，那真是糟糕！
因为，这四大[①] 魔怪
仇视人类的一切创造。
从云端里
飞来幸运，
降下甘霖；
可是，也会不由人挑选，
射出闪电。
你听钟楼上呜呜之声！
是警钟之声！
满天红光，
像血色一样；
这不是天明时的红光！
大街之上
一片混乱！
浓烟四卷！
高升的火柱闪闪乱跳，
扫过一长列街道，
随着疾风而蔓延狂烧；
空气像炉子里的火气，
烧得滚烫，横梁破裂，
柱子倾圮，门窗震摇，

① 古希腊哲人认为土、水、气、火为四大要素。

孩子们哀号，母亲们乱跑，
在瓦砾堆里，
牲畜悲啼；
大家都在逃命、奔走，
黑夜照得如同白昼；
在一连串人的手中，
如飞的水桶
竞相传递；成弧线的水
向着火处高高喷射，
怒吼的狂风更来助威，
呼呼地响着，搜索火焰。
火落到干燥的谷子上面，
烧到粮仓的房间里头，
烧起椽子的干燥木头，
它好像要趁这股威风，
以强力的席卷之势，
卷去整个沉重的大地，
它熊熊地升到高空，
像个巨人！
失望的世人
只得对神力甘拜下风，
束手无策，诚惶诚恐，
看全部心血化为一场空。

　住所烧得
空空如也，
野风据为粗陋的巢穴。

在凄凉的窗洞里面
窝藏着恐怖，
天上的云从穹苍高处
向里面偷看。

　世人对他
一切财产
化成的坟山
还最后一次望了一下——
然后欣然离开家园。
劫火烧得他荡然无存，
却还有一点可慰之处：
他数数他的亲人的人数，
瞧啊！并没少一个亲人。

　溶浆已纳入钟模之中，
　很顺利地注满了模子；
　这次能不能铸得成功，
　报答我们的勤劳和技艺？
　　假使浇铸失败？
　　假使钟模裂开？
　唉，也许，我们正抱着希望，
　已经出现了不测的灾殃。

　我们把手创的成果
交到大地的秘密的怀中，
就像播种者进行播种，

希望种子能萌芽结果，
祈求上天赐与恩宠。
还有更可贵的种子，
被我们凄然埋进地下，
我们希望它从棺柩里
开出更美的幸运之花。

　从教堂里
传来一阵
送葬的钟声，
凄凉而低沉。
严肃的钟声送一位旅人
结束他的最后的旅程。

唉！这是那位可爱的妻子，
唉！这是那位忠诚的母亲，
是黑心的冥国统治者
逼她离开丈夫的胸怀，
离开她给她的丈夫
生下的一群温柔的儿女，
她曾以慈母之爱看他们
在她忠实的哺养下长成——
可怜，一家的骨肉之情，
现在已经永远割断；
她本来是家中的母亲，
如今却住在冥府里面；
再没有她主持家政，

再得不到她的照顾；
这个孤儿孤女的家庭
将交给一个冷淡的异母。

在大钟完全冷却之前，
且让紧张的工作暂停，
像鸟儿嬉戏在枝叶之间，
大家可以来散一散心。
一等到星光照耀，
一切义务就完了，
小伙子会去参加晚祷；
而师傅却要继续操劳。

行人轻松地加快脚步，
从遥远的荒寂的林中
赶回他的可爱的茅屋。
咩咩的羊群走向归路，
归牧的牛，
额头宽阔，毛色光润，
哞哞叫着，
也挤满了住惯的牛棚。
沉重的车子
摇摇晃晃，
装满了谷物；
在禾把上面
放着花环，
彩色斑斓，

年轻的收割者的一群
起舞翩翩。
市场和街道都已冷清清；
在亲切的灯火之旁，
一家人团聚，促膝谈心，
嘎嘎的城门正在关紧。
大地已披起
黑色的外衣；
黑夜唤起作恶的奸民，
但一般市民
处境安全，没有惧心，
因为，法律大张着眼睛。

神圣的秩序，慈悲的天女[①]，
她把同类者[②] 结合在一处，
自由、轻松而且愉快[③]，
她把城市兴建起来，
她呼唤没有社交的野人，
使他们不再在旷野栖身，
走进世人居住的茅屋，
而习惯于良风善俗，
又编织最可贵的纽带，
就是对于祖国的热爱。

---

① 这里认为秩序由上帝建立，故称天女。

② 血统、语言、风俗、思想相同者。

③ 结合没有强迫，故自由，不妨碍自由的行动，故轻松，是大家乐意缔结的，故愉快。

　千万双手辛勤劳动，
团结一致，互相帮忙，
在火一样的活动之中
显出一切伟大的力量。
受到"自由"的神圣保卫，
师傅和帮工努力发奋；
人人热爱自己的岗位，
反对那种蔑视劳动的人。
劳动乃是市民的光荣，
成功就是苦干的酬报；
国王因地位受到尊崇，
我们的尊贵在于勤劳。

　可爱的和平，
甘美的协和，
请亲切地
在城市上空停留，停留！
但愿不要有那一天，
看到野蛮的一群大军
将这寂静的山谷蹂躏，
这座天空，
每晚映着柔和的红光，
抹上彩霞，
不要被城乡熊熊的火光
映照得那样令人可怕！

现在打破这个外框，
它已完成它的任务，
对这胜利完成的形象，
让我们来赏心悦目。
　挥吧，挥起铁锤，
　把这外套[①] 敲碎！
要使大钟获得复活[②]，
必须粉碎它的钟模[③]。

　手腕熟练，时间恰当，
可以由师傅打破钟模；
可是，烧得通红的铜浆，
如听其自流，那就闯祸！
它狂怒起来，轰然一声，
会爆破牢笼，炸成碎片，
就像打开地狱大门，
吐出毁灭一切的火焰。
哪儿有暴力盲目统治，
哪儿一切就无法成器；
各国人民如自己解放[④]，
就不能好好幸福繁昌。

　如果在各个城市内部

① 钟模。
② 把大钟从地下取出，故称复活。
③ 暗示新事物的产生，必须破除旧躯壳。
④ 暗指法国革命。

暗暗堆着引火的火绒，
群众恐怖地起来自助，
挣脱锁链，那就要送终！
暴动就会拉住钟绳，
敲得大钟发出狂叫，
本是献给和平的钟声，
却会成为暴力的口号。

只听见高呼“自由平等”①！
平和的市民拿起刀枪，
大街上，大厅里人潮汹涌，
一帮帮杀人暴徒到处游荡，
妇女用恐怖行径取笑作乐
全都变得像鬣狗一样。
她们用豹子般的利齿，
撕碎敌人还在跳动的心脏。
再也没有神圣的东西，一切虔诚
敬畏的纽带全都断裂，
仁善让位于邪恶，
恶行自由自在无拘无束
唤醒狮子，危险异常，
老虎的利齿会带来死亡，
然而恐惧中最可怕的
乃是人一旦发狂。②

① 自由、平等、博爱是法国革命时的口号。
② 以上四句为常被引用的名句。

那些把天国的火炬[1] 交给永远盲目者的人
真该遭殃！
这火炬没有给盲人带来光明，
只会引起熊熊烈火，
把各城各邦化为灰烬。

天主赐与我以欢喜！
瞧！像一颗金色的星，
金属的芯子已脱去壳皮[2]，
显得这样玉润晶莹。
　从下缘直到钟顶，
　像有日光在辉映。
就是精致的纹章图样
　也在夸耀熟练的巧匠。

　不要耽搁，
大家进来，把队伍排齐，
我们给大钟举行洗礼！
应该给它命名为协和。
愿它团结相爱的大众，
同心同德，和穆雍雍。

　它今后要担负这种使命，
不负师傅创造的苦心！

① 真理。
② 壳皮指钟模。

它要悬在蔚蓝的天庭，
高临下方的尘俗世界，
跟天上的雷电为邻，
接近辉耀的繁星世界，
它将成为天上的声音，
就像明星在运转不歇，
赞美它们的创造之神，
引导头戴花冠的季节①。
只有永远的正经大事，
才能让它一开金口，
让它飞驰的急速的羽翼，
每小时一次将时间轻扣②。
让它成为命运的喉舌；
尽管它没有同情的心，
让它用它的震荡配合
人生戏剧的变化无定。
听到它那嘹亮的声响
在我们的耳边消散，
那是指示，万象无常，
浮世一切都很短暂。

现在，借助强力的绳索，
从坑穴里面举起大钟，

① 希腊神话中时序女神头戴花冠，故作此语。
② 每小时报时。

让它升入音响的王国[①]，
把它高举到太空之中！
　拉吧，拉吧，举上来！
　它在移动，在摇摆！
让它第一次发出的声音，
标志本市的欢乐与和平。

① 传播音响的太空。

德国的缪斯

(1800)

没有奥古斯都① 的盛世，
没有美迪奇家② 的好意
　对着德国的艺术微笑；
它没受到赞誉的抚育，
它没沾到王公的雨露，
　开放它的美丽的花苞。

连最伟大的德国之子，
那伟大的弗里德里希③，
　也没给它支持和尊敬。
德国人可以这样自豪，
他的心可以这样狂跳：
　他做出成绩，全靠本身。

因此，德国诗人的诗歌，

---

① 罗马皇帝屋大维，受尊号称奥古斯都，奖励文艺，是诗人贺拉斯、维吉尔的保护者。

② 十五至十六世纪佛罗伦萨的望族，附庸风雅，被誉为艺术和科学的保护者。

③ 弗里德里希大帝为普鲁士弗里德里希二世，颇爱文艺，但崇拜法国文学，而轻视本国文学。歌德剧《葛茨》受到好评，他却贬为“对拙劣的英国戏剧的可憎的模仿。”

像江河一样滔滔长流，
　可以攀登到穹苍高处；
它靠自己的充实发展，
它从内心的深处涌现，
　蔑视一切旧规的束缚[①]。

① 德国在很长时间内，文人都模仿法国，墨守法国文学的旧规，至莱辛出，始将德国文学从这种束缚中解放。

新世纪的开始[*]

献给＊＊＊

（1801）

高贵的朋友！哪里为和平敞开大门？
　哪里让自由避难藏身？
旧世纪在风暴中消逝，
　新世纪以杀戮① 开端。

各个国家的纽带② 已经放松，
　旧的体制已经崩溃凋零；
海洋也阻遏不住战争的威风，
　何况尼罗河神③ 和老人莱茵④。

两个强大的国家正在扭斗，
　互相争夺统治世界的霸权；
他们吞吃了各个国家的自由，
　手里舞着三叉戟，挥着雷鞭⑤。

＊　本诗应书商葛兴之请而作。

①　俄皇保罗一世于一八〇一年三月二十三日被弑。

②　固定的政治制度，力量的均衡。

③　指拿破仑进军埃及。

④　指法奥战争。

⑤　三叉戟是海神波塞冬的武器和象征，此处指握有海上霸权的英国。雷鞭（霹雳棒）是宙斯的武器和象征，此处指陆上霸王法国。

各国都要拿出黄金来奉献，
　就像布仑奴斯①在野蛮时代，
法兰克人拔出了他的铁剑，
　把它放到公平的天平上来。

不列颠人派出商船队掠夺，
　就像水螅伸出贪婪的手臂，
要把自由的海洋女神② 的王国
　划入自己私有的领海范围。

他们开往异星照耀的南极，
　无休无止，横行而毫无阻挡；
侦察一切岛屿，一切遥远的
　海岸——只是没有能开上天堂。

你在所有的世界地图上面，
　再找不到一处幸福的地方，
还有永远繁盛的自由花园，
　还有世人的青春之花开放。

你看到世界一片辽阔无边，
　就是航船也无法加以测量；

---

① 古代高卢人的军事领袖。公元前三八七年打败罗马人。罗马人献金赔偿时，说他们称得不公平，布仑奴斯拔剑放在天平上增加砝码的重量，罗马使者不敢抗议。布仑奴斯说道："战败者罪该万死！"

② 原名安菲特里忒，为海神涅柔斯之女，海神波塞冬之妻。

Der Antritt des neuen Jahrhunderts.

An ***

Edler Freund! Wo öffnet sich dem Frieden,
  Wo der Freiheit sich ein Zufluchtsort?
Das Jahrhundert ist im Sturm geschieden,
  Und das neue öffnet sich mit Mord.

Und das Band der Länder ist gehoben,
  Und die alten Formen stürzen ein;
Nicht das Weltmeer hemmt des Krieges Toben,
  Nicht der Nilgott und der alte Rhein.

Zwo gewalt'ge Nationen ringen
  Um der Welt alleinigen Besitz;
Aller Länder Freiheit zu verschlingen,
  Schwingen sie den Dreizack und den Blitz.

Gold muß ihnen jede Landschaft wägen,
  Und, wie Brennus in der rohen Zeit,
Legt der Franke seinen ehrnen Degen
  In die Wage der Gerechtigkeit.

Seine Handelsflotten streckt der Britte
  Gierig wie Polypenarme aus,
Und das Reich der freien Amphitrite
  Will er schließen, wie sein eignes Haus.

Zu des Südpols nie erblickten Sternen
  Dringt sein rastlos ungehemmter Lauf;
Alle Inseln spürt er, alle fernen
  Küsten — nur das Paradies nicht auf.

Ach, umsonst auf allen Länderkarten
  Spähst du nach dem seligen Gebiet,
Wo der Freiheit ewig grüner Garten,
  Wo der Menschheit schöne Jugend blüht.

Endlos liegt die Welt vor deinen Blicken,
  Und die Schifffahrt selbst ermißt sie kaum;
Doch auf ihrem unermessnen Rücken
  Ist für zehen Glückliche nicht Raum.

In des Herzens heilig stille Räume
  Mußt du fliehen aus des Lebens Drang!
Freiheit ist nur in dem Reich der Träume,
  Und das Schöne blüht nur im Gesang.

《新世纪的开始》

可是，在不可测的背脊上面，
　却容不下十个快活人徜徉。

你只得从尘世纷纭之中逃走，
　遁入自己心中的寂静的圣所！
在梦之国里才能找到自由，
　在诗歌里才开出美的花朵[1]。

① 以上二句为席勒的名句。

向　　往

（1801）

这儿弥漫着一片凉雾，
　如果从这深山谷底①，
我能找到一条出路，
　我会觉得何等可喜！
那边②，看到美丽的山冈，
　永远年轻，永远苍翠！
我如有羽翼，如有翅膀，
　我要向那山头高飞。

我听到了和谐的音响，
　多甘美的天国宁静，
微风送来一阵阵清香，
　像香油③般令人清醒。
我看到了金色的佳果，
　在密叶间亮光闪闪，
还有那边繁盛的花朵，
　不会受到严冬摧残。

---

① 诗人在阴沉的现实世界之中向往着理想的净土。

② 理想的净土。

③ 香油能缓和世人的痛苦。

在那永恒的阳光里面，
　一定觉得多么可爱！
那边山上的空气新鲜——
　一定使人精神爽快！
可是，急流[①] 却挡住了我，
　横在中间，咆哮发怒；
它高涨起汹涌的水波，
　使我心里感到恐怖。

我看到一只小舟飘荡，
　可是，却少一位艄公[②]，
赶快上去，要心有主张！
　轻帆已经孕满好风。
你要有信心，要有胆量，
　因为，神不给人担保；
只有奇迹[③] 能将你送往
　那美丽的神山仙岛。

① 尘世烦恼的浊流。
② 只有靠自己才能到达理想的净土，无须等待领航。
③ 把你自己带往理想之域，这就是一种奇迹。

谜　语

(1801)

有一座建筑,年代很久远,
　它不是庙宇,不是住房;
骑马者可以驰骋一百天,
　也无法周游,无法测量。

多少个世纪飞逝匆匆,
　它跟时间和风雨对抗;
它在苍穹下屹然不动,
　它高耸云霄,它远抵海洋。

它不是造来夸耀宇内,
　它为民造福,担任守卫;
它在世界上无出其右,
　但却完成于凡人之手。

谜　底

这座古代的坚固的建筑,
它对抗着风雨和世纪,
它伸展得无穷无尽,

保护万民,它就是长城,
给中国和鞑靼荒漠分界。

两只吊桶[*]

(1801)

有两只吊桶在一口井里
　上上下下地升降；
一只装满了向上升起，
　另一只就得下降。
忽上忽下，没一点闲空，
一会儿满满，一会儿空空，
这一只刚刚碰到你的嘴，
另一只就向井底处下坠；
　　　从不能让你在同时
　　　享用它们的赠礼。

---

* 这是《譬喻和谜语》(1801—1804)组诗中的一首。谜底为昼夜，但亦有解释为青年和老年或过去与现在者。

羊群和牧人*

(1801)

成千上万的银白色绵羊
　走在一片广阔的牧场上；
最老的老祖宗见过它们，
　像我们今天看到的一样。

它们长生不老，饮着
　取之不尽的生命之泉，
它们中间有一位牧人，
　弯弯的银角很是好看。

他把它们赶向金门，
　每夜将它们再数一次，
他每次走完这段路程，
　从没有一只小羊走失。

一只忠犬帮助他带领，
　一只活泼的公羊在开路。
你能说明这些羊群？
　也请把牧人给我指出。

---

* 这首谜语诗的谜底是星星和月亮。

奥尔良的贞女*

（1801）

为了嘲笑人类的高贵的形象，
　讽刺① 把你推向深深的尘土；
诙谐永远不停地跟美打仗，
　它既不信天使，也不信天主；
它要夺去人们心中的宝藏，
它在攻击幻想，破坏信仰。

可是诗艺，像你一样的孩子，
　像你一样的善良的牧羊姑娘，
把她的神圣的权利交给了你，
　带你一同升入星空的天堂。
她给你的周围罩上光轮，
她用心血创造你，你将永生。

世人爱用黑暗抹杀光明，
　爱把崇高拖入泥土之中；
可是别害怕！还有高尚的心，

* 席勒同名剧（又译《奥尔良的姑娘》）描写法国爱国女杰贞德的事迹，曾受到反对者的责难，故作此诗回敬。

① 伏尔泰写过诙谐史诗《贞女》贬低这位女志士，并讽刺教会，破坏信仰。

　它为高贵、雄伟在热烈跳动。
尽管摩穆斯[①] 当大庭广众喧嚷；
高贵的心总爱慕高贵的形象。

① 摩穆斯：黑夜之子，嘲笑和责难之神。泛指吹毛求疵者。

苔　克　拉*

(一个幽灵的声音)

(1802)

当我缥缈的影子离你而去,
我在哪里? 何处是我的归程?
我不是下定决心,作个结束,
我不是曾经爱过,也曾经生存?

你要想去打听夜莺的消息?
它们曾用充满深情的妙音,
在那阳春佳日迷惑过你。
它们没有爱,就不能维持生命。

我可曾找到我所失去的人?
相信我,我已跟他结合在一块,
那儿,已经结合的,不再飞分,
那儿,没有眼泪哭得出来。

你也会在那里跟我们再见,
如果你的爱跟我们的一样;

---

* 苔克拉是席勒戏剧《华伦斯坦》中华伦斯坦的女儿。她的情人马克斯·皮科洛米尼因为发觉华氏有野心,脱离而去,跟瑞典人作战而死。苔克拉闻讯,也弃家出走。论者批评剧中未交代出她的下落,故席勒作此诗答之。

我父亲[1] 也会在那里摆脱罪愆，
血腥的凶手不再走近他身旁。

当他仰望长空，观看天星[2]，
他会觉得，不再有妄念欺人；
因为，深思熟虑，会有好报应，
有信仰的人，他就接近神圣。

对于任何一种高贵的信仰，
到处都可以获得保证的言辞；
尽管大胆去误解，大胆去梦想，
幼稚的游戏常有高深的意义。

① 华伦斯坦被部下杀死。
② 华伦斯坦爱观星象以卜吉凶。

瞬间的恩惠

(1802)

我们又重新聚在一处，
　男男女女，作乐寻欢，
我们应该立刻编出
　新鲜碧绿的诗歌花冠。

第一件诗歌的供品，
　应当献给哪一位神？
我们应当首先歌咏
　那位创造欢乐的神。

因为，单靠谷物女神
　把祭台上铺满谷物，
单靠酒神给杯中满斟
　葡萄美酒，有什么用处？

如果没有天上的火花
　点起炉中的熊熊之火，
精神就不会激昂奋发，
　心里也永远闷闷不乐。

幸福必须来自云中，

　从天神怀里降下人间，
在那一切统治者之中，
　最强大的乃是瞬间。

自从无穷无尽的自然，
　在创世之初，形成万物，
只有思想的倏忽闪现，
　是世间最神圣的事物。

石头慢慢地堆砌起来，
　随着时间的一定行程，
但设想起来，却是很快，
　像从精神中突然产生。

像在晴明的阳光之中，
　织成一幅彩色的挂毯，
虹霓女神跨过天空，
　飘浮在她的彩桥上面。

美丽的赠物都是如此，
　像电光一样非常短暂；
黑夜很快将它们禁闭，
　关进阴暗的坟墓中间。

给 友 人 们

（1802）

有过比我们时代，亲爱的友人，
更美的时代——这无庸争论！
还有过一个较为高贵的民族。
尽管在历史上面没有记载，
可是人们从地下挖掘出来
无数石块，就是确凿的证据。
　可是，这个受到宠遇的一代，
　已经过去，已经永远消逝。
　我们是活人！这是我们的时代，
　只有活人才有权利。

朋友，也有更加幸福的地区，
胜似我们这国家，庸庸碌碌，
正如周游天下者所说的那样。
可是尽管被自然剥夺了不少，
艺术却曾对我们表示友好，
艺术之光照暖了我们的心房。
　尽管月桂不愿在这里惯居，
　桃金娘要受我们严冬的摧残，
　可是却有葡萄叶一片碧绿，
　让我们头上戴起花冠。

泰晤士河畔，世界市场之上，
尽管那儿更显得熙熙攘攘，
四方辐辏，贸易非常活跃，
无数商船在那儿出出进进，
可以看到各种贵重的珍品，
凡世之神、金钱在统治一切。
　可是，除了波平如镜的小溪，
　在那经过暴雨冲刷的河上，
　它被搅起一片混浊的污泥，
　不能看到映照的阳光。

住在天使门[①] 附近的那种叫化，
比起我们北方人更显得豪华，
永远[②]、惟一的罗马就在他眼前！
美的光彩在四周交相辉映，
圣伯多禄教堂的神奇的圆顶[③]
耸入云天，仿佛是第二重天。
　可是，尽管罗马荣光毕聚，
　它只是个埋葬过去的坟场；
　只有阳春撒播的清新的植物，
　才能发出生命的花香。

① 天使门为罗马的城门，在圣伯多禄教堂附近。

② 罗马有“永远的都城”之美称(提布鲁斯《悲歌》Ⅱ，5，23)。

③ 圣伯多禄大教堂，俗称圣彼得教堂，它那高耸入云的大圆顶，为世界上最辉煌的建筑之一，是米开朗基罗的杰作。

尽管别处有什么更显得伟大，
不像我们这里苦度渺小生涯；
但新事——太阳从来没有见到[①]。
我们在象征人世的舞台上面，
看到一切时代的伟大事物出现，
却意味深长地从我们身旁烟消。
　浮世的一切总是循环不已，
　只有幻想才永葆青春年少；
　在任何地方从未出现的东西，
　才能够永远不会衰老！

① 《旧约·传道书》第一章第九节："日光之下，并无新事。岂有一件事人能指着说，这是新的？哪知在我们以前的世代，早已有了。"

在巴黎的古代艺术品*

(1803)

希腊人的艺术杰作，
尽让法国人用武器劫夺，
　运到他们的塞纳河滨，
在那豪华的博物馆里，
向惊叹的祖国人士
　炫耀他们获得的战利品！

它们将永远保持沉默，
不会离开它们的垫座，
　走进活人的队伍中来。
文物破坏者独占缪斯，
把她们拥在温暖的怀里，
　她们对他们却是些石块。

---

* 法国人劫夺希腊艺术品可举最著名的米洛岛的维纳斯为例。一八〇二年春该岛一个农民偶尔发现了这尊大理石雕像。同年五月法国驻土耳其大使里维耶尔侯爵派军用三桅快船去该岛从捷足先得的土耳其兵士手里抢来，运往巴黎，成了卢浮宫博物馆中的艺术奇珍。

潘趣酒之歌*

(1803)

四大要素①
结合在一块,
形成生命,
建立世界。

压榨柠檬的
多汁的果肉!
生命的内核
酸得难受。

把糖的甜汁
加进其中,
降低酸味
涩嘴的作用!

---

* 一八〇一年冬至一八〇二年春,歌德在魏玛家中组织了一个"星期三聚会",每两周聚餐一次,参加的有七对夫妇,席勒夫妇亦在其内。歌德诗集内有《宴歌集》一集,歌咏其事。席勒此诗似亦为该聚会而作。潘趣酒是一种用柠檬汁、糖、水、酒四种原料混合成的饮料,如诗中所述。亦有加入茶,由五种原料配成者。

① 古希腊哲人认为水、火、土、风(气)为构成宇宙万物的四大要素,亦称四行。此处指潘趣酒的四种原料,有双关之意。

再取些开水
倒在里头！
平静的水
包容万有。

还要拿点酒
往里面倒进！
人生全靠酒
给与生命。

趁香味正浓，
赶快痛饮！
浓烈的饮料
才使人清新。

Punschlied
Vier Elemente,
Innig gesellt,
Bilden das Leben,
Bauen die Welt.
Preßt der Citrone
Saftigen Stern!
Herb ist des Lebens
Innerster Kern.
Jetzt mit des Zuckers
Linderndem Saft
Zähmet die herbe
Brennende Kraft!
Gießet des Wassers
Sprudelnden Schwall!
Wasser umfänget
Ruhig das All.
Tropfen des Geistes
Gießet hinein!
Leben dem Leben
Gibt er allein.
Eh' es verdüftet,
Schöpfet es schnell!
Nur wenn er glühet,
Labet der Quell.
Hermann Götz

《潘趣酒之歌》

溪边的少年[*]

（1803）

少年坐在泉水之旁，
　用些鲜花扎成花环，
他看着它随水流去，
　漂在翻腾的水波上面。
“我的日子就这样流逝，
　像泉水一样流个不停！
我的青春就这样枯萎，
　像花环一样迅速凋零！

不要问，我为什么忧伤，
　在人生的花季年龄！
大家都高高兴兴希望，
　迎接春天里万象更新。
可是苏醒过来的大自然，
　万籁齐鸣，不可胜数，
却在我的深深的胸中，
　只唤起了沉重的痛苦。

---

* 席勒编译过法国喜剧家皮卡尔（1769—1828）的一部喜剧，改名《寄生虫》。本诗即为其中的插曲。

美丽的春天带来的欢乐，
　它跟我又有什么相干？
我寻找的，只有一位，
　她在近处，却又很遥远。
我满怀思念，伸出手臂，
　想拥抱住可爱的倩影，
可是却可望而不可及，
　我的心永远无法安静！

请下来吧，漂亮的丽人，
　离开你的富丽的府邸！
那绽放在春天的鲜花，
　我要撒到你的怀里。
听吧，林子里响起歌声，
　明净的泉水缓缓地流！
最小的蜗居也足够容纳
　一对相爱的幸福佳偶。”

旅　　人

（1803）

当我还是青春年少，
　我就出去漫游各地，
我把青年快乐的舞蹈
　留在我的父亲家里。

全部祖产，全部家当，
　我放心地欣然撇下，
我拿起了轻松的游杖，
　怀着一颗童心离家。

因为，有个强烈的希望，
　含糊的教条，驱策着我；
它说："去吧，道路宽广，
　永远走向日出之国。

直到你抵达一扇金门，
　你就立即走进里面，
那儿，一切都超凡入圣，
　一切保持恒久不变。"

我一路上起早带晚，

　永远、永远没有留停；
但我的追求，我的心愿，
　总看不出一个究竟。

山岳挡住我的去路，
　河流阻拦我的行脚，
我在峡谷上面开路，
　我在急流上面架桥。

最后，走近一条大河，
　它向东方流逝滔滔；
欣然信赖这条线索，
　我投入了它的怀抱。

汹涌的河水将我吞卷，
　把我冲进大海的波心；
一片茫茫，空阔无边，
　目的地依旧不曾接近。

唉，没有道路通往那里，
　唉，在我头上的苍天
永远不想接触大地，
　彼岸[①] 永远不在凡间！

① 完美的理想之域。

山　之　歌*

(1803)

深渊旁令人眩晕的狭路，
　它通向生死的边缘；
巨人们① 挡住僻静的小路，
　预示有毁灭的危险；
你不想唤醒沉睡的雪狮②，
就轻轻走过恐怖的山地。

在那可怕的深谷的上边，
　有座桥③ 高高地摇晃，
它不是尘世凡人所修建，
　任何人没这种胆量，
下面的狂涛早晚在喧腾，
喷沫④ 冲击它，它丝毫无损。

凄凉的洞门⑤ 阴沉沉大开，

---

* 本诗对圣高特哈德山隘的景色作拟人化的描写。席勒没去过瑞士，但在创作《威廉·退尔》时，曾钻研过瑞士的历史和地理。

① 岩石。

② 原文为“母狮”，在瑞士某些地方用以称雪崩。

③ 指恶魔桥，据民间传说，由恶魔于一夜之间造成。

④ 拉斯河的瀑布，高九十米。喷沫直冲到桥上。

⑤ 乌利洞。

你以为走进了阴司，
却出现一个欢乐的世界[①]，
春与秋结合在一起[②]，
我愿遁入这幸福的谷中，
逃脱人生的辛劳和苦痛。

有四条大河[③]，弄不清源头[④]，
滔滔地向原野奔驰；
它们向世界各方面分流，
各朝着南北和东西，
母亲[⑤] 哗啦啦生下了它们，
它们却远行，永不通音问。

双峰[⑥] 耸峙到蔚蓝的清霄，
高高地超出了人世，
彩云仙女们在上面舞蹈，
身披着金色的霞帔。
她们在跳着寂寞的轮舞，
尘世的凡人无法去目睹。

而那位崇高、明朗的女王[⑦]，

① 乌尔塞山谷。
② 夏季很短。
③ 拉斯河、莱茵河、体基努河、伦河。
④ 终年为冰雪封盖。
⑤ 大地。
⑥ 菲恩多和普罗沙，高六百米。
⑦ 山脉的最高峰。

　高踞着永恒的宝座，
钻石的王冠戴在她头上[①]，
　好一派伟大的气魄；
阳光的利箭向她发射，
只给她镀金，难使她暖热。

① 永不消退的冰雪。

德意志的伟大[*]

一

此时此刻①,德意志名誉丧尽
走出浸透他泪水的战争
两个狂傲的民族
脚踏着他的脖颈
胜利者决定着他的命运——
他还能自命不凡？还能
为自己的名字自豪欢欣？
还能昂首挺立自信地

当法兰西人当
不列颠人
用骄傲的胜利者的
脚步
高高在上将他的命运
决定？
践踏在他的脊背之上
沉默地在远方
站立

---

* 本诗未完成,写作时间不确定,可能在一七九七年或一八〇一年,只留下诗体、散文体混合的遗稿。一八七一年这些断片首次被整理印行。现根据魏玛人民出版社一九五五年《席勒文集》第一卷译出。

① 可能指法国和奥地利一七九七年十月坎波·福米奥和约或一八〇一年二月吕内维尔和约签订之后。坎波·福米奥和约规定,奥地利放弃所属的尼德兰和伦巴底,并在一项秘密条款中同意把德意志帝国的莱茵河左岸地区割让给法国。吕内维尔和约规定,德意志帝国皇帝最终放弃莱茵河左岸地区,放弃比利时和列日。参见丁建弘著《德国通史》136页,上海社会科学院出版社,2002。一八〇一年二月,出版商葛兴请席勒为庆祝吕内维尔和约做一首诗。席勒拒绝了,因为“我们德国人在和约中扮演了一个这样可耻的角色”,他不想“嘲讽德意志帝国”(一八〇一年二月二十六日)。参见吕迪格·萨夫兰斯基著《弗里德里希·席勒》15页,慕尼黑,卡尔·汉萨尔出版社,2004。

步入民族之林？

——————

是的！他可以！他不幸地
退出了战斗，但是，他最宝贵的
财富，他并未失去。
德意志帝国和德意志民族
是两回事。德意志的崇高与威严
从不停留在他的王侯们头上。
与政治分离，德意志创造了一种自己的价值
即使帝国覆灭，
德意志的尊严依然不可侵犯。
相信，掠夺，
允许，长出叶子，

——————

看着
世界被瓜分
金色的和平
微笑着走近了。
没有桂冠，没有
从泪水中
充满
并
（没有月……）
带着没有桂冠的头！
他自己用
泪水
长出叶子
而带着没有桂冠的头？

这是一种道德的伟大，建立在这个民族的文化和
性格之上，与他的政治命运无关。
这个帝国在德国繁荣昌盛，
它正在茁壮成长并且在
哥特式的
一种古老野蛮的废墟上
焕发出勃勃的生机。（德意志住在一幢
濒临坍塌的老屋里，但他自己是个高贵的
居住者，当政治的帝国摇摇欲坠①，
精神的帝国却更加坚强

（在……之上）
他早已经将他的
政治地位
提升
一个努力进取的种族
住在这幢老屋中而

① 德意志民族的神圣罗马帝国在席勒去世后一年，即一八〇六年终结。

更加完美。)　　德意志

二

对于塑造精神的人,掌握精神的人,
最后一定会拥有这世界,因为
最终时代的目标,如果这世界还有
另一个计划,只要人的生命还有一种意义,
道义和理性终将胜利,
残忍的暴力必将屈服于礼仪——
而最缓慢的民族将赶上所有
迅捷轻快的先行者。
　那时其他民族的花朵
已经凋谢。
　当花朵凋谢时,留下的是
金色的果实,成长着,
充盈着,迎接收获。

而在有孔的
　容器中
漏下

——————

德意志语言最精美的财富
它表达着一切,最深刻与
最轻灵的,精神,灵魂,
蕴含着深远的意义。
　我们的语言将
统治世界。
　语言是一个民族的
镜子,当我们向这面镜子里
望去,就会遇见我们自己的一个

坚定地在他的
　波涛上的宝座中
站着不列颠人。

重要的恰切的形象。我们可以将年轻的
希腊的和现代的理想表达。
——————

没有哪个首都，没有哪个宫殿
曾对德意志的趣味施加暴政。巴黎。伦敦。
　这么多的国家、河流和习俗，
这么多各自的本性与种类。

三

即使英国人把古老艺术的
骸骨，珍贵的石头
和整个赫尔库兰[①]

贪婪攫取宝贵的文物
将一艘船装得满满
堆积在他的岛上。
——————

玩笑和美
没有任何
　共同点。

生命

而它们在这里将
永不会焕发生机，永远是陌生的
被放逐的异乡客，永不会复活
永不会重返生机，从陈列架上

讥讽

① 十八世纪中期，在发掘公元七十九年维苏威火山喷发所掩埋的罗马古城庞贝时发现了很多艺术珍品。

子民　　　　　　站起，
场景

它们将永远作为被放逐者
在异乡的展台上，
家乡的　　　　　（永不再恢复生机，）
永不（在家）

因为玩笑和美好
高尚毫无共同之处！
和理想的　　　　（和玩笑）
因为玩笑
水神，
不列颠人给他的
和（所有的）国王带来嘲讽
法国人用自由的公民的冠冕
装饰着自己的头颅！

四

尽管德意志古老的帝国植根于
自由的公民的冠冕　　那阴暗灰色的岁月
自由的公民的冠冕　　那野蛮人的年代
他没有带回家中！　　（可）但生机勃勃的鲜花正绽放在
像法兰西人带给　　　哥特的废墟之上
他儿子的那样　　　　（而）　　　　同样
（他）没有（带回）　　用舰队去占领
桂冠

这不是德意志的伟大

取胜全凭刀剑
要进入精神的王国
战胜各种偏见

搏斗

像男儿一样与虚妄作战
悲哀　　这是他热情的价值。
沉下的目光！

　沉重的锁链压在
这地球所有民族之上
当德意志将这锁链砸碎
向梵蒂冈贴出战书
向眩惑了全世界的
虚妄宣战。

夺得更高胜利的是
那挥舞着真理的闪电
将英才解放的人，
为理性的自由而战，
德意志　　意味着为所有民族争取公义
不是，德国所在　　意味着永恒。

———

　德国的崇高与威严
从不停留在他的王侯们头上
不住在　　即使德意志帝国
在战火中覆灭，

德意志的伟大仍岿然不动。

不在

住在他的公民头上。————————

　并非从腐败的怀中

并非在国王们的可收买的宫室中

德意志创造了一种毫无希望的

自私自利的哲学，一种

可悲的唯物主义，并非在那

意见显示道德之处，

在才智为真理冒险之处。不是

演说者，是他们的方式。——因此

对于他，神圣者依然神圣。

五

永远的

(痛苦和)耻辱给予德意志的儿子

　天生的冠冕

那将高高的冠冕

(扔掉)将他的(高贵)人的高贵贬损，

他折腰

屈膝在一个异邦的偶像面前，

他向不列颠人死的财富

和法兰西人华丽的光彩宣誓效忠。　　贪婪地窥探

————————

应该

他(可以)向至高无上者努力追求,
自然和理想
他与天地精神往来。
————

对于他,那至高无上者是一定的,
而如同他处在
欧洲各民族的中央,
他也是人类的果核,
其他民族是花与叶。
————

人类普遍
　　在自身中圆满
　　而最美丽的
在所有民族中
绽放的,编织
在一个花环之中,

他被世界精神所选中,当
时代的斗争
　为塑造人这一永恒的工程
而劳作,
　去保持时代所带来的。
从那时起直到现在,他将外来之物融入自身
并将其保存,
　　所有来自其他时代和民族的珍贵之物,
随时间产生并消逝
被他所保存
它永不会从他手中失去,这多少世纪
　的宝藏。
　并非在这一刻闪耀扮演他的角色,
而是在时代的伟大历程中获胜。每个
民族在历史中都有属于他的一天,但德

对于地球上
每个民族(闪耀)放出光芒
将来
(放出光芒)在历史中
属于他的一天
那一天这个民族在最高的
　　光辉中绽放光芒

意志的那一天是所有时代的收获——当
时间之轮圆满，德意志之日将显现
当那…… 团结成一体
在人类美丽的形象之中！

并且戴着崇高荣誉的
花环，
但德意志之日将出现(到来)
当时间，
之轮圆满。

（胡天 译）

叙事歌谣

潜　水　者*

(1797)

“有哪位侍童或是骑士，
　敢潜入这座深渊？
我抛下一只黄金的杯子，
　黑口立即会把它吞咽；
谁能把杯子再拿到手，
他可以留下，归他私有。”

国王说罢，就拿起杯盏，
　从那座又险又陡、
俯瞰大海的悬崖上面，
　投入卡律布狄斯[①] 涡流。
“我再问一声，有哪位勇士
去潜入这座深邃的海底？”

---

* 德国耶稣会士基谢尔(1601—1680)在其《冥府世界》(1678)一书中记载十四世纪时西西里国王弗里德里克曾命一个绰号“鱼”的潜水夫尼古拉跳进卡律布狄斯漩涡深处一探其究竟。席勒在本诗中将传说中的职业潜水员改为一个勇敢的侍童。

① 西西里岛海滨的一个危险的漩涡。在神话中它被说成是一个妖怪。

站在四周的骑士和侍童，
　听到都默然无语，
他们俯视那海涛汹涌，
　谁也不想将酒杯夺取。
国王第三次又开口发问：
“难道竟没有敢下海的人？”

可是，依旧是鸦雀无声。
　却有个侍童，温柔果敢，
离开那一群畏缩的人，
　抛去了腰带，脱去了衣衫，
四周围男男女女的贵人，
都愕然凝视堂堂的年轻人。

他迈步走到悬崖边上，
　俯视深深的大海，
卡律布狄斯正在叫嚷，
　把吸进的水吐了出来①，
海涛像远处雷声隆隆，
汹涌地冲出阴暗的深洞。

它沸腾，它澎湃，它怒吼，它咆哮，
　像水火混合在一起，
烟沫飞溅，直冲云霄，

① 荷马《奥德修纪》第十二歌 103 行以下：“在那下面，怪物卡律布狄斯吞吸黑暗的海水。她每天吐出三次，吸进三次，非常恐怖。”

　后浪推前浪，无休无止，
永远流不尽，永远淌不光，
好像海洋要另生出海洋。

狂暴的威力终于平息，
　从白色浪花之中
现出一条黑黑的缝隙①，
　深无底，像跟地狱相通；
只见那滔滔滚滚的洪流，
全都灌进漩涡的漏斗②。

青年趁涡流还没有回潮，
　急忙委身于天主，
四周只听到一声惊叫，
　漩涡已把他席卷而去，
大口又在神秘地闭紧，
大胆的泅水者已无踪无影。

大海上面是一片寂寥，
　海底是沉浊的涛声；
众人都发出颤抖的音调：
　“别了，你这高贵的年轻人！”
海波嘶吼得越来越沉重，
人们也等得心焦而惶恐。

① 这时，卡律布狄斯又吸入海水。
② 海水往漩涡深处倒灌，像注入漏斗一样。

“你即使把王冠抛进海洋，
　说道：谁取回王冕，
就让他戴上，当个国王！
　这样的重赏我也不垂涎；
咆哮的海底有什么蕴藏，
没一个幸运的活人知详。

“有多少行船被漩涡吞卷，
　突然向海底坠沉；
只剩下粉碎的龙骨和桅杆，
　挣脱出吞没一切的墓坑。”
只听到回潮像风雨骤临，
越来越响亮，越来越迫近①。

它沸腾，它澎湃，它怒吼，它咆哮，
　像水火混合在一起，
烟沫飞溅，直冲云霄，
　后波推前波，无休无止，
海涛像远处雷声轰鸣，
汹涌地冲出阴暗的深洞。

瞧！像个白天鹅浮起一样，
　在那阴暗的波面，
露出手臂和发光的颈项，

① 卡律布狄斯又把吞进去的海水吐出。

　它使劲划水，孜孜不倦，
正是他！他高高举起左手，
挥动着酒杯，快乐地招手。

他深深透气，良久地透气，
　欢呼着天日之光。
人人都表示无限的欢喜：
　“他活着！回来了！没葬身海洋！
逃出回旋的水窟和墓茔，
勇士救出了自己的性命！”

他来了，欢呼的人群围住他：
　他随即跪倒在地，
把那只杯子呈献给陛下，
　国王向他的爱女示意；
她给他斟满发光的美酒，
青年就转身向国王启奏：

“愿吾王万岁！在玫瑰光中
　呼吸的世人真开心！
在海底下面多使人惊恐，
　世人不要去试探神明，
慈悲的神明用恐怖和黑暗
掩护的一切，别想去窥看。

“我被卷下去，急如闪电，
　那时，从岩洞之中

又冲来一道猛烈的奔泉，
　身受到两股暴力的夹攻，
我头昏目眩，像陀螺一样，
旋转个不停，竟无法抵抗。

“我呼唤神明，神给我向导，
　在这最危急的时机，
见海底耸出一座暗礁，
　我急忙抓住它，才免于一死；
杯子正挂在尖珊瑚上面，
否则早坠入无底的深渊。

“因为我下面还有万丈深，
　笼罩着紫色的昏暗，
虽然我耳边像死气沉沉，
　一眼看下去，却毛骨悚然，
竹麦鱼、火蛇、还有蝾螈①，
蠢动在可怕的地狱洞里面。

“那些撞木鲛的丑类、
　奴鲷、有刺的鹞鱼，
盘成令人恶心的一堆，
　挤在一起，阴森而可怖，
可怕的角鲛是海中鬣狗，
露出了利齿，吓得我难受。

---

① 火蛇和蝾螈不产于海中，此处为增加恐怖气氛而罗列其名。

“我吊在那里，觉得很恐惧，
　得不到任何人救命，
有情感的人跟鬼怪为伍，
　在死寂之中深感孤零，
海底听不到世人的言语，
凄凉的荒漠只存在妖物。

“我越想越怕，忽有个怪物，
　同时舞动着百爪，
爬过来抓我；我神思恍惚，
　失手把握紧的珊瑚枝放掉，
我立即遭到涡流的吞卷，
却侥幸被它推出了水面①。”

国王不由得万分惊叹：
　“这酒杯赠送给你，
我还打算送你个指环，
　上面镶嵌着无价的宝石，
你再试一番，把你在海底
看到的一切再向我告知。”

公主听到了，心里很不忍，
　她替他好言求情：
“父王，这一幕已经够残忍，

① 卡律布狄斯将海水吐出，漩涡里的海水往上升涌，所以将勇士推出水面。

　别人不肯的，他已经效命；
如果你心里还不够满足，
就让骑士们将侍童羞辱[①]。”

国王却急忙拿起了酒杯，
　扔进大海的漩涡里[②]：
“你如果把杯子再给我取回，
　就封你做个特级的骑士，
你就在今天可跟她成亲，
她现在怜惜你，在替你求情。”

有一种天力攫住他的心，
　勇气在眼中闪耀，
他看到美人面泛红云，
　又见她面色发白而晕倒；
这就驱使他要夺获重赏，
不顾生与死去蹈赴海洋。

又听到怒涛席卷着回来，
　像传来轰轰的雷声；
她脉脉含情，俯望着大海，
　流回的海水滔滔滚滚，
哗哗地冲来，哗哗地后退，
却没有再把青年送回。

---

① 叫骑士们去下海探险，而使侍童受辱。

② 国王不顾公主的求情，还要青年二次下海，牺牲他的性命，也牺牲自己女儿的幸福，这一点突出地暴露了国王的残暴。

手　　套*

（1797）

在他的狮子园前，
等待看斗兽表演，
　坐着弗朗茨国王①，
贵族们围在他身边，
在高高的看台上面，
　环列着美貌的女郎。

他挥动他的手指，
兽槛门立即开启，
一只缓步的狮子
走进场子里；
它默默望望
四方，
大伸其懒腰，
再抖抖鬃毛，
又将脚伸开，
躺了下来。

---

* 取材于桑福阿的《巴黎史话》(1766)。英国诗人亦有同名之作，如亨特的《手套与狮子》，白朗宁的《手套》。

① 法国国王弗朗索瓦一世(1515—1547 年在位)。

国王又用手一指，
第二扇门
豁然大开，
一只老虎，
猛然一跃，
跳了出来。
它看到狮子，
就大叫一声，
翘起尾巴，
恐怖地甩了一阵，
又伸出舌头，
在狮子四周，
畏怯地兜了几圈，
发出愤怒的呜呜声，
然后呼噜呼噜地
躺在狮子旁边。

国王又用手一指，
从两扇大开的门里，
猛地跳出两匹豹子。
它们抱着勇猛的斗志，
冲向老虎那里；
老虎用利爪扑击它们，
狮子也发出吼声，
站了起来——才归于沉静，
凶狠的虎豹，

在四周躺下，
杀气腾腾。

这时，落下一只手套，
从看台上的美人手中，
正好落到老虎和狮子
二者当中。

库尼贡小姐语带讽刺，
转身对骑士德罗热说道：
“骑士先生，你的情意，
如果真像你每次的发誓，
就请去拾起那只手套！”

骑士飞快地走下去，
走到可怕的斗兽场里，
不动声色，
伸出他的大胆的手指，
从猛兽当中把手套拾起。

那些高贵的淑女和骑士，
从旁观看，又怕又惊奇，
他却沉着地将手套取回。
众人都对他交口赞美，
库尼贡小姐热情相迎，
她的眼睛里脉脉含情，
预示他已交上桃花运。

他却把手套掷在她面前，
“女士，我不贪图你谢恩！”
登时离开了那位美人。

波吕克拉忒斯的戒指*

(1797)

他站在他的雉堞墙上，
他很心满意足地俯望
　在他统治下的萨摩斯①。
“这儿全属于我的王土，”
他对埃及的国王② 吹嘘，
　“你得承认我很有福气！”

“你蒙受到天神的大恩，
从前跟你是同等的人③，
　现在都屈从你的统治；
但还有个要报仇的人④，
我不能恭维你的福分，
　只要敌人没闭上眼皮。”
国王刚刚说到了这里，
从米利提⑤ 派来的星使

---

* 本诗取材于希罗多德《历史》第三卷40—43节。波吕克拉忒斯为萨摩斯岛的僭主(前535—前522年在位)。

① 小亚细亚西海岸边的小岛。

② 埃及国王阿玛西斯，在位：公元前570—前526年。

③ 萨摩斯岛人。波吕克拉忒斯用反间计夺得该岛的统治权。

④ 被赶跑的岛国统治者，米利提国王。

⑤ 米利提：在小亚细亚西海岸，古代希腊人的繁盛的商业城市。

　已经来到了僭主面前：
“主上，焚起牺牲的香气，
再用新鲜的月桂树枝
　给你的华发编结花冠！

你的仇人在枪下殒命，
忠诚的波吕多尔将军
　派我来报告这个喜讯。”
他从黑盆里取出人头，
面孔很熟，鲜血还在流，
　两位国王都大吃一惊。

埃及王吓得向后退缩：
“我提醒你，别相信鸿福，”
　他很忧心忡忡地说道，
“想想，船队还飘在海上，
很容易在暴风中遭殃，
　它们的命运未可逆料。”

他这句话还没有说完，
他的话头已经被打断，
　码头上传来一阵欢呼。
队队的商船帆樯如林，
已经开回故国的海滨，
　满载着舶来品的宝物。

堂堂的贵宾无限惊奇：

“今天总算是你的运气，
　可是要当心好景不长！
骁勇善战的克里特人[1]，
要进行威胁你的战争，
　已经逼近到海岸之旁。”

他的话刚刚说出口来，
只看见船边人山人海，
　异口同声地高呼：“胜利！
我们已经免除了敌患，
克里特人被暴风吹散，
　一下子结束一场战事！”

贵宾听到了，感到害怕：
“我真要珍视你的造化；
　可是，我担心你的幸福；
我怕你受到天神妒忌[2]：
人生中的纯粹的欢喜，
　不会分给尘世的凡夫。

我本人也是万事如意；
我所从事的一切政事，
　全都蒙受上天的宠爱；
可是我有过一个爱子，

① 地中海的克里特岛居民是当时强大的海军力量。
② 古代希腊人相信凡人太幸福，易招天神妒忌。

被神夺去;我看着他死;
　让他替我的幸福还债。

因此,你要想预防不幸,
就请祷告冥冥的神明,
　给你幸福,也给你苦痛。
我还没见过一个世人,
老是受到丰沛的神恩,
　而能快快活活地善终。

如果天神不听你祷告,
就请重视朋友的教导,
　你要自己去找寻不幸;
从你的全部宝物里面,
拿出你最心爱的一件,
　把它投入大海的波心!"

僭主深感恐惧地说道:
"本岛所有的一切珍宝,
　最贵重的是这只戒指①。
我要献给厄里倪厄斯②,
是否会宽恕我的运气——"
　他于是把它投入海里。

---

① 一只镶有纯绿宝石的金戒指。原为萨摩斯人忒俄多洛斯所制。
② 复仇女神。

一到第二天上午时光，
一个渔夫来晋谒君王，
　他得意洋洋，满面春风：
“我捉到这一条鱼，主上，
从没见这样的鱼落网，
　因此，我特地拿来进贡。”

当厨师把鱼拿去剖开，
他又惊慌地奔了回来，
　露出骇异的眼光叫嚷：
“主上，这是你戴的戒指，
我发现它在鱼胃囊里，
　哦，陛下真是幸福无疆！”

贵宾恐怖地转过身子：
“我再也不能留在这里，
　不能再交你这位朋友。
天神要断送你的性命[①]；
我要走，免得同归于尽——”
　说罢，立即登上了归舟。

① 波吕克拉忒斯后来果然未得善终，他被波斯总督俄洛厄斯忒斯诱至玛格涅西亚，惨杀后钉在十字架上。

托根堡骑士*

（1797）

“骑士，我的心向你献上
　忠诚的姊妹的爱情；
其他的爱情不要相强，
　因为，会使我伤心。
我可以安然望着你来临，
　安然望着你离开。
瞧你眼睛里珠泪盈盈，
　我觉得不能理解。”

他默默含悲，听她说话，
　心里觉得很痛苦，
他将她紧紧拥抱一下，
　然后跨上马离去，
向瑞士① 全境发出号召，
　动员所有的部下；

* 本诗取材于提罗尔地方的传说。故事发生于沃尔肯维克特修道院附近。托根堡骑士跟沃尔肯斯坦的骑士们一同向圣墓进军。在他远征期间，他的情人做了修女。

① 此处的瑞士指施维茨州。在十字军时代，瑞士还没有成为联邦国家。

叫他们胸佩十字符号①，
　准备向圣墓② 出发。

由于英雄们武艺高超，
　在那里立下大功；
他们的头盔上的羽毛，
　在敌军阵营中飘动；
托根堡的赫赫的威名
　使穆斯林们胆寒；
可是他那颗郁郁的心，
　一刻也不能平安。

他已忍耐了整整一年，
　他再也不能忍耐，
因为他总是不能心安，
　于是就开了小差；
他在约帕③ 的海岸之旁，
　看到有帆船开出，
他就乘船溜回了家乡，
　来到情人的住处。

旅人走到了城堡门前，
　轻轻地向前叩门；

① 十字军的符号。
② 耶稣的圣墓在耶路撒冷。
③ 耶路撒冷西北的海港，《圣经》上称为约帕，今称雅法。

城门开了,迎面却听见
　打雷一样的吆喝声:
"你找的人,已披上面纱,
　做了天国的新娘[1],
就在昨天好日里出家,
　已归到天主身旁。"

他于是离开祖先的城堡,
　永远不再回家,
他不再一顾他的枪矛,
　也不顾忠心的马。
他从托根堡走了下去,
　不让任何人知道,
因为他那高贵的身躯
　已穿上粗麻布衣袍。

他为自己建一座茅棚[2],
　建立在附近地方,
从蓊郁的椴树当中,
　可以将修院眺望[3]。
他从曙色初吐的时光
　直等到夜色降临,

① 做了修女。
② 隐修士的茅庵。
③ 席勒这两行的描写是根据他幼年时在洛尔赫所得的印象。该村位于一座小山脚下,山顶上有一座修道院,院墙外有一株老椴树。该地附近尚有霍恩斯陶芬王室的废城。

脸上浮着静静的希望，
　独坐着，孤苦伶仃。

他向那座修道院凝望，
　一刻也不肯离开，
他望着他情人的小窗，
　直到它呀然洞开，
直等到他的情人出现，
　直到那可爱的玉人，
低头望着山谷的下面，
　天使般安详温存。

他于是欣然躺下身来，
　安心地进入梦境，
暗暗地感到身心愉快，
　直到第二天来临。
他这样坐了很多日子，
　许多年从不离开，
无忧无虑地等在那里，
　等候那小窗打开，

直等到他的情人出现，
　直到那可爱的玉人，
低头望着山谷的下面，
　天使般安详温存。
他这样坐到某日上午，
　他已经变成死人；

他的脸色苍白而肃穆，
还对着那扇窗门。

伊比库斯的鹤*

(1797)

伊比库斯,神祇的朋友①,
前往科林斯地峡遨游,
希腊各族正欢聚该地,
举行赛歌和战车竞技②。
阿波罗曾赐给他诗才,
　又赐给他美妙的歌喉;
因此他拄着游杖出来,
　离开瑞吉姆,神思悠悠。

城堡③ 雄踞在山脊上面,
早已映入行人的眼帘,
他怀着虔诚战栗之心,
走进了波塞冬的松林④。

---

* 伊比库斯为公元前525年左右的希腊抒情诗人,生于意大利南部的瑞吉姆。关于他被强盗杀害而由鹤报仇的故事,在绥达斯的辞书和普鲁塔克的著作里有不同的记载。席勒本诗的取材,最初由歌德提供。

① 敬神、爱神同时也蒙神爱的人。

② 科林斯地峡竞技大会为古代希腊四大竞技会之一。主要节目为赛车和赛跑。虽也有诗人朗诵己作,但并不固定。这种大会是为敬海神而举行。

③ 科林斯城堡雄踞在565米高的山脊上面。

④ 波塞冬为海神。松树为海神的神树。海神庙即在松林里。

沉寂的四周毫无动静，
　只有飞鹤做他的伴随，
它们排成灰白的一群，
　向着温暖的南方高飞。

“祝福你们，友好的鹤群，
你们陪伴我渡海远行！
我认为你们预兆吉祥，
我们的命运都是一样：
我们都是远道而来，
　但求有一个住宿之处。
但愿好客的大神① 关怀，
　使我们免受外人羞辱！”

他抖擞精神，迈步向前，
看看来到了森林中间；
突然碰到了两个匪徒，
狭路相逢，挡住他去路。
他只得做好准备应战，
　可是双手却毫不济事，
它们只惯于抚弄琴弦，
　却从来没有弄过弓矢。

他呼人求救，呼神求救，
谁也听不到他的哀求；

① 宙斯。

不管把声音送得多远，
一个生灵也没有出现。
“难道我就该客死异地，
　孤苦伶仃地无人致哀，
死在凶恶的强盗手里，
　没有一个复仇者到来？”

他受了重伤，跌倒埃尘，
忽传来飞鹤鼓翼之声；
听到凄凉的鹤唳逼近，
可是他眼睛已经失明。
“高空的鹤群，如果没有
　其他人为我伸张正义，
那就请你们鸣冤报仇！”
　他说罢，就此溘然长逝。

剥光的尸体被人发现，
虽被打伤得形体难辨，
却有个科林斯的故交，
认出他的挚友的面貌。
“谁知竟这样跟你再见，
　我曾希望给你的头上
戴起一顶松枝的花冠，
　让它显耀诗人的荣光！”

参加海神节日的来宾，
　听到这消息都很伤心；

全希腊充满一片哀伤，
人人都痛惜诗人命丧。
民众们显得群情愤慨，
　纷纷向元老提出要求，
要叫凶手来偿还血债，
　替死难者的英魂复仇。

可是那一片人山人海，
全都被盛会吸引而来，
有什么蛛丝马迹可寻，
怎能把凶手分辨得清？
是被卑鄙的强盗杀死？
　是遭到嫉妒者的暗算？
知情的只有赫利俄斯[①]，
　因为他普照整个尘寰。

也许他正在肆无忌惮、
迈步混在希腊人中间，
当复仇女神将他寻觅，
他正享受犯罪的果实。
就在她们的殿宇[②] 门前，
　他也许嘲笑神的虚妄，
大胆地夹在人群里面，
　随他们一同涌向剧场。

① 日神。
② 此处指剧场。

那时，座位都挤得满满，
看台的支柱像要裂断，
各族人民像潮水一样，
从各处赶来等待开场。
人声鼎沸，像海波翻滚，
　到处都看到人头攒动，
圆形的座位一层一层，
　一直伸向蔚蓝的天空①。

谁能数得清各族来宾，
谁能列举他们的族名？
他们从忒修斯的城市②、
奥利斯③的海岸、福喀斯④、
斯巴达、亚细亚的海滨
　和各个岛屿专程赶到，
在观众台上凝神静听
　合唱队的凄凉的曲调。

她们迈着庄重的缓步，
遵循着古制，认真严肃，

① 古代希腊剧场多为建筑在山边的露天剧场。观众的看台，作环形围着舞台，一层一层往上升高，犹如现代的体育场看台。

② 指雅典。忒修斯继承父亲埃勾斯的王位做雅典国王。有些版本作刻克洛普斯的城市，因后者为雅典的最初的国王。

③ 玻俄提亚的海港。

④ 玻俄提亚西部地名。

从后台里面走了出来，
绕着剧场的圆形舞台①。
她们走起来不像凡人，
　俗家生不出这种闺女！
她们的身材仿佛巨人②，
　远远超过凡人的高度。

她们腰缠黑色的大衣③，
在她们的干瘪的手里
挥舞着暗红色的火炬，
她们的面颊血色毫无。
在一般人的额角周围，
　总飘动着可爱的发丝，
她们那里却尽是毒蛇，
　鼓起充满毒液的肚皮。

她们恐怖地绕着圈子，
开始唱起赞美的颂诗，
歌声钻进人们的心坎，
像用铁链锁住了罪犯。
听这种复仇女神之歌，
　使听众骨髓都会溶解，

① 演员或合唱队进场下场，都严守古例。合唱队由左侧圆门出场，她们并不登台，只在舞台和观众席中间的歌队席上歌舞。

② 古希腊演员为了增加身材的高度，脚穿一种厚木底长靴，脸上戴的长面具罩着整个头部。

③ 复仇女神的歌队的打扮。

使人惊心而丧魂落魄，
　连竖琴声都令人难耐：

“谁能保持纯洁的灵魂，
清白无辜，他就是福人！
我们决不会前去找他，
他会度过自由的生涯。
可是，谁在暗地里杀人，
　犯下大罪，他就要生灾！
我们要钉住他的脚跟，
　我们乃是黑夜的后代[①]。

“他以为他已远走高飞，
可是我们会插翅紧追，
拿绊索抛在他的脚旁，
他必然会绊倒在地上。
我们毫不放松地追赶，
　他就是后悔，也不宽宥，
一步一步直追到阴间，
　到那里也不放他自由。”

她们一面唱，一面舞蹈，
一种死气沉沉的寂寥
沉重地罩住整个剧场，
仿佛复仇神就在身旁。

① 复仇女神为黑夜所生。

她们迈着庄重的缓步，
　绕着剧场的圆形舞台，
遵循着古制，庄严肃穆，
　大家一齐走进了后台。

人人都觉得胆战心惊，
是真是幻，还狐疑不定，
他们敬畏可怕的女神，
在冥冥之中审判世人，
莫知究竟，又莫测高低，
　绕着命运的阴暗线圈，
只向深深的内心启示[①]，
　不在光天化日下露面。

这时，座位的最高一排，
突然间有人叫出声来：
“提摩太俄斯，你瞧，你瞧，
是伊比库斯的鹤来了！”[②]
天空骤然间变得昏暗，
　人们仰看剧场的上方，
只看到黑压压的一团，
　一群灰鹤正凌空飞翔。

“伊比库斯的！”这个大名

① 使罪人感到良心谴责。
② 一个强盗对其同党所言。

引得大家又感到伤心，
像掀起海波一阵一阵，
人人都立即异口同声：
“伊比库斯的？就是大家
　悲悼的、被杀害的诗人！
与他何关？干吗提起他？
　他跟鹤群有什么纠纷？”

越来越使人疑虑重重，
预感掠过大家的心中，
像电击一样：“注意注意，
这是复仇女神的威力！
凶手已经在自己供认！
　好替虔诚的诗人报仇！
抓住说出这句话的人，
　还有听他讲话的对手！”

那人刚把话漏出了嘴，
他还想把他的话收回；
徒然！吓得发青的嘴唇，
就是做贼心虚的证明。
他们被拖到法官面前，
　舞台变成了审判法庭，
逃不过复仇神的闪电，
　凶手招认了一切罪行。

锻铁厂之行*

(1797)

弗里多林是一个忠仆，
　对天主敬畏万分，
他忠心侍奉他的女主
　沙维恩伯爵夫人。
她很温和，她很仁慈，
可是即使她发起脾气，
他也愿意看天主份上，
努力去满足她的意向。

从清早，晨曦刚刚升起，
　一直到敲起晚钟，
他只是替她当差办事，
　从没有露出倦容。
如果主妇说：“你别太累！”
他眼中就要渗出眼泪，
他怕有什么疏忽之处，
对工作绝对不敢叫苦。

---

* 取材于十八世纪法国小说家布莱东的小说。席勒曾风趣地说他已写了取材于“空”(《伊比库斯的鹤》)和水(《潜水者》)的叙事歌，现在要取材于火了。

因此，在全部仆从之中，
　他受到特别抬举；
从夫人的美妙的口中
　吐露出许多赞语。
她并不当他是她的奴隶，
因他忠心，竟视如己子；
她的明眸常对他凝望，
喜爱他的俊美的面相。

因此，猎人罗伯特胸中
　燃起仇恨的毒火，
在他阴暗的心灵之中，
　早就想幸灾乐祸；
伯爵是个性急的莽汉，
最易轻信谎骗的谗言，
有一次，他们打猎回转，
猎人就让他生起疑团。

“高贵的伯爵，你真快乐！”
　他满怀狡诈地煽动，
“任何捕风捉影的毒舌，
　夺不去你的好梦；
因为你有个高贵的妻子，
她坚守着贞节的玉体；
任何诱惑者也永远不能
破坏她那坚定的忠诚。”

伯爵皱起阴郁的眉梢：
　“朋友，你说什么话？
我会相信妇女的贞操？
　她们是水性杨花。
奉承容易使她们上钩；
我的看法有确实理由。
我希望，别让勾引的人
接近沙维恩伯爵夫人。”

另一位说道：“你想的有理。
　这真该让你嘲笑，
那个傻瓜，天生的奴隶，
　他竟敢这样胡闹，
他对指挥他的女主妇
竟敢妄生淫乱的企图。”
伯爵气得发颤说：“什么？
你说的，真有这种家伙？”

“可不是，大家议论纷纷，
　就瞒着我的家主？
可是，既然你故意隐瞒，
　我也不愿意揭露。”——
“快说，你这该死的混蛋！”
伯爵威严可怕地叫喊，
“谁敢觊觎我的库尼贡？”——
“我说的是金发的仆从。

他的样子长得不难看，”
　　他继续施展诡计，
伯爵觉得发热又发寒，
　　句句话刺在心里。
“主人，难道你从没察知，
他只把她放在眼里？
吃饭时对你都不理睬，
只靠在她的椅子边发呆？

瞧他所写的这些诗稿，
　　把他的热情坦白——”
“坦白！”——“还要求爱的回报，
　　这个大胆的奴才。
伯爵夫人，温柔而心软，
出于怜悯，才对你隐瞒；
我现在后悔说出这些话，
因为，主人，你有何惧怕？”

伯爵怒冲冲骑马而出，
　　前往附近的林中，
那里，烧着烈火的高炉
　　正在把铁块销熔。
雇工们忙得双手不歇，
从早到晚保持着火力；
风箱呼呼叫，火花飞迸，
像要把岩石烧得透明。

这儿只见水力和火力
　互相联合在一起；
水轮受着奔流的冲击，
　转动得无休无止。
日夜只听到叮叮当当，
还有铁锤合拍的声响，
在这强力的挥击之下，
铁块也只得驯服软化。

他招呼两个雇用的工人，
　对他们暗示地说道：
“看到我派的第一个来人，
　他这样对你们问道：
‘你们可曾听主人吩咐？’
就把他扔进那座地狱[①]，
让他立即化成了灰烬，
不再在我的眼前现形！”

那两个畜生，嗜杀成性，
　听此言很感兴趣，
因为他们胸膛里的心
　就像铁一样冷酷。
他们使劲地拉着风箱，
让炉里的火烧得更旺，
怀着渴望行凶的杀心，

① 即扔进高炉里烧死。

准备接受送死的祭品。

罗伯特于是虚情假意，
　前去告诉小伙子：
"拿点精神出来，别迟疑！
　主人要你去办事。"
主人对弗里多林说道：
"快往锻铁厂去走一遭，
给我去问那里的雇工，
可曾照我的吩咐完工？"

小伙子回道："照办不误！"
　他急忙准备动身。
可是突然想了想停住：
　"她是否也有事情？"
他走到伯爵夫人身旁：
"主人派我前去锻铁厂；
请问，你可有什么吩咐？
因为我应当为你服务。"

沙维恩夫人听到这话，
　温和地对他说道：
"我想去望神圣的弥撒，
　可是我儿子病了；
因此，孩子，我烦你代劳，
替我去诚心做个祷告，
你想忏悔你自己的罪，

那就让我也一同受惠！”

接到这件欢迎的任务，
　他急忙欣然启程，
迈着飞快的脚步赶路，
　还没有走出村镇，
他就听到从钟架之上
传来响亮的大钟声响，
它在召唤一切的罪人
去领圣事①，使他们蒙恩。

“你在路上遇到了天主，
　不要躲避而失迎！”——
他说罢，就走进教堂里去，
　里面还毫无动静；
因为，正好在秋收期间，
收割者忙得热火朝天；
这儿也没有一位辅祭，
熟练地帮助举行祭礼。

他于是立即下了决心，
　代理管堂人职务；
他说：“祭献天主的大礼
　决不容许耽误。”
他于是就给神父当差，

① 天主教中有七件圣事，此处的圣事指“领圣体”。

帮他系好袍带[1] 和圣带[2]，
弥撒祭礼所用的圣器，
他都急急忙忙地备齐。

他热心地把诸事办完，
　又去代理辅祭人，
走到祭台边神父面前，
　手捧着弥撒经本，
他向右下跪，向左下跪，
每个暗示都完全领会，
念到圣圣圣[3] 经文之时，
他也依圣名摇铃三次。

随后，虔诚跪下的神父
　转身面向着祭台，
显示当场莅临的天主[4]，
　高高地举起手来，
于是管堂人摇起手铃，
叮玲叮玲地通告众人，
大家就跪下，捶着胸脯，
一面画十字祷告天主。

① 袍带(Cingulum)：天主教神父束白袍(Albe)的绣花白丝带。

② 圣带(Stola)：在胸前一直垂下去的两根飘带。

③ 以拉丁文 Sanctus 开始的弥撒经文，我国天主教弥撒经中译作“圣圣圣，万军之王……”。

④ 显示圣体。

他就是这样敏捷老练，
　　一丝不苟地办事，
教堂里面的各种习惯，
　　他全都十分熟悉。
他直到末尾，毫无倦怠，
直到念起《主与尔同在》①，
神父转身面向大众时，
念降福祝文结束圣事。

于是他又很谨慎小心，
　　收拾好一切圣器，
他先把圣堂打扫干净，
　　然后才离开那里，
他的良心已经很安宁，
就赶紧向着铁厂前行，
在路上他按规定数字，
把《天主经》默念十二次。

当他看到烟囱在冒烟，
　　看到那两个雇工，
就叫道："伯爵吩咐的事，
　　雇工们，可曾完工？"
他们龇牙咧嘴地狞笑，
指着高炉的大口说道：
"它已被我们收拾妥当；

① 拉丁文经文：但愿主和你们同在。

奴仆会得到伯爵夸奖。”

他于是快步飞奔回家，
　向他的主人复命。
伯爵远远地看到了他，
　怀疑自己的眼睛：
“不幸者！你从哪里走回？”——
“从锻铁厂来。”——“绝对不会！
你在路上先耽搁过了？”——
“主人，只等到做完祈祷。

因为，今天从您的面前
　离开之时，请宽恕！
我曾到女主人那边，
　问问有什么任务。
主人，她命我去望弥撒；
我很高兴地听从了她，
我曾念过四遍《玫瑰经》，
为了您的和她的康宁。”

伯爵一时间慌乱不已，
　他觉得非常惊讶：
“告诉我，你在铁厂那里
　得到了什么回答？”——
“主人，回答得莫名其妙，
他们指着炉子对我笑：
它已被我们收拾妥当；

奴仆会得到伯爵夸奖。”

“罗伯特呢?”伯爵忙问道,
　　他打了一个寒噤,
“难道他没有和你碰到,
　　我派他前去森林。”——
“主人,在林中,在原野里,
我没见罗伯特的影子。”——
“唔,”伯爵像被彻底摧毁,
“这种事真是天网恢恢!”

他显出从未有的仁慈,
　　抓住他奴仆的手,
感动地带到夫人那里,
　　她一点不知情由。
“这孩子,比天使更加清白,
我愿他承受你的宠爱!
不管有谁说他的坏话,
自有天主天神保佑他。”

厄琉西斯的祭典*

（1798）

用金色麦穗把花环编好，
　蓝色矢车菊① 也不可遗忘！
欢乐会使人眉开眼笑，
　因为驾临了我们的女王②，
她矫正了野蛮的遗风，
　她使人和人互相交往，
她把迁徙无定的帐篷
　化为平安的定居的住房。

怯生生的穴居之人，
　他们躲进了深山穷谷；
哪儿经过了游牧之人，
　草原就留下一片荒芜。
猎人拿着投枪和弓箭，
　在各个地方奔波流浪；

* 厄琉西斯在希腊雅典西北，该处有五谷女神得墨忒耳的神庙。相传女神寻觅爱女时，曾到过该处，向一个青年传授农耕之术。后人感女神之德，建庙祭祀。每年秋天举行收获庆祝时，同时举行密教祭典。本诗叙述人类社会文明发展史，为席勒爱用的题材。

① 矢车菊亦译蓝芙蓉，象征蓝天。

② 五谷女神得墨忒耳。

被海涛卷到不幸的岸边，
　那种异乡人真是遭殃！

当初刻瑞斯走遍人间，
　寻觅她的女儿的踪迹，
来到这处荒凉的海滩，
　原野里没有一点绿意！
没有一间可居的房屋，
　让她在这里安心栖身，
没有神庙的华丽的圆柱，
　证明世人崇敬天神。

没有任何可爱的谷物，
　可以招待她一顿美餐；
只能看到死人的枯骨，
　放在讨厌的祭台上面。
她所过之处，远远近近，
　到处都是不幸的灾难，
她抱着一颗高贵的心，
　为人类的堕落悲叹。

“奥林匹斯山上的天神
　所具有的美丽的形姿，
我们不是赋予了世人，
　怎会变成现在的样子？
我们不是把大地的胸膛，
　送给世人自由支配，

他们怎会在王土之上
　竟然落难得无家可归？

难道没有神怜悯他们？
　竟没有一位在天之神
用奇迹的手提拔他们，
　使他们脱离屈辱的深坑？
他们住在高高的天上，
　对他人之苦无动于衷；
可是，人类的困苦忧伤，
　却使我心里感到苦痛。

为了让人做真正的人，
　要让他们跟虔诚的大地，
跟他们母亲一样的根本，
　建立一个永远的盟契，
让他们尊重岁时的规律
　和天体的神圣的运行，
天体调节得非常合度，
　发出和谐悦耳的乐音①。”

她于是轻轻拨开云雾，
　不让它遮住她的视线，
突然降到野蛮人住处，
　以神的形象对他们显现。

① 指毕达哥拉斯的天体谐和。

举行庆功宴的野人，
　他们看到她的神姿，
就捧着血淋淋的大盆，
　献给女神作为祭礼。

她战战兢兢，大为惊惶，
　掉转了头开口说道：
“神的嘴唇决不沾尝
　血腥味的老虎食料。
神只接受纯净的牺牲，
　秋季所赠与的谷物，
你们敬事天上的神，
　要用田野的虔诚的礼物。”

她从猎人粗鲁的手里，
　把沉重的投枪拿走，
她就用这长柄的凶器
　将轻松的土掘出垄沟。
她又从她的花冠顶上
　拿一颗充满生力的种子，
向松软的土缝中安放，
　它就膨胀而抽芽生枝。

随即看到辽阔的土地
　都长出了碧绿的禾茎，
不论你眼睛望到哪里，
　都像舞动着美丽的森林。

她祝福大地，盈盈含笑，
　捆扎好头一次的禾把，
选一块岩石作为祭灶，
　女神吐出祷告的话：

“父亲宙斯，在高空之上
　你统御着一切天神，
请你显露出一个迹象，
　表示你悦纳这种牺牲！
高贵者，这些不幸的人，
　还不知道叫你的名字，
让他们认识他们的神，
　请除去他们眼睛的云翳！”

宙斯高坐在宝座之上，
　听到他妹妹[①] 的祷告，
随即在碧空发出雷响，
　又掷下电光闪闪照耀。
祭台上面火光熊熊，
　袅袅地升起一股浓烟，
而在高高的天空之中，
　看到他的神鹰[②] 在盘旋。

大家拜倒在女神足下，

① 宙斯和得墨忒耳同为克洛诺斯和瑞亚所生。
② 鹰是宙斯的神禽。

　他们感动得万分高兴，
野性的灵魂受到感化，
　第一次有了人性的感情。
他们抛掉血腥的武器，
　打开蒙昧闭塞的心扉，
他们从这位女王嘴里，
　聆听神明赐与的教诲[①]。

于是天神全都下凡，
　离开宝座从空而降，
忒弥斯[②] 亲自带头居先，
　手里拿着公正的宝杖，
丈量每个人的权利，
　亲自给他们树立界标，
她又请来冥府的神祇，
　作为见证，免致争吵。

接着来了宙斯的儿子，
　多有发明的锻冶之神[③]，
他会制作精致的巧器，
　对矿石陶土非常精明。

① 得墨忒耳经过厄琉西斯时，受到厄琉西斯王刻瑞俄斯的照顾，为了报答王恩，她就向王子特里普托勒摩斯教导农耕之术，送给他龙拉的车子和谷种，让他驾着龙车去各地分配谷种。这是神话中的说法。此处叙述五谷女神教人类从事农耕。

② 忒弥斯为法律与正义的女神。

③ 赫淮斯托斯。

他教导世人使用钳子，
　教人怎样去拉风箱，
经过他的铁锤敲击，
　第一只耕犁出现在世上。

密涅娃[①] 拿着沉重的投枪，
　她是众神之中的翘楚，
她拉开嗓子大声叫嚷，
　指挥大批的天神军旅。
她要替人们建筑坚城[②]，
　保卫大家的人身安全，
她要把一盘散沙的世人
　团结起来，亲密无间。

她迈着统治者的脚步，
　走过辽阔广大的地面，
护界之神亦步亦趋，
　紧紧地跟在她的后面。
她在各处进行测量，
　用锁链套住青山周围，
又把滔滔大川的河床
　圈进神圣的境界之内。

① 希腊神话中名雅典娜。为智慧女神，技艺女神，又作为军神。
② 特洛亚城开始建筑时，从天上降下雅典娜的神像，暗示该城将置于她的保护之下。此处叙述神给人类建立城市。

一切山精和水泉仙子，
　都在各处山路之上，
跟着捷足的阿耳忒弥斯①，
　挥着她们手中的猎枪，
她们都赶来大干一番，
　发出阵阵欢呼的喧哗，
由于她们大斧的猛砍，
　大批的松树轰轰倒下。

那位戴着苇冠的神②，
　也从碧波中升了起来，
他遵从着女神③ 的严命，
　送来一批沉重的木排。
时间女神④ 把衣裾撩起，
　十分敏捷地飞来相助，
粗笨的木材在女神手里
　被制成了精美的圆柱。

挥舞三叉戟的海神，
　也在那儿奔波忙碌，
他从大地的骨架深层
　凿出花岗岩的石柱，

① 月神，又是女猎神，她跟水泉仙子在林中游荡狩猎。但此处却作为森林之主，伐木砍树供应世人建造之用。

② 河神。

③ 密涅娃。

④ 即时序女神，有三位。

高托在他强力的手里，
　像托着轻轻的皮球一样，
他跟敏捷的赫耳墨斯
　一同堆砌高大的城墙[①]。

而阿波罗[②] 却在那时
　从金琴上弹出和声，
合着节奏优美的拍子，
　曲调的魔力非常动人。
诗歌女神也在一旁
　拉着九条嗓子唱歌；
随着那种歌曲的声响，
　轻轻堆起一块块石头[③]。

库柏勒[④] 双手非常熟练，
　她装上了大扇的门户，
又添上了关门的门闩，
　还装上门锁，非常牢固。
经过群神的快手建造，
　奇迹的建筑很快完工，
那座四壁辉煌的神庙，
　已经在迎接庆祝活动。

---

① 在神话中海神因企图反抗宙斯，曾被罚做苦工一年，建筑特洛亚城。

② 此处作为音乐之神。

③ 神话中说：九位缪斯曾赠送安菲翁一具竖琴，有一次，安菲翁弹起竖琴，妙音感动顽石，许多石头都自动接合起来建成了忒拜王的宫殿(一说忒拜城墙)。

④ 大神母。

众神的女王[①] 也大驾光临，
　拿着一顶桃金娘花冠，
她领着最美丽的牧人
　到最美丽的牧姑面前。
维纳斯带着可爱的孩子[②]，
　亲自替这头一对化妆，
一切天神都带来贺礼，
　祝贺结褵的新郎新娘。

新的市民们接踵而至，
　一群合唱的幸福的神
给他们领路，和谐一致，
　走进殷勤接待的大门；
刻瑞斯担任女祭司职务，
　站在宙斯的祭台旁边，
她替大家合掌祝福，
　而且当众开口发言：

“野兽在荒野自由来往，
　神在太空中自由统治，
他们胸中的强烈的欲望，
　都受自然法则的控制；
人处于他们二者之中，

① 宙斯之妻赫拉，此处作为婚姻之神。
② 小爱神阿摩。

　应该团结成天下一家，
只有通过道德之功，
　才使他们自由而强大。”

用金色麦穗把花环编好，
　蓝色矢车菊也不可遗忘，
欢乐会使人眉开眼笑，
　因为驾临了我们的女王，
她给了我们可爱的家，
　她使人和人交往合群。
我们来庄严地唱歌赞美她，
　她是世间赐福的母亲。

屠龙大战[*]

(1798)

群众为什么飞奔，街上
为什么那样熙熙攘攘？
是不是罗得[①] 发生火灾？
群众像疾风一般卷来。
我发觉到在人丛中央，
一位骑士高坐在马上；
在他的后面，真是少有！
人们拖曳着一头怪兽。
它张着鳄鱼似的嘴巴，
　外形却像是一条巨龙；
大家都觉得非常惊讶，
　望望骑士，又望望巨龙。

人们都异口同声呼喊：
“这就是怪龙，快来观看，
它吞噬了羊群和牧童！
这位就是屠龙的英雄！
也曾有多人，在他以前，

* 取材于法国历史家维尔托·多伯夫(1655—1735)的《马耳他教团史》。
① 小亚细亚西南岸罗得岛的城市。

大胆前去进行过恶战，
从没有一个安然回来。
这位骑士真值得敬爱！”
队伍向着修道院移动，
　那里，施洗约翰骑士团①
病院骑士们迅速集中，
　正召开大会进行批判。

青年迈着谦恭的步调，
上前晋谒高贵的长老；
后面跟着狂呼的群众，
台阶上挤得水泄不通。
这时，青年先开口禀陈：
“我已尽了骑士的责任。
这条危害地方的巨龙，
它已丧命在我的手中；
行人的道路从此通畅，
　牧人尽可以前去野外，
朝圣者走到山路之上，
　可以安心对圣像朝拜！”

长老严峻地对他注视：
“你干的是英雄的行事；

① 中古的教会骑士团组织，一〇四八年创于耶路撒冷，以看护十字军伤病员、保护朝拜圣墓者为目的。一三〇九年于罗得岛成立支部。教团团友分为三级：专供圣职者（教士、修士）、保护朝圣者（骑士）、看护伤病者。最初，团友均有看护伤病员的义务，故称病院修士。团友之上有长老一人担任领导。

骑士靠勇气为世所称；
你已显示大胆的精神。
可是，为基督奋战到底、
佩着十字徽号[①] 的骑士，
你说！首要的义务何在？”
别人都变得面色苍白。
可是他却是面带微红，
　躬身回话，态度很高贵：
“首要的义务乃是服从[②]，
　使他对十字当之无愧。”

长老接口道：“我的门徒，
你已大胆违背了义务。
格斗乃是教规所不容，
你却不法地轻举妄动。”
“长老，等我讲完再裁夺，”
青年泰然自若地回说；
“因为，教规的旨意精神，
我认为我已贯彻遵循。
我并没有不经过深思，
　就去向那头怪兽进攻；
我曾运用机智和巧计[③]，
　想在战斗中获得成功。

① 该团骑士穿着绣有白十字的黑袍，故亦称白十字骑士团。

② 团友入教宣誓，第一条就是服从长老。

③ 教规不许骑士轻易冒险丧生，但也可凭巧计取胜，以避免牺牲。所以说是符合教规的精神。

“我们教团中已有五位，
他们都是教会的光辉，
由于大胆的勇猛牺牲，
你就禁止去好勇斗狠。
可是愤激和好斗之情
总在折磨着我的内心。
就是在那沉寂的夜间，
也梦见自己喘息作战。
待到东方出现了黎明，
　消息又传来新的灾难，
我于是感到怒气填膺，
　决定立即去进行冒险。

“我当时不禁自言自语：
怎样才算青年、大丈夫？
从前那些勇敢的英雄，
有何建树，被诗歌赞颂？
那些盲目的导教之徒，
竟给他们天神的荣誉？
他们全靠冒险的事业，
给人间扫除各种妖孽，
或是跟狮子进行较量①，
　或是跟牛头巨怪格斗②，

① 希腊神话中赫拉克勒斯曾在涅墨亚附近大森林里跟猛狮格斗，将它勒死。
② 指忒修斯在克里特岛杀死牛头人身的巨怪。

把可怜的受害者释放，
　不惜让自己鲜血涌流。

“基督徒之剑，难道只有
萨拉森人[①] 才配做对手？
难道只攻击异教伪神？
我们被派来拯救世人，
坚强的手臂应当解除
一切灾祸和一切痛苦。
可是勇敢须配合睿智，
武力也不能缺少巧计。
我常这样讲，独自出去
　侦察猛兽的出没地点。
我灵机一动，忽有所悟；
　我欣然叫道：我已发现。

“我于是前去找你商量，
说要回到故国[②] 去探望。
你答应我的要求，长者，
我一帆风顺，航过大海。
登上祖国的海岸不久，
我就借助于巧匠之手，
根据仔细考虑的特征，
装配成一副龙的模型。

① 指阿拉伯和土耳其的伊斯兰教徒。
② 法国。

几只短短的脚支撑着
　它沉重的长长的身躯，
一副鳞状铠甲遮盖着
　它的背部，样子很恐怖。

“它的头颈伸展得很长，
它的巨口也豁然大张，
像地狱之门一样恐怖，
像要贪婪地攫取食物，
从它那黑沉沉的嘴里，
露出两排棘刺的牙齿；
它的舌头就像是刀尖，
它的小眼睛电光闪闪，
在它巨大的躯体末端，
　装着一根蛇样的尾巴，
很可怕地盘绕成一圈，
　简直可以缠住人和马。

“全体仿造得惟妙惟肖，
配上恐怖的灰暗色调；
又像蝾螈，又像龙和蛇，
真是毒沼所生的怪类。
等到模型已装配完全，
我就挑选了一对猎犬，
又凶、又快，动作很机敏，
具有追捕野牛的习性。
我嗾使它们向龙扑去，

激起它们狂暴的怒气，
张开利齿去将龙咬住，
一切都听从我的指使。

“在那蒙着软皮的腹部，
乃是可以咬住的空处，
我就唆使猎犬去进攻，
使用利齿去咬住巨龙。
而我，也全副武装披挂，
跨上我的阿拉伯骏马，
它是高贵名种的后裔，
当我激发起它的怒气，
我就纵马向巨龙直奔，
猛踢一下尖锐的马刺，
一面投枪，仔细地对准，
好像要刺进它的躯体。

“尽管马怕得腾跃不前，
咬牙切齿而涎沫四溅，
猎犬也叫得惶惶不安，
我却耐心等它们习惯。
我这样操练，孜孜不倦。
一直过了三个月时间；
等它们完全掌握理解，
就乘快船把它们带来。
当我登上此处的海岸，
已经是第三天的早晨；

我没让身体获得安闲，
　直到把这件大业完成。

“因为又发生新的惨案，
使我的心里激动不安；
最近曾发现有些牧人
误入沼地而惨遭牺牲。
我于是决定立即行事，
这只是出于良心指使。
我迅速给侍童们传话，
骑上训练有素的黑马，
带着一对高贵的猎犬，
　跟我走上隐僻的小道，
不让行动被别人看见，
　骑马直捣顽敌的老巢。

“长老，你知道那座教堂，
高高耸立在山背之上，
远远临眺着整个海岛，
是由勇敢的名师建造。
外表虽渺小，无足轻重，
却有奇迹包藏于其中：
圣母怀抱着耶稣圣婴，
三位圣王上前去朝觐①。

① 耶稣生在伯利恒，东方三博士（三位圣王）携带黄金、没药和乳香前去朝觐圣婴。

朝圣者登九十级石磴，
　才能攀上险峻的山顶；
他到了那里，尽管头昏，
　一近救主，就气爽神清。

“教堂下方的山岩深处，
那儿裂开了一个洞窟，
因地近沼泽，湿气很重，
天日之光照不进洞中；
孽龙就在那里面栖住，
日日夜夜在窥伺猎物。
它就这样在教堂下方，
像魔鬼[①] 一样侦察守望。
如有朝圣者经过该处，
　走上那条倒楣的山道，
它就从埋伏地点蹿出，
　把他拖进去大啖大嚼。

“在恶战尚未开始以前，
我先攀登到山岩上面，
对那位圣婴耶稣下跪，
给我的心灵进行涤罪。
然后就在那圣堂里面，
系上我的雪亮的利剑，
右手里拿着一支长枪，

① 在基督教中，龙为魔鬼的象征，魔鬼为基督徒之敌。

准备下山去大战一场。
我让侍童在那里留下，
　给了一些临别的嘱咐，
于是敏捷地跳上骏马，
　把我的灵魂交给天主。

“当我刚进入一片平野，
我的猛犬突然间狂吠，
骏马惊恐地发出嘶吼，
竖起前蹄，但并不退后。
因为，凶相毕露的大害
就在附近蟠卷成一堆，
躺在湿地上曝晒太阳。
敏捷的猛犬一冲而上；
可是它们又迅速闪开，
　因为那孽龙张开大嘴，
喷吐出一股毒气出来，
　像豺狼嗥叫一样抽噎。

“我忙鼓起它们的余勇；
它们怒冲冲向前进攻，
同时，我对准怪兽腰部，
将我的长枪使劲刺去；
它像个细棒，无能为害，
又从鳞甲上反跳回来；
我还没有来得及再刺，
我的马已经竖起前蹄，

害怕孽龙致命的毒眼
　和喷吐的剧毒的气息，
它惶恐地倒退到一边，
　这时我真是面临毁灭。

“我敏捷地跳下了马鞍，
急忙拔出鞘中的利剑，
可是我徒然猛砍猛杀，
总刺不穿坚固的龙甲。
它使用它尾巴的力量
狂怒地将我甩在地上；
我已看到它把嘴张开，
露出了利齿向我咬来，
这时我的狗怒火中烧，
　冲上去猛咬它的腹部，
咬得它站起身来咆哮，
　忍受不住剧烈的痛苦。

“趁它对于猛犬的咬噬
还没摆脱，我急忙站起，
觑着害虫的要害之处，
一剑直刺进它的脏腑，
只有剑柄还留在外边；
一股黑血向四面飞溅。
它那十分巨大的身躯
在倒下时竟将我压住，
使我顿时间魂飞魄散。

　等我清醒时张开眼睛，
看见侍童们站在身边，
　孽龙已在血泊中丧命。”

骑士说完了这番经历，
全体听众都尽情发泄
闷在胸中的欢呼之声，
只听到一片喝彩喧腾，
像怒涛冲到圆屋顶上，
激起增强十倍的回响。
连教团修士也在高喊，
要求给骑士戴上花冠，
群众都要哄抬他出来，
　感谢他的胜利的功勋；
长老却凛然皱起双眉，
　他命令大家保持安静。

他说："危害地方的孽龙
已死在你勇敢的手中。
你在群众中成了尊神，
可也成为教团的敌人，
你的心里生出了毒虫，
它的为害更胜于孽龙。
这条毒害人心的蛇蝎，
它造成了分裂和毁灭，
这就是你的叛逆情绪，
　它大胆地反抗了教规，

破坏约束的神圣纪律，
　正是它，可使世道衰微。

“奴隶兵[1] 也会显示勇猛，
基督教徒却贵在服从。
因为，就在我们的天主
屈尊化身为奴仆之处[2]，
由我们先祖在那圣地
创立这个教团的团体，
去完成最艰巨的任务，
旨在克制一己的私欲。
现在你已被虚荣迷惑；
　因此，快从我面前走开！
因为，谁不负天主的轭[3]，
　就不许他将十字佩戴。”

群众爆发出一片狂叫，
仿佛狂风将圣堂震摇，
全体修士都请求开恩；
青年却低头默不作声，
悄悄地脱下外袍[4] 之后，
吻吻长老的冷酷的手，
径自走开。长老目送他，

① 指穆斯林国家中的奴隶兵或奴隶。
② 耶路撒冷。
③ 《马太福音》第十一章第二十九节：“你们当负我的轭。”
④ 白十字绣在袍子上，故将它脱下。

随即慈悲地唤他留下，
说道："来拥抱我吧，弟子！
　你完成了更苦的斗争[①]。
收回这十字！它要奖励
　克制自己的谦逊的人。"

① 他已谦虚地认识自己的错误，准备离开教团去忏悔。

人　　质*

（1798）

默罗斯[①]身藏匕首，偷偷地
　走近丢尼修[②]僭主；
　捕役们把他铐住。
“说，身怀匕首是何用意？”
暴君审问得非常严厉。
“要解放暴政下的都会。”——
“叫你在十字架[③]上后悔！”

他回道：“我早已准备一死，
　我决不央求你饶命；
　可是，你如果同情，
我求你宽限三天日期，
让我办好妹妹的喜事；
我留个朋友作人质，
我逃走，就把他绞死！”

国王微笑着，心怀恶意，

---

* 本诗取材于拉丁作家许吉奴斯的《故事集》。

① 有的版本作达蒙。

② 丢尼修（前431—前367），西西里岛都市叙拉古的独裁统治者。

③ 处以磔刑，这是一种低贱的刑罚，最初只用于奴隶。

　考虑了一下回言：
　“我可以宽限三天；
可是，如果超过了限期，
你还没有回到我这里，
他就得替你来抵命，
而你，却可以免刑①。”

他去对朋友说：“国王降旨，
　要我在十字架上送命，
　抵偿我大胆的野心；
可是，他宽限三天日期，
让我办好妹妹的喜事；
请你去见国王做保人，
我回来，就放你脱身！”

老朋友默默地将他拥抱，
　就去听僭主摆布；
　另一位启程上路。
不等到第三天红日高照，
已急忙把妹妹喜事办好，
他深怕把限期耽误，
担心地赶上了归途。

偏偏老是不停地下雨，
　飞泉冲下了山冈，

① 僭主企图用甜言引诱他背叛朋友。

　溪水和河水高涨，
他拄杖来到河边四顾，
急流已经把桥梁卷去，
那轰轰怒吼的狂澜，
把断裂的桥拱冲散。

他在河岸边失望彷徨，
　不管他怎样远眺，
　不管他怎样喊叫，
没有船离开安全的岸旁，
来渡他去他要去的地方，
看不到有船夫[①] 过来，
狂涛变成了大海。

他跪在岸边痛哭祷告，
　向宙斯举起了双手：
　“请制止放肆的洪流！
时间很快，太阳已到了
中午时分，等到它落了，
我还没赶到城里，
朋友就得要替死。”

可是，狂涛越来越汹涌，
　后波推挤着前波，
　时间一刻刻消磨，

① 船夫，有的版本作渔夫。

他忧心忡忡,鼓起余勇,
一跃跳进怒吼的河中,
伸开手使劲地泅泳,
获得了天神的怜悯。

他泅到对岸,继续登程,
　感谢救命的天公;
　突然从阴暗的林中
冲出来一伙拦劫的强人[①],
挡住了去路,杀气腾腾,
威胁地挥着棍棒,
不管他赶路匆忙。

他大惊失色:"你们要怎样?
　我只有一条性命,
　还要去交给暴君。"
他夺过身边强人的棍棒:
"为了朋友,请你们原谅!"
他猛力打死了三个,
其余的一溜烟逃走。

太阳像火伞一样高张,
　他受了无限辛苦,
　疲乏得站立不住:
"你把我救出强人的魔掌,

① 原书中默罗斯的延迟,只由于河水泛滥。盗徒的拦劫,乃是席勒的杜撰。

脱离了洪流，来到了陆上，
却让我倒毙在这里，
让朋友为我去替死！”

听！银铃似的水声潺潺，
　那声音就在附近，
　他悄悄侧耳倾听；
瞧，就从那座岩石之间，
哗哗地飞出一道活泉，
他欣然俯下身来，
喝得他全身爽快。

太阳透过碧绿的枝头，
　在那辉煌的草地上
　描绘巨大的树像[①]；
他看到两人在路上行走，
他要超越过他们的前头，
他听到他们在说话：
“他已被绑上十字架。”

忧惧促使他更快地奔驰，
　愁苦在将他逼迫；
　这时，叙拉古的城垛
远远地辉映在夕阳影里，
他遇到菲罗斯特拉托斯，

① 日暮时树木的影子增大。

他的忠实的管家
见到主人很惊讶：

“走吧！你再也救不了朋友；
　还是自己去逃命！
　他此时已经受刑。
他时时刻刻在那里等候，
心里总希望跟你再碰头；
任凭僭主在嘲笑①，
信念绝对不动摇。”——

“如果太迟了，已无法挽救，
　来不及赶到那里，
　我们就死在一起。
我不让残酷的僭主吹牛，
说朋友竟会失信于朋友；
让他残杀了二人，
却相信真有爱与诚！”

太阳已西沉，他走近城门，
　十字架已被竖起，
　群众在张口惊视；
绳索上高吊着他的友人，
他使劲分开密集的人群：
叫道：“刽子手，绞死我！

① 僭主不相信世间有什么朋友的忠诚，嘲笑甘当人质者的愚蠢。

他所担保的，就是我。”

四周的群众都感到惊惶；
　两人拥抱在一起，
　痛哭得又悲又喜。
旁观者无人不眼泪盈眶，
这奇闻立即被奏知国王；
他也觉得很感动，
立即宣二人进宫。

他愕然对他们望了很久，
　说道：“你们已获胜，
　你们征服了我的心。
忠诚，决不是向壁虚构；
请接受我做你们的朋友！
如果你们肯同意，
我就坐第三把交椅！”

赫洛和勒安德尔*

(1801)

你看到那些古色苍苍、
灰暗的城堡① 隔海相望，
　在灿烂的阳光中辉映，
赫勒海峡② 间波涛滚滚，
通过达达尼尔的石门，
　发出汹涌澎湃的潮音？
你听到那些惊涛骇浪，
　冲到岩壁上碎骨粉身？
它们拆散亚洲和欧洲③，
　却吓不倒相爱的情人。

赫洛、勒安德尔的心，

---

* 赫洛是赫勒海峡附近塞斯托斯的阿佛洛狄忒神庙的女祭司。勒安德尔是阿比多斯的美貌的青年，他每夜泅过海峡跟赫洛幽会。某次，不幸遇到暴风雨溺死。赫洛见其尸，也投海殉情。希腊诗人穆萨伊俄斯有同名叙事诗歌咏其事。席勒此作即取材于该诗。

① 指古代的六座城堡，距达达尼尔一小时半路程，一部分在亚洲，一部分在欧洲，为穆罕默德二世在君士坦丁堡毁后所建。

② 达达尼尔海峡的希腊名称。原文为赫勒斯蓬托斯，以赫勒（在该处坠海而死）得名。

③ 原诗第七行和第九行不押韵。故译诗也不用韵。

受到天神魔力的勾引,
　中了阿摩[①] 的痛苦之箭。
赫洛,美丽如青春女神[②],
而他[③],是个健壮的猎人,
　惯于奔驰在群山之间。
可是,由于父辈的不和,
　拆散一对并翼的鸳鸯,
爱情结的甜蜜的果实,
　悬在危险的绝壁之上。

赫勒海峡的万顷波涛,
永远发出疯狂的呼啸,
　冲向塞斯托斯的岩顶,
姑娘凄凉地坐在上面,
遥望着阿比多斯对岸[④],
　她的情郎居住的地境。
可叹没建造一座大桥,
　可以通往远隔的海滨,
也没有船只可以通航;
　可是爱情能找到途径。

它能用安全可靠的线

① 小爱神。
② 赫柏。
③ 勒安德洛斯。
④ 席勒想象塞斯托斯位于欧洲,阿比多斯位于亚洲,两地遥遥相对。

引领情郎从迷宫脱险①，
　它能使愚夫生出巧智，
能使野兽在轭下低头②，
能使口吐火焰的牡牛
　驾起坚不可摧的耕犁③。
就是环流九重的冥河④，
　也不能把冒险者吓退，
它鼓动他把他的爱妻⑤
　从普路托⑥ 的冥府抢回。

爱情也使勒安德尔
燃起了欲火，陡增勇气，
　要去泅渡过狂涛万顷。
每逢夕阳收敛起余光，
这位大胆的游泳健将，
　就跳进了黑海的波心，
强健的手臂破浪前进，
　努力游向亲切的对岸，

① 忒修斯送童男童女去克瑞忒岛弥诺斯的王宫，王女阿里阿得涅爱上他，给他一个线球，教他将一头拴在迷宫入口处，然后，放线而入，杀死牛头妖怪后，又顺着线路走出来。

② 王子阿德墨托斯，要娶阿尔刻斯提斯为妻，他岳父提出条件，要他驾一辆由狮子和野猪拉的车子来。他非常失望，后得阿波罗之助，始成其事。

③ 伊阿宋往科尔喀斯取金羊毛皮，科尔喀斯王提出条件，要他驯服两头喷火的牡牛驾犁耕田。王女美狄亚爱上他，给他一种神奇的油膏，帮他成功。

④ 冥河即斯提克斯河。卡戎在河上渡阴魂去冥府，只许过去，不许放一个回头。环流九重语出维吉尔《埃涅阿斯之歌》第六歌 438 行。

⑤ 歌人俄耳甫斯曾往冥府索回妻子欧里狄刻。

⑥ 冥王名。希腊名普路同。

那儿，看到通明的火炬
　点在高高的阳台上面。

在软绵绵的情人怀里，
幸运儿获得无限暖意，
　会忘记了海途的苦恼，
也会从情人手里接受
留给他的神圣的报酬，
　接受她的幸福的拥抱，
直到奥洛拉[①] 姗姗而来，
　唤醒了贪欢者的好梦，
催他离开情人的胸怀，
　快去钻进大海的冷宫。

沉醉于幸福中的情人，
很快度过三十个良辰，
　他们偷尝欢乐的春情，
就像一对初婚的新人，
他们享受永远的青春，
　连天神也要生出妒心。
谁没有到过冥河之旁，
　没有到过恐怖的冥府，
没有摘过天上的果子，
　他决不知道这种幸福。

① 曙光女神。

金星和曙光你追我赶，
在天空上面交替循环；
　可是，幸福人却看不到
树叶已片片坠落下来，
可怕的严冬已经离开
　北国的冰宫，即将来到。
他们看到白天的时光
　越来越短而感到欢喜，
因为快乐的良夜更长，
　他们愚蠢地感谢宙斯。

当天秤座使昼夜平衡，
时节已经进入了秋分，①
　在那高高的岩顶上面，
伫立着那可爱的娇娃，
她遥望着日神的骏马，
　已消逝在远远的天边。
一片波平浪静的大海，
　就像一面清静的明镜，
没有一点飒飒的微风
　打破水晶世界的寂静。

清波闪着银色的亮光，
成群的海豚来来往往，
　在水面上快乐地嬉戏，

① 九月二十三日，太阳行至天秤座，时为秋分。

忒提斯[1] 的杂乱的部属，
排成黝黑灰暗的队伍，
　从深深的海底下升起。
她们，只有她们能够做
　偷情的爱侣们的见证，
可是赫卡忒[2] 却封住了
　她们的嘴唇，不许做声。

美丽的大海使她欢喜，
她用阿谀奉承的口气
　对那汪洋的海水说道：
"美丽的神，谁说你骗人！
说你虚伪而不忠的人，
　我要拆穿他们的谣言。
弄虚作假的乃是人类，
　冷冰冰的是父亲的心；
而你，却非常温和亲切，
　对爱的烦恼能表同情。

"在这荒凉的岩壁之中，
我只得孤零零地哀痛，
　永远伤心而憔悴衰老；
可是你的背上却没有
一座大桥或一只小舟，

① 海神俄刻阿诺斯之妻，海洋神女之母。
② 夜和下界的女神，也是幽灵和魔法的女神。

　把爱友送入我的怀抱。
你的深处真令人胆寒，
　你的波涛充满了恐怖，
可是爱情却能打动你，
　勇气也能够将你征服。

“因为，波涛之神，就是你，
也难敌厄洛斯[1] 的神矢，
　当初，那只金毛的公羊，
驮着赫勒[2]，绝色的佳人，
跟她的弟弟一同出奔，
　飞过你的汪洋的海上，
你曾被她的美色迷住，
　立即从黑波之中跃起，
把她从金毛羊的背上
　拖到你的深深的海底。

“如今她已在水晶宫中
成为女神，跟海神一同
　优游度日，永不会死亡；
她使你的野性变温驯，
她救助受迫害的情人，
　她引导船夫进入海港。

① 希腊神话中的小爱神，罗马神话中名阿摩。

② 赫勒是玻俄提亚国王阿塔玛斯之女，她和她弟弟佛里克索斯受继母虐待，乘金毛羊逃走。姐姐因头晕，坠海而死。该处即以她得名，称赫勒海，或赫勒斯蓬托斯。席勒在这里说她被海神看中抢走，乃是对古代神话的加工。

美人赫勒,温柔的女神,
　幸福的神,我求你帮忙:
今天也请把我的情人
　沿着老路领到我身旁!”

海上已经拉上了夜幕,
她点起了熊熊的火炬,
　在高高的阳台上闪耀。
照着一片凄凉的水路,
好让泅水而来的爱侣,
　可以看到亲切的目标。
远处传来呼呼的风声,
　黑暗的海面泛起涟漪,
天上的星光已经消隐,
　一场暴风雨近在咫尺。

在那辽阔的海面之上,
黑夜茫茫,像倾盆一样
　从云端里倒出了骤雨,
电光在空中跃跃闪动,
所有一切狂暴的大风
　都逃出了它们的洞府,
在那浩渺的海波深处,
　陷成巨大惊人的深坑,
海底张着呵欠的大口,
　就像打开地狱的大门。

“糟糕！”姑娘叫得真伤心。
“伟大的宙斯，求你怜悯！
　我不是曾经苦苦哀告！
但愿天神都能够听从，
如果他在这暴风之中
　竟委身于虚伪的海涛！
过着海上生活的飞鸟，
　都向归路急急地飞翔；
经过暴风考验的船只，
　也都躲进安全的海港。

“我那不屈不挠的情郎，
肯定又在干冒险勾当，
　因为他受到神[①] 的鼓舞。
在我们互相道别之时，
他曾立下了山盟海誓，
　只有死才能使他解除。
唉，就在这眼前的瞬间，
　他正跟狂风暴雨鏖战，
那些汹涌澎湃的怒涛，
　要把他卷入无底深渊！

虚伪的大海，你的平静
只为了掩护不忠不信，
　你方才曾像明镜一样，

① 爱神。

你的波涛假装着平稳，
直到你骗出我的情人，
　把他送进了虚伪之邦。
如今，在你的奔流之中，
　你已断绝了他的归路，
你就对那被欺骗的人
　施展出你的一切恐怖！”

狂吼的暴风越吹越强，
大海掀起澎湃的巨浪，
　像高山一样，波涛阵阵
在悬岩脚下浪花飞溅，
就是橡树肋材的大船
　碰到它也要化为齑粉。
先前照着海路的火炬，
　已经熄灭在大风之中，
水面呈现出重重恐怖，
　陆上也显得恐怖重重。

她向阿佛洛狄忒[①]哀求，
求她制止飓风的怒吼，
　求她平息波涛的气愤，
她又向各种严风发誓，
准备献上丰富的燔祭，
　献出金角牡牛作牺牲。

① 希腊神话中的爱与美之神，罗马名维纳斯。

她又向一切海中女神、
　向上空的天神们哀求，
给那狂风大作的海洋
　洒下一些镇静的香油。

“请你听我的呼唤之声，
请你从碧宫里面上升，
　你这幸福的琉科忒亚①！
你为了搭救船夫遭难，
常出现于荒凉的波面，
　出现于狂风暴雨之下。
把你神圣的面纱给他，
　那幅精心秘造的织品，
让它载着他安然无恙，
　从大海的坟墓中逃命！”

粗暴的狂风趋于平静，
天边出现了一片光明，
　厄俄斯② 的马升向太空。
海水退回原来的位置，
安安稳稳，像一面镜子，
　天空和大海露出笑容。

① 卡德摩斯的女儿伊诺，嫁给阿塔玛斯为后妃，即前述赫勒的继母，因虐待前妻子女，惹怒了国王，发狂投海，却成了海中女神，称琉科忒亚（希腊文白女神之义），保护海上遭难的人和船。她曾把面纱送给俄底修斯，帮他脱离海上风浪的灾难。见荷马《俄底修斯之歌》第五歌333行以下。

② 即曙光（黎明）女神，她每天清晨驾马车出来报告太阳上升。

波涛打着海岸的岩壁，
　温柔的浪花四面飞溅，
它们安闲地进行游戏，
　把一具死尸冲上海滩。

是他，他即使魂飞魄散，
也不背弃神圣的誓言！
　她立即将他认了出来。
她没有发出哀叹之声，
眼睛里也看不到泪痕，
　只是冷冰冰、绝望、发呆。
她凄然看看荒凉大海，
　又看看天空上的曙光，
直到一种高贵的火焰
　烧红她的苍白的面庞。

“森严的神，我认清你们，
你们是那样恐怖、残忍，
　强烈要求你们的权利。
我的一生早有了定局，
可是我已享受过幸福，
　我碰到过最好的运气。
我活着，就在你的庙中
　鞠躬尽瘁，当个女祭司，
我死，也愿意做个祭品，
　我的伟大女王维纳斯！”

她牵着轻飘飘的衣裳，
从那高顶的阳台边上
　纵身跳进海波的深处。
升到波国上面的海神，
推动两具神圣的尸身，
　神就是她二人的坟墓。
他满足于他的战利品，
　高兴地走开，不再逗留，
又从他汲不尽的瓮中
　倒出永远流动的洪流。

卡珊德拉[*]

(1802)

在高城尚未陷落之前，
　特洛亚宫中一片欢腾，
人们听到金琴的繁弦
　奏出庆贺的颂歌之声。
疲劳的手要暂时调剂，
　停止充满血泪的杀戮，
因为英勇的珀利得斯①
　要娶老王的美貌公主②。

一队队人群鱼贯向前，
　戴着月桂③ 树枝的花冠，
庄严走向神明的圣殿，
　走向廷布拉神④ 的祭坛。
吵吵闹闹的欢乐之声，
　在街道上面甚嚣尘上，

---

* 卡珊德拉是特洛亚老王普里阿摩斯的女儿，阿波罗看中她，教她预言术，但她学会后，却不顺从阿波罗之意，阿波罗恼怒，不让人听信她，后来她就发疯了。特洛亚陷落后，她被阿伽门农带到密刻奈去，结果跟这位国王一同遇害。

① 希腊文原意：珀琉斯之子，即阿喀琉斯。

② 普里阿摩斯的女儿波吕克塞娜。

③ 月桂树是阿波罗的神树。

④ 廷布拉：小亚细亚廷布拉河的平原，有阿波罗神庙，故称阿波罗为廷布拉神。

独有一个伤心的女人
　感到离群索居的哀伤。

在喜气之中没有欢喜，
　孤单单地离开了人群，
在阿波罗的月桂林里，
　卡珊德拉踽踽地独行。
这位女先知遁世离群，
　逃进林中最深的地方，
她扯下了女祭司头巾
　愤怒地把它扔在地上。

“大家都感到喜气洋洋，
　大家心里都感到高兴，
年老的双亲满怀希望，
　我的妹妹也装扮一新。
只有我却要独自伤心，
　因为失去美丽的幻想，
我已看到毁灭的命运
　就要逼近这里的城墙。

我看到了熊熊的火炬，
　可是并不在许门[1] 手里，
我看到了袅袅的云雾，

[1] 喜神，右手持火炬。

　但却不像牺牲的烟气[1]。
我看到了喜日的气氛，
　在我充满预感的心中，
却已听到神的脚步声，
　就要带来毁灭的惨痛。

他们责怪我叹气呻吟，
　他们都嘲笑我的痛苦；
我只得抱着伤痛的心，
　来到这寂寞无人之处，
我避开那些快活的人，
　我避开欢乐者的讥刺！
皮托之神[2]，坏心眼的神，
　我的痛苦都是你所赐！

你为何把我丢在这里，
　叫我来宣告你的神谕，
你让我洞察一切世事，
　而满城都是盲目之徒？
我既然没有能力挽回，
　你为何让我预先知道？
注定的厄运[3] 无法逃避，

---

① 古代在举行婚礼前，先向婚姻女神赫拉献燔祭。

② 阿波罗别名。皮托为得尔福旧名。阿波罗生后，就用第一支箭射死得尔福附近的大蛇皮同，故又称皮托之神。

③ 卡珊德拉曾预言特洛亚的陷落，但无人信她。席勒本诗就在于描写一个忧国忧民者的苦心，颇有“举世混浊而我独清，众人皆醉而我独醒”之意。

　可怕的惨祸总要来到。

揭露出来有什么用场，
　既然惨祸已迫在眉睫？
人生无非是一场迷惘，
　知识也无法逃避死灭。
请把可悲的明智收去，
　不要再让我眼目清明！
凡人做你的真理工具，
　乃是一件可怕的事情。

让我的盲目依旧昏昏，
　让我的心蒙昧而愉快，
自从做了你的代言人，
　我唱不出快乐的歌来。
你交给我的乃是未来，
　你却夺去了我的瞬间，
夺去眼前的生的愉快；
　虚假的礼物请你收还！

自从我担任你的圣职，
　傍着你的悲惨的祭坛，
我永不能作新娘装饰，
　给我的香发戴上花冠。
我的青春只有流泪眼，
　我所领略的只有酸辛，
我亲族的每一件灾难，

全都刺痛我多感的心。

我看到同伴都很快活，
　全都感到青春的乐趣，
她们都过着爱的生活，
　只有我心里觉得愁苦。
春天到来又于我何补？
　徒然给大地披上盛装。
如果看透了人生内幕，
　还有谁会对人生欣赏？

波吕克塞娜算是福人，
　她的心浸在幻想之中，
因为她想拥抱的新人，
　乃是希腊最大的英雄。
她自豪地把胸膛挺起，
　按捺不住内心的欢腾，
就是你们天上的神祇，
　她做梦也不羡慕你们。

我也曾经见过我的他①，
　我也心想选他作对象；
爱情的火焰鼓舞着他，
　露出乞怜的美丽眼光。

① 佛律癸亚人科洛玻斯在特洛亚陷落前几天，曾向卡珊德拉求婚。卡珊德拉预知国之将亡，没有应允。科洛玻斯后为狄俄墨得斯所杀。

我很想跟他缔结良缘，
　一同走进我们的家庭；
可是在我们两人之间，
　每夜出现地狱的鬼影。

苍白的幽灵全都一起
　被普洛塞耳庇娜[1] 派来；
我走到哪里，逛到哪里，
　到处伫立着那些鬼怪。
他们讨厌地纷纷拥到，
　破坏青春的良辰美景，
真正是一片乱七八糟！
　我永远不能觉得开心。

我看到凶器亮光闪闪，
　凶手的眼睛杀气腾腾；
不论是右边或是左边，
　总逃不了恐怖的气氛。
我又不能把眼睛移开，
　知道，看到，还得牢牢地
接受我的命运的安排，
　到异邦的土地上送死[2]。”

她还没说完，就已听到

---

① 冥王之后，希腊神话中名珀耳塞福涅，即五谷女神得墨忒耳之女。

② 卡珊德拉后来被阿伽门农带回密刻奈，被王后克吕泰涅斯特拉杀死。

　一阵乱嚷之声远远地
从神殿门口传来：死了，
　忒提斯[①] 的伟大的儿子！
厄里斯[②] 抖起蛇发纷纷，
　群神都走得无影无踪[③]，
孕着雷雨的沉重乌云
　压在伊利翁[④] 城市上空。

① 忒提斯为阿喀琉斯之母。神话中说：阿喀琉斯到神殿里结婚时，被躲在柱后的帕里斯用箭射死。

② 争吵之神。

③ 特洛亚已注定灭亡，群神不再参加特洛亚一方助战。

④ 特洛亚别名。

哈布斯堡伯爵[*]

(1803)

在亚琛,古代的宫殿里面,
　显露出皇家的豪华,
在那庄严的加冕礼筵前,
　端坐着路得福陛下。
担任司膳者是法耳次选侯①,
波希米亚王② 斟珠泡美酒,
　全体选侯共七人③,
就像是群星④ 围绕着太阳,
忙碌地围着世界的君王,
　把光荣的职务担任。

在四周高高的眺台上面
　拥挤着欢乐的国民。

---

* 本诗取材于瑞士的历史家楚迪的《瑞士编年史》。哈布斯堡的路得福伯爵于一二七三年十月二十四日在亚琛举行加冕典礼,当上皇帝,是为路得福一世。

① 法耳次选侯在加冕时担任司膳,将杯碗放至桌上,手持十字架地球仪(皇帝权力的标志)。

② 波希米亚王实际并未参加这次加冕礼。

③ 神圣罗马帝国皇帝由七个有选帝权的诸侯选出。七个选侯中有三个是教会选帝侯(美因兹、特里尔、科隆),四个是世俗选帝侯(法耳次、波希米亚、萨克森、勃兰登堡),在皇帝加冕时,都要出席。

④ 古代天文学有七星之说。

嘹亮的号声混杂着一片
　群众欢呼的声音。
因为,经过了长期兵灾,
已结束恐怖的虚君时代①,
　世上又出了裁判主。
不再是盲目的枪杆的天下,
弱者和安分者也不再惧怕
　成为强权者的鱼肉。

皇帝拿起了黄金的酒盅,
　流露出满意的眼光:
"宴会真豪华,典礼真隆重,
　直乐得我心花怒放。
可是,缺少个歌手来助兴,
用他的妙音打动我的心,
　唱出崇高的教言。
我从年轻时就乐于此道,
我做骑士时还保持爱好,
　做皇帝又怎能改变?"

瞧呀,从四周王侯们中间,
　走出穿长袍的歌人;
他满头白发,银光亮闪闪,
　经历了多少年风尘。
"金弦蕴藏着悦耳的音调,

① 从一二五四年到一二七二年没有皇帝,在德国史上称为虚君时代(空位时代)。

歌人要歌唱爱情的酬报，
　他赞美至高与至善，
那乃是世人衷心的愿望；
可是拿什么给皇上歌唱，
　纪念这隆重的盛典？”

“我没有命令歌人的资格，”
　统治主微笑着开言，
“他对更高的天主负责，
　他听从威严的时间。
就像空中的狂风呼呼响，
谁也不知道它来自何方，
　又像是深处的涌泉，
歌人的歌唱是发自内心，
它唤醒心中神秘的感情，
　不让它在那里酣眠。”

歌人迅急地弹奏起乐器，
　开始起劲地歌唱：
“从前有一位高贵的武士，
　去猎捕敏捷的羚羊。
侍童携带着猎枪跟随他，
当他跨上了堂堂的骏马，
　来到了一处草原，
远处有铃声传到他耳里，

是一位神父手捧着圣体[①],
　管堂人走在他前面。

“伯爵跳下马,俯伏在地上,
　谦恭地脱下了帽子,
怀着虔诚的基督徒心肠,
　对着救世主敬礼。
原野里有条小河哗哗响,
奔腾的山涧使河水猛涨,
　阻挡住行人的去路。
那神父于是放下了圣体,
急忙脱去了脚上的靴子,
　想涉水渡河而去。

‘你要干什么?’伯爵开口问,
　惊奇地对着他凝视。
‘大人,我要去看个临终人,
　他正在渴望着圣体,
当我来到小河的桥头,
不料冲下来奔腾的急流,
　把小桥卷进了漩涡。
为了让渴望者获得拯救,
因此我想要光着脚行走,

① 圣体是一种很小的薄饼,代表耶稣的圣体。天主教徒临终时,请神父去给他领圣体(吃薄饼),认为灵魂将离开世界,魔鬼必来攻打,领圣体后即有耶稣亲自降临,帮助保护。神父捧圣体在路上经过时,由管堂人在前摇铃,天主教徒闻铃声都要下跪。

　赶紧渡过这小河。'

"伯爵让出了骑士的骏马，
　交出了华丽的缰绳，
让他去慰问等他的病家，
　不耽误神圣的责任，
自己却跨上侍童的坐骑，
继续满足他打猎的兴致；
　那神父完成了旅程。
在次日上午，满怀着谢意，
把马匹还到伯爵的手里，
　谦恭地拉住了缰绳。

"伯爵却非常恭顺地回说：
　'驮过造物主的圣兽，
从今后天主不愿再让我
　骑它去打猎和战斗！
你不肯收为一己的私物，
那就献出去为圣职服务！
　我把马献给了神明，
是天主赐我荣誉和封地，
赐予我血液、灵魂和肉体，
　赐予我呼吸和生命。'——

"'愿全能的神，愿我们的主。
　聆听弱者的愿望，
今生和来世都给你荣誉，

　像你崇敬他一样！
愿你做一位强大的伯爵，
闻名于瑞士，统治得卓越；
　你将来生六位爱女，'
他兴奋地说，'我但愿她们
把六顶王冠[①] 带进你家门，
　使子孙万代都威武！'"

皇帝端坐着，沉思而默想，
　好像在追念着往时；
现在他对着歌人当面望，
　明白了话中的意义。
他很快认出神父的面目，
他眼中涌泉一般的泪珠
　落进紫袍的皱缝里。
大家紧紧地注视着陛下，
看出上述的伯爵就是他，
　都仰慕天主的旨意。

---

① 在路得福举行加冕礼时，同时有三个女儿出嫁，长女嫁给法尔次选侯、巴伐利亚公爵，次女嫁给萨克森公爵，三女嫁给勃兰登堡方伯。后来三个女儿也都嫁给王侯：四女嫁给匈牙利王，五女嫁给波希米亚王，六女婿后来也做了匈牙利王。

凯旋大会

(1803)

老王的卫城[1] 已经沦陷，
　特洛亚变成一片废墟，
希腊人欣然班师凯旋，
　带着大量战利品归去，
坐在高高的战船上面，
　他们开始愉快的归航，
沿着赫勒之海的海岸，
　驶向美丽的希腊故乡。
“大家一同来开始歌唱[2]，
　　因为我们乘坐的战船，
　　正在驶回我们的家园，
　重返我们的父母之邦。”

一大批特洛亚的妇女，
　长蛇阵似地坐着悲叹，
满怀愁苦地捶胸痛哭，
　面色灰白而头发披散。
她们唱着凄凉的哀歌，

---

① 特洛亚老王普里阿摩斯的卫城珀尔加摩斯。

② 每节最后四行乃是希腊归军的合唱。

淹没大会的狂欢声浪，
她们痛哭沦亡的祖国，
她们悲悼自己的忧伤。
“再见再见，亲爱的故土[①]！
我们跟着异邦的主人，
远远离开可爱的都城。
那些死者倒真是幸福！”

卡尔卡斯[②]，开始献燔祭，
献给各位高贵的天神。
他呼唤帕拉斯[③]的名字，
这位建城毁城的女神[④]。
呼唤涅普同[⑤]，他给陆地
绕着一条波涛的腰带，
呼唤派遣恐怖者宙斯，
他挥舞着骇人的盾牌[⑥]。
“长时期的困苦的大战，
已经停止了，已经告终，
时势的循环已经完工，
伟大的京城已经沦陷。”

---

① 此行及以下三行乃是被俘的特洛亚妇女的合唱。
② 希腊人的随军卜士，此处为军中祭司。
③ 既雅典娜女神。
④ 在荷马《伊利翁之歌》中雅典娜有护城女神、追逐战利品者、毁灭凡人者等别名。
⑤ 海神。
⑥ 宙斯的盾牌上面画着可怕的戈耳工的头，使人见了化为石头。

阿特柔斯之子[1],大统帅,
　亲自检点军旅的人数,
当初,是他领他们前来
　斯卡曼德洛斯河[2] 河谷。
一种阴暗沉郁的愁云,
　不由锁住王者的眉梢;
他当初率领来的大军,
　能够生还的为数很少。
"因此,谁还活命在人间,
　　谁能有幸再见到家乡,
　　请来参加快乐的合唱!
　因为,不是谁都能生还。"——

"并不是所有回去的人
　都能享受归国的乐趣,
在家灶之旁,可能有人
　准备演出凶杀的惨剧[3]。
好多人,没有死在战场,
　会死在亲人诡计之下!"
乌吕斯[4] 用警告的眼光,
　凭着雅典娜神意说话。
"福人该有个忠诚美眷,
　　纯洁而清白,替他守家!

① 阿伽门农,希腊联军的统帅。
② 特洛亚境内的河名。
③ 预言阿伽门农回国以后,将死在他妻子的手下。
④ 即希腊神话中的俄底修斯。

因为，妇女是水性杨花，
邪恶者常爱另觅新欢。”

阿特瑞得斯[①] 非常欣慰，
望着新夺回来的妻子，
伸出他的幸福的手臂，
搂住她那娇美的玉体。
“坏事总不会没有止境，
犯罪总会要受到果报；
因为克洛诺斯的儿子[②]，
他在天庭上主持公道。”——
“行恶的恶人必有恶报，
大胆亵渎宾客权的人[③]，
宙斯权量得非常公正，
他绝对不会将他宽饶。”——

“幸福的人也许才合宜，”
俄伊琉斯的儿子[④] 叫道，
“赞扬那些统治的神祇，
那些高踞天庭的神道！
幸福的分配多不合理，
分派礼物也没有挑选；

① 意为阿特柔斯之子，此处指墨涅拉俄斯。
② 宙斯。
③ 帕里斯诱拐海伦，正在希腊做客。
④ 俄伊琉斯为罗克里斯王，阿耳戈英雄之一。他的儿子指小埃阿斯，为希腊英雄。

帕特洛克罗斯[①] 倒战死，
　忒耳西忒斯[②] 却会凯旋！”——
“因为幸运之神很糊涂，
　　乱撒桶里的幸福种子，
　　谁能获得活命的运气，
　今天且来高兴地欢呼！”——

“战争会吞去英雄勇士！
　在凯旋会上，要让我们
永远想起你这位兄弟[③]，
　你是战场上面的干城。
当希腊战船受到火攻，
　全靠你大力挽救危亡，
可是那个狡黠的奸雄
　却分到了高贵的奖赏[④]。”——
“愿你神圣的遗骸平安！
　　你不是死在敌人手里。
　　埃阿斯死在自己手里[⑤]。
　可叹，愤怒毁灭了好汉！”

① 希腊勇将，死于赫克托耳手下。

② 希腊军中“最丑陋的人”(《伊利翁之歌》第二歌第216行)。

③ 指大埃阿斯。当特洛亚人点着火把冲向希腊战船时，他持枪当先抵御。见《伊利亚特》第十五歌第727行以下。

④ 忒提斯提出把她儿子阿喀琉斯的铠甲和武器奖给救出死尸最多的人，这份奖品竟被狡诈的俄底修斯所得。

⑤ 大埃阿斯没有得到奖品，发狂走入羊群，大肆屠杀，清醒后感到羞愤而自杀。

那位涅俄普托勒摩斯[①]
　奠酒祭献伟大的父亲：
“高贵的爸爸，在凡人里，
　我最要赞美你的命运。
在人生一切至宝之中，
　最高贵者无过于荣誉；
即使肉体长埋在土中，
　英名却依旧永垂千古。”
“勇士啊，你的荣誉之光
　　将在诗歌中永远不朽；
　　因为浮生不过像蜉蝣，
　而死者却与日月争光。”——

“对于被征服的好男儿，
　如果听不到赞美之歌，
我要来证明赫克托耳，”
　堤丢斯之子[②] 大开尊口，
“他为了保卫家庭祭坛[③]，
　做了捐躯赴义的烈士——
胜者赢得更大的荣冠，
　他却有更美好的壮志！”——
“谁为了家庭祭坛赴义，
　　这样一位干城和英雄，

① 阿喀琉斯的儿子。
② 即狄俄墨得斯，希腊大英雄之一。
③ 即保卫家园、保家卫国之意。家庭祭坛，参看《赫克托耳的告别》诗注，即家灶。

就是在他敌人的口中，
也赞美他光荣的名字。”

涅斯托耳[1]，豪饮的老翁，
他已经见过三个世代，
拿起雕着树叶的酒盅[2]，
递给泪盈盈的赫卡柏[3]：
“请喝一杯清凉的饮料，
忘记你的极大的痛苦！
酒神的礼品非常奇妙，
这是治疗心伤的甘露。”——
“请喝一杯清凉的饮料，
忘记你的极大的痛苦！
这是治疗心伤的甘露，
酒神的礼品非常奇妙。”——

“因为，就是尼俄柏，她是
天神发泄盛怒的目标，
到后来也要进些饮食，[4]

① 皮罗斯的王者。《伊利亚特》第一歌第250行以下，说他见过两代人，现在治理第三代。一代为三十年，故涅斯托耳的年纪约为七十岁以上。

② 《伊利亚特》第十一歌第632行说涅斯托耳从皮罗斯带来一只精美的杯子。

③ 为特洛亚老王普里阿摩斯的妻子，赫克托耳之母。特洛亚沦陷后，成为俄底修斯的奴隶，后来投海自杀。

④ 尼俄柏自夸有十二个子女，胜过阿波罗的母亲。阿波罗大怒，把她的子女全部射死。《伊利亚特》第二十四歌第601行以下，阿喀琉斯劝慰特洛亚老王，曾举尼俄柏为例，说她虽然失去了十二个儿女，哭得精疲力尽，到后来还决意进些饮食。

　减轻她的心中的苦恼。
因为，只要有生命之泉
　在你嘴唇边泛起泡沫，
所有的痛苦就会完全
　沉到忘川里永远解脱！”——
“因为，只要有生命之泉
　　在你嘴唇边泛起酒泡，
　　你的不幸就会被洗掉，
　冲到忘川的波涛里面。”

受到她的神灵的感召，
　女先知[①] 现在开口发言，
站在高高的船上远眺，
　她遥望着故国的墟烟：
“芸芸的众生就像轻烟；
　就像飘忽不定的烟柱，
世间伟人也不能苟免，
　只有天神们永远常住。”——
“在战马四周，战船旁边，
　　到处飘荡着一片愁云；
　　明天我们不能再活命，
　因此，让我们活过今天！[②]”

---

① 卡珊德拉。

② 这四行是希腊归军和特洛亚女俘共同的合唱。但亦可视为女俘们的单方合唱。

高山猎人*

(1804)

你不肯来看管羊羔?
　羊羔是如此驯良温柔,
它们吃着繁茂的牧草,
　它们在河岸旁边嬉游。
“妈妈,妈妈,让我去吧,
让我到山上打猎去吧!”

你不肯来带领羊群,
　把你嘹亮的号角吹响?
羊铃的声音多么动听,
　伴着森林之中的欢唱。
“妈妈,妈妈,让我去吧,
让我到荒山上去溜达!”

你不肯来将花儿护理,
　它在花坛上可爱地开放?
外面没有花园邀请你,

* 一七八二年《信使》杂志载彭斯台腾(1745—1832)的通信,叙述瑞士山地的一个故事说:“一对老夫妇有个不听话的儿子,不肯牧羊,专爱猎取羚羊。后在冰天雪地中迷途,自忖必死。突有山神显灵,对他说:‘你猎获的羚羊,乃是我的家畜;你为何追捕它们?’经山神指路,他才得回家,从此安心牧羊。”

　荒山上面是一片荒凉。
“那些花儿，让它们开吧！
妈妈，妈妈，让我走吧！”

少年于是出去打猎，
　急急忙忙，行色匆匆，
他盲目乱闯，也不休歇，
　在阴暗的山地里走动；
战栗的羚羊在他面前，
风驰电掣般仓皇逃窜。

它的动作非常轻捷，
　一下子攀上光光的岩壁，
它跳起来也很有力，
　跳过断裂的悬岩缝隙；
可是他挟着可怕的弓，
紧紧地跟着，毫不放松。

它现在蹿上最高的山脊，
　尖尖的岩峰非常险峻，
望下去乃是千仞峭壁，
　再也没有道路前进。
下面就是万丈深渊，
后面敌人已追到跟前。

它向残酷的少年乞怜，
　露出痛苦沉默的眼光，

可是它乞求只是徒然，
　因为他的箭已在弦上；
突然从岩石裂缝之间，
看到年老的山神显现。

他伸出了他的神手，
　保卫担惊受怕的羚羊。
“你竟然一直蹿上我山头，”
　他叫道，“送来不幸和死亡？
众生各有安身之处；
你为何追捕我的家畜？”

小　　说

朱雁冰 译

忍　让

戏剧和小说向我们揭开了人类心灵的最光辉的一面；我们的幻想之火给点燃了，我们的心依然是冷的，至少那以这种方式将它置于其中的烈焰只持续瞬间便冷却下来，面向着实际生活了。在这一瞬间，当普浮斯[①] 那朴实、真挚的慈善心肠感动得我们几乎潸然泪下的时候，我们也许会粗暴地呵责一个正在叩门乞讨的乞丐，让他离开。谁知道，这理想世界的虚假存在是否会埋葬我们现实世界的存在呢？我们一时仿佛环绕于道德的两个极端，即环绕着天使和魔鬼飘浮，而把那中间部分——人却搁置在一边了。

关于两个德国人的当代轶闻——这是我怀着自豪和喜悦的心情记录下来的——理应是不容否认的，因为它是真实的。我希望，它将让我的读者留下一颗温暖的心，一个比读完《格兰迪逊》和《帕美拉》[②] 全书以后所留下的更加温暖的心。

符腾堡的两位男爵——两个同胞兄弟——同时爱上了当地一位年轻貌美的小姐。两兄弟对于对方的感情一无所知，他们的爱非常真挚、强烈，因为两人都是初恋。小姐美丽而又多情善感。两兄弟一任自己的倾慕升华，成为火热的激情，因为谁都不知道那最

---

① 普浮斯，德国作家赫尔麦斯（1738—1821）的小说《索非从麦墨尔到萨克森之行》中的人物，生性恬淡寡欲。

② 《格兰迪逊》和《帕美拉》，英国伤感主义作家理查逊（1689—1761）的两部小说。

使他们心碎肠断的可怕的事——以自己的兄弟为情敌。两人都没有过早地向姑娘剖白自己的心迹；就这样，他们把爱深深地埋在心底，直到最后，他们的感情邂逅相交的时候，这全部秘密才给揭开了。

这时，他们的爱已经达到了白热化程度；这最易带来不幸的爱的激情像它的反面——厌恶一样，在人类中曾造成残酷的破坏，现在它完全占据了两个人的心田；看来，不论让哪一个作出牺牲都是不可能的了。对他们的悲惨处境深表同情的小姐也没有胆量作出抉择，她让他们的手足之情对他们的爱进行裁决。

对这样一场反常的义务和情感之间的斗争，我们的哲学家随时都能够决定弃取，而现实中的人却很难作出决断。这场斗争的胜利者哥哥对他的弟弟说："我知道，你也在爱着我所爱的姑娘，而且爱得跟我一样热烈。我不愿擅自使用我这兄长的优先权。——你留在家里吧，我要到那广阔的世界去，我将尽力把她忘却。如果我做得到这一点，弟弟呀，她便属于你，苍天当为你的爱祝福！假如我支持不到那一天，——那么你也出去试试，去做我所做过的事。"

他随即匆匆离开德国赶到荷兰，可是那姑娘的影子也随他而去。这不幸的人，远离他爱的情怀所向往的天空，远离他赖以生存的、内心的全部幸福之所系的地方，远离他习惯于生活的地方，他病倒了，宛如那暴虐的欧洲人从亚洲母亲怀里夺来的植物一样，因远离温煦的阳光，被强栽进这坚硬、贫瘠的土地而枯萎凋零。他绝望地到达阿姆斯特丹，在那儿一场热病使他一卧不起，生命危在旦夕。他在癫狂的梦幻之中看到的总是心爱的人的影子，她是他的健康之所系呀。医生们对他的生命已失去任何信心，只是保证把他重新交给他心爱的人的诺言才勉强把他从死神手里夺了回来。半死不活的他成了一具活动的骷髅架，满脸笼罩着从为痛苦所啮噬着的心灵里散发出来的愁云惨雾，他梦游般地回到故土，踉踉跄跄地爬上他心爱的人、他弟弟的楼梯。“我回来了，弟弟呀，我竭尽心力做到了我所能做到的一切，上帝可以明鉴。——我坚持不下去了。”——说完便昏倒在小姐的怀里。

弟弟的决心也不亚于哥哥，在短短几个星期里，他便备好行装站在哥哥面前：“哥哥，你怀着痛苦到达荷兰。——我想尽力把这痛苦带到更远的地方去。在你收到我写给你的信之前，请不要把她领进教堂。你只有答应我这一个条件，才称得上是我的同胞手足。假如我比你幸运——上帝保佑，她便属于你，愿上苍为你们的爱情祝福！假如我还不如你走运，那只好让苍天对我们作出裁决吧！望你多多保重。请你收藏好这密封的小包，在我离开之前请不要拆开。我到巴塔维亚① 去了。”——说完便跳上马车走了。

留下来的人陷入无限怅惘，呆呆地注视着离去者的背影。他的高尚情操超过了兄长。爱情和失去这高尚的弟弟，这两种苦恼在啮噬着哥哥的心。疾驰而去的马车的滚滚轮声在锤击着他的心房，人们担心着他的生命。那小姐呢——唔，不提她了！关于她最后再说吧。

人们拆开小包，里面原来是弟弟留在德国的全部财产的合法契据，假如这逃避开的人在巴塔维亚生活顺遂，他要求哥哥接收这些财产。

那克服了自我的人乘荷兰商船顺利到达巴塔维亚。几个星期以后，他给哥哥写了一封信，里面有如下几句话：“托全能的上帝的福，我到达此地，在这新的土地上，我怀着一个殉道者所可能有的全部快乐惦念着你和我们所钟爱的人。新的天地和命运解开了压在我心头上的愁结，上帝赐给了我为友情作出最大牺牲的力量：她将——天哪，写到这儿我不禁潸然泪下，这是最后一滴泪，我克制住了自己——小姐将属于你。哥哥，我不应占有她，这就是说，她

① 巴塔维亚，欧洲文艺复兴运动以后，荷兰的拉丁文称谓。

跟我一起是不会幸福的。即便她一时认为,她跟我一起会得到幸福,——哥哥,哥哥呀！我也将重重地把她推进你的怀抱。不要忘记,为你赢得她该是多么艰难。你要像现在你年青的爱的心声所告诫的那样去怜爱这天使,——要像对待你的双臂再也拥抱不到的弟弟的遗产那样珍爱她。别了,哥哥。在你欢庆新婚之夜的时候,莫要写信给我;因为那时我的创伤还在流血。以后写信告诉我你的幸福心情。——我的行为本身证明,即便在异乡,上帝也不会抛弃我的。”

婚礼举行了。这无比幸福美满的婚姻持续了一年——妻子死了。在她奄奄一息的时刻,她向她最信赖的女伴吐露了深埋在她内心的最不幸的秘密:她更加热爱那个离她而去的人。

两弟兄都还活着。哥哥留在德国自己的庄园里,又重新结了婚。弟弟仍生活在巴塔维亚,成长为卓越而幸福的人。他发誓永不结婚并且恪守他的誓言。

受侮辱的罪犯

——一段真实的历史

在这个人的全部历史中，没有哪一章比关于他种种迷误的记载对他的心灵更具有启迪作用的了。每一次严重犯罪行为莫不是一股相应强大的力的活动。如果说贪欲力的秘密活动在正常感情晦暗光线之下是隐而不露的，那么，它一旦在激越感情的强光照射之下发生就会显得更加突出、更加狂烈、更加轰动视听；一个细心的人类学者知道，有多少行为可以归结为一般的自由意志的机械运动，人们在多大程度上大可以对此作类比推理；他将会从这一领域取得某些经验收入他们的心理学说并加以整理，使之成为生活的道德准则。

人的心是既简单而又复杂的。同一种能力或者欲望可能表现为千百万种形式和倾向，可能产生千百种互相矛盾的现象，可能在千百种性格中各有其不同的组合，而千百种不同的性格和行为可能又基于同一个倾向，尽管我们所论及的这个人根本没有预料到这种亲缘关系。假如像其他自然领域一样，在研究人类的这个领域内也出现一个林奈①，他按欲望和倾向分类，那么人们将会非常吃惊地发现，某个其恶迹仅仅局限于狭小的市民范围和法律藩篱

① 林奈(1701—1778)，瑞典博物学家，植物分类法奠基人。

之中的人跟豪族波尔治亚[①] 竟属于同一个纲目之内。

从这一方面来看，寻常的方法是大可值得怀疑的，我想，历史研究之所以总是对市民生活毫无裨益，其困难也就在这儿。在行动着的人的激烈感情活动和阅读这一情节的读者的从容不迫的心理之间存在着如此逆向的反差，横隔着一条宽宽的间离带，致使读者难以、甚至不可能看到这其间的联系。在历史人物和读者之间总是有一条断裂带，它排除了互相比较或者应用的全部可能性，它唤起的不是告诫人们对自己的健康不要沾沾自喜的那种有益的恐惧心理，而是表示惊异的摇头。我们眼前的这个不幸的人，当他正在作案或者正为此遭受惩罚的时候，跟我们一样也是人，而我们却把他看成是另一种生命，其血液循环不同于我们；其意志听命于不同于我们的准则；他的命运对我们的感染力甚微，因为感染力是以对于相似危险的模糊意识为基础的，而我们甚至在梦境里也想像不到跟他有着这样一种相似性。教育作用因这种不相似的关系而丧失，历史没有成为进行教育作用的学校，只好以博得我们一点儿可怜的好奇心聊以自慰了。如果让它对我们发挥更大的影响而达到它伟大的最终目的，那它必须从下述两种方法中任选其一：要么让读者像主人公一样热情，要么让主人公跟读者一样冷静。

我知道，在古今最负盛名的历史学家中，有些是遵循第一种方法写作的，他们以引人入胜的报告占据人们的心田。然而，这种作法是对作家的僭越，它玷污了个人有权作出判断的读者的自由共和思想；同时，它也破坏了权限原则，因为这种方法本来是为演说家和诗人所专用的，而历史学家只能采用后一种方法。

主人公必须写得像读者那么冷静，或者像上面所说的，我们在

① 波尔治亚(1474—1507)，罗马教皇亚历山大四世之子。

主人公出场活动以前就得熟悉他;我们不仅要看到他完成他的行为的行动,而且还得看到他完成他的行为的愿望。我们重视他的行动,但尤其重视他的思想,重视他的思想根源,至于行为的后果倒是次要的。人们考察威苏维火山的地层,试图解释它喷射的起因;可是为什么人们对于一种精神现象还不如对物理现象那么重视呢?为什么人们不同样重视在个人的内心所蕴藏着的火种燃烧之前他周围那些事物的本质和状态呢?对于那些热衷于奇事异物的梦想家来说,这一类十年九不遇的富有历险意味的现象恰恰是具有极大的诱惑力的;而真理之友则着意寻找产生这一群浪子的母亲。他在人类心灵的不变结构和从外部决定这不变结构的不断变化着的条件中寻找着这一位母亲,在这两个地方他无疑是会找到她的。因此,如果真理之友在通常是长满欣欣向荣的药草的苗圃里看见根深叶茂的毒参,在同一个摇篮里发现智慧和愚蠢,罪恶和美德并肩而卧,他也就不至于感到意外了。

现在,我姑且不去谈心理学者从这样一种治史的方法中所得到的好处,就它本身而言其优点也是很明显的,首先它从根本上消灭了那未经检验的骄矜的美德通常藉以傲视沉沦恶行的尖刻讽刺和优越感;其次它传播了温和的宽容精神,没有这种精神便没有逃亡者的回归,便没有法律及其践踏者之间的和解,也就不可能从整个大火中挽救出被危及的社会的一个肢体。

我即将谈到的罪犯是否有权利向那宽容精神发出呼吁呢?对于国家肌体来说,他是否已经是无可挽救了呢?——我不想抢在读者之先作出判断。我们的宽容对他已无济于事了,因为他已经丧命于刽子手的刀下。——然而,对于他罪恶尸体的解剖分析也许对人类——甚至对法律——不无教益。

克利斯提安·沃尔夫是××地方(由于下文所述原因故隐其名)一家小酒店老板的儿子,由于父亲早亡,廿岁以前便一直帮助母亲料理店务。小店生意萧条,沃尔夫总有空闲时间。他还在小学读书的时候就因调皮捣蛋而小有名气了。成年的姑娘抱怨他放肆无礼,小镇上的男孩子则佩服他脑袋瓜子里鬼点子多。老天爷没有细心塑造他的身材外貌:不显眼的矮小个头,黑不溜秋的鬈发,塌鼻子,厚厚的上嘴唇高高翘起,加上给马踢了一脚,就更不成样子了。这样一副模样让人看了就产生恶感,使女人们望而生畏,给打趣他的伙伴们提供了丰富的素材。

他要强行得到被拒绝给予他的东西;他令人讨厌,于是他便想叫人产生好感。他生性好女色,他声称他要恋爱。他选择的姑娘待他很不好;他有理由担心,他的情敌会因此而得手;不过,这姑娘很穷。一颗对他的山盟海誓无动于衷的心说不定会被礼物所打动,可是他自己也是捉襟见肘、苦不堪言,因为讲究外表体面的虚荣心把他从不景气的生意中挣来的一点儿钱全部吞噬了。他既懒惰又无知,不懂得用投机谋利的办法振兴千疮百孔的家业,却又死要面子,没有勇气把自己以往的老爷架子放下来去当农民,更不想放弃他所迷恋的自由自在的生活,所以他看到自己面前只有一条出路——在他以前或以后成千上万的人都曾走过这条路,而且比较成功——就是去正当地偷盗。他出生的那个小镇邻近一片官有的森林,他就偷猎起野兽来了,偷猎的收入完完全全流进了情人的手里。

在翰欣[①] 的追求者中有个叫罗伯特的护林猎手,他早就察觉出他的情敌由于慷慨大方比他占了上风,他满怀着妒意探索着沃尔夫这一变化的根源。他在“太阳”——这是小酒店的招牌——露面更勤了,他那双警觉的眼睛很快便发现了他那些钱的来源。就在这不久以前重新颁发了关于严惩偷猎的法令,对违法者将处以

① 翰欣:约翰娜的昵称。

监禁。罗伯特竭尽全力跟踪他那个行动诡秘的情敌，最后终于当场拿获了那个毫无思想准备的人。沃尔夫被交付当局，他花掉了他仅有的全部家产才勉强地凑足了罚款，被免去了应受的监禁。

罗伯特得意洋洋，他的情敌给制服了，翰欣不再对乞丐有什么好感。沃尔夫认清了他的敌人，此人现在幸运地占有了他的约翰娜。因贫穷而产生的抑郁感和蒙受侮辱的自尊交织在一起，困苦和忌妒一起涌上他敏感的心头，饥饿驱使他走出家门进入广阔的世界，复仇和情欲之火在他心里燃烧着。他又第二次干起偷猎的行当，而加倍警觉的罗伯特又第二次战胜了他。这次他领略了法律的全部辛辣风味，因为他再也没有什么东西可以拿出来的了，没过几个星期他就给关进了邦主所在地的监狱里。

他熬过一年的监禁，他的情欲之火因久别烧得更加炽烈，他的反抗意志因经受过不幸的重压变得更加坚强。他得到自由便立即赶回家乡去看他的约翰娜。他一露面，人们就避开了。严重的困难终于打掉了他的傲气，消除了他爱面子的心理——他向当地富人表示他愿打零工。人家看见他那副有气无力的样子耸了耸肩，一个身强力壮、筋骨粗实的竞争对手把他从这位冷漠的东家那儿挤走了。他鼓足勇气又做最后一次尝试，有一个位子还空着。——一个规矩人处于极度绝望的境地时才接受的岗位——他报名当本村的牧人，但农民却不愿把自己的猪交给一个窝囊废。各种打算全部落空，到处都吃闭门羹，于是他又第三次偷猎，这次仍然晦气，又落到他警觉的敌人手里。

重犯加重了他的罪责。法官们查看了法典，但没有一个人查看受指控者的心理状态。禁止盗猎的法令需要杀一儆百以维护它的严肃性，沃尔夫被判决了：背上烙上绞架火印监禁三年。

这一段时间也过去了，他从监狱回来了——不过跟他去时相比变得判若两人。从此在他的生活中开始了一个新的时期；请听听他本人后来对帮助他的神甫和法庭的供词。

我迈进监狱大门时，是一个迷误的人，走出监狱大门时变成了一个玩世不恭的二流子。在这个世界上我也曾经有过我所珍贵的东西。我的自尊心蒙受了屈辱。我一进监狱，他们把我跟另外二十三个犯人关在一起，这些人当中有两个杀人犯，其余的人全是恶名昭著的惯偷和无赖汉。我一提到上帝，他们就嘲笑我，强迫我说亵渎神明的话。他们对着我唱的那些淫荡小调，使我这个浪荡子听了都感到恶心和吃惊；但是当我看到他们的行径时，我简直感到震惊，我为他们感到难为情。没有哪一天不重复某种猥鄙行为，没有哪一天不搞恶作剧。开始时，我尽可能地避开这帮人，不听他们的谈话；可是，我需要一个伴，然而看守如虎似狼，即使是我自己的狗也给吓跑了。劳动非常苦，而且又是强制性的，我的身体很虚弱；我需要帮助，说得直率一点，我需要怜悯，但要得到它就不得不付出我最后剩下的那一丁点儿良心。于是我最后习惯了那些令人深恶痛绝的丑行，在最后三个月我甚至超过教我的师傅。

从这时起，我便渴望着重获自由的一天，同样也渴望着报仇雪恨。所有的人都侮辱过我，因为他们都比我优越、比我走运。我把自己看成是失去天赋权利的殉道者和法律祭坛前的牺牲品。每当太阳从监狱所在的山背后爬上来的时候，我就咬牙切齿地磨擦着我的镣铐；对于一个犯人来说，广阔的视野无异于双倍的地狱。那自由的风呼啸着吹进监禁我的塔楼的透气孔，小燕子落在铁窗的窗棂上，它们仿佛为自己享有自由而洋洋得意地嘲笑我，这使我的监禁生活更加难熬。当时我发誓要仇恨一切像人的东西，决不调和、决不手软，后来我忠诚恪守了我的誓言。

我一看到自由来临，首先想到的就是家乡。尽管就我未来的生计而言那儿不会带给我多少希望，但是我急切的复仇心却要在

那儿得到满足。当教堂塔楼在远方树丛中升起映入我的眼帘的时候,我的心狂乱地跳起来。这不再是我第一次朝圣时曾经产生过的那种如愿以偿之感。——对于我在那儿一度忍受过的万般不幸、种种迫害的记忆突然一起从可怕的、昏死般的睡眠中苏醒了过来,所有的伤口重又流出了鲜血,全部伤疤都又绽开了。我加快了步伐,因为一想到我的突然露面会使我的敌人大吃一惊,我的精神就来了。同时我渴望再领受一次那以前曾经使我心惊胆战的侮辱。

当我站在市场中央的时候,晚祷的钟声响了。人们一群群、一队队地走进教堂。他们很快认出了我,每个碰到我的人都畏缩地退了回去。我历来很喜欢孩子,现在仍然如此,我禁不住给了一个从我旁边跳跳蹦蹦地跑过去的男孩一个铜板,那孩子呆呆地看了我一下,然后把铜板扔到我的脸上。如果我心情平静一点儿的话,我该会想到我从监狱里带回来的那一大把胡子改变了我的面貌,样子看上去很可怕——但是,恶劣的心境使我的理智也受到感染。我从没有哭过,可这次眼泪夺眶而出,流过我的两颊。

"孩子不了解我是什么人,也不知道我从哪儿来,"当时我半出声地自言自语地说,"但他却像避瘟神似的躲开我。难道我额头上打上了什么印记？还是由于我感情上恨一切人因此自己便不像人了呢?"——孩子的鄙视比三年的苦役还使我伤心,因为我对他完全是好意,也不能责备他对我怀有什么个人仇恨。

我坐在教堂对面木匠做活的地方;当时究竟要干什么,我自己也不清楚;不过,我还记得,我愤怒地站了起来,因为所有路过的熟人都不屑于招呼我一声,一个都没有。我生气地离开我站的地方,想去找一家客栈住下。当我转过一个小巷的拐角时,跟我的约翰娜碰了个对面。"太阳店老板!"她大声叫着做了一个要拥抱我的姿态。"你回来了,亲爱的太阳店老板！上帝保佑,你回来了!"从她的衣着上看得见贫穷和困苦的影子,脸上是一副令人恶心的病容;她的模样说明她已经堕落成为人所不齿的女人了。我很快就意识到出了什么事;从刚才我遇见的几个皇家轻骑兵判断,这小镇上驻扎了军队。“大兵的野鸡!”我大叫一声,转过身大笑着走开了。我感到很得意,因为在活人的等级中有人还在我之下。我绝不爱她了。

母亲已经死了。我那幢小小的房子给债主占去抵了债。我再没有亲人和财产了。所有的人都像避开毒物似的躲着我,最后我终于连羞耻也没有了。以往,我总是不愿见人,我受不了那鄙夷的目光。现在,我故意大大咧咧地露面、寻开心,把他们吓跑。这使我产生一种快感,因为我不会再失去什么也无需什么顾忌了。我不需要什么善良品格,因为谁也不相信我会有善良品格。

整个世界对我是敞开的,也许我可以换个陌生地方去做规矩人,但我已经失去了信心,哪怕只是做个样子也难以办到。绝望和屈辱强迫我接受了这种想法。留给我的最后一条出路就是习惯于不要名誉,因为别人不允许我提出这种要求了。假如我怀着虚荣和自尊经受加给我的侮辱,那么我一定会自杀的。

我当时究竟打的什么主意,我自己也不清楚。现在我隐隐约约地记得我当时想干点坏事。我要做我命中注定的事。我认为,如果我决定有意践踏法律,那么法律对于世界而言毋宁说是一种恩赐,因为我过去是出于无奈和轻率犯罪的,而现在我破坏法律完全是自己的选择,是为了从中得到快乐。

我干的第一件事就是继续偷猎野物。打猎逐渐地变成了我的欲望,何况我也得生活下去呢。当然也不仅仅是由于这个缘故;我从心里想嘲笑皇家禁令,想不遗余力地损害当政者。我也不再担心被拿获,现在我给发现我作案的人准备好了一颗子弹,我知道它不会错过目标的。所有碰上我的野兽无一幸免,但我只拿少数几只到边境上换钱，大多数则任其腐烂。为了支付弹药的开支，我只能过清苦的生活。我大量捕猎所造成的浩劫被发现了，但并没有人怀疑我。我这副模样便消除了任何怀疑，我的名字已为人所忘却。

我就这样生活了几个月。一天早晨，我像往常一样穿过树林，跟着一只小鹿的踪迹走着。我白白累了两个小时，我已经认为那猎物没有指望了，这时我意外地发现它进入了我的射程。我正准备瞄准射击——可突然看到在我面前几步远的地面上有一顶帽子，这使我大吃一惊。我仔细看了看，认出那是猎人罗伯特，他正躲在一棵大橡树后面瞄准我正要打的同一只野兽。看到这幅情景，我全身骨节感到一阵致命的寒战。在全部有生命的东西中，这个人恰恰是我最痛恨的，现在他正在我枪弹的威力之下。在这一瞬间我觉得仿佛整个世界都在我的枪击范围之内，仿佛我一生的仇恨都集中到可以扳动谋杀扳机的指尖上了。一只可怕的看不见的手在我头顶上晃动着，我命运的指针不可逆转地指着这阴暗的一分钟。我的胳膊在颤抖，因为我已经容许我的枪做出这一可怕的选择——我的牙齿像得寒热病时那样咯咯作响，呼吸停止了，胸口感到窒息。我犹豫着，枪管在人和鹿之间来回移动了一分钟，又一分钟，又一分钟。复仇的欲望和良心在激烈地、绝望地搏斗着，最后复仇心赢得了胜利，那猎人倒地死了。

枪随着射击声从手里落了下来……"杀人犯……"我缓缓地、结结巴巴地说。森林里一片寂静，像教堂墓地一样。我清楚地听见我自己说了声"杀人犯"。我轻轻走了过去，那人死了。我默默地在死者跟前站了很久，终于我发出一阵响亮的笑声。"现在你不多嘴了吧，老兄！"说着便得意地走过去，把被害者的脸扭过来。他的眼睛睁得大大的。我觉得事情严重了，突然不出声了。我开始有点异常的感觉。

在这以前我之犯罪是对我所受到的屈辱的报复;现在发生的事不同了,我以前并没有为此受过惩罚。我相信,在一个小时以前没有任何人能够使我信服,天底下还有比我更坏的人;现在我开始觉得,一个小时以前的我倒是大可值得羡慕的呢。

我并没有突然想到上帝的审判——只想起一件事,我还不知道是哪一件么?零零乱乱地想起了绳索和剑以及我学童时代看到过的处决一个杀害儿童的女凶犯的景象。我思想里产生了某种特别可怕的东西:从现在开始我的一生算完蛋了。更多的事我记不清楚了。后来,我希望他没有死。我强使自己生动地回忆一下死者在世所加给我的种种祸害,可是说来也奇怪,我的记忆像死了似的!我想不起究竟是什么东西使我在一刻钟以前发起疯来。我根本不明白,我怎么会杀起人来。

我一直还站在尸体跟前,一动未动。几声鞭响和穿过树林的车辆的辘辘声使我回过神来。我作案的地方距离大路不到一刻钟的路程。我不得不想到我的安全。

我不由自主地溜进了树林深处。在路上我突然想到,死者还有一只怀表。为了跑到边境,我需要钱,但我又缺乏勇气再回到死者那儿去。这时我想到魔鬼和无所不在的上帝,我害怕起来。我鼓足全部勇气,下定决心,即使跟整个地狱的恶魔作对也在所不辞,我回到原处。我找到了我希望得到的东西,在一个绿色钱包里还有一个塔勒[①] 和一点儿零钱。我正想把两者都揣进腰包时,突然停了下来,我思索着。这并非一时感到羞耻,更不是害怕因抢劫而加重我的罪行——我觉得这是一股不服烧埋的执拗劲,我丢下了表,留下了一半的钱。我愿让人们知道,我是死者的个人仇敌而不是抢劫他的强盗。

① 十八世纪仍在通用的德国银币。

然后我向树林深处逃去。我知道这片森林向北延伸四德里①就到达边界了。我气喘吁吁地一直跑到中午。急急忙忙的逃窜使我忘记了内心的恐惧,可是当我的身体慢慢地瘫软下来的时候,它又回来了,而且更加强烈。千百种可怕的形象在我眼前晃过,像锋利的刀刺进我的胸膛。现在我面临着的是在一种充满无休无止的死亡恐怖的流浪生活和接受处决这两者之间进行可怕的选择,而且我必须进行选择。我无心用自杀的办法离开这个世界,但又害怕留在世界。我在这已知的生存痛苦和未知的死亡恐怖之间徘徊,既无力求生也不愿寻死,就这样度过我逃亡的第六个小时,这六个小时饱含着任何活着的人所无法描述的痛苦。

我只顾自己思考着,不自觉地缓缓沿着一条通向无比阴暗的密林深处的小路走着,不知何时帽子低低地压下来盖住了我的脸,仿佛这样可以使我避开没有生命的大自然的目光似的——忽然从我身边传来一个粗野的、命令式的喊声:"站住!"声音很近,由于我心不在焉,帽子又低低地压在脑门上,使我没有注意到四周的动静。我举目望去,看见一个野气十足的汉子手里拿着一根长满节疤的大棒朝我走来。他的身材像个巨人,至少最初我惊魂未定的时候认为是如此——他的肤色像个黑白混血儿,脸上一只眼睛斜视时露出的眼白非常突出、可怕。他穿着一件绿呢上衣,在系腰带的地方缠着一条粗粗的绳子,而且是缠了两圈,里面插着一支手枪和一把宽刃屠刀。喊声又重复了一遍,一只强有力的手牢牢地抓住了我。人的声音使我陷入惊恐,一看见是个恶人又使我定了心。在我现在所处的情况下我有理由害怕任何一个正派的规矩人,可是无需在强盗面前发抖了。

"什么人?"那人说。

---

① 一德里约为7.5公里。

“跟你一样的人，”我回答说，“假如你真的是你外貌所显示的那种人的话。”

“从这儿出去没有路，你来这儿干什么？”

“这跟你有什么关系？”我不服气地说。

那人从头到脚连着打量了我两遍。他好像在把我的身材和他的身材，把我的回答和我的身材作一番比较似的。——“你说话像叫化子那么粗鲁。”他最后说。

“也许是这样。昨天我还是那类人。”

那人大笑起来。“我可以发誓，”他叫道，“就是现在你也好不了多少。”

“我是说现在更糟——”我正要继续说下去。

“慢着，老弟！你有什么急事？你那么着急干什么？”

我思索了一会儿。我自己也不知道，我怎么会吐出这般话来：“生命苦短，”我慢腾腾地说，“地狱久长。”

他直愣愣地瞅着我。“要是说错了我该交厄运，”他终于说，“你大概是差一点儿给送上绞架吧？”

“那是以后的事。好了，再见，伙伴！”

“好，伙伴！”他大叫着从猎袋里拿出一个白铁皮瓶子，呷了一大口把它递给了我。奔跑和惊恐已耗尽我的力气，这整整可怕的一天还没有任何东西沾过我的嘴唇。我担心我会在这片森林里渴死的，因为方圆三德里之内没有希望得到喝的东西。人们可以想像我是多么高兴回敬他对我的祝酒。这一口清凉提神的饮料给我全身注入了新的力量，给我的心以新的勇气，给我以生活下去的希望，使我重新产生对生活的爱。我开始认为，我的命运也并非完全不好。这令人欢迎的一口酒竟起到了如此巨大的作用。是的，我承认我的心境又接近一种幸福状态了，在千百次失败以后终于找到一个跟我相似的人。处在刚才那种绝望的境地，说不定我也会同地狱里的魔鬼称兄道弟互相敬酒的，因为我要找一个知己。

那人四肢伸开躺在草地上，我也跟他一样躺下。

“你的酒真救了急！”我说，“我们一定交个朋友。”

他打着火点上烟斗。

“你干这一行当很久了吧？”

他紧紧盯着我。“你这话是什么意思？”

“你这把刀经常见血吗？”我从他腰带里抽出那把刀说。

“你是什么人？”他从嘴里取出烟斗吃惊地问。

“像你一样，是个杀人犯——不过是个新手。”

那人呆呆地望着我又吸起烟来。

“你不是此地人吗？”他终于说。

“离这儿三德里。L 镇的太阳店老板，也许你听说过。”

那人像中了邪一样一骨碌跳了起来。“就是偷猎者沃尔夫吗？”他急忙问道。

“是的。”

“欢迎，伙伴！欢迎你！”他一面叫着一面用力握着我的双手。“我终于找到了你，太好了，太阳店老板。我日日夜夜都在想如何找到你。我非常了解你，我什么都知道。我早就在盼着你了。”

“盼我？为什么？”

“这整个地方都在谈论你。你有敌人，一个小污吏逼得你走投无路，沃尔夫。他们毁了你，他们对你犯下了滔天罪行。”

那人激动起来了——“因为你射死侯爵在我们土地和田野上喂的几头猪，他们就让你蹲了几年监狱，干了几年苦役，他们夺走了你的房屋和酒店，弄得你一贫如洗。兄弟，现在还成世道吗？人难道还不如兔子？难道我们还不如田野上的牲畜？像你这样一条汉子竟能忍气吞声？”

“我能改变这种情况吗？”

“这——我不妨看看。告诉我你从哪儿来？打算干什么？”

我向他叙述了事情的全部经过。那人没有等我把话讲完就高兴得忍不住跳起来，拉起我就走。“来，太阳店老板兄弟，”他说，“现在你成熟了。现在我得到你正是适逢其时。我为你而感到光荣。跟我走。”

“你要领我到哪儿去？”

“不要老是问，跟我走吧！”——他强拉着我走了。

我们走了约近四分之一德里路。山越来越险，森林越来越密，路越来越难走，我们两人没讲一句话，后来那人吹了一个口哨把我从沉思中吓醒了。我睁大眼睛一看，我们正站在一个山岩陡峭的悬崖上，下面是深深的山涧。从岩壁的腹部传来回答的口哨声，接着露出一个梯子，仿佛自动升上来似的。我的领路人先下去了，他让我等他回来。“我首先得叫人把狗拴牢，”他补充说，“你是生人，那畜牲会把你撕成碎片的。”说完就走了。

现在，我独自一人站在这深渊前面，而且我非常清楚我是独自一人。我注意到了那领路人的粗心，我只要果断地决定把那梯子抽上来，我就自由了，我就可以安然逃脱了。我承认我认识到了这一点。我往下张望着即将给我以容身之地的深深的山涧，它使我隐隐约约地联想起地狱深渊，一旦落入其中便永世不可得救。我站在我即将踏上的生活道路面前不寒而栗；只有立即逃跑我才能得救。我决定逃跑，我已向着那梯子伸出了手——可是突然耳朵里响起雷鸣般的声音，它在我四周回荡着宛如地狱里发出的嘲笑：“一个杀人犯还怕冒险吗？”——我的胳膊瘫软了，缩回来了。我主意已定，后悔的时刻过去了，我犯的杀人罪像山岩一样在我后面耸立着，它永远堵死了我的退路。同时那领路人也回来了，他告诉我该走了。现在已经没有选择余地了，我沿着梯子爬了下去。

我们在岩壁下面走了不几步，谷底便豁然开朗，几幢茅屋坐落其中,茅屋之间是一片开阔的圆形草地,上面有十八到二十个人围着炭火席地而坐。“伙伴们,”那领路人说着把我拉到圈子中间,“这就是我们的太阳店老板!大家欢迎!”

“太阳店老板!”所有的人齐声叫着站起来围拢到我的四周,有男也有女。我应该承认,那欢乐是真诚的、发自内心的,每张脸上都表露出信任、甚至尊敬,这一个握我的手,那一个亲切地牵牵我的衣服,整个场面就像跟一个受敬重的老朋友久别重逢。我的到达中断了刚刚开始的盛宴,不过马上又继续了下去,他们强使我喝下一杯接风酒。吃的菜全是野味,酒瓶不停地给依次传递着。看来这一帮人生活富裕、关系和睦,所有的人都争先恐后地尽情表露他们的喜悦。

他们让我坐在两个女人之间,这是荣誉席位。我曾猜想,她们一定是这种人中的丑类,但是当我看到在这乌七八糟的一群人中竟然有两位我所见到过的最美的女人的时候,我是多惊讶呀!玛格丽特,两人中年龄稍大、面貌更美者,让人叫她处女,大概还不满二十五岁。她说话肆无忌惮,举动放浪。年轻些的叫玛丽,结过婚,因不堪丈夫虐待逃出来的。她受过较好的教育,面色苍白,形容枯槁,不像她火辣辣的伙伴那样引人注目。两个女人都竞相作态点燃我的欲火;美丽的玛格丽特用放浪的戏言消除我的羞怯心理,但她的整个气质使我生厌,倒是那畏怯的玛丽永远占据了我的心。

“你看,太阳店老板兄弟,”这时,带我来的那个人说,“你看,我们在一起是怎样生活的,每一天都跟今日一样,不是吗,伙伴们?”

“每天都跟今日一样!”一帮人重复着。

“假如你打定主意分享我们生活的欢乐,就参加进来作我们的首领。我一直是首领,但我愿让给你当。伙伴们,你们同意吗?”

大家齐声高兴地喊了声:“同意!”

我的头脑在发热,我的神志恍恍惚惚,酒和欲火使我的血沸腾起来。这个世界把我当成瘟疫患者抛弃了,在这儿我得到兄弟般的接待和尊敬,有舒适的生活,并受到尊敬。无论我做出什么选择,等待我的都是死亡;但在这儿至少我可能为我的生命索取更高的代价。我炽热的欲火要求得到满足;在此以前,异性总是投给我鄙夷的目光,但在这儿却受到她们的青睐,我可以纵情享乐。我的决定无需多少代价。“伙伴们,我留在你们这儿,”我斩钉截铁地高叫着走到他们中间,“我留在你们这儿,”我又重复了一遍,“只是请你们把坐在我身边的美人让给我!”——大家一致同意答应我的请求,于是我成为姓 H 的女人的真主人和一个匪帮的头目。

故事紧接着的部分我完全略过不讲了;那都是些令人厌恶的东西,对读者没有任何教益。一个堕落到如此地步的不得意的人必然会干出任何使人的良知感到愤慨的事情来的——但正如他在拷打之下所承认的那样,他没有重犯杀人罪。

此人的名声很快传遍全邦。乡间大道不安全了,夜晚翻墙越户的盗窃使居民人心惶惶,“太阳店老板”的名字在当地百姓心目中成为恐怖的象征,法院在搜捕他,悬赏缉拿他。他幸运地一次又一次地挫败为他设的圈套,巧妙地利用好奇的农民的迷信心理保护自己。他的帮手必然也四处散布许多流言蜚语,说他跟魔鬼结盟,会施妖术。他活动的那个地区当时还不像现在这样开化,人们相信这类传言,所以他很安全。谁也没有闲心跟一个可以役使魔鬼的人作对。

一年以后,他对这种可悲的行当便开始感到厌倦了。以他为首的这个匪帮并非像他想像的那么美妙。诱惑人的外表迷惑了当时已有醉意的他;现在他才吃惊地发觉自己上了大当。饥饿和匮乏接踵而来,代替了人们使他感到昏昏然的富裕;他经常为了一顿不足以使他果腹的食物而去冒生命危险。那兄弟般友爱和睦的气氛消失了;嫉妒、猜忌和争风吃醋在这帮堕落的人中间泛滥肆虐。法庭将对活捉他的人进行奖励,如果这人是同案犯还许诺给以正式赦免——这对于人间的这些沉渣来说具有莫大的诱惑力!这不幸的人看到了他的危险。背叛人和神灵者的信誓旦旦很难担保他的生命。从此他再也睡不安稳了,永恒的死亡恐怖使他惶惶不可终日,那可怕的猜忌的魔影尾随着他不放,清醒时折磨着他,昏睡中陪伴着他,在噩梦中惊吓他。同时,沉默的良心又发出呼唤,沉睡着的悔恨的毒蛇在他胸中的这场风暴中苏醒了。现在,他的全部憎恨把它那可怕的利刃从人类转向了他自己。他不怨天,不尤人,只诅咒自己。

罪孽之神已经授完他给这不幸的人安排的课业,此人天生的聪慧终于战胜了那可悲的欺骗。现在,他感到他陷得已经很深,孤独的悲伤代替了那咬牙切齿的绝望。他热泪盈眶,渴望恢复以往的生活;现在他暗自下定决心,他将一改前非开始新的生活。他开始希望变成正派的人,因为他自己感到他对此很有把握。他身处罪孽的顶点但却比他第一次失足前更加接近善良。

就在这段时间前后,七年战争① 爆发了,当局正在大量招募新兵。这不幸的人由此看到一线希望,他给邦主写了一封信,现在我将此信摘录如下:

“假如君王的恩宠不耻于垂顾我这样一个人,假如我这样一个罪犯尚能得到您的垂怜,那么请您,最尊贵的殿下,听一下我的陈述。我是盗贼和杀人犯,我犯的是死罪。法庭在缉拿我——我准备投案自首。但同时我对殿下提出一个罕有的请求。我厌恶我的

① 一七五六至一七六三年,奥地利、法国、俄国、萨克森、瑞典、西班牙为一方,普鲁士、英国、汉诺威为一方,在欧洲、美洲、印度及海上所进行的战争。在欧洲,以普鲁士战胜奥地利,夺得西里西亚告终。

生命,我不怕死亡,但是我觉得,没有生活过而死去是可怕的。我想死前弥补我过去的一部分不足,我想死前跟我曾损害过的国家和解。处决我将警告世人但补偿不了我的罪行。我痛恨罪孽,我急切地渴望着做一个规矩的人,做一个高尚的人。我曾显示过足以使祖国害怕的能力,我希望我还有几分能力报效祖国。

“我知道,我提出的要求太过分了,我的生命已失去价值。我没有资格同法律讨价还价。但是,我不会戴着手铐脚镣出现在您面前——我现在还是自由的——我的这个请求里很少含有害怕的成分。

“我所乞求的是赦免。我不敢要求公正地对待我,哪怕我有这个权利。——但是请允许我提醒审判过我的法官注意,计算我的犯罪时间应从对我宣布使我永远丧失名誉的判决开始。只要当时稍微公正一点儿,也许现在我就无需要求赦免了。

“侯爵,请您宽大为怀!如果以您君王的威严为我请求法律恩赦,您便给了我第二次生命,我将从此把它奉献给您,听候您的驱遣。假如您能恩准,请您通过官方文书通知我,我将按照侯爵的诺言在您驻跸之地自首。假如您作出的是另外一种决定,那就让法律按照您的旨意行事,我也必定遵从我自己的意志了。”

这封请求信没有得到答复,第二封和请求赐给他骑士职位以报效侯爵的第三封信也如石沉大海没有回音。他要求宽恕的希望完全破灭了,于是他决定逃出这个国家,投靠普鲁士国王当一名勇敢的士兵战死。

他顺利地逃离他那一帮人,踏上旅途。途中经过一个小城,他准备在那儿过夜。不久以前颁布了一项在全国严格检查过路旅客的命令,因为作为一国之主的侯爵已经参战。这个小城把守城门的小吏也接到了这项命令,当太阳店老板骑马到达的时候,他正坐在栅栏前的一条长椅上。他看到,这个人的装扮既滑稽可笑,又野蛮可怕。他骑的那匹瘦瘦的老马和胡乱拿来披在身上的衣服——看来在选择时没大考虑自己的爱好,更多地是看顺手摸来时的机遇——跟他那张怒气冲冲的脸配在一起极不协调,显得很奇特,简直像散落在战场上的残缺不全的尸体。守门人瞥见这个古里古怪的旅行者不禁一愣。他已在关卡前站白了头发,四十年的工作经历把他造就成为一个高明的相面师,他能分毫不差地分辨出各色四处飘泊的人。这个感觉无比敏锐的人的鹰一般犀利的目光这一次也没有看错人。他立即关上城门,要求骑马的人出示证件,同时牢牢抓住他的马缰绳。沃尔夫对这种情况已有所准备,随身也真的带了身份证,那是他不久前从一个遭抢劫的商人身上夺来的。但是仅仅这个证件还不足以推翻一个有四十年观察经历的人的判断,还不可能使站在关卡旁的这位受尊敬的人消除他的怀疑。这位守门人相信自己的眼睛胜过这一纸证件,沃尔夫被要求跟他到官衙去。

城防官检查了证件,认为没有问题。他是非常喜欢听新鲜事的人,特别愿意喝着酒谈论报纸上的新闻。证件告诉他,持有人是从敌国来的,那儿正好是战场。他希望从这个外来人口中套出一点私家新闻,于是便派秘书送回证件并邀外来人同他一起饮酒聊天。

在这段时间里,太阳店老板静候在官衙门外,这可笑的一幕引起小城好事者的注意,人们三三两两地凑在他周围。他们嘁嘁喳喳地议论着,一会儿指一指马,一会儿朝骑马人努努嘴;这群乌合之众的恶言秽语最后变成一片喧闹声。不幸的是众人所指的那匹马是偷来的;他暗自思忖通缉令中怕是描绘了马的特征,所以被认出来了。城防官意外的好客更增加了他的疑虑。他认定事情已经确凿无疑,他的假证件已经露了马脚,对他的邀请只不过是防止他反抗以便活捉的圈套而已。真是做贼心虚,于是他失去头脑,对邀请不置可否夹了一下马刺就跑了。

他这突如其来的逃跑成了行动的信号。

“他是坏蛋!”众人呐喊着追了上去。对他来说这是生死关头,他已经领先一步,追赶的人上气不接下气地跟在他后面跑,他马上要逃脱了——可是一只有千钧之力的、无形的巨掌朝他打去,他的命运之钟已经走到了尽头,铁面无情的涅墨西斯① 抓住了欠下罪债的人。他跑进去的那条小巷是条死胡同,他只好掉回头朝追赶他的人群冲过去。

这一事件的喧嚷声惊动了整个小城,人们蜂拥而至,越聚越多,大街小巷都被封锁了,一大队气势汹汹的人朝他冲过来。他亮出了手枪,人群退缩了,他想用强力打开一条通道冲过人群。“这一枪,”他喊道,“是专打想抓我的愣小子的。”——这一声恫吓使众人都停了下来。一个勇猛的锁匠伙计终于从他背后抱住了他的胳膊,抓住了他正要扳动枪机的手指,使它脱臼,手枪落到了地上,这个手无寸铁的人给从马上拉了下来,在一片胜利的欢呼声中被扭送进官衙。

“你是干什么的?”法官声色俱厉地问。

“一个决心不回答任何问题的人,除非问得客气一点儿。”

“您是什么人?”

“就是您看见的这样一个人。我走遍了整个德国,发现没有哪个地方像这里一样待人如此无理。”

“您的匆忙逃跑非常可疑。您为什么逃跑呢?”

“因为我忍受不了您治下的臣民的嘲笑。”

“您曾威胁要开枪。”

“我的枪没上子弹。”人们检查了手枪,枪膛里是空的。

① 涅墨西斯,古希腊神话中的秩序女神、果报女神。

“您为什么秘密携带枪支？”

“因为我带了贵重东西，有人警告我当心太阳店老板，他就在此地活动。”

“您的回答很能说明您的放肆无理，但证明不了您是从事正当职业的人。我宽限您到明天，看您到时是否愿意对我讲真话。”

“我将坚持我的陈述。”

“派人把他带到囚塔去。”

“带到囚塔？——执法官先生，我希望这个国家还讲点公理。我将要求向我赔礼道歉。”

“只要您说得清楚，我会向您赔礼道歉的。”

第二天早晨，执法官思忖着，说不定那陌生人是清白无辜的；用命令式的语言无法制服他那股执拗劲儿，也许对他以礼相待还好办一点儿。他召集当地的陪审法官出庭，然后命令把犯人带上来。

“请原谅我一时性急，先生，我昨天对您有点过分了。”

“既然您如此对待我，我乐于谅解。”

“我们的法律是严肃的，您的事弄得满城风雨。我不能放您，否则我便是失职。从现象看来您是可疑的。我希望您能对我说出足以消除嫌疑的事实。”

“要是我不愿理会呢？”

“那么我有责任将这一案件报告政府，在此期间您仍然得给关押着。”

“然后呢？”

“然后您就面临危险，要么被当作流民鞭打出境，要么受到宽大给编入新兵队伍。”

他沉默了好几分钟，看来在进行剧烈的斗争；然后他猛然转身面对法官。

“我可以单独跟您谈一刻钟吗?”

陪审法官们迟疑不定地互相观望着,但看到上司那命令式的手势便离开了。

“说吧,您有什么要求?”

“您昨天那种态度,执法官先生,是绝对不会使我招供的,因为我生来就对强权有反抗情绪。今天您对待我的这种谦恭态度使我对您产生信任,我尊敬您,我相信您是高尚的人。”

“您要对我说什么?”

“我发现,您是一位高尚的人。我早就希望碰到一位像您这样的人。请允许我握一下您的右手。”

“您这是什么意思?”

“您的头上已有缕缕白发,您受人敬重。您活在世上这么多岁月,大概也忍受过不少痛苦——因此更富有人情味,不是吗?”

“先生——这话是什么意思?”

“您离那永恒世界只有一步之差,不久——不久您也需要在上帝面前要求怜悯。所以您对人也不会不发恻隐之心的。——您还不明白我的话吗? 您知道您在同谁讲话吗?”

“这是什么意思? 您在吓唬我。”

“您还不明白吗? ——请您写信给侯爵,告诉他您是怎样发现我的,我是自愿出卖我自己的,他现在宽恕我,将来上帝也会宽恕他的。老人,请您为我求求情,请在您的报告上为我洒下一滴泪水:我是太阳店老板。”

命运的捉弄*

——一件真人真事

阿洛修斯·G.出生在一个有地位的市民之家，他的父亲在××侯爵宫廷供职，上天赐给他的特殊才能的萌芽因自由教育的熏陶很早便得到发展。他还在弱冠之年就具备了全面的知识，进入邦主的军队服役。作为一个建立过赫赫战功和有远大前程的青年人，他很快便引起邦主的注意。G.正当血气方刚的青年时代，侯爵也是如此；G.行事决断、富有开拓精神，侯爵本人也有这些特点，他喜爱这种性格。G.富有机智、学识渊博、很善于应对，不论他走进哪些人的圈子里都同样和蔼可亲平易近人，使人感到心情舒畅；任何事情一经他的手处理，便有声有色。侯爵非常珍视他本人也具有的这些美德。他所做的一切，即便是游戏，都有几分伟人气质：障碍吓不倒他，失败压不垮他。更使这些品格增辉的是：他那一副光彩照人的仪表，英姿勃发、膂力过人，机敏的头脑不时闪露出智慧的火花；眼神、步态和气质都显示出一种天生的、自然的威严，但因态度谦逊、真诚并不令人产生畏惧之感。假如说侯爵在精神上为他年轻伙伴过人的智慧所折服，那么这一副富于诱惑力

---

* 这篇小说写于一七八八年，主人公的原型是席勒的教父菲力普·弗里得利希·里格尔将军。此人富有才干，但行事专断，有过跟小说主人公类似的经历，晚年曾任关押过著名诗人舒巴特的霍恩斯派格要塞的司令。

的外貌使他完全倾倒了。年龄的相同,志趣和性格的投合使两人在短时间内确立了一种亲密关系,它具有友谊的最大力度,情爱的全部炽热和猛烈。G.迭次晋升,青云直上;但是,这些表面现象似乎远远说明不了他对于侯爵在实质上的重要性。他官运亨通,晋升快得令人吃惊,因为他官运的缔造者是他的崇拜者,是他狂热的朋友。还不满二十二岁,他就登上高位,在一般情况下即使最幸运的人身居这种地位也往往要结束自己的宦海生涯了。但是,他那富有活力的精神不可能长时间地停息在自我陶醉的懒散状态中,不可能长时间地满足于当一个大人物的闪闪发光的随从,他觉得,他是有足够的勇气和力量充分利用一位大人物的。正当侯爵沉溺于寻欢作乐的生活时,他年轻的宠儿却把自己埋在了公文和簿籍堆中,以负重的毅力躬亲政务,终于巧妙地、完完全全地把各种事务都掌握起来了,以致连不是太重要的事情都得由他亲手处理。他从侯爵游乐的伙伴一跃而为首席顾问和大臣,最后控制了侯爵本人,很快除了经过他以外任何通往侯爵的路都给堵死了。他委任各项职务,授予所有荣爵,亲手颁发各种嘉奖。

G.在弱冠之年便登上现在的高位,他升得太快了,甚至没来得及从容地享受这个地位所带给他的荣耀,他所处的地位使他变得踌躇满志、忘乎所以;他曾孜孜以求的最后目标一旦达到,他就不谦虚了。全国最上层的显贵,所有出身、威望和财产远远超过他的人,甚至其中一些白发苍苍的长者都无不对他,一个年轻人,表示谦恭、服从,这更加使他感到飘飘然了。他手中握有的无限权力,很快使人察觉到了他气质中“凶悍”的一面,这本来是他性格中的一个特征,只是以往藏而未露而已。后来,尽管他的命运变化无常,但这个特征却一直恒久未变。他的朋友们托付他办的莫不是劳神吃力的棘手事;但他的敌人见了他却无不胆战心惊:因为他一方面表现得慈善有余,可另一方面他进行报复时却又是不择手段的。他动用自己的威望很少是为自己积累家产，而是为了扶植出许许多多的幸运儿，让他们把他尊为带给他们财富的上帝；只是他在选择对象时，不是根据公正无私的原则，而是看他一时的兴头。他这种高傲的、盛气凌人的举止使那些理应对他感恩戴德的人感到心寒，同时又把所有的政敌和心怀妒忌者无一例外地变成了自己的敌人。

在那些用嫉妒和钦羡的目光监视着他的一举一动、暗地砥砺着置他于死地的武器的人当中，有个名叫约瑟夫·马丁尼戈的伯爵，他来自皮蒙特，担任侯爵的侍从，是G.本人把他安插到这个位子上的，以便让他代替他陪同侯爵宴饮游乐，因为他本人对此已感到厌倦，宁愿利用这些时间认真处理公务。他一直认为此人是无害的、是听命于他的，他把他看成是自己手中的玩物，只要他一时兴起完全可以弃之如粪土，让他回到原来的地方去。因此，他认为此人对他既心怀恐惧又感恩戴德，是不会怀二心的。于是，他重犯了黎塞留[①] 所犯的错误，后者曾让路易十三把年轻的格朗当成玩物。但是他并没有以黎塞留的精神改正错误，而且他面前的敌人比黎塞留当年处死的那个人更加狡猾。马丁尼戈并没有为自己交上鸿运而忘乎所以，甚至让他的恩人感到受冷落；完全相反，他行止更加谨慎，努力维持着这种从属关系的假象，装出一副恭顺服从的奴才相，更加亲近带给他幸福的主人。同时，他从不错过机会，充分利用他的职务给他提供的经常在侯爵左右的方便条件，逐渐地使后者越来越需要他、依赖他。在很短时间内，他就熟悉了侯爵的脾性，摸清了取得他信任的所有途径，不知不觉地博得了他的欢

① 黎塞留(Armand-Jean du Plessis Richelieu，1585—1642)，法王路易十三的首相，轻信他的马厩总管，委以重任，后者乘机参与谋害黎塞留的阴谋活动，被黎塞留发现后处死。

心。一个大臣出于高傲的自尊和天生的清高所鄙夷的所有种种手腕都被这个意大利人用上了，为了达到目的，此人是不择手段的。他非常清楚，一个人在罪孽的道路上是最需要领路人和帮手的，他更明白，要跟一个人建立无所顾忌的亲密关系莫过于掌握这个人的隐私；因此，他便唤起亲王身上一直还在沉睡着的情欲，然后他就自告奋勇当他的心腹和帮手。他把他拖进了只容许极少数第三者和知情人参加的那一类拈花惹草的勾当中；他用这种手段使他不知不觉地乐于向他吐露不容任何第三者知道的秘密。最后，他终于成功地在侯爵放浪生活的基础上制定了自己的如意计划，由于掌握隐私是他的基本手段，所以侯爵的心是完全向着他的，然而，此时的 G. 还给蒙在鼓里，认为此心为他所专有呢。

人们也许会感到奇怪，G. 竟会没有注意到这样一种重大变化；但是他太相信自己的价值了，根本想不到像马丁尼戈这样一个人敢于跟他作对，而马丁尼戈也有自知之明，总是小心翼翼地避免因自己失慎而使对手从他那种傲慢的安全感中醒悟过来。那些在他之前使成千上万人在侯王们宠信的光滑地面上跌跤的东西——过分自信——也把 G. 推倒了。马丁尼戈和侯爵之间暗中保持的亲密关系并没有引起他的警觉。他倒乐于使一个从下层爬上来的人交上好运，这种好运是他从内心深处所鄙视的，而且这从来不是他所追求的目的。只是由于侯爵的友谊才可能为他铺平取得至高权力之路，这友谊对于他曾经具有一种诱惑力，但他一达到他所希望达到的高位便轻易地把友谊这样一个自己后退的阶梯推倒了。

马丁尼戈并非甘心扮演下等角色的人。他在博取主子好感的道路上每前进一步，他的愿望便增加一分，进而便野心勃勃地开始追求更全面的目标。他个人威望的提高唤醒了他沉睡着的傲慢，在这以前他一直对他的恩人所保持着的人为的恭顺态度，变得越来越使他难以忍受了。大臣对他的态度并没有随着他在侯爵那儿得宠的步伐而作相应改善，相反，似乎还非常明显地试图提醒他好好记住自己的出身，以此来打掉他日益抬头的傲气。这样一来，这种强加的、矛盾的关系使他感到十分头痛，于是，他制定了一个认真的计划，准备一举置他的对手于死地以结束这种关系。在严密的伪装之下，他的这一计划趋于成熟了，但他还没有胆量跟他的对手公开较量；因为虽然 G. 受宠盛期的花朵已经凋谢，但它开始得早，在年轻侯爵的心田里根扎得深，要一下子除掉是不容易的。小小的麻烦只能削弱它；因此，马丁尼戈非常清楚，他要给予他的打击必须是致命的打击。尽管 G. 失去了侯爵的垂爱，但却更赢得了他的敬重；他愈是疏于政务便愈是离不开一个全心全意、忠诚可靠、即使倾全国之力也维护他的利益的人——如果说以前 G. 是他珍贵的朋友，而现在则是他重要的大臣。

那意大利人为了达到目的究竟采用的什么手段至今依然是少数受打击者和进行打击者之间的秘密。人们猜度说：他向侯爵交出了 G. 和邻国宫廷之间秘密来往的可疑书信的原件；这些信件是真的还是伪造的，其说不一。不论怎么说，他反正以非常可怕的方式完全达到了他的目的。G. 在侯爵心目中的形象是最忘恩负义、最卑劣的叛徒，他的罪行已不容置疑，侯爵认为无需作任何进一步的调查便可立即对他进行审判。整个事情进行得非常秘密，只有马丁尼戈和他的主子掌握内情。G. 根本没有觉察到在他头顶上酝酿着的一场风暴。他仍然耽于那种给他带来不幸的安然状态，一直到那可怕的突变时刻来临——他从一个受到普遍景仰和羡慕的对象一下子变成了最值得怜悯的人物。

在决定命运的那一天，G. 像往常一样正检阅卫队。他在短短几年内从一个士官晋升为上校，当然这个职务对于他实际握有的、使他凌驾于国内显贵之上的大臣威权来说只不过是个小小的荣誉头衔而已。卫队检阅式在通常他自豪地接受人们敬意的那个地方举行,在这儿,他在短短的一个小时内享受着威严和崇高所带给他的快感,但为此他已经劳累了整整一天。在这儿,最显贵的人物接近他也莫不怀着敬畏,而那些一时摸不透他的心绪的人看到他便心惊胆战。侯爵本人如果偶尔到场站在他的大臣旁边,也会发现自己被人们所怠慢,因为交恶于大臣所带来的危险远远超过取悦于侯爵所得到的好处。现在,恰恰选择了这个他以往被崇奉为神明的地方作为公开羞辱他的可怕舞台。

他安然走进他所熟悉的人群,他们像他一样对于将要发生的事一无所知,今天像往常一样毕恭毕敬地站在他面前听候命令。不一会儿,马丁尼戈在几个马弁的陪同下登场,他再也不是从前那个点头哈腰、胁肩谄笑的宫廷侍臣了,而是一副粗鲁的、小人得志的样子,就像奴才一跃而成为主子那样。他气势汹汹地直冲着他走去,帽子戴在头上,默默地站在他面前,然后以侯爵的名义要求他交出佩剑。G.惊愕地看着他,一句话没说把剑递给了他,他接过拔出鞘的剑戳在地上,猛地一脚踢成两截,碎片落在G.的脚前。两个马弁看到发出的这个信号就向他扑过去,一个把他挂在胸前的勋章扯掉,另一个撕下肩章和军服上的标识以及帽子上的饰带和羽缨。这整个可怕的过程快得令人难以置信,在这期间密密匝匝站在周围的五百多人没发出一点儿声音,全场连一丝儿呼吸声都听不见。陷于惊恐的人们面色苍白、心惊胆战,像僵尸似的直挺挺地站在他的四周,他在这奇怪的一幕中——一幅罕有的可笑而又可怕的景象!——所度过的这一瞬间人们只有在死刑法庭上才感受得到。千百人处在他这种情况下恐怕早已经给吓得昏厥倒地了;他那健康的神经和坚强的灵魂承受住了这一个猛烈的冲击,忍下了这种种闻所未闻的凌辱。

这场行动一结束,他就给押着穿过无数围观者所组成的夹道走到检阅场的外沿,一辆带篷马车正静候在那儿。一个无言的手

势命令他登上马车;一队身穿匈牙利式制服的轻骑兵随车警戒。这个事变的消息很快传遍整个首府,所有的窗子都打开了,大街上挤满好奇的人群,他们嘶叫着跟在马队后面,重复呼唤着他的名字,这喊声里有嘲笑、有幸灾乐祸,也有更加令人感到伤心的怜悯。他终于看到四周已是旷野,可是前面等待他的是新的恐怖:马车离开大道,驶上一条很少行车、人迹罕见的路——通向死刑法庭的路。马车缓缓而行,根据侯爵的一道严厉命令,将把他送交死刑法庭。在这儿,人们在让他领略了死亡恐怖的万般痛苦以后又驶向一条有人行走的大路。他在炙热的烈日之下,没进汤水,没人理睬,在马车里熬过了可怕的七个小时,最后终于在落日的余晖中到达他命中注定的地方——要塞监狱。在神志昏迷、半死不活的状态中(长达十二个小时的捆绑和难熬的饥渴终于压垮了他那巨人般的体魄),他给从车里拖出来——关进了一个肮脏的地窖里。这时,他才苏醒过来,他睁开双眼以后映入他眼帘的第一个东西就是那堵在几缕幽幽月光的照射下令人感到毛骨悚然的高墙,在十九寻① 高的地方有几条窄窄的缝隙,月光就是从那儿射进来落到他身上的。在他身边放着一小块面包和一个水罐,旁边是一堆供他睡卧的干草。他在这种境况下一直捱到了第二天中午,这时,在塔楼中间的一个活板打开了,他看到有两只手放下一只吊篮,里面装着昨天他曾得到过的同样一些食物。这时,在这场可怕的命运转折以后,他在痛苦和急欲弄明究竟的心情之中第一次发问:他怎么给带到这儿来的?他犯了什么罪?上面没有任何回答,那双手消失了,活板重又关闭。看不见人的面孔,甚至也听不到人的声音,对于这骇人听闻的遭遇、对于裹在充满恐怖的重重疑云之中的过去和未来得不到任何说明,见不到温和的阳光,呼吸不到清新的空

① 德国古时长度单位,即两臂伸直的长度,约1.90米。

气,得不到任何帮助和怜悯,被所有的人所遗忘——就这样他在这地狱里度过了四百九十个可怕的日日夜夜,天天吃的都是那一丁点儿面包,每天都是中午时分送下来,单调得令人伤心。但是,他来到这儿没有几天就有了一个惊人的发现,这使他的痛苦达到了顶点——他熟悉这个地方,正是他为卑劣的复仇欲所驱使在数月之前新建了这所监狱,以便关押、折磨一个不幸激怒了他的立有战功的军官。他挖空心思想出这一套残酷手段,把囚室变成阴森恐怖的活地狱。就在这不久以前他还亲自到这儿来过一次,视察工程进行情况,督促尽快完工。命运想必故意要使对他的折磨达到无以复加的地步:原来准备关进这间囚室的那个军官,一位受人敬重的老上校,接任新近去世的要塞指挥官的职务,从他报复的牺牲品一跃而为他的命运的主宰。于是,他连最后那一点儿安慰也失去了:他没有理由哀伤自怜,不论命运对他是多么严酷,他也不能怨天尤人。除了直接感到的不幸以外,他内心还有一种强烈的自我唾弃感和对于傲慢的心灵最不堪忍受的痛苦:他的命运取决于一个敌人的宽容,而他本人却从未对这个敌人表示过宽容。

不过,这个正直的人情操高尚,不屑于进行手段卑下的报复,命令要求他对待犯人所采取的那种严酷手段大大刺伤了他那颗慈悲的心;然而作为一个老兵他已经习惯于盲目忠诚地、一丝不苟地执行命令,所以他对他也只有哀怜而已。这不幸的人得到的比较有实际意义的帮助来自一位要塞随军教士,后者在事过之后很久而且只是通过不确切的、零零星星的传言了解到这个犯人的悲惨遭遇的。他深为所动,立即决定为减轻他的痛苦采取行动。这位备受尊敬的教士——我很不愿却又不得不隐瞒他的名字——认为他履行他的牧师职务的最好方式莫过于现在能够给一个没有任何其他途径可望得到帮助的不幸者效力了。

由于他从要塞司令那儿没有得到探视犯人的许可,因此他就亲自动身去首府，直接向侯爵提出他的请求。他跪倒在侯爵面前，乞求他垂怜那不幸的人，此人得不到基督的体恤正在奄奄待毙，几乎陷于绝境了，然而即使最严重的罪犯也不应给排除在基督的体恤之外的。他以履行义务的责任感所赋予他的无畏精神和尊严，要求自由探视犯人，后者作为忏悔者本应属他照管，他受命于上天也有责任抚慰他的灵魂。他为之游说的事情的善良性质使他变得舌巧如簧，而且时间在某种程度上也平息了侯爵最初的震怒。他答应了他的请求，允许他以教士的身份探视、抚慰犯人。

可怜的 G. 在度过十六个月的牢狱生活以后所看到的第一张人脸是来帮助他的人的面孔。他惟一活在这个世界上的朋友是他的不幸给他带来的；昔日的荣华没有给他赢得任何友谊。传教士的来访对他来说是天使降临。现在，我不描写他的万般感受了。总之，从这一天起，他的眼泪流得少些了，因为他看到有一个人在为他而哭泣。

教士一走进那死囚地牢就怔住了。他的眼睛搜寻着一个人——但从一个角落里，从一个与其说像人的住处不如说像野兽的洞穴的地方朝他爬来的是一个令人毛发直竖的怪物。一个灰白的、形同骷髅架的身躯，脸上没有丝毫生意，只有痛苦和绝望所刻下的一道道深深的皱纹，胡须、指甲由于长时间没有修剪长成了一副怪相，衣服经长期穿用已经破烂不堪发出霉味，由于卧处从来没有清扫过，他周围的空气散发着一股股恶臭——这就是那个幸运的宠儿的处境，而他那钢筋铁骨般的身躯居然挺过来了！教士看到这幅景象震惊不已，立即赶到要塞司令那儿，要求为这可怜的不幸者做第二件好事，不然那第一次善举也就毫无意义了。

这次，要塞司令又以严格执行命令为由拒绝了，于是，他毅然决定第二次访问京城，再次要求侯爵仁慈宽容。他解释说，如果不首先还给犯人以人的面目，他永远都不敢决定为他做圣事，否则便是有意让他损害它的严肃性。这一请求又得到同意，从这一天起犯人才恢复了人的生活。

在那个新的宠儿的短暂夏天过去，其他人接替了他的职务以后，G.在这要塞的死囚地牢里又待了许多年，不过情况好受得多了，因为新上任的人富有人情味或者说跟他没有宿怨旧仇。在长达十年的监禁以后他终于迎来了得到解脱的日子——但是没有法庭审判、没有正式宣布无罪。他获得的自由是仁慈之手施舍给他的礼物；同时命令他永远离开这个国家。

写到这儿，我从口头传说所汇集到的关于他的故事的材料中断了；看来我没有别的办法，只好跳过二十年讲以后的事了。在这段时间，G.在外国军队中服役，重新开始了他的仕途，最后他在那儿同样达到了他在祖国所由跌下的显赫地位。时间——这个不幸者的良友，缓慢地、然而却绝对公正地作出了判决，最后终于了结了这桩公案。侯爵感情刚烈的年代已经过去，当他头发花白的时候，人的本性慢慢地开始恢复了它的价值。在垂暮之年，他心里产生了对青年时代的好友的思念之情。为了在某种程度上洗雪老人在青年时代蒙受的种种屈辱，他友善地邀请被他逐出国门的人回归，其实在G.的心里也早已暗暗产生乡愁。重逢的情景是激动人心的，接待热烈而又令人迷惘，仿佛他们昨天刚分手似的。侯爵用深沉的目光静静地注视着那张他非常熟悉而又感到陌生的脸；好像他在数他自己刻在上面的条条皱纹。他仔细地在老人的脸上搜寻着他青年时代那些可爱的神情，但是他想要看到的那些东西再也找不到了。他们强做出一副亲密的样子，可内心却是冷冰冰的。——羞惭和恐怖把两颗心永远永远分开了。看到这张脸使他回忆起他当年行事之欠考虑，这使他心里感到很不是滋味；就G.而言，他再也不可能爱这个曾给他造成不幸的人了。不过，看一看过去，他很感欣慰和安然，就像一个经受过种种磨难的人在暗自庆幸，过去的一切原来只是一场噩梦呀。

没过多久人们便看到，G. 又重新获得所有以前的荣爵，侯爵抑制着他内心的反感，以便大大弥补过去对他的不公正对待。可是他能够还给他那颗被他永远伤残了的心吗？能够还给他永远失去了的年华吗？他能够还给他那些充满希望的岁月吗？或者他能够给予已是风烛残年的老人一种幸福，聊以补偿他从这人的盛年所掠夺去的东西吗？

G. 在愉快的晚年又活了十九个年头。命运、岁月并没有耗尽他身上的感情之火，也没有给他平易近人的气度投上阴影。他以七十岁的高龄还在捕捉他在二十岁时的确曾经占有过的一笔财富的影子。最后他在担任关押国事罪犯的××要塞司令的时候去世。今天我们可以设想，他对罪犯们当会采取一种人道的作法，因为他必定从自己的亲身经历中认识到了这种作法的价值。但是，他对他们是严厉的，是经常动怒的，在他八十岁的时候，一场对犯人的雷霆震怒把他自己送进了棺材。

招 魂 唤 鬼 者

——O.伯爵的回忆

第 一 编

我讲的这一事件大概许多人都不会相信的,然而其中大部分情节却是我本人亲眼所见。少数了解某一场政治事变的人——如果他们在有生之年还能看到我这些记载的话——将会从中得到他们希望得到的解释;对另外一些人来说,即使他们无须知道这些解释,这记载也未必不重要,因为它毕竟可以帮助人们了解,一个人的心是怎样受到欺骗和蛊惑的。人们将会为心术邪恶的人所设想和追求的狂妄目的而咋舌,更会为他达到此一目的所采取的罕见手段感到震惊。我的笔将严格地、完全地依照事实真相记述;因为当我现在所作的这些记述问世的时候,我已不复存在,我既不会为此得到什么,也不会失去什么。

我在威尼斯拜访××亲王时,正值一七××年狂欢节前后,当时我在返回库尔兰的归途中。我们是在××战争期间服役时相识的,现在又重温为和平中断了的友谊。我本来就想观赏一下这个城市的奇异风光,而亲王也恰恰正在等汇票,以便返回××地,于是他没费多少力气就说服我推迟了我的行期,为他做伴。我们商定,在我们逗留威尼斯期间不再分开,亲王慷慨地把他个人在莫伦饭店的寓所提供给我下榻。

他在这儿隐姓埋名，对自己的身份严格保密，因为他想自由自在地生活，而且他的年俸也不允许他保持他的地位所应有的威仪。他全部随从只有两位他非常信赖的、守口如瓶的骑士和几名忠实可靠的仆役。他力戒铺张浪费，这并非完全出于节约，更重要的原因是他秉性如此。他远离寻欢作乐的场所；正当三十五岁的盛年，却抵挡住了一个荒淫放浪的城市的百般诱惑。女性对他一直是毫无吸引力的。他生性严肃持重，而且总是流露出一种忧郁情绪。他好静却又过分固执，遇事优柔寡断，但对所眷恋者却是热情、专一、恒久不变的。他独步于喧嚷人群的旋涡之中，精神上却沉湎于自己的幻想世界，因此，在现实世界，他往往被视为一个怪人。任何人都不会像他那样生来就能够既受制于人而又并非弱者，他无所畏惧；谁一旦赢得他的友谊，就可以完全信赖。他既有勇气克服已经认识到的偏见，却又不惜为另一个偏见而献身。

作为排行第三的王子，他没有任何执政的希望。他的野心还沉睡未醒，他的热情另有所属。他从不为统治他人的诱惑动心，只要自己不屈从于他人的意志，他也就满足了；平静自由的个人生活和高雅的交往限制了他所有的欲求。他读书广博但没有选择；缺乏教育和过早的参战服役妨碍了他智力的成熟发展。他后来吸收的全部知识只不过促使他的观念更加紊乱而已，因为这些知识缺乏坚实的基础。

他信奉新教，像他整个家族一样——生来如此，并不是经过考察后个人进行的选择，而且他从来也没有做过这种考察，尽管他终生是个狂热的宗教徒。另外，据我所知他始终未成为共济会[①]

① 共济会，在中世纪原是自由泥瓦匠人的职业团体，后来成为追求平等和提倡人类互助的宗教社团。在德国其成分很复杂，王侯、贵族、学者、诗人都有，莱辛、歌德都曾是其会员。

会员。

一天晚上,我们像往常一样在圣马可广场散步,我们把面具拉得低低的,远远离开人群。这时,天色渐晚,拥挤的人群稀疏了下来,亲王发现一个假面人正在尾随着我们。假面是亚美尼亚人的样子,一人独行。我们加快步伐经常改变路线,极力迷惑他,但都无济于事,假面人仍然紧跟在我们后面。“您在这儿不至有什么对头吧?”亲王问道。“威尼斯的丈夫是很危险的。”——“我没有跟任何威尼斯女人有过瓜葛,”我回答说。——“让我们在这儿坐下来用德语交谈,”他继续说,“我想,他认错人了。”我们在一条石椅上坐了下来,等待着那假面人走过去。但他却径直朝我们走来,紧贴亲王坐下。亲王掏出表,站起来操着法语大声对我说:“九点已过,我们走吧,我忘了告诉您,他们还在卢浮饭店等我们呢。”他说这话的意思只不过是想把那假面人从我们身边支开。“九点了,”假面人同样用法语重复着,语气很重、速度很慢。“您该庆幸自己交好运,亲王,”(这时他叫出了亲王的真实姓名)“他在九点钟死了。”——说完站起来扬长而去。我们俩面面相觑。——“谁死了?”最后,亲王打破长时间的沉默问道。“让我们跟上去,”我说,“让他解释一下。”我们走遍圣马可广场的角角落落——那假面人已不见踪影。我们怏怏然地回到我们下榻的旅馆。途中,亲王没跟我讲一句话,他单独在一边走着,内心仿佛在进行着一场剧烈的斗争,正像他事后向我承认过的那样。

我们回到下榻处,他第一个开口说话。“这事儿说来可笑,”他说,“一个神志错乱的人说了几句话就使一条汉子失去了平静。”我们互相道过晚安,我一回到自己的房间,就在我的记事牌上写下这件事发生的日期和钟点。那一天是星期四。

第二天傍晚,亲王对我说:“我们要不要到圣马可广场走一遭,造访一下那神秘莫测的亚美尼亚人呢?我倒是想看一下这场喜剧如何展开呢。”我表示同意，我们在广场一直待到十一点钟。那亚美尼亚人依然是踪影全无。后来连续四个晚上我们都去了，可是仍旧毫无结果。

第六天傍晚，当我们离开旅馆时，我突然想到——是不自觉地还是预感到什么，这我记不清楚了——留话给仆人，如果有客来访，可到某处去找我们。亲王注意到了我的细心周到，对我微微一笑表示同意。我们到达圣马可广场时，广场上非常拥挤。走了不到三十步，我便发现了那亚美尼亚人，他匆匆穿过人群，两眼扫视着四周，似乎在寻找什么人。我们正准备追上去，这时亲王的随从人员中的 F. 男爵气喘吁吁地朝我们走过来，递给亲王一封信。“这信用的是黑色封印，”F. 男爵说，“我们估计大概有急事。”我觉得，这事来得像一声霹雳。亲王走到一盏路灯下读起信来。“我的堂兄死了，”他叫道。“什么时间？”我急切地打断他的话问道。他又看了下信说：“上星期四，晚上九点钟。”

我们一时还没有从我们的惊愕之中回过神来，那亚美尼亚人已经站在我们身边了。“您在这儿给认出来了，仁慈的亲王，”他对亲王说，“请赶快回莫伦饭店去吧，您将在那儿看到参议院的议员们。请您不必顾忌什么，您尽管接受他们乐于向您表示的敬意。F. 男爵忘了告诉您，您的汇票到了。”说完他便混入拥挤的人群消失了。

我们急忙赶回旅馆，一切都像那亚美尼亚人所预告的那样。三位共和国的显贵已做好准备，按照隆重礼仪迎接亲王去参议院，本城贵族正在那儿静候亲王驾临。在匆忙之中他向我示意，等他回来再去就寝。

亲王回来时已近十一点了。他把仆人打发走以后，走进我的房间，神色严肃地握住我的手，看来他心事重重。“伯爵，”他对我重复着哈姆莱特的话，“天地之间有许多事情，是你们的哲学里所没有梦想到的呢。”①

“仁慈的大人，”我答道，“您好像忘记了，您上床就寝时又多了一个巨大的希望。”（死者为王储，是在位的××的独子，××已年迈多病，没有希望再得到自己的继承人了。亲王的一个叔父没有继承人，同样也没有希望得到继承人，他现在是惟一一个站在王位和亲王之间的人。我之所以提到这个情况是因为后来发生的事与此有关。）

“请不要向我提这件事，”亲王说，“即便为我争得一个王位，我也无暇考虑这类琐事，我现在要做的事够多的了。——要是那个亚美尼亚人不仅仅是一般地猜测，那么——”

“亲王，这怎么可能呢？”我插嘴问道。

“那么，”他接着说，“我宁愿把我继承爵位的全部希望让给您，我自己只要一件僧袍足矣。”

在这以后的第二天傍晚，我们又来到圣马可广场，这次到得比平时早了一点儿。突如其来的一阵暴雨迫使我们走进了一家正在聚赌的咖啡馆。亲王站在一个西班牙人椅背后面看着，我走进隔壁一个房间读报纸。接着，我听见一阵喧嚷声。亲王到来之前，那个西班牙人一直在输，现在却每一局都赢。整个形势发生令人注目的变化，庄家受到因时来运转赌注下得越来越大的西班牙人的咄咄逼人的威胁。坐庄的威尼斯人用侮辱性的口吻对亲王说，他毁了他的赌运，快离开牌桌。亲王冷冷地盯着他，一动未动；当威尼斯人用法语重复他那种侮慢的要求时，亲王依然克制着自己，不动声色。那威尼斯人以为亲王两种语言都听不懂，便鄙夷地大笑着转身对其他在场的人说：“在座的诸位先生，请告诉我，我该怎样

① 见莎士比亚《哈姆莱特》第一幕第五场（朱生豪译）。《莎士比亚全集》第五卷，人民文学出版社，1994。

让这个蠢货明白我的话呀!”说着他站起来想扭住亲王的胳膊;亲王再也按捺不住了,一把将那威尼斯人抓住狠狠地摔倒在地上。整个咖啡馆都给惊动了。我冲到喧嚷的地方,顺口喊出了亲王的名字。“亲王,请您注意,”我不假思索地补充说,“我们是在威尼斯。”听到亲王的名字,大家全都安静了下来,不一会儿,在沉寂之中响起一阵阵窃窃私语,我觉得情况似乎不妙。所有在场的意大利人都集拢来站在一边,然后一个接一个地离开大厅,最后只剩下我们两个人和那个西班牙人以及几个法国人。“最仁慈的大人,”他们说,“假如您不立即离开这儿,要吃大亏的。您教训过的那个威尼斯人很有钱,也有权势,他花上五十个金币就能把您除掉。”西班牙人主动提出,为了亲王的安全他愿意保护我们回家。法国人也作同样表示。我们正站在那儿考虑着解决办法,这时门开了,几个国家裁判所的衙役走了进来。他向我们出示了政府公文,命令我们两人立即跟他们走。在森严的警戒之下,我们给领到运河岸边,一条威尼斯特有的游艇等在那儿,我们被强领到艇上坐下。下船之前,我们给用带子蒙上了眼睛,他们领我们登上巨大的石板阶梯,穿过一条长长的、弯弯曲曲的通道,从脚下发出的巨大的回响判断,这通道是拱形结构。最后,我们来到另一道阶梯,我们沿着阶梯向下走了二十六级,接着进入一个大厅。这时,他们取下蒙在我们眼睛上的带子。我们发现,我们面前是一群绕成一圈的威严的、年事已高的长者,他们全都穿黑衣,整个大厅也都挂着黑色布幔,灯盏不多,整个大厅死一般的沉寂,令人感到阴森恐怖。这时一位老人,看来是裁判所的最高执法官,神情严肃地走近亲王,当人们把那威尼斯人带上来的时候,他问道:

“请您认识一下,此人是否在咖啡馆侮辱过您的那个人?”

“是的,”亲王答道。

接着,老人转身又问那犯人:“他是不是您今晚要杀死的人?”

犯人点头称是。

圈子马上拉开了，我们无比惊恐地眼看着那威尼斯人的头给从躯体上砍了下来。“您对这种赔罪方式感到满意吗？”执法官问道。——

亲王昏了过去，倒在陪伴我们的人的怀里。——“您请走吧，”老人转身对着我声色俱厉地继续说，“请您以后不要过早地对威尼斯的法制下断语。”

究竟这位通过法律铁臂迅速把我们从死神手里救出来的无名朋友是谁？我们猜不出。我们给吓得失魂落魄地回到住处。这时已近午夜时分，随身侍从Z.正心神不安地在楼梯口等着我们。

“多亏您打发人回来送信儿！”他一边举着烛光给我们照路，一边对亲王说。“事情发生后，F.男爵最先带回来的消息把我们吓死了。”

“我打发人回来？为什么事？我一点儿也不知道呀。”

“今晚八点钟。您叫人告诉我们，也许您今天回来稍晚一点儿，让我们不要担心。”

这时，亲王注视着我。“大概是您想得如此周到吧？可是当时您并没有告诉我呀？！”

我对此一无所知。

“殿下，一定是这样的，”侍从长说，“这是您的报时怀表，您为了安全起见让那报信人一起带回来的。”王子摸了下表袋，怀表的确不翼而飞，他看了下那只表，那正是他的。

“谁带来的？”他吃惊地问。

“一位戴假面的陌生人，穿亚美尼亚人服装，他马上就走了。”

我们面面相觑地站着。——“对此您有何看法？”沉默良久，亲王终于开口问道，“在这威尼斯有一个隐蔽地监视我的人。”

那个夜晚的令人惊恐的场面使亲王发了一场高烧，足足有八天之久他没能离开房间。在这段时间里，本城和外地的人络绎不绝地前来探视，这都是被暴露了的亲王的身份招惹来的。人们竞相向他表示愿为他效力之心，每个人都以自己的方式对他施加自己的影响。发生在国家裁判所的那一幕的全部过程已经没有人再提及了。××宫廷希望亲王推迟动身日期并通知威尼斯的几家汇兑业主支付给他几大笔款子。于是，他违心地延长了在意大利的逗留时间，应他的请求我也决定再次推迟我的行期。

当他身体复原到能够离开房间的时候，医生劝他到布伦塔河上乘船散散心、换换空气。当时，天气晴朗，亲王采纳了郊游的建议。当我们正待要登上游艇的时候，亲王那只收藏重要文件的小箱子上的钥匙不见了。我们随即返回寓所寻找。他清楚地记得，前天曾用它开过小箱子，从那以后他从未出过房门。然而，大家找来找去毫无结果，最后只好作罢，免得再白白浪费时间。亲王心里对此毫不介意，他认为，钥匙肯定已经丢失，请求我们不要再谈论这件事了。

这次河上泛舟令人心旷神怡。布伦塔河两岸风景如画，引人入胜，而且仿佛每过一道河湾都更增一分美丽，更添一层异彩。天空万里无云，正当二月却似五月那样清澈，无数迷人的花园和幽静的别墅散落在河两岸山水之间，我们背后便是那威严、壮丽的威尼斯城，千百个塔楼和桅杆兀立在水面——所有这一切都向我们展示了我们这个世界的光辉灿烂的景象。我们完全为这大自然的魔酒陶醉了，个个兴高采烈，亲王本人也一反往常那严肃的神态，不停地跟我们嬉笑逗趣。当我们航行到离城几里的地方登上河岸的时候，迎面传来轻松欢快的音乐声。我们循着音乐声走去，来到一个正在举行年市的小村子；这儿人群熙来攘往，衣饰绚丽多彩；一队穿着戏装的姑娘和男童跳着哑舞欢迎我们。舞姿新颖别致，动作轻盈娴雅。舞蹈进行当中，那装扮成女王的领队姑娘好像突然

给一只无形的手抓住了似的,一动不动地站住了,接着,所有的人也都停止了活动。音乐声沉寂下来。全场连一丝儿呼吸声都听不见,她站着,目光盯着地面,直愣愣地发呆。突然,她情不自禁地发狂般跳将起来,不停地左顾右盼,仿佛在搜寻着什么——"一位国王驾临我们当中,"她高声叫着,立即从头上取下王冠放下来——放到亲王脚前。所有在场的人都把目光投向他,在相当长的一段时间里人们还弄不明白这套把戏的真正含义,不过这位领舞姑娘的认真态度富有戏剧效果,因之也颇为迷惑人。——最后,一阵突然爆发的热烈鼓掌声打破沉寂。我的眼睛在搜寻着亲王,发现他也十分诧异而且在极力避开观众们的审慎目光。他急忙掏出钱来向孩子群中撒去,扭头逃出了这人的旋涡。

我们刚走了几步,从人群中走出一个神态威严的赤足僧人挡住了亲王的去路。"大人,"那赤足僧人说,"请把你的财富施舍给圣母,你将会需要她的祝祷的。"他说话的口吻令我们感到很难堪。接着,拥挤的人流把他卷走了。

我们这一伙人又增加了几个,一位亲王在尼斯[1] 结识的英国勋爵、几个利沃诺[2] 商人、一位德国天主教修士、一位带着几个女士的法国修道院院长和一位俄国军官加入了我们的行列。俄国军官的非同寻常的相貌引起了我们的注意。在我一生当中,我从未见到过如此丰富的表情和如此贫乏的个性,如此令人景慕的古道热肠和如此令人反感的严酷冷漠同时表现在一张脸上。在这张脸上,一时仿佛全部激情不可抑制地涌现出来,而随之又全然消失,留下来的只是那一双洞察一切的深沉目光,这是老练的识人者的目光,不论谁的眼睛碰上它都会给吓得悄然避开。这个奇异的人

① 尼斯,法国城市,濒临地中海。

② 利沃诺,意大利城市。

从远处尾随着我们，似乎对所发生的事一概漠然视之。

我们来到一家正在抽彩的铺子前面停了下来，那几位女士都抽了彩，我们跟着都照她们的样子做，亲王也要了一个彩码，他赢了，得了一个鼻烟盒。当他打开小盒子的时候，我发现他突然一怔，面色变得灰白——原来钥匙在里面。

“这是怎么回事？”在我们俩单独在一起的瞬间亲王问我，然后接着说：“一个超凡的力量在密切注意着我，一个全知全能者活动在我的周围。一个看不见、躲不开的人在监视着我的一举一动。我一定得找到那个亚美尼亚人，我需要他的指教。”

当我们到达供我们用晚餐的行宫时，太阳已经西沉。亲王的名声使我们这伙人增加到了十六个，除了上面提到的那些人，还有一位罗马来的音乐家，几个瑞士人和一位来自西西里岛巴勒莫城的探险家，后者着制服，自称是船长。我们决定在这儿度过整个晚上，然后打火把乘船返回寓所。进餐时大家说说笑笑，气氛十分热烈，亲王忍不住把钥匙的事讲了出来，这使在座的人大为惊异。大家就这件事激烈地争论起来，绝大多数人认为，所有这类神秘玩意儿不过是戏法一类的雕虫小技而已；多喝了几杯的修道院院长表示愿与整个鬼怪王国较量一下；英国人则说这类事是亵渎神灵；音乐家画着十字求神保佑免受魔鬼之累。少数人，其中包括亲王，却认为，对这类事万不可匆忙下断语。在这当口儿，那俄国军官一直同女人们侃侃而谈，似乎对这场争论毫不在意。在激烈的争论之中人们没有注意到，那西西里人出去了。过了不到半小时，他身上裹着一件大衣回到大厅，走到法国人的座椅后面说：“刚才您表示敢同全部鬼怪一比高下——现在，您是否愿意跟其中的一个试试？”

“好呀！”院长说，“如果您愿意给我唤一个鬼怪来的话。”

“我乐于从命，”西西里人答道。同时转身朝向我们，“不过在座的先生们和女士们得离开我们一会儿。”

“为什么?”英国人说,“真正的鬼怪是不怕欢乐的人群的。”

“那我不敢担保由此产生的后果,”西西里人说。

“不行,万万不行!”在座的女人们大叫大嚷,吓得从座位上跳起来。

“您让您的鬼来吧,”院长不服气地说,“不过事先请您提醒他注意,这儿有锋利的宝剑。”(接着他请一位客人把剑借给他一用。)

“到时候您看着办吧,”西西里人冷冷地说,“只怕您等一会儿没那份兴致了。”说到这儿,他转身对着亲王。“最仁慈的大人,”他说,“您认为您的钥匙曾经落到别人的手里——您估计得到是落到谁手里吗?”

“我估计不到。”

“您没有怀疑过什么人吗?”

“当然,我曾经有过我的想法——”

“如果您看到那个人,您认得出吗?”

“当然认得出。”

这时,西西里人撩开大衣,掏出一面镜子拿到亲王眼前。

“是这个人吗?”

亲王大吃一惊,往后退了几步。

“您看到了什么?”我问。

“亚美尼亚人。”

西西里人收起镜子藏到大衣里面。

“那是您指的那个人吗?”在座的人齐声问亲王。

“是那个人。”

顿时,每张脸都变了色,笑声停了下来,大家的眼睛都好奇地盯着西西里人。

“院长先生,这事可不是闹着玩儿的,”英国人说,“我奉劝您还是考虑一下,算了吧。”

“这小子肚子里就装着鬼,”法国人叫喊着说,立即跑出了大厅,女人们尖声嚎叫着冲了出去,音乐家尾随其后,德国修士蜷缩在沙发里睡着了,鼾声不断,只有那俄国人依然不动声色,木然地坐着。

“您大概只是想嘲弄一下吹牛皮的人吧,”那些人全都出去以后,亲王首先打破沉默,“或者,您真的想实现您的诺言。”

“真的,”西西里人说,“对那院长,我并没有太当真,我之所以向他提出那个问题,是因为我相信,他未必要求我信守诺言。不过这件事本身是非常严肃的,这可开不得玩笑。”

“那么,您认为您有能力办得到了?”

那魔法师沉默良久,仿佛在用眼睛仔细地审视着亲王。

“是的,”他终于回答说。

这时,亲王的好奇心已经真的给激起来了。同鬼怪世界建立联系——这曾经是他最狂热的念头,自从亚美尼亚人第一次露面以来,他日趋成熟的理性在很长一段时间里已经克服了的种种念头又复活了。他跟西西里人并肩走着,我听到他在热烈地同他交谈。

“您面前的这个人,”亲王说,“在急不可待地想证实这一重要现象。那能够消除我的疑惑、拨开我眼球上的云翳的人,我将引之为知己,视之为善者,我将热烈拥抱他。——您愿意为我完成这一壮举吗?”

“您要求我做什么?”魔法师面露难色地问道。

“首先试一下您的技艺。请您让我看看鬼怪的样子。”

“看见了又怎么样呢?”

“请您对我进一步进行了解,然后作出评价,我是否有资格接受一种超凡知识。”

“最仁慈的亲王，我认为您高于一切俗人。您的神色中蕴藏着一股您本人还未曾认识到的神秘力量，我第一次看到它，就被它紧紧地吸引住了。您的力量远比您本人所了解的还要强大。您可以无限地支配我握有的全部力量。——不过——”

“好了，请您让我看一看鬼怪。”

“不过，首先我一定要证实您提出这项要求确非出于好奇。虽说那看不见的力量在某种程度上听命于我，但这有一个神圣的条件，即我不可以把这神圣秘密泄露给俗人，不可以滥用我手中的力量。”

“我的意图是最纯洁的，我想看看真相。”

这时，他们离开座位走向远处的一个窗口，后来又谈了些什么我就听不见了。刚才跟我一起听过他们对话的英国人把我拉到了一边。

“您的亲王是个高尚的人，却跟骗子那么近乎，我真为他感到惋惜。”

“现在看他怎样从这笔交易中脱身。”我说。

“您知道吗?”英国人说，“这些家伙要价很高，没听见金币响他是不会拿出他的把戏来的。我们共九个人，大家凑一笔钱出高价让他试一试。这会让他原形毕露，却会使您的亲王长长见识。”

“我同意。”

英国人把六枚英国金币扔到一个盘子里，然后依次向在座者敛钱，每个人都出了几枚金币。那个俄国人对我们这项动议似乎特别感兴趣，他往盘子里放了一张价值一百个金币的钞票——这样一种大手大脚的行为使英国人感到吃惊。我们把收敛的钱交给亲王。“请您费心，”英国人说，“代表我们告诉那位先生，请他试一下他的技艺，让我们开开眼，并请他收下这一点表示我们诚挚心意的微薄礼金。”亲王往盘子里加了一只贵重的戒指，然后把它递给那西西里人。那人沉吟片刻。——“先生们，施主们，”他打破沉默说道，“诸位的慷慨捐赠使我深感惭愧。看来诸位把我错看了，——不过，我愿满足诸位的要求，实现先生们的愿望，”（这时，他拉了一下铃）“这些礼金我无权受用，请诸位允许我把它交给附近的本笃会修道院作为慈善基金。这只戒指我留下来作为珍贵的纪念，它会使我经常回忆起尊贵的亲王。”

这时，饭店主人走来，西西里人立即把钱转交给了他。

“尽管如此，他仍然是一个无赖，”英国人悄悄对着我的耳朵说，“他之所以拒绝收钱，是因为得到亲王的青睐对他来说更加重要。”

“也许是那店主人也参与其事，”另一个人说。

“您要求见谁？”魔法师问亲王。

亲王思考着。——“最好马上见一位大人物，”英国勋爵说，“请您要求见冈加纳里教皇[①]。这对这位先生来说是轻而易举的。”

西西里人咬着嘴唇。“我无权传唤担任过圣职的人。”

“真糟糕，”英国人说，“也许我们能从他口中知道他是得什么病死的。”

“封·拉诺伊侯爵，”亲王这时才开口讲话，“他在上次战争[②]中担任法军旅长，是我最知己的朋友，在哈斯廷贝克战役中身受重伤，人们把他抬进我的营帐，很快他便死在我的怀里。当他濒于死亡时，招手让我到他身边。‘亲王，’他说，‘我再也看不到我的祖国了，因此，请听我告诉您一个除我之外谁也不知道的秘密。在佛兰

① 冈加纳里教皇，即克雷门斯十四（1769—1774年在位），他于一七七二年解散耶稣会，据说是被耶稣会士毒死的。

② 指欧洲七年战争（1756—1763）。拉诺伊侯爵为历史上的真实人物，参加过七年战争，一七五七年死于哈斯廷贝克战役中。

德尔边境上的一个修道院里生活着一位女——'，说到这儿他就死了。死神的手掐断了他谈话的线；我想在这儿见到他，听他继续讲下去。"

"上帝明鉴，这个要求很高！"英国人叫道，"假如您解得破这道题，我就承认您是第二个所罗门王①。"——

我们为亲王机智的选题感到惊讶，大家一致鼓掌表示同意。这时候，魔法师迈着沉重的步子踱来踱去，好像在苦思冥想，拿不定主意。

"死者给您留下的话就这么多吗？"

"就这么多。"

"您在他祖国没有再进一步打听过吗？"

"所有的探询全没有结果。"

"封·拉诺伊侯爵在世时是清清白白的吗？——并非任何死者我都可以传唤的。"

"他死的时候曾为青年时代的放荡生活而悔恨。"

"您随身带着他送给您的什么纪念品吗？"

"是的。"(亲王的确随身带着一个鼻烟盒，上面有珐琅镶嵌的侯爵肖像；用餐时他曾把它放在自己面前。)

"我不愿意别人了解我的行当。——请让我单独留在这儿。我会让诸位看到死者的。"

我们被请求避到另外一个建筑物里，一直待到他呼唤我们过去的时候为止。同时，他让人搬走大厅里的全部家具，卸下窗户，把百叶窗放下，关得严严实实。他吩咐那位店老板(看来他已经同他十分熟悉了)搬来一个烧得红红的炭火盆，而把建筑物内其他火

① 所罗门王(约前965—前926)，以色列王，在《圣经·旧约》中被描写为智慧的化身。

烛统统熄灭。在我们离开时,他特别要求每一个人作出庄严保证,永远对所看到和听到的一切保守秘密。我们走后,那幢建筑物内的所有房间都上闩关闭了。

十一点钟以后,整个建筑物内一片沉寂。当我们走出来的时候,俄国人问我:"我们当中有没有人带着实弹手枪?""要那干什么?"我问。——"以备不测,"他说。"请等一会儿,我去看看。"他走了。F.男爵和我打开一扇面对着那幢房子的窗户,我们仿佛听到有两个人在低声私语,同时发出一阵声响,好像有人在竖梯子似的。当然,这只是一种揣测,我不敢认为这是千真万确的。俄国人拿着两支手枪回来了,他在外面耽搁了半个小时。我们看到,他把手枪上了顶门火。当魔法师出来告诉我们他已准备停当的时候,已经快两点了。我们进门以前被命令脱下鞋子,只准许穿着衬衫、袜子和内衣入内。像离开时那样,我们一进去,门就给锁上了。

我们一回到大厅就发现,那儿用炭火摆了一个大圈子,里面足足可以容得下我们十个人。火圈四周靠四壁地方的地板全部撬开取去,我们宛如站在一个小岛上。火圈中央设了一座祭坛,祭坛上罩着黑布,下面铺着红缎地毯。一部打开的加尔底亚[①] 圣经平放在祭坛上面,它旁边是一个骷髅头,上面还竖着一个银光闪闪的耶稣受难雕像。没有点蜡烛,一个小小的银钵里燃烧着的酒精吐出蓝蓝的火舌。大厅内香烟缭绕,一片昏暗,连酒精灯的光也好像要窒息似的。那招魂唤鬼者像我们一样脱掉了外衣和鞋子,不过,他赤着双脚;裸露的脖子上绕着一条用人发编成的项链,上面画着秘密符号和象形图案。他让我们互相手牵着手保持安静;他特别嘱咐我们不要向鬼魂提问题。他请求那英国人和我(他好像对我们两人特别不信任)把两把出鞘的剑举高一英尺相互交叉,一动不动

---

① 加尔底亚,古国名,在南巴比伦地区。

地架在他的头顶上，一直到仪式结束时为止。我们围绕着他排成半圆形，俄国军官紧紧挤到英国人身边，站在最靠近祭坛的地方。魔法师面向太阳升起的东方站在地毯上，向东西南北四个方向洒圣水，然后朝着圣经鞠躬三次。这种让我们感到莫名其妙的招魂仪式持续了一刻钟；接着，他向站在后面最靠近他的人示意，让他们现在牢牢抓住他的头发。他全身剧烈地抽搐起来，同时一连三次呼唤死者的名字，在第三次呼唤时，他向耶稣受难雕像伸出手——

突然，我们所有的人同时感到一阵痉挛，像遭到电击似的，我们的手撒开了；一阵突如其来的雷鸣震撼着房屋，伴着一阵门锁碰击声，所有的门全关上了，酒精钵的盖也合上了，光亮熄灭了，对面壁炉上方的墙上显现出一个人影，穿着一件血迹斑斑的衬衫，面色苍白——那是一张垂死者的脸。

“谁喊我？”一个低沉、几乎听不清楚的声音问道。

“你的朋友，”招魂者答道，“他在祭奠你，他在为你的灵魂祈祷，”同时，他说出了亲王的名字。

对方的答话总是断断续续，间隔的时间很长。

“他有什么要求？”那声音继续问。

“他想听完您在世时开始而又没有结束的自述。”

“在弗兰德边境上的一家修道院里住着……”

这时，整栋房子又震颤起来。随着一阵滚滚雷鸣，房门自动打开，闪电照亮大厅，又一个人影出现在门槛上，像第一个人那样满身血污、面色灰白，但是更加可怕。酒精灯不点自燃，大厅光亮如前。

“我们当中是谁叫他来的？”魔法师吃惊地大声问道，用充满恐怖的目光扫视了一下在座的人群——“我没有招你来。”

那人影迈着轻柔而威严的步子径直走向祭坛，面朝我们在

地毯上站定，然后抓起耶稣受难像。第一个人影不见了。

“谁唤我？”第二个人影问。

魔法师颤栗不已。我们既害怕又惊愕。我抓起一支手枪，魔法师从我手里夺过去对着那人扣动扳机。子弹缓缓地在祭坛上滚动，那人不动声色地从烟雾中走出来，而魔法师这时却一头倒在地上人事不省了。

“这是怎么回事？”英国人惊叫着操起剑正要向那人劈去，那人摸了一下他的胳膊，剑落到了地上。我不禁出了一头冷汗。F.男爵事后向我们承认，他当时曾默默祷告。在整整这一段时间内亲王镇定自若、毫不畏惧，一双眼紧紧盯着那人。

“不错，我认出了你，”最后他无比激动地大声叫道，“你是拉诺伊，你是我的朋友——你从哪儿来？”

“天机不可泄露。请问我从前的事。”

“谁住在你对我说过的那家修道院里？”

“我的女儿。”

“怎么？你也曾经是有了孩子的父亲？”

“可惜我做父亲的时间太短了！”

“你不幸福吗，拉诺伊？”

“上帝的旨意。”

“我还能够在人世上为你做点什么事吗？”

“不可能，你只须想着你自己就行了。”

“为什么我必须想着自己？”

“你将在罗马找到答案的。”

说着，又一阵雷鸣——室内一股股黑色烟雾弥漫开来，烟雾消散以后，那人不见了。我推开一扇百叶窗——天亮了。

这时，魔法师苏醒过来。“我们这是在哪儿呀？”当他一眼瞥见阳光的时候高声叫道。俄国军官紧贴在他身后站着，目光从他肩头穿过。“变戏法的，”他瞪着一双可怕的眼睛对他说，“你再也不能招魂唤鬼了。”

西西里人转过身来，仔细端详着他的脸，大叫一声匍匐在他的脚下。

这时，我们大家全都盯着那个自称为俄国军官的人。亲王毫不费力地便认出了那个亚美尼亚人的特征，到了嘴边的话又给咽下去了。我们感到意外，我们全给吓得瞠目结舌，大家好像变成了一尊尊石像。我们呆呆地、一声儿不吭地望着那个神秘人物，他那一双蕴藏着深沉的强力和威严的目光一直射进我们的心底。沉寂的场面持续了一分钟又一分钟。全部在座的人都屏住了呼吸。

最后，一阵急促有力的撞门声使我们清醒了过来。门给撞成了碎片纷纷落进厅内，接着闯进带着捕快的法院差役。“他们全在这儿！”捕快头目转身朝随行的人高叫着。“我代表政府，”他朝我们大声吼道，“逮捕你们。”我们还没来得及回过神来，就给包围了。俄国军官——现在又得叫他亚美尼亚人了——把那头目拉到一边，在迷惘之中我恍恍惚惚地觉得，他悄悄对着他的耳朵讲了几句话并向他出示了某种书面证件。那捕快立即默默地、恭恭敬敬地对着他鞠了一躬。接着又面向我们取下帽子。“先生们，请原谅，”他说，“我将诸位同这个骗子混在一起了。我不想探问诸位的身份——这位先生向我保证，诸位都是体面的人物。”说着，他朝他的人挥了挥手，让他们离开我们。他命令把那西西里人绑起来严加看管。“这小子早就该收拾起来了，”他说，“我们已经跟了他七个月。”

这个不幸的人非常值得怜悯。第二个鬼魂的出现和突然袭击，这双倍的惊恐使他完全失去神志。他像孩子那样束手就擒；眼睛睁得大大的，直愣愣地发呆，面色像死人一般，双唇抖动，默默地抽搐着，一个字都吐不出。我们看到，他随时都可能出现惊厥。亲王非常同情他的处境，于是便出面对捕快施加影响，要求把他放掉，并向捕快说明了自己的身份。

“最仁慈的大人，”捕快说，“您知道此人是谁？您知道，您在为谁大动恻隐之心吗？他为您表演的骗术是他所犯下的罪行中的最微不足道的一桩。我们已经抓住了他的帮凶，他们供出了他的种种恶行。如果他给罚在橹船上做苦役，就算他幸运了。”

这时，我们看到饭店老板和他的几个伙计也给用绳子绑牢押着穿过庭院。——“这人也给抓走了？”亲王叫道，“他犯了什么罪？”——“他是同谋，又是窝藏罪犯者，”捕快头目答道。“他曾帮助他搞这套骗人把戏和进行盗窃，并跟他平分赃物。仁慈的大人，您马上就会得到证实的。”接着，他转身朝着他的人说：“搜查整个住宅，马上向我报告搜查结果。”

亲王环顾四周寻找那亚美尼亚人——可他已经不在了；他乘着这场突袭行动所引起的一片混乱设法悄悄溜走了。亲王感到怏怏然；他想立即派所有随从去追他；他打算亲自去找他并拉我同去。我急忙走到窗前；整幢房子周围挤满了听到出事后赶来看热闹的人。要挤过拥挤的人群是不可能的了。我对亲王解释说：“那亚美尼亚人要是当真想避开我们，那么他的花招比我们的多，而且不致露马脚，不管我们如何调查，那全是徒劳。最仁慈的亲王，最好还是让我们留在这儿。也许这位捕快头目能够告诉我们一点儿关于他的详细情况，假如我没有看错的话，他是向那头目暴露了他的身份的。”

现在，我们才想起来，我们是脱掉了衣服的，于是便急忙走进自己的房间迅速穿上衣服。当我们赶回来的时候，搜查已告结束。

人们拆除祭坛和撬开大厅的地板以后发现下面是一个宽敞的拱形洞穴，里面足足容得下一个端坐着的人，洞内有一道门，出门便是一条狭窄的阶梯直通地下室。人们在洞里搜出一台起电机、一只钟和一个小银铃,这铃和那台起电机都跟祭坛和它上面的耶稣受难像串联在一起。跟壁炉相对的百叶窗给拆下来装上了一扇活动拉门,事后我们了解到,这是为了在窗洞上安上一盏魔灯,这样被召唤者的影子便投到了壁炉上方的墙壁上。从阁楼和地下室里,人们查出各式各样的鼓,上面系着巨大的铅球,显然是用来制造我们所听到的滚滚雷鸣的。在搜查西西里人的衣服时发现了一个小盒,里面装着各种各样的粉末,还翻出一些装在瓶子和铁听里的水银、装在玻璃瓶里的硫磺以及一枚戒指,我们马上断定这是一枚磁性戒指,因为它刚一靠近一枚铁钮扣就吸附在上面了。在搜他的上衣口袋时找出一篇天主教主祷文、一副犹太人胡子、几支小手枪和一把匕首。“看看这些枪上子弹没有,”一个捕快说着拿起一支小手枪向壁炉里射去。“圣母玛丽亚!”一个低沉的声音喊道,正是我们听到过的第一个鬼魂的嗓音——就在这同一刹那我们看到一个血淋淋的躯体从壁炉里摔下来。——“可怜的魂灵你还没有休息?”英国人叫道,而我们则给吓得退缩着。“回你的坟墓去吧。你装鬼却又不是鬼,现在你变成你所装扮的东西了。”

“圣母玛丽亚!我受伤了,”那壁炉里的人又喊道。子弹打伤了他的右腿,人们马上张罗着给他包扎伤口。

“你是什么人?哪个恶魔把你领到这儿来的?”

“一个可怜的赤足人,”受伤者回答说,“这儿一位陌生的大人给我一枚金币,让我……”

“让你说一些规定好的话?你干完了为什么不马上离开呢?”

“我何时离开他要给我信号的;可是这信号老不来,当我想出去时发现梯子给撤走了。”

“他教给你的是些什么话呀?”

这时,那人昏了过去,从他那儿是问不出什么来了。我们仔细端详了一下,发现他正是昨天傍晚拦住亲王,庄重地向他致意的那个人。

亲王转身对着捕快头目。

“您救了我们，”亲王一面说着，一面把几枚金币塞到他手里，“您把我们从骗子手里救了出来，尽管并不了解我们，但却公正地对待我们。请您对我们帮忙到底，告诉我们那位陌生人是谁，他说了几句话就让我们获得了自由。”

“您指的是哪个人呀？”头目反问时的表情很清楚：亲王的问题是多余的。

“我指的是穿俄国军服的先生，他刚才把您拉到一边，向您出示了某种证件，还对着您的耳朵说了几句话，接着您马上把我们放了。”

“您并不认识那位先生？”捕快问道。“他跟您不是一起的吗？”

“不，”亲王说，“出于非常重要的原因，我希望对他有进一步的了解。”

“我对他也没有进一步的了解，”捕快回答说，“我甚至连他的姓名都不知道；今天，我是平生第一次看见他。”

“什么？他怎么能够在这么短时间内寥寥数语就说服您，使您对他本人和我们全体宣布无罪呢？”

“其实他只说了一句话。”

“一句什么话？——老实说，我非常想知道这句话。”

“这个陌生人，仁慈的大人，”说着他掂量了一下手里的金币，“您对我太慷慨了，我不好再对您保密了——这个陌生人是国家宗教裁判所[①] 的军官。”

“国家宗教裁判所的！就是这个人！？”

“是的，就是他，仁慈的大人——他向我出示的证件使我相信

① 宗教裁判所，天主教审判异端的机关。

了他的身份。"

"您说的是这个人？这不可能。"

"仁慈的大人,我还可以告诉您,正是根据这个人的检举我们才被派到这儿来逮捕招魂唤鬼的人的。"

我们更加感到惊异,不由得面面相觑。

"现在我们才明白,"英国人终于叫道,"为什么这个弄鬼的可怜虫看到他的脸就吓得缩成了一团。他认出了他,他觉得他是个特务,所以他惊叫了一声趴在了他的脚前。"

"这永远是弄不明白的,"亲王大声说。"此人想当什么人就是什么人,眼前需要他当什么人他就是什么人。他究竟是个什么样的人呢？这是肉眼凡胎者所认识不到的。您也看见了,当他对着西西里人的耳朵大叫'你再也不能招魂唤鬼了'的时候,西西里人顿时便瘫倒了。这句话是话里有话,谁也无法使我相信,一个人会给某个凡人吓到如此地步。"

"关于这一点,魔法师本人也许能够给准确的答复,"勋爵说,"不过,但愿这位先生"——说着他转身朝向捕快头目——"给我们一个跟犯人谈话的机会。"

头目答应了我们的要求,于是,我们便同英国人商定,明天早晨立即去探访犯人。现在我们得赶回威尼斯。第二天一大清早,塞莫尔勋爵(这是英国人的名字)就来了,过了一会儿,捕快派来领我们去监狱的一个可靠的人也来了。另外,我忘了说,亲王几天前失去了一个猎手,是个不来梅人,已忠诚地服侍他多年,深得他的信任。这人究竟是出了事,还是溜之大吉,抑或是逃之夭夭？谁也不清楚。如果说此人悄悄溜掉,或者逃走,看来是没有任何根据的,因为他一直是一个沉静的规矩人,是无可挑剔的。就他的伙伴们所能忆及的仅仅是,他近来非常抑郁,得暇便去居得卡一家托钵僧修道院,以前他也曾跟那儿的几个教友时有来往。因此我们猜想，大概他落入僧人之手被迫改宗天主教了吧。当时，亲王对这种事还不太关心，所以在经过几次徒劳的查寻之后也就把这件事搁置了下来。然而失去这样一个人无疑是使他感到伤心的，因为此人在作战时一直在他左右，一直尽心尽力地为他服务，而且，在异国也是不容易找到替代的人手的。可是今天，正当我们准备出发的时候，亲王派出去为他找新仆人的司库回来了。他把一个富有教养、衣饰整洁的中年男子领到亲王面前，此人曾长期给一位省长当秘书，会说法语，也懂一点儿德语，此外他还带着各种最具说服力的证件。他的面相讨人喜欢，加之他声明他的薪俸视亲王对他工作的满意程度而定，因此亲王便毫不犹豫地把他收留了下来。

我们是在一个临时监狱里见到西西里人的，据捕快说，他是看在亲王的面子上才这样做的，以后便关进铅顶监狱[①]，那儿是不允许任何外人进入的。铅顶监狱是威尼斯最可怕的地方，设在圣马可宫殿屋顶下，被关进去的不幸的罪犯呻吟于由铅顶收集起来的阳光辐射所产生的干燥热流之中，往往热得发狂。西西里人已经从昨天的突然事件中恢复了过来，他一瞥见亲王便毕恭毕敬地站了起来。一条腿和一只手给上了镣铐，但仍然能够在房间里自由活动。我们走进去的时候，看守便离开走到门外去了。

“我来这儿，”我们就座以后，亲王说，“要求您向我作两点说明。有一点您可以不忙说，如果您对另一点作出使我满意的说明，那对您不会有害的。”

“我已经完蛋了，”西西里人说，“我的命运掌握在您手里。”

“您只有忠诚老实，”亲王说，“才能减轻命运的打击。”

“最仁慈的大人，您请问，我准备一一回答，因为我再也没有什么可以失去的了。”

---

① 即历史上臭名昭著的威尼斯国家监狱。

“您让我在您镜子里看见了亚美尼亚人的脸，您用的是什么办法？”

“您看见的不是镜子，不过是一幅镶在玻璃后面的一个着亚美尼亚人衣饰的男子的彩色粉画，它使您产生错觉。加之，我动作迅速，时值黄昏，而您又处于惊愕之中，这些都帮了忙，使骗术得手。这幅画会在旅馆里被没收的东西当中找出来的。”

“您怎么会对我的思想意向如此清楚而又恰恰猜中了那亚美尼亚人呢？”

“这并不难，最仁慈的大人。您在用餐时当着您的仆人肯定经常透露过您和那亚美尼亚人之间所发生的事件。我手下有个人在居德卡偶然结识为您当听差的一个猎手，他零零星星从后者口中了解到的情况已大大超过了我的需要。”

“猎手现在在哪儿？”亲王问，“没有他我很感不便，您一定知道他是不辞而别的。”

“我向您起誓，我真的一无所知，最仁慈的大人。我本人从没见过他，除了刚才所谈过的我在他身上从没打别的主意。”

“您继续说下去吧，”亲王说。

“我通过这条途径获得了关于您在威尼斯逗留以及所发生的种种事件的第一手消息，于是我当即决定利用这个机会。最仁慈的大人，现在您看到了，我是坦诚的。我知道了您将在布伦塔河乘船兜风的计划；我为此做好了准备，而您偶然丢失的钥匙给了我第一个在您身上试一试我的手艺的机会。”

“什么？这么说来我是弄错了？钥匙的事原来是您玩的把戏，跟亚美尼亚人无关？您说，钥匙是从我手里失落的，是吗？”

“是您取钱包时失落的——我注意到了这个时机，由于当时并没有人觉察，我便迅速用脚踩住了。让您抽彩的那个人同我已有默契，他让您从装着全是中彩彩票的容器里抽彩，钥匙早在您赢得那个小盒子以前就装在里面了。”

“现在我明白了。那个挡住我的去路、庄重地向我致意的赤脚僧是怎么回事?”

“就是那个人,我听说他受了伤给从壁炉里拖了出来。他是我的一个伙伴,曾经在这种掩护下帮过我的大忙。”

“您这样做的最终目的是什么?”

“目的是引起您的思索,目的是使您产生一种心理状态,以便让您能够相信我准备在您身上施展的神奇力量。”

“可是那场哑剧式的舞蹈,那场突然间发生莫名其妙的转折的舞蹈该不至于是您一手制造的吧?”

“扮女王的姑娘是按我的授意行动的,她的全部表演都是我安排的,我猜想,您定会吃惊不小,您想不到竟会在这样一个地方被人认出来,而且您跟亚美尼亚人的奇遇使我产生希望:您的意向已经出现转变,您鄙视那些合于自然的解释,您在探索着高于自然的、超凡的本源。”

“是的,”亲王叫道,脸上带着一副既不悦而又诧异的表情,同时特别向我投来意味深长的一瞥。“是的,”他说,“这是我未曾预料到的。”

“不过,”他沉默良久,然后说,“您是怎样让那人影在壁炉上方的墙上出现的呢?”

“通过装在对面百叶窗上的魔灯的照射,您想必也会看到为此而在上面开的一个洞。”

“我们当中竟没有一个人发现那盏灯,这是怎么搞的呢?”塞莫尔勋爵问道。

“仁慈的大人,您还记得,当您回到大厅里的时候,里面浓烟弥漫、光线昏暗,同时,为了保险起见,我把拆下来的地板立在装设魔灯的窗子旁边;这样便使诸位不致一眼就看见那扇百叶窗。此外,魔灯一直给隐藏在活门后面，到诸位都已各就各位，而且估计不会再在房间里进行搜寻的时候才拉开活门。”

“我仿佛听到，”我插嘴说，“在大厅附近有竖梯子的声响，当时我刚好从另一个厅的窗户里向外张望。是这样吗？”

“一点儿不错。我的助手就是沿着那个梯子爬上刚才提到的那堵窗户操作魔灯的。”

“那形象，”亲王接着刚才的话说，“那形象晃眼看起来跟我已故的朋友真有点儿相像；特别是他那一头金黄色的头发。这是巧合，还是您从什么地方了解到这些情况的呢？”

“请殿下回忆一下，您进餐时曾将一只小盒子放在手边，那上面嵌着一个身着××国军装的军官的珐琅瓷肖像。我曾经问过殿下，您随身是否带有您朋友送给您的什么纪念品。您作了肯定的回答；我由此推断，说不定就是那个小盒子。在用餐时我把那幅像看得很真切，由于我长于绘画，而且侥幸画得也还逼真，所以我便轻而易举地使您瞥见的那个形象晃眼看去很像您的朋友，另外，侯爵的面部特征非常引人注目，看上去就更像了。”

“可是那形象好像也是在活动的呀——”

“看来似乎在活动——不过，那不是形象本身，而是形象的光亮所透过的烟雾在活动。”

“这么说，是那个从烟囱里跌下来的人在替代形象答话了？”

“就是他。”

“可是他听不清楚那些问话呀。”

“他无须听清楚那些问话。最仁慈的大人，您还记得，我曾严厉禁止诸位直接向鬼魂提问题。我的问话和他的回答都是商量好了的；为了防止出纰漏，我让他注意，问答之间间歇的时间要长，他必须根据钟摆的滴答声算好。”

“您命令饭店老板细心地用水灭掉房舍内的所有炉火；这无

疑是——"

"这是为了让我壁炉里的帮手不至有窒息的危险,因为房内的烟囱都是互相沟通的,同时,我对您的随从也并不完全放心。"

"这是怎么回事儿?"塞伊默勋爵问,"为什么您招的鬼魂不早不迟、恰恰在您需要他来的时候出现呢?"

"那鬼魂在我招他以前就在房间里待了好长一会儿了;但是在酒精灯亮着的时候,人们是看不见那微弱的影子的。我念完咒语就将装酒精的容器打翻,大厅里一片漆黑,这时人们才发现墙壁上的形象,其实他早已给投射到上面去了。"

"可是,恰恰在鬼魂出现的瞬间我们大家感到一阵电击,您这是怎么搞的?"

"您已经看到祭坛下面的机关,您也发现我是站在一条丝绒脚垫上的。我让诸位围着我站成半月形并且手牵着手;在临近灯灭时我挥手示意一位先生抓住我的头发。耶稣受难像是个导电体,当我用手触动它的时候,您们就感到一阵电击。"

"您命令我们,即O.伯爵和我,"塞伊默勋爵说,"在招魂仪式进行中间,将两把利剑交叉举在您的头顶上,这是什么用意?"

"没有别的用意,只是为了让您两位在全部仪式进行过程中无暇他顾,我对您两位是最不信任的。请您回忆一下,我曾特别规定距离头顶的高度为一英尺,这样一来,您便不得不时刻注意保持这个高度,也就不便于把目光投向我不希望您看到的地方去了。当时我还没注意到我那个最凶恶的敌人。"

"我承认,"塞伊默勋爵说,"这考虑得非常仔细——可是,为什么我们必须脱掉衣服呢?"

"目的是给仪式增添庄严隆重的气氛,并且通过这种非同寻常的作法刺激诸位的想像力。"

"第二个形象不容您招来的鬼魂说话,"亲王说,"您本来打算让我们听他说些什么呢?”

“跟您后来听到的话几乎是同样的。我问殿下,您是否把垂死者托付给您的话全都告诉了我,以及您是否在他的祖国为此作过进一步的查询,这不是没有用意的。我必须弄清这些问题,以便使我招来的鬼魂的话不致跟事实相矛盾。我也曾问及青年人容易犯的某些过失,如死者生活方面有无可指责的地方,然后,我根据您的回答虚构出我的故事。”

“关于这件事,”亲王沉默片刻后说道,“给我作了非常满意的解答。但是主要情况仍没有提到,我要求您对此加以说明。”

“只要我力所能及,不过——”

“不要提条件!现在您已落入法网,法律是不会这么客气地提问题的。那个陌生人是谁?我们看到您倒在他的脚下。您了解他些什么情况?您怎样认识他的?还有,那第二个形象是怎么回事?”

“最仁慈的亲王——”

“当您向他走近,看见他的脸的时候,您发出一声惊叫匍匐在地。为什么这么怕?这是怎么回事?”

“这个陌生人,最仁慈的亲王——”他欲言又止,神色慌乱,用难堪的目光注视着我们。

“上帝明鉴,最仁慈的亲王,这个陌生人是一个可怕的家伙。”

“您了解他吗?他跟您是什么关系?——但愿您不要对我们隐瞒真相。”

“对此我是要十分当心的,——谁能向我保证,他此时此刻没有混在我们中间呢?”

“在哪儿?谁?”我们异口同声地大叫起来,大家一半笑着,一半吃惊地朝房间四处看着。——“这是不可能的。”

“他是什么人?是哪个国家的人?亚美尼亚人,还是俄国人?

在他装扮的人物中哪一个是真实的?”

“他所有的表面形象都不是真实的。他是什么人?他是从哪儿来的?他到哪儿去?这些谁也不知道。许多人都说,他曾长期留寓埃及,从金字塔中得来他那些玄妙的智慧,对此我既不想肯定也不愿否认。在我们这儿,大家都叫他‘神秘莫测的人’。比如,您估计他多大岁数了?”

“从外貌判断,他可能还不满四十岁。”

“那么,您认为我多少岁了?”

“五十出头。”

“完全正确——现在我告诉诸位,当我还是一个十七岁的小伙子的时候,我的祖父曾对我讲过这个奇异的人,祖父说,他曾在法玛古斯塔[1] 看到过他,当时此人看起来跟现在的年龄差不多。”

“这太可笑了,令人难以置信,这是夸大其词。”

“丝毫没有夸大。如果我不是镣铐系身,我真想提出一些德高望重的人为我作证,这样诸位就不至于对此有怀疑了。有许多可以信赖的人,他们还记得曾同时在世界不同的地方看到过他。他是一个利剑刺不穿、剧毒害不死、烈火烧不伤的人物,甚至他乘的船也不会沉没。时间本身对他失去了威力,岁月没有挤干他的生命汁液,年龄没有漂白他的一头乌发。没有谁看见过他进食,没有哪个女人被他触动过,睡神从未让他合上双眼。一天廿四小时当中只有一个小时他无法主宰,在这个小时里谁也看不到他,他也不做任何尘世俗务。”

“竟有这等事?”亲王说,“是哪个钟点?”

“午夜十二点。时钟一敲十二下,他便不再属于尘世活人之列了。无论他在哪儿,他必须离开,不管他正在干什么,他必须中断。

---

① 法玛古斯塔,塞浦路斯东部港口。

这一声可怕的钟鸣把他从友谊的怀抱里夺走，把他从祭坛旁边拉开，甚至把他从殊死的搏斗中召回。谁也无从知道他去哪儿，更不清楚他去干什么了。谁也没有胆量去问他，更没有人敢去跟踪他；因为那可怕的钟声一响，他便立刻收起笑容，严肃起来，神情是那么阴沉、那么令人感到恐怖，任何人见了都会失魂落魄，不敢正视他的脸，也没勇气跟他讲话。突然，一片死寂降临，兴高采烈的谈话停了下来，所有在他身边的人都诚惶诚恐地等待着他重新出现，人们原地不动，不敢离开，不敢打开他走过的那道门。"

"那么，"我们当中有一个人问，"在他回来以后，人们没有发现他有什么异样吗？"

"没有，他只是脸色苍白、显得疲惫不堪，就像经受了一次痛苦的手术或者听到噩耗一样。有的人自称看见他衬衫上血迹斑斑；不过，对此我不想妄加评论。"

"人们一点儿也没有设法对他瞒住这个钟点或者分散他的注意力，让他忘掉这个钟点吗？"

"据说，只有一次他逃过了这个时刻。同座的人很多，人们一直待到深夜，所有的表都故意拨错，热烈的交谈使他无暇他顾。但是，当那习惯的钟点一到，他骤然缄默不语，全身僵直，四肢保持着那一突然时刻来临时的姿势，眼珠不再转动，脉搏停止跳动，人们采用种种手段唤他苏醒，但全属徒劳；这个状态一直持续到这个钟点过去。然后，他突然自动活动起来，他睁开双眼，从他中断停顿下来的那个音节开始继续讲话。大家的惊愕神色告诉了他刚才所发生的一切，于是他表情严峻地说，一场虚惊已经过去，人们应该为此感到庆幸。不过他在当晚就离开了发生这场变故的城市，而且以后永远没有再去过。人们认为，他在那个神秘的时刻跟他的保护神对话。有几个人甚至认为，他是一个死人，他获准一天之中二十三个小时在活人中间活动；但在最后一个小时他的魂灵必须回归地府接受审判。许多人把他看成是著名的提雅那的阿波洛纽斯①,另一些人则认为他是使徒约翰②,据说后者将一直活到世界末日审判。"

"关于这样一位非同寻常的人,"亲王说,"当然会不乏种种奇怪的揣测的。您刚才所说的一切仅仅是道听途说而已;不过,我觉得从他对您和您对他的态度来看说明您两位相当熟悉。这其中是不是有一段你本人讳莫如深的、特殊的原委呢? 您不要对我们隐瞒什么。"

西西里人用疑惑的目光注视着我们,默然无语。

"如果这是一件,"亲王接着说,"您不愿披露的事,我愿以这两位先生的名义向您保证为您严守秘密,我们决不食言。请您真诚、坦率地讲。"

"请允许我提出一个希望,"那人沉默良久,然后说道,"希望您不要以此作为指控我的证据,那么我愿向诸位讲一件关于那个亚美尼亚人的奇闻,我是此事的目击者,它将使诸位对此人的神秘力量不再存任何怀疑。不过,务请允许我,"他补充说,"对几个人的真实姓名保密。"

"不附加这个条件就不行吗?"

"不行,最仁慈的亲王。这事牵涉到一个我有理由保护的家族。"

"那就说给我们听听吧,"亲王说。

"大约五年以前,"西西里人开始说,"当时我在那不勒斯施展

---

① 阿波洛纽斯,罗马皇帝尼禄时代(54—68)的新毕达哥拉斯学派人物,被后世奉为先知和魔法师。

② 使徒约翰,人们根据《圣经·新约》马太福音和路加福音的记述,认为他一直活在人们中间。

我的技艺，干得很得手，在那儿我结识了一位圣斯迪凡教团[①] 的骑士，名叫洛伦佐·德尔 M.，他年轻而富有，出身于王国第一流世家。他对我礼遇甚殷，而且对我的神秘技艺似乎也怀有崇高敬意。他向我披露，他的父亲德尔 M. 侯爵十分崇尚玄机秘术，如果他知道在自己家中有一个'喻世哲人'（他喜欢这么称呼我），他是会喜不自胜的。老人住在距离那不勒斯约七哩之遥的滨海的一所庄园里，过着一种近乎与世人隔绝的生活，沉浸在对他所珍爱的、为可怕的命运所夺走的儿子的悲悼之中。骑士让我意识到，他和他的家族可能有朝一日会在一件至为严重的事件中需要我运用我的玄机秘术，以便揭开事件的真相，因为所有寻常手段全都无法奏效了。他还暗示，也许他尤其有理由把我看作他的安宁和他的全部尘世幸福的缔造者。我不敢向他追问详情，那一次谈话便到此为止。事情本身的原委是这样的。

"洛伦佐是侯爵的次子，因此他注定应接受圣职，家族的财产应由其兄继承；兄长名叫叶洛尼莫，多年羁旅在外，在这里提到的那个事件发生的七年前回到故乡，以便同相邻的 C. 伯爵家的独生女儿完婚，这桩亲事是双方家庭在孩子出生之时就商定好了的，目的是藉以把双方的巨额家产联合起来。尽管这种结合是父母一厢情愿的产物，在做选择时并没有询问这对缔结良缘的孩子的心意，但他们却默默地接受了。叶洛尼莫·德尔 M. 和安冬妮·C. 是一起长大的，人们对于这两个当时已习惯地被视为情侣的孩子的交往极少给予限制，这使他们两人之间很早便产生一种互相温存体贴的关系，这种关系因两人的性格投合得到进一步的巩固，而到了他们成熟的年代便自然地升华为爱情了。四年的别离并未使这种感情冷却，反而使它更加猛烈地燃烧起来，叶洛尼莫怀着同样的忠诚

① 圣斯迪凡教团，在佛罗伦萨。

和激情回到未婚妻的怀抱，好像他从未离开过她似的。

“重逢的极度欢乐还未过去，婚礼的准备已在火热地进行了，可这时新郎——却失踪了。他通常总是在临海的一所别墅里度过一个个夜晚，有时还乘船兜兜风。事情就发生在这样一个夜晚，他久久在外未归。派人去找，派人到海上搜寻——毫无结果；没有哪个人自称曾经见到过他。他的仆人一个不少，这就是说不可能有人陪他。夜深了，他仍然不见踪影。天亮了，中午了，又是夜晚了，可叶洛尼莫依然未归。人们开始作最可怕的揣测了，因为当时传来的消息说，前一天曾有一艘阿尔及利亚海盗船在这一带海岸登陆，掳去许多居民。于是两艘刚刚做好出航准备的帆桨大战船给武装了起来；年迈的侯爵亲自登上第一艘战船，决心豁出老命解救儿子。第三天清晨，他们看见了海盗船，由于他们比海盗船处于更有利的风向，很快便赶上了它，于是他们逐渐向它靠近，站在第一艘战船上的洛伦佐声称他认出了站在敌方甲板上的哥哥的身影，可这时突然刮来一阵风暴把它们重又分开了。遭到破坏的船历尽艰辛熬过了风暴；然而，眼看到手的战利品已逃得无影无踪，在危困之中他们被迫在马耳他登陆。全家无限悲痛；年迈的侯爵绝望地撕扯着苍苍白发，大家都担心年轻伯爵小姐的生命。

“五年过去了，查寻毫无结果。人们搜遍整个野蛮人海岸①；重金悬赏能够解救年轻侯爵的人，但是没有一个人前来挣这笔赏金。最后这事仍然停留在一个或然性的推断上：那一场把双方船只分开的风暴使海盗船沉没，其全部人员在激流中丧生。

“尽管这推断貌似有理，但要完全肯定却还缺少许多证据，因此没有任何理由完全放弃希望，没有任何理由认为失踪者再也不会露面了。假定他从此销声匿迹，那么这个家族也便随之沦亡，除

① 指希腊以外的海岸。

非次子弃却圣职，接受长子的权利。尽管采取后面这一步骤过分冒失，尽管就事情本身而言，剥夺那个可能还活着的兄长所拥有的天赋权利是毫无道理的，但是鉴于他活着的可能性十分渺茫，所以人们认为，如不采取这一步骤这一古老光辉的家族必将陨落，因此决不可拿整个家族的命运冒险。烦恼和暮年之感渐渐把老侯爵推向坟墓；每一次新的尝试的失败都使重见失踪者的希望减少一分；侯爵眼看着他的家族在走向灭亡，而这一趋势只要稍作不公正的处理，即只要他下定决心牺牲其兄加恩于其弟便可防止。为了实现跟C.伯爵家联姻，他只需换一下名字就行了；不管安冬妮伯爵小姐做洛伦佐的夫人还是当叶洛尼莫的妻室，反正两个家族的目的都达到了。面对着家族即将彻底沦亡这一确定的和步步紧逼的灾难，叶洛尼莫回归的微弱可能性便无足轻重了，于是，愈来愈感到死亡临近的年迈的侯爵便急不可待地想摆脱开这个烦恼，这样虽死而无憾。

“拖延和最顽固地反对实现这一步骤的是从中获得最大利益的人——洛伦佐。他没有为无可估量的巨大财富的诱惑而动心，也没有为能够占有那送到他怀抱里的姿色绝伦的小姐而欣喜，他表现出一种无比高尚的情操，郑重拒绝攫取也许尚活在人间、有理由索回自己财产的兄长的权利。‘难道过着如此漫长的俘虏生活的、我所珍爱的兄长的命运还不够悲惨吗？还容得我对他再进行一次盗窃、使他失去所有最珍贵的东西吗？’他说。‘假如他的妻子躺在我的怀抱里，我当怀着什么心情祈祷苍天保佑他归来？一旦他奇迹般地返回故里，我当以何颜面去迎接他？即使他永远被从我们行列里夺去了，那么有什么比永远保持着死神在我们圈子里所撕裂的这一空缺更加能够表示我们对他的纪念呢？有什么比我们把我们的全部希望作为牺牲奉献在他的墓前，把以往的一切当作圣殿不加任何玷污地供奉起来更能表示我对他的缅怀之情呢？’

“但是，出于无微不至的手足之情所提出的种种理由都无法消除老侯爵的忧虑，他不忍看到一个昌盛数百年之久的家族沦亡。洛伦佐从他那儿所争得的仅仅是两年期限，即两年之后他将把他兄长的未婚妻领向圣坛完婚。在这两年期间将继续进行查寻。洛伦佐多次亲自出海，有时冒着生命危险；为了寻找失踪的兄长不辞辛劳，不惜任何代价。两年过去了，可是像从前一样依然一无所获。”

“安冬妮伯爵小姐呢？”亲王问，“关于她的情况您一点儿都没有说。难道她安然地顺从命运的摆布吗？我无法相信她会如此。”

“安冬妮处于一种义务和感情、厌恶和景仰之间的痛苦激烈的内心斗争之中。忍让、无私的手足之情使她深受感动；她觉得她心不由已地尊敬她永远不会爱的一个男子；她的心为矛盾着的感情所切割着，她的心在流血。但是，骑士愈想得到她的敬重，她对他的厌恶心理似乎便愈加强烈。骑士怀着深切的痛苦发现，内心的烦恼在销蚀着她的青春。一种深切的同情心在不知不觉之中取代了他以往对她所采取的无动于衷的态度；但是，这种具有背信弃义性质的情感欺骗了他，使他萌生了一种狂热的激情，他感到他再也难以保持在此以前一直抵御着种种诱惑的美德了。不过，即便在如此背逆他心意的情况下，他仍然倾听他高尚的良知的呼声：他，而且只有他才能够保护这不幸的羔羊不致成为家庭专断的牺牲品。可是，他所有的良苦用心全属徒劳；他对自己激情的每一次胜利反而更加提高了他在她心目中的价值，他用以拒绝跟她结婚的高尚情操只不过说明她的反感毫无道理罢了。

“当骑士说服我到老侯爵的庄园作客时，事情正处在这种状态。他的热情引荐使我在庄园所受到的礼遇大大出乎我的预料。这儿，有一件事我必须提一下，以前我曾成功地做过几件引人注目的事，这使我在当地共济会会众当中小有名气，也许正是这种情况加深了老侯爵对我的信任,提高了他对我的期望。我在他身上能达到什么地步,为此采用了哪些手段,请容我细细地讲;不过从我已经供认的事实中诸位可以推断出其余情况。我充分利用了侯爵藏书非常丰富的图书馆中全部有关玄机秘术的图书,所以很快便能够用他所熟悉的语言跟他对话,使我所设想的神秘世界体系同他本人的见解取得完全的一致。在很短时间内,他对我所要说的话便全都信以为真,说不定他像相信经书上的条文那样相信哲学家会跟水中的蝾螈和空中的女妖交配呢。另外,由于他笃信宗教,生来容易堕入这种邪门,加上后来的熏染,便愈陷愈深,因此,我的虚构故事更加容易为他所接受了;最后我用玄机秘术之网把他严严地罩住、紧紧地缠住,以至使他对于任何顺乎自然的东西再也不相信了。不久我就成为这一家人所崇拜的圣徒。我讲课的一般内容是人类天性的病态兴奋和同超凡世界的交往,我所依据的权威是加巴利斯伯爵[①]。年轻的伯爵小姐自从失去情人,本来就很少清醒,更多的是耽于幻觉世界,当她鼓动她幻想的翅膀飘然飞行时,很容易便给这类东西吸引住了,对它产生了浓厚的兴趣,因此她对我向她投去的暗示怀着战栗的快感接受了;甚至家中的仆人在我讲话时也在房内找点事干,以便捕捉住我讲话中的一鳞半爪,然后按自己的理解联系在一起。

"我这样在这个骑士领地上度过了大约两个月。一天早晨,骑士走进我的房间,面带深深的愁容,脸上的表情全给扭曲了。他极度绝望地坐到一张椅子上。

"'师傅,'他说,'我完了,我一定得走。我再也忍受不下去了。'

"'您怎么了,骑士? 出了什么事?'

① 根据此人的说法,哲学家跟自然精灵有交往。

"'唔,这可怕的情欲呀!'(说到这儿他猛然从椅子上跳起来扑进我的怀抱)——'我曾像一个真正的男子汉那样克制着自己。——可是现在,我无能为力了。'

"'最亲爱的朋友,这怪谁呢?不都怪您自己吗?一切不全都掌握在您手里吗?父亲、家庭——'

"'父亲、家庭!这算得了什么?!——我是接受一只被强拉过来的手,还是一往情深的爱?——难道我没有情敌?唔,谁是情敌?说不定情敌已经与鬼魂为伍了。唔,您放开我,让我走吧!即使到海角天涯,我也得找到我的兄长。'

"'什么?经过这么多次失败,您竟还希望——'

"'啊,希望!——在我的心里,希望早已死去。可是在那颗心里也死了吗?——我是否怀着希望又有什么要紧的呢?——只要安冬妮心中还燃着微弱的希望火花,我会幸福吗?——朋友,两句话就能够结束我的痛苦——不过,那也是徒劳!我的悲惨命运不会有转机的,除非永恒之神打破它长时间的沉默坟墓,证实我判断的正确。

"'看来只有确认这一点才能使您幸福了?'

"'幸福?啊,我怀疑,我还会重获幸福!不过这种不确定性是对我最可怕的惩罚!'(他沉默半晌,使自己平静下来,然后伤心地继续说)'但愿他看得见我的痛苦!——使他的弟弟陷于不幸的这种忠诚能使他幸福吗?一个活人应该为一个不可能再享受尘世欢乐的死人奄奄待毙吗?——假如他知道我的痛苦——'(这时他失声痛哭,把脸紧紧依偎在我的胸脯上)'也许,是的,假如他了解我的痛苦,也许他会亲自把她送进我的怀抱的。'

"'难道这愿望完全不可能实现吗?'

"'朋友,您说什么?'他吃惊地盯着我说。

"'甚至微不足道的动机也可以让死者出来干预活人的命运。

何况一个人——一个弟兄的全部尘世幸福——’

“‘全部尘世幸福！啊，这我是感觉到了的！您说得多么对呀！我的全部幸福！’

“‘何况还关系到一个悲伤家庭的安宁，——这些难道不正是求助于那看不见的超凡力量的合理动机吗？是的，一旦尘世间的事件有充分理由扰动死者的安宁——动用一种力量——’

“‘您万不可如此，朋友！’他打断我的话说，‘不要再说了。我承认，以前我曾有过这种念头——我记得，我曾向您说过——可是我早已放弃了，我觉得这太卑鄙了，令人作呕！’

“诸位看，”西西里人继续说道，“这把我们引到了什么方向。我尽力消除骑士的疑虑，最后也终于说服了他。于是我们决定召唤死者的魂灵，我要求两个星期的时限，以便郑重其事地(至少我得装出这副样子)为此做准备。在这段时间里，我的机关安置就绪了，然后，我找了一个风雨交加的夜晚，我按照习惯方式把全家人都集中在我的周围，以便取得他们的同意，或者毋宁说是我以令人不易觉察的方式诱导他们自己向我提出这种请求。最难办的莫过于伯爵小姐了，而她又是关键人物；不过她狂热奔放的感情帮了我的忙，而且也许她还怀有一线微弱的希望：那被认为死了的人说不定还活着，听到呼唤并不出现。我无法克服的惟一障碍是人们对这种事本身的不相信和对我的法术的怀疑。

“取得全家同意以后便立即决定到第三天举行仪式。在那一天，祈祷一直延续到了午夜，同时还要斋戒、警戒、回避、讲授神秘方术以及演奏一种在这类仪式中能够渲染气氛的人们所没见过的乐器等等，这些为这一隆重仪式所做的种种准备严格按要求进行，以便使听众那种宗教狂热式的感情激起我自己的想像力并且大大突出幻想的画面，这正是我在这种场合孜孜以求的。那期待的时刻终于到了——”

“我猜得出，”亲王叫道，“您要让谁登台——不过，您接着说下去好了，接着说下去——”

“不，最仁慈的大人。招魂仪式按要求进行下去了。”

“怎么？那亚美尼亚人躲到哪儿去了？”

“请不必担心，”西西里人答道，“他总是在节骨眼上出现。

“我不愿描绘骗局进行的过程了，那又会把话题扯远。总之，我预期的要求圆满实现。年老的侯爵、年轻的伯爵小姐和她的母亲、骑士以及几个亲戚都到场了。诸位不难想像，我在这家所度过的这么长的时间内不乏机会对有关死者的一切情况作详尽的调查。我找到的许多种画像使我有可能让鬼魂相貌逼真，简直足以乱真；因为我只是让它用手势讲话，所以他的声音也不致引起怀疑。死者本人穿的是野蛮人的奴隶囚服，脖子上露出深深的伤口。您会注意到，”西西里人说，“在这一点上，我没有按一般人的估计办，让他在波涛之中丧生；因为我有理由希望，这种出人意料的作法一定会大大提高幻想本身的可信性；相反，我觉得近乎真实情况的现象是再危险不过的了。”

“我相信，这种判断是很正确的，”亲王说，同时转身朝着我们。“我觉得，在一系列非同寻常的现象中，恰恰那可能性较大者会败事。如果一个新的现象很容易为人所理解，那它便会贬低藉以造成这一现象的手段；如果很轻易地就能虚构这一现象甚至会令人对这一手段产生怀疑；因为假若人们从一个鬼魂那儿所了解到的东西靠人们的正常理智也能得到，那又何必招鬼魂来呢？但是，假如一个现象别出心裁，令人感到意外，而理解它又很困难，那么这从某种意义上说便有力地保证了造成这个现象的奇迹的可信性。因为既然一个行动所造成的超自然的东西是自然力所无法造成的，谁还会怀疑这种行动的超自然性质呢？——我打断了您的叙述，”亲王补充说，“请讲完您的故事吧。”

“我向鬼魂提出问题，”西西里人继续说，“我问，他是否认为他已不在尘世了？他是否有什么他所珍视的东西留在了世上？鬼魂连连摇头三次，伸出一只手指向天空。临走时，他从指头上摘下一枚戒指；他消失之后，人们在地上找到了那戒指。伯爵小姐把戒指拿过去仔细一看，原来是她的订婚戒指。”

“她的订婚戒指！”亲王诧异地叫起来，“她的订婚戒指！您是怎样弄到手的？”

“我——其实那不是真的，最仁慈的亲王——我把它——那只是仿制的——”

“仿制的！”亲王重复着他的话，“要仿制您得有只真的呀，您是怎样弄到那真戒指的呢？死者是决不会从手指上取下来的呀。”

“您讲得有道理，”西西里人说，脸上不无迷惘的神情，“我根据一个人对真戒指所作的详细描绘做成的——”

“是谁向您描绘的呢？”

“很久以前了——”西西里人说，“我记得那是一只镌刻着伯爵小姐的名字的普通金戒指，——您把我搞糊涂了，仁慈的亲王，——”

“后来怎么样了？”亲王问道，脸上流露出不满和费解。

“当时，他们确信叶洛尼莫已经不在世了。从那天起，侯爵公开宣布他的长子已经亡故并为他服丧。戒指的事不容安冬妮再存任何疑虑，也使骑士的追求更加有力。但是这次鬼魂出现给予她的强烈刺激使她一病不起，病势很危险，以致使她的追求者的希望几乎永远落空。她康复以后执意要当修女，只是由于她无限信赖的忏悔神父的激烈反对才打消了这种念头。最后，骑士和家庭的联合努力终于半哄半吓地从她口中听到一声‘是’。他们决定在服丧期的最后一天办喜事，同时，年迈的侯爵打算在这一天把他的全部财产正式移交给他的合法继承人，以便更增添一份喜庆的气氛。

“这一天来了，洛伦佐站在圣坛旁边迎候全身颤栗的新娘。太阳西沉。在灯火辉煌的婚礼大厅里，丰盛的喜宴等待着贵宾，喧嚣的音乐声里混杂着阵阵轻松的欢声笑语。心花怒放的老侯爵希望所有的人都能分享他的欢乐；于是通向宫殿的所有通道全部敞开，欢迎每一个前来向他祝贺的人。在熙熙攘攘的人群之中——”

西西里人讲到这儿停了下来，一种期待的紧张感压得我们透不过气来——

“在这熙熙攘攘的人群之中，”他接着说了下去，“有一个人引起了我的注意，这是个方济各会僧人，开始时坐在我旁边，后来他像立柱一样一动不动地站着，瘦长身材，灰白的脸，用一双严厉而又悲伤的目光盯着一对新人。周围所有的笑脸上所表现出来的欢乐仿佛单单从他这张脸上跳了过去，他那副神情宛如活人当中的一尊塑像，没有丝毫变化。这张脸上的反常神情在欢乐的涡流中突然出现在我的面前，它在此时此地跟我周围的气氛极不协调，它使我深感震惊，在我心灵里留下了不可磨灭的印象，所以我能够在俄国人的脸上一下子认出了那个僧人的特征(我想，您现在终于知道他跟那俄国人和您碰到的亚美尼亚人是同一个人了吧)。我一再想把我的视线从这个可怕形象身上移开，可是我的一双眼睛总是不由自主地又去看他，每次都发现他依旧是老样子。我碰了下我邻座的人，他又去碰他旁边的人，整个宴席上的人都陷于同样的惊奇、同样的诧异之中，谈话停了下来，突然，全场一片沉寂，但这对僧人毫无影响。他仍然纹丝不动地站在那儿，仍然用一双严肃而悲伤的目光盯着新郎和新娘。每个人看了他那模样都害怕，只有伯爵小姐从这陌生人的脸上重又看见自己的痛苦，她暗自贪婪地瞅着全场惟一一个似乎理解并分担她的忧愁的人。人群渐渐地散去，午夜已过，音乐开始缓缓沉寂下来，烛光越来越暗淡，最后只剩下稀稀疏疏几支还发着微弱的光亮，谈话声逐渐低沉，最后变成了耳语——婚礼大厅在昏暗的烛光中呈现出一幅凄凉的景象，越来越凄凉；而那僧人依旧木然地站着，依旧用一双严肃而悲伤的目光盯着新郎和新娘。

“残席撤走了，客人们四散开去，一家人跟一群亲密的亲友聚在一起，僧人不请自来，也赖在这群人里。我不明白为什么没有人愿意跟他说话，没有人理睬他。这时，女宾们紧紧挤在全身战栗的新娘周围，而她却向那威严的陌生人投去请求、寻求帮助的目光，陌生人对此未加理会。

“男宾们也同样聚集在新郎的周围——一片受到压抑、充满期待的沉寂。——‘我们大家都高兴相聚，’老人终于开口说话，看来他是我们所有在场的人中惟一一个没有察觉到那个陌生人或者没有对他产生怀疑的人。‘我们大家都高兴相聚，’他说，‘而我的儿子叶洛尼莫却不能到场！’

“‘你邀请过他吗？他在外未归？’僧人问道。这是他第一次开口讲话。我们吃惊地注视着他。

“‘唉！他到永远回不来的地方去了，’老人说，‘尊敬的先生，您误解了我。我的儿子叶洛尼莫死了。’

“‘也许他只是害怕在这种场合露面，’僧人接着说。——‘谁知道，你的儿子叶洛尼莫现在是一副什么样子！让他听听他最后一次听过的声音！——请你的儿子洛伦佐喊他一声，’

“‘这话是什么意思？’大家悄悄地说。洛伦佐的脸色变了。我不否认，当时我感到毛发直竖。

“僧人这时走向酒柜，抓起一只斟酒的杯子举向唇边——‘为了纪念我们所珍爱的叶洛尼莫！’他大声说，‘谁热爱死者就跟我一起喝一杯。’

“‘尊敬的先生，不论您来自何方，’最后侯爵高声喊道，‘您提到了一个珍贵的名字。我欢迎您！请过来，朋友们！’（这时他转身

对着我们，让人给我们一一斟酒）‘不要让一个陌生人使我们感到难堪！——为了纪念我的儿子叶洛尼莫干杯！’

“我相信，我从来没有在情绪如此恶劣的情况下为一个人的健康干杯。

“‘一只杯子还盛满酒搁在那儿——为什么我的儿子洛伦佐拒绝回敬这友好的祝酒？’

“他全身战栗着接过方济各僧人手中的酒杯，又战栗着把酒杯举向唇边——‘为了我所珍爱的哥哥叶洛尼莫！’他期期艾艾地说道，然后惶恐地放下酒杯。

“‘这是杀害我的凶手的声音，’一个可怕的形象突然闯到我们中间大声喊道，衣服上鲜血淋淋，面部因斑斑伤痕而给扭曲了——

“请不要再问我以后的情况了。”西西里人说，他脸上仍然是一副充满恐怖的神情。“每个在场的人一瞥见那可怕的形象都失去了知觉。当大家都清醒过来的时候，洛伦佐正在死神的阴影下挣扎；僧人和鬼魂已经踪影全无。人们把正在剧烈抽搐着的骑士抬到床上；在奄奄待毙的人身边只有神甫一个人守着，伤心的老人在几星期之后也跟着他的儿子溘然长逝。现在，他的遗言深藏在接受他最后一次忏悔的神甫心里一起沉没了，没有一个活着的人听到过。

“在发生这场事件之后不久，人们清理庄园后院的一口枯井，它深藏在蓬乱的杂草灌木下面，井口给瓦砾堵塞多年了。当人们拨开瓦砾的时候，发现了一具尸骨。发生这件事的房舍已不存在了，M.家族也断了香烟，在距离萨勒诺不远的一家修道院里，您可以看到安冬妮的坟茔。

“现在，诸位明白了，”当西西里人看到我们全都惊慌失措、默然无语地站着，没有人想开口说话的时候，他继续说，“现在，诸位明白我跟俄国军官，即那个亚美尼亚人的结识是建立在什么基础之上的了。请诸位判断一下,我是否有理由害怕这样一个曾经两度以如此可怕的方式跟我作对的人。”

“您再回答我最后一个问题,”亲王一边说着一边站了起来,“在您所有关于骑士的叙述当中全都是老实话吗?”

“我知道的情况就是这样,”西西里人说。

“那么您真的认为他是一个正派的人喽?”

“我是这样认为的,上帝明鉴,我是这样看的,”他回答说。

“当他交给您所提到的那枚戒指的时候,您仍然这样看吗?”

“什么——他没有交给我戒指——我并没有说,他交给了我戒指。”

“好吧,”亲王拉了下铃准备离开。

“那么您认为,拉诺伊侯爵的魂灵,”(他又转过身来问道)“也就是昨天俄国人紧跟在您招来的鬼魂之后唤出来登场的那个魂灵是真实的了?”

“我没有别的看法,”他答道。

“走吧,”亲王对我们说。看守走了过来。“我们谈完了,”亲王对他说。“先生,您,”(转身朝向西西里人)“您以后还会听到我的声音的。”

“仁慈的大人,您最后对那骗子提的问题我倒要向您自己提出来,”当我们俩单独在一起的时候,我对亲王说。“您认为那第二次出现的鬼魂是真的吗?”

“我? 不,真的,我再也不会有那种看法了。”

“再也不会? 这么说您曾经认为那是真的喽?”

“我不否认,有那么一瞬间我曾不由自主地认为这并非完全是骗人的把戏。”

“我倒想看一看,”我大声叫起来,“有哪个人在这种情况下能够不怀类似的揣测。不过,您收回这种看法的根据何在? 当听完有人刚刚向我们讲过的关于亚美尼亚人的种种情况以后,理应增加而不是减少对他的神秘力量的信念呀。"

"对我们讲他的情况的家伙是个多么卑劣的人呀!"亲王神情严肃地打断我的话。"但愿您不至怀疑跟我们打交道的就是这样一个人吧?"

"我不怀疑,"我说。"难道因此他的证言——"

"卑劣小人的证言——退一步讲,即使我没有理由怀疑——是不可以用来反对真理和清醒的理智的。一个多次骗过我而且以行骗为职业的人的话值得听信吗?何况这件事本身,即使是怀着最真诚的对真理之爱的人讲的,尚且要洗洁自身以博得信任呢。这样一个也许从来没有为真理本身而讲过真话的人作为反对人类的理性和永恒的自然秩序的证人讲的话可信吗?如果相信这种人,那无异于愿意授全权给一个臭名昭著的坏蛋,让他指控一个清白无辜者。"

"他究竟出于什么理由给一个他理应憎恨、至少理应害怕的人作如此体面的证言呢?"

"即使我看不出这些理由,难道因此他就没有充分理由了吗?我知道他受谁雇佣来骗我的呢?我承认,我现在还看不透他罗织的全部骗局;但是,他为他所维护的事帮了个大大的倒忙,使自己现出了骗子——也许比骗子更坏的家伙——的真面目。"

"我觉得戒指的事是有点可疑的。"

"它不仅仅是可疑的,"亲王说,"它是关键。这枚戒指(请让我姑且假定他所讲的事件真正发生过)是他从凶手那儿拿来的,而且他必定在接受戒指的同时就知道,给他戒指的人是凶手。除了凶手谁能取下死者的戒指呢?受害者决不会从手指上取下那枚戒指的。他讲的整个故事的用意在于想说服我们相信他,好像他被那骑士欺骗了,而他认为他又欺骗了那骑士似的。假使他自己没有认识到,他承认他同凶手的默契无异于服输就范,那么又何必玩弄这套伎俩呢?显然,他的全部叙述无非是一系列的虚构故事,以便把少数真实情况串联在一起,他认为向我们披露这一点点真实情况并无妨害。更使我犯思索的是,对于一个十次撒谎都被我当场抓住过的卑劣小人,现在我不该指控他第十一次撒谎吗?我能够让他践踏迄今为止一直是完美、和谐的自然基本秩序吗?"

"现在我无法回答这个问题,"我说。"不过,我觉得昨天我们看见的现象仍然是不可理解的。"

"我也有同感,"亲王说,"尽管我跃跃欲试,想找出一把打开这个迷宫的钥匙。"

"什么?"我说。

"您不记得了吗?那第二个形象一进门就走向祭坛抓住耶稣受难像,迈步踏上地毯,不是吗?"

"是的,仿佛是这样。"

"据西西里人说,那耶稣受难像是个导电体。从这一点可以看出,第二个形象急于使自己通电。塞莫尔爵士朝它砍去的一剑丝毫不起作用,因为电击使他的胳膊瘫软了。"

"这用来解释剑是正确的。可是西西里人朝它射去的子弹是怎么回事?我们听见它缓缓朝祭坛滚去的呀?"

"您能肯定我们听见的滚动着的东西是射出来的子弹吗?我并不认为,那傀儡或者说那扮演鬼魂的人给用铠甲防护得那么好,以致可以刀枪不入——请您稍稍费神想一想,是谁给手枪上的子弹。"

"对,"我说,——我恍然大悟——"俄国人上的子弹。不过,这是在我们眼皮下面进行的呀,其中怎么会有诈呢?"

"为什么其中不会有诈呢?难道当时您已经对此人产生怀疑了吗?难道当时您已经认为有必要对他进行监视吗?在他把子弹

装进枪膛以前，您检查过子弹吗？它也很可能是水银的，甚至是上了色的泥丸呀！您能确信，他真的把子弹上进了枪膛而没有让它落到自己手里吗？您能肯定，假定他真的将子弹上进了枪膛，他把上了顶门火的手枪带进另一个大厅而没有偷梁换柱加以调换吗？这是很容易办到的呀，因为谁也想不到去监视他的活动，何况我们正在忙着脱衣服呢。难道那鬼魂不能乘烟雾弥漫的瞬间让另外一颗备用子弹落到祭坛上去吗？这种种情况都是有可能的。”

“您说的有道理。不过，那形象酷似您已故的朋友——我经常在您那儿碰见他，我一看见那鬼魂就认出来了，很像他。”

“我也是这样，——我只能够说，这骗术已经达到了登峰造极的程度。不过，如果说西西里人偷偷朝我的烟草盒瞅上几眼就能够让他画的像有几分逼真，甚至连您和我都给骗过了，那么那个在整个晚餐时间可以随便使用我的烟草盒的俄国人岂不更有可能办到吗？此外，他还享有不引人注意这一有利条件，而且我也曾私下向他透露，盒上的画像是谁。您还要考虑到——这是西西里人也觉察到了的——侯爵的特征仅限于一些粗粗几笔就可摹画下来的面部表情，——所以这整个现象没有什么不可解释的了。”

“不过他谈话的内容——？还有他所讲的关于您朋友的情况——？”

“什么？那西西里人不是告诉过我们吗？他说，他根据向我打听到的点滴情况串联成相似的故事。难道这不正好证明，这些虚构情节有合理的成分吗？另外，鬼魂的答话十分隐晦费解，不可能令人看出破绽。您设想一下，假定那为骗子扮演鬼魂的帮手机警稳练而又熟悉一点情况——那么这场骗局不是会给搞得更加有声有色吗？”

“不过，请您考虑一下，仁慈的大人。为了罗织这么一场复杂的骗局，那亚美尼亚人要做多么广泛的准备呀！那要花费多少时间呀！单单为了把一个人的头按要求化装得跟另一个人的头完全相像，得花费多少时间呀！还要花时间教授那个假冒的鬼魂，免得他露出马脚！一些数不清的小东西也令人费尽神思！这些东西有的是辅助性的，有的会成为障碍，因此得设法对付。请您细细算一下，俄国人在外面呆的时间不超过半个小时。这必不可少的一些东西能够在不到半个小时之内安排停当吗？最仁慈的大人，事实上即使一个严格遵守亚里斯多德三一律的戏剧家在幕间也加不进这么多动作，更不要说还要博得观众如此强烈的信任了。”

“什么？总之，您认为在短短的半小时之内完成所有这些准备工作是不可能的了？”

“事实上，”我大声说，“可以说是不可能的。”

“我不理解这种说法。像亚美尼亚人这样一个如此精明能干、具有无限魅力的人物，依靠也许是同样精明能干的帮手从旁相助，又不受任何人的监视，在夜幕掩护之下利用应有尽有、操这一行当的人须臾不可离手的工具，总之，这样一个人，有着这样一些有利条件，在短时间内能够做出这么多事，这难道违背时间、空间和物理作用的规律吗？他能够用简洁的语言、命令或暗示向他的助手交待复杂的任务，他能够以寥寥数语说明广泛而复杂的动作，这难道是不可思议的无稽之谈？显然您所谓的不可能是违反永恒的自然法则的，而不是别的什么！难道您宁可相信奇迹，也不承认似是而非的骗术？宁可推翻自然力的法则，也不接受这种力量的人为的、非同寻常的结合吗？”

“假如事情本身解释不清楚如此大胆的推论，那么您不得不承认，它远远超出了我们的理解范围。”

“我真想就这个问题跟您辩论一下，”亲王面带狡黠的神情乐呵呵地说。“亲爱的伯爵，如果有人不仅在这半小时之内和半小时之后，不仅是匆匆忙忙地搭个帮手，而是整晚整夜为这个亚美尼亚人工作,您说这会怎么样?您想想,西西里人花了整整三个小时做准备啊。"

"那是西西里人呀,最仁慈的大人!"

"您有什么证据说明西西里人没有像参与第一个鬼魂的准备工作那样,同样也为第二个鬼魂花了功夫呢?"

"您说什么,大人?"

"您能证明他不是亚美尼亚人的高级助手?一句话,您能证明,这两个人不是穿一条裤子的吗?"

"这可不是那么容易证明的,"我大声说,心里很纳罕。

"亲爱的伯爵,这并不像您想像的那么困难。不是吗?这两个人在一个有关同一个人的如此奇特、如此复杂的事件中在同一时刻同一地点相遇,他们两方面的行动如此协调、默契,如此完美,简直像一对老搭档似的,难道这完全出于偶然?可以说,他以他笨拙的伎俩来衬托精巧的骗局。可以说,他首先利用前一种手法探测我对他的信任的程度,目的在于侦察取得我的信任的途径,通过这种可能失败但无损于其余计划的试探性手法争取他的对象成为知己,一句话,目的在于以此检验一下他的手段。可以说,他之所以如此,正是要故意把我的注意力吸引并使之停留在一个方面,以便使我对另一个更重要的方面失去警觉。可以说,他已经做过一些调查,但他希望把这些调查记在小骗子的账上以消除我对真正后台的怀疑。"

"您怎么有这种想法?"

"我们假定,他收买了我手下的一个人,通过他了解到一些隐秘,或许还得到对他有用的文件。我失去了我的猎手,为什么我不可以认为,亚美尼亚人在此人潜逃时也插手了呢?不过偶然的机会有可能使我拆穿这套把戏;说不定会截获一封信,或者仆人不慎说了出来。一旦我了解到他之所以无所不知的底细,他的全部威信将扫地一尽。因此,他推出这个小骗子,叫他不时跟我周旋。关于这个人的存在和意图,他不停地事先给我以暗示。无论我发现什么蹊跷之处,我总是怀疑这个骗子,而不会怀疑其他任何人;关于对他,即对亚美尼亚人有用处的调查也是由西西里人出面干的。后者是他用来对付我的傀儡,而他自己则在幕后以令人不致生疑的手段用一条条看不见的绳索把我缠绕起来。"

"您的分析妙极了!那么他本人帮着揭穿这场骗局而且把他那套骗术的秘密公之于众人眼前,这怎么会跟他的那些目的合拍呢?莫非他不担心,西西里人玩弄的这一套达到足以乱真程度的骗术一旦被揭开,其荒唐无稽的真相会削弱您的信任并大大增加他实现其未来计划的困难吗?"

"他向我揭开的是些什么秘密呢?没有哪项秘密是可靠的,是他想在我身上应用的。他把这类秘密公之于众并没有损失什么。——相反,假如对于这种欺骗和诈术的所谓胜利稳住了我、增强了我的信任,从而使他能够成功地把我的警觉性转移到相反的方向,把我没有确切目标、游移不定的怀疑固定在距离发动攻击的实际地点最远的东西上,那他岂不是获利很多吗?——他可能料得到,我迟早会出于主观的怀疑或者客观的推动,到低级的骗人把戏中去寻找打开他高级的神奇迷阵的锁钥的。于是他自己便把两者并列起来,这无异于递给我一个标尺,同时人为地给前者划定极限,藉以大大阻挠或者干扰我对后者的理解——还有比这种手法更巧妙的吗?他用这种手法一下子打消了我多少揣测,预先驳回了我以后可能作的多少解释呀!"

"这至少也可以认为他是在跟自己作对,因为他擦亮了他要欺骗的人们的眼睛,通过揭穿一场人为的骗人勾当削弱了人们对神奇力量的信念。大人,如果说他有一个计划的话,您本人就是一个最有力的破坏他的计划的人。"

“他大概把我看错了，但并没有因此而做出盲目的判断。他能预见到我恰恰记住了可能成为打开那神奇迷阵的锁钥的东西吗？他在计划中曾料到他利用的帮手会向我露出这么多破绽吗？谁知道，西西里人是否大大僭越了给他规定的权限呢？——从戒指这件事上看来是肯定的，因为这是惟一一件引起我对此人产生怀疑的事情。您看，一个无比周密的计划多么容易被一个粗心的人弄糟呀？可以肯定，他的本意并不是要让这个骗子用市场小贩叫卖的口吻大肆宣扬他的名声，让他给我们解释一个人稍加思索便可戳穿的童话。比如，这个骗子是多么无耻地宣称，说那个创造奇迹的人听到午夜十二点的钟声便立刻停止跟人们的交往！我们自己不正是在这个时刻看见他留在我们中间吗？”

“真的，”我大声说，“他想必把这件事忘了！”

“不过，这一类人的秉性便是如此，他们总是言过其词，用过分的渲染把用一个适度的、恰如其分的骗术本来会搞得好的事全部弄糟。”

“尽管如此，大人，我仍然不愿意把这整个事件仅仅看成是巧设的一场骗局。怎么会呢？西西里人的恐惧、抽搐、昏厥以及引起我们怜悯的全部悲惨处境——所有这一切仅仅是训练有素的表演？尽管戏剧性的骗术也能达到这种程度，但演员的技艺是支配不了活生生的器官的呀。”

“关于这一点，朋友——我看过加里克[①] 扮演的理查三世[②]。当时，在那一瞬间我们是否从容而又冷静得足以充当客观、公正的看客呢？当我们自己已经陷于激情的时候能够考查这个人的激情

① 加里克（1716—1779），英国演员。莱辛和席勒都很推崇他的表演。

② 理查三世（1452—1485），英国国王，1483 至 1485 年在位，莎士比亚以他为主人公，写成历史剧《理查三世》。

吗？另外，关键性的危机，哪怕是一场骗局的关键性危机，对于骗子本人来说是至为重要的，所以在他为意料之中者对受骗者而言则为意料之外，这两种情况都同样容易引起强迫症状。您还应考虑到捕快们的出现是如此猝不及防——”

“我正要说这件事，大人——很好，您提醒了我。莫非他胆大包天竟敢把这样一个危险的计划暴露在法律面前？用这样一种毫无把握的手段考验一下他的助手的忠诚？这会是什么结局呢？”

“关于这一点，您让熟悉自己人的他去操心好了。究竟有怎样一些秘密罪行使他为此人保密呢？我们了解吗？您也听说过他在威尼斯担任的公职——这种说法也属于子虚乌有。——不过，帮助这小子渡过难关，这对他而言又算得了什么？这小子的原告不是别人正是他。”

（事实上，结局证明亲王的怀疑完全正确。几天以后，当我们打听我们问过的犯人时，得到的回答是，他已不见了。）

“您问，会有什么结局？他除了采用这种暴力手段以外还会有别的什么途径让人从西西里人口中得到一份如此不真实的可鄙的忏悔呢？这是很关键的呀！除了一个陷于山穷水尽的绝望境地的人以外，谁会对自己的人格如此贬低作践呢？在另外什么情况下我们相信他说的这些话呢？”

“这一切我都承认，大人，”最后我说。“两个鬼魂都是骗人的把戏；西西里人对我们讲的只不过是后台老板给他编的一个虚构故事；他们两人活动目标一致，互相达成默契，所有那些在事件发展过程中使我们瞠目结舌的种种奇异的偶然现象都可以从他们之间的这种默契中得到解释。但是，圣马可广场上的预言，那揭开全部奇迹的序幕的第一个奇迹却并没有因此而得到解释；假如我们对这个谜莫可奈何，那么揭开其余全部谜底的答案对我们又有什么价值呢？”

“您倒是应该把这个问题颠倒过来，亲爱的伯爵，”亲王就我的问题回答说。“您应该问，所有那种种奇迹能证明什么，假如我从中发现有一个奇迹是骗局？那个预言——这一点我承认——超出了我的理解能力。假如它是一个个别现象，那么亚美尼亚人像他以此开场那样，也便就此结束他的角色了——我承认，我真不知道他还会把我拖多么远。在这个卑贱的社会里，我总觉得这预言是可疑的。”

“这一点我同意，大人！但它仍旧是个不解之谜，我要求我们所有的哲学家给我作一个解释。”

“不过，它真的如此玄妙莫测吗？”亲王思索了一会儿接着说。“我还不至于为此求助于某一位哲学家；我暗自思忖着，总会找到一把现实中存在的钥匙打开这个迷宫，或者说剥掉它非同寻常的层层外衣。”

“假如您能办到这一点，那么——”我疑惑地微笑着说，“您将是我所相信的惟一一个奇迹。”

“为了向您证明我们没有多少理由乞灵于超自然的力量，”他接着说，“我想向您指出既不背逆自然而又可能解释这一事件的两种不同的途径。”

“一下子有了两把钥匙！您真让我感到新鲜。”

“您是同我一起知道关于我已故堂兄患病的详细情况的。他是因冷热病突发引起中风而死的。他死得非同寻常，坦率地说我不得不去请教几位医生，听听他们的意见，这个机会所了解到的情况引导我发现了这个魔术把戏的蛛丝马迹。死者患的病是最罕见、最可怕的疾病之一，它有一种特殊症状：在冷热病发作期间患者会沉沉入睡；通常在第二次发作时，这种不易唤醒的睡眠就使患者猝然致命。由于这种发作循着极其严格的顺序在固定的时刻重现，所以医生从判定疾病性质的时刻开始便能够推算出患者死亡的时间。所以，人们可以知道，持续三天的间歇热的第三次发病时间在发病的第五天——而从我堂兄去世的××地到威尼斯的信件恰恰也需要这么长时间。我们假定，亚美尼亚人在死者的仆从中安插了一个十分机警的通讯员，——假定他非常有兴趣从那儿得到消息并且对我也怀有某种意图，而我对奇迹的迷信，再加超自然力的假象又会帮助他逐步实现他的意图——那么您自然便会揭开那个在您看来是无法理解的预言的谜。好了，由此可见，一个第三者是可以传给我在他报告的瞬间发生在四十哩之外的死亡事件的消息的。”

“实际上，亲王，您在这儿把一些孤立地看来尽管很自然、但只有通过魔术一类的办法才能互相联系起来的事情扯到一起了。”

“怎么？看来，您并不太害怕承认奇迹，倒是没勇气正视人为的、非同寻常的东西？既然我们承认亚美尼亚人居心叵测在打我的主意，——难道我们没必要对他的人格作某种评价吗？——那么凡是能够使他走捷径达到目的的作法就不是不自然的，也不是牵强的了。为了牢牢控制住一个人，有什么比利用施弄玄机妙术者这一权威更便当呢？谁敢对抗一个连鬼魂都对之俯首听命的人呢？不过，我向您承认，我的揣测有靠不住的地方，我自己也不满意。所以我并不坚持，因为我认为不值得花费力气利用人为的、周密的假设去解释单单靠偶然因素就足以澄清的事件。”

“什么？”我插嘴说，“您认为这纯属偶然——”

“很难说不是偶然现象！”亲王接着说。“亚美尼亚人知道我堂兄处于危险之中。他在圣马可广场碰到我们。这个机会蛊惑着他冒险作一次预言，如果预言不中，也仅仅是一次失言而已，假若侥幸而言中则可能产生极其重大的影响。这一成功为实现他的企图创造了有利条件——只是在这时他才想到利用偶然之神的恩赐巧设一连串的疑阵。——不管时间会不会揭开这秘密——不过，请相信我，朋友（说着他将手放在我的手上，神情非常严肃），握有超凡力量的人不需要乞灵于骗术，他是鄙视骗术的。”

就这样结束了一次谈话，我在这儿把它完整地抄录了下来，因为它记载了亲王所要克服的重重困难，而且我希望它将洗去蒙在他记忆上的污垢，如说他盲目地、不假思索地投进了骇人听闻的魔鬼把戏给他准备的圈套。在我抄录这段文字的当儿——O. 伯爵继续写道——也许有一些发出哄然嘲笑鄙夷地看着亲王的弱点的人，他们正摆出一副妄自尊大的态度，因自己的理智从未受过折磨而沾沾自喜，自认为有理由诅咒他、鞭挞他，我担心这些人当中并非所有的人都具有像他那样的大丈夫气概，都能够像他那样经得起这第一场考验。尽管人们将会看到，在这成功的序幕以后他最终还是沉沦了下去；尽管人们将会发现，这卑劣阴谋，即他机敏的天赋曾告诫他注意的从远处向他逼来的卑劣阴谋最终还是得逞了，但是人们不应过多地嘲笑他的愚蠢，只应为这出恶作剧的强大而感到震惊，即使坚强的理智碰上它也会失败的。我的记载里没有对世俗力量的顾忌，他应为此感激我，而且，他已不复存在了。他可怕的遭遇已成过去，他的灵魂已在真理宝座前洗雪干净，当世人读到我这篇记载时，我的灵魂也早已站在那宝座前面了。不过——请原谅我的脆弱，想到我最珍爱的朋友我便不禁潸然泪下——不过，人们会看到，我曾公正地写下：他是一个高尚的人，当然他曾受人蛊惑试图用犯罪手段登上王座，但是他本人只不过是王座上的一件饰物而已。

第　二　编

在上述这些事件之后不久，O. 伯爵继续讲道，我便开始察觉到，王子的情绪发生了重要变化。以往，他总是避免对自己的信念作较为严格的检验,仅仅满足于用后来强使自己接受的富于理性的思想来净化他自幼受其熏陶的那些原始的、富于直感的宗教观念,而对自己信念的基础却并未作任何考察。他曾多次向我承认,他觉得,无论何时宗教性的事物都像一座受到魔法蛊惑的宫殿,人们心怀恐惧地举步入内,最好是怀着敬畏之心从旁走过,这样便可避开陷入其迷津的危险。尽管如此,一种相反的内心冲动仍然不可抑制地推动他去进行与此有关的探索。

这种恐惧心理的根源是宗教狂式的奴化教育;它给他稚嫩的大脑深深地印上了一幅幅恐怖画面,这是他终生都未能消除的。宗教式伤感是他们家族的遗传病;对他和他的弟兄们的教育就是为了培养这种气质的,所以对他担负教育职责的人也是从这个角度挑选出来的,因此,这些人不是狂热的宗教信徒就是伪君子。把孩子压入昏庸的精神模式,窒息孩子的活泼思想便是他们藉以博取侯爵夫妇欢心的最可靠手段。

这种黑夜一般的阴森形象陪伴着亲王度过了他的整个青年时代,甚至在游戏当中也没有丝毫欢乐。他对于宗教的所有想像,本身都带有恐怖的意味,正是这种可怕而具野性的东西最早控制了他丰富的想像力并且长时间地盘踞于其中。他心目中的神是一幅恐怖画面,是握有惩罚大权的主宰;他敬畏神明的表现就是奴仆般的颤栗或者盲从,是扼杀所有力量和勇气的盲从。他作为孩子和青年人所应有的种种欲望,那些因粗壮的躯体和生机勃勃的血肉而更加富于猛烈爆炸力的欲望都给宗教遏制住了;他那颗年轻的心所向往的一切都在宗教挞伐之列;他所认识的宗教从未举过善行,只不过是抽打他的情欲的皮鞭。于是,慢慢地在他心灵深处悄然升起一股对抗宗教的怒火,它在他的头脑和心曲同崇敬的信仰和盲目的恐怖交织在一起,形成一种无比奇怪的混合物——一种对于既让他感到厌恶亦心怀敬畏的主人的反感情绪。

因此，他一有机会就力图挣脱这沉重的枷锁也就不足为奇了；但是，对他而言这种情况就像奴隶逃脱严厉的主人那样，他即使获得自由也仍然保留着他那种奴性感情。正是由于他无法从容地弃却他青年时代的信仰，由于他没有一直等到让他趋于成熟的理性自己慢慢脱离开他的信仰，由于他只是挣脱主人的逃犯，而主人却继续对他享有占有权，所以不管他经过多么巨大的周折，却仍然身不由己地一次再次地回到主人家里。他是戴着锁链逃跑的，他也就必然成为任何一个骗子进行欺诈的对象，因为骗子很容易发现而且也善于利用他身上的锁链。对于这类骗子的存在，如果人们一时还看不出，读完下面这个故事便会清楚的。

西西里人的供词在他情绪上所留下的后果比供词本身的全部价值还要严重得多。他的理性对于这次轻微欺骗行为所取得的小小胜利显然提高了他对自己理性的信心。他似乎自己也没有预料到如此轻而易举地便成功地戳穿了这场骗局，在他头脑中，真理和谬误还没有十分清晰地区分开来，以致他往往还会碰到此一支柱同彼一支柱相混淆的情况；所以，这一打击不仅推倒了他对于奇迹的信念，而且也动摇了他整个的宗教信仰大厦。在这一点上，他很像一个涉世不深的人，一旦因自己选择不当而在友谊或者爱情中受骗，便把这种偶然的失误当成友谊和爱情的本质和特征，进而失去对这一类感情的信念。被揭穿的一场骗局甚至使他对真理也怀疑起来，因为不幸的是，他用同样糟糕的论证方法来证明真理。

他表面上似乎摆脱开了的压力越大，便越是为这次所谓胜利感到喜悦。从这时起，在他心里萌生出一种多疑病，以致他连最值得敬畏的东西也不再完全相信了。

许多情况凑在一起，促使他保持并坚定了他的这种思想情绪。现在他以前度过的那种孤独日子结束了，开始一种耽于逸乐的生活方式。他的身份被发现了。他必须酬答别人献的殷勤,他必须遵循跟他的身份相称的礼仪,于是,他不知不觉地便给卷进大千世界的涡流。他的地位和个人品格为他打开了通向威尼斯智囊阶层的大门,他很快便同共和国最明智的人物建立了联系,其中有学者也有政治家。这迫使他冲破以前束缚着他的思想的单调、狭小的牢笼。他开始觉察到他某些观念的局限性,感到要接受更高一层教育的必要。他那种旧的思想模式尽管有某些优点,但在跟社会上流行的观念对比之下,其缺陷是非常明显的;有时,他对某些人所共知的事物的无知被人当成了笑柄,而他最怕的事莫过于被人嘲弄了。对他所由出生的国度的偏见好像在要求他以个人名义予以驳斥。此外,从性格上说,他有个怪脾气:任何殷勤都使他感到不快,他认为这是对他的地位而不是对他个人价值的尊重。特别当着一些因个人的智慧而受人景慕和以个人的功勋而对自己的出身洋洋得意的人,他对这种侮慢感受更深。他作为一个亲王处在这样一种场合总是感到羞愧,因为不幸的是他自己也明白,就凭这个身份就不会有任何人敢跟他竞争了。这种种一切情况使他认识到有必要弥补自己耽误了的教育,以便赶上这些机智、有头脑的人物,他跟这些人的差距太大了。

为此,他选择了一些最时髦的读物,他以他处理所有他应办的事情所采取的那种极其严肃认真的态度潜心进行研究。但是,他选择这些读物时手气不好,该他晦气,他总是抓来一些对他的头脑和心灵都没有多大好处的书。而在这时,他最常有的内心冲动总是以不可抗拒的诱惑力把他引向所有那些无须他理解的东西。而且,他只对跟他的内心冲动合拍的东西感兴趣,也记得住。结果他的头脑依然是空虚的,心灵也并没有得到充实,而他大脑里的这些空当却装满一些混乱的观念,于是,此一本书的令人迷惘的词藻吸引住了他的想像力,另一本书的钻牛角尖式的说教却又扰乱了他的理性。这两类读物都很容易征服像他这样一种人，因为任何人的蛮横纠缠都会使他束手就擒。

有一本书他持续读了一年多的时间，这本书几乎没有给他增加任何有益的观念，相反却给他的头脑装进了种种疑惑，这在他这样一个具有锲而不舍的性格的人身上必然会产生严重后果：这些疑惑很快便铺成一条暗藏祸端的路直达他的心灵。简而言之，他作为一个具有坚定信仰的狂热宗教徒进入迷宫，当他出来时却变为怀疑论者，最后则成为一个完全摈弃了任何信仰的人。

在人们巧妙地把他拖入其中的那些小圈子当中，有一个名叫“布辛陶洛”的组织严密的社团，它表面上标榜富有理性的高尚的思想自由，实际上推行的是一种骄蹇不法的言论和伦理思想。由于它的成员中有许多供圣职的人士，甚至还有几个主教牵头，亲王就更加容易给说动心，于是，他参加了进去。他认为，理性的某些危险思想在这些人的手中比在任何别的地方更加容易得到修正，因为他们的地位使他们有义务起节制作用，而且他们还有善于听取和考察对立派别的主张的有利条件。亲王忘记了，在这儿，在处于这种地位的人物身上，恰恰是自由思想和伦理观念得以泛滥肆虐的所在，因为这儿少了一层约束，也不必畏惧往往使世俗凡人感到目眩的神圣灵光。“布辛陶洛”正是这种情况，它的绝大多数成员以他们信奉的应加以诅咒的哲学及其相应的伦理观念不仅是对他们自己的身份而且也是对人类的践踏。

这个组织有自己的秘密等级，我为亲王感到庆幸的是，人们并没有恭请他进入最内层的圣殿。每个加入社团的人必须——至少在他生活于其中的时候——抛弃他的头衔、民族、宗教派别，一句话，抛弃所有世俗的差别标志，成为完全平等的一员。实际上成员的选择是十分严格的，因为只有具有非凡头脑的人才得以入内。这个社团以其温文尔雅的礼仪和非凡的文化教养自诩，在整个威尼斯它的确有此名声。这个名声以及内部平等的假象对亲王有着不可抗拒的诱惑力。轻松愉快的交往、富有教益的谈话、仿佛以他为中心汇集在这儿的学术界和政界的名流，这种情况在很长一段时间里掩盖了这个社团的危险性质。当这个组织的思想宗旨逐渐地透过面具慢慢向他显现出来的时候，或者当他们已经感到厌倦，消除了长期对他存有的戒心的时候，这时他要想退出来也为时已晚，而且是非常危险的，虚荣心和对于个人安危的考虑迫使他隐瞒着自己内心的不悦。

不过，单单同这类人物的亲近和同他们那些思想的接触——尽管他并未受到吸引而去仿效——已经使他性格中善良纯洁的一面和对人体贴入微的高尚情感丧失殆尽。他的理智赖以存在的知识根底本来就很单薄，没有外界的帮助他是无法挣脱人们为了缠住他而精心编织的那一层层谬误之网的，这可怕的东西慢慢地、不知不觉地把一切——把支持着他的道德观念的一切几乎全都给销蚀掉了。他摈弃了他个人幸福的天然支柱，接过了那些似是而非的诡辩学说，而在关键时刻这类说教却把他置于狼狈境地并迫使他抓住人们信手向他投来的任何一种东西支撑着自己。

也许朋友的一臂之力还有可能及时把他从悬崖拉回来——但是，一方面我只是在事后，即在灾难酿成以后很久才得知“布辛陶洛”的内幕，另一方面这段时期一开始我就因紧急事务给从威尼斯召回去了。为亲王所珍视的相识米洛德·萨穆尔具有冷静的头脑，能够识破任何形式的欺骗勾当，可以万无一失地做他的可靠支柱，但是，这时他也离开我们返回他的祖国去了。我托付照料亲王的人尽管诚实、正直，但涉世太浅，而且宗教知识也很有限，他们既缺乏对这一祸害的认识，本人也不为亲王所看重。他们只能用一种未经验证的盲目信仰的绝对命令来对付他所陷入于其中的种种诡辩观念，这要么使他暴跳如雷，要么使他感到可笑；他根本不把他们的说教放在眼里,有理智的语言一下子便使这些美好事业的蹩脚辩护士哑口无言。相反,另一些得到他的信任的随从却一味纵容他,使他愈陷愈深。当我第二年回到威尼斯时,发现他已经变得判若两人。

这种新哲学的影响很快便在王子的生活中表现出来了。他在威尼斯愈是明显地走运,得到的新朋友愈多,他开始失去的老朋友便愈多。我本人是一天天地越来越不喜欢他了,我们见面的机会很少,而且也不容易找到他。万千世界的巨流把他卷走了。只要他在家便门庭若市。晚会一个又一个,庆宴接连不断,喜事纷至沓来。他成为众人追逐的绝代佳人,不论是国王还是各界名流都想博得他的垂青。以往他在自己深居简出的安谧生活中设想得那么难以应付的世事常情,现在发现竟是如此容易处理,这使他感到十分惊异。所有的人都迎合他,从他嘴里吐出来的一切都是那么恰到好处,一当他沉默不语,在座的人便觉得怅然若失。一颗随时随地都在照耀着他的福星保佑着他事无不成,给了他勇气和信心,使他成为超过他现实自我的人物。他由此而得到的人们对他个人价值的过高评价使他相信了人们对他的智慧所表示的过分的、近乎膜拜式的赞赏,实际上假如他个人不是被那种并非毫无道理、但却被夸大了的自信所迷惑,他对这种赞赏一定会表示怀疑的。但是现在,这一片颂歌加强了他踌躇满志的心灵暗自对他说的东西——他自认为这是他受之无愧的。假如给他喘口气的机会,假如给他片刻的安闲,让他把自己的固有价值跟别人举到他面前的玫瑰色的镜子里所照出的容颜对比一下,他本来可能会安然无损地逃脱那圈套的。然而,他却一直生活在醉乡里,生活在飘然梦境里。人们把他捧得越高,他便越是要尽力把自己维持在这个高度上:这种持续性的紧张状态在慢慢销蚀着他,即便在梦中他也不得安静。人们看清楚了他的弱点,也正确估计到了他们在他心中所能激起的热情。

不久,他手下正直的骑士不得不为自己的主人成为大人物而付出代价。他以往心所系之的庄重感情和令人敬畏的真理开始成为他自己嘲笑的对象;他以长时间压制着他的错乱观念对宗教的真理进行了报复,但是由于他真实的心声仍在不断地克服着他头脑里的梦幻,所以在他的风趣谈吐之中痛苦多于欢乐。他质朴的天性在变化着,经常喜怒无常。他性格中最迷人的饰物,即他的谦逊态度消失了;谄佞小人毒化了他善良的心。以往曾经完全使他的随从忘记他是他们的主人的那种温文尔雅谦恭谨慎的待人接物方式,现在经常为一种专断的命令式口吻所取代,这种口吻并非出于血统这类表面差别——对此人们是容易体谅的,他本人也并不十分计较——而是立足于他个人人格上的高贵这样一种带侮辱性的前提,所以这尤其令他手下的人感到伤心。由于他在家经常思考一些在令人眼花缭乱的交际场合不容他思考的问题,所以他手下的人看到的往往是一张阴沉、颓丧和怏怏不乐的面孔,同时他却又强作笑脸取悦于外界的人。我们怀着同情而又痛苦的心情看着他沿着这条危险的道路滑了下去,但是给卷进喧嚣涡流中的他已经听不进那微弱的友谊呼声,现在则更是飘飘然,已经听不懂这呼声了。

在这段时期之初,有一件急事使我不得不回到我所供职的宫廷,这不容我不把朋友的事往后放一放,尽管后者也是燃眉之急。有一只过后很久我才发现的看不见的手抓住某种把柄搞乱我的事情并且散布我的流言蜚语,所以我只好尽快亲自出场予以批驳。就我而言,跟亲王告别心情是非常沉重的,但他却感到很轻松。很久以来,维系着我和他的关系的纽带便松弛了。然而他的遭遇却引起我极大的同情,因此,我请求封·F.男爵答应写信给我,使我不断了解事态的发展。这一点他也做到了,而且非常尽心。从那时起我很长一段时间不再是这一事件的目击者，请允许我让封·F.男爵代我出场，用他书信的摘录补上这一段空白。虽然我的朋友 F 跟我的表述方式有所不同，我仍不愿对他的原话作任何改动，我想，读者不难从中了解真实情况的。

F.男爵致 O.伯爵的信

第一封信　（一七××年五月）

谢谢您，尊敬的朋友，您允许我在您离开以后继续同您保持您在此期间曾给我以巨大愉快的亲密交往。您知道，在这儿没有什么人我敢对之公开谈出我对某些事情的看法——我憎恨这群人，当然您尽可以对我这种看法提出异议。自从亲王成为这群人中的一员，自从您被从我们当中拉走，我身处这人口稠密的城市却感到十分孤独。Z.对此置之泰然，威尼斯的美人儿懂得怎样让他忘却他在家跟我一起忍受的侮辱。他又有什么值得耿耿于怀的呢？他在亲王身上所想看和所要求的无非是到处都可以找到的一个主人——可是我！您知道，我内心是多么深切地感到亲王的命运同我休戚相关，我这种感受是有万千种理由的呀。十六年来，我一直在他身边，一直为他而生活着。我九岁时就来侍奉他，自那以后我的命运就同他不可分割了。我在他的注视下长大成人；长时间的交往使我成了他的一部分；我同他一起经历了他所有的大大小小的冒险事件。我生活在幸福的气氛里。在这倒霉的一年以前，我一直把他看成是朋友和兄长，我生活在他的目光下面犹如沐浴在和煦的艳阳之中——从没有乌云给我的幸福投上阴影；可现在，这一切在这令人晦气的威尼斯全都变成了废墟！

您离开我们以后，这儿的一切都变了。d 亲王上星期率领一大帮随从驾临，给我们造成一阵新的喧嚷。由于他和我们亲王是近亲，现在互相关系又好，他们在他整个逗留期间将很少分开，据说这帮人要一直待到升天节[①] 呢。一开始就够热闹的了；这十天亲王忙得简直透不过气来。d 亲王一来就掀起了一个高潮，他尽可以如此，反正他很快就要离开的；糟糕的是我们亲王也受到了感染，因为他不好使自己排除在外，而且两个家族之间存在着一种特殊关系，他觉得他家族的地位在这儿如有争议他是有责任的。此外，数周之内我们也快要告别威尼斯了，因此他本来也要炫耀一番把这铺张扬厉的场面持续下去的。

据说，d 亲王是为××教团处理事务到这儿来的，他自认为在其中扮演着一个重要角色。您不难想像，他将会结交我们亲王所有的相识和友人的，特别值得一提的是，他堂而皇之地被引荐给了"布辛陶洛"，因为近来他很爱扮演具有机敏头脑和出色才智的人物，因此，他在同世界各地的通讯中只让人称自己为"哲学亲王"。我不知道你过去是否有幸见过这个人。一副英姿焕发的外表，一双炯炯有神的眼睛，脸上是艺术行家的表情，读书多、见识广，大都是后天获得的气质（请容许我用这个字眼），既有王侯的傲岸气派而又俯就于人之常情，同时对个人力量充满英雄般的自信并有一只足以说服一切人的如簧之舌。有谁面对着具有如此出类拔萃品格的陛下会不肃然起敬呢？我们沉默寡语、谨言慎行的亲王跟这样一位占有明显优势的人物并列将会怎样呢？这要看以后的结局了。

我们这个机构在这段时间有了许多重大变化。我们搬进了坐落在共和国执政官官邸对面的一幢新的豪华建筑物，因为亲王觉得莫伦饭店的房子太窄小了。扈从队伍增加了十二个人，侍童、黑

① 这儿指的是耶稣升天节，在复活节后第四十天，即五月一日到六月四日之间。

人、差役等等人数多了。您在这儿时曾抱怨太铺张了，现在的情况您才该看一看呢！

我们内部的情况依然如故——只是亲王再也不会受到您的约束，他现在也许变得更加少言寡语，对我们的态度也更加冷淡了，我们除了在帮他穿衣脱衣的时候，很难看到他一次。他藉口我们法语讲得太糟、意大利语根本不会说而把我们排除在他大多数社交场合以外，就我个人而言，我并不认为这是对我们的侮辱；但我觉得这并非真正的原因，真正的原因是：他为我们感到丢人——这让我很伤心，这太委屈我们了。

我们这些人当中（您说事无巨细您都要知道的），他现在单单只用比昂得洛。您知道，这人是在我们猎手逃跑了以后雇用的，在亲王目前过这种新式生活的时候更是须臾不可离开的了。这人对威尼斯的一切都清清楚楚，什么人他都能想法搭上关系，说他有一千只眼睛，能够挥动一千只手并不过分。他说他办事都是靠游船划手帮忙。所以他对亲王非常有用处，目前，他把他介绍给了出现在亲王聚会上的所有陌生面孔；他所作的秘密记录亲王也总认为是正确的，另外，此人讲一口流利的意大利文和法文，而且写得也很好，所以现在一跃而成为亲王的秘书。我还要讲讲他对亲王的无私和忠诚，这对处在他这种地位的人来说是非常罕见的。最近，一位从里米尼① 来的很有声望的商人拜访亲王，请求亲王听取他的面陈。谈话内容很奇怪，是控告比昂得洛。他以前的主人，当地的执政官据说是个古怪而又非常虔诚的人，他跟自己的亲属处于不可调和的敌对状态，这种情况一直持续到了他逝世之后。他惟一相信的人是比昂得洛，他总是把所有秘密全都托付给他；在他弥留之际，比昂得洛庄严保证，将珍重地保守这些秘密，绝不让他的

① 里米尼，意大利城市，在亚得里亚海滨。

亲属利用这些秘密捞到好处;为此他将得到一大笔遗产作为酬劳。当人们打开他的遗嘱、翻腾他的文件时,发现混乱不堪而且缺漏很多,只有比昂得洛能够对此作出解释。后者矢口否认他了解内情,把那大笔遗产留给了继承人,对秘密却隐而不宣。亲属方面主动许诺给他巨额酬金也无济于事;最后,为了逃脱他们的追逼他才跑到亲王这儿,因为那些人威胁要对他提出诉讼。现在,主要继承人,即这位商人来向亲王致意,如果比昂得洛愿意改变主意,他将提出比以往更高的酬金。可是亲王百般劝说也是徒劳。尽管他向亲王承认,他的确被告之以这一类秘密,也不否认,死者对他亲属的憎恨也许太过分了;“但是,”他说,“他是我的好主人和恩人,他怀着对我的诚实正直的信赖死去了。我是他留在这个世界上的惟一朋友——这更加不容许我让他这惟一的希望落空。”同时,他让人意识到,公开这些秘密不会给死者增添多少光彩。他的考虑不是既周详而又高尚吗?您不难想像,亲王是不会执意动摇他这种值得称道的信念的。他对已故主人所表现出的罕有的忠诚给他带来了现在在世的主人的无限信赖。

愿您生活顺遂,我最亲爱的朋友。我多么向往重新得到那种安谧生活呀!您初到这儿时我们还过着那种生活,而当它受到干扰时您又给我们以宽慰。我担心,我在威尼斯的美好日子一去不复返了,然而如果亲王不叫人担心,这对于我也是值得的。我看,他现在的生活环境长此下去是不会带给他幸福的,也许我十六年的经验欺骗了我。再谈。

第二封信 (五月十八日)

我没料到,我们在威尼斯的生活还会发生什么良好转机!他救了一个人的命,我跟他和解了。

最近,在一天深夜,亲王被从“布辛陶洛”抬回了家,有两个仆人陪着他,其中有比昂得洛。我不明白,他们在匆忙之中找来的轿子怎么会坏了,亲王无奈只好下轿步行。比昂得洛走在前面,回家的路经过几条偏僻的街道,当时已近拂晓,路灯暗淡,有的已经熄灭了。大约走了一刻钟的样子,比昂得洛发现他带错了路。桥的形状非常相似,这把他搞糊涂了,本来该在圣马可过河,可他们发现面前是卡斯泰洛。这是最偏僻的小巷之一,远远近近看不见人影;他们只得折回去朝一条大街走去。他们刚走了几步,在离他们不远的一条小巷里响起一声凄厉惨叫。亲王是从不带武器的,他从仆人手里夺过一根手杖勇猛地——这一点您是熟悉的——朝发出惨叫声的地方冲了过去。三个可怕的小子正准备把第四个干掉,后者和他的仆人在有气无力地抵抗着;亲王来得正是时候,阻止了那致命的一击。亲王和仆人的呐喊使凶手们惊呆了,他们没料到在这么僻静的地方会有人突然出现。他们应付了几个回合便舍下他们的对象逃跑了。受伤者半昏迷着,加之经过搏斗已精疲力竭,倒在了亲王的怀里;陪他的人对亲王说,他救的这个人是红衣主教 A 的侄子西维泰拉侯爵。他流血过多,比昂得洛又应急——真难为他了——作伤科医生。亲王关照人把他送到他叔父的官邸,这是能够安置他的离这儿最近的地方,他自己也亲自陪着。然后,他便悄悄离开了。——没有说明自己的身份。

但是,通过认识比昂得洛的一个仆人,亲王的身份给泄露出去了。接着,在第二天早晨,红衣主教就来造访,原来是"布辛陶洛"的老相识,访问持续了一个小时;当他们走出府邸时,红衣主教非常激动,眼睛里饱含热泪,连亲王也受到了感染。当天晚上,亲王去探望病人,医生做了最乐观的保证。病人身上披的大衣妨碍了对方的攻击,减弱了它的威力。自从这场事件以后,亲王没有哪一天不到红衣主教家作客或接待对方来访,于是在他和这家人之间开始联结起一条牢固的友谊纽带。

红衣主教是位令人尊敬的六十岁老人,仪表威严端庄,性格开朗,精力充沛。他被认为是全共和国最富有的主教之一。据说他从青年时代就管理着他的巨大财产,尽管懂得合理节约用度,但并不鄙夷世俗的享受。这个侄子是他惟一的继承人,但他跟他的叔父并非在任何问题上都能充分谅解。尽管老人并不敌视享乐,但侄儿的行径却使他的宽容也达到了极限。他奉行的自由信条和那种放荡不羁的生活方式——不幸的是,又得到所有足以粉饰罪孽和激起情欲的东西的支持——使他成为让父辈们害怕、让丈夫们诅咒的人。据说,这一次攻击也是因为他曾跟某国公使夫人策划密谋招惹来的;且不去说其他一些严重争斗了,那完全是靠了主教的声望和金钱才得以平息下来的。如果把这一点除外,主教可以说是全意大利最受人钦羡的人,因为他掌握了足以实现生活愿望的一切手段。这惟一的家庭痛苦使福星收回了他放射出的光华,主教由于终日担心找不到继承人而失去了享用这笔财富的兴致。

所有这些情况都是我听比昂得洛说的。亲王得到这个人真是如获至宝。他越来越变得不可或缺,我们每天总会在他身上发现某种新的才能。最近,亲王热得睡不着觉。灯已经熄了,铃声也唤不来人,内侍们都已经出去赴幽会了。亲王决定自己起来去唤一个人。他没有走出多么远,听到远处传来优美的音乐声。他着迷似地朝着传来音乐声的方向走去,发现比昂得洛正在自己房间里吹笛,周围是他的伙伴。他不敢相信自己的眼睛和耳朵,于是便命令他继续吹下去。他轻松地即兴吹出了那同一主题的令人伤感的柔板,真令人叹服,柔板里包含着一个演奏大师所能吹出的最成功的变奏和各种细腻的音色。您知道,亲王是个行家,他认为比昂得洛可以在最好的乐队里演出。

"我们必须解雇这个人,"第二天早晨亲王对我说,"我无法按照他做的事给他报酬。"偶然听到这句话的比昂得洛走了过来。

“大人，”他说，“您这样做就是剥夺了给我的最好的报酬。”

“你是成大事者，而不是当仆人，”亲王说。“我不能阻挡您去追求你的幸福。”

“请不要强加给我别的什么幸福，大人，这是我自己选择的。”

“委屈这么一个天才——不！我没有道理这么做。”

“那就请大人允许我间或当您的面练习。”

接着便为此采取了措施：比昂得洛得到最贴近主人卧室的一个房间，这样他便能够用音乐把亲王送入梦乡，又用音乐把他唤醒。亲王打算把他的薪俸加倍，可是他拒绝了，他声称：请亲王允许他把给他的这笔赏赐作为资本存在亲王这儿，也许他不久以后便会取出应急的。于是，亲王便等待着，他最终会来提出某种请求的；不管这请求是什么他都准备答应他。谨祝您平安，最亲爱的朋友。我在急切地等着从K地来的消息。

第三封信　（六月四日）

现在，西维泰拉侯爵治好了剑伤完全恢复了健康，上个星期他由他的叔父——红衣主教陪着来拜会亲王，从这天起他便像亲王的影子一样跟着他。关于这位侯爵，比昂得洛并未向我讲真话，至少是大大夸大了。这是一个外貌笑容可掬的人，在与人交往中有着不可抗拒的魅力。对他有怨气是不可能的，我第一次看见他就被折服了。请您想像一下他那一副迷人的相貌：仪表庄重、光彩照人，一张流露出过人的智慧和富有灵气的脸，和蔼可亲的表情，甜蜜悦耳的嗓音，口若悬河、极善辞令，少年的风华再加上他受过良好的教养，给予他以翩翩风度。他一点儿也没有那种鄙夷一切的傲慢态度和使我们无法容忍的其他威尼斯贵族的那副威严呆板的面孔。他身上的一切都令人感觉得到青春的欢快节奏，善良和热烈的感情。想必人们大大夸大了他的放荡生活，我从未看到过比他更加完美、更加迷人的健康形象。假如他果真像比昂得洛所说的那么糟,那么他就是一个人们无法抗拒的、迷惑人的妖精了。

他对我立即坦诚相见。他无比真挚地向我承认,他在他叔父红衣主教那儿名声并不太好,也许这是他过有应得。不过他已经认真下定决心弃旧图新,而这将完全归功于亲王。同时,他希望通过亲王同他叔父重新修好,因为主教对亲王言听计从。以前他只是缺一个朋友和导师,现在他希望在亲王身上得到这两种东西。

亲王也真的对他行使了一个导师的所有权利,以导师的机警和严厉对待他。不过,恰恰这种关系也使他在亲王那儿得到某些权利,而他又是很善于利用这些权利的。他从此不离亲王左右,亲王参加的所有聚会他全在场;他以前还年轻不能参加"布辛陶洛"——这算他幸运!不管他同亲王到哪儿,他都把他从人群里引开,他很善于用一种巧妙的方式让亲王做这做那,把他的注意力吸引到自己身上。人们说,没有谁能够驯服他,如果亲王能成此伟业,值得为他写一部圣徒传奇。不过,我非常担心,情况可能发生逆转,导师也许会就师于学生,所有迹象好像已经明显地预示着这种趋势。

d亲王已经走了,这对各方来说都是件高兴的事,对我的主人也不例外。最亲爱的O,我所预言的事都真正发生了。两个人的性格如此相反,而冲突又是如此不可避免,这种良好关系是不可能持久的。d亲王在威尼斯并没有待好久,思想界便产生了令人忧虑的"教派分裂"现象,这使我们亲王陷于失去一半以前的崇拜者的危险。不论他在哪儿露面,都发现这个对手在跟他作梗,他恰如其分地施个小花招,露出一副洋洋得意的神态,以便炫耀一下亲王让给他的任何一次小小的优势。同时,由于他会使用小家子气的小手腕,而这又是具有高尚自尊心的亲王所不齿的,所以往往也不乏这种情况,他用不多少时间就把一些头脑简单的人拉到了自己一边,于是以他为尊的一部分人便赫然占先①。当然,最理智的办法或许是根本不跟这样一种对手竞争,在早几个月说不定亲王会采取这种对策的。可现在他已给激流冲得太远了,已经不可能迅速返回岸边。这一类无关紧要的东西在他心目中获得了某种价值,当然这是环境造成的,不过,即使他真的鄙弃这类东西,他的自尊心也不容他不予理会,因为在这样一个时刻他的让步不会被看成是他的自动决定,只会被理解为他甘拜下风。不幸的是,双方都不惜用尖酸刻薄的语言对答交锋,于是使他的追随者头脑发热的那种一比高低的思想感染了他。为了固守他占有的领地,为了保住世人舆论向他指出的他那岌岌可危的地位,他自以为必须积累机会,藉以炫耀个人和维持联系,而这只有通过公侯般的铺张排场才能做到;因此,接着便是没完没了的庆宴和酒会、昂贵的赠礼、名家音乐会和高赌注的赌博。这种罕有的疯狂竞争很快便传到了双方随从和仆人们的耳朵里,您知道,他们对荣誉这种东西往往比他们的主人还要敏感,因此他不得不慷慨解囊以鼓励他手下的人的这种良好意愿。后来一系列的贫穷、匮乏全都是亲王惟一一个弱点所造成的不可避免的后果,这个弱点应该说是可以宽恕的,因为这是亲王在一个不幸时刻所犯的呀!

竞争对手我们尽管摆脱了,但他所留下的后患却不易消除。亲王的金库枯竭了;几年来他靠精明运筹所积蓄起来的钱全已付诸流水;如果不让他跌入他以往一直在小心翼翼避开的债务深渊,我们必须尽快离开威尼斯。只要新的汇款一到就确定动身日期。

所有这些浪费假如能让我的主人得到哪怕一丁点儿欢乐那也

---

① 对于F.男爵在这里和第一封信的几个地方对一位富有才智的亲王所下的苛刻断语,每个有幸对他有深一层了解的人都会跟我一样认为是太过分了,不过也会谅解这位年轻评论者的先入之见的。——O.伯爵注

就罢了！可是他从来没有像现在这样郁郁寡欢！他感到他已非昨日之他——他在寻觅自己——他不满意自己，于是便一头栽入新的逸乐的涡流以忘却旧的逸乐所造成的后果。新相识一个接着一个，他们使他愈陷愈深。我看不出还要出什么事。我们必须离开——在这儿已经没救了——我们必须离开威尼斯。

最亲爱的朋友，至今还没收到过您片语只言！我该怎样解释您这长时间的、固执的沉默呢？

第四封信　（六月十二日）

谢谢您，最亲爱的朋友，感谢您托年轻的 B 交给我的信件。您说什么我应该收到您的信？我从未收到过您的信，一行字都没有收到过。不知那些信走了多少弯路啊！亲爱的 O，今后您如果赏光写信给我，请投特里恩邮班，用我主人的地址。

最亲爱的朋友，我们终于还是被迫迈出我们以前一直侥幸避开的那一步。——汇款未到，第一次出现这种情况，而且又是在这燃眉之急的时刻；我们不得不求助于高利贷者了，因为亲王宁肯出高利也不愿把这事声张出去。这个恼人事件造成的最糟糕的后果是他推迟了我们的动身日期。

在这种情况下，我和亲王之间发生过几次争论。这件事全都是比昂得洛一手办理的，当我还一无所知的时候，那犹太人已经到了。目睹亲王给逼上这条绝路，我心情沉重，所有对于往事的回忆、对于未来的恐惧都一起浮现在我眼前，当高利贷者走出门以后，我脸上当然带点愠色，不大好看。亲王本来给前面刚发生的事弄得很光火，这时没好气地在房间里踱来踱去，债务纸卷还放在桌子上，我站在窗前百无聊赖地数着执政官官邸的窗户，很长很长一段时间哑然无声；最后他终于打破沉默。

“F！”他开始说道，“我无法容忍在我周围有人露出阴沉的脸色。”

我沉默着。

“您为什么不回答我？——我难道看不出，您在强按住心头的不满吗？我要求您讲出来。否则，您还会自以为隐瞒了什么了不起的美事呢。”

“大人，如果说我脸色阴沉，那只不过是因为我看见您不高兴。”

“我知道，”他接着说，“您看不惯我——已经很长时间了——我采取的所有步骤您都不赞成，还有——O. 伯爵写了些什么？”

“O. 伯爵根本没给我写过信。”

“为什么您要否认呢？您们俩肝胆相照——您和伯爵！这我很清楚。您对我承认好了。我不会追问您俩的秘密的。”

“O. 伯爵，”我说，“收到我三封信，连第一封信还没有答复呢。”

“我错怪了，”他继续说。“不是吗？”（说着抓起一个纸卷）——“我不该做这种事？”

“我很清楚，这是**必要的**。”

“我不该顺从这种必要性吗？”

我沉默不语。

“当然！我怀着我的希望永远不该造次越过**这个界限**并且就这样生活下去一直到变成白发苍苍的老人，正像我从幼年到成年所走过的道路那样！我正在从我以往可悲的单调生活中走出来向周围搜寻着，看是否在别的某个地方有个享乐的泉源为我敞开着，因为我——”

“大人，假如这是一个尝试，我就没有什么可说的了——它给您提供的这些经验即使要求付出三倍于此的代价也不算昂贵。使我难过的是——这我承认——关于您应该怎样幸福这样一个纯属您个人的问题,要让世人舆论作出决断。”

“对您而言,当然您可以藐视它,藐视这世人舆论!然而我是舆论的产物,也命定是它的奴仆。除了舆论我们还能是什么呢?我们这些王侯身上的一切都是舆论。舆论是我们童年时代的保姆和教师,是我们成年时代的立法者和情侣,是我们老年时代的拐杖。一旦您夺去我们身上从舆论所得到的东西,那么其他阶级出身的最蹩脚的人也会胜过我们,因为他们的命运帮助他们相信乐天知命的哲学。一个王侯嘲笑舆论便意味着否定自身,正像一个教士不承认神的存在一样。”

“不过,亲王——”

“我知道您想说什么。我可以跨出我的出身给我们划的圈子——然而我能够从我头脑里强行消除所有的荒唐观念吗?它们全是教育和早期的习惯培植起来的,又经你们中间千千万万个头脑简单的人不断加固的呀。每个人都愿意完全做一个他实际上之所是的人,而我们这些人的生活就是炫耀于外的幸福。因为我们不能按你们的方式存在,难道我们就应该为此而放弃存在吗?既然不容我们直接从天然纯洁的欢乐之泉汲取欢乐,难道也不让我们以人造甘霖聊以自慰吗?难道不允许我们从剥夺我们幸福者的手里接受一点菲薄的补偿吗?”

“从前您是在您心里得到这种补偿的。”

“假如现在我在内心里找不到它呢?唔——我们怎么谈到这上面去了?为什么您一定要在我心里唤起对这些往事的回忆呢?——现在我逃到这喧嚷的声色犬马生活之中,恰恰是为了抑制我生活中的不幸所发出的心声,恰恰是为了让这苦苦思索的理性安静下来,它一直像一把锋利的镰刀那样反复切割我的大脑,每一次新的思考都仿佛从我的幸福之树上砍下一根枝条呀。我这么做有何不可?”

“我的好亲王!”——他站起来,非常激动地在房间里走来走去。

“假如我前面和后面的一切都沉沦下去——单调可悲的过去像化石王国一样,横陈在我的后面,未来在我前面呈现的是一幅荒漠画面,——当我看到我整个生存的圈子给闭锁在眼前这狭小空间时,谁还会责怪我把时间送给我的这份薄礼——这生存的瞬间——像拥抱一个朋友那样急不可待地、贪婪地拉进我怀里呢?……”

“大人,您一直是相信更加永恒的财富的。”

“唔,您尽可以让海市蜃楼式的幻象在我眼前晃动,我愿意伸出我灼热的双臂去拥抱它。让那些明天像我一样消失的人物获得幸福又能够带给我什么快乐呢?我周围的一切不全是过眼烟云吗?所有的人都在互相推推搡搡,把他旁边的人挤开急急忙忙从生存之泉啜上一口,然后依依不舍地离去。现在,正当我有幸享受着我精力充沛的盛年的时候,就已经露出未来生活霉变的苗头了。如果您向我指出有什么东西是永恒的,我也愿意做个道德高尚的人。”

“是什么东西把曾经被您视为生活的乐趣和被您奉为生活准绳的仁慈感情驱散了呢?那可是为未来播种育苗,为高尚的永恒秩序效力的呀——”

“未来!永恒秩序!除了一个人取之于他心胸的东西,除了他强加于他的想像的作为目的神祇以及作为法则的自然以外,留给我们的究竟还有些什么呢?先我而行者和后我而来者在我眼里只是面不可穿越的黑色帷幕,它悬垂在人生的两端,没有哪个活着的人把它拉开过。人们世世代代手持火把站在帷幕之前猜测着,隐藏在那后面的究竟是什么东西。许多人看见自己的影子,看见自己感情的形体给放大投射到未来的帷幕上,它在上面活动着,于是他们在自己的图像前面给吓呆了。诗人、哲学家和政治家把自己的梦幻描绘到帷幕上，色调或明快或阴暗，就像他们头顶上的天空时晴时阴一样，那画面从远方迷惑着人们。甚至有些骗子也利用一般人的好奇心，用奇异的伪装惊醒人们，使他们产生种种动人的幻想。而在这帷幕后面却是一片沉寂，一个人一旦到了幕后便如石沉大海毫无反响；人们听到的只是自己问话的回声，好像人们向墓穴呼唤时发出的回声那样低沉、浑浊。所有的人都必定退入幕后，他们用颤抖的手抓住帷幕，不知道，谁站在后面接待他们；quid sit id，quod tantum perituri vident[①]。当然，其中也有不信神者，他们认为，那帷幕是作弄人的，人们什么也看不见，因为后面本来空无一物；但是，为了让这些不信神者认识自己的错误，人们便急忙把他们送到幕后。”

“如果仅仅是因为他们没看见什么东西而没有其他更充分的理由，那这倒不失为一个果断的措施。”

“您看，亲爱的朋友，我很知足，我根本不愿意看那幕后——最明智的也许是消除我的种种好奇心理。我为自己划了一个不可逾越的圈子，把我的整个生活限制在眼前的范围内，因此这块小地盘对我来说将变得越来越重要，而过去由于虚荣的占有思想我几乎已经任其冷落了。您称之为我的存在的目的的那些东西现在已经跟我无关了，我无法摆脱开它，也不可能遵循它，但我知道并且坚信，我必须实现、也正在实现这样一种目的。我像一个把密封信件送到规定地点的驿差，信里的内容对他全无所谓，他只是以此取得报酬而已。”

“唔，您让我多么伤心呀！”

---

① 拉丁文，意为“只有正在走向灭亡的人才看得见那是什么东西。”语出古罗马史学家塔西陀（约55—约120）的《日耳曼尼亚志》一书。

“我们糊里糊涂地扯到哪儿去了呢？”这时亲王大声叫起来，同时面带微笑看了一眼放着纸卷的桌子。“当然，离题也不是太远！”他补充说——“现在，您也许会认为这种新的生活方式对我而言是适得其所。我也不是那么快就能够摆脱那幻想中的财富的诱惑的，也不是那么快就能够使我道德和幸福的支柱脱离开那甜蜜的梦境的，因为以前在我心灵中存在过的一切是跟这甜蜜的梦牢牢地交织在一起的。我曾向往那种忘怀得失的境界，因为它会使我周围大多数人的生活得以敷衍下去。我曾对一切诱惑我离开自我的东西张开欢迎的双臂。要我向您承认吗？我曾希望沉沦，想用这沉沦的重力砸烂我痛苦的源泉。”

这时来访的客人中断了我们的谈话。下一次我将讲一件新鲜事给您解闷儿，这是您听了像今天这样一次谈话以后很难料到的。再谈。

第五封信　（七月一日）

我们告别威尼斯的日期越来越逼近了，这一个星期便用来追补参观绘画和建筑等所有名胜古迹，这是长时间待在一个地方时总是容易被忽略的。人们怀着十分推崇的心情向我们谈到保罗·维洛尼斯的《伽南的婚礼》①，这幅画现藏于圣乔治岛上的一家本笃会修道院里。您不要期待我向您描绘这一非凡的艺术品，总的说它虽然引起我的惊叹，但我并没有细细欣赏。要一一细看三十英尺宽的画面上的一百二十个人物形象和总体构图就得花上好几个小时，几分钟是不够的。人的眼睛怎能览尽这么复杂的整幅画面，怎能仅凭一个印象就领会出艺术家倾注于其中的全部的美！一件具有如此内涵的作品理应陈列于公众场所让每个人都能欣

① 维洛尼斯(1528—1588)，意大利画家。《伽南的婚礼》是他的名作。

赏，但可惜的是，它命乖运蹇被挂在食堂里给一些进餐的僧人增加点乐趣。这家修道院的教堂也很值得一看，它是本城最美的教堂之一。

傍晚，我们乘渡船去居得卡，准备在它迷人的花园里过一个开心的夜晚。同行的人不是很多，大家很快都散开了，我给西维泰拉领到了一个林木葱茏的所在，他整整一天都在瞅机会找我谈话。

"您是亲王的朋友，"他首先说，"据我从可靠的人那儿了解，他对您是不隐瞒任何秘密的。今天我去他下榻的饭店时，从里面走出一个人，我知道此人的职业——当我朝亲王走去时，发现他眉头紧蹙、满脸愁云。"——我想打断他的话——"您无法否认这一点，"他接着讲了下去，"我认识我碰到的那个人，我看得很真切——难道这可能吗？亲王在威尼斯有朋友，有对他理应以身家相许的朋友，莫非他竟至于在紧迫的情况下利用这一类人吗？男爵，请坦率地告诉我！是不是亲王手头拮据？您无须掩饰，那是徒劳的。我从您这儿得不到的，一定能从我碰到的那个人那儿弄到，从他那儿可以买到任何秘密。"

"侯爵大人——"

"请原谅。为了不至成为忘恩负义的人，我只好失礼了。亲王对我有救命之恩，而且他远远不止救了我一命，他教会我如何有意义地使用我这条性命。难道让我眼看着亲王采取使他付出代价、有失他的尊严的步骤？本来我有能力使他省却这一步骤的，难道让我袖手旁观？"

"亲王手头并不拮据，"我说。"我们在等着经特里恩汇来的几张汇票，可是它出人意料地迟迟未到。无疑这是偶然的——或者因为他们不知道亲王确切的动身日期在等他进一步的指示。是有这回事，在这以前——"

他摇了摇头。"您不要弄错我的本意，"他说。"这并不是说以此来减少一点我对亲王欠下的感激之情,根本不是这个意思——即使我叔父的财产全都用上也是不够的。我是说,在他这惟一一次拮据时刻让他免去一次麻烦。我叔父拥有巨量财产,我可以像支配自己的财产那样使用它。一次使我感到幸运的偶然事件送给了我这一次难得的机会,使我能够在我力所能及的范围内做一点对亲王有益的事。我知道,"他接着说,"这给亲王添了一件心事——不过这是双方的事。满足我这点小小的要求,哪怕只是象征性的,这对亲王来说也算是做了一件宽容大度的好事——至少可以使我稍微减轻一点压在我心头上的感激之情的重负。"

他毫不退让,直到我最后答应他我将为此尽力效命;不过,我了解亲王,因此,我并不抱多大希望。他愿意接受亲王提出的全部条件,尽管他承认,假如亲王拿他当外人对待将使他非常伤心。

我们在热烈交谈时已远远离开了其余的人,正当我们往回走的时候,Z迎面而来。

"我正到您两位这儿找亲王——,他没来过这儿?"

"我们正要到他那儿去呢。我们估计他会跟其余的人在一起的——"

"大家都在一起,可是到处看不见他。我根本没注意,他是怎样走出我们的视野的。"

这时,西维泰拉想起来了,大概他一时兴头来了去看看临近的那座教堂,因为在这之前不久他曾向他介绍过那个地方。我们立即上路到那儿去找他。在远处我们就发现了守候在教堂门口的比昂得洛。当我们走近时,亲王有点匆忙地从侧门走出来了;他的脸色红红的,眼睛在搜寻比昂得洛,他把他喊了过去。他似乎在吩咐他办什么急事,同时眼睛又一直盯着敞开着的门。比昂得洛急忙离开他走进教堂——亲王从我们身边走过却没发现我们,然后穿过人群赶回大家碰头的地方,他还先于我们到达呢。

大家决定在这个花园的一个凉亭内用餐，侯爵没告知我们就安排了一场小型音乐会，节目全是精选的。特别其中一位年轻女歌手的表演十分动人，把我们全都吸引住了，她不仅嗓音甜美悦耳而且容貌也富有魅力。这一切似乎对亲王毫无影响，他说话很少，答话心不在焉，一双眼睛老是不安地盯着比昂得洛到来时必然经过的地方；他内心好像在卷起感情的波澜。西维泰拉问他是否喜欢那教堂，他却不知所答。大家谈到几幅令人注目的优美油画，他说他没看见任何油画。我们察觉到我们的问题使他感到厌烦，于是便都默不作声了。一个小时接一个小时地过去了，可比昂得洛还是没露面。亲王的烦躁达到了极点，他提前离席独自一人沿着一条僻静的人行道大步走来走去。谁也不知道，他出了什么事。我没有胆量问他为什么会有这种奇怪的变化；很久以来我不敢贸然对他表示以往的那种亲密感了。我更加急切地期待着比昂得洛返回，他将会给我解开这个谜的。

他回来时已经十点多了。他带回的消息并没有能够使亲王比刚才说话多些。他快快不乐地走到我们这边来，游船已经订好，过了一会儿我们便乘船回寓所了。

整个晚上我都没能找到机会跟比昂得洛谈话；我只好怀着未得满足的好奇心躺下睡了。亲王提前打发我们离开，可是脑海里浮想联翩，我没有一点睡意。我听到他在我卧室顶上长时间地走来走去；后来我就睡着了。午夜以后很久，一个声音唤醒了我，一只手摸了一下我的脸；我举目一看原来是亲王，他手里拿着一支蜡烛站在我的床前。他睡不着，他说，请我帮他熬过这个夜晚。我想披上衣服——他制止住了我并坐到我的床前。

“今天我出了点事，”他首先说，“它的影响将永远不会从我心头消失。您知道，我离开您进了××教堂，西维泰拉曾对我介绍过这个教堂，我感到好奇，还在远处它就把我的目光吸引了过去。因为您和他都不在我身边,我便单独走了,我让比昂得洛在门口等我。教堂里空空的——离开令人气闷的、耀眼的日光走进这昏暗的所在,觉得凉爽而又阴森恐怖。我看到只有我一个人孤独地在这庄严肃穆、一片死寂的广阔的拱顶之下。于是,我便走到教堂中央,尽情地享受这一印象带给我的快意。慢慢地,这巨大宏伟的建筑里的景物越来越清楚,我深深地沉醉于认真而又感到恬适的观赏之中。晚钟在我头顶上响了,钟声徐缓地消失在这穹隆之中,沉没在我的心灵里。圣坛上的几件圣器引起了我的注意,我走过去细细端详,不知不觉之中我已走到教堂这一侧的尽头。从这儿绕过一根柱子走上几级楼梯便是一个小礼拜堂,里面摆着许多小圣坛,一个个圣徒雕像立在神龛里。当我走到小礼拜堂右侧时,听到在我近旁传来一声轻柔的低语,像是有人悄悄讲话——我转身对着出声的地方,啊——离我两步远的地方有一个女人的身影映入我的眼帘——不,我无法描绘她,那女人身影!我的第一个感觉是惊恐,但它很快便消失了,我凝眸呆望着,心里感到一种甜蜜的满足。"

"这个身影,大人——您认定它是活生生、真实的人,不是一幅画,也不是您的幻想?"

"您听我讲下去——这是一个女性,——不!在这瞬间以前,我从未看到过这样的女性!——当时,周围都影影绰绰,正在西沉的太阳穿过惟一一扇窗户射进小礼拜堂,阳光全都落在这个身影上了。她风仪秀整地半跪半俯在一个圣坛前,她那令人赏心悦目的最秀雅、最完美的轮廓是绝世无匹的,那是自然界最柔和的线条。黑色长裙紧紧裹着她挺秀的身躯和柔美的双臂,下面形成宽宽的褶纹,像西班牙式长袍一样在她四周铺展开来;金色的长发松松地梳成两条粗粗的辫子,沉甸甸地铺散着从披纱下面露出来,蓬乱然而富有魅力地披在背后;在耶稣受难像旁边,一只手微微低垂着放在另一只手上。我怎能用语言向您描绘她那一副天香国色似的容貌呢？天使的灵魂在他秀美的脸上像高居于自己的王位上一样展现了它全部的魅力。夕阳在她脸上弄影，金色的光芒仿佛给它勾勒了一圈尘世的灵光。您还记得我们看过的佛罗伦萨圣母像吗？——她就是，她跟那像完全一样，包括画上的那些最动人、最令人倾倒的细部。"

关于亲王在这儿提到的圣母像的事是这样的：您离开以后不久，他在这儿结识了一个佛罗伦萨画家，此人应聘来到威尼斯为一个教堂——我记不清是哪个教堂了——画圣坛供像。他同时带来他为科尔纳皇宫画廊作的另外三幅画：一幅是圣母，一幅是赫尔姬[①]、一幅是几乎全裸体的维纳斯——所有三幅画都非常精美，都同样贵重，要从中确定哪一幅画最好几乎是不可能的。只有亲王没有刹那间的犹豫，人们几乎还没有把三幅画在他面前摆好，圣母像就把他的全部注意吸引了过去；他惊叹艺术家在另两幅画中表现出来的天才，但一看到这幅画，他就忘记了艺术家和他的绘画技巧，完全沉醉到对他的作品的观赏中去了。这画对他产生了非常奇妙的感染力，他简直不忍离开了。人们从画家的神情看得出，他心里也支持亲王的评价，但他固执地要求，三幅画必须一起出售，总共索价一千五百枚金币。亲王愿出此数的一半专买这一幅画——可画家坚持他提出的条件，如果当时不是来了一位坚定的买主，不知会有什么结局。过了两个小时，所有三幅画都脱手了；我们再也没有看到过它。现在，这幅画又勾起了亲王的回忆。

"我站在那儿，"亲王接着说，"完全痴迷地注视着她。她没有发现我，丝毫没有因为我闯进来而受到影响，她完全潜心于祈祷了。她对求助的神灵默祷着，而我对她默祷着——不错，我是在向

① 赫尔姬，法国哲学家阿伯拉尔(1079—1142)的情妇。

她祈祷。刚才所有那些圣徒的画像、那圣坛、那点燃着的蜡烛都没有使我意识到它们的存在；现在，我第一次感觉到我好像置身于一座圣殿之中。要我向您老实承认吗？在那一瞬间，我坚定不移地相信她柔美的手拿着的那个东西、那耶稣受难像的灵验。我从她的眼睛中看见了神的回答，应该感谢她动人的祈祷啊！她使神灵出现在我的眼前——我将跟着她升到他的天空遨游。

“她站起来了，这时我方才回过神来。我感到茫然，小心地退缩到一边；我作出的声响把我自己暴露给了她。突然发现一个男子在近旁，这必定使她大吃一惊，我的冒失行动可能玷污了她的感情；但从她看我的眼神里却既没有流露出吃惊，也没有显出受辱的样子。里面蕴藏着安详，无法形容的安详，两颊显现出一缕善良的微笑。她从她神游的天空下来了——我是有幸躬身领受她的恩施的第一个生灵。她还荡漾在她祈祷之梯的最后一级上，她的双脚还没有触到大地。

“教堂的另一个角落里这时也有了动静。那是一个上了岁数的女人，她从紧靠我的后面一张椅子上站起来，我却一直没有发现她。她离我只有几步远，看得到我所有的举动，这真使我感到难为情——我两眼看着地面，听着她们从我身边走过去。

“我看着她们穿过长长的通道。那美丽的身影直立起来了——多么妩媚、多么雍容大方呀！步态多么娴雅呀！这不再是刚才看到的那副样子——别具一番风韵——一个崭新的形象。她们缓缓地走了，我从远处跟着，小心翼翼地徘徊着，我是冒险赶上去还是就此止步？她还会再看我一眼吗？当她从我身边走过而我又不能举目望她时她看过我吗？——唔，这疑虑多么折磨人呀！

“她们停了下来，而我——我的脚也抬不起来了。那上了岁数的女人，她母亲或是别的什么长辈，发现她秀发蓬乱，把阳伞交给她拿着便忙着为她梳理起来。啊，我多么希望她的头发蓬乱，希望她的双手笨拙呀!

“梳理完毕,她们向门口走去。我加快步伐——那身影的一半正在消失,接着是另一半——只看得见她向后飘拂的裙裾的阴影了——她走了——不,她又回来了。一束花落了,她弯腰拾起来,回过头来张望了一下——看我吗?不然,她的眼睛在这枯寂的四堵墙内找什么呢?莫非她觉得我不再是陌生人了吗?——她像失落她的花束那样把我也丢下了,——亲爱的F,我真感到羞惭,告诉您我对那眼神的解释是多么幼稚,那——说不定根本不是对着我的!”

我想我能够让亲王安心,那目光是对着他的。

“怪事!”亲王沉吟良久继续说道,“莫非个人对某种从不熟悉、从不思念的东西转瞬间就会把它视之为个人生命之所系吗?一个瞬间会把人分成截然不同的两种气质吗?自从我瞥见它,自从那身影印入我的脑际,我再也无法恢复昨天早晨的愿望和欢乐,正如我不可能再回到我童年时代的嬉戏中去一样——活在我心中的强烈感情就是:除它之外你再也不可能爱别的什么东西,在这个世界上再也不会有别的什么东西影响你了。”

“您仔细想想,大人,在您突然瞥见那身影之前,您是处在一种多么令人容易感受刺激的情绪当中呀,又有多少能够唤起您想像力的东西汇集到了一起呀!您从耀眼的光天化日之下,从喧嚣的市尘突然置身于那昏暗和沉寂的所在——您完全沉浸在——这您自己也承认——那庄严肃穆的环境在您心中所唤起的种种感受中了,——而且由于您正在欣赏美丽的艺术品,所以您对美的事物更加容易接受,同时——如您所说——您又是独自一个人——在这种情况下,又没有发现第三者在场,就在近旁您突然瞥见一个少女形象,一个绝代佳人,加之——我也很乐于同意您的说法——光照适宜,位置得当,一副凝神祈祷的表情,这些更增添了她的魅力——您幻想的火花由此组合出一幅理想的、超越凡尘的完美形象，这岂不是再自然不过的事了么？”

“幻想能够产生它从未接受过的东西吗？在我的全部描述中，没有什么东西是我能够组合得出来的，那形象没有丝毫变化，完全跟我看到它的瞬间一样留在了我的记忆里；现在，对我而言，除了她那形象别的什么都不存在——当然，您尽可以用一个世界来替代它！”

“亲王，这是爱情。”

“难道一定得有一个名称来说明我的幸福吗？什么爱情！——请您不要用千万庸人滥用过的字眼儿来玷污我的情感！别人感觉到过我现在所感觉到的东西吗？这样一种东西还从未有过——名称怎么能早于情感存在呢？这是一种新的、独一无二的情感，它是随着新的、独一无二的客体的存在而以新的面貌产生的，而且只有为它才有可能产生！什么爱情！我是绝不会动这种情念的！”

“您派比昂得洛出去——无疑是为了跟踪那陌生姑娘，探听她的信息了？他给您带回了什么消息呀？”

“比昂得洛一无所获——可以说一点消息都没有带回来。他在教堂门口找到了她。一位上了年纪、衣饰整洁的男人来了，看来他不是仆人而更像一个本地人，他陪着她们上了游船。一些穷人在她走过时排成一行行，然后带着满意的表情离开了。在这个时候，比昂得洛说，现出了一只带着几颗闪闪发光的贵重钻石的手。她跟女伴说了几句话，比昂得洛没有听懂；他认为她讲的是希腊语。由于她们到运河岸边要走相当长一段路，因此有些人开始聚拢了来，她那非凡的相貌使所有过路人不由伫立凝视。没有人认识她，但美是天生的女王，所有的人都崇敬地为她让路。她披上一条黑色的面纱，遮住了面颜，盖住了长裙的上半身，急急忙忙走上游船。比昂得洛沿着居得卡整条运河追踪着那只船,可没有能够继续跟下去,拥挤的人群挡住了他。”

“不过,他总记得那船夫呀?至少可以找到他吧?”

“他倒是敢去找那船夫的;不过,他跟此人从没有交往。他询问那些穷人,他们只是说,那小姐几个星期以来每星期六都来这儿,每次都给他们一个金块让他们均分。那是一枚荷兰金币,他兑换来带回交给了我。”

“一个希腊女人,有地位,至少看来很有钱,而且乐善好施。这就够了,大人——不仅够了,而且还绰绰有余!不过,一个希腊女人竟然进天主教堂!”

“为什么不可以呢?她可能脱离了她的信仰。虽说如此——总还是有点神秘莫测。——为什么每星期只来一次?为什么只在星期六进这个教堂?比昂得洛告诉过我,星期六这个教堂一般是没有人来的呀。至迟下星期六这些问题必须弄清楚。可是要等到那时呀,亲爱的朋友,帮我跳过这段时间吧!不过,也是徒然!日月和时辰是迈着从容不迫的步子的,但我的要求却长着翅膀。”

“那一天来到的时候,又怎么样,大人?到那时候怎么办呢?”

“怎么办?——我要见她,我要打听她的住处。我要知道她是什么人。——她是什么人?这对我有什么要紧?既然我所看见的东西使我感到幸福,我也就知道什么能够使我幸福了!”

“我们定在下月初离开威尼斯的呀?”

“我能够事先知道威尼斯为我藏着这么一件宝贝吗?您问的是昨日之我,我告诉您,我是并且愿意是今日之新我。”

现在我认为我找到了机会替侯爵讲话了。我请亲王能够明白,以他拮据的经济状况延长在威尼斯的逗留时间,从根本上说,这是不可能的,而且他在威尼斯的逗留时间一旦超过规定日期,也很难指望得到他宫廷的支持。这时我才知道他以前一直对我保密的一件事:他暗地里从他执政的姐姐××那儿领取一大笔资助,这是他其他弟兄所得不到的,这位姐姐还表示假如他的宫廷不管他,她愿意将这笔资助加一倍。您也知道,这位姐姐是一位虔诚而狂热的教徒,她认为,她把从开支有限的宫廷财政中所节省下的大笔积蓄用在这个弟弟身上是再好不过的了,她知道他聪明而又心地善良,她非常敬重他。虽然我早就知道,他们两人之间关系十分亲密,书信往来频繁;但是由于亲王以前动用人所共知的财源已经足够支出的了,所以我从没想到这个秘而不宣的小金库。显然,亲王有些支出以前是对我保密的,而且现在依然守口如瓶;假如容许我从他的全部性格推断,那些支出也不过是用来给他争面子的。我可以设想我对他已经彻底了解了吗?——在这个发现以后,我觉得更没有理由踌躇了,便马上把侯爵的表示告诉了他——使我大为惊诧的是他非常痛快地接受了侯爵的动议。他授我以全权以我认为的最好的方法跟侯爵把事情敲定,然后立即同高利贷者结算清楚。同时应立刻写信告诉她的姐姐。

我们分手时已是清晨。尽管这个事件令人感到不快,其原因不止而且决然不止一个,但是最叫人不高兴的是它将要延长我们在威尼斯的逗留时间。对于他刚刚升起来的激情我充满期待,我认为这是好的兆头,它也许是使亲王摆脱他那些形而上学式的梦幻回到正常的人世间的最强有力的手段:它将带来并消除一场危机,但这是——我希望——寻常的危机,它像一场人为的疾病那样,也将同时消除旧有的危机。

再谈,亲爱的朋友。这一切都是我在事过之后立刻给您写下来的。邮车马上要离开了;您将在同一天跟上一封信一起收到这一封信。

第六封信 （七月二十日）

这个西维泰拉是世界上办事最干练的人。亲王刚一离开我，侯爵的一张便条就到了，便条中建议立即办理所谈的事。我马上送去以亲王的名义写的一张六千金币的借据；不到半个小时，借据附着双倍于应借金额的期票和现金给送了回来。最后，亲王也同意了这个数额；为期六个星期的借款期限也被对方接受了。

整整一个星期都在打听那神秘莫测的希腊女人。比昂得洛调动他所有能用上的力量，但至今依然一无所获。那船夫虽然找到了，但从他口中并没有了解到多少情况，他只是把两位女士送到缪拉诺岛①，她们从那儿登上了正等候他们的两顶轿子。他认为她是英国人，因为她们说的是外语，付给的是金币。他不认识她们的陪伴，只恍惚记得他似乎是缪拉诺一家制镜厂的厂主。现在我们至少知道，我们在居得卡是找不到她的，一切迹象表明她家住缪拉诺岛；但不幸的是，亲王对她所作的描绘简直无法让一个第三者认出她来。恰恰他似乎要把她吞下去的充满激情的高度注意力妨碍着他去看她；他对于别人仔细注意到了的一切是全然看不见的；根据他的描绘，人们应设法到阿里奥斯特② 或者塔索③ 的作品中而不该在一个威尼斯岛上去寻找她。此外，这种寻访工作必须十分谨慎地进行，以免招人眼目，引起意外。因为比昂得洛是除了亲王以外惟一一个——至少是透过面纱——看见过她、因此也有可能认出她来的人，所以他同时到各处，到所有她可能去的地方寻找；这个可怜的人整整一个星期的生活就是不停地在威尼斯大街小巷

① 缪拉诺岛，在威尼斯北部，十八世纪时威尼斯贵族避暑地。

② 阿里奥斯特(1474—1533)，意大利诗人。

③ 塔索(1544—1595)，意大利诗人。

里奔跑。对希腊教堂的探寻尤其省却不了,然而所有努力都没有结果;亲王的烦躁情绪随着每次希望的落空而加剧,最后也只好期待着下一个星期六了。

他坐立不安,心神不定,没有什么东西能够使他得到排遣,也没有什么东西能够把他稳得住。他的整个身心都处在狂热的激动状态,他避开一切交际场合,在孤寂之中心绪更加恶劣。在这个星期恰恰来访者比以往任何时候都多。他即将离开的消息已经宣布了,所有的人都蜂拥而来。人们必须应酬这些人,免得他们注意到亲王的神色,产生猜疑;我们还不得不关心他,使他的精神得到排遣。在这种窘迫的情况下,西维泰拉心血来潮想到了赌博,而且要下高赌注大赌,这样至少可以把大部分人吓跑。同时他希望,暂时唤起亲王对于赌博的兴趣,以便很快压下他那狂热的罗曼蒂克激情;至于这种兴趣,人们随时都有办法把它打消的。"赌牌,"西维泰拉说,"使我避免了我准备干的一些蠢事,也挽回过我已经干过的一些蠢事。一双美丽的眼睛使我失去的宁静、理智,我经常在法老台[1]上重又得到,女人们只有在我缺钱赌博的时候才最有力量控制我。"

姑且不去评价西维泰拉的话有多少道理——我们想出来的办法很快就变得比它应消除的弊端更加危险。开始时,亲王只是因为敢于冒险一时被赌博吸引住了,但很快就陷了进去,毫无节制了,他失去了克制。他做任何事情都有一股狂劲儿;他从事的一切都是以目前在他的情绪里占主导地位的那种爆发式的剧烈形式进行的。您熟悉他那种对金钱的淡然态度;现在这种淡然态度已经完全变成了麻木不仁。一枚枚金币在他手里就像水珠儿那样给撒了出去。他几乎不停地输,因为他完完全全是心不在焉地赌。他

① 即赌台,因十八世纪流行的纸牌上画有法老图案而得名。

输的数字十分惊人，因为他像一个绝望的赌徒那样不顾一切。——最亲爱的O，我心惊胆战地记下这个数字——四天之内输去的钱超过了一万二千枚金币。

请不要责怪我，我也经常自责。但我阻止得了吗？亲王听我的话吗？我除了劝诫还能做什么呢？我做了我力所能及的一切。我没有发现自己有什么过错。

西维泰拉输得也很可观；我赢了约六百金币。亲王这种空前的失败引起人们的注目；现在他更加离不开赌台了。西维泰拉——人们看到他的乐趣似乎在于牢牢拴住亲王——立即又借给他同样数目的一笔钱。裂口给堵上了，但亲王已经欠侯爵二万四千金币。唔，我多么惋惜那虔诚的姐姐节省下来的钱呀！——所有的王侯们都是如此吗，最亲爱的朋友？亲王没有丝毫变化，他依然十分敬重侯爵，而后者——至少对自己担任的角色演得很出色。

西维泰拉想方设法安抚我说，这种过分的做法正是使亲王恢复理性的最有力的手段。不会缺钱的，他本人对此造成的缺口根本无所谓并且准备随时向亲王提供三倍于此数的借款。主教也向我保证，他侄儿用心正直，他乐于为他作担保。

最可悲的是，如此巨大的牺牲并没有达到它应有的效果。应该说，亲王至少是属意于赌博了吧。事实上并非如此。他的思想跑得老远老远，我们本想要抑制住的他那强烈的激情仿佛从他在赌场的晦气结果中得到了更大的支持。每当进行决定性的一局，所有的人都紧张地挤在赌台周围的时候，他的目光却在搜寻比昂得洛，希望从他脸上窥探出他可能带来的新消息。比昂得洛总是没带什么新情况——这一局也总是输掉。

有些钱流到了一些困难的人手里。有几位先生——据一些心怀恶意的世人背后议论说——原来是从市场买份可怜的午餐放在帽子里拿回家去吃的，到我们家来时像乞丐，离开时却变成阔佬了。西维泰拉指着那些人让我看。“您看，”他说，“一个聪明人突然想到要发下疯，这给多少穷鬼带来好处呀！我高兴这么干。这是王侯们的气度！一个大人物即使在糊涂的情况下也一定会让一些人交好运，就像泛滥的河流会使临近的田地变成沃土一样。”

西维泰拉的想法倒也正直、高尚——不过亲王已经欠下他二万四千金币了！

令人急切期待着的星期六终于到了，我的主人执意中午一过就赶到××教堂。他在第一次看到那陌生女人的礼拜堂里就位，只是并没有马上看见她。比昂得洛受命守候在教堂门口，结识那位女士的陪伴。我的责任是——如其他办法全告失败——佯装不致令人生疑的过路人在那陌生女子返回时跟她乘同一只游船跟踪她。在船夫所说的她上次下船的地方，租了两顶轿子；另外，亲王还命令侍从Z乘船尾随。亲王本人要全神贯注地一睹其美貌，如能得手就在教堂试试他的运气。西维泰拉完全置身局外，因为他在威尼斯女人群中名声很臭，他的干预会使那女士起疑心。您看，亲爱的伯爵，假如那美丽的陌生女子从我身边逃脱，可并不是由于我们准备失当呀。

大概在任何一个教堂里从来没有像在这儿那样人们抱着如此热烈的期待，也从来没有像在这儿那样人们经受如此残酷的失望。亲王一直坚持到日落之后，接近小教堂的每一声响、教堂大门每一次转动都使他产生希望——就这样待了整整七个小时，可是那希腊女人却未曾露面。我不对您讲他的心境了。您明白，希望落空意味着什么——一个他七天七夜生命之所系的希望落空意味着什么呀！

第七封信　（七月）

亲王所向往的那神秘、陌生的姑娘使西维泰拉侯爵想起他们不久以前曾碰到过的一件富有浪漫色彩的事，为了使亲王得到排遣，他准备讲给我们听。现在我用他的原话再讲给您听。不过，他叙事状物时很善于使用的那种绘声绘色、生动活泼的风格在我的转述中自然是没有了。

“去年春天，”西维泰拉说，“我不幸触怒了西班牙大使，此人以七十岁的高龄竟做出要跟一个十八岁的罗马少女结婚这种蠢事。于是，他到处寻衅对我进行报复，我的朋友们劝我，暂时躲一下，避开此人的挑衅，一直到自然之手或善意的调停使我摆脱开这个危险的敌人。但是让我完全离开威尼斯太困难了，因此我便在缪拉诺一个偏僻的地方居住下来，我化名住在一所孤独的房子里，白天深居简出，夜晚跟朋友一起寻欢作乐。

“我的窗子正对着一个花园，花园西边直抵一家修道院的环形围墙，东边就像一个小小的半岛伸进潟湖。园内花木扶疏、景色迷人，但游人很少。清晨，我的朋友们离去，我在就寝以前有个习惯，愿意凭窗眺望片刻，看着太阳在海湾上冉冉升起，然后向它道声再见。假如您还没有领略过此中乐趣，亲王，我劝您去走一遭，去观赏一下那壮丽的景色，这也许是威尼斯最好的地方。紫红色的天幕低垂在水面上，金色雾霭从远方潟湖的边缘预告太阳的临近，天空、海洋都深切期待着。弹指之间它升起来了，完完全全升起来了，水面上波光粼粼——这真是令人舒心悦目的一幕啊！

“一天早晨，正当我习惯地陶醉于这美景中的时候，突然发现我并非这美景的惟一观赏者。我仿佛听到花园里有人说话，当我转身朝着人语声望去的时候，看见一条停靠在水边的游船。过了一会儿我看见花园里有人沿着林荫道走来，步履徐缓，似在散步。我发现，是一男一女带着个矮小的黑人。那女的穿一身白色衣裙，手指上闪烁着钻石的光芒；熹微晨光之中不容我分辨得更真切。

“我的好奇心上来了。可以完全肯定这是一次幽会、一对情侣——但是却在这样一个地方,在一个如此不寻常的时刻!——因为这时还不到三点,周围一切都还给裹在朦胧之中。我觉得这事儿很新鲜,富有传奇色彩。我想看看它的结局究竟如何。

“在花园枝叶扶疏的树丛中他们一会儿便离开我的视线,待了很长时间才重又出现。这时花园里回荡着悦耳的歌声——是船夫唱的,他待在船里以此消磨时光,另有邻近的一个伙伴对答,歌词是塔索的诗;时间、地点都很合得上,非常和谐,歌声优美动听,慢慢消失在一片岑寂之中。

“这时天开始亮了,景物更为清晰可辨。我搜寻着我要找的人。现在,他们手牵手走上一条宽阔的林荫道,经常停下来,不过他们背对着我,慢慢远离我的住处。从那女人风雅的步态可以看出她出身高贵门第,从她袅娜秀雅的身材推断,她一定长得非常美丽。看来他们讲话很少,女的比陪她的人讲得多一些。他们似乎对于观赏正展现在他们面前的、无比壮丽的日出景象毫无兴致。

“正当我拿来望远镜对准目标尽可能从近处观察这奇怪的一对的时候,他们突然走进一条小路消失了,过了很长时间我才重新看见了他们。这时,太阳升起来了,他们出现在紧紧贴在我窗下的地方并且刚好跟我的目光相遇。——我瞥见的是一个多么迷人的天仙般的形象啊!这是我幻想的游戏,还是光照施的魔法?我觉得我看见的是尘世间所没有的神女,我的眼睛因受到这耀眼光辉的照射而急忙移开。啊,——既庄重矜持而又绰约多姿!既有花容玉貌而又不失雍容大雅!——我无法向诸位形容,我在那一瞬间之前从没有看见过这么美的人。

“他们只顾谈话,不觉在我近处停了下来,我有充裕时间尽情地观赏这神奇的美人。可是,我的目光一落到她的男伴身上就移不开了,即使她的美丽也无法把它召回。看来他是个正当盛年的男子，略嫌削瘦但身材魁梧、气概不凡——眉宇间闪烁着智慧、高尚、灵性的光辉，这是我在任何人脸上从来未看到过的。我本人尽管对所有发现并不畏惧，但却抵御不住他那从浓密的双眉下面射出来的闪电般的逼人目光。眼圈里深埋着令人怜爱的悲愁，只有嘴唇四周的和悦笑纹减少了笼罩在他脸上的严肃的阴云。他那一种看来并非欧洲人的脸型和那一身别出心裁而又得体地把各种不同民族服装特色融为一体的服饰使他具有一副奇特的风采，这大大加强了他的全部内在气质所给予人们的深刻印象。他目光中流露出的困惑神色可能使人揣度他是个耽于幻想的人，但他的手势和彬彬有礼的举止却告诉人们，他是个深于世故的人。”

Z是个心里有话就一定得说出来的人，这您也知道，这时他再也按捺不住了。“我们认识的那个亚美尼亚人！”他高声叫道。“就是我们认识的那个亚美尼亚人，绝不是别人！”

“请问，哪一个亚美尼亚人？”西维泰拉说。

“他们没对您讲过那场闹剧吗？”亲王问。“不过，不打断您的话了！我开始对您说的那个人发生兴趣。请继续讲下去。”

“他的举止令人有点难以捉摸。当那女士张望其他地方时，他那双富有感情而又若有所思的眼睛便盯着她，一当跟女方的目光相遇便又注视地面。此人神志清醒吗？我暗自想。我愿意永远站在这儿，其他什么都不想看了。

“矮树把他们吞没了，我等了很久很久，等他们出来，可空等了一场；最后我从另一面窗户里才又看见了他们。

“他们站在一个水池前面，互相间隔着一段距离，两人都默然无语。他们也许这样站了很长时间了。她那双坦诚的、脉脉含情的眼睛审慎地看着他，好像想从他的眉宇间看出他正在萌生着的思想。而他仿佛自知没有足够勇气直接接受她的目光，于是便悄悄地从明镜般的流水中捕捉她的影子，或者呆呆地凝视正在向池内喷水的海豚石雕。谁知道，假如那位小姐能够坚持下去，这场哑剧还要持续多久呢？那美丽的姑娘笑吟吟地向他走过去，胳膊搂住他的脖子，抓起他的一只手送到嘴边。那冷漠的人安然地领受了这一切，没有回答她的亲昵动作。

“不过，在这一幕中有某种东西打动了我。那个男子打动了我。一股强烈的激情仿佛正在他胸中激荡，一股不可抗拒的力量把他向她拉去，而一只隐蔽的手却又阻挡着他，这场搏斗是无声无形的，但却是痛苦的，危险明显地在接近他。不，我想，他做得太过分了，他会被战胜的，他必将被战胜。

“他暗暗摆了下手，那矮小的黑人离开了。我在期待着感人的一幕：下跪谢罪，千百遍地吻个不停以表示和解。但这一切都没有发生。那不可捉摸的人从皮包里取出一个密封的小包递到女士的手里。她一看到那小包脸上顿时布满悲伤的乌云，眼睛里闪着晶莹的泪珠。

“他们沉默片刻便动身了。从旁边一条林荫道上走来一个年长的女士，她在这整整一段时间里都停在远处，现在我才看到她。他们慢慢地走了，两个女士互相交谈着，那男子则瞅准这个机会悄悄落在她们后面，他迟疑地站着，用呆滞的目光看着她们，走了几步又停下来，突然躲进矮树丛里不见了。

“前面的人终于回过头来张望着，发现他已不在，似乎很不安，于是便静静地站住，看来是在等他。他没有来。她们的目光胆怯地扫视四周，然后加快步伐走了。我的眼睛也帮助他们搜索着整个花园。他没出来。到处都看不见他的踪影。

“忽然我听到水边沙沙作响，一条游船离开河岸。原来是他，我尽力抑制住自己，我真想喊出来告诉她们。现在天已经大亮——这是最后一幕。

“她好像预料到了我所知道的事。她飞快地走在年长女人的前面向河岸奔去。来不及了。游船像离弦的箭一样疾驶而去,只有一块白色手帕在远处空中飘舞着。不一会儿我看见那两个女人也乘渡船离去。

“当我稍睡了一会儿醒过来的时候,我不禁为我的幻觉哑然失笑。我的幻想使这个事件在梦中接着发展下去了,现在现实也变成了梦。一个美如天仙的少女拂晓时在一个偏僻的花园里在我的窗下跟她的情侣漫步,这位情侣明白这样一个时刻是最好派用场的。在我看来,这种情节最多只有做梦者的幻想才敢于安排,才能够解释。但是这梦太美了,使人一次再次地重复着,而且,自从我的梦幻使这么迷人的形象占有这花园以来,它在我眼里也变得更加可爱了。在那个清晨以后接连几天天气都不好,使我没有兴致再凭窗眺望,而第一个晴朗的夜晚使我不由自主地走到了窗前。您可以判断,当我经过短时间搜寻就发现了那陌生女郎的闪闪发亮的白色长裙的时候是多么吃惊。那是她本人。她是现实存在的,而我过去也不仅仅是做梦。

“上次来的那个年长的女士陪着她,还领着一个小男孩;她自己若有所思地走在一边;所有上次跟她的男伴一起走过的地方都看了一遍。她在水池旁边待的时间特别长,她那一双呆滞地凝视着的眼睛似乎在徒然地搜寻着情人的影子。

“假如第一次那无比美丽的女郎只是使我倾心,那么这一次她却以一种轻柔而又不乏韧度的力量勾住了我。现在,我可以完全自由地细细观赏这位天仙了;第一眼看见时产生的惊异不知不觉地变成了一种令人舒心的甜蜜。环绕她的灵光消失了,我所看到的只是所有女人中最美的一个,这使我的情欲之火燃烧了起来。在这一瞬间,我打定主意,我一定要占有她。

“我正暗自考虑着是下去走到她面前,还是在采取贸然行动之前先打听下她的底细,这时,修道院围墙上的一扇小门打开了,从里面走出一个加尔默罗会[①]白衣僧。女郎一听到僧人作出响声便离开她站的地方，我看到，她迈着活泼轻快的步子朝他走去。那僧人从怀里取出一张纸，她急不可待地抓了过去，脸上似乎掠过一股喜悦的笑纹。

“正在这个时候，通常晚间来的客人使我不得不离开窗前。我谨慎地避而不谈这件事，因为我不容其他任何人占有她。我烦躁不安地熬了整整一个小时，终于把那些讨厌的访客打发走了。我急忙赶到窗前，可是什么都看不见了！

“当我走出去的时候，花园里空无一人。运河里没有游船来往，到处不见人的踪影。我既不知道她从哪儿来，也不知道她到哪儿去了。我一面自顾自地漫步走着，一面举目向四处张望，这时在远处的沙滩上有个白色的东西在闪亮。我走过去一看，原来是一张折成信笺形状的白纸。除了白衣僧交给她的那封信，这又会是什么呢？‘幸运的发现。’我失声叫道，‘这封信将给我揭开全部秘密，这将使我成为驾驭她的命运的主宰。’

“信上加盖着一个狮身人面图案印章；没有题头，而且是用密码书就的。但是，这并没使我畏缩，因为我懂得破译方法。我迅速复制了一份，我担心，她很快会发现丢了信并且赶回来寻找的。假如她找不到它，那么这无异于告诉她，很多人来过这个花园，而这一发现会永远把她从这儿吓跑的。就我的愿望而言，难道还有比这更糟糕的结果吗？

“我估计的事发生了。我刚刚摹写完毕，她就带着刚才一起来的女伴出现了，两人细心地寻找着。我把信固定在一个从屋顶上取下来的瓦片上，把它丢到她必然经过的地方。她重获信件时流露的巨大喜悦是对我的宽厚大度行为的最高奖赏。她用严格、审

① 天主教托钵僧教团，成立于十三世纪，下有许多分支。

慎的目光反复看着那封信,仿佛要检查出可能触动过它的不洁净的手的印迹似的,但她最后满意地收好了信件。这证明她没有产生疑心。她走了,怀着感激的心情回眸一瞥告别了忠诚地保守了她内心秘密的花园的保护神。

“现在,我急忙破译这封信。我试用了许多种语言;最后终于用英语破译成功。它的内容很奇特,所以我一字不漏地记住了。”——

我有事给打断了。下次再告知结局。

第八封信　(八月)

不,最亲爱的朋友。您冤枉了善良的比昂得洛。可以肯定,您怀疑错了。我允许您责备所有的意大利人,但此人是老实的。

你认为,一个具有如此杰出天才和如此严谨举止的人竟然屈格服侍人,假如说没有不可告人的目的,是很奇怪的;由此您得出结论,他的目的一定是可疑的。怎么?一个有头脑和才能的人设法取悦于一个能够使他获得幸福的侯爵,这是什么新鲜事吗?服侍这样一个人是耻辱吗?比昂得洛不是足够清楚地示意,他之追随亲王是个人自愿吗?他向他承认,他心里对亲王有个请求,他的请求无疑将向我们揭开全部秘密。秘密目的他可能是有的;但这种目的就一定不干净吗?

您感到奇怪的是,这个比昂得洛在最初几个月,即您还在这儿的那几个月,对他现在所表现出的杰出才能一直隐而未露,因此也并未引起人们的注意。这是事实;但是他当时哪儿有机会显示他的才能呀?那时,亲王还不需要他,因此,只是偶然的机会让我们见识了他的天才。

不久以前,他向我们证明了他的忠诚和正直,这将完全消除您的怀疑。有人在监视亲王,秘密调查他的生活习惯、他的朋友和他的种种情况。我不清楚是谁这么好奇。请您听我说。

在我们住的圣乔治这个地方有一家比昂得洛经常去的妓院；他大概在那儿有相好的，这我不大清楚。几天以前他又去了；他发现那儿有一帮人聚在一起，有律师和政府公务人员，全是他作乐的伙伴和相识。他们跟他久别重逢，感到高兴而又奇怪。老相识相见重叙旧谊，每个人都讲讲他们别后的情况，比昂得洛也该谈谈他的情况。他寥寥数语就带过了。大家祝愿他在新的工作中走运，他们都听人谈过关于亲王的良好的生活习惯，特别关于他对手下能够守口如瓶的人的慷慨大方；他同红衣主教A的关系更是尽人皆知，还有，他爱赌博等等；他们跟他打趣，说他扮演神秘角色；大家都知道他是亲王的代办；两位律师把他请到他们中间，酒瓶一个接一个地空了——他们强灌他喝；他表示推辞，因为他喝不得酒，但还是喝了，然后便装出一副醉态。

“是的，”其中一位律师终于说，“比昂得洛懂得他的行当；但远远没有学到家，只是个半瓶子醋。”

“我还缺点什么？”比昂得洛问。

“他只懂得，”另一位律师说，“保守秘密，但不知道，用这机密去讨便宜。”

“找得到买主吗？”比昂得洛问。

这时，其他客人都先后出去了，他单独地跟他们两个人留了下来，这时他们才亮出了底牌。让我长话短说，他们要求他说出亲王同主教及其侄子的关系和他的财源，请他为他们弄到寄发给O.伯爵的信件。比昂得洛答应下一次将详告；但究竟是什么人指使他们干的，他没有能够从他们嘴里套出来；但从他们答应付给他的高额报酬推断，此人必定是一个很有钱的人。

昨天晚上，他向我的主人报告了全部情况。亲王开始想干脆让有关当局把这两个掮客抓起来；但比昂得洛表示反对。他说，人们一定会立即释放他们的,这样一来他会失去他在这些人当中所享有的全部信任,甚至他的生命都会有危险。所有这些人都串通一气,互相帮助,他宁肯得罪威尼斯当局,也不愿被这些人视为叛徒;况且,假如他失去这帮人的信任,他对亲王也就没有什么用处了。

我们反复猜测着这件事的幕后人。在威尼斯究竟是谁想知道我的主人的收支、他同红衣主教A的关系以及我给您写信的内容等等情况?莫非这是d亲王留下的使命?还是那亚美尼亚人又在作祟?

第九封信 (八月)

亲王正沉溺于爱情的欢乐之中。他又看到了那希腊姑娘。请您细听事情的经过。

一个经西奥萨[①] 来威尼斯的陌生人对亲王大谈这个濒临海湾的城市的美丽环境,这使他产生了好奇心,想去那儿看看。这个愿望在昨天实现了。为了避免种种不便和节省开支,除了Z、我和比昂得洛以外没让任何人陪同,我的主人不愿意被人认出来。我们看到一只船正要启航,我们便订好座位上了船。乘客中各色人物都有,这些都无关紧要,去的路上没发生什么值得一提的事。

西奥萨像威尼斯一样是建筑在夯实的桩座上的城市,约有四千居民。贵族很少,随时随地都碰得到渔民或水手。凡是戴假发穿大衣的人都被称为骑士;便帽和短外套则是穷人的标志。一个人如果没去过威尼斯的话,那么会认为这城市的风景是很美的。

我们逗留的时间不长。船主招揽的乘客更多了,他必须按时回到威尼斯,何况西奥萨也没有什么东西吸引亲王。我们登上船

① 西奥萨,威尼斯附近潟湖南沿的渔港。

时，所有的人都已就座。由于来的时候跟别人同舱有诸多不便，所以这次我们单独租了一间舱房。亲王打听另外还有些什么样的乘客。一个多明我会修士——得到的回答说，另外还有几个威尼斯的女士。我的主人无意去看他们，立即进了自己的房间。

希腊姑娘是我们来时路上的谈话主题，回去的时候仍然如此。亲王再次兴致勃勃地描述了她在教堂里出现时的情景；大家商量和拟定了计划；时间过得很快，不知不觉便到威尼斯了。几个乘客正在下船，其中有那个多明我会修士。船主走到女士们那边——现在我们才知道，她们跟我们只隔着一层薄薄的木板——问她们，在哪儿为她们靠岸。“在缪拉诺岛！”回答说，接着又说出了具体住处。——“缪拉诺岛！”亲王失声叫道，他的灵魂宛如受到鞭打似的震颤起来。我还没来得及回答他的话，比昂得洛便冲了进来。“您知道，我们是跟谁搭这同一只船吗？”——亲王跳了起来。——“她在这儿！是她本人！”比昂得洛接着说。“我刚才遇见了她的陪伴。”

亲王冲了出去。这房间容他不下了，在这一瞬间或许整个世界也容他不下。他内心百感交集，双膝在颤抖，脸上红一阵白一阵。我也紧张地跟他一起发抖。我真难以向您描绘那幅景象。

船到缪拉诺靠岸了。亲王一步跳到岸上。她来了，我从亲王的脸上看得出，她是亲王要找的那个姑娘，她的美貌不容我对此再存任何怀疑。我从未看到过比她更美的人了；亲王的全部描绘只有不及而并没有夸张。当她瞥见亲王的时候，脸上泛起层层红云。她想必听见了我们的全部谈话，她也不会怀疑她就是我们谈话的主题。她用微妙的目光注视着她的女伴，似乎在说：这就是那个人！接着便心神不定地垂下眼帘。一条窄窄的木板从船上放到岸上，她将由此登岸。看来她有点胆怯，不敢迈上去——不过我觉得并不是因为她担心滑倒，而是想要人助她一臂之力，这时亲王伸出胳膊搀住了她。急迫的需要战胜了她的顾忌心理,她抓住他的手上了岸。亲王在感情的剧烈激荡之中有些失礼了,他把等待他搀扶的另一个女士忘了——在这一时刻他还记得什么呢?最后我赶来扶她下了船,但这使我没能够看到亲王和那小姐之间交谈前的序幕。

他一直还在握着她的手——我想这是由于心不在焉的缘故,他自己并没有意识到。

“这并不是第一次了,小姐,我们……”他说不下去了。

“让我想想,”她低声说——

“在××教堂,”他说——

“是的,上次见面是××教堂,”她说——

“今天我怎能估计到——离您这么近——”

这时,她轻柔地从他手里抽回了自己的手——他一时感到不知所措。一直在跟她的仆人讲话的比昂得洛过来给他解了围。

“大人,”他说,“女士们订了轿子到这儿来接她们;但是,船的到达时间比她们事先预计的提前了。这附近有一个花园,大人和女士们可以进去待一会儿,避避这儿拥挤的人群。”

这建议被采纳了,您可以想像,亲王方面是多么乐于奉陪。他们在花园里一直待到黄昏时分,我们,即Z和我,也设法稳住了船主,以便让亲王能够不受干扰地跟那年轻的小姐谈话。您从他已经获准去拜访她这一事实可以推断,他是充分利用了这短暂的时间的。现在,就在我给您写这封信的时候,他已经到她那儿去了。他回来以后我将会了解到更多情况。

昨天,当我们回到住处时,我们期待着的宫廷汇款到了,不过同时还有一封使主人心急如焚的信。人们召他回去,而且用的是一种他所不习惯的口吻。他立刻用同样的口吻写了复信并且表示将留下来。汇款刚刚够偿还他欠款的利息。我们在急切地盼望着他姐姐的回信。

第十封信　（九月）

亲王跟宫廷闹崩了。宫廷方面所有的财源都给切断了。

主人偿还侯爵欠款的六个星期的期限已经超过了几天，可是仍未收到汇款，不管是他向他堂兄要求的紧急预支，还是他姐姐的资助都未到达。您想像得到，西维泰拉是不会催债的；但是亲王的记忆力非常好。昨天中午接到宫廷的复信。

不久前，我们同饭店缔结了一次新的租约，因为亲王已经公开宣布他延期动身。主人一句话没说，把信递给了我。他两眼闪动着，我从他眉宇间就猜出了信的内容。

您想得到吗？亲爱的O？他们在××得到了关于主人在这儿的全部情况的报告，邪恶的心术用它编织了一个卑鄙的谎言之网。人们怀着不悦的心情听说，信中说，亲王近来开始背弃他以往的品格，采取了一种跟他从前令人称许的操守截然相反的生活态度。人们获悉，他恣意放纵，沉溺于女色和喝雉呼卢，高筑债台，听信幻术巫师和招魂唤鬼者之言，同天主教头面人物明来暗往关系可疑，率领的庞大随从队伍超过了他的地位和收入所允许的界限。信中甚至说，他准备坚持他这种忤逆行为直到背叛新教改宗罗马教会。他必须立即返回以便澄清对他的上述指控。威尼斯的一位银行家将负责受理他交办的债务事宜并得到指示，在他动身之后立刻偿清债务；因为在目前情况下，人们认为不宜再把钱交到他的手里。

这是些什么指控，用的是什么口吻呀！我拿过信又读了一遍，想从中找到能够安抚他的东西；可是我什么都没有找到，我觉得这封信完全是不可思议的。

这时，Z提醒我回忆一下不久前有人向比昂得洛做秘密调查的事。时间、内容，所有情况都合得起来。我们错误地把它记到亚美尼亚人名下去了。调查从何而来，现在是真相大白了。叛教！——谁会有这份闲心如此恶毒、如此卑劣地中伤亲王呢？我担心这是 d 亲王的伎俩，他竭尽全力要把我的主人从威尼斯赶走。

亲王仍然沉默着，眼睛呆滞地凝视着前方。他的沉默使我害怕。我跪在他的脚下。“大人，您可不要——”我大声叫道，“您万不可采取贸然措施。您应该、您一定会完全澄清事实的。请把这件事交给我办。请派我回去。您亲自去辩解这类指控有辱您的尊严。请允许我去申辩。一定要揪出那恶意中伤者，让××明白真相。”

在这种情况下西维泰拉来了，他诧异地询问我们为什么如此激动。Z 和我没有吭声。很久以来，亲王习惯上不再把他和我们加以区别了，何况这时情绪极度激动，更欠理智了，亲王竟然命令我们向他转述一下信的内容。我还在踌躇着，亲王从我手里夺过信件亲自交给了侯爵。

“我是您的债务人，侯爵大人，”亲王在侯爵惊异地读完信以后说，“不过，请不要为此不安。请再宽限我二十天，我就会偿清欠您的全部借款了。”

“亲王，”西维泰拉无比激动地说，“我理应得到如此对待吗？”

“您不愿意催我还债；我心领您的厚意并对此表示感谢。二十天之内，我说过了，将偿清欠您的全部借款。”

“这是什么意思？”西维泰拉非常惊讶地问我。“这怎么会联系到一起的呢？我不明白。”

我们向他解释了我们了解的情况。他抑制不住满腔的愤慨。“亲王，”他说，“必须立即要求澄清事实；这是骇人听闻的侮辱。”同时他向亲王保证，亲王可以无限制地动用他的全部家产和信任。

侯爵离去了，亲王仍一言不发。他跨着大步在房间内踱来踱去；他心里在酝酿着某种不寻常的计划。最后他停下来自言自语地从牙缝里吐出几个字来:“祝您走运——他说——九点钟他死了。”

“祝您走运,”他接着说;“走运 ——我该祝愿自己交好运——他不是这么说的么?他这话是什么意思?”

“现在您怎么想到这上面去了?”我大声说。“现在讲这话有什么意思?”

“当时我不明白那人说的这句话的含义。现在我明白了。——唔,在自己头顶上有一个人发号施令,这太难受了,令人难以容忍!”

“我最珍爱的亲王!”

“这个在我们头顶上的人可以任意让我们吃苦头!——哼!一定要尝尝甜头!”

他又不说话了。他的表情很吓人,我从没有看到过他有这种表情。

“当人群中的最不幸者,”他又开始说,“或者成为最靠近王位的继承人!这全都是一回事。人与人之间只有一个区别——顺从或者统治!”

他又看了看信。

“你们认识了这个人,”他继续说,“他胆敢给我写这种东西。假如命运没有使他成为你们的主宰,你们在街上会向他致意吗?不会的!王冠是个了不起的东西!”

他用这种口吻说个不停,有些话我不敢写到信上。不过,亲王利用这个机会向我透露了一个情况,这使我吃惊不小,我感到害怕,这可能会产生最危险的后果。看来,以往我们对于××宫廷的家庭情况有极大的误解。

亲王不顾我的劝阻,立即写了回信,回信的措词堵死了和解的希望之门。

亲爱的O,您会急于知道关于那希腊姑娘最后有些什么积极结果吧;但是关于这一方面我恰恰无法给您满意的解释。从亲王口中是什么情况也得不到的,因为他已涉入一场秘密,而且,据我看他一定承担了保密义务。她并非像我们猜测的那样,她不是希腊人,这一点已经透露出来了。她是一个出身高贵门第的德国人。我曾作过一番了解,根据一个传言的说法,她母亲地位很高,她是一场爱情悲剧的产物,关于这件事整个欧洲都议论纷纷。这个传言又说,她受到一个强有力的人物的秘密追踪,被迫躲到威尼斯,正是由于这个缘故她行动神秘莫测,使亲王无法查出她的寓所。从亲王谈论她时的那充满崇敬的神情和对她的种种顾忌来看,这类传言并非全无根据。

一种可怕的、与日俱增的激情使他紧紧地依附在她的身上了。开始时,他去看她的次数还不太勤,但从第二个星期开始间隔的时间就缩短了,而现在,则是每天必去了。整个夜晚我们都看不见他的影子;即便他不陪她,她也是惟一占据着他的心灵的东西。他的整个气质好像都变了,他宛若一个耽于梦幻的人,所有以往曾使他感兴趣的东西现在很难得到他的垂顾了。

这将把他引向何处呢,最亲爱的朋友?想到未来我不寒而栗。他同宫廷的决裂使我的主人不得不屈辱地依附着惟一一个人,即西维泰拉侯爵。此人现在掌握着我们的秘密,操纵着我们的命运。他会永远像现在向我们所表示的那样高尚吗?他这种深刻的谅解精神会持久吗?赋予一个人、哪怕是最杰出的一个人以如此高的显荣和权力是完全出于好意吗?

给亲王的姐姐又发去了一封信。我希望下一封信能够告诉您结果。

O.伯爵附记

但是,这下一封信没有到达。当我从威尼斯得到消息时已经是在三个月以后了——中断的原因后来十分清楚。我的朋友给我的全部信件都给截获扣留了下来。人们可以判断,当我终于在今年十二月收到下封信的时候会感到多么震惊,这封信完全是由于一次幸运的偶然机会(因为递送信件的比昂得洛突然病倒了)到我手中的。

"您不必写信,也不必给回音——您来吧,啊,您振起友谊的翅膀飞来吧。我们的希望落空了。请读一读那份决定。我们的全部希望都落空了。

"侯爵的伤口据说是致命的,红衣主教在酝酿着复仇计划,刺客在到处搜寻着亲王。我的主人——啊,我不幸的主人!——已经陷于绝境了吗?有失尊严的、可怕的命运啊!我们不得不像小人那样避开谋杀者和债主。

"我是在亲王避难的××修道院给您写这封信的。他正躺在我身边一张硬板床上睡觉——啊,这精疲力竭后的假寐只是使他恢复精力再去忍受新的痛苦罢了。在她生病的十天里,他从未合过眼。尸体解剖时我在场,发现有中毒的痕迹。今天她将被安葬。

"啊,亲爱的O,我的心碎了。我经历的这一幕将永远不会从我的记忆中消失。我站在她的病榻前,她像圣徒那样安然离去,她在弥留之际还在用尽气力娓娓动听地说,她要把她的情侣引上她即将踏上的通往天堂之路——我们全都无限悲恸,几乎无法自持,只有亲王十分坚定,尽管他曾三次同她一起忍受她的死亡之痛,但他的精神支柱却岿然不动,没有按照那虔诚的宗教狂热信女的最后请求去做。"

这封信里附有如下决定:

致××亲王

惟一为人祈福的教会既然已经光荣地占有了××亲王，当不致缺少资财让他继续它藉以占有他的生活方式。对于一个执迷不悟者我有眼泪和祈祷，但不再对一个失去尊严者表示善行。

亨莉叶蒂·×××

我立即搭上邮车，日夜兼程，在第三个星期到达威尼斯。我这种急人之难的行为已于事无补。我来的目的是给一个不幸者以慰藉和帮助；但看到的却是一个不再需要我这种微薄支持的幸福的人。我到达时，F.卧病在床，不可与之谈话；人们转交给我一张他写的便条，上面写着：“最亲爱的O，您回去吧，回到您原来的地方去。亲王不需要您，连我也用不着了。他的债务已偿清，主教表示和解，侯爵也已康复。您还记得那个去年曾弄得我们晕头转向的亚美尼亚人吗？亲王投身到他的怀抱中去了，五天以前，他已经听过第一次弥撒了。”

尽管如此，我仍然急匆匆赶到亲王那儿，但却被拒之于门外。最后，我在朋友的床边听他叙述了那闻所未闻的事件的经过。

第一部分完

席勒文集

戏剧

人民文学出版社

席勒（1780年）

上：约翰·安德烈亚斯·施特赖歇尔，他帮助席勒逃往曼海姆
下：奥古斯特·威廉·伊夫兰，在《强盗》首演中饰弗朗茨·莫尔

席勒在曼海姆时期，一位无名画家的未完成作

《强盗》

Fr. Pecht gez.
A. Schultheiss gest.
Amalia
Druck und Verlag von F. A. Brockhaus in Leipzig.

阿玛莉亚(《强盗》)

席勒在森林中给朋友们朗读《强盗》

《斐耶斯科的谋叛》

A.W.Böhm
Kabale und Liebe: IIe Act, 2te Scene.
Lady. Weg mit diesen Steinen —— sie blitzen
Höllenflammen in mein Herz!

《阴谋与爱情》

前　　言

一七七三年，十四岁的席勒被迫进入卡尔学院，在这里生活了整整七年。这座专门为符腾堡公爵培养驯服工具的“奴隶培训所”非但没有使席勒屈服，反而更使他奋起反抗。反抗的具体行动便是在非常艰苦的条件下写作《强盗》。一七八〇年，席勒从卡尔学院毕业。该年年底，《强盗》业已完成。

诗人舒巴特发表于一七七五年的短篇小说《人类心灵的故事》为席勒提供了《强盗》的题材①。小说讲的是性格截然不同的两兄弟，其中之一欺骗家私万贯的年迈父亲。舒巴特在这故事开头时这样写道：“这个小小的故事，发生在我们当中，我愿把它提供给一位天才，去写一个剧本或者一部长篇小说。但希望他不要畏首畏尾，把故事情节安排在西班牙或希腊；而要把它放在德国的土地上。”莱辛当年写悲剧《爱米丽娅·迦洛蒂》（1772 年首演）时没有可能，也没勇气把故事放在德国而是放在意大利。席勒写《强盗》时，非常大胆地在剧前的人物表后写道：故事发生地是德国。

席勒在军校不可能自由地写作。他常常坐着假装看书，实际上在写他的剧本。思想非常紧张的他只要一听见有脚步声走近，就赶快把稿子遮起来，假装看书。因为有人打扰，他心里很是愤

---

① 对席勒创作此剧有影响的还有塞万提斯的《堂吉诃德》，该书下部第六十章讲到了侠盗罗盖·吉那特和他手下与堂吉诃德相遇的故事。席勒的小说《受侮辱的罪犯》中强盗“太阳店老板”的原型弗里德里希·施拉姆（约翰·弗里德里希·施万）的故事也为席勒提供了素材。

慨。一方面他初次感到进行创造性劳动的快感，另一方面又体验到一种罪犯般的恐惧，仿佛时刻受到威胁，被人追捕。他就是在这种快感和恐惧中度过他的写作时光。白天写作时间太少，他常常得半夜起床，凭着偷运进来的蜡烛的微光读书或写作。很早他就养成喜欢熬夜的习惯，这种习惯以后也没改变。只要夜深人静，他就马上能进入一种创作的激情洋溢的境界，才思泉涌下笔有神。大约一年左右他就完成了《强盗》的初稿。

一七八〇年十二月，二十一岁的席勒离开了军校。席勒在军校时，公爵曾答应在他毕业时给他一个较好的职位。毕业后，公爵失言了。席勒被分配到斯图加特一个掷弹兵团当军医，穿军医制服，却没有军官标记，佩剑上也没有缨带，尤其使他愤怒的是不许他离开这座城市，甚至不许去探望父母。

一七八一年春，席勒终于认为他的剧本《强盗》已经加工完毕，他请朋友到曼海姆去找出版商。可无论在曼海姆还是斯图加特，都无人愿意出版此剧。席勒决定自费出版这个剧本。一七八一年复活节书展，该剧第一版出版，标题为《强盗》，没有作者署名。该书的出版立刻引起人们的注意。《埃尔福特学者报》不久即发表第一篇评论，称《强盗》的剧作者为“德国的莎士比亚”。曼海姆剧院总监达尔贝格男爵这才表示愿意上演这部剧本，并且提出修改意见。

席勒借债自费出书之举，并不冒失。席勒虽然年轻，但办事精明，如不出书，怎么会有反响。首演之日，远近各地都有观众前来曼海姆看戏。当时没有今天这么多的媒体造势，全凭他的剧本以及各报的书评来吸引观众，前面提到的《埃尔福特学者报》便是一例。

一七八二年一月十三日，《强盗》在曼海姆剧院首演。剧组阵容强大，反一号弗朗茨·莫尔由著名演员伊夫兰扮演。席勒像孩子一样高兴，他不顾禁令，和朋友彼特逊一起，悄悄离开斯图加特，来到曼海姆，在当地出版家许旺的私人包厢里入座，观看这次具有历史意义的演出。演出下午五点开始，许多观众一点便已入座。演出长达五个小时，观众情绪一直高涨。一个目击者对此做了报导：

“整个剧院就像一座疯人院，大家眼睛转动，拳头握紧，听众席上发出沙哑的喊声，陌生人抽泣着互相拥抱，妇女们摇摇晃晃地走向门口，都快晕倒了。观众普遍地感情激动，一片混乱，就在这混乱的迷雾之中，一个新的作品脱颖而出。”席勒高高兴兴地回到斯图加特，得意地致函达尔贝格男爵：“我想，德国将来发现，我是一个戏剧诗人，那我必须把这时代从上星期算起。”

一七八一年《强盗》问世时，正值“狂飙突进”运动接近尾声，这个反映市民阶级强烈呼声和愿望的文学运动要求塑造强劲有力、激情如火、敢于斗争、勇于反抗的人物。正如托马斯·曼的儿子，史学家奥托·曼所说：“他（席勒）的《强盗》是一部宏伟的作品，不仅愿意宏伟；这部作品可以毫无愧色地与莎士比亚和歌德的作品并列，剧中人物都是大英雄，不仅仅是虚张声势的口头上的英雄。”“席勒给人看见的是行动宏伟的英雄”和“限制行动的褊狭”。

席勒的早期作品，尤其是《强盗》，激越昂扬，气势磅礴，充分体现了狂飙突进运动的精神。我们把席勒的书信和《少年维特的烦恼》相比，就会发现许多共同点：激烈奔放、感情充沛，也不乏多愁善感之处。这是受到压迫，奋力反抗，渴望行动的一代青年的呐喊和怒吼。席勒的确是他那个时代的传声筒，是一切受压迫民众的喉舌。即使在今天也有其现实意义。

长期的封建统治把人的精神阉割，扭曲毒害了民族的性格和人民的心理。社会上俗气弥漫，不少人逆来顺受，苟且偷安，锐气尽消。他们孱弱、怯懦，不敢斗争，成为谨小慎微循规蹈矩的庸人、市侩，不敢伸张正义，不敢仗义执言，慑于权势，夹着尾巴缩着脖子做人，不敢大声说个“不”字，惟恐大祸临头，可怜见的平静生活受到烦扰。所以卡尔·莫尔厉声咒骂这个“阉人的时代”,而造成这种阉人局面的元凶自然是高高在上、专制独裁的暴君。许多人不是助纣为虐、为虎作伥,便是甘当顺民、逆来顺受,视屈辱为常理,视压迫为天命,浑浑噩噩,终老此生,不求改变现状,不求打破沉寂。日复一日,年复一年,君侯的宝座千秋万代,君侯的鹰犬飞扬跋扈。贿赂公行,腐化成风;当权者生活糜烂,骄奢淫逸,人们见怪不怪;社会上虎狼横行,鱼肉百姓,人们习以为常。百姓敢怒不敢言,甚至不复愤怒,听天由命。于是封建社会安稳地维持了一千多年,死水一潭,万马齐喑,似乎天命如此,无法反抗。

在这个封建统治严密,军警严酷镇压,人们有苦难言的政治气候下,卡尔·莫尔的呼声是震撼人心的抗暴宣言,是反封建的政治檄文。这个声音是在法国大革命爆发前发出的时代的呼声。这呼声不但唤醒了许多德国人,也激起了许多欧洲人的共鸣,因为欧洲各国都在同一个专制制度下呻吟,都渴望打破封建专制的枷锁。封建制度的特点就是怕人讲话,怕人把窗户纸捅穿。就在这时,卡尔·莫尔一声断喝,石破天惊,犹如万籁俱寂之中的一声惊雷,起了振聋发聩的作用。这个被逼进波希米亚森林的强盗终于忍无可忍,大声反抗,大胆行事,手刃贪官,处死主教,向现存制度宣战。他希望带领一批像他这样的血性男儿,建立一个使古罗马共和国也相形见绌的共和国。

这一理想之所以惊天动地,是因为他把百姓郁积心头未能倾吐的宿愿说了出来,说得理直气壮,说得气势磅礴。这不仅是莱茵河此岸德意志帝国百姓的呼喊,也是欧洲各国市民阶级的共同心声。剧本写于十八世纪末,欧洲封建社会已经发展到了衰亡时期,市民阶级和广大民众的不满情绪已日益高涨。席勒的《强盗》喊出了时代的最强音,表达了广大民众的呼声,使人们可以一泄胸中之郁闷。这就是该剧首演时,观众群情激昂、如醉如狂的原因。

可惜德国的封建势力还过于强大，而市民阶级的力量还过于孱弱。《强盗》的演出成功以及席勒私自观看演出的消息传到卡尔·欧根公爵耳中，他立即把席勒召来，禁止他再写“喜剧”，否则要将其打入囚牢，与诗人舒巴特同命运。舒巴特因为作诗讽刺公爵及其情妇，激怒了那位贵妇人，于是被诱入国境，加以拘捕，在城堡中拘囚达十年之久。卡尔·欧根公爵的震怒证明《强盗》具有极大的杀伤力。然而这样出色声讨暴君的檄文又岂是独夫的严令所能禁止。《强盗》不胫而走，传到法国，在巴黎的一家剧院上演，受到热烈欢迎。可见，《强盗》的作者也表达了这些巴黎观众的心声。果然，七年后，巴士底狱被攻陷，不仅法国国王王冠落地，欧洲各国君王的宝座也随之纷纷坍塌。正因为席勒的剧本像海涅说的，摧毁了精神上的巴士底狱，促进了革命，因此巴黎的革命民众才把《强盗》的作者当做他们自己战斗行列里的战友，塞纳河畔的市民才会对席勒如此敬重，虽然他们连席勒的名字也说不清楚。法国大革命后的革命政府颁布法令，授予全世界反抗暴君的优秀人士十七人以法兰西共和国荣誉公民的称号，席勒便是其中之一，与他同获这一殊荣的有美国开国总统华盛顿。

卡尔·莫尔生不逢时，空有充沛的精力和出众的聪明才智，却无用武之地。他年少轻狂，在大学里干了不少傻事，但他生性善良，并非天生的恶棍，是弟弟弗朗茨的阴谋陷害，才使他无家可归，终于被迫在波希米亚的森林里落草当了强盗。弗朗茨·梅林指出：“对于那些具有叛逆精神的人物来说，当强盗很容易被视为反抗社会和国家的惟一可能的形式。”直到二十世纪初，“从民间的观点来看，英雄和强盗之间是没有严格的界限的。”① 他们劫富济贫，替

① 弗朗茨·梅林《论文学》103 页，张玉书、韩耀成、高中甫译，人民文学出版社，1982。

天行道，对为富不仁贪赃枉法的官吏、贵族绝不手软，但对孤苦无告的穷苦百姓则充满同情，出手相救。卡尔·莫尔和施皮格尔贝格。这个天生的恶棍不同，绝不会去洗劫修道院，蹂躏无辜无助的修女，也不会去设法陷害正直老实的市民，把他们拉进强盗帮。

强盗当中鱼龙混杂，席勒并未美化这帮强盗。他们中间确有败类，如施皮格尔贝格，他侵入修道院掠夺财物，强奸修女，这种罪行确实令人发指。为了搭救罗勒，莫尔在城里四下放火，炸毁存放火药的塔楼，伤及无辜儿童、妇女和老人，为此莫尔感到心情非常沉重。

尽管席勒创作《强盗》时被深锁在卡尔学院里，但这个封建公国里发生的耸人听闻的事情，依然会越过学校的围墙传到诗人的耳中。第二幕里莫尔讲到的他手上四枚戒指的故事，就发生在他身边，发生在符腾堡公国。红宝石戒指得自一个出身低微但通过阿谀奉承成为君王第一宠臣的大臣，钻石戒指得自一个卖官鬻爵的财政顾问官，玛瑙戒指得自一个伪善的教士。这些事件均有史料可查，例如那位宠臣的原型便是蒙特马丁伯爵，他用阴谋诡计使另外一个和他同样腐败的大臣失宠倒台，自己得以飞黄腾达。卡尔·莫尔理直气壮颇为自得地承认，他手刃了这些败类，从他们手上夺下了这四枚戒指。这时这批强盗就不复是一伙无赖，而是主持正义、惩罚奸人的执法者。

但是既然当了强盗，自然难免杀人放火，在营救罗勒的过程中，他们放火烧毁了一座城市，使得无辜的妇孺和老人都被活活烧死，因此卡尔·莫尔手上也沾满鲜血，良心也受到折磨。正因为他在反抗这个罪恶的社会、反抗社会不公正时，没有正确的方法，因而心情压抑，才会引起观众的普遍同情，才会激起他们强烈的共鸣。既然现存制度保护贪官污吏和榨取民脂民膏者的利益，那么不把它推翻就没有出路，公平合理的社会便无从建立，有聪明才智的人士便会永远受到压制，社会不会进步，大家也没有前途。

席勒在剧中第二幕里安排了一位神父前来诱降招安，企图分裂这帮强盗，孤立莫尔，充分表现出教会是封建制度的重要支柱。此举表示，官厅对于强盗是区别对待，只要把莫尔一人绳之以法，其余的人一概不予追究。但是这帮强盗，富有江湖义气，不理会神父的挑拨离间，愿意与首领共命运同生死。尽管形势险恶众寡悬殊，官兵人数高过他们二十倍，要想打破这些骑兵拉起的包围圈，突出重围，几乎没有胜算，但他们仍然忠于首领，可见他们对官府毫不信任，对这位神父也毫不信任。莫尔与朋友肝胆相照、义气为重，他为救出同伙罗勒，不惜以自己的生命与之交换，最后纵火焚烧全城，在绞架下救出罗勒。首领这样关爱手下弟兄，强盗们当然以生命保卫莫尔，莫尔最后自然也无法抛下同伙，回到市民生活中去。

毕竟强盗卡尔不能代表真理，他在父亲面前有愧，因为他不能宽恕弟弟；他怕见阿玛莉亚，因为他对自己沦落为杀人放火的强盗，并无替天行道的自豪感，所以最终才会杀了恋人后自首。独树一帜，靠自己的力量打倒封建统治，这样的念头他是想也不敢想的。剧作者和观众都来不及深思，卡尔前去自首，便是低头伏法；而司法机关并非独立于政府之外，他这样做就是向他一向反抗的官厅自首。这官厅的首脑便是他抗击的暴君，而司法机关是维护暴君统治的工具。这是此剧的败笔。毕竟革命时机尚未成熟，能发出这声呐喊已属不易，指明方向更待时日。

《强盗》是席勒的处女作，可以看见他学习写作时师法莎士比亚的痕迹，剧中的弗朗茨颇具理查三世的特点，阴鸷、伪善，一个小型的独夫、暴君，彻底的利己主义者，为达目的，不择手段，不论是父子兄弟间的亲情，还是爱情，都被他弃之于不顾。因小及大，一切暴君概莫能外。他的阴暗心理和理查三世一样，来自于自卑感。

为自卑感所困扰，他憎恨上苍待他不公，把他生成一个丑八怪，却让他哥哥英俊伟岸；他得不到父亲的欢心、少女的青睐，处处受到冷遇，遭人白眼，命中注定不会有什么幸福可言，于是便搞阴谋诡计来达到自己的目的，处心积虑要改变现状，夺得全家的统治权。他先是破坏哥哥的名声，离间哥哥和父亲的父子之情，然后逼死父亲，横刀夺爱，试图骗得表妹的芳心；他一旦当上主人，便残酷剥削他庄园里的农民和下人，使他们永远在饥饿线上挣扎，不把他们当人看待。

这种畸形的心态必然产生罪恶的行动。这些恶棍可以凶残，可骨子里依然怯懦。所以当阿玛莉亚用宝剑指向他，冒死反抗他的胁迫时，这个贵族府上的小暴君居然狼狈逃窜，这是可能的。推而广之，一切暴君全都色厉内荏，有权在手，则凶相毕露，残暴蛮横，一旦沦为阶下囚，立即摇尾乞怜，丑态百出。胆怯、专横，为暴君的两大特征。有权时，欺压大众；危殆时，怯懦异常。

弗朗茨一直为噩梦纠缠，夜不能寐，和理查三世极为相似。理查三世在决战前夜做噩梦，冤死的亡魂纷纷前来索命，理查惊醒，浑身冷汗淋漓。弗朗茨也是心神不定，无法安寝，找来牧师，进行一番唇枪舌战。弗朗茨和牧师的谈话是表现作者意图的场景。牧师步步进逼，弗朗茨节节败退，说是进行哲学探讨，实际上是两种思想、两种人生态度的交锋，是正与邪的搏斗。所谓正，乃是基督教的教理，依然是以基督教的教义为行动准则，而弗朗茨除了个人利益，别无顾忌。

这个惟利是图人性绝灭之徒从牧师处获悉，罪大莫过于弑父杀兄，便吓得魂飞魄散。他知道自己罪在不赦，并无忏悔之意，也没有感到良心责备，而是在强盗冲进府邸时感到大势已去，颓势难以挽回，以自杀结束了自己罪恶的一生。这预示了大小暴君的必然下场。

席勒的天才在于他的勇气，在于他的洞察力和预见性。当芸芸众生还缩着脖子甘当顺民、甘受欺压，惟恐稍一不慎便引火烧身，不如夹着尾巴做人的时候，他竟然敢于喊出这气壮山河的第一声，宣布这千年封建制度理该寿终正寝，新时代的曙光已在天边闪现。单凭这一点，这部作品就应该受到最高礼赞。难怪梅林做出这样的评价：

“席勒不满二十岁所写的这第一个剧本，也许是他最具天才的一部作品。”①

一七八二年九月二十二日席勒逃亡，到达曼海姆之后，曼海姆剧院总监达尔贝格男爵要他赶快把《斐耶斯科的谋叛》改好，以便尽快上演。就在这天晚上，陪他一同出逃的好友，青年音乐家施特莱歇发现，席勒已经开始工作。使他惊讶的是，诗人并不是马上动笔修改《斐耶斯科的谋叛》，而是在起草一部新的剧本。席勒习惯于在一部作品即将完成尚未完成之际，脑子里已开始酝酿新的作品，往往先把新作的思考放在首位，而把旧作的完成暂时搁置一边。这时他已养成这种工作方法。这个习惯他保持了一辈子。在旅馆里，席勒开始起草的剧本叫做《路易丝·密勒琳》。他在斯图加特关禁闭的两周里，受到很大的委曲，切身体验了专制暴政的淫威，心里激起了一股反抗的怒潮，而从这股怒潮中渐渐形成了这剧本的雏形。他准备用这部市民阶级的悲剧来和公爵进行清算，和公爵政府的腐败进行清算。

席勒差不多用了一周时间把他正在酝酿的这个剧本的情节发

① 弗朗茨·梅林《论文学》103页，张玉书、韩耀成、高中甫译，人民文学出版社，1982。

展和人物形象简单勾勒出来。三个月后席勒的第三个剧本根据著名演员伊夫兰的建议,以新的名字《阴谋与爱情》在曼海姆剧院上演。这个剧本要比《强盗》具有更强的杀伤力。《强盗》远远没有《阴谋与爱情》更有现实性。当时没有一个作家像席勒那样在《阴谋与爱情》中明显地把他的愤慨表现出来,也没有一个作家试图这样现实主义地把这种封建专制的袖珍小国里的腐朽制度和它十分腐败的统治方法予以清算。剧本的情节虽属虚构,但如仔细观察一下,我们就会发现有很多是他自己的切身经验,是个人的主题。他在关禁闭时不仅做出决定,要向卡尔·欧根公爵复仇,也要把他身边的宫廷宵小加以示众,为好心的朝廷命妇描绘一幅富有人性的肖像。剧中的首相封·瓦尔特是符腾堡宫廷里的蒙特马丁伯爵的化身,剧中的米尔福特夫人,公爵的情妇,很有人性,原型是符腾堡公爵的一个情妇,叫弗朗齐斯卡·封·霍恩海姆,席勒在剧中把她理想化了。

《斐耶斯科的谋叛》的演出未达到预期效果,剧院总监达尔贝格男爵表示不满,而符腾堡公爵的密探又时时可能把诗人缉拿归案。曼海姆已不是久留之地,席勒便应军校同学的母亲沃尔措根夫人之邀,前往鲍厄巴赫庄园。

正当席勒在牧歌般的鲍厄巴赫养病写作之时,忠实的施特莱歇在曼海姆放出风声,说席勒正在写一部市民阶级的悲剧,没准已经写完。这个消息引起了剧院总监达尔贝格男爵的注意。他一反常态,立刻亲自给席勒去信,为曼海姆剧院争取席勒的这部新作,措辞之亲切友好使人感到意外。

席勒听到剧院的呼唤,立即打消顾虑,把他正在写作的《唐·卡洛斯》放在一边,去结束他的市民阶级的悲剧。他突然着急起来:

“我的路易丝·密勒琳催促我,在五点钟就披衣起床,于是我坐下,削削羽毛笔,进行构思。”于是他写出了杰作《阴谋与爱情》,被文学史家弗朗茨·梅林称为市民阶级戏剧的顶峰。

在十八世纪,《阴谋与爱情》在德国并非独一无二的市民阶级的悲剧,在它之前,莱辛的《爱米丽娅·迦洛蒂》便是一部佳作,堪称范例。《阴谋与爱情》之所以在文学史上备受推崇,则是由于它对绵延千百年的贵族社会进行了入木三分的全面揭露和深刻批判。

席勒这部悲剧的杀伤力在于他用艺术的手段,全方位地揭露了这个政权的腐化堕落,把这个政权的代表人物钉在耻辱柱上,宣布封建制度已衰朽不堪,末日将临。席勒的这部市民阶级的悲剧是对德意志帝国内小国林立的袖珍封建王国进行全面的揭露,矛头直指一国之君的公爵和位居要津的首相,是扔向封建专制制度的一枚重磅炸弹。

作者通过人物的道德观、价值观让观众看到这些达官贵人,采取玩世不恭的态度,把爱情当做买卖和儿戏,是一批无法无天、不敬畏上帝、不讲究道德的腐败分子。剧中的主要反面人物瓦尔特虽然只是首相,但他身边是愚蠢无能、只会溜须拍马的内廷总监封·卡尔普,他手下则是善搞阴谋、阴险狡诈、助纣为虐的文书乌尔姆,这样一批人组成的朝廷究竟是什么东西,已不消加以解释。而高踞这批败类之上的公爵,德意志帝国版图内众多袖珍王国之君虽然没有出场,其形象却已十分鲜明。

德意志帝国的各个小国的君主都以法兰西号称"太阳国王"的路易十四为榜样,给自己建造一座袖珍凡尔赛宫,虽然规模没有法国原型那样宏伟壮观,但是也极尽奢华精美之能事。想想一个人口不足几万、十几万的小国,也建造这样一座王宫,还得配上一座剧院和教堂,百姓的负担之重可想而知。然而国家毕竟太小,即使苛捐杂税名目繁多,但政府的收入要支付君主奢靡生活所需,直如杯水车薪。无物可卖,便卖壮丁。十八世纪末,正是美国独立战争时期。法国的进步人士,例如拉法耶特将军,便远渡重洋,参加到起义人民的行列之中，为美利坚人民摆脱英国的殖民统治，获得独立自由而战。而德国的君主，则出卖本国的壮丁给英国政府，让他们成为雇佣兵去镇压北美的起义人民。在《阴谋与爱情》第二幕第二场，年老的公爵内侍奉公爵之命把价值连城的珍宝送给公爵的情妇米尔福特夫人，内侍和夫人之间展开的那段令人心酸的对话，便反映了封建君主的贪婪与残暴。他们不顾百姓的亲情，硬从父母、妻子、未婚妻的身边夺走他们的亲人。此去经年，何时生还？这是血和泪的控诉，谁能不为之动容。

这场戏里提到的出卖壮丁和安置情妇这两件“壮举”，在当时已非个案。学者们早已查明，一七七六年三月底，诗人舒巴特便在《德意志编年史》里公布了黑森、布劳恩施魏格、麦克伦堡和巴伐利亚的君主们出卖壮丁的数字。在美国独立战争期间，德意志的君侯们总共向不列颠王国提供了三万壮丁，让他们到新大陆去镇压争取独立的美国人民，结果只有一万二千人生还。这些君侯从死者和伤残者身上还捞到一笔赔偿金，供自己挥霍。臭名昭著的黑森州伯爵出卖一万七千名雇佣兵，赚得一千二百万塔勒。符腾堡公爵虽然没有出卖壮丁给英国，可是在七年战争期间，以同样的条件出卖了一万二千名壮丁给法国，以此增加国库收入，一七八六年还向荷兰东印度公司提供了一整团步兵和相当数量的炮兵，牟取一笔可观的款项。①

这样一件坊间哄传、尽人皆知的丑闻如今搬上舞台，引起人们什么样的联想，会让人做出什么样的结论，对这样的政权做出什么样的评价，自然可以想像。

这些腐朽透顶的君王，既要通过联盟达到政治上结盟的目的，

---

① 参看彼得安德烈·阿尔特《席勒传》359—360页，慕尼黑，CH贝克出版社，2000。

又不愿放弃自己的情妇,于是便把情妇下嫁给手下的臣子为妻,以备自己不时之用。这样的丑闻在这批道貌岸然的君主看来也是习以为常的事情。他们表面上尊重基督教(无论天主教还是新教)一夫一妻制的规定,实际上用这种方法蓄养姬妾。这种事情居然就发生在席勒的亲友身上。一七八六年四月二十六日,席勒日后的姐夫赖因瓦尔特在给席勒的一封信里提到,迈宁根公爵几年前(当时赖因瓦尔特是公爵的图书馆管理员)曾向他建议,娶公爵的一个情妇为妻,附加条件是,公爵时而能和这位情妇共度良宵。席勒写作《阴谋与爱情》时,赖因瓦尔特是否已把此事相告,我们不得而知。但这种蓄养姬妾的方式席勒想必早已知道。

在这座宫廷的达官贵人眼里,不仅平民百姓分文不值,自己儿子的爱情和幸福又值多少?首相瓦尔特位居要津,权倾一时,但还是感到地位不够稳固,君王的脾气如德国的四月天,阴晴不定,变化莫测。不知什么时候,自己便会失宠丢官,回归林下。然而权欲熏心的人哪里甘心落个这样的下场,于是心生一计:公爵的情妇米尔福特夫人虽然得宠,但是没有名分,还讲究一点颜面的君主感到这样下去两人的关系难以为继,以揣摩主子心理为第一要务的首相大人便想让米尔福特夫人嫁给自己的儿子,这样既遂了公爵的心愿,又使自己通过儿媳和君主的关系,得以永远居于一人之下,万人之上。真是一箭双雕,两全其美。

不料这个如意算盘遇到一个意想不到的障碍。首相的儿子费迪南·瓦尔特少校竟然会不顾门第的差异,钟情于乐师米勒之女路易丝,并产生真挚纯洁的爱情。当然门第悬殊是个反对的理由,但是让儿子娶公爵的情妇为妻,做一个有名无实的丈夫,还加上一顶必然会扣在头上的绿帽子,这样的婚姻难道就十全十美?说理不成,威逼利诱也不见效果,只好无耻地施行阴谋诡计。狗腿子乌尔姆以乐师夫妇的生命相要挟,迫使路易丝写下一封由他口授的假情书，让费迪南少校“无意中”拾到。少校血气方刚，一见此信，不辨真伪，怒火中烧，他真心实意地爱上路易丝，即使父子关系破裂也在所不惜，因而更加无法容忍恋人的背叛，于是产生同归于尽的念头。他迫使路易丝喝下毒药，自己也仰药自尽，两人双双殉情。在临死之际，路易丝才说出真相，揭露了阴谋，一对不幸的恋人得享完整无损的爱情，却双双走上了不归的黄泉路。这惊心动魄的结局使观众在感动之余，怎能不对封建统治予以谴责，奋起反抗！

席勒的这出市民阶级的悲剧也是用对比的方法让人看到这批锦衣玉食的统治者及其走卒的丑恶嘴脸。作者在描写这些当权者的无能无行无视上帝无视道德之际，让人看到在小市民乐师米勒的家里，道德依然是行动的准则，宗教依然是人生的规范。路易丝之所以从一开始便心情抑郁，就是在于她看到自己和费迪南之间横亘着难于逾越的等级森严的鸿沟，同心上人一同私奔有违教规，无异是个“罪行”，万万不能去做。出路不在尘世，而在乐园，那里没有等级，全凭心灵的价值。正因为她笃信宗教，才会信守恶贼乌尔姆迫使她发下的誓言，临死才把实情告诉她的心上人。那些成天干着丧天害理之事的恶棍把道德、信仰、誓言作为武器和枷锁来对付忠厚老实的市民，自己却从来不讲信义，不畏神谴，是批无所顾忌、干尽坏事、丧尽天良的无赖。

乐师米勒的形象刻画得非常深刻。这位忠厚老实的乐师有点市侩气，有点庸俗，可他是老老实实做人，勤勤恳恳做事的善良市民。他诚实可靠，从不偷奸耍滑；他有些胆小怕事，有点迂腐，但是崇尚道德，严于律己，有良好的家教，有浓厚的亲情。父母把全部的爱都倾注在女儿身上，女儿宁可牺牲自己的幸福也要去救父母的性命。这个地位低下的小乐师在首相面前也敢据理力争，不卑不亢。市民在为公道和人权而争。

路易丝出自这样的家庭，因而真诚善良，质朴纯洁，绝不会朝三暮四。她深受父母的疼爱,但绝非娇生惯养的女孩;她谦虚谨慎,自尊自爱,并未因首相之子钟情于她而沾沾自喜;她总是保持本色,态度自然,连米尔福特夫人也对她赞赏艳羡,感到自己望尘莫及。这里提出一个问题:人的价值究竟何在?不在权势,不在职位,不在财富,而在内心。路易丝心地善良,性格沉静,为人诚恳,洁身自好。她身上凝结了席勒心目中德国妇女优点的总和,他的初恋情人费歇尔(即他的情诗中的"劳拉")和他军校同学沃尔措根的母亲和妹妹,这些和他亲近,给他温暖的女性都可以在路易丝身上找到自己的身影。她是席勒创造的女性人物画廊里熠熠生辉光彩夺目的优美形象。席勒原来以她命名这个剧本,就此可以知道,她在本剧中是真正的主人公。

相比之下,作为男主人公的费迪南则较为逊色。他虽然敢于因为爱情而抗拒父亲,但毕竟出身贵族之家,优越感甚强,看到假情书,自尊心受到伤害,竟然会完全丧失对心上人的信任,甚至产生杀人之心。这种念头给他的形象抹上了难以拭去的污点。当然,席勒也不想翻版莎翁的《罗米欧与朱丽叶》,创造一对德国式的永恒恋人。席勒是用它来批判封建制度,绝非写出一部让人永远惋惜慨叹的恋爱悲剧。

席勒在《莱茵塔利娅》上面有一篇自我介绍的文章,谈到他自己的生平,主要是军校生活和《强盗》写作的经过。他的生活阅历比较简单。他心里有一股强烈的激情,要发泄,要反抗,可是苦于没有素材。他的创作常常并非在身边的现实生活中汲取素材,然后在脑子里加工,而是先有一种观念,然后赋予具体的形象,这在《强盗》里表现得最为明显。对于社会中人与人之间错综复杂的关系以及人复杂多变的心理,席勒的体会并不十分深刻。弗朗茨·莫尔被写成"邪恶"的化身,但对"邪恶"的成因席勒在剧中没有深入剖析。所以有人评论,《强盗》中情节的发展动机不足,有些突如其来,看得出作者的强烈意志在指使人物行动,而不是人物性格内在矛盾驱使他如此行动。而阿玛莉亚之所以显得苍白无力,是因为席勒对青年女子的性格、特点的了解还相当少。《强盗》之所以动人,在于其磅礴的气势、强烈的激情、奔放的语言和嫉恶如仇、奋力抗暴的内容,但一些剧中人的性格并不是特别经得起推敲。卡尔·莫尔最后杀死情人,和《爱米丽娅·迦洛蒂》中的父亲鄂多阿尔多亲手刺死女儿一样,同样反映了德国市民阶级的市侩气,这是一种解决矛盾的方法,但绝非惟一的方法,这点正好反映了德国人的软弱。

在席勒早期作品中,《阴谋与爱情》则相反,内容来自生活。这部作品的主旨虽然也是抗击暴政,但已非概念化的作品。年轻的军医席勒一旦放出牢笼,可以自由自在地呼吸行动,便如鱼得水,在民众当中广泛吸取生活的营养。他和沃尔措根夫人以及女房东费歇尔的交往亲密,两位女士曾陪他一起到曼海姆去观剧。席勒后来又应沃尔措根夫人之邀到鲍厄巴赫庄园避难,钟情于沃尔措根小姐。这一系列经历使他对市民阶级的生活和女性有了相当广泛的接触和较深刻的了解。因此《阴谋与爱情》中的路易丝便是一个有血有肉、楚楚动人的艺术形象,而米尔福特夫人则仪态雍容、高贵端庄,如无感性认识则很难塑造出这样的形象。可见这一年多离校后的生活对席勒的创作是何等重要,而席勒在加工这个剧本时,不仅有对费歇尔的柔情,还有对沃尔措根小姐的恋情,这都使他下笔时有丰富的感情经验作为创作的依据。这个剧本在他的作品中占一席独特的地位,就毫不足奇了。

也正因为这个缘故,他写《强盗》写得很苦,呕心沥血,高价收买素材,几易其稿,固然因为是新手,缺乏经验,但是缺乏生活是一个重要原因。他得冥思苦索,从观念出发找情节、找人物。但写作

《阴谋与爱情》时就不然了，分明按计划他该修改《斐耶斯科的谋叛》，可他却按捺不住地要写《阴谋与爱情》，下笔万言，文思飞泻奔流，可见有感而发，心里有蕴藏，创作起来就容易得多。

有人在研究法国大革命史时，曾说博马舍的两出喜剧《塞尔维亚的理发师》和《费加罗的婚礼》促使了波旁王朝的覆灭，因为这两出戏让人看到贵族尽管地位显贵，但愚蠢可笑，而市民虽然地位低下，但聪明能干，最主要的是，地位卑下的市民在道德上远远超过贵族。在嬉笑间关于贵族高贵神圣的神话就此破灭。而席勒的《阴谋与爱情》则是用重炮轰击腐朽衰败的封建制度，毫不留情地把这批人面兽心的君侯贵族赤裸裸地陈放在舞台上示众，揭发他们的阴暗心灵和罪恶行径。人们不禁要问，让这些道德低下、品质恶劣之徒来统治自己，岂不是对上帝的亵渎对自己的侮辱。一旦神话破灭，那赖以生存的封建制度的大厦便必然受到震撼，摇摇欲坠，等到革命的风暴袭来，势必廊柱断裂，大厦崩坍。

席勒青年时期的第二个剧本《斐耶斯科的谋叛》是何时开始创作的，从哪里得到的启发，对此众说纷纭。《席勒传》的作者萨弗朗斯基说，《强盗》演出成功，当晚在庆功宴上，剧院总监达尔贝格男爵便把与诗人合作的关系具体化，并且让席勒注意《斐耶斯科的谋叛》的材料。席勒于是情绪高涨，兴致勃勃地回到斯图加特，开始创作。这一家之言也有可信之处。席勒在该剧初演时，在海报上告诉观众，斐耶斯科确有其人，卢梭就很重视此人。席勒获得了这一素材，而他对卢梭极为敬重，因而命笔。这是最为普遍的看法。

据席勒的好友施特莱歇回忆，该剧是在《强盗》一七八二年一月十三日初演后几周开始动笔，于一七八二年九月二十二日逃离斯图加特时完成的。席勒逃到曼海姆时，就带着已完成的《斐耶斯科的谋叛》初稿，所以从选材、研究原始资料、对各幕的初步设想以及各幕场景的安排，乃至最后草稿的拟就，均在这几个月里完成。

席勒在《强盗》初演后，从曼海姆回到斯图加特，本来可以开始创作，可是有一件意外的事情等待着他。一七八〇年十二月德意志帝国皇帝约瑟夫二世把卡尔学院升格变为大学。符腾堡公爵卡尔·欧根要求卡尔学院已毕业的学生补写博士论文，以便补发其他大学也都承认的博士头衔。席勒对此不予理睬。

到曼海姆去观看《强盗》初演的前后，席勒的创作欲望已十分强烈。尽管《强盗》演出非常成功，但这个剧本并不能使他完全满意。此时他感兴趣的，是要尽快找一个新剧本的素材。且不论是剧院总监达尔贝格男爵的建议，还是卢梭的一句话，或者是一位名叫德·累茨红衣主教的法国史学家写的关于斐耶斯科叛乱的记载吸引了席勒，总之，热那亚的斐耶斯科叛乱的故事引起了他对这个题材的注意。斐耶斯科在同党面前所作的决定性的演讲，开头部分几乎是逐字逐句来自上述那位法国史学家的作品。

一七八二年九月二十二日，席勒黄夜逃离斯图加特，随身就带着《斐耶斯科的谋叛》的初稿。后来在曼海姆又对它进行了一些修改。《斐耶斯科的谋叛》就按这个版本在一七八四年年初搬上了曼海姆民族剧院舞台。当时正值洪水泛滥成灾，来看戏的观众不多，但这少数的观众也对这剧本感到失望。席勒的朋友施特莱歇在一七八四年一月十一日写道："一七八四年一月中，共和主义的戏剧《斐耶斯科的谋叛》终于上演"，剧组阵容强大，"名演员伯克扮演斐耶斯科，伊夫兰扮演凡里纳，拜克扮演摩尔人，演出相当精彩，诗人和演员都大受观众欣赏，可是总的说来观众对于全剧反映平淡"。

席勒处理历史题材时非常自由。在他的剧本中，热那亚只不过是布景而已，他的剧本既不能使人联想到意大利文艺复兴时期这个城市国家里互相敌对的贵族宗派之间争斗不休的气氛，他所塑造的人物也不能使人想起当时争权夺利的斗争景象。显然，他是借用这个故事抒发自己的情感，以达到自己的目的。他在这时还没对历史进行深入的研究，他不可能在这里阐明共和主义的理想，树立一个政治上的英雄，而只不过是提出了一个他个人的愿望，这愿望就像他在《强盗》中暗示的那样，实际上是对一个理想化的古希腊古罗马的共和国的梦想而已。

历史上的斐耶斯科装扮成享乐主义者，追逐声色犬马，纸醉金迷，暗地里却不声不响地酝酿着一个新世界的诞生。这张浑浑噩噩寄情风月的废物的笑脸，乃是欺骗众人，尤其是欺骗当权者的面具。等到事成之后，原可得到诱人的胜利果实——热那亚的王冠，可他却战胜自我，放弃王冠，宁可做一个市民，而不做君主。

席勒本来按照历史人物的原型塑造剧中主人公，后来却把斐耶斯科改写成未能战胜诱惑，仍然要当热那亚君侯的野心家，于是产生了这一悲剧。

他对这番变动未作任何解释，只告诉我们，他只是借用斐耶斯科的名字和面具，其他的一切均是诗人的自由。可见席勒这样改动自有他的打算。他认为自己写作初稿时，更仔细更拘谨，现在看来显然更为洒脱，更为灵活。

在斐耶斯科身上席勒找到了他可以根据自己的想像加以改变和塑造的主人公。那是个光彩夺目，英勇大胆，野心勃勃，但又十分讨人喜欢的青年贵族。他以共和主义自由的名义推翻了暴君。史学家德·雷茨把斐耶斯科写成一个理想化的革命家，一个堪称布鲁图斯第二的英雄。而席勒和德·雷茨截然相反，他想把斐耶斯科写成奸刁狡猾的野心家。他要把这样一个斐耶斯科和他笔下的卡尔·莫尔形成相反的形象。卡尔·莫尔是他一时放纵感情的牺牲品，而斐耶斯科则是一个非常奸刁相当收敛的人物。历史上的斐耶斯科在叛乱很快取得胜利后，淹死在热那亚的港口里。这个情节他不能采用。他要写一个悲剧，不能用偶然事故来导致这场灾难，甚至也不能用冥冥之中的神灵之手导致这场灾难。席勒在创作初期已感到这悲剧事件的产生应该从人性的矛盾纠葛之中得来，而不应该从全知全能的神的力量中导出。这就是席勒的悲剧和命运悲剧之间的差别，以及席勒的悲剧至今还能感动人的原因之一。

席勒在开始写《斐耶斯科的谋叛》时，并没有很明确的计划。而是先打起颇为枯燥的架子，把情节勾画出来。由于此剧情节错综复杂，不像《强盗》那样直线进行，因此他所设计的场景往往非常短促，互相形成强烈的对比。他把这些场景中他特别喜欢的那几场抽出来予以特别加工。对于这位年轻作家来说，世上最大的幸福莫过于对戏剧的爱好，所以这时他完全沉浸在创作的陶醉之中。他的老师阿贝尔是最好的见证人。阿贝尔说，有一次席勒冲进一个朋友的房间，大声叫道“您听您听”，接着激情满怀非常自信地把第二幕第十七场朗读了一遍。在这场戏里，凡里纳和几个叛乱者跟画家罗马诺一起去看斐耶斯科。“我现在还看见他听见他如何看着墙上的油画，自己梦想着就是斐耶斯科在房间里跑来跑去，热情洋溢地把那段著名的台词说了出来。”

“过来，画家！你在没有生气的画布上绘出冒牌的生机，花费微乎其微的力气使伟大的事业永世长存，就因为这样，你便站在这儿，显出这么自以为是的样子……你用一支画笔使共和国获得自由——你自己的锁链就挣不断了吧？哼，你的油画是骗人的把戏，——假象应该由行动来代替。”

他说着，以庄严的姿势把画布一下推倒。“我已经完成了，你只是画了出来的东西。”

另外一个朋友在当时听到席勒这样说：

“让我的《强盗》沉沦吧！我的《斐耶斯科》[①] 将永生。”可见席勒对这个剧本倾注了许多心血，对它非常重视。

可惜，观众的期待跟不上作者的写作意图。

《斐耶斯科的谋叛》这一炮之所以没有打响，和当时德国的政治形势有关。想想《强盗》初演时取得的轰动效应，可以知道德国的民众还停留在抗击暴君、推翻封建专制制度的阶段。人民有所觉醒，席勒的一声“打倒暴君”，真是石破天惊，振聋发聩。千年之久的封建统治压得人喘不过气来，推倒这座大山只是时间问题。于是台上台下，作者观众心心相应，演出的效果便空前热烈。

观众带着同样的期待前来观赏《斐耶斯科的谋叛》，不料此剧的重点不是推翻暴君，而是针对造反派当中两面三刀、阴阳两面的阴谋家，蛊惑人心、借造反之势达到个人争权夺利目的政治骗子。从思想深度来看，《斐耶斯科的谋叛》自然更深一层，然而对于观众来讲，却也远了许多。只要能够推翻暴君，其余一切他们都可以不顾。因此投机革命，混水摸鱼的政客才会扶摇直上。六年后爆发的法国大革命就为我们提供了不少这样的例证。公元一世纪罗马共和国时代，恺撒被布鲁图斯刺死，就是为了防止共和国断送在未来的独夫手中。这一千七百年前的往事所提供的例证，对于剧中人物是榜样，是楷模，而对于德国观众来说却极为遥远。德国公众还从未尝到过共和制度给他们带来的自由和民主，自然不会理解，有人完全为了维护这一胜利果实而把可能成为独夫民贼的造反派首脑置之死地。在作者的写作意图和观众的观剧期待之间有着极大的距离。

他们希望《强盗》的作者能给他们以新的耸人听闻的内容。在这么一个国泰民安的平静时代让人看一个政治上的叛乱作为内容

① 《斐耶斯科的谋叛》的简称。

的剧本，这多少让人感到非常陌生和异样。在当时德国的首要问题是除掉暴君，还谈不上除掉候补的暴君。事实证明，席勒有些超前。法国大革命的革命群众杀死国王、贵族，是同心同德的，而对于投机革命趁机扶摇直上的蛊惑人心者则缺乏警惕。斐耶斯科的深层含义就在这里。而当时演出的失败原因也在这里。群众所期待的还没有那么远，看问题还没有那么深。斐耶斯科实际上预示了几年后法国大革命的舞台上出现的形形色色的斐耶斯科式的人物。他似乎胸无大志，寄情风月，在脂粉堆里厮混，麻痹敌人，使他们对他放松警惕。他的表演居然达到以假乱真的程度，连他的夫人都以为他和王储居孀的妹子在勾勾搭搭，超出打情骂俏的地步。因此共和主义者凡里纳的决定难免令人感到突兀，这也是该剧有违观众期待之处。

席勒后来用下面这番话来表达他对曼海姆演出失败后的心情，并以此自慰"观众不懂《斐耶斯科》中共和主义的自由，这在此地无非是一空洞的名词，毫无意义。在这些普法尔茨人的血管里流动的不是罗马人的血液"。

《斐耶斯科的谋叛》在席勒的创作中已经上了一层楼。该剧在结构、人物塑造上比《强盗》要复杂得多。两个女性形象各有特色，难分轩轾，而斐耶斯科性格的多重性，也证明了作者的笔力大有长进，因此该剧在其他城市的几场演出都很成功。

席勒自己批评《强盗》中的反面人物过于单调，似乎一黑到底，不见变化，没有起伏，而斐耶斯科则显得色彩浓郁，层次分明。如果说《强盗》中的反面人物弗朗茨过于单调，缺少变化和层次，那么《斐耶斯科的谋叛》的主人公则形象突出，色彩斑斓，令人眼花缭乱，真伪莫辨，善恶难分。他忠于自己的妻子，但为了掩饰自己的政治野心，不惜假作风流，和公爵的侄女调情，成为风月场上的浪荡公子，实际上却是谋叛者的首领，有一整套的行动计划，显然是个老练的政客,有勇有谋,颇具运筹帷幄的大将风度。对于刺客摩尔人的一擒一纵,使之成为双重间谍,刺探对方军情,都是妙笔,既显示了主人公的智谋,也反映了他的野心。

剧中对正面人物凡里纳的刻画并不十分成功。这位坚忍不拔的共和主义者,亲生女儿遭到暴君的欺凌,应该对暴君怀有深仇大恨,坚定不移地参加谋叛,可他却偏偏提出要杀死这一谋叛的首领,多少令人感到有些突兀。众谋叛者要杀多里阿,已有足够的铺垫。公爵的侄儿奸污凡里纳的女儿,此仇不报非为人也。但凡里纳为什么要杀斐耶斯科,这就值得研究了。真正的共和主义者凡里纳之所以要杀斐耶斯科,并不是因为斐耶斯科已经成为暴君,而是可能成为非常危险的暴君,就像布鲁图斯当年杀死恺撒,并非因为恺撒已成为独裁者,而是有可能成为独裁者一样。就因为这个推断,为了使自由不致受损,宁可把他杀死。

从斐耶斯科的独白里也可以看出凡里纳的判断无误。他自认为自己是热那亚至高无上的人物,应该让芸芸众生匍匐在他的脚下。他与众不同,不该和大家一道遵守共同的道德准则。他已把自己凌驾于众人之上。他也说出了千百年来不分东方西方全都奉守的"强权就是公理"的准则,"窃钩者诛窃国者侯","罪孽越大耻辱越小"。这是一个假仁假义,善于蛊惑人心,有着阴阳两面乃至几张面孔的伪君子。为了达到目的不择手段,可以假装寄情风月,以便接近当权的多里阿公爵家族,而在叛乱分子面前,他又摆出一副大义凛然的神气。他会收买刺客摩尔人为他打探敌情,但又准备以"狡兔死走狗烹"的绝招杀死这狗腿子灭口。他要求众谋叛者服从于他。

王储是个草包,罪行一目了然,而斐耶斯科老奸巨猾城府极深。他若掌权,热那亚的前途更加黯淡。这是一件颇费思量的事。观众希望把暴君除掉大快人心,全剧便宣告结束。哪里知道,除暴者竟然是更需要铲除的对象。这就使得一般观众感到匪夷所思。人们的同情心在凡里纳和斐耶斯科之间徘徊,因而影响了戏剧效果。

一般说来,认识暴君的面目易,认清善搞权术的阴谋家难;事后评论政治人物易,事先预测政治人物的动向难。凡里纳的非凡洞察力还不足以使人信服。最后下毒手之前他向斐耶斯科提出的“放弃紫袍,不当君主”的要求,也不切实际。因此看完之后,观众对反面人物恨之不深,对正面人物也同情不起来。这也是此剧在当时未能成功的原因之一。

席勒的朋友施特莱歇在报道《斐耶斯科的谋叛》初演时写道:“演出相当精彩,诗人和演员都大受观众欣赏,可是总的说来观众对于全剧反映平淡。当时正值风平浪静的年代,谋叛的故事令人感到陌生,剧情也过于平稳,尤其使人失望的是,大家也期望在《斐耶斯科的谋叛》剧中能得到大家观赏《强盗》时得到的类似的震撼。”

这个记载证实了我们的分析,因为《强盗》演出也是在“风平浪静”的时代,虽然不是讲谋叛,却是更进一步,直接提出反抗暴君,可是观众的期待并不在于时代是否风平浪静,而在于他们还只想到第一步,而没想到第二步。

剧院总监达尔贝克男爵一七八四年一月十四日在对《斐耶斯科的谋叛》演出的批评意见中也指出:“大家希望观看的是《强盗》,《强盗》的地位和价值始终处在《斐耶斯科的谋叛》之上。”

《斐耶斯科的谋叛》在一七八四年仅演了三场就停演了。该剧后来在法兰克福和柏林上演时取得了较大成功。维也纳宫廷剧院也上演了《斐耶斯科的谋叛》,这是席勒年轻时代剧作中搬上维也纳宫廷剧院的惟一一部。奥地利皇帝约瑟夫二世突然要大大发扬自由思想，亲自决定这个共和主义悲剧在他的剧院里上演。若干年后，人们经历了法国大革命，十九、二十世纪的诸多革命之后，对于席勒提出的造反派领袖会蜕变成新的专制君主的命题，兴趣越来越浓。时代的发展证实了这位年仅二十四岁的青年剧作家敏锐的政治洞察力和出色的政治预见性。

张玉书

二〇〇五年六月

目　　次

强　　盗

一部戏剧

张玉书 译

Die Räuber
Ein Schauspiel.
Hermann Götz

药不能治，铁治之；
铁不能治，火治之。

——希波克拉底

人　物

马克西米利安　当权的莫尔伯爵
卡尔·封·莫尔　其子
弗朗茨·封·莫尔　其子
阿玛莉亚·封·埃德尔赖希　伯爵的外甥女
施皮格尔贝格
施魏策尔
格林
拉茨曼
舒夫特勒　浪荡子,后来成为土匪
罗勒
柯辛斯基
施瓦茨
赫尔曼　一位贵族的私生子
丹尼尔　莫尔家的老仆
摩色尔牧师
一位神父
强盗帮
次要人物

故事发生在德国,时间为十八世纪中,时间持续大约两年。

第　一　幕

第　一　场

〔弗兰哥尼亚。莫尔府内的大厅。弗朗茨。老莫尔。

弗朗茨：

您身体可好，父亲？您脸色怎么这么苍白。

老莫尔：

我很好，我的儿子——你有什么话要跟我说吗？

弗朗茨：

邮件送来了——我们在莱比锡的联络员寄来一封信——

老莫尔（急切地）：

是我儿子卡尔的消息吗？

弗朗茨：

嗯！嗯！——是这样，不过我担心——我不知道——我是不是——对您的健康？——您真的觉得身体很好吗，我的父亲？

老莫尔：

就像如鱼得水！他写到我儿子了吗？——你怎么会这样担心？一连问了我两遍。

弗朗茨：

您要是有病，哪怕稍稍感到有点不适，我就——我就另找合适的时间跟您谈。(半自言自语)身体虚弱可经不起这个消息。

老莫尔:

上帝啊,上帝啊!我将听到什么消息啊?

弗朗茨:

请您让我先走到一边,去为我迷途的哥哥洒一滴同情之泪。——我照理应该永远守口如瓶——因为他是您的儿子;我照理应该永远掩盖他的耻辱——因为他是我的哥哥。——可是服从您是我的首要天职,可悲的天职——因此请您原谅我吧!

老莫尔:

啊,卡尔!卡尔!你知道吗,你的举止如何折磨为父的心啊!同样,关于你的欢快的消息,哪怕只有一条,都可以使我多活十年——使我返老还童——而现在每条消息,唉!——都把我一步步送进坟墓。

弗朗茨:

事情要是这样,老人家,那就算了——要不然我们大家今天都会后悔不迭,扶着您的棺材把头发一根根薅掉呢。

老莫尔:

站住!——这只是迈出了一小步——随他去干吧!(说着坐了下来)父辈的罪过将在第二代第三代得到报应——让他干完吧。

弗朗茨(从口袋里掏出信来):

您认得我们的联系人!您瞧!——我真想割掉我右手的手指,为了能说,他是个说谎的家伙,是个心肠漆黑恶毒成性的说谎者——您做好思想准备吧!原谅我,不让您自己读这封信——您现在还不能听这封信的全部内容。

老莫尔:

全部内容我都要听——我的儿子，你这是催我快老、快死，省得我活到老朽不堪，拄着拐杖走路。

弗朗茨(念)：

“莱比锡，五月一日。——最亲爱的朋友，我曾答应过你，凡是我收集到的关于令兄的命运，哪怕是最小的细枝末节，我也绝不向你隐瞒。倘若不是有约在先，无可追悔，我将永远也不会让我无辜的羽毛笔变成为折磨你的刑具。我从你成百封信里看出，你们手足情深，这类的消息会多么无情地刺穿这兄弟的心。我仿佛觉得，我已看见你在为这个不齿于人、令人憎恶的家伙——”(老莫尔以手掩面)，您瞧，父亲！我只给您念了最最平淡的一段——“令人憎恶的家伙痛哭流涕，”唉！眼泪流淌——眼泪像江河似的从这值得同情的面颊上倾泻下来——“我仿佛看见你年迈的虔诚的父亲脸色像死尸一样苍白”——耶稣玛利亚！您才听到一丁点儿，就已经面无人色？

老莫尔：

念，往下念！

弗朗茨(念)：

“脸色像死尸一样苍白，跌坐在他的椅子上，诅咒他儿子第一次咿呀学语，叫他父亲的那一天。人家不愿把所有的事情都向我披露，从我获悉的些微事件中我也只告诉你很小的部分。令兄的所作所为似乎真称得上无耻之尤；至少我还没有见过比他的行为更为过火的事情，他的天才可是大大开了我的眼界。昨天午夜时分他做出重大决定：不予偿还他欠下的四万杜卡登[1] 的赌债”——这可是相当可观的一笔零花钱啊，父

① 杜卡登，十四至十九世纪在欧洲通用的一种金币。

亲！——“事先又夺去了此地一位家资万贯的银行家闺女的贞操，并和这位姑娘的情人决斗，致使这位出身名门的优秀青年受到致命的重伤。昨天夜里他做出决定，和七个跟他一起过着放荡生活的伙伴，一同逃避法网的制裁。”父亲！我的上帝啊！您怎么啦？

老莫尔：

够了，别念了，我的儿子！

弗朗茨：

我照顾您——“当局已对他发出通缉令，受害者大声疾呼，要求得到公道，已经悬赏取得他的脑袋——莫尔这个姓名”——不！我那可怜的嘴唇可永远不许谋杀一位父亲！（撕碎信件）别信他的话，父亲！一个字也别相信！

老莫尔（痛哭流涕）：

我的姓名！我的诚实的姓名！

弗朗茨（扑在他怀里）：

恬不知耻，无耻之尤的卡尔！他还是个孩子的时候，就穷追女孩，和街上的小流氓、卑劣的小混混一起在草地山间追逐嬉戏，看见教堂就跑，就像罪犯逃避监狱，把从你那儿榨去的铜板随手扔在路上碰到的随便哪个乞丐的帽子里，而我们则在家里用虔诚的祈祷和神圣的布道书颐养自己的心灵。——他宁可阅读朱力斯·恺撒、亚历山大大帝和其他阴暗凶险的异教徒的冒险事迹，也不读痛改前非的托比亚斯① 的故事，那时我不就预感到了吗？我不是向您预言过上百次，因为我对他的爱始终不能超越恪尽孝心，——这个孩子还将使我们大家

① 托比亚斯，伪圣经《托比亚斯书》中的人物。他实现了上帝的诫命后失明，但并不怨恨上帝，而是认真忏悔，赞美上帝，后来又重见光明。

陷入苦难和耻辱之中！——啊，他要不姓莫尔该有多好！要是我的心对他不是这样充满温情该有多好！这种目无上帝的爱，我无法驱逐，还将再一次使我在上帝这位法官的座前受到控告！

老莫尔：

啊——我的前途渺茫！我的金色的梦想已经破灭！

弗朗茨：

这我知道得很清楚。这就是我方才说的。您老是说，在这个孩子身上熊熊燃烧的烈火般的精神使他能敏感地体会宏伟和壮丽的一切魅力，——他眼睛里的这份坦诚反映出他的灵魂，——这纤柔感情使他看见别人受苦便掬同情之泪，这男子汉的勇气使他能跃上百年橡树的树梢，跃过战壕沟槽和湍急江河，——这天真的勃勃雄心，这无法克服的执拗劲头，所有这一切优秀辉煌的美德在这父亲的宝贝儿子心里萌芽，将使他变成忠于朋友的热心友人，变成出类拔萃的市民，变成英雄，变成无比高大的伟人。——现在您瞧，父亲！这熊熊烈火般的精神发扬光大，无限扩展，结出美妙无比的累累硕果。您瞧这份坦诚，绝妙地一变而成放肆！您瞧这纤柔感情对卖弄风情的荡妇表现得何等缠绵悱恻，对弗里娜①这种婊子的美色魅力表现得多么敏感！您瞧这热情如炽的天才，如何在短短的六年之中把生命之油烧干耗尽，以至于把他活生生地彻底毁掉；现在跑来一帮人，恬不知耻地说道：c'est l'amour qui a fait ç a!（法文：这是爱情的所作所为！）啊！您瞧瞧这个大胆无畏事业心强的小子，他制订种种计划并且付诸实行，见到

① 弗里娜，古希腊的艺妓，以美貌著称。公元前四世纪时生活在雅典。

他的这些宏伟计划卡尔杜施[①] 和霍华德[②] 的英雄业绩都黯然失色！——但等到这强劲的萌芽茁壮成长——这样年纪轻轻谁知道会做出什么惊天动地的事情？——父亲，也许您还有这样的快乐，可以亲眼看到，他率领一支大军驻扎在这林中神圣的幽静之处，把筋疲力尽的行客的行囊拿走一半，让他们减去负担，轻装上路，——也许您在进入坟墓之前，还能进行一次朝圣去拜谒他在天地之间为自己建立的陵墓——也许，啊父亲，父亲，父亲！您最好更改姓名，否则那些贩夫商人、市井少年会对您指指点点，他们在莱比锡的市中心广场见过通缉令上您儿子的肖像。

老莫尔：

连你，我的弗朗茨，连你也这样[③]？啊，我的孩子们！他们都在拿刀扎我的心啊！

弗朗茨：

您瞧，我也可以风趣一番，但是我的风趣犀利狠毒，犹如蝎子的针刺。当他坐在你的怀里，或者拧着你的腮帮时，他和我之间的反差，使您乐于给我想出各式各样的称号，什么枯燥无味的平庸之徒啦，冷漠呆板的弗朗茨啦——注定了要在自己的界石之内死去、腐烂，被人遗忘，而这个包罗万象的天才头脑的荣誉将从北极飞向南极——哈！您就合起双手感恩吧，啊老天爷！这个冷冰冰干巴巴，木头木脑的弗朗茨——他没有像这位天才一样！

---

① 臭名昭著的法国窃贼，原名路易·多米尼克·布基尼翁（1693—1721），为当时著名强盗。一七二一年被处死。

② 查哈理·霍华德是一个英国强盗，一六五一年被绞死，时年三十二岁。

③ 隐射恺撒遇刺后对布鲁图斯说的一句话：“你，布鲁图斯，你也在内吗？”（参看莎士比亚的剧本《裘力斯·恺撒》第三幕第一场）

老莫尔：

原谅我，我的孩子；不要生父亲的气，我发现自己估计不足，计划失败。上帝通过卡尔使我老泪纵横，他也会通过你，我的弗朗茨，拭去我的泪水。

弗朗茨：

是的，父亲，他应该从您的眼里拭去泪水。您的弗朗茨将拚着自己的性命，来使您得享高寿。您的生命是我占卜问卦的神谕，它晓谕我要做什么；是我借以观察世间万物的明镜——只要事关您宝贵的生命，任何职责对我来说都不再神圣，我准备为您破坏它们。——您相信我这话吗？

老莫尔：

你还肩负着重大的责任，我的儿子——上帝祝福你曾经为我所做和将要为我去做的事情！

弗朗茨：

那您再跟我说一遍——倘若您不得不否认这个儿子是您的儿子，您还会感到幸福吗？

老莫尔：

别说了，啊，别说了！当产婆把他抱给我时，我把他向天高举，叫道：我不是一个无比幸福的人吗？

弗朗茨：

这是您当时说的话。那么，您现在感到幸福吗？您现在羡慕最卑下的农夫，他不是这人的父亲——您只要有这个儿子一天，您就一天忧愁不断。这种忧愁将随着卡尔逐日增长，这种忧愁将葬送您的生命。

老莫尔：

啊，他使我顿时变成一个八旬老人！

弗朗茨：

那么这样——如果您从此放弃这个儿子呢?

老莫尔(霍然跳起):

弗朗茨!弗朗茨!你在说什么呀?

弗朗茨:

不是您对他的这份爱,给您带来了这无限忧愁?没有这份爱他对您来说就不复存在。没有这份罪恶的,这份该诅咒的爱,他对您来说便已经死去——他对您来说就从来没有出生过。并不是血和肉,而是心使我们成为父子。您只要不再爱他,这个劣种也就不再是您的儿子,哪怕他是从您身上割下的肉。就像《圣经》上说的,迄今为止他曾是你的眼珠,可是现在,您的眼睛让您生气,您就剜掉这只眼睛。宁可只有独眼升上天国也不要长着双眼坠入地狱;宁可无儿无女升上天国,也不要父子一同降入地狱。神就是这样说的①!

老莫尔:

你要我诅咒我的儿子?

弗朗茨:

别这么说!别这么说!——我不是要您诅咒您的儿子,您管什么叫您的儿子——就是您赋予他生命的那个人?哪怕他竭尽全力来缩短您的寿命?

老莫尔:

啊,这可真是如此!这是对我自己进行审判。是上帝叫他这样干的!

弗朗茨:

① 参看《新约·马太福音》第5章29节:"若是你的右眼叫你跌倒,就剜出来丢掉。宁可失去百体中的一体,不叫全身丢在地狱里。"

您看见了吧,您的宝贝心肝是怎么孝顺您的!他是用您慈父的关怀来扼杀您,用您的爱来杀害您,他亲手刺穿了您这父亲的心,给您致命一击。您一旦不在人间,他就是您全部财产的主人,可以恣情纵欲,为所欲为。堤坝不复存在,他那欲念的洪流就可以肆无忌惮地奔腾涌流一泻千里。您不妨处在他的位子上好好想一想!多少次他一心希望父亲已经埋骨地下——多少次他希望除掉这个弟弟——这两个人总是碍手碍脚,无形地阻止他纵欲恣肆?难道这是以爱报爱?为了逞瞬间的淫欲快感,不惜牺牲您十年的寿命,这难道是对慈父宽容表示的孝子的感恩?当他在放纵淫欲的一分钟内,不惜败坏父祖保持了七百年之久的清白家风和显赫荣誉,这难道是以爱报爱?您难道管这样的人叫做您的儿子?您回答呀!您难道称他是个儿子?

老莫尔:

一个缺乏柔情的儿子!唉!可是毕竟是我的儿子!毕竟是我的儿子啊!

弗朗茨:

一个无比可爱妙不可言的儿子,他一直在研究的是如何除掉父亲——啊,但愿您学会理解这点!但愿您睁开眼睛看看清楚!但是您的关怀只会使他坚定不移地去花天酒地,您的援助只会使得他的放荡生涯合理合法。您当然会解脱他头上的诅咒;但是,父亲,这万劫不复的诅咒将落到您的头上。

老莫尔:

公平!非常公平!——在我,一切罪过都在我!

弗朗茨:

成千上万的人从情欲之杯里畅饮之后,通过苦难改邪归正。任何过分的事情,都伴以肉体上的痛苦,这难道不是上天意志的显示？难道要通过残忍的溺爱放纵使他无法浪子回头？难道父亲想无视上天托付给您的职责不关心儿子的改过向善？——请您好好思考一下，父亲，倘若您有段时间完全让他去受苦受难，那么他要么不得不回心转意，翻然悔悟，要么经受了巨大的苦难依然执意当个无赖，那么——父亲以娇惯宠爱完全毁掉上天的智慧做出的安排，这下可就惨了！——您说呢，父亲？

老莫尔：

我要写信告诉他，我不再庇护他。

弗朗茨：

您这一着做得正确聪明。

老莫尔：

叫他永远别在我眼前出现。

弗朗茨：

这将产生极佳疗效。

老莫尔（柔情地）：

直到他改变为止！

弗朗茨：

这就对了，这就对了——但是，如果他现在戴着伪善的假面具前来，泣求您的同情，甜言蜜语，骗取你的宽恕，明天走去，在他那帮婊子们的怀抱里嘲笑您的软弱，那又怎么办呢？——不，父亲！倘若他心胸坦然自觉无罪，定会自觉自愿地回来。

老莫尔：

那我立刻就把这事写信告诉他。

弗朗茨：

等等！还有句话，父亲！我怕您的愤怒会使您笔端写出过于严厉的词句，使他为之心碎——再说——您难道不觉得，如果您认为他还值得您亲手写信给他，他会以为您已原谅？因此是不是让我来写信这样更好？

老莫尔：

你去写吧，我的儿。——唉！写信是会使我心碎的！写信告诉他——

弗朗茨（急速地）：

那就这么说定了？

老莫尔：

写信告诉他，我抛洒了成千行血泪，度过了成千个不眠之夜——但是不要使我的儿子趋于绝望！

弗朗茨：

您不想上床歇会儿吗，父亲？这事对您的打击太大了。

老莫尔：

告诉他，父亲的胸怀——我跟你说，不要让我的儿子趋于绝望！（悲哀地下）

〔弗朗茨哈哈大笑着目送着他。

弗朗茨：

你去自我安慰吧，老东西，你永远也不会再把他搂在怀里；他通向你胸怀的道路已经堵住，就像天堂和地狱道路不通——在你还不知道你会有这种想法之前，他已被从你怀里夺走。要是我没法把儿子从父亲的心口拽走，哪怕他是用铁链拴在父亲心上，那我就该是一个可怜见的虎头蛇尾的蠢货——我已经在你四周布下了一道充满诅咒的魔圈，你儿子跳不过去——祝你走运，弗朗茨！心肝宝贝已经滚蛋——树林更加明亮。我得把这些信纸都拣起来，人们多么容易就会认出我的笔迹？（他把撕碎的信纸拼起来读）——忧愁很快也会把这老头带走。——我也得把这个卡尔从那姑娘[1] 心头扯开，尽管她一半生命都系在他的身上。我有充分的权利对大自然生气冒火，而且凭我的名誉起誓！我要恢复这些权利。为什么我不是第一个爬出娘胎？为什么我不是独生子？为什么大自然要让我生得这样丑陋不堪？偏偏让我丑陋？就仿佛大自然在生我时正好宣告破产？为什么偏偏让我长了这么一只拉普兰人[2] 的塌鼻子？偏偏给我这么一张摩尔人[3] 的宽嘴巴？这么一双霍屯督族人[4] 的小眼睛？的确，我相信它是把各族人最恶心的东西堆在一起，把我炮制出来。真他妈的该死！谁给它这样的全权，把一切优点给了那一个，而对我却一个优点不给？在那位出生之前，会有人为此对它大事奉承？还是说会有人在他出生之前，对它横加非难？为什么它在创造我们时，这样偏心眼？

不！不！我冤枉了大自然。它不是赋予了我们创造精神，把我们赤身裸体、可怜巴巴地放在这个叫做人世间的辽阔海洋的岸上——谁会游就游吧，谁太笨就沉没！它什么也没赋予我；我想把我塑造成什么，那就是我自己的事。谁都有同样的权利成为顶天立地的伟人和微不足道的小人；要求毁于要求，欲念毁于欲念，力量毁于力量。权力寓于征服者的身上，我们力量的限度便是我们的法律。

也许存在着人们制定的某些共同的协定，推动着宇宙运行的脉搏。诚实的名字！——的确是枚含金量很高的金币，谁要是懂得巧妙地把它支付出去，完全可以用它大发利市。良心——啊，当然！是个能干的稻草人，善于赶走樱桃树上的麻

① 指阿玛莉亚。

② 拉普兰，北极的地名。

③ 摩尔人，非洲的一种黑人。

④ 霍屯督族人，南非的一种土人。

雀！——这也是张开得漂亮的汇票，连破产的银行家必要时也可以用它摆脱困境。

的确有些非常值得称道的机构，让傻瓜们怀着敬意，让贱民们受到约束，以便聪明人能够更加便宜行事。没有体面，相当滑稽的机构！我觉得就像我的农民非常狡猾地在他们田地四周拦起的篱笆，这样兔子就没法越过，是啊，千万不要有兔子！——但是仁慈的老爷用刺马针给他的乌骓马猛刺一下，就轻而易举地纵马踏过了当时的庄稼。

[可怜的兔子！兔子不得不在这世上扮演一个可怜巴巴的角色——但是仁慈的老爷需要兔子！]①

于是就潇洒地纵马踏了过去！谁要是无所畏惧，其实和众人惧怕的那个人一样强大有力。[现在时髦的是在裤子上装上扣子，可以随心所欲地用它把裤子系紧和放松。我们要根据最新的时尚丈量良心，以便把它按照我们的规定放开。我们有什么过错？去找裁缝啊！]我听见人家长篇大论地奢谈所谓的血缘之爱——简直可以叫一个老老实实的一家之主听了头脑发晕——这是你的哥哥！——说白了意思就是：他是和你从一个炉子里烘制出来的——所以他对你来说是神圣的！——请注意一下这个曲里拐弯的推论，这个可笑的结论，它认为肉体亲近毗邻便造成精神亲密和谐，同样的感觉会有同样的归宿，同样的伙食导致同样的爱憎。但是接着说——这是你的父亲！他把生命赋予你，你是他的血肉——所以他对你也应该是神圣的！又是一个狡猾的推论！我想请问，他

① 本译文的德文底本(柏林建设出版社，1954)根据的是《强盗》一七八二年第二次修订版。方括号中的文字为一七八一年第一版中所有，在修订版中被席勒删掉了。圆括号中的文字为一七八二年席勒修订时所增添。

为什么把我制造出来？总不是出于对我的爱吧，我还得先变成一个我才行啊？在他制造我之前，难道已经认得我了？还是说他在制造我时想到过我，还是说在他制造我时就希望得到我？他难道知道我会变成什么东西？我并不想劝他这样做，否则我要惩罚他，因为他终于还是制造了我！我生成一个男人，我能为此感谢他吗？要是他把我造成一个女人，我也同样不能怪他。我能认为这是一种爱吗？它并不是建立在尊重我的自我之上。能够说这里存在着对我自我的尊重？我的自我只有通过这事才能产生，这必须是它的前提啊。[那么神圣之处何在呢？莫非在于我因而产生的那个行动？——仿佛这个行动除了满足兽性欲望的兽性过程之外，还有更多的什么东西似的？——还是说神圣之处也许在于这个行动的结果，这个行动其实就是一种钢铁的必要性，这种必要性大家很愿意把它抛开，只要不以血肉为代价就行？]难道叫我因此就对他说好话，说他爱我？这是他的一种虚荣心，是一切艺术家天生的罪过，他们总是炫耀自己的作品，哪怕这作品丑陋万分。——所以你们看，这是全部巫术，你们把它掩饰在一层神圣的浓雾之中，来滥用我们的恐惧。难道也要我为此像个孩子似的受到控制？所以快动手吧！勇敢地着手工作！我要把我周围限制我，使我无法成为主人的一切全都铲除干净。我必须成为主人，凡是用友好态度不能获得的东西，我就以暴力夺取。（下）

第　二　场

〔萨克逊边境的一个酒店。

〔卡尔·莫尔正在专心读书。施皮格尔贝格在桌旁喝酒。

莫尔(把书撂开):

我一读普卢塔克[①] 写的这些《伟人传》,这个舞文弄墨的世纪就叫我恶心。

施皮格尔贝格(把一杯酒放在卡尔·莫尔面前,边喝边说):

你得读一下约瑟夫斯[②] 的书。

莫尔:

普罗米修斯的熊熊火焰已经烧完,于是人们便用石松末制造的剧院烟火的火焰来取而代之,连烟斗里的烟草也点不燃。他们只是毕剥乱响,就像赫剌克勒斯[③] 大棒上的耗子,认真地从头盖骨上来研究骨髓,看看他睾丸里装的究竟是什么玩意儿。有个法国教士讲课,说亚历山大是个胆小鬼;一个害肺痨病的教授每说一句话都要把一小瓶氨气酒精放在鼻子底下闻闻,向满教室的学生讲解力量为何物。那些制造了一个儿子就晕过去的家伙,对汉尼拔[④] 的战术评头品足——乳臭未干的小子从卡耐一役的记载摘取词句,对西皮阿[⑤] 打的胜仗龇牙咧嘴,因为他们不得不翻译这些事迹。

施皮格尔贝格:

这可是按亚历山大诗风[⑥] 悲声哭泣啊。

---

① 普卢塔克(46—125),古希腊历史学家,著有《伟人传》。

② 符拉维乌斯·约瑟夫斯(37—?),公元一世纪的犹太史学家。公元六六年犹太人起义反抗罗马,约瑟夫斯态度暧昧,甚至背叛他的同胞。斯皮格堡也是这样的人物。

③ 赫剌克勒斯为希腊神话中最勇敢最有力的英雄,他的力量也表现在他手执的大棒上。这里显然影射男性的阳刚之力,与生殖机能有关。

④ 汉尼拔(前246—前183),迦太基名将,为古罗马的劲敌。公元前二一六年卡耐一役大败罗马人于意大利南部的卡耐城。

⑤ 西皮阿(前235—前183),罗马名将,公元二〇二年大败汉尼拔。

⑥ 亚历山大诗句为一种诗的格式,为法国古典悲剧惯用的诗体。雕琢生硬,华而不实,以此嘲笑卡尔的慷慨激昂。

莫尔：

为了好好奖励你们在战场上征战时流下的汗水，你们[①] 现在还活在文科中学的书本里，并且用一根捆书的皮带辛辛苦苦地把你们的不朽拖走。你们挥霍掉的鲜血取得的珍贵的记录，被一个纽伦堡的旧货商用来包扎辣味糕点——或者，要是弄得凑巧，一个法国的悲剧作家把它写进戏文铆在高跷上面，用绳子来拉动[②]。哈哈哈。

施皮格尔贝格(喝酒)：

我请你读读约瑟夫斯的书吧。

莫尔：

呸，呸！这个软弱无力的阉人世纪，除了来回咀嚼往昔岁月的事迹，对古代的英雄胡乱评论，编造一些悲剧来糟蹋他们之外，干不了什么好事。腰部的精力已经耗尽，现在得靠啤酒的酵母来帮助人们传宗接代。

施皮格尔贝格：

喝茶，兄弟，喝茶。

莫尔：

现在他们用极为乏味的传统观点来堵塞健康的天性，都没勇气喝干一杯酒，因为他们还得捎带着喝点健康饮品——百般奉承刷鞋匠，让他在仁慈的主人那里代表他们，折磨这可怜的无赖，因为他们并不怕他。[为了一顿午餐他们互相吹捧，为了在拍卖时供他们竞买的一张下铺又恨不得互相毒死。]——诅咒那些不勤于上教堂做礼拜的犹太教徒[③]，在祭坛上计算

---

① 指上面提到的传说中的英雄和历史人物。

② 指的是玩偶，当时的一代青年用玩偶来嘲笑法国古典悲剧中的人物。

③ 原指犹太人当中的贵族法师，后指一种有政治倾向的宗教派别，主张政教分开，被正统派视为异端，卡尔对他们态度温和。

他们高利贷的利息——[跪倒在地以便撒开他们的华丽长袍——目不转睛地望着神父,以便看出他的假发是如何梳理的——]看见一只鹅流血就晕厥过去,要是他们的对手[在交易所破产]就高兴得拍手,(由于房子着火烧成灰烬而拔光自己头发)——我这样热烈地和他们握手,——"就只宽限一天"——徒劳无益!——把这条狗关进牢房里!连声哀求!拼命发誓!泪流不止!(使劲跺脚)真他妈的见鬼!

施皮格尔贝格:

就为了这么几千个下三烂的金币。

莫尔:

不,我不愿想这事!我得把我的身体挤压到一个束胸里去,把我的意志压缩到法律条文中去。法律使得原来可以像老鹰一样展翅飞翔的人,弄得只能像蜗牛一样爬行。法律还没有造就过一个伟人,但是自由已经培育出伟岸宏大异乎寻常的人才。他们躲进暴君的腹膜,奉承他那肠胃的脾气,让他的爪子把自己抓紧。——唉!但愿赫尔曼[①] 的精神还能在灰烬中发出火光!——让我率领一队像我这样的小伙子组成的军队,把德意志变成一个共和国,罗马和斯巴达和它相比,就只是修女的修道院而已。(他把佩剑扔到桌上,站起身来)

施皮格尔贝格(霍然跳起):

说得好,说得好极了!你正好把我引到正题。我要冲你耳朵说句话,莫尔,这话在我心里已经藏了很久,你是成就这件大事的人,——喝酒,兄弟,喝啊!倘若我们变成犹太人,把建立王国这事又旧话重提,你看如何?

---

① 赫尔曼为日耳曼人的民族英雄,在公元一世纪曾联合各个部落击退罗马占领军。

莫尔(仰天大笑):

啊!我现在发现——我现在发现,因为剃头师傅[①] 已经割了你的包皮,你想让包皮不再时兴?

施皮格尔贝格:

而你,你这懒鬼!我当然已经奇妙地事先割过了包皮。你说这是不是一个聪明透顶巧妙异常的计划?我们向世界各地发出一份宣言,把不吃猪肉的人都召到巴勒斯坦。我可以用确凿有据的文件证明,希律王[②] 是我的先祖,如是云云。要是他们又一次得到保障,又可以重建耶路撒冷,这就会引起人们欢呼,小子。现在赶快和土耳其人一同从亚洲出发,因为打铁趁热,这铁还温和,从黎巴嫩去砍伐杉树,用来造船,整个民族用古老的花边和钮扣来讨价还价。在这期间……

莫尔(笑嘻嘻地抓住他的手):

伙计!这愚人的玩笑就开到这里结束!

施皮格尔贝格(一愣):

去你的,你该不会想扮演浪子回头吧?像你这么一个家伙,动辄决斗,用剑在人家脸上划的道道,比三个书记官在一个闰年里在记事本上写的字还多![要我告诉你那头大狗尸体的事情吧?哈!我只要把你自己的形象召唤到你眼前,倘若没有其他的东西使你欢欣鼓舞,这件事就会使你热血沸腾。你还记得吧,大学的老爷们如何叫人开枪打断了你的狗的腿,你为了报仇就让人在全城宣布斋戒。人们对你这封回信十分恼火。可是你也不好对付,把整个 L[③] 的肉全都收购一空,结

---

① 当时理发师也兼做外科医生,也为犹太人割包皮。

② 希律王,犹太若干国王的名字。

③ L暗示莱比锡。

果周围一带八小时内都没有骨头可啃，鱼价随之开始飞涨。市议会和市政府都嚷着要报复。我们一下子就召来了一千七百个大学生，你走在头里，后面跟着卖肉的、裁缝师傅和杂货店老板，还有饭店老板，剃头师傅和各行各业的人，大家连声诅咒，倘若谁敢伤害大学生一根毫毛，他们就大吵大闹，反抗城市。结果就和霍恩堡[①]的射击一样，大家不得不拉长着脸撤退。你请来了大夫，整整一个医疗小组，谁给你的狗开张药方，你就给他三枚金币。我们担心这些先生身上有太多的荣誉感会拒绝开药方，我们已经约好要迫使他们这样做。但是这完全没有必要，先生们争这三枚金币都打了起来，最后降价降到三枚银元，一小时之内就开出了十二张方子，那条狗不久之后也就呜呼哀哉。

莫尔：

这些可耻的家伙。

施皮格尔贝格：

这条狗的葬礼举行得风光体面，有上千首悼诗悼念小狗，近千人夜里出殡，大家一手提着灯笼，一手握着宝剑，穿过全城，钟声齐鸣，锣鼓喧天，直到小狗下葬为止。接着是一顿盛宴，一直吃到晨光熹微，然后你就向先生们致谢，感谢他们衷心的哀悼，然后用半价把肉售出。Mort de ma vie！（法文：真他妈的！）我们对你这叫尊敬啊，就像在一座被征服的城里的得胜士兵尊敬凯旋的将军。

莫尔：

你不害臊，还拿这事大吹大擂？你难道就没有一点羞耻之心，

① 霍恩堡为黑森林中一城，成语“霍恩堡的射击”指人们举行一次射击比赛，却忘了带火药，人们悻然散去。即虎头蛇尾，有始无终，乘兴而来，败兴而归。

对这种玩笑不感到脸红？

施皮格尔贝格：]

去你的，去你的吧！你已经不再是莫尔！你还记得吗，你上千次地手里拿着酒瓶，头上戴着旧毡帽，嘴里说道：让他去拼命搜刮钱财吧，你可要大喝一通润润喉咙。——你还记得吗？嗯？还记得吗？啊，你这个无可救药的可怜已极的吹牛大王！当时这话说得还有丈夫气，还有贵族气。可是——

莫尔：

你这小子真该诅咒，还提醒我这些事情！我也真该诅咒，竟说过这样的胡话！但这是酒后狂言，我的舌头在胡吹什么，我的心并没有听见。

施皮格尔贝格(摇头)：

不！不！不！这不可能。不可能，兄弟，你不可能当真这样想。你说，小兄弟，该不是困境使你情绪这样吧？来，让我给你讲一段我的少年时代的事情！我家附近有一道沟，这道沟和少数沟一样，有八只鞋[①] 那么宽，我们这些孩子就比赛跳沟。但是都没有成功。扑通一声！你就躺在沟里了，大伙对你又嘘又笑，用雪球把你狂打一气。我家旁边住的猎人有条狗拴在链子上，姑娘们稍不注意，从旁走过，离得太近，这条咬人的畜牲就像闪电似的咬着她们的裙边。我当时最开心的事情就是想尽办法来逗那条狗，看到这畜牲恶狠狠地直瞪着我，要是可能，恨不得就向我直扑过来，我简直笑得半死。——你猜怎么着？有一次我又去逗它，把一块石头重重地砸在它的肋骨上，那头畜牲一怒之下挣断了链子，向我直扑过来，我就像电打雷劈，拔脚就逃，——真是千钧一发，险象环生！这时

---

① 一只鞋为三十公分。

候这道该死的沟横在当中。怎么办？那条狗已经咬到我的脚后跟了，而且怒气冲天，我于是横下心来，——助跑几步——跳过沟了。多亏这一跳救了我的一条小命，要不然这畜牲准会把我咬得血肉模糊。

莫尔：

现在说这件事目的何在？

施皮格尔贝格：

目的就是让你看到，危难之中力气大长。因此事情到了危急关头，我也从不心惊胆战。勇气与危险同长，力量在困厄中倍增。命运想必是要把我造就成一位伟人，因为我老是这么不顺。

莫尔（恼怒地）：

我真不明白，我们要勇气有什么用处，我们可是什么勇气都还不曾有过。

施皮格尔贝格：

是吗？——那么你是想把你身上的天赋全都浪费殆尽？把你的才能完全埋没？你认为，你在莱比锡干的臭事已经达到了人的机智的极限？让我们先去逛逛宏大世界！巴黎或者伦敦！——在那里要是以正人君子的名义跟人家打招呼，就会挨到耳光。在那儿要是把这行手艺大干一番，这才叫人心旷神怡。——你会看傻眼！你会张口结舌！等着，看人家如何伪造手迹，如何巧掷骰子，如何溜门撬锁，如何把箱子里的东西倒个干干净净——这一切你还都得向施皮格尔贝格学习！想伸着手指活活饿死的小混蛋，就该随便找个绞架把他吊死。

莫尔（心不在焉地）：

怎么？你大概还一点进展也没有？

施皮格尔贝格：

我甚至认为,你对我有所怀疑。等等,让我先暖暖身子;你得看到奇迹;你的小脑子得做好充分准备,瞧我的正在酝酿的机智即将诞生。——(站起来,激动地)我顿时心明眼亮!伟大的思想在我的心灵里渐渐酝酿成熟,宏伟的计划在我富有独创性的头脑里翻腾。该诅咒的瞌睡!(用手敲敲脑袋)到目前为止它拴住了我的能量,阻止了束缚了我的远大前程!我一觉醒来,感到我是谁——我必须变成谁!

莫尔:

你是个傻瓜。酒浆从你的脑子里迸涌出来,大吹大擂。

施皮格尔贝格(更为激动):

人家会说,施皮格尔贝格,你会施巫术吗,施皮格尔贝格?国王会说,可惜你没变成将军,施皮格尔贝格,不然你会把奥地利人打得抱头鼠窜①。是啊,我听见大夫们在抱怨,这人没有学医,实在是件极不负责的事情,不然他满可以发明一种新的治疗甲状腺的药粉。唉!苏利② 们会在他们的内阁里连声叹息,可惜他没把经济管理学选做自己的专业,否则他会点石成金,变出许多金路易③ 来。施皮格尔贝格的名字将响彻东方西方,你们这些胆小鬼,这些乌龟王八统统变成粪土,而施皮格尔贝格将张开双翼,向上飞升,直达永世荣誉的庙堂。

莫尔:

祝你一路好运!在耻辱柱上一直高升直达[荣誉](声望)的顶峰。更为高贵的欢娱吸引我,回到我父亲园林的阴影之中,回

---

① 指普鲁士和奥地利之间爆发的七年战争(1756—1763),普鲁士国王腓特烈大帝在洛伊特恩(1757)和利格尼茨二役大败奥地利人,占领了原属奥地利的西利西亚。

② 马克西米利安·苏利(1559—1641),法国政治家。

③ 当时流行的金币。

到我阿玛莉亚的怀抱里面。上个星期我就写信给我父亲请求宽恕。我连最小的细枝末节也没向他隐瞒。精诚所至，也就引来同情和帮助。让我们就此分手吧，莫里茨。我们今天见面，以后永不相见。邮车已经到达。我父亲的宽恕已经在这城市的墙垣之中。

〔施魏策尔，格林，罗勒，舒夫特勒，拉茨曼上。

罗勒：

你们知道了吗，人家在侦察我们？

格林：

知道吗，我们毫无安全可言，时刻都会被人抓获？

莫尔：

我一点也不觉得奇怪。该怎么着就怎么着吧！你们没看见施瓦茨吗？他没跟你们说起他有封信给我？

罗勒：

他找了你很久了；我猜就是这回事。

莫尔：

他在哪儿，哪儿，哪儿？（急着想跑开）

罗勒：

呆着！我们叫他到这儿来了。你在哆嗦——？

莫尔：

我没哆嗦。我干吗要哆嗦？伙计们！这封信，你们和我一起为之高兴吧！我是世界上最幸福的人，我干吗要哆嗦？

〔施瓦茨上。

莫尔（飞快地向他迎了过去）：

兄弟！兄弟！信！信！

施瓦茨（把信给他，莫尔急急忙忙地把信拆开）：

你怎么啦？你怎么脸色苍白得像墙壁一样？

莫尔：

我弟弟的笔迹！

施瓦茨：

施皮格尔贝格在那儿干吗？

格林：

这家伙疯了。他手舞足蹈就像在跳圣－魏特舞[①] 似的。

舒夫特勒：

他的脑子尽在转圈。我想他是在写诗。

拉茨曼：

施皮格尔贝格！嘿，施皮格尔贝格！——这畜牲什么也听不见。

格林（摇晃他）：

小子！你是在做梦，还是——？

施皮格尔贝格（这段时间一直在屋子的一角装模作样，像在精心筹划，猛地跳了起来）：

La Bourse ou la vie！（法文：要钱或者要命！）（他抓住施魏策尔的脖子，施魏策尔从容不迫地随手把他掷到墙上，——莫尔的信从手上坠落，他跑了出去。大家全都惊跳起来）

罗勒（在莫尔身后叫道）：

莫尔！到哪儿去，莫尔？你干什么呢？

格林：

他怎么啦？他怎么啦？他的脸白得像个死人。

施魏策尔：

想必是些美妙的消息！拿来看看！

---

① 民间的说法，指癫痫症发作，全身肌肉不由自主地抽动，患这种病的人呼唤圣·魏特求助，故名。

罗勒（从地上拣起信，读道）：

“不幸的哥哥！”这封信一开头听上去就挺有趣。“我只好向你简短地报告，你的希望落空了。——父亲让我对你说，你的可耻的行径带你到哪儿你就该到哪儿去。他说，你也不要指望在他脚下哭哭啼啼会得到他的恩典。倘若你不想在他塔楼底下最深的地窖里受到款待，靠冷水和面包度日，直到你的头发长得像老鹰的羽毛一样，你的指甲变得跟飞鸟的爪子似的，就别回来。这是他说的原话。他命令我，就此结束此信。永别了！我真可怜你——弗朗茨·封·莫尔。”

施魏策尔：

真是个甜得流蜜的好兄弟！的确如此！——这个流氓叫弗朗茨？

施皮格尔贝格（悄悄地溜了过来）：

说什么靠冷水和面包过日子？真是美好的生活！我可为你们设想了另外一种生活！我不是说过了吗，说到头来我得为你们大家着想？

施魏策尔：

这蠢货在说什么？这头驴要为我们大家着想？

施皮格尔贝格：

你们大家是伙兔子，瘸子，跛脚狗，你们没有胆量去冒险从事一番宏伟的事业！

罗勒：

我们当然是这类货色，你说得有理——可是你想冒险从事的事业，能把我们从这个倒霉透顶的境地里救出去吗？行吗？——

施皮格尔贝格（骄傲地长笑一声）：

可怜的笨蛋！救出这个境地？哈哈哈！——救出这个境

地？——你那一丁点儿脑子就不能想想更多的事情？你那匹劣马就只会往马厩里跑？施皮格尔贝格要是只想从这小事开头，那他就准是个胆小的孬种。我告诉你，我是要把你们造就成英雄、统帅、君王、天神！

拉茨曼：

这可是一步登天啊，真的！不过，这大概是个悬乎事，至少得掉脑袋。

施皮格尔贝格：

什么也不需要，只要勇气；因为要动脑子的事，我全都包了，我说过了，要有勇气，施魏策尔！勇气！罗勒，格林，拉茨曼，舒夫特勒！拿出勇气！——

施魏策尔：

勇气？要是事情这样就行——我有足够的勇气可以赤着脚穿过地狱。

舒夫特勒：

我有足够的勇气，可以在公开的绞架底下和活生生的魔鬼去为一个可怜的罪人大打出手。

施皮格尔贝格：

我就喜欢这样！如果你们有勇气，就站个人出来说，他还会有所失，并非一切都可赢得！——

施魏策尔：

这话当真，要是我还没赢得的东西也会失去，那的确还会有所失。

拉茨曼：

是的，见鬼！如果我想赢得，我不会失去的东西，那我还是可以有所得。

舒夫特勒：

如果我借来穿在身上的东西也不得不失去，那么无论如何我明天就无所失了。

施皮格尔贝格：

那么好！（他站在他们当中用请求的口吻说道）倘若你们血管里还流淌着一滴德意志英雄的血液——那就来吧！我们要在波希米亚的森林里安营扎寨，在那儿纠集一帮强盗——你们瞪着我干吗？——莫非你们那一丁点儿勇气已经荡然无存了？

罗勒：

你大概不是第一个瞅不见高高绞架的骗子——不过，再说了——我们还有其他选择吗？

施皮格尔贝格：

选择？什么？你们没什么可选择的！你们愿意关在罪人塔里呜咽哀鸣，直到末日审判的号角响起？你们愿意手持铁锹镐头，为了吃口干面包苦干终身？你们愿意在别人的窗前唱唱小曲求得一星半点的施舍？还是你们愿意应征入伍——不过那儿还有个问题，看人家是不是信任你们的脸相——在那儿一个专横跋扈的军曹有着疑神疑鬼的脾气，在他手下事先品尝炼狱的苦刑？还是在鼓乐声中按照鼓声的节奏漫步① 向前？还是在苦役船的乐园里身后拖着火神的全部铁器② 往前移动？你们瞧，这就是可供你们做出的选择，这就是你们可以选择的全部内容！

罗勒：

施皮格尔贝格说的话也并不是那么没有道理。我也制定过种

① 士兵受到惩罚，从排成两队的士兵中走过，两旁的士兵便对他棍棒相加。

② 火神是铁匠，他锻造的全部铁器指苦役船上的犯人身上拴着的铁链，链上还挂着沉重的铁球。

种计划，但是这些计划末了都碰到一点。我心想，如果你们大家都坐下，一起写本手册，或者一本年鉴或者类似的什么玩意儿，为了几个铜板写点评论，就像现在真的时兴的那样，那会怎么样？

舒夫特勒：

见鬼去吧！你们的忠告接近我的那些项目。我心里一直在想：如果你变成一个虔敬派教徒①，每周都要参加祈祷课，那怎么样？

格林：

说得妙！要是这还不行，就当个无神论者！我们可以打《四福音书》② 作者的嘴巴，让压迫者把我们的书拿去烧掉，这样就顿时遐迩闻名。

拉茨曼：

要不我们就去治杨梅疮——我认得一个大夫，他用纯水银③盖了一幢房子，就像他门上贴的讽刺诗说的那样。

施魏策尔（站起来把手伸给施皮格尔贝格）：

莫里茨，你可真是个伟人！——要不就是在痴人说梦。

施瓦茨：

杰出的计划！体面的行业！那些伟大的人物真有异曲同工之妙！现在差只差我们得变成娘儿们和拉皮条的媒婆，或者干脆把我们的贞操送到市场上去出卖。

施皮格尔贝格：

蠢货，蠢货！什么东西阻碍你们不能集众多成份于一身？我

---

① 虔敬派教徒为新教的一支，十七、十八世纪在中部和南部德国广为流传，他们强烈地意识到自己有罪，要求信徒不断祈祷、赎罪。

② 《四福音书》，指《新约全书》中的马太，马可，路加，约翰四篇福音书。

③ 十八世纪时，人们注射水银，治疗梅毒。

的计划将永远给予你们最高的推动力,你们还能得到荣誉,得以永垂不朽!你们瞧,可怜的饿死鬼!要想还得想到那么远的地步!也要想到死后哀荣,那种永远不会被人遗忘的甜蜜感觉——

罗勒:

而且还记录在正人君子的名单之中!如果要把一个正人君子变成流氓,那你就是个出类拔萃的演说家,施皮格尔贝格——你们有谁知道,莫尔在哪儿?——

施皮格尔贝格:

你说,正人君子?你认为,你以后就不如现在诚实正直?你管什么叫诚实正直?有钱人忧心忡忡,夜不安席,如今把他们的忧愁去掉三分之一,把停滞不动的钱又周转起来,让财产重新分配,一句话,又召回黄金时代,帮助上帝摆脱一些讨厌的寄生虫,给他省去战争,疠疫,珍贵的时间和大夫——[你瞧,这就是我说的诚实正直,我管这个叫做充当上苍手里的体面工具]——吃每块烤肉时,都会有这种使你感到舒畅的想法:这是你的损人的伎俩,你的雄狮般的勇气,你的夜间守卫所赢得的——为大大小小的人所尊敬——

罗勒:

最后甚至还活生生地直升天国,不顾雨骤风狂,不顾古代先人胃口贪婪,在日月星辰之下飘浮翱翔①,甚至连不理智的天上飞鸟[也为高贵的欲念引诱过来,]也在举行天国的音乐会[,长着尾巴的天使们② 在那里召开极端神圣的会议]?是不是?——如果君王们和权臣们被蛆虫、蛀虫吞食,还能够有幸

① 暗示吊在绞架上。

② 指魔鬼到绞架上来接收罪犯的灵魂。

接受丘比特的王家飞鸟[①] 的拜访？——莫里茨，莫里茨，莫里茨！你注意一下！你对三条腿[②] 的动物可要注意！

施皮格尔贝格：

这使你害怕，你这兔子胆？不是已经有许多想要改造这个世界的包罗万象的天才，在这个剥皮场里腐烂了吗？人们不是说，已有几百年、几千年之久，有些国王和选帝侯在历史上被人忽略不提，历史学家在记述世代更替时，根本不怕漏掉他们，他写的史书也并没有因此多增加几页，为此出版商可是向他支付现金的啊——倘若漫游者看见你在风中这样飞来飞去——他会暗自对自己说，这个人想必也不是一个头脑愚蠢的家伙，为此他喟叹这时代鄙陋至极。

施魏策尔（敲敲施皮格尔贝格的肩头）：

说得精辟，施皮格尔贝格！精辟！见鬼，你们干吗愣在那儿，迟疑不决？

施瓦茨：

那就管这个也叫做"自轻自贱"吧——接下去是什么？在这种情况下就不能身边老带点粉末[③]，悄悄地就把个人送到阿刻戎河[④] 对岸去，对此谁也不闻不问！不，莫里茨兄弟！你的建议很精彩，我的信条也是这样。

舒夫特勒：

该死！我的信条也一字不差。施皮格尔贝格，你已经争取到我了！

拉茨曼：

---

① 这是反讽的说法，丘比特总有雄鹰伴随，而这里指的是啄食死尸的飞鸟。

② 绞架。

③ 指毒药。

④ 是将阴间和阳世分隔开来的河流，送到河对岸去，即送进阴间。

你和另外一个俄耳甫斯① 一样，把我的良心，这头哀号的野兽用歌声催眠送进了梦乡。你就把我完完全全地拿去，就像我现在这样。

格林：

Si omnes consentiunt ego non dissentio（拉丁文：如果大家同意我不反对）。请注意，没加逗号②。在我的脑子里有一次竞相拍卖：[虔信主义者——江湖郎中——书报评论员和骗子]（炼金者——江湖郎中——彩票和骗子）。谁出价最高，我就跟谁。握住这只手吧，莫里茨。

罗勒：

也有你吧，施魏策尔？（把右手伸给施皮格尔贝格）那我就把我的灵魂抵押给魔鬼。

施皮格尔贝格：

把你的名字抵押给永生不灭的星辰吧！灵魂到哪儿去，又有什么关系？要是一群群飞跑而去的信使报告我们堕入地狱，撒旦们不就会穿着节日盛装打扮一番，把千年之久的煤烟从眼睫毛上拭去，不计其数的长着犄角的脑袋从硫磺火炉的冒烟的烟囱口里探出，来看我们进入地狱？——伙计们！（他跳起身来）赶快起来！伙计们！在这个世界上还有什么能超过这种快乐引起的陶醉？来啊，朋友们！

罗勒：

别着急！慢点！到哪儿去！就是野兽也得长个脑袋啊，孩子们。

---

① 俄耳甫斯，古希腊歌手，能用歌声驯服地狱的看守和幽灵，这样他就可以畅行无阻进入地狱，救出爱妻。

② 在拉丁文原文中的non“不”之后如有逗号，则意思相反，即：尽管大家同意，我反对。

施皮格尔贝格(恶毒地):

这拖泥带水的家伙在宣讲什么？四肢还一动没动，脑袋不是就已经在那儿了吗？跟我来吧，伙计们！

罗勒:

我说，慢一点。就是自由也得要有它的主人。没有元首罗马和斯巴达都就此沦亡。

施皮格尔贝格(圆滑地):

不错——站住——罗勒说得对。这头头必须是个头脑开窍的家伙。你们明白吗？必须是个心思缜密，富有政治眼光的人。是的！我要是想想，你们一小时以前是什么，现在又是什么，这完全多亏有了一个精彩的念头——是的，你们当然得有个头儿——你们说，谁想出这个念头，不就是一个头脑开窍富有政治眼光的人吗？

罗勒:

如果可以希望——可以梦想的话——但是我怕他不会干这事。

施皮格尔贝格:

为什么不会干？你就大胆说出来吧，朋友！——不论顶风驾驶这条战舰有多难，不论这王冠的重荷压得人多么沉重——你就不要迟疑直说吧，罗勒！也许他还是会干的。

罗勒:

要是他不干，这整个事就有缺陷。没有莫尔，我们就是没有灵魂的躯体。

施皮格尔贝格(恼火地从罗勒身边走开):

笨蛋！

莫尔(情绪狂乱地走进房间，激动地在屋子里走来走去，自言自语):

人啊——人啊！虚伪的伪善的鳄鱼仔子！他们的眼睛柔和似

水！他们的心脏坚硬如石！嘴上挂着亲吻，胸中藏着利剑！狮子和豹子喂养他们的幼仔，乌鸦啄食尸体供养它们的幼鸟，而他，他，——我已经学会了忍受恶意，如果我那暴怒的敌人痛饮我的心血——我还能对此报以微笑，——但是如果手足之情变成叛徒奸贼，慈父之爱变成复仇女神，啊，那么刚毅潇洒，你就化为烈火吧！温柔羔羊，你就变成猛虎吧，每一根纤维全都奋起，吸取怨怒，趋向毁灭吧！

罗勒：

听着，莫尔！你怎么想？当个强盗潇洒自在，总比关在塔楼最底层的地窖里靠冷水和面包度日要强得多吧？

莫尔：

这个精灵愤怒的牙齿已经咬进人的肉里，为什么它没有蹿到一头猛虎身上？这就叫父亲的诚信？这就叫以爱还爱？我愿意做头熊，唆使北国所有的熊来反抗这个谋杀成性的种族——悔恨，但是没有仁慈——啊，我愿毒化汪洋大海，让他们从所有的源泉都痛饮死亡！什么信任，什么不可克服的信心，毫无怜悯！

罗勒：

那就听着，莫尔，我跟你说的话！

莫尔：

简直难以相信，这是场梦！[一场欺骗！]——看到这样动人的请求，对苦难和正在消散的悔恨做出的这样生动的描绘——便是狂暴的野兽也会充满同情！顽石也会泪如雨下，可是——要是我说出全部想说的话，人们会把这当做攻击人类的恶毒诽谤的文字，——可是，可是，——啊，但愿我能向整个大自然吹响叛乱的号角，率领空气、大地和海洋来抗击这些凶猛野兽的孽种！

格林：

你倒是听啊！听啊！你火冒三丈根本就没听。

莫尔：

走开，离我远点！你的名字不是人吗？不是女人把你生下来的吗？——别让我看见你，连同你的人脸！我是这样爱他，爱得难以言传！没有一个儿子这样爱过父亲；我愿意为他千百次献出生命，（气得口吐白沫，拼命跺脚）哈！——谁要是现在把一把宝剑放在我的手里，我就给这毒蛇仔子一个火辣辣的伤口！谁告诉我，我能在什么地方刺中它的心脏，把它击成齑粉，予以彻底消灭——那他就是我的朋友，我的天使，我的上帝——我要对他顶礼膜拜！

罗勒：

我们就是要做这样的朋友，让我指点你一下！

施瓦茨：

跟我们一起到波希米亚森林里去！我们要在那儿纠集一个强盗帮，而你——（莫尔凝视着他）

施魏策尔：

你得当我们的首领！你非当我们的首领不可！

施皮格尔贝格（情绪狂躁地跌坐在一把椅子里）：

一帮奴隶，一伙胆小鬼。

莫尔：

谁把这个主意塞到你脑子里去的？听着，小子！（他一把抓住施瓦茨）这个主意可不是出自凡人的灵魂！谁把这个主意塞到你脑子里去的？是的，凭着千臂死神起誓！我们要搞个强盗帮，我们非搞不可！这个念头值得称赞——强盗和凶手！——凭着我永生不死的灵魂起誓，我当定了你们的首领！

众人（大声喧哗）：

首领万岁！

施皮格尔贝格（直跳起来，自言自语）：

直到我让他倒台为止！

莫尔：

瞧，我一下子就心明眼亮！我真是一个天大的傻瓜，我竟想回到囚笼中去！我的精神渴望着行动，我的呼吸渴望着自由。——当个凶手，强盗！——凭这句话，法律就踩到我的脚底下——我向人性发出呼吁，而人们向我掩盖人性；那就让同情和人性的照顾从我身边滚开吧！——我不再有父亲，我不再有爱情，鲜血和死亡得教我忘记曾经对我珍贵的东西！来吧，来吧！——啊，我要彻头彻尾地消遣一下——我当你们的首领，这事就定了！你们当中放火烧得最凶、杀人杀得最狠的人有幸成为冠军，祝他好运，我告诉你们，我要对他大奖特奖——请你们每个人都到我身边来，向我宣誓效忠和服从，一直到死！——请举起这只男子汉的右手向我宣誓。

众人（向他伸出右手）：

我们向你宣誓效忠和服从，一直到死！

莫尔：

好，我现在也举起男子汉的右手在此向你们宣誓，忠贞不贰，坚定不移地当你们的首领一直到死！谁若畏缩不前、疑虑重重或者临阵脱逃，这条手臂立刻把他变成死尸！如果我破坏了我的誓言，你们每个人也可以同样置我于死地！你们大家是否都满意？

〔施皮格尔贝格愤怒地跑来跑去。

众人（把帽子扔到空中）：

我们大家都满意。

莫尔：

那么好，让我们出发吧！不要怕死，也不必害怕危险，因为在我们头上有个不屈不挠的命运在支配着我们！每个人最后都有气数尽了的一天，不论是在柔软的鸭绒枕头上寿终正寝，还是在鏖战正酣的战场上捐躯阵亡，还是在公开的绞架上和车轮上咽气丧命！其中之一便是我们的命运！

〔他们下。

施皮格尔贝格（目送他们离去，少顷）：

你的统计有个漏洞。你忘记了中毒身亡。（下）

第三场

〔在莫尔伯爵的府邸里，阿玛莉亚的闺房。弗朗茨。阿玛莉亚。

弗朗茨：

你把目光挪开了，阿玛莉亚？我难道比不上那个遭到父亲诅咒的人？

阿玛莉亚：

滚开！——哈，仁爱满怀慈悲心肠的父亲，把自己的儿子扔给豺狼和妖魔！他自己在家充分享用甘甜美味的酒浆，在绒毛枕上舒展自己老朽的筋骨，而让自己高大英俊的儿子忍受饥渴——你们真不害臊，你们这些没有人性的人！你们不感到羞耻，你们这些毒龙的灵魂，人类的耻辱！——这样对待自己的独生子！

弗朗茨：

我想，他有两个儿子。

阿玛莉亚：

是的，他只配有你这样的儿子。在他临死的时候他将白白地伸出他那枯槁的双手去找他的卡尔，结果吓得把手缩回，他抓到的是他弗朗茨冰冷的手。——啊，被你父亲诅咒，真是甜蜜，真是妙不可言的甜蜜！说吧，弗朗茨，亲爱的怀有手足之情的兄弟，要想被他诅咒，得做些什么事情？

弗朗茨：

你在胡思乱想，我亲爱的，你真值得怜悯。

阿玛莉亚：

啊，我求求你——你怜悯你哥哥吗？不，你这个没人性的东西，你恨他！你也恨我吧？

弗朗茨：

我爱你像爱我自己一样，阿玛莉亚。

阿玛莉亚：

你若爱我，大概不会拒绝我的一个请求吧？

弗朗茨：

不会，不会，只要你的要求不超过我的生命。

阿玛莉亚：

啊，要是这样就好！一个你很容易，很乐意实现的请求。（高傲地）恨我吧！我想到卡尔，同时又想起，你并不恨我，我会羞得满面通红的。你答应我了吧？——现在你走吧，让我一个人呆着，[我非常喜欢一个人呆着]！

弗朗茨：

无比亲爱的梦想家！我是多么欣赏你的温柔的充满爱情的心啊。（他指了指阿玛莉亚的胸口）这里，卡尔君临你的芳心，犹如神灵君临他的庙堂。你醒着，卡尔站在你的面前，你睡着，卡尔也统治着你的梦境。上帝创造出来的整个世界在你看来似乎仅仅溶化在这惟一的人身上，只是反映出这惟一的人，只在这惟一的人身上与你产生回响。

阿玛莉亚（受到感动）：

的确如此，我承认。为了反抗你们这些野蛮人，我要在全世界面前公然承认——我爱他！

弗朗茨：

真没人性，真残忍！这样来回报这种爱情！竟把她忘得干干净净！

阿玛莉亚（跳起来）：

什么，把我忘得干干净净？

弗朗茨：

你不是曾经把一枚戒指戴到他指头上？一枚钻戒，作为你忠贞的担保！——当然，一个少年又怎么抵御得了一个婊子的魅力？既然他除此之外没有别的东西可以送人，谁又能责怪他，——那婊子不是也以她的爱抚和拥抱给了他加倍的回报？

阿玛莉亚（发起火来）：

把我的戒指送给了一个婊子？

弗朗茨：

该死，该死！真是可耻。但是如果仅此一端而已，倒也罢了！——一枚戒指不管它多值钱，归根到底在每一个犹太人那里都能重新得到——也许戒指的做工，他不喜欢，也许他已经买了更漂亮的一枚。

阿玛莉亚（激烈地）：

但是我的戒指——我说是我的戒指吗？

弗朗茨：

并没有另外一枚，阿玛莉亚——哈！这样一个珍宝，要是戴在我的指头上——而且是阿玛莉亚所赠！——就是死神也别想从我指头上夺去——是不是，阿玛莉亚？并不是钻石珍贵，并不是做工精巧——而是爱情使它价值连城——亲爱的姑娘，你哭了？使得这珍贵的泪珠从这天神般的眼睛里迸出的家伙，应该天打雷劈——唉，要是你知道了一切，亲眼看见了他，看见他现在的模样，那会怎么样？——

阿玛莉亚：

你这恶鬼！怎么，什么模样？

弗朗茨：

安静，安静，好姑娘，别追问我！（仿佛自言自语，但是声音很大）但愿至少有一层面纱把这面目可憎的罪恶遮盖一下，免得全世界的眼睛都看着它！透过黄色的铅灰色的眼圈看人，真是可怕，——脸色像死人一样灰白，面颊深陷，骨头突出，丑恶不堪——声音嘶哑，若有若无，说话结巴，含糊不清，——那颤抖不已摇摇欲坠的骨头架子正大声宣讲着罪孽的可怕——罪孽正腐蚀着骨头最内部的骨髓，摧毁青春的男性精力，从额头面颊嘴巴和全身各处迸发出脓液刺鼻的泡沫，发展成恶心的癞疮疥癣，令人憎恶地牢牢地扎在兽性耻辱的沟壑之中——呸，呸！我简直恶心得想吐。［鼻子眼睛耳朵都在晃动］——阿玛莉亚，你曾经看见过那个在我们的病院里憔悴而死的可怜家伙；耻辱似乎在他面前羞怯地闭上眼睛——你曾大声呼喊，对他表示怜悯。你不妨把这个图像再回忆一次，这样卡尔就活灵活现地站在你的面前！小心，他的亲吻是瘟疫，他的嘴唇会毒化你的嘴唇！

阿玛莉亚（打他）：

你这造谣毁谤的无耻之徒！

弗朗茨：

看见这样一个卡尔，你毛骨悚然了吧？看见这张面目全非的画像，你已经感到恶心了吧！去，亲眼看一看他，看看你的英俊挺拔、貌若天使、气宇非凡的卡尔吧！去，去吮吸他那香脂般馥郁芬芳的呼吸，让你埋葬在他喉管里喷出的仙雾般浓郁馨香的气息之中！光是他嘴里吐出的浊气就可以吹得你眼前发黑，像死了一样头昏眼花，闻到腐烂爆裂的尸体恶臭，看见尸横遍野的战场惨象，往往就会这样。

阿玛莉亚（转过脸去）

弗朗茨：

爱情的热浪汹涌翻滚！拥抱之中激情如炽——可是由于一个人病态的外表而唾弃他，这是不是也有失公正？即使在伊索[①]那样悲惨病残的躯体里也可以有一个伟大的可爱的灵魂像掉在污泥里的红宝石一样闪闪发光。（恶毒地冷笑）即使从麻点斑斑的嘴唇里爱情也可能——当然，如果罪恶也撼动了性格的基石，倘若美德也随着贞操而飞走［就像香雾从枯萎的玫瑰中逸出］——如果精神也和肉体一样毁掉成为残疾——

阿玛莉亚（高兴地跳了起来）：

哈！卡尔！我现在又认出你来了！你还完整无缺！安然无恙！这一切都是谎言！——你难道不知道，坏蛋，卡尔不可能变成这样？（弗朗茨沉思着站了一会儿，然后他突然转过身去打算走开）到哪儿去，这么着急，你看见自己的耻辱想逃走了，是吧？

弗朗茨（用手掩面）：

别管我，别管我！——让我痛痛快快地大哭一场——暴君似的父亲啊！竟然让你儿子当中最优秀的一个这样去受苦受难——去蒙受难以摆脱的耻辱——随我去，阿玛莉亚！我要跪倒在他脚下，趴在他的膝上请求他，把说出口来的诅咒降在我

---

① 伊索，古希腊寓言家，有《伊索寓言》流传于世。据说伊索相貌奇丑，而且驼背。

的身上,我的头上——剥夺我的继承权——夺去我,我——我的鲜血——我的生命——我的一切——

阿玛莉亚(扑在他的脖子上):

我的卡尔的弟弟,最好的最亲爱的弗朗茨!

弗朗茨:

啊,阿玛莉亚!我是多么爱你啊,因为你对我的哥哥矢志忠贞永不变心——请原谅,我竟然胆敢让你的爱情经受这严峻的考验!——你多么美妙地为我的愿望进行了辩解!——用这些眼泪,这些叹息,这优美无比的愤怒——也为我,为我作了辩解——我们的灵魂配合得这样默契!

阿玛莉亚:

啊,不,它们永远不会配合默契!

弗朗茨:

唉,它们这样和谐地配合默契,我总是这样认为,我们想必是孪生兄弟,要是在外表上没有这可恶的差别存在,我们一定会上十次被人搞错,当然,很遗憾,卡尔不得不有所损失。我多次对我自己说,是的,你整个的就是卡尔,是他的回声,他的肖像!

阿玛莉亚(摇头):

不,不,凭着天国纯洁的光芒发誓!你连他的细小血管也没有一根,他感情的微小火花也没有一点。——

弗朗茨:

可是我们的爱好是如此相同——玫瑰是他最心爱的花卉!——对我来说,还有哪种花朵超过玫瑰?他热爱音乐到无可名状的程度,天上的群星,你们是证人!你们常常在夜晚的死寂中,在钢琴旁听我弹奏,那时我周遭的一切掩埋在阴影和浓睡之中——你怎么还能怀疑,阿玛莉亚,我们的爱情都这样完美,爱情就是真正的爱情,爱情产生的孩子又怎么可能蜕化变种?

阿玛莉亚(惊讶地凝望着他)

弗朗茨:

那是一个幽静晴朗的夜晚,是他出发到莱比锡去之前的最后一个晚上,他把我拉到那个凉亭里去,你们两个经常在那里沉湎于爱情的幽梦之中——我们在那里默默无言地呆了很久——最后他抓住我的手,含着眼泪轻声对我说:我将离阿玛莉亚而去,我不知道——可我有种预感,仿佛这是永诀——你别离开她,弟弟!——如果卡尔——永不回来的话——做她的朋友,——做她的卡尔。(他跪倒在阿玛莉亚面前,热烈地吻她的手)他永远,永远也不会回来了,我答应了他的请求,发了一个神圣的誓言!

阿玛莉亚(往后跳开):

叛徒,我这下可逮着你了!就是在这个凉亭里他向我发誓——如果他非死不可——不会再爱任何女人——你瞧,你是多么邪恶,多么叫人恶心——快从我眼前滚开!

弗朗茨:

你不了解我,阿玛莉亚,你一点也不了解我!

阿玛莉亚:

啊,我了解你,从现在起,我了解你了——你想和他相提并论?他会在你面前为我哭泣?在你面前?那他宁可把我的名字写到耻辱柱上去!马上滚开!

弗朗茨:

你污辱我!

阿玛莉亚:

滚开,我说。你浪费了我一小时珍贵的时间,这一小时将从你的生命中扣除!

弗朗茨:

你恨我。

阿玛莉亚:

我看不起你,滚开!

弗朗茨(用脚跺地):

你等着!我要叫你看见我发抖!为了一个臭要饭的竟把我牺牲掉?(怒气冲冲地下)

阿玛莉亚:

滚吧,你这个混蛋无赖——现在我又回到卡尔身边——他说臭要饭的?这个世界可真是颠三倒四,乞丐成了国王,国王成了乞丐!——我不愿意用他身穿的褴褛衣衫换取真命天子身穿的紫袍——他用来乞讨的目光一定很有王者气派,把伟人和富翁的富丽堂皇、豪华排场和屡次胜利全都化为乌有!你这炫人眼目的首饰,化为尘土吧!(她从脖子上一把扯下珍珠项链)真是该死,你们这些佩戴金银珠宝的伟人富翁!真是该死,你们在无比丰盛的筵席上大吃大喝,躺在情欲的柔软垫子上,使四肢百骸尽情欢畅!卡尔,卡尔!这样我就配得上你!(下)

第二幕

第一场

〔弗朗茨·封·莫尔在他房里沉思默想。

弗朗茨：

我觉得拖得时间太长——大夫希望他缓过劲来——一个老人的生命可是无限悠长！——这一来，自由平坦的道路碰上了令人讨厌的富有韧性的这堆肉，它像鬼怪故事里的那条阴曹地府的魔法狗，拦住了我通向宝藏的道路。

难道我的计划需要屈服在这自然机体的钢铁枷锁之下？——难道我的振翅高飞的精神就得紧紧地拴在这物质的蜗牛爬行之上？——一盏灯被吹灭，它本来就只靠最后一滴灯油在苟延残喘——仅此而已——可是我不愿自己动手去做这事，为了不给众人以口实。我不愿把他杀死，但是要他死期已至。我愿意做的事和聪明的大夫一样，只不过正好相反而已。——不是横插一杠，阻止大自然的道路，而是顺应自然，加速它自己的进程。我们的确可以延长生命；为什么我们就不能把它缩短？

哲学家和医学家教导我，精神的情绪如何出色地和肉体的机械运动相协调。痉挛的感觉随时都伴随着机械振动的不协调

——激情蹂躏生命之力——负担过重的精神把它的躯壳彻底压垮——那又怎么样呢？有谁懂得为死神打开一条通向生命之宫的未经开启的道路？从精神出发来毁掉这躯体——哈！真是独创性的作品！——谁能完成这个作品？——一个无与伦比的作品！——好好思考一下，莫尔！——那将是一种艺术，值得让你来发明。人们不是把调制毒药提升到一种正经科学的级别，通过实践迫使大自然标明它的极限，以便人人从此在几年前便预先算定心跳的节拍，对脉搏说：就跳到此为止，不得再跳下去[①]！谁不想在这里也一试他的无限才情？那么，我现在就不得不动手，去破坏灵魂和肉体之间的甜蜜宁静的和谐？我该选择哪一类的感情呢？哪些感情会把生命之花伤害得最为严重呢？是"愤怒"？——这头饿得发昏的豺狼穷凶极恶，吃饱肚子过于迅速——［"忧愁"］（"忧虑"）呢？——我觉得这条蛆虫咬噬得又过于缓慢——［"担忧"］（"忧愁"）呢？——我觉得这条毒蛇又爬得过于慵懒——"恐惧"呢？——它不会让希望完全破灭——什么？难道这杀人的刽子手就只这些？难道死神的武库这样一下子就已穷尽？——（深深思索）怎么？——现在呢？——什么？不行！——哈！（直跳起来）"惊吓"！——惊讶有什么事情办不到？对付这个巨人的冰冷的拥抱，理性，宗教有什么作为？——可是？——倘若他也经受住了这次风暴呢？——倘若他？——啊，那么你就来帮我的忙吧，"痛苦"，还有你，"悔恨"，你们这两个来自地狱的复仇女神，狠狠咬噬的毒蛇，反刍

① 席勒原注：在巴黎有个妇女据说认真进行调制毒药的试验，达到这样的程度，竟能相当有把握地预先确定极为遥远的死期。呸，我们的医生真丢脸，这个女人在诊断方面使他们羞愧无比。

自己吞下的食物，并且又吞食自己的粪便，永恒破坏者和你们毒药的永恒创造者们！还有你，哭天号地的“自怨自艾”，你摧毁你自己的房子，伤害你自己的母亲——你们也来帮助我，仁慈的娴雅女神们[1] 自己，温和微笑的“往日”，你用丰腴充盈的幸福号角，还有你，灿烂辉煌的“未来”，你们在自己的镜子里让他看到天国的快乐，而你们飞速的脚则逃离他吝啬的手臂。——那我就一击接着一击，一个风暴接着一个风暴地来袭击这个脆弱的生命，直到“绝望”最后来结束这个复仇女神的队伍！胜利！胜利！——计划已经制定——沉重和精妙没有一个能和它相提并论——可靠——安全——因为（嘲弄地）解剖者的刀找不到创口或者灼人的毒药痕迹。

（下定决心）那就干吧！（赫尔曼上场）哈，意想不到，可来得正是时候！赫尔曼！

赫尔曼：

为您效劳，仁慈的老爷！

弗朗茨（伸手给他）：

你可不是为一个忘恩负义的人效劳。

赫尔曼：

我已经有所领教。

弗朗茨：

下一次，下下一次你将得到更多的证明，赫尔曼！——我有话要跟你说，赫尔曼。

赫尔曼：

我正洗耳恭听。

弗朗茨：

---

① 在罗马人的神话里，三位娴雅女神为：欢快，幸福和光彩。

我了解你，你是个敢作敢为的家伙——富有英雄气概——真是该死！——我父亲曾经狠狠地侮辱过你，赫尔曼！

赫尔曼：

要是忘了这事，我真该下地狱！

弗朗茨：

这就是男子汉大丈夫的口气！有仇不报，非丈夫也。我真喜欢你，赫尔曼。把这个钱袋拿去，赫尔曼。等我当了主人，这口袋会沉得多。

赫尔曼：

这一直是我的愿望，仁慈的老爷，我感谢您。

弗朗茨：

真的吗，赫尔曼？你真的希望我当主人？——但是我父亲健壮如牛，而我又是他的次子。

赫尔曼：

我真希望您是长子，而您父亲的体质就像个得了痨病的姑娘。

弗朗茨：

哈！我要是长子，定会给你重赏，把你从这卑贱低下的尘埃之中提拔出来，光耀门庭，这卑微的尘埃实在和你的精神和贵族地位极不相称！——然后你就可以昂然挺立披金戴银，乘坐四驾马车奔驰在大街之上，千真万确，你应该这样！——可是我忘了，我想跟你说什么——你已经忘记封·埃德尔赖希小姐[①]了吗，赫尔曼？

赫尔曼：

妈的！你干吗向我提起她？

弗朗茨：

① 即阿玛莉亚。

我哥哥把她从你手里抢走了。

赫尔曼：

他得为此付出代价！

弗朗茨：

那位小姐拒绝了你。我还知道，我哥哥把你从楼梯上扔了下去。

赫尔曼：

为此我要把他赶到地狱里去。

弗朗茨：

我哥哥说，人们互相悄声低语，说你是一夜风流生下的野种，你父亲看见你，从来就要捶胸叹气：上帝对我这个罪人开开恩吧！

赫尔曼（狂怒）：

真他妈的混蛋，住口！

弗朗茨：

我哥哥劝你把你的贵族证书拍卖掉，把钱拿来补补你的袜子。

赫尔曼：

真是个魔鬼！我非用指甲把他眼珠抠出来不可。

弗朗茨：

什么？你火了？你怎么能对他发火呢？你又怎么能把火发在他身上呢？这么一只小耗子又怎么能对付一头狮子呢？你的愤怒只能使他的胜利更加甜蜜。你无能为力，只能咬碎牙齿，向干面包发泄你的怒火。

赫尔曼（拼命跺脚）：

我要把他磨成灰尘。

弗朗茨（敲敲他的肩膀）：

呸，呸，赫尔曼！你是个骑士。你可不能忍受这样的污辱。你不能放弃这位小姐，不行，你绝对不能这么干，赫尔曼！真他妈见鬼！我要是你，一定使出一切招数。

赫尔曼：

我要不把他整倒在地，决不罢休。

弗朗茨：

别那么冲动，赫尔曼！你过来——你应该得到阿玛莉亚！

赫尔曼：

我非得到她不可，尽管有这魔鬼！非得到不可。

弗朗茨：

我跟你说，你应该得到她，而且是从我的手里得到她。走过来点，我跟你说——你也许还不知道吧，卡尔实际上已经被褫夺了继承权？

赫尔曼（走近）：

不可思议，这是我听到的第一句话。

弗朗茨：

安静点，往下听！下次你得听到更多有关这事的情况——是的，我告诉你，十一个月以来他实际上等于已经［遭到流放］（被褫夺继承权）。可是老头对这一鲁莽的步骤已经后悔莫及，我真希望（仰天大笑），这并不是他自己采取的步骤。埃德尔赖希也每天向他指责和抱怨，没完没了。他迟早会派人到天涯海角去寻找卡尔，——要是找到，那就晚安，赫尔曼。一切玩完。那时候卡尔就带着埃德尔赖希小姐乘坐马车到教堂去举行婚礼，你可以卑躬屈膝地给他驾驶马车。

赫尔曼：

我要把他钉在十字架上活活勒死！

弗朗茨：

父亲很快就会让他主持家务，自己在府里安享晚年。这时候这个性格高傲脾气火暴的家伙大权在握，这时候他就要嘲笑那些恨他嫉妒他的人们——而我，原想把你造就成一个重要的伟人，我自己，赫尔曼，也只好在他的门前深深地弯腰敬礼——

赫尔曼（激烈地）：

不！只要我还叫赫尔曼，你就不该有此遭遇！只要在这个脑子里还有一丁点儿理智的火花在燃烧，你就不该这样倒霉！

弗朗茨：

你想阻止这事吗？就是你，我亲爱的朋友，他也要让你尝尝他的皮鞭的滋味，如果你在大街上遇见他，他会朝你脸上吐口水，倘若你耸耸肩膀或者咧咧嘴，那你就该倒霉——你瞧，你对埃德尔赖希小姐的追求，你的种种前景、种种计划，情况就是这样。

赫尔曼：

告诉我，我该怎么办？

弗朗茨：

那你听着，赫尔曼！你瞧我作为一个真诚的朋友如何把你的命运放在我的心上——去——把你乔装打扮一番——让人家根本认不出你，然后你就让人向老头通报，自称直接来自波希米亚，和我哥哥一起参加了在布拉格郊外的会战[①]——亲眼看见他在战场上一命呜呼——

赫尔曼：

他会相信我吗？

弗朗茨：

嚯嚯！这事你就不用担心！拿上这个小包！里头给你详细地

---

① 一七五七年五月六日，奥地利人在布拉格一战被普鲁士人打败。

布置了任务。有关文件也在里面,用这些文件就能消除怀疑。——你现在赶快走开,别让人看见!通过后门跳进院子,再从那里跳过花园的围墙——这出悲喜剧的高潮就交给我!

赫尔曼:

这高潮就是:新主人弗朗齐斯库斯[①]·封·莫尔万岁!

弗朗茨(抚摸赫尔曼的面颊):

你真狡猾!——因为你看到,用这种方式,我们两个都一下子很快达到目的。阿玛莉亚将彻底放弃对他的希望。老头把他儿子的死归咎于自己——他现在已经疾病缠身,一幢摇摇欲坠的大厦用不着发生地震就会坍成一堆瓦砾——听到这个消息,他活不下去——那我就是他惟一的儿子——阿玛莉亚失去了依傍,那就可以凭我的意志来随意摆布——那你就很容易设想——总之,一切都随我的心意——但是你不能收回你说的话。

赫尔曼:

您说什么?(欢天喜地地)就是射出的子弹会半路折回,打烂射手的内脏,我也不会改口——您对我尽可放心!您让我放手去干吧——再见。

弗朗茨(冲他身后大喊):

收获全都归你,亲爱的赫尔曼!——(独自一人)等到公牛把一车谷子拉进仓库,就只好吃点草料了。你将得到一个马厩里的使女,而不是阿玛莉亚!(下)

① 弗朗茨的拉丁化全称。

第二场

〔老莫尔的卧室。

〔老莫尔睡在一张躺椅上。阿玛莉亚。

阿玛莉亚(轻手轻脚地走进来)：

轻一点，轻一点！他在睡觉！(她站到正在睡觉的人跟前)多么美，多么可敬啊！——就像人家画的圣人一样可敬，不，我不能生你的气！白发苍苍的老人，我不能对你生气！安安静静地熟睡，快快活活地醒来，我将独自一人走开，独自一人受苦受难。

老莫尔(正在做梦)：

我的儿子！我的儿子！我的儿子！

阿玛莉亚(抓住他的手)：

听，听！他梦见了他的儿子！

老莫尔：

是你吗？真的是你吗？唉，你看上去怎么那么凄惨？别用这种充满忧愁的目光看着我，我自己也够惨的！

阿玛莉亚(赶快叫醒他)：

起来，亲爱的老人！你只是在做梦而已，快醒醒！

老莫尔(半醒半睡)：

他没在这儿？我握的不是他的手？可恶的弗朗茨！你想把他从我的梦里拽走吗？

阿玛莉亚：

你没发现，我是阿玛莉亚？

老莫尔(兴奋起来)：

他在哪儿？哪儿？我在哪儿？你在这儿，阿玛莉亚？

阿玛莉亚：

您怎么啦？您睡了一觉，让您神清气爽。

老莫尔：

我梦见了我的儿子。为什么我没有继续把梦做下去？说不定我从他嘴里已经听见他原谅我了。

阿玛莉亚：

天使从不生气——他已经原谅您了。（悲哀地握住老人的手）我的卡尔的父亲！我原谅您。

老莫尔：

不，我的女儿！你脸上死人一样苍白的脸色在谴责我这个父亲。可怜的姑娘！我使你丧失了你青春的欢乐——啊，别诅咒我！

阿玛莉亚（满怀柔情地吻老人的手）：

诅咒您？

老莫尔：

你认得这张肖像吗，我的女儿？

阿玛莉亚：

卡尔的像！——

老莫尔：

这就是他快满十六岁时的模样。现在他模样变了——啊，我内心深处翻腾得厉害——这份温柔变成了愤懑，这份微笑变成了绝望——难道不是吗，阿玛莉亚？这不是他生日那天你在迎春花亭给他画的吗？——啊，我的女儿！你们的爱情曾使我多么幸福啊。

阿玛莉亚（眼睛一直不离那张肖像）：

不，不！这不是他。上帝啊，这不是卡尔——这儿，这儿（她指着心和额头)是这样完美,这样不同。这疲沓的颜料不足以再现那天神般的精神,这种精神就寓于他火样的眼睛之中。把它拿开！这幅画画得平庸凡俗,我是个拙劣的画匠。

老莫尔：

这充满深情令人温暖的目光——要是他站在我的床前,我会死而复生。我将永远也不会死去！

阿玛莉亚：

您永远也不会死去！死与不死,只是跳了一步而已,就像从一个念头转到另一个更好的念头——这道目光将照亮您越过坟墓。这道目光将带着你越过天上群星！

老莫尔：

真叫人心情沉重,真叫人心里悲哀！我就要死去,而我的儿子卡尔却不在这里——我将被抬向坟墓,而他却不在我坟前哭泣——能被儿子的祈祷声催眠送进死神的梦乡,这是多么甜蜜啊——这可是摇篮曲啊。

阿玛莉亚(沉入遐想)：

是的,被心上人的歌声催眠送进死神的梦乡,真是甜蜜无比,甜蜜得宛如天国纶音——也许在坟墓之中也继续做梦——悠长、永恒、无穷无尽地梦见卡尔,直到天使敲响复活的钟声——(霍然跳起,心情欢快)从现在开始永远抱在他的怀里。(停顿一下。她走到钢琴旁弹奏)

阿喀琉斯[①]杀人的钢刀
正给帕特洛克罗斯[②]送上可怕的牺牲,

---

① 这首诗以古希腊特洛亚战争中特洛亚的王子赫克托耳诀别妻子安德洛玛刻为内容。阿喀琉斯是希腊军中的勇将。

② 帕特洛克罗斯,阿喀琉斯的朋友,被赫克托耳所杀,阿喀琉斯便杀死赫克托耳为他报仇。

赫克托耳，你想永远挣脱我的怀抱？
倘若桑吐斯河[①] 把你吞噬掉，
将来谁来教你的儿子
尊敬天神，投掷长矛？

老莫尔：

一首美妙的歌，我的女儿。我临终时，你得给我弹奏这首曲子。

阿玛莉亚：

这是安德洛玛刻和赫克托耳的诀别歌——卡尔和我常常伴着拨弦琴一起歌唱。（继续演奏）

亲爱的妻子，去把死亡的长矛拿来，
让我前去，跳那狂野的战争之舞！
伊利翁[②] 的存亡安危由我肩负。
阿斯堤阿那克斯[③] 头上有诸神庇护！
赫克托耳阵亡，失去一个祖国的救星！
我们将重新相逢在乐园仙境。

〔丹尼尔上。

丹尼尔：

门外有人求见。他请求您允许他进来，他有条重要消息要告诉您。

老莫尔：

在这个世界上对我来说只有一件事情重要，阿玛莉亚，这个你知道——是不是有个不幸的人需要我的帮助？不能让他连声

① 桑吐斯河，小亚细亚的一条河流。桑吐斯河为阴间的一条河流，但同时也是把特洛亚城和希腊大军的军营隔开的一道河流的名字。

② 伊利翁，即希腊文的特洛亚城。

③ 阿斯堤阿那克斯，赫克托耳的儿子。

叹息地离开这里。

阿玛莉亚：

如果是个乞丐，就叫他马上进来吧。

〔丹尼尔下。

老莫尔：

阿玛莉亚，阿玛莉亚！饶恕我吧！

阿玛莉亚(继续弹奏)：

我再也听不见刀剑的铿锵声响，
你的铁剑孤零零地安置在厅堂，
普里阿摩斯[①] 伟大的英雄世系毁灭！
你将前往不再见到天光的地方，
科库托斯[②] 穿过沙漠悲泣，
你的爱情死于忘川[③] 的波浪。

我所有的渴念所有的思想，
要被这黝黑的忘川之水所吞，
但它吞没不了我的爱情！
你听！狂人[④] 沿着墙垣狂奔——
给我系上这把宝剑，别再哀号！
赫克托耳的爱情并未死于忘川之滨。

---

① 普里阿摩斯，荷马史诗中特洛亚城的年老国王，赫克托耳和诱拐海伦的帕里斯为他的儿子。

② 科库托斯，河流的名称，该河把活人的国度和死亡的国度分开。亦叫斯堤克斯。

③ 忘川为阴间的冥河。

④ 根据荷马史诗《伊利亚特》第22曲，特洛亚人被希腊人逐回城里，只有赫克托耳未能及时逃到城门口，他呆在城墙边，正好阿喀琉斯跑来找他决斗，把他杀死。狂人即阿喀琉斯。

〔弗朗茨。伪装后的赫尔曼。丹尼尔上。

弗朗茨：

就是这个人。他说有可怕的消息告诉您。您能听这些消息吗？

老莫尔：

我只知道一则消息。过来，我的朋友，不必顾惜我！给他一杯酒喝。

赫尔曼（变了嗓音）：

老爷！倘若一个可怜人有违本意伤透了您的心，请别让他受到惩罚。我是个外乡人，但是对您我了解得非常清楚，您是卡尔·封·莫尔的父亲。

老莫尔：

你从哪儿知道这事？

赫尔曼：

我认得令郎——

阿玛莉亚（直跳起来）：

他还活着？活着？你认得他？他在哪儿，哪儿，哪儿？（想跑出去）

老莫尔：

你知道我儿子的情况？

赫尔曼：

他原来在莱比锡大学学习。离开学校他就到处流浪，我不知道他走了多远。他走遍了德国各地，据他所说，没戴帽子[①]赤着双脚，挨家挨户乞讨面包。五个月之后，普鲁士和奥地利

① 头上没戴帽子是表示潦倒落魄，过的不是正常市民的生活。

之间的可厌的战争[1] 又重新爆发,既然他在这世上已无可指望,弗里德里希国王[2] 胜利的隆隆鼓声就把他带到波希米亚。他对那位伟大的什维林人[3] 说道:“请允许我在英雄的眠床上慷慨赴死,反正我已没有父亲!”——

老莫尔:

别直瞪着我,阿玛莉亚!

赫尔曼:

人家给他一面旗子。他便随着普鲁士胜利的大军一路飞翔。我们走在一起,同卧在一个帐篷之中。他谈起很多关于他的父亲和美妙的往日岁月——谈到化为泡影的希望——我们眼里都噙着泪水。

老莫尔(把脸掩埋在枕头里):

住口,啊,住口!

赫尔曼:

八天之后爆发了布拉格城郊的激战——我可以跟您说,令郎表现出色,是个勇敢的军人。他在全军面前创造奇迹。五团战士在他身边进进退退,他屹立不动。[火焰子弹](炸弹)在他左右爆炸,您的儿子屹立不动。一个子弹打穿了他的右手,令郎便把战旗换到左手,还是屹立不动——

阿玛莉亚(欢欣鼓舞):

赫克托耳,真是赫克托耳!您听见了吗?他屹立不动——

赫尔曼:

激战后的那天晚上我遇见他,他在子弹狂啸声中倒下;他左手

---

① 即普鲁士与奥地利之间的“七年战争”(1756—1763)。

② 普鲁士国王弗里德里希二世(1712—1786)。又称腓特烈大帝。

③ 即库尔特·克里斯多夫·封·什维林伯爵(1684—1757),普鲁士的统帅,于一七五七年率领部队攻进波希米亚,攻陷布拉格。

捂住迸涌而出的鲜血，右手深埋到泥土之中。“兄弟！”他冲着我叫道，“队伍里都已传遍，将军[①] 在一小时前阵亡。”我说，他阵亡了，你呢？——“那好，谁若是个勇敢的士兵”，他叫道，把左手松开，“那就追随将军，像我一样！”紧接着他就咽下最后一口气，他的伟大的灵魂便随英雄而去。

弗朗茨（发狂似的叱责赫尔曼）：

让死神烧掉你这条该死的舌头！你到这儿来，就是为了给我们父亲以致命一击？——父亲！阿玛莉亚！父亲！

赫尔曼：

我的伙伴临终时的遗愿是：“拿着这把宝剑。”他痰喘声声地说道，“请你把它交给我年迈的父亲；剑上沾着他儿子的鲜血；有人给他报了仇了，他可以洋洋自得了。告诉他，是他的诅咒逼着我去战斗，去死！我是在绝望之中阵亡的！”——他最后一声叹息是阿玛莉亚。

阿玛莉亚（仿佛从死亡般的睡梦中惊醒）：

他最后一声叹息是阿玛莉亚！

老莫尔（发出恐怖的叫喊，猛抓自己头发）：

我的诅咒把他逼死！他在绝望中阵亡！

弗朗茨（满屋子乱跑）：

啊！您都干了什么事情啊，父亲？我的卡尔，我的哥哥！

赫尔曼：

这就是他的剑，这里还有张肖像，是他同时从怀里掏出来的！画中人和这位小姐一模一样。他说，这应该属于我的弟弟，——我不知道，他指的是什么。

弗朗茨（仿佛惊讶似的）：

---

① 即普鲁士统帅什维林伯爵，他在布拉格一役阵亡。

属于我？阿玛莉亚的肖像属于我？卡尔，阿玛莉亚属于我？属于我？

阿玛莉亚（情绪激烈地怒斥赫尔曼）：

你这个惟利是图被人收买的骗子！（使劲地抓住他）

赫尔曼：

我不是骗子，小姐！您自己瞧，这是不是您的肖像——这大概是您亲手交给他的吧。

弗朗茨：

上帝啊！阿玛莉亚，是你的肖像！这的的确确是你的肖像！

阿玛莉亚（把肖像还给弗朗茨）：

是我的，我的！啊，老天爷啊！

老莫尔（大声呼喊，狠抓自己的脸）：

惨啊，惨啊！我的诅咒逼他去死！他在绝望中阵亡！

弗朗茨：

在他与世长辞的最后沉重的时刻他还想着我，想着我！天使般的灵魂啊——那时死神的黑旗已在他头上猎猎作响——他还想着我！——

老莫尔（口齿不清地喃喃自语）：

我的诅咒逼他去死，我的儿子在绝望中阵亡！——

赫尔曼：

这哭天喊地的呼叫我受不了。再见了，老爷！（低声对弗朗茨）您为什么做出这种事情，少爷？（快步下）

阿玛莉亚（跳起来追上去）：

站住，站住！他最后说了什么？

赫尔曼（回头叫道）：

他最后一声叹息是阿玛莉亚。（下）

阿玛莉亚：

他最后一声叹息是阿玛莉亚！——不，你不是骗子！这么说，这是真的——真的——他是死了！——死了！（摇摇晃晃，最后倒下）死了——卡尔死了——

弗朗茨：

我看见什么了？剑上写着什么？用血写着——阿玛莉亚！

阿玛莉亚：

是他写的？

弗朗茨：

我看清楚了吗？还是说我在做梦？瞧，上面的血字：弗朗茨，别离开我的阿玛莉亚！瞧啊，瞧啊！另一面写着：阿玛莉亚，威力无限的死神打破了你的誓言。——你看见了吗，你看见了吗？他用僵硬的手写着，用他温热的心里的鲜血写着，在进入永恒的庄严时刻写着！他的即将流逝的精神还使劲地把弗朗茨和阿玛莉亚连系在一起。

阿玛莉亚：

神圣的上帝啊！这是他的手迹。——他从来就没有爱过我！（快步下）

弗朗茨（跺脚）：

绝望了！我的全部技巧都败在这个顽固脑瓜手里。

老莫尔：

惨啊，惨啊！别离开我，我的女儿！弗朗茨，弗朗茨！把我的儿子还给我！

弗朗茨：

是谁诅咒他的？是谁逼得自己的儿子去打仗，去死，去绝望？——啊，他是个天使，是天国的珍宝。诅咒杀死他的刽子手吧！诅咒，诅咒您自己吧！——

老莫尔（握拳捶自己的胸口和额头）：

他是个天使，是天国的珍宝！诅咒，诅咒，毁灭，该诅咒我自己！该毁灭的是我自己！我这个父亲亲手杀死了自己伟大的儿子。他一直到死都爱着我！为了报复我，他投入战斗，前去赴死！你这怪物，你这怪物。（对自己火冒三丈）

弗朗茨：

他已经走了，事后抱怨有什么用处？（嘲弄地大笑一阵）杀人容易，把人弄活可就难了。您永远也不能把他从坟墓里再拉回来。

老莫尔：

永远，永远，永远不能把他从坟墓里再拉回来！走了，永远失去了！——是你一阵胡言乱语从我心里骗出了一阵诅咒，你——你——把我的儿子还给我！

弗朗茨：

别惹我生气！我撇下您，让您自己去死！——

老莫尔：

你这妖怪！你这妖怪！把我的儿子还给我！（从椅子上跳起，想抓住弗朗茨的脖子，弗朗茨把他扔回椅子）

弗朗茨：

孱弱无力的老骨头！您敢动手——去死吧！绝望吧！（下）

〔老莫尔。

老莫尔：

成千上万的诅咒像雷电似的劈向你！你从我怀里夺走了我的儿子。（绝望地在椅子上扭来扭去）苦啊，苦啊！满心绝望，可是并未死去！——他们都躲着我，抛弃我于死地——我的善良的天使都从我身边逃走，所有的圣人都避开我这个冰冷灰白的凶手——苦啊，苦啊！没有人愿意扶住我的头，愿意解救这苦苦挣扎的灵魂？没有儿子！没有女儿！没有朋友！——只有一些人——谁也不愿和我接近,我被抛弃,孤身一人——痛苦啊!痛苦啊!——绝望,然而并未死去!

〔阿玛莉亚哭肿了眼睛,上。

老莫尔:

阿玛莉亚!天国的使者!你是来解救我的灵魂吗?

阿玛莉亚(声调更为柔和):

您失掉了一个极为优秀的儿子。

老莫尔:

你是想说我杀害了他。我将带着这份证明走到上帝的法官座前。

阿玛莉亚:

别这样,悲痛欲绝的老人!天上的圣父把他召到自己身边。不然我们活在这世上过于幸福——在那里,在日月星辰之上——我们又会和他再见。

老莫尔:

再见,再见!啊,倘若我作为一个圣人在圣人当中找到了他,这将像一柄利剑似的戳穿我的灵魂——在天国之中地狱的寒噤也会透过我的全身!看到宇宙的无限,回忆会把我碾成齑粉:我杀害了我的儿子。

阿玛莉亚:

他会向你微笑,驱散你心灵中痛苦的回忆:欢快起来,亲爱的父亲!我满心喜悦。他不是已经弹奏着天使的竖琴向天国的听众唱出了阿玛莉亚的名字了吗?天国的听众不是跟着低声说出了这个名字?他的最后一声叹息是阿玛莉亚!他的第一声欢呼不也会是阿玛莉亚吗?

老莫尔:

从你的嘴唇迸涌出天国的安慰!你说,他会向我微笑?会原谅我？在我死去的时候，你得呆在我的身边，我的卡尔的恋人。

阿玛莉亚：

死亡便是飞进他的怀抱。那您就幸福了！您真值得羡慕。为什么我的这些肢体还没有朽坏？为什么我的这些头发还没有灰白？这些青春的活力真叫人丧气！欢迎你，精力衰竭的老年！这样就离天国，离我的卡尔更近。

〔弗朗茨上。

老莫尔：

我的儿子，过来！我先前对你态度过于粗暴，请你原谅！我已宽恕了你的一切。我真想在宁静之中与世长辞。

弗朗茨：

您哭儿子哭够了吧？据我所见，您只有一个儿子。

老莫尔：

雅各[①] 有十二个儿子，但是为了他的约瑟他流下了滴血的眼泪。

弗朗茨：

哼！

老莫尔：

去，把《圣经》拿来，我的女儿，给我念一下雅各和约瑟的故事！这段故事总使我非常感动，当时我还不是雅各呢。

阿玛莉亚：

要我给您念哪一章？（取来《圣经》翻阅）

老莫尔：

给我念被抛弃者的悲哀那一章，雅各在他的儿子当中一直找

① 约瑟为雅各的幼子。见《旧约·创世记》第37章，中国基督教协会，1982。

不到约瑟——白白地在他的十一个儿子当中等待着约瑟——当他听说,他永远失去他的约瑟时发出的悲歌——

阿玛莉亚(念道):

“他们宰了一头公山羊,把约瑟的那件彩衣染了血,打发人送到他们的父亲那里说,我们捡了这个,请认一下,是你儿子的外衣不是?”(弗朗茨突然走开)“他认得,就说,这是我儿子的外衣,有恶兽把他吃了。约瑟被撕碎了,撕碎了!”①

老莫尔(倒回枕头上):

一个野兽把约瑟咬得粉碎!

阿玛莉亚(继续念):

“雅各便撕裂衣服,腰间围上麻布,为他儿子悲哀了多日,他的儿女都起来安慰他,他却不肯受安慰,说,我必悲哀着下阴间到我儿子那里——”②

老莫尔:

别念了,别念了!我头晕得厉害。

阿玛莉亚(直跳过去,书从手上掉下):

老天爷救命啊!这是怎么回事?

老莫尔:

这是死神来临!——我的眼前——一片——昏黑——我求你——去叫神父——给我临终圣餐——我的儿子弗朗茨——在哪儿?

阿玛莉亚:

他逃走了!上帝可怜我们吧!

老莫尔:

① 见《旧约·创世记》第37章31—33节,中国基督教协会,1982。

② 见《旧约·创世记》第37章34—35节,中国基督教协会,1982。

逃走了——从这垂死的人床边逃走了？——这一切——一切——两个充满希望的儿子——你把他们——给了我——又把他们——召回——你的名字是——

阿玛莉亚(突然大叫起来)：

死了！都死了！(绝望地下)

〔弗朗茨欢欢喜喜跳跳蹦蹦地进来。

弗朗茨：

死了！他们都在叫，死了！现在我是主人。整座府邸都大放悲声：死了！——究竟如何，说不定他只是熟睡而已？——当然，唉，当然！这当然只是一场睡眠，在这场睡梦中永远没有"早安"——睡眠和死亡只是孪生兄弟。我们要把这两个名字互换一次！扎扎实实深受欢迎的睡眠！我们愿意管你叫死亡！(他给老人合上眼睛)谁会来，谁胆敢把我送上法庭？或是当面对我说：你是个无赖！扔掉这副讨厌的柔情美德的面具！你们应该看一看这赤裸裸的弗朗茨，并且大吃一惊！我的父亲提出要求总是分外温良宽厚，把他领地改造成一个家庭圈子，和蔼可亲地坐在门口，和大家问候致意，把手下的农民当做兄弟和孩子。——而我的眉毛应该像风暴时的浓重乌云压在你们头上，我的富有威权的名字将像一枚慑人的彗星飘浮在这群山峰顶，我的额头将成为你们的晴雨计！我的父亲抚摸和爱抚那些犟头倔脑的反抗他的家伙，[抚摸和爱抚可不是我的事。]我要把带有尖刺的刺马针刺进你们肉里，并且动用尖利的皮鞭。——在我的领地里应该达到这种地步，土豆和稀薄的啤酒将成为节日款待客人的美餐，谁要是面颊丰腴脸色红润地走到我的面前，谁就倒霉！穷人的满面菜色和奴才的惊恐失色是我钟爱的颜色，我将给你们穿上这样的号衣。(他下场)

第　三　场

〔波希米亚森林。

〔施皮格尔贝格。拉茨曼。一伙强盗。

拉茨曼：

你在这儿？真的是你？那就让我紧紧地拥抱你，亲爱的好兄弟莫里茨！欢迎你到这波希米亚森林中来！你现在成了大人物，兵强马壮，真了不起！你带来了一大帮新兵，真是个出色的招兵能手！

施皮格尔贝格：

不错吧，兄弟？不错吧？还都是些好样的家伙！——你想像不到吧，上帝的祝福明显的在我身边：我当时对你来说是个可怜的忍饥挨饿的傻瓜，除了这根棒，一无所有，那时我正走过约旦河①，现在我们是七十八人，大多是破产的小商贩，从施瓦本各省给撵出来的学校老师和书记官；对你来说这可是一支好样的家伙组成的兵团，兄弟，是一帮精彩的小伙子，我跟你说吧，他们一个个都会偷掉另一个裤子上的钮扣，只有拿着上了膛的枪在他们身边才感到安全——他们的名声传到四十公里之外，简直难以想像。没有一份报纸不登载文章介绍这个狡猾的家伙施皮格尔贝格；我也只不过因此之故才拿起报纸——他们把我从头到脚都展现在你面前，你会以为，你看见

① 指的是《旧约·创世记》第32章10节的故事，雅各对上帝说："我先前只拿着我的杖过这约旦河，如今我却成了两队了。"指自己当时事业正处于起始阶段，如今大大发展。

了我——他们甚至连我外套的钮扣也没忘记。可是我们把他们好好地耍弄了一番。我最近到印刷厂去,声称我看见了那个臭名昭著的施皮格尔贝格,我向坐在那儿的一个抄写员口授一段文章,活脱脱的就是当地一个混蛋大夫的肖像;这篇短文流传开去,那小子被抓了进去,经过审讯逼供,这小子吓得要死,蠢得要命,真见鬼,这小子居然承认自己就是施皮格尔贝格——真他妈见鬼!我刚要到市政厅去发表声明,说这个流氓想要破坏我的名声——像我说的,三个月后他就吊上了绞架。后来我从绞架旁走过,看见这个冒牌施皮格尔贝格脖子上带着光圈①,目中无人地挂在那儿②,不得不往鼻子里满满地塞上一撮鼻烟③ ——就在这个施皮格尔贝格吊在那儿的时候,另一个施皮格尔贝格悄悄地滑出了绞索,在背后向这极端聪明的司法公正扮个鬼脸,嘲笑它简直蠢得像驴,叫人怜悯。

拉茨曼(哈哈大笑):

你还一直是老样子。

施皮格尔贝格:

可不是,你瞧,肉体灵魂一成不变。傻瓜!我还要告诉你一段笑话,这是我新近在切琪琳修道院干的好事。有天黄昏时分我在漫游途中遇到一座修道院,因为我一天没有打过一发子弹——你知道,我最怕 diem perdidi(拉丁文:我浪费了一天时间)——所以必须开个玩笑使得夜晚过得辉煌灿烂,哪怕付出代价也在所不惜!我们静静地猫着一直等到深夜。四外寂静

① 绞索。

② 吊死。

③ 弄出几滴虚假的眼泪。

无声。灯光全都熄灭。我们心想,修女们现在该都上床睡觉了。[于是我就带上我的伙伴格林和我一起,叫其余的人在门口等着,等我打个唿哨再作行动——我稳住了修道院的门卫,取下他的钥匙,悄悄地溜进使女们睡觉的地方,偷偷取走她们的衣服,拿着这包衣服到大门口。我们又接着一个房间又一个房间地走,把一个个修女的衣裳,最后连院长嬷嬷的衣裳全都拿走。——]这时我打一声唿哨,我在门外的那帮家伙就开始冲进院里大吵大闹,就仿佛末日审判已经来临,这帮家伙冲进修女们的房间,闹得鬼哭狼嚎。——哈哈哈哈!你真的应该看看这场逐猎才好,这些小动物在黑暗中四下摸索她们的衣裙,[绝望地躲来躲去,就像见了鬼似的,而我们与此同时都像霹雳雷殛似的向她们身体直打进去],这些修女们惊讶错愕之余用床单裹着身子,或者像小猫似的爬到炉子底下,另外一些修女心惊胆战,往房里拼命撒尿,你简直都可以在房里游泳,那可怜巴巴的惊叫哀号响成一片,最后甚至还有那老太婆院长嬷嬷也一丝不挂,就像夏娃在堕落之前的那身打扮——你知道吗,兄弟,在这辽阔的地球上没有什么造物比蜘蛛和老太婆更加让我反感的了,现在你想想,[黑褐色的皱巴巴的披头散发的女人](恶龙)在我面前来回跳舞,苦苦哀求我保护[她](大家)的贞操——真他妈见鬼!我已经捋起胳膊想把她剩下的那少数几枚牙齿全都塞进她的直肠里去——干脆一点!要么把银器、修道院的珍宝和一切锃光瓦亮的小盘子全都交出,不然——我的伙计们已经明白我的意思——我告诉你吧,我从修道院捞走的东西价值在一千塔勒之上,另外还得了个乐子,我的伙计们给她们留下了纪念品,她们将带着这纪念品足足过上九个月呢。

拉茨曼(用脚跺地):

真他妈的过瘾！

施皮格尔贝格：

你看见了吧？你说吧，这算不算快活的生活？而且你还神清气爽精力充沛，这队伍也还聚在一起，而且越来越大，就像主教的肚子——我不知道，我想必身上有什么磁铁似的东西，把上帝的地球上的一切无赖流氓全像钢铁似的给吸了过来。

拉茨曼：

你可真是块好磁铁！可是我他妈的真想知道你到底用了什么样的巫术——

施皮格尔贝格：

巫术？用不着任何巫术——得有脑子！要有某种切合实际的判断力，当然不是随便能得到的——因为你瞧，我总是说：每个木头疙瘩你都能造就成一个正人君子，可是要造就成一个坏蛋就得有灵气——另外还要有一种独特的民族天才，某种像我说的，坏蛋气候，那我就劝你旅行到格劳本顿[①] 的国度去，那儿可是今天坏蛋的雅典。

拉茨曼：

兄弟！人家向我称赞整个意大利呢。

施皮格尔贝格：

是的，是的，谁的权利也不能褫夺，意大利也举出他的一些人物，倘若德国这么发展下去，就像她现在已经开始做的那样，《圣经》完全预先决定的那样，德国将有最为灿烂辉煌的前景，那么随着时间推移，德国也会人才辈出——不过总的说来，我要跟你说，气候起不了特别多的作用，天才哪儿去都畅行无

---

① 格劳本顿，瑞士地名，按照十七世纪时流传的观点，瑞士尤其是坏蛋的藏身地，因此强盗帮中有一人的名字叫施魏策尔，即“瑞士人”之意。

阻，话说回来，兄弟，一个野生苹果，你也知道，就是在天国的小花园里也永远成不了菠萝——可是我要继续跟你说，我说到哪儿啦？

拉茨曼：

正谈到诀窍呢！

施皮格尔贝格：

说得对，正谈窍门呢。你到一个城市首先就到管乞丐的、城市巡逻兵和狱卒那儿去收集情报，看谁跟他们交道打得最多，谁给他们面子最大，你就去拜访这些顾客——其次你就扎进咖啡馆、妓院、旅店，仔细探听，加以甄别，看谁越过那百分之五利率的美妙时光最频繁，看谁越过警察纠正所这个激烈瘟疫最厉害，谁骂政府骂得最凶，或者谁对人相学骂得最狠等等。兄弟！这可是真显水平！诚实像个蛀空的牙，摇得厉害。你只消把牙医的钳子放上去——或者更好更简便的方法是：你走去把满满一袋钱币扔在大街上，然后躲在什么地方，注意谁把它拣起来——过一会儿，你跑过去，到处寻找，大叫大嚷，边走边问：先生，您有没有找到一个钱袋？他倘若说：是的，——那就毫无办法；他要是否认：先生，对不起——我记不起来了——很遗憾——（霍然跳起）兄弟！那就胜利了，兄弟！吹灭你的灯笼吧，狡猾的狄奥根尼斯①——你找到你想找的人了。

拉茨曼：

你真是精心策划，老谋深算啊。

施皮格尔贝格：

我的上帝啊！仿佛我曾对此有过怀疑似的。——既然你现在

① 古希腊哲人狄奥根尼斯要在雅典找一位智者，白天也打着灯笼寻找，始终未能找到。席勒在此指："你想找的坏蛋这下算找着了。"

已经把你要找的人抓到你的罗网之中,那你就得非常狡猾地进攻,你把他举起来!——你瞧,我的儿子,我是这样干的:——一旦我找到了这野兽的踪迹,我就像个牛蒡草似的粘在我的目标身上,和他痛饮一场,结成友好的兄弟之交,好好注意!你必须让他白吃白喝!这当然要花一大笔钱,但是你别在意这个——你继续下工夫,你带他去赌场,去跟下流女人鬼混,让他卷入斗殴和恶作剧之中,直到他精力耗尽,金钱耗完,良心泯灭,名誉扫地,因为我要附带地跟你说一句,你若不把他肉体和灵魂全都毁了,你不会有任何成效——相信我,兄弟!这是我从不下五十次的丰富切身经历中总结出来的心得。正人君子一旦赶出他的窝,那么魔鬼就主宰一切——下面的步骤走起来就十分容易。——啊,就跟一个妓女一下子变成修女那样轻易——你听,这是什么响声?

拉茨曼:

只是打了个雷,你接着说吧!

施皮格尔贝格:

还有一条更妙的捷径是:你把你看中的那个人的全家都洗劫一空,直到他身上连件衬衫也不趁,然后他就会自动前来找你——兄弟,别教我这些绝招——你去问问那边古铜色脸庞的家伙——真是混蛋!我巧妙地把他投进了罗网——我给他四十枚金币,他要是帮我把他主人钥匙的蜡印弄来,这钱就归他——你想想看!这个愚蠢的畜牲照我说的做了,真他妈见鬼,他给我把钥匙弄来,现在要想取钱了——我说,先生,您也得知道,要不要我现在直接就把钥匙拿到警察局长那儿去,给您在公开的绞架上租一个住宅?——好家伙!你可真得看看这家伙紫铜色的尊容不可,他眼睛睁得大大的,像头落水狗似的开始拼命挣扎,——"看在老天爷的分上,您先生明察秋毫!

我想——我要——”你要什么？你要现在就上路，跟我一起见鬼去？——“啊，打心眼里乐意，高兴已极。”——哈哈哈！好小子，弄点猪油就能逮着耗子——笑话他吧，拉茨曼！哈哈哈！

拉茨曼：

是啊，是啊，我必须承认。我要把这个教训用金色字母写在我的脑海里。撒旦想必识人，他把你弄成了他的经纪人。

施皮格尔贝格：

是不是，兄弟？我想，我要是给他弄上十个这样的，他就让我自由自在——不是每个出版家都会给他的代理商每十本就免费送一本吗？为什么魔鬼就会像犹太人一样地抠门呢？拉茨曼，我闻到了火药的味道。

拉茨曼：

该死！我也早就闻到了。——注意，在这儿附近一定发生什么事了！——是啊，是啊！就像我跟你说的，莫里茨——你带来你的这批新兵，首领一定非常欢迎——他也招来了一些勇敢的家伙。

施皮格尔贝格：

可是我的人！我的人——嘿——

拉茨曼：

好吧！你的人可能手艺特别高明——不过，我告诉你，我们首领的名声也曾经使老老实实的家伙受到诱惑。

施皮格尔贝格：

我可不希望这样。

拉茨曼：

不开玩笑！他们一点也不羞于在他手下当差。他不像我们那样为了抢劫而谋财害命——只要他一旦能够得手，他似乎不再过问钱的问题，甚至按照规矩，他应该得到的战利品中的三分之一，他也拿来赠送给没爹没妈的孤儿，或者借此供应有前途的穷人家孩子上大学学习。但是如果要他收拾一个盘剥农民像驱赶牲口一样的乡间贵族，如果有个身穿镶金边的衣裳、篡改法律、蒙蔽法庭的无赖，或者其他什么流氓恶少落到他的手里——小子！那他可就得其所哉，像魔鬼一样出手凶狠，就仿佛他身上每个纤维都是复仇之神。

施皮格尔贝格：

嗯，嗯！

拉茨曼：

最近我们在旅店里听说，有个累根斯堡的伯爵要路过这里，他新近通过律师耍的把戏赢了一场价值百万的官司；我们首领正好坐在桌旁下棋——他问我，我们的人一共有几个？一面匆匆站起；我看见他牙齿咬紧下唇，每次他一怒火冲天就咬下唇。——我跟他说咱们的人最多不过五个！——他说，这就够了！把钱扔在桌上给老板娘，把他点的酒碰也没碰放在桌上——我们立即起程。路上整个时间他一言不发，独自在边上闷头直跑，不时问我们，有没有看到什么，命令我们把耳朵贴着地面。最后伯爵终于驱车而来，马车装得沉甸甸的，律师挨着他坐在车里，有个骑手跑在车前，两个兵丁骑马走在两边——你真该看看我们首领，他手握两把手枪，跑在我们前面，骑马一直冲向马车！同时大吼：站住！马车夫不想停车，只好从车夫座上直栽下来；伯爵从车里对空鸣枪，三个骑兵落荒而逃——我们首领像打雷似的叫道，把你的钱拿出来，你这流氓！——像头公牛躺在斧子底下——你就是那个把司法公正变成下贱婊子的坏蛋吧？律师浑身哆嗦，连牙齿也抖得咯咯直响——匕首插在他的肚子上，活像一根[木桩]（钉子）[插在葡萄园里](钉在墙上)——首领叫道,我已经把我的活干完了！高傲地扭过头去,抢掠是你们的事。说着就消失在树林里。——

施皮格尔贝格:

哼,哼！兄弟,我方才跟你说的这事,就你知我知,他用不着知道。你明白吗?

拉茨曼:

当然,当然！我全明白。

施皮格尔贝格:

你了解他。他一脑子的奇思怪想。你懂得我的意思。

拉茨曼:

我懂,我懂。

〔施瓦茨快步跑上。

拉茨曼:

谁在那儿?那儿有什么事?林子里有过往行人?

施瓦茨:

赶快,赶快,其他人在哪儿?——真他妈的！你们在这儿站着聊天！难道你们不知道——你们一点也不知道?——罗勒——

拉茨曼:

什么呀,什么呀?

施瓦茨:

罗勒给绞死了,还有另外四个跟他一起被绞死。

拉茨曼:

罗勒?真他妈混蛋！什么时候的事——你怎么知道这个消息?

施瓦茨:

他坐在牢里已经三个多礼拜了，我们什么消息也打听不到，已经审了他三次，我们什么也不知道，他们对他严刑逼供，问他首领在哪儿——这好小子什么也不说；昨天对他判了刑，今天早晨用特别邮车把他送到魔鬼那儿去了。

拉茨曼：

真该千刀万剐！首领知道这事了吗？

施瓦茨：

他昨天才听说这事。他气得暴跳如雷。你知道这事，他一向最器重罗勒——可是现在，又是严刑拷打——绳子和梯子已经带到塔楼去了，可是无济于事；他自己穿着托钵僧的袍子，潜入到罗勒身边，想把罗勒替换下来，罗勒断然拒绝；现在他已发誓，我们听了心里直发毛，他说要为罗勒点燃一支死亡的火炬，没有一个国王被火炬这样照亮过，这个火炬得把他们的背脊烧得又褐又紫。我为这座城市感到心悸。他心里久已对这个城市有股怒气，因为它顽固得可耻，你知道，如果他说：我要干这事！那就像我们这号人已经把这事干了一样。

拉茨曼：

这话不假！我了解首领。要是他答应魔鬼，要下地狱，他就决不祈祷，哪怕念上半段天主经就能获得天国的幸福！——不过唉！可怜的罗勒！可怜的罗勒！——

施皮格尔贝格：

Momento mori！（拉丁文：想想看，人非死不可！）但是这事并不使我激动。（哼段小曲）

　　我从乌鸦石[1] 旁走过，
　　只把一只右眼紧闭，

① 行刑场。

心想，你是独自吊在那里，
谁是傻瓜，我还是你？

拉茨曼（霍然跳过）：

听！一声枪响。

〔枪声阵阵，喧闹不已。

施皮格尔贝格：

又响了一枪！

拉茨曼：

又是一枪！这是首领！

〔幕后有人唱歌。

纽伦堡人，不绞死任何人，
他们就吊他一人。

〔从头开始。（反复吟唱）

施魏策尔，罗勒（在台后）：

好啊！好啊！

拉茨曼：

罗勒，罗勒！他妈的是你呀！

施魏策尔，罗勒（在台后）：

拉茨曼！施瓦茨！施皮格尔贝格！拉茨曼！

拉茨曼：

罗勒！施魏策尔！他妈的好家伙，天打雷劈啊！

〔罗勒和施魏策尔向拉茨曼扑来。

〔强盗莫尔骑马上。

〔施魏策尔，罗勒，格林，舒夫特勒和强盗帮的小卒们，一身灰尘，上场。

强盗莫尔（从马上一跃而下）：

自由啦？自由啦！——你现在已到安全地带，罗勒！——把我的战马带下去[施魏策尔，]用酒好好洗洗它。(扑在地上)这次可成功了！

拉茨曼(对罗勒)：

凭着冥王的烟囱起誓！你是遭了轮刑[1] 起死回生的吗？

施瓦茨：

你是他的灵魂？还是我是个傻瓜？或者真的是你吗？

罗勒(气喘吁吁)：

真的是我。货真价实。完完整整。你以为我是从哪儿来？

施瓦茨：

去问巫婆吧！不是已经判你死刑了吗？

罗勒：

当然判了死刑，还不仅如此。我是直接从绞刑架来的。让我先喘口气。施魏策尔会告诉你们。给我一杯烧酒！——你又来了，莫里茨？我心想在别的地方和你再见——给我杯烧酒啊！我骨头都散架了——啊，我的首领？我的首领在哪儿？

施瓦茨：

就来，就来！——你说说，你倒是讲讲！你怎么逃出来的？我们怎么又得到了你？我的脑袋都晕乎了。你说，是从绞刑架来的？

罗勒(灌下一瓶烧酒)：

啊，好酒，烧得可以！我说，直接从绞刑架过来！你们站在这里，瞠目结舌，做梦也想不到——我离登天的梯子也只有三步远，我得沿着这梯子爬到亚伯拉罕[2] 的怀里去——就差那么

① 死囚捆在轮上，轮子转动骨头断裂，死囚死于非命。

② 参看《新约·路加福音》第16章22节："后来那个讨饭的死了，被天使带去放在亚伯拉罕的怀里。"意即升天堂。

一丁点儿——我就连皮带毛全都拿去让医生解剖研究[①]了！用一撮鼻烟就能得到我这条命。多亏首领我获得了空气，自由和生命。

施魏策尔：

开了个玩笑，蛮好听的。我们通过内线事先得到风声，罗勒的处境极糟，要是老天爷不及时显灵，那么他在明天白天——也就是今天——就非得走一切俗人凡胎必经之路不可——首领就说——起来！朋友的分量比天还重！——我们不论救不救他，至少得给他点燃一支死亡的火把，这火把还从来没有给任何国王照亮过，却要烧得他们的脊背褐一块紫一块。我们全体人马全部出发。我们先派一名信使去见罗勒，给他带去一张纸条，扔在他的汤里。

罗勒：

我当时怀疑这事会获得成功。

施魏策尔：

我们等候时间来临，直到路口都空无一人。全城都去观赏绞刑这场好戏，骑马的人和步行的人搅成一团，马车声、人声和行刑的赞美歌声远近皆闻。首领就说，现在放火，放火！小子们疾如飞箭，在全城三十三处放火，把燃得烈火熊熊的导火索扔到火药塔附近，扔进各个教堂和粮仓——Mordbleu（法文：该死的）！不到一刻钟，对这座城市也怒气冲冲的东北风可是帮了我们大忙，火势借助风力一直烧到最高的屋顶。与此同时，我们就像复仇之神似的顺着一条条大街小巷大叫：着火啰！着火啰！跑遍全城，人声嘈杂，又吼又叫，噼啪乱响，——火警的钟声开始轰轰地响起，一声巨响，火药塔楼炸得直飞上

① 被处死刑的人不得以基督教的方式安葬，只能供医生解剖用。

罗勒

天，就仿佛地面爆炸，裂成两半，天国崩裂，地狱深陷几百万丈。

罗勒：

这时押送我的人回头一看——全城陷入火海，犹如蛾摩拉和所多玛[①]，整个天边全都是火焰、硫磺和浓烟，蜿蜒连绵的四十座山岭在四周咆哮轰响，发出地狱般的声音，人们惊恐万状全都扑倒在地，——我就利用这一时刻，快如疾风！——挣脱捆绑的绳索，机不可失——押送我的人员像罗得的妻子[②]一样，回头张望化成石像，我便立即脱逃，摆脱一堆堆人群，逃之夭夭！跑了六七十步，我便扔掉身上的衣服，一头扎进河里，一个猛子潜泳下去，直到我深信已经逃脱他们的视线。首领已经准备好马匹和衣服——我就逃脱了。莫尔！莫尔！但愿你不久也身陷困境，以便我能给你同样的回报！

拉茨曼：

一个残忍的愿望，单凭这愿望就该把你绞死——不过这只是一个叫人捧腹大笑的玩笑。

罗勒：

这可是救人于困厄之中，你们无法估量。你们真该像我一样——脖子上套着绞索——活生生地向坟墓走去，经历教会的那些圣事和那些残忍的剥皮仪式，那怯生生的步履踉跄的脚每向前走一步，就越来越靠近那该诅咒的机器，我得在那里就位，在可怕的旭日的光辉照耀下爬上去，那些窥伺在一旁的行刑兵卒，叫人发毛的音乐——至今还在我的耳际轰响——饥

① 据《圣经》记载，这两座城市因为犯下大罪，上帝决定毁掉二城。见《旧约·创世记》第19章。

② 《圣经》中这两城被毁之前，耶和华让罗得一家获救，逃亡时不得回头张望，罗得的妻子不听忠告回头张望，便立即变成石像。

肠辘辘的乌鸦的哑声怪叫，它们[悬在]（飞来扑向）我前面绞死的三十个人，他们都已烂了一半。这一切，一切——另外还让我事先尝到死后幸福的滋味！兄弟，兄弟！突然一下子听到自由的口号——这是轰然一响，就仿佛天国的巨桶有个铁箍崩裂——你们听着，你们这帮流氓！我跟你们说，如果从炽热的火炉跳进冰水之中，也无法像我这样强烈地感受到这反差对比的滋味，因为我已经身在忘川的彼岸。

施皮格尔贝格（笑道）：

可怜的家伙！现在可是一切都已忘怀。（向他祝酒）庆祝你的新生！

罗勒（扔掉他的酒杯）：

不，凭着全部攒下的财富起誓！我不愿第二次经历这事。死亡不只是小丑的跳跃，死亡的恐惧更甚于死亡本身。

施皮格尔贝格：

而那跳起来的火药塔楼——你现在注意到了吧，拉茨曼？——所以这空气几十里外都弥漫着硫磺的臭味，就仿佛摩洛[①]把所有的衣服都拿到苍穹底下晾晒透风——这可真是个绝招，首领！你这一招我可羡慕不已。

施魏策尔：

倘若这城市把我的伙伴像头追赶得走投无路的猪一样打发掉，从中得到乐趣，那么，杀千刀的！我们为了自己的伙伴把这座城市炸个稀里哗啦又有什么可以良心不安的？我们的小子们捎带地还尝了点甜头，放心大胆地掠夺个痛快——你们说说！你们还捞了点什么？

---

① 摩洛在《圣经》里是个异教的神明，（参看《旧约·利未记》第 18 章 21 节。）在诗人克洛卜施托克的《救世主》里，摩洛是一个魔鬼的名字。

强盗帮中的一个：

我趁乱溜进了斯特凡教堂，从祭坛的罩布上取下了绣金的花边；我说，上帝是个富翁，可以用根只值一个铜板的绳子变出金线来。

施魏策尔：

你干得不错——教堂里的这些破烂有什么用处？他们把这些玩意儿都献给造物主，造物主根本嗤之以鼻。而他的造物却得饿死。——而你，施庞格勒——你在哪儿撒的网？

强盗中的第二个：

我和皮格尔抢了一家商店，给我们五十个人弄来了衣料。

强盗中的第三个：

我抢走了两个金表和十几个银勺。

施魏策尔：

好，好，我们给他们放了把火，他们得花两个礼拜才能把火扑灭。他们若想抵御这火势，就不得不用水把全城淹掉——你知不知道，舒夫特勒，这次死了多少人？

舒夫特勒：

听说有八十三人丧命。单单这座塔楼就把六十个人炸成灰烬。

强盗莫尔（十分严肃）：

罗勒，他们为你付出了高昂的代价。

舒夫特勒：

罢了！罢了！这算怎么回事？——是啊，要是死者全是男人，倒也罢了——但是这却是些襁褓中的婴儿，尿布里全是他们的屎尿，瘦小的保姆在给孩子们驱赶蚊子，干瘪瘦削的人们蹲在炉子后面，再也找不到门口，——病人连声哀叫大夫，走路庄严缓慢的大夫，却跟着别人狂跑——腿脚灵便的，都跑到城

舒夫特勒

外去看那出好戏，只有老弱病残留在城里看家。

莫尔：

啊，这些可怜的人儿！你说留下的是病人，老人和孩子？

舒夫特勒：

是啊，见鬼！还有产妇和待产的孕妇，她们担心在公开的绞架底下会流产。年轻的妇女担心一走眼，把绞架上的罪犯印在脑海里，把绞架烙在她们胎儿的脊背上——穷困的诗人没鞋可穿，因为他们把仅有的一双鞋也都拿去修理，这帮狗家伙还不止这些；不值得费劲来谈这些事情。我很偶然地从一间矮房子旁边走过，听见屋子里有人大声哭喊，我往里一瞧，等我拿灯一照，你们猜是什么？是个孩子，还神气十足健健康康，这孩子就躺在桌子底下的地板上，桌子刚要着火——我说道，可怜的小畜牲，你在这儿要冻死了，便把他扔进火里——

莫尔：

真的把他扔进了火里，舒夫特勒？——这场火将在你胸中燃烧，直到地老天荒！——滚开，你这个妖怪！永远别在我的帮里露面！——你们有怨言吗？你们还在考虑？——我在下达命令的时候谁在考虑？我说，叫他滚开——你们当中还有些人，我早就火透了。我认得你，施皮格尔贝格。我呆会要到你们当中去，严格地审查一遍。

〔他们哆哆嗦嗦地下。

〔莫尔独自一人，情绪激烈波动地走来走去。

莫尔：

天上的复仇者，别听他们！——我有什么过错？如果你的瘟疫蔓延，你的粮食匮乏，你的洪水泛滥把正人君子和无赖恶棍全都吞噬，你又有什么过错？谁能命令火焰，在破坏大黄蜂的蜂巢时，别毁了播好的种子？——啊，该死的谋杀孩子的行为！该死的谋杀妇女的行为！——谋杀病人的行为！——这件事使我深感沉重！它把我最美好的作品都损坏了——如今这孩子羞红满面，备受嘲弄地站在上天的眼前，因为他忘乎所以，要弄丘比特的大棒，原想把泰坦[①]巨人击成齑粉，却把彼格美恩[②]打倒在地，——去吧，去吧！你并不是那个掌管上天法庭复仇之剑的人，你一握此剑就遭到失败——我在这里放弃那放肆的计划，我去钻进地面的任何缝隙之中，白昼看见我的耻辱都会倒退三尺。(他想逃走)

众强盗(急上)：

小心点，首领！鬼影幢幢！整队整队的波希米亚骑兵在林中到处巡游——该死的蓝袜子[③]想必跟他们通了消息——

新来的强盗：

首领，首领！他们已经侦察到了我们的踪迹——他们有几千人在林子中间团团拉了一条警戒线。

新来的强盗：

这下苦了，倒霉了！我们要给抓住，车裂而死，五马分尸！几千骠骑兵、龙骑兵和猎骑兵抢占了高处，占领了各个路口。

〔莫尔下。

〔施魏策尔。格林。罗勒。施瓦茨。舒夫特勒。施皮格尔贝格。拉茨曼。强盗帮。

施魏策尔：

我们把他们从鸭绒被里惊醒了吧？你高兴啊，罗勒，我长久以来一直希望和这些吃皇粮的骑士们见个高低——首领在哪

---

① 希腊神话里的巨人，曾在诸神之前统治世界，后为诸神所败。

② 彼格美恩，乃传说中非洲的侏儒人种。

③ 当地警察都穿着蓝袜，故称警察为“蓝袜子”。

儿？全帮人马都聚在一起了吗？我们有足够的火药吧？

拉茨曼：

火药倒有一大堆。但是我们总共才八十人，差不多得一个人对付他们二十人还不够。

施魏策尔：

这样更好！让他们五十个人来对付我的大拇哥吧——他们等了这么长时间，一直等到我在他们肛门底下把稻草点燃——弟兄们，弟兄们！——情况不太紧急。他们把自己的命押上，换[十]（七）个金币；我们不是为了活命和自由在搏斗吗？——我们要像洪水似的冲到他们头上，像闪电似的击向他们的脑袋。——在哪儿——见鬼！我们的首领在哪儿？

施皮格尔贝格：

他弃我们于这困境之中。难道我们就无法脱身了吗？

施魏策尔：

脱身？

施皮格尔贝格：

啊！我为什么不留在耶路撒冷？

施魏策尔：

这样我真希望，你在阴沟里窒息而死，你这个肮脏的东西！碰到赤身裸体的修女你可是大言不惭，神气活现，可是等你一看见两只拳头——胆小鬼，现在显显你的勇气，要不就给你缝上一张母猪皮，让狗一个劲地追你咬你。

拉茨曼：

首领，首领！

莫尔（慢慢地自言自语）：

我已经使官兵把他们全部包围起来，现在他们得拼命战斗，这叫置之死地而后生。（大声）孩子们！现在该行动了！我们要么失败，要么得像受到枪击的野猪一样玩命。

施魏策尔：

哈！我要用我的野猪大牙把他们的肚皮拉开，让他们的内脏全都迸出肚来！——带领我们去干吧，首领！我们跟着你一直到死神的喉咙里去。

莫尔：

把所有的枪支都装上子弹！火药不缺吧？

施魏策尔（跳起来）：

火药足够把地球炸到月亮上去！

拉茨曼：

每个人有五双装上子弹的手枪，再配上三把猎枪。

莫尔：

好，很好！现在一拨人爬上树或者躲在灌木丛中，从隐蔽处向他们开火。——

施魏策尔：

你就该到那儿去，施皮格尔贝格！

莫尔：

我们其余的人，就像复仇之神似的，袭击他们的侧翼。

施魏策尔：

我就算一个，我！

莫尔：

与此同时每个人都吹响自己的小哨子，在林子里到处乱窜，使得我们的人数显得更加惊人；所有的猎犬也全都放出，驱到他们的队伍中去，迫使他们彼此分开四下分散，撞到你们的枪口上来。我们三个，罗勒，施魏策尔和我，则在密集的人群之中厮杀。

施魏策尔：

精彩绝伦,出奇制胜!——我们要拼命厮杀把他们拢在一起,让他们都不知道,是从哪儿打来的这些耳光。我先前曾把含在嘴上的一粒樱桃[1] 击落,让他们上吧!

〔舒夫特勒拉拉施魏策尔,施魏策尔把首领拉到一边,和他轻声说了几句。

莫尔:

住口!

施魏策尔:

我求你——

莫尔:

走开!他应该感谢他的耻辱,是他的耻辱救了他。我和我的施魏策尔,我的罗勒去死,他不用去死。让他把衣服脱下,这样我要说,他是个过路人,我偷了他的东西——你放心,施魏策尔!我可以发誓,他迟早还是会给绞死的。

〔神父上。

神父(自言自语,一愣):

这难道是个恶龙的窝吗?——向你们问好,先生们!我是教会的仆人,外面有一千七百名士兵,他们保护着[我太阳穴上](我太阳穴边)的每根头发。

施魏策尔:

好啊,好啊!这话说得好,可以给自己壮胆。

莫尔:

住口,伙计!——说简单点,神父大人,您到此有何贵干?

神父:

是决定人们生死的崇高法庭派我前来。——你们这些小偷

① 说明自己枪法准确,百步穿杨。

——你们这些杀人放火之辈——你们这些恶棍——你们这些在黑暗中爬行，在荫蔽处咬人的毒蛇仔子——你们这些人类的疥癣——地狱的子孙——乌鸦和毒虫的美餐——该上绞架，该遭车裂的一帮家伙——

施魏策尔：

老狗！不许再出口伤人——要不然……（他用枪托顶住神父的脸）

莫尔：

去你的，施魏策尔！你打乱了他的思路——他把他的这篇布道文背得滚瓜烂熟——接着背吧，大人！——"该上绞架，该遭车裂"，怎么样呢？

神父：

而你，风度翩翩的头头！小偷们的公爵，骗子手的国王，阳光下一切坏蛋的没卧儿王朝[①]——和那个第一位可怕的乱党首领[②]非常相像，他煽动千万个方阵的无辜天使的叛逆之火，把他们和他一起拉到万劫不复的深深泥淖之中——失去儿子的母亲们号啕大哭，紧跟在你的身后，你喝血如饮水，在你杀人如麻的匕首上人命轻如气泡——

莫尔：

很对，很对！接着说！

神父：

什么？很对，很对？这也算是一个回答？

莫尔：

怎么，大人？对此您大概没有思想准备吧？接着说，接着说

---

① 没卧儿王朝为十六世纪时统治印度的王朝。

② 指魔鬼卢济弗，鼓动一批天使，向上帝造反，最后堕入地狱。

呀！你还想往下说些什么？

神父(热切地)：

这人真可怕！离我远点！已被杀害的帝国伯爵的鲜血不是沾在你那该诅咒的手指头上吗？你不是用你那偷鸡摸狗的手打破了上帝的圣殿，像无赖似的一下子偷走了举行圣餐礼的神圣器皿[①] 吗？怎么？你不是纵火烧毁了我们敬畏上帝的城市？并且使火药塔楼倾倒在善良的基督徒的头上？(双手合拢)骇人听闻，骇人听闻的暴行，其罪恶的臭气直冲天庭，激起末日审判，使它以凌厉之势降临人间！足以进行报复，提早吹响末日的号角！

莫尔：

说到这里精彩绝伦！但是言归正传！那受人无上推崇的市政厅想通过您向我宣告什么消息？

神父：

你根本不配接受这个消息。——你四下瞧瞧，杀人放火的家伙！你目光所及，已被我们的骑兵团团围住——现在已经没有脱逃的余地——就像樱桃不会在这株橡树上生长，枞树不会长出桃子一样，你肯定也不会毛发无伤地离开这些橡树和枞树。

莫尔：

[你听清楚了吗，施魏策尔](你们听清楚了吗，施魏策尔和罗勒)？——您接着说吧！

神父：

那你听好，法庭对你这个恶棍是多么仁慈多么宽容。你要是

① 指盛葡萄酒(代表耶稣的圣血)装小薄麦饼(代表耶稣的圣体)的圣爵(即金杯)。

现在屈膝爬向十字架,乞求仁慈和宽恕,那么你瞧,严厉对你也会变成仁慈,公正也会成为你的慈母——她会对你的一半罪行眼开眼闭,对它忽视不计——好好想想!——判你个车裂之刑也就完了。

施魏策尔:

你听见了吗,首领?要不要让我过去把这条养驯了的牧羊犬的喉管拴住,让红色的血水从他所有的毛孔里喷涌出来?

罗勒:

首领!——怒火直冲霄汉!——首领——瞧他用牙齿咬住下唇!要不要我把这家伙头手倒立,像个九柱戏的柱子那样插在那儿底部朝天?

施魏策尔:

我来!我来!让我跪倒在你面前!求你给我这莫大的乐趣,把他揍成一堆肉酱!

〔神父大喊大叫。

莫尔:

别碰他!谁敢碰他一下!——(对神父说话,同时拔出剑来)您瞧,神父大人!这儿有七十九个人,我是他们首领,没有一个人懂得根据信号和号令就迅速行动或者听见大炮的乐声就跳起舞来,外面有一千七百名善用火枪的老兵——但是您听着!那杀人放火的首领莫尔这样说:不错,我把帝国伯爵杀死了,焚烧并抢劫了多米尼库斯教堂,纵火烧毁了你们执迷不悟的城市,炸毁了火药塔楼,使它倒在善良的基督徒头上——但这并不是全部,我干的还不止这些。(他伸出右手)您看见我指头上戴的这四枚贵重的戒指吗?——您去把看到听到的一切情况,都一五一十地告诉决定人们生死的法庭的老爷们!——这枚红宝石戒指我是从一位大臣手指上脱下来的,我在打猎时把他撂倒在他的君王脚下。此人出身微贱，凭着溜须拍马一跃而成君王的第一宠臣，他的同僚倒台成了他飞黄腾达的垫脚石——孤儿的眼泪使他节节上升。这枚钻石戒指我是从一位财政顾问官手上取下的。此人卖官鬻爵，把荣誉席位和官职出售给出价最高的人，而把悲伤欲绝的爱国志士拒之门外。——这枚玛瑙戒指我戴在手上是为了对您一伙的一名教士表示敬意，此人在公开的讲经台上痛哭流涕，因为宗教法庭如今日益衰微，我这时就亲手掐死了他——我跟您浪费这几句话就使我深感后悔，不然我还可能对这些戒指讲更多的故事给您听——

神父：

啊，法老[①]，法老！

莫尔：

你们听清楚了吗？你们听到叹息了吗？他不是站在那儿，就仿佛要祈求上苍，把天火引到可拉[②]和他一帮人头上，耸耸肩膀以示判决，用一声基督徒的叹息“唉”，就把大家给判了罪。人能够这样盲目吗？他有一百只阿耳戈斯[③]的眼睛，可以看见他兄弟身上的污点，竟会对自己全然盲目吗？——他们从自己的云雾中像雷鸣似的大声宣扬温和和忍让，给爱情之神带去活人的祭献，犹如奉献给一位长着烈火手臂的火神摩洛[④]——他们宣扬邻人之爱，却诅咒一个八十岁的盲人，

① 法老为古埃及的国王，神父以此斥莫尔为“异教徒”。

② 参看《旧约·民数记》第16章。可拉为利未的曾孙，傲慢自大，伙同一帮人攻击摩西，说他专权，自然也反对了支持摩西的耶和华。可拉这帮人最后都受到天谴，地面裂开，把他们全都吞下。

③ 阿耳戈斯，希腊神话中的多眼巨人，任看守。

④ 摩洛，古代腓尼基人信奉的火神。

把他赶出他们的大门——他们疾言厉色反对悭吝,却为了金钮扣的缘故把秘鲁人大肆屠杀,把异教徒像拉车的牛马似的驾在他们车前。——他们绞尽脑汁,如何才能使大自然有可能创造出一个加略人[①],并不是他们当中最糟糕的家伙会为了十枚银币[②] 出卖三位一体的上帝。——啊,你们这些法利赛人[③],你们这些制造虚假真理像铸造假币一样的家伙,你们这些模仿神明的猴子!你们不怕在十字架和祭坛前跪倒,用皮带把自己的脊背抽得皮开肉绽,用吃素守斋来折磨自己的肉体;你们以为用这些可怜见的骗人把戏可以给天上那位[④]送去一层蓝色迷雾,而你们这些笨蛋又称他为全知全晓之主,就像有些人对大人物百般嘲弄,可是他们又拼命奉承,说这些大人物非常憎恨溜须拍马之人;你们鼓吹诚实和楷模的操守,上帝看透了你们的心灵,倘若他不是恰巧也创造了尼罗河的怪物[⑤],他一定会对你们的造物主大为光火——把他从我眼前带走!

神父:

一个恶棍居然还能这样目中无人!

莫尔:

还不只如此——现在我要高傲地说话。你走吧,去告诉那决定人们生死、备受称颂的法庭——我不是趁人睡眠,靠午夜遮

---

① 参看《新约·马太福音》第 26 章 14 节。加略人犹大亦为耶稣门徒,以三十银币出卖耶稣。

② 原文如此。

③ 法利赛人为犹太学者,死抠法律条文,但忽视条文精神。参看《新约·马太福音》第 23 章 13—15 节。

④ 指上帝。

⑤ 即鳄鱼,席勒以此比喻人类中的败类。在本剧第一幕第二场即已采用这一比喻。

掩,在梯子上逞威的小偷——我所干的一切,我无疑地将在天国的账本上读到;但是和他的那些可怜卑下的代理人我不愿再浪费唾沫。告诉他们,我的手艺是报复——复仇是我的职业。(转身以背朝着神父)

神父:

这么说,你不要宽恕和仁慈?——那好,我和你没什么可说的了。(他转向强盗帮)那么请你们听好,法庭通过我想让你们知道的事情!——倘若你们现在马上把这个受到判决的作恶多端的家伙捆绑起来交给法庭,那么你们直到最近所干的想得起来的暴行全都不予追究。——圣教会将重新以爱情把你们这些迷途的羔羊[重新接受到慈母的怀抱中去](拥抱到慈母的胸前),你们每个人都有一条通向光荣职位的道路畅通无阻。(带着洋洋得意的微笑)怎么样?怎么样?这番话味道如何,山大王陛下?——快动手啊!把他捆起来!你们就获得自由了!

莫尔:

你们也听见了吧?你们听见了吗?你们发愣干什么?你们干吗尴尬地站在那儿?他们向你们提供自由,你们现在的确是他们的俘虏。——他们让你们活命,这可不是吹牛,因为你们的确都已判刑。——他们答应给你们荣誉和职位,即使你们获胜,你们的命运除了耻辱、诅咒和遭受迫害之外,又能是什么。——他们从天国向你们宣布和解,你们的确是遭到了谴责。你们当中所有的人身上没有一根头发不该进入地狱。你们还犹豫什么?还动摇什么?在天国和地狱之间进行选择,难道就那么困难?您帮帮忙啊,神父大人!

神父(自言自语):

这家伙疯了吗?——(大声)你们莫非担心,这是把你们生擒活捉的陷阱？——你们自己读一读，这是签署了的大赦令。(他递给施魏策尔一张纸)你们还能有怀疑吗？

莫尔：

你们看啊，看啊！你们还能提出更多的要求吗？——这是亲笔签署的大赦令——真是仁慈无边啊——还是说，你们担心他们会出尔反尔，因为你们曾经听见过，对于叛徒用不着遵守诺言？啊？你们不必害怕！单讲政治就会迫使他们守信，哪怕他们是给撒旦作的允诺。[因为将来谁还会相信他们呢？他们又怎么可能第二次采用这种故伎？]——我敢发誓，他们是真心诚意的。他们知道，是我激得你们愤而造反；他们认为你们是无辜的。他们会把你们的罪行解释成年轻人犯的过错，是鲁莽行事。他们只想抓住我一个人，就我一个人应该赎罪，难道不是这样，神父大人？

神父：

那个借他的嘴说话的魔鬼，叫什么名字？——是的，当然，自然是如此。——这家伙把我搞糊涂了。

莫尔：

怎么，还不给他回答？你们莫非还想用武器来杀出重围？你们瞧瞧四周，瞧瞧你们周围，你们大概不会认为你们现在还有孩子气的信心。——还是说你们乐于作为英雄战死沙场，因为你们看到，我喜欢混战一场？——啊，别相信这个！你们不是莫尔！——你们是些无可救药的小偷，是些可怜的工具，用来实现我那更加宏伟的计划，就像刽子手手里的那根令人蔑视的绞索！——小偷不可能像英雄那样壮烈牺牲。生命对于小偷来说是赢了一笔钱，然后紧跟着就发生可怕的事情——小偷有权在死亡之前哆嗦。——你们听，他们的号角劲吹！你们瞧，他们的佩刀闪闪发光咄咄逼人！怎么？还犹豫不决？

你们莫非疯了不成？你们莫非发狂了？——真不可原谅！我不感谢你们救我一命，我为你们做出的牺牲感到羞耻！

神父(极为惊讶)：

我要疯了，我逃跑吧！有谁曾经听见过这么一番话？

莫尔：

还是说你们害怕我会一剑自刎而死，通过自杀毁掉只对活人有约束作用的协定？不，孩子们！这是毫无用处的恐惧。这里我把我的匕首扔开，还有我的手枪和毒药瓶，这毒药到时候会使我感到非常舒适——我是如此的痛苦，我对我自己的生活也已失去了控制——怎么，还犹豫不决？还是说你们也许以为，倘若你们要捆我，我会进行反抗？你们瞧！我现在把我的右手捆在这株橡树枝上，我赤手空拳，一个孩子都能把我打翻在地——谁是第一个在困境中离开他首领的人？

罗勒(情绪剧烈激动)：

什么时候地狱把我们团团围住九重！(挥动佩剑)谁不是狗就来拯救首领！

施魏策尔(把大赦令撕碎，把碎纸片扔在神父脸上)：

大赦令就在我们的子弹里！滚蛋，无赖！去对派你来的市政厅说，你在莫尔的强盗帮里找不到一个叛徒！救救，救救首领吧！

众人(鼓噪)：

救救首领，救救首领，救救首领！

莫尔(挣脱身子，愉快地说道)：

现在我们完全自由了——伙计们！我觉得我的拳头里有一支军队。——不是死亡就是自由！至少不能让他们把任何人生擒活捉！

〔冲锋号响起。人声喧哗脚步杂沓。他们手执出鞘之剑，下。

第　三　幕

第　一　场

〔花园里。

〔阿玛莉亚在弹奏拨弦琴。

阿玛莉亚：

美如天使，充满瓦尔哈拉[①] 的极乐，
在所有的少年中以他最为英俊，
他的目光宛如五月太阳和煦温馨，
碧蓝如镜的大海反射出晶光莹莹。

他的拥抱——令人如痴如狂，
心贴着心，一同搏动热情奔放，
嘴、耳都被拴住——眼前黑夜茫茫——
精神飞旋，直冲九天之上。

他的亲吻——使人如进天国，

---

① 根据日耳曼人的神话，阵亡的英雄们在鏖战后抬进一座大厅，这就是瓦尔哈拉，在那里他们和沃坦神（或奥丁神）共同生活，一同宴饮。

犹如两股火焰交融结合，
竖琴的声调融成一片，
汇成天国纶音，优美祥和。

精神和精神依次跌落，飞升奔腾，
嘴唇和面颊如火焰燃烧不住颤抖——
心灵浸入心灵——大地和天空浮动，
仿佛围着恋人消逝化为乌有。

他已逝去——那悸动的叹息，唉，
白白地向他送去，全都徒然。
他已逝去——所有人生的欢乐
化为一声渐渐咽哑的喟叹！——
〔弗朗茨上。

弗朗茨：

又到这儿来了，你这顽固成性耽于梦想的姑娘？你从欢快的盛宴溜走，使嘉宾们大为扫兴。

阿玛莉亚：

这些无辜的欢乐真是可惜！为你父亲送葬的哀乐想必还在你的耳际回荡——

弗朗茨：

你难道打算一辈子没完没了的哀叹？让死者安息，使生者快乐！我来——

阿玛莉亚：

你什么时候再走开？

弗朗茨：

啊，可怜！别老绷着一张阴沉高傲的脸庞！你使我心情阴郁，阿玛莉亚。我来,是要告诉你——

阿玛莉亚:

我非听不可,弗朗茨·封·莫尔如今已变成主人。

弗朗茨:

正是如此,这就是我要告诉你的事情——马克西米利安[①] 已在祖宗的坟墓之中安睡。我是主人。可是我要完完全全地变成主人,阿玛莉亚。——你知道,你过去在我们家里是什么地位,你被视为莫尔的女儿,他对你的爱甚至持续到他百年之后,这点你大概永远不会忘记吧!

阿玛莉亚:

永远不忘,永远不忘。谁也不会这么轻率地在欢宴中把它随酒喝掉!

弗朗茨:

我父亲对你的爱,你必须在他儿子身上予以回报,卡尔已死——你惊讶吗?你晕眩吗?这个念头真是崇高得叫人飘飘然,甚至麻醉了一个女人的自尊心,是啊,真是如此。弗朗茨可是用脚把这位高贵无比的小姐的美好希望踩得粉碎,弗朗茨前来向一个可怜的没有他便无助无靠的孤女献上他的心,向她求婚,同时献上他所有的金银财宝,以及所有的府邸田庄和森林。——弗朗茨,这位备受艳羡令人畏惧的弗朗茨,宣布自己心甘情愿地充当阿玛莉亚的奴隶——

阿玛莉亚:

这罪恶的舌头竟说出这样放肆的混账话来,为什么千钧霹雳不把它劈成两半!你谋杀了我的恋人,竟要阿玛莉亚称你为丈夫!你——

---

① 老莫尔伯爵的名字。

弗朗茨：

别这样火冒三丈气势汹汹，无比尊敬的公主！——当然弗朗茨不会像那痴迷呻吟的色拉顿[1] 那样，在你面前扭来扭去，乞求青睐，当然他没有学会像亚加狄亚[2] 缠绵哀怨的牧羊人一样，冲着岩洞和山岩发出的回声倾吐自己爱情的悲叹——弗朗茨说了话，如果人们不予回答，那他就——下达命令。

阿玛莉亚：

你这条毛毛虫，下达命令？向我下达命令？——要是我报以嘲笑退回你这命令呢？

弗朗茨：

你不会这么干的。我还有办法能把一个目中无人的顽固脑瓜的傲气硬压下去——那就是修道院和高墙！

阿玛莉亚：

妙不可言！精彩绝伦！在修道院里，在高墙里面，我就能永远不用看见你这蛇蝎怪物的眼睛，而且有足够的闲暇去思念卡尔，去悬梁自尽。欢迎你的修道院，快呀，快把你的高墙拿来！

弗朗茨：

哈哈！原来是这样？——你注意！现在你可教会我怎么折磨你的绝技了。你看见我就像看见一个头发像烈火的复仇之神，会把你关于卡尔的没完没了的奇思怪想赶出你的头脑；弗朗茨的可怕形象将埋伏在你那心上人的图像后面，就像一头

① 色拉顿，一个痴情着迷不能自拔的恋人。法国作家奥诺累·杜尔菲（1567—1625）的牧人小说（即恋爱的小说）《阿斯特蕾》中的人物。

② 亚加狄亚（Arkadien），希腊的地名，古代主要是牧羊地区，古希腊罗马的牧人诗歌把这里塑造成风景优美宁静宜人的地区，是他们作品的主要舞台。诗歌中的牧人实乃情人。

着了魔法的狗，守护着地下的金匣——我要揪着你的头发把你拉到教堂里去，手握宝剑逼你从心里发誓嫁给我，我要疯狂地爬上你处女的眠床，以更加强烈的傲气战胜你那高傲的羞耻。

阿玛莉亚（扇他一记耳光）：

先拿这记耳光去做嫁妆吧！

弗朗茨（勃然大怒）：

哈，你要为此受到成十倍、成百倍的惩罚！不让你做我的夫人——你不配获得这个荣誉——我要让你做我的情妇，你要是胆敢上街走走，诚实的农妇都对你戳指怒问。你就咬碎牙齿——嘴里吐血眼里冒火吧——女人的愤怒只会使我心花怒放，这会使你更美更讨人喜欢。来吧——这种挣扎使我的胜利更加辉煌，强迫就范的拥抱会使我的情欲更加滋味香甜。——到我的卧室去吧，——我已欲火中烧——你现在就得马上跟我一起走。（想把她拉走）

阿玛莉亚（搂着他的脖子）：

原谅我，弗朗茨！（趁弗朗茨拥抱她时，从他腰际拔出宝剑，疾步后退）你瞧见了吗，恶棍，现在我要怎么收拾你？我是个女人，但是一个疯狂的女人——你要是胆敢用你邪恶的爪子碰我身体一下——这把宝剑就把你这淫乱的胸膛刺个洞穿，我舅父的精灵会把着我的手运剑刺去。马上滚蛋！（她把弗朗茨赶走）

啊，我是多么欢畅啊——现在我可以自由自在地呼吸了——我感到自己像喷吐火星的骏马一样强壮，像母老虎一样以满腔怒火扑向这洋洋得意大声咆哮劫夺了她的虎仔的强盗，——他说，把我关进修道院——谢谢你有这样精彩的发现！——现在这蒙受欺骗的爱情找到了避难所——修道院——救世主的十字架是受骗的爱情的避难所。（欲下）

〔赫尔曼怯生生地上。

赫尔曼：

阿玛莉亚小姐！阿玛莉亚小姐！

阿玛莉亚：

不幸的人啊！你干吗来打扰我？

赫尔曼：

我必须把这千斤重荷从我的灵魂挪开，不然它要把我灵魂压进地狱。（跪倒在阿玛莉亚面前）饶恕我！饶恕我！我深深地侮辱了您，阿玛莉亚小姐。

阿玛莉亚：

起来！滚开！我什么也不想知道。（欲离去）

赫尔曼（拉住她）：

别走！留下！上帝啊！永恒的上帝！您得知道全部真相！

阿玛莉亚：

一句话也别说——我饶恕你——心平气和地回家去吧！（欲疾步走开）

赫尔曼：

那就只听我说一句话——这句话会还给你全部失去的平静。

阿玛莉亚（返回来，惊讶地望着他）：

怎么，朋友？——天上地下有谁能把平静重新还给我？

赫尔曼：

我嘴里说出一句话就能办到——您听我说！

阿玛莉亚（充满同情地握住他的手）：

善良的人啊——你嘴里说出的一句话就能撬开永恒的门栓？

赫尔曼（站起来）：

卡尔还活着！

阿玛莉亚（大叫起来）：

不幸的人啊！

赫尔曼：

没有别的——还有一句话——您的舅舅——

阿玛莉亚（向他冲了过去）：

你撒谎——

赫尔曼：

您的舅舅——

阿玛莉亚：

卡尔还活着？

赫尔曼：

您的舅舅——

阿玛莉亚：

卡尔还活着？

赫尔曼：

您的舅舅也活着——别说是我说的。（急下）

阿玛莉亚（呆若木鸡地站了许久。然后猛地惊醒过来，急急地跟着他下）：

卡尔还活着！

第　二　场

〔多瑙河畔某地。

〔强盗们在高处的树下扎营，马匹都放在山坡上。

莫尔：

我不得不在这儿躺下。（躺倒在地上）我的四肢都像散了架似的。我的舌头干得都跟上颚粘在一起了。（施魏策尔悄悄地走开）我本想请你们给我从河里弄点水来，可是你们大家都和我一样累得要死。

施瓦茨：

我们皮囊里的酒也全都喝得一干二净。

莫尔：

你们瞧，今年的庄稼长得多好！——果实累累，树枝都快折断了。——葡萄丰收在望。

格林：

今年是个丰年。

莫尔：

你这样认为吧？——这样世上的汗水就能得到报偿。每滴汗都能得到报偿？——也可能一夜之间落下冰雹，把一切全都毁掉。

施瓦茨：

这非常可能。在收割之前几小时一切都可能毁掉。

莫尔：

我就是这么说。一切都会毁掉。倘若使人和天神相似的东西遭到失败，为什么人从蚂蚁那儿学来的东西就会成功？——还是说，这正是他命运的界线？

施瓦茨：

我不知道这界线。

莫尔：

你这话说得好，而且干得更好，你从来就没要求要知道它！——兄弟——我看见形形色色的人，看见他们像蜜蜂一样的忧虑和巨人般的宏伟志向——看见他们天神般的构想和老鼠般的事业，极为罕见的为追求幸福而展开的赛跑；这一个靠他骏马的冲劲——另一个靠他驴子的鼻子——第三个则全靠自己的双腿；这场人生的赌博花样纷呈，有人把自己的清白无辜和——他的天国押了上去,为了中彩——抽奖的结果是零——里面没有一个得奖的号码。这是一场好戏,兄弟,看得你热泪盈眶,可是又引你笑个不停。

施瓦茨:

那边落日西沉的景象何等壮观!

莫尔(沉湎于夕阳西下的景色之中):

这就是英雄赴死的场面! ——值得景仰!

格林:

你似乎触动很深。

莫尔:

我还是孩子时——我最心爱的念头便是,像太阳一样的生活,像它一样的死去——(怀着深切的沉痛)这只是孩子气的念头!

格林:

但愿如此。

莫尔(用帽子盖着脸):

多么美妙的往日啊——请让我单独呆一会儿,伙计们!

施瓦茨:

莫尔! 莫尔! 见鬼,你怎么啦? ——瞧他脸色全都变了!

格林:

真见鬼! 他怎么啦? 他头晕是不是?

莫尔:

那时候,我若忘了晚祷,我就没法睡觉——

格林:

你疯了吗? 你要让你孩提时代的生活来教训你?

莫尔(把头靠在格林胸上):

兄弟! 兄弟!

格林:

怎么了？别像孩子似的——我求你——

莫尔：

要是能做孩子——要是又能做孩子就好了！

格林：

去你的，呸！

施瓦茨：

高兴起来吧！看看这如诗如画的风景——这风光宜人的黄昏薄暮。

莫尔：

是的，朋友们，这世界真是美不胜收。

施瓦茨：

好，这话说得好！

莫尔：

这人间如此壮丽辉煌。

格林：

说得对——说得对——这话我就爱听。

莫尔（又陷入沉思）：

在这美艳绝伦的世上我是如此丑陋——在这壮丽辉煌的人间我是个怪物。

格林：

啊，要命！真要命！

莫尔：

我的纯洁无辜！我的纯洁无辜！——你们瞧，所有的人都出来，沐浴在春天和平的阳光之中——为什么我一个人从天国的欢乐之中吸取的是地狱的痛苦？——所有的人都如此幸福，通过和平的精神互相成为兄弟姐妹！——全世界都是一个家庭，那天国高处有个父亲——不是我的父亲——只有我一个人遭到摒弃,只有我一个人被淘汰出纯洁者的行列——我不再拥有孩子这个甜蜜的名字——永远不配获得恋人充满缠绵柔情的目光——永远永远不会得到知心朋友的拥抱!(猛地一阵颤抖)为杀人凶手团团围住——为毒蛇凶蟒重重包围——用沉重的铁链牢牢地拴在罪恶之上,——在罪恶的摇曳不定的芦苇秆上摇晃,一直摇到毁灭的坟墓之中——在这幸福世界的繁茂百花之中,一个哀号悲啼的阿巴多纳[①]!

施瓦茨(对其余的人):

不可理解!我从来没有看见他这样。

莫尔(充满忧伤):

但愿我能重新回到娘胎里去!但愿我能生来就是一个乞丐!——不!我不想要求更多,啊,老天爷啊——但愿我能成为这些短工中的一员!——啊,我愿拼命干活,使得鬓角上都流下鲜血——为了赢得一场午睡的欢乐——流淌一滴眼泪的幸福。

格林(对其余的人):

耐心一点!寒热已经渐渐消退。

莫尔:

那时候,我日子过得多么惬意,——啊,你们这些和平的日月!你啊,我父亲的府邸——你们这些翠绿如茵耽于梦想的山谷!啊,你们,我童年时代所有的乐园场景!难道你们永远一去不返——永远不再用你们温馨的轻声呢喃来抚慰我熊熊燃烧的胸膛?——和我一同悲哀,大自然——它们永远一去不返,永远不再用温柔的轻声呢喃来抚慰我熊熊燃烧的胸膛——逝去,逝去!无可挽回!——

① 阿巴多纳为克洛卜施托克的长诗《救世主》中的一个悔恨罪愆的魔鬼。

〔施魏策尔用帽子盛了水来。

施魏策尔：

喝吧，头儿，——这儿有的是水，而且清凉如冰。

施瓦茨：

你在流血——你干什么啦？

施魏策尔：

傻瓜，一个玩笑，差点要了我的两条腿一条命。我在河边的一个沙丘上走过去，脚底一滑，脚下的碎石沙土滑了下去，我就滚下去几十尺——躺在那里，等我恢复知觉，发现清澈无比的活水在砂石中间流淌。我心想这一下水够了，首领喝了一定觉得味道甘美。

莫尔（把帽子还给施魏策尔，并且擦掉他脸上的土）：

否则人家看不见波希米亚的骑兵在你脸上留下的疤痕，——你的水很好喝，施魏策尔——这些疤痕让你显得漂亮神气。

施魏策尔：

罢了！还有足够的位子可以再来三十个疤痕。

莫尔：

是啊，孩子们——今天下午可是炎热难当——我们只损失了一个弟兄——我的罗勒壮烈牺牲，死得漂亮。他要不是为我而死，人家准得给他立个大理石的墓碑。现在就凑合用这个吧。（他拭抹眼睛）有多少敌人死在战场上？

施魏策尔：

一百六十个骠骑兵——九十三个龙骑兵，大约四十名猎骑兵——合在一起三百人。

莫尔：

三百对一！你们每一个都有权要求这颗脑袋！（他脱掉帽子露出脑袋）我在这儿举起我的匕首！凭着我永生不死的灵魂发

誓！我绝不离开你们。

施魏策尔：

别发誓赌咒！你不知道你以后到底会幸福还是会悔恨。

莫尔：

凭着我的罗勒的尸骨发誓！我绝不离开你们！

〔柯辛斯基上。

柯辛斯基(自语)：

他们说,在这个地区附近我能碰见他——嘿,真是的！这都是些什么样的脸庞？——莫非就是他们——怎么,倘若这些人——就是他们,就是他们！——我要上去跟他们搭话。

施瓦茨：

大家注意！谁来了？

柯辛斯基：

我的先生们！请你们原谅！我不知道我走对路了没有？

莫尔：

如果你走对了,我们该是什么样的人呢？

柯辛斯基：

一伙男子汉呗！

施魏策尔：

我们像是男子汉吗,首领？

柯辛斯基：

我要找的是直面死亡,让危险像条驯蛇似的在身边游动的男子汉,他们把自由看得高于荣誉和生命,光是他们的名字就受到穷苦人和受压迫者的欢迎,使得勇敢无畏的人为之胆怯,使暴君们为之失色。

施魏策尔(对首领)：

我喜欢这小伙子。——听着,好朋友！你找到了你想找的人。

柯辛斯基：

我想也是，我希望不久你们能成为我的弟兄。——这样你们也可以让我找到我真正要找的人，你们的首领，伟大的封·莫尔伯爵。

施魏策尔（热情地向他伸出手去）：

亲爱的孩子！咱们交个朋友吧。

莫尔（走近）：

您[①] 也认得首领？

柯辛斯基：

你[②] 就是首领——就是这表情——谁看见了你还会另外去找人？（久久凝视莫尔）我一直想要看见一个具有毁灭性目光的男子汉，坐在迦太基[③] 的断壁残垣之上，——现在我不再怀有这种愿望了！

〔出现一个长时间的冷场。

施魏策尔：

这小子真灵！

莫尔：

您有什么事来找我？

柯辛斯基：

啊，首领！是我那极端残酷的命运——我在这世界上惊涛骇浪的大海里遭到海难沉船，不得不看到我一生的种种希望全都沉入海底，剩下的别无所有，只有那折磨人的回忆让我记起我遭受到的损失。我若不另外设法来使这些回忆窒息，它们

① 德语中朋友之间互相称“你”，称“您”是尊称，用于上下级之间或表示生分。

② 这里用“你”，表示他认为自己已是帮中一分子。

③ 指古罗马大将加依乌斯·玛里乌斯，兵败后坐在迦太基的废墟上。他的毁灭性的目光阻止迦太基人把他处死。

柯辛斯基

定会使我发疯。

莫尔：

又来了一个抱怨神意的人！——说下去吧。

柯辛斯基：

我入伍当兵。在那里灾难也追随着我——我参加一次前往东印度的航行，我的船触礁沉没——只是一次计划破灭！我后来终于到处都听到你的英雄事迹，他们称之为杀人放火，我就从三十海里之外起程前来这里，我下定坚定的决心，如果你愿意接受，我就在你手下当差——我求你，尊敬的首领，别拒绝我的请求！

施魏策尔（跳了起来）：

好啊，好啊！这一来我们的罗勒千百倍地得到了补偿！我们这个帮又多了一个不要命的兄弟。

莫尔：

你[①] 姓什么？

柯辛斯基：

柯辛斯基。

莫尔：

怎么，柯辛斯基，你是不是也知道，你是一个生性轻率的男孩，活像一个不假思索的女孩？冒失地迈出了你一生中重大的一步？——你在这里既没有球玩也没有九柱戏玩，不像你想像的那样。

柯辛斯基：

我知道，你想说什么——我二十四岁，但是我看见过宝剑闪闪发光，听见过子弹在我身旁呼啸。

---

① 不再称他为“您”，表示已接受他入伙。

莫尔：

是吗，年轻的先生？——难道你学习击剑就是为了一个帝国金币，把可怜的过往行客一剑刺倒在地，或者阴险地向妇女的腹部刺上一剑？走吧，走吧！你逃离了你的奶妈，因为她拿起鞭子威胁着要打你。

施魏策尔：

见鬼，首领！你想什么呢？你想把这个赫剌克勒斯赶走？他看上去的架势不是正像要用一把汤勺把萨克逊元帅[①]赶过恒河去吗？

莫尔：

就因为你的琐碎小事全都失败了，你就跑来要做一个无赖，一个杀人放火的家伙？——杀人，孩子，你懂得这个字的意思吗？你用棍子把罂粟花的花冠打掉，你可以安静地去睡觉，可要是你心里装着一件杀人案件——

柯辛斯基：

你叫我去干的每一件杀人事件，我都愿意负责。

莫尔：

什么？你竟这样聪明，你竟胆敢用阿谀奉承来抓住一位男子汉？你从哪儿知道，我就不做噩梦或者在死床上我就不会脸色发白？你干了多少事情，你一边干，一边想到要为之负责？

柯辛斯基：

真的！还干得很少；但是这次前来投奔你，[高贵的伯爵]，就是想去做一些。

莫尔：

---

① 莫里茨·封·萨克逊伯爵(1696—1750)，一七二〇年起在法军中服役的著名统帅，屡次获胜。

你的家庭教师把罗宾汉[1] 的故事塞到你的手里——应该把这些不谨慎的流氓老师统统都钉在苦役船上去服役,——这篇故事激起了你的孩子气的想像力,并且把对伟大人物的疯狂渴望传染给你?你心里痒痒的渴望获得美名和荣誉吧?你想用杀人放火的行径来换取不朽的盛名?你听好,野心勃勃的少年!杀人放火是不会戴上桂冠的!是不会为匪徒的胜利高奏凯歌的,但是会带来诅咒、危险、死亡、耻辱——你没看见竖在山丘上的那座绞架?

施皮格尔贝格(不以为然地走来走去):

嗳,多么愚蠢!多么可恶,多么不可原谅的愚蠢!这可不是应有的举止!我可是另外一个做法。

柯辛斯基:

连死都不怕的人,还怕什么?

莫尔:

好样的!举世无双!你在学校里表现良好,把你的塞内加[2]背得滚瓜烂熟。——不过,亲爱的朋友,用这类的警句你无法说服受苦受难的人,你也没法减轻痛苦的箭矢造成的伤害。——你好好考虑一下,我的儿子!(他握住柯辛斯基的手)想一想,我是作为父亲在规劝你——趁你还没跳下深渊,先了解一下它有多深!如果你在这世上还能找到一种欢乐,别出此下策——可能会出现有些瞬间,你会——突然醒来——然后——但愿不至于太晚。你到这里来,就仿佛迈出了人类的圈子——你要么成为一个超乎常人的人,要么你就成了魔鬼——我再说一遍,我的儿子!你只要还有一星希望的火花在

---

① 罗宾汉,英国的侠盗。

② 塞内加(前4—65),古罗马斯多噶派哲学家。

什么地方闪烁，那就离开这个可怕的团伙，如果不是更高的智慧就是绝望把它缔造起来，——人们很可能舛错——相信我，人们可能把这当做精神的强大，到末了它只是绝望而已——相信我，相信我！赶快离开这里。

柯辛斯基：

不！我现在再也不逃走了。如果我的请求不能打动你，那就听听我的不幸的故事吧。——那你会亲自把匕首塞进我的手里，你会——请你们席地而坐，仔细听我说吧！

莫尔：

我愿意听你的故事。

柯辛斯基：

你们知道吗，我是一名波希米亚的贵族，由于家父早死，我成了一个幅员辽阔的骑士庄园的主人。那个地方真像乐园一般——因为它有一个天使——一个少女拥有一切花信年华的魅力，纯洁得像天上的光芒。可是，我在跟谁说这些呢？我的话像阵风似的从你们耳边飘过——你们从来没有爱过，也从未被人爱过——

施魏策尔：

小声点，小声点！我们首领脸涨得通红。

莫尔：

别说了！我下一次再听吧——明天，往后，或者——等我看见鲜血之后。

柯辛斯基：

鲜血，鲜血——你继续听下去吧！我跟你说，鲜血会充满你整个灵魂。这姑娘出身市民阶级，是个德国人——但是一看她的模样，任何贵族的偏见全都化为乌有。她羞怯谦逊地从我手里接过结婚戒指，后天我就该把我的阿玛莉亚引上祭坛。

莫尔(迅速站起)

柯辛斯基:

幸福在即,我陶醉在幻梦之中,忙着为婚礼做种种准备,——突然一封急信召我进宫。我立即前往,他们给我看一些具有叛国内容的信件,说是出自我的手笔。我对这种恶毒用心气得面红耳赤——他们取走了我的宝剑,把我投入监狱,我完全丧失理智。

施魏策尔:

与此同时——接着说啊!我已经嗅到事情不妙。

柯辛斯基:

我在那儿关了一个月,不知道我到底发生了什么事情。我为我的阿玛莉亚提心吊胆,由于我的命运每分钟她都得忍受一次死亡。最后宫廷首席大臣终于露面,用甜言蜜语祝贺我经过调查完全无辜,向我宣读释放令,把我的宝剑交还给我。于是我洋洋得意地返回我的府邸,飞到我的阿玛莉亚的怀抱之中,——她却消失得无影无踪。据说午夜时分她被人带走,谁也不知道她被带到哪里,从此以后就再也没有人看见过她。嘿!我一下子恍然大悟,宛如挨了一道霹雳。我飞也似的赶到城里,在宫廷里四下打探——所有的眼睛都直盯着我,谁也不愿给我确切消息——我终于在宫殿里通过一道隐蔽的铁栅栏发现了她——她扔给我一张纸条。

施魏策尔:

我刚才不是说过了吗?

柯辛斯基:

他妈的该死的混蛋!纸条上写着,他们给她两条道路供她选择,她是宁肯看我死去,还是愿意充当君主的情妇。在荣誉和爱情的斗争之中她选择了后者,(扬声大笑)而我就此获救了。

施魏策尔：

你在那儿干了些什么？

柯辛斯基：

我站在那儿犹如千雷轰顶！我的第一个念头便是，鲜血！我的最后一个念头也是鲜血！我口吐白沫，奔回家里，挑选了一柄三棱剑，然后万分激动地冲进大臣的家里，因为只有他——只有他才是那个该死的说媒拉纤的家伙。想必有人在街上看见了我，因为等我冲进他家里，所有的房间都房门紧闭。我到处找，到处问；回答是他驱车去见公爵了。我立即径直前往宫廷，大家都说对他一无所知。我又返回去，撞开房门，找到了他，我正要——可是有五六个仆人从埋伏处跳出来，夺走了我手里的剑。

施魏策尔（用脚跺地）：

他什么也没挨着，而你就空手而归了？

柯辛斯基：

我被抓住受到控告，经历了一场难堪的审判，无耻地——你们记住——出于特殊的恩典，我被无耻地驱逐出境；我的庄园成为礼品赐给那位大臣，我的阿玛莉亚则陷在老虎的利爪之中，终生悲叹哀泣，而我的复仇迟迟不能实现，不得不屈从于专制暴政的枷锁。

施魏策尔（站起身来，磨他的宝剑）：

［这可是盼望已久的东风，首领］现在有火可点了，（首领）！

莫尔（一直情绪激动地走来走去，迅速跳起来对强盗们）：

我必须看见她——起来！振作起来——你留下，柯辛斯基——赶快收拾一下。

强盗们：

到哪儿去？干什么？

莫尔：

到哪儿去？谁问到哪儿去？(激烈地对施魏策尔)叛徒，你想拉我的后腿？但是凭着上天的希望起誓！——

施魏策尔：

我是叛徒？——你到地狱里去，我也跟着你！

莫尔(扑在他脖子上)：

兄弟，兄弟！你跟着我——她在哭泣，她为自己的一生哀泣。起来！赶快！所有的人！目标法兰肯！八天之内我们必须到达那里。

〔他们下。

第 四 幕

第 一 场

〔莫尔伯爵府邸周围的乡间。

〔强盗莫尔,柯辛斯基在远处。

莫尔:

你往前走,去为我通报。你该说什么都知道了吧?

柯辛斯基:

您是封·勃朗特伯爵,来自麦克伦堡,我是你的马弁——别担心,我会扮演我的角色的,再见!(下)

莫尔:

我向你致意,故乡的土地!(他亲吻土地)故乡的天空!故乡的太阳!——原野,山冈,江河和森林!我向你们大家致以衷心的问候!从我故乡的山岭吹来的风是何等使人神清气爽!从你们那里涌流而来的香膏似的欢乐向我这可怜的逃亡者迎面扑来!——天国乐园!诗意浓郁的世界!站住,莫尔!你的脚徜徉在一座神圣的庙堂之中。(他走近一些)瞧那儿,还有府邸院子里燕子筑的窝——还有花园的小门!——篱笆上的这一角,你曾多次在那里窥伺,逗弄那头猎犬——那下面是长满草地的山谷,你这位英雄亚历山大大帝在那里率领你的马其顿人去投入阿尔贝拉会战①，旁边是绿草如茵的山坡，你在那里击溃了波斯人的萨特拉彭② ——你那胜利的旗帜高高飘扬！（笑了起来）少年时代黄金般五月艳阳天似的岁月又在这不幸人的灵魂里复活——那时你是如此幸福欢欣，如此完美无缺，如此心情开朗，毫无云翳——而现在——你的抱负已成废墟！你原该作为一个形象高大、伟岸体面、备受称赞的人在这里徜徉——这里，你的少年时代的生活在阿玛莉亚生下的茁壮成长的孩子们身上得到再生——这里！你在这里是你民众的偶像——然而邪恶的敌人在一旁暗自生气！（他为之一愣）我为什么到这里来？我觉得我像一个囚犯，那叮当作响的铁环把他从自由的睡梦中惊醒——不，我要回到我的苦难中去！——这个囚犯已经忘却了光明；但是那自由的梦在他头上掠过，犹如一阵闪电击进夜空之中，让黑夜变得更为阴暗——再见了，你们这些故乡的山谷！你们从前曾看见过那个叫卡尔的男孩，那个叫卡尔的男孩那时是个幸福的少年——现在你们看见了一个成年人，他正处于绝望之中。（他很快地转过身去走向这个地方最远的一端，在那里突然静静地站住，悲伤地眺望府邸）不见她，一眼也不见她就走？——在我和阿玛莉亚之间只有一墙之隔——不！我必须见到她——必须见到我父亲——哪怕把我击成齑粉！（他转过身来）父亲！父亲！你的儿子来了——你给我滚开，你这黑色的热气腾腾的鲜血！滚开！空洞可怕颤动不已的死亡的目光！就这一小时让我自由支配——阿玛莉亚！父亲！你的卡尔来了！（他快步向府邸走去）白天苏醒，——折磨我吧，黑夜来临，别离开我，——在可怕的睡

---

① 阿尔贝拉会战，古希腊亚历山大大帝于公元前三三一年获胜的一次著名战役。亚历山大大帝在此大胜波斯王大流士率领的波斯大军。

② 萨特拉彭，古代波斯人的总督。

梦中折磨我吧！只要别破坏我这惟一的极度欢乐！(他站在门口)我怎么了？这是什么，莫尔！做个男子汉吧！——死亡的战栗——恐怖的预感——(他走进府邸)

第　二　场

〔府中的走廊①。

〔强盗莫尔，阿玛莉亚上。

阿玛莉亚：

您真的相信，您能在这些画像当中认出他的肖像来吗？

莫尔：

啊，肯定认得出。他的形象一直栩栩如生地印在我的心里。(在这些画像前面走来走去)这一位不是他。

阿玛莉亚：

猜对了！这是这位伯爵家族的始祖，他在红胡子大帝手里擢升为贵族，他辅佐皇帝抗击过海盗②。

莫尔(一直伫立在画像面前)：

这位也不是——这也不是——那边那位也不是——他不在他们当中。

阿玛莉亚：

怎么啦，您再仔细看看！我原来以为您认得他——

莫尔：

① 贵族府邸的走廊墙壁上悬挂历代祖先的肖像。

② 红胡子大帝即德意志皇帝弗里德里希一世(1150—1190)。死于十字军东征途中。这句话说明这个贵族家族历史久远。

我对我自己父亲也不会更加熟悉！这幅画上的人嘴角缺少温柔的线条，这线条使人能在千万人当中认出他来——这不是他。

阿玛莉亚：

我惊讶不已。怎么？您十八年没有再见到他，现在还——

莫尔（脸上泛起红晕，迅速地说）：

这幅画像中的人是他！（他像被闪电击中似的站在那里）

阿玛莉亚：

一位出类拔萃的男子汉！

莫尔（望着这幅肖像出神）：

父亲，父亲！请原谅我！——是的，一位出类拔萃的男子汉！——（他拭抹眼泪）一位天神一样的男子汉！

阿玛莉亚：

您似乎对他非常关切。

莫尔：

啊，一个出类拔萃的人——听说他已经逝去？

阿玛莉亚：

逝去！就像我们最美好的欢乐都已逝去——（温柔地握住他的手）[亲爱的]伯爵先生，在月亮映照下幸福不会成熟。

莫尔：

很对，很正确——难道您也有过这种悲惨的经历？您不可能已经二十[三]岁了吧。

阿玛莉亚：

我有过这种经历。众人活着，都是为了又悲惨地死去。我们对一切感兴趣，我们赢得一切，只是为了又痛苦地失去。

莫尔：

您已经失去过什么吗？

阿玛莉亚：

没有失去什么。失去了一切。一无所失——咱们继续往前走吧，伯爵先生？

莫尔：

这么着急？右手那边的那幅肖像是谁？我觉得他长着一副不幸的相貌。

阿玛莉亚：

左手的那幅肖像是伯爵的儿子，真正的主人——走吧，走吧！

莫尔：

那么右手的这幅画像呢？

阿玛莉亚：

您不想到花园里去走走吗？

莫尔：

可是右手的这幅画像呢？——你哭了，阿玛莉亚？

阿玛莉亚（快步下）：

〔强盗莫尔。

莫尔：

她爱我，她爱我！——她整个的人开始奋起反抗，眼泪忍不住沿着面颊流下，泄露了天机。她爱我！——可怜的人啊，你值得她为你流泪吗？我站在这里，不是像个被判决的人站在断头台前面？这就是那张沙发，我曾在那里拥抱着她，沉浸在欢乐之中？难道这就是父亲家的厅堂？（看到父亲的肖像受到触动）你，你——从你的眼里喷射出火焰——意味着诅咒，诅咒，唾弃！——我身在何处！我眼前是沉沉黑夜——上帝的恐惧——我，是我杀死了他。（他跑下）

〔弗朗茨·莫尔在深深的思考之中。

弗朗茨：

把这幅画像拿开！滚开，怯懦的胆小鬼！为什么你犹豫不决，在谁面前举棋不定？这位伯爵在这堵墙壁之中走动了短短几小时，我怎么就觉得好像老有一个地狱的密探在悄悄地尾随着我——我应该认得他！在他那野性十足晒成古铜色的脸上有一种气宇轩昂却又平易近人的气概，这张脸使我六神不安——阿玛莉亚对他也不是漠然无动于衷！她不是老让她那[热切渴求]（放肆）的目光在[这家伙]（他）身上转来转去？平时她很少用这种目光看其他所有的人。——我难道没有看见，她如何偷偷地滴落几滴眼泪在酒里，他在我背后就急急忙忙地把这酒喝了下去，就仿佛他想把这杯子也一同吞进嘴里似的！是的，我看见这事，透过镜子我亲眼看见了这事。好啊，弗朗茨！你小心点！这里隐藏着一个包藏祸心的怪物！

〔他站在卡尔的像前仔细审视。

他那长长的鹅一样的脖子——他那漆黑的喷射火焰的眼睛，姆，姆！——他那两道阴沉的向上挑起的浓眉。（突然浑身一机灵）幸灾乐祸的地狱，你竟把这种预感送到我的心里？这人是卡尔！不错！现在他所有的轮廓在我心里又栩栩如生了——这就是他！尽管他戴着面具！这是他——真是该死！（情绪激动地大踏步走来走去）我浪费了这么多夜晚，移开了累累山岩，填平了众多深渊——我违背了人性的一切本能，难道就是为了让这个漂泊不定的流浪汉跑来，把我精妙绝伦的计谋扰得乱七八糟？不着急！千万不要着急！——还有好戏可唱呢——反正我已深深地陷入罪大恶极的泥潭之中，而且岸边已经被远远抛在身后，这时去想如何游水回去，那是荒谬绝伦——回头是岸已经不必再想——[仁慈本身已变成乞丐，无限的宽宏大量若为我的债务担保必然破产——因此]（干吧！）像男子汉一样勇往直前！——（摇铃）——让他和他父亲的幽灵聚在一起,让他来吧;我对死者付之一笑。——丹尼尔!嘿,丹尼尔!——怎么回事,莫非他们把这家伙也煽动起来反对我了?他看上去那么神秘兮兮的样子。

〔丹尼尔上。

丹尼尔:

有何吩咐,我的主人?

弗朗茨:

没什么。去把这个杯子盛满酒,可是麻利点!(丹尼尔下)等着,老头!我要抓住你,我要盯着你看,死死地盯着你,叫你那被触及的良心透过面具变得灰白!——他得死!谁若干活半吊子,干了一半就撂下跑掉,无所事事地眼看着事情如何发展下去,这人就是个笨蛋。

〔丹尼尔拿酒上。

弗朗茨:

把酒拿过来!好好看着我的眼睛!瞧你的膝盖哆嗦得多厉害!瞧你浑身发抖!你坦白交待,老头!你干了什么?

丹尼尔:

没干什么,老爷,我可以凭全能的上帝和我可怜的灵魂发誓!

弗朗茨:

把这酒喝光了!——什么?你犹豫不决?——你说出来,赶快!你往酒里下了什么?

丹尼尔:

上帝保佑!什么?我——往酒里下了?

弗朗茨:

你往酒里下了毒!你的脸色不是白得像雪一样?交待,老实交待!谁把毒药交给你的?是那位伯爵,那位伯爵把它交给你的,是不是?

丹尼尔：

那位伯爵？耶稣马利亚啊！那位伯爵什么也没给我。

弗朗茨(狠狠地抓住他)：

我要掐死你,让你脸色发青,你这个头发雪白的说谎的家伙！没有给你什么？你们干吗老这样凑在一起,他和你,还有阿玛莉亚,你们老在一起悄悄地说些什么？坦白交待！什么秘密,他把什么秘密告诉了你？

丹尼尔：

这只有全能全知的上帝知道。他可什么秘密也没告诉我。

弗朗茨：

你还想否认？你们在一起制定了什么阴谋来铲除我？是不是？要在睡梦中把我勒死？在修面时把我喉管割断？在酒里或在巧克力[①]里下毒把我毒死？交待,坦白交待！——或者给我汤里下药,让我长睡不醒？都交待吧！我什么都知道。

丹尼尔：

要是我有麻烦,那就求上帝保佑我吧,我现在告诉你的全是实实在在的真话！

弗朗茨：

这一次我原谅你。不过,他一定塞了些钱在你的口袋里是不是？他握你手一定比一般人握得重些,就像老朋友见面时那样,是不是？

丹尼尔：

没有的事,我的主人。

弗朗茨：

譬如说,他跟你说,他觉得你面熟,——你想必也一定认得

① 即可可,一种饮料,并非巧克力糖。

他？——你一定会恍然大悟，什么？他就压根儿没有跟你说过这些？

丹尼尔：

一点儿也没说过。

弗朗茨：

什么某些情况把他耽搁了——什么人们往往不得不戴上面具，为了接近敌人，什么他要报仇，要狠狠地报仇雪恨？

丹尼尔：

他对这些事一句话也没说过。

弗朗茨：

什么？一点儿也没说？你好好想想。——他对老爷非常熟悉，特别熟悉，——他爱老爷——无比热爱——就像儿子爱父亲一样——

丹尼尔：

这样的话我记得听他说过一些。

弗朗茨（急切地）：

[他的确，他真的？怎么，说给我听听！]他说过，他是我哥哥？

丹尼尔（一怔）：

什么，我的主人？没有，这话他没说过。可是小姐带他在走廊里来回转悠的时候，我正好在给画像的像框掸尘，他就突然在已故的老爷肖像前站住，就像挨了雷劈似的。小姐指着那肖像说道：一个杰出的男子汉！他就回答道，是的，是个杰出的男子汉，边说边擦眼睛。

弗朗茨：

听着，丹尼尔！你也知道，我一直对你是个和善好心的主人，我供你吃，供你穿，你年老体弱，干什么活都照顾你——

丹尼尔：

亲爱的上帝会给你酬报的！我也一向诚实地为你效力。

弗朗茨：

我正要说这话呢。你这辈子还从来没有顶撞过我，因为你知道得非常清楚，我叫你做什么，你都得服从我。

丹尼尔：

只要不违抗上帝，不违背我的良心，我做所有的事情都全心全意。

弗朗茨：

笑话，笑死人了！你害不害臊？一个大老头子还相信这些圣诞节的童话！去你的，丹尼尔！这是个愚蠢的念头。我是主人，要是真有上帝和良心，他们惩罚的是我。

丹尼尔（两手一合）：

仁慈的老天爷啊！

弗朗茨：

凭着你的顺从！你明白这个字吗？凭着你的顺从我命令你，明天这位伯爵就不得再在活人当中走来走去。

丹尼尔：

救命啊，神圣的上帝！为什么？

弗朗茨：

这就全凭你的盲目服从了！——我就指望你了。

丹尼尔：

指望我！救命啊，圣母马利亚！指望我？我这老头干了什么缺德的事了？

弗朗茨：

没有多少思考的时间，你的命运就掌握在我的手里。你是想在我塔楼的最底层一辈子受苦受难，饿得你饥火难忍直啃自己的骨头，渴得七窍冒烟，又把自己撒出的尿再喝进去？还是想平平静静地吃你的面包，安度晚年？

丹尼尔：

什么，主人？安度晚年，得当杀手？

弗朗茨：

回答我的问题！

丹尼尔：

我的满头白发，我的满头白发！

弗朗茨：

干还是不干？

丹尼尔：

不干！——上帝怜悯我吧！

弗朗茨（打算离去）：

好，你会需要上帝怜悯的。

〔丹尼尔拉住他，跪倒在他面前。

丹尼尔：

可怜我吧，主人！可怜我吧！

弗朗茨：

干不干？

丹尼尔：

仁慈的主人，我今年七十一岁了，我尊敬父母亲，据我所知，我一生中从来没有占过人家一分钱的便宜，我老老实实的忠于自己的信仰，在您的府上当了四十四年差，希望现在有个平静幸福的晚年，唉，主人，主人！（使劲地抱住弗朗茨的膝盖）您想剥夺掉我咽气时最后的安慰，让我备受良心折磨，使我无法进行临终前的祷告，与世长辞时变成人神共谴的凶手？不，不，我最亲爱的，最善良的，最亲爱的，最仁慈的主人，您不会希望这样，您不会要求一个七十一岁的老人做这种事。

弗朗茨：

干不干！说这些废话做什么？

丹尼尔：

我愿意从现在起更卖力地干活，我愿意拼着我这把干瘪衰朽的老骨头像个短工似的为您玩命干活，比现在起得更早睡得更晚，——唉，我愿在我早晚的祈祷中也为您祈求上帝，上帝是不会不听一个老人的祈祷的。

弗朗茨：

服从比牺牲更好。你没听说过吧，如果刽子手要去行刑，他会推三阻四吗？

丹尼尔：

唉，那是当然！但是去勒死无辜的人——一个——

弗朗茨：

我难道需要向你报告？难道斧子可以询问刽子手，为什么往那儿砍，不往这儿砍？——可是，你瞧，我多么耐心——我要为你给我做的事，给予酬报。

丹尼尔：

可是我希望，我为你效劳，能继续当基督徒。

弗朗茨：

不许顶撞！瞧，我还给你一天思考时间！你再考虑一下。幸福还是不幸——你听见了吗？你明白了吗？最大的幸福和极端的不幸！我要在折磨人方面创造奇迹。

丹尼尔（沉思片刻）：

我愿意干，我愿意明天干。（下）

〔弗朗茨。

弗朗茨：

诱惑非常强烈，这人大概不是生来为他的信念充当殉道者的。——祝你好运吧，伯爵先生！从各种迹象来看，您明天晚上要吃您临终那餐饭了！——其实一切都看你怎么想，谁的思想若违背自己的利益，那他是个傻瓜。父亲也许多喝了一瓶酒，于是兴致来了——结果就生了一个人，而他在费了牛劲大干一场的时候，也许压根就没想到会造出个人来。现在我也兴致来了——结果有个人就要呜呼哀哉，肯定在这个过程中比创造人的时候要有更多的理智，而且目的性更强。——大多数人的生存，在许多方面不是取决于某个七月中午的一阵燥热，或者在于床单看上去诱人或者在于沉睡中的厨房佳丽玉体横陈的状态，或者在于灯光已被吹灭？——倘若人的诞生是一种兽性发作的结果，是偶然事件的结果，谁会由于否定出生的缘故心血来潮想到某一个重要事件？我们的奶妈和保姆用可怕的童话毁掉了我们的想像力，把有关刑事法庭的恐怖图像印到我们稚嫩的脑海里，使得不由自主的战栗，把人的四肢百骸重又浸入寒冷如冰的恐惧之中，封锁了我们最勇敢的果断决心，把我们刚刚觉醒的理智拴在迷信的阴暗的铁链上面，这些奶妈和保姆的愚蠢真该诅咒。——杀人！整个地狱的复仇女神就围着这个字翱翔起来——大自然忘记多制造一个人——脐带没有剪掉[——父亲在新婚之夜得到的是一个光滑的肉体]——整个皮影戏的把戏就此消失。它曾经是点什么，变得什么也不是——这不就等于说：曾经什么也不是，变得什么也不是，为了什么也不是就不会交换任何思想。——人是从泥淖中出生的，在污泥中蹚了一阵，制造污泥，在污泥中又继续发酵，直到最后污泥肮脏地一直粘在他曾孙的鞋底上面。这就是这场戏的结局——人的命运的污泥循环运动，这样——哥们儿，一路顺风！身患臆想症、患脚痛风症的良心道德学家，可以用一通说教把满脸皱纹的女人赶出

妓院，让年老的放高利贷者临终时精神上受到严刑拷打——在我这儿他是不会有听众的。（他下场）

第三场

〔府邸中另一室。

〔强盗莫尔和丹尼尔分别从两边上。

莫尔（急急忙忙地）：

小姐在哪儿？

丹尼尔：

先生！请允许一位可怜人向您提出一个请求！

莫尔：

你说吧，你要什么？

丹尼尔：

要求不多，并不要求一切，要求如此之少，却又如此之多——请您让我吻您的手！

莫尔：

你不该吻我的手，善良的老人！（拥抱他）我都想管你叫父亲呢。

丹尼尔：

吻您的手，您的手！我求您！

莫尔：

你不要这样做。

丹尼尔：

我非这样做不可！（他抓住莫尔的手，迅速地观察一番，跪倒在莫尔面前）亲爱的，出类拔萃的卡尔！

莫尔（大吃一惊，镇静下来，生硬地）：

朋友，你说什么？我不明白你的意思。

丹尼尔：

是的，您尽管否认，您尽管假装吧！妙啊！妙啊！您始终是我无与伦比的珍贵的贵族老爷——亲爱的上帝！我这老头还能有这快乐——我这个傻乎乎的笨蛋，竟然没有马上认出您！——嗳，你这在天之父啊！这么说您又回来了，老主人已经埋骨地下！而您又回来了——我真是个有眼无珠的笨驴啊，（敲打自己的脑袋）我竟然没有一下子就认出您——嗳，我的天！谁会梦想到这事呢！——我流着眼泪祈求过这事——耶稣基督啊！现在他又活生生地站在这旧日的房间里！

莫尔：

你在说什么啊？你是发烧说胡话呢，还是说您想试着在我面前扮演一个戏中的角色？

丹尼尔：

嗳，别这样，别这样！戏弄一个上了年纪的老奴，这可不好——这个伤疤！嘿，你还记得吗？——伟大的上帝啊！那会儿你可真把我吓得够呛——我一直非常喜欢您，而您却给我闯了一个多么大的祸啊——您还记得吗，您正坐在我怀里？——在那个圆形的房间里——那只鸟，是不是？您当然已经忘记这事了——还有那个您特别爱听的发出咕咕叫声的布谷鸟自鸣钟——您好好想想啊！布谷鸟钟给打坏了，砸碎在地——老保姆苏色尔在打扫房间时，把钟打坏了——当然，这时您坐在我的怀里，叫道：小马！我就跑去给您取木马——耶稣上帝啊！我这老笨驴干吗要跑掉呢？——一下子一阵寒热掠过我的脊背，我在外面走廊里听见大叫救命，我就一个箭步跳了进来，鲜血直流，您躺在地上——圣母马利亚啊！我觉得就像有桶冰[水]直浇到我的脖子上——不小心照顾孩子，事情就这样发生了。伟大的上帝啊，倘若扎进眼睛怎么办——碰巧这次伤的是右手。我对自己说，我这一辈子再也不让孩子手里拿着刀，或者剪刀，或者什么尖利的东西，我对自己说——幸好老爷和夫人都出门去了——是啊，是啊，这事一辈子都该对我是个警告，我对自己说——主啊，主啊！我会为此丢掉饭碗的，我会——吾主上帝原谅您，您这天不怕地不怕的孩子——但是感谢上帝！伤口愈合得很好，就只留下这道难看的伤疤。

莫尔（这段时间一直陷入沉思之中）：

你说的这些话我一句也不明白。

丹尼尔：

是吗？是吗？这还是一个美好的时光吧？我塞了多少甜面包，或者甜饼干，或者杏仁饼干给您吃，我一直最最喜欢您，您还记得我把您抱上老爷的栗色马让您在广阔的草地上纵马驰骋时，您在下面马厩里跟我说的话吗？您说，丹尼尔，只等我长大成人，我就让你做我的总管，和我一起坐着马车出门——我笑道，好啊，倘若上帝让我活着健健康康，您也不因为我这老头感到丢人，我要求您把山下村子里的那间小屋给我，那房子已经空了好长一段时间，我要在那儿放上二十桶酒，让我晚年老有酒喝。——是啊，笑吧，尽管笑吧！是不是，少爷？您是不是已经遗忘？——您不愿认得这个老头，您装得这样陌生这样高贵——啊，您毕竟是我尊贵的贵族老爷啊——当然是有些放荡，——您别生气！——年轻人大多如此——到末了一切又会好转的。

莫尔（扑到他的怀里）：

是的！丹尼尔，我不愿再瞒你！我是你的卡尔，你的失去的卡尔！我的阿玛莉亚在干什么？

丹尼尔(哭了起来)：

想不到我这个年老的罪人还会有这快乐——已故老爷可是白白地为您哭泣了！——下去，下去，白头发的脑袋！衰朽的老骨头，你们都快快活活地进入坟墓中去吧！我的老爷和主人还活着，我已经亲眼看见了他！

莫尔：

他愿意实现他许下的诺言——拿着这个代替马厩里那匹栗色马，(把一个沉重的钱袋塞给他)我没有忘记那个老年人。

丹尼尔：

怎么，您干啥？太多了！您拿错了。

莫尔：

没有拿错，丹尼尔！(丹尼尔想跪下)站起来，告诉我，我的阿玛莉亚在干什么？

丹尼尔：

上帝的酬报！上帝的酬报！啊，主耶稣啊！——您的阿玛莉亚，啊，她一定经受不住这个场面，她会快活得死去的！

莫尔(激烈地)：

她没有忘记我吧？

丹尼尔：

忘记？您又胡说些什么啊？忘记您？消息传来，说您死了，您真应该在场，您真该看小姐当时的态度，——这是当今的老爷散布的消息。

莫尔：

你说什么？我的弟弟——

丹尼尔：

是的，您的弟弟，当今的老爷，您的亲弟弟——下一次等我们有时间我再详细告诉您——当今老爷每天向小姐求婚,要娶她当夫人,小姐当时就干脆利索地打断他的话。啊,我要去,我必须去对小姐说,把这好消息带给她!(欲下)

莫尔:

站住,站住!不能让她知道,谁也不许知道,连我弟弟也不许知道——

丹尼尔:

您的弟弟?对,一点儿也不错,不能让他知道!一点儿也不能让他知道!只怕他已经知道得太多了——啊,我告诉您世上有些恶人,恶兄弟,恶主人——但是我不愿看在主人的黄金分上做个恶仆人——当今的老爷认为您已经死了。

莫尔:

哼!你在嘟嘟哝哝地说些什么?

丹尼尔(更加轻声):

当然人家不希望您这样不打招呼就自己死而复活——您的兄弟原来可是已故老爷惟一的继承人啊——

莫尔:

老头!——你叽叽咕咕地在说些什么啊,似乎有什么惊人的秘密在你舌头上盘旋,既不想说,可又非说不可?说得清楚些?

丹尼尔:

我宁可饿得啃我自己的老骨头,渴得喝我自己撒的尿,也不愿狠下杀手换得舒舒服服的生活。(快步下)

〔莫尔停顿了一下,猛地惊醒。

莫尔:

受骗了,受骗了!这个念头像闪电似的掠过我的灵魂!——狡猾的伎俩!真是该死!不是你,父亲!是狡猾透顶的伎俩!

这狡猾的伎俩迫使我当了凶手,当了强盗!被他说得一无是处!我的信件被伪造,被扣下——我还以为他心里充满了手足之情——啊,我这个笨到极点的大傻瓜——我还以为父亲的心里充满了慈父之爱——[啊——无耻的欺诈,无耻的欺诈!]它差点使我跪地乞求,差点使我泪流满面——啊,我这个白痴,白痴,白痴加笨蛋!——(使劲地撞墙)我其实满可以过上幸福的生活——啊,这手段真毒辣,真毒辣!我一生的幸福都被恶毒地骗得荡然无存。(他愤怒地跑来跑去)被这欺诈手段逼得当了凶手,当了强盗!——他竟然一点也不怨恨!甚至在他心里都没有产生诅咒的念头——啊,无赖!不可理喻的鬼头鬼脑的叫人恶心的无赖!

〔柯辛斯基上。

柯辛斯基:

嘿,头头,你在哪儿?出了什么事?我发现,你想在这儿多呆一会儿?

莫尔:

快去!把马备好!我们必须在日落之前越过边界。

柯辛斯基:

你开玩笑。

莫尔(下令):

赶快,赶快!别再迟疑,把所有的东西都撂下!别让人家看见你。

〔柯辛斯基下。

〔莫尔。

莫尔:

我从这高墙中逃出去。稍待片刻都会使我愤怒,他是我父亲的儿子——弟弟,弟弟!你把我变成了世界上最可怜的人,我从来没有伤害过你,你这行动可是有伤手足之情——你就安安静静地收获你的暴行的果实吧,我不会再破坏你的享受——但是肯定,你这行动不符合兄弟之情。黑暗会使它永远熄灭,死亡也不会再把它煽起!

〔柯辛斯基上。

柯辛斯基:

马匹已经备鞍,你要是愿意可以上马。

莫尔:

催命鬼,你这个催命鬼!干吗这么着急?难道我就不能再见她一面?

柯辛斯基:

你要是愿意,我可以立即把马鞍卸下;是你叫我赶快行动的。

莫尔:

再见一次面!再说声再见!我必须把这杯幸福的毒酒喝个点滴不剩,然后——等等,柯辛斯基!再等十分钟——等在府邸大院的后面——我们从那里动身!

第　四　场

〔花园里。

〔阿玛莉亚。

阿玛莉亚:

你在哭泣,阿玛莉亚?——他说这句话的时候用那样一种声音!那样一种声音——我觉得,就仿佛[大自然](时间)顿时焕发出青春——随着这个嗓音,曾经享受过的爱情的春天又悄然觉醒!夜莺又像往日一样啁啾鸣啭——百花又像当时一样吐露芬芳——我躺在他的怀里,被幸福陶醉得如痴如狂。——哈,你这虚伪的、不忠的心啊!你想美化你破坏盟誓的行径!不,不,滚出我的灵魂,你这放肆大胆的幻影!——我没有破坏我的誓言,你这惟一的人儿啊!滚出我的灵魂,你们这些叛徒似的,不敬神明的愿望!在卡尔君临一切的心里,不得有俗人寓居其中。——不过,为什么我的灵魂这样一而再地违背我的意志,渴望着这个陌生人?他不是和我惟一的心上人这样惟妙惟肖?难道他不是我惟一的心上人永恒的陪伴者?你在哭泣,阿玛莉亚?——哈,我要躲他远点!躲开他!——我的眼睛不得再看见这个陌生人!

〔强盗莫尔打开花园门。

阿玛莉亚(吓了一跳):

听!听!不是门在发出咯吱咯吱的响声吗?(她看见卡尔,跳了起来)他?——到哪儿去?——什么?——我像扎了根似的动弹不得,没法逃走——天上的上帝啊,别抛弃我!——不,你不得把我的卡尔从我心里夺去!我的灵魂容不下两个天神,我是一个凡俗的姑娘!(她取出卡尔的肖像)你,我的卡尔,充当我的守护天神来抵御这个陌生人,这个破坏我们爱情的人!看着你,目不转睛地看着你,——把一切向这人投去的亵渎神明的目光全都抛开。(她默默地坐着——眼睛直盯着卡尔的肖像)

莫尔:

您在这儿,小姐?——满面悲哀?——这画像上还滴了一滴眼泪?——(阿玛莉亚不予回答)谁是这个幸福的人。为了他的缘故这个天使的眼睛噙满了泪珠?请允许我也看看这个备受欣赏的人——(他想观看这幅画像)

阿玛莉亚:

不，啊，不行！

莫尔（直往后退）：

哈！——他值得您这样欣赏吗？他值得？——

阿玛莉亚：

倘若您认得他就好了！

莫尔：

那我一定对他艳羡不已。

阿玛莉亚：

您是想说，赞赏不已。

莫尔：

哈！

阿玛莉亚：

啊，您一定会非常喜欢他——在他这张脸上——在他的眼睛里——在他的语调里有这么多东西，和您如此相似——这么多我深爱的东西——

莫尔（眼睛望着地面）

阿玛莉亚：

这里，在您现在站的地方，他曾站过千百回——在他身边站着一个姑娘，看见他便忘记了天地——他的眼睛扫过他身边长得花木葱茏的[地方]（大自然）——大自然似乎接受了这道宏伟的表示嘉许的目光，似乎受到它主人的欢心呵护变得更加娇艳美丽——他在这里以天籁般的音乐捕捉住了[空中的听众]（夜莺）——这里，在这个花丛中他摘取玫瑰，送给我——这里，他紧紧地抱住我，把他灼热的嘴贴在我的嘴上，花朵心甘情愿地死于这对恋人的脚下——

莫尔：

他不在了吗？

阿玛莉亚：

他扬帆远航，在风狂雨骤的海洋之上——阿玛莉亚的爱情和他一起乘风破浪——他在无路可走、黄沙遍地的沙漠之中漫游——阿玛莉亚的爱情使他脚下火烫的砂粒变成一片绿茵，使长满荆棘的荒野树丛开满鲜花——正午的太阳烧灼着他那裸露的头，北国的风雪使他的脚底冻僵，狂暴的冰雹雨点般落在他的鬓边额上，而阿玛莉亚的爱情使他在暴风雨中得以安然入睡——汪洋大海，连绵群山和无边的天际横亘在恋人之间——但是他们的灵魂跳出盖满尘土的囚牢，相会在爱情的乐园之中——您显得很悲哀，伯爵先生？

莫尔：

这番充满爱情的话语也勾起我自己的爱情。

阿玛莉亚（脸色苍白）：

什么？您爱着另外一个女人？——我真该死，我都说出什么话来了？

莫尔：

她以为我已经死去，始终忠于她以为已逝的死者——她又听说，我还活着，为我牺牲了一顶圣女的王冠。她知道我在荒漠中流浪，在苦难中沉沦，她的爱飞过沙漠和苦难，追随着我。她的名字也叫阿玛莉亚，和您一样，小姐。

阿玛莉亚：

我多么羡慕您的阿玛莉亚啊！

莫尔：

啊，她是个不幸的姑娘；她爱上的是一个已经堕落的人，将——永远也不可能得到回报。

阿玛莉亚：

不，她的爱将在天国得到报偿。人家不是说，有个更好的世界，悲哀的人在那里会欢心快乐，相爱的人在那里会重新相认。

莫尔：

是的，有一个世界，在那里纱幕全都脱落，爱情会可怕地重新相逢——它的名字叫做永恒——我的阿玛莉亚是个不幸的姑娘。

阿玛莉亚：

不幸，可是她爱您？

莫尔：

不幸，因为她爱我！如果我是个杀人犯，怎么办？我的小姐，如果您的爱人每吻您一下就能数出一件谋杀案来，怎么办？我的阿玛莉亚真惨！她真是个不幸的姑娘。

阿玛莉亚（高兴地直跳起来）：

哈！我是一个多么幸福的姑娘啊！我惟一的心上人是天神的肖像，天神总是宽宏大量，仁慈为怀！他都不忍心看见一只苍蝇受罪——他的灵魂和任何血淋淋的念头都相距遥远，就像正午和午夜相隔的距离。

莫尔（赶快踅进一片树丛，凝视四周）

阿玛莉亚（一边弹弄七弦琴，一边唱道）：

阿喀琉斯杀人的钢刀
正给帕特洛克罗斯送上可怕的牺牲，
赫克托耳，你想永远挣脱我的怀抱？
倘若桑吐斯河把你吞噬掉，
将来谁来教你的儿子
尊敬天神，投掷长予？

莫尔（默默地拿起七弦琴，弹奏起来）：

亲爱的妻子，去把死亡的长矛拿来，

让我前去,跳那狂野的战争之舞!——

(他扔下拨弦琴,快步逃去)

第 五 场

〔附近的森林。夜。

〔舞台中间是座荒芜失修的塔楼。

〔强盗帮在地上扎营。

〔强盗们合唱。

(众):

[偷盗,杀人,奸淫,殴斗,]
(调情,酗酒,殴斗,)
我们只是视为消磨时光,
明天我们将吊在绞架上,
因此让我们今天及时欢畅。

(施皮格尔贝格):

我们的生活自由自在,
生活充满了极乐时光,
森林是我们的宿营地,
雨骤风狂,我们四处奔忙,
月亮是我们的太阳,
墨丘利[①] 是我们的同行,
他可精通行窃的行当。

① 墨丘利,即希腊神话中的赫耳墨斯,既是商人之神,亦是贼神。

(拉茨曼):

我们今天在神父家里做客,
明天去光顾富裕的农民;
我们巧妙地把其他的事情,
让亲爱的上帝去独自操心。

(施魏策尔):

我们痛饮葡萄美酒,
用来清嗓润喉。
于是力气倍增勇气日豪
并且和魔鬼结成兄弟,
他在地狱里受着烧烤!

(施皮格尔贝格):

挨揍的父亲们痛哭哀号,
担忧的母亲们呼天抢地,
被弃的新娘嘤嘤哭泣,
我们听了真是满心欢喜!

哈！他们若在利斧之后痉挛抽搐,
像牛犊大声号叫,像苍蝇栽倒地上,
我们看了赏心悦目,
我们听了心花怒放。

(众):

[等到我的时辰来临,]
(等到我们的时辰来临,)
那就见鬼一命归阴!
我们得到了自己的酬报,
就此脚底抹油,逃之夭夭;

喝上一口烧酒上路，
呼呼噜噜随风飞舞。

施魏策尔：

天色已晚，首领还没回来！

拉茨曼：

他答应钟敲八点又回到我们这里。

施魏策尔：

但愿他没出事才好——伙计们！我们纵火焚烧，把这小子杀掉。

施皮格尔贝格（把拉茨曼拉到一边）：

跟你说句话，拉茨曼。

施瓦茨（对格林）：

我们要不要派出探子？

格林：

随他去吧！他想大捞一票，让我们不得不为此害臊。

施魏策尔：

那你可误会了，你这混蛋！他不像一个想搞鬼的人从我们当中离去！你忘了他领我们走过荒原时说的话吗？“凭着我叫莫尔的名字发誓，谁若从地里偷个萝卜让我知道，那就把他脑袋留在这儿。”——我们不许去抢东西。

拉茨曼（轻声向施皮格尔贝格）：

有什么打算？——话说得明白点！

施皮格尔贝格：

嘘！嘘！——我不知道，你我对于自由有什么设想，我们像牛似的拉车，一面还使劲宣讲，自由无羁何等美妙。——我不喜欢这样。

施魏策尔（对格林）：

施魏策尔

这浑小子在这儿又打什么主意?

拉茨曼(对施皮格尔贝格轻声说):

你在说首领?

施皮格尔贝格:

别做声啊！嘘！——他有不少耳目在我们中间走来走去——你说,首领?谁让他当上首领,在我们头上吆来喝去,从法律上讲,这个称号应该归我,他不是自己篡夺这个称号的吗?——怎么?难道我们因此就把自己的命运孤注一掷——因此就为命运的变幻莫测承担罪责?最后我们给一个奴隶当了家奴,还说交了好运?——我们照理该当王侯,却去当了农奴?——我的上帝！拉茨曼——这事我从来就不喜欢。

施魏策尔(对其他人):

对,——你对我来说是真正的英雄,能用石头把青蛙砸个稀烂。——单凭他擤鼻涕时鼻子发出的响声就可以把你吓得落荒而逃——

施皮格尔贝格(对拉茨曼):

是啊——好多年来我都在计划:应该改变现状。拉茨曼——倘若你一直是我看准的那样——拉茨曼！——大家找不到他,认为他一半已经失去——拉茨曼,我觉得,他该倒霉的时刻已经来到——怎么?自由的钟声已经为你敲响,你却一点也不兴奋?你都没有勇气去理解一个大胆的信号?

拉茨曼:

哈,撒旦！你把我的灵魂卷到哪个深渊中去?

施皮格尔贝格:

灵魂给抓住了?——好啊,那就跟上啊！我已经发现,他溜到哪儿去了——来吧！两把手枪不大会失误的,然后——那么我们就是最早掐死这小子的人。(他想把拉茨曼拽走)

施魏策尔(愤怒地拔出小刀):

哈,你这畜生!你正好让我想起波希米亚森林!——你不就是那个胆小鬼,当他们大叫:敌人来了!你就开始浑身哆嗦抖个不行!——我当时就打心眼里诅咒。你去吧,你这杀人凶手!(他把施皮格尔贝格一刀捅死)

众强盗(激动起来):

杀人喽,杀人喽!——施魏策尔——施皮格尔贝格——把他们两人拉开!

施魏策尔(把小刀扔在施皮格尔贝格身上):

去!——你就去死吧!——安静些,伙计们——别为这件小事烦心——这头畜生对首领总是满怀敌意,全身上下没有一个疤痕。[——我再说一遍,你们高兴吧]——哈,这狗东西!——他想从背后伤害人家!背后捣鬼!难道我们汗流满面,就为了像狗似的从这世界上溜走?你这畜生!难道我们赴汤蹈火,出生入死就为了最后像群耗子似的死于非命?

格林:

可是真见鬼——伙计——你们两个有什么过节儿?首领准会发火。

施魏策尔:

这事让我来操心——你,你这个没出息的(对拉茨曼),你曾经是他的[帮凶](朋友),你!——你给我滚远点——那个舒夫特勒也这么干过,不过现在他绞死在瑞士,就像我首领预言的那样——(有人开枪)

施瓦茨(跳了起来):

听!一声枪响!(又有枪响)又是一枪!好啊!这是首领!

格林:

耐心点!他得连开三枪。(又听见一声枪响)

施瓦茨：

是他！——是他！你快躲起来，施魏策尔——让我们来回答他的问题！（他们开枪）

〔莫尔，柯辛斯基上。

施魏策尔（向他们迎了过去）：

欢迎，我的首领——你走了以后我有点鲁莽。（他把莫尔领到尸体跟前）请你在我和这东西之间做出评判——他想从背后谋杀你。

众强盗（惊愕地）：

什么，谋杀首领？

莫尔（凝视着尸体良久，激烈地爆发出来）：

啊，不可理解的复仇之神的手指，你真善于报仇！——这不就是那个一直向我低声吟唱诱惑之歌的人吗？——请把这把小刀献给阴沉的报复女神！——这并不是你干的，施魏策尔。

施魏策尔：

上帝啊！这的的确确是我干的，见鬼，这并不是我一生中所干的最糟糕的事情。（心情不快地下）

莫尔（沉思）：

我明白——天上的引导者啊——我明白——树叶[从树上]（从枝条上）纷纷坠落，我的秋日已经来临——给我把这人抬走！

〔施皮格尔贝格尸体被抬走。

格林：

请向我们下达[命令]（口令），首领——[下一步我们该干什么？]（你明天的命令是什么。）

莫尔：

（今天的口令是垂死的赫剌克勒斯）不久——不久一切任务都

要实现——把拨弦琴给我——我到了那儿以后,我自己也迷失了——我说了,把我的琴给我——我必须用琴声催眠,使我恢复精力——你们走吧。

众强盗:

已是午夜时分了,首领。

莫尔:

可是这只是剧院里的眼泪——我必须听见罗马人的歌曲,这样我沉睡的精神才会惊醒——把琴拿来——你们说,已经午夜了?

施瓦茨:

午夜很快就要过去。瞌睡像铅块似的重压着我们的眼皮。三天三夜都没合眼了。

莫尔:

难道滋养人的睡眠也会落到无赖的眼皮上面?它为什么却躲着我?我从来不是一个懦夫,也不是一个坏蛋——你们睡吧——明天白天我们继续上路。

众强盗:

晚安,首领!(他们在地面上席地而卧,纷纷入睡)

〔深深的寂静。

莫尔(拿起拨弦琴弹奏起来):

布鲁图斯[1]

欢迎你,和平宁静的田野,
请你接受最后一个罗马人!

---

① 这首罗马人的诗歌讲述的是恺撒的阴魂出现在布鲁图斯面前,时间是菲利皮大战(公元前42年)之后。在布鲁图斯的传记和莎士比亚的剧中均有显灵的场景,一般在大战之前。

我从菲利皮来，那里杀戮正酣，
忧愁压得我步履蹒跚。
卡西乌斯，你在哪里？——罗马已经失陷！
我那兄弟般的队伍已被消耗殆尽，
我的逃遁之所乃是死神的门庭！
布鲁图已经无处容身！

恺　撒

谁迈着常胜将军的步伐，
在那边的山岩之上漫步？——
哈！如果我的眼睛没有欺骗我，
那是个罗马人的步伐——
台伯河之子[①]——你从何处而来？
那七山之城[②]是否还在？
我常常为这孤女[③]悲泣泪下，
它永远不会再有一个恺撒。

布鲁图斯

哈！你连同你身上伤口一片[④]！
死者，谁呼唤你来到灯前？
战栗着退回到俄耳库斯[⑤]的咽喉里，
高傲的哭泣者！——别洋洋得意！
在菲利皮钢铁的祭坛上[⑥]，

① 指罗马，罗马城建在台伯河边，故称。
② 七山之城乃罗马，它坐落在七座山丘之上。
③ 指罗马失去了恺撒，犹如孤女。
④ 恺撒身上有二十三处刀伤。
⑤ 罗马人的冥王。他的喉咙里即阴间。
⑥ 即战场。

自由的最后一个牺牲者的鲜血还在流淌；
罗马嘶嘶痰喘偃卧在布鲁图斯的尸床之上，
我去见弥诺斯[①] ——你快爬进你的洪流激浪。

恺　撒

啊，布鲁图斯宝剑的致命一击！
还有你——布鲁图斯——你？[②]
儿子——这是你父亲——儿子——大地
照理要作为遗产落到你手里！
去吧——你已变成最伟大的罗马人，
因为在你父亲的胸中刺进了你的铁剑，
去吧——号叫这事，直到那些门前：
布鲁图斯已经变成了最伟大的罗马人，
因为在他父亲胸中刺进了他的铁剑。
去吧——你现在知道，是什么
把我放逐到忘川的岸边——
黑衣的船夫[③]，划行离岸！

布鲁图斯

父亲，站住！——阳光普照的
国度里，我只认识一个人，
可以和伟大的恺撒相提并论：
你和这个人是父子相称。
只有一个恺撒可能毁了罗马，
只有布鲁图斯不愿继承恺撒。

① 弥诺斯，是在冥界审判亡灵的三位法官之一，最难断的案子归他处理。

② 这是恺撒在受到布鲁图致命一击时说出的名句，见莎士比亚的名剧《裘力斯·恺撒》第三幕第一场。

③ 希腊神话里冥界的船夫卡戎，他把亡灵载到忘川的彼岸。

(布鲁图斯不愿继承暴君的财富:)
布鲁图斯若是活着,恺撒就必须被杀,
让我向右边走去,你往左边走吧!

(莫尔放下拨弦琴,沉思地走来走去)

谁为我担保?——一切都是这样阴暗——头绪混乱的迷宫,——没有出路——没有指路的明星——倘若到最后一息结束之时——结束了,就像一出索然无味的木偶戏——但是为什么如饥似渴地贪恋幸福?为什么追求无法企及的十全十美的理想?为什么没有完成的计划一再拖延?——倘若这可怜的玩意儿(把手枪举到面前)轻轻一摁,就使得智者和蠢人一样,懦夫和勇士一样,高尚人士和无耻之徒一样?——在这没有灵魂的大自然里有着一种如此神奇的和谐,为什么在理智的性格里会有这样不和谐的噪音?——不!不!还有更多的东西,因为我还没有幸福过。

你们以为我会发抖?被我扼死者的幽灵!我不会发抖。——你们临死时惊恐的呻吟——你们被扼后涨得乌黑的脸——你们裂开来形状可怖的创口只是命运的不可折断的锁链的环节而已,最后和我的闲暇时间,我的奶妈和家庭教师的情绪,我父亲的脾气和我母亲的鲜血密不可分——(一阵寒噤,身子一哆嗦)为什么我的培里卢斯[①] 把我变成了一头铁牛,让人在我的肚子里备受烧烤?

(他举起手枪)时间和永恒——通过某个惟一的瞬间两者拴在一起!——可怕的钥匙,在我身后关上了人生的囚牢,在我面前打开了永恒之夜的住处——告诉我——啊,告诉我——哪

① 古罗马人培里卢斯为暴君制造了一头铁牛作为刑具,可以把人装在里面予以烧烤,进行折磨。

里去——你要把我带到哪里去？——陌生的，从来没有被人航行过的国度！——瞧，人类在这幅图像下面变得松软无力，世俗之物的张力日益松弛，而幻想，那感官的戏弄人的猴子，在我们轻信的面前幻化出罕见的幻影。——不！不！一个男子汉不该脚步踉跄——追求无名的来生你若愿意——只要我的这个自我忠于我自己——做你愿意做的人，只要我能把我自己带到彼岸——身外之物只是人的外部修饰——我是我自己的天堂和地狱。

倘若你把不想看见的烧成灰烬的宇宙一角单独留给我，那里只有孤寂的夜和永恒的沙漠是我的前景，又该如何？——那我将用我的想像力使这寂静无声的荒芜生意盎然，把永恒化为闲暇，把普遍苦难的混乱图像予以分解。——或者你想通过苦难的永远新颖的诞生和永远新颖的舞台把我一步一步地引向——毁灭？难道我就不能把在彼岸为我织成的生命之线如此轻易地扯断，就像扯断这根生命之线？——你可以把我化为乌有——但是你不能把我的这个自由夺走。（他给手枪装上子弹。突然停住）难道要我为了害怕一个苦难重重的人生而死去吗？——难道要我竟让苦难来战胜我吗？——不！我要忍受这苦难！（他丢开手枪）让苦难碰上我的傲气无所作为！我要遍尝这一苦难。

〔天色越来越阴沉。

〔赫尔曼穿过树林走来。

赫尔曼：

听！听！枭鸟叫得多么凄厉——那边村里钟敲十二点，——不错，不错——残忍的暴行已经沉睡——在这荒野之中无人偷听。（他走到塔楼旁，敲敲楼门）快上来，你这不幸的人，塔楼的居民！——你的晚餐已经准备好了。

莫尔(轻手轻脚地退了回来)：

这是什么意思?

一个声音(来自塔楼)：

谁在敲门?嘿?是你吗,赫尔曼,我的乌鸦[①]?

赫尔曼：

我是赫尔曼,你的乌鸦。爬到格子门旁来吃饭。(猫头鹰啼叫)你的睡觉的伙伴叫得真骇人,老头——好吃吗?

声音：

我饿极了。感谢你,派遣乌鸦的上帝,在沙漠中送面包给我!——我那亲爱的孩子好吗,赫尔曼?

赫尔曼：

别响——听——好像有人打呼!你听见[什么没有](没听见什么)?

声音：

怎么?你听见什么了?

赫尔曼：

塔楼的缝隙里(风在呻吟)[风暴呼啸],一种夜曲叫人听了牙齿格格作响,指甲也会发紫——再听一次——我总觉得像有人在打呼。——你可有伴了,老头——呼!呼!呼!——

声音：

你看见什么了吗?

赫尔曼：

再见——再见——这个地方阴森可怕。——爬回你的洞里去

① 《旧约·列王记上》第17章:耶和华对以利亚说:"你离开这里,往东去,藏在约旦河东的基立溪旁……我已吩咐乌鸦在那里供养你。"于是以利亚照着耶和华的话,去住在约旦河东的基立溪旁,乌鸦早晚给他叼饼和肉来。

吧——那上面有你的援助者,你的复仇者——该诅咒的儿子!——(欲逃走)

莫尔(令人惊恐地走了出来):

站住!

赫尔曼(叫道):

啊,糟了!

莫尔:

我说了,站住!

赫尔曼:

糟了!糟了!糟透了!现在一切都败露了!

莫尔:

站住!说!你是谁?你在这儿想干什么?说话!

赫尔曼:

饶命啊,饶命啊,严峻的老爷!——听我先说句话,再杀我!

莫尔(抽出宝剑):

你要说什么?

赫尔曼:

您虽然不许我干,干了就要我的命——我还是非干不可——我不能不干——天上有个上帝——那儿是您的亲生父亲——我可怜他——您杀了我吧。

莫尔:

这儿藏着个秘密——说出来!说呀!我要知道全部事情。

声音(从塔楼发出):

糟了!糟了!是你在那儿说话吗,赫尔曼?你在跟谁说话,赫尔曼?

莫尔:

那下面还有一个人——这儿是怎么回事?(跑向塔楼)是个被

人类抛弃的囚徒？——我要解开他的锁链。——说话的人！再说一次！门在哪儿？

赫尔曼：

啊，发发慈悲吧，老爷——别往前走了，老爷，您发发慈悲走开吧！（拦住莫尔的去路）

莫尔：

上了四道锁！走开——必须把他救出来——盗贼的本领先来帮我一手！（他取出撬棒，打开铁栅栏的门。从地底走出一个老人，形销骨立）

老人：

对一个苦命人发发慈悲吧！发发慈悲吧！

莫尔（吓得往后直跳）：

这是我父亲的声音！

老莫尔：

感谢你，啊上帝！解救的时刻终于来临。

莫尔：

是老莫尔的阴魂！是什么使你在坟墓中感到不安？难道你把罪孽带到那个世界里去，这就关上了你通向乐园的大门？我让神父做弥撒，把这到处游荡的阴魂送回他的故乡。你是不是把孤儿寡妇的黄金都埋藏在地下，让你在这午夜时分呼号着到处踯躅？我要从魔幻毒龙的爪子里夺下这地下宝藏，即使他把千百股火红的毒焰向我喷吐，用他尖利的牙齿和我的宝剑对抗——还是你来根据我的问题破解永恒的哑谜？说吧，说啊！我不是心虚胆怯的人。

老莫尔：

我不是阴魂。你不妨摸摸我，我是活人，啊，苦难重重，不幸可怜的生活！

莫尔：

什么？你没有埋葬地下？

老莫尔：

我已被埋葬——这就是说，有条死狗躺在我先人的坟茔之中；而我——足足有三个月之久，我在这阴暗的地下穹室之中苦挣苦熬，照不到一缕阳光，吹不到一丝暖和的微风，[没有任何朋友造访]，只有荒野的乌鸦哑声啼叫，午夜的雕鸮厉声呼号。

莫尔：

真他妈的混蛋！这是谁干的？

老莫尔：

别诅咒他！——这是我儿子弗朗茨干的。

莫尔：

弗朗茨？弗朗茨干的？——啊，真是伤天害理！

老莫尔：

你若是个人，有一颗充满人情的心，我不认识的救命恩人啊，请你倾听一个父亲的痛苦，是他的两个儿子给了他这样的痛苦——足足三个月之久，我冲着耳聋的岩石的墙壁哀哀哭泣；但是只有一阵空洞的回音模仿我的哀诉。因此，你若是个人，有颗充满人情的心——

莫尔：

这个要求可以把狂暴的野兽感动，把它们引出它们的洞穴！

老莫尔：

我那时正躺在病床上，重病初愈，还没有恢复体力，他就带了一个人来见我，此人声称，我的大儿子已在一次战役中阵亡，此人带来了我儿子的剑，剑上染着他的鲜血，他临终前最后一句话乃是：我的诅咒驱使他去参加战斗，逼他去死，使他绝望。

莫尔（激动地别转脸去，不看老莫尔）：

这就显而易见了。

老莫尔：

你听下去！听到这个消息，我顿时晕厥过去。他们想必当我已经丧命；因为等我又恢复神志，我已经躺在棺材里，身上裹着裹尸布，像死人一般。我狠抓棺材盖。盖子随即打开。那是阴森森的黑夜时分，我的儿子弗朗茨站在我的面前。——他用可怕的声音说道：什么，你莫非还想长生不死？——说着棺材盖马上又盖上。这句话犹如雷霆万钧，震得我失去知觉；等我再次苏醒过来，我感到棺材已被人抬起，放在一辆车上运走，走了半个小时左右。棺材终于打开——我就站在这个拱形地窖的门口，我的儿子站在我的面前，还有这个人，就是他给我带来了我儿子卡尔血迹斑斑的剑——我抱住我儿子弗朗茨的膝盖不下十次，向他苦苦哀求，万般央告——可是父亲的哀告打动不了他的心——他嘴里大吼一声，把这老不死的东西推下去吧，他也活够了，——我就被冷酷无情地推了下去，我的儿子弗朗茨在我身后锁上了大门。

莫尔：

这不可能，不可能！您一定弄错了。

老莫尔：

我可能会弄错。你接着听下去，可是别生气！我就这样躺了二十个钟头，没有一个人想到我的困苦。也没有一个人的脚步踩上这块荒凉的土地；因为人们传说，我祖先的幽灵拖着哗啦哗啦作响的铁链在这些废墟里出没，在午夜时分低声吟唱他们的挽歌。后来我终于听见这个门又被打开，这个人给我带来了面包和水，并且告诉我，我被判处饿死，倘若被人发现他给我带来食物，他就会有生命危险。我就这样苟延残喘，这么长的时间，但是无休止的寒冷——我自己便溺的臭气——

那无止境的担忧——耗尽了我的体力——我的身体日益消瘦;我千百次眼含泪水祈求上帝赐我一死;但是我的惩罚似乎还没到头——或者还有什么快乐在等待着我,我就这样奇迹般地活了下来。但是我是活该受苦。——我的卡尔,我的卡尔!——他还没有长出灰白的头发吧。

莫尔:

现在够了。起来,你们这些木头,你们这些冰块!你们这些怠惰成性,没有感情的贪睡家伙!起来!没有一个醒来吗?(他在熟睡的强盗们上空开了一枪)

众强盗(被枪声惊起):

嘿!怎么啦!怎么啦!出什么事了?

莫尔:

老人的故事没有把你们从睡梦中惊醒?那永恒的长眠也会惊醒!看这儿,看这儿!世界的法则已变成掷色子的游戏,天性的纽带已经扯断,古老的争执不睦开始出现,儿子杀死了父亲。

众强盗:

首领在说什么?

莫尔:

不,不是杀死!这个字是在美化贴金!那个儿子把父亲千百次的严刑拷打,百般折磨,车裂刀扎,千刀万剐!这些词对我来说都太富人性——连罪恶都感到脸红,连吃人生番都为之战栗,自古以来没有魔鬼会动过这种念头——儿子把他亲生父亲——啊,你们往这儿瞧——往这儿瞧!——他晕过去了,——儿子把他亲生父亲关在这座塔楼里——让他受冻挨饿,又饥又渴,衣不蔽体——啊,你们瞧啊,你们瞧啊!——这是我自己的父亲,我要公开承认。

众强盗（都跳起来，围着他）：

你的父亲？你的父亲？

施魏策尔（满怀敬意地走近，在老人面前跪下）：

我首领的父亲！我亲吻你的脚！你可以对我的匕首发号施令。

莫尔：

报仇，报仇，为你报仇！你这深受侮辱，备受亵渎的老人！我从现在起永远扯断这兄弟间的纽带。（他把他的衣服从上到下撕烂）当着一览无余的天空我诅咒每一滴兄弟的鲜血！俯听我的话，月亮和星辰！俯听我的话，午夜的天空，你俯视这一耻辱的行径！俯听我的话，三重可怕的上帝，你高踞月球之上复仇，在星辰之上严厉谴责，发出火光烛照夜空！我在这里下跪！——我在这里伸出三个手指，指向夜的寒噤之中——我在此发誓，倘若我违背这一誓言，让大自然把我像头恶兽似的逐出它的边界，我发誓永不再见天日，除非那弑父者的鲜血洒在这块石头前面，向太阳蒸发。（他站起来）

众强盗：

这是魔鬼干的把戏！有人说，我们是无赖恶棍！不！他妈的！这样伤天害理的事，我们从未做过。

莫尔：

是的，凭着一切死于你们刀下的人的可怕的叹息起誓，凭着那些被我的火焰吞噬，被我坍塌的塔楼击成齑粉的人的可怕叹息起誓，——在你们大家的衣服被这邪恶家伙的鲜血染红之前，任何关于杀人、抢掠的念头都不得在你们心里出现——你们大概做梦也没想到，你们竟然会是更高的君主的手臂？我们命运的纠缠不清的乱线团已经解开！今天，今天有个看不见的权力使我们的行业变得神圣！向上帝顶礼膜拜，他把这崇高命运赋予你们，把你们引到这里，赋予你们荣耀，去充当他阴森法庭的可怕的天使！脱下你们的帽子！跪倒在尘埃之中，得到圣化之后再站起来！（众强盗跪下）

施魏策尔：

下令吧，首领！我们该做些什么？

莫尔：

起来，施魏策尔！摸一摸这些神圣的鬈发！（他把施魏策尔引到他父亲跟前，把一绺鬈发放在他手里）你还记得吧，你当时如何把那个波希米亚骑士的脑袋劈成两半，他正举起佩刀向我砍来，而我正呼吸急促干得精疲力竭，跪倒在地？那时我答应给你一个无比高昂的褒奖；我直到现在还未能偿付欠你的这笔债。

施魏策尔：

你曾向我发下这一誓言，这是真的，但是让我永远称你为我的债务人吧！

莫尔：

不，现在我要偿付债务了。施魏策尔，还没有一个凡人曾经得到过像你这样的荣誉！——为我的父亲复仇！（施魏策尔站起来）

施魏策尔：

伟大的首领！今天你第一次让我感到自豪！——下令吧，在什么地方，用什么方法，在什么时候要我把他宰了？

莫尔：

时间已经有限，你必须赶快行事——从众人中选出最优秀的伙计，带领他们直奔贵族府邸！倘若他睡着或者在寻欢作乐，就把他从床上抓起来，倘若他在大吃大喝，就把他从宴席上拉走，倘若他跪在十字架前祈祷，就把他从十字架前拉开！但是，我对你说，我严厉地叮嘱你，把他活着给我带来！谁要是把他的皮肤拉了一个口子,伤了一根毫毛,我就要把这个人千刀万剐,去喂饥饿的兀鹰。我必须获得一个毛发不伤完完整整的他,倘若你把他完整无损活着给我带来,我就给你一百万作为褒奖,我要冒着生命危险从一位国王那里去偷这一百万来,你可以自由自在地离去,犹如远飞的空气——你明白我的意思了吧,那就赶快去吧!

施魏策尔:

够了,首领——我在这里伸出手来向你保证,你要么看见我们两个一同回来,要么,一个也看不见。施魏策尔的宰人天使们,咱们走!(带着一队人马和赫尔曼下)

莫尔:

你们其余的人散在林中各处——我留在这里。

第　五　幕

第　一　场

〔可以看见许多房间。阴森的黑夜。

〔丹尼尔拿着一个灯笼和一个旅行包上。

丹尼尔：

永别了，亲爱的母亲之家——我在你这里享受过那么多美好温馨的事情，当时已故的主人尚还健在——[我向你的尸骨抛洒热泪，你这早已腐烂的老爷！一个老仆人理应为他悲泣——]这里曾是孤儿的庇护所，被遗弃者的港口，这个儿子把它变成杀人凶手的巢穴——永别了，你这善良的地板！老丹尼尔多少次打扫过你——永别了，你这亲爱的炉灶，老丹尼尔心情沉重地向你道别——老埃利色尔①，这一切已经对你变得那么亲切——离开这里会使你痛苦，——但是，愿上帝仁慈地保佑我，不要为恶人的欺骗和诡计效力——我两手空空地来到这里——现在又两手空空地离去——但是我的灵魂得到了拯救。

① 埃利色尔是《圣经·旧约》中亚伯拉罕的仆人，丹尼尔把自己比作埃利色尔。见《创世记》第 15 章第 2 节。

〔他正要走,弗朗茨身穿睡衣冲上场来。

丹尼尔:

上帝保佑我!是我的主人!(吹灭灯笼)

弗朗茨:

背叛!背叛!从坟墓里吐出幽灵无数,整个死亡王国全都从永恒的睡梦中惊醒,向我大吼大叫:杀人凶手,杀人凶手!——谁在那儿走动?

丹尼尔(战战兢兢地):

救命啊,圣母马利亚!是您在这儿吗?严峻的老爷,是您这样令人心惊胆战地冲着穹顶大叫大嚷,把所有睡着的人全都吓得直跳起来?

弗朗茨:

睡觉的人?谁叫你们睡觉?去,把灯点上!(丹尼尔下,另一个仆人上)谁也不许在这时候睡觉。你听见了吗?大家全都得起来——拿起武器——所有的枪械全都装上子弹——你没看见他们在那儿沿着拱廊飘浮而去吗?

仆人:

谁呀,老爷?

弗朗茨:

谁?笨蛋,谁?你这样冷冰冰、没感情地发问,谁?它们都攫住了我,令我头脑晕眩!谁,你这个蠢驴脑瓜?幽灵和魔鬼呀!现在已是夜里几点了?

仆人:

守夜的刚报过两点。

弗朗茨:

什么?这个夜晚竟要持续到末日审判之时吗?你没听见附近有嘈杂的声响吗?没听见胜利的呐喊?没听见快马奔驰的蹄

声？卡——我想说那个伯爵，他在哪儿？

仆人：

我不知道，我的老爷。

弗朗茨：

你不知道？你也是同党吧？我要一脚把你的心脏从你的肋骨里踹出来！就冲着你说：我不知道！滚开，去把牧师叫来！

仆人：

老爷！

弗朗茨：

你咕哝什么？你磨蹭什么？（第一个仆人急忙下场）什么？连叫花子也串通起来反对我？老天爷啊，真他妈的！大家都串通起来反对我？

丹尼尔（拿着灯上）：

老爷——

弗朗茨：

不，我没发抖！这只是一场梦而已。死人还没有复活呢——谁说我在发抖，脸色苍白？我心里是那么轻松，那么舒服。

丹尼尔：

你脸色苍白得活像死人，你的声音发颤，说话讷讷不吐。

弗朗茨：

我在发烧。牧师来的时候你只要说，我在发烧。跟牧师说，我明天要去放血[①]。

[丹尼尔：

您命令我，给您把生命油膏[②] 滴在白糖上？

① 当时治病的一种方法。

② 生命油膏是用树脂和芳香的油调制而成的补品和镇静剂。

弗朗茨：

给我滴在白糖上！牧师不会马上就到的，我的嗓音发颤，我说话讷讷不吐，把生命油膏滴到白糖上！

丹尼尔：

那您先把钥匙给我，我要下去到柜子里去取——

弗朗茨：

不，不，不！你呆在这儿！要不我跟你一起去。你看见了，我不能一个人呆在这里！你也看见了，要是我一个人留下我多么容易——晕倒啊——。算了，算了！这只是暂时现象，你留下陪我！]

丹尼尔：

啊，您病得很严重啊！

弗朗茨：

是啊，当然，当然！就是这么回事。——疾病扰乱脑子，想出疯狂的稀奇古怪的梦境——可是，梦境没有什么意思——是不是，丹尼尔？梦境是来自肚子，它毫无意义——我刚才做了一个有趣的梦。（他晕了过去，倒在地上）

丹尼尔：

耶稣基督啊！这是怎么回事？格奥尔格！康拉德！巴斯蒂安！马丁[①]！你们快来证明一下啊！（摇晃弗朗茨）玛利亚，玛格达莱娜和约瑟夫[②]！你快醒醒啊！这会意味着我把他打死了！上帝可怜可怜我吧！

弗朗茨（茫然四顾）：

走开——走开！你干吗使劲地摇我，你这个可恶的死人骨头

① 仆人的名字。

② 仆人的名字。

架子？——死人还没有复活呢——

丹尼尔：

啊，永恒的上帝啊！他失去理智了。

弗朗茨（四肢无力地爬了起来）：

我在哪儿？——你，丹尼尔？我都说了些什么？你别在意！我只是说了个谎话，不论我说了什么——来吧！扶我起来！——只是一阵晕眩而已——因为我——因为我没有睡醒。

丹尼尔：

要是约翰在这儿就好了！我去找人帮忙，去叫大夫。

弗朗茨：

留下！坐到我旁边来，坐在这沙发上——就这样——你是个聪明人，一个好人。让我告诉你。

丹尼尔：

现在别说，下一次吧！我扶您上床去；您最好保持安静。

弗朗茨：

不，我求你，让我告诉你，你就痛痛快快地笑话我吧！——你瞧，我觉得，我正在举行一次豪华无比的盛宴，心情舒畅、无比陶醉地躺在府邸花园的草地上，突然之间——［这是中午时分——突然，］可是我告诉你，你就痛痛快快地笑话我吧！——

丹尼尔：

突然之间？

弗朗茨：

突然之间一声骇人的闷雷触及我那昏睡中的耳际，我浑身颤抖，摇摇晃晃地爬了起来，瞧，我仿佛看见整个天边都在熊熊燃烧，烈焰腾空，群山、城市和森林都像炉上的蜡倒塌熔化，一阵哀声呼号的风暴扫过海洋,天空和大地——这时像从金属的号角发出响声:大地,放出你的死人,海洋,放出你的死人!这时赤裸裸的田野开始阵痛分娩,扔出头颅、肋骨、下巴和腿脚,它们拼在一起变成人的躯体,然后汹涌向前,一望无际,一股活生生的风暴。当时我抬头仰望,瞧,我就站在雷声隆隆的西奈山[①] 下,在我头上,人头攒动,在我脚下,人流不息。在高山之上有三把烟雾腾腾的椅子,上面坐着三个人,看见他们,人们全都纷纷躲避——

丹尼尔:

这是活生生的世界末日的景象啊。

弗朗茨:

是吧,这是一片疯狂景象吧? 这时走出一个神明,看上去像是繁星满天的夜晚,他手里[拿着一个铁的有印章的戒指,在旭日东升和夕阳西沉之间,说道:永恒,神圣,公正,不可伪造!这只是一条真理,这只是一种美德! 苦啊,苦啊,那怀疑的蛆虫该倒霉了! ——这时走出另外一个神明,手里拿着一柄晶光耀眼的镜子,在旭日东升和夕阳西沉之间,说道:这面镜子是真理;伪善和假面具站不住脚——这时我吓了一跳,大家都大吃一惊;因为我们看见蛇蝎、虎豹的脸从那可怕的镜子里反射出来。——这时出来第三个神明,他手里] 拿着一架铁的天平,在旭日东升和夕阳西沉之间,说道:你们这些亚当的孩子,你们走过来——我在我愤怒的秤盘里称一称你们的思想,用我愤怒的砝码称一称你们的所作所为! ——

丹尼尔:

上帝可怜可怜我吧!

---

① 据《旧约·创世记》中记载,耶和华在西奈山上和摩西说话。

弗朗茨：

大家脸色雪白地站着，每个人的心都在胸中怦怦直跳，心惊胆战地期待着宣判。我就觉得，似乎在山岳的雷鸣声中首先听见有人叫我的名字，我的血液骨髓全都冻僵，我的牙齿咯咯直响，碰得厉害。天平迅速地发出呼声，山岩发出雷鸣，好几个小时过去，挂在左边的盘子一个又一个摞了起来，死罪一桩接一桩投了进去——

丹尼尔：

啊，上帝宽恕您吧！

弗朗茨：

可是他没有那么办！——盘子堆成了山，但是另一个盘子，装满了和解的鲜血①，一直悬在高空之中——最后来了一位老人，为忧愁压得弯腰曲背，由于饥火难熬，咬住自己的臂膀，大家的眼睛都怯生生地从这人面前移开，我认得这个人，他从他银白色的头发上剪下一绺，扔到盛满罪孽的盘子里，瞧，这盘子逐渐下沉，突然沉入深渊，那盛着和解的盘子立即高高扬起！——这时我听见一个声音从山岩的烟雾中响起：对世上和深渊里的每个罪人都给以仁慈！就你一个被罚入地狱！——（深深地寂静片刻）嘿，为什么你不再发笑？

丹尼尔：

我全身汗毛直竖，我笑得出来吗？梦境来自上帝啊！

弗朗茨：

呸，呸！别这么说！说我是傻瓜，是个荒唐无聊的傻瓜！你说呀，亲爱的丹尼尔，我请你这么说我，好好地把我嘲笑一顿！

---

① 耶稣钉在十字架上流出的鲜血有帮助人们消除罪过的作用，然而弗朗茨恶贯满盈，连耶稣的血也无法消除他的罪孽。

丹尼尔：

梦境来自上帝。我要为您祈祷。

弗朗茨：

我说，你是在撒谎——马上就走，跑啊，跳啊，去瞧瞧牧师在哪儿，叫他赶快来，赶快；可是我跟你说吧，你是在撒谎。

丹尼尔(边走边说)：

求上帝对您发发慈悲吧！

弗朗茨：

贱民之见，贱民的恐惧！——现在还没有确定，过去的事是否已经过去，还是说在群星之上有个眼睛看着这一切——哼，哼！谁在我耳朵里灌了这些念头？难道在星辰之上真有那么一位在复仇？——不，不！是的，是的！在我身边有人发出可怕的嘶嘶声：在繁星之上有个人在审判！今天晚上就要到群星之上去面对这位复仇者！不！我说[——可怜见的藏身之地，你的怯懦想躲在哪里]——那群星之上荒凉、孤寂，毫无感觉——会不会有更多的什么东西在那儿呢？不，不，什么也没有！我下令，什么也没有！要是尽管如此真有什么呢？要是仔细清算起来！要是今天晚上就算算你的所作所为！那你就倒霉了！——为什么我浑身骨头都哆嗦起来？——死！为什么这个字叫我这样心惊胆战！向繁星之上的那位复仇者交待我的一生——倘若他公正无私，孤儿寡妇、受压迫者和受折磨者都抢地呼天地向他哀号——倘若他公正无私？——为什么他们受苦受难，为什么你任意欺凌他们？——

〔摩色尔牧师上。

摩色尔：

您派人叫我来，老爷！我十分惊讶。在我一生中这还是第一次！您是打算嘲笑宗教，还是开始面对宗教浑身发抖？

弗朗茨：

嘲笑还是发抖，就看你怎么回答我。——听着，摩色尔——我要让你看到，你是个傻瓜，或者你想把全世界当做傻瓜，这点你得回答我。你听见了吗？看在你性命的分上你得回答我。

摩色尔：

您是把一个更崇高的权威呼唤到您的审判席前。这位更崇高的权威有朝一日会回答您的！

弗朗茨：

我现在就想知道，现在，就此时此刻，以便我不至于去干那可耻的傻事，不至于因为身陷困境而去求助于贱民的神灵。我常常喝着布艮地酒，带着嘲笑的口气对你说：没有上帝！——现在我严肃地和你谈，我对你说：没有上帝！你必须用你所掌握的一切武器反驳我；而我嘴巴轻轻一吹，就把它们吹得荡然无存。

摩色尔：

压在你灵魂上的具有万钧之力的雷霆，但愿你也能这样轻而易举地把它吹走！你这个笨蛋和恶棍竟然在全知全能的上帝创造的世界里毁掉上帝，他用不着通过尘俗之口来自我辩护。无论是在你的残暴行径之中，还是在美德获胜的微笑之中，上帝始终是同样伟大的。

弗朗茨：

说得妙极了，牧师！我喜欢你！

摩色尔：

我在这里代表一位更伟大的主人的事业，和一个跟我一样像蛆虫一样渺小的人物谈话，我并不想讨他喜欢。当然，如果我能打破你那邪恶的顽固状态，逼你忏悔交待，我非创造奇迹不可——可是如果你的信念如此坚定，为什么你派人把我叫来？

你倒跟我说说，你为什么深更半夜把我叫来？

弗朗茨：

因为我感到百无聊赖，没有兴趣下棋。我想跟牧师争吵一番，从中取乐。你别想用虚幻的惊恐使我丧失勇气。我知道得很清楚，在这世上没捞到好处的人，希望得享永恒的福祉；但是他大大地受到欺骗。我一直在书上读到我们的生命只不过是血液的交配而已，随着最后一滴鲜血失去，我们的精神和思想也随之流逝。精神也具有肉体的一切弱点，在肉体毁灭时，精神是否也停止存在？在肉体腐烂时，精神是否也随之蒸发？让一滴水也在你的脑子里乱转，你的生命突然休息一下，它起先近乎于不复存在，而持续下去就是死亡。感觉只是几根弦的颤动，被砸烂的钢琴不再发出声响。倘若我把我的七座府邸荡为平地，把我的这座维纳斯像砸得粉碎，那么和谐对称和美轮美奂就成为往事。你瞧！这就是你们不朽的灵魂？

摩色尔：

这是您绝望的哲学。但是您自己的心，看到这些证明，就在您的腔子里狂跳不已，它证明您在撒谎。这一句话就能把这些体系织成的蛛网撕得粉碎：你必须死！我请求您，把这当做个考验：倘若您在死的时候还能坚持，倘若您的原则在那时还不扔下您不管，那您就算是赢了；倘若您在死的时候哪怕只有一点战栗，那您就算倒霉了！您欺骗了自己！

弗朗茨(茫然)：

倘若我在死的时候有些战栗？

摩色尔：

我曾经见过许多这样的可怜虫，他们一直到死都拼命抵抗真理；可是在死的时候，这种欺骗飘然而逝。在您死的时候，我要站在您的床前——我非常乐于看见一个暴君这样死去——

我要站在一旁,凝视着您,当大夫抓住您冰冷潮湿的手,几乎都摸不出您那行将消失的微弱脉搏,抬起头来看着您,可怕地耸耸肩膀对您说:人力的帮助已属徒劳!您小心点,啊,小心点,别落一个理查三世和暴君尼罗的下场!

弗朗茨:

不,不,(不)!

摩色尔:

这个"不"也会变成一个哀声呼号的"是"——一个内心的法庭,您永远也不可能用满腹怀疑的深思熟虑,去贿赂它,这时会醒过来,对您进行审判。但是这个觉醒犹如活埋在坟地里的人醒来;这将是一种自杀者的愤懑,干了那致命的一击,又随即追悔莫及;这将是一道闪电,尤其要照亮您人生的午夜;它将是一道目光,倘若您还能坚持您的原则,那您就算赢了!

弗朗茨(忐忑不安地在房里走来走去):

牧师的废话,牧师的欺人之谈!

摩色尔:

现在永恒的宝剑将第一次刺过您的灵魂,现在才第一次刺穿您的灵魂已为时过晚——上帝的念头唤醒一个可怕的邻人,他的名字叫做法官。您瞧,莫尔,您的手指掌握着成千人的生命,而这成千人当中,你使九百九十九个人遭到不幸。你就是暴君尼罗,只不过没有罗马帝国,你就是一个皮萨罗①,只是没有拥有秘鲁。现在,您想,上帝会允许一个人在他的世界里像个狂徒似的作孽,把一切弄得颠三倒四?您真认为,这九百九十九人,活着只是为了受罪,只是为了做您那魔鬼把戏的玩

① 弗朗西斯科·皮萨罗(约1475—1541),西班牙统帅,占领秘鲁后,于一五三二年成为秘鲁的统治者和暴君。

偶？啊，别这么想！您所毁掉的他们的每一分钟，您所损坏的他们的每一个快乐，您使他们无法达到的尽善尽美，到时候，上帝都要向您索回；倘若您能对此做出回答，莫尔，那您就算赢了。

弗朗茨：

别说了，一句话也不要再说了！你要我为你的古怪念头所支配？

摩色尔：

您瞧吧，人们的命运彼此处于美妙的平衡状态。今生的天平秤盘下沉，来生的秤盘就上扬，今生上扬，来生便落到地上。但是在这个世上是暂时的痛苦，在那个世上便是永恒的胜利；在这里是有限的胜利，在那里将是无穷的绝望。

弗朗茨（疯狂地向摩色尔扑了过去）：

但愿天雷把你劈成哑巴，你这撒谎坯子！我要把你那该死的舌头从你嘴里扯出来！

摩色尔：

您这么早就感觉到了真理的压力？我还丝毫没有列举证明呢。您让我先谈谈证明——

弗朗茨：

住口，带着你的证明滚到地狱里去！我跟你说，灵魂会化为乌有，你用不着对此做出什么回答！

摩色尔：

为此，深渊里的幽灵也哀泣不已，但是天上的那位[1]频频摇头。您以为，在虚无一片的荒凉王国里您能逃脱复仇者的手臂？您向天驶去，他在那里！您躲进地狱，他又在那里！您跟

① 指上帝。

黑夜说:把我掩蔽起来！对黑暗说:把我保护起来！那么黑暗也不得不在你四周发光,在罚入地狱的幽灵四周,午夜也亮如白昼——但是您的不死的精神听到这句话拼命挣扎,战胜那盲目的思想。

弗朗茨:

可是我不愿长生不死——人家怎么想,我并不想阻止。我要迫使上天把我彻底消灭,我要激怒他,让他怒火中烧,把我毁掉。告诉我,最大的罪孽是什么?什么罪孽最能使他暴跳如雷?

摩色尔:

我知道只有两种。但是这不是人犯的罪孽,人也无法补赎这种罪孽。

弗朗茨:

这两种罪孽是?——

摩色尔(意味深长地):

第一是弑父之罪,另一个是残杀手足——您怎么一下子脸色变得这么苍白?

弗朗茨:

什么,老家伙?你到底是和天堂还是和地狱结盟的?谁把这话告诉你的?

摩色尔:

谁要是心里承受这两种罪孽,那他就惨了！那他最好压根儿就没有出生！但是您放心吧,您已经既无父亲,也无兄弟了！

弗朗茨:

哈！——什么,你不知道还有什么别的罪孽?你再好好想想——死亡,上天,永恒,万劫不复飘浮在你嘴巴发出的声音上——你竟不知道别的?

摩色尔：

别的一无所知。

弗朗茨(跌坐在一把椅子里)：

彻底消灭！彻底消灭！

摩色尔：

您高兴吧,您高兴吧！您额手称庆吧！——您尽管有无数暴行,可是和一个弑父凶手相比,您还是个圣人呢。您会遭到的诅咒,比起那弑父凶手将要受到的诅咒,真是一首爱情之歌呢——报复——

弗朗茨(霍然跳起)：

滚到你的万千坟墓里去,你这头猫头鹰！谁叫你到这儿来的？滚,我说了,要不然我就刺你个前胸透后背！

摩色尔：

牧师的胡言乱语竟能使一位哲学家这样大发雷霆？让您嘴里的气息把它吹开啊！(下)

弗朗茨(坐在他的软椅里扭来扭去,心情无比激动。停顿许久)

〔一名仆人疾步走上。

仆人：

阿玛莉亚小姐跑掉了,伯爵也突然失踪了。

〔丹尼尔胆战心惊地走来。

丹尼尔：

老爷,有队骑兵举着火把沿着小路疾驰而来,大喊:杀人哟,杀人哟——全村已被惊醒。

弗朗茨：

去,把所有的钟全都敲响,大家都到教堂去——全都双膝跪下——为我祈祷——所有关押的人全都释放,我要给穷人双倍的、三倍的衣食,我要——快去啊——去把忏悔师叫来,为我祝福,把我所有的罪孽全都赦掉——你还没有走?

〔人声鼎沸,越来越近。

丹尼尔:

上帝宽恕我深重的罪孽吧!叫我怎么理解您的话呢?您以往一直把我心爱的祈祷骂得一文不值,要是发现我在祷告,就把祈祷书和《圣经》扔到我的头上。

弗朗茨:

别再提这事了!——要死了!你看见吗?要死了!——现在已经太晚了!(听见施魏策尔在大声咆哮)快祈祷吧!祈祷吧!

丹尼尔:

我一直跟您说——您这样轻视亲爱的祈祷——可是,小心,小心!等到遇到困厄的时候,等到水要淹没您的灵魂的时候,您会舍弃世上所有的财宝,换取一声基督徒的虔诚叹息——您瞧见了吧?您老是责骂我!现在轮到您自己了!您看到了吧?

弗朗茨(热烈地拥抱他):

原谅我,亲爱的,像黄金珍宝一样的丹尼尔,原谅我——我愿意从脚到头把你装扮一番——你就祈祷吧——我要让你做新郎——我要——你就祈祷吧,我求你了——我跪在地上请求你——用魔——的名义!你倒是祈祷呀!

〔大街上乱成一团,人们大呼小叫——马蹄之声杂沓。

施魏策尔(在巷子里):

冲啊!杀啊!把门撞开!我看见灯光!他一定在那儿。

弗朗茨(跪在地上):

天上的上帝啊,请俯听我的祈祷!——这是我生平第一次——以后肯定也不会再有此事——天上的上帝啊,俯听我吧!

丹尼尔:

什么！您在干什么啊？这是亵渎上帝的祈祷啊。

〔人群奔来。

民众：

小偷！杀人犯！深更半夜，谁闹得这样鸡犬不宁！

施魏策尔（一直在巷子里）：

把他们打回去，伙计——来的是魔鬼，要把你们老爷抓去——施瓦茨和他那一伙在哪儿？守在府邸周围，格林——向围墙发起冲锋！

格林：

你们去把火把拿来——我们冲上去，要不就把他抓下来——我要把火扔到他的大厅里去。

弗朗茨（在祈祷）：

我的主上帝啊，我并不是一个卑鄙的杀人凶手——我从来不干鸡零狗碎的琐屑小事，我的主啊——

丹尼尔：

上帝宽恕我们吧！连他的祈祷也变成罪孽。

〔石块和火把到处乱飞。窗玻璃纷纷掉下。府邸着火。

弗朗茨：

我不会祈祷——这里，这里！（他敲击自己的胸口和额头）这里是荒芜一片——完全枯竭。（站起来）不，我也不想祈祷——不该让上天得到这个胜利，地狱也不得对我进行这番嘲笑——

丹尼尔：

耶稣马利亚！救命啊——救命啊——整座府邸都处于烈焰之中！

弗朗茨：

这里，把这把剑拿去！赶快！从背后把这把剑刺进我的身体，别让这批小子跑来对我大加嘲讽。

〔火势越来越旺。

丹尼尔:

上帝保佑,上帝保佑!我不愿把任何人过早地送上天国,更不愿过早地送到——(他跑掉)

弗朗茨(他惊恐地目送丹尼尔离去,少顷):

你想说:送到地狱里去。——的确!我已经嗅到了一点味道——这就是你们响亮的嘶叫声?你们这些深渊里的毒蛇,我听见了你们发出的刺耳的嘶嘶的声音?他们已经冲上来了——包围了大门——为什么我在这尖利的剑锋面前犹豫不决?——门已经嘎嘎作响——人们一拥而入——我跑不掉了——哈!那你就可怜可怜我吧!(他扯下了帽子上的金绦带,举剑自刎)

〔施魏策尔和他手下的强盗上。

施魏策尔:

杀人的流氓,你在哪儿?——你们看见,他们怎么逃走的吗?——他的朋友怎么那么少?——这头野兽爬到哪儿去了?

格林(碰到了弗朗茨的尸体):

站住!什么东西挡住我们的去路?把火把拿过来——

施瓦茨:

他抢先采取行动了,把你们的剑都收起来吧,他像条死狗似的躺在这里,一命呜呼了。

施魏策尔:

死了!什么?他死了?没有见到我就死了——我说,他是装死。——你们小心,他会一下子跳起来的!(摇晃死尸)嘿,你这混蛋!你还有个父亲可以杀害呢!

格林:

你不必费劲了！他已经完全死了。

施魏策尔(从死尸旁边走开)：

是的！他并不高兴——他是彻头彻尾地死了——你们回去，告诉我的首领：他已彻底死去——首领再也见不到我。(向自己额头开了一枪)

第二场

〔场景犹如前一幕最后一场。

〔老莫尔坐在一块石头上。

〔强盗莫尔站在他对面。众强盗在林中走来走去。

强盗莫尔：

他还没有来！(用匕首敲击一块石头，火星四射)

老莫尔：

原谅就是对他的惩罚——我的复仇就是加倍的慈爱！

强盗莫尔：

不，凭着我愤怒的灵魂起誓，不能这样。我不愿意这样对他。他应该带着这巨大的卑鄙行径一起永劫不复！——那我又为了什么把他杀死呢？

老莫尔(老泪纵横)：

啊，我的孩子！

强盗莫尔：

什么？你为他哭泣——在这座塔楼旁边为他哭泣？

老莫尔：

饶恕他吧！啊，饶恕他吧！(激动地绞着双手)现在——现在我的儿子受到审判了！

强盗莫尔(吃了一惊):

哪个儿子?

老莫尔:

哈!这是一个什么样的问题?

强盗莫尔:

没什么!没什么!

老莫尔:

你是跑来对我的苦难进行冷嘲热讽么?

强盗莫尔:

泄露天机的良心!——别理睬我说的话。

老莫尔:

是啊,我折磨了一个儿子,另一个儿子又不得不折磨我,这是上帝的安排啊。——啊,我的卡尔!我的卡尔!但愿你披着和平的衣衫在我身边飘浮。原谅我!啊,原谅我吧!

强盗莫尔(迅速地):

他原谅您了。(惊惶地)倘若他还配做您儿子的话——他必然会原谅您。

老莫尔:

哈!他对我来说太优秀了——但是我要迎着他走去,带着我的眼泪,我的不眠之夜,我的痛苦不堪的梦,我要抱住他的膝盖——呼喊——大声呼喊:我犯了罪,在上天面前,在你面前。我不配被你称做父亲。

强盗莫尔(十分感动):

您很爱他,很爱您那另一个儿子?

老莫尔:

你知道这点,啊,老天爷啊!为什么我会让我自己受到一个邪恶儿子的阴谋诡计的欺骗?在一群当父亲的人当中我一向是个受人称赞的父亲。我的孩子们在我身边茁壮成长,充满希望。但是——啊,这不幸的时刻——那邪恶的精灵,蹿进了我的第二个儿子的心;我相信了这条毒蛇——我的两个儿子就此全都失去。(用手捂住脸)

强盗莫尔(从老人身边走开):

永远失去了!

老莫尔:

啊,我深切地感觉到,阿玛莉亚对我说的话,那是复仇之精灵借她的嘴说出来的:你在弥留之际将白白地向你的一个儿子伸出双手,你将白白地以为抓住了你的卡尔的温暖的手,他将永远也不会站在你的床边——

强盗莫尔(别转脸去把手伸给老人)

老莫尔:

要是这是我卡尔的手就好了!——但是他现在躺在遥远的地方,在狭窄的墓穴里,已经沉沉入睡,永远也听不见我哀泣悲号的声音——我真不幸!死在一个陌生人的怀抱之中——再也没有儿子——再也没有儿子能给我合上双眼——

强盗莫尔(情绪十分激动):

现在非说不可——现在——你们走开(对众强盗)可是——我能把他的[儿子](卡尔)重新送还给他吗?——我可不能再把他的[儿子](卡尔)送还给他啊——不!我不愿这么做。

老莫尔:

怎么,朋友?你在嘟嘟囔囔地说些什么?

强盗莫尔:

你的儿子——是的,老爷子——(嗫嚅地)你的儿子——已经永远——失去了。

老莫尔:

永远失去？

强盗莫尔(心情非常压抑地仰望苍天)：

啊，——就这一次——请让我的灵魂不要软弱——就这一次，让我挺住。

老莫尔：

你说，永远失去？

强盗莫尔：

别再问了！我说过了，永远失去。

老莫尔：

陌生人！陌生人啊！你为什么把我从塔楼里拉出来？

强盗莫尔：

怎么？——倘若我现在抢走他的祝福——像个小偷似的抢走，然后带着这神圣的战利品溜之大吉，那又如何？——人家说，父亲的祝福永远也不会失去。

老莫尔：

我的弗朗茨也失去了吗？

强盗莫尔(跪倒在老人面前)：

我刚才砸烂了你那塔楼的门闩——请你给我祝福吧！

老莫尔(痛苦地)：

你这父亲的拯救者，却不得不消灭儿子！——你瞧，上天施加宽恕，从不疲倦，而我们这些可怜的蛆虫却满怀怨恨地去睡觉。(把手放在强盗莫尔的头上)愿你幸福，犹如你自我宽恕！

强盗莫尔(心情柔和地站立起来)：

啊——我的男儿气概到哪里去了！我的筋骨变得松软，匕首从我手里脱落。

老莫尔：

倘若兄弟们亲密和睦地住在一起，就像黑门的甘露[1]落到锡安山上，那是多么美妙——年轻人，学会赢得欢乐，天上的天使将沐浴在你的光芒之中。让白发的智慧成为你的智慧，但是你的心——让你的心永远保持童年时代的烂漫天真！

强盗莫尔：

啊，我已预先尝到了这种快乐的滋味。亲吻我吧，天神般的老人！

老莫尔（吻他）：

你就想，这是父亲的吻，那我就要想，我是在吻我的儿子——你也会流泪哭泣？

强盗莫尔：

我曾经想过，这是父亲的亲吻！——倘若他们现在把他带来，那我就惨了！

〔施魏策尔的部下默默地排成丧葬的行列上，他们低垂着头掩住面孔。

强盗莫尔：

老天爷啊！（怯怯地直往后退，想要躲开。他们从他身旁走过。他扭头不看他们。停顿很长一阵。他们站住）

格林（压低了嗓子）：

我的首领！（强盗莫尔不予回答，继续后退）

施瓦茨：

亲爱的首领！（强盗莫尔继续后退）

格林：

[1] 参看《旧约·诗篇》第133篇："看哪，弟兄和睦同居，是何等的善，何等的美。这好比那贵重的油浇在亚伦的头上，流到胡须，又流到他的衣襟。又好比黑门的甘露降到锡安山，因为在那里有耶和华所命定的福，就是永远的生命。"

我们是无辜的，我的首领！

强盗莫尔（不朝他们看）：

你们是谁？

格林：

你看都不看我们。我们是你忠诚的部下。

强盗莫尔：

你们忠于我，那你们就惨了！

格林：

你的仆人施魏策尔向你最后道别——你的仆人施魏策尔，他永远不会回来了。

强盗莫尔（直跳起来）：

那你们根本就没找到他？

施瓦茨：

找到他已经死了。

强盗莫尔（高兴得欢呼雀跃）：

多谢，多谢，万物的统治者！——拥抱我吧，我的孩子们！——从今以后，我们的口号是宽恕——现在连这个也克服了——一切都克服了。

〔新来一批强盗。阿玛莉亚。

强盗们：

妙啊，妙啊！抓到一个俘虏，一个绝妙的俘虏！

阿玛莉亚（披头散发）：

他们大叫，听到他的声音，死人都复活了——我的舅舅还活着——在这座森林里——他在哪儿？卡尔！舅舅！——哈！（她扑向老人）

老莫尔：

阿玛莉亚！我的女儿！阿玛莉亚！（把她紧紧地搂在怀里）

强盗莫尔(往后直跳)：

谁把这幅景象带到我的眼前？

阿玛莉亚(挣脱老人，跳向强盗莫尔，无比欢欣地拥抱他)：

我得到他了，啊，你们天上的群星啊！我得到他了！——

强盗莫尔(挣脱她的拥抱，对众强盗)：

你们出发吧！我的死敌[1]把我出卖了！

阿玛莉亚：

未婚夫，我的未婚夫，你发火了！哈！是因为极度高兴吧！我为什么这样漠然，在这欢乐的迷乱之中，这样冷淡？

老莫尔(挣扎着起来)：

未婚夫？女儿！女儿！找到了一个未婚夫？

阿玛莉亚：

我永远属于他！他永远，永远，永远属于我！——啊，你们天上的神明啊！请帮我摆脱这致命的极度欢乐，别让我在它的重压下死去！

强盗莫尔：

把她从我怀里拉开！把她杀死！把他，把我，把你们，把大家统统杀死！让全世界都从此沉沦！(他想跑掉)

阿玛莉亚：

哪儿去？什么？爱情——永生不灭！极度欢乐——永无止境！可你却逃走了？

强盗莫尔：

走开！走开！——最最不幸的未婚妻啊！你自己看，自己问，自己听吧！——最最不幸的父亲！让我永远逃向他方！

阿玛莉亚：

---

① 即魔鬼。

你们扶住我！看在上帝的分上，扶住我！——我眼前一片漆黑，犹如黑夜！——他逃走了！

强盗莫尔：

太晚了！全都徒劳！你的诅咒，父亲——什么也别再问我！——我是活着，我是想——可是你的诅咒——你的误发的诅咒！——谁把我引诱到这里来的？（手持拔出的宝剑，冲向群盗）你们当中是谁把我引到这儿来的，你们这些地狱的产物？那你就死吧，阿玛莉亚！——去死吧，父亲！在我的手里死第三次吧！——你的这些救命恩人都是强盗和杀人凶手！你的卡尔是他们的首领！（老莫尔听了一命呜呼）

阿玛莉亚（默默地呆立在那里，活像一尊石头雕像。整个强盗帮惊恐不已，不做一声）

强盗莫尔（猛撞一株橡树）：

在爱情的陶醉中被我杀死的人，在神圣的睡眠中被我摧毁的人，他们的冤魂——哈哈哈！你们听见火药塔楼在产妇分娩的产床上轰然爆炸？你们看见在婴儿的摇篮边冲天而起的熊熊烈焰？这就是新娘的火炬，这就是婚礼的音乐——啊，上帝不会忘记，他知道把这些事联系起来——因此从我这儿夺走了爱情的极度欢乐！因此爱情对我便成了苦刑，这就是报应。

阿玛莉亚：

这是真的，天上的主啊！这是真的！——我到底做了什么，我这无辜的羔羊？我曾经爱过这个人！

强盗莫尔：

这超过一个男人能够忍受的程度。我曾经听见过死神从上千个枪眼炮筒向我呼啸而来，而我在他面前没有退却半步，难道要我现在学会像个女人似的浑身发抖？在一个女人面前发抖？——不，一个女人撼动不了我的男儿气概——鲜血，鲜

血！这只是女人给我的一击——我必须痛饮鲜血，这事总会过去的。（他想逃走）

阿玛莉亚（扑进他的怀里）：

杀人凶手！魔鬼！我不能把你这天使放走。

强盗莫尔（把她从身边甩开）：

走开，虚伪的毒蛇，你想嘲笑一个发狂的人，但是我反抗凶残暴戾的厄运——什么？你在哭泣？啊，你们这些轻浮的、邪恶的星辰！她装出样子，仿佛是在哭泣，仿佛在为我，为这个灵魂哭泣。（阿玛莉亚扑进他的怀里）哈，这是什么？她不朝我吐唾沫，不把我推开——阿玛莉亚！你忘记了吗？你也知道，你拥抱的是谁，阿玛莉亚？

阿玛莉亚：

我的独一无二，永不可分的恋人！

强盗莫尔（精神焕发起来）：

她原谅我了，她爱我！我像天上的空气一样纯洁清澄，她爱我！——我哭泣着感谢你，天上仁慈的主！（他双膝跪下，号啕大哭）我又重新获得心灵的宁静，折磨已到尽头，地狱不复存在——瞧，啊，瞧，光明的孩子们俯在痛哭的魔鬼脖子上哀泣——（站起身来，对众强盗）那你们也哭泣啊！哭啊，哭啊，你们是如此的幸福——啊，阿玛莉亚！阿玛莉亚！阿玛莉亚！（他久久地亲吻她的嘴唇，两人默默地拥抱在一起）

一个强盗（恶狠狠地出列）：

停住，你这叛徒！——马上松开臂膀——不然我就要跟你说句话，让你耳朵轰鸣，牙齿吓得捉对儿打架！（伸出宝剑，硬把两人分开）

一个老强盗：

想想波希米亚森林！你听见了吗？你犹豫不决了吧？——你

应该想想波希米亚森林！你这不忠不义的家伙，你的誓言何在？这么快就忘记了伤口？我们可是为了你把幸福、荣誉和生命全都孤注一掷？我们像铜墙铁壁似的站在你的身边，像盾牌似的接受要致你死命的剑击刀砍，——你不是自己举起手来，发了钢铁般的誓言，永不抛弃我们，就像我们没有离开你一样？——你这不讲信义忘记忠诚的家伙！因为一个婊子咿哇一哭，你就想背离我们？

第三个强盗：

你发伪誓，呸！你迫使已经牺牲的罗勒在死人王国里作证，他的幽灵将为你的胆怯羞红满面，他会全副武装从坟墓中爬出来惩罚你。

众强盗（七嘴八舌扯开他们的衣服）：

瞧这儿，瞧啊！你记得这些伤疤吗？你是我们的人！我们用自己心头的血把你买来充当我们的奴隶，你属于我们，即使天使长米夏埃尔① 和火神摩洛为此交手火并！——你跟我们走！以牺牲换牺牲！让阿玛莉亚属于咱们全帮！

强盗莫尔（放开阿玛莉亚的手）：

一切全都完了！——我原想回头是岸，回到我父亲身边，但是天上的父亲说，这样不行。（冷峻地）我这个白痴傻瓜，为什么我还想浪子回头？难道一个大罪人还能回头？一个大罪人永远也无法回头，这点我早就该明白了。——请平静，我请求你，请平静！这样也就对了——他在寻找我时，我并不愿回头；现在，既然我在找他，他却不愿；什么更加公正呢？——不要这样转动你的眼睛——他并不需要我。他不是有数不清的造物吗？他可以轻松地少掉一个；而我就是这一个。——来

① 米夏埃尔为天堂上众天使之长。

吧，伙计们！

阿玛莉亚（把他拉住）：

站住，站住！刺我一剑！刺我致命的一剑！又重新抛弃我！拔出你的宝剑，可怜可怜我吧！

强盗莫尔：

怜悯已经［逃到猛兽那里］（进入猛兽的身体），求它们可怜你吧——我不杀你！

阿玛莉亚（抱住他的膝盖）：

啊，看在上帝分上，你就大发慈悲！我不再要求爱情，我也知道，我们的星辰在天上互相仇视，彼此逃避——我现在只求一死。——抛弃，抛弃！请你充分办到，把我抛弃！我已无法忍受这点。你也看到，没有一个女人能忍受这点。我只求一死！瞧，我的手在颤抖！我下不了决心，刺我自己一剑。我看见这闪闪发光的剑刃就心慌意乱——对你来说，这是轻而易举的事，如此轻易，你是杀人的能手，拔出你的剑，我幸福无比！

强盗莫尔：

你只想独享幸福吗？走开，我不杀女人！

阿玛莉亚：

哈，刽子手！你只能杀死幸福的人，而那些厌世的人你就弃而不顾了！（跪到群盗面前）那么，你们大家就可怜可怜我吧，你们这些刽子手的徒弟们！——在你们眼睛里闪耀着这样一种渴血的同情，这对苦难中人是个安慰——你们的师傅是个渴慕虚荣、胆小怕事的吹牛大王。

强盗莫尔：

女人，你说什么？（众强盗别转脸去）

阿玛莉亚：

没有一个朋友？在这些人当中也没有一个朋友？（她站起来）

那好吧，那就让狄多[1] 教我怎样死去！（她想走开，有个强盗举枪向她瞄准）

强盗莫尔：

住手！谁敢动手——莫尔的恋人只能死于莫尔之手！（他杀死阿玛莉亚）

众强盗：

首领，首领！你干什么？你是不是疯了？

强盗莫尔（呆呆地凝视着阿玛莉亚的尸体）：

她被打中了[2]！还在抽搐，过后就完了。——好了，你们现在看吧！你们还要提什么要求？你们为我牺牲生命，这生命早已不属于你们，它充满了灭绝人性的恶行和耻辱——我为你们屠杀了一个天使。怎么，你们好好地看看这儿！现在你们心满意足了吧？

格林：

你偿还了你的债务还加上利息。你干了任何人为了自己的荣誉都不会干的事情，现在继续往前走吧！

强盗莫尔：

你说了这话？用一个圣女的生命来换取一批无赖的生命，这不是等价交换吧，是不是？——啊，我跟你们说，即使你们每一个都吊上绞架，用灼热火烫的钳子把你们的肉一块一块地夹下来，并且让这种酷刑持续十一个漫长的夏日，这也抵不上我的这些泪水。（痛苦地笑道）这些伤疤！波希米亚的森林！是啊，是啊！这一切当然要偿还清楚。

施瓦茨：

---

① 狄多（Dido），古代迦太基女王，在她的恋人埃涅阿斯离她而去时，她自杀身亡。

② 席勒并未明说，莫尔是“拔剑”还是“举枪”杀死阿玛莉亚。从这句话看，更像“开枪把她打中”。

平静下来,首领!跟我们一起走吧,这番景象不宜让你再看。带领我们继续向前吧。

强盗莫尔:

住口——在我们继续往前走之前,还有一句话。——注意看好,你们这些幸灾乐祸的家伙,一向看我的野蛮眼色行事——从此时此刻起,我不再当你们的首领——我怀着羞耻和恐惧的心情把这根血淋淋的权杖① 在这里放下,在这根权杖的指挥之下,你们觉得有权无恶不作,有权用黑暗的工作来玷污天国的光辉——你们尽管向左右两边前进——我们永远也不会进行共同的事业。

众强盗:

哈,你这丧失勇气的家伙!你那大展鸿图的计划到哪里去了?它们成了肥皂泡,碰到一个女人(弥留时的痰喘)[的呼吸]全都纷纷爆裂?

强盗莫尔:

啊,我真是个傻瓜,我以为通过暴行可以使这世界美轮美奂,通过无法无天可以维护法律。我称这是复仇和权利——我狂妄地认为,啊,上帝啊,我是在磨砺你宝剑锋刃的缺口,弥补你的偏颇不公——但是——啊,这虚荣心切的孩子之见!——我现在站在一个可怕的人生的边缘,牙齿格格作响,心里发出哀号,我获悉,两个像我这样的人,可以摧毁道德世界的整个大厦。请宽恕,宽恕这个想插手你的计划的孩子——只有你才能进行复仇。你用不着人来插手其中。当然追补往事已经不在我的权限之中——毁掉的业已毁掉——我摧毁的东西,永远也不会再树立起来——但是我还剩下一点东西,我可以

① 强盗首领的权杖。

以此来和受到损害的法律和解,使得遭到破坏的秩序又得以恢复。恢复秩序需要一个牺牲——用这牺牲在全人类面前展现它那不可损伤的庄严辉煌——这个牺牲就是我自己。我自己必须为这秩序而死。

众强盗:

夺掉他的宝剑——他想自我了断。

强盗莫尔:

你们这些傻瓜!注定了永远瞎掉眼睛!你们难道以为一个死罪可以抵消许多死罪?你们难道以为可以通过这目无上帝的噪音赢得这世界的和弦?(鄙夷地把他的武器扔在他们脚下)他应该得到我这活口。我去,亲自向法庭自首。

众强盗:

用链子把他捆起来!他发疯了。

强盗莫尔:

并不是我仿佛怀疑,倘若上天愿意,法庭会尽早地找到我。但是它会在睡梦中突然袭击我,或者在逃亡时赶上我,或者用武力和宝剑攫住我,那时我就失去了那惟一的功劳:我是心甘情愿地为它而死。我这一生早已在天国的看守者们的计算之中,我干吗要像个小偷似的,继续躲躲藏藏?

众强盗:

让他走吧!这是一种夸大狂。他要让他的一生备受虚荣的赞赏。

强盗莫尔:

人家可以为此赞赏我。(沉思片刻)我想起来了,在我到这儿来的路上和一个穷汉谈过话,他每天打短工养活十一个孩子——官府悬赏一千金币。谁把大盗活活交出,就能得到这笔奖金——这个穷人可以由此得到帮助。(下)

斐耶斯科的谋叛*

一部共和主义的悲剧

章鹏高 译

* 剧本原名:DIE VERSCHWÖRUNG DES FIESCO ZU GENUA(《斐耶斯科在热那亚的谋叛》)。

Die
Verschwörung
des
FIESCO
zu
Genua.
Ein republikanisches
Trauerspiel.

在我看来,此人的所作所为由于其罪恶与险诈匪夷所思应加牢记。

——萨卢斯特:《卡蒂里纳的谋叛》

人　　物

安德烈阿斯·多里阿　热那亚总督

年高德劭的八十岁白发老翁。激昂的火性依然隐约可见。主要特点：言重如山，简洁而不容置疑。

加纳迪诺·多里阿　安德烈阿斯的侄子，觊觎君主宝座者

二十六岁的男子。言谈、步态、举止生硬下流，粗野自负。一副凶相。

斐耶斯科　拉凡尼亚伯爵，谋叛者的首脑

二十三岁的男子，年轻，修长，丰采韶秀——庄重。彬彬有礼——和蔼可亲而不怒自威——熟谙宫廷随机应变之道，且又阴险狡诈。

（全体贵族都穿黑色衣服，完全是古德意志装束。）

凡里纳　坚定的谋叛者

六十岁的男子。持重，严肃，忧郁。深沉。

布戈尼诺　谋叛者。

二十岁的青年男子。高尚，令人容易接近。自重，利索，落落大方。

卡尔卡尼奥　谋叛者

瘦长的男子，贪图享乐，三十岁。模样讨人喜欢，举动富有活力。

萨科　谋叛者

四十五岁的男子。普通人。

洛梅利诺　加纳迪诺的亲信

一个毫无人味的廷臣。

岑图里奥内，西波，阿塞拉托　心怀不满者

罗马诺　画家

坦率,单纯,自尊。

米莱·哈桑　突尼斯摩尔人

玩世不恭。从外貌看具有狡黠与幽默兼而有之的特点。

公爵近卫队里的几名德国人

真诚纯朴。勇武实在。

三个反叛的市民

莱奥诺蕾　斐耶斯科的妻子

十八岁的女子。苍白,瘦削。高雅,多愁善感。富有吸引力,但并不那么光彩照人。脸上流露出耽于幻想的忧伤。着黑衣。

尤丽亚　英佩里阿利伯爵夫人,孀居;加纳迪诺的妹妹

二十五岁的女子。挺拔丰满。自负,喜欢卖俏。由于想法怪诞糟蹋了天生丽质。漂亮,但不迷人。从脸上可以窥见恶意嘲弄的脾性。衣着黑色。

贝塔　凡里纳的女儿

纯洁的少女。

罗莎,阿拉贝拉　莱奥诺蕾的侍女。

一些贵族,平民,德国人。士兵,仆人,小偷

地点:热那亚

时间:一五四七年

第　一　幕

〔斐耶斯科府邸大厅。远处传来舞蹈的音乐和舞会的喧闹。

第　一　场

〔莱奥诺蕾戴着面具。罗莎，阿拉贝拉惊惶地登场。

莱奥诺蕾(扯下面具)：

别说了！什么都别说了！这是明摆着的事。(她顺势坐在一张靠背椅上)这叫我受不了哇。

阿拉贝拉：

尊贵的夫人！——

莱奥诺蕾(站起来)：

这可是我亲眼目睹哇！这个谁都知道她底细的妖精！就在热那亚全体贵族众目睽睽之下！(悲从中来)罗莎！贝拉！竟然在我这双落泪的眼睛前面这么干！

罗莎：

您最好还是看实际，说到底这只是——装个样子在讨好。

莱奥诺蕾：

讨好？——那么频频眉来眼去是什么？小心翼翼地盯住不

放，亦步亦趋是什么？吻她裸露的胳臂时停了这么久，留下他的齿痕像火一样红是什么？——哼！还有，呆呆地深深地迷醉的丑态毕露，仿佛在他周围的世界已经随风飘逝，只有他独自同这个尤丽亚共存在永恒的虚无之中，又是什么？这是讨好吗？——好宝贝，你还从来没有堕入过爱河哩，在我面前议论什么讨好还是相好。

罗莎：

那就更好，夫人哪！失去一个丈夫，等于得到十位情人①！

莱奥诺蕾：

失去？——斐耶斯科对我的情意脉搏瞬间停息便是恩断义绝吗？你嘴尖瞎扯，别说了！——再也不要让我看着碍眼！——这是无伤大雅的逗弄——说不定是讨好吧？贝拉，你感觉得到，不是这样吗？

阿拉贝拉：

是呀！肯定就是这样！

莱奥诺蕾(陷于沉思)：

莫非因此她便觉得自己已经留在他的心里不成？莫非在他每一闪念的背后都潜藏着她的名字不成？——莫非在千变万化的自然美景中她都会向他打招呼不成？——究竟是怎么一回事呢？我想到哪里去了呢？莫非这美好的大千世界在他眼里只是镌着她人像的耀眼的钻石不成？——莫非他真的爱上了她不成？——爱上了尤丽亚不成？唉，把你的胳臂伸过来——扶住我，贝拉。

〔停顿片刻。又可听到音乐声。

① 已婚名媛在社交活动中，常由一个或几个情人陪伴，这是当时的一种风气。

莱奥诺蕾

莱奥诺蕾（吃惊地跳了起来）：

听！从喧闹中传来的不就是斐耶斯科的声音吗？——他的莱奥诺蕾在孤寂中落泪，他还能笑得出来吗？唉，原来不是他！是加纳迪诺·多里阿粗俗的声音。

阿拉贝拉：

正是加纳迪诺的声音，夫人！我们还是到另外一个房间里去吧。

莱奥诺蕾：

你脸色都变了，贝拉，你在扯谎！——我从你们的眼神里——从热那亚人的表情上看出有点名堂——有点名堂。（掩住脸孔）唉，那还用说，这些热那亚人了解的比一个妻子的耳朵听到的肯定要多。

罗莎：

啊，这是无事不夸大的妒忌心的耳朵哇！

莱奥诺蕾（忧伤地遐想）：

那时他还是原来的斐耶斯科，我们几个姑娘在酸橙园里漫步，只见一个风姿秀逸，兼有安提诺那种阳刚英俊的阿波罗[①]走了过来。他步态昂然翩然，就像尊贵的热那亚搁在他这个年轻人的肩膀上微微地晃动着。我们都偷偷地瞅他，每当他闪亮的眼角触到我们的眼角，我们便急忙把视线缩回来，仿佛偷盗圣器当场被人逮住那样。唉，贝拉！我们大家都贪婪地渴求他能顾眄。出于嫉妒的心理，大家都生怕他向自己身边的女伴投去一瞥。他在我们中间的扫视无异于滚过那只彼此都

① 阿波罗，希腊神话中主神宙斯之子，太阳神。安提诺，深得罗马皇帝哈德里安（76—138）宠爱的美少年。据路·贝勒曼注：从塑像看，本来阿波罗更显英俊，安提诺更显清秀。

想争着据为己有的金苹果[①]。美目中燃起更加恣肆的烈火，酥胸里掀起更加狂乱的心潮。醋意毁坏了我们之间的和睦。

阿拉贝拉：

我还记得，在整个热那亚的妇女当中，由于您这回喜获恩宠而引起了轰动。

莱奥诺蕾(兴奋地)：

从此我把他叫做“我的”。这是想像不到，异乎寻常的幸运！——我的热那亚最伟大的男子汉哪！(显出娇态)他在那个妙不可言的熔炉里凝聚了所有的男性特质，从永不才尽的女艺术家的凿子底下完美无缺地蹦跳出来——你们听着，姑娘啊！现在我再也不能不说了！你们听着，姑娘啊！我这就对你们说悄悄话，(神秘地)告诉你们一个想法——当我在圣坛前站在斐耶斯科身边的时候——当他的手已经放到我的手里的时候，我有一个触犯妇女禁忌的想法：——现在你的手捏住他的手的这个斐耶斯科——你的斐耶斯科——别吱声，不能让任何男人偷偷地听出：我们就是谈起他那种卓越才能的一鳞半爪也会感到非常得意——这个你的斐耶斯科——要是你们无动于衷，就太可怜了！——必将——把我们热那亚人从暴君的手里解救出来！

阿拉贝拉(吃了一惊)：

一个女子在结婚那天产生这个想法吗？

---

① 据希腊神话，阿耳戈英雄珀琉斯与忒提斯结婚时，争执女神厄里斯带来一只刻着“属于最美者”字样的金苹果。参加婚宴的天后赫拉、智慧女神雅典娜、爱神阿佛洛狄忒都认为自己最美，应得到这个金苹果，争持不下，请特洛伊王子帕里斯公断，各自分别以荣誉、富贵、美女私许帕里斯。帕里斯愿得美女，便把金苹果判给阿佛洛狄忒，后来在她的帮助下，诱走斯巴达王墨涅拉俄斯的妻子海伦，由此引发了特洛伊战争。

莱奥诺蕾：

贝拉，你吃惊吧！结婚那天的新娘喜不自胜，就会产生这样的想法！（更加亢奋）虽说我生为女流——但是我感受到自己的贵族血统，忍受不了多里阿家族凌驾于我们祖先之上的欲望。那位和善的安德烈阿斯——对他亲近使人觉得非常愉快——当然可以永远称为热那亚公爵——但加纳迪诺是他的侄子——他的继承人——，加纳迪诺却有一颗狂妄骄横的心。热那亚在他面前发抖，可斐耶斯科，（情绪低落，趋于忧伤）可斐耶斯科——你们为我流泪吧——却喜欢他的妹妹！

贝拉：

可怜，不幸的夫人！

莱奥诺蕾：

现在你们去看看这位热那亚的人中豪杰吧，他坐在一伙不要脸的酒鬼和破鞋中间，讲他们竖起耳朵来听的下流的笑话，人所不齿的这个那个公主的丑事——这便是斐耶斯科！——唉，姑娘啊，不仅热那亚失去了自己的英雄——我也失去了自己的丈夫！

罗莎：

您说轻一点。好像有人从走廊上过来了。

莱奥诺蕾（吓得缩成一团）：

斐耶斯科来了！你们快躲起来！快躲起来！我这副模样他一看到就会不高兴。（她避入旁边一个房间。两个侍女跟了进去）

第　二　场

〔加纳迪诺·多里阿戴着面具，身穿绿色袍子。

〔一个摩尔人。两人在交谈。

加纳迪诺：

你已经明白我的意思。

摩尔人：

明白了。

加纳迪诺：

那个戴着无形面具的人[①]。

摩尔人：

明白了。

加纳迪诺：

我是说——那个戴着无形面具的人。

摩尔人：

明白了！明白了！明白了！

加纳迪诺：

你听清楚了吗？你只能在刺中他这儿（指向他的胸口）的时候可以不那么准[②]。

摩尔人：

您放心。

加纳迪诺：

而且要用狠劲刺去。

---

① 指此人虽然未戴一般所说的有形的（譬如：在这一场里和在第一幕第七场、第八场中所说的）面具，却戴着无形的（原文为 weiß：无色的，此处含义为：似无实有的）面具，即：表里不一，心怀叵测，在人们面前露出一副貌似真诚，实则虚伪的脸孔。在第一幕第九场里，摩尔人见到的斐耶斯科并未戴着一般所说的面具，却戴着加纳迪诺心目中的装聋作哑（表面恭顺，以沉湎酒色来掩护）的无形面具。

② 意思是第一必须认准此人（看似未戴面具，其实一脸假仁假义），第二必须刺入胸部，只有在这个前提下，可以稍偏一点（譬如可以不是刺进心脏正中部位）。

摩尔人：

包他受个够。

加纳迪诺：

让这位可怜的伯爵遭难的时间不要太长。

摩尔人：

请原谅——他这颗脑袋大概多重？

加纳迪诺：

一百金币这么重。

摩尔人（朝指缝吹一口气）：

哼，轻如鸿毛。

加纳迪诺：

你嘟囔些什么？

摩尔人：

我是说——轻而易举。

加纳迪诺：

这是你要做好的事情。这个人像一块磁铁。凡是不安分的人都会被他吸引。听着，好汉！干掉他可要利索。

摩尔人：

只是，大人哪——动手之后，我得立刻避到威尼斯去。

加纳迪诺：

那就预先收受我的谢意吧。（扔给他一张支票）至多三天，他就得一命归阴。（下）

摩尔人（从地上捡起支票）：

这叫说话算数！这位大人凭我骗子口说无凭一句话就信了！（下）

第 三 场

〔卡尔卡尼奥上，萨科跟在后面。两人都穿黑色外套。

卡尔卡尼奥：

我觉察到，我每走一步，你都在窥伺。

萨科：

我也注意到，你每走一步都瞒着我。听着，卡尔卡尼奥，几个星期以来在你脸上透露出来的并非只是意在祖国的内心活动。——我这样寻思，老弟：我们俩不妨就以秘密交换秘密，说到底谁也不会在闭口不谈的私心盘算上输掉什么。——你愿坦诚相告吗？

卡尔卡尼奥：

非常愿意，而且如果你这双耳朵不是出于好奇，想探测我的隐私，那么我这颗心便会到半路在舌头上迎接你——我喜欢斐耶斯科伯爵夫人。

萨科（诧异地后退）：

要是我考虑了所有的可能性，至少这一点我还是不会想到。你的选择使我百思不得其解。要是真能两心相通，那我就完全无法理解了。

卡尔卡尼奥：

听说，她是德厚流光的典范。

萨科：

这不是真话。她是无味言语大全，卡尔卡尼奥，两种讲法不管哪一样都要么耽误你的正事，要么糟蹋你的真情。

卡尔卡尼奥：

伯爵对她不忠实。醋意拉皮条最奸刁。关于多里阿家族的密谋必然使伯爵忙得喘不过气来,也就使我得以在府邸里活动。他将狼从羊圈里吓走,谁知鼬却进了鸡窝。

萨科:

真拿你没有办法,老弟!多谢了。你一下子就使得我去掉了很难启齿的心理。我曾经羞于去想的事情,现在也能当着你的面大声说出来:如果眼下这种状况不彻底改变,我便变成乞丐。

卡尔卡尼奥:

你欠那么多债吗?

萨科:

那么多:假定我的寿命像一条带子,又有原来的八倍那么长,把它拉紧,还达不到将债务额度看成长度时的十分之一,一松手,马上又缩了回去。我希望,来个举国巨变,能够让我松一口气,就算不能帮我清偿,但还是能使我那些债主免去催索的麻烦。

卡尔卡尼奥:

我明白——要是热那亚趁势获得自由,萨科可能成为祖国之父。既然一个无能之辈的衰败和一个酒色之徒的情欲影响着一个国家的福祉,我倒希望有人重温笃实敦厚的旧事。萨科,真的,在我们俩的心里都赞叹上苍绵密的心思:借助肢体化脓来拯救全身的中枢。——凡里纳知道你的密谋吗?

萨科:

这位爱国人士该了解的,他都知道;你也清楚:他所有的想法全随着热那亚这只纱锭打转,忠贞不渝。现在他那锐利如鹰眼的目光停留在斐耶斯科的身上。可以说,他也对你寄予希望，以便一起策划。

卡尔卡尼奥：

他的嗅觉很灵敏。来吧，我们找他去，用我们的自由思想鼓动他。

〔下场。

第　四　场

〔尤丽亚在气头上，斐耶斯科身穿白色外套，疾步跟着她。

尤丽亚：

来人哪！当差的！

斐耶斯科：

伯爵夫人！去哪儿呢？您打算做什么呢？

尤丽亚：

不做什么！什么打算也没有！（侍役们上）叫人驾着我的马车到门前来。

斐耶斯科：

请您原谅——不要叫车。这儿有人冒犯了您。

尤丽亚：

哼！谈不上冒犯哪！——走开！看您把我这点装门面的饰物都扯得七零八落了——冒犯？在这儿谁会冒犯谁呀？您走开呀！

斐耶斯科（单膝跪地）：

我不起来，除非您告诉我是谁这么胆大妄为。

尤丽亚（默不作声，两手叉腰站着）：

唉！真有意思！真有意思！精彩之至！但愿有人去叫拉凡尼

亚伯爵夫人来看这场引人入胜的表演！——伯爵呀，怎么这样？丈夫的样子哪里去了？要是她在翻阅您亲热的日历时发现欠了一笔债没有结账，那么您这个造型放进尊夫人的卧房里就妙不可言。您还是站起来吧。您去找您出价便宜一点的女士吧！这就站起来呀。还是您想拿您的讨好来抵消您太太莽撞的举动？

斐耶斯科（跳起来）：

莽撞的举动？对您？

尤丽亚：

猛地站起来就走——把椅子往后一推——便离开了餐桌——伯爵呀，我当时就坐在餐桌旁边哪。

斐耶斯科：

这说不过去。

尤丽亚：

那么就这“说不过去”够用吗？——嘿，这副嘴脸！（自我解嘲）承蒙伯爵青睐，莫非是我的过错不成？

斐耶斯科：

夫人哪，您光彩夺目，害得我无法随处都能见到这般可餐秀色呀。

尤丽亚：

伯爵呀，您就别灌迷魂汤了。这儿讲的名誉。要给我赔不是。就在您这儿？还是要等到公爵震怒才给我赔不是？

斐耶斯科：

在情意的怀抱里给您赔不是，因为它能请求您原谅醋意对您的冒犯。

尤丽亚：

醋意？醋意？谁知道她小心眼里装的是什么？（在镜子前面搔

首弄姿)要是我把她的爱好说成我的情趣,她还希望听到更加顺耳的赞扬声吗?(自傲地)多里阿和斐耶斯科又怎么样?——要是公爵的侄女认为拉凡尼亚伯爵夫人挑来这样一位夫君是值得令人羡慕的事情,难道伯爵夫人不见得会感到光彩吗?(她友好地将手伸给伯爵去亲吻)伯爵呀,我这是假定这样看她。

斐耶斯科(兴奋地):

最狠妇人心哪!您还是要折磨我!——天仙尤丽亚,我深知:我对您本来只配敬畏。我的理智叫我向多里阿家族屈膝臣服,但是我的感情却向美艳的尤丽亚顶礼膜拜。我这颗拳拳之心无异罪犯,同时又是英雄,它敢于突破等级的铜墙铁壁,飞向尊荣的化身——使人陶然熔化的太阳。

尤丽亚:

耳畔响着伯爵的弥天大谎——他那条舌头将我比作天仙,可他那颗心却在另外一个女人的剪影下面跳动。

斐耶斯科:

夫人,换个恰当一些的说法:这颗心对着它跳动是出于无奈,就想把它挤掉。(他将系在一条天蓝色的带子上的莱奥诺蕾的剪影取下递给尤丽亚)请把您的肖像挂在这个圣坛上,您就可以毁掉我的偶像。

尤丽亚(连忙将剪影藏好,得意地):

巨大的牺牲,确实值得我表示感谢。(她把自己的剪影挂在他的脖子上)好啦,奴才!就佩戴你主子的标志吧!(下)

斐耶斯科(喜不自胜):

尤丽亚爱上我了!尤丽亚!神仙我也不羡慕了。(在大厅里欢叫)今晚应该成为诸神喜庆之夜,欢乐应该大显身手!来人哪！来人哪！(一群侍役上)让我这些房间的地板都尝尝琼浆玉液。让音乐把午夜从昏昏欲睡中唤醒。让数不清的蜡烛大放光明，嘲弄晨曦，使它悄然退去——让大家都纵情欢乐！让像酒神设宴时那样的舞步踩得地府稀里哗啦的变成废墟。(他急下)

〔轻快的乐声大作，中间幕启，里面有许多戴面具的人在跳舞，边上靠着酒柜和牌桌坐满了人。

第五场

〔加纳迪诺醉意矇眬。洛梅利诺、西波、岑图里奥内、凡里纳、萨科、卡尔卡尼奥都戴着面具。一些贵族男女。

加纳迪诺(大声嚷嚷)：

好极了！好极了！这些酒一咕嘟就下去了，真好，这些娘儿们伴舞可带劲了！你们去一个人，在热那亚各处都喊一下：我这会儿开心得很，大家也可以高兴高兴。——听我说！——叫他们在日历上用红笔标出这个日子，在下方写上："今天多里阿殿下兴致勃勃！"

众宾客(举杯)：

为共和国干杯！(喇叭声响起)

加纳迪诺(用力把杯子摔在地上)：

共和国便是这儿的一地碎片。

〔三个戴黑色面具的人惊跳起来，围在加纳迪诺的身边。

洛梅利诺(引着储君到台前)：

殿下，您最近对我说起过在罗伦宙大教堂遇上的一个娘儿们。

加纳迪诺：

我是说起过这事，小伙子，我可得要认识她。

洛梅利诺：

我能把她给殿下您弄来。

加纳迪诺(连忙说)：

你能？你能？洛梅利诺，你最近提出要求获得执政官[1]的职位。我就让你取得这个职位。

洛梅利诺：

殿下呀！这是全国第二等职位。六十多位贵族在争夺，他们全比殿下您恭顺的奴仆要有财产，要有威势。

加纳迪诺(刚愎自用地训斥他)：

怎么！这样想?！我就让你当上执政官。(那三个戴面具的人走到台前)热那亚的贵族？叫他们把自己所有的祖先和纹章一股脑儿扔在天平托盘上吧，只要我伯父一根白胡须放在另一头，全部热那亚贵族的那一头便一跳老高，何需更多？我要让你当上执政官，这就等于得到全体议员的选票。

洛梅利诺(把声音放低一些)：

这个姑娘是一个叫凡里纳的人的独生女儿。

加纳迪诺：

这个女孩长得俊，我怎么都要把她弄到手。

洛梅利诺：

殿下呀，这是最顽固不化的共和主义分子的独生女儿！

加纳迪诺：

去你妈的共和主义分子！一个臣仆的怒火跟我的激情作对，妄想！这不等于顽皮的孩子扔贝壳，非要把灯塔砸倒不可

---

① 执政官共八名，任期两年。

吗?!(那三个戴面具的人情绪非常激动,走了过来)难道安德烈阿斯公爵在同那些垃圾共和主义分子搏斗,留下伤疤就是为了让自己的侄子向那些人的后代和相好乞讨恩宠吗?甭想!他们就得隐忍我的欲望,否则我要在我伯父这把老骨头上竖起一副绞架,把他们的热那亚自由吊起来,让它挣扎到死。

〔那三个戴面具的人退了回去。

洛梅利诺:

那个姑娘现在只是一个人在那儿。她的爸爸就在这儿,是这三个戴面具的人当中的一个。

加纳迪诺:

这样很好。洛梅利诺,你马上带我去她那儿。

洛梅利诺:

但您要物色的是一个荡妇,找到的却是一个多愁善感的女子。

加纳迪诺:

暴力最雄辩。你马上就带我去那儿。我倒要看看在多里阿熊身边一蹦老高的共和狗的样子。(斐耶斯科在门边撞见他)伯爵夫人在哪儿?

第　六　场

〔前场人物。斐耶斯科。

斐耶斯科:

我把她扶进了马车。(他握住加纳迪诺的手,把它放在自己的胸口)殿下呀,我现在是双重依附您了。加纳迪诺统治着我这个头脑和热那亚;您那和蔼可亲的妹妹管住我这颗心。

洛梅利诺:

斐耶斯科已经成为不折不扣享乐至上的人[①]。芸芸众生对您大感失望了。

斐耶斯科：

可斐耶斯科对芸芸众生却丝毫没有感到失望啊！人生宛如一枕黄粱；洛梅利诺，明智处世即是安享美梦。施政的车轮辘辘刺耳，永无休止，震得宝座山响，这时入梦，能比倚着多情女郎的酥胸神游华胥要酣畅吗？热那亚自有加纳迪诺来治理。斐耶斯科却要卿卿我我。

加纳迪诺：

走吧，洛梅利诺！快半夜了。就到时间了。拉凡尼亚，我们谢谢你的招待。我感到满意。

斐耶斯科：

这就是我求之不得的一切，殿下。

加纳迪诺：

那就再见！明天多里阿家演戏，邀请斐耶斯科来看。走吧，执政官！

斐耶斯科：

奏乐！举灯！

加纳迪诺（傲然从那三个戴面具的人中间穿过）：

给公爵的代表让路！

三个戴面具的人中之一（不满地嘀咕）：

在地狱里让路！在热那亚甭想！

众宾客（坐不住了）：

---

① 此处原文 Epikureer 指古希腊哲学家伊壁鸠鲁（前 341—前 270）学说的信徒。在伦理观上伊壁鸠鲁主张人生的目的在于使身心安宁，怡然自得。在这里 Epikureer 被理解为享乐主义者。

储君走了！再见，拉凡尼亚！（踉踉跄跄地出去）

第七场

〔那三个戴面具的人。斐耶斯科。

〔停了片刻。

斐耶斯科：

我看到有些来宾没有分享我这儿聚会的欢乐。

戴面具的几个人（恼火地低语，声音夹杂在一起）：

没有一个人分享了欢乐。

斐耶斯科（殷勤地）：

难道我的好意会让一个热那亚人带着并不愉快的心情离开吗？快！来人哪！我们再跳舞，把高脚大杯都斟满。我不想见到：在这儿，有人会感到无聊。我可以请您各位欣赏焰火吗？您各位要听我这儿宫廷丑角的演唱吗？说不定您各位觉得同我这儿社交圈子里的名媛淑女呆在一起有意思吧？要不然我们就坐下来玩法老牌① 消磨时间，怎么样？

一个戴面具的人：

我们习惯花时间干实事。

斐耶斯科：

这一句答话显出大丈夫本色——这就是凡里纳。

凡里纳（取下面具）：

斐耶斯科一下子就认出戴面具的朋友，可他这几个朋友要认出戴面具的斐耶斯科便不会那么快。

---

① 一种纸牌，以过去一张印有埃及法老人像而得名。

斐耶斯科：

我不知道这是什么意思，再说你干吗要在胳臂上缠黑纱呢？莫非凡里纳安葬了什么人。可斐耶斯科却一无所知不成？

凡里纳：

斐耶斯科常有欢乐的聚会，不宜报丧。

斐耶斯科：

如果某一位友人故世，还是要把凶讯告诉他。（亲切地握他的手）你我知己！我们俩的什么人走了？

凡里纳：

我们俩！我们俩！啊，确实如此！——只是并非所有的儿子都会哀悼他们的母亲。

斐耶斯科：

你的母亲墓木已拱。

凡里纳（意味深长地）：

我记得，斐耶斯科曾经称我为老兄，因为我是他的祖国的儿子。

斐耶斯科（打趣地）：

啊！是这事吗？这么说是在讲笑话吧？为热那亚服丧！这也是事实：热那亚的确已是气息奄奄。这个想法独创一格，别开生面[①]，我们这位仁兄显出智者的风度来了。

卡尔卡尼奥：

他说的是正经话，斐耶斯科！

斐耶斯科：

那当然！那当然！本来就是这样的嘛！所以说出来的时候那么煞有介事，那么一副哭相。讲笑话自己哈哈大笑，这笑话也

① 反话：热那亚已经气息奄奄是无人不晓的事情，又有什么“别开生面”！

就砸了。还得露出悲从中来的神情才行。我做梦也没有想到:不苟言笑的凡里纳临老竟能变得这么会逗趣!

萨科:

凡里纳,走吧!他再也不是自己人了。

斐耶斯科:

尽兴吧,同胞!让我们装出奸刁的继承人模样,跟在棺材后面干嚎,用手帕掩面笑得更响。但是我们这儿也许因此会来一个凶狠的后娘。随它去,我们由她臭骂,只管自找乐趣就是。

凡里纳(非常激动):

真要命!那就什么也别干了?——原来的斐耶斯科去了哪儿?叫我到哪儿去找憎恨暴君的伟大人物?我记得有一个时期,你一见到王冠就会痉挛——共和主义消沉的儿子呀!要是时间能使灵魂衰颓,我就不想为自己的永生花一个子儿,这要你来承担责任。

斐耶斯科:

你总是庸人自扰。你管他把热那亚放进口袋里,还是高价卖给突尼斯海盗,这跟我们有什么相干?我们还是饮名酒,亲美女吧。

凡里纳(严肃地注视他):

你确实,你当真这么想吗?

斐耶斯科:

怎么不是呢?朋友?难道做共和国这懒惰成性的多足动物的一只脚是一种乐趣吗?应当感谢他,他给它翅膀,使它无需这么多脚来执行公务。加纳迪诺·多里阿就要成为公爵,国事再也不会给我们增添白发了。

凡里纳:

斐耶斯科——你确实,你当真这么想吗?

斐耶斯科：

安德烈阿斯宣布他的侄子为儿子和自己产业的继承人；谁会做傻瓜，否认他继承权力呢？

凡里纳(极度反感)：

那就走吧，热那亚人！(他马上离开斐耶斯科，其他人跟着他下)

斐耶斯科：

凡里纳！——凡里纳！——这位共和主义者坚强如钢！

第八场

〔斐耶斯科。一个戴面具的陌生人。

戴面具的人：

您能空出一分钟吗？拉凡尼亚？

斐耶斯科(和蔼可亲地)：

对您可以空出一个钟头来。

戴面具的人：

那就请您同我到城外去一下。

斐耶斯科：

再过五十分钟就是半夜了。

戴面具的人：

请您去一下，伯爵。

斐耶斯科：

我这就吩咐准备马车。

戴面具的人：

不必了。我事先叫人备了一匹马，不需要更多马，因为我希望，只有一个人会回来。

斐耶斯科(一愣):

怎么一回事呢?

戴面具的人:

为了某一滴泪水,要向您索取一句淌血的回话。

斐耶斯科:

这滴泪水是谁的?

戴面具的人:

某一位拉凡尼亚伯爵夫人的泪水。我很了解这位夫人。我想知道,凭什么要她成为一个蠢妇的牺牲品?

斐耶斯科:

现在我明白您的意思了。能不能让我知道,这个奇怪的挑战者的名字?

戴面具的人:

就是当时倾慕封·西波小姐①,后来面对成为未婚夫的斐耶斯科只好作罢的那个人。

斐耶斯科:

斯西比奥·布戈尼诺。

布戈尼诺(取下面具):

他现在是来了结当时对量小欺善的情敌让步那桩面子攸关的心事。

斐耶斯科(热情地拥抱他):

高贵的年轻人!亏得我的妻子受了委屈,使我能够认识如此可敬的朋友。我感受到您一腔怒气当中的美好情怀,但我不会决斗。

布戈尼诺(退后一步):

① 结婚以前的姓名为:莱奥诺蕾·封·西波。

拉凡尼亚伯爵竟会这样胆怯,不敢同我初试的剑锋对阵吗?

斐耶斯科:

布戈尼诺,我可以同使出全力的法兰西,但不会同您对阵!我敬重这种倾注在更加可爱的事物上的可爱的热情。意志应该获得桂冠,只是做法可能显得幼稚。

布戈尼诺(激动地):

幼稚?伯爵?——女人受了委屈,只会落泪——要男子干什么?

斐耶斯科:

说得非常好,但我不会决斗。

布戈尼诺(转过身子,背朝斐耶斯科,欲下):

我会鄙视您。

斐耶斯科(兴奋地):

年轻人,我敢肯定!就算我私德贬值,你也绝不会这样[①]。(慎重地握住他的手)您对我有过某种感觉,某种人们——叫我怎么说好呢!——把它叫做敬畏的感觉没有?

布戈尼诺:

如果我并未认定这是首屈一指的人杰,我当时会在他面前退让吗?

斐耶斯科:

好啦!我的朋友!如果一个人曾经得到我的敬畏,我就不会——说鄙视就鄙视他。我在寻思:大师布局匠心独运,粗疏的入门者不能一眼便能窥透个中玄机。——布戈尼诺,请您先回家,静下心来,细细想想:斐耶斯科为什么要这样,为什么就

① 意思是:即使极有价值的私德有损,然而在你看清楚实质以后,便会肯定我的做法。

要这样去做。(布戈尼诺默然离开)别了！高贵的年轻人！要是这一把火席卷全国,就请多里阿家族坐稳江山吧。

第 九 场

〔斐耶斯科。摩尔人畏怯地进来,仔细打量四周。

斐耶斯科(长时间紧盯着他):

你要干什么?你是什么人?

摩尔人(神情如前):

共和国一个奴隶。

斐耶斯科:

做奴隶是悲惨的营生。(目不转睛盯住他)你有什么事?

摩尔人:

大人,我是老实人。

斐耶斯科:

经常在你脸上挂出这块招牌吧,这不是多此一举——你说你有什么事?

摩尔人(想靠近斐耶斯科,斐耶斯科后退):

大人,我不是坏人。

斐耶斯科:

你再这么补一句当然好——不过也并不好。(不耐烦)你到底有什么事?

摩尔人(又靠近一些):

您是不是拉凡尼亚伯爵?

斐耶斯科:

热那亚的瞎子都能辨得出我的脚步声。——伯爵同你有什么相干？

摩尔人：

拉凡尼亚，您可得小心哪！（贴在他身边）

斐耶斯科（跳到另一边）：

我是小心嘛。

摩尔人（又贴在他身边）：

拉凡尼亚，有人对您不怀好意。

斐耶斯科（又往后退）：

这我知道。

摩尔人：

小心多里阿！

斐耶斯科（亲切地走近他）：

朋友！莫不是我曾经对不住你？我的确听到这个名字就害怕。

摩尔人：

那就避开这个人吧。您是不是识字？

斐耶斯科：

问得有意思！你一定不是跟着骑士打转。你有什么白纸上写黑字的吗？

摩尔人：

在可怜的罪人[①] 当中也有您的名字。（他递给斐耶斯科一张纸条，同时靠近他。斐耶斯科走到一面镜子前，也斜着眼睛看那张条子。摩尔人在他身边走动窥伺，最后拔出一把匕首，正要刺去）

斐耶斯科（灵活地一转身便去抓摩尔人的手臂）：

且慢，你这混蛋！（夺下他的匕首）

---

① 指清除的对象。

摩尔人(拼命跺脚):

该死！——请您饶了我！(正想走开)

斐耶斯科(抓住他,大声地):

斯蒂凡诺！德鲁诺！安东尼奥！(掐住摩尔人的咽喉)别动！好朋友！下手多狠毒哇！(侍役们上)别动！回答！你砸锅了。你要向谁讨工钱？

摩尔人(多次想溜走都不成功,打定主意):

总不能把我吊得比绞架还要高吧。

斐耶斯科:

不会,你放心好了！不会把你吊在月牙上,可也够高,使得你看绞架像一根牙签似的。不过你下定决心这么干叫人想起胸怀大志的心计,我不信你从娘胎里带来这个头脑。说吧,谁雇了你？

摩尔人:

大人,您可以骂我是混蛋,可我不认为自己是笨蛋。

斐耶斯科:

这王八蛋还摆架子哩。你这王八蛋,说！是谁雇了你？

摩尔人(沉思地):

唔！这样看来岂不是就我一个人成了傻瓜吗？——是谁雇了我？——储君加纳迪诺。

斐耶斯科(愤激地来回踱步):

斐耶斯科一颗脑袋不过换一百金币而已。(刻毒地)不要脸,热那亚的储君。(疾步走向一只小钱箱)年轻人,这一千金币你拿着吧,告诉你那个主子——他是一个小气的凶手。

〔摩尔人从头到脚打量他。

斐耶斯科:

年轻人,你拿不定主意？

〔摩尔人拿起钱箱，又放回去，再拿起来，越来越惊异地注视他。

斐耶斯科：

年轻人，你怎么了？

摩尔人（坚决地把钱箱扔在桌子上）：

大人，我不应该得这笔钱。

斐耶斯科：

你是坏蛋又是笨蛋！你应该得到绞架。激怒的大象会把人踩得稀烂，但是不踩小爬虫。如果收拾你需要我花比说两句话多那么一丁点儿的力气，我就会叫人绞死你了①。

摩尔人（庆幸地鞠了一躬）：

大人，您这善心好得不能再好了。

斐耶斯科：

你别自作多情！不是对你发什么善心。我本来就喜欢随心所欲地收拾或者放过你这样的浑小子，所以你可以走了。你要了解我的意思。你这么笨手笨脚，便是上苍给我的保证：我可以起来大干一场，因此我宽大为怀，你可以走了。

摩尔人（表示忠诚）：

一言为定，拉凡尼亚。受恩报效，天公地道。如果您认为在这半岛上有谁多出一个脖子，您就吩咐吧，我去把它割断，不要报酬！

斐耶斯科：

好一个不会忘恩负义的混蛋！还要拿别人的脖子来报答哩。

摩尔人：

① 意思是：只消说两句话就能叫人绞死你，这太让我瞧不起了，这太不值得我开口。

我们不会白白领受别人的馈赠。我们这样的人也有自尊心哪。

斐耶斯科：

割断别人的脖子算什么自尊心？

摩尔人：

这种自尊心比您手下那些正派人的恐怕要辛苦一些。他们会面对上帝歪曲自己的誓言；我们却面对魔鬼毫厘不差地遵守自己的承诺。

斐耶斯科：

你这无赖真有意思。

摩尔人：

我很高兴，您对我感兴趣。您可以先试试我。您会见识一个这样的人，他不必准备便能应试。您就考考我吧！我能向您显示随便干哪种邪门歪道都够格，从最低一档到最高一档。

斐耶斯科：

我这是听天方夜谭哪！（一边说，一边坐了下来）可见混账王八蛋也讲门道和档次哩。那就让我听听最低一档吧。

摩尔人：

嘿！大人哪！那是一伙谁都瞧不起的三只手。一种可怜的行当，这里面出不了大人物，只有挨皮鞭，做苦工——至多上绞架的份儿。

斐耶斯科：

这归宿倒挺吸引人！我想听听像样一点的行当。

摩尔人：

那是密探和奸细。这是起着重要作用的角色，他们是使得大人物无所不知的耳目。这些人像蚂蟥一样，叮在人们的灵魂里，从他们的内心吸出毒汁，吐给当政的权贵。

斐耶斯科：

这我清楚——你说下去吧！

摩尔人：

按照档次现在轮到哗变者、阴谋家和所有这样一类人，他们明里放长线，暗中下毒手。这些人往往是怯懦的胆小鬼，但也有拿可怜的灵魂向恶魔交学费的不逞之徒。对于这一伙人来说，正义将他们的节骨碎片粘在刑车的轮子上，将他们诡计多端的脑袋叉在矛头上，其实是多此一举。

斐耶斯科：

什么时候谈到你自己的行当呢？说哇！

摩尔人：

哈哈，尊贵的大人！这就说到点子上了。我已经历过所有这些门道。天生我才跃跃欲试，早就越出每一个圈子。昨晚我在第三档门道曾经大显身手；一个钟头以前——我变成第四档门道里的半吊子。

斐耶斯科：

那么这个门道该当如何？

摩尔人(来劲了)：

这些人哪！(亢奋地)会去寻找四面有着铜墙铁壁保护的目标，能够冒险开辟一条通道，直通对方，打一下招呼，便使他不必为再打一声招呼而连连道谢了。私下说说吧！人们都管这类人叫地狱的特使。如果梅菲斯特[①]食指大动，只消作个暗示，他就会得到还在冒着热气的烤肉。

斐耶斯科：

你是一个如假包换的罪犯。我早就想物色这样一个人。把手

① 歌德《浮士德》里魔鬼的名字。

伸给我吧。我要把你留在我这儿。

摩尔人：

当真还是说笑？

斐耶斯科：

当真，一点不假，每年报酬一千金币。

摩尔人：

说话算数，拉凡尼亚！我现在是您的人了，这就抛弃私人生活，听凭您使唤！做您的警犬，做您的猎狗，做您的狐狸，做您的蛇，做您的皮条客和刽子手。大人，我做什么都行，可无论如何不能做一个正派人——叫我做老实人就笨得像木头。

斐耶斯科：

放心！我要给什么人送一只羔羊，便不会交托狼去办。好，你明天就到热那亚各处走走，察看一下这个国家的各种迹象，好好儿地侦察一下人们对施政现状怎么看待，人们对多里阿家族怎么嘀咕，除此以外，探听一下同胞们对我的享乐生活和风流韵事怎么谈论。你拿酒灌满他们的脑袋，使得他们心里想些什么都给淹没了。这钱你拿去，分发给绸缎贩子①。

摩尔人(犹豫地注视他)：

大人——

斐耶斯科：

你不必担心。这不是正经事。——去吧，把你那伙人全喊去帮忙。明天我听你的消息。(下)

摩尔人(朝他背后说)：

您放心。现在是清晨四点钟。明天早上八点钟您就有比要七十双耳朵来听的新闻还多。(下)

① 据路·贝勒曼注，应为“绸缎织工”，因为这是热那亚从业人数最多的行当。

第　十　场

〔凡里纳家居室。

〔贝塔背靠沙发坐着,一只手托住头。

〔凡里纳脸色阴沉走进屋子。

贝塔(吃了一惊跳起来):

天哪!他来了!

凡里纳(默然站着,惊愕地注视她):

我的女儿对自己的爸爸大吃一惊,这是怎么一回事?

贝塔:

您躲开吧!您让我躲开吧!您叫人害怕,爸爸!

凡里纳:

叫我的独生孩子害怕?

贝塔(用忧伤的目光看他):

不是独生孩子!您一定还有一个女儿!

凡里纳:

我的亲情压在你身上太重了吗?

贝塔:

把我压倒在地了。爸爸!

凡里纳:

这是什么意思?孩子,怎么一回事呢?怎么这样迎接我呢?平时我如果满腹心事回到家里,我的贝塔便朝我奔过来,我的贝塔笑声不绝,赶跑了那些烦恼,孩子,过来,拥抱我!我这颗心在祖国临终的病榻上冻僵了,但靠着这火热的胸口又慢慢变暖。啊,我的孩子!我今天抛却了一切天性带来的乐趣[①],(黯然神伤)只有你还同我相伴。

贝塔(打量他好一会儿):

可怜的爸爸!

凡里纳(抑郁地拥抱她):

贝塔!我只有你一个孩子!贝塔!我只有这最后的希望——热那亚的自由已成泡影——斐耶斯科已经不可救药——(一边更加用力地抱紧她,一边从牙缝里迸出)你会变成一个卖笑的!

贝塔(从他的两臂中挣脱出来):

天哪!您知道了!

凡里纳(默然站着,直打哆嗦):

知道什么?

贝塔:

我的童贞——

凡里纳(狂怒):

什么?

贝塔:

昨天夜里——

凡里纳(形同疯子):

什么?

贝塔:

强暴!(靠着沙发瘫倒)

凡里纳(在长时间可怕的静默以后,用深沉的声音):

再吸一口气,孩子!——最后一口气!(口气里透出空虚,语不成声)是谁?

---

① 指由于认定斐耶斯科软弱无大志,对热那亚的自由已万念俱灰。

贝塔：

哎哟！他气得脸色苍白，像死掉一样，好吓人哪！上帝，救救我！他说话都不利索了，哆嗦得多厉害！

凡里纳：

我还是不知道——孩子！是谁？

贝塔：

别急！别急！我的好爸爸，我的亲爸爸！

凡里纳：

你说呀！——是谁？（几乎要在她面前跪下）

贝塔：

一个戴面具的人。

凡里纳（后退，经过一番激烈的思索）：

不会！不可能！上帝不可能启示我这么想。（纵声大笑，令人毛骨悚然）还是这个花花公子！看来什么阴毒的坏事都是，就是这个畜生干的！（对贝塔，镇静一些）这个人的个子跟我差不多还是矮一些？

贝塔：

要高一点。

凡里纳（急切地）：

头发呢？黑色的吗？卷曲的吗？

贝塔：

乌黑的，卷曲的。

凡里纳（踉踉跄跄地从身边走开）：

天哪！我的头真要命！我的头真要命！——那个人的声音怎么样？

贝塔：

声音沙哑，低沉。

凡里纳(激愤地)：

是什么颜色的？——要命！我真不想听了！——他那件袍子——是什么颜色的？

贝塔：

那件袍子，我觉得，是绿色的。

凡里纳(两手蒙脸，趺趺撞撞地走过去坐在沙发上)：

放心！只是有一点头晕，孩子!!(把双手放下，面无人色)

贝塔：

仁慈的上苍！这不像我的爸爸了。

凡里纳(停了片刻，苦笑)：

就是这样？就是这样，凡里纳你这胆小鬼！——这个流氓亵渎了法律的神圣——如此咄咄逼人你还不当一回事——这就必定使这个流氓得寸进尺，竟然亵渎你亲生骨肉的童贞——(跳起来)快！去叫尼可洛——叫他把铅弹和火药拿来[①]——不，等一下，等一下，我现在不这样想了——还是这样好一些——取我那把剑来，念一段主祷文。(一只手扶住额头)我这要干什么呀?!

贝塔：

我很害怕，爸爸！

凡里纳：

过来，坐在我身边。(意味深长地)贝塔，你给我讲一下——贝塔，那个头发花白的罗马人[②]看到自己的女儿也这样——我怎么说呢?!——也这样听话，他怎么对待她呢？听着，贝塔，

① 凡里纳一时愤激准备杀死女儿。

② 指公元前四四九年，罗马平民维吉尼为了使女儿维吉尼亚免遭暴君阿比斯·克劳狄乌斯的污辱把她刺死。她当时并没有被糟蹋。

维吉尼对被糟蹋了的女儿说了些什么呢？

贝塔：

我不知道他当时说了些什么？

凡里纳：

傻丫头！——他什么也没有说。(突然站起来，拿着一把剑)他当时伸手去拿一把屠刀。

贝塔(大吃一惊，扑进他的怀里)：

伟大的上帝！您要干什么呀？

凡里纳(把剑扔进屋子)：

不！在热那亚还能伸张正义！

第十一场

〔萨科。卡尔卡尼奥。前场人物。

卡尔卡尼奥：

凡里纳，快！快准备好。共和国选举周今天开始。我们及早去议会，选出新议员。你跟着我们一起去看看(嘲讽地)我们的自由怎样取得胜利吧。

萨科：

大厅里面有一把剑。凡里纳的目光凶狠。贝塔哭红了眼睛。

卡尔卡尼奥：

是呀！我现在也看到了——萨科，这儿发生过不幸的事情。

凡里纳(放了两把靠背椅)：

你们坐吧。

萨科：

朋友，你的模样叫我们害怕。

卡尔卡尼奥：

我还从来没有见过你这个样子，朋友。要不是贝塔哭了，我会问：热那亚正在崩溃吗？

凡里纳(可怕地)：

是在崩溃！你们坐下。

卡尔卡尼奥(吃了一惊，两人坐下来)：

唉，你说呀！

凡里纳：

你们听着！

卡尔卡尼奥：

萨科，我的预感怎么会这样呢？

凡里纳：

热那亚人——你们两个都知道我这家族历史悠久。你们的预感同我的担心前后联结在一起。我们的一代又一代父亲都为国家鏖战沙场，我们的一代又一代母亲都是热那亚妇女的楷模。名誉是我们惟一安身立命之本，得自父亲，传给儿子——难道有谁不这样看吗？

萨科：

没有人。

卡尔卡尼奥：

确实没有人。

凡里纳：

我是我这个家族最后的男子。我的妻子已长眠地下。这个女儿是她仅有的后代。热那亚人，你们都亲眼看到我怎样教育她。难道有人会站起来指摘我带坏了贝塔吗？

卡尔卡尼奥：

你的女儿是全国的楷模。

凡里纳：

朋友们！我是一个老人。如果我失去了她，我就不能指望再有女儿，只能慢慢淡忘。（话锋一转，令人吃惊）我已经失去了她。我们这一世系蒙受了耻辱。

两个人：

但愿上帝保佑。

〔贝塔在沙发上翻滚，失声痛哭。

凡里纳：

别这样！不要绝望，孩子！这两位男子汉勇敢而善良。他们为你哭泣，某个地方将会发生流血事件。你们不要露出这样惊愕的神色，两位男子汉！（缓慢地，沉重地）一个人会奴役热那亚，难道不会欺侮一个女孩子？

两个人（都跳起来，把靠背椅往后一推）：

加纳迪诺·多里阿！

贝塔（喊了一声）：

让四面围墙都倒塌在我身上吧，我的斯西比奥来了。

第十二场

〔布戈尼诺。前场人物。

布戈尼诺（激动地）：

跳起来，这姑娘！一个欢乐的使者！——尊贵的凡里纳，我来这儿，是希望您能允诺，这样我便有天大的幸福。我早就爱上了您的女儿，但是一直不敢向她求婚，原因是：我的全部家当都搁在从科洛孟德尔[①] 起航的命运未卜的船只上。刚才我的幸运女神平安地飞到了泊地。我得知带来无数珍宝。我成了一个富人。请您把贝塔交托给我,我会使她幸福。

〔贝塔掩面。静默良久。

凡里纳(慎重地对布戈尼诺说):

年轻人,您乐意把您这颗心扔在一个污水坑里吗?

布戈尼诺(伸手取剑,但突然把手缩回):

她父亲这样说——

凡里纳:

在意大利,每一个混蛋都这么在说。您要一点别人盛筵上的残羹剩饭能将就吗?

布戈尼诺:

别跟我乱开玩笑,老头子!

卡尔卡尼奥:

布戈尼诺!老头子在说真话!

布戈尼诺(惊跳起来,朝贝塔扑去):

他在说真话吗?难道一个卖笑的人愚弄了我?

卡尔卡尼奥:

布戈尼诺,别想到那儿去。这姑娘像天使一样清白。

布戈尼诺(站着不吭声,感到诧异):

就是这样,确实这样!清白和失身!我懂什么呀!——他们面面相觑,默默无言。总有一桩丑事在他们打颤的舌头上抖动。你们说呀!别老跟我捉迷藏,我要理智地对待这件事。她清白吗?谁说清白来着?

凡里纳:

---

① 科洛孟德尔,印度东海岸南部低洼地。

我这孩子是无辜的。

布戈尼诺：

那就是强暴了。(从地上捡起那把剑)热那亚人！月光下所有的罪恶都不及这种兽行可恨！在哪儿——在哪儿我能找到这个强盗！

凡里纳：

就在你找到偷盗热那亚的窃贼那儿。——

〔布戈尼诺呆住。凡里纳一边踱步，一边沉思，然后站着。

凡里纳：

如果我理解你的表示，你是要通过我的贝塔解救热那亚！(他朝她走去，同时慢慢地从胳膊上解下黑纱，然后郑重地对她说)在一个多里阿用他那颗心的鲜血洗净你名誉上这片丑恶的污迹以前，不要让白天的任何一缕光线落在你这脸颊上。直到那个时候为止！——(他把黑纱扔在她的头上)把眼睛蒙起来！

〔静默。所有其他人都惊愕地无言地注视他。

凡里纳(更加郑重，把手放在她的头上)：

吹拂到你身上的微风要被诅咒！使你恢复精神的睡眠要被诅咒！使你在凄惨中感到慰藉的任何一丁点儿的人性痕迹要被诅咒！下去，到我这所房子最低的拱顶地窖里去。哀泣吧！号哭吧！让时间随着你的忧伤变得软弱无力①！(由于战栗而中断，接着说下去)毛虫垂死，抽搐扭动不已——在活下去和毁灭掉之间进行粉身碎骨也不放弃的挣扎！——这个诅咒要笼罩在你的头上，直到加纳迪诺在喘息中咽了最后一口气——要不然，你就沿着永恒的轨道，把他拖在身后前行，直至发觉到了这条环行道路的两端合在一起的地方。

① 意思是：时间本来能够征服一切，但是面对你的忧伤，也徒唤奈何。

〔深沉的静默。所有人的脸上都露出骇然的神色。凡里纳以锐利的目光逼视每一个人。

布戈尼诺：

狠心的父亲！你怎么这样干？要使你这个可怜、无辜的女儿受到这闻所未闻的可怖的诅咒吗？

凡里纳：

是吗？——我面前这位重感情的未婚夫，这可怕吗？——（极其意味深长地）在这样的情况下，你们当中哪个还会站出来，再谈什么保持冷静，从长计议呢？热那亚的命运决定我家贝塔的死活，我把一个做父亲的情感寄托在做一名公民的义务上。既然这样，既然知道这头无辜的羔羊正在以无尽的忧伤为自己的怯懦付出代价，那么我们当中哪个还会这样胆小，以致将解救热那亚的事一拖再拖。——确实如此，这并不是一个傻瓜的废话！——我已发誓，在一个多里阿倒在地上抽搐之前，即使我像刽子手一样变着法子折磨她，即使像吃人的老虎凳把这头无辜的羔羊弄得死去活来，我也将不会怜悯自己这个孩子。——他们在发抖——他们像幽灵一样面色惨白，茫然注视我。——再说一次，斯西比奥，我把她留做人质，等着你去刺杀暴君。我把你的、我的、你们的应尽义务牢牢地拴在这条代价高昂的绳子上。热那亚的暴君必死，否则这个姑娘定将绝望。我不会言而无信。

布戈尼诺（扑倒在贝塔脚边）：

好，此人难逃被宰杀的命运——为热那亚而被宰杀，像祭坛上的牲畜那样。如同我持此剑在多里阿那颗心里搅动一样肯定，我也一定会把新郎的亲吻印在你的红唇上。（起立）

凡里纳：

复仇女神赐福的第一对有情人！你们都向对方伸出手来！在

多里阿那颗心里你定将搅动你这把剑吗？那就娶她，她是你的心上人。

卡尔卡尼奥(下跪)：

这儿还有一个热那亚人跪着，将他这把决不轻饶的利剑搁在清白的化身脚边。就像祝愿卡尔卡尼奥必定找到通向天堂的大路那样，他这把剑也必定寻出结果多里阿性命的通道。(起立)

萨科：

最后，决心却非稍逊一筹，跪着拉法尔·萨科，如果我这把长剑不能劈开贝塔的牢狱之门，那么倾听我临终祈祷的上帝将掩住他的耳朵。(起立)

凡里纳(心情愉快起来)：

我的各位朋友，热那亚在我身上体现出感激你们的心意。现在去吧，孩子。你为祖国做出牺牲，应该感到高兴。

布戈尼诺(拥抱正在离开的贝塔)：

去吧，相信上帝和布戈尼诺。贝塔和热那亚在同一天获得自由。

〔贝塔离去。

第十三场

〔前场人物，贝塔不在。

卡尔卡尼奥：

热那亚人！在我们继续谈下去之前，我还要说一句。

凡里纳：

我能猜到。

卡尔卡尼奥：

四个爱国者便足以推翻暴君统治，推翻势力强大的许德拉[①]吗？我们无需把普通百姓鼓动起来，把贵族吸引到我们这边吗？

凡里纳：

我明白！那么你们听着，我早就请了一位画家，他使出全副本领，以重彩浓墨把推翻阿比斯·克劳迪斯的故事画出来。斐耶斯科重视艺术，喜欢高雅的场面。我们把这幅画带到他的府邸，他看画的时候，我们都在场，或许这个情景会重新唤起他的良知。

布戈尼诺：

别提他了！这位英雄说：加一倍危险吧，不要加一倍帮手！我早已在心里有一种说不清楚的感觉，可就是找不到一个叫我满意的答案——现在我一下子明白了，这到底是什么——（一边说着，一边跳了起来，显出敢作敢为的气概）我认定：这是一个暴君！

〔幕落。

① 许德拉，希腊神话中的多头蛇，斩去一头，便会长出两个新蛇头。卡尔卡尼奥的意思是：除掉一个暴君，又另会出现暴君。

第　二　幕

〔在斐耶斯科府邸。

第　一　场

〔莱奥诺蕾。阿拉贝拉。

阿拉贝拉：

错了，我说。您看错了。嫉妒使得您看什么都不顺眼。

莱奥诺蕾：

这活脱儿是尤丽亚嘛。别劝我了。我的剪影以前挂在一条天蓝色的带子上，这是火红色的，像火焰一样鲜亮。我的命运已经成了定局。

第　二　场

〔前场人物。尤丽亚。

尤丽亚（装模作样地进来）：

伯爵让我来他府邸观看去议会的人群。时间过得太慢。夫人哪！巧克力牛奶弄好之前，您陪陪我吧。

〔贝拉走开，马上又回来。

莱奥诺蕾：

您是吩咐，要我把做伴的那些人请到这儿来吗？

尤丽亚：

那没有什么意思。难道在这儿非找这样一些人不可吗？您帮我解闷吧。（来回踱步，搔首弄姿）夫人哪，要是您能这样的话！——因为我没有什么事。

阿拉贝拉（刻薄地）：

尊贵的夫人哪！这昂贵的云纹绸更是这样！您想想看，在那些端着望远镜观赏名媛淑女的纨绔子弟眼前夺走本可一饱他们眼福的锦衣，多么狠心哪！啊！还有这些珍珠在闪耀，五光十色，让人看一会儿就眼睛作痛——伟大的上帝作证！您这不是把整个海洋都掠夺光了吗？

尤丽亚（在一面镜子前）：

小姐，莫非这在您是难得一见的事情？可是您听着，小姐，您把舌头也租给您的主人了吗？夫人哪！让家奴恭维宾客，真是别具魅力！

莱奥诺蕾：

尊贵的夫人，我心情不定，使您在这儿不能尽兴，实在是无可奈何呀。

尤丽亚：

这个习惯不好，会使您变得乏味，迟钝！快！要活跃！要诙谐！像您这样，可不是拴住您丈夫的办法！

莱奥诺蕾：

我只知道一个办法，伯爵夫人！您让您那办法永远有仙丹妙药的奇效就是！

尤丽亚（无意理会这句答话）：

还有您这穿戴，夫人哪！唉！您对自己的身段也要多加留意。老天既然像后娘，您可乞灵于人工。心有妄念，脸露灰暗，这两边面颊便透出病象。还得施点脂粉才是。可怜的人哪！这张面孔一辈子也遇不上一个买主。

莱奥诺蕾（快活地对贝拉）：

祝我幸福吧，姑娘。我并没有失去我的斐耶斯科，要不然我在他身上也没有失去什么①。

〔有人端来巧克力牛奶，贝拉把它倒进杯子。

尤丽亚：

您在嘀咕“失去”什么的吧？唉，我的天哪！您怎么起了找斐耶斯科这个倒霉的念头呢？——说句知心话，您又何苦攀上这高枝？在这上面您必然被人看得一清二楚，必然被人品头评足！——说真的，我的小妹妹，帮您牵线找斐耶斯科那个人不是居心叵测，便是愚不可及。（怜悯地握住她的手）好宝贝呀，这个在有头有脸的人们当中呆得下去的男子当时怎么都不能同你结合。（她拿了一杯饮料）

莱奥诺蕾（朝阿拉贝拉微笑）：

也有可能他并不稀罕在这些有头有脸的人们家里呆下去。

尤丽亚：

伯爵一表人才——洞察世事——富有情趣。伯爵那时能同上得台面的人结识，感到很高兴。伯爵性格活泼，热情。好啦，他余兴未尽，离开了感情细腻的圈子。他回到家里。妻子却拿温存当干活来欢迎他，用唾沫四溅、冷若冰霜的接吻浇灭他的炽烈火焰，对他爱抚又像把事先分成单份的饭菜端给搭伙的食客那样斤斤计较。这丈夫真可怜！在那儿对他微笑的人

① 意思是：要是斐耶斯科真的喜欢爱卖俏的尤丽亚，他也一文不值了。

朝气蓬勃，十全十美——在这儿叫他厌烦的人郁郁寡欢，多愁善感。尊贵的夫人，天哪！他会不丧失理智吗？换个说法，他会挑选哪一样？

莱奥诺蕾（递给她一杯饮料）：

会挑选您，夫人——要是他丧失了理智。

尤丽亚：

好哇，这句刻薄的话刺痛了你自己的心！那就为这个发抖吧，不过你发抖前，先脸红吧！

莱奥诺蕾：

尊贵的夫人，您也知道有脸红这回事吗？对了，怎么不知道？这是涂脂抹粉的奥妙嘛。

尤丽亚：

这就看出来了。要是使小毛虫那一丁点儿娘胎里带来的小聪明疲于奔命，它准会光火。现在到此为止。夫人，刚才是开玩笑，请您把手伸给我，和解吧！

莱奥诺蕾（向她伸出手来。投去意味深长的一瞥）：

英佩里阿利伯爵夫人！——我光火，您处之泰然。

尤丽亚：

不消说，这是宽宏大量。可是我能不宽宏大量吗？既然我把一个人的影子都带在身边，不就说明我看得起那本人吗？说不定您另有什么看法吧？

莱奥诺蕾（茫然红着脸）：

您说什么？我想，这个结论下得太匆促。

尤丽亚：

我自己也这么想。情之所钟从来不求助于在感官上给人造成的印象。真心实意从来不靠装点门面来遮掩。

莱奥诺蕾：

伟大的上帝！您怎么认识到这条真理的呢？

尤丽亚：

同情，只是同情——因为，您瞧，反过来也千真万确——所以您还是拥有您的斐耶斯科。（她把莱奥诺蕾的剪影递给她本人，恶毒地纵声大笑）

莱奥诺蕾（跳了起来，怨恨地）：

我的剪影？给了您？（痛苦地倒在一把椅子上）唉，这个男人不可救药了！

尤丽亚（幸灾乐祸地）：

我回敬了吗？我回敬了？唔，夫人，不准备挖苦了吧？（大声对着后台喊叫）把马车停在门前！我的事已经办好了。（面对莱奥诺蕾，摸摸她的下巴）我的小妹妹，您放心吧！他当时给我剪影是白日做梦。（下）

第三场

〔卡尔卡尼奥进来。

卡尔卡尼奥：

英佩里阿利伯爵夫人这么气冲冲地走开，您也冒火了？夫人，这是怎么一回事？

莱奥诺蕾（内心非常痛苦）：

真没有想到！岂有此理！

卡尔卡尼奥：

哎呀！您这不是在流泪吗？

莱奥诺蕾：

喜欢那个没有人性的东西——给我滚开！

卡尔卡尼奥：

哪个没有人性的东西？您吓着我了。

莱奥诺蕾：

我丈夫——不，不！斐耶斯科。

卡尔卡尼奥：

我不想听又不得不听的事是什么呢？

莱奥诺蕾：

唉，流氓行为而已，这在你们是家常便饭。

卡尔卡尼奥（激动地握住她的手）：

尊贵的夫人，我同情垂泪的美德化身。

莱奥诺蕾：

您是一个男人——同情心与我无缘。

卡尔卡尼奥：

这片同情心完全归您所有——这片同情心完全被您占去——您要知道，那是多么——那是永无穷尽……

莱奥诺蕾：

唉，你在撒谎——你还没有拿出行动就说一定怎样怎样。

卡尔卡尼奥：

我向您起誓——

莱奥诺蕾：

那是口是心非的誓言！算了！你们会使上帝那支记下这些假誓的石笔累得要命。男人哪！男人哪！要是你们的誓言变成这么多的魔鬼，他们就会闹翻天，把光明天使都当俘虏带走。

卡尔卡尼奥：

伯爵夫人哪，您想得过了头。心怀怨恨，使您有失公允。难道同一性别的人们都应该为其中一个人的不端行为负责吗？

莱奥诺蕾（睁大眼睛注视他）：

唉,我当时把某一个人看成这一性别的化身而崇拜它,难道我不可以把他看成它的化身而鄙弃它吗?

卡尔卡尼奥:

伯爵夫人,您不妨试一下——当时您是初涉情场,一片真心看错人——我可以告诉您勾销此事的处所。

莱奥诺蕾:

你们能把造物主骗出他创造的世界。——随你说什么,我都不想听。

卡尔卡尼奥:

这番怨言您今天就会在我的怀抱里收回去。

莱奥诺蕾(警觉起来):

把话说清楚。在你的怀抱里?

卡尔卡尼奥:

在我的怀抱里,它敞开来接纳一个被遗弃的女子,为她虚掷的爱情做出补偿。

莱奥诺蕾(以锐利的目光看着他):

爱情?

卡尔卡尼奥(激动地在她面前跪下):

是的!这只是随口说说:爱情,尊贵的夫人!是生是死在您一句话。如果我的激情是罪孽,那么美德与邪恶两者的尽头便会溶合在一起,天堂与地狱便会凝结成一块,变做万劫不复的深渊。

莱奥诺蕾(不快地、庄重地后退):

好一个钻空子的伪善者,这就是你刚才关切的目的吗?——一次下跪,你便抛却友情和爱情?永远从我的眼前滚开!臭男人!在这之前,我还以为:你只是哄骗女人。我并不知道这一点:你也会暴露你自己。

卡尔卡尼奥(震惊地站起来):

尊贵的夫人——

莱奥诺蕾:

伪君子,你撕碎了信任的神圣封条并不满足,还要朝干干净净的美德镜子上呵气,使它蒙上一层毒翳,想唆使我纯洁的心灵违背自己的誓言。

卡尔卡尼奥(紧接她的话茬儿):

夫人哪,只有您并没有违背誓言[①]。

莱奥诺蕾:

我知道,所以由于伤感我就得移情于你吗?有一点你刚才并不了解,(极为郑重地)就是:仅仅失去斐耶斯科这一超越一切的不幸便使一个女性的心灵变得高尚。甭想!斐耶斯科的耻辱绝不可能使卡尔卡尼奥在我心里升高,可是——会使人类堕落。(急下)

卡尔卡尼奥(木然望着她的背影,随后拍了一下额头):

傻瓜[②]。

第 四 场

〔摩尔人。斐耶斯科。

斐耶斯科:

刚才离开的是谁?

摩尔人:

① 意思是:斐耶斯科早就违背了自己的誓言。

② 指自己——不了解莱奥诺蕾心灵的崇高与纯洁。

卡尔卡尼奥侯爵。

斐耶斯科：

这条手帕留在沙发上。我的妻子来过这儿。

摩尔人：

我刚才碰见她的时候,看她很恼火。

斐耶斯科：

这条手帕是湿的。(把它收起来)卡尔卡尼奥来过这儿吗?莱奥诺蕾很恼火?(想了一下以后对摩尔人说)到晚上我还要问你：这儿刚才发生了什么事。

摩尔人：

贝拉小姐喜欢听别人说她一头金发。我会告诉您发生什么事。

斐耶斯科：

现在过去三十个钟头了。你完成我交办的事情没有?

摩尔人：

丝毫不差地完成了,主人!

斐耶斯科(坐下来)：

那就说说人们对多里阿和眼下当政的情况吹的是什么曲调。

摩尔人：

嘿,曲调难听。一提到多里阿,他们就像发烧时怕冷,直打哆嗦。人们对加纳迪诺恨得要命。所有人都在叽里咕噜。他们说:从前法国人是热那亚的土老鼠,野山猫多里阿把它们吃掉了[①],这就留下小耗子。

斐耶斯科：

---

① 弗朗西斯一世当权时,法国人在热那亚势力很大。一五二八年安德烈阿斯·多里阿把他们赶走,完全清除了他们的影响。

可能确实是这样——那么他们不知道有赶野山猫的猎犬吗?

摩尔人(轻率地):

全城的人都在嘀咕,说得有鼻子有眼睛,提到某一个——某一个——哎呀!我竟然把这个名字给忘掉了吗?

斐耶斯科(站起来):

蠢猪!要把这个名字记住很容易,就像要使这个名字响亮很困难那样,两件事在程度上完全相同。在热那亚只有这个惟一的名字,难道还有第二个不成?

摩尔人:

就像有两个拉凡尼亚伯爵那样不可能。

斐耶斯科(坐下来):

这才像话!人们对我过着花天酒地的生活都悄悄地说些什么?

摩尔人(睁大眼睛打量他):

请您听着,拉凡尼亚伯爵!热那亚人不能不认定您很伟大。人们就是摸不透:一个出身一流世家的贵族——才能卓越,头脑灵活——热情高,影响大——坐拥四百万镑[①] 财产的富豪——门第显赫——一个像斐耶斯科这样的贵族,只要一使眼色,所有人的心都会向他飞去——

斐耶斯科(鄙夷地掉转身子):

听一个流氓讲这些!

摩尔人:

人们就是摸不透:热那亚的大人物会在睡觉中错过热那亚的大崩溃。许多人同情您;非常多人讥讽您;绝大多数人咒骂您。所有人都抱怨国家失去了您。一个奸诈之徒说是已经闻

① 据莱·波佩注,一意大利镑约值八十芬尼。

出一只狐狸穿着睡衣在装样。

斐耶斯科：

狐狸彼此都能把对方闻出来。——人们怎么谈论我跟英佩里阿利伯爵夫人的艳事？

摩尔人：

这事我还是不要复述为好。

斐耶斯科：

直说就是！愈放肆，愈爱听。人们嘀咕些什么？

摩尔人：

人们不是在嘀咕。在所有的咖啡馆里，台球桌旁，小客栈中，林荫道上——在市场——在交易所人们大声叫喊——

斐耶斯科：

叫喊什么？我要你说！

摩尔人（后退）：

说您是笨蛋。

斐耶斯科：

好哇！这枚金币你拿去，是带来这条消息的报酬。现在我已戴上带铃小帽，让热那亚人取笑我；很快我剃成光头，他们就可以学着我的样子扮丑角①。那些绸缎贩子② 收了我的礼品有什么表示？

摩尔人：

笨蛋，他们装出一副可怜的罪人样子。

斐耶斯科：

---

① 意思是：戴上带铃小帽，剃成光头，就是一副不折不扣的丑角模样，在舞台上或过狂欢节时，人们可照葫芦画瓢。

② 参看第一幕第九场关于绸缎贩子的注。

笨蛋？你发疯了？小伙子？

摩尔人：

请您原谅！我是想多得几枚金币。

斐耶斯科(大笑,给他一枚金币)：

好啦,那些可怜的罪人怎么表示？

摩尔人：

这些人的脑袋搁在断头台的砧子上,现在却听到了赦免他们。他们全心全意向着您。

斐耶斯科：

这样我就高兴了。他们在热那亚的平头百姓当中起着举足轻重的作用。

摩尔人：

这个场面可热闹了！我本来对慷慨解囊不感兴趣,真该死,幸亏我还是把钱分发了。他们像疯了似的缠住我。那些女孩子好像一下子就爱上了我祖宗的肤色,那样冲动地扑向我这张月食般黑黝黝的脸孔。金钱万能,这话不错,当时我产生这个想法:金钱也能使黑种人变白。

斐耶斯科：

这个想法比产生这个想法的温床要强。——你私下报告我的那些言论都很好,能不能由此断定这会变成行动呢？

摩尔人：

就像天边的隆隆雷声会带来暴风骤雨一样。人们交头接耳,聚在一起,只要有一个陌生人像幽灵似的擦身走过,大家便“唔”的一声,什么话也不说了。整个热那亚充满混浊沉闷的气氛——一种恼怒的情绪像黑云一样笼罩着共和国——只要刮起一阵风,冰雹和闪电便会从天而降。

斐耶斯科：

别吱声！听！这嘈杂的嗡嗡声是怎么一回事？

摩尔人（奔到窗边）：

许多人在大喊大叫。他们从议会那边过来。

斐耶斯科：

今天选举执政官。把我的轻便马车停在大门前。会议不可能已经结束。我要到那儿看看。会议不可能按照法定程序结束。——把我的佩剑和大衣拿来。我的勋章呢？

摩尔人：

大人，我把它偷了，当了。

斐耶斯科：

我感到高兴。

摩尔人：

咦？怎么啦？报酬很快就会拿出来吗？

斐耶斯科：

还要什么报酬，你不是把大衣也拿走了吗？

摩尔人：

可我找到了小偷哇①。

斐耶斯科：

喧闹声朝这边过来了。听！这不是连续不断的欢呼。（迅疾地）快！把院子的各扇门都打开。我有预感。多里阿肆无忌惮。国家如同在针尖上似的摇摇欲坠。我敢打赌，议会里乱成一锅粥了。

摩尔人（在窗边，大喊）：

这是怎么一回事？——顺着巴尔比大街过来了——有好几千人哪——长柄斧闪着亮光——还有一把一把的剑——啊！那

① 指供出了自己就是拿走他衣物的小偷。

些议员——朝这儿飞奔过来——

斐耶斯科：

这就是骚乱了。你快到他们当中去。喊我的名字。让他们快来这儿。(摩尔人连忙下去)理智这种蚂蚁含辛茹苦点点滴滴积累起来的成果，偶然这一种风可能呼的一声就把它们吹成一堆①。

第 五 场

〔斐耶斯科。岑图里奥内，西波，阿塞拉托风风火火地闯进屋子。

西波：

伯爵，请您原谅我们在气头上没有通报就进来了。

岑图里奥内：

我挨骂了，挨了公爵侄子的臭骂，当着所有议员的面。

阿塞拉托：

多里阿亵渎了金书②，每一个热那亚贵族都是其中一页。

岑图里奥内：

由于这个原因我们来这儿。发生在我身上的事情使得所有贵族都遭到了挑衅。他们势所必然地同我一起反击。要是我只为自己个人的名誉反击，就难以指望旁人给予帮助。

西波：

① 指老百姓对现实不满，怨声载道，经他(斐耶斯科)暗中精心逐步煽动，就会随着偶发事件，酿成不可收拾的局面。

② 所有贵族世家和后裔都分别录入两部金书，一部由总督，一部由执政官们保管。

发生在他身上的事情使得所有贵族都被激怒,所有贵族势所必然地喷出满腔怒火。

阿塞拉托:

民族的法纪遭到肆意践踏,共和国的自由受到致命的一击。

斐耶斯科:

您各位使我全神贯注我所期待的一切。

西波:

他是第二十九名选举人,因为他摸得一个金色小球[①],可以参加选举执政官。二十八张票已经投好。十四票选我,洛梅利诺得到同样票数。多里阿的票和他的票还没有投。

岑图里奥内(急忙插话):

这两张票还没有投。我当时投票选西波。多里阿他——您摸一摸我的名誉所受的创伤——多里阿他——

阿塞拉托(也打断他的话头):

自从海水在热那亚四周涌动,人们还没有见过这样的事情。

岑图里奥内(更加愤怒地说下去):

多里阿他当时拔出藏在红袍里面的一把剑,用剑尖挑着我那张票,朝会场大喊。

西波:

"各位议员!这张票作废!这张票有一个洞!洛梅利诺当选执政官。"

岑图里奥内:

"洛梅利诺当选执政官,"他把剑扔在桌子上。

阿塞拉托:

① 全体议员从票箱里摸出小球,其中有三十个是金色小球,摸到这种小球者即为选举人。

同时大喊:“这张票作废!”并把剑扔在桌子上。

斐耶斯科(沉默一会儿以后):

您各位决定怎么做?

岑图里奥内:

共和国被当胸刺了一下,我们决定怎么做?

斐耶斯科:

岑图里奥内,灯心草只消人们吹一口气便会折断。但橡树却要风暴才能刮倒。我是问,您各位决定怎么干?

西波:

我想,问的是热那亚决定怎么干吧?

斐耶斯科:

热那亚?热那亚?别提它了!它已腐朽,您各位只要碰它一下,它便破碎。您各位指望那些贵族吧?说不定是谈起国事他们就露出一脸苦相,耸耸肩膀的缘故吧?别提热那亚了!这些人的勇气都夹在地中海东岸的货包里了,这些人的心思都充满忧虑随着东印度船队在漂泊。

岑图里奥内:

希望您对我们的贵族能够了解得确切一些。多里阿这么蛮干,他们当中就有几百人气得撕破衣服跑到市场上去,所有议员都一哄而散。

斐耶斯科(讥讽地):

就像一只兀鹰猛地扑进鸽笼,鸽子便四散飞走那样吧?

岑图里奥内(激动地):

不是!就像燃着的导火索落进火药桶那样。

西波:

平民也很愤慨。——一头被射伤了的公猪会怎样,谁也无法想像。

斐耶斯科（大笑）：

这头盲目、笨拙的庞然大物开始时凭着一身粗重的骨头不断发出怪叫，张着血盆大口，无论高的矮的，远的近的，眼看就要吞掉一切，可最后却——在捻合的纱线上绊倒了吧？热那亚人，徒劳无益呀！海上霸权时代已成过去。以自己名称屹立的热那亚崩溃了。热那亚现在的处境像不可战胜的罗马当时如同一只羽毛球弹到一个娇惯的男孩屋大维安努[①]的球拍上一样。热那亚不可能自由了。热那亚必须由一位君主给予温暖。热那亚需要一个极权统治者。所以您各位就向骗子加纳迪诺宣誓效忠吧！

岑图里奥内（暴跳如雷）：

除非势不两立能够转化为握手言和，北极能够跟在南极后面奔跑！——走吧，伙伴们！

斐耶斯科：

您各位别走！您各位别走！西波，您在想什么？

西波：

什么也没有想，或者说在想一出应当叫做“地震”的闹剧。

斐耶斯科（将他们引到一座雕像前）：

您各位看看这座雕像！

岑图里奥内：

这是佛罗伦萨的维纳斯嘛。这跟我们在这儿有什么关系？

斐耶斯科：

您各位喜欢她吗？

西波：

这我弄不懂了，还是我们全变成无知的意大利人。您现在问

---

① 安努，古罗马帝国皇帝奥古斯都（前63—14）的别号。

这个什么意思?

斐耶斯科:

是这样:请您各位走遍天下,力求在这女性原型有血有肉的全部化身当中,找出糅合这个人们梦寐以求的维纳斯所有魅力的最为完美的那一个。

西波:

我们费那么大劲图的什么?

斐耶斯科:

这样您各位便能证实想像只是自吹自擂[①]。

岑图里奥内(不耐烦地):

那么我们得到什么?

斐耶斯科:

这样大自然就赢了同艺术家打了多年的官司。

岑图里奥内(冒火了):

那又怎么样?(大笑起来)您各位就忘了看着热那亚的自由化为一片废墟。

〔除了斐耶斯科,其他人下。

第　六　场

〔斐耶斯科。

〔府邸四周的喧闹声越来越大。

---

① 据路·贝勒曼注:想像,也就是说,艺术自诩表现美好能够达到毫无欠缺的理想程度。但是如果在大自然中找到某种同样美好的事物,自大的想像便被驳倒,便显得像王婆卖瓜一样。大自然就打赢了这场同艺术家打了多年的官司。

斐耶斯科：

运气来了！运气来了！共和国的干草燃起了熊熊大火。火焰已经烧着了房屋和钟楼——继续烧吧！继续烧吧！但愿到处都烧起大火，巴不得风助火势，把它烧个精光！

第七场

〔摩尔人急匆匆上。斐耶斯科。

摩尔人：

成群结队都是人！

斐耶斯科：

打开大门！让有脚的全进来！

摩尔人：

都是共和国的公民！共和国的公民！他们套了轭具拉着自由，像驮载的公牛在贵族的统治下喘息。

斐耶斯科：

都是笨蛋，他们以为斐耶斯科·封·拉凡尼亚会继续进行斐耶斯科·封·拉凡尼亚当时并未开始的事情！众怒来得正是时候。但是造反非我不可。这些人冲上台阶了。

摩尔人（出去）：

哎呀！哎呀！别把整座房子都挤坍了。

〔人群拥入，挤破了门。

第八场

〔斐耶斯科。十二个手工匠。

众手工匠：

要找多里阿算账！要找多里阿算账！

斐耶斯科：

千万不要急，各位同胞！你们大家来看望我，这就说明你们心地善良。可我这双耳朵有点儿娇气。

众手工匠（更加狂暴）：

把多里阿家族打翻在地，把多里阿叔侄打翻在地！

斐耶斯科（微笑，再点一下人数）：

十二位，是很像样的一群人了。

手工匠甲：

竟然把我们那些公断人摔到台阶下面——把公断人摔到台阶下面！

手工匠乙：

您想，拉凡尼亚！选举时，那些公断人反对他那样干，便给摔到台阶下面去了。

众手工匠：

不应该容忍，也不可以容忍。

手工匠丙：

他带着一把剑进了议会——

手工匠甲：

一把剑！这是动武的标志！却出现在平心静气议事的场所！

手工匠乙：

他穿了红袍进议会，不是像所有其他议员那样穿黑色衣服。

手工匠甲：

他坐着八匹马拉的马车穿过我们的首都。

众手工匠：

他是一个暴君！他是国家和政府的叛徒！

手工匠乙：

他从皇帝那儿买了两百名德国人当贴身侍卫——

手工匠甲：

他叫外国人来对付本国人！叫德国人来对付意大利人！叫军人来对付法律！

众手工匠：

这是叛逆,这是谋反！热那亚被断送了！

手工匠甲：

他把共和国国徽画在马车上——

手工匠乙：

安德烈阿斯的塑像立在议会院子的正中。

众手工匠：

把安德烈阿斯摔成碎片！把他的石像和本人摔成千万块碎片。

斐耶斯科：

各位热那亚同胞,干吗要对我说这些呢?

手工匠甲：

您不应该容忍这种现象！您应该治一治他。

手工匠乙：

您是明白事理的人,不应该容忍这种现象,应该帮我们想办法。

手工匠甲：

而且您是一位善良的贵族,他不能同您相比,所以您应该为这件事惩治他,不应该容忍。

斐耶斯科：

你们这样信任我很高兴。我能因自己的行动而问心无愧吗?

众手工匠(七嘴八舌):

对他动手吧！把他打倒吧！解救我们吧！

斐耶斯科:

可是还有一个忠告,你们会接受吗?

几个工匠:

您说吧,拉凡尼亚!

斐耶斯科(坐下):

热那亚同胞！在动物王国里,平民产生了不满情绪。各党各派互相争斗,却让猛犬夺去了宝座。这个惯于把肉畜赶到屠刀下面的恶狗盘踞在王国里,为非作歹,它吠叫,它啃咬子民的骨头。怨声四起,最有勇气的老百姓们聚集拢来,掐死这头称王称霸的畜生。随后召开议会,就什么政府最理想这个重大问题做出决定。投票结果有三种意见。热那亚同胞,如果是你们,决定采纳哪种意见?

手工匠甲:

为老百姓办事的政府,完全为老百姓办事的政府!

斐耶斯科:

老百姓有了这样的政府。这个政府按照民主原则办事。每个公民都有权投票。一切都由多数来决定。过了没有几个星期,人类对这个新建立的自由国家宣战。全国人民聚集起来:马、狮、虎、熊、象和犀牛都到场了,高声吼叫:“武力解决吧!”这时其他百姓也来了:羊、兔、鹿、驴,所有虫、鸟、鱼,整个怕人的群体——它们在调解,在啜泣:“和平解决吧!”你们瞧！热那亚同胞！怯懦的比敢斗的要多,愚蠢的比明智的要多——一切由多数来决定。动物王国放下了武器,于是人类在它们的地盘上进行了洗劫。这样一来,这个国家体制便被抛弃了!热那亚同胞！如果换成你们,现在会倾向哪一边?

手工匠甲和乙：

倾向于专职委员会体制！当然倾向于专职委员会体制！

斐耶斯科：

这个意见受到了欢迎！国家公务分属好些部门。狼管理财政；狐狸担任文书；鸽子领导刑事法庭；老虎负责调解工作；山羊审理婚姻案件。兔子是军人；狮子和大象管行李房；驴子是王国的驻外使节；鼹鼠任行政机关总监。热那亚同胞，你们希望这种别出心裁的分工产生什么样的效果？狼没有撕碎谁，便由狐狸去骗；谁要是逃过这一关，就叫驴子给踩倒。老虎掐死无辜；鸽子放走小偷和凶手。结果所有部门都瘫痪了，而鼹鼠却认为它们各司其职，无可挑剔。——各种动物都发火了，它们异口同声叫喊：让我们选举一个君主吧，这位君主有爪子，有脑子，但是只有一个胃——于是大家都效忠一个元首——一个热那亚人——，而这（他威风凛凛地走到他们中间）便是狮子。

众手工匠（鼓掌，把便帽扔到空中）：

好极了！好极了！他们这么做真聪明！

手工匠甲：

那么热那亚也应当学着这么做，而且热那亚已经有了自己的带头人。

斐耶斯科：

我不是要知道这个人！你们回去吧！等着这头狮子吧！（这些市民乱糟糟地出去）事情进行得很理想。百姓和议员都反对多里阿了。百姓和议员都向着斐耶斯科了——哈桑！哈桑！——我得利用这一阵风——哈桑！哈桑！——我得加深这种仇恨心理！要给这种劲头加温！——出来，哈桑！你这苦水里长大的破鞋儿子！哈桑！哈桑！

第九场

〔摩尔人进来。斐耶斯科。

摩尔人(放肆地):

我的脚底还在发烫哩！又有什么事?

斐耶斯科:

听我吩咐。

摩尔人(随机应变地):

最先去哪儿?最后去哪儿?

斐耶斯科:

这次有人帮你跑了。别人把你拖着走。你马上做好准备。我现在就宣布你的暗杀行为,把你绑起来交给高等刑事法庭。

摩尔人(后退六步):

大人!——这可是违背约定啊。

斐耶斯科:

你放心好了。不过是装个样子。这个时候,决定一切的关键就是:借加纳迪诺施展阴谋,要我性命的事使他臭名远扬。人们将会对你施刑逼供。

摩尔人:

到时候我招认还是否认?

斐耶斯科:

否认。他们会把你缚在刑台上。第一级拷问你要顶住。这回受苦蒙人你不妨认了,算是清偿你暗杀行为那笔账。到第二级你便招供。

摩尔人(摇头,心怀疑虑):

这个恶魔是一个无赖。这些大人可能在进餐时记得我,可我就会在花招迭出中遭受酷刑死去。

斐耶斯科:

你会安然脱身。我以伯爵的名誉向你保证。我将坚决要求拿你来惩办赎罪,然后在共和国所有人的眼前宣布赦免你的罪行。

摩尔人:

我也只能是这样。您使我的关节都散了架,不过这又使我更熟练。

斐耶斯科:

那就快拿你的匕首把我的胳臂划破,让血冒出来——我便装作刚刚当场逮住你。——行啦!(发出可怕的叫喊声)凶手!凶手!凶手!把路口堵住!把门都关上!(他扼住摩尔人的喉咙把他拖出去。仆人们飞快地跑过现场)

第十场

〔莱奥诺蕾,罗莎两人惊惶地跑进来。

莱奥诺蕾:

谋杀!他们刚才大喊:谋杀!喧声是从这儿传出来的。

罗莎:

肯定只是嘈杂的喧闹,热那亚每天都这样。

莱奥诺蕾:

他们大喊:谋杀!一大群人叽里呱啦,可以清楚地听出:“斐耶斯科。”可怜的骗子!他们想不让我的眼睛看见,可我这颗心却比他们聪明。快,快追!去看看,告诉我,他们把他拉到哪儿去。

罗莎：

您放心吧，贝拉跟去了。

莱奥诺蕾：

贝拉还来得及看到他那呆滞的目光！幸运的贝拉！我倒霉啊，他那个女杀人犯！要是斐耶斯科能爱我，斐耶斯科永远都不会心不在家，永远都不会撞在嫉妒的刀尖上！——贝拉来了！走开！别说话，贝拉！

第十一场

〔前场人物。贝拉。

贝拉：

伯爵活着，什么事也没有。我看他骑着马飞快地穿过市区。我从来没有见过我们家大人这么漂亮。那匹黑马驮着他神气活现，傲然翻动马蹄，把蜂拥过来的人群从君主气派十足的骑手身边驱走。在他飞驰而过的瞬间，瞥见了我，和善地微笑，朝这边使眼色，抛过来三个飞吻。（刻薄地）我拿这些怎么办？尊贵的夫人？

莱奥诺蕾（狂喜）：

你这娘儿们多嘴又轻浮，你把这些都拿回去给他。

罗莎：

嗨，您明白了。现在您又变得满脸通红。

莱奥诺蕾：

他跟着追过去把心扔给那些妞儿，我还要忙不迭地捕捉他那一扫而过的目光吗？唉，女人哪！女人哪！

〔三人下。

第十二场

〔在安德烈阿斯府邸。

〔加纳迪诺，洛梅利诺急匆匆进来。

加纳迪诺：

随他们为他们的自由，像母狮为崽子那样吼叫吧。我行我素。

洛梅利诺：

可是，大人哪——

加纳迪诺：

让您的“可是”见鬼去吧，当选三个钟头的执政官！我寸步不让。由着热那亚的钟楼都摇头，由着汹涌的大海发出轰响说“不”吧。我不怕这一伙人。

洛梅利诺：

平民已经是正在燃烧的木柴了，贵族还要煽风助长火势呀。整个共和国都在动荡：平民和贵族一起！

加纳迪诺：

我像尼禄那样站在山上①，观看这场逗人发笑的大火。

洛梅利诺：

骚乱的人群最终全会投靠一个结党营私之徒，此人野心勃勃，要在乱中取利。

加纳迪诺：

① 据路·贝勒曼注，通常记载：尼禄（37—68，古罗马皇帝）曾在宫内屋顶平台上观看自己唆使人放起的罗马大火。

胡闹！胡闹！我只知道一个人，此人会露出狰狞面目，为了对付他已经做出安排。

洛梅利诺：

殿下。

〔安德烈阿斯上。两人深深鞠躬。

安德烈阿斯：

洛梅利诺先生！我的侄女要坐车出游。

洛梅利诺：

我能陪伴她感到很荣幸。（下）

第十三场

〔安德烈阿斯。加纳迪诺。

安德烈阿斯：

你听着，侄儿呀！我对你很不满意。

加纳迪诺：

请您听我说，尊贵的伯父！

安德烈阿斯：

要是一个衣衫褴褛的乞丐值得我去倾听他的意见，我也会让他申述。但我决不会让一个无赖胡扯，即使他是我的侄子。我这么说也是宽大为怀，身为伯父，我对你直言；本来你就应该听听公爵和他那些议员说些什么。

加纳迪诺：

我只有一句话，尊贵的大人——

安德烈阿斯：

听着，你干出了什么事，既然干了，你就要负责。——你毁掉了我在半个世纪里苦心构筑的大厦——毁掉了你伯父的陵园——毁掉了他惟一的金字塔——毁掉了热那亚人的爱戴。安德烈阿斯宽恕你这种轻率的行为。

加纳迪诺：

我的伯父和公爵——

安德烈阿斯：

你别打断我的话头。你损坏了治国最美好的艺术品[①],我亲自把它从上苍取来给予热那亚人,它曾使我度过许许多多不眠之夜,曾使我遇到许许多多危险,也曾使我流血。在所有热那亚人面前,你玷污了我的君主尊严,因为你对我设立的机构视若无睹。如果我的家族里面有人看轻它,谁还会尊崇它呢?——伯父宽恕你这种愚蠢的行为。

加纳迪诺(觉得受到伤害)：

高贵的大人,是您曾经教育我做热那亚的公爵。

安德烈阿斯：

住口!——你是国家的叛逆,给国家带来致命的创伤。你要牢记,孩子!这就是——遵从法律!——牧人白天干活,晚上归来。你便以为牧群无人照管吗?安德烈阿斯头发已经灰白,你就像街头顽童似的践踏法律吗?

加纳迪诺(刚愎自用地)：

不要着急。公爵!安德烈阿斯家族的血液也在我的身上沸腾,曾经叫法兰西害怕得发抖。

安德烈阿斯：

我叫你:住口!——每当我说话的时候,大海也竖起耳朵来

① 据路·贝勒曼注,指当时热那亚宪法。

听,这在我已经成为习惯——你在正义的圣殿里对着庄严的公理啐唾沫。你这叛逆!你知道人家怎么看待这件事吗?——现在你回答吧!

加纳迪诺(默不作声,眼睛盯着地上)

安德烈阿斯:

不幸的安德烈阿斯呀!在你自己的心灵里竟然孵化出销蚀丰功伟绩的蛀虫①。——我给热那亚人建造了一座绝非昙花一现的房屋,自己却又投进第一个火把——投进这个火把!冒失鬼!感谢这个头发灰白的老人吧,他非要让族人之手送进墓穴不可。——感谢我的溺爱吧!因为我不把叛逆的脑袋——从断头台扔给受到侮辱的国家。(急下)

第十四场

〔洛梅利诺气喘吁吁,惊慌失措。加纳迪诺怒火中烧,默不作声地目送公爵离去。

洛梅利诺:

是我亲眼见到!亲耳听到!现在!现在您逃走吧!殿下!全完了!

加纳迪诺(按捺住怒火):

什么完了?

洛梅利诺:

热那亚,殿下。我从市场来这儿。人群拥挤,围住一个用绳子

① 意思是:你的丰功伟绩结成的硕果(如民众的爱戴,身后的声誉)都让这条毛虫给蛀蚀掉了。

捆绑被拖着走的摩尔人，拉凡尼亚伯爵，三百多名贵族跟在他后面，进了法院，这是拷问罪犯的地方。这个摩尔人要刺杀斐耶斯科，作案时被当场逮住。

加纳迪诺（顿足）：

什么？今天魔鬼全跑出来了吗？

洛梅利诺：

他们严厉地审问是谁收买了他。那个摩尔人不招供。他们对他进行第一级拷问。他不招供。他们对他进行第二级拷问。他供出，他供出——大人哪，您当时怎么会想起把您的名声交给一个废物的呢？

加纳迪诺（粗暴地训斥他）：

什么都别问我！

洛梅利诺：

请您继续听下去。多里阿这个名字一说出来——我宁愿在恶魔的名单上看到自己的名字，也不愿在这个场合听到您的名字——，斐耶斯科马上就在人群面前露脸。您认识他，这个人，有事相求，不由人不照办，这个人，以小恩小惠取大利，得民心。那些民众一大群一大群多得吓人，都呆呆地朝着他聚集起来，屏息静听。他没有讲几句话，他卷起袖管把那条淌血的胳膊露出来给人看。人们都争着接住流下的血滴，就跟抢夺圣物一样。那个摩尔人被交给斐耶斯科，由他随意处置。斐耶斯科呢——这对我们是致命的一击——斐耶斯科饶恕了他。静默的人群中突然爆发出一片响亮的吼叫，个个都咒骂多里阿这个名字，斐耶斯科在数不清的万岁声中被抬回家去。

加纳迪诺（阴沉地笑了一阵）：

让骚乱涌到我的喉头吧——我只要提一下“查理皇帝①”就把他们压下去，使得热那亚的每一口钟都发不出嗡嗡的响声。

洛梅利诺：

波希米亚离意大利很远哪。——要是查理急忙赶来，他还能及时参加您葬礼后的筵席。

加纳迪诺（掏出盖着一个大印的函件）：

碰得正巧：他已经到这儿了！——洛梅利诺弄不懂了吧？——要不是主张共和政体的那一伙人已经被告了状，揭了底，还会让他以为我太莽撞，竟去激怒这些肆无忌惮的家伙吗？

洛梅利诺（尴尬地）：

我不知道我在想些什么。

加纳迪诺：

我在想你不知道的事情。决心已经下了。后天将除灭十二名议员。多里阿成为君主，查理皇帝将会为他撑腰。——你吓得后退吗？

洛梅利诺：

十二名议员！我这颗心不够宽大，无法容下十二笔血债。

加纳迪诺：

笨蛋，身居宝座便把它一笔勾销。你瞧我已经同查理的那些大臣考虑过：法国在热那亚的党羽还有强大的力量。要是不把这伙人连根除掉，他们可能又一次给他添麻烦。这叫老查理感到恼火。他签署了我的计划——现在你记下我口述的内容。

洛梅利诺：

① 指神圣罗马帝国皇帝查理五世（1500—1558），当时在波希米亚（后捷克斯洛伐克境内）。加纳迪诺想向查理皇帝求助。

我还不知道——

加纳迪诺：

坐下！记吧！

洛梅利诺：

可我记什么呀？（坐下）

加纳迪诺：

这十二名待处置的人——弗朗兹·岑图里奥内。

洛梅利诺：

为感谢他投的那一票，他带领这个待葬行列。

加纳迪诺：

考纳里奥·卡尔发。

洛梅利诺：

卡尔发。

加纳迪诺：

米迦勒·西波。

洛梅利诺：

浇在执政官们头上的冷水。

加纳迪诺：

托玛斯·阿塞拉托和他的三个兄弟。

洛梅利诺（停住）

加纳迪诺（强调）：

和他的三个兄弟。

洛梅利诺（记下）：

念下去。

加纳迪诺：

斐耶斯科·封·拉凡尼亚。

洛梅利诺：

请您小心！请您小心！您小心别在这块黑色的石头[1]上跌断脖子。

加纳迪诺：

斯西比奥·布戈尼诺。

洛梅利诺：

他也许在别处[2]举行婚礼。

加纳迪诺：

在我做傧相的地方——拉法尔·萨科。

洛梅利诺：

我饶不了他，除非他把我那五千银币付给了我。（记下姓名）一死两清。

加纳迪诺：

文森特·卡尔卡尼奥。

洛梅利诺：

卡尔卡尼奥——我冒着风险记第十二个名字，不知道是不是我们的死对头给忘掉了。

加纳迪诺：

收尾好便是全局好。约瑟夫·凡里纳。

洛梅利诺：

他是这条虫子的头脑。（站起来，撒上吸墨细砂，飞快地通读名单，然后交给储君）后天死神摆宴，它已邀请了热那亚十二位头面人物。

加纳迪诺（走向桌子签字）：

这已办好。两天后便选举总督。在全体议员到齐后，以挥动

---

① 暗指“拉凡尼亚”这个姓氏的词义（淡黑色的板石）。

② 在坟墓里。

一条手帕作为信号，就突然开枪把这十二个人击毙，同时我手下的两百名德国人冲进议会，控制会场。在这之后，加纳迪诺步入大厅，接受效忠宣誓。(按铃)

洛梅利诺：

那么安德烈阿斯呢？

加纳迪诺(鄙夷地)：

一个老头儿嘛。(一名侍者上)要是公爵问起来，就说我在做弥撒。(侍者下)这个附在我身上的魔鬼只能戴着神圣的面具销声匿迹地活下去。

洛梅利诺：

可那份名单呢？殿下？

加纳迪诺：

你拿着。在我们自己人当中传阅。这份函件一定要派专差送到地中海东岸地区，让斯皮诺拉[①] 知道所有情况，叫他早上八点钟到京城这儿。(正要走开)

洛梅利诺：

殿下，这只铁桶有一个漏洞！斐耶斯科不去议会了。

加纳迪诺(回头叫喊)：

热那亚总还有一个刺客吧？我来解决。(下，进入侧室。洛梅利诺穿过另外一个房间离去)

第 十 五 场

〔斐耶斯科府邸前厅。

〔斐耶斯科手持函件和支票。摩尔人。

---

① 作者虚构的(查理五世的)步兵统领。

斐耶斯科：

这么说，四艘橹舰已经进港了。

摩尔人：

顺利地停靠在达赛纳码头[①]。

斐耶斯科：

来得正是时候。这些快件哪儿来的？

摩尔人：

从罗马，皮亚琴察[②] 和法国来的。

斐耶斯科（拆开函件，飞快通读）：

欢迎，欢迎来热那亚！（非常开心）好好儿地款待信使。

摩尔人：

唔！（正欲走开）

斐耶斯科：

别去！别去！这儿有好多事情要你去做。

摩尔人：

您有什么吩咐？是当猎狗的鼻子，还是做蝎子的毒刺？

斐耶斯科：

这回是学诱鸟的鸣叫。明天早上将有两千人化了装混进城来，在我这儿接受任务。你把自己的手下人分派在各个城门周围，叫他们密切注意进城的行人。有一些人扮成去罗累托[③] 朝圣的香客；另有一些人扮成小贩或者一群乐师；绝大多数扮成想来热那亚谋生的退伍军人。对每一个陌生人都要

① 热那亚旧港内停泊码头，筑有防波堤。

② 北意大利波河畔皮亚琴察省首府。

③ 意大利城名，基督教圣地。

盘问去哪儿。如果对方回答“去金蛇旅馆”，就要亲切地招呼，指点他怎么找我的住处。听着，小伙子！我这就靠你头脑灵活行事了。

摩尔人：

大人！就像靠我心狠手辣行事一样！要是在我面前漏掉一绺头发，请您把我两只眼珠装进气枪拿去打麻雀。（正要离开）

斐耶斯科：

别走！还有一件事。那些橹舰在全国都很显眼。你留意一下有些什么议论。如果有人问你，你就说从远处听人叽叽喳喳地在讲：你家主人要去打土耳其。你明白没有？

摩尔人：

明白。阉人嘴上长毛，个中奥妙，天晓得！

斐耶斯科：

别急！还要留个心眼。加纳迪诺又多了一个缘由恨我，要给我使绊子。去吧，注意你那些伙伴，看看是不是又是什么地方觉察到暗害的蛛丝马迹。多里阿常去藏垢纳污的场所，你去接近青楼女子。密室隐情时常藏在石榴裙的褶子里面。你答应她们介绍挥金如土的顾客——答应她们介绍你的主人。你别管体面不体面，什么事都到浑水里去寻找，确确实实摸到底才罢休。

摩尔人：

听我说！真巧！我在一个叫波诺尼的妓女那儿有门道。我替她拉客差不多有五个季度了。前天我看见执政官洛梅利诺从她那家妓院里走出来。

斐耶斯科：

就要找他！这个洛梅利诺正是了解多里阿种种胡作非为行径的首要关键人物。明天早上你就得去那儿。说不定今天夜里他便是这位贞洁的路娜[1] 钟情的恩底弥翁[2]。

摩尔人：

还有一件事,大人！要是热那亚人问我——我斗胆说一句:他们一定会这样——要是他们现在问我:“斐耶斯科对热那亚有什么想法?”——您还继续戴着面具吗？不然的话,我该怎么回答呢?

斐耶斯科：

回答？等一下！果实的确成熟了。阵痛预示就要分娩——你应该这样回答:热那亚危在旦夕！你的主人叫约翰·路德维希·斐耶斯科。

摩尔人(高兴地伸展四肢):

我要大显身手,流氓也爱面子呀！——好,打起精神来吧,哈桑老兄！先去酒馆！我这双脚要干的事多着呢——我得讨好我这个胃,它才会帮我这两腿讲话。(急下,但马上又回来)我聊得差点忘掉,现在想起来了。您的夫人和卡尔卡尼奥之间发生的事情您想知道吧？——吃了闭门羹,大人,就这样。(跑开)

第 十 六 场

〔斐耶斯科独处。

斐耶斯科：

---

① 路娜,罗马神话中的女月神。

② 恩底弥翁,希腊神话中俊美的青年牧羊人。希腊神话中的女月神塞勒涅钟情于恩底弥翁,使他酣然入睡,不能觉察她的爱抚。

我感到遗憾,卡尔卡尼奥——您当时大概以为:要是我妻子的品德和我自己的价值还不足以使我高枕无忧,那么我被戴上绿帽子也会听之任之。可是有了这小舅子般的瓜葛倒也不错。你是一名好军人。这该把你这条胳膊挪过来,为推倒多里阿出一臂之力——(踏着有力的步子来回走动)多里阿,现在同我一起上战场吧!进行这一伟大的冒险行动的全部机器正在运转。为了这场令人毛骨悚然的共同演出,所有的乐器都已调好了音。万事俱备,就差扯下面具,向热那亚爱国志士显示斐耶斯科真面目这一步。(可以听见脚步声行近)有人来访!这个时候谁还会来打扰我?

第十七场

〔前场人物。凡里纳。罗马诺,拿着一幅画。萨科。布戈尼诺。卡尔卡尼奥。大家鞠躬。

斐耶斯科(迎着他们走去,兴高采烈):

欢迎,各位尊敬的朋友!有什么重要事情让您各位一起来我这儿?——凡里纳你也来了,亲爱的老大哥!要不是我的思想比我的眼睛更加频繁地围着你打转,我都快忘记你的模样了。不是上次舞会以后便没有见过我的凡里纳了吗?

凡里纳:

不要记他这笔账了,斐耶斯科。在这当中,沉重的精神负担压得他低下了头发花白的脑袋。不过不谈这个了。

斐耶斯科:

面对凡事都要知道个透的爱好,还是要谈。只有我们两个人呆在一起的时候,您非对我细说不可。(对布戈尼诺)欢迎您,年轻的英雄。我们相识不久，可是友谊已经成熟。您对我的看法是不是好了一点？

布戈尼诺：

我正处在这个过程当中。

斐耶斯科：

凡里纳，我听说，这位温文尔雅的年轻人就要成为你的佳婿了。请接受我为这一选择举双手赞成的心意。我只同他谈过一次，但是如果他能和我志同道合，我将感到自豪。

凡里纳：

这个断语使我为自己的女儿自鸣得意。

斐耶斯科（对其他人）：

萨科？卡尔卡尼奥？全是我家的稀客！要是热那亚最高尚的杰出人物过门不入，我就要为自己的待客之道而羞愧。——在这儿我要欢迎第五位客人。这位虽然素未谋面，但参与这可敬的团体便是最佳的介绍。

罗马诺：

一个画画儿的就是，尊贵的大人。我叫罗马诺，依靠偷盗大自然的宝藏养活自己，并无纹章，只有一支画笔，此时此刻（深深地鞠了一躬）只想发现布鲁图斯[①]头像的富有表现力的线条。

斐耶斯科：

罗马诺，您这只手，您这只丹青妙手同我的家族近如至亲[②]。我喜爱此道，视若同胞。艺术是大自然的得力助手。大自然只是创造万物，而艺术则产生出人类[③]。那么您画什么呢？

---

① 布鲁图斯（约前85—前42），罗马共和主义者，与卡西乌等刺杀独裁者恺撒，旨在恢复共和政体。

② 意思是：能手如您，总是受到我的家族器重。

③ 意思是：艺术使大自然臻于完善，能够产生人类的理想形象。

罗马诺?

罗马诺:

画的是古代强健坚韧的形象。在佛罗伦萨有我画的垂死的阿喀琉斯[①],在威尼斯有我画的克娄巴特拉[②],在罗马有我画的大埃阿斯[③] ——但愿这些太古英雄人物能在梵蒂冈复活。

斐耶斯科:

那么您画笔触及的现实是什么?

罗马诺:

画笔已经扔掉,尊贵的大人。天才的蜡烛得到的油脂比现实的蜡烛[④] 要少。过了某个瞬间点燃的只有纸套[⑤]。这幅画是我最后的作品。

斐耶斯科(兴致勃勃地):

这来得真是不能再巧了。今天我非常愉快,整个身心都沉浸在某种无畏的镇定,忘情于美好的秉性之中。请把您这幅画放好。我要痛痛快快地一饱眼福。各位朋友,都到这幅画旁边来吧。让我们尽情欣赏艺术家的作品。请把您这幅画放好。

---

① 阿喀琉斯,希腊神话中的英雄。被特洛伊人用箭射中脚踵死去。

② 克娄巴特拉(前69—前30),即克娄巴特拉七世,埃及托勒密王朝末代女王,以美貌、聪明著称。父亲托勒密十一死后,与其弟共治埃及。罗马统帅恺撒入埃及,助她独踞王位。她与恺撒生了一个儿子,恺撒死后,她与恺撒部将安东尼结婚。安东尼宣称将罗马东方一部分领土赐予她的儿子。元老院与屋大维趁机兴兵。安东尼、克娄巴特拉溃败,相继自杀。埃及并入罗马。

③ 大埃阿斯,忒拉蒙的儿子,特洛伊战争中的英雄。他从特洛伊人的手中夺回阿喀琉斯的尸体。阿喀琉斯的武器为俄底修斯所得,大埃阿斯因此事发疯自杀。

④ 意思是:艺术创作得到的外界推动力量不及现实生活得到的多。现在他更注重现实,关心国家可悲的局面,像他与之结为盟友的共和主义者那样,即目前已无心从事艺术活动了。有朝一日斐耶斯科推翻了暴君,那时他的天才将会复苏,将会找到“布鲁图斯头像的富有表现力的线条”。

⑤ 据路·贝勒曼注,如果蜡烛油脂已尽,只会燃着纸套。——要是过了这个瞬间还想勉强延续艺术的火焰,至多只能见到火苗一蹿,旋即熄灭的短暂的一闪。

凡里纳(示意其他人):

现在请注意,热那亚人!

罗马诺(将那幅画放好):

光线一定要从旁边射过来。请您把那块窗帘拉开,把这块放下。行啦。(他走到边上)这儿画的是维吉尼亚和阿比斯·克劳迪斯的故事。

〔大家静默良久,表情丰富,端详着这幅画。

凡里纳(激动地):

刺过去吧,头发灰白的爸爸!你在发抖吗?暴君!——你们的脸色怎么这样苍白?麻木的罗马人?——学他这个样子,罗马人——屠刀闪亮——学我这个样子,麻木的热那亚人——打倒多里阿!——打倒!打倒!(他捶打那幅画)

斐耶斯科(对画家微笑):

您还要得到更多的掌声吗?您的艺术作品使得这位老丈变成嘴上无毛的梦想者了。

凡里纳(力竭地):

我在哪儿?他们都去了哪儿?全像幻影一样消失了吗?你在这儿?斐耶斯科?暴君还活着吗?斐耶斯科?

斐耶斯科:

你知道吗?你看得太多,反而忘了拿眼睛去看。你觉得这个罗马人的头脑值得钦佩吗?不谈这个!看这儿那个女孩!这神态,何等温柔!何等妩媚!从她干瘪的嘴唇上透出几多娇美!在她迷人的眼神里饱含几多春意!谁也学不会!这是天生丽质!罗马诺!——还有这雪白耀眼的胸脯,随着最后的气息挺了起来,又是多么令人心醉!多画一些这样的天仙,罗马诺,我愿意跪在您想像的产物前面,给大自然写一封告别信。

布戈尼诺:

凡里纳,这就是你预期取得的理想效果吗?

凡里纳:

要鼓起勇气,孩子。上帝对斐耶斯科给予臂助已经不抱希望,他一定会相信我们能做他的帮手。

斐耶斯科(对画家):

噢,这是您最后的作品。艺术家,我忘掉了尽情观赏这幅画。我会站在这儿聚精会神地凝视,连地震的响声也听不见。请您把这幅画拿走吧。要是我买下这维吉尼亚头像,我一定会把热那亚忘得一干二净。请您把它拿走吧。

罗马诺:

艺术家乐于得到的酬报是声誉。我把它送给您。(他正欲出去)

斐耶斯科:

请稍微等一下,罗马诺。(他神情严肃,在屋子里踱步。看来在思索什么大事。偶尔以锐利的目光扫视其他人;最后他牵着画家的手,把他带到这幅画前面)过来,画家!(极其自豪而威严地)你在没有生气的画布上绘出冒牌的生机,花费微乎其微的力气使伟大的事业永世长存,就因为这样,你便站在这儿,显出这么自以为是的样子。你拿诗人的冲动来炫耀,拿虚构的木偶戏来炫耀,无血无肉,既无感情,亦无激励行动的活力;你在画布上铲除恶棍——自己也就成了可怜的奴隶了吧?你用一支画笔使共和国获得自由——你自己的锁链就挣不断了吧?(咄咄逼人)哼,你的油画是骗人的把戏——假象应该由行动来代替。(威严地掀翻那幅画)我已经完成了——你只是画了出来的事业。

〔大家都感到震惊。罗马诺尴尬地取走自己那幅画。

第十八场

〔斐耶斯科。凡里纳。布戈尼诺。萨科。卡尔卡尼奥。

斐耶斯科(打破惊讶带来的静默):

狮子不吼叫,你们就以为它在睡觉吗?是不是自视太高,你们就以为只有你们才觉察到捆缚热那亚的锁链呢?就以为只有你们才有挣断锁链的要求呢?——其实在你们从远处听到锁链的当啷当啷声之前,斐耶斯科已经把它扯断了。(他打开一只匣子,取出一包书信,摊在桌子上)这一封是谈从帕尔马[①]出兵的事——这一封是谈法国提供资助的事——这一封是谈教皇派来橹舰的事。为了把一个暴君从老巢里赶走,还缺什么?你们还能想到什么?(众人愣在那里默不作声,他走到桌子前面,自信地)各位共和主义者!你们咒骂暴君比把他们送上西天的本事要大。

〔除了凡里纳,大家都无言地跪倒在斐耶斯科的脚边。

凡里纳:

斐耶斯科!——我的能力向你低头——我的膝盖却不会向你屈服——你是一个伟大的人物;但是[②]——都起来吧,热那亚人!

斐耶斯科:

整个热那亚都曾经对没有骨气的斐耶斯科感到恼火。整个热那亚都曾经对拜倒在石榴裙下的斐耶斯科骂声不绝。热那亚

① 帕尔马,意大利北部一城市名。

② 据莱·波佩注,言下之意:(但是)你可不能自己又变成专制君主。

人！热那亚人哪！我那些风流韵事蒙蔽了那个奸诈的恶魔。我这样装呆卖傻让生死搏斗时我殚精竭虑的玄机避开了你们的好奇心理。花天酒地宛如襁褓,裹住谋叛这个惊人的产儿。这就够了！热那亚从你们身上认识我。我最大的愿望已经满足。

布戈尼诺(闷闷不乐地倒入椅子里):

难道我就一无用处了吗?

斐耶斯科:

让我们赶快从思想转向行动吧！所有机器都已调好。我可以从水陆两个方面攻击这座城市。罗马、法国和帕尔马为我撑腰。贵族不满,民心向我。这些恶棍在我哼唱着催眠曲时昏然入睡。重建共和国的时机已经成熟。幸运之神已为我们做了一切,什么也不缺了。——可是凡里纳还在想心事吗?

布戈尼诺:

别急。我只消说一句话,便能比末日审判的号角更快地唤醒他。(走向凡里纳,对他大声呼唤)爸爸,醒醒！你的贝塔绝望了。

凡里纳:

谁这么说?——行动吧,热那亚人！

斐耶斯科:

考虑一下怎么进行的方案吧！在真心的交谈中,夜已不期而至。热那亚还在睡梦里。那个暴君白天作孽精疲力竭,颓然倒下。为了这两个人,你们不能睡大觉。

布戈尼诺:

我们分手以前,让我们通过拥抱来立誓结成一往无前的同盟吧！(他们交叉两臂携手围成一圈)这儿有五颗无比伟大的热那亚赤心融合在一起,它将决定热那亚无比伟大的命运。(彼此更加紧密地靠拢)即使这座天地大厦分崩离析,即使法庭的判决割断血缘的和爱情的纽带，这五位连成一体的英雄依然团结如一人。

〔彼此分开。

凡里纳：

我们什么时候再聚会？

斐耶斯科：

明天中午我要归纳你们的意见。

凡里纳：

那就明天中午再见。晚安，斐耶斯科！布戈尼诺，过来！你会听到无法想像的事情。

〔二人下。

斐耶斯科（对其他人）：

你们从后门出去，免得多里阿的密探发觉。

〔大家都离去。

第十九场

〔斐耶斯科，一边沉思，一边来回踱步。

斐耶斯科：

我心潮澎湃！隐蔽的念头此起彼伏！——如同准备作案的黑道团伙蹑手蹑脚，小心翼翼，通红的脸孔对着地面那样，万千幻影在我心头掠过。——你们停一下！你们停一下！让我照亮你们的真面目！——一个合适的想法悄然进入男子汉的心灵，堂而皇之地显露出来。——哈！我了解你们！——这是说谎祖宗的外衣。你们走开！（停了一会儿，随后更加兴奋）共和主义者斐耶斯科吗？斐耶斯科公爵吗？——别急！——这儿是悬崖绝壁，是美德的边界，是上天堂下地狱的交叉路口。——有些英雄就在这儿误入歧途，于是英雄沉沦，于是世人围着他们的名字咒骂。——有些英雄就在这儿扪心自问，于是英雄站稳脚跟，成为受到崇拜的神化人物。——（更加急切地）我还是成为这样的人物，想热那亚人之所想？还是让热那亚这个烂摊子由着我这双手随便搬到哪儿去？——唉，这该诅咒的狡猾的罪孽，它在每一个魔鬼前面都放上一个天使[①]——这种不幸的冲动[②]！这种自古以来就已存在的追求！天使在你的脖子上亲吻，便失去天堂[③]，死神就从临产阵痛[④]的腹部跳出来。——（感到毛骨悚然，直打哆嗦）你已经用塞壬永恒的啭鸣俘获天使[⑤]——你现在以金钱、女人、权位引诱人们！（沉思片刻，有力地）夺取冠冕是伟大的，舍弃冠冕是神圣的。（打定主意）暴君，下去吧！热那亚，你应该获得自由，而我则（悠然神往）成为你最幸运的公民。

---

① 据路·贝勒曼注，指罪孽伪装成美德，譬如统治野心打扮成为民造福的意图。

② 据路·贝勒曼注，指决意装出善良的样子，追求虚伪的门面这种欲望。

③ 据路·贝勒曼注，指背离上帝的罪孽在天使面前用永恒伟大的假象把自己掩盖起来。天使通过亲吻沉溺于这种冲动之中，也就失去天堂，落入死神之手。

④ 指下定行善还是作恶的决心，非常痛苦。

⑤ 据路·贝勒曼和莱·波佩注，指你对天使们假装以上帝为榜样，使得他们背离了上帝。塞壬为希腊神话中半人半鸟的海妖，以美妙的歌声诱杀过往的船员。

第　三　幕

〔可怖的荒野。

第　一　场

〔凡里纳，布戈尼诺穿过夜晚的黑暗，一路行来。

布戈尼诺(站住)：

爸爸，你到底要领我去哪儿呢？你把我叫到一边的那种隐隐约约的痛楚仍然在你喘气时的呼吸中透露出来。打破这可怕的沉默吧！说哇！我不跟你走了。

凡里纳：

这就是要来的地方。

布戈尼诺：

这是你能找到的最吓人的地方。爸爸。要是你在这儿准备要做的事情，像这个环境一样可怕，我可要毛骨悚然了。

凡里纳：

同我心灵的沉寂相比，这个环境倒是生机勃勃了。跟我去那边，那儿尸体腐烂发霉，死神大快朵颐，令人骇然——去那边，那儿无望的灵魂在饮泣，逗乐了魔鬼，哭诉的泪水无情地在布满洞眼的永恒这张筛子里漏得一滴不剩——去那边，我的孩子，那儿世界换了标志[1]，神明将善良至上的纹章折断[2]。——在那儿我借助怪相[3] 对你说话，你会听得牙齿打颤，格格作响。

布戈尼诺：

听？什么呢？我恳求你。

凡里纳：

年轻人，我担心——年轻人，你的鲜血艳红——你的肉体柔软而富有弹性。像你这样的人重感情，软心肠，敏锐而易于慷慨激昂；接近这样的气质，我这冷酷的智慧便会融化。要是年龄的冷峭或者沉重的忧伤止住了你身心活力欢快的腾跃——要是身上流动着深色的浓重的血液[4]，生性逆来顺受，堵住了通向心灵的道路，那么你就会懂得我焦虑的语言，就会赞叹我做出的决定。

布戈尼诺：

我愿意听到你的决定，也将使它变成我的决心。

凡里纳：

不是为了这个，我的孩子——凡里纳不会拿这件事烦扰你这颗心。唉，斯西比奥，沉重的压力积在这个胸口——一个想法，可怖有如怕见光线的黑夜——如此非同寻常，简直要炸开一个男子的胸膛。——你明白了吗？我要独自一人将它付诸实现——我又无法独自一人承受这个想法。斯西比奥，要是我感到自豪，我会这么说：做一个仅有的伟大的男子汉是一种痛苦——伟大成为造物主的负担，因此他寄希望于人

① 据路·贝勒曼与莱·波佩注：善良神圣为世界的标志，这里的景象完全不同。

② 据路·贝勒曼与莱·波佩注："善良至上"此处不再适用。

③ 据莱·波佩注：借助勾画可怕景象的怪相鬼脸。

④ 指抑郁质的秉性。

杰。——你听着，斯西比奥——

布戈尼诺：

我的心灵同你的一脉相通。

凡里纳：

你听着，但别答腔！什么都不要说，年轻人！你听到了吗？你听了不能说一句话——斐耶斯科非死不可！

布戈尼诺(感到震惊)：

死？斐耶斯科？

凡里纳：

死！——我感谢你，上帝！这句话终于说出来了——斐耶斯科死在，孩子，死在我的手上——现在你走吧！——有些行动常人再也无法判断——只能由上苍来裁决——这事便是其中一项。走吧。我不想听你指摘，也不想听你赞扬。我知道，这要我付出什么代价，话说到这儿也就行了。但是你听着——你想着这件事大概会达到没有答案决不罢休的地步。——你听着！——昨天在我们感到吃惊的时候，你看见他流露出来的表情没有？这个人的微笑会把意大利引入歧途，他会容忍在热那亚有人同他平起平坐吗？——去吧，斐耶斯科将会推翻暴君，这毫无疑问！斐耶斯科将会成为热那亚非常危险的暴君，这更无疑问！(他急下)

布戈尼诺(惊诧地，无言地目送他离开，然后慢慢地跟着走去)

第　二　场

〔斐耶斯科府邸大厅。

〔舞台背景正中有一扇大玻璃门，从这里可以眺望海面和热那亚。拂晓时分。

〔斐耶斯科离开窗口。

斐耶斯科：

怎么样？——月亮已经沉落下去——海面泛出闪亮的晨光——浮想联翩，扰人清梦——整个身心围着一种思绪打转——我必须一无遮拦地展露出来。（他打开玻璃门。朝霞将城市和海水映照得通红。斐耶斯科在屋子里迈着有力的脚步踱来踱去）我是热那亚至高无上的人物吗？那么芸芸众生不应该聚集到英豪的脚下吗？——可是我损害了美德吗？（站着不动）美德？俊杰感到怦然心动，自与凡夫俗子不同。前者应当和后者共同遵守美德准则吗？难道箍住侏儒瘦弱身体的铠甲非要适应一个巨人躯干不可吗？

〔太阳升起来，照耀着热那亚。

这个气象万千的城市！（张开两臂，疾步朝那个方向奔去）归我所有！——这就像凌驾大地的白昼升到它的上空放出万丈光芒——运用君主的雄才大略守护在它上面——把诸般翻腾如沸的渴望——把所有永不餍足的心愿都沉浸在这深不见底的汪洋大海里吗？——的确，就算骗子的才智不能使骗局显得高贵，但是报酬还是能使骗子显得高明。掏空一只钱包是可耻的——侵吞百万巨款是无耻的，但是窃取一顶王冠却是无比伟大的壮举。罪孽越大，耻辱越小。（停顿一下，富有表情地）顺从！——统治！——当中隔着一道深不可测的鸿沟——你们把人类视为珍宝的一切都投进去吧！——你们这些征服者，把你们赢得的战役——你们这些艺术家，把你们不朽的作品——你们这些色鬼酒徒，把你们的欲念——你们这些周游世界的航海家，把你们的海洋和岛屿都投进去吧！顺从和统治！——存在和统治！谁能跨越在最高的天使和永恒的上帝之间令人晕眩的深谷，才会测出这段横空飞渡的距离。（一副居高临下的神态）站在高不可及的云端——鄙夷地俯视人间湍急的流水，在漩涡中女骗子[1] 行事为所欲为，她的车轮诡谲地在人们的命运上滚动——举起欢乐之杯喝下第一口——把下面深处披着铠甲[2] 的巨人当小孩儿用牵引绳带拉着走——他空有一腔怨恨，可是捉襟见肘，无补于实际地捶打至尊君主的栏杆，这时便可见到处处淌血的伤口，他也只能徒唤奈何——面对民众抑制不住的激情，像驾驭老尥蹶子的骏马那样，轻抖缰绳便能把它治得服服帖帖——臣僚坐大自负，只消吐——一口气就能把他们吹倒在地，因为万能的权杖会把君主心血来潮的梦想也化为现实。——哈！想像宛如天马行空，能使惊人的智慧急速运转，越出自己的界线！——瞬间为君便享尽尘世的荣华富贵。并非生活的游戏场所——而是生活的内涵决定它的价值。如果你将雷声分为单个音节，那么你哼着哼着就会使小孩入睡。如果你将这些单个音节合而为一，变成突发的响声，那么这威慑一切的霹雳便会震撼永恒的天宇——我已打定主意！（豪迈地来回踱步）

第　三　场

〔前场人物。莱奥诺蕾入内，显然感到害怕。

莱奥诺蕾：

请原谅，伯爵。我怕打扰您早晨的清静。

---

① 指命运女神。

② 指不容侵犯。

斐耶斯科(极其惊愕地后退)：

夫人，您确实吓了我一跳。

莱奥诺蕾：

相亲相爱就决不会这样。

斐耶斯科：

美丽的伯爵夫人，你一大早便带来逆反的气氛有损您的美貌哇。

莱奥诺蕾：

我也不明白，旧貌依稀而已，何必为驻颜而忧伤?!

斐耶斯科：

忧伤？亲爱的？我一直以为不因国事劳神心便安，莫非这个想法错了？

莱奥诺蕾：

可能——我的确觉得这种心安倒使我这颗女人的柔心破碎了。大人，我来这儿是想拿一个小小的请求麻烦您，要是您能为我浪费时间的话。七个月来我一直在做身为拉凡尼亚伯爵夫人的怪梦。这个梦现在已经飘逝。这使我感到头疼难受。我只好借回忆种种天真无邪的童年乐趣，来驱赶这个活跃的幻象，恢复心灵的宁静。因此我请您允许我回到慈母的怀抱里去。

斐耶斯科(极其惊愕)：

伯爵夫人？

莱奥诺蕾：

我这颗心脆弱而娇惯，连累您要同情它。只要有点什么使人记起这场怪梦，就会触动我这病态的幻觉。所以我把这些最后剩下的信物还给合法的主人。(她把几件服饰用品放在一张小桌子上)还有这把刺穿我这颗心的匕首(把他的情书① 也放在桌子上),还有这封——我这就(她号啕大哭,正欲冲出屋子)除了创伤什么也不留下。

斐耶斯科(感到震惊,连忙追她,将她拦住):

莱奥诺蕾! 怎么这样? 千万不要这样!

莱奥诺蕾(颓然倒入他的怀里):

我不配做您的妻子,做您的妻子本该配得上受到尊重。——现在那些人对我嗤之以鼻,那些长舌中伤的人们! 那些人乜斜着眼睛鄙视我,在热那亚那些太太小姐!"你们瞧,她衰老得多厉害,这个虚荣的女人,这个嫁给斐耶斯科的女人!"——这是对我的女性自傲进行冷酷的惩罚。斐耶斯科引我走向婚礼圣坛的时候,我曾蔑视所有其他妇女。

斐耶斯科:

想不到,真的,夫人! 您这个模样,真是奇怪。

莱奥诺蕾(自言自语):

啊,果如所料。他的脸色一阵白一阵红。现在我有胆量了。

斐耶斯科:

只消再过两天,夫人,就可以请您评说我了!

莱奥诺蕾:

已经牺牲了! ——不堪回首话辛酸,纯洁的光明使者! 为了一个情妇,我已经被牺牲了! 唉! 您看着我,我的丈夫! 果然是这样:这一双使得整个热那亚像奴仆一样发抖的眼睛,现在却不得不避开一个女人的泪水——

斐耶斯科(完全不知所措):

不要再说了! 夫人! 不要再说下去了!

---

① 指他当时向她表示爱情的那封信。

莱奥诺蕾(忧伤而带点怨恨):

撕碎女人一颗柔弱的心！堂堂男子汉就配干这样的事！——我曾经投入这个大丈夫的怀抱。我曾经带着我所有的女性渴求忘情地偎依在这个强者的身旁。我向他奉献了自己的整个天国——这个慷慨的大人物却把它白送给一个女人——

斐耶斯科(急躁地猛然插话):

我的莱奥诺蕾,别这样！——

莱奥诺蕾:

我的莱奥诺蕾？——感谢苍天！这又是当时像黄金一样纯真的爱情音质。我本该憎恨你,你这个假仁假义的人,可我又带着渴求扑向温存爱抚的残羹剩饭。——憎恨？我刚才说憎恨吗？斐耶斯科？啊,不要相信这句话。你的伪誓教会我死去,但不是教会我憎恨。我这颗心已经被骗走。

〔可以听到摩尔人的声音。

斐耶斯科:

莱奥诺蕾,请您答应一个小小的,孩子气的请求。

莱奥诺蕾:

斐耶斯科,什么我都答应,只是别不理不睬。

斐耶斯科:

您要怎样,如您所想。——(意味深长地)在热那亚再这样过两天之前,请您不要问我,请您不要骂我！

〔他以礼相待,将她引进另外一个房间。

第　四　场

〔摩尔人喘着气上。斐耶斯科。

斐耶斯科：

这么气喘吁吁，从哪儿来？

摩尔人：

快！大人——

斐耶斯科：

有什么收获吗？

摩尔人：

请您念这封信！我真到了吗？我觉得，热那亚缩短了十二条街道，换个说法，我这两条腿长了这么多。您的脸色泛白了？确实这样，这些人要拿脑袋来打牌，您的头便是王牌。您觉得怎么样？

斐耶斯科（震惊地把信扔在桌子上）：

真是神通广大，你是怎么把这封信弄到手的呢？

摩尔人：

就跟——大人您把热那亚弄到手差不多。有一名特快专差奉命携带这封信奔赴地中海东部地区。我嗅到了猎物的气味，便埋伏在一个隘口等候这个小伙子。嗨，鼬给逮住了——我们就有了这只鸡。

斐耶斯科：

他这条命要算在你账上了！这封信拿黄金也买不到。

摩尔人：

可我有白银就会感激了。（一本正经，郑重其事地）拉凡尼亚伯爵。不久以前，我曾经想要您人头落地。（同时指着那封信）有了这个就又保住了这颗脑袋。——现在，我想，大人和无赖之间的这笔账已经两清。为这之后的事您向好朋友道谢就是。（递给他第二张纸条）第二份文件。

斐耶斯科（诧异地接过纸条）：

你发神经了？

摩尔人：

第二份。（他倨傲地站到他的身边，拿胳膊肘子抵住）狮子放走了老鼠，这事做得倒不蠢。（狡诈地）这话没有说错吧？它做得很有头脑！不然的话，谁会把罩住狮子的那张网咬破，让它逃脱呢？——怎么样？这件事可让您高兴？

斐耶斯科：

好家伙，你雇了多少个魔鬼？

摩尔人：

只雇了一个——来服务，而且便是伯爵养活的这一个。

斐耶斯科：

多里阿的亲笔签字——这张纸条你从哪儿弄来的？

摩尔人：

刚从波诺尼手上得到的。我昨天夜里就去了她那儿，说了您那些令人动心的话语，给了她那些更加令人动心的金币。后者起了作用。当时讲定我清晨六点钟再去打听。原来伯爵果然如您所说去了她那儿，已经拿白纸黑字① 当买路钱打通直达天国的禁行小道。

斐耶斯科（冒火了）：

竟然通过收买婊子得来这个消息！——这些人一心只想到要除灭共和主义者，连对一个卖笑的也毫不遮掩。从这些文件我可以看出：多里阿和自己的党羽已经制订了阴谋计划，要把我和十一名议员除掉，让加纳迪诺做执政的公爵。

摩尔人：

正是这样，而且就在选举总督的早上，就在本月三日。

① 指由多里阿签署的决定予以除灭的议员名单。

斐耶斯科(急切地):

我们连夜迅速行动,定将这个早上掐死在娘胎里——快,哈桑!——我已安排好各方面的事情——你去喊其他人——我要赶在那些人的前头,叫他们流血——赶快,哈桑!

摩尔人:

我还得把消息全报告给你听。两千人已经顺利进城。我将他们安顿在托钵僧那里,就是爱管闲事的活泼的孩子也不会发觉他们,这些都是顶呱呱的小伙子。

斐耶斯科:

在每一个人的脑袋上都为你开出一朵花——生出一枚银币。——热那亚人对我那几艘橹舰怎么议论呢?

摩尔人:

大人,最让人高兴的是:有四百多个闯荡江湖的人,自从法国和西班牙讲和以后便丢了饭碗,老是缠住我的哥儿们,恳求他们在您面前美言几句,希望您派他们去对付那些异己分子。我已经约了他们傍晚到您这个府邸大院来。

斐耶斯科(高兴地):

我真该抱住你的脖子,你这个家伙!这一手真绝!你说是四百人?——热那亚已不可救药。四百银币该你得。

摩尔人(忠心耿耿地):

好哇!斐耶斯科!我们两个要把支离破碎的热那亚扔在一起,用扫帚把法律扫成一堆——我还从来没有告诉过您:在本城的卫戍部队里面有我的人,他们像我肯定会进地狱一样可靠。我已经安排好,每一个城门口的哨兵当中至少有六个自己人,这个人数足够说动所有其他守卫喝酒,把他们灌得烂醉如泥。所以,要是您想今夜动手,您就会发现这些哨兵全喝得酩酊大醉。

斐耶斯科：

别再说了！直到现在，我并未依靠别人帮助，进行自己这项巨大的计划，眼看就将达到目的，却让你这个普通得不能再普通的小伙子圆满地完成了它，这不使我感到脸红吗？——伸出你的手来，小伙子！我做伯爵对你的亏欠，在我做公爵时来偿还吧。

摩尔人：

另外，还有英佩里阿利伯爵夫人的一张条子。我在街上走过时，她把我叫了上去，对我非常和气，带着嘲笑的口吻问我，拉凡尼亚伯爵夫人没有害过黄疸病吧？夫人，我说，只问候一个人，我说——

斐耶斯科（看了这张条子，把它扔在一边）：

说得很好，她怎么答茬儿？

摩尔人：

她接茬儿说，她还是同情这个可怜的寡妇，主动提出给她补偿，就是请大人今后不要再献殷勤。

斐耶斯科（阴险地）：

大概在世界末日之前就不会这样了。——哈桑，这便是这桩大事的整个内容了吗？

摩尔人（恶意地）：

除了政治上的事情，首先要数女士们的事情——

斐耶斯科：

嗯，当然，这件事也是——你拿着这个小纸包是怎么一回事？

摩尔人：

以毒攻毒①。——这些药粉是英佩里阿利伯爵夫人交给我

① 据莱·波佩注，指以摩尔人之毒（出卖）攻尤丽亚之毒（暗害莱奥诺蕾的诡计）。

的,要我每天拌一小包在您夫人喝的巧克力饮料里。

斐耶斯科(脸色泛白,后退):

她交给你的?

摩尔人:

尤丽亚夫人,英佩里阿利伯爵夫人交给我的。

斐耶斯科(夺过药粉,激怒地):

要是你撒谎,你这混蛋,我就把你活活钉在罗伦宙大教堂钟楼的风信旗上,一阵风就将你吹得转九圈——这药粉用来干什么的?

摩尔人(不耐烦地):

尤丽亚·英佩里阿利夫人叫我拿它拌在您夫人喝的巧克力饮料里。

斐耶斯科(失去自制):

多残忍哪!多残忍哪!——对这个可爱的丽人下毒手?一颗女人心竟有这般歹毒的灵魂?——噢,我忘了向你这天意道谢,是你使这事成为泡影——你借助更加凶狠的恶魔使它成为泡影。你这办法真是别开生面。(对摩尔人说)你答应听从我,守口如瓶。

摩尔人:

遵命。我保守秘密,她当时就给我现金作报酬了呢。

斐耶斯科:

这张条子是约我去她那儿的。——我一定会来找您,夫人!我一定会说动您跟我来这儿。行啦。现在你尽快赶去把全体谋叛者都召集起来。

摩尔人:

我事先就觉察到您会这样吩咐,所以自作主张已经请了他们每一位十点整来这儿。

斐耶斯科：

我听到脚步声了。是他们。好家伙，你配挂在从来没有吊过亚当后人的为你专用的绞架上。你去前厅，我按铃你再来。

摩尔人（在离开时）：

摩尔人已经完事，摩尔人可以走了。（下）

第五场

〔全体谋叛成员。

斐耶斯科（迎着他们走去）：

暴风雨就要来了。乌云四合。你们把脚步放轻！上两道锁！

凡里纳：

我走过八间屋子都把门闩上了。百步之内不会有可疑的情况。

布戈尼诺：

这里没有叛徒，除非畏惧误事。

斐耶斯科：

畏惧不会跨过我家的门槛。欢迎依然如故的人们，各位请坐。

〔众人坐下。

布戈尼诺（在屋子里踱步）：

我一想到改天换地便坐不住。

斐耶斯科：

热那亚人，这是一个引人注目的时刻。

凡里纳：

你叫我们思考推翻暴君的计划。你就问我们吧。我们来这儿就是对你说这事的嘛。

斐耶斯科：

那么首先——一个问题，这提得太晚，让人听起来觉得奇怪——该推翻谁？

〔大家默不作声。

布戈尼诺（一面俯身伏在斐耶斯科的椅背上，一面意味深长地说）：

那些暴君。

斐耶斯科：

说得好。那些暴君。我请你们特别注意这句话的全部分量。是表面上剥夺自由的人，还是有实力剥夺自由的人？——哪一个更是暴君？

凡里纳：

我恨前者，我怕后者。应该打倒安德烈阿斯·多里阿！

卡尔卡尼奥（激动地）：

安德烈阿斯吗？老朽的安德烈阿斯吗？也许后天就撕掉同大自然要结算账单的安德烈阿斯吗？

萨科：

安德烈阿斯，那位温厚的老人吗？

斐耶斯科：

这个老人的温厚是可怕的，我的萨科。加纳迪诺的刚愎自用是可笑的。应该打倒安德烈阿斯·多里阿！你的智慧迸发出这句话，凡里纳。

布戈尼诺：

不管锁链用钢来做还是用丝来做——都是锁链，所以应该打倒安德烈阿斯·多里阿！

斐耶斯科（走向桌子）：

既然这样，对叔侄都彻底否定！大家签字！（所有人都签字）“推翻谁？”这个问题已经定下来了。（大家又坐下）卡尔卡尼奥老友,请您先谈吧。

卡尔卡尼奥:

我们进行这件事要么像正规的军队那样,要么像哗变的士兵那样。前者是危险的,因为这样一来必然有许多知情人;这也是冒险的,因为我们还没有争取到全国的民心。——后者用五把顶用的匕首就可以了。再过三天罗伦宙大教堂做大弥撒。两个多里阿都在那儿祈祷。上帝近在咫尺,对暴君的恐惧心理也自然消失。我要说的就这些。

斐耶斯科(转过身去):

卡尔卡尼奥——您的想法说起来有理,做起来难看——拉法尔·萨科怎么看?

萨科:

卡尔卡尼奥说的理由我赞成,他说的做法会犯众怒。最好由斐耶斯科邀请叔侄两个来赴宴,到时候这两个人陷身在共和主义者的愤恨之中,要么在我们的匕首上,要么在以美酒回敬时送命。这个办法至少不那么费事。

斐耶斯科(骇然):

萨科,要是他们临终时尝到的这一滴酒引起天下大乱,大家都预先尝到灭顶的滋味——到那时怎么办?萨科?——这个主意不行!你说吧,凡里纳!

凡里纳:

坦荡的心胸展露坦率的面目。谋害会使我们沦为盗匪之流的渣滓。手持利剑方显英雄本色。我的意见是:我们响亮地发出举事的信号,呼吁热那亚的爱国人士奋起复仇。(他从椅子上猛地站起来。其他人也跟着起身。布戈尼诺扑过去抱住他的脖子)

布戈尼诺:

而且以武力向幸运之神索取恩宠!这是荣誉的呼声,也是我

的心声。

斐耶斯科：

也是我的心声。啊，热那亚人！(对卡尔卡尼奥与萨科说)幸运之神已经为我们做了许多事情，我们自己也得动手了。——那就起义，而且就在今天夜里，热那亚人！

〔凡里纳，布戈尼诺感到诧异。其他人吃了一惊。

卡尔卡尼奥：

真的？就在今天夜里？两个暴君的势力还很大，跟随我们的人还太少哇。

萨科：

今天夜里就起义？可现在毫无准备，太阳已在下山了哇。

斐耶斯科：

你们的顾虑很有道理，不过请你们念一下这些字条。(他递给他们有加纳迪诺笔迹的字条，在他们好奇地读着的同时，阴险地来回踱步)现在，多里阿，一路平安，耀眼的星星！你曾经傲然咋唬，高高在上，仿佛承包了热那亚的地平线，不过你又看到：太阳也会清扫苍穹，和月亮分享宇宙的权杖。一路平安！多里阿，耀眼的星星！

就是帕特洛克罗斯[①] 也难逃一死，
他当时比你要有能耐。

布戈尼诺(念了这些字条以后)：

这多么阴毒！

卡尔卡尼奥：

一下子杀十二个人。

凡里纳：

① 希腊神话中的英雄，阿喀琉斯的朋友，在特洛伊战争中阵亡。

一大早就在议会里杀人！

布戈尼诺：

你们把这些纸条给我，我立刻骑马跑遍热那亚，就这样举着字条，那些石块都会在我后面弹得老高，那些狗都会大呼救命！

全体：

以牙还牙！以牙还牙！以牙还牙！就在今天以牙还牙！

斐耶斯科：

现在你们同我的想法一致了。夜晚一来临，我就把品行堪为楷模而不满现实的人们，就是被加纳迪诺列入名单准备加以谋害的全体议员请来参加联欢会。另外，还邀请索里、京蒂里、维法尔迪和韦索迪马里这几家，全是多里阿家族的死对头，谋害的凶犯忘了提防这些人。他们一定张开两臂拥抱我的计划。这一点我并不怀疑。

布戈尼诺：

这一点我并不怀疑。

斐耶斯科：

首先我们必须控制海港。橹舰和水手我都有了。多里阿的船只都没有装上帆具，也不见配备人员，袭击起来很容易。达赛纳港口要封锁，杜绝从海上逃脱的任何可能。只要我们夺取海港，热那亚就动弹不得了。

凡里纳：

无可否认。

斐耶斯科：

随后我们去攻占城内的各个据点。最重要的是托玛斯门，这道城门通往港口，把我们在海上的和在陆上的力量联结在一起。两个多里阿在宫中将遭到突袭，刺杀。大街小巷将喧声四起，敲响警钟，呼吁市民站在我们一边，捍卫热那亚的自由。

要是我们走了好运，你们就将在议会里听到下文如何。

凡里纳：

这个计划很好。让我们看看怎样分配角色。

斐耶斯科（意味深长地）：

热那亚人，你们自愿要我带头进行谋叛，你们也会听从我此后的安排吗？

凡里纳：

就像那些安排将很理想一样肯定。

斐耶斯科：

凡里纳，你可知道达到共同目标的关键词是什么？——热那亚人，你们告诉他，这叫服从！要是我不能按照自己的想法指挥这些脑袋——请你们充分理解我——，如果谋叛不是惟我马首是瞻，这就失去了一个成员。

凡里纳：

为了自由的生活，做几个钟头奴仆也值得。——我们服从。

斐耶斯科：

现在你们离开我这儿。你们当中一个人去查看全市的据点，向我报告各处人员配备多寡情况。另外一个去打听口令。第三个去安排橹舰的人力。第四个去把那两千人带到我的住处大院里来。我自己到入夜为止把各项工作检查调整完毕，除此以外，如果走运，还将在打法老牌时炸开银行①。九点整大家都回府邸这儿，听我最后的安排。

凡里纳：

我负责港口的事。（下）

---

① 据莱·波佩注，指玩纸牌（法老牌），赢得全部现金。斐耶斯科借此试试是否依然走运。

布戈尼诺：

我把士兵带来。(也下)

卡尔卡尼奥：

我打听口令。(下)

萨科：

我查看整个热那亚。(下)

第　六　场

〔斐耶斯科。随后摩尔人上。

斐耶斯科(在一张书桌旁坐下来书写)：

他们听了“服从”那个字眼，情绪不会像毛虫挨针刺那样突然起了变化吗？——可是为时已晚，各位共和主义者。

摩尔人(走过来)：

大人——

斐耶斯科(站起来，交给他一张字条)：

这张纸上列出名字的人，你都去请来观赏今夜的喜剧。

摩尔人：

可能他们参与演出。入场的代价将是送掉老命。

斐耶斯科(异样地，鄙夷地)：

做了这件事，我不想再让你留在热那亚。(他走开，扔下一个钱袋)这算是你最后出了力。(下场)

第　七　场

〔摩尔人慢慢地捡起钱袋，同时怔怔地看他离去。

摩尔人：

我们彼此的关系是这样的吗？“我不想再让你留在热那亚。”这句话从基督教语言译成我的异教语言就是说：“一旦我当上公爵，就把好朋友吊在热那亚的一个绞架上。”是这样。他担心：由于我了解他的花招，嘴巴不紧，会损害他的名声，要是他成了公爵的话。且慢，伯爵大人，这最后提到的情况还得细细思量啊。老多里阿，现在你的脑袋就在我的手上了。——如果我不向你发出警报，你就完蛋了。如果我现在赶去揭发这个阴谋计划，我就救了热那亚公爵，那不止是一条性命和一片公爵领地，报酬便不会少于这顶帽子装得满满的黄金。（他正要走开，但猛地站住）可不能操之过急呀。哈桑老朋友！你难道要踏上干蠢事的道路吗？——要是现在这场你死我活的恶斗全面缓和下来，甚至出现某种和好的迹象，会怎么样呢？——唉！唉！贪心戏弄我的恶作剧也太离谱了！——哪种做法会造成更大的危害？要是我欺骗这个斐耶斯科，会怎么样呢？要是我把那个多里阿送到刀口上去，会怎么样呢？——这叫我绞尽脑汁，难哪！——要是斐耶斯科得手，热那亚能够兴旺起来。别这么想，不会这样。要是这个多里阿逃过这道难关，一切如旧，热那亚天下太平——这就更糟！——可要是谋叛分子的脑袋给扔进刽子手的厨房煮得稀烂，那是怎样一番景象呢？（走向另一边）但今天夜里大开杀戒，要是两位殿下在一个摩尔人的如意算盘上断了气，又怎么样呢？哎呀，一个基督教徒能从这团乱麻当中解脱出来，对一个异教徒来说，这个哑谜太难对付了。——我还是去请教饱学之士吧。（下）

第 八 场

〔英佩里阿利伯爵夫人大厅。

〔尤丽亚身穿晨服。加纳迪诺入内,气急败坏。

加纳迪诺:

晚上好,妹妹。

尤丽亚(站起来):

把热那亚储君带到这儿来的事情可能非同小可吧!

加纳迪诺:

妹妹,在你四周飞舞的总是蝴蝶,在我四周却是黄蜂。谁能脱身呢?我们坐下来吧。

尤丽亚:

你快要叫我不耐烦了。

加纳迪诺:

妹妹,斐耶斯科最后那次来找你是什么时候?

尤丽亚:

真怪!好像我的脑袋就装这些鸡毛蒜皮的事情似的。

加纳迪诺:

我非了解到不可。

尤丽亚:

唔——他昨天来这儿。

加纳迪诺:

态度自然吗?

尤丽亚:

跟平时一样。

加纳迪诺：

还是原来的空想家吗？

尤丽亚(觉得受了侮辱)：

哥哥！

加纳迪诺(声音更加有力)：

你听着！还是原来的空想家吗？

尤丽亚(生气地站起来)：

您把我看成什么了？哥哥？

加纳迪诺(依然坐着，恶意地)：

看成一团肉的女人，裹在一份大大的——大大的叙爵文书里面。就我们两个，妹妹，这儿没有外人偷听。

尤丽亚(激动地)：

就我们两个——您是一只肆无忌惮的猴子，把叔叔的威信当木马骑——因为没有外人偷看。

加纳迪诺：

小妹妹！小妹妹！莫生气！——斐耶斯科还是原来的空想家，我就高兴了。我要知道这个。我走了。(正要走开)

第九场

〔洛梅利诺上。

洛梅利诺(吻尤丽亚的手)：

请原谅我冒昧，夫人！(转身对加纳迪诺说)有些事情拖延不得——

加纳迪诺(把他拉到一边，尤丽亚气愤地走向一架钢琴，弹奏一段快板)：

明天的事都安排好了吗？

洛梅利诺：

一切都安排好了,殿下。可是今天早上赶去地中海东部地区的信使没有回来。斯皮诺拉也没有到这儿。要是他被截住如何是好?——我觉得非常难办。

加纳迪诺:

别担心!那张名单在你身边吗?

洛梅利诺(一怔):

大人——那张名单——我不知道哇——我可能把它放在昨天那件上衣口袋里了。

加纳迪诺:

也没有关系。要是斯皮诺拉到了就好①。斐耶斯科明天早上会被人发现死在床上。我已经做了安排。

洛梅利诺:

但是这会引起很大的轰动。

加纳迪诺:

正是这样我们才能万无一失,老弟。司空见惯的违法行为会使受到伤害的人怒火中烧,便什么事都干得出来。异乎寻常的罪恶会使热血由于惊吓而凝住,就什么都干不了。你可知道关于墨杜莎脑袋的神话②。谁看墨杜莎一眼,便化为石头。——等到石头还魂,老弟,什么事没有干完呢?!

洛梅利诺:

您给了夫人③ 暗示没有?

加纳迪诺:

---

① 此处原文说:"要是斯皮诺拉回来了就好。"路·贝勒曼注:"此处应作:'要是信使回来了就好!'或:'要是斯皮诺拉到了就好!'"

② 墨杜莎为希腊神话中三个蛇发女怪之一,凡是看到墨杜莎脑袋的人便化为石头。

③ 指尤丽亚。

哼,由于斐耶斯科的关系,对她要细致一点。不过,一旦她尝到果实的美味,就会把付出巨大代价的痛苦忘掉。来吧！我今天晚上要接待米兰来的部队,还得在各处城门口颁发勋章。(对尤丽亚说)怎么样？妹妹？你乱弹钢琴消了气吧？

尤丽亚:

请您走吧！您是一个粗野的来客。

〔加纳迪诺正要出去,却撞见斐耶斯科。

第十场

〔斐耶斯科走过来。

加纳迪诺(猛地倒退):

咦！

斐耶斯科(彬彬有礼,恳切地):

殿下,我本来就要拜望您,现在您免掉我去一趟了。

加纳迪诺:

伯爵,碰上您聚在一起比什么都更让我感到高兴。

斐耶斯科(走向尤丽亚,恭敬地吻她的手):

夫人,在您这儿总能领略到喜出望外的感受。

尤丽亚:

唉,换成另外一个女人听到这句话就会觉得语意暧昧。——不过我也蓦然意识到还穿着晨服哩[①]。请您原谅,伯爵。(想

① 意思是:我一身晨服,万种风情,惹得斐耶斯科心猿意马,别的女人听了他这句话就会因弦外之音而暗自得意。我尤丽亚是正经人,当然不会自贱在这上面转念头,不过也猛然醒悟:这般装束,自会使人胡思乱想,还是赶紧换去为好。——实则惺惺作态而已。

急忙避入内室）

斐耶斯科：

啊，您别走，美丽的夫人！女人从来没有比穿睡衣更漂亮！（微笑着）这是具有女性行当[①] 特色的服装——这些往上梳的头发——请您允许我把这些头发拨乱。

尤丽亚：

你们男人就喜欢乱七八糟。

斐耶斯科（天真无邪地对加纳迪诺说）：

头发和共和国！对我们来说，两者堪称铢两悉称，此话可对？——还有这条带子扎得不好——请您坐下，美丽的伯爵夫人——您的劳拉[②] 有迷住别人眼睛的本事，却不能使人倾心——您让我来做您的侍女吧。（她坐下来，他给她抻直衣服）

加纳迪诺（拉了一下洛梅利诺）：

这个可怜的家伙还蒙在鼓里哩。

斐耶斯科（在尤丽亚的胸前忙活）：

您瞧——我把这个掩藏起来，里面大有学问。感官往往只是直来直去的邮差，并不了解想像和自然到底怎样串通一气[③]。

尤丽亚：

这是轻骨头。

斐耶斯科：

绝对不是，因为——您瞧——最佳新闻一旦成了街谈巷议便失去了价值。——我们的官能只是我们内心共和国的大米

---

① 据莱·波佩注，指取悦男性。

② 尤丽亚的侍女。

③ 据莱·波佩注，意思是：天生的隐蔽魅力能否使人想入非非，全在自己的匠心独运。

饭[①]。贵族[②] 虽然靠它活命,但是超然在上,越出它那种平淡无奇的品位。(他给她打扮完毕,把她引到镜子前面)多好,我拿人格打赌!这套服装明天一定会成为热那亚的时尚。(举止文雅)我可以请您就这样到市内兜一圈吗?伯爵夫人?

尤丽亚:

该死的滑头货!挖空心思要骗我钻进他设下的圈套!可我头疼,要呆在家里。

斐耶斯科:

请您原谅,伯爵夫人——您愿意怎样都行,只是您不愿意这样。——今天中午一个佛罗伦萨剧团到了这儿,表示愿意在我的府邸演出——这样我无法阻拦本城绝大多数贵族命妇来观剧,使我觉得最难办的是:我应该安排谁进首席包厢,才不会得罪这些敏感的来宾。现在只剩下一个解决办法。(深深地鞠了一个躬)可否请您赏脸?夫人?

尤丽亚(脸颊绯红,急入内室):

劳拉!

加纳迪诺(走向斐耶斯科):

伯爵,您记得我们两个之间最近发生的一桩使人不愉快的事情——

斐耶斯科:

我希望,殿下,我们两个都忘掉它——我们人类看待对方的态度取决于彼此相识的程度。我的朋友多里阿当时并未完全了解我,这事除了我的不是,还有谁错?

加纳迪诺:

---

① 据莱·波佩注,指精神世界的基本组成要素,相当于政治意义上的共和国的基础,即普通民众。

② 指高雅的情感。

至少我一想起这事,就由衷地觉得对不起您。

斐耶斯科:

我一想起这事,就由衷地原谅您。

〔尤丽亚回来,衣着略有变换。

加纳迪诺:

我刚刚想起来,伯爵,您派橹舰巡航对付土耳其吗?

斐耶斯科:

今晚起锚——正由于这事我有点担心,我的朋友多里阿能为我解忧。

加纳迪诺(极其客气):

非常乐意效劳!——只要我力所能及,您去安排就是!

斐耶斯科:

黄昏时分进行这件事,会有一些人群乱哄哄地拥向码头和我的府邸,您的叔父公爵可能会产生误解——

加纳迪诺(真诚地):

这事您就让我去办好了。您只管干您的吧。祝您行事有好运!

斐耶斯科(得意地):

我很感激您。

第十一场

〔前场人物。卫队中的一名德国人。

加纳迪诺:

有什么事?

德国人:

我经过托玛斯门的时候,看见大批武装士兵赶去达赛纳港口,在拉凡尼亚伯爵的橹舰上进行出海准备。——

加纳迪诺:

没有更加重要的情况吗?那就不必接下去报告了。

德国人:

是!从托钵僧寺院也涌出可疑的人群,他们悄悄地穿过市场。这些人走路的步态和外表看上去都像士兵。

加纳迪诺(发火):

去你的,蠢猪巴结过头!(对洛梅利诺,充满信心地)这些都是我的米兰人!

德国人:

大人您下令拘捕这些人吗?

加纳迪诺(对洛梅利诺,大声地):

您去看看,洛梅利诺。(对德国人,暴躁地)快走,行了!(对洛梅利诺)您点拨这头德国牛,叫他闭嘴!

〔洛梅利诺和德国人下。

斐耶斯科(他一直和尤丽亚在调笑,同时悄悄地乜斜着眼睛瞟向那边):

我的朋友心情烦躁。我可以知道原因何在吗?

加纳迪诺:

没有什么奇怪。没完没了的请示和报告!(飞奔出去)

斐耶斯科:

人们也在等着我们演出哩。夫人,我可以陪伴您吗?

尤丽亚:

别急!我还得披上斗篷。不是悲剧吧?伯爵?但愿如此。

斐耶斯科(狡诈地):

啊,会笑死人,伯爵夫人。(他带领她下)

〔幕落。

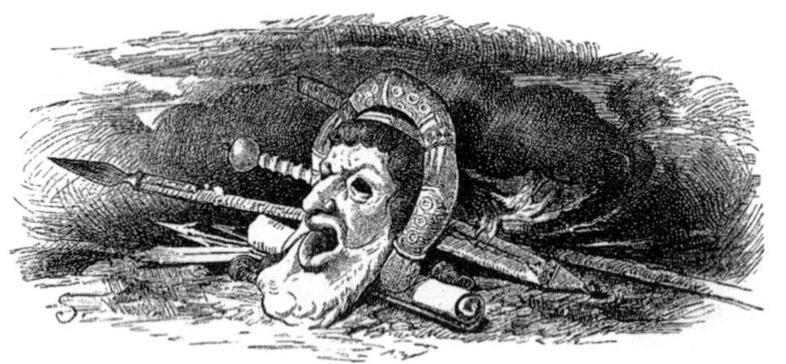

第　四　幕

〔斐耶斯科府邸大院。

〔夜晚。灯笼点起来，武器搬进来。

〔府邸厢房灯火通明。

第　一　场

〔布戈尼诺带士兵上。

布戈尼诺：

立定！——大院正门安排四个哨位。通往府邸的每一扇门旁边设立两个哨位。（哨兵各就各位）只许进，不许出。谁要强行外出，格杀勿论。（同其他人一起进入府邸。岗哨来回走动。静默）

第　二　场

大院正门的哨兵们（喝问）：

什么人？（岑图里奥内走过来）

岑图里奥内：

拉凡尼亚的朋友。（斜穿院子走向府邸右侧那扇门）

哨兵（那边）：

回去!

岑图里奥内(一愣,走向府邸左侧那扇门)

哨兵(左侧门边):

回去!

岑图里奥内(窘迫地站在那里。静默。随后对左侧的哨兵说):

出去看喜剧从哪儿走?

哨兵:

不知道。

岑图里奥内(越来越感到蹊跷,随后对右侧的哨兵说):

朋友,喜剧什么时候开演?

哨兵:

不知道。

岑图里奥内(惊讶地来回踱步。瞥见武器,感到惊愕):

朋友,这是怎么一回事?

哨兵:

不知道。

岑图里奥内(吃惊地披上大衣):

奇怪!

大院正门的哨兵们(喝问):

什么人?

第 三 场

〔前场人物。西波走过来。

西波(进入时):

拉凡尼亚的朋友。

岑图里奥内：

西波，我们这是在哪儿？

西波：

怎么呢？

岑图里奥内：

你朝四面看一下，西波！

西波：

哪儿？怎么？

岑图里奥内：

所有的门都有人守住。

西波：

这儿放着武器。

岑图里奥内：

谁都说不知道情况。

西波：

奇怪。

岑图里奥内：

钟打几下了？

西波：

八点已打过。

岑图里奥内：

唉，冷得要命！

西波：

八点是预先约定的时间。

岑图里奥内(摇头)：

这儿不对头。

西波：

斐耶斯科存心开玩笑。

岑图里奥内：

明天选总督——这儿不对头。

西波：

别吱声！别吱声！别吱声！

岑图里奥内：

府邸右边厢房里灯火通明。

西波：

你没有听到什么吗？你没有听到什么吗？

岑图里奥内：

里面人们叽里咕噜听不清，中间夹着——

西波：

好像铠甲碰撞时发出来的那种滞重的声响——

岑图里奥内：

非常可怕！非常可怕！

西波：

一辆马车！停在小门旁边。

大院正门的哨兵们（喝问）：

什么人？

第　四　场

〔前场人物。四个阿塞拉托兄弟。

阿塞拉托（进入时）：

斐耶斯科的朋友。

西波：

原来是阿塞拉托四兄弟。

岑图里奥内：

晚上好，同胞。

阿塞拉托：

我们去看喜剧。

西波：

祝你们顺利。

阿塞拉托：

你们不是也去看喜剧吗？

岑图里奥内：

你们先走吧。我们还要呼吸呼吸新鲜空气。

阿塞拉托：

马上就开演了。你们快来！

〔继续往前走。

哨兵：

回去！

阿塞拉托：

这怎么出去呢？

岑图里奥内（大笑）：

朝府邸走就出去了。

阿塞拉托：

这是误会。

西波：

这是一场大打出手的误会。

〔从府邸右侧厢房里传出音乐声。

阿塞拉托：

你们听到交响乐吗？喜剧就要开演了。

岑图里奥内：

我想：已经开演了，而且我们在这出戏里演的是丑角。

西波：

我已经受不了了。我走。

阿塞拉托：

这儿放着武器。

西波：

嘿，演戏用的。

岑图里奥内：

难道我们就这样呆在这儿，像在奈河岸边候渡去阴间的丑角亡灵似的吗？我们喝咖啡去。

〔六个人都快步朝小门走去。

哨兵们(厉声呼喊)：

回去！

岑图里奥内：

谋害！我们给困住了！

西波：

我这把剑说：困不了多久。

阿塞拉托：

收起来！收起来！伯爵为人正派呀。

西波：

被出卖了，被贩卖了！喜剧是一块肥肉，老鼠一进来，门便关上。

阿塞拉托：

苍天不容。想到不知道会怎么样，就不寒而栗。

第　五　场

哨兵们：

什么人？

〔凡里纳，萨科走过来。

凡里纳：

伯爵家的几个朋友。

〔另有七个贵族跟了进来。

西波：

他的知己！这一下什么都清楚了。

萨科（同凡里纳在交谈）：

我对您说过，勒斯卡罗守卫托玛斯门，这是多里阿最得力的军官，对他盲目忠诚。

凡里纳：

我喜欢这样①。

西波（对凡里纳说）：

您来得正是时候，凡里纳，可以帮助我们大家摆脱梦境。

凡里纳：

怎么一回事？怎么一回事？

岑图里奥内：

我们都被邀请来看一出喜剧。

凡里纳：

① 据路·贝勒曼注，意思是：凡里纳宁肯同真有能耐的敌人交锋，也不愿意同他看不起的对手搏斗。

我们这就走同一条路。

岑图里奥内(不耐烦地):

每个肉身的必由之路[①]。这条路我认得。您也看到了嘛:每一道门都守住了。为什么要把这些门都守住呢?

西波:

这些武器干什么用?

岑图里奥内:

我们呆在这儿就像站在绞架下面一样。

凡里纳:

伯爵自己会来的。

岑图里奥内:

他可能会加快脚步。我已经忍不住了。

〔所有贵族都在正面靠壁前来回踱步。

布戈尼诺(从府邸出来):

港口那边怎么样?凡里纳?

凡里纳:

全体顺利登上橹舰。

布戈尼诺:

府邸里也挤满了士兵。

凡里纳:

都快九点了。

布戈尼诺:

伯爵动作非常缓慢。

---

① 指死亡。

凡里纳：

就他的希望来说总是太急促[1]，布戈尼诺。每当我设想某种情况，便会发愣[2]。

布戈尼诺：

爸爸，不要操之过急。

凡里纳：

如果无法推迟，也就谈不上操之过急。既然我不能进行第二次刺杀，便永远无法对第一次刺杀负责。

布戈尼诺：

那么斐耶斯科应该在什么时候死去？

凡里纳：

在热那亚获得自由的时刻，斐耶斯科应该死去。

哨兵们：

什么人？

第　六　场

〔前场人物。斐耶斯科。

斐耶斯科（进入时）：

一个朋友！（大家鞠躬。哨兵们敬礼）欢迎，诸位非常尊敬的客人！让您各位久等，一定责骂我了。请大家原谅。（低声对凡里纳说）准备好了？

---

① 据路·贝勒曼注，意思是：斐耶斯科完成自己的计划愈快，他所抱着的成为公爵的希望由于凡里纳使他自食其果也破灭得愈快。

② 据莱·波佩注：凡里纳一想到斐耶斯科篡夺统治权的事，便会发呆，因为到时候他凡里纳就有设法刺杀斐耶斯科的难题。

凡里纳(附在他耳边):

令人满意。

斐耶斯科(低声对布戈尼诺说):

怎么样?

布戈尼诺:

一切都好。

斐耶斯科(对萨科说):

怎么样?

萨科:

一切顺利。

斐耶斯科:

卡尔卡尼奥呢?

布戈尼诺:

还没有来。

斐耶斯科(高声对大门边的哨兵们说):

关上大门!(他脱下帽子,大方而庄重地过去把大家集中在一起)各位朋友!我邀请诸位来看演出——可并不是请各位来消遣,而是请各位在剧中扮演角色。各位朋友!我们忍受加纳迪诺·多里阿刚愎自用和安德烈阿斯·多里阿飞扬跋扈已经够久了。各位朋友!如果我们要想挽救热那亚,就不容许再延搁下去了。您各位认为包围我们祖国港口的那二十艘橹舰是干什么的?多里阿家族和其他国家订立的同盟是干什么的?他们运进热那亚心脏地带的外国军火是干什么的?——现在嘟囔和咒骂已无济于事。要想拯救一切,那就什么都得敢于去做。绝症投猛药。难道在场的人们当中有谁麻木不仁,把同他平起平坐的一个人视为自己的主子吗?(大家喃喃低语)——这儿没有一个人的祖先不曾站在热那亚的摇篮旁边。面对神圣不可侵犯的一切,我要问:在哪个方面?在哪个方面?到底在哪个方面这两个公民比我们都强,可以高踞在我们头上为所欲为?——(人们七嘴八舌更加激烈)——现在郑重地要求您各位当中的每一个人为了热那亚起来反抗压迫者——您各位当中的每一个人放弃一丝一毫自己的权利不能不同时出卖整个国家的灵魂——(听众情绪激愤,打断了他的话头;随后他接下去说)您各位都有体会了——这就赢得了一切。我已经在您各位前面开辟了通向荣誉的道路。诸位愿意跟着走吗?我愿意带领诸位。这儿各项准备诸位刚才看了大概还心有余悸!现在这些安排一定会给诸位注入前所未有的勇气。这种惴惴不安的战栗一定会在转趋暖和之中化为人们啧啧称羡的热忱,跟这些爱国志士和我一起去进行共同的事业,彻底推翻那些暴君。成功会对这次冒险的拼搏另眼相看,因为我这些部署都很合理。这是正义的行动,因为热那亚处于水深火热之中。这一看法将使我们常在,因为这是危险的,也是惊人的。

岑图里奥内(心潮澎湃):

行了!热那亚将获得自由!让我们伴随这战地的呐喊冲向地狱去吧!

西波:

还有,这一片呐喊声如果不能把哪个人从浑浑噩噩中惊醒,这个人必将一生一世都在划桨喘息①,直到世界末日的号角把他解脱出来。

斐耶斯科:

刚才这一番话是大丈夫的豪言壮语。诸位更应该了解大家与热那亚的处境多么险恶。(他把摩尔人的条子递给他们)点起火

① 意思是:一生一世都没有人身自由(在橹舰上做苦役)。

把来,各位士兵!(贵族们挤在火把周围念条子)事情的进展像我所希望的那样,朋友!

凡里纳:

可还不要这么大声说话。我看到左边厢房里有些人的脸孔都泛白了。膝盖也在发抖。

岑图里奥内:

十二名议员!真狠!大家都去取剑吧!

〔除两个人外,其余所有人都奔向堆放武器的地方。

西波:

你的名字也在里面,布戈尼诺。

布戈尼诺:

今天就要多里阿的命,天意如此!

岑图里奥内:

还有两把剑放在那儿。

西波:

真的?真的?

岑图里奥内:

有两个人没有取剑。

阿塞拉托:

我有两个兄弟见不得血,你们别难为他们。

岑图里奥内(激动地):

这是什么话?这是什么话?见不得暴君的血?把这些胆小鬼撕成碎片。把他们撵出共和国,这些冒牌货!

〔人群当中有几个咬牙切齿地扑向那两个人。

斐耶斯科(把他们扯开):

别这样!别这样!难道热那亚要靠奴隶才能获得自由吗?难道我们的纯金由于这种劣质金属就会失去悦耳的音色吗?

(他放开他们)你们先凑合着呆在我府邸的一间屋子里,等到我们行动的结局有了分晓再走。(对警卫说)把这两个人关起来。对这两个人你们要负责,派双岗严守门口。

〔两人被带走。

大院正门边的哨兵们:

外面是什么人?

〔有人用力撞门。

卡尔卡尼奥:

你们开门!一个朋友!你们赶快开门!

布戈尼诺:

是卡尔卡尼奥。干吗要“赶快”?

斐耶斯科:

各位士兵,你们给他开门。

第　七　场

〔前场人物。卡尔卡尼奥气喘吁吁,惊慌失措。

卡尔卡尼奥:

完了!完了!能逃就逃吧!

布戈尼诺:

什么“完了”?那些人的肉是青铜做的吗?我们这些剑是灯心草编的吗?

斐耶斯科:

要冷静!卡尔卡尼奥!在这当口儿产生误会可再也无法原谅啊!

卡尔卡尼奥:

我们被出卖了。确确实实被出卖了！您那个摩尔人，拉凡尼亚，那个流氓！我从议会赶来这儿。他已见过公爵。

〔所有贵族都脸色泛白，斐耶斯科本人也闻言变色。

凡里纳（毅然对哨兵说）：

各位士兵！拿你们的戟头向我刺来吧！我不愿让刽子手杀死我！

〔所有贵族都惊慌失措，乱成一团。

斐耶斯科（镇定一些）：

去哪儿？你们干什么？——卡尔卡尼奥，你下地狱吧！——各位大人，这叫虚惊一场——你像多嘴的婆娘！对这些小男孩说这个！——你也这样？凡里纳？——布戈尼诺，你也这样？——你去哪儿？

布戈尼诺（激动地）：

回家，把我的贝塔刺死，再回到这儿来。

斐耶斯科（突然纵声大笑）：

你们都别走！你们都站住！这是除灭暴君的勇气吗？——卡尔卡尼奥，你这个角色算是演得到家了！——你们没有察觉到这个消息是我安排的吗？——卡尔卡尼奥，您说，这不是我布置您考验这些罗马人的吗？

凡里纳：

哼，你还笑得出来吗？——我愿意相信这是事实，不然的话，我将永远不把你看做一个人。

斐耶斯科：

你们这些男子汉，丢脸哪！这像小孩玩儿般的试探竟然使你们栽了跟头！——重新拿起你们的武器——要是你们决心克服这个缺陷，你们就会像熊一样搏斗。（低声对卡尔卡尼奥说）当时您自己在那儿吗？

卡尔卡尼奥：

我混进了宫廷警卫队，按照我的任务，探听公爵那儿的口令——我正要回来，这时有人把摩尔人带进去。

斐耶斯科（大声地）：

这么说，那个老头已经上床了吧？我们要敲鼓把他从被窝里赶出来。（低声地）他跟公爵谈了好久吗？

卡尔卡尼奥：

当时我猛地一惊，眼看您处境危急，我在那儿没有呆上两分钟。

斐耶斯科（大声而活跃地）：

你瞧，我们的同胞还发抖哩。

卡尔卡尼奥：

您本来不应该这么早就和盘托出。（低声地）天哪！伯爵！这急中生智的谎话会起什么作用呢？

斐耶斯科：

赢得时间，随后蓦地一惊的心理消失了。（大声地）哈！拿酒来！（低声地）那么您看到公爵变了脸色吗？（大声地）弟兄们！打起精神来！我们还要在今晚这场搏斗之后喝一杯哩！（低声地）那么您看到公爵变了脸色吗？

卡尔卡尼奥：

摩尔人的第一句话一定是说："谋反了"；那个老头听了往后一退，脸色煞白。

斐耶斯科（感到疑惑）：

唔！唔！这个魔鬼很刁滑，卡尔卡尼奥。——不到刀口搁在脖子上，他不会泄露机密。现在他当然是他们的天之骄子了。这个摩尔人很狡诈。（有人递给他一杯酒；他向众人举杯，饮酒）但愿我们走运，各位战友！

〔有人用力打门。

哨兵们：

外面是什么人？

一个声音：

公爵的侍从。

〔贵族们绝望地在院子里四处乱窜。

斐耶斯科(跳到这些人中间)：

别这样，各位伙伴！别惊吓！别惊吓！我在这儿哩！快！把这些武器全搬走！要拿出男子汉的气概来，我请求你们！这个时候还派人来倒使我觉得，安德烈阿斯还拿不定主意。你们都到里面去，保持镇定。各位士兵，把门打开。

〔大家离去。大门打开。

第　八　场

〔斐耶斯科假装刚从府邸主楼走出来。三个德国人押着绑住的摩尔人上。

斐耶斯科：

谁喊我来院子？

德国人：

请带我去见伯爵。

斐耶斯科：

我便是伯爵。谁要见我？

德国人(向他敬礼)：

公爵祝您晚上好。他叫我们把这个摩尔人捆绑起来送交大人。他说这个人卑鄙地泄露了机密。其他情况都写在便条上。

斐耶斯科(满不在乎地接过条子):

我不是今天才通知你上橹舰做苦工的吗?(对德国人说)行了,朋友。向公爵转致我的敬意。

摩尔人(朝他们背后叫喊):

也转致我的敬意,同时告诉他——告诉公爵,如果他派来的不是驴子,他就得知府邸里藏着两千名士兵。

〔三个德国人下。贵族们回来。

第九场

〔斐耶斯科。那些谋叛者。摩尔人倔强地夹在中间。

谋叛者(瞥见摩尔人,猛地后退,直打哆嗦):

咦!这是怎么一回事?

斐耶斯科(看了便条,愠怒地):

热那亚人!危险已经过去——谋叛也已过去。

凡里纳(惊讶地喊了起来):

怎么一回事?两个多里阿全死了吗?

斐耶斯科(异常激动):

天哪!对付共和国的全部兵力我已有了准备——可我没有料到会这样。这个衰朽老人一纸四行书便打败了两千五百兵卒。(无力地垂下双手)多里阿打败斐耶斯科。

布戈尼诺:

您说个明白。我们全在发呆呀!

斐耶斯科(念字条):

“拉凡尼亚:看来,您我遭遇堪称如一——有人对您以怨报德。

摩尔人告诫：谨防谋叛。现将他捆绑送回。今夜我将安睡，不设警卫。”（他由着便条飘落。众人面面相觑）

凡里纳：

怎么办？斐耶斯科？

斐耶斯科（傲然）：

难道一个多里阿就可以说在宽大为怀上胜过了我吗？在斐耶斯科的家族中缺少一种美德吗？不是！决不是！——你们，你们散了吧！我要去他那儿，承认一切。（正欲冲出去）

凡里纳（拦住他）：

你发疯了？真要命！我们要做的事情难道是什么无赖行径吗？别走！难道这不是国家大事吗？别走！难道你只是想除掉安德烈阿斯，而不是暴君吗？别走！我是说——我这就拘捕你，你是国家的一个叛徒！——

众谋叛者：

把他绑起来！把他打翻在地！

斐耶斯科（从一个人手里夺过剑来，开出一条路）：

别急！第一个把套索扔向老虎的是谁？——你们瞧，各位大人——我没有被逮住——要是我想走，就能通行无阻——现在我还是要留下来，因为我已另有想法。

布戈尼诺：

想起了您应尽的本分吗？

斐耶斯科（光火，傲然）：

哼，老弟！您先记熟对我应尽的本分吧！永远不要对我这样说话！——放心吧，各位大人。——一切按原订计划进行——（用剑挑断捆绑摩尔人的绳索，并对他说）你引发一件大事①，

① 指他告诫安德烈阿斯的事情（第五幕第一场）。

这是你立下的功劳——逃生去吧！

卡尔卡尼奥：

怎么？怎么？还让这个异教徒活命？他把我们大家全出卖了，还让他活命？

斐耶斯科：

他叫你们大家——提心吊胆，就让他活命吧。走哇，小伙子！你可要离开热那亚，人们可能拿你来恢复勇气。

摩尔人：

这叫魔鬼不会抛弃无赖！——下回再也不这么干了，各位大人！——我已经意识到：我这雕虫小技在意大利成不了气候，我只能到别处寻求生财之道。（哈哈大笑，下）

第十场

〔仆人上。除摩尔人以外的前场人物。

仆人：

英佩里阿利伯爵夫人已经三次问起大人了。

斐耶斯科：

嘿！喜剧当然得开演了。你告诉她，我立刻就去她那儿。——等一等——你请我的夫人去音乐厅，在壁毯后面等我。（仆人下）我已经在这张纸上写下你们担任的角色。如果每一个人都完成自己的任务，那就再也没有什么要说的了。——凡里纳先去港口，夺取船只以后，以放炮一响作为动手的信号。我现在走了，去处理一件重要的事情①。你们听

① 指为莱奥诺蕾对尤丽亚进行报复的事情（第四幕第十二场）。

到铃声,大家就一起到我的音乐厅里来。——但是现在你们先进去尝尝我这儿的佳酿吧。

〔大家散去。

第 十 一 场

〔音乐厅。

〔莱奥诺蕾。阿拉贝拉。罗莎。大家都感到害怕。

莱奥诺蕾:

斐耶斯科讲定要来音乐厅,可是没有见到他。都过十一点了。府邸里传出人声和兵器响声,使人觉得可怕,但是不见斐耶斯科的影子。

罗莎:

叫您藏在壁毯后面——大人这是什么意思?

莱奥诺蕾:

他要这样,罗莎,换句话说,我知道了的已经足以使我听从他。贝拉,这已经足以使我不必提心吊胆。——可还是不行!我还是直打哆嗦,贝拉,我这颗心跳得这么厉害。姑娘啊,你们无论怎样一个也不要离开我。

贝拉:

您放心好了。我们感到害怕,这就会管住我们的好奇心。

莱奥诺蕾:

我的目光碰到的全是陌生的面孔,脸颊凹陷扭曲,如同幽灵一样。不管我喊谁,谁都像受了惊似的直发抖,躲进密不见隙的夜晚的黑暗里去,躲进内疚寄寓的令人毛骨悚然的处所。不管他们回答什么,总是吞吞吐吐,遮遮掩掩,这欲言又止的声音战战兢兢地还在舌头上打颤，生怕冒失脱口说出去。——斐耶斯科呢？——我不知道正在酝酿着什么吓人的事情——但愿你们上苍诸神(优美地合拢双手)围着我的斐耶斯科飞舞！

罗莎(吃了一惊)：

哎呀！走廊上嘁嘁喳喳的是什么响声？

贝拉：

是在那儿站岗的士兵。

〔警卫在外面喊叫："什么人？"有人回答。

莱奥诺蕾：

有人进来了。躲到壁毡后面去！快！

〔她们藏起来。

第十二场

〔尤丽亚。斐耶斯科正在说话。

尤丽亚(非常惊慌)：

您快别说了，伯爵！您这番献殷勤的话语再也进不了听而不闻的耳朵，却进了沸腾的热血。——我这是在哪儿？这儿不见一个人，只有诱惑的黑夜！您说着说着把我这颗管不住的心带到哪儿去呢？

斐耶斯科：

带到沮丧的热情变得大胆一些，让亢奋的心理同亢奋的心理谈得舒畅一些的地方。

尤丽亚：

别说了，斐耶斯科！无论怎样别再说下去了！如果夜晚不是黑得这样难觅缝隙，你一定会看到两颊绯红，红得你会怜惜。

斐耶斯科：

大错特错，尤丽亚！要是那样，我的激情就会看到你的激情之火的旗帜，更加一往无前地直冲过来。（他使劲地吻她的手）

尤丽亚：

啊！你这张脸同你这些话一样烫得像在发烧！哎呀，我感觉得到：从我自己的脸上也冒出鲁莽的放肆的火焰。我们找找蜡烛吧，我请求您。挑逗起来的感官也许会察觉到漆黑一团的危险的示意。这些蠢蠢欲动的叛逆可能会在害羞的白天背后施展他们无法无天的本领。你去吧，到人群里去，我恳求你！

斐耶斯科（缠得更紧）：

你这是无事忧天倾，我亲爱的！哪有女主人怕男奴隶的呢？

尤丽亚：

你们男人永远矛盾，真该死！每当你们自愿做我们自爱的心理的俘虏时，你们仿佛并不是最危险的胜利者。要我把什么都说出来吗？斐耶斯科？要我说出：只有我的自傲恶习才能保住我的贞操吗？要我说出：只有我的自尊心理才能嘲讽你的手段吗？要我说出：只是到此为止我的准则才能坚持得住吗？你对自己的花招丧失信心，便乞灵于尤丽亚的热血。在这一点上，所有这一切就弃我而去。

斐耶斯科（轻薄而放肆地）：

失去这些你又丢掉了什么呢？

尤丽亚（激昂而冲动地）：

如果我把开启我的女性神圣殿堂的钥匙扔给了你，要是借此羞辱我，我丢掉了什么？我这不就失去了一切吗？你这个爱嘲弄的人，你要知道的更多吗？我们女性的全部秘密智慧只是可怜的防范，生怕你们击中我们致命弱点的要害，可是这种脆弱的本性最终只能陷于你们誓言的重重包围之中，倒很愿意被你们征服（我红着脸招认这一点），往往贞操稍不留神，它便开门揖盗，你还要我说出这些来吗？——你还要我说出：我们女性的所有本领——就像下棋时所有棋子都在掩护毫无自卫能力的王那样——都只是为这毫无自卫能力的心灵而搏斗吗？要是你突然袭击王——将！便可以放心大胆在整个棋盘上杀得天昏地暗。（停了片刻，认真地）你对我们赖以自夸的贫困已经一目了然——愿你宽大为怀！

斐耶斯科：

不过，尤丽亚——在比我这绵绵无尽的激情更好的地方，你总可以安放你这个珍宝吧？

尤丽亚：

肯定没有一个地方更好，也没有一个地方更坏。——你听着，斐耶斯科，这种绵绵无尽会持续多久？——唉，我已经输得太惨了，我不应该再下这最后一注——斐耶斯科，我可以大胆地要求我的种种魅力俘获你；但我不敢相信它们有留住你的无比威力。——唉，我瞎扯些什么呀？（她后退，用双手蒙住脸孔）

斐耶斯科：

一下子使人想起两条罪。是不相信我的审美能力，还是不尊重你的友善本性？两罪哪一条更难宽恕呢？

尤丽亚（疲软地败下阵来，以带着感情的口气）：

胡扯只是地狱的武器——斐耶斯科不再需要这种武器来击垮他的尤丽亚。（她精疲力竭地倒入一张沙发；过了片刻，郑重地）你听着，让我再对你说一句，斐耶斯科——如果我们知道自己的贞操依然确保无虞，我们便是巾帼英雄——如果我们为自己的贞操设防，我们便幼稚一如小孩！（执着而放肆地鄙视他）如果我们为自己的贞操雪耻,我们便是复仇女神——你听着!——如果你冷酷地把我抛弃了呢? 斐耶斯科?

斐耶斯科(用一种冒火的口气):

冷酷! 冷酷! 天哪! 要是一个女人看到一个男人跪在自己的面前,还要疑神疑鬼,那么她那永不餍足的虚荣心理到底要想得到什么呢? 哈! 我感觉到了:男性已经觉醒。(语气变得冷静)我幸亏及时睁开了眼睛! ——我刚才要恳求的是什么? 一个男子汉竟然不惜将自己贬低得一钱不值,去求取一个女人的至高恩宠,可叹! (冷冰冰地向她深深地鞠了个躬)鼓起勇气吧,夫人! 现在您放心就是了。

尤丽亚(一怔):

伯爵! 你怎么说变就变?!

斐耶斯科(极其冷漠):

不是说变就变! 夫人! 您说得完全正确。我们两个都只能拿自己的名声冒险一次。(有礼貌地吻一下她的手)在社交场合向你表示敬意[①],我会感到荣幸。(他急欲离开)

尤丽亚(追过去,把他拉回来):

别走哇! 你发疯了? 别走哇! 难道一定要我开口吗? ——一定要我说出所有男人下跪——流泪——备受痛苦而面对我的自傲心理死皮赖脸都不能求得的是什么吗? ——天哪! 就连这伸手不见五指的黑夜也太明亮,掩藏不了毫无遮拦地从我脸颊上喷射出来的激情火焰——斐耶斯科——啊! 我当胸刺穿我的整个女性——我的整个女性将会恨我一辈子——我爱慕你,斐耶斯科! (在他面前跪下)

斐耶斯科(倒退三步,让她跪着,得意地纵声大笑):

① 意思是:不再是仅仅两个人呆在一起虚情假意装亲热了。

我对此感到遗憾,夫人哪!(他拉铃,揭开壁毡,扶着莱奥诺蕾出来)我的夫人在这儿——一个美若天仙的女子!(他把莱奥诺蕾搂住)

尤丽亚(尖叫着从地上跃起):

啊!你骗得我多惨哪!

第十三场

〔谋叛者一起入内。女士们从另一侧上。斐耶斯科。莱奥诺蕾和尤丽亚。

莱奥诺蕾:

我亲爱的,这也太狠了。

斐耶斯科:

居心不良就该这样。我用这种方式向你赔罪,补偿你的泪水。(对众人)诸位,我从来不是遇事便噼里啪啦冒火,孩子气十足。有人干蠢事,我总觉得好笑,老是这样就惹恼了我。我满腔怒气发泄在这个女人身上,也是她活该如此,因为她给这个天使配了这些毒药。(他把毒药拿给众人看,人们都厌恶地后退)

尤丽亚(强忍着狂怒):

好哇!好哇!好得很哪,我的大人!(准备离开)

斐耶斯科(抓住她的手臂,把她拉回来):

您别急嘛,夫人——我们的事还没有了结哩——这几位倒很想知道,我怎么会这样糊涂,竟然同热那亚最愚蠢的女人瞎混。

尤丽亚(跳起来):

岂有此理!不过,你等着发抖吧!多里阿在热那亚说了算,我

——是他的妹妹。

斐耶斯科：

如果这是您的撒手锏，那就糟糕透顶。——遗憾得很，我得透个消息给您：斐耶斯科·封·拉凡尼亚用尊贵的令兄偷去的君主头带编了一条绳索，打算今天夜里拿它来绞死这个共和国窃贼。（见她闻言变色，他恶毒地纵声大笑）哎呀，这可没有料到哇！——所以，您瞧！（更加刻薄地说下去）由于这个原因，我觉得有必要耍点花招转移您这个家族不受欢迎的视线；由于这个原因，我用这种插科打诨的激情（指向她）把自己乔装打扮起来；由于这个原因（指向莱奥诺蕾），我听任这颗宝石跌落下来，同时我的猎物便顺利地扑进利索的圈套里。我感谢您协助的雅意，夫人，奉还我演戏的道具。（鞠一个躬，把剪影交还她）

莱奥诺蕾（偎依着斐耶斯科恳求）：

我的路多维科她哭了。你的莱奥诺蕾可以打着哆嗦向您求情吗？

尤丽亚（倔强地对莱奥诺蕾说）：

闭嘴！你这可恨的女人——

斐耶斯科（对一名侍从）：

请您以礼相待，朋友，请您伸出胳臂让这位女士挽着；她有兴趣看看我的国家监狱。请您替我设法做到：不要让什么人打扰夫人。——外面刮着大风——今夜劈开多里阿这棵大树的狂风可能很容易——把她的发饰弄得一塌糊涂。

尤丽亚（抽泣）：

你该死，你这阴险狠毒的伪君子！（对莱奥诺蕾，怒火中烧）你别以为赢了，你别得意，他也会把你毁掉，也许把他自己毁掉，也会——走投无路！（冲出去）

斐耶斯科（向来宾示意）：

您诸位刚才都是见证人——请各位在热那亚为我洗刷名声！(对几位谋叛者)一听到炮声，你们就来叫我。

〔众人离开。

第十四场

〔莱奥诺蕾。斐耶斯科。

莱奥诺蕾(胆怯地走近他)：

斐耶斯科！——斐耶斯科！——我对您只了解一半，就开始发抖了。

斐耶斯科(煞有介事地)：

莱奥诺蕾——我有一回曾经看到您靠在一个热那亚女人的左边行走——我曾经看到您在众多贵族面前由着献殷勤者第二次吻手。莱奥诺蕾——这刺痛了我的眼睛。我当时就决定，不能这样继续下去。——这就到此为止。您听到在我府邸里震响着要打一仗的喧闹声吗？您担心的事情确实存在。——您去睡觉吧，伯爵夫人——明天我要——唤醒公爵夫人。

莱奥诺蕾(大吃一惊，倒在一把椅子上)：

天哪！我有预感。我完了！

斐耶斯科(稳重而威严地)：

您让我把话说完，亲爱的！我家祖先当中有两个人带过三重王冠[①]。斐耶斯科家族的血液只有紫袍加身才能流得顺畅。难道要您的丈夫仅仅放出祖先的光芒吗？难道要他将所有自己的尊贵都归因于不可捉摸的偶发事件，在运气不算太坏的

① 据路·贝勒曼注：斐耶斯科祖上有两个人是教皇。

时候，这种碰巧的机缘把那些正在霉烂的陈年功劳拼凑而成一个约翰·路德维希·斐耶斯科吗？不能啊！莱奥诺蕾！我的自尊心很强，我自己就懂得争取的一切都不要别人赠送给我。今天夜里我要把借用的饰物扔回祖先的坟墓里去。——所有拉凡尼亚伯爵都已逝去——从此代代为君。

莱奥诺蕾（摇头，仍在遐思）：

我看见我的丈夫有了深深的致命创伤，倒到地上去——（声音更加低沉）我看见一些人默默无言地把我丈夫血肉模糊的尸体朝我抬过来。（吃惊地跳起来）第一颗——也是仅有的一颗子弹穿过了斐耶斯科的灵魂。

斐耶斯科（体贴地捏住她的手）：

放心，我的宝贝！这颗仅有的子弹不是射中我。

莱奥诺蕾（严肃地瞅着他）：

斐耶斯科这么有信心向苍天挑战吗？要是有百万分之一的可能，或许真的成为事实，这时我的丈夫就完了。——你要想一想，斐耶斯科，你这是在同老天爷闹着玩。如果只有惟一的空签，却有难以计数的中彩机会，你胆敢摇动骰子，狂妄地同上帝打赌吗？不能啊，我的丈夫！要是把一切当做赌注押下去，那么每掷一次骰子都是对神明的一种亵渎。

斐耶斯科（微笑）：

你不要发愁！幸运和我关系比一般要好。

莱奥诺蕾：

你这么说吗？——那么你有没有站在边上见过——你们把它叫做消遣的——那种像扭曲幽灵凶相那样可怕的赌博？——你有没有朝作弄人们的命运女神那边看过？她用赢过几个小钱的好牌引诱自己的宠儿，等到他来了劲头，真的干了，扔进全部家当——这时孤注一掷，她却弃他而去！——唉！我的丈夫哇！你别去热那亚人面前表现自己，让人崇拜。从睡梦中唤醒共和主义者，催促骏马[①]奋蹄飞驰，这可不是溜达散心哪，斐耶斯科！别信那些谋叛的人。怂恿你的那些聪明人是惧怕你。把你神化的那些笨家伙对你一无用处。所以我不管往哪头看，斐耶斯科都完了。

斐耶斯科（在屋子里踏着有力的步子）：

怯懦是最大的危险；伟大也要求做出牺牲。

莱奥诺蕾：

伟大？斐耶斯科？——你的天才对我的情感来说多么难受哇！——你瞧！我愿意说：我相信你会幸运，你会取胜——可这样一来，我这女性当中极其可怜的人何等痛苦哇！要是这桩事情失败，那就很惨！要是这桩事情成功，那就更惨！在这一点上别无选择，亲爱的！要是斐耶斯科当不上公爵，他便完了。要是我拥抱这位公爵，我便失去了丈夫。

斐耶斯科：

这我就弄不懂了。

莱奥诺蕾：

不会弄不懂，我的斐耶斯科！争夺君主宝座，风狂雨骤，娇弱的爱情小花必将凋零。人心一颗，就算这个人是你斐耶斯科，也太窄小，难容两个全能之神——到那时神和神彼此心怀怨尤何其深。爱情会洒下自己的泪水，能读懂他人的泪水。统治欲望有眼如铁，在这里面，感受永远不会凝成滚滚珠粒。——爱情只有一种财富，无求于上帝创造的其他一切；统治欲望夺取整个自然仍不餍足——统治欲望砸碎世界，把它扔进铁链锒铛作响的牢房，爱情不论到了哪个沙漠都会梦见

① “骏马”在此处与在第五幕第十四场中安德烈阿斯所说的“骏马”都指民众。

天堂乐土——要是你现在愿意靠着我的胸脯轻轻摇晃，你会觉得一个桀骜不驯的封臣正在捶打你的王国大门——要是我现在投入你的怀抱，你会觉得身为君主忧心忡忡，仿佛听到刺客窸窸窣窣地从壁毡后面出来，恐惧驱使你从这一个房间逃窜到另一个房间。确实如此，满眼疑云最终也会损伤家庭和睦——要是你的莱奥诺蕾现在给你端来提神饮料，你将会推开杯子，指斥体贴为下毒。

斐耶斯科（吃惊地站着）：

莱奥诺蕾别说了！这是胡思乱想！

莱奥诺蕾：

但是这幅图画还没有绘好。我还要说：为了伟大而牺牲爱情，便是抛却安宁——就算斐耶斯科依然尚在。——这无异于车礫碎尸万段哪！——很少见到天使登上宝座，从那儿下来就更加少见。一个人无须畏惧任何人，他会对人给予同情吗？一个人实现任何愿望都疾如闪电，他会觉得需要别人拿曼声低语来陪伴他吗？（她停顿一下，然后款步向他走去，握住他的手，以极其细腻的情愫诉说辛酸）斐耶斯科！大自然心有余力不足，这些都是它画虎不成的败笔——他们就爱盘踞在人类和神祇中间——这些都是不可救药的创造物，都是更加拙劣的创造者。

斐耶斯科（绕室彷徨）：

莱奥诺蕾，别说了！破釜沉舟，后退无路——

莱奥诺蕾（感伤地凝视他）：

怎么会这样呢？我的丈夫！只有木已成舟才无可挽回呀。（娇软温存而略带戏谑）有一回我听你发誓说，我的美貌推翻了所有你的计划——是你发了伪君子的假誓，还是我的美貌凋谢过早。——你扪心自问，是谁的过错？（更加热切，伸出两臂搂住他）回来吧！打起精神！断了这个念头！爱情会给你补偿。

要是我这颗心无法满足你非常急切的渴望——唉，斐耶斯科！那么君主的冠冕就更加可怜了——(讨好地)定下心来吧！我要熟记你所有的愿望；要把大自然里的全部魅力融化在忘情的一吻之中；要用这条妙不可言的纽带缚住胸怀大志，规避爱情的能人——你的心灵无穷无尽——爱情也是这样，斐耶斯科。(温存地)使一个可怜的人变得幸福吧——这个人靠着你的胸膛便如置身天堂，难道这个人会在你的心灵里留下一丝空隙吗？

斐耶斯科(非常震惊)：

莱奥诺蕾，你这是怎么弄的呀？(无力地搂住她的脖子)我不在任何热那亚人面前露脸了。

莱奥诺蕾(欣喜而急切地)：

让我们躲开吧，斐耶斯科——让我们把所有这些自夸而空虚的废物都扔到尘土里去吧，让我们在美景如画的原野上完完全全为爱情而生活吧！(她把他紧抱在胸前，心醉神迷)那时我们的灵魂明净有如头顶上面晴朗的蓝天，不再嗅到忧伤的难闻气息——那时我们的日子就像悦耳的淙淙泉水向造物主流去——

〔可以听到大炮轰响。斐耶斯科跳起来。所有谋叛者都进了大厅。

第十五场

众谋叛者：

时间已到！

斐耶斯科(对莱奥诺蕾，坚决地)：

别了！要么永别——要么明天热那亚躺在你的脚边。(正欲冲

出)

布戈尼诺(大喊):

伯爵夫人晕倒了!

〔莱奥诺蕾昏厥。大家奔过去扶住她。斐耶斯科在她面前跪倒。

斐耶斯科(尖叫):

莱奥诺蕾!你们快救她!赶快!救她!(罗莎、贝拉过来,把她扶好)她睁开眼睛了。——现在你们来吧——把多里阿[①] 的眼睛给合上。

〔众谋叛者冲出大厅。幕落。

---

① 指加纳迪诺·多里阿。

第　五　幕

〔热那亚的主干大道。

〔午夜过后。几座房屋旁边还零零落落地亮着几盏灯,灯光渐次熄灭。——在舞台正面靠后处可以看到依然紧闭的托玛斯门。透视远处可见海面——有一些人手提灯笼走过广场;接着过来侦察队——一片静寂。只有海浪颇为剧烈地在翻腾。

第　一　场

〔斐耶斯科全副武装,在安德烈阿斯·多里阿的宫前站定。随后安德烈阿斯上。

斐耶斯科:

这个老头说话算数——宫里所有灯都熄了。警卫已撤走。我去拉铃。(拉门铃)喂!喂喂!醒醒啊!多里阿!你被背叛,被出卖了,多里阿,醒醒啊!

安德烈阿斯(出现在阳台上):

刚才谁拉铃?

斐耶斯科(改变嗓音说话):

别问了!照我说的去做就是!你的福星正在陨落,公爵;热那

亚人都起来反对你了！取你性命的刽子手近在眼前，你还能睡觉吗？

安德烈阿斯（并不失态）：

我记得，狂怒的大海曾经撞击我的战船贝洛那，龙骨发出碎裂的声响，最上面的桅杆折断——可安德烈阿斯还是睡得安稳。现在谁派刽子手来呢？

斐耶斯科：

比你说的狂怒的大海还可怕的一个男子汉：约翰·路德维希·斐耶斯科。

安德烈阿斯（大笑）：

你是在闹着玩哪，朋友！你白天来说笑吧。半夜实在不是时候。

斐耶斯科：

你嘲弄告诫你的人吗？

安德烈阿斯：

我感谢他，这就去睡觉了。斐耶斯科昏天黑地沉浸在纸醉金迷当中，没有空闲来找多里阿了。

斐耶斯科：

可怜的老人！——别相信这条蛇呀！七彩围绕着它晶亮的后背——你一靠近——它便猛地把你死死缠住。你不把一个叛徒的提示当一回事。一个朋友的忠告就不能当耳边风了。在你的院子里拴着一匹马，已经备好鞍子。赶快躲开吧！别把你的朋友不放在眼里了！

安德烈阿斯：

斐耶斯科心地高尚。我从来没有伤害过他，所以斐耶斯科不会背叛我。

斐耶斯科：

他心地高尚,他背叛你,两方面你都有体会。

安德烈阿斯:

那还有一个卫队[①] 嘛。如果不是天使帮手,哪个斐耶斯科也奈何他们不得。

斐耶斯科(阴险地):

我想找他们带信去长眠的地方。

安德烈阿斯(胸怀坦荡):

嘲笑别人可怜哪!你从来没有听说过安德烈阿斯·多里阿八十岁了,热那亚人——过着幸福的日子吗?——(他离开阳台)

斐耶斯科(惊讶地看着他的背影):

难道非要先把这个人推翻了才体会得到:要同他相比就更加困难吗?(一边深思,一边来回踱了几步)唔,我已比试过心灵伟大的高低。——我们的事已经了结,安德烈阿斯!现在一不做二不休!你走你的路吧!(他匆匆走进最后面的小巷道)

〔四面都传来击鼓声。托玛斯门旁边发生激战。城门炸开,直通港口,停泊在那里的橹舰在望,火炬照得通明。

第 二 场

〔加纳迪诺身披红袍。洛梅利诺。

〔数名侍从举着火把走在他们的面前,大家都显得很匆促。

加纳迪诺(站住):

谁让他们这么大喊大叫?

① 据莱·波佩注,指他年事已高,得到民众的爱戴。

洛梅利诺：

樯舰上响起了一声炮声。

加纳迪诺：

那些奴隶要挣断铁链了。

〔托玛斯门附近传来枪声。

洛梅利诺：

那儿开火了！

加纳迪诺：

城门已经打开！卫兵叛变了！（对几名侍从）快，你们这些混蛋！拿火把照路到港口去！

〔他们急忙朝城门口奔去。

第　三　场

〔前场人物。布戈尼诺同众谋叛者从托玛斯门过来。

布戈尼诺：

塞巴斯蒂安·勒斯卡罗是好样的军人。

岑图里奥内：

他像一头熊那样抵抗，直到倒下为止。

加纳迪诺（惊惶地后退）：

我听到的是什么声音？——你们停一下！

布戈尼诺：

那儿拿火把的是什么人？

洛梅利诺：

是敌人，殿下，您悄悄从左边走开。

布戈尼诺（急躁地喊叫）：

那儿拿火把的是什么人？

岑图里奥内：

你们站住！口令！

加纳迪诺(拔剑,傲慢地)：

服从,我是多里阿！

布戈尼诺(怒不可遏,可怕地)：

你这抢走共和国和我未婚妻的强盗。(冲向加纳迪诺,对其他谋叛者说)各位兄弟,免得我跑一趟[①]。附在他身上的恶魔把他交出来了。(他把加纳迪诺刺倒)

加纳迪诺(大叫,倒下)：

谋杀！谋杀！谋杀！为我报仇哇,洛梅利诺！

洛梅利诺,几名侍从(逃走)：

救命哪！凶手！凶手！

岑图里奥内(大声地喊叫)：

他被刺中了！你们快堵住伯爵！

〔洛梅利诺被逮住。

洛梅利诺(跪下)：

饶命！我向你们投降！

布戈尼诺：

这个坏东西还活着？胆小鬼要逃走就逃走吧！

〔洛梅利诺溜走。

岑图里奥内：

托玛斯门在我们手里了！加纳迪诺的尸体冰凉了！你们赶快跑去报告斐耶斯科！

加纳迪诺(抽搐着撑起身子)：

---

① 意思是：在这里碰到加纳迪诺,省了去他住处找他算账的周折。

该死！斐耶斯科！——(死去)

布戈尼诺(从尸体上拔出剑来)：

热那亚自由了！我的贝塔复仇了！——把你的剑给我，岑图里奥内。这把血淋淋的剑你拿去给我的未婚妻。她的牢房也炸开了。我随后就来，给她新婚的亲吻。

〔谋叛者匆匆离开，分头去各条街道。

第四场

〔安德烈阿斯·多里阿。几名德国人。

德国人甲：

狂风往那儿吹了。公爵，请您快上马！

安德烈阿斯：

让我再看一眼热那亚的钟楼和天空！不，这不是在做梦，而是安德烈阿斯遭到了背叛！

德国人甲：

四面全是敌人！快离开这儿！过了边界再咒骂[①]！

安德烈阿斯(扑到侄子的尸体上)：

我就在这儿了结。谁都别提逃走了。此时此刻，这把年纪，我已经精疲力竭。我走到了自己这条道路的尽头。

〔卡尔卡尼奥和一些谋叛者在远处。

德国人甲：

凶手在那儿！躲开吧，老公爵！

安德烈阿斯(鼓声又起)：

---

① 德国人担心安德烈阿斯因咒骂人们忘恩负义而耽误了脱身的时机。

你们听着,外国人!你们听着!这些都是我从他们的枷锁中解救出来的热那亚人。(掩面)在你们国家,人们也是这样报答的吗?

德国人甲:

快离开这儿!快离开这儿!快离开这儿!就让我们德国人的骨头在他们的剑锋上留下缺口吧!

〔卡尔卡尼奥行近。

安德烈阿斯:

你们逃命吧!别管我了!你们把骇人听闻的凶讯告诉其他国家,让他们听了发抖吧:热那亚人杀死了自己的父亲——

德国人甲:

谋杀!杀死还不是那么容易的事!——各位战友,站住!——大家护住公爵!教训教训这些意大利狗东西,叫他们懂得应该尊敬一个白发老翁——

卡尔卡尼奥(喝问):

什么人?什么事?

几名德国人(挥剑砍过去):

尝尝德国剑伤的滋味。(一边持剑格斗,一边慢慢离开,加纳迪诺的尸体被拖走)

第　五　场

〔莱奥诺蕾身穿男装。阿拉贝拉跟着她。

〔两人战战兢兢,蹑手蹑脚地出来。

阿拉贝拉:

您来,夫人您来呀——

莱奥诺蕾：

骚乱的人群往外面冲出去了——你听！这不是快要咽气的人在呻吟吗？——哎呀，他们把他围住了——他们的枪口黑洞洞地都对着斐耶斯科的心——都对着我的心，贝拉——他们扣动扳机了。——你们停一下！你们停一下！这是我的丈夫哇！（失魂落魄地向上面伸出两臂）

阿拉贝拉：

我的天哪！——

莱奥诺蕾（一直疯疯癫癫地沉浸在幻想当中，朝四面叫喊）：

斐耶斯科！——斐耶斯科！——斐耶斯科！——他们从他身后退走了，他那些随从——谋叛的忠心动摇了。（非常惊骇）我的丈夫带领这些人造反吗？贝拉！天哪！斐耶斯科为造反在搏斗吗？

阿拉贝拉：

不是，夫人，而是作为令人敬畏的热那亚公断人。

莱奥诺蕾：

要是这样，自有它的意义——那么莱奥诺蕾还会发抖吗？那么拥抱首屈一指的共和主义者会是非常怯懦的女共和主义者吗？——走吧，阿拉贝拉——既然男儿为国拼搏，女子也应有所体会。（又开始擂鼓）我这就投身到战斗中去。

阿拉贝拉（在头顶上一拍双手）：

苍天怜悯我们。

莱奥诺蕾：

别急！我的脚碰到什么了？原来是一顶帽子和一件袍子。边上还有一把剑，我的贝拉！不过我还提得起来，这不会让使剑的人丢脸。

〔有人敲响警钟。

阿拉贝拉：

您听到了吗？您听到了吗？这是多米尼加教堂钟楼传出来的哭声。上帝怜悯！多可怕呀！

莱奥诺蕾(沉浸在梦幻中)：

你说“多美妙哇”才是！通过这警钟声，我的斐耶斯科正在同热那亚人说话。(鼓声更紧)好哇！好哇！我觉得笛声都从来没有这样悦耳——我的斐耶斯科也使这阵鼓声充满生气。——我这颗心跳动得更加剧烈了！整个热那亚变得生机盎然！——雇佣兵追随他的名字欢欣雀跃。难道他的妻子还会畏葸不前吗？(在另外三座钟楼上也响起了警钟)不会的！我的英雄应该拥抱的是一个巾帼英雄——我的布鲁图应该拥抱的是一位罗马女子。(她戴上帽子，披上红袍)我成了波齐亚[①]。

阿拉贝拉：

夫人，您自己不知道：您已深深沉醉在这当中了。您不知道，这一点您确实不知道。(警钟声和擂鼓声)

莱奥诺蕾：

你真可怜，听到了这一切，却并没有沉醉在这当中。这些石块缺腿，不能朝我的斐耶斯科跳过去，都想哭了。——这些宫殿在向主人发火，因为他把它们扎进地里，这么牢固，害得它们不能跳到我的斐耶斯科身边——要是这些海岸能够遂心如意，它们便会背弃自己的职责，跟着他的鼓声跳舞，听任浪涛冲击热那亚。——这声音能把没有生命的石块像从裹得紧紧的襁褓中唤醒，难道还不能鼓起你的勇气吗？——去吧！我会找到自己该走的道路。

阿拉贝拉：

① 波齐亚，布鲁图斯的妻子，积极参与丈夫的计划与行动。

天哪！您这不是一定要去实现这个奇怪的想法吗？

莱奥诺蕾(带着傲气和豪气)：

我能这样想就对了。你这傻丫头！——(亢奋地)在杀得乱成一团的地方，在我的斐耶斯科亲冒矢石的地方——我听见他们在问人：那就是拉凡尼亚吗？——谁都无法制服的那个人，为了热那亚掷下义无返顾的骰子的那个人，那就是拉凡尼亚吗？——热那亚人！那就是他，我将这样说，而且这个男子汉就是我的丈夫，我也受了伤！

〔萨科同一些谋叛者一起。

萨科(喝问)：

什么人？是多里阿还是斐耶斯科？

莱奥诺蕾(兴奋地)：

斐耶斯科和自由！(她奔入一条小巷)

〔人群蜂拥聚集。贝拉被挤到一边去了。

第 六 场

〔萨科和一群人。卡尔卡尼奥带着一个人碰到他。

卡尔卡尼奥：

安德烈阿斯已经逃走。

萨科：

这是你对斐耶斯科最糟糕的问候。

卡尔卡尼奥：

这些德国人简直全是熊！他们护住安德烈阿斯，站在那儿像岩壁一样。我根本就看不到他。我们的人牺牲了九个。我自己左耳垂挨了一下。这些人替外国暴君都这样卖力，全不要命！他们护卫自己国家的君主会怎样可想而知。

萨科：

已经有很多人跟着我们干了，而且所有的城门都被我们占了。

卡尔卡尼奥：

我听见，城堡上他们打得很激烈。

萨科：

布戈尼诺也在里面。凡里纳在做什么？

卡尔卡尼奥：

守在热那亚和大海之间，像地狱的警犬① 一样，连一条小鱼也钻不过去。

萨科：

我派人去攻城郊。

卡尔卡尼奥：

我这就穿越萨尔察诺广场。鼓手，擂鼓吧！

〔他们在鼓声中继续前进。

第　七　场

〔摩尔人。一伙小偷带着导火线。

摩尔人：

让你们知道我的厉害，你们这些无赖！做这盆汤的是本人我——可你们现在连一汤匙也不给我。那好吧。这场围猎对我来说也就理直气壮了。我们要点起一把火来抢劫。那儿城堡上正在为一个公爵宝座斗得不可开交。我们就替这些教堂生

① 指希腊神话中守护冥府入口的三头狗。

火,让这些挨冻的使徒可以取暖。

〔冲进四周的房屋里去。

第八场

〔布戈尼诺。贝塔。女扮男装。

布戈尼诺:

你在这儿歇一下,亲爱的小伙子!你现在安全了。你出血没有?

贝塔(改变嗓音):

哪儿都没有。

布戈尼诺(利索地):

那就起来!我这就带你去为热那亚而受伤的地方——好,你看见没有?像这个。(他挽起袖子)

贝塔(一惊后退):

天哪!

布戈尼诺:

你吓了一跳?可爱的小伙子,你太早急于变成一个男子汉。——你几岁了?

贝塔:

十五岁。

布戈尼诺:

这可不行!参与今夜的行动早了五年,太稚嫩。——你的爸爸呢?

贝塔:

热那亚的最佳公民。

布戈尼诺：

别这么说，小弟弟！最佳公民只有一个，而且他的女儿就是我的未婚妻。你知道凡里纳家族吗？

贝塔：

可以说知道。

布戈尼诺（急切地）：

那么你认得他那天仙般的女儿吗？

贝塔：

他女儿叫贝塔。

布戈尼诺（兴奋地）：

你马上就去把这枚戒指交给她，告诉她：这是结婚戒指，头盔带着蓝色翎饰的战士正在英勇地搏斗着。现在你去吧！我必须到那儿去。危险还没有完全过去。

〔几栋房屋在着火。

贝塔（用柔和的声音朝他背后喊叫）：

斯西比奥！

布戈尼诺（一愣站住）：

以我此剑起誓！我熟悉这声音。

贝塔（扑过去搂住他的脖子）：

以我此心起誓！说到声音很熟悉，就知道是我了。

布戈尼诺（大叫一声）：

贝塔！

〔城郊响起警钟。人群蜂拥聚集。两人沉醉在互相拥抱之中。

第九场

〔斐耶斯科急躁地上。西波。随从人员。

斐耶斯科：

是谁纵火？

西波：

城堡攻下来了。

斐耶斯科：

是谁纵火？

西波(示意随从)：

派巡逻队去查案犯！

〔去了几个人。

斐耶斯科(发怒)：

他们想把我说成纵火犯吗？你们马上带水龙头和提桶赶去。(随从下)加纳迪诺完蛋了吧？

西波：

有人这么说。

斐耶斯科(狂怒)：

只是有人这么说吗？到底谁这么说？西波，讲实话，他逃脱没有？

西波(心存疑虑)：

如果我亲眼所见算数，一名贵族亲口所说不算，那么加纳迪诺还活着。

斐耶斯科(暴躁地)：

您说着说着当心别把脑袋给弄丢了，西波！

西波：

再说一遍——八分钟前我看见他头盔带有黄色翎饰，身披红袍在四处走动。

斐耶斯科(失去自制)：

该死！——西波——我叫人把布戈尼诺的脑袋砍下来。您快去，西波——要把所有城门都关死——要开枪打穿所有防卫海岸的小船——这样他就不能从水路逃走了。——这枚钻戒，这件热那亚、卢卡①、威尼斯和比萨② 最贵重的物品——谁向我报信，说：加纳迪诺已经死了——就把这枚钻戒给他。(西波匆匆下)快！西波！

第　十　场

〔斐耶斯科。萨科。摩尔人。一些士兵。

萨科：

我们发现这个摩尔人把一根点着了的导火线扔进耶稣会大教堂。

斐耶斯科：

你的出卖行为针对我一个人，便放过了你。这回是四处纵火，就该绞死。你们马上把他押走，在教堂大门口吊死他。

摩尔人：

唉！唉！唉！这样对我不妥哇——你不能让我辩解吗？

斐耶斯科：

① 卢卡，意大利一城市名。

② 比萨，意大利一城市名。

不必。

摩尔人(套近乎)：

让我去橹舰上试一下吧。

斐耶斯科(示意他人)：

押去绞刑架。

摩尔人(固执地)：

那我愿意做一个基督教徒！

斐耶斯科：

教堂谢绝异教的败类。

摩尔人(讨好地)：

那么至少要让我喝醉了再死吧。

斐耶斯科：

就在清醒时死去。

摩尔人：

可别把我吊死在基督教礼拜堂门前。

斐耶斯科：

君子说话算数。我曾经允诺给你专用的绞架[①]。

萨科(嘟囔)：

别噜苏,你这异教徒！我们还有别的事要干哩。

摩尔人：

不——万一——绳子断掉——

斐耶斯科(对萨科)：

你们用两股绳子把他吊起来。

摩尔人(听天由命)：

那就算了——反正魔鬼也会对特殊情况做好准备的。(同几名

① 参看第三幕第四场斐耶斯科最后对摩尔人说的一段话。

士兵一起下，隔开一段距离士兵们便绞死他）

第十一场

〔斐耶斯科。莱奥诺蕾在后面上，身穿加纳迪诺的红袍。

斐耶斯科（瞥见她，往前冲去，猛地后退，怒火中烧，咕哝着）：

难道我不认得这头盔翎饰和袍子吗？（疾步靠近，愤然）我当然认得这翎饰和袍子！（狂怒，朝她冲去，将她刺倒）要是你有三条命，那就再立起来闲荡吧！

〔莱奥诺蕾发出一声嘶哑的叫声倒下。可以听到胜利进行曲、擂鼓声、号角声和用双簧管吹奏的乐曲。

第十二场

〔斐耶斯科。卡尔卡尼奥、萨科、岑图里奥内、西波和一些士兵随着乐声，举着旗帜上。

斐耶斯科（迎着他们走去，得意扬扬）：

热那亚人——大局已定——他躺在这儿，我的心灵蛀虫——我的仇恨的食品①。你们把剑高高地举起来吧！——加纳迪诺！

卡尔卡尼奥：

我也来对您说，三分之二的热那亚人站在您这一边，向您的旗帜宣誓。

---

① 指仇恨从他身上得到滋养——滋生仇恨的根源。

西波：

还有凡里纳通过我从旗舰向您致意，报告控制了港口和海面。——

岑图里奥内：

还有城防司令官通过我交出统帅权杖和城钥。

萨科：

还有共和国的贵族和贫民通过我向他们的君主下跪（他跪下），祈求仁慈和宽容。

卡尔卡尼奥：

请让我成为第一个在伟大的胜利者的城墙里向他表示欢迎吧。——祝您平安——把这些旗帜都降下来！祝热那亚公爵平安！

全体（脱帽）：

平安！热那亚公爵平安！

〔响起悬旗乐声。

斐耶斯科（整段时间里站着沉思，头低垂在胸前）

卡尔卡尼奥：

民众和议员站立等候向身穿君主礼服的尊敬的一国之首致敬——高贵的公爵，请您允许我们，为您凯旋归去议会而开道。

斐耶斯科：

请你们先允许我定下心来——刚才我不得不把某一个亲爱的人留在忧心忡忡的悬想之中，这个亲爱的人将同我共享今晚的光荣。（激动地对人群说）烦劳各位，陪我去见你们的和蔼可亲的公爵夫人！（他正要离去）

卡尔卡尼奥：

难道让这个阴险的恶棍躺在这儿，把他的耻辱掩藏在这个角落里吗？

岑图里奥内：

拿戟来叉他的脑袋。

西波：

拿他血肉模糊的躯体打扫我们的石子路。

〔有人照亮了尸体。

卡尔卡尼奥（吃了一惊，略微放低声音）：

你们来看，热那亚人！这决不是加纳迪诺的脸孔啊！

〔大家都呆滞地瞅着尸体。

斐耶斯科（一动也不动，视线从眼角移向尸体，细心审视，然后出神地缓缓地收回目光，脸部扭曲）：

不是，是魔鬼在作弄！——不是，这不是加纳迪诺的面孔，是阴险的魔鬼在作弄！（环顾四周）热那亚是我的，你们这么说吗？我的吗？（猛地迸发出一声狂叫）阴差阳错真要命！这是我的妻子呀！（如遭雷击，猝然倒地，谋叛者三三两两惊恐地站着，死一般沉寂，停顿一段时间）

斐耶斯科（无力地站起来，声音低沉）：

我刺死了自己的妻子吗？热那亚人？——我恳请你们无须大惊失色，偷眼去看造化弄人的游戏。——感谢上帝！有些遭遇人类不必畏惧，因为人类不过是凡夫俗子而已，无缘得享神仙般的乐趣，也就不会遭到魔鬼般的痛苦。——此中禅机未能参透，或许不怎么好受。（以惊人的镇定）热那亚人！谢天谢地！其实并不是这么一回事。

第十三场

〔前场人物。阿拉贝拉痛哭上。

阿拉贝拉：

叫他们杀死我吧，现在我还有什么可以失去的呢？——你们这些男人，可怜可怜！——刚才我同我家夫人在这儿失散了，我在哪儿都再也找不到她了。

斐耶斯科（走到她身边，用颤抖的声音低低地说）：

你家夫人叫莱奥诺蕾吗？

阿拉贝拉（庆幸地）：

啊，您在这儿，亲爱和善的大人！——请您不要生我们的气，我们当时拦不住她呀！

斐耶斯科（闷声闷气地责问她）：

你这讨厌的女人！拦不住她什么？

阿拉贝拉：

拦不住她跟着他们跑过去——

斐耶斯科（火气更大）：

别噜苏！往哪儿跑？

阿拉贝拉：

往拥挤的人群里跑——

斐耶斯科（狂怒）：

看你的舌头鳄鱼似的① 胡扯——她穿什么衣服？

阿拉贝拉：

穿红袍——

斐耶斯科（发疯似的跌跌撞撞朝她走去）：

滚到第九层地狱② 里去吧！——那件红袍呢？

---

① 鳄鱼，虚伪、扯谎的象征。

② 意大利诗人但丁（1265—1321）的《神曲·地狱篇》里所写的地狱最深最可怕的一层。

阿拉贝拉：

刚才就在这儿地上——

几个谋叛者(喃喃低语)：

加纳迪诺前一会儿是在这儿被刺杀的。

斐耶斯科(极度疲软，摇摇晃晃往回走并对阿拉贝拉说)：

你家夫人已经找到了。(阿拉贝拉畏惧不安地退下。斐耶斯科翻着白眼在四周寻找，然后用微弱的、颤抖的、逐渐变成狂吼的声音)真是这样——真的——而我便是这滔天罪恶的作案工具。(粗野地朝四面猛击)你们往后退去，你们这些人类的脸孔！——哼！(他狂妄地朝天露出牙齿)要是我能把它那个宇宙咬住才好——我真想使整个天地破相，让它变成面目狰狞的丑八怪，难看得像我的痛楚一样。——(朝着站在四周直打哆嗦的其他人)嘿！这一伙人真可怜，现在就这么站着，为自己求福，庆幸自己不是这样——不是像我这样！(变为低沉，颤抖的声音)只有我给耍了！——(更急切，更粗暴)我？凭什么只有我？为什么那些人不跟我一样？为什么就该不让我的痛楚在一个同类的痛楚上磨去锋芒呢？

卡尔卡尼奥(畏惧地)：

我敬爱的公爵——

斐耶斯科(带着可怕的快意逼近他)：

哼！欢迎？谢天谢地！这儿总算有一个人也叫这一下雷击给压得稀烂！(边说边满腔怒火将卡尔卡尼奥死死抱住)老兄给砸得粉碎了！请君入地狱！她死了。你也喜欢过她。(他把卡尔卡尼奥逼到尸体旁边，将他的脑袋压在上面)你死了心吧！她死了。(呆滞的目光瞪着一个角落)噢，我原来站在地狱的门口，我的眼睛可以带着恐惧看下去，见到考虑周密的地狱里有形形色色的刑台，我的耳朵可以倾听粉身碎骨的罪人不断地哀泣——

我能看到它吗？能看到我的苦楚吗？谁知道，说不定我正背着它哩！（打着哆嗦走向尸体）我的妻子已被杀害，躺在这儿——没有什么，这算不了什么！（加重语气）我这恶棍杀害了我的妻子——嘿，这点事不会触动地狱。——它先是故意让我在滑得要命的令人头晕目眩的欢乐屋顶的尖脊上打转，喋喋不休地把我一直带到天堂门槛的旁边——然后让我跌落下去——然后——唉，要是我的气息能在人间散发瘟疫，那就好了。——然后——然后我刺杀我的妻子。——不！它的幽默还要高雅——然后两只眼睛（鄙夷地）忙中有错，于是（特别强调）我——刺杀——我的妻子！（咬牙微笑）这是杰作！

〔全体谋叛者同情地拄着手中的武器。有几个在擦眼泪。停顿一会儿。

斐耶斯科（精疲力竭，平静一些，环视人群）：

这儿有人在抽泣吗？——是的，确实是这样，那些刺杀了一个君主的人在流泪。（转化为内心的沉痛）你们说说！你们是由于死神倒行逆施而流泪，还是由于我意志薄弱感到绝望而流泪？（呆在遗体面前，神情真诚而令人感动）毫不留情动手刺杀的人现在心肠变软流下热泪，而斐耶斯科却因绝望而咒骂！（垂泪靠着她倒下去）莱奥诺蕾，宽恕我吧。——怨尤无法使苍天后悔①。（黯然神伤）莱奥诺蕾，几年以前，我就设想那个时刻的喜庆场面：我把你作为公爵夫人带到热那亚人的面前——我好像看到你那绯红的两颊多么娇羞可人，看到你那健硕的胸脯衬着闪亮的花簇多么丰盈挺秀，我好像听见你那欣喜若狂之际轻轻吐出便似无迹可循的悄声细语。（活跃一些）哈！宛如已经涌到我的耳畔足可自豪的阵阵欢呼多么令人心醉神迷！

① 意思是：木已成舟，苍天无法挽回此事。

情场得意,我独占鳌头,在人们嗒然若丧的艳羡中映照得多么清晰!——莱奥诺蕾——这个时刻已经到来——你的斐耶斯科现在是热那亚的公爵了。——可是热那亚的穷光蛋叫花子也不想同我易地而处,换取我的痛楚和红袍而遭人轻贱。(更加令人同情)——他有一位妻子可以为他分忧——我能同谁共享辉煌呢?(哭得更加伤心,把脸孔埋在遗体上。众人都露出同情的神态)

卡尔卡尼奥:

她确实是女中翘楚。

西波:

现在还不能让民众知道丧事。否则这会使我们的人气馁,反而壮了我们敌人的胆子。

斐耶斯科(镇定而果决地站起来):

你们听着,热那亚人!——这是天意,我领会这个暗示:给我造成这个创痛,只是为了考验我这颗心能不能承担这近在眼前的伟大事业。——这是风险极大的考验——现在我再也不为痛楚和欣喜而分心了。你们来吧!热那亚在等候我,你们这样说过吗?——我愿赠送给热那亚一位君主,没有一个欧洲人曾经见过的君主。你们来吧!我要为这位不幸的公爵夫人举行这样的丧礼,使人看到:苟活何足道,物化有哀荣,使她像新娘一样光彩夺目。——现在你们跟着你们的公爵走吧!

〔在悬旗进行曲乐声中众人下。

第十四场

〔安德烈阿斯·多里阿。洛梅利诺。

安德烈阿斯：

他们欢呼着往那边去了。

洛梅利诺：

他们运气好，陶醉了。城门都已经打开。所有人都拥向议会去了。

安德烈阿斯：

骏马只是由于我的侄子受了惊[①]。我的侄子现在已经死了。您听着，洛梅利诺——

洛梅利诺：

怎么？还抱希望？您还抱希望？公爵？

安德烈阿斯：

你直打哆嗦，因为你认为我这公爵已经完蛋，连抱希望也谈不上了。

洛梅利诺：

无限仁慈的大人——一个闹得天翻地覆的国家已经在斐耶斯科的手心里。在您的手心里有什么呢？

安德烈阿斯（尊贵而亲切地）：

苍天！

洛梅利诺（恶意地耸耸肩膀）：

自从发明火药以来，那些天使都不安营扎寨[②]了。

安德烈阿斯：

你这猴子真可怜，还要从一个濒临绝望的白发老翁那夺走他的上帝！（严肃地用命令的口气）去吧！宣布安德烈阿斯依然活着——安德烈阿斯，你就说，请求他的孩子们不要把他这个八

① 参看第四幕第十四场中莱奥诺蕾所说的“骏马”。

② 意思是：施展本领，帮助陷于困境的人们。

十岁的老人驱赶到这样一些外国人那儿,他们永远也不会原谅安德烈阿斯使自己的祖国繁荣昌盛。你把这句话告诉他们,同时说:安德烈阿斯请求他的孩子们在他掩埋那么多骸骨的祖国给他掩埋那么多泥土。

洛梅利诺:

我遵命,但我感到绝望。(欲下)

安德烈阿斯:

你听着,再带去这一束灰白发鬈。——你说:这是我头上最后一绺头发,在一月的第三个夜晚,当热那亚从我心上脱落的时候,掉了下来。你说:这头发留了八十年,在第八十年里离开这个秃顶——这一束发鬈并不结实,但足够牢固,可以吊起穿紫袍的瘦高个小伙子。(他掩面离开。洛梅利诺急忙走进另外一条巷道。人们听到喧闹的欢呼声,夹杂着吹号声和擂鼓声)

第十五场

〔凡里纳从港口来。贝塔和布戈尼诺。

凡里纳:

人们在欢呼。对谁呢?

布戈尼诺:

他们一定在高呼斐耶斯科当选为公爵。

贝塔(胆怯地依偎着布戈尼诺):

我爸爸的模样很可怕,斯西比奥!

凡里纳:

你们让我独个儿呆着,孩子!——唉,热那亚!热那亚!

布戈尼诺:

平民崇拜他,欢叫着要给他穿上紫袍。贵族惧怕地看着,不敢表示反对。

凡里纳:

儿子呀,我已经变卖了所有的财物,叫人把钱送到你的船上了。带上你的妻子,立即起航。也许我随后就来。也许——不来了。你们朝马赛驶去,(强忍沉痛的心情拥抱他们)愿上帝保佑你们一路平安!(急下)

贝塔:

天哪!我爸爸在想些什么呀?

布戈尼诺:

你以前了解你爸爸吗?

贝塔:

逃走!唉!在新婚之夜逃走?

布戈尼诺:

他刚才是这么说的。——我们听他的话。

〔二人走向港口。

第十六场

〔凡里纳。斐耶斯科一身公爵服饰。两人迎面遇上。

斐耶斯科:

凡里纳!碰得正好!我刚出来找你。

凡里纳:

我刚才也一路走一路找。

斐耶斯科:

凡里纳没有在朋友身上看出变了样吗?

凡里纳(克制地)：

我希望没有变样。

斐耶斯科：

可你也没有见到变了样吗？

凡里纳(并未正眼看他)：

我希望，没有。

斐耶斯科：

我是问：你没有发现变了样吗？

凡里纳(随便瞥他一眼以后)：

我没有发现。

斐耶斯科：

所以，你瞧，权利不会使人变成暴君，这的确是事实，不能不承认。我们分手以后，我成了热那亚的公爵，而凡里纳(一边说一边把他紧抱在胸前)感觉得到我的拥抱依然热情如故。

凡里纳：

可我只能反应冷淡，这就更加糟糕。这副君临一切的架势宛如利刃在我和公爵之间劈了下来！约翰·路德维希·斐耶斯科在我的心里拥有阡陌纵横的土地——现在他已夺取了热那亚，那么我就收回自己的田产。

斐耶斯科(一愣)：

千万不要这样！不然的话，一个公爵的代价也太大了。

凡里纳(忧郁地嘟哝)：

嘿，莫非共和政体不时髦了，就廉价地扔给随便哪个人吗？

斐耶斯科(咬紧嘴唇)：

这话你除了对斐耶斯科就不要对别人说了。

凡里纳：

听人讲真话不赏耳刮子一定是个出类拔萃的人物。——只是可惜呀！那位诡计多端的赌客只看错一张牌，他算准了嫉妒的全部招数，可这个爱开玩笑的滑头货真倒霉却漏掉了爱国人士。(极其意味深长地)难道这位自由的压制者留了一手在有人打罗马美德[①] 这张牌时好对付吗？我以永生的上帝起誓，后世的人们不必去一块公爵领地上的教堂墓园里挖掘我的骸骨，他们应该到刑场上去收集。

斐耶斯科(轻轻地握住他的手)：

如果公爵以你的弟弟自居，也不行吗？如果他在财政收支上处于捉襟见肘一直行乞的情况下把这个国家变成福利的宝库，也不行吗？凡里纳？

凡里纳：

即使这样，也还不行。——再说赠送赃物还没有把窃贼从绞架上解脱下来。而且这种慷慨大方的做法用在我凡里纳的身上也是找错了门。我可以容许同胞对我表示好意——我也希望能够报答我的同胞。一个君主的馈赠则是一种仁慈的表示——而对我仁慈的是上帝。

斐耶斯科：

我宁愿把意大利从大海边夺走，也不想把这个执拗的老头从荒唐想法的束缚中夺走。

凡里纳：

夺走这种本事一向是你不算最差的招式。共和国这只羔羊关于这点就有话可说，你从恶狼多里阿的血盆大口里把它夺走——为的是自己把它吃得精光。——够了！只是顺便提一下，请你告诉我，你们把那个可怜的魔鬼在耶稣会大教堂旁边吊死。他犯了什么罪？

---

① 指纯洁而坚强不屈的共和主义者的思想。

斐耶斯科：

这个流氓纵火烧热那亚。

凡里纳：

可这个流氓还是伏法了吧？

斐耶斯科：

凡里纳拿纵火来威胁我的友情。

凡里纳：

别谈友情了！我就对你挑明：我并不喜欢你了。我斩钉截铁地对你说：我恨你——像恨天堂里那条蛇[1]一样，它使人类最早受骗，人类从此遭到惩罚，已经是第五个千年了。——你听着，斐耶斯科——我现在对你不是臣子对君主——不是朋友对朋友——而是人对人在说话。（尖刻而愤激地）你玷污了真实即上帝这一尊严：你使道德沦为你卑鄙行径的手段，你使热那亚爱国者变成你诱骗热那亚满足私欲的工具。——斐耶斯科，就算我这老实人蠢得不识豺狼在眼前，纵使地狱有千般骇人的景象，我还是要用自己的内脏搓成一条绳索绞死自己，让出窍的灵魂化为痉挛似的冒出来的一串气泡朝你喷射。篡夺君主宝座的无赖行为固然会把称量常人罪过的黄金戥子压得粉碎，但是你作弄了苍天难逃末日审判这场官司。

斐耶斯科（惊讶地无言地睁大眼睛打量他）

凡里纳：

不必动脑筋回答我。我们的事情言尽于此。（走了几个来回）热那亚公爵，在昨天的暴君拥有的橹舰上我认识了一群可怜人，他们每摇一下船桨都在反刍多年以前的过错，对着汪洋大海

① 据《旧约·创世记》，蛇引诱夏娃偷食禁果，接着亚当也吃，他们被上帝赶出伊甸园，在人世遭受各种痛苦。

哭泣，烟波浩渺如巨富，过于高贵，不屑清点他们的涟涟泪水——明君当以恻隐之心开始理政。你可有意解救橹舰奴隶？

斐耶斯科(尖锐地)：

我施行暴政，就让他们首当其冲吧——你去向他们宣布全部释放！

凡里纳：

要是你看不到他们欢欣鼓舞的情景，那么你这事便美中不足了。不妨一试，你自己去吧。大人物干坏事很少亲临现场；大人物做好事也要躲在幕后吗？我在思忖：公爵高高在上，但对任何一个乞丐的内心感受也不会无动于衷。

斐耶斯科：

唉，你叫人望而生畏，可我不知道为什么我非要跟着你去不可。

〔两人朝海边走去。

凡里纳(静静地站着，露出沉痛的神情)：

再拥抱我一次吧。斐耶斯科！这儿不会有什么人看到凡里纳流泪，看到一个君主动了真情。(他真挚地拥抱斐耶斯科)确实从来没有更加伟大的两颗心曾经在一起跳动；我们过去相亲相爱如同手足——(激动地靠着斐耶斯科的脖子哭泣)斐耶斯科！斐耶斯科！你在我心头留出了一块空白，人类就是三倍这么多也填补不了。

斐耶斯科(非常感动)：

做——我的——朋友吧！

凡里纳：

你把这件难看的紫袍扔掉，我就做你的朋友！——第一个君主原是凶手，他第一个穿上紫袍，为的是借这种鲜血的颜色掩盖自己的罪恶留下的污迹。——你听着，斐耶斯科——我是

军人，不大懂得脸颊上的泪痕——斐耶斯科——这是我第一次流下的眼泪——你扔掉这件紫袍吧。

斐耶斯科：

别说了。

凡里纳（更加激动）：

斐耶斯科——就算在这儿把人世间所有的王冠都当做代价，在那儿把所有的刑具都拿来吓人，如果叫我跪在一个人的面前，我决不答应——斐耶斯科！（说着跪了下去）这是我第一次下跪——扔掉这件紫袍吧！

斐耶斯科：

站起来，别再惹我生气了。

凡里纳（打定主意）：

我站起来，不再惹你生气了。（他们站在一块通往橹舰的木板旁边）君主请先走。

〔他们在这块木板上走过去。

斐耶斯科：

你干吗这么用劲地扯我的袍子？——袍子都掉下来了！

凡里纳（以可怕的嘲弄口气）：

紫袍落地，公爵也跟着掉下去。（他把斐耶斯科推落水里）

斐耶斯科（从波浪里叫喊）：

救命啊！热那亚人哪！救命啊！救救你们的公爵呀！（沉下去）

第十七场

〔卡尔卡尼奥。萨科。西波。岑图里奥内。众谋叛者。民众。

〔大家都匆匆忙忙，战战兢兢。

卡尔卡尼奥(叫喊)：

斐耶斯科，斐耶斯科！安德烈阿斯回来了，半个热那亚的人都朝安德烈阿斯奔去。斐耶斯科在哪儿？

凡里纳(以坚定的语气)：

淹死了！

岑图里奥内：

是鬼魂还是疯子在答话？

凡里纳：

如果说得好听一点，就叫做投水自尽了。——我去见安德烈阿斯。

〔众人三三两两站在那里发呆。幕落。

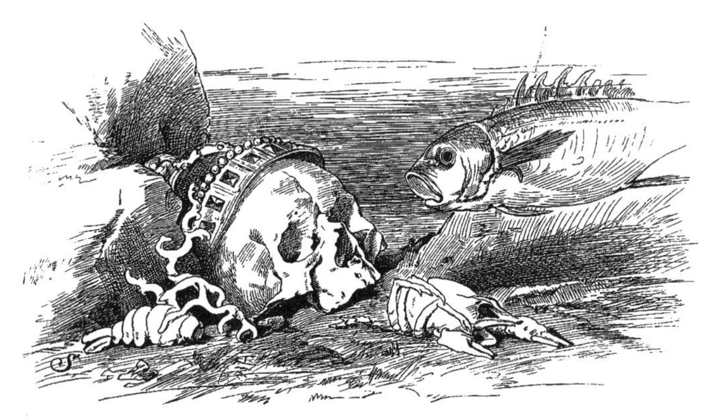

阴谋与爱情

一部市民悲剧

章鹏高 译

Kabale und Liebe
H. Götz

人　　物

首相封·瓦尔特　一个德意志公国宫廷的首相

费迪南　他的儿子,少校

内廷总监封·卡尔普

米尔福特夫人　公爵的情妇

乌尔姆　首相府文书

米勒　城市乐师,或如某些地方的叫法:吹鼓手

米勒太太

路易丝　他们的女儿

索菲　米尔福特夫人的侍女

公爵的一名内侍

一些配角

第　一　幕

第　一　场

〔乐师家中一间居室。

〔米勒正从椅子上站起来，将大提琴搁在一边。他的妻子米勒太太还穿着睡衣坐在桌旁喝咖啡。

米勒(快步踱来踱去)：

早晚总得有个了结。现在麻烦了。人家把女儿跟这个少校放在一块儿七嘴八舌地议论。我们家眼看要臭了。首相也听到风声，那就干脆不让这公子哥儿进我的家门。

米勒太太：

你又没有硬叫他来你家呀！——你又没有把你女儿硬给他送上门去呀！

米勒：

我是没有硬叫他来我家——我是没有把这丫头硬给他送上门去。可谁跟你讲这个？——当时我就是一家之主。我对女儿本当多加管教，早就该对这个少校更加不客气——或者当时马上就该把什么都抖搂给那位相爷，他那爸爸大人才是。这乳臭未干的公子哥儿只要挨一顿臭骂就给撵出去了，这我不是不知道。现在我这拉琴的便给说得一无是处。

米勒太太(啜完一杯咖啡)：

可笑！胡扯！你有什么不是？谁能拿你怎么样？你干你的本行，只要找到学琴的全给弄来就是。

米勒：

话不能这么说，你看，这事结果会怎样？——他不可能娶这个丫头——根本谈不上娶，把她当做一个……——我的天哪！——早上好！——你说是不是这样？既然这种权门子弟到处拈花惹草，干这事熟门熟路，要谁都能得手，那么我说的这个浪荡公子当然也想吃天鹅肉了。你得小心，多加小心！就算你从每一道木板缝隙看住他，在每一个角落里提防他，他还是会在你眼皮底下将她拐走，让丫头生小孩，自己又溜之大吉，害得丫头一辈子挨骂，嫁不成人，说不定她上了瘾，就这么干下去。（捏起拳头敲自己的额角）我的天哪！

米勒太太：

千万不能这样！

米勒：

眼看就会这样。不然，这么一个轻浮子弟图的是什么？——他只看这个丫头模样俊俏——身段苗条——走起路来轻盈好看。脑瓜子好比屋顶，这里面是什么，这种人就满不在乎。他们在你们女人身上根本不管这个，只要老天爷不要忘掉建底层便可以——我说的这个浪荡公子先是四处搜寻那主要构件——啊！他眼前一亮，就像我这条罗德尼[①] 闻到法国人的气味那样，便扯起所有的风帆，朝那边直冲——我一点也不怪他，人总是人嘛，这我不是不知道。

米勒太太：

---

① 罗德尼（1718—1792），英国海军上将，一七八〇年和一七八二年在西印度群岛海域与法国舰队作战，取得辉煌战果。此处是一条狗的名字。

你也该读读这位公子写给你女儿的说得挺好的那些信。慈祥的上帝！在信里可以看得清清楚楚，他一心想着她美丽的灵魂。

米勒：

坏透了！这叫挂羊头卖狗肉。谁看中自己喜欢的肉体，要想讨好，只消利用善良的心地当信使就行。我当时是怎么干的？先是一本正经，火候一到，心心相印，呼的一下，身不由己便照着葫芦画瓢。仆人就按主子的吩咐来行事①。其实银色的月光说到底只是拉皮条而已。

米勒太太：

你先看看少校大人带到我们家的那些漂亮的书吧。你女儿也总是照着这些书来祈祷。

米勒（嗤之以鼻）：

哼！祈祷！你算是说到点子上去了。这位大人娇嫩的胃里装惯小杏仁饼，这原汁原味的天生肉汤还消受不了——先得把它拿到感伤文人笔下像炼狱那样五毒俱全的厨房里随心所欲地煮个透。这些废纸全该扔到火里去。可我这丫头却将谁知道是什么乌七八糟的玩意儿看成比天上掉下来的宝贝还要珍贵，全吸了进去，这堆垃圾随后融化在血液当中，仿佛西班牙苍蝇似的把她爸爸好不容易勉强维持住的这点基督教信仰全糟蹋了。我说，扔到火里去。这丫头把那些胡言乱语都塞进了脑袋，在极乐世界四处闲逛，到后来再也找不到自己的老家，忘掉了她爸爸米勒是拉提琴的，也许这样的爸爸让她觉得不好意思，最后弄得我少了一个能干、正派的女婿，不然他会热情地同我的主顾打成一片——不行！该死！（跳起来，激动

① 指心灵为主子，身体为仆人。

地)不能再拖下去了！这少校——哼！哼！这少校，我要把他撵出去！(正欲离开)

米勒太太：

别乱来，米勒，就那些礼物，我们便换来好多钱哪！……

米勒(回来，在她面前站住)：

我女儿的卖身钱？——你给我见鬼去吧，好个不要脸的老鸨！——我宁可带上提琴到处乞讨，靠拉琴要一口热饭——我宁可把大提琴砸碎，把大粪浇在共鸣板上，也不想用独生女儿拿灵魂和幸福赚来的钱找乐趣。——别喝要命的咖啡了，别吸鼻烟了，这样你就不用去出卖你女儿的脸孔。这个让人头痛的轻狂小子来我家里到处嗅这嗅那之前，我本来就吃得饱饱的，穿得好好的嘛。

米勒太太：

你别冒冒失失胡来。看你这会儿气头上是一副什么模样。我只是说，不能怠慢少校大人，因为他是首相的儿子呀。

米勒：

问题就在这儿。由于这个原因，恰恰由于这个原因，这事今天就得了结。如果首相是个讲理的爸爸，他一定会感激我。你给我把那件红色的丝绒外套刷干净，我要去见这位大老爷。我要对他说：您的公子看上了我的女儿。我的女儿做您家公子的太太配不上，做您家公子的姘头犯不着。就这事！——我叫米勒。

第二场

〔文书乌尔姆。前场人物。

米勒太太：

啊，早上好，文士[1] 先生，您又来这儿我好高兴啊！

乌尔姆：

我才高兴，我才高兴哩，好嫂子。这儿可是一位潇洒的公子光临的地方，我这平头百姓高兴来又算得了什么。

米勒太太：

快别这么说，文士先生。封·瓦尔特少校大人看得起我们来这儿，使我们越来越光彩，可我们不会因此便看轻别人哪！

米勒（厌烦地）：

给这位先生搬一把椅子来，孩子她妈！把这放下来吧，老乡！

乌尔姆（把帽子和手杖放在一边，坐下来）：

好，好！唔，那位以后跟我一起的——或者说，那位不再正眼瞧我的小姐怎样了？——我真希望——不要见不到她——路易丝小姐怎样了？

米勒太太：

多谢关心，文士先生！我的女儿一点儿骄气也没有。

米勒（恼火地，拿胳膊肘子撞她）：

蠢货！

米勒太太：

真抱歉，她没有见您文士先生的光荣。她刚做弥撒去了，我的女儿。

乌尔姆：

这让我感到高兴！我感到高兴！我希望会有她这么一个虔诚信奉基督教的妻子。

---

① 此处原文为 Sekretare（正确拼法：Sekretär），借以表示米勒太太硬充斯文走了样。

米勒太太(微笑,附庸风雅,一副蠢相):

嗯,文士先生啊——

米勒(显然感到尴尬,拧她的耳朵):

蠢货!

米勒太太:

要是我们家能为您做点别的什么——我们都愿意,文士先生——

乌尔姆(露出狡诈的神情):

别的什么?多谢!多谢!——嘿!嘿!嘿!

米勒太太:

可是——文士先生您自己也很明白——

米勒(气恼已极,踢妻子的臀部):

蠢货!

米勒太太:

好是好,可更好就更好。就这么一个孩子,她能过上好日子,总不能从中作梗啊。(傻乎乎地自鸣得意)您明白我的意思了吧,文士先生?

乌尔姆(不安地在椅子上扭动,抓抓后脑勺,扯扯衬衫袖口和襟饰):

明白?不明白——唔——您这是什么意思?

米勒太太:

嗯——嗯——我只是这么想——我是说(清一下喉咙)——因为仁慈的上帝就是要使我的女儿成为高贵的夫人——

乌尔姆(从椅子上跳起来):

您这可是当真?当真这样?

米勒:

坐着!坐着!文书先生!这女人是头蠢猪。哪儿来的高贵夫人?伸长耳朵听她胡说八道岂不是成了十足的驴子?

米勒太太：

你骂吧，爱骂多久就骂多久。反正我知道——少校大人说过怎样就算数。

米勒（火冒三丈，跳过去取提琴）：

你还不住口？你要尝尝大提琴敲脑袋的滋味吗？——你能知道什么？——他会说些什么？——别信她胡扯，老弟！——滚到你的厨房里去！——您总不会把我看成傻瓜的同胞兄弟，以为我会拿这丫头去高攀吧？文书先生，您总不会这样看我吧？

乌尔姆：

我也不应该把您看成这样的人，乐师先生！您一向让我把您看做说话算话的人，再说当时我对您女儿提出正当的要求就等于可以完全打包票，因为我有收入丰厚把家当好的差使。首相器重我，要是我想上去，他不会不举荐。您瞧，我对路易丝小姐可是一片真心哪。要是她听任一个夸夸其谈的公子哥儿牵着鼻子走——

米勒太太：

乌尔姆文士先生！我想请您说话要多尊重别人——

米勒：

给我住口！——别当一回事，老弟！还是那句话。去年秋天我就给您说了，今天再讲一次。我不能硬要女儿怎样。要是她觉得您合适——那就很好，她会做到怎么跟您和睦相处。要是她摇头——这样就更好——我想说，巴不得这样——那您便是碰了钉子，同她爸爸喝一瓶酒算啦——是这丫头要同您过日子——不是我。——干吗要我一味固执地让一个不合她心意的男人纠缠她呢？——硬要那样，恶毒的敌人到我老态龙钟的时候还会像捕猎野兽一样四处追赶我——弄得我每饮一杯酒,每喝一口汤都会挨他数落:你这王八蛋,毁了自己的孩子!

米勒太太:

一句话——我决不答应。我这女儿生来就高贵。要是我男人听信别人胡说八道,我便上法院去。

米勒:

打断你的手脚你才舒服,是不是?多嘴婆娘!

乌尔姆(对米勒):

女儿很听爸爸的劝告,希望您了解我,米勒先生。

米勒:

真是笑话!这丫头才有必要了解您。我这爱发议论的老头儿看您不会让这个讲究口味的年轻姑娘中意。我倒乐意确切地告诉您是不是适合指挥乐队——可一个女人的心思就是对一个乐队指挥来说也太细腻。——而且,老弟,说句心里话——我是一个不会绕弯子直来直去的德国佬——我真要给女儿出主意,结果您就很难感恩戴德了。我不劝女儿嫁给谁——但我劝我女儿不要嫁给您,文书先生!您让我把话说完。一个男子求爱,要找女方爸爸帮忙,我看——对不起!——他就没什么出息。要是他有点能耐,便不会厚着脸皮,通过这种老掉牙的门路向他的意中人显示自己的本事。没有这个胆量,就是脓包一个,这号废物哪个路易丝也不会要——瞧!他必须撇开爸爸在女儿身上下工夫。他要是能做到这个地步,使得她宁可甩掉爸爸妈妈也不放开他——或者她自己跑来跪在爸爸脚边寻死觅活,不答应她嫁给惟一的心上人不罢休——这样才算得上一条好汉!这样才叫做相爱。谁要是不能使女人爱他到这个程度,那就——命该舞文弄墨。

乌尔姆(伸手取过帽子和手杖,走出屋子):

谢谢,米勒先生。

米勒(慢步跟着他走):

为什么事道谢?为什么事?您一无所得呀,文书先生!(回来)他没有听见,就这样走了。——我一见到这个笔杆子,就像碰上毒药和雌黄。这家伙鬼头鬼脑,看着就讨厌,仿佛哪个走私贩偷偷地把他卖到上帝创造的世界里来——那双细小狡黠的耗子眼睛——头发火红——下巴突出来,就跟大自然对这件废品很恼火,便抓起这个混账东西,把他随便扔在哪个角落里似的。——甭想!如果我把自己的女儿胡乱丢给这样一个无赖,那宁可叫她去——上帝宽恕我!——

米勒太太(啐了一口,恶狠狠地):

这狗东西!——可你给我把嘴巴放干净点!

米勒:

你也别再提你那个发臭的公子哥儿!——刚才你把我气得要命。每次你该聪明一点的时候,偏偏总是蠢得不能再蠢。提到高贵的夫人和女儿时那些胡言乱语是什么意思?这个人我看透了!让他闻到这类事情的气味,第二天便会在集市广场的井边传得沸沸扬扬。他就是这路货色,到处串门转悠,东家长西家短,唠唠叨叨——万一有人嘴巴不紧,蹦出一句离谱的话——这一下好啦!马上报告君主、夫人和首相,叫你吃足苦头。

第三场

〔路易丝上,手里拿着一本书。前场人物。

路易丝(把书放下,朝米勒走去,同他握手):

早上好,亲爱的爸爸!

米勒(慈爱地):

你好,路易丝。你时刻不忘造物主,我感到高兴。希望你永远这样,他会伸出手来保护你。

路易丝:

唉!我罪孽深重啊,爸爸!——妈妈,他来过吗?

米勒太太:

谁呀?孩子?

路易丝:

啊!我倒忘了。除了他还有别人哩。——我脑子里乱极了——他没有来过吗?瓦尔特没有来过吗?

米勒(忧虑而认真地):

我还以为,我的路易丝去了教堂以后,不会再把这个名字带回来。

路易丝(目不转睛地注视他一会儿以后):

我理解您,爸爸——我感觉得到您刺进我良心的这把刀子;可是为时已晚——我再也不能虔诚地祈祷了——上苍和费迪南在拉扯着我淌血的灵魂,而且我担心——我担心(停了片刻以后)还是不行啊,好爸爸!我们看着油画却忘掉了作者,画家就会觉得这是对他极为高雅的赞美——如果我对上帝杰作的喜爱使我忽视了他自己,不是一定也会使上帝高兴吗?

米勒(闷闷不乐地由着身子倒在椅子上):

果然是祸躲不过。这是目无上帝的读物带来的后果。

路易丝(不安地走到窗前):

这个时候他会在哪儿呢?——那些文雅的小姐,她们看见他的模样——她们听见他的声音——我是一个普普通通的女孩,已经被遗忘了。(说到这个字眼吃了一惊,朝她父亲奔去)还是不行,不行啊!您原谅我。我并不觉得自己的命运可悲。我只是有点——想他——这不碍事呀。这点微弱的活力——容许我让它伴随一缕柔和的轻风在他脸上拂过一丝清凉!——这朵青春小花——就当是紫罗兰,他不妨踩上去,花儿也愿意一无所求地在他脚下死去!——这样我便心满意足,爸爸!如果蚊子在晒太阳——自豪、威严的太阳会惩罚它吗?

米勒(受到感动,躬身靠在椅子的扶手上,掩住面孔):

你听我说,路易丝——如果你从来没有见过这个少校,我心甘情愿地抛却残生。

路易丝(吃了一惊):

您这可是当真?当真这样?——不会的,我的好爸爸,他不是这个意思。他一定不知道:费迪南是我的意中人,成全两心相悦的圣父为我,为了使我快乐把他创造出来。(站在那里沉思)当我第一次见到他时——(加快语速)热血涌上脸颊,脉搏跳得更加欢快。每一次心跳都评说,每一次呼吸都低语:就是他!——而且当我这颗心认出这个众里寻他千百度的人时,它断定:就是他!——这句话在整个共享喜悦的世界发出多大的回响。当时——啊,当时在我的灵魂里晨曦初露,从我心中涌现千般柔情,宛如春来繁花从泥土里冒出。我看不到周围的一切了,可我又觉得世界从来也不是这般美丽。我不记得上帝了,可我又从来没有这样爱他。

米勒(连忙朝她奔去,紧紧抱住她):

路易丝——亲爱的——心爱的孩子——把我这个衰老的脑袋拿去吧——把什么都拿去!——把什么都拿去!——这个少校——请上帝作证——我永远都不能把他给你。(下)

路易丝:

我现在也不要他,爸爸!这一小滴露水般的时间——只要一场见到费迪南的梦便贪婪地把它喝得精光。今生今世我只好放弃他。妈妈——如果扫除了门第差别——如果从我们身上脱去了所有令人厌恶的等级外衣，如果人就是人——到那时伴随我的只有自己的纯洁。爸爸常常也说，上帝来到的时候，饰物和好听的头衔就不值钱了，但是心灵的价值却在提高。到那时我就富裕了。到那时人们就把眼泪看做胜利，把美好的想法看做祖先。到那时我就高雅了，妈妈！——到那时他还有什么比他女友优越呢？

米勒太太（跳了起来）：

路易丝，那是少校哇！他跳过了园子的篱笆。我躲到哪儿去呢？

路易丝（开始发抖）：

您别走哇，妈妈！

米勒太太：

我的天哪！我这副模样！多难为情啊。这样我不能见公子呀！（下）

第四场

〔费迪南·封·瓦尔特。路易丝。

〔他朝她飞奔过去——她变了脸色，颓然倒在椅子上——

〔他在她面前站住——他们彼此无言地对视一会儿。静默。

费迪南：

你脸色怎么这样苍白？路易丝？

路易丝（站起来，扑向他，搂住他的脖子）：

路易丝

没有事！没有事！你来了哇，也就没有什么了。

费迪南（捏住她的手，放在唇边）：

那么我的路易丝，还爱我吧？我这颗心还是昨天那一颗。你的也和原来的一样吗？我飞也似的来这里，想看看你是不是愉快，随后我也会愉快地走开——可你并不高兴！

路易丝：

不，不，我是高兴的，亲爱的。

费迪南：

跟我说真话！你并不高兴！我看透你的灵魂，就像看透这颗清泉般的宝石一样。（指着自己的指环）这里没有一个我看不出来的小气泡——没有什么想法曾逃过我这双眼睛。你有什么不愉快的事呢？快告诉我！只要我看到这面镜子一尘不染，就不会有一片乌云掠过世界。什么事让你不高兴呢？

路易丝（她默然而含有深意地注视他一会儿，随后凄怆地）：

费迪南，费迪南！但愿你能理解：你这么一说，我这寻常百姓家的女孩便鹤立鸡群了①。

费迪南：

这是什么意思？（一怔）女孩！真奇怪！你怎么会这样想！——你是我的路易丝呀！——谁对你说，你应当还是什么什么的女孩。瞧，你口是心非，我就得看你的冷脸。要是你对我一片真心，哪里还有时间去比高低呢？我在你身边的时候，理智便融进目光，看到了你——我离开你以后，理智便融进梦境，见到了你。可是你除了情意以外难道还另有掂量一番的心计吗？——你好意思！你耗费在这种苦恼上的每一时

① 意思是：这么说无补于实际，一个出身于普通百姓人家的女孩无法逾越社会差异的鸿沟，结果只能同他分手。

刻都是从你的小伙子那里偷去的。

路易丝(捏住他的手,摇头):

你是要我熟视无睹,费迪南——你是想把我的目光从我肯定要掉到那里面去的深渊引开。我看到了结局——名誉的呼声——你的设想——你的爸爸——我的卑微。(吃了一惊,突然把他那只手放开)费迪南!在你和我的头顶上悬着一把短剑!——人们要拆散我们!

费迪南:

拆散我们!(跳起来)你怎么有这种预感?路易丝?拆散我们?——谁能把连心的结解开?谁能把和弦的音拆开?我是一个贵族——可我们看看我的贵族文书是不是比无垠宇宙的图样[①] 更加古老,看看我的纹章是不是比路易丝眼里流露出来的“这个女子和这个男子相配”的天书字迹更加有效——我是首相的儿子,正由于这个原因,我爸爸吮吸全国民脂民膏的罪孽将遗留给我。除了心上人,谁能为我消除痛苦?

路易丝:

啊,我多么怕他——你那个爸爸!

费迪南:

我什么都不怕——什么都不怕——就怕你对我的情意受到了束缚。就让种种障碍像高山一样堵在我们中间,我要把这些都当做石级,攀登上去,向路易丝的怀抱飞奔!就让厄运的风暴加深我们的感情,危险只会使我的路易丝更加动人——所以不要再说害怕了,我的意中人。我自己——我要保卫你,像魔龙守护掩埋在地下的黄金那样。——把你交托给我吧,你不需要天使了。——我将挺立在你和命运的中间——替你承

① 按照这个图样,人们从来就是互相依存的。

受每一个创伤——为你接下从欢乐之杯倒出的每一滴液汁——盛在爱情的盘子里端给你，(亲昵地拥抱她)我的路易丝注定要倚在这条胳臂上欢度一生。当它放开你，上苍重新得到你的时候，一定会发现你变得更加美丽，还将惊异地发现，惟有爱情，才能最后塑造灵魂。

路易丝(推开他，异常激动)：

不要再说了！我请求你，别说了！——你哪里知道——放开我——你不知道，你那些希望像复仇女神一样在袭击我。(欲走)

费迪南(拦住她)：

路易丝？怎么啦？怎么这样呢？怎么一下子这样了呢？

路易丝：

我本来已经忘掉这些梦境，为此而感到高兴。——可现在！现在！从今天起——我的生活失去了平静——狂乱的愿望——我知道——将在我的胸中翻腾——你走吧——但愿上帝宽恕你！——你将火把扔进我这颗年轻的安静的心，它永远都不会，永远都不会熄灭。(她冲出去，他默然跟着她)

第　五　场

〔相府大厅。

〔首相，脖子上挂着一枚十字勋章，旁边又有一个星形章，与文书乌尔姆同上。

首相：

暧昧关系！我的儿子？——不会的，乌尔姆，你永远也不会使我相信这样的事！

乌尔姆：

大人海涵，容许我拿出证据。

首相：

他向那个平民丫头献殷勤——说几句讨好的话——甚至随便表示什么情意——这些我看都有可能——都可以原谅——可是——您说什么来着？说她还是一个乐师的女儿吗？

乌尔姆：

乐师米勒的女儿。

首相：

好看吗？——这也很自然嘛。

乌尔姆(来劲了)：

金发姑娘的顶尖佳丽！不消多说，就是同宫里如云首选美女相比，她也是出类拔萃的。

首相(大笑)：

您这就告诉我，乌尔姆——我觉得——您看上这小妞儿了——可是您瞧，亲爱的乌尔姆——我的儿子对那娘儿们有意思，这使我有了希望：女人不讨厌他。这样他在宫里就能一显身手。您说，这个女孩长得美，那我对自己的儿子就满意了，因为他有眼力。要是他哄那个傻丫头，说打定主意要娶她——这样更好——我就可以看出，他撒谎牟利有术。他还会当上首相哪。真当上了——好极了！这就向我表明，他是福星高照。——如果这么胡闹以生一个胖孙子结束——再好不过！那么我就为我家谱系当中的亮点多喝一瓶西班牙玛拉加葡萄酒，同时支付给那个婊子他同她瞎来的罚款[①]。

乌尔姆：

① 指私生子抚养费。

大人,我只希望您没有必要为了浇愁而喝这瓶酒。

首相(一本正经地):

乌尔姆,您要知道:如果我相信了,就相信到底;如果我发火了,就火冒三丈。——您想挑拨我,我觉得很好玩。您只想搬开情敌,我自然知道您的用意。由于您要想把我儿子从那个女孩身边赶走不那么容易,便把他父亲当苍蝇拍来使,这我也可以理解——再说,您干这无赖勾当的点子这么绝,还真叫我觉得有趣。——只是,亲爱的乌尔姆,您总不能捎带把我也给蒙了——只是,您得了解我,您总不能找窍门挖我干大事的墙脚哇。

乌尔姆:

大人请原谅!就算真的——像您怀疑的那样——嫉妒从中作祟,那也只是看着眼红,并非开口伤人。

首相:

可我想,完全不必嫉妒。笨蛋,不管您是从铸币厂拿到新的还是从银行领取旧的卡罗林金币①,碍着您什么事?!您可以拿这里的贵族来自慰——不管您知道还是不知道——在我们这儿很少举行一次婚礼不是至少有半打来宾——或者侍役——能够测出新郎乐园的形状、大小和位置②。

乌尔姆(鞠躬):

大人,在这件事情上我是一个平民③。

首相:

再说,很快您就会得到非常巧妙地作弄情敌的乐趣。刚才内

---

① 卡罗林金币,最早为巴伐利亚选帝侯卡尔·阿尔伯特一七二六年铸造的金币,值十古尔盾。

② 意思是:那些人与新娘有过肌肤之亲。

③ 意思是:我不像贵族那样听之任之。

阁这样做了安排:由于来了新的公爵夫人,米尔福特夫人表面上理应离开,还得结婚,才能把这个骗局设计得天衣无缝。您也知道,我的地位在多大程度上依靠夫人的影响——我在公爵变幻莫测的情绪上更是挖空心思做足文章。现在公爵要给米尔福特夫人找一个搭档。可能另外有人毛遂自荐——做成这笔交易,利用这位女士取得公爵的信任,倚为股肱——要使公爵依然为我家所左右,我的费迪南,就应该娶这米尔福特夫人——现在您心里透亮了吧?

乌尔姆:

亮得我简直眼睛刺痛。——至少在这一点上证明:您身为父亲比起您身为首相来只是一个初学者而已。如果少校完全像您在他面前显示出是一个慈爱的父亲一样对您显示出是一个孝顺的儿子,您的要求可能会被带着异议退回来。

首相:

幸亏我从来没有为实现一个计划而担心过。我说一句"应该这样这样!"就行——可您瞧,乌尔姆,这又把我们引到先前的话题上来了。我今天上午就向我儿子宣布他的婚事。他在我面前的面部表情要么证实您的猜疑,要么完全否定了它。

乌尔姆:

大人,千万请您原谅!他肯定会在您面前露出忧郁的神情,这可以记在您带给他的新娘账上,同样地可以记在您从他那儿夺走的新娘账上。我请求您进行一次深入一步的考验:请您为他挑选举国无双十全十美的女子做他的配偶。要是他说"好!",那就请您叫文书乌尔姆服苦役三年。

首相(咬牙切齿):

真要命!

乌尔姆:

肯定会这样。她的妈妈——那头蠢猪——头脑简单，叽里呱啦对我说了一大堆。

首相(来回踱步，压住怒火)：

好吧！今天上午就得进行。

乌尔姆：

请大人别忘了，少校——是我主人的儿子呀！

首相：

您才该得到照顾。

乌尔姆：

为您效劳，帮您搬走一个并不讨人喜欢的儿媳妇，这事——

首相：

帮您讨个老婆，算是扯平了吧？这笔账也要算，您真行，乌尔姆。

乌尔姆(开心地哈腰)：

永远做您的仆人，大人。(想走)

首相：

刚才我透露给您的那些事，乌尔姆(吓唬他)，要是您说出去——

乌尔姆(大笑)：

大人就把我那些伪造文件的事抖搂出来[①]。(下)

首相：

当然你是看透我了！可我抓住你自己干的那些见不得人的勾当这条辫子，就像捏着拴住锹形甲虫的那根线一样。

一名侍者(入内)：

---

① 这句话是接在首相说的“要是您说出去——”后面的潜台词内容，乌尔姆把它说了出来。

内廷总监封·卡尔普——

首相：

来得正是时候！——欢迎他。(侍者下)

第六场

〔内廷总监身穿华丽而庸俗的朝服，佩戴总监钥徽、两只表和一把剑，挟着一顶三角檐的扁平帽子，梳着刺猬式的发型。他一边放开嗓子尖声说话，一边奔向首相，散发出麝香气味，布满整个大厅。首相。

内廷总监(拥抱他)：

啊，早上好！老朋友！休息得可好？睡得可好？——请您原谅，我这么晚才能来拜见您——都是急事——菜单——请帖——编排今天的雪橇游览——唉——接下来我又得参与早朝，向殿下禀报天气。

首相：

那当然，总监，这样您自然走不开了。

内廷总监：

除这些以外，还有一个混账裁缝让我在那儿空等。

首相：

最后总算把事情都办完了吧？

内廷总监：

这还没有完哩。一桩接一桩全是倒霉的事。您听着。

首相(心不在焉)：

是这样吗？

内廷总监：

你听着！我刚下车，那几匹马受了惊，乱蹦乱蹬——真要命！——溅得我的裤子全是街上的泥浆。这可怎么办？您可要设身处地想一想，相爷！我站在那儿。时候已经不早了。这回是一天游——可这副样子怎么去见殿下——上帝公道！我想出了点子，您知道是什么？我假装昏倒。大家七手八脚把我抬进马车，一路飞驰，我回到家里——换了衣服——又坐车赶回去——您想得到吗？——我还是头一个到候见厅哩——您怎么看？

首相：

万物之灵绝妙的机智！——先不提这样，卡尔普——您同公爵谈过了吗？

内廷总监（郑重其事地）：

谈了二十分钟半。

首相：

这我完全相信！——那您肯定有重要消息告诉我了吧？

内廷总监（表情严肃，沉默了一会儿）：

殿下今天穿了一件鹅屎色海狸皮大衣。

首相：

这可是一桩大事！——不过，总监哪，我倒有一条更加精彩的新闻说给您听听。——米尔福特夫人就要成为瓦尔特少校夫人了，这您肯定还没有听到过吧？

内廷总监：

了不起！已经敲定了吗？

首相：

已经签字，总监——劳驾您马上去米尔福特夫人那里让她为他来访做好准备，再在全城宣布费迪南的决定。

内廷总监（喜不自胜）：

啊，非常乐意，相爷！——还有什么更合我心意的呢？——我马上就去——（拥抱他）回头见！——三刻钟后全城就都知道这件事了。（跳着出去）

首相（望着内廷总监背影大笑）：

人们还说这类宝贝活在世上一无用处——这一下，我的费迪南非答应不可，不然就是全城的人都撒谎。（揿铃，乌尔姆入内）叫我的儿子进来。（乌尔姆下。首相踱步沉思）

第七场

〔费迪南。首相。乌尔姆，很快退出。

费迪南：

您叫我来，爸爸——

首相：

我想体会望子成龙的乐趣，只好把你叫来！——让我们父子俩呆在这儿吧，乌尔姆。——费迪南，我看了你一段时间，觉得你已经没有曾经使我喜爱的坦率、机敏的青春活力。你满脸透出异样的哀愁。你避开我——你避开你的同伴——唉，在你这般年纪，人们可以原谅十次放纵的行为，但不能有一次忧伤。让我来替你操心吧，亲爱的儿子！让我来为你创造幸福，别的事都不要想，照我的设想行事就是。——来吧，拥抱我吧，费迪南。

费迪南：

您今天很慈祥，爸爸。

首相：

今天，你这调皮鬼——就说这个“今天”还得装出一副苦相吗？

(郑重其事地)费迪南！——我走上这条通向公爵内心的危险道路,这是为谁好？我总是受到良心和上天的责备,这是为谁好？——听着,费迪南——我这是同我的儿子在说话——我搬掉前任是替谁开路？——我在世人面前把刀子藏得越严,这件事刺进我的心头淌出的鲜血就越多。听着！告诉我！我做这一切为了谁？

费迪南(吃惊地后退)：

怎么都不能说是为了我吧？爸爸？这种恶劣行径的血污总不能溅到我的身上来吧？我向全能的上帝起誓！与其替这种罪孽做挡箭牌,还不如没有出生好。

首相：

怎么可以这样说话？怎么可以这样？满脑子胡思乱想我也就不计较了！——费迪南！——我不想动肝火,莽撞的孩子。——你就这样回报我那些不眠之夜吗？回报我无休无止的忧虑吗？回报我无尽的良心谴责吗？——责任的重压落在我的身上——惩罚,宇宙主宰的霹雳落在我的身上。——你间接得到幸福——罪愆不会沾在遗产上。

费迪南(朝天举起右手)：

我在这里郑重宣布放弃只会使我想起一个卑鄙的父亲留下的遗产。

首相：

听着,你还年轻,别叫我生气！——如果让你一意孤行,你这一辈子都将在尘土里爬行。

费迪南：

噢,那比围着宝座爬行还是要好哇,爸爸。

首相(强压怒火)：

唉,只好对你挑明,你是身在福中不知福！换成旁人就是十个一起用尽全力也爬不上去的地位，你却易如反掌在睡梦中便给抬到那里。你十二岁成了候补士官，二十岁当上少校！这都是我在公爵面前下了工夫的结果。你还会脱下军装进内阁。公爵还提到枢密顾问——使节——这是格外施恩啊！在你面前展现了一片大好前景——你先沿着一条平坦的大道朝宝座那个方向迈进——只要权力名副其实，便直奔宝座本身。——这不让你心动吗？

费迪南：

我对伟大和幸福的理解同您并不完全一样。——**您的**幸福谁都知道很少不是害人的结果。妒忌、恐惧、咒骂都是耻笑君主高贵的可悲的镜子。——泪水、厄运、绝望便是这些备受称羡的幸运儿享用的惊人的宴席，他们醉意蒙眬离开后，踉踉跄跄到了上帝的宝座前面，跌入永世不得翻身的深渊。——我的幸福理想比较知足，退居在自己的心里。所有我的愿望潜藏在自己的胸中。

首相：

高哇！精彩之至！过了三十年第一次又听人讲课！——只是很遗憾：五十岁的脑瓜子学不进去了！——不过——为了免得这罕见的才干荒疏，我让一个人跟着你，你可以在这个人身上随心所欲地反复练习你那花样百出的瞎折腾的本事。——你要打定主意——今天就打定主意——娶一个妻子。

费迪南（愕然后退）：

爸爸！

首相：

直说吧——我已经用你的名义给米尔福特夫人送去一张名片。你听话，马上去那儿，对她说，你便是她的未婚夫。

费迪南：

对米尔福特？爸爸？

首相：

你知道她就好！——

费迪南(忍无可忍)：

在公国的哪根耻辱柱上没有她的名字?!——可是,亲爱的爸爸,如果我把您的戏言当实话,岂不可笑？要是我娶一个特权情妇为妻,你愿意做流氓儿子的父亲吗？

首相：

这算得了什么？如果她要一个五十岁的男人,我自己就向她求婚——你愿意做流氓父亲的儿子吗？

费迪南：

不！不愿意！

首相：

真是任性！你一向不是这样,这回我就不计较了。

费迪南：

我不愿意,爸爸。别再让我不明不白,这样做您的儿子叫人受不了。

首相：

孩子,你难道是傻瓜不成？哪个头脑清醒的人会不垂涎在第三个地方[①] 同本国君主轮着扮演同一个角色的殊荣？

费迪南：

您真不知道是怎么想的,爸爸！您把这叫做殊荣——从自贱得不再是人的君主那里分得一杯残羹是殊荣吗？

首相(纵声大笑)

费迪南：

① 指不是在公爵宫中,不是在父母家里,而是在米尔福特夫人处。

您笑吧——这事我不干，爸爸。叫我有什么脸去见普普通通的手工匠？因为他娶妻，她至少还能连同一个完好的身子嫁过来。叫我有什么脸去见别人？叫我有什么脸去见公爵？叫我有什么脸去见那个情妇本人？她将在我的耻辱中洗净她的名誉。

首相：

孩子，你从哪儿搬来这张嘴巴？

费迪南：

我真心实意地告诉您，爸爸！您这样断送自己的独生子不会得到幸福，也只会使他不幸。如果我的生命能够使您升官，我就把它交给您。您给我生命，为了您的荣华富贵，我将毫不犹豫地奉献整个生命！——我的名誉，爸爸！——如果您把它取走，那么您给我生命原是一种轻率的流氓行径，我也不得不咒骂父亲拉皮条。

首相（口蜜腹剑地拍拍他的肩膀）：

很好哇，亲爱的儿子！现在我才知道：你是一个完善的男子汉，同公国的女中翘楚很般配——这样的女子才该是你的佳偶——今天中午你就同封·奥斯特海姆伯爵小姐订婚。

费迪南（又感到窘迫）：

命里注定要在这个时刻把我彻底毁掉吗？

首相（心怀叵测，看他一眼）：

但愿这样总能无损于你的名誉了吧？

费迪南：

不行呀，爸爸！弗里德里克·封·奥斯特海姆能使任何另外一个男子获得莫大的幸福。（非常困惑，自言自语）在我的记忆里，他一向行事心狠手辣，这个印象由于这番好意变得支离破碎了。

首相(依然死死地盯着他):

我在等待你道谢,费迪南!

费迪南(朝他扑去,激动地吻他的手):

爸爸!您的宽容燃起了我的全部感情——爸爸!我无比热烈地感谢您这番美意——您的选择完美无缺——不过——我不能够——我不可以——请您替我惋惜吧——我不能够爱这位伯爵小姐!

首相(后退一步):

哈哈!可逮住这位公子哥儿了!他钻进圈套了,这个狡猾的伪君子。——这么说,使你不能要那位夫人的并不是名誉——你嫌弃的原来并不是那个人,而是婚事,是吗?

费迪南(先是呆呆地站在那里,随后惊跳起来,正想跑开)

首相:

到哪里去?站住!你对我应有的礼数是这样的吗?(少校回来)在夫人那儿已送去你的名片了。我也已经向公爵许诺了。全城和整个宫廷都知道得一清二楚了——如果你让我变成骗子,孩子——在公爵面前——在夫人面前——在全城这么多人面前——在整个宫廷这么多人面前让我变成骗子——你听着,孩子——或者要是我了解到某些离谱的事情!——别动!哈哈!你脸颊上的激情光泽怎么一下子便消失了?

费迪南(脸色煞白,直打哆嗦):

怎么?什么?真的没有什么,爸爸!

首相(目露凶光盯着他):

要是有事——要是让我发现对着干的蛛丝马迹——哼,孩子!只要有点嫌疑,就会使我发疯!立刻就去!近卫阅兵式马上开始。发布口令的事一结束,你就到夫人那儿——我一跺脚,便震动整个公国。倒要看看一个顽固不化的儿子治不治得了

我。(他走开,又返回)孩子,我告诉你,你要么去那儿,要么就躲开我的怒火!(下)

费迪南(从麻木的朦胧状态中清醒过来):

他走了吗?这是一个父亲的声音吗?——对了,我要到她那儿去——我要去那儿——要把一些情况对她说,要拿一面镜子给她照——贱货!如果到那时你还要缠住我——在一大群贵族、军人和平民面前——把你的英国威风全抖出来吧——我一个德意志小伙子就不要你!(他匆匆出去)

第　二　幕

〔米尔福特夫人府邸大厅。

〔右首放着一张沙发,左首有一架大钢琴。

第　一　场

〔夫人身穿宽松而华丽的晨服,头发尚未梳理,坐在大钢琴前沉入遐想;侍女索菲从窗边走过来。

索菲:

那些军官都四散走了。近卫检阅已经结束——可我还没有看见瓦尔特。

夫人(非常烦躁,站起来,在大厅里踱步):

我不知道今天是怎么一回事,索菲,我从来都不这样——你说根本没有看见他吗?当然——他并不急——我心里像犯了罪似的。——算了,索菲——叫他们把马厩里那匹野性十足的快马给我牵出来,我要到野地里去——看看各种人,看看那蓝天,骑马转一圈心里会好受一点。

索菲:

如果心里不舒坦,夫人——你就把宫廷侍臣们叫到这里来!您让公爵在这儿设宴或者叫人把三人纸牌桌子搬到您的沙发前！公爵和宫里所有人都该听您吩咐，您还胡思乱想什么？

夫人(顺势靠在沙发上)：

别这样！照顾照顾我吧！如果我能避开这些人，我愿意每个钟头给你一颗钻石当代价。难道我要靠这些俗物来为我的居室增光生辉吗？这些人可鄙又可怜。要是我漏出一句话，让人觉得温暖亲切，他们便会大吃一惊，张大嘴巴和鼻孔，仿佛见到了幽灵——这些拴在惟一一根木偶提线上的奴才，摆弄这些人比飞针走线还便当。这些人的灵魂就像他们的怀表，一举一动都不走样。跟这种人混在一起有什么出息？如果我问他们什么，事先就知道他们会怎么回答，我在这上头能找到乐趣吗？或者，跟他们交谈，他们没有胆量表示跟我不同的看法，有什么意思？——找这些人干什么！骑一匹连缰绳也不咬的马真乏味！(朝窗边走去)

索菲：

可公爵您一定另眼相看了吧？在他的整个国家里他是第一美男子——第一有情人——第一智多星啊！

夫人(回来)：

因为这是他的国家——而且仅仅是他身为君主这一点才勉强可以为我的脾胃进行辩解——你说，大家看着我眼红。可怜哪！他们倒该为我惋惜才是！在吮吸君主乳汁的所有人当中，做情妇最不是滋味——因为只有这一类人才拄着乞丐的拐棍去见这个有财有势的人物。——可是他确实能用尊贵做法宝从我内心唤起万千意兴，像从地底宫殿召来成群仙女那样。——他把两个印度[1] 的特产放到餐桌上——将蛮荒化

① 指东印度与西印度。

为乐园——让国内的清泉冲天直喷，弯成豪雨一样的拱形或者拿臣属的辛勤所得挥金似土。可是他能使他的心向着一颗心也正大光明地，热情活泼地跳动吗？他能逼着自己那个贫乏的脑袋产生仅有的某种美好的情愫吗？欢畅淋漓难以为我的心灵疗饥，既然只可止息如沸的欲望，那么千般雅趣又有什么用处？

索菲（惊异地注视她）：

夫人，我侍候您多久了？

夫人：

你今天才了解我，所以这么问吗？——的确，索菲——我已把名誉卖给了公爵，可是我这颗心依然保留着自由——这一颗心哪，我的好索菲，说不定还能同一个真正的男人相配——宫廷里瘴雨蛮烟，可是在它上面掠过时只是像朝镜面吹一口气。——相信我吧，亲爱的，只要虚荣的习性容许我让宫里某个女人取得比我高的地位，我早就不对这个猥琐的君主俯首帖耳了。

索菲：

您这颗心以往都那么乐意迁就讲究体面的追求吗？

夫人（亢奋地）：

好像不是已经报复了似的，好像到现在还没有报复似的！索菲！（把手放在索菲肩头，语气深沉）我们女流只能在统治和侍候之间选择。但权力的最大乐趣说到底不过是无可奈何地聊以解嘲而已，要是我们得不到听任心爱的男人驱使这样一种更大的乐趣！

索菲：

没有想到从您这儿听到的实际情况竟然是这样的。

夫人：

为什么？索菲？难道没有从舞弄权杖如此幼稚这一点看出我们只会牵住幼童学步的勒带吗？你以前没有从那种任性轻佻的心思中，从那种狂放取乐的做法中看出，这么干的用意在于借喧闹来遮掩埋在我心里的更加狂放的愿望吗？

索菲(惊讶地后退)：

夫人！

夫人(更加亢奋)：

满足这些愿望吧！给我这个男子汉吧！现在我想念他——我羡慕他——索菲，我要为他而死，或者将他占有，两者必居其一。(感伤地)让我听到他亲口说：在我们眼睛里的爱情泪水，比在我们头发中的宝石放出的光彩还要美丽，(激动地)到那时我就把君主那副心肠和那个身份全扔到他的脚边去，同这个男子汉一起远走异地，到世界上最偏远的荒漠中去——

索菲(吃惊地注视着她)：

天哪！您这是怎么一回事？您觉得怎么样？夫人？

夫人(愕然)：

你的脸色变了？——我说得太多了吗？——那就让我把你的舌头同我的信任连在一起吧——你再听下去吧——你听我把话说完吧——

索菲(惊惶四顾)：

我害怕，夫人！——我害怕——我不用再听下去！

夫人：

我同那位少校结合——你和别人都产生了错觉，以为这是一个宫廷阴谋——索菲——你别脸红——你不要替我难堪——这是我的硕果——爱情。

索菲：

果然如此！我隐隐约约地有过这样的感觉！

夫人：

他们信了这个馊主意，索菲——那个没有出息的君主——那个宫廷政客瓦尔特——那个愚蠢无聊的卡尔普——他们每一个人都深信不疑：这桩婚事是万无一失的办法，能为公爵保全我，使得我们之间的纽带结得更牢。——好哇！这就把它永远割断，把这条可耻的锁链永远挣断——骗子受骗！——让一个无权无势的女子给耍了！——现在是这些人自己给我把意中人送上门来。这我可是求之不得。——一旦我得到他——要是我得到他——那就永别了，臭殿下！

第　二　场

〔君主的一名老内侍，手里端着一只首饰盒。前场人物。

内侍：

公爵殿下致意夫人，送上宝石作为新婚礼物。这些都是刚从威尼斯运来的。

夫人（打开盒子，吃惊地后退）：

哎呀！你的公爵为这些宝石花了多少钱？

内侍（表情阴郁）：

这些宝石没有花一个子儿。

夫人：

真的？你发疯了？没有花一个子儿！——嗯，（从他身边走开一步）你看我一眼，好像要刺穿我似的——这些无价宝石没有花他一个子儿？

内侍：

昨天国内有七千名青年运往美洲[1] 去了——他们抵偿了所有花销!

夫人(猛然搁下盒子,在大厅里快步走来走去。停了一会儿对内侍说):

咦?你怎么了?你好像哭了?

内侍(揩拭眼泪,声音可怕,四肢发抖):

这样的宝石[2] ——我也有几个[3] 儿子在里面。

夫人(打着哆嗦转过身子,同时抓住他的手):

但愿没有强迫的吧?

内侍(惨笑):

天哪!——没有——全是自愿的。——当时有那么几个毛头小伙子从队列里走出来问那位上校:每对[4] 人君主卖多少钱?——可是我们最慈祥的一国之主下令所有各团都开来,在检阅场上集中排好队伍,把那几个多嘴的家伙全枪杀了。我们听到噼里啪啦的枪声,看见他们的脑浆溅到地上,这时全体士兵高呼:“好哇,到美洲去!”——

夫人(惊骇地倒在沙发上):

天哪!天哪!——可我什么都听不到吗?我什么都看不到吗?

内侍:

不错,尊贵的夫人——为什么吹响部队开拔的号角时,偏偏您同君主刚巧骑马去猎熊呢?——这番盛况您本来不应该错过才是。响亮的鼓声向我们宣布:时间已到。那边有号哭的孤

---

① 指北美独立战争开始后,卖给英国去美洲当炮灰。

② 意思是:为了这样的宝石,付出多么大的代价,宝石越贵,拿去换取的鲜血也就流得越多,一想起来,不禁愤然泪下。

③ 原文如此。

④ 此处原文为 Joch,指共轭的两头(牛)。

儿在追赶活着的父亲；这边有一个狂怒的母亲在奔跑，抱着她那吃奶的婴儿，紧挨一把又一把刺刀往前直冲；有人用剑乱砍，拆散新郎和新娘；我们老头绝望地呆立在一边，最后也把拐杖朝他们背后扔去，送他们去新大陆——这中间夹杂着震耳的擂鼓的声响，免得全能的上帝听到我们的祈祷。——

夫人（站起来，异常激动）：

拿走这些宝石——它们把地狱的火焰喷射到我的心里。（口气缓和一些对内侍说）忍一忍吧，可怜的老人！他们会回来的。他们会重新见到自己的祖国的。

内侍（和善而透彻地）：

苍天知道！他们会回来的！① ——在城门口他们还转过身来高喊："愿上帝与你们同在，我的女人和孩子——我们的一国之主万岁——到末日审判时，我们又回来了！"

夫人（踏着有力的步子来回走动）：

叫人恶心！多么可怕！——人们总是对我说：我揩干了全国的泪水——现在我总算恍然大悟，多么凄惨，多么凄惨！——去吧——去告诉你的主子——我要亲自向他道谢！（内侍正要走开，她将钱袋扔进他的帽子）拿着吧，因为你对我说了真话——

内侍（鄙夷地把钱袋扔回到桌子上）：

请把它同别的钱袋放在一起吧。（下）

夫人（惊讶地目送他离去）：

索菲，快追，问他叫什么。应该让他的儿子们回来。（索菲下。夫人沉思地来回踱步。静默。索菲返回，她对索菲说）最近有这样的传闻，说是一场大火烧毁了边境一座城市，使得四百户左右人家靠乞讨度日，是不是？（按铃）

① 不是指身在尘世的归来。

索菲：

您怎么想到这件事？事情确实是这样。现在这些遭难的人大都替债方做牛做马，也有人在君主的银矿井里受苦等死。

侍者(上)：

夫人有什么吩咐！

夫人(把首饰递给他)：

不要耽搁，把它交给邦主管议员[①] ——说我吩咐，叫他们马上拿去卖掉，把这笔钱分给遭了火灾的那四百户人家[②]。

索菲：

夫人，请您想一想，这可要冒最大的失宠风险哪！

夫人(自重地)：

难道要我在头发上戴着国人的咒骂吗？(她向侍者示意，侍者下)还是你要我在这些泪珠制成的挽具[③] 重压下瘫倒在地？——别再说了，索菲——还是头上用人造宝石来装饰，心里拿这一件事来自慰好些！

索菲：

可像这样的宝石呀！您就不能拿差一点的去吗？别这样，夫人！您这是做过了头哇！

夫人：

傻姑娘！这样一来，转眼便会有比十个国王在王冠上镶的还要多而且更好看的宝石和珍珠落在我的头上。

侍者(回来)：

封·瓦尔特少校——

---

① 邦主管议员，负责管理这类开支的邦特权议员。

② 此处原文无“左右”(上文说：“四百户左右人家”)。

③ 挽具，将发饰比做一匹马的头饰，将宝石比做眼泪。

索菲(扑向夫人):

天哪！您的脸色泛白了！——

夫人:

这是第一个使我慌张的男人——索菲！——我不舒服,爱德华[1]——等一下！——他情绪好吗？他笑了没有？他说些什么？啊,索菲！我样子难看吧？是吗？

索菲:

哪里难看！夫人！

侍者:

您的意思是要我请他走吗？

夫人(结结巴巴地):

我当然欢迎他。(侍者下)索菲,你说！——我对他讲什么呢？我怎么接待他呢？——我会一声不吭——他会笑我不中用——他会——唉,我总觉得他会怎样怎样——你要走开吗？索菲？——留在这儿吧！——不,走吧！还是留在这儿！(少校走过前厅进来)

索菲:

您静一静。他已经来了。

第　三　场

〔费迪南·封·瓦尔特。前场人物。

费迪南(略一鞠躬):

如果我打断了您正在谈哪件事情的话头,仁慈的夫人——

① 侍者的名字。

夫人(可以觉察得到心跳):

对我来说,少校先生,什么事都不会更加重要。

费迪南:

我父亲叫我来这里——

夫人:

我应该感谢他的一番美意。

费迪南:

他要我告诉您:我们两个结婚——我父亲的嘱咐就这样。

夫人(变色,打着哆嗦):

不是您自己的心意吗?

费迪南:

做大官兼做大媒的对这点从来不闻不问。

夫人(带点畏惧,说话也不顺畅):

那么您自己再也没有什么要说的了?

费迪南(扫了侍女一眼):

还有很多话要说,夫人!

夫人(示意索菲,她下):

我可以请您在这张沙发上坐下来吗?

费迪南:

我很快就说完,夫人。

夫人:

怎么呢?

费迪南:

我是一个看重名声的男子。

夫人:

我懂得尊重这样的男人。

费迪南:

尊重妇女的男子。

夫人：

在公国再也找不出更加温文尔雅的男人。

费迪南：

又是军官。

夫人(奉承地)：

您谈到的这些优点别人也有！干吗您不提仅仅您一个人才有的更大的优点呢？

费迪南(冷冰冰地)：

在这儿我用不着这些。

夫人(越来越害怕)：

可是由于什么原因我非听这样一段开场白不可呢？

费迪南(缓慢而加重语气)：

原因在于:如果您有意逼我握手,我的名声要提出抗议。

夫人(跳了起来)：

这是什么意思？少校先生？

费迪南(冷静地)：

是我的心灵在说话——我的纹章在说话——还有我这把佩剑在说话。

夫人：

这是君主当时给你的佩剑。

费迪南：

这是国家当时通过他的手给我的佩剑——上帝给我这颗心——我家纹章已经有五百年的历史。

夫人：

君主的名字——

费迪南(激动地)：

费迪南

公爵就可以扭曲人情天理或者如同把他的人像铸在三芬尼硬币上那样将他的意志强加在人们的行动上吗？他本人并不能高踞于名声之上，但他可以用他的黄金堵住名声的嘴巴，他可以用银鼬皮掩盖他的耻辱。我要求别再谈这些，夫人！——现在再也别谈扔掉不要的前途和祖先了。——再也别谈佩剑的穗饰和人们的看法了。只要您能使我深信，所得不至于比所失还要糟，我就愿意把这一切全踩在脚下。

夫人（痛苦地从他身边走开）：

少校先生！不应该要我听这一番话。

费迪南（握住她的手）：

请您原谅！我们在这儿说话并无旁人在场。那件事情使得您和我——今天，而且永远不再——碰在一起，这就允许我，迫使我，对您不得不说出深藏心底的感觉。——我怎么都琢磨不透，夫人，一个如此秀外慧中的女士——具有足以令一个男子敬重的品质——竟然会自暴自弃地侍奉一个只会在她身上寻欢的君主，正是这位女士却还好意思要捧着自己的心向一个男子汉走去哩！

夫人（睁大眼睛注视他）：

请您把话说完！

费迪南：

您说自己是英国人。恕我直言——我无法相信您是一个英国女子。世界上最自由的民族同时非常自爱，不会吹捧异族的德行，它那生来就是自由的女儿，也永远都不会投身于异族的罪恶。您不可能是英国女子——否则，这个英国女子的心一定狭小的多，因为英国人的脉搏跳动的更正大，更果敢！

夫人：

您说完没有？

费迪南：

可能有人回答说：原因在于女性的虚荣——激情——冲动——享乐的嗜好。往往品德比名声要持久，有些人蒙受耻辱，产生了这种隔阂，后来通过高尚的行为得到周围人的谅解，化丑恶为美好——但是现在国内这种从未见过、骇人听闻的压榨从何而来呢？——这都是借用公国名义的结果。——我说完了。

夫人（语气柔和而自尊）：

瓦尔特，这是第一次有人敢对我说这些话，我也只对您一个人做出回答。——您不屑同我握手，正是由于这个原因，我敬重您。您伤害我的心，我原谅您。我相信您不是存心这样做。要是有人信口这样侮辱一个女子，把她看成只消一夜便会彻底毁掉他，那么他一定认为这个女子拥有一个伟大的灵魂——否则，他一定精神失常——您把国家支离破碎的罪责推到我头上，但愿使得您同我和君主一度互相对立的全能上帝宽恕您。可是您非议我身为英国女子，对这样的指摘我的祖国一定要给予回答。

费迪南（拄着佩剑）：

我想听听。

夫人：

那就请您听听除您以外我还无意告诉任何人，再也不想告诉任何人的事情！——您把我看成一个逢场作戏的女人，可我并不是这样，瓦尔特。我可以正告您：我有高贵的血统——我是为苏格兰女王玛利亚[①] 而不幸殉难的托玛斯·诺

① 玛利亚·斯图亚特（1542—1587），苏格兰女王，信奉天主教，一五六七年遭到新教徒监禁，一五六八年逃往英国，向英国女王伊丽莎白求助，为伊丽莎白幽囚。一五八七年以谋刺英国女王的罪名被斩首。

福尔克[1]的后裔——我的父亲是国王的侍卫总管，被控勾结法国，犯有叛逆罪，受到国会[2]的谴责，判处极刑，遭到斩首——我们的全部财产都归国王所有。我们自身都被驱逐出境。母亲在父亲处决那天死去。我——一个十四岁的姑娘——同保姆一起逃到德国——带着一盒珠宝和这个家族十字架，母亲临终时连同她最后的祝愿把它挂在我的胸前！

费迪南（逐渐露出沉思的样子，以温和一些的目光盯住夫人）

夫人（继续说下去，越来越伤感）：

害病——默默无闻——没有保障，没有财产——一个无父无母的外国女孩，我来到汉堡——除了会说几句法语——会做一点女红，弹弹钢琴以外，我什么也没有学过——在行的倒是食必珍馐，眠必锦衾，一呼百诺，惯听像您家族这样的豪门权贵各种甜言蜜语——在泪水涟涟中度过六个年头——最后一枚饰针化为乌有——保姆去世——这时你们公爵到了汉堡，萍水相逢亦定数。当时我正沿着易北河漫步，面对江水，开始想入非非，未知深不可测的是眼前的长流还是自己的苦楚——公爵看见我，跟着我，到了我的住处——跪在我的脚边，发誓说他爱我。（内心异常激动停了一下，然后接下去说，声音哽咽）这时童年的种种欢乐景象带着诱人的光泽重新显现——无望的前途像坟墓一样漆黑一团，使我不寒而栗——我的心向着一颗心热切地在跳动——我瘫倒靠在他那颗心上。（从他身边跑开）现在您咒骂我吧！

费迪南（深受感动，追过去，拦住她）：

---

① 托玛斯·诺福尔克，即托玛斯·霍华德，诺福尔克第四世公爵（1536—1572），曾向玛利亚·斯图亚特求婚，试图说服教皇和西班牙菲力普二世解救玛利亚，推翻伊丽莎白，因而被处决。

② 此处指贵族院，具有终审法院的职能。

夫人！啊，天哪！我听到的是什么？我做过的是什么？我明白自己太莽撞。您再也无法原谅我了。

夫人（返回，努力使自己冷静下来）：

请您听下去！君主虽然侵袭了我无力抗拒的青春——可是诺福尔克家族的热血在我心头恨恨不已。它在呼唤：你本是一个天生的侯爵小姐，爱米丽雅，现在变成一个公爵的情妇了吗？——公爵把我带到这儿，非常可怕的景象突然出现在我眼前，我心高命薄，两者在我头脑里搏斗！——在这片土地上，有权有势者的贪欲像永不餍足的鬣狗饥不择食地寻求猎物。——这个国家已是人欲横流——他们拆散新娘和新郎——甚至撕断美满婚姻的纽带——在这一个地方破坏平静的家庭幸福——在另一个地方任由猖獗的疫疠折磨少不更事的心灵，垂死的女学生们一边咒骂，一边抽搐，怒不可遏地说出她们教师的名字①——我往羔羊和猛虎中间一站，趁一个意兴酣畅的时刻，要他起誓：君无戏言，一定结束这种视人如俎上肉的丑恶行为。

费迪南（陷于极度的烦躁，在大厅里来回奔跑）：

不要再说了，夫人！别再说下去了！

夫人：

过了这一段可悲的岁月却迎来更加可悲的日子。这时，宫廷和殿堂麇集着意大利的破鞋。巴黎的妖娆女子牝鸡司晨，令人咋舌。她们为所欲为，平民百姓便遭殃流血。——这些人全没有好下场，我看着她们在我身旁倒入尘土之中，因为我比所有这些人都更有魅力。暴君纵情享乐，在我的拥抱中瘫软如泥，我就从他手里取过缰绳——你的祖国，瓦尔特，头一回

① 女学生们遭到教师的诱骗。

感受到一只人性之手在抚摩，便放心地倚靠在我的胸膛上。(停顿片刻，感伤地凝视他)这是仅有的一个男子，我不想被他误解，可此时此刻他却逼着我自吹自擂，把我无意张扬的善举放在钦佩这片强光下烘烤！——瓦尔特！我曾经炸开牢狱——我曾经撕碎死刑判决书。曾经为这一个那一个人缩短可怕而遥遥无期的橹舰苦役① ——不管怎样，我至少曾经往无法医好的创伤里注进止痛的油膏——曾经制服强横的恶棍，时常还用卖笑的泪水洗刷已经定案的冤情。——啊，年轻人！这么做使我感到多么舒坦哪，我这颗心可以多么自豪地反驳任何说我辱没贵胄门楣的指摘！——现在来了这个男子，命里注定，只有他酬劳我这一切——这个男子，也许我那精疲力竭的命运创造了他借以补偿我以往的苦楚——这个男子，我怀着热切的渴念已在梦想中拥抱他——

费迪南(打断她的话头，极为震惊)：

受不了啦！受不了啦！我讲过，请您别再说下去，夫人！您有理由针对指摘为自己辩白，有理由使我变成一个罪人。请您——我恳求您——请您照顾我这颗心，羞愧和噬脐的悔恨正在把它撕裂——

夫人(捏住他的手)：

要么现在，要么就此罢休，这个巾帼英雄已坚持够长时间了——你一定会感受到这些泪水多么沉重。(以极其温柔的口吻)听着，瓦尔特——如果一个不幸的女子不由自主地被一股无比强大的力量吸引到你身边——用饱含绵绵情意的灼热的胸膛紧贴着你——而你在这样的时刻竟还说出那个冰冷的字

---

① 橹舰苦役，中世纪时让奴隶、战俘或罪犯在帆桨大战船，即橹舰上做划手的苦役。

眼:名誉——如果这个不幸的女人——深感耻辱而难以抬头——对于邪恶已经厌倦——在德行的呼唤下勇敢地振作起来——就这样——投入你的怀抱(她拥抱他,恳求他,庄重地)——要靠你得救——靠你被送还天堂,不然(脸孔从他面前掉开,用低沉而颤抖的声音)便躲开你的身影,听从绝望发出的令人心悸的呼叫,重新坠入更加可怖的罪恶深渊。

费迪南(从她身边挣脱开来,狼狈万分):

不行啊!确实不行啊!我再也忍受不了啦!——夫人,我不能不——我心情非常沉重——我不能不对您直说,夫人!

夫人(躲开他):

现在不要说!现在千万不要说!——在这可怕的时刻不要说,我这颗破碎的心有数不清的刀伤都在淌血。——不管是死是活——我都不可以——我都不愿意听。

费迪南:

还是得听,还是得听,一心向善的夫人!您一定要听。我现在就要告诉您的事情,可以减轻我的罪责,可以为覆水难收真诚致歉说明缘由。——我错怪了您,夫人。——我当时以为——我当时希望,您该当被我看不起。我打定主意羞辱您,引起您对我的憎恨,就这样我来到这里——要是我如愿以偿,我们两人都会得到幸福。(他停了一下,随后放低声音,更加羞涩)我爱上了,夫人——爱上了一个平民家庭的姑娘——路易丝·米勒,一个乐师的女儿。(夫人脸色苍白,转过身子,他则更加起劲地说下去)我知道自己闯进了龙潭虎穴。但是就算权衡利害要使激情冷却下来,责任的呼声却反而更加响亮。过错在我身上。是我先扰乱了从她的清纯无邪中萌生出来的宝贵的安宁,用耽于幻想的希望引逗她那颗心,又无视道义听任激情的狂澜播弄它——您可能会叫我想想门第——出身——我父亲行事的准则——可是我爱我的——我的气质和积习之间，我的决心和成见之间的鸿沟愈深，我的期望也就愈高。我们走着瞧吧，看岿然不动的是时尚还是人性。（在这中间夫人已经退到屋子的尽头，两手捂住面孔）夫人！您要对我说些什么吗？

夫人（表情痛苦万状）：

没有，封·瓦尔特先生！只有这一句话：您把自己和我，还有一个第三者的女子都毁掉。

费迪南：

还有一个第三者的女子？

夫人：

我们彼此都不会得到幸福。我们一定会成为您父亲仓促行事的牺牲品。我永远也不会得到一个只是被迫把手伸给我的男子的那一颗心。

费迪南：

被迫？夫人？被迫伸出手来？这么说还是把手伸出来了？您不能得到别人的心，却能得到别人被迫向您伸出来的手吗？您能从一个姑娘身边盗走对这个姑娘来说意味着整个世界的那个男子吗？您能把一个男子从对这个男子来说意味着整个世界的那个姑娘身边拽走吗？您，夫人——还是一瞬间之前那个令人钦佩的英国女子吗？——您能这么做吗？

夫人：

因为我只能这么做。（认真而有力地）瓦尔特，我的名声再也忍受不了。——我们的结合已变成举国上下的话题。所有的眼睛，所有的嘲讽利箭都对准了我。如果君主的一名臣属拒绝我，我就会遭到永世难消的辱骂。您同您父亲去评理吧！您尽您所能去抗争吧！——反正我要破釜沉舟，决不罢休！（她急忙离开。少校呆若木鸡，站在那里。随后他从旁门冲出去）

第 四 场

〔乐师家中一间居室。

〔出场的有米勒，米勒太太，路易丝[①]。

米勒(急匆匆地走进屋子)：

我早就说了！

路易丝(提心吊胆地向他奔来)：

什么事？爸爸？什么事？

米勒(发疯似的来回奔跑)：

把礼服给我——快——我得赶在他的前头——再拿一件硬袖口的白衬衣！——这我早就想到了！

路易丝：

天哪！什么事呀！

米勒太太：

出了什么事呀？发生了什么事呀？

米勒(把假发扔进屋子)：

赶快把它拿到理发师那儿去！——出了什么事？(跑到镜子前面)又胡子拉碴了——出了什么事？——还会出什么事？你这该死的！——这事闹开了，你真该挨雷劈。

米勒太太：

瞧！什么都算在我的账上。

米勒：

① 母女在屋子里，父亲刚回来，他曾在下面门口听到首相的一个仆人在询问关于他的事情。

算在你的账上？哼，你这多嘴婆娘，还该算到别人的账上去吗？今天早上你讲你那个恶魔化身的公子哥儿的事！——我当时不是就说了吗？——那个乌尔姆已经说开了。

米勒太太：

啊！真没有想到！你怎么知道的？

米勒：

我怎么知道的？——瞧那儿！——大门外面已经有一个首相的爪牙在转悠，打听琴师的事情。

路易丝：

我死定了。

米勒：

不过你有这双浅蓝色的眼睛确实是祸根！(冷笑)魔鬼要让哪一家遭殃，哪一家就会生下漂亮的女儿，这话说对了。——现在事实明明白白的摆在我面前。

米勒太太：

你怎么知道这是冲着路易丝来的呢？说不定有人把你推荐给公爵。可能他要你进管弦乐团。

米勒(跳过去取手杖)：

让所多玛① 的硫磺像雨点般落下来烧死你——乐队！——好哇！你这拉皮条的去那儿扯着嗓子哭喊最高音，我这打得青肿的屁股便是低音提琴。(倒在椅子上)苍天有眼！

路易丝(面如死灰，坐下来)：

妈妈！爸爸！我怎么一下子怕得要命呢？

米勒(又从椅子上跳起来)：

---

① 所多玛，传说中的城名。据《旧约·创世记》第18、19章，所多玛居民罪孽深重，上帝降下硫磺与火毁掉该城。

叫这摇笔杆的撞到我手里来吧！——叫他来吧！——不管在这个还是那个世界！——看我会不会把他的肉体和灵魂揍得稀烂，看我会不会把十诫[①] 和主祷文中七条祈求的全文[②]，会不会把摩西[③] 和先知[④] 的所有经籍抄在他那张兽皮上，到死人复活时还能看到他遍体鳞伤——

米勒太太：

好哇！你诅咒吧！你叫骂吧！这就把魔鬼赶出来了！救救我，神圣的上帝！这如何是好？我们有什么办法可想呢？这怎么办呢？孩子他爸，你倒说话呀！（她号啕大哭，在屋子里跑来跑去）

米勒：

我即刻去找首相——我要先开口——我要自己去说。你比我先知道这件事。你本来可以暗示我一下，这丫头本来还会听人指点。本来时间还来得及——可是全给你弄坏了！——只要可以从中撮合；只要可以捞到好处！你还会往烈火里面添干柴！——现在你这个媒婆该讨取一块羊皮衣料当谢礼[⑤]了。你这是自讨苦吃！我带女儿一走了之！

第五场

〔费迪南·封·瓦尔特惊惶地闯进屋子，气喘吁吁。前场人物。

---

① 十诫，犹太教、基督教的诫条，十条诫命的简称。

② 七条祈求，《新约·马太福音》第6章9节及以后几节的祷告内容。

③ 摩西，《圣经》中犹太人的古代领袖，向犹太人传授律法的人。

④ 先知，犹太教、基督教圣经中受上帝启示而为上帝传话或预言未来的人。

⑤ 谢礼，按照旧习，做媒成功，得到一块毛皮衣料作谢礼，此处指难逃重罚。

费迪南：

我爸爸来过这儿没有[①]？

路易丝（吃惊地跳起来）：

你父亲！全能的上帝呀！（大家同时说）

米勒太太（两手合拢来）：

首相，我们完啦！（大家同时说）

米勒（冷笑）：

好哇！好哇！这下我们可要遭殃了！（大家同时说）

费迪南（朝路易丝奔去，用力抱住她）：

你是我的，就是天崩地裂也不能分开我们俩！

路易丝：

我死定了——你讲下去——你刚才说了一个可怕的名字——是说你父亲吗？

费迪南：

没有事了！没有事了！已经过去了。我又得到你了嘛！你又得到我了呀！啊，让我靠着这个胸膛喘一口气吧！刚才是一个可怕的时刻。

路易丝：

什么时刻？你叫我急死了！

费迪南（往后退去，带有深意地注视她）：

一个这样的时刻，当时一个陌生的身影插到我这颗心和你之间，当时我的情意面对我的良心黯然无光——当时我的路易丝对她的费迪南来说不再意味着一切。——

路易丝（蒙住面孔，靠在椅子上）

---

① 费迪南大概从米尔福特夫人处赶回家里后得知首相要来这里。

费迪南(快步朝她走去,默然在她面前站住,目光呆滞,接着突然离开她,非常激动):

不!永远也不会再这样了!绝不可能!夫人!这样要求太过分了!我不能为你牺牲这种品德的纯洁。——不能!万万不能!我不能背弃我的誓言,它像震耳天雷一样从这只洞察一切的眼睛对我发出警告。——夫人!你朝这儿看——朝这儿看,你这狠心的父亲!——要我扼杀这个天使吗?要我把地狱往这个圣洁的胸膛里倾倒吗?(下定决心朝路易丝奔去)我要送她到宇宙万物的法官宝座前面去,让永恒的上帝评说我这爱心是不是罪愆。(他牵住她的手,扶她从椅子上站起来)鼓起勇气来,我最亲爱的!——你胜利了。我从无比凶险的搏斗[①]中凯旋归来。

路易丝:

别这样!别这样!——什么都别瞒我!把它,把那可怕的判决说出来!你刚才说到你父亲吧?你刚才说到夫人吧?——我突然感到死亡的恐惧——听说,她就要结婚了。

费迪南(心乱如麻,跌倒在路易丝的脚边):

跟我哇,不幸的人哪!

路易丝(过了片刻,用平淡、颤抖的声音和令人吃惊的冷静的口气):

既然这样——我还怕什么呢?——那儿的老人早就对我说过多少次了——我始终都不愿意相信真会像他说的那样。(停了一下,随后号啕大哭扑进米勒的怀里)爸爸,你女儿回到你这儿了——原谅我,爸爸!这个梦这么美,不能责怪你的孩子呀——现在醒来,才知道多么可怕。——

米勒:

---

① 指在路易丝与米尔福特夫人之间进行选择。

路易丝！路易丝！——啊，天哪！她晕过去了。——我的女儿，我可怜的孩子呀——诅咒那个诱骗的男人！——诅咒那个把她拉到他身边的女人！

米勒太太（放声大哭，扑向路易丝）：

我的女儿啊，我该遭到这样的诅咒吗？愿上帝宽恕您，公子！——这个温顺的姑娘做了什么事，使您害得她有苦难言呢？

费迪南（在她身边跳起来，下定决心）：

不，我要揭穿他的阴谋——我要挣断所有这些偏见的铁链——我要像男子汉那样自己做主来选择，让那些卑劣冷酷的庙堂小人仰视我的爱情高楼时头晕目眩。（他正欲从她身边走开①）

路易丝（打着哆嗦从椅子上站起来，跟着他）：

别走！别走！你要去哪儿？——爸爸——妈妈——在这危急关头他离开我们了！

米勒太太（追过去，拉住他）：

首相就要来这儿——他一定会叫我们的孩子吃苦头的——他一定会叫我们吃苦头的——可是，封·瓦尔特先生，您要离开我们吗？

米勒（狂怒纵声大笑）：

离开我们！当然！干吗不离开？——她已经把什么都给他了！（一只手拉住少校，另外一只手拉住路易丝）别急呀！先生！走出我的家门只有从她身上踏过去这条路。——如果你不是一个流氓，你就先等你爸爸来这儿。你说给他听，你怎样偷偷钻

① 指他朝她父亲走去，想拦住他，使自己的心上人能够避开他已看出近在眼前的骇人场面。米勒太太和女儿心里害怕，误解了他的用意，以为他要离开她们。

进她的心坎里,骗子。不然的话,哼!(他把女儿朝他身边一推,凶狠而激愤)你先得给我把这条可怜的小毛虫踩死,她把爱情给了你,也就毁了她自己!

费迪南(转身,深思地来回踱步):

当然,首相大权在握。——父权也是一个包罗万象的词语——阴谋诡计可能就藏在它的夹缝里,可能借此大做文章——大做文章!——可是只有爱情才能做出锦绣文章——你瞧,路易丝!把你的手放在我的手里。(他用力握住她的手)就像在我一息尚存时刻上帝都不会离开我那样,这是千真万确的事实!——拉开这两只手的瞬间,也就扯断了生我养我的人伦纽带①。

路易丝:

我害怕!你往旁边看吧!你的嘴唇在哆嗦!你的眼珠这样转动真吓人!——

费迪南:

不要这样,路易丝。不要发抖!我不是在说梦话,我是在说心里话。这是上苍的厚赐,这是关键时刻的决心。此时此刻只有打破常规才能解决心头的压抑。——我爱你,路易丝——你要同我呆在一起,路易丝。——这就找我爸爸去!(他急忙跑开——却撞见了首相)

第六场

〔首相,在一群随从簇拥下上。前场人物。

① 指一生之中视为神圣的父子之情。

首相(进来时):

他已经在这儿了。

众人(吃了一惊)

费迪南(后退数步):

在这清白人家。

首相:

在这个地方儿子学习孝父之道吗?

费迪南:

这个您甭管——

首相(打断他的话头,对米勒):

您就是那个父亲吗?

米勒:

本城乐师米勒。

首相(对米勒太太):

您就是那个母亲吗?

米勒太太:

啊,是呀!是她妈妈。

费迪南(对米勒):

路易丝爸爸,请您把女儿带走吧——她快晕过去了。

首相:

关心过了头。我会让她清醒过来。(对路易丝)您认识首相的儿子有多久了?

路易丝:

我从来没有打听过他是谁的儿子。费迪南·封·瓦尔特十一月份起常来看我。

费迪南:

向她表示爱慕之心。

首相:

您得到保证没有?

费迪南:

就在一会儿前,对着上帝做了言出必信的保证。

首相(激怒地对儿子):

该到你由于干了蠢事而忏悔的时候,自会向你示意的。(对路易丝)我在等待回答。

路易丝:

他起誓爱我。

费迪南:

而且定将信守誓言。

首相:

一定要我训斥你才闭嘴吗?——您接受了这个誓言吗?

路易丝(柔和地):

我也以誓言来回报。

费迪南(用坚定的声音):

婚约已经定下来了。

首相:

我要叫人把帮腔的撵走。(恶毒地对路易丝说)看来他每回都给您现钱了?

路易丝(警惕地):

我不大明白这么问是什么意思?

首相(恶毒地纵声大笑):

不明白?那就摊开来说吧!我的意思只是——俗话说,行业不同,财路自通。我相信,您也不会白送人情——不然,难道您只图一时快活不成?此话可对?

费迪南(发疯似的跳起来):

岂有此理！怎么这样说话？

路易丝(用自尊和激怒的语气对少校说)：

封·瓦尔特先生，现在您自由了。

费迪南：

爸爸！就算衣衫褴褛，人们也应敬重她的品德。

首相(笑声更响)：

这种无理要求倒很有趣！父亲该向儿子的野鸡表示敬意。

路易丝(晕倒)：

天理何在?!

费迪南(与路易丝晕倒的同时，拔出佩剑朝首相一指，随即又把剑垂下)：

爸爸！在此以前您可以向我索命——现在已经清偿。(把佩剑插进鞘里)孝道的债券已撕得粉碎。——

米勒(一直胆怯地站在一边，这时激动地走上前来，时而气得咬牙切齿，时而怕得牙齿打战)：

大人——孩子和父亲心连心——请原谅——谁辱骂了孩子，也就掴了父亲一记耳光——可是打耳光就得挨耳光。——这是我们这儿的通例——请原谅。

米勒太太：

救命啊，上帝呀！救世主哇！现在这老头子也发火了——雷暴就要在我们头上劈下来了——

首相(心不在焉地听了这些话)：

拉皮条的也开口了？——我们马上就谈，老皮条。

米勒：

请原谅。如果您要听一段慢板，就叫我米勒——我不替人们私通出力。这路货色宫廷里面有的是，轮不到我们老百姓来应付！请原谅。

米勒太太：

天哪！老头子呀！你可要害死你的女人和孩子了！

费迪南：

您在这儿扮演的角色至少可以不必去找证人，爸爸。

米勒（走近首相，勇气陡增）：

直白地说吧，请原谅。大人在全国要怎么就怎么。可这是我的屋子。如果有朝一日，我提出一份申请，自当毕恭毕敬。可来客要是不知自爱，我就把他赶到门外去——请原谅。

首相（气得脸色发白）：

啊？这还得了？！（逼近他）

米勒（缓步后退）：

这只是我的想法，大人——请原谅。

首相（火冒三丈）：

哼，刁民！这目无王法的想法你到牢里去说吧——去！叫法警来。（有几个随从下；首相怒火中烧，在屋子里跑来跑去）把她父亲关到监狱里去！——把她母亲和这个卖笑的女儿绑在耻辱柱上示众！——法庭会帮我出气。这么辱骂，我非要叫他吃足苦头决不罢休。——难道要听任这样的无赖破坏我的计划，听任他挑拨父子关系而又逍遥法外吗？——哼，该死的！我要把他们打入地狱，才解心头之恨。这一家人全是混蛋，父亲，母亲，女儿，我要用报复的火焰烧死他们！

费迪南（沉着而镇定地走到他们中间）：

不要这样！你们不要害怕！我不会不管！（恭敬地对首相说）不要操之过急，爸爸！如果您顾惜自己，就不能硬来！——在我内心有一个角落，在那里还从来没有听到过父亲这一个词——您不要闯到那个地方去！

首相：

没有出息的东西！给我闭嘴！别再惹我更加生气！

米勒(从昏头昏脑的麻木状态中清醒过来):

孩子他妈!你照料她!我去找公爵。——那个内廷裁缝——上帝给我指点迷津——那个内廷裁缝跟我学吹笛子。在公爵那儿我不会一无所得的。(他正欲走开)

首相:

你说,在公爵那儿?——你忘了我是门槛吗?要么你得跳过去,要么你一定会跌断脖子。——在公爵那儿?你这蠢货!——你就试试看吧!到时候叫你躺在深不可测的牢底,叫你求生不得,求死不成,那儿暗无天日,无异人间地狱,声音和光线还未到达便又折回。到时只有铁链丁零当啷,只有哭哭啼啼:惩罚这么重,我可受不了啦!

第七场

〔法警数名。前场人物。

费迪南(疾步朝路易丝走去,她瘫软在他的怀里):

路易丝!来人哪!快救人哪!把她吓坏了!

米勒(抓起手杖,戴上帽子,准备打人)

米勒太太(跪倒在首相面前)

首相(露出他的勋章,对那些法警说):

以公爵的名义动手吧!——别管这个卖笑的,孩子!——无论她有没有晕过去——只要她的脖子套上铁箍,人们就会扔石块叫她醒过来①。

米勒(一把拉起妻子):

① 指人们朝绑在耻辱柱上的娼妓扔石块。

你向上帝下跪吧，只会哭喊的老东西！别向——无赖下跪，横竖我得进监牢了。

首相（咬住嘴唇）：

你可能打错算盘了，你这坏蛋！绞架还空着哩！（对那些法警）我还得再说一遍吗？

法警们（朝路易丝扑去）

费迪南（在她身边跳起来，用身体护住她，愤怒地）：

谁敢上来？（拔出带鞘的佩剑，用剑把自卫）谁不是连脑壳也租给了法庭，看他有没有胆子动她一根毫毛。（对首相）请您好自为之！别再逼我，爸爸！

首相（威胁那些法警）：

要是你们还想吃这碗饭，你们这些胆小鬼——

法警们（又向路易丝扑去）

费迪南：

不要命，就来送死！听着：往后退！——再说一次。请您自爱！不要把我逼得无路可走，爸爸！

首相（对那些法警大发雷霆）：

你们就是这样尽心尽责的吗？不知好歹的东西！

法警们（更加气势汹汹地扑过去）

费迪南：

既然非这样不可（拔出佩剑，伤了几个法警），那就请原谅我吧，天理公道！

首相（满腔怒火）：

我倒要看看，我是不是也要尝尝这把佩剑的滋味！（他自己去抓路易丝，一把将她提起来，交给一个法警）

费迪南（苦笑）：

爸爸，爸爸！您在这儿的所作所为刻薄地讽刺了上帝，把他说成不识贤愚，竟让完美的帮凶去当蹩脚的首揆。

首相（对其他法警）：

把她带走！

费迪南：

爸爸，如果要将她绑在耻辱柱上示众，那就同我这个少校，首相的儿子一起。——您还硬要这么干吗？

首相：

这样场面就更逗趣了。——带走！

费迪南：

爸爸！为了这个姑娘，我将扔掉我的军官佩剑——您还硬要这么干吗？

首相：

你在耻辱柱旁一站，身边的佩剑穗带便毫无价值。——带走！带走！你们知道我的决心了嘛！

费迪南（推开一个法警，一只手拉住路易丝，另一只手把佩剑朝她一晃）：

爸爸！与其听任您羞辱我的妻子，不如由我刺死她。——您还硬要这么干吗？

首相：

如果你的剑锋真能伤人，你就刺吧！

费迪南（放开路易丝，神情可怕地抬头望天）：

全能的上帝，你可作证！我已仁至义尽——我只好走邪门歪道。——你们把她押去绑在耻辱柱上的时候，（对着首相的身边大声喊叫）我就向全城讲一个有人怎么当上首相的故事。（下）

首相（如遭雷击）：

你说什么？——费迪南！——你们放了她！（他急忙去追少校）

第　三　幕

〔相府大厅。

第　一　场

〔首相与文书乌尔姆上。

首相：

这事闹得真糟心。

乌尔姆：

我当时就担心会这样。对着了迷的人硬来只会引起怨恨，无法使他们回心转意。

首相：

我原来对这个做法充满信心，当时这样断定：那个妞儿挨了骂，他身为军官一定会避开。

乌尔姆：

高哇。骂她一顿确实是理所当然的事情。

首相：

可是——现在冷静下来想想——我当时不应该入他彀中。他只是吓唬一下，永远也不会当真这么干。

乌尔姆：

您可不能这么想。欲望撩拨起来以后，会干出无奇不有的蠢事。您经常对我说起：这位少校先生对您管理国家大事不以为然。这话我相信。他从高等学府搬来那些条条框框，我怎么也弄不懂。在宫廷里，绝顶聪明的诀窍在于：能上能下，而且步调要恰到好处，手腕要八面玲珑。他那一套想入非非的灵魂那么伟大，个性那么高贵，怎能不跟宫廷通例格格不入呢？他太年轻，他太容易冲动，对并不急于求成，避开金光大道来施展阴谋诡计的家常便饭毫无胃口。只有伟大崇高的事业和引人入胜的奇遇才能驱动他的雄心。

首相（感到苦恼）：

可这番高论对我们这笔买卖有什么好处呢？

乌尔姆：

它会给大人指出伤口在哪里，也许还能指出敷料在哪里。对付这样习性的人——请恕斗胆进言——本应永远不能把他视为心腹，也永远不能使他成为敌人。他厌恶您得以平步青云的手法。说不定直到现在只是做儿子的本分才管住他那条吃里爬外的舌头。如果您给他以理直气壮地抖搂内情的机会，如果您不断指摘他感情用事，致使他认定您并非一个慈爱的父亲，这样他那以爱国为己任的心理便会抬头。仅仅是将那样特殊的牺牲品奉献给法庭的匪夷所思的念头，就足以刺激他要亲手打倒自己的父亲。

首相：

乌尔姆！——乌尔姆！——您把我引到了一个可怕的深渊边缘了。

乌尔姆：

我要把您引回来，大人。我可以畅所欲言吗？

首相（一边说话，一边坐下）：

就像一个下了地狱的人和同是沦落的人那样谈心吧！

乌尔姆：

那就请您原谅——我想，您靠运用自如的宫廷诀窍得以成为有职有权的首揆。为什么不把它也引到您的为父之道上来呢？我记得，您当时完全行若无事，说动了您的前任同您玩皮克牌①，亲切地劝饮勃艮第葡萄酒②，在他那里消磨了半个夜晚，就在当天夜里那颗大地雷开花，把这个老好人送上西天——您干吗要与您儿子为敌呢？您千万不要让他知道我了解他那桩风流韵事。您应该从那个姑娘入手釜底抽薪，使这段荒唐姻缘变成空中楼阁，收住您儿子这颗心。您应该像知彼知己的统帅，不是冲锋陷阵直取敌方中枢，而是在他们内部进行挑拨离间。

首相：

那么怎样去做呢？

乌尔姆：

非常简单——何况现在还不知鹿死谁手。您要隐忍一段时间，不要老想到自己是父亲。别跟冲动的欲望较量，激情每次受阻都会变得更加强暴。——您把这件事交给我去办吧！我要借助他们自己的干柴烈火孵出蛀虫把他们自己咬得百孔千疮。

首相：

我想知道怎么个咬法。

乌尔姆：

少校先生像在恋爱方面那样在嫉妒方面也令人吃惊。如果不

---

① 皮克牌，一种两个人玩的纸牌戏。

② 产于法国勃艮第地区的葡萄酒。

是这样,那么我一定不大会看心灵晴雨计。您要使他对那个姑娘产生疑心——不管有多大的把握,其实一丁点儿酵母便把整团面粉发得不可收拾。

首相:

可到哪儿去弄这一丁点儿呢?

乌尔姆:

我们这就要谈这件事的关键了——首相,大人,请您告诉我,如果少校的抗拒变本加厉,对您的危害多大?——勾销关于那个平民少女的荒诞艳事和促成与米尔福特夫人的结合对您的重要程度如何?

首相:

这您还用得着问吗,乌尔姆?拿夫人当赌注这一局如果输掉,我的全部权势就岌岌可危;要是我逼迫少校,脑袋便保不住了。

乌尔姆(精神抖擞):

那就麻烦您听我道来。——我们千方百计笼络这位少校先生,同时用足您的权力对付那个姑娘。我们口授一封写给第三者的情书,叫她亲笔书写,然后神不知鬼不觉地让它落到少校的手里。

首相:

这主意真绝!难道她自己就这么容易听话写下自己的死刑判决书?!

乌尔姆:

如果您放手让我去干,她不写也得写。我深深了解她心地善良,她只有两个致命弱点,我们可以从这个突破口袭击她的良心——这就是她父亲和那位少校。可少校千万不能触动,这样我们反而可以更加腾出手来对付那个乐师。

首相：

说说怎么对付他？

乌尔姆：

大人您对我说起过在他家里发生的冲突，从这里做文章最便当的办法是：拿生死攸关的指控吓唬那个父亲。公爵倚为左右手的掌玺大臣本身无异于亲临的君主——冒犯这位大臣就是欺君死罪——至少我要用这个牵强附会的罪名迫使这个可怜虫就范。

首相：

不过——假戏不能真做。

乌尔姆：

绝对不会——只做到驱使这家人陷于困境的地步为止。——就是说，我们悄悄地把乐师抓起来——为了营造更加紧迫的气氛，也可以把那个母亲带走——我们说要指控他犯了死罪，说他要上断头台，说他将被终身监禁，使那个女儿看到：只有写下那封信，才能使父亲获释。

首相：

就这样！就这样！我明白。

乌尔姆：

她爱自己的父亲——我可以说，爱到了痴迷的程度——他的生命——至少他的自由处于危险之中——良心呵责她造成这样的局面 ——占有少校已经无望——到了后来，自会心乱如麻，我敢担保——一定会这样——她必将钻进圈套。

首相：

可我的儿子呢？他不是马上就会得到消息吗？他不是会更加冒火吗？

乌尔姆：

大人,这事由我负责办妥。——只有等到全家口头起誓,对整个过程保守秘密,确认这封假信出于真心实意,这时才把她的父亲和母亲释放出来。

首相:

起誓?起誓有什么用处?蠢货!

乌尔姆:

大人,我们的誓言不值一文!可这一类人的誓言却视同生命。——现在您看,这一着会使我们两个都能圆满地达到目的。——那个姑娘失去了少校的爱情和纯洁的名声。她的父亲和母亲也不再那么固执,经历了这样的遭遇他们完全软化了。到最后,要是我向他们女儿求婚,恢复这个姑娘的名誉,他们还会把它看成善事一桩。

首相(摇头大笑):

好哇!我算服了你,真坏!这叫天罗地网,密不透风!徒弟比师傅强了。——现在的问题是:这封情书该写给谁呢?我们该把她同谁扯在一起,才能使她遭到猜疑呢?

乌尔姆:

一定要这样的人,您的儿子下了决心以后,这个人或者得到一切或者失去一切。

首相(想了一下):

我想只有内廷总监。

乌尔姆(耸耸肩膀):

如果我名叫路易丝·米勒,他就不会是我的意中人。

首相:

为什么不会呢?奇怪!服饰华丽——群芳露和麝香油流芬——说句蠢话即日进斗金——难道这一切都不能打动一个小家碧玉的芳心?——唉,好朋友!醋意发作便不会审慎行事

了。我这就叫人找内廷总监。(揿铃)

乌尔姆:

大人那就请您安排这件事,同时派人逮捕乐师,在这中间我去草拟那封谈过的情书。

首相(朝书桌走去):

信一写好,您就拿上来给我过目。(乌尔姆下。首相坐下来签发一份文件;一名侍者上。首相站起来,把文件交给他)这份拘捕令必须立即交给法庭——你们再去一个人把内廷总监请到我这儿。

侍者:

总监大人刚刚坐车到这儿。

首相:

那就更好——拘捕的部署要谨慎,对他们说,不要惊动别人。

侍者:

遵命,大人!

首相:

明白吗?不要让任何人知道。

侍者:

完全明白,大人。(下)

第　二　场

〔首相与内廷总监。

内廷总监(急匆匆地):

我只是路过这儿!老朋友!日子过得怎么样?身体怎么

样?——今天晚上演出大型歌剧《狄多》[①]——烟花极品!——一座城市付之一炬——您也去看全城起火吧?去吗?

首相:

我自己家里的烟花够多了,烧起来把我的显赫权势全送上天。——您来得正是时候,亲爱的总监,有一件事要您给我出个点子,助我一臂之力。这件事关系到我们俩,成则扶摇直上,败则万劫不复。您请坐下!

内廷总监:

您别吓唬我,好朋友!

首相:

还是这句话——要么扶摇直上,要么万劫不复。您当然了解我那个关于少校和米尔福特夫人的计划。您也明白,我们俩不能不竭力保住我们优越的地位。但是一切都可能落空,卡尔普。我家费迪南不肯。

内廷总监:

不肯——不肯——可我已在全城各处都宣布过了!现在谁都在谈这桩婚事呀!

首相:

可能全城居民都以为您胡诌蒙哄。他喜欢另外一个女人。

内廷总监:

您在开玩笑。这也算是一道难题吗?

首相:

① 《狄多》,指意大利诗人、作家麦塔斯塔西奥(1692—1782)创作的歌剧《被遗弃的狄多》。狄多为古代传说中的迦太基女王。在歌剧结尾,狄多由于情人伊尼阿斯的背弃,在绝望中焚毁了迦太基城。

这个人顽固不化,这就成了根本无法解决的难题。

内廷总监:

他真会那么糊涂,把自己的幸福一脚踢开吗?会吗?

首相:

这您问他去,听听他怎么回答。

内廷总监:

天晓得!他会怎么回答?

首相:

他会回答说:他要向所有人揭露我们的罪行,说我们就靠这么干才得以飞黄腾达——他要告发我们伪造文书和收据——他要使我们俩成为刀下之鬼。

内廷总监:

您头脑有毛病还是怎么的?

首相:

他已经这样回答了。他已铁了心要这么干。——我只有百般迁就,好不容易才把他稳住。情况就是这样,您说说有什么办法?

内廷总监(露出一副蠢相):

我的脑筋转不动了。

首相:

这件事本来还可以勉强对付过去。可在这同时,我的暗探送来消息,说内廷司酒官封·博克准备向米尔福特夫人求婚。

内廷总监:

您这样一说,我可要发疯了!您说是谁?您说是封·博克?——他跟我是冤家对头,您可知道?我们为什么结怨,您可知道?

首相:

我就要听听个中缘由何在。

内廷总监：

老朋友！您一听，准会冒火。——要是您还记得那次宫内舞会——算起来到现在有二十一个年头了——，您一定想得起来。在那次舞会上，大家都是头一回跳英国舞，一个枝形吊灯上融化了的烛蜡滴到麦尔绍姆伯爵的化装舞衣上——好啦，这您肯定记得！

首相：

谁会忘记这样的事？！

内廷总监：

就是那次！当时阿玛丽娅公主正跳得起劲，忽然发现掉了一根袜带。——当然，大家都很紧张——封·博克和我——我们那时都是少年侍从——我们在舞会大厅里爬来爬去，寻找那根袜带——我终于发现了——这让封·博克看到——他立即扑过来——从我手里夺走带子——岂有此理！——把它交给公主，不费吹灰之力抢走该我得到的夸奖。——您怎么看？

首相：

不要脸！

内廷总监：

抢走该我得到的夸奖。——我差点气得晕倒。这样无耻的行为我还从来没有见到过。——最后我鼓起勇气，朝公主走去，对她说："无限可敬的公主！封·博克刚才不费吹灰之力向公主您呈送袜带。可是最先发现的人只能悄然自我赞扬，无话可说。"

首相：

说得好！总监！非常精彩！

内廷总监：

无话可说。——我将永远记得封·博克这笔账，直到世界末日来临。——这个卑鄙下流的马屁精！——他那笔账还不止这件事——我们两个一起扑倒在地寻找袜带的时候，封·博克把我右边造型头发上的香粉全擦掉了，害得我在舞会的整段时间里狼狈不堪。

首相：

正是这个人就要同米尔福特夫人结婚，成为文武百官的第一人。

内廷总监：

您当胸捅了我一刀。就要？就要？为什么他就要？为什么偏偏是他？

首相：

因为我家费迪南不肯，除他以外又没有人出来求婚。

内廷总监：

难道您就毫无办法促使少校回心转意吗？——不管这件事情多么棘手，希望多么渺茫！——为了排挤这个可恶的封·博克，现在还有什么离谱的事情会使我们裹足不前呢？

首相：

我只知道一个办法，而且还得靠您去进行？

内廷总监：

靠我？什么办法？

首相：

离间少校和情人。

内廷总监：

离间？您指的是什么？——我该怎样去进行？

首相：

一旦我们使他对那个女孩起了疑心,便赢得了一切。

内廷总监:

您的意思是:说她偷东西?

首相:

唉,不是!这他怎么会相信?——要使他相信:她同另外一个人要好。

内廷总监:

这另外一个人是谁呢?

首相:

非您不可,我的老爷!

内廷总监:

非我不可?我?——她是贵族出身吗?

首相:

要这样干什么?怎么这样想?!——一个乐师的女儿。

内廷总监:

这么说,是平民出身吗?这可不行。您说呢?

首相:

这样不行吗?可笑!天底下谁见了圆润的脸蛋还会想起问她祖宗三代干什么的呢?

内廷总监:

可您总得想想我是一个有妇之夫哇!何况还有我在宫里的名声!

首相:

这是另外一个问题。请您原谅!我还不知道对您来说,原来操守清白的好丈夫比权势显赫的大人物更加重要。我们不谈了吧?

内廷总监:

您是聪明人,我的相爷！当然不是这个意思。

首相(冷若冰霜):

不必再说！——不必再说！您说得完全在理。我也腻烦了。由它去吧！我祝愿封·博克福星高照当首相。天下自有留人处。我这就向公爵提出辞职。

内廷总监:

那么我呢？——您说得轻巧,您！您有学问！可我——我的天哪！要是殿下把我撤掉,我怎么办?

首相:

荣枯无常,黄粱一梦。

内廷总监:

我恳求您,亲爱的,善心的。请您别这么想,我做什么都愿意。

首相:

米勒家那个女孩在信里写上您的名字,约您同她会面,您愿意吗?

内廷总监:

就照您说的去做！我愿意由她在信里写上我的名字。

首相:

还得把这封信掉在少校一定会看得到的地方。

内廷总监:

譬如在检阅的时候,我掏手帕随手把那封信带出来掉了下去。

首相:

还不能忘记自己是她的情人这个角色,同少校对着干。

内廷总监:

豁出去啦！我一定好好儿地教训他。我要煞有介事地谈情说爱,叫这浑小子有苦难言。

首相:

这样就能如愿以偿。这封信今天准能写好。天黑前您还得来这儿取信,校正扮演这个角色的台词。

内廷总监:

我要去十六个地方做非常重要的礼节性拜访,一办完此事,即刻就来这儿。我马上得告辞了,请您原谅!(走开)

首相(撳铃):

我就靠您随机应变的本事了,总监!

内廷总监(回过头来喊叫):

这还用说!您了解我嘛!

第三场

〔首相与乌尔姆。

乌尔姆:

乐师和他妻子已经顺利地抓起来了,完全没有惊动什么人。这封信大人您现在过一下目吧。

首相(读信以后):

很好,很好!文书!内廷总监也上钩了!这样一剂毒药一定会把一个体健如牛的人变成流脓的麻风病患者。——现在马上向那个父亲提出建议①,然后对他的女儿表示关怀!(分头下)

① 指要她的父亲同意这个计划,并起誓保守秘密。

第四场

〔米勒住处的一个房间。

〔路易丝和费迪南。

路易丝：

我请你不要再说下去。我再也不信什么幸福的日子。我所有的希望都已经很小了。

费迪南：

可我的各种希望却更大了。我的父亲已被激怒。他会把所有大炮都对准我们。他会逼得我变成大义灭亲的儿子。我不再遵守身为人子的孝道。狂怒和绝望会迫使我揭露他那狠毒的谋杀罪行的秘密。儿子会把父亲送到刽子手的刀口上。——这是非常危险的事情——既然我的爱情敢于大步跃进，就得甘冒这极大的危险——听我说，路易丝——一个像我的激情一样有气魄而无拘束的想法直叩我的心灵之门——你，路易丝，和我和爱情！——整个天地不就在这三而合一的乾坤里面吗？难道还有排在第四的身外之物吗？

路易丝：

到此为止！不要再说什么了！你要说的我一听便会吓得脸色发白。

费迪南：

如果我们对这个世界别无所求，干吗还要乞讨别人的掌声呢？既然一无所得，又会失掉一切，那又何必勇往直前呢？无论映照在莱茵河里，还是在易北河里，还是在波罗的海里，你这眼睛不是同样都闪耀着温柔的目光吗？路易丝在哪里爱我，哪里便是我的祖国，你在荒无人烟，遍地黄沙的大漠中留下的踪迹比我故乡的寺院更要使我兴味盎然。——我们会因见不到城市的繁华而惘然若失吗？不管我们在哪里，路易丝，只要看到一个太阳升起来，一个太阳落下去——面对这些景象，丰富多彩而充满活力的各种艺术都黯淡无光了！如果不能再在圣殿里朝拜上帝，黑夜就会降临，带来激励人们的敬畏之情，圆缺循环不已的明月向我们宣讲忏悔的真谛，繁星便是充满虔诚气氛的教堂，伴随我们祈祷——我们的情话源泉会干涸吗？——我的路易丝嫣然一笑就成为几百年的话题。这时的泪珠奥秘何在还没有解悟以前，我的人生之梦都不会终结。

路易丝：

除了你的爱情之外，你就别无应尽的本分了吗？

费迪南（拥抱她）：

你的安宁便是我最神圣的应尽的本分。

路易丝（非常严肃）：

那就别再说了，离开我吧——我有一个爸爸，除了我这个独生女儿，他再也没有什么财产——明天他就六十岁了——他肯定会遭到首相的报复。

费迪南（急忙插话）：

他将同我们一起，别再说这也不行那也不行了。我这就去把贵重的物品换成钱，用我父亲的名义取出存款。从强盗手里抢掠，有何不可?！难道他的家当不是榨取全国百姓得来的不义之财吗？半夜敲响一点钟时，便有一辆车到这里。你们就跳上去，我们一走了之。

路易丝：

这样一来，你父亲在背后诅咒我们怎么办？你这个人行事轻率，这样的诅咒就是出于凶手之口也不会永远没有人倾听；这样的诅咒就是在刑车上的小偷遭到天谴时也逃脱不了;这样的诅咒会像幽灵一样把我们逃亡者从一个大海追赶到另外一个大海①。——不行啊,我的心上人哪！要是只有越轨行为才能使我保得住你,那么我还是有失去你的内在力量。

费迪南(站住,愀然不乐地嘟囔):

真的吗?

路易丝:

失去！——唉,这个想法可怕极了——这样可怕,足以洞穿永生的灵魂,足以使因欢乐而绯红的脸颊变成灰白。——费迪南！要失去你呀！——哦。不能这么说！人们已经拥有什么才能失去什么,而你这颗心却属于你自己的门第。我以为拥有了它无异于偷盗圣器据为己有,所以只好打着哆嗦放弃它。

费迪南(脸部扭曲,咬住下唇):

你放弃它吗?

路易丝:

不！你看着我,亲爱的瓦尔特！别这么痛苦地咬紧牙关！不要急躁！让我通过自己作为例子激活你那奄奄一息的勇气。让我充当此时此刻的巾帼英雄吧！——把逃亡的儿子还给一个父亲,背弃会使平民社会四分五裂和普天之下永恒不变的秩序彻底打乱的盟约。——我是一个罪人——我的内心曾经充满非分的愚蠢的奢望。——我的不幸便是对我的惩罚;现在给我留下甜蜜的令人陶醉的自我感觉吧,让我把它看成我做出的牺牲——你会不让我品尝这种乐趣吗?

费迪南(神思恍惚,一腔怒气,抓起一把小提琴,试拉了一下——接着扯断了

① 暗指像传说中的一个荷兰船长,他置身于一艘鬼船,永远在海洋上漂泊,直到世界末日。

琴弦，往地上把琴摔破，纵声大笑）

路易丝：

瓦尔特！天哪！这是什么意思？——鼓起勇气来吧！这个时候需要保持镇定——这是分手的时刻。亲爱的瓦尔特，你有一颗心！我了解你这颗心，你一片柔情，温暖有如生命，豪放不羁有如无垠的宇宙，把它献给一位高贵的更加值得尊重的女子吧——她无须羡慕所有非常幸福的女性。（忍住泪水）你不要再来看望我——让那个以妄念自欺的姑娘遁入空门，孑然一身用眼泪冲洗自己的悲苦吧。——我的前途虚幻而死寂——但我还会不时闻闻这一束明日黄花。（侧转面孔把两只手伸给他）别了，瓦尔特先生！

费迪南（从麻木状态中猛地跳了起来）：

我这就逃走，路易丝！你真的不跟我一起吗？

路易丝（已在屋里正面靠壁处坐下，双手捂住脸）：

我的本分要我留下逆来顺受。

费迪南：

毒蛇，你在撒谎！你是移情他处了。

路易丝（以透出心底苦楚的声调）：

您可以这样猜疑——这样也许使人不那么难受。

费迪南：

无情的本分取代了火热的爱情！——这样胡诌就想蒙骗我？——你让一个情人给迷住了。要是证实我的揣测，我饶不了你和他。（急下）

第五场

〔路易丝独自一人。

路易丝(她还在椅子上一动也不动地默然靠了一会儿,终于站了起来,走到前面,彷徨四顾):

我的爸爸妈妈在哪儿?——爸爸说过很快就回来,可现在已经足足过去五个钟头了——要是他出事——我怎么办?——为什么我的呼吸这么急促?

(这时乌尔姆走进屋子,站在后面,她并未觉察)

这并非真有其事,只是情绪激动时可怕的幻觉。我们的心灵一旦饱受刺激,眼睛在任何角落见到的就全是魑魅魍魉。

第　六　场

〔路易丝与乌尔姆。

乌尔姆(走近路易丝):

晚上好,姑娘。

路易丝:

天哪!谁在说话?(她转过身来,瞥见文书,吃惊地后退)可怕的预感紧接着便已变成非常不幸的现实。(对文书,极其鄙视地看了他一眼)您是找首相吧?他不在这儿了。

乌尔姆:

我找您,姑娘!

路易丝:

您不去市中心广场,这就不能不使我感到奇怪了。

乌尔姆:

为什么就该去那儿呢?

路易丝:

从耻辱柱的台上领回您的未婚妻。

乌尔姆：

米勒小姐，您的怀疑对不上号——

路易丝（忍住没有回敬他一句）：

您来有什么事？

乌尔姆：

您的父亲叫我来这儿。

路易丝（一怔）：

我爸爸叫您来这儿？——我爸爸在哪儿？

乌尔姆：

在他不愿意呆的地方。

路易丝：

天哪！快说！我预感到凶多吉少——我爸爸在哪儿？

乌尔姆：

既然您想知道，就告诉您：在监牢里。

路易丝（仰天瞥了一眼）：

竟然使出这样的手段。连这样的手段也使出来了！——在监牢里？凭什么把他关在牢里？

乌尔姆：

遵照公爵的命令。

路易丝：

公爵的命令？

乌尔姆：

他冒犯如公爵亲临者便有欺君之罪——

路易丝：

天理何在？天理何在？啊，永恒全能的上帝呀！

乌尔姆：

根据命令决定严惩不贷。

路易丝：

在此以前，这一手还秘而不宣！现在也使出来了！——除了少校，我在心里确确实实珍惜过这，珍惜过那——只是当时不该忽略了这一点——欺君之罪——苍天有眼！唉！救救我这正在消失的信仰吧！——那么费迪南怎样了？

乌尔姆：

要么选取米尔福特夫人，要么遭到咒骂和丧失继承权利。

路易丝：

骇人听闻的自由！——不过——不过还是他幸运一些，他没有父亲可以失去，虽说没有父亲本身就是不折不扣的惩罚！——我爸爸被定为欺君之罪——我的意中人只能在那位夫人和咒骂与丧失继承权利之间进行选择——真的，令人钦佩呀！十足的流氓行径也算是登峰造极——登峰造极？不能这么说！还差一点点——我妈妈在哪儿？

乌尔姆：

在感化院。

路易丝（惨然一笑）：

这下一点也不差了！——一点也不差了，所以此时此刻我真是与世无涉了——我同所有应尽的本分——同泪水——同欢乐的联系给割断了——同天命的联系给割断了。这样一来我也同这些都无关了。——（可怕的缄默）您还有什么消息吗？尽管说好了。现在我听到什么都无所谓了。

乌尔姆：

您知道了已经发生的事情。

路易丝：

这么说，将要发生的事情我还不知道，是吗？（停了片刻，在这中间她从头到脚打量着文书)你真可怜!你干的是可悲的营生,你不可能得到幸福。使人们遭到不幸已经很可怕,而当淌血的人心在难逃的厄运这根铁杆上颤抖不已,基督教徒怀疑上帝是否存在的时候,向他们宣布凶讯——对他们高唱猫头鹰的歌曲①,助纣为虐,那就更令人毛骨悚然了。——我决不会干这样的事!就算你眼看着掉下来的每一滴泪水能换一吨黄金——我也不想做你这样的人——还会发生什么事呢?

乌尔姆:

我不知道。

路易丝:

您嘴上说不知道——不能在光天化日之下传播的消息畏惧说话的声音,可是您这张像坟墓一样死寂的脸却给我显示出幽灵的狰狞。——还有什么手段要使出来?——您刚才说公爵要严惩不贷吧?您说说什么叫严惩不贷?

乌尔姆:

您就别再问了!

路易丝:

你给我听着,恶棍!你做过刽子手的徒弟。不然的话,你怎么懂得慢条斯理地让铁轮从下身往胸口辗过嘎吱嘎吱作响的关节,又假装慈悲抚摩那颗抽搐的心作弄它呢?——我爸爸的命运怎么样?你带笑说出的一番话里便潜藏着死亡。你并未吐露的情况大概是怎么一回事?说出来吧!让我一下子就受到化为齑粉的全部打击吧!我爸爸会怎么样?

乌尔姆:

这是一宗刑事案件。

---

① 猫头鹰的歌曲,按照民间迷信,猫头鹰的叫声预示祸事将至。

路易丝：

可这是什么呀？我一个女孩不知内情不懂世事，闹不清楚，你们这些让人头疼、咬文嚼字的讲法。什么叫刑事案件？

乌尔姆：

生死攸关的官司。

路易丝（坚强地）：

这就谢谢您啦！（她匆匆快步进入一间侧室）

乌尔姆（愕然站在那里）：

这到底是怎么一回事？难道这傻丫头……？——见鬼！她总不会——我这就追去——我得保住她这条性命。（正欲去追）

路易丝（回来，披着一件大衣）：

请您原谅！文书！我要锁上这间屋子的门。

乌尔姆：

这么急去哪儿？

路易丝：

找公爵去。（欲下）

乌尔姆：

当真？去哪儿？（他吃惊地拦住她）

路易丝：

找公爵去。您没有听见吗？就去找想要叫人审判我爸爸，决定他是死是活的公爵——说错了，不是想要，而是只好叫人审判，因为有几个坏蛋非要这样不可。他提供给这宗欺君案件的仅仅是君主的名义和君主的签字。

乌尔姆（笑得异常大声）：

找公爵去吧！

路易丝：

我知道您为什么笑我——我可不想在那儿乞求怜悯。——决不是这样，那样只会遭到厌恶——我要是大声乞求只会遭到厌恶。有人曾经对我说：世上的大人物还从来没有听人教导过什么叫做悲惨——也不想听别人教导。我却要告诉他悲惨是怎么一回事——我要通过痛苦万状的死亡景象向他描述悲惨的情境——我要用砭入骨髓的口气对他大声疾呼：这就叫悲惨——如果我这样绘声绘色使他吓得毛发直竖，最后我还要在他耳边大喊：临终时地上各路神仙的肺部也开始喘息，到了末日审判王侯和乞丐都在那个筛子里颠来倒去被折腾。（她欲下）

乌尔姆（貌似亲切，实怀恶意）：

您去吧，您去呀。您这么做真是最聪明了。我奉劝您去他那儿。我向您保证：公爵一定会让您满意。

路易丝（猛地收住脚步）：

您说什么？您自己也这样劝我？（马上回来）嗯！我这是干什么呀？既然这个人劝我去，那一定是让人恶心的事。——您怎么知道公爵会让我满意？

乌尔姆：

他总不能无偿地这么做哇！

路易丝：

不能无偿地这么做？做一件符合人之常情的事，他会要什么代价？

乌尔姆：

有求于人的漂亮女子作为代价便可以了。

路易丝（呆若木鸡地站在那里，接着发出撕心裂肺的呼喊）：

主持公道的上帝呀！

乌尔姆：

为了换取一个父亲，如此这般地慷慨回报，我希望，您不能说是过分的要求吧。

路易丝（来回踱步，不知如何是好）：

对啦！对啦！就是这样！他们躲在铜墙铁壁里面，你们的那些大人物，避开了真理，藏身在他们自己的罪恶后面，自以为这就像有了天使的利剑替他们遮护一样。乞求全能的上帝保佑你，爸爸！你的女儿可以为你而死去，不能为你而造孽。

乌尔姆：

对他，对那个可怜而孤独的老人来说，这也许是一条新闻。他对我说过："我的路易丝把我摔在地上。我的路易丝也会把我扶起来。"——小姐，我这就要赶去告诉他这句应对的话！（装作要走的样子）

路易丝（追上他，拦住他）：

停一下！停一下！别急嘛！——到了要使人发疯的关头，这个恶魔脑筋动得多快呀！——我把他摔倒了。我得把他扶起来。您这么说！我能够做什么？我必须做什么？

乌尔姆：

只有一个办法。

路易丝：

这惟一的办法是怎么一回事？

乌尔姆：

您的父亲也愿意——

路易丝：

我爸爸也愿意？——这是什么样的一个办法呢？

乌尔姆：

这对您来说很容易。

路易丝：

在我看来，最大的难处是忍辱。

乌尔姆：

只要您重新使少校没有这种关系就行。

路易丝：

您是说没有他的爱情关系吗？您是不是作弄我？——难道我当时被迫才同他有这种关系，所以现在可以完全由我决定维持还是割断它吗？

乌尔姆：

不是这个意思，您听着，小姐！我是说，要使得少校首先和主动抛弃这种关系。

路易丝：

他不会抛弃。

乌尔姆：

看起来是这样。如果不是只有您从中出力才能造成这样的局面，还会找您帮忙吗？

路易丝：

难道我能硬要他跟我反目吗？

乌尔姆：

我们试试看吧。您坐下来。

路易丝（愕然）：

嗯！你想的是什么鬼点子？

乌尔姆：

你坐下来。您写吧！这是笔，纸，墨水。

路易丝（非常不安地坐下来）：

要我写什么呢？写给谁呢？

乌尔姆：

写给您父亲的刽子手。

路易丝：

噢！你很会折磨别人的心灵！(拿过一支笔)

乌尔姆(口授)：

“大人哪”——

路易丝(写时手在发抖)

乌尔姆：

“真难受哇，三天已经过去了——过去了——可我们却无法见面。”

路易丝(一愣，把笔扔掉)：

这封信写给谁？

乌尔姆：

写给您父亲的刽子手。

路易丝：

啊，我的天哪！

乌尔姆：

“因此您只能看少校的情况——看少校的情况行事——他现在像阿尔戈斯① 那样整天盯着我。”

路易丝(跳了起来)：

卑鄙，闻所未闻的卑鄙勾当。这封信写给谁？

乌尔姆：

写给您父亲的刽子手。

路易丝(绞着双手，来回踱步)：

怎么能这样？！怎么能这样？！怎么能这样？！啊，天哪！这也太不公道了！要是人们激怒了你，请你以人道惩治他们，干吗要把我夹在两座人间地狱当中压榨呢？干吗要在死亡和耻辱中间把我摇来晃去呢？干吗让这个吸血鬼欺凌我呢？！——

① 阿尔戈斯，希腊神话中看守美女伊俄的百眼巨人。

你们打算怎样，就随你们去吧。我再也不这么写了。

乌尔姆（伸手去取帽子）：

由您，小姐。这件事完全随您方便。

路易丝：

您说：方便？随我方便？——别来这一套，狗东西！你这不是把一个不幸的人悬在地狱的深渊上面，非要他怎样不可，还丧尽天良地问他是不是方便吗？——唉，你知道得一清二楚，我们的心灵同天性像铁链一样牢固地联结在一起。——到了这个地步，什么都无所谓了。您继续口授吧！我不去想了。我斗不过奸诈的恶魔。（她再次坐下来）

乌尔姆：

“像阿尔戈斯那样整天盯着我”——这句话您写了吗？

路易丝：

接下去说吧！接下去说吧！

乌尔姆：

“昨天首相来我们家。那个乖少校为了我的名声硬充好汉，这副模样让人看了忍俊不禁。”

路易丝：

啊，多好，多好哇！啊，多妙哇！——尽管说下去吧！

乌尔姆：

“当时我装作昏倒——装作昏倒遮掩过去——这才没有大声笑出来。”

路易丝：

啊，天哪！

乌尔姆：

“可是这副面具很快我就受不了啦——受不了啦——但愿我能脱身出来就好。”——

路易丝(停住,站了起来踱步,低垂着脑袋,仿佛在地上寻找什么;随后又坐了下来,继续书写):

“能够脱身出来就好。”

乌尔姆:

“明天他值班——您得瞅准机会,他一离开我,您便到原来的地方”——“原来的地方”您写了吗?

路易丝:

我全写了。

乌尔姆:

“到原来的地方见您温柔多情的……路易丝。”

路易丝:

现在就差收信人姓名地址还没有写。

乌尔姆:

“内廷总监封·卡尔普大人收”。

路易丝:

天意长在呀!一个名字,对我这双耳朵就像这几行可耻的语句对我这颗心一样陌生啊!(她站起来,呆滞的目光久久地停留在写下的字迹上,最后把它递给文书;用有气无力、奄奄一息的声音对他说)您拿去吧,先生。我这个清白的名字——费迪南——我所有的生活乐趣,这一切我现在都交到您的手上。——我是行乞的女子!

乌尔姆:

快别这么说!请您不要灰心丧气,亲爱的小姐!我诚心诚意地同情您。说不定——谁知道呢?——有些事情我还是会不在乎的。——真的!真是这样!我同情您。

路易丝(用洞悉肺腑的目光逼视他):

您别抖搂出来吧,我的先生。您这是打的令人毛骨悚然的如意算盘。

乌尔姆(正想吻她的手)：

假定打的是您这只玉手的算盘——怎么会这样呢？亲爱的小姐？

路易丝(凛然而毫不容情地)：

当然是令人毛骨悚然,因为我要在新婚之夜把你掐死,随后高高兴兴地让人用车刑碾死我。(她刚要走开,但很快就回来)现在我们的事情已办完了吗？我的先生？鸽子可以飞了吗？

乌尔姆：

还有一点小事,小姐。您必须在我面前立下庄严的誓言,确认是您自己写下这一封信。

路易丝：

天哪！天哪！那么你自己也必须郑重确认是你丧尽天良干了这些勾当吗？(乌尔姆拉着她走开)

第　四　幕

第　一　场

〔首相府大厅。

〔费迪南·封·瓦尔特手里拿着一封已经拆开的信，从一扇门冲了进来，一名侍者从另一扇门入内。

费迪南：

内廷总监没有来过吗？

侍者：

少校先生，首相大人找您！

费迪南：

该死的！我是问：内廷总监没有来过吗？

侍者：

总监大人在楼上打法老牌[①]。

费迪南：

以整座地狱的名义叫总监老爷到这儿来！（侍者下）

① 法老牌，因过去印在一张纸牌上的埃及法老像而得名。

第二场

〔费迪南独自一人,飞快地通读全信,一会儿呆若木鸡,一会儿四处乱跑。

费迪南:

不会这样的。不会的!身若天仙,绝不会包藏着一颗如此恶毒的黑心。——还是会这样的!还是会的!就算所有的天使飞到人间为她的纯洁作证——就算天地万物和造物主都聚在一起为她的纯洁作证,又有什么用处呢?——这可是她的笔迹呀——这是闻所未闻的弥天大谎,这是人类还未见过的骗局!——噢,原来是这么一回事,怪不得当时硬是不肯一走了之!——就是由于这个原因——啊,天哪!现在我大梦初醒,现在桩桩件件都昭然若揭了!正是由于这个原因人家才这样大方,对我的爱情说不要就不要了,经过这种巧夺天工的乔装打扮,差点,就差一点连我自己都给骗了!

(他在屋子里四处乱跑——步子更加急促,随后又站住,陷入了沉思)对我了如指掌啊!——顺应每一缕逾常的情思,每一回轻微而羞涩的震颤,每一次强烈的激奋——凭着一种飘忽的语气里面细如无物而难以言传的意向把握我心潮的起伏——借助掉下的一滴泪水摸出我浮想的脉搏——陪伴我登上每一座陡峭的热恋高峰,迎合我濒临令人晕眩的深谷——天哪!天哪!可这一切只不过是一副面具吗?——一副面具吗?——唉,既然谎言能够如此耐久而不脱色,那么竟然怎会没有魔鬼进入天国来行骗呢?

我向她透露我们的恋爱关系已经面临危险,当时这个虚情假意的女人脸色发白,装得这么像,不由得你不信她。她厚颜无耻地嘲弄我的父亲,自以为立于不败之地,神气活现。可是就在这一瞬间,这个贱货还是感到心虚——不是吗?这时她自己内心便经受不住真理的火刑考验——这个骗人的婆娘晕了过去。感情啊,你现在还有什么话可说呢?卖笑的女人也会这样晕倒。纯洁呀,你还能拿什么来洗刷你自己呢?——荡妇也会这样晕倒。

她知道她已经能够左右我到了何等程度,她窥透了我的灵魂。初度亲吻,脸颊绯红,我的心扉便在我的眼睛里打开,看进去一览无余——那么她当时一点感受也没有吗?难道她只是由于耍了手段,达到目的而得意扬扬吗?——是因为我当时太兴奋昏了头在妄念迷心中把她看成了整个人间天堂吗?没有流露过我最迫切的愿望吗?想当初我心绪翻腾,但求天长地久同这个少女厮守在一起,再也没有其他杂念。——天哪!彼时彼地她毫无感受吗?只感受到阴谋得逞吗?只感受到她自己的风骚迷人吗?此仇不报非君子!难道我上了当就算了吗?

第　三　场

〔内廷总监和费迪南。

内廷总监(碎步急入):

您找我吗?老弟?

费迪南(自言自语):

要无赖的命!(大声地)总监,这封信一定是您检阅的时候掏口袋随手掉出来的——又让我(狞笑)——凑巧给捡到了。

内廷总监：

您？

费迪南：

这么巧，真是滑天下之大稽。您找全能的上帝去解决吧！

内廷总监：

您瞧，我真弄不懂是怎么一回事，少校先生！

费迪南：

您看信！您看信！（从他身旁走向一边）既然我不配谈朋友，说不定拉皮条更够格。（在总监看信的时候，朝墙壁走去，取下两支手枪）

内廷总监（把信扔在桌子上，想溜出去）：

真要命！

费迪南（抓住他的胳臂把他拉回来）：

别急呀，亲爱的总监！这些消息让我开心哪！我捡到信总不能没有报酬吧？（说到这里，把手枪指给他看）

内廷总监（惊惶地后退）：

您可不能胡来呀，小老弟。

费迪南（以坚决而吓人的口气）：

把一个像你这样的混蛋送上西天实在是太抬举了你！（他把其中一支手枪硬塞给总监，同时抽出自己的手帕）您拿着！您捏住这条手帕——这是我在那个荡妇那儿拿来的。

内廷总监：

隔着这条手帕开枪吗？您发疯了？您要干什么呀？

费迪南：

听着！攥紧这一头！否则你就会打偏了，胆小鬼！——瞧这副哆嗦的样子，这个胆小鬼！你该当感谢上帝，因为头一回在

你的脑壳里装进一点东西[①]！(总监拔脚就走)不能这样马虎了事！我们可不能这样！(他赶在总监前头，把门闩上)

内廷总监：

就在这屋子里吗？少校先生？

费迪南：

难道还值得跟你走一趟去围墙边吗?！——我的心肝宝贝，在这儿开枪更响，而且这大概就是你在人世第一次发出的响声。——瞄准哪！

内廷总监(抹去额头上的汗水)：

您就这样拿您宝贵的生命来冒险吗？您可是前途无量啊，年轻人！

费迪南：

听着，瞄准哪！在这个世界我已经无事可做了！

内廷总监：

我可更有作为呀，我的好得不能再好的老弟呀！

费迪南：

你吗？孬种？你吗？什么作为？——不就是应急补缺去干只要是人都不屑一顾的勾当吗？不就是像穿在针上的蝴蝶那样一转瞬间能缩七次伸七次吗？不就是替你的主子上厕所做记录和帮你的主子寻开心活受罪吗？凭你同样的能耐，我这就牵着你像罕见的土拨鼠一样到处表演。你应当以驯服的猴子为榜样随着那些该死的恶棍大声叫嚷欢蹦乱跳，寻拾物件，听候使唤，施展你在宫廷里的各种伎俩，引逗永世不得翻身的混蛋们发笑。

内廷总监：

① 指决斗时，子弹射进脑袋。

您尽管吩咐好了,先生!——只是别动手枪!

费迪南:

瞧他这样子,一副可怜巴巴的贱相——就他这个德性实在是给第六个创造日[①] 抹黑,仿佛他是一个图宾根书商翻印全能上帝的著作时粗制滥造的结果[②]。——可惜呀,可惜永远无法挽回,浪费了这一丁点儿脑浆,只能在这不知好歹的脑壳里长出一丛杂草。这点脑浆要是给了狒狒还能帮它变成一个像模像样的人,可现在这只能用来悖理行事而已——那么要同此人争夺她这颗心吗?——哪能这样!岂可任性!——其实更应该促使这样一个家伙改邪归正,而不是驱使他继续犯罪。

内廷总监:

啊!永远感谢上帝!他这是在闹着玩了!

费迪南:

我就随他去吧!对毛虫的宽容也该让他享受。人们碰上他,或许耸耸肩膀,说不定也会赞叹老天物尽其用的巧妙,拿糟粕和渣滓喂养生灵,使法场上的乌鸦和君主污泥中的廷臣满足口腹之欲——甚至还会对苍天治理有方感到惊讶,因为就是在阴曹地府它也给无脚蜥蜴和塔兰图拉毒蛛备好果腹的饲料,让它们可以吐出毒汁。——可是(又冒火了)不能让这条害虫爬到我这朵鲜花旁边,不然的话我就这样(抓住总监推搡),就这样,这样不停手,把它掐得稀烂。

内廷总监(暗自悲叹):

唉,天哪!但愿能够离开这个地方!哪怕跑一百英里,进巴黎

① 指上帝在第六天创造了人。

② 指上帝创造的人被扭曲成眼前这个无赖,如同不法书商的盗版行径:印刷粗劣(承印人为图宾根的施拉姆和弗兰克),糟蹋了原作。

收养院[1] 也愿意，只要不在这个人眼前就好！

费迪南：

流氓！要是她不再纯洁了呢？流氓！要是你糟蹋了我曾经诚心朝拜的地方呢？（火气更大）你在我感到自己有如神仙的地方沉醉过吗？（突然沉默，随后语气凶狠）你这个流氓，你在天堂里碰上我的怒火，还不如躲到地狱里去！——你跟那个姑娘来往到了什么地步？说！

内廷总监：

您放开我！我什么都说！

费迪南：

啊！同其他女人寻欢作乐再忘乎所以，也一定不如同这个姑娘相好那样迷人。——你想说：是她自甘堕落，是她自己愿意这样。你想说：她不在乎贬低灵魂的价值，拿放荡来混淆品德。（把手枪顶在总监的心窝上）你跟她往来到了什么地步？说！我开枪啦！

内廷总监：

没有什么关系——什么关系都没有嘛！您别乱来！您上当啦！

费迪南：

那还要你来提醒我吗？你这恶棍！——你跟她往来到了什么地步？你找死！说！

内廷总监：

天哪！我的上帝！我在说嘛——您总得听啊！——她的父亲——她自己的亲生父亲——

费迪南（更加怨恨）：

---

① 设在巴黎西南角，收容穷人和病人。

拿女儿替你拉皮条吗？那么你跟她往来到了什么地步？我杀了你，说！

内廷总监：

您疯啦？您不听嘛。我从来没有见过她。我不认得她。我对她一无所知呀。

费迪南(后退)：

你从来没有见过她？你不认得她？你对她一无所知？——米勒小姐已经毁在你的手里；你还一口气三次抵赖同她有关系？——去你的，孬种！(用手枪敲了他一下，把他推出屋子)你这种人连一颗子弹都不值！

第四场

〔费迪南默然良久，随后脸上的表情透出正在产生一种可怕的想法。

费迪南：

毁了！命途多舛的人们！——我完了，你也完了。只能这样，面对伟大的上帝起誓！如果我毁了，你也毁了！——万物的法官！请别从我手上要走她！这个姑娘让我处置吧。我已经把你的整个世界还给了你，已经放弃了你的全部辉煌创造来换取这个姑娘。把这个姑娘交给我吧！——万物的法官，世上那边有无数灵魂在向你哀求——请把你怜悯的目光转向那里——你就让我独自来处置吧，万物的法官！(合拢双手，露出可怕的神情)难道富裕而拥有一切的造物主舍不得一个灵魂吗？更何况这是他创造的次而又次的劣质作品！——这个姑娘让我处置吧！我过去是她的上帝，现在成了她的魔鬼！

(睁大眼睛,把目光转向一个角落)同她一起永远忍受的车磔刑罚——眼睛盯着眼睛,像生了根一样——直竖的头发和头发互相纠结——连我们俩空虚的哀泣也溶在一起——到那时我再不断地对她百般温存,到那时我再对她高唱她的山盟海誓——天哪!天哪!如此姻缘令人不寒而栗——却能永不分离。(他正欲快步出去,首相入内)

第　五　场

〔首相与费迪南。

费迪南(退回):

咦!——爸爸!

首相:

真巧,我们碰上了,孩子!我来这儿,是要向你宣布一个喜讯,亲爱的孩子,这事一定会让你感到惊奇。我们坐下来吧。

费迪南(目不转睛久久地注视他):

爸爸!(非常激动,朝他走去,抓住他的一只手)爸爸!(吻他的手,在他面前跪下)唉,爸爸!

首相:

怎么了?孩子?起来!你的手好烫,还在发抖!

费迪南(带着奔放、激烈的感情):

原谅我不识好歹,爸爸!我已不可救药!我误解了您的苦心!您当时是舐犊情深哪!——啊,您当时出于父爱,高瞻远瞩——我现在醒悟已经太晚——原谅我!原谅我!辜负了您的祝福,爸爸!

首相(装出一副问心无愧的模样):

起来！孩子！你要知道，你对我说的我完全摸不着头脑。

费迪南：

那个米勒姑娘，爸爸——唉，您真会看人。——您当时怒不可遏，其实是非常在理，非常可贵，非常慈祥——只是父亲爱子心切方式欠妥——那个米勒姑娘！

首相：

你别让我难受了，孩子。我诅咒自己声色俱厉过了头！我来这儿，是希望你能谅解。

费迪南：

要我谅解？——对我诅咒才是！——您当时坚决反对便是智慧的火花，您当时声色俱厉便是苍天的怜惜。——那个米勒姑娘，爸爸——

首相：

是一位高尚的，一位可爱的姑娘——我现在收回操之过急的怀疑。我对她已经有了敬意。

费迪南(震惊地跳了起来)：

怎么了？您也这样看吗？——爸爸！——您也这么看吗？——这么说，真是，爸爸，真是清清白白的一个妞儿吗？——喜欢这个姑娘实在是人之常情啊！

首相：

这么说吧：不喜欢她是罪过。

费迪南：

竟然这样！多么可怕！——您从来都一眼就能看透别人的心底！而且您当时还是用憎恨的目光看她的呀！——这样虚伪，真还没有见过！——那个米勒姑娘，爸爸——

首相：

她该当做我的女儿！我看她的品德也同我们的家族世亲相

称,她的美貌堪称举世无双。我那些老套该收起来,你爱得在理呀——她同你的确般配!

费迪南(神情吓人,冲出屋子):

这娘儿们装假到了这般田地,还有什么话可说!别了,爸爸!(下)

首相(跟着他):

别走!别走!你急急忙忙跑到哪儿去?(下)

第　六　场

〔米尔福特夫人居处的一个极其华丽的大厅。

〔夫人与索菲入内。

夫人:

这么说,你看到她了?她会来吗?

索菲:

即刻就到。刚才她还穿着便装,说去换了衣服便来。

夫人:

别对我谈她的事——不要说了——,就要见到这个幸运的女子,我直打哆嗦,像一个罪人似的,她同我两心相通,非常和谐。——说说她接到邀请时有什么表示?

索菲:

她当时看起来很惊讶,开始想心思,睁大眼睛盯着我,一声不吭。我已经做好准备,听她找话推托,完全没有料到,她扫了我一眼,回答说:"您家女主人对我的吩咐就是我打算明天去请求的事。"

夫人(非常不安):

让我独个儿呆着,索菲。你得同情我哇。如果她只是一个普普通通的女人,我一定会脸红;如果她比常人要强,我一定会丧失信心。

索菲:

可是夫人哪——面对情敌,不能动摇。您要想到自己的身份,您记得您的门第、您的地位、您的权势便有了力量。胸有豪气,一定会使您神采飞扬。

夫人(心不在焉):

傻丫头,胡诌些什么呀?

索菲(恶意的):

恰恰今天最昂贵的钻石使您一身珠光宝气总不会是偶然的吧?恰恰今天偏偏要穿上最华丽的服装总不会是偶然的吧?——会客室里挤满了差役和仆人,在您公馆中富埒王侯的大厅里接待那个平民女孩总不是偶然的吧?

夫人(来回踱步,满腔怨恨):

该死的!真叫人受不了!女人窥视女人的弱点就有这种山猫般的眼睛!——可是这样一个蠢货都把我看透,可见我已沦落到多么凄惨、多么凄惨的地步!

一名侍者(上):

米勒小姐来了。

夫人(对索菲):

你走!你走开!(威胁索菲,因为她还在犹豫)走开!我叫你走开!(索菲下,夫人在大厅里踱步)好!好得很!我激动起来了!我巴不得像我现在这个样子。(对侍者)那位小姐可以进来了!(侍者下。她靠到沙发上去,摆出一副高贵而又满不在乎的架势)

第七场

〔路易丝·米勒畏怯地入内,在离米尔福特夫人很远的地方站住;夫人背朝着她,从对面的镜子里瞅了她好一会儿。

〔片刻以后。

路易丝:

尊贵的夫人,我听候您的吩咐。

夫人(朝路易丝转过身子,冷漠而令人难以接近):

噢,您来啦? 准是那位小姐——一位什么小姐——叫什么来着?

路易丝(触动了自尊心):

我爸爸姓米勒,是夫人您派人叫他女儿来这儿。

夫人:

不错! 不错! 我想起来了——是可怜的琴师女儿,刚才还说起过哩。(稍停片刻以后自言自语)非常有趣,可谈不上好看——(大声地对路易丝)您过来,姑娘! (又自言自语)这双眼睛,流泪已是家常便饭——我多么喜欢哪。这双眼睛! (又大声地)走近一点嘛——到我跟前来。——乖孩子,我看你怕我。

路易丝(无所畏惧,语气坚决):

不是这样,夫人。我根本就不把好些人的看法当一回事[①]。

夫人(自言自语):

瞧——她这副桀骜不驯的模样是受他影响的结果。(高声地)

① 意思是:好些人认为许多坏事的祸根在您身上,所以您以为我也可能怕你。

有人把您推荐给我,小姐,说您学过什么什么,还懂得过日子——那好哇,我当然相信——就算我得了天大的好处也不会说一个这样热心的推荐人撒谎。

路易丝:

夫人,可我不知道有谁费心替我找一位保护人。

夫人(装腔作势):

费心找委托人还是保护人?

路易丝:

这句话我听不懂,尊贵的夫人。

夫人:

看上去纯真无邪,其实是心怀奸诈。您叫路易丝吗? 多年轻啊,我能问一下几岁吗?

路易丝:

已满十六岁。

夫人(立即站起来):

怪不得! 二八佳人! 春心初动啊! ——在这纤尘未沾的钢琴上试奏弹出清脆的第一音。——再也没有什么比这更能令人心醉神迷——坐下吧。我会善待你,亲爱的姑娘。——他也是乍上情场——万道光芒织就满目朝霞,还会令人感到奇怪吗? (非常亲切,捏住她的手)这就讲定了,我要成全你的幸福,亲爱的——那只是,只是甜蜜的飘忽的青春梦影。(拍拍路易丝的脸颊)我的索菲就要结婚了。就让你接替她。——芳龄十六,韶华难以常驻哇!

路易丝(恭恭敬敬地吻她的手):

夫人,我不能接受您这片爱心,但我仍然感谢您。

夫人(气冲冲地又坐下来):

瞧这位贵妇人! 像您这般出身的女孩要是能找到雇主通常都

会满心欢喜。——您想怎么样？我的宝贝？您这些手指太娇嫩不能干活吗？凭您这张略有姿色的脸蛋就这么神气吗？

路易丝：

尊贵的夫人，我对自己的面孔像对自己的出身一样不大在意。

夫人：

难道您以为漂亮的脸蛋永远不会变成明日黄花吗？——可怜的姑娘，谁把这种想法灌进你的脑袋——不管是谁——，他就作弄了你们俩。这脸颊并没有在熔炉里镀金。你那面镜子贩卖给你的看起来一点不假而且恒久不变，实际上只是薄薄的一抹金粉，迟早必定会脱落，沾在情郎的手上。——到那时我们怎么办？

路易丝：

夫人哪，到那时只好替情郎惋惜，他买来一颗宝石，只是因为它看上去包了一层金箔。

夫人（不想理会她话里有话）：

一个像您这般年龄的姑娘总是同时有两面镜子：一面是真正的镜子，一面是她的追求者。——后者阿谀奉承，曲意逢迎；前者直来直去，开诚布公：后者总要粉饰前者。其中一面毫不容情地说，这是一个难看的天花疤痕。另外一面却说错得离谱，这是一个雅趣盎然的酒窝嘛。你们这些老老实实的孩子都只相信那一面说这一面对你们说过的什么，一会儿照这一面，一会儿照那一面，换来换去，最后就把两面镜子所说的内容都搅和在一起。——您干吗这么盯着我？

路易丝：

尊贵的夫人，请您原谅我——我刚才正要为这颗璀璨夺目的红宝石落泪，它一定不知道自己的女主人苦口婆心，如此强烈地反对虚荣。

夫人(面孔泛红):

扯别的事干什么?胡闹的丫头!——如果您不是以为自己漂亮一定会幸福,世上还有什么能够阻止您去选取这样一个位置?只有在这个位置上您才能学会讲究风度,增长见识,才能抛弃您那些平民的偏见。

路易丝:

连我这平民的纯洁也抛弃吗?夫人?

夫人:

还是不以为然,真傻!只要我们自己不送上门去,就是肆无忌惮透顶的恶棍也不敢硬要我们干出挨骂的事情。让人看看您是什么样的人!如果您自己能维持名声和尊严,我就敢说,您的青春便会挡住任何诱惑。

路易丝:

尊贵的夫人,恕我直说,我不得不怀疑这一点。某些贵妇淑女的公馆往往就是恣意寻欢作乐的庇护所。谁会相信穷乐师的女儿有这种大无畏的气概呢?投身于瘟疫之中,又能避开毒害的大无畏气概。谁会挖空心思想到米尔福特夫人面对自己的良知长期养着一条蝎子①,她花去大笔金钱,只是为了得到随时都会脸红这种好处呢?——尊贵的夫人,我生性直率。——每当您向欢乐迎去的时候,我的表情会使您高兴吗?每当您归来的时候,我的脸色您忍受得了吗?——嗯,不如这样!不如这样!您在我们之间划出一块隔离地带——您让汪洋大海在我们之间奔流不息!——请您多加小心,夫人哪!——百无聊赖的时刻,精疲力竭的瞬间自会到来——追

① 蝎子:如果路易丝受雇成了侍女,米尔福特夫人的一举一动都将落入她的眼里。这样,对夫人的良知来说,她无异于一条蝎子。

悔的毒蛇会袭击您的胸口——在这样的情况下——从您的侍女脸上窥见纯洁经常用来奖励清白心灵的那种心安理得的愉悦对您来说无异于酷刑带来的苦楚。(她后退一步)容我再说一遍,尊贵的夫人,我请求您多多原谅。

夫人(内心异常激动,四处踱步):

她对我说这样一番话,叫人受不了!她说得在理,更教人受不了!(朝路易丝走去,注视着她的眼睛)姑娘,你瞒不了我。谈谈想法不会这么起劲。在这些大道理后面还隐藏着更加强烈的内心要求,促使你把替我干活的事情描画得特别丑恶。——促使你说得口沫横飞——我一定要(语带威胁)把它揭出来。

路易丝(泰然自若,胸怀坦荡):

就算您把它揭出来又怎样呢?就算您怀着鄙视的心理用脚跟踹这条遭到屈辱的小虫,把它踩醒又怎样呢?造物主本来就鞭策过它要反抗歧视。——我不怕您报复,夫人。——生来便是罪人的弱女子在令人齿冷的绞架上笑对世界的沉沦。我的苦难已到了这种程度,就是实话实说也无法说它更加深重。(停了片刻,非常严肃地)您说要把我从出身这堆尘土中拽出来。我无意分析它,分析这一不明不白的爱心。我只想问一下,是什么促使夫人把我看做讲到出身就脸红的蠢货呢?是什么可以让夫人有权利以我的造福者自居呢?夫人还不知道我是不是也会愿意从您手上领受幸福哩。——我已经毁掉与生俱来的得到人间欢乐的要求。我已不再去想幸福来得过于急骤的旧事。——您又何必要重新提起呢?——既然就是上帝也在他所创造的万物面前收敛了他的光芒,免得最高天使由于自己黯然失色而畏缩——为什么人类说是慈悲,却又这样残忍呢?——夫人哪,您的幸福既已得到了赞美,怎么又这样喜欢乞求苦难的人们来羡慕和钦佩呢?您自己快活就是,还这么需要拿别人的绝望来衬托吗？——唉，您不如让我浑浑噩噩过日子，只有这样还能同我残酷的命运相安无事。——纤毛虫在一滴水里自得其乐，以为这便是天堂，那么开心，那么得意，直到有人对它讲起了大海，才知道海上有船队在航行，海里有鲸鱼在戏水——可您说要使我幸福，不是吗？（停了片刻，突然走向米尔福特夫人，出其不意地问她）您幸福吗？夫人？（夫人吃了一惊，连忙离开她，路易丝跟上去，把手伸到她胸前）这一颗心也有同您地位相称的笑脸吗？再说如果现在我们拿胸膛换胸膛，拿命运换命运——要是我带着孩子那样的天真无邪——要是我对着您的良知——要是我权当自己的妈妈问您——您会劝我进行这样的交换吗？

夫人（非常激动，猛地坐到沙发上去）：

放肆！没有这么简单！不可能啊，姑娘！——不可能！你不是生来就有这种气势。可是如果说父亲指点你，这又太富有活力。别骗我了。我听出你另有一名教师。

路易丝（温婉而锐利地盯着她的眼睛）：

夫人哪！我感到奇怪，您现在才想起这位教师，可刚才您已经给了我一份差使呀。

夫人（跳起来）：

受不了！——受不了哇！我总是躲不过你。我认得他——了解所有的情况——比我愿意知道的还多！（突然她停住话头，随后越来越激动，几乎到了大发雷霆的程度）你敢就试试看！不幸的姑娘——看你现在还敢喜欢他或者由着他喜欢你！——这还不行！——看你还敢想到他或者照他的其中一个想法来行事——我有权势，不幸的姑娘——权势大得吓人——千真万确！你已经完了！

路易丝（坚强地）：

夫人哪，一旦您迫使他不得不爱您，便无可救药了。

夫人：

我明白你的意思——可是并不要他来爱我！我要克服这种丢脸的激情，抑制我这一颗心，碾碎你那一颗。——我要在你们之间移来峭壁和深谷；我要化为复仇女神横穿你们的天空；让我的名字在你们亲吻的时候像一个狰狞的囚徒那样把你们吓得连忙分开；让你那青春如花的美貌在他的拥抱中凋谢、萎缩而成木乃伊的样子。——我同他一起不可能幸福——可是你也不应该幸福——教你明白，可怜虫！破坏福气也是福气！

路易丝：

人们已经剥夺了您这种福气[①]，夫人。您别玷污您自己这颗心了。您已经无法去做这样吓唬我发誓要干的事情。您已经无法折磨一个并未伤害过您，倒是感受和您相通的普通人——您这样激动，却教我喜欢上您了，夫人。

夫人（这时已经冷静下来）：

我这是在哪儿？我刚才在哪儿？我让人察觉到什么？——我让谁察觉到了？——啊！路易丝，高尚，伟大，非凡的人哪！原谅一个疯女干出的事情吧！我完全无意侮辱你，我的孩子。你尽管说出自己的愿望吧！说出自己的要求吧！我要用双手捧住你，我要做你的朋友，你的姐姐——你生活困苦——瞧！（取下几颗宝石）我要卖掉这些首饰——卖掉我的衣服，卖掉我那匹马和我那辆车——一切都可以归你所有，但是你抛开他吧！

路易丝（后退，非常诧异）：

---

① 意思是：由于乌尔姆施展阴谋诡计，我路易丝的幸福已被毁掉，夫人您再也没有什么可以破坏了。

她这是在作弄一个陷于绝望的女子——还是确实没有参与这一野蛮的行径？哈哈！我不妨硬充女中豪杰，把无可奈何打扮一下，装成慷慨奉送。（她站着想了一会儿，随后走近米尔福特夫人，握住她的手，目不转睛，意味深长地注视她）既然这样，夫人，您就收下他吧。——我自愿把这个男人让给您，人们已经用地狱的钩子将他从我淌血的心头拽走。——说不定您自己也不知道，夫人哪，您已把两个恋人的关系夷为平地，已把被上帝联结在一起的两颗心撕开，已经毁掉了一个人，这个人曾经像您一样靠近他，这个人像您一样他曾为了给予人生乐趣而创造出来，这个人曾经像您一样赞扬他，这个人今后再也无法赞扬他。——夫人哪！就是被踩得稀烂的毛虫在最后一次抽搐的时候，也会对着洞察一切的上帝的耳朵呼喊——如果人们残害在他手上的一个又一个灵魂，他不会置之不理！现在那个男人归您所有！夫人，现在您把他收下吧！您扑进他的怀里去吧！您把他拽到圣坛前面去吧——只是您可不能忘掉：一个自尽的女子冤魂犹存，会在新婚夫妇亲吻时冲到你们中间。——上帝必将慈悲为怀① ——我没有办法，只能这样。（她冲出去）

第八场

〔米尔福特夫人独自站着，感到震惊，不知所措，呆滞的目光盯住房门，路易丝就从这扇门冲出；终于她从麻木状态中清醒过来。

① 自尽被视为深重的罪孽。参看第五幕第一场米勒的看法。

夫人：

刚才是怎么一回事？刚才我碰上了什么事？刚才那个不幸的姑娘说了些什么？——啊，天哪！我的耳边还震响着那些尖酸刻薄，咬牙切齿骂我的话语：您把他收下吧！——收下谁？可怜的姑娘？是你临终喘息时的礼物吗？——是你绝望时骇人的遗言吗？天哪！天哪！难道我已经沉沦到这样的程度——难道我完全出乎意料之外从自傲的所有宝座上摔了下来，致使我贪婪地期待一个女乞丐在她进行垂死挣扎时扔给我的恩典吗？——您把他收下吧！她说出这句话时用了这样一种口气，带着这样一种目光——唔，爱米丽雅啊，为了这事你已经越出自己女性的界限吗？为了这事你当时非要保住伟大的不列颠妇女的盛名不可，致使足可自夸的崇高荣誉与一个缺乏家教的平民丫头的优越品德相比显得暗淡无光吗？——不能这样！——人们可以使我爱米丽雅·米尔福特感到惭愧——但决不能对我辱骂！我也有抛开的力量。

（来回踱步，神情严肃）现在你躲起来吧，软弱的遭难的女人！——永别了，甜蜜而美妙的爱情幻象——此时此刻只有豁达才是我的指路明灯！——要么这对恋人完蛋，要么米尔福特必须抛却自己的要求，熄灭在公爵心里的火焰！（停了一下，活跃起来）事情已经过去！——可怕的障碍已经排除——我和公爵之间的全部纽带已经扯断，这一片狂乱的痴情已经从我内心扔开！——我这就投入你的怀抱，品德！——把她收下吧，你已悔过的女儿爱米丽雅！——哦！我多么舒畅啊！我一下子感到多么轻松，多么高兴啊！——今天我要大模大样地像落日一样从养尊处优的峰顶渐次西沉。让我的荣华富贵同我的痴情一起死去吧！让我这颗心单独伴随我昂然远离这块是非之地吧！（下定决心走向书桌）现在立即就得这样去

做！那个小伙子真教人喜欢，必须趁他的魅力重新在我心头燃起流血争斗之前，现在马上就这样去做。（她坐下来，开始写信）

第九场

〔米尔福特夫人。一名侍者。索菲，接着是内廷总监，最后是几名仆人。

侍者：

内廷总监封·卡尔普奉公爵命令在前厅等候。

夫人（正处于写信的亢奋中）：

她就要使出浑身解数了，这个君主的提线木偶！毫无疑问！用这样的方式劈开一个一国之主的脑壳，这个想法实在也够滑稽了。他那些内廷佞臣就会弄得晕头转向——整个国家就会闹翻了天。

侍者与索菲：

内廷总监来了，夫人！

夫人（转过身来）：

谁呀？什么？——那就更好！这种奴才活在世上就配搬运东西。他来得正好。

侍者（下）

索菲（胆怯地走近一些）：

我当然不必害怕，夫人，可我追问总是放肆了——（米尔福特夫人激动地写下去）刚才米勒姑娘气呼呼地冲出前厅——您涨红了脸——您在自言自语。（米尔福特夫人依然继续写信）我感到吃惊——到底发生了什么事？

内廷总监(入内,朝米尔福特夫人后背不断鞠躬;由于她没有马上察觉到他,他走近一些,站在靠背椅后面,小心地拉过她的衣角,在上面吻了一下,惶恐地低声叫她):

公爵殿下——

夫人(在条子上撒吸墨粉,飞快地通读所写的内容):

他一定会责骂我狼心狗肺,忘恩负义——我曾经是一个孤苦伶仃的女子——他使我脱离了困窘的境地。——脱离了困窘的境地?令人作呕的交换罢了!撕掉你那张账单吧,你这个骗色的混蛋!我是用这一辈子都洗刷不了的耻辱加上重利付的账。

内廷总监(在他围着米尔福特夫人转了一圈还是不能引起她的注意以后):

夫人似乎有点心不在焉——我看大概只好自己大着胆子来一下。(非常大声地)公爵殿下派我来问夫人,今天晚上参加游园还是观看德国喜剧?

夫人(一边大笑,一边站了起来):

两样当中哪一样都可以,我的天使!在这中间请您把这张条子捎给公爵给他当餐后点心!(对索菲)索菲,你去吩咐把马车准备好,再叫所有侍役都到这个大厅里来。

索菲(非常惊惶地离开):

啊,天哪!我看要出事啦!还会出什么事呢?

内廷总监:

您很激动吧?尊贵的夫人?

夫人:

既然您这么说,那就更加没有必要对您讲假话了。——好哇!内廷总监大人!有一个职位空出来了。这对拉皮条的来说,是大好机会呀!(由于见到内廷总监朝那张条子投去一瞥狐疑的目光)您念一下!您念一下!我就是不想只有两个人知道上面的内容！

内廷总监（念那张字条，在这当中米尔福特夫人的仆役们都在大厅深处集中起来）：

“至尊的大人！

您已如此轻率地撕毁的誓约再也不能束缚我了！我献出爱情本以贵国得以享有福祉为条件。这场骗局持续了三年。现在蒙住我两眼的那一块布掉了下来。我厌恶那些滴着臣民泪水的恩典。——请将我再也无法应答的您那份心意赠送给您自己的正在哭泣的国家，并向一个不列颠的侯爵小姐学会呵护您这些德意志民众吧！过一个钟头我便离境了。

约翰娜·诺福尔克[①]”

全体侍役（惊恐地低声七嘴八舌）：

离境？

内廷总监（吃惊地把条子放在桌子上）：

老天爷保佑！无比善良的尊贵的夫人！送信人的脖子一定像写信人的那样在发痒要挨刀子了。

夫人：

是你这么担心，好一个明哲保身的人，你！——真遗憾，我知道，你和像你这号人就是照葫芦画瓢都会吓得连大气也不敢出！——我奉劝一句：烤野味馅饼时把这张条子放进去，公爵殿下就会在盘子里看到它了——

内廷总监：

天哪！这么任性胡来！——您总得考虑考虑，您总得想想，这么干您十有八九会失宠啊，夫人！

夫人（转身对着集合起来的侍役们，极其诚恳而动情地说了一番话）：

---

① 这是她的真名，以往用化名爱米丽雅·米尔福特。

你们都是善良的人，现在惊惶地站在这里，忧心忡忡地等待着怎样揭开谜底吧？——亲爱的，你们都过来！——你们服侍我，诚恳而温暖，你们往往留意我的眼神，而不是我的钱袋；你们的顺从就是你们的热情，你们的自豪——便是我的慈爱！——想起你们的忠实不由得记起我的屈辱！命运多么可悲：我最凄惨的岁月竟是你们幸福的日子！（眼里噙着泪水）在我身边的人们，我辞退你们了。——米尔福特夫人已成过去，而约翰娜·诺福尔克又太穷，无法清偿她对你们的亏欠。——我的财务管家会把我钱柜里的一切都取出来分给你们。——这座宅第留还给公爵。——你们当中最贫穷的一个从今以后将比他过去的主人富有。（大家先后热情地吻她伸出的双手）我了解你们，善良的人们——别了！永别了！（从抑郁中镇定下来）我听到马车已到门前的响声。（她猛地离开大家，正想出去，内廷总监挡住她的去路）你这个人真可怜，你还站在这儿？

内廷总监（在这整段时间里失神地看着那张条子）：

这么说，是要我把这张字条交到公爵殿下的御手里吗？

夫人：

你这个人真可怜！交到御手里，还要对着御耳奏报，因为我不能赤脚去洛累托[①] 哇，我将靠干活赚取每日的工钱，洗刷过去隐忍的耻辱。

（她匆匆离去。其余所有人都深受感动，四散分开）

---

① 洛累托，意大利一城名，基督教圣地。

第　五　幕

〔薄暮时分，乐师家一间居室。

第　一　场

〔路易丝默然不动地坐在室内最昏暗的角落里，头搁在胳膊上。长时间的沉寂之后，米勒提着灯笼进来，提心吊胆地在屋子里四处照着，却未发现路易丝。然后他脱下帽子搁在桌子上，把灯笼放好。

米勒：

这儿也不见她，这儿还是不见她。——我走遍大街小巷，我找过所有的熟人，到每一个城门口问了人——谁都没有在什么地方见过她。（沉默片刻以后）要有耐心，可怜的不幸的爸爸！等到天亮吧。说不定到那时你的独生女儿会漂到河边上来。——天哪！天哪！如果我以往爱女过于心切，如同偶像——那么这样的惩罚也太严厉了。上帝呀，太严厉了！我不想抱怨，上帝呀，可这惩罚实在太严厉了！（他跌坐在一把椅子上，愁苦万分）

路易丝（从一个角落传出说话的声音）：

你没有做错,可怜的老爸爸啊!还得趁早学会放得下想得开。

米勒(跳起来):

你在这儿?孩子?是你吗?——可为什么这样孤寂,又不点灯呢?

路易丝:

我倒并不因此就感到孤寂。只有四周一片漆黑,我才能见到最受欢迎的来客。

米勒:

你怎么啦?我的天哪!只有良心的蛀虫才喜欢猫头鹰。罪孽和恶魔才会怕光。

路易丝:

永恒也是这样,它不需要借助什么便能同灵魂交谈。

米勒:

唉!唉!都说些什么呀?!

路易丝(站起来走到前面):

我进行了一场艰苦的斗争,爸爸,您知道,是上帝给我力量。斗争已见分晓。爸爸!人们常说我们妇女娇柔,脆弱。您别再相信这个说法了。见到一只蜘蛛,我们就会发抖,可是我们却把见不得人的腐朽这个怪物玩弄于股掌之上。爸爸,这是新闻哪!您的路易丝真逗哇。

米勒:

女儿啊,你听着。我倒愿意见到你嚎啕大哭。你如果哭出声来,我反而会好受一些。

路易丝:

您会看到我要怎样耍弄他,爸爸。您会看到我要怎样哄骗那个暴君!爱情比恶意要狡黠,要大胆——这一点他并不了解,那个灾星① 当头的庞然大物。——唔,只要遇上光是用脑的事情,他们就诡计多端;可是一旦需要掏出心来,这些无赖便非愚即蠢——他是想拿誓言来掩盖自己的骗局吧?——誓言,爸爸,可能约束活人,要是死掉,承诺的铁索也就熔化。费迪南将会认识他的路易丝——爸爸,您愿意替我送封信吗?您愿意给我办这件事吗?

米勒:

女儿啊,这是写给谁的信?

路易丝:

问得奇怪!无垠广袤和我这颗心连成一片也容纳不了毫无旁骛的对他的思念——难道我还会给另外什么人写信吗?

米勒(不安地):

听着,路易丝!我这就拆看这封信。

路易丝:

您爱怎么就怎么吧,爸爸。——不过您看了也不会明白是怎么一回事。那些字母排列在那儿冷冰冰地像尸体一样,只在情人的眼里才会鲜活如生。

米勒(读信):

"你被蒙骗了,费迪南——前所未有卑劣行径撕断了联结我们两颗心的纽带,只是可怕的誓言使我张口不得,而且你的父亲到处都布置了暗探。但是,亲爱的!如果你有勇气——我认得第三个地方,在那里誓言再也无法约束,暗探也到不了这个处所。"(米勒停住,深沉地注视她的面孔)

路易丝:

您干吗这么瞅着我?您把它念完嘛,爸爸。

① 意思是:首相的星形勋章再也不可能是满朝文武之首的荣耀象征。

米勒：

“但是你得鼓足勇气，在一条幽暗的通道上漫步，到时只有你的路易丝和上帝给你照亮这条路。——你只能为爱情而来，所有你的希望，所有你的翻腾如沸的意愿都得抛弃在家里；你什么都用不上了，除了你这颗心。——如果你愿意——那么在卡梅里特钟楼钟打十二下的时候，你就启程吧。——要是你害怕——那就在男子汉们面前删去‘坚决’这一个词，因为一位姑娘使你自惭形秽。”（米勒把信放下，用痛苦而呆滞的目光久久地凝视户外，最后他朝她转过身来，低低地，结结巴巴地说道）那么，女儿啊！这第三个地方在哪儿呢？

路易丝：

您不认得它吗？爸爸，您真的不认得它吗？——这就怪了！这个地方谁都知道，好找得很哪！费迪南一定会找到。

米勒：

嗯！再说明白一点。

路易丝：

我就是找不到悦耳的叫法。——爸爸，要是我对您说个难听的字眼，您不必吃惊。这个地方——唉，爱情为何没有替它起个名字！爱情本当给这个地方起个非常好听的名字。这第三个地方，好爸爸啊——可您非要我把它说出来——这第三个地方便是坟墓。

米勒（跌跌撞撞地走向一把靠背椅）：

啊，我的天哪！

路易丝（朝他走去，扶住他）：

不要这样，爸爸！积聚在这个字眼周围的只是恐怖的气氛——抛开这个字眼，便可见到那儿有一张新娘的绣床，上面铺着朝霞织就的金色锦毯，春天也会撒下五彩缤纷的花环。以往也只有号哭的罪人才会责骂死神是骷髅。其实这是一个清秀、可爱的男孩,像人们画笔下的爱神那样俊美,但是并不刁钻——这是一个很沉静、热心服务的智者,他扶着精疲力竭的朝圣女子的灵魂跨过时间的鸿沟,打开永远美好的仙女宫殿大门,和善地点头,随即悄然隐没。

米勒:

女儿啊,你打算怎么样呢?——你要一意孤行自己了此一生吗?

路易丝:

爸爸啊,您别这么说了——远离一个使我苦不堪言的社会,提早奔向我再也不能不去的处所——难道这是罪孽吗?

米勒:

孩子呀,自尽是非常令人厌恶的罪孽——这是惟一无法追悔的罪孽,因为死亡与不端行为同时发生。

路易丝(木然站住):

多么可怕啊——不过这也不会在一瞬间就会结束。我准备跳到河里去,爸爸,在灭顶的过程中我向全能的上帝祈求怜悯!

米勒:

这就是说:你要在确知赃物已经藏好以后才立即忏悔盗窃的罪行。——女儿啊!女儿啊!可得小心哪!在你最需要上帝的时候,千万不能对他侮弄。唉!你已走得太远,太远了!——你放弃了祈祷,慈悲的上帝已从你身上抽回他那只手了!

路易丝:

爸爸,难道爱是罪吗?

米勒:

如果你爱上帝,你就永远都不会犯罪。——你已经使我深深地低下头来，我的独生女儿！深深地，深深地低下头来，说不定低到墓穴里面。——不过，我不想让你这颗心变得更加沉重。——女儿啊！我刚才说了一些话。我当时以为只有自己一个人。你已经听到我说些什么，既然这样，我干吗还要把它藏在心底呢？你一直是我的偶像。——路易丝，如果你还能给一个父亲的感情留有余地，你就听着——你一直是我的一切。现在你再也没有什么属于你自己的东西可以耗费了。我也要失去一切。你看，我的头发开始变得灰白。时间渐渐使我觉察到，我们做父亲的人投在儿女心上的本钱也该带来红利了。路易丝，难道你要连本带利都骗走吗？难道你要带着你父亲的家当一走了之吗？

路易丝（极度震惊，深受感动，吻他的手）：

不会的。爸爸！我要作为欠您大宗钱财的债户离开这个世界！——永生永世用重利来偿还。

米勒：

可得小心哪，孩子，别到时候算错了账！（非常严肃而郑重地）我们在那儿还能互相找到吗？——瞧！你的脸色变得多么苍白！我的路易丝当然明白，我到那个世界大概也赶不上她了，因为我不像她那样这么早就匆匆离去。（路易丝突然感到恐惧，扑到他的胳膊上——他热切地抱住她贴在胸口上，用恳挚的口气继续说下去）唉，女儿啊，女儿啊！女儿你垮下来了，说不定已经无可挽救了！可你要牢记爸爸这句心里话。我不能老是看住你。我可以把你的刀子拿走，但你用一枚织针还是能够杀死自己。我可以把你的毒药藏好，但你用一串珍珠还是能够使自己窒息，——路易丝——路易丝——我还能做得到的只不过是告诫你——你甘冒在时间和永恒之间可怕的桥梁上骗人的幻象[①]会在眼前消失的风险吗？如果你那双应遭惩罚的眼睛正在寻找尘世的遗体，你胆敢到洞察一切的上帝的宝座前面扯谎说："造物主，听从你的召唤我来了"吗？——而且如果你头脑里的那个脆弱的偶像[②]这时也同你一样成了毛虫，挨着你的最高审判者的脚边扭动，在这摇摆的时刻，指摘你这种邪恶的念头只是自欺欺人，责备你对永恒的慈悲抱着这种陷身困境者难以求得实现的此时已经落空的希望，这个时候你又怎么办呢？（加重语气，提高声音）你又怎么办呢？可怜的女儿啊！（他将她抱得更紧，目不转睛，急切地注视她一会儿，随后迅速离开她）现在我再也无法可想了——（举起右手）我再也不能为你，最高审判者上帝呀，呵护这个灵魂了。你要怎样就怎样吧！为你的瘦高个小伙子做出一次牺牲，让你的恶魔欢呼，让你的善神退避吧。——去吧！把你所有的罪孽都带在身上吧！把这个，这最后的，这可怕的罪孽都带在身上吧！要是还嫌太轻，那就让我的诅咒补足分量吧。——这儿有一把刀子——刺穿你这颗心，也（放声大哭正要跑开）刺穿这颗为父之心吧！

路易丝（跳起来，忙追上他）：

别跑！别跑！爸爸啊！——亲情逼人比暴君的怒火还要蛮不讲理！——叫我怎么办？我没有办法啊！我非做不可的到底是什么呢？

米勒：

如果你那位少校的亲吻比你爸爸的泪水还要热——那就去死吧！

---

① 指她自以为自杀的罪过可以忏悔的妄想。

② 指费迪南。

路易丝(经过一番极度痛苦的斗争之后,略显坚定):

爸爸!捏住我这只手!我要——天哪!天哪!我怎么办?我要什么?——爸爸,我发誓——我难啊!难啊!我这一身是罪的女子,我该靠向哪一边?!——爸爸,就这样吧!——费迪南——上帝俯察!——我这就撕毁对他的最后纪念吧。(她撕碎自己那封信)

米勒(狂喜,扑过去抱住她的脖子):

我的女儿就在这儿呀!抬头看看吧!你失去了一个意中人,却造就了一个幸福的爸爸。(一边笑,一边哭,抱住她)孩子呀!孩子呀!我这一辈子都不配遇上这个日子!谁知道,我这个普普通通的人竟能得到你这个天使!我的路易丝就是我的天堂?——啊,上帝!我并不懂得相爱,但是从此断念一定会感到痛苦——这一点我还能理解。

路易丝:

但是,爸爸,要离开这个环境——离开这座城市,在这儿我那些女伴会嘲弄我,我已永远失去了好名声。——离开,永远地离开这个地方,在这儿失去了的幸福留下那么多痕迹,它们都会唤起我的回忆。——如果有这个可能,离开吧——

米勒:

女儿啊,你愿意去哪儿都行。走遍天涯海角填饱肚子有何难!苍天有耳,也能听到我的琴声。好啦!让一切都过去吧——我把你的这段忧伤的故事编到琴弦上去,然后唱一支女儿之歌,她为了尊重父亲,撕碎了自己那颗心——我们唱着叙事谣曲沿门乞讨,从听后感动落泪的人们手上得到的施舍必定美味可口。

第 二 场

〔费迪南和前场人物。

路易丝(首先看见费迪南,尖叫着扑向米勒,搂住父亲的脖子):

天哪!是他啊!我完啦!

米勒:

在哪儿?谁呀?

路易丝(转过面孔,指向少校,在父亲身上贴得更紧):

是他!就是他!——爸爸,您回头看看——他来杀我!

米勒(瞥见他,吃惊地后退):

咦?您来这儿?少校?

费迪南(慢慢走近,在路易丝面前站住,目不转睛,用审视的目光盯住她,过了片刻):

吃惊了,心虚了,谢谢!您的招供令人感到可怕,可也爽快,实在,免得我来拷问。——晚上好,米勒。

米勒:

我的老天爷!您要干什么?少校?您有什么事来这儿?来得这样突然是什么意思?

费迪南:

我知道有这样一段时光,那时有人把白天分成一秒一秒,出于对我的思念盼着慢条斯理的壁钟摆晃动得快一些,默默的数着脉搏,希望我在这当中随时都会出现。——怎么我现在来这儿让人感到意外呢?

米勒:

您走吧,您走吧!少校!——要是在您心里还有一星半点人性——要是您不想扼杀您口口声声说爱她的这个姑娘，那么您就快走吧，一刻也别再呆在这儿了。您当时一脚踏进我这简陋的屋子，我们随之也就失去了幸福。从前一家人高高兴兴过日子，您却给我们带来了祸害。您还不罢休吗？我的独生女儿不幸认识您，您已经伤害了她，现在您还要在她的伤口里乱捅吗？

费迪南：

你这个怪父亲，我现在来这儿，是要告诉你女儿让她高兴的事。

米勒：

大概又是新的希望，让她陷于新的绝望吧？——去吧，你这个灾星的跑腿！一看你这张面孔，就知道你卖的不是好货。

费迪南：

我抱着希望，现在终于达到目的了！米尔福特夫人曾经是我们俩爱情最可怕的绊脚石，此时此刻她已逃离国境。我父亲允许由我自己选择。迫害我们的命运已泄气了。我们俩的福星正在冉冉升起[①]——我现在来这儿，是为了我曾做出的承诺，接我的新娘去圣坛。

米勒：

女儿啊，你听到他说些什么吗？你听到他嘲弄你已经落空的希望吗？啊，真的，少校！作孽不过瘾，还要技痒作弄一番，这是浪荡公子的拿手好戏呀。

费迪南：

你以为我在寻开心吗？我以名誉起誓，绝不是这样！我这一番话像我的路易丝的爱情一样实实在在，我要像她信守自己

① 反话。

的誓约那样信守诺言，把它看做神圣的事情。——我不知道还有什么会更加神圣。——你还怀疑吗？怎么在我美丽的妻子的脸颊上还不见泛出喜悦的红晕来呢？如果说了真话这样难以取信，那么谎言在这儿肯定通行无阻。你们怀疑我说的这些话吗？那就请你们相信这份书面证据吧！（他把写给内廷总监的那封信扔给路易丝）

路易丝（打开这封信，立即脸色煞白，瘫倒下去）

米勒（并未注意到这个情况，对少校说）：

这干什么？少校？我不明白您的意思。

费迪南（带他到路易丝身边）：

这个女人倒是清清楚楚地明白了我的意思。

米勒（在她身边跪下）：

啊，天哪！女儿哪！

费迪南：

苍白得像死神一样！——现在她才让我喜欢，你这个女儿！她——配上这张死人面孔——就变得从来都没有这么好看，你这个虔诚、端庄的女儿，——拂去任何谎言虚饰的末日审判气息现在已将这个女魔术师曾经用来欺骗光明天使的美化脂粉全吹走了。——这是她最漂亮的脸蛋！这是**第一次露出的真面目**。让我亲一亲它。（他正欲朝她走去）

米勒：

回去！走开！别伤害父亲的心，小伙子！当初我不能保护她避开你的爱抚，但现在却能使她不会遭到你的凌辱。

费迪南：

老头子，你想干什么？我跟你毫无关系。你就别参与这场显然输定的游戏了。——或者我看错人了，莫非你更有心计？你有没有把自己六十年里积累的智慧借给女儿去干私通的丑事？有没有干拉皮条这一行玷污自己本该受到尊敬的白发？——唉！要是没有这样做，可怜的老人哪，你就躺下来死去吧。——现在还有时间。你还能在甜蜜的浑浑噩噩中溘然长逝，自以为：我曾经是一个幸福的父亲！——再过一会儿，你就会把那条毒蛇朝它的地狱洞窟扔去，诅咒送来的礼品和送礼的那一个人，抱着怨天尤神的遗恨钻进墓穴。（对路易丝）说，你这可怜的女人！是你写的这封信吗？

米勒（以告诫的口气对路易丝说）：

千万千万，女儿啊！别忘了！别忘了！

路易丝：

唉，这封信哪，爸爸——

费迪南：

这封信误落到别人的手里了，对吗？——碰得正巧，这对我却是好事一桩，这种巧遇比绞尽脑汁的用心发挥出更大的作用，而且到了世界末日那天比所有智慧的点子都更能经受考验。——我说：碰得正巧？——麻雀落地，在劫难逃。既然魔鬼的面具注定要被扯掉，怎么不会这样呢？——我要一句答话！——是你写的这封信吗？

米勒（恳切地从旁对她说）：

要坚持！要坚持！只要说一声“是的”，就什么事都没有了。

费迪南：

真有意思！真有意思！连做父亲的也撒谎了，谁都撒谎！瞧，她就这样呆在那儿，这个可耻的女人，就是她的舌头也不听使唤，最后再扯一次谎了！向上帝起誓吧！向无比真实的上帝起誓吧！是你写的这封信吗？

路易丝（做了一番极度痛苦的斗争，在这中间她用眼神同父亲交换了想法，然后坚定而果决地）：

是我写了这封信。

费迪南(惊骇地站住):

路易丝！——不会是你！绝对不会！你在撒谎！——到了拷问台上，就是无辜也会招认从来没有犯过的罪行。——我刚才追问太过火——是不是这样？路易丝？——只是由于我追问太过火，你才这样招认，是不是这样？

路易丝:

我刚才承认的是确有其事。

费迪南:

肯定不是事实。不是事实！不是事实！你并没有写这封信。那根本就不是你的笔迹。——就算是吧，难道摹仿笔迹比败坏心灵还要费事吗？——跟我说真话吧，路易丝！——还是别说，别说，不要说了！你可能会说：是你写的；要是这样，我就完了。——编造一句假话吧，路易丝！——一句假话！——唉，要是你现在能编造一句假话就好，要是你神态自若有如天使，拿一句假话来搪塞，只要让我听着顺耳，看着顺眼就好，哪怕令人厌恶透顶地哄骗我这颗心也没有什么——唉，路易丝！真要那样，随着这句谎言出口，任何真理便在世上万物之间无迹可寻，堂堂正正行事便要低下刚直的颈项，沦为在宫廷里常见的奴颜婢膝！(口气畏怯，声音颤抖)是你写的这封信吗？

路易丝:

向上帝起誓！向无比真实的上帝起誓！是我写的！

费迪南(过了片刻，神情痛苦不堪):

女人！女人！——你此时此刻站在我面前露出的这副面孔啊！——凭这副面孔去兜售乐园，即使在地狱里也找不到一个买主。——路易丝，你以前知道你对我曾经意味着什么吗？

真没有想到！没有想到哇！你原来并不知道，你那时对我意味着一切！一切！——这是一个可怜又可鄙的字眼！但永恒绕它环行一周却也不是轻而易举的事情；在它里面容纳了宇宙天体各自的轨道。——一切！竟然这样可恶地玩弄了它！——唉，实在可怕！

路易丝：

我已经招认了，封·瓦尔特先生！我已经责骂了自己。现在请您走吧！请您离开您置身其中感到非常不幸的人家吧。

费迪南：

可以！可以！我平静着呢！——早听说了，瘟疫猖獗的恐怖地带也很平静。——我现在就是这样。（略加思索以后）路易丝，我还有一个请求——最后的请求！我的额头烫得厉害。我得喝点清凉的饮料。你肯给我调一杯柠檬水吗？

（路易丝下）

第　三　场

〔费迪南与米勒。

〔两个人在屋子里相对着的两边，一言不发地来回踱步好一会儿。

米勒（终于站住，带着忧郁的神情注视少校）：

亲爱的少校，如果我坦率地对您说，我打心眼里同情您，不知道能不能减轻您的怨恨心理？

费迪南：

您不要再说了，米勒！（又走了几步）米勒，我记不清楚了，我是怎么来您家里的？——当初为什么事来这儿？

米勒：

不记得了？少校先生？您当时要跟我学吹笛子呀。您不记得这事了吗？

费迪南（急促地）：

我当时看见了您的女儿！（又停了好一会儿）您并没有信守诺言，朋友！我们当时讲定，在我孤寂的时刻里给我以安宁。您却使我大失所望，使我寝不安席，食不甘味。（看到米勒激动的神情）不要这样！不要惊慌！老人家！（同情地抱住他的脖子）不能怪你！

米勒（揩拭眼睛）：

洞察一切的上帝知道这件事情！

费迪南（又来回踱步，陷入忧郁的沉思之中）：

真是费解，唉，真是令人百思不得其解，上帝竟然这样作弄我们。——在难以察觉的条条细线上悬挂着要命的重物①。——凡夫俗子哪里知道啃着这只苹果注定必死呀！——唉！——怎能看透个中玄机呢？（更加急躁地来回踱步，猛地使劲抓住米勒的手）哼，我跟你学吹笛子这玩意儿付的代价也太大了——可你却一无所得！——你也受到损失——说不定失去一切。（隐忍着从他身边走开）吹什么倒霉笛子呀，怎么都不该有这个想法！

米勒（竭力掩饰同情的心理）：

柠檬水这么久没有调好。我想去看看，要是您不介意。

费迪南：

这不急，亲爱的米勒。（喃喃自语）特别是对做父亲的来说，这

① 意思是：微不足道的偶然发生的事情会造成可怕的后果，即指：学吹笛子本属小事，谁知后果如此可悲。

不急嘛。——您就别去了。——我刚才想问什么来着？——对啦！——路易丝是您的独生女儿吗？您再没有别的孩子了吗？

米勒(舐犊情深)：

我再没有别的孩子了,少校！——也不想要别的孩子。这妞儿刚好把我这做爸爸的整颗心填满——我这做爸爸的全部爱女之情都放在这妞儿身上了。

费迪南(大为震惊)：

原来这样！——还是请您去看看饮料吧,好心的米勒！(米勒下)

第四场

〔费迪南独自一人。

费迪南：

独生孩子呀！——你感受得到这一点吗？凶手？独生孩子呀,凶手！你听到了吗？凶手？——而且这个老人在上帝的广阔天空里除了自己的乐器和这个独生孩子便一无所有——你要从他那里抢走这个孩子吗？——抢走？——你从一个乞丐手里抢走最后一个急救的子儿吗？你要把跛子的拐棍折断扔在他脚边吗？是不是这样做？我会狠心干这种事吗？——而且要是他匆匆回家后,却没有料到在他女儿脸上找遍都再也不见自己欢乐的影子,而是一走进来便看到她躺在那儿,这朵鲜花——这最后的,仅有的,无限的希望——已经枯萎——了无生气——已被恣意妄为地踩碎——唉！于是他就这么对着她站在那儿,就这么站在那儿,整个大自然都由于他而凝神屏息，他那呆滞的目光在渺无人烟的无限宇宙徒然四顾，寻找上帝，可是再也无法见到，只能更加空虚地返回，这时又将怎样呢？——天哪！天哪！我的爸爸也只有这个独生儿子呀——仅有的儿子，却不是仅有的财富——（过了片刻）到底怎样呢？他会失去什么？这个把至圣的爱情只是看做玩物的少女，她会使父亲幸福吗？——她不可能！她不可能！趁这条毒蛇还没有咬伤自己的父亲，我就把它踩死，还应该得到感谢哩。

第五场

〔米勒返回。费迪南。

米勒：

马上就给您拿来，少校。这个可怜的妞儿坐在外面没完没了地哭。她就要拿掺和眼泪的柠檬水给您喝。

费迪南：

如果全是眼泪就好了！——米勒，我们刚才谈到音乐的事——（取出一只钱袋）我还欠您钱哩！

米勒：

怎么这样?！说到哪儿去了?！别这样了！少校！您把我看成什么了?！放在您那儿就是。您可别太损，上帝会安排，我们又不是最后一次呆在一起。

费迪南：

谁能未卜先知？您就拿着吧。是活是死都用得上。

米勒（大笑）：

噢，是为了这个，少校！我想，到时候也会鼓起勇气来找您。

费迪南：

有人真的鼓起勇气来了。——您从来没有听说过年纪轻轻会死掉吗？——青年男女原是种种希望的结晶，却成了那些生身之父的过眼烟云，只落得一场空欢喜。——害虫和年龄办不到的事，往往一次雷击便会了结。——您的路易丝也不会长生不死。

米勒：

我从上帝那儿得到她。

费迪南：

请您听着——我告诉您，她不会长生不死。这个女儿是您的眼珠。您用整个心灵和全部感情爱护您的女儿。您可得小心哪，米勒。只是赌徒陷于绝望，便会孤注一掷。将全部家当装到一艘船上去的商人就是铤而走险的莽汉。请您听着，请您想一想这番告诫。——可您干吗不收您该得的钱呢？

米勒：

您说什么呀？先生？这整个鼓鼓囊囊的钱袋吗？您这位贵人想到哪儿去了？

费迪南：

这是因为我对您有亏欠。——拿着吧！（他把钱袋扔在桌子上，有几枚金币掉了出来）我不能老是这么留着这劳什子。

米勒（惊惶地）：

怎么？这声响不像银币呀！（他走到桌边，惊叫起来）这到底是怎么一回事？少校！少校！您这是怎么了？您这是干什么呢？少校？我看是在寻开心！（两手一拍，合在一起）眼前放着的明明是：——要不然，就是我着魔了！——要不然，就是我见鬼了！——我这只手触到的明明是：真正的，黄灿灿的，实实在在的金币。——不行，魔鬼！你别想叫我上当！

费迪南：

米勒，您喝了陈酒还是喝了新酒？

米勒(粗鲁地)：

这是什么话！您看一下——金币呀！

费迪南：

那又怎么样？

米勒：

什么怎么样?！——我说——我请您一定要看清楚——是金币呀！

费迪南：

这当然有点背离常情。

米勒(默然片刻以后朝他走去，语带感情)：

尊敬的先生，我是一个普通人，直来直去，您是不是想叫我去干什么坏事？——因为好事确实赚不到这么多钱。

费迪南(激动地)：

您放心好了，亲爱的米勒。您早就该得这笔钱，而且我决不会拿这个来收买您的良心。

米勒(一蹦老高，简直像疯子一样)：

这么说是我的了！是我的了！心安理得就是我的了！(跑向房门，叫喊)孩子她妈！女儿！好极了！你们快来呀！(又回来)啊，老天爷！我怎么一下子就有了这笔大得吓人的财产呢？我是怎么挣来的呢？我该拿吗？嗯？

费迪南：

米勒，这不是教音乐课的酬金——我是拿这笔钱来报答您，(恐怖袭来，他停住了)报答您(过了片刻，沉痛地)使我得以在您女儿身上做了三个月的美梦。

米勒(抓住他的手，用力紧握)：

尊敬的先生！如果您是一个普通、平常的人——(急促地)而我的妞儿不喜欢您——我就要把她刺死，把这个丫头刺死！(又走到钱袋旁边，紧接着嗒然若丧)这样一来，我有了一切，而您却一无所有，我又岂不是会拿这一大笔钱去尽情花销吗？这怎么办？

费迪南：

这事您也不必介意，朋友——我要出游，在我准备歇脚的地方这种硬币并不流通。

米勒(在此期间目不转睛地瞅住那些金币，满心欢喜)：

这么说这就归我所有了？就归我所有了？——您要走了，使我感到难过。——等着瞧吧！现在我要在人前像个样子！现在我要搭起架子来！(他戴上帽子，在屋子里快步走来走去)还有，我要到市中心教音乐，抽五号三王牌香烟。要是我再坐在三个子儿的顶层楼座看戏，那就该死！(欲走)

费迪南：

您别走！您别提这事！还有，您把您这些钱收起来！(强调地)您只是今天晚上别提这事！而且看在我的面上，以后别再教音乐了。

米勒(更加亢奋，一把抓住他的背心，内心充满了喜悦)：

还有，先生，我的女儿！(又把他放开)钱眼里面出不了大丈夫——钱非万能。——不管我吃了土豆还是斑鸡，都是填饱肚子。只要上帝可爱的阳光不从袖子破洞里射过去，我这件上衣永远都顶用。——这不值一文的玩意儿对我还合适——可是我这丫头该当幸福；我从她眼睛里看出她想怎么，都要让她得到满足。——

费迪南(连忙插嘴)：

不要说了，唉，不要说了——

米勒(越来越兴奋):

她还要给我学过硬的法语,跳小步舞,唱歌,让人们从报纸上知道她;她还要像内廷参事的女儿们那样戴一顶小帽,带一个她们所说的腰垫,让人们在四英里以内都会讲起琴师的女儿。

费迪南(百感交集,抓住他的手):

别再说了!别再说了!您千万别说了。就今天您别说了!这是我要求您对我的仅有报答。

第六场

〔路易丝端着柠檬水上。前场人物。

路易丝(她把放在盘子里的这杯柠檬水端给少校,眼睛哭得红肿,声音颤抖):

要是不够浓,请您说一声。

费迪南(接过杯子,把它放下,急忙转过身来对米勒说):

啊,我差点忘了!——亲爱的米勒,我可以请您办点事吗?您肯帮我一个小忙吗?

米勒:

非常乐意!您说什么事——

费迪南:

有人等我去吃饭。不巧我现在心情很不好。要跟大家一起,对我来说,实在不合适——请您去我爸爸那儿走一趟,说我不去了,可以吗?

路易丝(吃了一惊,连忙插话):

我可以去一趟。

米勒:

去找首相吗?

费迪南:

不是去找他本人。是请您去传达室把托您代办的事告诉一名侍者。——为了表明您的身份,请把这只表带去。——您回来的时候,我还在这里——请您在那儿等回话。

路易丝(非常害怕):

我不可以去办吗?

费迪南(对正要离开的米勒说):

等一等,还有一样东西! 这是写给我爸爸的一封信,是附在写给我的信里今天晚上一起收到的——说不定有急事——就顺便捎去吧!

米勒:

可以,可以,少校!

路易丝(拉住他,惊慌万分):

哎呀,爸爸啊! 这些我全都会办妥的呀!

米勒:

你孤身一人,又是黑夜,女儿。(下)

费迪南:

给你爸爸照个亮吧,路易丝。(在她擎着灯送她父亲出去的同时,他走到桌边,把毒药倒入一杯柠檬水里)好了! 她到时候了! 她到时候了! 上苍诸神对我点头,传下惊人的字眼:"好了!"天谴已成定局,她的善神把她放弃了。

第七场

〔费迪南与路易丝。

〔她擎着灯慢慢走回来,把灯放下,站到少校的对面,面孔朝着地上，只是偶尔胆怯地偷偷地拿眼角瞅他。

〔他站在另外一边，呆滞地望着外面出神。

〔默默无言如此沉寂，预示必将出现的场面。

路易丝：

封·瓦尔特先生，如果您愿意为我伴奏，我就在钢琴上弹一曲。

(她打开钢琴的盖子)

(费迪南没有回答她。静默)

路易丝：

封·瓦尔特先生？您还得让我有扳回的机会，同我在棋盘上见个高低。我们来一盘怎么样？

(再次静默)

路易丝：

封·瓦尔特先生，我有一回答应给您织一个荷包——我已经开始了。——您不想看看图样吗？

(依然静默)

路易丝：

唉，我觉得很不是滋味。

费迪南(保持原来的样子)：

可能真是这样。

路易丝：

封·瓦尔特先生，可不是我害得您这么闷闷不乐呀。

费迪南(鄙视地只顾自己大笑)：

我打不起精神算得了什么，你有哪点不是？

路易丝：

我当然很明白：现在我们合不到一块儿了。我就直说吧，您把我爸爸支开的时候，我便猛地吃了一惊。——封·瓦尔特先生，我猜想，这段时间对我们两个人都很难受。如果您允许，我这就去请几个我的熟人来。

费迪南：

噢，好的，去吧！我也马上去请我的熟人。

路易丝（看着他发愣）：

封·瓦尔特先生？

费迪南：

说实话，这可是一个人在这样的处境中能够想出来的最明智的办法。我们就把这沉闷的二重唱化为联欢会，逢场作戏来几段风流故事，算是用情专一异想天开的报应。

路易丝：

封·瓦尔特先生，您的心情好起来了！

费迪南：

好极了，连闹市里的小男孩们都跟在我后面疯跑！没有想到，真的，路易丝！你现身说法使我幡然醒悟——你当之无愧成了我的恩师。胡诌爱情万岁便是傻瓜。老一套令人反感，只有花样翻新才是取乐的味精。——好哇！路易丝！我已跃跃欲试了——我们快去寻欢作乐吧，一回接着一回，不断变换露水夫妻——你往这边去——我往那边去——说不定我在妓院里能找回我失去了的安宁——说不定经过这场快活赛跑[①]，我们成了两具流脓的骷髅不期而遇，那时都会感到不可名状的惊喜；说不定我们像演喜剧那样根据同母子女[②]无可否认的共有的家族特性互相认出对方；说不定厌恶和羞愧还能难舍难分，卿卿我我柔情如水也不曾这般交融。

---

① 指放荡的生活。

② 指纵欲自毁的结果。

路易丝：

唉，小伙子！小伙子！你已经是不幸了，你还要自找不幸吗？

费迪南(咬牙切齿，气愤地低语)：

我不幸？谁对你说我不幸了？你这娘儿们太寡情了，自己不会有体会——你怎能掂量出别人的感受？——她说“不幸”吗？——嘿！这个字眼简直会把我的怒气从坟墓里唤出来！——我一定会不幸，这她早知道。千刀万剐都不解气！这她当时就知道，可她还是背弃了我。——瞧，这条毒蛇！这是仅有的空白，我刚才从这点看还以为情有可原——但你这句话却要了你的命——在这之前我总觉得可以拿你头脑简单来遮盖你的罪过，我小看你了，差点让你逃脱我的报复。(他急忙端起杯子)可见你当时并不是草率——你当时并不是愚蠢——你当时就是一个魔鬼。(他喝饮料)这柠檬水像你的灵魂一样乏味——尝一尝！

路易丝：

唉，天哪！我担心的场面果然出现了。

费迪南(不由分说)：

尝一尝！

路易丝(有点不大情愿地端起杯子啜饮)

费迪南(一看见她把杯子放到嘴边，蓦地脸色泛白，立即转过身去，快步朝居室最里面的角落走去)

路易丝：

这柠檬水好喝呀。

费迪南(并未转身，直打哆嗦)：

那就喝吧。

路易丝(她把杯子放下以后)：

唉，瓦尔特，要是您知道您对我的心灵伤害得多么厉害，就好了！

费迪南：

嘿！

路易丝：

瓦尔特，到时候——

费迪南（又朝前面走来）：

哼！到时候我们都完蛋。

路易丝：

到时候今天晚上的事情可能会沉重地压在您的心头——

费迪南（脚步开始加重，心情变得愈加不安，扔掉绶带和佩剑）：

别了，就此了结这苦差使！

路易丝：

我的天哪！您怎么了？

费迪南：

我感到热，感到闷——不这么难受就好。

路易丝：

您喝吧！您喝吧！饮料会使您感到清凉。

费迪南：

饮料确实如此。——这妞儿心好——这算得了什么，随便哪个姑娘都这样！

路易丝（情意绵绵，快步扑进费迪南的怀里）：

这样看你的路易丝吗？费迪南？

费迪南（把她推开）：

走开！走开！别用这温柔、伤感的眼光看我！我受不了！毒蛇，你露出狰狞可怖的面目吧！你向我扑上来吧！你这条毒蛇！——在我面前抖开你这些丑陋的骨节吧！挺直你的脊椎伸向天空吧！——这副丑相就像你在无底深渊里的时候那样令人恶心。——别装成天使了——现在再也别装成天使了！——已经太晚——我要像踩死蝮蛇一样把你踩得稀烂，不然我一定会感到绝望。——可怜可怜你自己吧！

路易丝：

唉！想不到事情已经到了这个地步！

费迪南(从侧面打量她)：

这件上苍雕塑家精美的作品！——谁会相信有这样的作品？叫谁相信有这样的作品？(抓住她的手，把它举着)我不想向你问个究竟，造物主上帝！——可为什么要把你的毒药放在这么精致的容器里呢？——难道罪恶能在这个温和的地带滋生①吗？——唉，真是奇怪！

路易丝：

听着这一番话，却又不能张口分辩！

费迪南：

还有这甜蜜、悦耳的声音——已经磨损的琴弦怎能奏出这般丰富、优美的曲调呢？(沉醉的目光停留在她的脸庞上)无所不美——无比匀称——无可增损，宛若天仙！——无处不显示出这是情侣相会时刻上帝赐予的产物！真的！仿佛形成这片广阔天地，就是为了激发上帝创造这一杰作的意兴。——只是上帝在安放灵魂时，莫非张冠李戴弄错了？——这个令人反感的畸形作品进入大千世界能不遭到指责吗？(在这同时他很快离开她)或者上帝当时看到他凿子下面出现一个天使，为了纠正这个错误，莫非忙中出错给了一颗更加糟糕的心？

路易丝：

唉！这样自说自话，实在是罪过哇。他都不知道自己操之过

① 按照古人的想像，罪恶滋生在极为炎热的地带。

急，却回过头来埋怨上帝。

费迪南（痛哭，扑过去抱住她的脖子）：

再来一次，路易丝！——再来一次像我们头一回接吻那天一样，当时你不好意思地叫我一声“费迪南”，从你滚烫的嘴唇中间第一次听到管我叫“你”——啊，在这个瞬间，无穷无尽的难以言传的欢乐种子恰似正在破土发芽。——那时永恒有如一个明媚的五月日子展现在我们眼前；金色的千年流光宛若一群新娘在我们的心灵旁轻盈地闪过——那时我是幸运儿！——啊，路易丝！路易丝！路易丝呀！你为何要对我来这一套呢？

路易丝：

您哭吧，您哭吧，瓦尔特。您以凄怆的心境看待我比您以愤慨的情绪对待我要公允合理。

费迪南：

你在欺骗自己。这并不是凄怆的眼泪——并不是那种温暖的欢乐的甘露，她像香油一样流进心里的伤口，她重新推动生锈的感情车轮。这是零散的——冰冷的水滴——这是我的爱情正在诉说可怖的永别。（极其庄严地把手放到她的头顶上）这是因你的灵魂而流下的眼泪，路易丝！——这是为上帝而流下的眼泪，他在这件事上怀着无限的善意，却一时失误，这般大意，在创作作品时竟功败垂成。——唉，我觉得，整个天地应该披挂黑纱，因出现在世界上的这个先例而感到惊愕。——凡人亡故，乐园失落，比比皆是。可是如果瘟疫[①] 传到天使中间肆虐，那么人们悲悼的号哭便会响彻整个宇宙。

路易丝：

① 指罪恶——此时费迪南还视路易丝为金玉其外，败絮其内。

您不要逼人太甚,瓦尔特。我的心灵强度与任何人的不相上下——但是它只可经受合乎人性的考验。瓦尔特,再说一下,随后就此分手。——骇人听闻的遭遇使我要想进行我们之间的心灵对话也无所适从。瓦尔特,要是让我开口,我本来对你的确有话可说——我本来可以——但是冷酷的厄运拴住了我的舌头和我的情意,就是你把我当成行为不检点的姑娘,肆意辱骂,我也只有忍气吞声。

费迪南:

你觉得舒服吗?路易丝?

路易丝:

为什么问这个?

费迪南:

如果不问你这个,你必定带着这一回说的谎话离开人世,这样我就要替你难过了。

路易丝:

我求您了,瓦尔特!

费迪南(情绪剧烈波动):

不应该呀!不应该呀!回过头来这样对我也太歹毒了!决不能这样!我决不能稀里糊涂离开人间到那个世界去。——路易丝!你喜欢过内廷总监吗?你再也出不了这间屋子啦。

路易丝:

您爱问什么随您问就是。我可什么都不回答了。(她坐下来)

费迪南(更加郑重地):

你要为你这个不灭的灵魂着想啊,路易丝!——你喜欢过内廷总监吗?你再也出不了这间屋子啦。

路易丝:

我什么都不回答了。

费迪南(异常激动地在她面前跪下来)：

路易丝！你喜欢过内廷总监吗？这支蜡烛还没有点完,你就站在上帝面前了。

路易丝(吃惊地跳了起来)：

天哪！怎么一回事呢？——我感到很难受。(她跌坐在靠背椅上)

费迪南：

发作了？——你们女人是永远难解的疑团！纤细的神经能够严严实实地包住把人类的根柢啃得粉碎的罪恶;可是一丁点儿砒霜就将它们摔倒在地。

路易丝：

毒药！毒药！啊,我的天哪！

费迪南：

恐怕是这么一回事。你这柠檬水在地狱里加过调料。你就拿它敬了死神啦。

路易丝：

要死了！要死了！大慈大悲的上帝呀！柠檬水里有毒药,死定了。——啊,请怜悯我的灵魂吧,慈悲的上帝呀！

费迪南：

这就说到点子上来了。我也请求他这样做。

路易丝：

还有我的妈妈——我的爸爸！救世主哇！我可怜的绝望的爸爸啊！没有救了吗？——我还年轻啊——可是没有救了！现在我就得走了吗？

费迪南：

没有救了,你现在就得走了——但是你放心。我们一起上路。

路易丝：

费迪南，你也得走！毒药，费迪南，是你下的！唉，上帝呀！——请你原谅他这么做吧——宽大为怀的上帝呀！赦免他身上的罪孽吧——

费迪南：

你就为你自己的账单操心吧——我怕你这些账单不好算哪。

路易丝：

费迪南！费迪南！——唉——此时此刻我不能守口如瓶了——死亡——死亡一笔勾销所有的誓言。——费迪南！天地之间再没有谁比你更不幸了——我死得冤枉啊，费迪南！

费迪南（大吃一惊）：

她在说什么？——人们通常都不会带着谎言走上这一段旅途的吧？

路易丝：

我不是在说谎——不是在说谎——我一辈子只撒过一回谎——哎呀，想起这件事，便觉得一阵彻骨的寒战穿过我的血管——那就是写了给内廷总监的那封信——

费迪南：

哈哈！那封信！——谢天谢地！现在我又有了十足的男子汉底气。

路易丝（她的舌头越来越僵硬，她的手指开始像患痛风病似的那样抽搐）：

那一封信——你打起精神来听一句令人不寒而栗的话——我这只手写下我这颗心咒骂的内容——你父亲事先口授[①]了这封信。

费迪南（呆若柱形雕像，纹丝不动地站着，默然良久，陷于死一般的沉寂。最后如遭雷击，颓然倒下）

① 指事先口授，由别人记下复述。

路易丝：

唉，这一场误会可悲呀！——费迪南——当时有人逼我这么做——请宽恕我——你的路易丝本来宁愿去死也不干这事——可是我爸爸——危险哪——他们诡计多端设下圈套。

费迪南（神情可怕，一跃而起）：

谢天谢地！我还没有感觉到毒性发作。（他拔出佩剑）

路易丝（越来越虚弱地倒下去）：

哎呀！你准备怎么样？他可是你的爸爸啊——

费迪南（神情怒不可遏）：

杀人凶手兼杀子凶手！——他必须一起去，让宇宙的主宰就对着这罪魁祸首一个人大发雷霆。（正欲出去）

路易丝：

在我弥留之际，我的救世主宽恕了一切——祝福你和他。（她死去）

费迪南（急速返回，目睹她最后的垂死的动作，不胜悲恸，在死者面前倒下）：

停一下！停一下！上苍的天使，别离开我！（他捏住她的手，马上又把它放下）冰冷，冰冷而黏湿！她的灵魂已经飘逝。（他又跃起）我的路易丝崇尚宽容！宽容！对凶手当中的无耻之尤宽容！这是她的临终祷告！——死后也显得多么动人，多么美丽！受到感动的死神在她和蔼可亲的两颊轻柔地拂过。——这种温良并非伪装，她确实是安然长逝。（过了一会儿）可这是怎么一回事？为什么我毫无感觉呢？莫非青春的活力要救我一命吗？真是多此一举！这不是我的本意。（他伸手去拿杯子）

末　场

〔费迪南。首相，乌尔姆和仆役数人，他们十分惊惶地冲进屋子;接着米勒和一群民众及一些法警聚集在幕后。

首相(手里拿着那封信):

我怎么也不相信——

费迪南(将杯子扔到他的脚边):

你瞧,凶手!

首相(踉跄后退。大家都愣住,一阵可怕的静默):

孩子!你干吗要这样对我?

费迪南(并未正眼看他):

哼,这叫顺理成章!我倒该先听听政客的高见。请问来这一手,是不是也同他玩牌配合成套?——我算服了:利用醋意扯断我们两颗心的纽带,这个机关的确挖空心思,令人钦佩之至。——这是行家定下的妙计。遗憾的是:怒火中烧的情侣并不像你那个木头玩偶[①]那样听话由着提线来摆布。

首相(转动眼珠,在整个人群当中寻找):

这里没有一个人为绝望的父亲掉眼泪吗?

米勒(在幕后叫喊):

让我进去!天哪!让我进去!

费迪南:

这位姑娘是圣女——必须由另外一个替她评理。(他为米勒打开房门,米勒同一群人和法警蜂拥而入)

米勒(惊惧已极):

孩子!孩子!——人们在大喊大叫。说这里有人吃了毒药——毒药。——女儿啊!你在哪儿?

费迪南(把他带到首相和路易丝尸体之间):

---

① 指内廷总监。

我无罪。多亏此人。

米勒(在她旁边跌倒在地)：

啊,天哪!

费迪南：

长话短说,爸爸!对我来说,他们开始变得难能可贵。——我被卑鄙地盗走了生命,被您盗走了。想起来我怎样面对上帝,便直打哆嗦——但我从来都不是一个坏蛋。我那永恒的厄运如何,随它去吧——我无意向您问罪。——但是我犯了谋杀罪,(非常大声地)犯了你不能要我单独为此到宇宙的主宰面前接受审判的谋杀罪。在这儿我严肃地把最重大,最可恶的一半转到你身上;你将怎样结算这笔孽债,你自己看着办吧。(把他引到路易丝旁边)你这个残忍的人哪!在这儿,欣赏你的诡计结成的恶果吧。在这张脸孔上,已经用垂死挣扎的扭曲表情写下了你的名字。执行绞刑的天使们定会将它解读。——当你睡着的时候,一个这样的身影会揭开你的帐子,伸过它那只冰冷的手——在你死亡的时候,一个这样的身影会站在你的灵魂前面,把你的临终祈祷挤掉——当你复活的时候,一个这样的身影会站在你的坟墓上面——当上帝审判你的时候,它会站在他的旁边。(他将晕倒,仆役扶住他)

首相(惊恐地对天摆动胳臂)：

别问我,别问我,宇宙的主宰,向这个人索取那些人的灵魂吧!(他朝乌尔姆走去)

乌尔姆(一怒之下跳了起来)：

向我?

首相：

该死的家伙,是向你,魔鬼!——是你,当时是你出了这个阴毒的主意——罪责在你身上——我两手干干净净。

乌尔姆：

罪责在我身上？(他开始恶毒地纵声大笑)真有意思！真有意思！现在我也知道了，恶魔报答的方式原来是这样的。——在我身上吗？你这个愚蠢的恶棍！他当时是我的儿子吗？我当时是你的主子吗？——罪责在我的身上吗？唉！看到这番情景，我全身的骨髓都变得冰冷了！就将罪责归到我的身上吧！——现在我也逃脱不了完蛋的命运，但你应该同我一起完蛋。——去吧！去吧！去大街小巷高声喊叫出了命案吧！去呼吁主持公道吧！法警！你们把我捆起来吧！你们把我带走吧！我要把重重黑幕抖搂出来，听到的人们都会起鸡皮疙瘩。(正想离开)

首相(拦住他)：

你不能这么干，你这疯子！

乌尔姆(拍他的肩膀)：

我就这么干，伙计！我就这么干！——我是发疯了，确实是这样——是你害得我落到这般地步——现在我也要像疯子一样行事了。——和你手挽手一起去断头台——和你手挽手一起下地狱！我急不可耐地要和你同归于尽，恶棍！(他被押走)

米勒(在这整段时间里把头靠在路易丝的身上。在麻木的痛苦中躺着，这时蓦地站起来，将钱袋扔在少校的脚边)：

你这下毒的凶手！收起你这些该受诅咒的金币吧——你想拿这个来收买我的孩子吗？(冲出房子)

费迪南(声音断断绝绝)：

你们跟着他！他绝望了。——要把这儿这些钱给他放好。——这是不堪回忆的报答，路易丝——路易丝——我来了。——别了——让我靠着这圣坛① 走吧。

---

① 指路易丝的尸体。

首相(在迷迷糊糊中对着自己的儿子说):

孩子！费迪南！再也不看精神崩溃的爸爸一眼了吗？(少校被安放在路易丝旁边)

费迪南:

这最后一眼应该属于慈悲为怀的上帝。

首相(异常痛苦地倒在他面前):

创造物和造物主都抛弃我——不应该再看我一眼,让我得到最后的安慰吗？

费迪南(弥留时向他伸过手去)

首相(急忙站起来):

他已经原谅我！(对其他人说)现在我听凭你们发落！

(他离开,那些法警跟在他后面,幕落)

席勒文集

III

戏剧

人民文学出版社

席　勒

席勒之妻夏绿蒂·封·伦格菲尔特

夏洛特·封·卡尔普

《唐·卡洛斯》

华伦斯坦

《华伦斯坦》

《华伦斯坦》

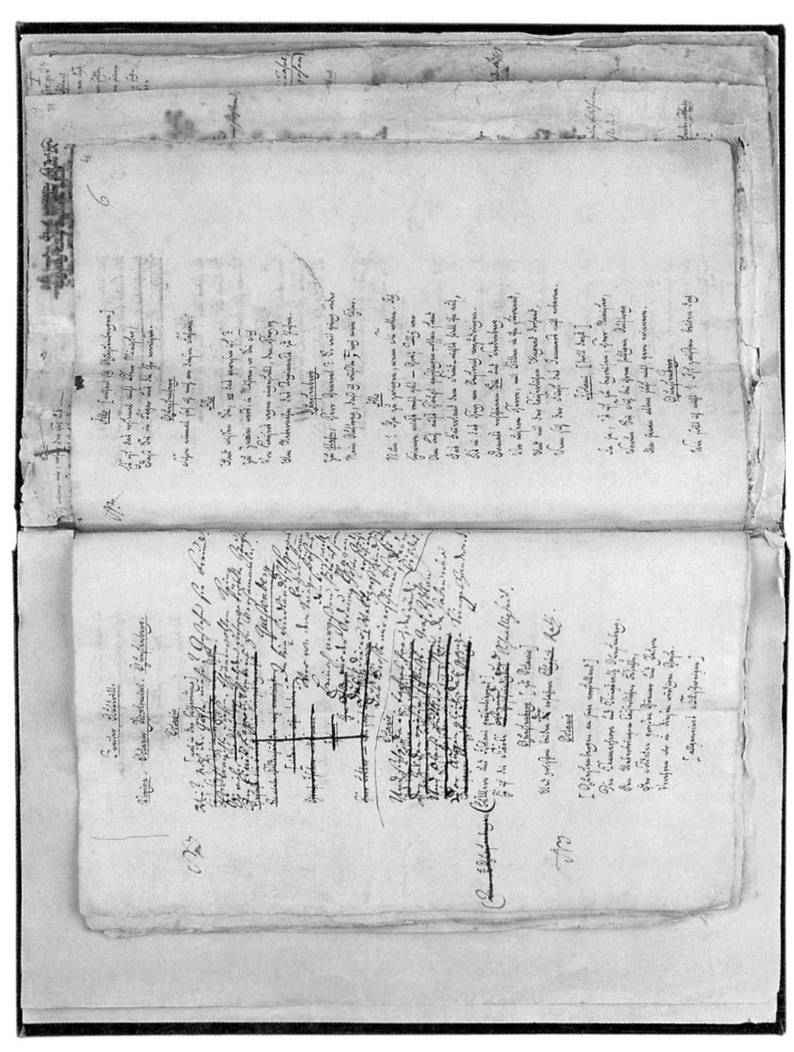

《华伦斯坦》手稿

前　　言

十八世纪八十年代，欧洲动荡不宁，暴风雨即将来临，人心骚动不安。作为时代灵魂的作家，席勒个人的生活也同样富有变化，寄居朋友家中，终非长久之计，找到固定工作，亦非易事。一七八二年起，他应出版社之约，开始撰写小说，虽然成功，并非诗人的心愿。由于创作《唐·卡洛斯》，席勒进一步研究了尼德兰独立史。席勒一向热爱历史，一七八六年四月十五日他曾致函刻尔纳："我真想十年之内，什么也不干，只研究历史，我想我一定会前后判若两人。"果然从十月份起，席勒便一连写了几篇历史著作，一七八七年他认真撰写《尼德兰独立史》。

席勒一直把写作这本史学专著当作谋生手段，写作也的确是席勒当时惟一能够挣钱的来源。离开德累斯顿来到魏玛后，席勒手头相当拮据，不得不举债度日，全靠这本著作的稿酬来缓和眼前的危急。一七八八年一月二十四日，席勒寄出一半稿子给出版家，七月十九日全部寄出，十月底出书，在莱比锡秋季博览会上展出。此书立即引起广泛的注意和兴趣。歌德也读了此书，魏玛公国突然对席勒有了兴趣，想要把他留住。一七八八年十二月十二日，歌德在内阁会议上建议授予席勒耶拿大学史学副教授的学衔。席勒对此心情矛盾，他担心教学工作会限制他的文学创作自由，另外他对自己是否能满足学术上的要求也心中无数。一七八八年十二月十五日席勒拜访歌德，向他致谢，歌德态度友好，但并不亲切，给他的忠告是"边教边学"。《尼德兰独立史》使席勒得以被任命为副教授。一七八九年五月二十六日、二十七日，席勒分两次做了他的就职演讲《何为世界史，为何学习世界史》。七周之后法国大革命便在七月十四日爆发。

席勒在《尼德兰独立史》中谈到他最初接触这段历史素材时激动振奋的心情：“这种效果我希望能保持下来，并加以发展和加强，这种使人精神升华的感觉，我希望能继续传播下去，使别人也能得到。这就是使我写这本历史著作最初的动力。而我的整个使命就是把这段历史写下来。”

《尼德兰独立史》的前言中有下面这段话：

“如果要求我们赞赏追求荣誉的渴望和不幸的统治欲念所创造的熠熠生辉的行动，那么被压迫的人类为了争取自己最高贵的权利而斗争，为了从事善良的事业，各种不同寻常的力量联合起来，濒于绝望境地的人们采用各种辅助手段，在力量悬殊的斗争中，战胜专制暴政的可怕诡计，这样的行动岂不是更应受到我们的赞美。我们想到，终于还有一种力量可以帮助我们抵御暴君的倨傲跋扈，君主们老奸巨猾的计划将在人们争取自由的斗争中毁灭，誓死抵抗也可以把暴君伸出的手臂折断，英勇地坚持斗争，终于也可以使助纣为虐的力量之源枯竭，这种想法是宏伟的，令人安慰的。”

下面还有一句话，后来被删除了：

“（尼德兰人民）行动的力量，在我们当中并没有消失；如果时势重演，类似的契因召唤我们去采取同样的行动，那么，成为尼德兰人民冒险行动顶峰的那种幸运的成功，我们也不会得不到的。”

如果我们想到在席勒写下这句话时，正好是欧洲封建制度风雨飘摇，革命风暴即将到来的时刻，我们不得不把席勒的《尼德兰独立史》看成是呼唤这场革命风暴的海燕。席勒不是为历史而研究历史，他写的是实用历史。他把历史看成一个武库，从中汲取他所需要的思想，把这思想作为武器交给他同时代的人和他的后世，让他们用这武器为自由去进行斗争，这思想实际上贯穿在他所有著作当中，无论是他写的历史著作、美学论文、诗歌还是他后来写的历史剧，全都贯穿了一种给人以精神武器去进行争取自由的斗争这样一个崇高目的，至于他青年时代写的剧本那就更不必进一步分析了。就是本着这一精神席勒创作了《唐·卡洛斯》。

席勒习惯于在作品问世之后，假托别人的名义，对自己的作品进行评论。这种自我批评的方式使人看到他作风的严谨。他不像一般文人，敝帚自珍，他能够相当实事求是地指出自己的优点和缺点。对《强盗》如此，对《唐·卡洛斯》也是如此。一七八七年《唐·卡洛斯》完成，一七八八年席勒在十二封《论唐·卡洛斯》的信札中谈到，该剧的弱点是写作时间太长，以致重点转移。起初以卡洛斯为中心，作者的爱倾注在他身上，自然突出爱情，写宫闱秘史。开头吸引席勒的东西，后来影响便日益淡薄，最后几乎没有影响。在他心里涌现的新的思想，挤掉了旧有的思想；卡洛斯自己不再受到他的宠爱，也许没有别的原因，只是因为他在这些年里已经远远地超越了卡洛斯，也是由于这个原因，波萨侯爵取代了卡洛斯的位子。写作之初，正是他和卡尔布夫人热恋之时。因此在王后和艾伯莉公主身上可以看出夫人的特点，一方面高贵稳重，典雅端庄，仪态万方，把爱深埋心底，竭力支持恋人的宏伟崇高的事业；另一方面轻佻浮躁，报复心重，妒嫉心切，气量狭窄，爱得深，恨得切，一旦失恋，宁可牺牲一切，不顾一切。卡尔布夫人初见席勒时完全是个贞静高雅的贵妇人，立即迷住了席勒。他还从来没有如此近距离地接触过贵妇人呢。可是时间一长，随着两人的熟悉和感情的加深，夫人依仗娇媚的丰姿和财产地位，想要彻底控制诗人。席勒感到了压力，再说她那捉摸不定的脾气也叫他难以忍受。这杯爱情的烈酒使他陶醉之余，也使他头痛，因此，在刻尔纳等四个朋友身边享受到的友谊就像清泉一样甘美清冽，使他心旷神怡。席勒这段个人境遇的变化与《唐·卡洛斯》创作重心的转变不无关联。

一七八二年九月二十二日，席勒在好友施特赖歇尔的陪同下，化名里希特博士，夤夜逃出斯图加特，前往曼海姆，投奔剧院总监达尔贝格男爵。公爵的追捕，男爵的冷漠，使他无法在曼海姆停留。正好他军校同学的母亲沃尔错根夫人，邀他前往她家的庄园鲍尔巴赫，他便欣然接受了邀请。同年十二月，席勒一到鲍尔巴赫，便开了一张很长的书单，托他日后的姐夫赖因瓦尔德替他借书。他阅读了大量关于耶稣会修士和宗教改革、宗教裁判所、巴士底狱的历史等方面的书籍。两个题材强烈地吸引了诗人，一个是苏格兰女王玛利亚·斯图亚特的故事，另一个是西班牙王储唐·卡洛斯的故事。席勒在十二月份，即到达鲍尔巴赫不久，就写信告诉赖因瓦尔德：不出“十二天或者十四天”，就能完成《路易丝·米勒琳》。每当一个作品即将完成之际，席勒总是急不可耐地寻找新的题材，往往把即将竣工的作品搁置一边。写作《路易丝·米勒琳》时如此，现在也是如此。他思考了几个星期，终于下定决心，写作《唐·卡洛斯》。决心一下，激情立即迸发。他写信给赖因瓦尔德：

“我现在下定决心坚定不移地去写一部《唐·卡洛斯》……我觉得，这个故事比我原来想的，更有统一性，更有趣味。它将使我有机会描绘感情强烈的画面；安排动人心弦或者感人肺腑的场景；塑造一个血气方刚、秉性高尚、多情敏感的青年，他同时又是几顶王冠的继承人；塑造一位王后，迫于她自己的感情，尽管命运给与她许多恩典，最后还是遭到不幸；塑造一个妒火中烧的父亲和丈夫，一个残忍伪善的宗教法庭的法官和一个野蛮成性的阿尔巴公爵等等。我想，这一切我大概是不会失败的。”

然而他的经验还很不足，对宫廷还不够了解，他还需等待相当时日，才能写出这部旷世名剧。

席勒善于处理学习和创作的关系。他钻研了尼德兰独立史，于是写出《唐·卡洛斯》，日后研究了三十年战争史，又创作了《华伦斯坦》。可见学习与写作关系的密切。他请求赖因瓦尔德帮他借历史书籍，着重研究菲利普二世统治下的西班牙。如果对这段历史没有充分了解，他不敢贸然动笔。熟悉历史仅仅是席勒为创作《唐·卡洛斯》所做的一方面的准备，另一方面，更重要的准备工作则是他对文艺创作的独特理解。他认为诗人必须成为他笔下人物的情人和挚友，才能设身处地地对他们内心深处的隐秘感情有所了解。在他给赖因瓦尔德的信里，他这样写道：

"如果我们能强烈地感觉到一位朋友的处境，那么我们也会对我们作品中的主人公满腔热情……我们必须成为我们主人公的朋友，这是真的，无可争议，……他们向我们倾诉最隐秘的感情，在我们怀里倾吐他们的痛苦和欢乐。……诗人必须少做他主人公的画家——而要多做他的情人，他的挚友。关怀备至的情人，能比目光最为犀利的旁观者更多地吸收千百种只有细微差别的感情……"

尽管席勒知道，莱辛对人生的观察颇为犀利、尖锐，可是他感到莱辛是"他笔下主人公的监督者"，他自己可不是用这种态度来对待他自己的唐·卡洛斯的：

"我必须向你承认，我在某种程度上对待他（唐·卡洛斯）就像对待我的女友一样，我把他抱在我的胸前——我和他一样在这一带——在鲍尔巴赫周围——兜风……如果我可以用比喻来说明的话，那么唐·卡洛斯的灵魂得自莎士比亚的哈姆莱特，……脉搏则得自我自己——另外，我还想在这部戏里为我规定一个义务，那就是在表现宗教裁判所的时候，为被出卖的人类报仇，把它可耻的劣迹暴露无遗。悲剧的匕首到现在为止，只不过擦了一下这类人的表皮，我则要直刺他们的灵魂，即使我的卡洛斯因而不能在剧院演出，我也在所不惜，我要——看在上帝的分上，上帝保佑，您别笑话我。"

在鲍尔巴赫，席勒接触到一位名叫圣累阿尔的法国作家所写的一篇有关唐·卡洛斯的历史小说。返回曼海姆后，他便写出了该剧的第一幕。这时席勒构思的《唐·卡洛斯》还仅仅是一出爱情悲剧,展现的是国王的家庭画卷。波萨侯爵仅仅是王子的一名侍从,虽然也为受压迫的尼德兰请命,也以整个人类的代表身份出现。到达德累斯顿后,席勒又完成了该剧的第二和第三幕,但并没有第三幕最后一场菲利普国王和波萨侯爵两人交谈的那场戏。这个剧本经过压缩,在葛兴的出版社出版,书名为《唐·卡洛斯——西班牙储君》,以后又改写为散文版,在许多剧院上演。此后席勒又对该剧进行删节改写,在原来的版本里,在唐·卡洛斯为自己的命运悲叹、怨诉中,可以听出席勒哀叹自己命运乖戾的声音。王子和波萨侯爵的友谊也使人想起席勒和刻尔纳的友谊。可是随着时间的推移,剧本的重心也发生了变化,爱情悲剧变成政治悲剧,波萨侯爵的形象和诗人本人交织成了诗人的化身。诗人重视的启蒙运动和人道主义的思想,这一时代的精神在剧中得到充分体现,主人公似乎成了波萨侯爵。打开此剧的第三幕,成为全剧高潮的一场戏并不是王子和王后热恋的场景,而是国王和侯爵在进行密谈。作者在写第四、第五幕时,心情已完全不同,可是又不能把前三幕完全推翻,只好让后面两幕尽量适应前面三幕。第二幕卡洛斯觐见他的父王和第三幕最后一场国王和侯爵会晤,显示了这一巨大的变化。

卡洛斯觐见父王时,他本想以父子之情感动国王,从而求得尼德兰总督之职。可是老谋深算的国王,怎么会纵虎归山?父子之间的嫌隙由来已久,二人已成水火,岂是一席话,一次表白所能奏效?更何况还有多明各神父和阿尔巴公爵这些佞臣挑拨离间,亲疏早已颠倒,外臣成为心腹,儿子倒成了敌人。在尼德兰暴乱发生,大局不稳的情况下,国王怎么会派出他自己憎恶而又怀疑的太子去前线督战充当总督?这一波三折的父子谈心,终于以破裂告终。国王的两次感动,说明这个父亲天性未泯,可他终归仍旧信任阿尔巴胜于信任卡洛斯,怀疑依旧,父子彻底反目。

第三幕最后一场是关键的一场,也是极有争议的一场戏。人人望而生畏，至高无上的国王菲利普竟然会单独召见一个年纪轻轻的侯爵，两人竟开诚布公地大谈国事，侯爵竟敢直言犯上，国王居然不以为忤，反而倍加宠信。这一切为某些评论家所诟病，认为席勒笔下的波萨侯爵不符合时代特点，可是席勒并不接受。

十六世纪的西班牙宫廷生活究竟如何，菲利普国王又有哪些性格特点，席勒和批评家都未曾亲身体验。但席勒写过《尼德兰独立史》，对西班牙这段历史和国王的性格已有所研究，掌握了大环境里历史的真实。接下来便是运用诗人的自由，让想像力驰骋翱翔，使他的人物形象变得丰满生动，有血有肉。席勒的极大贡献乃是创造了一个栩栩如生的暴君形象。菲利普国王君临一切，高高在上，妻儿臣民全都屈从他的意志，他的不可一世的专横跋扈和主宰人们生死祸福的大权使他身居高处，不胜其寒，永远处于孤家寡人的境地，享受不到亲情友谊，为此苦恼不已。他知道他的儿子对他有夺妻之恨，不可能和他同心同德，他的妻子分明爱的是他的儿子，因为本来她就是王子唐·卡洛斯的未婚妻，虽然被迫当了他的王后，还给他生了一个公主，可是对王子的旧情难泯，和他难免同床异梦，精神上不可能对他忠诚。这桩并非基于爱情，只是出于占有欲的婚姻，使他时时担心妻子不贞，也很难使他欢乐。于是他又觊觎热情性感的艾伯莉公主，但这也并非出于爱情，而是为了满足情欲。至于满朝文武，尤其是他的左膀右臂阿尔巴公爵和忏悔师多明各神父，一个凶残，一个狡诈，也只不过是供他驱使的鹰犬，虽然对他惟命是从，但绝无忠诚可言。于是这位万人之上的人君，居然为内心的苦恼所困，夜不能寐，受尽孤独寂寞怀疑妒忌的折磨。有这样细腻深邃的描述作为铺垫，国王突然对一个不愿在朝中出头露面，对国王无所企求的青年显贵波萨侯爵大感兴趣，也就为这场戏的合理性，做了心理上的准备。一方面是国王渴求忠谏，鼓励侯爵说出他难得听见的真话，另一方面是侯爵渴望打动国王，于是无所顾忌，明确表明自己不当奴才的立场，表示自己的政治主张，要求国王给以言论自由。只有在这种特定的情景下,这种君臣之间的对话才有可能。这毕竟反映了席勒的政治理想,而且也可听出十八世纪末市民阶级渴求政治权利的呼声,反映的是时代精神,预示了正在欧洲酝酿,即将在法国喷薄而出的新时代红日霞光,因而使得这场高潮并不显得突兀,反而赋予这个剧本以出人意料的魅力,使得席勒被海涅称之为战士和先知。在第三帝国和民主德国,这个剧本都曾产生过巨大影响,点燃人们追求自由的内心火焰。

这场戏经过了精心安排和巧妙设计。一方面是个多疑而孤独的老人,另一方面是个血气方刚的青年。两人的会面是反动和革命两股势力两种思想的碰撞。唇枪舌剑的交锋这样激烈,却又这样感人。这一场景的确令人叹为观止。照理要让一个独夫暴君给人民以自由,还人民以权利,简直是与虎谋皮。但这位年轻人凭着满腔热血,向国王大胆地提出要求,请国王大笔一挥,创造一个新的世界,来恢复人类业已失去的高贵的尊严。令人难以想像的是,在这种情况下,国王居然为侯爵的真诚所感动。他还从未碰见过一个思想境界这样高尚的青年,一个对他一无所求却冒着生命危险犯颜为民请命的臣仆。于是剧情突变,国王出人意料地对侯爵表示极大的宠信,委以重任,授以全权。侯爵于是设法让王子得以逃离马德里,前往尼德兰去和起义的人民汇合,争取尼德兰独立事业的胜利。从此,剧情发展的主线掌握在侯爵手里。他取走王子的信件,交给国王,以消解国王的疑虑,又下令逮捕王子,以防止王子绝望之余误把心怀怨毒的艾伯莉公主当作知己,向她暴露自己内心的秘密。侯爵最后安排完王子与王后的临别会晤,自己引火烧身,承担一切罪责。国王发现被他所骗,派人把他杀死。可惜王子在王后的帮助下从马德里出逃的计划也功败垂成。国王终于让宗教法庭去处置他的心腹大患,他的亲生儿子,王储唐·卡洛斯。

《唐·卡洛斯》是席勒剧作中承前启后的重要作品,有他青年时代《强盗》、《斐耶斯科》和《阴谋与爱情》三剧的抗击专制暴政追求自由解放的烈火般的激情，但是在人物塑造上，尤其在心理描写上已有很大突破。以《强盗》为例，人物的性格突出，但其“好坏”“善恶”之分过于明显，缺乏起伏和深度。比如弗朗茨·莫尔一坏到底，过于扁平化，而《唐·卡洛斯》中菲利普国王的性格刻画则有更丰富的层次，不是单色调单线条的暴君，一味凶残专横，不可一世。诗人也描写他的苦闷他的孤独，描写这个草菅人命的暴君人性流露的瞬间。海军元帅西多尼亚公爵指挥的无敌舰队在暴风雨中触礁沉没，舰队将士无一生还，国王居然并不怪罪于他，而是对他温言抚慰；波萨侯爵犯颜直陈，他也不震怒，而是表示信任。剧中的两位女性人物，诗人虽着墨不多，但都性格鲜明，栩栩如生。艾伯莉公主暗恋唐·卡洛斯，主动向他示爱，对多明各转达的国王对她垂青，教会鼓励她向国王委身屈从的暗示愤然抗拒，可是等她发现王子另有心上人，而此人乃是她视为女德楷模的伊丽莎白王后时，这个具有南国女性多血质刚烈性格的少女由爱变恨，由心生妒嫉而转为渴望报复。她主动委身国王，并盗取王后的信件，加害这对苦苦相爱的恋人，最后又深感歉疚，痛不欲生。伊丽莎白王后虽然表面上忠于夫君，但确是母仪天下的贞静贤淑的王后，尽管她内心深处，旧情未泯，对王子依然魂牵梦绕。狡诈的多明各发现，王后在骑士比武时一听见王子受伤，立即失态，而在最后，她居然出资让王子出逃，并且煽动马德里人民暴乱以声援王子。在最后临别时，她终于承认自己是王子的初恋情人，鼓励王子忠于第二个恋人——尼德兰人民的独立大业。在国王兴师问罪之时，她大胆地反唇相讥，使国王无言以对，充分表现出法国公主的尊严。席勒对这两位女性人物的成功塑造亦与他自身的阅历有关。诗人这些年已和几位杰出的女性交往颇深，这为他的创作提供了生活的原始素材，难怪评论家不约而同地发现在王后和艾伯莉公主身上可以窥见诗人密友卡尔布夫人的身影。

国王手下的哼哈二将，凶残成性。杀人如麻的阿尔巴公爵和阴险狡诈虚伪善变的多明各神父也没有脸谱化，他们虽然在国王面前是低三下四奴气十足的鹰犬，但阿尔巴公爵毕竟是个高傲自负、骁勇善战的军人，一旦觉得受到侮辱，即使对方贵为王储，他也不惜与之决斗，不计后果。多明各神父表面虔诚，能言善辩，居然为国王刺探王子和王后之间的秘密，又能以似是而非的论据，去对艾伯莉公主进行威逼利诱，迫使公主就范，充分显露了其貌似神圣实则邪恶的伪善面貌。唐·卡洛斯优柔寡断，但是对爱情对友谊却忠贞不贰，他对受苦受难的人民充满同情，有使命感，从深陷爱情的苦闷转而为受压迫人民奋斗是他思想境界的升华。波萨侯爵的高尚情操和牺牲精神为常人所难以企及，是诗人本身性格的充分体现，也是时代精神的反映。他的充满理想主义精神的言行，成为时代的最强音，鼓舞了一代代有理想有抱负的革命者。

《唐·卡洛斯》恰好在法国大革命爆发的前夜完成、上演，并非偶然，它不仅反映了时代精神，还呼唤了革命的暴风雨。海涅因此这样论述：

"席勒比歌德更坚定地靠拢那第一个世界[①]，在这一点上，我们必须赞美他。时代精神活生生地攫住了弗里德里希·席勒，他和它搏斗，被它制服，又随同它一起去战斗，他高擎着它的大旗。就在这同一面大旗之下，莱茵河彼岸的人们那时也这样热情激昂地进行着斗争，我们现在还一直准备为了这面大旗抛头颅洒鲜血。"[②] 对于《唐·卡洛斯》一剧，海涅也赞美有加："他是满怀着对未来的热爱，这种爱在《唐·卡洛斯》里已如一座花林盛开怒放。席勒自己便是那个波萨侯爵，既是先知，又是战士，他也为他所预言的事情而战。在他那西班牙大氅下面怀着一颗最优美的心灵，这

---

① 即现实世界。

② 参见张玉书选编《海涅文集》(批评卷)52页，北京，人民文学出版社，2002。

颗心灵当时在德国热爱过也受过苦。”①

《华伦斯坦》是席勒的力作，前后酝酿、设计、撰写长达十年之久。在此期间，席勒重病一场，休养三年，进修三年，再加上《时序女神》的创办和其他写作任务使他处处分心，然而写作《华伦斯坦》的计划他从未放弃，从未忘怀。

早在十八世纪九十年代初，席勒受出版商约请撰写《三十年战争史》，三十年战争的史实和华伦斯坦的形象便吸引住了席勒。他于一七九一年一月十二日致函刻尔纳，说他心里已在酝酿一部历史题材的“悲剧”。不久席勒患病，这一计划搁浅。一七九二年五月底，还在养病期间，他便急不可待地想写华伦斯坦的悲剧：“我现在迫不及待地想写一点文艺作品，尤其使我手痒的乃是动笔写《华伦斯坦》。”一七九四年三月十七日，他写信告诉刻尔纳，他已下定决心把旧有的剧作计划“继续付诸实现”。一七九六年十月他终于可以在日历上记上一笔：“着手写作《华伦斯坦》。”

席勒对《华伦斯坦》的进度估计不足，他原以为三个月就能拿下，不久他便加以更正。要把这样宏伟壮观、广袤深邃的材料化为剧本，绝非一年半载所能完成的工程，虽然他全力以赴，但进度仍不如人意。由于歌德的一再催促，到一七九八年秋，《华伦斯坦的军营》遂告完成。十月十二日，魏玛宫廷剧院修葺一新，重新开张，演出《军营》。席勒为此撰写了三部曲的序诗，演出获巨大成功，激励席勒加快了写作步伐。一七九八年十二月二十四日《皮柯洛米尼父子》完成，一七九九年一月初《皮柯洛米尼父子》在魏玛首演。三月十七日他在日历上写道：“三部曲的最后一部《华伦斯坦之死》完成。”两天后他写信告诉歌德：“他（华伦斯坦）已死……我现在只需加工润色而已。”四月二十日，五月十七日，该剧分别在魏玛和柏

① 参见张玉书选编《海涅文集》（批评卷）52页，北京，人民文学出版社，2002。

林上演。一八〇〇年六月底，三部曲正式出版。

十八世纪末，法国革命如火如荼，巴黎的革命政府决定给予各国反对专制暴政争取自由民主的斗士以法兰西荣誉公民称号，美国的华盛顿、德国的席勒和克洛卜施托克榜上有名。这一消息使席勒深受鼓舞，他曾萌发举家迁往巴黎的念头。由此可见，席勒对于“开明”的魏玛公国和它的“礼贤下士”的公爵并不留恋。一七九一年席勒病重，全家有断炊之虞，但向他慷慨资助的并非近在咫尺的魏玛公爵，而是远在哥本哈根的丹麦奥古斯腾堡公爵。然而，巴黎国民公会表决通过处死路易十六，王后玛丽·安托瓦内特也随之死于断头台上。这样的血腥事件和巴黎城里无数屈死断头机下的无辜受害者的鲜血，使得许多向往法国革命的德国知识分子望而却步。但是革命毕竟动摇了旧秩序，第三等级登上了历史舞台，被封建制度压抑者的聪明才智得以充分施展。在法兰西革命军中行伍出身骁勇善战的武士凭赫赫战功擢升为元帅将军的大有人在。血统、家谱不复决定人的前程，人的才智勇气成为决定因素。这些新时代的英雄在法国乃至欧洲舞台上每天上演慷慨悲歌气壮山河的戏剧。然而席勒却依然困在德意志这一封建制度之下，魏玛公国这一狭小贫乏的环境之中，不得在政治舞台上一显身手施展才华。庸人当政，国势荏弱，连歌德也受到排挤，终于出走意大利，回家后也不复担任大臣之职。于是这两位旷世奇才回到书斋，进入剧院，把小小舞台作为他们演绎人生、倾吐心声的地方，跳不上人生大舞台去纵横驰骋，就让笔下的英雄在舞台上的小人生里去实现他们心中的理想。因此席勒从十八世纪末到十九世纪初一口气写出的五部剧作，无一不贯穿着作者的同一个意图，从不同角度、不同侧面、不同时代、不同国度寻找可歌可泣的英雄故事，超群出众的杰出男女，谱写动人心魄发人深省的悲壮戏剧，以此来唤醒国人的民族意识，起到振聋发聩的作用。他希望悲剧进行审美教育，净化人民的灵魂，振奋人们的精神，振兴被封建割据、精神摧残和物质盘剥弄得筋疲力尽、落后衰弱的古老德意志国家。

就是本着这个目的，席勒上下求索，在鲜活的现实生活中，在尘封的陈年往事里寻找叱咤风云的人物，他们和莱茵河彼岸的革命巨人平起平坐，不分高下。就是在这样的寻觅求索过程中，一七九一至一七九三年间，席勒深入研究了十七世纪的三十年战争，撰写了史学专著《三十年战争史》。从一七九六年秋天起，他认真研究这个素材，找到了三十年战争中的著名统帅华伦斯坦，萌发了创作以三十年战争为背景的历史剧的欲望，创作他的宏伟的剧本《华伦斯坦三部曲》。

席勒在《华伦斯坦的军营》的序诗里明确表示，诗人之所以在历史题材中自由翱翔，是由于现实舞台上已经在上演可歌可泣的戏剧，艺术若不在舞台上更有作为，简直愧对现实。这现实乃是法国革命的现实，德国人正如海涅所说是在云里雾里、在梦里革命。席勒是不是也想以历史的活剧来鼓动德国观众在现实生活中也能演出无愧于先人的悲壮戏剧?!

当然，席勒是为他同时代的观众而写，自然会让人联想到当时的问题，时人的追求和探索，然而他并不想用历史或者诗艺给人们以具体的回答，而是引人思考，发人深思。在《论激情》一文中，席勒指出，文学不可能对现实事件发生直接影响，更不可能代替具体行动，但是只要情况不变，它依然可以“教育”人们，“号召人们行动”，能够把人们武装起来，对民众起到审美教育的作用。因此这些“纯人性”的东西便以诗意的魅力，穿越时空，对别的时代、别的民族的读者和观众也产生影响。

十六至十八世纪欧洲发生了巨大的变化，文艺复兴终结了中世纪的神权统治，经济的发展促进了市民的自我意识。宗教改革是一场思想上的革命，也是政治革命的开始。千百年来君权神权联合起来侵犯人权，连人的思想、信仰都要严加控制。马丁·路德把众多圣人的神像，包括圣母马利亚的圣像都逐出教堂，教堂里只供奉上帝，信徒们只诵读《圣经》，神秘繁琐的弥撒仪式改为牧师的布道，这是何等重大的改革。宗教改革的矛头虽然直指罗马教皇，但是德意志皇帝的君权也大大受挫。皇帝沦为只信奉天主教的诸侯之一，无法控制局面。

波希米亚原本拥有信仰自由。一六一八年五月，波希米亚新教徒举行宗教仪式时受到限制，群情激奋，在布拉格的赫拉欣宫把皇帝任命的两名总督扔出窗口，这一事件被视为三十年战争的导火线。德意志神圣罗马帝国皇帝斐迪南二世以武力迫使波希米亚重新皈依天主教，波希米亚不复是独立国家。波希米亚小贵族华伦斯坦率领的团队在斐迪南二世军中建立战功，从此扶摇直上，平步青云，一六二五年六月擢升为公爵。他新建的军队屡次打败新教联军，其地位也随之提高，权倾一时，炙手可热。

一六三〇年形势逆转。这年七月，瑞典国王古斯塔夫·阿道尔夫参战，把皇帝军队赶出德意志帝国东北部广袤的地区。第二年，瑞典与勃兰登堡选侯和萨克逊选侯缔结联盟，共同对付以皇帝为首的天主教同盟。但是迫于形势，一六三〇年八月在累根斯堡召开的诸侯会议上，皇帝解除了华伦斯坦的兵权，从此华伦斯坦和皇帝之间产生嫌隙。新任的天主教联军统帅悌里将军被新教联军击败。一六三一年十二月，华伦斯坦受命于危难之中，再度挂帅，挥师北上，进行反击。一六三二年十一月，瑞典国王古斯塔夫·阿道尔夫阵亡。

一六三三年十一月华伦斯坦引兵南下，前去增援巴伐利亚，驱走瑞典军，半途突然在波希米亚的皮尔森扎营过冬，不复前进。这便是《华伦斯坦》三部曲发生的时间。从一六三三年十二月到一六三四年一月，华伦斯坦在皮尔森的军营中抗拒执行皇帝不得在波希米亚扎营过冬，继续引兵南下，援救巴伐利亚的严命，并派遣他麾下的骑兵去护送西班牙国王的兄弟从米兰前往弗兰德斯。与此同时，华伦斯坦部下约五十名将校向华伦斯坦宣誓效忠，在誓词上签名。一月二十四日，华伦斯坦革去帅印，被判有罪，不过这两项措施一时还秘而不宣。二月十八日，公布皇帝对华伦斯坦的撤职令。二十日，一部分将校又一次向华伦斯坦宣誓效忠，在文件上签名，是为第二次皮尔森保证书。文件中保留一项条款：不反对皇帝和天主教会。二十二日，华伦斯坦离开皮尔森，前往埃格尔城堡，三天后，华伦斯坦遇刺身亡。

席勒根据上述史料写出了他的历史剧《华伦斯坦》三部曲，巧妙地利用诗人的自由，对史料进行艺术加工，突显了历史发展的主要线索，难怪有人认为："《华伦斯坦》比历史还历史。"

《华伦斯坦》三部曲被评论家视为席勒戏剧创作的顶峰。在情节的安排、人物的塑造和主题的选择上，剧作家都有极致的发挥。为了突出人物性格、情节的铺排，作者安排了《华伦斯坦的军营》和《皮柯洛米尼父子》两个剧本，其目的是烘托气氛，为戏剧的冲突、人物的显现、性格的层次做一层层的铺垫。三部曲突出的是华伦斯坦这一个复杂多向、色彩浓郁、底蕴深厚的人物，必须把他放在三十年战争的时代背景之下，他的官兵和他的家人之中，才能使他形象丰满，光彩夺目。作者的成功首先在于创造了时代气氛和当时的众生相。

《华伦斯坦》三部曲的第一部是《华伦斯坦的军营》，前面讲到，一六三三年十一月对于德意志神圣罗马帝国形势极为不利，新教联军已侵入巴伐利亚，占领了累根斯堡。奉命率领大军前去袭击新教联军的华伦斯坦到皮尔森后，突然止步不前，扎营过冬，皇帝特派钦差大臣克威斯腾堡前往华伦斯坦军中传旨。华伦斯坦在营中召开军事会议，会集各路将校讨论皇帝的要求。《华伦斯坦的军营》就是反映的这一历史时刻。

一七九八年《华伦斯坦的军营》上演，席勒在序诗里明确指出：他要写的是三十年战争时的一个叱咤风云的人物，但是在这第一部里，主人公并未登场，他是在他部下的言谈中间出现的。《军营》

的任务主要是烘托气氛，展现背景，介绍主要人物和主要矛盾，战争已经打了十六个年头，生灵涂炭，民生凋敝，农民破产，军人横行。

出场的各路士兵、下级军官，与农民、市民、随军女酒贩和托钵僧等代表性人物，反应不同的政治倾向，折射出华伦斯坦部下的将领对统帅的不同态度。有的无视皇帝，对华伦斯坦矢志效忠；有的忠于皇帝，对华伦斯坦疑信参半；业已破产或濒于破产的市民、农民组成的民众，普遍怀有厌战情绪，而以杀戮为职业的士兵则惟恐一旦和平，自由自在、放任无羁的生活便难以为继；忠于华伦斯坦的军曹盛赞华伦斯坦用兵如神，战功赫赫；最使士兵着迷的乃是华伦斯坦的治军之术，军中的新时代风尚。在他的军队里，不看出身，只看军功，不问宗教信仰，民族关系和家世出身，骁勇善战、屡立战功的战士，都有出人头地之日；即使出身微贱，门第低下，只要战功显赫也有被提升的机会，例如布特勒上校，马弁出身，被提升为少将。而年轻的皮柯洛米尼上校，也因为身先士卒、为人正直、爱兵如子而深受将士爱戴。这样一些具有代表性的将领率领的军队是本剧的主人公。

这些士兵的言论、观点，反映了三十年战争时的民风和时代氛围。士兵当中也盛传华伦斯坦和皇帝有隙。皇帝和统帅之间将要最后摊牌，已成箭在弦上之势。这一出以群众为主的戏所渲染的民间和军中的气氛，提供了这部气势磅礴、斗争惨烈的历史剧的时代背景，也为今后剧情的发展做了铺垫。华伦斯坦的队伍具有新兴的革命军队的特点。席勒的这一安排是在宣扬民主精神，树立市民阶级的英雄气概，也想借此拨开历史尘封，探寻顶天立地的人物的身影。这位矛盾重重、缺点累累的悲剧人物透过二百年历史的沉重帷幕，将显出自己带有缺陷的伟岸。于是正戏可以开锣，主角可以登场了。

但是席勒还嫌不足，于是在第二部《皮柯洛米尼父子》里，安排了将领们的出场。这三部曲犹如电影里的全景、中景和近景，把主人公华伦斯坦的形象从远处逐步拉近。一六三三年十二月十六日，克威斯腾堡抵达军中，华伦斯坦的心腹奥克塔维奥·皮柯洛米尼中将负责接待，从而拉开了三部曲第二部《皮柯洛米尼父子》的帷幕。华伦斯坦在众将校列席的情况下，接见克威斯腾堡，两人针锋相对，唇枪舌剑，互相摊牌。克威斯腾堡最后才说出皇上的谕旨，让华伦斯坦拨出八千骑兵护送皇太子前往尼德兰。明眼人一看便知，这是削弱华伦斯坦的兵力，剥夺他的兵权，是让他彻底下台的致命一击。华伦斯坦坚决拒绝，结果谈判不成，不欢而散，皇帝和统帅之间的关系就此破裂。

殊不知奥克塔维奥已成皇帝的心腹，军中的坐探，有奥克塔维奥充当内线，维也纳的皇帝清楚地知道华伦斯坦及其左右与瑞典人进行的秘密谈判，以及试图暗自媾和的活动。

一个大动作的实施必然有诸多的先兆，暴风雨来临之前，必定乌云密布，天地昏暗，才有气氛，即使在这第二部里，华伦斯坦也是在关键时刻才出场，而且话不多，行动更少，都是别人在张罗，他自己则不动声色，因而显得神秘莫测，使人摸不清其真正意图。军官们在宴会上表现出来的是一边倒的对统帅的拥戴和服从，惟一的障碍乃是向皇帝表示效忠的誓言。这些赳赳武夫并没有多少道德修养，可是遵守诺言，忠于誓词是最基本的准则。如何使他们背离皇帝，忠于统帅是问题的关键。华伦斯坦的左右手，特尔茨基伯爵（也是华伦斯坦的连襟）和伊洛元帅利用将校齐集的机会，试图施展偷梁换柱的方法，连哄带骗地让大家在一份对华伦斯坦宣誓效忠的文件上签字，为华伦斯坦背离皇帝、擅自与瑞典人媾和做准备。

不料这一计谋被马克斯无意之中戳穿，形势发生突变，奥克塔维奥·皮柯洛米尼立即秘密施行离间计，使华伦斯坦部下的将校纷纷率部离营，使华伦斯坦陷入孤立境地。关键的一着毒棋乃是他向布特勒披露，华伦斯坦表面上提拔他为少将，暗地里阻止他成为贵族。行伍出身的布特勒信以为真，对华伦斯坦的感情由爱变恨，决心报复，剧本由此为华伦斯坦的悲剧结局埋下了伏笔。

一路护送华伦斯坦的妻女从庄园来到军中的马克斯·皮柯洛米尼，与华伦斯坦的女儿苔克拉双双坠入爱河。他从小受到华伦斯坦的关爱，华伦斯坦对他也是亦父亦友，他也把华伦斯坦视为偶像。他的父亲告诉他，华伦斯坦要背叛皇帝，意图不轨，皇帝已下旨除掉华伦斯坦，而执行这道密旨的就是皇帝派在华伦斯坦身边卧底的他自己。马克斯认为他父亲行为卑鄙，皇帝对华伦斯坦不公。华伦斯坦听说爱将马克斯钟情于他的女儿，十分生气，因为他嫌马克斯出身低微，认为只有欧洲君主的王子才配当他的女婿。他发现马克斯不支持他的计划，就想把马克斯扣下。马克斯的部下闻知，赶来解救。军中盛传华伦斯坦背叛皇帝的消息，营中大乱，部队纷纷离营而去。华伦斯坦只好率家人及少数亲信离开皮尔森军营，前往具有重要战略意义的埃格尔城堡。

华伦斯坦与皇帝之间的决战发生在一六三三年十二月十六日至一六三四年二月二十一日两个多月的时间里。天才戏剧家席勒巧妙地使用诗人的自由，把这紧张的情节压缩在几天之中，布特勒的转变并非史实，而是席勒的诗意创造，马克斯和苔克拉的恋情虽无历史依据，却有诗意效果。于是，看似彼此孤立纯属偶然的一些事件便连缀成了合情合理紧张生动的戏剧情节。皮柯洛米尼父子在这出戏里扮演着举足轻重的角色，在三部曲里，《皮柯洛米尼父子》这一部也应该算是全剧的关键，主要人物和主要情节都已展开，矛盾冲突也已充分展现。

接下来便是悲剧的结尾，三部曲的第三部《华伦斯坦之死》。华伦斯坦前往埃格尔城堡，期待瑞典人前来接应，以便东山再起。但是奥克塔维奥密令布特勒，随华伦斯坦前往埃格尔。由华伦斯坦的心腹变成华伦斯坦的死敌的布特勒，决心手刃华伦斯坦以雪自己蒙受的奇耻大辱。

华伦斯坦一行人到达埃格尔城堡后，手下的伊洛和特尔茨基在席间被刺杀。这时，传来马克斯·皮柯洛米尼率部迎战瑞典人、全军覆没、战死沙场的噩耗。苔克拉悲痛欲绝，不辞而别，前往停放马克斯遗体的修道院，而布特勒则出示皇帝密诏，迫使城堡司令哥尔顿派人和他一同刺杀华伦斯坦。华伦斯坦就寝之前，他的妻妹，暗恋着他的特尔茨基伯爵夫人向他表达爱意，为他的安全担忧，华伦斯坦好言安慰她之后回到卧室，不久即被凶手杀死。

至此，剧情已发展到尽头。华伦斯坦谈判未果，皇帝的阴谋得逞。凶案发生后，奥克塔维奥突然赶到，深责布特勒不该下此毒手，而布特勒反唇相讥，说奥克塔维奥实际上是这一凶案的主谋。这时传来皇帝诏书，擢升奥克塔维奥·皮柯洛米尼为公爵。他似乎是最大的受惠者，然而也是最大的失败者，因为他背叛了朋友，玷污了自己的名誉，背上了出卖朋友的叛徒恶名，还得承受丧子之痛。这胜利对他又有何益？是成功还是失败？这成功的代价是否过于高昂？观众对华伦斯坦的感情是谴责还是同情？全剧是在华伦斯坦遇刺，奥克塔维奥获得擢升之时终结，给观众留下了深思联想和唏嘘叹息。

华伦斯坦这位在三十年战争中叱咤风云，同时又极有争议的传奇英雄在席勒笔下究竟是个何许人物？是个有强烈历史感、使命感的人物？抑或是个叛徒、卖国贼？

战争已进入第十六个年头，眼看着大好河山为长年的征战所蹂躏，无休无止的杀戮弄得民不聊生，百业皆废，自然令人对这场旷日持久的战争产生疑问。强烈的使命感使得华伦斯坦萌生结束战争的思想，力图恢复和平，使百姓得以安居乐业，不必再为新旧教之争遭受家破人亡的痛苦。由于外国势力的加入，双方势均力敌，一时难分胜负，战争将旷日持久，民众的苦难也难以终结。

于是华伦斯坦便说出：不能为了一己的私利而置百姓的利益于不顾。

席勒在塑造华伦斯坦这一形象时，法国大革命方兴未艾，市民的权利已成为一时的革命口号。既然莱茵河彼岸的邻人能发出这样惊天动地的喊声，做出这样闻所未闻的事迹，诗人便让这个具有前瞻性思想的历史人物具有先进的思想，也是情理中事。

然而历史毕竟不是事实，德国也不是法国，因此华伦斯坦的思想和行动之间有着巨大距离，而且思想中新旧之争也分外激烈。于是华伦斯坦必然成为哈姆莱特式的人物：犹豫不决，思前想后，优柔寡断，举棋不定。研究者们发现，他的性格具有双重性，态度暧昧，模棱两可。仔细分析，便知是先进和保守之争在他身上的反映。新时代的代表人物，很难彻底摆脱旧时代加在他身上的烙印。

纵观中外历史，中国的历代农民领袖和外国的革命人物如拿破仑等，在推翻封建王朝的同时，又为自卑感所困扰，他们的理想依然是前朝的辉煌，而被他们推翻的君王仍然是他们心仪的榜样。因此李自成洪秀全起义成功，都忙不迭地黄袍加身，称孤道寡，登上宝座，面南为王。即便是像拿破仑这样的颁布拿破仑法典、奠定欧洲新秩序的新时代的代表人物，也难逃加冕称帝、力图建立世代相传的拿破仑王朝的陈腐理想。十九世纪初的拿破仑尚且如此，无怪乎十七世纪初的华伦斯坦会摒弃自己的爱将马克斯。这正好说明这批变成新贵者的自卑感。席勒笔下的华伦斯坦之所以不愿把女儿下嫁给他的爱将马克斯，原因就在这里。他总觉得自己身上草莽气太重，贵族味不浓，即使得享九五之尊，跻身于全欧大大小小的君王之中，也总感到自惭形秽。席勒把这种自卑感赋予华伦斯坦，实在含有深意。它表明旧势力依然强大，新时代的觉悟还甚微弱，也说明复辟的可能性。

席勒并未把华伦斯坦理想化，因此华伦斯坦在我们面前是一个矛盾重重的人物。他为天下苍生着想的同时,也想满足自己的野心。席勒并不想把华伦斯坦写成一个为国为民大义凛然的英雄,而是把他写成难逃时代烙印,兼有人性的缺陷和美德,一个有血有肉的人。华伦斯坦形象的高大不在于具有异乎常人的品德,而在于他的业绩,他的超世俗的思想。他不拘泥于君臣礼数,他想到的是人民的疾苦。结束这一场战争显然符合百姓的利益。他痛恨皇帝和维也纳古老的贵族世家对他的轻视,也傲视门第不如自己的部下,不知有心还是无意,席勒笔下的华伦斯坦有拿破仑的特点:爱兵如子,记得士兵的姓名、家世、功劳,使得士兵备受鼓舞,愿意为他效忠,可同时又觉得自己更像国王,愿意和欧洲的世袭君王结亲,不希望他的爱女苔克拉与他的爱将马克斯·皮柯洛米尼相爱、结合,尽管他把马克斯视为自己的儿子、挚友,却嫌他门第低微,不配当他的女婿。

华伦斯坦的动机并非完全纯正高尚,他不会甘心屈居人下,倘若他能结束战争,他便成为与皇帝势均力敌的对手。在华伦斯坦的心目中,皇帝并非天子,而是和他平起平坐的一个显贵而已,为何不能取而代之?更何况两人的矛盾已达你死我活的白热化程度,双方都各怀鬼胎。在华伦斯坦和皇帝之间已无信义可言,也难说谁背叛谁,正因为皇帝并不代表祖国人民的利益,华伦斯坦暗中和瑞典人议和也难说是犯了叛国罪。须知当时和瑞典合作的德国新教邦国并非一个两个。很多评论家只是强调华伦斯坦野心勃勃,渴望追求更大的权力,但很少提到他背叛了皇帝,更未称他是背叛人民的叛徒。

《华伦斯坦》创作在法国大革命以后欧洲局势动荡不宁、德国知识分子思想活跃之际,在法国,在欧洲的政坛上、战场上,每天都上演着气势磅礴气壮山河的活剧,英雄辈出可歌可泣,而德国却是死水一潭。此前,莱辛就曾致力于塑造德国的英雄人物,结果废然而返。席勒有感于此,在历史的遥远国度里找到了这一题材,三十年战争固然使德国生灵涂炭,民不聊生,但是在废墟和白骨堆中,在硝烟和烽火之中,影影绰绰地有一批性格鲜明、意志刚强的男男女女在历史舞台上扮演重要角色。他们的行动曾经左右过战局,也可能决定德国的命运,影响历史的进程。这些人有血有肉,有爱有憎,演出了波澜壮阔的活剧。倘若华伦斯坦得手,战争不会延长到三十年,大批无辜的生灵不会殒身战火,他那求和的意识固然源于和皇帝的仇隙与个人的野心,然而它顺应民意,顺应历史的潮流,不能不说是超前的思想。他的延宕,他的迟疑,并非由于生性优柔寡断,而是由于这一决定关系重大,后果严重。一个驰骋沙场所向披靡、骁勇善战、屡战皆捷的将军怎么可能常常举棋不定,坐失战机,怎么可能临战踟躇,畏首畏尾呢?

再说席勒在酝酿多时之后,竟为一个叛徒立传,似乎也说不过去。如果把华伦斯坦的事迹放到三十年战争的德国战场,放到法国大革命的时代背景上来审视,也许会有新的视角,得出新的结论。

从旧制度的角度来看,这自然是叛逆,这样的人自然是叛徒,既然"朕即国家",反对"朕"自然也就是"叛国分子""卖国贼",这是所谓的正统观念。中国封建社会虽说皇帝是天子,也并不是不能反他,"天子有道,则为天子,无道,则为仇寇","彼可取而代之","君之视臣如手足,则臣视君如腹心;君之视臣如土芥,则臣视君如寇仇"①。可是从人民的角度看,华伦斯坦并未背叛人民的利益。在旷日持久的战争使德国成为全欧角逐的战场,使德国人口锐减,国民经济凋敝的情况下,战争孰胜孰败已是次要问题,要紧的是尽快结束这场战争,在这一点上,华伦斯坦的见识是站在时代的高度,也是符合人民的利益的。因此,华伦斯坦不该被斥为叛徒,而应是时代的先驱,是个思想超前、才智过人的英雄人物。

---

① 许仲琳《封神演义》53页,人民文学出版社,1997。

席勒的历史剧《华伦斯坦》不仅在历史画面的再现，戏剧冲突的安排，人物形象的塑造，人物性格的刻画，内心世界的挖掘等诸多方面堪称典范，便是对德国语言的发展也做出了极大的贡献，不愧为德国古典文学的传世之作。

张玉书

二〇〇五年六月二十八日　蓝旗营

目　次

唐·卡洛斯

西班牙储君

戏 剧 诗

张 玉 书 译

Don Carlos
Infant von Spanien
Ein drama tisc es Gedicht.

人　　物

菲利普二世[①]　西班牙国王

伊丽莎白·封·瓦卢阿[②]　王后

唐·卡洛斯[③]　王太子

亚历山大·法尔奈塞　帕尔玛王子，国王的外甥

克拉拉·欧杰妮娅公主　一个三岁的女孩

封·奥利瓦累茨公爵夫人　宫廷女总管

封·蒙德卡尔侯爵夫人

封·艾伯莉公主　侍候王后的贵妇人

富恩特斯伯爵夫人

封·波萨侯爵　一位马耳他骑士[④]

封·阿尔巴公爵

封·勒尔玛伯爵　近卫军上校

封·菲里亚公爵　金羊毛骑士　西班牙显贵

---

① 菲利普二世(1527—1598)，西班牙国王及神圣罗马帝国皇帝卡尔五世与葡萄牙公主伊莎贝拉之子，一五五九年与法国公主伊丽莎白结婚。伊丽莎白为他的第三任王后，二人年龄相差十八岁。

② 伊丽莎白(1545—1568)，原许配给西班牙王子卡洛斯，后来为加强法西同盟，嫁给菲利普二世，死于难产。

③ 卡洛斯(1545—1568)，西班牙储君，菲利普二世与第一任王后葡萄牙公主玛利亚之子。

④ 马耳他骑士团十一世纪成立于耶路撒冷，致力于济贫扶弱，照顾病人，一五三〇年向西班牙皇帝卡尔五世取得地中海中的马耳他岛作为采邑。

封·梅迪纳·西多尼亚公爵　海军上将

唐·莱蒙·封·塔克西斯　邮政总局局长

多明各　国王的忏悔师

王国的宗教法庭大法官

一个沙特勒兹修道院的院长

王后的一名侍童

唐·路德维希·梅尔卡多　王后的御医

若干贵妇,贵族大臣,侍童,军官,侍卫和其他次要人物

第一幕

〔阿朗胡哀兹[①] 的御花园。

第一场

〔卡洛斯。多明各。

多明各：

在阿朗胡哀兹度过的美好时光
现在已经结束。殿下离开此地
并不比来时心情更加开朗。
我们在这里呆了一些时日，毫无效果。
请您打破这谜样的沉默。
请向父亲的心灵敞开您的心扉，王子殿下，
为了换取他独生子的安宁，
国王陛下不惜偿付最高昂的代价。
（卡洛斯低头看地，沉默不语）
上天可曾对他最钟爱的儿子
提出的任何愿望忽略不顾？
我亲眼看见高傲的卡洛斯

① 阿朗胡哀兹为西班牙国王的行宫和避暑地，在马德里南，建于一五六一年。

在托莱多[①]的墙垣之内接受万民欢呼，
君侯们争先恐后前来吻他的手，
现在六个王国——一同——一同匍匐
在他脚下，表示心悦诚服。
我亲眼看见年轻高傲的热血
涌上他的面颊，他昂首挺胸，
君王的种种决心在胸中翻腾。
醺然陶醉的目光掠过聚集的人群，
眼里洋溢着欢乐极度——殿下，这只眼睛
承认：我已得到餍足。
（卡洛斯别转头去）
　　　　　　　　殿下，
八个月来我们在您的目光中
看到的是静谧庄严的哀愁，
这成了整个宫廷不解之谜，
王国的恐惧，使国王陛下
许多夜晚忧上心头，
使您的母亲眼泪直流。

卡洛斯（迅速转过脸来）：
　　　　　　　　母亲？
——啊，上苍啊，让我忘记
此人[②]曾使她变成我的母亲。

多明各：
　　　　　殿下？

① 托莱多，西班牙旧都，在马德里南。
② 指菲利普二世不顾卡洛斯和伊丽莎白的婚约，娶她为王后，于是王子原来的未婚妻便成了他的继母。

唐·卡洛斯

卡洛斯(定了定神,用手摸摸自己的额头):

备受尊敬的大人——我跟我的两位母亲
遭受过许多不幸。我刚呱呱坠地,
干的第一件事情
便是弑杀母亲①。

多明各:

王子殿下,这怎么可能?
这个责备竟会压抑您的良心?

卡洛斯:

我的这位新任母亲——她不是已经让我
付出代价,使我把父爱失掉?
我的父亲本来就没怎么爱过我,
我是他的独生子,这本是我惟一的功劳,
她给我父亲生了一个女儿——啊,今后的
岁月里还朦胧地蕴藏着什么,有谁知道?

多明各:

殿下,您是在取笑我。整个西班牙
都崇拜在将王后崇拜,惟有您
以充满仇恨的目光把她端详?
看见她时您只听从内心的聪明发出的声音?
怎么,殿下,这位举世无双的绝代佳人
现在是王后——曾经还是您的未婚妻?
不可能,殿下!绝不可能!不可思议!
众人都在爱她,卡尔② 不可能独自仇恨;
卡洛斯不会这样古怪地自相矛盾。

---

① 菲利普二世的第一任王后,葡萄牙公主玛利亚在生下卡洛斯后去世。

② 即卡洛斯,西班牙文的卡洛斯在德文中即是卡尔。

殿下,您可得千方百计不让王后知道,
她的儿子对她多么嫌弃,
这个消息会使她痛苦之极。

卡洛斯:

您这样认为?

多明各:

殿下应该还记得
上次比武,在萨拉戈萨,
我们的主公被长矛碰了一下——
王后和她的贵妇们坐在
正中的看台上观战。
突然有人叫道:"陛下流血了!"
大家乱作一团,跑来跑去。
低沉的喃喃之声一直传到王后耳际,
她叫了起来:"殿下流血了?"说罢准备——
准备从最高的看台上直跳下去,
有人回答:"不是殿下!受伤的是陛下!"
王后吁了口气,说道,
"那就叫御医来吧!"
(沉默片刻)
殿下您沉思不语?

卡洛斯:

我欣赏
国王陛下的这位逗乐的忏悔师,
他如此精通风趣的故事。
(严肃而阴沉地)
可是我老是听人说起,
察言观色,摆弄故事的名家

在这世上肇成的坏事，
远比凶手的毒药匕首更为可怕。
大人，您大可不必劳心费神，
若想获得感谢，请去觐见陛下。

多明各：

太子殿下，您做得真对，对人务必慎重，
不过要区别对待，伪善之徒必须摒弃，
切莫把朋友也拒之千里之外，
我对您可是一片好意。

卡洛斯：

　　　　　请您别让
我父王看出您的好心，
否则您的紫袍[①] 将要成为泡影。

多明各（一怔）：

　　　　怎么？

卡洛斯：

　　　　哎呀。
他不是向您应承，
把西班牙的第一件紫袍授予大人？

多明各：

　　　殿下，
您取笑我了。

卡洛斯：

　　　　　上帝保佑，
可别让我取笑这位可怕的人物，
他能使我父亲幸福，

① 天主教的主教身着紫袍。

也能使他万劫不复[1]。

多明各：

　　　　我不想斗胆
潜入殿下胸中忧烦的
值得尊重的秘密，
我只想恳请殿下牢记
教会为惊惶失措的良心
敞开大门供它逃避追逼。
即便是君王也没有打开教堂的钥匙，
即便是罪行也能在那里
获得圣礼的荫庇安然无虞——
您明白我这话的意思，
我已说得相当清楚，王子。

卡洛斯：

　　　　　　　不，我并无
这样诱惑圣礼执行者的意图！

多明各：

王子，瞧您疑虑重重——您实在
错看了您无比忠诚的仆人。

卡洛斯（一把抓住他）：

　　　　　　您最好还是
把我放弃。全世界都知道，
您是一位圣人——可是，坦白说吧——
对我来说，您已经肩负过于沉重的包袱。
到您坐上圣彼得的宝座[2]，可敬的神父，

① 多明各为菲利普的忏悔师，可以赦他的罪，也可不赦。

② 指当上教皇。

您将走过最为漫长的一条道路。
您知之甚多,使您举步维艰。
请向派您前来的国王转告这点。

多明各：

派我前来?——

卡洛斯：

我是这么说的。
啊,我知道得再清楚不过,我在这座宫廷
早已被人出卖——我知道有成百只眼睛
被雇来对我的一举一动进行监视,
菲利普国王已经把他的独生子
出卖给了他最恶劣的走卒,
从我这儿偷听到的每个字,
都能使告密者获得丰厚奖赏。
比任何善行好事得到的褒奖更为高昂。
我知道——啊,住口,别再往下说!
我心里思绪翻腾,我已经
说得太多!

多明各：

国王陛下打算
在傍晚之前抵达马德里,
宫廷上下都已集合在一起,
我恭请殿下——

卡洛斯：

行了。我随后就来。
(多明各下。卡洛斯沉默半晌)
可怜的菲利普,像你儿子
一样可悲!——我已经看见你的灵魂

被怀疑的毒蛇咬得鲜血淋淋;
你那不幸的好奇之心
使你以为发现了骇人听闻的事情,
你若当真发现了它,定会大发雷霆。

第二场

〔卡洛斯。封·波萨侯爵。

卡洛斯:

谁来了?我看见了什么?啊,善良的精灵啊!
我的罗德里希①!

侯爵:

我的卡洛斯!

卡洛斯:

这可能吗?
真的?的确是你?——啊,是你!
我把你搂在我的怀里,
感到你的心在我胸上跳动强劲有力。
啊,现在一切又都有了生机。
我那生病的心在这拥抱中得到痊愈。
我扑在我的罗德里希的怀里。

侯爵:

您那生病的,
您那生病的心?什么又都有了生机?
什么事情又需要得到新生?

① 罗德里希为波萨侯爵的名字。

听您这样说话，使我蓦然吃惊。

卡洛斯：

　　　　　　什么事情

使你这样出人意表地从布鲁塞尔返回？

这意外的惊喜该归功于谁？归功于谁？

我还问呢？请原谅我喜极而狂，

崇高的上帝，我竟这样亵渎上苍！

除了你，又能归功于谁，无比仁慈的上帝？

你知道，卡洛斯没有天使庇护，你就

把他派到我这里来，而我还在瞎提问题？

侯爵：

　　　　　　　　请原谅，

我亲爱的王子，我以惊愕的神情，

回答您这激烈的欢欣。

我所期待的菲利普国王的王子，

并不是这番模样。您那苍白的面颊，

染上一股不自然的红晕，

您的嘴唇颤抖，仿佛在发热病。

亲爱的王子，我该怎么设想您？——

这不是那个像雄狮一样勇敢的青年，

那备受压迫的英雄民族[①] 派我前来求见，

因为现在我不是作为罗德里希，

不是作为少年卡洛斯的游伴，站在这里——

我是作为全人类的代表在拥抱您，

是佛兰德斯各省

扑在您的胸前哭泣，

① 指正欲摆脱西班牙而独立的尼德兰人民，即佛兰德斯各省的人民。

庄严地恳求你出手拯救。
倘若阿尔巴,那狂热粗暴的刽子手的走狗
挺进到布鲁塞尔,施行西班牙的律法,
您那亲爱的国家[①] 就会崩塌。
这个高贵的国家的最后希望
落在卡尔皇帝[②] 光荣的孙子身上,
倘若他那崇高的心忘了为人类而跳动,
他们的希望就此葬送。

卡洛斯:

希望就此葬送。

侯爵:

我真不幸!我不得不听些什么话!

卡洛斯:

你谈到的时代早已流逝,
我也曾经梦想过一个卡洛斯,
只要一谈起自由,他就会面红耳赤。
可是这个卡洛斯已经早不在人世,
你在这里看到的已不再是
在阿尔卡拉[③] 和你握别的那个卡洛斯。
在醺然陶醉之际,他曾大胆地敞开胸怀,
希望在西班牙创造一个新的黄金时代,
啊,这个奇思怪想真是幼稚,
但是美好已极!如今这些美梦

---

① 指尼德兰。

② 指神圣罗马帝国皇帝卡尔五世(1500—1558),又译查理第五。一五一六年即位为西班牙国王,一五一九年当选为德意志帝国(即神圣罗马帝国)皇帝。一五五六年在修道院里退隐,把王位让给儿子菲利普二世。

③ 当时的大学城,离马德里不远。他们两人在那里上过大学。

都已消逝。

侯爵：

　　　　美梦，王子？这么说

它们只是梦想而已？

卡洛斯：

　　　　　　　　让我哭泣吧，

让我在你心上痛洒热泪，

你啊，我惟一的朋友。我别无一人——别无一人——

在这个宏大广袤的地球上，我别无一人。

在我父王的王笏所及之处，

在航海时我们的旗帜飘扬之处，

没有一个地方我可以

畅快地痛哭一场，除了在这里。

啊，凭着一切起誓，罗德里希，

凭着你我曾期望于上天的一切，

请别把我撵离此地。

侯爵（感动得说不出话来，低头俯向卡洛斯）

卡洛斯：

说服你自己吧，我是你怀着怜悯之心

在宝座旁捡到的一个孤儿弃婴。

我不知道父亲是什么意思——我是一个王子

——啊，但愿我的心对我说的话属实，

你是从千百万人中

挑选出来理解我的心意，

创造性的大自然让卡洛斯

成为第二个罗德里希，

我们心灵的柔弱的琴弦

在我们孩提时期便同样振颤，

对你来说,使我轻快的眼泪
比我父亲的恩典更为珍贵——

侯爵:

啊,比整个世界都更为珍贵。

卡洛斯:

我已经
跌得这么深——变得这样穷困,
以致我不得不提醒你记起我们
少年时代的岁月,不得不
请求你把早已遗忘的旧债偿付,
你还身穿水手服[①] 时欠下的旧债——
那时我们还是两个野孩子,
像兄弟般一同成长起来,
最使我痛苦的莫过于看到
我自己完全为你的精神所笼罩——
我终于大胆决定毫无保留地爱你,
因为我没有勇气和你亦步亦趋,
于是我便开始百般温存地和你亲近
向你表示忠诚的兄弟之情;
你心气高傲,冷冷地拒绝我的盛情。
我常常僵立一边——你却始终没有看见!
当你无视我的情意
拥抱门第较低的孩子们,
沉重的热泪挂在我的眼里,
我心情悲痛地叫道:为什么只找他们?
我对你不是也一片好心?——

① 当时的一种童装。

可你跪在我的面前带着冷淡的态度,严肃的神情:
你说,这才适合您王子的身份。

侯爵:

啊,别说了,王子,别说这些孩子气的故事,
我至今还为此感到脸红。

卡洛斯:

我也的确不配得到你的爱。你可以
摒弃我的心,撕碎我的心,可是
永远不能把它驱走。你一连三次把王子
从你身边推开,他又一连三次回来
作为请求者乞求你的爱,
并且使劲把爱强加在你身上。
巧合做成了我永远办不到的事情。
有一次我们正在游戏,
你的羽毛球打到我姨妈
波希米亚王后的眼睛上。
王后以为这球是故意打她,
便哭着到我父王那里去告状。
宫里所有的孩子必须出来,
把谁是罪魁祸首告诉国王。
国王发誓要以最为可怕的方式
严惩这一阴险的行为,哪怕
犯事的是他自己的儿子——
我那时发现,你站在远处,浑身哆嗦,
于是我便站出来,扑到我父王的脚下,
叫道:是我,是我干的。
你就惩罚你的儿子吧!

侯爵:

唉,您提醒我这件事,王子!

卡洛斯:

于是就开始惩罚!

当着宫廷所有人的面,
以对付奴隶的方式,对你的卡尔进行鞭打,
大家都充满同情四面环立。
我望着你,没有哭泣。我痛得
咬紧牙齿,直咬得格格直响;
但我没有哭泣。无情的鞭打,
打得我这王子鲜血迸流,备受羞辱;
我抬头望着你,没有哭泣——你走过来,
倒在我的脚下,号啕大哭。是的,
是的,你大声喊叫:我的高傲已经克服。
等你当了国王,你的恩情我要偿付。

侯爵(向他伸出手去):

我要偿付,卡尔。这孩子发的誓,
我现在作为男子汉重新再发一次。
我要偿还。也许现在已是我还债之时。

卡洛斯:

现在,现在,

啊,不要犹豫——现在时间已经到来。
现在是你可以兑现誓约的时刻。
我需要爱——一个可怕的秘密
在我胸中烧灼。它应该
应该说出口来。在你苍白的脸上,
我要读到判处我死刑的决定。
你听好——你惊讶得发呆吧——但请不要反驳——
我爱我的母亲。

侯爵：

啊，我的上帝！

卡洛斯：

不！我不要你有所顾忌。你说出来吧，
你说，在这广袤无垠的世上
没有一种苦难能和我的比拟——说吧——
你能说什么，我已猜了出来。
儿子爱上他的母亲。世上的风习，
大自然的秩序和罗马的法律
都谴责这种激情。我的要求
严重地冲击了我父亲的权利。
我感觉到这点，可是我仍然爱她。
这条路只能使人发狂，或把人送上绞架。
我爱她，没有任何希望——而且罪孽深重——
怀着死亡的恐怖，冒着生命的危险——
这些我都看见，可尽管如此，我依然爱她。

侯爵：

王后
知道您这样倾心？

卡洛斯：

我能
向她敞开心扉？她是菲利普的爱妻，
是王后，这里是西班牙的土地。
在父王的嫉妒监视之下，
在宫廷的礼仪包围之中，
我怎么可能独自接近王后没有随从？
备受地狱煎熬的八个月已经过去，
父王把我从大学召回，

我注定了要忍受苦刑，每天看见她，
却得像坟墓一样缄默无语。
备受地狱煎熬的八个月啊，罗德里希，
这烈火在我胸中熊熊燃烧，
这可怕的自白
千百次涌上我的嘴角，
可是又胆怯羞涩地悄悄爬回我的心底。
啊，罗德里希——只希望短短的几个瞬间
单独和她在一起——

侯爵：

唉！您的父王，王子——

卡洛斯：

你这不幸的家伙！为什么提醒我有这个人？
你满可以和我谈论良心的一切恐惧，
请不要和我谈起我的父亲。

侯爵：

您恨您的父亲？

卡洛斯：

不！唉，不恨！
我不恨我的父亲——可是
提到这个可怕的名字我便感到
阵阵寒噤，像罪犯似的心悸害怕。
奴性的教育在我年轻的心里
已经践踏了爱情的嫩芽，
这能怪我吗？我都已经
长到六岁，这个可怕的人
才第一次走到我的面前，
人家告诉我，他是我的父亲。

就在这天早上,他一口气签署了
四道血腥的死刑判决。
从此以后,只有当我犯了错误,
要受惩罚时才看见他。——啊,上帝!
说到这里我又感到气愤起来——走——
走开,我要离开此地!

侯爵:

不,王子,现在您
应该敞开心扉。压力沉重的心胸
化为言语就感到轻松。

卡洛斯:

我常常和我自己搏斗,常常在午夜,
当我的卫兵入睡之后,我流着热泪,
扑倒在无比仁慈的圣母像前,
乞求她给我一颗人子之心——
可是没有得到她的俯听,
我又站了起来。唉,罗德里希!
给我解开上苍的这一奇特的谜——为什么
世上有千万个父亲,偏偏把这个给了我?
为什么有千万个更好的儿子,
却把这个儿子给了他?
大自然在天地之间再也找不到
两个物体,比我们更加相互对立形同水火。
它怎么能把人类的两个极端,
通过一根如此神圣的纽带
硬拴在一起?可怕的命运!
为什么要发生这样的事情?
为什么两个永远彼此避而不见的人

会在同一个愿望上可怕地相遇？
这里，亲爱的罗德里希，你看见两颗
敌对的星辰，在时间的全部运行之中，
绝无仅有的一次在垂直的轨道上相交，
猛烈地撞击在一起，
然后又永远分道扬镳。

侯爵：

我预感到
将有一个灾祸深重的瞬间。

卡洛斯：

我也一样。
恐怖万状的幻梦，活像来自深渊的
复仇女神，追随着我。我善良的精神
与各种恐怖的计划搏斗，疑虑重重；
我那不幸的敏锐智力穿过
虚妄狡辩的迷宫，最后终于
爬到突兀的深渊之边愕然发愣——
啊，罗德里希，如果有朝一日我认不清
他是我父亲——罗德里希——我看到，
你那惨白的目光已经理解我——
如果我不承认他是父亲，
那么国王对我会有什么威信？

侯爵（沉默半晌）：

我是否可以
斗胆向我的卡洛斯提出一个请求？
不论您打算做什么，请答应我，
没有您的朋友，任何事情都不进行。
我这一点您能否答应？

卡洛斯：

全都答应，
凡是你的爱命令我做的事，我都答应。
我完全投入你的怀抱。

侯爵：

据说，
国王就要回到马德里城。
时间非常吃紧。倘若您想
和王后秘密交谈，不能在别处，
只能在阿朗胡哀兹进行。
这里风气开化，地势幽静，
有利于——

卡洛斯：

这也正是我的希望。
不过，唉，这仅仅只是空想！

侯爵：

并不完全如此。
我马上就去觐见王后。
倘若她在西班牙也依然像
从前在亨利[①] 的宫廷里那样，
我就能和她推心置腹。我若能
在她的目光中看到卡洛斯的希望，
我若发现她有意进行这次会晤——
就得让她的贵妇们离开她的身旁——

卡洛斯：

她们大多都向着我。——尤其是

① 法王亨利二世，西班牙王后伊丽莎白的父亲。

蒙德卡尔侯爵夫人,我已赢得了她。
我的侍童,就是她的儿子。

侯爵:

这样更好,
这样,王子,您就呆在一边,
我给您一个手势,您就马上出现。

卡洛斯:

照办——我愿意照办——那你就赶快吧。

侯爵:

那我就一刻也不耽误,
就在那儿碰头,王子,再见!
(两人朝不同方向下)

第 三 场

〔王后在阿朗胡哀兹的驻地。简朴的乡间景色,一条林阴道从中穿过,旁边是王后的乡间居所。

〔王后。奥利瓦累茨公爵夫人。艾伯莉公主和蒙德卡尔侯爵夫人沿着林阴道走来。

王后(对侯爵夫人):

蒙德卡尔,我要您呆在我身边,
公主的那双喜形于色的眼睛
折磨了我整个早晨。您瞧,
她都不知道如何掩饰自己的欢欣,
因为她就要离开乡下回城。

艾伯莉公主:

我不想

否认,王后,重见马德里
使我非常快活欣喜。

蒙德卡尔侯爵夫人:

王后不也一样?您难道
那么不愿离开阿朗胡哀兹吗?

王后:

至少——不愿离开这个美丽的地方。
我在这里真像置身于我自己的天地。
这个场所我早已选作我心爱的乡居。
我童年时代的挚友是乡间野趣,
它在这里向我亲切致意,
我在这里又找到我童年时代的游戏,
我那法兰西的微风在这里吹拂,
你们别生我的气,我们大家的心
都向着自己的祖国故土。

艾伯莉公主:

可是在这里
是多么孤独,多么悲凉,多么死寂!
我都以为身在拉特拉普① 里。

王后:

其实正好相反,
只有在马德里我才觉得死气沉沉——
我们的公爵夫人有何高论?

奥里瓦累茨公爵夫人:

我的意见是,

---

① 法国诺曼底地区的拉特拉普山谷以及坐落其中的修道院名,该修道院戒律森严,要求修道者信守“缄默无语”的戒命。

只要西班牙有国王治理，
王后就得在这里
住一个月，在巴尔多①
再住一个月，冬天住在宫里，
这是历来的风习。

王后：

是啊，公爵夫人，这您知道，
我永远和您争执，没完没了。

蒙德卡尔侯爵夫人：

过几天马德里
会热闹非凡！大竞技场
装饰一新，一场斗牛将要进行，
他们还答应让我们
观看焚人极刑② ——

王后：

答应我们这事！我竟然听见
性格温和的蒙德卡尔说出这种话来？

蒙德卡尔侯爵夫人：

为什么不能说？
我们看见遭受火刑的都是异教徒啊！

王后：

我希望，我的艾伯莉想法不是这样。

艾伯莉公主：

我？——王后，我请求您，
别把我当作一个不如

① 巴尔多，为马德里近郊的避暑行宫。
② 当时宗教法庭可以把异教徒和异端分子判处极刑，放在柴堆上活活烧死。

蒙德卡尔侯爵夫人的基督徒。

王后：

唉，我忘了，

我身在何处，——换个话题吧——

我想，我们刚才是在谈论乡下。

我觉得，这一个月过得真快，快得惊人。

我曾希望这次乡居

能给我许多快乐，许多欣喜，

可我并未找到我所希望的东西。

是不是每个希望都是这样？

我没找到，我那已告失败的希望。

奥利瓦累茨公爵夫人：

艾伯莉公主，您还没有告诉我们，

戈麦斯是否可以心存希望？

我们不久是否可以把您视为他的新娘？

王后：

是啊！好，您提醒了我，公爵夫人。

（对公主）

人家求我，在您面前为他说说好话，

可是我怎么能说？我希望

我的艾伯莉下嫁的那个男人，

必须超群出众，人品高尚。

奥利瓦累茨公爵夫人：

王后，

这位伯爵才能出众，人品高雅。

众所周知，我们仁慈的君王

对他恩宠有加。

王后：

君王的隆恩定会使他深感荣幸。——
不过我们想知道,他是否会爱人,
是否值得人家爱他——艾伯莉,
这点我要问您。

艾伯莉公主(默默无言,心绪烦乱地站着,眼睛看着地面,最后跪倒在王后脚下):

仁慈的王后,
可怜可怜我吧。请您——
看在上帝的分上,不要——
让我变成牺牲,

王后:

牺牲?
我不要听您再说什么。您起来吧。
充当牺牲,可是个严酷的命运。
我相信您。起来吧。——您拒绝伯爵
已是很久的事情?

艾伯莉公主(站起身来):

啊,已经好几个月。那时候
卡洛斯王子还在大学学习。

王后(一怔,审视艾伯莉公主半晌):

您有没有
反躬自问,您拒绝伯爵有哪些理由?

艾伯莉(言辞有些激烈):

永远
不能接受,王后,
有一千个理由永不接受。

王后:

两个理由

就已经太多。您不能欣赏伯爵——我看
这条理由就已经足够。此事不必再谈。
(对其他宫廷命妇)

小公主

我今天还没有见过。
侯爵夫人,请您把她带来见我。

奥利瓦累茨公爵夫人(看表):

还没到

看公主的时间,王后。

王后:

还没到时候?我还不可以当母亲?
这可真不像话。她来的时候,
请别忘了把我提醒。
(一名侍童上,轻声地和宫廷女总管说话,女总管随即转向王后)

奥利瓦累茨公爵夫人:

王后,

封·波萨侯爵求见——

女王:

封·波萨?

奥利瓦累茨公爵夫人:

他从法兰西和尼德兰来,
希望得到王后的仁慈接见,
以便呈上王后母后的信件。

王后:

这是允许的吗?

奥利瓦累茨公爵夫人(沉思地):

在我的规章里,

并未考虑到这种特殊情况：
一位卡斯提利亚[①] 的贵族，
来到花园里的小树林，
向西班牙的王后，
呈献外国宫廷的书信。

王后：

那我就要
自担风险，大胆去做这件事情。

奥利瓦累茨公爵夫人：

请王后
恩准我暂时离去。

王后：

那就
悉听尊便，公爵夫人。
（宫廷女总管下，王后向侍童示意，侍童立即退下）

第 四 场

〔王后。封·艾伯莉公主。封·蒙德卡尔侯爵夫人和封·波萨侯爵。

王后：

骑士，
我在西班牙的国土上欢迎您。

侯爵：

我从来也没有像现在这样怀着真正的骄傲

---

① 卡斯提利亚，西班牙中部地区名。

称这国土为我的祖国——

王后（对两位贵妇）：

封·波萨侯爵
在兰斯[①]骑士比武时和我父王[②]交锋，
折断了一个长矛，
一连三次为我获胜，建立奇功。
他是国内第一个让我感到
当西班牙人的王后无尚光荣。
（转向侯爵）
是在卢浮宫[③]里，
骑士，我们最后一次见面，
您大概做梦也没想到，
您会在西班牙被我当作客人接见。

侯爵：

没有想到，伟大的王后——因为当时
我做梦也没想到，法兰西竟然会把
我们惟一艳羡于它的稀世奇珍
馈赠给我们。

王后：

骄傲的西班牙人！
惟一艳羡的稀世珍宝？您真胆大，
竟敢对瓦卢阿家族[④]的公主说出这话？

侯爵：

现在我可以

---

① 兰斯，法国城市，法国国王在此加冕。
② 比武时，封·波萨代表伊丽莎白和法国国王交锋。
③ 卢浮宫，法王的王宫，当时这位王后还是法国公主。
④ 法兰西国王当时出自瓦卢阿家族，以后才出自波旁家族。

直言不讳，王后——因为您
现在已经属于我们。

王后：

我听说，
您一路穿过法兰西来到我这里。——
您给我带来了我十分尊敬的母亲
和我深深相爱的兄弟们什么消息？

侯爵（把书信呈递给王后）：

我发现王太后[①] 御体欠安，
对世上任何欢乐都表示厌倦，
只希望知道她的掌上明珠，
在西班牙的宝座上感到幸福。

王后：

亲切地怀念
这么温情脉脉的亲人，
她怎能不幸福？甜蜜地回忆起——
骑士，您在旅途中访问了
许多国家，许多宫廷，
见识了许多风俗人情——
据说，您现在打算平静度日，
定居祖国，可是如此？
在您幽静的墙垣之中，做更为伟大的国王
胜过宝座上的国王菲利普——无拘无束！
做一个哲学家！——我非常怀疑
您在马德里是否会过得惬意舒心，
在马德里，人们全都非常——安静。

① 指法兰西的王太后，伊丽莎白的母亲。

侯爵：

这可超过
其余整个欧洲
所能得到的一切享受。

王后：

我只是这么听说。
人世间的所有争端，几乎连同回忆，
我都已全部忘记。
（对封·艾伯莉公主）
我仿佛觉得，艾伯莉公主，
有朵风信子正在那里盛开——
您是否能帮我把它摘来？
（公主向那个地方走去，王后悄悄地低声对侯爵说）
骑士，我要么胡猜
猜得大错特错，要么您此来
使这个宫廷里另外一个人
更加欢快。

侯爵：

我发现
有个人非常悲哀——在这个世界上
只有一样东西能使他快活起来——
（公主摘了鲜花回来）

艾伯莉公主：

既然骑士
此行见识了这么多国家，
无疑会有许多稀奇古怪的事情
告诉我们大家。

侯爵：

那是当然。
众所周知,寻找冒险奇遇
是骑士的本分——而最神圣的职责
乃是保护贵妇淑女。

蒙德卡尔侯爵夫人:

抗击巨人!
不过现在已经没有巨人。

侯爵:

暴力
在任何时候对于弱者就是巨人。

王后:

骑士说得有理。巨人现在还有。
可是骑士已经无处可求。

侯爵:

还在不久前
我在归途中经过那不勒斯,
亲身经历了一个动人的故事,
友人的神圣遗嘱
使我对此感同身受。——我担心
讲述这个故事会使王后
厌倦忧愁——

王后:

我还有
选择的余地吗?公主无法掩饰
她已十分好奇。言归正传吧,
我也爱听故事。

侯爵:

在米朗多拉有两个贵族世家,

几百年来继承吉伯林和归尔夫两党的世仇，
互相嫉妒，彼此倾轧，
如今终于厌倦了长年仇隙，
决定结为姻亲，
永享太平。
势力强大的彼得罗的外甥，
费尔南多和美如天人的玛蒂尔德，
科洛纳的女儿被挑选出来，
缔结这一美好的婚姻。
大自然从来没有创造过
更加美好，互相倾慕的两颗心灵——
还从来没有这样美妙地赞美过世界和一对新人。
费尔南多只有在肖像画上
向他的未婚妻表示无限倾心——
他多么急于看到他的期望成真，
都不敢相信他那最热烈的期望
真惟妙惟肖，酷似本人！
他在帕多瓦大学学习，
在那里只是期待着
那欢快的时刻来临，
使他得以匍匐在玛蒂尔德脚下，
向她第一次表示爱慕的深情。
（王后听得更加注意。侯爵沉默片刻之后，继续讲述，
当着王后的面，更多的是冲着艾伯莉公主讲话）
与此同时，彼得罗丧妻独居。
怀着年轻人的激情，
老人听到种种传闻，
盛赞玛蒂尔德的姿容美誉。

老人赶来了！他见到了她！便对她钟情心仪！
内心新的激动令人伦微弱的声音窒息，
舅父追求外甥的未婚妻，
并在祭坛前使这强盗行径变得神圣合理。

王后：

费尔南多做出什么决定？

侯爵：

这个心醉神驰的青年，
驾着爱情的翅膀赶往米朗多拉，
对这可怕的掉包一无所知。
他的快马披星戴月，一路疾驰，
赶到家门口——从灯火辉煌的宫殿
传来酒神欢宴的喧声，
舞曲阵阵，铜鼓轰鸣。
他怯生生地走上台阶，浑身颤抖，
婚宴大厅里笑语喧哗，没人认出是他，
那里宾客如云，醉酒豪饮，
彼得罗坐在厅里——一位天使在他身边，
费尔南多认识这个天使，即使在睡梦中，
这位天使也从来没有显得这样光彩鲜艳。
仅仅这一瞥，就让他知道，他曾拥有什么瑰宝，
就让他知道，他已永远把它失掉。

艾伯莉公主：

不幸的费尔南多！

王后：

这故事
已经说完了吧，骑士？——它
想必已经结束。

侯爵：

还没完全结束。

王后：

您不是

告诉过我们，费尔南多曾是你的朋友？

侯爵：

我再也没有比他更亲爱的朋友。

艾伯莉公主：

请您

把故事说下去吧！骑士。

侯爵：

故事变得非常悲惨——想起它

就重新激起我的痛苦。请允许我

不讲它的结尾——

（大家沉默无言）

女王（扭头对封·艾伯莉公主说）：

现在终于时间已到

我可以拥抱我的女儿。——

公主，请把她带到我这儿来。

（艾伯莉公主离去。侯爵向在后台出现的一个侍童示意，侍童立即离去。王后拆开侯爵交给她的信函，似乎感到惊讶。这时侯爵悄悄地非常恳切地和封·蒙德卡尔侯爵夫人谈话。——王后读了信，以探询的目光注视侯爵）

关于玛蒂尔德

您没有什么事情要向我们叙述？

也许她并不知道，费尔南多受了多少痛苦？

侯爵：

还没有人探究过玛蒂尔德的心——

可是伟大的心灵总是默默地受苦。

王后：

您转过头去张望？您的眼睛在找谁？

侯爵：

我心想，某个人若能处在我的地位，
不知会多么幸福。可是他的名字
我不能说出。

王后：

他不能呆在这里，
这又是谁的过错？

侯爵（活跃地插嘴）：

怎么？我能斗胆
像我所想的那样对此进行解释？——
倘若他现在出现，能否得到宽恕？

王后（吃了一惊）：

现在，侯爵，现在？您这是什么意思？

侯爵：

他可以希望——可以吗？

王后（越来越慌乱）：

您吓着我了，
侯爵——他总不会——

侯爵：

他已经在这里了。

第五场

〔王后。卡洛斯。

〔封·波萨侯爵和封·蒙德卡尔侯爵夫人向后台退去。

卡洛斯（跪在王后面前）：

　　这渴望已久的时刻终于来到，
　　请允许卡尔碰一下这只尊贵的手！——

王后：

　　这是什么样的一步——多么荒唐的行径，
　　大胆已极的意外行动啊！您快起来！
　　我们会被人发现。我的宫女就在附近。

卡洛斯：

　　我不起来，——我要在这里长跪不起。
　　我要像着魔似的跪在这里，
　　就像在这里扎根地底——

王后：

　　　　　　　　　　这个疯子！
　　我的仁慈竟使您做出这样大胆放肆的行动？
　　怎么？您可知道，您是在向王后，
　　在向母亲说出这样狂放的话语？
　　您知道——我要亲自
　　把这突然袭击
　　向国王——

卡洛斯：

　　　　　　　　　　我知道，我必死无疑！
　　叫人把我从这里直接拖到绞架上去！
　　在乐园里呆上片刻，
　　即使为此而死，也在所不惜。

王后：

　　那您的王后呢？

卡洛斯（站起来）：

伊丽莎白

上帝,上帝啊！我走——
我这就离开您。——既然您这样要求,
我怎能不走？母亲,母亲,
您多么可怕地戏弄着我！一个手势
半个眼色,您嘴里发出的一点声音
都可以命令我生或死。
您还要求发生什么事情？
倘若您愿意,在这阳光照耀之下,
还有什么,我不愿
立即为您牺牲？

王后：

您快走吧！

卡洛斯：

啊,上帝！

王后：

卡尔,我含着眼泪
向您提出的惟一请求,
便是——请您快走！趁我的宫中命妇——
趁我的狱卒还没有发现您和我在一起,
趁她们还没把这特大新闻传到您父王耳里——

卡洛斯：

我期待着
我的命运——不论是生是死。
怎么？我把全部希望
放在这绝无仅有的瞬间,它终于让我
在没有旁人的情况下见到了您,
而结果,虚假的恐惧又把我欺骗？
不,王后！地球可以

围绕两极旋转千回、百回，
这种恩宠再度出现全靠偶然的机会。

王后：

偶然的机会永远不会让这事再次发生，
不幸的人啊！您到底要我怎么办？

卡洛斯：

啊，王后，上帝可以作证
我曾经挣扎过，世上没有一人
像我这样挣扎，——王后，可是白费力气！
我的英雄气概已销蚀净尽。我已失利。

王后：

别再说这个了——为了我的安宁——

卡洛斯：

您曾属于我——当着全世界的面
由两个伟大的王室许配给我，
由上天和大自然许配给我，
可是菲利普，他从我手里把您抢夺——

王后：

他可是您的父王。

卡洛斯：

是您的丈夫。

王后：

他让您继承
世上最伟大的王国。

卡洛斯：

让您变成我的母亲。

王后：

伟大的上帝啊！您疯了——

卡洛斯：

他是否也知道，他多么富有？
他可有一颗善感的心，会珍惜您的心？
我不想抱怨，不，我想忘却，和您结合
我会变得多么幸福，难以名状的
幸福——但愿现在他也幸福。
可惜他并不幸福——这，这可是地狱的苦刑啊！
他并不幸福，永远也不会幸福。
你拿走了我的天国，只是为了
在菲利普国王的怀抱里把它毁掉。

王后：

令人憎恶的念头！

卡洛斯：

啊，我知道，
谁缔造了这门婚姻——我知道，
菲利普如何恋爱，如何求婚。
在这个王国里您又是谁？您不妨听听。
莫非是摄政女王？绝对不是！倘若
您是摄政，阿尔巴之流怎能恣意杀戮？
佛兰德斯怎么可能为信仰而流血牺牲？
怎么，还是说，您是菲利普的妻子？
不可能！我不能相信。妻子占有
丈夫的心——他的心又属于谁？
也许他在发烧热昏之际也会
流露出些许柔情，可他作为国王
和灰发老人不是又把这点柔情予以否定？

王后：

谁告诉您，在菲利普身边

我的命运值得悲叹？

卡洛斯：

是我的心，

它热切地感到，您若在我的身边

您的命运多么令人艳羡。

王后：

虚荣成性的男人啊！

倘若我的心说，我的情况正好相反呢？

倘若菲利普的充满敬意的柔情

和他寂静无声的表示爱情的语言，

远比他骄傲的儿子的放肆大胆的

如簧巧舌更加使我感动呢？

倘若一个老年人的深思熟虑的尊敬——

卡洛斯：

那就是另一回事——那么——是啊，请原谅我的鲁莽！

我以前不知道，您深爱国王。

王后：

我的心愿和我的欢欣便是对他尊敬。

卡洛斯：

那您从来没有爱过？

王后：

奇怪的问题。

卡洛斯：

您从来没有爱过？

王后：

我现在不再爱了。

卡洛斯：

因为您的心，因为您的誓言禁止您去爱？

王后：

请您离开我，王子，不要再来
进行这样的谈话。

卡洛斯：

因为您的誓言，因为您的心禁止您去爱？

王后：

因为我的本分禁止我——不幸的人啊，
为什么命运把我们悲惨地拆开，
而您和我不得不服从命运的安排？

卡洛斯：

不得不？
不得不服从？

王后：

怎么？您用
这样严肃的语气想说什么？

卡洛斯：

我想说
卡洛斯想做什么，就做什么，
他不会委曲求全，被迫行事，
倘若他别无他法，只有推翻法律，
才能成为最幸福的人，
他绝不会留在国内蒙受最大的不幸。

王后：

您的意思是？
您还抱着希望？一切，一切的一切
都已失去，您还敢心存希望！

卡洛斯：

除了死人我什么也没失去。

王后：

对我，对您的母亲，您还抱着希望？
(她久久地逼视着他——然后庄重而严肃地说道)
为什么不抱希望呢？啊，新王登基
可做的事岂止这一桩——他可以用烈火
把先王的法令消除殆尽，
可以把先王的塑像掀倒在地，
甚至可以——谁能阻止他呢——
从埃斯科里亚尔[①] 的陵墓，
把死者的尸骸遗骨拖出，
暴尸阳光之下，鞭尸扬灰，
最后，极有尊严地完成宏伟壮举。

卡洛斯：

看在上帝的分上，请您别说出口。

王后：

最后还娶母为妻。

卡洛斯：

该诅咒的儿子！
(他在那里僵立了片刻，无言以对)
是啊，现在完了。
现在彻底完了。——我清清楚楚地感到，
我将永远，永远处于迷雾之中。
您对我来说已经逝去，消失，
永远消失！现在已经尘埃落定。
我已失去您。——啊，感到这点
我如堕地狱——感到能占有您

① 马德里近郊的修道院，西班牙列代君王的陵寝所在地。

也如堕地狱。——天哪！我无法理解，
我的神经开始撕裂。

王后：

可怜的亲爱的卡尔！我感觉到——
我完完全全地感到这无名的痛苦，
它此刻在您胸中激荡起伏
您的痛苦犹如您的爱无边无际。
可是战胜痛苦的荣誉也无边无际犹如您的痛苦。
争取这荣誉吧，年轻的英雄。
这荣誉的代价配得上这个崇高坚强的战士，
配得上这个年轻人，王室列祖
列宗的美德在他心头迸涌。
振作起来，高贵的王子。——别人的子弟
丧失勇气，就此消沉，卡尔大帝的孙子
又重新开始搏斗，开始新的进攻。

卡洛斯：

太晚了！啊，上帝，现在已为时太晚！

王后：

无法做个男子汉？
啊，卡尔，倘若我们在身体力行美德时
为之心碎，我们的美德将会多么伟大！
上天现在把您——王子——置于您
其他数百万兄弟之上。
上天偏心，把从别人那里取走的东西，
给与他的宠儿，几百万人在问：
这个在娘胎里就比我们尊贵的人，
是否真比我们高贵？
起来，拯救上天的公正！

竭力成为众人的表率,
做出别人无法做出的牺牲!

卡洛斯:
这我也能办到。——为了赢得您,我有巨人的神力,
而让我失去您,我毫无力气。

王后:
您得承认,卡洛斯——
您这样强烈地渴望得到您的母亲,
是出于对抗的心理,傲气和愤怒,
您这样不加节制地奉献给我的爱和心灵,
属于您日后将要统治的那些国度。
您瞧,您在恣意挥霍
您的被监护人托付给您的财富。
爱情是您的伟大的力量。迄今为止,
它一直错误地投向您的继母。
请您,啊,请您把它带给您未来的国度,
请您感受到充当上帝的快活,
而不会受到良心的折磨。
伊丽莎白[1] 曾是您的初恋情人。让西班牙
成为您的第二个恋人!善良的卡尔,
我多么乐意让位给您更好的恋人!

卡洛斯(内心激动,扑倒在王后脚下):
您是多么伟大啊,啊,天仙!——是的,您所要求的
一切,我都照办。——除非!
(他站起来)
我现在置身于全能上帝的手中,发誓——

---

① 王后名叫伊丽莎白。

向您宣誓,发誓永远——
啊,苍天啊,不行!我只发誓永远缄默,
但不能永远忘怀。

王后:

我怎么能
向卡洛斯要求我自己
也不愿做的事情?

侯爵(从林阴道急步上):

国王驾到!

王后:

上帝啊!

侯爵:

快走,
快离开这里,王子!

王后:

他怀疑成性,
非常可怕,他若看见您——

卡洛斯:

我不走!

王后:

那么谁将成为受害者?

卡洛斯(拉住侯爵的袖子):

走,走!
走吧,罗德里希!
(他走了,又一次踅回)
我可以带走什么?

王后:

您母亲的友谊。

卡洛斯：

友谊！母亲！

王后：

以及来自尼德兰的眼泪。

(她给他几封信。卡尔和侯爵下。王后不安地寻找她的宫廷贵妇们，可一个也看不到。她正要向后台走去，国王上)

第六场

〔国王。王后。阿尔巴公爵。勒尔玛伯爵。多明各。几位贵妇和贵族，他们留在稍远处。

国王(非常惊奇地环顾四周，沉默半晌)：

我看见了什么情形？您在这里？就您独自一人，夫人？
连一个随行的贵妇也没有？
我真奇怪——您的女伴都在哪里？

王后：

我无比仁慈的夫君——

国王：

为什么独自一人？

(向随从)

这种不可饶恕的失职行为，
必须严加追究，向我禀报。
谁在王后身边当差伺候？
今天该轮到谁服侍王后？

王后：

啊，我的夫君，请您息怒——这都是
我自己的失误，——艾伯莉公主走开

是按照我的吩咐。

国王：

按照您的吩咐？

王后：

让她去叫宫廷侍女，

因为我思念公主。

国王：

于是就把随从支开？

但是这只能开脱第一个贵妇。

第二个贵妇又在何处？

蒙德卡尔（这时已经回来，混在其余的贵妇当中，她走了出来）：

陛下，

我觉得我应该受到惩罚——

国王：

为此

我给您十年时间，

让您远离马德里去好好反思。

（侯爵夫人眼泪汪汪地退下。人们鸦雀无声。周围所有的人都惊慌失措地望着王后）

王后：

侯爵夫人，您哭谁呢？

（对国王）

倘若

我有过失，我无比仁慈的夫君，

那么这个王国的王冠也丝毫不能使我

免于感到羞愧，我自己从来没有

伸手去攫取这顶王冠。

在这个王国里是否有条法律，

菲利普二世

要求君王的公主上堂接受审判？
是不是只有强制的压力看管着西班牙的女人？
难道除了美德还有别的证人来保护她们？
现在请原谅，我的夫君——我不习惯
让那些快快活活地为我效劳的人，
流着眼泪离我而去。——蒙德卡尔！
（她解下自己的腰带，交给侯爵夫人）
您惹得国王陛下动怒——并没有惹我生气——
因此请您接受这纪念品，纪念我的恩宠，
和这一时辰。——离开这个王国——
您只在西班牙犯下了过错；
在我的法兰西人家会以欢乐拭去
这样的眼泪。——啊，难道非要这样永远提醒我？
（她靠在宫廷女总管身上，以手掩面）
在我的法兰西可不是这样。

国王（略为有些感动）：
　　　　　　　　我因为爱您
做出责备竟会使您难受？
我出于柔情关切说出的话，
竟会使您哀愁？
（他转身向着显贵们）
我的满朝文武都在这里。
我可曾有过一次闭目安息？
我不是每天晚上都在盘算
直到最遥远的海角天涯，
我子民的心在如何搏击？
我不是理应担心我的宝座，
甚于担心我的爱妻？——

我的宝剑可以担保我的子民
而——阿尔巴公爵:只有这只眼睛
关注我妻子的爱情。

王后:

倘若我
伤害了您,我的夫君——

国王:

我号称
基督教世界最大的富翁;
在我的国境之中,太阳永不坠落——
但这一切另外一人已经拥有,
在我身后也另外有人会继续享受。
可这是我独自所有。国王所有的财富
全都属于幸运——伊丽莎白则属于菲利普。
就是这点可以使我致命。

王后:

陛下,您担心?

国王:

该不担心这满头灰发?
我一旦开始担心,
也就不复害怕——
(对显贵们)

我数了数
我的满朝显贵,惟独不见第一号人物。
我的太子,唐·卡洛斯现在何处?
(无人回答)

我觉得
唐·卡洛斯这个孩子变得可怕起来。

自从他从阿尔卡拉大学[①] 回来
他就躲着我,不和我见面。
他有满腔热血,为何目光这么寒冷?
举止这样得体,这样庄重?
你们得提高警惕。这点我奉劝诸位爱卿。

阿尔巴公爵:

　　　　　　　　我很警惕。
只要有颗心在这铠甲里面跳动,
唐·菲利普可以高枕无忧,安然入睡。
犹如上帝的天使守住天国的大门,
阿尔巴公爵守卫着陛下的王位。

勒尔玛伯爵:

　　　　　　　　我是否可以
斗胆对万王中最有智慧的国王
谦卑地提出异议?——我对我王陛下
深怀敬意,不愿对太子殿下
这样迅速这样严峻地做出判断。
我很担心卡洛斯炽热的鲜血,
可是对他的心不存任何畏惧。

国王:

　　　　　　　　封·勒尔玛伯爵,
您说得精彩,旨在奉承当父亲的人,
国王的支柱将是公爵——
对此不要再作议论——
(他转身向着他的随从)
　　　　　　　现在我赶往马德里,

① 唐·卡洛斯曾在该学校学习。

我的国王的职务召唤我前去。
异教的瘟疫传染了我的子民，
在我的尼德兰暴乱正在发生。
现在已到生死关头。令人怵然警醒的范例
该使这些迷失方向的人幡然悔悟。
基督教世界所有的君王发的重誓，
我明天将要付诸执行。
血腥的法庭应该史无前例地严峻；
我的满朝文武都已庄严地受到邀请。
（他扶着王后下，其余的人随下）

第七场

〔唐·卡洛斯，手里拿着几封信。封·波萨侯爵。二人从相反的方向上。

卡洛斯：
　　我已下定决心。应该把佛兰德斯拯救。
　　她要我这样做——这就已经足够。
侯爵：
　　　　　　　　　　现在也已到
　　刻不容缓的时候。据说
　　封·阿尔巴公爵已在御书房
　　被任命为当地总督。
卡洛斯：
　　　　　　　　　　　　我明天
　　马上要求觐见我的父王，
　　我要求他把这个职位给我，

这是我大胆向他提出的第一个请求。
他不会拒绝我。他早就
不喜欢在马德里看见我。
这是求之不得的藉口,把我远远支走!
罗德里希,要我向你坦白?——
我还希望得到更多——
也许和他面对面
我能重新恢复他的恩典。
他还从来没有听见过父子亲情的
声音——让我试试,罗德里希,
这声音在我嘴里能有什么效应!

侯爵:

现在我终于又听见了我的卡洛斯的声音,
现在您又变成了您自己。

第　八　场

〔前场人物。勒尔玛伯爵。

勒尔玛伯爵:

国王陛下
刚刚离开阿朗胡哀兹。
我接到命令——

卡洛斯:

行了,勒尔玛伯爵,
我和国王同时抵达。

侯爵(作势要离开。颇讲礼仪地):

太子殿下,

没有别的任务要我去办?

卡洛斯:

没有了,骑士。我祝您到达马德里时
交上好运。您还有一些
关于佛兰德斯的事要告诉我。
(对还在待命的勒尔玛说。)
我马上就来。
(勒尔玛伯爵下)

第九场

〔唐·卡洛斯。波萨侯爵。

卡洛斯:

我已明白你的意思。
谢谢你。可是只有在第三者
在场的情况下,才有拘泥礼节的理由。
我们难道不是兄弟?——这种讲究官衔
爵位的滑稽戏,今后将从你我之间赶走!
请对你自己说,我俩参加了一场
假面舞会,你身穿奴隶的破袄,
而我由着性子披上了君王的紫袍。
只要狂欢节持续一天,
我们就一天不戳穿这个谎言,
忠于我们的角色,装出可笑的严肃神情,
绝不破坏大伙儿甜蜜的陶醉心情。
可是卡尔向你频使眼色透过假面,
而你走过时握一下我的手,

我俩心照不宣。

侯爵：

这个美梦妙不可言，
可是它会永不消散？我的卡尔
对他自己就这样心里有底，
能抗拒那漫无限制的王权的魔力？
将要到来另一个伟大的日子，——
在这一天，这英雄的思想——我要提醒您——
将经受不起严重的考验，就此消失。
唐·菲利普驾崩归天。卡尔继承了
这基督教世界最为庞大的王国。——
在一般凡人和他之间便出现惊人的裂痕，
昨天他还是人，今天便成了神。
此时他已不再有任何缺点。永恒的本分
对他来说已沉默无语。人类——
今天在他耳际依然还算神圣——
将自己出卖，在他们的偶像四周爬行。
他对苦难的同情渐渐泯灭，
在狂欢之中，他的美德开始疲惫，
秘鲁献上黄金，供他纵情疯狂，
他的宫廷为他召来魔鬼，让他犯罪。
他的奴隶诡计多端地在他四周创造了天国，
在这天国里他欣然陶醉，沉沉入睡。
他的神性如同他的迷梦持续长久——
那个出于同情把他唤醒的疯子，可就倒霉。
那么罗德里希怎么办呢？——友谊
真实而又大胆——患病的国王陛下
经受不住这友谊的可怕的光华。

您会受不了市民的执拗，
我会受不了君王的倨傲。

卡洛斯：

　　　　　　你描绘的
君王的肖像真实而又可怕。不错，
我相信你。——可是只有纵欲狂欢
才向罪恶敞开它的心扉。——我还
纯洁无瑕，是个二十三岁的青年。
在我之前有成千上万的人在温柔乡里
荡魄销魂，浪费掉精神的最好部分，
那男子汉的精力，
我却把它留给未来的君主。
如果不是女人，
有什么能把你从我心里驱逐？

侯爵：

　　　　　　　　　是我自己。
如果我非怕你不可，卡尔，我怎么
还可能这么发自肺腑地爱你？

卡洛斯：

　　　　　　这永远也不可能发生。
难道你需要我？你有激情去向宝座乞求？
莫非黄金对你还有刺激？
你这臣仆比我这国王更加富有，
你难道贪恋名誉？
你年纪轻轻便已
享受盛誉——你已拒不接受美名。
我们当中究竟谁欠谁的人情，
谁是谁的债主？——你无话可说？

你在诱惑面前浑身哆嗦？
你对自己并不更有把握？

侯爵：

好吧！我让步。
这里是我的手。

卡洛斯：

做我的朋友？

侯爵：

永生永世。
做最大胆意义上的朋友。

卡洛斯：

今天对王太子这样忠心耿耿热情满怀，
以后对国王也是如此？

侯爵：

我向您发誓。

卡洛斯：

当阿谀奉承的蛆虫
包围我那毫无防范的心，——
当这只曾经哭泣过的眼睛
不会再流淌眼泪——当这只耳朵闭紧，
不再倾听哀告，你也愿意无畏地守护
我的德行，强劲有力地把我抓住，
用伟大的名字呼唤我的精神？

侯爵：

我愿意。

卡洛斯：

现在还有一个请求！让我们
互相称“你”，我一直羡慕你们这些人，

享有这种特权互相亲近。
兄弟之间互相称“你”我感到悦耳动听，
让我的心甜蜜地预感到平等。
——不要反驳——你想说什么，我已猜到。
我知道这对你来说只是小事一桩——可是对我，
对于国王的王子，这可意义深长。
你可愿意做我的兄弟？

侯爵：

做你的兄弟！

卡洛斯：

现在去见国王！
我现在再也无所畏惧——和你手挽着手，
我要挑战我的世纪。
（他们同下）

第　二　幕

〔马德里的王宫。

第　一　场

〔菲利普国王坐在宝座的华盖之下。封·阿尔巴公爵戴着帽子和国王保持一定距离。卡洛斯。

卡洛斯：

王国的国务优先。卡洛斯
乐于等在大臣后面。您是为国事
启奏陛下——我是国王的儿子。
（他鞠了一躬，侧身退下）

菲利普：

公爵留下，太子可以启奏。

卡洛斯（转身向着阿尔巴）：

那我就要请求公爵大人见谅，
让我单独觐见国王。
您也明白，做儿子的会有
一些心里话禀告父亲，
不宜于让第三者旁听。国王陛下
也许并不在乎您在一旁——我只希望

这短暂的时刻单独拜见父王。

菲利普国王：

这里站着的是国王的朋友。

卡洛斯：

我是否也可以

认为公爵是我的朋友？

菲利普：

你曾愿意和他结交？——有些儿子择友

比父亲更为高明。这种儿子

不称我心。

卡洛斯：

阿尔巴公爵

有骑士的傲气，能听这样的争论？

我只要活一天，我向上帝发誓，

绝对不愿扮演那个不识相的人，

恬不知耻不召自来，夹在父子之间，

充分意识到自己卑微渺小，

却不得不被迫站在旁边，——

即使给我一顶王冠——我也不干。

菲利普（离开他的座位，愤怒地瞥了王子一眼）：

您下去吧，公爵。

（公爵走向卡洛斯刚才进入的那扇门，国王指着另一扇门）

不是这里，到御书房去，

等我召您。

第二场

〔菲利普国王。唐·卡洛斯。

卡洛斯(等公爵一离开房间,便走向国王,在他面前跪下,表现出感情分外激动):

现在我的父亲又回来了,
现在您又是我的父亲,为了这份恩典,
我感激万分,——请给我您的手,我的父亲。——
啊,甜蜜的日子!——您已经好久没有
赐给您的儿子这样的欢乐,给他一吻。
为什么您这么长久把我从您心里推开,父亲?
我到底做了什么事情?

菲利普:

太子,你的心并不擅长这种演技。
免了吧,我不喜欢这套把戏。

卡洛斯(站起来):

过去就是这样!
我听出了您的廷臣的声音——我的父亲,
凭着上帝起誓,神父的高见
神父的走卒们说的一切,
并非全是金玉良言。
我并非逆子,我的父亲——我的恶行
只是热情奔放,我的罪过只是年轻气盛。
我并非逆子,真的不是——尽管我心头
常常泛起狂野的冲动,
我的心善良纯净——

菲利普:

你的心是善良纯净,这我知道,
就像你的祈祷。

卡洛斯:

现在机会难得！——我们父子单独相见。
礼仪的屏障亘在我们父子之间
令人心悸，如今已经塌陷。
现在机会难得！在我心里
升起一道希望的阳光，一种甜蜜的
预感掠过我的心上——整个天国
连同一群群欢快的天使直往下降，
三位一体的上帝充满了感动，
注视着这伟大美好的一场！——我的父亲！
请您和解！
（他跪倒在父亲脚下）

菲利普：

放开我，起来！

卡洛斯：

请您和解。

菲利普（想从卡洛斯手里挣脱）：

这场把戏我觉得过于嚣张——

卡洛斯：

过于嚣张
你孩子对你的爱？

菲利普：

一脸眼泪？
看上去真失身份！——快给我走开。

卡洛斯：

现在机会难得！——言归于好吧，父亲！

菲利普：

别让我
看见你！给我打了败仗，

蒙受羞辱地回来,却要我
张开双臂欢迎你——
这样我就把你唾弃!——怯懦的罪过
单单只在这种泉水里可耻地洗涤。
谁若悔恨时不满脸羞红,
永远少不了后悔莫及。

卡洛斯:

这人是谁?
这个陌生人通过什么误会
竟跑到这里找我们这些人类?——
人类永恒的证书是眼泪;
他的眼睛干而无泪,他不是女人所生——
啊,请您迫使这从未被泪水沾湿的眼睛,
及早学会流泪,否则——
否则您在一个严峻的时候
还不得不补学流泪。

菲利普:

你打算用花言巧语来动摇
你父亲沉重的疑虑?

卡洛斯:

疑虑?
我要消除它,消除这疑虑——
我要在父亲的心上攀附偎依,
我要用尽全力扯动父亲的心,
直到从这颗心上剥落那岩石般
坚固的怀疑。——那些人
都是谁?使我把父王的恩宠尽丧,

这个僧人[①] 用什么顶替儿子给我父王？
阿尔巴能为这父亲失去儿子以后的
生活提供什么作为补偿？
您要爱？——这个胸膛
迸涌着爱的源泉，比浑浊污秽的容器里
所盛的更为炽热，更为鲜亮。而这些容器
菲利普国王先得用黄金才能开启。

菲利普：

放肆的小子，
住口！——你胆敢污蔑的这些人，
都是我亲自遴选，久经考验的奴仆，
你要尊敬他们。

卡洛斯：

绝不可能！
我了解我自己。你的阿尔巴们所做的事，
卡尔也能做到，卡尔还能做得更多。
雇来的用人怎么过问王国的安危福祸？
他们永远也不会拥有这个王国。他们
哪会关心菲利普国王的灰发染上了白霜？
您的卡洛斯会爱您。——想到孤孤单单，
独自一人坐在这宝座之上，
我感到不寒而栗，暗自惊惶——

菲利普（为这句话所打动，沉思地站在那里，想着心事，过了一阵）：

我孤独一人。

卡洛斯（情绪活跃，充满温情地向国王走去）：

您曾经是孤独一人。您若不再恨我，

① 指多明各神父。

我就要像孝子一样热情满怀地爱您，
只要您不再恨我。——感到一个美好的心灵
在崇拜我们，知道我们的快乐
也会使别人的面颊泛起红晕，
我们的惊恐也会使别人的胸脯颤抖不已，
我们的痛苦也会使别人的眼睛充满泪水，
这是多么使人欢欣鼓舞，多么使人感到甜蜜！——
手拉手地和一个亲爱的备受疼爱的儿子一起，
重新快步走过青年时代铺满玫瑰的
路径，再一次重温人生的美梦，
这是多么美好，多么曼妙绮丽！
在儿子的美德里延续生命，得以不朽，
做出义举善行造福几个世纪，
这是多么宏伟壮丽，甘之如饴！播种耕耘，
让自己的爱子日后去收获，辛勤积聚，
让它们在儿子手中繁茂滋生，
预感到他会如何深深感激慈父的恩德，
这是何等美妙的境地！——我的父亲，
关于这个人间天堂，您的那些僧人
非常明智地缄口不语。

菲利普（并非未受感动）：

啊，我的儿子，
我的儿子！你自己否定了自己。你非常迷人地
描绘了一种幸福，——你可从未把它放在我手里。

卡洛斯：

无所不知的上帝可以判定！——是您自己，
是您把我逐出父亲的心，
禁止我参与您的朝政。直到现在

直到今天——啊，这样做对吗？这公正吗？
直到现在，我这西班牙的储君，
在西班牙还不得不成为一个陌生人，
我日后将成为主人之处，不得不成为一名囚徒。
这是否公正？是否仁慈？——啊，有多少次
有多少次，我的父亲，当外国君王的使臣，
当各种报刊向我报导阿朗胡哀兹
宫廷里最新的消息时，
我满面羞惭地垂下眼睛！

菲利普：

你血管里热血迸涌，情绪激烈，
你只会破坏一切。

卡洛斯：

　　　　　　　　您让我
去破坏吧，父亲，——我血管里
热血涌流——已经二十三年之久，
我还没有建立任何功勋，谋求永垂不朽！
我已醒来，我感到了自己的使命。——
呼唤我登上国王宝座的喊声，
像债主似的把我从迷梦中唤醒，
我青年时代浪费的所有时光像荣誉的债务，
向我大声提醒。那宏伟美妙的瞬间
已经来临，它终于要我
把这崇高代价的利息偿还：
世界历史、列祖列宗的荣誉，
和谣言的雷鸣般的号角在把我呼唤。
现在是时候，我该开启荣誉的光荣栅栏。
——我的父王，是否允许我斗胆

提出一个请求？我就是为此
前来觐见。

菲利普：

　　　　还有一个请求？
准你启奏。

卡洛斯：

　　　　布拉班特发生暴乱，
形势逼人。反叛者的顽固
需要给以坚强聪明的反击。
为了平息这些痴迷者的怒气，
公爵要率领军队前往佛兰德斯前线，
拥有陛下赋予的生杀大权。
这项职务是多么光荣，多么适合于
把您的儿子引入荣誉的神殿！——
我的父王，请您把这支军队
交我指挥。尼德兰人热爱我；
我斗胆冒昧用我的鲜血生命
担保他们的一片忠心。

菲利普：

你说起话来像在做梦。这个职务
要交给一个成年男子而不是交给青春少年——

卡洛斯：

只该交给一个人，父亲，恰恰这一点
阿尔巴从来也没做到。

菲利普：

只有恐怖才能平息叛乱，
仁慈就是疯狂。——你的心灵柔弱，
我的儿子，公爵人人惧怕——

放弃你的请求吧。

卡洛斯:

请您派我

率领军队前往佛兰德斯,您不妨

对我柔弱的心灵冒冒风险。

王子的名字将飞在军旗之前,

单凭这个名字就会使那里的叛逆者臣服,

而阿尔巴公爵的刽子手只会到处肆意蹂躏。

我现在向您提出这一请求双膝跪下。

这是我平生第一次提出的请求——父亲,

请把佛兰德斯托付给我吧!

菲利普(以逼人的目光端详太子):

用我

最优秀的部队来满足你的统治野心,

交给我的凶手这把利刃?

卡洛斯:

啊,我的上帝!

我没有达到任何目的,这就是我

早就乞求的伟大时刻的成绩?

(沉思片刻,情绪缓和下来,恳切地说)

请您更加柔和地回答我!

别这样把我打发走! 我不愿

带着这样难堪的回答被您遣走。

不愿心情沉重地被您支走,

请您对我更为仁慈。这是我

迫切的需要,是我最后一次

拼命的尝试——我的一切,

一切的一切您全都拒绝,我不能理解,——

我不能像男子汉似的坚毅地承受。
现在您让我离开您。我从您的面前走开,
我的请求没有被您俯听,
千百个美好的预感全都成为泡影——
现在您的儿子倒地哭泣。您的阿尔巴,
您的多明各将高奏凯歌,洋洋得意。
在您庄严地听我禀告时,满朝文武
全都震惊,朝中显贵浑身颤抖,
一伙僧侣全犹如罪人,脸色苍白。
请您别让我蒙受羞辱!父亲,请您别给我
这样致命的创伤,别让我成为
这批宫廷宵小放肆嘲弄的对象,
以致陌生人沐浴您的恩典,
而您的卡洛斯却一无所获。
请派我带兵前往佛兰德斯,
从而证明您愿意器重我!

菲利普:

不要重复
这句话,别招致你国王的愤怒!

卡洛斯:

我甘冒激怒陛下的危险,最后再请求一次——
请把佛兰德斯托付给我。
我应该离开西班牙,必须离开西班牙。
我呆在这里是苟延残喘,在刽子手的手下——
马德里的苍穹沉重地压在我的头上,
仿佛意识到有人要加害于我。只有迅速地
改变环境才能使我痊愈。
您若愿意救我——请您毫不迟疑地

把我派到佛兰德斯去。

菲利普(勉强保持从容不迫的神气):

我的儿子,

像你这样的病人需要良好的护理,

呆在医生的眼皮底下。你留在

西班牙;阿尔巴公爵前往佛兰德斯。

卡洛斯(发作起来):

啊,各路善良的神灵,现在请保护我!

菲利普(往后退了一步):

住口!

你这副神气是什么意思?

卡洛斯(声音颤抖):

父亲,

您坚持这个决定,不可改变?

菲利普:

君无戏言,这是国王的旨意。

卡洛斯:

我的事就此结束。

(情绪激动地下)

第　三　场

〔菲利普一时心情阴郁陷入沉思。最后他在大厅里来回踱了几步。阿尔巴窘迫地走近国王。

菲利普:

您随时等候命令,

前往布鲁塞尔。

阿尔巴：

一切都已

准备就绪，国王陛下。

菲利普：

您的委托状

已经封好，放在御书房。

与此同时去拜别王后，

并向太子辞行。

阿尔巴：

我方才看见他离开大厅，

一副怒气冲冲的神情。

国王陛下您自己也很激动，

似乎情绪激烈深受触动——

也许是由于谈话的内容？

菲利普（来来回回走了几步）：

谈话的内容

就是阿尔巴公爵。

（国王的眼睛直瞪着阿尔巴，神色阴沉）

——我很乐于听说，

卡洛斯憎恨我的谋臣；

可是我恼火地发现，他轻视他们。

阿尔巴（脸色大变，正想发作）

菲利普：

现在不要做出任何回答。我允许您

和王子和解。

阿尔巴：

陛下！

菲利普：

您说：

是谁第一次警告我，要注意

我的太子邪恶的阴谋？

我那时听了您的一面之词，没有听他说话。

我愿意冒险试验一下，公爵。从今以后，

卡洛斯更加挨近我的宝座。下去吧！

（国王走进御书房。公爵从另一扇门下）

第　四　场

〔王后寝室的一间前厅。

〔唐·卡洛斯与一名侍童一面谈话一面走进中间的门。聚集在前厅里的宫廷侍臣，在王子进来时纷纷退向附近的几个房间。

卡洛斯：

有封信给我？——这把钥匙干什么？

这两样东西都这样神秘兮兮地交给我？

走过来点！——你在什么地方接到这些东西？

仆童（神秘地）：

这位贵妇

向我暗示，她宁可让您猜她是谁，

不愿让我对她加以描绘——

卡洛斯（怵然一惊）：

一位贵妇？

（说着仔细端详这个侍童）

什么？——怎么？——你到底是谁？

侍童：

王后的

一名侍童——

卡洛斯(惊惶地向他走去,捂住他的嘴):

你不要命了。住口!我知道了。

(他急忙扯开信上的封印,走到大厅尽头看信。这时阿尔巴公爵上,从王子身旁走过,走进王后内室,未被王子觉察。卡洛斯开始浑身猛烈颤抖,脸色时而发白,时而发红。看完信后,僵立半晌,一言不发,目光死盯着信。——最后他转身向着侍童)

是她亲自把信交给你的吗?

侍童:

是她亲手交给我的。

卡洛斯:

是她亲自把信交给你的?——啊,别戏弄我!

我还从来没有读过她亲笔写的片言只字,

我不得不信任你,倘若你能发誓。

若是谎言,请你向我坦率地直说。

千万别戏弄我。

侍童:

戏弄谁?

卡洛斯(又看一下信,仔细观察侍童,一脸狐疑、探究的神气。在大厅里又走了一圈之后,问道):

你的父母全都健在?是不是?你父亲

为国王陛下服役,是本国的臣民?

侍童:

我父亲在圣康坦① 阵亡,

是萨伏依公爵② 麾下的一名骑兵上校,

① 一五五七年西班牙、尼德兰联军和法军在法国北部的圣康坦激战,法军败北。

② 萨伏依公爵当时指挥西班牙军队。

名叫阿隆佐·封·埃纳雷斯伯爵。

卡洛斯(拉住侍童的手,意味深长地凝视着他):

这封信是国王陛下交给你的吧?

侍童(委屈地):

王子殿下,

我应该受到这样的怀疑吗?

卡洛斯(读信):

“这把钥匙

打开王后亭阁的后室。

最外面的一间房间

从旁连接一间秘密小屋,

还没有一个窃听者到过此处。

在这里爱情可以无拘无束地表达心声,

长久以来它只敢眉目传情。

胆小怕事的情郎在此可以敞叙衷肠。

拘谨忍耐的恋人会得到优厚的奖赏。”

(似乎从昏迷中惊醒)

我没有做梦——我没有发狂——这是

我的右臂——这是我的宝剑——这是

写在纸上的字母。这是千真万确的事情,

有人在爱我——有人,是的,有人,

有人在爱我!

(他忘乎所以地冲过房间,双臂伸向天空)

侍童:

那么您就来吧,我的王子,我给您引路。

卡洛斯:

先让我平静一下。——这幸运使人惊慌,

我不是还在浑身颤抖?

我曾经这样高傲地抱过希望？我曾经
敢于这样梦想？这样迅速地习惯于
变成神的人，他在哪里？——
我曾经是谁？我现在又是谁？天变了样，
太阳也变成另一个太阳，和先前
已完全不一样——她爱我！

侍童（想把他带走）：

王子，王子殿下，这儿可不是地方——您忘记了——

卡洛斯（浑身突然僵硬）：

忘了国王，忘了我的父亲！
（他垂下双臂，怯怯地环顾四周，开始控制住自己）
这真可怕——
是的，一点不错，朋友。谢谢你，我刚才
有点神不守舍——我得深藏不露，
把欢乐尽量深埋在我内心深处，这真是恐怖。
（抓住侍童的手，把他带到一边）
你听见了吗？凡是你所看见的，没有看见的，
都要像口棺材似的深深地埋在你的心里。
现在你走吧。我要平静一下。走吧。
不能让人家在这儿看见我们。走吧——

侍童（欲下）

卡洛斯：

可是等一等！听我说！——
（侍童走回来。卡洛斯把手放在他的肩上，神情严肃庄重地直视着他的脸）
你带走了一个可怕的秘密，
它像那些剧烈的毒药一样，
会炸碎存放它的容器。——

好好控制住你的面部表情。连你的
头脑也永远不要知道你藏在胸中的东西。
你要像那阒无生气的传声筒,接住声音
又传出声音,自己却什么也都不听。
你是个男孩,——永远做个孩子,
继续扮演快活的男童的角色——
这聪明的写信人多么善于
挑选一个爱情的信使!
国王不会寻找噬人的毒蛇于此。

侍童:

我,我的王子,我甚至比国王陛下
多知道一个秘密,
我将为此感到自豪得意——

卡洛斯:

虚荣心盛的小傻瓜,
你必须为此而浑身战栗呢。——
我们若在公开的场合相遇,你必须
羞怯腼腆地走近我,一副卑躬屈膝的样子。
千万不要受到虚荣心的诱惑,
挤眉弄眼,表示太子对你如何仁慈。
我的孩子,你不可能犯出罪过
比讨我喜欢更为严重。——不论以后
你有什么消息要传递给我,
千万别用文字,不要诉诸言语;
你的消息千万不要采用
表达思想的普通途径。
用睫毛说话,用手指示意;
我则用目光来听你说话。我们身边的

空气,灯光都是菲利普的走卒,
四周沉默无言的墙壁也都为他服务——
有人来了——
(王后的房门打开,封·阿尔巴公爵走出房来)
快走! 再见!

侍童:
王子,
您千万别找错了房间!(下)

卡洛斯:
来的是公爵,——别火,别生气! 现在好了!
我已控制住自己。

第五场

〔唐·卡洛斯。封·阿尔巴公爵。

阿尔巴公爵(拦住卡洛斯的去路):
说两句话,王子殿下。

卡洛斯:
行——好啊——下一次谈吧。
(欲下)

阿尔巴公爵:
当然这个地方
似乎并不是最为合适。太子殿下,
您也许更喜欢在自己的房里
俯听我说的话?

卡洛斯:
为什么? 这儿也一样可谈。——

只不过请快些，请尽量简短——

阿尔巴公爵：

其实我到这儿来的目的
乃是为了某件事向殿下
表示卑微谦恭的谢意——

卡洛斯：

谢意？
向我表示谢意？为什么？阿尔巴公爵表示谢意？

阿尔巴公爵：

因为，殿下刚刚离开王上的房间，
陛下就向我降旨，
派我前往布鲁塞尔。

卡洛斯：

布鲁塞尔！这样！

阿尔巴公爵：

除了太子殿下在陛下驾前
仁慈地把我推荐，
我还能把这归于谁呢？——

卡洛斯：

我？
根本就不是我——的的确确不是我。
您起程出发——愿上帝与您同在！

阿尔巴公爵：

别无其他吩咐？
这使我感到惊讶。——我到佛兰德斯去，
殿下就别无其他事情向我托付？

卡洛斯：

其他什么事？在那儿有什么事？

阿尔巴公爵：

可是不久前

这些地方的生死存亡

似乎都要求唐·卡洛斯亲自前往。

卡洛斯：

怎么说？

是呀——对——过去是这样——现在这样

也很好，相当好，这样更好——

阿尔巴公爵：

我听着，不胜惊讶——

卡洛斯（不无嘲讽地）：

您是

一位伟大的将军——这点谁人不知，哪个不晓？

想必是嫉妒引起这风言风语。我——我是个

年轻人，气盛年少。国王陛下

也这样认为。陛下说得很对，很对。

我现在也看到了这点，我心情愉悦，

好了，不谈这个话题。祝您一路顺利。

我现在如您所见，全然——我现在正好

杂事纷繁——其他的问题

明天再谈，或者等您什么时候想谈，

不然等您从布鲁塞尔回来——

阿尔巴公爵：

怎么？

卡洛斯（沉默片刻，他发现，公爵一直呆在那里）：

您带去美好的季节。——您将路过

米兰、洛林、布艮地，和德国

——途经德国是吧？——好，在德国

大家全都认得您![1] ——我们现在正是四月；
五月——六月——到七月，完全正确，
最晚到八月初，
您就抵达布鲁塞尔。啊，我不怀疑，
我们将很快会听到您出师大捷的消息。
您一定会以行动证明，
配得上我们对您的信任。

阿尔巴公爵（意味深长地）：

　　　　　　　　　就凭我
充分意识到自己卑微渺小，能不辜负您的信任？

卡洛斯（沉默片刻，尊严而高傲地）：

您敏感了，公爵大人——您有理由多心。
我必须承认，过去我很少顾虑
动用武器向您进攻，
而您无法向我还击。

阿尔巴公爵：

　　　　　　　　　我没法？——

卡洛斯（微笑着向他伸出手去）：

　　　　　　　　　可惜
我恰好现在没有时间，和阿尔巴
体体面面地决斗一番。
下一次吧——

阿尔巴公爵：

　　　　　　　王子殿下，我俩全都计算错误。
各自按照不同的方法计算。

① 阿尔巴作为卡尔五世的统帅参加过在德国进行的施马尔卡尔登战争（1546—1547），并以其在该战争中的残暴闻名。此处卡洛斯语含讥讽。

譬如您，您发现自己已在二十年后，
而我又同样把您看成二十年前。

卡洛斯：

什么意思？

阿尔巴公爵：

我忽然想到，国王陛下
在他美丽的葡萄牙王后①，
您的母亲身边，度过美好的良宵，
他宁愿把多少这样温馨的夜晚放弃
来为他的王冠赢得这样一条手臂？
他想必知道，君王传宗接代
远比王国世代延续
更为容易——给世界提供
一个国王，要比给国王
提供一个世界更加麻利。

卡洛斯：

非常正确！
不过，阿尔巴公爵？不过——

阿尔巴公爵：

多少鲜血，
您的子民得把多少鲜血抛洒，
才能使两滴精血把您变成国王陛下。

卡洛斯：

非常正确，上帝在上——用两句话
就把建立功勋者的高傲和幸运之子
的傲气互相对立。——可是起何作用？

① 唐·卡洛斯的生母为葡萄牙公主。

阿尔巴公爵,起何作用呢?

阿尔巴公爵:

真该可怜

那摇篮里稚嫩的儿王陛下,
他尽可嘲弄自己的奶妈!
在我们获得的胜利的软垫上睡觉,
何等柔软舒适!在王冠上只闪烁着
珍珠宝石,当然不会闪耀为夺得这些胜利
而留下的疤痕伤口——这把宝剑
为陌生民族写下西班牙的法律,
它闪闪发光,为钉在十字架上的耶稣开路在前,
在地球的这个地区为播种信仰的谷粒
划出阡陌垄沟,鲜血淋漓,
上帝执法在天上,我则执法在人间——

卡洛斯:

上帝还是魔鬼,都差不多!您是
他的右臂。这我知道——现在
我请您别谈这个话题。
某些回忆我很不愿意再次想起。——
我尊重我父王的选择。我父王
需要一个阿尔巴;他需要这个阿尔巴,
我可并不因此而羡慕他。
您是一个伟人。——这也可能;
我几乎信以为真。只是我担心,
您早生了几千年。
我真的认为,一个阿尔巴
是一个地老天荒时出现的人!
那时罪恶的巨大反抗

已耗尽了上天的耐心，
恶劣行径取得了丰硕收成，
需要有一个收割者举世无双，
这时您就站在您的位子上。——啊，上帝，
我的乐园！我的佛兰德斯！——可是我
现在不该去想它。别说这个。——据说，
您带了一大堆血腥的判决书，
事先已经签署就绪，可是如此？
未雨绸缪值得赞许。这样您就
不必害怕任何刁难。——啊，我的父亲，
我当时多么错误地理解了你的心意！
我不是曾怪你冷酷，因为你拒绝给我一桩
你的阿尔巴们大显身手的事情？——
这正是您受宠的开始。

阿尔巴公爵：

王子，
这句话应该——

卡洛斯（发作起来）：

应该什么？

阿尔巴公爵：

可是您是王子，
能拿您如何。

卡洛斯（伸手拔剑）：

这话要用血来偿还！
——拔剑吧，公爵！

阿尔巴公爵（冷冷地）：

刺谁？

卡洛斯（猛地向他刺去）：

拔剑，

我刺死您。

阿尔巴公爵(拔剑)：

非打不可，

奉陪——

(两人斗剑)

第　六　场

〔王后。唐·卡洛斯。封·阿尔巴公爵。

王后(吃惊地从寝宫出来)：

拔剑相向！

(生气地冲着王子，用命令的语气)

卡洛斯！

卡洛斯(看见王后，心慌意乱，垂下手臂，一动不动，神情茫然，然后快步走向公爵，吻了他一下)：

和解吧，公爵！请原谅一切！

(他默默地扑倒在王后脚下，然后迅速站立起来，失魂落魄地急下)

阿尔巴公爵(无比惊讶地站着，眼睛不停地注视着他们两人)：

上帝啊，这可奇了！——

王后(不安而怀疑地站了片刻，然后慢慢地走向她的寝宫，走到门口，转过身来)：

阿尔巴公爵！

(公爵跟她走进寝宫)

第　七　场

〔艾伯莉公主，仪态万方，美艳动人，但衣着简朴，弹奏着七弦琴,边弹边唱。接着王后的侍童上。

公主(很快地跳了起来):

他来了!

侍童(热心地):

就您一个人吗?真奇怪,
他还没到这里;不过
他想必马上就会跑来。

公主:

他非来不可?好吧,
他也愿意来——这样事情就定了——

侍童:

他紧跟着我。——公主殿下,
您为人所爱,——没有一个人会像您这样
为人所爱,也从来没人会像您这样被人爱过。
我刚才看见了多么惊心动魄的一幕啊!

公主(焦躁不耐地把他拉到身边):

快点!
你跟他说话了吗?你倒是说呀!他说了什么?
他态度如何?他说了什么话?
他显得有些尴尬,显得非常惊诧?
他猜到是谁把钥匙送给他的吗?
快说呀——还是说,他没猜?他
根本就不猜?猜到另一个女人?——后来呢?
你一句话也不回答我?啊,见鬼,
见鬼,你不害臊:你从来不是这样木头木脑,
从来也不是迟钝得叫人无法忍受。

侍童:

我可以说话了吗，无比仁慈的公主？
我在王后的前厅里把钥匙
和书简交给他，他一下愣住，
凝视着我，直到我脱口说出，
派我前去的是一位贵妇！

公主：

他一下愣住？
好极了！妙极了！说吧，继续往下说。

侍童：

我本想再说几句，他脸色一下子变白，
从我手里把信一把抢去，带着威胁的神气
望着我，说道：他什么都明白。
他无比惊愕地把信从头到尾读了一遍，
突然开始颤抖起来。

公主：

什么都明白？
他什么都明白？他说了这句话？

侍童：

他问了我
三四遍，是不是您自己，的的确确
是您自己把信交给我的？

公主：

是不是
我自己？那么他提到了我的名字？

侍童：

名字——没有，他没提名字。
他说，附近会有密探偷听，
然后禀告国王陛下。

公主(感到意外)：

他说这话了吗？

侍童：

他说，这封信的内容，
国王陛下非常在乎，
极为在乎，特别在乎。

公主：

国王在乎？你听清楚了吗？国王在乎？
这是他用的词吗？

侍童：

是的！
他说这是个可怕的秘密，
他警告我，说话，表情
都要非常小心，别引起
国王陛下的疑心。

公主(沉思片刻，深感惊讶)：

一切
全都吻合。——不可能是另外的样子——
他想必知道这个故事。——匪夷所思！
谁可能把这向他泄露了呢？——谁？
我还问呢——谁的目光这样犀利这样深邃，
除了恋爱中人鹰隼的目光还能有谁？
可是往下说，接着往下说：他读了
这封书简——

侍童：

他说，
这封书简含有一种幸福，使他为之颤抖；
他连做梦也从来不敢梦到这幸福。

可惜这时公爵走进厅来，
我们被迫——

公主(生气地)：

我的天啊，
那时公爵到那儿去干什么？可他，
他现在在哪儿呢？他迟疑什么？
为什么他还不来？——你瞧，他给
你说的话是多么错误！你花了
这么多时间来告诉我，他愿意变得幸福，
其实在这时间里他早就可以得享幸福！

侍童：

我担心，公爵——

公主：

又是公爵？
他要在这儿干吗？这个勇敢的男子汉
和我幽静的幸福又有什么关系？
他完全可以让公爵呆在那里，或者把他支开，
这世界上他什么人不能打发开去？——啊，真的！
看来你的王子似乎对爱情本身
跟对女人的心一样一窍不通。
他不知道分分秒秒包含什么内容——别响，别做声！
我听见有人走近。快走。这是王子。
(侍童快步下)
走，快走！——我的七弦琴在哪儿？
王子得意外地撞见我。——我的歌声
得给他一个信号——

第　八　场

〔艾伯莉公主,紧接着唐·卡洛斯上。

公主(迅速地坐到一张卧榻上,弹起琴来)

卡洛斯(冲进屋来,认出公主,像遭雷击似的站在那里):

　　　　　　　　　　上帝啊!

　　我在哪儿?

公主(抛开七弦琴,向王子说道):

　　　　　　　　　　啊,卡洛斯王子?真的是您!

卡洛斯:

　　我在哪儿?疯狂的欺骗——

　　我找错了房间。

公主:

　　　　　　　　　　卡尔

　　多么善于记住

　　贵妇单人独处的房间。

卡洛斯:

　　　　　　　　　　公主——

　　请您原谅,公主——我——我发现

　　前厅的门开着没锁。

公主:

　　　　　　　　　　这可能吗?

　　我觉得是我亲自把门锁上的。

卡洛斯:

　　您只是觉得,只是这样觉得而已——可是,

　　我向您保证!您记错了。您想锁门,是的,

这我承认,我相信——可是锁上了吗?
没有锁上,真的没上锁!我听见
有人——在弹七弦琴——
不是七弦琴吗?
(他满腹狐疑地四下张望)
不错!琴还放在那儿——
七弦琴——天上的上帝知道!七弦琴,
我如痴如狂地喜欢这种琴。我正
侧耳谛听,都不知道我在干什么事情——
就冲进房门,想看一看
这可爱的艺术家的明眸美艳,
她使我感动得如进天国,飘飘欲仙。

公主:

这可爱的好奇心,您一定很快
就得到满足,我可以证明。
(沉默片刻,意味深长地)
啊,我不得不欣赏这谦虚的男人,
他竟编出这样的谎话连篇,
为了让女士不至于蒙羞难堪。

卡洛斯(真诚地):

公主,
我自己也感到,我原想挽救局面,
结果只是越弄越糟。请您免除我
一个角色,扮演这个角色,我完全
无法办到。您试图逃避
外在世界在这间房里。
您打算在这里生活不被别人窃听,
单凭您渴望寂静的心意。

而我，不幸命运之子，在这里出现；
您的这一美梦立即遭到破坏。——为此
我应该尽快离开。
（欲下）

公主（深感意外，受到伤害，可是立刻控制住自己）：
王子——
啊，这很可恶。

卡洛斯：
公主——我明白，
在这屋里这道目光
意味着什么。这种德行高洁的窘态
我深感敬佩。女人害羞红晕满面，
竟使男人色胆包天，这种男人该受天谴！
女人若在我面前发抖，我便手忙脚乱。

公主：
这可能吗？——对于一个青年和王子来说，
您堪称举世无双的典范！
不错，王子——现在您得给我留下，不许走，
我现在亲自向您发出这个请求：遇见一个
这样富有美德的男人，每个少女的惊恐都会化为乌有。
可是，您知道吗，您的突然出现
吓得我把最心爱的咏叹调只唱了一半？
（她把王子引到沙发旁，又拾起她的七弦琴）
卡洛斯王子，这曲咏叹调我不得不
再演唱一遍；给您的惩罚是
坐着听我唱歌。

卡洛斯（不无勉强地坐在公主身旁）：
这个惩罚

对我来说，真是求之不得——说真的！
我觉得这曲调优美动听，
美得不同凡响，宛如天国纶音，
我简直可以听它——三遍。

公主：

什么？您什么都
听见了？可怕已极，王子殿下。——这可是，
我甚至认为，这可是在诉说爱情吧？

卡洛斯：

我若没有弄错，是在诉说一段幸福的爱情——
在这美妙的嘴里唱出无比优美的歌词；
当然，说得很美，但并不那么真实。

公主：

不真实？不那么真实？——这么说，您对此表示怀疑？

卡洛斯（认真地）：

我几乎怀疑，卡洛斯和封·艾伯莉公主
在商讨爱情的时候是否会互相理解。
（公主一愣，卡洛斯注意到这点，便以殷勤潇洒的口气继续说道）
因为谁，
谁会相信这面颊艳若玫瑰，
胸中竟有激情翻腾？
一位艾伯莉公主竟会冒险
白白叹息而无人反应？只有
不存希望的恋人，才懂得爱情。

公主（又像先前一样活跃起来）：

啊，别说了！这话听起来过于可怕。——当然
这种命运似乎在今天，尤其在今天追逼着您，
不同于其他所有的人。

（她握着卡洛斯的手，带着献媚的神情）
您不快活，善良的王子。——您很痛苦——
上帝啊，您痛苦得非常厉害。这怎么可能？
王子，您为什么痛苦？您生来
注定了要享受这世界，
得到大自然如此慷慨的馈赠，
可以要求获得一切乐趣，乐享人生。
您身为一位伟大国王的儿子，而且，不仅于此，
远远不仅于此，早在君王的摇篮里
您就具有卓越的禀赋，甚至使您爵位的
灿烂阳光都为之黯然失色，您竟感到痛苦？
妇女们的评议总是苛刻严酷，
她们却毫无异议地认为您具有
男子的尊贵和荣耀，
得到女人们的一心偏袒，您竟还痛苦？
这个人，只要看到哪里，就已将其征服，
在他冷漠时，已激起别人的热情，
想要热情如炽，不得不戏弄乐园天国，
把天神的幸福大肆挥霍——大自然
把这个人修饰起来，为了使千万人幸福，
并且使少数人获得同样的天赋，
这样的人自己却会不幸？——啊，上苍啊！
您把一切，一切的一切都赋予他，为什么，
为什么偏偏不给他眼睛，
让他把自己的胜利看清？

卡洛斯（整个时间内极度心不在焉，在公主住口不语后，突然惊醒，跳了起来）：

　　　　　　　　妙不可言，

完全无与伦比,公主! 请您
把这一段再唱一遍给我听。

公主(不胜惊讶地望着他):

卡洛斯,
您刚才心在何处?

卡洛斯(跳起来):

是啊,上帝啊!
您及时提醒了我。——我得走,
已非走不可——必须赶快走。

公主(拉住他):

上哪儿去?

卡洛斯(极端惊恐地):

到旷野
里去。——请您放开我——我仿佛感到,
公主,在我身后,整个世界
都在熊熊燃烧——

公主(使劲拉住他):

您想干什么?
哪儿来的这陌生的极不自然的举止?
(卡洛斯站住,沉思起来。公主抓住这一时机,把卡洛斯拉到她身边的沙发上坐下)
您需要休息,亲爱的卡尔——您现在
浑身血液翻腾——坐到我身边来——
把这些阴暗的热病时的幻想抛开!
您若坦诚地问您自己,这颗脑袋
是否知道这个心在抱怨什么事情?
即使它知道——难道这整个宫廷
所有的骑士当中没有哪一个,

所有的贵妇当中没有哪一名——
能治愈您的伤痛，能理解您，我想说，——
就没有一名贵妇配得上理解您？

卡洛斯（漫不经心，信口说道）：

也许
封·艾伯莉公主——

公主（快活地迅速说道）：

真的？

卡洛斯：

请您
为我写封请愿书——一封推荐信
给我父亲。请您向他上书！据说，
您的话分量不轻。

公主：

谁说的这话？（哈，这就是使你沉默不语的怀疑吧！）

卡洛斯：

说不定
这件事已经传开。我一时
心血来潮，想去布拉班特，
也许——只是为了想崭露头角。
我父王不让我去。——善良的
父亲担心，倘若我去指挥军队，
我的歌唱会就此衰退。

公主：

卡洛斯！
您在扮演假戏。您不妨坦白承认，
这样拐弯抹角，无非是要摆脱我。
往这边看，伪君子！直视我的眼睛！

谁若只是梦想骑士行径——
您不妨坦白承认——也会这样
俯身屈就,贪婪地把贵妇
身上掉下的丝带偷走。
而您——对不起——

(说着,她轻轻地动动手指,解开卡洛斯衬衫的皱边衣领,取出藏在里面的一条丝带)

这样仔细地珍藏着?

卡洛斯(惊愕地往后退):

公主——不行,这太过分。——
我已被人出卖。没有人能骗您。——
您定和鬼神结盟。

公主:

您对此似乎感到惊讶不已?就对此惊讶?
赌什么好呢,王子。我在您心里
唤醒许多往事,往事——
仔细盘问我吧,您不妨试试。
难以捉摸的脾气,支离破碎地
喷到空中的声音,
为严肃神情迅速抹去的笑影,
甚至在您灵魂出窍之时的表情、
手势都没逃过我的眼睛,
那么请您判断一下,在您希望被人
理解之时,我是否理解了您?

卡洛斯:

好啊,这的确很是冒险。——
公主,这次赌博应该有效。

您答应在我心里发现一些东西
而我自己却从来也不知道。

公主（有些生气，严肃地说）：

从不知道，王子？
您好好思索一下。请您环顾四周。
这个房间并非王后的宫室内廷，
在那里必要时搞点伪装戴上假面
还会有人称赞。——您大吃一惊？
您突然一下子又满面通红？啊，当然，
谁会这样放肆大胆，这样自作聪明，
这样闲得没事，在卡洛斯自以为
无人窥伺的时候，窥探卡洛斯的言行？——
谁曾看到，他在最近一次宫廷舞会上
跳了一半抛下他的女伴王后，
使劲地挤到下一对舞伴当中，
而没有伸手给他的王族舞伴
艾伯莉公主？甚至连国王陛下，
王子，也觉察到了这个失误，
他正好在这时前来跳舞！

卡洛斯（含着讽刺的微笑）：

甚至连他也觉察到了！当然当然，我的好公主，
特别对他来说，这不是失误。

公主：

这和
宫中小教堂里发生的那件事同样不是失误，
这件事情卡洛斯王子自己大概
也记不清楚。您当时正匍匐在

圣处女[1] 的脚下虔心祈祷，
突然之间——这能怪您吗？——某些贵妇
在您身后走动，衣裙窸窣作响。
这时，唐·菲利普[2] 的儿子仿佛像个异教徒
在圣坛面前颤抖起来；
他平时却富有英雄气概，在他苍白的唇上
一句含有毒素的祷词在激情的陶醉之中
在那里突然打住——这真是一场滑稽戏，
感人肺腑，王子——您抓住那只手，
把圣母神圣冰凉的手紧紧抓住，
在那大理石上印上灼热的亲吻无数。

卡洛斯：

您冤枉我了，公主。我是在热诚祈祷啊。

公主：

是的，然后就发生了另外一件事，王子——
当然，那时候也只是害怕把钱输掉，
卡洛斯和王后跟我坐在一起打牌，
并且以令人钦佩的机灵，
偷走了我的这只手套。
（卡洛斯惊愕地霍然跳起）
虽然后来紧接着他又彬彬有礼地
把那手套当张牌似的打了出来。

卡洛斯：

啊，上帝——上帝——上帝！我都干了些什么啊？

公主：

---

① 指圣母玛利亚。
② 指国王菲利普。

我希望,您并不想收回这些事情,
我当时又喜又惊,手指出乎意料地
在手套里碰到了这封短信,
是您巧妙地在手套里塞进一张纸。
这是最动人心弦的浪漫曲,王子,
它——

卡洛斯(迅速打断她的话):
诗歌而已!不是别的。——我的脑子里
往往产生一些念头光怪陆离,
它们来得飞快,消失得也迅速。
这就是一切。这些事咱们不提。

公主(惊讶地从他身边走开,隔开一段距离,观察他片刻):
我已精疲力竭——我的试验不论怎么做,
都从这个蛇一样光滑的怪人身上滑落。
(她沉默了片刻)
可这是怎么回事?——是不是他那男人的高傲
强烈无比,只是把装疯卖傻当作面具,
这样可以更加乐不可支?——果真如此?
(她走近王子,满腹疑云地端详他)
您倒是告诉我啊,王子殿下,——
我面对一口魔柜,锁得严严实实,
我无法把它打开,试遍了所有的钥匙。

卡洛斯:
就像我站在您的面前一样。

公主(她很快地离开王子,默默无语地在房内走了几个来回,似乎在想什么重要的事情。隔了相当长的时间,她终于严肃而庄严地说道):
最后也许除非——
我必须下定决心把话说出来。

我选择您作为我的法官。您是
高尚的人——是个男子,是位王子,骑士。
我投入您的怀抱。您将拯救我,王子,
在我没人拯救,行将毁灭之时,
您会为我哭泣,关切而又仁慈。
(王子走近几步,神情惊讶,充满期待和同情)
国王陛下有个放肆的宠臣
鲁伊·戈麦斯,封·西尔伐伯爵——向我求婚
婚事已经谈定,国王要我
出卖给这个浑人。

卡洛斯(受到激烈的触动):

出卖?
又一次出卖?又一次
被这大名鼎鼎的南方商人[①] 所出卖?

公主:

不是,您先听一听全部过程。他们
还不满足让我为政治做出牺牲,
我的贞操他们也想染指——瞧,这儿!
这张纸可以彻底揭露这位圣人。
(卡洛斯接过信纸,焦躁不耐地听公主诉说,并没有抽出时间读信)
我在什么地方可以找到救星,王子?迄今为止,
始终是我的高傲在保卫我的美德;
可是最终——

卡洛斯:

最终您将屈服?您将失守?
不,不!看在上帝分上,不能这样!

① 菲利普国王,人称"南方的商人",也有人称他为"南方的撒旦"。

公主(骄傲而高贵地):

谁来救我?

可怜见的无穷思辨!这些精神刚强的智者
是多么软弱!把女人的恩宠,
爱情的幸运全都视为商品!
可以随意供应!可惜
它是这个世界上只听自己
不能容忍任何顾客的东西。
爱情的价格就是爱情。它是
无价的珍宝,我可以把它馈赠别人,
或者不得不把它永远埋葬不让人享用——
就像那个大商人一样,
他并不动里亚托的黄金,
蔑视众位国王,把他的珍珠
又送回富有的大海,他过于高傲,
不愿把这颗明珠以低价割爱①。

卡洛斯:

(奇妙无比的上帝啊!——这女人是天生丽质!)

公主:

可以说这是个怪念头——是虚荣心:随您怎么说吧。
我不把我的快乐分成几段。
我把一切,一切的一切都奉献给
我选中的男人,惟一的男人。

① 约翰·约阿西姆·埃申堡在他译的莎士比亚《奥赛罗》德译本最后一场的注释中讲了一则故事:一个犹太商人在异国被拘囚多年后,带着很多珍珠回乡贩卖,只将一颗硕大的珍珠留在身边,想以高价出售,但无人问津。他便把城里所有商人邀到里亚托来,再次兜售那颗大珍珠,依然无效。他便对这颗珍珠的美丽和珍贵大加赞美,然后突然当着众人的面把珍珠扔进大海。

我只馈赠一次,但是直到永远,
我的爱情只能使一个男人幸福——一个男人,
但是我要把这惟一的男人变成天神。
两颗灵魂令人愉悦的和谐交响——一个亲吻
——销魂时刻心醉神迷的种种欢欣——
发自美丽的崇高,神圣的魔力,凡此等等,
只是一道光芒各种色彩互相亲近,
一朵鲜花的若干花瓣互相映衬。要叫我,
我这个疯子!从这朵鲜花的美丽花萼中
摘下一瓣予以馈赠?
叫我自己把女人的崇高尊严,
神性的伟大杰作予以摧毁,
为了让一个放荡家伙取得一夜销魂?

卡洛斯:

(不可思议!马德里居然有
这样一个姑娘,而我——我今天
才第一次知道?)

公主:

我早就该离开这座宫廷,
离开这个世界,早就该把我
埋葬在神圣的墙垣之中;可是
还留下惟一的一根纽带,把我
和这世界强劲有力地连系起来。
唉,也许只是一个幻影!可是我觉得值得!
我在恋爱,可是——没有被人所爱。

卡洛斯(满怀激情地向她走去):

有人爱您!
就像有位上帝高踞中天一样千真万确。我发誓,有人爱您，说不出的爱您。

公主：

是您？您在发誓？

啊，这声音来自我的天使！是的，是，

当然，如果您发誓，卡尔，那我相信，

有人爱我，确实如此。

卡洛斯（充满柔情地把公主搂在怀里）：

甜蜜聪慧的姑娘！

值得顶礼膜拜的人儿！——我正侧耳

谛听——注目凝视——满心欢愉——

无比赞赏。谁看见了您，

谁在这天宇之下看见了您

还能自诩，他从来没有恋爱经历？

可是在这菲利普国王的宫廷里如何呢？

这里有什么？美丽的天使，你要在这里，

在这帮僧侣及其徒子徒孙当中得到什么东西？

这不是适合这些花朵生长的地域。——他们要

攀折这些鲜花吗？他们想——啊，我乐于相信。

——可是别想！只要我活着，只要我在呼吸，

他们别想攀折！——我用手臂搂着你，

抱着你走过这群魔乱舞的地狱！

是啊——让我做你的守护天使！——

公主（眼里充满了爱情）：

啊，卡洛斯！

我对您的了解是多么稀少！

为了了解您那美好的心灵，我付出了多少辛劳，

可您给我的是多么丰富，无限丰富的酬报。

（她握住卡洛斯的手，欲吻手）

卡洛斯(抽回他的手):

公主,

您现在身在何处?

公主(凝视着王子的手,优美典雅地):

这只手是多么美啊!

它是多么富有!——王子,这只手还有

两件珍贵的礼物需要馈赠——

一顶王冠和卡洛斯的心——两者也许

都赠送给同一个凡人?——一个女人?

一份宏大的超凡脱俗的礼品!

对于凡俗女子简直宏大得过分!——怎么,王子?

倘若您决心把这两者赠送给两个人?

王后们都不善于恋爱——而一个懂得

恋爱的女人,又不懂得头戴王冠:

因此,王子,最好您把两者分开,现在就分,

马上就分——怎么样?或者说您已心上有人?

您真的心有所属?啊,那就更好!

我可认识这个幸福的女人?

卡洛斯:

你应该认识她。

姑娘,我向你披露肺腑——

你这纯洁无邪的少女,您这未被玷污

本性洁净的姑娘,我向你坦率倾诉。

在这个宫廷里您最有价值,独一无二,

是第一位完全理解我心的人。——是的,不错!

我在恋爱——我不否认!

公主:

坏蛋!

您竟然这样难以做出这一坦白？
我想必非常可悲可怜，
倘若您觉得我值得相爱？

卡洛斯：

什么？
这是什么话？

公主：

竟然和我玩这样的把戏！
啊，真的，王子殿下，这样很不实在。
甚至连钥匙也予以抵赖！

卡洛斯：

钥匙！钥匙！
（暗自思索一番）
呀，这样——原来如此。——现在我发现——啊，上帝！
（他的膝盖摇晃，他扶住一把椅子，用手掩面）

公主（双方都静默了好一会儿，公主大声哭泣，倒下）：

可怕极了！我都干了什么啊！

卡洛斯（站直身子，爆发出极为激烈的痛苦）：

从我的
七重天坠落得这样低下！——
啊，这真可怕！

公主（把脸埋在垫子里）：

我发现什么了啊，上帝！

卡洛斯（匍匐在公主面前）：

我纯粹无辜，公主——激情所铸——
一场不幸的误会——上帝啊！
我并没有错误。

公主（把王子从身边推开）：

从我眼前消失，

看在上帝分上——

卡洛斯：

绝不！在您的感情

受到可怕震撼之时叫我离开您？

公主(使劲把王子推开)：

请您宽宏大量，请您发发慈悲，

从我眼前走开吧！——您想杀死我吗？

我恨您，不愿看见您！

(卡洛斯欲走)

请您把我的信

我的钥匙还给我。

另一封信您搁在哪儿？

卡洛斯：

另一封信？

另外一封什么信？

公主：

国王陛下的信。

卡洛斯(大吃一惊)：

谁的信？

公主：

您先前从我这里收到的那封信。

卡洛斯：

国王的信？给谁的？给您的？

公主：

啊，老天爷啊！

我把一切都扰得乱七八糟！

把信拿来！我必须重新把它得到。

卡洛斯：

国王的信，写给您的？

公主：

把信给我！

看在所有圣人的分上！

卡洛斯：

这封信

要向我揭露某一个人——就是这个人？

公主：

我死定了！——请把信给我！

卡洛斯：

这信——

公主（绝望地绞着双手）：

我这不动脑子的女人都冒险干了什么呀！

卡洛斯：

这封信——是国王写来的？——不错，公主，

这当然很快就使一切改观，——这是

（兴高采烈地扬起信）

一封无法估价——分外沉重——极为珍贵的信，

菲利普就是拿他所有的王冠来赎取这封信，

也嫌太轻，太无足轻重。——这封信

我留下了。（下）

公主（拦住王子的道路）：

伟大的上帝啊，我这下可完了！

第九场

〔公主独自一人。

〔她还处于麻木状态，手足无措；王子走开之后，她快步跟了出去，想把他叫回来。

公主：

王子，还有一句话。王子，您听啊——他走了！
还有这样的事！他看不起我。——我现在
孤零零地一个人，心惊胆战——被人推开，
遭人唾弃——
（她跌坐在一张软椅里。过了一会儿）
不！只是被人排挤，
被一个情敌所排挤。他在恋爱，
这已不容置疑。这点他自己也已坦白。
可是谁是这个幸福的女人？
显然——他是在爱一个他不该爱的人。
他害怕被人发现这件事情。
在国王面前他百般掩饰他的激情——
为什么在渴望激情者面前掩饰真情？
抑或他害怕的并不是身为父亲的父亲？
当他获悉国王的这种偷情的企图，
他便欢呼雀跃，眉飞色舞，
似乎兴高采烈活像无比幸福——
怎么他那严格的美德在这里突然沉默不语？
在这里？正好在这里？——他在这件事上
能够赢得什么，倘若国王
对王后不……
（这个念头使她深感意外，她突然住口，——同时，她从胸前扯下卡洛斯给她的蝴蝶结，迅速审视一番，认出了它）
啊，我这疯子！

现在我终于,终于——我的感觉何在?
现在我终于把眼睛睁开——在国王陛下
选她为王后之前,他们就早已相爱。
王子没有一次见我时她不在场。——那么,
那么说指的是她,而我自以为被他无限崇拜,
热烈相爱,这样真诚实在地为他欣赏?
啊,欺骗,这毫无先例的欺骗!
而我向她暴露了我的弱点——

（静默不语）

他会毫无希望地爱着!
这我没法相信。——在这场斗争中
不会只有无望的爱情。世上光辉夺目的君王
忍受着前所未有的折磨,憔悴欲死,
他却沉湎于极乐之中——果真如此!
为了无望的爱情,不会做出这样的一些牺牲。
他的吻不是像火一样炽热!他把我搂在心头,
拥抱得多么缠绵,多么温柔!——
这场试验对于充满浪漫的忠贞,
简直过于大胆,不能不给以回报——
他接受了这把钥匙,说服自己,
是王后派人把这钥匙向他转交——
他相信爱情迈开的这巨大的一步——爱情来了,
真的来了,来了!——这样他相信菲利普的
妻子已下了这疯狂的决心。——倘若这里
没有巨大的考验在鼓舞他,他怎么会相信?
这是在白天。他的追求者已蒙俯听。她在恋爱!
老天爷啊,这个圣女已经动情!
她是多么高雅啊!——在这个体现美德令人敬畏的

崇高形象面前，我，我自己浑身颤抖。
她在我身边高我一头，是个更高级的造物。
在她的光辉之中，我黯然失色。我不相信
她美艳绝伦竟然会这样崇高，心如止水，
没有掀起些微凡俗尘世的感情。
这种宁静难道只是假象幻影？
她想在两桌宴席上都恣意纵情？
她竟这样放肆大胆，
一面显露出天仙般美德的外表，
同时又偷尝罪孽的秘密的欢欣？
她可以这样做吗？能够让这女骗子
不受惩罚地成功得手？
因为没有复仇者出面控告，所以自在优游？——不，上帝啊！
我曾崇拜过她——这事就要求复仇！
该让国王陛下知道这欺骗的来由——国王陛下？

（思考片刻）

对，没错——这是使他获悉的一条途径。

（下）

第十场

〔王宫中的一室。

〔封·阿尔巴公爵。多明各神父。

多明各：

您方才想跟我说什么？

阿尔巴公爵：

一个重要的

发现,这事我今天方才得知,
对此我想得到解释。

多明各:

什么
发现?您在谈什么?

阿尔巴公爵:

今天中午
卡洛斯王子在王后的前厅里
和我相遇。我受到侮辱。
我们都火冒万丈。争吵的声音
激起喧响。我们都拔剑相向。
王后听见喧声打开房门,
扑到我俩中间,注视王子,
目光亲切专横。——
就只是那么一瞥。
王子的手臂顿时僵住——他跑来和我拥抱——
我感到他给我一个热吻——倏而
他便跑掉。

多明各(沉默一阵):

这非常可疑。——公爵大人,
您使我想起一件事情。——我承认
类似的思想早就在我胸中萌生。——
我回避这些幻梦——
还从来没有告诉过任何人。
有双刃的刀锋,也有不可靠的朋友——
我害怕这种朋友。人的好坏难以区分,
更难的是洞察人的内心。
话语脱口而出就像知己受到侮辱,

因此我埋葬我的秘密，
直到时候来临才把它公开披露。
有时为国王们尽忠效力，
也危机四伏，公爵大人——冒险射出一箭，
倘若没有命中鹄的，会反弹过来
打到射手自己。——我愿意为我所说的话，
以圣体之名发誓——可是
亲眼目睹的证物，偷听到的一句话，
拿到手的一张纸放在天平上面，
要比我最生动活泼的感觉更有分量。——
该诅咒的是我们生活在西班牙的土地上！

阿尔巴公爵：

为什么
在这土地上就不行？

多明各：

在其他任何宫廷里
激情都会忘乎所以。而在
这里却受到令人战栗的法律的警告。
西班牙的王后们要想犯罪也不容易——
这点我深信不疑——可是不幸的只是在那里，
恰好在我们最能撞见她的地方，她无瑕可击。

阿尔巴公爵：

您继续听下去——卡洛斯今天
有事向国王陛下请示。觐见
持续了整整一个小时。他请求陛下
让他管理尼德兰。他嗓门很大言辞激烈；
我在御书房里听得真真切切。我在门口
遇见他时，他的眼睛哭得通红。

到了中午时分,他就神情轻松
洋洋得意。国王陛下
选中了我而不是他,他万分欣喜。
为此他感激陛下。他说,事情完全不同,
这样反而更好。他从来不会矫揉造作。
我该怎么理顺这一系列矛盾?
王子受到贬抑,反而兴高采烈,
国王陛下赐我这一恩典,却是
满面怒容!——我该相信什么是真?
的确,这份新的荣誉
看上去更像是驱逐出境,
不像是国王降恩。

多明各:

这么说
事情到了这个地步?转瞬之间
我们多年的心血便毁于一旦?
您这样心平气和?这样悠闲自在?
您可了解这个青年?您可预见到,
一旦他壮大,期待着我们的将是什么?
——王子——我并不是他的敌人。
其他的担忧破坏我内心的平静,为王室,
为上帝和教会担忧。——太子
(我了解他,——他的灵魂我已看透)
胸怀一个可怕的计划——托列多[①] ——
一个疯狂的计划,要担任摄政王,

① 阿尔巴公爵的全名为费尔南多·阿尔伐累茨·德·托列多,封·阿尔巴公爵,多明各把托列多当作阿尔巴的名字,以此称呼他。

放弃我们神圣的信仰[1]。——
他的心为一种新的美德熊熊燃烧,
这种美德,自信高傲,满足于自己,
不向任何信仰乞求。——他善于思考!
他的头脑里燃烧着一种稀奇古怪的妄想——
他尊敬人——公爵大人。
您说他可适合做我们的国王?

阿尔巴公爵:

纯粹是一派幻象!
不是这又是什么?也许也是年轻人的傲气,
想要扮演一个角色。——他还别有选择?
一旦轮到他发号施令,这一切
即刻就会停顿。

多明各:

我表示怀疑。——他对自己的自由感到骄傲,
不习惯受到拘束,不得不勉强
自己接受束缚。——他是否适合登上
我们的宝座?这放荡无羁的巨人精神,
将扯断我们治国艺术的根本。
我试图在眼前的欢乐之中
销蚀这倔强叛逆的劲头,可是徒劳无功;
他克服了这个考验——这巨人精神
在这躯体里着实可怕——而菲利普
已是年近六十之人。

阿尔巴公爵:

您的眼光

① 指天主教的教义。

真是非常远大。

多明各：

他和王后实是一体。

在这两人的胸中已经渗入

革新者的毒液，虽说是悄无声息；

可是很快渗入，只要四下漫延，就把宝座攫取。

我了解这瓦卢阿王族① 的妇女。——

一旦菲利普显出弱点，我们就得害怕

这幽静的敌人大举复仇。

幸运现在对我们还算开恩。我们抢先下手。

他们俩人双双跌进陷阱深沟。——现在

只消给国王陛下这样一个暗示，

不论是否得到证实——只要

他动摇，我们就赢得不少。我们自己，

我们两个都不怀疑。确信不疑的人，

并不难于使别人确信。

倘若我们事先确信，非发现不可，

那就万无一失，定会发现更多。

阿尔巴公爵：

可是现在重中之重的问题是：

谁负责去开导国王陛下？

多明各：

既不是您，也不是我。您不妨听着，

长期以来按照宏伟的计划，

我处心积虑默默地向着目标前进。

为了完成我们的联盟，还缺少第三个人，

---

① 指法兰西国王的家族，王后为法国公主，此处指王后。

最重要的一个人。——国王陛下
爱上了艾伯莉公主。我助长这股激情，
它有利于实现我的愿望。国王的信使
我亲自充当——我让公主接受我们的
计划。——我的工程将完成在这个年轻女子
身上，要让她成为我们的一个盟友，
我们的一位王后。是她自己
此刻召唤我到这房间里来等候。
我抱着最大的希望。——一个西班牙的女郎
将把瓦卢阿的百合[①]摧折，
也许就在一个午夜时光。

阿尔巴公爵：

您说什么？
我现在听到的可是真切无误的事？——我的天啊！
这使我深感意外！这计谋天衣无缝，真是不错！
您这位多明各修会的修士，我钦佩不已！
现在我们已经胜券在握——

多明各：

别做声！谁来了？——
是她——她亲自前来。

阿尔巴公爵：

我在旁边屋里，
有事——

多明各：

行了。我叫您。
（封·阿尔巴公爵下）

① 百合为法兰西王国的国徽，影射王后。

第十一场

〔艾伯莉公主。多明各。

多明各：

　　　　遵命前来，
　公主殿下。

公主(好奇地目送公爵)：

　　　　莫非我们两人
　不是单独在此？我发现，您
　身边还有一个证人？

多明各：

　　　　怎么？

公主：

　　　　有人刚刚
　从您这儿离去，这人是谁？

多明各：

　　　　封·阿尔巴
　公爵，公主殿下，他请求
　在我之后，能蒙公主
　接见。

公主：

　　　　阿尔巴公爵？他要干吗？
　他能有什么愿望？您也许能
　告诉我些什么？

多明各：

　　　　我？——我先得知道，

发生了什么重要事情，使我获得
渴望已久的荣幸，能和艾伯莉公主
再度接近？
（停顿，期待着公主回答）
是否终于发现了一种情况
有利于国王陛下的愿望？
我是否有理由希望，公主三思之后，
已经容易接受这一建议？
只有固执、任性才会把它断然否定。
我这次前来充满期许——

公主：
　　　　您把
我最后的答复带给国王陛下了吗？

多明各：
　　　　　　我还一直拖延着，
没有给他这样致命的创伤。公主殿下，
现在还是时候。您完全可以缓和
您的回答。

公主：
　　　　　　　请您禀告
国王陛下，我等待着他。

多明各：
　　　　　　　我可以把这
当作实话吗？美丽的公主？

公主：
该不会当作玩笑吧？上帝啊！您弄得我
胆战心惊。——怎么？我到底做了什么，
甚至连您——您自己的脸色也变得白里泛青？

多明各：

公主，事出意外——我简直
难以理解——

公主：

是啊，尊敬的神父，
我也没有叫您理解啊。平心而论，
我也并不愿意您理解这点。
您只要知道事情如此，这样就行。
您就不必费心劳神去挖空心思地胡想，
是谁的如簧巧舌使事情转变成这样。
为了让您得到安慰，我补充一句：您并没有
参与这件罪恶。大概教会也都没份；
尽管您向我证明，
可能出现这类情形，
教会为了达到更加崇高的目的，
也会动用它年轻女儿们的肉体。
并非为了这种目的。——这些理由过于虔诚，
尊敬的神父，对我来说，过于神圣——

多明各：

公主殿下，
既然这些理由已属多余，
我很乐于把它们收回。

公主：

请您
以我的名义请求陛下，
不要误会这一行动对我另有看法。
我以前是什么人，现在依然故我。
只是在那以后情况发生了变化，

我当时愤怒地拒绝他的建议，
以为他拥有的王后世上最为美丽，
他理应感到幸福无比——为了这位
忠贞的王后我值得做出牺牲。
我当时确是这样相信——当时如此。当然现在，
现在我知道了更多事情。

多明各：

公主殿下，请接着说，接着说，
我听着呢，我们互相理解。

公主：

够了，
她已被抓获。我不再对她袒护。
这个狡猾的女贼已被抓住。她欺骗了
国王，和整个西班牙，她也欺骗了我。
她在恋爱。我知道，她在恋爱。
我会拿出证据让她浑身哆嗦。
国王陛下受到欺骗——可是，上帝啊！
应该为国王陛下报仇雪恨！
王后的面孔崇高无比，超凡入圣，
我要扯下她弃世脱俗的假面，
让全世界看清这犯罪女人的嘴脸。
我要为此付出高昂的代价，可是——
这是我的胜利，使我心花怒放——
而她付出的代价将更加高昂。

多明各：

现在一切条件都已成熟。
请允许我把公爵叫来。
（下）

公主(惊讶不止)：

这会发生什么事情？

第十二场

〔公主。阿尔巴公爵。多明各。

多明各(把公爵领进屋来)：

阿尔巴公爵，

我们的消息来得太迟。艾伯莉公主

把一个秘密向我们披露，正好应该由我们

向她告诉。

阿尔巴公爵：

这样，

我的来访就更加不会使她感到惊奇。

我不大相信我的眼睛。只有女性的目光

才能发现这样的秘密。

公主：

您说发现秘密？

多明各：

我们

希望知道，公主殿下，在什么地方

在什么更加合适的时刻您——

公主：

还有这个！

那我希望会见你们在明天中午时候。

我有足够的理由，不再保守

这个该受惩罚的秘密——不再

让国王陛下蒙在鼓里。

阿尔巴公爵：

这就是使我前来的原因。国王陛下
必须马上获悉此事。而且是通过公主您，
通过您让他知道这件事情。他能相信谁？
除了他妻子严峻而警觉的游伴，
他最能相信的是什么人？

多明各：

除了您还能信谁？只要您愿意，
您就能无限制地控制他。

阿尔巴公爵：

我是
王子公开宣布的敌人。

多明各：

大家也习惯于
认为我和他只有敌对关系。
而艾伯莉公主没有这种嫌疑。
我们不得不保持缄默，您首当其冲，
必须开口说话。如果您的暗示发生效用，
国王陛下就逃不出我们的掌心，
那时我们就大功告成。

阿尔巴公爵：

可是等等，
这事现在马上就得进行。
时间非常宝贵。随时都会下达
让我开拔出发的命令。

多明各（思考片刻，转向公主）：

是否可以

把来往信件找到？当然是中途截获的
太子殿下的书信，在此会有奇效。
不妨试试。——是不是？对了。
我似乎觉得——您不是和王后
同住一室？

公主：

是在
紧挨着的隔壁房间。——可是这和我有何相干？

多明各：

要找一个
熟悉宫廷各处的人！——您可曾
注意，王后开启首饰箱的钥匙
通常放在哪里？

公主（沉思）：

这可能
发现意外之事。——是的——我想，
可以弄到钥匙。

多明各：

有信就要有人送信，
王后的随从人数众多，——
谁能在这儿找到线索！——
黄金虽说神通广大——

阿尔巴公爵：

就没有人发现，
太子是否拥有心腹？

多明各：

没有心腹，
整个马德里也没有一个。

阿尔巴公爵：

这就奇了。

多明各：

这点您可以相信我。我已试验了多次，
宫廷上下他全都不屑一顾。

阿尔巴公爵：

你们瞧怎么着？我刚才突然想起，
我从王后的内室出来的时候，
太子正和王后的一名侍童呆在一起；
他们正在悄声耳语——

公主(迅速插嘴)：

别扯这个，别！这是——
这是另一回事。

多明各：

我们可以
知道是什么事吗？——不，情况非常可疑。——
(对公爵)
您认得这个侍童？

公主：

孩子气的恶作剧而已！
不是恶作剧又会是什么？够了，
我知道这事。——好吧，在我和国王陛下
谈话之前，我们再见一次，——在这期间
还会暴露出很多事。

多明各(把公主拉到一边)：

陛下可以心存希望？
我可以把这事向他禀告？不会变卦？
哪个吉日良辰可以使他最终如愿以偿？

这也可以禀告陛下？

公主：

再过几天我会病倒；人家
会让我和王后隔离——您也
知道，这是我们宫廷的规矩，
这样我就呆在自己房里。

多明各：

妙极了！
这一场豪赌准赢无疑！
向所有的王后进行反击！

公主：

听！
他们在找我——王后要见我。
再见！（匆匆下）

第十三场

〔阿尔巴。多明各。

多明各（目送公主离去，然后说道）：

公爵大人，这些玫瑰①
和您的战役——

阿尔巴：

还有你的上帝——我要
期待着霹雳把我们击毙！
（两人下）

① 譬喻艾伯莉公主的美丽和青春。

第十四场

〔在沙特勒兹修会的一座修道院里。

〔唐·卡洛斯。修道院院长。

卡洛斯(进来,对院长):

这么说他已经来过了?真遗憾。

院长:

从今天早上起,他已经来过三次。

一小时前他才离去——

卡洛斯:

他还会

再来吧?有没有留话?

院长:

他答应,中午以前再来。

卡洛斯(走向一扇窗户,环顾四周):

您的修道院

远离大街。——往那边看,还望得见

马德里的塔楼。——完全正确,

曼萨纳累斯河在这里流淌——景色

一如我所希望的那样。——这里

一片静寂,犹如一桩秘密。

院长:

犹如踏进

另一个人世。

卡洛斯:

尊敬的神父,

您为人诚实耿直，为此我把最珍贵、
最神圣的东西，向您托付。
任何人都不得知道或者只是估计到
我在这儿和谁进行了秘密会晤。
我有非常重要的理由向全世界否认，
我在这里期待这个人：
因此我选择了这座修道院。我们在这里
安全吧，不会被人出卖，不会遭人袭击？
您向我发的誓言，您是否还能记起？

院长：

请您信任我们，王子殿下。国王们
疑虑重重也不会彻底搜寻坟墓。
好奇的耳朵只在幸福和激情的
门上贴住。在这堵墙垣跟前
世界就此结束。

卡洛斯：

您大概在想，
这样小心谨慎，这样心惊胆战
准是心里有鬼，良心不安。

院长：

我什么也不想。

卡洛斯：

您错了，虔诚的神父，
您真的大错特错。我这秘密
只是害怕见人，不怕面对上帝。

院长：

我的孩子，
我们对此并不关心。这座避难所

既为无辜的人开放,也为犯罪之徒开门。
你的打算究竟是好是坏,
是罪恶堕落还是堂堂正正,——
你去和自己的良心结算一清。

卡洛斯(热忱地):
我们瞒着
别人进行的事情,不会把您的上帝玷污。
这是他自己最为优美的作品。——在您面前,
我自然全都可以披露。

院长:
这有什么结果?
王子殿下,您最好还是别告诉我。
世界以及世上万物在那伟大的旅途之中
早已长期贴上封条予以封闭。
何必在我辞世之前的短暂时间里
再一次把封印开启?——要想获得天国极乐,
所需甚少。——祈祷的钟声
已经敲响。我得前去祷告。
(院长下)

第十五场

〔唐·卡洛斯。封·波萨侯爵进入室内。

卡洛斯:
唉,终于又见面了,终于——

侯爵:
对于一个

焦躁不耐的朋友,这是什么样的考验!
自从我的卡洛斯的命运决定以后
太阳两次冉冉升起,又两次徐徐落山。
现在我才能听到结果。——说吧,
你们言归于好了吧?

卡洛斯:

谁和谁言归于好?

侯爵:

你和菲利普国王陛下;
关于佛兰德斯的事也决定了吧?

卡洛斯:

阿尔巴公爵
明天启程前去的事?这
也定了,是的。

侯爵:

这不可能啊。不会是这样。
难道整个马德里都已受骗?人们都说,
国王陛下你已秘密觐见,国王——

卡洛斯:

国王不为所动。我们从此永远离分,
比我们原来隔阂更深——

侯爵:

你不到
佛兰德斯去了?

卡洛斯:

不了!不了!不了!

侯爵:

啊,我的希望落空了!

卡洛斯：

这还是次要的。啊，罗德里希，自从
我们离别之后，我经历了什么事！
可是现在，首先说说你的忠告！
我必须和她面谈一次——

侯爵：

和你母亲？——不行！——干什么？

卡洛斯：

我有了希望。——你的脸色怎么这样苍白？平静一点。
我应该幸福，我将得到幸福。——可是
这事下次再谈。现在请提出忠告，
我怎么才能和她见面。——

侯爵：

这是什么意思？你这新的昏梦
建立在什么基础之上？

卡洛斯：

不是昏梦！
向神奇的上帝发誓，不是昏梦！——这是真的，是真的！
(取出国王给艾伯莉公主的信札)
这份重要文件包含着事实真相！
王后现在清清白白；无论在世人眼里
还是在上天眼里都无瑕可击。
你读读这个，不要再惊讶不已。

侯爵(打开信札)：

什么？
我看到了什么？国王陛下的亲笔书信？
(读完信后)
这封信写给谁人？

卡洛斯：

写给

艾伯莉公主。——前天
王后的一名侍童从陌生人手里
给我带来一封信和一把钥匙。
向我指出在王后居住的
王宫左翼有一间居室，
一位贵妇在那里等我，
我对她已热恋多时，我立即听从
这一暗示——

侯爵：

你这疯子，你跟着去了？

卡洛斯：

我不认识这份手书——我只认识
这样一位贵妇。除了她还有谁
会觉得自己受到卡洛斯的崇拜？
我飞向那个地方，醺然陶醉内心甜蜜畅快；
一阵曼妙的歌声从室内传出犹如天籁，
向我迎面扑来，像向导似的
为我引路——我把房间打开——
你猜我发现了谁？——你且体验一下我的惊骇！

侯爵：

啊，我一切都猜得出来。

卡洛斯：

倘若我不是

落在一个天使手里，我就彻底毁掉，
完全没救，罗德里希。
这个巧合多么不幸！被我的目光

所表达的率直不慎的语言所吸引，
她竟甜蜜地自我陶醉到这种地步，
竟以为她自己是我这目光迷恋的女神。
我灵魂经受的默默的痛苦
感动了她那温柔的芳心，宽宏大量，
不假思索地说服自己向我回赠爱情。
敬畏之情似乎命令我缄默无言；
她却大胆地打破沉默——她美丽的
灵魂公然袒陈在我面前——

侯爵：

你把
这事说给我听竟这样平心静气？
艾伯莉公主看透了你。她无疑
已深入到你爱情最内在的秘密。
你已深深地侮辱了她。而她控制着
陛下。

卡洛斯（信心十足地）：

她是个富有美德的女人。

侯爵：

她有美德
是出于爱情的自私。——这种美德，
我了解它，我十分害怕——它和
那种真诚的理想差别甚大，那种理想
从心灵的母亲般的土壤中萌生出来，
具有高傲美丽的优雅风采，
不消园丁的帮助自觉自愿地茁壮成长，
把繁茂绚丽的花朵绽放！而她的德行
乃是陌生的枝条，以模仿出来的南国风情

在一个更加粗犷的地区孳生；
你可以称它为教养，原则，什么都行，
称它为竭力赢得的无邪天真，
通过计谋和艰难的斗争，
得之于发热的血液激动的心情，认真仔细地
归之于上天，是上天要求它，并为它付出代价。
你自己考虑一下！倘若有个男人
对她自己费尽艰辛夺得的美德
视而不见，却为唐·菲利普的妻子
烧灼憔悴于无望的烈焰
她会原谅王后不恨不怨？

卡洛斯：

你这样了解公主？

侯爵：

很不了解。

我总共见她还不到两次。
可是请让我再说一句：我以前觉得，
她巧妙地避免把罪恶的弱点暴露，
她对自己的美德很是在乎。
然后我也看到了王后。啊，卡尔，
王后身上的一切，可是完全两样！
王后天生的具有幽静的祥光异彩，
无忧无虑的潇洒气概，
仪表端庄，进退适度，
似乎毫无窘迫和畏惧，
迈着坚定的英雄的步伍，
在礼仪分寸狭窄的中间小道上漫步，
不知道要勉强别人对她欣赏崇拜，

从来也不梦想别人对她赞美喝彩。
现在我的卡尔在这面镜子里,
还能认出他的艾伯莉的身影?
公主态度坚定,因为她在恋爱钟情;
爱情也渗入到她的美德之内。
你没有给她酬报——她便崩溃。

卡洛斯(口气有些激烈):

不,不!

(感情激动地踱了几个来回)

不,我告诉你。——啊,罗德里希,
你可知道,这一说可把你卡尔快乐中
最有神性的快乐,对人的
卓越品性的信念,巧妙地统统夺去!

侯爵:

我应该受到这样的对待?——不,我心爱的亲人,
我并不想这样。我向天上的上帝发誓,不想这样!——
啊,这个艾伯莉——她若是个天使,
我将像你一样,满怀敬畏情意,
匍匐到她的光华异彩面前,但愿
她——没有获悉你的秘密。

卡洛斯:

瞧,

你的担忧是多么虚无飘渺!除了使她
蒙羞的证明之外,她还拥有别的证明?
难道她会用自己的名誉为代价
来买得可悲的乐趣,报仇雪恨?

侯爵:

为了挽回一次

满面羞红，有些人
已经把自己做了耻辱的牺牲。

卡洛斯（激烈地霍然站起）：

不，这太残酷，
太过残忍！她骄傲而又高贵；
我了解她，我丝毫也不害怕。
你枉然试图吓得我放弃我的希望。
我要和我的母亲谈话。

侯爵：

现在？做什么？

卡洛斯：

我现在已经没有什么需要顾及——
我必须知道我的命运。你只要设法，
我如何能和她见面谈话。

侯爵：

你想把这封信
拿给她看？你真想这么干？

卡洛斯：

不要问我
这事。快想办法，想办法
让我和她见面谈话！

侯爵（意味深长地）：

你不是对我说过，
你爱过你的母亲？——你有意
让她看这封信？
（卡洛斯低头看着地面，沉默不语）
卡尔，我从你的面部表情
看到了一些——对我来说是全新的——东西，

一些到此为止对我完全陌生的东西,——
你把眼睛从我脸上移开?为什么不看我的眼睛?
这么说竟是当真?——我究竟有没有看清?
让我看信——
(卡洛斯把信给他。侯爵把信撕碎)

卡洛斯:

什么?你疯了吗?
(控制住火气)
的确想给她看——这我承认——
这封信对我至关紧要。

侯爵:

显然是这样。
所以我把它撕了。
(侯爵以逼人的目光注视着王子,王子以怀疑的神情看着他。长时间的沉默)
你说吧——了解国王陛下
床笫间的秘密,和你的——
你的爱情有什么关系?
难道菲利普对你就这样危险?一个丈夫
破坏了他的义务能和你的更加大胆的
希望之间有什么关连?
难道他犯罪是在你恋爱之际?
当然现在我正学着理解你。啊,直到目前,
我对你的爱情理解得多么肤浅!

卡洛斯:

怎么,罗德里希?你在想什么?

侯爵:

啊,我感到

必须戒除以前习惯的东西。是的，
从前情况完全不同。你那时如此富有，
如此温暖，如此富足！你那广阔的胸怀
包容整个世界。这一切现在全都
荡然无存，为一种激情，
一种渺小的自私心所吞噬净尽。
你的心已经死灭。对于佛兰德斯各省
极端痛苦的命运你已没有眼泪可流，
你对此连一滴眼泪也没有！——啊，卡尔，
自从你除了自己谁也不爱以来，
你变得多么贫穷，贫穷得像个乞丐。

卡洛斯（跌坐在一把软椅里，过了一阵，以抑制不住的哭泣声）：
我知道
你已经看不起我了。

侯爵：
别这样，卡尔！
我知道这种感情的强烈冲动。
这是值得称赞的感情的迷乱。
王后原来属于你，后来被国王
横刀夺去——可是直到现在
你一直怯怯地怀疑你的权利。
也许菲利普配得上她。你只敢
悄声说出你的判断。
这封信决出了高低。配得上她的是你。
你曾怀着高傲快乐的心情
忍受专制掠夺的命运。
你因为曾受到侮辱而雀跃欢呼；
因为蒙受冤枉使伟大的心灵感到舒服。

可是你的想像力在这里误入歧途，
你的骄傲得到了满足——你的心
便暗存希望。瞧，我知道得很清楚，
你这一次可是自我迷误。

卡洛斯（受到感动）：
不，罗德里希，你大错特错了。
我的思想并没有那么高尚，远远没有这样高尚，
完全不像你所乐于使我相信的那样。

侯爵：
　　　　　　我难道
在这里这样不了解情况？瞧，卡尔，
倘若你有所迷误，我便尽量设法
在几百件我视为错误的事情当中
选择美德劝你采纳。既然现在
我们已经彼此更加理解，那就这么办！
你现在应该去见王后，必须和她交谈。——

卡洛斯（扑上去搂住侯爵的脖子）：
啊，在你身旁我面红耳赤，羞愧无比！

侯爵：
　　　　　　我向你保证。
现在请把其他一切交给我办。
一个狂野、大胆、巧妙的念头
在我幻想当中涌现。——卡尔，这个想法
你应该从一张更加美丽的嘴里听到。
我急于去见王后。也许
明天就可以见到分晓。
到那时为止，别忘了，“一个更高的理性
产生的计划，被人类的苦难紧紧催逼，

它已经千万次遭到破坏，
但绝对不容放弃。”——你听见了吗？
请时刻将佛兰德斯记在心中！

卡洛斯：

记住一切，一切，
记住你和崇高的美德命令我做的一切。

侯爵（走到窗前）：

时间已到。我听见你的随从已来。
（他们互相拥抱）
现在我们又是太子殿下和臣仆。

卡洛斯：

你马上就
回到城里？

侯爵：

马上就走。

卡洛斯：

等等！还有一句话！
多么容易忘记！——有个消息
对你分外重要：国王打开了
寄往布拉班特的书信。你要小心！
我知道，王国的邮局接到
密令——

侯爵：

你怎么知道这事？

卡洛斯：

唐·莱蒙·
封·塔克西斯是我的好友。

侯爵（沉默片刻）：

还有这事！
这样以后信件就绕道德意志。
（他们从不同的门下）

第 三 幕

〔国王的寝宫。

第 一 场

〔床头柜上燃着两支蜡烛。卧室的后方跪着几名侍童，已经睡去。国王上衣已脱下，站在桌前，一条胳臂扶着软椅，一副沉思的样子。在他面前放着一枚装肖像的小徽章和几张纸。

国王：

谁能否认，
她平素是个耽于空想的女人？我从来没能把爱给予她。
但是——她似乎感到过这种欠缺吗？
现在已经证明，她虚伪成性。
（说到这里，他做了一个动作，使他清醒过来。他迷乱地抬头一看）
我在哪里？
这里除了国王就没有人清醒？——什么？
蜡烛已快燃尽？可是还未破晓？
我已睡意尽消。老天爷，
算我已睡了一觉。一个国王
没有时间去把失去的夜晚补上；

Ferdinand Keller.

现在我已清醒,白天尽管来临。

(他吹灭蜡烛,拉开窗帘。——他来回踱步时发现正在熟睡的侍童,他在他们面前默立了片刻;然后拉铃)

也许还有人

睡在我的前厅吗?

第二场

〔国王。勒尔玛伯爵。

勒尔玛伯爵(看见国王,惊愕地):

陛下

御体欠安吗?

国王:

左边的亭子里

有烛灯光影。您没听见

嘈杂的声音?

勒尔玛伯爵:

没有听见,陛下。

国王:

没有听见?怎么?这么说我只是做了场梦?

这事的发生,不会纯属偶然。

不是王后住在那边?

勒尔玛伯爵:

是的,陛下。

国王:

梦境使我惊慌。

以后一到晚上那边要加双岗,

听见了吗？但是要做得保密，
悄悄进行。我不愿意——
您用眼睛在审视我吗？

勒尔玛伯爵：

我发现

有只眼睛发炎，请求得到安眠。
国王陛下，我是否可以斗胆请您
想一想珍贵美好的生活，请您
想一想众多百姓，他们会怀着
担惊受怕的迷惘神情，在您脸上看到
彻夜不眠的痕迹。只在拂晓时分
有短短两个小时的安息——

国王（眼神迷惘）：

安息？

我在埃斯科里亚尔[1]找到安息。——
国王安睡，就失去王冠，
男人安睡，就失去他女人的心，——不，不！
这是污蔑——不是一个女子，
一个女子在我耳边悄声诉说这事？
女人的名字就叫做污蔑。罪行未经
男人证实，这罪行还不能确认。
（对那些已经完全清醒的侍童）
传阿尔巴公爵！
（侍童下）

走近一点，伯爵！

这是真的吗？

---

① 埃斯科里亚尔为西班牙国王陵寝所在之地。

（他在伯爵面前站住，仔细打量伯爵）

啊，只充当一瞬间

全知的上帝！——向我发誓，这可是真的？

我受人欺骗？我被人欺骗？这可是真的？

勒尔玛伯爵：

我伟大的国王陛下

我杰出的国王陛下——

国王（往后直退）：

国王！只是国王，

又是国王！——除了空洞无物的回响，

就没有更好的回答？我敲击

这块山岩，想要获得泉水清清

来止住我的干渴，炽热犹如热病——

可他给我的却是火烫的黄金。

勒尔玛伯爵：

什么是真的，国王陛下？

国王：

没什么，没什么。下去，下去吧。

（伯爵想要离去，国王又一次把他叫回来）

您已结婚？

已当上了父亲？是吧？

勒尔玛伯爵：

是的，陛下。

国王：

您结了婚，可是还能冒险，在您

主人这里守卫整整一夜，您的头发

已呈银灰，您竟相信您妻子的忠贞，

并不为此心慌脸红？

啊,回家去吧。您正好碰见她
搂在您儿子的怀里,干乱伦的行径。
相信您的国王,去吧——您站在那里万分惊愕?
望着我意味深长?——因为我,
我自己也一头灰发?
不幸的家伙,好好想想。王后们
不会玷污她们的美德。您若
对此表示怀疑,就必死无疑——

勒尔玛伯爵(激烈地):

谁会怀疑?
在国王陛下统治的所有的国家里,
谁会这样放肆,对这天使般的美德
发出这样恶毒的怀疑?
把无与伦比的王后这样贬抑——

国王:

无与伦比的王后?
这么说也是您无与伦比的王后?我觉得,
她在我的身边有着非常热心的朋友。
这想必叫她破费了不少——远远超过
她的支付能力,这我知道。
您可以走了。去把阿尔巴公爵叫来。

勒尔玛伯爵:

我已经听见他就在前厅——
(正打算退下)

国王(用变得柔和的声调):

伯爵!——您先前
看到的,大概是真的吧。
我一夜未眠,头脑发烫。——请忘记

我在白日梦中说的话。您听见了吗？
忘了它吧，我是您仁慈的国王陛下。
（他伸手给勒尔玛伯爵亲吻。伯爵下，给封·阿尔巴公爵打开房门）

第三场

〔国王和封·阿尔巴公爵。

阿尔巴公爵（走近国王，心里忐忑不安）：
在这样不同寻常的时刻，
给我一道这样意想不到的圣旨？
（仔细观察国王之后，愕然）
这样的脸色——
国王（坐下，拿起桌上的那个小像章，默默无言地长时间凝视公爵）：
这么说的确真实无误？
我已经没有忠实的臣仆？
阿尔巴公爵（神情惊愕地站住）：
怎么？
国王：
我受到了致命的伤害——这事大家全都知道，
可是没人向我发出警告！
阿尔巴公爵（目光惊讶）：
对国王
陛下的侮辱竟然逃过
我的眼睛？
国王（把信件递给他）：
您认出这是谁的笔迹？
阿尔巴公爵：

这是

唐·卡洛斯的笔迹。

国王(停顿片刻,目光犀利地观察公爵):

您还什么都没有估计出来?

您不是警告我要注意他的勃勃野心?

难道仅仅是他的野心

会让我吓得发抖,胆战心惊?

阿尔巴公爵:

野心是个非常博大——

非常宽泛的字眼,还有许多东西

可以容纳在里面。

国王:

您没有什么特别的事情

要向我披露?

阿尔巴公爵(沉默片刻,带着城府很深的表情):

陛下

深知我警觉,把王国托付给我。

我有责任把我所知的极端秘密的事情

和我深入精细的看法禀告国王陛下。

我其他的估计我所想所知的一切,

则属于我自己。这是被出卖的奴隶,

世上君王们的臣仆

有权保留的最神圣的领地。——

并不是我们心里洞若观火的

所有事情都已成熟,可以禀告王上。

倘若他想让自己的愿望得到满足,

我只好恭请陛下,不要作为主子

把问题提出。

国王（把信件递给他）：

　　　　　　　　您读一读吧。

阿尔巴公爵（念信，惊恐地转向国王）：

　　　　　　是哪个

　疯子，把这张该死的信纸

　传到陛下手里？

国王：

　　　　　　　　什么？

　这么说，您知道，信中内容指的是谁？

　据我所知，信上避免提及此人的名讳。

阿尔巴公爵（心慌意乱地直往后退）：

　我刚才嘴快失言。

国王：

　您知道？

阿尔巴公爵（思索片刻）：

　　　　　　话已出口。

　我的主子下令——我不能再往后退——

　我不否认——我认得此人是谁。

国王（又惊慌又激动地站立起来）：

　啊，可怕的复仇之神啊！

　请帮我想出一种新的死法！——

　事情是这样清楚明白，众所周知，

　这样声传四方，人们一眼就可猜出

　不消进行考查，——这实在

　过分已极！这事我竟一无所知！一无所知！

　我竟是最后一个发现这事！

　在我整个王国里，我是最后一个获悉！

阿尔巴公爵（匍匐在国王脚下）：

是的，我承认有罪，
无比仁慈的君王。我无比羞愧，
国王陛下的荣誉、公正和真理
争先恐后大声疾呼，
催我开口说话的时候，
我却胆怯地自作聪明一字不吐——
因为大家都想保持沉默——
因为美丽的魔力把所有男人的舌头
全都拴住，那就让我冒险，我来开口；
尽管我知道，儿子的阿谀奉承
发誓赌咒，妻子的娇媚诱人，
泪水直流——

国王（迅速而激烈地）：

起来。
我以国王的名义担保——起来。
说吧，不要害怕。

阿尔巴公爵（起立）：

我王陛下
也许还记得在阿朗胡哀兹
御花园里发生的那件事。陛下发现
王后独自一人，呆在一座偏僻的
小亭子里——目光慌乱——
她的宫女全都不在身边。

国王：

哈！
我将听到什么啊？接着说！

阿尔巴公爵：

封·蒙德卡尔

侯爵夫人遭到放逐,流亡到外国,因为她
宽宏大量代人受过,迅速为王后
做出牺牲——现在我们得悉详情——
侯爵夫人其实并无过错,
她只是奉命离开王后。
王子在那儿呆过。

国王(惊恐地霍然跳起):

在那儿呆过,
这么说——

阿尔巴公爵:

在沙地上有一个男人的脚印,
从亭子左边的进口处
一直引向岩洞,那里还留下
太子丢失的一块手帕,
立即引起了人们的怀疑。
园丁在那里遇到过王子殿下,
这几乎就是国王陛下
在亭子里出现的时候,
算算时间,分秒不差。

国王(从阴暗的沉思中惊醒):

我当时
显出困惑,她便流泪! 使我
在满朝文武面前面红耳赤!
为我自己感到羞愧——上帝啊!
我当时就像在受审判,站在
她的美德面前无言以对——

(长时间深沉的静默。国王坐下,以手掩面)

阿尔巴公爵:

我王陛下

便是这个也并不能完全决定——

国王(抓起信件):

连这个也不能决定?

这个?还有这个?这些判人罪行的证明

这样明显地合在一起也不能决定?

啊,这比白日的天光还要鲜明——

很久以来我就预先知情——我在马德里

从您的手里把她迎接过来,这时,

这个罪行就已经开始萌生——

我还看见她脸色苍白像幽灵一样,

以惊恐的目光凝视着我的白发苍苍。

这场假戏就此开场!

阿尔巴公爵:

王子丧失了

未婚妻,换来了年轻的母亲。

他们彼此早就怀有烈火般的感情,

暗自心存一朝结合的愿望,

新的处境禁止她有这种感情。

平时谈起此事总会暗自心惊,

可是回忆往事熟悉的情景

历历在目,于是诱惑大胆发生,

恐惧也就一扫而空。再加上

年龄相当,意见相同,都为同样的

限制所困,于是就更为大胆地

屈从于激情的猛烈波动。

政治超过了他们的相互倾心;

我王陛下,王后会承认,国务会议

拥有这种全权？这事可以相信？
王后会克服自己的欲念，更加
专注地去研究内阁的决定？
她原来准备获得爱情，结果却接受了——
王冠一顶。

国王（受到污辱，愤怒地）：
您做出了非常——
非常聪明的区分，公爵——我欣赏
您的口才。我感谢您。
（站起身来，冷漠而高傲地）
您说得有理；
王后向我藏起具有
这种内容的信件，隐瞒太子
违法地在御花园里出现的实情，
实在铸成大错。由于错误的
宽宏大量她犯了严重的错误。
我会对她进行惩处。
（拉铃）
还有谁
在前厅里？——阿尔巴公爵，
我用不着您。下去吧。

阿尔巴公爵：
由于
我的热忱，我是不是又一次
使得陛下心中不悦？

国王（对一个刚进来的侍童）：
传召
多明各觐见。（侍童下）

我原谅您。
差不多有两分钟之久
您使我担心,会对您
犯下一桩罪行。
(阿尔巴公爵下)

第四场

〔国王。多明各。

国王(踱了好几个来回,使自己平静下来)
多明各(阿尔巴公爵下场后几分钟,多明各上场,走近国王。打量国王片刻,神情庄严沉静):
看见陛下这样平静,这样镇静,
我真是又喜又惊。
国王:
您感到惊讶?
多明各:
感谢上帝,这么说,
我的担忧毫无根据。
现在我更有希望的余地。
国王:
您的担忧?
有什么可以担忧?
多明各:
陛下
我不敢隐瞒,我已经
获悉一个秘密——

国王(阴沉地):

我难道表示过

愿意和您分享这个秘密?

谁这样鲁莽,抢在我的前面?

老实说,这真是大胆已极!

多明各:

我王陛下,

我获悉这个秘密的地点和原因

以及我在什么情况下获悉它,

至少可以为我洗清这个罪名。

人家在忏悔[①] 时说给我听——

把这秘密视为一种罪行,发现

这秘密的女子敏感的良心不胜负担,

寻求上天的恩典。公主为一件事情哭泣,

可惜为时已晚,她有理由预感到

这事会把王后牵连,

产生可怕后果,造成严重灾难。

国王:

真的吗?

心地善良的神父——您估计得正确无误,

因此之故,我把您召到此处。

一股盲目的热忱把我投入一座迷宫,

您得把我从这迷宫之中引出。

我等着您告诉我真相。坦率地向我吐露肺腑。

我该相信什么?该做出什么决定?

我要求您的职务给我真实情形。

① 按照天主教教规,忏悔的内容神父应该保密。

多明各：

陛下，

尽管我的职位以仁爱为本，
并不勉强执行宽恕这一温和的义务，
我还是要恳求国王陛下，
为了您内心的平静，
事情已经揭露就此打住——
永远放弃追查这一秘密，
深究细查绝无任何好处。
现在已经披露的事，可以予以宽恕。
国王陛下金口一开——王后就从未
有过错误。陛下的意志
给人以美德犹如给人以幸福——
只有陛下一直保持平静处之泰然，
才能大力抑止诽谤中伤
造成的沸沸扬扬的谣言。

国王：

谣言？

关于我的谣言？在我的百姓中间流传？

多明各：

尽是谎言！

该诅咒的谎言！我发誓。
当然也有一些情形，老百姓的想法
和真实情况一样要紧，虽然这些想法
还未得到充分证明。

国王：

上帝！

这里恰好便是这样——

多明各：

良好的名誉

无尚珍贵，只有这惟一的财富，

王后不得专美，得和市民之妇

互相竞争——

国王：

我希望，

这里不该为良好的名誉浑身战栗？

（国王心神不宁地注视着多明各。沉默片刻）

神父

我还得听您告诉我一些可怕的消息。

不要推迟。您的脸上布满阴云，

我早已在那里读到不幸的音讯。

都说出来吧！管它是什么都行！

不要让我继续受到煎熬，遭受酷刑！

百姓把什么信以为真？

多明各：

陛下，我再说一遍，

百姓可能弄错——他们肯定错了。百姓之言，

不该使国王受到震撼——

只不过——他们竟然如此大胆，

竟敢说出这种话来，口无遮拦——

国王：

什么话？难道

非要我一再求您给我一滴毒汁？

多明各：

百姓回想到那个月——

吾王陛下重病在身，
几乎一命归天——三十个礼拜之后，
欣闻喜讯，王后
顺利分娩——
（国王站起身来拉铃。封·阿尔巴公爵进来。多明各愕然）
　　　　　　我惊讶不止，陛下。

国王（迎着阿尔巴公爵走去）：
　　　　　　托列多！
您是个堂堂男子汉。保护我不受这神父攻击！

多明各（他和阿尔巴公爵互相尴尬地交换眼色。半晌）：
倘若我们能够预先知道，
这个消息会使传递者
受到叱责——

国王：
　　　　　　您说野种是不是？
您说，我还在苦苦挣扎未卜生死，
她已经怀上了孩子？
怎么？我若没有记错，你们当时
不是为我身上发生的崇高奇迹
在所有的教堂里极力
赞美圣多米尼库斯[①] 吗？
当时是奇迹，现在就不再是？
那么你们欺骗了我，不在现在，就在当时，
你们要求我相信什么事？
啊，我看透了你们。这个阴谋诡计

① 多米尼库斯（1170—1221），西班牙人，天主教多明各修会的创办人，一二三四年被罗马教廷封为圣人。

若在当时就已成熟——那么
这位圣人早就失去了他的荣誉。

阿尔巴公爵:

阴谋诡计?

国王:

你们现在
应该意见完全一致,
达到史无前例的和谐,
可是又都表示对此并不同意?
你们想说服我相信这事?把我说服?
我难道会没有注意到,你们扑向你们夺得的
战利品何等迫不及待,何等贪心不足?
你们何等欢快地欣赏我的痛苦,
欣赏我激起阵阵愤怒?
我会没有注意到,公爵在那边
如何热忱地急于抢先夺得
我理应给我儿子的殊恩?
而这位虔诚的神父在这儿用我愤怒的
巨人胳臂来抵御他那小小的愤懑?
你们幻想,把我当作一把弓,
可以随心所欲地拉开紧绷?
我还保持我固有的意志——
倘若我非怀疑不可,那就至少让我
从怀疑你们开始。

阿尔巴公爵:

我们的忠诚
没想到会得到这样的解释。

国王:

　　　　忠诚！
忠诚是对日益逼近的罪行向人发出警告，
复仇的欲望则是对业已犯下的罪行说三道四。
你们听着！通过你们的殷勤效劳
我有什么收获！——倘若你们所说的属实，
除了给我留下一个夫妻分离的创口
复仇的可悲胜利，还有什么？——可是不，
你们只是担心而已；你们给我
模棱两可的估计——你们让我
独自呆在地狱的边缘，自己溜之大吉。

多明各：

　　　　在眼睛
不能发挥作用之时，
怎能获得别的证明？

国王（沉默良久，转向多明各，严肃而庄严地）：

　　　　我要
召集我王国之内所有的显贵大臣，
亲自主持审讯。你们要在众人面前
出列——你们要有勇气——
控告她是一个姘妇！——她得
处以死刑——无可挽救——她和
太子都得处死——但是你们要注意！
倘若她能洗刷自己——那你们就必死无疑！
你们是否愿意通过这种牺牲来尊重真理？
你们决定吧。你们不愿意？你们默不作声？
你们不愿意这样做？——这是说谎者的热忱。

阿尔巴公爵（他默默地站在远处，冷冷地平静地说道）：

我愿意这样做。

国王(惊讶地转过身去,凝视公爵片刻):

这很大胆！可是我突然想起,
您在激战中曾经为了更加微不足道的
事情冒过生命的危险——
以孤注一掷的赌徒的轻率
为了无谓的荣誉甘冒风险——
生命对您意味着什么？——我才不把王族的鲜血
在一个疯子身上冒险,这种疯子无所希求,
只为了以崇高的姿态放弃自己
卑微的生命——我对您的牺牲感到不齿,
下去吧,下去,在觐见大殿
等候我进一步的谕旨。
(两人下)

第五场

〔国王独自一人。

国王:

现在请赐给我一个人,善良的上帝——
你已赐给我恩惠无数。现在请
赠送一个人给我。你——你独自一人,
因为你的眼睛审视隐蔽之物,
我求你给我一个朋友;因为我
和你不同,并不是全知全晓。
你派给我的助手,都是些什么样的助手,
这你知道。他们的功劳,全是为了我。
他们受到控制,奉命犯下的罪过,

也是服务于我的目标，
犹如你那涤净这世界的疾雨风暴。
我需要真情——在迷误的阴暗
土堆之中挖开真理静谧的源泉，
这不是君王们的命运。请给我一个
罕见的奇人，拥有纯洁的坦率的心灵，
明朗轩亮的精神和坦然大方的眼睛，
他能帮助我找到真情——我使劲摇晃
这阄签；让我在围绕着皇权日轮
翩跹飞舞的成千上万人当中
找到我要找的惟一的人。
（他打开一只匣子，取出一个记事板，翻了半天之后说道）
　　　　　　尽是名字——
这里写的尽是姓名，都没有提及
他们的功勋，他们何以能在
这记事板上登录姓名——还有什么
更加健忘，甚于感恩之心？可是在这儿，
在另一本记事板上仔细地
记上了每一件过失罪行。怎么？
这可不行。难道复仇的记忆力还需要
帮忙提醒？
　（继续读下去）
　　　　　艾格蒙特伯爵？
把他放在这里干什么？圣康坦的胜利
早已过去。我把他扔到死人堆里。①

① 艾格蒙特（1522—1568），尼德兰贵族。在西班牙、尼德兰联军与法国进行的圣康坦战役中，曾指挥西班牙骑兵建立战功，菲利普接见了艾格蒙特，向他表示感谢。日后艾格蒙特为尼德兰人民的权利反对西班牙，被阿尔巴逮捕，后被菲利普下令斩首。歌德写有悲剧《艾格蒙特》，贝多芬曾将其改编成歌剧。

(他划掉了这个名字,把它写在另一本上。然后继续往下读)
封·波萨侯爵?——波萨?——波萨?
我怎么也想不起这个人来!
划了两道——证明
我将对他委以重任!
这怎么可能?此人迄今为止
一直没在我的面前出现?他是躲开
他君王的眼睛?像避开债主?
我的上帝,在我统治的众多王国之中,
无求于我的,就他独自一人!
他若拥有贪欲和野心,
早就在我宝座前面现身,
我不妨冒险试试这个怪人?谁若可以
无求于我,将会向我说出真话实情。
(下)

第 六 场

〔觐见大殿。

〔唐·卡洛斯在与封·帕尔玛王子[①] 交谈。封·阿尔巴,封·菲里亚,封·梅迪纳·西多尼亚[②] 三位公爵。封·勒尔玛伯爵和其他显贵都手执文件。大家恭候国王驾临。

---

① 帕尔玛王子(1545—1594),国王菲利普的姐姐玛格丽特公主(1522—1592)与帕尔玛公爵之子。一五五九至一五六七年间在菲利普的关怀下,在西班牙宫廷受教育,与唐·卡洛斯关系密切。一五七八年被菲利普派往尼德兰,任西班牙军队的总司令。

② 西多尼亚公爵(1550—1615),西班牙海军上将。他率领的“无敌舰队”一五八八年大败于英国海军,返航时又遇风暴,全军覆没。

梅迪纳·西多尼亚(四周的人显然都避开他,他便转向独自沉思着踱来踱去的封·阿尔巴公爵):

您跟主子谈过了吧,公爵大人。——
您觉得主子情绪如何?

阿尔巴:

对您
和您的消息[①] 来说,他情绪极坏。

梅迪纳·西多尼亚:

遭到
英国大炮的攻击也比站在这里
轻松得多。

(卡洛斯默默地关心地看着他,此刻走近,和他握手)

热忱地
感谢您宽宏大量的眼泪,王子。
您瞧,大伙都躲着我。我的
毁灭已是确定无疑的事。

卡洛斯:

朋友,
父王宽厚仁慈,您清白无辜,
您要充满希望,定有出路。

梅迪纳·西多尼亚:

我给他断送了
一支舰队,海上还从未见过这样的舰队——
我这一颗脑袋怎么抵销得了七十艘

① 指"无敌舰队"败北事,席勒为安排情节起见,将此次海战的时间前移了约二十年。

沉没的战舰？——但是，王子殿下，
我的五个儿子，像您一样前程无量——也
都死于非命，——使我为之心碎——

第七场

〔国王身着朝服上。前场人物。大家脱帽退向两侧，在国王身边围成一个半圆形。鸦雀无声。

国王（向满朝文武扫了一眼）：
戴上帽子吧！
（唐·卡洛斯和封·帕尔玛王子首先走近国王，吻手。国王颇为亲切地与后者说话，不理自己的儿子）
王侄，您的母后
想要知道，我们在马德里
是否对您满意。

帕尔玛王子：
母后应该
在我打完第一仗时再问。

国王：
您等着吧。等到这些大将告老还乡，
会轮到您大显身手驰骋沙场。
（向封·菲里亚公爵）
您有什么事情启奏？

菲里亚（在国王面前单膝跪下）：
卡拉特拉伐
骑士团指挥官今晨去世。

他的骑士十字章[①] 送了回来。

国王(取过十字章环顾四周):

在他之后

谁最配佩戴这枚十字章?

(他向阿尔巴招手,阿尔巴在他面前单膝下跪,国王把十字章挂在他脖子上)

公爵,

您是我的首席统帅——永远不要希冀更多,

您就永远不会失去我的恩宠。

(他看到封·梅迪纳·西多尼亚公爵)

瞧,我的海军上将!

梅迪纳·西多尼亚(摇摇晃晃地走到国王面前跪下,低垂脑袋):

伟大的国王陛下,

这就是我带回来的全部西班牙青年

和无敌舰队。

国王(沉默许久):

上帝

在上——我派您出征是去和人作战,

而不是去跟风暴和礁石打仗——

欢迎您回到马德里!

(他伸手给梅迪纳·西多尼亚亲吻)

感谢您

平安回来,为我保住了一个称职的臣仆!

各位大人,我视他为这样一个臣仆,

也希望大家都这样看他。

(他示意梅迪纳·西多尼亚起立,戴上帽子——然后转过脸去冲着其

① 指金羊毛十字章,西班牙最高的勋章。

他人）

还有何事启奏？

（对唐·卡洛斯和封·帕尔玛王子）

谢谢你们，我的王子们。

（两位王子下。其余显贵走近国王，跪呈他们的奏章。国王草草地扫了一眼，把奏章递给封·阿尔巴公爵）

把它们放在御书房里供我一览——已无事启奏？

（没人回答）

在我的显贵当中从来不见一位

波萨侯爵，这是什么缘故？

我知道得非常清楚，这位波萨侯爵

为我效劳功勋卓著。莫非他已不在人间？

为什么他从不露面？

勒尔玛：

这位骑士

不久之前才倦游归来，

他遍游了欧洲各个国家。

他正在马德里，只是等待着

公开觐见之日，匍匐在

他的至高无上的主子脚下。

阿尔巴：

封·波萨侯爵？——不错！陛下，

这是一位英勇的马耳他骑士，

关于他令人神往的事情广为流传。

当索利曼[①] 下令围困该岛，

骑士们根据骑士团首领的公告，

① 索利曼（1495—1566），土耳其国王，他的舰队几乎占领整个地中海。

在岛上聚集之时[①],
在阿尔卡拉大学里
有个十八岁的青年突然失踪。他未召即至,
出现在拉·瓦莱特[②] 面前。说道:
“人家给我买了这只十字架[③],现在我要赢得它。”
四十名骑士在正午时分经受三次冲锋,
保卫要塞,抗击彼阿利,乌卢齐阿利,
穆斯塔法和哈桑[④]。
波萨便在这四十名骑士之中。
最后要塞终于被敌人攻陷,
所有的骑士在他身边阵亡,
他便跃入海中,独自生还,
来到团长身旁。
两个月后敌人离岛而去,
这位骑士又回到大学,
完成业已开始的学习。

菲里亚:

也是这位波萨侯爵
后来发现了卡塔洛尼亚臭名昭著的
叛乱[⑤],全凭他的刚毅坚定,
才保住了王国最重要的行省。

---

① 马耳他骑士团团长向教皇及信奉天主教的国王公侯们报告,他们受到威胁,希望得到援助,同时号召骑士团的全体骑士保卫该岛。

② 拉·瓦莱特(? —1568),马耳他骑士团团长。

③ 马耳他骑士团的骑士资格可以花钱购得。

④ 彼阿利,土耳其海军司令;乌卢齐阿利,著名海盗;穆斯塔法,土耳其军队司令;哈桑,可能指阿尔及利亚国王阿桑姆。

⑤ 指1462年卡塔洛尼亚爆发的贵族叛乱,然而这发生在卡尔五世执政之前。

国王：

我深感惊讶——
这究竟是个何等人物，竟能
做出这种事迹，在我问及的三个人中
没有一人对他妒嫉？——毫无疑问，
此人性格异乎寻常，
或者毫无性格。——由于好奇惊讶，
我定要见一见他。
（对封·阿尔巴公爵）
听完弥撒，
带他到御书房来见我。
（公爵下，国王叫住菲里亚）
您代替朕
主持枢密会议。
（国王下）

菲里亚：

主子今天非常仁慈。

梅迪纳·西多尼亚：

您说吧：
他是个上帝！——他一直是我的上帝。

菲里亚：

您完全应该享受您的幸运！海军上将，
我对您表示最热忱的同情。

显贵之一：

我也一样。

显贵之二：

我也真的表示同情。

显贵之三：

我的心怦怦直跳，
真是一位功高盖世的将军！

显贵之一：

国王陛下
不是对您仁慈，——只是对您公正。

勒尔玛（下场时对梅迪纳·西多尼亚说）：

就凭两句话，您一下子变得多么富有！
（都下）

第八场

〔国王的御书房。
〔封·波萨侯爵和封·阿尔巴公爵。

侯爵（走进房间）：

他要见我？见我？——这不可能啊。
您把名字弄错了吧——他找我
想干什么？

阿尔巴公爵：

他想认识您。

侯爵：

仅仅为了好奇而已——啊，那么这一
瞬间就算逝去，真是可惜——人生苦短，
消逝之快令人惊异。

阿尔巴公爵：

我就
把您托付给您的幸运之星。
国王在您手里。您尽可能地

利用这一良机，倘若白白浪费，
那就只好怪您
自己。
（公爵下）

第　九　场

〔侯爵独自一人。

侯爵：

说得好，公爵。
必须充分利用这千载难逢的
绝妙机会。真的，这位廷臣
给了我一个良好的忠告——虽然并非
他所说的良机，可是对我确是来得正好。
（来回走了几步）
我怎么来到这里？——纯粹是
喜怒无常的偶然事件的巧合
使我的肖像在这些镜子里显现？
在一百万人中偏偏找到我，
这个人最不显眼，并且
在国王的记忆里把我唤醒？
这只是偶然事件？也许还不仅如此——
偶然事件不就是塑造者手里
获得生命的一块顽石？
上天造成偶然事件——
为了达到目的，人必须把它加以塑造——
不论国王陛下想怎么处理我，都不要紧！

我知道,我想——利用国王达到什么目的,
哪怕只是向专制君王的心里
大胆地投入真理的火光一缕——
在上天手里这会变得多么有益!
这样,我以往觉得是奇思怪想的事,也会变得
目的清楚,深思熟虑。生或死——
都无所谓!我将本着这个信念见机行事。
(他在室内走了几步,最后在一幅油画前站住,平静地观赏。国王在毗邻的房间出现,发了几道谕旨。然后他走进此屋,在门口静静站住,注视了一会儿侯爵,并未被侯爵发现。)

第十场

〔国王和封·波萨侯爵。
〔侯爵一看见国王,便向国王走去,在他面前单膝跪下,然后站起身来,神情自若地站在国王面前。

国王(目光惊诧地观察侯爵):
这么说您已经见过我?
侯爵:
没有。
国王:
您对
我的王室有功。为何
避不接受我的谢意?
许多人都挤进我的记忆之中。
全知全晓的只有上帝。您理应
主动引起您国王的注意,

为什么不见您的踪迹？

侯爵：

陛下，

我在两天之前才刚

回到王国。

国王：

我不愿意

对我的臣仆有所亏欠，——

您就请求一个恩典。

侯爵：

我充分享受法律。

国王：

连杀人凶手也有这项权利。

侯爵：

善良的市民

自然享受得更多！——陛下，我心满意足。

国王（自言自语）：

极为自信勇气十足，我的上帝！

可是这也是意料中事——我愿

西班牙人高傲成性。我乐于

忍受这点，虽然有点过分——

听说，您已不再为我效力？

侯爵：

为更优秀的人让贤，

我抽身引退。

国王：

我深感遗憾。这样的人才闲着不用，

对我的国家将是多大的亏损——

您也许害怕，找不到
符合您精神的气氛。

侯爵：

啊，不！

我敢肯定，富有经验，洞察人心
知人善任的人
定能一眼便可看出
我适合什么，什么不能胜任。
我怀着谦卑的感激心情，
感觉到通过这一崇高的评价，
加在我身上的宠信；
可是——（他说到这里，停住）

国王：

您有顾虑？

侯爵：

我——我必须承认，

陛下，——片刻之间我还准备不足，
把我作为世界公民所想的事情
以您臣仆的语言来加以叙诉。——
因为当时，陛下，当我永远停止
为王室效力时，我认为我也就
没有必要向王室汇报
我走这一步的理由。

国王：

这些理由就这样无力绵软？
您害怕为此要担风险？

侯爵：

倘若我赢得时间，

来阐明理由，陛下——充其量冒生命危险。
倘若陛下拒绝给我这一恩典，
我就只好不说真话。我得在
失去您的恩宠和遭到您的轻视之间
加以选择——我若不得不做出决定，
那我宁愿在您眼里是个罪犯
而不是一个笨蛋。

国王（带着期待的表情）：

那又如何？

侯爵：

——我不能充当君王的奴仆。
（国王惊讶地看着他）
我不愿
欺骗买主，陛下。——倘若
您认为值得雇用我，
那您只要已有定评的行动。
您在战场上只要我的手臂和勇气，
在国务会议上只要我的头脑。并不是我的行动，
而是我的行动得到陛下的赞许称道，
应是我行动的最终目标。对我而言，
美德有它自身的价值。
君王们用我的手种下的幸福，
我完全可以自己种植。
对我来说只该是义务的事，完全可以是我的快乐，
我自己的选择。这是否也是您的意见？您在
自己的造物中是否能够容忍别的造物主？
我本可以成为艺术家的地方，
却只能降低身份去当一把凿子？

我热爱人类,而在王国里
我谁也不许爱,除了我自己。

国王:

　　　　这股火气
值得称赞。您想建功立业大干一番。
您如何去完成此举,爱国者
和智者都会同样赞许。您尽可
在我的王国里寻找一个职务,
使您这一高贵的欲望
能够得到满足。

侯爵:

　　　　　　　　我找不到这种职务。

国王:

　　　　　　　　　　　　　　怎么?

侯爵:

陛下通过我的手四下扩散的
可是人的幸福?——这难道
和我纯洁的爱给与人们的是同样的幸福?
在我的这种幸福面前,
陛下将颤抖不已——不!
王室的政策创造的是一种新的幸福——
王国还有足够的富庶,来分配这种幸福。
用这种幸福来满足人们
心里激起的新的欲望。
在王室的硬币上印上真理的图像,
它所能够忍受的真理。
凡是与此不同的印章,全都遭到扬弃。
可是,凡是有益于王室的东西,

是不是对我足够了呢？我的兄弟之爱
是否会用来减少我兄弟的权利？
在他可以思考之前——我知道他是否幸福？
您不要选择我，陛下，来四下散布
您为我们制造的幸福。
我不得不拒绝为这种事情张目。——
我不能充当君王的奴仆。

国王（相当迅速地）：

　　　　　　　　您是个
新教徒。

侯爵（思考片刻）：

　　　　　　　陛下，您的
信仰也是我的信仰。
（少顷）
　　　　　　我遭到了误会。
这正是我所害怕的事情。
您看到遮盖陛下秘密的纱幕
被我的手撕扯净尽。
谁向您保证，不再吓唬我的东西
对我来说还依然神圣？
我之所以危险，因为我想到我的处境。——
我并不危险，我王陛下。我的愿望
腐烂于此，埋进坟茔。
（把手放在自己胸口）
　　　　　　　进行改革的
可笑热忱，不能完全
砸断锁链，只是增加它的重负，
这种热忱从来不会使我血液沸腾。

这个世纪还未成熟,不能接受我的理想。
我生而为即将到来的一代人中的市民。
一幅图画竟能破坏您的宁静?
您吹口气就会把它消除干净。

国王:

我是第一个
从这方面了解您的人吗?

侯爵:

从这方面——
是的!

国王(起立,走了几步,在侯爵对面站住。自言自语):

至少这语气与众不同!
谄媚之词已经穷尽。鹦鹉学舌
降低才俊之士的身份。——不妨从相反方面
尝试一番。为何不试?
异外之举带来幸运。——倘若您
这样理解,那好,我就要物色
一批新的王家侍臣——
要有坚强的精神——

侯爵:

我听说,陛下,您把
人的尊严看得微不足道,极为低下,
即使在自由人的语言里也只看到
谄媚者的花哨油滑,我觉得,
我知道,谁使您有权这样估价。
是人们迫使您这样睥睨天下;他们
心甘情愿地放弃自己的高贵,
心甘情愿降低到这低下的一级,

面对自己内心宏伟的幽灵，
他们惊恐万状地纷纷逃离
处于贫困的境地甘之如饴，
以怯懦的智慧装饰身上的锁链，
体面地戴着它，并称之为美德佳誉。
您就这样继承了这个世界。这个世界
也是这样传到您伟大的父王手里。
人变得这样面目全非，精神委顿——
您又怎么可能——尊重人？

国王：

　　　　　　这些话里
我找到了一些真情。

侯爵：

　　　　　但是可惜！
既然您从造物主手里
把人变成您亲手的造物，
又自命为这个新铸造
出来的造物的上帝——于是您就在
一件小事上有了失误：您自己依然还是人——
是造物主手里创造出来的人。作为凡人
您继续受苦受难，心存渴念；
您需要同情——而对一个神，
人们只能奉献牺牲——只能战栗——只能祈祷！
值得悔恨的交换！大自然
不幸的扭曲颠倒——既然您把人
降低成为您奏乐取悦的乐器，
谁还和您分享和弦优美的乐曲？

国王：

（上帝啊，
他可触动了我的灵魂！）

侯爵：

可是这种牺牲
对您来说不值分文。为此
您成了独一无二的君主——只有自己一人的种属——
付出这种代价，您成为一个神。——
倘若不是如此——倘若付出这样的代价，
践踏了千百万人的幸福，
您依然一无所获！倘若您消灭掉的自由，
惟一能使您的愿望
逐渐成熟？这就可怕已极！
我请求您，放我回去，陛下。我的话题
使我说话漫无边际。我的心里充满了话语——
诱惑过于强大，我就愿意站在这一个人面前，
向他敞开心扉。

（封·勒尔玛伯爵进来，轻声和国王说了几句。国王示意他离去，自己依然坐在原来的座位上）

国王（勒尔玛走后，国王对侯爵说）：

把话说完！

侯爵（沉默片刻）：

陛下，我感觉到——整个的价值——

国王：

说完！
您还有更多的话要跟我说。

侯爵：

陛下！
我新近从佛兰德斯和布拉班特回来，

那是多么富饶、繁荣的省份！
一个强有力的人民，伟大的人民——也是
善良的人民，——而身为这个人民之父，
我想，他应该是天神般的人物！
这时我碰到人的肢体被烧成焦炭枯木——
(说到这里，他沉默不语；他的眼睛望着国王，国王试图回应这道目光，却心慌意乱地俯视地面)
您说得对。您是非做不行。
您可以做您认为非做不可的事情，
这使我浑身战栗，对您赞叹不尽。
啊，可惜的是，牺牲品血染全身，
并不适合对牺牲他的人
高唱赞歌，称颂他的精神！
人——并非更高级的造物——
而只是在撰写世界历史！更加温和的
时代将要挤掉菲利普的时世；
那时将会带来更加温和的睿智；市民的
幸福将和君王的伟大和解，携手并进，
贫乏的国家必然吝啬它的子民的生命，
必然将会变得富有人性。

国王：

您认为，这种人性的世纪什么时候
将会出现？什么时候我会在
现在这一世纪的诅咒面前颤抖？
请您在朕的西班牙环顾四周。
在这里，市民的幸福繁荣
滋长于毫无阴霾的和平环境；
我也赐给佛兰德斯人这种宁静。

侯爵（迅速接口）：

坟墓般的宁静而已！您希望
结束您已开始的事情？希望
阻止基督教[1]表现出来的变形，
阻止那普遍的春天，它使世界的形象
为之一新？您想
独自一人在整个欧洲——阻止
世界命运之轮的转动，它正毫不停顿地
以全速向前滚动？
您想把手臂插入这转动的轮辐之中？
您不会这样做的！已经有成千上万的人
逃出您的国境，欢快然而赤贫。
您因为信仰而失去的市民，
是您最高贵的市民。伊丽莎白[2]
将张开双臂接纳这些逃亡者宛如慈母，
不列颠将可怕地通过我国的艺术
繁荣昌盛起来。失去了这些新式
基督徒的勤奋劳动，格拉纳达满目荒芜，
欧洲雀跃欢呼，眼看着它的敌人自伤筋骨，
浑身创口，血流不住。
（国王为他感动；侯爵注意到这点，走近几步）
您愿意为永恒种植，并且播种死亡？
这样一个被迫产生的作品不可能
比它创造者的精神活得更长。

---

① 指宗教改革以后，基督教分裂为天主教（旧教）和耶稣教（新教）这一巨大变化。

② 指英国女王伊丽莎白一世，英国信奉新教，当时西班牙的新教徒纷纷逃亡英国。

您是在建造,但是无人感恩——徒劳无功地
和大自然进行顽强的斗争,
徒劳无功地把伟大君王的一生
奉献给旨在破坏的蓝图草案。
人比您设想的更为能干。
他将折断长期昏睡的纽带,
重新要求他神圣的权利。
他会把您的名字和尼禄和
布西里斯① 放在一起——这使我痛苦;
因为您曾是仁慈的君主。

国王:

谁使您
对这点如此确信不疑?

侯爵(情绪热烈):

是的,全能的主啊!
是啊——是啊——我重复一遍。
您从我们这里取走的,请向我们归还!
请您,像强者一样宽宏大量,使人的幸福
从您那丰盈的宝库中源源涌出——
在您的世界大厦里,才俊之士脱颖而出!
请您把从我们这里取走的,重新归还补偿。
请您成为万王之王。
(他大胆地走近国王,坚定火热的目光直视着国王)
啊,但愿成千上万参预
这一宏伟计划的人,他们的
如簧巧舌能在我的嘴里盘桓,

① 尼禄(37—68),古罗马暴君。布西里斯,传说中的埃及暴君。

把我在您的眼里发现的一缕光芒
燃烧成熊熊烈焰！——请您放弃
人们对您的不自然的顶礼膜拜，
这只会毁掉我们。请做我们
追求永恒、追求真实的榜样。从来没有——
从来没有一个凡人拥有过这么多财富和力量
可以任意支配像天神一样。欧洲所有的君王
都崇敬西班牙的名字。
请您成为欧洲各国君王的表率。
这只手大笔一挥，
世界就会重新创造出来。
请您允许思想自由——
(匍匐在国王脚下)

国王(深感意外，别过脸去，然后又直盯着侯爵)：
奇怪的空想家！
可是——起来吧——我——

侯爵：
请您环顾一下
这美妙绝伦的大自然！它是建立在
自由之上——通过自由它是多么的多姿多彩！
他，这伟大的造物主，把蛆虫
扔进一滴甘露之中，在腐烂的
死亡空间里，让恣意妄为得以自娱——您的创造，
是何等贫乏，何等狭小！一片树叶
飒飒作响惊动了基督教世界的——首脑
您不得不在每件美德面前颤抖。
他——为了使自由的令人愉快的
现象不致受到打扰——

宁可让邪恶的可怕的大军
在他的世上作祟胡闹，——而他，这位艺术家，
人家并未看到，他谦逊地
把自己隐蔽在永恒的法律之中；
自由精神看到了法律，没有看见他的面容。
他说，何必需要一个上帝？世界对于自己已经满足。
没有一个基督徒的祈祷对上帝的称赞
超过这位自由思想者对上帝的亵渎。

国王：

您希望做到，在我国内的
凡人当中塑造这样一个
崇高的表率？

侯爵：

陛下，
您可以当这表率，舍您其谁？请赋予
各民族的幸福以摄政的权力，
它——长久以来——只是增长
王位的威力——请您把人类
业已丧失的高贵重新建立。让市民
又能充当它先前的角色，这也是王家的目的——
除了他兄弟们同样可敬的权利，
不要让任何义务束缚住市民的四肢。
倘若人，回归了自我，
又感觉到他自身的价值——
倘若自由的崇高，骄傲的美德繁荣滋长——
那时——陛下，您把自己的王国
变成世上最幸福的国度——那时
您的义务是使这世界屈服。

国王（沉默许久）：

我方才让您把话说完——我充分理解，
世界在这个脑子里描绘的形象不同于别人的
脑子里描绘的模样——我也不想
用别的尺度来把您衡量。
我是第一个您为之敞开肺腑的人。
我深信不疑，因为我知道这点。
为了抑制内心的郁积，你把依然
还有旺盛火气的意见
一直隐瞒至今，
为了这一谦逊的聪明，年轻人，
我愿忘记，我曾听到了它们，
忘记，我是如何听到这个音信。起来吧。
我要作为老人，不是作为国王
来反驳这个鲁莽冒失的年轻人。
我要反驳，因为我有这愿望——我觉得即便是
毒药本身碰到无危险的自然属性，
也许会变好成为佳品。——但是
避开我的宗教法庭。——不然我会
抱憾终生——

侯爵：

真会这样？的确会如此？

国王（失神地望着侯爵）：

我从来不曾
见过这样一个人。——不，
不，侯爵！您为我做了太多。我不想做尼禄。
我不想变成那样——不想对您成为尼禄。
不应该让所有的幸福之花

都在我的手里枯萎凋零。
您自己,您应该在我的眼皮底下生存
可以继续做人。

侯爵(迅速接口):
我的
同胞们呢,陛下?——啊!我在乎的
不是我自己,我不是为了我自己的事情。
您的臣仆们呢,陛下?——

国王:
如果
您知道得这么清楚,后世将如何
审判我,那么就让后代
在您身上学到,当我找到一个人时
我会如何对待。

侯爵:
啊,万王中
最最公正的国王,别一下子变得
最不公正——在您的佛兰德斯省,
有成千个比我优秀的人,只有您——
允许我坦白承认吗,伟大的国王?——
在这较为温和的情形之下
您现在也许第一次看到了自由吧。

国王(以变得温和的严峻态度):
别再谈
这个内容,年轻人。——我知道,
您若一旦像我一样认识人,
您的看法也会改变。——不过,我不希望
这是最后一次和您见面。我该怎么做

才能把您拴住。

侯爵：

请您让我

保持原状。倘若您也对我进行贿赂，

陛下，我对您又有什么用处？

国王：

这股傲气

我无法忍受。您从今天开始

为我效劳——不得反抗！

我要您这样。

（停顿之后）

但是怎么办？我到底

要什么呢？我要的不是真情实话吗？

在这里我找到了还不止这些——您对

我王国的政务查得清清楚楚，侯爵。

不是也很清楚我的家务？

（侯爵似乎陷入沉思）

我了解您。

可是尽管我是一切父亲中

最不幸的父亲，就不能幸福地

作为丈夫？

侯爵：

倘若儿子前程无量

娇妻温婉可爱

一个凡人有权作为父亲丈夫，

自称最为幸福，陛下，那么

您两者兼备，自然最为幸福。

国王（脸色阴沉）：

不,我并不幸福!
我从来没有比现在更深切地
感觉到我并不幸福——
(目光忧郁地凝视着侯爵)

侯爵:

王子的思想
高尚而又善良。我从未发现他不是这样。

国王:

可是我已发现——他从我这儿夺走的
是任何王冠都无法取代的——是一位
德行高超的王后!

侯爵:

谁敢
冒险这样说,陛下?

国王:

外界!亵渎!
我自己!——这里有证明,
无可辩驳地把她判罪;还有其他证明,
使我害怕发生了最可怕的事情
——但是,侯爵——难啊,
我很难相信,哪怕只是其中之一。
谁控告她?倘若她——竟然能够
自轻自贱到这种地步,
啊,我其实更加能够相信
是艾伯莉在进行污蔑用心恶毒?
神父不是对我儿子和王后心怀憎恨?
我难道不知道,阿尔巴蓄意报复?
我妻子的价值远远超过这批卑微之徒。

侯爵：

　　　　　　陛下

　　还有一样东西寓于女人的灵魂，
　　超越一切表象外形，
　　凌驾一切亵渎阴损——这就是
　　女人的美德坚贞。

国王：

　　　　　　　不错，我也这么说。

　　人们责备王后堕落殊深，
　　这要付出许多代价。荣誉的
　　精美纽带，不会像人们
　　想说服我的那样，轻易断成两根。
　　您了解人，侯爵。我早就需要
　　这样一个人，您秉性善良，乐观，
　　您也了解人的本性——因此
　　我选中了您——

侯爵（深感意外，吃了一惊）：

　　　　　　　选中了我，陛下？

国王：

　　　　　　　您方才

　　站在您的主子面前，却没有为自己
　　有所乞求——一无所求。这对我来说很是新颖——
　　您将会保持公正，激情不会使您眼光模糊不清——
　　接近我的儿子，
　　研究王后的心。我要
　　授您以权柄，和王后密谈一阵。
　　现在让我独自清静！（拉铃）

侯爵：

倘若我能
实现一个希望——那么这将是
我一生中最美好的一天。

国王(伸手给侯爵亲吻):

在我的一生中
这一天也不是白白流逝。

(侯爵站起,下。勒尔玛伯爵上)

这位骑士
以后觐见,无须通报。

(幕落)

第　四　幕

〔王后寝宫里的一座大厅。

第　一　场

〔王后。奥利瓦累茨公爵夫人。封·艾伯莉公主。富恩特斯伯爵夫人，还有其他贵妇。

王后(一面起身，一面对宫廷女总管说)：

这么说钥匙还没找到？——
那就只好给我把匣子撬开，
马上把这事办好——
(她看到了艾伯莉公主，公主走近王后，吻王后的手)
欢迎，亲爱的公主！
看到您身体又恢复健康，我很高兴——
不过脸色相当苍白还没有精神——

富恩特斯伯爵夫人(口气有些奸刁)：

都怪那恶毒的热病，
它令人惊讶地侵袭人的神经，
是不是，公主？

王后：

我亲爱的

我一直都想去探望您,——
可是我不得有违规定。

奥利瓦累茨公爵夫人:

艾伯莉公主
至少不缺人陪伴。

王后:

我很乐于相信是这样。您怎么啦?您在发抖。

艾伯莉公主:

没什么——什么也没有,王后。我请求您
允许我告退。

王后:

您瞒着我们,
您其实病得不轻,
比我们看到的严重几分,
是不是?您连站着都直摇晃。伯爵夫人,
请您扶她坐在这凳子上!

艾伯莉公主:

在户外我会舒服一点。(下)

王后:

请您跟着她,
伯爵夫人——这次犯病真是突然!
(一侍童上,与公爵夫人说话,公爵夫人便转向王后)

奥利瓦累茨公爵夫人:

王后,
封·波萨侯爵求见——他刚见过
国王陛下。

王后:

传他

进来。

(侍童下,为侯爵开门)

第　二　场

〔封·波萨侯爵。前场人物。侯爵在王后面前单膝跪下,王后示意他起来。

王后:

我的主子有什么命令?

我是否可以当众聆听——

侯爵:

　　　　　　　　我奉旨

只向王后单独宣示。

(王后一摆手,宫廷贵妇全都离去)

第　三　场

〔王后。封·波萨侯爵。

王后(充满惊愕):

怎么?我能相信我的眼睛吗,侯爵?

您竟被国王派来见我?

侯爵:

　　　　　王后

竟觉得这事如此奇异?

我可丝毫也不觉得稀奇。

王后:

这么说，世界
真是已经乱套。您和他两人——
我不得不承认——
侯爵：
这事听上去颇为怪异？
可能确是如此。——现今时势
频频发生奇事怪事。
王后：
更重大的事情几乎没有发生。
侯爵：
假定，我终于
已经改邪归正——我已倦于在菲利普
国王的宫廷里扮演怪物的角色？
怪物！这又是什么呢？谁要想
有益于人们，必须首先
设法和他们变得一样。
为什么穿着教会宗派的那些夸张的服装？
假定是这样，谁这样彻底地摆脱了虚荣心，
竟不乐意为他的信仰招募信众？
假定，我的目的在于把我的信仰
放到一个宝座之上？
王后：
不！——不，侯爵，
便是开玩笑，我也不愿意指责您有
这种不成熟的想像。您并不是一个
想做什么却又无法完成的
耽于梦想之人。
侯爵：

我想，

这正好是问题所在。

王后：

我最多

能指责您的，侯爵——您身上几乎让我

觉得诧异的，乃是——乃是——

侯爵：

态度暧昧。可能如此。

王后：

至少是

不够真诚。国王大概并不想

通过您来告诉我，

您将对我说些什么。

侯爵：

不。

王后：

好事善行

难道能使恶劣手段变得高尚？

您高贵的傲气能使这个职务为之变性？

——请原谅我的这种怀疑——

我对此难以置信。——

侯爵：

我也不信，

倘若仅仅为了欺骗国王。

可这并不是我的设想。这一次

我想要更加诚实地为他工作，

超过他对我的委托。

王后：

这样

我就看出了您的特性，现在够了！他在干什么？

侯爵：

国王陛下吗？——看来，我很快

就在我严峻的女法官面前洗清罪名。

我并不这么急于叙述的事情，

看来王后

更加不急于聆听。——

可是听还是得听！国王陛下

让我请求王后，

今天不要接见

法国使臣。这是

我的使命。我已完成。

王后：

侯爵，这就是

您要告诉我的

他的全部意见？

侯爵：

大概是

使我能在这里的全部理由。

王后：

侯爵，

我丝毫不想知道，

也许应该对我保密的事情——

侯爵：

是该保密，我的王后——

倘若您不是您自己，我会急于

让您知道有些事情，警告

您小心某些人——可是
在您身上这用不着。
您身边尽管危机四伏，
可是您永远不该知道。
所有这一切都不值得
使天使烦心，不得酣睡安枕。
这也不是让我到这儿来的原因，
卡洛斯王子——

王后：

您是怎么离开他的？

侯爵：

就像
离开他那时代惟一的智者，
对他来说，崇拜真理乃是罪行——
他也是同样的勇敢，愿为他的爱情而死，
正如那位智者，愿为自己的爱而殉情。
我带来了寥寥数语——这儿，
这儿是他自己。
（他递给王后一封信）

王后（读完信后）：

他说，他必须和我谈谈。

侯爵：

这话我也要说。

王后：

如果他亲眼看见，
我也并不幸福，
这会使他幸福吗？

侯爵：

不会——但是
应该使他的行动更加勇敢,更加坚定不移。

王后:

怎么?

侯爵:

阿尔巴公爵已经奉命前往佛兰德斯。

王后:

已经奉命——我没听错吧。

侯爵:

国王陛下从来不会
收回成命。我们了解国王的秉性。
可是同样确实不误的是:王子呆在这里也不行——
不应该呆在这里,现在绝对不行——而佛兰德斯
不应该就此牺牲。

王后:

您能
阻止这事发生?

侯爵:

是的——也许可以。这方法
几乎和危险同样糟糕。可说是胆大妄为,
犹如拼命搏杀。——可是除此之外
我别无他法。

王后:

说来听听。

侯爵:

您,
只有向您,我的王后,我才敢于
把它披露。只有从您嘴里

卡洛斯才能听到这事，毫不憎恶。
当然，这事取的名字
听起来不太舒服——

王后：

它叫造反——

侯爵：

他得
违抗国王的旨意，
前往布鲁塞尔秘密出发，
佛兰德斯民众正张开双臂
期待着他。整个尼德兰
等他一声令下，便揭竿而起。
善良的事业会变得坚强，只要有王子参加。
让他使西班牙的宝座颤抖，用他的武器人马。
他父亲在马德里拒绝给他的东西，
在布鲁塞尔就会批准给他。

王后：

您今天
见过国王，坚持这事？

侯爵：

因为我
今天和他谈了话。

王后（停顿片刻）：

您给我看的计划
既使我害怕——同时也给我刺激。我想
您不是没有道理。——这个想法
非常大胆，正因为如此，我想，
我喜欢它。我要促使它成熟完善，

王子可知道这个想法？

侯爵：

我的计划是，

他应该首先从您嘴里听到这个想法。

王后：

毫无疑问！这个想法很是宏伟。——

倘若不是王子年少气盛——

侯爵：

这并不妨。他在那里

能找到艾格蒙特和奥伦治[①]，

卡尔皇帝的骁勇战士，他们在战场上

令人丧胆，在内阁中聪明绝伦。

王后(活跃起来)：

不错！这个想法宏伟、美丽——王子

必须行动，不得迟疑。我强烈地感到了这一点。

人们在马德里看见他扮演的角色，

换了我，早已把我打倒在地——我答应他

法兰西会伸出援手；萨沃伊也会给以支援。

我完全同意您的意见，侯爵，他必须行动——

但是此举需要金钱。

侯爵：

钱也已经

准备就绪。

王后：

对此我有一个忠告。

---

① 奥伦治的威廉一世(1533—1584)，尼德兰贵族首领，被称为“沉默者威廉”。曾与艾格蒙特一起反对西班牙，争取尼德兰独立。

侯爵：

这样我就可以告诉他

有希望和您见面？

王后：

我要考虑一下。

侯爵：

卡洛斯催着

要您回答，王后。——我已经

答应他，不会空手而归。

（把他的写字板递给王后）

两行字在目前就已足够——

王后（写完之后）：

我会

再见到您吗？

侯爵：

您不论命令我来多少次都行。

王后：

不论——不论我命令多少次？——侯爵！

我该怎么向我自己解释这份自由？

侯爵：

就像您平时做的那样：浑然不觉。

我们就享受这份自由，这就足够——

这对于我的王后来说就已足够。

王后（打断他）：

侯爵，

倘若在欧洲谈到自由还要这样

躲躲藏藏，倘若自由要通过国王

才能存在！我又怎么能高兴起来！——

您可以指望我默默的关怀——

侯爵(热烈地):

啊,我早就知道,

我在这里一定会得到理解——

奥利瓦累茨公爵夫人(在门口出现)

王后(以陌生的语气对侯爵说):

从我的主人

国王陛下那里传来的谕旨,

我将尊为法律。下去吧。

向陛下转达我的谦卑的敬意!

(她摆一摆手,侯爵退下)

第 四 场

〔走廊。

〔唐·卡洛斯和勒尔玛伯爵。

卡洛斯:

这里没人打扰我们。您有什么话

要告诉我?

勒尔玛伯爵:

殿下在这个宫廷里

曾经有个朋友。

卡洛斯(一愣):

我竟然

并不知道!——怎么?您这话什么意思?

勒尔玛伯爵:

那我必须请求原谅,我竟然

知道了我不该知道的事情。
不过,殿下尽可放心,
这事至少是从忠实可靠的人那里获悉。
因为简而言之,获悉此事的是我自己。

卡洛斯:

您到底
是在说谁?

勒尔玛伯爵:

波萨侯爵——

卡洛斯:

说下去!

勒尔玛伯爵:

他所知道的关于殿下的事,
比一般人应该知道的要多,
像我担心的那样——

卡洛斯:

像您担心的那样?

勒尔玛伯爵:

——他觐见了国王陛下。

卡洛斯:

是吗?

勒尔玛伯爵:

足足两个钟头,
进行非常秘密的谈话。

卡洛斯:

真的?

勒尔玛伯爵:

谈的不是琐碎小事。

卡洛斯：

这我相信。

勒尔玛伯爵：

我多次

听到提及您的名字，王子殿下。

卡洛斯：

但愿

这不是不祥之兆。

勒尔玛伯爵：

今天早上

在陛下的寝宫里

也非常神秘地提到了王后。

卡洛斯(吃惊地直往后退)：

勒尔玛伯爵？

勒尔玛伯爵：

侯爵离去时

我接到谕旨，以后他可以

直接见驾，不须通报。

卡洛斯：

这可

的确异乎寻常。

勒尔玛伯爵：

从无先例，王子殿下，

回忆我随侍陛下这些年，还从未有过这种事情。

卡洛斯：

异乎寻常！的确异乎寻常！怎么？您刚才说，

怎么提到了王后？

勒尔玛伯爵(直往后退)：

不行,王子殿下,
不行!这违背我的职责。

卡洛斯:

多么奇怪!
您告诉我一件事,却瞒着我
另一件事。

勒尔玛伯爵:

第一件事我对您负责,
第二件事我对国王陛下负责。

卡洛斯:

——您说得有理。

勒尔玛伯爵:

虽说我一直认为
侯爵是个正人君子。

卡洛斯:

那您
对他的认识就非常正确。

勒尔玛伯爵:

具有一切美德,
毫无瑕疵——直到经受
考验的时刻。

卡洛斯:

便是经历考验也无可指责。

勒尔玛伯爵:

关系到一位伟大国王的恩宠,我觉得
值得提出这一问题。在这个黄金的
钓钩上有些坚强的美德流尽鲜血。

卡洛斯:

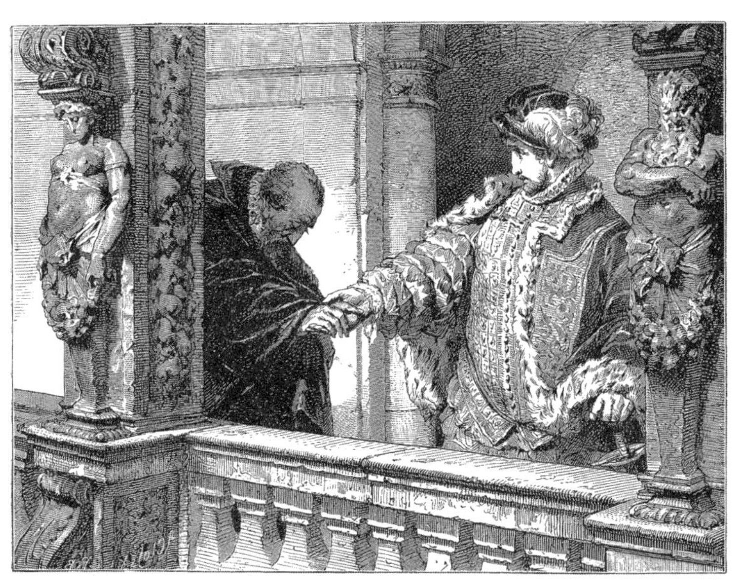

啊，是啊。

勒尔玛伯爵：

甚至于能发现不能隐瞒的事情，

往往是明智的。

卡洛斯：

是啊，明智！

不过，如您所说，您一直认为

侯爵是个正人君子？

勒尔玛伯爵：

倘若

他还是正人君子，我的怀疑不会使他更坏，

而您，我的王子殿下，却能加倍地获利。

（他想离去）

卡洛斯（感动地跟他走去，握住他的手）：

我三倍地

获利，品德高尚，极有尊严的男子汉——

我发现我又多了一个朋友，而这并不

使我失去我已经拥有的朋友。

（勒尔玛伯爵下）

第　五　场

〔封·波萨侯爵穿过走廊。卡洛斯。

侯爵：

卡尔！卡尔！

卡洛斯：

谁在叫我？啊，是你！来得正好。我急着

到修道院去。马上跟着来。

（他想走开）

侯爵：

只要

两分钟——等一下。

卡洛斯：

要是叫人撞见我们——

侯爵：

人家不会撞见我们。马上就会见面。

王后——

卡洛斯：

你已见过我的父王？

侯爵：

是的，他派人召见我。

卡洛斯（充满期待）：

怎么样？

侯爵：

一切正常。

你将见到王后。

卡洛斯：

国王呢？国王

想要什么？

侯爵：

国王吗？要得不多。——只是

好奇，想知道我是谁。——无非有些好友

不请自来，向他热心推荐。

还有什么呢？他给我派了差使。

卡洛斯：

你想必

都拒绝了吧？

侯爵：

那是当然。

卡洛斯：

你们

怎么分手的？

侯爵：

相当不错。

卡洛斯：

大概

没有谈起我吧！

侯爵：

谈你？

当然。谈了。泛泛地谈了一下。

（他取出记事本，把它递给王子）

这里暂时

只有王后给你的两句话，明天我就

可以知道，见面地点，如何见面——

卡洛斯（漫不经心地看了一下，把记事本揣进口袋，想要离去）：

那么你到

修道院长那儿找我。

侯爵：

你等一等。急什么？

又没有人来。

卡洛斯（装出微笑）：

难道我们

真的交换了一下角色？你今天可是

镇定得惊人。

侯爵：

今天？为什么今天？

卡洛斯：

王后给我写了什么？

侯爵：

你难道

刚才没有看？

卡洛斯：

我？

可不是。

侯爵：

你到底有什么事？你怎么了？

卡洛斯（再读一遍那张写了字的纸。陶醉而热烈地）：

天国的

天使啊！是的，我要做这样的人——我要——

我要值得你去爱——爱情使伟大的心灵

更加伟大。管它发生什么事情。

你若命令我，我一定从命。——

她写道，我要准备

做出一个重要的决定，你是否知道？

她这话指的是什么事情？

侯爵：

即使我

知道，卡尔——以你现在的情绪，

你能听得进去？

卡洛斯：

我伤害你了吗？

我方才心不在焉。原谅我，罗德里希。

侯爵：

心不在焉？什么事让你这样？

卡洛斯：

什么事——我自己也不知道。

那么这记事本就属于我了？

侯爵：

并不尽然。

其实我甚至是来，把你的记事本

也要取走。

卡洛斯：

我的记事本？为什么？

侯爵：

你其他的

一些会落到第三者

手里去的零碎物件，

你随身携带着的信函，或者撕下来的

计划残篇——简而言之，你整个

皮夹子——

卡洛斯：

可是为什么？

侯爵：

只是以防万一。

谁能保险不会碰到意外？放在我这儿

没有人会搜查。给我吧。

卡洛斯（非常不安）：

这可真是稀奇！

怎么突然一下子这个——

侯爵：

你放心好了。

我并不想以此做出什么暗示。

肯定没有什么。这只是谨慎小心，

预防危险。所以我的意思并不是，

真的不是叫你大吃一惊。

卡洛斯(把皮夹子给他)：

把它保管好。

侯爵：

我会的。

卡洛斯(意味深长地凝视着他)：

罗德里希！

我可把许多东西都交给了你。

侯爵：

可始终没有

我刚才从你那里得到的那么多——

那么余下的到那儿再说，现在再见——再见！

(他想离去)

卡洛斯(疑虑重重地进行着思想斗争——最后终于把侯爵叫回来)：

把那些信再给我一下。

有一封她的信也在里面，

这是当年我重病垂危的时候，

她写给我的，寄到阿尔卡拉。

我的胸口一直揣着它。

我很难和这封信分开。把这封信

给我留下——就这一封——其余的一切

你都拿去吧。

(他取出那封信，把皮夹子交还给侯爵)

侯爵：

卡尔，我并不乐意做这件事。
可是我要的恰好是这封信。

卡洛斯：

再见！
（他默默地缓步走开，在门口他停了一会儿，又转过身来，把信交给侯爵）
现在你拿去吧。
（他的手索索直抖。眼泪夺眶而出，他扑过去搂住侯爵的脖子，把脸贴在侯爵的胸上）
这不会是我父王的意思吧？
是不是，我的罗德里希？这总不会是他的意思？
（他快步离去）

第　六　场

〔侯爵不胜惊讶地目送他远去。

侯爵：

这可能吗？可能吗？这么说，我还是
不了解他？不完全了解？我真的
忽视了他心里的这个疙瘩？
他竟对他的朋友表示怀疑，
不！这是胡说一气！——他怎么对待我，
竟使我责怪他具有弱点中最大的弱点？
我自己也犯上了我责备他的缺点，——令人困惑——
我很乐于相信，他可能有这种感觉。
他什么时候对他的朋友摆出这副

罕见的讳莫如深的样子？还有痛苦，
我也不能让你免去痛苦，卡尔，
我还不得不更长久地折磨你善良的灵魂。
国王把他神圣的秘密托付给一个外人，
他相信这个外人，既然
信任就要求你报以感恩。
倘若我的沉默带给你的不是痛苦，
多嘴多舌有什么益处？也许会省去你的痛苦？
为什么要让沉睡中的人
看他头上悬着的乌云浓密？——
我只消静静地把浓云从你身边引开，
等你醒来，又是晴空万里，毫无云翳。
（下）

第七场

〔国王的御书房。
〔国王坐在一把软椅里——在他身边是公主克拉拉·欧杰妮娅。

国王（深深地沉默之后）：
不！尽管如此，这是我的女儿——
这样惟妙惟肖，大自然怎么可能欺骗？
这双蓝眼睛像我！她的脸部
轮廓难道不是我的翻版？
是的，你是我爱情的产物。我拥抱你
在我心头——你是我的亲骨肉。
（他突然一愣，停顿了一下）

我的亲骨肉！

还有什么比这更叫我害怕？我的轮廓，

不也是他的轮廓吗？

(他把肖像徽章拿在手里,来回打量徽章里的肖像和对面的镜子——最后他把像章扔在地上,霍然站起,把公主从身边推开)

走开！走开！

我已沉沦在这万丈深渊之中。

第　八　场

〔勒尔玛伯爵。国王。

勒尔玛伯爵：

王后陛下

刚刚驾到,正在

御书房的前厅。

国王：

现在到了？

勒尔玛伯爵：

王后陛下

请求觐见——

国王：

现在？现在求见？

在这异乎寻常的时刻？——不行！

我现在不能见她——现在不行——

勒尔玛伯爵：

王后陛下

已经驾到——

（下）

第九场

〔国王。王后上。小公主。

〔小公主飞跑过去，偎依着王后。王后在国王面前跪下，国王默默站着，神情慌乱。

王后：

我的主人，
我的夫君——我不得不——我被迫
在您的王座前寻求公道。

国王：

公道？——

王后：

我发现
我在这宫廷里受到有失尊严的待遇。
我的首饰匣竟被人撬开——

国王：

什么？

王后：

一些对我
极有价值的东西已不翼而飞——

国王：

对您极有价值——

王后：

由于一个不知就里的人
这样胆大妄为，

因而显得意义重大——

国王：

胆大妄为——意义重大——

可是——您先起来吧。

王后：

我的夫君，

您先得答应我

动用您国王的威权，

给我查出这肇事的罪犯，

不然，请撤换我的这批侍从，

盗窃我的小偷就窝藏在他们当中。

国王：

您倒是起来啊——

您这样子——请起来吧——

王后（起立）：

我知道

这个小偷想必是有身份的人，——

因为匣子里放着珍珠、钻石，

价值连城，可他

只取走了一些书信。

国王：

这些书信我该——

王后：

我乐于禀告，我的夫君。这都是太子的信件，

还有一枚镶着他画像的徽章。

国王：

是——

王后：

是太子,您的儿子写的。

国王:

写给您的?

王后:

写给我的。

国王:

是太子写给您的?而您

来告诉我?

王后:

为什么不告诉您,我的夫君?

国王:

竟这样的理直气壮?

王后:

您觉得有什么不妥?

我想这些信件您还不会忘记,

这是唐·卡洛斯得到两国王室的同意

寄到圣日耳曼① 来给我的书信。

他的这幅肖像随信寄上,

这幅画像是否也能自由寄出,

抑或迅速的希望使他擅自做主

迈出这样大胆的一步——

我不敢冒险做出决定。

倘若这是冒失行为,那也是

最可原谅的一类——我可以为他担保,

因为当时他大概做梦也没想到,

收到这礼物的竟会是他的母亲——

① 圣日耳曼为法王在巴黎的一座王宫,王后当时还是法国公主,住在那里。

（她看到，国王感情激动）

这是怎么了？

您怎么了？

公主（这时在地板上找到了那个像章，拿来玩耍，拿去给她母亲）：

啊！瞧啊，我的母亲！

多好看的画像——

王后：

什么呀，我的——

（她认出了那个像章，僵立在那里说不出话来。王后国王目不转睛地互相对望。沉默许久）

的确，陛下！

用这种方法来考验妻子的心，我觉得

真有王家风范，高贵已极——不过

请允许我再提一个问题。

国王：

该轮到我来提问。

王后：

由于我产生疑心，

至少我的纯洁无瑕不该受到怀疑。——

倘若这次偷窃是

您的旨意——

国王：

不错。

王后：

那我就不必控告任何人，

也不必为任何人感到遗憾——

除了为您，您觉得妻子不像妻子，

只好采用这种手段。

国王：

我听过这种语言。——可是，夫人，
我不会让这种语言再骗一遍，
就像在阿朗胡哀兹那样让我受骗。
王后纯洁无瑕，犹如天使，当时如此
尊严地进行自我辩护——现在我对她
的了解可是深入了一步。

王后：

这是什么意思？

国王：

好吧，简单地说，
不绕弯子，夫人！——您在那儿
没有跟任何人说过话？是真的吗？
没跟人说话？这的确是真话？

王后：

我和太子
说过话，是的。

国王：

是吗？——那好，那是
在白天。公然进行交谈。如此肆无忌惮！
如此不顾我的荣誉！

王后：

荣誉，陛下？
倘若荣誉受到伤害，那么，我怕，
当卡斯蒂利安[①]给我送定情礼之际，

① 卡斯蒂利安为西班牙一个行省，原为一个国家。卡斯蒂利安的伊萨贝拉(1451—1504)与阿拉哥尼亚的斐迪南二世(1452—1516)结婚，两国合并成为西班牙。日后就以卡斯蒂利安代表西班牙。

会受伤害的是个更大的荣誉①。

国王：

为什么您当时矢口否认？

王后：

因为我
不习惯在廷臣面前，陛下，
像罪犯似的被人审问。
我永远不会否认事实真相，
如果人家态度尊敬，
怀着好意来探求真情。陛下
当时在阿朗胡哀兹和我说话，
用的是这种语气吗？
当时在场的满朝显贵
难道是个法庭，
王后们应该在他们面前
报告自己隐私的事情？
我允许王子与我会晤，因为他
迫切求见。我接见他，我的夫君，
因为我愿意接见——因为我不愿
把宫中习俗作为判断我自己认为
无可指摘的事情是否可行的法官——
我向您隐瞒了这事，因为我并不急于
在我的宫廷仆从面前，为这一自由
和陛下发生争执。

国王：

您说得大胆，夫人，非常大胆——

① 王后为法国公主，自认为门第比西班牙王室更为高贵，自己受到屈辱。

王后：

　　　　　　　　也是因为，

我补充一句，因为太子

在他父王心里难以得到

他应该获得的公正——

国王：

他应该得到的公正？

王后：

　　　　　　因为我为什么要

隐瞒这点，陛下？我非常尊重他，

我爱他，作为我最亲的亲人，

他曾经被认为有资格拥有一个

和我关系更为密切的身份。——

我还没有完全认识到，恰好因此之故，

他得比任何人都跟我更加生分，

就因为他曾经比任何人

都和我更近的缘故。

倘若您的基本国策连结起了

它认为美好的纽带，那就让它

更难于把这些纽带解开。

我不愿恨人家要我恨的人——

因为人家最后还是迫使我开口叙述——

我不愿意——我不愿再看到我的选择

受人摆布。

国王：

　　　　　伊丽莎白！您曾

看见过我软弱之时。

这个回忆使您变得这样放肆。

您相信自己拥有全能，您已多次
试验您的全能，看我是否坚定。——可是
正因为如此您更得小心提防。使我
软弱的事情，也可以使我发狂。

王后：

我究竟犯了什么罪过？

国王(握住她的手)：

倘若事情是这样，
那就是这样，——难道不是已经这样了吗？——
倘若您的过失再稍稍提高一小步，
达到登峰造极的程度！
倘若我受到欺骗备受侮辱——
(他放开她的手)
我也可以
战胜我这最后的弱点。
我能战胜，我愿战胜——那么，伊丽莎白，
我和您将不胜悲哀。

王后：

我究竟犯了什么罪过？

国王：

那么依我看就只好鲜血横流——

王后：

已经到了
这步——田地——啊上帝！

国王：

我都不再
认识我自己——我再也不尊重
习俗和天性的声音，也不再

尊重国与国之间的协定——

王后：

我是

多么可怜您啊，陛下！

国王(失控)：

可怜我！

一个婊子的同情——

小公主(惊恐万状地靠着她的母亲)：

国王生气了，

我美丽的母亲哭了。

国王(粗暴地把孩子从王后身边推开)

王后(态度温和而有尊严，但是声音发抖)：

我必须

保护这孩子，不能让她受到虐待。

我的女儿，跟我来。

(她用手臂把孩子抱起)

倘若国王

不愿再认你为女儿，我不得不

从比利牛斯山那边[①] 请来担保人，

料理我们的事情。

(她想离去)

国王(心慌意乱)：

王后？

王后：

我受不了——这太过分——

(她想走向房门，却和小公主一起在门槛前跌倒地上)

---

① 比利牛斯山，为西班牙和法国的界山，此山那边便是法国。

国王(急急赶过去,手足无措):

上帝啊! 这怎么啦? ——

小公主(吓得大叫):

啊! 我母亲流血了!

(她跑了出去)

国王(心惊胆战地照顾着王后):

多么可怕的偶然事件啊! 鲜血! 我应该
受到您这样严酷的惩罚吗? 您快起来。
快养养神! 起来吧! 外面有人!
他们要撞见我们——快起来吧——难道要让
我的满朝文武都来观赏这场好戏?
非得要我求您您才站起?

(王后由国王扶着,站了起来)

第 十 场

〔前场人物。阿尔巴、多明各慌慌张张地走进房来。后面跟着宫女们。

国王:

把王后
送回寝宫。她有些头晕。

(王后在宫女们的陪同下下场。阿尔巴和多明各走近)

阿尔巴:

王后泪流满面,脸上
有血——

国王:

这使那些

误导我的魔鬼感到惊讶。

阿尔巴，多明各：

是指我们？

国王：

这些魔鬼

说的话，足以让我发疯发怒；

却丝毫不能把我说服。

阿尔巴：

我们只是呈献了

我们掌握的东西——

国王：

让地狱去感谢你们。

我做了使我后悔莫及的事情。这难道是

有过失的良心使用的辞令？

封·波萨侯爵（还在这场戏的台外）：

可以觐见国王陛下吗？

第 十 一 场

〔封·波萨侯爵。前场人物。

国王（听见这声音跳了起来，迎着侯爵走上几步）：

啊！是他来了！

欢迎您，侯爵。——你们，公爵，我现在

不再需要你们。你们下去吧！

（阿尔巴和多明各默默无言地面面相觑，神情惊讶，下）

第十二场

〔国王和封·波萨侯爵。

侯爵:

陛下!
这位老人在二十次战役中
为您出生入死,看见自己这样被您
支开,心情必然非常沉重!

国王:

您这样思考,
这样行动,非常合乎我的心意。
可是您在短短几小时之中在我心里
所占的地位,他三十年来一直未能企及。
我不想悄悄地表示我的欣赏;
我这国王的恩宠应该印在您的额上,
远近皆知,光照四方。
我愿意看到,我选作朋友的人
受到众人艳羡景仰。

侯爵:

倘若只有黑暗的外衣
使他能够配得上这个名字
他也被人艳羡不止?

国王:

您给我
带来什么消息?

侯爵:

我刚才穿过前室时
可怕的谣言传到我的耳旁，
我觉得无法相信——什么激烈争论
——鲜血淋漓——王后——

国王：

您刚从那儿过来？

侯爵：

倘若这谣言属实，
倘若王后真有个三长两短，
我将无比惊慌——
我做出的重要发现，
已经完全改变了
事情的全部情况。

国王：

是吗？

侯爵：

我有
机会得到了王子的皮夹，
里面装了几份文件书信，
我希望，它们能多少弄清——
（他把卡洛斯的皮夹递给国王）

国王（贪婪地搜查皮夹）：

皇帝陛下
我父皇的一封信——怎么回事？我记得
从未听到过这封书信？
（他读了此信，把它放在一边，急着看其他文件）

建造一座城堡的蓝图——塔西图斯[①]的
零碎思想——这又是什么东西?
我应该认识这个笔迹!
这是一个女人的手笔。
(他仔细阅读,时而大声,时而低声)
"这把钥匙——
王后亭阁的后室",——
哈,这是什么阴谋?——
"这里爱情可以无拘无束——畅叙衷肠——奖赏优厚"——
魔鬼的背叛行径!这是她的笔迹,
是她。现在我已认清!

侯爵:

王后的
笔迹?绝不可能——

国王:

是封·艾伯莉
公主的笔迹——

侯爵:

这么说,不久前传送
书信和钥匙的侍童埃纳雷斯
向我交待的事情,全然属实。

国王(抓住侯爵的手,情绪十分激动):

侯爵!
我已落在一些可怕的人手里!
我只想承认,侯爵,是她,

① 塔西图斯(约55—约120),又译塔西陀,古罗马史学家。历任保民官、执政官、行省总督等职。著有《编年史》、《历史》、《日耳曼尼亚志》等。

是这个女人撬开了王后的首饰匣，
是她把第一个警告送到我的耳边——
谁知道，这个僧侣知道了多少内情——
我被一个卑鄙的流氓行为所欺骗。

侯爵：

那么这还算是幸事——

国王：

侯爵！侯爵！
我开始担心，对我的王后
做得实在太过分——

侯爵：

倘若
在王子和王后之间有什么
秘密的默契存在，那么内容
也一定完全不同，
绝非人家控告他们的那种。
我有某些消息，知道王子前往
佛兰德斯的愿望，
实际上是王后心里的希望。

国王：

我一直这样认为。

侯爵：

王后雄心勃勃——陛下允许我
再多说几句？——她生气地发现，
她那骄傲的希望未能实现，
她被摒除在外，不得干预国政。
王子年少气盛，正好符合她的
富有远见的计划——至于她的芳心——

我怀疑，是否她会恋爱钟情。

国王：

我对她的

治国有方的计划并不害怕。

侯爵：

至于她是否为人所爱？——我们是否要提防

王子那里会发生更加可怕的事情？

这个问题我觉得值得研究。我认为

在这点上，需要更加谨慎，更加警省——

国王：

您为他向我做出担保。——

侯爵（沉思片刻）：

倘若陛下认为

我胜任这一使命，

我必须请求陛下，不加限制。

让我放手去做。

国王：

准您所奏。

侯爵：

至少在我认为

必须采取的行动之中

不受任何助手的干扰，

不论他姓甚名谁。

国王：

不受任何人的干扰。我答应您。

您是我的善良的天使。为了这个提示，

我该怎么感激您才行！

（说最后几句话时，勒尔玛上，国王对勒尔玛）

您离开王后时，

她情况如何？

勒尔玛：

晕倒之后，还非常疲乏。

（勒尔玛以模棱两可的目光注视侯爵，下）

侯爵（停顿片刻对国王说）：

还有一项预防措施非常必要。

我担心王子可能得到警告。

他有许多好朋友——也许在

根特和叛乱分子还有来往。

恐惧会使他绝望，做出拼命的

决定——因此我建议现在马上

采取措施，以迅雷不及

掩耳之势应付这一情况。

国王：

您说得完全正确。可是怎么——

侯爵：

陛下

把一道秘密的逮捕令

交到我的手里，

我在危急之时，可以立即

动用这道密令，——而——

（国王似乎有些顾虑）

这首先必须成为

国家头等秘密，直到——

国王（走向书桌，签署逮捕令）：

王国

在冒风险——危机逼人，才允许

动用异常的手段。——侯爵，这里——
我用不着嘱咐您要有顾忌——

侯爵（接过逮捕令）：

非到紧要关头不用，我王陛下。

国王（把手放在侯爵肩上）：

下去吧，
去吧，亲爱的侯爵——给我的心
带来宁静，让我夜晚睡得安稳！
（两人从不同方向下）

第十三场

〔走廊。
〔卡洛斯惊慌失色地走来。勒尔玛伯爵和他对面相遇。

卡洛斯：

我正在找您。

勒尔玛：

我也在找您。

卡洛斯：

是真的吗？
我的上帝啊，这是真的吗？

勒尔玛：

什么事？

卡洛斯：

说是国王向王后拔出了匕首？
王后被抬出国王的房间鲜血直流？
凭着天上所有的圣人发誓！您回答我吧！

我该相信什么？什么消息是真什么是假？

勒尔玛：

王后

晕厥过去，倒地时碰伤了头。

其他什么也没有。

卡洛斯：

其他别无危险吗？

以您的名誉发誓，伯爵？别无其他？

勒尔玛：

王后没事——

可您麻烦就更大。

卡洛斯：

我的母亲没事！那好，感谢上帝！

我听到一个可怕的谣言，

说国王冲着母女二人大发雷霆，

有个秘密当场揭穿。

勒尔玛：

这最后一条

可能竟是真的——

卡洛斯：

真的！怎么？

勒尔玛：

王子殿下，今天我给过您一个警告，

您对它嗤之以鼻。请您更好地

听取我的第二个警告。

卡洛斯：

怎么？

勒尔玛：

倘若
我没弄错的话，王子殿下，
几天前我看见您手里拿着一个
天蓝色的皮夹，还织了金线——

卡洛斯（有点慌乱）：
我是有
这样一个皮夹。是的，那又怎样？——

勒尔玛：
我想，上面
有个剪影，边上镶着珍珠——

卡洛斯：
完全正确。

勒尔玛：
方才我无意中走进
国王陛下的御书房，发现
那个皮夹在他手上，
波萨侯爵站在他的身旁——

卡洛斯（呆呆地沉默片刻之后，激烈地）：
这不是
真的。

勒尔玛（委屈地）：
那我当然是在撒谎了。

卡洛斯（凝视勒尔玛很久）：
您是在撒谎。是的。

勒尔玛：
唉，我原谅您这么说我。

卡洛斯（情绪无比激动地走来走去，最后在勒尔玛面前站住）：
波萨怎么伤害过你？我和他之间

纯洁无邪的友谊纽带怎么使你难堪，
你竟要用地狱的手段处心积虑地
把它扯断？
勒尔玛：
王子殿下，我尊重
您的痛苦，它使您失去公道。
卡洛斯：
啊，上帝！
上帝！上帝！别让我心生猜疑！
勒尔玛：
我也
想起了国王陛下自己说的话。
我进屋时，陛下对侯爵说道：
为了这条消息，我该怎么感激您才好！
卡洛斯：
啊，别说了，别说了！
勒尔玛：
倘若阿尔巴公爵阵亡——
大印就从鲁伊·戈麦斯王子[①] 那里，
转到波萨侯爵手上——
卡洛斯(陷入沉思)：
他瞒着我！
他为什么瞒着我？
勒尔玛：
满朝文武为之愕然，

① 鲁伊·戈麦斯王子，即第一幕第三场中提到的那位向艾伯莉求婚的鲁伊·戈麦斯，为国王的亲信。

都把他视为权力盖世的总理大臣，
视为王上权力无限的宠臣——

卡洛斯：

他爱过我，
非常爱我。我曾经对他弥足珍贵，
犹如他自己的灵魂。啊，这我知道——
有千百次考验为之做出证明。
可是千百万财产，显赫的地位，
对他来说不是比一个人更为珍贵？
他的胸膛对于一个朋友来说过于宽阔，
卡洛斯的幸福又过于渺小，配不上他的爱情，
他让我成为他的美德的牺牲。
我能因此提出非议？——是的，这确定无疑！
现在这已确定无疑。现在我已把他失去。
（他走向一旁，以手掩面）

勒尔玛（沉默片刻）：

我杰出的王子，我能为您做些什么？

卡洛斯（不看勒尔玛）：

去见国王陛下，也把我出卖吧。
我没有什么可以馈赠给您。

勒尔玛：

您不想等着瞧瞧，
下面会发生什么事情？

卡洛斯（手扶栏杆，茫然望着前面）：

我已把他失去。
啊！现在我已完全被人抛弃！

勒尔玛（走近王子，满怀同情，深受感动）：

您就不想如何自我拯救？

卡洛斯：

自我拯救？——您真是好人！

勒尔玛：

此外

您就不对其他任何人担惊受怕？

卡洛斯（激动起来）：

上帝啊！您在提醒我关心谁！关心我的母亲！

我又交给他的那封信！我起先

不肯放手，可还是让他拿走！

（他激动地走来走去，绞着双手）

她做了什么

竟让他这样对待她？他应该顾虑她

才对啊。勒尔玛，他没有这么做吧？

（迅速下定决心）

我非去见她不可——我必须警告她，让她

有思想准备——勒尔玛，亲爱的勒尔玛——

我派谁去好呢？我现在已经一个人也没有？

感谢上帝！还有一个朋友——

这里的情况已经糟透。

（快步下）

勒尔玛（跟着他，在他身后叫道）：

王子！你去哪里？

（下）

第十四场

〔王后的一个房间。

〔王后。阿尔巴。多明各。

阿尔巴：

倘若允许的话，伟大的王后——

王后：

两位贤卿有何事禀告？

多明各：

对于王后的玉体，

臣等真诚地担忧不已，

王后的安全受到威胁

不容臣等保持缄默，

袖手旁观坐视不理。

阿尔巴：

臣等急于

前来警告王后，来破坏一桩

阴谋，它旨在针对王后——

多明各：

并且把臣等效忠王后的

热忱置于王后的脚下。

王后（惊讶地望着他们）：

尊敬的神父，还有您，高贵的公爵，

你们真的使我大为吃惊。我真没

想到，多明各神父和阿尔巴公爵

是这样赤胆忠心，

我知道，我该怎样予以肯定。

两位提到有个阴谋正威胁着王后，

我是否可以知道是谁图谋……

阿尔巴：

臣等恭请王后

对一位波萨侯爵要多加小心，
此人正为国王陛下执行
秘密使命。

王后：

我愉快地听见，
国王陛下做出选择真是知人善任。
人家早已向我盛赞侯爵为人敦厚，
品德超群。给他最高的恩宠，
实在极为公正。——

多明各：

极为公正？我们更加知道实情。

阿尔巴：

此人为什么事情效力，
早已不再是秘密。

王后：

怎么？
这是什么意思？贤卿使我
很想知道实情。

多明各：

——王后最后一次
审视您的首饰匣子，
难道是很久以前的事？

王后：

怎么啦？

多明各：

王后没有发现
丢失了什么珍贵物件？

王后：

怎么啦？为什么？——我丢失什么东西，
宫廷上下全都知道，——可是波萨侯爵？
波萨侯爵怎么又和这事扯上关系？

阿尔巴：

关系非常密切，王后——因为
王子殿下也有重要文件不翼而飞，
有人今天早上看见这些东西
到了国王陛下手里，这是在
侯爵秘密觐见国王陛下之际。

王后（沉思片刻之后）：

奇怪，
上帝啊！真是奇怪已极！我在这里
发现一个我做梦也没想到的敌人，
又发现了两个朋友，我从来也不
记得，曾经拥有他们——因为真的
（她用洞察一切的目光逼视二人）
我必须承认，我先前差点就要
原谅两位贤卿在我的主人
那里对我的阴损。

阿尔巴：

原谅臣等？

王后：

原谅你们。

多明各：

阿尔巴公爵！我们两人！

王后（依然目光坚定地凝视他们二人）：

我那么快地发现
我过于冒失鲁莽，实在

快慰异常——不言而喻，
我已决定，今天就去奏请国王，
把控告我的人和我当面对质。
这样就更好！我可以
以阿尔巴公爵的话作为证词。

阿尔巴：

把我当作证人？王后当真想这样做？

王后：

为什么不呢？

多明各：

我们在暗中为王后所做的一切效劳
全都毁于一朝——

王后：

在暗中效劳？

（高傲而严肃地）

我可很想知道，阿尔巴公爵，
您国王陛下的妻子与您，或者
与您，神父，商量了什么事情
不能让她的夫君知晓？——我是
清白无辜还是罪责难逃？

多明各：

什么样的问题啊！

阿尔巴：

可是，倘若国王陛下不是那么公正？
至少现在并不公正？

王后：

那我就
等待着，直到他公正为止——等他

公正之日,就是能够获胜的人幸运之时!

(王后向他们鞠一躬,下;其他两人向另一方向下)

第十五场

〔封·艾伯莉公主的房间。

〔封·艾伯莉公主。紧接着卡洛斯上。

艾伯莉公主:

这么说,那已经传遍整个宫廷的

特大新闻竟是真的?

卡洛斯(进来):

公主,

请别吃惊!我会像孩子一样温存。

艾伯莉公主:

王子——真叫人吃惊!

卡洛斯:

您还觉得

受到侮辱?还没消气?

艾伯莉公主:

王子。

卡洛斯(更为急切):

您还在生气吗?

我请您告诉我。

艾伯莉公主:

说这个干什么?

您似乎忘记了,王子——您到

我这里来是干什么?

卡洛斯(猛烈地抓住她的手):

姑娘,你会怀恨一生一世?

受到伤害的爱情永远也不原谅?

艾伯莉公主(想挣脱他的手):

您让我

回想起什么,王子?

卡洛斯:

回想起你的善良天性

和我的忘恩负义,——唉!我清楚知道!

我深深地伤害了你,姑娘,撕碎了

你温柔的心,从你那天使般的眼睛里

逼出了珠泪滚滚——唉!

我现在到这里来,也不是为了表示悔恨。

艾伯莉公主:

王子,放开我——我——

卡洛斯:

我到这里来,

是因为你是一个温柔的姑娘,

因为我信赖你的灵魂美丽善良。

瞧,姑娘,你瞧,我在这世上

除了你一个已经别无朋友。

你曾对我那么温柔——不会对我永远仇恨,

你不会和我变成不共戴天的仇人。

艾伯莉公主(别转脸去):

啊,别说了!

别再说什么,看在上帝分上,王子——

卡洛斯:

让我

提醒你回忆起那黄金时代——
回忆起你的爱，姑娘，我曾经那样
薄情地对你的爱恣意伤害。
请让我现在恢复，
我曾在你心目中的地位，
你芳心的幽梦赋予我的异常身影，
再一次，——只还一次，我站在
你的灵魂前面，像我当时那样，
并且把你永远也不可能再奉献
给我的东西，奉献给这个幻影！

艾伯莉公主：

啊，卡尔！
您多么残忍地戏弄着我啊！

卡洛斯：

但愿你
比其他女性伟大。把你受到的侮辱忘记干净！
请做你以前没有一个女人做过的事情——
你以后也不会有别的女人会做这事，
我要求你做一点闻所未闻的事情——
让我——双膝跪在地上，求你帮助——
让我和我的母亲单独会晤。
（他跪倒在艾伯莉公主面前）

第十六场

〔前场人物。封·波萨侯爵冲进房来，后面跟着御林的两名军官。

侯爵(上气不接下气,激动地打断两人的谈话):

他承认

什么了? 请您别相信他。

卡洛斯(还跪在地上,抬高嗓音):

以一切

神圣之物发誓——

侯爵(态度激烈地打断他):

他疯了。您不要

听这个疯子说的话。

卡洛斯(大声地,更加急切):

事关生死。

请您带我去见她!

侯爵(使劲把艾伯莉公主从王子身边拉开):

您若听他,

我就杀了您。

(对一个军官)

封·科尔杜阿伯爵。

以国王陛下的名义。

(他亮出逮捕令)

请您把王子逮捕。

(科尔杜阿愣在那里,像遭到雷劈。公主发出一声惊呼,想要逃跑,军官们惊讶不已。长时间一片寂静。大家看见侯爵激烈颤抖,拼命保持镇静。对王子说)

请您

把宝剑交给我——艾伯莉公主,

请您留下;而

(对一位军官)

您向我担保,

不让王子殿下和任何人谈话——谁也不行——
您自己也不行,违者就得送命!
(他还和这个军官低声说了几句,接着转向另一个军官)
我自己
立即就去觐见国王陛下,
向他禀告。
(对卡洛斯)
还有您——
王子殿下——请您等我——一个小时。

第十七场

〔卡洛斯毫无知觉似的被人带走。——只有在走过侯爵时,他向侯爵投过去虚弱的有气无力的一瞥,侯爵遮住自己的脸。公主又一次试图逃走;侯爵抓住她的胳臂把她拉回来。

〔艾伯莉公主。封·波萨侯爵。

艾伯莉公主:
看在老天爷的分上,让我
离开这个地方——
侯爵(把她带到台前,声音异常严肃):
他跟你说了些什么,
你这不幸的女人?
艾伯莉公主:
没说什么——放开我!——他没说什么——
侯爵(用力把她拉住。口气更加严肃):
你知道了多少?你别想溜掉。

在这个世界上你对任何人
都不许再多嘴多舌。

艾伯莉公主(惊恐地望着侯爵的脸):
伟大的上帝啊!
您这话是什么意思?您该不是
想把我杀死?

侯爵(拔出一把匕首):
事实上,我是
有这个打算。说简单点。

艾伯莉公主:
杀我?杀我?
啊,仁慈的上帝啊!我到底
犯了什么罪过?

侯爵(仰望天空,把匕首架在她的胸上):
现在还是时候。现在
毒药还没有从这嘴里外流。我把这容器
砸碎,一切情况又都依旧——
西班牙的命运和
一个女人的性命全都得救!——
(他犹疑不决地保持这个姿势)

艾伯莉公主(在他身边跪了下去,坚定地望着他的脸):
动手啊?您为什么还不了断?
我不求您刀下留情——不!我理应
去死,我心甘情愿。

侯爵(慢慢地垂下手。短暂地思索了一阵):
这样
太怯懦,也太野蛮——不,不!
赞美上帝!——还有另外一种手段!

(他扔下匕首,跑下。公主从另一扇门冲了出去)

第十八场

〔王后的一间房间。

〔王后。富恩特斯伯爵夫人。

王后:

王宫里怎么那么喧闹？伯爵夫人,
任何嘈杂的声音今天都使我心惊肉跳。
啊,您去看看,出了什么事。
回来向我报告。

(富恩特斯伯爵夫人下。封·艾伯莉公主冲进来)

第十九场

〔王后。封·艾伯莉公主。

艾伯莉公主(上气不接下气,脸色苍白,面容扭曲,跪倒在王后面前):

王后！救命啊！
他被捕了。

王后:

谁？

艾伯莉公主:

波萨侯爵
奉国王陛下的谕旨把他抓起来了。

王后:

到底是谁呀？谁？

艾伯莉公主：

王子殿下。

王后：

你疯了吗？

艾伯莉公主：

他们刚刚把他带走。

王后：

是谁

把他抓起来了？

艾伯莉公主：

波萨侯爵。

王后：

原来如此。

感谢上帝，是波萨侯爵

把他抓起来了！

艾伯莉公主：

您说得

这样心平气和，王后？这样无动于衷？——啊上帝！

您没有预感到——您不知道——

王后：

他为什么

被抓起来吗？——我估计

是由于一时失足，对于年轻人的

火爆性子，这是非常自然的事。

艾伯莉公主：

不，不！

我知道得更清楚——不——是干了罪大恶极，

伤天害理的罪行，啊，王后！——

他已经没法挽救！他必死无疑！

王后：

他必死无疑？

艾伯莉公主：

杀他的凶手是我！

王后：

他必死无疑！

你这疯女人，你想过是什么原因？

艾伯莉公主：

为什么——

他为什么必死无疑！啊，倘若我能知道，

事情会发展到这步田地！

王后（仁慈地拉着她的手）：

公主！

您现在还心慌意乱。您好好

定一定神，平心静气地说给我听，

不要用这样惊恐万状的图像，

把我弄得心神不定，

您知道些什么？发生了什么事情？

艾伯莉公主：

啊，王后，

请您别像天使似的俯身抚慰，

别这样和蔼可亲！您仁慈友好，

使我的良心像受到地狱烈火的烧烤。

我不配抬起我那卑污的目光，

向您头脑上的光环仰望。

请把这卑贱的女人使劲践踏，

悔恨、羞耻和自我蔑视折磨着她，

她蠕动不已在您脚下。

王后：

不幸的女人！

您有什么事要向我坦白交待？

艾伯莉公主：

光明的

天使啊！伟大的圣女！您还没料到，

还没认出那个魔鬼，您还温柔地冲他

微笑——您今天就认识一下

这个魔鬼。我——我就是那个

向您行窃的女贼。

王后：

是您？

艾伯莉公主：

我把那些信件

交给了国王陛下——

王后：

是您，

您竟会——

艾伯莉公主：

因为复仇——爱情——疯劲大发——

我恨过您，爱过太子殿下——

王后：

因为您爱过他——？

艾伯莉公主：

我向他承认我爱他，

可是没有得到回答。

王后（沉默片刻）：

啊，现在
一切谜底都已揭穿！您快起来。
您爱过他——我已经原谅了您。
而且也已经忘怀——您快起来。
（她伸出臂膀给艾伯莉公主）

艾伯莉公主：

不！不！
一件可怕的事情我还没有坦白。
伟大的王后，等我先交待——

王后（注意地）：

还有什么事
我非听不可？您说——

艾伯莉公主：

国王陛下——
把我勾引——啊，您别过脸不再看我——
我在您脸上看出鄙夷憎恶的神情——
我自己犯下了，
我指责您犯过的罪行——
（她把滚烫的脸贴在地上。王后走开。长时间的寂静。过了几分钟，封·奥利瓦累茨公爵夫人从王后进去的那个房间出来，发现公主还在原地一动不动。她默默地走近公主；听到响声，公主抬起头来，看见王后已经不在，便像个疯子似的直跳起来）

第 二 十 场

〔封·艾伯莉公主。封·奥利瓦累茨公爵夫人。

艾伯莉公主：

上帝！她已把我抛弃！

现在彻底完了。

奥利瓦累茨公爵夫人(走近她)：

艾伯莉公主——

艾伯莉公主：

公爵夫人,我知道您的任务。

王后派您来,向我宣读

对我的判决——请快宣布！

奥利瓦累茨公爵夫人：

我奉

王后的懿旨,来取

您的十字架和您的钥匙——

艾伯莉公主(从胸前摘下十字架,把它放在公爵夫人手里)：

我还能希望再一次恩准我亲吻一下

无比仁慈的王后的手吗？

奥利瓦累茨公爵夫人：

在玛利亚修道院

人家会告诉您

对您做出了什么决定。

艾伯莉公主(泪如泉涌)：

我再也

见不到王后了吗？

奥利瓦累茨公爵夫人(别转了脸,和她拥抱)：

祝您生活幸福！

(说罢迅速走开。公主一直跟她走到王后的房间门口,公爵夫人走进去之后,房门立即紧闭。艾伯莉公主默默地跪在门前几分钟,一动不动。然后猛地站起身来,掩面快步离去)

第二十一场

〔王后。封·波萨侯爵。

王后：

唉，侯爵！您终于来了，我很高兴！

侯爵（脸色苍白，神情慌乱，声音颤抖，整场戏里态度庄严，内心激动）：

王后，没有旁人吗？不会有人
在旁边房间里窃听吧？

王后：

没有别人——为什么？您有什么消息？
（她更加仔细地端详了侯爵之后，吓得直往后退）
怎么
完全变了样子！怎么回事？您使
我浑身颤抖，侯爵——您的脸
已经完全变样，活像行将死亡——

侯爵：

估计
您已经知道——

王后：

卡尔已被拘禁，
人家还说是您下的命令——这么说
这确是真情？除了您
任何人说的话我都不信。

侯爵：

这是真的。

王后：

是您下令？

侯爵：

是我下令。

王后（疑虑重重地看了他一会儿）：

我尊重您的行动，

虽然我并不理解——这一次请您
原谅胆怯的妇人之见——我担心
您这一次赌得过于冒险。

侯爵：

我这一次

已经赌输。

王后：

上帝啊！

侯爵：

您尽管

放心，王后！我已为他
做好安排。可是我已遭到失败。

王后：

我将听到什么灾祸啊，上帝！

侯爵：

因为，

谁叫我孤注一掷把一切都押在
这模棱两可的赌局之上？全都押上！这样大胆，
这样满怀信心地和上天较量？
谁竟那样自不量力忘乎所以，
妄想把命运沉重的船舵驾驭，
而自己并非全知的上帝？
啊，这很公平合理！——可是现在

何必谈我自己？这一时刻犹如
人的生命珍贵无比！有谁知道，
从法官吝啬的手里是否已经落下
最后几颗沙粒①？

王后：

从法官的
手里？多么郑重其事的口气！
我不理解，您这番话有什么含意，
可是它们使我胆战心悸——

侯爵：

他已经获救！
且不说为此付出什么代价！可是只有今天
一天获救。剩下的时间已经有限。
他必须抓紧时间。就在今天夜里
他必须离开马德里。

王后：

今天夜里就走？

侯爵：

已经做好准备。长期以来
这所沙特勒兹修道院
一直是我们友谊的避难地，
今夜邮车在那里送他上路。这些汇票
是幸运使我在这世上得到的全部财富，
还缺多少，请您补上。尽管在我心里
还有些话要向我的卡尔倾诉，
还有些事，他必须心里有数；

① 波萨把时间比作法官。在此指以沙漏计时，随着滴落的沙粒，时间不停消逝。

可是我很可能没有工夫
亲自说给他听——
您今晚将和他会面,所以
我请您——

王后:

为了让我放心起见,侯爵,
请您跟我解释得更加清楚,
不要用这样可怕的哑谜和我
说话——到底出了什么事故?

侯爵:

我还有一件
重要的事要向您坦白;
我把这事交在您的手里。
只有少数人像我一样幸运:
我曾爱过一位王子——我的心,
只奉献给一个人,这颗心包容
整个世界!——在我的卡洛斯的灵魂里
我为千百万人创造了一个乐园。
啊,我的梦想是多么美妙——
可是上帝喜欢在我美梦成真之前
把我从我美妙的种植场召回。
不久他就不会再拥有他的罗德里希,
朋友将向情人让位。这里
这里——这里——在这神圣的祭坛上,
在他王后的心里,我存放
我珍贵的最后愿望,等我已经作古,
他将在这里找到这份遗嘱——
(他转过身去,眼泪窒息了他的声音)

王后：

　　　　　　　　　这是
一个垂死之人的话语。我仍然希望，
这只是您热血奔流的效力——或者
在这些话里另有含义？

侯爵（设法使自己振作起来，以坚定的语气继续说道）：

　　　　　　　请您
告诉王子，他应该想到我们在
耽于幻梦的日子里冲着那块
一分为二的圣体所发的誓言。
我遵守了我的誓言，我一直
忠于他，至死不渝——现在
轮到他遵守他的誓言——

王后：

　　　　　　　　至死不渝？

侯爵：

　　　　　　　啊，请您告诉他，
要他实现梦想，
建立一个新的国家的大胆梦想，
这是友谊的神圣的产物。让他对这块
粗糙的石头进行最初的加工。
不论他是失败，或是成功——
全都无足轻重！关键在于他要加工。
若干世纪流逝之后，
上天又会把另一个王子，和他一样，
放上一个宝座，也和他的宝座一样，
并且以同样的热情
来鼓舞这新的宠儿。

请您告诉他,如果想做一个大丈夫,
应该尊重他青年时代的梦境,
那备受称颂的更加精妙的理性,
犹如致人死命的昆虫,切勿向它
敞开那娇嫩的天神之花的心灵——
倘若世俗的智慧亵渎热情,
那上天的女儿。告诉他不得误入迷津,
我先前已经跟他说过这些事情——

王后:

怎么,侯爵?
为什么——

侯爵:

请告诉他,
我把人类的幸福托付给他的灵魂,请他牢记
在我垂死之际对他的这点请求——这点请求!
我很有提出这样要求的权利。
原来应该是我使崭新的清晨
向这一王国降临。
国王陛下向我敞开心扉。他称我为
他的儿子——我使用他的御玺,
他的宠臣阿尔巴等人都已遭到贬抑。
(他停住,默默地凝视王后片刻)
您在哭泣——
啊,我熟悉这些眼泪,优美的心灵啊!
欢乐使您泪流不已。可是——已经过去,
都已过去。卡尔或者我。很快可以做出
可怕的抉择。两人之一已经完结,
我愿做这一个——宁可是我——

请别要求知道更多。

王后：

现在，

现在我终于开始理解您——

不幸的人啊，您都干了什么事情？

侯爵：

花去了短短两小时夜晚的时间，

为了赢得整整一个光明的夏天。

我放弃了国王陛下。我对国王

又能有什么用处？——在这僵硬的土地上

我的玫瑰花已经不再生长，——

欧洲的命运在我伟大的朋友胸中酝酿！

我把西班牙的希望寄托在他身上——

到那时为止，西班牙将在菲利普的

手下不断流血！可是倘若我该后悔，也许

抉择不对，那就可悲，

我和他都可悲了，不！不！

我了解我的卡洛斯——这事永远不会

发生——而为我担保的人，王后，

那就是您！

（沉默片刻）

我看见它萌生发芽，这种爱情，

看见激情中最为不幸的激情

在他心里扎根——当时

我有权力，来把它铲除干净。

我没这样做。我培植了这种爱情，

我觉得它并非不幸的祸根。世人

可以做出不同的评定。我并不悔恨。

我的心并不控告我。在他们只看见死亡之处，
我看见了生命——这朵花卉毫无希望，
我却早就认出了希望的灿灿金光。
我要把它带到超群出众的地位，
把它提高到至高无上的美：
尘世没有向我提供任何图像，
语言也缺乏相应的词章——我就让他
去看这幅图像——我的全部心力用来
向他解释他的爱。

王后：

侯爵

您的心里装满了您的朋友，以致
您有了他却把我忘记。您当真以为
我已把一切女性的弱点全都摒弃，
因为您把我作为他的天使，
把我交给他作为美德的武器？
您大概没有考虑到，倘若我们
用这种名字来美化我们的激情，
将有多大的风险，威胁着我们的心？

侯爵：

这对所有的女人都是风险，只对一个不是。
为一个女人我可以发誓——或者
您对最高贵的一种欲念感到羞耻，
不愿让英雄美德由您创始？
倘若菲利普国王的画像，在埃斯科里亚尔
永远点燃了那位在画前留连的
画家的激情？这和国王有什么关系？
沉睡在弦乐器里的甘美和弦，

难道属于那位买主，他长着
聋子的耳朵看守着他的乐器？
他买到了把乐器砸得粉碎的权利，
并未买到那种艺术，能唤起银铃般的
声响，并使人沉湎于乐曲的极度欢愉。
真理只为智者存在，
美丽只为善感的心。
你们两人彼此互相属于，心心相印。
怯懦的偏见不会破坏我这信念。
永远爱他，请您务必答应。
永远不要受到人的恐惧，虚假的英雄气概的
诱惑，做出虚无空幻的否定，
坚定不移地爱他，直到永远。
能答应我这点吗？——王后——
您能亲口答应我吗？

王后：

我答应你，
永远只让我的心
来评判我的爱情。

侯爵（抽回他的手）：

现在我可以
放心地去死——我的工作已经完成。
（他向王后鞠躬，打算离去）

王后（默默地目送他离去）：

您就这样走了，侯爵——也不跟我说一声，
我们何时再见——多快可以再见？

侯爵（再一次走回来，把脸转开）：

肯定！

我们还要再见。

王后:

我理解过您,波萨——

对您非常理解,——为什么您要

这样对待我?

侯爵:

要么是他,要么是我。

王后:

不,不!

是您自己投身到这个您称之为

崇高的事情。您不要否认!

我了解您,您早就渴望做这件事情,

——哪怕千百颗心为之破碎,这和您有什么相干,

只要您的高傲得到满足就行。

啊,现在——现在我真的已学会了解您!

您只是醉心于得到人们的赞赏倾心。

侯爵(吃了一惊,自言自语):

不! 对此

我可没有思想准备——

王后(沉默片刻):

侯爵!

就不可能有挽救的余地?

侯爵:

没有。

王后:

没有?

您好好考虑一下。没有挽救的余地?

连我也无能为力?

侯爵：

连您也不行。

王后：

您只了解

我一半——我有勇气。

侯爵：

这我知道。

王后：

没有余地？

侯爵：

没有。

王后（离开他，以手掩面）：

您走吧！——

我再也不欣赏任何男人。

侯爵（感情极为激动地跪倒在王后面前）：

王后，

——啊，上帝，人生毕竟美好无比！

（他跳起来，快步离去。王后走进自己的内室）

第二十二场

〔国王的前室。

〔封·阿尔巴公爵和多明各默默地各自来回踱步。勒尔玛伯爵从国王的御书房里走出来，紧接着邮政总局局长唐·莱蒙·封·塔克西斯上。

勒尔玛：

侯爵还没有来吗？

阿尔巴：

还没有。

（勒尔玛又准备退进御书房）

塔克西斯（上）：

勒尔玛伯爵，请您给我通报一下。

勒尔玛：

国王陛下谁也不见——

塔克西斯：

请您禀告陛下

我有事情必须面奏——这事和

陛下有着密切关联。请赶快禀告，

此事不容拖延。

（勒尔玛走进御书房）

阿尔巴（走向邮政局长）：

亲爱的塔克西斯，

您必须习惯于有耐心。国王陛下

不会见您——

塔克西斯：

不见我，为什么？

阿尔巴：

您其实

应该先走波萨的门路，

弄到封·波萨骑士的允许，

他把父子二人全都抓在手里。

塔克西斯：

封·波萨？怎么？完全正确！就是此人，

我从他手里拿到了这封信——

阿尔巴：

信？什么信？

塔克西斯：

叫我送到

布鲁塞尔去的信——

阿尔巴(注意起来)：

布鲁塞尔？

塔克西斯：

我立刻

就带着这信来见国王陛下。

阿尔巴：

布鲁塞尔！您听见了吗，

神父？送到布鲁塞尔去！

多明各(走过来)：

这事

非常可疑。

塔克西斯：

他把信交给我，

他是多么惊慌，多么窘迫！

多明各：

惊慌？原来如此！

这封信的收信人是谁？

塔克西斯：

是封·纳骚和奥伦治亲王[1]。

---

① 封·纳骚和奥伦治亲王，即奥伦治亲王"沉默者威廉"，尼德兰反西班牙人统治的首领。一五三〇年，南法兰西的侯国俄朗齐(即奥伦治)归纳骚·狄伦堡伯爵统治。见第四幕第三场注。

阿尔巴：

写给威廉[①]？——

神父！这可是叛变行为。

多明各：

不是叛变

又是什么？——这封信当然必须

立即呈给国王陛下御览。

尊敬的大人，您立下了旷日奇勋，

您为陛下效力，真是忠于职守的功臣。

塔克西斯：

尊敬的大人，我只是尽我的本分。

阿尔巴：

您干得不错。

勒尔玛（从御书房出来，对邮政总局局长）：

国王陛下召见您。

（塔克西斯走进御书房）

侯爵还没有来吗？

多明各：

大家

在到处找他。

阿尔巴：

这事真怪，真蹊跷。

王子成了国家要犯，而国王陛下

自己还不知道，触犯了哪条？

多明各：

他还

① 威廉，即纳骚和奥伦治亲王。

没到这儿,向陛下禀告?

阿尔巴:

陛下怎么看待这事?

勒尔玛:

国王陛下

对此还一言未发。

(御书房里有响声)

阿尔巴:

出了什么事?别做声!

塔克西斯(走出御书房):

勒尔玛伯爵!

(两人进入御书房)

阿尔巴(对多明各):

这儿出了什么事?

多明各:

用这种惊恐的声调说话?

倘若是由于这封截获的信?——我觉得

事情不妙,公爵大人。

阿尔巴:

国王陛下就叫勒尔玛进去!

他想必也知道,您和我

也在前厅——

多明各:

我们的时代已经过去。

阿尔巴:

平素我在这儿,所有的门全都敞开,

难道我换了个人不成?我身边的一切

怎么全都改变——多么陌生——

多明各(轻手轻脚地走近御书房的门,在那儿偷听):

听!

阿尔巴(隔了一会儿):

一片死寂,

只听见他们在呼吸。

多明各:

双层的护壁纸压低了响声。

阿尔巴:

走开!有人走来。

多明各(离开门口):

我觉得心情

如此庄严,如此紧张,就仿佛这一瞬间

要决定一个伟大的命运。

第二十三场

〔封·帕尔玛王子,封·菲里亚公爵,封·梅迪纳·西多尼亚公爵,以及其他几位显贵上场。前场人物。

帕尔玛:

可以觐见

国王陛下吗?

阿尔巴:

不行。

帕尔玛:

不行?谁跟他在一起?

菲里亚:

毫无疑问

是封·波萨侯爵吧?

阿尔巴:

大家

正在等他。

帕尔玛:

我们此刻

刚从萨拉戈萨[①] 回来,

惊恐传遍了整个马德里——

难道这竟是真的?

多明各:

是的,很遗憾!

菲里亚:

这是真的?

马耳他骑士把他拘捕?

阿尔巴:

是这样。

帕尔玛:

为什么? 出了什么事?

阿尔巴:

为什么?

这事除了国王陛下和

波萨侯爵没人知道。

帕尔玛:

没有召开

---

① 指一五五九年在萨拉戈萨举行的骑士比武,法国国王亨利二世(1519—1559)自己也参加比武,一块长矛的碎片击中他的右眼,伤口恶化,国王数日后死于这一伤口。

王国的等级会议①？

菲里亚：

参与

这起伤害国体事件者活该倒霉。

阿尔巴：

应该叫他倒霉！我也这样认为。

梅迪纳·西多尼亚：

我也是。

其余显贵：

我们大家都这样认为。

阿尔巴：

谁跟我进御书房？——我去匍匐在

国王陛下的脚下。

勒尔玛（从御书房冲出来）：

阿尔巴公爵！

多明各：

终于是时候了！

感谢上帝！

（阿尔巴快步走进御书房）

勒尔玛（气喘吁吁，情绪极为激动）：

如果马耳他骑士前来，

陛下现在没空，他会

传谕召他进去——

多明各（大家都好奇地，充满期待地围着勒尔玛，多明各对勒尔玛说）：

① 王国的等级会议，西班牙从十二世纪起就有等级会议，参加者为教士和贵族的代表，是为宫廷的御前会议，后增加城市代表。十六世纪等级会议的权力为专制君王大大削弱，并非民众的代议机构，而是君王臣仆的会议。

伯爵，出了什么事？

您脸色白得像个死尸。

勒尔玛(想急忙走开)：

这事

简直像魔鬼一样可怕。

帕尔玛和菲里亚：

什么事啊？究竟是什么事？

梅迪纳·西多尼亚：

国王陛下

在干什么？

多明各(同时)：

像魔鬼一样可怕？什么事啊？

勒尔玛：

国王陛下

痛哭流涕。

多明各：

痛哭流涕？

众人(同时，惘然，惊慌)：

国王陛下痛哭流涕？

(听见御书房传出铃声。勒尔玛伯爵快步进去)

多明各(跟着他，想拉住他)：

伯爵，还有一句话——您等一等——他已经走了！

我们惊恐万状地拴在这里，动弹不得。

第二十四场

〔封·艾伯莉公主。菲里亚。梅迪纳·西多尼亚。帕尔玛。多明各和其他显贵。

艾伯莉公主(急急忙忙,气急败坏):

国王陛下在哪里?我必须觐见陛下。

(对菲里亚)

公爵大人,请您带我去见陛下!

菲里亚:

国王陛下

有重要公务处理。谁也不许

进去。

艾伯莉公主:

他签署了

那可怕的判决没有?他受骗

上当了。我向他证明,他

受到欺骗。

多明各(从远处向她意味深长地招手):

艾伯莉公主!

艾伯莉公主(向他走去):

您也在这儿,神父?好啊!我正需要您!

您应该证实我说的话。

(她抓住多明各的手,想拉着他一同进御书房)

多明各:

我?——您

神志清醒吗?公主?

菲里亚:

您呆在这儿。

国王陛下现在不会听您的禀告。

艾伯莉公主:

他非听我

禀告不可。他必须听到真情实话——真情！

哪怕他比上帝更胜十倍！

多明各：

走开！走开！

您在冒天下之大不韪。快快留步。

艾伯莉公主：

你这家伙，在你邪神的震怒面前发抖吧。

我没什么可以冒险。

（正当公主要进御书房时，阿尔巴冲了出来）

阿尔巴公爵（他的眼睛闪闪发光，走起路来得意洋洋。他快步走向多明各，和神父拥抱）：

请您让

所有的教堂都高唱 Tedeum[①] 吧！

胜利属于我们。

多明各：

属于我们？

阿尔巴（向多明各和其他显贵）：

现在进去

觐见国王陛下吧！诸位还会继续听到我的消息。

① Tedeum 为赞美上帝的祷词，以示感恩。

第五幕

〔王宫里的一个房间，一个铁栅栏门把它和一个宽敞的前院隔开，院里有卫兵走来走去。

第一场

〔卡洛斯坐在一张桌旁，头向前伏在臂上，仿佛在打瞌睡。屋子的深处有几名军官和他一起关在屋内。封·波萨侯爵走进屋来，并未被卡洛斯发现，他和军官们悄声讲话，军官们立即走开。侯爵自己走近卡洛斯，默默地悲伤地看了他一会儿。最后他动了一下，把卡洛斯从麻木状态中惊醒。

卡洛斯(站起来，看见了侯爵，吓了一跳。然后睁大眼睛，直视着他一阵，用手抚摸自己的额头，仿佛想思索什么事情)

侯爵：

是我，卡尔。

卡洛斯(伸手给他)：

你甚至还来看我？

这的确是你的一番好意。

侯爵：

我心想

你在这里可能需要你的朋友。

卡洛斯：

真的吗？你真的这样认为？瞧！
这使我很高兴——高兴得难以形容。唉！
我早就知道，你一直对我很好。

侯爵：

我也应该对你好啊。

卡洛斯：

是这样吗？
啊，我们相互之间还很理解。我
很喜欢这样的情形。这种体贴，这种温柔
完全符合你我这样伟大的心灵。
在我提出的要求中可能有一个
并不公正，大胆放肆；你就因此
连我公正的要求也予以拒绝驳斥？
美德可能严峻，但绝不残忍。
绝不缺乏人性——你为此付出的代价惊人！
啊，是呀，我觉得我知道得非常清楚，
当你把你的牺牲品加以修饰，送上祭坛去时，
你温和的心如何为之血流如注。

侯爵：

卡洛斯！
你这是什么意思？

卡洛斯：

你自己现在将要完成，
我应该完成，却未能完成的事情——你将要
把黄金般美好的日子赠送给西班牙人，
他们曾白白地希望我给予他们这种馈赠。

现在我算完了——彻头彻尾地永远完了。
这点你已看清——啊,这可怕的爱情
把我早开的精神之花
无可挽回地摧折净尽。
对于你那伟大的希望,我已凋零而死。
命运或者偶然把国王带到
你的跟前——牺牲我的秘密,他就对你
言听计从——你可以成为他的天使。
没有什么能将我挽救——也许西班牙
还有救星——唉,这里没有什么该死的罪行,
一切都无可非议,除了我疯狂的瞎了眼睛,
直到这一天还没有看清,
你既如此伟大又温柔多情。

侯爵:

不!这,——
这我事先并没有预见——没有预见到,
朋友的宽宏大量可能比我精于世故的
周到谨慎更加灵敏。
我的大厦已经坍塌——
我忘记了你的心。

卡洛斯:

即使你有可能,使她
免遭这样的命运,——瞧,
我也会对你感激不尽。我难道不能
独自一人将这一切承担?难道非要她做
第二次牺牲?——别谈这件事情!
我不想指责你。王后和你
又有什么关系?你难道深爱

王后？你那严格的美德
会问及我爱情的微小忧愁？
对不起——我冤枉了你。

侯爵：

你是冤枉我了。
可是——并不是因为这一指责。我若该
受一项指责，那么所有的指责也都无法避免，
那我也不会像现在这样站在你的面前。
（他取出自己的皮夹）
这里
还有几封你给我
保管的信件。
你拿去吧。

卡洛斯（不胜惊讶地看看信件，又看看侯爵）：

怎么？

侯爵：

我把它们还给你，
因为现在它们在你手里
比在我的手里更为安全。

卡洛斯：

这是怎么回事？
这么说国王没有读过这些信件？
它们根本就没有被他看见？

侯爵：

这些信件？

卡洛斯：

你没有把所有的信都给他看？

侯爵：

谁告诉你，
我给他看了一封信？

卡洛斯(无比惊讶)：
这怎么可能？
勒尔玛伯爵。

侯爵：
是他告诉你的？——是啊，现在
一切的一切都显而易见！可是谁
又能预见这事？这么说是勒尔玛？——不，
此人从来没有学过撒谎。非常正确；
其他的信件在国王手上。

卡洛斯(无言以对，长时间惊讶地望着侯爵)：
那我为什么呆在这里？

侯爵：
为了小心起见，
防你也许会第二次情不自禁
把一个艾伯莉选作你的知音。

卡洛斯(如梦初醒)：
哈！现在终于明白！
现在我看清楚——一切全都明明白白——

侯爵(走向门口)：
谁来了？

第二场

〔阿尔巴公爵。前场人物。

阿尔巴(毕恭毕敬地走近王子，整场戏里始终把背冲着侯爵)：

王子殿下，您已自由。国王陛下派我
向您宣告这道谕旨。
（卡洛斯惊愕地望着侯爵。大家全都沉默不语）
与此同时，
王子殿下，我有幸作为第一个
得到恩典的人——

卡洛斯（极端惊讶地望着二人，过了一阵对公爵说）：
我被
囚禁起来又重新获释，
可是自己也不明白，
这究竟是怎么回事？

阿尔巴：
据我所知，王子殿下，
完全出于误会，某个——骗子
诱使国王陛下误会了王子。

卡洛斯：
可是我被囚禁在此
是奉国王陛下的谕旨？

阿尔巴：
不错，是由于
陛下一时失误。

卡洛斯：
那我
真的深感遗憾——可是，如果
国王陛下有了失误，那他应该亲自
前来纠正才是。
（他寻找侯爵的眼睛，观察到侯爵对公爵报以高傲的蔑视）
人们在这里称我为唐·菲利普的儿子。

向我投来的目光亵渎和好奇交织。
国王陛下出于本分所做的事，
我不想假装感谢他的恩典。
否则我也做好思想准备，在王国
等级会议的法庭上受到审判——
我不能从这种人手里接过我的宝剑。

阿尔巴：

国王陛下
将毫不迟疑地满足
王子殿下的这一公正的要求。
倘若殿下能允许我，陪送
殿下去觐见陛下——

卡洛斯：

我就呆在这儿，
直到国王陛下或者他的马德里
把我带出这座囚牢。请把这个
回答带给他。

（阿尔巴下。可以看见他在前院还呆了一会儿，发布了几道命令）

第　三　场

〔卡洛斯和封·波萨侯爵。

卡洛斯（等公爵出去以后，满怀期待非常惊讶地对侯爵）：

这又是怎么回事？
给我解释一下。你现在不是大臣吗？

侯爵：

如你所见，我曾经是大臣。

(心情十分激动地向卡洛斯走去)

啊,卡尔,

已经起了作用。起了作用。已经成功。

现在已经大功告成。赞美全能的上帝,

使这件事得以成功。

卡洛斯:

成功? 什么事?

我不明白你说的意思。

侯爵(抓住他的手):

你已经

获救,卡尔——已经自由——而我——

(他停住了)

卡洛斯:

而你?

侯爵:

而我——我第一次以全部权力,

所有的权力把你拥抱到我怀里;

我付出了一切我珍贵的东西——

啊,卡尔,这一时刻是多么甜蜜,

多么伟大! 我对我自己

非常满意。

卡洛斯:

你的脸色

突然发生了多大的变化? 我从来

没有看见过你这样。你更加高傲地

挺起胸膛,你的眼睛闪闪发光。

侯爵:

我们必须告别了,卡尔,不要害怕。

啊，做一个男子汉。不论你听见什么，
答应我，卡尔，不要控制不住悲痛，
这和伟大的灵魂不相称，只会使我这次
离别更加心情沉重——你失去我，卡尔——
将要失去许多许多年——傻瓜们称之为
永远。
（卡洛斯抽回他的手，呆视着他，无言作答）
　　　　　　做一个男子汉，我对你
抱着极大的希望，我没有避免
和你一起忍受这惊恐的时刻，
人们可怕地称之为最后的时光——是的，
要我向你坦白吗，卡尔？——我庆幸——
这时刻的到来——来吧，让我们一同坐下——
我感到筋疲力尽，极度疲乏。
（他挨近卡洛斯，卡洛斯还一直僵立着，身不由己地被他拉着坐下）
　　　　　　　　你在哪儿？就简单陈述，
你不给我回答？——我想说得简短点。
我们上一次在沙特勒兹修道院见面
第二天，国王陛下召我进宫觐见。
这次成功你已知道，整个马德里都已知道。
你不知道的是，你的秘密
已经有人向他密告，
在王后的首饰匣里
找到的书信对你不利，
这点我从他自己嘴里获悉，
你不知道——我成了他的心腹知己。
（他停下来，等着听卡洛斯的回答；卡洛斯却一直保持沉默）
　　　　　　是的，卡尔！

我用自己的嘴巴破坏了我的忠诚。
我亲自指导了这场
使你毁灭的阴谋,事实已经
暴露无遗。已经无法为你清洗。
我剩下的全部力气都用来
稳住他的复仇情绪——
我就成了你的仇敌,以便更好地为你效力。
——你没在听我说话吗?

卡洛斯:

我听着呢。接着说。接着说。

侯爵:

到这一步为止,我都没有过错。可是不久
这崭新的国王的恩宠给我带来
不同寻常的光芒,也出卖了我。
这件事如我预料一直传到你的耳朵。
可是我,摆脱不了虚假的柔情,
又为高傲的妄想弄瞎了眼睛,决定独自
结束这一冒险行径,没有惊动你,
我藏起了我这友谊的危险秘密。
这个行动实在冒失已极!我犯下了
严重的错误。我知道这点。我的信心
实乃疯狂。请原谅——这个信心是建立在
你的友谊地久天长的基础之上。
(说到这里他沉默了。卡洛斯从他那泥塑木雕似的状态,一转而为情绪极端激动)
我害怕的事情终于发生。人们让你
在虚构的危险面前颤栗不已胆战心惊。
王后倒在血泊之中——惊恐传遍

整座王宫——勒尔玛
不幸的一片热忱——最后
我那匪夷所思的沉默无声,这一切
冲击你那毫无防范的心——你于是动摇——
认为已失去了我——可是你太高尚,
不愿怀疑你朋友的忠诚,
你以高贵的姿态修饰他的背离;
即使背叛,你还可以向他表示敬意,
这时你才敢于说他不忠不义。
为这惟一的朋友所抛弃,你便
投入艾伯莉公主的怀里——
不幸的人啊!投入一个魔鬼的怀里;
因为就是她出卖了你!
(卡洛斯霍然起立)
　　　　　　　　我看见
你急急忙忙地向她那里跑去。一种不祥的
预感在我心头升起。我跟着你,可惜已来不及,
你在她脚下匍匐。你的自白已经
滑过你的嘴唇。对你来说,已经
没有救星——

卡洛斯:

　　　　　　　　不,不!她深受
感动。你弄错了。她肯定
受到了感动。

侯爵:

　　　　　我顿时眼前漆黑昏了头!
没有——什么也没有——没有出路——没有援手——
在大自然整个环境里无一援手!绝望使我

变成复仇之神，变成野兽——我把匕首
架在这个女人的胸口——可是现在——
现在突然有道阳光射进我的灵魂。
“倘若我把国王予以误导？要是
我能使我自己变成一个罪人？
管它像还是不像！——对他来说，这已足够，
对于菲利普国王来说显然已经足够，
因为这是坏事。那就让它如此吧！我要冒险一下。
也许这是一个霹雳，这样出乎意外地
向他击去，会使这暴君为之一怔。我还能
再要求什么？他考虑着，而卡尔
则把时间赢得，可以逃往布拉班特。”

卡洛斯：

而你，你干了这事？

侯爵：

我写信给
奥伦治亲王威廉，说我
钟情王后，我成功地
让你蒙受不白之冤，
从而逃脱国王的怀疑——
我找到了自由接近王后的途径，
而且是通过国王自己。
我又补充一点：我担心已被发现，
而你，受到我激情的教训，
跑去找艾伯莉，也许可以通过
她的手向王后发出警告信息——
后来我在这里逮捕了你，而如今，
因为一切都已失去，我决心

投身到布鲁塞尔去。——这封信——

卡洛斯（大惊失色，打断他的话）：

你不是不信任邮局吗？你知道，

所有寄到布拉班特和佛兰德斯去的信——

侯爵：

都交给了国王——按现在的

情况来看，塔克西斯已经

尽了他的职责。

卡洛斯：

上帝啊！那我就完了！

侯爵：

你？为什么你完了？

卡洛斯：

不幸的人啊，你

也跟着完了。这个骇人听闻的欺骗，

我父王不会原谅你。

不！他永远不会原谅这个欺骗。

侯爵：

欺骗？

你心不在焉。好好想想。谁跟他说，

这是个欺骗？

卡洛斯（直视他的脸）：

你问，谁？

是我自己。

（他想走开）

侯爵：

你疯了，站住。

卡洛斯：

走开！走开！
看在上帝的分上！别拦住我。
我呆在这儿的时候，他已经雇用了
凶手。

侯爵：

因此更要珍惜时间。
我们还有许多话没有讲完。

卡洛斯：

什么？
趁他还没有采取一切措施之前——
（他又想走，侯爵抓住他的胳臂意味深长地看着他）

侯爵：

听着，卡洛斯——难道因为
你为我流了血——在你还是孩子的时候，
我才这样匆忙，这样认真？

卡洛斯（深受感动无比赞赏地在他面前站住）：

啊，仁慈的上帝啊！

侯爵：

为了佛兰德斯，快逃吧！
你的使命是拯救这王国。我的使命
是为你而死。

卡洛斯（向他走去，抓住他的手，无比深情地）：

不！不！
他不会——他不可能抵御！
这样高贵的行动他无法抵御！——
我要带你去见他，我们要手挽手地
到他那儿去。我要说，父王，
这是一个朋友为他的朋友效力。

这会打动他的心。相信我吧,他,
我的父王,并不是毫无人性。是的!
这肯定会感动他。他定会
热泪盈眶,他定会把你和我原谅——
(栅栏门那里传来一声枪响。卡洛斯跳了起来)
哈!这是冲着谁开枪?

侯爵:

我想——是冲着我。
(他倒下)

卡洛斯(痛苦地大叫一声,在他身旁倒在地上)

啊,仁慈的
上帝啊。

侯爵(声音断断续续):

国王——他动作迅速——
我原来希望——时间会更长——想想你的逃亡——
听见了吗?——想想你的逃亡——你的母亲
知道一切——我不行了——

(卡洛斯像死人一样躺在死尸旁边。过了一会儿,国王进来,许多显贵随行,看见这番景象,国王愕然地直往后退。鸦雀无声,一片静寂。显贵们在两人旁边围成一个半圆形的圈子,交替地望望国王和王子。王子依然躺在地上,犹如死人一般。——国王静静地观察他,陷入沉思)

第四场

〔国王。卡洛斯。封·阿尔巴公爵,菲里亚公爵和梅迪纳·西多尼亚公爵。封·帕尔玛王子。勒尔玛伯爵。多明各和许多显贵。

国王(语气仁慈):

我的太子,

我已听从你的请求,来到这里,

我自己带着我王国的满朝文武,

向你宣布,你已自由。

(卡洛斯抬头一看,又环顾四周,就像刚从梦中惊醒。他的眼睛时而凝视国王,时而凝视死者。他不做回答)

接过

你的宝剑。先前的措施过于迅速。

(国王走近卡洛斯,伸手给他,扶他站起身来)

我的儿子不该在这个地方。起来,

投入你父王的怀抱。

卡洛斯(昏昏沉沉地接受国王的拥抱——突然想起了什么,停住,更加仔细地凝视国王):

你身上

发出凶手的臭气。我不能拥抱你!

(他把国王推开,全体显贵为之震惊)

不!你们不要这样惊慌失措地站在那里!

我干了什么骇人听闻的事情?我碰了一下

上天赐福的神圣君王?你们什么也不用担心!

我不会伤他一根毫毛。你们没有看见

他额上罪人的烙印?上帝已经把他

定为罪人。

国王(快步离去):

跟我走吧,众位爱卿!

卡洛斯:

到哪儿去?别离开此地,陛下——

(他用双手使劲抓住国王,一只手握住国王身佩的宝剑。他拔剑出鞘)

国王：

你拔剑

指向你的父王！

在场的众位显贵(也都拔剑在手)：

你想弑君！

卡洛斯(一手紧紧抓住国王,另一只手握着明晃晃的宝剑)：

收起你们的宝剑。你们想干什么？你们
以为,我疯了不成？不,我没有发疯。
倘若我疯了,你们最好别提醒我,
他就命悬我的剑尖,
我请你们躲远一点。
像我这样的情绪必须好言抚慰——
因此都往后退。我和这位国王
要清算的事情,和你们向他效忠的誓言
毫无关连。你们只消看看,他的手指
鲜血直往下滴！你们仔细看看他！
你们看见他了吗？啊,你们再往这边看——
这是他的手笔,这位伟大的艺术家！

国王(对众显贵,他们都焦急地想挤到国王身边)：

众位爱卿

都退下去。你们害怕什么？——难道我们
不是父子？我倒想看看,人的天性
会做出什么有悖人伦的事情——

卡洛斯：

人的天性？

我不知道什么天性。时兴的口号是谋杀。
人性的纽带已经扯断。是你自己
在你的王国里把它扯断的,陛下！

难道要我尊重你嘲弄的东西？啊，你们看！
往这儿看！从来没有发生过凶杀事件，
却发生在今天——难道就没有上帝？什么？
难道在上帝的造物中国王就可以这样为所欲为？
我问，难道就没有上帝？只要母亲
在生子，天地存在，只有一个人——一个人
这样蒙冤含屈地死去——你也知道，
你都干了些什么？——不，他不知道这个，
他不知道，他从这世上把一条生命偷盗，
而这条生命比他连同他
整个世纪都更珍贵，更高尚，
更重要。

国王（声音柔和）：

就算我操之过急，
这是我做的事，你要我为此负责，
这难道合适？

卡洛斯：

怎么？
这可能吗？您猜不到死者和我
是什么关系——啊，你们告诉他吧——
帮助这位全知全晓的国王解开这难解的谜。
死者是我的友人——你们想知道
他为什么而死？他是为我送命。

国王：

哈，我早就料到！

卡洛斯：

流血而死的朋友啊，原谅我
在这种耳朵前面亵渎这事！

可是让这位善于识人的伟大君主
由于羞愧而死,一个年轻人的机敏
竟骗过了他这饱经沧桑的睿智老人。
不错,陛下!我们亲如兄弟!通过比大自然
锻造的纽带更为高贵的纽带连成兄弟。
他那美丽的一生就是爱情二字。对我的爱
就是他那壮丽的死。当您
因为他的敬意而忘乎所以,
当他嬉笑怒骂,口若悬河地和您那
高傲的巨人思想戏耍之时,他是属于我的。
您妄自以为控制住了他,——其实却
成了他实现更为崇高计划的驯从工具。
我的被捕是他精心策划的
友谊之举。为了拯救我,他才写了
那封给奥伦治的信。——啊,上帝!
这是他一生第一次撒谎!
为了救我,他视死如归,
舍生赴死。您对他
恩宠有加——而他却为我而死。您把
您的心和您的友谊强加于他,
您的王笏只是他手里的玩物;
他抛去王笏,为我赴死。

(国王一动不动地站着,目光死盯着地面。众位显贵惊慌失措,心慌意乱地看着他)

　　　　　　这事
可能吗?您能相信这个粗笨的
谎言吗?他采取步骤,以这个
拙劣的骗局在您那里达到目的,

这说明他根本不把您放在眼里！
您胆敢争取他的友谊，
却在这轻易的考验中遭到失利！
啊，不，不！这一切对您都不算什么。
根本就不算是人！这点他自己非常明白，
当他把您连同您所有的王冠全都推开。
这把精致的七弦琴在您钢铁般的
手掌之中裂成碎块。您别无他法，
只好把他杀害。

阿尔巴（到这时为止一直目不转睛地看着国王，显然十分不安地注视着国王脸上的变化，这时他小心翼翼地走近国王）：

陛下——打破这片死寂。请您
环顾四周。请和我们说话。

卡洛斯：

他对您
并非漠不关心。他早就对您非常关切。
也许！他可能会使您幸福无比。
他的心有足够的富足丰盈，可以
用他溢出的感情使您欣喜。
他精神的碎片也许就会使您
变成上帝。是您自己
偷窃了您。——您将付出
怎样的代价，来偿付
像他这样的一个灵魂？
（一片深沉的静默。许多显贵扭过头去或者用他们的大氅遮面）
啊，你们聚集在这里，默不作声，
由于惊恐，由于赞赏——
请你们不要谴责这个青年，他说话

攻击自己的父亲和国王——你们往这边瞧！
对我来说，他已死去！你们可有眼泪？
在你们的血管里流的是鲜血，不是炽热的岩浆吧？
请往这边瞧，不要对我横加责备！
（他转向国王，稍微镇静一些，从容一些）
　　　　　　也许您在等待，
不知这别扭的故事如何收场？
——我的剑在这里。您现在又是我的国王。
您心想，我会发抖，怕您报仇雪恨？
请您杀害我好了，就像您已经
杀害了这最为高贵的人。
我的一生已毁于一旦。我知道，现在生命
对我又值几文？这世上还等着我
去办的事情，我在这里一概放弃。
请您在众多陌生人当中去另找一个儿子——
我的王国就在这里——
（说罢他跪倒在尸体旁，对以后发生的事情不再关心。与此同时只听见从远处传来嘈杂的人声，许多人挤了过来。在国王身边是一片深沉的寂静。他的眼睛扫了一下环立身旁的显贵们，但是谁都避开他的目光）

国王：
　　　　　　怎么？谁也
不愿回答？大家都低头看着地面——每张脸
全都遮住！对我的判决已经宣布。
这些沉默无言的脸，
已经对我宣判，我的臣仆已经
给我定案。
（与先前一样寂静。——嘈杂之声越来越近，越来越响。环立在旁的显贵也喃喃窃语；他们相互之间递送尴尬的眼色；勒尔玛伯爵最后轻轻碰

了一下封·阿尔巴公爵）

勒尔玛：

的确！风暴已经掀起！

阿尔巴（轻声）：

我也这样担心。

勒尔玛：

有人快步走来。他已来到。

第　五　场

〔一名御林军军官。前场人物。

军官（急切地）：

造反了！

国王陛下在哪儿？

（他分开人群，一直挤到国王身边）

整个马德里都已拿起武器！

成千上万愤怒的士兵和城里的

平民包围了王宫，谣言四起，

说卡洛斯王子已被关进牢监，

他的生命已有危险。百姓要求

看见活生生的王子本人，不然

就要纵火焚烧整个马德里城。

众位显贵（情绪激动）：

救驾，救驾，

拯救国王陛下！

阿尔巴（对国王，国王平静地站着，一动不动）：

陛下，请您避一避——形势

逼人,——我们还不知道,
是谁武装了这些平民——

国王(从麻木状态中醒来,挺直身子,十分威严地走进人群):

我的宝座还在吗?
我还是这个国家的国王吗?——不,
我已经不再是国王。懦夫们哭哭啼啼,
被一个孩子弄得软弱无力。大家只
等着一声号令,就自行溃败。
我被造反者们出卖。

阿尔巴:

陛下,
多么可怕的幻想!

国王:

到那儿去!
到那儿去匍匐在地!匍匐到
这个风华正茂的年轻国王面前!我已
衰朽,不值一提——一个孱弱无力的老人而已!

阿尔巴:

已经到了
这步田地!——西班牙人!

(大家全都挤到国王四周,抽出宝剑,跪倒在他面前。卡洛斯为众人抛在一边,独自呆在尸体旁边)

国王(扯下他的大氅,把它抛开):

给他披上
这国王的大衣——你们抬着他
踏烂我的尸体——

(他晕倒在阿尔巴和勒尔玛的怀里)

勒尔玛:

救命啊！上帝啊！

菲里亚：

上帝啊！多么凑巧的事情！

勒尔玛：

他晕过去了！

阿尔巴（让勒尔玛和菲里亚抱着国王）：

把国王陛下

扶上床去。与此同时

我去恢复马德里的秩序。

（下。国王被抬走，全体显贵护送国王）

第六场

〔卡洛斯独自一人留在尸体旁边。过了一会儿路德维希·梅尔卡多上场，怯生生地四下张望，默默地在王子背后站了一会儿，未被王子发现。

梅尔卡多：

我从

王后那儿来。

（卡洛斯又转过脸去，不予回答）

我的名字叫梅尔卡多——我是王后的

贴身御医——这里是我的

证明。

（他给王子看一枚可作印章的戒指——王子继续保持沉默）

王后非常希望

今天就能和您谈话——有要事

相商——

卡洛斯：

对我来说

已经没有什么要事在这世上。

梅尔卡多：

她说，

波萨侯爵留下一项任务——

卡洛斯（迅速站立起来）：

什么？

马上就去。

（他想立即和梅尔卡多走）

梅尔卡多：

不行！现在不行，王子殿下。

您必须等候夜色降临。现在每个通道

都有人把守，而且布置了双倍的卫兵。

不可能进入王宫的这一侧翼

而不被人发现。

您将冒极大的风险——

卡洛斯：

但是——

梅尔卡多：

王子殿下，

现在充其量还有一个办法，

这是王后想出来的妙计。她把此计

供您考虑——但是这个方法带有风险，

大胆，离奇。

卡洛斯：

这方法究竟如何？

梅尔卡多：

您也知道，
早就流传一则传说，在王宫
穹顶走廊里每到午夜时分，
都有一个僧侣游荡，
这是已故皇帝游离的阴魂。
平民百姓相信这则谣言，在那里
站岗的卫兵都胆战心惊。
倘若您决心采用这副伪装，
您可以顺利通过一切哨岗，
不被觉察地一直走到
王后的内室，这把钥匙
可以打开内室的房门。这神圣的形象
可以防止您受到任何攻击，任何盘问。
但是王子殿下，您必须立即做出决定。
必要的服装面具都已放进
您的卧房。我必须赶回去——
把您的回答禀告王后。

卡洛斯：

什么时间？

梅尔卡多：

时间是
午夜十二点。

卡洛斯：

请禀告王后，
请她等我前往。
（梅尔卡多下）

第七场

〔卡洛斯。勒尔玛伯爵。

勒尔玛：

王子殿下，您快逃走。
国王陛下对您非常生气。要褫夺
您的自由——即使不夺走您的性命。
您不要向我再多问问题。我是偷偷
溜出来警告您的。马上逃走，
不要迟疑。

卡洛斯：

我的性命是在
全能的上帝手里。

勒尔玛：

王后刚才让人
向我传来消息，您今天就得
逃往布鲁塞尔，立刻离开马德里。
请您不要耽搁，切勿迟疑！暴乱
对您的逃亡极为有利。王后策动
这次暴乱，就是为了这个目的。
现在他们不敢对您动用暴力，
邮车等您，在沙特勒兹修道院里。
倘若您得被迫自卫
这里是武器，
（给他一把匕首和两把小手枪）

卡洛斯：

谢谢，谢谢，
勒尔玛伯爵！

勒尔玛：

您今天讲的故事，
深深地感动了我。没有一个朋友这样相爱！
所有的爱国者都为您哭泣悲哀。
更多的话我现在不便说出口来。

卡洛斯：

勒尔玛伯爵！这位已经辞世的人
称您为一个高贵的人。

勒尔玛：

再一次，王子殿下！
祝您旅途顺利。更加美好的时光将要到来：
那时我将不复存在。请在这里接受
我的敬意。
（他在王子面前单膝跪下）

卡洛斯（想要拦住他，十分感动）：

别这样——
别这样，伯爵——，您感动了我——我不大
喜欢心软脆弱——

勒尔玛（很重感情地吻他的手）：

我孩子们的国王！
啊，我的孩子们将可以为您而死。
而我却不行。在您看见我孩子们时，
请回忆起我——请您和平地
返回西班牙故国。请您施行仁政。坐上
菲利普国王的宝座，您也认识了
人间的苦难悲伤，请您不要

用血腥的手段反对您的父王！是啊，
不要采用血腥的手段，我的王子！菲利普二世
强迫他的先王让位退下宝座
——这位菲利普国王今天
在他自己的儿子面前浑身哆嗦！请您永志不忘，
王子殿下——愿上天为您指明方向！
（他快步离去。卡洛斯正打算急急忙忙地从另一条路跑开，突然又折回来，扑倒在侯爵的尸体上，再一次把尸体搂在自己怀里。然后迅速离开房间）

第八场

〔国王的前室。
〔许多显贵挤在一起。已是夜晚，灯烛已经点亮。封·阿尔巴公爵和封·菲里亚公爵边谈边上。

阿尔巴：
城里局势已经平静。您离开
国王陛下时情况如何？
菲里亚：
陛下情绪极为恶劣。
他把自己紧锁在房里。不论发生
什么事情，他都不让任何人
进去。侯爵的背叛
使他整个性格一下子
完全变样。我们都不认得
他就是原来的国王。
阿尔巴：

我得去觐见陛下。这一次我可不能
对他有所顾惜。有个重要的发现，
现在刚刚获悉——

菲里亚：

又有新的
发现？

阿尔巴：

有个沙特勒兹修道院的僧侣
悄悄地潜入王子的房里，
拼命打听波萨侯爵
去世的情形，形迹可疑，
引起我卫兵的注意。他们截住他。
对他进行搜查。因为怕死，他就
坦白交待和盘托出，说他身上
带着具有重要价值的文书，
死者命令他去找王子，亲手交上
这些文件——倘若到日落之前
他自己还不
露面。

菲里亚：

还有呢？

阿尔巴：

信件的内容是，
卡洛斯在午夜和拂晓之间
得离开马德里。

菲里亚：

什么？

阿尔巴：

有一艘船
在卡狄克斯[1] 升帆待发,
将把他带往弗利兴根[2],
尼德兰的三级会议正等着他
去挣脱西班牙的锁链铁枷。

菲里亚:

哈!
这是什么话?

阿尔巴:

其余信件告诉我们,
索利曼[3] 的一支舰队已经
从罗杜斯[4] 出航——根据已经
签订的同盟协定,在地中海海域
袭击西班牙的君王。

菲里亚:

这可能吗?

阿尔巴:

恰好是这些信件
让我懂得这位马耳他骑士[5]
不久前在全欧进行的长途漫游。
不是为了琐碎小事,而是把北方列强

---

① 西班牙的港口城市,在安达卢西亚南部。

② 尼德兰的港口城市,在瓦尔赫伦岛上的西兰省。这里爆发了尼德兰争取自由的战士反西班牙的起义。

③ 索利曼,土耳其苏丹,为了支持卡洛斯的叛乱,他派出一支庞大的舰队驶向尼德兰。

④ 罗杜斯为爱琴海东南部的一座希腊岛屿,一五二三年为土耳其所征服。

⑤ 指波萨侯爵。

武装起来,争取佛兰德斯人的自由。

菲里亚:

他是这么个人!

阿尔巴:

从这些信札就派生出
一个思考周密的整体作战计划,
旨在把尼德兰一劳永逸地和西班牙
王国分家。所有细节无一疏漏,
兵力和阻力都计算精密,
国内的一切源泉,各股力量
都交待得详详细细,
需要遵循的各项原则,
需要缔结的各种同盟。
这草案像妖魔一样可怕,
但是的确天衣无缝。

菲里亚:

真是一个难以看透的叛徒。

阿尔巴:

这封信
还涉及到王子殿下
在出逃之夜得和他母亲
秘密见面,两人之间得举行
一次密谈。

菲里亚:

怎么?这就是
今天啊。

阿尔巴:

今天午夜时分。

我对这件事情也已经下达了命令。
您瞧,事态紧急。不得延误
一秒一分——请您打开国王陛下的
房门。

菲里亚:

不行!禁止入内。

阿尔巴:

那我就自己开门进去——危险日益增长,
使我有权大胆行事——

(他向房门走去时,门被打开。国王走了出来)

菲里亚:

哈,他自己出来了。

第九场

〔国王及前场人物。

〔大家看见他都大为惊惶,直往后退,毕恭毕敬地让他从他们中间走过。他像是一个梦游者在白日梦中。——方才晕厥过去,使他此刻衣衫不整形容憔悴。他步履缓慢地从在场的显贵们的身旁走过,凝视着每一个人,可是一个也没看见。最后他思绪沉重地站住,目光看着地面,直到他渐渐说出自己的内心波动。

国王:

给我把这死人抬出来。我必须
再获得他。

多明各(轻声对封·阿尔巴公爵说):

您招呼他啊。

国王(和方才一样)：

他把我想得很是渺小，然后死去倒下。
我必须重新获得他。他必须改变
对我的想法。

阿尔巴(心惊胆战地走近国王)：

陛下——

国王：

谁在这儿说话？
(他长时间地来回打量这个圈子里的人)
你们难道
忘记了我是谁？为什么不在我面前
屈膝下跪，你这个东西？我现在
还是国王。我要看见你们屈服驯从。
大家都不把我放在眼里，就因为有一个人
对我极不尊重？

阿尔巴：

我王陛下，不要再提这个人！
有一个新的敌人，比这一个更有威力，
已在您王国的心脏崛起。

菲里亚：

卡洛斯王子——

国王：

他曾有过一个朋友，为他
慨然赴死——为他而死！
他原可和我分享一个王国！——他俨然
居高临下地俯视着我！就是坐在宝座上
也不可能这样高傲地俯身下看。他多么善于
征服别人，这难道还不显而易见？

他的痛苦表现出来,他的损失有多么巨大。
人们不会为终将消逝之物这样悲泣——
但愿他还活着!我愿为此付出整个印度作为代价。
可悲的全能的上帝啊,
你都没法把你的胳臂延长,
一直伸进坟墓里,对忽视人命的
这一小小的鲁莽行径也不能纠正!
死者不会再起死回生!谁能说我
幸福欢欣?在坟墓里
有一个人,他对我不表示尊敬。
活人又关我什么事情?在这整个
世纪里有一个精灵,一个自由的人
昂然站起——有一个人——他藐视我,
如今死去。

阿尔巴:

那我们就白活了一世!让我们
都迈进坟墓,西班牙人!即使
死了以后,这个人也夺去了我们
国王陛下的心!

国王(他坐下,把脑袋靠在手臂上):

要是他为我而死该有多好!
我爱过他,非常爱他!
就像爱一个儿子一样地爱他。
这个青年,使一个新的更美好的清晨为我升起。
谁知道,什么使我对他不能忘记。
他是第一个我爱的人。整个欧洲
诅咒我吧!欧洲可以对我咒骂。
可是这个人,我应该得到他的感恩。

多明各：

通过

什么样的魔力啊——

国王：

可他是为谁做出这一牺牲？

为那个孩子，为我的儿子吗？绝不可能。

我不相信。一个波萨不会

为一个男孩而死。友谊的微弱的火焰

无法填满一个波萨的心。这颗心是为

全人类而搏动。他爱的是

全世界及其未来的后代子孙。

为了使他们快乐，他找到了一个宝座——

就这样轻易放过？波萨会原谅自己

犯下这种背叛人类的罪过？

不，我更加了解他，他并没有

把菲利普牺牲给卡洛斯，只是把

这老年人牺牲给了年轻人，他的学生。

为了父亲这西沉的落日已不值得

重新开始一天的工作。把它留给

儿子的即将升起的旭日——啊，这很清楚，

他们正等着我一命呜呼。

阿尔巴：

请陛下读一下

这些信里的断言。

国王（起立）：

他也许打错了算盘。我还，

我还健在。感谢你，大自然。我感到

我的筋骨还充溢着青春的活力。

我要让他变成笑柄。他的美德
只该是一个梦想家的奇思怪想而已。
让他作为傻瓜死去。让他的崩溃
压垮他的朋友和他的世纪!
让大家看看,人们如何非我不可。
世界在今天晚上还是属于我。我要利用它,
利用这个晚上,使得我身后
三百年内,不再有一个农夫
在这火烧场上有颗粒收成。
他让我成为他祭祀人类,祭祀他的神明的牺牲;
那就让人类为他而向我赔偿损失!——现在——
我就动手,从他的玩偶开始。
(对封·阿尔巴公爵)
太子的
情况如何?给我重复一遍。
这些信件有什么内容?

阿尔巴:

这些信,陛下,
包含着封·波萨侯爵留给
卡尔王子的遗言。

国王(浏览书信,环立四周的显贵专注地观察着他。读了一阵书信之后,他把信放下,默默地在房里走了一会儿):

召见
宗教法庭大法官红衣主教。我请他
来见我一个小时。
(一位显贵下。国王又拿起书信,继续阅读,又把信放下)
那么是在今天夜里?

塔克西斯:

深夜两点正，
驿车停在沙特勒兹修道院门前。

阿尔巴：
我派去的人员看见各式各样
饰有王家徽章的旅行用具
已经抬到修道院里。

菲里亚：
巨额款项也以王后的名义
通过摩尔人的代理商
汇出，在布鲁塞尔
提取。

国王：
你们最后看见太子在哪里？

阿尔巴：
在马耳他骑士的尸体旁。

国王：
在王后的卧室里
还有灯光吗？

阿尔巴：
那里现在一片寂静。她把
贴身宫女也比平时更早
统统从她身边支走。
封·阿尔柯斯公爵夫人
最后离开王后的房间，
那时王后已经熟睡。

（御林军的一名军官上，把封·菲里亚公爵拉到一边，轻声和他说了几句。菲里亚愕然地转向封·阿尔巴公爵，其余的人围拢来，交头接耳喃喃不已）

菲里亚、塔克西斯、多明各(同时):

奇怪啊!

国王:

什么事?

菲里亚:

有则消息,陛下,简直

难以相信——

多明各:

刚才下岗的

两名瑞士卫兵报告——没法

重复,说出来都显得可笑。

国王:

嗯?

阿尔巴:

皇帝的幽魂

在王宫的左翼显灵,

从他们身边走过,

步履庄严沉稳坚定。

亭子各处站岗的卫兵

都证实了这条消息,

他们还补充一句,幽魂消失在

王后的寝宫里。

国王:

幽魂

出现,什么模样?

军官:

穿着一件僧衣,

也就是他最后一次在尤斯蒂[①] 修道院
作为希罗尼摩斯派神父穿的那袭。

国王：

作为神父？那么卫兵们在他生前
就已经认识他？否则他们怎么知道
这就是先皇？

军官：

他手里
握着的王笏证明
他必定是皇帝陛下。

多明各：

根据传说，
人家也已经常常
看见他是这副模样。

国王：

就没有人
招呼他？

军官：

没人擅自和他招呼，
卫兵们祈祷一通，毕恭毕敬地
让他从他们中间穿过。

国王：

在王后的寝宫里
这个幽灵就突然消失？

军官：

① 尤斯蒂为西班牙的一座修道院。一五五七年卡尔五世皇帝逊位后，在此作为希罗尼摩斯派僧人退隐，直到去世。

消失在王后的前室。

(全场鸦雀无声)

国王(很快转过头来):

众位贤卿有何高见?

阿尔巴:

陛下,臣等无言以对。

国王(思忖片刻对军官):

叫我的卫队

拿起武器,切断一切通道,

封锁这一翼。我很想

和这个幽魂交谈几句。

(军官下。紧接着一名侍童上)

侍童:

陛下!

宗教法庭大法官红衣主教到。

国王(对在场的显贵):

众卿退下。

(红衣主教宗教法庭大法官上,这是一位九旬老人,双目失明,手拄拐杖,由两名多米尼库斯修会的修士扶着。他从人群中走过时,众位显贵匍匐在他面前,摸摸他僧袍的衣边。他向他们祝福。众显贵退下)

第　十　场

〔国王和宗教法庭大法官。

〔静默许久。

宗教法庭大法官:

我是站在

国王陛下面前吧？

国王：

是的。

宗教法庭大法官：

我想像不出

以前曾经有过这样的事。

国王：

我在重复若干年前

曾经有过的一个场面。那时身为太子的

菲利普请求他的导师给以忠言。

宗教法庭大法官：

我的门徒

卡尔，您的伟大的先王从不需要忠告。

国王：

他可真是不知幸福多少。我谋杀了人，

红衣主教，为此不得安宁——

宗教法庭大法官：

您为什么进行谋杀？

国王：

有个

欺骗，一个从无先例的欺骗——

宗教法庭大法官：

我知道这事。

国王：

您知道什么！通过谁？知道了多久？

宗教法庭大法官：

您在日落时

才知道的事，我已知道多年。

国王(困惑地)：

您对

此人早已有所了解？

宗教法庭大法官：

他的生活事迹

从头到尾都记载在

桑塔·卡萨[①] 神圣的记录本里。

国王：

而他一直逍遥法外。

宗教法庭大法官：

他扑腾在绳子一端，

这根绳子很长，可是撕扯不断。

国王：

他曾跑到我的王国的国境之外。

宗教法庭大法官：

无论他在哪里，我也在那里。

国王(愤怒地走来走去)：

你们当时知道，

我在谁的手里——为什么你们不及时

提醒我？

宗教法庭大法官：

这个问题

我要向您反问——当您投入此人怀抱之时，

为什么不来向我询问？

您当时了解他！只要看上一眼，就能

向您揭露这个异教徒——您凭什么，

① 桑塔·卡萨为宗教法庭的监狱。

不向神圣的法庭把这一罪人披露?
人们就这样戏弄我们?倘若国王陛下
降尊纡贵,窝藏罪犯——背着我们
和我们不共戴天之敌私通款曲,
我们又能如何行事?倘若一个人可以
获得隆恩,有什么权利让几十万人
做出牺牲?

国王:

他也牺牲了性命。

宗教法庭大法官:

不然!
他是被谋杀的——可耻地,罪恶地遭到谋杀!——
原来应该为了我们的荣誉,光荣流淌的鲜血,
却由一只杀人凶手的手来溅洒。
此人原来属于我们——谁给您权利
来触动教会的神圣财产?
他活着,是为了死在我们手里。
上帝把他交付给这时光流逝的必要安排,
在庄严地损坏他精神的过程中,
把自我炫耀的理性显示出来。
这是我深思熟虑的计划。现在
这安排了多年的工程毁于一旦!
我们遭到盗窃,而您一无所获,除了
双手鲜血沾满。

国王:

激情使我
走到这步。请原谅我。

宗教法庭大法官:

激情？——是菲利普太子
在回答我吗？就我一个人
变成老头了吗？——激情！
（不以为然地摇头）
既然你给自己捆上了锁链，
就让你国内信仰自由吧。

国王：

我在
这些事情上还是个新手。请您
对我耐心一点。

宗教法庭大法官：

不！我对您
很不满意。——竟然亵渎您以前的
全部摄政过程！当年菲利普的灵魂
坚定刚毅，像北极星似的伫立天庭，
亘古不变永远围着自己旋转，
这个菲利普当时在哪里？
难道整个往日已完全在您身后消灭？
难道当您把手向他伸出时，
在这瞬间世界就不再是原来的世界？
毒药就不再是毒药？善恶和真伪之间的
隔墙已经塌倒？
目的是什么？倘若持续六十年的规律
在一个软弱的瞬间像个女人的
脾气一样化为乌有，坚定不移
又算什么？男性忠诚又算什么？

国王：

我看到他的眼睛里面——请原谅

我又跌回到凡俗的尘世感情。
世界少掉一条通途,通向你的心灵,
你的两只眼睛已经失明。

宗教法庭大法官:

这个人能对您有什么作用?他能
给您显示什么新鲜事物,
而您对此毫无思想准备,全然意想不到?
您对梦幻家的感觉和革新知道得这么少?
改造世界者大吹法螺的怪话连篇,
在您耳里听起来就这样不同一般?
倘若您的信念的大厦听到这些大话
就自行坍塌,——我倒要问您——
您还有什么勇气给千万个软弱的灵魂
签署血腥的判决?他们并没有犯
更严重的罪行却被送上柴堆遭受火刑?

国王:

我当时渴望着找到一个人。这些
多明各们——

宗教法庭大法官:

为什么找人?人对您来说
只是数字而已,别的什么也不是。
难道我还非得审核一下我白发斑斑的学生
是否掌握为君之道的基本要领?
人家可能拒绝给予的东西,
人世间的上帝必须学会绝不动心。——
如果您呜呜哀泣,乞求同情,那您不是
也向大家承认您和他们完全相等?
我倒想知道,您又能显示哪些权利

来表示您超过众人？

国王(倒坐在一把软椅里)：

我感到，我这个人非常渺小——您要求于
我这造物的东西，只有造物主才能办到。

宗教法庭大法官：

不对，陛下。谁也骗不了我。您已被人
彻底看透——您是想逃过我们的手心。
修会的沉重的锁链重压着您，
您想要无拘无束，惟我独尊。
(他停顿了一下，国王沉默不语)
我们已经得以报仇雪恨——您得感谢教会，
它只是像母亲一样地惩罚您就足矣。
人家让您盲目地进行选择，
这就是给您的惩戒。您已得到教益。
现在您又回到我们身边——我若不是
现在站在您的面前——上帝啊！
您明天也会这样站在我的面前。

国王：

别用这种语言！请消气，神父！
我受不了。我不能听人家
用这种语气跟我说话。

宗教法庭大法官：

　　　　　　　　　　您为什么
唤起撒母尔[①]的影子？我把两个国王

---

① 见《圣经·旧约·撒母尔记》第二十八章。撒母尔让扫罗当上以色列国王，告诉扫罗谁若不听耶和华的命令，将受处罚。大主教把自己比作撒母尔，暗示菲利普反抗教会的权力。

扶上西班牙的宝座,原来希望
留下一座根基坚固的殿堂。
我看见我毕生的成果已付诸东流;
唐·菲利普自己摇撼了我的大厦。
而现在,陛下——为什么宣召本人?
要我在这里做什么事情?——我不愿重复
这一访问。

国王:

还有一件事
最后一件事——然后你就可以宁静平和地离去。
过去的事让它过去,让我们之间
风平浪静重新恢复——我们是否又和好如初?

宗教法庭大法官:

只要菲利普谦卑地低头屈服。

国王(过了一阵):

我的儿子
想要造反。

宗教法庭大法官:

您做出了什么决定?

国王:

什么也没决定——或者一切都已决定。

宗教法庭大法官:

一切在这儿是什么意思?

国王:

我放他一马,如果我
不能让他去死。

宗教法庭大法官:

然后呢,陛下?

国王：

你能不能给我建立一种新的宗教，

为儿子弑父的血腥罪行进行辩护？

宗教法庭大法官：

为了补偿永恒的正义，

上帝的儿子死在十字架上。

国王：

你想

在整个欧洲树立这种意见？

宗教法庭大法官：

凡是尊重十字架的地方，都要树立它。

国王：

我在人的天性之上

犯罪——这强劲有力的声音

你也想使之沉寂？

宗教法庭大法官：

在信仰面前，

天性的声音一概都不作数。

国王：

我把

我的法官的职务完全放在你的手里，

我可以不予过问，完全退出？

宗教法庭大法官：

您把他

交给我吧。

国王：

这是我惟一的儿子——我究竟是在

为谁积攒财物啊？

宗教法庭大法官：

宁可让它们朽坏，

也不能交给自由。

国王(站立起来)：

我们意见一致。随我来吧！

宗教法庭大法官：

到哪儿去？

国王：

从我手里接过牺牲品。

(国王领宗教法庭大法官下)

最后一场

〔王后的房间。

〔卡洛斯。王后。最后国王带着随从上。

卡洛斯(身穿神父的僧袍，脸上戴着面具，胳臂下面夹着一柄出鞘的宝剑。这时他才脱下面具，房里昏黑一片。他走近一扇门。门开处，王后走了出来，穿着睡衣，手持一盏点燃的灯。卡洛斯在她面前跪倒在地)：

伊丽莎白！

王后(悲哀地静静地端详着他)：

我们终于又见面了！

卡洛斯：

我们终于又见面了！

(沉寂)

王后(试图恢复镇静)：

您起来！我们

相互之间不要感伤心软，卡尔。伟大的

死者不希望我们纪念他,用无奈的泪水。
为了更加渺小的痛苦,尽可流淌眼泪!——
他为了您而把自己牺牲!
他用自己珍贵的生命换来了您的性命——
他的鲜血难道是为
奇思怪想抛洒流淌?——卡洛斯!
我自己为您做了担保,
有了我的保证,他更加欢快地
辞别人生。您难道会把我变成
一个说谎的人?

卡洛斯(激动地):

　　　　　　　我要为他立一块墓碑,
还没有一个国王得到过这样的墓碑——
但愿在他的灰烬上面
会出现一座乐园!

王后:

　　　　　我就希望您是这样!
这是他死亡的伟大意义所在!
他选择我来把他的遗嘱执行。
我提醒您。我将坚持
把这一誓言完成。
——死者临终时还把另一个
遗嘱放在我的手里——我向他做出保证——
我为什么要对此讳莫如深?
他把他的卡尔托付给我——我不再顾忌
体面——我不愿再浑身颤抖在人们面前。
我要像个朋友似的大胆一番。我的心
应该讲话。他不是称我们的爱情是美德吗?

我相信他说的话,我不再对我的心加以——

卡洛斯:

请您别把这句话说完,王后——我一直
处于一个漫长、沉重的睡梦之中。
我曾经爱过——现在我已觉醒。
请您忘记往日的情景!这里我把
您的信退还给您。请您毁掉我的信。
您不必担心我还会感情激荡奔腾。
这都已经过去。纯洁的火焰净化了我的本性,
我的激情现在寓于死者的墓穴之中。
没有任何尘世的贪欲
再来骚扰我的心胸。
(静默片刻,握住王后的手)
我是前来
辞行——母亲,我终于认识到,
还有比拥有你更崇高、
更值得希冀的财宝。短短一夜加速了
我的岁月怠惰的进程,
及早地使我成熟,变成一个刚毅的男人。
今生今世我除了回忆他,
再没有其他什么事情!我所有的收获
均已化为泡影——
(他走近王后,王后以手掩面)
您什么话也不
跟我说吗,母亲?

王后:

您不要
在意我的眼泪,卡尔——我忍不住要哭泣——

可是您相信我,我对您赞赏不已。

卡洛斯:

您是我们这个友谊之盟
惟一的知音——您作为我们的知音
将永远是全世界我最亲爱的人。
我今天不会把友谊给予您,
就像昨日不会把爱情
给予另一个女人——可是即使
上帝把我带上这个宝座,
国王的遗孀对我也将依然神圣。

(国王在宗教法庭大法官和众显贵的陪同下,在舞台深处出现,并未被台上的人发现)

现在我
离开西班牙而去,不会再见我的父亲
——这一辈子永远不会和他再见。
我不再尊重他。天性在我的胸中
已经死灭——请您继续
当他的妻子。他已失去了一个儿子。
您再回去尽您的本分——
我急于去从暴君手里
拯救我在困厄之中的百姓。马德里
将看见我成为国王,或者永远见不到我。
现在最后一次临别依依!

(他吻她)

王后:

啊卡尔!
您把我变成了什么?我不可以
大胆攀及这男性的宏伟高尚;

可是我能够对您表示理解赞赏。

卡洛斯：

我难道还不坚强,伊丽莎白?
我怀里拥抱着您,并不摇摆。
昨天,那业已临近的死亡的恐怖,
也未能把我从这里拉开。
(他放开她)
这都已经过去。现在我反抗尘世间的任何命运。
我方才搂着您,并不摇摆——
别做声,您没听见什么动静?
(钟敲一点)

王后：

除了可怕的钟声我什么也没听见,
钟声催我们离别。

卡洛斯：

那就晚安吧,母亲!
您将收到我从根特寄出的第一封信,
这封信将宣布我们交往的秘密情形。
我走了,现在去跟唐·菲利普
进行一次公开的争论。
我希望,从现在开始,我们之间不再有
任何秘密的事情。您不需要再害怕
外界的眼睛——但愿这是我最后一次
欺骗。
(他想去拿面具。国王站在他们中间)

国王：

这是你最后一次欺骗!
(王后晕倒)

卡洛斯（急步向她走去，把她搂住）：

她死了吗？

啊，老天在上啊！

国王（冷漠而平静地对宗教法庭大法官说）：

红衣主教！我已经

把我的工作完成。您的工作请您进行！

（国王下）

华 伦 斯 坦

戏 剧 诗

张 玉 书 译

An. 1618
An. 1648
Wallenstein.
Ein dramatisches Gedicht.
EHXA.
C Brünner. 1877

华伦斯坦的军营

Erster Theil.
Wallensteins Lager.

人　物

军曹 }
号手 } 属于特尔茨基短枪骑兵团

炮兵

狙击兵

两名荷尔克团的猎骑兵①

布特勒团的龙骑兵

蒂芬巴赫团的钩枪骑兵

瓦龙团的一名甲骑兵②

克罗地亚③兵

轻骑兵

新兵

市民

农民

农家少年

托钵僧

军中教师

---

① 亨里希·封·荷尔克伯爵(1599—1633)奉华伦斯坦之命组建了几个甲骑兵团。席勒之所以把他们写成猎骑兵,是由于他们军风不正,与军风整肃,威望甚高的甲骑兵有别。

② 甲骑兵为装备精良的骑兵,比其他兵种享有更高威望。

③ 克罗地亚兵也是轻骑兵,成员主要为东南欧的士兵,并非全是克罗地亚人。

军中女酒贩
女侍者
军中少年
军中乐师

在波希米亚的皮尔森城前

序　　诗

一七九八年十月在魏玛剧院重新开幕的典礼上宣读

亦谐亦庄的面具[①] 游戏，
诸位乐于观赏，乐于倾听，
柔弱多情者为之倾倒，
它使我们在这厅里重新相聚——
请看！这座大厅又面貌一新，
艺术把它装饰成欢快的神殿。
和谐崇高的精神向我们招呼，
激起我们的感情肃穆庄严，
在这高贵的廊柱之间。

可是这依然是那旧日的剧院，
培养一些年轻才俊的摇篮，
一些茁壮成长的天才在这里起步。
我们依然是旧日的班底，
在你们面前热情奔放地成长学艺。

① 古希腊的剧中，演员均戴面具，文艺女神亦戴面具，喜剧女神塔莉娅戴的面具呈笑容，悲剧女神墨尔波墨涅的面具神情严肃。新修的魏玛剧院大厅的柱上分别以不同的面具为修饰。

有一位卓越的大师① 曾在这座台上，
以他创造性的天才使你们欢愉舒畅，
引你们步入他艺术的巅峰晴明开朗。
啊！但愿这座大厅新的尊严
能把顶尖名家② 引到我们中间，
我们长期胸怀的希望，
能够光辉灿烂地得以实现。
伟大的榜样激励大家争相效法，
为评判确立更高的标准。
所以让这批人，这座新的剧院
成为已臻完美的天才的见证。
哪一个天才不会欢欣鼓舞地
向这群精英检验自己的才干实力，
重新焕发青春，恢复往日的荣誉？
这些英才对于艺术魔力敏感异常，
以轻柔灵动的感悟领会，
把握住精神的飘忽不定的形象。

因为优伶的艺术，美妙无比的演技
转瞬即逝，消失得无踪无影，
而雕刻的塑像，诗人的歌吟，
历经千万年，仍然与世长存。
这里的魅力，与艺术家一同消失，
随着声音在人们耳际消散，

---

① 指当时的名演员伊夫兰(1759—1814)。他在一七九六、一七九八年曾在魏玛演出，获得成功。

② 人们希望伟大的汉堡演员弗里德里希·路德维希·施罗德(1744—1816)能来魏玛扮演华伦斯坦。人们期待的名家还包括伊夫兰等。

瞬间快速的造物也倏然而逝，——
没有哪个作品能将荣誉长久保持。
这项艺术艰难，其价值却随时消散。
后世不为优伶编织花环；
因此他必须珍惜眼前，
充分利用属于他的瞬间，
竭力把握住同时代人，
在最有价值最为优秀的心里
建立一座活生生的丰碑留念——
这样他就事先获得了永生不朽的令名，
因为谁若为当代杰出人士竭力奉献，
就将世世代代活在人世之间。

今天在这座舞台上，塔莉娅的艺术①
开始新的纪元，也使得诗人勇气十足，
离开旧日的轨道，
把诸位引出市民生活的闭塞狭小，
置于更加崇高的戏台之上，
并不辱没我们时代的崇高辉煌②，
我们在这时代努力奋进，势不可当。
因为只有宏伟壮丽的事物
才能激动人们的内心深处，
狭小的圈子使人的思想渺小委顿，
目标宏大，人方能成就大器。

① 塔莉娅，为古希腊司喜剧的文艺女神缪斯之一。她的艺术在此指戏剧。
② 指法国大革命及其成果。

时值世纪严峻的结尾①，
即使现实也变成诗艺，
我们看见强劲有力的人们，
在我们眼前为重大的目标进行斗争，
为了人类伟大的主题，
为了统治和自由搏斗不已——
现在艺术可在幻象的舞台② 上，
试作更高的飞翔，而且非试不可。
不然人生的舞台会使艺术羞愧难当。

这些天我们看到古老坚实的形式
已经崩溃③，一百五十年前④，
它还赋予欧洲各国备受欢迎的和平，
三十年惨绝人寰的战争⑤ 结出的珍贵果实。
诗人的想像力又一次
在诸位眼前展现这阴郁时代，
更加欢快地看见现在，
和充满希望的遥远未来⑥。

---

① 指十八世纪十九世纪交替时期的法国大革命，特别影射法国将军查理－弗朗梭阿·杜穆里哀。此人打算在一七九三年率领部队挺进巴黎，为部队所抛弃。有人认为，席勒以此影射华伦斯坦的命运与之相似。

② 按照席勒的术语，“幻象”意味着，在舞台上展现的仅是美学的表象，并非现实。

③ 一七九五年四月法国和普鲁士签订巴塞尔和约，一七九七年十月奥地利兵败后，与法国签订坎波·福米奥和约，德意志民族的神圣罗马帝国开始崩溃，一八〇六年完全解体。

④ 指一六四八年结束三十年战争的威斯特伐利亚和约签订之时，席勒对此表示称赞。

⑤ 指一六一八年至一六四八年的三十年战争。

⑥ 希望现在发生的革命会对未来带来积极的成果。

现在诗人要把诸位放到那场战争[1] 之中。
十六年破坏蹂躏,十六年豪夺强抢,
苦难的岁月已如逝水流淌,
世界一片阴沉,民怨沸腾,
远处并未闪现丝毫和平的希望。
帝国成了各类武器较量的竞技场,
城市荒芜,马格德堡已成瓦砾[2],
工商百艺凋零衰亡,
市民分文不值,士兵高踞众人之上,
放肆的恶行不受惩戒,恣意嘲笑良好风尚,
长期战乱,粗野的人群变得更为野蛮,
麇集在备受蹂躏的土地之上。

在这阴郁不堪的时代背景前面,
描绘出一个疯狂的行动
和一个人物[3] 的胆大妄为。
诸位都认识他——他缔造英勇无畏的军队,
是全军官兵的偶像和惩戒各国的上帝之鞭[4],
他是皇帝的支柱也使皇帝畏惧,
他是幸运之神的儿子勇于冒险。
时势造英雄,他扶摇直上,
迅速朝向荣誉的最高台阶攀登,
然而并不餍足,继续追求,

① 指三十年战争,本剧剧情发生之时。

② 天主教联军统帅约翰·封·悌里(1559—1632)一六三一年五月攻陷马格德堡,联军屠城后纵火焚烧,几乎将该城夷为平地。

③ 指华伦斯坦。

④ “上帝之鞭”原为匈奴首领阿提拉(约406—453)的绰号。

终于垮台,成为难驯的野心的牺牲。
历史上爱他恨他的人各不相让,
他的形象也模糊不清,摇摆不定;
但是现在艺术要把他放在诸位眼前,
也从人性的角度更加贴近你们的心灵。
因为艺术把极端事情变得强弱适度,
引回人性想像之中,置于原始的自然情景,
艺术把人放进生活的急流险境,
把人的大部分罪过失误
全都推给不幸的星辰。

今天将在这座舞台上出现的
并不是他,而是他部下英勇的士兵,
他的命令强劲有力地指挥他们,他的精神
鼓舞他们,诸位将在这批人当中遇见他的身影,
直到最后那羞怯的缪斯① 才敢于
把他活生生地放在你们面前;
因为是他的权力引诱了他的心,
他的军营只是解释他的罪行。

因此请诸位原谅诗人,没有
快步把你们一举带到情节的终点,
他只敢在诸位面前
逐一打开一系列画卷,
把这宏伟的题材展现。
但愿今天的演出能使这不寻常的声音

① 泛指文艺女神。

使诸位感到动人心弦,悦耳动听;
它将把你们带回到那个时代,
置身于战乱频仍的陌生舞台之上,
我们的主人公不久将以他的行动,
使这座舞台热闹异常。

今天缪斯,
那舞蹈和歌唱的自由女神①
又谦虚地要求押韵写成韵文,
这是她古老的德国权利,——请别责备不已!
是啊,请诸位感谢她把真实的阴郁图像
幻化进艺术明朗的王国之中,
真诚地亲自破坏她创造的幻象重重,
不用她的形象来取代真实欺骗公众;
生活严肃沉重,艺术欢快轻松。

① 司舞蹈的缪斯指忒尔普西柯瑞,司歌唱的缪斯也许指的是波吕希姆尼娅。

第　一　场

〔军中女酒贩的帐篷,帐篷前是一个杂货旧货摊,穿着各色军装戴着不同番号的士兵挤来挤去,所有的桌旁都坐满了人,克罗地亚兵和轻骑兵蹲在一个炭火盆旁烤火,女酒贩来回斟酒,军中少年等数人在一面鼓上掷色子,帐篷里有人唱歌,一农民和他儿子上。

农家少年:

爹,这样干不会有好戏,
这伙当兵的咱们最好离远点,
这些家伙全都蛮不讲理;
他们不伤咱们就算谢天谢地。

农民:

说什么话呀! 他们不会吞了咱们,
尽管他们有点蛮横,
瞧见了吗? 又有新的部队涌来,
他们刚从萨尔阿和美因河开来,
带来不少战利品,尽是稀罕的玩意!
咱们只要机灵点,这就都到咱们手里。
一个叫别人杀死的上尉,
留给我带来好运的色子几枚。
今天我要用它们试上一试,
看它们是否还有原来神力大发利市。
不过你得装出一副可怜模样,
你要是觉得那些家伙轻浮放荡,
他们就一定喜欢奉承吹捧,

得手以后，就各奔西东。
他们把我们的东西一斗一斗地拿走，
我们必须一勺一勺地再往回搂；
他们会用宝剑乱杀乱砍，
我们机灵异常善于巧干。
（帐篷里歌声响起，欢呼阵阵）
瞧，他们连声欢呼——上帝慈悲！
这一切都是农民的血汗。
这伙混蛋霸占我们的床和马厩，
已经足足八个月之久，
这个地区连同周边，已经没有
一只兽爪，一根羽毛，
咱们穷得要死，饿得发疯，
恨不得把自己的骨头乱啃乱咬。
纵使萨克森人占领这块土地时①，
这里的情况也不见得更乱更糟。
这帮家伙还自称是皇帝的队伍，真不害臊。

农家少年：

爹，那儿从厨房跑来三个人，
看上去，不像身上有多少油水。

农民：

这是本地人，土生土长的波希米亚人，
是特尔茨基的短枪骑兵，
呆在这军营里时间已经很久，
所有士兵当中，数他们最最差劲。
平时目中无人，神气活现，

① 一六三一年十一月到一六三二年夏初，萨克森选帝侯的军队占领了波希米亚。

就仿佛他们高贵得不行，
不屑于和农民同桌共饮。
可是我看见左边火堆旁
坐着三个狙击兵，
看上去八成是提罗尔人，
埃默里希①，过来！咱们得盯上他们，
这几个快活后生，喜欢谈天说地，
衣衫体体面面，身上带着金币。
（父子俩向帐篷走去）

第　二　场

〔前场人物，军曹，号手，轻骑兵。

号手：
　　这乡巴佬要干吗？滚开，混蛋！
农民：
　　仁慈的老爷们，给点吃的喝的吧！
　　咱们今天还一点热东西都没下过肚呢。
号手：
　　哎，这家伙老是要吃要喝。
轻骑兵（手持一个杯子）：
　　没吃早饭？拿去喝吧，狗东西！
　　（带着农民向帐篷走去；其余人走向前台）
军曹（对号手）：
　　你说，他们今天

① 埃默里希，农家少年的名字。

无缘无故地给我们发个双饷，
就是为了让我们快活一场？

号手：

公爵夫人[①] 今天要来了，
还带着公爵小姐——

军曹：

这只是表面现象，
那些从外国开来的各路人马，
今天聚集在这皮尔森城下，
我们得用好酒好饭，
马上让他们产生好感，
让他们立刻感到满意，
和我们联合得更加紧密。

号手：

是啊，看来又有什么事正在酝酿之中！

军曹：

那些将军大人和司令官们——

号手：

我看，这可不是好玩的。

军曹：

那么多人密麻麻地聚在这里——

号手：

他们可不是闲着没事到这儿来的。

军曹：

谣言四起，部队调动。

号手：

① 指华伦斯坦的夫人和女儿要到军营。这一情节并非史实。

是啊！是啊！

军曹：

维也纳来的那个老家伙[①]，
从昨天起就看见他到处乱跑，
身上挂着带勋章的黄金链条，
我敢打赌这一定是个不祥朕兆。

号手：

又来了这么一头猎犬，你们可得小心，
他来可是冲着公爵大人。

军曹：

你发现了吧？他们不信任我们，
害怕弗里特兰[②]的脸莫测高深，
他们觉得他爬得太高，
一心只想把他扳倒。

号手：

可是我们扶着他，不让他倒，
但愿大家的想法都跟你我一样！

军曹：

我们这个团和其他四个团，
都归公爵的妹夫特尔茨基率领，
这是营中最坚实的部队，
对公爵大人赤胆忠心，
是他亲自把我们选拔出来，
所有的队长军官都是他所任命，
大家全都对他惟命是听。

---

① 指钦差大臣封·克威斯腾堡。

② 华伦斯坦被封为弗里特兰公爵。

第三场

〔克罗地亚兵戴着一个项圈上，后随狙击兵，前场人物。

狙击兵：

克罗地亚人，你从哪儿偷来这个？
我拿东西跟你交换！它对你反正没什么用处，
我给你两把手枪换这项链。

克罗地亚人：

不干，不干！你想骗我，狙击兵。

狙击兵：

好吧！我再给你一顶蓝帽子，
这是我刚才玩轮盘赢来的，
你瞧？这帽子多么体面。

克罗地亚人（把项链放在阳光下摆弄）：

这是用珍珠和石榴石串成的。
你瞧，它在阳光下发出的光芒多么耀眼！

狙击兵（取过项链）：

我再搭上这只军用水瓶，（仔细看项链）
我其实就喜欢这美丽的光彩。

号手：

你们瞧，他怎么骗克罗地亚人！
狙击兵，咱们对半开，我就一声不吭。

克罗地亚人（戴上帽子）：

你的帽子我很喜欢。

狙击兵（向号手眨眼示意）：

咱们在这儿成交！各位都是见证！

第　四　场

〔前场人物，炮兵。

炮兵（走向军曹）：

混得不错吧，短枪骑兵兄弟？
敌人已经聚集都已上了战场，
我们在这儿烤火还会很长？

军曹：

你这么急着想上战场，炮兵先生？
目前道路还没法通行。

炮兵：

我急什么，我在这儿多么悠闲；
可是有名急使来到营地，
他说，累根斯堡已经沦陷①。

号手：

哎，那我们很快就要上马出发。

军曹：

这很可能！是去保卫巴伐利亚人② 的国土？
他们对公爵大人可是非常不讲交情，
我们大概不会对这事特别热心。

炮兵：

您这样看吗？您真是无事不知，无事不晓！

---

① 累根斯堡实际上在一六三三年十一月十四日已向萨克森—魏玛公爵伯恩哈特投降。

② 指巴伐利亚公爵马克西米利安一世（1573—1651），华伦斯坦最强劲的政敌。

第 五 场

〔前场人物，两名猎骑兵，然后军中女酒贩上，军中少年，教师，女侍者。

第一猎骑兵：

瞧！ 瞧！

咱们碰到快活的伙伴了。

号手：

这猎骑兵多么漂亮的绿衣？

这么帅气，这么神气。

军曹：

这是荷尔克猎骑兵，这银丝盘成的肩章，

可不是来自莱比锡的博览会[①] 上。

女酒贩(拿着酒走来)：

欢迎光临，各位先生！

第一猎骑兵：

什么？ 真他妈的！

这不是布拉色维茨的古斯特儿吗？

女酒贩：

当然是我！ 麦歇[②]，

您该是伊彻荷的大个子彼得吧？

在一个快活的夜晚，这彼得跟我们团

---

① 早在三十年战争时，莱比锡便是德国境内的商业大都市，那里的博览会有欧洲各地的商家参加。

② 故意用法文“麦歇”，意为“先生”。

狂赌，在格吕克斯塔特
输掉了他父亲的黄骠马。

第一猎骑兵：

于是就投笔从戎。

女酒贩：

哎哟，那我俩是老相识！

第一猎骑兵：

在这波希米亚咱俩算是喜相逢。

女酒贩：

老表啊，今天在东，明天在西。
那粗野的战争扫帚，
把人东扫西扫，扫来扫去，
我可跑遍了远近各地。

第一猎骑兵：

我相信你说的话！是这么回事。

女酒贩：

我一直跑到特美斯伐尔[①]，
带着我的满车行李，
那时我们正把曼斯斐尔德[②] 穷追一气。
和弗里特兰公爵驻扎在斯特拉尔松，
我的生意就在那儿破产，彻底断送。
然后和增援部队一起开到曼托瓦，

---

① 今译蒂米什瓦拉，当时为匈牙利城市，今属罗马尼亚。

② 彼得·恩斯特第二，封·曼斯斐尔德伯爵（1580—1626）于一六二六年在德骚桥畔一役被华伦斯坦打败，带新建的部队退向东南，华伦斯坦一直追他到特美斯伐尔。

又跟菲里阿[1] 一起出征，
随一个西班牙团
绕道前往根特城[2]。
现在我想在波希米亚碰碰运气，
把过去的旧债收回几笔，——
看公爵大人能不能帮我赚笔小钱，
我卖酒的帐篷就在那边。

第一猎骑兵：

好啊，大伙都聚集在你这里！
你把那个苏格兰人弄到哪儿去了？
那时候你跟着他到处转悠跑来跑去。

女酒贩：

这个无赖！他把我骗得好惨。
他已经滚蛋，带着我攒下的全部财产，
跑得无影无踪，什么也没留，
只留下这个小混球！

军中少年(跳跳蹦蹦地跑来)：

妈！你在说我爸吧？

第一猎骑兵：

好啊！好啊！皇上该来养活这小杂种，
部队得不断得到新的补充。

军中教师(上)：

快到战地学校去！快去，你们这些孩子！

第一猎骑兵：

---

① 哥梅斯·苏阿累斯·伊·科尔多伐中将，菲里阿公爵(1587—1634)西班牙驻米兰总督，于一六三三年把西班牙部队带到德国南部。

② 根特在尼德兰。

他们也怕呆在狭小的房间里！

女侍者(上)：

阿姨，他们要走了。

女酒贩：

就来！马上就来！

第一猎骑兵：

喂，这张凶巴巴的小脸是谁啊？

女酒贩：

是我姐姐的孩子——从帝国[①] 来的。

第一猎骑兵：

这么说，是个亲爱的外甥女啰？

(军中女酒贩下)

第二猎骑兵(拦住女孩)：

呆在我们这儿吧，乖丫头。

女侍者：

那儿有客人要侍候。

(挣脱纠缠。下)

第一猎骑兵：

这丫头长得不赖！——
还有那姨妈！真叫人心痒！
团里的老爷们见到这张可爱的小脸，
还不你夺我抢！
嘿，什么人没见过，
真是日月如梭，光阴如箭。——
还有多少事情咱得经历一番！

(对军曹和号手)

---

① 帝国在此指施瓦本和弗兰肯。

祝你们健康,我的先生们!——
让咱们也在这儿坐上一阵。

第六场

〔两名猎骑兵。军曹。号手。

军曹:
多谢多谢。衷心乐意你们参加,
我们挤一挤,欢迎你们来到波希米亚!
第一猎骑兵:
你们呆在这儿倒挺舒服,我们,
在敌人的国土,只好凑合着勉强度日。
号手:
看不出来,你们可是神气十足。
军曹:
可不是,在萨尔地区,还有在迈森①,
听说人家并不怎么称赞你们这些先生。
第二猎骑兵:
你们给我住口!这是什么意思?
克罗地亚人干得完全两样,
给我们留下的只是剩饭剩汤。
号手:
你们领子上戴着干净花边,
瞧你们的裤子多么合身,

① 萨尔地区和迈森,均在萨克森境内。一六三三年夏,荷尔克的部队曾在该地区烧杀抢掠、大肆破坏。

内衣质地精美,还有羽毛帽子!
看上去多么威风凛凛!
你们这些小子真是福星高照,
我们这号人从来不会交上好运!

军曹:

可咱们是弗里特兰公爵大人的部队,
人人都得重视我们尊敬我们。

第一猎骑兵:

这对我们其他人可显不出威风,
我们也同样顶着他的名号。

军曹:

是啊,你们也属于这支庞大的军队。

第一猎骑兵:

你们莫非属于一个特殊的种类?
全部差异都表现在军装上,
我特别喜欢穿着我这身军装。

军曹:

猎骑兵先生,我真不得不对你感到惋惜,
你们生活在外面,和乡巴佬一道,
优雅的举止,正确的语气
这只能在统帅身边才能学到。

第一猎骑兵:

这种学习,学得你们很苦,
他怎么咳嗽,怎么吐痰,
你们倒是学得惟妙惟肖,
但是他的灵气,我是指他的精神,
你们站岗放哨又能学到多少。

第二猎骑兵:

真他妈的！你们打听打听我们是谁，
我们是弗里特兰的猎骑兵骁勇善战，
我们不会给这名字抹黑丢丑，
我们穿过敌人和朋友的国土，肆无忌惮，
穿过庄稼地绿油油，黍麦田金灿灿，
他们知道荷尔克猎骑兵的号角声声，
片刻工夫我们就由远到近，快捷无比，
犹如急流洪水，我们已到眼前——
就像沉沉黑夜里的一道火光，
击入房舍，大家还在梦乡。
反抗无用，也逃走不了，
不再有秩序，也不讲礼仪。——
小娘们在咱们孔武有力的胳臂里，
使劲挣扎——战争可是不讲慈悲——
你们不妨打听，我说这些可不是胡扯瞎吹；
在拜罗伊特，伏格特兰，威斯特法伦，
只要是我们所到之处——
子子孙孙，一代代人，
百年千年之后都会
讲起荷尔克和他的部队。

军曹：

这就看出来了！胡闹一气，热闹一阵，
难道这就能造就士兵不成？
关键在于讲机遇，有思想，品行无瑕可击，
有头脑，明事理，目光犀利。

第一猎骑兵：

造就士兵的是自由！瞧你没完没了！
要我跟你啰嗦这套。——

我逃学旷课，不当学徒，难道
就是为了在军营里
重新去当苦工，去服劳役，
重新找到书房和它狭小的四壁？——
我要活得轻松愉快，无所事事，
每天看见新鲜的玩意，
纵情享受眼前的欢悦，
既不向后回顾，也不向前展望——
因此我把这付皮囊出卖给了皇上，
从此不再为忧虑困扰，心情慌张。
我投身到了纷飞的战火之中，
越过水流湍急深不可测的莱茵，
哪怕三个人中有一个死于非命；
我也不会多事犹豫，不敢前进。——
除此之外，我拜托诸位，
别拿什么事来骚扰我的心境。

军曹：

诺，诺，其他你别无所求？
穿着这身军服就应有尽有。

第一猎骑兵：

瑞典国王古斯塔夫，这折磨人的家伙，
不也是这样把人虐待拼命折磨？
他把他的军营变成教堂一座，
让大家早上醒来
晚上回营都要按时祈祷，
要是我们有时候快活一些，
他就骑在马上亲自向我们来一番说教。

军曹：

是啊，这是一个敬畏上帝的主子。

第一猎骑兵：

小婊子们他根本就不放过，
咱们只好把她们立即带到教堂里头。
我就离他而去，再也无法忍受。

军曹：

现在那边的情况大概也不一样了吧。

第一猎骑兵：

我当时就跑去投向联盟军①，
他们当时正整装待发，要去攻打马格德堡，
是啊，那可就是另一回事！
一切都欢快得多，轻松而又逍遥。
酗酒，狂赌，小妞，一帮又一帮！
的确，乐子真的不少。
因为悌里善于用兵，
他对自己要求很严很高，
对于士兵却是相当纵容，
只要不花他的钱，我好你也好。
他的口号是：自己有生路，也给别人留条生路。
可是幸运对他并不老是关照，
自从莱比锡惨败② 之后，
幸运可就举步不前，
我们全都交上了晦运；
不论我们在哪儿出现，敲谁的门，

① 即信奉天主教的诸侯们缔结的联盟。

② 一六三一年九月十七日，德意志皇帝—天主教联盟与瑞典国王—新教联盟在莱比锡附近的布莱登费尔德会战，天主教联盟部队遭到毁灭性打击。参见丁建弘《德国通史》73页，上海社会科学院出版社，2002。

没人招呼,也不开门,
我们只好从一个地方溜到另一个地方,
旧日对我们的尊敬已荡然无存,——
这下我就接受萨克森人[①] 的饷银,
满心以为,这下子我就可以交上鸿运。

军曹:

好啊,你正好赶来分享
巴伐利亚的战利品。

第一猎骑兵:

我原来日子并不好过,
我们必须注重操守,风纪谨严,
不得像敌人似的为所欲为,
必须去守卫皇帝的那些宫殿,
还得奉承上峰,事情特别麻烦。
打仗只是一桩儿戏,
对事业全然半心半意,
不想和任何人搞坏关系,
简而言之,无法赢得许多荣誉,
要不是弗里特兰公爵[②] 恰好
在大街小巷上到处招兵买马,
我差点沉不住气,又想
去做案头的文牍工作,干脆回家。

军曹:

你打算在这儿熬多少时间?

---

① 萨克森属新教联盟,第一猎骑兵这时背离天主教联盟,投向敌方。

② 此人在新教联盟的部队感到拘束,又投到华伦斯坦麾下,这时华伦斯坦已继悌里重掌帅印。

第一猎骑兵：

你这是开玩笑！只要他在掌权，
我的老天爷！我决不会想到溜号，
当兵的还能在其他什么地方混得更好？——
这里一切都照战事的风习，
一切都是大手笔。
现在活跃在全军的精神
也像狂风阵阵，
把最下层的骑兵也强劲地一举掀起。
我在这里勇敢地迈步向前，
可以大胆地迈过市民的脑袋，
就像咱们统帅不把各个公侯放在眼里。
在这里就像在古时候，
刀剑还肆无忌惮横行无忌；
这里只有一个失误，一个罪行：
那就是好管闲事，违抗命令！
只要不在禁止之列，全都许可；
这里没人询问你的信仰如何。
一共只要注意两件事情：
什么属于部队，什么与此无关；
我只对军旗宣誓效忠卖命。

军曹：

现在我就喜欢你了，猎骑兵！你说话行事
活脱的是个弗里特兰的骑兵战士。

第一猎骑兵：

这一位执掌兵权可不是当作
皇上交给他的一个衙门，一份权力！
他可不是给皇上当差——

他曾把什么胜利果实带给皇帝？
他以自己强大的兵力，
为保卫祖国完成了多大业绩？
他曾想建立一个士兵的王国，
把全世界都纵火烧个精光，
他天不怕地不怕，敢干敢闯——

号手：

住口！谁敢说出这样的话来！

第一猎骑兵：

我怎么想就可以怎么说，
将军[①] 说过：说话自由。

军曹：

他是曾经说过，我亲自听见了好几回，
他说时，我也在场："说话自由自在。
行动寂静无声，盲目服从命令。"
这就是他说话的原文。

第一猎骑兵：

这是不是他说的话，我不知道；
但是事情就像他说的那样。

第二猎骑兵：

战争的幸运对他永不背离，
在别人身上常常不是这样。
悌里的荣誉就没有持续下去。
可是在弗里特兰公爵的战旗底下，
我有把握百战百胜，所向披靡。
他拴住幸运，幸运就跟他到底。

---

① 指华伦斯坦。

谁若在他的麾下作战，
就能借助特殊的神力。
因为尽人皆知，
弗里特兰从地狱里
拘来一个魔鬼为他服役。

军曹：

他这人刀枪不入，这点确定无疑。
在吕岑[①]一役浴血奋战之际，
他冒着炮火身先士卒，
往来驰骋，神情自如。
枪弹打穿了他的帽子，
子弹穿过他的皮靴和披风，
留下累累弹孔，
却没有一颗子弹划破他的皮肤，
因为他有地狱的油膏保护。

第一猎骑兵：

你想要创造什么奇迹！
他穿的披风是麋鹿皮，
那可是子弹打不透的。

军曹：

不是这么回事，那是女巫用药草熬的油膏，
她说着魔法咒语，又煮又熬，把它制造。

号手：

反正不是用正经的东西做出来的！

---

① 又译吕茨恩，在今德国萨克森－安哈尔特州。一六三二年十一月十六日，华伦斯坦率部与瑞典军队在吕岑城附近交战，瑞典军获胜，但瑞典国王古斯塔夫·阿道尔夫(1594—1632)阵亡。

军曹：

他们说他也观测星象，
预卜未来，或近或远的事情；
可我知道事情的底细更加详尽。
一个灰衣小老头一到夜半时分，
就到他屋里去，通过重重紧锁的房门；
站岗的卫兵常常冲他大叫发问。
每逢这件灰色小外套出现，
紧接着总有大事发生。

第二猎骑兵：

是啊，他已把自己托付给了魔鬼，
所以我们的日子才过得这样愉快这样美。

第七场

〔前场人物。一名新兵。一个市民。龙骑兵。

新兵（走出帐篷，头戴铁皮帽，手拿酒瓶）：

向老爸和叔伯大爷问好！
我当了兵，永远不吃回头草。

第一猎骑兵：

瞧，他们又弄来一个新兵！

市民：

啊，弗朗茨！小心，弗朗茨！你会后悔的。

新兵（唱歌）：

敲起鼓来吹起笛，
阵阵军乐震天响！
天涯海角任西东，

到处漫游到处逛，
骑着战马，
勇敢驰骋，
腰挎宝剑，
向前直奔，
快速又灵巧，
自由如飞鸟，
在大树上，在灌木丛，
在万里无垠的天空中！
嗨煞！我在弗里特兰的旗下冲锋！

第二猎骑兵：

你们瞧！这可是个好样的小伙儿！
（他们欢迎新兵）

市民：

啊！放开他！他可是个好人家的子弟。

第一猎骑兵：

咱们也不是马路上捡来的。

市民：

我告诉你们，他有钱财有家底，
你们摸摸，他衣服的料子多高级！

号手：

皇上的制服最最高级。

市民：

他继承了一家制造帽子的小厂。

第二猎骑兵：

人各有志，这是他的幸运。

市民：

他继承了祖母的一家商店。

第一猎骑兵：

去吧！谁做硫磺火绒的买卖！

市民：

他的教父给他一个酒店，

还有一个酒窖装着二十桶酒。

号兵：

他把酒分给他的伙伴们。

第二猎骑兵：

你听着！我们必须成为同一帐篷的兄弟。

市民：

他留下一个未婚妻痛苦万分哭哭啼啼。

第一猎骑兵：

这样才对，他表现出自己心如铁石。

市民：

奶奶将伤心而死。

第二猎骑兵：

这样更好，他马上可以继承遗产。

军曹（神态庄严地走来，把手放在新兵的铁皮帽上）：

你看！你可是已经仔细掂量过。

你已经打扮成了新人一个，

头戴铁盔，腰挂宝剑，

你参加了一个很有尊严的群体，

现在得让尊贵的精神注入你的身体——

第一猎骑兵：

你花起钱来尤其不能小气。

军曹：

乘在幸运女神的船上，

你正扬起风帆等待远航；

地球就展现在您的面前，
谁若不敢进取，就别心存希望。
市民百姓，蠢笨而又懒散，
就像染坊的马，成天绕着染缸打转。
当兵可以造就人才各式各样，
因为现在世上的时髦是打仗。
你仔细瞧瞧我！我穿着这身军装，
你瞧，手里拿着皇上的军棒。
你得知道，世上的一切统治，
都得从这根军棍开始；
国王的王笏，也只是棍棒一条，
这点你们大家全都知道。
谁要是先当上了军曹，
他就登上梯子通向最高权力，
他还可以前途无量，鹏程万里。

第一猎骑兵：

要是你能读能写就好。

军曹：

我马上就给你举个例子，
这是我不久前亲身经历的事。
有个龙骑兵的团长叫布特勒，
三十年前我们都是普通士兵，
驻扎在莱茵河畔的科隆城，
可现在大家都叫他少将。
他可是出人头地，
战功赫赫，威名远扬，
可是我的功绩，无声无响。
是啊，你瞧弗里特兰公爵自己，

我们的首领,大权在握的主人,
现在至高无上,无所不能,
起先也只是一个普通贵族①,
因为他信赖战争女神,
如今这样显赫权倾一时,
除了皇帝,惟他独尊,
天知道,还有什么高峰他要攀登②。
(狡猾地)因为尘埃还没落定。

第一猎骑兵:

他出道时卑微渺小!如今如此伟大,
因为在阿尔特多夫③,身着大学生的制服,
请允许我说,他是有点轻狂放肆,
差点把他的仆人活活打死。
纽伦堡的老爷们,不由分说,
想要关他禁闭;
这是一间新盖的小窝,
第一个居民就为它取名,
可是你猜他怎么着?他就让
一只狗跑在前头,真是聪明。
直到今天,禁闭室还叫这狗的名字。
这件事上可以看出他是好样的汉子,
看看这位大人的全部丰功伟绩,
我特别欣赏这段插曲。
(这当儿那个姑娘在旁侍候;第二猎骑兵和她调情)

---

① 华伦斯坦原来仅是男爵。

② 暗示华伦斯坦有登上波希米亚王位的打算。

③ 一五九九年八月至一六〇〇年春,华伦斯坦在属于纽伦堡的阿尔特多夫大学学习,常犯错误,包括虐待他的仆人,受过禁闭处分。

龙骑兵(走来干涉):

伙计,别招惹这姑娘。

第二猎骑兵:

他妈的混蛋,谁来瞎插一杠子!

龙骑兵:

我只是想告诉你,这丫头是我的人。

第一猎骑兵:

他想独占这个宝贝!

龙骑兵,你是不是疯了!说呀!

第二猎骑兵:

你想在军营里吃独食。

小妞的漂亮脸蛋就像阳光

必须大家共享!(吻她)

龙骑兵(把她拉开):

我再说一次,这事我不能允许。

第一猎骑兵:

有趣,有趣!现在布拉格乐师① 来了。

第二猎骑兵:

你想找茬儿?我奉陪。

军曹:

讲和讲和,先生们!一个吻算是奉送。

第 八 场

〔若干矿工上场,演奏一曲华尔兹,起先节奏缓慢,以后越来越快。第一猎骑兵和女侍者跳舞,女酒贩子和新兵共

① 来自波希米亚的乐师,在舞台上作为矿工出现。

舞,女孩子挣脱跳开,猎骑兵追了过去,与这时上场的托钵僧撞个满怀。

托钵僧:

嗨煞,哟嗨呀!得儿隆冬强!
这儿真是热闹,我也在场!
这难道是基督徒的队伍?
我们难道是土耳其人?再反教皇派的信徒①,
就这样拿礼拜天开玩笑,
就仿佛全能的上帝的手得了痛风,
不能以雷霆万钧之力惩罚你们的胡闹?
难道现在这时候该酗酒狂饮,
大开盛宴举行节日欢庆?
Quid hic statis otiosi②,
你们干吗站在这里,无所事事,游手好闲?
战争烽火已在多瑙河边燃起,
巴伐利亚的堡垒已经沦陷,
累根斯堡已陷入敌人的魔爪之中,
可是大军却驻扎在波希米亚这边,
吃得脑满肠肥,过得无忧无虑,
关心酒杯甚于关心争战,
宁可咂吧嘴巴,不愿磨快刀剑,

① Antibaptisten,席勒似乎故意把"再洗礼派"(Anabaptisten,欧洲中世纪基督教的一个教派。不承认为婴儿所施的洗礼,主张成年后需重行受洗。十六世纪宗教改革运动中出现于德国、瑞士和荷兰等地。反对天主教会)和"反教皇派"(Antipaptisten)合成一字。

② 拉丁文,出自《圣经·旧约·马太福音》第二十章第六节,意为:你们为什么整天在这里闲站呢?

成天盯着小妞,追来追去,
宁可大嚼牛肉不愿吞噬牛头①。
基督徒悲痛欲绝,
当兵的肥得流油。
这个时代眼泪成河,苦难遍地,
天上已有迹象,到处可见奇迹,
云层中血红一片,
上帝已垂下战争的大衣。
他把咄咄逼人的彗星,
伸出天际窗口犹如一条皮鞭,
整个世界哀鸿遍野,哭声震天,
教会这条方舟漂浮在血海中央,
堂堂罗马帝国② ——上帝见怜!
现在应该叫做小小罗马丐帮③,
莱茵河变成了一条苦难河,
修道院成了遭劫的小鸟窝。
主教领地变成了片片荒漠,
修道院和神学院
变成了贼匪山寨和强盗窝,
一切受到祝福的德意志各邦各国,
全都纷纷沦落不断遭到灾祸——

① 当时的瑞典首相叫奥克森谢尔纳(1583—1654),他在国王古斯塔夫·阿道尔夫阵亡后执掌朝政,他的名字 Oxenstierna 和德语中 Oxenstirn("牛的额头")谐音。

② 当时德国与奥地利均为神圣罗马帝国的组成部分,其皇帝为众选侯选举产生,当时神圣罗马帝国皇帝为奥地利皇帝。

③ 德语中 Reich(帝国)一词有"富有"之意,其对立面为"贫穷",指德意志民族的神圣罗马帝国已因战争而凋零不堪。

怎么会变成这样，听我来细说端详：
这一切都是由于你们这些官兵
犯下的罪恶和罪行，
所过的异教徒生涯所干的暴戾行径。
因为罪过犹如磁石，
会把钢铁刀剑吸入国内。
办事不公灾祸必生，
就像洋葱会激出眼泪，
恶贯满盈必然要遭天谴，
世事如此，天理循环，概莫能免。
　Ubi erit victoriae spes,
Si offenditur Deus?① 如果不听布道，不望弥撒，
除了老泡酒店，其他什么不问，
怎么可能打仗获胜？
福音书里的女人又找到
失去的硬币②，
扫罗又找到了他父亲的毛驴③，
约瑟找到了他那些干干净净的兄弟④；
但是谁若想在士兵那里寻找
对上帝的敬畏，寻找良好的品德风纪
和羞耻之心，那他不会有多少收益，
哪怕他把上百盏灯点起。
士兵也曾跑去
寻找布道士在沙漠里，

① 拉丁文：倘若上帝受到嘲弄，怎么希望获胜？
② 《圣经·新约·路加福音》第十五章第八至九节，一个妇人有枚硬币失而复得。
③ 《圣经·旧约·撒母耳记》第九至十章，扫罗的驴失而复得。
④ 《圣经·旧约·创世纪》第四十二至四十五章，雅各的儿子约瑟与兄弟们重逢。

就像我们在福音书中所读到的，
他们忏悔，赎罪，接受洗礼，
他们问布道士：Quid faciamus nos?①
我们该怎么办，才能进入亚伯拉罕的怀抱②？
Et ait illis.③ 布道士说道：
Neminem concutiatis.④
倘若你们不欺侮不折磨别人；
Neque calumniam faciatis⑤，
不辱骂别人，不向人撒谎。
Contenti estote⑥，你们就满足于
Stipendiis vestris⑦，你们的军饷，
任何邪恶的习惯都一扫而光。
这是一条诫命：你不得虚荣地盗用
你的主，上帝的圣名。
可是除了在这弗里特兰的战地军营，
什么地方会听到更多淫秽话语亵渎神圣？
倘若你们的舌尖发出的
每一声雷劈电闪，
在全国各地都要敲响钟声，
不久就再也找不到任何教堂的仆人。

---

① 拉丁文：我们该怎么干？

② 指进入天堂。见《圣经·旧约·路加福音》第十六章十九至二十三节。

③ 拉丁文：他对那些人说。

④ 拉丁文：不对任何人施加暴力。

⑤ 拉丁文：不污蔑任何人。

⑥ 拉丁文：你们应该知足。

⑦ 拉丁文：你们的饷银。以上拉丁文参见《圣经·新约·路加福音》第三章第十四节，译文如下：又有兵丁问他说："夫子，我们当作什么呢？"约翰说："不要以强暴待人，也不要讹诈人，自己有钱粮就当知足。"

要是你们从自己污秽的臭嘴里，
每吐出一句邪恶话语，
就要从自己头上掉下一根头发，
那么一夜之间，就会变成一个秃子，
哪怕头发浓密，像阿卜萨隆[①] 的辫子。
约书亚[②] 自己也是一个战士，
大卫王把歌利亚活活打死，
可是《圣经》上哪里写着
他们老是骂骂咧咧连声诅咒？
我想说，你们应该张开大口，
大叫上帝保佑，
也不要骂人：该杀的死囚！
但是谁若恶贯满盈，
难免暴露罪行。
　　　　又有一条诫命：你不得偷盗。
是的，字面上你们恪守这条，
因为你们把一切全都公然拿跑；
在你们的鹰爪狼爪底下，
在你们的罪恶勾当面前，
藏在柜子里的钱财都不安全，
母牛胎里的牛犊都难幸免。
你们连鸡带卵全都拿光。
传道师怎么说的？Contenti estote[③]，
你们应该满足于你们的军饷。

① 阿卜萨隆为《圣经·旧约》中大卫的一个儿子，头发极为浓密，逃亡时头发缠在树上而被追兵杀死。

② 先知约书亚的事迹见《圣经·旧约·约书亚记》。

③ 拉丁文：你们应该知足。

可是我们怎么能把兵卒称颂，
这些罪孽全都来自上峰！
四肢如此，脑袋也不高明！
谁也不知道，他究竟信的哪个神明！

第一猎骑兵：

神父大人！我们这些当兵的您责骂无妨，
可是我们的统帅您可不许诽谤。

托钵僧：

Ne custodias gregem meam①！
这是一个亚哈和耶罗波安②，
他让民众背离真正的圣训，
把他们导向虚假的神明。

号手和新兵：

不许他向我们重复这样的鬼话！

托钵僧：

这样一个骗子手吹牛大王③，
想要占领所有城堡固若金汤，
用他不敬上帝的嘴巴胡吹瞎讲，
说他竟要拥有斯特拉尔松城，
哪怕用铁链把它拴在天上。
他可是把火药白白地朝天乱放。

号手：

就没人堵上他这胡说八道的臭嘴？

---

① 拉丁文：你不得放牧我的羊群。

② 两人皆为以色列的国王，亚哈曾敬拜巴力神，耶罗波安曾铸造并拜祭金牛犊。他们因此触犯了耶和华的十诫。见《圣经·旧约·列王纪上》第十二章和第十六章。

③ 吹牛大王，原文为：布拉马巴斯。为十八世纪上半叶著名的骗子手。

托钵僧：

　　这样一个召来魔鬼的家伙，这样一个扫罗王①，
　　这样一个耶户② 和霍洛费尔纳斯③，
　　像彼得④ 一样拒不承认他的老师和主人，
　　因此他不会听见鸡鸣之声——

两个猎骑兵：

　　和尚，现在得收拾你了！

托钵僧：

　　这样一个狡猾狐狸希律⑤。

号手和两个猎骑兵（逼向托钵僧）：

　　闭嘴，混蛋！你死定了。

几个克罗地亚人（进行干涉）：

　　呆在那儿，小神父，不用担心，
　　有话就说，我们爱听。

托钵僧（大声喊叫）：

　　这傲慢无礼的尼布甲尼撒⑥，
　　这罪恶之父，这异教徒真是该死，
　　他就是华伦斯坦。“滚动的顽石”⑦，
　　当然对于我们大家他就是一块顽石。

---

① 扫罗，《圣经·旧约》中大卫的岳父。

② 以色列国王。曾崇拜金牛犊，违背了耶和华的诫命。见《圣经·旧约·列王纪下》第十章第二十九节。

③ 即亚速人国王尼布甲尼撒的统帅，事见《旧约全书》。

④ 《圣经·新约·马太福音》第六十九至七十五章，耶稣被捕之前对他的门徒彼得说，在鸡鸣之前你将三次否认你是我的门徒。结果果然为此。彼得为此痛哭。

⑤ 犹太国王，他在位时耶稣诞生。为了捕杀圣婴耶稣，他下令杀死了许多男婴。曾有人把华伦斯坦比作黑希律和狐狸。见《圣经·新约·马太福音》第二章。

⑥ 巴比伦国王，摧毁了耶路撒冷。大批犹太人被他掳去，成为“巴比伦之囚”。见《圣经·旧约·列王纪下》第二十四、二十五章。

⑦ 德文中“华伦斯坦”为 Wallenstein，wallen 有“滚动”之意，Stein 意为“石头”。

拦路之石，烦恼之石，
只要皇上让弗里特兰掌权一日，
国内就从此永无宁日。
（他扬起嗓音说出这最后几句话，一面说一面往后撤退，克罗地亚人拦住其他士兵，不让他们逼近托钵僧）

第九场

〔前场人物，只少了托钵僧。

第一猎骑兵（对军曹）：
告诉我！他说统帅听不见
公鸡叫是什么意思？
这只是说来侮辱嘲弄统帅是不是？
军曹：
这我可以为你效劳！这并不是毫无来由！
大统帅的生辰很是古怪，
他的耳朵尤其过敏，
听不得猫儿喵喵地叫，
如果公鸡一啼，他就会直打寒噤。
第一猎骑兵：
这点他和狮子[①] 相仿。
军曹：
他的身边必须鸦雀无声，
所有的卫兵都得到这道命令，
因为他在思考深奥的事情。

① 古希腊《伊索寓言》中，狮子怕听鸡叫。

人声嘈杂(在帐篷里,一片骚动):

抓住他,这个无赖!揍他,揍他!

农民的声音:

救命啊,饶命啊!

其他的声音:

别闹!安静!

第一猎骑兵:

真他妈的!有人打架。

第二猎骑兵:

我得去看看!(跑进帐篷)

随军女酒贩(跑出帐篷):

一帮无赖,一帮贼!

号手:

老板娘,什么事让你那么发火?

随军女酒贩:

流氓!骗子手!街上的瘪三!

这事都发生在我的帐篷里面!

这叫我在所有的军官先生面前丢脸!

军曹:

小表妹,出什么事了?

随军女酒贩:

能出什么事?

他们刚抓住一个庄稼汉,

他身边带着一付假色子。

号手:

他们把他连同他的儿子都带来了。

第　十　场

〔士兵们把农民拽上场来。

第一猎骑兵：

得把他吊起来！

狙击兵和龙骑兵：

带他去见军事法官！去见军事法官！

军曹：

前不久刚颁布了一道任命。

随军女酒贩：

一小时内他就会吊死！

军曹：

恶有恶报。

第一甲骑兵(对另一个说)：

这都是由于绝望无路可走，
你看，他们先让农民破产，
这就诱使他们去摸去偷。

号手：

什么？什么？你还帮他说话？
帮这条狗！是魔鬼让你昏了头？

第一甲骑兵：

农民也是人——就像俗话所说。

第一猎骑兵(对号手)：

让他们走吧！他们是蒂芬巴赫的部下，
都是些裁缝鞋匠！
原来在布里格军营驻防，

对战争的风习很是在行。

第十一场

〔前场人物,甲骑兵。

第一甲骑兵:

别闹了!这庄稼汉怎么了?

第一狙击手:

他是个无赖,赌钱的时候捣鬼骗人!

第一甲骑兵:

莫非他骗了你?

第一狙击手:

是啊,他把我的钱全都骗光。

第一甲骑兵:

怎么?你是个弗里特兰的士兵,
竟然丢人现眼,
去跟一个庄稼汉赌输赢?
你能跑还不快跑!
(农民挣脱跑掉,其余的人凑在一起)

第一火枪手:

这人办事麻利干脆,
对老百姓很是慈悲,
他是什么来头?他不是波希米亚人。

随军女酒贩:

他是个瓦龙人①,

① 比利时说法语的瓦龙民族。

是帕彭海姆部队的甲骑兵。

第一龙骑兵(走上前去):

那位年轻的皮柯洛米尼[①] 现在率领他们,

在吕岑战役,帕彭海姆[②] 阵亡,

他的部下就自作主张,

拥戴皮柯洛米尼做上校团长。

第一火枪手:

他们就这样与众不同?

第一龙骑兵:

这个团确有领先的地方,

每次打仗他们都冲锋在前。

因此也可以执行自己的法律,

弗里特兰公爵对他们特别喜欢。

第一甲骑兵(对另一个甲骑兵):

这话可靠吗? 是谁说出来的?

第二甲骑兵:

我是听上校亲口说的。

第一甲骑兵:

见他妈的鬼! 我们可不是他们的狗。

第一猎骑兵:

这帮人在那儿怎么啦? 火气都这么大。

第二猎骑兵:

先生们,是跟我们也有关系的事吗?

第一甲骑兵:

没有一个人会为此感到高兴。

---

① 指马克斯·皮柯洛米尼。

② 富特弗里特·亨里希·帕彭海姆伯爵(1594—1632),原为皇帝军中元帅。

（士兵们向他们靠拢）

他们想让我们向尼德兰开拔；
甲骑兵，猎骑兵，骑兵狙击手，
要有八千人上马出发。

随军女酒贩：

什么？什么？那我们又要跟着跑路？
我昨天刚从佛兰德斯来到此处。

第二甲骑兵（对龙骑兵）：

你们布特勒部的士兵也得骑马同行。

第一甲骑兵：

尤其是我们这些瓦龙兵。

随军女酒贩：

哎，这可是最精锐的部队！

第一甲骑兵：

要我们去护送米兰来的那位。

第一猎骑兵：

护送王子①！这可真叫新鲜！

第二猎骑兵：

护送那神父②！这可真是见鬼！

第一甲骑兵：

弗里特兰公爵对士兵这样好，
要我们离开他？不行，这办不到！
要我们跟着那个西班牙人去上前线？
跟我们打心眼里痛恨的吝啬鬼瞎跑？

① 王子，即西班牙国王菲利普四世的弟弟斐迪南（1609—1641），他是托雷多大主教和红衣主教，人称“红衣主教—王子”。他当时欲从西班牙管辖的米兰前往尼德兰任总督。

② 这位太子是位主教，故在此称他“神父”。

那我们干脆开小差溜掉。

号手：

什么，他妈的混蛋！要我们到那儿去？
我们是把自己的命卖给了皇帝老子，
可没有卖给这顶西班牙的红帽子[①]。

第二猎骑兵：

我们是听了弗里特兰公爵的话，
出于对他的信任，我们才来当个骑兵；
要不是为了爱戴华伦斯坦公爵，
斐迪南皇帝[②] 就永远别想得到我们。

第一龙骑兵：

不是弗里特兰公爵把我们塑造成人？
他的幸运应该率领我们。

军曹：

我告诉你们，你们听我说，
这些谣传倒没什么大不了，
我比你们大家看得更远，
这谣言背后有个恶毒的圈套。

第一猎骑兵：

你们快听这当官的！快保持安静！

军曹：

古斯特儿小表妹，先给我来一小杯
麦尔耐克酒[③] 暖暖肠胃，
然后听我把我的想法细说原委。

---

① 主教戴的是红帽子。

② 斐迪南二世（1578—1637）从一六一九年起即位为德意志帝国皇帝。

③ 波希米亚的酒。

随军女酒贩(给他斟酒):

喝吧,军曹先生!您让我心里发抖。
但愿没有什么邪恶的东西隐藏在后头。

军曹:

你们瞧,先生们,每个人想想身边的事,
这样做很好;
但是大帅老是爱说,
我们必须看到全局。
我们自称弗里特兰的军队。
市民让我们在家留宿,
侍候我们,为我们烹煮热饭热汤。
农民得把自己的马和牛
套在我们的辎重车上,
他们就是抱怨也是白叫白嚷。
要是有个上等兵带着七名战士
来到远处的一个村庄,
他就是那儿的太上皇,
可以随心所欲发号施令胡作非为。
真他妈的!大家都不喜欢我们,
他们宁可看见吓人的鬼脸,
也不愿看见我们黄皮的坎肩。
他们干吗不把我们撵走?混账玩意!
他们可是人数比我们众多,
他们挥棒乱劈,就像我们用刀乱剁。
为什么我们可以嘲笑他们?
因为我们是群可怕的恶魔。

第一猎骑兵:

不错不错,我们是个整体,就有势力!

弗里特兰公爵大概体验到这个道理，
八九年前，他为皇上把一支
庞大的军队建立，
他们开头只指望招兵一万二千：
他就说，这支军队我养不起；
我要招就招八万子弟，
我知道，他们就不会死于缺食少米。
于是我们就成了华伦斯坦的劲旅。

军曹：

譬如说，这是我的右手，
共有五个指头，
你来砍掉其中一个小指头吧！
你难道只是拿走一根指头吗？
不是，他妈的！我整个手就完了！
它成了一个残肢，没有一点用处。
是啊，他们现在要把八千人马，
调离军营，开往佛兰德斯，
对于全军来说，只是一根小指，
你们自我安慰，说让他们开去吧，
我们难道只是少了五分之一？
恭喜发财！整个军队马上就垮。
不再使人畏惧，没人尊敬，也没人害怕，
这下子庄稼汉又神气活现，
维也纳官厅就向我们开出账单，
我们住宿吃饭，该付多少钱，
于是拼命讨债，又旧事重演。
是啊，他们呆不了多久，
还要把我们统帅也给搬走——

他们宫廷里对我们头头并不喜欢，
于是，一切全都完蛋！
那时候谁帮我们捞到点钱？
谁关心人家是否遵守和我们订的协议？
谁有这样的分量，这样的理智，
这样敏捷的头脑，这样坚强的手臂，
能把肢解的部队
又组合起来，成为整体？
譬如说——龙骑兵——你说：
你的祖国究竟是哪里？

第一龙骑兵：
我是从遥远的爱尔兰来的。

军曹（对两个甲骑兵）：
你们，我知道，一个是瓦龙人，
一个是意大利人。听你们说话就听得出来。

第一甲骑兵：
我是谁？我从来就没打听清楚，
我从小就被人偷走。

军曹：
你也不是附近的人？

第一火枪手：
我是费得湖畔布豪城[①]人。

军曹：
你呢，伙计？

第二火枪手：
来自瑞士。

① 在德国的上施瓦本。

军曹(对第二猎骑兵):

　　你是哪儿人,猎骑兵?

第二猎骑兵:

　　我父母的祖宅在维斯玛后面。

军曹(指指号手):

　　那边那位和我,我们来自埃格尔。
　　好！现在谁能看出
　　我们萍水相逢
　　来自四面八方?
　　难道不像出自一个模子一个模样?
　　我们不是团结一致共同对敌,
　　就像铸在一块粘在一起?
　　我们不是像台磨臼,只凭一句话,
　　一个手势,配合默契?
　　是谁把我们这些人铸造在一起,
　　以至于我们彼此无法区分?
　　不是别人,就是华伦斯坦公爵大人!

第一猎骑兵:

　　我一辈子永远不会想到,
　　我们配合得这样巧妙,
　　我一直以为历来就是如此。

第一甲骑兵:

　　我必须为军曹鼓掌喝彩。
　　他们老是喜欢侵犯军队,
　　想要压低士兵的地位,
　　这样他们就能独自为所欲为。
　　这是阴谋诡计里头有鬼。

随军女酒贩:

阴谋？我的老天爷啊！
这下老爷先生们就不会再付酒钱了。

军曹：

那是当然！大家都要破产。
许多将军，校官
都是自己掏的腰包，
建立团队，表示自己显要，
发起进攻，集攒财富，
心想，这会给他们带来幸福。
要是头头，要是公爵倒台，
他们大家也就白扔了钱财。

随军女酒贩：

唉！我的主啊！这下我可要彻底破产！
这军队有一半人都欠我钱，
伊索拉尼伯爵，老是白吃白喝，
他一个人还欠我二百塔勒。

第一甲骑兵：

现在有什么办法，伙计们？
现在只有一个办法可以救我们：
我们联合起来，他们就伤害不了我们，
我们大家全都拥护一个人，
不论他们怎样派人来发号施令，
我们就坚守波希米亚，在此扎根，
我们绝不让步，绝不行军，
士兵现在得为自己的荣誉抗争。

第二猎骑兵：

我们绝不让人牵着鼻子在国内乱转，
让他们来，让他们试试看！

第一火枪手：

亲爱的先生们，想想清楚，
这是皇上的旨意，皇上的意图。

号手：

皇上的旨意咱们也不怎么在意。

第一火枪手：

这话你别让我听第二遍！

号手：

可事实就像我说的那样。

第一猎骑兵：

不错不错，我也一直听人这样讲，
在这儿只有弗里特兰公爵有权发号施令。

军曹：

现在也是这样，这是他的条件和协议，
你们得知道，他有绝对的权力，
决定行军打仗、签订和平协议。
他可以没收钱财充公田地，
可以下令处决或者从宽处理，
他可以擢升军官，任命将校，
简而言之，他拥有这一切荣誉，
这是皇帝亲手交给他的权力

第一火枪手：

公爵刚劲有力，天资聪颖，
但是好说歹说，他和我们大家一路，
始终是皇帝的奴仆。

军曹：

他和我们大家不同！这点你不知道，
他是帝国的直属君侯，独立自主，

就和巴伐利亚公爵一样。
那次我在勃兰代斯[①]站岗，
亲眼看见皇上
如何亲自允许他
头戴公爵的帽子不必脱下[②]！

第一火枪手：
这是为了麦克伦堡，
皇上给他这个地方当作担保。

第一猎骑兵（对军曹）：
怎么？当着皇上的面？
这可就稀罕，非常少见！

军曹（伸手到口袋里）：
我说的话你要是信不过，
那你就拿手去抓一抓，摸一摸。
（亮出一个银币）
这上面镌刻的头像是谁？

随军女酒贩：
拿来看看！
嗳，这是一枚华伦斯坦金币！

军曹：
喏！你看到了吧，你还要什么证明？
他现在不就是一位人君？
他不是跟斐迪南一样，在铸造金币？
他不是也有自己的人民和土地？
他现在也让人家叫他殿下！

---

① 波希米亚的一个城市。
② 见了皇帝不必脱帽，说明地位显赫。

因此他也可以拥有兵马。

第一火枪手：

他这一点没人否定，

可是我们在给皇上当兵，

谁付钱给我们，谁就是皇帝。

号手：

你瞧，这点我要当面驳你，

谁没付钱给我们，这人就是皇帝！

四十个礼拜以来一直答应

给我们发饷，不都是胡说放屁？

第一火枪手：

哎，什么话！可靠的人在办这事。

第一甲骑兵：

别吵啦，先生们！你们是想打架收场？

究竟皇帝是不是我们的主人，

这有什么可以吵闹可以争论？

正因为我们乐于体体面面地

做他能干善战的骑兵，

我们才不愿做他驯从的羊群，

不愿让这批佞臣和阴险的神父

胡乱调遣随意摆布。

你自己说说！要是手下官兵自尊自爱，

这不是对主人有利无害？

不就是他的士兵为他效命

他才变成强大的霸主威风凛凛？

使他遐迩闻名，

在基督教世界威名大震？

让那些凭他的恩宠沾光获利之辈，

在华堂金屋里和他同桌共餐之徒
去套上他的枷锁桎梏,
我们从他的夺目光辉中
一无所获,除了辛劳和痛苦,
我们却保持内心自由泰然自如。

第二猎骑兵:

所有伟大的暴君和皇帝,
都是如此并且更加英明。
一般人他们随意污辱,随意欺凌
他们捧在手上的惟有士兵。

第一甲骑兵:

士兵必须自爱自尊。
谁要是干得不那么高尚,
他最好别去干这一行。
既然叫我去冒丢命送死的风险,
那我定要活得更有尊严。
不然就像克罗地亚兵,人见人欺——
那我就自己也看不起自己。

两个猎骑兵:

是啊,荣誉还高于生命。

第一甲骑兵:

宝剑既非锄头亦非犁耙,
谁想用剑耕地,那就很蠢很傻。
我们既不使禾苗成长,也不使种子发芽,
在这世上,士兵四海为家,
到处闯荡来去匆匆,
不得在自己的炉上取暖过冬,
不得不避开灿烂辉煌的城市,

绕过绿树成荫,庄稼喜人的村子,——
只好一面行军一面远眺,
人家收获庄稼,采摘葡萄,
请告诉我,士兵要不是自我尊重,
他又有什么价值被人推崇?
人必须有点财产不能一无所有,
否则他就要变成杀人放火之流。

第一火枪手:
上帝知道,人生充满苦难!

第一甲骑兵:
我可不想换个活法,
瞧,我曾到过世上各地,
各式各样事情都曾经历,
我曾为西班牙王国,
威尼斯共和国
和那不勒斯王国当差服务,
可是我从不交运,无论身在何处。
我见过商人、骑士,
手艺工匠和耶稣会修士,
但是我这身铁甲紧身衣,
比任何衣服都更叫我欢喜。

第一火枪手:
不！这话我可不能说。

第一甲骑兵:
谁要想在这世上赢得什么,
就得使劲卖力干活;
若想谋取高位,获得崇高荣誉,
就得在黄金的重负下弯腰屈膝。

若想享受父亲的幸福，
儿女绕膝子孙满堂，
就得安安分分地干个正经的行当。
我——我可没有情绪干这一切。
我要活得自由自在，然后死去无怨无悔，
既不继承谁的遗产，也不抢谁偷谁，
我要轻松愉快地骑在马上
蔑视下面的芸芸众生熙熙攘攘。

第一猎骑兵：
精彩！我也是这样。

第一火枪手：
从别人头上飞驰而过
当然更加令人快活。

第一甲骑兵：
伙计，时代非常艰难，
宝剑已经不再主持正义；
可我现在宁可投身军旅，
不该有人对我横加非议。
我可以在战争中表现人性，
但决不让人家在我身上恣意横行。

第一火枪手：
种庄稼的日子难过，
还不就是我们当兵的过错？
这讨厌的战争打了一十六年，
苦难重重灾祸良多。

第一甲骑兵：
兄弟，那高踞天庭的上帝，
不可能所有的人都对他赞美。

有的要出太阳,别人可就受罪;
这个喜欢干燥,那个喜欢雨水。
你只看见苦难只看见哀愁,
我却看到生活的光明白昼。
这是要市民和农民付出代价,
这话不假,我对他们怜恤有加;
可是我也没法改变这状况——你瞧,
这就像在骑兵冲锋时那样:
战马喷鼻嘶鸣,奋蹄奔驰,
不论是谁躺在它前进的路上,
哪怕是我的兄弟,我的亲生儿子,
我也没法轻轻地把他拖到一旁,
即使他的悲号把我的心撕得粉碎,
我也只好踏过他的身体直向前飞。

第一猎骑兵:

哎,谁顾得上去问别人!

第一甲骑兵:

既然眼下情况如此,
幸运对士兵照顾备至,
那我们就用双手把它抓牢,
他们也不会老让我们这样逍遥。
和平会一夜之间突然来临,
战乱纷争会扫得一干二净;
士兵卸去马辔,农民给马套上笼头,
说时迟那时快,一切又都照旧。
现在我们还在国内一起聚集,
大权还都握在我们手里;
要是我们一旦四下分散,

我们的日子就惨不可言。

第一猎骑兵：

不，这样的事情绝对不许发生！

来吧，让我们大家一起拥戴一个人。

第二猎骑兵：

好的，让我们一起发誓，听着！

第一火枪手（取出一个小皮囊，对随军女酒贩）：

表妹，我喝了多少？

随军女酒贩：

唉！不值得一提！

（他们算账）

号手：

你们还是走了才对，

留下只会破坏我们的聚会。

（火枪手们下）

第一甲骑兵：

这些小子真叫可惜！其实都是好样的兄弟。

第一猎骑兵：

可是他们的脑子就像一摊稀泥。

第二猎骑兵：

现在我们是自己人聚在一起，你们听好，

我们是怎样破坏这个新的阴谋诡计。

号手：

什么？我们不去不就行了。

第一甲骑兵：

先生们，别干违反纪律的事情！

现在每个人都回自己的部队，

非常理性地告诉伙伴们，

让他们理解，看清事情真相。
我们不得彼此隔绝，互不来往。
我代表瓦龙人说行，
每个人都跟我想的一样。

军曹：

特尔茨基的部队，不论骑兵、步兵，
全都赞成这项决定。

第二甲骑兵（走到第一甲骑兵身边）：

伦巴底人和瓦龙人绝不分离。

第一猎骑兵：

自由是猎骑兵的本性。

第二猎骑兵：

自由只在权力一边：
我生生死死都跟定华伦斯坦。

第一狙击手：

洛林人总是随着大流或退或进，
哪儿活得轻快高兴，哪儿就有我们。

龙骑兵：

爱尔兰人总是追随幸运之星。

第二狙击手：

提罗尔人只为国君效劳。

第一甲骑兵：

那就让每个团，
都写一份备忘录，表明态度：
我们要永远团结在一起，
任何暴力和阴谋都不能
使我们和弗里特兰分离，
他是士兵之父。

我们将万分谦卑地把这备忘录
交给皮柯洛米尼——我指的是那个儿子——
他处理这种事情十分从容，
弗里特兰对他言听计从，
他在皇帝和国王那里
也备受器重。

第二猎骑兵：

来吧！就这么办！大家同意，一言为定！
让皮柯洛米尼做我们的代言人。

号手，龙骑兵，第一猎骑兵，第二甲骑兵，两个狙击手(同时)：

让皮柯洛米尼做我们的代言人。(欲下)

军曹：

再喝一杯，伙计们。
(喝酒)
祝皮柯洛米尼福寿安康！

随军女酒贩(带来一瓶酒)：

这瓶酒不记在你们账上，我乐于奉送，
祝你们顺利，先生们！

甲骑兵们：

士兵万岁！

两个猎骑兵：

农民给钱！

龙骑兵和狙击手们：

军队繁荣昌盛！

号手和军曹：

愿弗里特兰永掌帅印。

第二甲骑兵(唱)：

起来，弟兄们，上马，上马！

奔向战场,奔向自由!
在战场上,男儿还有价值,
心灵毫无忧愁,
没有人为他帮忙,
他必须自立自强。
(在歌声中士兵们从后台走来,形成合唱)

合唱:

没有人为他帮忙,
他必须自立自强。

龙骑兵:

自由已在世上消亡,
只看见奴才和主人,
虚伪盛行,阴谋猖狂,
一批胆怯的芸芸众生,
士兵可以直视死神,
只有士兵是自由人。

合唱:

士兵可以直视死神,
只有士兵是自由人。

第一猎骑兵:

人生种种忧惧,他都一一抛开,
不再担惊受怕,不再胆战心惊,
他大胆地骑马迎着命运前进,
今天轮不到他,明天有他的份。
如果明天碰上厄运,让我们今天
尽情痛饮这美妙的光阴。

合唱:

如果明天碰上厄运,让我们今天

尽情痛饮这美妙的光阴。

(酒杯又给斟满,他们碰杯畅饮)

军曹:

快活的命运会从天而降,
用不着努力去拼去抢。
卖苦力的农民在地下寻找,
以为自己在发掘珍宝,
他只要活着,就铲个不停挖个不住,
又挖又铲,最后给自己挖个坟墓。

合唱:

他只要活着,就铲个不停挖个不住,
又挖又铲,最后给自己挖个坟墓。

第一猎骑兵:

骑兵和他座下的快马,
来去如风,令人害怕,
举行婚礼的府邸灯火通明,
不速之客参加盛典猝然莅临。
他不献殷勤,也不显示黄金,
他发起冲锋夺取爱情。

合唱:

他不献殷勤,也不显示黄金,
他发起冲锋夺取爱情。

第二甲骑兵:

姑娘为何哭泣,为何忧愁:
让他去吧,让他走!
他在这世上无处安身,
不能保持爱情的忠贞,
命运迅速变幻,驱使他一再离去,

他在任何地方都不得安逸。

合唱：

命运迅速变幻，驱使他一再离去，

他在任何地方都不得安逸。

第一猎骑兵（抓住最挨近他的两个人的手，其余的人也效法他们；所有说话的人组成很大的半个圆圈）：

因此，弟兄们，备好战马，赶快赶快，

迎着战斗，挺起胸膛！

青春活力如潮，生命热情澎湃。

快快上马！趁着精神焕发，斗志昂扬。

倘若现在不拼死舍命，

就永远不能赢得人生。

合唱：

倘若现在不拼死舍命，

就永远不能赢得人生。

（合唱还在继续，幕落）

皮柯洛米尼父子

（五幕剧）

Die
Piccolomini.
In fünf Aufzügen.

人　　物

华伦斯坦，弗里特兰公爵　三十年战争时皇帝驾前的大元帅

奥克塔维奥·皮柯洛米尼　中将

马克斯·皮柯洛米尼　上校，指挥一个甲骑兵团

特尔茨基伯爵　华伦斯坦的连襟，拥有若干团队

伊洛　陆军元帅，华伦斯坦的亲信

伊索拉尼　克罗地亚人的将军

布特勒　龙骑兵团团长

蒂芬巴赫
唐·马拉达斯
葛兹
科拉尔托 } 华伦斯坦麾下的将军

诺伊曼　骑兵上尉，特尔茨基的副官

克威斯腾堡　军事枢密顾问，皇帝的钦差

巴普蒂斯塔·色尼　星象家

弗里特兰公爵夫人　华伦斯坦之妻

苔克拉　弗里特兰公主，华伦斯坦之女

特尔茨基伯爵夫人　公爵夫人之妹

骑兵队的一名士官

特尔茨基伯爵的司酒

弗里特兰的侍童和仆役若干

特尔茨基的仆役和双簧管吹奏师若干

若干上校和将军

第　一　幕

〔皮尔森市政厅的一座古老的哥特式的大厅，饰有战旗和兵器。

第　一　场

〔伊洛、布特勒和伊索拉尼。

伊洛：

你们来迟了，可是毕竟来了！路途遥远，
伊索拉尼伯爵，说明您何以姗姗来迟。

伊索拉尼：

我们并非两手空空而来！
在多瑙卫尔特，我们听说，
瑞典人的运输队正在路上，
装满了粮秣，约有六百车之多，——
我手下的克罗地亚人[①] 发起进攻，
截获了车队，带来了粮秣。

伊洛：

来得正是时候，正好用来

---

① 克罗地亚人，指轻骑兵，大多来自东南欧，这里的民族称谓并不确切。

宴请聚集于此的各路将军。

布特勒：

我看这里已经热闹非凡。

伊索拉尼：

是啊，是啊。

教堂里都驻满了士兵，（环顾四周）

我发现市政厅里

你们也已扎寨安营。好啊，好啊！

当兵的四海为家，到处栖身。

伊洛：

三十个团的将领

都已聚集在此，

你们会见到特尔茨基，蒂芬巴赫，

科拉尔托，葛兹，兴纳萨姆，马拉达斯，

还有皮柯洛米尼父子，——

你们将会见到许多老友，

只缺阿尔特林格，还有戛拉斯。

布特勒：

不用再等戛拉斯。

伊洛（一怔）：

怎么啦？你们知道——

伊索拉尼（打断他）：

马克斯·皮柯洛米尼呢？啊！带我去见他。

我至今还记得他，虽然距今已有十个秋冬——

我们当时正在德骚和曼斯菲尔德[①] 作战，

① 一六二六年四月五日，华伦斯坦所率部队在德骚与新教联军的统帅彼得·恩斯特·曼斯菲尔德伯爵作战。根据历史记载，该战发生于八年前，而不是十年前。伊索拉尼参加了这次战役，皮柯洛米尼并未在场。

他催动座下的黑驹向桥下直冲。
分开易北河奔流激湍的河水，
救他父亲于困厄之中。
那时他唇上还未长出绒毛，
据说，如今已长成一位善战的英雄。

伊洛：

您今天就能看见他，
他到刻恩腾去把公爵夫人和公主① 接来，
今天上午他们就要到达。

布特勒：

公爵把妻女都已接来？
他召来的人可真不少。

伊索拉尼：

越多越好。
我原来以为只有带兵行军，
冲锋陷阵。别无其他好处；
你瞧！公爵也设法让我们
赏心悦目一饱眼福。

伊洛（若有所思地站着，把布特勒拉到一旁）：

你怎么知道，戛拉斯伯爵不来聚会？

布特勒（意味深长地）：

因为他也试图阻止我前来。

伊洛（热情地）：

而你坚定不移？（和他握手）
好样的，布特勒！

布特勒：

① 即华伦斯坦公爵的夫人和小姐。

公爵大人不久前刚赐予我这样的恩宠——

伊洛：

不错，少将大人[1]！我祝贺你！

伊索拉尼：

祝贺公爵让他指挥一个团队，是不是？
听说就在那个团里，
他从行伍出身逐步提升是不是？
真是如此！一个老战士功勋卓著，
如今得以步步高升，青云直上，
这对全团都是榜样，都是鼓舞。

布特勒：

不好意思，
我不知道是否该接受你们的祝贺。
——皇帝还没有表示认可。

伊索拉尼：

你尽管接受。提升你的人有只坚强的手，
足以保住你的位置。
管他皇上大臣赞同与否。

伊洛：

我们不可这样畏首畏尾瞻前顾后！
皇上什么也不给予我们——
我们想要的一切、拥有的一切
全都来自公爵大人。

伊索拉尼(对伊洛)：

兄弟！我跟你说过没有？
公爵大人要帮我把债还清，

① 《华伦斯坦的军营》中已提及，布特勒从行伍出身被华伦斯坦提升为少将。

以后要亲自担任我的掌柜，
把我造就成正经的男人。
这位拥有帝王胸襟的人
为我恢复名誉，使我免于沉沦。
你想想看，这已经是第三次！

伊洛：

但愿公爵总能心想事成，
他总把土地和子民赠给军人。
可是维也纳当局总是为他掣肘，
尽可能地剪掉他的翅膀！
瞧，这个克威斯腾堡前来，
带来新的苛求何等荒唐！

布特勒：

我也听人说起过
皇帝提出的这些要求——
可是我希望
公爵大人会寸步不让。

伊洛：

让出他的权力，他肯定不会，
只要不——叫他让位！

布特勒（吃惊）：

你可听见什么风声？你吓我一跳。

伊索拉尼（同时）：

那我们就全都完蛋！

伊洛：

别说了！

我看见咱们说起的那位正好走来，
身边是皮柯洛米尼中将。

布特勒(忧心忡忡地摇摇头)：

我怕
我们走时,不会像来时那样。

第 二 场

〔前场人物。奥克塔维奥·皮柯洛米尼。克威斯腾堡。

奥克塔维奥(还在远处)：

怎么？还有更多的客人？您得承认,
朋友！凭着这场充满血泪的战争,
才能使这么多声名显赫的豪杰英雄
聚集在这座军营之中。

克威斯腾堡：

谁若只想战争的弊端,
就别进弗里特兰的营盘。
我看到了秩序的崇高精神,
几乎忘记了战争的苦难,
战争破坏世界,又通过秩序得以存在,
我看到了战争创造的宏伟壮观?

奥克塔维奥：

瞧瞧这儿！英勇善战的一对,
跻身英雄的行列,当之无愧：
伊索拉尼伯爵,布特勒上校——如今,
我们眼前立刻显示出整个战争的艺术。
(介绍布特勒和伊索拉尼)
朋友,那就是威猛和神速。

克威斯腾堡(向奥克塔维奥)：

两者之间需要有个顾问经验丰富。

奥克塔维奥(向他们介绍克威斯腾堡):

这位是内阁大臣、军事枢密顾问克威斯腾堡,

衔命而来的钦差大臣,

我们尊重这位高贵的佳宾,

他是军人的恩人和保护人。

(众人沉默不语)

伊洛(走近克威斯腾堡):

大臣阁下,您来到军营,我们深感荣幸。

这可并不是第一次您大驾光临。

克威斯腾堡:

曾经有过一次我见到这招展的军旗。

伊洛:

您还记得这事在哪儿发生?

是在茨奈姆,在摩拉维亚,

您当时奉皇上之命

前来请求公爵大人执掌帅印。

克威斯腾堡:

您说请求公爵,将军大人?据我所知,

这既非我的使命,亦非我的热忱。

伊洛:

好吧!就像您所说,算是逼迫公爵受命。

我记得——悌里在莱希河遭到迎头痛击[①],

——整个巴伐利亚遭遇敌人,无人防御,

敌人长驱直入,所向披靡,

① 天主教联军统帅约翰·封·悌里伯爵(1559—1632)一六三二年四月五日在莱希河畔的赖因一战为瑞典国王古斯塔夫·阿道尔夫击败。

一直挺进到奥地利的心脏地区。
当时大人您和魏登堡[①] 来见我们主人,
向他百般请求,动之以情,
倘若公爵大人不为您的哀求所动,
您便威胁他会失去皇上的恩宠。

伊索拉尼(插嘴):
是啊,是啊,可以理解,
大臣阁下,为什么您今天奉命而来,
不愿回忆当年的使命。

克威斯腾堡:
为何不愿回忆?两者并无矛盾!
当时是为了把波希米亚的自由
从它敌人手里夺回,今天把它解救,
让它摆脱朋友们和保护者之手。

伊洛:
绝妙的差使!我们浴血战斗,
把波希米亚从萨克森手里夺回,
现在答谢我们,要把我们撵走。

克威斯腾堡:
为了避免一场苦难换来
另一场苦难,这个可怜的国家
只好同时摆脱朋友和敌人的鞭打。

伊洛:
您说什么呢!今年年成甚好,
农民又能出钱慰劳。

① 封·魏登堡伯爵即约翰·巴普蒂斯特·封·维尔达男爵(1582—1648),当时是首相,枢密院成员。

克威斯腾堡：

是啊，如果说起畜群和牧场，
那是如此，元帅大人。

伊索拉尼：

以战养战。农民破产赤贫，
嘿，皇上就得到更多的士兵。

克威斯腾堡：

也会失去更多的臣民！

伊索拉尼：

哈！我们大家都是他的臣民！

克威斯腾堡：

可是有所不同，伯爵大人！
有的装满钱袋，是靠有益的劳动，
有的则只知道拼命把钱袋掏空，
挥舞宝剑使皇上穷困，
使用犁耙又会使他强盛。

布特勒：

如果没有那么多吸血虫
把全国的骨髓精血吸空，
皇上其实不会变穷。

伊索拉尼：

也没穷到这步田地。我看见了，
（他走到克威斯腾堡面前，端详他的衣服）
看来还没把所有的黄金全都耗尽。

克威斯腾堡：

谢天谢地！还有一丁点儿
从克罗地亚人的手指缝里溜了出来。

伊洛：

瞧！那个马蒂尼茨和斯拉瓦塔①，
皇上对他们恩宠有加——
为此所有善良的波希米亚人大为生气
他俩掠夺被逐的市民借此肥己，
依靠普遍的腐化发家致富。
全国普遍遭难，他们从中获利——
他们富如国王，无视国民的痛苦，
这两个人及其同类让大家
为这灾难深重的战争付出代价，
可是战争完全是被他们引发！

布特勒：

这些吞噬全国的寄生虫
经常是皇上的座上宾，同桌饮宴，
攫取诸般优惠贪得无厌，
他们想克扣前线士兵的口粮，
把他们的薪俸扣个精光。

伊索拉尼：

我一辈子都不会忘记，
七年前前往维也纳
为我们团队的战马筹办粮草，
他们把我从一个衙门
带到另一个衙门，
让我一连几小时和仆从一道，
就仿佛我是为了施舍到处乞讨。

---

① 威廉·斯拉瓦塔（1572—1652）和雅罗斯拉夫·波里塔·封·马蒂尼茨（1582—1649）皆为驻波希米亚的总督，一六一八年被起义的贵族从布拉格的市政厅的窗口扔了出去，从而引发了三十年战争。

最后——他们给我派来一个托钵僧，
我以为是让他救我的灵魂，赦我的罪！
满不是那么回事，就是这位僧人
我得和他处理战马事宜，
我不得不立即抽身引退。
我在维也纳三十天也不能得到的东西，
后来是公爵大人为我办妥，在三天之内。

克威斯腾堡：

说得不错！用人不当问题很大，
我知道，我们为此还得付出代价。

伊洛：

战争这行手艺粗野暴戾，
不适合用温柔的手段，
不能有那么多的顾忌。
若要等待维也纳的老爷们权衡利弊，
选出最小的灾祸，那可有得等呢！
——干脆直接伸手抓来就是，要爽快得多！
想出手就出手吧！——人们通常
能将就就将就，能凑合就凑合，
挑三拣四选来选去，反而令人痛苦
远不如无路可退非干不可。

克威斯腾堡：

不错，这倒是真话！
公爵大人省得我们选来选去。

伊洛：

公爵大人关怀部队犹如父亲，
我们且看皇上如何对待我们。

克威斯腾堡：

皇上对每个阶层都一视同仁，
不会为一个阶层牺牲另一个阶层。

伊索拉尼：

所以为了保护他亲爱的绵羊，
他把我们赶进沙漠去喂猛兽。

克威斯腾堡（嘲讽地）：

伯爵大人！这个比喻是您做的——不是我！

伊洛：

可是宫廷就是这样对待我们的，
给我们以自由，这可是危险已极。

克威斯腾堡（严肃地）：

自由并未给予，却已被人取去，
因此有必要对自由加以限制。

伊洛：

那就必然会有一匹野马出现。

克威斯腾堡：

优秀的骑手会使它就范。

伊洛：

谁驯服它，它才当谁的坐骑。

克威斯腾堡：

它若已经驯服，孩子也能驾驭。

伊洛：

我知道，你们已经为它找到了那个孩子①。

克威斯腾堡：

您该关心的是您的职责，而不是名字。

---

① 指当时的王储，日后的皇帝斐迪南三世（1608—1657），被钦定为华伦斯坦倒台后的统帅并在华伦斯坦死后统率其部队。

布特勒（他一直和皮柯洛米尼站在一旁，可是显然对两人的谈话极为关注，他走近二人）：

宰相大人①，皇上在德国
有一支相当可观的队伍，
在这个王国内大概驻扎了三万兵马，
约有六万人马驻在西利西亚；
十团兵力驻在威悉、莱茵和美因河畔；
在施瓦本有六个团，巴伐利亚有十二个团
在抗击瑞典军队，奋力作战。
更不必提屯在国境线上
守卫要塞保卫疆界的驻军。
他们全都听从弗里特兰麾下将校的军令，
指挥他们的军官，出自同一所学校，
同样的乳汁把他们哺育长大，
同一颗心激励他们大家。
他们在这块土地上全是外人②，
只有军中服役成了他们的家庭和故乡。
他们热忱服务的对象并非祖国，
成千上万人都像我，出生于他乡异国③，
他们并不为国王效力，大约有一半人
从别国的军中反戈，投向我们，
不管他们原来征战在双鹰旗下，
狮子旗下或百合花旗④ 下。

---

① 克威斯腾堡的官职甚高，相当于宰相。

② 华伦斯坦军中有许多意大利人苏格兰人西班牙人，并非全是德国人。

③ 布勒特为苏格兰人。

④ 双鹰、狮子、百合花，分别为奥地利、瑞典、法兰西的国徽，这是三十年战争中互相交战的国家。

但是只有一个人把他们团结成一个民族,——
以同样的爱情与惧怕
坚强有力地控制着他们大家。
像闪电的火星准确迅速地
沿着避雷针飞驰,他的军令也飞速地
从偏远的最后的哨岗,——那里
可以听见丹麦海峡的风浪撞击沙丘,
可以看见阿契河的河谷地肥谷壮——
一直传到恺撒堡上
建立哨卡的边防。

克威斯腾堡:

这番高论要旨何在?

布特勒:

我的意思是:我们对弗里特兰公爵
表示的尊敬、热爱和信任
不会转移到维也纳宫廷
给我们派来的任何人。
军权如何落到弗里特兰手里,
这事我们都还记忆犹新。
难道是皇帝陛下
把一个完整的军队交付给他,
只是为部队找了一个统帅?
——那时候军队还根本就不存在,
公爵还得自行组建;皇上并未给他人马,
而是他把军队交给了陛下!
不是皇上派华伦斯坦来当主将,
事情不是这样,不是这样!
而是华伦斯坦使陛下成为我们的主上,

就是他把我们联成大军，军旗飘扬！

奥克塔维奥（插了进来）：

这只是提醒您，军事顾问官大人，
您是厕身军人之间，身在军营之中——
士兵洒脱无羁天性英勇，
既然能大胆行动，
不也就可以大胆直言？——一环套一环嘛。
这位极为可敬的军官英勇无比
（指指布特勒）
在这儿只不过目标有所偏离，
当年布拉格驻军暴乱，形势危急，
他就全凭胆识勇气
给皇上挽救了京畿重地①。

〔远处传来军乐阵阵。

伊洛：

他们来了！
卫兵在敬礼——这个信号
告诉我们，公爵夫人已进入营地。

奥克塔维奥（对克威斯腾堡）：

这样我的儿子马克斯也已回来。
他到刻恩腾去迎接夫人，
陪她来到这里。

伊索拉尼（对伊洛）：

咱们也同去迎接夫人如何？

伊洛：

好哇！咱们走吧，布特勒上校，走！

---

① 布拉格为波希米亚首府。

(对奥克塔维奥)

记住,咱们在中午之前,

还会在公爵那里和这位大人见面。

第 三 场

〔奥克塔维奥和克威斯腾堡留在场上。

克威斯腾堡(惊愕不止):

我都听到了些什么啊,中将大人!

多么桀骜不驯！什么样的言词!

倘若这种精神弥漫全军上下——

奥克塔维奥:

官兵的四分之三您都已经听见。

克威斯腾堡:

糟糕透顶！到哪儿去找第二支军队

来监视这支军队！——这个伊洛,

我怕他心里想的比他嘴里说的糟糕得多。

这个布特勒也无法掩饰他的意见,真是邪恶。

奥克塔维奥:

过分敏感——自尊心受到伤害——仅此而已!

这个布特勒我还没有放弃;

我知道如何降伏这个凶恶的精灵。

克威斯腾堡(极度不安地踱来踱去):

不行,朋友,糟透了,

远远超出我们在维也纳梦想的程度。

我们只是用廷臣的目光观察一切,

完全被宝座的光辉弄得糊里糊涂;

这位统帅,看来神通广大,
我们还没有在他的军营里看见他。
这里的情况完全不同!
没有皇上。公爵就是皇帝,高于一切!
刚才您陪我在营里走了一圈,
使我希望完全破灭。

奥克塔维奥:

现在您亲眼看见,你们从
宫廷里交给我的差使,是何等艰险——
多么倒霉的角色,我在这儿扮演。
将军[①] 只要对我稍起疑心,
就会使我丧失自由或丢掉性命,
他放肆大胆地开始发难,只说明在加速
叛乱的进程。

克威斯腾堡:

我们当年把宝剑交给这个疯子,
把大权交到他的手里,
究竟是怎么考虑的!
对于这颗约束不严的心
诱惑实在太大!即使别人比他更好,
遭受这个诱惑也必然难以自保!
我跟您说吧,他会违抗皇上的命令——
他会违旨,他将抗命——
他桀骜不驯,却不会受惩,
将充分显示我们可耻的无能。

奥克塔维奥:

① 指华伦斯坦。

您认为,他是无缘无故
把夫人和女儿接到营里?
恰好是在我们枕戈待战之际?
他把表示自己忠诚的最后保证
从皇上的国土迁出,这事告诉我们,
叛乱迫在眉睫。

克威斯腾堡:

这下我们可惨了!犹如狂风暴雨
从四面八方向我们击来,凶险逼人,
帝国的敌人陈兵国境线上,迈斯特①
已从多瑙河逐渐向纵深挺进。
国内处处响起暴乱的警钟——
农民拿起武器——各个阶层都蠢蠢欲动。
我们指望这支军队会给我们提供援助,
它却已受引诱;军纪涣散,不听约束——
脱离了国家,脱离了他们的皇上,
这支骗人的军队由一个骗子在指挥,
业已变成一个可怕的工具,
对那大胆狂徒盲目服从,紧紧追随——

奥克塔维奥:

我的朋友,不要过早地自暴自弃!
语言历来要比行动大胆。
有些人现在看来盲目热忱,
似乎决心铤而走险,
只要说出罪行的真正名字
他会出乎意料地天良发现。

① 迈斯特,所指何人不详。

再说——我们也并非毫无保护。
您知道吧，阿尔特林格伯爵
和戛拉斯，笼住自己的小型部队，
忠于职守，并且还每天壮大这支队伍。
弗里特兰不可能对我发动突然袭击，
您也知道，在他身边我布满了耳目，
他的一举一动，我都立即得到消息，——
不错，他还亲口向我吐露肺腑。

克威斯腾堡：

他竟然对身边的敌人毫不注意，
简直不可思议。

奥克塔维奥：

您别以为
我是凭着谎言骗术，
讨好巴结骗取了他的恩宠，
用花言巧语赢得了他的信任。
聪明才智和我对帝国
对皇上的一片赤诚，
驱使我在他面前掩饰我的真心，
我可从未向他装出假意虚情。

克威斯腾堡：

这显然是上天的安排。

奥克塔维奥：

我不知道，这是什么——是什么
使他对我和我儿子这样眷顾，这样器重。
我们过去一向是朋友，是战友亲如兄弟，
习惯使然，冒险的经历相同，
把我们很早就联系在一起——

可是我说得出,哪一天他向我
敞开心扉,对我产生信任。
那是爆发吕岑大战的那个早晨——
我做了一场噩梦驱使我前去找他,
叫他另换坐骑再去上阵。
我在离开帐篷很远处找到他,
他正沉沉酣睡在一棵树下。
我叫醒他告诉他我的担忧,
他惊讶地凝视着我很久很久,
显得极度感动,和我紧紧拥抱。
这样一件小事本不值得他这样动情。
从那天起,他处处对我表示信任,
而我对他的信任则日益减少。

克威斯腾堡:

您总把秘密告诉令郎了吧?

奥克塔维奥:

没有。

克威斯腾堡:

什么?您也不想警告他
现在落在多么邪恶的手掌之中?

奥克塔维奥:

我让他凭着他的纯洁无邪,自己行动。
这颗坦率的心灵不会装假作伪。
只有让他不知就里,他才能神情自若,
这样公爵才会放心,不会戒备。

克威斯腾堡(忧心忡忡):

我尊敬的朋友!我对令郎
皮柯洛米尼上校印象极好——可是——万一——

您试想——

奥克塔维奥：

我只好冒险行事——别做声！他来了。

第　四　场

〔马克斯·皮柯洛米尼。奥克塔维奥·皮柯洛米尼。克威斯腾堡。

马克斯：

他这就来了。欢迎，父亲！

（他拥抱奥克塔维奥，一转身，发现了克威斯腾堡，冷淡地后退几步）

我看，你们挺忙吧？我不想打扰。

奥克塔维奥：

怎么啦，马克斯？仔细看看这位客人，

一位老友值得我们关心，

皇上的钦差理应受到尊敬。

马克斯（生硬地）：

欢迎，克威斯腾堡大人！但愿有什么好事

使您光临这座军营。

克威斯腾堡（握住马克斯的手）：

皮柯洛米尼伯爵，别把您的手抽走，

我不仅以我个人的名义握住这手，

我想说的并非琐屑小事。

（抓住两人的手）

奥克塔维奥，马克斯·皮柯洛米尼！

拯救危难意味深长的两个名字！

只要这两颗星辰照耀着奥地利的队伍，

给它带来好运,予以保护,
奥地利就永远得享幸福。

马克斯:
大臣阁下,您可演错了角色,
据我所知您此来并非为了妄加吹捧,
您是派来横加指责肆意谩骂,
我不想比别人的待遇有所不同。

奥克塔维奥(对马克斯):
他从宫廷里来,
那里对公爵大人不大满意,不像这里。

马克斯:
又有什么事情要对他横加非难?
因为他独自做出决定,只有他自己
才明白的事情?好啊!他做得对,
应该让他继续这样干才对!
他可不是生来委曲求全、
屈从别人意志之辈,
这样做他干不了,也和他的天性有违。
他养成了统治者的心灵,
并且也被放上了统治者的座位。
会统治的人为数甚少,
只有他们善于使用头脑——
能够找到一人,成为众人的中心,
成为他们的依靠,此人挺身而出,
成为一根坚强的支柱,
大家团结在他的四周,信心十足,
这是我们大众的幸福!
华伦斯坦就是这样一个人,

也许别人更适合宫廷的脾气——
可是只有这样一个人,才对军队有益。

克威斯腾堡:

对军队有益！不错！

马克斯:

人们高兴地看到,他使周围的人奋起,
使他们生龙活虎,坚强无比,
在他身边每股力量都得以表现,
每种天才都变得更加明显。
他调动每个人的精力,
使之壮大,那原始的精力,
让每个人都能各得其所,
他只是非常留神分外注意
自己永远处在合适的位子之上,
善于把众人之力凝结成他自己的力量。

克威斯腾堡:

谁也没有否认他善于发现人才,
知人善用,用人量才!
只是当主人时他已忘记,仍是臣仆,
就仿佛他的尊荣与生俱来。

马克斯:

难道不是如此？他天生的具有
充当主人的一切才能,此外还会
不折不扣地运用他的秉赋,
为他的统治天才夺得统治地位。

克威斯腾堡:

我们在各地还值几斤几两,
最后全得取决于他的宽宏大量。

马克斯：

特殊人物理应获得特殊信任，
你们给他活动余地，他自己会有分寸。

克威斯腾堡：

已经有过足够的尝试。

马克斯：

不错，是有过尝试，
凡有深度的一切，他们全都发怵，
只有浅薄之处，他们才感到舒服。

奥克塔维奥（对克威斯腾堡）：

朋友，点到为止，见好就收！
您是说服不了这位朋友。

马克斯：

在困厄之中他们乞灵于幽灵，
一旦幽灵出现，他们又都胆战心惊。
异乎寻常，至高无上的事情，
都该像司空见惯的事情一样发生。
在战场上，眼前之事需要当机立断——
个人必须君临一切，必须亲眼目睹。
统帅必须具有大自然赋予的宏伟秉赋，
因此也请你们允许他
生活在大自然宏伟的环境之中。
他应该请教他内心活生生的神谕——
而不是请教朽坏死书，陈旧条例，
霉烂不堪的故纸古籍。

奥克塔维奥：

我的儿啊！千万不要低估这些
古老陈旧的狭隘条例！

受压抑者以这些弥足珍贵的重负
阻止逼迫者的意志迅速变化；
因为恣意妄为永远极为可怕——
秩序的道路虽然曲折，但并不绕远，
闪电霹雳，大炮子弹
走的可怕道路笔直向前，——
抄最近的道路，迅速到达目的地，
破坏一切，一往无前，达到破坏的目的。
我的儿啊！人走的道路
若要一帆风顺，充满幸福，
便要顺着江河的流向，山谷的起伏，
绕过种满小麦的田地，遍种葡萄的山坡，
尊重标明地产的界线
最终达到目的地，走得缓慢，但是稳妥。

克威斯腾堡：

啊！请您听从令尊——
听他诉说，他是位英雄也是个人。

奥克塔维奥：

我的儿子，你说的是军营之子的意见。
十五年战争教育你成长，
——你从没见过和平景象！
战争价值之外，还有更高价值；
我的儿子，战争的最终目的并非战争。
暴力的宏伟快速的行动，
眼前发生的令人惊愕的奇迹，
并不会创造出令人幸福、
持久存在的各种东西。
士兵们匆匆忙忙地搭起帐篷，

一座轻便的城市拔地而起，
一时喧嚣热闹，人来人往，
市场上交易繁忙，街道河流
满是货物，百业兴旺。
可是一天早上人们突然看见
帐篷纷纷拆除，军队拔营离去，
田野一片死寂，犹如坟地。
庄稼遭到践踏，一片狼藉，
这一年的收成又随风而去。

马克斯：

啊！让皇上缔结和约吧，父亲！
我将欢欣鼓舞地献出这血淋淋的月桂，
以换取阳春三月给我们带来的最初的紫罗兰，
那万象更新的田野提供的芬香四溢的恩惠。

奥克塔维奥：

你怎么啦？
是什么突然使你这样动情？

马克斯：

我从未见过和平景象？——
我已见过了它，老爸，我刚从——
我现在刚从那里过来——
我路过一些地区
没有经历过战争的地区——
啊，父亲，生活具有魅力
我们以前从不知道，
我们只是像四海漂泊的一帮海盗，
驶过美好人生的荒凉海边，
挤在狭窄的海盗船上臭气冲天，

按照犷野的风习在茫茫无际的海上漂流，
对那辽阔的大地，他们只知道那些
他们敢于偷偷登陆的港口。
在深入腹地的幽谷深处
隐藏着珍奇事物，啊，这些东西，
我们在狂野的航行中从未亲眼目睹。

奥克塔维奥（注意起来）：
这次旅行让你看到了它们？

马克斯：
这是我一生中第一次闲暇。
请告诉我，什么是工作的目的和代价？
这难堪的工作，夺去了我的青春，
使我的心灵变成荒漠，毫无欢欣，
没有丝毫教养修饰我的精神。
因为军营的忙乱喧闹，
军号的劲吹，战马的嘶叫，
日复一日刻板单调的日程，
习武操练，口令声声——
那饥渴已极的心得不到任何滋润。
而无谓无聊的活动缺乏灵魂——
这世上另有一种幸福，另有无数欢欣。

奥克塔维奥：
你在这短途之中学到许多东西，我的儿子！

马克斯：
啊，那将是美好的一天！
　　　　战士终于回到生活，回到人性中间，
欢快的队伍里旌旗招展，迎风飘扬，
奏响柔和的和平进行曲返回家乡。

所有的帽子头盔都修饰着翠绿的白桦嫩枝，
取自田野，这是最后一次！
城市的大门自行开启，
用不着大炮来把它轰开；
四周的城墙上站满了人群，
和平的人群，把满腔谢忱向天表示，
所有的教堂钟楼万钟齐鸣，
报告血腥的日子告终，欢快的晚祷开始。
从各个城市乡村拥来
欢呼雀跃的民众无数，
亲切热情地阻止军队撤离——
欢欣鼓舞地经历了这一天，老人伸出双手，
把久别回家的儿子的手紧紧握住，
他迈进阔别已久的家园，几乎已成路人，
在他离家时还是枝条细嫩的小树，
如今他又重新返回家园，
枝桠亭亭如盖，树身挺拔如柱，
在他离家时还抱在奶妈怀里的幼女，
如今向他迎面走来，满面娇羞，亭亭玉立。
啊，倘若她娇柔的双臂犹如门户洞开，
温柔地拥抱着来人，他可是幸运无比！

克威斯腾堡（受到感动）：
啊，您在谈论这样遥远的时代，
而不谈论明天和今天！

马克斯（情绪激动地转向克威斯腾堡）：
这是谁的过错，不就是在维也纳的你们？
我只想坦率承认，克威斯腾堡大人！
我方才看见您时，

我的内心反感万分——
是你们阻止和平来临,就是你们!
战士不得不用战争夺取和平。
你们让公爵日子难过,
使他举步维艰,丑化他的面貌,
为什么?因为在他心里欧洲的美好前景
比奥地利多得或者少得
几顷土地更为重要——
你们把他说成叛逆,天知道!
还把他说得更糟,就因为他
试图赢得敌人的信任,
饶恕了萨克森人。
这可是谋取和平的惟一途径;
因为倘若不在战争中停止战争,
和平又从何而来?——你们走吧,走吧!
正如我热爱仁善,我憎恨你们——
我在这里发誓,我要为他
为华伦斯坦把我的鲜血洒尽,
宁可洒尽我心里最后一滴鲜血,
也不让你们为他倒台额手称庆!
(下场)

第　五　场

〔克威斯腾堡。奥克塔维奥·皮柯洛米尼。

克威斯腾堡:

啊,我们这下可糟了!情况竟是这样?

(急切、不耐地)

朋友,我们就听之任之

让他耽于妄想,痴迷不醒,

不马上把他召回,

让他立即睁开眼睛?

奥克塔维奥(从沉思中清醒过来):

他现在可打开了我的眼睛,

我现在看到的远远超过我的初衷。

克威斯腾堡:

怎么啦,朋友?

奥克塔维奥:

诅咒这次旅行!

克威斯腾堡:

怎么啦?怎么回事?

奥克塔维奥:

走吧,我必须立即查清

这不幸事件的来龙去脉,

亲眼看看是怎么回事——走吧——

(想把克威斯腾堡拉走)

克威斯腾堡:

到底怎么回事?到哪儿去?

奥克塔维奥(急迫地):

去见她!

克威斯腾堡:

去见——

奥克塔维奥(改口):

去见公爵,咱们走吧。啊!我担心得很。

我看见人家已向他撒下罗网,

他现在回来,和他走时已判若两人。

克威斯腾堡:

请您给我解释一下——

奥克塔维奥:

我怎么会没有预见到这点?
这次旅行我为什么没有阻止?
为什么我瞒着他这件事?您说得对,
我应该警告他——现在已经太迟。

克威斯腾堡:

什么事情太迟?您清醒一下,朋友,
您尽在跟我说些哑谜。

奥克塔维奥(振作一些):

咱们现在去见公爵。走吧。
公爵规定的接见之时
马上就到。走吧!——
该死!该死!这次旅行真是该死!

(他带着克威斯腾堡下,幕落)

第　二　幕

〔弗里特兰公爵府的大厅。

第　一　场

〔仆役安放座椅，铺设地毯，紧接着星象家色尼上。他打扮得像个意大利博士，身着黑袍，服装有些怪异。他走到大厅中央，手持一根白色小棍，用它标志天空的方位。

仆役（手持一个香炉，走来走去）：

动手啊！快安排妥当！卫兵已在喊叫
举枪致敬。他们马上就到。

第二仆役：

那间灯火通明的望楼，
那间红色小屋干吗不让打扫？

第一仆役：

你去问那位数学家吧，
他说那是间不祥之屋。

第二仆役：

胡说八道！
这叫折磨人。客厅就是客厅。
地点哪有那么多讲究？

色尼(神情俨然):

我的儿啊！世上一切都有讲究。

万物之中首要的,主要的

就是地点和钟点。

第三仆役:

你别跟他瞎扯,纳塔奈尔。

上帝可是得自己向他表示意志。

色尼(数椅子):

十一把！不祥的数字。安排十二把椅子吧。

黄道带有十二宫;五和七,

都是神圣的数字,合在一起就成十二。

第二仆役:

你干吗反对十一？说给我听听。

色尼:

十一是罪过。十一超越了

十条诫命①。

第二仆役:

是吗？那么您干吗说

五是个神圣的数字？

色尼:

五是人的灵魂,

人由善恶混合而成,

五也是奇数偶数合成的第一个数字。

第一仆役:

这个傻瓜！

第三仆役:

---

① 天主教徒需要遵守十条诫命。

唉,随他去吧！我爱听他说话。
因为听到这些话会想起一些事。

第二仆役:

别说了！他们来了！那儿！从侧门出去。
(他们急步下场,色尼缓步跟着走下)

第 二 场

〔华伦斯坦,公爵夫人。

华伦斯坦:

怎么样,公爵夫人? 您接触了维也纳,
觐见了匈牙利王后[①]?

公爵夫人:

也拜见了皇后陛下。两位陛下
都和蔼可亲,让我吻手。

华伦斯坦:

在这隆冬时节我把妻女接到战场,
她们对此有何看法?

公爵夫人:

我照您的吩咐,对人说,
您为我们的女儿定了亲,
想在会战之前让未来的女婿
见见他的新人。

华伦斯坦:

人们有没有猜测,我挑选的是谁?

---

① 指皇太子妃,皇太子当时为匈牙利国王,日后为德意志帝国皇帝斐迪南三世。

公爵夫人：

大家只希望选中的不是外国人，
不是信奉路德教派的人。

华伦斯坦：

您想选谁呢，伊丽莎白？

公爵夫人：

您也知道，您的意志永远是我的意志。

华伦斯坦(停顿片刻)：

好吧——宫廷里其他人对您的接待如何？
(公爵夫人垂下眼睛，沉默不语)
别人怎么待您？什么也别瞒我。

公爵夫人：

啊！我的夫君！一切都和从前不同
——发生了变化。

华伦斯坦：

怎么？过去表示的敬意已荡然无存？

公爵夫人：

不是缺乏敬意。她们的举止端庄得体——
但是那种推心置腹纡尊降贵的亲热
已代之以庄严肃穆的表面礼节。
唉，她们表现出来的温柔体贴
更多的是怜悯而不是宠爱。
不，阿尔布莱希特公爵的尊贵夫人
和哈拉赫伯爵高贵的女儿不会……
受到这样的接待！

华伦斯坦：

人们想必对我最近的举止大加谴责？

公爵夫人：

倘若这样反倒好了！——
我早已习惯于为您赔罪
让怒火中烧的人们消气——
不，没人谴责您——大家神情凝重
讳莫如深，缄口不语。
唉！这不是寻常的误会，
不是转瞬即逝的气恼，——
而是什么不祥已经发生，无法修好——
平时匈牙利王后总是亲切地
称我为亲爱的姨妈，
临别时总要和我拥抱。

华伦斯坦：

这次她就不再和你拥抱？

公爵夫人（抹干眼泪，停顿片刻）：

这次是在我告辞之后，
她才快步走来和我拥抱，
那时我已经走到门口
仿佛她先经过了一番思考，
才把我搂住，与其说是满腔柔情，
毋宁说是心情痛苦。

华伦斯坦（抓住她的手）：

镇静一些！
埃根贝格和利希腾斯泰因① 态度如何？
其他朋友呢？

公爵夫人（摇头）：

我一个也没见到。

① 两人皆是维也纳宫廷显贵，后者是皇帝最重要的顾问。

华伦斯坦：

那位西班牙大使[1]，平时为我说话总是热情洋溢，
这位伯爵现在态度如何？

公爵夫人：

他现在对您可是绝口不提。

华伦斯坦：

这么说，众多太阳已经不再光照我们，
从此我们得用自己的火焰照亮我们自己。

公爵夫人：

亲爱的公爵，宫廷里现在窃窃私语，
在国内人们大声诉说，
拉莫曼神父[2] 的影射暗示，
莫非真的确有其事？

华伦斯坦（快速）：

拉莫曼！他说什么？

公爵夫人：

他指责你胆大妄为，
　　　　僭越权限，狂妄放肆，
无视至高无上的皇上谕旨。
西班牙人、巴伐利亚骄傲的公爵[3]，
全都出面对您控告——
一阵狂风暴雨已笼罩在你的头上，
超过从前累根斯堡的那场风暴，

① 这位西班牙大使起先是华伦斯坦的朋友，后成为华伦斯坦的敌人。

② 威廉·拉莫曼神父（1570—1648），耶稣会修士，从一六四二年起任皇帝斐迪南二世的忏悔师，维也纳宫廷中有影响的人物。反对华伦斯坦。

③ 巴伐利亚公爵马克西米利安一世（1573—1651）在华伦斯坦的政敌中最有势力，最为顽固，在累根斯堡会议上造成华伦斯坦第一次下野。

那次逼你下野，这次更要狠下毒手。

神父说，人们该讲——唉！我实在说不出口——

华伦斯坦（紧张好奇地）：

什么呀？

公爵夫人：

该讲第二次（她又住口）——

华伦斯坦：

第二次——

公爵夫人：

可耻的

撤职。

华伦斯坦：

他们这么说吗？

（情绪激动地在室内走来走去）

啊！他们逼我，一反我的本意，

使用暴力，把我推上绝路。

公爵夫人（偎依着他哀求）：

啊！倘若还来得及，我的夫君——

倘若忍让迁就，低头屈服，

还能挽回局面——您不妨让他一步——

让那颗骄傲的心得到一些满足，

您退让的毕竟是您的皇上和恩主。

啊，别让那些阴险之徒

长期使用恶毒可恶的暗示

丑化您善良的居心和本意。

您昂然立起，以真理之力所向披靡

使说谎者、诬陷者羞愧无地。

我们拥有的好友为数甚少。

您也知道！我们迅速地步步高升，
遭到普遍的仇恨——倘若失去皇上的宠信，
我们会陷入什么处境！

第三场

〔特尔茨基伯爵夫人，携苔克拉公主之手上，前场人物。

伯爵夫人：

怎么，姐姐？你们已经在谈论公事，
我看，谈的不是什么愉快的事情。
他还没有和女儿好好亲热，
久别重逢首先应该享受骨肉之情。
这儿，弗里特兰老爸！这是你的千金！
(苔克拉怯生生地走近父亲，想低头吻父亲的手；父亲把她搂在怀里，仔细端详了她片刻)

华伦斯坦：

不错！我又满怀希望。
她保证我鸿运高照。

公爵夫人：

您去为皇上创建大军时，
她还是个年幼的女孩，
等您从波默拉尼亚打仗回来，
女儿已经寄宿在修道院里，
一直呆到现在。

华伦斯坦：

我们
在战场上设法使她强大

为她夺取尘世间最高的荣誉，
在幽静的修道院的院墙里
大自然母亲起着自己的作用，
给这孩子以神性的恩宠。
使她的命运变得光彩夺目，
使我的希望得到充分满足。

公爵夫人(对公主)：

你大概一下子认不出你父亲来了吧，
我的孩子？在你最后一次看见他时，
你还不到八岁。

苔克拉：

不，母亲，我一眼就认出来了——
我父亲一点也没变老——
他现在站在我的眼前容光焕发
跟他在我心里的形象丝毫不差。

华伦斯坦(对公爵夫人)：

这温柔可爱的孩子！多么聪慧，
多么善解人意！瞧，我曾经对命运生气
怪它没有给我带来个儿子，
继承我的命运和我的姓氏，
在这高傲的君侯支脉中，
延续我的生命不致迅速消逝。
我实在错怪了命运。
在这处女鲜花似的头上
我要加上我戎马生涯的花环；
倘若日后能使之变成一顶王冠
把这美丽的额头修饰，
我也就没有虚度今生今世。

(他拥抱苔克拉,这时马克斯·皮柯洛米尼上)

第四场

〔马克斯·皮柯洛米尼,与特尔茨基伯爵相继上,前场人物。

伯爵夫人:

现在为我们保驾的骑士来了。

华伦斯坦:

欢迎你,马克斯,

　　　　你总是使我心情欢畅,

你像那幸运的启明星,

给我引来生活中的朝阳。

马克斯:

我的将军——

华伦斯坦:

迄今为止,一直是皇上通过我

给你褒奖。今天你是让父亲,

让幸福的父亲欠下你的人情,

这笔债得由弗里特兰自己来还清。

马克斯:

我的公爵大人!你还债实在还得太快。

我现在非常羞愧,甚至非常痛苦地前来;

因为我刚一到达营地,

把她们母女交到你的手里,

有人就从你的马厩里

给我带来一匹配上宝鞍的骏马,

作为补偿我付出辛劳的代价。
是的,是的,为了对我进行补偿。
这只是一份辛劳,一份差使!
而我鲁莽地把它视为一种恩惠,
为此我全心全意地表示感谢。不,你并不认为
我的差使应是我无比美好的机会!
(特尔茨基进来,递给公爵一些信件,公爵迅速把信拆开)

伯爵夫人(对马克斯):
他可酬谢了您的辛劳?他心花怒放,
应该对您有所报答,您的思想
总是那么缠绵温柔,而我的姐夫
惯于证明自己心胸博大,具有王者风度。

苔克拉:
这样我对他的爱也要产生怀疑,
因为父亲慈爱的心还没向我有所表示,
他那仁慈的手已在为我着意修饰。

马克斯:
是的,他总是给予别人,总是让人欢欣!
(他抓住公爵夫人的手,越来越亲切热情)
我的一切,哪一样不多亏了他——啊!
我说出弗里特兰这亲爱的名字,里面包含多少情意!
我一生一世都该成为
这个名字的俘虏,
它包含了我美好的希望和所有的幸福——
命运像个魔术铁环,
把我和这名字紧紧扣住。

伯爵夫人(这时仔细地观察公爵,发现他在阅读时陷入沉思):
大哥想单独呆一会儿,咱们走吧。

华伦斯坦(迅速转过身子,镇静下来,心情欢快地对公爵夫人说道):
夫人,我再一次欢迎您到战场上来,
您是这座府邸的女主人——你,马克斯,
这次还得继续干你的老差使,
我们在这里得以主人的身份办事。
(马克斯·皮柯洛米尼把胳臂伸向公爵夫人,伯爵夫人领着公主下)
特尔茨基(在马克斯身后叫道):
别耽误了参加会议。

第　五　场

〔华伦斯坦,特尔茨基。

华伦斯坦(默默地自言自语):
夫人看得非常清楚——情况就是这样
完全符合其他各项报告——
他们在维也纳已经下定最后的决心
已经安排了我的继任。
这就是匈牙利国王斐迪南,
皇帝的小儿子,现在是他们的救星,
这是一颗新升的星辰!
他们已经想要把我干掉,
就像我已过时,早该退位让贤。
因此不可浪费时间!
(他转身看见特尔茨基,把一封信交给他)
阿尔特林格伯爵来信请假
戛拉斯也是如此——我不喜欢这事。
特尔茨基:

倘若你
再犹豫迟疑,一个一个都会离去。

华伦斯坦:
阿尔特林格在蒂罗尔镇守,
我必须去信让他守住山间关口,
阻止来自米兰的西班牙人挺进。
还有!过去来过的谈判代表塞欣①,
不久之前重又出现在这里,
他从图恩伯爵② 那里带来什么消息?

特尔茨基:
图恩伯爵通知你,
他去哈尔勃斯塔特拜见了瑞典首相③,
帝国会议④ 正在那里召开。
首相表示,他对谈判已经厌倦,
不想和你再有任何往来。

华伦斯坦:
怎么回事?

特尔茨基:
他说你说话从不算数,
只是想把瑞典人戏耍,
联合萨克森共同对付瑞典,

① 塞欣(? —1638),波希米亚流亡者。一方面是瑞典人及其盟友之间谈判人,另一方面又充当华伦斯坦和瑞典人之间的谈判人,但主要通过特尔茨基联系。

② 亨利希·马蒂阿斯·封·图恩伯爵(1580—1640),一六一八年波希米亚起义的首领,在瑞典军中任将军。

③ 即奥克森斯蒂恩伯爵(1583—1654),瑞典首相,国王古斯塔夫·阿道尔夫阵亡后,为瑞典政坛的领袖。

④ 指下萨克森帝国贵族会议,会上谋求瑞典支援,瑞典首相也前往参加,施加影响。

最后花笔小钱把瑞典人打发。

华伦斯坦：

原来如此,莫非他以为
我会把好端端的美丽德国供他掠夺,
我们在自己的土地上却不再是主人?
他们必须滚蛋,统统滚蛋!
我们不需要这样的邻人。

特尔茨基：

你就答应给他们一点土地吧,
这又不是你的家产!你若赢了这场赌博,
究竟是谁付款,跟你又有什么相干!

华伦斯坦：

滚蛋,让他们滚蛋——这你不懂。
不能让人家说我为了偷得我的一份,
竟然把德意志切得七零八碎,
把德意志祖国出卖给外国人。
全国上下必须尊敬我,是我把他们捍卫,
我要证明我是帝国的豪门显贵,
和帝国的君侯平起平坐当之无愧。
不得有外国势力扎根在帝国的版图之内,
尤其不能让瑞典人这些饿殍呆在这里,
他们凶狠贪婪,以妒嫉的目光
觊觎我们德意志国土的肥沃美丽。
让他们襄助我的通盘计划
但是不得让他们从中渔利。

特尔茨基：

你对萨克森人是否打算稍讲信义?
他们已经忍无可忍失去耐心,

因为你老是拐弯抹角捉摸不定——
你说！戴上面具重重有什么意思？
朋友们满腹疑虑，对你的心思茫然不知——
无论奥克森斯蒂恩① 还是阿恩海姆②，
谁也不知道怎么看待你的犹豫，你的优柔，
最后成了我在说谎，一切都是我在经手，
可我甚至连你的手迹也都没有。

华伦斯坦：

你也知道，我从不给人书面的承诺。

特尔茨基：

倘若说话之后不继以行动，
凭什么让人看出你是真心实意？
你自己说吧，你现在和敌人进行的谈判
哪怕一切进程都很顺利
如果只是以此戏弄他们，
那么完全可以算作白说一气。

华伦斯坦（停了片刻，目光逼视着他）：

你怎么知道，我不是真的戏弄他们？
我不是戏弄你们大家？
你对我的了解就这么深？
我自己都不清楚，我曾向你
敞开过心扉，皇帝对我颇为恶劣，
这话不假！只要我愿意，
我可以为此大大地回敬皇上。

---

① 奥克森斯蒂恩，瑞典首相，见前页注。

② 阿恩海姆，即约翰·格奥尔格·封·阿尔尼姆伯爵（1581—1641），萨克森王国的中将，曾与华伦斯坦共事，得到华伦斯坦的信任，现在华伦斯坦敌人的阵营。

我很乐于看看我自己的力量；
我是否真的需要动用这种力量，我想，
你对此并不比别人知道得更加周详。

特尔茨基：
这么说，你一直在和我们游戏。

第　六　场

〔伊洛，前场人物。

华伦斯坦：
外面情况如何？他们是否都有思想准备？

伊洛：
如你所想，他们的情绪已经挑起，
他们知道了皇上的要求，
群情激愤，咒骂不已。

华伦斯坦：
伊索拉尼怎么表态？

伊洛：
自从你重新让他开赌设局，
他的灵魂肉身已全都属于你。

华伦斯坦：
科拉尔托是什么态度？
你把德奥达特和蒂芬巴赫也都稳住？

伊洛：
皮柯洛米尼怎么做，他们也怎么做。

华伦斯坦：
你是说，我可以指望他们。

伊洛：

倘若你对皮柯洛米尼父子确有把握。

华伦斯坦：

像对我自己一样满有把握。

他们永远不会弃我于不顾。

特尔茨基：

可是我希望，你对奥克塔维奥

这只老狐狸不要那么信任。

华伦坦斯：

你要教我

认识我手下的将校。

我和这个老头前后十六次一起出征。

再说——我为他算过命，

我们是在同样的星座之下出生——

简而言之（神情诡秘地）你只要向其他人

说我的好话，这事就算办成。

伊洛：

大伙一致认为：你不能交出权力。

我听说，他们要派人来见你。

华伦斯坦：

倘若要我向他们担保

他们也必须向我保证。

伊洛：

那是当然。

华伦斯坦：

他们得向我发誓，并且做出书面保证，

无条件地为我尽忠效力。

伊洛：

那有什么问题？

特尔茨基：

无条件地向你尽忠？他们总要有所保留：

为皇帝效力，为奥地利忠于职守。

华伦斯坦（摇头）：

我必需要他们无条件地忠于我。

毫无保留！

伊洛：

我有一个绝招——今天晚上特尔茨基伯爵

不是要宴请我们吗？

特尔茨基：

是的。

所有的将军全都受到邀请。

伊洛（转向华伦斯坦）：

你说！你是否愿意完全放手让我去干？

给你弄来将军们的亲笔签名，

完全如你所愿。

华伦斯坦：

给我弄来他们的亲笔签名，

你怎么能办到这点！我不闻不问。

伊洛：

要是我白纸黑字地弄来证明，

在场的头头脑脑，

全都盲目地对你惟命是听——

你不是就当真打算大胆行动，

一搏输赢？

华伦斯坦：

你把他们的签名给我弄来！

伊洛：

你好好想想你在干什么！
你若一辈子不想放弃手中的大权，
那你完全可以忽视皇上的心愿——
不让人削弱你的兵权——
不让团队去和西班牙人[①] 会师。
你也再想想另一方面！
你若不想和宫廷一刀两断，
你就不能忽视皇上的严命和意志，
不能再找藉口拖延时日。
快下决心吧！你不想采取断然措施
先发制人？还是说你想继续延宕，
静等最糟的局势发生？

华伦斯坦：

在他们采取断然措施之前，
我自会做出正确决定。

伊洛：

看准时机，切莫错过，
一生中真正重要的
宏伟时刻为数不多。
要做出一个重大决断，必须有许多
因素碰巧发生，机缘巧合——
机会犹如幸运的线索，
只是个别出现，零零落落，
然后汇集起来，
凝成一点，这才瓜熟蒂落。

① 皇帝命令华伦斯坦调拨八个团队去护送从米兰前来的西班牙王储途经德国。

你瞧,现在一切人等全都在你身边聚集,
多么举足轻重、关乎命运的契机!——
军队的各位首领,出类拔萃的将才
都聚集在你身边,奉你为君王般的统帅,
只等着你发出一个指示,下达一声号令——
啊!别让他们又四下走散各奔前程!
你在整个战事进程中,只可能这样一次
把大家聚在一起意见统一。
高涨的潮水掀起了这只沉重的航船,
每个人的心情都随众人的洪流升起。
现在你把握住他们,还把他们握在手里!
不久战争又把他们炸得四下分散,
有的往东,有的往西——
共同的思想将消失于
每人狭小的忧虑和利益。
谁今天为洪流所裹挟,忘乎所以,
又会冷静下来,在单身独处之际,
只感到自己孱弱无力,
又迅速回到过去走惯的
尽职守责的老路上去,
只想呆在自己屋里,享受安逸。

华伦斯坦:

时机尚未成熟。

特尔茨基:

　　　　你总是这么说,
时机何时才会成熟?

华伦斯坦:

　　　　　我告诉你的时候。

伊洛：

啊！你将等候天象显示吉时良辰，
却错过了人世间的大好时机！请你相信，
决定你命运的星座寓于你自己的内心，
相信你自己吧，你的吉利星座，乃是你的决心，
怀疑乃是对你有害的惟一灾星！

华伦斯坦：

你说的只是你自己的理解。
我跟你解释过许多次！——你出生时，
那光明的天神朱庇特下降人世；
你不能洞察天地的奥秘。
只能在人间黑暗之中摸索，
像冥界之神萨吐恩[①] 一样盲目，
他用灰暗的铅色微光照亮你的人生之路。
你可能会看见尘世之物、卑微之物，
并且聪明地把身边之物彼此相连；
在这方面我信任你，相信你。
只有在朱庇特星座现身之时出生的人，
天生聪颖，天性欢快，
才能以摆脱尘世之翳的慧眼看见：——
在大自然的深处形成的
神秘莫测意义重大的东西，——
看见精灵的天梯，从这尘世世界，
以千万阶梯逐级往上建起，
直到天体世界，在那里，
天国的各项威力发生作用，一圈一圈的

① 萨吐恩，古罗马神话中的冥王。

天体围绕着太阳旋转,越来越紧密。
(他在大厅里踱了几步,然后站住,继续说道)
天上的星辰不仅决定
白天黑夜,春夏秋冬——
不仅为农夫决定
何时收获何时播种,
人的行动也是播种命运,
把它撒向未来昏黑的泥土之中,
满怀希望,听凭命运的伟力播弄。
有必要探知播种的时日,
了解星辰决定的吉日吉时,
认真研究天上的十二宫,
看是否有敌人躲在角落里,
伺机破坏阻止我们发展、繁荣。
因此请给我时间,你们各自前去打点
我现在还说不准,我想如何行动。
但我决不让步。我不让步!
也不会让他们把我随意摆布——
你们尽可放心,不会有误。

侍从(上):

各位将军求见。

华伦斯坦:

让他们进来。

特尔茨基:

你想让所有的将领全都在场?

华伦斯坦:

那用不着,两位皮柯洛米尼,
马拉达斯,布特勒,福尔戛契,

德奥达特，卡拉法，伊索拉尼，
就让这几位进来。
(特尔茨基与侍从下)

华伦斯坦(对伊洛)：
你可让人看住克威斯腾堡了吗?
他没有和有些人秘密交谈吧?

伊洛：
我让人对他严密监视，他没有和任何人接触，
除了奥克塔维奥。

第 七 场

〔前场人物。克威斯腾堡，皮柯洛米尼父子，布特勒，伊索拉尼，马拉达斯和另外三位将军上场。华伦斯坦一摆手，克威斯腾堡在他正对面就座，其余的人按军阶入座。一时鸦雀无声。

华伦斯坦：
克威斯腾堡大人，您这次奉旨前来
我已有所听闻，并且认真加以思考，
做出了我的不容更改的决定。
但是应该让各位司令
从您嘴里听到皇上的旨意——
请在这些高贵的将领面前
陈述您的使命。

克威斯腾堡：
我准备这样做，但是我请大人注意
我表述的乃是皇帝的威权和尊严，

而不是我个人的大胆。

华伦斯坦：

开场白就免了吧。

克威斯腾堡：

弗里特兰公爵

战功显赫能征善战，
当年皇帝陛下任命公爵
去充当统帅，指挥他英勇的军队，
坚信定能旗开得胜，使战局迅速扭转。
战事起初也完全符合陛下的愿望，
萨克森人从波希米亚悉数逐出，
瑞典人胜利的进军受阻——
这些地区又重新得以喘息，生机恢复，
弗里特兰公爵把四下溃散的敌军
从德国各条河流一一驱逐，
把莱茵伯爵①，伯恩哈特②，巴纳③，奥克森斯蒂恩，
最后把那位常胜不败的瑞典国王④
也都纷纷吸引到一处，
为了最后在纽伦堡城下⑤
进行宏伟壮观的浴血奋战一决胜负。

华伦斯坦：

请您言归正传。

克威斯腾堡：

---

① 莱茵伯爵，奥托·路德维希(1597—1634)，瑞典将军。

② 萨克森—魏玛的伯恩哈特(1604—1639)，瑞典将军。

③ 约翰·巴纳(1596—1641)，瑞典将军。

④ 指古斯塔夫·阿道尔夫，当时尚未阵亡，是瑞典统帅。

⑤ 一六三二年七月初和九月中，两军在纽伦堡城郊对峙。

一种新的精神
立即宣布新的统帅应运而生。
不再是盲目的怒火互相火并，
这场战斗，如今胜负已定，
是坚定的斗志在抵御大胆的勇气，
智慧的策略在消损蠢笨的蛮勇。
敌人想诱惑大帅出阵厮杀，但徒劳无功，
他只是在军营中高筑壁垒，深挖沟渠，
似乎想在这里建造家宅，永久定居。
最后那位国王终于绝望之极，发起冲锋，
把他麾下的全部兵马投到屠宰场上，
他们本来已在尸积如山的兵营里
因为饥饿和四下蔓延的疾病缓缓死亡。
兵营里堡垒相连，炮筒万千，
死神四下窥伺，到处潜伏，——
这位所向披靡的国王想杀出一条血路。
于是发生一般人从未见过的
惨烈的进攻和悲壮的抵抗。
国王终于把他溃不成军的人马
从战场带回家乡，
没有寸土之功，只有惨重的伤亡。

华伦斯坦：
我们浴血奋战的亲身经历不会忘记，
报纸的有关报导尽可略而不提。

克威斯腾堡：
我的职责和使命是进行控告，
但我却一心只想赞美不停。

在纽伦堡的军营里[①] 瑞典国王丧失了
一世英名——在吕岑[②] 平原上丢掉了他的性命。
可是在这次大捷之后,弗里特兰公爵
却像败军之将突然从战场上消失,
匆匆逃往波希米亚,谁不为此感到愕然!
与此同时,年轻的魏玛英雄[③]
所向披靡,侵入法兰肯地区,
攻势凌厉,直达多瑙河畔,
突然陈兵累根斯堡城下,
使得一切善良的天主教徒心惊胆战。
这时巴伐利亚功勋卓著的君主,
在极度困厄之中急呼迅速增援——
皇上派出七名骑使驰向
弗里特兰公爵求助,而他作为主人
原本可以直接下达命令。
可是请求归于徒劳!在这瞬间,
弗里特兰公爵只是听从旧恨积怨[④]
弃共同利益于不顾,只是满足于
向宿敌雪恨报仇。
于是累根斯堡终于落入敌手!

华伦斯坦:

这说的是什么时候的事情,马克斯?

---

① 一六三二年九月三日,瑞典国王试图进攻华伦斯坦的军营,遭到惨败。

② 一六三二年十一月十六日,瑞典国王在吕岑一役阵亡。

③ 指萨克森—魏玛的伯恩哈特公爵(1604—1639),新教阵线的主要将领之一。见前注。

④ 在九年前,累根斯堡帝国会议上,巴伐利亚公爵发难,攻击华伦斯坦,皇帝坐视不理,华伦斯坦被迫下野。所以巴伐利亚公爵是华伦斯坦的宿仇。

我一点都记不起来。

马克斯：

他指的是

我们在西利西亚的时候。

华伦斯坦：

原来如此！

我们当时在那儿干什么事情？

马克斯：

赶走瑞典人，还有萨克森人。

华伦斯坦：

一点不错！他这一描述我都忘记了

整个战局——(向克威斯腾堡)接着说吧！

克威斯腾堡：

也许在奥德河畔又赢回了

在多瑙河畔可耻地丧失的东西。

弗里特兰公爵亲自披挂上阵，

古斯塔夫国王的这位对手

遭遇图恩和阿恩海姆① 的精兵，

人们期待着在这战争舞台上

经历令人惊讶不已的事情。

的确两军在此相遇，十分接近，

可是公爵却在尽地主之谊招待客人。

整个德国不胜战争重负，都在呻吟

华伦斯坦的军营里却是一派升平。

华伦斯坦：

有些流血的激战进行得无缘无故，

---

① 阿恩海姆，即阿尔宁姆，萨克森选侯的统帅。瑞典人的盟友。见前注。

只因为年轻的统帅需要凯歌高唱。
久经考验的统帅战果辉煌
毋须以杀伐征战昭告天下
他善于用兵，决胜沙场。
用战胜阿恩海姆来显示出师吉利，
对我作用不大，并无裨益；
我的自制对德国益处更多，
但愿萨克森和瑞典之间的
灾难性的联盟能够被我打破。

克威斯腾堡：

可是此举未能成功，
于是又重新开始流血的战争。
这一次公爵证明了他往日的荣誉。
在斯台瑙[①] 战场上瑞典军队
放下武器，并未交手抗击——
也在这场战役里，上天的公正
把那旧日叛变的首领
马蒂阿斯·图恩[②] 交到复仇者的手里。
是这该受诅咒的叛徒把这场战争燃起。
——可是他落到了宽宏大量者的手里：
非但没有受到惩罚，反而得到奖励，
公爵释放了他皇上的宿敌，
还给他丰厚的赠礼。

华伦斯坦（哈哈大笑）：

我知道，我知道——他们在维也纳

---

① 一六三三年十月十一日，华伦斯坦在奥德河畔的斯台瑙一役大败瑞典军队。
② 图恩，见前注。

已预先把沿街的窗户和阳台租下，
争相观赏图恩关在囚车里游街示众——
我若惨遭败北，蒙受羞辱都不耸人听闻，
维也纳的那些人之所以不能原谅我，
因为他们看场好戏的愿望就此落空。

克威斯腾堡：
西利西亚获得解放，各方面都
呼唤公爵大人进兵灾难深重的巴伐利亚。
他也的确拔营起兵——可是不疾不徐
绕着最大的弯子穿过波希米亚；
还没看见敌人，他便迅速掉头而去，
扎下越冬的军营，用皇上的军队
骚扰皇上自己的属地。

华伦斯坦：
军队令人怜悯，任何需要
任何舒适全无保证——隆冬已经来临。
皇帝陛下怎样设想他的部队？
难道我们都不是人？碰到潮湿寒冷，
碰到物质匮乏，我们就不会死于非命？
士兵的命运真该诅咒！无论他到哪里，
人们都纷纷逃走——他一离开哪里，
人们就连声咒骂！一切他都得不请自取；
人家什么也不给他，他拿了谁的东西，
谁对他就恨之入骨，恨得要命。
我在座的各位将军，卡拉法！
德奥达蒂[①] 伯爵，布特勒！你们告诉他，

① 即德奥达特，见前。

部队的军饷已有多久没有发下？

布特勒：

已经有一年没有关饷。

华伦斯坦：

当兵领饷，

天经地义！

克威斯腾堡：

这话听上去和弗里特兰公爵

八九年前说的话完全不同。

华伦斯坦：

不错，这是我的过错，我也知道，

是我把皇上惯成这样。瞧！九年前，

和丹麦人作战，我为皇上组建了

一支军队，足有四五万人。

没有让他从自己的口袋里掏出一分一文——

战争的复仇女神，穿过萨克森的国境，

把他的名字一直传到波罗的海群岛，

使人闻风丧胆，望风而逃。

但那时时代不同！在整个皇帝的帝国之中，

没有一个名字像我的名字这样受到尊崇，

阿尔布莱希特·华伦斯坦，

是他皇冠上的第三颗宝石！

可是在累根斯堡公侯大会上，

真相大白！明显表露出事实，

我是掏了谁的腰包，办了这件事。

我这个忠心耿耿的君王的仆人，

让王侯们为战争付账，使皇上势力大增，

把各民族的诅咒拢到我的头上，

为此我得到什么感谢？
是什么？王侯们连声抱怨，我便做出牺牲，
——我遭到了撤职的处分。

克威斯腾堡：
公爵大人也很清楚，
在那次不幸的帝国会议上，
皇上显然并无自由。

华伦斯坦：
胡说八道！
我能给他创造自由，
——不，钦差大人！我以帝国为代价，
为皇上效劳，却得到这样的报答
从此我对帝国改变了想法。
当然我的这根元帅的权杖是皇上授予，
但是我现在是作为帝国的统帅在行使权力，
为了大家的福利，为了全国的福祉，
不再是为了扩大一个人的权利！
——现在言归正传，他们希望于我的是什么？

克威斯腾堡：
皇帝陛下的旨意首先是，
部队离开波希米亚毫不迟疑。

华伦斯坦：
在这样的季节？他希望我们
调动部队前往何处？

克威斯腾堡：
去到敌人盘踞的场所，
因为皇上要在复活节之前
就看到累根斯堡已脱离敌手，

不能让新教徒在教堂布道污秽四溅，
——不能让异教徒的暴行
玷污复活节纯洁的庆典。

华伦斯坦：

能办到吗？我的将军们？

伊洛：

这不可能。

布特勒：

这办不到。

克威斯腾堡：

皇帝陛下也已下令隋伊上校
向巴伐利亚挺进。

华伦斯坦：

隋伊在干什么？

克威斯腾堡：

他在执行命令，
领兵向前挺进。

华伦斯坦：

领兵向前挺进，而我，
他的长官，明确地向他下令
不得擅离驻地！就是这样
执行我的命令？违抗命令无法打仗，
这就是向我宣誓的服从命令？
你们大家，我的将军们，请当法官执法！
违反誓言，违抗命令的军官，
该受什么惩罚？

伊洛：

处死！

华伦斯坦(看见其余将领若有所思地保持沉默，提高嗓门)：

皮柯洛米尼伯爵，他该受什么惩罚？

马克斯(沉默良久)：

根据法律——该处以死刑！

伊索拉尼：

死刑。

布特勒：

根据军事法令，处死。

(克威斯腾堡起立，华伦斯坦随之起立，大家全都起立)

华伦斯坦：

是法律给他判以极刑，不是我！
倘若我开恩赦免了他，那就是
对吾皇陛下缺乏尊敬。

克威斯腾堡：

若是这样，我在这里就无话可说。

华伦斯坦：

我只是有条件地接受这指挥权；
第一条便是任何人不得向我的军队
发表对我不利的言论，
即使皇上也包括在内。
既然我是用我的荣誉和我的脑袋
来担保战争的结局，我也必须是
军队的主人。是什么使古斯塔夫①
在世上所向无敌，不可阻挡？
那就是：他在他的军中是个国王！
一个国王还从未被人击溃打败，

① 指瑞典国王古斯塔夫十二世。

除了被地位相当的人战胜之外——
好了,言归正传。好戏还在后头。

克威斯腾堡:

红衣主教王子[①] 春天
将从米兰,率领一支西班牙军队
途经德国前往尼德兰,
为了使他旅途平安,
皇帝陛下希望,从这里的军中
抽出八团骑兵护送。

华伦斯坦:

我明白,我明白了——八团骑兵——
妙啊!想得真妙,拉莫曼神父!
这个念头要不是他妈的聪明绝顶,
简直得说它愚蠢到家。
八千匹马!行!行!一点不差,
我看到葫芦里卖的是什么药啦。

克威斯腾堡:

这背后并没有其他目的,
智谋远虑形势逼人而已。

华伦斯坦:

怎么,我的钦差大人?我还不该
发现,人家已经不愿再看见,
宝剑在我手中,权力在我手里?
人家挖空心思地要找个藉口,

① 西班牙国王菲利普四世之弟斐迪南(1609—1641),为托莱多大主教和红衣主教,被称为"红衣主教—王子",当时欲从西班牙统治下的米兰途经德国前往荷兰,担任总督。

借用西班牙人的名义来削弱我的兵力，
把一支崭新的军队引进帝国，
这支军队不在我的麾下。
就这样直截了当地把我推在一边，
这还不行，我对你们还过于强大。
我和皇上有约，只要在说德语的地方，
一切皇帝的军队全都服从我的指挥。
可是西班牙王子和西班牙军队
作为客人途经德意志帝国领土
却并未写进我俩的契约之内——
就这样悄悄地绕过了这份契约
先削弱我的势力，使我变得可有可无，
最后就可以干净利索地把我了结。
——大臣阁下干吗这样拐弯抹角？
有话直说嘛！和我签订的契约
让皇上感到芒刺在背。他乐于看见
我丢官下野。我就让他高兴高兴，
你还没来，阁下，这事就已决定。
（将军们骚动起来，情绪越来越激烈）
我真可怜我的将校们，我还看不出，
他们怎样才能收回他们垫付的款项，
怎样才能得到他们应得的军饷。
新的部队将带来新人新事，
往日的功勋很快就会过时。
有许多外国人在我军中服役，
只要他骁勇善战，善于用兵，
我从不过问他的出身
也不追究他信仰什么神明。

这种情况以后也会改观！
可是——这一切已经与我无关。(坐下)

马克斯：

但愿上帝制止，
事情发展到这步田地！
全军将要骚动不宁，奋起反抗——
皇上受人利用，这绝非他的旨意。

伊索拉尼：

不能这样，这一来可就一切全都变成瓦砾！

华伦斯坦：

事情就会这样，忠诚的伊索拉尼。
我们惨淡经营的一切都将变成瓦砾。
因此每当军号齐鸣战鼓响起，
总要有个统帅，昂然挺立，
军队才会为了皇上的利益聚在一起。

马克斯(忙碌、激动地走到各位将军面前，让他们平静下来)：

听我说，我的统帅！听我说，各位首领！
请听我说，公爵大人！别做任何决定，
先让我们大家开会商量，向您陈述，
——来吧，我的朋友们，
我希望，一切还能挽回恢复。

特尔茨基：

来吧，来吧！我们到前厅去和大家相聚。
(众下)

布特勒(对克威斯腾堡)：

倘若您能听我一句忠言
以后这段时间，请避免公开露面，

您脖子上悬挂着的金钥匙[1]
很难使您免遭麻烦。
〔外面人声鼎沸。

华伦斯坦：

这个忠告很好，——奥克塔维奥，
你要为我们客人的安全向我担保，
您好自为之吧，封·克威斯腾堡！
（克威斯腾堡想说什么）
别说了，别再说起这令人憎恶的话题！
您已尽了您的职责，我会把一个人和
他的职务加以区别。
（克威斯腾堡正想和奥克塔维奥同下，葛兹，蒂芬巴赫，科拉尔托上，他们身后还跟随着另外若干将领）

葛兹：

他在哪儿，那个想把我们将军——

蒂芬巴赫（同时）：

我们听到什么样的消息，说你想离开我们——

科拉尔托（同时）：

我们愿意和你同生共死。

华伦斯坦（威严地指指伊洛）：

这位陆军元帅知道我的意图。
（下）

① 金钥匙为帝国枢密大臣尊严的标志。

第　三　幕

〔一个房间。

第　一　场

〔伊洛与特尔茨基。

特尔茨基：

好，您告诉我吧！您今晚打算怎样
在宴会上对付这些将军？

伊洛：

请您注意！我们草拟一份文件，
大家向公爵大人宣誓，
忠心不贰，至死不渝，
连最后一滴鲜血也不吝惜；
但是这又不影响我们向皇帝陛下
所发的誓愿，请您注意！
我们特别把这一点放进独特的条款，
以便使大家心里踏实，良心平安。
您现在听好！这份拟好的文件
在就餐前就让大家过目，
谁也不会有所非议。——你现在听我往下叙述！

宴会之后，美酒迷乱了神志，
于是打开心扉，闭上双眼，
就把另外一份抄件传给大家签字，
里面就没有那个条款。

特尔茨基：

怎么？您以为，我们用骗术
从他们那里哄骗得来的誓言
能把他们全都拴住？

伊洛：

我们反正已经把他们抓在手里——
听凭他们狂呼乱叫，说是中了奸计。
宫廷里更相信他们的亲笔签名，
不会相信他们的发誓赌咒。
他们当了叛徒就无路回头，
不得不因势利导，逆来顺受。

特尔茨基：

只要办成，我看怎么都行！
让我们立刻采取行动。

伊洛：

其实——我们能控制这些将军到什么程度，
并不是问题的关键所在，
只要我们能说服主人，将军们对他惟命是从，
这就够了——因为只要他认真行动，
仿佛他们已在他的掌握之中，
这样他就控制了他们，和他祸福与共。

特尔茨基：

我有时候也真看不透他这个人。
他听信敌人，让我致函图恩

和阿恩海姆,他在塞欣面前,
说话大胆,口无遮拦,
一连几小时向我们大讲他的计划,
我若以为,我已经把他抓牢——突然
他又脱身滑掉,我就似乎瞎忙一气,
他依然还是呆在原地。

伊洛:

旧日的计划他会放弃!
告诉你吧,他无论是醒是睡,
只想这事不想其他,
因此他日复一日地观测星象有何变化——

特尔茨基:

不错,你知道吗?
他今夜就要和那位博士一起
深锁在观星楼里,
一同夜观星象。
因为听说今夜不同凡响,
天上将要出现宏伟壮观、
盼望已久的景象。

伊洛:

但愿也有重大事件发生在这世上。
现在将军们群情激昂,
叫他们干啥都招之即来,
只要不失去他们的统帅。
您瞧!这样我们手头就有契机
来把反对宫廷的紧密联盟订立。
虽说现在还没给他安上任何罪名,
这就是说他们只是还想让他继续带兵。

可是您要知道,在执行命令的激动之际,
开头的打算不久就会忘记。
我已经想到下面的几步棋,
公爵大人发现他的部将俯首帖耳——
应该让他以为他们会驯从听命,
从事任何冒险行径。时机会对他产生诱惑。
只要他一迈出这一大步,
维也纳对此不能宽恕,
那么事件就迫使他一步步前进。
只有选择使他左右为难举棋不定,
一旦形势逼人,他就马上意志坚强态度鲜明。

特尔茨基:

这也是敌人的期待,
把军队全都带到我们这里。

伊洛:

走吧!我们必须
在最近几天把几年来
都未办成的事情予以促成,
只要这世上的事情办得顺利,请您注意,
天上也会出现吉利的星辰!
走,去见将军们,必须趁热打铁,
此铁现在还正热气腾腾。

特尔茨基:

您先去吧,伊洛。
我约好了在这儿等候我的夫人,
您知道吗,我们也并没有坐视不问——
倘若一根绳子折了,还有另外一根。

伊洛:

不错,尊夫人微笑起来足智多谋,
你们有何高招?

特尔茨基:

这是个秘密!别响!她来了!
(伊洛下)

第　二　场

〔特尔茨基伯爵及特尔茨基伯爵夫人,她从侧室走出,接着是一个仆人,然后是伊洛。

特尔茨基:

小姐来吗?我不会耽搁那小伙子很久。

伯爵夫人:

小姐立刻就到,把小伙子叫来吧。

特尔茨基:

我虽然说不好我们这样做
主人是否会感谢是否会领情。
可你知道,他对这点从来没有任何说明,
你劝我这样做,想必心中有数,
你可以走到哪一步。

伯爵夫人:

这事由我负责(自言自语)
用不着任何人给我全权——姐夫,我们
没有交谈,可是心照不宣——我难道没有猜出,
你为什么派人去把女儿接来,
为什么偏偏挑他去执行这项任务?
因为对外诳称女儿订婚,

然而没人认识她的未婚夫，
这可能会骗过别人！我可看透了你——
可是让你参与这样一场戏，
和你身份不符。没有关系！
一切都凭我的细致缜密，好啦！——
你可找对了这个小姨。

仆人（上）：
将军们有请！（下）

特尔茨基（对伯爵夫人）：
设法让那小伙子
脑子发热，老想心事——
呆会儿在席上签名时
不致想得太多，思考太久。

伯爵夫人：
你就去照顾客人吧！去，把他叫来。

特尔茨基：
一切都取决于他在文件上签字。

伯爵夫人：
到你的客人那儿去，去呀！

伊洛（返回来）：
您在干什么呀，特尔茨基？
客人都坐满了，大家都在等您。

特尔茨基：
就来，就来！
（对伯爵夫人）别让他在这儿呆得太久——
不然会引起他老子怀疑——

伯爵夫人：
真是多虑！

(特尔茨基和伊洛下)

第三场

〔特尔茨基伯爵夫人。马克斯·皮柯洛米尼。

马克斯(怯怯地探头张望):

特尔茨基姨妈!可以进来吗?

(走到房间当中,忐忑不安地东张西望)

她没在这儿!她在哪儿呢?

伯爵夫人:

那个犄角您仔细瞅瞅,

看她是不是就躲在

那屏风后头——

马克斯:

她的手套在这儿!

(想急忙伸手去拿手套,伯爵夫人把手套拿在手里)

狠心的姨妈!您不让我——

您折磨我,从中取乐。

伯爵夫人:

我操碎了心,这就是对我的报答!

马克斯:

啊!我的心情如何,

您难道没有感受!

到达这里之后——

我得控制自己,斟酌话语、检点目光!

我可不习惯这样!

伯爵夫人:

漂亮朋友！好多事情您还得习惯一下，
我也必须试验一下您是否听话，
只有在这种条件下
我才能到处为您打点帮您说话。

马克斯：
那么她在哪儿？为什么她没有来？

伯爵夫人：
您必须把这事完全托付给我。
有谁会对您这样一片好心！
谁也不得知道这事，包括您的父亲，
他更不能知道这件事情！

马克斯：
没有必要让他知道。这里没有一个人，
我愿向他吐露心声，
是什么使我心花怒放，心情激动。
——啊，特尔茨基姨妈！莫非这里一切
都已变样，抑或就我一人与以前不同？
我仿佛置身于陌生人之中。
过去的愿望和欢乐，都已无影无踪。
这一切都到哪里去了？我从前
在这个环境里并没有什么不满。
现在一切显得微不足道，乏味平淡！
我难以忍受我的同僚伙伴，
连我父亲，我也没话和他交谈，
服役、武器已分文不值，虚无空幻。
我的心情就像一个幸福的精灵，
离开了他得享永恒欢乐的天国神宫，
回到他往昔的儿戏和活动，

回到他旧日的嗜好和游伴
回到整个可怜的人类之中。

伯爵夫人：

可是我得请您向这卑微
渺小的世界再投上几眼，
这里正在发生许多重大事件。

马克斯：

这儿在我身边有什么事正在进行，
异乎寻常的忙乱景象让我看出三分；
等到一切就绪，大概也会把我卷入。
姨妈，您在想我方才身在何处？
可是别嘲笑我！这军营里人群杂乱，
粗鄙的熟人熙熙攘攘，汹涌如潮，
言不及义的谈话，低级乏味的玩笑，
使我心里感到压抑，只想脱身跑掉，——
为我这充满感情的心灵寻找一片幽静，
为我的幸福寻找一片净土。一座荒岛。
不要笑我，伯爵夫人！我去过教堂。
这里有座修道院，名叫通向天国之门，
我走了进去，在那里，我独自一人。
教堂的祭坛上挂着圣母的圣像，
虽说画工颇为拙劣，然而此时此刻，
它可是我的朋友，我曾四处寻访。
我有多少次看到这美奂绝伦的圣母
光彩夺目，看到崇敬者的虔诚渴慕——
从前我没有受到感动，现在突然之间
我对这种虔诚，也对爱情深深领悟。

伯爵夫人：

享受您的幸福吧。忘记
您身边的世界。让朋友机警地
为您行动,对您关心。
不过当朋友为您指明幸福之路时,
您也得态度柔顺听人指引。

马克斯:

那她到底人在哪里?
啊!途中黄金时间,我们每天相聚
直到深夜方才分离!
那时钟声不响,流沙[①] 不移。
对于极度幸福的人儿,
永恒流动的时间似乎全然静止。
啊!谁若不得不想到时辰更替,
早已从天国坠落人世!
对于幸福的人时钟全都无声无息。

伯爵夫人:

您披露自己心曲已经多久?

马克斯:

今天早上我才敢把第一句话说出口。

伯爵夫人:

怎么?这二十天里,今天您才开口?

马克斯:

那是在那座行猎宫里,在这里和
奈波姆克之间,您在那里赶上我们,
那是整个旅途中的最后一站。
我们正站在一个带窗突出的阳台里面,

---

① 指沙漏,计时器。

目光投向荒凉的田野默默无言，
公爵大人派来护送的龙骑兵
骑马驶来，就在我们面前，
忧郁的离情别意沉重地压在我的心头，
我哆嗦着终于大胆说出这句话来：
“这一切提醒我，小姐，今天我不得不
和我的幸福分手。几小时之后
您将见到令尊大人，
周围全是新的朋友。
从此我对您将变成路人，
在茫茫人海之中浮沉。”——她迅速打断我：
“您和她谈谈，我的特尔茨基阿姨！”
说话时她的声音颤抖不已，
美丽的面颊染上红晕艳丽无比，
她的目光从下往上，缓缓抬起，
明眸直视着我——我再也
控制不住自己——
（公主在门口出现，站住不动，为伯爵夫人发现，并未被皮柯洛米尼觉察）
——我大胆地把她抱在怀里，
我的嘴碰到她的嘴——这时附近的大厅里
传来人声，我们迅速分开——来的是您。
以后发生的事情，您全看在眼里。

伯爵夫人（停了片刻，偷偷看了一眼苔克拉）：
您是过于谦虚，还是好奇心太少，
所以不想问问我的秘密？

马克斯：
您的秘密？

伯爵夫人：

是啊！我如何紧跟着您
走进房间，发现我的侄女，心乱如麻，
心灵受到意外触动之后
她在最初瞬间说了什么话——

马克斯（急迫地）：

什么话？

第　四　场

〔前场人物，苔克拉迅速上场。

苔克拉：

姨妈，你不用费心，
他最好亲自听我说出这话。

马克斯（往后直退）：

我的小姐！——
您都让我说了些什么啊，特尔茨基姨妈？

苔克拉（向伯爵夫人）：

他在这儿已经很久了吗？

伯爵夫人：

是的，他都快要走了，
你在哪儿呆了这么久？

苔克拉：

母亲又哭得死去活来，我看见她非常痛苦——
我没法改变现状，我自己心里感到幸福。

马克斯（凝视着苔克拉）：

现在我又有了正眼看您的勇气。

今天先前我还看不清楚，
您一身的珠光宝气，把我的恋人遮住。

苔克拉：

那您只是用眼睛在看我，而不是用您的心。

马克斯：

啊！今天早晨，我看见您围在家人中间，
令尊大人把您搂在怀里，
我发现自己在这个圈子里是个陌生人——
那一时刻我多么想扑上去
搂着他的脖子，叫他一声“父亲”！
可是我这激烈翻腾的感情
触及他威严的目光顿时寂静无声。
您额上的钻石像璀璨的明星
缀成的花冠，使我胆战心惊。
为什么他在接待您时，立刻在您身边
布满魔力，像要把天使作为牺牲
修饰起来送上祭坛，为什么用他显贵等级的
悲惨重负压迫欢快开朗的心！
当然，恋人可以追求爱情，
可是这样炫目的光华只有国王才能接近。

苔克拉：

别提这假面舞会。您也看见
这些重负如何迅速地被我抛开。（对伯爵夫人）
他心情不好，他为什么不快？
姨妈，您使他心情郁闷脸色阴沉，
他在旅途之中可完全是另一个人！
总是这样沉静开朗！这样高兴健谈！
我曾希望看见您永远如此，永不改变。

马克斯：

在令尊大人的怀抱里，
您已身处新的世界，这个世界向您表示尊敬，
哪怕只是新奇，它吸引您的眼睛。

苔克拉：

不错！这里许多东西都吸引我，我不否认。
那五光十色的战争舞台，把我吸引，
它向我多次再现画面可爱可亲，
联系到生活，联系到真实，
对我来说，真像一场美丽的梦境。

马克斯：

战争舞台把我真正的幸福变成梦幻，
最近几天我生活在
一座小岛之上，飘浮在九重天，
这座小岛如今落在人间，
像座桥梁把我和旧日生活连接起来，
却把我和我的天国断然分开。

苔克拉：

人生的戏剧看上去欢快活跃，
只要自己心里稳稳地揣着珍宝，
我观赏了人生之戏以后，
更为欢欣鼓舞，我的财富显得更加美好。
（打断自己，以戏谑的口吻）
我到这儿之后时间短暂，
什么稀罕的新鲜事情没看在眼里！
但是所有这一切都比不上
这座府邸如此神秘地保守的奇迹。

伯爵夫人（沉思地）：

什么奇迹？这幢房子的一切阴暗角落
我也全都熟悉。

苔克拉(微笑道)：
通向那里的道路由精灵看守，
有两只怪鸟在门前守卫。

伯爵夫人(笑道)：
原来如此！是星象楼！
这个圣地平时严加防卫，
你来了才几个小时就为你敞开大门？

苔克拉：
有个矮个子老人长了一头白发，
神情和蔼可亲，立刻喜欢上我，
给我打开房门。

马克斯：
他是公爵的星象家，名叫色尼。

苔克拉：
他问了我许多事情，
我什么时候出生，哪一天，哪一月，
生在白天还是黑夜，——

伯爵夫人：
因为他要给你算命。

苔克拉：
他也仔细地看了我的手，
忧心忡忡地连连摇头，
似乎不大喜欢我手上的纹路。

伯爵夫人：
你觉得他那个房间怎样？
我每次进去只是匆匆忙忙地四下张望。

苔克拉:

我从阳光普照的地方快步走了进去,
心里有种奇怪的感觉,
因为我突然被阴暗的黑夜包围,
室内只有奇怪的微弱光线。
六七幅巨大的国王的肖像
呈半圆形,放在我的身边,
他们手里握着王笏,每人头上
各自戴着一颗星星,楼里的照明
似乎只是来自这些星星。
我的这位白发向导对我说明,
这些行星主宰人们的命运,
因此他们被画成国王的造型。
最边上的一个是个脸色阴沉的老人,
头戴一颗昏黄的星星,他就是土星萨图尔努斯;
和他处于相对地位的那位,头戴一颗红星,
身披铠甲,那是火星马尔斯,
他们两个很少给人们带来幸运。
可是在火星旁边站着一位绝代佳人,
她头上的星星散发出柔和的光辉,
她就是金星维纳斯,欢乐的星辰。
在她的左边是长着翅膀的水星墨丘利,
他们中间站着一个男子,神情欢快欣喜,
头戴一颗国王的星辰,发出银辉,分外明亮,
这是木星朱庇特,我父亲的星辰。
他的两边站着月亮和太阳。

马克斯:

啊!我永远也不愿指责他

相信星辰，相信精灵的伟力。
不仅是人的骄傲，以众多的精灵，
以种种神秘之力，充满宇宙天地。
便是对于一颗热恋中的心，这卑微的
自然界也过于狭窄，我儿时的童话
远比人生教导我们的真理
具有更为深刻的含义。
只有奇迹丛生的欢快世界
给喜极欲狂的心灵以回答，
为我敞开永恒的空间，
向我伸展千百根枝条，
陶醉的精神在上面幸福地飘摇。
寓言是爱情的家园故国，
它乐于生活在仙女、护身符的世界里，
它乐于信仰群神，它自己便神奇曼妙。
古老的寓言中的奇禽怪兽已不复存在，
那迷人的种族也已荡然无存；
可是心灵需要一种语言，旧日的欲望
把古老的名字又重新唤醒，
从前在人世间亲切友好地一同漫步的人们，
如今在星空之中也结伴同游，
俯身下望人寰，向钟情相爱的情侣招手，
木星朱庇特今天还给我们带来任何宏伟事件，
而金星维纳斯则是一切美好事情的源头。

苔克拉：

倘若这就是星象术，我愿意
兴高采烈地信奉这个欢快的宗教。
想到在我们出生之前，

在我们头上,在无可估量的云霄,
就用晶莹闪亮的星辰,为我们织成爱情的花冠,
这念头可真是温柔、亲切,无比美好。

伯爵夫人:

在天上不全是玫瑰,还有荆棘,
倘若荆棘没有伤害你的花冠,你真算运气!
那带来幸福的维纳斯织成的花冠,
完全可能被不幸的星辰马尔斯迅速摧残。

马克斯:

他那阴郁昏暗的王国很快就要终结!
公爵严肃认真的努力应该得到祝福,
他将把橄榄枝织进月桂花冠之中,
给世界带来和平,令人欢欣鼓舞。
那时他那伟大的心灵已别无所求,
他已取得了足够的荣誉功成名就,
现在他可以乐享人生,乐享天伦。
他将抽身引退,回归林下,
他在基庆有座美丽的庄园,
莱辛贝尔格和弗里特兰宫也壮观优雅——
他拥有的那些森林猎场
一直延伸到巨人山下。
他可以尽情餍足自己宏伟的愿望,
完成无比壮丽的工程。
他可以大力奖掖任何艺术,
保护一切值得保护的美妙珍品——
可以建造广厦,开垦农田,观看星象——
是啊,倘若他无畏勇敢,依然精力旺盛,
可以和大自然作战,

疏导河流,炸平山岩,
促进工商业的发展。
我们战争年代的历史,
将成为人们在漫长冬夜讲述的故事——

伯爵夫人:
不过我劝您,兄弟,
不要过早地把刀剑丢弃,
一个像她这样的未婚妻,
是值得用宝剑来追求的。

马克斯:
啊! 但愿用武器能赢得她!

伯爵夫人:
怎么回事? 你们没听见吗? 我仿佛
听见餐厅里发生激烈争论,声音嘈杂。
(下)

第　五　场

〔苔克拉和马克斯·皮柯洛米尼。

苔克拉(伯爵夫人一走开,她就悄悄地快步走到皮柯洛米尼身边):
别相信他们。他们言行不一。

马克斯:
他们可能——

苔克拉:
你在这儿除了我谁也不能相信,
我一眼就看出,他们另有目的。

马克斯:

另有目的！什么目的？
他们让我们满怀希望，有什么好处——

苔克拉：
这我不知道。可是请相信我，
他们并不是真的想让我们幸福，想使我们结合。

马克斯：
特尔茨基夫妇这样做，目的何在？
我们不是还有令堂大人？这好心的妈妈
值得我们像孩子似的向她推心置腹。

苔克拉：
家母爱你，对你的评价高于别人，
可是她永远也没有勇气，
向我父亲保守这样一个秘密。
为了让她内心平静，
最好还是先对她保密。

马克斯：
为什么
到处保密？我想怎么干，你是否知道？
我要匍匐在你父亲的脚下，
让他决定我的命运，他正直真诚，
痛恨拐弯抹角，从不弄虚作假，
他是那样善良，那样高尚——

苔克拉：
你才善良高尚！

马克斯：
你今天才认识他。我已经有十年之久，
就生活在他的眼皮底下
难道这是他第一次做出惊世骇俗，

出人意表的事？他这人就是这样，
喜欢像天神一样，给人意外的惊喜，
他总是让人极度欢快，使人惊讶不已。
谁知道，他此时此刻不是正在
等我诉说真情，只等着你向他坦白，
以便把我们结合起来——你怎么沉默不语？
你凝视着我满脸疑虑？你对令尊有什么不满意？

苔克拉：

我？没什么——我只觉得他过于忙碌，
根本没有时间和心思
来思考我们的幸福（她充满柔情蜜意地
握着他的手）听我的！
让我们不要过分信任别人。
特尔茨基夫妇对我们有恩，
我们应该感谢他们。
但是对他们表示的信任不要过分。
话说回来，我们只该信任自己的心。

马克斯：

但愿我们有朝一日能够幸福！

苔克拉：

我们现在难道不幸福吗？你难道
不属于我？我不属于你？一股崇高的勇气
寓于我的心里，是爱情把这股勇气给了我——
依照世俗礼仪的要求，不该对你这样坦诚，
我应该更严实地向你掩盖我的心。
可是你若不从我的嘴里听到实情，
又能从哪里了解真实情况？
我们终于彼此相逢拥抱在一起，

紧紧拥抱,直到永远。请相信我!
这已经远远超过了他们的希望。
因此让我们把它像圣物似的
在我们的心灵深处珍藏。
它是从九天之外落在我们身上,
我们只愿向上天表示感激。
它对我们来说,只能是个奇迹。

第 六 场

〔特尔茨基伯爵夫人,前场人物。

伯爵夫人(急急忙忙地):
我丈夫派我来叫他,现在已到紧要关头。
他得入席了。(他们两人不予理睬,伯爵夫人走到他们两人当中)你们赶快分开!

苔克拉:
啊!别这样!
才只有一会儿工夫。

伯爵夫人:
你们觉得时间过得很快,外甥女公主!

马克斯:
不着急,姨妈。

伯爵夫人:
快走,快走,大家都在找您。
您父亲已经打听了两次,您在哪儿。

苔克拉:
哎呀!你父亲!

伯爵夫人：

　　　　　这你明白，外甥女。

苔克拉：

为什么这种社交场合他都要参加。
这根本不该是他的活动范围，
与会者应该年高德劭、功勋卓著，
他还过于年轻不适合参加这个集会。

伯爵夫人：

你是想最好把他整个地独占？

苔克拉（活跃地）：

你算猜中了。这正是我的意思。
去对那些将军们说——
是的，就让他呆在这里。

伯爵夫人：

你是不是昏了头了，外甥女？——
伯爵！您知道咱们定的条件。

马克斯：

我必须服从，小姐。别了。
（苔克拉很快地从他身边走开）
您说什么？

苔克拉（不正面看他）：

没什么，您走吧。

马克斯：

　　　　　　　　我可以走吗，
如果您生我的气——
（他走近苔克拉，他们四目相视，苔克拉默默地站了片刻，然后扑向他的胸前，他把苔克拉紧紧抱在怀里）

伯爵夫人：

走吧！要是有人走来！
我听见人声鼎沸——陌生人的声音越来越近。

第　七　场

〔马克斯挣脱苔克拉的怀抱，下，伯爵夫人陪他同去。苔克拉起先用目光看着他的背影，心情不宁地走过房间，然后陷入沉思，停住脚步。桌上放了一把吉他，她拿起吉他，心情忧伤地拨弄一会儿，然后曼声歌唱。

苔克拉（边弹边唱）：

橡树林里风起，天上白云涌动，
少女河边漫步，踏在茵绿草上，
浪花使劲击来，一浪接着一浪，
少女曼声歌唱，传进阴沉夜空，
眼泪流个不停，泪眼模糊朦胧。

姑娘芳心已碎，世界空寂一片，
不怀任何愿望，不再若有所思，
啊慈爱的圣母，召回你的孩子！
人世间的幸福，我已享受一遍，
我曾活过一次，我曾深深爱恋。

第　八　场

〔伯爵夫人又返回来。苔克拉。

伯爵夫人：

刚才是怎么回事，外甥女小姐？
你这是俯身屈从，我想，凭你自己的身份，
你也不该这样廉价出售。

苔克拉（霍地站起身来）：

你这是什么意思，姨妈？

伯爵夫人：

你不该忘记
你是什么人物，他是什么身份。是啊，我看
你根本没有想到这点。

苔克拉：

那是什么？

伯爵夫人：

你是弗里特兰公爵的千金。

苔克拉：

那又怎么样？还有什么？

伯爵夫人：

还有什么？这问题提得真妙！

苔克拉：

我们是后来变成了贵族，
他可是出生名门血统高贵，
他是古老的伦巴第贵族世家，
他的母亲是位王妃！

伯爵夫人：

你是不是在说梦话？
当然！咱们还要彬彬有礼地
请他答应，迎娶欧洲最为富有的
贵族小姐。

苔克拉：

这点没有必要。

伯爵夫人：

不错，不去遭人反对，是为上策。

苔克拉：

他的父亲爱他，奥克塔维奥伯爵
不会反对——

伯爵夫人：

他的父亲不反对！他的父亲！
你的父亲呢，外甥女？

苔克拉：

这话再说！我想你害怕他父亲，
因为你有些事拼命瞒着他，
我指的是，瞒着他父亲。

伯爵夫人（探究地凝视着她）：

外甥女，你可真鬼。

苔克拉：

姨妈，你不敏感吗？啊！你行行好吧！

伯爵夫人：

你认为你的这场赌博已经赢定了——
你别欢呼得太早！

苔克拉：

但愿你行行好！

伯爵夫人：

事情还没到这步田地。

苔克拉：

我希望也是如此。

伯爵夫人：

你以为，他这一生

叱咤风云,戎马倥偬,
放弃了人世间一切宁静的欢乐,
昼夜操劳,夜不能眠,
高贵的头脑整日忧思不断,
只是为了让你们成为一对,幸福热恋?
最后把你接出修道院,
就为了把你看中的男子
洋洋得意地带到你的身边?——
那他完全不必付出这样高昂的价钱!
他播下这个种子,不是让你孩子气地
摘下花朵,轻松地作为修饰
插在胸前!

苔克拉:

他没有为我栽种的东西,
却会自愿为我结出美丽的佳果。
倘若我那善良友好的命运
尽管极为可怕难以捉摸
却愿给我准备生活的欢乐——

伯爵夫人:

你真像个痴迷的少女在看命运,
你且环顾四周。好好想想,你身在何处——
你不是走进一间喜气洋洋的欢乐之屋,
墙上没有挂起婚礼的饰物,
客人的头上也未缀以花冠花束。
这里除了武器闪闪发光别无其他光束。
还是说,你认为,把千军万马招到一处,
是为了在你的婚礼上跳起轮舞?
你看见你父亲额上阴云密布,

你母亲眼里噙着泪水,我们家族
伟大的命运就放在天平上起起伏伏!
现在快抛开姑娘孩子气的感情,
把你微不足道的愿望抛弃净尽!
证明你是一位杰出英豪的千金!
女人不能只顾自己,
她是和别人的命运紧紧拴在一起;
能够认准对象和他生死相依,
心系此人的命运,报以爱和深情,
这就是最好的女人。

苔克拉:

在修道院里人家就是这样教导我。
我那时没有愿望,我只是他的女儿,
这个权力无限的人物是我父亲,
而他生活的回响,一直传到我的身旁,
仅仅给我这样一种感觉:
受苦受难,为他牺牲。是我命中注定。

伯爵夫人:

这是你的命运。你就乐天知命吧,
我和你母亲为你树立了榜样。

苔克拉:

命运把这个男人给了我,要我为他牺牲;
我愿意欢欢喜喜地追随着他。

伯爵夫人:

是你的心,我亲爱的孩子,不是命运把他给了你。

苔克拉:

心的跳动便是命运的声音,
我是他的人。我现在所过的

新的生活便是他的馈赠。
他对他的造物拥有权利。
从前我是什么？是他美丽的爱情赋与我灵气。
我也不愿把我自己想得比我的爱人渺小：
这个男人拥有无价之宝，
不可能是个卑微的人，无足称道。
我感到随着我的幸运也赋与我力量无限。
生活严肃地摆在严肃的灵魂面前。
我现在知道，我属于我自己。
我认识到在我胸中有着坚定的意志，
不可征服的意志，为了至高无上的理想
我可以孤注一掷。

伯爵夫人：

倘若你父亲对你做出另外的决定，
难道你想违抗他的意志？
你想强迫他改变主意？别忘了，孩子！
他的姓是弗里特兰。

苔克拉：

　　　　　　　　这也是我的姓。
他应该发现我是他真正的女儿。

伯爵夫人：

怎么？他的君主，他的皇上都从不逼他，
而你，他的女儿，竟想和他对抗？

苔克拉：

别人不敢做的，他女儿敢做。

伯爵夫人：

这倒是真的！这点他没有思想准备。
任何困难他都能战胜，

难道他女儿的意志，
会对他掀起新的抗争？孩子！孩子！
你到现在还只看见你父亲的笑脸，
还没看见过他愤怒的眼睛。
你敢走到他身边哆哆嗦嗦地
发出表示反抗的声音？
你单人独处时，也许会想得轰轰烈烈，
会口若悬河，能言善辩，
以雄狮的胆气武装鸽子的心思。
可是你倒试试看！走到他的跟前，
迎着他犀利的目光，你再说个“不”字！
你将在他面前晕厥而逝，
犹如娇花，遭到火焰般的烈日。
——我不想吓唬你，亲爱的孩子！
我希望事情千万别趋极端——
我也不知道他的心意如何，
也可能他的意图和你的愿望吻合。
但是，你，他幸运生下的高傲的女儿，
居然像个钟情少女，昏昏沉沉，
把自己随随便便地托付给一个男人，
这可绝不会是你父亲的心声！
这个男人即使注定了要获得高额酬报，
却必须以爱情为代价，做出最大的牺牲。
（下）

第九场

〔苔克拉独自一人。

苔克拉：

谢谢你的暗示！它使我不祥的预感
变成肯定的事实。
这么说这竟然是真的？我们在这里
既无朋友，亦无忠实的亲人——
我们一无所有除了我们自己，
艰苦的战斗威胁着我们。
你，爱情啊，你这仙女，请给我力量！
啊！她说的是实话！并不是快乐的星辰
照耀着我们两人心灵的结盟。
在这个舞台上不存在希望，
只有沉闷的战争喧嚣在这里响个不休，
即便是爱情在这里也像披上铁甲，
准备进行决一生死的战斗。
有个阴郁的幽灵穿过我们的房屋，
命运将迅速把我们的公案结束。
它把我从宁静和平之处逐出，
让温柔的魔力迷乱我的心灵，
它用那天神般的俊美形象把我勾引，
我看见那身影在近处飘浮，越飘越近，
神奇的力量吸引我前进，
走向深渊，我无法抗争。
（远处传来宴会的音乐）
啊！倘若这屋子注定要毁于烈火之中，
那么上天就聚集起乌云浓重，
从晴朗的天空射下霹雳闪电，
从地底的洞穴喷出炽烈火焰，

即使是欢乐之神也勃然狂怒
把柏油的火炬扔进这燃烧的房屋！
（下）

第 四 幕

〔场景：一个灯火辉煌的大厅。

大厅中间一直向舞台深处放着一张铺陈华丽的餐桌，有八位将军，其中有奥克塔维奥·皮柯洛米尼，特尔茨基和马拉达斯在桌旁入座。这张桌子的左右，往后延伸还有另外两桌，每桌有六个客人。前面有一张配菜桌，整个舞台前面部分空出来供在旁侍卫的侍从和仆役活动。人来人往，特尔茨基团的乐师绕着餐桌走来走去。他们要离去时，马克斯·皮柯洛米尼上；特尔茨基拿着一份文件，伊索拉尼拿着一杯酒向他迎了过去。

第 一 场

〔特尔茨基。伊索拉尼。马克斯·皮柯洛米尼。

伊索拉尼：

兄弟，向你致敬！嘿，你上哪儿去了？
赶快入席！特尔茨基今天有美酒款待。
这儿热闹非凡，就像在海德堡宫。
你已经错过了最佳时候，
他们在席上瓜分世袭领地，
一切全都拿来出售，埃根贝格，斯拉瓦塔，

利希腾斯泰因和斯特恩堡的庄园
波希米亚的采邑;
你要是手脚麻利,也能落到一点。
赶快!就座入席!

科拉尔托和葛兹(从第二桌叫喊):
皮柯洛米尼伯爵!

特尔茨基:
他到你们那桌去!马上就去——先读读这篇誓词,
你是否满意我们这样遣词用字,
大家刚才都挨个儿读了一遍,
每个人都要签名,写在上面。

马克斯(念):
"Ingratis servire nefas."

伊索拉尼:
这听上去像句拉丁文的格言,兄弟——
德文是什么意思?

特尔茨基:
正派人不为忘恩负义者效力!

马克斯:
"我们尊敬的统帅,弗里特兰公爵殿下,由于备受侮辱,不愿再为皇帝陛下效力。经我等一致请求,才决定继续留在军中。不得我们同意,决不离开我们;因此我们大家保证,我们整体,每个人特别保证自己,以此代替宣誓,向他表示忠诚,绝不和他分离。为他献出一切,直到最后一滴鲜血,只要不违悖我们向国王所发的誓言。(这最后一句话由伊索拉尼重复了一遍)倘若我们当中有人违背这一盟约,背离这一共同事业,将被宣布为叛徒,作为报复,并将褫夺其财产,乃至性命。仅以我们的签名为证。"

特尔茨基：

你可愿意在这张纸上签名？

伊索拉尼：

他为什么不签！每个有荣誉的军官

都会签——都必须签——拿笔墨来！

特尔茨基：

好了，好了，饭后再签。

伊索拉尼（把马克斯拉走）：

来，来。

（两人走向餐桌）

第　二　场

〔特尔茨基。诺伊曼。

特尔茨基（向等在配餐桌旁的诺伊曼招手，两人走向台前）：

诺伊曼，抄件带来了吗？给我，

这抄件是不是写得可以乱真？

诺伊曼：

我是逐字逐句加以描摹，

只删去了宣誓这一处，

完全按照阁下吩咐。

特尔茨基：

好！把它放在那里。这一份立刻烧掉！

它已经起了该起的作用。

〔诺伊曼把抄件放到桌上，又走到配餐桌旁。

第　三　场

〔伊洛从第二个房间出来。特尔茨基。

伊洛：

皮柯洛米尼搞定了吗？

特尔茨基：

我想，妥了吧。他没有提出异议。

伊洛：

我惟一信不过的，就他一人，
他和他父亲——他们两个你得看紧！

特尔茨基：

你那桌的情形如何？
我希望，你已使你的客人们情绪激昂起来了吧？

伊洛：

他们非常
推心置腹。我想已在我们这边，
就像我向你做的预言——
大家已经不再谈论：
仅仅让公爵保住帅印，
蒙特库库里[①] 说，
既然大家相聚一堂，
就得提出条件呈向维也纳的皇上，
相信我吧，不怕皮柯洛米尼父子作梗，
我们根本可以省掉这个把戏，不必骗人。

① 恩斯特·蒙特库库里伯爵，皇帝军中将领，一六三三年便已死去。

特尔茨基：

布特勒态度如何？别做声！

第　四　场

〔布特勒。前场人物。

布特勒（从第二桌走来）：

你们接着谈。
陆军元帅阁下，您的意思我全都明白，
祝您办事顺利——至于我（神秘地）
你们可以算我一个。

伊洛（起劲地）：

可以算您一个？

布特勒：

有没有那个条款，对我全都一样！
明白我的意思了吗？请禀告公爵殿下，
他可以对我的忠诚进行各种考验。
他要我做皇上的军官，皇上的将军，
我就遵命为皇上服务，
一旦公爵高兴自立门户，
我就是弗里特兰的臣仆。

特尔茨基：

您这次易主可是找对了人。
您宣誓效忠的主人不是个吝啬鬼，
不是斐迪南[①]。

① 斐迪南二世为当时的奥地利皇帝，亦即神圣罗马帝国皇帝。见前注。

布特勒(严肃认真地):

我不是用我的忠诚来做买卖,特尔茨基伯爵,
半年前,我还不想劝您
和我做这笔交易,
而我现在自愿为您效力。
是的,我将率领全团人马
连同我自己投到公爵麾下。
我想我的这一榜样不会无人效法。

伊洛:

谁人不知,谁人不晓!
军人楷模全军表率,是布特勒上校。

布特勒:

您这样认为?元帅大人?那么,
我保守了四十年的忠贞,
好不容易保留下来的良好名声,
在我六十岁时这样慨然牺牲。我并不悔恨——
你们对我这话,不要反感,两位大人。
我这人人品如何,你们并不在乎,
我希望,你们自己也没指望,
你们的把戏会改变我正直的秉性——
也没指望性格摇摆,一时冲动,
会使我这老头轻易地
背离我早已走惯的名誉途径。
来吧!我不会因为清楚知道,
将和什么东西诀别因而不大坚决,不大可靠。

伊洛:

直截了当地说吧,我们该把您当作什么——

布特勒:

当作一个朋友！相信我吧。
我的身家性命，全都归您所有。
公爵需要的，不仅是人马，还有金钱，
我在他麾下挣得一笔家产，
这些钱我都借给他，他若活得比我长，
我就把钱遗赠给他，由他继承。
我在这世上孑然一身，
没有体验过儿女柔情，
既无忠实的妻室，亦无心爱的孩子；
我的姓名将随我而死，生命就此终止。

伊洛：

公爵需要的不是您的钱——
一颗像您的心一样的心，
抵得上好几百万钱财，几吨黄金。

布特勒：

我当年是个寒伧的马僮，从爱尔兰
跟主人来到布拉格，在此安葬了我的主人。
我从马厩里卑微的工作干起，步步高升，
由于骁勇善战，得到这份荣耀，受到尊崇，
听凭变幻莫测的幸运之神的摆弄。
华伦斯坦也是幸运之子，
我喜欢他的道路和我的相似。

伊洛：

一切坚强的灵魂都是一家人。

布特勒：

现在是大好时机，
对勇士和坚定的人分外有利。
城市和宫殿匆匆忙忙地易主换姓，

像个铜板从此人手里传到他人之手。
古老世家的子孙纷纷出走，
崭新的纹章和姓氏纷纷出现不分先后；
一个北方民族在德国大地不受欢迎，
却敢于在此定居久留。
魏玛王子[①] 厉兵秣马，把一座
强大的公园在美因河畔建立；
哈尔伯斯台德人[②] 和曼斯斐尔德[③]
就是短命，不然也能
勇敢地夺得一片土地。
这些人当中，有谁赶得上我们的弗里特兰？
世上没有任何高度，这位坚强如钢的铁汉，
不能安上梯子，勇敢登攀。

特尔茨基：

这话说得像条汉子！

布特勒：

你们稳住西班牙人和意大利人，
苏格兰人赖斯利[④] 由我来搞定。
到席上去吧！走！

特尔茨基：

酒窖的头儿在哪儿？

---

① 即魏玛公爵贝恩哈德，在瑞典军中任将军，他在一六三三年把符尔茨堡和邦姆堡建成一个公国，一六三四年因瑞典兵败而失去。

② 即克里斯蒂安·封·哈尔伯斯台德（1599—1626），布劳恩施魏格—沃尔芬比特公爵的幼子，曾任哈尔伯斯台德的行政长官，故称哈尔伯斯台德人。

③ 曼斯斐尔德伯爵（1580—1626）曾打算在北亚尔萨斯建立一个公国，因他早死，此计划未实现。

④ 瓦尔德·赖斯利（1606—1667），华伦斯坦军中的将领。

去把你所有的好酒拿来！最美的佳酿！
我们的事业形势大好。今天得一醉方休。
(各自回到自己的桌次)

第　五　场

〔酒窖头儿和诺伊曼上。仆役上上下下。

酒窖头儿：
美酒佳酿！倘若我的老东家，
已故伯爵夫人看见他们这样狂喝滥饮，
她在九泉之下也不得安宁！——
来了,来了！军官老爷！这体面的贵族之家
日益衰败——没有分寸也没有目的！
和这位公爵[①]攀上亲戚
不会给我们带来福气。

诺伊曼：
上帝保佑！好戏现在才刚开始。

酒窖头儿：
您这么看吗？那还有好多戏文呢。

仆役(走来)：
第四桌要布良地酒！

酒窖头儿：
这已经是

① 指华伦斯坦。特尔茨基和他娶了两姐妹,因而成为连襟。

第七十瓶了，少尉大人①。

仆役：

这是那位德国老爷蒂芬巴赫要的，

他喝个没完。（下）

酒窖头儿（继续跟诺伊曼说）：

他们都想飞黄腾达，

希望风光排场，一如国王和选帝侯，

公爵想攀登高位，我的主人

伯爵大人也不甘落后。

（对仆役们说）

你们在这儿瞎听什么？还不快去上酒。

注意各个桌子，注意酒瓶！瞧！

帕尔非伯爵② 的杯子里已经没酒！

第二仆役（走来）：

有人要那个大酒杯，酒窖头儿，

那个华丽金杯刻着波希米亚的国徽，

那位老爷说，您知道是哪一个。

酒窖头儿：

那只威廉师傅铸造的金杯吧？

上面刻着弗里德里希加冕的场景，

我们从布拉格得到的那件美丽无比的战利品。

第二仆役：

对，就是它！他们要在席间传这金杯畅饮。

酒窖头儿（一面摇头，一面取出金杯涮洗）：

---

① 这话是对诺伊曼讲的，诺伊曼的军衔是上尉，酒窖头儿是个平民，不谙军衔，所以用错称呼。

② 斯台芬·帕尔非伯爵，华伦斯坦军中将领，死于一六四六年。

这下子又有材料可以向维也纳去报告了！

诺伊曼：

给我瞧瞧！这个酒杯可真是杯中珍宝！
沉甸甸的全是金子，精工制造，
上面还刻着精致的图画，寓意巧妙。
让我仔细瞧瞧这第一幅精美图画，
一个高傲的女将骑着骏马，
跃过主教的法冠和权杖，
她把一顶圆帽子放在一根杆上，
旁边是面旗子，旗上画着一只酒尊，
您能告诉我，这一切都是什么象征？

酒窖头儿：

您看见的那个骑马的女人，
象征着波希米亚王室有选举的自由，
这顶圆帽和她骑的这匹野马
也是选举自由的象征。
帽子是人的装饰品，
谁若在帝王面前不许戴帽，
他就不是个自由人。

诺伊曼：

那么旗上的酒尊又意味着什么？

酒窖头儿：

酒尊证明波希米亚享有信仰自由，
就像处于他们祖先的时代。
教皇不愿把圣爵[①] 交给一般教徒，

① 圣爵是天主教神父在做弥撒时使用的金杯，内盛薄面饼和葡萄酒，象征耶稣的圣体和圣血。

他们的父祖在胡斯战争[①]时期
从教皇手里把这美好的特权夺来。
对于胡斯教徒圣爵高于一切，
这是他珍贵的宝贝，让波希米亚
在好几次战役里付出了宝贵的鲜血。

诺伊曼：

上面飘浮着的这份文书说明什么？

酒窖头儿：

它证明波希米亚拥有王权尊严，
这张精美无价的羊皮纸文件，
是我们从鲁道尔夫[②]皇帝手里争取得来，
它保证新教和旧教一样
可以自由参拜公开歌唱。
可是自从这个格拉兹人[③]统治我们，
这事就告结束，经过布拉格[④]一战，

---

① 杨·胡斯(约1372—1415)，波希米亚宗教改革家，反对德国封建主与天主教会，一四一五年被判为异端，遭火刑处死。胡斯派用捷克语礼拜，在圣餐礼上允许在俗教徒同领饼与酒，因此与罗马教廷决裂。一四一九年，胡斯战争爆发，罗马教皇和德国皇帝组织的十字军数次征讨胡斯派，一四三一年十字军遭决定性失败。一四三三年，胡斯派中的圣杯派(酒饼同领派)愿与天主教媾和，但胡斯派中激进的塔波尔派拒绝。圣杯派遂联合天主教会与塔波尔派作战，一四三四年塔波尔派战败，胡斯战争结束。圣杯派与天主教会于一四三六年缔结和约并于一六二〇年左右被天主教同化。胡斯战争后残存的塔波尔派于十五世纪中叶成立摩拉维亚弟兄会。

② 德意志帝国皇帝鲁道尔夫二世于一六〇九年七月九日颁发文书，给予波希米亚宗教信仰自由。

③ 新的皇帝斐迪南二世(1578—1637)来自大公国斯泰尔马克，首府为格拉兹，时人以此称他为格拉兹人。

④ 一六一九年十一月四日，普法尔兹伯爵弗里德里希在布拉格加冕，成为波希米亚国王。一六二〇年十一月八日，奥地利在布拉格打败弗里德里希，波希米亚王国不复存在。

普法尔兹伯爵弗里德里希丢掉了
王国和王冠,我们的宗教失去了讲坛和祭坛,
我们的兄弟只好离乡背井,四下分散,
这份证明王权尊严的文书
被皇帝自己用剪刀剪得稀烂。

诺伊曼:

这一切您都知道!您真是通晓
贵国的历史,酒窖头儿。

酒窖头儿:

我的祖先是胡斯教派中的塔波尔派,
在普罗柯普和齐斯卡[①] 麾下厮杀。
愿他们的亡灵得到安宁!他们毕竟
是为一件崇高的事业战斗啊——拿走吧!

诺伊曼:

让我再看一下这第二幅小图。
瞧,这画的是在布拉格王宫里,
皇帝的枢密顾问马蒂尼茨,斯拉瓦塔[②]
如何头朝下给扔下楼去。
完全正确!是图恩伯爵在下达这道命令。
(仆役拿着酒尊走开)

酒窖头儿:

别跟我提起这一天,
这是一六一八年
五月二十三日。

---

① 普罗柯普和齐斯卡,塔波尔派首领。

② 德意志皇帝的两名枢密顾问,马蒂尼茨,斯拉瓦塔于一六一八年五月二十三日被起义民众从布拉格王宫的窗口扔下,表示波希米亚人反对皇帝。见前注。

我仿佛觉得这天就是今天，全国的
巨大灾难就从这不幸的一天开始。
从这天到现在已经过了十六年，
和平一直没有降临人世——
（在第二桌有人高呼）
魏玛公爵万岁①！
（在第三第四桌有人高呼）
贝恩哈特公爵② 万岁！

〔奏乐。

第一仆役：

您听这喧闹声！

第二仆役（跑过来）：

你们听见没有？
他们叫
那个魏玛人③ 万岁！

第三仆役：

这是奥地利的敌人！

第一仆役：

他是个路德教徒！

第二仆役：

刚才德奥达特祝皇上
健康长寿，全场竟鸦雀无声。

酒窖头儿：

喝酒的时候纰漏很多，一个正派的
仆人可不能把什么话都听进耳朵。

---

① 魏玛公爵，为新教联盟的成员。
② 贝恩哈特公爵也是新教联盟的成员。
③ 指魏玛公爵，魏玛当时是在新教徒（路德教徒）阵营里，是皇帝的对立面。

第三仆役(把第四仆役拉到一边)：

你可注意着点，约翰，我们这下
可有好多事情可以向基罗加神父[①] 汇报；
他一定会对我们好好犒劳。

第四仆役：

所以我就老在伊洛的
椅子旁边忙活，
他说的奇谈怪论可是真多。
(二人走向餐桌)

酒窖头儿(对诺伊曼)：

那个身穿黑衣挂着十字架的老爷是谁，
他跟帕尔非伯爵亲热地聊个没完？

诺伊曼：

这人也深受他们信任，
他叫马拉达斯，是个西班牙人。

酒窖头儿：

我跟您说吧，西班牙人不可靠，
法国人、意大利人全都没用。

诺伊曼：

哎！哎！

您这话可不能这么说，酒窖头儿，
他们当中有第一流的将军，
公爵大人特别器重他们。
(特尔茨基走来，取走了那份文件，席间一阵骚动)

酒窖头儿(对众仆役)：

注意，中将大人站起来了！

---

① 皇帝这边的秘密警察头子。

他们要散席了。快去挪椅子。

(众仆役奔向后面,一部分客人走到前面)

第 六 场

〔奥克塔维奥·皮柯洛米尼与马拉达斯边走边谈,走到舞台最前面靠近乐队的一边。马克斯·皮柯洛米尼独自一人走到相反的一边,陷入沉思,丝毫不理会身边发生的其他事情。他们当中的地方,稍稍靠后,聚集着布特勒、伊索拉尼、葛兹、蒂芬巴赫、科拉尔托,紧接着走来特尔茨基。

伊索拉尼(当大家向前走时,说):

晚安!——晚安,科拉尔托——中将大人,晚安!

其实我该说早安才对。

葛兹(对蒂芬巴赫):

兄弟!祝你胃口强健!

蒂芬巴赫:

这顿饭富有王家气派!

葛兹:

是啊,伯爵夫人善于待客,

她是从她婆婆那儿学了几手,

上帝保佑她!老夫人才真是理家能手!

伊索拉尼(想走开):

掌灯!快掌灯!

特尔茨基(拿了那张纸到伊索拉尼跟前):

兄弟!再等片刻。这儿还得

签个字呢。

伊索拉尼：

签字，

您要签多少都行！就是饶了我，别叫我读它一遍。

特尔茨基：

我不想麻烦您，这是那篇誓言，

您已经看过，只要大笔一挥就行。

（伊索拉尼把文件递给奥克塔维奥）

到谁手里，谁就签字！这里不按官阶高低。

（奥克塔维奥似乎漫不经心地浏览了一下文件。特尔茨基在远处观察他的一举一动）

葛兹（对特尔茨基）：

伯爵大人！请允许我失陪了。

特尔茨基：

别这么着急——再喝一杯安神酒——嘿！

（对仆役们）

葛兹：

我已经不胜酒力。

特尔茨基：

就喝一小杯。

葛兹：

请原谅！

蒂芬巴赫（坐下）：

对不起，各位大人，我站立不住。

特尔茨基：

您请坐吧，军需总监大人！

蒂芬巴赫：

我头脑清醒，脾胃强健，

就是两条腿不听使唤。

伊索拉尼(指指他的肥胖身躯):

您的负担也实在太大了一点。

(奥克塔维奥签了字,把文件交给特尔茨基,特尔茨基又把文件交给伊索拉尼,伊索拉尼走到桌旁签名)

蒂芬巴赫:

波美拉尼亚战争害我得了腿病,
那时候我们得到冰天雪地里去厮拼,
我这辈子得拖着两条寒腿直到寿终正寝。

葛兹:

不错!瑞典人打仗从来不问季节。

(特尔茨基把文件递给马拉达斯,马拉达斯走到桌边签字)

奥克塔维奥(走近布特勒):

您也不太喜欢酒神的庆典,
上校大人!我注意到了这点,
我觉得,您似乎喜欢战场上的厮杀,
甚于宴会上的喧哗。

布特勒:

我必须承认,这不对我的口味。

奥克塔维奥(亲热地接近他):

我可以告诉你,这也不对我的口味,
尊敬的布特勒上校,我真高兴,
我们的思想方法这样接近。
我就喜欢找上五六个知心朋友,
围坐在一张小小的圆桌旁边,
喝上一小杯托卡日的美酒,
推心置腹正经地亲切交谈——

布特勒:

是啊,要是能够这样,我乐于叨陪末座。

(文件传到布特勒手里,他走到桌旁签字。舞台前部人走空了,只剩下皮柯洛米尼父子,分别站在两边)

奥克塔维奥(在远处默默地观察他儿子片刻,然后稍稍走近):

你刚才缺席了很长一段时间,朋友。

马克斯(迅速转过身来,窘迫地):

我——紧急公务耽搁了我。

奥克塔维奥:

可是我看,你现在还是心不在焉?

马克斯:

你也知道,热闹场面总是使我噤声不语。

奥克塔维奥(再走近一些):

我可以问一下,是什么事情
耽搁你这么久?(狡诈地)
特尔茨基可是知道这件事情。

马克斯:

特尔茨基知道什么?

奥克塔维奥(意味深长地):

就他一个人对你缺席并不感到不安。

伊索拉尼(在远处注意到这父子两人,走了过来):

干得好,你这老爸!向他发起突然进攻!
去端他的老窝!他这样可不对。

特尔茨基(拿着文件过来):

谁都不缺了吧?大家都签名了吧?

奥克塔维奥:

大家都签过了。

特尔茨基(高呼):

好!谁还签名?

布特勒(对特尔茨基):

你数一数！应该有三十个签名。

特尔茨基：

这里有个十字。

蒂芬巴赫：

这十字是我。

伊索拉尼(对特尔茨基)：

他不会写字,可是他的十字很棒,

犹太人和基督徒全都认他的账。

奥克塔维奥(急急忙忙地对马克斯说)：

咱们走吧,上校,时间已经很晚了。

特尔茨基：

上面只写了一个皮柯洛米尼。

伊索拉尼(指着马克斯)：

请大家注意！就缺这位石头人,

整个晚上他都不对劲。

(马克斯从特尔茨基手里接过文件,心不在焉地看了一眼)

第　七　场

〔前场人物,伊洛从后屋走出来,手里握着金尊,酒意甚浓,后面跟着葛兹和布特勒,试图拦住伊洛。

伊洛：

你们想干什么？放开我。

葛兹和布特勒：

伊洛,别再喝了。

伊洛(走向奥克塔维奥,和他拥抱,一面喝酒)：

奥克塔维奥！我给你带来这杯酒！

喝了这杯结盟酒,一切宿怨全都化为乌有!
我也知道,你从来也没爱过我——
老天爷惩罚我吧,我也不爱你!
把往事一笔勾销!我特别推崇你,
(一个劲地亲吻奥克塔维奥)
我是你最好的朋友,大家听好!
谁要是骂他是个虚伪的狐狸,
那就是跟我过不去。

特尔茨基(旁白):
你疯了吗?
好好想想,伊洛,你在哪里!

伊洛(推心置腹地):
你要干什么?这都是好朋友。
(兴高采烈地环顾四周)
咱们当中没有一个混蛋,我高兴极了。

特尔茨基(对布特勒,急切地):
您快把他带走!我求您,布特勒。
(布特勒把伊洛领到配餐桌旁)

伊索拉尼(对马克斯,马克斯一直不停地看着那份文件,但是心不在焉):
看好了吗,兄弟?您读完这份文件了吗?

马克斯(好像从梦中惊醒):
你要我干什么?

特尔茨基和伊索拉尼(同时):
签上您的大名,
(奥克塔维奥担心害怕,心情紧张地看着马克斯)

马克斯(把文件退回):
这是一件公事,明天再说。
我今天没有情绪,明天把它送来给我。

特尔茨基：

请您想想——

伊索拉尼：

签吧！签字吧！什么！

你是整个宴席上最年轻的一个，

就您一人要比我们大家都糊涂？

好好瞧瞧！您老爸也签了名，

我们大家都签了名！

特尔茨基(对奥克塔维奥)：

得动用您的威望了。跟他说说。

奥克塔维奥：

我的儿子已经成年。

伊洛(把金尊放在配餐桌上)：

在谈什么呀？

特尔茨基：

他拒绝在这文件上签字。

马克斯：

我说，这事可以等到明天再办。

伊洛：

这事不能等。我们大家都签了名，

你也得签，你也得签上你的名字。

马克斯：

伊洛，睡觉去吧。

伊洛：

不！你别想溜掉！

公爵殿下得认识一下他的朋友是谁。

(所有的客人都围到他们两人身旁)

马克斯：

我对公爵的态度如何,他自己知道。

大家也都知道,用不着装神弄鬼。

伊洛:

这就是你表示的感恩,

亲王殿下总是偏爱外族人,这下得了回报。

特尔茨基(十分尴尬,对众位开始骚动的指挥官们说道):

他这是酒后胡说!我请诸位别听他的!

伊索拉尼(笑道):

酒后不会凭空胡说,只会口吐真言。

伊洛:

谁要是不追随我,就是反对我。

这些温柔的良心!要不是开一道后门,

用一个条款——

特尔茨基(赶快打断他):

他真的完全发疯了,别理会他。

伊洛(叫得更加大声):

用一个条款来拯救自己。

什么条款?让魔鬼来抓走这个条款——

马克斯(注意起来,又看了一下文件):

这里面有什么东西这样危险?

您让我好奇起来,想仔细看看。

特尔茨基(对伊洛旁白):

你在干什么呀,伊洛?你把我们都毁了!

蒂芬巴赫(对科拉尔托):

我刚才也注意到,宴会前念的文件不是这样。

葛兹:

我也有这样的印象。

伊索拉尼:

这跟我有什么关系？

别人签了名，我也可以签名。

蒂芬巴赫：

宴会前还有某种保留，

文件里还有一个条款关于效忠皇上。

布特勒（对一位指挥官说）：

诸位，真不害臊！好好想想，在谈什么问题。

现在的问题是，我们该留住

我们的将军，还是让他离去？

不能这样顶真，这样斤斤计较。

伊索拉尼（对一位将军说）：

公爵殿下把你的团队分给你时，

也是这样来个附加条款？

特尔茨基（对葛兹）：

您忘了，他还向您提供军需，

每年高达一千个金币？

伊洛：

是那些混蛋自己把我们变成了无赖！

谁要是不满意，就直说！我在这儿呢！

蒂芬巴赫：

好了！好了！只不过是说说而已。

马克斯（读完了文件，把文件交回）：

那就明天再说！

伊洛（愤怒得说不出话来，控制不住自己，一手把文件放到马克斯面前，另一只手握着宝剑）：

签字——犹大！

伊索拉尼：

嘿，伊洛！

奥克塔维奥，特尔茨基，布特勒（同时）：

把剑拿开！

马克斯（迅速握住伊洛的手臂，把他解除武装，对特尔茨基伯爵）：

把他弄上床去！

（马克斯下，伊洛连声诅咒，骂骂咧咧，由几位指挥官抱住，大家纷纷离去时幕落）

第 五 幕

〔场景：在皮柯洛米尼寓所的一间房间里。夜晚。

第 一 场

〔奥克塔维奥·皮柯洛米尼。内侍点灯。紧接着马克斯·皮柯洛米尼上。

奥克塔维奥：

我儿子一来，就叫他来见我——

这钟声是什么意思？

内侍：

马上天就亮了。

奥克塔维奥：

把灯放在这儿——我们不睡觉了，

你去睡吧。

（内侍下，奥克塔维奥心事重重地在屋里踱来踱去。马克斯·皮柯洛米尼上场，没有马上被奥克塔维奥发现，默默地看了奥克塔维奥片刻）

马克斯：

你生我的气吧，奥克塔维奥？

天晓得，这讨厌的争吵可不是我的错。

——我看见，你已经签了字；

你赞同的事情，对我也应该合适才是——
可是事情——你知道——在这种事情上，
我不能跟从别人，
只能追随我自己的良知。

奥克塔维奥（向他走去，和他拥抱）：
继续追随你自己的良知吧，
我的好儿子！它现在为你指明方向，
远远胜过你父亲的榜样。

马克斯：
你把话说得清楚点。

奥克塔维奥：
我会说的。
今天夜里发生了这个事件，
不该再有秘密存在我们之间。
（两人坐下）
马克斯，告诉我，让我们签字的
那篇誓言，你对它有什么意见？

马克斯：
尽管我并不喜欢这种花哨，
但这誓言并不是什么圈套。

奥克塔维奥：
你不会由于别的原因
不顾他们的胁迫拒绝签名？

马克斯：
这是严肃的事情——而我当时心不在焉——
这事本身我觉得并不是那么紧急——

奥克塔维奥：
你坦白说，马克斯，你就没有怀疑——

马克斯：

怀疑什么？毫不怀疑。

奥克塔维奥：

感谢你的天使吧，皮柯洛米尼！

他让你浑然不觉地悬崖勒马。

马克斯：

我不明白，你什么意思。

奥克塔维奥：

　　　　　　我要告诉你：

他们要利用你的名字去捣鬼，

让你背离职责，背叛对皇上的誓言。

就只要你大笔一挥。

马克斯（霍地站起）：

奥克塔维奥！

奥克塔维奥：

你坐下。我还有很多事情

要告诉你，朋友，多年来

你一直目迷神眩，头脑很不清醒。

无比阴暗邪恶的阴谋

正在你的眼前进行，

地狱的魔力迷惑了你，使你神志不清——

我不能再保持沉默，

必须擦亮你的眼睛。

马克斯：

　　　　　　　　　　说话之前

请你三思！倘若讲的全是臆想估计，

我看你还是免提，

我担心，不会是别的话题。

我现在可没有心情,听你瞎猜一气。

奥克塔维奥:

不论你有多么严肃的理由逃避你的良知,

我有更加迫切的理由,让你面对现实。

我本来可以让你无辜的心

平静地做出自己的判断,

但是我现在发现人家对你的心

也布下罪恶的罗网陷阱——你的秘密?

(目光犀利地凝视着马克斯)

你的秘密瞒着我,引出了我的秘密。

马克斯(试图回答,但说不出口,尴尬地垂下目光凝视地面)

奥克塔维奥(停顿片刻):

那么你听着! 他们欺骗你——

无耻之尤地玩弄你,和我们大家。

公爵摆出架势,要离开军队抽身引退;

这时他们开始着手偷偷地

从皇上身边引开军队,

带着队伍去和敌人相会!

马克斯:

教士散布的这种鬼话我都知道,

没想到会从你嘴里听到。

奥克塔维奥:

向你诉说此事的这张嘴巴

现在向你保证,这决非教士的鬼话。

马克斯:

他们把公爵大人说成丧失理智的疯子!

他竟然想从久经考验的部队

引诱三万诚实的士兵,

其中贵族有一千多名,
背离誓言,义务和荣誉,
集中起来做这种流氓的行径?

奥克塔维奥:

他绝对不干这样卑鄙无耻的事情
——他要我们做的事,
有一个更加无辜的名字。
他想做的无非是给帝国带来和平;
正因为皇上对此深恶痛绝,
他就——他就迫使皇上接受和平!
他要使各方全都满意,为了补偿他的努力,
他要把已经占领的波希米亚
永远成为他自己的领地。

马克斯:

奥克塔维奥,他为我们辛苦奋战,
我们竟把他设想得这样不堪?

奥克塔维奥:

这里谈的不是我们的想法。
事实胜于雄辩,清楚不过的证明在说话。
我的儿子!你不是不知道,
我们和宫廷的关系多么糟糕——
可是他们使用阴谋诡计,谎言骗术,
在军中散布谣言,煽动叛乱,
对此你一无所知,想像不到。
使军官和皇上紧密相连,
使士兵和市民生活连接起来的
各种纽带均被扯掉。
他照理应该保卫国家,如今面对国家

却忽视法律，忘记义务，
并且还举剑在手想向国家动武。
事情发展到这种地步，
皇上此时竟面对自己的军队浑身发抖
——害怕在他的首都——
在他的宫里——会遭到行刺的叛徒；
是啊，皇上不担心他娇弱的皇孙①
面对瑞典人，面对路德教徒，
而要让他们逃离自己的队伍。

马克斯：

别说了！你说得我心惊肉跳，浑身战栗；
我知道，大家是在莫名惊慌无端发抖，
但是虚假的妄想带来真正的灾难。

奥克塔维奥：

这绝非妄想。内战即将爆发，
倘若我们不加制止迅速扑灭，
即将爆发这最为荒诞的自相残杀。
许多指挥官早被收买，
臣下的忠诚已经动摇；
有的团队兵营整个的都不可靠。
外国人② 对要塞已很熟悉，
西利西亚的全部兵马都交给
形迹可疑的夏夫哥契③，

① 皇帝斐迪南二世当时只有一个孙子，是皇太子在一六三三年生的儿子，日后的罗马国王斐迪南四世。两位公主仍未出嫁。原文的皇孙为复数，与史实不符。

② 指在华伦斯坦部队里服役的外国将领。以上提到的大多是外国人。

③ 约翰·夏夫哥契男爵(1591—1635)，波希米亚贵族，华伦斯坦手下的骑兵将军，他是惟一的被处死的华伦斯坦的追随者。

五团骑兵步兵交给特尔茨基，
装备最为精良的部队统统交给
伊洛，金斯基，布特勒，伊索拉尼。

马克斯：

还有我们两个。

奥克塔维奥：

因为他以为，允诺高官尊爵，
就可以把我们引诱到手。
所以他把格拉兹和萨岗两个
侯国分赠给我，可是我看到了
他用来抓我的那只钓钩。

马克斯：

别说了，别说了！
我跟你说，别说了！

奥克塔维奥：

啊！你睁开眼睛看看！
你想想，他为何命令我们到皮尔森来？
是为了让我们提出忠告？
弗里特兰什么时候需要向我们请教？
我们是叫来把我们自己出卖给他，
倘若我们拒绝——就成为他的人质扣下。
因此戛拉斯伯爵就拒不前来——
如果没有崇高的使命在身，
你也不会在这里看见你的父亲。

马克斯：

他并不隐讳，我们是为了他的缘故
奉命来到这里——要稳住他的地位，
他承认需要我们助他一臂之力。

他为我们那么费心,我们也有责任
现在为他做点事情!

奥克塔维奥:

你知道吗,
他要我们为他做的是什么事情?
伊洛酒后失言已经向你泄露了玄机。
你好好想想,听见、看见了什么蛛丝马迹。
那份伪造的文件,那个略去的条款
举足轻重,还不证明
他想让我们去干不义的事情?

马克斯:

今天晚上的那份文件,
对我只是伊洛开的玩笑蠢不堪言。
这批高人惟恐天下不乱
总是喜欢把事情趋向极端。
他们发现公爵和宫廷关系闹翻,
就认为扩大裂口使之无法转还,
就是对公爵效力忠心赤胆。
我相信,公爵对此一无所知一无所感。

奥克塔维奥:

要我破坏你对一个人的信仰,
似乎牢不可破的信仰,
使我心里难受深感痛苦。
可是这里容不得姑息爱护——
你必须迅速采取措施,行动起来。——
我只能向你承认——我告诉你的一切事情,
你觉得如此难以置信——是我从他自己
嘴里——从公爵嘴里听来。

马克斯(情绪激烈地):

　　绝不可能!

奥克塔维奥:

　　他自己向我披露——虽然我早已
　　从别的渠道获悉:
　　他想投向瑞典,
　　然后亲率联军
　　迫使皇上——

马克斯:

　　　　　　他性格暴烈,
　　宫廷对他的伤害过于深刻;
　　说不定在心情不悦之际,
　　他会一时失态,忘乎所以。

奥克塔维奥:

　　他告诉我这事时
　　情绪平静,他把我的惊讶
　　视为恐惧,便推心置腹
　　让我看瑞典人萨克森人的信件,
　　信里希望他提供某种援助。

马克斯:

　　这不可能,不可能,不可能!
　　你看吧,这不可能!你的
　　厌恶情绪必然会有所表现,
　　他一定会让你直言规劝,不然你——
　　——你也不会活着站在我的身边!

奥克塔维奥:

　　我的确向他表示了我的顾虑,
　　我急切、认真地劝他改变主意;

可是我的憎恶,我的最深层的思想
我仍然深埋心底。

马克斯:

你竟然如此虚伪?
这不像是我父亲的作为!
我本来不相信你说的话,
因为你尽向我说他坏话;
现在更不能信你,因为你污蔑自己。

奥克塔维奥:

我可不是自己逼近他的秘密。

马克斯:

你若真诚,应该得到他的信任。

奥克塔维奥:

他已不配听我的真话。

马克斯:

欺骗更加有失你的身份。

奥克塔维奥:

我的好儿子!
我们内心的声音教导我们,
生活中不可能永葆孩子般的纯真。
面对阴谋诡计被迫自卫,
即使诚实的心灵也不能保持真实——
这便是干恶事的厄运,
冤冤相报,恶事引出恶事。
我无法多思多想,只是尽我的本分,
皇上规定了我该如何举措行事。
倘若处处都能听从内心的呼声,
这样固然更好,但是这一来

就不得不放弃某些良好的目的。
我的儿子,这里是要为皇上尽忠效力,
心灵想说什么,只能置之不理。

马克斯:

我今天真没法理解你,明白你。
你说公爵殿下向你敞开心扉,
以达到邪恶的目的,而你却欺骗他
为了达到善良的目的!
别说了!我求你——你没法夺走
我的朋友——别让我失去父亲!

奥克塔维奥(控制住他的激动):

你还没有知道一切,我的儿子。
我还要向你披露一些事情。(停顿少顷)
弗里特兰公爵
已经厉兵秣马枕戈待战。
他相信自己的星辰。他想乘我们不备,
突然袭击我们——他一心以为
他已皇冠到手,定下乾坤。
他可是大错特错——我们也采取了行动。
他握住的只是他那神秘莫测的邪恶命运。

马克斯:

别鲁莽行事,父亲!啊!看在一切
善良事情的分上,我求您。别操之过急!

奥克塔维奥:

他悄没声地走上他那邪恶的道路,
复仇女神尾随着他,也这样狡猾、轻声,
女神已隐身站在他的背后神气阴森,
再走一步,他就会惊愕地碰到复仇女神。

——你看见克威斯腾堡在我这里；
你还只知道他的公开的使命——
他还奉有一道秘密的敕令，
这道密令只下达给我本人。

马克斯：

可以告诉我吗？

奥克塔维奥：

马克斯！
——我说了这话，帝国的幸福
你父亲的性命，就都交到你的手里。
华伦斯坦是你的亲人，
从幼年起你就和他心心相系，
爱情、尊敬的纽带把你和他拴在一起，
你一直心存愿望——啊！让我把你
犹豫不决的信任说出口来——
你一直心里暗存希望
能和他关系更加亲密。

马克斯：

父亲——

奥克塔维奥：

我相信你的心，
可是，对你的心情我也可以放心？
倘若我向你披露
这个人的全部命运，
你能走到他的面前
保持脸色平静？

马克斯：

你告诉我他的罪行之后，我能做到。

奥克塔维奥(从密匣里取出一份文件,递给马克斯)

马克斯:

什么?怎么回事?皇帝的一道密旨?

奥克塔维奥:

你读一读吧。

马克斯(向文件扫了一眼之后说道):

公爵被判有罪,受到公开谴责!

奥克塔维奥:

就是这样。

马克斯:

啊!这太过分!啊,不幸的错误!

奥克塔维奥:

接着读啊!镇定些!

马克斯(继续阅读文件,惊讶地看了他父亲一眼):

怎么回事?什么?你?你是——

奥克塔维奥:

只是权宜之计——在匈牙利
国王来到军中之前,
军权暂时交付给我——

马克斯:

而你认为你会从他手里夺取兵权?
千万别这样想——父亲!父亲!父亲!
这个职务会变成你的灾难。
这份文件——这道圣旨!你打算付诸实现?
你想在他的军中把他缴械?
他有成千上万个属下,权力无限!
你完了——你,我们大家,全都完蛋!

奥克塔维奥:

我要担多大的风险,我心里有数。
我已把自己托付给全能的主;
它将以自己的盾牌庇护这虔诚的皇室,
把阴暗的黑夜的工程彻底倾覆。
皇上还有忠心耿耿的臣仆,
即使在这军营里也有足够的勇士,
会为仁善的事业英勇赴死。
忠义之士已受到警告,其余的人已被监视,
我只等待着他迈出第一步,立即——

马克斯:

凭着怀疑,你就打算立即迅速行动?

奥克塔维奥:

皇上绝不从事暴戾专横的行径!
他不想惩罚人们的意图,只惩罚具体的罪行。
公爵现在还掌握着自己的命运——
他只要不犯背主叛国的罪行,
皇上就只是悄悄地削去他的权柄,
他将给皇太子让出帅印。
自己光荣下野,回到他的城堡中去,
这与其说是惩罚,毋宁说是善举。
可是他第一个公开步骤一旦采取——

马克斯:

你称什么是这样一个步骤?
他绝不会迈出邪恶的一步,可是即使
最虔诚的一步你也会错误地进行解释。
(你已经做了这样的解释)

奥克塔维奥:

无论公爵的目的如何罪大恶极,

他公开采取的步骤，
还可以受到温和的解释。
只有当他做出的行动无可挽回，
证明他确实叛国，判他有罪，
我才会想到动用这份密旨。

马克斯：

谁将担任审判的法官？

奥克塔维奥：

——你自己。

马克斯：

啊！那你永远也不必动用这道密旨！
你已向我保证，在你说服我之前，
你不会采取行动。

奥克塔维奥：

这可能吗？你知道了那么多事情，你还——
你还能相信他清白无辜？

马克斯（激烈地）：

你的判断会发生错误，我的心不会有误。
（平静一些，继续说道）
人的精神各不相同，难以捉摸。
他把自己的命运和星辰挂钩，
他和星辰相似，在奇妙、秘密的
轨道上运行，永远难以被人参透。
相信我，我们对他有失公道。
一切都会解决。我们将会看见他
摆脱这黑暗的疑惑，光辉普照。

奥克塔维奥：

我愿意期待这事发生。

第 二 场

〔前场人物,内侍,紧接着是一位信使。

奥克塔维奥:

什么事?

内侍:

有个紧急信使等在门外。

奥克塔维奥:

这么一大清早!他是谁?从哪儿来?

内侍:

他不肯告诉我。

奥克塔维奥:

带他进来,这事不要外传。

(内侍下,科尔奈特上)

是您啊,科尔奈特?是从戛拉斯伯爵那儿来?

把信给我。

科尔奈特:

我带来的只是口信,

中将大人不敢写信。

奥克塔维奥:

什么情况?

科尔奈特:

他让我禀告大人——我可以无话不讲?

奥克塔维奥:

我儿子知道一切内情。

科尔奈特:

我们拿住他了。

奥克塔维奥：

您指的是谁？

科尔奈特：

谈判代表！塞欣！

奥克塔维奥（迅速地）：

你们抓住他了？

科尔奈特：

前天早上，摩尔布朗特上尉
在波希米亚森林把他抓获，他正
带着急件，到累根斯堡去见瑞典人。

奥克塔维奥：

急件呢——

科尔奈特：

中将大人已经立即派人
把急件连同被抓的人犯送到维也纳去。

奥克塔维奥：

好，终于等到了！这可是个特大新闻！
这人对我们来说可是个聚宝盆，
里面盛着重要东西——找到的文件多吗？

科尔奈特：

六包文件都盖着特尔茨基伯爵的纹章。

奥克塔维奥：

公爵的手书一封也没有？

科尔奈特：

据我所知，没有。

奥克塔维奥：

塞欣呢？

科尔奈特：

跟他说要送他上维也纳，

他好像非常吃惊，

阿尔特林格伯爵好言抚慰，

只要他坦白招认一切就行。

奥克塔维奥：

阿尔特林格伯爵在您主人营里？

我听说，他在林茨，正在生病。

科尔奈特：

他现在弗劳恩堡，

到中将大人营里已经三天。

他们已经聚集了六十队人马，

全是精兵强将，让末将禀告大人，

只等大人一声令下。

奥克塔维奥：

几天之内会发生许多事情，

您什么时候得动身？

科尔奈特：

我等着您的命令。

奥克塔维奥：

您就呆到晚上吧。

科尔奈特：

是。（欲下）

奥克塔维奥：

没人

看见您吗？

科尔奈特：

没人看见。和往常一样，

托钵僧让我从修道院的小门进去。

奥克塔维奥：

下去吧，好好休息，别让人看见，
我打算在傍晚时分打发您上路。
事情很快就要揭晓，
现在晨曦初露，
天边杀气腾腾，
日落之前，命运自会决定胜负。（科尔奈特下）

第三场

〔皮柯洛米尼父子。

奥克塔维奥：

怎么样，我的儿子？现在一切都会水落石出。
——因为，据我所知，一切都通过塞欣。

马克斯（在整个前场戏中，他内心一直斗争激烈，这时下定决心）：

我要走条捷径把事情弄清楚。
再见！

奥克塔维奥：

上哪儿去？站住！

马克斯：

去见公爵殿下。

奥克塔维奥（吃惊地）：

什么？

马克斯（返回来）：

你要是以为我会在你的这出戏里
扮演一个角色，那你就打错了算盘。

我的道路必须正大光明,不拐弯抹角。
我不能嘴里说一套,心里另想一套——
我不能眼睁睁地看着别人
把我当做朋友相信,我却自欺欺人,
说他自己硬要冒险,
我并没有把他欺骗。
人家认为我是朋友,我就必须有情有义。
——我去见公爵殿下,今天就要求他,
在全世界面前挽救自己的名誉,
让他迈出一步,堂堂正正,
戳破你们的罗网,把它击成齑粉。

奥克塔维奥:

你想这样干吗?

马克斯:

我要这样干,你不用怀疑。

奥克塔维奥:

不错,我真的对你打错了算盘,
我指望你会是个明理的儿子,
人家把他从悬崖边上拉回来
你会对这双行善的手表示祝福——
可我发现你却是受到蒙蔽,执迷不悟,
一双明眸把你变成傻瓜,激情使你迷糊,
连明亮的白昼的光辉也无法使你觉悟。
你去问他! 去吧! 你糊里糊涂,
不假思索地把你父亲,
把皇上的秘密都向他坦白交待。
迫使我时机未到就和他摊牌!
由于老天爷的奇迹,我的秘密直到今天

都得到保护,秘而不宣,
怀疑的明亮目光受到催眠,
现在,让我治国之道惨淡经营的工程,
由于我儿子鲁莽从事,功败垂成。

马克斯:

啊!这治国之道,我极为诅咒!
你们想用你们的治国之道迫使他
迈出一步——是的,你们可以逼他走这一步,
因为你们想证明他有罪,还想让他有罪。
啊!这不会有好结果——不论你们
做出什么决定,我预感到那不祥的事情
正一步步发展正在逼近。——
因为这位赋有国王气度的人,一旦垮台
将要让一个世界和他同归于尽,
犹如一艘航船在汪洋大海之中
突然失火发生爆炸,
船板炸裂,四下飞散,
船上船员,突然抛在海天之间,
他也会把我们大家,这些紧紧依靠
他幸运的人全都拽入深渊。
你认为怎么对,悉听尊便!
可是请允许我,按照我的方式行事。
我和他之间一切都必须干干净净,
日落之前,事情必须澄清,
我究竟该失去朋友,还是失去父亲!
(随他下场,幕落)

华伦斯坦之死

（五幕悲剧）

Zweiter Theil.
Wallensteins Tod.
Ein Trauerspiel in fünf Aufzügen.

人　　物

华伦斯坦

奥克塔维奥·皮柯洛米尼

马克斯·皮柯洛米尼

特尔茨基

伊洛

伊索拉尼

布特勒

骑兵上尉诺伊曼

一位副官

古斯塔夫·弗兰格尔上校[①]　瑞典人的使者

哥尔顿[②]　埃格尔城防司令

杰拉尔丹少校

德夫鲁 ⎫
麦克唐纳 ⎭ 华伦斯坦军中的两位上尉

瑞典上尉

甲骑兵的代表

埃格尔城的市长

① 估计指的是卡尔·奥古斯特·古斯塔夫·封·弗兰格尔伯爵(1613—1676),此人一六三六年方提升为上校。瑞典人派人到皮尔森与华伦斯坦谈判并非史实。

② 约翰·哥尔顿(? —1649),信奉加尔文教的苏格兰人,原为特尔茨基部下的中校,埃格尔的城堡司令,前不久方提升为上校。

色尼

弗里特兰公爵夫人

特尔茨基伯爵夫人

苔克拉

诺伊布隆小姐　苔克拉公主的宫女

封·罗森堡　苔克拉公主的司厩

龙骑兵

仆役,侍从,民众

场景:前三幕在皮尔森

　　最后两幕在埃格尔

第 一 幕

〔一间进行炼金术的房间，布置了天体仪、地图、象限仪和其他天文学仪器。一个圆形房间的帷幕已拉开，在这房里可以看见七座标志行星的人像，投上奇异的光彩，分别立在各自的壁龛里。色尼在观看星象，华伦斯坦站在一张大黑板前，上面标明行星的位置。

第 一 场

〔华伦斯坦。色尼。

华伦斯坦：

现在就这样吧，色尼。下来。
天已破晓，正好是马尔斯① 的时刻。
已经不利于行动。来吧！
我们知道得已经够多了。

色尼：

让我再观察一下维纳斯②，殿下。
它刚刚升起。就像一轮太阳

① 从午夜到破晓前的时刻由火星马尔斯统治。
② 在此为日出前冉冉升起的晨星。

在东方闪亮。

华伦斯坦：

是的,它现在正挨近地球,

以全部力量影响地面。

(观察着黑板上的星座)

幸福的光景！现在总算三星

连成一线,预示命运,

两个幸运的星座朱庇特① 和

维纳斯把那狡黠无比、

带来灾祸的马尔斯夹在中央

迫使那老惹麻烦的家伙为我效力。

因为它很久以来一直和我为敌,

总在九十度或四十五度角处

把红色的闪电垂直地

或斜对着射向我的星际②,

扰乱它们充满幸福的活力。

现在它们战胜了这个宿敌,

为我擒住它于天庭广宇。

色尼：

两个宏伟的天体③ 没有受到

任何不祥星辰的侵袭！萨图尔努斯④

已经无害无力,无可奈何。

---

① 指木星。

② 马尔斯与华伦斯坦的星辰呈九十度时,是垂直地射出闪电,呈四十五度,则斜对着射出闪电。

③ 指太阳月亮。

④ 指土星。罗马农神萨图尔努斯(或:萨图恩)亦即希腊的大神克罗诺斯,他被自己的儿子朱庇特(即宙斯)所推翻。

华伦斯坦：

萨图尔努斯的王国已经完蛋，
它在地底下和人的心灵深处
统治着事物的诞生，管理着
一切害怕光明的事物。
现在已不是冥思苦索的时候，
因为光辉灿烂的朱庇特正君临宇宙，
把在黑暗之中制成的工程，
强有力地拽进光明的王国之中——
现在必须采取行动，
迅速行动，趁着幸运之星
尚未从我头上悄然溜走，
因为天上星座时刻都在变动。
（有敲门声）
有人敲门，去看看是谁。

特尔茨基（在门外）：

快开门！

华伦斯坦：

这是特尔茨基，
有什么急事？我们正忙着呢。

特尔茨基（门外）：

我请你把一切全都撂开，
事情刻不容缓。

华伦斯坦：

开门，色尼。
（色尼给特尔茨基开门，华伦斯坦扯上星象前的帷幕）

第二场

〔华伦斯坦。特尔茨基伯爵。

特尔茨基(上场):

你听说了吗?他已被人擒获,
被戛拉斯派人押去交给皇上!

华伦斯坦(对特尔茨基):

谁被擒获?谁给押走?

特尔茨基:

知道我们全部秘密的那个人,了解我们和瑞典、
萨克森人谈判的全部过程,
所有一切全都由他经手——

华伦斯坦(吓得往后一跳):

该不是塞欣吧?我求你说不是他。

特尔茨基:

就在他到累根斯堡去见瑞典人的途中,
他被戛拉斯派出的人抓住,
戛拉斯已经很久窥伺他的行踪。
我寄给金斯基,图恩①,奥克森斯蒂恩②,
阿恩海姆③ 的整包信件都在他行囊之中。
这一切现在都落到他们手里,
事情的全部过程他们已经获悉。

---

① 皆新教联盟将领,参看《皮柯洛米尼父子》注。

② 瑞典首相,参看《华伦斯坦的军营》注。

③ 新教联盟将领,参看《皮柯洛米尼父子》注。

第　三　场

〔前场人物。伊洛上。

伊洛(对特尔茨基):

他知道了吗?

特尔茨基:

知道了。

伊洛(对华伦斯坦):

你现在还想和皇上
重修旧好,赢回他的信任?
哪怕你真想放弃一切计划也不行,
他们已经知道,你图谋不轨。
你现在只能一往无前,
因为你已无路可退——

特尔茨基:

他们手里掌握了揭发我们的文件,
这些文件无可争辩地证明——

华伦斯坦:

他们没有一点我的手迹,我可以说你撒谎。

伊洛:

是吗?你还真的以为,你的这位连襟
以你的名义所进行的谈判协商,
他们不会算在你的账上?
对于瑞典人来说,他是你的代表,
而你维也纳的敌人竟会不予计较。

特尔茨基:

你是没有书面指示——不过好好想想，
你给这个塞欣面授了多少机密？
他会守口如瓶？倘若出卖你的秘密，
他可以脱身，他还会为你保守秘密？

伊洛：

你自己也不会相信这点！
既然他们已经获悉，你走了多远，
你说，你还指望什么？你不可能
再保住你的帅印，而你一旦放下兵权，
你就无可挽回地彻底完蛋。

华伦斯坦：

军队是我的保障，部队不会
弃我不顾。不论他们知道什么，
大帅依然是我，他们只好咽下苦果，
——我只要证明忠于帝国，
他们只好表示满足无话可说。

伊洛：

军队现在是你的；此时此刻，
它还在你手里；可是时间不声不响地
缓缓起着作用，对此你得战栗。
部队对你的拥戴今天，明天
还保护你免遭公开暴力的袭击，
可是你只要假以时日，他们会不知不觉地
破坏你赖以生存的众人对你的好感善意。
诡计多端地一个个争取你的部下——
等到最后发生猛烈地震之时，
整座无情无义的衰朽大厦会轰然坍塌。

华伦斯坦：

这是一次不幸的偶然事件。

伊洛：

啊！我要说，这是个幸运的偶然事件，
但愿它对你产生必要的效果，
驱使你迅速采取行动——那位瑞典上校——

华伦斯坦：

他来了吗？你知道他带来什么条件？

伊洛：

他只肯单独告诉你一个人。

华伦斯坦：

一个不幸，不幸的偶然事件——当然！当然！
塞欣知道的事情太多，他不会守口如瓶。

特尔茨基：

他是个波希米亚的暴民，逃犯，
早就该上绞架；倘若能出卖你，
保住自己一条命，他会有片刻迟疑？
倘若他们对他严刑相逼，
这个软骨头，会挺得过去？

华伦斯坦(陷入沉思)：

信任已经无法再恢复。
不论我想如何行动，我对他们
始终是个卖国的叛徒。
不论我如何幡然悔悟，
这都对我于事无补——

伊洛：

这只会毁了你。他们不会承认
你这是出于忠诚，只是由于无能。

华伦斯坦(情绪激动地踱来踱去)：

怎么？难道我当真非完成此举不可，
就因为我曾玩弄这个念头极为过火？
谁若和魔鬼嬉戏，绝无好结果！——

伊洛：
尽管对你来说，这只是一场游戏，请相信我。
你却不得不认真地赎罪不可。

华伦斯坦：
若要我实现这事，那就现在，
趁现在大权还依然在握，去把这事办成——

伊洛：
趁现在他们在维也纳还没有想好
给你什么打击，趁他们还没有抢先下手——

华伦斯坦（观看大家的签名）：
将军们的签字在我手里——
没有马克斯·皮柯洛米尼的名字。为什么没有？

特尔茨基：
是这样——他认为——

伊洛：
完全是狂妄自大！
他说在你和他之间用不着这玩意。

华伦斯坦：
他说得对，是用不着这东西——
团队不愿开到佛兰德斯去，
他们向我联名上书，
公然违抗这道命令。
暴乱的第一步已经迈出。

伊洛：
相信我吧，把他们带到敌人那儿去容易，

带到西班牙人[①] 那儿去要难得多。

华伦斯坦：

我想先听听，瑞典人有什么话

要对我说。

伊洛（急切地）：

您去叫他吧，特尔茨基？

他就等在外面。

华伦斯坦：

再稍等片刻。

我有点感到意外——事情来得太快，

我不习惯于为偶然事件盲目左右，

昏头昏脑地跟着瞎走。

伊洛：

你先听他说些什么，再从长考虑。（与特尔茨基下）

第　四　场

华伦斯坦（自言自语）：

这可能吗？我已不能为所欲为？

再也不能随心所欲，我已无路无退？

因为我有过这个念头，没有把诱惑斥退，

就非把它付诸实现？我只是用这个梦想

滋养我的心灵，并未想到把这梦想实现，

也没想过使用什么方法，我只是给自己

留着道路可以随意进退。

---

① 皇帝要求华伦斯坦派兵把西班牙国王的兄弟从米兰途经德国送到佛兰德斯。西班牙属于天主教联盟。

凭着天上伟大的上帝之名!
我并未当真。这事从未决定。
我只是心里这样想想而已;
自由和财富,两者给我刺激。
做着皇帝美梦,心存迷人幻想,
这有什么不合适的地方?
在我胸中意志不是曾经自由自在?
我不是曾经看见旁边有条好路,
使我始终能够见机撤退?
可是突然之间我发现给引向何处?
后退无路,我的所作所为
垒成一座墙壁高高耸立,
不可逾越,使我无法后退!
(他站住脚步,陷入沉思)
我显得犯了大罪,不论如何设法,
我都无法摆脱我的罪孽;
因为人生的暧昧不清控告了我,
即使动机虔诚,行动纯洁,
也会被人怀疑,妄加阐述,成为我的罪状。
倘若我真是个叛徒,被人视为叛徒,
我完全可以省去善良的外衣,
我会把伪装更好地裹在身上,
永远也不发出不满的声浪。
正因为我意识到自己清白,坚贞,
我才发发脾气,显露激情——
话语放肆大胆,因为它并未实行。
现在他们将把无意之中发生的事情
前后相连,故意和我联系在一起,

把我在欢快之时，愤怒之际，
一时兴起，说出的话语，
人为地织成罗网一张，
从而向我提出可怕的控状，
而我对此只好不响。于是我便陷入
我自己布下的毁灭性的罗网之中，
要想撕破罗网只有采取暴力行动。
（他又站住不动）
多么不同啊！勇气的自由冲动，
促使我采取大胆行动，形势逼人，
来势汹汹，要求我保护自身。
不得不采取行动，形势看上去严峻万分。
伸手探到命运的神秘莫测的灰坛之中，
不能不令人胆战心惊。
我的行动在我的胸中还属于我：
一旦逸出心灵的安全角落，
离开它母亲的土壤，
抛到人生的陌生地带之中，
它就属于狡黠诡异的力量，
人的任何计谋都对它们毫无影响。
（他在屋里激动地走了几步，然后又停下来深思）
你的开始是什么？你有没有诚实地
向自己坦白交待？你想要摇撼权力，
那静静地，安然高踞宝座的权力，
这种权力多年来已为人占有，
被视为神圣，盘根错节，
坚韧有力地根植于百姓们
虔诚的孩子般的信念之中。

这不是力与力较量的斗争，
这种斗争我并不害怕。凡是我能够看见，
能够直视的敌人，我都敢和他拼死断杀，
这个敌人勇气百倍，也使我迸发出勇气。
我害怕的是看不见的敌人，
他暗自反对我，藏在人的心底，
单凭它那怯懦的恐惧，使我感到恐惧——
并不是显得生气勃勃强劲有力的东西，
才凶险异常，令人畏惧。
真正卑劣的乃是永远属于昨日的东西，
它一向如此，而且还一再重返，
因为今天有效，明天也就继续有效！
因为人就是由这平庸卑劣之物所造，
他称习惯为他的奶妈，呵护他于襁褓。
谁去触动他那可敬的老古董，
就该倒霉，这可是他珍贵的祖传之宝！
岁月起到圣化一切的作用；
年久灰败的东西，对他来说都像带有仙气，
拥有它们，你就立于不败之地，
人群将像圣物似的记住你。
（对进来的侍从说道）
是瑞典上校吧？是他吗？好吧，让他来吧。
（侍从下，华伦斯坦的目光沉思地凝望着门口）
这扇门现在还纯洁——没有污点！
罪行还没有迈过这道门槛——
竟如此狭窄，这两条人生道路的界线！

第五场

〔华伦斯坦与弗兰格尔。

华伦斯坦（把弗兰格尔审视了半晌之后）：

您叫弗兰格尔？

弗兰格尔：

苏德曼兰蓝色团① 的古斯塔夫·弗兰格尔上校。

华伦斯坦：

有人在斯特拉尔松② 城下英勇反击
给我添了很大麻烦，
害得这滨海城市起来造反，
那人也叫弗兰格尔。

弗兰格尔：

您那是在和大海作战，公爵大人！
这是大海的力量，不是我的功劳，
丹麦海峡捍卫自己的自由，借助风暴的伟力，
一个人不能同时制服海洋和陆地。

华伦斯坦：

您夺走了我头上海军上将③ 的帽子。

弗兰格尔：

---

① 苏德曼兰为瑞典一区，在斯德哥尔摩西，蓝色为该团军旗的颜色。

② 一六二八年华伦斯坦进攻与丹麦、瑞典结盟的斯特拉尔松城，有瑞典军队增援，华伦斯坦未能攻克该城。

③ 哈布斯堡王室有野心成为北欧的海上大国，一六二八年四月二十一日，华伦斯坦被任命为“海洋及波罗的海将军”，犹如“海军上将”。由于海上大国计划失败，这项任命亦无结果。

我是来把一顶王冠[①] 加在您的头上。

华伦斯坦(摆摆手让弗兰格尔入座,自己坐下):

请出示您的证书。您这次前来是否拥有全权?

弗兰格尔(沉思地):

还有那么多怀疑需要消释?

华伦斯坦(读了证书之后):

这封信写得有头有尾,弗兰格尔先生。
您为之效劳的是个聪明人,明白事理。
首相写道:他帮我获得波希米亚的王冠
只是完成他先王的遗愿而已。

弗兰格尔:

首相大人说的只是真话。
先王对于公爵大人出众的理智
和杰出的帅才一向极为赞赏,
他经常说,精通统治艺术的人
理应成为统治者和国王。

华伦斯坦:

他可以这么说。
(亲切地握住弗兰格尔的手)
说些肺腑之言,弗兰格尔上校,——
我对瑞典也一直怀有好感,——唉,你们在
西利西亚和纽伦堡城下已经有所感受。
我常常掌握你们在我手里,可总是
网开一面,让你们从一扇后门溜走。
维也纳的人就因此对我恨之入骨。
现在这就促使我迈出这一步——

① 即波希米亚国王的王冠。

正因为我们利益如此相近，
那就让我们作为友人，
彼此怀有信任。

弗兰格尔：

一旦双方感到放心，
信任也就随之产生。

华伦斯坦：

我发现，首相大人对我还不那么信任，
是啊，我承认——这场游戏
对我并不十分有利——首相大人认为
既然我会这样要弄我的主子，皇帝陛下，
我也会对我的敌人采用同样的手法，
戏要敌人自然比戏要皇上
更容易得到人们的原谅。
这不也是您的意见，先生？

弗兰格尔：

我在这里只完成使命，不发表意见。

华伦斯坦：

皇上把我逼上了绝路，
我已无法忠诚地为他服务。
为了安全自卫，我才迈出这一步，
我的意识始终把它视为错误。

弗兰格尔：

这我相信。若非迫不得已，没人铤而走险。
（少顷）
是什么促使公爵大人
如此对待您的主子和皇帝，
我们不宜妄加解释，恣意评判。

瑞典人是以犀利宝剑和清白良心
为自己善良的事业而竭力奋战。
事件的巧合乃是机会对我们有利，
在战争中任何优势全都算数，
我们不假思索地接受送上门来的礼物；
倘若各方都有合适的态度——

华伦斯坦：

还有什么值得怀疑？怀疑我的诚意？
怀疑我的力量？我曾答应首相，
倘若他交给我一万六千兵将，
我将带上皇上的一万八千人马
与之会合在我的麾下——

弗兰格尔：

公爵大人
作为杰出的统帅英名盖世，
被人称做阿提拉二世[1]，皮洛士二世[2]，
大家谈起公爵大人多年前
出人意料地缔造了一支军队，
确是从无到有，无不惊叹赞佩。
但是——

华伦斯坦：

但是什么？

弗兰格尔：

首相大人认为，

---

① 阿提拉(约406—453)，匈奴首领，骁勇善战，为人残暴，被称为“上帝之鞭”。

② 皮洛士，古希腊伊庇鲁斯国王(前319—前272)，企图在地中海地区建一大国，公元前280年、279年，两次战胜罗马人，但自己的军队伤亡惨重。

从无到有，把六万壮士投上战场
也许并不十分困难，
难的是引导他们当中的一千好汉——
（停住不说）

华伦斯坦：
那，怎么样？
尽管坦率地说出来！

弗兰格尔：
去破坏效忠皇上的誓言。

华伦斯坦：
他这样认为吗？他这样判断
真是瑞典人，真是新教徒之见。
你们路德教徒是为你们的圣经，你们的
事业而战；一心一意追随你们的战旗。——
你们当中谁若投向敌人，他就一举
和两个主人[①] 断绝了关系。
而在我们这里这一切都无从谈起——

弗兰格尔：
我在天的主啊！你们这里难道
就没有祖国，自己的教堂，家乡的炉灶？

华伦斯坦：
我要告诉你，我们这里的情况——
不错，奥地利人是有一个祖国，
他们爱祖国，也有理由爱国。
但是这支部队，这支自称是皇帝的军队，
驻扎在波希米亚的这支军队，却没有祖国；

① 指上帝和国王。

这是由许多外国渣滓组成的部队,
是本民族早已抛弃的那批群氓,
他们一无所有除了大家共有的太阳。
我们为之争战不休的波希米亚,
心里并没有它的主子,是人家打了胜仗,
成为它的主人,而不是他们自己选择的主上。
他们怨声载道,忍受着宗教信仰的专横,
暴力震慑住他们,并未平息他们的怨愤。
在这个国土上发生的种种暴行,
他们心里记忆犹新,渴望报复。
难道做儿子的会忘记父辈如何被人赶到教堂
去望弥撒,身后为猛犬追逐?
一个遭遇过这种事情的民族极为可怕,
它要么报仇雪恨,要么强忍这种耻辱。

弗兰格尔:

可是贵族和军官呢?
这样一种逃遁和背叛,公爵殿下。
在世界史上可是绝无先例。

华伦斯坦:

他们不论在什么条件下都效忠于我。
您不必相信我,您可以相信自己的眼睛。
(他把那张誓词递给弗兰格尔,弗兰格尔读了一遍,读完之后,默默放回桌上)
怎么样?您现在相信了吧?

弗兰格尔:

谁能信就信!
公爵殿下!我剥去假面吧。——是的!
我拥有全权,可以签订一切协议。

莱茵伯爵[①] 带着一万五千人马
只有四天路程就到这里，
他正待命和您的部队会合，
我立即下令进军，一旦达成协议。

华伦斯坦：
首相大人的要求是什么？

弗兰格尔（沉思地）：
十二团瑞典军队的安危所系。
我得用脑袋担保。别到末了
一切可能只是一出假戏——

华伦斯坦（霍然跳起）：
瑞典先生！

弗兰格尔（神色不动，继续往下说）：
因此我必须
坚持弗里特兰公爵大人公开地
和皇帝一刀两断，彻底翻脸，
否则他无法取信于瑞典。

华伦斯坦：
他到底要求什么？简单明了地说吧。

弗兰格尔：
把忠于皇帝的西班牙团队
全部缴械，一举夺取布拉格城，
把布拉格和边境城堡埃格尔
全都让给瑞典人。

华伦斯坦：

① 莱茵伯爵，奥托·路德维希（1597—1634），瑞典将军，瑞典驻阿尔撒斯的总督。参看《皮柯洛米尼父子》注。

要求很多啊！
布拉格！哪怕是埃格尔呢！但是要布拉格？不行。
你们向我提出的合理的安全要求，
我都可以逐一满足。
但是布拉格——波希米亚——我能自己保护。

弗兰格尔：
我们对此并不怀疑。对于我们来说，
也不仅仅是为了保护而已。我们不愿
白白地耗费这么多人命和财力。

华伦斯坦：
多么公平。

弗兰格尔：
在我们得到补偿之前，
布拉格得押在我们手里担保。

华伦斯坦：
你们就这样不信任我们？

弗兰格尔（站起身来）：
瑞典人对德国人得小心翼翼，
他们召唤我们渡过东海来到这里；
我们拯救帝国于危亡之际，
用我们的鲜血捍卫了宗教信仰的自由
和福音书的神圣教义——
可是现在他们已经不再感到
这是恩德善行，只是沉重负担，
对国内的外国人冷眼相看，嫉恨重重，
很乐意扔把小钱，把我们打发到我们的森林之中。
不行！我们可不是为了犹大的那点赏钱，
为了叮当乱响的几枚金币银币

把我们的国王[1] 抛弃在战场之上!
这么多瑞典人高贵的鲜血,
不是为了换取金钱而流淌!
我们不愿为了一顶寒碜的桂冠
张开旗帜返回故乡,
我们要繁衍生息在我们先王
阵亡时占领的国土之上。

华伦斯坦:

帮助我打败我们共同的敌人,
那美丽的边境土地就会属于你们。

弗兰格尔:

共同的敌人被打翻在地,
谁还建立新的友谊?
我们知道,公爵殿下——
尽管这事瑞典人不该发现,
——您和萨克森人在进行秘密谈判。
你们认为有必要把谈判的决议瞒着我们,
谁向我们保证不会成为这决议的牺牲?

华伦斯坦:

首相大人真是知人善任,
他不可能给我派来更坚韧的谈判对手。
(起立)
您再好好考虑一下,古斯塔夫·弗兰格尔。
布拉格就别再指望。

弗兰格尔:

我的全权就到此告终。

---

① 瑞典国王已在战争中阵亡。

华伦斯坦：

把我的首都[①] 让给你们？我宁可退回去，

——投向我的皇帝。

弗兰格尔：

倘若现在还来得及。

华伦斯坦：

这取决于我，现在也行，随时都行。

弗兰格尔：

也许几天前还行。今天已经不行。

——自从塞欣被擒，已不再可能。

（华伦斯坦一怔，沉默不语）

公爵殿下！我们相信，您确有诚意；

从昨天起——我们对此已经确信——

现在有了这份文件，向我们保证部队的忠诚，

再也没有任何东西阻止我们对您信任。

布拉格之争不应使我们谈判破裂，

我的主子首相大人只要得到老城便已满足，

他把拉欣城堡[②] 和小半个城市都让给你们。

可是殿下若要想和我们联合，

首先埃格尔得向我们打开城门。

华伦斯坦：

这么说，我得信任你们，你们却不信任我？

我会考虑你们的建议。

弗兰格尔：

我请您考虑得不要太久，

① 指布拉格，华伦斯坦在此显然以波希米亚国王自居。

② 拉欣即赫拉欣，为古老的布拉格城堡。

我们的谈判已经拖到第二年，
倘若这次仍无结果，首相大人
将认为一切谈判永远中断。

华伦斯坦：

他逼我逼得很紧。迈出这样一步
需要深思熟虑。

弗兰格尔：

在这之前，就该慎重。
公爵殿下！只有迅速行动，此举才能成功。
（下）

第　六　场

〔华伦斯坦。特尔茨基和伊洛又返回来。

伊洛：

已经谈妥？

特尔茨基：

你们取得了一致意见？

伊洛：

这瑞典人
满意地离去。是啊，你们谈判成功。

华伦斯坦：

你们听着！什么事都还没有发生，——认真掂量一下，
我恨不得没做这事。

特尔茨基：

怎么？这是什么话？

华伦斯坦：

仰仗这些瑞典人的恩惠过日子！
这些趾高气扬的家伙？我受不了。

伊洛：

你难道是落魄遭难，去向他们乞讨？
你对他们赠予甚多索取甚少。

华伦斯坦：

那个波旁家的王子①，投靠民族的敌人，
给自己的祖国以重创，他遭到什么命运？
他得的酬报是众人的诅咒，
他这违背天理的罪过逆行
受到民众的憎恶痛恨。

伊洛：

这难道是你的情形？

华伦斯坦：

我告诉你们，
忠贞对每个人都是最亲近的挚友，
人们生来就该为这挚友报仇。
教派之间的敌对，党派之间的怒火，
旧日的妒嫉，近日的忌恨都会消弭；
那些如此猛烈争斗，力图互相消灭的东西，
都会互相容忍，归于平息，
来驱逐人性共同的仇敌，
那凶狠残暴猛烈疯狂的野兽，

① 法国波旁王室分为两支，年轻的一支在十六世纪末由亨利四世登上法国宝座。相反，年长的一支随卡尔·封·波旁公爵（1490—1527）而绝后。卡尔王子即卡尔公爵。波旁家的卡尔王子感到受法王弗朗茨一世的侮辱，于一五二三年投向德意志帝国卡尔五世一边，致使法王被俘，卡尔公爵于一五二七年在罗马城下阵亡。

它冲进人们安居的牧场，逞凶无忌。
——因为单凭一己的聪明还无法保护自己。
大自然只有安置眼睛当作明灯，
在他的额上。保护他裸露的后背，
全仗虔信诚挚的忠贞。

特尔茨基：

你不要比你敌人更加丑化你自己，
敌人高高兴兴地伸出双手帮助你。
那位卡尔①，这个皇室的伯父和祖先，
想得也没这样充满柔情蜜意，
竟张开双臂欢迎那位波旁王子，
因为统治世界的只是赤裸裸的利益。

第七场

〔特尔茨基伯爵夫人及前场人物。

华伦斯坦：

谁叫你来的？这儿没有女人的事。

伯爵夫人：

我是前来表示祝贺。
——莫非我来得太早？我不希望是这样。

华伦斯坦：

动用一下你的权威，特尔茨基，让她走吧。

伯爵夫人：

① 卡尔五世(1500—1558)，德国皇帝。

我已经给予波希米亚人一个国王[①]。

华伦斯坦：

他也只是徒有虚名。

伯爵夫人(对另外二人)：

那么，原因何在？你们说！

特尔茨基：

公爵大人不愿意。

伯爵夫人：

他非当不可，却不愿意？

伊洛：

现在瞧您的。您去试试，
因为一讲忠诚和良心，我就无计可施。

伯爵夫人：

怎么搞的？当一切还都远在天边，
你面前道路还延长得无限遥远，
你那时英勇刚强当机立断，——
而现在梦想即将成真，
业已胜券在握，大功即将告成，
你却开始犹豫不决举棋不定？
莫非你只是勇于想像怯于行动？
好吧！你就让你的敌人一语言中！
他们正期待你只说不动。
他们深信你有谋叛之心；你放心，
他们会用文书印鉴加以证明！

---

① 一六一九年八月二十七日，伯爵夫人的婆婆玛格达莱娜·封·特尔茨基在选举普法尔茨伯爵弗里德里希五世为波希米亚国王时曾起过作用。席勒为了塑造一个擅于弄权的女性形象，把这次行动安排在这位年轻的特尔茨基伯爵夫人身上。此系作者杜撰，并非史实。

可是你真会犯上作乱，对此谁也不信。
这样，他们对你既害怕又尊敬。
这可能吗？既然你已走了这么远，
既然他们已知道最坏的结果，
既然人家认为你已犯下罪行，
你还准备坐失成果，后退抽身？
倘若只在酝酿，这就是卑劣的恶行，
一旦付诸实现，便成为不朽的功勋；
倘若起事成功，一切全都变得合理，
因为一切结局均是上帝的旨意。

内侍（上）：

皮柯洛米尼上校求见！

伯爵夫人（迅速地）：

让他等一等。

华伦斯坦：

我现在不能见他，等下一次吧。

内侍：

他只请求见您片刻。
他有急事——

华伦斯坦：

谁知道，他给我们带来什么消息，我想听听。

伯爵夫人（哈哈大笑）：

这对他来说肯定是急事，你可以想像。

华伦斯坦：

是什么事？

伯爵夫人：

你以后就会听到。
现在先想想，如何打发弗兰格尔。

（内侍下）

华伦斯坦：

倘若还有选择，还有一条
和缓的出路可选，该有多好——
我现在还想避免做绝，选择温和之道。

伯爵夫人：

你若别无其他要求，你眼前
就有这样一条道路，把弗兰格尔打发走。
忘记旧日的希望，抛弃过去的威风，
下定决心，开始新生。美德如同
荣誉和幸福，有它自己的英雄。
你立即前往维也纳去见皇帝陛下，
带上满满一箱财宝，告诉他，
你只想考验部下的忠诚，
有意戏弄一下瑞典人。

伊洛：

这样做已经太迟，他们知道了太多的事，
他到维也纳去只是跑去送死。

伯爵夫人：

这我不怕。按照法律给他判罪，
他们还缺乏证据；他们又要避免恣意判刑。
他们会让公爵大人平平静静地离职下野。
我已预见到，一切会如何发生。
匈牙利国王将要莅临，
于是不言而喻，公爵只好回归山林；
事先都根本不须发表什么声明。
匈牙利国王将让全军官兵宣誓效忠，
一切都将就绪，各就各位。

一天早上公爵就悄然离开军营。
在他的府邸里还可以有一番热闹光景，
他将在那里狩猎，养马，农耕，
建造一座宫城，分赠金钥匙，
任用侍从官，大摆酒席，宴请佳宾。
简言之，充当伟大国王，建立小型朝廷！
因为他知道分寸，善于处世，
实际上无所作为也毫无影响，
他们也就对他听之任之；
他将摆出伟大亲王的架势，直到生命终止。
唉，话说回来！公爵大人也不过是一位新人，
随着战争应运而生纵横奔驰，
全凭宫廷的恩宠，权倾一时，
皇上的恩宠以同样的光芒
造就出一批男爵和亲王。

华伦斯坦（站起身来，情绪激动）：

善于助人的上天的神力啊！给我指出
一条道路，摆脱这逼人的困境，
给我指出一条我还能走的道路——
我不能做言语中的英雄，一味空谈美德之徒，
热衷于我的强烈愿望和宏伟意图——
我不能朝着那个弃我而去的幸运
故作神气地说：走吧，我用不着你！
我若不再采取行动，我就必死无疑；
我要不怕做出牺牲不畏艰难险阻，
迈出那最后一步，那极端的一步；
可是在我陷入虚无沦亡之前，
在我轰轰烈烈开始，卑微渺小终结之前，

趁大家还没有把我和那些被时势造成,
又被时势毁灭的悲惨人物混为一谈,
我宁愿让当代和后世的人
憎恶地说出我的姓名,让弗里特兰
代表一切该诅咒的行径。

伯爵夫人:

这里有什么违悖自然?
我找不到,请告诉我吧——
啊!但愿迷信的黑夜幽灵
不要控制你清明的精神!
你被控告犯有叛国大罪;
这是否有理,现在并不是问题——
你若不迅速动用你还拥有的权力,
你就一败涂地,——哎!哪里有
这样和顺安分的生物,
不为活命而顽强抵抗竭尽全力?
什么东西如此大胆,不愿宽恕别人自卫之举?

华伦斯坦:

从前这个斐迪南[①] 曾对我恩宠有加,
他爱我,器重我,我曾是他心腹爱将,
哪个亲王曾像我这样受到他的尊敬?——
现在竟是这样的下场!

伯爵夫人:

皇上每一个小小的恩典你都牢记不忘,
可是你受到的侮辱却都忘得一干二净?
难道要让我提醒你,他们在累根斯堡

---

① 即奥地利皇帝。

是如何酬谢你的尽忠效命？
你得罪了帝国内部的每个等级；
为了助长皇上的威权，你把众人的仇恨、
诅咒都集中于你一身，
整个德意志境内你没有一个朋友，
因为你只对你的皇帝忠心耿耿。
在累根斯堡掀起了冲你
刮来的狂风暴雨一阵，
那时你只依附于皇帝陛下——
而他却让你倒台①！让你沉沦！
成为不可一世的巴伐利亚人② 的牺牲！
你别说，那失而复得的荣誉，
弥补了先前严重的有失公平。
并非真是善良愿望让你执掌帅印
拜你为帅由于形势严峻，
他们其实并不想让你统率三军。

华伦斯坦：

你说得很对，我获得这个职位，
既非他们对我好心，
亦非和我分外亲近。
我若滥用职权，并不滥用他们的信任。

伯爵夫人：

什么信任？好感？——他们需要你而已！
形势危急，咄咄逼人，

---

① 一六三〇年夏，华伦斯坦在累根斯堡帝国会议上被褫夺军权，被迫下野。

② 指巴伐利亚公爵，他是累根斯堡帝国会议上主要的控告华伦斯坦的诸侯。参看《皮柯洛米尼父子》注。

非徒有虚名,滥竽充数之徒所能遏制,
要有实际行动,不要虚假形式,
危急关头总选出顶天立地,
出类拔萃之士来掌舵导航,
即使不得不求贤于民间草莽。
险峻形势使你当上统帅,授你帅印。
因为这个王室很久以来,在难以支撑之前,
一直任用奴性十足的卑微小人
和精通他们权术的玩偶机器,凑合度日。
可是等到危机日益逼近,
空洞的表象已难以为继,
这王室才落到大自然坚强的手里,
大自然这巨灵之神只服从自己,
不懂什么叫做契约协议,从来
只按自己的条件,不按王室的条件与之交易。

华伦斯坦:

这话不错!他们看见我总是保持本色,
我和他们交往,从未欺骗过他们,
因为我从来就认为,不值得费心费力地
掩饰我那气吞山河的心情。

伯爵夫人:

相反——你总是显得狰狞可怖。
不是你不对,你倒是一向忠于你自己,
而是他们毫无道理,他们既然怕你,
却又把权力交到你的手里。
因为每个人性格只要
和自己一致,就都有道理,
除了自相矛盾别无其他过失。

你在八年前，何尝是另外一人？
当时你以火与剑横行德国各地，
向其他国家挥舞皮鞭，
蔑视帝国的各种秩序，
只是施行可怕的强力权利，
践踏每个国家的主权，
为了扩张你自己君王的统治势力。
那正好是扼制你高傲的意志
让你遵守纪律之时！
可是什么对皇帝有利，他就欣喜，
他在这些胡作非为的事上，
默默无言地盖上他那皇帝的印记。
当年你是为他效劳，所以全都合理，
如今这些事情是反对他的，
于是一下子就成为可耻已极？

华伦斯坦(霍然站起)：
我从未从这方面来看事情——
是的，的确如此。皇帝利用我的手臂
在国内做的事情，
按照常理不该发生。
即便是我身披的这件公爵的大氅，
也归功于我的功勋，其实都是罪行。

伯爵夫人：
那你应该承认，在你和他之间
谈不上义务和权利，
只是权力和机遇！
现在是你结算总账提取庞大无比的巨款之际，
天上的星座在你头上显示必胜之意，

行星从天上把幸运传递给你，
并且高呼：现在是时候了！
难道你一生徒然测量星辰的运行？——
徒然使用两脚规和象限仪[①]？——
徒然在墙上描摹黄道带和天体，
徒然把司掌命运的七位主宰，
变成沉默不语，预示未来的
七尊神像安置在你的身旁，
只是为了进行一场毫无意义的游戏？
全军厉兵秣马全都毫无意义？
这空洞的把戏里面毫无实际内容，
在这紧要关头决定生死，何去何从，
这场游戏对你自己也无足轻重，
对你也不起任何作用？

华伦斯坦（伯爵夫人说最后几句话时，华伦斯坦情绪激动地走来走去，现在突然站住，打断伯爵夫人）：

给我把弗兰格尔叫来，
同时让三名信使备马待命。

伊洛：

好，赞美上帝！（急下）

华伦斯坦：

这是他的[②] 也是我的邪恶精灵，通过我
来惩罚他，我这实现他统治欲的工具。
我期待着，对付我胸膛的
复仇钢刀也已磨利，

① 当时星象学家以这些仪器测定天体的位置，以卜吉凶。
② 指皇帝。

谁若播下毒龙的牙齿[①]，
别指望会收获喜人的果实，
每件坏事都暗怀着自己的复仇天使，
那邪恶的希望恶毒的心思。
　　他不会再信任我——我也再退不回去，
要发生什么事，就让它出现。
命运总是对的，因为我们的心灵
是命运的执行者，令出如山。
（对特尔茨基）
把弗兰格尔带到密室来见我，
我要亲自嘱咐信使，
派人去找奥克塔维奥！
（对一副得意扬扬的神情的伯爵夫人）
　　　　　　　　你别高兴！
因为命运的威力嫉妒成性，
冒失的欢呼侵犯它的权力。
我们把种子放在它的手里，
是福是祸日后便见端倪。
（华伦斯坦下，幕落）

① 古希腊神话里英雄卡德摩斯播种毒龙的牙齿后，从地里长出的全副武装的战士互相厮杀。

第二幕

〔一间房间。

第一场

〔华伦斯坦,奥克塔维奥·皮柯洛米尼。不久,马克斯·皮柯洛米尼上。

华伦斯坦:

他[①] 从林茨向我报告,说他已病倒。
可是我有可靠消息,说他在弗劳恩堡,
藏匿在戛拉斯伯爵军中。
抓住这两个人,往我这里押送。
你就接过那几个西班牙团的指挥权,
老做出发的准备,可总是做个没完,
他们若是逼你出兵,向我发起攻击,
你就满口答应,可是呆在原地。
我知道,这场戏里让你消极延宕,
正合你的心意,是帮你的大忙。
你只要可能,总想维持表面;

---

① 指不服从华伦斯坦命令,忠于皇帝的将领阿尔特林格。

你不喜欢把事情做绝，
所以我给你挑选了这个角色，
这次你按兵不动，便是帮了大忙，立了大功。
与此同时，倘若幸运在我，
那你知道该如何行动。
（马克斯·皮柯洛米尼上）
现在，老伙计，走吧，今天夜里你就得出发，
骑上我的好马——这个小伙子留在我这里——
你们的告别尽量简短一些！
我想，我们大家都将情绪欢畅，
兴高采烈地重新欢聚一堂。

奥克塔维奥（对他儿子）：
我们回头再谈。（下）

第　二　场

〔华伦斯坦。马克斯·皮柯洛米尼。

马克斯（走近华伦斯坦）：
我的将军——

华伦斯坦：
倘若你称自己是皇上的军官，
我也就不再是你的将军。

马克斯：
这么说事情属实，你真的要离开部队？

华伦斯坦：
我已卸去了皇上的职务。

马克斯：

你想离开军队?

华伦斯坦:

我更希望

部队和我联系得更加牢固,更加密切。

(他坐下)

不错,马克斯,我一直想等行动的时刻到来,

才把事情向你全部公开。

年轻人感觉灵敏容易抓住要点,

榜样到处都有,俯拾即是,

若能自己做出判断,在实践中

予以检验,这确是件乐事。

但是,若要在两件灾祸中选出一种,

心灵与职务发生冲突,

很难从中退出,

这时没有选择余地,未尝不是好事,

形势所迫,不得不然,便是上天的恩赐。

——这个恩赐已经存在,不要回头观望,

这对你已毫无帮助。还是把目光射向前方!

不要做出判断!迅速行动起来!

——宫廷已决定让我垮台,

因此我下定决心,抢先采取行动,

——我们将和瑞典人结成联盟,

这都是些忠实的朋友,勇敢的人们。

(停住,等着马克斯·皮柯洛米尼回答)

——我使你感到意外了吧。不要回答我。

我会给你时间,让你收敛心神。

(他站起来,向后面走去,马克斯久久地站在那里,一动不动,内心极端痛苦;他身子动了一下,华伦斯坦便走回来,站在他的面前)

马克斯：

我的将军！——你今天使我长大成人，
因为一直到今天为止，我都不必
自己去探寻道路，辨明方向。
我无条件地追随你。我只消仰望着你，
就知道走的道路正确无比。
你今天让我第一次要靠我自己，
逼着我做出选择，
是听我的良心，还是听你。

华伦斯坦：

迄今为止，命运温柔地抚爱着你，
你可以轻而易举地守责尽忠，
满足任何美好的愿望，
总是全心全意，心无旁骛地行动。
但是这种状况不可能持久，
道路会岔向南北，职责会彼此交锋。
你的朋友和你皇上之间
爆发一场战争，你现在必须
亮明旗帜，不容骑墙折衷。

马克斯：

战争！难道这真叫战争？
战争恐怖可畏，犹如灾祸降落凡尘，
可是战争又是好事，犹如天灾，这是天命。
你用皇上自己的军队和皇上一决雌雄，
难道这场战争是场良好的战争？
啊，上帝啊！真是天翻地覆的变化！
难道我该用这样的语言和你说话，
你可一直像北斗星似的高悬天庭

为我把人生的规则准绳确定！
啊！现在你在我心里造成了多大的创伤！
我一向对你敬畏有加，这已成为天性，
对你绝对服从，已习以为常，
难道要我学习对你的名字不再尊敬？
请别！请不要把你的脸转向我！
你的脸对我一直是神明的面容，
我不会立即对它无动于衷；
我的感觉还在你的约束之中，
尽管我的心灵已挣脱羁绊，但血如泉涌！

华伦斯坦：

马克斯，听我说。

马克斯：

啊！你别说！别说！
你瞧！你那纯洁高贵的面容
还对这灾难深重的行为一无所知。
它只玷污了你的想像力，
你那气宇轩昂的身躯，还显得
纯洁无畏，并未被罪恶侵蚀。
把这污黑的斑点，把这敌人抛开！
这只是一场邪恶凶险的梦境，
威胁每一个安稳的德行。
人们完全可能碰到这样的瞬间，
可是最终依然是美好崇高的感觉获胜。
不，你不会就这样了结此生。
这只会毁掉人们身上伟大的人格
和壮丽的本能，
这只会授卑微的小人以柄，

认为自由无羁并无高贵的秉性，
人生而不能自持，实属无奈无能。

华伦斯坦：

世人将对我严加谴责，我正等着。
你可能说的话，我已对我自己说过。
若能绕道回避，谁也不会趋向过激！
可是这里没有选择的余地，
我必须动用武力，或者忍受苦难——
情况就是如此。二者必居其一。

马克斯：

哪怕真是如此！你不妨用武力
保持你的职位，违抗皇帝的谕旨！
倘若事不得已，不妨公开起义，
我虽说并不赞赏，但是我能理解你。
我愿和你分担，我并不赞成的事体：
就是——不要变成叛国逆贼！
这句话我终于说了出来。别当叛徒！
这不是勇气在自己控制的范围内
所能逾越的尺度，这不是错误。
啊！这完全是另一回事——这是黑暗无状，
阴暗无比，犹如冥国地府！

华伦斯坦（脸色阴沉地皱着眉头，可是平静下来）：

年轻人说话轻率，放任，
有些话难以驾驭，犹如刀刃。
他们脑袋火热，给事物大胆地定下尺寸，
其实这些事物只能自己测定。
年轻人一下子就把一切说成有害
或者高尚，或者邪恶或者善良——

人们在想像中奇妙地想出朦胧暧昧的名称，
他们马上拿来放在事物及其本质之上。
世界狭小偏窄，头脑广袤无垠，
思想很容易地挨在一起，彼此并存，
可是在空间里事物狠狠地互相碰撞；
一个占有一席之地，另一个必须移开，
谁若不想被人赶走，必须赶走别人；
这里发生争吵，只有强者方能获胜。
——不错，谁若无愿无欲度此一生，
能够摒弃任何目的，他就和火精①
一起生活在轻柔的火焰里，
在纯净的元素中使自己保持洁净。
大自然是用粗砺的材料把我制造出来，
贪欲杂念则把我拽向大地。
而大地属于邪恶的精神，不属于善良的精神。
诸神从天上送给我们的，
只是一般性的财富；
它们的光芒使人愉悦，不能使人富足。
在它们的王国里争取不到财富。
珠宝钻石，普遍赞美的黄金，
必须从虚假的威力处赢得，
这些威力寓居黑夜，蜕化变形。
要让它们对你产生好感，得做出牺牲，
没有一个人要想它们为之效力，
却能活下去，保持灵魂纯净。

马克斯（语气着重地）：

① 民间迷信，有个人形之物寓于火中，被称做“火精”。

啊,害怕,害怕这些虚假的威力吧!
它们言而无信!这些善于撒谎的精灵
让你迷乱,把你拽入深渊,让你沉沦。
不要信任它们!我警告你——
啊!回到你的职责!不错!你能办到!
派我到维也纳去。是的,派我去。
让我使你和皇上言归于好。
他不了解你,但我了解你这个人,
让他用我这双纯净的眼睛看你,
我将给你带回他的信任。

华伦斯坦:

已经晚了,你不知道,发生了什么事情。

马克斯:

哪怕事情已经太晚——哪怕已经走得很远,
以至于非要犯下罪行才能使你免于倒台,
那就倒台吧!倒得富有尊严,犹如傲然挺立。
失去兵权吧,退出这个舞台。
你可以光辉灿烂地退出,也可洁身引退。
——这么多年你为别人而生,操劳受累,
现在终于活着为你自己,我陪伴着你,
我的命运永远不和你的命运分离。

华伦斯坦:

已经太晚了,我的紧急信使
在你说这番话时,
已经一里一里地向前奔驰,
带着我的命令,前往埃格尔和布拉格。
——认命吧,我们采取行动,因为非行动不可。
因此让我们完成必要的事情,

富有尊严，脚步坚定——我现在的所作所为
难道比当年恺撒[①] 的行事更加糟糕？
他的名字直到今天依然是世上最崇高的称号？
罗马交付给他的军团是用来保卫罗马，
他却率领这些军团来反对罗马。
他若抛掉手中的宝剑，他就彻底完蛋，
我若解除了武装，也就和他一样凄惨。
我感到他的精神在我心里涌动。
把他的幸运给我，其他一切我愿承担。
（马克斯一直痛苦地思想斗争着站在那里，迅速下场。华伦斯坦惊讶地、错愕地目送着他，陷入沉思之中）

第　三　场

〔华伦斯坦。特尔茨基。紧接着伊洛上。

特尔茨基：

马克斯·皮柯洛米尼刚从你这儿出去？

华伦斯坦：

弗兰格尔在哪里？

特尔茨基：

他已经走了。

华伦斯坦：

这么急？

特尔茨基：

---

① 公元前一世纪恺撒在高卢征战十年之久，他在罗马的政敌召他交出兵权，立即回国，要对他审判。公元前四十九年恺撒率大军渡过意大利和高卢诸省的界河卢比孔河，占领罗马，获得主动。

就像大地把他一口吞咽。
他刚离开你这里,我就跟了过去,
我还有话要说,可是——他已经不见。
没人知道他怎么消失在黑暗之中,
我看,这人就是个黑色妖魔,
人是不会突然消失得无影无踪。

伊洛(上):

你想把那老家伙派出去,这话当真?

特尔茨基:

怎么?派奥克塔维奥出去!你的脑子到底想到哪儿去了?

华伦斯坦:

派他到弗劳恩堡去率领
西班牙和意大利各团。

特尔茨基:

但愿上帝不让你做出这样的决定!

伊洛:

你想把军队托付给这个虚伪透顶的家伙?
把他从你眼皮底下支开?恰好在现在
这生死攸关的时刻?

特尔茨基:

你不会这样做的。不,凭什么也不会这样做!

华伦斯坦:

你们这些人真是奇怪。

伊洛:

啊!就是这一次,
你就听从我们的警告吧。别把他放走。

华伦斯坦:

我一直信任他,为什么

偏偏这一次我不该信任？
到底发生了什么事，要我对他失去好感？
由于你们胡思乱想，可不是由于我有病，
就叫我改变对他久经考验的判断？
你们别以为我是个女流之辈。迄今为止
我一直信任他，今天依然如此。

特尔茨基：

难道非他莫属？你另派一人吧。

华伦斯坦：

必须让他去，他是我挑选出来的，
他适合这件事，我就交给他去办。

伊洛：

因为他是个意大利人，所以你就觉得他合适。

华伦斯坦：

我很清楚，你们对这父子二人从无好感。
我尊重他们喜欢他们，器重他们甚于你们
和其他人，显然他们该受这样的待遇，
于是他们就成了你们的眼中钉！
你们的妒嫉与我何干？与我的事业何干？
你们嫉恨他们，并不能使我的感觉改变，
你们对他们是爱是恨，悉听尊便，
我让每个人保留自己的思想和倾向，
因为我知道，你们在我心里各有自己的分量。

伊洛：

他走不了——我会让人把他马车的轮子砸烂。

华伦斯坦：

别发火，伊洛！

特尔茨基：

克威斯腾堡在这儿的时候，
老是跟奥克塔维奥泡在一起。

华伦斯坦：

我知道这事，是我批准的。

特尔茨基：

我也知道，戛拉斯的密使曾经跑来找他。

华伦斯坦：

这不是事实。

伊洛：

啊！你明察秋毫，却是个睁眼瞎！

华伦斯坦：

你不可能动摇我的信念，
这信念根植于星象学深奥的学问。
他若撒谎，整个星相学便是一派谎言，
因为你们知道吗，我从命运得到保证，
他在我的朋友当中最为忠心耿耿。

伊洛：

你有没有得到保证，保证那个保证没有撒谎？

华伦斯坦：

在人的一生中有些瞬间，
他比任何时候都更接近世界精神，
他可以向命运自由提问。
在吕岑决战① 前的那天夜里，
就出现了这样一瞬。
那时我靠着一株大树思绪万千，
极目远眺一马平川，篝火

① 指一六三二年十一月十六日的吕岑大战。

熊熊燃烧，透过阴暗的浓雾，
只有武器的沉闷喧响和巡逻的单调呼喊，
时而打破寂静黝黑的夜幕。
此时此刻，我整个的一生，
清晰可见的往日和影影绰绰的未来，
都在我的心头翩跹飞舞，
充满预感的精神把我翌日的命运
和遥远无际的未来联系在一处。
　　我于是对我自己说："你统治了
这么多人！他们追随着你的星辰，
把他们的身家性命都押在你的头上，
犹如押上一个吉利的号码，
他们和你一起登上了你的幸运之船。
可是世事多变，总有一天
命运又会把他们大家驱散，
只有少数人会赤胆忠心地守在你的身边。
我想知道，这座军营里所有的人，
谁对我最为赤胆忠心。
命运啊，给我一个信号！第二天早上
谁第一个向我走来表示爱心，
应该就是我想找的人。"
我这样思忖着，沉入了梦乡。
　　我在睡梦中来到鏖战正酣的战场，
人头攒动拥挤不堪，一枪射来，击中了
我的战马，我翻身落马，战马和骑手
不顾一切地从我身上跃过，
我气喘吁吁地躺在那里，宛如垂死之人，
被他们杂沓的马蹄踏成齑粉。

这时突然有人向我伸出手臂相助，
这就是奥克塔维奥——我猛然惊醒，
已经破晓天明，——奥克塔维奥站在我的跟前，
说道："今天你别骑这匹花斑马，我的兄弟，
你最好骑上这匹稳当的坐骑，
这是我特意给你挑选出来的。
就算是为了我吧。一场梦在向我警告示意。"
多亏这匹马奔跑迅速，使我摆脱了
巴尼哀[①] 麾下龙骑兵的紧逼追赶。
我的堂弟这天骑了那匹花斑马，
连人带马，我都永远没有再见。

伊洛：

这只是机缘巧合。

华伦斯坦（用着重的口气）：

这可不是巧合。
我们觉得只是盲目的偶然机缘。
恰好是来自无比深沉的根源。
我于是追根溯源，心里确认，
他是我善良的天使，对此不再讨论。（下）

特尔茨基：

我感到欣慰的是，
马克斯还在我们手里充当人质。

伊洛：

这小子别想活着从这儿走开。

华伦斯坦（站住脚步，转过身来）：

你们别像婆婆妈妈的妇女，

① 巴尼哀即约翰·巴内尔（1596—1641），瑞典军队统帅。

人家讲了几小时话,合情合理,
而你们颠来倒去老说那么一句,
——你们要知道,人的行为和思想
并不像大海盲目掀动的波浪。
人的内心世界,他的微观宇宙,
是深不可测的深坑,思想从那里涌流。
这些思想是必然的,犹如树木结果,
它们不可能是魔术变出来的偶然巧合。
我若探讨了人的内在实质,
也就知道他的愿望和他的行止。(都下)

第　四　场

〔皮柯洛米尼寓所中的一室。奥克塔维奥已着装待发。一名副官。

奥克塔维奥:

卫队都到了吗?

副官:

他们等在楼下。

奥克塔维奥:

这些人都可靠吧,副官?
你从哪个团里把他们调来?

副官:

从蒂芬巴赫团。

奥克塔维奥:

　　　　　　这个团是忠诚的,
让他们静候待命,呆在后院,

没有听见铃声,别让人家看见;
然后关上这座房子,严加看守,
你遇见的人,全都逮捕,一个不留。
(副官下)
我虽然希望用不着使用他们,
根据我的计划,应该不致有误,
可是事关皇帝的使命,是场豪赌,
宁可慎重有余,不可谨慎不足。

第五场

〔奥克塔维奥·皮柯洛米尼。伊索拉尼上。

伊索拉尼:
我来了——好哇!另外还有谁来?
奥克塔维奥(神秘地):
先和您谈谈,伊索拉尼伯爵。
伊索拉尼(神秘地):
要动手了?公爵打算采取行动?
您尽可信任我,对我进行考验!
奥克塔维奥:
会有的。
伊索拉尼:
老兄,我可不是言行不一之徒,
说起话来勇冠三军英雄盖世,
一旦行动,就逃之夭夭,极为可耻,
公爵大人待我如同朋友,上帝知道,
就是如此!我的一切全是他的恩赐馈赠,

他完全可以依靠我的忠诚。

奥克塔维奥：

到时候看吧。

伊索拉尼：

您得小心。并不是所有的人都一条心。
这儿还有许多人都和宫廷有密切联系，
他们认为，方才被偷偷骗去的签名，
对他们并无约束之力。

奥克塔维奥：

是吗？告诉我，哪些先生有这种看法。

伊索拉尼：

见他妈的鬼！所有的德国人都这么说。
埃斯特哈齐[①]，考尼茨[②]，德奥达特[③] 现在也都声明，
咱们应该服从宫廷。

奥克塔维奥：

我很高兴。

伊索拉尼：

您很高兴？

奥克塔维奥：

我高兴的是，
皇上还有那么好的朋友，那么正直的臣仆。

伊索拉尼：

您别开玩笑。他们并不都是坏人。

奥克塔维奥：

---

① 米克洛斯·埃斯特哈齐伯爵(1582—1646)，为哈布斯堡王室效力者。

② 考尼茨为波希米亚贵族世家。

③ 裘利阿·德奥达特上校，为皮柯洛米尼的亲信，虽在效忠信上签字，但也是首批离营而去的将校。

当然不是坏人。上帝保佑，我可不开玩笑！
看到正义的事业如此坚强，
我当真非常高兴。

伊索拉尼：
什么鬼把戏！这是怎么回事？
您难道不是一伙的？——我干吗到这儿来？

奥克塔维奥（神情肃然）：
我简单明了地跟您解释，
您究竟想做皇上的朋友，还是皇上的敌人。

伊索拉尼（倔强地）：
谁有资格向我提出这个问题，
我才向他做出解释。

奥克塔维奥：
这份公文会告诉您，我是否有这资格。

伊索拉尼：
什——么？皇上的御书，皇上的玉玺。（念）
“全军将校都该服从
朕的爱卿，赤胆忠心的
皮柯洛米尼中将的号令，
犹如服从朕的谕旨。”嗯——是啊——这样——是啊是啊！
我谨向您表示祝贺，中将大人。

奥克塔维奥：
您是否听从这道谕旨？

伊索拉尼：
　　　　　　我——不过，
您来得这样迅速，使我措手不及——
我希望——您会给我时间考虑——

奥克塔维奥：

两分钟时间。

伊索拉尼：

我的上帝啊，这事可是——

奥克塔维奥：

既清楚又简单。

您得宣布，您是愿意背叛您的主子，

还是忠心耿耿地为他效力。

伊索拉尼：

背叛——我的上帝啊——谁在谈背叛呢？

奥克塔维奥：

情况就是如此。公爵是个叛徒，

想把军队领去投向敌人。

您简单明了地表态。您想背弃皇帝？

卖身投靠敌人？您是否在打这个主意？

伊索拉尼：

您想什么呀？我背弃皇帝陛下？

我这么说了吗？我什么时候

说过这话？

奥克塔维奥：

现在这话是还没有说出口来。是还没说。

我正等着，瞧您是否会说出这句话。

伊索拉尼：

那您瞧，我乐于看见您自己为我作证，

我并没有说过这样的话。

奥克塔维奥：

这么说，您背离公爵殿下啰？

伊索拉尼：

倘若他阴谋叛变——叛变就使恩断义绝。

奥克塔维奥：

您是否已经下定决心为反对他而战？

伊索拉尼：

他对我不薄——不过如果他是个无赖，

愿上帝惩罚他！我就和他一刀两断。

奥克塔维奥：

您顾大局识时务，我很高兴。

您今天晚上就悄悄开拔，

带上全部人马轻装上路，

仿佛是奉公爵之命行事。

集中的地点是弗劳恩堡，

戛拉斯将给您进一步指示。

伊索拉尼：

我一定照办。请在皇上面前也为我美言，

说我多么乐于为他效力。

奥克塔维奥：

我将大加赞美。

(伊索拉尼下，一仆人上)

是布特勒上校吗？好。

伊索拉尼(返回来)：

也请您原谅我方才说话鲁莽，老兄。

上帝啊！我怎么能知道，

我面前是个多么了不起的人物！

奥克塔维奥：

这事就不必再提。

伊索拉尼：

我是个轻狂的老小孩，

我若酒后失态，胡言乱语，

脱口说了句冒犯宫廷的话，
那您也知道，这全无恶意。（下）

奥克塔维奥：
　　　　　　　　　　您不必
为此担心！——这一着成了！
但愿我们在其他人那里也吉星高照！

第　六　场

〔奥克塔维奥·皮柯洛米尼。布特勒。

布特勒：
　　我奉命前来，中将大人。

奥克塔维奥：
　　欢迎您，我尊贵的客人和朋友。

布特勒：
　　对我来说，是莫大的荣幸。

奥克塔维奥（两人就座之后）：
　　我昨天向您表示好意，
　　您还没有给予回答。
　　您可能误认为是客套虚礼。
　　这番好意发自我的内心，
　　我和您结交，是真情实意，
　　当今时代善良的人都该紧密联系。

布特勒：
　　只有志同道合，才能做到这点。

奥克塔维奥：
　　我称一切善良的人全都志同道合。

我看人，只看他的性格
静静地驱使他做出的行为；
因为盲目误会的威力
往往使出类拔萃之士脱离正轨。
您途经弗劳恩堡，难道戛拉斯伯爵
没说什么？他是我的朋友，不必忌惮。

布特勒：

他只是白说了一气。

奥克塔维奥：

这话我可不爱听，他的忠告乃是好意，
我也可能给您一个类似的忠告。

布特勒：

那您就不必费神——也省得我窘困，
听到好心的忠告竟不领情。

奥克塔维奥：

时间宝贵，让我们开诚布公。
您也知道，这里是什么情形。
公爵在想叛变，我还可以告诉您详情，
他已经完成了叛变；几小时前
他已经和敌人缔结同盟。
信使已飞骑驰向布拉格和埃格尔，
明天他就带领我们投向敌人。
然而他是自欺欺人，因为聪明人警觉万分，
皇帝陛下在这里依然还有忠实的朋友，
他们势力强大，那看不见的联盟。
这份文告宣布他是罪人，
军队不再负有义务向他效忠听命，
它号召一切思想纯正的人

集合起来,听从我的号令。
请您选择,是和我们一起为正义事业效力,
还是和他一起分担邪恶者的厄运。

布特勒(起立):
他的命运就是我的命运。

奥克塔维奥:
这是您最后的决定?

布特勒:
正是。

奥克塔维奥:
好好思考一下,布特勒上校,
您还有时间,您那脱口而出的话,
将在我忠诚的胸中深埋。
收回这句话吧,请趋利避害。
您并没有选到好的一派。

布特勒:
还有什么吩咐,中将大人?

奥克塔维奥:
请看您的满头白发!收回这句话吧。

布特勒:
告辞了!

奥克塔维奥:
什么?您想在这样一场争吵中
拔出这把卓越的勇敢的宝剑?
您为奥地利忠心耿耿地服役四十年,
理应受到感激,却想让感激变成天谴?

布特勒(苦涩地大笑):
奥地利皇室的感激!(他想走)

奥克塔维奥(让他一直走到门口,然后叫住他):

布特勒!

布特勒:

有何见教?

奥克塔维奥:

你那伯爵怎么样了?

布特勒:

伯爵!什么意思?

奥克塔维奥:

我指的是您的伯爵称号。

布特勒(猛然暴怒):

真他妈的该死!

奥克塔维奥(冷冷地):

您申请获得这一称号。但被驳回。

布特勒:

您这样嘲笑我,不能不受惩罚。拔剑吧!

奥克塔维奥:

收起您的宝剑。心平气和地说说,
这是怎么回事。我以后不会不满足您的要求。

布特勒:

不妨让全世界知道我一时神昏智迷,
我自己也永远不能原谅我自己!
不错!中将大人,我是野心勃勃,
从来也受不了别人的轻视侮慢。
出身和称号在军队里竟比赫赫战功
更为值钱,这使我痛苦不堪。
我不想比我同类的人地位低下,
于是我荒唐地迈出了那一步,

在一个不幸的时刻——真是糊涂！
但是我为此受到的惩罚不该这样严酷！
——他们可以拒绝我的请求——为什么
要用伤人的轻视来增加我的痛楚？
为什么用沉重的嘲讽给我这个老头沉重打击，
把这个久经考验的忠仆打倒在地，
为什么这样粗暴地提醒他出身微贱的耻辱，
就因为他在软弱之际，一时忘乎所以？
放纵之辈嬉笑戏谑踩踏蠕虫，恣意作弄，
可是大自然却把一根尖刺赋与蠕虫——

奥克塔维奥：

想必有人诬陷了您。您是否猜出
那个对您进行阴损的敌人？

布特勒：

管他是谁！一个卑鄙无耻的小人，
想必是个宫廷宵小，一个西班牙人，
不知道是哪个古老贵族世家的子孙，
我也许碍了他的前程，一个混蛋妒嫉心盛，
我靠自己赢得荣耀，使他头脸蒙上灰尘。

奥克塔维奥：

您说，公爵是否同意您的这一行动？

布特勒：

是他敦促我这样干的，他以高贵的朋友的热忱
亲自为我去争取。

奥克塔维奥：

是这样吗？您确切知道这点？

布特勒：

我读过他写的信。

奥克塔维奥(加重语气地):

我也读过——不过内容不同。

(布特勒惊愕不已)

这封信碰巧在我手里,

您不妨自己读一读。

(把信递给布特勒)

布特勒:

哈!这是什么?

奥克塔维奥:

我怕,布特勒上校,

有人跟您耍了一场可耻的把戏。

您说,是公爵敦促您采取这一步骤?

可是这封信里谈到您,他却是口气鄙夷,

认为您自负狷傲,他奉劝大臣阁下,

务必煞煞您的傲气。

(布特勒读完信,双膝颤抖,伸手抓过一把椅子坐下)

没有敌人迫害您。谁也不想损害您。

您所感受到的侮辱完全是公爵的意图;

他的意图非常清楚。

要离间您和皇上,使您和皇上反目,

他希望您会对皇上进行报复,

您久经考验,忠心事主,

倘若冷静思考,他永远无法使您背离皇帝。

他要把您变成一个盲目的工具,

鄙夷不屑地利用您达到他邪恶的目的。

四十年来,您走在正道上,坚定不移。

为了达到自己的目的他非常成功地

诱使您从这良好的道路上偏离。

布特勒(声音颤抖地说)：

皇帝陛下能原谅我吗？

奥克塔维奥：

皇上的恩典还更加浩大。他还将消除

您无端受到的这种侮辱。

公爵出于邪恶目的允诺给您的馈赠，

皇帝陛下将自动予以确认。

您所率领的团队，归您所有。

布特勒(想站起来，又坐了下去。他的心情激动异常，他试图说话，可是说不出来。他终于从佩带上解下宝剑，递给皮柯洛米尼)

奥克塔维奥：

您想干什么？镇静一下。

布特勒：

拿去。

奥克塔维奥：

干什么？

请好好想想。

布特勒：

请拿去！我已经不配使用这柄剑。

奥克塔维奥：

请从我的手里重新接过这把宝剑，

请永远为了正义的事业光荣地使用它。

布特勒：

这样仁慈的皇上，我竟背信叛逆。

奥克塔维奥：

您可予以弥补。迅速脱离公爵。

布特勒：

我和他脱离！

奥克塔维奥：

怎么？您有顾虑？

布特勒(可怕地猛烈发作)：

只是和他脱离吗？啊！他得为此丧命！

奥克塔维奥：

您随我到弗劳恩堡去吧！一切忠贞之士
全都聚集在戛拉斯和阿尔特林格的军营。
我将使其他许多人对自己的职责重新认清，
他们今天夜里将逃出皮尔森。

布特勒(情绪激动地走来走去，走到奥克塔维奥面前，目光坚定地)：

皮柯洛米尼伯爵！一个背弃过忠诚的人，
是否有资格和您谈论名誉？

奥克塔维奥：

他已如此深切地感到悔恨，当然有资格谈到名誉。

布特勒：

那么请让我留在这儿，我以名誉起誓。

奥克塔维奥：

您想干什么？

布特勒：

请让我带着我团的人马留下。

奥克塔维奥：

我可以信任您。不过告诉我，您在想什么？

布特勒：

事实会告诉您。现在请别追问！
请相信我！您可以相信我！凭着上帝的名义！
您并没有把他留在他善良的天使手里——别了！

(下)

仆人(带来一份书简)：

一个陌生人送来这书简，送完就走了。
公爵殿下的马匹也已经等在楼下。（下）

奥克塔维奥（读书简）：
“请赶快离去。您忠诚的伊索拉尼。”
——啊，但愿我已离开这座城市！
难道我们会功亏一篑，输掉这盘棋？
走吧，走吧！我在这里早已不得安全。
可是我的儿子现在哪里？

第 七 场

〔皮柯洛米尼父子。

马克斯（情绪十分激动地上场，目光狂乱，步履不稳；他似乎没有注意到父亲，他父亲站在远处，正满怀怜悯地凝视着他。他大步走过房间，又站住脚步，最后倒坐在一把椅子上，呆呆地望着前方）

奥克塔维奥（走近马克斯）：
我要出发了，我的儿子。
（他得不到回答，便去抓住马克斯的手）
我的儿子，别了！

马克斯：
别了！

奥克塔维奥：
你马上就跟着我来吧！

马克斯（没有看奥克塔维奥一眼）：
我跟着你？
你的道路曲里拐弯，这不是我的道路。
（奥克塔维奥放下他的手，向后直退）

啊！倘若你真心实意，正直坦诚，该有多好，
那就决不会到这种地步，一切都会两样！
他就不会做出那可怕的事情，
善良的人会对他继续产生影响，
他也不会陷入坏人设下的圈套。
为什么像个小偷，或者小偷的帮手
在旁窥伺，阴险奸诈，贼头贼脑？
凶险的虚伪啊！万恶之源！
你给我们带来苦难，把我们彻底毁掉！
而真诚相待，纯粹的肝胆相照，
这能维系整个世界，解除我们的苦恼！
父亲！我不能原谅你，我做不到。
公爵大人欺骗了我，太可怕了，
可是你的行动也并不比他好多少。

奥克塔维奥：

我的儿子，唉！我原谅你的痛苦。

马克斯（站起身来，以怀疑的目光打量着他）：

这可能吗，父亲？父亲？是你处心积虑地
想促使这事发展到这步田地？
他一败涂地你就飞黄腾达。奥克塔维奥。
我对这事可不感到欣喜。

奥克塔维奥：

天上的上帝啊！

马克斯：

我可真惨！我的天性都已改变，
怀疑如何钻进我自由的灵魂里面？
信任、信念、希望都已破灭，
因为我所极度尊敬的人，全都把我欺骗。

不，不，并不是所有的人！我还有她，
她真诚纯净，犹如万里无云的蓝天。
到处都是伪善、欺骗，
到处都是谋杀、下毒、背盟、背叛，
惟一纯洁的地方就是我们的爱情，
人性中就是它没有遭到亵渎和污染。

奥克塔维奥：
马克斯！最好你马上跟我走，这样好些。

马克斯：
什么，我还没有和她告别就走？
没有最后一次告别——决不！

奥克塔维奥：
　　　　　　　　省去
你那离别之苦吧，非离别不可。
跟我走吧！走吧，我的儿子！
（想拖他走）

马克斯：
　　　　　　不行！我向上帝起誓！

奥克塔维奥（更加急迫）：
跟我走吧，我命令你，你父亲命令你！

马克斯：
命令我做符合人性的事吧。我留在这里。

奥克塔维奥：
马克斯！我以皇上的名义命令你，跟我走！

马克斯：
没有一个皇帝能规定人的心做这做那，
我的厄运只把一样东西给我留下，
她的同情，你难道还想把这也夺走吗？

难道残忍的事发生时也得残忍可怕?
难道我得把不可挽回的事
做得丧失尊严更加卑下,
像懦夫似的从她面前悄悄逃跑?
她应该看到我的痛苦,我的苦恼,
听到我那撕得粉碎的灵魂的哀号,
为我抛洒眼泪滔滔,——啊!
人啊真是残酷,但她却是个天使。
她将从苦难深重的绝望深处
拯救我的灵魂,哭出温柔的慰藉,
消除死亡的痛苦。

奥克塔维奥:

你摆脱不了自己,你办不到。
啊!来吧,我的儿子,拯救你的美德吧!

马克斯:

不要白白浪费你的口舌,
我跟随我的心,因为我只能信任它。

奥克塔维奥(控制不住自己,浑身哆嗦):

马克斯!马克斯!倘若那可怕的事打在我头上,
倘若你——我的儿子——我的亲骨肉
——我简直想不下去,你若卖身给这可耻的人,
给我们贵族家世打上可耻的烙印,
那么全世界就该看见可怕的事情,
在惨烈的决斗中,儿子的钢剑上
将会滴下父亲的鲜血淋淋。

马克斯:

啊!你要是一向把人想得好些,
你也会做出更好的行动。

该诅咒的猜疑！不幸的怀疑！
没有什么东西不可撼动坚定不移，
只要缺乏信仰，一切全都摇来摆去。

奥克塔维奥：

即使我信任你的心，
你能一直把握住自己，跟随你的心吗？

马克斯：

你没有征服我心灵的声音，
公爵也不可能让它屈服。

奥克塔维奥：

啊！马克斯，我看你永远不会回来了！

马克斯：

你永远不会看见我辱没你的。

奥克塔维奥：

我前往弗劳恩堡，我把帕彭海姆①
给你留下，还有洛林，托斯卡纳和蒂芬巴赫②
也留在这里掩护你。
他们爱你，并且忠于誓言，
宁可英勇奋战沙场捐躯，
也不离开统帅也不背离荣誉。

马克斯：

你放心吧，我或者在这里奋战而抛下生命，
或者带领他们离开皮尔森。

奥克塔维奥(出发)：

我的儿子，别了！

---

① 指马克斯指挥的那个团。

② 指上述各团战士。

马克斯：

别了。

奥克塔维奥：

怎么，不向我
投来爱的目光？也不握手告别？
我们是去投入一场血腥的战争，
前途未卜，胜负未决。
我们以前分别从来不是如此。
难道真是这样？我已经没有儿子？

〔马克斯扑进他的怀里，他们两人默默地久久抱在一起，然后分别向不同的方向走去。

第　三　幕

〔弗里特兰公爵夫人的客厅。

第　一　场

〔特尔茨基伯爵夫人。苔克拉。诺伊布隆小姐。后二人正在做女红。

伯爵夫人：

你没什么问我吗？苔克拉？一句话也没有？
我等你一句话，等了好久，
这么长的时间，你连他的名字
也不提一提，你能够忍受？
怎么着？是不是我已成多余的人，
除了通过我，还有别的途径？
跟我坦白说吧，外甥女。你见过他吗？

苔克拉：

这两天我都没有看见他。

伯爵夫人：

也没听人说过他什么？什么也别瞒着我。

苔克拉：

一句话也没瞒你。

伯爵夫人：

你的心情竟然能够这样平静！

苔克拉：

我是很平静。

伯爵夫人：

你先出去一下，诺伊布隆。

（诺伊布隆小姐离去）

第 二 场

〔伯爵夫人。苔克拉。

伯爵夫人：

恰好现在他这样安静，

我很不喜欢。

苔克拉：

怎么恰好现在！

伯爵夫人：

在他知道了一切之后！

苔克拉：

若要我明白你的意思，就把话说清楚些。

伯爵夫人：

就为了这个目的我才把她支开。

苔克拉，你已经不再是小孩。

你的心已经成年，因为你在恋爱，

勇气寓于爱情之中，你很勇敢，你已证明。

你更像你父亲的精神，不像你母亲。

因此你可以听些事情，

而你母亲承受不起,会胆战心惊。

苔克拉:

我请你进入正题,别再绕圈子,

该怎么样就怎么样吧!

听了这番开场白,什么都不会更使我害怕。

你有什么话要对我说?不妨直截了当。

伯爵夫人:

只希望你别大吃一惊。

苔克拉:

你就直说吧!我求你了。

伯爵夫人:

现在就指望你给你父亲

帮个大忙——

苔克拉:

靠我帮忙!可能是什么呢——

伯爵夫人:

马克斯·皮柯洛米尼爱上了你。

你可以把他和你父亲牢牢地拴在一起。

苔克拉:

这难道还用得着我?他不是对我父亲赤胆忠心?

伯爵夫人:

过去是这样。

苔克拉:

为什么现在就不是这样?

为什么不是永远这样?

伯爵夫人:

他也忠于皇上。

苔克拉:

他这是忠于职守,维护荣誉,仅此而已。

伯爵夫人:

我们要他证明他的爱情,
而不是证明他的荣誉——职责和荣誉!
这些名词极为暧昧,具有多种含义。
你得向他解释这些概念,
他的爱情得向他解释什么是他的荣誉。

苔克拉:

怎么回事?

伯爵夫人:

在皇上和你之间,他得做出取舍。

苔克拉:

他将很乐意陪伴父亲告老返乡,
你自己也听他说过,
他多么希望丢开刀枪。

伯爵夫人:

他不该丢开刀枪,我们的意见是,
他该为你父亲拔剑挥刀。

苔克拉:

倘若我父亲蒙受羞辱,
他将欣然为我父亲抛洒热血,
牺牲头颅。

伯爵夫人:

你是故意不想猜出我的心思——
那你听好,你父亲已经脱离皇上,
正准备带着他的全部军队
投向敌方。

苔克拉:

啊,我的母亲啊!

伯爵夫人:

需要有个崇高的榜样,
让官兵争相效法。皮柯洛米尼父子俩
在军中颇有威望,他们主宰舆论,
他们的进退举足轻重,有巨大影响,
儿子的行动使我们能稳住父亲,
——此举在很大程度上由你决定。

苔克拉:

啊,可怜的母亲!死神在跟你
开什么样的玩笑啊!——她受不了这样的刺激。

伯爵夫人:

她会顺从形势,随遇而安。
我了解她。她胆小怕事,
遥远未来的事使她担惊受怕,
但安于天命,忍受不可更改的现实。

苔克拉:

啊,我的心灵充满不祥的预感——现在,
现在这只冰冷的恐怖之手已到这里,
抓住我快活的希望,使我不寒而栗。
我早就知道——啊,我一走到此地,
我那惊恐万状的预感就立即向我示警
我的头上已笼罩着不祥的星辰——
可是为什么我现在首先想到自身——
啊,我的母亲!我的母亲!

伯爵夫人:

镇静一些,
不要发出空洞无谓的悲叹哀泣。

为你父亲留住朋友,为你自己留住恋人,

那么一切还能转危为安,大吉大利。

苔克拉:

大吉大利!什么?我们将永远各分东西!——

唉,现在已经再也谈不上这些。

伯爵夫人:

他不会撇下你!他不可能和你分离。

苔克拉:

啊,他可真不幸啊!

伯爵夫人:

他若真的爱你,就会很快

下定决心。

苔克拉:

他会很快

下定决心,对此你不必怀疑。

决心!这里还有决心可下?

伯爵夫人:

镇静点,我听见你母亲走来。

苔克拉:

我怎么能平静地和她见面!

伯爵夫人:

镇静,镇静。

第 三 场

〔公爵夫人。前场人物。

公爵夫人(对伯爵夫人):

妹妹，刚才谁在这儿？
我听见有人在热烈地谈话。

伯爵夫人：

没人在这儿。

公爵夫人：

我提心吊胆。有什么声息
就像有信使跑来把不幸的消息传递，
你能告诉我，妹妹，现在情况如何？
他会遵照皇上的旨意，
派骑兵到红衣主教那儿去？
你说他在克威斯腾堡临走时
没有给予令人满意的答复？

伯爵夫人：

没有，他没有给人家这样的答复。

公爵夫人：

啊，那一切都完了！我看到大祸临头。
他们将把他罢官免职，
一切又会像累根斯堡① 那次。

伯爵夫人：

不会
变成那样，这次不会。你尽可放心。
（苔克拉心情无比激动，扑向母亲，抱着母亲大哭）

公爵夫人：

啊，这个男人不屈不挠，桀骜不驯！
我们的婚姻灾难深重，险象环生，
我什么苦没吃，什么罪没受！

---

① 指一六三〇年夏累根斯堡选帝侯会议上，华伦斯坦遭到免职。

我提心吊胆地和他一起过了一辈子，
就仿佛捆在一只喷吐火焰的轮子[①]上，
急急忙忙拼命向前滚动，无休无止，
他拽着我向前，令人晕眩，时刻面临深渊，
老有猝然失足跌落的危险。
——不，别哭，我的孩子。别让我的苦恼
变成你这一生不祥的预兆，
别让它破坏了你面临的婚姻。
世上没有第二个弗里特兰；我的孩子，
你不必害怕会遭到你母亲的命运。

苔克拉：

让我们逃走吧，亲爱的母亲！
快，赶快！这儿不是我们呆的地方。
此后每个小时都会发生
新的可怕的情况！

公爵夫人：

你的命运将风平浪静！——即便是我们，
我和你的父亲也曾经有过美好的光阴；
我现在想起婚后最初几年至今依然欣喜万分。
那时他还是个快快活活的青年，努力上进，
他的勃勃雄心还是一股柔和的火苗给人温馨，
还不是熊熊燃烧的狂野火焰。
皇上对他恩宠有加，表示信任，
他着手进行的事，都能办成。
可是累根斯堡那个不幸的日子，

① 古希腊神话中，伊克西翁自诩拥有大神宙斯之妻赫拉的青睐，宙斯便把他打入阴曹深渊，捆在一只不停旋转喷吐火焰的轮子上。

他从显要地位被一下打到底层，
从此之后，他情绪波动郁郁寡合，
变得疑虑重重，抑郁阴沉。
再也不得安宁，不信往日的幸运，
也不兴高采烈，自己的力量也不相信
而把自己的心灵转向暧昧的法术，
这种法术还没让任何人交过好运。

伯爵夫人：

你亲眼看到了这点——但是
我们就用这番谈话来迎接他吗？
你也知道，他很快就要到这儿来，
难道要他看到小姐正眼里噙着泪花？

公爵夫人：

来吧，我的孩子。
擦去你的眼泪，让你父亲看看
灿烂的笑靥，——瞧，蝴蝶结也散了——
头发得束得整整齐齐不能松散。
来吧，擦干眼泪，眼泪只会让你
美丽的明眸变丑，我刚才想说什么？
对了，这个皮柯洛米尼可是
出身名门身份高贵，而且战功显赫。

伯爵夫人：

是这样，姐姐。

苔克拉（惊惶地对伯爵夫人）：

姨妈，原谅我，
我能不能告退？
（想走）

伯爵夫人：

上哪儿去?你父亲就来。

苔克拉:

我现在没法见他。

伯爵夫人:

他可会想到你,

问起你的。

公爵夫人:

她干吗要走?

苔克拉:

看见他,我受不了。

伯爵夫人(对公爵夫人):

她不舒服。

公爵夫人(担忧地):

这亲爱的孩子有什么病啊?

(两人向公爵小姐走去,忙着留住她。华伦斯坦上场,一面和伊洛说话)

第 四 场

〔华伦斯坦。伊洛。前场人物。

华伦斯坦:

军营里现在还平静无事?

伊洛:

全营都很平静。

华伦斯坦:

不出几小时就会从布拉格

传来消息,这座首都已属于我们。

那时我们就可以抛开我们的面具,

同时让这里的部队知道
我们已经采取成功的步骤。
在这种情况下,榜样的威力无穷。
人是善于模仿的造物,
谁站在最前列,就率领群众。
布拉格的部队别无所知,
只知道皮尔森的民众已效忠我们,
而在皮尔森的人们得向我们宣誓,
因为布拉格人已经树立榜样,先迈一步,
——你说,布特勒已亮明态度?

伊洛:

他是自觉自愿,不召而来,
向你献上他自己和他的队伍。

华伦斯坦:

我认为,并不是每一种
发自心里的警告都可以信任。
为了使我们迷惑,说谎的精灵
往往模仿真理的声音,
广为抛撒种种谜语,欺骗世人。
布特勒是有尊严的汉子,铁骨铮铮,
我有些冤枉他,要请他原谅,
因为在他身边总有一种感情
向我袭来,我无法控制,
我不愿把这种感情称作胆战心惊,
它阻止我欢快地向他表示亲近。
精灵叫我警惕这个正直的人,
他却第一个向我提供幸福的保证。

伊洛:

他那备受敬重的榜样,将会为你赢得
军中的优秀官兵,对此不必怀疑。

华伦斯坦:

你现在马上去把伊索拉尼叫来,
我不久前刚刚把他起用,
我打算让他带头。去吧!

(伊洛下,与此同时其余的人又走了过来)

华伦斯坦:

瞧,母亲带着爱女!
咱们也该歇歇,不让公务缠身——
你们过来啊!我渴望着在家人当中
欢快地呆上一阵。

伯爵夫人:

我们好久没有这样家人团聚了,大哥。

华伦斯坦(对伯爵夫人一旁说道):

她能听我说吗?有思想准备吗?

伯爵夫人:

还不行。

华伦斯坦:

过来,我的女儿,坐到我身边来。
你能说会道,口齿伶俐,
你母亲对你的口才称赞不已,
你的声音柔和,悦耳动听,
能使人神志昏乱心灵迷醉,
我现在就需要这样一付嗓子,
来驱散妖魔,赶尽魑魅,
它们鼓动翅膀,我头上一片昏黑。

公爵夫人:

你的七弦琴在哪儿，苔克拉？
来呀，让你父亲听你演示一下
你的技艺。

苔克拉：

啊，我的母亲！上帝啊！

公爵夫人：

来呀，苔克拉，让你父亲高兴高兴。

苔克拉：

我做不到，母亲——

伯爵夫人：

怎么？这是什么意思，外甥女！

苔克拉（对伯爵夫人）：

饶了我吧，现在——
心情沉重，担惊受怕——在他面前唱歌——
他把我母亲都逼进了坟墓！

公爵夫人：

怎么，苔克拉，发脾气了？你慈祥的父亲
竟然白白地表达了他的愿望？

伯爵夫人：

七弦琴在这儿。

苔克拉：

啊，我的上帝——我怎么能——

（她的手颤抖着拿起乐器，她的心灵激动异常，正要开始唱歌的时候，她浑身战栗，扔掉乐器，快步跑了出去）

公爵夫人：

我的孩子——啊，她病了！

华伦斯坦：

这姑娘怎么啦？她老是这样？

伯爵夫人：

现在她自己暴露了，我也就不能再缄口不语。

华伦斯坦：

怎么回事？

伯爵夫人：

她爱上他了。

华伦斯坦：

爱！爱谁？

伯爵夫人：

她爱皮柯洛米尼，

你难道没有注意？姐姐也没发现？

公爵夫人：

啊，使她心里难受的，原来是这事？

上帝祝福你，我的孩子！你不必为你的

选择感到羞耻。

伯爵夫人：

这次旅行——

即使不是你的本意，也要把它

算在你的账上。你完全应该

另选一名陪同才是。

华伦斯坦：

小伙子可知道这事？

伯爵夫人：

他希望拥有她。

华伦斯坦：

希望

拥有她——这小子疯了吗？

伯爵夫人：

该让她亲自听见你这话。

华伦斯坦：

他想

把弗里特兰家的姑娘娶走？好啊！我喜欢

这个念头！说明他口味不低。

伯爵夫人：

因为你一直对他恩宠有加，

所以——

华伦斯坦：

他最终也想继承我的家业。

真有意思！我爱他器重他，但是这和

娶我女儿为妻有什么关系？

难道表示恩宠是把女儿，

把惟一的孩子搭上去？

公爵夫人：

他思想高尚，品德——

华伦斯坦：

应该争取我的心，而不是我的女儿。

公爵夫人：

他的阶级，他的祖先。

华伦斯坦：

祖先！什么！

只是个臣仆，我要在欧洲各国的

宝座上寻找我的女婿。

公爵夫人：

啊，亲爱的公爵！我们不要爬得太高，

这样我们也不会跌得太低。

华伦斯坦：

我付出这样高的代价，
才身居要位，出人头地，
凌驾于芸芸众生之上，左右睥睨，
就为了到末了与平庸之辈结亲，
来结束我这宏伟的一生？——我为此——
(突然停住，平静下来)
她是我留在这世上惟一的根苗，
我要看见她头戴王冠，
否则我宁可猝然死去。
什么？一切——一切！我把一切都孤注一掷，
为了使她地位显赫，——是啊，就在我们
谈话之际——(他思索一下)难道叫我
像一个心肠极软的父亲
使相爱的恋人以市民方式成婚连姻？
现在，恰好是现在，我的事业即将大功告成，
要我在这上面再加上花环一轮——
不行，她是美玉瑰宝我珍藏已久，
是我财富中的旷世奇珍，无人拥有，
我不想把她廉价抛售，
必须找到手握王笏的配偶。

公爵夫人：

啊，我的夫君！你建造高楼不停，
一直造到云端，还拼命建造无止无休，
你没想过，这狭窄的地面是否能够
承载那摇摇晃晃令人晕眩的高楼。

华伦斯坦(对伯爵夫人)：

你有没有告诉她，我在哪里
给她安排了寓居之地？

伯爵夫人：

还没有，你自己告诉她吧。

公爵夫人：

怎么啦？我们不回刻恩腾了？

华伦斯坦：

不了。

公爵夫人：

这么说也不回到你的任何庄园里去？

华伦斯坦：

你们在那儿不会安全的。

公爵夫人：

在皇上的国土之上

受到皇上的保护，竟然会不安全？

华伦斯坦：

弗里特兰的夫人别指望得到皇帝的保护。

公爵夫人：

啊，上帝啊，你已经把自己弄到这个地步！

华伦斯坦：

你在荷兰会得到保护。

公爵夫人：

什么？

你要把我们送往信奉路德教的国度？

华伦斯坦：

弗朗茨·封·劳恩堡公爵① 将陪你前往。

① 弗朗茨·封·劳恩堡公爵（1598—1642）并非掌权的公侯，而是公爵的次子，先后在作战双方的军中效力。故被公爵夫人视为叛徒，但他是华伦斯坦的谈判代表。

公爵夫人：

劳恩堡？

就是和瑞典勾结，反对皇上的那位？

华伦斯坦：

皇上的敌人已经不再是我的敌人。

公爵夫人（惊恐万状地凝视着华伦斯坦公爵和伯爵夫人）：

这么说，这事是真的？是这样？你已经

遭到贬抑？已被褫夺兵权？削职为民？

啊，天上的上帝啊！

伯爵夫人（在旁对华伦斯坦公爵说）：

我们就让她以为事情是这样。

你瞧，她经受不起事实的真相。

第　五　场

〔特尔茨基伯爵。前场人物。

伯爵夫人：

特尔茨基！他怎么了？怎么一脸惊恐！

就像见了妖魔鬼怪！

特尔茨基（把华伦斯坦拉到一边，神秘兮兮地）：

是你下令叫克罗地亚骑兵开走？

华伦斯坦：

我一无所知。

特尔茨基：

我们被人出卖了。

华伦斯坦：

什么？

特尔茨基：

他们都跑了，昨天夜里走的，猎骑兵也不见了，
周边各村全都空无一人。

华伦斯坦：

伊索拉尼呢？

特尔茨基：

是你把他派走了。

华伦斯坦：

我？

特尔茨基：

不是吗？你没有把他派走？也没有
派走德奥达特？他们两个都已无影无踪。

第 六 场

〔伊洛。前场人物。

伊洛：

特尔茨基告诉你——

特尔茨基：

他全都知道了。

伊洛：

也知道马拉达斯、埃斯特哈齐、葛兹、
科拉尔托、考尼茨，都离你而去？——

特尔茨基：

混蛋！

华伦斯坦(摆摆手)

安静！

伯爵夫人(心惊胆战地在远处观察他们,走了过来):

特尔茨基!上帝啊!什么事?出了什么事?

华伦斯坦(正打算出去):

没事!咱们走吧!

特尔茨基(想跟他走):

什么事也没有,德蕾莎。

伯爵夫人(拉住他):

没事?我难道没看见,
你们脸色惨白,活像死人,
一点血色也没有,连大哥也是故作镇静?

侍童(上):

有个副官求见特尔茨基伯爵。(下)

(特尔茨基随侍童下)

华伦斯坦:

听听看,他带来什么消息——
(对伊洛)如果不是蓄意谋叛,
不可能搞得这样秘密——
各个营门口谁在站岗?

伊洛:

蒂芬巴赫的部队。

华伦斯坦:

立刻把蒂芬巴赫的部队撤下,
把特尔茨基的掷弹兵换上——听着!
有没有布特勒的消息?

伊洛:

我遇见过布特勒,
他马上就到这儿来。他跟定了你。

(伊洛下,华伦斯坦想随他同下)

伯爵夫人：

姐姐，别让他从你身边走开！拉住他——
现在大祸临头——

公爵夫人：

伟大的上帝啊！出什么事了？（依偎着他）

华伦斯坦（挣脱她的胳臂）：

镇定些！让我走！妹妹！我的爱妻，
我们身在军营！营中生活就是这样，
时而风狂雨骤，时而阳光普照，老是变幻无常，
很难驾驭性格暴烈的兵将，
身为统帅，永远不得宁静安康。
既然我得留在这儿，那你们走吧！
女人的怨诉会对男人的行动产生影响。
（他想离去，特尔茨基返回）

特尔茨基：

呆在这儿，得从这扇窗户往外看。

华伦斯坦（对伯爵夫人）：

你们走吧，妹妹！

伯爵夫人：

我绝对不走！

华伦斯坦：

我要你们走开。

特尔茨基（把她拉到一边，郑重其事地指一指公爵夫人）：

德蕾莎！

公爵夫人：

走吧，妹妹，既然他下了命令。
（两位夫人下）

第七场

〔华伦斯坦。特尔茨基伯爵。

华伦斯坦(走到窗前):

有什么事情啊?

特尔茨基:

各个部队奔来跑去,扎堆聚集。

谁也不知道是什么缘故,

极端神秘,一片阴森的寂静,

每个军团都在自己旗下聚集队伍,

蒂芬巴赫的士兵摆出狰狞的面孔,

只有瓦龙兵独自呆在自己营中,

离开众人,谁也不让进去,

和往常一样,非常老成持重。

华伦斯坦:

是否看见皮柯洛米尼在他们当中?

特尔茨基:

大伙儿找他,可是到处不见他的影踪。

华伦斯坦:

副官带来什么啦?

特尔茨基:

是我的部队派他前来,

他们再一次向你表示忠心,

求战心切,只等着作战的号令。

华伦斯坦:

可是怎么从营中传来喧闹的声音?

这事应该在军中严加保密，
直到我们在布拉格胜局已定。

特尔茨基：
要是你能相信我就好了！昨天夜里
我们还苦苦哀求你，不要让奥克塔维奥
这个善于谄媚的伪善者离开营地，
而你却为他逃遁提供自己的马匹。

华伦斯坦：
老调重弹！说过一次，以后别再提起，
不要再提这愚蠢的怀疑。

特尔茨基：
你也信任伊索拉尼，
而他却是第一个弃你而去。

华伦斯坦：
我昨天才把他救出困境，
让他走吧！我从不指望人家感激涕零。

特尔茨基：
所以他们大家全都如此，一个个全都一样。

华伦斯坦：
他这样离开我，有什么不公平？
他追随的是他在赌桌上侍奉终生的那个神，
他是和我的幸运结盟不是和我，
他是和我的幸运一刀两断。
我对他算什么，他对我又算什么？
我只是一条船，他把希望装上我这条船，
情绪欢快地在自由的海上游弋，
如今他看到这船在礁石上航行，
险象环生，赶快救出他的货品。

他从我身边飞去，像只飞鸟，
轻易地飞离树枝，它曾在上面筑巢。
我们之间人性的纽带没有扯断丝毫。
是啊，在没有头脑的人身上寻找良心
这样的人理应受骗被欺。
人生的图像在光滑的额头上
刻上迅速消逝的印记，
没有什么会落进心胸寂静的深处，
欢快的思想驱动着轻快的血液，
可是没有一个灵魂温暖人的肺腑。

特尔茨基：

可是我宁可信任皮肤光滑的额头，
也不信任额头已印上皱纹的深沟。

第八场

〔华伦斯坦。特尔茨基。伊洛愤怒地上场。

伊洛：

全都背叛，全都叛乱！

特尔茨基：

哈！又怎么啦？

伊洛：

这些蒂芬巴赫的官兵，
这些忘记自己职守的无赖！
我下令把他们撤了下来。

特尔茨基：

怎么样？

伊洛：

他们竟拒绝服从命令。

特尔茨基：

那就把他们全都枪毙！啊，快去下令！

华伦斯坦：

镇定些！他们有什么理由？

伊洛：

他们说，除了皮柯洛米尼中将，
谁也无权向他们发号施令。

华伦斯坦：

什么——怎么说的？

伊洛：

他就是这样留的话，
奉的是皇上亲笔手谕。

特尔茨基：

皇上的手谕，你听见了吗，公爵！

伊洛：

在他的怂恿之下，
将校们昨天也都纷纷离去。

特尔茨基：

你听见了吗！

伊洛：

蒙特库库里、卡拉法
和其他六位将军也已消失，
他说服他们，让他们随他而去。
皇上给他的这些手谕，
他早就放在手头，
前不久他还和克威斯腾堡商定步骤。

（华伦斯坦跌坐在一把椅子上，以手蒙面）

特尔茨基：

啊，你要是相信我该有多好！

第九场

〔伯爵夫人。前场人物。

伯爵夫人：

担惊受怕——我再也受不了这份惊吓，

看在上帝分上，告诉我，出了什么偏差。

伊洛：

各个团队纷纷背离我们。

皮柯洛米尼伯爵是个叛徒。

伯爵夫人：

啊，我的预感！（冲出房间）

特尔茨基：

要是信了我就好了！

现在你瞧，星象如何向你撒了谎！

华伦斯坦（站直身子）：

星辰并没有骗人，这事的发生

完全违背星辰的运行和命运。

观星术正直无欺，这虚伪的心灵

把欺骗带进了真实的天庭。

算命预卜只建立于真实的基础，

一旦大自然幌出了它的界线，

一切卜术全都失误。

如果不用这样的怀疑

来侮辱人的形状，这就算是迷信，
啊，那我绝不因这弱点而羞愧难当！
宗教存在于动物的冲动里，
即使野人也不和他的受害者共饮酒浆，
如果他要把利剑刺进此人的胸膛。
奥克塔维奥！这不是英雄行为，
并不是你的聪明才智战胜了我的智慧，
是你邪恶的心灵击毁了我刚正不阿的心，
你才这样卑鄙可耻地获胜。
没有一张盾牌接住你这谋杀的一击，
你卑鄙无耻地击向我无遮无挡的心胸，
而对这样的武器，我只是一个孩童。

第十场

〔前场人物。布特勒。

特尔茨基：

啊，瞧瞧！布特勒！还有一个朋友！

华伦斯坦（张开双臂迎着布特勒走去，亲切地拥抱他）：

紧贴着我的心，你这老战友！
此时此刻春天的阳光也比不上朋友的脸靥令人欢畅。

布特勒：

我的将军——我来了——

华伦斯坦（靠着布特勒的肩膀）：

你可知道这事？
他向皇上出卖了我，那个老头。
你说什么？我们共同生活

出生入死有三十年之久。
我们同睡一张行军床,
共饮一杯酒,分吃一块干粮,
我曾经依靠他,
就像我现在依靠你这忠实的肩膀,
正当我的胸膛贴着他的胸膛,
充满爱充满信任,他却狡诈异常,
看到有利可图,伺机而动,
缓缓地把利刃刺进我的心房。
(他把脸埋在布特勒的胸前)

布特勒:

忘记这个虚伪的家伙吧。告诉我,您想怎么办?

华伦斯坦:

说得好,说得好。随它去吧!
我依然拥有众多朋友,不是吗?
命运依然还爱我,因为恰好在此时此际,
正当它向我揭穿伪君子的阴谋诡计,
它又给送来一颗忠实的心,一个兄弟。
不再谈他。别以为失去他我会痛苦,
啊!使我痛苦的只是他的谎言骗术。
因为他们两个我都器重,我都爱,
那个马克斯,他是爱我,出自真心,
他没有欺骗我,他没有——够了,
不再谈他!现在需要迅速把对策安排——
金斯基伯爵[①] 派来见我的骑使

① 金斯基伯爵并非布拉格的指挥官,但他是谈判代表。

随时都可能从布拉格驰来。
不管他带来什么,他绝不可以落在
谋叛者的手里。因此赶快,
派一个可靠的信使迎上前去,
通过秘密通道把他给我带来。
(伊洛打算下)

布特勒(拉住伊洛):
我的统帅,您在等谁?

华伦斯坦:
等急使给我送来消息,
告诉我,布拉格如何得手。

布特勒:
　　　　　　　　　　哼!

华伦斯坦:
　　　　　　　　　　你怎么了?

布特勒:
这么说,您还不知道情况?

华伦斯坦:
　　　　　　　　　　什么情况?

布特勒:
　　　　　　　　　　这喧闹之声
如何传进军营?——

华伦斯坦:
怎么?

布特勒:
　　　　　那个信使——

华伦斯坦(充满期待地):
怎么样?

布特勒：

他已经来了。

特尔茨基和伊洛：

他已经来了？

华伦斯坦：

我的信使？

布特勒：

已经来了好几个钟头。

华伦斯坦：

而我竟然不知道这事？

布特勒：

卫兵已经把他抓获。

伊洛(以脚跺地)：

真该死！

布特勒：

他的信

已经拆开，传遍全营——

华伦斯坦(紧张地)：

您知道信的内容？

布特勒(令人疑虑地)：

别问我！

特尔茨基：

啊！我们这下可惨了，伊洛！全面崩溃！

华伦斯坦：

什么也别瞒我。最坏的消息我也能听。

布拉格失陷了！是不是？坦白地告诉我。

布特勒：

布拉格丢失了，驻守在布特魏斯，塔波尔，

布劳瑙，刻尼金格莱茨，布吕恩和茨奈姆[①] 的
各个部队都已背弃了您，
又重新向皇帝宣誓效忠，
您自己连同金斯基，特尔茨基，伊洛都成了罪人。
（特尔茨基和伊洛显出惊恐和愤怒，华伦斯坦表现得坚定而又镇定）

华伦斯坦（少顷）：

大局已定，这样很好——我很快
就克服了一切怀疑的磨难，
心胸又豁然开朗，精神又清朗明艳。
我的星辰若要光辉灿烂，周遭必须是黑夜一片。
我拔出宝剑犹豫不决，心情动摇，
总是有些抵触反感，
因为我一直还有选择的余地！还能回旋！
如今非下决断不可，疑虑顿时消散，
我现在是为我的脑袋，为我的性命而战。
（下，其余的人随下）

第十一场

特尔茨基伯爵夫人（从侧室走出）：

不，我再也受不了啦——他们在哪里？
屋里空无一人。他们撇下我独自一人——独自一人，
留在这可怕的惊恐之中——我在姐姐面前
必须显得若无其事，强打精神，
把折磨我心灵的一切痛苦
都深藏在心——这我可无法忍受！

① 均为部队所在地的地名。

——倘若我们失利,他得空着双手投向瑞典,
作为逃亡者而不是备受尊重的盟友,
体体面面地率领着一支大军前去会合——
倘若我们得从一国向另一国漂流,
像普法尔兹伯爵①,作为可耻的纪念标识,
让人想起不复存在的旧日辉煌——
不,我可不愿看见这样的时光,
哪怕他自己还能忍受这样沉沦,
我可受不了,看他这样一蹶不振。

第十二场

〔伯爵夫人。公爵夫人。苔克拉。

苔克拉(想拉住公爵夫人):

啊,亲爱的母亲,您别进去!

公爵夫人:

不,这里还有一个可怕的秘密瞒着我!
为什么妹妹老是躲着我?
为什么我看她到处乱跑惊恐万状,
为什么你老是一脸惊慌?
你老是偷偷地和她交换眼色,神情诡秘,
究竟什么意思,你们这样默默示意?

苔克拉:

① 弗里德里希·封·普法尔兹原来当选为波希米亚国王,一六二〇年白山一战败北,只能回到普法尔兹去当选帝侯。普法尔兹被皇帝军队占领后,他只能逃往海牙。一六三二年十一月底吕岑战役后两周去世。

没什么,亲爱的妈妈!

公爵夫人:

妹妹,我想知道实情!

伯爵夫人:

对此保密,还有什么用处!
这事还瞒得下去?她迟早必须
学会听到这事,学会承受!
现在不是迁就弱点的时候,
我们需要勇气,心情必须镇静,
我们必须学会坚强,不能柔弱。
因此最好让她的命运做出决定,
一言以蔽之,——姐姐,他们骗了你,
你以为,公爵被罢官去职——公爵
并没有罢官——他是——

苔克拉(走向伯爵夫人):

你想要她的命吗?

伯爵夫人:

公爵是——

苔克拉(用手臂搂住她母亲)

啊,坚强些,我的母亲!

伯爵夫人:

公爵奋起造反,打算投敌,
部队纷纷背离,
事情完全失利。
(她说这些话时,公爵夫人身子摇晃,晕倒在她女儿的怀里)

第十三场

〔弗里特兰公爵家的一个大厅。

华伦斯坦(身披铠甲)：

奥克塔维奥,你达到了目的,——
我现在几乎又众叛亲离,
犹如当年离开累根斯堡诸侯会议。
那时候我身边没有一人除了自己——
你们已经领教过我可以有所作为,即使单人独骑。
你们砍掉了我繁茂的枝叶,可是我这
失去枝叶的树干依旧傲然挺立!
我的躯干内骨髓里有生机盎然的创造之力,
它将孳生出一个世界,充满旺盛的精力。
曾几何时我孤身一人对你们来说
就抵得上千军万马,你们的军队
遇到瑞典强大兵力就像冰雪融化,
你们最后一个保护人悌里阵亡在莱希河畔①;
古斯塔夫率领大军犹如暴涨的江河急流,
涌进巴伐利亚,皇帝陛下
呆在维也纳的宫殿里瑟瑟发抖。
当年士兵殊为值钱,因为大多数人
跟着幸运行走,——这时大家的眼睛
都直盯着我,于困厄之中把他们拯救,

① 一六三二年四月四日,悌里率领的巴伐利亚部队在莱希河畔大败,不久悌里伤重而亡。

皇上的傲气只好在我这深受伤害之人面前低头，
我得重新复活，口吐神言，再创宇宙，
使空荡荡的军营里将士云集熙熙攘攘。
我于是照办。战鼓擂响。我的名字
犹如战神一般传遍四方。
人们蜂拥而至，抛下犁杖，离开工场，
聚集到久已谙熟的旗帜之下，满怀希望！——
——我觉得我现在依然是当年的风采，
是人的精神把人的肉体塑造出来。
弗里特兰将使他的军营又将士如海。
你们尽管大胆地率领成千上万的士兵和我对阵，
他们却习惯于在我的麾下战斗奏凯，
而不是和我交锋，让我败下阵来。
倘若头脑和躯干分离，便知灵魂何在。
（伊洛和特尔茨基上）
鼓起勇气，朋友们，勇气！我们并未一败涂地，
特尔茨基的五个团还是我们的人马，
还有布特勒的骁勇战士——明天有支部队
来和我们会合，一万六千瑞典人会到我的麾下，
九年前我为皇上出兵征服德国之时，
兵力并不见得比现在更有声势。

第十四场

〔前场人物。诺伊曼上，把特尔茨基伯爵拉到一边和他说话。

特尔茨基（对诺伊曼）：

他们找谁?

华伦斯坦:

有什么事?

特尔茨基:

帕彭海姆团的战士

十名甲骑兵以全团的名义

要求和你对话。

华伦斯坦(很快地对诺伊曼说):

让他们进来。

(诺伊曼下)

我指望得到一些转机。你们注意,

他们还在怀疑,所以还可以争取。

第 十 五 场

〔华伦斯坦。特尔茨基。伊洛。十名甲骑兵,由一位排长率领,列队齐步上场,听从口令在公爵面前排成一行,举枪敬礼。

华伦斯坦(用眼睛打量他们一阵之后,对排长说):

我大概认得你。你家在佛兰德斯的布吕格,

你姓麦尔西。

排长:

我叫亨利希·麦尔西。

华伦斯坦:

你在行军途中和大队失去了联系,

为黑森兵围困,最后得以杀出重围,

以一百八十名兵士对抗他们千人之众。

排长：

是这样，我的将军。

华伦斯坦：

你这英勇行为

得到什么褒奖？

排长：

我的统帅，我获得

我要求的荣誉，允许在这团里服役。

华伦斯坦（转向另一个士兵）：

我在阿尔腾堡要志愿军出列

去夺取瑞典人的大炮，

其中有你。

第二甲骑兵：

是这样，我的统帅。

华伦斯坦：

只要和我讲过话的人，

我一个也不会忘记。

说说你们的事吧。

排长（下令）：

枪放下！

华伦斯坦（对第三个士兵）：

你叫里斯贝克，出生在科隆。

第三甲骑兵：

科隆的里斯贝克。

华伦斯坦：

你俘虏了瑞典上校杜巴尔特，

把他带进纽伦堡军营。

第三甲骑兵：

那不是我，我的将军。

华伦斯坦：

完全正确！

那次立功的

是你哥哥，——你还有

一个弟弟，他在哪儿？

第三甲骑兵：

他在奥尔米茨皇上的部队里。

华伦斯坦（对排长）：

现在你说说吧。

排长：

有一份皇上的谕旨传到我们手里，

我们……

华伦斯坦（打断他）：

是谁选出你们来的？

排长：

每个小队通过抓阄选出自己的人。

华伦斯坦：

好，现在言归正传吧！

排长：

有份皇上的谕旨传到我们手里，

命令我们，不再听从你的号令，

因为你是卖国贼，你是敌人。

华伦斯坦：

你们做出了什么决定？

排长：

我们的

弟兄们在布劳瑙、布特魏斯、布拉格

和奥尔米茨的已经服从,忠于皇上,
蒂芬巴赫,托斯卡纳的各团也效法他们的榜样,
——可是我们不信,你是敌人和卖国贼同党。
我们把这些话只看成谎言,
欺骗,西班牙人的胡诌乱讲。
(掏心掏肺地)
你得亲自告诉我们,你打什么主意,
因为你一向对我们真心实意,
我们对你高度信任,毫无芥蒂,
我们是杰出的统帅和优秀的战士,
我们之间不许别人插嘴说三道四。

华伦斯坦:

从这番话我看出你们真是我的帕彭海姆部队。

排长:

你的团队跟你交底:
皇上是把兵权交给你的,
这个兵权应该属于你,
你的目的若只是把兵权掌握在你手里,
继续担任奥地利合法的统帅,
我们愿意支持你,保护你,
对任何侵犯你良好权利的人予以抗击,
即使其他所有团队全都背弃你,
单单我们也愿对你忠诚,
为你牺牲一切,甚至把生命抛弃。
因为这是我们这些骑兵的责任,
宁可死于非命也不让你沉沦下去。
可如果事情正如皇上的谕旨,
倘若你真的想背信弃义

把我们带去投敌，
那么上帝保佑！我们也要服从
这份手谕，离你而去。

华伦斯坦：

听着，孩子们——

排长：

你用不着多费口舌，你只要说
是还是不是，我们也就满意。

华伦斯坦：

你们听好，我知道，你们深明大义，
独立思考，独立判断，绝不随波逐流，
因此你们也知道，我对你们另眼相看。
一直看重你们，比对众多官兵高过一筹，
因为统帅迅速一眼，只看见众多军旗，
看不见个别人头，看不见人与人的差异，
钢铁的命令起着作用，盲目而又严厉，
在这里个人对于个人都没什么稀奇——
你们也知道，我从未把你们看成杂草飞絮；
你们在这个粗野的行业里
自尊自爱，你们的额上
透着人性的思绪，
我就把你们当作自由的人，
承认你们有自己做主的权利。

排长：

是的，你一直很尊重我们，
我的统帅，你信任我们，我们感到光荣，
你给我们的恩宠超过其他团队的弟兄。
我们现在也不听大伙随大流，

你也看到了！我们要忠于你。
你只要说一句话，我们就满意，
你只要说你并没有想叛国，
并不想带着部队去投敌。

华伦斯坦：

他们背叛了我，出卖了我！
皇帝向着我的敌人，牺牲了我，
我勇敢的军队若不救我，我非倒台不可。
我把命运交给你们。你们的心
是我的堡垒！你们瞧，他们就瞄准了这个心窝！
指向这颗白发苍苍的头颅！
这就是西班牙人的感恩戴德，
我们在那座古老的城堡里浴血奋战，
在吕岑平原上忘我厮杀，得到的就是这个！
我们就为此把赤裸的胸膛扑向锋利的长枪；
把冰雪覆盖的大地和坚硬顽劣的石块
变成我们的卧榻眠床，没有一道
湍急的河流我们不蹚，没有一座浓密的树林我们不闯。
那个曼斯斐尔德逃走①，像蛇一样，
路线曲里拐弯，我们穷追不舍，
我们的一生就是永无歇息的行军，无比漫长。
犹如旋风呼啸而过，无家可归。
我们奔突在战乱频仍的大地上。
现在，我们完成了繁重工作，结束了
这吃力不讨好，遭人诅咒的东拼西杀，

① 一六二六年四月二十五日，新教统帅彼得·恩斯特第二，封·曼斯斐尔德男爵被华伦斯坦击败，曼斯斐尔德率部逃向东南，华伦斯坦穷追不舍。

以不知疲劳的忠实手臂来推开
战争的重负,却走来这个皇帝陛下的年轻儿郎,
他要轻松愉快地摘取和平,
把理应成为我们头饰的橄榄枝
编织在他那少年人的金发之上——

排长:

只要我们能够阻止,绝不让他得逞。
你战功显赫,功勋卓著,
除了你,谁也无权结束这场可怕的战争。
我们进入这血腥的战场,是你率领我们出征,
也应该是你,而不是任何别人,
带领我们回到美丽的和平原野,回到故乡
和我们一同把长年辛劳的果实分享——

华伦斯坦:

怎么?你们终于想到在垂暮之年
享受果实?这话千万不要相信,
你们永远也看不到这场战争的终结!
这场战争将把我们大家吞噬绝灭。
正因为奥地利不愿见到和平,
我寻求和平,所以必须倒台下野。
奥地利不管不顾,漫长的战争
是否耗尽部队官兵,摧毁整个世界,
它只希望日益扩大版图,不断增强国威。
你们受到了感动——我看见你们战士的
双眼炯炯发光,知道你们义愤填膺。
啊,但愿我的精神像从前一样英勇无畏,
我多次率领你们英勇作战,现在也能鼓舞你们部队!
你们愿意帮助我,愿意用武器

维护我的权利——这是多么高贵！
但是你们不要以为，你们这支小小的部队，
能够完成这个事业！你们有可能白白地
为你们的统帅牺牲掉自己！（推心置腹地）
不行！让我们稳健行事，寻找朋友，
瑞典人答应给我们援助，让我们表面上
利用他们，直到我们把欧洲的命运
掌握在手里，对瑞典和皇帝都形成威胁，
从我们的军营出发，把修饰美丽的和平
带给欢欣鼓舞的世界。

排长：

那你只是表面上和瑞典人交往，
并不想背叛皇上，并不想把我们
变成瑞典人？——瞧，这就是我们
想从你那里得到的惟一消息。

华伦斯坦：

瑞典人跟我有什么关系？我恨瑞典人，
像恨地狱里罪恶的深渊。我打算仰仗上帝，
尽快把他们赶过波罗的海，撵回家乡，
我关心全局大计。你们瞧！有颗良心，在我胸膛，
德意志人民的苦难使我痛苦悲伤。
你们只是寻常百姓，可是思想并不寻常，
我觉得你们值得信任，与众不同，
我要和你们说几句话，推心置腹——
你们瞧！战争的火炬已经燃烧了一十五年，
至今没有一处停战。不论天主教徒还是路德教徒！
瑞典人还是德国人！谁也不肯向别人让步！
每只手都反对另一只手！

谁都有帮有派,是非无人公断,你们说,哪儿该是尽头?
这团乱麻越滚越大,越理越乱,
谁来把它解开?只好一剑把它斩断。
我觉得我就是命运选中的人,
希望在你们的帮助下把这一事业完成。

第十六场

〔布特勒。前场人物。

布特勒(风风火火地):

这样做可不好,我的统帅。

华伦斯坦:

什么事?

布特勒:

这必然会伤害我们,失掉好心的朋友。

华伦斯坦:

出了什么事?

布特勒:

这简直是公开宣布叛乱!

华伦斯坦:

究竟出了什么事?

布特勒:

特尔茨基伯爵的部队
扯下旗子上面皇帝的鹰徽①,
装上你的徽章,以振军威。

---

① 从一四三三年起,德意志帝国皇帝的徽章便是双头鹰。

排长(对甲骑兵):

向右转!

华伦斯坦:

这主意真该死,是谁出的这个主意?
(向列队退下的甲骑兵)
站住,孩子们,站住——这是场误会——
听我说,我会严惩这事——你们听啊!别走,
他们不听。(对伊洛)你跟着去,对他们说明,
要不惜一切代价带他们回来。
(伊洛匆匆下)
这事彻底毁了我们——布特勒!布特勒啊!
你可真是我的魔障,为什么你报告这事
偏要在他们面前——原来一切都很顺畅——
他们几乎被争取过来了一半——
这些疯子,不假思索地胡乱帮忙!——
啊!命运给我开的玩笑真是残忍!
是朋友的热心使我彻底完蛋,
并不是敌人的仇恨。

第十七场

〔前场人物。公爵夫人冲进房间。她身后是苔克拉和伯爵夫人。然后是伊洛。

公爵夫人:

啊,阿尔布莱希特[①]!你都干了什么事啊!

① 这是华伦斯坦的名字。

华伦斯坦：

现在又来这个！

伯爵夫人：

原谅我，大哥。我没法再瞒下去，

她已知道一切。

公爵夫人：

你干了什么啊！

伯爵夫人（对特尔茨基）：

已经毫无希望？难道一切

全都输光？

特尔茨基：

全都完了。布拉格已经落到皇上手里，

部队又都重新宣誓效忠皇帝。

伯爵夫人：

阴险恶毒的奥克塔维奥！——马克斯伯爵

也走了吗？

特尔茨基：

他该呆在哪儿呢？

他和他父亲一起投向了皇帝。

（苔克拉扑进她母亲的怀里，把脸埋在母亲的胸上）

公爵夫人（把苔克拉搂在怀里）：

苦命的孩子！更加苦命的母亲！

华伦斯坦（和特尔茨基一起走到一边）：

赶快准备一辆旅行马车，

停在后院，把她们带走。（指一指这几个女人）

谢尔芬堡① 可以和她们同行，他忠于我们，

① 高特弗里特·封·谢尔芬堡为华伦斯坦的侍卫长。

他送她们到埃格尔,我们跟在后头。

(对这时又上场的伊洛)

你没把他们带回来?

伊洛:

你听见人声鼎沸?

人们正蜂拥而来,整个帕彭海姆团的人马

他们要求得到他们的上校马克斯,

他们说马克斯在这府邸里被你扣押,

你要是不释放他们的长官,

他们就会用刀剑来解放他。

(大家都惊讶万状)

特尔茨基:

这话从何说起?

华伦斯坦:

我不是已经说过?

啊,我那未卜先知的心啊! 他还在这里。

他没有背叛我,他不可能背叛我——

我对此从来没有怀疑过。

伯爵夫人:

他要是还在这里,啊,那就一切全都好办。

那我就知道,什么能永远把他拴住!(拥抱苔克拉)

特尔茨基:

这不可能。想一想吧!

那老家伙出卖了我们,投向皇帝,

当儿子的怎么还敢留在这里?

伊洛(对华伦斯坦):

几小时前

我还看见你不久前送给他的

那辆四轮马车驰过市场。

伯爵夫人：

啊，外甥女，那他不会走远！

苔克拉(目光紧盯着门口，大声叫道)：

他就在那儿！

第十八场

〔前场人物。马克斯·皮柯洛米尼。

马克斯(走到大厅中央)：

是的！是的！他就在那儿！我不能再
轻手轻脚地绕着这房子转悠，
偷偷地静等着那有利的时候——
这惊恐，这等候，
我再也无法忍受！
(径直走向苔克拉，苔克拉扑进她母亲的怀里)
啊，仔细看着我！我温柔的天使，别把目光转开吧。
请自由自在地在众人面前承认。谁也不要怕。
我们彼此相爱。谁愿意听，就听吧。
何必瞒着这件事情？幸运的人
才有秘密，绝望的不幸
不再需要任何面纱，
它可以行事在众目睽睽之下。
(他看见了伯爵夫人，伯爵夫人正眉开眼笑地瞅着苔克拉)
不，特尔茨基姨妈！不要以期待、希望的目光
看着我！我来不是为了留下。
而是为了告别——一切已经了结。

我不得不离开你,非走不可——苔克拉!
可是我不能带着你的仇恨离去。
我求你哪怕只是以同情的目光看我一下,
请说,你并不恨我。请告诉我,苔克拉。
(他握住苔克拉的手,心情十分激动)
啊,上帝啊——上帝!我没法离开此地。
我办不到——我这只手没法放下。
说啊,苔克拉,你同情我,
你自己确信,我只能这样,别无他法。
(苔克拉避开马克斯的目光,用手指指自己的父亲,马克斯转过身去,这时才发现公爵,他对公爵说道)
你在这里?——我在这里寻找的并不是你。
我的眼睛不该再看见你。
我只和她一个人有事了断。我想在这里
求得这颗温柔的心的宽恕,谅解,
对于其他一切我已经不再在意。

华伦斯坦:

你以为我是个傻瓜,会让你离去,
和你扮演一场宽宏大量的好戏?
你父亲对我的行为,已证明他是无赖,
你对我来说也只是他的儿子而已,
不能让你白白地陷入我的手心,
不要以为我还会念及旧日的友情,
你父亲已把我们的旧情彻底破损,
相亲相爱温柔照顾已成往事,
现在轮到的该是报仇雪恨,
我也会像他一样失去人性。

马克斯:

你可以随意处置我,你手里有权,
可你也知道,我既不会对抗你的怒气,
也不怕你大发雷霆。你清楚知道,
是什么把我留在这里。(握住苔克拉的手)
你瞧!一切——我曾愿把我的一切都归功于你,
我曾愿从你父亲般的手里
接过幸福者的命运。
如今你破坏了它,可你一点也不在意。
你把家人的幸福恣意践踏在泥土里,
你侍奉的上帝,并不是仁慈的主。
你只听从你内心狂野的冲动,
就像没有心肝的盲目的元素,
没有什么东西和这可怕的东西结盟。
有些人信赖你,被你和蔼可亲的外表迷住,
依靠着你建造他们幸福的茅屋,
这些人可是苦不堪言,苦不胜苦!
在寂静的夜晚,那火焰喷口奸刁恶毒,
出人意表地把岩浆迅速喷出,
狂野的洪流,挟着破坏一切的盛怒,
令人战栗,以汹涌澎湃之势,
席卷人类所有的成果器物。

华伦斯坦:

你描绘的是你父亲的心。正如你所描述,
这颗心就形成于他的五脏六腑,
形成于这阴险的伪君子的胸膛内部。
啊,这魔鬼的伎俩把我骗得好苦。
地狱的深渊把最善隐蔽的幽灵,
把精通说谎技艺的幽灵派到我的身边,

让他成为我身边的挚友心腹。
这地狱的威力有谁能够抵挡!
我把这条致人死命的毒蛇放在胸上,
用我心头的热血把他喂养,
他乐陶陶地大口吮吸我爱的乳浆,
我从未对他有丝毫恶意奸计,
我向他敞开心扉亮明思想,
并把智慧谨慎的钥匙扔到一旁——
我的眼睛在浩渺无垠的星空中,
在广袤辽阔的宇宙间寻找敌人,
这敌人却深锁在我心灵的核心之中,
——倘若我和斐迪南[①] 的关系
就像奥克塔维奥和我那样,
我将永远不会向他宣战——我绝不会这样。
他只是我严峻的主子,并非我的友人,
皇上并没有无保留地信任我的忠诚,
当他把兵权交到我手里的时候,
我们之间便已爆发战争;
战争存在于使用计谋彼此怀疑的人们,
只有互相信任信赖的人们之间才有和平。
谁若毁了信任,啊,他在母体里
就谋害了即将出生的一代人!

马克斯:

我不想为我父亲辩护。
我真惨,没法为他说话!
不幸的严重事件已经发生,

① 即奥地利皇帝,也是德意志帝国的皇帝。

一个恶行把另一恶行引发，
环环相套，令人害怕。
可是我们毫无过错，怎么陷进了
这灾祸和罪行的圆圈之中？
我们到底背叛了谁，对谁不忠？
为什么父辈双重的罪责和恶行
要像两条巨蟒可怕地缠绕着我们？
为什么父辈不可调和的仇恨，
要活活拆散我们这深深相爱的一对恋人？
（他心情无比痛苦地拥抱苔克拉）

华伦斯坦（一直默默地注视着马克斯，现在走了过去）：
马克斯！留在我身边，——别离开我，马克斯！
你瞧，那年冬天人们在布拉格
冬季营地[①] 里把你带进我的帐篷，
一个娇弱的男孩，不习惯德国的严冬，
你握着那面大旗的手冻得僵硬通红，
你要表现男儿气概，握住那面旗子死也不放，
我就抱起你，把我的大衣盖在你的身上，
我自己当你的保姆，不羞于
像女人一样去做那些琐碎事情，
对你认真照料体贴关心，
直到你被我温暖，在我的心头
又欢快地感觉到你年轻的生命。
在那以后，我何尝改变过我的感情？
我使好几千人富甲一方，
馈赠他们豪华庄园，大片田地，

① 一六三〇年十一月布拉格附近的白山战役时，华伦斯坦尚是上校。

用荣誉席位酬报他们——而你和我则凭着爱来维系，
我把我的心，我整个人都给了你。
他们大家都是外人，而你则是我们
自家的孩子，马克斯！你不能弃我而去！
这不可能是真的，我不可能，也不愿意相信。
马克斯会把我抛弃。

马克斯：

啊，上帝！

华伦斯坦：

从你孩提时代起我就搂着你，
抱着你——你父亲为你做的事情，
哪一件我没有加倍地去做？
我在你身边把一张爱情的网织起，
你若能够撕碎，你就撕去——
每一根心灵的纽带轻柔纤细，
每一根天性的神圣锁链能使人们
彼此相连，把你我拴在一起。
你走吧，离开我吧，去侍奉你的皇帝，
让他们用一根小小的仁慈的金链，
用一枚金羊毛勋章来奖励你，
抛弃了你的朋友，你少年时代的父亲，
那至高无上的神圣感情对你已不值分文。

马克斯（内心激烈斗争）：

啊上帝！我能有什么别的办法？我能不这样做吗？
我的誓言——我的职责——

华伦斯坦：

职责，对谁？你是谁？
倘若我对皇上不义，那是我不在理，

而不是你。你难道属于你自己?
你难道是主人,主宰着你自己?
你在这世界上像我一样天马行空,自由无羁?
以至于你自己的行动取决于你自己?
你是靠在我的身上,我是你的皇帝。
属于我,服从我,乃是你的
自然法则,你的荣誉。
倘若你生活和寓居的星体
脱离轨道,燃烧着撞向
另一个星体,使它熊熊火起,
你无法加以选择,是否随之而去,
它拽着你以雷霆万钧之力,
连同它的星晕和它的行星一同飞去。
你参加这场争执,过错不值一提,
大家不会为此指责你,只会
称赞你为朋友献身的侠胆义气!

第十九场

〔前场人物。诺伊曼上。

华伦斯坦:

有什么事?

诺伊曼:

帕彭海姆团的官兵哗变,
他们徒步逼近,决心用手中的刀剑
冲进这幢楼房,
他们要解救伯爵,他们的团长。

华伦斯坦(对特尔茨基):

　　　　　把炮弹

　抬出去,把大炮推出大门,

　我要用连发炮弹迎接他们。

　(特尔茨基下)

　竟然用刀剑来对我发号施令！去,诺伊曼,

　叫他们撤退,立即撤退,

　这是我的命令,叫他们秩序井然地静等,

　等我高兴下一步如何进行。

　(诺伊曼下,伊洛向窗前走去)

伯爵夫人:

　　　　　　　放掉他吧。

　我求求你,放掉他吧!

伊洛(在窗口):

　　　　　　该死,混蛋!

华伦斯坦:

　什么事?

伊洛:

　　　　　　　　他们爬上市政厅,

　掀开了屋顶,把几门炮

　都向这幢房子瞄准——

马克斯:

　　　　　　这些疯子!

伊洛:

　　　　　　　　他们正准备

　向我们射击——

公爵夫人和伯爵夫人:

　天上的上帝啊!

马克斯(对华伦斯坦)：

让我

下楼去，跟他们说——

华伦斯坦：

站着别动！

马克斯(指着苔克拉和公爵夫人)：

可是她们的性命！你的性命！

华伦斯坦：

你带来什么消息，特尔茨基？

第二十场

〔前场人物。特尔茨基返回。

特尔茨基：

我们忠诚的部队传来消息。

士气可用，不能再把他们压抑，

他们请求，允许他们发起攻击，

布拉格门和弥尔门已在他们手里，

你只消下定决心发出命令

他们就可以从背后袭击敌人，

腹背夹击把敌人困在该城，

狭窄的街道可以轻易制服敌人。

伊洛：

啊下令吧！别扑灭他们的热情，

布特勒手下的官兵忠于我们，

我们的兵力还占上风，可以压倒他们，

平息皮尔森这里的暴乱险情。

华伦斯坦：

你要让这座城市变成战场，
让杀红了眼的兄弟互相仇杀，
在这里的大街小巷杀人如麻？
怨愤使人耳聋，不听长官的命令，
你想让怨愤来做出决定？
这里无法打斗，只能屠杀，
愤怒的复仇女神一旦释放出来，
就没有一个主人的声音能把她们再召回去。
好啊，可能是这样！我曾对此深思熟虑，
那就让它迅速爆发，血流遍地。
（转向马克斯）
怎么样？你愿意和我一起试着走这一趟？
你有离去的自由。那就和我对垒。
带领他们前去打仗。
你能征善战，我有几招你已学会，
我不会为我的对手感到羞愧。
你找不到更妙的良辰吉日
来向我付出学费。

伯爵夫人：

事情
竟发展到这种地步？侄儿，侄儿，你受得了吗？

马克斯：

我曾答应，把交给我指挥的团队
带回给皇帝，矢志忠诚，
我将信守诺言，或者以身相殉。
没有任何职责向我要求更甚。
倘若我能避免，我不会和你对阵，

即使是我敌人,你的头颅对我依然神圣。

(两声枪响。伊洛和特尔茨基冲到窗前)

华伦斯坦:

出什么事了?

特尔茨基:

他倒下了。

华伦斯坦:

倒下了! 谁?

伊洛:

蒂芬巴赫的手下

开枪射击。

华伦斯坦:

开枪打谁?

伊洛:

打诺伊曼,

你派去的——

华伦斯坦(勃然大怒):

该死,混蛋! 那我要——

(欲下)

特尔茨基:

你去当他们盲目怒火的靶子?

公爵夫人和伯爵夫人:

看在上帝的分上,你别去!

伊洛:

现在别去,我的统帅。

伯爵夫人:

啊,拦住他,拦住他!

华伦斯坦:

放我走！

马克斯：

别这么干，

现在别去，这血淋淋的突发行动

已经激起他们怒火，等待他们追悔吧——

华伦斯坦：

走开！我犹豫不决的时间已经太久，

他们所以胆敢干出这样放肆的暴行，

是因为他们没有看见我的脸——他们应该

见到我的脸，听到我的声音——

这难道不是我的部队？我难道不是

他们的统帅，他们敬畏的主人？

让我看看，他们是不是已经不再认得这张面庞，

鏖战昏天黑地之际，这脸曾是他们的太阳。

用不着动用武器。我只要走上阳台

向这些叛乱的军队露一露面，

他们就会很快驯服，就会心神收敛，

叛乱思想又会返回到旧日驯从听命的规范。

（华伦斯坦下。伊洛、特尔茨基和布特勒随下）

第二十一场

〔伯爵夫人。公爵夫人。马克斯和苔克拉。

伯爵夫人（对公爵夫人）：

他们一看见他——还有希望，姐姐。

公爵夫人：

希望！我可没有希望。

马克斯(在上场戏中一直站在远处,处于明显的思想斗争之中,这时走近):
我受不了这个。
我到这里来时,下定决心,义无反顾,
原以为我的行动光明正大正确无误,
可我不得不站在这里,一个应该痛恨的匹夫,
备受诅咒的粗野家伙,人性全无,
遭到一切我亲爱的人们的憎恶,
眼看我爱的人毫无尊严地被逼进困境,
我其实说一句话就可以使他们幸福——
我的心不得安宁翻腾不已,
两个声音在我胸中互争高低,
我脑子一片昏黑,我不知道孰是孰非。
啊,真对,父亲,你说得可真对,
我过于信任我自己的心,
我摇摇晃晃站立不稳,不知该进该退。

伯爵夫人:
你不知道该进该退?你的心没告诉你?
那我要告诉你如何行动!
你父亲卑鄙无耻地背叛了我们,
阴险恶毒地出卖了公爵的头颅,
把我们推进耻辱的泥潭深处,
结论清楚,你作为他的儿子该做什么,
你该树立一个忠诚虔信的榜样,
把这无耻之徒所犯的罪行予以弥补,
以便皮柯洛米尼这个姓氏在华伦斯坦家族
不致变成邪恶的标志,蒙受耻辱,
遭到永恒的诅咒,永劫不复。

马克斯:

哪里有一个
真理的声音,可以供我追随,不再徬徨?
我们大家都情绪激动,由于激情,由于愿望。
但愿现在有位天使从天而降,
以纯洁的手为我从纯净如水的光源之中
汲取正确无误的,毫不掺假的光芒!
(这时他的眼光落到苔克拉身上)
怎么?我还要寻觅这位天使?我还期待着
另一位天使?(他走近苔克拉,用手搂住她)
我要把我的命运
放在这里,放在这颗心上,
放在这颗永不舛错,圣洁纯净的心上,
你的爱情只能使幸福的人幸福,
遇到不幸的罪人它会掉头不顾,
我要问你的爱情,我若留下,你是否还会爱我?
你说你会爱我,我就属于你们家族。

伯爵夫人(着重语气):

好好考虑——

马克斯(打断她的话):

不要考虑,怎么感觉就怎么说。

伯爵夫人:

想想你的父亲——

马克斯(打断她):

我问的不是公爵的千金,
我问的是你,是你,我问的是我的恋人!
你天质聪颖,定会想到
不是为了去赢得王冠一顶。
而是关系到你朋友心灵的安宁,

和上千名勇敢的英雄的幸运,
他们将把你朋友的行为当做榜样。
我该玩忽职守,违背誓言背叛皇上?
我该向奥克塔维奥的军营
射出子弹弑杀生身之父?
因为子弹一旦离开枪膛,
就不再是阒无生命的工具,而是一个活物,
一个精灵进入它的体内,
复仇女神,那惩戒恶行的复仇者,把它攫住,
不怀好意地把它引上邪恶至极的道路。

苔克拉:

啊,马克斯。

马克斯(打断她):

不,你也不要急于回答。
我了解你。对于高贵的心灵
最沉重的职责似乎也最为贴近。
不看事情是否宏伟,看它是否合乎人性。
你想一想,公爵一向如何待我,
也想一想,我的父亲又如何对他回报。
啊,好客精神和朋友间的忠诚
激起的美好自由的感情波动
对于心灵而言,这也是一种神圣的宗教。
野蛮人粗野地玷污这些感情波动,
天性的战栗将对他们予以严惩。
请把这一切认真衡量,你再说话,
让你的心做出决定。

苔克拉:

啊,你的心

早已做出决定,你就听从你最初的
感情波动吧——

伯爵夫人:

这不幸的女人!

苔克拉:

这颗柔弱的心
没能立即理解马上领悟的事情,
怎么可能正确无误?
去吧,去尽你的职责。我将永远爱你。
不论你做出什么抉择,你将始终行动高贵
符合你的身份——
但是不该让悔恨骚扰你
破坏你心灵美好的安宁。

马克斯:

那我不得不离开你,和你诀别!

苔克拉:

你忠于了你自己,也就忠于了我。
命运把我们分开,我们的心永在一起。
弗里特兰和皮柯洛米尼两家
因为血淋淋的仇恨永远不共戴天势不两立,
但是我们不属于我们自己的家庭。
——走吧!快走!赶快献身于你善良的事业,
摒弃我们家的不幸。
上天的诅咒追逐着我们,
我们注定了遭到劫难,
我父亲的罪过将使我也陷入沉沦。
不要为我悲伤,不久即将
决定我的命运。

(马克斯把她搂在怀里,激动万分。只听见后台发出响亮的狂野的持续不断的喊声:“斐迪南万岁!”夹杂着阵阵军乐的伴奏。马克斯和苔克拉紧紧相拥,一动不动)

第二十二场

〔前场人物。特尔茨基。

伯爵夫人(迎向特尔茨基):

这是什么?这大声叫喊是什么意思?

特尔茨基:

完了,全都输光了。

伯爵夫人:

怎么,他们见到了他没有表示?

特尔茨基:

没有。一切全都白费。

伯爵夫人:

可他们高呼万岁!

特尔茨基:

那是“皇帝万岁”。

伯爵夫人:

啊,这些家伙,全然忘记了自己的职责!

特尔茨基:

他们根本连话都不让他说。
他一开始说话他们就奏起
震耳欲聋的军乐,打断他的话头。
——他来了。

第二十三场

〔前场人物。华伦斯坦在伊洛和布特勒的陪同下上场。接着一些甲骑兵上。

华伦斯坦(一面走进来一面说)：

特尔茨基！

特尔茨基：

我的公爵？

华伦斯坦：

下令我们的部队

做好准备，今天就开拔，

入夜之前我们离开皮尔森。

(特尔茨基下)

布特勒——

布特勒：

我的将军？——

华伦斯坦：

埃格尔的城防司令

是你的朋友和同乡。马上写封信

派紧急信使给他送去，叫他准备接应，

明天迎接我们大队人马进城——

你自己带着你的团队与我们同行。

布特勒：

遵命，我的统帅。

华伦斯坦(走到紧紧拥抱在一起的马克斯和苔克拉面前，把他们分开)：

分开。

马克斯：

上帝啊！

(甲骑兵拿着上了刺刀的步枪走进大厅,聚集在舞台后部。同时可以听见下面有人在唱帕彭海姆进行曲中几个雄壮的段落,似乎在呼唤马克斯)

华伦斯坦(对甲骑兵)：

他就在这儿。他行动自由。我不再把他扣留。

(他转过脸去,站着,使得马克斯无法靠近他,也无法接近苔克拉小姐)

马克斯：

你恨我,愤怒地把我推开。
要猛然扯断我们旧日爱情的纽带,
而不是把它轻轻解开,决裂使我痛苦,
你要使我因而更加痛苦！
你知道我还没有学会
没有你而生活——我走进沙漠一片,
把我珍贵的一切全都留在外面——
啊,请你不要转过脸去,不看我一眼！
请你再一次让我看到
你永远亲爱的、备受尊敬的容颜。
别把我推开——
(他想抓住华伦斯坦的手。华伦斯坦把手抽了回去。他转向伯爵夫人)
难道这儿没有另外一只眼睛,
对我表示同情——特尔茨基姨妈——
(伯爵夫人别过脸去;马克斯转身向着公爵夫人)
尊敬的母亲——

公爵夫人：

您走吧,伯爵,

到您的职责召唤您的地方去——这样,将来您可以成为

我们在皇上驾前的一个忠实的朋友，
一个善良的天使。

马克斯：

您给了我希望，
您不想让我完全绝望。
啊，请别用空洞的妄想来把我蒙骗，
我的灾难确定无疑，感谢上天！
它给了我结束这场灾难的手段。

（军乐又复奏响。大厅里充满了越来越多的武装士兵。马克斯看见布特勒站在那里）

您也在这里，布特勒上校——您不想随我同去？
好吧！但愿您忠于您的新主人
甚于旧日的主人。来吧！答应我，
请伸手给我，向我保证，
您将保护他的生命，使他不受伤害。

（布特勒拒绝把手伸给马克斯）

皇上已经宣布，公爵不受法律保护，
任何一个想要领取赏金的杀手
都可加害于他尊贵的头颅；
现在他需要朋友的真诚关怀和亲人
真挚的爱护。临别之际我看到
他置身于挚爱之中。

（马克斯向伊洛和布特勒投去疑信参半的目光）

伊洛：

到您父亲的身边，
到戛拉斯的军营里去寻找叛徒吧。
这里仅仅还有一个叛徒。走吧，别让我们
再看见叛徒嘴脸，令人憎恶。走吧。

(马克斯再做一次尝试去接近苔克拉。华伦斯坦阻止了他。马克斯举棋不定地站在那里,痛苦万状;与此同时大厅里挤满了越来越多的士兵,楼下响起号角声声,越来越咄咄逼人,间歇越来越短)

马克斯:

吹吧,吹吧!——啊,但愿这是瑞典人的号声,
但愿我能从这里径直走向死亡的战场,
我在这里看见的已经出鞘的利剑,
全都洞穿我的胸膛!
你们想要什么?你们前来把我从这里拽走——
啊,别逼得我发疯绝望!
不要这样!你们会为此悔恨悲伤!
(大厅里装满了武装士兵)
还不仅于此——现在分量越来越重,
你们人多势众,拽拉着我沉重地坠落。——
你们想想,在干什么。你们把绝望的人
选作领袖,这样做并不聪明。
你们拉着我离开我的幸福,那行,
我就把你们的灵魂献给复仇女神!
你们选择了自己走向毁灭,
谁若跟我同行,要准备沙场殒命。

〔马克斯转身向着后台,在甲骑兵中激起一片骚动,他们簇拥着他,陪伴着他,人头攒动,乱成一团。华伦斯坦一动不动地站着。苔克拉晕倒在她母亲怀里。幕落。

第四幕

〔在埃格尔市长的府邸里。

第一场

布特勒(刚刚到达):

他进城了。他的厄运把他引进城来。
在他身后大栅门已经落下紧闭,
吊桥灵活地降下
又飘然升起,
如今他每条逃生之路都已堵死。
命运女神说:弗里特兰,就到这里为止,
不再继续往前!你那备受众人艳羡的彗星,
从波希米亚大地升起,在广袤的天空,
走过一条光辉灿烂的路程,
如今得陨落在这波希米亚边境!
——你发誓背弃了往日的旗帜,
目迷神眩的家伙,还信任旧日的幸运!
你那罪恶的手举起利剑佩刀,
在皇上的疆土之内使得战火燃烧,

把罗马神明① 神圣的炉灶推倒。
你小心点！邪恶的复仇精灵驱使着你——
别让复仇把你彻底毁掉！

第　二　场

〔布特勒和哥尔顿。

哥尔顿：
原来是您？啊，我多么渴望听您亲口说明。
公爵大人竟是个叛国贼！啊，我的上帝！
是在逃亡之中！一代显贵的人物竟被贬为罪人！
我请求您，详细告诉我，将军大人，
这一切如何在皮尔森发生？

布特勒：
我先前让急使送给您的信，
您收到了吧？

哥尔顿：
您嘱咐的事，我一一忠实照办，
不假思索地为他敞开城堡的大门，
因为有道皇帝陛下的谕旨，
命令我盲目遵从您的命令。
可是请您原谅！等我看见
公爵本人，我又开始疑虑丛生。
因为的确如此！公爵大人走进这座城市，
可不是作为一个遭到贬抑的罪人。

① 指古代罗马人家里的神明。

王者的威严依旧在他额上闪耀，
和往日一样逼人俯首听命，
就像在秩序井然的日子里，他安详平和地
听我向他汇报任上的情形。
遭遇厄运或犯下罪过，人会变得和蔼可亲，
失去高傲通常会使人低头弯腰，
对身份低下的人曲意奉承；
可是公爵大人说话不多，威风凛凛，
赞扬、夸奖都字斟句酌，掌握分寸，
就像主人称赞手下恪尽职守的仆人。

布特勒：

我在给您信上写的全都已经发生。
公爵把军队出卖给了敌人，
想给敌人打开布拉格和埃格尔的城门。
听到这些谣传，所有的部队
全都弃他而去，只剩下
特尔茨基的五团人马，跟他来到这里。
对他的判决已经宣布，
皇上这样要求每一个忠心的臣仆，
不论是死是活，定要把他逮捕。

哥尔顿：

这样显赫的大人物！天资这样聪慧！
竟会背叛皇上！啊，什么是人性的宏伟！
我常说：这不会有好的下场，
他的巨大权力和显赫地位，这种摇摆不定
朦胧暧昧的力量成为他的陷阱。
因为人的欲望无穷贪欲无边，
别相信人会自我约束自我收敛。

只有清清楚楚的法律已成陈规的风习
才能阻止他贪得无厌。
可是兵权掌握在他手里，
形势不同，局面全新；
大权在握，他与皇帝平起平坐，
心性高傲已经不会低头称臣。
啊，这样一个人真是可惜！因为我想说，
他若跌倒，就没有人能够站稳。

布特勒：

收起您的怨天尤人，等他需要同情时再说，
因为现在这强有力的人物还令人胆战心惊。
瑞典人目前正向埃格尔逼近，
倘若我们不迅速阻止他们，
他们很快就要会师！这绝对不许发生！
公爵不得再自由离开此处，
因为我已用名誉和性命担保，
要在这里把他擒获，
我指望得到您的鼎力相助。

哥尔顿：

啊，但愿我永远没有看见这一天！
我从他手里接过这个职位，
他亲自托付给我这座城堡，
现在要我把城堡变成他的囚牢。
我们这些下级官员没有意志，
只有自由的人，强有力的人，
才听从美丽的人性感情的波动。
我们只是残酷法律的走卒帮凶。
地位低下的人可以争取的美德

就是服从。

布特勒:

才能受到束缚,不必感到难过,

倘若自由一多,谬误也就会多,

职责规定的路虽然狭窄,但是稳妥。

哥尔顿:

那么像你所说,所有的人都已把他抛弃?

他赐给成千上万个人幸福,

因为他有王者的心胸,并且

馈赠别人总是慷慨大度——

(他瞥了布特勒一眼)

他提拔有些人于卑微贫贱之中,

使他们平步青云,获取尊荣,

难道就没有赢得一个朋友,

在困厄之中向他效忠!

布特勒:

他几乎未存希望,这里有他一个朋友。

哥尔顿:

我并未得到他的任何恩宠。

我简直怀疑,他位高权重,

是否还记得我这个青年时代的游伴,——

因为我的职务使我离他相当遥远,

我呆在这城堡的墙垣之中,不被他注意,

得不到他的恩宠提携,

我的心灵得以保持自由于宁静孤寂。

因为他当时调我到这城堡里来坐镇,

他对待自己的职务还负责认真,

我对他的嘱托忠心耿耿,

没有辜负他的信任。

布特勒：

那么您说，您是否愿意执行对他的判决，
帮助我把他逮捕？

哥尔顿（沉思良久，痛苦地）：

事实——像您所说，
他背叛了皇上，背叛了他的主人，
出卖了他的部队，要向帝国的敌人
打开国内各个要塞的大门——
那就没法把他拯救——但是命运
偏偏在众人之中选择我作为工具
促使他彻底倒台，这一招可是真狠。
因为我俩同时都在布尔高[①] 宫廷当过侍童，
我年纪还比他稍长，这也是一段缘分。

布特勒：

我知道这事。

哥尔顿：

这大概是三十年前的往事。
他年方二十，雄心勃勃，励志精进。
他思想成熟，远远超过他的年龄，
富有男儿气概，一心只想宏伟的事情，
他城府很深，默默地置身于我们当中，
却不和我们做伴，绝不为
孩子气的少年游乐所动。

---

① 边疆伯爵卡尔·封·布尔高（1560—1618），为哈布斯堡王室的藩属，信奉天主教，哥尔顿为信奉加尔文教的苏格兰人，他居然会在布尔高宫廷当过侍童，纯属席勒的大胆杜撰，以表明他和华伦斯坦有一段旧情。

可是常常他又突然变得古里古怪，
从他那神秘莫测的胸中
逸出一股思想的光芒，充满睿智，光彩夺目，
我们大家都惊讶不止，面面相觑，弄不清楚
是狂人，还是天神借他的嘴在开口叙诉。

布特勒：

据说他在窗口沉沉睡去
从三层楼的高处跌到地上，
又站了起来，毫发不伤。
从这天起，人家就说
他不时会突然晕厥癫狂。

哥尔顿：

他从此变得思想深邃，这倒是真的，
他信奉了天主教，获救的奇迹
使他奇妙地改信天主教义，
他于是认为自己受到上帝恩宠，获得新生，
就像一个不会摔跤的人，
大胆地在人生摇摇晃晃的绳索上行进。
以后命运使我们相隔很远，各奔西东，
他勇气十足，步履快捷，奔向云霄九重，
我看他快步前进，看得目眩头晕，
他一举变成伯爵，侯爵，公爵，独霸称雄①，
现在一切职位他都嫌过于平庸，
便伸出手去攫取王冠，
于是跌进无可估量的毁灭之中！

① 根据席勒的《三十年战争史》，华伦斯坦在第二次受命建军，重掌帅印时，皇帝允许他享有独断专行的指挥权，不受任何限制。

布特勒：

打住。他来了。

第　三　场

〔华伦斯坦一边和埃格尔市市长谈话，一边走来。前场人物。

华伦斯坦：

你们原来曾是一座自由城市？
我看见你们的城徽上只有半只兀鹰①，
为什么只有半只？

市长：

我们原来是帝国境内的自由城市，
可是二百年② 来这个城市
臣属于波希米亚王室，
于是我们城徽上只有兀鹰半只。
下面一半画了线条全给涂盖，
直等到帝国给我们把自由赎来。

华伦斯坦：

你们应该获得自由。
你们只要保持正派作风就行。
挑拨离间者的风言风语不要听信。

---

① 埃格尔原来并不属于波希米亚，为直属帝国的一座自由城市。一三二二年被巴伐利亚的路德维希公爵佃押给波希米亚，但从未被帝国赎回。埃格尔在波希米亚便有特殊地位，但日益受到限制。城徽上半部还是一个单头的帝国鹰，下半部则是白红两色的条纹，这是波希米亚国的颜色。

② 到一六三四年已不止二百年。

你们该缴的税额有多高？

市长（耸耸肩膀）：

高到我们几乎负担不起。

兵营的给养也靠我们支付。

华伦斯坦：

应该给你们减轻负担。告诉我，

城里还有没有新教徒？

（市长一愣）

是啊，是啊。我知道还有许多新教徒

藏身在这座城里——不错！你坦白地说就是——

您自己——不也是？（眼睛直盯着他，市长大惊）

您不必害怕。我憎恨耶稣会修士——

要是由着我，早就把他们从帝国一扫而光——

我已经向全世界证明，

不论弥撒书还是《圣经》①！对我全都一样——

我已经亲自下令在格洛高②

给新教徒建造一座教堂。

——你听着，市长先生——请问您尊姓？

市长：

帕赫海尔伯，我尊敬的公爵殿下。

华伦斯坦：

您听着——我现在出于信任告诉您的事

切勿外传。

（华伦斯坦把手放在市长肩上，神气庄严肃穆）

时代交替的时间

① 天主教徒诵读弥撒书里的经文，新教徒只信《圣经》。

② 坐落在下波希米亚的格洛高公国在一六三二年被赐给华伦斯坦。

已经来到，市长先生。
高贵者将要倒台，卑贱者将要崛起
——这句话您就记在心里！
西班牙的双重统治[①] 已经日薄西山，
宇宙新的秩序即将诞生——
您没看见不久前
天上三星交相辉映？

市长：

看得我心惊胆战。

华伦斯坦：

其中两个星辰化为鲜血淋漓的
匕首形状。只有一个，只有中间的一个
伫立天庭，光辉明亮。

市长：

我们把这归之于土耳其人。

华伦斯坦：

土耳其人！什么话？
两个帝国将要沉沦，鲜血遍地，
我告诉您吧，一个在东，一个在西。
只有路德教会将岿然伫立。
（他看见了其他二人）
今天晚上，我们往这儿来时
左侧响起激烈的枪声，
你们在城堡里也有所听闻？

哥尔顿：

我们当然听得非常清楚，我的将军，

① 指在西班牙和奥地利，亦即在德意志帝国当政的哈布斯堡王室的统治。

从南边吹来的风正好把枪声传了过来。

布特勒：

似乎是从诺伊斯塔特或者魏登[①] 传来。

华伦斯坦：

这正好是瑞典人逼近的必经之路，

城里共有多少驻军？

哥尔顿：

一百八十名士兵

可以上阵，其余都是伤兵。

华伦斯坦：

在约希姆斯塔尔[②] 有多少人马？

哥尔顿：

我派了

二百名火枪手去增援这个据点

对抗瑞典人。

华伦斯坦：

我称赞您的谨慎。工事也在继续修建。

过来的路上我已经看见。

哥尔顿：

因为莱茵伯爵现在已经逼了过来，

我下令再赶快构筑两个要塞。

华伦斯坦：

您在认真为您的皇帝陛下尽忠报效，

我对您非常满意，中校。

（对布特勒）把守卫约希姆斯塔尔的卫兵

---

① 诺伊斯塔特离埃格尔西南四十公里，魏登离埃格尔西南四十五公里。

② 在埃格尔东北五十公里处。

连同所有和敌人对垒的士兵全都撤回。
(对哥尔顿)司令官,您忠诚可靠,
我把我的妻子女儿和妹妹[①] 托您照料,
因为我不会在此久留,只等信函来到,
明天一早我就带着全部人马
离开城堡。

第四场

〔前场人物。特尔茨基伯爵。

特尔茨基:

值得欢迎的情报!令人高兴的消息!

华伦斯坦:

你带来什么消息?

特尔茨基:

在诺伊斯塔特发生了激战[②],
瑞典人大获全胜。

华伦斯坦:

你说什么?哪儿传来的这个消息?

特尔茨基:

一个农夫从梯尔兴赖特[③] 带来的消息,
战斗在日落以后打响。
有一支皇帝的军队从塔豪[④] 开来,

① 实为小姨子。
② 这场战役也是席勒的虚构。
③ 在埃格尔南二十五公里处。
④ 在埃格尔东南三十五公里处。

向瑞典人的兵营直闯，
枪战持续了两个小时，
皇帝的千名战士死于战场，
连同他们的上校，其余情况他说不上。

华伦斯坦：

皇帝的军队怎么开到诺伊斯塔特？
要是阿尔特林格，那他非长上翅膀才成，
昨天他离诺伊斯塔特还有二百多里[①] 路程。
戛拉斯的人马集结在弗劳恩堡附近，
而且还没有全部赶到军营。
莫非是隋伊[②] 这样大胆冒进？
这不可能。

（伊洛上）

特尔茨基：

我们马上就可以知道详情，
因为现在伊洛来了，风风火火高高兴兴。

第　五　场

〔伊洛。前场人物。

伊洛（向华伦斯坦）：

有个骑兵在外面求见。

特尔茨基：

胜利的消息证实了吗？说呀！

---

① 约为一百零五公里。

② 荷兰人恩斯特·罗伯特·封·隋伊男爵，指挥皇帝军队的一位上校。

华伦斯坦：

他带来什么消息？从哪儿来？

伊洛：

从莱茵伯爵那儿来，

我要预先向你报告他带来的消息。

瑞典人离开这里只有七十五里，

在诺伊斯塔特，皮柯洛米尼

率领骑兵扑了过去，

一场骇人听闻的杀戮就此开始，

可是最后，寡不敌众，帕彭海姆全团战士

连同他们的指挥官马克斯，

无一生还，全都就地战死。

华伦斯坦：

信使在哪儿？带我去见他。

（他正想走，诺伊布隆小姐冲进房间，后面跟着几个仆人，跑步穿过大厅）

诺伊布隆：

救命啊，救命啊！

伊洛和特尔茨基：

出了什么事？

诺伊布隆：

小姐！——

华伦斯坦和特尔茨基：

她知道了？

诺伊布隆：

她不想活了。

（急步下。华伦斯坦和特尔茨基及伊洛随她下）

第 六 场

〔布特勒和哥尔顿。

哥尔顿(惊愕地)

你跟我说说。这一出是什么意思?

布特勒:

小姐失去了她心爱的男人,
这就是死于沙场的皮柯洛米尼。

哥尔顿:

不幸的小姐!

布特勒:

你听见伊洛带来的消息了吧,
大获全胜的瑞典人正步步逼近。

哥尔顿:

我听得很清楚。

布特勒:

他们的兵力有十二团之多,
五团人就在近处,保护公爵。
而我们只有我手下的一团士兵,
城防部队一共只有二百名。

哥尔顿:

是这样。

布特勒:

用这么少的兵力不可能看守住
这样一个全国通缉的要犯。

哥尔顿:

这点我很清楚。

布特勒：

大队人马很快就会解除少数人的武装，
把他解救出来。

哥尔顿：

这很值得担心。

布特勒(少顷)：

知道吗！我为这事的后果做了担保，
我用自己的头颅保证取得他的头颅。
我必须遵守诺言，不论情况有何反复，
倘若活人我们无法守住，
那么——控制死人总不致失误。

哥尔顿：

我理解您的意思是？公正的上帝啊！您能——

布特勒：

不能叫他再活下去。

哥尔顿：

您能让他？

布特勒：

您或者我能够办到。他看不到明天清早。

哥尔顿：

您想谋害他？

布特勒：

我已打定主意。

哥尔顿：

他这样信任您的忠诚！

布特勒：

这是他邪恶的命运！

哥尔顿：

他可是神圣的统帅本人啊！

布特勒：

他已经不是统帅！

哥尔顿：

啊，他过去的显赫功绩抹煞不了任何罪行！

就这样不做判决？

布特勒：

行刑代替判决。

哥尔顿：

那这是肆意谋杀，不是公正执法，

如果秉公执法，连罪大恶极的犯人也得审讯。

布特勒：

他罪行昭著，皇上已经判罪，

我们只是执行皇上的旨意。

哥尔顿：

血腥的判决不得迅速执行，

话语可以收回，人命无法挽回。

布特勒：

君王喜欢人们快速效力。

哥尔顿：

高尚的人决不争先恐后去当刽子手。

布特勒：

勇士绝不会面临大胆行动脸色苍白。

哥尔顿：

勇气可以生命冒险，无法以良心冒险。

布特勒：

什么？难道让他逍遥法外，继续点燃

无法扑灭的战争火焰？

哥尔顿：

把他生擒活捉，千万不要杀他，

不要抢在慈悲的天使之前，让鲜血直流。

布特勒：

倘若皇上的军队没有败北，

我还愿意让他活着。

哥尔顿：

啊，我干吗为他打开城堡的大门！

布特勒：

注定他丧命的并不是地点，而是他的厄运。

哥尔顿：

我愿意为捍卫皇上的城堡

在城墙上像个骑士似的战死。

布特勒：

成千勇士都已殒命！

哥尔顿：

这是为了忠于职守——，这使男儿

感到光彩，感到光荣，

可是阴险谋杀天地不容。

布特勒（取出一份文件）：

这是一份诏书，命令我们把他活捉生擒。

这是下达给您和我的命令。

倘若由于我们的过失，他得以逃向敌人，

您愿意承担这事的责任？

哥尔顿：

我，我无可奈何，啊，上帝。

布特勒：

承担起这件事情。为后果负责！
不论发生何事！我都会指望你。

哥尔顿：

啊，天上的上帝啊！

布特勒：

您有其他办法
来执行皇上的旨意？说啊！
因为我是要他倒台，不是要他毁灭。

哥尔顿：

啊上帝！后果如何，我和你一样都了然于胸，
可是我胸膛里的心跳得和你不同。

布特勒：

倘若公爵倒下身亡，也不能让
这个伊洛和特尔茨基再活在世上。

哥尔顿：

我并不为他们二人感到惋惜。
他们作恶多端是心地险恶，不是星辰的力量驱使。
就是他们在公爵平静的胸膛里
撒下了邪恶激情的种子，
他们该受诅咒的忙碌劲头
在他身上培植了不幸的果实，
但愿他们得到恶报，干了这么多恶事！

布特勒：

他们也得比他早些丧命。
这一切都已预作安排。今天晚上，
在迎宾盛宴上欢庆畅饮，
我们要把他们活捉生擒，
关在城堡里。这样更加麻利干净。

我立刻前去发出必要的命令。

第七场

〔前场人物。伊洛和特尔茨基。

特尔茨基：

情况马上就要彻底改观！
明天瑞典人进城，一万二千名战士，骁勇善战，
然后直接向维也纳挺进。嘿！高兴一点，老伙计，
听到这样的喜讯别露出一张苦脸。

伊洛：

现在该轮到我们来制订法律。
对这些坏人，对害群之马进行复仇，
他们竟敢悍然离我们而去，
有一个人已经赎罪，那就是小皮柯洛米尼，
谁对我们怀有恶意，愿他们命运全都如此！
这对那个老东西[①] 是多么沉重的一击！
他辛辛苦苦操劳了一辈子，
就想变成公爵，光耀他古老的伯爵家世，
现在他却埋葬了自己的独生儿子！

布特勒：

这个勇冠三军的少年真是可惜，
看得出来，他的阵亡对公爵也是很大的打击。

伊洛：

听着，老朋友！这正是我们主子身上

① 指奥克塔维奥·皮柯洛米尼。

我最不喜欢最最生气的地方，
他总是偏向这些南方的外国小子。
就是现在，我敢凭着我的灵魂发誓，
只要能让他的这个朋友起死回生，
他宁可看见我们大家死上十次。

特尔茨基：

别说，别说！别往下说！让死者安息！
今天的问题是谁拼酒，把别人灌倒，
因为您的部队要招待我们，
我们要度过一个狂欢节之夜①，畅饮通宵，
等到夜晚一变白天，我们就斟满酒杯
期待着瑞典人的先头部队开到。

伊洛：

是啊，让我们今天再一次畅饮狂欢，
因为激战的日子就在我们眼前。
若不蘸满奥地利人的鲜血
这柄宝剑决不停歇。

哥尔顿：

啊哟，这是什么话啊，元帅大人，
为什么对您的皇上这样怒不可遏——

布特勒：

别对初战告捷期望过高。
想想，幸运的轮子转动得何等迅急，
因为皇上还依然拥有强大兵力。

伊洛：

皇上拥有士兵，可是没有统帅，

① 一六三四年二月二十五日，华伦斯坦遇刺之夜，是狂欢节的星期六。

因为这个匈牙利的斐迪南国王[1]
对于行军作战一窍不通——戛拉斯呢?
他命运不济,一向是个屡战屡败的大将。
而奥克塔维奥这条毒蛇,
只能悄悄地把人家脚后跟咬伤,
根本不是公爵的对手,只要一上战场。

特尔茨基:
相信我吧,这次我们万无一失。
幸运并没有弃公爵而去,众所周知,
只有让华伦斯坦挂帅,奥地利才能胜利出师。

伊洛:
公爵殿下将尽快招集强大队伍一支,
大家争先恐后蜂拥而至,
投到他旧日荣誉的麾下,
我发现又已回到过去的时日,
他又要变成伟人,和过去一样,
那些现在离他而去的傻瓜
不知又会多么后悔懊丧!
因为他将馈赠庄园田地给他的朋友部属,
将以王者的慷慨气度酬报他的忠仆。
我们将首先获得他的恩宠眷顾。
(对哥尔顿)他也会想到您,把您
拉出这个荒凉偏僻的小小城堡,
给您加官晋爵,把您的忠诚炫耀。

哥尔顿:
我心满意足,不求高升,

① 指德意志皇帝之子奥地利国王斐迪南。

凌云高峰旁边就是万丈深渊。

伊洛：

您在这儿很快就无所作为，
因为明天瑞典人就要进城。
走吧，特尔茨基。已到晚餐时分。
您意下如何？让我们下令全城
张灯结彩，向瑞典人致敬，谁若违令，
就是叛徒，就是西班牙人①。

特尔茨基：

算了吧。公爵不喜欢这样。

伊洛：

什么！我们在此君临一切，
我们治下，谁也不许表示向皇帝尽忠效命。
——晚安，哥尔顿。您最后一次充当
城防司令派兵巡逻全城，
为了安全起见可以改变口令。
十点整您把城门钥匙，向公爵面呈，
关闭城门的职务您就算完成，
因为明天瑞典人就要进城。

特尔茨基（边下场边对布特勒说）：

您也到宫里去吧？

布特勒：

准时前去。

（伊洛和特尔茨基下）

---

① 西班牙人站在皇帝一边，已成他的敌人。

第　八　场

〔布特勒和哥尔顿。

哥尔顿(目送他们):

这两个不幸的家伙！浑然不觉地
投进杀人罗网张开的大嘴，
还怀着盲目的胜利的陶醉！——
我没法为他们表示怜悯。
伊洛，这个放肆的恶棍，忘乎所以，
竟想在他皇上的鲜血之中沐浴！

布特勒:

照他说的去办。派出卫兵
到处巡逻，关心城堡的安全平静；
他们一到楼上，我就关上城堡大门；
不让城里听到任何风声！

哥尔顿(心惊胆战地):

啊别这么匆忙！先告诉我——

布特勒:

您听见了，
明天就是瑞典人的天下。
只有今夜还属于我们，他们动作迅速，
我们要有更快的速度——再见。

哥尔顿:

唉，您的目光露着杀气，
答应我——

布特勒:

太阳已经西沉，
阴森可怕的夜幕已经低垂——
傲慢使他们感到万无一失，
他们邪恶的星辰使他们一无防备
落到我们手里，他们醺然陶醉，
得意之际，利刃将把他们生命之脉迅速切碎。
公爵殿下善于运筹帷幄，
把一切都计算得极为周密，
他善于把人当作棋子
到处安插，来回移动，按照他的目的，
把别人的荣誉尊严，和良好名声
当作赌注，进行赌博，毫不迟疑。
他算来算去，最后终于
打错算盘，把自己的性命
也都算了进去，
就像那位哲人① 在计算中倒地不起。

哥尔顿：

啊，现在别想他的错误！
想想他的伟大，他的宽容，
想想他心灵可亲可爱的特点，
想想他一生各种高贵的行动，
让这一切像天使般为他求情，为他
乞求恩典，让举起的宝剑停在空中。

布特勒：

已经太晚了，不允许我再萌怜悯之心，

① 指古希腊数学家阿基米德（前287—前212）在罗马人侵入席拉库斯时正在埋头计算，被罗马人所杀。

我的念头只能鲜血淋淋。
(抓住哥尔顿的手)
哥尔顿！我不是为仇恨所驱使——
我不爱公爵,我没有爱他的理由——
可是并非仇恨把我变成杀他的凶手。
杀他的只是他的厄运。驱使我的是厄运,
是事物的联系敌意森森。
人们以为在自由地完成行动,
其实不然！他只是玩具,为盲目的力量戏耍,
这种力量来自可怕的必然性,
是自己选择迅速萌发。
我心里若有什么东西为他求情,
又对他何济于事——我归终还得杀他。

哥尔顿:
啊,倘若良心示警,请听从它的驱使！
良心是上帝的声音,人做的事
都是聪明的人为的算计。
血腥的行动怎么可能给你带来运气?
啊,鲜血之中不会萌生好事！
难道谋杀会为你创造高升的阶梯?
啊,不要相信这种谬论——谋杀行径,
有时能取悦国王,但是凶手永远会被人唾弃。

布特勒:
您不知情。您也别问。
谁叫瑞典人大获全胜,快速逼近！
我原来很乐于让皇上的恩典处置他的命运,
我并不想流洒他的鲜血。不,可以留他一命。
可是我得信守诺言,言而有信,

那他非死不可，不然——您得明白！您听清！
倘若公爵从我们手里逃走，我就荣誉丧尽。

哥尔顿：

啊，为了拯救这样一个人。

布特勒（急速）：

什么？

哥尔顿：

值得做出牺牲——望您高尚为怀！
使人高贵的是人的良心而不是人的意见。

布特勒（冷冷地，高傲地）：

您想说的是：这位公爵是个伟人——
而我只是一个藐小的人物。
您认为，只要君侯能够获救，
出生低下的人获得荣誉或蒙受耻辱，
对于大家来说，乃是小事，不屑一顾。
——每个人的价值都是自己确立。
我对自己估价多高，取决于我自己。
世上没有一个人地位如此显贵，
以至于我在他身边会自惭形秽。
个人的意志决定人的渺小和伟大，
我忠于我的意志，所以必须杀他。

哥尔顿：

啊，我在力图感动一块铁石之心！
您不是人所生养，没有人性，
我不能阻止您，但愿有个上帝
能把他救出您可怕的手里！
（两人下）

第九场

〔公爵夫人处的一个房间。

〔苔克拉坐在一把软椅里，脸色苍白，双目紧闭。公爵夫人和诺伊布隆小姐在旁照料。华伦斯坦和伯爵夫人在谈话。

华伦斯坦：

她怎么这么快就知道了这个消息？

伯爵夫人：

她似乎
预感到灾祸已经发生，
谣传打了一仗，皇上军队的上校
在战斗中阵亡，使她大吃一惊。
我马上发现。她飞快地跑去
迎向那个瑞典信使，经过盘问，
很快就掏出了这个不幸的秘密。
我们发现她不见踪影，可是已经太晚，
等我们赶去，她已晕倒在信使怀里。

华伦斯坦：

她想必是毫无准备地遭受了这个打击！
可怜的孩子！——怎么样？她缓过来了吗？
（说着他转身向着公爵夫人）

公爵夫人：

她睁开眼睛了。

伯爵夫人：

她活过来了！

苔克拉(环顾四周)：

我在哪儿？

华伦斯坦(走向苔克拉,张开双臂扶她站起)：

清醒,清醒,苔克拉。坚强些,我的女儿！
看看你母亲慈爱的脸庞
和你父亲扶着你的胳臂。

苔克拉(站立起来)：

他在哪儿？他已经不再在这儿？

公爵夫人：

你说谁？我的女儿？

苔克拉：

说出这个不幸消息的人——

公爵夫人：

啊,别想这事了,我的孩子！
脑子里别老萦绕着这番景象。

华伦斯坦：

让她谈谈她的苦恼！让她诉诉苦！
把你的眼泪和她的眼泪合在一起流下
因为她刚刚经历巨大的痛苦；
不过她会克服这痛苦,因为我的苔克拉——
拥有她父亲的心不屈不挠,坚忍不拔。

苔克拉：

我没有生病。我有力气站立起来。
母亲哭什么？我吓着她了？
事情过去了,我又回想起来。
(她站起来,用眼睛在屋里四下寻找)
信使在哪儿？别把他藏着,不让我看见。
我有足够的坚强,我要听他讲述一遍。

公爵夫人：

不，苔克拉！永远别再让
这传递噩耗的信使走到你的眼前。

苔克拉：

我的父亲——

华伦斯坦：

亲爱的孩子！

苔克拉：

我并不软弱，
我也会很快缓过劲来，
请您答应我的一个请求。

华伦斯坦：

说吧！

苔克拉：

请您允许把这个陌生人叫来，
让我独自一人听他讲述，
单独对他细细盘问。

公爵夫人：

绝对不行！

伯爵夫人：

不行！不能这么干！不要同意这事！

华伦斯坦：

你为什么要和他谈话，我的女儿？

苔克拉：

我知道了一切，就更有思想准备。
我不愿受到蒙骗。母亲只顾
爱护我。我不愿受到照顾。
最可怕的事已经说出，我不可能

听到更加可怕的事故。

伯爵夫人和公爵夫人(对华伦斯坦)：

别这么干!

苔克拉：

噩耗传来叫我措手不及，
在这陌生人那里,我的心暴露无遗，
他亲眼看到了我的虚弱,不错，
我晕倒在他怀里——我为此羞愧不已。
我必须重树自己形象,受到他的尊重，
我必须和他说话,以免这陌生人
把我想得荏弱无用。

华伦斯坦：

我觉得她说得有理——我倾向于
同意她的这一请求。把那人找来。
(诺伊布隆小姐下)

公爵夫人：

我是你的母亲,我一定要在场。

苔克拉：

最好让我独自和他谈话。
我一定会表现得更能自控。

华伦斯坦(对公爵夫人)：

随她去吧。让她单独
去跟那位信使打交道。有些痛苦悲伤，
只有自己化解,才能克服，
坚强的心,只能依靠自己的坚强。
克服这一打击,她必须从自己胸中，
而不是从别人胸中汲取力量。
这是我坚强的女儿,我要看见别人

把她视为英雄,而不是当作柔弱的姑娘。(他想下)

伯爵夫人(拦住他):

你上哪儿去?我听特尔茨基说,
你打算明天一早从这里离去,
而把我们留在这里。

华伦斯坦:

是的,你们留下,——
我让诚实勇敢的人保护你们。

伯爵夫人:

啊,把我们一起带走,大哥!
别让我们在这阴郁的孤寂之中
等待着事情的结局,心事重重。
眼前的灾祸还容易承受下来,
可是远远离开音讯不通,
痛苦会更难忍受由于疑虑和期待。

华伦斯坦:

谁在谈灾祸?不能这样胡说。
我别有出路希望很多。

伯爵夫人:

那就带我们一起走。啊,这里
具有悲惨意义,别把我们留在此地,
因为在这四壁之中,我的心变得沉重,
像从死人地窖向我吹来阵阵阴风,
这个地方说不出的使我厌恶无比,
啊,把我们带走!过来,姐姐,你也来求他,
带走我们!帮帮我,亲爱的外甥女。

华伦斯坦:

我要改变这个地方凶恶的形象,

让它变成保存我珍贵宝物的地方。

诺伊布隆(回来)：

瑞典先生到！

华伦斯坦：

让她单独接见这个人吧。(下)

公爵夫人(对苔克拉)：

瞧你，脸都发白了！孩子，你不能

跟他谈话。跟你母亲一起走吧。

苔克拉：

可以让诺伊布隆小姐呆在旁边。

(公爵夫人和伯爵夫人下)

第　十　场

〔苔克拉。瑞典上尉。诺伊布隆小姐。

上尉(毕恭毕敬地走近)：

公主——我——必须请求原谅，

我不假思索，脱口而出——我怎么可能——

苔克拉(仪态高贵端庄)：

您看见我方才悲痛欲绝，

一个灾难深重的偶然事件

使您从陌生人变成我的知己。

上尉：

我怕，您讨厌看见我，

因为我不慎说了一句话，令您伤心。

苔克拉：

这是我的过错。是我逼您说出这话,
您不过是我命运发出的声音。
我一吃惊打断了您刚才的叙述,
请您从头到尾说完这件事情。

上尉(顾虑重重):

公主,这会重新勾起您的痛苦。

苔克拉:

我已做好思想准备——我愿知道实情。
两军如何交火?请您说完。

上尉:

我们驻扎在诺伊斯塔特附近的军营里,
防备不严,没想到会遭到袭击,
傍晚在树林边尘土飞扬,
我们的前卫纷纷逃进营地,
边逃边喊:敌人来啦。
我们匆忙中急急跳上战马,
帕彭海姆团的战士
纵马飞奔,长驱直入,
已经把我军的防御工事突破,
围在我们营地四周的护营河沟
也被这疾如狂风的一群人马迅速越过。
勇气使他们不假思索孤身挺进,
抛开在后跟随的大队步兵,
只有帕彭海姆团的骑兵英勇无畏地
紧紧跟随他们勇冠三军的首领。

(苔克拉动了一下。上尉停止叙述片刻,直到苔克拉示意让他继续叙述)

我们这时用全部骑兵

从正面和侧翼合击他们，
把他们逼回到护营沟边，
我们的步兵，迅速整好队形，
用密集的长矛直指他们。
他们无法后退，也无法挺进，
被夹在狭窄地带陷入危机四伏的困境。
这时莱茵伯爵招呼他们的首领，
让他放下武器坦然投诚，
可是皮柯洛米尼上校——
（苔克拉一阵晕眩，抓住一把椅子）
疾驰狂奔使他长发纷披，
他头盔上的羽毛和他的长发，
让我们认出这就是他——
他策动胯下神骏的战马，率先跳过护营沟，
他的一团战士紧紧追随在他身后，
可是——不幸发生了！
他的坐骑被长戟刺中，愤然挺立，
把它的骑手远远抛了出去，
其余的战马控制不住，
以巨大的力量踏过他的身体。
（苔克拉听着最后几句话，越来越感到惊恐，浑身猛烈颤抖，她眼看就要晕倒，诺伊布隆小姐急忙跑来，把她搂在怀里）

诺伊布隆：

我亲爱的小姐——

上尉（深受感动）：

我还是走吧。

苔克拉：

我没事——请您说完。

上尉：

这支部队看见长官阵亡，
全都悲愤交集直想拼死沙场。
谁也不再去想自己如何获救，
犹如猛虎发狂，他们拼命战斗，
这顽强反抗也激励了我军斗志，
直到他们最后一名战士力竭殒命，
这场战斗才硝烟平息，尘埃落定。

苔克拉(声音颤抖地)：

在哪儿——他在哪儿，您并没有把一切都告诉我。

上尉(少顷)：

今天早上我们把他入殓安葬。十二名
出身名门的贵族少年为他抬柩发引，
全军将士护送灵柩，为他出殡送行。
月桂修饰他的灵柩，莱茵伯爵在上面
亲自放上他自己胜利者的宝剑。
不少人为他的命运抛洒眼泪，
因为我们当中许多人都对
他的宽容，他的品德十分敬佩，
都为他的命运感动不已。莱茵伯爵
很想救他一命，可是被他阻止，
据说，他一心想死。

诺伊布隆(苔克拉掩住自己的面孔，诺伊布隆感动地对苔克拉说)：

我亲爱的小姐——小姐，您止痛节哀！
啊，为什么您一定非要他诉说不可！

苔克拉：

　　　　　他的坟墓在哪儿？

上尉：

在获得他父亲的消息之前，
他安葬在诺伊斯塔特城郊，
一座修道院的教堂里。

苔克拉：

这修道院叫什么？

上尉：

圣·卡塔琳娜修道院[1]。

苔克拉：

离这儿远吗？

上尉：

一百里路左右。

苔克拉：

怎么走法？

上尉：

走到梯尔兴赖特和法尔肯堡[2]，
穿过我们最前面的几道岗哨。

苔克拉：

谁是指挥官？

上尉：

色肯多尔夫[3] 上校。

苔克拉(走到桌边，从首饰匣里取出一个指环)：

您在我痛苦之际看见了我，
向我显示了富有人性的心——请您接受
(把指环交给上尉)

---

① 这座修道院系席勒虚构。

② 法尔肯堡在梯尔兴赖特南二十里。

③ 有位约阿希姆·封·色肯多尔夫的贵族于一六三二年在瑞典军中服役，任上校。

这个纪念品,纪念这一时刻——您下去吧。

上尉(惊愕地):

公主——

(苔克拉默默地挥手,示意他退下,然后离他而去。上尉迟疑着,想说什么。诺伊布隆小姐再次挥手示意。上尉下)

第十一场

〔苔克拉。诺伊布隆。

苔克拉(扑在诺伊布隆怀里):

善良的诺伊布隆,你一直向我赞美爱情,
现在请让我看看这种爱情,
请向我证明,你是我忠实的伙伴和朋友!
——我们必须离去,今夜就走。

诺伊布隆:

走,到哪儿去?

苔克拉:

到哪儿去?这世界上我只有一个地方想去!
到他安葬的地方,到他的灵柩那里去。

诺伊布隆:

您想到那儿去干什么,亲爱的小姐?

苔克拉:

去干什么,你这不幸的人!
倘若你爱过,你不会这样发问。
那里,他的遗体就在那里,
这惟一的地方是我整个天地。
——啊,别耽搁我!做好准备,来吧。

让我们想想出逃的办法。

诺伊布隆:

您可考虑过您父亲的愤怒?

苔克拉:

我已不再害怕任何人生气震怒。

诺伊布隆:

世人的嘲笑!恶人的指责!

苔克拉:

我去探访的人业已入土,
我难道是要投入爱人的怀抱——啊,我的上帝,
我只想投入爱人的坟墓。

诺伊布隆:

就我们两人,两个无助的柔弱女子?

苔克拉:

我们披挂起来,我的手臂会保护你。

诺伊布隆:

在这阴森幽暗的夜里?

苔克拉:

黑夜将掩护我们。

诺伊布隆:

在这狂风大作寒气逼人的夜晚?

苔克拉:

他踩在
战马的铁蹄之下,难道就睡得安详柔和?

诺伊布隆:

啊,上帝!——那么还有许多敌人的哨卡!
他们不会让我们通过。

苔克拉:

他们也是人，

灾难在这世上通行无阻，无人阻挡！

诺伊布隆：

这漫长的旅途——

苔克拉：

朝山进香的信众

前去朝拜遥远的圣像，会数一数路有多长？

诺伊布隆：

有可能走出这座城市？

苔克拉：

黄金会给我们打开大门。只管去吧，去！

诺伊布隆：

要是人家认出我们来了呢？

苔克拉：

谁也不会想到

一个绝望的逃难女子，会是弗里特兰的女儿。

诺伊布隆：

我们到哪儿去找出逃用的马匹呢？

苔克拉：

我的司厩会备好马匹。去吧，去叫他。

诺伊布隆：

他敢瞒着他的主子干这事吗？

苔克拉：

他会干的。啊，你去吧！别犹豫不决。

诺伊布隆：

唉！倘若您突然不见了，

您的母亲又会怎么样？

苔克拉（陷入沉思，痛苦地凝视前方）：

啊,我的母亲!

诺伊布隆:

这善良的母亲,她已经受了这么多苦,

难道还要叫她承受这最后的打击?

苔克拉:

我没法让她幸免这一打击!你尽管去吧,去!

诺伊布隆:

您再好好考虑一下,您在干什么。

苔克拉:

该考虑的都已经考虑过了。

诺伊布隆:

我们要是到了那儿,您会怎么样呢?

苔克拉:

有个上帝会在那儿告诉我该干什么。

诺伊布隆:

您的心里骚乱不宁,亲爱的小姐,

这可不是一条通向宁静的道路。

苔克拉:

通向深沉的宁静,就像他也找到了宁静。

——啊快去!去呀!不要再说个不停!

我不知道该怎么称呼这股力量,

它不可抗拒地吸引着我走向他的坟茔!

我在那里会立刻感到轻松自在!

那使心脏窒息的痛苦纽带,

就会解开!——我的眼泪将会流淌下来。

啊,去吧,我们不然早就已经上路离开。

我若不逃出这四壁墙垣,我不会找到安宁,

——它们向我身上坍塌下来——

有股阴暗的力量驱使我离开这里——
这种感觉啊真是古怪!
我觉得这幢房子所有的房间都充满了
幽灵画像,容颜憔悴脸色苍白——
这里我已没有位置——老有新的幽灵画像,
这可怕的一群,从四壁向我逼来,
逼着我这个活人走开。

诺伊布隆:

您使我心惊胆战,惊恐万状,小姐,
我现在自己也不敢再呆在这里。
我马上去把罗森堡叫来。(下)

第十二场

苔克拉:

他的英魂在呼唤我。一群战士忠心耿耿,
一面为他复仇,一面为他牺牲。
他们控告我思想卑下,不够坚贞,
他们至死都不愿和他离分,
他生时是他们首领——这些粗鲁的汉子
尚且为他而死,而我却要偷生!
——不!那顶月桂花环把他的灵柩修饰,
这花环也是为我编织。
没有爱情的光辉,生命有何价值?
我抛弃它因为它的内容已经消失。
是的,我找到了你,找到了钟情相爱的人,
生命也就有了些价值。金灿灿的新的一天,
曾光辉灿烂地展出在我面前!

我曾梦见两个美妙时辰[1],如在仙境。
　　你站在通向一个奇妙世界的门口,
我怯生生地走了进去,心情虔诚,
这个世界为千百个太阳照得通明,
你像一个天使,站在那里,
把我带出童年时代奇妙的日子
迅速带上人生的峰顶,
我首先感到的便是天国的幸福,
我第一眼就看见你的心!
(她陷入沉思之中,然后惊恐地跃起)
——这时命运来临——粗野而又冷酷,
抓住我朋友娇柔的身影,
把它扔到战马的铁蹄之下——
——这就是世上美好事物的命运!

第十三场

〔苔克拉。诺伊布隆小姐带司厩官上。

诺伊布隆:

他来了,小姐,他愿意干。

苔克拉:

你愿意为我们备马吗,罗森堡?

司厩官:

我愿意为您备马。

苔克拉:

① 指他们两人幸福爱情的短暂。

你愿意陪我们同行吗？

司厩官：

我的小姐，我愿陪您到海角天涯。

苔克拉：

公爵这儿你可就再也回不来了。

司厩官：

我留在您的身边。

苔克拉：

我要酬谢你，把你推荐给另外一个主人。

你能神不知鬼不觉地把我们带出城堡吗？

司厩官：

我能。

苔克拉：

什么时候我可以动身？

司厩官：

一小时以内——是到哪里去？

苔克拉：

是——告诉他，诺伊布隆。

诺伊布隆：

到诺伊斯塔特。

司厩官：

行，我去准备。（下）

诺伊布隆：

唉呀，您母亲来了，小姐。

苔克拉：

上帝啊！

第十四场

〔苔克拉。诺伊布隆。公爵夫人。

公爵夫人：

他走了，我发现你镇静多了。

苔克拉：

是的，母亲——请让我现在就上床安寝，
让诺伊布隆照顾我，
我需要安静。

公爵夫人：

你应该得到安静，苔克拉。
我放心地走了，我可以前去
安慰你的父亲。

苔克拉：

那就晚安了，亲爱的母亲。

（她扑进母亲怀里，万分激动地拥抱母亲）

公爵夫人：

你还没有完全平静下来，我的女儿。
你浑身哆嗦得这么厉害，你的心猛跳，贴着我的心，
我都听得见你心跳的声音。

苔克拉：

睡眠会使它
彻底平静——晚安，亲爱的母亲！

（她挣脱母亲的怀抱，幕落）

第　五　幕

〔布特勒的房间。

第　一　场

〔布特勒。杰拉尔丹少校。

布特勒：

你挑选十二名精干的龙骑兵，
让他们带上长矛，因为不得打响一枪——
你把他们藏在餐厅两旁，
等到宴会末尾甜食端上，
你们就冲进餐厅，大叫大嚷：
谁忠于皇帝陛下？——我就把桌子掀翻——
你们随即扑向两人，把他们刺倒地上。
府邸锁得严严实实，严加守卫，
不得让丝毫风声传到公爵身旁。
现在去吧——你派人去叫
德夫鲁和麦克唐纳上尉了吗？

杰拉尔丹：

他们马上就到。（下）

布特勒：

不得有丝毫拖延。连本城市民
也宣布对他爱戴拥护,我不知道,
全城染上了什么样的昏病癫狂。
他们把公爵视为和平君王,
缔造黄金时代新的辉煌。
市政厅向市民分发武器刀枪,
已有一百多人自告奋勇,到他身旁
去担任守卫。里里外外
都有敌人威胁。因此先下手为强。

第　二　场

〔布特勒。德夫鲁和麦克唐纳上尉。

麦克唐纳:
我们来了,将军大人。
德夫鲁:
口令是什么?
布特勒:
皇帝万岁!
两人(往后直退):
怎么回事?
布特勒:
奥地利皇室万岁!
德夫鲁:
我们不是向弗里特兰宣誓效忠了吗?
麦克唐纳:
我们不是调来保护他的吗?

布特勒：

我们去保护帝国的敌人，保护卖国贼？

德夫鲁：

那好吧，反正是您叫我们对他效忠的。

麦克唐纳：

您一直跟随着他来到埃格尔。

布特勒：

我这样做，是为了更准更狠地把他毁掉。

德夫鲁：

原来如此。

麦克唐纳：

那就是另一回事。

布特勒（对德夫鲁）：

可悲的小人！

你这样轻易就逃离了你的职责和战旗？

德夫鲁：

见鬼去吧，大人！我效法您的榜样，

我心想，既然他能当无赖，咱也能当。

麦克唐纳：

我们不去左思右想。这是您的事！

您是将军，指挥我们，

我们紧跟着您，哪怕去闯地狱的大门。

布特勒（好言安慰）：

好了，好了！我们彼此了解。

麦克唐纳：

是啊，我是这么想。

德夫鲁：

我们是幸运之神的士兵，谁给钱最多，

我们就听谁的命令。

麦克唐纳：

不错，就是这样。

布特勒：

现在你们应该当诚实的士兵。

德夫鲁：

我们很乐于当这样的士兵。

布特勒：

并且交上好运。

麦克唐纳：

这样当然更棒。

布特勒：

你们听好。

两人：

我们听着。

布特勒：

皇上的旨意和安排是，不论是死是活，
定要把弗里特兰抓获。

德夫鲁：

皇上谕旨里就这样写着。

麦克唐纳：

是啊，不论他是死是活！

布特勒：

谁完成这项任务，将受到可观的褒奖，
获得巨额金钱，大批田庄。

德夫鲁：

听起来相当不错。从那边传来的话，
听起来都很棒。是啊，是啊，我们早已领教！

无非是一根表示恩典的黄金链条，
一匹劣马，一张羊皮纸之类的东西。
——公爵更加大方赏金更高。

麦克唐纳：

没错，公爵真是了不起。

布特勒：

这人已经完蛋。他的幸运之星已经陨落。

麦克唐纳：

这事肯定吗？

布特勒：

我告诉你们了。

德夫鲁：

他真的已经完蛋。
气数已尽？

布特勒：

永远完蛋了，
他现在和我们一样穷困。

麦克唐纳：

和我们一样穷？

德夫鲁：

是啊，麦克唐纳，那我们只好把他抛弃。

布特勒：

他已经被两万人所抛弃，
我们得更进一步，老乡。说白了！
——我们得把他杀死。
（两人吓得直往后退）

两人：

杀死！

布特勒：

我说了，杀死。

我就是把你们选拔出来做这件事。

两人：

我们？

布特勒：

你们。德夫鲁上尉和麦克唐纳。

德夫鲁（少顷）：

您另选别人吧。

麦克唐纳：

是啊，另选别人吧！

布特勒（对德夫鲁）：

把你吓坏了，懦夫？是不是？

你已经背了三十条人命——

德夫鲁：

动手去杀统帅——想想这事！

麦克唐纳：

我们向他宣誓效忠过啊！

布特勒：

他自己不忠，对他宣的誓也就等于零。

德夫鲁：

听着，将军大人！这事我觉得太叫人胆战心惊。

麦克唐纳：

是的，这话不假！人都有良心。

德夫鲁：

他要不是我们的头就好了，可他指挥了

我们这么长时间，我们对他都很尊敬。

布特勒：

这就是障碍所在？

德夫鲁：

是的！听着！你另外要杀谁都行！

只要是为了效忠皇上，哪怕是我亲生儿子，

我也可以一剑刺透他的心脏——

可是您瞧，咱们当兵的，去谋杀司令，

这可是滔天罪行，十恶不赦啊，

没有一个忏悔师会赦免这个罪行。

布特勒：

我就是你的教皇，我赦你无罪。

你们快下决心。

德夫鲁（思虑重重地站着）：

这不行。

麦克唐纳：

不行，这可不行。

布特勒：

那好，你们走吧——去——去叫培斯塔卢茨。

德夫鲁（一怔）：

培斯塔卢茨——嗯！

麦克唐纳：

您找他干吗？

布特勒：

你们不愿干，愿干的人有的是——

德夫鲁：

别介，既然他非死不可，那我们

和别人一样，也可以赢得奖励，

——你怎么想，麦克唐纳老弟？

麦克唐纳：

不错，如果
没有别的出路，他非死不可，而且该死，
那我不愿把这事交给培斯塔卢茨。

德夫鲁（思索半晌）：
他什么时候得死？

布特勒：
今天，就今天夜里，
因为明天瑞典人就兵临城下。

德夫鲁：
您为后果负责，将军大人？

布特勒：
我为一切负责。

德夫鲁：
这是皇上的旨意？
的的确确，不折不扣是他的旨意？早有
先例表明，他们欢迎谋杀，却惩罚凶手。

布特勒：
谕旨说明：不论是死是活。
你们自己也看见，不可能把他生擒活捉——

德夫鲁：
那就抓死的！杀死——可是怎么才能向他挨近？
城里到处都是特尔茨基部下的士兵。

麦克唐纳：
再说还有特尔茨基和伊洛——

布特勒：
不消说，先从这两人开刀。

德夫鲁：
什么？他们两个也得丧命？

布特勒：

首先该是他们。

麦克唐纳：

听着，德夫鲁，——这将是个流血之夜。

德夫鲁：

你已经找到干这事的人了吗？
把这任务交给我吧。

布特勒：

已经交给杰拉尔丹少校。
今天是狂欢节的夜晚，府里将大摆酒席，
我们将在宴会突然出击，
他们两人遭到袭击，被人刺杀。
培斯塔卢茨和赖斯莱也都参加——

德夫鲁：

听着，将军大人！对您来说谁干都无所谓。
这样吧，让我和杰拉尔丹对调一下。

布特勒：

到公爵那儿去，危险要小得多。

德夫鲁：

危险！什么，见鬼！您把我想成什么人，大人？
我怕的是公爵的眼睛，不是他的宝剑。

布特勒：

他的眼睛又能给你什么伤害？

德夫鲁：

见他妈的鬼！

您了解我，我不是胆小鬼，
可是您瞧，公爵派人给我二十金币，
让我去买现在穿的这身暖和的外衣，

这事到现在还不到八天，
要是他现在看见我手持长矛站在一边，
又看见我的这件外套——瞧，那，那，
我简直无地自容！我可不是胆小。

布特勒：

公爵给你这件暖和的外套，
而你，你这个可怜虫，就有重重顾虑，
不愿用宝剑刺穿他的身体，
皇上也给他披了一件更暖和的外套，
给他披的是公爵的大衣，
可他怎么感谢皇上？他以暴乱谋叛回报。

德夫鲁：

这话也对，让感恩戴德的人见鬼去吧。
我——我杀了他。

布特勒：

你要是想使你良心平静，
只要把外套脱了就行，
这样你就可以情绪高昂地把这事完成。

麦克唐纳：

是啊！不过还有点事需要考虑——

布特勒：

还有什么需要考虑，麦克唐纳？

麦克唐纳：

用我们手里的武器来对付他，有什么用？
他不可能受到伤害，他皮肤坚实。

布特勒（霍然跳起）：

他皮肤坚实——

麦克唐纳：

刀枪不入！他已冻成冰块，
身上带有妖术，我告诉你，
子弹打不穿他的身体。

德夫鲁：

没错，没错！在因戈尔施塔特[①]
也有这么一个，皮肤坚硬如钢，
最后只好用枪托打得他气绝身亡。

麦克唐纳：

你们听着，我想什么招！

德夫鲁：

说吧。

麦克唐纳：

我在这儿修道院里，
认得一个多明各教派的修士，
是我们同乡，让他把我的宝剑长矛
放到圣水缸里去浸泡，
把它们好好祝圣一番，把神力加强，
这办法百试不爽，能祛除各种魔障。

布特勒：

你去办吧，麦克唐纳。现在你们快走。
从团里选拔二三十个小伙，孔武有力，敢打敢拼，
让他们向皇上宣誓效忠，
到钟敲十一点——最早的几批巡逻兵
走过之后，你们就悄悄地把他们
带向那幢房子——我自己也呆在附近。

德夫鲁：

---

① 巴伐利亚的一个城市。

我们如何通过带火枪的警卫和
守在内院的卫兵？

布特勒：

我已经侦察过地形。
我领你们穿过一道后门，
那里只有一名卫兵值勤。
我的官衔职务使我通行无阻，
随时可见公爵。我在前面先走几步，
飞快地用匕首刺进火枪警卫的
咽喉，给你们扫清道路。

德夫鲁：

我们到了上面之后，
怎么才能走进公爵的卧房，
而不致惊醒侍从，引起喧闹？
因为他在这里有随从人员一大帮。

布特勒：

仆人全都安顿在右边的房间里，
公爵讨厌闹声，左边房里就住他一人。

德夫鲁：

但愿这事已经过去，麦克唐纳——
真见鬼，我心里有股古怪的滋味。

麦克唐纳：

我也是。这人实在太了不起。
人家会把我们看成两个恶棍。

布特勒：

你若是声名显赫，富甲天下，
别人的评论和闲话都可以嗤之以鼻。

德夫鲁：

要是显赫的名声确有把握就好了。

布特勒：

你尽可放心，你们拯救了斐迪南的皇冠和帝国，

褒奖必然不会菲薄。

德夫鲁：

这么说，他的目的就是为了篡夺皇位？

布特勒：

是这样！篡夺皇位，弑杀皇帝！

德夫鲁：

那么要是我们把他活捉，押往维也纳，

他就会死于刽子手的手下？

布特勒：

这个命运他永远无法逃脱。

德夫鲁：

走吧，麦克唐纳！他应该作为统帅死去，

光明磊落地死于士兵之手！（两人下）

第　三　场

〔一个大厅，从大厅通向一道走廊，走廊引向后台深处。华伦斯坦坐在一张桌子旁边。瑞典上尉站在他的面前。不久，特尔茨基伯爵夫人上。

华伦斯坦：

请向您的主人代为致意。

我分享他的福星，

倘若您看我听到这胜利的佳音

并没有显得多么高兴，

那么，请相信我，这并非缺乏善良愿望，
因为今后我们是福祸同当，再见！
谢谢您的辛苦。明天你们开来
这座城堡的城门将向你们敞开。

(瑞典上尉下。华伦斯坦沉思地坐着，凝视着前方。一只手支撑着脑袋。特尔茨基伯爵夫人上，在他面前站立半晌，未被发现，他终于做了一个急速的动作，看见了伯爵夫人，很快镇静下来)

你从苔克拉那儿来？她缓过来了没有？她在干什么？

伯爵夫人：

姐姐告诉我，谈话后她镇静许多，
——现在她已上床休息。

华伦斯坦：

她的痛苦会减轻不少。她会痛哭一场。

伯爵夫人：

大哥，我发现你也和平时不大一样。
打了一场胜仗，我指望你的情绪会更加欢畅。
啊，坚强些！你得支撑着我们，
因为你是我们的光明，我们的太阳。

华伦斯坦：

放心吧，我没事——你丈夫在哪儿？

伯爵夫人：

他们赴宴去了，他和伊洛。

华伦斯坦(站起来，在大厅里走了几步)：

夜已深，你回房去吧。

伯爵夫人：

别把我支走，啊，让我呆在你的身边。

华伦斯坦(走到窗前)：

天上风急云涌，纷纷攘攘，

塔上的旗子迎风飘扬，
飘浮的云层迅速掠过天庭，
月牙儿晃动，暧昧的亮光射进黑夜茫茫——
——不见任何星座！那朦胧的微光，
那惟一的光亮，从仙后星座射来，
旁边是朱庇特——可是现在风暴
已将升起，朱庇特已被黑云遮盖。
（他又陷入沉思，凝望窗外）

伯爵夫人（悲伤地看着他，握住他的手）：

你在想什么？

华伦斯坦：

我觉得，我看见他[①]，就感到舒服。
这颗星照亮了我的一生，
很多次我看见他，就感到坚强有力。

伯爵夫人：

你会再看见他的。

华伦斯坦（又陷入神不守舍漠不关心的状态，然后振作起来，迅速转向伯爵夫人）：

再看见他？——啊，永远也不会再见到他！

伯爵夫人：

怎么？

华伦斯坦：

他已经走了——化为尘土！

伯爵夫人：

你指的是谁啊？

华伦斯坦：

---

① 指马克斯·皮柯洛米尼。

他是个幸运的人,他已功德圆满。
对他来说,已经再也没有未来,——
命运也无法再戏弄他,——他的一生
摊开在我们面前,光彩鲜亮,坦荡平整,
没有黑色的污点留在上面,
时光不会给他带来灾难不幸。
他已没有愿望和恐惧,不再属于
虚幻迷人摇摇晃晃的行星——
啊,他是幸福的! 可谁知道,下个时辰
遮得严实黑暗,会把什么带给我们!

伯爵夫人:

你在讲皮柯洛米尼。他怎么死的?
我来时,信使刚离开你。
(华伦斯坦举手示意,叫她沉默)
啊,不要向后,只看往日的光华!
让我们往前,看未来更加光明的白昼。
为胜利而欢欣吧,忘记你付出的代价。
你的这个朋友并不是今天才被夺走,
他离开你时,你已永远失去了他。

华伦斯坦:

我知道,我会克服这次打击给我的痛苦,
因为什么痛苦我们不能克服!
他会学会放弃一切,不论价值最高最低,
因为战胜他的是时运,强劲有力。
但是我清楚知道,他的死亡对我是多大的损失。
我生活中的鲜花已经从此消逝,
我看见眼前的生活毫无色泽,一片寒冷。
他从前站在我的身边,犹如我的青春,

他使我把现实变成了梦境，
在平庸清晰的事物周围，
布满了金色晨曦的芬芳氤氲——
生活中平淡普通的诸般形象，
在他充满爱意的炽热感情中升华，
使我自己也感到惊讶。
——不论我今后还想继续争取什么，
美好的事物已一去不返，幻梦难成，
因为朋友超过一切幸福，他与你同感
才创造幸福，与你分享才幸福倍增。

伯爵夫人：

不要对自己的力量感到沮丧。
你的心有足够的力量恢复元气，
你对他身上的美德，赞不绝口，欣赏不已，
这都是你培植在他身上，发展在他心里。

华伦斯坦（走向门边）：

谁在深更半夜还来打扰我们？——
是城防司令。他带来城堡的钥匙。
离开我们吧，妹妹，已经是午夜时分。

伯爵夫人：

啊，今天叫我离你而去，真是难舍难分，
我感到心悸害怕。

华伦斯坦：

害怕！怕什么？

伯爵夫人：

你想今夜很快离去，
等我们醒来，再也找不到你。

华伦斯坦：

真是胡思乱想!

伯爵夫人:

啊,我的灵魂,

已经久久为阴沉的预感弄得惊慌万状,

我醒时还能克服,可是乱梦颠倒之际,

这些预感又向我扑来,凶猛猖狂。

——昨天夜里我在梦中看见你坐在桌旁,

身边是你的第一任夫人① 身披盛装——

华伦斯坦:

这是梦境,是期待之中的预兆,

因为那次婚姻奠定了我的幸福。

伯爵夫人:

我今天做梦,前往你房里去造访——

我刚一走进屋去,

那就不再是你的卧房,

而是你出资修建的基庆② 的修道院,

你表示愿意在那里安葬。

华伦斯坦:

那是因为你的脑子曾经想过这件事情。

伯爵夫人:

怎么?你不相信,在睡梦中有一种

警告的声音作为预兆向我们说话?

华伦斯坦:

是有这样的声音——这毫无疑问!

---

① 华伦斯坦在一六〇九年娶了一位富孀为妻,她死于一六一四年。

② 一六二七年华伦斯坦在基庆建造了一座修道院,在那里设立华伦斯坦家族的陵墓,他的第一任夫人便迁葬在那里。他自己也于一六三六年葬于此地。

可是我不愿称它们是警告的声音，
只是预告一些不可避免的事情。
日出之前，太阳的形象在氤氲之中显现，
同样，若是发生重大事件，
其精灵也会先行出现，
明日种种已于今日之中可见。
读到亨利四世① 驾崩的故事，
引起我自己思绪万千。
在杀人凶手拉瓦亚克拿起武器之前，
国王早就已经感到鬼气森森，
利刃之灵已把他的胸膛洞穿。
他忐忑不安，在卢浮宫里惊慌逃窜，
一直逃到荒郊野地，他妻子的加冕典礼②
他听起来犹如他葬礼的乐曲，
他充满预感的耳中脚步杂沓，
人们在巴黎的大街小巷到处找他——

伯爵夫人：

难道你内心预感的声音对你毫无预示？

华伦斯坦：

毫无预示。你尽可放心！

伯爵夫人（陷入阴郁的沉思之中）：

另一次，
我快步跟随着你，你走在前面，
穿过长长的走廊，宽阔的厅堂，

① 法国国王亨利四世（1553—1610，自1589年即位）于一六一〇年五月十四日被一个信天主教的狂热分子弗朗索瓦·拉瓦亚克（1578—1610）刺死。

② 亨利四世的第二任王后于一六一〇年五月十三日加冕为摄政女王，因为国王要御驾亲征。

简直不见尽头——一扇扇门砰砰地关上，
声音很响——我气喘吁吁地跟着你，
总跟不上——突然我觉得
有人从背后抓住我，那只手冰凉，
那就是你，你吻着我，我们头上
似乎盖着红毯一张——

华伦斯坦：

这是我房里的红地毯。

伯爵夫人（端详着他）：

你现在生机勃勃地站在我的面前，
倘若要到这个地步——倘若我……你
（她痛哭着扑在他的胸上）

华伦斯坦：

皇上的放逐令吓坏了你，
这些字句伤不了人，他找不到帮手。

伯爵夫人：

他若找到帮手，我就下定决心——
我将采取措施，使我得到安慰。（下）

第 四 场

〔华伦斯坦。哥尔顿。随后内侍上。

华伦斯坦：

城里平静无事吧？

哥尔顿：

全城平静无事。

华伦斯坦：

我听见乐声轰鸣，府邸里灯火辉煌，
谁在那儿寻欢作乐？

哥尔顿：

在府邸里宴请特尔茨基伯爵和陆军元帅。

华伦斯坦（自言自语）：

这是因为打了胜仗——这批人除了大吃大喝，
没有别的乐子。

（打铃，内侍上）

帮我更衣吧，我要上床安寝。

（他取过钥匙）

这样我们就不会受到任何敌人袭击，
而是和可靠的朋友呆在一起，
因为所有的人都可能欺骗我，
而这样一张脸

（看看哥尔顿）

不是一张伪善者的面具。

（内侍帮他脱掉大衣，领圈和绶带）

小心点，什么东西掉到地上？

内侍：

金链子断成了两节。

华伦斯坦：

算了，它系在一起的时间也够长的了。拿来。

（他观看金链）

这是皇上的第一次恩赐，他把金链挂在我身上，
封我为大公爵，那是在打弗里奥尔一仗，
我出于习惯一直戴它到今天。
——也是出于迷信，随你们去讲。
只要我虔诚地把它挂在脖上，

它就会是我的护身符,一辈子
把匆匆流逝的幸运和我紧紧相连,
这根金链乃是这幸运的第一个恩典——
现在时过境迁!从今以后,我得开始新的幸运。
因为这个符咒的力量已经告罄。
(内侍拿着衣服下。华伦斯坦在大厅里走了一会儿。最后沉思地站在哥尔顿面前)
往日的时光又向我靠近,
我发现自己又身在布尔高的宫廷,
我们两个一起在那儿当侍童效劳。
我们经常争吵,你是一番好意,
喜欢充当神父,热衷道德说教,
责骂我对大胆的梦想信以为真,
不知分寸,总想追求高位,直上云霄,
向我赞美万分保险的中庸之道。
——哎,你的智慧并不灵验,
它让你早早地变成落伍过时之人,
倘若我不宽宏大量,出面过问,
你不知会在哪个寒碜的角落
碌碌无为默默了此残生。

哥尔顿:

公爵大人!可怜的渔夫,勇气有限,
把小船停泊在宁静的港湾,
眼看着巨型海船在风暴中触礁搁浅。

华伦斯坦:

这么说,你已经进港停泊,老伙计?
我还没有。我的勇气强劲如故,有增无已,
还在人生的波涛上翻腾,洋溢着勃勃生机,

我还把希望称做我的女神，
精神还是少年，看见我站在你的面前，
我真想自己夸奖自己，
我那褐色的头发未染轻霜，
岁月飞逝并未留下斑斑痕迹。
（他大步走过房间，在对面停住脚步，面对哥尔顿）
谁说幸运虚假难以捉摸，它对我一贯忠诚，
它从芸芸众生之中让我脱颖而出，爱护万分，
用强劲有力的天神之手，轻而易举地
托着我援人生的层层阶梯，向上攀登。
我命运的路途之中，我手掌的纹路之上，
都没有卑贱低下的东西。
谁愿以凡人方式来诠释我的一生？
虽然目前我似乎一落千丈，
可是我将重新攀升，这次潮落之后，
不久汹涌澎湃，又将潮涨——

哥尔顿：

可是我提醒你别忘了这句古训，
日落之前别妄赞白天。一切还都没定。
我不愿汲取希望于这悠长的幸运，
希望转向灾祸，变成不幸，
恐惧总在幸运者的头上盘旋，
因为命运的天平总是上下摇摆不定。

华伦斯坦（微笑地）：

我又听见老哥尔顿在开口说话，
——我自然知道，世事变化多端，
邪恶的群神也要求香火祭献，
古代的异教民族也知道这点，

因此他们自愿制造灾难。
为了平息善妒的神明满腔愤懑，
古人杀生流血，祭献提风大神[①]。
（停顿片刻，严肃地，更加沉静地）
我也向神奉上了祭献——因为我的挚友[②]
已经阵亡，由于我的过错战死沙场。
这样我不会再享受任何幸运的恩宠，
这个打击已经使我痛苦，万分悲伤——
命运的妒嫉已经得到平息，
它已经用一命换了一命，
原来应该把我击成齑粉的霹雳，
被引到那可爱的纯洁的头顶。

第五场

〔前场人物。色尼。

华伦斯坦：

来的人不是色尼吗？瞧他多么惊魂不定！
什么事让你这么晚还来看我，巴普蒂斯塔[③]？

色尼：

为您害怕，殿下。

华伦斯坦：

说，有什么事？

---

① 提风，古代埃及的神明。
② 指马克斯·皮柯洛米尼。
③ 色尼的名字。

色尼：

逃走吧，殿下，天亮之前逃走。

别把自己交给瑞典人。

华伦斯坦：

你想到什么啦？

色尼（声调越说越高）：

别把自己托付给这些瑞典人。

华伦斯坦：

出什么事了？

色尼：

别期待这些瑞典人前来！

虚假的朋友那里，将有灾祸向你紧逼，

星象的位置恐怖已极，

毁灭之网重重包围着你。

华伦斯坦：

你在做梦，巴普蒂斯塔，你给吓得糊里糊涂。

色尼：

啊，别以为平白无故的恐怖会使我昏头。

你来，你不妨自己看一下天上的星座的位子，

虚假的朋友那里不久将飞来灾祸。

华伦斯坦：

我全部灾祸都来自虚假的朋友，

这个预示早来一点该有多好，

现在我已不需要星座来使我开窍。

色尼：

啊，请来看啊！相信你自己的眼睛。

在人生星座上凶相毕呈，

有个敌人近在身边，有个妖怪正潜伏在

你星座的光芒后面——啊,警告务必听信!
不要把自己托付给这些异教徒,
他们正和我们神圣的教会刀兵相见。

华伦斯坦(微笑):

神谕就是指的这个?——是啊,是啊!
我想起来了——和瑞典人缔结的盟约
你一向就不喜欢——睡觉去吧,
巴普蒂斯塔!这种凶相我已经不怕。

哥尔顿(为这番对话所深深震撼,转向华伦斯坦):

我的尊贵的主人!我可以说话吗?
有益的忠言往往来自凡人之口。

华伦斯坦:

但说无妨!

哥尔顿:

公爵大人!别看这只是空洞虚幻的恐怖形象,
没准上帝的预见正要借助这张嘴巴
奇妙地来拯救殿下。

华伦斯坦:

你们在说呓语梦话,两个不相上下,
从瑞典人那里怎么可能引来灾祸?
他们想要和我结盟,这对他们好处良多。

哥尔顿:

尽管如此,正因为瑞典人即将来到,
促使灾难降临您安全无恙的头上——
(在他面前跪下)
啊,现在还来得及,我的公爵殿下——

色尼(跪下):

啊,听他的话,听他的话吧!

华伦斯坦：

还来得及，干什么？
你们起来——我不喜欢这样，你们起来！

哥尔顿（起立）：

莱茵伯爵离这里还远。请您下令，
紧闭要塞的城门，不让他领兵进城。
倘若他要围困我们，他不妨试试。
可是我说句话在这里：在这城墙前面，
他将和他的全部人马一败涂地，
而不是销蚀我们的勇气。
他会知道，为英雄统帅鼓舞，
一群勇士会望风披靡所向无敌，
大帅会认真考虑，纠正自己的错误。
这会感动皇帝陛下，使他前嫌捐弃，
因为他宅心仁厚，天性蕴藉，
而弗里特兰，则迷途知返，追悔往昔，
这位从未颠踬失利的公爵，
将比以往更受宠信于皇帝。

华伦斯坦（带着诧异和惊讶的神情观察他，沉默片刻，表现出强烈的内心激动）：

哥尔顿——你一番热心，使你走得很远，
青年时代的朋友，自然可以知无不言。
——但是鲜血已经抛洒，哥尔顿。
皇上永远也不会宽恕我，即使他
能宽恕，我也永远不愿让他垂怜。
倘若我先前知道，会发生什么事情，
会让我付出最亲爱的朋友作为代价，
倘若我的心会像现在这样跟我说话——

我很可能会慎重思考——也可能不去理它——
可是现在还有什么顾忌？事情的开始过于认真，
不能虎头蛇尾，草草收兵。
那就听其走完它的过程！（他一面向窗口走去）
瞧，现在夜已深，府邸里已一片寂静——
待从，掌灯。
（侍从这时已经悄悄进来，显然很关心地站在远处，这时走到前台，心情激动地跪倒在公爵的脚下）
你也参加进来？我知道，你希望我
和皇上讲和，这可怜的人啊！他在刻恩腾地方
有块小小的田庄，担心他们
会夺走他的庄园，因为他充当侍卫在我身旁。
难道我竟如此穷困潦倒，
连我仆人的损失也无法补报？
好啊！我不想强迫任何人。倘若
你认为我已不交好运，那你就离开我。
今天你还可以最后一次为我更衣，
然后你就去投向你的皇帝——
晚安，哥尔顿！
我想今夜酣睡深沉，
因为最近几天苦难频仍，
别让他们太早把我叫醒。
（华伦斯坦下。侍从为他掌灯。色尼随下。哥尔顿站在暗处，目送公爵离去，直到公爵消失在走廊尽头；然后他用手势表示出他的痛苦，心惊胆战地靠着一根柱子）

第六场

〔哥尔顿。布特勒起先在台后。

布特勒：

你们先在这里静候，等我发出信号。

哥尔顿(惊起)：

是他，他已经带来了凶手。

布特勒：

灯火

已经熄灭，所有的人已全都沉睡。

哥尔顿：

我该怎么办？设法救他？

把全屋的人，把警卫全都惊醒？

布特勒(在舞台后面出现)：

在走廊里还有灯光，这直通

公爵的卧房。

哥尔顿：

但是我这样

不是背叛了我对皇上的誓言？他若逃脱，

加强了敌人的势力，我不是

得承担一切可怕的后果？

布特勒(走近一些)：

别响，听！谁在那儿说话？

哥尔顿：

唉，还不如

把这一切都托付给上帝，因为我算什么，

去做这样重大的事情？

我并没有杀害他，他若不幸陨落，

我原可以救他一命，

可是我将承担一切严重后果。

布特勒(走过来):

我认得这个声音。

哥尔顿:

布特勒!

布特勒:

这是哥尔顿,

你在这儿干吗?公爵这么晚才打发你

回家?

哥尔顿:

你手上捆着绑带?

布特勒:

手受伤了。这伊洛拼命顽抗,

直到我们最后把他撂倒在地上——

哥尔顿(浑身哆嗦):

他们都死了!

布特勒:

都已了断。

——他上床了?

哥尔顿:

唉,布特勒!

布特勒(迫切地):

上床了吗?你倒是说呀!

这件事情很快就会张扬出去。

哥尔顿:

他不该死。不该死在您的手里!

上天并不想用您的手臂。您瞧,您的手臂已经受伤。

布特勒:

用不着我的手臂。

哥尔顿：

有罪的人
已经伏法；正义已经得到伸张，
让这个牺牲平息正义的怒火满腔。
（侍从沿着走廊走来，手指放在嘴唇上，示意大家保持安静）
他睡着了！啊，别谋杀神圣的睡梦中人。

布特勒：

没错，得让他醒着死去。（想走）

哥尔顿：

唉，他还心萦
尘世间的千头万绪，
没有准备去见上帝。

布特勒：

上帝是仁慈的！
（欲下）

哥尔顿（拉住他）：

把这一夜再留给他。

布特勒：

下个瞬间就可能出卖我们。
（欲下）

哥尔顿（拉住他）：

再等一小时！

布特勒：

放开我！
这短短一小时对他何济于事？

哥尔顿：

啊，时间是
创造奇迹的神明。一小时之内

会漏下千万颗沙粒①,
人的思想也像沙粒活动飞速变化迅急。
再等一小时你的心会改变主意,
他的心也会变——会传来一个消息——
使人幸福的事件会从天而降,
决定形势,拯救一切,迅如惊雷——
啊,什么事情不会发生在一小时之内!

布特勒:

你提醒我,
这分分秒秒是何等可贵。(他用脚蹬地)

第　七　场

〔麦克唐纳,德夫鲁手执长戟出现。然后是内侍。前场人物。

哥尔顿(扑在布特勒和其他人之间):

不行,畜生!
你要想过去,先把我杀死,
我不愿亲身经历这骇人听闻之事。

布特勒(把哥尔顿推开):

糊涂没用的老家伙!
(远处传来军号声声)

麦克唐纳和德夫鲁:

瑞典人的军号!
瑞典人已在埃格尔城下!咱们赶快行动吧!

---

① 指计时的沙漏器。

哥尔顿：

上帝，上帝啊！

布特勒：

回到您的岗位上去，城防司令！

（哥尔顿冲出去）

内侍（快步上）：

谁敢在这儿大呼小叫？安静，公爵大人在睡觉！

德夫鲁（大声怪叫）：

朋友！现在是大喊大叫的时候了！

内侍（扬声大叫）：

救命啊，有凶手！

布特勒：

把他杀了！

内侍（被德夫鲁刺穿，跌倒在走廊入口处）：

耶稣玛利亚！

布特勒：

把所有的门撞开！

（他们跨过内侍的尸体，走向走廊。听见远处有两扇门先后被撞开——沉闷的人声——枪响——然后突然一片死寂）

第八场

特尔茨基伯爵夫人（手持一盏灯）：

苔克拉的卧室里空无一人，哪儿也找不到，
守在她身边的诺伊布隆小姐
也不见人影，莫非她已逃跑？
她能逃到哪儿去呢！得追上去，
得派大家去寻找她的踪迹！

公爵会怎么接受这个可怕的消息！——
但愿我的丈夫赴宴已回到家里！
不晓得公爵现在是不是还未安息？
我似乎听见这儿人声嘈杂，脚步声急。
我得过去，在门上听一听声息。
听，这是谁？有人快步跑上楼梯。

第九场

〔伯爵夫人。哥尔顿。然后布特勒。

哥尔顿（急急忙忙，气喘吁吁地冲了进来）：
是场误会——来的不是瑞典人。
你们不得再往下进行——布特勒——上帝啊！
他在哪儿？（他看见了伯爵夫人）：
伯爵夫人，您说——

伯爵夫人：
您从城堡来吗？我丈夫在哪儿？

哥尔顿（大吃一惊）：
您的丈夫！——啊，请您别问！您进屋
去吧——（想走开）

伯爵夫人（拉住他）：
您不跟我说清楚，别想走——

哥尔顿（无比急迫地）：
全世界都系于这一瞬间！
看在上帝的分上，您走吧——
我们说话的时候——上帝啊！（大声喊叫）布特勒！布特勒！

伯爵夫人：

他在城堡里和我丈夫在一起。

(布特勒从走廊里走来)

哥尔顿(一眼看见布特勒):

这是一场误会,来的不是瑞典人——

冲进来的是皇上的官兵——

中将[①] 派我过来,他自己

马上就到——您不得再往下进行——

布特勒:

他来得太晚了。

哥尔顿(倒在墙上)

仁慈的上帝啊!

伯爵夫人(有所预感):

什么事情太晚了？谁马上就要亲自过来？

奥克塔维奥冲进了埃格尔城？

背叛！背叛！公爵大人在哪儿？

公爵大人？(向走廊冲过去)

第十场

〔前场人物。色尼。然后是市长。侍童。侍女。几个仆人惊恐万状地跑过舞台。

色尼(极度惊恐地从走廊跑了出来):

啊,鲜血淋漓,惨不忍睹的暴行!

伯爵夫人:

出了

① 指奥克塔维奥·皮柯洛米尼。

什么事了，色尼？

侍童（跑了出来）：

啊，令人心酸的惨状！

（仆人们举着火把上）

伯爵夫人：

出什么事了？看在上帝分上！

色尼：

您还问？

公爵大人遇刺身亡，躺在屋里，

您的丈夫在城堡里被人用刀捅死。

（伯爵夫人僵立着，一动不动）

侍女（跑了进来）：

救命啊，救救公爵夫人！

市长（惊恐万分地走来）：

多么可怕的悲呼惨叫！

惊醒了全楼睡着的人！

哥尔顿：

您这房子应该永生永世受到诅咒！

公爵殿下在您家里遭到谋杀。

市长：

这是上帝不容的事啊！（冲了出去）

第一仆人：

逃啊，快逃啊！他们要杀死我们大家！

第二仆人（手捧银器）：

从这儿出去。楼下的通道都已被占领。

（后台传出喊声）

闪开！给中将大人让路！

（听到这几句话，伯爵夫人从僵立状态缓了过来，振作精神，快步下场）

(后台传出)

守住大门！驱散人群！

第十一场

〔前场人物，除了伯爵夫人。奥克塔维奥·皮柯洛米尼带随从上。德夫鲁和麦克唐纳手执长戟同时从舞台深处上。华伦斯坦的尸体裹着一块红地毯在后面抬上舞台。

奥克塔维奥(快步上场)：

不许发生这样的事！这样不行！布特勒！

哥尔顿！我不愿相信这事。你快说没有这事。

哥尔顿(没有回答，只是用手往后面指了指。奥克塔维奥往那里看了一眼，惊骇不已)

德夫鲁(对布特勒)：

这是金羊毛勋章，公爵殿下的佩剑！

麦克唐纳：

请您下令，让官厅——

布特勒(指指奥克塔维奥)：

他在这儿，

现在只有他有权发布命令。

(德夫鲁和麦克唐纳满怀敬畏地向后倒退；所有的人都悄无声息地退下，台上只留下布特勒，奥克塔维奥和哥尔顿)

奥克塔维奥(向布特勒)：

布特勒，我们分手时，你就有这打算？

公正的上帝啊！我举手向您高呼！

发生这件骇人听闻的暴行

我全然无辜。

布特勒：

您的手是干干净净，您是用
我的手来干这件事情。

奥克塔维奥：

无耻之徒！
你就这样滥用主上的命令，
把这鲜血淋漓恐怖已极的谋杀罪行
横加于你皇帝的圣名？

布特勒（神情泰然）：

我只是执行了皇上的判决而已。

奥克塔维奥：

啊，君王们的厄运啊，它使君王们
言出如山，可怕而又沉重，
它把转瞬即逝的思想
立即化为无可挽回的行动！
难道金口玉言得这样迅速地服从？
你就不能让仁慈的君王有时间开恩？
时间是人的天使！——
宣判之后迅速执行
只适合那永不失误的天神！

布特勒：

您干吗把我臭骂一顿？我有什么罪行？
我做了好事一桩，
我把帝国从一个可怕的敌人手里
拯救出来，我要求得到褒奖。
我俩的行动之间只有一个区别：
您把箭矢磨得锋利无比，
而我把它射了出去。您播洒了鲜血，

看见鲜血似鲜花怒放，你便惊愕慌张。
我做什么，心里始终有数，
任何后果不会使我感到意外，不会叫我害怕，
您还有其他什么任务要交我去办？
因为我前往维也纳马上就要出发，
把我滴着鲜血的宝剑放在皇帝陛下的
宝座之前，接受陛下给我的嘉奖。
迅速准时地服从命令，理应要求公正的法官
给予这样的赞赏。（下）

第十二场

〔前场人物，除去布特勒。特尔茨基伯爵夫人上场，脸色苍白，容颜大变。她的语言虚弱，缓慢，毫无激情。

奥克塔维奥（向伯爵夫人迎了过去）：
啊，伯爵夫人，难道事情非发展到这步不可？
这是一些不幸事件的后果。
伯爵夫人：
这是您所作所为结下的果实，——
公爵已死，我的丈夫已死，公爵夫人
也命在旦夕，我的外甥女不见踪迹。
这所光辉灿烂富丽堂皇的房子
如今荒无人迹，惊恐万状的仆人
从各个门口逃了出去。
我是呆在这屋里的最后一个人。
我关上房门，交出钥匙。
奥克塔维奥（十分沉痛地）：

啊,伯爵夫人,
我的屋子也荒无人迹!

伯爵夫人:

还有谁

该死于非命?谁还该受到虐待?
公爵殿下已经仙逝,皇上复仇之心
可以得到满足。请饶了那些年老的仆人!
别把这些忠仆的爱和忠诚
都算做他们的罪行!
命运向我大哥发出突然袭击,
来势迅急,他还来不及想到他们!

奥克塔维奥:

不会有任何虐待!不会报复,伯爵夫人!
严重的罪过已经沉重地得到补赎,
皇上已经回心转意,除了功勋和荣誉
不会有其他东西会从父传女。
皇后娘娘对您的不幸非常同情,对您关怀无比,
向您张开她母亲般的手臂。
因此不必再怀恐惧!请您充满信任,
满怀希望地把自己
托付给皇室的仁慈隆恩。

伯爵夫人(抬眼望天):

我把自己托付给
一个更加伟大的主人的仁慈恩典——
公爵殿下的遗骸该安葬在哪里?
安息在他自己缔造的基庆修道院,
安葬在华伦斯坦伯爵夫人[①] 旁边,

① 指华伦斯坦的第一任夫人,当时华伦斯坦还只是伯爵。

伯爵夫人为他奠定了最初的幸运，
他希望日后心怀感激地在夫人身边长眠。
啊，请您把他安葬在那里吧！
为我丈夫的遗骸我也请求同样的恩典。
皇上拥有我们的城堡宫苑，
请他赐给我们一座坟墓。
就在我们祖先的陵墓旁边。

奥克塔维奥：
您浑身发抖，伯爵夫人，您脸色发白，
——上帝啊！
我该怎么解释您刚才这番话？

伯爵夫人（使出她最后的力气，神情激动然而仪态高贵地说道）：
您把我想得很有尊严，超过您的想像，
我经历了我们家族的衰亡，
我们曾经觉得自己出身并不过于低微，
有资格获取一顶王冠——
这事并未成功——可是我们的思想
却有王者风度，我们认为，自由勇敢的死亡
远比丧失荣誉的苟活更为风光。
……我已服毒……

奥克塔维奥：
啊，快来人啊！来救人啊！

伯爵夫人：
已经为时过晚，
再过几秒钟，我的命运
就完全实现。（下）

哥尔顿：
啊，这凶杀，恐怖之屋啊！

(一个信使上场,带来一封信)

哥尔顿(向他迎了上去):

有什么东西?这是皇上的印鉴。

(他看了一下地址姓名,把信交给奥克塔维奥,眼里充满了责备)

呈皮柯洛米尼公爵殿下。

〔奥克塔维奥吓了一跳,满腔痛苦地仰望天空。幕落。

席勒文集

IV

戏剧

人民文学出版社

席　勒

上：玛利亚·斯图亚特，该画像是席勒得自英国的礼物
下：席勒在卡尔斯巴德疗养期间（1791）

席勒像

席勒胸像

席勒在魏玛

《玛利亚·斯图亚特》

《奥尔良的姑娘》

Die Horen

eine Monatsschrift

herausgegeben von Schiller

Erster Band.

Tübingen
in der J. G. Cottaischen Buchhandlung
1795.

席勒主编的《时序女神》杂志

前　　言

一七九九年，席勒在完成巨著《华伦斯坦》之后，取得了创作历史剧的丰富经验，找到了发挥自己才能的艺术形式，对自己的创作信心百倍；另一方面，他又深感自己来日无多，须分秒必争，抓紧时间。法国大革命的爆发和雅各宾党人的恐怖政策，使席勒经历了从满怀希望到极度失望的痛苦过程。革命的理想和现实之间的巨大差异，欧洲反革命势力气焰的甚嚣尘上，自己健康的突然恶化，使他停笔几年，遁迹于历史、哲学、古典文化之间，最后终于决定撰写历史剧，把他胸中熊熊燃烧的革命烈火，放在历史的舞台上去化成鼓舞人们为争取自由而搏斗、为反抗封建暴政而血战的革命激情，去摧毁精神上的巴士底狱，去建造自由的殿堂。《华伦斯坦》花去了他三年时间，从一七九九年到一八〇五年，席勒以令人难以置信的速度创作了四部杰作。《玛利亚·斯图亚特》便是席勒这一时期创作的一系列历史剧中的第一出。

早在一七八三年，苏格兰女王玛利亚·斯图亚特的命运就吸引了诗人，但是后来因为创作历史悲剧《唐·卡洛斯》而把它搁置起来，一放便是十几年。一七九九年四月二十日，《华伦斯坦》三部曲的第三部《华伦斯坦之死》在魏玛公演。几天之后，四月二十六日，席勒开始对玛利亚·斯图亚特进行初步研究，六月四日正式动笔写作这出历史剧。可是，其他事务压得席勒不能集中精力创作此剧。文债还没还清，妻子夏绿蒂和他自己就先后病倒了。从一七九九年四月动笔写作《玛利亚·斯图亚特》到一八〇〇年三月病愈，前后不到一年时间，可是当中竟搁笔中断了八九个月。一八〇〇年五月，席勒离开魏玛，蛰居林中小舍，闭门著述，六月九日，全剧完成。作者还在写作最后一幕时，魏玛剧院的演员就已经开始排练此剧了。全剧脱稿后才五天，悲剧《玛利亚·斯图亚特》便在魏玛剧院首次公演，而且盛况空前，获得了巨大的成功。

开始创作《玛利亚·斯图亚特》两个月后，席勒在一七九九年八月二十日给歌德的信里谈到了自己对历史剧的看法。他写道：历史本身虽说根本用不着，“但是总的来说，情景还是非常有用的……我根本就认为，只要把一般的情景、时代和人物从历史中取出，其他的一切则全凭诗意的自由虚构，从而产生一种中间类型的素材，把历史剧的优点和凭空虚构的剧本结合起来。”

在这里，席勒十分强调“诗意的自由虚构”，而不主张拘泥于“历史事实”。席勒认真学习了古希腊剧作家索福克勒斯的作品。在一七九九年写作《玛利亚·斯图亚特》时，他向歌德借了一部埃斯库罗斯的悲剧集。他还钻研了莎士比亚的作品，再加上他自己写作《华伦斯坦》的实践和与歌德交往受到的影响和启发，历史学家席勒渐渐地成为一个创作历史剧的杰出诗人。他所创作的玛利亚·斯图亚特早已不是历史传说中那位骄奢淫逸的苏格兰女王，难怪有人指责这是一部“不是历史剧的历史剧”。可是，正因为席勒按照自己对历史剧的新认识进行写作，不拘泥于这些历史事实，而是让想像力在诗意的天空自由翱翔，观众和读者才对这出悲剧保持着始终不衰的“人性的兴趣”。他抓住历史的主要精神实质，而不顾细节的真实。他使我们看到历史和戏剧的不同，历史真实和艺术真实的不同。《玛利亚·斯图亚特》的成功表明了席勒作为历史剧作家取得的巨大成就。

玛利亚·斯图亚特生活的时代正是宗教改革时期。一五一八年德国修士马丁·路德在威丁堡教堂的门口贴出了声讨教皇罪行的檄文，很快在欧洲便出现了新教（即耶稣教）和旧教（即罗马天主教）之间的激烈斗争。在新教徒一边的，除了路德教派之外，还有瑞士的喀尔文教派。苏格兰的新教首领便是一个狂热的喀尔文教派的教士。英国国王亨利八世因为教皇不准他和皇后离婚，便另娶日后的伊丽莎白女王的母亲安娜·布林为妻，从此与教皇决裂，创立英国国教（属于耶稣教的一支）。与此同时，欧洲大陆上的法国、西班牙、奥地利、意大利等国，依然为天主教所控制。宗教改革不仅是宗教信仰、意识形态之争，很快就表现出它们所具有的政治色彩。要求独立自主，急欲摆脱教皇控制的德国诸侯很快就站在路德一边，支持宗教改革，而保守势力则极力想要扼杀宗教改革，最后演变成政治斗争，甚至兵戎相见。在德国由宗教改革引发农民战争，在法国则导致了巴托罗牟之夜，对新教的胡格诺教徒进行血腥屠杀。在西班牙，曾经当过军人的天主教修士罗约拉创立了耶稣会，决心用反宗教改革来对付宗教改革。席勒就是在这个历史背景下，展现了苏格兰女王玛利亚·斯图亚特的悲剧。

玛利亚·斯图亚特在一五四二年十二月九日出生的时候，她的父亲苏格兰国王詹姆士五世已在弥留之际。六天后，国王驾崩，玛利亚便成了苏格兰女王，她的母后，法国吉兹家族的公主成为执政。由于英国一直对这位小女王不安好心，王后无奈，只好把她送到巴黎，交给法国王太后卡塔琳娜·封·梅迪契来抚养，并且决定把她嫁给法国王储。一五四八年，玛利亚被秘密送往法国，在法国的宫廷长大，受法国教育，笃信天主教。

一五五八年，十六岁的玛利亚成为法国太子的王妃。这一年，英国的信仰天主教的玛利亚女王去世，她的同父异母姐姐伊丽莎白即位。然而，这位伊丽莎白女王的王位继承权是有争议的，因为她的母亲安娜·布林是被她父王亨利八世以通奸罪处死的，她也曾因此被父王和英国国会宣布为私生女。天主教会本来就认为亨利八世离婚后与安娜·布林结婚是违反教规,更何况布林又犯通奸罪,这样她的女儿伊丽莎白自然无权继承英国王位。按照天主教的看法,王位应该落在亨利七世的重侄孙女,也就是苏格兰女王玛利亚·斯图亚特的身上。因此,在这两位女王之间,存在着争夺王位的斗争。

一五六〇年七月,法国太子即位,是为弗朗西斯二世。然而国王不寿,于一五六〇年十二月六日去世,年仅十八岁的玛利亚就守寡了。太后卡塔琳娜摄政,玛利亚只好含泪离开她度过了十三个年头的法国,于一五六一年八月返回苏格兰。当时苏格兰的新教势力已很强大,大臣和贵族大多信奉新教。虔诚的天主教徒玛利亚·斯图亚特不仅对于这些信奉新教的贵族,就是对于毗邻的英国女王,信奉新教的伊丽莎白也是个巨大威胁。伊丽莎白暗中支持苏格兰贵族,玛利亚·斯图亚特的处境极为不利。玛利亚回到苏格兰时是个十九岁的年轻寡妇,比她大九岁的伊丽莎白是位还未结婚的“童贞女王”。她们两人是当时欧洲各个王室争着联姻的对象。大家都想通过联姻轻而易举地赢得一个王国。伊丽莎白是个英明的国君,她懂得卧榻之旁不容强敌酣睡的道理,便出面干涉玛利亚·斯图亚特的婚事,阻止她和西班牙王储唐·卡洛斯定亲,惟恐这门婚事会使苏格兰的天主教势力增长,威胁英国。为了控制玛利亚·斯图亚特,伊丽莎白决定让她的宠臣莱斯特伯爵与玛利亚结婚。不料玛利亚违背伊丽莎白的意愿,看中了比她小几岁的英国贵族达恩利,并于一五六五年与达恩利结婚。这个年轻漂亮的达恩利一旦即位就变得十分凶残,悍然杀死了玛利亚·斯图亚特的心腹秘书,曾经当过歌手的佛罗伦萨人里齐奥。玛利亚感到深受侮辱,忍无可忍,便听任武将博思韦尔在一五六七年将达恩利暗杀。同年,她便与博思韦尔结婚。不久,苏格兰贵族借为达恩利报仇的名义起事，扣住了玛利亚·斯图亚特。玛利亚虽然侥幸逃脱，但是拥戴她的部下被击溃，她只好于一五六八年逃往英国。一到英国，她就遭到软禁，而且从一五六八年到一五八七年，时间长达十九年之久。最后，她被英国政府冠以勾结叛逆、图谋杀害英国女王的罪名处死。

基于对历史悲剧的新认识，席勒创作《玛利亚·斯图亚特》时，在情节的安排、人物的塑造上，充分显示了自己的卓越才能。

席勒对《玛利亚·斯图亚特》一剧的情节安排，的确匠心独运。玛利亚当时被囚禁在英国已经十九年，这十九年可是过得平静、平淡，简直像死水一般。惟一的变化是囚居的场所不时变动，单调的生活却始终一样。席勒选择情节开始的时间是贵族组成的审判团已对玛利亚判处了死刑，只等伊丽莎白女王签字，便可予以执行。而戏剧性表现在：尽管如此，结局未定。一方面因为，欧洲列强，天主教国家，还在派遣刺客，准备刺杀伊丽莎白，营救玛利亚。他们甚至争取到玛利亚的看守鲍勒特骑士的外甥莫蒂默，让他在最后关头救出玛利亚。玛利亚也得到伊丽莎白的宠臣莱斯特的密信。这位伯爵因为女王即将与法国安茹亲王结婚，转而向玛利亚表示爱情。他答应救出玛利亚，企图因此赢得未来英国女王玛利亚的爱情和英王宝座。另一方面则是因为伊丽莎白举棋不定。她既想杀死玛利亚，又怕杀她之后，会引起国内骚动、外国入侵。她希望玛利亚的新看守莫蒂默能暗中刺死玛利亚，这样她既剪除了敌人，又不必承担血腥的杀人罪名。情节发展到这里，玛利亚的命运似乎还有逆转的可能。接着是全剧的高潮：两位女王在福瑟琳海宫的花园里的会晤。这次会晤是玛利亚期望已久，由莱斯特预作安排的。莱斯特希望通过这次会晤使伊丽莎白开恩，免去玛利亚的死刑。不料结果与预料完全相反。伊丽莎白满怀恶意，咄咄逼人，极力羞辱玛利亚。玛利亚起先还心存希望，极力克制，后来忍无可忍，反唇相讥。伊丽莎白又羞又怒，愤然离去。从此情节急转直下。伊丽莎白在返回伦敦途中受到莫蒂默同党的袭击，死里逃生。莫蒂默的计划败露，莱斯特为了自己脱身，出卖了莫蒂默。伊丽莎白终于签署了死刑判决书，玛利亚被处死刑。这样的情节安排，完全按照古典戏剧的理论，剧作者在剧中巧妙地安排了许多意料之外的细节。看守玛利亚的鲍勒特骑士对伊丽莎白女王忠心耿耿，对玛利亚态度严峻，可是为人正派，不愿暗杀玛利亚，意外之一；他的外甥莫蒂默对玛利亚态度粗暴，可是从国外派来营救玛利亚的恰好是他，意外之二；伊丽莎白偏偏选中莫蒂默来刺死玛利亚，意外之三；伊丽莎白的宠臣、玛利亚的死敌莱斯特伯爵恰好是玛利亚心目中的救星，意外之四；莱斯特居然能说服伊丽莎白与玛利亚见面，意外之五；玛利亚在会晤时竟然会不顾死活、冒死反击，意外之六；莫蒂默的同党，那个疯人竟然会提前发难，使莫蒂默的计划功败垂成，意外之七；莱斯特为了摆脱困境，竟然嫁祸于人，出卖莫蒂默，意外之八。这一系列意外使情节的发展跌宕起伏、扣人心弦，将全剧一步步推向高潮。

席勒根据创作的需要，对史实进行了大胆的改动。这首先表现在玛利亚的年龄上。玛利亚生于一五四二年十二月，于一五八七年二月八日被处死，是年四十五岁。根据斯蒂芬·茨威格在传记《玛利亚·斯图亚特》里传神的描绘，玛利亚经过多年囚禁，已经未老先衰，衰弱不堪，关节炎使她步履艰难，郁郁寡欢使她头发灰白。悲剧开始时已是她生命中的最后几天。倘若在舞台上出现一个半老徐娘，谁能相信她还能使莱斯特对她旧情复萌，莫蒂默为她疯魔？为了说明她的魅力，最有说服力的是莫蒂默为她而皈依天主教，决心救她出狱，最后从容献身；莱斯特为她暗中打点，塔尔波特对她赞不绝口；无数英吉利、苏格兰的青年为了救她前仆后继，视死如归。尤其说明问题的是，伊丽莎白按捺不住好奇心和妒忌心，定要看一看她的政敌、情敌。席勒故意把玛利亚的儿子，苏格兰国王詹姆士六世轻轻带过，只在玛利亚和布尔赖唇枪舌剑地交锋时，才提了一句："我不能损害我儿子和我人民的尊严。"(第一幕)稍不注意，就会忽略过去，忘记这一事实。实际上詹姆士六世当时已是一个二十多岁的国王，玛利亚不可能还是一个妙龄少妇！

席勒改动的自然不仅是人物的年龄，还有其他细节。例如，囚禁玛利亚的福瑟琳海宫并非坐落在苏格兰高原的附近，而是在伦敦近郊。从那里不可能眺望她的故国。其次，为了说明列强对伊丽莎白施加的压力，席勒把西班牙无敌舰队驶向英伦三岛的时间从玛利亚被杀后提到她被杀前。其实欧洲列强对玛利亚营救不力，并不像剧中描绘的，似乎从巴黎到罗马，从爱丁堡到马德里都在全力以赴营救被囚禁的女王，甚至不惜诉诸武力。即使在玛利亚死后，欧洲列强也只限于外交上的恫吓，表面上的哀悼，虚张声势的震怒，巴黎圣母院大教堂举行的盛大追思弥撒，飞向伦敦的空洞无物的抗议照会，此外再无任何行动。惟一采取行动的是西班牙国王菲利普二世，他派出强大的无敌舰队为这位殉难的天主教女王复仇。不料中途遇到风暴，无敌舰队终于敌不过更强大的对手，整个舰队葬身海底，不仅为玛利亚复仇成了泡影，便是西班牙的海上霸权也从此埋葬在海涛之中。席勒把无敌舰队出征提前，用以说明天主教列强不能坐视玛利亚被囚以及伊丽莎白处境危急的紧张形势。凡此种种都说明席勒在处理历史题材时新的指导思想：原则上总体符合历史事实，而在具体细节上作者则享有充分的自由。

席勒充分使用这一自由的明显例子便是凭空创造出莫蒂默这一人物。看完全剧，我们会发现这个人物真是作者构思巧妙、技巧纯熟的证明。剧中各种人物原则上属于两大阵营，而且有国内国外、狱内狱外、上层下层、幕前幕后的差别。通过莫蒂默这一关键人物，我们得知了许多如不借助语言，势必要增加许多情节才能知道的事情。他起了联系各派人物，串联全剧情节，揭示人物内心奥秘的复杂作用。他给玛利亚带来欧洲列强极力设法营救她的信息，在一开始就使笼罩全场的愁云惨雾为之一扫，出乎意料地出现一股乐观的气氛。剧情有了节奏，并非全速下降，而是回升有望。这种乐观气氛因为莫蒂默的忠贞英勇，他的同党积极准备劫狱营救而大大加强。通过莫蒂默，我们知道莱斯特伯爵也会全力以赴，暗中相助；通过莫蒂默，我们也知道了伊丽莎白的阴谋诡计。如果说成功的希望和莫蒂默连在一起，那么最后的失败也和他密不可分。是莫蒂默的同党过早发难，行刺伊丽莎白，致使整个劫狱计划败露。最后莫蒂默赶到宫中去给莱斯特通风报信，被莱斯特出卖愤而自杀。玛利亚获救的最后一线希望便随之完全破灭，只剩下一个悲剧的结尾。

在人物塑造上，席勒常常受到责备，说他笔下的女性形象都很苍白，没有血肉，因为席勒没有生活，与女性接触较少，更缺乏恋爱的经历。其实，席勒也有自己和女性交往的经历，也有他的恋爱史，他对女性并非一无所知。他曾经爱上过他军校同学沃尔错根的妹妹夏绿蒂，追求过出版商许旺的女儿玛格丽特，迷恋过阿尔尼姆小姐。他和卡尔普夫人的恋爱对他的成长发展有过重要的作用，他和他的大姨子卡洛琳娜的友谊十分密切，他的妻子竟认为她姐姐比她自己更适合于做席勒的妻子。他的知交刻尔纳和胡伯的妻子斯托克姐妹同他也是终生不渝的朋友。至于他和妻子夏绿蒂更是一对恩爱夫妻。我们列举这些在席勒的生活中起过作用有过影响的女性，就是为了说明席勒对于女性的灵魂，对她们的内心世界并不陌生。再说对一种事物的了解并不在于感性认识的多寡，而在于对事物本质认识的深浅。因此认为席勒缺少和女性的交往，故而没有写出动人的女性形象，这种论断既不符合历史真实，立论也着实失之武断，难免偏颇。

《玛利亚·斯图亚特》这出戏充分证明席勒是刻画女性性格的大师。由于《强盗》中卡尔·穆尔和弗朗茨·穆尔的性格刻画过于璀璨夺目，致使阿玛丽娅相形之下黯然失色，于是给人以先入为主的成见，似乎席勒只善于塑造激情满怀、慷慨激昂的自由战士，而不会描绘感情细腻、纤弱娇柔的女性群像。其实，《阴谋与爱情》中的路易丝便是一个楚楚动人的少女形象，令人同情，招人怜爱。在她身上，席勒已经显示了他刻画女性的卓越才能。《唐·卡洛斯》中的王后伊丽莎白也颇具特色，他把一个不幸的女人在宫闱中的哀怨凄苦，写得令人信服，激动人心。然而最最成功的女性性格描写却在《玛利亚·斯图亚特》这出戏里，席勒在此一下子就把两个截然不同的女性形象展现在我们面前。两个都是君王，两个又都是女人。这两个女人不仅在外表上，就是在性格上也各有特色。且看席勒是如何刻画的。

历史上的玛利亚·斯图亚特并不是一个没有瑕疵的无辜少女，而是一个行为放荡谋杀亲夫的女人，曾经有人想把她比做罗马暴君尼罗的母亲，妖艳的荡妇阿格丽彼娜。且不说在严格的清教徒眼里她是一个十恶不赦、人尽可夫的妖姬荡娃，便是在一般传记作家的笔下，她也是一个作恶多端的女人，最后的不幸下场实是罪有应得。如何才能把这样一个人物写成正面人物，博得人们的同情？她是一个美艳绝伦的女人，她也想获得自己的幸福和爱情，但由于年轻，她为情欲所驱使，不幸失足，有了污点。然而她本性并非十恶不赦，她在囚室里反省往事，追悔莫及，成日忏悔自己年轻时的放荡行径和罪恶行为。一个真诚悔恨的人应该受到人们的宽恕，而受苦受难的弱者也容易博得人们的同情。席勒用这种方法把玛利亚从她的过去解脱出来，如今站在我们面前的是一个有着君王的尊严和绝世的姿色的美女，不仅容颜美丽，而且心地善良。她的过错是无知轻信，性格软弱，缺乏政治斗争的经验，只能为强者所任意摆布。这些过错固然应该受到谴责，但是人们在谴责之余也不会不予宽恕。

席勒在塑造玛利亚这个人物时，紧紧抓住女王的尊严和女性的娇媚这两点。正因为她身陷囹圄，被剥夺了王冠，被撵下了宝座，受人监视，遭人凌辱，失去行动自由，备尝铁窗之苦，从外表上看，从物质上看，她已不再是女王，那么，她表现出来的尊严便是一个拥有高贵心灵、崇高精神的人身上的尊严。这是真正的尊严。戴上王冠，披上紫袍，即使卑微低下的小人也可以神气活现，不可一世，然而这只是小人得志。只有在逆境之中，危机面前，才能真正显出心灵的高贵，性格的坚强。我们看见玛利亚对身边的下人亲切和蔼，得到他们真诚的爱，即便是对她的仇人，把她囚禁多年、一心想将她置于死地的伊丽莎白，她也表示宽恕，不想以牙还牙，表现出了精神上和道德上的优势。这一切构成了玛利亚真正的女王的尊严，人的尊严。

然而她又是一个女人。她的花容月貌和温柔娇媚是她的财富，她的武器，她的优势。这是席勒特别强调的。伊丽莎白的嫉妒，莫蒂默的钟情，莱斯特的倾倒都证明了这一点。而为了衬托出玛利亚的天姿国色，席勒给导演伊夫兰的信里明确指出：扮演这两位女王的演员必须年轻，演伊丽莎白的演员必须风流。在玛利亚和伊丽莎白进行的这场众寡悬殊的斗争里，之所以出现反复转机，玛利亚之所以显得并不是那样孤立无援，是因为她的精神力量，她的美貌征服了敌人，赢得了朋友。看守过她的首相为她求情，现任的看守不忍加害于她，伊丽莎白女王的宠臣设法营救她，看守的外甥莫蒂默甚至钟情于她，决心拼死把她救出牢狱。她身上散发出来的美、善、勇使得观众和读者也不忍对她的过去责备过严，禁不住对她产生好感，表示同情。

善于心理分析的茨威格在他的《玛利亚·斯图亚特》一书中写道，玛利亚早就说过："我的起始在于我的结局之中。"这句类似谶语的话说明她早已预见到在这场力量悬殊的斗争中她没有获胜的希望。她的胜利不在生前而在死后。临刑时她表现得视死如归，不失尊严，将让后世看到她的勇气和对方的怯懦。这是她能给她敌人的最致命的打击。作为女王，她失败了；作为女人，她胜利了。在英国，在当时，她失败了；在全世界，在历史上，她胜利了。人们将永远传诵她的美、善、勇。悲剧人物总以失败告终，然而这种悲剧的结尾往往是无形的凯旋，精神上和道德上的胜利。

而玛利亚的对立面伊丽莎白如何呢？恰好和玛利亚形成对照。伊丽莎白享有最好的名声，贞洁女子，是道德的化身，被称为"童贞女王"，毫无瑕疵，似乎为了国事可以牺牲个人的幸福，为群臣所尊敬，为百姓所爱戴。然而事实上，她的宠臣莱斯特伯爵便是她的情夫，"童贞女王"并不贞洁，只不过她善于掩饰罢了。伊丽莎白外柔内刚，是个精明强悍的统治者，爱情，婚姻，全都得服从于政治；有利于巩固她的统治的，取；不利于巩固她的统治的，舍。她最大的欲望，最关心的事情是她的王位。她和其他专制暴君的不同之处在于她更伪善，更阴险。

席勒成功地刻画了一个专制女王的形象，把她的伪善阴险表现得淋漓尽致。假装的本领大概是一切封建统治者的共性，无此不能执掌政权。伊丽莎白做到了喜怒不形于色，有时心里怒火中烧，脸上却是和颜悦色；有时心里乐不可支，脸上却是悲不自胜，让人看不清、摸不透，喜怒无常。她从不明确地表示自己的意图，而是用暗示，用启发，让臣下察看她的眼色，揣度她的用心，猜测她的意图，捕捉她的心思。聪明的臣下不难了解她的隐蔽的愿望。他们知道伊丽莎白一心要除掉玛利亚，起先是拒不签署玛利亚的死刑判决书，以便向世人表示她宽宏大量，仁慈为怀，对这个至亲的姐妹感情深厚,不忍下手,即便违背国民的意愿、臣下的谏告,冒生命的危险,也在所不惜。其实她是老谋深算,生怕担不义之名,受世人与后世的唾骂。倘若有臣下能体验她的难言之隐,派人刺杀了玛利亚,该有多好。这样她就可以不必担这血腥的罪名,而达到剪除敌人的目的。布尔赖明白这一意图,向看守鲍勒特提出这一要求,遭到老人拒绝。此后伊丽莎白又暗地里亲自出马去收买刺客,争取莫蒂默,并以高官厚禄锦绣前程为诱饵,钓他上钩,甚至暧昧地暗示,愿以"她女性的恩宠"为奖励。倘若莫蒂默真的上钩,结局也未必美妙。玛利亚被处死后,伊丽莎白便把书记官戴维逊当替罪羊,以洗刷自己。看到这里,读者和观众深信"伴君如伴虎",感到不寒而栗。正如茨威格所讲的:"对于廷臣来说,对主子的秘密心愿不能心领神会,总是很危险的。不过有时候,对此理解得过于清楚,将会更加灾难重重。"[①] 用这种方法刻画暴君的虚伪阴险,可以说是入木三分。

梅林在评论《玛利亚·斯图亚特》一剧时[②] 谈到席勒塑造的这两位女王。他说:"全部光明都落在忏悔者的身上,全部阴影都落在胜利者的身上。"这句话说明席勒的爱憎,他把一个女王描写成善,另一个描写成恶。但是席勒并没有把"善"描写成没有弱点,把"恶"描写成没有长处。倘若这样,又不符合历史事实了。伊丽莎白在剧中不失为一个英明的君主。她在法国使臣面前维护祖国尊严,态度不卑不亢;她给法国使臣的允婚诺言闪烁不定,模棱两可,既似同意又似拒绝,不起约束作用,总给自己留着后路,可进可退。这说明她在复杂险恶的形势下对付心怀叵测的强邻时表现出卓越

① 参看斯·茨威格著:《玛利亚·斯图亚特》德文版462页,费歇尔出版社,1981。

② 参看弗朗茨·梅林著《为德国工人写的席勒传》,载《梅林文集》德文版第十卷222页,柏林,迪茨出版社,1980。

的外交才能。她在臣下面前表现得礼贤下士,乐于俯听忠言。伊丽莎白在历史上本是一个有贡献的女王,并非平庸之辈。席勒深知,丑化伊丽莎白既有违历史真实,也达不到褒扬玛利亚的目的。席勒让我们看到的伊丽莎白是个杰出的女王,然而又是一个不幸的女人。她对玛利亚怀有双重的仇恨:一方面她恨玛利亚出身高贵,对她的王冠形成威胁,视她为政敌;另一方面她又恨玛利亚容貌美丽,使她自愧不如。一个身陷囹圄、行将引颈受戮的死囚竟然能从操生杀大权,享极度尊荣的女王怀里夺走她的情人,玛利亚又是她的情敌。也许她对情敌的仇恨更超过对政敌的仇恨,受侮辱的女人的妒火比受威胁的女王的担忧更加促使她最后下定决心。

席勒对伊丽莎白的内心进行了大胆的剖析和深刻的挖掘,让我们看到了一个英明的君主、专制的女王和不幸的女人。她坎坷的人生道路上的风风雨雨决定了她性格的两重性,使她经常处于思想斗争和内心矛盾之中。她的母亲安娜·布林因为被控犯有通奸罪,被她父亲亨利八世处死,使她的童年阴郁黯淡,更因为母亲的惨死,使她一度被认为是私生女,因而有失去王冠的危险。私生女有一种特殊的心理,因为命运不公,所以嫉妒心重;因为遭受打击,所以坚毅刚强;因为血统不纯,受到贬抑,全凭个人的聪明才智取胜,所以她在宝座上兢兢业业,不敢松懈,处理任何事情都瞻前顾后,三思而行。她知道自己的利益所在,但绝不鲁莽行事。她把玛利亚囚禁了十几年,不惜花费重金,既不放也不杀。她要消磨对手的意志,使之解除精神武器,最后瘐死狱中。其实她无时不想杀死玛利亚,但是慑于形势,顾忌不利于她的力量对比,因而迟疑不决,不敢悍然动手。她怕列强干涉,引起战乱,又怕民心有变,可以载舟覆舟,所以她煞费苦心,寻求万全之策。

然而有人指责席勒创作的这一杰作不是历史剧。这首先是因为席勒似乎对这两位女王之争所代表的不同势力没有作出符合历史的反映。伊丽莎白代表进步势力，支持宗教改革，而玛利亚则代表保守势力，反对宗教改革。然而在这个剧本里，既看不出代表新教的伊丽莎白的进步性，也看不出代表天主教的玛利亚的反动性。恐怕现在很少有人会说，席勒是想美化天主教，攻击新教，是站在反宗教改革一边，为反动的耶稣会张目。这样的斗争已属历史陈迹，历史学家可以给以定评，而作家的任务并不是以自己的作品为历史学家的论点作注释。席勒是凌驾于这两派斗争之上的。从长远的观点来看，也很难对这种斗争作出完全肯定或否定的结论。席勒实际上根本不相信新教这种宗教信仰。他认为新教也有残忍的一面，天主教也有可取的地方。这点梅林也发现了。他在《为德国工人写的席勒传》里指出："历史研究也看出了十六世纪的历史矛盾，就像席勒看见的那样：在英国宗教改革方面看到布尔赖这么一个人的残忍、严酷、冷静的商业政治，而在欧洲的反宗教改革方面也看到各种艺术和科学的迷人光辉。这种光辉把许多头脑比狂热分子莫蒂默更冷静更聪明的人物都推到天主教会的怀抱里去了。"①

话说回来，就算伊丽莎白代表的是进步势力，难道因此她所做的一切行动都合理合法了吗？为了维护进步势力的利益，干出伤天害理的事也就情有可原，不仅如此，甚至成了丰功伟绩，这岂不就是"强权就是真理"，"目标神圣，可以不择手段"论的翻版吗？论出身两人都是女王，而且玛利亚的血统更纯正，按照当时的法律、习俗，她也的确对英国王位享有权利，不能因而认为她有罪。何况她从苏格兰逃亡到英国来，是要求避难，并非争夺王位。硬把她扣留起来，长期监禁，达十九年之久，这种做法，实在卑鄙。所以伊丽莎白迟迟不敢下手，实在心虚理屈，她无法使天下人信服这是公正

① 参看《梅林文集》德文版第十卷223页，柏林，迪茨出版社，1980。

合法的行为。人们出于同情而设法营救玛利亚，玛利亚因为失去自由而渴望报仇，这本是伊丽莎白的暴力行为引起的正常反抗，却被伊丽莎白利用来作为处死玛利亚的理由，可见处死玛利亚的罪名极不充分。人们不是先发现她的罪行而后把她逮捕判刑处死，而是先行逮捕，再罗织她的罪名。伊丽莎白的事业是正义的，那又何必干出这样卑下的行径？

指责席勒此剧不符合历史事实的第二点是：伊丽莎白是个英明君主，而且道德高尚，享有“童贞女王”的美名。在她的统治下，英国国力大张，国势日强，而玛利亚则是个不善治国、乐享人生，甚至谋杀亲夫的荡妇。席勒的剧本没有反映出人物的这些特点。梅林指出，历史研究证明席勒是先知，因为“历史研究彻底摧毁了由英吉利民族偏见建立起来的‘童贞女王伊丽莎白’的偶像，更进一步减轻了玛利亚的罪过，比席勒已经做的更甚”①。席勒以他敏锐的洞察力，在错综复杂众说纷纭的史料里看出玛利亚未必像人们说的那样坏，而伊丽莎白也未必像人们说的那样好。单看伊丽莎白悍然囚禁玛利亚十九年最后又卑劣地把她处死这一事实，就足以说明这位英国女王的阴险残忍。有的君王在历史上也许起过进步作用，但是个人品质中的阴影并不能因为这进步作用而被忽略。在这方面我们不能站在胜利者一边隐恶扬善，一味赞扬！其实，不是席勒不尊重历史，而是他洞悉历史，比常人看得更深。

斯太尔夫人在评论《华伦斯坦》时，发出这样的赞叹：“作为一个文人，必须有非常旺盛的想像力，才能构想出军营的生活。”②同样，我们在阅读《玛利亚·斯图亚特》时，也不得不赞叹席勒丰富

① 参看《梅林文集》德文版第十卷223页，柏林，迪茨出版社，1980。

② 参看斯太尔夫人著《德国的文学与艺术》第115页，丁世中译，人民文学出版社出版。

的想像力,作为一个平民竟能在几百年后构想出当年的宫廷生活,对君王廷臣的性格作深刻的分析,栩栩如生地刻画了伊丽莎白女王的表里两面。

人们指责席勒后期的创作背弃了自由思想,遁迹于历史之中。这是天大的冤枉。单从《玛利亚·斯图亚特》一剧便可看出,席勒就是为了忠于自由思想,才把这个题材处理成今天的模样。这里写的矛盾不是新教和旧教之争,也不是两个女王的权力之争,而是迫害与反迫害的斗争。玛利亚丧失自由,也就失去了王冠,而一个失去了王冠的女王只是一个普通人,一个普通女人。从悲剧的角度,从善与恶、无辜的受害者与凶残的暴戾者之间斗争的角度,从被压迫人类为争取自由反抗暴政的角度来看这问题,玛利亚成了一个悲剧人物、一个受害者,伊丽莎白便成了专制暴君。剧中反映的是一个受压迫者抗击暴力的斗争,因此是席勒毕生抗击暴政、争取解放的主题的延续。

在《玛利亚·斯图亚特》结束后三周,即一八〇〇年七月一日,席勒在日历上记载了他开始创作新剧的日子,这个新剧便是《奥尔良的姑娘》。七月四日,他在给夫人夏绿蒂的信里写道:“我创作新悲剧的计划即将完成。”七月十日在他给出版商科塔的信里表明自己为一个新的题材所吸引,放弃原来写作《马耳他骑士》的计划,希望科塔谅解,“因为意志和理性自己很难左右情绪和想像力。”约翰娜,即贞德的故事深深地吸引了席勒,激起了他的灵感,激发了他创作的欲望。

席勒笔下的约翰娜便是百年战争时期法国的民族英雄圣女贞德。圣女贞德的故事激发了许多诗人的灵感。在英法百年战争时期，法国有一个名叫若娜·达克(Jeanne d'Arc)的牧羊女，传说她奉圣母之命，披甲戴盔，参加战斗，使得节节败退的法国军队在奥尔良城下一举扭转战局，反败为胜，法国国王卡尔七世得以加冕即位，百年战争遂以法国获胜告终。若娜·达克在中国一向译为贞德，而若娜这个法文名字在德文里相应的名字是约翰娜。

《奥尔良的姑娘》一剧的基础乃是十四十五世纪英法百年战争中殉难的法国巾帼英雄若娜·达克的事迹。英法百年战争是欧洲历史上的一件大事。若娜·达克于一四一二年一月六日生于东勒米(Domrémy)，当时英法百年战争(1339—1453)已经进行了七十多年。战争的形势对法国极为不利。一三四六年英王爱德华三世率领一千艘战船，四千名骑士，一万名弓箭手在诺曼底登陆。从一三六四年起，在二十几年内，法军夺回了英军占领的法国国土。法国国王卡尔六世娶巴伐里亚－因戈尔斯塔特公爵之女伊撒波(1371—1435)为后，生下了太子，册封为封·朋济耶伯爵，即日后的法国国王卡尔七世(1403—1461)。一三九二年法王卡尔六世开始患精神病，王后不安于室，秽闻四传，母子不和。从一四一一年起，法国发生内战，交战双方乃是勃艮第公爵菲利普和奥尔良公爵卡尔。一四一三年，英王亨利五世即位，英军在塞纳河的入海口登陆，占领诺曼底，勃艮第投向英方。一四一六年英国和勃艮第结盟，法国王后伊萨波投向英国阵营，扶持年幼的英国王子哈利，即英王亨利六世(1421—1471)在巴黎即位，反对自己的儿子登基，宣布他为不合法继承人，褫夺其继承权。尽管如此，一四二二年卡尔六世去世后，他的儿子，奥尔良公爵依然即位为法国国王，是为卡尔七世。和太子争夺王权的堂弟勃艮第公爵善人菲利普(1419—1467)也与英国结盟，共同反对法国新君——尚未正式即位的卡尔七世。祸起萧墙，敌人乘机长驱直入，法军节节败退，一直退到奥尔良城下，半壁江山已沦入敌手，形势岌岌可危。法国最高统帅也辞官而去，国王卡尔七世已众叛亲离，国库空虚，眼看大厦将倾，法国将亡。

由于勃艮第公爵和王后伊萨波的加盟，英军声势浩大，势如破竹。一四二八年奥尔良被英军围困，法国兵败国破，似乎已成定局。突然间形势发生逆转，一个乡村姑娘出现在奥尔良城下的法国败军之中，她率领法军反击，于一四二九年五月八日打败英军，解救奥尔良，并且乘胜前进，收复失地。法军士气大振，击退英军，反败为胜。英军统帅塔尔波特阵亡，卡尔七世胜利进入兰斯城，并于一四二九年在该城加冕，正式成为法王卡尔七世。

然而在奥尔良城下大败英军，被称做奥尔良的姑娘的贞德却在一四三〇年五月二十三日为勃艮第军队所俘，并以一万法郎的价钱卖给英国人，开始了她的囚禁生涯。一四三一年开始审讯贞德，她被判处终身监禁，但必须发誓，说自己并未负有上天的使命。由于她拒绝发誓，坚持自己为上帝所派，遂被改判死刑，于一四三一年五月三十日在卢昂的市场上被公开焚烧致死。一四五三年，百年战争以英军统帅塔尔波特之死告终。三年后，教皇卡利克斯图斯三世宣布收回对贞德的判决。一八九四年教皇莱奥十三世封贞德为贤人。一九二〇年教皇本笃十五世封她为圣人。由于贞德在战争中建立的殊勋，又因为她最后遭到奸人出卖，被视为巫女，判处死刑，这个英雄少女的悲惨壮烈的故事便广为流传。

作为历史学家，席勒在一七九五年读到了一本法国作家弗朗索瓦·戛约·德·彼塔伐尔写的《对人类历史有贡献的奇怪之法律案例》一书，其中提到人们对贞德事件褒贬参半，毁誉不一。关于贞德的文学作品大多以她英勇奋战的不幸命运为情节。法国作家伏尔泰也处理过这个题材，他在一七六二年发表《La Pucille de Orleans》（奥尔良的姑娘）一诗，却是对这一事件的讽刺，并非正面肯定。席勒从中得到启发，但他态度不同，他写了一首名叫《奥尔良的姑娘》的诗，其中提到：

世人喜欢把光辉灿烂的东西抹黑乱涂，
把崇高巍峨之物拽入尘埃泥土；
但是不必害怕！还有些美好的心灵，
他们为高尚宏伟之物而兴奋欢欣。
让摩穆斯① 去娱乐喧嚣的市场，
高贵的思想喜欢更高贵的形象。

席勒动笔之后，希望几天之内就能纵览材料，可以草拟一个提纲。他在给好友刻尔纳的信里表达得非常清楚："我的写作计划不想向你保密，可是我请你在谁面前也别提起，因为公开谈论尚未完成的作品，会使我对它们失去兴趣。《奥尔良的姑娘》是我现在加工的题材，计划即将完成。我希望在两周之内能够正式动手写作，这个材料具有高度的诗意性，即使是按我设想出来的那样，也极其动人。可是我很怕动手写作，因为我对它抱很大希望，深怕不能达到我的愿望。六周之内我必须知道，我的工作进展如何。我不会太去注意女巫性这一点。我所需要的一切，我希望运用我的想像力就够了。在书面材料里，略带诗意的东西，几乎一无所有。歌德也对我说过，他写《浮士德》在书本里一点安慰也没找到。"

席勒在一八〇〇年七月十三日给好友刻尔纳的信里承认，他一向喜欢"感动心灵"的题材，深信他的新剧的题材会"引起很大的兴趣"，因为这个题材十分适合用来写一出悲剧，定能获得成功。兴奋之情，溢于言表。就是怀着这种情绪，他在两天之后又向好友刻尔纳坦诚表示，他写作悲剧越来越有经验，越来越有把握，希望在半年之内完成一个剧本。"我希望能弥补耽误的岁月。倘若我

① 摩穆斯为希腊神话中夜神之子，司污蔑和嘲讽之神。

能活到五十岁,定能在作品丰硕的作家当中赢得一席之地。”

可是直到七月底他的进展也不大,他向歌德抱怨:“话说回来,我羡慕你,还看见有点东西产生出来了。我可不是如此,因为我的剧本的提纲还没有头绪,还不得不排除许多巨大的困难。尽管每创作一部新作,总得经过这样一个阶段,可是始终给人以一种痛苦的感觉,仿佛什么也没发生,因为一到晚上,什么也拿不出来——在我写这新作过程中使我特别不舒服的,乃是材料不能像我所希望的那样,安排成少数几大块,我考虑到时间和地点,不得不把它切成许多部分,尽管各自有其相应的持续性,可是这样做,对于悲剧总是不适宜的,就像我在这出戏里看到的那样,我们不能让任何一般性的概念拴住,而应该冒险,在处理一个新的材料时,发明新的形式,从而永远使这类概念保持灵活。”

席勒对于英法百年战争进行了自己的演绎。七月二十六日,席勒告诉歌德,他要为这出新戏设想一种崭新的形式。这个剧本的“崭新”之处便是有别于其他人对这一题材的处理,在于以新的视角去审视中世纪的这则故事。乡村姑娘贞德在强敌压境、国家危亡的紧急关头,突然离开家乡,女扮男装,投身军队;她率领法军打败强敌,收复失地,可是最后却沦为英军俘虏,交给法国的宗教法庭审讯,作为巫女被判处死刑,终年才十九岁。虽然在二十五年后(1456年)得以平反昭雪,一九二〇年甚至被罗马教廷祝圣,成为圣女,但是这个悲剧故事凶残血腥,不符合席勒的愿望。

写作之初,席勒便在给刻尔纳(1800年7月28日)的信里明确表示:他不想多涉及“巫女”问题。贞德的历史材料中,根本找不到稍涉诗意的内容,他只能用自己的想像力来补充。由此可见,此剧既非历史剧,亦非传统意义上的悲剧,席勒于是把它写成“一出罗曼蒂克的悲剧”。在此剧中贞德成为约翰娜,不仅人物形象是作者的诗意创作,(例如英军将领利奥内尔便是出自席勒笔下,而非真实存在过的历史人物,)其他人物关系和人物性格乃至历史事件的处理,席勒都充分使用了诗人的自主权,加以自由增删移动。

席勒认为,法军连连败北,主要在于内因。卡尔六世和王后的矛盾,转化成王后和王储,即日后的法王卡尔七世母子之间的对立,而勃艮第公爵和卡尔七世之间的冲突又造成了法国王室的分裂。在席勒笔下,卡尔七世并非荏弱无能、治国无道、忘恩负义的昏君,而是勇于承担责任、充满人情味、知恩图报的君王。在约翰娜第一次觐见国王时,当众说明国王前一天晚上祈祷的内容:倘若列祖列宗犯下的罪过引起了这场血泪涌流的战争,他愿意为人民做出牺牲,独自承受上天的全部愤怒。倘若上天要剥夺他的王位和全部财产,他只要留下三样财富:内心的宁静,朋友的真诚和阿格纳斯的爱情。这黑夜独处时灵魂的独白最能表明心迹。果然,他对约翰娜也表现出了感激和真诚,当众人视她为巫女时,国王的态度并不严厉。约翰娜为援救国王而战死沙场时,国王表示真诚的悲哀。大主教也不是一个思想顽固、头脑僵化的宗教法庭的领袖,而是慈悲为怀、待人宽厚、有圣人之风的长者。卡尔七世的情妇阿格纳斯更不是祸国殃民、勾引国王步入歧途的妖姬荡妇,而是识大体顾全局、勇于牺牲自我、毁家纾难、全力协助国王的善良女人。

约翰娜在征战上的功劳固然得到表现,但是给人深刻印象的却是她如何调节法国方面的各种关系,使勃良第和卡尔七世言归于好,让勃良第宽恕他的杀父仇人,和他并肩作战共赴国难。而这番和睦兴旺气象的造成,全都归功于约翰娜的圣洁善良和美艳绝伦。上帝派遣约翰娜前往军中时,并未叫她女扮男装,虽然严禁她为男人动情,却无法阻止男人纷纷钟情于她。杜努阿和拉·希尔争相向她求婚,说明她具有惊人的女性魅力,也说明她忠于诺言、自我控制的定力,同时反衬出她一见英军将领利奥内尔便不由自主地为之吸引，实在是因为这男性的魅力无法抗拒之故。她毕竟是一个怀春少女，如果毫不动心，岂不是太无人性？在席勒笔下，故事内容发生了极大的变化，女主人公并非作为"女巫"在柴堆上被活活烧死，而是战死沙场。宗教内容、神秘色彩依然保留，然而人性的搏动却大为突出，这就使得这部作品具有席勒自己的特色。他大胆地利用了诗人的自由，增添了其他作家所没有涉及的对少女内心世界的披露，突出了法兰西人民同仇敌忾抗击外国侵略者的这一主题。联想到这部剧作产生的年代，不难看出作者创作这部作品的意图。

就是这一念之差，人性萌动，使她违背上天的使命，神力全失，还原为一个普通少女。当她奋勇作战，率领法军转败为胜之时，她的神力似乎来自上帝。圣母对她的要求是必须守贞，不得稍动凡心，纯粹作为一部战争机器，以争战杀戮为天职，才能所向披靡，令敌人闻风丧胆。席勒展现在我们眼前的既非女巫，亦非神女，而是一个具有人性的姑娘。上帝用她作为上天的利剑驱走入侵者，匡复法兰西。然而她毕竟是有血有肉，有感情的妙龄少女，在英俊的青年利奥内尔面前不禁心动手软，放过了这个英军将领，于是神力尽丧，自觉有罪。而他父亲又大义灭亲，揭发她的力量乃是来自妖魔，她在人们眼中便成了一个女巫。这造成了她的悲剧，她也因此赢得了观众的同情。

约翰娜自知背信违约，在人们的诘问面前无言以对，于是被逐出军队，到处流浪，后被英军所俘。战局突变，英军又卷土重来，法军连连失利，大将负伤，国王被围，不久前的战果有毁于一旦之虞。这时约翰娜向天忏悔，又恢复神力，挣脱锁链，杀进重围，救出国王，自己身负重伤，终于在大众的惋惜景仰之际死去，留下的最后一句话乃是：痛苦转瞬即逝，欢乐永无止尽。

席勒在给刻尔纳的信里写道："《奥尔良的姑娘》不能像《玛利亚·斯图亚特》那样压缩到这样狭小的紧身马甲中去，尽管它比《玛利亚·斯图亚特》页数要少，可是戏剧情节的篇幅要大些，而且活动起来更加大胆更加自由。每一个题材都要有它自己的形式，技巧就在于，如何找到适合于它的形式，一个悲剧的思想必须总是灵活的、可变化发展的，只可能更有效地在成百成千个可能的形式里表现出来。”

这段信之所以值得重视，是因为在这里，席勒指出了他戏剧工作的实验性质，因为，如果他为自己提出要求，戏剧的概念要永远保持灵活，并且为每个新的题材找个新的形式，那么，他不可能指别的意思。事实上，席勒后期的所有剧本，尽管人家统称之为古典作品，其实无论从内容到形式，相互之间的差别比他狂飙突进时期的三部作品之间的差别都要大。

席勒写作之初还犹豫不定，看是不是采用他所知道的那些诉讼档案，让约翰娜死于柴堆之上。可是席勒最后做出了别的决定。他把这个历史上流传下来的质朴虔信的农家女写成一个天神一样的光明形象，不仅是一个预见未来的女人，而且也是一个平凡的女人，一个担负着世俗任务的灵魂，由于一时受到诱惑，最后死于战场。

写这样的结尾，席勒可是完全靠他的想像力。尽管他在处理全剧时十分自由，但在细节上，还是采纳了许多已经到手的关于这个神秘姑娘的篇幅浩繁的材料。

他到底对这些材料熟悉到什么程度，已无从考查。一般学者认为，他肯定看到了两份关于这个案件的客观冷静的报告。第一份是把她判处死刑，在柴堆上烧死；第二份是二十五年后为她恢复名誉，那个昔日的女巫从此成为法兰西的民族英雄。

席勒自己在写作时仍有顾虑。许多礼拜过去，他一直进展不大。这时他向歌德诉苦：“这个题材不是一个轻松的题材，对我来说相隔甚远。”几个月之后，他以为最初起头的困难已经克服，新年之初便可以向朋友报导：“我在忙碌写作中度过了旧的世纪。我的悲剧，尽管进展很慢，可是已经初具规模。单单这题材就使我感到温暖；我全心全意扑在它身上，这个剧本也更多是从我心里流出来的，不像以前的剧本，在那里理智不得不和题材进行斗争。”到二月底，前三幕已经写成。

这项工作开始之后七个月终于大功告成。歌德是第一个听他朗诵此剧的人。歌德一听就说：“此剧如此出色，如此优秀，如此优美，我不知道有什么可以和它相提并论。”

席勒最后阶段的创作是个不断创新的过程，他发现自己已经掌握了这门手艺，技艺已经达到炉火纯青的地步，于是精益求精，希望创造出无比新颖的作品，从题材到形式无一雷同，各具特色。《华伦斯坦》取材于德国十七世纪三十年战争的历史，《玛利亚·斯图亚特》的故事则发生在英伦三岛，时间又推前一个世纪，《奥尔良的姑娘》又返回欧洲大陆，发生在法兰西的国土上，时间又推前到十四十五世纪。

席勒说过不止一次，写作约翰娜的工作完全来自他的内心，他比众人都更无顾忌地钟情于他的女主人公。他可以指望从她那里获得比从冷漠的华伦斯坦和犯罪的女王玛利亚·斯图亚特那里得到更多的感动和戏剧效果。席勒说他写此剧出自内心，是刻意想重新开始，重新超越他自己。

席勒塑造奥尔良的姑娘，真是怀着满腔热情，把她从一个天真的农家女写成叱咤风云的巾帼英雄。虽然也是历史题材，可是带有强烈的传奇色彩，因此作者赋予它的副标题便是“一个罗曼蒂克的悲剧”。席勒大胆地一反历史流传的情节，不让约翰娜作为女巫烧死在柴堆上，而是让她死于战场，在这个“仙气十足”的巾帼英雄身上，放进了一颗凡人之心，让她竟然会忘记誓言，钟情于敌人。凡此种种已经和历史没有多少关系，而是带有强烈的独创成分，是来自诗人的想象。剧中的一些片断也极富诗意，譬如序曲第四场

第一节,约翰娜依依不舍地告别牧歌般的乡间生活的那段独白。

《奥尔良的姑娘》从一开始就不是作为历史剧来构思的,尽管剧情和法国历史上某一个时代有很多关系,而席勒更多的是把这历史题材自由地运用,创作了一个传说剧。他认为这样一来便赢得了诗意的自由,而这种自由说明了他对此剧的钟爱。不受题目的牵制,创造出一个形象,“苗条而轻盈,犹如从虚无中产生”,这是席勒长期以来最迫切的愿望。在约翰娜身上,他得到了部分的成功。

约翰娜的故事广为流传,已经定型。魏玛公爵警告席勒别写这一题材,因为它有少女怀春贞女思凡的内容,涉嫌低俗,难免会显得可笑。公爵不同意此剧在魏玛首演,理由之一便是主演约翰娜的女演员雅格曼小姐是公爵的情妇,他怕引起公众的讪笑和嘲讽。可正因为如此,席勒更感到这是挑战。于是首演在别的城市举行。席勒参加了在莱比锡的演出,受到了观众前所未有的热烈欢迎和高度尊敬,迄今为止没有一个德国诗人有过这样的经历。目击者报导:席勒这是第一次亲眼观看自己剧本的演出。观众无论老少全都欢天喜地地涌入剧院,座位没有编号,捷足先登者占据前排有利的位置。一间包厢的门开处,出现了一个身材修长身影,走到包厢的栏杆边,观众席里顿时骚动起来:“是他! 是席勒!”大家的头全都转向一边,犹如风吹麦田,麦浪随风摆动。大家还没看够,序幕已经开始。幕落之后,观众发出如醉如狂的欢呼,震撼了整座剧院,乐队只好鼓角齐鸣,为之助兴。于是那使大家深受感动的诗人站起身来,向观众席鞠躬致谢,显然内心极为激动。观众席里重新爆发震耳欲聋的欢呼声,只有幕布升起才能使全场鼎沸的人声趋于平静。演出结束后,观众又拥向剧院门外,想再次瞻仰诗人的丰采。诗人走出剧院,观众立即分列两旁组成人巷,大家都叫“脱帽”。诗人手里牵着他的儿子卡尔一起走过他的崇拜者的行列。大家都脱帽恭立两旁。排在后面的人用双臂举起孩子喊道:“这就是他。”这种热烈的场面,这样真诚的崇拜,迄今为止还没有一个德国诗人经历过。不是靠着他的地位、财富和头衔,而是凭着他的真诚、他的才华,他赢得了观众的心。

除了《强盗》之外,这是席勒在舞台上取得的最大成功。

席勒一生没有出过国门。他是在创作中神游列国,飞越时空,从琉森湖畔和阿尔卑斯山直冲云霄的山峰,到冰雪覆盖的俄罗斯荒原,从苏格兰英格兰到西班牙法兰西意大利,上下几百年,纵横千万里,从十三世纪瑞士人民反抗奥地利专制暴政的起义、十四至十五世纪的英法百年战争,到十七世纪的三十年代战争,从十六世纪西班牙的宫闱秘史到十八世纪德国的市民生活,虽然精神上迈步走过几个国家的疆界,但依然是在欧洲。十八世纪在西方世界有个“中国热”的潮流,就是在这种潮流的影响下,中国的瓷器丝绸,成为西方人竞相收藏互相馈赠的珍品,在许多西方宫廷,有专门陈列中国瓷器的“蓝厅”。伏尔泰根据《赵氏孤儿》写了《中国孤儿》,莱布尼茨写了《新世界》一文,歌德写了《中德四季晨昏杂咏》,席勒自己也写了两首题为《孔夫子的箴言》的哲理诗,把自己的思想加上孔夫子的名字,以表示自己对这位中国哲人的敬仰和对这个遥远国度的向往。在这种情况下,席勒进一步扩大视野,目光转向东方,改编了意大利剧作家哥齐的剧本《图兰朵》,表现出他的中国情结。

《图兰朵》原作者为意大利剧作家卡尔洛·哥齐伯爵(1720—1806)。哥齐登上文坛时,剧作家哥尔多尼的剧作风靡一时,只有哥齐的艺术剧(Commedia dell’ arte)能与之抗衡。他的艺术剧充分运用想像力,引入异国风光因素,以遥远的中国以及离奇的故事为题材,因而独树一帜,遐迩闻名,对德国也产生了巨大影响①。

席勒改编《图兰朵》始于一八〇一年十月末十一月初,结束于同年的十二月二十七日,费时一个半月②。歌德亲自指导了此剧的排练,四位主要人物都要戴上意大利风格的面具,排练时非常滑稽,参加者都欢笑不已。席勒因身体不适,并未参加演出。一八〇二年公爵夫人生日那一天,此剧举行了首演。浪漫派对此剧发表批评文章,认为此剧的副标题虽然叫做“一个悲喜剧的童话”,但是剧中理智和感情都起到压倒性的作用,幻想占了下风。只有外在的布景使人想到童话色彩。可见此剧相当严肃。到一八〇四年,该剧在魏玛等地上演了八次。这个译本又分别译成丹麦文(1815年)、匈牙利文(1835年)、英文(1836年)、俄文(1901年)、捷克文(1956年),此后上演的《图兰朵》歌剧或轻歌剧大多都以席勒的改编本为依据。哥齐的原作和席勒的改编本在结构与内容方面均有差异。

席勒一生翻译和改编过许多作品,从古希腊悲剧诗人到莎士比亚到法国悲剧诗人拉辛,他都进行过翻译。不过席勒从事翻译,并非忠于原著的译述,而是从原著吸取滋养,获得灵感,得到启发,从而进行具有独创性的再创作。翻译是他学习练笔的场所,他也把自己的理念、想法、观点注入译文之中。因而有人倾向于把他的译著也算做他的作品,而不是严格意义上的译文。席勒在处理《图兰朵》时也没有拘泥于原著,而是对其进行了很多创造性的改动,

① 奥古斯特·克莱门斯·维特斯翻译的《哥齐戏剧集》德文版(包括《图兰朵》)于一七七七年至一七七九年在伯尔尼出版。一七七七年九月二十七日,魏玛的约翰·弗里德里希·施密特根据哥齐的《图兰朵》改编的《赫尔曼尼德,或谜语,一个古老的法兰克童话》在柏林首演,剧本于同年出版。一七九九年,柏林的教授弗里德里希·兰姆巴赫又将哥齐的原作改编为五幕悲喜剧《三个谜语》。

② 席勒在改编中参考了奥古斯特·克莱门斯·维特斯的德译本。

给该剧打上了深深的“席勒风格”的烙印。

《图兰朵》是一个离奇的故事，讲的是中国公主图兰朵如何摆脱蜂拥而来向她求婚的各国王子。图兰朵美艳绝伦，貌若天仙，招引了各国王子纷纷前来求婚，因此不胜其烦。为了摆脱这些既贪美色又贪财富的王子，聪慧机敏的公主心生一计，凡来求婚的王子必须破解她出的三个谜语，谁若成功，便可成为公主的夫婿，并且赢得中华帝国；倘若不能破解，便得死于刀下。图兰朵让父皇向伏羲天王发誓，颁布这条血腥的法令，本想以此吓退那些不知深浅自不量力的求婚者。然而公主的天生丽质、美若天仙，具有不可抗拒的魅力，令人痴迷。尽管朝野之间都责怪她“心如铁石”、“冷酷无情”，是头噬人的母老虎，是“蛇蝎美人”、“母狮子”，可是求婚者仍然趋之若鹜。美丽和可怕并存，似乎成为她的一大特点。王子们纷纷前来求婚，猜谜不成，便遭杀戮，首级悬在城楼之上以示儆戒。城头上示众的人头已数量惊人。

那么，图兰朵究竟是个什么样的女人？她是否真的心如铁石绝灭人性呢？

作者借卡拉夫王子之口写出图兰朵迷人的美，以致他一看见她的图像便立刻如痴如狂，喊出：

> 优雅风采恍若天仙！炽烈樱唇温暖如春！
> 曼妙星眸属于爱神！
> 拥有她全身的万种风情，不啻飞升天庭！

王子卡拉夫本来耻笑这些前赴后继来送死的王子痴迷愚钝，不料等他自己一看公主的肖像，也顿时为之痴迷，不顾死活，不听劝阻，非要前去求婚不可，大有一睹芳容，虽死无憾的劲头。但是，他并非丧失理智神志失常，而是坚信，这样一个艳若桃李的美丽天仙决不会冷酷无情：

这柔媚如水的眼睛，这婀娜多姿的娇躯，
这温婉动人的脸庞，怎么可能
像你所说，会有一颗冷酷无情的心！

于是他立即下定决心，要去猜谜，即使身首异处也在所不惜。钟情的男子痴迷到这种地步，就足以显出图兰朵的魅力无法抗拒，以致前来求亲而丧命的王子竟有十人之多。而北京城上的人头竟吓不退这些痴心的男子。

但是图兰朵并不因此而沾沾自喜，更没有受宠若惊，她从妇女，尤其是东方妇女的普遍命运，得出一个结论，男人都不足以信任，因为他们在追求女人时信誓旦旦，一旦得手便把女人压在下面。

图兰朵之所以采取这样狠毒的手段，并非天性残忍，而是为了保护自己的权利，一个作为女人的权利！争取人权是席勒创作的意图，而这里重点提出的是妇女的权利，这一点观念超前，非常出色。图兰朵在席勒的妇女形象中具有特殊的地位，她不是路易丝那样柔顺纤弱的女性，也不是叱咤风云的巾帼英雄约翰娜，而是一个为自身的权利竭尽聪明才智予以自卫的女性。她的残忍，实在是一种自卫的手段。

图兰朵身边的人也反映，她其实为人非常温和，她的残忍是自我保护的手段，她待宫女、女仆一向和颜悦色，而且一见勇敢善良的英俊王子，也会怦然心动，这说明她并非顽石，而且也有人性。但是她不能就这样轻易地改变初衷，不能屈服于自己的感情，屈从于男人。于是她对自己进行了一番辩护：

上天明鉴，有人怪我心狠残忍，
这些恶嘴毒舌尽在撒谎。
我并不残忍。我只想活得自由自在。

我只是不想属于任何人；这一权利，
即使是出身最为卑微的人也与生俱来，
我只想保住这个权利，
我这皇帝的女儿也不例外。

这句话十分重要，在中国历史上，自从汉朝以来，即使是皇帝的女儿，也不能掌握自己的命运。雄才大略的中国皇帝用和亲政治，让多少皇帝的女儿远离故土，作为政治筹码，下嫁所谓的番邦。当父亲的皇帝何尝考虑过自己女儿的愿望、前途和幸福，她们根本没有权利“自由自在地”生活，只是皇帝外交政策的工具。

我放眼看去，整个亚洲女人都备受屈辱，
奴隶的枷锁注定了必须忍受。

于是她要反抗，她要维护妇女的权利和尊严。在封建专制的高压下，男人首当其冲，屈服于政治高压，但是没出息的男人在外受气，在家撒气，作威作福，俨然是个主人，欺侮柔弱女子，其实在精神上和心灵上受到阉割。难怪图兰朵对他们嗤之以鼻！最后是卡拉夫王子的宽厚善良、温柔体贴、富有侠义作风的男子气概击破了公主内心的防线，赢得了她的芳心，于是有情人终成眷属。

无论哥齐还是席勒对中国都知之甚少。远在东方“乐园”旁边的中国对当时的西方人来说，始终是个若明若暗的神秘国度。他们对中国的了解仅限于马可·波罗的游记和传教士的报道。剧中的北京显然是元代的大都，剧中的王子们全都来自西域各地，大江南北、大河上下并未映入作者的眼帘，也未在剧中有所反映。在这个中国朝廷里，威尼斯人潘塔隆居然位极人臣，官居首相，显然是忽必烈汗帐下的宠臣马可·波罗的化身；后宫不仅有太监，还有黑奴，真真假假，给幻想留下极大的空间。这反映了当时欧洲人对中国兴趣之浓烈，而幻想则弥补了知识的局限。

虽然剧本呈现的异国风光、离奇的故事情节、皆大欢喜的大团圆结局，的的确确具有童话色彩，但实际上强调的却是女性的尊严和妇女的权利。这在十九世纪初的确是惊人之笔，表现了席勒异乎常人的犀利目光和深邃思想，也显示了他对中国妇女的同情和敬意。这是席勒有别于他许多同时代人之处。为此他也博得了广大读者，尤其是中国读者的尊敬。

张　玉　书

二〇〇五年四月十一日

波登湖畔康斯坦茨

目　次

玛利亚·斯图亚特

一部浪漫悲剧

张玉书　章鹏高 译

Maria Stuart.
Ein Trauerspiel.

人　物

伊丽莎白[1]　英国女王

玛利亚·斯图亚特[2]　囚禁在英国的苏格兰女王

罗伯特·杜德莱[3]　莱斯特伯爵

乔治·塔尔波特　席娄斯伯利伯爵

威廉·切齐尔　布尔赖男爵，财政大臣

肯特伯爵

威廉·戴维逊　国务秘书

阿米亚斯·鲍勒特　玛利亚的看守，骑士

莫蒂默[4]　鲍勒特的外甥

俄伯斯宾伯爵　法国公使

贝利哀佛尔伯爵　法国特命全权大使

俄凯利　莫蒂默的朋友

德鲁杰翁·德鲁利　玛利亚的第二个看守

梅尔维尔　玛利亚的王室总管

布尔哥因　玛利亚的御医

汉娜·肯尼迪　玛利亚的乳母

---

① 伊丽莎白一世，英国女王（1533—1603），故事发生时（1587）已 53 岁。

② 玛利亚·斯图亚特（1542—1587），苏格兰女王，故事发生时已 44 岁。

③ 莱斯特伯爵（1531—1588），伊丽莎白女王的心腹宠臣。

④ 莫蒂默为席勒杜撰的人物，按照诗人指示，此人年龄不得超过 21 岁。

玛格丽塔·库尔　玛利亚的侍女

郡执行官

侍卫官

法国及英国贵族若干人

侍卫若干人

英国女王的内廷仆役若干人

苏格兰女王的男女仆役若干人

第　一　幕

〔福瑟琳海宫① 中一室。

第　一　场

〔鲍勒特正打算撬开一个柜子，苏格兰女王的乳母汉娜·肯尼迪与他激烈争吵，鲍勒特的助手德鲁杰翁·德鲁利手执撬杠站在一边。

肯尼迪：

　　您在干什么，先生？真是放肆！
　　别碰这个柜子！

鲍勒特：

　　哪儿来的这些珠宝？
　　把珠宝从楼上往下抛，
　　准是用它买通了花匠，
　　该死的娘儿们的鬼蜮伎俩！
　　尽管我看守严密，搜查仔细，
　　仍然还有珍珠宝贝，秘密私藏！

　　〔说着就去撬柜。

---

① 福瑟琳海宫为约克家族的族产，一五八六年九月十五日改为玛利亚·斯图亚特的幽囚之地，直到这位女王被处死为止。

既然有这一些,必然还有更多。

肯尼迪:

走开,胆大妄为的家伙!

这里尽是夫人的秘密。

鲍勒特:

我找的就是这个。(从柜里抽出一些文件)

肯尼迪:

全是废纸,闲暇时夫人练笔作文,

以此打发光阴,消愁解闷。

鲍勒特:

闲得发慌就会恶念丛生。

肯尼迪:

上面写的都是法文。

鲍勒特:

那就更加可疑!

英国的敌人才操这种言语!

肯尼迪:

这是夫人致英国女王的信稿。

鲍勒特:

我会转呈女王陛下——瞧!什么在发光?

〔打开一个秘密弹簧,从一个暗抽屉里取出许多首饰。

女王用的额头饰带,缀满了宝石,

还有法兰西的水仙花[①] 当做装饰!

〔把饰带交给助手。

德鲁利!把它跟别的珍宝搁在一起!

① 水仙花为法国王室的徽章。

〔德鲁利下。

肯尼迪：

啊，我们忍受着何等无耻的暴力！

鲍勒特：

只要她还拥有财富，就能为非作歹！

任何东西到她手里都会变成刀枪为害。

肯尼迪：

别夺走最后 ·件首饰，阁下，请发慈悲！

看到往日的荣华富贵，

会使可怜的夫人感到欣慰。

别的东西早被剥夺，一去不回。

鲍勒特：

一切全都妥为保管，

到时候自会原封不动，悉数奉还。

肯尼迪：

这儿简陋寒伧，萧然四壁，

谁能想到，一位女王在此憩息？

她座位上的华盖现在哪里？

她的纤脚习惯于柔软的地毯，

竟不得不踩着粗硬的地板？

她桌上用的竟是劣质的白铁器物，

连最低下的命妇也都不屑一顾。

鲍勒特：

她在斯特林① 就是这样对待她的丈夫，

① 斯特林城堡在苏格兰首都爱丁堡附近。玛利亚的丈夫达恩利在未来的王储詹姆斯一世受洗礼（1566.12.17）后，即居住在这里，不参加王宫的盛典。

自己却和姘夫用金杯宴饮。

肯尼迪：

她连一面镜子也没有。

鲍勒特：

只要她还瞧见自己骄矜的面影，
她就不会断念，不会安守本分。

肯尼迪：

也没有书籍供她怡养精神。

鲍勒特：

给了她《圣经》，让她革面洗心。

肯尼迪：

连她的七弦琴也会给夺走。

鲍勒特：

因为她尽把淫歌荡曲弹奏。

肯尼迪：

这就是她的命运？她从小娇生惯养，
在摇篮里就已经当上女王，①
不是在梅迪契② 显赫的宫廷中，
在充满欢乐幸福的环境里成长？
剥夺了她的权力，应该适可而止，
难道微小的尘世浮华都不能向她恩赐？
遇到巨大的灾难，高贵的心灵

---

① 玛利亚出生六天，她的父亲苏格兰国王詹姆士五世驾崩(1542.12.12)她便成为苏格兰女王。

② 玛利亚六岁就到巴黎，在法国宫廷长大。法国王后卡塔琳娜为佛罗伦萨梅迪契家的小姐。这里指的就是法国王后卡塔琳娜的宫廷，玛利亚的第一个丈夫即这位王后的儿子，法国国王弗朗西斯二世。

最后会随遇而安，乐天知命。

可是生活没有点缀却使人伤心。

鲍勒特：

它们只能使她留恋浮华，崇尚虚荣，

她的心灵理应忏悔罪愆，深自反省。

她度过享尽荣华的罪孽深重的一生，

在贫困屈辱中才得以赎罪自新。

肯尼迪：

即使她年轻无知有了过失，

也该由天主和她的良心跟她清算，

在英国没有一个法官有权对她审判。

鲍勒特：

她在哪里作恶，就该在哪里受审。

肯尼迪：

锁链紧缠，她无从为非作歹。

鲍勒特：

可是她会挣脱锁链，伸出手臂，

把内战的火把扔向全国各地，

武装一批刺客，

对我们女王陛下暗下毒手——

愿上帝保佑女王陛下万岁千秋——

她不是从这监狱的墙里，

唆使恶棍帕里和巴宾顿① 弑君犯上？

---

① 威廉·帕里，威尔士法学家，被控谋害伊丽莎白，一五八五年被处决。安索尼·巴宾顿（1561—1586），青年贵族，企图谋杀伊丽莎白，拯救玛利亚。事泄，被处死。

监狱的铁窗何尝阻止她，
把诺伏克[①]高贵的心勾入罗网？
岛上最优秀的人物为她送命，
在刽子手的利斧之下一命归阴——
这可悲的先例岂曾吓退那些狂人？
他们争先恐后地跳入火坑。
断头台上堆满了一批批新的牺牲，
他们全都为她送死丧生。
这个女人恶贯满盈，
她自己如不在断头台上殒命，
这些牺牲便永无止境。
这个岛国的海岸曾以好客精神
迎接了这个女妖精，
啊，这个日子，真是天大的不幸！

肯尼迪：

英国以好客精神把她欢迎？
啊，这个女人真是不幸！
她被逐出家园，离开故土，
在这里向亲人乞求援助和庇护，
从她踏上这个岛国的那一天，
他们就违反国际公法，押她下监，
丝毫不顾她女王的尊严。
她只好在严密看守的监狱里，
虚度芳信年华，嗟叹青春逝去。

① 指托玛斯·霍华德(1536—1572)，他是诺伏克公爵，一五六八年向玛利亚求婚，后被控告与西班牙勾结救玛利亚，被处死。

如今饱尝铁窗之苦,受到控告诬陷,
混同于卑贱罪犯,被带到法庭前面。
他们竟要求把她押送刑场——
而她却贵为女王!

鲍勒特:

严重的暴行玷污了宝座,
她被迫让位,遭到人民的驱逐,
以凶手的身份来到英国。
她阴谋破坏英国的幸福,
把西班牙玛利亚① 的血腥时代恢复,
使英国属于罗马教廷,
把英国出卖给法国人。
她为什么不肯放弃对英国的权利,
对签订爱丁堡条约② 表示鄙夷,
不愿轻轻一笔使狱门洞开,
迅速脱离牢笼自由自在?
她宁肯备受虐待,继续留在监狱,
也不愿放弃徒有虚名的女王称号。
她为什么要这样执拗?
因为她自恃阴谋诡计,
坚信歪门邪道的威力。
她希望身在狱中,暗使阴谋,
整个岛国便能到手。

---

① 指伊丽莎白的同父异母姐姐玛利亚·都铎,一五五四年与西班牙国王腓力二世结婚,在她任女王时,残酷迫害新教徒。故又叫“天主教徒玛利亚”、“血腥的玛利亚”。一五五八年她去世后,伊丽莎白任女王。

② 爱丁堡条约将决定玛利亚放弃对英国王位的权利。

肯尼迪：

阁下，您在损人！寡情尚嫌不足，
还加上这种辛辣的嘲讽！
从前她是有过这样一些梦想，
而今她活埋在此，四面全是高墙，
没有亲切的话音，也无安慰的话语，
从亲爱的故乡传到她的耳旁。
除了狱卒的凶相，再也不见别的脸庞，
不久前她才得到一名新的狱卒，
此人粗野成性，是您的亲属，①
新装的铁栏把她团团围住——

鲍勒特：

任何铁栅也难防她诡计多端。
我怎么知道，这些栏杆是否已被锯断？
这房间的地板和墙壁，里面就没掏空，
虽然外表颇为坚固？
在我酣睡之际，就没有叛徒潜入？
这个女人阴险狡诈，蓄意兴妖作怪，
看守她真是受罪，这女人真是祸害。
我常从睡梦中惊醒，活像受苦的幽灵，
半夜三更到处游荡，
检查锁舌，试验狱卒的忠诚。
每天提心吊胆，坐等天明，
惟恐我的忧惧会变成事实。

---

① 这个新的狱卒便是莫蒂默，鲍勒特的外甥。席勒在此为莫蒂默的出场预作铺垫，增加他的神秘色彩。

总算万幸！万幸！这一切不久可望结束。
我宁可守卫地狱的大门，
监视永劫不复的罪人，
也不愿看管这诡计多端的贵人。

肯尼迪：

她自己来了！

鲍勒特：

瞧她手捧十字架[①]，
心想傲慢和尘世的欢乐。

第 二 场

〔玛利亚头戴面纱，手捧耶稣受难像。前场人物。

肯尼迪（迎上前去）：

啊，女王陛下！他们肆意践踏我们！
滥施淫威，跋扈飞扬，
每天都把新的凌辱，新的创伤，
加在您至尊女王的头上！

玛利亚：

不要紧张！告诉我，
又发生了什么事情？

肯尼迪：

您瞧！您的书案被撬，
您的文件和您仅有的珍宝被抄，

① 指钉在十字架上的耶稣像。这是天主教所特有的，表示耶稣受难的情景。

这是您从法国带来的最后一点陪嫁，
我们救下它来，费了多少力气。
现在您再没有任何皇家饰物，
您被掠夺得一贫如洗。

玛利亚：

快平静下来，汉娜。
女王的威仪不在这些身外之物，
他们可以对我们百般凌辱，
但不能使我们低头屈服。
在英国我已学会对许多事习以为常，
这件事情我也能逆来顺受，可以忍让。
阁下，您用武力占有的这些财物，
我本来就打算今天自动交出。
在我的文件里有一封书信，
写给我的姐姐英国女王陛下，
请您保证，一定诚实地亲手面呈，
不要让它落入奸猾的布尔赖的手心。

鲍勒特：

我会考虑该采取什么行动。

玛利亚：

您该知道这封信的内容，阁下，
我希望和女王面谈一次，求她开恩。
我还从来没有见过女王本人。
他们把我带上法庭，法官尽是男人，
身份地位和我都不相称，
我怎能信任他们?!

伊丽莎白和我同宗[①],
性别地位也都相同,
我只能向这位姐姐倾诉衷肠,
她既是女人又是君王,和我一样。

鲍勒特:

我的夫人,您已多次把荣誉和命运
托付给一些男人,
他们不配受您的尊重。

玛利亚:

我在信里提出另一个请求,
只有灭绝人性的人才不会接受。
我在狱中已经很久享受不到圣礼的恩泽,
教会的安慰也不可得。
她夺去我的王冠,把我囚禁,
甚至威胁我的生命,
她总不至于还把天堂的大门给我关紧。

鲍勒特:

按照您的愿望,英国国教的教长……

玛利亚(激动地打断他):

我不要什么教长,
我自己教会的神父,才合我的理想。
我还要求书记和公证人协助,
把我最后的愿望记录。
满腹忧伤和长期监禁
正消蚀着我的生命。

---

① 指伊丽莎白和玛利亚都是亨利七世的后裔。

我怕我的日子已屈指可数，
我看自己走近了坟墓。

鲍勒特：

您这样做很有好处，
这些看法和您的实际最相符。

玛利亚：

天晓得，别人就不会迅速下手，
把这痛苦的慢性折磨加快？
我想立下我的遗嘱，
把我的财产预作安排。

鲍勒特：

您尽可自由支配您的财物。
英国女王并不想用它来发财致富。

玛利亚：

人们硬把我和忠实的女侍仆役拆开——
他们现在哪里？命运是好是坏？
我可以不要他们侍候，
可是我想知道，我的忠仆没有受苦受难，
没有缺吃少穿——这样我才心安。

鲍勒特：

您的仆人自会有人照料。（欲下）

玛利亚：

您要走，阁下？您又一次离开我，
我的心担惊受怕，充满了恐怖，
因为前途不定，生死未卜，
您没有让它摆脱这难堪的折磨。
您的手下警惕戒备，我和外界完全隔离，

没有任何消息越过高墙向我传递。
我的命运掌握在我敌人的手里。
一个月前,四十名使臣乘我不备,
在这宫里向我发起突然袭击。
他们鬼鬼祟祟,匆匆立起栏杆,
急忙置我于前所未闻的法庭前面。
我晕头转向,猝不及防,
全凭自己的记忆,没有律师的帮忙,
我要迅速回答指控,它措辞狡诈甚难猜度——
他们来去匆匆,活像幽灵出没。
一个月已经过去,漫长而又痛苦,
从那天起所有的人都对我保持沉默。
我徒然想从您的眼神看出,
究竟是我的清白无辜,
朋友们的热心奔走取得了成功,
还是我敌人的恶毒主意占了上风?
请您打破沉默——告诉我,
还存什么希望,还有什么灾祸?

鲍勒特(停了片刻):

您和上苍去算账吧!

玛利亚:

我指望获得上苍的恩典,阁下——
以及获得我人间法官的严酷法律。

鲍勒特:

您要受到法律公正的对待,对此不必怀疑!

玛利亚:

我的案子已经定了,阁下?

鲍勒特：

我不知道。

玛利亚：

我已被判刑？

鲍勒特：

夫人，我一无所知。

玛利亚：

您这儿办起事来喜欢速战速决。

难道刽子手也要像法官一样对我突然袭击？

鲍勒特：

您不妨把事情想成这样！

等您见到刽子手，您会更加不慌不忙。

玛利亚：

布尔赖的仇恨和哈通① 的热情

操纵着威士敏斯特厅的法庭，②

他们放肆作出的任何判决

都不会使我吃惊，阁下——因为我知道，

英国女王会采取什么大胆行径。

鲍勒特：

英国的统治者别无畏惧，

只怕国会和良心。

正义毫无畏惧地作出宣判，

权力将在全世界面前予以实现。

---

① 克利斯托弗尔·哈通(1540—1591)，伊丽莎白的宠臣，协助布尔赖对玛利亚判处死刑。

② 一五八六年十月二十五日，法庭判处玛利亚·斯图亚特死刑。法庭起先设在福瑟琳海宫，后迁往议会所在地威士敏斯特厅。

第 三 场

〔前场人物。鲍勒特的外甥莫蒂默上场，对女王不理不睬，径直走向鲍勒特。

莫蒂默：

有人找您，舅舅。

〔说完下场，照旧对女王不加理睬。女王十分反感地看着他上下场。鲍勒特正想跟着莫蒂默同去，女王转身向着他。

玛利亚：

阁下，我还有一事相求。
您有什么话要说，怎么说我都能忍受，
我尊敬您的高寿。
可是这年轻人的无礼我无法忍受，
请别让我再看见他的粗野蛮横。

鲍勒特：

您觉得他面目可憎，恰好抬高他的身价。
他不怕娘儿们虚假的眼泪，
不是那种心慈手软的傻瓜。
他倦游归来，来自巴黎、赖姆斯，
带回来一颗古老英格兰的赤胆忠心。
夫人，在他身上您就无计可施！（下）

第　四　场

〔玛利亚。肯尼迪。

肯尼迪：

这粗鲁的家伙竟敢冲着您这样胡说！
啊，真叫人难过！

玛利亚（陷入沉思）：

在尊荣显赫的日子里，
我们爱听谄媚之徒的甜言蜜语。
如今听听谴责非难的严肃声音，
好心的肯尼迪，这也公平合理。

肯尼迪：

什么？女王陛下！您这样低三下四勇气丧尽！
您平时对我百般安慰，总是高高兴兴。
我常常不得不责备您的浮躁，
甚于责备您的苦恼。

玛利亚：

我认出他来了。
他是达恩利国王的血影①，
他怒气冲冲地爬出坟茔，
我的不幸不达极限，

① 玛利亚的第二个丈夫，原是苏格兰贵族、王亲，后被逐到英国。一五六五年玛利亚与之结婚，一五六七年被博思韦尔所杀。达恩利是一五六七年二月九日至十日的那个夜里被杀的，席勒让他的女主人公晚两天被处死。历史上的玛利亚是死于一五八七年二月八日。

他永远不会让我安生。

肯尼迪:

多么可怕的念头——

玛利亚:

汉娜,你已把往事遗忘,

可我清晰地记在心上——

去年发生的不幸事件,

到今天是一个周年。

我用忏悔斋戒把这个日子纪念。

肯尼迪:

快把这邪恶的鬼魂驱走,

您经受沉重苦难的磨炼,

长年悔恨,早已赎尽罪愆。

教会有权让您赎罪,

上天已经把您赦免。

玛利亚:

早已宽恕的罪过如今又鲜血迸流,

爬出埋得很浅的坟墓。

亡夫的阴魂要求复仇,

弥撒祭时的钟声无法把它驱走,

神父手里的圣爵① 也无法赶它回坟头。

肯尼迪:

谋杀他的不是您,而是别人!

玛利亚:

① 圣爵为盛葡萄酒的金杯。在弥撒中,酒成了耶稣的血,而面饼则成了耶稣的圣体。

可我事先知道,听任惨剧发生,
还用甜言蜜语把他诱入死神的陷阱。

肯尼迪:

年轻无知把您的罪过减轻,
您当时是多么不谙世情。

玛利亚:

不谙世情。可我年轻的生命
已压上沉重的罪行。

肯尼迪:

此人的骄横、残忍和轻侮
把您完全激怒,
他默默无闻,本是无名之徒,
您的爱情宛如女神之手,向他赐福,
把他带进洞房,领上宝座,
让他拥抱您那如花似玉的娇躯,
继承世代相传的王祚。
他怎能忘记,他那光彩夺目的命运
实际上是爱情的慷慨馈赠?
可他全都忘怀,这一文不值的小人!
他以卑鄙的猜疑,粗暴的行径
污辱您温柔的心灵,
于是您看见他便厌恶憎恨。
魔力从此消失,不再把您的眼睛迷住,
您满腔怒火,避开这无耻之徒的爱抚,
对他报以极度轻蔑。——而他如何行动?
他可曾设法重新获得您的恩宠?
可曾乞求您的宽恕?可曾满腔悔恨,

匍伏在您脚下,答应改过自新?
这人可厌可憎,对您顽抗,桀骜不驯,
分明是您垂恩,硬要装作您的主人。
他当着您的面下令杀害您的宠臣,
那位歌手里奇奥①,他美貌英俊。
您只是用血腥的手段回答血腥的暴行。

玛利亚:

这血腥的暴行也将给我血腥的报复。
你在安慰我,却把我的判决宣读。

肯尼迪:

您听任这个惨案发生,
因为您已身不由己,
不再听从自己的意志。
盲目的爱情烈焰的疯狂把您攫住,
那该死的博思韦尔②,
那可怕的诱惑者使您屈服。
他以放荡不羁的男子意志控制着您,
这个可怖的人用魔法和迷魂汤,
使您头脑发热,心摇神荡——

玛利亚:

他的法术无非是
他那男子的雄健和我的软弱。

肯尼迪:

---

① 里奇奥为玛利亚的秘书,佛罗伦萨人,被达恩利下令杀死。

② 詹姆士·博思韦尔(1536—1579),苏格兰贵族,玛利亚第三个丈夫。此人杀死达恩利之后,玛利亚即和他结婚,时在一五六七年。

我说:不对!
他想必求助于地狱里所有的魔鬼,
用妖索捆住您,使您昏昏入睡。
您的耳朵对女友的警告不问不闻,
您的眼睛再也不看正经的诗文。
娇嫩的羞恶之心离开了您,
您的面颊平素表现出谦逊的神情,
此刻布满了羞涩的红晕,
这时只被欲火烧得蒸腾。
您丢掉了秘密的纱幕,
男子的轻狂和邪恶
也把您的娇怯征服,
您于是肆无忌惮,耻辱之心全无。
您让这个杀人犯神气活现,
高擎着苏格兰王家的宝剑,
穿过爱丁堡的大街小巷,走在您的前面,
民众在他背后,戟指怒向,怨气冲天。
您用军队包围了您的国会,
在这里,在自己正义的庙堂里,
您演出了放肆的滑稽戏,
强迫法官开释杀人的罪犯——
啊,天主!您还走得更远。

玛利亚:

请你把话说到底!
我还在祭坛前和他举行婚礼!

肯尼迪:

啊,别提这事,永远对此保持沉默!

它叫人战栗,它令人发指,
只有彻底堕落的女人才会干出这种事——
可是您并非堕落的荡妇,
我了解您,是我把您从小照顾。
您的心肠柔软,它会感到耻辱——
您的罪过只不过是情痴轻浮。
我再重复一遍:
有些邪恶的精灵,趁人不防,
一时盘踞在人们的心上,
在我们心里很快干出可怕的勾当,
玷污我们的心灵,然后逃回地狱,
而在我们胸中留下了恐惧。
当时的行为使您一生蒙受污点,
从此之后,您再也没有犯过任何罪愆,
我是证人,证明您已弃恶从善,
请您鼓起勇气!别跟自己作对!
不论您有什么事情需要追悔,
反正您在英国清白无罪。
谁都无权审您,不论女王还是英国国会。
您在这里受到压迫,由于您弱敌强,
您是无辜受罪,完全可以理直气壮,
和这霸道跋扈的法庭对抗。

玛利亚:

谁来了?

〔莫蒂默出现在门口。

肯尼迪:

就是那个外甥。进来吧!

第五场

〔前场人物。莫蒂默怯生生地进来。

莫蒂默(对乳母):

请您走开,到门口去守候,

我有事向女王陛下启奏。

玛利亚(庄严地):

汉娜,你留下。

莫蒂默:

别多心,夫人。您先看看我是谁。

(递给玛利亚一张卡片)

玛利亚(看看卡片,惊愕不置地直往后退):

啊,这是什么?

莫蒂默(对乳母):

去吧,肯尼迪太太!

别让我舅舅冷不防撞见我们!

玛利亚(乳母迟疑不决,询问地望着女王。女王对乳母说):

去吧,去吧! 照他说的办。

〔乳母走开,一脸惊讶的神色。

第六场

〔莫蒂默。玛利亚。

玛利亚:

这是我舅舅
洛林红衣主教① 从法国的来信！（念信）
“请你信任呈上此信的莫蒂默阁下，
你在英国再没有朋友比他更忠实。”
　　〔不胜惊讶地望着莫蒂默。
这可能吗？不会是骗我的花招？
朋友近在咫尺，
我竟以为被人抛弃，孤苦无告——
我要找的朋友就是我看守的外甥，
我原来还把您看成最凶恶的敌人——

莫蒂默（匍伏在她脚下）：
女王陛下，
请原谅我这面具，它的确可恶可憎！
要戴这副面具，我的内心激烈斗争，
可是多亏它，我才得以和您接近，
给您带来帮助和救星。

玛利亚：
请起来，阁下——您使我惊喜交集——
我怎能霎时间从苦难的深渊
一步登上希望的天梯——
请解释这飞来的幸运，使我深信不疑。

莫蒂默：
（站起身来）

① 即卡尔·封·吉兹公爵(1524—1574)，洛林红衣主教，赖姆斯大主教，玛利亚的母舅。他支持英国的天主教徒进行反抗。席勒此处背离历史。剧情发生时，这位红衣主教已去世十二年。

时间在流逝。我舅父转眼就来，
还陪着一位可恶的钦差。
趁您还不知道他们的恐怖使命，
快听上苍如何给您送来救星。

玛利亚：

全能的天主显示奇迹送来了救星！

莫蒂默：

请允许我从自己谈起。

玛利亚：

请说吧，阁下！

莫蒂默：

我遵照严格的宗教本分长大成人，
从小对罗马教会怀着深仇大恨①。
驱使我奔向大陆的欲望不可克制，
女王陛下，那时我正好年满二十。
我离乡背井，向前疾驰，
离开幽暗的清教徒教堂，
怀着热切的愿望，穿过法兰西，
去寻找备受赞美的意大利。
恰好赶上盛大的宗教庆典，
南来北往的通途挤满信女善男。
鲜艳的花冠装饰着每座天主雕像，
就仿佛整个人类都在朝圣路上，
迤逦前进，络绎不绝地去天国朝圣——
虔诚信徒的人流裹挟着我，

① 英王亨利八世与罗马天主教会决裂，在英国便盛行英国国教，为新教的一种。

把我带进罗马的街头。

啊,女王陛下,
豪华的列柱和凯旋门在我面前出现,
雄伟的科利赛姆① 使我连连惊叹,
雕塑家崇高的精神把我引入明朗的仙境,
这时我心潮澎湃,激荡不宁。
我一生从未体验过艺术的威力:
把我抚养成人的教会
排斥一切造型,仇恨感官的魅力,
只崇敬没有形体的教义②。
走进天主教堂,天国的纶音从天而降,
墙壁屋顶画得满目琳琅,
栩栩如生,众多人物画像。
美奂绝伦的题材,崇高无比的内容,
展现在我眼前,使我如醉似狂。
我亲眼看见这些神圣的形象:
天使的问候,耶稣的诞生,
圣母玛利亚,三位一体从天而降,
耶稣圣容熠熠发光,③
接着我看见教皇身穿法衣,耀眼生辉,
他祈祷天主,祝福万民,

① 在罗马的古代斗兽场的遗迹,为著名古迹。

② 新教反对天主教的圣像、圣牌等装饰物,只推崇《圣经》。因此在新教的教堂里布置简单朴素,做礼拜也以布道为主,立足于《圣经》中的故事和耶稣与使徒的言行。

③ 这是指的天主教宗教画的题材,取材于《圣经》故事。

我的心潮翻滚,不能自禁。
啊,世上万邦君王何足道哉,
纵然一身金银,遍体珠光!
只有教皇笼罩着神圣的光芒。
真正的天国是他的教堂,
这里的千姿百态绝非人间模样。

玛利亚:

啊,饶了我吧!请您住口!
别把这鲜艳的人生地毯在我眼前展开,
——我困苦潦倒,是个阶下囚。

莫蒂默:

女王陛下,我从前也是囚徒!
可是突然监狱打开,美好生活迎面扑来,
我的精神顿时挣脱束缚!
于是我发誓唾弃那狭隘沉闷的说教,
用鲜花编织的花冠装饰我的腮帮,
心情欢畅地和欢乐的人们为伍。
许多高贵的苏格兰人热情地和我接近,
还有生性活泼的法国人和我交往。
他们带我去见您高贵的舅父,红衣主教
封·吉兹① ——真是大丈夫!
他稳重、纯洁,性格刚强,
天生就能拨动人们的心弦,
具有王家神父的榜样。
我从未见过这样的教会神长。

① 即洛林红衣主教。

玛利亚：

您见到了他那亲爱的面容？
他深受众人敬爱，德高望重，
是我青春年少时的导师，启我童蒙。
请告诉我他近况如何？是否还想念我？
身体依然安康？万事都还顺利？
这块教会的磐石[①]，是否还卓然屹立？

莫蒂默：

这位出众的伟人亲自降尊纡贵，
向我解释至高无上的教理，
祛除我内心的种种疑虑。
他让我看到：冥思苦索的理性
永远把人引入歧途；
心灵应该相信的一切，
必须有目共睹，
教会需有一位首脑，人人都能看见，
真理的精神就在元老们的会上常驻。
他的理智所向无敌，
他的口才雄辩灵巧，
我幼稚灵魂的糊涂妄想，
仿佛全都云散烟消！
我又回到教会的怀抱，
向他发誓，从此把我的谬误抛掉！

玛利亚：

① 耶稣称圣彼得为磐石，要在这石头上建立教会。此处以磐石比红衣主教封·吉兹。

您便是他感化的万众之一!
他像那山上布道的天主[1],有崇高的神力,
以天赋的口才感动众人,
使他们灵魂得以超升。

莫蒂默:

不久,他被召到法国去就职,
他便把我送往兰斯,[2]
虔诚的耶稣会在那里昼夜忙碌,
为英国的教会培养神父。
我遇见了高贵的苏格兰人摩尔根,[3]
也遇见了您忠实的赖斯利,[4]
博学多识的封·罗斯主教,
他们郁郁寡欢,法国是他们的流亡地。
我和这些值得尊敬的人结下深交,
坚定了我的信仰——
有一天,我在主教府里举目四顾,
突然瞥见一幅女人的肖像。
它有奇妙的魅力,楚楚动人,
强烈地感动了我的心灵,
我站在那里,激动得不能自已。

---

① 指耶稣,他曾在山上布道。

② 英国的天主教流亡者于一五五八年在兰斯建立天主教干部学校,培养神父,派往英国去进行宣传鼓动。他们公开号召刺死伊丽莎白一世。为此被捕及处死的神父都被视为殉道者。

③ 约翰·摩尔根(约1543—1606),威尔士人,并非苏格兰人。一五六八年起任塔尔波特的秘书,暗中为玛利亚·斯图亚特效力。

④ 苏格兰人约翰·赖斯利(1527—1596)是神父,玛利亚的心腹,从一五六六年起任罗斯主教。因卷入诺福克反对伊丽莎白一世案离开英国,逃亡法国。

这时主教对我说道：
看到这幅画，您是有理由感情激荡。
她是当今的绝代佳人，姿色无双，
可是命运也最悲惨，令人心伤。
她为我们的信仰而遭殃，
您的祖国是她受罪的地方。

玛利亚：

这正直的长者！不，我并未丧失一切！
因为我在灾难之中还有这样的朋友。

莫蒂默：

接着他便向我描绘您身受的苦难，
和您敌人的嗜血欲念，
说得感人肺腑，动人心弦。
他也让我了解您的家谱世系，
告诉我您是高贵的都铎王室[①] 的后裔，
只有您一个人理应在天国掌权执政，
而不是那个僭取王位的女人。
她出生于她母亲[②] 淫秽的床第，
她父亲亨利[③] 也把她斥为私生女。
我不想偏信主教提供的片面证据，
便请教所有的法律学家，

① 玛利亚·斯图亚特为英国国王亨利七世的曾孙女，因而有合法权利继承英国王位。而英王亨利八世宣布他的女儿伊丽莎白为野种，而且他和伊丽莎白母亲的婚事并不合法，教皇并不承认亨利八世和他的前妻离婚。因而玛利亚更有权继承英国王位。

② 伊丽莎白的母亲安娜·布林，为亨利八世第二个妻子。亨利八世因为她而和第一位妻子离婚，并与天主教会闹翻。安娜·布林一五三六年因通奸罪被处死。

③ 指英王亨利八世，布林死后，伊丽莎白被宣布为私生女。

翻阅许多纹章学的古老典籍。
专家们都向我证实，
您提出王位的要求，完全合情合理。
于是我明白，您对英国拥有充分的权利，
这使您遭到不平的待遇。
这个王国是您的财物，
如今您在这里却成了囚徒，
清白无辜地忍受痛苦。

玛利亚：

啊，这充满灾祸的权利，
它是我蒙受苦难的惟一根源。

莫蒂默：

这时我听到一个消息，
说您已被带出塔尔波特府邸，
交到我舅父手里——
我似乎在这种安排之中，
看出了上天奇妙的拯救之手，
这消息对我不啻命运的大声呼喊，
命运选择我的手臂来使您获救。
朋友们高兴地表示赞成，
红衣主教给我忠告并向我祝福，
还教给我艰难的装假作伪的艺术。
计划很快订出，
我踏上归途，返回故土，
您知道，十天前我才在英国登陆。（略作停顿）
我看见了您，女王陛下——看见了您本人！
而不是您的肖像！——

啊，这座宫殿保存着什么样的宝藏！
这不是牢狱！是天神的庙堂！
比英王的宫廷更加灿烂辉煌！
有幸和您呼吸同样的空气，啊，无上荣光！

把您深埋在此的人自有道理！
倘若英国人看见了您——他们的女王，
英国全体青年就会起义，
没有一把宝剑会闲卧在剑鞘里，
愤怒的情绪将举起巨人的头颅，
走过这座和平的海岛，昂首阔步！

玛利亚：
祝福这位女王！
但愿每个英国人都用您的眼光看她！

莫蒂默：
但愿他们都像我亲眼目睹您的痛苦，
以及忍受屈辱时所表现的
温柔的天性和高贵的态度。
您不是历经磨难备受考验，
依然作为尊严的女王脱颖而出？
囚室的羞辱何尝夺去您美丽的光辉？
您失去了装点人生的万千花卉，
可是光明和生机总在您的周围。
我每次踏进这道门槛，
都因为痛苦而心碎肠断，
也因为能见您而满心喜欢。
然而决定命运的时刻已可怕地逼近，

危机紧迫,与时俱增,
我不能再多事耽搁——
向您隐瞒可怕的灾祸。

玛利亚:

是不是已经对我判刑?
请您直说。我能保持平静。

莫蒂默:

已经作出判决。
四十二名法官把您判刑。
上下两院和伦敦城催着马上执行。
只有女王还犹豫不定,
不是出于人道,也非对您怜悯,
而是巧施奸计,
装得要人家催促她去下定决心。

玛利亚(沉着):

莫蒂默阁下,您的话在我意料之内,
我不觉得惊讶,早有思想准备。
我已把这些法官看透。
经受了这些虐待之后,
我深知他们不会给我自由。
我知道,他们的目的何在,
他们想把我永远囚禁起来,
把我的复仇之念、我对权利的要求
和我一起在监狱的沉沉黑夜里活埋。

莫蒂默:

不,女王陛下——啊不,不!
他们并没有就此停步!

暴君做事决不会废于半途。
只要您一息尚存,英国女王就胆战心惊。
没有一座囚禁您的牢房埋得够深,
只有您的死才能保住她宝座安稳。

玛利亚:

她胆敢把我这戴王冠的头颅
放在刽子手的断头台上去蒙受耻辱?

莫蒂默:

她敢这样做。对此不要怀疑。

玛利亚:

她自己身为女王,
能这样把国王的威权放在尘土里践踏?
法国前来复仇,她难道就不害怕?

莫蒂默:

她和法国签订了永久的和约,
答应以宝座相赠,下嫁安茹公爵①。

玛利亚:

难道西班牙国王不会兴师问罪?

莫蒂默:

哪怕全世界出兵她也无所畏惧,
只要她和自己的人民和平相处。

玛利亚:

她想让不列颠人欣赏这出好戏。

莫蒂默:

夫人,这样的戏近来上演了好几出。

---

① 安茹公爵为法王亨利二世的第四子(1554—1584)。此时早已死去。

英国王室贵妇不止一个走下宝座，
登上断头台引颈受戮。
伊丽莎白的生母就走上这条道路，
还有卡塔琳娜·霍华德，
格莱夫人也是头戴王冠的贵妇。①

玛利亚(沉吟片刻)：

不，莫蒂默！虚幻的恐惧使您神眩目迷，
这是您耿耿忠心产生的忧虑，
使您心生无端的惊骇恐惧。
我害怕的并不是断头台，阁下。
还有另外一些手段，更加隐蔽，
英国女王想以此谋得自己的安逸，
免得我提出对王位的权利。
在她为我物色刽子手之前，
定会收买一名刺客凶手。
阁下，这才使我浑身颤抖。
每次我把酒杯举到唇边啜饮，
我都感到胆战心惊。
这种惊恐可说是我姐姐赐我的恩情。

莫蒂默：

无论是隐蔽的暗害还是公开的谋杀，
全都不会得逞，
请您不必害怕。

---

① 卡塔琳娜·霍华德，亨利八世的第五个妻子，也因通奸罪被处死。简·格莱(1537—1554)为萨福克公爵之女，英王爱德华六世立她为王储，爱德华六世死后，格莱夫人自立为王，被正统的继承人“天主教徒玛利亚”(即“血腥的玛利亚”)女王杀死。

我已把一切作了安排。
国内十二名高贵青年已经和我结盟，
今天早上领了圣体①，
宣誓用坚强的臂膀把您救出这座府邸。
法国公使俄伯斯宾伯爵，
知道我们这个同盟，亲自提供帮助，
他的官邸供我们聚首商议。

玛利亚：

您使我浑身发抖，阁下——并不使我快活。
一种不祥的预感从我心头掠过。
您都在干些什么呀！您知道吗？
巴宾顿、提希本的结局没有让您害怕？
他们血淋淋的人头挂在伦敦桥上示众。
无数的人死于同样的冒险行动，
他们的毁灭难道不使您惊恐？
这一切只有使我的锁链变得更加沉重。
误入歧途的不幸少年，快远走高飞！——
趁密探布尔赖还没打听到您们的行动，
快逃离英国！趁叛徒还没派到您们当中。
保护过玛利亚·斯图亚特的人，
还没有一个受到过命运的恩宠。

莫蒂默：

巴宾顿和提希本悬首伦敦桥头，
他们的头颅鲜血直流，

① 圣体即极薄的面饼，代表耶稣的身体，天主教徒在望弥撒时，忏悔了自己的罪过，纯净无罪地把圣体领来（即由神父放面饼在信徒口中）。

这并没有使我发抖，
在同样的冒险行动中也死人无数，
他们的毁灭也没有把我吓住。
这些死难者获得了不朽的光荣，
为拯救您而捐躯，这本身就是幸福。

玛利亚：
这是徒劳！暴力和计谋都救不了我。
敌人高度警惕，大权在握。
把守牢门的岂止是鲍勒特和他的狱卒，
整个英国都看守着我。
只有听从自己良知的伊丽莎白，
才能把我监狱的大门打开。

莫蒂默：
啊，对此千万别抱希望。

玛利亚：
只有一个人能打开这座牢门。

莫蒂默：
啊，请告诉我他的姓名——

玛利亚：
莱斯特伯爵。

莫蒂默（惊愕地向后退）：
莱斯特！莱斯特伯爵！
您的迫害者，最凶残的敌人！
伊丽莎白的宠臣——这个人——

玛利亚：
只有通过他我才能得救，
——您去见他。对他不要露尾藏头。

请呈上这封信,证明您是奉我的命令,
信里有我的画像一帧。

〔她从胸口掏出一封信,莫蒂默后退几步,犹豫着不去接信。

拿去吧。我把它揣在身上已经很久,
可是苦于无路可走,无门可投,
您舅父夙夜警惕,伯爵府无法接近,
好心的天使给我派来了您——

莫蒂默:

女王陛下——这个谜——
请您给我解释一下——

玛利亚:

莱斯特伯爵会给您解开这个哑谜。
请您信任他,他定会信任您——是谁来了?

肯尼迪(急急忙忙地进来):

鲍勒特先生带来一位宫廷大臣。

莫蒂默:

那是布尔赖爵爷。女王陛下,沉住气!
请您不动声色,听他给您带来什么消息。

〔从旁门下。肯尼迪随下。

第七场

〔玛利亚。英国财政大臣布尔赖爵爷以及鲍勒特骑士。

鲍勒特:

您希望今天获悉您的命运已定,

布尔赖爵爷阁下给您带来确切消息，
请您表示服从，忍受您的命运。

玛利亚：

我希望表示尊严，符合我的清白无辜。

布尔赖：

我作为法庭的使者来到这里。

玛利亚：

布尔赖爵爷卖力地为法庭效劳，
如今用他的嘴巴，以往用他的头脑。

鲍勒特：

听您的口气，似乎判决的内容您已知道。

玛利亚：

既然这判决由布尔赖爵爷来传达，
我就知道了个大概。言归正传吧，阁下。

布尔赖：

四十二名法官组成的法庭
对您进行了审讯，夫人——

玛利亚：

请原谅，爵爷阁下，
我一开始就不得不打断您的话——
您说，四十二名法官对我进行了审问？
这个法庭的审判我绝不承认。
我绝不能这样严重地损害
我的地位，我的人民和我的儿子的尊严①，

① 指玛利亚与达恩利所生的儿子，苏格兰国王詹姆斯六世。此时詹姆斯已二十二岁。

以及所有君王的体面。
英国的法律规定，
每个被告受到审问，
法官应由地位相当的人担任。
审判团里和我地位相同的有哪位法官？
只有国王才有资格把我审判。

布尔赖：

可是您听人宣读了控告您的诉状，
并在法庭让人对您进行了审讯——

玛利亚：

是的，我中了哈通的奸计，
受骗上当，走错了一步。
为了维护我的荣誉，
并且坚信我的理由充足，
我才去听一听控告我的罪名。
并对这些控告的无稽进行论证——
我这是出于对爵爷们崇高人格的尊敬，
他们的职务，我根本不予承认。

布尔赖：

夫人，您是否承认他们，
这只是一句空话，
并不能阻止法庭的进程。
您呼吸着英国的空气，
享受着法律的保护和仁慈，
您也就屈服于英国法律的统治！

玛利亚：

我呼吸的是英国监狱的空气，

难道这就叫做生活在英吉利，
享受着英国法律的仁慈？
我对这些法律根本一无所知。
我从未同意加以遵守，
我并不是这个王国的公民，
我是一位外国女王，完全自由。

布尔赖：

您莫非以为，君王的称号可作赦免令，
使您在别国制造纷争，
不致受到严惩？
君王的贵宾犯法治罪与庶民相等。
倘若正义女神忒弥斯[①] 公正的宝剑
不能同时触到乞丐和君王的头上，
那么国家的安全将会是什么景象？

玛利亚：

我并不想拒绝申述，逃脱责任，
只是这些法官我不承认。

布尔赖：

这些法官。夫人，什么意思？
难道这是一批歹徒选自贱民遭人唾弃，
是些无耻之辈，长着伶牙俐齿，
专门出卖权利和真理，
甘心让人收买去充当镇压的工具？
难道他们不是这个国家的精英，
有足够的独立精神，办事可以秉公而行，

① 忒弥斯为希腊神话中的正义女神，手执宝剑。

高高地凌驾于世俗影响之上，
对君王不存恐惧，对贿赂能够抵抗？
难道不是这些人在管理着高贵的民众，
他们宽厚公正，治国有方，
只消一提他们的姓名，
任何怀疑都可以迅速地祛除涤荡？
居于这批法官之首的是民众的指导，
虔诚的坎特伯雷教长，
贤明的掌玺大臣塔尔波特
以及王国的舰队司令霍华德①。
他们盛德巍巍，全国景仰，
女王陛下选出他们
充当法官裁决这场君王之争。
请问，不选他们，选什么人？
即使我们设想，
偏心的憎恨对个别人会有影响——
难道四十名精选人士众口一词
作出判决，全是感情用事？

玛利亚（沉默少顷）：

我听出这张嘴巴的威力，不胜惊讶，
它一向给我带来灾难，十分可怕。
我不过是个才疏学浅的女流之辈，
怎么比得过这样的演说家能言善辩！
好吧！倘若这些贵族确像您所描述，

① 查尔斯·霍华德（1536—1624），为诺丁汉伯爵（第一），海军大臣，曾指挥舰队于一五八八年击败西班牙的无敌舰队。

我就只得缄默不语，他们若是说我有罪，
我也就毫无希望，只好认输。
您刚才提到这些姓名，连连称赞，
可我曾经看见他们在贵国的历史上，
爵爷阁下，把截然不同的角色扮演。
我看见英国的这批崇高的贵族，
在庄严的元老院犹如苏丹宫廷里的贱奴，
成天窥伺着苏丹王无常的喜怒，
他们对我叔祖父亨利八世①，
极尽阿谀奉承之能事——
我看见这座高贵的上议院
可以被人收买，像下议院一样卑贱，
他们遵照强有力的君王的意愿，
把婚约任意解除或者缔结，
把法律任意制订或者推翻，
今天用杂种的丑名辱骂英国的公主②，
剥夺她们的王位继承权，
明天又把她们奉为女王，加上王冠。
这些上议院的议员信念不坚，瞬息万变，
历经四届政府，四次改变信念。③

布尔赖：

您说您对英国的法律颇为生疏，
可是您对英国的不幸却了如指掌。

---

① 英王亨利八世(1491—1547)于一五〇九年即位，伊丽莎白之父。

② 指伊丽莎白的母亲安娜·布林死后，伊丽莎白被宣布为私生女。

③ 指英国亨利八世无视天主教教皇的权威，爱德华六世引进宗教改革，玛利亚又恢复天主教，伊丽莎白一世则促成今天的英国国教。

玛利亚：

这些人来当我的法官！——财政大臣阁下！
我要对您说几句公道话！
尽管您是我的冤家。
人家说,您是为了女王,为了您的国家,
您廉洁奉公,夙夜警惕,不辞劳苦——
我愿意相信这种评价。
并不是个人的私利支配着您,
支配您的是君王和国家的利益。
正因为如此,高贵的爵爷,
您认为正义的事业必对国家有利,
请您别把国家的利益误认为正义。
我并不怀疑,除您之外,
还有一些高贵的君子在充当我的法官,
可他们是新教徒,热衷于英国的福祉,
现在来审判苏格兰女王,
我可是个天主教徒!
古话说:英国人对苏格兰人不可能公正,
——因此自古以来祖辈的风习得到公认。
英国人不得出庭作证反对苏格兰人,
苏格兰人也不得当证人反对英国人。
迫于形势,不得不制定这条古怪的法律;
这些古老的习俗含有深刻的意义,
必须尊重,阁下,不可大意——
大自然把这两个火暴脾气的民族,
抛在孤岛上,在大洋之中漂浮,
他们分配不均,因而互相火并角逐,

只有特威德河[①] 狭窄的河床
把这些性情激烈的精灵隔在南北两方，
搏斗者的鲜血往往交融在河水之中流淌。
他们手握宝剑，隔河相望，
虎视眈眈，已有千年的时光。
没有一个胁迫英国的仇敌，
不曾得到苏格兰人的一臂之力；
没有一场焚烧苏格兰城镇的内战，
不是由英国人所点燃。
只有等到统一的国会把他们变成同胞，
团结友好，统一的王笏统治整个海岛，
那时仇恨才会云散烟消。

布尔赖：

一位斯图亚特王室的女王
竟会把这个幸福赐给英国？

玛利亚：

我为什么要否认这点？
是的，我承认，我是怀着这样的心愿：
把这两个高贵的民族在橄榄树阴里
自由而欢快地联合在一起。
我不信会成为这种民族仇恨的牺牲；
长期嫉妒，旧日不和，使不幸的烈焰飞腾，
我希望随着悠悠岁月会火灭灰冷，

① 特威德河为英吉利和苏格兰的界河。

就像我的祖先里奇蒙[1]，
在流血争斗之后把两朵玫瑰扎在一起，
我也希望把英吉利苏格兰的两顶王冠，
通过和平方式合二为一。

布尔赖：

您企图通过邪恶的途径达到您的目的，
您把内战的火种四下散播，
想通过熊熊烈火登上宝座。

玛利亚：

凭着天主的圣名——我没有这种居心，
我什么时候这样想过？有何证明？

布尔赖：

我并不是来和您斗嘴争辩。
已经不必再为这事动用唇枪舌剑。
四十票对两票已经表明，
您触犯了去年制定的法令，
如今受到法律的严惩。
去年颁布的法令规定：
“倘若有人自称有权获得王冠，
以此人的名义，为此人的利益
在王国之内发动骚乱，
就要对他进行法律制裁，
直至把这罪人处死问斩。”
而现在已经证明——

① 指都铎王朝的创建人里奇蒙伯爵，曾参加玫瑰战争，其子亨利在战后要求王位，于一四八五年即位，即亨利七世，玛利亚·斯图亚特的曾祖父。

玛利亚：

布尔赖爵爷！我毫不怀疑
为我制定了一条法律，
现在用来对付我，
这是为了置我于死地。
如果颁布法令和宣布判决同是一人，
那么这受害者就难以幸存！
制定这个法令就是要我丧命，
您难道能够否认，爵爷阁下？

布尔赖：

那道法令应该用来向您发出警告，
是您自己把它变成了圈套。
您亲眼看见面前是万丈深渊，
却不顾忠诚的警告，硬是往里跳。
您暗中勾结叛国分子巴宾顿，
和他的那伙杀人歹徒们。
您知道一切内情，并且从您的监狱
操纵这次谋叛，计划周到。

玛利亚：

我什么时候参与了这次谋叛？
请把证据拿给我看。

布尔赖：

不久以前在法庭上
已经给您看了这些证明。

玛利亚：

那全是抄件，笔迹陌生！
请把我亲自口授的信件

给我拿来当做物证，
我口授的内容和信件的内容必须相同。

布尔赖：

巴宾顿临刑之前已经招认，
他收到的信件就是您亲自口授。

玛利亚：

为什么你们不把他活着
带来见我？
为什么你们这样急于把他处死，
而不让他事先和我当面对质？

布尔赖：

您的两名秘书库尔和瑙[①]，也发誓证明，
这就是他们根据您的亲自口授
记录下来的书信。

玛利亚：

你们要根据我仆人的口供大做文章？
竟然相信他们的忠诚和信仰？
他们背叛了我，他们的女王！
这些人出来作证诬赖我的这一瞬，
已经破坏了他们对我的忠诚。

布尔赖：

您从前亲自说过，这苏格兰人库尔
既有美德，又有良心。

---

① 吉伯特·库尔和克劳德·瑙，为玛利亚·斯图亚特的两个秘书。他们供认玛利亚在通信中同意谋杀伊丽莎白。他们的假供词被用来指控玛利亚。据说库尔后来翻供，但史籍并无证明。在最后一幕他的翻供加强了剧本的紧张气氛。

玛利亚：

我从前认为，他确是这样的人——
可是只有危险时刻才能考验人的忠心，
严刑拷打可能把他吓得胆战心惊，
于是他随口招认，其实并不知情！
他以为虚假的证明可以救他的性命，
并不会有损于我——他的女王——的处境。

布尔赖：

他可是自己发誓作证，别人并未相逼。

玛利亚：

当着我的面他决不会发这样的誓！
您说呢，阁下？这可是两名活证人！
请让他们和我当面对质，
让他们在我面前重复一遍他们的证词！
你们为什么拒绝给我这一恩典和权利？
即便是杀人犯您们也不会拒绝给予。
我从我从前的看守塔尔波特那里知悉，
当今政府曾通过一条王国的决议，
命令把控告人带去见被告人。
我说的是否属实？
还是说我没有听真？
鲍勒特爵爷！我一直觉得您忠厚诚恳，
请您证明这点。请您凭着良心相告，
事情是否如此，英国法律可有这么一条？

鲍勒特：

是这样，我的夫人。我们法律有这一条。
事情确实如此，我必须据实相告。

玛利亚：

好了，我的爵爷！
既然英国法律压迫我时，
你们严格按照法律办事；
为什么这同样的国法可能对我宽大，
你们又回避这个法律？——请您回答！
为什么不按照法律把巴宾顿带来见我？
为什么不让我和我的秘书对质？
他俩双双都还活着！

布尔赖：

请您别发雷霆，夫人。
您和巴宾顿合谋并非惟一的——

玛利亚：

这是惟一的一条罪状，
使我暴露在法律的宝剑面前，
这是我惟一需要洗刷的一点。
爵爷先生，不要离题，不要躲闪。

布尔赖：

现在已经证明，您和西班牙大使
门多萨[①] 交涉谈判——

玛利亚（激动地）：

请您不要离题，爵爷！

布尔赖：

---

① 贝尔纳狄诺·德·门多萨于一五七七至一五八四年任西班牙驻英国大使，他支持玛利亚·斯图亚特继英国王位，一五八四年因参加一次谋叛被遂出英国，玛利亚致门多萨的书信成为罪证。

你们策划谋叛，
企图把我们的国教推翻，
并且挑唆欧洲所有的国王
向英国宣战开仗。

玛利亚：

要是我做了这事，那又怎样？
事实上我并没有这样干。
可是就算我干了！——我的爵爷，
是你们违背一切国际公法把我关押。
我并没有手执刀剑来到这里，
我是作为一个乞求者踏进这个国家，
投入女王的怀抱，她是我的至亲，
我只要求享受做客的神圣权利。
可是在我希冀获得庇护的地方，
暴力把我攫住，还给我把锁链戴上——
请您说吧！难道我的良心受英国的约束？
难道我对这个国家承担什么义务？
我企图挣脱这些桎梏枷锁，
用暴力摆脱暴力，推动各国来保护我，
我行使这种神圣的权利，完全出于被迫。
符合侠义精神的一切适当手段，
在正义的战争中，我都可以采用。
只有一件事与我的骄傲和良心不容，
那就是秘密的血腥暴行，暗杀行凶。
暗杀手段使我蒙受污点，丧失荣誉。
我说的是丧失荣誉——决不是说，
这就能判我有罪，让我屈服于法律，

因为在我和英国之间，
谈不上法律，只能谈暴力。

布尔赖(露骨地)：

请您不要主张暴力，这种可怕的权利，
我的夫人，对身陷囹圄的人并不有利。

玛利亚：

我是弱者，她是强者——不错，
她尽可使用暴力，结果我的性命，
为了她的安全，尽可把我牺牲。
她只不过依仗强权，并没有根据公理，
这点她不得不承认。
叫她不要借助法律的宝剑，
来摆脱自己深恶痛绝的仇人，
分明是粗野的暴力，血腥的暴行，
却要用神圣的外衣伪装胆大妄为的行径。
这种骗人的把戏瞒不过天下人，
她可以把我谋杀，但无权对我审问，
她别把罪行的恶果和圣洁的美德相混淆，
谅她不敢露出自己的真实面貌！(下)

第　八　场

〔布尔赖。鲍勒特。

布尔赖：

她向我们负隅顽抗——而且将顽抗到底，
鲍勒特骑士，直到她踏上断头台的阶梯。

根本无法使这颗高傲的心屈服——
判决书可曾使她感到意外?
您可曾见她洒过一滴泪珠?
或者脸上变色?她并不向我们乞求怜悯,
她大概了解英国女王优柔寡断,举棋不定。
我们的担忧正好使她勇气倍增。

鲍勒特:

财政大臣阁下!这种虚弱的顽抗,
只要夺去它的借口,很快就会消亡!
如果允许我冒昧地说一句,
这次法律的程序是有些不大合适。
其实完全应该把巴宾顿和提希本
带去和她见面,
让她的两个秘书和她当面对质。

布尔赖(急速地):

不行!
这不行,鲍勒特骑士,这事不能冒险。
她对人们心灵的影响威力无边,
她的眼泪能动人心弦,凄婉缠绵。
如果现在叫库尔和她对质,
这位秘书的口供将决定她的生死,
那么库尔就会迟疑退缩,
推翻自己的供词。

鲍勒特:

这样一来,英国的敌人将把恶毒的谣言
向全世界传遍,
这场审讯气势庄严,

就像是个放肆的暴行，显得凶悍阴险。

布尔赖：

这正是女王陛下的忧虑——
要是这个肇成灾难的女人
还没踏上英国土地
就已经死去才好！

鲍勒特：

那我就要说声谢天谢地。

布尔赖：

但愿她在狱中得病憔悴而死！

鲍勒特：

那么这个国家就可以免遭许多不幸。

布尔赖：

可要是马上发生意外的天灾人祸，
让她一命归阴——我们就成了杀人凶手。

鲍勒特：

这倒是真的。人家爱怎么想，
我们无法禁止。

布尔赖：

证明又没法证明，
还将引起流言纷纷。

鲍勒特：

随它流言纷起！责备不在大声，
只有公正的责备才会伤人。

布尔赖：

啊！即便是神圣的正义行为，
也难逃人们的非难责备。

公众的舆论总是对不幸者极力袒护，
得胜的幸运儿总遭到众人的嫉妒。
法官的宝剑对于男子只是装饰物，
拿在女人手里就叫人无比憎恶。
天下大众不相信女人会办事公正，
只要另一个女人成了牺牲。
我们这些法官徒然凭着良心宣判！
女王自有权利开恩赦免。
她不得不使用这一特权，
因为后果难以设想，如果她要执法如山。

鲍勒特：

这么说来——

布尔赖（迅速插话）：

于是就让她活下去？不行！
不能让她活下去！绝对不能！
正是这点使女王陛下担惊受怕，
使她辗转反侧，寝不安席——
我从她的眼睛看出她灵魂的斗争；
她的嘴不敢说出她内心的愿望，
可是她默默的目光询问着，意味深长：
我的臣仆当中竟然没人为我分忧，
免得我去做出抉择，这最令人发愁；
要么坐在我的宝座上永远胆战心惊，
要么残忍地杀死另一个女王，
让自己的至亲在刑斧之下丧命！

鲍勒特：

这事不得不办，不能更改。

布尔赖：

可是女王认为，此事还可更改，

只要她手下的臣仆更能体会圣意。

鲍勒特：

更能体会圣意？

布尔赖：

这些人善于心领神会

一道无声的命令。

鲍勒特：

一道无声的命令！

布尔赖：

如果把一条毒蛇交给他们看管，

他们不会把这害人精

当做神圣的珍宝照看。

鲍勒特（意味深长地）：

神圣的珍宝就是良好的名声，

就是女王白璧无瑕的令名。

这个名誉怎么保护也不过分，阁下。

布尔赖：

这位夫人从席娄斯伯利府邸押走，

交付给鲍勒特骑士看管的时候，

舆论认为——

鲍勒特：

我希望，阁下，舆论公认：

人们想把最艰巨的任务，

托付给双手最洁净的人。

凭着上帝起誓！如果我不是想到，

这事需要英国最优秀的人去做，
我是绝不会接受这项差使去当狱卒。
别想叫我不顾自己纯洁无瑕的名声，
而对别的事情承担责任。

布尔赖：

把消息散布出去，让她日益憔悴，
然后让她病情日重，最后悄然而死。
这样她在人们的记忆之中也随之消逝，
而您的名誉依然清白纯洁毫无瑕疵。

鲍勒特：

然而我的良心受到玷污。

布尔赖：

如果您不愿亲自动手去干，
总不至于拒绝借助他人之手。

鲍勒特（打断他）：

只要庇佑我家的天神保护她一天，
任何凶手不得接近她的门槛。
她的生命对我来说神圣不可侵犯，
英国女王的头颅也不见得更加尊严。
你们是法官！执法吧！尽可把死刑宣判！
到时候你们就让木匠带着斧锯
前来安装断头台——
对于执刑官和刽子手，
我府邸的大门将永远敞开。
现在她是托付给我看管，
你们尽可放心，我将严加防范。
既不让她为非作歹，也不让她遭到暗算。

〔两人下。

第　二　幕

〔威士敏斯特宫。

第　一　场

〔肯特伯爵与威廉·戴维逊爵爷相遇。

戴维逊：

原来是您，肯特爵爷大人？

您已从比武场回来，盛典已经结束？

肯特：

怎么？您没去观看骑士比武？

戴维逊：

公务繁重，不得分身啊。

肯特：

先生，您可是错过了精彩绝伦的好戏！

这出戏设想得趣味高雅，

符合端庄的礼仪。

您知道吗，演出的是贞洁之美的城堡

如何受到情欲的袭击。

担任守卫的是元帅大人，首席法官，

宫廷总管和女王陛下的另外十名骑士，
发起进攻的是法国武士们的飞骑。
一位传令官一马当先，
在马德里加勒[①]声中，挑战于城堡之下，
首相在城墙上答话。
接着大炮齐鸣，
从小巧玲珑的炮筒里，
射出束束鲜花、珍贵香水，
芳香扑鼻，
然而白费力气！
一次次冲锋被击退，
情欲只好收兵撤离。

戴维逊：

这对法国人的求亲，伯爵大人，
可是个不祥之兆。

肯特：

哪里，哪里，这不过是个玩笑……
如果当真，终将攻克这座城堡。

戴维逊：

您相信吗？我是不再相信了。

肯特：

最棘手的一些条款已经订正，
并且得到法国的承认。

---

① 一种乐曲，牧歌，来自意大利，十四世纪起盛行。十六世纪则成为多声部合唱曲。

法国的王子[1] 满足于在隐蔽的小教堂里
举行弥撒,进行祈祷,
而在公共场合则尊敬和保护英国国教。
这个消息一经传出,万民欢呼举国欢腾,
您真应该亲眼目睹这个情景。
这个国家长久以来一直担忧的是,
女王决意至死不嫁,没有亲生子嗣。
如果斯图亚特随她之后登上宝座,
英国又将重新套上教皇的枷锁。

戴维逊:

英国可以摆脱这种恐慌——
女王陛下进入洞房,斯图亚特走上刑场。

肯特:

女王陛下驾到!

第　二　场

〔前场人物。伊丽莎白挽着莱斯特的手臂上场。俄伯斯宾伯爵。贝利哀佛尔。席娄斯伯利伯爵。布尔赖男爵,还有其他法国及英国的贵族若干上场。

伊丽莎白(向俄伯斯宾):

伯爵阁下,我真可怜这些高贵的人们!
他们骑士风度的热忱使他们漂洋过海,
在这里却看不见圣日耳曼宫廷里

---

① 即安茹公爵。

豪华壮丽的气派。
我不像法国的皇太后①,
想不出宏伟壮观的祈神盛典。
民风淳朴天性欢快的民众,
只要我在公开场合露面,
就争着向我祝福,围着我的御辇。
只有这个场面使我怀着几分自豪,
供外国人士观瞻。
法国的御花园里美女如云,秀色可餐,
使我自己和我朴实无华的功绩为之黯然。

俄伯斯宾:
深感意外的外国人在威士敏斯特宫
只看见一个女人——
迷人的女性拥有魅力千种,
全都汇集在她一身。

贝利哀佛尔:
至高无上的英国女王陛下
请俯允我们暂时辞别,
把那渴望已久的欢乐消息,
带给我们王子殿下让他心里喜悦。
他内心焦灼不耐,不能留居巴黎,
正在亚眠期待信使
给他带去幸福的信息。
他的岗哨一直设到加莱城前,
只要陛下金口说出"允婚"二字,

① 指法国的皇太后卡塔琳娜,玛利亚的第一个丈夫死后,卡塔琳娜亲自摄政。

玛利亚·斯图亚特

他们便以比翼飞翔的速度,快马加鞭,
把令人欣喜的消息送到他的耳边。

伊丽莎白:

贝利哀佛尔伯爵阁下,请别再催逼!
我再向您重复一遍,现在不是时候,
不能点燃喜庆的火炬举行婚礼,
我国上空还悬着黑暗苍穹阴郁凄迷。
举哀的黑纱对我来说,
比新婚礼服的华饰更为相宜。
因为我的心和我的王室,
即将遭到极为严重的不幸打击。

贝利哀佛尔:

女王陛下,您只消给我们许下诺言,
待到更加欢快的日子,再来予以实现。

伊丽莎白:

君王们只是他们崇高地位的奴隶,
他们不得遵循自己内心的呼声。
我的愿望始终是独身不嫁了此一生,
我的雄心壮志便在于
后世会在我的坟上读到这句碑文:
“这里安息着一位女王,她矢志守贞。”
可是我的臣下不愿我终身不婚,
他们现在就已使劲地想着
我哪一天将寿终正寝。
现在沐浴着上天的祝福,他们还嫌不足,
我还得做出牺牲,为他们未来的幸福,
为我的人民献出我最崇高的财富——

我的自由——守贞独处。
他们要把一个主人强加于我，
以此表明，对于他们
我只是一个女人。
而我原来以为，我在治理国政，
乃是一国之君，像一个男人。
我也清楚知道，谁若背离
自然的秩序，就没有侍奉上帝。
应该赞美在我之前统治英国的国君，
他们打开了所有的修道院，
把成千名受害者[①] 救出误解了的虔信，
还给顺乎自然的本分。
可是一位女王，并非无所事事，
在闲散中沉思默想、虚度光阴，
她不屈不挠，不知疲倦尽最艰巨的本分。
她总应该例外，这天赋的职能不必过问，
这种职能让人类的半部分
屈从于另半部分——

俄伯斯宾：

女王陛下，您在您的宝座上
把各种美德都发扬光大，
现在只须尽女人的根本职责宜室宜家，
您自己便是女性的光荣，
请为女性做出榜样吧。
值得您为之牺牲自由的男子

① 指亨利八世使英国摆脱天主教的控制，解散修道院，令修士修女还俗。

还没有出现在天底下。
但是，如果出身、尊荣、
英雄的美德和男子的潇洒
能使人配得上这个荣誉，那么——

伊丽莎白：

毫无疑问，
与法国一位王子殿下成婚联姻，
使臣阁下，使我深感荣幸。
是的，我毫不掩饰地承认，
如果我不能改变局面，
不得不向我百姓的催逼让步——
我怕他们的催逼强过我的意志——
那我不知道在欧洲还有另外一位君侯，
值得我为他牺牲无上的珍宝，我的自由，
而没有丝毫反感产生在我心头。
这段自白应该满足了您的要求。

贝利哀佛尔：

陛下金口玉言使人满怀希望，
然而也仅仅是希望。我的主人还想得到……

伊丽莎白：

他还想得到什么？
〔她从手指上脱下一枚戒指，若有所思地仔细瞧了一下。
女王和村妇比较
也优越不了多少！
同样的信物表示同样的义务，
——指环连结妻子和丈夫，
许多环子则构成锁链一条。

——请把这个薄礼向王子殿下转交。
这还不是锁链,对我还不是束缚,
可是会化出一个金箍,把我套住。

贝利哀佛尔:

伟大的女王陛下,(跪下,接受戒指)
我以殿下的名义,跪接这份厚礼,
并且亲吻我女主人的手,表示敬意。

伊丽莎白(转向莱斯特,她刚才说那番话的时候,一直目不转睛地直盯着他):

劳驾,我的贤卿!

〔她从莱斯特那里取过蓝色绶带,把它挂在贝利哀佛尔身上。

我在这儿给您披戴绶带,
让您承担我这勋章所要求的义务。
请像我这样用它去装饰王子殿下。
让心存邪念者蒙受耻辱,①
让两国之间存在的猜疑就此消除,
让一条亲密无间的纽带
把法兰西、不列颠的两顶王冠拴住。

俄伯斯宾:

崇高的女王陛下,今天是大喜之日!
但愿这一天也能普天同庆,
在这岛上没有一个受苦人哀叹不幸。
您的脸上闪耀着仁慈的光芒,
啊,但愿您那开朗的慈悲会有一丝闪光

① 原文为法文,Honny soit qui mal y pense 系嘉德勋章绶带上的箴言。

照在一位极端不幸的女王身上。
对法兰西和不列颠王室，这位女王
同样是至亲——

伊丽莎白：

别再说下去了，伯爵！
我们别把完全不相容的两件事搅在一道，
如果法国认真要求和我联姻修好，
也得分担我的忧愁烦恼，
不要做我敌人的知交——

俄伯斯宾：

倘若法兰西
在缔结这一盟约时，
忘记了这位不幸的女王，
信仰相同的女人，先王的遗孀①，
您会觉得，法国的行动卑劣乖张。
人道要求——

伊丽莎白：

我知道本着这个精神
来恰如其分地估价法国的求情，
法国是在尽朋友的责任，
请允许我行事按女王的身份。

〔她向法国的使臣们欠身致意，法国的使臣和其他贵族毕恭毕敬地退场。

① 玛利亚的第一个丈夫为法王弗朗西斯二世，一五六〇年死，玛利亚居孀。

第 三 场

〔伊丽莎白，莱斯特，布尔赖，塔尔波特。女王坐下。

布尔赖：

无比光荣的女王！
您今天充分满足了百姓的热切希望。
现在我们才享受到幸福无比的日子，
——这是您的恩赐——
面对未来风暴频仍，我们不再战战兢兢，
只有一个忧虑还使全国怔忡不宁，
举国上下异口同声求您做出一个牺牲。
倘若这条也蒙俯允，那么今天
便把英国的万年福祉永远奠定。

伊丽莎白：

我的百姓还希望什么？说吧，阁下。

布尔赖：

他们要求斯图亚特的人头——
如果您想向您的百姓保证，
他们能得到自由的珍贵馈赠，
以高昂的代价赢得的真理之光①，
那么她就不能再活在世上。
如要我们永远不再为您宝贵的生命担忧，
那么这个死敌必须授首！

① 指新教的宗教信仰。

您也知道您的臣民想法不尽相同，
罗马的异端邪说在这座岛上
还有许多人秘密信奉。
他们全都暗怀敌对的思想，
内心倾向斯图亚特这个婆娘。
他们和洛林的那帮弟兄们①，
您的不共戴天的敌人暗中结盟。
这帮愤怒的家伙发誓赌咒，
要向您发动毁灭性的战斗，
把可怕的欺诈的武器紧握在手。
赖姆斯，红衣主教驻跸之地，
就是军火库，他们在那儿铸造霹雳，
那儿在传授谋刺国王的技艺——
他们从那儿频繁地向您的岛国
发出指令，派遣铁心孤胆的狂热家伙，
披上各式各样的伪装——第三名刺客
已经从那儿启程出发，
从这个罪恶渊薮滋生出
无穷无尽的隐蔽的敌人。
——而在福瑟琳海宫里，
踞坐着命运女神阿特②，煽起永恒战争，
她用爱情的火炬点燃了整个王国，
给每个人以希望，笼络人心，

① 指玛利亚·斯图亚特的舅父弗朗兹·封·吉兹，洛林公爵的三个儿子亨利希，卡尔和路德维希。他们竭力设法营救玛利亚。

② 希腊命运女神。在此指女王玛利亚。

年轻人万死不辞,为了她这女神。
他们的口号是把她营救出来,
他们的目的是让她把您取代。
因为洛林这一帮人并不承认
您的神圣权利。您对他们来说,
只是一个僭位者,窃取了宝座,
是机遇给您加冕称王!就是这一伙
引诱这头笨鹅,自称女王觊觎英国。
跟这个女人和她这一家没有和平可说,
您要么忍受别人的毒手,要么自己下手,
有她无您!她死您活!

伊丽莎白:

阁下!您掌管的是个可悲的衙门。
我了解您是出于纯洁的动机才如此热心,
我知道您说出来的全是真知灼见。
可是这种真知灼见强迫人的感情服从,
我从心灵深处感到憎恶讨厌。
请您想出一个更加温和的良策,
高贵的席娄斯伯利爵爷!您的高见!

塔尔波特:

您刚才恰如其分地赞美了布尔赖的热忱。
这种热忱鼓舞了他满腔的忠诚。
如果我胸中跳动的不是同样的耿耿忠心,
我也不会这样知无不言。
女王陛下,愿您得享高寿,
成为您百姓的欢乐,
使这王国永远把和平的幸福享受。

自从本国的君王统治这个岛国，
这样美好的日子还从未见过。
但愿这个岛国不要使荣誉受损
以求得幸福；万一发生这等事情，
但愿塔尔波特已经紧紧闭上眼睛。

伊丽莎白：

上帝保佑我们别玷污我们的荣誉！

塔尔波特：

所以您要另谋良策，
来拯救这个王国——因为处死斯图亚特
是个不义的行径，
您不能把她判刑，
因为她并非您的臣民。

伊丽莎白：

这么说，我的内阁和议会
全都犯了错误；国内所有的法庭
对我的这份权利都一致承认，
这么说，他们全都谬误百出是非不分。

塔尔波特：

谁的票多，并不证明谁就有理。
英国并非世界，您的议会
岂能代表天下万民的心意。
今日的英国并非明日的英国，
而过去的英国已经不复存在。
随着民心的变换转移，
舆论犹如变幻不定的潮水也将时落时起。
请您别说，您必须服从

形势的压力和民众的催逼，
只要您愿意，您随时可以试验，
您的意志完全自由无羁。
您不妨宣称，流血的暴行您最为憎恨，
希望看见妹妹的生命得救。
让那些劝您狠下毒手的人们，
看到您真的大发雷霆——
您很快就会看到形势的压力顿时消散，
铁案就会变成冤案。
您必须自己去审判，您独自一人。
您不能依靠民意这根芦苇，它摇摆不定。
您要心安理得地去听从自己温柔的心灵，
上帝并没有把严酷放进女人柔弱的芳心。
——这个王国的缔造者
也曾让女人手执王笏进行决策，
他们指出，这个国家的君王治国，
不该把严酷视做自己应有的美德。

伊丽莎白：

席娄斯伯利伯爵真是热心的辩护律师，
为我的敌人和这个王国进行辩护，
我特别敬重的顾问都热爱我的幸福。

塔尔波特：

人们没有给她律师，为她辩护，
谁也不敢为她说话，招您发怒——
那就让我这老朽来把她保护，
她早已被人弃而不顾。
我一只脚已踏进坟墓，

已经不再在乎人间的荣辱。
别让人家说,在您的内阁里,
狂热和自私声若洪钟,
只有慈悲之心声息全无。
满朝文武全都向她笔伐口诛,
陛下自己从未见过她的真面目,
您心里对这陌生女人也颇为厌恶。
——我说这话不是开脱她的罪过。
据说,她让人谋害了自己的亲夫,
自己则嫁给了这个杀人暴徒,
这是一桩严重的罪行!——然而,
这事发生在阴云密布灾难深重的岁月,
那时动荡不安,内战激烈,
她这个弱女子被藩属
紧紧追逼,团团围困,
便投入最勇敢坚强者的怀抱,不复旁顾,
谁知道她被什么妖术的威力所征服?
因为女人毕竟是脆弱的生物。

伊丽莎白:

女人中颇有一些坚强的灵魂,
女人并非弱者——我不愿人家
在我面前对女性的软弱进行谈论。

塔尔波特:

灾祸使您经受了严峻的锻炼。
人生并没有把光辉欢乐的一面
呈现在您面前。您并没有
看见远处的宝座,只看见脚下的坟墓,

在伍德斯托克宫[①],在伦敦塔的夜晚,
这个王国仁慈的天父,
通过忧虑让您懂得了首要的义务。
没有阿谀奉承之辈前去访问,
不被虚荣的尘世喧嚣所分神,
您很早就学会了潜心默想,全神贯注,
珍惜这个人生的真正财富。
——然而没有天神拯救那可怜的女人,
还是个娇弱的孩子就被送到法国的宫廷,
安顿在轻浮成风、恣意纵乐的环境。
成日欢宴不停,永远处于薄醉微醺,
从未听到过真话的严肃声音。
她被罪恶的强光弄得目眩头晕,
被毁灭的洪流裹挟着随波逐流,
上苍赋与她美貌这一虚幻的财富,
她容貌出众,高踞于群芳之首,
无论她的体态还是她的出身,全都……

伊丽莎白:

席娄斯伯利爵爷,请您不要忘乎所以!
别忘了,我们坐在严肃的枢密院里。
想必她秀色迷人,美艳绝伦,
连白发老人都被挑动得如此动心忘形,
——莱斯特阁下!只有您默默无言?
使他口若悬河的东西竟使您噤若寒蝉?

---

① 英国的王宫,坐落在牛津郡。伊丽莎白曾被她的异母姐姐玛利亚(并非玛利亚·斯图亚特)在此幽囚多年。此前她还被囚禁在英国国家监狱伦敦塔里。

莱斯特：

我是因为惊讶而沉默不语，女王陛下，
人们竟然用危言充塞您的圣听，
这些无稽之谈流传在伦敦市井，
使轻信的平民百姓胆战心惊，
竟会一直传进您的枢密院，
使贤明的大臣为之大伤脑筋。
苏格兰的这位女王无家无国，
保不住她自己小小的宝座，
见弃于自己国家，为臣下所笑话，
如今身陷囹圄，竟然会使您害怕，
我对此实在感到无比惊讶。
全能的上帝！究竟是什么使您怕她？
莫非她要求统治这个国家，
让吉兹家族不承认您是女王陛下？
您的权利与生俱来，
上下两院全都承认，为此作了决议，
难道吉兹家的反对能剥夺您的天赋权利？
由于亨利王的最后遗愿，
她不是已经悄无声息地遭到摒弃？
英格兰如今这样幸福地享受着
新的宗教的光辉，难道它会投入
这个信仰教皇的女人的怀抱？
难道英格兰会背离您——
这位万众膜拜的人君，去倒向
那个谋杀达恩利的女妖？
这些人态度激烈，究竟是何居心？

您还健在,他们就硬说她会当继承人,
迫不及待地要让您结婚联姻,
说是拯救国家和教会,使之免遭不幸。
您现在不是朝气蓬勃,充满青春活力?
那一个不是日益憔悴,已经途穷日暮?
上帝!我愿您还能长久地在她坟地漫步,
毋需您自己把她推进坟墓——

布尔赖:

莱斯特爵爷以前可不是这样判断事情。

莱斯特:

不错,法庭上我曾对判处死刑表示同意,
——而在枢密院里我要对此保持异议。
在这里不是谈论法律,而是谈论利益。
难道现在还害怕她会肇成危机?
她惟一的靠山法兰西已把她抛弃,
您打算和法国王子结成伉俪,
这样英国岂不是就有希望
产生一支新的帝王脉系?
为什么现在还要把她杀死?她早已死去!
受人轻蔑才是真正的死亡。小心,
别让同情心使她又死而复生!
因此我提出这样的忠告:
我们对她死刑的判决依然完全有效!
可是让她活着!在刑斧之下苟延残喘!
只要有一个人动用刀剑来救她,
刑斧就向她的脑袋迅速落下。

伊丽莎白(站起身来):

诸位的高见,我现在已经倾听,
诸位阁下,感谢您们的热心。
君王们开阔心智,全仗上帝的庇佑,
我将依此权衡您们列举的种种理由,
并且做出决定,弃劣择优。

第 四 场

〔前场人物。鲍勒特骑士和莫蒂默。

伊丽莎白:
阿米亚斯·鲍勒特来了。阁下,
您来有什么事情?
鲍勒特:
无上光荣的女王陛下!
我的外甥不久前长途跋涉,行色匆匆,
现在倦游归来,匍伏在您的脚下,
把青春献给陛下,向陛下宣誓效忠。
请您仁慈地接受他的誓言,
让他日益成长,沐浴您的恩宠。
莫蒂默(单膝跪下):
祝愿女王陛下万寿无疆,
幸福和荣誉归于圣上!
伊丽莎白:
起来,免礼。阁下,我对您的来临表示欢迎,
您长途跋涉,仆仆风尘,
游历了法国和罗马,并在赖姆斯停留,

请告诉我,敌人正在策划什么阴谋?

莫蒂默:

但愿有个天神使他们晕头转向,
让他们射向我的女王的箭矢,
都折回去飞向射手们自己的胸膛。

伊丽莎白:

您在那儿可曾见到摩尔根,
和那个诡计多端的封·罗斯主教?

莫蒂默:

我结识了所有的苏格兰亡命之徒,
赖姆斯是他们聚首之处,
他们制定阴谋想把我们岛国倾覆。
我把他们的信任骗到手,
看是否能发现他们的阴谋。

鲍勒特:

他们把密信托付给他,
这些致苏格兰女王的密信都用密码写成,
他赤胆忠心,把信件全都交给了我们。

伊丽莎白:

您说,他们最新的计划是什么?

莫蒂默:

法兰西和英国缔结了牢固的同盟,
已把他们抛弃,这个消息对他们
不啻晴天霹雳;现在他们把希望
全都放在西班牙身上。

伊丽莎白:

华尔辛汉[1] 在信上也是这样奏报。

莫蒂默：

教皇西克斯图斯新近从梵蒂冈
发出一道谕旨，对您恶毒攻击，
在我离开赖姆斯时正好传到那里，
下一班船将把它带到此地。

莱斯特：

英格兰遇到这种武器已不再战栗。

布尔赖：

它们在狂热分子手里会变得非常可怕。

伊丽莎白（注意地审视莫蒂默）：

人们怪罪您在赖姆斯上了学堂，
并且宣誓改变了宗教信仰！

莫蒂默：

这点我不否认，我是装出这副模样，
因为为您效劳的欲望是如此之强！

伊丽莎白（对鲍勒特说，他正掏出一封信要递给她）：

您在那儿掏什么呢？

鲍勒特：

这是苏格兰女王
给陛下的一封信。

布尔赖（急忙伸手去抓）：

把信给我。

鲍勒特：

① 弗朗西斯·华尔辛汉（1530—1590），布尔赖的助手，警察大臣，曾破获巴宾顿谋叛案。

对不起,财政大臣阁下!
她命令我把此信交给我的女王陛下。
她老是对我说,我是她的仇敌。
其实我只和她所犯的罪过为敌,
与我的职责相容不悖的事
我都乐于为她办理。

〔女王接过信。在她读信的时候,莫蒂默和莱斯特互相悄悄地说了几句话。

布尔赖(对鲍勒特):

这封信能有什么内容?无非是一派怨言,
空空洞洞。我们女王陛下悲天悯人,
我们不该让这些废话扰乱她的方寸。

鲍勒特:

此信的内容
她并没有向我隐瞒。
她请求得到恩典,
能一见女王陛下的天颜。

布尔赖(迅速地):

绝对不行。

塔尔波特:

为什么不行?她并没有提出非分的要求。

布尔赖:

这个女人是杀人凶手,
只想把女王喝血啖肉,
已经丧失恩宠,不得觐见天颜。
忠于女王的臣下,绝不会假装直言敢谏,
提出这样欺君害主之见。

塔尔波特：

女王陛下仁慈宽厚，若是愿意给她恩宠，
您难道想要阻止陛下深受感动？

布尔赖：

她已判处极刑！人头已在刑斧下面。
看见这个注定要砍掉的人头，
有失女王陛下的尊严。
倘若女王接近过她，就无法把她处死，
因为女王陛下的接见，
给她带来赦免的恩典。

伊丽莎白（看完信后，拭抹眼泪）：

什么是人！什么是世间的幸福！
这位女王沦落到了什么地步。
她一出生就是金枝玉叶前程无量，
注定了要做最古老的基督教国家[①] 的国王，
自以为三顶王冠[②] 已经戴在头上！
可是她现在说的话和从前都不一样，
那时她采用了英国的徽章，
听任她宫廷里阿谀奉承的宵小
尊她为这两座不列颠海岛的女王！
——请原谅，各位阁下，我心如刀绞，
不胜哀痛，灵魂鲜血淋淋，
人间的荣华富贵犹如过眼烟云，
命运之神面目狰狞，

① 指法国。公元四九六年法国王室便已皈依基督教。

② 指苏格兰、英格兰和法兰西三顶王冠。

就从我自己的头顶一擦而过，
挨得那么近。

塔尔波特：

啊，女王陛下！上帝已经把您的心打动！
这天国般神圣的内心波动，请您听从！
她的确已经补赎了自己沉重的罪愆，
现在已该结束这严峻的考验。
请把手伸给她，她已跌在地上，
请陛下像天使一样光辉明亮，
进入她那像黑夜一样阴暗的牢房——

布尔赖：

请您保持坚定，伟大的女王陛下。
人的感情应该受到赞扬，
但不要让它使您迷失方向。
不要剥夺自己采取必要措施的自由。
您对她无法开恩、无法挽救，
所以不要把可恶的责难引到身上，
说您残忍刻薄，得意扬扬，
在欣赏您的牺牲品的愁容苦相。

莱斯特：

诸位大人，让我们适可而止，别越出范围！
女王陛下圣明，无需我们进谏，
她自会选择行动，最符合陛下的尊严。
两位女王的会晤交谈，
与法院的审讯进程毫不相干。
判处玛利亚极刑的是按英国的法律，
而不是女王陛下的个人意志。

如果法律保持严峻的进程，

而女王却把她良心美好的冲动遵循，

这才和伊丽莎白女王伟大的心灵相称。

伊丽莎白：

各位阁下，请退下。我们会找到办法。

什么要求我们宽容，什么强迫我们行动，

我们会把两者结合起来，做到恰如其分。

现在请退下，各位阁下！

〔大臣们退下。伊丽莎白叫住走到门口的莫蒂默。

莫蒂默阁下！还有句话！

第 五 场

〔伊丽莎白。莫蒂默。

伊丽莎白（带着探询的目光审视了莫蒂默片刻之后）：

您年纪轻轻，却智勇过人，

表现出罕见的自持的本领。

谁要是这样早就熟谙这艰难的绝技，

以伪装蒙蔽敌人，他不到年龄便已成人，

缩短了他经受考验的过程。

——命运召唤您踏上一条康庄大道，

我预言您前程似锦，

我这神谕我自己就能实现，您真走运。

莫蒂默：

至高无上的女王，我的生命

和全部才能都奉献给您。

伊丽莎白：

您认识了英国的这帮敌人，
他们对我怀有不可调和的仇恨，
他们的计划层出不穷，鲜血淋淋。
直到今天，虽说上帝还保护着我，
可是我的王冠摇摇欲坠，只要她还活着。
她的存在使她的崇拜者们斗志昂扬，
她的生命助长了这些人的希望。

莫蒂默：

只要您下道圣旨，她就再也休想活命。

伊丽莎白：

唉，阁下！我原来以为目的已经达到，
其实我现在从起点只迈出几步。
我原想让法律自行其是，
我自己的手不要沾上血污。
现在判决已经做出，我又有什么收获？
莫蒂默，这个判决要执行了才算数。
要执行得由我来下达命令，
此举的仇恨将永远集中于我一身。
我必须承认这一行动，无法挽救外貌，
这样的事情最为糟糕。

莫蒂默：

既然事情堂堂正正，
凶狠的外貌您又何必担心？

伊丽莎白：

您不了解这个世界，阁下，您的外貌
人人均可褒贬，您的本质谁也无从判断。

我无法使人相信我的权利，
所以我就得设法让人家永远摸不透
我对她的死曾经插了一手。
这种阴阳两面的行径，
只能暗中进行，别无其他选择，
承认自己所作所为乃是最下策的一步。
只要自己不放弃，就永远也不会输。

莫蒂默（进一步探询）：

这大概就是最上策的一步——

伊丽莎白（很快接口）：

这当然就是最上策——
啊，我的善良的天使在您嘴里讲话。
把话说完，可爱的阁下，接着说吧。
您在认真思考，您在殚精竭虑，
千万别像您舅父那样迂——

莫蒂默：

您曾向鲍勒特骑士披露过您的这一心曲？

伊丽莎白：

我说过，为此后悔莫及。

莫蒂默：

请您宽恕这个老翁，
年事已高，使他顾虑重重。
从事这种冒险的行动，
要求年轻人的大胆英勇。

伊丽莎白（迅速接口）：

我可以要求您——

莫蒂默：

我愿意用我的手为您效命，
您去拯救您的名声，尽您所能。

伊丽莎白：

好吧，阁下！但愿您哪天早上叫醒我，
告诉我这样的消息：
你的不共戴天的死敌
玛利亚·斯图亚特，已在昨天死去。

莫蒂默：

陛下就指望我吧。

伊丽莎白：

什么时候我能高枕无忧，安然入睡？

莫蒂默：

下个月新月初升，您就不再担惊受怕。

伊丽莎白：

——阁下，您可得举措谨慎！
我的感激不得不蒙上黑夜的轻纱一层，
请您不要感到遗憾——幸运者的天神
乃是缄口无声——
最紧密温柔的纽带由共同的秘密造成。

〔女王下。

第　六　场

〔莫蒂默独自一人。

莫蒂默：

滚吧，你这女王，虚伪透顶，假仁假义，

你蒙骗天下人,同样我就欺骗你。
背叛你是件大好事,完全合法合理。
我难道看上去像个凶手,你难道
在我的额上读到邪恶的印记?
你尽管相信我的手臂,而把你的那一只
抽回,在众人面前你假装仁义,
披上温柔伪善的外衣,而暗地里
却想行凶杀人,指望我助你一臂之力——
这样我们就赢得时间来救她出狱!
你想让我升官晋爵——向我远远地
指出昂贵的奖赏——即使奖赏是你自己
和你女性的恩宠,我也不予睬理!
你是谁,能给人什么,最可怜的女人?
我不贪图空洞的荣誉,不为之动心!
人生的魅力只在她的身上——
优美典雅、青春欢乐的群神围在她身旁,
把永恒的欢乐齐声歌唱。
天国的幸福栖息在她的胸上——
而你只能把了无生气的财富分赏!
甜蜜的时刻心摇神荡,欢娱忘情,
一颗心把自己献给另一颗心,自己销魂,
令人销魂,这是人生最高的装饰品,
这顶妇女的王冠从来不是你的财富,
你从来没有用你的爱使一个男人幸福!
——我得在这儿等那位大臣,
把信交给他。这可是个讨厌的使命!
我信不过这位廷臣,

我独自一人就能把她救出险境！
危险我担，荣誉我享，奖赏也该归我一人！

〔欲下。碰见鲍勒特。

第七场

〔莫蒂默。鲍勒特。

鲍勒特：

女王跟你说了些什么？

莫蒂默：

没什么，舅舅，
没什么——要紧的话。

鲍勒特（目光严峻地直盯着他）：

听着，莫蒂默！
你现在走上去的地方滑不留步，
容易摔倒。君王的恩宠含有诱人的力量，
年轻人对荣誉谁不渴慕，
——千万别让勃勃野心把你引入歧途！

莫蒂默：

不是您老人家自己把我带进宫来的吗？

鲍勒特：

我真希望，我没把你带到这里。
咱们家的荣誉并不是来自宫廷，
你要站稳脚跟，我的外甥，
不要受骗上当，不要违背良心。

莫蒂默：

你想到哪儿去了？您瞎担什么心啊！

鲍勒特：

不论女王答应你加什么官、晋什么爵——
这些花言巧语，你都不要相信。
等你俯首听命，她又会翻脸不认人，
为了洗刷她自己的名声，追究血腥罪行，
其实是她自己下达的命令。

莫蒂默：

您说，血腥罪行——

鲍勒特：

你别装模作样！
我知道，女王打你什么主意，
她希望，你这年轻人一心渴求荣誉，
会比我这顽固不化的老头更加听话，
你可曾答应她的要求？答应了吗？

莫蒂默：

我的舅舅！

鲍勒特：

如果你答应了，那我就诅咒你，
——不承认你是我的外甥——

莱斯特(上)：

尊敬的阁下，
请允许我跟令甥说句话。
女王陛下对他圣眷甚隆，
她希望把斯图亚特夫人托付给他，
完全由他看管，不受任何限制，
女王陛下信任他的可靠诚实。

鲍勒特：

信任他——好吧！

莱斯特：

您说什么，阁下？

鲍勒特：

女王陛下对他表示信任，

而我呢，我的大人，

我信任我自己和我两只睁着的眼睛。（下）

第八场

〔莱斯特。莫蒂默。

莱斯特（不胜惊讶地）：

什么事情冒犯了这位骑士？

莫蒂默：

我不知道——女王陛下赐给我的

这种信任出乎意料——

莱斯特（探询地直望着他）：

骑士阁下，您可值得人家信任？

莫蒂默（同样探询地望着他）：

这个问题我正要请教您，莱斯特大人。

莱斯特：

您有什么话要悄悄地告诉我吧。

莫蒂默：

请您先向我保证，我可以大胆直说。

莱斯特：

谁又向我保证您值得信任？
——请别因为我的怀疑而感到深受侮辱，
我看见您在这里把两副嘴脸露出，
其中必有一副是假，
可真的又是哪一副？

莫蒂默：

我对您也有同样的感觉，莱斯特伯爵。

莱斯特：

谁该打破僵局，首先表示信任？

莫蒂默：

谁担的风险小，谁就该先表示信任。

莱斯特：

那么，这人就是您！

莫蒂默：

这人是您！您大权在握，位极群臣，
您的证明可以把我打倒在地击成齑粉，
而我的证明碰到您享有的恩宠
和您的地位，就毫无作用。

莱斯特：

您弄错了，阁下。在其他一切方面
我都权力无限，惟独在某一点——
我现在得把它暴露在您的忠诚面前——
在这宫廷里数我最最虚弱无力，
一纸不利的证明可以使我声名狼藉。

莫蒂默：

既然无所不能的莱斯特大人
这样纡贵降尊，向我表示了他的苦衷，

我大概也可以稍稍把我自己看重，
给他树个榜样，表示我高尚的心胸。

莱斯特：

您先走一步，表示信任，我愿随后紧跟。

莫蒂默（很快地掏出书信）：

这是苏格兰女王给您的信。

莱斯特（大吃一惊，急忙伸手去取）：

说话轻声，阁下——我看到什么了！
唉！这是她的肖像！

（吻画像，默默地、欣喜地端详着画像）

莫蒂默（在莱斯特看信时，仔细地观察他）：

大人，现在我相信您了。

莱斯特（把信匆匆地浏览了一遍）：

莫蒂默阁下！您可知道这信的内容？

莫蒂默：

我一无所知。

莱斯特：

好吧！她无疑已经把事情
全都告诉了您——

莫蒂默：

她什么也没有告诉我。她说，
您会把这哑谜向我说明。
莱斯特伯爵是伊丽莎白女王的宠臣，
玛利亚的死敌，她的审判官中的一名——
苏格兰女王遭到困厄不幸，
竟然希望从他那儿得到救星。
这对我来说，真是个谜——然而

这事大概不假,因为您的眼睛已经
十分明显地说出您对她怀着什么感情。

莱斯特:
请您先告诉我,您怎么会对她的命运
表现出炽烈的同情,
是什么使您赢得了她的信任?

莫蒂默:
大人,
只消三言两语就能把这事情向您说清。
我在罗马宣誓,改变我的信仰,
和吉兹家族结成同盟,
赖姆斯大主教的一封亲笔信,
向苏格兰女王证明了我的身份。

莱斯特:
我听说您改变了信仰,
我就对您产生了信任。
请把手伸给我,原谅我方才的疑心。
我必须小心,怎么谨慎也不过分。
因为华尔辛汉和布尔赖对我怀有仇恨。
我知道他们已为我布下罗网、设下陷阱,
您很可能是他们的工具,他们的亲信,
他们用您来引我上钩,骗取信任。

莫蒂默:
这样一位位高权重的大臣,
在这宫廷里竟这样谨小慎微,寸步难行,
伯爵大人,您真不幸!

莱斯特:

长年的压抑终于可以摆脱，
我扑到朋友亲切的胸上无比欢欣，
看到我迅速改变对玛利亚的感情，
阁下，您一定颇为吃惊。
虽然我事实上从不恨她——
然而时代的压力使我成了她的仇家。
多年以前她就属于我①，您知道吧，
那时候她还没有嫁给达恩利，
女王的光辉还照耀着她。
我当时冷淡地把这幸运从我身边推开，
如今她身陷囹圄，站在死亡的门边，
我来寻找她，冒着生命的危险。

莫蒂默：

这就叫行侠仗义！

莱斯特：

在这期间，阁下，
事物已经发生变化。
当年我的荣誉心使我麻木不仁，
无视她的青春年少和花容月貌。
我认为玛利亚配不上我，
只希望把英国女王拥入怀抱。

莫蒂默：

尽人皆知，女王陛下对您无比恩宠，

---

① 玛利亚·斯图亚特的第一位丈夫去世后，伊丽莎白就打算让莱斯特向玛利亚求婚。玛利亚拒绝了他，嫁给了达恩利。这件事情的微妙之处在于，莱斯特是伊丽莎白的宠臣，莱斯特对玛利亚的爱乃是席勒的杜撰，目的在于加强此剧的戏剧冲突。

超过所有的男人——

莱斯特：

当时似乎确实如此，高贵的阁下，
可是现在，经过十年苦苦追求，
受尽屈辱，白费心神——啊，阁下，
我已心灰意冷！
我要发泄恼怒，它长期淤积我心——
人家说我幸福——
殊不知他们艳羡的尽是些锁链桎梏。
我为她虚荣的神祇光阴虚度，
忍受了十年的痛苦，
我以奴隶的谦卑向她娇纵的脾气屈服，
她使气任性，像苏丹一样专横跋扈，
鼠肚鸡肠，刁钻古怪，把我当做玩物。
我如今时而受她柔情蜜意的爱抚，
时而又受她骄矜倨傲的凌辱，
我同时受到她的恩宠和严峻的双重折磨，
为嫉妒的炯炯目光严加看管，犹如囚徒；
受到仔细盘问，像个顽童；
受到厉声呵责，活像家奴——
啊，我身受的地狱之苦罄竹难书！

莫蒂默：

我可怜您，伯爵大人！

莱斯特：

最后我的奖赏落空！来了另外一个男子，
夺走了我追求良久的珍贵果实。
我多年来所拥有的权利，

全都输在一位少年郎君手里。
我在这舞台上长期充当头牌，
现在得从这舞台上退下来。
这位陌生王子不仅要娶她为妻，
还要夺去她对我的恩典。
她是一个女人，王子是英俊少年。

莫蒂默：

他是卡塔琳娜王后[①] 之子。
受过很好的教养，精通奉承献媚的绝技。

莱斯特：

这样我的希望全部破灭——我的幸运之舟
触礁沉没之际，我企图抓住一块木头，
——我的眼睛又转向我最初的美丽希望。
玛利亚的肖像又出现在我面前，
发出种种迷人的光芒。
我又完全倾倒于她的青春美貌，
不再是冷峻的荣誉心在权衡得失，
而是心灵在进行比较。
我感到失去了一枚多么珍贵的珠宝。
我看见她堕入苦难的深渊，惊慌失措，
她沦落不幸，是由于我的过错。
这时在我心里，希望复萌：
还能不能拯救她的性命，占有她的身心？
我通过一个忠实的朋友成功地
向她披露我业已改变的心情，

① 即卡塔琳娜·梅迪契。

您给我带来的这一封信向我保证：
她已原谅我，如果我拯救了她，
她愿以身相许，作为对我的报答。

莫蒂默：

可您为了救她，还没做过任何事情！
您听任她被判处死刑，
甚至亲自投票致她于死命！
现在肯定有个奇迹发生——
真理之光必须感动我，她看守的外甥，
在罗马的梵蒂冈，上天必须为她
准备一个意料之外的救星，
否则她连通向您的途径也无处可寻。

莱斯特：

唉，阁下，这事使我尝尽了万般苦楚，
就在这时，她被人从塔尔波特府带到
福瑟琳海宫要您舅父严加看守，
每条通向她的道路都被堵住，
而我不得不在众人面前对她凶相毕露。
可是您别以为，我会坐视不救，
听任她去引颈受戮！
我当时希望，现在还在希望，
能阻止极端的事情发生，
直到想出办法，帮她脱身。

莫蒂默：

莱斯特大人——办法已经找到，
您的高贵的信任值得我以信任回报。
我要把她解救，所以我才来到这里，

万事俱备,借助您的鼎力
我们定能取得圆满成功,全面胜利。

莱斯特:

您说什么?您叫我大吃一惊。什么?
您打算——

莫蒂默:

我要用暴力打开她的囚牢,
我有一些伙伴,一切都已准备好——

莱斯特:

有人和您合谋,您有心腹!这可糟糕!
您把我卷进了什么样的冒险行径!
我的秘密,这批人是否也都知道?

莫蒂默:

您别担心。没找您,我们已制订了计划,
只要她不坚持,定要您去救她,
那么这计划将付诸实现,无需您参加。

莱斯特:

这么说,您完全可以向我明确保证,
在这群伙伴当中不提我的姓名?

莫蒂默:

您尽可放心!怎么?这消息使您犯愁?
伯爵大人,它可是给您带来了帮助!
您想拯救斯图亚特女王并把她占有,
您突然之间,出乎意料地找到了朋友。
从天上给您掉下最顺手的办法——
可您不是喜形于色,而是神情尴尬?

莱斯特:

千万不能采用暴力。

这种大胆行动过于危险。

莫蒂默:

耽误时间也同样危险!

莱斯特:

我跟您说吧,骑士阁下,不可冒险行事。

莫蒂默(尖刻地):

是的,您一心只想占有她,是不能冒险。

我们只想救她脱险,

不是这样后顾前瞻。

莱斯特:

年轻人,荆棘丛生,危机四伏,

你们行事过于鲁莽匆促。

莫蒂默:

而您,事关荣誉,就表现得慎重异常。

莱斯特:

我看见了我们身边布下的罗网。

莫蒂默:

我感觉到撕裂一切罗网的勇气。

莱斯特:

这勇气实际上是胆大妄为。

莫蒂默:

大人,您这聪明也并非机智勇敢。

莱斯特:

您大概急于得到巴宾顿的下场?

莫蒂默:

而您并不想效法诺福克[1] 的忠勇。

莱斯特：

诺福克并没有把他的未婚妻带回家去。

莫蒂默：

可他用行动证明，他配得上这个未婚妻。

莱斯特：

如果我们毁灭，也会把她牵连进去。

莫蒂默：

她并不会得救，如果我们爱惜自己。

莱斯特：

您不深思熟虑，不听从忠告，
您疯狂激烈，蛮干胡搞，
将把准备就绪的一切毁掉。

莫蒂默：

难道是您把一切准备就绪？
您为救她到底干了什么丰功伟绩？
您怎么办，倘若我凶恶成性，
听从女王陛下的命令，
遵照她的旨意，此刻就叫玛利亚丧生？
请您告诉我，您又采取了什么措施，
来保全苏格兰女王的性命？

莱斯特（不胜惊讶）：

女王真的向您下了这道血淋淋的命令？

莫蒂默：

她看错了我，

[1] 即诺福克公爵托玛斯·霍华德，曾向玛利亚求婚，一五七二年被杀。

就像玛利亚看错了您。

莱斯特：

您答应她了吗？答应了吗？

莫蒂默：

为了让她不去收买别人，

我答应为她尽忠效力。

莱斯特：

您做得对。

这样我们就有余地回旋。

她指望您为她充当刺客剪除隐患，

死刑就不会执行，我们就赢得了时间。

莫蒂默（不耐烦地）：

不，我们在浪费时间！

莱斯特：

女王指望着您给予帮助，

那她在众人面前就会

装得宽厚仁慈，豁达大度。

说不定我能使她和仇人[①] 见面，

我将巧施计谋把她说服。

这一步想必会把她的手脚拴住。

布尔赖说得对，女王如果和玛利亚会晤，

死刑的执行就会受阻。

——是的，我想办法，我将全力以赴——

莫蒂默：

这样能达到什么目的？如果女王发现

① 指玛利亚·斯图亚特。

看错了我，玛利亚依然活着，
——那不是一切又如从前一般？
玛利亚永远不会获得自由！
对她的最轻发落也是终身监禁！
您得用果断的行动来结束这种不幸。
您为什么不肯马上就开始行动？
您大权在握，只要武装起您府里的贵族，
就可以集合一支队伍。
玛利亚还有许多朋友，藏在暗处，
霍华德、佩西[①] 高贵的家族，
尽管他们的首领已经倒台，
可是还有英雄无数，
只等着有位强有力的爵爷登高一呼！
别再装腔作势！公开采取行动！
做个堂堂骑士捍卫自己的情人，
为她进行一场高贵的斗争。
您只要愿意，就能主宰英国女王，
把她骗到您的府上，
她曾多次随您前往，
在那儿让她看看您的丈夫气概！
和她谈话，像个主人那样。
把她扣押，直到她把斯图亚特释放！

莱斯特：

我感到惊讶，我感到害怕——

---

① 英国古老的贵族世家，他们的首领诺福克公爵和诺森伯兰伯爵因参加贵族起义被处死。

您胡思乱想些什么？您可了解这个国家？
您可知道这宫廷里是什么情形，
这个国家如何把男子的精神严加管辖？
您去寻找英雄精神吧！
这种精神也许从前曾在这个王国里活跃，
现在一切都屈服于一个女人的统治之下，
鼓起勇气的每根弹簧都已松弛。
听从我的引导，切莫不假思索瞎闯瞎打，
——我听见有人来了，您走吧！

莫蒂默：

玛利亚还盼着呢！您让我
带着空洞的安慰回去见她吗？

莱斯特：

请把我的海誓山盟带去给她！

莫蒂默：

您自己带去给她吧！
我愿意为拯救她肝脑涂地，
而不愿为您的恋爱传递信息。（下）

第九场

〔伊丽莎白。莱斯特。

伊丽莎白：

谁从您身边离去？我刚才听见有人说话。

莱斯特（听见女王说话，急忙转身，惊慌失措）：

这是莫蒂默阁下。

伊丽莎白：

您怎么啦，阁下？
怎么这样心神不定？

莱斯特(敛容凝神)：

因为看见了陛下的天颜！
我从来没有看见您这样迷人，
您的天姿国色使我目迷神眩，
——唉！

伊丽莎白：

您干吗唉声叹气？

莱斯特：

我难道没有理由连声叹息？
我看到了您的迷人丰姿，
心里产生无名的隐痛，
因为我即将蒙受的损失惨重。

伊丽莎白：

您失去什么？

莱斯特：

失去您的心，
您那温柔可爱的自身。
不久您将投入丈夫的怀抱，幸福欢欣，
他恋情如炽，少年英俊，
他将完全占有您的心灵。
我不像他，不是帝王的子孙，
然而我不相信，世上还会有一人
比我对您怀有更多的崇敬。
安茹公爵从来没有见过您，

他只能爱您的荣誉和光辉的令名，
我爱的是您。即使您是牧羊女一贫如洗，
而我生为君王，显赫伟大，
我也愿意俯身相就，降到您的等级，
把我的王冠放在您的脚下。

伊丽莎白：

可怜我吧，杜德莱[①]，别责骂我——
我办事不能问我的心灵。
唉！不然我会另选郎君。
我多么羡慕别的女人，
她们可以挑选自己的意中人，
把土冠赠与心上人，我没这样的幸运！
斯图亚特得到上天的殊恩，
选择丈夫可以听从自己的心声。
她什么事想干就干，
她可是饮干了欢乐的金樽。

莱斯特：

现在她也在喝那苦杯里痛苦的酒浆。

伊丽莎白：

她从不在乎人们的褒贬，
日子过得愉快轻松，
她的身上从来没有我肩负的枷锁沉重。
我其实也完全可以提出要求，
享尽人间欢乐的人生，
可是我宁可选择君王的责任。

① 莱斯特的名字。

而她赢得了所有男人的欢心，
因为她只热衷于做个女人。
无论老少都向她求欢邀宠，
男人就是这样。他们都是轻薄种！
他们追逐轻佻女人，贪恋欢情正浓，
该崇敬的美德，他们不知尊重。
塔尔波特谈起斯图亚特的丽质艳容，
不是顿时眉飞色舞，返老还童！

莱斯特：

原谅他吧！他从前是玛利亚的看守，
诡计多端的女人百般谄媚把他诳诱。

伊丽莎白：

她难道真是美艳绝伦？
我不得不经常听人赞美这张假面。
可我真想知道，事实究竟如何。
画像总是取悦于人，描绘等于一派谎言。
只有我自己的眼睛我才信得过，
——您干吗这样古怪地直盯着我？

莱斯特：

我在想象中
把您放在玛利亚的身边，
我希望能悄悄地看见，
您站在斯图亚特的面前。
我希望得到这个快乐，
我对此也不想隐瞒。
那时候您才能享受完全的胜利！
我想她会羞惭无比，

因为嫉妒使人目光犀利。

她会亲眼看见,即使论美貌论丰采,

她也不能和你相比,

而论其他美德她更得连连退避。

伊丽莎白:

论岁数她比我年轻。

莱斯特:

比您年轻!

这可看不出来。

看得出她受了苦,已经未老先衰。

是啊,眼见您成为新娘出嫁,

她身受的侮辱会变本加厉。

如果她看见您成为法国王子的未婚妻,

迎着幸福大步走去,

她便把人生美好的希望全都抛弃,

因为她一向自视甚高,

曾和法国联姻故而骄矜倨傲,

直至今日还指望法国为她撑腰!

伊丽莎白(漫不经心地随口说了一句):

人家老折磨我,要我见她一面。

莱斯特(热烈地):

她要求和您见面,把这视为恩典,

您就把这当作惩罚,赏赐给她。

您可以把她带上血腥的绞架,

然而死刑的痛苦也比不上这难言的苦楚。

您的迷人姿色使她相形见绌。

这样您就使她丧命,就像她想把您剪除。

倘若她瞥见您容貌倾国倾城，
再加上品德诚实可敬，名声白璧无瑕——
而她自己声名狼藉，是个妖姬荡娃——
倘若她看见您荣华富贵映着王冠的光芒，
如今又分外艳丽成为千娇百媚的新娘——
那么她毁灭的丧钟已经敲响。
是的，我现在举目看您，
您从未像现在这样光彩夺目容光照人，
您要凭姿色容貌取胜，可说十拿九稳。
您刚才走进屋来，恍若光明的天仙，
我自己全身就笼罩在您的光辉里面，
怎么样？如果您现在就这样走到她面前，
那么您会发现，
再也没有比这更赏心悦目的时间——

伊丽莎白：

现在——不——不——现在不行！莱斯特——
不行，我得先好好想想——和布尔赖——

莱斯特（连忙打断她）：

布尔赖！
他只想到您的国家的利益；
但是您的女性也自有它的权利，
这个敏感的问题应由您亲自处置，
不该由政治家们来办理——是的，
就是治国之术也要求您和她见面，
通过这豁达大度的行动赢得公众的舆论！
不管您事后用哪一种您喜欢的方法
来摆脱您这深恶痛绝的敌人。

伊丽莎白：

看见自己的亲人遭受匮乏羞辱，
我这就不算为人正直，性情仁恕，
听说她的生活环境不符合王后的气派，
她那穷困的光景就要成为对我的责怪。

莱斯特：

听我的忠告，您根本不用走近她的门坎，
偶然的机遇使我们遂了心愿。
今天将举行围猎，盛大的规模，
我们将从福瑟琳海宫旁边经过。
斯图亚特可以待在花园的一隅，
您像是偶然路过，信步走去。
一点也不能露出这是事先策划，
您若感到厌恶，根本不必跟她说话。

伊丽莎白：

如果我干的这是一件蠢事，
那么干的是您，莱斯特，而不是我。
今天我不忍违拂您的任何请求，
因为今天在群臣之中，
我最最使您伤心难受。

〔目光温柔地直视着他。

哪怕这只是您一时的奇思怪想，
出于我对您的殊恩，还是把它批准，
尽管我并不赞成，
以此表示我对您的一往情深。

〔莱斯特匍伏在她的脚下。幕落。

第　三　幕

〔猎园一角。靠前有一行树木，后面是开阔的远景。

第　一　场

〔玛利亚从树后快步走出。汉娜·肯尼迪缓缓地跟上。

肯尼迪：

　　您这样轻盈，犹如展翅飞翔。
　　请稍待，让我把您赶上！

玛利亚：

　　你也来吧，我重新获得了自由，
　　让我们像孩子般好好地享受！
　　踏上这一片如茵绿草，
　　要试一试步履可还轻巧。
　　我不再有困居墓穴的愁惨？
　　我已经离开了牢房的幽暗？
　　此刻我要尽情地呼吸
　　这渴望已久的天国的自由空气。

肯尼迪：

　　尊贵的夫人哪，这监狱

仅仅是略微放宽些许。
您不见那茂密的树行
掩蔽了幽禁我们的高墙?!

玛利亚:

啊,感谢葱郁可人的树丛,
替我挡住囚人的樊笼。
难道这并非包容我的广漠苍穹?
我要寻求自由幸福的梦影,
怎能将我从甜美的浮想里唤醒?
极目四顾,了无遮拦,
天宇浩瀚,任我饱览。
在那蒙蒙雾山浮现的地方,
疆界那边就是我的家邦。
缕缕浮云,随风南去,
将远行至法兰西海滨寻觅清趣。
飞仙凌虚,匆匆飘逝!
恨不能跟随你直达天际!
请替我向故国亲切致意。
我身陷囹圄,缧绁未解,
别无传书递简的使者!
辽阔的太空,听凭你游嬉,
无须屈从于此一女王的权力。

肯尼迪:

啊,尊贵的夫人!您已心醉,
忘情于久盼而来的自在。

玛利亚:

那厢有个渔夫在靠泊小艇!

它纵然粗陋，却能消解灾星，
转眼便到人地两宜的都城。
清贫的舟子难以疗饥果腹，
我愿赠以稀世之珍，
让他在渔网中觅得幸福，
尝到满载而归的欢欣，
只要这渔舟为我摆脱厄运。

肯尼迪：

一片痴心！您不见监视者
在远处紧跟不舍？
冷酷的禁令使同情的人们
畏葸不前，避开了我们。

玛利亚：

不，好心的汉娜！你要知道，
人们不会无端地打开监狱。
些小恩惠意味着更大的自由，
我明白，这全靠一只灵活的手，
我领会了令人铭感的情愫，
那是莱斯特伯爵有力的臂助。
人们会把监狱由小变大，
让我渐次地习惯于它，
我终有一天将同他晤面——
为我永远取去锁链的他。

肯尼迪：

这疙瘩我实在无法解开！
昨日才判决您将归天，
今天又让您这般自在。

有人说,松掉了锁链,
是因为永恒的解脱在等待。

玛利亚:
你可听到?你可听到号角?
如此嘹亮,穿越了丛林和荒郊?
我多么想加入欢乐的行列,
我多么想扬鞭跃马去射猎!
你听,熟悉的号角声又起,
遥忆往昔,怎不令人百感交集。
多少回,在苏格兰的山岗上,
围猎的喧闹声在四处回响,
我每次都领略到这声音的欢畅。

第 二 场

〔鲍勒特。前场人物。

鲍勒特:
好啦!夫人,我总算替您办成了吧?
我可以领受您的谢意吗?

玛利亚:
是您帮助我吗?
是您吗?

鲍勒特:
不是我是谁?我去王宫,
已将您那一封信递送——

玛利亚:

您将它呈上？真是您去递送？
那么，我现在享受的宽容
就是那封信起了作用——

鲍勒特（话里有话）：
不止呀！您要做到成竹在胸，
它还有更大的作用。

玛利亚：
您说，更大的？您这是什么意思？

鲍勒特：
您没有听见号角在吹吗？——

玛利亚（吓得向后一退，有了预感）：
您这话使我吃了一惊。

鲍勒特：
女王就在附近打猎。

玛利亚：
真的？

鲍勒特：
转眼她就到您面前。

肯尼迪（急步朝浑身战栗、眼看就要晕倒的玛利亚奔去）：
怎么啦？尊贵的夫人？您脸色多难看哪！

鲍勒特：
咦？岂不正好？您不是请求同她相见？
没有料到这么快就能遂愿。
您素来能言善辩，
现在您应该开口，
这正是您讲话的时候！

玛利亚：

唉,为什么不早一点说给我听?
此刻,此刻我无法使自己镇定。
我求到莫大的宠信,
现在却感到胆战心惊——
汉娜,扶我进屋去吧,让我静一静,
让我内心能得到安宁——

鲍勒特:

别走,您得待在这里谒见。
我知道,在法官的面前,
您会感到惊惶不安。

第 三 场

〔席娄斯伯利伯爵与前场人物。

玛利亚:

并非惊惶不安!天哪,我是别有所思!
——可敬的席娄斯伯利!您来得及时,
您是上苍为我派遣的天使。
——我不能见她!请您护持,
不要让我看见那可憎的样子。——

席娄斯伯利:

女王啊,您要冷静!您要鼓起勇气!
这是一生荣辱攸关的时机。

玛利亚:

我一直在盼望——年复一年,
一切我都已准备周全,

字斟句酌，我牢牢记紧，
只希望打动她的心！
可一时间竟又忘得无可追寻。
此刻我心里感到茫然，
只有这难堪的满腹辛酸。
心头蓦地涌起我对她的宿怨，
刻骨的旧恨驱散了求情之念。
四周都是可怖的复仇的鬼怪，
摇晃着盘缠蛇发[①] 的脑袋。

席娄斯伯利：

您要抑制陡然升起的怒火，
您要隐忍这满腔的怨愤！
以怨报怨，只会结出恶果。
纵然您难消此恨，
形格势禁，您也要审度，
委曲求全吧——因为她大权在握。

玛利亚：

对她服软？我永不心甘。

席娄斯伯利：

我的劝说请务必听从！
口气要谦恭，态度要从容！
要祈求她宽恕赦宥，
可别据理力争，这不是时候。

玛利亚：

我真不幸，恳求获得了允准，

① 据希腊神话，女妖美杜莎的头发是许多缠绕在一起的毒蛇。

可乞讨的结果却是毁掉自身!
我们永远都不应该相见!
这绝不会有丝毫裨益可言!
水与火可以并存,
羔羊也不妨和猛虎亲吻——
她欺人太甚,我创伤太深,
我们永世也成不了睦邻。

席娄斯伯利:

您还是先和她相会!
您那一封信叩动了她的心扉,
我亲眼看到她盈眶的泪水。
不,她并非寡情的人,
您应该寄予更多的信任——
为此我匆匆先行,
来劝您保持内心的平静。

玛利亚(握住他的手):

啊,塔尔波特!您始终待我以仁——
但愿依然能受到您宽容的监禁。
席娄斯伯利,他们待我严酷无情!

席娄斯伯利:

先忘掉这一切,现在得想一下,
您该怎么恭顺地迎候她。

玛利亚:

那恶魔布尔赖跟她来吗?

席娄斯伯利:

除了莱斯特伯爵,别无他人。

玛利亚:

莱斯特伯爵?

席娄斯伯利：

对莱斯特您不必疑虑，

并非他要将您除去——

正是靠他斡旋，女王才同意相聚。

玛利亚：

喔，这我早就知道。

席娄斯伯利：

您说什么？

鲍勒特：

女王驾到！

〔众人避往旁边，只有玛利亚倚在肯尼迪身上不动。

第四场

〔前场人物。伊丽莎白。莱斯特伯爵。扈从。

伊丽莎白(对莱斯特)：

这所别墅叫什么？

莱斯特：

叫福瑟琳海宫。

伊丽莎白(对席娄斯伯利)：

命令随从人等先回伦敦。

万人空巷，群情振奋，

这猎园幽静，可避嚣尘。

〔塔尔波特遣开扈从。伊丽莎白一边注视玛利亚，一边继续对莱斯特讲话。

善良的百姓对我无限爱戴，

敬神才会这样欢快，
对人绝不会如此崇拜。

玛利亚（在这段时间里，倚在女仆身上，几乎晕倒，这时挺起身子，抬眼望去，与伊丽莎白逼视的目光相遇。她打了一个冷战，又靠在女仆胸前）：

啊，一脸冰霜不会有什么温情！

伊丽莎白：

这位夫人是谁？

〔众人默然不语。

莱斯特：

——陛下，这里是福瑟琳海宫。

伊丽莎白（假装感到意外、吃惊，阴沉地盯着莱斯特）：

莱斯特伯爵，这是谁的安排？

莱斯特：

陛下啊，你已经到了这里——
是上苍引来你的足迹，
但愿让仁慈取得胜利。

席娄斯伯利：

女王陛下，恳请俯允
瞧一眼这位不幸的夫人，
在你面前，她的勇气消失殆尽。

〔玛利亚振作精神，朝伊丽莎白走去，但走了几步便又站住，浑身战栗——她的举动流露出内心正进行着剧烈的斗争。

伊丽莎白：

怎么？诸位大人？
谁奏报说她已经屈服？
我眼前却是个刚强的女人，

她丝毫也没有让幽禁降伏。

玛利亚：

就让它降伏我！
我也要屈从于幽禁的折磨。
去吧！高尚的灵魂，自豪而虚弱。
我要忘掉自己的痛苦与尊严：
她将我推进耻辱的深渊，
我还是要跪倒在她的面前。

〔转向女王。

姐姐，您蒙受上苍的爱护，
获得戴上胜利冠冕的幸福，
您这天赐的尊荣令我仰慕。

〔在她面前跪下。

姐姐，现在您也该宽大为怀！
把我从屈辱的地狱里拯救出来。
别让我跪在您面前丢丑，
请向我伸出您这只王者的右手。

伊丽莎白（后退）：

您这是适得其所，玛利亚夫人！
我感谢和珍视上帝的慈恩，
他并未让我跪在您的脚边，
一如您此刻拜倒在我的面前。

玛利亚（情绪渐趋激昂）：

您要想一想世事无常，
还有那神明在惩罚骄横，
是他们把我推倒在您的脚下！
神祇您应该崇敬——他们如此可怕！

同这些局外人在一起，
您得尊重在我身上的您自己！
在您和我的身体里都流动着
不容玷污的都铎[①] 血液——
天哪，别这样站着，不讲情面，
您拒人于千里之外，宛如巉岩，
使溺水求生者可望而不可攀！
让我倾诉吧，让我得到您的原谅！
我的一切——我的祸福和存亡，
都系于言词和泪水的力量！
您如用冷酷的目光相逼，
我这颤抖的心就会关闭，
涟涟的眼泪也将止住，
畏惧会使求情的卑词遭到禁锢。

伊丽莎白（冷峭而严厉）：

您有何事倾诉，玛利亚夫人？
为了忠实履行做姐姐者的责任，
不顾蒙受委屈的女王身份，
我此刻赐您见我一面的殊恩。
我有做到豁达大度的善意，
尽管正义呵责我太贬低自己——
因为您知道，您要置我于死地。

玛利亚：

我应该用什么话作为开端，

---

① 指伊丽莎白与玛利亚均为都铎王朝（1485—1603）的第一个国王亨利七世（1457—1509）的后裔。

我应该怎样巧妙地进言，
才不会伤人，又能拨动您的心弦？
啊，天主！给我的言词以力量，
请折去它那刺人的锋芒！
我不想对您进行有力的控诉，
借此来为我自己申述。
——您这样对我太不应该，
我与您同样是一国的主宰，
您却把我当做囚犯来看待。
我来此仰您鼻息，
您却抛掉待客之礼、睦邻之谊，
将我囚禁在监狱的围墙里。
狠心地夺去了我的朋友与仆人，
屈辱的匮乏使我陷于愁困，
还要我在蛮横的法庭上受审——
让残酷的折磨被忘得一干二净，
再也不提这些不幸！
——瞧！我把一切都看做命中注定；
这并非您我的是非之争。
是恶魔从深渊里上来，
在我们心里燃起了仇恨，
我们在少女时代就被它分开，
敌意与日俱增，心怀叵测的人们
火上浇油，加重了这无妄之灾。
狂乱的热心人把刀剑和匕首
塞进这只擅自挥动的手——
生灵涂炭，君王们互相嫉恨，

B. Gy
X·A·I·W. HECHT. W·

为每一场争执招来复仇之神，
这正是一国之主难逃的厄运。
——此刻，再无第三者搬弄是非，
〔亲热地走近伊丽莎白，带着谄媚的口气。
我们自己面对面在这里相会。
您说吧，姐姐！请指出我的过失，
我一定桩桩件件向您赔不是。
那时候我渴望看您一面，
该有多好哇，您要能答允会见！
事情绝不会到这样的地步，
现在也不致在这可悲的住处，
有这不幸而又可悲的会晤。

伊丽莎白：

幸运之星叫我提防，
别把毒蛇放在胸前饲养。
并非命运，是你们起了歹心，
该谴责你们的家族要惟我独尊。
我们之间本来和睦相处，
可您那位不可一世的舅父，
那骄横跋扈的秃驴权欲熏心，
他无耻地向我挑衅，
煽动你们僭取我的纹章，
攫夺我这国王的尊号，
跟我进行你死我活的较量，
还有什么手段你们没有想到？
神父的舌头，百姓的刀剑，
连同宗教狂热，都变成明枪暗箭。

这里，在我自己的世外桃源，
他也要唆使人们来作乱——
天主与我同在，那骄横的秃驴
遭到败北，我的头颅并未取去，
您却要保不住千金之躯！

玛利亚：

我在天主的手里，您决不会
残忍地滥用您的权威。

伊丽莎白：

谁能阻拦我？您的舅父已经
成为天下君主们的先例，
人们明白怎样同敌人缔结和平。
圣巴托罗缪之夜[①] 给我以教益，
还有什么国际公法、血缘关系？
教会解除一切义务的约束，
它为叛逆、弑君的恶行张目，
我只不过在仿效你们的神父。
您说！有什么能够替您做担保，
要是我宽厚地解开您的镣铐？
该用什么锁才能收藏您的诚意，
连圣彼得的钥匙[②] 也无法开启？
只有强制的力量才是惟一的保证，
同毒蛇般的奸宄不能建立同盟。

---

① 这里指一五七二年八月二十四日夜信奉新教的胡格诺派教徒在巴黎被天主教徒屠杀一事。

② 指教皇的权威和赦免的权力。圣彼得掌管天堂大门的钥匙。

玛利亚：

啊，可悲，您这是在疑鬼疑神！
都只为您始终把我看成有异心，
您始终把我当外人。
要是您宣布以后由我来继承，
这原是天经地义的事情，
我一定会感激您爱戴您，
成为您忠实的友人和亲人。

伊丽莎白：

玛利亚夫人，您的情谊
在国外，您的家族是教皇的世系，
僧侣便是您的兄弟——要我宣布
您做继承人！这圈套也太歹毒！
我如今一息尚存，
您就来诱骗我的臣民，
好一个狡诈妖冶的女人，
您想把这个王国里的青年
勾引到美色的罗网里面，
您想使人人都转向初升的太阳①，
可我——

玛利亚：

您还是太平盛世的君王！
我对这片国土的要求完全放弃，
唉，我灵魂的翅膀已软弱无力，
显贵不再吸引我——您是福星高照，

① 指百姓对国王的继承者感到兴趣。

我只是玛利亚剩下的躯壳。
在长期的幽禁中我壮志全消——
您使我受尽痛苦的煎熬，
您在我年华正茂之时把我毁掉。
——姐姐，结束吧！您说几句
您为此而来这里的话语。
我绝不相信，您为冷酷地羞辱
您的牺牲者而亲临此处。
这些话请您说出来："您已自由，
玛利亚，我的权力您已身受，
现在您该敬重我的宽厚。"
您说呀！我要生命和自由，
好像一份礼物得自您之手。
我在等待！您金口一言去恩仇！
啊，请您别让我盼望得太久！
如您执意不允，必将咎由自取！
姐姐，如您此刻离我而去，
不像神明那样对我悯恤，
就是给我整个岛屿的财富，
给我这一片四面环海的领土，
我也决不愿意与您易地而处。

伊丽莎白：

莫非您终于承认已被征服？
难道您的诡计阴谋全已施出？
再没有行刺者朝我举起屠刀？
再没有可悲的冒险者为您效劳？
——玛利亚夫人，全完啦！不会有人

再被您勾引。谁都怀有戒心。
再没有人企求做您——第四号
丈夫①,因为您会将求爱者毁掉,
如同您的前几位夫君!

玛利亚(怒火中烧):
姐姐!姐姐!
啊,天哪,天哪!你让我克制自己!

伊丽莎白(用傲慢、轻蔑的目光注视玛利亚良久):
莱斯特,这真是个迷人的娇娘,
教男人看了谁都会遭殃,
再没有女人敢站在她的身旁!
怪不得!这可是廉价的声誉,
既然是人所共有的美女,
博取大家的欢心也就轻而易举!

玛利亚:
岂有此理!

伊丽莎白(冷笑):
您一向戴着面具装模作样,
此刻您终于现出了本相。

玛利亚(气得满脸通红,但仍保持尊贵者的仪态):
人性与青春使我犯了过错,
我也不掩饰权力将我诱惑,
君主的磊落鄙弃虚伪的做作。

---

① 玛利亚·斯图亚特的第一个丈夫是弗朗西斯二世(一五五九年登位为法兰西国王),于一五六〇年去世。一五六五年,玛利亚与达恩利勋爵结婚;两年后,达恩利勋爵被谋杀。不久,玛利亚又同博思韦尔伯爵结婚,后离婚。

世人连我最大的过失都知道，
我敢说，我的为人比名声要好。
您的行径披着体面的外衣，
到时候人们将揭开您的老底，
您那狂乱的欲念就会暴露无遗。
您并未从娘胎里带来端庄的品性，
谁都知道，安娜·布林受刑，
是由于什么样的一种“德行”①。

席娄斯伯利（走到两女王中间）：

啊，天哪！怎么弄到这个地步！
玛利亚夫人，这算是克制？屈服？

玛利亚：

克制怎能没有完结！
我已忍受人能忍受的一切。
永别了，逆来顺受的冷静！
飞逝吧，听人摆布的耐性！
在这最后关头，挣断你的锁链，
从洞穴里出来吧，久压心头的宿怨！
你把致命的目光传给激怒的蛇怪②，
也应在我的舌头上安起毒箭来——

席娄斯伯利：

啊，她已失常！
她愤激，她狂怒，请您原谅！

〔伊丽莎白气得说不出话来，把愤怒的目光投向玛利亚。

① 德行，此处是反话，指伊丽莎白的生母布林被控犯了通奸罪。
② 指神话中的蛇怪，传说看一眼就能致人于死命。

莱斯特(焦急万分,想把伊丽莎白劝走):

别同她计较,她正在气头上!

走吧,走吧!离开这个不祥的地方!

玛利亚:

英格兰的王位为私生[①] 所弄脏,

不列颠的人民心灵高尚,

却被奸诈的骗子玩弄于股掌之上。

——正义如能伸张,此刻您将

伏地求饶,因为我是您的君王。

〔伊丽莎白急下,两个伯爵惊恐万状,随她而去。

第五场

〔玛利亚。肯尼迪。

肯尼迪:

唉!您怎么这样?她悻悻而去!

现在全完啦!一切都成定局!

玛利亚(依然非常激动):

她悻悻而去!她铁了心啦!

〔搂住肯尼迪的脖子。

啊,痛快,痛快,我的汉娜!

经受了年复一年的屈辱和忧愁,

① 亨利八世与阿拉贡的卡塔琳娜离婚后,同安娜·布林结婚。伊丽莎白即亨利八世同安娜·布林生的女儿。天主教徒认为,亨利与卡塔琳娜的离婚是不合法的,因而认为,伊丽莎白是私生的。此外,在伊丽莎白的生母安娜·布林被亨利八世因通奸罪处死后,伊丽莎白被公开宣布为私生女。

终于盼来了胜利与复仇，
心头如山的重压已经搬走，
我把利刃刺进了敌手的胸口。

肯尼迪：

不幸的夫人！暴怒攫住了您的心，
您刺伤了不共戴天的敌人。
她大权在握，称王称霸，
您却在她的嬖臣面前嘲弄了她！

玛利亚：

我羞辱她，就在莱斯特的眼前，
这一切，连同我的胜利，他都看见！
我打掉了她那骄横跋扈的气焰，
是他给我力量，因为他在我身边。

第 六 场

〔前场人物。莫蒂默。

肯尼迪：

啊，阁下！这结果多么——

莫蒂默：

我都听见了。

〔示意她去注意动静，然后走近玛利亚。举止神态无不流露出难以遏止的激情。

你已得胜！你使她把脸面丢尽！
你成了国王，她变做罪人。
你的勇气使我欣喜万分，

此刻你显得威风凛凛，
我景仰你，犹如一位女神。

玛利亚：
您可曾同莱斯特谈过？阁下？——
您可曾把我的书信、礼物交给他？

莫蒂默（用灼热的目光注视玛利亚）：
你正气凛然，满腔义愤，
这使你容光焕发，美艳绝伦，
你是这世上首屈一指的丽人。

玛利亚：
我请求您，阁下，满足我焦急的心情！
伯爵怎么讲？说呀，这事可能办成？

莫蒂默：
谁？他？他是胆小鬼，可怜虫！
鄙视他，忘掉他，指望他定会落空！

玛利亚：
您说什么？

莫蒂默：
由他将您拯救，将您攫夺！
叫他这样做！他敢这样做！
他！他先得跟我拼个死活！

玛利亚：
莫非您没有把我的信交给他？
——唉，那就完啦！

莫蒂默：
胆小鬼爱的是自己的性命。
谁要拯救你，把你视为心上人，

那他一定敢于去拥抱死神。

玛利亚：

他不肯为我出力吗？

莫蒂默：

别再提他！

我来救你，我一个人来救你吧。

他有什么能耐，要他干啥？

玛利亚：

啊，您真有本事！

莫蒂默：

请您不要再抱幻想，

别以为您的处境还像昨天一样。

从女王刚才离开这里，

从谈话急转直下那个时刻起，

一切都成泡影，赦免之路全已封闭。

现在需要行动，果断才有决定意义，

为了一切，只能不顾任何危险，

您必须获得自由，就在拂晓以前。

玛利亚：

此话当真？就在今晚？这怎么可能呢？

莫蒂默：

您且听着，我们决定怎么来干。

我已在祈祷处[①] 召集了伙伴；

神父听取了我们的忏悔，

他对我们既往的一切已经赦罪，

---

① 指法国公使俄伯斯宾伯爵家中的私人祈祷处。

我们未来的一切罪愆
他也预先加以赦免。
我们最后一次领受了圣体，
这最后的旅程已准备舒齐。

玛利亚：

啊，这些准备多么可怕！

莫蒂默：

今夜我们就翻进这座城堡，
钥匙在我手里，将守卫者干掉，
我们便把你从屋子里救走，
我们决不可留下一个活口，
谁有可能泄露劫走你的消息，
我们都要给他致命的一击。

玛利亚：

可看守德鲁利、鲍勒特也要除灭？
啊，他们宁愿流尽最后一滴血——

莫蒂默：

他们首先要死在我的刀下！

玛利亚：

啊，您的舅父呢？他不是等于您的爸爸？！

莫蒂默：

他将死在我的手里，我要杀掉他。

玛利亚：

残忍哪，这样的罪孽。

莫蒂默：

所有的罪孽
事先都已被宽恕，我可以

神父听取了我们的忏悔，他对我们既往的一切已经赦罪。

犯下天大的罪孽，此志决不可移。

玛利亚：

啊，可怕，可怕！

莫蒂默：

即使必须把女王刺死，也是如此，
我已经对着圣体起了誓。

玛利亚：

不，莫蒂默，我不愿您为我流这么多血——

莫蒂默：

比起你，比起我的爱，他们的存在
算得了什么？即使大地的纽带
松了开来，大洪水再度涌起，
滚滚波涛吞尽生灵也在所不惜！
——什么我都不管，我决不将你弃绝，
就算世界的末日已经迫在眉睫！

玛利亚（后退）：

天哪，这口气，阁下，还有这目光！
——多吓人哪，它们使我感到心慌。

莫蒂默（目光闪烁不定，流露出内心热情如沸）：

生只是一瞬，
死也是一瞬！
——让人们把我拖到泰伯恩[①]去解恨，
用通红的铁钳将我撕成一块块，

〔在激情驱使下，朝玛利亚走去，张开双臂。

只要我能把心爱的你紧抱在怀——

① 泰伯恩，一七八三年前伦敦的刑场，在这里处决叛国犯。

玛利亚(后退):

疯子,别过来——

莫蒂默:

在这酥胸上依偎,

在这散发热情的嘴唇上陶醉——

玛利亚:

阁下,千万别这样,您让我进去!

莫蒂默:

这送到手里的幸福是上天所赐,

如果不紧紧抱住而让它丢失,

这样的人就是一个白痴。

我要救你,纵使我舍身千次!

我来救你,我要救你;但是,

我也要占有你,我为此而起誓。

玛利亚:

唉,我没有神灵和天使来庇护!

可怕的命运!你竟如此跋扈,

使我经历了一次又一次恐怖。

难道我生来只是为了激起愤怒?

莫非恨和爱钩在一起将我吓唬?

莫蒂默:

对,我爱你像他们恨你那样强烈!

他们就要用利斧将你处决,

让这白皙得耀眼的粉颈溅血。

啊,你将成为血腥仇恨的牺牲品,

请献身给有生命的欢乐之神!

你已留不住这千般风韵,

请以此激励幸福的恋人！
这一头秀发，光润有如青丝，
如今将被可怕的死神吞噬，
请用它缠住你的奴仆，直至永世！

玛利亚：
怎么要我谛听这样的倾诉！
如果我作为女王就要身首异处，
我的不幸与痛苦竟成为您的圣物！

莫蒂默：
你头上那顶王冠已经落地，
你再也没有万人之上的权力；
你不妨试着发布一道诏敕，
看还有谁来救助与支持。
你只剩下这楚楚动人的丰姿，
这有非凡魅力的天生丽质，
是它使我敢于和能够赴汤蹈火，
在刽子手的刀斧前也不示弱。

玛利亚：
唉，他已狂乱，谁来救我！

莫蒂默：
无畏地效劳应有无畏的酬报！
壮士为何要将满腔热血全洒掉？
都只为享乐是人生的无价之宝！
谁要是虚度年华，他便是疯人，
我却要先在温柔乡里销魂。

〔狂热地紧抱玛利亚。

玛利亚：

他口口声声说要救我,
啊,我得喊人,才能摆脱——

莫蒂默:

你并没有一副铁石心肠,
世人也未埋怨你冷若冰霜,
求爱的热情会打动你的心,
你曾使歌手里奇奥得到了殊恩,
对那位博思韦尔你也甘愿委身。

玛利亚:

这个人太专横了!

莫蒂默:

他对你确实专横!
你爱他,见到他就胆战心惊。
倘若恐惧能够将你挟制,
愿以地狱之神起誓!——

玛利亚:

放开我!您疯啦?

莫蒂默:

你见到我也应该胆战心惊!

肯尼迪(奔入):

他们来啦,他们马上就到这里。
满园子的人全带了武器。

莫蒂默(跃起,拔剑):

我保护你!

玛利亚:

啊,汉娜,帮助我摆脱他的纠缠!
我受尽折磨,何处才能躲避灾难?

我究竟该向哪一位圣者求救？
这儿是暴力，在里面又会遭毒手。

〔她向屋子里奔逃，肯尼迪随她而去。

第七场

〔莫蒂默。鲍勒特与德鲁利气急败坏地奔入。随从匆匆走过舞台。

鲍勒特：

把大门全关上！把吊桥扯起来！

莫蒂默：

舅父，出了什么事呀？

鲍勒特：

那个女杀人犯想逃到哪里？
把她关进最阴暗的监狱！

莫蒂默：

什么事？什么事呀？

鲍勒特：

女王！
真是心狠手辣！胆大包天！

莫蒂默：

女王？哪位女王？

鲍勒特：

英国女王！
她被行刺，在回伦敦的路上！

〔冲进屋子。

第 八 场

〔莫蒂默。随后俄凯利上。

莫蒂默：

我已神经错乱？刚才不是
有人走过，大喊女王被刺？
哪里？我只是做梦，错觉来自情痴，
骇人的幻象塞满了我的脑子，
竟使我觉得仿佛真有其事。
谁？是俄凯利，他吓得要死！

俄凯利(闯入)：

快逃，莫蒂默！快逃！全完啦！

莫蒂默：

什么完啦？

俄凯利：

还问什么呀！
您快想法逃走哇！

莫蒂默：

到底出了什么事呀？

俄凯利：

萨维奇，那个狂人
动手啦。

莫蒂默：

真的动手啦？

俄凯利：

真的，真的！唉，您快逃哇！

莫蒂默：

她被杀了，

玛利亚就要在英国登位啦！

俄凯利：

被杀了？谁说的？

莫蒂默：

您自己嘛！

俄凯利：

她还活着！

可我和您，咱们全没命啦！

莫蒂默：

她还活着！

俄凯利：

这一下刺偏了，缠住了大衣，

席娄斯伯利打掉了刺客的武器

莫蒂默：

她还活着！

俄凯利：

她还活着，要把我们全除掉！

这园子已经团团围住，快逃！

莫蒂默：

谁这么乱来？

俄凯利：

就是那个土伦来的巴拿巴教徒① ——

---

① 一五三〇年在米兰建立的巴拿巴修会，主要从事教学活动。

我们曾在祈祷处听修道士宣读
教皇将女王革出教会的敕书,
您见他坐在那里,全神贯注。
是他想一蹴而就,
采取大胆的行动,解救教友,
将殉道者的荣冠争取到手。
他只对神父透露了自己的意图,
就在通往伦敦的路上动武。

莫蒂默(默然良久):

唉,狠毒的命运之神在追踪你,
你多不幸!现在惟有束手待毙,
正是守护神使你陷于死地。

俄凯利:

告诉我,您准备逃往哪里?
我到北方密林去躲避。

莫蒂默:

您逃吧,愿天主一路保佑您!
我要留下,为救助她再一次尽心,
如遭不测,便以她的棺木作衾枕。

〔两人各从一边下。

第　四　幕

〔前厅。

第　一　场

〔俄伯斯宾伯爵，肯特和莱斯特。

俄伯斯宾：

陛下情况怎样？阁下，

您二位看，我是惊魂未定啊。

这是怎么一回事？怎么会在

忠贞不贰的子民当中发生意外？

莱斯特：

行刺者并非本国人。

他来自法国，是你们国王的臣民。

俄伯斯宾：

准是一个疯子！

肯特：

一个教皇至上的走卒，

俄伯斯宾伯爵！

第 二 场

〔前场人物。布尔赖同戴维逊在谈话。

布尔赖：

处决令必须立即起草，
还得盖上国玺——把一切办好，
再呈送女王由她签署，
您快去！时间已很局促。

戴维逊：

遵命。(下)

俄伯斯宾(朝布尔赖走来)：

阁下，我这颗忠实的心
分享这岛上正义的欢欣。
赞颂苍天，它挡住罪犯，
解脱了女王的危难！

布尔赖：

我们应当赞颂上苍，
它使狠毒的敌人未能如愿以偿！

俄伯斯宾：

愿天主惩罚这个刺客，
他那该诅咒的罪恶！

布尔赖：

要惩罚刺客和可耻的策划者。

俄伯斯宾(对肯特)：

伯爵大人，恭请阁下

引我去见女王陛下，

容我俯伏在她的面前，

我主公要祝贺她安然脱险。

布尔赖：

俄伯斯宾伯爵，不必多此一举。

俄伯斯宾（用例行公事的腔调）：

布尔赖阁下，我明白，

我的职责何在。

布尔赖：

您的职责就在：

尽快从我们的岛上离开。

俄伯斯宾（吃惊地后退）：

咦！这是怎么一回事？

布尔赖：

您那不可侵犯的称号①

今天还能庇护，明天就将失掉。

俄伯斯宾：

请问我有何罪？

布尔赖：

倘使说出罪名，

那就无法容情。

俄伯斯宾：

阁下，我希望使节的特权——

布尔赖：

并不庇护——出卖盟国的颠覆者。

① 指外交官所享有的豁免权。

莱斯特和肯特：

颠覆者！怎么一回事？

俄伯斯宾：

阁下，

请您慎重考虑——

布尔赖：

一个您签发的护照

在刺客的衣袋中被找到。

肯特：

老天有眼！

俄伯斯宾：

我签发的护照有许多，

人心叵测，非我之过。

布尔赖：

凶手曾在您的邸宅忏悔。

俄伯斯宾：

我的邸宅不设门卫。

布尔赖：

便于英国的仇敌在此聚会。

俄伯斯宾：

我要求详加调查。

布尔赖：

这您可要害怕！

俄伯斯宾：

侮辱了我，君王的使节，

他将撕毁订立的婚约。

布尔赖：

女王已将它撕成碎片，
英格兰不愿与法兰西联姻。
肯特阁下！请您费神，
把伯爵护送到海滨。
愤激的民众冲进他的宅邸，
发现满屋子都是武器，
他一露面，就将人头落地。
请将他藏匿，直到这风波趋于平静——
您要保住他这条性命。

俄伯斯宾：

我走，我要离开这个国家，
在这里，公法遭到践踏，
盟约犹如儿戏，
我的君王必将追究到底。

布尔赖：

请他来追究吧！

〔肯特和俄伯斯宾下。

第　三　场

〔莱斯特和布尔赖。

莱斯特：

您撮合这个盟约实属徒劳，
现在又亲手将它取消。
您并未为英格兰立功，
阁下，您的辛苦已经落空。

布尔赖：

我是一番好意，但天不从人愿，
问心无愧，便能感到欣慰！

莱斯特：

切齐尔追查叛逆的罪行
神乎其神，这是人所共知的事情。
如今谋反者罪大恶极，
究竟有哪些人仍然是一个哑谜，
——现在对您阁下正是天赐良机。
严酷的讯问即将开始进行，
一言一瞥都要审查鉴定，
心中的闪念也必须传讯到庭。
您阁下是举足轻重的人物，
英格兰全靠您这一根擎天柱。

布尔赖：

阁下，我可要拜您为师，
您有善于雄辩的才智，
我从来都未能借此成事。

莱斯特：

阁下，您这是什么意思？

布尔赖：

背着我在女王面前怂恿，
她就来到这福瑟琳海宫，
这可是阁下您的大功？

莱斯特：

背着您！
我行事几时害怕您？

布尔赖：

您劝诱女王到福瑟琳海宫？
不对呀！并非女王受了您的怂恿！——
如此仁慈，将您引到那里，
正是我们的女王自己。

莱斯特：

阁下，您说这话是什么意思？

布尔赖：

您让她扮演的角色多神气！
您使她取得辉煌的胜利！
我们仁厚的君主——你坦然无疑！
有人却如此卑劣、狂妄地捉弄你，
如此冷酷无情地出卖你！
——正由于她的慈爱和宽大，
您身在枢机才有那一念之差！
于是就说斯图亚特这个敌人，
只是外强中干，不值一文，
用不着拿她的血来玷污我们！
好一条妙计，真是妙不可言！
机关算尽，奈何天不从人愿！

莱斯特：

卑鄙的家伙，马上跟我来！
到女王宝座前给我讲个明白！

布尔赖：

阁下，我们就在那里会合——
到时候，您可不要张口结舌！（下）

第 四 场

〔莱斯特独自一人,随后莫蒂默上。

莱斯特:

坏事了,我已经暴露——
唉,恶魔缠身,不离寸步!
如果他抓住了把柄,
女王要知道我和玛利亚有约定——
天哪,我就将罪责难逃,受到严惩!
我劝她来到福瑟琳海宫,
如今这一番努力终未成功,
这显得如此奸诈,怎能说是效忠!
她将觉察遭到我寡情的诳诱,
发现被出卖给她憎恨的敌手!
唉,她决不会,决不会善罢甘休!
看起来事事都早就串通一气:
晤面一转而成为反唇相讥,
对方得意忘形,痛骂不已,
还想用嗜血、可怖的刺客之手,
乘人不备实现骇人听闻的阴谋。
这一切都被怀疑是我在运筹!
咦,谁来了? 完啦! 我已无路可走!

莫蒂默(惊恐万状上,仓皇四顾):

莱斯特伯爵! 是您? 就咱俩?

莱斯特:

倒霉鬼，走开！到这里干什么？

莫蒂默：

追查到咱们头上来了，也追查到您了；

您可要小心哪！

莱斯特：

走开，走开！

莫蒂默：

他们知道：在俄伯斯宾那里，

曾经开过秘密会议——

莱斯特：

关我什么事！

莫蒂默：

知道刺客也曾经在场——

莱斯特：

这是您的事！

真是无耻！

您敢拿您的血腥罪行将我卷入？！

想为您自己的邪恶行为辩护？！

莫蒂默：

您听我说呀！

莱斯特（大发雷霆）：

快给我滚开！

别像恶魔一样来纠缠。

走开，我不认识您，

我没有同谋刺者鬼混。

莫蒂默：

我来通风报信，您却不让我细诉。

您的事情也已经败露——

莱斯特：

啊！

莫蒂默：

谋刺事件一发生，

赶往福瑟琳海宫的是财政大臣，

他彻底搜查了女王的房间，

人们发现——

莱斯特：

发现什么？

莫蒂默：

女王给您的一封刚开头的信——

莱斯特：

这祸水！

莫蒂默：

她在信里要您信守诺言，

重申同您结婚的意愿，

也提起了那张画像——

莱斯特：

该死！

莫蒂默：

布尔赖阁下拿走了那封信。

莱斯特：

我完啦！

〔在莫蒂默讲话时，他绝望地来回踱步。

莫蒂默：

您要抓紧时机，抢在他的前头！

救您自己也救她——您拿赌咒
来洗刷，想法申辩，渡过难关，
我自己已经无力再干。
我们这一群人全已溃败，
朋友们都已各自逃散，
我这就到苏格兰去招募新的伙伴。
现在轮到您来摆脱厄运，
这要借助您的胆略与威信。

莱斯特（站住，遽然下定决心）：

我就这么干。
〔朝门边走去，将门打开，喊叫。
来人哪，侍卫，来呀！
〔对带武装人员入内的侍卫官。
把这个卖国的坏蛋
抓起来，严加看管。
我这就亲自去朝见，
奏报无耻的阴谋已被揭穿。

莫蒂默（一时惊讶得站在那里发呆，但很快就醒悟过来，以极度鄙视的目光望着莱斯特离去）：

哼，无耻的家伙！——可我也活该！
谁叫我相信这个无赖？
他踩着我的脖子逃跑，
把我扔掉，他就有了救命稻草。
——你保住自己吧！我将永不开口，
我决不拉你一起被砍头，
就是死，我也不认你是一个同谋，
坏蛋求生就靠脸皮厚。

〔对上前要逮捕他的侍卫官。

你要干吗？你这横行霸道的奴才！
我藐视你，我已自由自在！

〔拔出匕首。

侍卫官：

他有武器——把他的匕首夺走！

〔众侍卫朝他逼近，莫蒂默挡住他们。

莫蒂默：

在这最后的关头，
我还要给我的心和舌以自由！
你们背离了天主和真正的女王，
必将遭到诅咒，自取灭亡！
你们既是人间玛利亚的仇敌，
也是天上玛利亚的叛逆，
你们向私生的女王出卖了自己。

侍卫官：

你们听见诽谤了吧？快逮住他！

莫蒂默：

亲爱的！我已无力使你逃出魔掌，
那就给你做出壮士气概的榜样。
请为我祈祷，神圣的玛利亚，
把我带到你的天国里去吧！

〔用匕首刺自己，倒在侍卫的臂弯里。

第　五　场

〔女王寝室。

〔伊丽莎白,手里拿着一封信。布尔赖。

伊丽莎白:

他如此捉弄我,把我引到那里!
这叛逆!布尔赖,他多么得意,
竟将我带到他的情妇面前!
从来还没有女人受到这样的欺骗!

布尔赖:

我还不明白,他到底怎么能够,
用什么力量和什么符咒,
使得女王的睿智机敏
失去作用,竟至如此之甚。

伊丽莎白:

唉,我现在是噬脐莫及,
他对我的软弱一定非常鄙夷!
我以为打下了她的气焰,
可我自己却被她嘲弄丢了脸。

布尔赖:

你看到,我对你是一片忠心哪。

伊丽莎白:

您那明智的忠告我没有采纳,
啊,我这就受到了严厉的惩罚!
我怎么会不相信他为我效劳?
把忠贞爱情的誓言看成圈套?
如果他都骗我,还有谁能依靠?
我倚重他胜于大臣,
我关怀他超过旁人,
在宫中,他得到了我的允许,

可以主人和国君自居！

布尔赖：

但就在同时，他将你

送到虚伪的苏格兰女王手里！

伊丽莎白：

唔，我要她用鲜血来抵偿！

——喂，拟死刑执行令的事怎么样？

布尔赖：

按照你的命令，已经把它拟定。

伊丽莎白：

将她处决！

让他看她死去，再叫他完结。

我已从内心将他弃绝，

情义已断，此恨难解。

过去他是反映我的软弱的镜子，

如今要让他成为我严厉的标志。

派人把他押到伦敦塔，

我将指定贵族来审判他，

要狠狠地对他绳之以法。

布尔赖：

他会要求见你，替自己申辩——

伊丽莎白：

他怎么替自己申辩？

这封信不就说明他有牵连？

他的罪行如此清楚，一如白天！

布尔赖：

可是你却如此仁慈，如此厚道，

他那气度,他那堂堂的相貌——

伊丽莎白:

我不见他,永不,永远不再同他相会!

如果他来,就把他挡回,

这您已经做了准备?

布尔赖:

这已经做了准备!

侍从(上场):

莱斯特阁下到!

女王:

这个可恶的家伙!

我不想见他,对他说,

叫他别来见我。

侍从:

我不敢就这么告诉伯爵阁下,

而且他也不会相信我的话。

女王:

这是我把他捧得太高的结果:

我的侍从竟然怕他不怕我!

布尔赖(对侍从):

就说女王不见他!

〔侍从左右为难,下。

女王(片刻后):

要是他真的能够——

要是他真的能够辩白该有多好!——

您看,这会不会是玛利亚设下的圈套?

想离间我和挚友才使出这一招?

哼,这个奸刁的女泼皮!

如果她写信,那是为了在我心里

撒下怨愤和猜疑,

为解她心头之恨,置他于死地——

布尔赖:

不过,女王,请你考虑——

第六场

〔前场人物。莱斯特。

莱斯特(猛地把门拉开,大模大样地入内):

我倒要见识见识厚颜无耻的人,

竟然不许我进女王寝室的门。

伊丽莎白:

哼,脸皮真厚!

莱斯特:

要将我阻拦!

一个布尔赖她可以接见,

我怎么不能接见?!

布尔赖:

阁下,您太鲁莽,

不经许可就乱闯。

莱斯特:

阁下,您要发号施令太无礼,

什么许可不许可！在这宫里，
还没有谁能允许或禁止
我莱斯特伯爵干什么事。

〔一边说着，一边谄媚地朝伊丽莎白走去。

我听女王亲口——

伊丽莎白(不朝他看)：

不要走到我眼前，贱胚！

莱斯特：

从这些无情的言词可以听出来，
这并不是我那和蔼的伊丽莎白，
而是我的仇敌，他布尔赖——
我请求我的伊丽莎白——
你听了他的话，也该让我来表态。

伊丽莎白：

说呀，不要脸！
罪上加罪，又来狡辩！

莱斯特：

先叫他离开，这个人实在多余——
阁下，您退出去——
我跟我的女王谈话，
并不需要见证。走吧！

伊丽莎白(对布尔赖)：

您留下。这是我的命令！

莱斯特：

这第三者同我们有什么相干?!
我跟我崇拜的君王有事要商量——

我的地位赋予我的权利——
这些神圣的权利,我决不抛弃!
因此我还是主张,
男爵不应该在场!

伊丽莎白:
这么大的口气,您正合适!

莱斯特:
是正合适,因为我有幸
享受优遇,蒙你垂青,
得以超越他与任何人而高升!
你一片真心使我成为显贵,
你的深情赐予我的厚馈,
我对天起誓,将以生命来保卫。
叫他走吧——只消片刻就行,
让我向你把实情讲明。

伊丽莎白:
想用花言巧语蒙骗我,您这是妄想。

莱斯特:
能说会道的人可能骗你,
我的诉说可要进到你的心里。
全赖你的恩宠,我才敢那样行动,
我只愿在你面前表白愚忠——
我只遵从你的意愿,
并不接受别人的裁判!

伊丽莎白:
无耻!首先将您判罪的正是她——
阁下,请您把那封信拿给他!

布尔赖：

把信拿去。

莱斯特(将信略一过目,不动声色)：

这是斯图亚特的手迹！

伊丽莎白：

您看了,就会哑口无言。

莱斯特(读后保持镇定)：

从表面来看对我不利,但我希望,

不要把表面现象当成我的罪状！

伊丽莎白：

您同斯图亚特暗通声气,

收了她的画像,怂恿她逃匿,

您怎能说人不讲理？

莱斯特：

如果我自知罪责难逃,

当然会把仇敌的证据赖掉。

可是我并无任何阴私,

我承认,她写的全是事实。

伊丽莎白：

哼,可怜虫！

布尔赖：

他自己的嘴巴宣判了他自己。

伊丽莎白：

带走！把他押到伦敦塔去——这叛逆！

莱斯特：

我不是叛逆。我错就错在

没有把这条计策给你讲明白；

可是我的用意真诚纯洁：
是为弄清仇敌的底细，将她除灭。

伊丽莎白：

狡辩！

布尔赖：

怎么？阁下？您以为——

莱斯特：

我知道使用了冒险的策略，
但在宫里，只有莱斯特伯爵
采取行动，才敢这样果决。
谁都清楚，我对玛利亚多么憎恨。
显贵的地位、女王赐予的信任，
将排除诸般嫌疑，确证这番苦心。
既能超越群臣，蒙受殊恩，
自可独辟蹊径，正因为胆识过人，
才以此去完成应尽的本分。

布尔赖：

既然是好事一桩，又何必要守口如瓶?!

莱斯特：

阁下，您爱没有动手便叽里呱啦，
这就成了您自己行动的喇叭。
男爵，这是**您的章法**。
可我总是先干事情后讲话。

布尔赖：

您絮絮不休，其实是出于无奈。

莱斯特（以傲慢轻蔑的目光打量他）：

您自夸建立了丰功伟绩，

拯救了女王,揭露了叛逆。
您以为具有敏锐的眼力
能够洞察一切隐秘——
真可怜哪,还自以为了不起!
您的机敏有何用?! 如果我不拦阻,
玛利亚·斯图亚特今天就会逃出。

布尔赖:

难道是您——

莱斯特:

阁下,正是鄙人。
女王认为莫蒂默可信,
向他揭示自己的内心,
竟委以狠狠惩治玛利亚的重任。
因为他的舅父对此有反感,
这个任务鲍勒特不愿意承担。
您说,这话可是太玄?

〔女王和布尔赖面面相觑。

布尔赖:

您从哪里知道这事?

莱斯特:

这话可是太玄?——您说呀,阁下!
您不是全身都长眼睛吗?
怎么看不出莫蒂默骗了尊驾?
他是狂热的天主教徒,
吉兹和斯图亚特的家奴,
胆大妄为、死心塌地的盲从者,
他来是为了搭救斯图亚特,

他又是打算谋害女王的刺客。

伊丽莎白(惊讶不置):

这个莫蒂默!

莱斯特:

玛利亚正是通过此人同我策划,
就在这个过程中我了解了他。
他们的行动步骤已经拟就,
今天便要把她劫走,
刚才他亲口向我透露了这阴谋;
我下令把他逮捕,
他眼看事情已经败露,
在绝望中将自己的生命结束!

伊丽莎白:

我这样受骗,真是闻所未闻——
这莫蒂默!

布尔赖:

刚才,刚才我离开您后发生此事?

莱斯特:

我不能不为自己叫屈,
这竟然就是他的结局。
如果他还活着,本来可以作证,
把我的罪名洗刷干净。
我本想将他缉拿归案,
希望人们严加审讯,在世人面前,
对我的清白作出明确的评断。

布尔赖:

您说他已自杀?是他自杀?

还是您杀了他?

莱斯特:

猜疑可耻,是我下令将他逮捕,

您问侍卫就清楚!

〔他向门边走去,朝外面喊人。侍卫官入内。

请向陛下奏明,

那莫蒂默如何毙命!

侍卫官:

当时我正在前厅守卫,

伯爵大人猛地把门一推,

说那个侍从是卖国贼,

命令将他捉拿问罪。

那人一怒之下拔出匕首,

对女王陛下恶毒地肆意诅咒;

我们还来不及阻挡,

他便刺向自己的胸膛,

猝然倒毙在地上——

莱斯特:

行啦!您可以退下!

女王陛下已能明察!

〔侍卫官下。

伊丽莎白:

哼,可恶至极!

莱斯特:

究竟是哪一个救驾?

难道是布尔赖阁下?

是他知道你已危机四伏?

是他替你把灾星驱除？——
你忠实的莱斯特才替你守护！

布尔赖：

伯爵，对您来说莫蒂默死得正好！

伊丽莎白：

我也不知怎样才能分得清，
说你可信难辨明，
说你有罪又无证，
这么多烦恼都来自那个害人精！

莱斯特：

她是死有余辜。
现在我也赞成将她惩处。
当时我曾劝你延缓执行，
除非有人重新为她请命。
现在果真如此——我坚决要求，
立即处决这个死囚。

布尔赖：

您要求处决她？您！

莱斯特：

极端的行动虽使我义愤填膺，
但此刻我仍能保持头脑清醒：
女王的安宁要求流血的牺牲。
由于这个原因我奏请
立即签发行刑的命令！

布尔赖（对女王）：

既然伯爵大人忠心耿耿，
我愿向陛下恳请，

由他监督判决的执行。

莱斯特：

由我！

布尔赖：

由您——人们指控您爱过她，
如果行刑令由您自己来传达，
这才能够最好的洗雪
此刻您还蒙受着的嫌疑。

伊丽莎白(直勾勾地盯着莱斯特)：

阁下的建议很好。就照此办理。

莱斯特：

我以显贵之尊完全可以
不必去执行这惨不忍睹的大辟。
这个任务无论如何应该由
布尔赖等人，而不是由我来接受。
谁随侍在女王陛下的身边，
谁就应该避开不祥的场面。
但为了表明我的一片忠心，
让女王陛下得以消解愤懑，
我愿抛开作为显要的特权，
这个难堪的职责由我来承担！

伊丽莎白：

布尔赖阁下和您共同来承担！

〔对布尔赖。

您负责立即签发命令。

〔布尔赖下。外面传来喧闹声。

第七场

〔肯特伯爵与前场人物。

伊丽莎白：

肯特阁下，发生了什么事？

城里有什么事？——出了什么乱子？

肯特：

陛下，你的子民围在王宫外面，

他们强烈要求你的接见。

伊丽莎白：

他们想要干什么？

肯特：

伦敦城内可怕的谣言蜂起，

传说你的处境已非常危急，

到处有教皇的刺客要加害于你。

天主教徒们密谋强抢，

准备使用暴力冲进牢房，

把斯图亚特劫走，立她为王。

民众听信了传闻，群情愤激，

只有今天就将她斩首方能平息。

伊丽莎白：

怎么？要对我施加压力？

肯特：

在你签署行刑令以前，

他们决不会解散。

第 八 场

〔布尔赖与戴维逊持一文件上。前场人物。

伊丽莎白：

戴维逊，您拿什么来了？

戴维逊（趋近。严肃地）：

你曾命令，唔，女王陛下——

伊丽莎白：

什么命令？

〔正要伸手去接文件，猛地颤抖着往后一退。

啊，我的上帝！

布尔赖：

请俯允民众的呼吁，

这是上帝的旨意。

伊丽莎白（内心在斗争，犹豫不决）：

唉，二位阁下，有谁能使我确信，

这是全体百姓，举国上下的声音！

啊，我此刻真是忧心如焚：

如果我依从了外面这一群人，

将会听到截然相反的议论——

正是迫使我采取行动的人们，

事后又将严词来诘问！

第九场

〔席娄斯伯利伯爵与前场人物。

席娄斯伯利(非常激动地上)：

人们在催促你，忙中有错，陛下！
你要拿定主意，坚定不移呀！——
〔瞥见戴维逊手里拿着文件。
难道已经签署？真是这样？
我看见不祥的文件在那只手上。
陛下，此时此刻应将它搁置一旁。

伊丽莎白：

高尚的席娄斯伯利！人们逼迫我。

席娄斯伯利：

谁能逼迫你？是你在掌握大权，
此时此地应显示你至尊的威严！
他们胆敢左右女王的意志，
竟对你的决断进行挟制，
这些粗暴的声音请加以遏止。
恐惧、臆测弄得人心惶惶，
盛怒使你自己也已经失常，
你非天神，此刻定罪确实欠妥当。

布尔赖：

早就定罪。现在要做的事情，
并不是判决，而是执行。

肯特：

（席娄斯伯利上场时曾离开,这时返回）

现在喧闹越来越凶,

民众已经再也不肯顺从。

伊丽莎白（对席娄斯伯利）:

您看,人们这样逼迫我!

席娄斯伯利:

我请你千万要暂缓惩处,

这一笔决定你一生的祸福。

你已考虑了这么多年,

怎能草率从事于这激怒的瞬间?

暂缓片刻,请冷静下来,

镇定一些,这个时刻尚需等待。

布尔赖（激动地）:

等待,犹豫,延误,

直到全国化为焦土,

直到仇敌真的实现谋刺的企图。

守护神使你三度逢凶化吉,

今天你又险些中了毒计,

希望再出现奇迹不啻冒犯上帝。

席娄斯伯利:

上帝用神奇的手四次保护了你,

今天给衰弱的老翁以一臂之力,

使他得以制服一个狂怒的疯人,

这个神——他应该得到你的信任!

我此刻不想发出正义的声音,

这个时刻现在还没有来临,

因为你心潮起伏难以听进。

但有一句话请你要相信！
如今你因有生命的玛利亚发愁，
其实对这个活人大可不必担忧，
一旦她授首死去，你将浑身颤抖。
她会从坟墓里复活，
化为倾轧、复仇的恶魔，
蛊惑民心，在全国出没。
英国人对她由于惧怕而憎恨，
如果死去，却又会为她招魂。
那时她不再是信仰的大敌，
而是历代国王的后裔，
他们将对她怀着悼念的心情，
认为她遭到嫉妒忌恨而丧生！
这突变将很快地展现在你眼前，
如果发生了流血事件，
请遍游伦敦，在民众当中露面。
他们曾欢跃地簇拥在你的身旁，
到那时英格兰、老百姓都会变样，
因为你已经失去了正义的光芒，
虽然你往昔由此而得孚众望！
恐惧，那助纣为虐的豪奴，
令人不寒而栗地为你开路，
你所到之处都变成一片荒芜。
你竟冒天下之大不韪，
国王都身首异处，怎不人人自危！

伊丽莎白：

唉，席娄斯伯利！你今天救了我，

将凶手的匕首从我身边打落——
你干吗不让它往里刺戳?
如能这样,一切争辩都不了了之,
免得疑虑重重,可以一无过失,
我将安卧在清静的寝室!
唉,我对生活和治国已经厌弃。
我们两个女王非要一个遭诛戮,
另外一个才能保住?——
只能是这样,我已看清楚——
难道我不能做那个让步者?
把大权交还臣民,由他们去选择。
苍天有知,我活着并非为我自己,
只是为了让我的百姓能够得益。
如果他们对比我年轻的女王,
对乞怜的斯图亚特寄予希望,
能使生活变得更加幸福,我愿逊位,
返归寂静的伍德斯托克以引退,
在那里我度过无所企求的青春,
在那里我远离争权夺利的红尘,
在我内心找到真正的自尊——
我天生不配惟我独揽大权,
国君必无情,可我的心肠又太软。
我愉快地治理岛国已多年,
因为我只消使人幸福便心安。
现在第一次遇上国王的重任,
我就感到自己已经力不从心——

布尔赖:

这一番话实在有失王者的尊严，
我竟然会从陛下之口听见。
如果我再保持沉默，
就等于玩忽职守，背叛祖国。
——你说你爱百姓胜于自己，
现在请拿出行动，别贪图安逸，
任凭天下大乱也置之不理。
请想一想教会！这斯图亚特上台，
那旧教岂非又要兴妖作怪？
修道士又将在这里作威作福，
教皇使节也会从罗马派出，
封我们的教堂，废我们的君主。
——这关系到你所有臣民的命运，
此刻我要求你为他们尽心——
你的行动决定他们能否生存，
这个时候不可手软心慈，
你的天职便是黎民的福祉。
席娄斯伯利曾为你解脱危难，
我要做得更多：拯救整个英格兰！

伊丽莎白：

事关重大，请让我独自待一会！
人类已经无力来劝慰。
我要问至高的法官该何去何从，
我将遵照他的启迪采取行动——
诸位阁下，请各自便！

〔对戴维逊。

阁下，您留在我身边！

〔众人退出。但席娄斯伯利在女王面前站了片刻,用意味深长的目光凝视她,随后流露出极其沉痛的心情缓缓离去。

第 十 场

〔独自一人。

伊丽莎白:

唉,当公仆犹如服苦役那样可耻!——
我无意再向这偶像恭维备至,
我已从内心深处对它鄙视!
在这王位上我哪天得到安宁?
我不得不倾听百姓的呼声,
千方百计博取小民的恩宠,
讨好那偏爱作伪者的乌合之众。
唉,要取悦世人何来君主的威势?!
国王毋须看人们的眼色来行事。
我伸张正义,主持公道,
一辈子都憎恨专制横暴。
难道这是为了自缚手脚,
将首次要开的杀戒也一笔勾销!
我树立的榜样在对我自己控告!
如果我有一副铁石心肠,
像先王西班牙的玛利亚那样,
我就无所顾忌地叫她洒血身亡!
可是我若任由自己抉择,

眼前的情势是否许可？
危急无敌，束缚住国王的意志，
它迫使我不得不如此。
仇敌环伺，只有百姓的恩惠
才使我保住这被人垂涎的王位。
大陆上一股股势力纠集起来，
他们都想把我除灭而后快。
罗马教皇对我恨得要命，
发出了将我逐出教会的谕令。
法兰西借伪善的亲吻出卖我，
西班牙又从海上对我逼迫，
他们肆无忌惮，燃起猛烈的战火①。
我一个妇女手无缚鸡之力
却要迎战四面八方的来敌！
亲生的父亲使我丢了脸，
这是事关宗室世系的污点，
我必须用美德蒙盖王权的缺陷。
徒劳无功啊，我实在难以遮掩——
对手的仇恨已把它揭穿，
将这死敌斯图亚特摆在面前。
不行！不能再这样不安宁！
她的头该掉，我的心要定！
——命运让这折磨我的恶魔来缠身，
她就是向我索命的复仇女神。

① 指一五八八年西班牙“无敌舰队”向英国发动进攻。那是在玛利亚·斯图亚特死后的事情。席勒在剧中将此事提前。

每当我植下喜悦、希望的种苗，
这地狱的毒蛇就会来滋扰。
她抢走我的心上人①，
她夺掉我的未婚夫②！
玛利亚·斯图亚特就是我的灾难！
如果从人世除灭她这个祸患，
我将优哉游哉，像和风吹拂在山间。

〔静默。

她鄙视我，显得多么倨傲！
她的目光犹如霹雳，要将我击倒！
你奈我何！我有更加锐利的武器，
它们能够置你于死地！

〔急步走到桌边，提起笔来。

你骂我私生女？——多么可悲！
你有生命和呼吸，我才被诋毁。
只要我将你除灭掉，
宗室血统的争议也就云散烟消。
一旦不列颠人别无选择，
我便成了名正言顺的继承者。

〔以迅速有力的笔画签署，然后把笔放下，现出惊骇的神色，后退。过了一会儿按铃。

① 指莱斯特。
② 指法国安茹公爵。

第十一场

〔伊丽莎白。戴维逊。

伊丽莎白：

那几位大人在哪里？

戴维逊：

百姓情绪激动，他们去劝说。
席娄斯伯利伯爵一露脸，
立即便平息了混乱的局面。
"他，就是他！"成百个声音在呼喊，
"是他救了女王！听听他的意见！
在我们英格兰要数他最勇敢！"
高贵的塔尔波特用婉转的言词，
责备百姓们不应该闹事。
他的话如此有力而实在，
大家都逐渐安静下来，
悄悄地从广场走开。

伊丽莎白：

这些善变的民众随风摇摆，
依靠这种墙头芦苇一定会失败！——
好啦，戴维逊阁下，您可以回去休息！

〔当他转身朝门边走去时。

这个文件——交还给您自己——
我这就把它放在您手里。

戴维逊(朝文件瞥了一眼，大吃一惊)：

陛下！你已经签名！

你已经做出决定？

伊丽莎白：

——我只是照惯例签名，

如此而已，一纸公文还不是决定，

一个名字也并不就是死刑。

戴维逊：

陛下，你在这个文件上签名，

决定了一切，能致人死命，

像一闪即中的雷电那样迅猛——

它将命令使臣和长官立即行动，

奔赴福瑟琳海宫，

向苏格兰女王宣布敕令，

她已经被判处死刑，

等到黎明来临，便要执行。

现在已经刻不容缓！

我一送出文件，她的命也就完。

伊丽莎白：

是呀，阁下！上帝将严峻的命运

交付给您无力的双手，请他开恩，

用他的智慧给您以启示，

我走了，这事就由您去处置。（欲下）

戴维逊（挡住她的去路）：

请别走，陛下！请别离开我，

你的意下如何还没有说。

除了绝对遵从你的指挥，

难道我现在还需要另一种智慧？

——你把这个文件交给我，
是否要我火速送去执行不能拖？

伊丽莎白：

看着办吧，您很聪明——

戴维逊（急切、惊骇地打断她的话）：

不能凭我的聪明！这怎么行！
我的聪明全在于服从诏令。
此事不能留给你的臣仆来决定。
稍有差池，那便是弑君，
这莫大的不幸将永无穷尽。
兹事体大，请你允许，
让我做一个盲从驯服的工具。
请你明明白白地说一遍，
这血淋淋的命令我该怎么办？

伊丽莎白：

——它的名称已说明该怎么办。

戴维逊：

那你的意思是：立即执行！

伊丽莎白（犹豫地）：

我没有这么说，一想到它就发抖。

戴维逊：

那你的意思是：暂缓执行！

伊丽莎白（急速地）：

由您负责！您承担后果。

戴维逊：

我？天哪！——陛下，你说吧！你要怎样？

伊丽莎白（不耐烦）：

我要这样:那不祥之事
别再叫人花费心思,
我要安宁,直至永世。

戴维逊:

你只需要讲一句话。
请决定这文件如何处置,说吧。

伊丽莎白:

我已讲过,别再折磨我。

戴维逊:

你已讲过?你什么也没有对我讲——
陛下,请你想一想。

伊丽莎白(顿足):

岂有此理!

戴维逊:

请你宽恕,我任职不过数月,
这宫廷的语言我还不能领略——
我从小习惯于直率、质朴的方式;
请赐予你的奴仆以仁慈!
那句点化我的话请别吝惜,
我的职责何在请为我析疑——

〔带着恳求的神态走近她,女王背转身去。他绝望地站着,然后以断然的口气对她说。

请把这个文件收回!请收回去!
我像攥着一团烈火在手里。
这事真可怕,请别挑我来处理!

伊丽莎白:

你要尽职!(下)

第十二场

〔戴维逊。布尔赖随后上。

戴维逊：

她走了！她使我进退两难，
这要命的文件害得我一筹莫展——
收起来？发出去？我不知道怎么办？
〔对上场的布尔赖。
啊，好了，阁下，您来得真及时！
正是您举荐我担任这公职。
现在请您给我把它解除，
我当初接事对它的任务不清楚。
您在不引人注目的角落发现我，
让我回去，我不配待在这个处所——

布尔赖：

阁下，您怎么啦？要镇定。
行刑令呢？陛下刚才召您来面命。

戴维逊：

她气冲冲地离开。我需要您帮助，
我有苦难言，进退维谷！
这就是行刑令——现在已经签署。

布尔赖（连忙问他）：

签了？拿来！拿来给我！

戴维逊：

我不能给您。

布尔赖：

怎么？

戴维逊：

她还没有把她的意思讲清楚——

布尔赖：

没有讲清楚！她都签署了。给我！

戴维逊：

我该送去执行——还是不该执行？

——天哪！这主意实在拿不定！

布尔赖（催得更急）：

您马上送去执行。

给我！误了大事，您就没命。

戴维逊：

草率从事，我也是没命。

布尔赖：

您是个傻瓜，您发疯啦！给我！

〔从戴维逊手中夺走文件，转身就跑。

戴维逊（追他）：

您要干什么？站住！您会把我毁掉！

第五幕

〔景同第一幕。

第一场

〔汉娜·肯尼迪身着丧服[①]，泪眼红肿，怀着巨大而隐忍的哀痛，在封存信件和包裹，不时因悲伤而停手，人们可以看见她在这间歇里默祷。鲍勒特和德鲁利入内，同样戴孝。后面跟着许多仆人，他们端着金质和银质的器皿、镜子、油画及其他贵重物品，堆满在室内后部。鲍勒特交给女仆一个首饰盒连同一张单子，向她示意，送来各物都开列在上面。目睹如此豪华，女仆不禁又一次悲从中来，为深深的哀痛所压倒，其他人悄然离去。梅尔维尔[②]上。

肯尼迪（她一见到他，便叫起来）：

梅尔维尔！是您！我可又见到您了！

梅尔维尔：

① 席勒在一八〇〇年六月二十二日致伊夫兰的信里写道："第五幕中一切到玛利亚处去的人都身着丧服。布尔赖和席娄斯伯利全剧都身着黑衣。"

② 梅尔维尔在一五八七年一月二十一日即和玛利亚·斯图亚特分开。

是呀,忠心的肯尼迪,我们又见面了!

肯尼迪:

在长久而痛苦的分离之后!

梅尔维尔:

是一次不幸而痛苦的重逢!

肯尼迪:

天哪!您来——

梅尔维尔:

向我的女王最后一次告别,
这是永诀。

肯尼迪:

现在终于,在她即将就义的清晨,
终于容许她见到自己的友人,
她是多么渴念你们!
——亲爱的总管,我不问您生活得怎样,
不向您细说我们遭到什么灾殃,
自从人们逼您离开我们的身旁。
来日方长,自可互诉衷肠!
啊,梅尔维尔,梅尔维尔!命里注定,
我们要目睹今日的黎明。

梅尔维尔:

此刻我们不能使自己失去勇气,
可是有生之年我都要哭泣,
这两颊再也不会浮现微笑,
这黑色的丧服我终生都不脱掉,
我对她的哀思将永不消减,
但今天我要显示我的赤胆——

请您也答应我克制您的悲伤——
即使所有人都感到极度的沮丧，
让我们仍然挺起胸膛，
镇定而豪迈地走在她的前面，
在通向死亡的路上给她做伴！

肯尼迪：

梅尔维尔！您以为需要我们相陪，
女王才视死如归，
那您未免悖晦！
正是她自己将为我们做出榜样，
镇定而豪迈地挺起胸膛。
她是玛利亚·斯图亚特，可以放心，
她将作为国王和英雄而献身。

梅尔维尔：

她对凶险的消息是否泰然自若？
听说，她没有料到有这样的结果。

肯尼迪：

没有料到。她感到焦虑，
却是由于完全不同的惊惧，
不是死神，而是救星使她惶遽。
——我们得到了许诺，说能获得自由，
昨晚莫蒂默答应带我们出走。
她既怀疑惧，又心存侥幸，
拿不定能否将万乘之躯和英名
托付给那鲁莽的年轻人，
就这样期待着拂晓的来临。
——这时宫里突然沸沸扬扬，

打门和许多铁锤敲击的声响
传到耳畔,使我们感到惊慌。
我俩还当是营救的人们——
希望在招手,唤醒了求生之心,
如此强烈,又如此诱人——
蓦地——原来是鲍勒特——打开了门。
他来告诉我们——说——那个刑架,
木工们正把它搭在我们的脚下。

〔猛地为悲痛所攫住,转过身去。

梅尔维尔:

啊,请您告诉我,苍天!
玛利亚怎能忍受这可怕的突变?

肯尼迪(片刻以后,又变得冷静一些):

我们不能缓慢地离开人间!
从短暂化为永恒的转变
只能陡然疾如转瞬就实现。
此刻天主对我的女主人垂恩,
让她下定坚不动摇的决心,
摒弃尘世的希望,
满怀虔诚进入天堂。
没有一丝畏惧,没有一声悲叹
使得我的女王丢脸——
但当听到莱斯特伯爵无耻叛变,
那位可贵的青年遭遇如此悲惨,
他为她做出了牺牲,
当看到老骑士痛不欲生,
他因她而失去了最后的依凭,

这时她不禁潸然泪下，

并非对自己，是对他人的痛苦牵挂。

梅尔维尔：

她在哪里？您能否带我去见她？

肯尼迪：

她在祷告中度过残夜，

作书向挚友们诀别，

遗嘱也是她亲手撰写。

现在她稍事休息，

最后的小睡将使她把精神提起。

梅尔维尔：

谁在陪她？

肯尼迪：

她的侍医布尔哥因和女仆。

第　二　场

〔玛格丽塔·库尔和前场人物。

肯尼迪：

夫人，怎么样？主人醒了？

玛格丽塔·库尔（拭泪）：

已穿好衣服——她叫您进去。

肯尼迪：

我这就来。

〔对梅尔维尔，他正想陪她进去。

您先别跟我入内，

等主人做好见您的准备。(下)

玛格丽塔·库尔:

梅尔维尔!

是老总管吧?

梅尔维尔:

是我呀!

玛格丽塔·库尔:

唉,这所房子已经不需要管理!

——梅尔维尔!您从伦敦来到这里。

您可带来我丈夫的消息?

梅尔维尔:

人们说,他将被释放,

一等到——

玛格丽塔·库尔:

一等到陛下身亡!

唉,这叛徒一文不值,丧尽天良!

是他害了敬爱的女王;

听说,他的证词成了她的罪状。

梅尔维尔:

正是这样。

玛格丽塔·库尔:

啊,应该诅咒他的灵魂,

直至地狱!他的证言并不可信——

梅尔维尔:

库尔夫人,您说什么!

玛格丽塔·库尔:

在法庭的围栏前我也敢发誓,

我要让世人得知，
我要当他的面重复这事实，
她是无辜被处死——

梅尔维尔：
但愿事实果真如此！

第　三　场

〔布尔哥因与前场人物。随后汉娜·肯尼迪上。

布尔哥因（瞥见梅尔维尔）：
啊，梅尔维尔！

梅尔维尔（拥抱他）：
布尔哥因！

布尔哥因（对玛格丽塔·库尔）：
请端一杯酒给主人。
快去！

〔玛格丽塔下。

梅尔维尔：
怎么？陛下不舒服？

布尔哥因：
她感到有力，那是刚勇的豪气，
她以为此刻无须疗饥；
可是她面临一场严酷的斗争，
不能让仇敌得意忘形，
并非死亡的恐惧使她神色凄楚，
而是虚弱的身体为疲惫所征服。

梅尔维尔(乳母入内,对她):

　　她要见我吗?

肯尼迪:

　　她自己马上就到这里,
　　——您四面环视,似乎感到惊奇,
　　您的目光在问我:这是什么道理,
　　这死地的陈设何必这般华丽?
　　唉,阁下,我们在此居住多么清苦,
　　直到死神来临,才又豪华如初。

第　四　场

〔前场人物。玛利亚的另外两个女侍,同样身穿丧服,见到梅尔维尔放声大哭。

梅尔维尔:

　　这景象,这重逢多凄惨哪!
　　格尔特鲁德! 罗莎蒙德!

第二个女侍:

　　她叫我们走开,
　　要最后一次单独向天主表白!

〔又来两名女侍,与其他几个一样带孝,默然流露出哀伤的神情。

第　五　场

〔前场人物与玛格丽塔·库尔,她端来一只盛了酒的金杯,放在桌子上，脸色苍白，靠在椅子上发抖。

梅尔维尔：

夫人，怎么啦？怎么吓成这样？

玛格丽塔·库尔：

天哪！

布尔哥因：

您怎么啦？

玛格丽塔·库尔：

怎么偏让我看见这个！

梅尔维尔：

您冷静一下！告诉我们看见什么。

玛格丽塔·库尔：

我端着酒杯从宽阔的楼梯上来，
这时通向下面大厅的门被打开——
我朝里面瞥了一眼——
天哪！——我看见——

梅尔维尔：

您看见什么？请保持镇静！

玛格丽塔·库尔：

四壁都挂起了黑色的帷幕，
高竖在地上的大断头台也蒙了黑布，
在台顶的中间
有一块带垫子的黑色木板，
一把雪亮的利斧放在旁边——
满屋的人围着行刑的台架打转，
目露凶光，等待鲜血四溅的场面。

女侍们：

啊，愿天主保佑我们的女主人！

梅尔维尔：

镇静！她来了！

第 六 场

〔前场人物。玛利亚。她身穿白色盛装；颈上戴着小球缀成的项链，下悬一枚“天主的羔羊”的圣牌①；一串念珠从腰带上垂挂下来；手持耶稣受难像；头发上系着象征王权的饰带。她那黑色的大披纱撩在身后。她登场时，众人均退向两旁，都流露出极度的痛苦。梅尔维尔不知不觉地跪下去。

玛利亚（镇定而庄严地扫视在场诸人）：

你们为何忧伤？为何饮泣？
你们应该分享我的欣喜。
灾难终将消散，枷锁正在掉落，
牢笼就会打开，灵魂快要复活，
借天使的翅膀飞向永恒的解脱。
我落入那个骄横的仇敌之手，
对无礼的侮辱只能逆来顺受，
哪里还有女王的伟大和自由，
那才是应该为我流泪的时候！
善心的死神来医治我的创伤，

① 天主的羔羊为基督的象征。

这位挚友用黑色的翅膀
为我把蒙受的耻辱遮挡——
终局将展示深受压抑者的高尚。
我感觉到重新戴上了王冠，
高尚的灵魂又有了自豪的尊严。

〔一边说着，一边往前走了几步。

啊？梅尔维尔？——可敬的朋友，别这样！
请起！您是为了胜利朝见女王，
并非为她到此来奔丧。
我得到从来未敢奢望的安慰，
身后之名仇敌将无法肆意诋毁，
有一位友人，信仰的同伴，
在我临终时作为见证在身边。
——在这并不好客、满怀敌意的地方，
自从人们强迫您离开我身旁，
高贵的骑士，您过得怎样？
为您而担忧常使我感到沮丧。

梅尔维尔：

为您忧伤，又无力为您效劳，
这便是我莫大的苦恼！

玛利亚：

我的老管家迪吉可好？
这义仆或许早就大限已到。
他确实年事已高。

梅尔维尔：

天主对他尚未赐予殊恩，
他活着，是为了掩埋您的青春。

玛利亚：

我盼望福星照临：
在我归去之前有这样的缘分，
能够拥抱高贵血统的子孙。
可我注定要客死异乡，
只能看到你们的眼泪在流淌！
——梅尔维尔，我对亲人的最后愿望，
我要请忠实的友人您记在心上——
我为笃信基督的国王——我的小叔①
和整个法兰西王族祝福——
我为红衣主教——我的舅父
和亨利·吉兹，我高贵的表弟祝福。
我祝福教皇，神圣基督的化身，
他也将祈求天主为我施恩；
我祝福信奉天主教的国王②，
他为救我毅然与我的仇人对抗——
他们都被写进了我的遗嘱，
这是一颗真心做成的礼物，
他们不会由于它的微薄而轻侮。

〔转身对仆人。

我已经向小叔——法兰西国王
推荐你们几位前往，
他将为你们寻得一个新的家乡。
如果认为我最后的请求中肯，

① 指亨利三世，玛利亚·斯图亚特第一个丈夫弗朗西斯二世的一个弟弟。
② 指西班牙国王腓力二世。

请不要留在英格兰，别让不列颠人
用你们的不幸喂养傲慢的心，
在尘土里看见服侍过我的人们。
请以耶稣受难像起誓，
一俟我诀别人世，
你们便离开这块不祥的土地。

梅尔维尔（抚摸耶稣受难像）：
我以在场诸人的名义向你发誓。

玛利亚：
我虽遭剥夺，几至一无所有，
但得到支配余物的自由。
我已决定如何向你们赠送，
只盼我最后的愿望得到尊重。
归天途中的穿戴也属于诸位——
让我再次沐浴于人间的光辉！

〔对女侍们。

阿丽丝，格尔特鲁德，罗莎蒙德，
我把珍珠和服饰送给你们几个，
青春年少，当以爱美为乐。
玛格丽塔，你最应该得宽容，
因为我将你留在莫大的不幸中。
你丈夫有过错，但我不向你报复，
这在我的遗嘱里可以看清楚。
啊，忠心的汉娜，你无意于
最贵的黄金和璀璨的美玉，
你的至宝便是追念我的思绪。
请收下我这一方手绢，

我在忧伤中亲手为你穿针引线，
我行行热泪也编织在这里面。
到时请以此将我的双眼蒙住，
我希望得到汉娜你的眷注，
给我以最后一次的帮助。

肯尼迪：

啊，梅尔维尔！我已心碎！

玛利亚：

大家都来吧！让我向你们诀别！

〔她伸出双手，大家一个接着一个在她脚边跪下，吻着她伸过来的手，泪如泉涌。

永别了，玛格丽塔——永别了，阿丽丝——
布尔哥因，多谢您尽心的服侍！——
格尔特鲁德，你这发烫的嘴唇！——
真是恨我者狠，爱我者深！
愿有奇男为格尔特鲁德造福，
这颗炽热的心需要爱情来倾注！——
贝尔塔！你的处境比别人要强，
因为你要做上天纯洁的新娘①。
啊，赶快实现你的誓言，
人间的利欲最善欺骗，
这从你女王的身上也能窥见！——
好吧！别了！别了！只留下永世的思念！

〔她猛地背转身去，除梅尔维尔外，众人都退出。

---

① 指贝尔塔要做修女。

第七场

〔玛利亚。梅尔维尔。

玛利亚：

件件俗事都已安排妥善，
对谁都再无亏欠，
我希望这样离开人间——
梅尔维尔，只因一桩心事，
我受压的灵魂难以欢畅地展翅。

梅尔维尔：

对我诉说吧，放宽心胸，
向你忠实的友人倾吐你的苦衷！

玛利亚：

我站在永恒的边缘；
即刻就要走到最高法官的跟前，
但我尚未得到天主的赦免，
同教的神父人们不让我见面。
我鄙视从异教的牧师手里
领受圣餐的礼仪。
我的宗教信仰便是我的归宿，
只有它才能够为人们造福。

梅尔维尔：

请放心，热切虔诚的愿望，
上苍将视同身体力行一样。
专制权力只会束缚手脚，

诚心却能自由地向天国飞升；
言词虽逝，信仰又赋予生命。

玛利亚：

梅尔维尔，独有一颗诚心尚不足，
信仰还需要人世间的信物，
才能享受天上的至福。
为此天主幻化为凡人，
将无形的上苍宏恩
秘密地锁在可见的肉身。
——宗教，如此神圣，如此崇高，
为我们搭起通向天国的虹桥；
这便是众所皈依的天主教，
普天同信才会更加坚定不动摇；
万千信徒顶礼默祷，
热情炽烈有如冒起的火苗，
灵魂扶摇直上九重霄。
啊，有福的人们在天主之家会聚，
共享虔诚祈祷的乐趣！
祭坛盛饰，烛光辉耀，
钟声悦耳，香烟缭绕。
主教身穿素色的法衣，
将贡献的圣餐杯擎在手里，
宣告化体的庄严奇迹①。
虔诚的会众便面对
眼前的天主下跪——

① 天主教化体说认为圣餐中的面包和葡萄酒会化为耶稣的肉和血。

唉，只有我被撇在一旁，
天福不会降临到我的牢房。

梅尔维尔：

它降临到你的身旁！就近在眼前！
相信全能之神威力无边——
在信徒手里枯杖也会冒出芽尖①！
谁能在岩石上击出清泉②，
就能为你在牢房里布置祭坛，
就能把这杯人间的甘泉，
转眼化为天国的美酒。

〔他一边说着，一边端起桌上的圣餐杯。

玛利亚：

梅尔维尔！唔？我明白您的主见！
这里没有神父，没有教堂和圣餐——
但是救世主有言在先：
如有两人以我的名义聚会，
我就在他们中间。
神父如何获得为主传言的职位？
靠纯洁的心和无可指摘的行为。
——您是我的神父，虽然未授圣职，
却是天主的使者，将为我带来福祉。
——我要向您做最后的忏悔，

---

① 指亚伦杖。据《圣经》，摩西为了证实亚伦的祭司长称号为耶和华所授予，叫以色列十二支派头人，包括亚伦在内，各送牧羊杖一根到圣所，第二天只有亚伦那一根开花，结出扁桃。众人于是信服这是耶和华的旨意。

② 据《圣经》，以色列人在利非订受到干渴的折磨，摩西按照耶和华的吩咐去何烈山，在山脚下用手杖击打岩石，岩石裂开，涌出清泉。

从您之口将听到我被赦罪。

梅尔维尔：

你的心情如此焦急，
女王啊，我说，就是为了安慰你，
天主也会创造出奇迹。
这里没有神父，没有教堂和圣餐？
——你以为这样，其实却不然。
这里有神父，也有一位天主在眼前。

〔他在说这些话时把帽子脱下，同时把盛在金碗里的圣体指给她看。

——我是神父，已薙发行过七次仪式，
我可以在你做最后的忏悔时
听取陈诉，我可以向你宣告，
在走向终结的路上不必再有烦恼。
我现在转给你这个圣体，
教皇陛下曾亲自为它行祝圣礼。

玛利亚：

啊，我就要踏进死亡之门，
竟然又感受到天恩！
像神驾着金色的云从天而降，
像天主的使者一样，
他将使徒引出牢房，
铁栓和看守的剑都难以阻挡，
他大步在锁着的牢门中穿行，
整个监狱都充满了光明，
天使也突然出现在我的面前，
虽然人间的拯救者都将我欺骗！

——而您，昔日是我的仆役，
如今为至尊的天主传达旨意！
一如您的双膝曾在我面前弯曲，
此刻我要在尘土里向你跪下去。

〔她朝他跪下。

梅尔维尔（在她头上画十字）：

请以圣父、圣子、圣灵的名义问你：
女王玛利亚，你能否相信你自己？
你能否起誓，能否起誓陈述？
诚心地忏悔，面对真理的天主？

玛利亚：

我的心敞开在你和他的面前。

梅尔维尔：

自从你最后一次祈求上帝赦免，
你说，你的良心谴责你有何罪愆？

玛利亚：

我的心充满着嫉妒的仇恨，
我胸中激荡着报复的怨愤。
我祈求天主原宥，我以待罪之身
却不能原宥我的敌人。

梅尔维尔：

你是否后悔这一过失，
是否真要得到赦免才离开人世？

玛利亚：

我真是祈求天主赦免我。

梅尔维尔：

你的心还责备你有什么罪过？

玛利亚：

唉，不仅是仇恨，还有罪恶的爱情，
这使我对无上的天主更加失敬。
这颗虚浮的心被那个男人[①] 所迷恋，
他背信弃义将我抛开，将我欺骗！

梅尔维尔：

你是否后悔误入歧途？
你的心可从虚妄的偶像转向天父？

玛利亚：

我经受了这场无比严酷的试炼，
人世间的最后锁链已经挣断。

梅尔维尔：

你的良心还控诉你有何罪恶？

玛利亚：

唉，多年前的血债，虽早已忏悔，
但在这最后时刻仍来问罪，
它挟着可怖的力量返回，
恶狠狠地堵在天国门前发威。
我的默许致使国王——我的丈夫丧身，
我的心和手却又献给勾引的人。
我曾严格地以种种苦行赎罪，
但灵魂里的内疚之虫却未安睡。

梅尔维尔：

你的心是否控诉你尚有他罪？
你有何事还未忏悔？

---

① 指莱斯特。

玛利亚：

现在你已知道压在我心头的一切。

梅尔维尔：

想一想洞察一切者就在周围！
想一想神圣的天主教将会
惩罚隐瞒情节的忏悔，
对永恒的死这便是污辱，
因为这是对圣灵的亵渎①。

玛利亚：

愿不朽的恩典赐我以最后胜利，
我对你并无丝毫遮掩之意。

梅尔维尔：

怎么？你不向你的天主讲清
人们为此而谴责你的罪行？
巴宾顿、帕里犯下血腥的叛逆罪，
你为何只字未提你也参与在内？
你现世的死就是为了此事，
你可要为此也甘受永恒的死？

玛利亚：

走向永恒我心甘情愿，
分针尚未移过最后一圈，
我仍将站在我法官的宝座前面，
但要再说一遍：我的忏悔已做完。

梅尔维尔：

① 参看《新约·马太福音》第12章31节："人一切的罪和亵渎的话，都可得赦免。惟独亵渎圣灵，总不得赦免。"

你应细想一番。心会欺骗，
你或许躲躲闪闪语意双关，
避开把你定罪的字眼，
可你的意志已使你变成同犯。
你要知道，骗术只能骗人，
炯炯发光的眼睛却能直透内心！

玛利亚：

我确曾吁请诸侯君主，
将我从可耻的幽禁中救出；
但我从未下手或起意
要将我的仇敌置于死地！

梅尔维尔：

这么说，你的秘书做了伪证？

玛利亚：

如我所说，事实就是如此。
他们如何做证，请天主昭示。

梅尔维尔：

你就这样登上刑台，
自信无罪而清白？

玛利亚：

天主让我承受枉死之灾，
补赎早年难以饶恕的血债。

梅尔维尔（在她头上画十字）：

那就去吧，你以死赎罪，
作为供献的牺牲在祭坛边下跪。
热情所犯的罪可用热血来赎清，
你的过失只是来自妇女的脆弱，

尘世的人类的弱点不会
随纯洁的灵魂获得神化的光辉。
但我被赋予释放和捆绑的全权①,
我宣告为了你把一切罪孽都赦免!
就照你相信的那样,给你成全②!

〔他把圣饼递给她。

把这圣体拿去,它是为你舍的③!

〔他端起桌上的圣餐杯,以默祷祝福,然后把它递给她。她正想接过去,犹豫一下,随后用手势表示拒却。

把这杯血拿去,它是为你流出④!
拿去吧! 这是教皇赐你的恩典!
在死去时你应像神父一般,
享受国王神圣的特权⑤。

〔她接过圣餐杯。

你在尘世的躯体中把你自己
奇妙地同你的天主结合在一起,
你也将在他那极乐的天国里,
同神明永远地融化为一体,
那里既无罪孽,也无泪水,
那里有美丽天使的光辉。

---

① 参看《马太福音》第16章19节:“我要把天国的钥匙给你。凡你在地上所捆绑的,在天上也要捆绑。凡你在地上所释放的,在天上也要释放。”

② 参看《马太福音》第9章29节:“照着你们的信给你们成全了吧。”

③ 参看《路加福音》第22章19节:“这是我的身体,为你们舍的。”

④ 参看《路加福音》第22章20节:“这杯是用我的血所立的新约,是为你们流出来的。”

⑤ 俗人不能像神父那样享用圣餐中的葡萄酒。由于特许,法国国王在加冕时有共饮的权利。此处也给玛利亚以这种特权。

〔他把圣餐杯放下,听到有响声,便把帽子戴上,走向门边;玛利亚仍然跪着,仍在默祷。

梅尔维尔(回来):

你还要经受严酷的搏斗,
你觉得自己的力量是否足够?
能否将怨和恨全都参透?

玛利亚:

我不怕恨与爱之情又会反复,
因为我已把它们献给了天主。

梅尔维尔:

那么请你准备好,
布尔赖和莱斯特二位已到。

第 八 场

〔前场人物。布尔赖。莱斯特与鲍勒特。莱斯特离得远远地就站住,低垂着眼睛。布尔赖看到他的窘态,走到他和女王中间。

布尔赖:

斯图亚特夫人,我来此处,
是为了接受您最后的吩咐。

玛利亚:

谢谢,阁下!

布尔赖:

遵照女王的旨意,
对您应该通情达理。

玛利亚：

在遗嘱里[①] 我提出最后的意愿，
这已交给骑士鲍勒特保管，
希望一切都能实现。

鲍勒特：

您可放心。

玛利亚：

但愿我的仆人们不会遇到屈辱，
能够按照他们自己的心意，
被遣送到苏格兰或法兰西。

布尔赖：

照您的愿望去做。

玛利亚：

我的遗体不能葬入净土，
那就请容许我的忠仆
将我的心送往法兰西交给亲属。
——唉，它一向就留在彼处。

布尔赖：

一定办到！
您还要——

玛利亚：

请向英国女王转达姐妹的问候——
望您转告，对她赐死我衷心原宥，

---

① 玛利亚·斯图亚特在一五八六年十二月十九日致伊丽莎白的信里表示，希望把她的遗体送到法国去安葬。伊丽莎白不允，在福瑟琳海宫的院子里火化了她的遗体。等到玛利亚·斯图亚特之子即位时，才把母亲的骨灰隆重移葬，安置在威士敏斯特教堂，伊丽莎白一世的坟墓附近。

请她宽恕,我因当时冲动而内疚,
但愿天主保佑——
祝她治国有方,取得成就!

布尔赖:

请说吧!您是否并未改变主意?
您是否仍然拒绝教长① 来效力?

玛利亚:

我已和我的天主和好。——
我使您感到如此悲痛和苦恼,
鲍勒特阁下,使您晚年失去依靠,
事非有意,请不要记恨,不要计较。

鲍勒特(同她握手):

上帝保佑您!您平平安安地去吧!

第 九 场

〔前场人物。汉娜·肯尼迪和女王的其他侍女神色慌张地涌入;跟随在她们后面进来的是执行官,手持白杖。从开着的门可以看见他身后的武士。

玛利亚:

你怎么啦?汉娜?哦,时刻已到!
执行官是我赴死的先导。
只好分手!永别啦!从此一了百了!

① 玛利亚·斯图亚特请求,让她的忏悔师德·普莱阿在她临刑前来见她,遭到拒绝。她也拒绝接见新教的牧师(教长)。

〔侍女们抱住她,悲痛欲绝;她对梅尔维尔。

您——亲爱的朋友和忠心的汉娜,
望能在最后的时刻伴我去刑架。
这番善举请不要拒绝,阁下。

布尔赖:

我无权同意。

玛利亚:

怎么?这小小的请求您不同意?
对待女性岂能失礼!
那么最后叫谁来为我效力!
这决不会是我姐姐的意图:
让女性在我身上受到侮辱,
让男人粗暴的手来接触!

布尔赖:

不许妇女随您踏上刑台的梯级——
她们会叫喊,会哭泣——

玛利亚:

叫她不要哭泣!我可以保证,
我的汉娜能保持镇定!
阁下,请您在我临终时宽大为怀,
不要把我和忠心的乳母分开!
她曾将我抱在怀里带到人间。
请让她用轻柔的手扶着我归天。

鲍勒特(对布尔赖):

就让她这样吧。

布尔赖:

就这样吧。

玛利亚：

在这世上我已别无他求——

〔她拿起耶稣受难像吻它。

我的圣灵！人类将因你而得救！

你曾在十字架上将两臂张开，

请接纳我，现在也把双手伸出来！

〔她转身正要离开，蓦地瞥见莱斯特伯爵，他见她迈步要走，不由自主地惊起，朝她望去——玛利亚看到这情景打起哆嗦，两腿发软，几乎晕倒；莱斯特伯爵连忙将她扶住，拥在怀里。她庄严而沉默地看了他一会儿。他受不了她的目光。终于她开口了。

莱斯特伯爵，您信守诺言——

说要以一臂之力帮我摆脱苦难，

现在您已经将它实现。

〔他站在那里犹如遭到致命的打击。她从容地继续说下去。

是呀，我本想感谢您这一只手，

莱斯特，您不但应该使我自由，

您还该让我好好地消受；

您的情意醉人，实指望您的臂助

会给我带来新生的幸福。

现在我就要离开尘世，

即将变成极乐的天使，

再也不会受人间欲望的引诱，

此刻我在您面前并不感到害羞，

可以承认被征服的脆弱的追求——

别了，要是您能够，愿您生活愉快！

您曾经敢于向两个女王求爱；
一颗真挚的柔心您却已抛开，
为了博取高傲的心，您将它出卖。
跪倒吧，在伊丽莎白的脚下！
愿您得到的酬报不会变成惩罚！
别了！——我对人间万事已了无牵挂！

〔她下。执行官在前，两边是梅尔维尔和乳母，布尔赖和鲍勒特跟在后面；其余都痛哭失声，目送她离去，然后从另外两道门下。

第十场

〔莱斯特独自留下。

莱斯特：

我还活着！我是苟且偷生！
这屋顶怎么不坍下使我殒命？
怎么没有张开大口的深渊，
让世上最可怜的人落进里面？
损失多大！我扔掉的珍珠是至宝！
天堂的幸福我已亲手毁掉！
——她走了，成为净化了的天使，
我这受诅咒者却已心死。
我来时打定的主意去了哪里？
可曾无情地将内心的声音锁闭？
可曾冷漠地看着她的头颅落地？
难道她使我麻木的羞耻心复苏？

莫非她临终时用情丝将我缚住?
被摈弃的人！再也不能优柔寡断,
不要为怜悯的温情所迷恋,
艳福并未铺陈在你的道路上面。
应该用钢甲武装你的胸膛,
将你的额头变成铁壁铜墙。
你如不想放弃丑行换来的代价,
就得硬干到底,休管他人会咒骂!
怜悯,沉默吧！眼睛,不要眨巴!
我要亲眼目睹她倒下。

〔他迈着坚定的步子,走向玛利亚由此出去的那一道门,可是走了几步又停住。

不行！不行！地狱的恐怖将我攫住,
我不能,我不能看那可怕的一幕!
我不能看她死去！——这是什么?听!
他们已经到了——就在我脚下进行
那令人毛发悚然的事情。
我听到了声音——快走！离开！离开!
离开这恐怖的凶宅!

〔他想从另外一道门逃出,但发现已经锁住,吓得往后一退。

怎么?神把我禁锢在这地板上面?
我害怕看到,却又非要我听见?
是教长的声音——他正在劝她——
她打断他的话——听！——大声祈祷的是她——
那坚定的声音——静了——寂然无声!
我只听到啜泣,听到女人们的哭声!

她被脱去外衣——听！——他们搬来矮凳——
她在垫子上跪下——把头放平——

〔他越来越怕，说完最后几句停了一下，突然人们看见他抽搐着缩成一团，昏倒在地；同时从下面隐约地传来一阵嘈杂的人声，久久地在回响。

第十一场

〔第四幕中的另一个房间。

伊丽莎白（从边门上，步履、神态都流露出极度的焦躁不安）：

这里还没有人——不见有谁来报信——
黄昏难道还不肯降临？
太阳在天际的运行已经停顿？——
翘盼之苦犹如受刑，此刻尚未穷尽。
此事已经结束，还是没有？——
我不敢问！两者都教我发抖！
我已派他们去执行，
莱斯特、布尔赖都未来复命。
如他们已离开伦敦，便万事大吉，
箭已离弦，穿空疾飞，
它会射中靶心，它已经破的，
事关国家兴亡，不能不发——那是谁？

第十二场

〔伊丽莎白。一近侍。

伊丽莎白：

你独自回来——两位大人呢？

近侍：

莱斯特阁下和财政大臣——

伊丽莎白（极度紧张）：

他们在哪里？

近侍：

他们不在伦敦。

伊丽莎白：

不在？

那么到底在哪里？

近侍：

谁都没法给我说清。

只说，拂晓前两位大人

行色匆匆悄然离开了伦敦。

伊丽莎白（狂喜）：

英国女王我算是做定了！

〔激动万分，来回踱步。

去！给我喊——不，待在这里——她已死去！

在世上，我终于有了自己的疆域。

——我干吗发抖？我怎么会感到恐惧？

坟墓掩埋了我的顾虑，

谁敢说我！我将洒下泪雨，

痛悼她这丧生的结局。

〔对近侍。

你还站在这里？——请我的秘书

戴维逊马上就到此处，
派人去请席娄斯伯利伯爵——
哦，原来他已经在这里！
〔近侍下。

第十三场

〔伊丽莎白。席娄斯伯利伯爵。

伊丽莎白：
欢迎，高贵的阁下！可有消息告知？
这么晚劳您移步来此，
这不可能是一桩小事。
席娄斯伯利：
伟大的女王！
我那焦虑的心为你的名誉担忧，
它促使我今天到伦敦塔去查究，
因为库尔和瑙囚禁在彼处，
他们曾经是玛利亚的两个秘书，
我要复核证词是否确凿无误。
副主官感到意外和为难，
拒绝让我看有关的人犯，
通过威吓我才进入里边。
我的天哪！我竟看到这样的景象！
蓬乱的头发，疯狂的目光，
像遭到复仇女神折磨一样，
那个苏格兰人库尔躺在床上——

这不幸的人一将我认出来，
便扑到我的脚边——哭声哀哀，
他绝望地抱住我的膝盖，
像一条虫在我的面前打滚，
恳求我告诉他那位女王的命运；
因为她被判处死刑的消息，
传进了伦敦塔地牢的缝隙；
我确证了此事，
还说，正是他在供词中做伪，
使得她被问成死罪。
这时，他狂怒地跃起扑向同牢，
以疯人的巨大力量把他摔倒，
他怨愤莫名，紧紧掐住他的脖子，
我们拉开那倒霉的人，将他制止。
他又对自己发泄怒火，
悔恨中用拳头捶击胸脯，
咒骂自己和同伙死有余辜。
他说：当时充当了做伪的证人，
确认给巴宾顿的那些要命的信，
可那些全是假借名义的赝品。
他写的并非是女王口授的内容，
那都是由于恶棍瑙的怂恿。
他怒不可遏地奔去把窗子打开，
朝下面街巷高喊坦白，
这时行人都聚集拢来，
他嚷道：我原是玛利亚的秘书，
我是坏蛋，伪造了证据将她控诉，

我做了假证人,罪该诛戮!

伊丽莎白:

您说,他已丧失了理智。

靠疯子的言词什么也无法证实。

席娄斯伯利:

可是这癫狂本身,

女王啊,更能够证实真心!

我恳求你,不要草率从事,

请颁下重新调查的谕旨!

伊丽莎白:

可以——伯爵,因为这是您的美意,

并非由于我有所怀疑,

认为贵族们审理此事操之过急。

那就重新调查吧,以使您心安,

——好哇,现在还为时不晚!

我们王族的名声,

不应有遭到猜忌的阴影。

第 十 四 场

〔戴维逊与前场人物。

伊丽莎白:

我交到您手上的行刑令呢?——

在哪里?

戴维逊(惊讶不置):

行刑令?

伊丽莎白：

昨天我交给您保管的那一份——

戴维逊：

交给我保管！

伊丽莎白：

当时民众硬要我签字，

我不能拂逆他们的意思，

我是不得不这么办，

交给您是为了争取时间；

您记得我的话吧——把它拿给我看！

席娄斯伯利：

拿来吧，阁下！情况有了变化，

此事要重新调查。

戴维逊：

重新调查？——哎哟，糟了！

伊丽莎白：

您别这么磨磨蹭蹭。文件在哪里？

戴维逊（绝望）：

我完啦，只有死路一条！

伊丽莎白（连忙插话）：

阁下，我希望您并没有——

戴维逊：

我给毁掉了！

文件不在我这里了。

伊丽莎白：

怎么？什么？

席娄斯伯利：

天哪!

戴维逊:

文件已经在布尔赖手里——从昨天起。

伊丽莎白:

可怜哪! 您这是听从我的意见?

我不是谆谆嘱咐您妥为保管?

戴维逊:

你没有这样嘱咐我,女王。

伊丽莎白:

可耻呀,你指责我说的是谎言?

我几时叫你向布尔赖转交文件?

戴维逊:

没有明说——但是——

伊丽莎白:

卑鄙呀,你竟敢偷天换日?

在我的话里搀进你恶毒的心思? ——

倘若擅自行动造成不幸的后果,

降临到你身上的将是灾祸,

你得用生命来给我抵偿罪过!

——席娄斯伯利伯爵,您现在明白,

我的名声受到多大的损害。

席娄斯伯利:

我现在明白了——唉,我的上帝!

伊丽莎白:

您说什么?

席娄斯伯利:

如果这个内侍

骄横恣肆，
背着你行事，
那么他要在贵族面前，
受到应有的审判，
因为他使你遗臭万年。

末　场

〔前场人物。布尔赖，最后还有肯特。

布尔赖(屈一膝向女王行礼)：
愿女王陛下万寿无疆，
让岛国仇敌的下场
都像斯图亚特一样。
〔席娄斯伯利掩面，戴维逊绝望地绞着双手。
伊丽莎白：
您说呀，阁下！
您是从我手里接到行刑令的吗？
布尔赖：
不是，女王！
我接到它是从戴维逊手上！
伊丽莎白：
戴维逊交给您时，
可说过是接受我的面谕行事？
布尔赖：
没有！
这句话他没有——

伊丽莎白：

您就匆匆忙忙地执行，
却不先听听我的心声。
判决合乎正义，世人无可指摘，
但是您不应该代行代拆，
无视我们仁慈宽厚的胸怀——
为此要将您逐出宫外！①

〔对戴维逊。

等待您的将是更加严厉的审判，
因为您违法逾越了权限，
您对郑重的信赖已经背叛。
把他押到伦敦塔去，我认为，
应指控他犯了杀人的死罪。
——高贵的塔尔波特！只有您
是我的重臣中惟一可靠的正派人，
但愿此后得到您的指引与友情——

席娄斯伯利：

莫将你最忠实的朋友赶走，
莫将他们变成狱中之囚，
他们从前为你奔走，现在替你三缄其口。
——可是，伟大的女王，
十二年来我蒙受掌玺的信赖，
允许我现在把玉玺交还。

伊丽莎白(愕然)：

---

① 布尔赖为此失宠一时，而戴维逊则被送进伦敦塔，并被判处支付高额罚金，使他倾家荡产。

不,席娄斯伯利！您现在
别离开我,现在——

席娄斯伯利：

请原谅,我已是年迈的老翁,
这只正直的手过于僵硬,
难以为你此后的行动加印缄封。

伊丽莎白：

拯救我性命的人
萌生了他去之心?

席娄斯伯利：

那算不了什么——
我未能拯救你的德威。
愿您长寿,安居王位!
敌手已去,
从今后,你既无所惧,也无所虑。(下)

伊丽莎白(对上场的肯特):

请莱斯特伯爵来这里!

肯特：

伯爵请求原谅他失礼,
他已乘船去了法兰西。

〔她克制自己的感情,镇定地站着。

——幕　落

奥尔良的姑娘

一部浪漫悲剧

张玉书 译

Die Jungfrau von Orleans
Hermann Götz
R. Brendamour XA.

人　　物

卡尔七世　法兰西国王

伊撒波王后　卡尔的母亲

阿格纳斯·索累尔　卡尔的情妇

善人菲力普　勃艮第公爵

杜努阿伯爵　奥尔良公爵的庶生子

拉·希尔
杜·夏泰尔　}　国王的军官

兰斯大主教

夏蒂荣　一名勃艮第的骑士

拉乌尔　一名洛林的骑士

塔尔波特　英军统帅

利奥内尔
法斯塔尔夫　}　英军队长

蒙哥马利　一个威尔士人

奥尔良的市议员

英军信使

蒂波·达克　一位富裕的农民

玛尔戈
路易松
约翰娜　}　达克之女

埃蒂安 克劳德·马利 莱蒙	达克之女的追求者

贝特朗　另一位农民

一位黑衣骑士的幻影

烧炭工人和烧炭女人

士兵和民众　国王的御侍　主教们

僧众　侍从长　市议员

宫廷官员以及加冕典礼行进途中的其他沉默的人物

序　曲

〔一片田野。

〔台前右边是一座教堂里的一尊圣母像;左边是一株高耸的橡树。

第一场

〔蒂波·达克。他的三个女儿。三个年轻的牧人,她们的求婚者。

蒂波:

好,亲爱的乡亲们!我们今天
还都是法国人,还是自由民,
还是父辈耕耘过的这块土地的主人;
有谁知道,明天谁将统治我们!
因为到处都飘扬着英国人
胜利的旗帜,他们的战马
把法兰西鲜花盛开的田野恣意蹂躏。
巴黎已经接纳英国人,认为他们已经得胜,
用达戈贝尔[1] 古老的王冠

① 达戈贝尔一世,古代法兰克王国的国王,公元六二九年即位,六三九年殁。

修饰一个陌生种族的子孙①。
我们国王的孙子②,被剥夺王位,
四下逃亡,到处流浪,在自己国内。
他的至亲堂兄和他的首席藩臣③
侧身敌阵,跟自己国王作战,
他那阴毒的母亲策划了这场谋叛。
周围的城市乡村,都在熊熊燃烧,
毁灭的浓烟越滚越近,一直逼向
目前还和平宁谧的谷地高山。
——因此,亲爱的乡亲们,我和上帝
已经决定,因为今天我还能照顾
我的女儿;在战乱年代
女人需要有人保护,
忠实的爱情助人承受一切重负。
(向第一个牧羊人)
——来吧,埃蒂安!你在追求我的玛尔戈。
我们两家田地比邻
你们两人心心相印——
这将是一桩美满的婚姻!
(向第二个牧羊人)
克劳德·马利!你沉默不语,
我的路易松也垂下眼皮?
因为你们没有财宝奉献给我

---

① 指英格兰国王亨利六世(1421—1461),其实他到一四三一年才加冕成法兰西国王。
② 即卡尔七世。
③ 指勃艮第公爵。

我就会拆散情投意合的一对情侣?
现在谁还拥有财宝? 房屋和谷仓
将被敌人抢走或者烧成灰烬。
勇敢男儿忠实的胸膛才是
当今时代抵御风暴的屋顶。

路易松:

我的父亲!

克劳德·马利:

我的路易松!

路易松(拥抱约翰娜):

亲爱的妹妹!

蒂波:

我分给你们每人三十亩田地
一个羊圈,一个田庄和一个羊群——
上帝祝福了我,愿他也祝福你们!

玛尔戈(拥抱约翰娜):

学习我们的榜样,让父亲满心欢喜!
让我们今天结成三对连理!

蒂波:

你们走吧! 去做准备。明天举行婚礼:
我要全村人都来一起庆祝,前来贺喜。

〔两对男女手挽着手下。

第　二　场

〔蒂波。莱蒙。约翰娜。

蒂波：

约翰娜，你的两个姐姐要举行婚礼。
我看见她们欢天喜地，她们使我晚年欢娱，
而我最小的女儿，你却叫我发愁使我忧郁。

莱蒙：

您在想什么！为何责骂您的女儿？

蒂波：

这个出色的小伙子，优秀的青年，
全村没人可以相比，
他向你表示爱慕，他追求你，
如今已是第三个年头，
他暗自仰慕，矢志不渝；
而你冷漠推拒，紧闭心扉，
众多牧羊人，还有谁能赢得
你的青睐，博得你赞许的笑意？
——我见你丰姿绰约，容光焕发，
充满希望，正值青春年华，
你的身体宛如正在怒放的鲜花。
我等待着娇嫩的爱情之花
能脱出花蕊，茁壮娇艳，
结出丰硕喜人的金果，可是徒然。
啊，这使我心里很是郁闷，
这是严重违悖自然的事情！
在感情充溢的年龄，心扉深锁，
严峻冷漠，我很不快活。

莱蒙：

您别生气，达克老爹！随她去吧！

我的约翰娜人品出众,她的爱情
高贵娇柔,是天国的佳果,
精妙之物总是逐渐悄然成熟!
现在她还喜欢住在峻岭山峡,
害怕从自由无羁的荒野下来,
进入人们低矮的屋檐之下,
那里充满了忧愁种种,窄小褊狭。
我常常在深谷里抬头仰望,暗自
惊讶,看见她在高山的牧场里,
站在羊群之间,身形显突,
身姿高贵,垂下严肃的目光,
俯视人间渺小的国度。
我觉得她不同凡俗,拥有崇高气派,
我常常感到,她来自别的年代。

蒂波:

这就是我担心的事情!
她不和姐姐们一起,高高兴兴,
却去攀登荒山野岭,鸡鸣之前
就离开卧榻,早早起身,
惊恐时刻,人们都乐于和亲人待在一起,
她却像只喜欢独处的小鸟,
悄悄溜了出去,进入沉沉黑夜,
这阴森可怕的鬼怪天地,
走向鬼怪聚会的交叉路口,
和阵阵山风秘密絮语。她为何老是选择此地,
总把羊群赶到这里?

我看见她坐在这古代巫师的橡树[1]旁，
一连几小时，沉思冥想。
性情欢快的人都躲开这株妖树。
因为这里令人毛发直竖：
早在古老的异教徒时代，
便有一个邪恶的人，跑到这株树下居住。
村里的老人都在叙诉
种种恐怖传说，有关这株妖树；
人们常常听见阴森森的树枝之间
有稀奇古怪的人声喧响发出。
我自己有一次就从这树旁走过，
那时暮色浓重寒气逼人，
看见这里坐着一个女人鬼气阴森。
她从衣裾宽大的长袍里
向我缓缓伸出一只枯槁干瘪的手，
似乎向我招手致意，我心急如焚
向前赶路，祈求上帝保佑我的灵魂。

莱蒙（指着教堂里的圣像）：

旁边是这仁慈的圣像在向人赐福，
把天国的和平洒向这里四处，
不是撒旦的把戏给您女儿引路。

蒂波：

啊不！不！这妖怪不是白白地
在我梦中出现，露出惊恐的面孔。

① 席勒在此把古代凯尔特人对巫师的崇拜和基督教的主题连在一起。

我三次看见她在兰斯[①]
坐上我们国王的宝座，
头上戴着晶光四射的王冠，
上面缀了七粒宝星，手握王笏，
上面迸发出三枝洁白的水仙花朵。
而我，她的父亲，她的两个姐姐
和所有的公侯，大臣，大主教
连同国王自己都向她鞠躬致敬。
这样的光华怎会到我茅屋光临？
啊，这意味着一次深深的沉沦！
这个幻梦，犹如警告，象征性地
显示了她心灵虚荣的追求。
她为自己出身卑微感到害羞——
上帝使她长得美艳绝伦，
这山谷中所有的牧羊女惟有她
赋有崇高的绝世才能，
她便在心里培养起罪恶的傲气凌人，
因为倨傲，天使为之沉沦。
地狱的精灵凭此控制人的灵魂。

莱蒙：

还有谁比您虔诚的女儿更加谦逊，
更有德行？她难道不是高高兴兴
为她的两个姐姐效力？
在所有的姑娘当中她最有天分，
可您看见她却像一个低下的使女，

① 兰斯，从一一八〇年至一八二四年一直是法国国王加冕之地。

驯从地默默干着最沉重的活计。
在她的照料下,您的羊群繁衍增长,
您的谷物长势喜人,
她创造的一切全都欣欣向荣
沐浴着不可理解的幸福,充沛旺盛。

蒂波:

不错!一种不可理解的幸福——
这种幸福总使我汗毛直竖!
——别再说这个。我沉默,我愿沉默不语;
难道要我自己控告我可爱的亲生之女?
我能做的,无非是警告,为她祈祷!
可是我必须发出警告——远离这个树妖!
别单人独处,别在午夜
挖刨树根,别制作酒浆,
别把文字写在沙地之上——
鬼怪精灵的王国很容易挖开,
它们躺在一层薄土之下静静等待,
听见些微声响便破土而出。
别单人独处,因为在沙漠中,
撒旦居然径直走向天国之主。

第　三　场

〔贝特朗上,手里拿着一只头盔。蒂波。莱蒙。约翰娜。

莱蒙:

别响!贝特朗从城里回来。

瞧,他手里拿着什么!

贝特朗:

你们眼睛直瞪着我,
对我手里拿的这个稀奇玩意儿
惊讶不已。

蒂波:

我们是很惊讶。告诉我们,
这顶头盔怎么到了你的手里?
为何把这邪恶之物带到这和平地区?

〔约翰娜在前两场一直默不作声,漠不关心地站在一旁,此刻注意起来,走向前来。

贝特朗:

我自己也不知道怎么诉说,
这东西怎么落到我的手里。
我在沃古娄[①] 买了铁器。
发现市场上挤得水泄不通,
因为一批难民刚从奥尔良来,
带来不利的战报种种。
全城情绪沸腾,人心激动,
我分开人群,挤了进去,
一个皮肤褐黄的吉卜赛妇女
拿着这只头盔向我走来,
眼睛直瞪着我,说道:“伙计,
你在寻找一顶头盔。我知道,你在找它。
我用便宜价钱把它卖给你。拿去! 拿去吧!”

---

① 在约翰娜出生之地以北。

我对她说："你找当兵的去卖吧，
我是种田的，用不着它。"
可她并不罢休，接着发话：
"谁也不好说，头盔对他没有用处。
现在头上有个钢铁屋顶
胜过有座石头房屋。"
就这样，她跟着我走过大街小巷，
硬把头盔塞给我，我无法推让。
我瞧这头盔银光闪闪，制作精美，
戴在骑士头上，非常相配，
我把头盔拿在手里，仔细端详，
想到这事实在蹊跷，充满疑虑，
那个女人已经消失得了无踪迹。
涌动的人流一下子把她卷走，
只有头盔留在我的手里。

约翰娜（迅速而急切地把手伸向头盔）：

把头盔给我！

贝特朗：

你要这玩意儿有什么用，
它可不是少女头上的首饰。

约翰娜（一把夺过头盔）：

这头盔是我的，它属于我。

蒂波：

这姑娘想什么了？

莱蒙：

随她去吧！
这军人的头饰跟她还真相配。

她胸中跳动着一颗男子汉的心。
想想看吧,她曾制服过一只恶狼,
那只凶恶的野兽蹂躏我们的羊群,
牧人们都吓得胆战心惊。
而这位狮心少女,就一个人
和恶狼搏斗,从血淋淋的
恶狼馋嘴里夺下羊羔。
不论哪个勇士戴上这顶头盔,
也不如在她头上更为相配。

蒂波:

你说!
又有哪些新的不利战报?
那些难民带来什么噩耗?

贝特朗:

愿上帝
保佑国王陛下,可怜全国百姓吧!
两次大仗[①] 我们全都失利,
敌人已深入法国腹地。
我们已丧失罗阿河对岸的全部国土,
如今敌人已集中全部兵力,
把奥尔良团团围住。

蒂波:

愿上帝保佑国王陛下吧!

贝特朗:

---

① 在克莱沃(1423)和维尔奈(1424)发生的英法两军的大战,但这两次战役并未直接导致奥尔良被困(1428/29)。

其大无比的
大炮已从各处运来,大军云集,
人数众多,一望无际,
犹如黑压压的一群群蜜蜂,
在夏日里围着篮子乱飞,
犹如乌云般的一堆堆蝗虫
从昏黑的空中落到地面,
盖住了方圆几十里地,
各路人马汇成一股浓密的战云
倾注在奥尔良的城垣,
军营里人声鼎沸,一片听不懂的各种语言。
因为强有力的勃艮第,
法国境内势力最强的公爵,
也让他所有的武士披挂上阵,
比利时人,卢森堡人,
来自纳姆尔省的汉内高人①
住在幸福的布拉邦特省的人们
穿着绸缎,昂首阔步,
生活富裕的根特人②,来自滨海地区的人们,
他们的城市从海水中升起
牧羊为生的荷兰人,从乌特累希特,
从西弗里斯兰的尽头,远眺北极,——
他们大家都追随威仪赫赫的勃艮第公爵
旨在攻克奥尔良城,所向披靡。

① 汉内高为历史上的地名,在比利时西南部。

② 根特为比利时的一省。

蒂波：

啊这不幸可悲的兄弟阋墙，
让法国人和法国人兵戎相向！

贝特朗：

大家看见那年老的皇后，
高傲的伊撒波[①]，巴伐利亚的郡主，
身穿铁甲骑马穿过军营，
用恶毒的话语，尖利带刺，
煽起各国将士的怒火激愤，
一起反对她亲生的儿子。

蒂波：

这女人真该诅咒！愿上帝让她毁灭，
像从前惩罚那傲慢的叶撒贝[②]。

贝特朗：

那个可怕的撒利斯伯里
曾经击溃过摩尔人正率军围城，
和他一起的还有雄狮的兄弟利奥内尔[③]，
和塔尔波特，他曾在战场上以杀人的利剑
恣意屠杀各国人民。
他们不可一世，无羁狂妄，
誓对所有的处女施加强暴，
让一切挥剑反抗者在剑下身亡。
他们建造了四座高台，高过城墙，

① 法国国王亨利七世之母伊撒波，原为巴伐利亚郡主。

② 叶撒贝，参看《旧约·列王纪》第16章31节，叶撒贝（又译：耶洗别）为古代以色列王后。

③ 利奥内尔（Lionel）从英文“雄狮”（Lion）一词变来。

撒利斯伯里伯爵站在台上偷偷窥望，
嗜血的目光残暴凶狠，
偷偷数着街上匆匆过往的行人。
数千发子弹，几千斤重的钢铁
已经扔进城里，教堂炸成残砖碎瓦，
圣母大教堂雄伟的高塔，
低下它崇高的头颅，
他们还挖掘地道，暗埋炸药，
全城待在可怕的地狱之上，
心惊胆战，预料随时都会
霹雳雷鸣，轰然一声，通天火光。

〔约翰娜全神贯注地倾听，戴上头盔。

蒂波：

勇敢的佩剑武士圣特拉耶[1]、拉·希尔，
法兰西的铜墙铁壁和英勇善战的庶生子[2]
他们都到哪里去了？
竟让敌人长驱直入来势汹汹？
国王本人又到哪里去了，他就眼看着
国难当头，城市沦陷，不为所动？

贝特朗：

国王现在驻跸希农，
但是没有民众，无法守住疆土。
统帅的勇气，英雄的铁臂又有何用，

---

① 德·圣特拉耶，即让·波尔（1400—1460），法兰西元帅，卡尔六世手下的重要统帅，战功累累。

② 奥尔良公爵的庶生子，杜努阿伯爵（1403—1468）。

倘若三军惊惶失措,已成惊弓之鸟?
惊恐仿佛来自上帝之手,
连勇气出众的战士也心惊肉跳。
就像听见凄厉的狼嗥
羊群害怕地挤成一团,
君王发出的号令纯属徒劳。
法兰西人拼命躲进城堡,
寻找安全,忘却了往日的荣耀。
听说只有一个骑士,
集合了少数人马
带着十六面战旗前去勤王救驾。

约翰娜(急急问道):

这骑士叫什么名字?

贝特朗:

叫波德里古[①] 可是
他难于骗过敌人的侦骑
他们分成两彪人马紧紧追逐。

约翰娜:

骑士现在哪里?你要是知道,
快告诉我。

贝特朗:

他离开沃古娄
不到一天的路程。

蒂波:

你管这事干什么!姑娘,

---

① 波德里古为沃古娄的总督,他带约翰娜到希农去见国王卡尔七世。

你尽问些跟你无关的事情。

贝特朗：

因为敌人如此强大，
国王的保护已无从指望，
他们便在伏古娄一致决定，
向勃艮第公爵投降。
我们就没有戴上异族的枷锁
依然归附于旧日的王族——
也许还能获得原来王室的荫蔽，
倘若勃艮第和法兰西和好如初。

约翰娜(热烈地)：

别签合约！不要投降！
救兵快到，正准备投入战斗，
在奥尔良城下，敌人将晦星高照，
他们恶贯满盈，已到清算的时候。
那位姑娘即将前来，手执镰刀，
把他们骄傲的谷种割倒；
他们把荣誉高挂在星空之上，
姑娘将从天上扯下他们的荣耀。
不要犹豫！不要逃跑！
在大麦黄熟，月牙变圆之前，
不会有一匹英国战马饮水在
汹涌奔流的罗阿河的波涛里面。

贝特朗：

唉！不会再有奇迹发生！

约翰娜：

还会发生奇迹——有只白鸽

将要飞来，将像雄鹰似的向这头
把我们祖国撕得粉碎的猛鸢发起袭击。
这只白鸽将要击溃
这骄傲的卖国贼勃艮第，
那袭击天庭的百手妖魔塔尔波特
和那破坏圣殿的撒利斯伯里，
她将赶走所有这些放肆的岛民
像驱赶一群绵羊向前，奔跑不已。
那主宰战争胜败的上帝将与她同在，
上帝将遴选他温驯恭顺的造物，
他将通过一个纤弱的少女来显示
自己的荣耀，因为他是全能之主！

蒂波：

这丫头遭什么魔了？

莱蒙：

是这顶头盔
使她这样精神振奋，斗志昂扬。
您瞧您女儿，双颊喷出熊熊烈火，
她眼睛闪闪发光！

约翰娜：

王国竟会沦丧？这荣誉的国度，
竟会永远戴着外国人强加的枷锁！
它是永恒的太阳在运行中看到的
最美丽的国度，万国之中的天国，
上帝爱它像爱护自己的眼珠。
——异教徒曾在这里遭到灭顶之灾。
第一个十字架，仁慈之主的圣像

曾在这里举起，圣路易的骨灰安葬在这里，
从这里曾出兵去攻占了耶路撒冷圣地。

贝特朗（惊愕不置）：

听听她这番话！她从哪儿汲取的
这崇高的启示——达克老爹！
上帝赐给你了一个奇妙的女儿！

约翰娜：

说我们不该再拥有自己的国王，
自己世代相袭的君主——
国王并未驾崩，却得从世上消亡……
他保护了神圣的耕犁，
捍卫了牧场，开垦了田地，
使农奴获得自由，使城市欢快地
环列在他的宝座四周，他震慑恶徒，
帮助弱小，不知妒忌为何物——
因为他是人中俊杰，超凡脱俗。——
他既是凡人，又是这敌意森然的人世间
怜悯的天使。——因为帝王的宝座，
金光闪耀，是一切被人抛弃者的避难所——
这里有着权力和仁慈——
有罪之人在这里浑身颤栗，
正派人士信心百倍地走来
和宝座旁边的狮子[①] 戏耍！
来自外国的异族国王，
祖先的遗骨并未安葬在这里，

① 《旧约·列王纪上》第10章18节中描述所罗门国王的宝座两旁站立着狮子。

又怎会热爱这个国家？
他不是和我们的青年同时成长，
我们的话语也进不到他的心里，
他怎会像父亲关怀自己的儿郎？

蒂波：

愿上帝保佑法兰西，保佑国王陛下！
我们是些生性平和的人民，
不懂如何挥舞刀剑，也不会跃马沙场。
让我们驯从地静等，且看胜利
让谁充当我们的国王。
战争的胜负决定于上帝的意志。
谁能接受涂油圣礼，在兰斯戴上王冠，
谁就是我们的主人。……走吧，干活去！走吧！
每个人现在都想想该做的事！
让那些大人物，世上的君王们
为争夺世界而你争我夺，
我们可以静观城毁国破，
因为我们耕种的田地经得起风暴，
战火可以烧毁我们的村落，
他们的战马可以践踏我们的佳禾，
但是新春会带来新的秧苗，
简陋的茅屋又会迅速建造！

〔除了约翰娜之外，余皆下。

第四场

〔约翰娜独自一人。

约翰娜：

别了，崇山峻岭，亲爱的牧场，
别了，幽静的山谷，舒适而亲切！
约翰娜从此将不再在你们当中徜徉。
约翰娜在这里向你们道声永别。
我灌溉过的草地，我栽种的树木，
但愿你们永远青翠，茁壮欢欣！
别了，岩间的山洞，清凉的泉水！
悦耳的回声，这山谷优美的嗓音，
常常应和我的歌声——约翰娜就要走开，
这一走，就再也不会回来！

我曾静静地度过快乐时光的
所有场所，我将永远离开你们！
你们这些羔羊，散布在荒原上吧，
你们现在已经没有牧人牧放，
因为现在我将去放牧另外一群，
在那险象丛生洒遍鲜血的战场。
是圣灵的呼唤传到我的心里，
不是尘世虚荣的欲望促使我前去。

因为在何烈山烈火燃烧的荆棘丛中
下降到摩西面前的那位救世主[①]，命令摩西

① 指耶和华，见《旧约·出埃及记》第3章1节，以色列人的先知摩西带着岳父的羊群在上帝的山，即何烈山见到耶和华。

走到法老面前去，
他曾把伊沙伊斯[①] 虔诚的儿子，
把那个牧童挑选出来变成战士，
他始终对牧童表示仁慈，
他从这株树的枝叶之间对我说话：
“你去吧！你应该在世上为我厮杀。

你得用钢铁盖住你娇柔的胸脯，
浑身披上笨重的铁甲，
不因男人的柔情而动心，不因人间
虚幻的欢乐激起心底罪恶的火花。
新娘的花环永远不会修饰你的鬈发，
不会有可爱的孩子在你怀里长大，
然而我将使你光彩夺目，凭着战争的荣誉，
有别于人世间所有的妇女。

倘若骁勇无畏的战士在战斗中怯懦，
倘若法兰西最终的命运已经临近，
你将高擎我金色火焰的大旗[②]，
就像那快速收割的农姑割下谷物，
你将把那傲慢的征服者砍倒在地；
你将倒转幸运的车轮，给法兰西
英雄的儿女们带来救星，
解放兰斯，为国王行加冕礼！”

---

① 伊沙伊斯，即耶西。见《旧约·撒母耳记》第16章。耶西的虔诚的儿子即大卫。

② 即法国国王的战旗，以此表示她将作为统帅，身先士卒，率领大军冲锋陷阵。

上天已经昭示,给我送来了
头盔,这头盔就来自上帝。
他的铁盔将给我以神力,
我的全身将充满天使的勇气。
命运将把我卷入战争的纷争,
将以狂风暴雨的强力推我前进。
我已听见强劲的喊杀之声,
战马奔驰,嘹亮的号角已响彻远近。

(约翰娜下)

第　一　幕

〔卡尔国王在希农的营地。

第　一　场

〔杜努阿和杜·夏泰尔。

杜努阿：

不行，我再也无法忍受。我将脱离
这个国王，他可耻地自暴自弃，
强盗用刀剑分割法兰西王国的土地，
与王国同样悠久的高贵的城市，
向敌人献上年代久远的城门钥匙，
而我们却静静地待在这里，无所事事，
白白浪费宝贵的时间，不去救国御敌，
我勇敢的心在我胸中流血，
我真想痛哭一场，抛洒灼热的泪水。
——听说奥尔良城告急，
我飞骑赶来，从偏远的诺曼底①，

① 当时诺曼底已为英军占领。

心想会看见国王全副戎装
率领大军身先士卒上阵杀敌，
不料却看见他在——这里！身边围着
一批骗子、赌徒和行吟诗人，挖空心思地
猜谜作戏，为索累尔[①] 举行风流的晚会，
就仿佛王国之内歌舞升平吉祥如意，
法国最高统帅愤而离去，——这种
可憎的事情他再也看不下去，
我也离他而去，让他听凭厄运处置。

杜·夏泰尔：

国王陛下驾到！

第二场

〔国王卡尔和前场人物。

卡尔：

最高统帅[②] 送还了他的宝剑，
向朕提出了辞呈。——谢天谢地！
总算摆脱了一个牢骚满腹的家伙，
他老想控制朕，真是岂有此理。

杜努阿：

在这样艰难的时刻此人非常珍贵，

---

① 索累尔(1422—1450)，卡尔七世的情妇。

② 最高统帅即阿尔图尔·吕其蒙伯爵，不列塔尼公爵。他在奥尔良围城前已与卡尔七世闹翻。

我是不会轻率地把他失去。

卡尔：

你说这话，是因为你爱唱反调；

他在这儿时，你从来不是他的朋友。

杜努阿：

他是个生性高傲、难以相处的傻瓜，

从来不知道唱戏如何收场——这一遭

他总算明白。知道及时抽身引退，

反正这里再也没有荣誉可以得到。

卡尔：

你此刻有极佳的心情，

——杜·夏泰尔！我不想让你扫兴。

老王上勒内[①] 的使节已经来到，

尽是能歌善吟、遐迩闻名的大师，

必须殷勤款待，每人赠送金链一条，

（向着庶生子）

你为什么发笑？

杜努阿：

笑你从嘴里

吐出黄金链条。

杜·夏泰尔：

陛下！在您的

① 席勒原注：善人勒内，普罗旺斯伯爵，出身安育家族；他的父亲和哥哥都是那不勒斯国王，哥哥死后，他要求统治该国，没有成功。他试图恢复古老的普罗旺斯诗歌，重建爱情宫廷，设立一位爱情王子作为谈情说爱事务的最高法官。本着这种浪漫主义的精神，他和他夫人都变成牧羊人。

国库里已经不见一点黄金。

卡尔：

那就去弄点来。——高贵的歌手
不能离开我的宫廷却未得到赏赐。
他们使我们干枯的王笏萌发新枝，
把永不衰朽的生命绿枝
编织进荒芜衰败的王冠，
他们君临舞台，与君王不分轩轾，
他们用轻松的愿望打造宝座，
他们无害的王国不在天地之间；
因此歌手应与国王相提并论，
他们两者都居于人类的峰巅。

杜·夏泰尔：

国王陛下！只要还有希望还有救星，
我一直不去打搅陛下的圣听。
可是形势危殆，我不得不开口说话，
——你已没有什么可以馈赠，
唉！你已没有钱财供你明天为生！
财富的高潮已经流逝，
你的宝库正处于低潮。
部队的官兵尚未关饷，
威胁着退下前线不再打仗，他们怨声载道。
我都不知道，如何维持王室的生计，
哪怕只是勉强维持，绝不奢靡。

卡尔：

把我王家的关税拿去典当，

去问伦巴第人① 借贷款项。

杜·夏泰尔：

陛下，您王室的收入，您今后
三年的关税，都早已拿去典当。

杜努阿：

与此同时典当和国土都已丧失。

卡尔：

我们还剩下许多美丽的土地。

杜努阿：

那要上帝保佑，塔尔波特的宝剑留情！
一旦奥尔良失守，你就只好
和你的勒内国王同去牧羊②。

卡尔：

你总是奚落这位国王，
可就是这位没有国土的君王
今天给我昂贵的馈赠。

杜努阿：

别送给你他那不勒斯的王冠，
千万别送！因为我听说，
自从他去牧羊，王冠已经出让。

卡尔：

在这粗鲁野蛮的现实之中，给自己
创建一个世界，纯洁无瑕，没有罪愆。

---

① 即意大利北部的人，尤其是米兰人和热那亚人，他们控制了银行和金融业，包括当铺。

② 勒内国王装扮牧羊人，牧羊人为浪漫的爱情诗歌中的主人公。名为牧羊，实为调情。

这是在开玩笑，演出欢快的戏，
是他为自己和他的心灵举行的庆典。
可是他所追求的宏伟壮丽，——
是想再现逝去的往日，
那时到处是温柔的爱情，
爱情扬起骑士伟大的英雄之心，
高贵的命妇高踞法庭进行庭审，
以纤柔的情致，调停细微的纷争。
这位欢快的老人就生活在那个时代，
那个时代还存在于古老的诗篇，
犹如金色云霞中的天国之城
他想把它搬到人间。
他建造了一个爱情的宫廷，
一切高贵的骑士都该前去朝圣，
在那宝座之上应该坐着贞静的贵妇，
纯洁的爱情应该再度前来，
他遴选我担任爱情的君主。

杜努阿：

我还没有出格到这种地步，
竟来诋毁爱情的统治，
我以爱情命名，我是爱情之子①，
我所有的遗产都在爱情的国度，
我的父亲是奥尔良亲王，
他的进攻没有一个女人的心能够抵挡，

① 杜努阿伯爵是生性风流、骁勇善战的奥尔良公爵的私生子，是爱情的结晶，故称自己为“爱情之子”。

也没有一堵他攻不破的敌人的城墙。
你要想自称为爱情的君王,
你必须是勇中最勇,强中最强!——
我看见古书记载,
爱情永远和崇高的骑士行为相伴,
人们教育我,坐在骑士圆桌旁的①
是英雄,不是羊倌。
谁若不能勇敢地捍卫美人,
不配获得她的金色褒奖。这里是战场!
为你列祖列宗的王冠而抗争!
用骑士的宝剑捍卫
你的财产和贵妇的荣誉名声——
倘若你从遍地流淌的敌人鲜血之中
勇敢地夺得你世代相传的王冠,
那时候就应该给你加上用爱情的
桃金娘编织的冠冕。

卡尔(对刚刚进来的侍从说道):

什么事?

侍从:

奥尔良的市议员求见。

卡尔:

让他们进来。

(侍从下)

他们前来请求援助。——
我自己孤立无援,又能做些什么?

① 指亚瑟王的圆桌骑士。

第　三　场

〔三位市议员,加上前场人物。

卡尔:

欢迎,我忠诚的奥尔良的市民!
我的这座美丽的城市如何光景?
它还继续以惯有的勇敢精神
在抵御围城的敌人?

议员:

唉,陛下! 城市沦陷之虞
与时俱增,情况十分危急,
城外的防御工事已被攻破,
敌人每次冲锋都夺得新的土地。
城墙上守卫者越来越少,
不断作战,兵员大量损耗;
只有少数人重见故乡的大门,
饥荒也威胁着全城。
因此城里的指挥官,高贵的
罗歇比耶伯爵① 在极度艰难之中
根据古老的风习和敌人约定,
再过十二天,倘若不见援兵,
不见足够的援兵,前来救城,
他就宣布投诚。

① 罗歇比耶伯爵为席勒创造的人名,历史上的城防司令为哥古。

〔杜努阿做了一个激烈的愤怒的手势。

卡尔：

这期限很短啊。

议员：

我们现在是在敌人的护送下

来到这里，祈求陛下仁慈的心，

对您这座城市产生怜悯，

在限期之内派出援兵，

否则他就在第十二天交出此城。

杜努阿：

圣特拉耶会同意签订

这样可耻的条约！

议员：

不会，先生。

这位勇士如果还活着，

绝对谈不上和约和投降。

杜努阿：

这么说，他已经阵亡！

议员：

这位高贵的英雄

为了国王的事业战死在我们城下。

卡尔：

圣特拉耶已经阵亡！啊，失去他一个人

就相当于我整个大军覆没！

〔一名骑士上，和庶生子轻声说了几句，庶生子愕然惊起。

杜努阿：

还有这等事情！

卡尔：

什么！出什么事了？

杜努阿：

道格拉斯伯爵派人来报。苏格兰士兵
哗变，威胁着今天得不到欠饷，
就要撤下。

卡尔：

杜·夏泰尔！

杜·夏泰尔(耸耸肩膀)：

陛下！我一筹莫展。

卡尔：

你尽管许诺，
尽管典当你所有的一切，我的半个王国——

杜·夏泰尔：

无济于事！他们得到空头支票的次数已经太多！

卡尔：

他们是我最精锐的部队！
他们不能现在就弃我而去！

议员(单膝下跪)：

啊陛下，救救我们！想想我们的困境！

卡尔(绝望地)：

我能一跺脚从地下变出一支大军？
能在我的手掌上长出麦田千顷？
把我撕成碎片好了，掏出我的心！
用它代替金子铸成钱币！
我能把血交给你们，可没有银币发给士兵！

〔他看见索累尔进来，张开双臂向她快步迎了过去。

第四场

〔阿格纳斯·索累尔上，她手捧一个匣子，加上前场人物。

卡尔：

啊，我的阿格纳斯！我亲爱的宝贝！
你来把我从绝望的境地拯救。
我还拥有你，我逃到你的胸前，
什么也没失去，因为你还为我所有。

索累尔：

我亲爱的国王陛下！
（以胆怯询问的目光环顾四周）
杜努阿！情况真是这样？
杜·夏泰尔，你说？

杜·夏泰尔：

遗憾得很！

索累尔：

情况真是这样严重？
缺乏军饷？部队想要撤离战场？

杜·夏泰尔：

不错，可惜就是这样！

索累尔（把小匣子塞给他）：

给，这里有黄金。
这里有珠宝——把我的银器熔化——
把我的府第卖掉，典当出去——
把我在普罗旺斯的庄园抵押出去——

把一切都变成金钱，发给部队。
去吧！别耽误时间！（催他走）

卡尔：

怎么样，杜努阿？怎么样，杜·夏泰尔？
我拥有一切女人之冠，你们还觉得我穷？——
她的出身和我一样高贵，
即便是瓦卢阿王族[①]的血统
也不见得更加纯正；世上第一宝座
她也当之无愧——可是她不屑一顾，
她只要我的爱，只愿做我的爱人。
她曾经问我要过一件礼物比冬天
早开的鲜花或者稀罕的水果
更加贵重？
她不要我做任何牺牲，却把一切向我奉送！
她不顾我晦气当头，甘冒风险，
慷慨地为我拿出她的全部财产。

杜努阿：

是的，她和你一样都是疯子，
把她全部财产扔进着火的房子，
用达娜伊得斯[②]漏水的桶打水，徒劳无功，
她非但救不了你，还将和你一起葬送。——

索累尔：

别信他说的话。

---

① 当时法国国王出自瓦卢阿家族。

② 达娜伊得斯为希腊神话中达那俄斯的五十个女儿，在新婚之夜杀死了她们的新郎，埃古普托斯的五十个儿子，为此受到惩罚，在阴间用漏水的桶不停打水。

他十几次为你出生入死,
现在我拿金钱为你冒险他却生气。
怎么? 我不是把一切比金银珠宝
看得更重的东西都高高兴兴地
奉献出来,却惟独把幸福留给自己?
来吧! 让我们把生活中
一切多余的首饰全都抛弃!
让我为你把放弃奢华的高贵榜样树立!
把你的宫廷侍卫变成士兵,
把你的金器变成刀剑;
坚决抛弃你所有的一切为了你的王冠!
来吧,来吧! 让我们分担贫困和危险!
让我们骑上战马,听凭太阳
灼热的箭矢射在我们娇弱的身上,
把天上的云翳做被
地上的石头做床。
粗犷的战士看到国王
像穷汉似的忍受贫困匮乏
也会耐心承担自己的痛苦悲伤!

卡尔(微笑道):
好啊,一个修女在克莱尔蒙
跟朕说过一句古老的箴言,
一副未卜先知的神气,现在得以应验。
修女说:一个女人
将使朕战胜所有的敌人
并为朕夺得祖先传下的王冠。
朕一直远远的在敌人阵营里寻找,

一心希望朕的母亲会回心转意,——
不料引朕前往兰斯的女中豪杰却在这里。
凭着阿格纳斯的爱朕将获得胜利!

索累尔:

你将以你朋友们勇敢的宝剑获胜。

卡尔:

朕对敌人的内部矛盾也抱很大希望——
因为朕已得到可靠消息,
在这些骄傲的英国爵士和朕
勃艮第的堂弟之间的关系
现在已和平时大不相同——所以朕派
拉·希尔拿着朕的信函去见大公,
不知能否使这位生气的贵人
认识他旧日的义务和忠诚。——
我现在时刻等待着他的来临。

杜·夏泰尔:

有位骑士刚刚飞马驶进院子。

卡尔:

令人欢迎的使者!现在我们马上
就可知道,应该撤退还是将要胜利。

第　五　场

〔拉·希尔和前场人物。

卡尔(向他迎了过去):

拉·希尔!你是否给我们带来了希望?

简单地说,朕能指望得到什么?

拉·希尔:

除了你的宝剑,你别无指望。

卡尔:

是不是骄傲的公爵不肯和解?

说吧! 他如何对待朕的手谕?

拉·希尔:

他称杜·夏泰尔与他有不共戴天的杀父之仇①,

他要你先把杜·夏泰尔交他处置,

然后他才会倾听你的要求。

卡尔:

倘若朕拒绝接受这屈辱的条件呢?

拉·希尔:

那么你们的联盟还未建立,便告终结。

卡尔:

你有没有像朕命令你的那样,

要他和朕一起在蒙得罗桥上决斗?

他父亲当年就在那里阵亡。

拉·希尔:

我把你的手套掷向他,对他说,

你愿意放弃国王的身份,

作为一个骑士为你的王国决斗。

可是他说,没有必要为此而战

东西他已经到手。

① 一四一九年九月十日,勃艮第公爵在蒙得罗的约纳桥上被人杀死。杜·夏泰尔被控告策划了这次谋杀事件。

不过倘若你当真嗜战心切，
可以在奥尔良城下和他碰头，
他明天就要到那里去，
说罢哈哈大笑转身就走。

卡尔：

在朕的议会里不是有
正义的纯净声音响起吗？

拉·希尔：

由于党派纷争正义已喑哑无声，
议会的一项决议宣布
你已失去宝座，你和你的家族。

杜努阿：

哈，市民当了主人，倨傲放肆！

卡尔：

你有没有找朕的母亲想想办法？

拉·希尔：

陛下的母后？

卡尔：

是啊！她说些什么？

拉·希尔（沉思片刻之后）：

我在圣丹尼[1] 进入巴黎时，
正在举行国王的加冕典礼。
巴黎人身着盛装像去参加凯旋式，
大街小巷到处都有牌楼搭起，
英国国王驱车从牌楼下面驰过。

---

① 巴黎的近郊。

路上撒满鲜花,民众围着马车
欢呼雀跃,仿佛是法兰西
赢得了无比辉煌的胜利。

索累尔:

他们欢呼——欢呼,这可是在践踏
他们仁爱君王的心啊!

拉·希尔:

我看见年轻的哈里·兰开斯特[①],
还是个孩子,坐在圣路易的宝座上,
他那两个高傲的叔叔贝特福德[②]
和格洛斯特站在他的两旁,
菲利普公爵跪在宝座前面
代表他的臣民宣誓效忠国王。

卡尔:

啊,寡廉鲜耻的贵族,丧尽尊严的堂兄!

拉·希尔:

那孩子心慌意乱,爬上高高的台阶,
登上宝座时,绊了一跤。
民众喃喃私语:“这可是不祥的预兆!”
人群发出响亮的哄笑。
这时老王后走了过去,陛下的母后——
我至今还感到愤怒,实在说不出口。

卡尔:

① 哈里·兰开斯特(1399—1461),英国国王。即位后为亨利六世。

② 即英国的贝特福德公爵(1389—1435),为英王亨利五世之子。亨利五世死后任英国在法国所有占领地的总督。一四二三年与勃艮第和不列塔尼两位公爵签订协定,共同反对法王卡尔七世。

说呀？

拉·希尔：

老王后抱起那个孩子，亲自
把他放上先王的宝座。

卡尔：

啊，母亲，母亲！

拉·希尔：

即便是愤怒的勃艮第人，这些
杀人成性的匪帮，看到这番景象
也羞愧无比，满脸通红。
老王后看到这点，转身面向民众，
大声说道："感谢我吧，法兰西人，
我用纯洁的枝条，改良了病树的品种，
那得了精神病的父亲[①] 生下一个怪胎。
我让你们免遭这怪胎儿子的祸害。"

〔国王以手掩面，阿格纳斯跑过去把他搂在怀里，在场所有的人都表示厌恶和惊讶。

杜努阿：

这头恶狼！这口喷怨毒的恶毒婆娘！

卡尔（片刻之后，对议员们说道）：

你们都听到了，这里是什么情况。
你们不必在此耽搁，请回奥尔良，
告诉朕的这座忠诚的城市：
朕解除它对朕所发的誓。
它可以为了自身的安全和福祉

① 卡尔七世的父亲卡尔六世在一三九二年起开始患精神病。

向勃艮第投降,祈求他的仁慈。
他号称善人,定会把仁政实施。

杜努阿:

怎么,陛下?您想离开奥尔良城?

议员(跪下):

国王陛下,我的主人!千万别弃
我们于不顾!别让您忠诚的城市
被英国人残酷地统治。
它是您王冠上璀璨的宝石,
没有一座城市像它那样,
忠于您的祖先忠于王室。

杜努阿:

难道我们已经溃不成军?
只要还有一把剑在保卫此城,
我们有什么权力撤离战场?
还没有流血牺牲,你就轻率地
一句话把法兰西最优秀的城市
排挤出祖国的心脏?

卡尔:

鲜血已经流得够多,而且流得无谓!
上天沉重的巨手是反对朕的,与朕作对,
历次战役朕的大军全都失利,
朕被朕的议会抛弃,
朕的首都,朕的人民
欢呼雀跃地迎接朕的敌人。
和朕血缘最近的亲人离朕而去——
朕亲生的母亲用她的乳汁

喂养外国敌人的小崽。
——我们要撤到罗阿河对岸，
避开上天强劲的手，
上天是和英国人同在。

索累尔：

上天不容我们自暴自弃，
绝望之际从这个国家逃离。
这并不是你这勇士的肺腑之言。
是母亲异常的粗暴行为使
我英雄的国王为之心碎肠断！
你将重新找到自己，
鼓起男儿勇气，命运和你为敌，
你将勇敢地与命运奋战。

卡尔（耽于阴沉的思索）：

这难道不是真的？
一场阴森可怕的厄运笼罩在
瓦卢阿家族身上，它遭到上帝唾弃，
母亲的罪恶行径
把复仇女神引进这个家门；
父王精神失常二十年之久，
朕的三个哥哥在朕之前被死神夺走，
这是上天的意志，
这个家族该沉沦于卡尔六世[①] 之时。

索累尔：

① 当时卡尔七世尚未加冕，尚未正式即位。他认为在他父亲卡尔六世时家族的气数已尽。

这个家族到你手里将要中道复兴!
你对你自己要有信心。——啊!
仁慈的命运在你兄弟之中,单单把你留下,
它也将使你这最小的一个
意想不到地获得九五之尊。
党派纷争给国家造成累累伤痕,
上天准备让你柔和的心灵
成为治愈一切创伤的医生。
你将扑灭内战的熊熊烈火,
心灵告诉我,你将播种和平,
成为法兰西王新的开国明君。

卡尔:

不是朕。动荡不宁的时代风狂雨骤
需要一个强劲有力更富天才的舵手。
朕也许可以使生性和平的百姓幸福,
狂野暴乱的百姓朕无法驯服。
那些满腔仇恨向朕紧闭心扉的人,
无法用宝剑为朕打开他们的心灵。

索累尔:

百姓迷住了眼睛,疯狂使他们麻木不仁,
但是这种陶醉会转瞬即逝,
对世代相传的国王的爱将会觉醒,
这个日子已经临近,
这种爱深植在法兰西人的胸中,
旧日的仇恨、忌妒如今觉醒,
把两个民族永远分成两拨仇人;
骄傲的胜利者会毁于自己的幸运。

因此不要匆忙离开战场，
必须寸土必争，寸土不让，
竭尽全力，保卫奥尔良，
犹如保护自己的胸膛！
舟船桥梁将带你渡过你王国的分界线，
渡过罗阿河的忘川[①] 浩荡。
请破釜沉舟，烧毁一切桥梁。

卡尔：

朕已竭尽所能。为了保卫朕的王冠，
朕提出挑战进行骑士决斗，
——可是他们拒绝接受。
朕白白地浪费了人民的生命，
朕的城市毁于一旦，化为灰烬。
难道叫朕像那绝灭天性的母亲，
用宝剑把朕的孩子劈成两半？
不，让王国长存，朕放弃朕的名分。

杜努阿：

怎么，陛下？这难道是国王说的话？
就这样把王冠放弃？你最低下的臣民
为了坚持己见，表示爱恨，
也不惜牺牲财产和生命；
倘若发生血腥的内战，
人人都表明自己属于哪派。
农夫抛弃犁杖，妇女扔掉纺杆，
老人孩子全都武装起来，

① 把罗阿河比作地府的忘川，过了忘川，就无法回头。

市民自己点燃城市，
农民亲手烧毁谷种，
为了加害于你或有助于你，
把他们内心的愿望坚持到底。
倘若荣誉发出召唤，
倘若为了他的神明或偶像而战，
他会不惜一切代价，也不指望别人留情。
因此抛开这婆婆妈妈的同情之心，
这不符合国王的胸襟。——
战争既然已经开始，
就让它持续到底，
反正你并没有轻率地把它挑起。
百姓得为国王牺牲，
这是命运，是世界的规律。
法国人不知道这些，也不想是别的样子。
一个民族如果不快快活活地
为荣誉献出一切，就该受到鄙视。

卡尔（对市议员说）：

别指望朕改变主意。
愿上帝保佑你们。朕已无能为力。

杜努阿：

那么胜利之神
将永远弃你而去，
就像你自己把祖国抛弃，
既然你自暴自弃，我也就离开你。
并不是英国和勃艮第的联合兵力，
把你推下宝座而是你甘于失败。

法国的国王都是天生的英雄，
你却是生来缺少战士气概。
（对议员们）
国王弃你们于不顾。我却要投身到
奥尔良去，到我父亲的城里，
埋骨于它的颓垣残壁。

〔他想迈步离去，阿格纳斯·索累尔拉住他。

索累尔（对国王）：

啊，别让他怒气冲冲地离你而去！
他虽然出言不逊，可是他心地纯洁，
像金子一样忠诚，他真心爱你，
屡次为你出生入死，抛洒鲜血。
来吧，杜努阿！你承认，是义愤填膺，
火气太旺，才使你失去分寸。——
而你呢，请原谅这位真诚忠实朋友的言辞激烈愤慨！
啊，来吧，都来吧！趁这高尚的愤怒，
这灾难性的愤怒还没燃烧到无法扑灭的地步，
让我把你们的心迅速连接起来！

〔杜努阿凝视国王，似乎在等他作出回答。

卡尔（对杜·夏泰尔）：

我们渡过罗阿河。
叫人把我的东西装到船上！

杜努阿（很快对索累尔说）：

别了！

〔他很快转过身去，下，议员们随下。

索累尔（绝望地绞着双手）：

啊，他这一走，我们完全被人抛弃！

——跟上他，拉·希尔。啊，设法让他消气！

〔拉·希尔下。

第 六 场

〔卡尔。索累尔。杜·夏泰尔。

卡尔：

难道王冠竟是惟一的财富？
难道王冠竟是这样难以舍弃？
朕知道，还有更加难以忍受的东西。
听凭这些桀骜不驯的人们摆布，
仰仗傲慢固执的臣仆，备受屈辱，
这对一个高贵的心灵而言很是残酷，
这比屈从命运更为痛苦。
（对犹豫不决的杜·夏泰尔说道）
照朕的命令去做！

杜·夏泰尔（跪倒在卡尔脚下）：

啊，陛下！

卡尔：

朕已经决定。不要再说了！

杜·夏泰尔：

跟勃艮第公爵言归于好吧，
否则我看你再也没有救星。

卡尔：

你劝朕和他讲和。你知不知道
这和约是要用你的鲜血来签订？

杜·夏泰尔：

这就是我的脑袋。我常在战场厮杀
为你甘冒送命的危险，我现在为你
心甘情愿地把它放上绞架。
满足公爵的要求吧。把我交给他，
听凭他愤怒地严刑处置或杀或剐，
为消除往日的仇恨让我的鲜血流洒。

卡尔（深受感动，默默地凝视他片刻）：

事情真的到了这步田地？朕的处境如此糟糕，
以致朋友们看透了朕的心，
竟把耻辱的道路当作朕的救星？
是啊，现在朕认识到朕已堕落到什么地步，
他们已不相信朕还有荣誉之心。

杜·夏泰尔：

请考虑——

卡尔：

别再说了！别激怒朕！
纵然朕不得不放弃十个王国，
朕也不用朋友的生命来救朕自己。
——照朕说的去做。去吧，
把朕的兵器装上船去。

杜·夏泰尔：

很快
就会把一切办妥。

〔站起身来，下，索累尔放声大哭。

第七场

〔卡尔和索累尔。

卡尔(握住她的手):

不要伤心,我的阿格纳斯。
罗阿尔河对岸也还有一个法兰西,
我们到一个更加幸福的国度去。
那里熙和晴朗,万里无云,
轻风吹拂,民风淳朴,
亲切地接待我们,那里歌声悠扬,
生活更加美好,爱情更为欢畅。

索累尔:

啊,我竟不得不亲眼看见这苦难的一天!
国王不得不流亡,
儿子只好离开他父亲的住房,
他摇篮所在的地方。
啊,令人欢欣的国度,我们离开你,
今后永远不会快活地踏上你的土地。

第八场

〔拉·希尔重上。卡尔和索累尔。

索累尔:

你就一个人回来了。没把他带来?

(说着,她仔细端详他)

拉·希尔!出什么事了?你的目光告诉我什么?

是不是发生了新的灾祸!

拉·希尔:

灾祸已到尽头,否极泰来,

阳光再现,扫去满天阴霾。

索累尔:

发生了什么事?请你说清楚。

拉·希尔(对国王):

请您把奥尔良的

市议员召回来!

卡尔:

为什么?出了什么事?

拉·希尔:

召他们回来。您已经时来运转。

发生一场鏖战,您已经获得胜利。

索累尔:

已经获胜!啊,这话听来犹如天国纶音!

卡尔:

拉·希尔!奇妙的谣言使你受骗。

获得胜利!朕已不再相信任何胜利。

拉·希尔:

不久您还得相信更大的奇迹。

——现在大主教来了。他把庶生子

带回到您的身边——

索累尔:

啊,美丽的胜利之花

它立刻就结出了高贵的天国佳果，
和平与和解！

第九场

〔兰斯大主教。杜努阿。
〔杜·夏泰尔与一名披甲骑士拉乌尔上，加上前场人物。

大主教（把庶生子引到国王跟前，把两人的手放在一起）：
互相拥抱吧，两位王子！
现在抛开所有的争吵怨恨，
满天乌云消散，天空已经放晴。
〔杜努阿拥抱国王。

卡尔：
请帮朕驱散疑云，消除惊讶。
为什么气氛这样庄严肃穆？
是什么造成了这迅急的变化？

大主教（把披甲骑士引来参见国王）：
你来禀告！

拉乌尔：
我们十六队人马，都是洛林人，
出发前来与陛下的军队会师，
我们的首领是沃古娄的波德里古骑士。
我们冲上维尔蒙东附近的高岗，
冲下约纳河流过的谷地，
发现敌人就在我们前面
列阵远处的平原之上，

我们回头一看，武器闪闪发光。
我们已被两股敌人包围，腹背受敌，
既不可能逃遁，也无获胜希望；
纵使最勇敢的战士也勇气顿丧，
大家绝望已极，都想缴械投降。
首领们还在出谋划策，共同商量，
然而一筹莫展——瞧，一个罕见的奇迹
在我们眼前出现！
从森林深处走出一个女郎，
戴着头盔，宛如一个战神，
看上去既美丽又可怕；模样令人惊惶，
容貌美丽端庄，
一圈圈深色鬈发垂到她的脖子上；
似乎有一道祥光从天而降
把这崇高的女人全身照亮。
这时她提高嗓音，这样说道：
"你们犹豫什么，勇敢的法国儿郎！
快冲向敌人！哪怕他们多如沙粒，势如海浪，
上帝和圣处女引导你们向前！"
说着这强有力的姑娘迅速地
从旗手手里夺过战旗，身先士卒，
勇敢庄严地走在队伍前面。
我们惊讶得说不出话来，身不由己
跟着高高飘扬的战旗和女旗手，
奋不顾身地向敌人冲去。
敌人大吃一惊，一动不动地呆在那里，
目不转睛地直瞪着

眼前出现的奇迹——
可是接着,他们飞快地转过身去,拔腿就逃,
似乎对上帝充满畏惧,
整个大军,四下溃散,
丢盔卸甲,满地狼藉;
将军的命令,长官的呼号都无济于事,
官兵们吓得魂不附体,
头也不回,连人带马冲进河里,
任人宰割,不予反击。——
敌人死伤惨重,并未与我们交锋!
两千敌军,尸横遍野,命丧沙场,
为河水吞噬的还不计在内,
而我军却无一伤亡。

卡尔:

上帝啊,这可奇了!真是奇妙无比,奇怪至极!

索累尔:

是一个姑娘创造了这一奇迹?
她从哪儿来?她究竟是谁?

拉乌尔:

她究竟是谁,
这事她只能单独向陛下披露。
她自称是预言者,预知前途,
是上帝特派的先知,来到人世,
她答应在一个月内拯救奥尔良市。
百姓对她信任有加,渴望上阵杀敌。
她跟随着部队,马上就要来到这里。

(只听见钟声齐鸣,兵器撞击的声响)

你们听见人声鼎沸？钟声响起？

这就是她，民众在欢迎上帝的特使。

卡尔（对杜·夏泰尔）：

把她带来——

（对大主教）朕该怎么看这件事？

一个姑娘给朕带来了胜利，恰好是在危急关头

只有上帝出手才能救朕的时候！

这可并非情理之中的事情，

主教大人，这奇迹朕是否可以相信？

众人声（在后台）：

万岁，姑娘万岁，救星万岁！

卡尔：

她来了！

（对杜努阿）坐到朕的位子上，杜努阿！

我们考验一下这个施发奇迹的姑娘：

倘若她真有灵性，确为上帝所派，

定会发现究竟谁是国王。

〔杜努阿坐在国王的宝座上，国王站在他的右边，国王右边是索累尔。大主教和其余的人站在对面，中间空了出来。

第十场

〔前场人物。约翰娜在市议员们和众多骑士的簇拥下上场，骑士们站满了舞台的后部，约翰娜走上前来，神情高贵举止端庄，依次端详环立两边的人们。

杜努阿(在一阵庄严深沉的寂静之后,说道):

你就是那个神奇的姑娘——

约翰娜(打断杜努阿的话,目光清朗,神情高雅地凝视着他):

奥尔良的庶生子!你竟想考验上帝!

请离开这个座位,它不适合你,

我是上帝派来见这位更高贵的人物的。

〔她步伐坚定地走向国王,在他面前单膝跪下,立即站起,后退几步。在场的人全都表示惊讶。杜努阿离开座位,国王面前空出地方。

卡尔:

你今天第一次和朕见面,

你从哪里知道朕是国王?

约翰娜:

我在除了上帝没人见你的地方见过你。

(她走近国王,态度神秘地说道)

你想想看,昨天夜里!

你身边的人都已酣睡沉入梦中,

你不能入睡翻身起床,

祷告上帝。心情沉重。

请陛下屏退左右,

我向你诉说祷告的内容。

卡尔:

朕向上天

袒露的心声,无需隐瞒众人。

把朕祷告的内容说给朕听,

朕就不再怀疑你奉有上帝的使命。

约翰娜:

您一共做了三次祈祷；
请您注意，太子殿下①，看我说得是否确切！
您首先祈求上苍，
倘若非正义的财富堆在这顶王冠之上，
倘若您祖上，别人沉重的罪过尚未赎清，
于是引起了这场血泪涌流的战争，
那就让您为您的人民做出牺牲，
把上天全部的愤怒
都向您一个人的头上倾注。

卡尔（吓得直往后退）：

你是谁，强劲有力的人？你从哪儿来？

〔大家都向她表示惊讶。

约翰娜：

您向上天提出的第二个请求是：
倘若剥夺您这一族拥有的王笏，
剥夺您列祖列宗，列代国王
在国内遗赠给您的一切财物，
是上天崇高的意志和决心，
您便祈求上苍，能让您
保留三样财富：那就是内心的宁静，
朋友的真诚和阿格纳斯对您的爱情。

〔国王掩面痛哭，在场的众人无比惊讶，激动万分。少顷。

要我把您的第三个祈祷说给您听吗？

卡尔：

够了！朕相信你！谁也没有这么大的能力！

---

① 卡尔七世当时还未正式即位，所以也称他为太子，储君。

的确是至高无上的上帝把你派来的。

大主教：

你这神圣奇妙的姑娘,你究竟是谁?
什么地方有幸成为你的故乡?
是谁得到上帝的垂爱,生下你这姑娘?

约翰娜：

尊贵的大人,人家叫我约翰娜,
我只是一个牧人的女儿,出身卑下,
生活在多姆雷米我王陛下的属地,
那是在图尔教区,
我从小牧放父亲的羊群——
我常常听人说起那陌生的岛国人民,
他们渡海而来,
想把我们变成奴隶,
把外国出生的国王强加给我们,
他并不喜欢我们的人民;
听说他们已经占领巴黎,
并且强占全国各地,
于是我就祈求圣母,
别让我们套上外国锁链,蒙受羞辱,
让我们保持自己本国的君主。
在我出生的村庄前面,
树立着一座圣母塑像年代久远,
有许多虔诚的善男信女前去朝圣,
旁边长着一株神圣的橡树,
经常发生奇迹,法力无边,遐迩闻名。
我喜欢坐在橡树的树阴底下牧放羊群

因为我的心受到吸引。
倘若我有只羊羔迷失在荒山野岭,
只要我在这棵橡树的树阴底下进入梦乡,
我就会梦见何处能找到这只迷途的羔羊。
——我有一次坐在这棵树下
虔心祈祷,一片至诚,
漫漫长夜,不休不眠,
这时圣母走到我面前,
她一手擎着战旗,一手握着宝剑,
像我一样穿着牧羊女的衣衫,她对我说:
"我就是圣母,起来,约翰娜。放下你的羊群。
上帝叫你去办另一件事情!
接过这面旗帜!系上这把宝剑!
用它消灭我的人民的敌人,
把你君王之子带到兰斯,
给他加上国王的冠冕!"
我说道:"我怎能接受这样的事情,
一个娇弱的少女,
不善从事这残酷的斗争!"
可是她说道:"一个姑娘贞洁纯净,
能把世上任何辉煌的业绩完成,
只要她能抵御尘世的爱情。
你瞧瞧我!一个少女像你一样贞静,
生下了主,生下了天神,
我自己也因而成了神!"
她用手碰碰我的眼皮,等我抬头仰望,
一群天使在天上飞翔,

他们手里拿着洁白的百合，
柔美的音乐在天空飘荡。
——就这样，一连三天，圣母向我显圣，
向我呼喊："起来，约翰娜！
天主召唤你去办另一件事情。"
她第三个晚上出现的时候，
怒形于色，用这句话责备我：
"服从是女人在世上的本分，
承受艰辛是她沉重的命运。
她必须通过严酷的服务净化自身，
在人间服务过的女人在天上才得享尊敬。"
她一边这样说，一边脱下
牧羊女的衣衫，作为天后
身披太阳的灿烂光华，
她冉冉飞升，渐渐消失在极乐世界。
簇拥着她的是金色的云霞。

〔大家感动不已，阿格纳斯·索累尔痛哭起来，把脸埋在国王的胸前。

大主教（在长久沉默之后）：

面对这种神圣的证明，
世人得消除任何聪明的怀疑。
事实证明，她说的全是实情：
只有上帝能制造这样的奇迹。

杜努阿：

我不是相信她的奇迹，而是相信她的眼睛，
她脸上纯洁无瑕的神情。

卡尔：

朕这罪人竟配享受这样的宠信恩惠？
你这明察秋毫的眼睛，你看见了
朕的内心深处，知道朕的谦卑！

约翰娜：

上天洞察您高尚的谦卑；
您低头弯腰，因而上天把您提拔。

卡尔：

这样朕就可以抵御朕的敌人？

约翰娜：

我将使法兰西匍伏在您的脚下！

卡尔：

你说，奥尔良不会投降？

约翰娜：

除非您看见罗阿河倒流。

卡尔：

朕会成为胜利者前往兰斯？

约翰娜：

我将伴随陛下前去，越过敌人的千军万马。

〔在场所有骑士用长矛盾牌发出喧响，显示勇气。

杜努阿：

请让姑娘身先士卒，率领全军，
我们无条件地跟随，不论仙女把我们带向何方！
她那先知的眼睛应该引导我们，
这把勇敢的宝剑应该保护她不受损伤！

拉·希尔：

她若率领我们队伍前进，
我们不怕全世界举起刀枪反对我们。

胜利之神始终在她左右，
让这强劲有力的姑娘带领我们战斗！

〔众骑士敲击刀剑，发出轰响，他们迈步向前。

卡尔：

不错，神圣的姑娘，请你率领我的军队，
各级长官均服从你的指挥，
这把剑是最高统帅盛怒之下交还给朕，
现在终于找到了更配使用它的人。
请接受这把宝剑，神圣的女先知，
从此以后……

约翰娜：

请别说了，尊贵的太子！
我的主获得胜利并不是通过
这尘世暴力的工具。我还知道
有另一种宝剑，我将以此所向披靡。
我向陛下描绘这把宝剑，犹如圣灵
的描述；请派人去取这把利器。

卡尔：

你说罢，约翰娜。

约翰娜：

请派人到古老的费尔波耶城去，
那里的圣卡塔琳娜公墓有一个墓穴，
里面堆放着许多铁器，
是古代征战的战利品。
我要使用的那把宝剑也搁在那里。
识别的标志乃是三朵百合花，
镌刻在此剑的锋刃上。

派人把这宝剑取来，
陛下用此剑将大获全胜，势不可挡。

卡尔：

立刻派人去取，照她说的去办。

约翰娜：

请让我手擎白旗一面
四周镶着紫色的滚边。
旗上绣着天后圣母和
美丽的圣婴耶稣的圣像，
圣母飘浮在地球之上，
因为圣母向我显圣时就是这样。

卡尔：

照她说的去办。

约翰娜（对大主教）：

尊敬的大主教，
请把您的手放在我的头上，作为神父
为您的女儿祝福！（屈膝跪下）

大主教：

你是前来，祝福别人，
不是来接受别人的祝福——
请带着上帝的神力走吧！
我们都是罪人，不配给人祝福！

〔约翰娜站起身来。

侍从：

英军统帅派来一名使者！

约翰娜：

让他进来，是上帝派他前来。

〔国王示意侍从，侍从下。

第十一场

〔前场人物，信使。

卡尔：

你带来什么信函，信使？说出你的使命。

信使：

是谁代表卡尔·封·瓦卢阿，

封·朋济耶伯爵[①] 在这里讲话？

杜努阿：

态度恶劣的信使！卑鄙的小子！

你胆大包天，竟敢在法国国王的土地上，

否认法兰西人的国王。

幸亏你有这身制服保护，否则你就……

信使：

法兰西只承认一个国王，

他现在待在英国军营里。

卡尔：

请稍安毋躁，堂弟！信使，说出你的使命！

信使：

我的高贵统帅，不忍看到

鲜血横流，而且还将继续流血，

① 不承认卡尔是国王，只承认他是瓦卢阿王族的成员，即位之前，仅是封·朋济耶伯爵。以此表示英军信使的无礼。

命令手下战士暂时不要拔剑出鞘，
在奥尔良被我们攻陷之前，
让我向你提出和解修好。

卡尔：

说来听听！

约翰娜：

陛下！请让我代替陛下
和这个信使谈话。

卡尔：

你谈吧，姑娘！
是战是和，由你决定。

约翰娜（对使者）：

是谁派你来，用你的嘴吧说话？

使者：

英军统帅，撒利斯伯里伯爵。

约翰娜：

使者，你在撒谎！爵士没有让你传话。
只有活人才会说话，死人不会开口。

使者：

我的统帅活得生机勃勃，健康异常，
精力充沛，活着让你们大家国破家亡。

约翰娜：

在你出发时，他还活着。今天早上
他从拉·图尔奈勒塔俯身下望，
从奥尔良射来的一发子弹把他撂倒，
——你在发笑，因为我向你宣告远处发生的事情？
别信我的话，要信你自己的眼睛！

在你回去的时候，
你将碰到人们列队为他出殡！
现在，你说吧，什么是你的使命？

使者：

倘若你能揭示深深隐藏的事情，
我还没有说出我的使命，你业已知情。

约翰娜：

我用不着知道，不过你现在
且听一下我的使命。
告诉派你来的那些王侯！
——英国国王，贝特福德和格洛斯特公爵！
你们把法国恣意蹂躏！
由于流洒的鲜血，你们要向
天国的君王负起责任！
交出各个城市的钥匙，
你们违反天意侵占了它们！
本姑娘奉天国君王之命，
向你们奉献和平或把血战进行。
是战是和，由你们选择！因为我说这话，
是为了让你们知道：圣母玛利亚之子
并没有把这美丽的法兰西赐给你们——
而是赐给卡尔，上帝决定，
让他，我的君主和太子，在全国显贵簇拥之下
作为君王，进入巴黎城。
——现在，使者，请迅速回去。
因为你还来不及带着消息返回营地，
本姑娘已经赶到那里，

在奥尔良城头插上胜利的战旗。

〔约翰娜下，大家激动地坐下，幕落。

第　二　幕

〔场地四周山岩环立。

第　一　场

〔英军统帅塔尔波特和利奥内尔。勃艮第公爵菲利普。骑士法斯塔尔夫和夏蒂荣带领士兵,擎着军旗。

塔尔波特:

让我们在这些山岩下面
安营扎寨,停住队伍,
也许我们还能召集四下溃逃的残部,
他们初战失利便惊惶逃散。
设岗布哨,占据高处!
尽管夜幕低垂,敌人难以穷追,
也并未插上翅膀,迅疾如飞,
我并不害怕他们突袭偷营。——
但是仍须谨慎小心,因为我们面对
大胆无畏的敌人,我们已被击溃。

〔法斯塔尔夫骑士率士兵下。

利奥内尔:

已被击溃！大帅，请不要再说这话。
我无法想像，法兰西人今天
竟看见败逃的英国人的脊背。
——啊，奥尔良！奥尔良！埋葬我们光荣的坟墓！
英国的荣誉坠落在你的田野之上！
可笑至极的一场败仗！
将来后世有谁会相信这事！
赢得波阿济耶，克莱齐和阿沁古三战的好汉，
竟会仓皇奔逃，被一个女人驱赶！

勃艮第：
我们应该感到欣慰，战胜我们的不是人，
我们是败在魔鬼手里。

塔尔波特：
败在我们自己愚蠢的魔鬼手里——是吗，勃艮第公爵？
贱民的妖魔也会使公侯胆战心惊？
迷信的大氅至为拙劣，难以遮掩
你的胆怯——是您的部下率先逃命。

勃艮第：
大家都在逃命。谁也守不住阵脚。

塔尔波特：
不然，大人！是您那一翼首先惊慌。
您急忙冲进我们营盘，大声叫嚷：
“地狱的门已开，撒旦在为法兰西作战！”
这才使我们的将士乱成一团。

利奥内尔：
这点您不能否认。是您那一翼
首先溃退。

勃艮第：

因为我们首先遭到袭击。

塔尔波特：

那姑娘知道我们阵营的漏洞，

她知道，什么地方容易惊恐。

勃艮第：

什么？难道要勃艮第承担这次兵败的罪责？

利奥内尔：

倘若我们英国人单独与之战斗，

平心而论，奥尔良不会失守！

勃艮第：

不会——因为你们根本不会看见此城！

是谁给你们开路，让你们进入这个国度，

当你们踏上这个敌对的陌生的海岸时，

是谁向你们伸出朋友之手忠实协助？

谁在巴黎为你们的亨利王子加冕，

是谁帮他征服法兰西人的心？

平心而论！倘若不是这条臂膀坚强有力

把你们引了进来，你们永远看不到

任何法兰西的炉灶炊烟升起！

利奥内尔：

倘若用狂言大话作战，公爵大人，

你单枪匹马就已征服了法兰西。

勃艮第：

你们懊恼气愤，因为奥尔良

未能到手，于是向你们的盟友泄愤。

迁怒于我，奥尔良从我们

手中滑掉还不是由于你们无比贪心?
奥尔良已经准备向我投诚,
你们妒忌,才使此事功败垂成。

塔尔波特:

并非由于您的缘故,我们围困了奥尔良城。

勃艮第:

倘若我把部队撤走,你们将会如何?

利奥内尔:

相信我吧,我们的情况不会比在阿沁古更糟,
那一仗我们打败了您和整个法兰西。

勃艮第:

可是你们迫切需要我们的友谊,
为了取得它,摄政王[①] 付出了高昂的代价。

塔尔波特:

不错,代价的确高昂无比,
我们今天在奥尔良城下付出了我们的荣誉。

勃艮第:

不要走得太远,爵士,否则您会追悔莫及!
难道我背离我主子正义的大旗,
在我头上顶上卖国贼的恶名
就是为了忍受外国人的这种欺凌?
我在这里干什么,为何作战反对法兰西?
倘若要我为忘恩负义之辈效劳,
那我宁可为我天生的国王效力。

塔尔波特:

① 指英国的贝特福德公爵。

您正在和法国太子秘密谈判，
我们知道这事，可是我们会想出办法
保护自己，不致有人反叛。

勃艮第：

真是该死，
你们竟然这样对待我？——夏蒂荣！
传令我的队伍，整装出发，
我们回国，回到自己的祖国。

〔夏蒂荣下。

利奥内尔：

一路顺风！
不列颠人只有自己厮杀没有帮手，
全凭自己宝剑的威风，
这时他的荣誉才最为壮丽恢弘，
每个人各打各的仗，荣辱不共，
因为这句老话永远是真理：
法国人和英国人的血液绝不可能互相交融。

第　二　场

〔伊撒波王后，由几名侍童陪同上场。前场人物。

伊撒波：

你们在说什么呀，大帅们！赶快打住，
是什么星辰让人疯狂使人糊涂，
搅得你们健康清明的头脑发昏？
此时此刻和睦团结才能保住你们，

而你们却想各分东西怀着仇恨，
互相火拼，同归于尽？
——我请求您，高贵的公爵，赶快收回成命。
——而您，光荣的塔尔波特，
快去安慰那朋友，他正怒火中烧；
来吧，利奥内尔，帮我使这两个高傲的勇士
心平气和，促使他们言归于好。

利奥内尔：

我难以从命，夫人，我对一切都无所谓，
我是这样认为，不能并肩战斗，
最好彼此分手。

伊撒波：

怎么？地狱的邪魔妖术
在会战时曾兴风作浪，使我们出师不利，
在这里也继续使我们神志不清头脑糊涂？
您说啊，高贵的爵士！是谁把这场争吵挑起？
（对塔尔波特）
您竟然伤害了这个珍贵的盟友，
您莫非全然忘却了结盟之利？
没有这条臂膀您能有何作为？
他为您的国王把宝座建立，
他既辅佐国王，也能把他推倒，只要他愿意。
他的军队，尤其是他的名声，增强了您们的实力，
整个英国，即使倾国出动，
涌上我们的海岸，也难以
征服法国，只要法兰西团结一致，
只有法兰西自己才能征服法兰西。

塔尔波特：

真诚的朋友我们自然知道敬重，
然而抵御虚假的朋友乃是聪明人的本分。

勃艮第：

谁若背信弃义，忘恩负义，
必然放肆大胆，肆意撒谎。

伊撒波：

怎么，高贵的公爵？您能这样
抛开羞耻和公侯的荣誉，
与杀父之仇握手言和捐弃嫌隙？
难道您竟疯狂到这般田地，
竟相信能和储君太子
真诚和解亲如兄弟？
是您自己把他抛到毁灭的边际！
他已倾倒在即，而您想把他扶起，
并且疯狂地亲自毁掉您自己的前程？
您的朋友站在这里，您幸运的基础
乃是和英国缔结的坚实联盟。

勃艮第：

我并不想和储君太子缔结和平，
但是倨傲的英国显示的轻蔑
和狂狷我忍无可忍。

伊撒波：

来吧，来！原谅他情急之下口不择言，
身为统帅，他负担很重，心事很沉，
你们也都知道，忧患临头，使人有失公正。
来吧，来吧，趁这裂痕初现请互相拥抱，

加以弥合，让我赶快予以治疗。

塔尔波特：

您看如何，勃良第？高贵的心
乐于在理性面前俯首称臣，
王后方才说了一番聪明的话语，
让我们互相握手，治愈创伤，
我方才言语唐突把它造成。

勃艮第：

夫人说的话十分在理。我的满腔义愤
只能退让，实在形势逼人。

伊撒波：

说得漂亮！请以一个兄弟之吻
来加固这个新的联盟。
但愿说过的气话全都一风吹掉。

〔勃艮第和塔尔波特互相拥抱。

利奥内尔（观察这三个人的行动，自语）：

但愿这复仇女神缔造的和平能有幸运！

伊撒波：

我们打了一次败仗，诸位统帅
幸运之神与我们作梗；
但是你们高贵的勇气请勿因此消沉。
法国储君对上天的保佑已然绝望，
因此求助于撒旦的妖魔伎俩；但是
他臣服于万劫不复的地狱纯属白费，
他的地狱也无法把他颓势挽回。
一个屡打胜仗的姑娘统率着敌人的军队，
我愿代替一个少女充当你们的先知，

前去统率你们的军队。

利奥内尔：

夫人，请您还是返回巴黎，我们
要用犀利的武器去打胜仗，不是凭着女人。

塔尔波特：

您走吧，走吧！您到军中之后，
我们诸事不顺，一直征战不利。

勃艮第：

您走吧！您在这里不会有好事，
战士们都对您颇为厌腻。

伊撒波（惊讶地依次看着他们）：

您也要我走，勃艮第？您站在
这些忘恩负义的爵士们一边和我为敌？

勃艮第：

走吧！倘若士兵以为是在为
您的事业卖命，会顿时气馁。

伊撒波：

我刚让你们彼此和解消除隔膜，
你们就联合起来一起反我？

塔尔波特：

走吧，跟着上帝一起走吧，夫人，您一走开，
我们就不再害怕魔鬼跑来。

伊撒波：

我难道不是你们忠实的盟友？
你们的事业难道不是我的事业？

塔尔波特：

可是您的事业并不是我们的事业，

我们正在进行一场诚实良好的斗争。

勃艮第:

我是为惨遭谋害的父亲一雪深仇大恨,

儿子出兵以尽孝道,师出有名,堂堂正正。

塔尔波特:

可是坦白直言吧!您对储君太子所做的事情

既不符天理,也不合人情。

伊撒波:

他在母亲的头上犯下屡屡罪行。

让他受到诅咒!直到十代子孙!

勃艮第:

他是为父亲——一位被害的丈夫报仇雪恨。

伊撒波:

他摇身一变成了法官审判我的操行道德。

利奥内尔:

儿子这样确是缺乏敬意。

伊撒波:

他竟然把我予以流放。

塔尔波特:

这是听从公众的呼声。

伊撒波:

我若对他表示宽恕,那就让我受到诅咒!

与其让他统治他父亲的王国——

塔尔波特:

您宁可牺牲做他母亲的荣誉!

伊撒波:

你们不知道,你们这些软弱的灵魂,

一个受到侮辱的母亲的心能做出什么事情。
谁善待我,我就爱谁,谁伤害我,
我就恨谁,倘若这是
我亲生的儿子,那就更加可恨。
我十月怀胎生下他来,
他却狂放无羁,把生身之母伤害,
我曾给他生命,如今我要把它夺回。
你们作战反对我的儿子,
既无权利向他掠夺也毫无理由,
储君太子可曾对你们犯下严重的罪行?
他有什么地方有违对你们的本分?
驱使你们的是卑劣妒忌,是勃勃野心,
我生下他来,我有理由对他憎恨。

塔尔波特:

不错,他感到这是他的母亲在向他复仇。

伊撒波:

可怜卑微的伪君子们,你们自欺欺人,
我对你们真是说不出的轻蔑!
你们英国人像强盗似的把双手
伸向法国,你们根本没有
任何权利对法国的领土提出要求,
连一只马蹄踏地之权也没有。
而这位公爵让人称他为善人,
却把他的祖国,他列祖列宗传下的王国
出卖给国家的敌人和外国的主人,
尽管如此,你们三句不离正义公正。
——我藐视伪善,让全世界的眼睛看到

我是什么人就是什么人。

勃艮第：

一点不假！

您以坚强的精神维护了荣誉。

伊撒波：

我和任何其他女人一样，

充满激情，热血奔流。来到这个国家

是来充当王后，并非徒有虚名。

难道因为命运乖张让我伴随神经错乱的夫君

度过我生机勃勃的青春妙龄，

就该清心寡欲，断绝欢乐了此一生？

我爱自由甚于爱我的生命，

谁若在这里伤害我——可是

我为什么和你们对我的权利进行争论？

在你们的血管里流淌着稠密凝重的血，

你们只知道愤怒！根本不知道什么是欢快，

这位公爵一生都在

善恶之间来回摇摆，

既不能打心眼里恨，也不会打心眼里爱。

——我前往梅农，把这小伙子给我送来。

（她指一指利奥内尔）

我喜欢他，让他供我消遣，和我做伴，

你们爱怎么干就怎么干！

我对勃艮第人和英国人一概不管。

（她示意她的侍童，准备离去）

利奥内尔：

您尽可放心。我们会把俘虏来的法兰西少年，俊俏标致的，都送到梅农去供您消遣。

伊撒波(退回来)：

你们大概只会挥剑乱砍，

只有法兰西人才善于软语缠绵。

(她下)

第 三 场

〔塔尔波特。勃艮第。利奥内尔。

塔尔波特：

这样的女人真是少见！

利奥内尔：

现在请说你们的意见，两位大帅！

我们是继续逃走还是突然回师，

迅速大胆地出兵还击，

尽雪今天白天蒙受的奇耻？

勃艮第：

我们兵力太弱，官兵四下溃散，

部队新遭挫败，人人心有余悸。

塔尔波特：

只是盲目的恐惧战胜了我们，

纯粹是转瞬即逝的胆战心惊，

想像力受到惊吓，恐怖幻象形成，

仔细审视一下，便会化为泡影。

因此我建议，拂晓时分

我们回师渡河①，迎战敌人。

勃艮第：

请三思——

利奥内尔：

请允许我直言，
这里已经没有什么可以考虑，
我们必须尽快收复失地，
不然我们就蒙受羞辱，直到永远。

塔尔波特：

此事就这样决定。明天开战，
彻底摧毁这一恐怖的怪影，
它使我们的战士目迷神眩，闻风丧胆，
让我们和这化为少女的魔鬼
单挑独斗，较量一番。
她若敢来试试我们勇猛的宝剑，
那她以后再也不能加害我们；
倘若她不敢应战，你们确信她避免和我们交锋，
那么她对我们部队的魔法也就失灵。

利奥内尔：

就这么办！我的大帅，请把这场轻而易举
不该流血的战斗游戏交给我！
我要生擒活捉这个妖魔，
当着她的面首，那庶生子的眼前，
把她搂在怀里抱进不列颠的营盘，
让全军上下娱乐一番。

① 英军在卢阿河北岸，奥尔良城下被击败。

勃艮第：

不要夸下海口！

塔尔波特：

我要把她抓到，

我想不会这样温柔地把她搂抱。

现在走吧，让我们小睡片刻，

休息一下困顿不堪的身心，

等到晨曦初露，我们便开拔出兵。

（他们下）

第　四　场

〔约翰娜手擎战旗，戴着头盔，身着胸甲，其余仍是女装①，杜努阿，拉·希尔，骑士们和士兵们在高处的山岩道上出现，寂静无声地沿路走过，紧接着在舞台上出现。

约翰娜（对围在她身边的骑士们说话，与此同时山岩道上队伍依然还在前进）：

我们已经越过壁垒，进入敌营！

缄默的夜色遮掩了你们寂静的行军队伍。

现在可以大声呐喊，抛开夜幕，

让敌人知道你们已杀进营来，

胆战心惊——上帝和姑娘同在！

众人（各种武器发出喧响，大声呼喊）：

① 席勒以此强调，历史上的贞德始终身着男装，这在日后审讯她时起了相当重要的作用。

上帝和姑娘同在！

〔战鼓轰响，军号齐鸣。

岗哨（在舞台后面大喊）：

敌人，敌人，敌人来了！

约翰娜：

把火把拿来！把它们扔进帐篷！
熊熊烈火会增强恐怖，
危机四伏，叫死神把他们抓住！

〔士兵急步下场，约翰娜欲跟下。

杜努阿（把她拉住）：

你已完成你的任务，约翰娜！
把我们一直领到敌营之中，
你已经把敌人交到我们手里，
现在你避开，不要和他们交锋，
让我们来和他们决一雌雄。

拉·希尔：

你已经给大军指明了胜利的征途，
请用纯洁的手高擎战旗为我们开路，
可是请不要自己手执这致命的宝剑①，
去试探那虚伪的征战之神，
因为他的统治盲目无情。

约翰娜：

谁有权利命令我停步不前？谁能限制圣灵，
他引导我前进？弦上的箭必须射出，

① 贞德虽然手擎战旗又握着宝剑，但这仅仅是她身受上帝使命的象征，自己并未参加战斗，亲手杀人。

飞向射手的手指定的方向，
哪里有困难，约翰娜就得战斗在哪里，
命运规定，我不在今天不在这里阵亡；
我必须看见王冠戴在我国王的头上——
上帝叫我去做的事情一天不完成，
就没有一个敌人能夺走我的这条性命。（下）

拉·希尔：

走吧，杜努阿！让我们紧跟这位巾帼英雄，
用我们勇敢的胸膛作为盾牌把她保护！
（两人下）

第五场

〔英国士兵慌慌张张逃过舞台，紧接着塔尔波特上。

第一英兵：

那个姑娘！就在军营当中！

第二英兵：

这不可能！绝不可能，她怎么能闯进军营？

第三英兵：

从天上来的！魔鬼帮她的忙！

第四、第五英兵：

逃命吧！快逃！我们大家都死定了！（英兵们下）

塔尔波特（跑来）：

他们不听我的命令——他们不肯给我站住！
大家都不再听从指挥服从命令，
就仿佛地狱吐出了所有遭到天谴的精灵幽魂，

一阵令人眩晕的疯狂席卷全营，
使勇士和懦夫都晕头转向，一起狂奔，
敌人排山倒海地冲进军营，
我都聚集不起一小股人马
迎击潮水般汹涌而来的敌人！
——难道就我一人保持头脑冷静，
我身边所有的人都发烧狂奔得了热病？
我们一连二十仗都打败法兰西人，
打败这些软骨头，如今却在他们面前仓皇逃命！
这个不可征服的女人，这个恐怖的女神，
她究竟是谁？竟然使他们一举转败为胜，
真是扭转乾坤，把胆怯的麋鹿组成的军队，
变成一群英勇无敌的雄狮？
扮演着辛苦学得的巾帼英雄的角色，准是个女骗子，
难道她能吓坏真正的英雄？
一个女流之辈竟夺走我所有胜利的光荣？

英兵（慌慌张张地冲进来）：

那个姑娘！快逃！快逃，大帅！

塔尔波特（一剑把他刺倒在地）：

逃到地狱里去吧！
谁和我谈逃跑谈起胆怯的逃之夭夭，
这把宝剑就把他送进地府阴曹！（下）

第　六　场

〔台上景色展开。观众看见英国军营正在熊熊燃烧。鼓声隆隆，英军奔逃，法军追赶。少顷蒙哥马利上。

蒙哥马利(独白):

叫我往哪里奔逃？四周都是敌人,都是死神!
这里是怒火中烧的大帅,他手握宝剑,神气凶狠,
阻止我们逃走,逼着我们冲向死神。
那里是那可怕的女人。她像烈火的
逼人火焰,横扫周围一切,散布毁灭沉沦。
不见灌木丛容我藏身,亦无山洞提供安全保证。
啊,我这不幸的人啊,但愿我从来没有
乘船过海来到这里！虚幻的妄想诱惑我参加
这法兰西之战,来寻找廉价的荣誉,
现在这不幸的命运把我引进这场
血淋淋的互相杀戮的战役——倘若此刻我远离此地
还待在家里,在鲜花盛开的萨维纳河边① 该多么惬意,
在安全的父亲房里我留下了母亲为我忧伤,
还有我娇媚温柔的新娘。

〔约翰娜在远处出现。

我这下可完了！我看见了什么？那边就是那可怕的女人!
她在熊熊烈火之中现身,发出光芒分外阴沉,
像从地狱的咽喉喷出黑夜的一个幽灵
我往哪里脱逃？她那火样的眼睛
已经盯上了我,早已从远处向我投来
百发百中的目光的圈套。
富有魔力的绳索,缠住我的双脚,
越缠越紧,使我被绑,无法逃跑!

---

① 萨维纳河的源头在威尔士。

尽管我的内心百般挣扎抵触万分，
我不得不举目去看那致命的人影！

〔约翰娜向他走近几步，又停住脚步。

她走近了！我不愿等着这凶神恶煞
先向我发动袭击！我要抱住她的双膝，
向她哀求饶命，她毕竟是个女人！
也许我用眼泪能够软化她的心！

〔他正想向约翰娜走去，约翰娜快步向他走来。

第七场

〔约翰娜。蒙哥马利。

约翰娜：

你死定了！一个英国母亲生下了你。

蒙哥马利(跪倒在她脚下)：

住手，可怕的女人！不要刺死不抵抗的人。
我已丢下了我的宝剑和盾牌，
跪倒在你的脚下，手无寸铁，哀求怜悯，
请你饶我一命，接过一笔赎金，
我的父亲在家乡富甲一方，
在美丽的威尔士，萨维纳河蜿蜒流淌，
流贯翠绿的沃野，宛如涌流白银的大江，
在那里他管辖五十个村庄。
倘若他听到我在法兰西，还活在人世，
他将用大量金银，赎回他心爱的儿子。

约翰娜：

你这受到愚弄的傻瓜！你已末日来临！
你落在姑娘的手里，她使人毁灭，
别指望能够脱险，会有救星。
倘若厄运把你投到鳄鱼身边，
或者交给五彩斑驳的猛虎利爪，
倘若你夺走了幼仔激怒母狮，
你也许还能求得怜悯和仁慈，
可是碰到姑娘，那是死路一条。
因为我和严峻异常、不可违逆的精灵
签订了一个可怕的约束性的协定，
我有责任杀死一切活人，用我手中的利剑，
只要是征战之神极为不幸把他们送到我的面前。

蒙哥马利：

你的话说得吓人，可是你目光柔和，
到近处一看，你并不令人胆战心惊，
我的心不禁为你可爱的身影吸引，
啊，你性格温柔具有女性的纤美，
我向你请求：请看我年轻发发慈悲！

约翰娜：

不要祈求我的性别！不要称我为女人。
就像没有躯体没有自由的精灵，
我也不以尘世方式属于人的任何性别，
这副铠甲遮盖的并不是一颗心。

蒙哥马利：

所有的心都向爱情的神圣法则表示敬意，它统辖一切，
啊，我以爱情的名义恳求你。
我在家里留下了一个温柔的娇妻，

正值迷人的青春年华,像你一样动人美丽。
她哀哀啼哭,期待着爱人平安回去。
啊,倘若你也希望品尝恋爱的甜蜜,
希望享受爱情的幸福,请你不要残忍地
拆散两颗心,神圣的海誓山盟把它们联在一起!

约翰娜:

你呼吁的尽是尘世间陌生的神明,
他们对我来说既不神圣也不值得尊敬。
我对你向我哀求的爱情的盟誓一无所知,
它的虚幻的作用我也永远不会认识,
捍卫你的生命吧,因为死神已在召唤你。

蒙哥马利:

啊,那就对我苦难深重的父母发发慈悲吧,
我把他们留在家里。是的,你肯定
也把父母留在家里,他们昼夜为你担心。

约翰娜:

不幸的人啊! 你使我想起
这个国家有多少母亲失去了儿郎,
有多少稚嫩的孩子失去了父亲,
有多少新婚的新娘由于你们成了遗孀!
但愿英国也有许多母亲
经历绝望并且认识法国妻子的眼泪。
这些女人苦难深重终日伤悲。

蒙哥马利:

啊,死在异国他乡,无人为之流泪,这可真是悲哀。

约翰娜:

谁叫你们来到这个陌生国度,

蹂躏勤奋耕耘庄稼繁茂的国土,
把我们从温馨炉灶旁赶走,破坏家庭的温馨,
把战争的烽火投向一座座城市,破坏神圣的和平?
在你们虚荣妄想的心里已经梦想着
把生来自由的法兰西人投入奴役蒙受羞辱,
把这伟大的国家像一叶扁舟,
在你们这艘倨傲骄矜的海船之上拴住!
你们这些傻瓜!法兰西王家的徽章悬挂在
上帝的宝座之上;你们容易从大熊星座摘下一颗
星星,却很难从这个帝国夺走一个乡村,
每个村庄都和帝国连成一体,永不可分!
复仇之日已经来临;上帝把这神圣的海洋
划作你们和我们之间的国界,你们肆无忌惮
越过海洋,蜂拥而来,
你们也别想活着回去渡过大海。

蒙哥马利(放开约翰娜的手):

啊,我必死无疑!死神已经令人心悸地攫住了我。

约翰娜:

死吧,朋友!为什么面对死神面对无可逃避的命运,
这样犹豫地颤抖?你瞧着我!瞧啊!
我只是一个少女,生来是个牧羊女;
我这只手不习惯挥舞宝剑厮杀打仗,
一向只握着单纯温柔的牧羊人的手杖。
可是我不得不离开故乡的田野,
离开父亲和姐妹们温馨的怀抱来到这里,
——驱使我前来的是神明的声音,
不是我自己的欲念——我不得不来给你们以重创,

并没有给我以欢乐，成了一个恐怖的精灵，
一路杀戮，散布死亡，最终自己成为牺牲品！
因为我将不会看见欢欣鼓舞的回家之日：
我还将杀死你们当中的许多人，
还要制造许多寡妇，但是最后
我自己也将殒命，完成我的命运，
——你也完成你的命运吧。重新拾起你的剑，
让我们为赢得美好的生命决一死战。

蒙哥马利（站起身来）：

既然你也和我一样都是凡人，
刀枪可以把我伤害，我也可以凭我的手臂
把你送下地狱，来结束英国的困境。
我把我的命运交到仁慈的上帝手里。
你这万劫不复的女人尽可呼唤你地狱里的精灵，
来助你一臂之力！看剑，保住你的性命！

〔蒙哥马利拿起盾牌和宝剑，向约翰娜冲去，远处传来战斗的乐声，经过短暂的交锋，蒙哥马利倒地身亡。

第八场

〔约翰娜独自一人。

约翰娜：

让你的脚载你去见死神——去吧！
（她从死者身边走开，站住脚步，思绪万千）
崇高的圣处女玛利亚，你在我身上发生强大的作用！
你使我这条从未经过征战的手臂充满力气，

武装我的心，使它变得冷酷无情。
怜悯在我心灵油然而生，我的手颤抖不停，
当它伤害的敌人躯体生机充盈，
就仿佛一座神圣的殿堂遭到侵凌。
看见寒光闪闪的钢铁剑锋我就战栗，
可是如果需要，我的身上立即充满力气，
宝剑稳稳在握，在哆哆嗦嗦的手里，
绝不迷失方向，仿佛它是一个精灵充满活力。

第 九 场

〔一个头戴蒙面头盔的骑士。约翰娜。

骑士：

该诅咒的女人！你的末日已经来到。
我在整个战场上到处把你寻找，
你这使人毁灭的幻影！你从地狱里
爬出来，现在就回到地狱里去。

约翰娜：

你的邪恶的天使把你送到我的面前，
你究竟是谁？论你的丰采
你像是一个君侯，也不像是不列颠人，
因为你身上饰有勃艮第的绶带，
我的剑锋对此总是避开。

骑士：

你这遭到唾弃的女人，你不配
死于一个高贵的王侯之手。

你遭到谴责的首级该被刽子手的刑斧
从你的躯干之上砍下,而不是勃艮第
王室的公爵用勇敢的宝剑使你身首异处。

约翰娜:

那么你就是这位高贵的公爵本人?

骑士(掀开遮面的护甲):

我就是他,卑微的女人啊,发抖吧,绝望吧!
撒旦的妖术已不能再给你安全;
你到目前为止只打败过一些荏弱的孱头,
如今是个男子汉站在你的面前。

第十场

〔杜努阿和拉·希尔。前场人物。

杜努阿:

转过身来,勃艮第!
和男子汉较量,别和少女厮杀。

拉·希尔:

我们保护女先知神圣的头颅,
你的宝剑先得刺穿我的胸部——

勃艮第:

我既不怕这个狐媚诱人的妖女,
也不怕你们,她已经使你们发生变化真是耻辱,
庶生子,你不脸红,拉·希尔,你不羞愧,
你旧日的勇气已经蜕变为地狱的妖术,
而你自己也已堕落成为一个持盾侍从

遭人轻蔑的侍候魔鬼的娼妇。
你们来吧！我来对付你们大家！对上帝的保护
表示绝望，便逃去向魔鬼依附。

〔他们摆出战斗的架势，约翰娜走到他们当中。

约翰娜：

大家住手！

勃艮第：

你是为你的姘头发抖了吧？
在你的眼前他得——（逼向杜努阿）

约翰娜：

你们都住手！
拉·希尔，把他们分开——法兰西人的鲜血不许横流！
这场争执不得由宝剑来决定胜负。
在星空之上已经另做决定——
我说了，你们分开——圣灵掌握着我，
用我的嘴说话！你们要听从和尊重圣灵！

杜努阿：

你干吗拉住我已经举起的手臂，
阻止我的宝剑做出血淋淋的决断？
宝剑已经拔出，决斗就要进行，
它将为法兰西报仇雪恨，平息争端。

约翰娜（置身两人中间，使得两人隔开一段距离，对庶生子）：

到边上去！
（对拉·希尔）
站在原地别动！
我有话对公爵说。
（等到大家都平静下来）

你想干什么,勃艮第?你的目光杀气腾腾,
究竟谁是你四下寻找的敌人?
这位高贵的王子是法兰西的儿子和你一样,
这位骁勇的武士是你的战友和同胞,
我自己是你祖国的女儿为国效劳。
你力图把我们消灭殆尽,可我们大家
和你同族同宗同德同心。——
我们伸开双臂向你表示欢迎,
我们的膝盖准备跪下向你致敬——
我们的宝剑不会伤害你。你的容貌,
即使戴着敌人的头盔,却有我国王珍贵的轮廓,
我们始终觉得值得尊敬和骄傲。

勃艮第:

你想用谄媚奉承花言巧语
来勾引你的牺牲品,你这迷人心旌的妖女!
你引诱不了我,诡计多端的女人,
我的耳朵守护严密,不会受人话语的蛊惑,
你的眼睛射出的火箭,
都会从我坚实的胸甲之上滑落,
拿起武器来吧,杜努阿!
让我们用剑刺刀劈而不是用摇唇鼓舌进行厮杀。

杜努阿:

先动口舌,再动刀剑,莫非你
害怕听人说话?这也是气馁,
暴露了你心中有鬼。

约翰娜:

我们并不是为形势所迫

匍匐在你脚下,我们不是
作为乞求者出现在你面前。——请环顾四周!
整个英国军营已化为飞灰,
你们的死尸遍地皆是,
你听见了法兰西人的军号劲吹,
上帝做出决定,胜利属于我们,
我们准备和我们的朋友
共同分享方才折下的美丽月桂。
——啊,回来吧! 高贵的逃亡者,快回来!
回到正义和胜利一边,
我自己是上帝派来,我要像你的姐妹,
伸出手来,把你拯救,
把你拉到我们这纯洁的营垒!
上帝是保佑法兰西的,他的天使们
你难道没有看见,他们为国王而战,
他们大家都以水仙① 作为修饰;
我们的事业犹如这面战旗,洁白光鲜,
纯洁无瑕的圣处女是我们事业贞洁的标志。

勃艮第:

谎言的欺人之谈,曲折隐晦,
可是她说的话像孩子的话语简单明了,
倘若是邪恶的精灵授她以词句,
那么这些词句模仿天真无邪真是惟妙惟肖。
我不愿继续听下去,快把宝剑举起!
我感到,我的耳朵远比我的手臂软弱无力。

① 水仙为法国王家的标志。

约翰娜：

你称我是一个魔女，怪我施展
地狱的妖术——难道缔造和平
消弭仇恨是地狱的事务？
难道会从这永恒的阴沟里升起和睦？
倘若不是为祖国而战，谈得上什么
纯洁、神圣、善良、符合人性之物？
从什么时候开始，天理这样反常，
天国竟背弃了正义的事业，
而魔鬼却来对它进行保护？
倘若我对你说的一番话是金玉良言，
我能从哪里取得，除了取自上天？
谁会到我的牧场上来和我做伴
让我这个一身稚气的牧羊女
熟悉了解这些有关王权的军国大事？
我从来没有见过地位显赫的公侯，
我一向不谙辞令，不善言辞，
可是现在因为我需要打动你，
我就顿时眼明心亮，洞察国家大事，
国家和君王的命运清清楚楚
展现在我这孩童眼前，一览无余，
我的嘴里衔着一股霹雳，话语铿锵有力。

勃良第（内心深深触动，抬起眼睛望着约翰娜，又惊讶又感动地端详她）：

我这是怎么了？出了什么事？莫非是个天神
使我深埋胸中的内心受到感动！
——这个感人的形象，她不会欺骗！
不！不！若说是魔力使我目迷神眩，

那这也是一种天国的神力；
我的心灵告诉我，她是受到上帝派遣。

约翰娜：

他受到了感动，他感动了！我没有白白地向他哀求；
愤怒的浓重乌云会迸发雷霆，
已在他额上像泪水露珠似的消散，无踪无影，
感情的太阳已从他眼里升起，闪出金光，
他的眼睛已射出和平的光芒，
——把武器丢掉吧——心贴心地紧紧拥抱吧——
他哭了，他已被征服，他是我们的人了！

〔宝剑和战旗从她手中落下，她张开双臂快步向勃艮第走去，激情洋溢地和他热烈拥抱。拉·希尔和杜努阿也扔下宝剑，跑过去和他拥抱。

第　三　幕

〔国王在玛纳河畔夏龙的御营。

第　一　场

〔杜努阿和拉·希尔。

杜努阿：

我们是心连心的朋友，情同手足的战友，
为共同的事业奋起抗争，
在忧患之际、生死关头紧密团结，
这友谊的纽带经受了坎坷命运的考验，
别因为女人的恋情，使这友谊之带撕裂。

拉·希尔：

王子殿下，请听我说！

杜努阿：

　　　　　　　　　你爱上了那个奇妙的姑娘，
我也知道，你在想些什么。
你现在想立即去见国王，
请求陛下赏赐给你这个姑娘
——你骁勇善战，理应受到褒奖，

国王无法拒绝给你回报。
你知道吗——趁我还没有看见她被拥入
别人的怀抱——

拉·希尔：

您听我说，王子殿下！

杜努阿：

并不是一时惊艳，
贪恋美色使我为她吸引。
在我看见这奇妙少女之前
我的感情无拘疏淡，从不为女人动心，
可是这个奇女是上帝的恩赐，
让她拯救王国，做我的妻子，
在这一瞬间我发下神圣的誓言，
定要把她作为新娘带回家园。
因为只有这坚强的女人才能成为
刚毅男人的女伴，这颗炽热的心，
渴望在旗鼓相当的女人胸上休憩，
她能把握和承受这男人的伟力。

拉·希尔：

王子殿下，我怎么敢把我微不足道的战功
和您的盖世英名，英雄荣誉相提并论！
杜努阿伯爵无论在何处出马比武，
任何竞争者全都退避三舍，自愧不如。
可是一个牧羊少女出身卑微
作为您的夫人站在您的身边实在不配；
帝王的血液在您血管里迸涌，
不屑于和低下的血液交溶。

杜努阿：

　　她是天神之女，赋有神圣的天性，
　　和我一样，与我身份相当。
　　任何君王向她求婚，对她都有损伤，
　　她是纯洁的天使的新娘，
　　头上布满了天神的祥光，
　　比尘世间任何王冠都更加灿烂辉煌，
　　世上任何至高无上宏伟至极的风光
　　放在她的脚下都显得卑下渺小；
　　因为所有君王的宝座层层堆起，
　　直达群星闪烁的九重云霄，
　　也够不到她所身处的天庭崇高，
　　她在那里显出天使的庄严仪表！

拉·希尔：

　　那就让王上做出决定。

杜努阿：

　　　　　　　　　　　　　不，应该由她
　　自己决定！她使法兰西获得了自由，
　　应该自由选择她自己的心上人。

拉·希尔：

　　国王已经驾到！

第　二　场

〔卡尔。阿格纳斯·索累尔。大主教和夏蒂荣。前场人物。

卡尔(对夏蒂荣):

他来了! 你说,他要承认朕是
他的国王并且向朕表示敬意?

夏蒂荣:

陛下,我的主人公爵大人要在此地,
在陛下驻跸的城市夏隆城里,
匍匐在您的脚下——他命令我
尊您为我的主人和国王,向您致意;
他紧跟在我的后面,马上就到这里。

索累尔:

他来了! 啊今天的阳光多么美妙!
它带来了欢乐,和平与言归于好!

夏蒂荣:

我的主人将率领二百名骑士前来,
他将在您的脚下跪倒,
可是并不指望,您会把他
当作堂弟,亲切地和他拥抱。

卡尔:

朕灼热的心急于和他的心一同跳动。

夏蒂荣:

公爵大人请求陛下在初次重逢时
对于旧日的争执
最好只字不提!

卡尔:

　　　　　　　　让往事
永远沉入忘川之中流逝。我们
只愿展望未来欢快的时日。

夏蒂荣：

凡是为勃艮第战斗过的人
应该都属于言归于好之列。

卡尔：

这样朕将使朕的王国扩大一倍！

夏蒂荣：

伊撒波王后如果接受这和平，
也应该属于这项和约之中。

卡尔：

是她和朕打仗，不是朕和她打，
只要她结束战斗，我们的争执也就此告终。

夏蒂荣：

得有十二名骑士为您说的话担保。

卡尔：

朕说的话神圣不可侵犯。

夏蒂荣：

大主教

得把一枚圣体分给你们两人，
作为你们真诚和解的保证和证明。

卡尔：

朕言行一致，心口如一，
对永恒幸福的关切也不会有半点虚情假意，
公爵还另外要求什么保证？

夏蒂荣（看了杜·夏泰尔一眼）：

我看见有个人在这里，他在一旁
可是会毒化你和公爵初次欢会时的气氛。

〔杜·夏泰尔默默无言地离去。

卡尔：

　　　　　　　　　　你走吧，

　　杜·夏泰尔！你先回避一下，

　　等公爵对你不再介意，你再露面！

　　（他目送杜·夏泰尔离去，然后快步追上去和他拥抱）

　　为人正直的朋友！为了朕的安宁你不仅

　　愿意做出这点牺牲！

　　　〔杜·夏泰尔下。

夏蒂荣：

　　其他各点要求都写在这份文件上。

卡尔（对大主教）：

　　把这事办妥。各项要求朕全都批准，

　　为了赢得一个朋友，任何代价都不嫌过高。

　　你去吧，杜努阿！带上一百名高贵的骑士，

　　前去亲切友好地迎接公爵来到。

　　所有的军队都得用翠绿枝条

　　编织花环，迎接他们的弟兄同胞。

　　全城张灯结彩，隆重欢庆节日良宵，

　　所有的教堂都钟声齐鸣，以此宣告

　　法兰西和勃艮第又重新结盟，彼此交好。

　　　〔一名侍从上，传来阵阵号声。

　　听！这喇叭劲吹是什么信号？

侍从：

　　勃艮第公爵大人正率师进城。（下）

杜努阿（和拉·希尔，夏蒂荣同下）：

　　走吧，向他迎上前去。

卡尔（对索累尔）：

阿格纳斯，你在流泪哭泣？
这个场面连我也几乎承受不起。
多少人流血牺牲，死于非命，
才盼到今天我们得以和平相聚。
终于风平浪静，所有的风暴都已平息，
浓重的黑夜过后，随之而来的是白昼，
时令一到，最迟的瓜果也会熟透！

大主教（站在窗前）：
公爵几乎无法挣脱拥挤的人群。
他们把他从马上抬了起来，
亲吻他的大氅，他靴上的刺马针。

卡尔：
善良的百姓，他们的爱火迅速飞腾，
犹如他们的怒火。——他们多么
迅速地忘记了这位公爵
曾杀死了他们的儿子和父亲；
这一瞬间吞没了整个的一生！
——镇静一些，阿格纳斯！你过于欢欣
也会刺伤他的心灵，
不要让他在这里感到羞愧或者伤心。

第　三　场

〔前场人物。勃艮第公爵。杜努阿。拉·希尔。夏蒂荣和公爵随从中的另外两名骑士。公爵站在门口，国王向他走去，勃艮第立即走近国王，他正打算单膝跪下，国王把他拥抱在怀里。

卡尔：

您让我们猝不及防——我们原想
迎上前去接您——可是您骑的是快马。

勃艮第：

快马载着我前来履行职责。
（他拥抱阿格纳斯，吻她的前额）
请允许我，
表妹，这是我们阿拉斯地方
男人的权利，任何一个美女都不能
拒绝这个风习。

卡尔：

据说您的宫廷
是香艳的爱情之巢，一切美丽的
东西都必须在市场上展示推销。

勃艮第：

我王陛下，我们是个经商的民族，
各色珍奇物品产自世界各地，
全都陈列在我们布吕格的市集，
供人观赏，供人享用。
而顶尖的极品当数女性的美丽。

索累尔：

女人的忠贞应当更为珍贵，
可是在市场上却不能看见。

卡尔：

老弟，您可是恶名远扬，
都说您对妇女最美的德行大为不敬。

勃艮第：

不走正道，往往受到最严厉的惩罚。
我王陛下，您很幸运！您有慧心！
您的心灵使您早就认识到的道理，
我却后知后觉，先要经历荒唐的一生！
（他一眼看到大主教，向大主教伸出手去）
尊敬的上帝的仆人！请您祝福！
人们发现您总是正确无误，
我想找到您，必须趋善避恶。

大主教：

我的主人随时随地都可以召唤我，
我这颗心已经饱享了欢乐；
我亲眼看见这一天，可以欢欢喜喜地离去！

勃艮第（对索累尔）：

听说，和我作战您把您的珠宝
全部捐弃，用来铸造武器，
怎么？您真的这样好战成性？
您当真要置我于死地？
可是我们的争吵已成往事，
失去的一切，又都找了回来，
您的珠宝又在这里不复丢失；
它们原本用来和我作战，
请接过去作为和平的标志。

〔他从他的一名随从手里接过首饰箱，把它打开，递给阿格纳斯。阿格纳斯·索累尔惊愕地望着国王。

国王：

收下这礼物吧，它对朕是珍贵的双重保证，

美丽爱情的保证和兄弟和解的保证。

勃良第(他把一朵宝石缀成的玫瑰插进索累尔的头发):

为什么这不是法兰西的王冠?

若是王冠,我也会同样心悦臣服地

把它戴在这美丽的头上。

(他意味深长地握住索累尔的手)

什么时候您需要朋友,

您可以指望我!

〔阿格纳斯·索累尔泪如泉涌,走到一边,国王也难以掩饰内心的极度感动,站在旁边的人们,动情地望着两位君王。

勃良第(他依次端详了众人之后,扑进国王怀里):

啊,我的国王陛下!

〔同时三名勃良第骑士快步走向杜努阿、拉·希尔和大主教,和他们互相拥抱,两位君王一时默默无言地互相抱在一起。

我竟然会恨您!竟然会背弃您!

卡尔:

别吭声,别吭声!别再往下诉说!

勃良第:

我竟然

会给这个英国人加冕!会向这陌生人宣誓效忠!

而把您,我的国王陛下置于死地!

卡尔:

忘了这事吧!一切都已宽恕。此时此刻

把这一切都已消除殆尽。

是灾星作祟,这是命运!

勃艮第(握住卡尔的手)：

我要补偿一切！请您相信我,我要弥补。
您蒙受的一切苦难都要得到补偿,
您将重新接受您整个王国——
绝不缺少一个村庄！

卡尔：

我们已经联合起来,朕再也不怕任何敌人。

勃艮第：

请您相信我,我当时起兵反您,
心里并不高兴。啊,但愿您能知道就好——
您当时为什么不派她来见我?
(用手指着索累尔)
我绝对抵挡不住她的眼泪!
——现在不再有任何地狱的力量
把我们分开,我们团结一致心连着心!
现在我终于找到了我真正栖身的地方,
我终于迷途知返,终点便是您的心。

大主教(走到两人中间)：

你们终于精诚团结,两位王爷！法兰西
重焕青春,就像一只凤凰从灰烬中升起,
美好的未来正向我们展颜微笑,
这个国家身受的沉重创伤终将治好,
被战火破坏的城市田庄,
将从颓垣瓦砾之中崛起,更加辉煌,
田野又将一片翠绿,庄稼兴旺——
可是有人由于你们反目成仇而阵亡沙场,
他们不会死而复生,重新归队;

因为你们的争斗而流淌的眼泪不能收回！
即将到来的一代则将会欣欣向荣，幸运昌盛。
可是逝去的一代蒙受苦难成为牺牲，
儿孙的幸福无法唤醒埋骨地下的父祖。
这便是你们兄弟仇杀结出的恶果无数！
但愿你们引以为戒！
拔剑出鞘之前，请畏惧刀剑之神，
强劲有力的人可以发动战争，
可是这暴烈的战神不像猎鹰，
猎鹰训练有素，会从空中飞回猎人的手臂，
战神可不会听从人们发出的呼声，
像今天这样及时从九霄云外伸来救星的援手，
这样的好事不会再次发生。

勃艮第：

啊陛下！在您身边有位天使，
——她在哪里？为什么我在这里没有看见她？

卡尔：

约翰娜在哪里？她把这庄严美好的时刻
赠送给我们，为什么此时
她却不和我们同在一起？

大主教：

陛下？这位神圣的姑娘
不喜欢宫廷里闲暇的宁静，
倘若上帝的命令不召唤她抛头露面，
她便羞怯地待在一边，
避免暴露在凡夫俗子虚荣成性的目光之前！
倘若她此刻不是在为法兰西的幸福奔忙，

肯定在和上帝认真交谈，
因为她每走一步都会带来幸运荣光。

第四场

〔约翰娜上，前场人物。她身穿铠甲，但未戴头盔，头上戴着一个花环。

卡尔：

约翰娜，你打扮得像个祭师，
可是来为你一手缔造的联盟举行开幕式？

勃艮第：

姑娘在作战时何等令人望而生畏，
而在和平时期则是娴静优雅，仪态万方！
——我是不是已经实现诺言，约翰娜？
你是否满意，我是否应该得到你的赞扬？

约翰娜：

你给你自己赋予了最大的恩宠，
你现在熠熠生辉，笼罩在幸福的光华之中，
而先前你犹如一轮可怕的月亮，
散发出血红阴沉的光辉，高悬天上。
（环顾四周）
我发现许多高贵的骑士在这里欢聚一堂，
所有的眼睛都散发出欢乐的光芒，
只有一个人在暗自悲伤，
大家都在嬉笑欢呼，他却不得不躲躲藏藏。

勃艮第：

是谁意识到自己罪孽深重，
不得不对我们的仁慈不抱希望？

约翰娜：

他可以走向前来吗？啊请说，他是否可以走来？
让你的功劳变得圆满无缺。和解倘若不能
使心胸完全舒畅，就不算和解。
在欢乐的酒杯里残留一滴仇恨，
就会使幸福的玉液琼浆变成鸩毒。
——在这欢庆的日子里，没有一桩血腥的罪行
如此罪恶滔天，会得不到勃艮第公爵的宽恕！

勃艮第：

哈，我明白你的意思了！

约翰娜：

　　　　　　　　你愿意宽恕吗？
你愿意，是不是，公爵大人？
——进来吧，杜·夏泰尔！

〔她去打开房门，把杜·夏泰尔领进来，杜·夏泰尔在远处站住脚步。

公爵大人和他所有的敌人全都言归于好，
他也跟你和解。

〔杜·夏泰尔走近几步，试图从公爵的眼神探出他的心思。

勃艮第：

　　　　　　　　约翰娜，
你把我变成了什么人？你知道，你在要求些什么？

约翰娜：

一个和善好心的主人敞开大门
迎接所有的宾客，任何人也不拒之门外；

就像巍巍苍穹拥抱整个世界，
仁慈也得把朋友和敌人都包括进来。
太阳不分彼此，把明媚阳光
分洒给广袤大地的四面八方；
天空普降滋润的甘露，
浇灌一切干渴欲死的花草树木。
凡是来自上天的任何好事善行，
都是毫无保留，人人有份，
可是缝隙之中残留些许昏暗阴沉！

勃艮第：

啊，她可以主宰我，对我为所欲为，
我的心犹如一块软蜡，握在她的手心之内。
——拥抱我吧，杜·夏泰尔！我对你宽恕。
我父亲的亡灵啊，你看见我和
杀死你的仇人握手，请别震怒。
你们这些死亡之神，看见我打破
报仇雪恨的可怕誓言，不要怪罪于我。
在你们下界是永恒的黑夜，
那里没有一颗心脏跳动，
那里一切永远停顿，一切静止不动——
可是地面上阳光普照，情况完全不同。
人有灵气，感情丰富，
容易受制于瞬间的强烈冲动。

卡尔（对约翰娜）：

朕该怎样感谢你所做的一切，崇高的姑娘！
你多么美妙地实现了你的诺言！
多么迅速地把朕整个命运改变！

你使朕和朋友们言归于好，
把朕的敌人击成齑粉，帮我的
城市挣脱外国人的镣铐。——你独自一人
完成了这一切丰功伟绩。——你说，我该如何酬谢你！

约翰娜：

愿您永远施行仁政，陛下，不论鸿运当头
抑或身遭厄运——身处权势顶峰，
亦不忘困厄之中朋友的作用；
您在遭受屈辱之际对此已有感受。
即使对于卑贱已极的小民
也不可拒不给予仁慈和公正；
因为上帝为您从羊群中召来救星——
您将把整个法兰西召集到您的王笏之下，
成为一代代伟大君王的始祖；
继您之后登上宝座的几代君主
将比您的历代先王更加光彩夺目。
您这一支王族宗系，只要获得百姓
发自内心的热爱，必将繁荣昌盛；
只有倨傲，忘乎所以，才会中道崩殂，
此刻你的救星来自低矮卑下的茅屋，
日后也将从那里滋生毁灭，
神秘地把您罪孽深重的儿孙威胁。

勃艮第：

圣灵附体烛照一切的姑娘，
你的眼睛已经深入未来的时光，
请你也预言一下我这一支的命运！
它始于辉煌，是否也能繁衍兴旺？

约翰娜：

勃艮第！您已把您的座位高高抬起，
置于宝座的高度，您心高气傲，
还想继续攀登，大胆建造，
直达云霄，——可是从九天之上
会伸出一只手来，迅速地制止它继续上扬。
但是不必担心您的家族将会毁于一旦！
它将在一个少女身上光彩夺目地永世绵延，
一些手执王笏的君王，带领民众的牧人
将光耀门楣，成为她的子孙。
他们将登上两个宏伟的宝座成为君王，制定法律，
把我们熟悉的世界和一个新世界的大权执掌，
上帝的手此刻还把这新世界遮掩，
置于航船不通的汪洋大海的彼岸。

卡尔：

啊，既然圣灵向你昭示一切，请你诉说，
我们现在重新缔结的友好联盟
是否也能永远联合起
我们后世的子子孙孙？

约翰娜（片刻不语）：

你们这些国王和君主！
要担心纷争不和！不要惊醒
沉睡在洞穴之中的争端，
因为争端一旦挑起，以后便很难抚平！
它会衍生子孙，形成一代桀骜狂妄，
火星借助火势越烧越旺。
——别再要求知道更多！

请乐享眼前的欢乐欣喜，
让我默默掩盖未来的玄机！

索累尔：

神圣的姑娘，你洞察我的内心，
你知道，它一味追求宏伟，是否白费力气；
请你也给我一个喜人的神谕。

约翰娜：

圣灵只向我显示重大的世界命运，
你的命运则栖息于你自己的胸中！

杜努阿：

上天钟爱的崇高少女，
你自己的命运又将是何光景？
你是如此虔诚如此神圣，
势必得享世上最美好的命运。

约翰娜：

幸运
寓于天上永恒的天父怀里。

卡尔：

从今以后，朕要永远关注你的幸运！
朕要使你的名字在法兰西光彩辉映，
世世代代的后世子孙
都要赞扬你的美名——现在我就要
付诸实行。——跪下！
（他拔出宝剑，以剑触碰约翰娜的肩）
起来，
你已是贵族！朕作为你的国王
把你提拔出卑贱出身的尘土

——你已故的先人朕也封为贵族。——
你可以用百合[①] 修饰你的纹章，
你和法兰西最尊荣的贵族旗鼓相当，
不分轩轾，只有瓦卢阿王族的血液
比你更为高贵更为出色！
我的显贵中最显赫的贵族
与你联姻应该感到荣幸；
我将亲自为你物色一位高贵的郎君。

杜努阿（迈步向前）：

她还是个卑微的民女，我已对她倾心；
在她头上闪耀的新的荣幸，
并未增添她的功绩或增强我的爱情。
我在这里当着我王陛下
和神圣主教的面向她求婚，
倘若她认为我配得上她
我愿娶她作为我的王侯夫人。

卡尔：

不可抵挡的姑娘，你使奇迹层出不穷！
不错，我现在深信，你无所不能，
你已征服这颗高傲的心，
迄今为止，它一直嘲弄爱情的全能。

拉·希尔（迈步向前）：

我深知约翰娜，
她最美丽的珍宝乃是她谦虚高尚，

① 一四二九年七月二日，历史上的贞德确实从国王处获得自己的徽章，在蓝色的背景上有一支金剑和王冠，两旁为两支金色百合。此处使用这一史实。

达官显贵的尊崇她当之无愧,
但是她从来不存这样的奢望。
她并不追求尘世间的荣华富贵,
她满足于接受我的忠贞爱情,
出自我真诚的心灵和我这只手
向她奉献的宁静命运。

卡尔:

你也追求,拉·希尔? 两位卓越的求婚者,
论英雄美德和战功荣誉,旗鼓相当!
——你使我和敌人握手言欢,
把我的帝国统一起来,如今要使我
最好的朋友分裂对峙? 只有一个人可以把她拥有,
这样的褒奖我觉得两个人都配接受。
那就告诉我,你的心必须在此决定一去一留。

索累尔(走近):

我发现这高贵的姑娘感到意外,
她羞红满面,腼腆贞静。
请给她时间,审视内心,
和女友倾心交谈,然后再打开
这深锁紧闭的心胸的封印。
现在终于时机来临,
我也可以像姐姐似的接近
这严峻的姑娘,向她敞开心扉,
把她的秘密深藏我心。——
请让我们两个女人谈谈儿女私情,
等待着我们做出决定。

卡尔(准备离去):

那就这么办吧！

约翰娜：

别这样，陛下！并不是愚蠢的羞涩
使我心烦意乱面颊升起红晕，
我没有什么话只能告诉这位高贵的夫人，
而向男人诉说便会羞于启齿。
两位高贵骑士做出的选择使我深感荣幸；
可是我离开我的牧羊草场，
并非为了追逐尘世的虚幻荣华，
亦非为了在我的发际戴上新娘的花冠，
我才披上这身铁制的铠甲。
我奉上天召唤，来完成截然不同的差使。
只有纯洁的处女才能完成此事，
我是至高无上的上帝的巾帼战士，
我不能成为任何男人的妻子。

大主教：

女人生来是做男人相亲相爱的
终身伴侣——她若听从天性，
便是向上帝表示最高的敬意！
如今上帝命令你奔赴战场杀敌，
等你大干一场为上帝尽心尽力，
你将放下手里的武器，
重新回到温和女性的柔情蜜意，
你曾卸下红妆，不让须眉，可是女性生来
不该舞刀弄枪，浴血飞骑。

约翰娜：

尊敬的主教大人，我还没法说，

圣灵将命令我去做什么事情;
可是到时候他不会沉默不语,
我将听从他的声音。
现在他叫我完成我的任务,
我主公的头上还没有把王冠戴上,
圣油还没有涂抹他的头顶,
我的主公还没有当上国王。

卡尔:

我们正打算起程前往兰斯。

约翰娜:

我们不要止步不前,因为我们周围的敌人
正忙着把您的道路封锁,
可是我要领着你们从他们当中穿过!

杜努阿:

等到大功告成,我们胜利进军
长驱直入进入兰斯城,
你将给我恩宠,神圣的姑娘——

约翰娜:

倘若上苍决意让我
在这殊死决战中凯歌高唱,
那么我的任务就算完成——牧羊女
在这君王的宫殿里便无事可忙。

卡尔(握住她的手):

圣灵的声音现在驱使你行动,
爱情沉默于你充满神意的胸中。
但是相信朕,爱情不会永远保持缄默!
武器沉寂刀枪入库,胜利手携手地

带来和平,然后欢乐便涌入
每个人的胸中,温柔缠绵的感情,
会在所有的人心中苏醒——
它们也将在你的胸中醒来,
你将哭出甜蜜渴望的眼泪,
这是你眼里从未流出过的泪水——
这颗心里现在充满了上天的意志,
那时将转向一个人间的朋友,对他充满爱意——
你现在拯救了成千上万人,给他们幸福,
而到最后你将使一个人幸福无比。

约翰娜:

太子殿下！莫非这天神的形象您已
感到厌倦,您要摧毁它的姿容,
把上帝派来帮助您的纯洁少女
拽落到卑俗的尘土之中?
你们这些盲目的心灵！缺乏虔诚笃信的人们！
天国的灿烂光华照耀着你们,
上帝在你们面前显现奇迹,
而在你们眼里,我仅仅只是一个女人。
难道女人会身着戎装披上铁甲,
干预男人之间的鏖战厮杀?
倘若我手执上帝的复仇之剑,
而在我虚荣的心里却在倾慕
一个凡俗的男子,那我真该倒霉！
那我不如从未生到人世！
倘若你们不愿激怒我身上的圣灵,
那么请听我说,这样的话别再重复！

对我充满欲念的男人的目光
使我不寒而栗,是在对我亵渎。

卡尔:

不要再说了。要想打动她纯属徒劳。

约翰娜:

请下令吹响军号!
这停战状况使我不安,令我心惊,
我迫切希望摆脱这无所事事的宁静,
我催促自己去完成我的任务,
急切地提醒我,去面对我自己的命运。

第 五 场

〔一名骑士急步上场。前场人物。

卡尔:

有什么事?

骑士:

敌人已经渡过玛纳河
摆开阵势,准备会战。

约翰娜(热情洋溢):

战斗打响,准备作战!
现在心灵自由自在,无拘无束,
你们快武装起来,我去整顿队伍。

(急步下场)

卡尔:

你跟着她,拉·希尔——敌人在兰斯城下

还要让我们为夺取王冠厮杀一场！

杜努阿：

并非真正勇气百倍，促使敌人挺进，

这是绝望之余所作的垂死挣扎。

卡尔：

勃艮第，我不必鼓励你冲锋杀敌，

今天一天，正好弥补过去许多不祥的时日。

勃艮第：

陛下对我会表示满意。

卡尔：

朕恭自己

在这荣誉的道路上将冲在您的前面，

面对这座举行加冕的城市，

为朕自己夺取王冠——阿格纳斯，

你的骑士在此向你告辞！

阿格纳斯（和卡尔拥抱）：

我不哭泣，我不为你颤抖，

我的信心高涨，直达九霄之上！

上帝赐予我们这么多恩惠，

不是让我们到末了悲悲切切。

我的心告诉我，兰斯城必将攻克，

我将在那里拥抱我戴上胜利冠冕的主人。

〔军号吹响，号声激越，随之转变成狂野的喊杀之声；舞台上空无一人，交响乐队响起，为舞台后面刀枪之声伴奏。舞台的场景转换为空旷的原野，边上种了树木。可以看见士兵在音乐声中快步走过舞台后部。

第 六 场

〔塔尔波特在士兵们陪同下,由法斯塔尔夫扶着上场。紧接着利奥内尔上。

塔尔波特:

你们扶我坐在这里的树下,
你们回到战场,前去厮杀;
我自己会死①,不用你们帮忙。

法斯塔尔夫:

啊,这不幸的可悲的日子!
(利奥内尔上)
你来看到的是什么景象,利奥内尔!
大帅伤重,躺在这里,正在等死。

利奥内尔:

上帝不容啊! 高贵的爵士,快起来!
现在可不是无力躺下的时机。
不要向死神让步,以您坚强有力的意志
命令您的身体活下去!

塔尔波特:

那是徒劳! 大限之日已经来到,
它将把我们在法国的宝座推倒。
在绝望拼命的战斗中我徒劳无益

① 历史上的塔尔波特在一四二九年六月十八日打了败仗之后,为贞德所俘。一四五三年在卡斯蒂容一战阵亡。

希图扭转命运,做出最后的努力。
我为霹雳击倒躺在这里,
再也不会站起,——兰斯已经失陷,
你火速前去拯救巴黎!

利奥内尔:
巴黎已和太子储君和解,
方才急使给我们送来这则消息。

塔尔波特(扯掉绷带):
那就让我的鲜血像小溪一样流尽,
我已对这太阳感到厌倦透顶!

利奥内尔:
我不能在这里逗留——法斯塔尔夫,
把大帅扶到一个安全的地方,
我们不能长久坚守这个阵地,
我们的士兵四下逃亡,
那个姑娘步步逼近,势不可挡——

塔尔波特:
胡说,你胜利了,而我必须沉沦!
即使是天神与愚蠢作战也是白费心神。
崇高的理性,你是天神头脑的光明之女,
是宇宙大厦智慧的奠基人,
满天繁星的引导者,
倘若你拴在荒唐胡闹的疯狂骏马的尾巴上面,
无力地大声呼喊,
倘若你竟清醒地和醉鬼一起跌进万丈深渊,
那你又算什么好汉?
谁若一生追求宏伟,向往崇高,

明智聪慧,深思熟虑地把计划定好,
这人真该咒骂!
这世界乃是属于顶尖傻瓜!

利奥内尔:

我的爵士!您的时间
已经所剩无多——您还是想想
造物主吧!

塔尔波特:

倘若我们
身为勇士被其他勇士战胜,
我们可以自我安慰,这是普遍的命运,
胜负成败,总是转换个不停——
可是败在这样一种粗鄙的妖术手里!
难道我们一生认真做人勤勉劳作,
就不配有一个更加严肃的结果?

利奥内尔(把手伸给他):

爵士大人,一路平安!倘若大战之后
我还能残存人间世上,
我再把欠你的泪水好好流淌。
可是现在命运在召唤我,它正坐在战场上
严正评判,决定敌我的胜负。
在另外一个世界再见吧!
我们友谊长久,然而诀别短促。(下)

塔尔波特:

不久一切都会过去,我将把
各种原子归还永恒的太阳,
它们在我身上组成痛苦和欢畅——

威武显赫的塔尔波特，
战功荣誉充满寰宇，
而他残留人世的只是一抔尘土，——
人就是这样走向终途——
我们一生奋斗赢得的惟一收获
乃是认识到万物全是虚无，
我们视为崇高，值得艳羡的一切
都该受到彻底轻蔑。

第七场

〔卡尔。勃艮第。杜努阿。杜·夏泰尔和士兵们上。塔尔波特和法斯塔尔夫。

勃艮第：
战壕已被攻陷。
杜努阿：
今天这仗我们获胜。
卡尔（发现塔尔波特）：
你们瞧，谁在那里被迫
艰难地和太阳的光辉诀别？
他身穿的铠甲说明他并非等闲人物，
赶快过去，如果需要，就给他帮助。
法斯塔尔夫：
回去！躲开！你们要对死者表示尊重，
他活着的时候你们从来不想和他相逢！
勃艮第：

我看见什么了！塔尔波特躺在血泊之中！

〔他向塔尔波特走去。塔尔波特凝视着他，溘然死去。

法斯塔尔夫：

走开，勃良第！叛徒的容颜
不要毒化英雄的最后一眼！

杜努阿：

令人生畏的塔尔波特！不可征服的勇士！
你现在就满足于这样卑微的住处，
而你先前不懈追求，心雄万夫，
法兰西广袤的土地都不能使你心满意足。
——陛下，此时此刻我才能说您可以稳当国王，
只要这个躯体还有一丝生机，
你头上的王冠便戴不安稳，摇摇晃晃。

卡尔(默默地端详了死者片刻)：

战胜他的不是我们，是更高的力量，
他躺在法兰西的土地上，
犹如英雄躺在不愿舍弃的盾牌之上，
把他抬走吧！

〔士兵们抬起尸体，把它抬走

愿他的灰烬得到安息！
一座光荣的纪念碑应该给他树立；
把他的骸骨埋在法兰西中央，
他的英雄征程结束的地方！
还没有一个敌人这样侵入腹地，仗剑横行，
找到他的地方给他刻上碑文。

法斯塔尔夫(把剑递给卡尔)：

大人，我是你的俘虏。

卡尔(把剑还给他)：

别这样！

即便是粗野的战争也尊重虔诚的义务，

您可以自由地追随您的主人前往他的坟墓。

现在你快跑一趟，杜·夏泰尔——

我的阿格纳斯正提心吊胆——

你叫她不必为我们担心——

告诉她，我们还活着，我们已经获胜！

将接她前往兰斯，伴随着凯旋的歌声！

〔杜·夏泰尔下。

第　八　场

〔拉·希尔，前场人物。

杜努阿：

拉·希尔！

姑娘现在哪里？

拉·希尔：

怎么？这话我正要问您。

我让她待在您身边战斗。

杜努阿：

我赶去增援王上时，

以为你在保护她。

勃艮第：

不久前我在最密集的敌人当中

还看见她的白旗在迎风飘扬。

杜努阿：

我们真该死，她在哪儿？我有不祥的预感！
走，咱们快去帮她突围。——
我怕她一时逞勇，走得太远，
单枪匹马在敌人重围中厮杀，
现在寡不敌众孤立无援。

卡尔：

快去，救她！

拉·希尔：

我跟你们一起去，走吧！

勃艮第：

我们大家都去！

（大家急步下）

〔在战场的另一个荒僻的地方。兰斯的教堂塔楼已遥遥在望，在阳光下熠熠生辉。

第 九 场

〔一个骑士，黑盔黑甲，面甲盖住。约翰娜紧追不舍，一直追他到舞台前部，骑士在那里停住脚步，等她赶来。

约翰娜：

阴险狡猾的家伙！我看出了你的鬼蜮伎俩！
你假装逃跑，把我引出战场，
使许多不列颠战士
逃脱厄运，保住性命，
现在你自找毁灭，难逃一死。

黑甲骑士：

你为什么对我穷追不舍，紧紧地
跟在我的身后，怒气冲冲？我并非
命中注定，该死在你的手里。

约翰娜：

我打心眼里对你深恶痛绝，
就像憎恶黑夜，这是你的颜色。
我有一股不可克服的欲望
要把你逐出白昼的光芒。
你是谁？打开你的面甲。——
倘若我不是亲眼看见塔尔波特
在战斗中阵亡，我真要说，你就是塔尔波特。

黑甲骑士：

你没听见先知圣灵的声音？

约翰娜：

圣灵的声音在我内心深处响起，
告诉我灾难就在我的身边。

黑甲骑士：

约翰娜·塔克！你驾着胜利的翅膀
长驱直入，直达兰斯城下。
你就满足于已经获得的荣誉吧。
幸运像奴隶似的为你效劳为你效忠，
趁它还没有愤怒地挣脱，把它放开，赶快罢手，
幸运不懂忠实，对谁效劳都有始无终。

约翰娜：

你为什么在我行进的中途
叫我停住脚步，放弃我的事业？

我将贯彻始终,实现我的誓言!

黑甲骑士:

你这强劲有力的女人,你所向披靡,
每战必胜。——但是不要再
参加任何战斗。听取我的警告!

约翰娜:

高傲的英国一天不败,
我一天不会放下手中的剑。

黑甲骑士:

你瞧!钟楼林立的兰斯耸立在那里,
是你此行的终点和目的地——
熠熠生辉的巍峨大教堂的圆形穹顶已在眼前,
你将在场面宏伟气派庄严的祝捷盛典
为你的国王加冕,实现你的誓言。
——不要进城。扭头而去。听取我的警告。

约翰娜:

你究竟是谁?你这两面三刀虚伪成性的东西,
你想使我胆战心惊,意乱神迷?
你为何狂妄大胆,向我宣告
欺人的虚假神谕?

(黑甲骑士欲下,她拦住他的去路)

别走,你得
回答我的问题,不然死在我的手里!

(她想一剑刺向黑甲骑士)

黑甲骑士(用手碰了一下约翰娜,她便一动不动地站住):

你去杀会死的凡人吧!

〔夜色四合,电闪雷鸣,黑甲骑士消失在黑暗之中。

约翰娜(起先惊愕不已,很快就镇静下来):

这根本不是活人——是地狱
骗人的形象,一个桀骜不驯的精灵,
从喷吐火焰的深潭泥淖之中升起,
来震撼我胸中高贵的心灵。
我手执我上帝的宝剑,我还怕谁?
我将胜利地完成我的征程,
即使地狱自己来向我挑衅,
我也不会丧失勇气,摇摆不定!(欲下)

第十场

〔利奥内尔。约翰娜。

利奥内尔:

该死的女人,拿稳宝剑准备战斗——
我们两个不是我亡便是你死。
你杀死了我们民族的杰出战士,
高贵的塔尔波特在我的怀抱之中
失去他伟大的灵魂。——我不能为这
勇士报仇雪恨,便分担他的命运。
为了让你知道是谁给你这样的荣誉;
不是他死便是他胜,我是利奥内尔,
是统率我们大军的最后一名贵族,
这条手臂还从未被人征服。

(他向约翰娜逼近,短暂交锋之后,约翰娜击落他手中的宝剑)

反复无常的命运啊！（他和约翰娜搏斗）

约翰娜（从他身后抓住他的头盔上的羽饰，使劲拉下他的头盔，利奥内尔的脸便露了出来；与此同时，约翰娜用右手一晃她的宝剑）：

　　　　　　你找死就死吧，

圣处女借我的手叫你送命！

（这时她注视他的脸，受到感动，一动不动地站在那里，然后慢慢地垂下手臂）

利奥内尔：

你还迟疑什么？是什么阻止你给我致命一击？
你剥夺了我的荣誉，把我的生命也一并拿去。
我不要你饶我性命，既然落到你的手里。

（她摆手示意，叫他离去）

你要我逃走？要我感激你饶了我
一命？——那我宁可死去！

约翰娜（转过脸去）：

　　　　　　快逃命吧！

我不想知道，你的性命
曾落在我的手里。

利奥内尔：

我恨你和你的馈赠——我不要你饶我的性命
——快杀死你的这个敌人！他对你
深恶痛绝，非杀你不行。

约翰娜：

　　　　　　杀死我吧，

——然后逃走！

利奥内尔：

　　　　　　哈！这是什么意思？

约翰娜(用手掩面)：

　　　　　　　　　　我真倒霉啊！

利奥内尔(走近约翰娜)：

凡是被你打败的英国人，据说，

你都格杀勿论——为什么

偏偏饶我一命？

约翰娜(飞快地举起宝剑向他刺去，可是一看他的脸，又很快地垂下宝剑)：

　　　　　　　　　　圣处女啊！

利奥内尔：

　　　　　　　　　　你干吗

呼唤圣处女？她对你一无所知，

上天对你并不关注。

约翰娜(极度惊惶失措)：

　　　　　　　　　　我都干了

什么啊！我背弃了我的誓言！

(她绝望地绞着双手)

利奥内尔(关切地端详着她，向她走近)：

不幸的姑娘！我可怜你，

你感动了我，你只对我一个人

表现宽宏大量；我感到我的仇恨

已烟消云散，我必须对你表示关怀！

——你究竟是谁？你是从哪儿来？

约翰娜：

　　　　　　　　　　走吧，快逃走！

利奥内尔：

你的青春，你的美丽我深感惋惜！

你的容貌深深地印进我的心里，

我非常乐于搭救你——告诉我,怎样才能救你?
来吧!来吧!摆脱这可憎可恶的联系
——把这些武器统统抛去!

约翰娜:

我不配使用这些武器!

利奥内尔:

抛去

这些武器,赶快,跟我走吧!

约翰娜(惊恐万状):

跟你走!

利奥内尔:

这样你可以获救。跟我走吧!
我要救你,但事不宜迟。
看见你,我心里感到痛苦无比,
一种渴望难以名状,一心想要救你——

(他抓住约翰娜的手臂)

约翰娜:

庶生子逼近了!他们来了!他们在找我!
倘若他们发现你——

利奥内尔:

我就保护你!

约翰娜:

你若死在他们手里,我必死无疑!

利奥内尔:

你这么在乎我?

约翰娜:

天上的圣母啊!

利奥内尔：

我会再见到你，听到你的声音吗？

约翰娜：

不可能！绝不可能！

利奥内尔：

那就让这把宝剑作为担保，

保证我再见到你！

（他夺去了约翰娜手中的宝剑）

约翰娜：

你这个疯子，你胆敢做出这种事情？

利奥内尔：

现在我避开逼近的武力，我将和你再见！（下）

第十一场

〔杜努阿和拉·希尔。约翰娜。

拉·希尔：

这是她！她安然无恙！

杜努阿：

约翰娜，什么也不用怕！

朋友们站在你的身边，力量强大。

拉·希尔：

在那儿逃跑的不是利奥内尔吗？

杜努阿：

让他逃吧！

约翰娜，正义的事业已经获胜，

兰斯城门洞开，万民百姓

蜂拥而去，欢呼雀跃，迎接他们的国王——

拉·希尔：

姑娘怎么啦？她脸色煞白，身子摇晃！

（约翰娜头昏目眩，就要晕倒）

杜努阿：

她受伤了——拉开她的铠甲——

手臂受伤，伤势轻微。

拉·希尔：

她在流血。

约翰娜：

让它连同我的生命

一同流去！

（她在拉·希尔的怀抱中昏了过去）

第 四 幕

〔一个披上节日盛装的大厅，厅里的各个圆柱之间都悬垂着花饰绸带，舞台后面传来阵阵长笛和木管的乐声。

第 一 场

〔约翰娜。

约翰娜：

刀枪静止不动，战争风暴沉寂，
血腥鏖战之后，接着歌舞升平，
大街小巷响彻欢快的轮舞曲调，
祭坛和教堂装饰得金碧辉煌，富有节日气氛。
翠绿的松柏枝条搭起一座座凯旋之门，
圆柱上面缠绕着鲜艳的花环似锦；
兰斯城垣广阔容纳不了云集的嘉宾，
宾客如潮，蜂拥而来参加盛典万民同庆。

同一种欢乐迸发出情绪昂扬，
同一个念头在每人胸中回荡，
不久之前血海深仇使民众彼此分离，

如今共享这普天同庆的欢乐欢天喜地。
谁若承认自己属于法兰西人的族种，
他就更加自豪地意识到这一光荣；
古老的王冠又显示出崭新的光辉奕奕，
法兰西向他国王的儿子深表敬意。

　　　　可是我，完成了这一切辉煌卓越的成功，
却对众人共享的幸福并不心动；
我的心已发生变化，与往日根本不同，
它逃离这种喧嚣热闹的节日气氛，
转向不列颠人的军营之中，
目光一掠而过扫向敌人，
我不得不偷偷地溜出这欢乐的人群，
竭力隐藏我内心深处沉重的罪行。

　　　　是谁？是我？我竟把一个男人的身影
揣在我纯洁无瑕的胸中？
这颗心，充满了天国的光辉，
竟然能为一种尘世的爱情搏动？
我，我的祖国的救星，
至高无上的上帝驾下的女兵，
我竟为我祖国的敌人燃起激情！
我若把这事告诉贞洁的太阳，
羞耻之心会不把我彻底灭亡！

〔幕后的乐声转变，换成一股温柔缠绵的旋律。

　　　　　　不幸！我真不幸！什么样的乐声！

诱惑我竖起耳朵倾听！
每个乐音都勾起我心里他的声音，
都在我眼前变出他的身影！

但愿我被卷入战斗的风疾雨暴，
但愿鏖战正酣，箭矢长矛
在我身边飞舞疾驰，喧响不已，
我又会重新找到我的勇气！

可是这些声音，这些声响
牢牢缠住我的心脏，
把我胸中的每股力量
全都化为思念温柔缠绵，
溶解成泪水痛苦忧伤！

（停了片刻，更加活跃）

难道要我把他杀死？看见他的眼睛
我还下得了手？杀死他！我还不如
把这致命的利刃刺进我自己的胸口！
因为我富有人性，我就该受到惩罚，
难道同情有罪？——同情！难道
你在那些死于你剑下的人身上
也听到过同情和人性的声音？
为什么那个威尔士人，那个稚嫩的青年
向你乞求饶命，同情的声音就归于沉寂？
狡黠的心啊！你向永恒之光恣意撒谎，
驱使你行动的并不是同情的温柔声响！

为什么我不得不凝视他的眼睛，
把他高贵的脸上轮廓仔细端详？
不幸的人啊，你的罪行就始于你的目光！
上帝要求我成为一个盲目的工具，
你必须盲目地完成你的任务！
只要你一睁眼观看，便失去上帝防护你的盾牌，
地狱的罗网便把你牢牢套住！
（笛音重复演奏，她陷入幽静的哀伤）
温柔的牧羊杖！啊，但愿我永远
把你换成宝剑！
神圣的橡树啊，但愿你枝叶的飒飒声响，
我从未听见！
崇高的天后，
但愿你永远没有显现在我面前！
拿走你的王冠，我不配戴它，
请你拿走你的冠冕！

唉，我看见天国敞开，
看见圣人贤人的容颜！
可是我的希望是在人间
我的希望不在乐园！
倘若你定要在我身上
加上这可怕的使命，
我也能把这颗心变得无情坚强，
可上天本来把它创造成善感多情！

你若想要宣布你的威力，
那你就选择你永恒的家里
那些毫无罪过的人们，
你就派出那些不朽的精灵，
那些纯洁无瑕的精灵，
他们没有感觉，不会伤心！
不要选择这娇嫩的少女，
不要选择这牧羊女柔弱的心灵！

战争的胜败与我有何相干，
国王之间的纷争与我何关？
我毫无歉疚地牧放我的羔羊，
在幽静的高山之巅。
可是你把我拽进世上人间，
拽进这高傲的帝王宫殿，
把我奉献给沉重的罪愆，
唉！这本不是我自己的心愿！

第二场

〔阿格纳斯·索累尔。约翰娜。

索累尔（心情非常感动；她一看见约翰娜，便快步向她走去，扑在她的怀里；突然她想了一想，把约翰娜放开，跪倒在她面前）：

别这样！你别这样！我跪在你的面前——

约翰娜（想把她扶起）：

起来！

你这是怎么了？你忘乎所以，也忘记了我。

索累尔：

别管我！我是高兴已极，
这才在你脚下跪倒——
我有一腔感激之情，要在上帝面前倾吐，
向你身上看不见的上帝祈祷。
你是天使，把我的主人
带到兰斯，给他戴上王冠。
我做梦也不敢想的事，现在已经实现！
正在准备国王加冕的盛典，
国王陛下已穿上他节日的盛装，
满朝文武，王亲显贵已经聚集一堂，
手执王权的玉玺印章，
万民百姓犹如狂涛涌向大教堂，
轮舞乐曲奏起，教堂钟声敲响——
啊，我真承受不起这样充溢的幸福时光！

〔约翰娜温柔地把她扶起，阿格纳斯·索累尔停顿片刻，仔细地端详这位姑娘。

而你一直神情严峻，态度严肃，
你能够创造幸福，却不去分享。
你的心冷漠无情，感觉不到我们的快乐，
你看见过天国的灿烂辉煌，
你纯净的心胸对尘世的欢乐幸福并不向往。
（约翰娜使劲地握住她的手，又迅速把它放下）
啊，但愿你能变成一个女人，有女人的感受！
脱下你的铠甲，已经结束战争，
你还是承认你是温柔的女性！

只要你的模样和神情严峻的帕拉斯[①] 相似，
我那善感的心便望而生畏，不敢和你亲近。

约翰娜：

你对我有什么要求？

索累尔：

解除你的武装！
脱下这身铠甲，爱情害怕接近
这钢铁遮盖的胸膛，
啊，做个女人吧，你将感觉到爱情！

约翰娜：

你要我现在就解除武装！现在！
要我在战斗中，面对死神把胸膛裸露！
现在还不行——啊，但愿有七重钢铁
在你们庆典面前，在我自己面前把我保护！

索累尔：

杜努阿伯爵爱你，他只向荣誉和
英雄美德敞开他那高贵的心，
如今为你炽热燃烧，充满圣洁的感情。
啊，能为英雄所爱真是美妙无比，
——更美的是能对他钟情！
（约翰娜厌恶地扭过头去）
你憎恨他！——不，不，你只是不能
爱他而已——可是你怎么会对他憎恨！
只有夺走我们爱人的人，我们才憎恨，

① 即希腊神话中的女神帕拉斯·雅典娜。宙斯之女，在战斗中是战士的守护神，塑造成披甲戴盔一身戎装的女战士形象。

可是谁也不是你的恋人！
你的心平静无扰——倘若它有感情该有多好——

约翰娜：

为我悲叹！为我的命运哀悼吧！

索累尔：

还缺乏什么，使你感到不幸？
你实现了诺言，解放了法兰西，
你胜利进军，把国王一直引进加冕之城，
夺得了崇高的荣誉；
幸福欢欣的民众向你致敬，对你尊重，
众口一词，对你交口称赞，
你是这次节日盛典的女神；
国王自己头戴王冠
也没有像你这样光辉灿烂。

约翰娜：

啊，我若能
躲藏在最深的地底之中，该有多好！

索累尔：

你怎么啦？多么奇怪的感情动荡！
倘若你要在这一天垂下眼睛，
谁还能无拘无束地抬眼仰望！
我感到羞愧脸红，我站在你的身边
感到自己非常渺小，我无法拥有
你的英雄气概，你的威仪尊严！
难道要我向你坦陈我的全部弱点？
我这颗软弱的心关注的
不是祖国的荣誉，

不是国王的宝座重显光彩，
不是万民高昂的情绪和胜利的欢快，
只有一个人，充满了这颗心。
我的心里只容得下这惟一的感情：
他为万民崇拜，百姓向他欢呼，
向他抛洒鲜花，民众为他祝福，
他为我所有，他是我的爱人。

约翰娜：

啊，你是个幸运的女人！我祝你幸福！
大家在爱，你也在爱！你可以敞开胸怀
大声诉说你的喜悦你的欢快，
显露在众人眼前，坦然公开！
帝国的这一盛大节日也是你爱情的节日，
成千上万无穷无尽的民众蜂拥而来，
挤在这城市的墙垣里，人山人海，
分享你的感情，圣化你的感情；
他们向你欢呼，为你编织花环，
你和万众一起，同享这极乐欢庆，
你热爱那使众人欢欣鼓舞的太阳，
你看见的乃是你爱情的璀璨光芒。

索累尔（和约翰娜热烈拥抱）：

啊，你完全理解我，使我欣喜万分！
是的，我认错你了，你熟知爱情，
我的感受，你说得淋漓尽致，透彻明净，
我的心摆脱了恐惧和羞怯，
它感情激荡，对你充分信任——

约翰娜（使劲挣脱索累尔的拥抱）：

放开我。离我远些！我身上沾满了恶疾，
别玷污了你！
你高兴吧，走吧，让我躲在阴森的黑夜里，
隐藏我的不幸，我的耻辱，
我的惊恐——

索累尔：

你使我心惊胆战，我不理解你；
可是我从来没有理解过你——
你那阴暗深沉的性格我总觉得城府太深，
谁能明白，是什么使你神圣的心灵
使你纯洁灵魂的柔情惊恐万分！

约翰娜：

你是位圣女！你纯洁无瑕！
你若窥见我的内心深处，你将不寒而栗，
视我为敌人，视我为叛徒，把我屏弃！

第　三　场

〔前场人物。杜努阿，杜·夏泰尔和拉·希尔拿着约翰娜的战旗。

杜努阿：

我们正在找你，约翰娜，一切都已准备就绪，
国王陛下派我们找你，他要你
高举这神圣的旗子，走在他的前面；
你应该参加公侯显贵的行列中间，
你应该紧紧挨在他的身边，

因为他不否认这点，

大家都该证明，今天这一日的荣誉，

他认为，全都应该归你。

拉·希尔：

这是你的战旗。接过旗去，高贵的姑娘，

公侯显贵正在期待，众多百姓也等待着你。

约翰娜：

叫我走在他的前面！高擎着战旗！

杜努阿：

还有谁适合这事？另外哪一只手

纯洁到可以举起这神圣的旗帜！

你在战斗中挥舞这面战旗；如今

请举着它表示普天同庆。

（拉·希尔想把旗递给她，她浑身颤抖直往后退）

约翰娜：

拿走！把旗拿走！

拉·希尔：

你怎么啦？你看见

自己的战旗吓成这样！——你看看这旗！

（他把战旗打开）

就是这面旗，你不断挥动，所向披靡。

旗上印着天后的肖像，

她站在一个地球之上；

圣母给你教诲时便是这个模样。

约翰娜（惊恐万状地望着战旗）：

是她！是她自己！她出现在我面前时就是这样。

你们瞧，她望着这里，眉头紧蹙，

神气阴森，目光愤怒！

索累尔：

啊，她疯了！你醒一醒！

你守住心神，你看见的并非真实情况！

这是尘世间为她模拟的一副肖像，

她自己在天国漫游伴着合唱！

约翰娜：

可怕的圣母，你可是来惩罚你的造物？

毁掉我，惩罚我吧，取走你的霹雳，

用它打击我罪孽深重的头颅，

我破坏了我的盟约，

把你的圣名亵渎玷污！

杜努阿：

我们真不幸啊！这是怎么啦！多么不祥的话语啊！

拉·希尔（惊讶地问杜努阿）：

您是否理解这稀奇古怪的情绪波动？

杜·夏泰尔：

我看见了这个场面。我早就担心会有这事发生。

杜努阿：

怎么？你说什么？

杜·夏泰尔：

我的想法，

不敢说出口来。只求上帝让这事就这样

过去，但愿国王已经加冕。

拉·希尔：

怎么？这面旗帜发出的恐惧，

竟落到了你自己身上？

让不列颠人望见这面战旗颤抖惊慌，
法兰西的敌人对它望而生畏，
可是它对法国人民却是无比慈悲。

约翰娜：

是的，你说得很对！它对朋友亲切温柔，
却向敌人散布惊恐忧愁。

〔传来国王加冕进行曲的旋律。

杜努阿：

那你就拿着这旗子！拿着它！敌人已上前线，
一刻也不容拖延！

〔他们硬把旗子塞给约翰娜，她非常勉强地接过旗子，下场，其余的人随下。

〔场景转换成大教堂前一个空旷的广场。

第四场

〔舞台后部挤满了观众，从人丛中走出贝特朗，克劳德·马利和埃蒂安，他们走向前来。远处传来低沉的加冕进行曲的乐声。

贝特朗：

你们听这音乐！就是他们！他们已经走近！
什么办法最好？我们爬上平台还是挤过人群，
这样就一点不漏全都看清？

埃蒂安：

根本挤不过去。大街小巷全都挤得满坑满谷，

有的骑马，有的坐车，
让我们走近这些房屋；
我们在这里可以安安逸逸地
观看从旁走过的游行队伍。

克劳德·马利：

我觉得，就仿佛
半个法国都在这里聚集！
人流汹涌，如过江之鲫，
裹挟着我们，从遥远的
洛林省一直冲到这里！

贝特朗：

国家发生
这样惊天动地的大事
谁能干坐在自己的犄角里袖手旁观！
已经流洒了够多的血和汗，
真命天子的头上才戴上这顶王冠！
我们的国王是真正的国王，
我们现在给他加冕，这个典礼必须隆重庄严，
绝对不能落在巴黎人的后面，
他们当时在圣丹尼给他们的国王加冕①！
谁要是不参加这个盛典，不跟着高喊：
“国王万岁！”他就不是个思想纯正的好汉！

① 指巴黎人当时让英国王子加冕成为法兰西国王。

第五场

〔玛尔戈和路易松走向前场人物。

路易松：

我们将要看见我们的妹妹了，玛尔戈！
我的心跳得厉害。

玛尔戈：

我们将看见她
气势显赫，仪态万方，对我们说话：
我是你们的妹妹，我是约翰娜！

路易松：

我只有亲眼看见那个强劲有力的女人，
人们称之为奥尔良的姑娘的人，
我才会相信她就是我们
失去的妹妹约翰娜。

（行进的队伍越来越近）

玛尔戈：

你还怀疑呢？你就要亲眼看见她！

贝特朗：

注意！他们来了！

第六场

〔吹笛手和木管手开路。后随身着白衣的孩子，他们手拿着翠绿的树枝，后面是两个传令官。紧跟着是一队持戟武士，身着长袍的市议会议员。接下来是两位手执权杖的元帅，勃艮第公爵手持宝剑，杜努阿手捧王笏，一些显贵捧着王冠、帝国金球① 和司法权杖。另外一些显贵捧着各种祭品，后面是佩带自己骑士团饰物的骑士，合唱队的歌童拿着香炉，往后是两位主教捧着圣油瓶，大主教捧着十字架；后面跟着手擎战旗的约翰娜。她低着头，步履不稳，两个姐姐一看见她表现出又惊又喜的神情。她后面跟着国王，走在四名男爵抬着的华盖下面；宫廷显贵们跟在后面，一队士兵断后。游行队伍走进教堂时，进行曲停止演奏。

第七场

〔路易松。玛尔戈。克劳德·马利。埃蒂安。贝特朗。

玛尔戈：

你看见妹妹了吗？

克劳德·马利：

　　　　　　她身穿黄金铠甲

手擎战旗，走在国王前头！

玛尔戈：

就是她，那就是约翰娜，我们的妹妹！

路易松：

她没有认出我们！她没有料到，

---

① 金球上面立着一个十字架，象征帝国的权力。

这样挨近姐姐的胸怀，
她眼睛望着地面，脸色如此苍白，
她擎着战旗，浑身颤抖——
见她这样，我高兴不起来。

玛尔戈：

现在我看见我们的妹妹
光彩夺目显赫高贵。——
她一直在我们山间岭上牧羊，
我就是做梦也没想到
我们会看见她这样气派，这样风光。

路易松：

父亲的梦想已经实现，我们在
兰斯城将向我们妹妹鞠躬致敬。
这就是父亲在梦中见到的那座教堂，
如今梦想都已成真。
可是父亲也见到悲哀的面容——
啊，见她这样威风我不禁忧心忡忡！

贝特朗：

我们干吗站在这里一动不动？快到教堂去，
去观看神圣的仪式！

玛尔戈：

是啊，走吧！
也许我们能在那里碰到妹妹。

路易松：

我们已经看见了她，我们还是
回村去吧。

玛尔戈：

什么？还没

向她问好跟她说话就回村去？

路易松：

她不再

属于我们，她已侧身于帝王和公侯，

我们是谁，在这儿虚荣心盛，争先恐后

想分沾她的荣华光辉？

她还是我们妹妹时，就和我们不是同类！

玛尔戈：

她会为我们感到羞耻，看不起我们？

贝特朗：

国王自己都不因我们而感到羞耻，

他亲切地向卑贱低下的平民致意问好，

不论约翰娜地位多么显赫，升得多高，

国王陛下总比她更加伟大荣耀！

（教堂里响起号音，鼓乐齐鸣）

克劳德·马利：

快到教堂去！

〔他们快步走向舞台深处，消失在人群之中。

第　八　场

〔蒂波·达克，身穿黑衣，莱蒙跟着他，想拉住他。

莱蒙：

站住，蒂波老爹！别往人群里挤！

你看这里站着的人全都欢天喜地，

而你的忧愁在这节日里真是大煞风景。
走吧！让我们快步逃出此城。

蒂波：

你没看见我那不祥的女儿？你仔细
观察了她？

莱蒙：

啊，我求求您，走吧！

蒂波：

你没发现，她走路步履踉跄，
脸色多么苍白，神情多么慌张！
这不幸的姑娘感觉到自己处境有异；
这是拯救我孩子的时机，
我可不能放弃。（欲走）

莱蒙：

站住！你想干什么？

蒂波：

我想让她大吃一惊，我要摧毁
她虚幻的荣华富贵，她抛弃了上帝，
我要使劲地再把她领回
上帝的手里。

莱蒙：

哎呀！你好好考虑一下！
千万别毁了你亲生的女儿！

蒂波：

只要她的灵魂得救，哪怕她的肉身死去。

〔约翰娜从教堂里冲出，手里没有战旗；百姓挤上前去，跪倒在地向她致敬，亲吻她的衣服，她被拥护的人群拦阻在舞台后部。

她来了！是她！她脸色苍白地冲出教堂，

恐惧迫使她逃出这座圣殿——

这是上帝的法庭，将要对她

宣判！——

莱蒙：

再见吧！

别要求我继续陪你！

我满怀希望而来，满心痛苦地回家。

我又看见了您的女儿，

感到我又重新失去了她！

〔莱蒙下场，蒂波在相反的方向离去。

第九场

〔约翰娜。民众。接着她的两个姐姐。

约翰娜（推开民众，走上前来）：

我不能待在这里——无数精灵驱赶着我，

管风琴的声音在我耳里犹如阵雷交加，

教堂的穹顶坍塌，直压我的头顶，

我不得不逃到这空旷的天空底下！

我把战旗留在这座圣殿里，

这只手永远也不得触摸这面战旗！

——我仿佛觉得，方才好像做梦

看见亲爱的姐姐玛尔戈和路易松

从我身边悠然一晃，——唉！

这只是一个欺人的幻象！
她们离我很远，在不可企及的远方，
宛如我童年的幸福，在天真无邪的时光！

玛尔戈（走出人群）：

是她，是约翰娜。

路易松（向约翰娜快步走去）：

啊，我的妹妹。

约翰娜：

那就不是幻象——是你们——我拥抱你们，
拥抱你，我的玛尔戈！拥抱你，我的路易松！
在这人头攒动，陌生而又荒凉的地方
我紧紧拥抱亲切的姐姐的心胸！

玛尔戈：

她还认得我们，还是我们的好妹妹。

约翰娜：

你们的爱带领你们到这里来看我，
路途遥远，真是遥远！你们没生妹妹的气。
不怪她抛下你们不辞而别，不怪她无情无义。

路易松：

是上帝难以捉摸的安排把你带走。

玛尔戈：

你的声名远扬，轰传四方，
所有的人都把你的名字放在嘴上，
也惊动了我们，在我们寂静的村里，
把我们带到这里参加这隆重的典礼，
我们是来观看你的显赫气派，
还有别人和我们同来。

约翰娜(急口):

父亲也和你们在一起!

他在哪儿,在哪儿?为什么不见他的人影?

玛尔戈:

父亲没和我们在一起。

约翰娜:

他不在?他不想

看看他的女儿?你们没有把他的祝福给我带来?

路易松:

他不知道我们在这儿。

约翰娜:

他不知道!

为什么不知道?——你们神情慌乱?你们沉默不语,

低头望着地面!你们说,父亲在哪里?

玛尔戈:

自从你走了以后——

路易松(向她示意):

玛尔戈!

玛尔戈:

父亲

就变得心情忧郁。

约翰娜:

心情忧郁!

路易松:

你放心吧!

你了解父亲,他总是充满预感!

如果我们告诉他,你很幸福,

他会平静下来，会心满意足。

玛尔戈：

你不是很幸福吗？是的，你肯定很幸福，
你现在地位这样显赫，这样受人尊敬！

约翰娜：

我很幸福，
因为我又看见了你们，听见了你们的
声音，你们亲切的声调，
我想起家里，父亲的牧场。
我在我们的高山上牧放群羊，
我在那里幸福得像进了天堂——
我不可能再像那样幸福，又变成那样？

〔她把脸埋在路易松的胸前。克劳德·马利，埃蒂安和贝特朗出现，怯生生地站在远处。

玛尔戈：

来吧，埃蒂安！贝特朗！克劳德·马利！
妹妹并不傲气凌人，她态度温和安详，
说话亲切和蔼，我们一同住在村里时，
她可从来不是这样。

约翰娜：

我现在身在何处？请告诉我！莫非
这一切只是一场漫长的梦，而我方才梦回？
我已走出了雷米教堂？是不是！
我是在那株魔法树下沉沉入睡，
现在醒来，你们这些我十分熟悉的亲人
正站在我的周围？
我只是在睡梦中见到了这些国王显贵，

激烈鏖战,殊死厮杀——它们只是
幢幢幻影从我身旁飘然而逝,
在这棵树下,幻梦频生,梦境迷离。
你们怎么来到兰斯?我又怎么来到这里?
我从来没有离开过雷米教堂,
请坦率地告诉我,使我心里感到欢畅。

路易松:

我们现在都在兰斯,你不仅梦见了这些事情,
你还的的确确全都加以完成——
看看你的四周,你醒一醒吧,
摸一摸你这身光彩耀眼的黄金铠甲!

(约翰娜伸手摸了一下胸前,思索一番,吃了一惊)

贝特朗:

你是从我手里接过的这顶头盔。

克劳德·马利:

你以为是在做梦,这毫不足奇,
因为你所完成的丰功伟绩,
即使在梦境之中也不可能显得更加奇异。

约翰娜(急急地说道):

走吧,让我们赶快逃走!我和你们一道,
回到我们村里,回到父亲的怀抱。

路易松:

啊,走吧!和我们一起走吧!

约翰娜:

所有这些人

都称赞我,远远超过我的功绩!
你们看见的我,是个瘦小软弱、稚气的女孩,

你们都爱我，可是对我并不崇拜！

玛尔戈：

你想要抛弃这一切绚丽的光彩！

约翰娜：

我抛弃这可憎的浮华光彩，
它使我们的心彼此分开，
我想重新变成一个牧羊姑娘，
我要侍候你们像卑微的使女一样，
我曾虚荣心切，凌驾于你们之上，
我要深深忏悔，好好补偿！

（号声响起）

第十场

〔国王走出教堂；他身穿加冕服饰。阿格纳斯·索累尔，大主教，勃艮第，杜努阿，拉·希尔，杜·夏泰尔，骑士们，官廷官员，和民众。

众人的声音（齐声一再欢呼，与此同时，国王走上前来）：

国王万岁！卡尔七世万岁！

〔喇叭吹响。国王示意，传令官举起手杖，要求大家肃静。

国王：

善良的百姓！感谢你们的爱！
上帝加在朕头上的王冠，
是通过刀剑征战所赢得，所夺到，
上面浸满了高贵的市民的鲜血，
但是今后该缠绕翠绿的橄榄枝条。

感谢一切为朕浴血奋战的人们，
一切反对过朕的人们都得到宽恕，
因为上帝恩赐我们的是仁慈，
朕作为国王说的第一句话便是施行仁恕！

民众：

国王万岁！仁慈的卡尔万岁！

国王：

法兰西的列代国王只是从上帝手里
从至高无上的天国君王手里接过王冠，
大家全都看见，朕十分明显地
从他手里接过这顶王冠。
（扭头向约翰娜）
这位上帝派来的使者，
把世袭的国王交还你们，
砸烂了外国暴政的枷锁！
她的名字应和本国的保护神
圣丹尼[①] 的圣名相提并论，
为了铭记她的光荣，应该建立祭坛一座。

民众：

姑娘万岁！救星万岁！

〔喇叭齐鸣。

国王（对约翰娜）：

倘若你和我们一样也是凡人所生所养，
那么你说，什么样的幸福能使你喜悦欢畅；
不过倘若你的祖国是在九天之上，

---

① 圣丹尼为天主教圣人，巴黎的第一任主教，殉道者，法兰西的保护神。

倘若你在这少女的身躯里隐藏着
天国特性的万丈光芒，
那么就从我们的眼前去掉这条绷带，
让我们一睹你的光辉灿烂的丰采，
一睹上天看见你时的情形，以便
我们满怀敬意，在尘埃之中向你顶礼膜拜。

〔众人沉寂，鸦雀无声，每只眼睛都凝视着姑娘。

约翰娜（突然大叫）：

上帝啊！我的父亲！

第十一场

〔前场人物。蒂波走出人群，站在约翰娜的正对面。

若干人的声音：

她的父亲！

蒂波：

是的，她的极端不幸的父亲，
他生下了这个不幸的姑娘，上帝的法庭
驱使他来控告他自己的女儿。

勃艮第：

哈！这是怎么回事！

杜·夏泰尔：

现在可要发生可怕的事情！

蒂波（对国王）：

你以为是上帝的威力拯救了你？
备受欺骗的君王！目乱神迷的法兰西民众！

是魔鬼的妖术拯救了你们。

〔大家都惊恐万状地直往后退。

杜努阿:

这人莫非疯了不成?

蒂波:

不是我,是你在发疯,
这里的人们,还有这位睿智贤明的主教,
你们大家都以为,天上的主人通过一个
低下的婢女在向你们昭告。
看,她是否敢当着她父亲的面
坚持骗人的大胆谎言。
她就用这放肆的谎言把民众和国王欺骗,
你用三位一体的圣名给我回答:
你是否属于圣人,纯洁无瑕?

〔众人沉默,大家的目光都集中在约翰娜身上;她一动不动地站在那里。

索累尔:

上帝啊,她沉默不语!

蒂波:

面对令人生畏的圣名,
她只好沉默不语,即使在地狱深处,
魔鬼也害怕上帝的圣名!——竟说她是
上帝派来的一位圣女!——这些妖术
是在该诅咒的地方,在魔法树下想出,
自古以来,邪恶的精灵都在树下举行妖魔礼拜
——她在那里把她不死的灵魂
向世人的仇敌出卖,

妖魔则回报她转瞬即逝的尘世光彩。
你们让她伸开手臂,
就会看到地狱给她印下的标记。

勃艮第:

骇人听闻!——可是父亲的话不能不信。
他控告自己的女儿,亲自出面作证。

杜努阿:

不信,一个污辱自己的女儿,
又自取其辱的疯子不能相信!

索累尔(对约翰娜):

啊,你说话呀!打破这不祥的沉寂!
我们相信你!我们对你坚信不疑!
你说一句话,只要一句话,
就已足够,——可是你得开口说话!
把这丑恶不堪的控告摧毁——
说明你清白无辜,我们信你无罪。

〔约翰娜一动不动,阿格纳斯心惊胆战地从她身边走开。

拉·希尔:

她受到惊吓,错愕和恐惧使她闭口不语,
——面对这样丑恶的控告
即使最纯洁无辜的人也战栗不已。
(他走近约翰娜)
镇静一下,约翰娜。稳定情绪。
无辜的人会开口说话,他那胜利者的目光
会以雷霆万钧之力把污蔑击得粉碎!
那些失掉身份心怀疑虑的人,
对你神圣的美德肆意诋毁,

奋起凛然怒斥，让他们感到羞愧。

〔约翰娜一动不动，拉·希尔惊恐不已地退了下来，人群的骚动更为剧烈。

杜努阿：

民众为何犹豫？君王为何颤抖？
她清白无辜——我为她担保，
我自己以我公侯的名誉为她担保！
我扔在这里，扔下我骑士的手套：
谁胆敢出来说她有罪把她控告？

〔一声猛烈的雷鸣，大家都惊慌失措。

蒂波：

凭着天上雷鸣怒吼的上帝圣名回答呀！
说你根本无罪。否认敌人在你心里躲藏，
证明我在撒谎！

〔又是一声雷鸣，声音更加响亮，民众四下奔逃。

勃艮第：

上帝保佑我们吧！多么可怕的征兆啊！

杜·夏泰尔（对国王）：

走吧！走吧，国王陛下！逃离这个地方！

大主教（对约翰娜）：

我以上帝的名义问你：你沉默不语，
是感到自己无辜还是觉得自己有罪？
倘若这雷声是在为你作证，
请握住这十字架，做出你的反应！

〔约翰娜一动不动。又接连不断地响起猛烈的雷鸣。国王，阿格纳斯·索累尔，大主教，勃艮第，拉·希尔和杜·夏泰尔下场。

第十二场

〔杜努阿。约翰娜。

杜努阿：

你是我的妻子——我第一眼看见你
就对你坚信不疑,现在依然如此。
我对你的信任胜于信任所有这些迹象,
也胜于信任在天上说话的霹雳轰响,
你凛然震怒,沉默不语,
紧紧地包藏在你神圣的无辜之中,
不屑于反驳如此可耻的怀疑。
——你尽可对此不屑一顾,但是请向我吐露肺腑,
我从来没有怀疑过你的无辜。
你不用跟我说任何话,只消把手伸给我,
保证并且表示,你充分信任
我能保护你,你的事业光明磊落。

〔他向约翰娜伸出手去,约翰娜扭转身子,不理会他;他惊恐地僵立着。

第十三场

〔约翰娜。杜·夏泰尔。杜努阿。最后莱蒙。

杜·夏泰尔(又折回来):

约翰娜·达克!国王陛下允许你

离开此城不受任何伤害，
城门全都为你敞开。不必害怕
受到污辱。国王的宽容把你保护——
杜努阿伯爵，请跟我走，——你没有荣幸
在此多事逗留——结局竟这样叫人难受！

〔杜·夏泰尔下。杜努阿从僵木的状态中惊醒，又向约翰娜看了一眼，下场。约翰娜独自一人站立片刻。最后莱蒙出现，先在远处站立一会儿，默默地痛苦地端详着约翰娜。然后向她走去，握住她的手。

莱蒙：

抓住这一时刻，走吧！走吧！街上已经阒无人迹。
把手伸给我。我领着你。

〔一看见莱蒙，她才表示有了感觉，她凝视着莱蒙，又抬头仰望天空；然后激烈地抓住莱蒙的手，下场。

第　五　幕

〔一座荒野的森林。

〔远处是烧炭工人住的茅屋。

〔天色已经非常昏黑，雷声隆隆电光闪闪，雷电交加之中夹杂着枪声阵阵。

第　一　场

〔烧炭工人和烧炭工人之妻。

烧炭工人：

这鬼天气真是凶险至极，杀气腾腾，
天空似乎要降下大雨倾盆，
大晴白天转眼变成黑夜沉沉，
几乎可以隐隐看见满天繁星。
风狂雨急，就像从地狱倾巢而出，
大地为之震颤，年深日久的椤树
咔嚓作响，树梢垂落纷纷。
这场天上进行的鏖战令人胆战心惊，
教会凶猛的野兽要懂得温和，
它们便躲进自己的洞穴颇为温驯，

而在人群之中却未能缔造和平——
从狂风暴雨的怒吼咆哮声中，
你可以听见大炮的轰鸣；
两军对峙，彼此如此接近，
分开他们的只有这座森林，
时刻都会交锋，爆发可怕的流血战争。

烧炭工人之妻：

上帝保佑我们吧！这些敌人
刚刚受到当头一棒，打得四下奔逃——
怎么一下子他们又来吓唬我们？

烧炭工人：

这是因为他们不再害怕我们的国王，
自从那个姑娘在兰斯变成女妖，
邪恶的敌人不再帮助我们，
——各路兵马便四下溃逃。

烧炭工人之妻子：

你听！谁走过来了？

第二场

〔莱蒙和约翰娜；前场人物。

莱蒙：

我看见这儿有烧炭工人的茅屋，来吧，
我们终于找到了遮风避雨之处。
为了躲开人们的耳目，
你已经东奔西跑了三天三夜，

吃的尽是野草树根,你已经坚持不住。

〔风暴平息,天色放晴,天光明亮。

这里住的是富有同情心的烧炭工人。进来吧。

烧炭工人:

你们看上去疲惫不堪,需要休息,

我们茅屋里的一切都归你们使用。

烧炭工人之妻:

这么娇柔的姑娘为什么全副武装?

当然喽!现在是艰难时世,

就是女人也得把铠甲披上!

据说,王后自己,那位伊撒波夫人,

也出现在敌营之中,一身戎装,

一个少女,一个牧羊姑娘,

也为我们的主人,国王陛下奋战沙场。

烧炭工人:

你尽说些什么呀?快进茅屋去,

给姑娘拿杯酒来提提精神。

〔烧炭工人之妻走向茅屋。

莱蒙(对约翰娜):

你瞧,并不是所有的人都残酷无情,

即使在荒野之中也住着好心的人,

快活一点!风暴已经过去,

太阳又射出和平的光芒,普照大地。

烧炭工人:

我猜你们是想投奔我们国王的部队,

因为你们全副武装在赶路——你们可得小心!

英国人就在附近扎营,

他们的小股人马常常穿过森林。

莱蒙:

那咱们就惨了！怎么样才能脱身?

烧炭工人:

你们待着

等我儿子从城里回家,

他可以领你们走隐蔽的小路,

你们就什么也不必害怕,

我们认得秘密通途。

莱蒙(对约翰娜):

头盔摘下,铠甲脱掉,

盔甲成了你的标记,对你保护不了。

〔约翰娜摇摇头。

烧炭工人:

这姑娘非常悲哀——别响！是谁来了?

第 三 场

〔前场人物。烧炭工人之妻拿着一杯酒从茅屋出来。烧炭工人的儿子。

烧炭工人之妻:

那是我们的儿子,我们正盼着他回来呢。

(对约翰娜)

喝吧,高贵的姑娘！愿上帝祝福你！

烧炭工人(对他儿子):

你回来了,阿奈特！带来什么消息?

烧炭工人的儿子(仔细端详约翰娜,约翰娜举起酒杯放在嘴边;他认出约翰娜,走过去把酒杯从她嘴边夺走):

妈妈!妈妈!

你在干什么呀?你在招待什么人物?

这人是奥尔良的女巫!

烧炭工人和烧炭工人之妻:

上帝饶恕我们吧!

(他们画着十字,拔脚就逃)

第　四　场

〔莱蒙。约翰娜。

约翰娜(镇静而温和地):

你瞧,这诅咒追逐着我,大家见了我都又逃又躲;

你还是照顾好你自己,你也快离开我。

莱蒙:

叫我离开你?现在把你抛弃!

那么谁陪伴你?

约翰娜:

我不是无人陪伴,

你没听见我头上声声霹雳,

我的命运引导着我,你别担心,

我不去寻找,也会到达目的地。

莱蒙:

你想到哪儿去?这里驻扎着英国人,

他们恶狠狠地发誓要向你报仇雪恨——

那边是我们的部队,他们把你赶出营房,
让你流亡——

约翰娜:

我不会遭到不测,除了天意之外。

莱蒙:

谁为你寻找食物?谁来对你保护,
不让凶狠的野兽和更加凶残的人伤害你?
你若生病,遭到不幸,谁来照顾?

约翰娜:

什么药草,什么树根我都熟悉;
我从我的羊儿学会区别
药草和毒草,——我懂得
斗转星移的行星和云散云聚的变换。
我听得见暗藏小溪的流水潺潺。
人的所需无多而生机充沛的大自然
生意盎然。

莱蒙(握住她的手):

你不想审视你的内心?
和上帝言归于好——满怀追悔之情
重回神圣教会的怀抱?

约翰娜:

你也认定我罪孽深重?

莱蒙:

我能不信吗?你的默认——

约翰娜:

你一直追随我到苦难之中,
你是惟一忠于我的人,

全世界都摒弃我，你还和我拴在一起，
可你也认为我是遭到谴责的罪人，
背离了自己的上帝——

〔莱蒙沉默不语。

啊，这可真是沉重的打击！

莱蒙（惊讶地）：

你当真不是女魔法师？

约翰娜：

我竟是女魔法师！

莱蒙：

这种种奇迹，
你得以完成，是凭借上帝
和诸位圣人之力？

约翰娜：

我还能用其他什么力量呢？

莱蒙：

你竟对那些丑恶的控告一声不吭？
——你现在开口说话，可是在国王面前
你应该说话，却默不作声！

约翰娜：

我默默无言地屈从于命运，
这是我的主人上帝做的决定。

莱蒙：

你对你的父亲竟无言以对！

约翰娜：

我父亲嘴里的话，也是上帝的圣言，
所以这也是圣父对我的考验。

莱蒙：

上天自己证明了你的罪孽！

约翰娜：

上天开口说话，因此我不发一言。

莱蒙：

怎么？你一句话
就可以洗净你蒙受的污辱，
却让大家都陷于这不幸的迷误？

约翰娜：

这不是误会，这是天命。

莱蒙：

你纯洁无辜，忍受着这个耻辱，
嘴里却没有发出丝毫怨恨！
——我对你惊讶无比，深受震撼，
我的心在我胸中猛烈翻腾！
啊，我真乐于把你的话信以为真，
因为我实在难以相信你有罪行。
可是我怎能梦见，一个人心里竟能
默默承受这样的冤屈，实在骇人听闻！

约翰娜：

倘若我不能盲目地尊重主的意旨，
我又怎么配被上帝派来执行任务？
我并不像你想像的那样可怜无助。
我忍饥挨饿，可是对于我的处境
这并非不幸；我遭到流放，四处奔逃，
可是在荒野中我学会自我反省。
当万丈荣光围绕我时，

我胸中矛盾重重斗争不已；
当我似乎最受艳羡之时，
我却是最为不幸的女人——现在我已痊愈，
大自然的这场暴风骤雨，
似乎要使末日来临，却对我和蔼可亲。
它使世界涤荡一净，也净化了我。
我心里现在和平宁静——要发生什么尽管发生，
我感到我已不再软弱。

莱蒙：

啊，走吧，走吧，我们赶快去向大家
大声宣布你纯洁无罪！

约翰娜：

制造混乱的人自会消除混乱！
只等时机成熟，命运的果实就会瓜熟蒂落！
为我洗清罪名的日子，将会来临。
现在唾弃我谴责我的人，
都会觉察自己的谬误，
人们将为我的命运流泪伤心。

莱蒙：

难道叫我默默忍受，直到偶然——

约翰娜（温柔地握住他的手）：

你看见的只是事物的自然表象，
因为尘思俗念蒙住了你的目光。
而我亲眼看见了超凡脱俗的不朽景象
——没有神祉人的头上
不会掉下一根头发——你看那边
落日正从天际冉冉西沉——同样明天

太阳肯定又会回来依旧晶莹光明，
揭示真理之日肯定也会来临！

第 五 场

〔前场人物。伊撒波王后带领一些士兵在舞台深处出现。

伊撒波(还在后台)：
这是通向英军大营的道路！
莱蒙：
我们糟了！敌人来了！
〔士兵上场，出场时发现约翰娜，吓得踉踉跄跄地直往后退。
伊撒波：
怎么啦！队伍为何停止不前！
士兵们：
上帝保佑我们吧！
伊撒波：
有妖魔鬼怪吓着你们了？
你们究竟是不是士兵？还是一帮懦夫？——怎么？
(她挤过人群，走了出来，一看见约翰娜，直往后退)
我看见什么了！哈！
(她迅速地镇静下来，迎着约翰娜走去)
赶快投降！你是我的
俘虏。
约翰娜：
我是俘虏。

〔莱蒙做出绝望的样子，匆匆逃去。

伊撒波（对士兵们）：

用链子把她捆起来！

〔士兵们胆战心惊地走近约翰娜，她伸出手臂，被捆了起来。

这就是那个威力无比的女人，众人畏惧？
她把你们的队伍像羊群一样赶来赶去，
而现在却连保护自己也无能为力？
是不是只有别人相信，她才发生奇迹，
一旦碰到男子，就变成弱女不堪一击？
（对约翰娜）
你为什么离开你的军队？你的骑士
和保护人杜努阿伯爵现在哪里？

约翰娜：

我遭到了放逐。

伊撒波（惊讶地倒退）：

什么？怎么回事？你遭到放逐？
被太子储君放逐！

约翰娜：

你不必问！我落在
你的手里，你就决定我的命运吧。

伊撒波：

就因为你拯救他于深渊之边，
在兰斯给他戴上了王冠，
让他当上法兰西国王，就把你放逐？
把你放逐！这件事上我看出我儿子的恶毒！
——把她带进军营——让全军官兵

看看这恐怖的精灵,他们曾为她颤抖不停!
她是个魔法师!她全部的魔力
就在于你们的妄想和你们的胆小!
她是个傻瓜,牺牲自己为她的国王效劳,
如今可得到了国王的酬报——
带她去见利奥内尔,
我把法国人的幸运之神捆绑起来交他处理,
我自己随后到他那里。

约翰娜:

去见利奥内尔!请你马上把我
就地处死,别送我去见利奥内尔。

伊撒波(对士兵):

服从命令。把她带走!(下场)

第六场

〔约翰娜。士兵们。

约翰娜(对士兵们):

英国人,别让我活生生地
从你们手中溜掉!快雪恨报仇!
拔出你们的宝剑,刺进我的心头,
在你们统帅脚下扔下我的尸首!
你们好好想想,是我杀死了你们
出类拔萃的战士,对你们残忍冷漠,
让英国人血流成河,
你们这些勇敢的英雄子弟,

我剥夺了你们欢天喜地重返家园的日子！
快报你们的血海深仇！把我杀死！
你们现在抓住了我；
不可能看见我老是这样虚弱——

士兵的队长：

照王后的命令行事！

约翰娜：

我已经非常不幸，
难道要我比现在更加不幸！
令人畏惧的圣处女啊！你的手真是狠！
你难道完全把我摒弃不给我丝毫殊恩？
没有天神出现，不再有天使现身，
奇迹不复产生，紧闭天国之门。
（她随士兵下）

〔法军营地。

第七场

〔杜努阿站在大主教和杜·夏泰尔之间。

大主教：

请克服一下您阴沉的恶劣脾气，王子殿下！
跟我们一起走吧！回到您国王的麾下！
此时此刻，我们又身陷困境，
迫切需要您这位英雄鼎力救驾，
您千万不可不顾大局恣意任性。

杜努阿：

为什么我们身陷困境？为什么
敌人又重新崛起？一切早已定成，
法国节节胜利，已经结束战争，
你们却放逐救星，现在你们
设法自救！营中已不见姑娘身影，
我可不愿再看见这座军营。

杜·夏泰尔：

王子殿下，请听从我们的忠告，不要用这样
一句回答把我们打发掉！

杜努阿：

你住口，杜·夏泰尔！
我恨你，我根本不想听你胡言乱语，
是你首先对她表示怀疑。

大主教：

在那不幸的一天，
所有的迹象都对她不利，
谁没有看错她，谁没有心生疑虑？
我们遭到突然袭击，全然昏天黑地。
这次打击使我们的心灵深受震撼——
在这种惊慌时刻谁能辨别是非权衡利弊？
现在我们又回过头来思忖分外慎重；
我们看见她如何置身于我们之中，
我们发现她身上一切都无可非议。
我们给搞糊涂了，——我们担心严重地
冤枉了她——国王陛下后悔莫及，
公爵大人拼命自责，拉·希尔伤心至极，
悲哀充满了每个人心里。

杜努阿：

说她是个撒谎的女人！倘若真实
体现在人的身上可以看清，
那么必然具有这姑娘的轮廓体形！
倘若无辜、忠诚、心灵的纯净，
在人间有处栖身——就必然
寓于她的嘴唇和她清澈明亮的眼睛！

大主教：

但愿上天能借助一个奇迹
从中斡旋，揭示这一秘密，
我们肉眼凡胎实在无法剖析——
但是不论这秘密如何澄清，如何解释，
反正两个罪过我们总必居其一：
我们不是用地狱的妖魔武器
捍卫了自己，就是把圣女驱逐出去，
这两件事都会招致上天的怒气勃发，
使这不幸的国家受到惩罚！

第八场

〔前场人物，一位贵族，接着莱蒙上场。

贵族：

一个年轻的牧羊人求见殿下，
迫切要求和您单独谈话，
他说，来自那位姑娘——

杜努阿：

赶快!

把他带进来! 他从她那儿来!

〔贵族给莱蒙开门,杜努阿快步迎上前去。

她在哪儿?

姑娘在哪儿?

莱蒙:

向您致敬,高贵的王子,

我真幸运,在您这儿找到了这位圣人

虔诚的主教,被压迫者的保护神,

遭摒弃者的父亲!

杜努阿:

姑娘在哪里?

大主教:

告诉我们,我的孩子。

莱蒙:

大人,她不是阴险的魔法师!

我发誓证明,凭着上帝和一切圣人的名义,

百姓犯了大错。你们把无辜的少女放逐,

把上帝派遣的圣女摒弃!

杜努阿:

她在哪儿? 你快说!

莱蒙:

我陪同她

逃亡时,在亚尔丁森林

她向我坦诚相告埋在心底的事情。

她纯洁无瑕,大人,未犯任何罪行,

不然我愿死于酷刑,我的灵魂

也永远不能得享永恒的福分！

杜努阿：

即便是天上的太阳也不可能比她更加纯洁！

她究竟在哪儿？你倒是说呀！

莱蒙：

啊，倘若上帝

已使你们回心转意——那么快去救她！快去！

她现在已被英军俘虏。

杜努阿：

什么？已被俘虏！

大主教：

这不幸的姑娘！

莱蒙：

我们在亚尔丁森林避雨借宿，

她被伊撒波王后俘虏，

王后把她交给英国人。

啊，快去救她吧，她曾救过你们，

使你们摆脱可怕的死神！

杜努阿：

拿起武器！起来！发出警报！擂起战鼓！

率领各路大军投入战斗！

全国都武装起来！我们的荣誉已经受辱，

王冠和守护神像已被盗走，

投入你们全部鲜血和你们的生命！

日落之前，她必须获得自由！

〔众人下场。

〔一座瞭望塔，上面有扇窗户。

第九场

〔约翰娜和利奥内尔，法斯塔尔夫，伊撒波。

法斯塔尔夫(急步上场)：

士兵已经无法控制。
他们愤怒地要求把这姑娘处死，
你们抵抗纯属白费。杀死她，
把她的首极从这塔楼的顶上扔下，
只有她的鲜血才能使部队的怒火消散溶化。

伊撒波(走来)：

他们安置梯子，大声鼓噪！
快满足三军愤怒的要求。您难道
要等着他们盛怒之下推倒整座高塔，
也跟着毁了我们大家？
您没法保护她，放弃她吧。

利奥内尔：

让他们蜂拥而来！让他们狂怒咆哮！
这座城堡固若金汤，安稳牢靠，
我不容他们的意志迫使我屈从，
宁可在城堡的瓦砾之中葬身，
——回答我，约翰娜！做我的妻子，
我将保护你，与整个世界抗争。

伊撒波：

您是个男子汉吗？

利奥内尔：

你的同胞
已经把你摒弃，你对你那毫无尊严的祖国
已经没有任何责任，那些懦夫们
苦苦追求你，都弃你而去，
他们不敢为你的荣誉进行斗争，
而我，我对抗我的官兵和你的官兵，
只想保护你——你曾让我相信，
你珍惜我的生命！
我当时还作为敌人在和你进行战斗——
现在你除了我，别无其他朋友！

约翰娜：

你现在是我的敌人，
我的民族深恶痛绝的敌人，
你我之间毫无共同的东西，
我不可能爱你，可是如果你对我倾心，
那么就让我们两国人民
得到幸福。——带领你的军队
离开我法兰西祖国的国土，
交出所有城市的钥匙，它们曾被你们征服，
偿还你们掠夺的一切财物，
遣返全部人质，释放所有的战俘，
同意把神圣协约签订，
我就以我国王的名义向你提出和平。

伊撒波：

你想手戴镣铐向我们规定法律？

约翰娜：

请及时照办吧，因为你非办不可。
法兰西永远不愿戴着英国的锁链铁索，
这样的事，绝对不会发生！它宁可
使自己变成巨大的坟茔，掩埋你们的大军。
你们杰出的儿女都已殒命，请想想
如何渡海回国安全撤兵；你们的荣誉
已经丧失，你们的兵力已经耗尽。

伊撒波：

您能够忍受这疯婆子的满口狂言？

第十场

〔前场人物。一位队长匆匆上场。

队长：

赶快，大帅，赶快，把军队列阵迎敌，
法兰西人已飞速逼近，高举飘扬的军旗，
整个山谷闪耀着他们光芒四射的武器。

约翰娜（欢欣鼓舞）：

法兰西人逼近！现在高傲的英国好汉，
快奔向战场，现在需要浴血奋战！

法斯塔尔夫：

荒唐的女人，别高兴得太早！
不会让你看到落日夕照。

约翰娜：

我的战士将要胜利，而我将死去。
勇敢的人们不再需要我助一臂之力。

利奥内尔：

我藐视这些软骨头，在这位英勇的少女
为他们作战之前，我们打赢了二十次战役
打得他们丢盔卸甲狼狈逃去！
整个民族我都嗤之以鼻，除了一个少女，
而这个少女却被他们抛弃，——走，法斯塔尔夫！
我们要让他们再次经历惨重败绩，
就像打克莱齐，波阿济耶战役。
而您，王后娘娘，请待在这塔楼里，
看守这个姑娘，直到会战决出胜负，
我留下五十名骑士为您掩护。

法斯塔尔夫：

什么？我们前去迎战敌人，
却把这愤怒的女人留在背后？

约翰娜：

一个被捆绑的女人竟使你胆战心惊？

利奥内尔：

你向我
保证，约翰娜，决不自行解救！

约翰娜：

我惟一的愿望就是解救我自己。

伊撒波：

给她加上三重锁链，我用自己的
生命担保，决不让她脱身跑掉。

〔约翰娜被人用沉重的铁链捆住身子和手臂。

利奥内尔（对约翰娜）：

是你要求这样！是你逼迫我们！我依然站在你的身边！

放弃法兰西。高举英国战旗，
你就获得自由，此刻愤怒地
要你流血的将士，都将为你效力！

法斯塔尔夫（催促）：

走吧，走吧，我的大帅！

约翰娜：

不要再说了！

法兰西人已经逼近，保护你自己吧！

〔战号齐鸣，利奥内尔匆匆下场。

法斯塔尔夫：

您知道，您该干什么，王后娘娘！
倘若幸运之神对我们反目相向，
你会看见我军将士逃向四方——

伊撒波（抽出一把匕首）：

你不用担心！

她不会活着看见我们的覆亡。

法斯塔尔夫（对约翰娜）：

你知道，等待你的是什么命运？
现在祈求你的将士旗开得胜！（他下场）

第十一场

〔伊撒波。约翰娜。士兵们。

约翰娜：

我要祈求！

谁也阻止不了我，——听！

这是我的军队的进行曲！
这乐声鼓起我的勇气预示胜利在即！
英国必然毁灭！胜利属于法兰西！
起来，我的勇士们！快快奋起！
姑娘就近在你们身边；她不能像以往那样高举战旗
率领你们前进——沉重的锁链拴着她的身体，
可是她的灵魂驾着你们战歌的翅膀，
飞出囚牢自由翱翔。

伊撒波（对一个士兵）：

登上瞭望台去观看战场形势，
告诉我们，战斗的变化如何。

〔士兵登上瞭望台。

约翰娜：

勇气，勇气，我的战士！这是最后的较量！
再打一次胜仗，敌人便彻底灭亡。

伊撒波：

你看见了什么？

士兵：

两军已经交火，
一个猛将骑着一匹巴巴利[①] 骏马，身披虎皮，
一马当先率领近卫军所向披靡。

约翰娜：

这是杜努阿伯爵！冲啊，勇冠三军的将领！
胜利与你同行！

士兵：

① 巴巴利，在非洲西北部。

勃艮第

在进攻桥梁。

伊撒波：

这个叛徒，但愿

十根长枪刺进他那虚伪的心脏！

士兵：

法斯塔尔夫爵士勇敢抵抗勃艮第，

公爵的战士和我们的士兵

全都跳下战马厮杀火并。

伊撒波：

你没看见储君太子？你不认得

国王的标志？

士兵：

一切全都

卷入浓重的灰尘之中。我无法加以区分。

约翰娜：

倘若他有我的眼睛，或者我站在瞭望台上，

细枝末节都逃不过我的眼睛！

我能数清飞行中的野鸡，

认出九霄云上的鹫鹰。

士兵：

战壕边上挤得水泄不通，两军交手，

出类拔萃的战将似乎都在那里战斗。

伊撒波：

我们的旗帜是不是还在飘扬？

士兵：

它高高飘扬。

约翰娜：

但愿我能透过高墙的缝隙观望，

我真想用我的目光控制整个战况！

士兵：

真倒霉！我都看见什么了！我们大帅

已被重重包围！

伊撒波（拔出匕首指向约翰娜）：

你死吧，你这倒霉的女人！

士兵（急急地说道）：

大帅已经脱围。

勇敢的法斯塔尔夫从背后袭击敌人

——大帅冲回自己密集的部队。

伊撒波（把匕首插回刀鞘）：

方才是你的天使在说话！

士兵：

打胜了！打胜了！他们逃走了！

伊撒波：

谁逃走了？

士兵：

法兰西人，勃艮第的兵四下奔逃。

战场上到处都是溃不成军的敌人。

约翰娜：

上帝啊！上帝啊！你不会这样无情地抛弃我！

士兵：

有个重伤员在那儿被抬了下去，

许多士兵跑去援助，这是个公侯显贵。

伊撒波：

是我们的人还是法兰西人?

士兵:

他们摘下了他的头盔,这是杜努阿伯爵。

约翰娜(使劲地想挣脱捆绑她的锁链):

而我爱莫能助,只是个给捆住的女人!

士兵:

瞧!等一等!谁身穿一件天蓝色的大氅,
镶着金边?

约翰娜(急急地):

这是我的主人,国王陛下!

士兵:

他的马惊了——翻了跟斗——跌倒在地——
他拼命挣扎,使劲爬起——

〔约翰娜听着这番话,情绪异常激动。

我们的队伍已经逼近,全速
赶到那里——把他团团围住——

约翰娜:

啊,难道天上没有天使了吗!

伊撒波(大声嘲笑):

现在是时候了!大救星,现在快去救他呀!

约翰娜(跪倒在地,用强劲激烈的声音祈祷):

上帝啊,我在极度困苦之中
向你热烈祈祷,求你俯听,
我把我的灵魂送到你的天庭。
你能把一只蛛网的丝线
变得像一根根船缆似的坚韧。
万能之主,你把钢筋铁链

变成纤细蛛丝，易如反掌——
只要你愿意，这些铁链就会脱落，
就会崩裂这座塔楼的高墙——
你曾帮助过参孙[①]，他双目失明，被人捆绑，
忍受着倨傲的敌人对他嘲讽羞辱，
——凭着对你的信任，他使出惊人的力量，
抱住他囚牢的廊柱，
弯下身子，掀倒了整座牢房——

士兵：

捷报！捷报！

伊撒波：

什么事？

士兵：

国王已经
抓到！

约翰娜（一跃而起）：

那就请上帝对我开恩吧！

〔她用双手使劲地抓住她的铁链，把它扯断。与此同时，她扑向最挨近她的那名士兵，夺下他的剑，冲出门去。大家万分惊讶地僵立着，目送她离去。

第十二场

〔前场人物，独缺约翰娜。

---

① 即《圣经》中人物参孙，力大无穷，为非利士人所缚，捆于神庙，得到耶和华的帮助。参孙抱住柱子，柱断房塌，参孙与敌人同归于尽，杀死敌人甚众。

伊撒波(沉默了许久):

这是怎么回事?我是不是在做梦?她上哪儿去了?
她怎么挣断这百十斤重的铁链?
我怎么着也不会相信,
倘若我不是亲眼看见。

士兵(在瞭望塔上):

怎么?她莫非长了翅膀?是狂风
把她吹下山岗?

伊撒波:

你说,她已在山下?

士兵:

她走在
激战正酣的地方——走得飞快,
我眼睛都跟不上——时而在这——时而在那——
我看见她同时出现在许多地方!
——她把人群分散——大家见她就跑,
法国人又重新集结,稳住阵脚!
——惨了!惨了!我看见什么了!我们的战旗全都降下,
我们的将士把武器丢掉——

伊撒波:

什么?她想夺走我们已经到手的胜利?

士兵:

她笔直地向国王挺进——她赶到国王身边
——她拼命厮杀,左冲右突把国王救出。
——法斯塔尔夫爵士栽倒在地——大帅已经被俘。

伊撒波:

我不想再听下去了。你下来吧。

士兵:

逃命吧，王后娘娘！您将遭到袭击。
武装战士已向塔楼冲来。
（他从瞭望塔下来）

伊撒波（抽出宝剑）：
那就战斗吧，你们这些懦夫！

第十三场

〔拉·希尔率领士兵上。进门时，士兵向王后举枪敬礼。

拉·希尔（毕恭毕敬地走近王后）：
王后娘娘，
请屈从全能的上帝——您的骑士
已经缴械投降，任何抵抗都无济于事！
——请接受我的效劳。请您下令，
要我陪您到哪里去。

伊撒波：
任何地方
都无所谓，只要见不到太子就行。
（她放下手里的剑，跟着拉·希尔和士兵同下）

〔场景转换，舞台呈现战场。

第十四场

〔士兵们高举迎风招展的战旗，站满了舞台后部。在他们前面是国王和勃艮第公爵；两位君侯抱着约翰娜，她身受重伤,奄奄一息,毫无生气。他们慢慢地向前走着,阿格纳斯·索累尔直奔进来。

索累尔(扑在国王怀里):

你脱围了——没有受伤——我又拥有了你!

国王:

我是脱围了——但这是付出的代价!

(指指约翰娜)

索累尔:

约翰娜! 上帝啊! 她死了!

勃艮第:

她结束了她的人生!

瞧一个天使这样离去! 瞧,她躺在这里,

宛如一个婴儿正在熟睡! 没有痛苦,安详平静,

她脸上洋溢着天国的和平,

胸中已经没有一丝呼吸,

可是温热的手上还能感觉到生机。

国王:

她走了——再也不会苏醒,

她的眼睛将不再看见人世红尘。

她已飘浮云霄,一个充满祥光的精灵。

再也看不见我们的痛苦和悔恨。

索累尔:

她睁开眼睛,活过来了!

勃艮第(惊讶万状):

她从坟墓

回到我们中间? 她战胜了死神?

她撑起身子！站了起来！

约翰娜（笔直地站着，环顾四周）：

我在哪儿？

勃艮第：

在你的同胞身边，约翰娜！在你亲人身边！

国王：

在你朋友们，在你国王的怀抱之中！

约翰娜（久久地注视着国王之后）：

不，我不是魔法师！我肯定，

我肯定不是。

国王：

你像天使一样圣洁，

可是你的眼睛还笼罩着阴暗的夜色。

约翰娜（欢快地微笑着，左顾右盼）：

我的的确确是在我的同胞当中，

不再受到蔑视，不再遭到摒弃？

人们不再诅咒我，而是看着我，好心好意？

——是的，现在我又清清楚楚地看清了一切！

这是我的国王！这是法兰西的旗帜！

可是我没看见我的战旗——它在哪里？

没有我的战旗我不可能来到这里：

我的主把它托付给我，我必须把它

放回他的宝座——主允许我展示这面战旗，

因为我忠诚地举着它征战不已。

国王（转过脸去）：

把旗帜交给她！

〔有人把旗帜递给她，她无拘无束地挺立着，手里擎着旗帜,——天空映照了一片玫瑰色的光彩。

约翰娜:

你们可看见天上这彩虹一轮?
上天敞开了他那金光四射的大门,
圣母屹立在天使的合唱队里,祥光晶莹,
她怀里抱着她那永生不死的圣婴,
微笑着向我伸出她的手臂。
我怎么啦——轻云薄雾把我托起——
沉重的铠甲变成飞翼似的羽衣,
冉冉飞升,冉冉飞升——大地渐渐遁形——
痛苦转瞬即逝,欢乐永无止尽。

〔旗帜从她手里落下,她接着死去,倒下——大家无比感动默默无言地站了许久——国王微微摆手示意,所有的旗帜都轻轻地向她身上倒下,把她全身覆盖在旗帜之中。

图　兰　朵

中国公主

一部悲喜剧般的童话

原作 哥齐　改编 席勒

张玉书 译

Turandot
Prinzessin von China.
Ein tragikomisches Mährchen nach Gozzi

人　　物

阿尔图姆　传说中的中国皇帝

图兰朵　皇帝的女儿

阿德尔玛　一位鞑靼公主,图兰朵的女奴

策丽玛　图兰朵的另一名女奴

斯基里娜　策丽玛的母亲

巴拉克　斯基里娜的丈夫,原为卡拉夫的老师

卡拉夫　阿斯特拉罕的王子

铁木尔　被逐的阿斯特拉罕国王

伊斯迈尔　撒玛尔罕王子的随从

塔尔塔利亚　大臣

潘塔隆　首相

特鲁法尔丁　总管太监

布里杰拉　卫队长

政府的博士们

后宫的奴隶和女奴若干

第　一　幕

〔北京城外。

〔远景是座城门。城楼上插着铁杆，铁杆上挂着几个剃过的人头，人头上留着一绺土耳其式头发，这些人头好像面具一样作为装饰物平均分列在两边。

第　一　场

〔卡拉夫王子，走出一幢房子，他衣着怪异，全然鞑靼款式。紧接着，巴拉克从城里出来。

卡拉夫：

感谢你们，列位尊神！让我在北京
也能找到一个好心人！

巴拉克（身着波斯服装上，一眼瞅见王子，大吃一惊，倒退几步）：

我看清楚了吗？
卡拉夫王子！怎么？他还活着？

卡拉夫（认出巴拉克）：

巴拉克！

巴拉克（急急忙忙向他走去）：

主人！

卡拉夫：

我在这儿找到了你！

巴拉克：

我又见您活在人间！

而且到了北京！

卡拉夫：

住口，别暴露我！

看在伟大的喇嘛分上！你说！你怎么在这儿？

巴拉克：

让我在这儿和您相会，我必须相信，
这是诸神安排的命运。
在灾难发生的那天，我看见
我们的民众四下奔逃，台弗利斯的暴君
所向披靡，长驱直入，侵入国境，
我便逃回阿斯特拉罕，
带着遍体重伤。我在那里听说，
您和您的父王铁木尔在会战中死于非命。
我不叙述我的痛苦，
我的一切均已丧尽。
我便不顾一切，赶到皇宫
去救您的母后，埃尔玛茨，
可是我徒然寻找不见影踪！
这时胜利者已开进阿斯特拉罕，
我在绝望之中跑出城门。
足足三年之久，我到处流浪，
从一国逃到另一国，寻找地方栖身，
最后我就来到北京。

我在这里为一个寡妇干活，用哈桑作为化名，
我忠于职守，终于博得她的欢心，
她便和我成婚；
她不知道我的来历，以为我是个波斯人。
我现在生活在这里，由于命运播弄，
尽管卑微贫困，可是富裕无比，
因为此时此刻我又看见了你，
卡拉夫王子，我的国王陛下的儿子，
我曾当过你的太傅，这几年里
我以为你已遇难，为你哭泣！
——你怎么活下来的？怎么来到北京城里？

卡拉夫：

别这样称呼我。阿斯特拉罕一役
使我们把王国丢掉，
那场不幸的战役之后，我和父王赶到
王宫，迅速把最珍贵的珠宝
带在身边，匆忙出逃。
我父王和我母后埃尔玛茨
装扮成农民，穿过茫茫无际的沙漠
和巉岩嶙峋的山岭。
神啊！什么苦头我们没有吃过！
一群凶狠的马朗德里人
在高加索的山麓抢走了我们的财宝，
只留下一条性命未遭毒手，算是万幸。
我们必须战胜饥饿的折磨
和各式各样的艰难苦辛。
我时而背着父亲，时而又背着母亲

就这样背着我的两个亲人,艰难地前进。
我好不容易制止父王由于
绝望欲把匕首刺进体内自尽;
母后又由于忧愁,筋疲力竭,
几乎跌倒在地!就这样我们
终于来到了雅依克,鞑靼人的都城,
我不得不装成乞丐,在清真寺的大门,
哀求些许食物
来养活我亲爱的双亲。
——这时又发生新的不幸!我们凶狠的敌人,
台弗利斯可汗,满怀暴君的畏惧,
不信有关我们已死的传闻,
下令在各地追捕我们,
他的命令已经抢在我们前面,
敕令他治下的各个小王蕃臣
搜捕我们。我们急忙逃命,
才摆脱他警觉的鹰犬,免遭厄运——
唉,一个落难的国王何处藏身!

巴拉克:

啊,不要再说了!您说的话使我心碎肠断,
伟大的君王竟落得这样的下场!
可是您说吧!我的主子是否还活着,
还有埃尔玛茨,我的王后娘娘!

卡拉夫:

他们都安然无恙。

你知道吧,巴拉克!只有在困厄之中
伟大心灵的高贵才得以显现。

——我们来到卡拉仓人的国度，
在凯可巴特国王的御花园，
我不得不充当仆役干活度日，
才得以摆脱贫困不致饿死。
国王的女儿阿德尔玛公主看见了我，
我的模样打动了她的芳心，
激起了缠绵的柔情，不止是对
这陌生的园丁产生怜悯。
爱情使人目光犀利，公主根本不信
我出身低微，是命运使我落魄异乡。
——可是我不知道，是什么邪恶星辰的力量
使卡拉仓人的国王凯可巴特晕头转向，
竟和强大无比的阿尔图姆，
中国人的大汗开战打仗，
百姓讲述了奇怪的事情几桩。
我能叙述的只是：凯尔巴特兵败，
他的整个部族全被消灭，就此消失，
阿德尔玛自己连同国王的其他七个女儿
全都在一条大河里淹死。
——我们则逃到另外一个国度，
到处流浪，跋涉长途，
终于来到贝尔拉斯——还有什么可以叙述？
足足四年之久，我充当苦力，收入菲薄，
勉强养活我的父母。

巴拉克：

请别再说了，王子，让我们忘记苦难吧！
我现在看见你戎装在身，

一副英雄服饰，请告诉我
最后您如何又交上鸿运？

卡拉夫：

我交上好运！你且听着！
贝尔拉斯汗逃逸了一只雀鹰，
大汗极为珍视这只飞禽。
我找到了这只雀鹰，亲自把它
交给国王——国王询问我的姓名；
我自称出身贫贱，
全靠扛包养活双亲，
大汗接着便把我父母双双
送到普济院奉养。
(停顿片刻)巴拉克！那里
在极端穷困的人居住的地方，
你的国王就待在那里——还有你的娘娘！
就是在那里，他们也不安全，
还有被人认出遭人杀害的危险！

巴拉克：

真主啊！

卡拉夫：

皇上派人给我这个钱袋，
一匹骏马和这身骑士的装束，
我便拜别年迈的双亲；
我叫道："我去改变我的命运，
倘若不成，我便抛弃这悲惨的生命！"
他们不遗余力地想把我留住，
既然我打定主意，他们便要和我同行。

总算神灵保佑,他们终于因为害怕
没有真正的踏着我的脚步跟我上路!
如今我来到北京,远离故土,
千里之遥,隐姓埋名,无人认出;
我下定决心,到这里来,
在中国大汗麾下,充当一名士兵,
也许星辰对我有利,让我交上好运,
我能凭着骁勇战功改善我的命运。
——我不知道,有什么喜庆盛典,
使城里住满外方人,竟没有一个客店
容我过夜——在那寒碜的茅屋里
有一个妇人,心地仁厚
把我收留。

巴拉克:

王子,这是我的妻子。

卡拉夫:

你的妻子?
你真该额手称庆,幸运赐给你
这样好心善良的女子为妻!
(向巴拉克伸出手去)现在再见。
我到城里去,我渴望看看这盛大庆典,
竟使那么多人聚集在城里,
然后我去觐见大汗,求他赐予恩典,
容我在他军中效力。
(欲走,巴拉克把他拉住)

巴拉克:

站住,王子! 您要上哪儿去?——

您是想亲眼观赏一场惨不忍睹的戏剧？
啊，您知道吧，高贵的王子——您到这里来，
正好到达演出闻所未闻的惨剧的舞台。

卡拉夫：

怎么啦？你这是什么意思？

巴拉克：

怎么，您不知道，
图兰朵，皇帝的独生女，
使整个帝国苦难重重，泪洒遍地？

卡拉夫：

是的，早在卡拉仓人的国内，
我就听到了这样的传闻——
据说，凯可巴特国王的王子
在北京死于非命，
死法奇特，无比悲惨——正因为
这个缘故，才激起了那场战火，
最后导致王国的覆没。
但是愚蠢的贱民有些蜚短流长，
有理智的人听了视为笑谈——因此
请说，这事实际情况究竟怎样。

巴拉克：

大汗的独生女图兰朵
天资聪慧，遐迩闻名，惊人美艳，
非任何画家的画笔所能再现，
她的许多肖像也在世上广为流传，
可是她生性倨傲，目无下尘，
极端憎恶缔结姻缘，

即使最伟大的国王前来求亲，
也都无功而返——

卡拉夫：

我在凯尔巴特宫里
就已听到过这个古老的童话，
笑得我前仰后合——你接着说吧。

巴拉克：

这并非童话。大汗多次想把
他帝国惟一的继承人
和伟大国王们的儿子联姻，
高傲的公主始终违拗父命。
唉！大汗的父爱过于盲目，
他不忍强迫女儿服从听命，
这位公主已为她父皇引起了多起
严重战端，大汗虽然屡战屡胜，
可是毕竟年事已高，
正摇摇晃晃地走向坟墓，后继无人。
因此有一次他态度严肃认真
向公主严峻发话：
“倔强的孩子！快下决心和人联姻，
结成伉俪，不然就另想一种方法，
使帝国免去这永无休止的战争；
我已年迈，你心性高傲，鄙视众人，
使许多国王成为我的敌人，
因此，告诉我你有什么方法
让我拒绝他们接二连三的求婚，
以后你死你活，全随你的心意。”

这番严峻的话语，使高傲的公主深受震惊，
她白白地挣扎，妄图摆脱困境，
哭天抹泪，百般哀求，
想尽一切办法企图感动父亲；
可是大汗不为所动已经铁了心——最后
她向这位不幸的父亲提出要求，
你听听——什么要求！出自这复仇女神之口！

卡拉夫：

我已听说，这个品位低下的故事，
我已嘲笑了多次——你听，我是否知晓！
她要求父皇降下一道圣旨，
任何出身皇族贵胄的王子
均有权向她提出求婚。
然而必须符合一个条件：
她要在公开的议事堂里，
当着皇帝和满朝文武的面，
向求婚者提出三个谜语。
求婚者若能破解这些谜语，
就可娶她为妻并且赢得皇冠和社稷。
倘若猜不出这三个谜语，
皇帝得向众神发誓，
定要下令砍下此人的首级。
——你说，是不是就是这个内容？
不妨说完你的故事，倘若你乐于补充。

巴拉克：

我的故事？上帝保佑！——皇上起先大为震怒，
可是这位工于心计的蛇蝎公主，

时而奉承哀求,时而巧舌如簧,
诱使生性软弱的年迈皇上
制定了这条令人发指的法令。
“这又有什么不好?”公主诡诘地说明:
“世上没有一个王子会愚蠢到这种地步,
敢冒砍头的危险来参加这样血腥的豪赌,
大量的求婚者受此惊吓,知难而退,
我就可以平静无扰地生活,乐得安宁,
若真有疯子斗胆前来,那他也是自担风险,
父皇下令执行这神圣的法令,
没人能对父皇横加指责伐挞!”——
这道有违天性的法令
就此制定,并且诰告天下。
(卡拉夫频频摇头)
——但愿我只是在讲故事,
我能说:只是幻梦并非事实!

卡拉夫:
你叙述了这事,我也就相信这道法令,
肯定没有一个王子会如此疯狂,
敢在这场赌博中把自己的脑袋押上。

巴拉克(指指城门):
　　　　　　　您瞧,王子殿下!
城门上可以看见的那些脑袋,
都是王子的首级,
他们疯得可以大胆前来冒险,
最后惨遭杀戮,身首分离,
因为他们都解不开

这狮身人面的妖女的谜语。

卡拉夫：

这番景象惨不忍睹！

竟然有这样的傻瓜不怕丢掉头颅，

就为了拥有这样一个怪物！

巴拉克：

不！您可别这么说。在各国各邦，

谁若一见她的肖像芳容，

就为一股强大魔力所动，

于是盲目地迎着死神径直奔去，

为了占有这貌若天仙的美女。

卡拉夫：

这准是个花花公子。

巴拉克：

的确不是这样！绝顶聪明的人也是如此。

今天这里人头攒动，因为撒玛尔罕的王子，

世上最聪慧明理之人将要斩首受刑。

大汗不得不下诏行刑，为此叹息连声。

可是那生性高傲的美女却不为所动，暗自高兴。

（远处传来低沉的阵阵鼓声）

听！你听！这低沉的鼓声

宣示，死刑已经执行；

我躲出城来，免得看到这种情景。

卡拉夫：

巴拉克，你把闻所未闻的事情说给我听。

什么？上天竟能创造出一个

像图兰朵这样的女人，

全然没有爱心和人性？

巴拉克：

我的妻子有个女儿，在后宫
充当女奴，她向我们讲述一些事情，
关于她那美艳女王，简直难以置信。
这个图兰朵，她是一只猛虎，
可是只对前来求婚的男人才是如此，
平素对于所有的人都极为和蔼仁慈，
高傲乃是她惟一可以指摘的过失。

卡拉夫：

这种生性冷酷毫无心肝，
只爱自己的怪物，应该打进地狱，
打进最深的深渊之底！
我若是她父亲，就要用烈火
把她活活烧死。

巴拉克：

伊斯迈尔来了，
他是方才丧命的王子的朋友。
他泪流满面——伊斯迈尔！

第二场

〔伊斯迈尔，前场人物。

伊斯迈尔（伸手给巴拉克，号啕大哭）：

他的生命已经结束——死刑已经执行，
唉！这死刑为什么不落在我的头颈！

巴拉克：

大慈大悲的上苍啊！——可是为什么
你让王子到议事堂前
去冒这样的危险？

伊斯迈尔：

我的不幸竟然还遭到责备。
我警告过他，我苦苦哀求，连连相告，
我的心，我的职责都叫我这样做，可是徒劳！
他听不进朋友的忠告，
众神的威力把他拽跑。

巴拉克：

请平静下来。

伊斯迈尔：

平静？永远也不能平静！
我亲眼看见他被活活杀死，
我是为他送终的最后亲人，
他诀别的话语犹如尖刀利刃，
深深刺进我心灵的深层。
他说："不要哭泣！我乐于死去，死得高兴。
既然我无法占有我的心上人，
但愿我亲爱的父王能原谅我，
没有和他告别就此离他而去。
唉，他绝不会允许我踏上死亡之旅！
把这肖像呈给他看！
（把一帧拴着带子的小肖像从怀里掏出）
他若看见
这绝代佳人定会原谅他的儿子。"

说罢他把肖像放到唇上大声呜咽，
他猛烈地亲吻这幅可恶的肖像，
仿佛他临死还和它难舍难分；
接着他跪倒在地——咔嚓一刀——
我现在还四肢发颤，心惊肉跳——
我看见鲜血四溅，尸体跌倒，
刽子手的手里高擎着那亲爱的头颅；
我心惊胆战灰心丧气地快步上路。
（十分憎恶地把画像扔在地上）
你这极端可恶，永远该受诅咒的画！
你就躺在这尘土之中，任人践踏！
但愿我能用脚把这心如猛虎的女人
像这肖像似的踩得稀烂！
把你带去交给我的国王！
不，我无颜再在撒玛尔罕露面。
我要逃到沙漠中去，在那里
没有人烟无人听见看见，
我要永远为我衷心热爱的王子哭泣哀叹。（下）

第　三　场

〔卡拉夫和巴拉克。

巴拉克（片刻之后）：

卡拉夫王子，您现在听见了吧？

卡拉夫：

我心情迷惘，

十分惊慌，非常诧异，
可是这幅没有灵性的画像，
画家的作品，竟有这样大的魔力？
（想把画像从地上拣起）

巴拉克（急步向他走去，把他拦住）：
您干什么！——伟大的众神啊！

卡拉夫（笑吟吟地）：
怎么啦！我无非
是从地上拣起一幅画像。我只想仔细端详，
这个杀人不眨眼的美貌女郎。
（抓起这幅肖像，把它从地上拣起）

巴拉克（阻止他）：
您宁可去看墨杜萨[①]的脑袋，
也别看这致人死命的画，
扔掉！扔掉它！我不能让您看它。

卡拉夫：
你这人真不聪明。你感到自己这样无力，
我可并不软弱。女人的动人魅力
从来没有触动我的眼睛，哪怕只是一瞬，
更不用说征服我的心灵。
活生生的绝代佳人都无法使我动心，
阒无生气的画笔涂抹怎么会有效果产生？
你的谨慎实属多余，巴拉克——我重重心事
哪里有心去想恋爱的傻事。
（欲观赏画像）

① 墨杜萨，希腊神话中的女怪，谁若看见她的脑袋，便会变成石头。

巴拉克：

尽管如此，我的王子殿下——我警告您——别看。

卡拉夫（不耐烦地）：

真见鬼，你这傻瓜！你可得罪我了。

（一把把巴拉克推开，审视画像，惊讶不已。少顷）

我看见什么啦！

巴拉克（绝望地绞着双手）：

我真不幸！什么样的灾难啊！

卡拉夫（使劲拉住巴拉克）：

巴拉克！

（欲言又止，再看一眼画像，看得心花怒放）

巴拉克（自言自语）：

你们作证，诸位天神——这可不是我的过错，
我没能阻止这场灾祸。

卡拉夫：

巴拉克！
——这柔媚如水的眼睛，这婀娜多姿的娇躯，
这温婉动人的脸庞，怎么可能
像你所说，会有一颗冷酷无情的心！

巴拉克：

不幸的人啊，我听到什么话了？图兰朵
本人更不知比这幅画像要美上多少倍！
画笔的艺术哪能尽情展现
她全部的娇艳和柔媚，
但是她心灵的倨傲和残忍
也没有一种语言可以叙说殆尽。
啊，扔掉这不祥之物，这该受诅咒的画像！

别让您的眼睛从这杀人的娇躯
汲取致命的毒浆！

卡拉夫：

扔掉！你想吓唬我，纯属徒劳！
——优雅风采恍若天仙！炽烈樱唇温暖如春！
曼妙星眸属于爱神！
拥有她全身的万种风情，不啻飞升天庭！
（全身心地沉浸在这幅画像之中，突然转身向着巴拉克，拉住他的手）
巴拉克，别出卖我——永远也别出卖我！
此时此刻我要冒险去碰碰运气。
我所憎恨的这条命何必珍惜？
——我必须一举赢得世上
美艳绝伦的仙女，
随之赢得一个帝国的万里江山，
不然就一举输掉这可恶的性命——这事妙不可言！
保证我的幸运和我甜美的希望得以实现！
一个新的牺牲品已经为你做好准备，
迫不及待地要冒险经历这可怕的考验。
请对我仁慈些——可是，巴拉克，你说！
我临死之前，是否可在议事堂里亲眼看见
这诸多美艳魅力的原形出现？

〔这时看见一个传令官头戴可怕的面具在城门上出现，在城门上又插上一颗新的头颅——先前沉闷的鼓声伴随着这一行动。

巴拉克：

唉，看啊，您看啊，亲爱的王子，心惊肉跳吧！
这就是那不幸少年的首级，

瞧它凝视着您！把这头颅
放上城门的同一双手，正等着您，
啊，回头吧！请悬崖勒马；
这头母狮子的谜语没法猜破。
我想像中已经看见您的脑袋，
挂在这可怕的一排人头中间，
警告所有的青年，不要再来冒险。

卡拉夫（观看这插上去的头颅，陷入沉思，心情激动）：

遭到失败的少年啊！是什么力量
在冥冥之中神秘莫测，不可抵御，
拉我到城楼上做你这死人的伴侣？
（沉思地站在那里，然后转向巴拉克）
——干吗泪流满面，巴拉克？你不是
曾经以为我已丧命，为之哭泣？来吧！来吧！
别向任何人泄露我是谁这个秘密，
也许——谁知道，说不定上苍业已
倦于迫害我，现在来祝福我东山再起，
让我可怜的父母双亲得到慰藉。
若不是如此——落魄潦倒的人还有什么顾忌？
倘若我能解开谜语，我将感激你
为了你的关爱——后会有期！

（欲下，巴拉克拦住他，这时巴拉克的妻子斯基里娜从房子里走出来）

巴拉克：

别去，千万别去！老婆，来帮帮我！
别让他走——他这一走，可就永远离去。
这个亲爱的陌生人要走，他要去冒险，
破解这个复仇女神的谜语。

第　四　场

〔斯基里娜，前场人物。

斯基里娜（拦住卡拉夫的去路）：

啊，可糟了！我听见什么话啊？您不是我的客人吗？
是什么驱使这个年轻的小伙子前去送死？

卡拉夫：

你瞧这里，好妈妈！这天仙画像一帧
召唤我去奔向我的命运。

（让斯基里娜看那幅画像）

斯基里娜：

真要命啊！
这幅来自地狱的妖怪画像怎么落到他的手里？

巴拉克：

纯粹是碰巧。

卡拉夫（走到两人当中）：

哈桑！善良的女人！
为了感谢你的殷勤款待，
请收下这匹马，还有这个钱袋，
这是我的全部财产——我——我从此
再也用不着它——因为我不是富若皇帝
似的回来，就是——永远也回不来！
——你们如果愿意，可以把其中一部分
用来献给永恒的群神，分给穷人，
以便他们为我祈求幸福；

别了——我必须走进我的厄运！

(快步走进城去)

第五场

〔巴拉克和斯基里娜。

巴拉克(欲跟随卡拉夫而去)：

我的主人！我的可怜的主人！白费力气！他走了！

他不听我的话。

斯基里娜(好奇地)：

你的主人？这么说,你认得他？

啊你说,这个陌生人一心找死,心灵高贵,

他究竟是谁？

巴拉克：

别这么好奇,

他生来天资聪慧,

我不怀疑他会成功,

——来吧,斯基里娜。让我们

把这些金子和我们自己拥有的

全部财产都献给伏羲神①,分给穷人；

叫他们为他把祈求送上天庭,

跪倒在祭坛前,到膝盖跪破为止,

直到诸神感动,俯听他们的祷词！

(他们向自己的房子走去)

---

① 当时西方人认为,传说中的伏羲氏乃是中国人的神祇。

第　二　幕

〔议事堂的大厅，有两扇大门，一扇通向皇帝的宫室，另一扇通向图兰朵公主的后宫。

第　一　场

〔特鲁法尔丁作为总管太监威风凛凛地站在舞台中央，指挥着他手下的黑奴，黑奴们正忙着整理大厅，紧接着布里杰拉上。

特鲁法尔丁：

好生干活！赶快打扫！议事堂
马上就要开会。——快把地毯铺上，
把两个宝座摆好，皇帝陛下
从右边驾到，左边的宝座
则归我的迷人的公主殿下！

布里杰拉（上，满面惊愕地环顾四周）：

天啊！告诉我，特鲁法尔丁，有什么新闻，
这样匆匆忙忙地将议事堂装饰一新？

特鲁法尔丁（没有听布里杰拉说话，对黑奴们说）：

那边给学士大人们放八把交椅！

他们虽说没有资格在此胡扯乱吹，
可是事关艰深学问，必须让这些
长胡子学者，在此充当点缀。

布里杰拉：

你倒是说呀！为什么这么大忙一气？目的何在？

特鲁法尔丁：

为什么？目的何在？因为皇帝陛下
和我们美丽的女王
连同八位大学士和众多显贵
马上就要聚集在这议事堂上。
又有一位年少英俊的王子报名前来，
他脖子痒痒，直想砍下自己的脑袋。

布里杰拉：

什么？最后一位王子刚给干掉
还不到三个小时——

塔尔塔利亚：

是啊，谢天谢地。
买卖兴隆，进展顺利。

布里杰拉：

你还有兴致大开玩笑，你这粗野的混账，
难道这野蛮的屠杀叫人心花怒放？

特鲁法尔丁：

我干吗不心花怒放？只要有一个
新的求婚者上路归西，我就可以
大快朵颐——因为我的公主殿下
每次绕过这联姻的暗礁，
咱们在后宫就大啖婚礼蛋糕。

这已经成为习惯,我们照办不误,
砍多少脑袋,就有多少口福!

布里杰拉:

我觉得这种想法卑鄙下流,
就像你的嘴脸一样黝黑丑陋。
一眼就可看出,你不男不女。
是个龌龊不堪的阉人!——一个人,在我眼里
一个完整无缺的男人,腔子里的心
应该充满人性,应该怀有怜悯恻隐!

特鲁法尔丁:

什么!怜悯恻隐!
没有人让这些王子把他们的脑袋
带到北京来,没有人把他们召来。
这些疯子傻瓜都是自觉自愿不召而来,
那他们这就叫活该!城楼上鲜血淋淋的脑袋
写得清清楚楚明明白白,
在这儿能得到什么外快——我们并没有
把任何人带来的脑袋取下来,他在这儿
就座之时,脑袋早就丢到九霄云外。

布里杰拉:

这些风流倜傥的王子前来向公主
致敬,求婚,于是让他们猜三个谜,
若是不能立刻猜中,就把他们
拉去斩首,真是别出心裁的主意。

特鲁法尔丁:

并非如此,朋友!这主意无比出色
真是绝妙!——人人都能求婚,

再也没有比出门求婚更加轻松的事情。
花的是别人的钱,住的是未来丈人的屋,
日子过得舒舒服服,
有些不是长子的王子,穷得要命,
全部家当都带在身上,装在
大衣口袋里,全靠求婚为生。
咱们这儿整个就像个客栈餐厅,
专供前来求婚的各位王子
和冒险家们进膳安寝,
因为人品最为低下的家伙也觉得自己
有资格伸手去攀顶尖的绝代佳人。
这就像是一出公开上演的喜剧,
人人都来台上表演一番,酣畅尽兴,
直到我的女王想出这个绝妙的主意,
一夜之间就把这房子打扫干净。
——换个公主也许会迫使她的求婚者
去干一些血腥艰苦的冒险行径,
不是去和巨人格斗拼命,
就是派他在巴比伦国王设宴之时
去彬彬有礼地拔下他三枚臼齿,
要不就是叫他去取曼舞之水,
吟唱之树,能说人话的飞鸟——
这一切全都没有！她就喜欢猜谜,
三个小巧玲珑的精致问题！
你可以舒舒服服干干净净地
坐在暖和的房里,鞋也不会弄湿！
也不用拔剑出鞘,但必须

拿出你的聪慧，你的机智。
——布里杰拉，公主心思慧黠！她想出妙招
如何摆脱这批傻瓜草包！

布里杰拉：

可能有人是个品德高尚的骑士，
诚实正直的君子，可是不知
如何对付刁钻古怪的谜语。

塔尔塔利亚：

这下你就看出来了吧，伙计，公主殿下
对待她的求婚者是多么诚实，心地多好，
她是让他在结婚之前去猜谜，
倘若婚后猜谜情况就更糟。
倘若他现在破不了谜，那就咔嚓一刀
干脆利索地一命归西。
谁若在大婚之时猜不出他妻子
说出的那些棘手麻烦的谜语，
他就是选错的驸马，那就死无葬身之地！

布里杰拉：

你是个傻瓜，没法跟你理论，
——好，就算是一时火气上来，
要显示一下她的机敏，
出了几个谜语——但是难道她非下令
把那些不够聪明
猜不了谜语的王子杀头不行？
——这简直野蛮疯狂毫无理性。
哪儿听说过，反应迟钝的人
脖子上就该挨上一刀，丢掉性命？

特鲁法尔丁：

你这个蠢驴脑瓜，倘若这些笨蛋
除了在议事堂上挨顿臭骂之外，
别无其他风险，我们公主
怎么才能把这些笨蛋甩开？
冒着挨骂受辱的危险
可是毛发无伤，谁都敢于踏上薄冰。
谁又害怕谜语？谜语
人人爱听，永远爱听。
这叫做利用诱饵而不用吓人的妖精。
即使有人单凭公主和她的财富
还能待在家里自我控制，
冲着谜语也会前来试试。
因为人人以为自己机智过人聪明盖世，
这比绝代佳人更迷人心智！

布里杰拉：

玩这样的把戏结果不就是
她永远找不到佳偶良人？
没有一个喜欢太平神智清醒的男子
会去亲吻这剑锋刀刃。

特鲁法尔丁：

找不到佳婿良人，真是极大的不幸！

（远处传来进行曲的声音）

布里杰拉：

皇帝陛下驾到。

特鲁法尔丁：

你走吧，到你的厨房里去！

我前去恭迎皇帝圣驾。

（从不同方向下）

第 二 场

〔一队士兵，一批戏子，接着是八名大学士，身着礼服，神情俨然；后面是潘塔隆和塔尔塔利亚，两人都戴着表示性格的面具。最后是大汗阿尔图姆，身着中国服饰，略为夸张，潘塔隆和塔尔塔利亚坐在宝座的对面，八位大学士坐在后面，其余随从分列宝座两侧。皇帝上场时，众人跪倒磕头，直到皇帝登上宝座之后，方才起立。大学士们在椅子上就座，潘塔隆一摆手，进行曲戛然而止。

阿尔图姆：

众位贤卿，朕的悲愁何时方能告终？
撒玛尔罕高贵的王子刚刚下葬，
我们的泪水尚在流淌，
一个新的死神的祭品又已上场，
使我流血的心重新受到创伤。
残忍的女儿！生来折磨朕躬，
我已经向可怕的伏羲神王发誓，
把这道野蛮的法令颁发于众，
此刻朕对此发出诅咒，又于事何补？
朕不得破坏朕的誓言，朕的公主
不肯改变主意，那些求婚者又不畏凶险，
不幸之中朕听不到任何忠谏！

潘塔隆：

陛下，您要听谏告？这里可谏什么事？
在臣家乡，在基督徒的国内，
在臣亲爱的故乡之城威尼斯，
人们从不制定这种杀人谋命的法令，
对这种奇特的敕令一无所知。
男士们看上画像走火入魔，
甘冒生命危险去追求画中佳丽，
这样的事情在微臣故乡从无先例。
在微臣故乡从来没有一个姑娘
生来就心如顽石，对所有的男人
都深恶痛绝——上帝保佑我们！
臣做梦也不会想到这种事情。
微臣在家时，年纪还轻，
陛下深知，光荣的事业尚未使臣
离乡背井，吉利的星辰
尚未把臣引入陛下的宫廷，
使臣眼下作为首相，位居要津，
当时臣对中国尚一无所知，只知
有绝妙的药粉专治热病。
现在我发现这里竟有这样特别的奇风异俗，
这样奇特的誓言法令，
这样稀奇的女子和青年男人，
使我无比吃惊。
倘若我在欧洲讲述以上种种，
他们定会笑我痴人说梦。

阿尔图姆：

塔尔塔利亚，你去看过那个新来的

不怕死的小子吗？

塔尔塔利亚：

去看过了，皇帝陛下。他就住在
皇宫的侧翼，外国的王子王孙
通常都安置在那里。
这位王子一表人才，仪表超群，
举止高雅，王者风度，
只可惜他年纪轻轻
就要送上刑场引颈受戮，
我为之心碎！这位小王子真讨人喜欢！
我已经倾心于他，老天爷啊！我这辈子
还从来没有见过比他更英俊的少年！

阿尔图姆：

不幸的法令！该受诅咒的誓言！
——已经给伏羲大帝上过祭品了吧？
但愿他会给这不幸的青年灵感灵光，
能猜出这些谜语。
唉，我对此从来不抱任何希望！

潘塔隆：

陛下，祭品已经如数献上，一个不欠，
三百条肥牛献给上天，
三百匹马献给太阳之神，
三百头猪献给太阴之神。

阿尔图姆：

那就召他上来见朕！
（部分随从下）
——众位贤卿，议事堂里的博雅睿智之士，

设法打消他的初衷，
朕若拙于言辞因为悲痛，
众卿就来帮朕，代朕说话，
多找论据，切勿理屈词穷。

潘塔隆：

殿下！
微臣们自然不会吝惜多年积累的
聪明才智，但老人之言何济于事？
我们喋喋不休地大讲一通，
说得口焦舌燥，声音嘶哑，
可他小公鸡似的犟头倔脑执意不从。

塔尔塔利亚：

宰相大人，潘塔隆阁下，容我进言！
我发现他悟性甚高，才智过人，
没准他会成功——我并不完全灰心。

潘塔隆：

他会猜出这位蛇蝎美人的谜语？
不可能！绝不可能！

第三场

〔前场人物。卡拉夫，由一名卫兵带上。他在皇帝面前举手触额，屈膝下跪。

阿尔图姆（审视了卡拉夫一阵，说道）：

平身，你这不甚聪明的少年。
（卡拉夫起立，举止高雅地站在议事堂的中央）

——果然相貌不凡！气质高贵！
深得朕心！——你说，你这不幸的人！
你是何人？在哪个国家出生？

卡拉夫（一时窘迫，沉默少顷，接着态度优雅地躬身作礼）：

皇帝陛下，请恩准微臣
不报姓名。

阿尔图姆：

什么，你好大的胆子，
竟敢无名无姓，作为来历不明的陌生人
前来向朕的公主求婚？

卡拉夫：

臣是王族贵胄，生来便是王子，
倘若上天注定臣难逃一死，
我的姓名、家世，我的故国家园
在我死之前，都会公之于世，
以便普天之下都会知道，臣并非
不够资格之辈，妄图与陛下公主联姻。
可是现在，求陛下恩准
让臣隐姓埋名。

阿尔图姆：

此人谈吐
何等高贵！我真为他感到惋惜！
——可是，倘若你猜破了谜语，
却出身并不相称，那又当如何处理——

卡拉夫：

吾皇陛下，
法令规定，只有国王方可参赛。

倘若上天恩赐臣侥幸得胜，
可是发现臣并非君王之家出身，
那就让臣人头落地，以补偿
这放肆大胆的欺君罪行；
可以把臣暴尸荒郊，
任兀鹰啄食，野兽侵凌。
在这座城里住了一人，
他可证明微臣的姓名和出身，
可是眼下还求吾皇陛下
恩准微臣暂不暴露姓名。

阿尔图姆：

也罢！准奏！
年轻人，你仪表不俗，
面容高贵，言辞典雅，
朕不得不信，也不得不准——
但愿你也能听从皇帝的忠言，
朕从宝座之上俯身相劝，
你目迷神眩正要一头栽进险境，
躲开，啊快快躲开这一危险，
远远离开，你尽可要求朕的半壁江山。
朕心里对你怀有强烈的好感，
即使不能和公主联姻，
朕也答应你和朕共享宝鼎。
啊，千万别迫使朕成为暴君！
各个民族的诅咒，还有朕下令斩首的
王子们的鲜血，已经重压朕心；
因此，倘若你不为自己的不幸所动，

就让朕的不幸使你感动！
别让朕为你抚尸大恸，
诅咒朕的女儿，诅咒朕躬，
竟生下世上的祸水，这个魔头，
朕的眼泪的痛苦之由！

卡拉夫：

陛下请放宽心。上天知道
臣打内心对陛下深表同情，
图兰朵的违悖人性的确
并非继承心地如此敦厚的父亲。
陛下并无过错，钟爱自己的女儿，
并赠给全世界一个貌若天仙的美女，
使臣等如痴如狂，心醉神迷，
这怎能算是罪行——请陛下
把宽宏仁厚留给更加幸运的后生。
臣不配与陛下分掌这个帝国的宝鼎。
要么群神议定使我鸿运高照，
让我拥有这位艳若天仙的公主，
要么就此了却残生，一了百了，
得不到公主我生不如死！
要么死去，要么得到图兰朵。别无第三条道。

潘塔隆：

请告诉我，王子殿下！你有没有
仔细看过高悬城楼的那些头颅？
别的话我不多说。殿下，究竟是世上
什么东西驱使你从远方来到这个国度，
让你跨下马背，二话不说，

像头山羊似的跑来任人屠戮？
你也知道，图兰朵
给你出了三个小小的谜语，
希腊的七位智者连同七十名通译，
成年累月地绞尽脑汁挖空心思，
企图破谜，却是徒劳无益。
我们这些穷经皓首的
年长饱学之士自己，也难以
参透这些谜语的幽深精微。
并非儿童之友制作的谜语，
不是这样一些玩意：

　　看见它的人，并不是为之而作，
　　需要它的人，不必为之偿付金钱。
　　制作它的人，不想亲自把它装满。
　　居住它的人，并不是出于自愿。

并非如此，这些谜语是最新制作，
是些硬核桃非常难以咬破。——
倘若答案不是碰巧，
写在纸上清清楚楚，
密封后交给众大学士过目，
他们就是有过人的机敏，
研究一百年也弄不清个究竟。
因此，乳臭未干的少爷，太平地回家去吧。
你风华正茂，如此年轻，我为你感到悲哀，
惋惜你的一头美发。
倘若你坚持己见，那么园丁种植的萝卜
也比你的脑袋更为牢固。

卡拉夫：

好心的老人,你的话全是白说,
要么死去,要么得到图兰朵!

塔尔塔利亚(结结巴巴地)：

　　　　图——图兰朵!
真是该死！怎么这样固执这样痴骇!
这里可不是赌西方核桃,殿下,
也不是赌的栗子——是赌的脑袋——
脑袋！——敬请三思,我不想
列举其他理由,只举一条。
这条理由关乎脑袋,可不算微不足道!
皇帝陛下亲自从宝座上
降尊纡贵,像父亲似的向你发出警告,
劝你打消念头——三百匹马已经
献给太阳之神,三百条公牛
献给至高无上的天帝,三百条母牛
献给众多星神,三百头猪献给太阴之神,
而你竟然冥顽不化,不知感恩,
使陛下的龙心如此烦闷?——
即使普天之下只有这位图兰朵,
再无别的女郎,
你这举动也是极端轻率狂妄,
年轻的王子殿下请勿气恼。
苍天在上,我这样披肝沥胆坦诚相告,
纯粹是出于一片爱心和善意。
丢掉脑袋！这意味着什么,你可知道?
那就不可能——

卡拉夫：

白说一气！

你这是白说一气，年迈的大师！

要么死去，要么得到图兰朵！

阿尔图姆：

那就这样吧，就随你的心意！

你去毁掉自己，陷朕于绝望境地。

（下令卫兵）

去把我女儿召来。

（卫兵下）

她今天可以观赏第二个牺牲品。

卡拉夫（脸冲着门口，激动不已）：

她来了！他们让我看见她！永恒的强大的尊神啊！

这可是个庄严宏伟的时刻！啊，使我

心灵坚强吧，别一看见她就意乱神迷，

别让昏黑的夜色蒙住我清明的心神，

我别无畏惧，只怕那艳丽容颜的威力，

诸位尊神啊！保佑我不致失去本性！

你们已经看见，我心旌摇荡，无限期待

使我手足震颤，紧紧压缩我胸中的心，

议事堂上睿智的法官们！

审判我有生之年的法官们！

啊，请勿指责我这该受责罚的忘情失态，

竟然敢去和命运一试高低！

请可怜我！为我这不幸的人哀泣！

我在此别无选择，也别无心愿！

我身不由己，无法抗拒，

冥冥之中的力量比我强劲有力。

第　四　场

〔传来进行曲的声音。

〔特鲁法尔丁上，佩刀搁在肩上，黑奴跟在身后；接着是若干女奴，她们伴随着鼓声前进。她们后面跟着阿德尔玛和策丽玛，身着鞑靼服饰，两人都蒙着面纱。策丽玛拿着一个碗，里面盛着火漆封住的纸。特鲁法尔丁和他的黑奴走过皇帝面前跪下磕头，然后起立，女奴们跪下，以手加额。最后上场的是图兰朵，蒙着面纱，穿着中国式的锦衣华裳，神情庄严高傲。大臣和大学士们在她面前跪下磕头。阿尔图姆皇帝起身，公主以手加额，向皇帝适度地鞠躬致敬，然后登上自己的宝座坐下。策丽玛和阿德尔玛在公主两旁入座。阿德尔玛最靠近观众。特鲁法尔丁从策丽玛手里取过碗，进行滑稽可笑的各种仪式，把纸条分发给八位大学士。接着与开始时一样，鞠躬下场。进行曲停止。

图兰朵（隔了很长一段时间）：

是谁，又如此胆大妄为，不自量力，

不顾这么多可悲的警示范例，

还想窥探我深奥的谜语底细！

此人真是与自己的性命为敌，

枉自前来增加送死的牺牲品的数字！

阿尔图姆（手指惊愕不已地站在议事堂中央的卡拉夫）：

女儿，就是他——他其实完全匹配，

皇儿不妨自愿选他作为夫婿，
不必让他去经历那可怕的考验重重，
给这个国家增添新的悲哀，
使朕为父的心遭到新的刺痛。

图兰朵（端详了卡拉夫一阵之后，轻声对策丽玛说）：

啊，老天爷啊！我这是怎么了，策丽玛！

策丽玛：

你怎么啦，我的女王！

图兰朵：

还从来没有一个人
在这议事堂上出现，会如此
打动我的心！这人真有本事。

策丽玛：

那就给他猜个好猜的谜语，把——傲气抛开！

图兰朵：

你说什么？怎么，你这放肆的丫头！我的荣誉何在？

阿德尔玛（在她们两人交谈时，她端详王子，惊诧万分，自语道）：

莫非是场欺人的梦？我看见什么了，伟大的诸神啊！
就是他！这位美少年便是那个低下卑微的奴仆，
我在凯可巴特我父王的宫廷里
见到过他，他原来出身王族！
是个王子！我的心原来也这样对我说，
啊，我的预感并没有欺骗我。

图兰朵：

王子殿下！现在还是时候，你尽可把大胆的
初衷放弃！放弃它吧！离开这议事堂！
上天明鉴，有人怪我心狠残忍，

这些恶嘴毒舌尽在撒谎。
——我并不残忍。我只想活得自由自在。
我只是不想属于任何人;这一权利,
即使是出身最为卑微的人也与生俱来,
我只想保住这个权利,
我这皇帝的女儿也不例外。——
我放眼看去,整个亚洲女人都备受屈辱,
奴隶的枷锁注定了必须忍受,
我要向那倨傲自负的男性,
为受到侮辱的女性报仇,
男人除了一身蛮力与柔弱的
女人相比,并未得天独厚。
上苍赋予我巧思灵感敏锐睿智,
作为武器来捍卫我的自由。
——我对于男子如何,根本不屑于问,
我恨男人,蔑视他的傲气
和疯劲——男人贪得无厌,
一切珍贵事物,他都伸手攫取;
什么使他赏心悦目,他就想要占有。
上天赋予我万种风情,
绝顶聪明——为什么世上
高贵者的命运注定了
只是刺激猎人疯狂追逐,
而平庸之人则处于平庸,平安无事?
难道美女必须成为男人的猎物?
她像太阳一样无拘无束,
高悬天庭,美艳绝伦,使普天之下欢欣幸福,

是光明的源泉,万人眼睛的欢乐,
而不是任何男人的婢女和女奴。

卡拉夫:

这样崇高的思想,罕见的高贵精神,
寓于这天仙般的娇躯里!
为了赢得这样稀罕的奖品,哪个少年不兴高采烈地
押上自己风华正茂的生命,谁能对他有所非议!
商人为了牟取财物不是驾着航船
带着水手扑向惊涛骇浪,
英雄为了追求浮名不是冒死冲过
鲜血流淌的激战沙场——
只有宝中之宝,那绝色佳人
可以毫无风险地夺到手上?
所以我并不指责你生性凶残,
也请你不要说那少年放肆大胆,
不要因为他敢于怀着满腔热忱
追求这无价之宝而对他怀恨!
是你自己给他设立了大胆拼搏便能获得的
奖品——有身份的人皆可参加角逐,
没有限制——我是一位王子,
我把我的性命押上作为赌注。
虽说这并不是幸福的一生,但这是我拥有的全部,
即使我所拥有的千百倍于此,我也押上进行豪赌!

策丽玛(悄声对图兰朵):

你听见了吗,公主殿下?诸神关爱!
给他三个易猜的谜语吧!他值得这样对待。

阿德尔玛:

多么高贵！多么招人喜爱！
啊，他要是我的人该有多好！
我当时还享受那甜蜜的自由，我若知道，
他是出生在帝王之家该有多好！
——啊，自从我知道他和我门当户对，
何等强烈的爱情便在我胸中熊熊燃烧，
——勇气，要有勇气，我的心啊，我必须再把他拥抱。
(对图兰朵)
公下殿下！你心乱神迷！你沉默不语！
请考虑一下你的荣誉！事关荣誉呢！

图兰朵：
就他一个人激起了我的恻隐之心！
不，图兰朵！你必须把自己战胜。
——大胆狂徒，开始吧！准备上阵！

阿尔图姆：
王子，你还坚持己见？

卡拉夫：
陛下！我再重复一遍：
要么死去，要么得到图兰朵！
(潘塔隆和塔尔塔利亚作不耐烦状)

阿尔图姆：
那就宣读
那血淋淋的诏书，让他听见，让他发抖！

〔塔尔塔利亚从胸口取出法典，亲吻一下，把法典放在胸上，接着放在额上，然后把法典递给潘塔隆。

潘塔隆(先跪下磕头，接过法典，然后起立，大声宣读)：
“任何王子均可向图兰朵求婚，

但是女王殿下要先向他提出三个谜语。
他若猜不出谜语，必须死于利斧之下，
他的头颅将悬在北京城上警示众人。
他若猜出谜语，就赢得了新娘。
这是法令全文，谨向太阳之神庄严宣誓。”

〔宣读完毕，他便亲吻法典，把它放在胸上额上，然后把法典递给塔尔塔利亚。塔尔塔利亚跪下磕头，接过法典，呈献给阿尔图姆。

阿尔图姆(举起右手，把它放在法典上)：

啊，血腥的法令！你折磨我，犹如酷刑！
我凭着伏羲大帝的神头发誓，你将贯彻执行。

〔塔尔塔利亚又把法典揣进胸口，厅里长时间一片寂静。

图兰朵(用吟诵的声调)：

有一棵树，凡人的孩子
在树上纷纷凋残，
此树无比苍老，
依然翠绿，生机盎然，
它一边把树叶
冲着阳光明艳，
另一边不见太阳，
只是漆黑一片。

它一直开花，
便长出新的年轮，
它把世界万物的年龄
都显示给人们。
在他绿色的年轮上，

轻轻地印上一个人名。
等到年轮枯萎褪色，
名字不复被人看清，
究竟什么像这株树，
你是否能够阐明？

(说罢，她又坐下)

卡拉夫(他沉思地仰面朝天望了一阵，便向公主鞠躬)：

我的女王，您的奴隶实在幸运已极，
倘若等待着他别无更加晦涩的谜语。
这株老树不断更新，
人们在树上生长凋零，
它的树叶一边冲着太阳，
另一边躲着太阳不见，
在树皮上写着一些人名，
只有在这树青翠之时显现，
这树便是兼有日夜晨昏的一年。

潘塔隆(兴高采烈)：

塔尔塔利亚！谜猜中了！

塔尔塔利亚：

毫厘不差！

大学士们(打开纸条)：

妙极！妙极！妙极！一年，
一年，一年，这是一年。

〔音乐响起。

阿尔图姆(高高兴兴地)：

皇儿，诸神对你仁慈，
但愿他们在别的谜语上也对你帮忙！

策丽玛(旁白):

啊,老天爷,保佑他吧!

阿德尔玛(冲着观众):

老天爷,别保佑他!

别让那残忍的女人赢得他,

别让爱他的女人失去他!

图兰朵(生气地自言自语):

让他获胜?让他夺去我的荣誉?

不,诸神保佑吧!

(对卡拉夫)

你这自鸣得意的傻瓜!

别高兴得太早!注意,破第二个谜语吧!

(又站立起来,以吟诵的声调继续说道)

你可认识柔和背景下的这幅画,
它给予自己光彩和光明,
随时又是另一幅画,
它总是这样完整清新。
它展现在最狭窄的空间里,
最狭小的框架镶嵌着它,
可是你得以认识使你感动的
一切灿烂辉煌,全都通过这幅图画。

你能否告诉我那块水晶,
它比任何宝石更为珍贵,
它光彩夺目,可是并不燃烧,
整个宇宙它都吸收在内,
天空也映在它的光圈里,

这个光圈奇妙无比，
可是它散发出来的东西，
常比吸入之物更为美丽。

卡拉夫(思考片刻之后，向公主躬身敬礼)：

崇高的美人，请勿生气，
鄙人斗胆破解你的谜语，
——镶嵌在最小的像框中的
柔美图像向我们展现了宇宙无垠，
映照这一图像的水晶
射出了更加美丽的图形。
这枚水晶——便是反映宇宙的眼睛，
倘若向我射出爱情，那便是你的眼睛。

潘塔隆(高兴得直跳起来)：

塔尔塔利亚！我的天啊！他一箭
射中鹄的。

塔尔塔利亚：

正好命中红心，我敢打赌！

众大学士(打开纸条)：

猜中了！猜中了！猜中了！眼睛，眼睛，
就是眼睛。

〔音乐响起。

阿尔图姆：

意想不到的幸运！好心善意的诸位天神！
啊，让他最后的目标也能命中！

策丽玛(旁白)：

啊，倘若这就是最后一个谜语该有多好！

阿德尔玛(冲着观众)：

我真倒霉！他获胜了！我已失去了他。

（对图兰朵）

公主殿下，您的荣誉已毁于一旦！

您能忍受得了！短短一瞬之际，

吞噬了你先前所有的胜利。

图兰朵（怒不可遏地站了起来）：

宁可让世界

就此毁灭！大胆狂徒，你可听清！

你越希望战胜我，占有我，

我只会对你越加憎恨。

别指望给你最后一个谜语！快滚，

离开这个议事堂，去救你的灵魂！

卡拉夫：

我顶礼膜拜的公主，只有你的憎恨，

使我担惊受怕胆战心惊，

倘若这颗不幸的脑袋不配把你芳心打动，

那就让它滚落尘埃之中。

阿尔图姆：

放手吧，皇儿。诸神两次对你

恩宠有加，别再去招惹他们。

此时此刻你还可以满载荣誉，

带着你获救的生命离开议事堂，

倘若那决定胜负的尝试不能成功，

前面两次胜利对你也毫无作用。

——越接近顶峰，便跌得越重。

——你——就到此为止吧，朕的女儿，

别再让他去猜新的谜语，

他已取得优异成绩，此前无一王子能比，
答应他的求婚，他配得上你！
这些考验就此终止。

〔策丽玛和阿德尔玛分别向图兰朵做出哀求和威胁的姿势。

图兰朵：

答应他的求婚？
免除对他的考验？不行，法令规定
三个谜语，办事得按法令。

卡拉夫：

就照法令办事，我的命运在诸神手中，
要么死去，要么得到图兰朵！

图兰朵：

那就死吧！死，你听见了吧？
（她起身用吟诵口吻继续宣读）

有样东西很少有人珍惜，却配装饰
至尊皇帝之手，这是什么东西？
它制造出来，本是为了伤人，
和宝刀利剑最为相近。
它不使人流血，却造成万千伤口，
它不抢掠任何人，却使人们富有，
它克服了天下人间，
使生活均衡舒适。
它缔造了宏伟无比的帝国，
建成了最为古老的城市，
可是它从未兴起战端，
谁信任它，就给谁带来福祉。

陌生人，你若猜不出它是什么，

就从这繁花似锦的天下万国消失！

（说着最后这几句话，她便扯下她的面纱）

你往这里瞧，把住你的心神！

告诉我，这是什么，要不就死于非命！

卡拉夫（喜不自胜，以手掩住眼睛）：

啊，天国璀璨的光芒！啊，貌若天仙的美女，使我神眩目迷。

阿尔图姆：

老天爷啊，他神志错乱，他已忘情。

镇静下来，皇儿！啊，收敛你的心神！

策丽玛（自语）：

我心跳不已。

阿德尔玛（冲着观众）：

你是我的，亲爱的陌生少年。

我来救你，爱情会教我如何救援。

潘塔隆（对卡拉夫）：

我的天啊！别晕头转向！

快振作起来！王子殿下，勇敢，不可动摇！

啊，糟糕，糟糕！我怕，他的大限已到。

塔尔塔利亚（神情庄严肃穆地自语）：

倘若尊严许可，我们就亲自前往厨房

去取一杯醋。

图兰朵（目不转睛地端详着王子，王子一直神情失态）：

不幸的人啊！

是你一心自我毁灭。那就毁灭吧！

卡拉夫（控制住自己，面带平静的微笑，向图兰朵鞠躬致敬）：

天仙般的公主，只有你的美丽

出人意表,震人心魄,
使我一时神眩目迷,
方寸大乱。我并没有败绩。
这个很少有人器重的铁器,
中国皇帝每年元旦亲自
拿在手里,向上天表示敬意,
这个工具比刀剑无害,
为虔诚辛勤的人征服大地——
在荒芜凄凉的鞑靼草原上,
只有猎人流连,牧人放牧,
离开草原,踏上繁茂丰腴的土地,
瞅见四外田野青翠碧绿,
千百人烟稠密的城市升起,
为和平的法律默默地庇护,
谁会不尊重这美妙的器具,
这给所有的人创造幸福的——铁犁?

潘塔隆:

啊,受祝福吧!让我拥抱你,
我禁不住要高声欢呼,满怀欣喜。

塔尔塔利亚:

上天赐福吾皇陛下!一切都已
过去,众人的苦难已告终结。

众学士(打开纸条):

铁犁!铁犁!是铁犁!

〔乐器齐奏,乐声大作。图兰朵在宝座上晕倒。

策丽玛(忙着照顾图兰朵):

公主殿下,睁开眼睛吧!镇静些。

英俊的王子已经获胜，胜利属于他。

阿德尔玛（冲着观众）：

胜利属于他！可我失去他。

——不，并未失去！我的心啊，充满希望吧！

〔阿尔图姆满心欢喜，由潘塔隆和塔尔塔利亚搀扶着，从宝座上走下来。学士们从座位上站起，退向舞台深处。所有的门全都打开。可以看见民众。全过程中，乐声不断。

阿尔图姆（对图兰朵）：

残忍的孩子，现在不要再使我
晚年痛苦悲伤！尊重法令已经足够，
一切不幸已到尽头。
亲爱的王子，快投入朕的怀抱吧，
朕满心喜悦地欢迎你做朕的驸马！

图兰朵（已苏醒过来，抱着无名怒火从宝座上跳起，扑到他们两人中间）：

住口！
他别指望做我的夫婿。
这次考验过于轻易，
他得在议事堂上重解三个谜语。
你们趁我措手不及，没有给我
足够的时间做好应有的思想准备。

阿尔图姆：

残忍的女儿！你的时间已经用完，
别再指望诡计多端地让我们受骗。
法令规定的条件已经实现，
朕的满朝文武发表意见。

潘塔隆：

铁石心肠的公主殿下，请赐予恩宠！
不用再编织新的谜语，
砍下新的首级——瞧！
这儿有个人！他猜中了谜语！简而言之：
法令已经兑现，桌上已摆放盛宴——
同僚大人有何高见？

塔尔塔利亚：

法令已起完作用。全都结束，就此告终。
诸位显贵，诸位学士有何意见？

学士们：

法令已起完作用，已经停止斩首。
苦难之后是欢乐。请彼此言欢握手。

阿尔图姆：

大家列队前往神庙。
陌生人快自报姓名，
婚礼立即举行——

图兰朵（扑过去拦住他的去路）：

推迟一下，父皇！
看在众神的分上！

阿尔图姆：

不得推迟！
我决心已下。你这不知感恩的孩子！
我依从你这残忍的欲望，已经太久，
使我深感耻辱和歉疚。
你的判决已经宣布；这是用十名
被处死的牺牲品的鲜血写成，
为了你的缘故我把他们十人斩首，

我已实现我的诺言，现在该你遵守
诺言，或者向伏羲天帝发誓——
凭着他可怕的神头——

图兰朵（匍伏在皇帝脚下）：

啊，我的父皇！
请再赐给我一天时间——

阿尔图姆：

不行！
我不想再听你的胡言乱语。到神庙去！

图兰朵（发作起来）：

那就让神庙成为我的坟墓！
我既不能也不愿成为他的妻子，
我办不到。我宁可死上千百回，
也不愿屈从于这个傲慢的男子。
只要听到这名字，只要想到
隶属于他，我就完全毁掉。

卡拉夫：

残忍无情的公主，请起！
你的眼泪谁能抵御？
（对阿尔图姆）
陛下，请俯允臣的请求。臣恭请陛下，
恩准她的恳求，暂缓做主。
倘若她心里恨我，我又怎能幸福。
我爱她至深充满柔情——怎能忍心
看她身受苦难，痛苦万分——
无情的公主！倘若真诚的心，忠贞的爱
无法打动你的芳心，那你就欣然奏凯！

我永远也不会对你施加压力,做你的夫君。
啊,但愿你能看见我这撕得粉碎的心。
不错,你曾产生恻隐之心——你不是
渴望得到我的鲜血吗? 那就这么办吧。
陛下,请允许她重新考验——
我视死如归。不想苟活人间。

阿尔图姆:

不行,不行。这事已经决定,前往神庙,
不许再另做试验。——糊涂愚蠢的少年!

图兰朵(发狂似的叫道):

那就到神庙去吧! 可是你的女儿知道
如何在祭坛前死掉。

(她拔出一把匕首,欲下)

卡拉夫:

　　　　　　去死! 伟大的诸神啊!
不,先别弄到这般地步——皇帝陛下,听臣启奏!
敬请陛下赐臣这惟一的恩宠。
——下一次,臣要在议事堂里
让她去猜一个谜语。
这个谜语是:有个王子为了保全性命,
被迫去做低三下四的奴仆,
去扛沉重的东西,获取低微的酬金,
而他最后在达到希望的山巅之时,
反而比以往任何时候都更不幸。
请问,这位王子出身如何,姓甚名谁?
——残忍无情的姑娘! 明天清晨
请在议事堂里告诉我这位王子和他父王的姓名。

倘若你说不出来，就让我的苦难就此结束，
答应下嫁给我。你若说出他们的姓名，
那就让我人头落地作为牺牲。

图兰朵：

我很满意，王子，符合这个条件
我就成为你的人。

策丽玛（自语）：

我又得重新浑身颤抖！

阿德尔玛（旁白）：

我又能够重新抱有希望！

阿尔图姆：

朕对此
并不满意。朕什么也不批准。
只要知道法令已经执行。

卡拉夫（跪倒在皇帝脚下）：

强大无比的皇帝陛下！
倘若哀求能打动陛下——倘若陛下
珍爱微臣和公主的性命，敬请陛下开恩！
微臣有罪，未能使公主的精神
得到满足，愿诸神保佑微臣。
公主的精神乐于见到微臣血溅刀下——
她若才思敏锐，让她在议事堂对谜语作出解答。

图兰朵（自语）：

他还在对我大肆讥讽，胆敢对我顶撞。

阿尔图姆：

荒唐的东西！你不知道她要求的是什么，
不知道她的精神何等机敏；

艰深莫测的奥秘,她也善于探明。
——那就这样吧！新的考验准予举行！
明天她若能在议事堂上说出你的姓名,
她就挣脱婚姻纽带,不再和你成婚。
但是朕不允许再重新发生一场杀人的悲剧
——她若猜中,就随她的意,
你就太太平平地走自己的路离去——
鲜血已经流得够多。随朕来吧,王子!
——这糊涂的傻小子！你都干了什么事?

〔进行曲又重新奏响。阿尔图姆皇帝仪表庄严地和王子,潘塔隆,塔尔塔利亚,众大学士和贴身卫队从他上场时的那道门下。图兰朵,阿德尔玛,策丽玛,众女奴和特鲁法尔丁及太监们从另一门下,重复演奏她的第一首进行曲。

第　三　幕

〔后宫一室。

第　一　场

〔阿德尔玛独自一人。

阿德尔玛：

此时不摆脱这些束缚，再无挣脱之日。
足足五年之久，我胸中深锁着
对这残忍女人的深仇大恨，
虚情假意地对她友善，对她忠心耿耿，
她夺去了我的兄长，灭了我的全族，
使我蒙受厄运，委身为奴——
我的血管里也在流淌
王家的血液，和她一样，
我和她一样也是生来该登王位。
可我却得为她当差，向她下跪，
她是使我家满门抄斩的凶手；
使我沦落蒙受屈辱的血腥原由。
这深恶痛绝的压迫我不能再忍受，

我长期戴着伪装假面，
负担沉重，我已疲惫不堪。
现在已是我重获自由的时候，
爱情得为我开通道路让我获救。
我将使出全部功夫——揭露他的秘密，
要不我就施些计谋
把他吓出这重重宫墙——
可恶的女人！我绝不叫你把他占有！
我还要为你效劳一次，虚情假意。
我是在为我自己出力，我在复仇非常惬意，
在我假装为你的傲气效劳之际，
把你的心扯得粉碎——我看透了你！
你分明爱他，又不得承认。
你不得不把他从你身边推开，把他抛弃，
你不得不违背自己的本意愚蠢地大发脾气，
为了维护你那可笑的荣誉，
可是这支利箭就永远刺在你的心头，
我了解此箭，它刺伤的创口永远无法愈合。
——你的宁静一去不返！这点你已感受！

〔图兰朵扶在策丽玛身上，在舞台后部出现，策丽玛正忙着安慰她。

她来了，这是她！为羞耻和愤怒所折磨，
傲气和爱情正争斗不已，在内心深处！
她心灵的痛苦我看了真感到赏心悦目！
——她走近了——听听，她说些什么！

第二场

〔图兰朵与策丽玛边走边谈，起初并未看见阿德尔玛。

图兰朵：

帮帮我，策丽玛，给我出出主意。
在议事堂当着众人承认失利！
——这个念头叫我活不下去。

策丽玛：

这可能吗，我的公主？一位这样高贵的王子，
这样亲切和蔼，这样令人爱慕，
竟然只知仇恨和憎恶——

图兰朵：

憎恶！仇恨！

（陷入沉思）

——是的，我恨他，觉得他讨厌至极！
他在议事堂里毁掉了我的荣誉。
普天之下人们都将知道我蒙受羞耻，
对我遭到的失败嘲笑不已。
啊，救救我吧——父皇的旨意是
一大清早众人便得聚集在议事厅。
我若不能解开他提出的谜语，
我就得立即和他联姻。——
——“这位王子为了保全性命，
被迫去做低三下四的奴隶，
去扛沉重的东西，获取低微的酬金，

而他最后达到希望山巅之时，
反而比以往任何时候都更不幸。
这位王子出身如何，什么姓名？”——
——这位王子就是他自己，这点我很容易看清。
可是这里谁也不认识他，
父皇又亲自恩准他隐姓埋名，
如何才能揭示他的姓名和他的出身？
我惊恐万状，胆战心惊，
被迫不假思索地接受这次猜谜。
我原想争取时间——可是你说啊！
怎么才能猜出这个谜语？
要得到正确答案有没有一点头绪？

策丽玛：

这里有些聪明的女人，公主殿下，
她们会算命，用的是茶水和咖啡渣——

图兰朵：

你是在奚落我！我都已经沦落到这步田地！

策丽玛：

干吗到处都是这些稀奇古怪的法术？
——啊，您亲眼见他站在面前，这英俊的王子！
他的哀叹是何等感人！他心碎肠断，
他苦苦地求您，多么温柔缠绵！
您对他毫不仁慈，毫无怜悯，
他却不顾自身安危，跪倒在您父皇脚下
为您求情，这是何等高贵的风度。
他刚刚死里逃生，又一次甘冒
生命危险，只求使您心满意足！

图兰朵（别过脸去）：

住口，别说这事！

策丽玛：

您转过脸去不再看我！

您也已受感动！是的！是的！您不必加以掩饰！

您的眼睛里闪着泪光——

啊，不必因为流露出温柔的人性而感到羞耻！

我从未看见过您的脸庞这样美丽动人，

啊，做个了断吧。来——

〔阿德尔玛打算从隐蔽处出来。

图兰朵：

对于他，你别再说，

他是一个男人，我恨他，非恨不可。

我知道，所有的男人都不忠实，

他们谁也不爱；只爱自己一人，

满腔柔情，一片忠诚，

用于薄情寡义的男性纯属对牛弹琴。——

他们在追求我们时俯首帖耳，都是奴才，

一旦得手拥有我们，立即变成专横暴君。

盲目的愿望，敏感的傲气，

刚愎自用的强烈贪欲，

他们称之为自己的爱情和尊重。

这会促使他们盲目地做出匪夷所思的行动，

甚至驱使他们踏上死亡的小径；

只有女人懂得真正的爱情的忠贞，

——别再说了，我跟你说。明天他若获胜，

那我觉得他比死亡更加可怕。

普天之下恨我的人，都会看见
我命运乖戾沦落到这样低下，
竟落到一个男人，一个主人的手里！
不，不！图兰朵不能堕落到这般田地！
——叫我做他的新娘！我宁可向敞开的坟墓里跳，
也不愿投入一个男人的怀抱！

〔阿德尔玛又退了回去。

策丽玛：

公主殿下，您高高在上，地位显赫，
天下万人抬头仰望，愕然惊叹，
如今从高处走下，我想，您必然举步维艰。
倘若爱情召唤，虚幻的荣誉又值几文？
您得承认！您的时刻已经来临！
抛开倨傲！向更强大的力量屈从听命
——您并不恨他，不可能恨，
为什么执意违抗自己的心灵？
向您心爱的男人屈服，成为幸福的女人，
何必在乎天下众人讪笑嘲讽！

阿德尔玛（一面偷听，一面走近，这时走了出来）：

出身低下的人，想法
必然像策丽玛一样。
公主的心思感受自有王者风尚。
——策丽玛，请原谅！
你无法设身处地为公主着想，
我们公主显贵异常，身居高位，
如今得在众人眼皮底下，
在议事堂里降尊纡贵，

败在一个恶劣的陌生男人手里。
我的眼睛已看见男人们洋洋得意，
目光中流露出傲慢的嘲讽神气，
因为他轻而易举地猜出了公主的谜语，
仿佛它们非常容易直如孩子的问题，
清楚地意识到自己胜人一筹，一副傲气。
啊，我又羞又怒，恨不得钻进地底
——我热爱我美丽的主人，
公主殿下，在我心里始终惦记着她的荣誉。
——她曾嘲弄所有的男子，
如今沦为这个男人的妻子！

图兰朵：

别对我的恼怒
火上浇油！

策丽玛：

成为妻子，真是巨大的不幸！

阿德尔玛：

住口，策丽玛，公主不想听你胡说，
这只会使高贵的心灵蒙受羞辱。
我不会阿谀奉承，在这里尽说好话，
掩盖事实，那可真是残酷。
我们让一个男人，一个狂放不羁的男人，
充当我们的主子，已是够惨的事，
可是我们聊以自慰的是，
我们是自由选择，凭着好感向他委身，
他的宽宏大量会约束他的桀骜不驯。
可是我们公主殿下遭遇的是什么命运，

她又是如何使自己的命运更难容忍！
这个傲慢的家伙赢得公主，
并非仰仗公主的恩宠和柔情蜜意，
而是全凭他的理智节节胜利。
他把公主视为自己的战利品——
他会对公主表示宽容？表示尊敬？
公主对他也并不宽容，逼得他
为夺得公主进行殊死斗争，
她只是落在他手里的胜利的奖品。
他是仗着自己的本事获得这个权利，
他在使用这权利时会谦虚谨慎？

图兰朵(情绪万分激动)：

阿德尔玛，你听好！
我若找不到他的姓名，我就在神庙里当场
用这把匕首刺穿我的胸膛。

阿德尔玛：

不要绝望，我的主人，鼓起勇气！
不论是法术或是计谋都必须帮我们破这个谜。

策丽玛：

好啊，既然阿德尔玛比我懂得更多，
而且就像她说的如此关心你，
那就让她帮助你去出主意。

图兰朵：

阿德尔玛！
亲爱的朋友！帮帮我，给我出出主意！
我不认得他，不知道他来自何地，
我怎么能知道他的姓名和他的来历？

阿德尔玛(沉思):

你看——我有了——不是有人听他
在议事堂里说过,在北京,
在这座城里有人认得他吗?
我们得追查一下,得把全城
弄个底朝天,不惜花费财宝金银——

图兰朵:

把金银珠宝尽情拿去,不必节省,
只要我能知道实情,什么财富我都不吝!

策丽玛:

我们拿了钱去找谁?哪儿有人
可以给我们出主意?就算我们
用这种方法的确找到了他的家世、姓名,
那我们也是靠贿赂猜出这一谜语,
而不是凭她的本事,这又怎能隐瞒下去?

阿德尔玛:

莫非策丽玛想出卖我们?

策丽玛:

这话可说得没边——公主殿下,省省你的黄金!
我一直沉默不言,希望能打动你的心,
能感动你,自觉自愿地酬报一切王子中
最有价值的一名,你自己对他并不憎恨
——可是你愿意这样!
那就让我听从我的职责,服从您的命运。
——告诉您吧!我的母亲斯基里娜
方才来看我,听说这位王子
破了谜语,欣喜万分,

她对新的竞赛还不知情，
欣喜之余向我透露，
这位王子曾在她的家里居住，
她的丈夫哈桑对这位王子颇为熟悉，
像对自己主人和挚友似的表示敬意。
我于是问起此人的身份和他的姓名，
可是她说，这对她来说也是个秘密，
哈桑对她也瞒得严严实实；
她还是希望最终能把这个秘密查清。
——倘若我现在还招人怀疑，
那就让我的主人怀疑我的爱和忠诚！
（委屈地下场）

图兰朵（紧跟着策丽玛追过去）：
你留下，策丽玛，你生气了吗？——
留下！原谅你的朋友！

阿德尔玛（把公主拉回来）：
我们让她走吧！
公主殿下，策丽玛已经帮我们
找到了线索；我们该办的事是，
机智聪明地追踪寻根，
哈桑知道这秘密的全部价值，
指望他会乖乖地把这秘密
告诉我们，那是愚不可及。
必须巧施计谋，是的，如果计谋不成，
就动用武力，逼他招供；
因此赶快下手——一刻也不容放松。
趁这个哈桑还未惊动，从我们掌心逃离，

　　赶快把他召进后宫。
　　走吧！您的奴隶现在哪里？
图兰朵(和她拥抱)：
　　　　　　　　　　　就照你说的办吧，
　　阿德尔玛！我的朋友！一切我全都批准，
　　只要这个陌生男人不会获胜！(下)
阿德尔玛：
　　现在，爱情啊，请帮助我！我呼唤你，
　　你强劲有力，什么都能征服！
　　让我心花怒放地挣脱奴役，
　　我这敌人的傲慢给我打开了通途，
　　帮我机智地欺骗这可恶的女人！
　　赢得我的朋友，使我欢欣鼓舞！(下)

第　三　场

〔宫殿的前厅。
〔卡拉夫和巴拉克边谈边上。

卡拉夫：
　　这城里除了你这赤胆忠心的人
　　谁也不认得我是何人，
　　——而我的祖国故乡，
　　又远在几百里外的偏远地方，
　　事情又已过去了八年时光，
　　——与此同时，你也知道，我们深深隐藏，
　　我们已死的谣言在外面沸沸扬扬——

唉,巴拉克！谁若遭受不幸,
很容易为人们遗忘！

巴拉克:

不,这个行动考虑不周,王子殿下。
请原谅我。不幸之人也必须担心
意想不到的事情发生。甚至无言的石头
也会挺身而出作为反对他的证人,
隔墙有耳,墙垣会是叛徒奸细。
我实在不能对您此举表示满意！
您鸿运高照,出乎意料地
赢得了世上倾国倾城的美人,
随之也赢得了一个幅员辽阔的王国,
而您妇人般的温柔
又把你的一切一举夺走！

卡拉夫:

你若亲眼看到
她的烦恼,她那剧烈的痛苦,那就好了！

巴拉克:

您把父母抛弃在贝尔拉斯,处境悲惨无望,
您应该想到您父母的痛苦,
而不是顾及一个女人的眼泪汪汪！

卡拉夫:

不要责骂我的爱情。我心甘情愿
想让她快乐。也许我的宽容
会把她感动,使她心生感激之情——

巴拉克:

在这蛇蝎美人的心里会有感激之情?

永远不要对此抱有侥幸之心。

卡拉夫：

她逃不出我的掌心。

她怎能破译我的谜语？巴拉克，

你，你并没有出卖我？不是吗？

也许你悄悄地告诉了你的老婆，

我是何许人吧？

巴拉克：

我？一字没说。

巴拉克知道遵从您的信号暗示，

可是我不明白，什么阴暗的预感

使我思维迷乱，心里充满忧思！

第四场

〔前场人物。潘塔隆，塔尔塔利亚和布里杰拉及众士兵上。

潘塔隆：

瞧！瞧！他在这儿！真是该死，

您躲哪儿去了？王子殿下？您在这儿干吗？

（用眼睛上下打量巴拉克）

这人是谁，您在跟他聊天？

巴拉克（自语）：

这下可糟了！这可怎么办？

塔尔塔利亚：

您说！这人是谁？

卡拉夫：

我不认得他，我碰巧在这儿
遇见他，我反正闲着无所事事，
就向他打听风土人情，了解这座城市。

塔尔塔利亚：

请您宽容，王子殿下。您对这个
世风奸诈虚伪的世界过于仁慈；
您的好心会弄得您昏头——今早在议事堂！
真见鬼，您怎么会这样傻帽，
把到手的小鸟又给放跑。

潘塔隆：

算了算了。发生的事也已经发生。
您不知道，亲爱的年轻王子殿下，您自己
处于什么样的水深火热的境地，
四面八方都是欺诈，叛卖的绳索包围着您，
我们只要一时照看不及，
人家就会把您像头公牛似的屠宰剥皮。
（对巴拉克）
你这多管闲事的家伙，到别处去
探听消息——劳您大驾，王子殿下，
请进到这屋子里去——嘿，听，士兵们！
把他保护起来！——你，布里杰拉，
你知道职责所在——看守他的房门，
直到明天早上议事堂聚会的时辰，
谁也不许进去找他！这是皇上的严令。
（对卡拉夫）
您看见了吧？陛下对您钟爱有加，

担心这节骨眼上还会出岔。
要是您到明天还当不上他的驸马，
我怕，咱们得把这老爷子抬回老家
——请别生气，王子殿下，
可是今早的那件事——您别恼恨——
真是一件天大的傻事！——我的老天爷！
您千万别露出破绽，让人家套出您的姓名！
（亲昵地向他悄声耳语）
可是，您要是极轻极轻地
在老潘塔隆耳边小声说给他听，
他一定会好好地酬谢于您。
他是否能得到这一荣幸？

卡拉夫：

怎么，老爷子？
你就是这样服从皇帝陛下，你的主人的意旨？

潘塔隆：

说得好！说得妙！——那就开路吧！你打头，布里杰拉！
你站在这儿瞎看什么？你听见了吗？

布里杰拉：

只要你们聊天一停，
我就要执行命令。

塔尔塔利亚：

你可得十分小心。事关脑袋啊，布里杰拉。

布里杰拉：

大人，脑袋人人都爱，我爱你也爱，
用不着警告，我不会胡来。

塔尔塔利亚：

我心里痒痒的，急于知道他的姓名——呃！
王子殿下，您要是赏脸，把它说给我听，
我就把它像珍宝似的深埋在我心里，
加以保存——我说到做到，说话当真。

卡拉夫：

你这样诱骗我，实属徒劳，明天一早
你就会知道，所有的人都会知道。

塔尔塔利亚：

说得妙，妙极了！ 真是见鬼！

潘塔隆：

好，就这么办，王子殿下。
（对巴拉克）
嘿，你这个混蛋！
最好去干你自己的事，
别在这皇宫附近探头探脑，
你可明白我的意思？（下）

塔尔塔利亚（斜睨着巴拉克）：

不错，不错！ 我觉得你这小子
长相古怪——那种表情
我不特别喜欢。
我为你好，劝你快滚！
（随潘塔隆下）

布里杰拉（对卡拉夫）：

王子殿下，
请允许我，奉上峰之命办事，
请你屈尊，走进这所房子。

卡拉夫：

我乐于照办。

(轻声,对巴拉克)朋友,再见了!

等到机会更好!别了!

巴拉克:

老爷,我是您的奴仆!

布里杰拉:

快走!快跑!

诀别个没完没了。

〔士兵拥着卡拉夫下;铁木尔从另一侧上,看见卡拉夫,作惊讶错愕状。

巴拉克(目送卡拉夫离去):

上天保佑你,忠诚真挚、纯洁无邪的人!

而我呢,我将守口如瓶!

第　五　场

〔铁木尔,一个衣衫褴褛的老人。巴拉克。

铁木尔(惊讶地自言自语):

这下可惨了!我的儿子!士兵

押走了他!他们带他去处死刑!

没错,肯定如此,台弗利斯的暴君,

强占我王国的强盗,派人追捕我儿

一直追到北京,借此报仇雪恨!

可是我要和他一起归阴!

(紧追卡拉夫,大声喊叫)卡拉夫!卡拉夫!

巴拉克(拦住铁木尔,用宝剑抵住他的胸口):

站住，不幸的家伙！你死定了！

（停顿，两人对视，都很惊讶。与此同时，卡拉夫和士兵一起远去）

你是谁，老头？你从哪儿来？快说！

你怎么知道这位少年的名字？

铁木尔：

我见到谁了？老天爷啊！是你，巴拉克！你在北京！

是你出卖了他？你是个叛徒？

你竟拔剑指向你的君主？

巴拉克（惊讶地垂下宝剑）：

伟大的诸神啊！

这怎么可能？——铁木尔？

铁木尔：

不错，你这叛徒！

正是我，你那不幸的君主。

我被所有的人出卖，如今也被你出卖！

你还犹豫什么？把这条命拿去，

我早已活腻了，连我最忠实的仆人

也卑劣地为了私利而无情无义，

我亲眼看见他把我儿拿去向死神献礼！

巴拉克：

主子！——主子！——啊上苍！这是我的国王，我的君主！

是他！我认得清清楚楚。

（匍伏在他脚下）

这样灰尘满面！这样潦倒颓丧！

诸位天神啊！竟让我见到这番景象！

——我的主子，请原谅微臣的无名之火！

对王子的一腔热爱，对他的担忧

和忠诚的关怀使微臣忘乎所以。
陛下若关心王子的安危，请永远
别从嘴里吐出卡拉夫这个名字！
——微臣在这里改名哈桑，不再叫巴拉克——
唉，若有人偷听我们谈话，微臣就死无葬身之地！——
请告诉微臣，王后娘娘，埃尔玛茨
是不是也和陛下一起待在这座城里？

铁木尔：

别响，巴拉克，别做声！啊，别向朕提起她！
我们困在贝尔拉斯时处境悲惨，困难重重，
她为皇儿忧心如焚，日益憔悴，
——最后死在朕这副活力全无的手臂之中。

巴拉克：

啊，可悲可怜的娘娘！

铁木尔：

朕便逃走！
朕孑然一人，在那里实在熬不下去，
便追寻儿子的踪迹，沿途打听，
从一国到另一国，从一城到另一城。
现在，经过长途迷茫，诸神之手
终于把朕引到此处，
朕第一眼就看见皇儿被捕，
被人带去引颈受戮。

巴拉克：

来吧，来吧，国王陛下！
陛下对王子丝毫不必担心！
明天日落之前，他也许又会鸿运高照，

陛下也会跟他一起交上好运！

只是他的名字，还有陛下的名讳

陛下不得说出提及——这点陛下务必牢记在心！

微臣在此的名字是哈桑，巴拉克不再是臣的姓名。

铁木尔：

这是什么样的秘密——你向朕解释！

巴拉克：

走吧！这里可不是谈论此事之地！

请随微臣前往寒舍——可是，我看见了什么东西？

（斯基里娜从后宫出来）

我老婆从后宫出来！啊，这下可惨！

我们已被人发现！

（急切地向斯基里娜说）你到这儿来干什么事情？

你从哪儿来？不幸的女人！

第　六　场

〔斯基里娜。前场人物。

斯基里娜：

嗐！嗐！

我刚从后宫我女儿那儿回来。

听说我们客人，那位外国王子获胜，

我喜不自胜，就跑去打听。

也是好奇心盛——那好吧——我想看看，

这个怕见男人的妖女，这下要当新娘，

不知会是什么模样——我和我的女儿

策丽玛都为此心花怒放。

巴拉克：

我想就是这样！

女人啊，女人！你又不知道全部底细，
可就像个饶舌的喜鹊似的跑进宫去，
我到处找你，想叫你别去胡言乱语，
可是白费力气！已来不及！女人的愚蠢无知
总比男人的明智忠告跑得更急。
在那儿什么话不瞎说，什么事
不瞎聊啊！快说出来！我仿佛听见你，
傻乎乎乐颠颠地说：
“这个陌生人是我们客人，
他住在我们家里，我老公认得他，
对他特别尊敬。”——说啊！
这话你说了吗？

斯基里娜：

要是我说了呢？会出什么事？

巴拉克：

没事，没事，你老实告诉我。你说这话了吗？

斯基里娜：

这话我说了，我干吗要予以隐瞒？
她们也向我打听他的名字，
只希望我据实相告！——我答应告诉他们事实！

巴拉克：

这下我可惨了！我们完了！——你这疯娘们！

（转向铁木尔）

我们得马上走。我们必须逃跑！

铁木尔：

　　你倒是告诉我，什么秘密——

巴拉克：

　　走！快离开北京！不要浪费时间！

　　　〔特鲁法尔丁带着众黑奴已在舞台深处出现。

　　——我们惨了！来不及了！他们已经来了！
　　可怕的图兰朵的太监们，那些黑奴，
　　他们已来找我——你这娘儿们没有脑子！
　　你的长舌可把我们整死！

　　　〔特鲁法尔丁发现了他，用手势示意太监们，把他抓住。

　　我跑不掉了——你快逃命，
　　快躲起来，救救你自己和这位老人！

铁木尔：

　　那你就告诉我啊！

巴拉克：

　　　　　　　　快走！别反驳我！
　　我已经被他们发现！您可得闭上嘴巴！
　　闭得严严实实就像一座坟茔，
　　永远不要说出您的姓名！
　　——还有你，该死的女人，你的长舌
　　给我们带来了灾难，你若想补救，
　　就躲起来，不是躲在你家里头，
　　而是躲在别人家里，把他也一同收留，
　　直到明天中午
　　过去之后——

斯基里娜：

　　　　　　你难道不愿告诉我事情的原委？

铁木尔：

你不想和我们一起逃走？

巴拉克：

照我说的去做！

不论我出了什么事，只要你们获救就行。

斯基里娜：

你说，哈桑！我到底干了什么错事？

铁木尔：

快给我解开这个哑谜！

巴拉克（激烈地）：

别拷问我！

看在诸神的分上，走吧，别再刨根问底！

他们包围了我们，现在已来不及，

任何逃跑的企图现在都是白费功夫。

——名字，老爷子，只要没有说出名字，

一切还可能转危为安，转祸为福！

第七场

〔前场人物。特鲁法尔丁和众太监。

特鲁法尔丁（渐渐走近，把住各个出口，走出队伍，手势夸张，把剑指向巴拉克）：

站住，别动！别乱动！

别做声！谁动一动就格杀勿论。

斯基里娜：

啊，我可苦了！

巴拉克：

　　　　　　我知道。你们在找哈桑。

　　我就是，把我带去过堂。

特鲁法尔丁：

　　　　　　　　　嘘！别吵吵嚷嚷！

　　完全是一番好意。要给你

　　一种特别的恩宠和荣誉。

巴拉克：

　　是啊，你想把我带进宫去，走吧！

特鲁法尔丁：

　　别忙！别忙！哎，你看啊，你蒙受

　　多大的恩典！到后宫去！到公主的

　　寝宫去——你这小子真是好运当头！

　　连个苍蝇也飞不进后宫，

　　先得仔细审视一番

　　这苍蝇究竟是雌是雄，

　　若是一只雄苍蝇，

　　就得钉死，打死，毫不留情，

　　——谁是这个老人？

巴拉克：

　　　　　　一个可怜的乞丐，

　　我不认得他——咱们走吧。来。

特鲁法尔丁（非常可笑地把铁木尔仔细打量一番）：

　　别忙！别忙！一个可怜的乞丐！哎！

　　——我们好人做到底，

　　就是这可怜的乞丐也让他沾点运气。

　（发现了斯基里娜，打量了她半天）

——这个女人是谁？

巴拉克：

你还耽搁什么？

我知道，你家公主在等着我。

别理这老头；我不认得这个娘儿们，

我从来没有见过她，不知道她是什么人。

特鲁法尔丁（发起火来）：

你不认得她？你从没见过她？

简直是弥天大谎！什么屁话！

我不知道，她是你老婆，

是女奴策丽玛的妈？

她给女儿送干净内衣去，

我没在后宫上百次地见过她？

（摆出一副滑稽可笑的庄严神态对太监们说）

你们这些奴才，听好我给你们的命令！

立即逮捕这里的这三个人，

把他们看紧，你们听清，不许他们

和任何活人谈话，等晚上夜深人静，

把他们带进宫门。

铁木尔：

啊，天啊！我会遭到什么命运啊！

斯基里娜：

我不明白这是怎么回事。

巴拉克（对铁木尔）：

你会遭到什么命运，我又会有什么前途？

我将遭受一切苦难。你也要受苦！

别忘了，我嘱咐你的话——

不论遇到什么事,管住你的舌头!

——你这蠢女人,现在如愿以偿了吧。

斯基里娜:

上天保佑我们吧!

特鲁法尔丁(对黑奴们):

抓住他们! 把他们带走!(全下)

第　四　幕

〔廊柱环立的前庭。中间摆了一张大桌子，当中放着一个硕大的金盆，里面盛满了金币。

第　一　场

〔巴拉克和铁木尔对面而立，每人靠着一根柱子，太监们围着他们，全都手握出鞘的佩刀和匕首。策丽玛和斯基里娜站在一边哭泣。另一边站着图兰朵，神情严峻，气势逼人。

图兰朵：

现在还是时候，现在我还降尊纡贵，
请求你们——只要你们毫不隐讳，
把这陌生人的身世、姓名说给我听，
这堆得高高的金山便属于你们。
倘若你们冥顽不化，执意隐瞒，
那么这些瞄准你们的匕首佩刀
就把你们的心脏刺透！
嘿，听着，你们这些奴才！准备动手。

〔太监们把匕首佩刀架在他们胸前。

巴拉克(对斯基里娜)：

现在,不可救药的女人,看见了吧,斯基里娜,
你瞎嚼舌头把我们害到什么地步。
——公主,充分发泄你的愤怒。
你想出什么极刑我都满不在乎,
我已准备死于酷刑之下。
——来呀,你们这些黑奴！上啊,你们这些打手。
专横凶残的公主手下强悍的鹰犬,
把我撕成碎片,把我杀死,我都愿意承受。
——她说得对,我认得这位王子
和他的父亲,我知道他俩的名字,
可是任何刑罚都无法逼我开口,
黄金诱惑不了我,这些珍宝
在我眼里直如尘埃粪土！
我的老婆,不要为我伤心痛哭,
为了这个老人你要收起眼泪,
为了他你去感动这个心如铁石的公主,
让这无辜的老人得以获救。
他的全部罪行乃是:他是我的朋友。

斯基里娜(乞求图兰朵)：

啊,公主,开开恩吧！

铁木尔：

谁也不必关心
我这衰朽的老人,诸神震怒之余
对我穷追不舍,死亡对我
只是解脱,活着却是苦刑。
朋友,我愿意救你,视死如归。你听清,

你这残暴成性的女人——

巴拉克（打断他）：

看在诸神的分上！别说话！

别让那个名字滑出您的嘴巴。

图兰朵（颇为好奇）：

这么说，你知道是吧，老头？

铁木尔：

我是不是知道？

绝灭人性的女人！——朋友，告诉我那个秘密，

为什么不让我说出那两个名字？

巴拉克：

你说了这两个名字，就害死了他和我们两人！

图兰朵：

他是想吓唬你，老头，不用害怕。

过来，你们这些奴才，把这狂徒收拾一下。

〔太监们把巴拉克团团围住。

斯基里娜：

天上的诸神啊，帮帮忙吧！我的丈夫！我的丈夫！

铁木尔（走到他们中间）：

住手！你们都住手！

我该怎么办！诸位天神，什么样的酷刑！

——公主殿下，请凭着您的脑袋向我发誓，

凭着诸神向我发誓，决不伤害他的性命

和那个陌生人的性命。

——我早已置之度外我自己的生命，

我愿欣然成为您雷霆震怒的牺牲——

您向我发这一誓，我就让您知道详情。

图兰朵：

凭着我的脑袋，凭着令人畏惧的伏羲神王
我发誓，既不威胁他的性命
也不伤害王子或其他任何人的生命——

巴拉克（打断她）：

住口，撒谎的女人——别说了——别信她的胡言！
这个誓言后面暗藏着背叛。
——你发誓，图兰朵，你发誓，
我们向你一披露这两个名字，
这个陌生人就该成为你的夫婿，
你知道这才正确、公平，你这不知感恩的女子！
请向我们发誓，尽你所能不让这个
被你蔑视的人绝望而死，
死于他自己之手——请向我们发誓，
我们若向你披露这两个姓名，
不必为自己的性命受怕担惊，
不必害怕会永远与世隔绝，
永远囚禁遭到活埋，
你向我们发这样的誓，我自己
将第一个把这两个名字说出口来！

铁木尔：

究竟讲的是什么秘密！诸神在上，
请去除我的这一痛苦和心头的这一惊慌！

图兰朵：

我已说得口焦舌燥——奴才们，把他们拿下！
通通都捅死吧！

斯基里娜：

啊，公主殿下！开开恩吧！

〔太监们作势要奉命行事，斯基里娜和策丽玛扑到他们中间。

巴拉克：

老爷子，现在你看见这头母老虎的狠心了吧！

铁木尔（跪倒在地）：

我的儿子！我乐于把这条命奉献给你，

你的母亲已先走一步，我现在随她而去。

图兰朵（一愣，阻止奴隶行动）：

他的儿子！我听见什么了！住手！——你是位王子？

是位国王？你和那陌生人竟是父子？

铁木尔：

不错，残酷的女人！我是一位国王——

一位父亲被苦难打倒在地上。

巴拉克：

啊，国王陛下！您都干了什么事啊！

斯基里娜：

一位国王！

这样落魄潦倒！

策丽玛：

无比公正的诸神啊！

图兰朵（深感惊讶，但不无感动）：

一位国王，却遭受这样的屈辱！——是他的父亲！

是那不幸少年的父亲，

我迫使自己恨他，却恨不起来！

——啊这个值得怜悯的少年——我这是怎么了！

我胸怀深处的心翻转过来！

他的父亲！——他自己——他不是说过？
被迫去充当低贱的奴仆，
为了微少的工资去肩扛沉重的货物！
啊，人性无常！啊，命运反复！

巴拉克：

图兰朵！

这是一位国王！你应该有敬畏之心，
不去伤害他神圣的肢体！
倘若这样巨大的苦难不能使你感动，
怜悯之心和人性之常不能使你动容，
那就让羞耻之心把你征服。
你应该尊重这位老人犹如
尊重你自己年迈的父皇——啊，请勿
做出有失你皇室身份的行动，
使自己受辱蒙羞！
你谋杀了那些风华正茂的少年已经足够，
请放过孱弱无力的年老长辈，
连诸神也被迫对他们大发慈悲！

策丽玛（跪倒在她的脚下）：

你已经受到感动，你已无法抵御。
啊，请大发慈悲，给以怜悯，
让这巨大的苦难打动你的善心。

第　二　场

〔阿德尔玛。前场人物。

图兰朵(向阿德尔玛迎了过去):

你来了,阿德尔玛? 帮帮我! 啊,给我忠告!
我已不能自控——我已经解除武装!
这是他的父亲,一位君主,一位国王!

阿德尔玛:

我全都听见了,把这两人带回囚牢,
把这些金子搬开,皇帝陛下马上驾到!

图兰朵:

我的父皇? 怎么?

阿德尔玛:

正向这边走来。
(对黑奴们)
快走,趁皇上还没驾到! 奴才们,
把这两人带到后宫最底层的地窖,
把他们关在那里,别让人知道,
等待进一步的命令送到!
(对图兰朵)
白费力气。我们只好放弃
暴力。现在只好诉诸巧计,
——我有一计——斯基里娜,
你留下,策丽玛也留在这里。

巴拉克(对铁木尔):

我们这下可惨了,国王陛下! 但愿群神知道,
她们又在琢磨什么新的恐怖行径!
——老婆! 女儿! 你们可要忠心不贰,坚贞不屈,
千万别受这些毒蛇的诱惑勾引!

图兰朵(对黑奴们):

你们听见命令了吧。快把他们
带到后宫最隐蔽的地窖底层！

铁木尔：

请在我的头上发泄你全部复仇的怨恨！
千万要对我的儿子发发恻隐之心。

巴拉克：

这复仇女神哪有恻隐之心！
你的儿子正被出卖，我看得很清，
永恒的黑夜将使我们永远不见人世。
他们要使我们永远在世人面前消失，
没有光明，没有月光，进入我们囚禁之地，
我们的痛苦也无法达到善感的人们耳际！
（对公主）
你可以使全世界迷惑，使世人神眩目迷，
可是在众神复仇的法庭面前，你将颤抖不已！
即使你把他们埋入地底，
让千万死者的坟墓把他们掩盖，
他们依然会把你的恶行劣迹暴露出来。

〔他和铁木尔一起随太监们下，太监们同时把桌子和盛放金币的金盆一起抬走。

第　三　场

〔图兰朵。阿德尔玛。策丽玛和斯基里娜。

图兰朵（对阿德尔玛）：

我把一切都托付给你，我惟一的朋友！

啊,你说,说啊,你想怎样把我拯救。

阿德尔玛:

奉阿尔图姆皇帝陛下之命

守卫王子房间的卫兵已经搞定。

可以到他房里去见他和他说话——

倘若我们巧妙地用恐惧和说服双管齐下,

什么事情不能办成?

因为他的心毫无防范,他很容易听人摆布,

只要叛徒花言巧语曲意奉承。

只要斯基里娜,策丽玛扮演

她们的角色,助我一臂之力,

那你放心,我准能成功施展我的妙计。

图兰朵(对斯基里娜):

你很珍惜哈桑的性命吧,斯基里娜!

他在我的手里,我可以叫人杀他。

斯基里娜:

您就下令吧,我什么全都听您,

只要我能救得我的哈桑的性命。

图兰朵(对策丽玛):

你很珍惜我的恩宠,策丽玛——

策丽玛:

您对我的热忱和忠心尽可放心!

阿德尔玛:

那你们就来吧。一刻也不要耽误。(她们下)

图兰朵:

你们走吧!走吧!照她说的去做。

第　四　场

〔图兰朵独自一人。

图兰朵(自言自语)：

阿德尔玛打什么主意?
她想救我吗? 诸神啊，保佑她吧!
我还能用这次胜利来增加我的荣耀吗，
谁的名字会比我的名字更加灿烂辉煌?
谁敢在智力方面和图兰朵进行较量?
——在议事堂上，在翘首等待的众人面前
把两个名字扔到他的脸上，
使他无地自容，把他从我宝座跟前驱开，
多么令人心旷神怡的景象!
——可是我觉得，仿佛这使我心情郁闷!
我似乎看见他满怀绝望的心情，
在我脚下渐渐地一命归阴。
这番景象直逼我的心头，挥之不去。
——怎么啦，图兰朵? 你那伟大心灵的
高贵傲气现在哪里? 在议事堂里战胜了你，
这难道也损伤了你的傲气?
倘若他在这里，也赢得了对你的胜利，
你会有什么结局? ——阿德尔玛说得有理!
事情已到这步田地! 已不可能回去!
——你必须胜利要不就是彻底垮台!
被一个男人打败就是被所有男人打败。

第 五 场

〔图兰朵。阿尔图姆。潘塔隆和塔尔塔利亚隔开一段距离随皇帝上。

阿尔图姆(读一封信陷入沉思,自语):
台弗利斯的这个沾满鲜血的暴君
必然遭到这样的下场! 铁木尔之子卡拉夫
被赶出他列祖列宗统治的国土,
从一个国度逃到另一个国度,
必然会来到北京,通过命运的奇妙安排
会在这里找到欢快幸福!
命运就是这样用一根隐蔽的绳索
把人引向神秘莫测的小径上去;
可是在他头上有只天神之手护卫,
乱麻似的线索绝妙地理出头绪。

潘塔隆(轻声对塔尔塔利亚):
陛下疯了不成? 究竟是什么触动皇上,
自言自语,让他满口诗书文章?

塔尔塔利亚(轻声对潘塔隆):
别做声,别做声! 刚才有位信使来到,
来自遥远的国度——他带来什么消息,
只有鬼才知道!

阿尔图姆(把信放进怀里,转身冲着他的女儿):
图兰朵! 时光
流逝,决断的时刻逼近,

你彻夜不眠在后宫到处乱逛，
自我折磨，想知道不可能的事情。
——你这是徒然自苦，白费力气。
而朕则获悉了一切，不费吹灰之力。
——你瞧瞧这封信，这里写着两个名字，
以及一切可以识别他们两人的信息。
刚才有名信使从遥远的国度给我把它带来，
我已经把他关起来严加看守，
直到明天过去之后。
这位陌生的王子，确实是位国君
和国王之子——你根本不可能
猜到谁是他们两人。
他们的王国坐落在遥远的天边，
北京城里还没人说出过他的姓名。
——可是你瞧，正因为朕是你的父亲，
朕才深更半夜来到这里——让你第二次
在议事堂里成为人们的笑柄，
成为贱民嘲弄的对象，他们正
迫不及待地等着你低头认输，傲气丧尽？
这能使你无比欢欣？
你也知道，百姓对你颇为反感，
倘若你在议事堂上被迫哑口无言，
朕就根本无法控制民众的怒气，
——瞧，亲爱的孩子，就是这事使朕来到这里。
（对潘塔隆和塔尔塔利亚）
你们先退下。

〔这两人犹犹豫豫很不乐意地离去。

第 六 场

〔图兰朵和阿尔图姆。

阿尔图姆（等两人走了之后，他走近图兰朵，亲切地抓住她的手）：

　　　　朕是前来挽救

　你的荣誉。

图兰朵：

　　　　我的荣誉，父皇？你不必费这个力气！

　我用不着挽救我的荣誉——

　明天我在议事堂上

　会自己拯救自己。

阿尔图姆：

　　　　唉，你是痴心妄想，

　自我安慰。我的孩子，相信朕，

　你不可能知道你一心想知道的事情。

　我从你的眼睛，你那神色慌乱的表情

　看出你的痛苦和恐惧。

　朕是你的父亲，爱你至深。

　——这里就我们两人——你坦白告诉朕！

　坦率地承认——你知道这两个人名？

图兰朵：

　明天议事堂上就可听到，我是否知道。

阿尔图姆：

　不，孩子！你不知道，你不可能知道这两个名字。

　你若知道，就悄悄地私下告诉朕，

我就让这不幸的年轻人知道，
他已被人出卖，我就让他悄悄
离开我的国土；你就免遭百姓的仇恨，
你在获胜之余
还可赢得宽宏大量的美名，
让这个被打败的人不致
蒙受公开失败的羞耻。
——我的孩子，朕只求你这一件事情，
你难道会拒绝深深爱你的父亲？

图兰朵：

不论我是否知道这两个人名，
我也用不着对他有所宽容。
他在议事堂上并没有对我手下留情。
有来有往，谁都公平对待。
我若知道名字，会向大家公开。

阿尔图姆（想要发急又强忍下去，依旧用平静温和的口气继续说道）：

不是事关他的生死？他当时能对你手下留情？
向你求婚，不是对他更加要紧？
他必须在议事堂把你打败取得胜利，
才能赢得你，并且救得自己一命。
——你只消把你的怒气稍稍抛在一边，
孩子——好好考虑一下，思索一番！
你瞧，朕把这颗脑袋作为担保，
你不知道这两个名字——朕却知道——它们
（他指指手里的信）
就写在这里，朕告诉你。
——一清早，朕便把众人召到议事堂上，

那位陌生王子便公开露面，
你就直呼其名，跟他寒暄；
我要叫他羞愧无地，犹如遭到雷殛，
绝望地连声叫苦，痛不欲生，
他就全面失败而你则大获全胜。
——你使他弯腰屈服到这般地步，
现在你再把他扶起！你就泰然自若，
自觉自愿地向他伸手，结束他的痛苦。——
——来吧，我的女儿，向朕发誓，你将这样行事，
——现在我们父女两人单独在此——
朕可以立即让你知道这两个名字。
朕向你发誓，这个秘密就随我俩而死。
这个结子就这样令人快活地解开，
你又戴上新的胜利的冠冕，
以美丽的高贵行动，
使我的子民心悦诚服，捐弃前嫌，
你自己则获得世上最尊贵的男人作为夫婿，
使你父皇在垂暮之年得到欣慰，
在长年忧患之后得到欢愉。

图兰朵（在皇帝说这番话时，她情绪越来越激动）：

唉！我的父皇巧使计谋费尽心机！
——我该怎么办？听信阿德尔玛的话语，
相信那捉摸不定的幸运？
我应该让父皇向我披露这两个人的名字，
俯首帖耳地屈从于我深恶痛绝的锁链？
——这选择令人胆寒！

（她犹豫不决，内心斗争激烈）

放下架子,骄傲的心啊！见好就收吧！
向父皇屈服,并非耻辱！
(她向阿尔图姆皇帝走了几步,突然又停住脚步)
可是倘若阿德尔玛——她答应得那么大胆,
那样信心百倍——倘若她已查明真相,
我发下誓言是不是过于匆忙？

阿尔图姆：

女儿,你胡思乱想些什么,
你为何左右摇摆满心疑惑？
难道你的畏惧能说服我,
你对胜利满有把握？
啊,孩儿,还是听从父皇的劝说——

图兰朵：

就这么定了。我就冒冒险吧。
我要等待阿德尔玛——父皇为何步步紧逼？
这肯定表示,他担心我自己也会获悉,
这事可能办到——他和王子很是投契！
准是如此,别无其他！——
他从王子嘴里打听到这两个人的名字,
这是事先商量好的把戏,
我被出卖,人们把我当作笑柄！

阿尔图姆：

怎么样？
你还犹豫什么？别再自我折磨,
快下决心。

图兰朵：

我已下定决心——明天一早

大家在议事堂聚齐。

阿尔图姆：

你下定决心去走极端，

甘冒当众出丑的风险？

图兰朵：

父皇陛下，女儿决心去经受这考验。

阿尔图姆（勃然大怒）：

荒谬绝伦，冥顽不化的东西！真是鬼迷心窍！

你比贱民当中最为愚钝的蠢妇更加有眼无珠，

朕像确信自己的脑袋一样确有把握，

你将公开蒙受羞辱，

这个谜语你不可能猜出。

大家都聚集议事堂，就这么办！

旁边设立一座祭坛；

让法师做好准备，

一旦你哑口无言，

立即在民众讪笑声中举行婚配。

你父皇苦苦求你，你却充耳不闻。

你死你活，全都由你！你的话他也不会再听。（下）

图兰朵：

阿德尔玛！我的朋友！我的救星！你在哪里？

我已为全世界所抛弃，

父皇盛怒之下弃我于不顾，

我只能指望你给我带来幸福和活路。

（从另一边下场）

〔场景转换，舞台上是一个富丽堂皇的内室，有若干出口。

舞台深处有一张东方式的卧床供卡拉夫使用。时值深夜,夜色阴沉。

第七场

〔卡拉夫。布里杰拉手持一只火把。

〔卡拉夫沉思着踱来踱去;布里杰拉看着他,连连摇头。

布里杰拉:

王子殿下,已经敲过三鼓,
您在这间房里踱步,
正好走了三百六十个来回。
请您原谅!我已经困得四肢百骸都是瞌睡,
您自己若想休息片刻工夫,
绝对没有任何坏处。

卡拉夫:

你说得对,布里杰拉。
我忧心忡忡,使我转来转去,
可是你尽可走开,前去歇息。

布里杰拉(走去,可是立即又返回):

有句话告诉您,殿下——在您面前可能
会出现什么幽灵——
你就好自为之——我算警告过您!

卡拉夫:

出现幽灵?怎么回事?就在此地?
(神色不安地环顾室内)

布里杰拉:

我的老天爷啊！尽管我们奉命
谁也不让进入，违者死刑论处，
可是——可怜的仆人！主子，你也知道！
皇上是皇上，而公主，
就是所谓的女皇——她要是
脑子里有个想法，就定要照办！
要想在两道屋檐当中走过去，
而不淋湿衣服，可是难上加难。
——你明白我的意思了吧。人们很乐于
老老实实地恪尽职守——可是也想有点
余钱剩米，为了养老度日，
咱们这号人日子可不好过，主子！

卡拉夫：

怎么？是不是有人想要谋杀我？
布里杰拉，你说！

布里杰拉：

上帝保佑我吧！
您只消想想，人家有多大的好奇心，
只想知道您究竟是谁？譬如说，
有可能发生这样的事情，有个幽灵，
有个厉鬼，有个女巫，透过钥匙孔进来诱惑您，
——够了！我算对您已经警告过！
明白我的话了吧！——可怜的仆人，可怜的家伙！

卡拉夫（微笑地）：

你不用担心，我明白你的好意，
我自会小心翼翼。

布里杰拉：

就这么办，照上苍的旨意办，主人，
我的老天爷啊，可别让我遭到不幸！
（冲向观众）
有可能他们会带来一口袋黄金
——这完全可能！至于我呢，
我竭力抵抗，可我抗拒不了勾引。（下）

卡拉夫：

他使我疑虑重重，心里布满疑云，
谁可能会到这里来，向我发起袭击？
让地狱里所有的魔鬼都来吧，
我这颗心会永远坚定不移。
（他走到窗前）
离开破晓已没多少时间。我不会
再长时间地受这煎熬。
我试试看，能否闭目养神，
也许能睡上一觉。
（他正想在卧床上倒下，房间的一扇门忽地打开）

第　八　场

〔卡拉夫。斯基里娜身着男人服装，脸上戴着面具。

斯基里娜（心惊胆战地走近）：

我亲爱的主人——主人——啊，我的心
怎么颤个不停？

卡拉夫（霍然跳起）：

你是谁？你来这里干什么？

斯基里娜（从脸上取下面具）：

您不认得我吗？我是斯基里娜，
您的房东，可怜的哈桑的老婆，
我乔装打扮，穿过卫兵的岗哨，
偷偷溜了进来——唉！我有许多
事情要说给您听——可是恐惧使我窒息，
我的双膝不住颤抖，
我泪流不止，有话说不出口。

卡拉夫：

说吧，善良的女人，你有什么话要对我说？

斯基里娜（不断怯生生地四下张望）：

我可怜的丈夫躲了起来。有人对
图兰朵公主说，他知道您的来历。
于是他们到处探听他的下落，
想把他带进后宫，在那里
逼他说出您的名字。
他若被人发现，他就必死无疑。
因为他宁可死于酷刑，
也不愿出卖您。

卡拉夫：

　　　　　　　　勇敢的忠仆！
——唉，这个没有人性的女人！

斯基里娜：

我还有更多的事情
要告诉您——您的父亲
在我家里。

卡拉夫：

　　　　你说什么？伟大的诸神啊！

斯基里娜：

　　您的母亲已经归天，老人

　　已孑然一身——

卡拉夫：

　　啊，我的母亲！

斯基里娜：

　　　　　　　　　　您再听我说。

　　您父亲知道，他们在这儿把您收押，

　　他为您的性命担忧，为此怒气勃发。

　　他要拼着老命，闯进宫去见驾。

　　向皇上披露自己身份，不惜一切代价；

　　他大声嚷嚷："我要和我儿子死在一起！"

　　我想拦住他，可是白费力气，

　　他已耳聋，只听见他自己的痛苦。

　　我只好答应，把您的一封

　　亲笔签名的书信给他带回，

　　证明您还活在人间，使他感到安慰，

　　我的这项许诺才阻止他

　　采取极端行动！

　　于是我壮起胆子来到这里，

　　冒险给这极度忧伤的老人带去慰藉。

卡拉夫：

　　我父亲在这儿，在北京！我的母亲

　　已进坟墓！——你在骗我，斯基里娜！

斯基里娜：

　　我要是撒谎，就叫伏羲大帝惩罚我！

卡拉夫：

值得哀叹的父亲！可怜的母亲！

斯基里娜(逼他)：

一刻也不要耽搁！来吧！

别东想西想，把这寥寥数语写在纸上，

你没有纸笔，我带来笔墨纸张。

(她取出一张写字的纸板)

只要忧心如焚的老人看见

你亲笔写的这两行字，知道

你还活在人间，指望交到好运，那就足够。

不然他绝望之余就闯进宫去，

在那里自报家门，那就无法挽救。

卡拉夫：

好吧！把这纸板给我。

(他正要写信，突然停住，凝视着她，审视良久)

斯基里娜！

你不是有个女儿在后宫吗？

——对，对，一点儿不错，她在那里充当

图兰朵的女奴，你丈夫跟我说过。

斯基里娜：

是这么回事！你怎么想到这件事上？

卡拉夫：

斯基里娜！

你只消回去告诉我父亲，

他尽可不必害怕，完全可以

要求秘密觐见皇帝陛下，

他心里想说什么，尽可启奏皇上。

我对此表示满意，绝不阻挡。

斯基里娜(一愣)：

您拒绝

把信给我？只要您亲笔写上一句就行。

卡拉夫：

不，斯基里娜，我不写信。要到明天
大家才知道我究竟是谁——我很奇怪，
哈桑的老婆竟然试图把我出卖。

斯基里娜：

我出卖您！善良的天神啊！

(自语)

那就让阿德尔玛自己来演完她的好戏吧！

(对卡拉夫)

好吧，王子殿下！随您的便！我现在回家去，
转达你的消息，不过我没想到
冒了这么多的危险，费了这么大的力气，
竟遭到您的怀疑。

(边下边说)

阿德尔玛清醒，王子也没有昏睡。

(离去)

卡拉夫：

幽灵，鬼怪！——你说得不错，布里杰拉！
可是这个女人发誓赌咒向我保证，
我父亲现在北京，
我母亲已经去世！
从来都是祸不单行！
唉，报告凶讯噩耗的嘴巴一向可信！

(对面的一扇门打开)

又来了一个幽灵！瞧瞧看，它想干什么？

第 九 场

〔卡拉夫。策丽玛。

策丽玛：

王子殿下，我是公主殿下的一名女奴，

我给您带来佳音。

卡拉夫：

老天爷保佑啊！

现在确是时候，也该传来佳音！

我不指望什么，也不抱任何幻想，

图兰朵的心实在过于冷酷无情。

策丽玛：

说得也对，我不否认——但是王子殿下，

您已经成功地感动了这颗高傲的心，

就您一人，您是第一个打动她的人——

尽管她口口声声坚持，她对您充满仇恨，

可是我确信，无疑她其实心里爱您，

倘若我这是撒谎胡说，地面立即

裂开，把我拽进地底深层！

卡拉夫：

好，好，我相信你。你的消息的确不错。

你还有别的话要说？

策丽玛(走近几步)：

王子殿下，我必须把肺腑之言向您奉上，
心气高傲，争强好胜，使公主趋于绝望。
她已经认识到，她给自己套上
无法办到的难题，获胜那么多次
将在议事堂上当众蒙受羞辱，
她简直羞愧得一心想死。
倘若我向您报告的是些谎话，
就让深渊开口，把我吞下。

卡拉夫：

别把这么巨大的不幸招到你的头上，
我相信你。你去吧，向公主殿下禀明，
在这场争斗中，她很容易取胜；
并非她光彩夺目的理智
更能提高她的荣誉，而是她的心，
学会感受，她向世人证明，
她也会富有同情之心，
会下定决心抚慰一个深爱她的男人，
并使一位年迈的父亲感到欢欣。
你说，莫非这就是
你让我听到的佳音？

策丽玛：

不，我的王子殿下！
我们不可能这么便宜就俯首听命，
您必须对我们的软弱怀有耐心。
——您且听好！

卡拉夫：

我听着。

策丽玛：

公主殿下派我前来，
——她求您一件事——
让她知道这两个名字，
此外，您要大胆地相信她的宽大仁慈。
她只想拯救她的自尊心，
只想在议事堂上挽回她的荣誉。
她将满怀善意从宝座上下来，
心甘情愿地把她美丽的右手伸给您①。
——殿下，您不冒任何风险，请下决心。
您若以善意赢得这颗高傲的心，
那么她就不是被迫投入您的怀抱，
而是出于爱情，出于无比缠绵的爱情。

卡拉夫（目光犀利地注视着策丽玛的脸，泛起一丝苦笑）：

女奴，你在这里落下了一句
演说中通常采用的结尾语。

策丽玛：

什么结尾语？

卡拉夫：

倘若我没有向您说实话，
就让大地裂开，把我吞下。

策丽玛：

那您认为，王子殿下，我是向您说了谎话？

卡拉夫：

我差点以为——我现在确切认为

① 意为接受求婚。

你的请求我永远不可能答应，
回到公主殿下身边去吧！
告诉她，我惟一的雄心壮志是赢得她的芳心，
请她务必原谅我炽热如火的爱情，
她的请求我不得不拒不从命。

策丽玛：
您深思熟虑过吗，这样刚愎自用，
会让你付出什么样的代价？

卡拉夫：
哪怕以我的生命为代价也在所不惜！

策丽玛：
这会让您付出代价，这点确定无疑，王子殿下。
——您还坚持，什么都不向我披露吗？

卡拉夫：
无可奉告。

策丽玛：
再见吧！
（边走边说）这番唇舌我满可省去！

卡拉夫（独自一人）：
走吧，你们这些虚无空幻的面具！
你们动摇不了我的意志。别的忧虑
使我揪心——斯基里娜的消息
使我胆战心惊——我的父亲身在北京！
我的母亲已经去世！——勇气，要有勇气，我的心！
不出几小时，便会决定命运。
但愿我能在睡梦中度过这短暂的时间——
备受折磨的精神渴望休憩，

我觉得天神已在我身边
展开他轻柔的羽翼。
(他在卧床上躺下,沉沉入睡)

第 十 场

〔阿德尔玛上,脸上蒙着面纱,手持一枝蜡烛,卡拉夫在熟睡。

阿德尔玛:

并非所有计划都注定了非失败不可——
我为了骗取这两个名字,
使出全部骗人的把戏,可是徒劳无益。
那么我现在试图把他骗出北京,
让他带着美丽的猎物一起逃走,
就不会同样白费力气!
——啊,热烈期盼的时刻! 现在,爱情啊!
它迄今为止赋予我大胆无畏的勇气,
让我超越了这么多的障碍阻力,
请在我嘴唇上燃烧起你的火焰,
帮我在这最为艰难的斗争中取得胜利!
(端详熟睡的王子)
意中人在熟睡,安静下来,扑扑乱跳的心!
不要颤抖! 你们这双温柔的眼睛,
我不愿把金色的睡意从你们身上赶走,
可是天已破晓,我不得再多事逗留。
(走近王子,轻轻地碰碰他)

王子殿下！醒来吧！

卡拉夫(醒来)：

　　　　　　　　　　谁在惊扰我的睡眠？

又是一个新的幻影？赶快消失，黑夜的幽灵！

难道我都得不到片刻的安宁？

阿德尔玛：

干吗这样激动，王子殿下？您害怕什么？

站在您面前的并不是一个敌人，

我并不想从您嘴里掏出您的姓名。

卡拉夫：

倘若这就是你的目的，那就省省你的力气，

你骗不了我，我可以预先告诉你。

阿德尔玛：

骗您？我骗您？我该受到您的怀疑？

你说吧！是不是斯基里娜来见过您，

诡计多端地试图骗您写封书信？

卡拉夫：

她是在我这里待过。

阿德尔玛：

可是什么目的也没达到？

卡拉夫：

除非我是个天大的傻瓜！

阿德尔玛：

谢天谢地！——是不是有个女奴也来造访，

故弄玄虚，想骗您上当？

卡拉夫：

的确有这样一个女奴到过这里，

可是她一无所获空手而归——你也会这样离去。

阿德尔玛：

怀疑使人痛苦，可是我可以原谅。
您看看我是谁。请坐。请仔细听，
再斥我为女骗子也行！

（她坐下，卡拉夫也随之坐下）

卡拉夫：

那你就说说，你要我干什么？

阿德尔玛：

您先仔细看看我——好好观察我一番！
您想想，我究竟是谁？

卡拉夫：

你气度高雅，
仪容不凡，使我肃然起敬。
可是衣衫又标明你低下的女奴身份，
我若没有弄错，在议事堂上已见过你，
为你的命运感到惋惜。

阿德尔玛：

诸神明鉴，
我也为您衷心感到悲哀，
王子殿下，那是在五年之前，
当时，我自己还蒙受幸运的宠爱，
却看见您身为卑贱的奴隶。
我当时心里就暗自思忖，
您必然出身高贵，该有更佳的命运。
我知道，我已做了力所能及的事
来帮助您摆脱困境，不再受到屈辱，

我知道，不能失去公主应有的风采气度，
可是我的眼睛已使你心中有数。
（她摘下面纱）
您瞧，王子殿下，请告诉我！
这张脸，您这辈子从来没有见过？

卡拉夫：
阿德尔玛！永恒的诸神啊，我没看错吧？

阿德尔玛：
您看见卡拉仓人的国王
凯可巴特的女儿屈辱地沦落为奴，
她从前注定了该登上宝座，
如今却沦为奴隶，蒙受耻辱。

卡拉夫：
大家以为您已死去，为您哭泣，
我真不幸，竟在重逢时看到您这样的境地！
您分明是一位女王，高贵的君王的公主，
却在这里充当一名后宫的女奴！

阿德尔玛：
是充当这个图兰朵的女奴，
这残酷的公主是我落魄沦亡的原因！
王子殿下，您且听听我的全部不幸！
我有一位兄长，一个讨人喜欢的可爱少年，
高傲的图兰朵使他像您一样痴迷，
——他在议事堂上冒险猜谜。
（说到这里哽咽呜咽，泣不成声）
许多人头在北京城上高悬，
叫人看了触目惊心，您也能看见

我亲爱的哥哥的首级，
我至今还为他痛哭不已。

卡拉夫：

不幸的姑娘！这么说，传说不假！
我一直认为那只是一个悲惨的故事，
不料竟是真话。

阿德尔玛：

我的父亲凯可巴特是位英勇的男儿，
他为悲痛所驱使，率领大军
袭击阿尔图姆的国土，
为遇害的儿子报仇雪恨——
唉！可惜出师不利！经过骁勇鏖战，
他和他所有的儿子都在一次战役中阵亡。
而我自己，连同我的母后和所有的姐妹
都被投入流水滔滔的大江，
这是追杀我们部族的暴戾大臣的命令。
母后和我姐妹都在水底葬身，
只有我为秉性仁慈的皇帝所救，
陛下当时正好来到江边督阵。
他怒斥这一凶恶的暴行，
从江中捞起我这可怜的劫后余生。
拉到岸边时我已奄奄一息。
他们使我死里逃生；
我于是被送去充当图兰朵的女奴，
我暗自庆幸，由于敌人的宽宏大度，
使我得以重获生命，犹如上天开恩。
啊，倘若在您胸中还有人性尚存，

请让我的命运使您心受感动！
请想想我所身受的苦难重重！
我竟充当女奴，侍候一个灭我全族的女人，
这事犹如一柄利刃刺进我的内心。

卡拉夫：

我为您的不幸感到悲哀。不错，公主，
我为您的苦难一掬真诚之泪——
可是请控诉您残酷的命运，不要控诉
图兰朵——您的哥哥是死于自己的错误，
您的父王，鲁莽行事，思考不周，
毁了他自己和他全族。
我自己也是一个不幸的人，为命运
所戏弄，您说，我能为您做些什么？
倘若明天我得以攀登我心愿的巅峰，
您将获得自由，生活幸福无比——
可是现在，您的不幸只能增加我的不幸而已。

阿德尔玛：

您先前可以怀疑素不相识的人，
您现在认识了我——您将相信
女王，相信公主出于同情不得不
告诉您的事情，甚至该说出于柔情，
出于爱情想告诉您的事情。
——啊，我现在若说出话来有损您的心上人，
但愿这颗囿于成见的心也能相信！

卡拉夫：

阿德尔玛，您倒是说呀，您有什么话要告诉我？

阿德尔玛：

那么您听好,王子殿下——最好还是不说,
您会以为我是来骗您上当,您会把我
混同于那些惟利是图的小人,
这些人可是天生的该背上奴隶的枷锁。

卡拉夫:

您别再继续折磨我,我求您,说吧!
有什么话?她是我生命中惟一的女神,
您要告诉我什么关于她的话?

阿德尔玛(旁白):

老天爷啊,让我现在能说服他!
(转身向着卡拉夫)
王子殿下,这个图兰朵卑鄙无耻,
毫无心肝,虚伪透顶,她已下令
今天拂晓时分把你刺死!
——这便是您的生命女神对您的爱情!

卡拉夫:

把我刺死?

阿德尔玛:

正是,把你刺死!
你一迈出这个房门,
便有二十把利剑刺进您的心,
这便是这灭绝人性的女人下达的命令。

卡拉夫(霍然起立,走向门口):

我要告诉卫兵。

阿德尔玛(把他拉住):

站住!
您想到哪儿去?您还想求生逃命?

不幸的人啊，您不知道此刻身在何处，
一张血腥杀人的罗网已把你团团围住！
皇上派来保护您的这些卫兵，
本应保证您的生命安全——
却被公主收买，结果您的性命。

卡拉夫：（愤然大叫，强烈地表示他内心深处的痛苦）：

啊，铁木尔，铁木尔！不幸的父亲啊！
你的儿子卡拉夫竟落到这样的下场！——
你不得不来到北京，到他坟上痛哭悲伤！
这便是你儿子向你许诺的安慰！
——命运真是可怕可悲！

（以手掩面，陷入深深的痛苦之中）

阿德尔玛（又惊又喜，忘乎所以）：

卡拉夫！铁木尔的儿子！
这个收获真叫人喜出望外！——现在怎么着都行！
哪怕他逃出了我的圈套，我知道这两个名字
也就把他的命运掌握在我的手心。

卡拉夫：

这么说，我已被出卖，落在这批士兵手里，
而他们本是奉命前来对我进行保护！
唉，刚才就有一个惟利是图的奴隶
对我说，有权势人物的恐惧和贿赂
可以解开忠诚虚弱的纽带连结，
——生命，生命，就此永别！
残酷的星辰对我们苦苦追逼，
要想反抗，纯属白费力气，
凶残的女人，你要贯彻你的意志——

你要看到我的鲜血才心旷神怡，
甜蜜的生命啊，就此永别！命运无法逃避！

阿德尔玛（热情奔放地）：

王子殿下，我来给您指出逃亡的道路，
我不是无所作为，只为您泪洒衣襟，
我保持清醒，想尽办法，采取行动，
我不吝金银，贿赂了这些卫兵。
如今道路畅通。我把你从死亡中解救出来，
跟我走吧，我也帮我自己挣脱纽带。
马匹已经备好，随从已经备齐。
让我们逃出这道宫墙，
诸神的诅咒就落在这墙上。
贝尔拉斯的可汗是我的朋友，我们都是亲戚，
还有神圣的条约使我们彼此连系。
他会保护我们，敞开他的国门，
向我们提供武器，帮我们夺回
我祖上留下的国土，倘若您不嫌弃
我献上的爱情，我将与您共同掌管王国。
倘若您拒绝我的献礼，看不起我，
那么鞑靼国里公主郡主，也有许多，
论美色和这位图兰朵不分高低，
然而比她更为温柔，更富缠绵情意。
您可以从中选出一个配得上您的
美女当作王妃。而我——要战胜我心。
只请您拯救，拯救您这亲爱的生命！

（说下面这几句时，情绪越来越激动，她一把抓住卡拉夫的手，试图把他拉走）

啊，走吧！我们只顾说话，时光却在飞逝，
公鸡报晓，宫殿里已有声息。
红日冉冉升起，将把死神带来。
快走，趁获救逃生之门尚未关闭！

卡拉夫：
好心善良的阿德尔玛！我惟一的朋友！
我不能前往贝尔拉斯追随您的左右，
不能接受自由这美好的馈赠，
不能把您父王的王国交还给您，
我心里是多么痛苦——我这样悄然隐去，
阿尔图姆皇帝会怎么忖度？
倘若我破坏了主人殷勤好客的神圣风俗，
把一位颇受重视的女奴
从深宫后院拐走，我不是
自己犯了可耻的背叛行径？
——我的心已不再属于我自己，阿德尔玛，
即使那高傲的公主为我设下死亡的陷阱，
我能死在她的手里，我心甘情愿，表示欢迎。
——您就逃走吧，别带上我，逃吧，
愿诸神一路陪伴着您！我在这里等候我的命运，
既然我不能为图兰朵而生，
为图兰朵而死，我也欢欣——别了！

阿德尔玛：
真是糊涂！您坚持己见？您已下定决心？

卡拉夫：
决心留下等人行刺。

阿德尔玛：

哈，忘恩负义之人！我的爱情
也不能把您拦住——您看不起我！
您选择死亡，只是为了不跟我同行。
您对我充满蔑视，拒绝向我求婚，
快逃走吧，千万要拯救，拯救您的生命！

卡拉夫：

不要白白地浪费您的舌唇，
我留在这里，静候我的命运。

阿德尔玛：

那您就留下吧，我也愿意留下继续为奴，
不和您在一起，我也把自由的幸福视为粪土，
我倒要看看，必要时究竟我们两位
谁更勇敢地视死如归！
(离他而去)我会不会
是第一个锲而不舍，达到目的的女人？
(语气着重地自语)
卡拉夫，铁木尔国王的王子！
(鞠了一躬，口气嘲讽)陌生的王子殿下！
别了！(下)

卡拉夫(独自一人)：

这个恐怖之夜竟没有尽头？
谁曾受过这样的酷刑这样浑身战栗？
夜晚若到尽头，那白昼又会带给我
什么样新的更大的恐怖！来自谁的手里？
专横的心啊，我那高贵忠实的爱情
竟从你那里换得这样的命运！
——好吧！朝霞已染红了天际！

旭日冉冉升起，使天下万物生意盎然，
而给我带来的却是死亡！
耐心点，我的心啊！你的命运即将实现！

第十一场

〔布里杰拉。卡拉夫。

布里杰拉：
主人，议事堂上众人均已到齐。
时辰已到，请您起驾。

卡拉夫（以慌乱的怯怯的目光仔细打量布里杰拉）：
你就是行凶的工具？
你的匕首藏在哪里？干脆些，
有什么命令，你就执行，
你夺不走任何我珍惜的东西。

布里杰拉：
什么命令，主人？我只是奉命
陪您上议事堂，别无其他命令。
大家都聚在那里等您。

卡拉夫（沉思片刻，摆出听天由命的神气）：
那我们就走吧！
我知道，我是不会
活着走到议事堂上——瞧，我是否
能够直面死神，视死如归。

布里杰拉（惊讶地凝视着他）：
他在胡说什么死神死亡，真是见鬼！

这些该死的臭娘儿们！她们一夜之间
折腾他，不让他睡觉，
现在把他脑子弄乱，人也疯疯癫癫！

卡拉夫（把剑扔在地上）：

我的剑，
就躺在这里。我不会进行任何反抗。
至少让那残忍的女人知道，
我是自己敞开胸膛，
迎着死神的锋芒！

〔他起步下场，一下场，就迎面响起阵阵军乐。

第 五 幕

〔场景一如第二幕。

〔在议事堂的后方设立一座祭坛，供奉一位中国神祇，坛前站着两名祭师，掀起帘子，观众才能看见他们。——幕启时，阿尔图姆坐在他的宝座上，潘塔隆和塔尔塔利亚侍立两旁；八位大学士各就各位，卫兵手执武器。

第 一 场

〔阿尔图姆。潘塔隆。塔尔塔利亚。众学士。卫兵。紧接着卡拉夫上。

卡拉夫（情绪激奋地走进大厅，满腹疑虑地回头探望，走到舞台中央，向皇帝鞠躬致敬，然后自语）：

怎么？我活着走到这里——我每走一步
都等着二十把剑刺进我的心里，
我走完这一段路，
居然没有受到任何人袭击？
这么说，阿德尔玛向我宣布了错误的信息，
——要不图兰朵已经发现
我的名字，我的灾祸在所难免！

阿尔图姆：

我的儿子！朕见你眼里阴霾密布，
你为恐惧和疑虑所苦——别再害怕什么，
朕不久会看见你额头清朗，散尽云雾，
再过几个小时你的考验就要结束。
——不久朕有一些内容欢快的秘密
要向你披露——暂时朕还把它们
封存在胸中，亲爱的少年，直到你的心
能倾听这些秘密，为喜事敞开大门。
——可是你且听好：从来喜不单行；
一件喜事发生，另一件喜事满载馈赠
也接踵而至——你是朕的儿子，朕的驸马！
图兰朵，你拥有她！
昨天夜里她三次派人前来觐见，
向朕乞求向朕哀告，
让她不要经受这可怕的考验。
由此可见，你有理由
心安理得地期待着她为你所有。

潘塔隆（信心满怀）：

您可以期待这点，王子殿下！我敢担保！
这件事情，合情合理，月圆花好！
请您接受我的祝贺，今天就举行新婚大典。
昨天夜里我两次被她召见；
她万分性急，迫不及待，
几乎不容我穿上拖鞋。
我早餐未进就赶去见她；
天寒地冻我的胡子现在还索索直抖

——她要我把这次会议推后，
要我出谋划策——在皇上面前求情
——是啊，什么事她不要我为她操心！
我真是感到乐不可支，无比欣喜，
我不否认，我看到她绝望已极。

塔尔塔利亚：

我在早上六点被她召见；
天方破晓，她一夜未眠，
看上去活像一头枭鸟。
她足足求了我半个小时，
花言巧语说了一堆，可是徒劳！
我想由于她焦躁不耐，冷漠凶狠，
我便向她说了些不中听的事情。

阿尔图姆：

诸位贤卿请看，直到最后瞬间，
她还犹豫不决！可是自我封闭纯属枉费心机。
朕已发出严厉的命令，
议事堂上的会议她必须出席，
倘若温言相劝不行，那就强迫她来。
她执拗任性，自以为是，
使朕有权做出这样严厉的安排。
朕本想免她受辱，然而白费力气。
那就让她自取其辱吧——你可以满心欢喜，
我的儿子！现在轮到你洋洋得意！

卡拉夫：

恭谢陛下隆恩。可我难以感到欢喜，
我的心上人因为我要遭受暴力，

为此我自己痛苦不堪，
我宁可——唉，可是我无能为力！
倘若没有她，生命又有什么意义？——
我温柔地苦苦追求，
也许最终能战胜她的憎恨，
也许有朝一日能使她的憎恨化为爱情。
我一心一意只想充当她的奴隶，
获得她的爱乃是我最高的希冀。
谁若想得到我的恩宠，
用不着任何人为之说情，
只要得到她的美目一瞬。
只要命运女神主宰我的命运一天，
我嘴里不会说出一声“不行”来使她伤心；
只要我的生命之波潺潺流动，
她就始终是我日思夜想惟一的梦中情人！

阿尔图姆：

那就开始吧！别再犹豫。让议事堂
变成神庙。搭起祭坛，法师准备就绪，
让她进来时立即看到
自己的命运，让她知道
朕也会要求实现
朕向她所作的誓言。

〔后面的帷幕掀起；现出中国神像、祭坛和法师，烛火通明，照亮一切。

把所有的门全都打开，
让全体民众自由进来。
这忘恩负义的孩子

在朕白发苍苍的头上堆满千百种忧愁，
现在是她向朕偿付这些忧愁的时候。

〔鼓声低沉，伴随着阴郁的进行曲。接着特鲁法尔丁带太监们上，后面跟着一群女奴，最后是图兰朵；大家都身着黑色丧服，妇女们蒙着黑色面纱。

潘塔隆：

她来了！她来了！安静！多么哀伤的音乐！
——多么悲惨的盛装！一阕婚礼进行曲，
完全和葬礼进行曲相仿！

〔演员上场完全以第二幕同样方式同样仪式进行。

第　二　场

〔前场人物。图兰朵。阿德尔玛。策丽玛。女奴们和众太监。

图兰朵（她登上宝座，全场鸦雀无声，然后对卡拉夫）：

陌生的王子殿下，这些阴惨的丧服，
我的随从表现出来的悲伤痛苦，
我知道，您看了赏心悦目，心旷神怡。
我看见祭坛已经装饰停当，
为我举行婚礼的法师已准备就绪，
我看见人人眼里充满嘲讽，真想放声哭泣。
巧妙的计谋和深奥的学问
我全都用来从你手里
夺取胜利，为了逃避这一瞬间，
它将毁掉我的荣誉，

可是最后我还是得向我的命运屈膝。

卡拉夫：

啊，但愿图兰朵能看见我的心，

她的悲哀冲淡了我的欢欣。

这肯定会使她消气息怒。

倘若追求这样的财富是个错误，

那么犹豫不决，轻易放弃，则是罪行！

阿尔图姆：

王子，她不值得你降尊俯就，

现在该轮到她放下身价！

倘若她不能高贵体面地配合，

那么她能做到多少就都随她——

现在开始行动！乐器齐奏，让欢快的乐音

大声宣布一下——

图兰朵：

且慢！现在开始还为时过早！

（站起来冲着卡拉夫）

如不看见您的心受到蒙骗，

先是满怀甜蜜的梦想，然后陡然之间

把你甩进绝望的深渊，

我的胜利不可能十足美满。

（缓缓地提高嗓门说道）

听着，卡拉夫，铁木尔的儿子！快离开这议事堂！

我的神灵已找到这两个名字。

快去另找一位新娘——你和一切

试图与图兰朵较量的人，全都输光！

卡拉夫：

啊,我这不幸的人啊!

阿尔图姆:

这怎么可能？诸神啊!

潘塔隆:

圣女卡塔琳娜啊!

(对塔尔塔利亚)

回家去吧！把你的胡子一根根拔掉吧,大学士!

塔尔塔利亚:

至高无上的苍天啊！我的理智已不起作用!

卡拉夫:

一败涂地满盘皆输！一切希望都已残破!
谁助我一臂之力？唉,谁也帮不了我,
我是我自己的凶手;我失去了爱情,
因为我爱得太深!
——我为什么昨天不竭尽全力不猜出谜语,
这样我的这颗脑袋
现在就在死神永恒的睡梦之中憩息。
我那心惊肉跳的灵魂也就得以喘息。
仁慈的皇帝陛下,您为什么为了对我有利,
要放宽这血腥的法律,
倘若她把我的谜语猜出,
就让我输掉脑袋作为代价——
她就全胜而归,心里得到充分满足!

〔舞台深处发出一片喃喃人声,表示不以为然。

阿尔图姆:

卡拉夫,朕年事已高,受不了这样的苦恼,
这猝然射来的霹雳电光把朕彻底击倒。

图兰朵(对策丽玛旁白)：

策丽玛，他深沉的苦难已把我打动；
在他面前我已无法无动于衷。

策丽玛(悄声对图兰朵)：

啊，那您就缴械投降。结束这件事情！
您瞧！您听！民众已经快失去耐心！

卡拉夫：

难道非要法律的利剑来结束这条生命？
把这生命再维持下去
已不可能。
(他走向图兰朵的宝座)
好吧，不肯和解的女人！
瞧瞧这个卡拉夫，你已经认识他——
你先前把他当作无名的陌生人恨之入骨，
现在你认识了他，还依旧不屑一顾。
既然在你眼里我的生命毫无价值，
还值得苟延残喘忝颜苟活？
应该让你心满意足，残忍的女人。
我不该再残留人间，让这轮太阳见到我
受到侮辱——在您的脚下——

〔他拔出匕首，想要自戕。这时阿德尔玛作势要阻止他，图兰朵则从宝座上直冲下来。

图兰朵(扑进卡拉夫的怀里，一脸惊恐，满面爱意)：

卡拉夫！

〔两人相对凝视，目不转睛，保持这个姿态一动不动半晌。

阿尔图姆：

朕见到什么景象？

卡拉夫(少顷)：

你？你不让我去死？

你的同情就是让我活着，

没有希望，没有爱情地活命？

你想对我的绝望也发号施令？

你的权限就到此为止，你可以把我杀死；

可是你无法强迫我活下去，

让我死吧，倘若你心里还残存着同情的火花，

那就请你向我可怜的父亲表示同情吧。

他现在北京，需要安慰照顾，

因为命运夺走了他亲爱的惟一的儿子，

他老年最后一根支柱。

(欲引刀自杀)

图兰朵(投入他的怀抱)：

活下去，卡拉夫！我要你活下去——为我活下去！

我已失败。我不再想掩饰我的心

——策丽玛，你认识那两个被遗弃的人，

快去安慰安慰他们，

向他们宣布自由和欢乐的佳音——快去！

策丽玛：

唉，我乐于奉命前去！

(快步离去)

阿德尔玛(自语)：

现在是死的时候。

希望已经破灭。

卡拉夫：

诸神在上，我莫非是在做梦？

图兰朵：

我不想擅自夺取这个荣誉，王子，
它本不属于我，我告诉你；
告诉大家！我之所以探得你的秘密，
并不是因为我身怀绝技，
而是全靠偶然，由于你一时兴起。
是您自己脱口而出，把这两个名字
告诉了我的女奴阿德尔玛。
我是通过她才得以获悉这秘密——
因此获胜的是你，不是我，奖品应归于你。
——但是并不仅仅是为了公道正义，
也不是遵照法律，不，王子！
而是服从我自己内心的声息，
我才把自己赠送给你——唉，打从我
第一眼看见你，我的心就已属于你！

阿德尔玛：

啊，这从未感受过的酷刑！

卡拉夫（这段时间他一直像在做梦似的站在那里，似乎这时才清醒过来，他一把把公主搂在怀里，欣喜欲狂）：

你属于我？
啊，这难以估量的狂欢极乐，别让我乐极而死！

阿尔图姆：

让诸神赐福于你，亲爱的女儿，
你终于要使朕晚年欢畅。
愿你往日造成的苦难全都受到宽恕，
眼前时光治愈了朕心头的任何创伤。

潘塔隆：

举行婚礼！婚礼！快快让开，你们这些大学士老爷！

塔尔塔利亚：

让开！让开！马上就缔结良缘！

阿德尔玛：

好吧，活下去吧，你这残忍的男人啊，
和我恨之入骨的女人幸福地共同生活！
（对图兰朵）好吧，听着，
我从来没有爱过你，我恨你，
我的所作所为，全是出于仇恨，
我告诉你这两个名字，只是为了
从你的怀抱里夺回情人，
和他一起远走高飞逃往更幸福的国度，
在你见到他以前，他已是我的意中人，
昨天夜里，我似乎忙着为你效劳，
我还试图用各种计谋，
甚至不惜污蔑诽谤，来说服他
和我一起出逃——可是徒劳！
他在悲痛之中脱口说出两个名字，
我把它们告诉你，是让你获得胜利，
使他从你眼前消失，
投入我的怀抱——这是枉费心机！
他爱你至深，宁可为你而死，
也不愿为我而生！
我的一切努力全是镜花春梦，
只有一点还在我的掌握之中。
我和你一样，出身帝王之家，
我这样长时间屈尊为奴，实在汗颜，

我仇恨你这死敌,和你不共戴天,
你夺走了我的父母,兄弟姐妹
和我珍惜的一切一切,
现在你还夺走了我的恋人。
那么你把我这个部族的最后一根苗子,
把我自己也都夺去——我不愿再残留人世。
(从地上拣起图兰朵从卡拉夫手里夺下的匕首)
伤心绝望使我拔出这把匕首,
它已知道哪颗心它要刺透。
(欲把匕首刺进胸膛)

卡拉夫(拉住了她的胳臂):
冷静一点,阿德尔玛。

阿德尔玛:
别拦我,你这薄情负义的男人!
要我看着你抱在她的怀里? 决不!

卡拉夫:
您可别死,我感谢您巧妙地背叛主子,
那心灵美好的公主才会大度自愿地使我幸福,
她平素最恨受制于人,被迫
采取行动——仁慈的君主,
倘若我的热切恳求能获得圣听,
请陛下赐她以自由,作为馈赠,
让陛下赐给我们幸福的第一个证物,
是让她获得幸福!

图兰朵:
我的父王陛下,
我也和他同声恳求,

我感到，在她眼里我一定极端可恶；
她永远不会原谅我，
也永远不会相信我会对他宽恕。
请赐给她自由，倘若她还能
得到更大幸福，请给她恩赏；
我们已经使许多人泪水直淌，
必须赶快把欢乐传遍四方。

潘塔隆：

看在老天爷的分上，尽快让她走路，
让她走路，倘若她要求恢复故国，陛下，
请把整个王国也赏赐给她；只要有一个
愤怒的女人和您同住在一个屋檐下，
我们的欢乐会化为轻烟消散，
我为此忧心忡忡担惊受怕。

阿尔图姆（对图兰朵）：

你送给朕一个喜庆日子，在这样的
日子里，朕宽大无边，仁慈无度。
朕不仅赐给她自由，她还可
取回她父祖留下的王国疆土，
和一位跟她匹配的夫君共同掌权，
但愿此人聪明不去刺激强大的君主。

阿德尔玛：

陛下，公主——我无地自容，心乱如麻，
陛下恩德无边，宽宏大量，使我匍匐在地，无言以答，
时间能治愈一切伤口，
兴许也能消除我的忧愁——
请恩准我保持沉默，就此离去——

因为我只会哭泣流泪，
从我眼里不停流出如潮的泪水。
（她以手掩面，临走前还向卡拉夫投去炽热的一瞥）

最 后 一 场

〔除了阿德尔玛，前场全体人物。临终场时，铁木尔，巴拉克，斯基里娜和策丽玛。

卡拉夫：
我的父亲，啊，我在哪里能找到你，你在哪里？
我怎么能把满腔幸福
向你胸中倾注？
图兰朵（一脸羞愧，不胜窘迫）：
卡拉夫，您高贵的父亲
在我这里，就在这里——此刻他已感到幸福
——别要求知道更多的事情，
别要求在众多证人面前，听到我的招供，
它会使我羞惭不已，满面通红。
阿尔图姆：
铁木尔在你那里？他在哪儿？——我的儿子，
你该感到快活！你已赢得了这个帝国，
你失去的王国也再次属于你。
那个夺走你王国的暴君已遇刺身亡！
你的民众的呼声在召唤你
回到你列祖列宗的宝座之上，
你的一名忠仆此刻正代你管理。

他的信件已在各国遍寻你的踪迹，
此信甚至也传到朕的手里，
——这薄薄一纸包含着你厄运的终止。
（把信交给卡拉夫）

卡拉夫（向信上投了一瞥，一时思绪万千，口不能言）：
天上的诸神啊！我的欣喜
是在天庭，在你们中间，我的嘴唇已紧紧封闭。

〔此时大门洞开，铁木尔和巴拉克走进厅来，陪伴着他们的是策丽玛和她的母亲。卡拉夫一看见父亲，就伸开双臂，快步迎了上去。巴拉克匍匐在卡拉夫的脚下，与此同时，策丽玛和她母亲则跪倒在图兰朵面前，图兰朵仁慈地把她们两人扶起。阿尔图姆，潘塔隆和塔尔塔利亚站在一旁，深受感动。在大家感情激动之际幕落。

席勒文集

戏剧

人民文学出版社

席 勒

UNSER MENSCHLICHES JAHR
HUNDERT HERBEY ZU FÜHREN
HABEN SICH ALLE VORHERGE-
HENDEN ZEITALTER ANGESTRENGT.
UNSER SIND ALLE SCHÄTZE,
WELCHE FLEISS UND GENIE
VERNUNFT UND ERFAHRUNG
IM LANGEN ALTER DER WELT
ENDLICH HEIMGEBRACHT HABEN.
FRIEDRICH SCHILLER
AKADEM. ANTRITTSVORLESUNG
JENA 26. MAI 1789

耶拿大学前的席勒像

上：席勒肖像纪念章
下：席勒的出版商约翰·弗里德里希·科塔

《墨西拿的未婚妻》

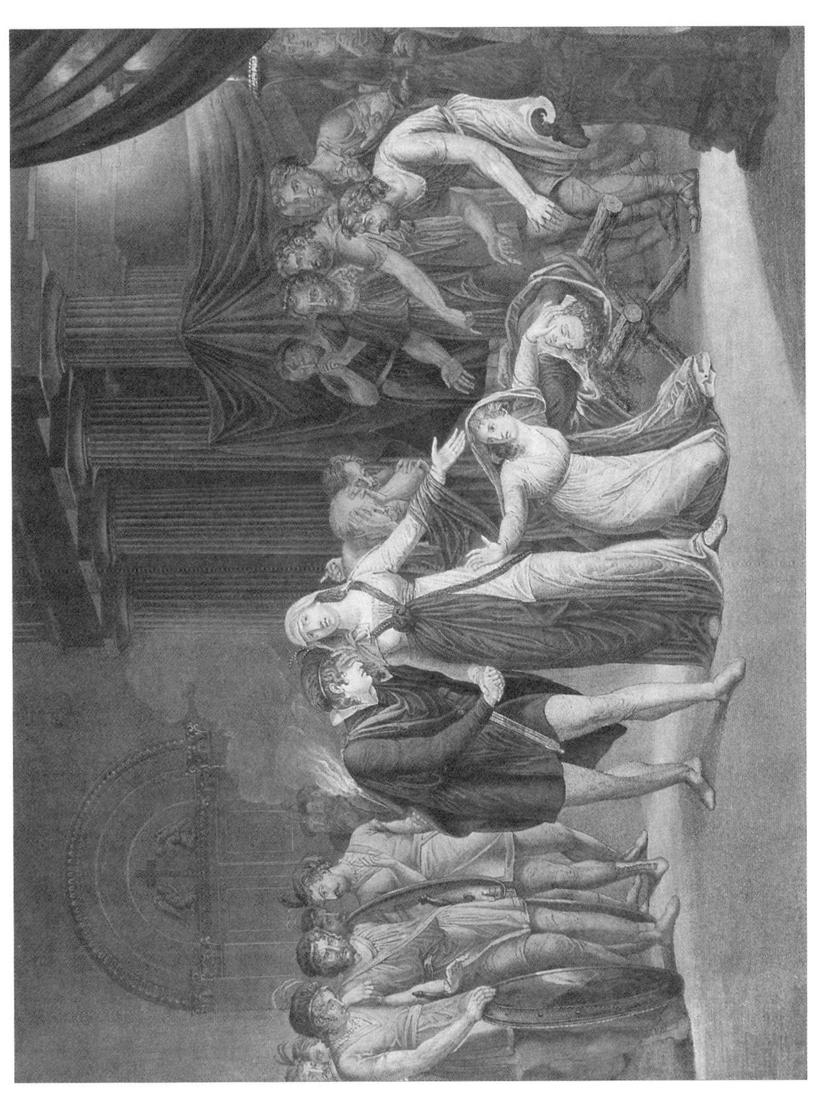

《墨西拿的未婚妻》

《威廉·退尔》

席勒（1804 年）

席勒给歌德的最后一封信，
写于 1805 年 4 月 25 日至 29 日间

前　言

早在一八〇一年春，席勒就打算创作一出模仿古希腊悲剧的剧本，含有合唱队，但迟迟没有动笔。他正忙于完成其他写作计划，其中包括酝酿《华尔贝克》，并抽空改写哥齐的剧作《图兰朵》。

一八〇二年整个上半年对席勒的工作不甚有利，他比平时发病次数更多，主要是发烧，现在又添新病——顽固的哮喘。四月底他搬进埃斯普拉那德的新居，新买的寓所需要装修。同时他得到了母亲逝世的消息。他从歌德那里预支了一笔购房的款项，可是一直到五月底才把余款还清，以后几周工人还在屋里装修，干扰他的工作。

夏天，歌德带着他的魏玛剧团到哈勒附近游人甚多的劳赫斯台德去开一个疗养地剧院，立刻受到热烈欢迎。席勒把这看成是一个新的戏剧时期的开始，他为自己不能拿出一部新戏参加演出感到不悦。这时他突然对《威廉·退尔》的题材大感兴趣。

渐渐地歌德等得不耐烦了，他从劳赫斯台德浴场来信催稿，要席勒集中精力写出新作。歌德的警告产生了作用，因为它符合席勒自己的愿望，于是他把创作《华尔贝克》和《威廉·退尔》的计划放在一边，从八月底起认真写作一部新戏。他将这部表现兄弟阋墙的戏取名为《墨西拿的未婚妻》。经过反复考虑，他决定写这出戏，原因有三："一是这个剧相距（今天）最远；第二，我需要在形式上有新颖的东西刺激，形式更加接近古希腊悲剧。这个剧本便是如此。

因此此剧看上去的确像埃斯库罗斯的悲剧；第三我得选一个不甚冗长的题材。在长期停顿之后，我需要又看见自己写出新作。”

几周后他谈到创作进展情况：“主要的是勤奋；因为它不仅给人以生活的资料，它也赋予生活独特的价值。六周以来我热心而又卓有成效地工作着，像我预想的那样。《墨西拿的未婚妻》已经写完了一千五百行诗句。这崭新的形式使我返老还童，或者说，这更古典的东西使我自己也变得更加古色古香；因为真正的青春只在古代……”

尽管他疾病缠身，还常常夜不能寐，写作却十分顺手。一八〇三年二月一日，在自己规定完稿的日子之前，他在日历上记道：“今天完成‘未婚妻’。”

《墨西拿的未婚妻》是一部仿古的命运悲剧。墨西拿国王在梦中获悉，他即将出生的女儿是不祥之物，将使他的两个儿子兄弟阋墙，全家毁灭。因此决定一生下来就把她杀死，以除后患。可是母亲的爱女之心使得这个女儿留了下来，在修道院度过了十八个春秋。女儿不在，兄弟依旧如同水火，各自带了一帮骑士，互相寻衅。看来不是命运使然，而是性格决定。长子唐·曼努埃尔，性格平和，为人忠厚。但是次子唐·凯撒，性格火暴，妒忌成性，总感到母亲偏爱哥哥。父王在位时两人还不敢放肆，父亲一死，便无约束，墨西拿城面临一分为二的危险。

母亲伊萨贝拉决心做最后努力把两兄弟召来，要求他们言归于好。母亲的努力似乎达到了目的，两兄弟又和好如初。正好这时老仆来告，女儿被抢。兄弟俩十分错愕，都没想到还有一个亲生的妹妹。于是两人决定去找她回来。

其实就在女儿贝亚特丽丝关在修道院时，她已认识了大哥曼努埃尔，他们双双坠入情网。国王下葬之时，弟弟凯撒也见到了贝亚特丽丝，惊为天人，一见钟情。可是贝亚特丽丝与曼努埃尔相爱在前，而凯撒粗野的求爱方式也吓坏了妹妹。这两兄弟都把亲生妹妹视为未婚妻。曼努埃尔预感到他的心上人就是自己的亲妹妹，两人十分痛苦，紧紧拥抱。这个场景正好被唐·凯撒撞见，误认为哥哥横刀夺爱，背着他想把贝亚特丽丝占为己有，于是妒火中烧。刚刚和解的兄弟二人，又成为水火不容的情敌。弟弟一怒之下，刺死了哥哥。

等到母亲看见失而复得的女儿时，发现长子已为次子所杀，不禁悲痛欲绝。凯撒赶来，发现自己误把哥哥当情敌，十分后悔。他知道自己罪不可赦，决心自裁以补赎罪过。然而此时此刻折磨他的是双重的痛苦。第一是他总觉得母亲偏爱哥哥；第二是他无法容忍妹妹在他死后，可能依然把大哥当作恋人哀悼，而不是当作兄长。

因此这个仿古的剧本，在刻画人的心理方面，有其独到之处。这兄弟之间的不睦，和最后的悲剧都是由于妒忌，在妹妹出现之前，是争夺君侯之权，在母亲面前是争夺母爱，而最后是争夺他们心爱的少女的青睐，究竟造成这一悲剧的是命运还是性格？

剧本最精彩的部分是在剧本的末尾，在矛盾揭晓、感情袒露之后，女主人公贝亚特丽丝的性格没有发展，母亲的性格表现出一些层次，而唐·凯撒的矛盾则表现得淋漓尽致。

母亲一直为兄弟之间没完没了的仇隙争斗而苦恼，表面看来，她力图做到一碗水端平，对两个儿子并无偏爱。可是当她获悉长子为次子所杀，终于表明态度——她更爱长子。只是害怕自己年老无恃，才勉强出来挽留唐·凯撒，希望他不要自杀。这一点儿子当然看得非常清楚。他很在乎别人的感情，对恋人如此，对母亲又何尝不是如此。母亲不由自主的感情流露证实了他从小就有的疑惑，母亲的确偏爱他的哥哥。这对他虽是沉重的一击，但他对此还有思想准备。致命的一击则来自他的心上人。这个重感情的血性男儿,容不得哥哥也爱上他的心上人,一剑把哥哥刺死。当他知道,他的心上人乃是自己的妹妹时,他的内心哪能很快调整。照理,他应该不再嫉妒哥哥,因为对于贝亚特丽丝而言,他们两人都是兄长,不分彼此。但他知道,妹妹心里仍可能把长兄看成心上人,他自己依然是个失败的恋人。他无法忍受妹妹哭长兄流的是恋人之泪,而哭他则是流的妹妹之泪。他杀死哥哥,是出于嫉妒,哥哥死后,他依然嫉妒哥哥。他的火暴性子是否出于嫉妒?席勒在这里着重着墨的乃是唐·凯撒的性格,他内心深处的斗争。这兄弟之争归根结底是皇位之争,是得失之争,而集中表现在争夺恋人,争夺恋人的心,是感情之争。权利之争容易摆平,而感情之争触动人的心灵最深,因此才会有兄弟的和解,后来又会出现兄弟的仇杀。

这个剧本在魏玛首演时已获成功,后来在劳赫斯台德也取得成功,这使席勒感到意外。在他写作时还怀疑是否有可能进行一场演出,达到剧本预期的悲剧效果。可在首演的当天晚上,他就相信,“第一次获得这样的印象,那就是,自己写了一本真正的悲剧。”他向刻尔纳报告:“整个情节笼罩着一种崇高的可怕的严肃。”歌德现在也深表满足,他说:“戏剧界通过这个现象被引入更加崇高的境界。”

《墨西拿的未婚妻》又是一次新的戏剧试验,从形式到内容都与《玛利亚·斯图亚特》和《奥尔良的姑娘》不同,尤其不同于《华伦斯坦》。它本来是按照古希腊的模式设想成一部庆典戏剧,在这部戏里要放弃一切迄今为止通常采用戏剧手段和任何幻想,席勒在该剧的前言中想把这作为每种真正艺术的原则。

席勒为什么创作这么一部仿古悲剧?他在给朋友的信里回答了这个问题。一八〇三年四月二十二日,席勒在给伊夫兰的信里写道:“我愿意老老实实地向你承认,我打算用《墨西拿的未婚妻》

和古希腊的悲剧诗人展开一次小小的竞赛。我此举更多的是想到我自己,而不是想我之外的观众,尽管我内心坚信,只需要有十来部抒情的剧本,就可以使这种现在对我们来说还陌生的剧型为德国人所接受。我当然要把这看成达到完美境地迈出的一大步。"同年五月二日,席勒又写信给德累斯顿的政论家威廉·贝克,谈到他的新作:"此剧当然不符合当代人的口味。但是我无法控制我的愿望,想以古希腊悲剧诗人的剧型和他们较量一番,同时试验一下古希腊悲剧中合唱队的戏剧效果。"在这种想法的鼓舞下,席勒创作了《墨西拿的未婚妻》。

他认为用韵文是使剧本接近"诗意悲剧"迈出的一大步,而决定性的一步乃是采用合唱队。合唱队是用来对艺术中的自然主义公开宣战的。尽管如此,它应该为我们组织一道活墙,把悲剧圈起来,为了与现实世界相隔绝,为自己保留理想的土地和诗意的自由。

席勒便尝试着采用合唱队。他让合唱队在剧中分成两组,分别作为唐·曼努埃尔和唐·凯撒手下的扈从,发表忠于主人的观点、言论。当兄弟两人互相敌对时,两组合唱队各事其主,互示敌意。当两位主人言归于好时,他们又合为一体,作为侍从与主人保持距离。灾难发生时,他们共同发出哀叹表示惋惜,安慰那悲伤的母亲;然而,一派控诉凯撒的暴行,另一派则竭力劝阻凯撒自杀。合唱队客观地对剧情发表评论、抒发感想、表露情感,类似旁白。他们随着剧情的发展流露出各种感情,或仇恨,或嫉妒,或惊恐,或爱慕,发出规劝主人的善意忠告,起到群众演员的作用。席勒为此写出《论悲剧中合唱队的使用》一文,在理论上阐述合唱队的作用。

席勒对这项工作深感兴趣,写了很多优美的诗句在合唱里面。难怪他会问威廉·封·洪堡,他若作为索福克勒斯的同时代人是否也会得奖。显然他对此剧的成功还是很有信心的。

此剧在德国舞台上引起了轩然大波，许多人争相效尤。席勒去世以前还在抱怨“德国人蠢驴一样的模仿瘾”，但未提人名。这种剧型后来在浪漫派作家的命运剧上得到发展，例如查哈里阿斯·魏尔纳的剧作以及格里尔帕策的早期作品《太祖母》，充斥德国舞台，就像过去人们争相模仿《强盗》一样。可惜席勒自己已经没有机会在以后的剧作中对这种理论再作进一步的实践。

席勒的《威廉·退尔》取材于一二九一至一三一五年间瑞士人民反抗奥地利争取独立的历史。既然《威廉·退尔》是以瑞士人民的建国史为题材的历史剧，因此有必要简单介绍一下这段历史。一二三一至一二四〇年间，神圣罗马帝国皇帝施陶芬王朝皇帝弗里德里希一世承认瑞士的三州乌里、瑞茨和下林有一定的独立权，即直属帝国直辖于皇帝。这个权利为后来的哈布斯堡王朝皇帝所否定，哈布斯堡王朝皇帝是奥地利皇帝，这便是剧中的一个争执点：忠于帝国，而不忠于奥地利的背景。这三州百姓不堪奥地利的专制残暴统治，在一二九一年订立反奥同盟，即剧中的吕特利盟誓。一三八六年和一三八八年瑞士人民经过两次激战，打败哈布斯堡的奥地利军队，赢得独立。

席勒早已知道威廉·退尔这个题材，他的夫人绿蒂就是在瑞士受的教育，她曾向他提起过瑞士这位自由战士所进行的斗争。席勒当时没有在意。后来歌德从瑞士带回来这个题材，并且表示自己要写一部相关作品。一七九七年十一月席勒在给歌德的一封信里表示，歌德的这个想法很好，并且确信，只有歌德能够把这样一个“有地方色彩的题材”给以应有的独创性的处理，丝毫没有暗示，他自己当时已被该题材所吸引。可是不久，歌德对这个题材失去了兴趣。随后几年，他们两个再也没有谈起此事。一直到很久之后，歌德才表示，是他把这个题材很乐意地让给了席勒。

一八〇二年，席勒正忙着创作《华尔贝克》，歌德也期待着席勒的这部新作问世。可是这时席勒读到了一七三四年出版的一部瑞士史，为瑞士人民的“忠诚的，希罗多德式的，简直可说是荷马式的精神”所感动，大加赞赏，立即产生创作《威廉·退尔》的念头。他告诉歌德，有一个新的题材比《华尔贝克》更使他感兴趣，他为此已思考六周之久，他认为这个题材大有希望，他知道，他已经走上了正道，几天之后，他把秘密泄露给出版商科塔：“如果您能给我弄一张关于四林湖及附近各州详尽的专门地图，那么劳驾请您把它带来，我已经多次不得不听人说这虚假的谣言，仿佛我在加工《威廉·退尔》。我现在终于对这个对象注意起来，研读了楚迪写的《瑞士编年史》。这本书如此吸引我，以至于我现在认真考虑写一本《威廉·退尔》。这应该成为一本使我们得到荣誉的剧本，可是请您不要跟任何人说，因为我要是听人家过多地谈论我的作品，我就会对它们失去兴趣。”但是由于创作《墨西拿的未婚妻》，席勒被迫把《威廉·退尔》搁置一边。

一八〇三年席勒完成了《墨西拿的未婚妻》，到八月底，席勒有了充分的思想准备动手写作《威廉·退尔》。从风格典雅、贵族气派的悲剧《墨西拿的未婚妻》过渡到民众抗暴的《威廉·退尔》，变化之大，确实惊人。但对席勒来说，这个转变不是那么出人意外，因为早在他从最有艺术性的剧本《玛利亚·斯图亚特》转向浪漫主义的《奥尔良的女郎》时，他就宣称：“每个题材要有它自己的形式，艺术就在于找到适合于它的那个形式，一个悲剧的思想必须总是活动的、变化的。”

席勒从未到过瑞士，在写这个剧本时，他让熟悉当地情况的歌德为他出谋划策。歌德一八〇二年三月在外地写信给席勒，听说他的朋友“以明确的兴趣”在处理一个新的题材，他感到高兴。

开始动笔之后，席勒并不掩饰这个不寻常的题材给他带来的困难，这些困难他还没有完全克服，他写信要求朋友寄材料给他："我正在写的是《威廉·退尔》，你如果知道有关瑞士的文章，请你告诉我，我现在被迫多读这方面的材料，因为对这个题材来说，地方色彩至为重要，我真想尽可能地吸取地方主题。"歌德也提到席勒的剧本采取了一个完全和他独立的形式，席勒从他那里得到的仅仅是启发并且让他介绍当地的风光特点。

一开始席勒就对他的新作寄予极大的希望："如果天神对我开恩，让我把脑子里的东西写出来，那将是一个强有力的玩意儿，它将震撼德国的舞台。"

天神对他是开恩的，因为致命的疾病虽然时刻威胁他的生命，但他的头脑一直受他坚强意志的控制，未受任何影响。席勒终于完成了他的《威廉·退尔》，从而也真的震撼了德国舞台。他是如何进行写作的呢？多年后，歌德在一次谈话中十分形象地作了如下描写："席勒给自己定了个任务，写作《退尔》。他在他屋里的墙上贴满了他能够弄到的瑞士专门地图，然后阅读瑞士的游记，直到他对瑞士起义的大道小路全都非常熟悉为止。与此同时他研究瑞士的历史，等到他在一切材料收集完毕之后，他就坐下来写作——说到这里，歌德站起身来，握紧拳头在桌上敲了一下——认真说吧，他一直等到写完了退尔才从座位上站起身来，如果疲劳了支持不住，他就把头靠在手臂上睡一会儿，等他一醒过来，他就叫人——不像人家讹传的，拿来香槟——而是拿来浓浓的黑咖啡，为了使自己头脑清醒。就这样《退尔》在六周之内完成；可它也真像是一气呵成的。"

实际上席勒花了大约半年时间，到一八〇四年二月十八日才完成这部歌颂人民抗暴斗争的名剧，就像他为此前两剧所花的时间一样，完全不像歌德后来描写的那样是一气呵成的。

他从一开始就清楚意识到他面临的困难，情节的安排从地点和时间来说都很分散，有点像德国的连台大戏，除了射苹果这一情节，别的都不好表演，他认真研究了瑞士史学家的著作，剧中许多细节都可看出这些史籍的痕迹。

在写作剧本前，他写信给朋友，谈到此剧难写，并打算用散文写："这该死的题材虽说几乎使我绝望，因为该题材的历史因素拼在一起，对诗意相当不利，可是戏剧效果、人民性的内容却大量存在——也就此存在于我的计划中，因为和这题材进行拼命的斗争，使我直到现在还未真正动手。可是在这个剧本身上恰好一切都在于安排，写作就是比较容易的事了。这个剧将用散文写，所以从这方面来看容易实现；可是剧中场景变换频繁，人物众多，这点你要有思想准备。"

他的杰出的技巧在于巧妙地把众多的人物、纷乱的头绪安排得妥妥帖帖，做到天衣无缝。全剧风格不一，但是无人感到意外。他给人看见的是一个上下一致，同仇敌忾的局面。在这个背景上展开的瑞士人民争取自由的斗争，便显得具有史诗般的宏伟壮丽。不是个人的恩仇，而是民众的意愿。全剧的主人公实际上是三州的民众，这些人纯朴、忠厚、勇敢、正直，尤其难得的是：忠贞，他们当中没有叛徒，这是对瑞士民族的最高礼赞。在一位史学家的《编年史》中也把退尔写在参加吕特利盟誓的那批农民和猎人当中。席勒没有采取这一说法。他让退尔成为独来独往的单干户。

退尔并非天生的革命者造反派。席勒在剧本一开始就特别强调，退尔是个安分守己的良民，他奉公守法，不问政治，是个好丈夫和好父亲。虽然是神箭手，但并不好斗，性格温和，所以他并未参加吕特利之盟。他乐于助人，而且是非分明，所以他才会不顾风急浪高，冒险救人，把受追捕的乡亲渡过湖去，逃脱总督的毒手。

这样的人都被逼得走投无路，更显得暴政的令人难以忍受。从《唐·卡洛斯》到《威廉·退尔》，有一条隐蔽的红线贯穿始终，那就是席勒始终在讴歌人民的斗争,从未稍懈。他这里描写的是人民的直接起义。法国革命使他失望,但他并未对革命失望;他依然在影响民众,虽然用的是历史题材。

席勒善于用对比的手法,使读者和观众从一开始就进入一个风景宜人、和平安宁、富有牧歌情调的情境之中。一边是白雪皑皑的阿尔卑斯山,一边是绿波荡漾的四林湖,牛铃丁当,牧笛声声,牧歌悠扬。这湖光山色不啻为人间乐土。可是就在这民风淳厚、风景优美的山水之间,人们却受到无比残暴的专制压迫。奥地利派来的总督们在这里鱼肉乡民,为非作歹,恣意妄为,完全破坏了一方的宁静和平。有的总督妄图非礼妇女,有的总督掠夺乡民的耕牛,总督格斯勒甚至在广场上竖起木竿,放上自己的帽子,强迫过往的村民向帽子致敬。退尔因为没有鞠躬而被捕,虽经众人求情,依然无效。最后,格斯勒竟然把一个苹果放在退尔儿子的头上,让他用箭去射。这一骇人听闻的暴行,激起民众的义愤,连本来倾向奥地利的当地贵族鲁登茨也看不下去,出来抗争。格斯勒一意孤行,即使在退尔射中苹果之后,还继续扣押他。官逼民反,三州人民在吕特利宣誓结盟,一定要推翻奥地利的专制暴政。退尔和格斯勒狭路相逢,退尔一箭射死总督,起义的民众砸烂了象征暴力震慑的总督城堡,赶走了其他奥地利的总督,夺回了自己的权利,获得了自由。

可是前面已经提到,本剧的主人公并非威廉·退尔一人,而是瑞士三州人民这个群体。以往只注意退尔的故事,深感官逼民反,除暴安民,大快人心。再仔细看看,还有另外一条线也同样重要,那就是以吕特利之盟为高潮的三州民众团结一致,共攘强敌。

一八〇二至一八〇四年,在法国大革命浪潮的推动下,欧洲各国人民的起义风起云涌,然而法国大革命过程中暴露出来的恐怖行动、流血事件,充分说明在革命大潮中沉渣泛起、泥沙俱下,人的本性中的阴暗面也暴露无遗，席勒对此并不赞赏，因而强调人的“审美教育”，提高人的素质，改善人的本性。《威廉·退尔》在讴歌人民起义、鞭笞专制暴政的同时，也含有示范和教育作用。

席勒在剧本里安排了牧民、渔夫、猎人、农民和贵族团结一致，组成统一战线的情节，既符合历史真实，也显示了席勒的政治才能。在十三四世纪，不少农民还是农奴佃农，贵族还控制一切，没有贵族加盟，反抗异族统治的起义殊难成功。贵族鲁登茨自然和农民想法不同，他是在追求贵族小姐贝尔塔时受到小姐的开导，最后是为了拯救贝尔塔，需要借助农民的帮助，才认清敌我，参加斗争。

最后，剧中又加上奥地利皇帝被侄儿谋杀的故事，以此来衬托人民的反抗和王室的争权夺利不可同日而语，说明了人民起义是正当的斗争，而弑君杀父则是不可饶恕的罪行。这一情节被一般学者视为画蛇添足，有损退尔形象，暴露了退尔的局限性。其实不然。

歌德在和爱克曼谈话时说过：“无论在茶桌旁和人们品茗闲聊，还是在内阁会议上商讨国事，席勒都同样出类拔萃。”创作反映作者的想像力。想像力又取决于作者的水平。看《华伦斯坦》，我们眼前出现的是运筹帷幄统帅三军叱咤风云的大将；在《唐·卡洛斯》中，我们看到一个善于恩威并施驾驭臣下的君王；而《玛利亚·斯图亚特》中的伊丽莎白又具有超群出众的外交才能，说话似是而非，滴水不漏，无懈可击。席勒出身平民，若不是通过直接或间接与上层的接触，再加上本身也有从政治国之才，想像力再强也想不出这样的内容，这样的剧情和台词。法国大革命使亚拉的小律师罗伯斯庇尔，还俗的主教塔勒朗，只会摹仿《少年维特的烦恼》写感伤小说的炮兵少尉拿破仑一跃而成法国乃至欧洲政治舞台上呼风唤雨的人物。可惜德国的政治发展没有给席勒施展政治才华的舞台,他便在自己的剧本里让想像力纵横驰骋。十三世纪瑞士立国的历史给席勒留下可以借用的史料有限。剧中的这些场景、人物、对话、情节,都是在大框架下想像力的产物。写官逼民反容易,而写吕特利之盟则反映了作者的政治水平。他首先让与会者按民主程序选出主席,然后让大家发言,发言的内容乃是建立平民和贵族的统一战线,把敌我友的关系理顺。不得侵犯贵族和教会的权益,更不得滥杀无辜。这一切都体现了席勒的政治理念。他设想的是一个理性的革命,不像法国大革命那样狂放无羁,不可收拾。因此现在有些评论家把此剧看成《人的美学教育书简》的戏剧化,是针对法国大革命中丧失理性的激进行为的。农民要团结贵族,贵族也需要农民。精彩的是,席勒让贝尔塔这位贵族小姐出来阐明这个道理,劝她的心上人善待农民,不可忘本,更不能认贼作父。为了强化她的论据,席勒又让贝尔塔小姐被总督囚禁。是起义农民共同努力才把小姐救出魔窟,脱离苦海,否则贝尔塔即使不被总督霸占,也必然葬身火海。小姐知恩图报,给农民以自由,自己要求成为自由瑞士的第一个自由女公民。最后,为了说明三州人民起义有别于王室内部争权夺利的相互仇杀,退尔向弑杀伯父的帕里希达指明:我们虽然都杀人,但性质不同,不可同日而语。

瑞士立国的历史当然没有这样简单,三州人民后来还是和奥地利的军队进行了血战,才保住了自己的自由权利。但是瑞士境内矛盾的解决也许和席勒的描述出入不大。这究竟是反映了席勒的政治理想,还是暴露了他的思想局限,读者自会自己作出结论。人们普遍认为,这个剧本具有强烈的感染力,结构严密,情节紧张动人。此剧是席勒最后一部完成的杰作。可以把它视为席勒的政治遗嘱。

十七世纪初,俄罗斯宫廷里发生了一系列扑朔迷离的事件。

沙皇伊凡·瓦西里耶维奇，即沙皇伊凡四世，以残暴著称，人称伊凡雷帝，即可怕的伊凡。伊凡四世驾崩后，王子费奥多尔即位。费奥多尔弱智低能，王位为大臣鲍里斯·戈都诺夫篡夺。费奥多尔死后，其寡妻伊琳娜，鲍里斯·戈都诺夫的妹妹，居孀后即入修道院。费奥多尔无嗣。传说中的小王子为伊凡雷帝的幼子德米特里乌斯，为王后玛尔法所生，自幼在修道院里抚养。鲍里斯·戈都诺夫为了斩草除根，派人将修道院纵火焚烧，希望把他烧死。连玛尔法皇后也以为王子德米特里乌斯已死。十六年后，有位少年突然在波兰出现，自称为伊凡之子，在火灾中为一位修士所救，从此隐姓埋名，在一个修道院里住了十六年，因不堪忍受清规戒律，逃出修道院，前往波兰，无意中被人发现，他是失踪多年的沙皇之子德米特里乌斯。此人究竟是真王子还是假王子，无人得知，也无人证明。此人死于一六〇六年。

一六一七年，西班牙作家洛佩·德·维加在这位真假莫辨的俄罗斯王子死后十一年便写了一个剧本《莫斯科大公》，激起了一批作家的创作激情。俄罗斯帝国从伊凡雷帝起，几代沙皇之间权力的斗争，帝位的更迭，尤其围绕着德米特里乌斯王子发生的故事，由于其神秘色彩和悲剧气氛，曾吸引过许多艺术家诗人的注意。列宾的名画《伊凡雷帝》，普希金的诗剧《鲍里斯·戈都诺夫》，德国剧作家弗里德里希·赫伯尔的五幕悲剧《德米特里乌斯》，处理的都是同一题材，尽管侧重有所不同。赫伯尔的《德米特里乌斯》是一部未完成的悲剧，侧重点是波兰天主教会企图利用德米特里乌斯夺得俄罗斯帝国的沙皇宝座，从而战胜俄罗斯的东正教。德米特里乌斯具有真正统治者的一切美德，最终却获悉他并非真正的王子，而是一个冒牌的篡位者。他处境艰难，善搞阴谋的波兰教士则另有目的，渴望获得回报的波兰贵族和满怀疑虑的俄罗斯贵族把他夹在当中，使他无法推行仁政，施恩于民。一六〇五年，德米特里乌斯开进莫斯科，当上沙皇。一六〇六年他在和波兰女子大婚之时，被人刺死。

早在一七九九年八月，席勒便有以僭位者为主人公写作一部悲剧的打算。他的好友刻尔纳也建议他以俄国历史为题材创作一部悲剧。写作《德米特里乌斯》的计划最初出现于一八〇二至一八〇三年间，标题是《莫斯科血腥的婚礼》。写完《威廉·退尔》之后，席勒在一八〇四年三月十日的日记中写道："开始动手写作《德米特里乌斯》。"一八〇四年的柏林之行，使得写作中断了几周，六月初到七月上旬，他不时研究原始材料，研究俄国历史，收集俄国成语，熟悉俄国文化史的细节，一直忙到一八〇四年十一月。十二月他还忙里偷闲，翻译拉辛的剧本。一八〇五年一月二十日，他写出《德米特里乌斯》一剧个别场景的提纲。三月，席勒决定，此剧一开始便在波兰帝国会议上引出主人公，展开戏剧冲突，显出了这部历史剧的气势和格局。

席勒原来的计划是，在波兰的帝国会议上，德米特里乌斯说服了与会的波兰国王、诸多主教和贵族，于是在波兰的支持下，德米特里乌斯率军直指莫斯科，讨伐篡位者鲍里斯·戈都诺夫，旨在夺回王位。作者原来打算以德米特里乌斯的故事，创造波兰俄罗斯两军对垒和两国民众响应的宏伟浩大的战争场面和群众场面，从而展现波俄两国人民的民族心理和气质，两国由来已久的仇恨嫌隙，波兰上层贵族借此占领俄罗斯的野心，以及俄罗斯独夫暴君鲍里斯·戈都诺夫的惶恐心情，皇后玛尔法的复仇心理，波兰总督之女玛丽娜的权欲贪心，俄罗斯大主教的为虎作伥，假王子德米特里乌斯的骗子伎俩，帝国会议上的激烈争斗，以及修道院里大主教和皇后的唇枪舌剑。这些成功的画面和形象，预示着一出惊心动魄的杰出悲剧已有雏形。

席勒的《德米特里乌斯》只让人看见一点端倪。王子的真伪未定，然而已使鲍里斯·戈都诺夫坐立不安。为了击溃获得波兰人支持的德米特里乌斯的进攻，维护自己的沙皇宝座，鲍里斯·戈都诺夫派大主教前往皇后修行的修道院，企图说服王后发表声明，揭露德米特里乌斯并非真正的伊凡之子，而是冒牌王子、政治骗子。皇后玛尔法并不相信她的儿子还在人间，但是看到鲍里斯·戈都诺夫的窘急，决定承认这个德米特里乌斯确是王子，为了复仇，拒不发表否认王子的声明，坚称现在出现的少年就是她失落已久的儿子，她深知此举对鲍里斯·戈都诺夫将是致命一击。她违拗现任沙皇的意图，采取这一步骤，并非出于母子亲情，而是出于对仇人的憎恨。充当说客的大主教大为震惊，皇后回答得十分有力：

你可以迫使我沉默，不能迫使我讲话。

承认不承认德米特里乌斯的合法身份，已变成政治斗争。

德米特里乌斯得以“复出”，是由于政治上的需要，不同的人从不同的角度都希望此事发生。因此，尽管证据非常牵强，证词也疑窦丛生，可是听者有心，乐观其成，乐于看到俄罗斯政局动荡，沙皇易人。

波兰贵族小姐玛丽娜爱上了这位来历不明的俄国王子，其实另有图谋。王子这位美丽的未婚妻野心勃勃、贪得无厌，又身陷宫廷的权力较量之中，是否会成为席勒笔下的另一个伊丽莎白？《德米特里乌斯》是否又会给我们展现宏伟壮观的历史画卷，令人拍案叫绝的人物群像和悬念迭起的精彩情节？

一八〇五年五月三日，即诗人辞世前六天，他写下了第二幕第二场玛尔法皇后的那段独白。席勒的剧本《德米特里乌斯》便到此为止，只有完整的第一幕和第二幕的开头部分。写到这里，诗人便撒手人寰，《德米特里乌斯》终于成为一阕未完成的交响乐，那戛然而止的旋律奏出的是对这位伟大诗人不幸夭折的唏嘘喟叹，也是对扼杀这位天才诗人，使他操劳过度遭到摧折的封建社会的无声谴责。根据诗人留下的写作计划，我们依稀可以看出一部未完成的杰作的轮廓，令人备感惋惜，使人无比遗憾。这也是世界文学难以弥补的损失。

席勒写作，总是任凭想像自由驰骋。对他来说，新的剧本如无新意，誓不罢休。如果我们把《华伦斯坦》作为中心，那么我们会发现，《玛利亚·斯图亚特》还比较接近《华伦斯坦》，也是历史题材，大体上忠于史料，然而仔细一看，又有一些明显的差异。作者着眼的已不完全是政治斗争，而更多的是反映两个女人之间的矛盾。为了突出这一点，他把玛利亚和伊丽莎白的年龄都减少了二十岁，使两位徐娘半老、姿色衰退的女王都变成妙龄少妇，再加进去两段恋爱故事以说明玛利亚的非凡美貌和伊丽莎白的妒火中烧。如果说席勒写《华伦斯坦》是冷静地客观地描绘，对他保持一定距离，那么对于玛利亚的态度便截然不同。他原谅她的罪过，把她写成一个受到迫害的值得同情的女性。作者对她怀有满腔同情，观众自然对她倾心。随着《墨西拿的未婚妻》，读者和观众又来到意大利南部的西西里岛上；紧接着作者又把我们带到《威廉·退尔》的故乡瑞士，置身于牧民、猎人和渔夫中间；最后席勒在《德米特里乌斯》里，干脆把我们带到俄罗斯广袤的雪原上。这一切都表明诗人想像力的活跃，心胸的博大宽阔。这些故事，说是历史题材，并不尽然。诗人在处理这些故事时运用诗意想像的程度并不完全相同，严格说来，都是艺术再创造，根据需要运用诗艺自由，并不拘泥史料。可见他处理历史题材已经得心应手，这些题材都赋予了他想表达的思想。这些作品虽然各有特色，但篇篇都是佳作，证明他并未因为病情日重，而有江郎才尽的迹象。

席勒很清楚，自己的健康状况每况愈下，来日无多。他有多种计划，难以一一实现，必须做出选择，分出主次，排出先后，放弃一些项目，集中精力，完成主要任务。一七八九年以后他再也不写小说，一七九二年停止专门的历史研究，一七九六年结束哲学探讨，一七九八年不再担任杂志主编。一七九九年以后只是偶尔写写诗歌。他把有限的精力用来从事戏剧创作，完成他的毕生事业，也可以说是在逐步告别人生。

《华伦斯坦》问世后，他以惊人的速度，在五年内完成了《玛利亚·斯图亚特》、《奥尔良的姑娘》、《墨西拿的未婚妻》和《威廉·退尔》四部剧作。德国的公众和包括歌德在内的他的朋友们都期盼着他的新作问世。作为戏剧家他享有无可争辩的绝对声誉，虽然他蛰居魏玛，从未出过国门，甚至在德国境内也很少远游。他把握分分秒秒，伏案工作，犹如在和时间赛跑，和死神赛跑。有人说他的写作毁坏了他的健康，他却是力争把有限的生命用来创造无限的精神财富。他用坚强的意志力和病魔搏斗，使自己始终保持旺盛的精力，充沛的创作冲动。每一部新作都给人以惊喜，都是用他的心血浇灌出来的奇花异葩，把德国文学和世界文学的花坛装点得更加绚丽多彩，更加生机盎然。他像一支两头点燃的蜡烛，照亮了世人和后世前进的道路，却加倍快速地烧毁了自己。他曾殷切地表示这样的心愿：能活到五十岁多写一些作品。可是天不遂愿，到一八〇五年，他的生命眼看就到了尽头，他却毫不迟疑地开始写作新剧《德米特里乌斯》。

一八〇五年五月一日晚，他和他的妻姐卡洛琳娜一同前往剧院看戏，在家门口遇到重病初愈的歌德。歌德陪他走了一段，由于时间紧迫，两人来不及交换思想，相约不久再谈。想不到这次分手竟是诀别。

这天晚上，席勒第一次感到几年来一直折磨着他的胸痛突然消失，胸部感到轻松，不再有压迫感，他觉得分外惊讶。可是演出结束后，席勒便感到发冷，显然开始发烧。回家后他立即上床，一夜高烧不退。演员安东·格纳斯特第二天来访,看到席勒一夜不见便憔悴不堪,大吃一惊。诗人得了急性肺炎。年轻的医生误诊为普通的肋膜炎,贻误了时机,加重了病情。

可是席勒就在这时依然不忘写作。五月三日,出版商科塔来访,稍坐片刻。客人走后,席勒便拼出最后的力气,挣扎着走到书桌旁,写下了《德米特里乌斯》第二幕里玛尔法的那段独白。这是他头脑清醒时留下的绝笔。

从五月五日起,病人始终发着高烧,神智昏迷,呼吸困难,脉搏微弱。大夫开出的药方收效不大,白天热度稍退,晚上又高烧不止。绿蒂和卡洛琳娜两人衣不解带,日夜轮番守护在病榻旁。五月八日,卡洛琳娜问他身体如何,他答道:"越来越好,越来越欢快。"卡洛琳娜觉得,这话主要指的是他的心情。他表示要观看西天落日的绚丽霞光。卡洛琳娜为他拉开窗帘,大自然接受了他的告别致意。接着是个不平静的漫漫长夜。五月九日清晨,席勒遵医嘱沐浴一次,喝一杯香槟,来加速已很疲弱的血液循环。病人多次失去知觉,已无力说话,只能用手比划。下午他又沉沉入睡,醒来时已感觉不到脉搏。下午三点左右,他已完全失力,呼吸断断续续。他的妻子跪在他的床前,据她说她丈夫还握住她的手。其余的人他已不再认识。下午五点四十五分他终于昏死过去,再也没有恢复知觉。他脸上表情安详,宛如正在静静地熟睡。一代天才就这样与世长辞了。他的书桌上堆放着许多有待完成的遗稿。而他留给我们的《德米特里乌斯》遂成绝唱,为我们留下了永久的遗憾。

张玉书

二〇〇五年七月十二日　蓝旗营

目　次

墨西拿的未婚妻

或

兄 弟 阋 墙

一部带合唱队的悲剧

张玉书　章鹏高 译

Die
Braut von Messina
oder
die feindlichen Brüder
Ein Trauerspiel mit
Chören

人　物

唐娜·伊萨贝拉　墨西拿的女君主

唐·曼努埃尔 }
唐·凯撒 } 她的两个儿子

贝亚特丽丝

迪耶戈

使者数人

合唱队　由兄弟俩的扈从组成

墨西拿的元老　无台词

〔一间轩敞的列柱大厅，两侧均有入口，舞台后部有一道宽阔的双扇门通向祈祷室。唐娜·伊萨贝拉身穿丧服，墨西拿诸元老围住她站着。①

伊萨贝拉：

内室远避嚣尘，
然事出无奈，实非自愿，
我只得走出闺闼，
与本城白发皤然的元老相见，
在男子的目光前抛头露面。
备尝成为孀妇丧服在身的悲酸，
未亡人的尊荣已经逝去，
本应该从此杜门幽居，
不宜再在人前出现。
怎知形势无情，
有如主宰者的严命，
要我在业已生疏的公众面前解决纷争。
先夫以一国之主

① 席勒在本剧中不分幕和场，以便明显地表示，此剧效法古希腊悲剧的结构。

置身城邦有岿然君临之尊，
他曾以铁腕卫护
这片四面受敌的疆土。

我伴送他至陵寝，
至今尚未月圆两度。
他已崩殂，但浩气长存，
渗入两个儿子的身心，
他们是国人的骄傲，勇武而英俊。
他俩在你们眼前成长，
前途无量，英姿勃发。
然而冥冥中厄运萌芽，
兄弟竟成为阋墙的冤家，
少小时的手足之情已经弃绝，
岁月悠悠，仇隙也愈加难排解。
我从未见过他俩的同胞情分；
我以同样的乳汁喂养他们，
均分舐犊之爱、慈母之心。
如今子偎母怀的亲情，
是他俩仅有的共同本能；
此外，惟有反目相视，兄弟乖戾。

先王在位以威望牵掣，
处事公平合理，不偏不倚，
以此抑止他们偏激的意气，
用一视同仁的铁轭
压制他们固执的积习。

不许他俩身藏兵器相互接近，
不许他俩同在一室就寝。
权势的威严固能镇压
恣肆迸发的冲动野性；
但在他俩的内心深处
留下的仇恨依然如故。
强者阻挡了汹涌的洪流，
却无意堵塞细小的源头。

势所难免之事终于到来，
他瞑目长逝，铁腕已经松开，
再也未能将他们拘管，
旧恨有如遭到禁锢的火山，
猛然腾起，化为熊熊的烈焰。
我欲倾诉，诸位亦自明白：
墨西拿已经分裂，兄弟相争，
撕断了天生的神圣纽带，
为全城的混战提供了出师之名，
无处不是闪着刀光剑影的战场，
鲜血也溅污了列柱大厅。

诸位目睹毁掉了国家的根本，
但我却被撕碎了这颗深藏的心，
你们只体察臣民的痛苦，
并不过问我的内心是何等酸楚。
你们来到这里，大兴问罪之师：
“你看，你的儿子们同室操戈，

酿成了全城的不和，
如今强邻压境，仇敌环伺，
要想御侮，唯有团结一致。
你是他们的生身之母，就应该
把残酷的兄弟之争平息下来。
王室内讧，与我等有何关系？
是你的两个儿子势不两立，
要我们这些安分守己者束手待毙？
我们要抛开他们自谋出路，
臣服于另一位君主，
他愿意而且能够带来莫大的幸福！”

　　诸位元老的言词如此冷酷无情，
你们只顾到自己和你们的城市，
就是平民百姓的危难
也要我这一颗心来承担，
虽然它已载满母亲的焦虑和辛酸。
慈母之心已经破碎，
我仍然勉力而为，
投身于仇敌之间好言劝慰。
我知难而进，坚持不懈，舌敝唇焦，
一个一个地将他们劝导，
我以母子之情倾注他们的心田，
终于促使兄弟抛却宿怨，
在这墨西拿城的祖传宫殿，
他俩愿意晤面，重归于好，
这是先王薨逝以来的第一遭。

此事就在今天，我时刻都在等待
使者传报他们的到来。
诸位做好准备，以臣子应有之礼
迎接王子，对他们表示敬意。
你们只须考虑应尽的天职，
其余诸事统由我和王子来操持。
兄弟相争，举国不得安宁，
亦使他们自己不幸；
如今他俩修好携手，力量倍增，
足以御侮，保护诸位，
在你们面前——治理国事也当之无愧。

〔众元老默然退下，一手按在胸前。她向一个留下的老内侍示意。

☆

〔伊萨贝拉。迪耶戈。

伊萨贝拉：

迪耶戈！

迪耶戈：

君主有何吩咐？

伊萨贝拉：

可信的老人！你一片诚心！请过来！
你为我分忧，与我共同担当痛苦，
现在你也该同享幸福者的幸福。

我曾将痛苦、甜蜜而神圣的秘密
珍藏在你这颗忠贞不贰的心里。
如今时机已经成熟，
应该揭开它的帷幕。
我受到他人意志的拘管①，
强抑住母性的巨澜，
这样的日子并不太短，
现在它可以尽兴地翻腾，
今天就要好好地享受骨肉之情，
我的至亲至爱者即将相逢
在这久已冷落的列柱大厅。

　你虽步履维艰，
仍请去那众所周知的圣殿，
那里寄养着我的宝贝心肝。
都亏了你那耿耿的忠心，
暗中把她送去，等待出头日子的来临，
为可悲者承担了可悲的重任。
现在请你转忧为喜，
为幸福者携回瑰琦！
（远处传来号角声）
　啊，快去，快去那个地方！
让喜悦使你健步如飞！
我听到战斗的号角声在回荡，
它通报两个儿子即将来归。

① 指国王当时固执己见，一意孤行。

（迪耶戈下。从相反方向还可以听见乐声愈来愈近）

伊萨贝拉：

墨西拿城在沸腾！你听！
有如波涛滚滚，那是鼎沸人声。
他们来了！母亲的心在狂跳，
他们走近的吸引力我已感觉到，
啊，我的孩子，这是孩子进门的喜报！
（急下）

☆

〔合唱队上。

〔合唱队由两个半合唱队组成，两队同时从相反方向，即一队从舞台后部，一队从舞台前部登场，绕着舞台走了一周，然后分别在上场的地方站成一行。其中一个半合唱队由年纪较大的侍卫组成，另外一个由年纪较轻的组成；两队各用不同的颜色和徽章标明。当两队相对站定时，进行曲停奏，两个领队者致词。

第一队（卡耶坦）：

我怀着敬畏之心向你致意，
金碧辉煌的大厅，
你，历代君王的
高贵的摇篮，
列柱擎托的华堂之顶。

手中的利剑

应该深深入鞘，
缚住一头蛇发、制造纷争的恶魔利爪，
将它弃置在大门前面。
这座宫殿殷勤待客，
厄里尼厄斯[1] 之子艾特[2]
为它守护不容玷污的门槛，
地狱诸神唯他最严。
第二队（博赫蒙德）：
我仿佛看到美杜莎[3] 的头颅，
仇敌的模样令人憎恶，
不由得我无名火起，
摩拳擦掌，要同他见个高低。
我的愤恨难以克制，
难道要我向他施礼？
还是发泄我心头的怒气？
可怕的是欧墨尼得斯，
她们在此地守卫，
还有那争斗休止的规定[4] 不容违背。
第一队（卡耶坦）：
　年长者明智，
应有雅量来处世，

① 复仇三女神的总称，又叫欧墨尼得斯。在这里，她们是城堡和平的维护者。

② 意为誓言，艾特为伪誓的惩罚者。

③ 希腊神话中的女妖，她的头发是许多缠绕在一起的毒蛇。谁看她一眼，便化为石头。

④ 指城堡和平，即在筑有围墙的区域（城堡或城市）之内不许争斗的禁令，以确保每一个人（包括仇敌之内）的安全与自由。

我先向你施礼,决不意气用事。

(对第二队)

　欢迎你,

你我双方

情感一样,

犹如手足兄弟。

你怀着畏惧之心

崇敬这几位女神,

　是她们在守护这宫门!

君主们坦诚商议,

我们也平心静气,

互诉息事宁人的善意,

和解的言词确实大有裨益。

倘若我与你在荒郊遇见,

难免又有一场恶战,

谁是勇者就让刀剑去考验。

全队:

倘若我与你在荒郊遇见,

难免又有一场恶战,

谁是勇者就让刀剑去考验!

第一队(贝伦加尔):

我并不恨你,也不与你作对!

我们是在同一座城市出生的兄弟辈,

他们才是非我族类。

既然君主不睦,

臣仆就得互相杀戮,

这是天经地义的法度。

第二队(博赫蒙德):

他们可能知道底细,
为什么要势不两立!
我无意去问个究竟,
可我们要为他们而拼命;
听任主宰者遭到蔑视,
便不是有血性的君子。

全队:

可我们要为他们而拼命;
听任主宰者遭到蔑视,
便不是有血性的君子。

一个合唱队员(贝伦加尔):

我悠然闲逛,
穿过丰饶的田畴,
凝神思量,
请听,此时我有何感受。
我们好斗入魔,
既无磋商,亦未思索,
沸腾的热血使我们都受到诱惑。
难道这不属于我们?这些庄稼?
这片葡萄蔓缠绕的榆林枝桠,
不就靠我们的阳光才能生机勃发?
为什么我们就不能纵情编织
与人无争、怡然自得的成串日子,
寻求轻松愉快的乐事?
我们为何莽莽撞撞,
为异族拔剑相向?

这片土地并不是他们的家乡。
他们从晚霞映照、夕阳西沉处，
驾船渡海来此长驻[1]；
我们以好客之情接纳他们，
（这是祖先的遗事！如今已是年代久远）
可现在我们倒成了仆人，
在外族的面前俯首称臣！

另一个合唱队员（曼弗雷德）：

此言不错！我们身居鱼米之乡，
从那周天巡行的艳阳
洒下明媚的霞光，
我们本来可以尽情安享；
然而国土无法锁闭，
四外烟波浩淼，
亡命的海盗有了可乘之机，
他们恣肆地劫掠这个海岛。
一粟之微我们都要藏妥，
因为这也会驱使异族磨刀霍霍。
我们坐守家园竟成了贱民，
乡土未能庇护自己的子孙。
大地的主宰者的来源，
并非金色稻穗迎人的田间，

亦非潘神[2]看守的林畔，

① 指斯堪的那维亚半岛，诺曼人从那里出发渡海，后来也统治西西里岛。
② 在希腊神话中，潘神主管森林畜牧。此处指田园生活的安宁。

而是矿藏深埋的群山①。

第一队(卡耶坦):

无常的凡人
总难将尘世万物均分,
唯有大自然,它永远公允。
它给我们健壮的身体、饱满的精神,
让我们不断创造,不断更新。
赋予那一些人的却是
坚不可摧的力量和意志。
他们强大无比,
行事全凭心意,
能够惊天动地;
然而登上了云端,
随之即将轰然跌入深渊。
　我还是站在低处较为稳妥,
自问力薄,不如守拙。
漫天冰雹,电闪雷鸣,
滂沱的豪雨汇成
狂暴的急流,洪水汤汤,
铺天盖地,汹涌奔腾,
决开了堤坝,冲断了桥梁,
滚滚的波涛发出震耳欲聋的轰响,
滔滔的大水威不可挡。
只是凶险的局面转瞬即逝,
怒潮卷过时令人心悸的气势,

① 意谓:从事农牧的民族性喜和平。借发掘矿藏以图存者往往善于进取而好斗。

像渗进了沙土,已了无痕迹,
只有破败的景象透露肆虐的消息。
异族侵占者来而复去;
我们俯首听命,却仍留此安居。

〔舞台后部门启;唐娜·伊萨贝拉在她的两个儿子唐·曼努埃尔和唐·凯撒之间上。

两合唱队(卡耶坦):

像灿烂的太阳
从那里升起,
让我们向她赞美和颂扬!
我们屈膝向伟大的君主表示敬意。

第一队(卡耶坦):

疏星点缀,
明月扬辉,
澄澈而柔美。
儿子们的英俊有为,
衬托母亲的优雅与尊贵,
比之星月,可以无愧;
她的威仪清姿,
凡夫俗子均叹为观止。
登上了人生的极顶,
她容光四照,
集英华于大成,
母与子同临廊庙,
将六合臻于完善的佳境。
神圣的宗教
在天堂里的宝座上,

也不及这般美好；
非凡的艺术，
也不及这般崇高，
较之于母子的聚会与共处。

第二队(博赫蒙德)：

她深感欣慰，看到从自己怀里
长起的一棵嘉木透出旺盛的生机，
幼芽嫩枝萌发不息。
她生育了一代精英，
他们将与红日同行，
变动不居的时代将以他们命名①。

(罗格尔)：

万民消隐，
盛名湮没无闻；
遗忘萧然扩散，
有如黑夜那样昏暗，
张翼覆盖在上面。
然而君主长存，
孑然屹立，
神采奕奕，
黎明的女神
将永恒之光，
照临在耸立于世间的顶峰上。

① 在世界历史上常以伟大的英雄或邦君的家族来命名整个时代。

☆

伊萨贝拉(同她的儿子们一起上):

请你俯视,上天仁慈的女王,
把你的手放在这一颗心上,
免得它过于得意,过于奔放;
母亲在儿子的反照中瞥见自己,
必将心醉神迷,忘乎所以。
我从生育他们到如今,
这是第一次饱尝团聚的欢欣。
回忆往昔,我只能隐忍,
硬将心头的喜悦平分,
我因一个儿子偎在身旁而高兴,
但要把另一个忘得一干二净。
唉,母亲只有一颗爱子之心,
儿子却始终是水火不容的两个人!
告诉我,此刻可否毋须战战兢兢,
沉醉于极乐的梦境?
(对唐·曼努埃尔)
如果我慈祥地紧握你弟弟的手,
这可不是把利剑刺进你的胸口?
(对唐·凯撒)
如果我注视着他,喜得心花怒放,
这可不是完全将你遗忘?
母爱只会燃起仇恨的火焰,
兴念及此,不禁令人心酸。

（用询问的目光注视两人以后）
说吧！我该向你们许下什么诺言？
你们来到这里有什么打算？
是否旧怨依然，尚未冰释，
你们把它带进祖传的宫室？
是否战神正在大门外潜藏，
他把钢牙咬得格格作响，
只是在这短暂的时刻才被牵拘，
一等到你们离我而去，
便怒火重燃，恶斗又要继续？

合唱队（博赫蒙德）：
是战是和二者必居其一！
天意还秘藏在未来的怀抱里。
命运将揭晓于大家分手之前，
让我们做好准备，应付两种局面。

伊萨贝拉（扫视四周）：
多么可怕，这副剑拔弩张的架势！
为什么要把这些人带到这里？
难道要在大厅里面刀兵相见？
母亲想对孩子吐露衷肠，
为什么要这些外人也在场？
到了母亲的怀抱，
你们还怕诡计、阴谋、叛卖和圈套？
非要顾虑重重把自己保护好？
唉，这些跟随你们、生性粗野的贱民，
是你们盛怒下闻风而动的下人，
他们绝非你们的朋友！千万别相信！

他们出谋献策不会安好心！
他们对待你们怎么会真诚？
你们的祖先是闯到这里的外族人，
迫使他们不得不离乡背井，
又把奴役的桎梏强加给他们。
相信我吧！无论何人都喜欢
自由自在的生活习惯，
对异族的统治总是敢怒不敢言。
他们畏惧强权才逆来顺受，
但随时都会反目成仇。
你们要看清他们虚情假意的心术！
他们对你们的幸福、高贵要报复，
就是依靠幸灾乐祸的怨毒。
宝座推翻，王冠落地，
已成为他们的歌词和话题，
子子孙孙口口相传，
严冬长夜以此来排遣。
啊，我的孩子！人心险恶，满怀敌意。
每一个人都只关心他自己。
投人所好而编织的纽带
并不牢固，它松弛而难以长久存在，
——意念打结，意念也会把它解开。
只有造物主矢志不移，
一切都在人生的狂涛中动荡不已，
唯有它牢牢地留在永恒的锚地。
情之所钟有了朋友，
利之所在有了帮手，

如有同胞的兄弟才算真正得天独厚!
这不可能得之于偶然,
在这好斗、欺诈的世间,
造化送来的亲人才能使力量倍添。

合唱队(卡耶坦):

君主圣明伟大,
我由衷地景仰她。
静观世人的扰攘,
她心明而眼亮。
纷争将我们卷进变乱的旋涡里,
浑浑噩噩,毫无意义。

伊萨贝拉(对唐·凯撒):

你拔剑指向哥哥,
可是你看看周围这些角色,
谁有他这样的威德?
(对唐·曼努埃尔)
这些人你引为知己,
可谁能与你弟弟相比?
你们俩哪一个都是同龄者的榜样,
各有极致,各有所长。
你们应当互相端详!
噢,这狂暴的嫉妒与羡慕!
他作为良朋本来是千里挑一,
唯他一人你原应倾注友悌;
当你还在摇篮里,
神圣的造物主便将他送给你,
可是如今你竟自伤骨肉,亵渎神明,

把上天的赏赐踩在脚下，一意孤行，
甘愿同卑贱者为伍，自暴自弃，
与心怀敌意的外人站在一起。

唐·曼努埃尔：

你听我说，妈妈！

唐·凯撒：

妈妈，你听我说！

伊萨贝拉：

言词不能解决这不幸的纷争，
过错与报复再也区分不清，
那既是这一方又是那一方的事情。
谁还会去追寻炽热的硫磺
滚滚奔流的河床？
地下之火喷射而出，
吞没了上面的一切，
一层熔岩覆盖了沃土①，
每迈开一步都无异于毁灭。
仅此一事我要你们好好地理解！
人们成年之后，
倘若加害他人，
我相信很难和解与得到原宥。
成年人会牢牢地记恨，
时间不会改变深思熟虑的决心。
然而你们不和睦的由来，

① 沃土为熔岩所覆盖和掩埋，就如同兄弟的天生之情被不断加深的怨恨所淹没一样。

上溯到无知的孩提时代，
弄清当时的起因才能把疙瘩解开。
回想当初是什么造成破裂的烦扰，
你们都知道，要是寻找得到，
你们会因毫无意义的口角而害臊。
儿时发生第一次争吵，
从此连绵不断，变作不幸的链条，
到了今天才酿成眼前的苦恼。
你们以往闹得不亦乐乎，
全由于猜疑和报复。
——你们已经长大成人，
还要继续儿童时代的纠纷？
（握住两人的手）
儿啊！你们不要自寻烦恼，
各有过错两边都能找到，
还是打定主意把旧账一笔勾销，
心胸要宽，志行要高，
这笔无法清偿的巨债不要再计较。
至美的胜利便是宽恕！
将少小时候的抵牾，
扔进祖先的坟墓！
把新的活力注进圣洁的兄弟之情，
让和睦与谅解得到新生。

（她从两个儿子中间后退一步，仿佛要给他们腾出地方，让他们互相靠拢。两人垂下目光看着地上，并不对视）

合唱队（卡耶坦）：

倾听母亲的这一番劝导，

她这一席话何等重要!
就此罢休,结束这一个僵局;
要是你们愿意,那就继续下去!
你们要想怎样,对我都很合适,
听从主人原是奴仆的天职。

伊萨贝拉(停顿了一段时间,期待儿子们说话,他们的沉默使她的期待落空;她强抑着内心的痛苦):

我已经苦苦哀求,舌敝唇焦,
现在不知道如何是好。
他能管束你们,但如今已经安息,
只有母亲夹在你们中间,无能为力。
——好吧! 你们就为所欲为!
听任恶魔驱使你们去作歹为非,
把你们在这里出生的大厅
变为互相残杀的战场,
对家神的圣洁祭坛也不要虔敬。
就在母亲面前自掘坟墓,
用自己的双手,不需旁人相助。
像忒拜城两个兄弟[①] 的行径,
朝对方直扑过去,狂怒地搏斗,
用铁臂箍住敌手,
拿性命换取性命,每一个都能取胜,

① 忒拜城的国王俄狄浦斯得知自己弑父娶母,便刺瞎双目,外出流浪。他的两个儿子波吕涅克斯与厄忒俄克勒斯议定每人轮流做一年国王,在这期间尚未轮到的那一个应离开城邦。厄忒俄克勒斯首先掌权。波吕涅克斯到阿耳戈斯国王阿德剌斯托斯处暂住,一年期满后回忒拜欲登王位,遭厄忒俄克勒斯拒绝。波吕涅克斯遂与七个王子一起攻打忒拜城。兄弟两人决斗,同归于尽。

把剑刺进对方的胸膛，
死神也无法疗治你们不睦的创伤，
从你们的火葬柴堆上
升起血红的火焰，
它们也分为两股，各不相关，
这可怕的情景，你们死后一如生前。
(下。两兄弟仍保持原来的距离站着不动)

☆

〔两兄弟。两个合唱队。

合唱队(卡耶坦)：
她言之成理，
在我冷酷有如顽石的心里，
平息了蠢蠢欲动的刚勇之气，
我并未使亲人的鲜血流淌，
我举起双手祈求上苍：
你们是同胞！想一想结局会怎样！
唐·凯撒(不看唐·曼努埃尔一眼)：
你做哥哥，先开口！
我对先出生者谦让，并不丢丑。
唐·曼努埃尔(同样不看他一眼)：
你是弟弟，只要出言有理，
我也乐于以礼还礼。
唐·凯撒：
我并非承认过错比你多，

更不是感到自己软弱。

唐·曼努埃尔：

谁了解唐·凯撒，绝不会怪他怯懦，

他如果感到软弱，讲话一定过火。

唐·凯撒：

你不小看自己的弟弟？

唐·曼努埃尔：

你我都自爱，你不卑下，我不自欺。

唐·凯撒：

被人轻视，这颗高尚的心难以忍痛。

然而在这场殊死的搏斗中，

你的确给弟弟以应有的尊重。

唐·曼努埃尔：

你并不想将我杀害，我已经验证。

有个僧人向你自荐，要暗中置我于死地，

你却惩罚他背信弃义。

唐·凯撒（走近一些）：

倘若我往日了解你也这样公正，

就可避免许许多多的纷争。

唐·曼努埃尔：

早知道你有一颗愿意和解的心，

我就不会叫母亲这样劳神。

唐·凯撒：

人们说你太自傲，其实过了头。

唐·曼努埃尔：

奴仆在主人面前喋喋不休，

主人无异遭到了诅咒。

唐·凯撒（立刻接口）：

确实如此。那全是奴仆的过失。

唐·曼努埃尔：

它使我们离心离德，恨得咬牙切齿。

唐·凯撒：

他们不时搬嘴弄舌。

唐·曼努埃尔：

每一件事都被曲解，成了罪恶。

唐·凯撒：

他们本当医治创伤，却让伤口加深。

唐·曼努埃尔：

他们本当息事宁人，反而煽风点火。

唐·凯撒：

我们尝到了受骗上当的苦楚！

唐·曼努埃尔：

成了盲目的工具，由着别人去摆布！

唐·凯撒：

正是这样，外人全不可靠——

唐·曼努埃尔：

全不可信！母亲这样说过，你要知道！

唐·凯撒：

我愿意紧握这只同胞之手——

（他把手伸给哥哥）

唐·曼努埃尔（亲热地握住它）：

这是人世间对我最亲的一只手。

（两人握住对方的手，无言相视良久）

唐·凯撒：

我细细看你,感到惊奇和意外,
我竟在你身上看到母亲的慈爱。

唐·曼努埃尔:

我见你如此酷肖,
这愉悦的心潮便掀得更高。

唐·凯撒:

对待弟弟如此友爱,说话这样体己,
这真的是哥哥你?

唐·曼努埃尔:

这位可亲的少年彬彬有礼,
会是对我不怀好意、深恶痛绝的弟弟?
(再次默默无言;忘情地互相凝视对方)

唐·凯撒:

父亲遗下阿拉伯种骏马几头,
你说应该归你所有。
我却赶走了你派来的骑手。

唐·曼努埃尔:

你喜欢这些马。我就不想再要。

唐·凯撒:

不,不,这些马,还有父亲那一辆车,
我恳求你都拿去,哥哥。

唐·曼努埃尔:

我们曾为滨海的城堡争得脸红耳赤,
倘若你肯搬入,我也愿意照此行事。

唐·凯撒:

我决不把它据为己有。
只要我俩友爱地合住,我别无他求。

唐·曼努埃尔：

对啦！只要心与心连在一起，

何必要把财产归属于自己？

唐·凯撒：

既然合在一起，我们都会变得更富，

为什么还要分开来住？

唐·曼努埃尔：

我们不再分开，我们合在一起。

（扑进对方怀里）

第一合唱队（卡耶坦）（对第二队）：

两位君主都相亲相爱地抱在一起，

我们在这里何必还要势不两立？

我仿效他们俩，同你修好，

难道我们彼此为敌永无终了？

他们俩是血缘纽带联结的兄弟，

我们是同一片国土的黎民和后裔。

（两队合唱者互相拥抱）

☆

〔一使者上。

第二合唱队（博赫蒙德）（对唐·凯撒）：

我看见你派去的探子已经回来，

我的君主，现在你应该眼笑眉开。

佳音在等待着你，

来人的目光透出了洋洋喜气。

使者：

天保佑我，天保佑得救的都城！
这至美的情景迷醉了我的眼睛。
我看到国君的儿子，这两位主人，
他们手拉着手，悠闲地在交谈，
可我离开时他们却正在鏖战。

唐·凯撒：

你看到手足之情从仇恨的火焰里
像再生的不死鸟一样冉冉升起。

使者：

除了第一件，我还有第二件喜事。
我的使者之杖装饰着绿油油的新枝！

唐·凯撒（把他带到旁边）：

告诉我，你带来什么消息？

使者：

仅仅一天之间，
赏心乐事一切齐全。
我们寻觅的那位失踪女郎，
她也被找到，我的君主，她已离此不远。

唐·凯撒：

她已被找到？啊，她在哪里？说呀！

使者：

我的君主，她就藏身在墨西拿。

唐·曼努埃尔（转向第一合唱队）：

我看到弟弟的脸颊灿然泛出红光，
他的两眼晶莹发亮。
不知是何缘故；这无疑是喜形于色，

我要爱其所爱,分享他的快乐。

唐·凯撒(对使者):

快带我去!——唐·曼努埃尔,再见!

在母亲的怀抱里我们又聚在一起,

此刻有一件急事,我要离开这里。

(他正欲走开)

唐·曼努埃尔:

不要耽搁!愿幸福之神陪伴你!

唐·凯撒(沉思一会,回转身来):

唐·曼努埃尔!见到了你,

我感到无限欣喜,

我觉得,我们会有挚友般的情谊,

禁锢已久的友爱在重现的太阳下,

必将更加欢快和有力地勃发,

我要追补那虚度的年华。

唐·曼努埃尔:

花朵将会结出硕果。

唐·凯撒:

现在我从你怀中跑开了,

我意识到此举唐突正为此而自责。

我猝然结束这节日般美好的时刻,

但别以为在你面前我是寡情者。

唐·曼努埃尔(显然心不在焉):

你要及时行乐!

从今后让爱渗透一生的每个时刻。

唐·凯撒:

我应向你透露召唤我离去的动机——

唐·曼努埃尔：

把你的心给我！将秘密留给自己。

唐·凯撒：

就是秘密也不会再将我们分开，
最后一处未露的皱襞很快就不存在！
（转向合唱队）
我向你们晓谕，让大家都知道！
我同亲爱的哥哥
已不再同室操戈。
不睦的星火从此熄灭，
如果有人将它重新煽起，
我将把他看作犯上的死敌，
像憎恨地狱大门那样与之决绝。
如果有人肆无忌惮，
中伤我的哥哥，在我面前进谗，
忙着传播利箭般的愤激之言，
他就莫想得到好报，莫想以此承欢。
说话者有口无心，
一时性起，出言不慎，
但是传到猜疑者的耳畔，
就会像蔓草一样到处生根，
纵横交错，爬满心田：
这令人无所适从的纠结
终将使贤明者或至善者彼此决裂。
（他再一次拥抱哥哥，与第二合唱队一起下）

〔唐·曼努埃尔与第一合唱队。

合唱队(卡耶坦):

君主呀,我看着你,感到惊讶不已,
我总觉得你完全不同于往日。
你的弟弟怀着善意与你坦诚相见时,
你对他这番友爱情深的言词,
报以寥寥数语,这确非应有的表示。
你漠然站着,陷于遐想,
仿佛正遨游于梦乡,
躯体虽在,灵魂已在远方。
如果人们看到你这副模样,
很容易苛责你是铁石心肠;
可我决不会怪你无动于衷,
因为你怡然四顾,脸露笑容,
宛如沉醉于至福之中。

唐·曼努埃尔:

叫我如何表白?叫我如何回答?
但愿我的弟弟会找到适当的言词。
他觉得意外:蓦然情绪起了变化,
眼看往日的仇恨从胸中消失,
完全两样的心境使他感到惊讶。
我——已经把敌意忘掉,
仿佛不记得我们有过激烈的争吵。

因为我的心灵添上了极乐的翅膀，
超越于人间万物在翱翔。
我沐浴在万道霞光里，
人生阴暗的褶皱了无痕迹，
见不到世上有一丝云翳。
——看着这一座座厅堂，
我想像我带领成为城邦王后的新娘，
穿行于这座宫殿里的掖庭椒房，
那时她将感到意外和诧异，
将感到惊讶和欣喜。
她依然只与倾慕者心心相印！
她已属意于我这个无名的陌生人。
她并未梦想到，是墨西拿城邦之首
唐·曼努埃尔在她美丽的额头，
盘缠了金光闪闪的饰物。
料想不到的伟大闪耀着光辉，
以此博取恋人的欢心，
该是何等甜美！
我早已在翘盼至福的来临。
美满自身便是最佳的装饰，
然而高贵仍会增添它的韵致，
犹如金箍之于宝石。

合唱队（卡耶坦）：

我的君主，你沉默已久，
这是你第一次开口。
我早就以好奇的目光追随你，
猜想你有不可思议的秘密；

可我不敢贸然动问，
究竟为了何事你对我讳莫如深。
你对行猎之乐已经意兴索然，
赛马和放鹰的盛事也是这般。
一俟太阳西沉在天边，
你便离开了游伴，
我们合唱队的每一个人素来陪同，
为你分担征战和打猎的风险，
如今却不许在幽静的小径上做你的随从。
你为何要用嫉妒的外壳
遮蔽爱情的幸福直到今天？
是什么促使君主闭口不言？
你那伟大的心灵与畏惧毫不相干。

唐·曼努埃尔：

幸福长着翅膀，不易管束，
只能在匣子里把它封固。
缄默负有守护的天职，
如果饶舌鲁莽，揭开盖子，
幸福就会飞逝，
但此刻眼看果实即将成熟，
我愿意打破长时间的沉默。
因为明日晨曦初露时，
她就成为我的妻子，
那时神祇的妒忌也无法将我阻止。
从此我去她那里不必再蹑手蹑脚，
我不必再抢夺爱情的金果，
不必再在逃遁时攫取极乐的花朵，

后一天就会像前一天那样美好，
我的幸福不像闪电一样瞬息即逝，
转眼便被黑夜吞噬，
它有如潺潺的清溪，
也像漏壶的沙粒。

合唱队（卡耶坦）：

君主，请你对我们说出这个秘密，
是谁使你内心欣喜，
我们羡慕你的好运气，景仰你的未婚妻。
告诉我们，你在哪里与她相遇，
在哪个幽深的去处藏娇。
我们沿着纵横交错的行猎小道，
锲而不舍，走遍全岛，
依然找不到你幸福的踪迹，
我几乎要说服自己，
你是把她藏在魔雾里。

唐·曼努埃尔：

现在我就拨开魔雾，
今天我要把真相和盘托出。
我有怎样的奇遇，你们听我讲述。
那是五个月以前的事情，
当时还是父王在当政，
铁轭压住年轻人僵直的后颈。
我只知狂舞兵器的乐趣，
把行猎看作打仗来自娱。
顺着林木繁茂的山沟，
我们整天都在捕捉飞禽和走兽，

——我追逐着一头白色的牝鹿，
离开了你们大伙奔向远处。
白鹿受惊，沿着弯弯曲曲的谿谷逃逸，
穿过丛林，岩隙和纠结的荆棘，
我总是见它离我有一箭之遥，
可我无法瞄准，也无法把它捉到，
最后它消失在一座花园的门边，
我从马上跃下，紧紧追赶，
手里握着标枪随时准备掷出，
忽然我瞥见这头受了惊吓的牝鹿，
颤抖着在一个修女脚边蜷伏，
她正用娇嫩的双手给它爱抚。
我一动也不动地呆望着这个奇事，
猎矛在手，我正要作势投掷。
可她睁大了眼睛向我恳求，
就这样我们默然相视良久——
究竟过了多少时间，我说不清楚，
当时我完全忘掉了量度。
她的目光深深地印进我的灵魂，
很快便占据了我这一颗心。
——我说什么，丽姝如何对答，
你们谁都不要问吧，
这已经是过去的事情，
有如少小时候朦朦胧胧的幻境。
当我意识到这并非在梦中，
便感觉她的心在我心上跳动。
这时传来嘹亮的钟声，

大概是祈祷的时刻已到，
宛如在空际隐没的幻影，
她倏地从我的视野里消失掉。

合唱队(卡耶坦)：

君主，你的讲述使我深感畏惧，
你已将天德攫取，
以不洁的企求接触天国的未婚妻，
因为修女的本分来自神圣而可怕的天条。

唐·曼努埃尔：

从此我只在一条道路上漫步，
无恒的想望受到了管束，
人生找到了正途。
一如朝圣者面向东方，
沐浴于希望之乡的阳光，
我的期待和憧憬，
也转向天国里一颗辉耀的福星。
太阳从海面升起和沉落，朝朝夕夕，
都见到两个相爱的恋人在一起。
纽带悄然联结，使两颗心互相交融，
只有我们上方那无所不察的苍穹
旦旦目睹我们沉浸在无言的幸福中，
我们并不需要别人来效忠。
这是黄金时刻，这些日子欢乐无穷！
——我的幸福并非夺自天国，
尚无誓言将那一颗心深锁，
它已经永远给了我。

合唱队(卡耶坦)：

莫非进修道院只是如花少女去避世，
并不是要将青春年华虚掷？

唐·曼努埃尔：

在神圣的保证下，她被托付给寺院，
有朝一日，人们又可以将她领回。

合唱队（卡耶坦）：

但是未知她因哪一家系而自豪？
因为高贵的人儿只能来自高贵的门庭。

唐·曼努埃尔：

她长大成人，但不明自己的身世，
不知道国在何方，家在哪里。

合唱队（卡耶坦）：

难道没有一点蛛丝马迹，
可以追寻她那不为人知的来历？

唐·曼努埃尔：

只有一个人知道她的出身，
他透露她出自名门。

合唱队（卡耶坦）：

此人是谁？对我不要欲言又止，
了解内情，我才能真正供你驱使。

唐·曼努埃尔：

一个老仆人不时来到她身边，
这惟一的使者在母女之间奔忙。

合唱队（卡耶坦）：

你没有从这老人口中探听到什么？
年迈意味着懦弱和饶舌。

唐·曼努埃尔：

我从来不敢听任好奇之心作怪，
否则会使无言的幸福受到损害。

合唱队(卡耶坦)：

每次他来探望这个少女，
都留下一些什么话语？

唐·曼努埃尔：

过去了一年又一年，
他安慰她总有揭开谜底的一天。

合唱队(卡耶坦)：

这揭开谜底的一天，
他没有说渐渐移近到眼前？

唐·曼努埃尔：

就这几个月以来，老人都在警告她，
命运很快就会起变化。

合唱队(卡耶坦)：

你说，他警告？那么你是害怕
了解真相会使你不愉快？

唐·曼努埃尔：

任何变动都使热恋者心惊肉跳；
如果没有希望得到便意味着失掉。

合唱队(卡耶坦)：

你是担心此事见分晓，
但这对你的爱情也许是好征兆。

唐·曼努埃尔：

见了分晓也可能将我们的幸福埋葬，
我挑选的上策便是先下手为强。

合唱队(卡耶坦)：

怎么？君主？你使我忧心忡忡，
我得赶快采取行动。

唐·曼努埃尔：

这几个月来，那个老人
透露出不易捉摸的音信：
她将回到亲人的怀抱，
这个日子很快就来到。
昨天他说得明明白白，
随着下一缕初露的朝曦——
一俟今天白昼的到来，
将最终为她的命运揭开谜底。
事情已经迫在眉睫，
我即刻打定主意，行动果决。
昨天夜里我劫走了她，
悄悄地把她送到墨西拿。

合唱队（卡耶坦）：

君主哇，恕我直言！
这抢夺的举动何等危险！
少不更事，轻率鲁莽！
年长明事理，非难也应当。

唐·曼努埃尔：

离修道院不远，
有一座从无好奇者的足迹出现，
僻处一隅的花园，
我刚才就在那里同她分手，
为的是赶来同我弟弟化敌为友。
我把她独自留在那里，

她在伫候佳音,心情焦急:
她将成为王后,仪态万方,
高高端坐在荣耀的宝座上,
让墨西拿的臣民瞻仰。
我重新见到的她一定要这样尊贵,
盛饰严妆,闪耀着喜庆的光辉,
由你们这个勇武的合唱队护卫。
我不愿意唐·曼努埃尔的未婚妻,
带着无家可归在外避难的孤凄,
在我让她得到的母亲身旁偎依;
我要把她作为高贵的女君主,
引进我祖辈的玉宇琼楼居住。

合唱队(卡耶坦):

吩咐吧,君主! 我们等候你的旨意。

唐·曼努埃尔:

我勉强离开她的怀抱,
但我的心思仍然只是跟她在一道。
现在你们陪我去集市走一走,
摩尔人在那里陈列和出售
东方人编织的锦绣。
挑拣精致的丝履是你们的急务,
以保护和装饰她那纤细的双足;
再选印度薄纱给她做礼服,
像紧挨着太阳的埃特纳[①] 积雪那样,
洁白而晶莹发亮,

① 埃特纳:西西里岛的火山。

轻柔有如清晨的芬芳，
飘拂在充满青春活力的娇躯上。
紫色的腰带绣着细润的金线，
束住短外衣的上端，
让酥胸的魅力能够显现。
再挑一件披风为她增色，
浅紫中泛着丝绸的光泽；
齐肩钉上一枚扣针，
还要一双手镯来映衬，
给她戴在粉臂上，这有多么迷人。
此外还要珍珠和珊瑚，
这些都是大海女神的礼物。
秀发上盘缠着头饰，
全是价值连城的宝石，
红玉鲜艳如火，
与祖母绿竞相闪烁。
从发饰上系一条长长的披纱来覆盖，
衬托她那优美的体态，
宛如一团鲜亮的云彩，
再有纯洁的桃金娘花冠相配，
那就真正是十全十美。

合唱队（卡耶坦）：

君主，我们就照你的吩咐去干，
所有这些应该备办的物件，
集市上都很齐全。

唐·曼努埃尔：

从我的御马厩里，

牵出最漂亮的小马,这一匹
毛色雪白有如太阳神的坐骑。
马勒上宝石密布,
再配上紫色的鞍褥,
因为我的王后要借此代步。
还要做好准备的便是你们自身,
随着欢乐的号角声,威风凛凛,
护送你们的女君主进宫门。
这一切我现在就去安排,
你们当中我指定两个同我一起,
其余的人都在这里等候我回来,
你们听到的一切要深藏在心底,
直到我把你们的缄口之锁打开。
(唐·曼努埃尔下。由合唱队中的两人陪同)

☆

合唱队(卡耶坦):
主人们的争吵已经过去,
我们现在应该怎样?
如何打发这空虚的日子,
消磨这无尽的时光?
为了即将来到的清晨,
人们总得忧愁、希望和担心,
这样才能使生计的艰难
和度日的无聊变成负担,
借振奋精神的风帆,

在停滞的生活中掀起波澜。

一个合唱队员(曼弗雷德):

和平何等美好。
一个可爱的少年
安然横卧在平静的溪畔,
羔羊围着他欢蹦乱跳,
在洒满阳光的牧地上吃草;
牧童吹出清妙的笛声,
唤醒了大地,山谷相应,
或者伴随晚霞的辉映,
喃喃的溪水轻轻摇他入梦。
但是战神也自有荣誉,
这个人类命运的前驱。
我喜爱充满活力的人生,
在幸福女神主宰的浪谷波峰,
摇荡、漂浮,始终不停。
　　因为人们会在安宁中凋殒,
闲适会将志气消磨殆尽。
法度是弱者的友人,
它只求一切都必须均匀,
想使整个世界高低不分;
然而战争能发挥出潜在之力,
使一切都屹然突起,
就是胆怯者它也给予勇气。

第二个(贝伦加尔):

难道爱神的殿门没有敞开?
世人对娇美并不崇拜?

这便是忧愁和希望之所在!
谁能娱人之目,在这里就会受到爱戴!
爱情也会给尘世带来活力,
为灰暗的颜色增添生气。
海水泡沫的娇女①,
她会使幸福的日子更加欢愉;
她也把金色的美梦
编进卑微和不幸。

第三个(卡耶坦):

该把花朵留给欣欣向荣的春天,
让佳美英华争妍斗艳,
青丝犹存,趁此编好花冠;
但是男儿年长应有志,
要让更加严峻的神灵去驱使。

第一个(曼弗雷德):

让我们跟随严厉的狄安娜,
跟随这掌管狩猎的女神,
走进入夜最暗、人迹罕至的森林,
把跳羚从悬崖上射下。
因为打猎就等于打仗,
犹如庄重的战神和欢乐的新娘一样:
熹微的晨光初露,
嘹亮的号角声传来,
人们兴致勃勃,穿过岩隙,越过山顶,
走进雾气蒸腾的豁谷;

① 据古代传说,爱神阿佛洛狄忒(即维纳斯)从海水泡沫中诞生。

让沁人心脾的晨风，
为疲软的四肢浣沐。

第二个（贝伦加尔）：

蓝色的女神[①] 可好？
她永远流动不息，
映照了晴空一碧，
轻柔地把我们引入无涯的怀抱。
可否就着那汹涌的波涛，
修筑美轮美奂的城堡？
谁在这片清亮的绿原上
用飞舟的龙骨犁过，
谁就无须耕耘便有收获，
因为大海就是希望之乡，
变幻莫测的意外事件的王国。
在这里富人转瞬就会一无所有，
赤贫者富埒王侯。
像海风疾如心头的闪念，
绕着整个罗盘回旋，
命运之签就在这里交换，
机遇滚动它的圆球也这样急速。
翻腾的波涛使一切都成了骇浪，
无边大海把据为己有变为妄想。

第三个（卡耶坦）：

且不说浪涛的王国，
也不谈澎湃的海潮，

---

① 指海洋。

就是有古老的永恒支柱来承托，
苍茫大地毫不动摇，
在这里幸福之树也并非永立不倒。
——这突如其来的和解使我担心，
此事不能乐观,并不可信，
在火山喷出的熔岩上，
我永远也不会造屋建房。
都只为结怨已太深，
双方做得太过分，
永远也不会不记恨；
此事我看并未这样就了结，
我有预兆不吉的感觉。
我的嘴巴没有未卜先知的本领，
但是未受祈福便结婚，
倾吐爱情要走背静的曲径，
闯进修道院里去抢人，
这一切实在令人反感又疑心；
善总喜爱正，
恶必由邪生。

（贝伦加尔）：

我们大家心里都明亮，
先王也是把新娘
抢进亵渎神圣的洞房，
因为她原已被他父亲所选上。
他的祖父怒火满腔：
可怕诅咒将可怕的毒秧
种在乱伦的新床。

罪恶的丑事,难言的暴行
都在这座宫殿里被埋藏。

合唱队(卡耶坦):

是呀,开端已经不好,
我看结局也不妙;
不论是谁犯下狂乱的罪过,
一定会自食恶果。
两个兄弟势不两立,
这并非偶然,也不神秘;
生母的怀抱已被诅咒,
她注定要生出冤仇和争斗。
——但是我将闭口不言,
因为复仇诸神在暗中下手;
如果他们走近,果真出现,
那就是为不幸而流泪的时候。
(合唱队下)

〔场景变为一座临海的花园。贝亚特丽丝从邻接的花厅走出。

贝亚特丽丝（不安地来回踱步，四处张望。她猛地站住倾听）：

这不是他——原来是一阵风
掠过松树梢头的响声；
太阳已经西斜，就要沉落，
我疲惫地踱步，看着时间悄悄走过，
猛地我感到毛骨悚然，
阒然无声使我焦急不安。
放眼看去，不见一个人影，
他把我单独留下，令人胆战心惊。
　近处市廛烦嚣，
我听来有如一座堰闸的咆哮，
远处大海浩淼，
我听见轰然拍岸的惊涛。
悚惧从四面八方将我缠绕，
巨大的恐怖使我感到非常渺小，
在这无垠的空间我四无依傍，
宛如一片落叶在飘荡。

　我为何要离开宁静的居室？
在那里我既无眷恋，亦无悲思！
这一颗心像草地清泉一般舒愉，
清心寡欲，又不乏乐趣。
现在人生的激浪将我卷入，
尘世的巨臂把我攫住；
我扯断往日的缕缕萦思，
忘情于旦旦信誓。
　我的本性莫非已经痴迷？
我的举动何以这般离奇？
难道在聆听祈祷时，
狂乱的妄念使我不能自持？
　我撕破了
守正不移的面纱，
我冲出了
神圣纯洁的闺闼！
是地狱的魔力使我神迷智昏？
我跟着这个大胆引诱的男人私奔。
　快来吧，我的心上人！
你在哪里？为何不能分身？
快把我这扰攘的灵魂解脱，
悔恨在啃咬，痛苦在折磨。
有情人的亲近会使我的心得到依托！
这世上只有他奉献给我一颗心，
难道我不应该委身于这个男人？
我被弃置于举目无亲的所在，
（我不能把阴暗的面纱揭开）

严酷的命运在我幼小的时候，
就将我从慈母的怀抱夺走。
我仅仅见过生母一次，
她的面影已经像梦一样消失。
　我在寂寞的地方寂寞地长大成人，
火热的青春与孤独的影子结为近邻；
蓦然他站在修道院的门边，
像天神一样俊美，像英雄一样勇敢。
啊，此时此刻的心情我实难言宣！
他来自陌生的世界，使我感到意外，
但是就在转瞬之间，
便互相倾心，谁也无法将我们分开。
　请原谅，生我的慈爱的母亲，
注定的时刻尚未到来，
我便擅自作主择取了命运，
并非由我挑选，而是由它安排，
天神识途，穿过锁闭的重重大门，
进入珀尔修斯的铜塔①，
超人自有解救遭难者的办法。
就是缚在荒凉的悬崖旁
或者阿特拉斯的擎天柱上，
也会有飞马及时赶到相帮②。
　我不想再回顾身后，

① 达那厄被她父亲幽禁在铜塔里。大神宙斯爱她，化为金雨和她相会，她同他生子珀尔修斯。

② 暗指安德洛墨达，她被锁在无法达到的岩石上。珀尔修斯乘飞马解救了她，并与她结为夫妇。

也无思乡的哀愁，
我要用爱还爱，以身相报，
还有什么比爱情的幸福更美好？
我要听从命运的安排，
别无其他人生乐事可替代。
　谁自认是生我养我的人
又不让我同你，亲爱的，在一起，
那我就不认，永远不认他们。
我宁愿是始终不解的谜，
但我清楚地知道，我活着是为了你！
（谛听）
听，那亲切的声音传到了耳畔！
——不，这是汹涌的海浪
在撞击崖岸，
发出深沉的轰响。
原来不是心上人来到身边！
天哪！天哪！你在何方？
我不由得感到一阵阵寒颤。
西斜的太阳越来越低！
周围的寂寞更加令人发懔！
内心的重压也愈来愈沉——
他究竟去了哪里？
　（她不安地来回踱步）
　我再也不敢移步，
从厚实的花园围墙走出。
我曾经鼓起勇气，

走进附近的教堂[①] 里，
突然我感到不寒而栗：
当时人们正要去祈祷，闹闹嚷嚷，
一种强烈的渴望
从我的心底升起，
驱使我在圣所跪倒，
向圣母玛利亚祷告，
我怎么也控制不了自己。
　倘若窃听者窥见了我，怎么办？
仇敌充满了这人世间，
为了将纯洁而虔诚的人构陷，
奸宄在每一条路上，
都布下了欺骗的罗网。
当我大胆违禁，
越出修道院庇护的范围，
闯进陌生的人群，
我便有了可怕的体会。
这是安葬国君之日，
那里在举行仪式，
我因鲁莽而自食代价巨大的恶果，
只有一位天神保护了我——
那个陌生的少年，
走到我的身边，
他闪着如火的目光，
使我感到十分惊慌，

① 唐·凯撒的窥探者在那里发现了她。

那目光直视我的心房，
透入最隐蔽的地方。
每当我一想起此事，
依然害怕得战栗不止。
带着这秘不告人的愧赧，
我永远，永远也不敢
正视意中人的双眼。
(倾听)
花园里有了声音！
就是他，我的心上人！
这就是他自己！
此刻不是耳朵受了妄念的蒙蔽。
走近了，声音越来越高！
我要投进他的怀抱！
我要扑向他的胸膛！
(她张开双臂奔向花园深处。唐·凯撒朝向她迎面走来)

〔唐·凯撒。贝亚特丽丝。合唱队。

贝亚特丽丝(吃了一惊，回头奔逃)：
天哪！我看到了谁呀？
(与此同时，合唱队上)
唐·凯撒：
可爱的美人，你别害怕！

（对合唱队）
你们手执刀枪，一副粗鲁的模样，
吓了这位温柔的娇娘。
退下去，保持距离，以表示敬仰！
（对贝亚特丽丝）
不要惊慌！
我尊重娇羞美丽的女郎。
（合唱队后退。他走近些，握住她的手）
你去了哪里？是哪个天神的力量
将你攫去，藏匿了如此之久？
我曾四处寻觅，打听你在何处逗留。
从此无论是在清醒时还是在梦乡，
你都占据着我的心房。
我第一次见你是在君主的葬礼上，
你像灿然放光的天使一样，
你征服我的威力并未掩藏。
目光如火，言词期期艾艾，
那一只颤抖的手在你掌心久待
向你透露了它的存在。
——墓地庄严，不容许有更大胆的表白。
这时大弥撒催我去祈祷，
等到我双膝离地，重新站起，
第一眼便寻找你，
可你已经从我的视野里消失掉；
然而你用情丝万缕，
以非凡的魅力将我的心拽去。
我无计可施，从那天起只好四处找你。

所有教堂和宫殿的门外，
所有公开和隐蔽的地方，
凡是丽姝可能出现的所在，
我都布下了窥探者的罗网；
可是我这番心机并未奏效，
直到今天终于得到天神的引导，
警觉的窥探者福星高照，
在这最近的教堂将你找到。

（贝亚特丽丝一直别转脸站在那里，浑身颤抖，听到此处做了一个受惊吓的动作）

我又见到了你，再也不愿同你分离，
不然宁可让灵魂脱出我的躯体！
我要牢牢抓住这偶然的时机，
免得遭到神灵的妒忌，
现在所有证人都在这里，
我称呼你为我的爱妻，
为了取信，我把侠义的右手伸给你。

（他让合唱队看她）

我无意查究你到底是谁——
我别无他求，只要得到你自己。
你最初的一瞥便使我确信无疑，
你的灵魂如此纯洁，一如你的家世；
即使你出身茅舍，
我也非娶你为妻不可，
我有自由，但无选择。

　为了让你知道，我可否自作主张，
在这个国家里我是否高高在上，

能用铁臂将所爱者举到身旁，
我只消说出名字你心里就会明亮。
我便是唐·凯撒，在这个城邦，
在墨西拿更无高贵者居我之上。
（贝亚特丽丝吃惊畏缩；他觉察到了，停顿一下，接下去说）
我赞美你惊讶而庄重地沉默无言；
羞怯的谦逊是天生丽质的冠冕，
含而不露便是娇美，
它因自己的魅力而却步不前。
——我走啦，让你自己静一会，
让你的心灵从诧异中恢复过来，
乍到的幸福也会使人感到意外。
（对合唱队）
现在她已是你们的女君主，我的未婚妻，
你们要对她表示应有的敬意，
教她与地位相称的威仪。
我很快就回，以同我、同她相宜的典礼，
将她迎娶到宫里。
（下）

〔贝亚特丽丝和合唱队。

合唱队（博赫蒙德）：
妙龄女郎，祝你万福，
我们可爱的女君主！

凤冠在你头上，
胜利在你手上！
　向你致敬！
你将使王祚后继有人，
英雄尚未出世，
你便是他们风华正茂的母亲！

（罗格尔）：

我向你祝福三重，
幸运之星高照，
你带了诸般吉兆，
走进这神灵施与恩宠的王宫，
这里悬挂着光荣的花冠，
世代相传的金色节杖象征的君权，
祖祖辈辈连绵不断。

（博赫蒙德）：

你的到来令人振奋，
王宫的守护神，
受人崇敬的老臣，
他们庄重而高贵，
将会因你而感到快慰；
青春永驻的赫柏①，
还有金光闪烁的维多利亚②，
这身生双翼的女神，
永远长着胜利的翅膀，

---

① 赫柏，青春女神。

② 维多利亚，胜利女神。

在不朽的主神掌上飞翔[①],
她们也将为你而倚门迎迓[②]。

(罗格尔):

美丽的花冠
永远也不会
在这个王族凋萎;
每一位王后
在退隐的时候,
都把妩媚的腰带和娇羞的面罩
向下一位转交。
而我此时
目睹美之极致,
因为母亲之花尚未衰飒,
我便看到女儿之花。

贝亚特丽丝(从惊吓中清醒过来):

我的天哪! 厄运
将我交付给什么人!
我可以
同所有活在世上的人一起,
就不能落入他们的手里!
　现在我才明白这个道理:
每当人们对我提起
这个令人害怕的王族,
说他们彼此恨得要置对方于死地,

① 暗指古希腊雕刻家菲迪阿斯所作宙斯雕像,附有在宙斯掌上飞翔的胜利女神。
② 指她的娇美(青春女神赫柏)将使她博取大家的欢心(胜利女神维多利亚)。

如此疯狂，如此冷酷，
竟要伤残自己的手足，
这个时候我总是不寒而栗，
感到不可思议的恐怖。
我带着畏惧的心理时常听人讲起，
说他们兄弟已经势不两立，
但是现在可怕的命运
把我这个可怜、无助的人
卷进仇恨的旋涡里面，
将我投入不幸的深渊！
（她向花厅逃去）

合唱队（博赫蒙德）：

蒙受天惠的诸神之子①
有福有权，令我艳羡不置！
天上的甘旨佳品任由他取，
在这人间尘世里，
有诸般众口交誉的珍异
由他从中将绝美的花朵摘去。

（罗格尔）：

万千渔夫捞取了珍珠，
他挑去最为纯净的尤物。
人们同心协力，有了收获，

① 指国王。

留给君主的都是独一无二的佳果；
命运之神对奴仆并不厚此薄彼，
但将至美精品给他却确定无疑。

（博赫蒙德）：

可是他有一件无价之宝——
为此他可以将其他一切全抛掉。
女中翘楚令人目眩神迷，
他把她娶回宫里，
将她归于一己——
这最使我羡慕不已。

（罗格尔）：

趁着黑夜的幽暗，
海盗持刀闯上堤岸，
劫走男男女女，
满足疯狂的贪欲。
唯有那最美的丽人他不能染指，
她是国王自己的命根子。

（博赫蒙德）：

现在你们都跟我去那边，
守住圣地的入口和门槛，
这个秘密不能让外人窥见，
这样才能得到君主的称赞，
因为他把最心爱的珍宝
交托给我们来照料。

（合唱队退回幕后）

☆

〔场景转为王宫内一间居室。唐娜·伊萨贝拉站在唐·曼努埃尔和唐·凯撒之间。

伊萨贝拉：

盼望的日子终于到来了，
这个期待已久、喜庆一样的时刻：
我顺利地把孩子们的手拉在一起，
便看到他俩的心也合二为一，
家人团聚，母亲的心
第一次为此而感到欢欣。
以前有杀气腾腾的外人梗在中间，
现在粗野的贱民已不在我们面前。
耳朵里再听不见吓人的刀枪之声，
正如一窝惯于黑夜的猫头鹰，
长期霸占遭了火灾的后院与前庭，
把它据为己有，当作自己的大本营，
原来的住户好久以前被迫离开，
现在欢呼雀跃，直奔宅地而来，
风风火火地要重建家园，
惊走这群黑压压的遮没半边天的鸱鸺，
往日的仇恨也像这样烟消云散，
连同奇丑的仆从——凹眼的猜疑，
斜视的恶意和苍白的妒忌，
嘟哝着逃出宫门，向地狱退缩，

善交的信任和温雅的和睦
带来了安宁含笑搬进自己的住处。
(她停了一下)
今天这个日子美上加美,
它给你们每人一个兄弟作为厚馈,
也给你们生了一个妹妹。
——你们感到惊讶?你们奇怪地看着我?
真的,孩子,是时候了,我不能再沉默,
该打开长年累月保守秘密的铁锁。
我也曾为你们的父亲生了一个女孩,
你们还有一个妹妹,
今天你们俩就能同她相会。

唐·凯撒:

我们有一个妹妹?你说什么?妈妈?
这事我们从来都没有听见过呀?!

唐·曼努埃尔:

我们很小的时候,
确实听人讲起有这样一个亲骨肉;
可是大家都说,
她在摇篮里就被死神夺走。

伊萨贝拉:

传闻信不得。
她还活着!

唐·凯撒:

她还活着,可你对我们守口如瓶?

伊萨贝拉:

我告诉你们,我为什么要守口如瓶。

往日播下的种子便是避祸偷生，
现在已经结果，有了喜人的收成。
当你们还是可爱的幼童的时候，
可悲的不睦已经将你们拆开，
忧虑日增，压在你们父母的心头，
这一切但愿永世都不要再来。
有一天，你们的爸爸
做了一个噩梦，非常奇怪：
他仿佛看见有两棵月桂树
从他那张新婚时的卧榻上长出，
繁密的枝条互相缠绕，
在两棵树中间又冒出一朵百合花
它化作烈焰，猛地蹿上火苗，
燃着了树枝和床架，
火舌乱卷，整座宫殿都在焚烧。
这个离奇景象使他非常吃惊，
他找了一个精通星学的阿拉伯人，
你们父亲以为这位神使完全可信，
我倒认为并不一定，
你们的父亲请他解释梦境。
阿拉伯人说，要是我生下一个女孩，
她会把他的两个儿子杀害，
还将给他带来灭族之灾。
后来我成了一个女儿的母亲，
你们的父亲非常残忍，
下令立即把新生的女婴扔到海中，
我使这个血腥的打算落空，

一个忠实的奴仆隐瞒了真情，
我这才保全了女儿的性命。

唐·凯撒：

为给你以臂助的仆人祝福！
啊，有了母爱便不会没有出路！

伊萨贝拉：

不仅仅是强有力的母爱
驱使我救护这个女孩。
在我怀胎之时，
有一个梦也给我以奇异的启示，
我看见一个美如爱神的孩子，
正在草丛中游嬉，
这时一头雄狮从树林里跑出，
血盆大口里衔着刚刚捕获的猎物，
讨好地把它放在孩子的怀里，
同时，天空中飞下一只苍鹰，
爪子攫住一头发抖的小鹿，
奉承地把它放在孩子的膝盖上。
雄狮和苍鹰一副虔诚的神情，
倚着孩子的脚边蹲伏在两旁。
一位占卜师为我圆梦解悟，
这是一个指点迷津的圣徒，
人间纵有万难，他都能使人宽舒。
他预言，我将生下一个女孩，
她能以炽热如火的爱，
使我的两个不和的儿子融洽起来。
——我将这句话牢记在心头；

我救下了这天主预示的骨肉，
她是天恩的女儿，希望的保证，
正当你们的仇恨与日俱增，
她便成为我获得安宁的吉星。

唐·曼努埃尔(拥抱弟弟)：

友爱的纽带不需要妹妹来编织，
她只消将它扎得更加紧一些。

伊萨贝拉：

我把她放在隐蔽的地方，
远远离开椒房，
悄悄地通过别人去教养。
我切盼看到婴儿的爱娇，
这个强烈的念头我也只得放弃掉，
我害怕你们严厉的父亲，
他为无尽的猜忌、揪心的怀疑所苦恼，
派人监视，寸步不离，使我无法脱身。

唐·凯撒：

寂静的坟墓里埋着父亲已有三月①。
妈妈，你为何不把藏匿已久的妹妹
带出来见见外面的世界，
让我们也能感到快慰？

伊萨贝拉：

你们不幸的争斗，
有如无法熄灭的怒火，
腾起在尸骨未寒的父亲坟头，

---

① 原文如此，与前面的“至今尚未月圆两度”显然矛盾。

毫无和解的余地,还有什么可说?
我能把妹妹放在你们中间,
面对寒光闪闪的刀剑?
盛怒之下,你们会听母亲的良言?
要我把她,这带来安宁的珍宝,
我寄托希望的神圣的铁锚,
不合时宜地搁在仇恨的怒火旁边?
你们先得消释前嫌,
将彼此看成手足,我才敢
把妹妹这和平天使带到你们中间。
现在已是时候,我让她同你们相见。
我已将老仆人派出,
每一个钟头我都在等待他的来到,
他将把她从幽居的住处,
送回到母亲的怀抱,
让她重新见到自己的同胞。

唐·曼努埃尔:
她今天并不是惟一的娇女,
享受偎在母亲怀里的乐趣。
欢笑从每一扇门涌到里面,
遍布于这凄清的宫殿,
使它变成青春焕发的泉源。
妈妈,现在请听听我的秘密。
你给我送一个妹妹的惊喜,
我把第二个可爱的女儿献给你。
妈妈,为你的儿子祝福!
这颗心,它已经找到了归宿,

我有了终生相伴的内助。
我要在今天日落以前，
把唐·曼努埃尔的妻子带来同你相见。

伊萨贝拉：

她给我最先生下的儿子以柔情蜜意，
我将愉快地把她抱在怀里；
欢乐将在她涉足的幽径上绽出，
给她在人生的道路上缀满花朵，
但愿给我儿子的酬谢是幸福，
他编了最美的母亲花冠献给我！

唐·凯撒：

妈妈，别为你最先生下的儿子，
虚掷你赐予的全部福祉！
让我也送你一个女儿，因为爱能带来幸运，
她无愧于这样的母亲，
是她重新唤醒了我相爱之心。
在今天落日以前，
唐·凯撒也把妻子带来同你相见。

唐·曼努埃尔：

全能的爱情！你有神灵一般的力量！
人们有理由称你为灵魂的女王！
世间万物都听从于你，
你能使反目成仇者结为连理；
一切无不因你的伟大而获得活力，
兄弟之间永远不能消除的积怨，
在你们面前也都烟消云散。

（拥抱唐·凯撒）

你有手足之情现在我已相信，
我满怀希望将你在兄弟的怀里抱紧，
你能与人相爱，就打消了我的疑心。

伊萨贝拉：

今天，这个给我带来三重幸福的日子，
把沉重地压在我心头的忧愁
一下子全都驱走！
我看到我们王族有了坚实的柱石，
我可以心满意足地俯视
无尽的时光在流逝。
昨天我还有蒙着孀妇面纱的愁闷，
像一个避世度日者膝下无人，
在这凄凉的大厅里孑然一身，
今天却有三个如花娇女，
青春焕发，将带给我承欢的乐趣。
还有哪个幸运的母亲，
所有生过孩子的妇人，
又有谁能享受我这样的福分①！
——未知在这座城邦的邻近，
哪些君主有美艳的千金，
我却从来一无所闻？
因为我的儿子择偶不能不相称。

唐·曼努埃尔：

① 希腊神话中底比斯王后尼俄柏子女众多，自夸为最幸福的母亲，嘲笑女神勒托仅有一子一女，即阿波罗和阿尔忒弥斯。勒托怒，命其子女报复。阿波罗和阿尔忒弥斯遂杀死尼俄柏所有子女。

妈妈，只是今天你不要
揭开蒙住我幸福的面罩，
揭示所有谜底的日子就会来到，
最好让新娘自己告诉你她是谁，
你会觉得她确实很般配。

伊萨贝拉：

在我最先生下的儿子身上，
我看到父亲特有的意向，
他从来就喜欢闷声不响，
自己盘算，然后打定主意，
把它牢牢地锁闭在心底。
可是凯撒，我的儿子，
你现在一定会告诉我公主的名字。

唐·凯撒：

妈妈，保守秘密并不是我的习惯，
我的内心完全露在外面，
就像我的额角一样毫无遮拦；
但是你想知道的结果，
妈妈——让我坦率地对你说，
我连自己都还没有问过。
人们会问，苍穹的太阳之火从何而来？
它照亮了周天，也就等于自白，
它的光辉告诉人们它的来源何在。
我直视新娘的明眸，
我窥透她的内心深处，
晶莹的光泽告诉我这是珍珠；
但是她的姓名我却无法给你说出。

伊萨贝拉：

凯撒，告诉我这是怎么一回事？
你任凭骤起的激情去驱使，
犹如听从神明的召唤，
希望这是青春本性的意愿，
并不是幼稚愚蠢地蛮干。
对我说，你怎样进行挑选。

唐·凯撒：

妈妈，挑选？
如果在那个不幸的时刻，
命运的威力在催逼，这叫拣择？
我并未出去寻觅新娘，
在那举哀的宫殿里，
我不会产生那种空幻的妄想，
我未寻求，便已找到爱妻。
喋喋不休的女流之辈，
我正眼不瞧，感到索然无味，
因为我看到再无第二个像你这样，
我敬仰你有如神像。
当时正为父亲举行隆重的葬礼，
我们都去参加，混在杂沓的人群里，
你一定记得，我们穿着奇特的孝衣；
你明智地规定，切勿由于我们的不睦，
听任蓦然爆发的狂怒
破坏仪式的庄严与肃穆，
教堂的中部蒙上了黑纱，
二十名护卫环列在祭坛四周，

手里擎着火把，
坛前高高地安放着灵柩，
覆盖着画有白色赎罪图的墓布，
在墓布上可以看见
放着权杖和王冠，
还有金色靴刺上高贵的饰物，
饰有镶着钻石的环扣的佩剑，
大家都虔诚而肃静地跪在地上，
这时从高处合唱队那边，
传下看不见的风琴的声响，
同时也开始了百人的合唱。
棺木连同承托的墓座，
随着合唱歌声的节拍，
徐徐地向冥府沉落，
但是宽阔的墓布展开，
将张口的洞穴覆盖，
人间的饰物仍留在地面，
并未跟着躯壳去阴间。
然而歌声的六翼天使扇动翅膀，
让解脱了的灵魂飘浮而上，
去寻觅慈悲之主所在的天堂。
妈妈，我详详细细地讲给你听，
是想使你回忆起当时的种种情景，
让你明白，在这样一个时候，
世俗的愿望是否会出现在我的心头。
我的命运的主宰者，
挑选了这个庄严的时刻，

用爱情之光向我照射。

此事怎样发生,我自己也难揣测。

伊萨贝拉:

还是说下去!让我了解一切!

唐·凯撒:

你别问我,她来自哪里,
怎样跟我走到一起。
当我转过眼睛,她已站在我的身旁,
她的存在隐约有一股巨大的力量,
在我内心深处将我攫住不放。
不是她嫣然一笑的魅力,
也非她的瑰姿艳逸,
既不是浮现双颊的娇媚,
亦非她体态的绰约柔美,
是她的最为深邃和隐蔽的灵魂,
她的端庄高洁令我倾心;
如同被无法捉摸的魔力所打动,
我们闻到彼此的气息,
这时不需要言词,不需要媒介,
我们的心灵仿佛便交融在一起;
我觉得她陌生,可在内心又很熟悉,
蓦地我豁然开朗:
她就是我的,此外更无他人在世上!

唐·曼努埃尔(激动地插话):

这便是圣洁的爱神之火,
它像闪电一样点燃了灵魂,
于是同气相求,心心相印。

既难抵挡,亦无选择,
苍天维系,人类就不能分拆。
——弟弟使我顿然醒悟,他说得有理,
他的叙述也讲了我的经历,
我的朦胧感觉好像为细纱所蒙盖,
现在他已经完全把它揭开。

伊萨贝拉:

我已看清,命运一意孤行,
他已给我的孩子们规定了路径。
从山上奔腾而下的洪流,
为自己冲出河床,开辟道路,
人们机智而谨慎地为它修筑山沟,
它却毫不理会这预先安排的通途。
我有什么办法?——我只能听任
无法控制的更加有力的神灵臂膀,
在暗中操纵我们一家的命运,
儿子们的心还是我的希望,
他们的灵魂像出身一样高尚。

☆

〔伊萨贝拉。唐·曼努埃尔。唐·凯撒。
迪耶戈出现在门边。

伊萨贝拉:

你们看!我忠实的仆人已经返回。
走近些,近些!可信的迪耶戈!

我的孩子呢？——不必再有什么隐讳，
他们全都知道。她在哪里？你说！
别再把她藏起来。放心！我们已有准备，
承受得了极度喜悦的迷醉。
（她正要同他朝门边走去）
怎么啦？嗯？你犹豫了？你不做声？
这可不是给我带来好消息的神情！
你怎么啦？说吧！我感到一阵战栗。
她在哪里？贝亚特丽丝在哪里？
（正欲出去）

唐·曼努埃尔（惊愕地自言自语）：
贝亚特丽丝？

迪耶戈（把她拦住）：
别去！

伊萨贝拉：
她在哪里？我害怕得要命。

迪耶戈：
她没有跟着我，
我无法把你的女儿带来。

伊萨贝拉：
出了什么事？我的天哪，快说！

唐·凯撒：
妹妹在哪里！真要命，快说！

迪耶戈：
她被偷了！她已叫海盗给抢走！
但愿我永远都见不到这样的时候！

唐·曼努埃尔：

妈妈,你要冷静一点!

唐·凯撒:

妈妈,你要镇定一点!

你要克制自己,听他把话讲完!

迪耶戈:

我遵照你的嘱咐,

立即动身,最后一次踏上

时常行走的去修道院的大路,

我扇动喜悦的翅膀轻快地飞翔。

唐·凯撒:

闲话少说!

唐·曼努埃尔:

快说!

迪耶戈:

我走进修道院的天井,

这里我常来,一点也不陌生,

我急不可耐地问起你女儿的情形,

但是看到惊慌充满了每一只眼睛,

骇怕地听人叙述可怕的事情。

〔伊萨贝拉脸色惨白,打着哆嗦跌坐在椅子里,唐·曼努埃尔忙着照料她[①]。

唐·凯撒:

你说,是海盗抢走了她?

谁能作证?有人看见吗?

迪耶戈:

---

① 他因此没有听到下面一段凯撒和迪耶戈的对话。

人们看到一艘摩尔人的海盗船
泊在港湾里，离修道院不远。

唐·凯撒：

有些船躲进港湾逃避飓风的侵袭。
那艘船现在去了哪里？

迪耶戈：

今天早上有人看到，
它在公海借满帆的风力逃之夭夭。

唐·凯撒：

有没有听到别处也有人强抢？
摩尔人决不会一次得手便收场。

迪耶戈：

牛群在那里吃草的时候，
硬被那些人给拉走。

唐·凯撒：

海盗怎么能在修道院深处，
偷偷地把她从幽居中抢出？

迪耶戈：

摩尔人一级一级爬上长梯，
轻而易举地翻过围墙到了花园里。

唐·凯撒：

戒律很严，使虔诚的修女受到限制。
摩尔人又怎能闯进幽深的居室？

迪耶戈：

她是尚未起誓的修女，
可以在院外漫步自娱。

唐·凯撒：

她使用自由的权利多不多?
这一点你要告诉我。

迪耶戈:

人们时常看到她寻求庭园的清幽,
但是今天却不见她往回走。

唐·凯撒(想了一下以后):

你说是抢走?既然强盗能进门,
那么也完全可以是她自己逃遁。

伊萨贝拉(站起来):

一定是抢走!一定是强抢!
我的女儿绝不会忘记本分去私奔,
唐·曼努埃尔!唐·凯撒!我一心
要把一个妹妹交给你们,
但现在我自己也要靠你们的英勇,
才能把她带回到家中。
儿子呀!你们要振臂奋起!
不能默然坐视,
由着妹妹陷在无耻窃贼的手里。
拿起武器!准备好船只!
去追捕海盗,就是到了海角天涯,
也要救出妹妹再回家!

唐·凯撒:

再见!我即刻去查明,去复仇!

(他退场。唐·曼努埃尔从神不守舍中清醒过来,不安地转身对着迪耶戈)

唐·曼努埃尔:

你说,她什么时候失踪?

迪耶戈:

就从今天早晨起不见了她的踪影。

唐·曼努埃尔(对唐娜·伊萨贝拉):

你的女儿叫贝亚特丽丝?

伊萨贝拉:

她就这么叫。快去!别问了!

唐·曼努埃尔:

还有一点,妈妈,你告诉我——

伊萨贝拉:

快去呀!就像你弟弟那样!

唐·曼努埃尔:

我恳求你,告诉我在什么地方——

伊萨贝拉(推他走开):

你看看我的眼泪!看看我怕得要命!

唐·曼努埃尔:

在什么地方你曾经把她藏起来?

伊萨贝拉:

在大地的怀抱里,哪里比这更安全!

迪耶戈:

啊,现在我突然感到很害怕!

唐·曼努埃尔:

害怕?为什么?把你知道的告诉我!

迪耶戈:

这次被抢我是祸首,但出于无心。

伊萨贝拉:

真要命,快说,是怎么一回事?

迪耶戈:

主人,我瞒了你一件事,
是不想给你的慈母之心增添愁思。
那一天国王入土安息,
人们怀着好奇的心理
赶去参加隆重的丧礼,
这一个消息不胫而走,
也传到修道院的围墙里,
你的女儿向我苦苦哀求,
让她看一看安葬的典仪。
我这个不幸者受了感动,
让她穿上黑色的丧服,
那次仪式她得以亲眼目睹,
人们从四面八方拥向瘗埋之处,
我担心,就在杂沓的人丛中,
她被海盗的眼线认出,
因为面纱也掩不住她艳丽的姿容。

唐·曼努埃尔(自言自语,松了一口气):

幸亏有这一番话,我可以把心放下!
这看来不像她。这并不是她。

伊萨贝拉:

你这老糊涂!你违背了我的吩咐!

迪耶戈:

君主,出于好意我心想:
她的这个愿望
便是天性的需求,血缘的力量,
我认为这是天意的安排,
上苍不可捉摸的神秘力量就是主宰,

是它驱使女儿向父亲坟墓参拜。
我把虔诚的本分看作她应尽的孝道，
我这片好心却把事情弄糟。

唐·曼努埃尔（自言自语）：

我何必在这里忍受担心、焦急之苦？
我要赶快去把事情弄个水落石出。
（欲走）

唐·凯撒（回来）：

请原谅，唐·曼努埃尔，我马上就跟你走。

唐·曼努埃尔：

别跟我走！去吧，谁都不要跟我走！
（他退场）

唐·凯撒（感到奇怪，目送他离去）：

哥哥怎么啦？妈妈，你对我说呀。

伊萨贝拉：

我不了解他了。我完全不了解他。

唐·凯撒：

你看，我回来了，妈妈，
因为在激情冲动之下，
我忘了问你一个线索，
借此可以找到失踪的妹妹的下落。
倘若我不知道海盗从哪里把她抢去，
我又怎么能找到追寻的头绪？
请告诉我她在哪个修道院隐居。

伊萨贝拉：

那是奉献给圣西西里的修道院，
有如遁世者栖身的家园，

它藏匿在林木蓊郁的冈峦后面,
慢坡缓缓上升,通向埃特纳山。

唐·凯撒:

鼓起勇气!相信你的两个儿子吧!
就算我得走遍海角天涯,
我也要把妹妹找到才回家。
但是,妈妈,有一件事使我心焦:
我离开新娘时把她交给别人照料。
这个至宝我只能托付给你,
我把她送来,让她得到你的荫庇;
她偎在你的怀里,能用她的忠心
使你忘却痛苦和愁闷。
(下)

伊萨贝拉:

古老的诅咒压在这个家族的头上,
究竟什么时候它才会停止戏谑?
刁钻的恶魔捉弄我的希望,
它那嫉妒的毒火永远也不熄灭。
我自以为靠近了安全的码头,
我坚信幸福一定能够到手,
我认定所有的风暴都已停息,
手舞足蹈地看见
陆地在晚霞中渐渐显现。
谁知这时来了晴天霹雳,
又将我推进波涛汹涌的搏斗里。
(她走向内室,迪耶戈跟在后面)

〔台上场景转变为一座花园。

〔两个合唱队。最后贝亚特丽丝上。

〔唐·曼努埃尔的合唱队上，他们身穿节日的盛装，戴着花环，陪送上一幕描述过的赠送新娘的彩礼；唐·凯撒的合唱队想要阻拦，不让他们进来。

第一合唱队(卡耶坦)：

你最好让出这个地方。

第二合唱队(博赫蒙德)：

换成出言中听的人们，那也无妨。

第一合唱队(卡耶坦)：

你会意识到自己碍手碍脚。

第二合唱队(博赫蒙德)：

我待在这里，就要让你气恼。

第一合唱队(卡耶坦)：

这是我的地方，谁能把我阻挡？

第二合唱队(博赫蒙德)：

我就可以拦你，我就管这地方。

第一合唱队(卡耶坦)：

我的主人唐·曼努埃尔派我前来。

第二合唱队(博赫蒙德):

我是奉我主人之命,不会离开。

第一合唱队(卡耶坦):

弟弟看见兄长,必须谦恭礼让。

第二合唱队(博赫蒙德):

谁若捷足先登,就该称霸称王。

第一合唱队(卡耶坦):

滚开,可恶的家伙,给我退往一旁。

第二合唱队(博赫蒙德):

我们的宝剑先得有一番较量。

第一合唱队(卡耶坦):

你怎么到处堵住我的去路?

第二合唱队(博赫蒙德):

只要我高兴,就迎头把你拦阻。

第一合唱队(卡耶坦):

你在这儿有什么要探听,守护?

第二合唱队(博赫蒙德):

你在这儿凭什么要查问管束?

第一合唱队(卡耶坦):

我没有责任回答你的问题。

第二合唱队(博赫蒙德):

我连理都不爱理你。

第一合唱队(卡耶坦):

啊,年轻人,你对长者理应表示尊敬。

第二合唱队(博赫蒙德):

要论勇敢,我和你不分高低。

贝亚特丽丝(快步冲出):

真要命,这群狂暴的人想干什么?

第一合唱队(卡耶坦)(对第二合唱队):

你和你的傲气,我都不放在眼里。

第二合唱队(博赫蒙德):

我侍奉的主人可比你的更高一级。

贝亚特丽丝:

啊,惨了,此刻他若出现可要吃亏。

第一合唱队(卡耶坦):

你撒谎!他远远不是唐·曼努埃尔的对手!

第二合唱队(博赫蒙德):

我家主人每次比武总是夺魁。

贝亚特丽丝:

他要来了,这是他来的时候!

第一合唱队(卡耶坦):

若非和平时期,我要叫你知道我的厉害。

第二合唱队(博赫蒙德):

若不胆怯,你在和平时期动手也无妨碍。

贝亚特丽丝:

啊,但愿他身在千里之外!

第一合唱队(卡耶坦):

我只怕法律,不怕你眼里的凶光。

第二合唱队(博赫蒙德):

这样很好,这是懦夫的救命稻草。

第一合唱队(卡耶坦):

请赐招,我奉陪!

第二合唱队(博赫蒙德):

我已拔剑出鞘!

贝亚特丽丝(惊恐万状):

他们就要动武,宝剑闪闪发光!
天上的神明啊,快把他拦在路上,
在他途中设下种种障碍,
在他脚下设个圈套,布个罗网,
让他错过这一瞬时光!
天使啊,我曾哀求你们
快把他带来,我的请求请别管理。
请把他的脚步远远地带离这里!
(她快步下场。两个合唱队拔剑相向,唐·曼努埃尔上场)

〔唐·曼努埃尔。合唱队。

唐·曼努埃尔:

你们在干什么! 住手!

第一合唱队(卡耶坦。贝伦加尔。曼弗雷德。)(对第二合唱队):

来呀! 来呀!

第二合唱队(博赫蒙德。罗格尔。希波利特。):

打倒他们! 打倒!

唐·曼努埃尔(拔出宝剑,走到他们当中):

住手!

第一合唱队(卡耶坦):

这是君主。

第二合唱队(博赫蒙德):

这是哥哥! 保持和平!

唐·曼努埃尔：

谁那怕只是眨巴眼睛
继续这次争斗，威胁对方，
我就把他刺死在这草坪之上！
你们狂怒暴跳？是什么妖魔刺激你们，
使我们君主之间
旧日不和的火焰重新燃烧，
我们之间已永远消除不和言归于好。
是谁挑起争端？你们说！我要知道。

第一合唱队（卡耶坦。贝伦加尔）：

他们刚才站在这里——

第二合唱队（罗格尔。博赫蒙德）（打断他们）：

他们刚才来到这里——

唐·曼努埃尔（对第一合唱队）：

你说！

第一合唱队（卡耶坦）：

我的君主，我们刚才来送彩礼，
像你命令我们做的那样。
你看见，我们身穿节日盛装，
丝毫不准备打仗，
我们平和地走来，毫无恶意在心，
真诚信赖那业已求得的协定；
忽然发现他们伫立在此，杀气腾腾，
用暴力拦住我们不让进门。

唐·曼努埃尔：

胡闹的家伙！难道没有一个神圣的地方
能不受你们盲目疯狂的愤怒的骚扰？

即使在无瑕少女寂静隐蔽的场所
你们也会侵入,破坏和平,发生争吵?
(对第二合唱队)退后! 这里有些秘密,
容不得你们这些放肆的家伙待在这里。
(第二合唱队犹豫不退)
退回去! 你们的主人通过我命令你们。
我们现在同心同德,心心相印,
走吧! 我的声音也是他的规箴。
(对第一合唱队)
你待在这儿,守住大门!

第二合唱队(博赫蒙德):
怎么办?
两位君主当真已握手言欢。
夹在这些首脑人物中间
多管他们纷争的闲事,
往往并不讨好,危险却近在咫尺。
有权有势的人一旦疲于吵闹,
连忙把罪过的血衣往下人头上套,
他们正浑然不觉地在为之效劳,
而大人物则把自己洗刷得一干二净。
因此还是让君主们自己去摆平,
我认为我们俯首听命,更为聪明。
(第二合唱队下场,第一合唱队撤退到舞台的深处。与此同时,贝亚特丽丝快步冲出,投入唐·曼努埃尔的怀抱)

〔贝亚特丽丝。唐·曼努埃尔。

贝亚特丽丝：

你来了，我又和你一起——你好残忍！
让我长久地，长久地憔悴伤神，
备受惊恐和恐惧的折磨！
　——可是不要再谈这个！
我又得到了你，在你亲爱的怀抱里，
受到保护，逢凶也会化吉。
来吧！他们都走了！我们有地方可以逃避，
走吧！让我们一刻也别迟疑！
（她想拉着他走，现在才更仔细地端详他）
你怎么了？你以这样庄严的神态
迎接我——挣脱我的怀抱，
就仿佛你宁可把我一把推开？
我简直不再认识你了——这是唐·曼努埃尔，
是我的丈夫，我的所爱？

唐·曼努埃尔：

贝亚特丽丝！

贝亚特丽丝：

别说了，你别说了！现在不是说话的时候！
每分每秒都很宝贵！
让我们快走，快走！——

唐·曼努埃尔：

站住！回答我！

贝亚特丽丝：

赶快远走高飞！
趁这些狂野的人还没有返回！

唐·曼努埃尔：

站住！那些汉子不会动我们一根毫毛！

贝亚特丽丝：

不，不！你不了解他们！啊，来吧！快逃！

唐·曼努埃尔：

怕什么？有我的手臂保护你。

贝亚特丽丝：

啊，相信我，这里有些人强大有力！

唐·曼努埃尔：

亲爱的，没有人比我更强大有力。

贝亚特丽丝：

你孤身一人抵挡这么一大群？

唐·曼努埃尔：

我孤身一人！你害怕的这些男人——

贝亚特丽丝：

你不了解他们，你不知道，他们为谁效劳。

唐·曼努埃尔：

他们为我效劳，我是他们的主人。

贝亚特丽丝：

你是——我不禁一阵心惊肉跳！

唐·曼努埃尔：

你快认识我吧，贝亚特丽丝！
我并不是你以为的那个人，
那个可怜的陌生骑士，
他倾慕相爱只求赢得你的芳心。
我究竟是谁，我有什么能力，
我的出身门第，我全都瞒着你。

贝亚特丽丝：

你不是唐·曼努埃尔！我可真惨，你究竟是谁？

唐·曼努埃尔：

我叫唐·曼努埃尔——本城之内
取这个名字的人数我至高无上。
我是唐·曼努埃尔，墨西拿的君王。

贝亚特丽丝：

这么说你是唐·曼努埃尔，唐·凯撒的同胞兄弟？

唐·曼努埃尔：

唐·凯撒是我的弟弟。

贝亚特丽丝：

是你的弟弟？

唐·曼努埃尔：

怎么啦？你吓了一跳？你认得唐·凯撒？
你还认识我们家族的什么人？除了他？

贝亚特丽丝：

你就是那个和弟弟结下仇恨，
同他不共戴天的唐·曼努埃尔？

唐·曼努埃尔：

我们已言归于好，从今天起又是一母亲生，
论出身是同胞兄弟，从心里也有骨肉深情。

贝亚特丽丝：

言归于好，从今天起！

唐·曼努埃尔：

告诉我，出了什么事？
什么事使你如此心绪不宁？
莫非你对我家了解很多，不仅限于姓名？

我已知道了你的全部秘密？你没有
向我隐瞒什么，或者有所保留？

贝亚特丽丝：

你胡想些什么？怎么啦？我有什么需要吐露？

唐·曼努埃尔：

关于你的母亲，你还什么都没有告诉我。
你母亲是谁？如果我向你描述，
让你亲眼看见，你能认识她吗？

贝亚特丽丝：

你认得她——认得她，却藏着不让我看见？

唐·曼努埃尔：

如果我认得她，你惨我也惨。

贝亚特丽丝：

啊，她那样仁慈，宛如红日辉映！
我看见她在我眼前，回忆开始复苏，
她那天仙似的身影，
又冉冉升起在我心灵深处。
我看见荫翳浓重的褐色发卷之间
白皙颈项的高雅轮廓若隐若现！
高爽的前额的弧形纯净而优美，
又黑又亮的大眼睛熠熠生辉。
她的嗓音充满了柔情，
也在我的心里苏醒——

唐·曼努埃尔：

我可惨了！你这样描绘她！

贝亚特丽丝：

我从她身边逃走！也许恰好

就在那天早上我本该永远和她相聚，
却竟然会离她而去！
啊，为了你我甚至把我的母亲抛掉。

唐·曼努埃尔：
墨西拿的女君主将成为你的母亲，
我现在带你去见她；她正等着你朝觐。

贝亚特丽丝：
你说什么？你和唐·凯撒的母亲？
带我去见她？不去，我决不去！

唐·曼努埃尔：
你浑身哆嗦？为什么这样惊惧？
莫非你认识我的母亲？

贝亚特丽丝：
啊，不幸的悲哀的发现！
啊，但愿我从来没有看到这一天！

唐·曼努埃尔：
你现在认识了我，一个陌生人
竟是一个君侯，这有什么可使你乱了方寸？

贝亚特丽丝：
啊，把这陌生人还给我，
和他同住荒岛，我也如置身安乐窝！

唐·凯撒(在后台)：
退开！干吗这么多人在这里集聚？

贝亚特丽丝：
上帝啊！听这声音！我躲到哪儿去？

唐·曼努埃尔：
你熟悉这声音？不，你从未

听见过这声音,你不可能辨出是谁!

贝亚特丽丝:

啊,别待在这里。走吧,让我们远走高飞!

唐·曼努埃尔:

干吗远走高飞?这是我弟弟的声音,
他在找我,虽说我很惊讶,他怎么确认——

贝亚特丽丝:

凭着天上一切圣人的名字,躲开他!
别跟这个狂烈暴躁的人见面,
别让他在这个地方把你发现。

唐·曼努埃尔:

亲爱的心灵,恐惧已把你弄得昏头昏脑,
你没有听我说,我们两兄弟已经言归于好!

贝亚特丽丝:

老天爷,快别让我经历这一时刻。

唐·曼努埃尔:

我预感到了什么!什么样的心声
使我浑身战栗?——倘若这可能,
倘若你熟悉这个声音?贝亚特丽丝!
你曾经——我简直害怕再问往事——
你曾经——参加我父亲的安葬仪式?

贝亚特丽丝:

唉,不堪设想!

唐·曼努埃尔:

你当时在场?

贝亚特丽丝:

不要生气!

唐·曼努埃尔：

不幸的姑娘，你当时也在那里？

贝亚特丽丝：

我也在那里。

唐·曼努埃尔：

真可怕！

贝亚特丽丝：

我的渴想难以按捺！
原谅我！我曾跟你说过我想参加。
可是你突然变得严肃阴沉，
拒绝我的请求，于是我也不再说话。
可是我不知道，是什么邪恶的星辰的力量
以不可遏制的欲望使我无比向往。
我内心炽热的冲动必须满足；
那位老仆人向我提供帮助，
我没有听从你的意见，我就此上路。
（她偎依着他；这时唐·凯撒上场，整个合唱队伴随着他）

〔两兄弟。两个合唱队。贝亚特丽丝。

第二合唱队（博赫蒙德）（对唐·凯撒）：

你不信我们，请相信你自己的眼睛！

唐·凯撒（疾步走进，一眼看见哥哥，吓得直往后退）：

地狱的骗术！什么？搂在他的怀里！
（走近，对唐·曼努埃尔）

你这条毒蛇！这就是你的爱情！
怪不得你阴险地骗我捐弃敌意！
啊，上帝的声音乃是我的仇恨！
到地狱去吧，虚伪透顶的毒蛇之心！
（一剑把哥哥刺死）

唐·曼努埃尔：

我要死了——贝亚特丽丝——弟弟！
（他倒下，死去。贝亚特丽丝在他身边晕倒在地）

第一合唱队（卡耶坦）：

杀人啦！杀人啦！快来呀，大家拿起武器！
血腥的暴行得用血来清洗！
（大家拔剑出鞘）

第二合唱队（博赫蒙德）：

祝福我们吧！长期的不和已经终止。
墨西拿城现在只服从一个主子。

第一合唱队（卡耶坦。贝伦加尔。曼弗雷德）：

报仇！报仇！打死凶手，打死凶手！
拿他偿命赎罪为死难者复仇！

第二合唱队（博赫蒙德。罗格尔。希波利特）：

主人，什么也不用害怕，我们对你忠心耿耿！

唐·凯撒（威严地走到两个合唱队的中间）：

退回去——我杀死了我的敌人，
他欺骗了我忠实的，对他信任的心，
他用手足之爱给我设下陷阱。
这个行动看来凄惨阴森。
但是公正的上天已经行刑。

第一合唱队（卡耶坦）：

你可怜啊,墨西拿！可怜啊！苦啊！苦啊！
可怕的祸事惨绝人寰,
已在你的城垣之中发生——
你的母亲们孩子们,老老少少实在可怜！
那还没有出生的婴儿真是不幸！

唐·凯撒:

这声悲叹来得太晚——快来帮手！
(指贝亚特丽丝)
把她叫醒！赶快把她抬走,
别留在这恐怖和死亡的所在。
——我不能在这儿久留,因为妹妹被抢,
我忧心如焚,得去寻觅,
——把她带到我母亲的宫里,
说她儿子唐·凯撒送这姑娘来将养！

(他下场;晕厥的贝亚特丽丝被第二合唱队扶到一张长椅上去躺下,然后被抬走;第一合唱队留在尸体旁边,抬彩礼的男孩组成一个半圆形,围住尸体)

第一合唱队(卡耶坦):

请告诉我:我无法理解无法解释,
这怎么这样快便变为既成事实。
我在想像中早已看到,恐怖的幽灵
正迈开大步冲我们逼近,
这可怕的血腥行为的化身。
我本就满怀恐惧预感大祸临头,
等到竟然眼看它来得这么急骤,
等到眼看灾难已经形成,
我还是感到胆战心惊;

看到这既成事实惨不忍睹，
我血管里所有的鲜血全都凝固。

合唱队中的一名（曼弗雷德）：

请大放悲声！
温雅的少年！
横陈人前，早已殒命，
在风华正茂的年龄，猝然凋残！
被死亡的黑夜裹了一层又一层，
恰好在他新房的门前！
但是响亮的难以估量的悲叹，
在这沉寂的少年头上盘旋。

第二名（卡耶坦）：

我们前来，我们前来，
礼品放出异彩，
把迎娶新娘的大门打开，
男童们带来锦衣，
赠送给新娘的厚礼，
庆典准备就绪，证婚人恭候肃立；
可是新郎已经听而不闻，
欢快的轮舞曲永远唤不回他的灵魂，
因为死人的酣睡深沉。

合唱队全体：

死人的酣睡深沉
新娘的呼声永远唤不回她的意中人，
喇叭欢快的鸣声永远不会把他惊醒，
他僵卧在地，已经人事不省！

第三人（卡耶坦）：

那死生无常的人所怀的希望，
所订的计划有多少分量？
今天你们互相拥抱，一对亲弟兄，
话语相同，赤心相通，
此刻西沉的落日
照耀过你们的信誓！
可是现在，你陈尸地上，与尘埃结亲，
胞弟下毒手，孤魂难追寻，
胸中是惨不忍睹的伤痕！
人啊，那过往匆匆的寸阴之子，
他在这欺骗成性的尘世
所怀的希望，所做的计划又何足挂齿？

合唱队（贝伦加尔）：

我要把你抬到你母亲那里，
一个使人不幸的重负！
让我们用斧刃的锋利，
砍倒这棵柏树，
用它的枝条编织一副抬架作枕席；
它永远也不得枝叶扶疏繁茂茁壮，
它只长出致命的果实，
永远也不叫它蓬勃生长，
再也不给漫游者投下浓荫匝地，
它是在这凶杀的土地上吸取滋养，
让它受到诅咒去为死人效力！

第一人（卡耶坦）：

可是那凶手该下地狱，
他却怀着愚蠢的勇气扬长而去！

而你的鲜血则向下流淌,流淌不已,
一直流进大地的缝隙。
可是在地下深处,坐着泰米斯[①] 的女儿们,
既无灯火光明,也无歌声话音,
这些复仇女神永远不会忘记,
她们刚正不阿,维护道义,
让你的鲜血滴进黑色的容器,
搅拌混合而成复仇的心理。

第二人(贝伦加尔):
在阳光普照的大地,
暴行的痕迹很容易飘逝,
就像轻微的表情很容易从脸上消失——
但是在神秘的时刻吸收进母胎,
一切都在那里朦胧地孕育创造出来,
一点也没有失去,什么都依然存在,——
时间是片田野,长着繁茂花枝,
大自然宏伟博大,蕃息不止,
一切都是果实,一切都是种子。

第三人(卡耶坦):
凶手该死,该当万死,
他给自己播下了致命的种子!
暴行发生之前是一副脸孔,
暴行发生之后的面目完全不同。
复仇的情绪激动你的心胸,

① 泰米斯,古希腊神话中大神宙斯之妻,正义和秩序的女神,神性权利的捍卫者。她的女儿们即三名复仇女神。

它便直视着你,神情勇敢大胆,
可是一旦复仇成功,
它凝视着你,面颊苍白凄惨。
甚至于可怕的复仇女神
也拿地狱里的毒蛇向俄瑞斯忒斯[①] 诱导,
唆使儿子去谋杀母亲;
她们善于以公正的神圣面貌
诡计多端地欺骗他的心灵,
直到他完成了这杀人的营生——
可是,等到他杀死
孕育过他的慈母时,
瞧,她们又转过身子
神情可怕地
将矛头直对他自己——
于是他认出了这些令人惊恐的少女们,
她们一把攫住凶手,
从此以后把他紧抓不放,
永远以毒蛇的利齿啃噬他的心脏,
驱赶他从大海到大海的途中奔忙,
直到德尔菲神圣的庙堂。
(合唱队下,用担架抬走唐·曼努埃尔的尸体)

① 俄瑞斯忒斯,古希腊神话中阿伽门农和克吕泰涅斯特拉之子,因母亲杀夫,俄瑞斯忒斯便弑母为父报仇。

〔圆柱大厅。

〔深夜;舞台由一盏吊在半空的大灯照亮。

〔唐娜·伊萨贝拉和迪耶戈上。

伊萨贝拉:

到现在为止还没有我儿子们的消息,
不知是否找到这迷失者的踪迹?

迪耶戈:

还没有消息,君主——可是请寄希望于
你儿子们的严肃认真,殚精竭虑。

伊萨贝拉:

迪耶戈,我是多么心惊胆战!
我有责任,防止这场灾难。

迪耶戈:

不要把自怨自艾的尖针刺进你的心,
你究竟在什么地方不够小心谨慎?

伊萨贝拉:

我若早一些让他们明白真相,该有多好,
我的心声强烈驱使我早些揭晓!

迪耶戈:

明智抗拒你这样做,你干得很得体,
可是这事的成功全在上天的手里。

伊萨贝拉:

唉,这样说,世上没有欢乐堪称纯粹!
如无这意外事件,我的幸福将是十全十美!

迪耶戈:

这幸福只不过被推迟,并未被毁掉,
现在请享受你儿子们言归于好。

伊萨贝拉:

我看见他们心贴着心搂在一起,
此情此景是我前所未有的经历!

迪耶戈:

这并非逢场作戏,而是发自内心,
因为他们痛恨装假,天性率真。

伊萨贝拉:

我看见他们也会流露
温存的雅意,美好的思慕,
我欣喜地发现他们爱之必敬之的情愫。
他们想弃绝那不羁的自由心性,
他们奔放暴烈的青春
并没有挣脱法律的缰绳,
他们的激情依然符合风习人伦。
迪耶戈,我现在很愿意向你承认,
我忧心忡忡,暗自惊惶,
眼睁睁地迎着这个瞬间来临,
看着感情的花朵怒放——
在性格暴烈的人身上,友爱很容易变成气愤。

倘若在旧仇积起的火绒里
再射进这道闪电，
这妒忌引起的敌对的火焰——
想到此处，我不寒而栗——
他们一向不和，恰好在这里，
第一次狭路相逢——
我真幸运！这雷霆凝聚的沉重云层，
黑压压地咄咄逼人，悬在我的头顶，
一个天使为我引它悄然远离，
我那苏解的心胸终于松了一口气。

迪耶戈：

是的，应为你做的工作感到欣喜，
他们的父亲以人君的全部威权
未能使他们把前嫌捐弃，
你用温柔感情，宁静理智使他们握手言欢，
你的福星该受到赞美，荣誉该归于你！

伊萨贝拉：

我取得了很多成功！也有许多是运气？
长年累月保持这样的秘密，
骗过思考最为缜密的人，
把血缘的本能冲动压回他的心里，
这可不是区区小事，这种冲动强大有力，
犹如阴郁深沉的火神，
试图冲出羁绊的围困！

迪耶戈：

幸运久宠不衰对我是个保证，
相信一切都将解决，令人额手称庆。

伊萨贝拉：

我不急于赞美我的星象，
我想先看看这些行动的结局怎样，
女儿出逃，这警告，提醒我要居安思危，
邪恶的精灵并未沉睡，
迪耶戈，你尽可指责或者赞美我的行为！
可是对你这位忠仆我不想讳莫如深，
儿子们正为这女儿忙着四处探寻，
我却在这里无益地静静等待，
这叫我实在于心不忍。
我也采取了行动。——在人无能为力之处，
上天往往会有良图。

迪耶戈：

请告诉我，我可以知道的事情。

伊萨贝拉：

在埃特纳[①] 的山顶，
有位虔诚的长者在那里隐居，
很久以来就被人叫做山林寿星，
他住的地方更接近天宇，
相比于在山下活动的芸芸众生，
世俗的思想被长空天风涤荡一清。
他站在岁月垒成的高山俯视
那莫名其妙曲折繁复的世事
铺展开来的百态千姿。
老人熟悉我们家的景况，

① 意大利西西里岛著名的火山。

这位圣人已多次为我们询问上苍，
通过祈祷，消除了许多灾难魔障。
我刚才已把一个年轻有力的捷足的信使
派上山去见他，
请他把我女儿的消息告知，
我时刻等待着使者回话。

迪耶戈：

倘若我没看错，娘娘，
那边快步跑来的就是这位，
这个勤快人真该受到赞美！

☆

〔信使。前场人物。

伊萨贝拉：

说吧，无论是好是坏，不管什么结果，
都别瞒着我，你就实话实说，
山林寿星有什么消息告诉我？

信使：

他叫我赶快回来向你转告，
失去的公主已经找到。

伊萨贝拉：

赐人幸福的嘴巴，令人欣喜的天国纶音，
你总告诉我期盼的消息！
是我的哪一个儿子有幸
找到了那失去的姑娘的踪迹？

信使：

那位深藏难寻的公主是你长子找到的。

伊萨贝拉：

多亏唐·曼努埃尔让我找到了她！

唉！这个孩子一直给我带来幸福！

——你有没有带给老叟那支圣烛？

我让他在他的圣像前面，

点燃我赠送的这支圣烛，

因为人们喜欢的馈赠，

这虔诚的上帝之仆都不屑一顾。

信使：

他接受了我的蜡烛，一声不吭，

走向祭坛，那里亮着圣人的油灯，

他飞快地在那儿点燃蜡烛，

迅速放火烧了他的茅屋，

九十年来他祈祷上帝就在此处。

伊萨贝拉：

你说什么？你把多么可怕的事告诉了我？

信使：

他连呼三声可叹！可叹！可叹！

就走下山去，默默地向我招手示意，

要我别尾随他，也别回头去看。

我就这样满心惊恐、赶到这里！

伊萨贝拉：

这互相矛盾的消息

使我疑虑丛生，激动不已，

我心乱如麻，心情忐忑，

我的长子唐·曼努埃尔
不是已使我的女儿失而复得？
这个好消息竟然伴随着这不幸的行动，
我心里感到很不受用。

信使：

君主，请您回头看看！你看
隐居人的话语已在你眼前应验，
因为要么是我眼拙，观察有误，
不然你儿子手下的骑士簇拥而来的
就是你寻找的那位失去的公主。

(贝亚特丽丝被第二合唱队的一半用一把轿子抬上，放在舞台的前方。她依然毫无知觉，一动不动)

☆

〔伊萨贝拉。迪耶戈。贝亚特丽丝。合唱队。
〔博赫蒙德，罗格尔，希波利特及唐·凯撒的另外九名骑士。

合唱队(博赫蒙德)：

我们奉主人之命，
把姑娘放在您的脚下。
君主，——是他给我们的命令，
并向您禀告这句话：
把她送来的是您的儿子唐·凯撒！

伊萨贝拉(张开双臂快步向姑娘走去，又惊慌失措地直往后退)：

啊，天哪！她脸色苍白毫无生气！

合唱队(博赫蒙德)：

她活着！她会醒来！
给她时间,让我们静待
她从这意外事件中逐渐恢复,
她的心智还被它所束缚。

伊萨贝拉：

我的孩子！带给我痛苦和忧虑的孩子！
我们终于重逢！现在应该是
你走进你父亲的家门之时！
啊,在我的生命上将你的生命点燃！
我要把你搂紧在母亲的胸前,
直到死亡的寒气消融,
温暖的血管又重复搏动！
(对合唱队)
啊,说吧！发生什么事情这样可怕？
这可爱的姑娘,你们在哪儿找到她？
怎么会这样凄惨,这样可怜巴巴？

合唱队(博赫蒙德)：

别从我这儿打听这个消息,我留神嘴巴。
你的儿子唐·凯撒将会给你回话,
细说一切,因为把这姑娘送来的是他。

伊萨贝拉：

你是想说,我的儿子唐·曼努埃尔？

合唱队(博赫蒙德)：

是你儿子唐·凯撒送她到你这儿。

伊萨贝拉(对信使)：

先知提到的不是唐·曼努埃尔吗？

信使：

是的，主人，他是这么说的呀。

伊萨贝拉：

不论是哪个儿子，都同样使我欢欣鼓舞，
多亏他给我找来了女儿，理应受到祝福！
啊，莫非嫉妒心切的精灵想破坏
这热切期望的时刻带来的极度欢快！
我必须按住我这颗狂喜的心！
我看见女儿已回到了父亲的家门，
可是她看不见我，也听不见我的声音！
她不能回报做母亲的满腔欢欣，
啊，这双亲爱的眼皮快张开！
这双手快暖和起来！
快挺起你了无生气的胸膛，让你的心欢乐地跳动！
迪耶戈！这是我的女儿，我的宝贝——
她被藏匿了这么久，如今获救，
我现在可以在全世界面前和我女儿相会！

合唱队（博赫蒙德）：

我隐约看到一桩匪夷所思的变故，
我感到好奇：这一迷误
不知如何解开，如何结束。

伊萨贝拉（对合唱队，他们表现出惊愕和窘迫）：

啊，你们都是一些穿不透的铁石心肠！
我心里的快乐打在你们胸前的铁甲上，
就像撞击海中陡峭的山岩
全都弹了回来，漠然冷淡！
在这周围有诸色人等，

我却难觅一只有同感的眼睛。
我的儿子们究竟身在何处,
我才能从人们的神色里看到关注?!
仿佛是沙漠中没有同情心的兽群,
大海里的畸形怪物把我团团围困。

迪耶戈:

她睁开了眼睛!她在动,她已苏醒!

伊萨贝拉:

她已苏醒!但愿她第一眼就看见母亲!

迪耶戈:

她又惊恐万状地把眼睛闭上。

伊萨贝拉(对合唱队):

退回去!她害怕见到陌生人。

合唱队(往后退)(博赫蒙德):

我很乐于不接触她的目光。

迪耶戈:

她睁大眼睛,惊讶地把你打量。

贝亚特丽丝:

我在哪里?我似乎认识这模样。

伊萨贝拉:

她慢慢不再昏迷。

迪耶戈:

她干什么?她跪倒在地。

贝亚特丽丝:

啊,我母亲美丽的天仙般的容颜!

伊萨贝拉:

孩子,快投入我的怀抱!我的心肝!

贝亚特丽丝：

请你俯视你脚下跪着的罪人。

伊萨贝拉：

我又得到了你！一切都让它变成过眼烟云！

迪耶戈：

请你也看看我！你可认得我的面相？

贝亚特丽丝：

诚实的迪耶戈一头白发苍苍！

伊萨贝拉：

他是你童年时代忠实的护卫。

贝亚特丽丝：

这么说我又回到我家人的怀抱里？

伊萨贝拉：

除了死再也没有什么可以把我们分开。

贝亚特丽丝：

你再也不想把我驱逐到他乡异地？

伊萨贝拉：

命运已得到满足，什么都不会使我们各自东西。

贝亚特丽丝（扑在母亲的胸上）：

我现在真的偎依在你心上？
我所经历的一切只是幻梦一场？
一个沉重的，可怕的幻梦——啊，母亲！
我看见他倒在我脚下殒命！
——可我是怎么来到这里？我想不起，
唉，我真幸运，已经得到了救助，
靠在你的怀里！
他们想带我去见墨西拿的女君主，

我宁可沉入坟墓!

伊萨贝拉:

我的女儿,你要醒悟!

墨西拿的女君主——

贝亚特丽丝:

别再提起她的事!

提起这不祥的名字

一阵死亡的寒噤透过我的百骸四肢。

伊萨贝拉:

听我说啊。

贝亚特丽丝:

她有两个儿子,互相仇恨,互相厮杀,

人们叫他们唐·曼努埃尔,唐·凯撒。

伊萨贝拉:

我就是她自己啊!认认你的妈妈。

贝亚特丽丝:

你说什么?你说了句什么话?

伊萨贝拉:

我,就是墨西拿的女君主,你的妈妈。

贝亚特丽丝:

你是唐·曼努埃尔和唐·凯撒的妈妈?

伊萨贝拉:

你称他们为哥哥!我也是你的妈妈!

贝亚特丽丝:

苦啊,苦命的我啊!啊,这意外的消息多么可怕!

伊萨贝拉:

你怎么啦?什么事情使你如此奇怪地深感震惊?

贝亚特丽丝(猛然回顾四周,瞥见合唱队):

这就是他们,是的！现在,现在我认出了他们。

我没有做梦,没有受骗——就是他们！

他们刚才在场——这是可怕的实情。

你们把他藏在哪里,你们这些不幸的人?

(她疾步走向合唱队,合唱队看见她都扭过头去。远处响起哀乐)

合唱队:

伤心！伤心！

伊萨贝拉:

把谁藏了起来?实情又怎样解释?

你们都神情惶恐,沉默不语——似乎明白她的意思。

我从你们的眼睛,嘶哑的嗓音

觉察到一些不祥的事情

对我秘而不宣——究竟是什么事?

我要知道,为什么你们

眼睛直盯着门口惊恐万状?

我听见那里发出什么声响?

合唱队(博赫蒙德):

这事已逼近！它将带来惊恐得到说明,

坚强些,女君主,锻炼您的心。

望您镇静地忍受冲您而来的事情,

忍受致命的痛苦,凭着刚毅的精神！

伊萨贝拉:

什么冲着我而来?什么事已逼近?——

我听见哀叹死人的可怕声音,

响彻整幢房子——

他们在哪里,我的儿子?

〔第一个半合唱队用担架抬来唐·曼努埃尔的尸体，把它放在舞台腾空的一边。尸体蒙上了黑布。

〔伊萨贝拉。贝亚特丽丝。迪耶戈。两个合唱队。

第一合唱队（卡耶坦）：

灾祸徜徉
在城市的大街小巷，
苦难紧紧跟上——
悄然走过人们的房子，
四下窥伺，
铿锵有声
今天敲这家的大门，
明天敲那家的大门，
谁也别心存侥幸。
令人痛苦的厄运
谁都从不期盼，
可凶信迟早会光临
每一个活人
住房的门槛。

（贝伦加尔）：

岁序循环不已，
枯叶离枝飘零，
丧尽了元气，
老人便沉入坟茔。

那只不过是大自然
平静地按部就班，
照着它古老的规律运转。
它永恒的积习，
没有什么可以使人心惊胆战！
但是也要料到尘世生活里，
存在着骇人听闻的事例！
凶杀使用暴力，
这也会切断最神圣的纽带维系。
死神也会伸手
将风华正茂的青年攫走，
把他投入冥河之舟！

（卡耶坦）：

如果浓云满天宛如锅底，
如果雷声隆隆，来势汹汹，
那么所有的心都感到自己
落入可怕命运的控制之中。
可是从那万里无云的天际，
也会劈下灼热的迅雷，
因此在你欢快的日子里，
谨防阴险的灾祸就在咫尺之内！
不要让你的心依恋
那转瞬即逝修饰人生的财产，
谁有家当，就要学会视若尘土，
谁在福中，就要学会忍受痛苦。

伊萨贝拉：

这是什么意思？什么给蒙在布下面？

（她向担架走近一步，可是还犹豫地停步不前）

一股力量吸引我，令我毛骨悚然，

又以阴冷的恐怖之手拉住我，令我心惊胆战。

（对扑在她和担架之间的贝亚特丽丝）

让我过去！无论如何，我要弄清怎么一回事！！

（她掀开黑布，发现了唐·曼努埃尔的尸体）

啊，威力无比的苍天啊，这是我的儿子！

（她被惊呆了，伫立不动——贝亚特丽丝惨叫一声，倒在担架旁边）

合唱队（卡耶坦。贝伦加尔。曼弗雷德）：

不幸的母亲！这是你的儿子！

你说出了令人肠断的这个词，

这不是我们嘴里漏出的两个字。

伊萨贝拉：

我的曼努埃尔！我的儿子！——

我一定把你找回！——无尽的悲思！

你不得不从强盗手里用你的生命

赎回你的妹妹！——你弟弟怎么不见踪影？

他怎么没有帮助你免遭不幸？

——啊，造成这创伤的手，真该诅咒！

真该诅咒那个女人，她生下这万恶的凶手，

这个凶手杀死了我的儿子，

他的整个家族全都该死！

合唱队：

惨啊！惨啊！多么凄惨！

伊萨贝拉：

天国的群神，你们就是这样信守诺言？

这就是你们的真理？

那真心实意信任你们的人，真是可怜！
我曾对此充满希望，我曾为此担心、颤抖，
倘若这就是结局——啊，你们
满怀惊恐围在我身边，
亲眼看见了我的痛苦，请认识一下这些谎言，
梦境用它，预言者用它把我们欺骗！
还有人相信这是天神的嘴在说出预言！
——在我身怀这个女儿之时，
她的父亲有一天，
梦见在他新婚的那张床里面
长出两棵月桂树——
在两树当中又冒出百合一株，
百合变成烈火，烧着这两棵树的枝桠叶丛，
火势凶猛，很快把整座房屋
吞进一片熊熊烈焰之中。
这番稀奇的景象使父亲感到恐怖，
他便请了一位占卜师和一位魔法师，
以便借助圆梦得到启示。
魔法师这样解释：
如果我生下一个女孩，
她将杀死父亲的两个儿子
整个家族必遭灭门之灾！

合唱队（卡耶坦和博赫蒙德）：

女君主，你说什么？凄惨！凄惨！

伊萨贝拉：

因此父亲吩咐不能把她留在人间，
可是我使她逃避了这可悲的灾难！

——这不幸的姑娘，真是可怜！
还是孩子，就被人从母亲怀里赶走，
以便她长大成人，不至于对亲生哥哥行凶！
现在这个哥哥死于强盗之手，
不是死在这不幸姑娘的手中！

合唱队：

惨啊，惨啊，惨啊，惨啊！

伊萨贝拉：

魔法师的推论
我一点也不相信，
更好的希望加强了我的灵魂，
因为我认为另一张嘴真实可信，
她向我宣告了我女儿的命运：
“将来有一天，她将怀着热爱，
给我把儿子们的心联合起来。”
——神谕就是这样自相矛盾，
诅咒祝福它们全不问，
在我女儿的头上堆了这两样——
诅咒的根由不在她，这不幸的姑娘！
上天没有给她时间，来完成这个祝福，
无论这张嘴还是那张嘴都在说谎！
预言者的本事是空幻的虚无，
他们都是骗子，要不都受了骗上了当。
对于未来，了解不到什么真实情况，
不论你是在下界地狱的河边汲水，
还是在上面天光的源泉汲取光芒。

第一合唱队（卡耶坦）：

惨啊！惨啊！你说什么？住口！住口！
约束住你的舌头，不可放肆你的言语！
神谕看到一切，必将应验而无疏漏，
结局将赞美这些神谕的真实可信！

伊萨贝拉：

我要大声说话，不想约束我的舌头，
是我的心要我开口。
为什么我们去参拜这些神殿庙堂，
举起虔诚的双手伸向上苍？
我们这些好脾气的蠢人，
我们虔诚相信，又有什么收成？
要想碰到高踞天庭的群神，
就和揽弓射月一样的不可能。
对于世人来说，未来深锁密封，
任何祈祷都穿不透这铁铸的苍穹。
管它飞鸟是在左边还是右边飞翔，
群星的排列是这样或是那样，
在大自然的书里毫无意义，
详梦术糊涂不堪，所有征兆全是骗人的把戏。

第二合唱队(博赫蒙德)：

惨啊！惨啊！住口，不幸的女人！
你瞎了双眼，否认太阳灿烂的光芒！
群神活着，你得认出他们，
他们可怕地在你周围翱翔！

贝亚特丽丝：

啊，妈妈！妈妈！你为什么将我拯救！
为什么不把我扔给诅咒？

在我出生之前，它已经紧追在我身后！
眼光迟钝的母亲！
为什么你以为比洞察一切的天神
更加明智？他们把远的近的互相编织，
看到未来才起作用的种子？
死亡之神要求夺走的东西，
你放肆地不肯放弃，
这对你，我和我们大家都得不偿失！
现在它们夺走的，竟是几倍于此。
我不感谢你这可悲的馈赠，
你让我得到的是痛苦和不幸！

第一合唱队（情绪激动地向着大门张望）（卡耶坦）：

裂开吧，累累伤口！
流吧！奔流！
鲜血的溪流，浓黑如注
喷涌而出。

（贝伦加尔）：

　　我听见
金属的脚步走动之声，
听见地狱里的毒蛇
嘶嘶作响的声音，
我听出了复仇女神的脚步声！

（卡耶坦）：

可怕的脚步在踩踏，
四壁啊，倒塌！
门槛啊，陷下！
浓黑迷雾，缭绕烟气

从深渊中升起！
将白昼可爱的光辉吞得不留痕迹！
家族的守护神，躲开！
让复仇女神进来！

☆

〔唐·凯撒。伊萨贝拉。贝亚特丽丝。合唱队。
〔唐·凯撒进来时，合唱队在他面前四散逃开；就他一人站在舞台中央。

贝亚特丽丝：
我可惨了，是他！
伊萨贝拉（向他迎面走去）：
啊，我的儿子凯撒！
唉，我非得这样和你再见！——啊，快瞧这边，
一只遭天谴的手干下的罪愆！
（带他到尸体跟前）
唐·凯撒（惊恐地直往后退，捂住面孔）
第一合唱队（卡耶坦。贝伦加尔）：
裂开吧，累累伤口！
流吧，奔流！
鲜血的溪流，浓黑如注
喷涌而出！
伊萨贝拉：
你不寒而栗，目瞪口呆！
是的，这一切你哥哥给你留了下来！

这里躺着我的希望——
你们兄弟和睦的幼小花朵凄然夭殇，
美丽的果实我已无缘安享。

唐·凯撒：

妈妈，你且平静下来，我们真诚地希望
兄弟和睦，但是上天决定我们流血阋墙。

伊萨贝拉：

啊，我知道，你爱过他，我曾欣喜地
看到美丽的纽带把你们连结在一起！
你原来想在你心口拥抱他，
好好地为他补偿那失去的年华，
血腥的谋杀比你友善相爱的需求，
来得更快，抢先出手——
现在你别无他法只好为他复仇。

唐·凯撒：

来吧，妈妈，这儿不是你待的地方，
不要看这令人伤心的景象！
（他想把她拉走）

伊萨贝拉（扑上去搂住他的脖子）：

你还活着！现在你是我惟一的儿子！

贝亚特丽丝：

可怜啊，妈妈！你干什么？

唐·凯撒：

在这忠诚的胸前，
哭出你心头的悲痛。
你的儿子并未失去，因为他的爱
永生不死，继续活在你凯撒的胸中。

第一合唱队(卡耶坦。贝伦加尔。曼弗雷德):

裂开吧,累累创伤!

说话吧,你们老是一声不响!

鲜血的溪流,浓黑如注,

奔涌而出!

伊萨贝拉(抓住两人的手):

啊,我的孩子们!

唐·凯撒:

在你的怀抱中看见她,

我是多么高兴,妈妈!

是的,让她做你的女儿吧!妹妹啊——

伊萨贝拉(打断他):

我的儿子!我谢谢你把她救回,

你信守诺言,为我送她来归。

唐·凯撒(惊讶地):

妈妈,你说,我为你送来了谁?

伊萨贝拉:

我指的是她,就在你眼前,你的妹妹。

唐·凯撒:

她是我的妹妹!

伊萨贝拉:

不是妹妹是谁?

唐·凯撒:

我的妹妹?

伊萨贝拉:

是你自己把她送回。

唐·凯撒:

是他的妹妹！

合唱队：

苦啊！苦啊！苦啊！

贝亚特丽丝：

啊，我的妈妈！

伊萨贝拉：

我惊讶不已——你们说吧！

唐·凯撒：

那就让我出生的那一天受到诅咒！

伊萨贝拉：

你怎么啦？天啊！

唐·凯撒：

生下我来的娘胎该受诅咒！
该诅咒你一直保守秘密，
一切惨事全都要怪你三缄其口！
劈下会把你的心击成齑粉的霹雳，
我也不会遮挡，对你不会施以援手——
你听着，刺死我哥哥的是我自己，
我撞见哥哥正搂在她的怀里，
她是我的意中人，我选她做未婚妻——
可我发现我哥哥和她搂在一起——
现在你一切都已知悉。
——如果她真是我和他的妹妹，
那么我犯下了滔天大罪，
无法得到宽恕！不论怎么补赎，怎么追悔。

合唱队（博赫蒙德）：

你已听见，话已说出口，

最糟的事你已知道,覆水再也难收!
就像先知预言,事情已经发生,
还没人逃脱过落在身上的厄运,
谁若忘乎所以自作聪明想要翻身,
他就得把命中注定的自己去完成。

伊萨贝拉:

众神究竟是在说谎,
还是说了实话,对我又有什么关系?
他们已把地狱的苦刑加在我的身上,
——我不在乎他们给我比这更厉害的打击。
谁若不再有事担心,
也就不再害怕他们。
我的爱子被人谋杀,躺在这里,
我这活着的儿子,则被我自己摒弃。
他不是我的儿子——我生下
一头杀人怪物,在怀里把他养大,
他把我更好的那个儿子一剑刺杀。
——来吧,我的女儿!这儿不再是
我们久居之处——我把这房子
交给复仇精灵处置——
一个放肆的罪行把我引进这座王府,
一个放肆的罪行又把我撵出——
我厌恶地走了进来,恐惧地在此居住。
如今绝望地离开它——我无端忍受这一切痛苦,
——可是神谕得到应验,
众神正确无误。

(她下场,迪耶戈随她离去)

☆

〔贝亚特丽丝。唐·凯撒。合唱队。

唐·凯撒(拉住贝亚特丽丝):

留下,妹妹,别这样离我而去!
让母亲诅咒我,让这鲜血
向苍天呼吁,把我控告!
让全世界把我谴责!
可是你别诅咒我!你若诅咒,我受不了。

贝亚特丽丝(别转脸去,指着尸体)

唐·凯撒:

我不是杀死了你的情人!
我是谋杀了你我的哥哥。
现在这死人不见得
比我这活人对你更亲近,
我比**他**更值得怜悯,
因为**他**纯洁地死去,而我却是罪人。

贝亚特丽丝(猛然泪如雨下)

唐·凯撒:

为哥哥哭泣吧,我要和你同声一哭,
不仅如此——我要为他报仇!
可不要为恋人落泪!这种情愫
你如给予死者,我无法忍受。
从我们痛苦的无底深渊里,
让我汲取这最后的仅有的一缕情意,

那就是:他不比我更亲近你——
我们那令人骇然的厄运
均分了各种权利,一如我们三人
本是相爱的同胞,卷入一种不幸,
竟连缀成串遭到灭顶,
可悲地平分垂泪这一共有的宿命。
但是倘若我不得不想到,你的哀思
更多的不是给予哥哥而是给予恋人,
那么我的痛苦之中就要掺进妒忌和愤恨,
我满腔忧伤,最后的慰藉便倏地消失。
我不能像我想做的那样带着愉快的心情,
为他的亡魂作出这最后的牺牲;
可是我愿意温柔地给他送去我的灵魂,
只要我知道,你会把我的灰烬
连同他的一起收集,在同一个骨灰瓶里长存。
(用手臂搂着她,语气激动,无比温存)
我爱过你,我此前从未这样爱过,
你那时对我来说,还是一个陌生人。
因为我爱你超过一切限度,
我便承担了弑兄的沉重罪名。
对你的爱是我的全部罪行。
——现在你是我的妹妹,我希望你答应
用你的同情作为神圣的馈赠。
(他用探询的眼光,充满痛苦的期待凝视着她,然后猛地转过脸去)
不,不,我不能看你眼泪汪汪——
当着这死人的面我勇气尽丧,
疑窦撕裂了我的胸膛,——

——让我置身于误会之中！你不妨悄悄地泪流千行！
永远也别再见我——别再看我一眼——
我不愿再见你，你的母亲我也不愿再见。
她从来没有给过我母爱！
她的心终于自我暴露，痛苦把她的心扉打开。
她称死者为她更好的儿子！
这么说，她一辈子都在装模作样！
——你和她一样虚伪！不必勉强！
显出你的憎恶吧！我不会让你再来
看见我那令人讨厌的容貌！我会永远走开！

（他下场。贝亚特丽丝犹豫不决地站在那里，矛盾的感情互相斗争，然后她暗下决心，下场）

合唱队（卡耶坦）：

在乡间田野的宁静之中，
远离尘世生活的纷乱混沌，
孩子似的躺在大自然胸上的人，
祝福他吧！我不得不祝他幸运。
我若看见显赫杰出的才俊，
瞬息之间从幸福的山巅坠落，
我即使身在君王的宫殿之中，
心情也会变得沉重！
　谁能及早警觉抽身，
不再在人生的狂涛里打滚，
遁入修道院和平的禅房，

这样安居也很妥当。
谁若把荣誉的撩人渴望，
把虚荣的欲念统统抛光，
让贪得无厌的私心杂念
随着安定的神思悄然长眠，
在人生的骚扰之中，
不会为激情的狂烈暴力所动，
在他寂静的陋室空房，
永远看不见人类可悲的形象。
罪恶和不幸
只在一定的高度横行，
像鼠疫避开超然物外的去处，
而是追逐城市的烟雾。
（贝伦加尔。博赫蒙德。曼弗雷德）
而在高山之巅却是自由！
纯净的天风，不会有坟墓的腐臭，
只要世人不带去他的种种苦难，
世界到处都是完美圆满。

合唱队：

而在高山之巅却是自由！
纯净的天风，不会有坟墓的腐臭，
只要世人不带去他的种种苦难，
世界到处都是完美圆满。

〔唐·凯撒。合唱队。

唐·凯撒(稍稍克制一些):

我最后一次行使君主的权力,
给坟墓送上这珍贵的躯体,
因为这是死者最后的荣幸。
你们且听我的意志认真的决定,
按照我的命令,你们认真执行——
完成这项公务要肃穆庄严,
以此你们还记忆犹新,因为不久之前,
你们把先王的遗骸送进陵园。
对死者的哀号在这四堵墙里
还余音未绝,又挤来一具尸体,
可能有一支挨着一支点燃的火炬,
成群举哀者简直会在楼梯上相遇。
请在保存先王骨灰的墓地教堂里
安排一次庄严的葬礼,
紧闭大门,无声无息,
像从前那次一样盛殓如仪。

合唱队(博赫蒙德):

这件工作定能迅速完毕:
啊,主啊——灵柩的高台依然耸立,
那庄严肃穆的丧事遗物,
那死神的建筑还未拆除。

唐·凯撒:

在这活人的房子里,
坟墓还张着大嘴,这不是吉利的标记,
礼成后为何并未拆去这不祥的架子?

这是怎么一回事？

合唱队（博赫蒙德）：

由于时间紧迫，随后便发生
那可悲的龃龉，墨西拿分成两派，敌意森森，
把我们注意力从死者身上引开，
这神圣的地方紧闭着，空无一人。

唐·凯撒：

那么赶快动手，不要耽误！
今天晚上就完成这午夜时分的任务！
让明天的旭日看见洗净罪行的王室余荫，
照耀更加欢快的一代新人。

〔第二合唱队抬着唐·曼努埃尔的尸体离去。

第一合唱队（卡耶坦）：

要我把虔诚的修士僧人
请到这里，按照教会的古训，
执行拯救灵魂的圣礼，
吟唱圣歌祝祷他们永享安静？

唐·凯撒：

愿你们虔诚的歌吟傍着烛光灯影，
在我们坟边永远回响，永世不停。
可是今天不需要你们纯洁的职务，
血腥的谋杀驱散了神圣的性灵。

合唱队（卡耶坦）：

请别决定使用暴力制造流血事件，
啊，主人，别愤怒地对自己采取绝望的手段，
因为在这世上没有人能惩罚你，
虔诚的赎罪可使上天的愤怒平息。

唐·凯撒：

这世界上没有能够审判我惩罚我的人，

因此我必须对我自己判刑。

我知道，上天接受赎罪的诚心，

可是血腥的谋杀只能用鲜血赎清。

合唱队(卡耶坦)：

你应该阻断向这王室涌来的苦难洪流，

而不该在痛苦之上堆积悲愁。

唐·凯撒：

我以一死来消除这王室的古老灾难，

只有自戕才能打断这命运的锁链。

合唱队(卡耶坦)：

这个国家犹如失怙孤儿，你理应成为它的元首，

因为它另一个可当君王的首脑，被你夺走。

唐·凯撒：

我首先向死神偿还我欠的血债，

另一个天神会对活着的人们关怀。

合唱队(卡耶坦)：

只要太阳普照，也总存在希望，

从死神那里才一无所获，请好好思量。

唐·凯撒：

你自己默默地思量一下你的仆人责任，

让我服从那可怕地驱赶着我的冤魂，

没有一个幸福的人能窥见我的内心。

即使你并不害怕也不尊敬我这个主人，

那就害怕我这罪人，沉重诅咒压在我身，

请对我这颗头颅表示尊敬，

就是众神也把这头视为神圣——
谁若得知我的苦楚和感受,
就再也无意让它不胫而走。

☆

〔唐娜·伊萨贝拉。唐·凯撒。合唱队。

伊萨贝拉(脚步犹豫地上场,向唐·凯撒投去游移的眼光。最后她终于走近他,以沉稳的语气说道):
我的眼睛本不该再看见你,
痛苦之中我曾这样暗自起誓,
可是一个母亲,背离天性满腔怒气,
以违心的声音决定这样那样处置,
全都随风飘尽——我的儿子!
一个不祥的谣言使我痛苦,
我急忙走出身处其中的荒凉孤独,
——我该听信这个谣言? 说是一天之中
将被夺走两个儿子,真有这样的苦痛?
合唱队(卡耶坦):
你看见他下了决心,
坚定不移,一无牵挂往下直奔
凄凄惨惨的死神大门。
现在你试试骨肉的情意,
这感人至深的亲母哀恳的威力,
可我这千言万语已于事无济。
伊萨贝拉:

我将我的一切诅咒埋葬，
我这是在绝望中盲目疯狂，
才把它们抛向自己骨肉的头上。
母亲带着痛苦生下孩子，
也就不会恶言相向骂他该死。
上天不会倾听这种负罪的祈祷；
它们又会从那光辉的苍昊
沉重地往下面掉。
儿啊，活下去！我因失去两个孩子热泪双流，
还不如看见杀死我一个孩子的凶手。

唐·凯撒：

妈妈，你对我们的希望考虑得尚欠仔细，
我已无苟活在人们中间的余地
——不错，即使你能忍受
上天憎恨见到的凶手，
母亲，我也难以面对
你那永恒的苦痛透出的责备。

伊萨贝拉：

不会责备你伤害你，既不会大声怨恨
也不会无声非难刺你的心。
痛苦将在幽淡的哀伤中化开，
让我们一同来默哀，
为这不幸悲泣，将这罪行掩盖。

唐·凯撒（握住她的手，柔声说道）：

你会这样行动，母亲。事情将会这样。
你的痛苦将会化为幽淡的哀伤，——
那时候，母亲，一块墓碑

把杀人犯和被害者一同埋葬，
石头一块盖在两人的骨灰之上，
那时候诅咒将失去力量——
你想分辨两个儿子再也没有办法，
伤心的泪水从你美丽的眼睛流下，
既属于我也属于他——
死亡调停得力，促成双方融洽。
愤怒的火焰都会熄灭，
死亡也会把仇恨化解，
哀泣的妹妹将心怀亲情与同情，
温柔地俯身拥抱骨灰坛。
因此，妈妈，你就不要阻拦，
让我沉入坟墓，消除这场灾难。

伊萨贝拉：

基督教放射出众多仁慈圣像的光辉，
如果一颗心深感后悔，
那么面对圣像便能得到宽慰。
许多沉重的负担被卸在洛雷托① 的神殿里，
充满恩典的天国威力
在神圣的墓边吹拂，抹去罪过的痕迹。
虔信者的祈祷也多有裨益，
他们也有很多功绩，
在发生谋杀事件的地方，
可以耸立一座神庙，把罪过涤荡。

唐·凯撒：

① 洛雷托，意大利天主教朝圣地。

利箭虽说可以从心里拔出，
可是那创伤永远不能平复。
谁能活，就让他度过深深悔恨的一生，
以严峻的赎罪的苦行，
来逐渐消除永恒的罪孽——母亲，
我无法活下去，怀着一颗破碎的心。
我必须快活地抬头仰望快活的神灵，
怀着自由的精神遨游太空天庭——
妒忌曾毒化了我的一生，
我们那时还将你的爱分享。
你想，我怎么想得开
你由于痛苦对他偏心厚爱？
死亡有净化的威力，
在它那永不消逝的宫殿里，
提炼尘寰诸般顽劣的品质，
清除人类各种缺陷的污渍，
使之成为真正美德的纯净钻石。
他将像群星远离地球人间，
高踞在我头上崇高而庄严，
如果旧日的嫉恨使我们活着时势不两立，
那时我们还是兄弟势均力敌，
那么现在妒忌将不停咬噬我的心，
因为**他**夺去了我永恒的根本，
远远置身于一切竞争之外，
像天神在人们的记忆中徘徊。

伊萨贝拉：

啊，我把你们叫到墨西拿来

难道只是为了把你俩双双掩埋!
我是要你们在这里恢复手足之情,
一个毁灭性的命运
把我的希望全都毁灭殆尽。

唐·凯撒:

不要责骂这个结局,母亲!所有的预言
都已实现。怀着和平的心愿,
我们走进这些门,一扇又一扇
我们也将在这死亡之屋里,
永远言归于好,和平地共同安息。

伊萨贝拉:

活下去,我的儿子!别让你的母亲亲友全无,
留在这陌生人的国度,
让人恶毒嘲笑肆意欺侮,
因为没有儿子再来保护。

唐·凯撒:

倘若大家都冷酷地嘲笑你,毫无心肝,
你就逃到我们的坟墓之前,
呼唤你儿子的亡灵,
我们那时都已成为天神,会俯听你的呼声,
犹如天国的孪生兄弟①,成为船夫的指路明星,
我们也会待在你的身旁,
安慰你,使你的灵魂坚强。

---

① 指古希腊神话中大神宙斯和美女勒达所生的孪生兄弟,狄阿斯库里(即:宙斯之子),哥哥叫卡斯托尔,弟弟叫波卢克斯,被视为天上星辰,为海员指明方向,又被尊为海难中的救星。

伊萨贝拉：

活下去，我的儿子！为你母亲活下去！

我无法忍受失去所有儿子的结局！

(她激情满怀地伸出双臂拥抱儿子，儿子轻轻地挣脱她，转过脸去伸手给她)

唐·凯撒：

别了！

伊萨贝拉：

唉，我现在痛苦地知道

母亲对你已无力感召！

难道没有别的声音能比

我的声音更有力地渗入你的心里？

(她走向舞台的入口)

来吧，我的女儿！那死去的兄长

如此强劲有力地把他拽进坟场，

也许心爱的妹妹能以动人的生存希望

放射出来的神奇霞光

把他引回普照万物的艳阳。

☆

〔贝亚特丽丝在舞台的入口处出现。

〔唐娜·伊萨贝拉。唐·凯撒和合唱队。

唐·凯撒(看见妹妹，心情激动万分，以手遮面)：

啊，母亲，母亲！你想出什么主意！

伊萨贝拉(把贝亚特丽丝引到台前)：

母亲向他苦苦哀求,但是白费力气,
你去求他,请求他不要自暴自弃。

唐·凯撒:

诡计多端的母亲!你在考验我的心灵!
你想把我拉回投入新的斗争?
在我走向永恒之夜的路上,
你要使我重新珍视太阳的光芒?
——那温柔的生命天使① 的魅力令人倾倒,
她站在我的面前,从丰富出奇的羊角,
倒出金果如山鲜花似锦,
散发出生命活力的芳香氤氲,
太阳的光辉使我悠然生出振奋的心情,
我那业已死灭的性灵
在希望和人生欢乐中又重新苏醒。

伊萨贝拉:

他谁也不听,会听你的劝告,
求他不要夺去你我的依靠。

贝亚特丽丝:

亲爱的死者提出献身的恳请,
应该满足他的要求,母亲,——
但还是让我作这个牺牲!
我出生之前便注定要给死神。
那追迫这个家庭的诅咒逼我逃生,
我这条性命本是盗自天庭,
是我杀害了他,挑起了他们的纷争,

① 把贝亚特丽丝比作幸福女神福耳图娜,女神用羊角满盛丰富的礼物。

将沉睡的复仇女神吵醒，
——我理应安抚他的亡灵！

合唱队（卡耶坦）：

啊，伤心欲绝的母亲！你所有的孩子
都争先恐后地要去死，
在这没有天伦之乐骨肉之情的人世，
撂下你独自一人凄凉度日。

贝亚特丽丝：

哥哥，请拯救你亲爱的头颅，
为了母亲活下去！她需要的是儿子，是你。
她今天才找到她的女儿彼此共处，
在此以前从未拥有女儿，她容易舍弃。

唐·凯撒（心灵受到深切的伤痛）：

母亲，我们是活是死都无所谓，
她只希望和情人成双作对！

伊萨贝拉：

你还妒忌哥哥的尸灰？

唐·凯撒：

在你的痛苦中还活着一个人，虽然他已亡故，
而我将葬身死者之中，永劫不复。

贝亚特丽丝：

啊，哥哥！

唐·凯撒（面带极端激动的表情）：

妹妹，你是在为我啼哭？

贝亚特丽丝：

活下去吧，为了我们的母亲！

唐·凯撒（放开她的手，直往后退）：

为了母亲？

贝亚特丽丝（靠在他的胸上）：

为母亲而活，安慰你的妹妹。

合唱队（博赫蒙德）：

她胜利了！妹妹的哀求令人心碎，

他已经无法违背。

失去慰藉的母亲！希望在此：

他选择了生命，你保住了儿子！

〔此时响起合唱队的歌声，侧门被打开，看见教堂里架着的棺木高台，灵柩四周围着枝形的灯架。

唐·凯撒（面向灵柩）：

不，哥哥！我不想夺走你的牺牲，

——你从棺材里发出的声音，

比母亲的眼泪更为动人，

比恋人的哀求更为强劲。

在我怀里抱着的这一个人

可使尘世生活变成天神的命运——

可是我这个凶手竟然得到幸福，

而你这无辜的圣人却埋进坟墓，

没有得到报复，——

我们今生公正的主宰应该严禁

在它的世界里出现这样的区分

——我看见了眼泪，它们也为我而流，

我的心已得到满足，我跟你走。

（他用匕首刺透自己，于弥留之际挨着他的妹妹徐徐滑下，妹妹投入母亲的怀抱）

合唱队（卡耶坦）（一阵深沉的寂静之后）：

我深受震撼，
不知他的命运该哀叹还是该称赞，
有一点认识得非常深切：
生命不是人生最高的财富，
而最大的灾祸则是罪孽。

威廉·退尔

戏　　剧

张玉书 译

Wilhelm Tell.
Schauspiel.
R Brend'amour X A
M. Gölz Rom.

人　　物

赫尔曼·格斯勒　瑞茨[1] 和乌里两州的帝国总督

维尔纳·封·阿庭豪森男爵　掌旗官[2]

乌尔里希·封·鲁登茨　男爵之侄

维尔纳·施陶法赫
康拉德·洪恩
伊特尔·雷丁
墙上的汉斯
院子里的约尔克
铁匠乌尔里希
约斯特·魏勒[3]　} 瑞茨州居民

---

① 瑞茨(Schwyz),今译施维茨。

② 掌旗官(Bannerherr),该职务当时在一州中所辖权力仅低于州长,此处的旗指战旗。在历史上,维尔纳·封·阿庭豪森男爵曾做过乌里州的州长。

③ 约斯特·魏勒(Jost von Weiler)可意译为“魏勒的约斯特”或音译为“约斯特·封·魏勒”,但因“封”后来多表示贵族称号,而该剧中人并非贵族,故将“封”略去。以下数名居民的名字也作了同样处理。

瓦尔特·费尔斯特 威廉·退尔 罗色曼　牧师 彼特曼　教堂仆役 库阿尼　牧人 维尔尼　猎人 卢阿狄　渔夫	乌里州居民
阿诺尔特·麦尔希塔尔① 康拉德·鲍姆嘎尔腾 迈尔·萨尔能 斯特鲁特·文克里特 克劳斯·弗律 布尔克哈特·比赫尔 阿诺尔特·泽瓦②	下林州居民

琉森的普法伊费尔

格尔骚的孔茨

耶尼　渔童

塞皮　牧童

格尔特鲁特　施陶法赫之妻

赫特维希　退尔之妻，费尔斯特之女

贝尔塔·封·布鲁奈克　一位富有的遗产女继承人

① 阿诺尔特·麦尔希塔尔(Arnold vom Melchtal)可意译为“麦尔希山谷的阿诺尔特”。

② 以上五个名字可意译为“萨尔能的迈尔”、“文克里特的斯特鲁特”、“弗律的克劳斯”、“比赫尔的布尔克哈特”和“泽瓦河的阿诺尔特”，泽瓦河是阿尔卑斯山中的一条河。

阿姆嘎尔特
迈希蒂尔特
伊丽莎白
希尔德嘎特
} 农妇

瓦尔特
威廉
} 退尔的儿子

弗里斯哈特
罗伊特霍尔特
} 雇佣兵

鲁道尔夫·哈拉斯[①] 格斯勒的马夫

约翰纳斯·帕里西达[②] 施瓦本公爵

施图西 看守土地者

乌里的号手

一个帝国的信使

监工

石匠师傅，若干伙计和助手

传令官

慈心会的修士们

格斯勒的骑兵和朗登贝尔格的骑兵

许多农民，来自森林各州的男男女女

---

① 鲁道尔夫·哈拉斯(Rudolf der Harras)可意译为“马厩长鲁道尔夫”，Harras 有“马厩长”之意。

② 约翰纳斯·帕里西达(Johannes Parricida，1290—1313)可意译为“弑长辈者约翰纳斯”，原名约翰·封·施瓦本，哈布斯堡国王鲁道尔夫一世之孙，于一三〇八年五月一日谋杀了伯父阿尔布莱希特一世国王，后逃往意大利。Parricida 为意大利文，意为“弑长辈者”。

第 一 幕

第 一 场

〔四林湖[①]高耸的岩岸,面对瑞茨。

〔湖水伸入陆地,形成一个港湾,离岸不远有间茅屋,一渔童驾舟而来。越过湖面,可看见瑞茨翠绿的高山牧场,村落和田庄沐浴着灿烂的阳光。观众的左边显现出哈肯山[②]的山峰,上面云雾缭绕;右边舞台深处可看见连绵的冰山。幕启前,便听见阿尔卑斯山牧歌的曲调[③]和牛群和谐的铃声。幕启后,乐声还持续一阵。

渔童(在小船中歌唱)(牧歌的旋律):

湖面微笑,邀人沐浴,
少年沉睡,岸边茵绿,
　　传来一阵乐声,
　　笛音甜蜜悠远,

---

① 四林湖为瑞士最美丽的湖泊,沿岸为瑞士四州,上方为阿尔卑斯的崇山峻岭,下方为丘陵、山谷,四州为下林、瑞茨(又译:施维茨)、乌里及琉森。

② 哈肯山为小密腾山旁的一座山,席勒把它和大小密腾山相混淆,以为是由两座山组成的。

③ 这种牧歌为牧人吆喝牲口时所唱,没有歌词。

宛如天使歌声，
来自天国乐园。
他从梦中欣然醒来，
湖水涤荡他胸中污浊，
从湖心深处发出唤声：
亲爱的少年，你属于我！
我吸引这睡梦中人，
把他拉进湖水清波。

牧人们（在山上歌唱）（牧歌旋律的变奏）：

翠绿的牧场，别了！
阳光普照的牧场！
放牧者必须离去，
夏日已不知去向。
我们去到山上，我们又再回来，
布谷开始鸣叫，歌曲重又苏醒，
大地披上新装，遍地百花盛开，
清泉潺潺流淌，五月明媚温馨。
翠绿的牧场，别了！
阳光普照的牧场！
放牧者必须离去，
夏日已不知去向。

阿尔卑斯山猎人（出现在对面山岩上）（牧歌旋律的第二变奏）：

山上雷声隆隆，小道颤抖不停，
山路令人晕眩，猎人并不心惊。
冰封的原野之上，
他大胆迈步向前，
那里不见翠绿枝条，

那里没有妩媚春光。
脚下烟雾弥漫，到处云海翻腾，
远离尘世人寰，难辨城市乡村。
只有通过云层缝隙，
才得一瞥人间世界，
云海深处隐约可见，
阡陌纵横茵绿田野。

〔景色忽变，山上传来一声沉闷的轰响，云层滚滚而来，阴影笼罩四方。

〔渔夫卢阿狄从茅屋中出来，猎人维尔尼从岩石上下来，牧人库阿尼肩上扛着挤奶的木桶走来，他的小伙计塞皮跟在后面。

卢阿狄：

赶快，耶尼，快把渔船拴牢，
灰色浓雾来临，冻雪闷声咆哮，
密腾山岩[①] 已戴上云纱雾帽，
阵阵寒风向我们吹来，
转眼间，风暴就要来到。

库阿尼：

雨快落下，船夫，我的羊儿贪婪地
大嚼青草，牧羊狗正把泥土乱刨。

维尔尼：

鱼儿跳跃，水鸟潜入水中，
疾风暴雨已悬在天空。

① 这块岩石今天已改名为“席勒山岩”。这行诗里是笼统地指大小密腾山上云雾缭绕。

库阿尼(对牧童):

看着,塞皮,莫让牛群跑散。

塞皮:

我听铃声就知道是褐毛小牛丽色尔。

库阿尼:

那就一只不少,丽色尔跑得最远。

卢阿狄:

你们的铃声非常悦耳,牧人师傅。

维尔尼:

牛群也很漂亮,——这是你自己的吗,老乡?

库阿尼:

我没那么有钱,——这是我家主人,
阿庭豪森的牛群,归我放牧。

卢阿狄:

奶牛脖子上的带子煞是好看。

库阿尼:

它是带头的牛,它也知道,
拿掉这根带子,它就停止吃草。

卢阿狄:

你别发傻!畜生哪有灵性——

维尔尼:

这话说得轻巧。其实动物也有灵性,
我们这些追逐羚羊的猎人,全都知道;
它们到草地上去吃草,真是聪明绝顶。
前哨在前,竖起耳朵,等到猎人走近,
它就发出尖叫,进行警告。

卢阿狄(对牧人):

你现在回家吗？

库阿尼：

阿尔卑斯山上已经没有饲草。

维尔尼：

一路平安，牧人！

库阿尼：

我也祝你平安回家，

你们打猎也不是永远没有风险。

卢阿狄：

那儿有个人急急忙忙地跑来。

维尔尼：

我认得他，他是阿尔策棱[①]的鲍姆嘎尔腾。

〔康拉德·鲍姆嘎尔腾气喘吁吁地冲上场来。

鲍姆嘎尔腾：

看在上帝份上，船夫，你的小船！

卢阿狄：

喂，喂，什么事这么慌张？

鲍姆嘎尔腾：

解开船缆！

快救我的命！把我划到对岸！

库阿尼：

老乡，你怎么了？

维尔尼：

谁在追你？

鲍姆嘎尔腾（对渔夫）：

① 阿尔策棱，下林州的一个小村。

快点,快点,他们就在我屁股后头!
总督[①] 的骑兵对我穷追不舍,
他们要是抓到我,我就非死不可。

卢阿狄:

这些骑兵干吗追你?

鲍姆嘎尔腾:

你先搭救我,我再回答你的问题。

维尔尼:

你身上沾满鲜血,出了什么事情?

鲍姆嘎尔腾:

皇帝的城堡总督,住在罗斯堡的那个——

库阿尼:

就是沃芬希森!是他派人追你?

鲍姆嘎尔腾:

他再也没法祸害大家,我已经把他打死。

大家(吓得直往后退):

上帝保佑!你都干了什么事啊?

鲍姆嘎尔腾:

每个自由人处于我的地位都会这么干!
这个玷污我的荣誉,欺侮我老婆的无赖,
我理所当然[②] 的让他知道主人的厉害。

库阿尼:

城堡总督破坏了你的荣誉?

鲍姆嘎尔腾:

---

① 下林州总督沃芬希森。

② 按照德国和罗马法,破坏人家婚姻者,主人有权把他杀死。

上帝和我的利斧
没让他邪恶的欲念得到满足。

维尔尼：

你用斧子把他脑袋砍了下来？

库阿尼：

啊，说给我们大家听听，
你还有时间，趁他正在解开缆绳。

鲍姆嘎尔腾：

我正在树林里砍柴，我老婆跑来，
吓得死去活来：
她说城堡总督在我的家里躺倒，
命令我老婆，侍候他洗澡。
接着向我老婆提出非分要求；
我老婆就马上跑出来找我求救，
我在盛怒之下赶回家里，
用斧子把他好好洗了一洗。

维尔尼：

你干得对，谁也不会对你责备。

库阿尼：

这个暴徒！这下他可遭到了报应！
他早就该死，老是欺侮下林州的百姓。

鲍姆嘎尔腾：

这事已经传开，我正遭到追捕——
我们只顾说话——上天啊——时间可流逝飞速——

〔这时开始响起隆隆的雷声。

库阿尼：

赶快，船夫——快把这个好人载过大湖。

卢阿狄：

不行，一场狂风暴雨
就要来临，您得等一等。

鲍姆嘎尔腾：

神圣的上帝啊！我等不及，
耽误工夫准死无疑——

库阿尼（对渔夫）：

靠着上帝铤而走险吧！我们得互相帮忙，
同样的事情会落到我们大家身上。

〔涛声阵阵，雷声隆隆。

卢阿狄：

狂风已起，你们瞧，湖上波浪多高，
我没法驾船前进，迎着骇浪惊涛。

鲍姆嘎尔腾（抱住他的膝盖）：

你可怜我，上帝会帮助你——

维尔尼：

这事人命关天，行行好吧，船老大。

库阿尼：

他是一家之主，有老婆孩子！

〔雷声响个不停。

卢阿狄：

什么话？我也得把命贴上，
家里也有老婆孩子，跟他一样——
你们瞧，风急浪高，波涛翻滚，
连湖底的水也全都搞得旋转飞腾。
——我很乐于救助这个老实人，
可是你们自己看吧，实在没有可能。

鲍姆嘎尔腾(还跪在地上):

那我只好落到敌人手里,
而救命的岸边,就在眼前!
——就在那里!我眼睛都能看见,
我的吼声都能传到对岸,
这条船本来可以把我载过湖面,
却不得不停泊在这里,无法救援。

库阿尼:

你们瞧,谁来了!

维尔尼:

这是比克伦[①]的退尔。

〔退尔背着弓上。

退尔:

谁在这儿乞求帮助?

库阿尼:

这是阿尔策棱的好汉,他捍卫了自己的荣誉,
打死了国王的城堡总督,
那个坐镇洛斯堡的沃芬希森——
总督的骑兵现在正在对他追捕。
他乞求船夫帮他逃到对岸,
可是风急浪高船夫害怕摆渡。

卢阿狄:

这个退尔也会划船使桨,他会证明
是否可以冒险出航。

退尔:

① 比克伦是乌里州的一个村子。

必要时,船老大,什么风险都得担当。

〔接连几声激烈的雷声,湖水汹涌,迅速高涨。

卢阿狄:

难道叫我向地狱的大门直闯?

神经正常的人,谁也不会这么莽撞。

退尔:

勇敢的人最后才想到自己,

拯救危难中的人吧,相信上帝。

卢阿狄:

坐在安全的埠头上可以平心静气,

你去试试吧!船在这儿,湖在那里!

退尔:

大湖会发慈悲,总督可不仁慈,

船老大,咱们试试!

牧人和猎人:

救救他!救救他!救救他!

卢阿狄:

哪怕是我亲兄弟亲儿子,那也不行,

今天是西蒙和犹大的日子①,

大湖怒气冲冲,想要索取祭品。

退尔:

光说不练一事无成,

时间紧迫,追兵随时会来,

说吧,船老大,你是开船还是不开?

---

① 十月二十八日是纪念使徒西蒙的日子,放牧的时日结束,冬天来临。何时开始有把它当作不祥之日的迷信说法,不详。

卢阿狄：

不开，别找我。

退尔：

那就上帝保佑！把船给我驾驶，

我想用我微薄的力量试试。

库阿尼：

哈，好样的退尔！

维尔尼：

这才像个猎场上的伙计！

鲍姆嘎尔腾：

你是我的救星，我的天使，退尔！

退尔：

我只救你逃出总督的魔爪，

逃出险风恶浪可要上帝帮忙。

不过，宁可落在上帝手里，

也别落在这些人的手上！

（对牧人）

老乡，倘若我有

三长两短，请你安慰我的老婆，

这事情我是非做不可。

（他跳进小船）

库阿尼（对渔夫）：

你是个驾船能手，退尔敢干，

你就不能冒险驾船？

卢阿狄：

再棒的男子汉也别想把退尔赶上，

像他这样的人,山里头独一无双。

维尔尼(爬上山岩):

他已划到湖里。勇敢的弄潮儿,上帝保佑!

瞧,小船在波浪中颠簸不休!

库阿尼(在岸边):

湖水已把小船淹没——我已经看不见船。

可是等等,它又在湖面出现!

这位勇士拼命划桨,劈浪向前。

塞皮:

总督的骑兵已经飞驰而来。

库阿尼:

我的天,是他们!刚才真是救人于危难之中。

〔一队朗登贝尔格的骑兵上。

第一骑兵:

你们藏了凶手,快交出来。

第二骑兵:

他是顺着这条路过来的,你们藏他也是白费力气。

库阿尼和卢阿狄:

骑兵大爷,你们指的是谁?

第一骑兵(发现了小船):

哈,我看见什么啦!真是见鬼!

维尔尼(在山岩上):

你们找的是小船里的人吗?——骑过去呀!

要是快马加鞭还能赶上他呢。

第二骑兵:

真他妈的!给溜掉了!

第一骑兵(对牧人和渔夫):

是你们帮他逃跑的,
你们得付出代价——牛群驱散!茅屋拆掉,
统统砸烂纵火焚烧!
(他们匆匆跑开)

塞皮(跟着他们跑):

啊,我的羊羔!

库阿尼(跟着):

糟了!我的牛群!

维尔尼:

这批暴徒!

卢阿狄(绞着双手):

公正的老天爷啊,你主持公理!
什么时候才把救星派到这里?
(跟着他们)

第　二　场

〔在瑞茨的施泰能村。大路旁施陶法赫家,门前有株椴树,旁边是座小桥。

〔维尔纳、施陶法赫和琉森的普法伊费尔一边谈话,一边走来。

普法伊费尔:

不错,不错,施陶法赫先生,我是这个意思,
您若可能,千万别向奥地利宣誓。

坚定依靠帝国[1],像以往一样忠诚,
拥有旧日的自由,上帝保佑你们!
(真诚地和施陶法赫握手,欲下)

施陶法赫:
请您等我老婆回来——您在瑞茨是我的贵宾,
我到琉森就是您的客人。

普法伊费尔:
多谢!不过今天我还得赶到格尔骚,
——不论你们的总督们如何专横残暴,
不论你们身受的苦难多么沉重,
请你们耐心承受!情况变化会很快出现,
另一个皇帝很快会在帝国执政掌权。
你们一旦归顺奥地利人,就永远无法改变。

〔普法伊费尔下。施陶法赫忧心忡忡地在椴树下的板凳上坐下。他的妻子格尔特鲁特发现他坐在那里,走到他身边,默默地观察他片刻。

格尔特鲁特:
这样严肃,我的朋友?我几乎认不得你。
许多天来我一直默默地看着你,
见你情绪阴郁紧锁眉头。
心头的隐痛,你独自忍受,
告诉我实情,我是你忠实的妻子,
我要求分担你一半的忧愁。
(施陶法赫把手伸给她,沉默不语)

---

① 德意志帝国皇帝由拥有选举权的诸侯选出,并非世代相袭。此时正好是奥地利的哈布斯堡王室当选为德意志皇帝,但两者并不等同。直属德意志帝国,可享较多自由。若成为奥地利的臣民便永远受制于奥地利的哈布斯堡王室。

告诉我，什么事情使你心绪不宁，
上天赞许你的勤奋，你交着好运，
你的粮仓充盈，你的牛儿成群，
饲养得当的良驹神骏，
顺利地从山里带回家中，
在舒适的马厩里御寒过冬。
——你的房子，富丽得像贵族府邸；
全用精美的良木打造一新，
合乎准绳，中规中矩，
有许多窗户光线充足，舒适宜人，
墙上画着纹章盾牌，色彩缤纷，
写着睿智名言，精辟铭文，
路人驻足浏览，赞叹不已。

施陶法赫：

房子确是精工制造，坚固牢靠，富丽堂皇，
可是房子的地基，唉——却在不住摇晃。

格尔特鲁特：

我的维尔纳，你这话是什么意思？

施陶法赫：

不久前我像今天一样坐在椴树前
愉快地回顾我顺利完成的事情，
这时总督从屈斯纳赫特城堡
骑马过来，带着他的骑兵。——
他在这幢房子前站住，啧啧称奇，
我连忙站起身来低声下气
按照规矩向这位老爷走去，
他在这里执掌司法大权，代表皇帝。

他明知故问:“这是谁的房子?”
显然不怀好意。
我迅速地思忖一番,这样回答:
“总督大人,房子属于皇帝陛下
我的主人和大人您,只是租给小人居住。”
他于是说道:“我代替皇帝在这里摄政,
我不允许农民擅自建造房屋,
生活自由自在,无拘无束,
就仿佛自己可以当家作主。
我将严防你们这样忘乎所以。”
说罢骑马离去带着挑衅的神气。
我则忧心忡忡地留下
琢磨这个恶棍说的话。

格尔特鲁特:

我亲爱的主人和夫君!
你妻子有句忠言你可愿听?
我自豪的是,高贵的伊贝格是我父亲,
他极有阅历。我们姐妹几人
在漫漫长夜织着羊毛坐在一起,
这时部族的首领们
聚集在我父亲那里,
将列位先皇的羊皮纸文件认真阅读,
知情达理地交谈,思考国家的幸福。
我专心致志地听到有些聪明的思想,
睿智者的想法,善良者的希望,
我悄悄地把它们都记在我的心上。
因此我说的话,请你听好,

使你苦恼的事,瞧,我早已知道。
——总督想加害于你,对你十分气恼,
因为你对他来说是块绊脚石,
使得瑞茨人不愿屈从新的王室,
而是依附于帝国,忠心耿耿,
坚定不移,就像极有尊严的列祖列宗
世世代代所留下的传统。——
难道不是这样,维尔纳?你说我是否一语道中。

施陶法赫:

就是这样,格斯勒现在对我恼怒已极。

格尔特鲁特:

他对你心怀妒忌,因为你生活得幸福无比,
你是个自由人,住在祖传的家产之上,
——他可没有家产。你这幢房子成为
世袭的产业,得自帝国得自皇上;
你可以随意显示,犹如君王显示自己的城邦,
除了基督教世界最高的帝王之外,
你不承认别的主子高踞在你头上。——
格斯勒只是他家的次子①,他别无所有
除了身上那袭骑士大氅。
因此他看见每个老实人的幸福
都眼睛发绿,心里怨毒;
他早就发誓要弄得你家破人亡——
你现在还毛发无伤——莫非要等他
在你身上发泄他的邪恶心肠?

① 按照西方封建社会的法律,长子继承爵位、产业,次子一无所有。

聪明人总是未雨绸缪,不能不防。

施陶法赫:

该怎么办?

格尔特鲁特(走近些):

那就听听我的忠告!你也知道,
这位总督的专横和残暴,
瑞茨这里正直的人全都怨声载道。
湖对岸下林州乌里州的人民
也受够了无情迫害和严酷欺凌——
对此不必有任何怀疑。
因为就像格斯勒在这里胡作非为,
朗登贝尔格在湖对面也恣意妄为——
没有一条渔船划到我们这里,
不给我们带来新的灾难消息
和州官们的残暴劣迹。
因此,你们一帮人真想大干,
就悄悄地聚在一起好好商谈,
如何才能摆脱这些灾难;
我相信,上帝不会让你们无路可走,
这正义的事业他定会保佑——
你说,你在乌里就没有知心朋友,
可以推心置腹地和他认真研究?

施陶法赫:

我在那儿认识好些正派人,
很有威望,出身望族名门,
私下和我交往,对我非常信任。
(他站起来)

夫人,你在我平静的胸中,激起
危险的思想,掀起何等强烈的风暴!
你把我的内心暴露,接受阳光照耀,
有些事情我暗地里想都不敢去想,
你却大胆说了出来,说得轻巧流畅。
——你有没有好好想过,在劝我去做什么?
你把狂野的争执和刀剑的铿锵——
带进这惯于和平生活的山谷之中。
我们这个软弱的牧羊民族,敢于挺身而出,
去和世界的霸主决一雌雄?
他们只是等着有个体面的藉口,
可以放出他们好战的疯狂野兽
扑向这个可怜的国度,
以胜利者的权利统治这个国家,
假装进行正义的惩罚,
把古老的自由诏书全部废除。

格尔特鲁特:

你们也是男子汉,知道战斧
如何挥舞,勇者自有天助!

施陶法赫:

啊,老婆!战争可是非常可怕的灾祸一场,
它会杀死牧人和牛羊。

格尔特鲁特:

我们必须承受上天作出的决定。
但是高贵的心灵不能忍受人间不平。

施陶法赫:

我们新造的这幢房子,使你高兴,

但是凶恶的战争会把它烧成灰烬。

格尔特鲁特:

我若发现,自己心系尘世的财富,
我就亲手放火把它消除。

施陶法赫:

你相信人性!可是战火一旦燃烧,
连摇篮里的娇小宝宝也在劫难逃。

格尔特鲁特:

无辜的人在天上自有朋友关照!
——往前看,维尔纳,别往后瞧。

施陶法赫:

我们男子汉可以沙场殒命,
可是什么命运等着你们?

格尔特鲁特:

最软弱无能的人也有出路留在最后,
从这桥上纵身下跳就可使我获得自由。

施陶法赫(扑进她的怀里):

谁要是把这样一颗心紧紧搂在胸上,
就能欢欣鼓舞为保卫家园奔赴战场,
不怕任何国王的军队兵强马壮——
我立即出发前往乌里,
我的好友瓦尔特·费尔斯特住在那里,
他对形势的看法和我一致,
我在那儿也能找到阿庭豪森大人,
高贵的旗手①,——尽管他出身名门,

---

① 旗手,指掌旗官。见本剧人物表注释。

但是尊重古老习俗，热爱百姓。
我将和他们两人共商对策，
如何勇敢地抗击国家的敌人——
再见——因为我要离家外出，
请你巧妙安排料理家务——
那些前去教堂朝圣的信徒，
为修道院化缘的虔诚神父，
请你多给施舍，热情照顾。
施陶法赫的房子不躲不藏，
公然耸立在路边道旁，
让过往行人宾至如归，舒适安康。

（他们向舞台深处走去。这时威廉·退尔和鲍姆嘎尔腾在前面上场。）

退尔（对鲍姆嘎尔腾）：

你现在已经不再需要我的帮助，
向那幢房子走去，那里住着
施陶法赫，是困厄中受难者之父。
——瞧，他就在那儿——跟我来，走！

〔他们向施陶法赫走去，场景转换。

第　三　场

〔阿尔特多尔夫的广场上。

〔舞台深处山岗上正在建一座要塞，要塞的建造已有时日，可看出全部建筑的轮廓。要塞后半部已建成，前半部正在建造，脚手架树立着，工人们在上面爬上爬下；瓦匠就在最高的屋顶上。——人人都忙忙碌碌。

〔监工，石匠师傅，伙计们和助手。

监工(用棒子驱赶工人):

别老歇着,快快干活!把砖头
拿过来,把石灰和灰浆运过去!
总督大人来看,工程得有进展,
你们简直像蜗牛在爬,干得真慢。
(对两个担东西的助手)
你们这叫装料?马上给我再加一倍!
简直是在混事,一帮游手好闲的懒鬼!

第一伙计:

叫我们自运砖石自造囚牢,
真是狠毒的绝招。

监工:

你在嘟囔什么?这帮人真蠢。
干什么都不灵,只会挤牛奶,
只会在山间谷里瞎跑胡混。

老人(歇了下来):

我顶不住啦。

监工(使劲摇晃他):

赶快,老家伙,干活去!

第一伙计:

这个老人连路都走不动,
你还逼他玩命地干,
你是不是没有心肝?

石匠师傅和伙计们:

简直伤天害理!

监工:

你们管好自己吧;我是在尽我的职责。

第二伙计:

监工,我们建造的这座碉堡,

以后叫什么大号?

监工:

它该叫乌里镇压堡,

你们要给加上这副镣铐。

伙计们:

乌里镇压堡!

监工:

怎么,这有什么可笑?

第二伙计:

用这间小屋你们就想镇压乌里?

第一伙计:

让我们瞧瞧,这种田鼠挖掘出来的泥,

得摞多高,才能把一座山堆起,

而最小的山就在乌里!

(监工走到舞台深处)

石匠师傅:

这把铁锤用来建造这该诅咒的房屋,

我得把它扔进大湖的最深之处!

(退尔和施陶法赫走来)

施陶法赫:

啊,但愿我从来没有活过,竟看见这样的事情!

退尔:

这儿情况不妙,咱们往前走吧。

施陶法赫:

我是身在乌里这自由之邦?

石匠师傅:

啊,上帝,但愿您能看见塔楼的地窖!

是啊,谁要是待在窖里,

今后再也不会听见鸡啼!

施陶法赫:

啊,上帝!

石匠师傅:

瞧瞧这些侧墙,这些斜柱,

就像千秋万代它们都能挺住!

退尔:

手造的东西,手也可以推倒。

(指指群山)

上帝给我们建造了自由之屋。

〔传来隆隆鼓声,一批人扛着根杆子走来,杆上放了顶帽子,一传令官随后,女人孩子乱哄哄地跟在后头。

第一伙计:

敲鼓干吗?大家注意!

石匠师傅:

绝妙的

狂欢节的游行队伍,这帽子干吗用?

传令官:

皇帝诏告!大家听好!

伙计们:

静一静!听他说!

传令官:

乌里的男丁们,你们大家看清这顶帽子,

我们要把它放在一根高柱之上，
位于阿尔特多尔夫中心，地势最高之处，
兹宣告总督大人的意见和愿望：
这顶帽子就像是他本人，
必须对它表示同样的尊敬，
看见帽子得弯腰屈膝，脱帽致敬——
国王陛下就此看出大家驯从恭顺。
谁若不把这道命令放在眼里，
财产被国王没收，本人则充当奴隶。

（民众大声哗笑，又敲起鼓来，他们走了过去）

第一伙计：

这个总督又想出什么闻所未闻的新招！
叫我们去向一顶帽子致敬！
谁曾听见过这种荒唐的事情？

石匠师傅：

要我们向一顶帽子屈膝致敬！
他要把有尊严的人们戏弄？

第一伙计：

倘若是皇帝陛下的皇冠倒还说得过去！
这可是顶奥地利的帽子，我曾见它悬挂在
宝座上面，他们在那里分封采邑。

石匠师傅：

奥地利的帽子！注意，这是个陷阱，
要让我们向奥地利卖身！

伙计们：

没有一个正派人会去干这种可耻的事情。

石匠师傅：

你们来,让我们大伙一起商量。

(他们走向舞台深处)

退尔(对施陶法赫):

你现在了解情况了吧。再见,维尔纳先生!

施陶法赫:

你上哪儿去?啊,别这么急着走开啊。

退尔:

我家里还等着我这当家人呢,再见吧。

施陶法赫:

我有一肚子话,想跟你说。

退尔:

心情沉重光靠说话不会轻松。

施陶法赫:

可是,话语可能会把我们引向行动。

退尔:

现在惟一的行动便是忍耐和沉默。

施陶法赫:

难道叫我们忍受忍无可忍的事情?

退尔:

残暴的统治者不会掌权长久。
——当峡谷深处升起暴风强劲,
赶快把火熄灭,船只急忙返航回程,
狂暴精灵掠过大地,无影无踪,并未危害生灵。
但愿每个人都安安静静地待在家里,
生性平和的人,人家也乐于给以和平。

施陶法赫:

你这样认为?

退尔：

蛇不受惊，不会咬人，

他们看见这些地区平平静静，

最后他们自己也懒得折腾。

施陶法赫：

我们团结一致，才能有所作为。

退尔：

沉船触礁之时，人人自救要容易得多。

施陶法赫：

你就这样冷漠，不顾共同事业？

退尔：

只有指望自己才最为可靠。

施陶法赫：

联合起来，弱者也会坚强有力。

退尔：

强者独自一人才最为强大。

施陶法赫：

这么说，倘若祖国濒临绝境，岌岌可危，

不能指望你共赴国难奋起保卫？

退尔（伸手给他）：

退尔会把迷途的羔羊救出深渊，

怎么会漠然抛弃自己的朋友？

可是，你们要干什么，请别找我商量，

我不能长时间地权衡利弊，斟酌良莠；

你们若有什么事情要我去干，

就招呼一声，我绝不会冷眼旁观。

〔两人朝不同方向下。突然许多人向脚手架那里跑去。

石匠师傅：

出什么事了？

第一伙计（走上前来，喊叫）：

瓦匠从屋顶上摔下来了。

〔贝尔塔带着随从上。

贝尔塔（冲上场来）：

摔坏了吗？快跑过去，帮帮忙啊，救救他的命，——

如果还有救，就快救他啊，这里有黄金——

（她把她的首饰扔向民众）

石匠师傅：

收起你的黄金吧——你们一切都用黄金

买卖；要是夺去了孩子的父亲，

夺走了妻子的丈夫，

给全世界带来深重的苦难，

你们就想补偿，用的都是黄金——你走吧！

你们来以前，我们曾是欢快的人们，

你们一来，绝望也随着来临。

贝尔塔（向走回来的监工问道）：

他还活着吗？

（监工做了一个否定的姿势）

啊，这要塞在诅咒声中建成，灾难深重，

诅咒将寓于你的四壁之中！（下）

第　四　场

〔瓦尔特·费尔斯特的住宅。

〔瓦尔特·费尔斯特和阿诺尔特·麦尔希塔尔从不同方向

一同上场。

麦尔希塔尔：

瓦尔特·费尔斯特先生——

瓦尔特·费尔斯特：

我们别让人家撞见！

你待在原地别动。我们四周全是密探。

麦尔希塔尔：

你没给我带来任何下林区的消息？

我父亲的消息？作为一个囚犯待在这里，

成天无所事事，我再也忍受不下去，

我到底干了什么违法事项，

得像个凶手似的东躲西藏？

那个放肆的家伙奉总督之命

想在我眼前把我的几头公牛

和我最棒的牛车赶走，

我不过用棒子打断了他的一根指头。

瓦尔特·费尔斯特：

你过于鲁莽。这小子是总督的手下，

是官府派到你家。

你犯了法，只好默默地忍受惩罚，

不论这惩罚有多么可怕。

麦尔希塔尔：

难道叫我忍受这无耻之徒的

胡言乱语："农民若想吃面包，

就得自己去拉犁上套！"

这小子把我那几头漂亮的公牛
从犁杖上解下，我当时心如刀绞，
公牛闷声号叫，就仿佛它们也感到
这很不公道，就拼命顶撞——用它们的牛角，
这时我义愤填膺，怒火中烧，
再也无法自控，就揍了那个强盗。

瓦尔特·费尔斯特：

啊，连我们都控制不住自己的心，
你们又怎能约束自己，血气方刚，年纪又轻！

麦尔希塔尔：

我只为我的父亲伤心——他的儿子
远离膝下，而他非常需要关怀照顾，
因为他一直忠诚地为权利
和自由而战，憎恨这个总督，
因此他们一定会去迫害这位老人，
没有人保护他，使他免遭羞辱。
——不论前途如何，我必须渡过大湖。

瓦尔特·费尔斯特：

等待吧，要耐心等待，
等消息从树林里向我们传来。
——我听见有人敲门，进去吧，你进去吧，
也许是总督派来的一个爪牙——
你在乌里也会碰到朗登贝尔格的鹰犬，
因为暴君们互相携手，狼狈为奸。

麦尔希塔尔：

他们教育我们，该如何行动。

瓦尔特·费尔斯特：

快进去！

等这儿没事以后，我再叫你。

（麦尔希塔尔走进里间）

这不幸的人，我不能向他坦白直陈，

我预感有邪恶之事发生——谁在敲门？

每次门声一响，我就预感到不祥。

背叛和怀疑在所有的角落窥伺张望，

暴力的使者一直闯入内屋后院，

看来不久我们得在所有的门上

安装铁锁和门栓。

（他打开房门，惊讶地直往后退，进来的是维尔纳·施陶法赫）

我看见谁了？是您，维尔纳先生！

好啊，上帝啊。一位亲爱的贵宾——

没有一个更优秀的人曾造访寒舍。

热忱欢迎您到舍下作客！

什么风把您吹到乌里？为什么？

施陶法赫（和他握手）：

古老的时代，古老的瑞士。

瓦尔特·费尔斯特：

这一切您全都带来——瞧，看见您，

我就感到舒服，我的心中就感到温馨——

——您请坐，维尔纳先生——您怎么离开

格尔特鲁特夫人，您的贤妻，

明智的伊贝格的女儿，她通晓事理？

所有从德国来的漫游者，

经过迈因拉特修道院[1] 去意大利，
对您家的殷勤好客全都称赞不已——
您刚从弗律伦[2] 来到这里，——您倒说说，
您在踏上我家门槛之前
有没有四下里观看？

施陶法赫（坐下）：
我看见一座令人惊讶的新屋
正在建造，它可并不使我舒服。

瓦尔特·费尔斯特：
啊，朋友，您可是一眼就看出了端倪！

施陶法赫：
在乌里从来没有这样的房屋——
自古以来这里就没有震慑人的要塞，
没有一幢住宅坚固得像这座坟墓。

瓦尔特·费尔斯特：
这是埋葬自由的坟墓，您道出了它的名字。

施陶法赫：
瓦尔特·费尔斯特先生，我不想耽搁您，
并不是闲来无事好奇心切使我来到这里，
我心事重重，忧心忡忡，——家里愁云惨雾，
我发现这里也愁云布满天际，
因为我们忍受的，是忍无可忍的事情，
而且这种困苦已经没有止尽。

① 迈因拉特为霍亨索伦家族的贝希托特伯爵之子，后为本笃会修士，隐居瑞士，八六一年被杀害。为了纪念他，奥托一世皇帝于九四六年修建该修道院。
② 弗律伦在四林湖东南端，乌里境内。

自古以来，瑞士人一向自由自在，
我们已经习惯于，人们对我们友好相待，
只要牧羊人在这山峦之间放牧奔逐，
此地还从未经历过这种羞辱。

瓦尔特·费尔斯特：

是的，他们干的事情从无先例！
我们高贵的封·阿庭豪森大人
曾经见过以往的时代，他也认为
这一切都已无法容忍。

施陶法赫：

对岸下林州也发生了严重事件，
罪行受到了血腥的严惩——
住在洛斯堡的皇帝总督沃芬希森，
贪食禁果，馋涎欲滴，
想对鲍姆嘎尔腾之妻非礼，
鲍氏住在阿尔策棱，遇到这事
便把这个总督一斧劈死。

瓦尔特·费尔斯特：

啊，上帝的审判公正无私！
——你说，是鲍姆嘎尔腾？此人谦虚谨慎，
他是否已经获救，得以安全藏身？

施陶法赫：

您的女婿已经帮他逃过湖去，
我现在把他藏在我们施泰能，
——此人还向我报导了在萨尔能①

① 在下林州。

发生的更加令人发指的事情——
善良的人听了都会心里流血不停。

瓦尔特·费尔斯特(专注地):

您倒说说,是些什么事情?

施陶法赫:

在迈尔希山谷,
在进入刻恩斯[①] 的地方,住着一个正派人,
他们称他为哈尔登的亨利希,
他说的话颇能影响乡里乡亲。

瓦尔特·费尔斯特:

谁不认识他!他出什么事了?您把话说完。

施陶法赫:

朗登贝尔格为了一点小错,
惩罚他的儿子,派人拖走
最好的一对耕牛,那孩子便狠揍
总督的兵丁,然后逃走。

瓦尔特·费尔斯特(极度紧张):

那父亲呢——您说,那父亲怎么样了?

施陶法赫:

朗登贝尔格要求那父亲
立即把儿子找来归案受审,
老人对天发誓,对于
在逃的儿子毫不知情,
总督便让刑吏对他动刑——

瓦尔特·费尔斯特(跳起身来,想把施陶法赫拉到另外一边):

① 在萨尔能附近。

啊，住口，别再说了！

施陶法赫（扬起嗓子）：

“你儿子从我手里逃跑，

我可把你抓在手里！”——总督下令把老人

扔到地上，把尖利的钢针刺进他的眼睛——

瓦尔特·费尔斯特：

仁慈的上天啊！

麦尔希塔尔（脱口叫道）：

您说，刺进眼睛？

施陶法赫（惊讶地问瓦尔特·费尔斯特）：

这小伙子是谁？

麦尔希塔尔（双手痉挛地使劲抓住施陶法赫）：

刺进眼睛，您说？

瓦尔特·费尔斯特：

啊，这个可怜的人啊！

施陶法赫：

他是谁？

（瓦尔特·费尔斯特给施陶法赫做了个手势）

是那个儿子？公正无私的上帝啊！

麦尔希塔尔：

而我

不能在他身边！——竟刺进他的眼睛？

瓦尔特·费尔斯特：

镇静些，像个男子汉忍受这一切！

麦尔希塔尔：

这都是因为我的过错，我的罪过啊！

——这就失明了！的确瞎了，双目完全失明？

施陶法赫：

我说过了。视力的源泉已经流尽，
他永远也不会再看见光明。

瓦尔特·费尔斯特：

别让他再更加痛苦！

麦尔希塔尔：

永远不会！永远也不会再看见东西！
(他把手盖在眼上，沉默了一阵，然后他看看这个，又看看那个，以柔和的为眼泪窒息的声音说道)
啊，眼睛的光明
是上帝赐予的一种高贵的馈赠——
人人都靠光明而生，每个幸福的造物都渴望光明——
连草木也向着太阳高高兴兴。
而他却必须坐在黑夜之中，永恒的黑暗之中，
只能感觉不见天日，——高山牧场的温暖翠绿，
瑰丽百花的色彩交融，已不再使他心旷神怡，
他再也无法观赏布满红霞的高山雪峰——
死亡算不了什么——可是活着，却什么也看不见，
这才是真正的不幸——你们为什么这样满面愁容
直看着我？我有两只清明的眼睛，
却不能把其中一只给我失明的父亲，
这光彩夺目、令人晕眩的光明海洋
涌进我的眼睛，我却不能给他一丝光芒。

施陶法赫：

唉，我非但不能治愈你的创伤，
还得雪上加霜——他受的苦不止这桩！
因为总督已经把他的财产全都抢光，

什么也没给他留下，除了一根棍棒，
这盲人就赤身露体，挨家乞讨，四处流浪。

麦尔希塔尔：

给这瞎眼的老人只留下一根木棍！
一切全都夺走，甚至太阳的光辉，
这是最穷的穷人也能共享的恩惠——
现在谁也不要再劝我留下，躲藏起来！
我是一个多么胆怯的可怜虫啊，
我只想到自己的安全，没想到你的安危。
——我把你亲爱的头颅
押在这个暴君手里作为证物。
滚一边去——胆小怯懦的谨慎小心，
我现在什么也不想，只想以血还血，报仇雪恨，
我要回到湖对岸去——谁也别拦阻我——
我要向总督讨回我父亲的眼睛，
我要找出他来，哪怕他在密树丛中藏身。
我这一生别无其他事情，
只想用他的鲜血来把我
灼热的巨大痛楚抚平。（他想走）

瓦尔特·费尔斯特：

站住！
你能用什么来对付他？他坐在萨尔能
那巍峨高耸的城堡之中，
在他固若金汤的要塞里
嘲笑我们愤怒却又无用。

麦尔希塔尔：

哪怕他住在恐怖崖[1]上的冰宫之中，
或者更高一些待在那少女
自古以来蒙着面纱坐着的山峰[2]——
我也要劈开道路前去把他寻找；
带着二十个和我志同道合的青年，砸烂他的碉堡。
即使没有人随我前去，即使你们大家
担心失去你们的牛羊和茅屋，
为暴君的枷锁所屈服，——
我将在自由的天幕之下，
召集山间的牧人，
那里心灵依然健康，感觉依然清新，
我要讲述这些骇人听闻的暴行。

施陶法赫（对瓦尔特·费尔斯特）：

现在他的权势正在鼎盛时期——
我们是不是等一等，直到最严重的事情——

麦尔希塔尔：

倘若眼球
在眼窝里都不再安全，还有什么
最严重的事情值得惊慌？
——难道我们真的无力反抗？
我们以前学会挽弓射箭，挥动战斧
又是为了哪桩？每个生物都会奋起自卫；
只要被逼绝望惊恐万状，

① 恐怖崖在瑞士，为大小两峰，分别高四千零八十米和三千四百九十七米。

② “少女峰”为伯尔尼阿尔卑斯山第三高峰，在伯尔尼东南，高四千一百五十八米。

精疲力竭的麋鹿会被迫应战，
向扑上来的猎犬露出鹿角气势汹汹，
羚羊把猎人拖进深渊之中，
即使是耕牛，人类温顺的家畜，
把脖子上巨大无朋的力气
屈从犁杖的重压，它若受到刺激，
也会猛然跳起，磨利强劲的犄角，
把敌人抛到九霄云里。

瓦尔特·费尔斯特：

倘若三地的想法和我们三人一致，
那我们也许可以有所作为，共谋大事。

施陶法赫：

倘若乌里发出呼号，下林前往援救，
瑞茨人将尊重古老盟约，一同出手。

麦尔希塔尔：

我在下林州朋友众多，
只要互相掩护彼此撑腰，
每个人都愿为朋友两肋插刀，
啊，两位本地虔诚父老！
我在你们当中只是晚辈后生，
你们见多识广——侧身会议① 之中，
我只能保持谦虚默不作声。
请不要因为我年纪轻轻阅世不深，
就轻视我的忠告和言论；
驱使我的并非血气方刚欲念旺盛，

---

① 指一个区有选举权的市民参加的会议。

而是极度的苦难,强烈的痛苦,
即使山间顽石也会动容怜悯。
你们自己是父亲,一家之主,
希望有个儿子孝敬父母,
尊重你们头上神圣的鬓发,
虔诚地守卫你们的眼珠。
啊,你们的身体未受伤害,
你们的财产未遭侵犯,你们的
眼睛还清晰明亮地四下顾盼,
愿你们并不因此而无视我们的苦难。
在你们头上也高悬着暴君的利剑,
因为你们使此地背离了奥地利王权——
我父亲并未犯下别的错误,
你们和他同罪,难逃同样的灾难。

施陶法赫(对瓦尔特·费尔斯特):
请您作出决定,我将追随着您。

瓦尔特·费尔斯特:
我们要听一听高贵老爷们的忠告,
听听封·西利南[①] 和封·阿庭豪森两位大人
我想,他们的名字会给我们召来朋友不少。

麦尔希塔尔:
在这林莽山峦之间,谁的名字
比您的大名更加受人尊敬?
民众相信这种名字的真正价值,
这种名字在国内享有良好名声。

① 西利南在乌里州。

您继承了父辈的美德懿行，
又使之发扬光大——干吗要找贵族，
让我们独立完成这项大业宏图，
就算我们在国内是孤军奋战！
我想，我们也会知道自我保护。

施陶法赫：

贵族还未遭受我们同样的苦难；
在山谷低地施虐的江河
现在还未蹂躏到高处的山峦——
看到全国都武装起来，
贵族不会不出手增援。

瓦尔特·费尔斯特：

倘若在我们和奥地利之间有位主宰，
就可以决定法律，判明是非。
可是现在压迫我们的是我们的皇帝
和最高法官，——那就只好让上帝
帮助我们，凭借我们的胳臂——
请您调查瑞茨的男子，乌里的朋友我去争取，
我们派谁到下林州去——

麦尔希塔尔：

请您派我去吧，有谁比我更迫切地——

瓦尔特·费尔斯特：

我不赞成，您是我的客人，
我必须对您的安全提出保证！

麦尔希塔尔：

放我去吧！
我认得每条秘密通道和山间小路，

我也有足够的朋友,他们会把我掩护
不让敌人发现,并且乐于让我暂住。

施陶法赫:

让他凭着上帝保护渡过大湖。
那里没有叛徒——暴政人人痛恨,
他们都找不到人充当鹰犬走卒,
阿尔策棱人① 也得在下森林区②
为我们征集同志,把全州鼓舞。

麦尔希塔尔:

我们怎样才能安全地传送消息,
蒙蔽暴君们的深重疑虑?

施陶法赫:

我们可以聚会在特莱普或布鲁南③,
那里有商船靠岸。

瓦尔特·费尔斯特:

我们不能这样明目张胆地干,
——请听听我的意见。左边湖畔,
往布鲁南方向走,正对着神话岩,
有一片草地牧场,隐蔽在灌木丛里,
牧人们称这片草地为吕特里,
因为那里林木已被砍伐,
那里正好是我们二州
(对麦尔希塔尔)

---

① 指鲍姆嘎尔腾。

② 即下林州。该州为上下两部分,上林州和下林州。

③ 这两个地方的高度和四林湖沿岸相同。

交会之地，经过短短的路程，
(对施陶法赫)
轻舟就能把您从瑞茨载往对岸，
我们可以沿着荒凉的山间小路
夜行到那里，静静地商量，
每个人可以带上十个可靠的心腹，
他们必须和我们同德同心，
这样我们就可以共同谈论大事，
并且和上帝一起立即作出决定。

施陶法赫：

就这么办吧，现在请您把您忠诚的右手
伸出给我，您也把手放在我们手中，
就像我们三个人现在互相握手，
彼此毫无虚假，真情互动，
我们三州也要团结起来，互相保护，
共同抵御，生死与共。

瓦尔特·费尔斯特和麦尔希塔尔：

生死与共！
(他们三人彼此紧握着手，久久不放，沉默无语)

麦尔希塔尔：

双目失明的年老父亲啊！
你再也不能看见我们重获自由之日，
可你应该听见这一天的来临——当烽火信号
在阿尔卑斯群峰依次冲天燃烧，
暴君们坚固的城堡纷纷坍倒，
瑞士人将潮水似的向你的茅屋涌进，

把欢快的消息传进你的耳朵，
你黑暗的夜空将出现白昼的光明。
（他们四下散去）

第　二　幕

第　一　场

〔封·阿庭豪森男爵的贵族府邸。

〔一个哥特式大厅，装饰着盾形纹章和头盔。男爵，一位八十五岁的老人，身材颀长，气宇轩昂，拄着一根拐杖，上面有只羊角，身穿皮制紧身短衣。库阿尼，还有六名长工站在他身边，手拿耙和镰刀。乌尔里希·封·鲁登茨身穿骑士服装，走了进来。

鲁登茨：

　　我来了，伯父，——您有什么吩咐？

阿庭豪森：

　　请让我按照我们家古老的风尚
　　和我的长工们一起共饮早晨的酒浆。
　　（他从一个杯子里喝了一口，然后这杯子传了一圈）
　　平素我总是自己在林中田间，
　　亲眼观看他们辛勤劳作，
　　就像在战斗中我的战旗，指挥他们战斗。
　　现在我无所作为，只能扮演田庄管事。
　　温暖的阳光若不前来造访，

我也无法到山上去寻找太阳。

就这样我活动的圈子越来越窄,

渐渐进入最后一圈也最为狭窄,

一切生机到此停息全都终止,

我现在只是我的影子,不久只剩下名字。

库阿尼(拿着酒杯对鲁登茨说):

我把它传给您,老爷。

(鲁登茨犹豫着,不知自己是否该去接酒杯)

快喝吧! 同杯喝酒,

同心同德!

阿庭豪森:

走吧,孩子们,歇工之时,

我们也来谈论国家大事。

(长工们下)

〔阿庭豪森和鲁登茨。

阿庭豪森:

我看你全身披挂,全副武装,

是要到阿尔特多尔夫城堡去造访?

鲁登茨:

是的,伯父,我不能再迟迟不去——

阿庭豪森(坐下):

你难道这样匆忙? 你这年轻人

时间抓得这样紧,

非得在你老伯父身上节省?

鲁登茨:

我发现,您并不需要我陪您,

我在这幢房子里只是个陌生人。

阿庭豪森(用眼睛把他打量了半天)：

不错,可惜正是这样。可惜故乡
对你已成异国他乡！乌利[①]！乌利！
我已认不得你。你身穿华丽绸衣,
头戴孔雀翎毛[②],一脸傲气,
肩上披着紫红色的大氅,
向乡亲投去轻视的目光,
他们亲切的问候,你羞于答理。

鲁登茨：

乡亲该受的尊敬,我乐于给予,
乡亲自取的权利,我拒绝承认。

阿庭豪森：

全国都处于国王的淫威之下,
每个善良的人都忧心如焚,
畏惧我们忍受的暴君的暴力,
民众普遍的痛苦万分,
就你一人毫不动心,——
大家看见你背离自己的乡亲,
和祖国的敌人一起厮混,嘲笑
我们的苦难,追逐轻佻的欢乐,
争取君王的恩宠,与此同时
你的祖国却身受鞭笞血流不止。

鲁登茨：

祖国身处困境——可是什么原因,我的伯父?

---

① 乌利是乌尔里希的爱称。

② 这是属于奥地利哈布斯堡王朝的骑士的标志。

是谁把祖国推进苦难深处?
只消轻松愉快地说一句话,
就可立即摆脱我们身受的重压,
赢得一位仁慈宽大的皇帝。
该死的是有些人蒙住民众的眼睛,
使得他们拼命抵抗真正的幸运。
为了自身的利益,这些人阻止
林间地区向奥地利效忠宣誓,
而周边州区却都已宣誓完毕。
坐在贵族席上和贵族一起,
对他们该有多好——可是他们
只奉皇帝为主人,其余一概不认。

阿庭豪森:

竟叫我听这番言论,而且出自你的嘴巴!

鲁登茨:

是您要我说的,请让我把话说完,
——伯父,您在这里扮演什么角色?
您不是还有更高的志向,
不只是在这里当个旗手或者村长,
和这些牧羊人一起来管理事务?
怎么样?归顺国王派来的大人,
参加他那显赫辉煌的阵营,
不是比充当您自己长工的贵族首长
充当农民的法官更为荣耀,更为风光?

阿庭豪森:

唉,乌利!乌利!我听出来了,
这充满诱惑的声音!它攫住了

你张开的耳朵,毒害了你的心。

鲁登茨:

是的,我并不隐瞒这点——这些陌生人
骂我们是农民贵族,他们的嘲笑
深深地刺痛了我的心灵,我受不了,
与此同时,周围的贵族青年
都聚集在哈布斯堡的旗下增添荣光,
而我则蛰伏在祖传的产业上
终日闲居无所事事,
在平凡的日常工作中虚度青春消磨时日——
在别的地方壮举伟业一再出现,
山峦那边荣耀的世界正显示灿烂光华——
而在我的厅堂里头盔和盾牌均已锈迹斑斑,
战斗号角发出的勇敢号音已经咽哑,
邀人参加竞技比武的传令官的呼号,
不再传进这幽静的山谷,
我在这里只听见牛群羊群的铃铛,
把沉闷单调的声响一再重复。

阿庭豪森:

你这目迷神眩的小子,被虚荣的光辉诱惑!
你竟蔑视这生你养你的乡土!
为你父祖古老虔诚的风习感到羞辱!
有朝一日,你将满含热泪
怀念这羊铃的旋律和这父亲般的山岭,
在情绪恶劣心情倨傲之际
你曾表示憎恶这种铃声,
你在异国他乡听到它的旋律,

会勾起你痛苦的乡愁,攫住你的心灵。
啊,这思念祖国的冲动强劲无比!
那陌生虚伪的世界并非你安居之地,
在那倨傲的皇帝宫廷里
你尽管心怀忠贞,却始终是个异己!
那个世界要求的是另类的美德,
不是你在这山谷里赢得的那些。
——你去吧,把你那自由的灵魂出卖,
把土地当作采邑,去做君王的奴才,
而你原来可以,在你祖传的自由土地上,
自己当家作主,自己当个君王。
唉!乌利,乌利!留在你的乡亲身边吧!
别到阿尔特多尔夫去——啊,别离开他们,
别抛弃你祖国神圣的事业!
——我是我们系脉最后一人,
我的姓氏随我而终。那里挂着的头盔和盾,
它们将和我一起葬入坟茔。
难道要我在咽气之前
想到你只等着我闭上双眼,
以便从奥地利人那里接过我的庄园,
当作国王新赐的采邑,
而我这高贵的庄园则得自于上帝。

鲁登茨:

我们抵御国王,纯属徒劳,
全世界都属于他;他用暴力
征服了一系列国家,在我们身边
组成了一个锁链,难道我们固执己见,

执意顶撞,孤军奋战,硬去打断这条铁链?
市场和法庭都属于他,
通商大道也为他所有,甚至穿过
高特哈德山口① 的驮马也得向他纳税,
他的疆土织成一张罗网,
我们被团团围住密得泼不进水。
——帝国会来保护我们?它能自己
保护自己,抗拒奥地利日益增长的势力?
上帝要是不帮我们,没有一个皇帝能够帮助。
倘若他们在财源匮乏,战乱纷纭之时,
把逃到鹰旗底下② 乞求庇护的一些城市
全都抵押出去,出卖给帝国,
那么凭着皇帝的谕旨又能给人什么?
——不,伯父,在这党争激烈的艰难岁月,
投靠坚强有力的首领以防不虞,
这是在做善事,是明智的谨慎之举。
皇帝的皇冠不时易主,
它不会记住臣下忠君报国的功勋,
可是为强大的世袭君王建功立业,
这叫做为未来播撒种子。

阿庭豪森:

你竟这样聪明?
你的父祖为了自由这弥足珍贵的宝石——
毁家流血,英勇抗争,你想比

① 圣·高特哈德山口,为瑞士境内当年越过阿尔卑斯山的惟一山间通道。
② 鹰旗为德意志帝国的国徽,此句指投向帝国。

你高贵的父祖更有眼力,看得更清?
——你乘船到琉森去问一问,
各州身上如何沉重地压着奥地利的暴政!
他们将来清点我们有多少牛羊,
把我们的阿尔卑斯山仔细丈量,
在我们自由的森林
囚禁我们的走兽飞禽①,
在我们的桥上门前设置他们的栅门,
利用我们的贫穷他们购置土地,
用我们的鲜血支付他们的战争——
不,如果我们须要付出鲜血,
那应该是为了我们自己,——
自由的代价不会高昂得超过奴役!

鲁登茨:

　　　　　我们是个牧羊人
的民族,怎么对抗阿尔布莱希特② 的军队!

阿庭豪森:

你认识一下这个牧羊人的民族,孩子!
我了解他们,我在战斗中率领过他们,
我看见他们在法文茨战役③ 中骁勇战斗。
现在这些敌人要来给我们套上枷锁,

---

① 所谓的高级狩猎活动是贵族的特权,禁止普通百姓进行。

② 阿尔布莱希特,为当时的奥地利皇帝鲁道尔夫一世的长子,一二九八年即位为德国皇帝,兼奥地利国王。

③ 法文茨(Favenz)即法恩扎(Faenza),意大利城市。法文茨战役(1240—1241)中,德意志军队占领该城。六百名来自森林各州的瑞士人作为雇佣兵参战。神圣罗马帝国皇帝弗里德里希二世为此赐予瑞士人自由权利,以示感谢。

我们已经下定决心,不再忍受压迫!
啊,感觉,你这人属于哪一族!
不要为了虚假的光辉和灿烂的光华,
抛去你自身的价值,这真正的明珠——
去充当一个自由民族的首领,
他们出于爱情都会向你奉献整个身心——
他们为你出生入死,对你忠心耿耿,
这才是你的骄傲,你该为这种贵族而自豪——
你要拉紧这种天生的纽带,
要和祖国,和亲爱的祖国紧密相连,
用你全部心灵和祖国紧紧拥抱。
这是你力量的强大无比的根源,
在那陌生的世界里你独自一人,
是根摇摆的芦苇,一遇风暴定会断掉。
啊,来吧,你已经好久没有看见过我们,
设法和我们哪怕只待一天——只待今天,
别到阿尔特多尔夫去——你听见吗?今天别去,
就这一天和你的亲人待在一起!
(他握住鲁登茨的手)

鲁登茨:
我已说过要去——让我去吧——我心有所系。

阿庭豪森(放下他的手,严肃地):
你心有所系——是啊,不幸的人!
并不是因为发过誓言,有所允诺,
而是系于爱情的绳索!
(鲁登茨转过头去)
——你尽情掩饰吧。是那位小姐

贝尔塔·封·布鲁奈克吸引你
前往主人城堡,迫使你为皇帝效劳。
你想背离祖国从而赢得
这位骑士小姐——你别自欺欺人!
他们为了勾引你,让你看这新娘,
并不是因为你清白无辜而把她当作奖赏。

鲁登茨:

我听够了,您多保重。(下)

阿庭豪森:

疯狂的少年,站住!——他走了!
我没能把他留住,没能挽救此人——
沃芬希森就是这样背离了他的祖国
——另外一些人将步他的后尘,
外国的魅力将吸引年轻人离去,
争先恐后地越过我们的崇山峻岭。
——啊,不幸的时光,外国势力
侵入了这幸福幽静的山谷,
破坏我们虔诚淳厚的民风习俗!
——新事物挟着伟力涌来,旧事物,
有价值的事物离去,另外的时代来临,
想法迥异的一代人正在兴起!
我在这里干什么?和我同生共事的人,
都已纷纷葬入泥土。
我的时代已经埋在地下;
不必和新时代共存的人真是幸福!
(下)

第二场

〔一片草地,四周环绕着高耸的山岩和茂密的森林。

〔山岩上是装着扶手的小道,也有阶梯,以后可以看见众乡民沿着石级下来。舞台深处是一个湖,湖上起先可以看见有轮月华。远远望去是巍峨的高山,山后挺立着更高的雪山。舞台上时值深夜,只有湖面和雪白的冰川在月光下闪闪发光。

〔麦尔希塔尔,鲍姆嘎尔腾,文克里特,迈尔·萨尔能,布尔克哈特·比赫尔,阿诺尔特·泽瓦,克劳斯·弗律,以及其他四个乡亲,大家都全副武装。

麦尔希塔尔(还在幕后):

山路已经通行,请你们紧跟着我,
我认得这座山岩和上面的小十字架,
我们已经到达目的地,这里就是吕特利。
(拿着防风灯上场)

文克里特:

听!

泽瓦:

空无一人。

迈尔:

还没有乡亲来到,
我们这些下林人到得最早。

麦尔希塔尔:

夜有多深了?

鲍姆嘎尔腾：

　　　　　　塞利斯堡[1]

　　守灯塔的人刚报了两点。

　　　〔远处传来钟声。

迈尔：

　　别做声！听！

比赫尔：

　　　　　　林间教堂的晚祷钟声

　　从瑞茨传来，清朗明净。

弗律：

　　空气纯净，声音传得悠远。

麦尔希塔尔：

　　去几个人，把树枝点燃，

　　有人走来，火焰就熊熊燃起。

　　（两个乡亲走去）

泽瓦：

　　真是个优美的月夜。

　　宁静的湖水宛如一面明镜。

比赫尔：

　　他们划船过来非常顺利。

文克里特（指着湖面）：

　　　　　　哈，你们瞧！

　　往那边瞧！你们没看见什么？

迈尔：

　　　　　　什么呀？——哈，真的！

---

① 塞利斯堡在吕特利附近。

夜里的彩虹！

麦尔希塔尔：

这彩虹是由月光造成。

弗律：

这是一个罕见的奇妙征象！

许多人活在世上从没见过。

泽瓦：

这是双重彩虹，你们瞧，上面有道浅色的彩虹。

鲍姆嘎尔腾：

刚才有条小船在下面划开。

麦尔希塔尔：

这是施陶法赫驾着小船。

这个老实人不会让我们久等。

（他和鲍姆嘎尔腾一同向岸边走去）

迈尔：

乌里人耽搁的时间最长。

比赫尔：

他们得绕个大圈翻山过来，

骗过总督的探子。

〔与此同时，两个乡亲在广场当中生起一堆火。

麦尔希塔尔（在岸边）：

那儿是谁？口令！

施陶法赫（从下面）：

本地的朋友。

〔大家都往下走，向来人迎了过去。从小船上走下施陶法赫，伊特尔·雷丁，墙上的汉斯，院子里的约尔克，康拉德·洪恩，铁匠乌尔里希，约斯特·魏勒，还有另外三个乡亲，

同样全副武装。

大家(呼喊):

欢迎!

〔其他人留在低处,互致问候,麦尔希塔尔和施陶法赫走到前面。

麦尔希塔尔:

啊,施陶法赫先生!我看见他了,
他却不可能再看见我!
我的手摸着他的眼睛,
从他那太阳已经熄灭的眼里,
我汲取了灼热如火的复仇之情。

施陶法赫:

请不要说复仇,不为旧恨报仇,
我们要对付的是眼前的灾祸。
——现在请说,您在下林州成绩如何,
为我们共同的事业有什么收获,
乡亲们有什么想法,您自己
如何挣脱奸人的绳索。

麦尔希塔尔:

穿过苏累南[①]可怕的山岗,
越过辽阔荒凉的冰原,
只有兀鹰在上面哑声乱叫——
我走到阿尔卑斯山的牧场,
乌里和恩格尔堡来的牧羊人,
在那里互相招呼,共同放牧,

① 苏累南山隘高两千二百九十一米,在乌里州,连接罗伊斯堡和恩格尔堡。

我用冰川岩隙中渗出的清泉止渴，
这迸涌而出的乳汁汩汩流淌，
住宿在孤独的牧人茅屋之中，
既是我自己的主人也是客人，
直到后来我才住进亲切好客的友人家中。
——最近发生的骇人暴行
已经传遍这些山谷里的各村，
我不论走到哪里，敲哪家的房门，
我身遭的不幸都使人肃然起敬。
我发现这些耿直的居民
对恣意肆虐的新政权都义愤填膺；
因为，就像他们的阿尔卑斯山
不断地滋养同样的芳草，
他们的泉水以同样的方式流淌，
甚至云彩和风儿也始终按照同样风向飞翔，
这里古老的风习亘古不变，
从祖辈一直传到儿孙，
生活中久已习惯同样的步调
大胆的变异更新他们不能容忍。
——他们向我伸出坚毅刚强的手，
从墙上取下锈迹斑斑的刀剑，
我一提到您和瓦尔特·费尔斯特的姓名，
——山里的乡亲们把这些名字视为神圣——
从他们眼里便射出欢快的光芒，
显得勇气百倍，信心倍增。
你们认为正确合理的事情，
他们就发誓去做，誓死追随你们。

——于是我得到好客精神的神圣庇护，
从一个农庄赶到另一个农庄——
最后到达我故乡的山谷，
我有许多堂兄弟住在谷中各处——
我找到了我衰弱不堪的父亲，他被洗劫一空，
双目失明，仰仗善良人们的仁慈，
躺在人家的谷草堆中。——

施陶法赫：

老天爷啊！

麦尔希塔尔：

我没有哭泣！没有流洒无力的眼泪
来耗尽我的力量，忍着灼热的伤痛，
我把这种痛苦深埋胸膛深处，犹如
一笔珍贵的宝藏，我只想着采取行动。
我爬过大山中一切幽深曲折的小路，
无论多么隐蔽的山谷，我都努力探寻；
直到冰雪覆盖的冰川脚下，
我期待着人烟并找到有人居住的茅屋，
我的脚步所到之处，
我都找到对专制暴政的同样仇恨，
因为直到那人迹罕至
寸草不生的偏远之地，
贪婪的总督们都在掠夺他们——
我用激烈尖锐的言辞
激动这些善良民众的心灵，
他们和我们同仇敌忾，心口相应。

施陶法赫：

你在短时间里做了一件大事。

麦尔希塔尔:

我干的还不只这些,乡亲们害怕
洛斯堡和萨尔能这两个城堡,
敌人躲在这两座堡垒里,
便于防御,易于对当地进行骚扰。
我要亲自对这两个要塞进行侦察,
我到了萨尔能,仔细察看了这座城堡。

施陶法赫:

您竟敢深入虎穴?

麦尔希塔尔:

我在那里乔装打扮,身披朝圣者的衣衫,
亲眼看见总督在酒席上纵情恣肆——
你们说吧,我是否能控制我的心情:
我见到敌人,但我没有把他杀死。

施陶法赫:

的确如此,您真勇敢也真走运。
(与此同时,其他乡亲也走上前来,挨近他们)
现在请告诉我这些朋友是谁,
谁是跟您同来的堂堂正正的男子汉?
请您介绍一下,以便我们互相亲近,
彼此敞开肺腑,肝胆相见。

迈尔:

在这三个州里,先生,谁不认识您?
我是萨尔能的迈尔,这边这位是我的外甥,
文克里特家的斯特鲁特。

施陶法赫:

您跟我说的这家并非籍籍无名，
有一位文克里特曾在魏勒的沼泽地带
杀死了一条凶龙，而自己在这场格斗中
力竭殒命。

文克里特：

那是我的曾祖，维尔纳先生。

麦尔希塔尔（指指另外两位乡亲）：

他们住在森林后面，是恩格尔堡
修道院的修士——不要因而藐视他们，
因为他们自成一体，不像我们
待在祖传的产业上自由自在——
他们热爱这片土地，也都卓有才能。

施陶法赫（对他们两人）：

请伸手给我。谁在这世上
身体不属于别人，就该额手称庆，
可是每个等级都有正直的人。

康拉特·洪恩：

这位是雷丁先生，我们的老村长。

迈尔：

我认识他啊，他是我的冤家对头，
为了一块古老的祖传地产和我争执不休，
——雷丁先生，我们在法庭上是敌人，
在这里我们可是敌忾同仇。（他和雷丁握手）

施陶法赫：

　　　　　　　　这话说得漂亮。

文克里特：

您听见了吗？他们来了，您听乌里的号声！

（只见左右两边全副武装的人们拿着防风灯从山岩上走下来）

墙上的汉斯：

你们瞧！甚至连上帝虔诚的仆人，
那可敬的神父也跟着爬下山来？
他不怕黑夜的恐惧和路途的劳顿，
一位忠实的牧人[①]，总是关心百姓。

鲍姆嘎尔腾：

教堂仆役和瓦尔特·费尔斯特先生跟随着他，
可是我在人群中没有看见退尔。

〔瓦尔特·费尔斯特，神父罗色曼，教堂仆役彼特曼，牧人库阿尼，猎人维尔尼，渔夫卢阿狄，以及其他五名乡亲；所有的人合在一起共三十三人，走向前台，围着篝火。

瓦尔特·费尔斯特：

这样我们不得不在我们自己的产业上，
在祖传的土地上偷偷摸摸地聚在一起，
就像一帮杀人凶手，夤夜聚会，
夜晚漆黑的大氅覆盖着无比
邪恶的罪行和怕见阳光的阴谋。
我们要夺回我们正当的权利，
这权利纯洁明朗，宛如白昼敞开的胸怀
光明磊落，壮丽夺目。

麦尔希塔尔：

这样也好！黑夜酝酿的东西，
应该欢快而自由地显现在阳光之下。

罗色曼神父：

① 天主教的神父自称是信众的牧人，信众则为羊群。

盟友们,请听上帝注入我心里的启示!
我们站在这里,代替一州乡亲议事,
可以算是代表整个民族:
让我们按照本地古老的习俗开会,
就像我们在天下太平时处理事务;
凡是会上不合法律的地方,
由于形势所迫,要予以原谅。可是
在人们行使权利之处,上帝便无所不在,
我们头上便是上帝的天宇。

施陶法赫:

好吧,让我们按照古老的习俗开会:
现在虽是黑夜,但我们的权利放射出明亮的光辉。

麦尔希塔尔:

尽管我们人数不多,但整个民族的心
都在这里,最优秀的人士已经到场。

康拉德·洪恩:

尽管古老的文书不在手里,
但都在我们心里铭记。

罗色曼神父:

好吧,请大家围成一圈,
将权力的宝剑插在地上。

墙上的汉斯:

请议长站在中央,
他的法警站在他的两旁!

教堂仆役:

一共三州民众。谁适合担任
这个整体的首领?

迈尔：

让瑞茨和乌里争夺这一光荣，

我们下林人自愿奉送。

麦尔希塔尔：

因为我们乞求援手，我们退出，

希望从强劲的朋友处得到帮助。

施陶法赫：

那就让乌里取过宝剑，等到皇帝加冕

就高擎它的旗子，走在我们前面。

瓦尔特·费尔斯特：

宝剑的荣誉属于瑞茨最好，

我们大家都因它的种族[①] 感到自豪。

罗色曼神父：

请允许我来友好地平息这场高尚的争吵，

乌里在战场上统帅，瑞茨在议会里领导。

瓦尔特·费尔斯特（把宝剑递给施陶法赫）：

那就请把宝剑收下！

施陶法赫：

荣誉不该归我，该归于年高德劭者。

院子里的约尔克：

年纪最大的是铁匠乌尔里希。

墙上的汉斯：

他是好人正派，可是并非自由阶级，

不是自己的主人，不能在瑞茨充当法官。

---

① 据瑞士传说，瑞士人的祖先初到瑞士时定居瑞茨(Schwyz)，瑞茨即成其民族之名。后由瑞茨改称瑞士(Schweiz)，所以他们都称自己为它的种族。

施陶法赫：

老村长雷丁先生不是就在这里？
还有什么人比他更为适宜？

瓦尔特·费尔斯特：

那他就是议长，是会议的首领！
同意的请举手。

〔大家举起右手。

雷丁（走到中间）：

我现在不能把手放在典册上宣誓，
就向着永恒的星辰，
发誓永不背离正义。

〔人们在他面前的地上插入两把宝剑，与会者在他周围形成一个圆圈，瑞茨人在中间，乌里人居左，下林人居右。雷丁撑着他的宝剑。

在这鬼怪出没的时间，
是什么把山区的三个民族
聚集到这崎岖不平的大湖岸边？
我们在这星空之下新建的联盟，
究竟包含什么内容？

施陶法赫（走进人们围成的圈子）：

我们并没有建立新的联盟，
只是给祖辈缔结的古老联盟
赋予新的生命！你们知道吧，各位盟友！
尽管我们隔着浩淼大湖，崇山峻岭，
我们各邦民众都自治自理，
但是我们依然同根同族，
同一个血脉，同一个故土。

文克里特：

这么说竟真像歌词所唱，
我们来到这里是从遥远的地方？
啊，请告诉我们，你们知道的事情，
以便新的联盟从旧日联盟汲取力量。

施陶法赫：

诸位请听，年老的牧人讲述的传说。
——山后北方的国度里，有个民族
人数众多，遭到严重饥荒的侵袭。
大家在困厄之中作出决议，
每十个人中，谁抓到阄，就得出走，
离开祖辈生长繁衍的土地——最后就照此办理。
于是男男女女，一支大军浩浩荡荡
便怨声载道地出发，朝着正南的方向。
他们用剑开路，穿过德意志境内，
一直走到这山岭高原苍茫林莽。
这队人马不知疲倦地前进，
一直来到这片山谷，遍地荒凉，也就是现在
穆阿塔河① 在草地上潺潺流过的地方——
这里荒无人迹，
只有一间茅屋孤零零地立在岸边，
有个男子坐在那里等候渡船——
可是湖上风急浪高，无法离岸；
他们便进一步审视这个地方，
发现林木葱茏，牧草丰美，

① 穆阿塔河在布鲁能旁边流入四林湖。

汩汩清泉，悠悠流淌，
认定在这里找到了亲爱的故乡——
他们于是决定扎根于此，
耕作这片古老的土地瑞茨，
挥汗如雨，艰辛奋斗一些时日，
开伐盘根错节的广袤林区——
等到土地不敷所需，
人口日益众多，他们又登上
黑色山岭[①]，一直走向白色地域[②]，
在亘古不化的冰墙后面，隐蔽着
另一个民族，说着另外的言语。
他们在刻恩林边建造了施唐茨[③]，
在洛埃斯河谷里建造了阿尔特多尔夫[④] ——
可是自己的根源他们永远记住；
所有这些陌生的部族，
自此之后在他们国内定居下来，
瑞茨的男子便从他们当中脱颖而出，
他们同心同德，同宗同族。
（向左右两边伸出手去）

墙上的汉斯：

是的，我们同心同德，同宗同族！

所有的人（互相伸出手去）：

我们是一个民族，我们要统一行动。

---

① 黑色山岭指的是布吕尼希山。

② 白色地域是指伯尔尼高原上的上哈斯利山谷。

③ 施唐茨，下林州的一个地名。

④ 阿尔特多尔夫（Altdorf）在乌里州，Altdorf在德语中有“老村”之意。

施陶法赫：

其他民族背负外国的枷锁，
他们屈从于胜利者的压迫，
即使在我们境内，也有许多乡民[1]，
始终承担着外来的义务，
身受的奴役一直传给子孙。
可是我们，古瑞士人的正宗，
却始终把自己的自由保住，
不会在君王面前屈膝称臣，
我们是志愿选择皇帝的庇护。

罗色曼：

我们自由地选择了帝国的保护和庇荫，
这记载在弗里德里希皇帝[2] 的诏书敕令。

施陶法赫：

即使最自由的人也并非没有主人，
必须有位元首，有位最高法官，
这样若有争执，可以依法裁断。
因此我们的祖先把他们
从林莽中开拓出来的土地
献给皇帝，给予他自称为德意志
和威尔施[3] 土地主人的荣誉，
并且和帝国其他自由民一样，
发誓为皇帝承担高贵的兵役，

---

① 原文为Sasse，指一些没有充分自由，为外国人服役的乡民。

② 指神圣罗马帝国皇帝弗里德里希一世(1152—1190)，又称红胡子大帝。

③ 威尔施，指意大利。

因为自由民惟一的义务
乃是保卫帝国,帝国也把他们保护。

麦尔希塔尔:

超过这个限度,就是一个奴才的标志。

施陶法赫:

征兵令传出后,他们就在
帝国的战旗下面英勇作战,
他们全副武装一同开向威尔施国,
在皇帝的头上,加上罗马人的王冠。
在国内,他们则根据古老的习俗
和自己的法律自己管理自己,
生死大权则只属于皇帝。
为此设定了一位伟大的伯爵,
他的领地却并不在我们国内,
一旦严重罪行发生,就请伯爵莅临,
在浩瀚的苍穹之下,这位伯爵
清晰明确地判断是非,不怕世人。
我们在这里哪有奴才的嘴脸?
谁有不同意见,尽可直言!

院子里的约尔克:

没有不同意见,你说的正是如此,
我们从来不能忍受暴力的统治。

施陶法赫:

皇帝自己我们也曾不予服从,
那时他偏向神父,执法不公。
教堂的僧众定居这里,
想夺走我们祖祖辈辈

放牧的阿尔卑斯山区，
院长神父取出一份古老的敕文，
皇帝把这无主的荒地赠送给他——
完全无视我们的生存——
这时我们就说:“这是骗得的一份敕文!
皇帝无权把我们的财产馈赠他人。
倘若帝国不给我们公道，
这个帝国我们在山区里完全不再需要。”
——我们的祖辈就是这样说话!
权力无限的皇帝都不敢这样对待我们，
难道我们就该忍受新的耻辱的铁枷，
忍受外国的奴才强加给我们的高压?
——我们是凭着自己勤劳的双手
开辟了这片土地，
把原来野熊栖身的古老森林，
变成适合人类居住之处，
浑身胀满毒汁的凶龙从沼泽中爬出，
我们把它们的幼虫悉数屠戮，
雾霭的天幕悬挂在这林莽之上，
我们撕破了这张灰暗阴沉的天幕，
炸开了坚硬的山岩,在深渊之上
为过路人建造了牢固的栈桥山路，
我们占有这片沃土,已有千百年的历史,——
如今外国主子的奴才
却来为我们把锁链锻造，
把耻辱加在我们自己的土地之上?
难道就无法对付这样的威逼强暴?

〔众乡亲群情激奋。

不，暴君的权力有其限度：
倘若被压迫者无处找到公道，
倘若沉重的高压已无法忍受——
那他就理所当然地向苍天伸手，
从天上取下他永恒的权利，
这些权利如日月星辰高悬天际，
不可转让，不会摧毁——
大自然的原始状况重又恢复，
人和人直面相对——
倘若手段全都无效，
那就采取最后一招，给他一把宝剑——
我们可以保护我们至高无上的财产，
抗拒暴力——捍卫我们的家园桑梓，
捍卫我们的妻子，我们的孩子！

众人（敲击自己的剑）：

捍卫我们的妻子，我们的孩子！

罗色曼（走到人群中去）：

在你们拔剑之前，请三思而行。
你们可以和皇帝和平解决纷争，
你们只消说一句话，现在对你们
严加逼迫的暴君，就会反过来奉承你们，
——请抓住他们多次向你们提出的条件：
和帝国分离，承认奥地利的最高主权——

墙上的汉斯：

这神父在说什么？我们向奥地利宣誓效忠？

比赫尔：

别听他胡言乱语！

文克里特：

这是个叛徒在劝我们，

是国家的公敌！

雷丁：

请安静，各位盟友！

泽瓦：

遭受这样的屈辱，还叫我们对奥地利致敬！

弗律：

人家好意相求，我们拒绝给予，

一旦使用暴力，就让人家夺去！

迈尔：

那我们就成了奴隶，

而且只配去当奴隶！

墙上的汉斯：

谁要是再谈向奥地利屈服，

就不得享受瑞士人的权利！

——村长，我坚持这是我们

在此制定的第一条国内法律。

麦尔希塔尔：

就这么办，谁再说向奥地利屈服，

就褫夺一切权利，失去一切荣誉，

没有一个乡亲收留他到自己家里。

众人（举起右手）：

我们全都同意，确定它为法律！

雷丁（少顷）：

这项法律就此通过！

罗色曼：

你们现在通过这项法律获得了自由。

用友好协商未能取得的东西

奥地利不得用暴力夺取——

约斯特·魏勒：

进行下一项议题吧。

雷丁：

各位盟友！

是不是所有温和的手段都已尝试完毕？

也许国王并不知情，我们承受的苦难

也许根本不是他的意思，

所以这最后一着我们也得试试，

在我们举起宝剑之前，

先让他听到我们的怨诉，

暴力始终令人恐怖，

即使用于正义的事业，

只有走投无路，上帝才会帮助。

施陶法赫（对康拉特·洪恩①）：

现在该轮到你来汇报了，说吧。

康拉特·洪恩：

我前往莱茵费尔特皇帝驻跸之地，

控告总督们进行的残酷压迫，

去索取保证我们古老自由的诏书，

每位新即位的国王全都予以认可。

我发现许多城市的使者都在那里，

① 据史籍记载，一二七五年有个叫康拉特·洪恩的使者被派往莱茵费尔特。

来自施瓦本地区和莱茵河流域，
他们都取得了自己的羊皮纸诏书，
高高兴兴地回到他们的地区。
我是你们的使者，却被打发去见谘议，
这些谘议就用空洞的安慰把我支走，
他们说：皇帝这次没有时间，
否则定会想到我们的要求。
——我悲哀地走过王宫的重重厅堂，
看见汉森公爵[①] 站在一扇凸出的窗旁哭泣，
封·瓦尔特和封·台格费特[②]
两位尊贵的大人站在他的身旁。
他们叫住我说："你们谁也不要依靠，
别指望从国王那里得到公道。
他不是连自己兄弟的儿子也都掠夺，
连侄儿合法的继承权也都剥夺？
公爵哀求国王还给他母亲的遗产，
因为他现在已经成年，
已该自己执政当权。
可是他们怎么对他说？皇帝给他
戴上一顶小花环：只有这个装饰送给少年。"

墙上的汉斯：

你们都听见了。别指望从皇帝那里
得到权利和公道！你们要靠自己！

雷丁：

---

① 汉森公爵，即约翰纳斯·帕里西达。汉森为约翰纳斯简称。见人物表注释。
② 即鲁道尔夫·封·瓦尔特和康拉特·封·台格费特，为汉森公爵的谋士。

那我们别无其它办法,现在大家商议,
怎样才能聪明地达到愉快的目的。

瓦尔特·费尔斯特(走到人群当中):

我们要摆脱我们深恶痛绝的压迫,
从祖辈继承得来的古老权利
我们要竭力维护,
并不贪得无厌地攫取新的权利,
属于皇帝的依然归皇帝所有,
谁有主人,照旧为他效力,恪尽职守。

迈尔:

我租用的是奥地利的田地。

瓦尔特·费尔斯特:

那你继续为奥地利尽职效力。

约斯特·魏勒:

我向封·拉帕斯魏尔老爷交税。

瓦尔特·费尔斯特:

你就继续支付利息,缴纳税金。

罗色曼:

我曾向苏利士修道院的院长嬷嬷发誓。

瓦尔特·费尔斯特:

那你就把属于修道院的,交给修道院。

施陶法赫:

我只向帝国租佃了田地。

瓦尔特·费尔斯特:

该怎么办,就怎么办,可是不要过分。
我们要赶走那些总督连同他们的走卒,
并且摧毁那些坚固的城堡,

可是，如果可能，不要流血杀戮。
让皇帝看到，我们只是被迫无奈，
才摆脱了敬畏的虔诚义务，
他若发现我们进退之间很有分寸，
也许他善于治国，会把怒火强压心内。
一个手执宝剑的民族能够自控，
定会唤醒别人合情合理的敬畏。

雷丁：

那么说来听听！我们怎样才能完成大业？
敌人手里握着武器，他们的的确确
不会不打一仗就向后退却。

施陶法赫：

看见我们手执武器，他们就会退却，
我们要攻其不备先发制人。

迈尔：

说起来轻巧，做起来不易。
我们国内耸立着两座坚固的城堡，
它们庇护敌人，倘若国王侵入国内，
袭击我们，两座城堡就向我们开刀。
在三州举事之前，先得攻下
两座要塞萨尔能和洛斯堡。

施陶法赫：

倘若耽误过久，敌人就会受到警告，
知道这个秘密的人数已经不少。

迈尔：

林中居民里面没有叛徒。

罗色曼：

过分热心,一片好意,也会泄露消息。

瓦尔特·费尔斯特:

再拖下去,阿尔特多尔夫的要塞
就要建成,总督就可据此坚守。

迈尔:

你们只想到你们自己。

教堂仆役:

你这话说得有失公正。

迈尔(暴跳起来):

我们不公正!乌里竟敢这样说我们!

雷丁:

想想你们的誓言!请安静!

迈尔:

好吧,倘若瑞茨
和乌里观点一致,我们没话可说。

雷丁:

我必须在众乡亲面前责备你们,
你们态度激烈,扰乱了和平的气氛!
我们大家不是为了共同的事业在此相聚?

文克里特:

我们若把起事之日拖到主的节日[1] 那天,
所有的农奴都要按照风俗习惯,
前往城堡去给主人送上贺礼——
我们就可以派出十几个人
到城堡里去,不致受到怀疑,

① 指圣诞节。

他们可以悄悄地带进尖利的铁器，
迅速地插在棍棒堆里，
因为没有人进入城堡身带武器。
我们大队人马先藏匿在树林里，
等到潜入城堡的人顺利打开城门，
就立即吹响号角，
大队人马便从埋伏处跳出，
我们便轻而易举地占领城堡。

麦尔希塔尔：

爬上洛斯堡的任务就交给我，
城堡里有个小妞是我的相好，
我可以轻易地骗她，说要夜访，
让她给我安置一道软梯——
等我爬上城墙，我就把朋友们一一拉上。

雷丁：

推迟起事日期，是不是大家的主意？

〔大多数人举起手。

施陶法赫(数人数)：

二十比十二，多数同意。

瓦尔特·费尔斯特：

到了指定之日城堡纷纷攻陷，
我们就从一座山到另一座山，
升起狼烟作为信号，武装人员
就很快投入每州主要地点；
总督们一见大家果真拿起武器，
请相信我，他们就会放弃争执，
乐于采取和平撤退的方式，

退出我们这些地区。

施陶法赫：

只有格斯勒我怕难以对付，
他气势汹汹，有骑兵卫护，
不流血，他不会从战场撤离，
即使被撵走，对我们依然是个威胁；
而姑息他，很难办，几乎危险已极。

鲍姆嘎尔腾：

哪里有生命危险，就派我去！
多亏退尔救了我的性命，
我为了乡里甘冒生命危险。
我的荣誉已得到保护，我心愿已了！

雷丁：

时间会带来忠告，请大家耐心等待，
我们必须信任这一时刻的到来，
——可是请看，我们连夜聚在这里开会，
旭日已升上重山之巅，朝霞艳红——
来吧，让我们四下散开，
免得白天的光芒照见我们的行踪。

瓦尔特·费尔斯特：

不必担心，黑夜撤出山谷颇为迟缓。

〔大家不由自主地脱下帽子，静静地聚在一起，注目朝霞。

罗色曼：

这道霞光首先照耀我们，
先于住在我们脚下的一切人们，
他们在烟雾缭绕的城市里沉重呼吸，
让我们凭这霞光，为新的联盟宣誓，

——我们要结成一个民族，亲如兄弟，
碰到任何困厄危险都永不分离。

〔大家举起三个指头重复誓词。

——我们要像父辈一样永享自由，
宁死不当奴隶苟且偷生。

〔大家重复誓词。

——我们要信赖至高无上的上帝，
绝不畏惧人的权势。

〔大家重复誓词，乡亲们彼此拥抱。

施陶法赫：

现在请大家悄悄地
回到自己的朋友和乡亲那里去。
牧人请平静地放牧自己的牛羊，
并且暗中为我们的联盟招募朋友。
——需要忍受到起事之日的事情，
请继续忍受！再多记几笔账，
算在暴君头上，等到将来
叫他连本带利一并赔偿。
请人人控制自己的胸中义愤，
把它攒在一起进行报仇雪恨，
因为谁若只顾自己，
必然损害大众的利益。

〔人们十分安静地向三个方向下场，这时乐队以高昂的气势响起，空无一人的舞台还显示一段时间，让人看见冰山上旭日初升的庄严景象。

第　三　幕

第　一　场

〔退尔家门前的院子。

〔退尔手拿斧子干活，赫特维希忙着操持家务，瓦尔特和威廉在舞台深处玩一把小弓。

瓦尔特（唱）：

手执利箭，手执弓，
　穿过高山低谷，
　披着清晨朝霞，
　射手出门上路。

如在清风的王国中，
　国王就是鸢鹰——
　射手自由自在，
　穿过峡谷山岭。

他的飞箭所及之处，
　大地听他号令，
　所有走兽飞禽，

是他的战利品[1]。

（跳跳蹦蹦地走来）

弓拉断了，爸爸给我装好。

退尔：

我不给你装，真正的射手自己想办法。

（孩子们走开）

赫特维希：

孩子们这么早就开始射箭了。

退尔：

要当高手就得及早练习。

赫特维希：

唉，但愿上帝让他们永远别学这个！

退尔：

他们样样都得学习，要想在生活中
顺利地过关斩将，就得全副武装，
能够自卫也能反抗。

赫特维希：

唉，这一来，家里
谁也不得安宁。

退尔：

孩子妈，我也没有办法；
老天爷并没让我天生成为牧人，
我得追逐匆匆溜走的目标，忙个不停；
我只有每天打猎，获得新的猎品，

---

① 作曲家伯恩哈特·安塞尔姆·韦伯（1764—1821）为一八〇四年柏林公演《威廉·退尔》将此诗谱曲。

才能好好地享受人生。

赫特维希:

你就从来不想家里老婆心惊肉跳,
她在家里等你,为你担忧烦恼;
长工们讲起你们的冒险经历,
我听了都不寒而栗。
每次离别我都心里发颤,
深怕你再也不会回到我的身边。
冰山上乱石峥嵘荒野一片
我看见你乱奔乱跑,在峭壁之间
来回纵跳,看到羚羊一跃,
把你也撞进万丈深渊,
看到风起雪崩把你深深掩埋,
多年积雪表面坚实,却突然在你脚下裂开,
使你陷进缝隙,活活埋进
那令人毛骨悚然的冰雪之坟——
唉,死神的外形千姿百态,总会攫住
放肆大胆的阿尔卑斯山猎人;
这是一个灾难深重的职业,
把人引入深渊,时时险象环生!

退尔:

谁若头脑清醒感觉灵敏,
认真四下探望,信任上帝,手脚灵巧,
就能轻易地挣脱困境和险情;
生于高山的男儿,不会被高山吓倒。
(他把手头的活干完,把工具放在一边)
我说,现在这扇门几年都能对付。

家里有把斧子省得去找木匠师傅。

(拿起帽子)

赫特维希:

你上哪儿去?

退尔:

到阿尔特多尔夫去看望父亲。

赫特维希:

你没想干什么危险的事吧?跟我坦白地说。

退尔:

你怎么想到这上面去了,老婆?

赫特维希:

正在酝酿什么事情反对总督——
在吕特利开过一次会,
我知道,你也在这个联盟之内。

退尔:

我并没有在场——可是,如果祖国召唤,
我也会应召前往,不会置之度外。

赫特维希:

他们会把你派到危险的地方去,
总是把最艰苦的任务分配给你。

退尔:

每个人都会根据能力派去完成任务。

赫特维希:

你也冒着惊涛骇浪把那下林人
送到了大湖对岸——你们能够侥幸活命,
真是奇迹——你难道就压根儿没想
孩子和老婆的命运?

退尔：

亲爱的老婆，我想到了你们，

所以我才救了这几个孩子的父亲。

赫特维希：

在波涛汹涌的大湖中航行！

这叫做不信任上帝！这叫做大胆试验上帝！

退尔：

谁若瞻前顾后，就会一事无成。

赫特维希：

不错，你为人善良乐于助人，谁都帮助，

可是等你自己有难，就没人出手相助。

退尔：

上帝保佑，但愿我用不着人家帮助。

（他拿起弓箭）

赫特维希：

你拿弓干什么？把它放在这里。

退尔：

我要是不拿武器，就像缺了胳臂。

〔孩子们跑了过来。

瓦尔特：

爸爸，你上哪儿去？

退尔：

到阿尔特多尔夫去，孩子，

去看你外公——你想去吗？

瓦尔特：

想，我当然想去。

赫特维希：

总督在那儿，别上阿尔特多尔夫去。

退尔：

他走了，今天就走。

赫特维希：

所以等他先走了再说。

别招他想起你，你也知道，他对我们恼火。

退尔：

他的恶意伤害不了我什么，

我做事规规矩矩，不怕任何敌人。

赫特维希：

他最恨的恰恰就是做事规矩的人。

退尔：

因为他找不到他们的把柄——

我想，这个骑士也会让我安静。

赫特维希：

是吗，你心里有数？

退尔：

不久以前，

我出去打猎，走在谢兴山谷

不见人烟的蛮荒地带，

我只身一人前进，沿着一条山间小路，

山路狭窄，只容一人进退，

我头上山岩突出，陡峭险峻，

脚下是谢兴河，汹涌湍急，水声惊魂。

（两个孩子一左一右挤在父亲身边，抬头仰望，神情紧张好奇）

这时总督向我迎面走来，

我是孤身一人，他身边别无随从，

身旁是万丈深渊，我们狭路相逢。
这位老爷一看见我，就认出我是谁，
不久前他曾无缘无故
把我严厉惩罚了一回，
此刻见我手执利器[①]，向他迎面走去，
顿时面色苍白，双膝发软，
我见他眼看着
就要瘫倒在山岩旁边。
——我一时怜悯心起，态度谦和
向他走去，说道："总督大人，是我。"
他可是一句话也说不出口——
只是一声不吭地向我摆手，
叫我走路，我就走开，
帮他把随从找来。

赫特维希：

他在你面前浑身哆嗦——这下你可惨了！
你曾看见他软弱，他永远不会原谅。

退尔：

所以我避开他，他也不会找我。

赫特维希：

你今天千万别到那儿去。你宁可去打猎。

退尔：

你想什么啦？

赫特维希：

我心惊肉跳，你别去。

① 指射箭的弓。

X.A.v.R.Brendamour

退尔：

你怎么能这样无缘无故地自我折磨？

赫特维希：

就因为没有缘故啊——退尔，待在家里吧。

退尔：

我答应人家今天要去，我的好老婆。

赫特维希：

要是非去不可，那就去吧——只是把孩子给我留下。

瓦尔特：

不，好妈妈，我跟爸爸去。

赫特维希：

乖孩子，你想撂下你妈吗？

瓦尔特：

我从外公那儿带好东西给你。

（和父亲同下）

威廉：

妈妈，我留下陪你！

赫特维希（拥抱他）：

是啊，你是

我亲爱的孩子，你还留在我身边！

（她走到院子门口，久久地目送父子两人远去）

第 二 场

〔荒野的林中地带，四周是峭壁深渊，山泉从岩石上落下。贝尔塔身着骑装。紧接着鲁登茨上。

贝尔塔：

他跟着我，现在我终于可以表白了。

鲁登茨(快步上场)：

小姐，现在我终于发现您是单身一人，
悬崖深渊把我们围在这中间地带，
在这荒野之中，我不怕有人窥视偷听，
我要把长久以来深埋心底的声音一吐为快——

贝尔塔：

您确有把握，狩猎的队伍不会尾随而来？

鲁登茨：

他们已从那里跑开——此时不讲永无机会！
我必须抓紧这宝贵的瞬间时光——
我的命运必须在此时此刻决定，
哪怕我从此和您永远天各一方。
——啊，您那善良的目光不要这样
阴沉严峻——我是谁，竟然在这里
向您提出这大胆的愿望？
许多声名卓著战功显赫的骑士
对您争相追求，我籍籍无名未建功勋，
不得跻身这骑士之林，
我别无所有，只有充满了爱的忠诚之心——

贝尔塔(神情认真严肃)：

您身为奥地利的奴隶，向外国入侵者，
自己民族的压迫者投靠卖身，
(鲁登茨倒退几步。)
您对自己切身的职责不忠不义，
竟然奢谈爱情和忠诚？

鲁登茨：

我的小姐，我在那边除了您还找谁？
我竟从您嘴里听到这番责备？

贝尔塔：

您想在叛徒这边找到我吗？
我宁可答应格斯勒本人
答应那个压迫者的求婚，
也不会答应这瑞士之子，他忘本叛祖，
竟会充当压迫者的走卒。

鲁登茨：

啊，上帝，我竟不得不听什么话啊！

贝尔塔：

怎么？对一个善良人来说，
还有什么比自己的同胞更亲？
对于一颗高尚的心灵，还有什么义务
比保护无辜者，
捍卫被压迫者的权利更加美好？
——我的心灵为您的民族流血悲哀，
我和它一同受苦，怎能不对它热爱，
因为它充满力量，又是这样谦逊，
我整个的向它倾心，
我对它的尊敬与日俱增。
——而您呢，天性和骑士的本分
让您天生的该对它保护，
您却抛弃了它，置忠义于不顾，
投向敌人，锻造锁链，对付自己的亲人，
您伤害了我，侮辱了我；我必须控制

我的心，别让我对您憎恨。

鲁登茨：

我难道不是在谋求我民族的最高幸福？

不是让它在奥地利强大的王笏之下

获得和平——

贝尔塔：

您是准备给它带来奴役！

自由在世上还有最后一座城堡

您却想把自由从那里赶跑。

民众对自己的幸福要清楚得多，

任何假象都不会使民众感情迷误；

他们却已用罗网把您的脑袋蒙住——

鲁登茨：

贝尔塔！您恨我，您看不起我！

贝尔塔：

要是我真能这样，那倒好了，——可是

我看见被人轻视，值得轻视的人，

竟是我一心想爱的人——

鲁登茨：

贝尔塔！贝尔塔！

您让我看见了至高无上的天国幸福，

转眼间又把我推进了万丈深渊。

贝尔塔：

不，不，您身上，高尚的情操尚未泯灭！

它只是昏睡不已，我要把它唤醒；

您是不得不强迫您自己

去扼杀您与生俱来的德行，

幸运的是,它比您更为坚韧刚强,
您尽管心智迷误,依然善良高尚。

鲁登茨:
您依然相信我!啊,贝尔塔,一切
都使我对您爱慕不已,永远倾心!

贝尔塔:
秉承上天旨意,
切莫辜负您卓越的秉性,
完成上天给予您的使命,
靠拢您的国家,您的百姓,
为你们神圣的权利抗争。

鲁登茨:
我真是不幸!
倘若我抗抵皇帝的势力,
我又怎能赢得您,拥有您?
难道您亲戚的强劲意志
不是在对您的婚事进行专横统治?

贝尔塔:
我的庄园产业坐落在这林中三州,
瑞士人若获得自由,我也得到自由。

鲁登茨:
贝尔塔!您使我茅塞顿开,心明眼亮!

贝尔塔:
别指望通过奥地利的恩宠来赢得我;
他们对我获得的遗产也垂涎欲滴,
想把我得的遗产和你们巨大的遗产连在一起。
他们想吞噬你们的自由,贪得无厌,

也同样对我的自由虎视眈眈！
——啊，朋友，我已被他们选作牺牲品，
也许用来犒赏他们的一个宠臣——
他们想把我拉进皇帝的宫廷，
拉到虚伪和阴谋栖息蛰伏的场所，
我痛恨的婚姻锁链在那里等待着我，
只有爱情——您的爱情可以救我！

鲁登茨：

您能下定决心在这里生活，
在我的祖国和我长相厮守？
啊，贝尔塔，我对远方的憧憬，
难道不就是对您的渴求？
我在通往荣誉的路上寻找的只是您，
只有对您的爱才是我的全部壮志雄心。
倘若您能和我一起幽闭在这寂静的
山谷之中，弃绝人世间的浮华虚名——
啊，那我就找到了我追求的目标，
那就让这动荡不宁的世界的狂涛巨澜
袭击这些山岭的安全岩岸——
我再也不会对人生的远方
——心存任何匆匆流逝的渴望，——
那就希望这些峣岩峭壁在我们身边
垒起无法穿越的坚固高墙，
这四下封闭的幸福幽谷
只向天际敞开，透进明媚阳光！

贝尔塔：

现在你已完全像我梦想的那样，

我的心早有预感,我的信念没有骗我!

鲁登茨:

使我痴迷的虚妄念头,你快滚开!
我得在自己的故乡把幸福找到,
我作为孩子在这里快活地茁壮成长,
有千百件快乐的往事让我魂牵梦绕,
所有的清泉为我潺潺流淌,绿树冉冉成长,
你要在我的祖国成为我的新娘!
唉,我一直热爱我的祖国,我感觉到,
没有祖国,我就没有任何幸福在这世上。

贝尔塔:

幸福的小岛如果不在这里,不在这
淳朴纯洁的国度里,又能到哪里探寻?
古老的忠诚世世代代在这里扎根,
虚伪作假在这里还不见踪影,
嫉妒还未搅浑我们幸福的源泉,
时光流逝永远充满光明。
——我看见你在这里显示真正的男子英气,
在自由平等的人群之中你卓然屹立,
受到众人发自内心不含杂念的尊重,
伟岸高耸,犹如国王在自己的王国之中。

鲁登茨:

我见你成为女中魁首,
迷人地操持家务,忙外忙里。
在我的家里为我建造天堂,
宛如春天撒下百花遍地,
高雅优美地为我点缀生活,

使身边的人都感到幸福充满活力！

贝尔塔：

您瞧，亲爱的朋友，为什么见你
亲自破坏这人生的最高幸福，
我就不胜悲伤——我真不幸已极！
倘若我不得不跟随那倨傲的骑士，
那对这片土地施虐的霸王，
去到他的城堡，情况会是怎样！
——这里没有城堡，没有高墙
能把我和我可以为之造福的民众隔开！

鲁登茨：

可是如何使我获救——如何解开
我愚蠢地套在自己头上的绳索？

贝尔塔：

请像个大丈夫，坚决果断地把它扯断！
不论后果如何——站在你的民众一边！
这个位子生来就属于你。
（远处响起猎人的号角声）
狩猎队伍
正在走近——走吧，我们必须就此分手——
为祖国而战，你也在为你的爱情战斗！
我们大家在同一个敌人面前发抖，
同一个自由将使我们大家重新自由！
（两人下）

第 三 场

〔阿尔特多尔夫旁的草地,前台有几棵树,舞台深处立着一根高竿,上面放着一顶帽子。远处的景色为邦恩山所阻挡,邦恩山外耸立着一座雪山。弗里斯哈特和罗伊特霍尔特在站岗。

弗里斯哈特:

我们白白地留神注意,根本没人
来向帽子鞠躬敬礼,这里平时
像新年市集人头攒动,熙熙攘攘,
自从这吓人的怪物挂在竿上,
现在整片草地一派荒凉。

罗伊特霍尔特:

只有市井无赖才来露面,向我们
挥动破烂的帽子,惹我们气恼,
正经的乡民宁可拐弯绕道,
避开这个地区,也不愿
在这帽子前面鞠躬弯腰。

弗里斯哈特:

他们中午从市政厅走来,
这个广场他们没法躲开。
我当时心想,可以逮着几个立功,
因为谁也不会想到要跟帽子鞠躬。
可是那个神父罗色曼看在眼里,
——他刚探望病人回来——就站到

那根木柱跟前,手里拿着圣体,
教堂仆役不得不摇响铃铛,
大家全都屈膝跪下,我自己也跪了下去,
大家都向圣爵[①] 致敬,可并不是向帽子行礼——

罗伊特霍尔特:

听着,伙计,我渐渐开始感到,
我们守着这顶帽子实在招人耻笑;
对于一名骑兵,在这顶空帽子
前面站岗值勤,真是丢人,
好样的汉子都会瞧不起我们。
——向一顶帽子鞠躬致敬,
这简直是道荒唐的命令!

弗里斯哈特:

你曾向许多空洞无物的草包脑壳弯腰,
干吗不能向一顶没有脑袋的帽子致敬?

〔希尔德嘎特,迈希蒂尔特和伊丽莎白带着孩子们上,站在木竿四周。

罗伊特霍尔特:

你也是个干活巴结的无赖,
乐于让正派人遭到祸害,
谁愿意从旁走过,就让他走,
我闭上双眼,不理不睬。

迈希蒂尔特:

总督吊在那儿——孩子们,要表示尊敬。

伊丽莎白:

---

① 圣爵为一只金杯,里面放着小块麦饼,象征耶稣的身体,称作圣体。

要是上帝让他滚蛋,给我们留下这顶小帽,
国家的情况不会因而更糟!

弗里斯哈特(驱赶她们):

你们还不快走!这些该死的婆娘!
谁在问你们?你们的男人若有胆量,
敢于违抗命令,就把他们叫来。

〔女人们下。

〔退尔拿着弓上,手里牵着儿子。他们经过帽子走向舞台的前部,没有注意那顶帽子。

瓦尔特(指着邦恩山):

爸爸,邦恩山的树
给斧子砍一下就会流血,
这是真的吗?

退尔:

这是谁说的,孩子?

瓦尔特:

羊倌师父说的——他说,树木
都着了魔法,谁要是伤害它,
谁就长出手来伸向坟墓。

退尔:

树木中了魔法,这话不假,
——你瞧那边终年积雪的冰峰,
那雪白的犄角一直伸进天空?

瓦尔特:

那是连绵不断的冰山,夜里雷声隆隆,
给我们落下猛暴的雪崩。

退尔:

就是这样,倘若山上的森林
不树立在那里充当屏障,
雪崩早就把阿尔特多尔夫
压在沉重的积雪之下埋葬。

瓦尔特(想了一会儿):

爸爸,有没有哪个国家里根本就没有山?

退尔:

要是从我们住的这高山地带
直往下走,沿着河流,越走越低,
走到一个很大的平原的国家,
那里林间泉水不再汹涌湍急,
河流徐缓,从容流淌,
四面八方都没有阻挡,
庄稼长遍辽阔肥美的农田,
全国看上去就像一座花园。

瓦尔特:

哎,爸爸,我们干吗不赶快走到山下,
前往这美丽的国家,
而要在这里备受折磨担惊受怕?

退尔:

那个地方和天国一样绚丽美好,
可是耕种这土地的人,享受不到
他们播种的幸福。

瓦尔特:

他们不是和你一样
居住在祖祖辈辈传下来的地方?

退尔:

田地属于主教和国王。

瓦尔特：

那么他们可以自由自在地在树林里打猎吗？

退尔：

飞禽走兽都属于主人。

瓦尔特：

他们总可以在河里自由捕鱼吧？

退尔：

江河大海和盐巴都属于国王。

瓦尔特：

这国王究竟是谁，怎么大家全都怕他？

退尔：

这是保护大家养活大家的人。

瓦尔特：

他们就不能勇敢地自己保护自己？

退尔：

在那里，邻居都没法互相信任。

瓦尔特：

爸爸，住在这辽阔的国度里我感到憋气，
我宁可住在雪崩底下深雪堆里。

退尔：

对了，孩子，宁可背后是白雪皑皑的冰山，
也不要有阴险卑劣的恶人，躲在身后窥探。

（他们想走过去）

瓦尔特：

哎，爸爸，你看那木竿上挂了一顶帽子。

退尔：

帽子关我们什么事？来，咱们走吧。

〔退尔正想下场，弗里斯哈特挺起长矛向他走来。

弗里斯哈特：

以皇帝的名义！站住，别走！

退尔（抓住长矛）：

你想干吗？干吗拦住我？

弗里斯哈特：

你违背了禁令，得跟我们走一趟。

罗伊特霍尔特：

你没有向帽子致敬。

退尔：

朋友，让我走吧。

弗里斯哈特：

走，走，到监狱里去！

瓦尔特：

我爸要进监狱了！救命啊！救命啊！

（满场大叫）

快来啊，你们这些男子汉，好心的人们，快救救他。

他们使用暴力，他们抓住他不放！

〔牧师罗色曼，教堂仆役彼特曼和另外三名男子走来。

教堂仆役：

出什么事了？

罗色曼：

你干吗抓这个人？

弗里斯哈特：

他是皇帝的敌人，是个叛徒！

退尔（愤怒地把他抓住）：

我是叛徒！

罗色曼：

你搞错了，朋友，这位是

退尔，是个正人君子，善良市民。

瓦尔特（一眼看见瓦尔特·费尔斯特，向他跑了过去）：

外公，快帮帮忙！人家对爸爸使用暴力。

弗里斯哈特：

到监狱里去，走！

瓦尔特·费尔斯特（急急跑来）：

站住，我来担保！

——我的天啊，退尔，出什么事了？

〔麦尔希塔尔和施陶法赫走来。

弗里斯哈特：

他藐视总督的统治权力，

根本不睬不理。

施陶法赫：

退尔到底犯了什么事？

麦尔希塔尔：

你在撒谎，小子！

罗伊特霍尔特：

他没有向帽子鞠躬。

瓦尔特·费尔斯特：

因此他就该坐牢？朋友，

放了他吧，接受我的担保。

弗里斯哈特：

你为你自己的皮囊担保去吧！

我们是在执行公务——把他带走！

麦尔希塔尔(对众乡亲):

　　不行,这是以暴凌人!他们肆无忌惮,

　　在我们眼皮底下把他带走,我们能够忍受?

教堂仆役:

　　我们人多势众,朋友们,别再忍受暴行,

　　我们互相依靠,互相支持!

弗里斯哈特:

　　谁敢违抗总督的命令?

又有三位乡亲(快步走来):

　　我们来帮助你们。出了什么事?把他们打倒在地!

　　　　〔希尔德嘎特,迈希蒂尔特和伊丽莎白又退了回来。

退尔:

　　我自己会把事情摆平。走吧,善良的人们,

　　你们以为,如果我要施展力量,

　　我会害怕他们的长枪?

麦尔希塔尔(对弗里斯哈特):

　　看你敢把他从我们当中带走!

瓦尔特·费尔斯特和施陶法赫:

　　大家心平气和!不要发火!

弗里斯哈特(大叫大嚷):

　　造反啦,暴动啦!

　　　　〔传来一阵阵狩猎的号角声。

妇女们:

　　总督来了!

弗里斯哈特(抬高嗓门):

　　叛乱啦!暴动啦!

施陶法赫:

叫吧,叫死你,你这混蛋!

罗色曼和麦尔希塔尔:

你还不住口?

弗里斯哈特:

救命啊,快来救救法律的仆人啊!

瓦尔特·费尔斯特:

总督来了!咱们这下惨了,会出什么事啊!

〔格斯勒骑马上,手里托着猎鹰,鲁道尔夫·哈拉斯、贝尔塔和鲁登茨,以及一大群武装兵丁作为随从,他们手持长矛在台上围成一圈。

鲁道尔夫·哈拉斯:

躲开,躲开,给总督让路!

格斯勒:

把他们撵走!

他们聚在一起干什么?谁在呼救?

〔全场鸦雀无声。

是谁叫的?我要知道。

(对弗里斯哈特)你站出来!

你是谁?你干吗抓住这个人?

(他把手里的猎鹰交给一个仆人)

弗里斯哈特:

严正的老爷,我是您的武装兵丁,

派在这里给这顶帽子充当卫兵,

这人没向帽子鞠躬致敬,

我就把他当场扣留。

按照您的命令,把他逮捕,

民众想用武力把他抢走。

格斯勒(停顿片刻)：

为了考验你们是否驯从，我把帽子
挂在竿上，你拒绝向它致敬，
退尔，这不就是藐视皇上？
我在这儿代他理事，你连我也瞧不起？
你那邪恶的企图可是向我暴露无遗。

退尔：

原谅我，大人！发生这事，
并非轻视大人，纯粹是无心所致，
我若故意冒犯，我就不叫退尔，
请求大人仁慈，以后不会如此。

格斯勒(沉默少顷)：

退尔，你是个百发百中的射手，箭箭中的，
据说，你可以和任何射手比个高低？

瓦尔特·退尔：

这是真的，大人——我爸爸可以在百步之外
给你从树上射下个苹果来。

格斯勒：

退尔，这是你的儿子吗？

退尔：

是的，大人。

格斯勒：

你有好几个孩子吗？

退尔：

大人，有两个儿子。

格斯勒：

你最喜欢的是哪个儿子？

退尔:

大人,他们两个都同样是我心爱的孩子。

格斯勒:

好吧,退尔! 你能在百步之外
从树上射下苹果,那你就得
在我面前显显身手,——拿上你的弓——
这弓就在你手边,——做好准备,
从你儿子头上射下一个苹果——
不过,我要劝你,不要瞄歪,
你要一箭就把苹果射中,
倘若射得不准,就得丢掉脑袋。

〔大家都惊恐万状。

退尔:

大人——这样灭绝人性的怪事
您想施加于我——叫我从我儿子头上——
——不,不会的,亲爱的大人,您不会有
这种念头,——仁慈的上帝保佑——
您不会当真对一个父亲提出这种要求!

格斯勒:

你要从你儿子头上射下苹果
——这是我的要求,我的愿望。

退尔:

叫我
拉开我自己的弓,瞄准我自己儿子
亲爱的脑袋——那我宁可去死!

格斯勒:

你要么射苹果,要么和你儿子一起都死。

退尔：

要我亲手谋杀我自己的孩子！
大人，您无儿无女——您不知道，
这种事情使做父亲的人多么心痛。

格斯勒：

哎，退尔，你突然变得这样深思熟虑！
人家告诉我，你是个梦想家，
跟别人的态度大相径庭。
你喜欢标新立异——所以我现在
给你找出这么一件冒险的事情，
别人碰到这事会瞻前顾后，——
你定会闭上眼睛，欣然从命。

贝尔塔：

啊，大人，别跟这些可怜人开玩笑了！
您看他们脸色苍白，浑身哆嗦——
他们不习惯听您开口戏谑逗乐。

格斯勒：

谁跟你说，我在开玩笑？
（他抓起一根悬在他头上的树枝）
　　　　　　　　这里是个苹果，
大家闪开，——让他按照规矩
拉开距离——我让他走八十步——
不多不少——他自我吹嘘，
说能百步之外命中鹄的——
现在射手，请射，可别偏离！

鲁道尔夫·哈拉斯：

上帝，这下玩真格的了——快跪下，孩子，

求求总督饶了你的小命。

瓦尔特·费尔斯特(对麦尔希塔尔旁白,麦尔希塔尔已忍无可忍):

忍住,镇静,我求求你,保持平静。

贝尔塔(对总督):

够了吧,大人! 这样戏弄一个
父亲,让他心惊胆战,太不仁慈。
就算这个可怜人犯了轻微的过失,
该罚,该死,上帝啊!
那他现在也已经十次体验了死,
让他毛发无伤地回家去吧,
他认识了您的大恩大德,
他和他的子孙会牢记此时此刻。

格斯勒:

让开一条道——赶快! 你还犹豫什么?
你的命已经玩完,我可以杀死你,
可是你瞧,我现在仁慈地把你的命运
放在你自己百发百中的手里。
人家让你变成自己命运的主人,
你可没法抱怨这判决过于严厉。
你自诩瞄得很准,目光犀利! 快上!
射手,你得在此一显高人一等的绝技,
靶子极有价值,奖品极为珍奇!
射中靶子的黑心,别人并非不能。
只有到处命中鹄的,能控制心神,
眼不走神,手不颤抖,
我才算他是真正的神箭手。

瓦尔特·费尔斯特(跪倒在格斯勒面前):

总督大人,我们承认您的威权尊严,
可是请您仁慈开恩,请把我的一半家当,
全部财产统统收下,只求您别把
这样悲惨的事情加在一个父亲身上!

瓦尔特·退尔:

外公,不要跪在这个虚伪透顶的人面前!
你说吧,要我站在哪儿,我一点也不害怕。
我爸爸都能射中飞鸟,他不会射偏,
误把儿子的心当作箭靶。

施陶法赫:

总督大人,孩子的天真无邪,您都无动于衷?

罗色曼:

啊,请您想想,天上有个上帝,
您的一言一行都要向他作出交待。

格斯勒(指着孩子):

把他捆在那株椴树上!

瓦尔特·退尔:

把我捆上?

不,我不要人家捆我,我会像头绵羊
站着,屏住呼吸,一动不动。
要是你们捆住我,不,我就不干,
我就要拼命挣扎,乱踢乱拱。

鲁道尔夫·哈拉斯:

至少把你眼睛蒙上吧,孩子。

瓦尔特·退尔:

干吗蒙上眼睛?你以为我会害怕
我爸手里射出的箭?我要坚定地等它射来,

连眼睫毛也不眨一下。
——快，爸爸，让他们看看你这个神箭手！
他不相信你的绝技，只想毁了我们——
射吧，射中靶心，让这暴君难受难受！
（他走到椴树下，有人在他头上放了个苹果）

麦尔希塔尔（对众乡亲）：
什么？就让人家这样肆无忌惮
在我们眼前施暴？我们宣誓是为了哪般？

施陶法赫：
现在反抗纯属徒劳。我们手无兵刃，
你没看见我们四周剑戟如林。

麦尔希塔尔：
啊，要是我们能一举成功该有多好！
上帝宽恕那些劝我们拖延等待的人！

格斯勒（对退尔）：
快去射啊！带着弓箭并非装装样子。
身带一件杀人武器危险已极，
射出的箭会弹回来向射手反击。
农民采用的这种骄傲的权利，
侮辱了国内至高无上的主人。
除了发号施令的人，谁也不许携带武器。
既然你喜欢身带弓箭，
那好吧，我就给你指定鹄的。

退尔（张开弓，搭上箭）：
请大家让开一条道！闪开！

施陶法赫：
什么，退尔？你打算——千万别射——你在发抖，你的手在哆嗦，你的膝盖直打晃——

退尔（垂下手里的弓）：

我的眼前一片模糊！

妇女们：

天上的上帝啊！

退尔（对总督）：

别让我射这一箭。我的心在这里！

（他扯开胸前的衣衫）

叫你的骑兵来，把我捅死吧。

格斯勒：

我不要你的命，我要你射一箭。

——退尔，你无所不能，样样敢干，

掌舵划桨也和弯弓射箭一样在行，

要救人的时候你也不怕狂风恶浪，

救人者，你可是人人都救！——现在快给自己帮忙！

〔退尔内心激烈斗争，双手抽搐，怒目圆睁，时而看看总督，时而仰望天空——他突然把手伸进箭壶，又取出第二支箭，插在皮马甲里，总督注意到他所有的这些动作。

瓦尔特·退尔（在椴树下）：

爸爸，你射吧，我一点不怕。

退尔：

非射不可！

（他振作起来，把箭搭上）

鲁登茨（他一直站在一旁，心情极端激动，使劲控制自己，这时走向前来）：

总督大人，您不会进一步追逼了吧，

您不会这样干的——这只是一次考验——

您已达到了目的——走得太远，

您的严厉可就有失明智，
弓要是绷得太紧不免折断。

格斯勒：

你住口，叫你说话再开口。

鲁登茨：

　　　　　　　　　　我要说，
我有权说话；国王的荣誉我视为神圣，
可是这样的统治必然招致仇恨，
这绝不是国王的意旨——我可以说——
我的民族不该遭受这样残酷的对待，
您无权这样为非作歹。

格斯勒：

哈，你胆子不小！

鲁登茨：

我看见所有这些严重暴行，
始终保持沉默，不言不语，
我心潮澎湃，心情激愤，
我都一直强压在心里。
可是再沉默不语，既是背叛
我的祖国，也是背叛皇帝。

贝尔塔（扑到鲁登茨和总督之间）：

啊，上帝，你这样对这盛怒的人只会火上浇油。

鲁登茨：

我离开了我的民众，弃绝了我的亲人，
扯断了天性的一切纽带，
为了与您为伍——
我把皇帝的权力巩固，

原以为促进了大家的幸福——
如今绷带脱落——我睁开眼，
我心惊肉跳地发现
自己被带到万丈深渊的边沿——
您误导了我自由的判断，
诱惑了我正直的心灵——我正在
真正的意义上毁掉我自己的人民。

格斯勒：

大胆狂徒，你竟敢用这种语言和你主人说话？

鲁登茨：

我的主人是皇帝，不是您——
我和您一样生而自由，
任何骑士的美德我和您不分高低，
我尊敬皇帝，即使有人玷污他的名誉，
您要不是以皇帝的名义站在这里，
我将向您扔出手套向您挑起决斗，
您得按照骑士的习俗，和我交手，
——是啊，您尽管示意您的骑兵——
我可不是手无寸铁，就像他们(指了一下民众)，
　　　　　　　　　　　　我有一把宝剑，
谁敢靠近我——

施陶法赫(大叫)：

苹果射下来了！

〔就在大家转向这边，贝尔塔扑在鲁登茨和总督之间的时候，退尔射出一箭。

罗色曼：

孩子安然无恙！

许多人同声：

苹果射中了！

〔瓦尔特·费尔斯特的身子摇摇晃晃，眼看就要跌倒，贝尔塔扶住他。

格斯勒（惊愕地）：

他真的射了？是吗？这个疯子！

贝尔塔：

孩子安然无恙！你醒一醒，好老爹！

瓦尔特·退尔（拿着苹果，跳跳蹦蹦地跑来）：

爸爸，苹果在这儿——我早就知道，
你不会射伤你的儿子。

〔退尔的身子直向前倾，仿佛想随箭而去——弓从他手上脱落——看见儿子跑来，他张开双臂，快步迎了上去，激动地把孩子抱在怀里，贴在胸口，他保持着这个姿态，无力地倒下。大家为之动容。

贝尔塔：

啊，仁慈的上苍啊！

瓦尔特·费尔斯特（对退尔父子）：

孩子们！我的孩子们！

施陶法赫：

赞美上帝！

罗伊特霍尔特：

这可真是神箭一射！
世世代代都会传颂这事。

鲁道尔夫·哈拉斯：

只要青山不倒，永世屹立，
人们都会讲述射手退尔的事迹。

(把苹果交给总督)

格斯勒:

我的上帝！苹果射了个对穿！

这可真是绝技,我必须加以称赞。

罗色曼:

这一箭真是射得绝妙,可是迫使

射手去和上帝较真的人,绝无好报。

施陶法赫:

你醒一醒,退尔,站起来,你显出了男儿气概,

现在可以回家,自由自在。

罗色曼:

走吧,走吧,把儿子带到他妈身边去吧。

〔他们想把退尔带走。

格斯勒:

退尔,听着!

退尔(退回来):

大人,您有何吩咐?

格斯勒:

你刚才把箭

还留了一支——没错,没错,

我看得清清楚楚——这是什么意思?

退尔(尴尬地):

大人,这是射手们的习惯。

格斯勒:

不,退尔,这个回答不能算数,

这里面一定别有含义,退尔,

痛痛快快地给我把实话说出,

不论你说什么,我都不会杀你。
你第二支箭有什么用处?

退尔:

那好吧,啊,大人,
既然您答应饶我一命,
我就详详细细向您诉说实情。
(他从皮带里拔出这支箭,目光凶狠地凝视总督)
用这第二支箭我就要把您射透,
倘若我不幸射中了我爱儿的头,
那么射您——说实话!我不会失手。

格斯勒:

好样的,退尔!我可以饶你一命,
我作为骑士,自会遵守诺言——
可是既然我认出了你的邪恶用心,
我要下令把你带去关押起来,
永远得不到月亮和太阳的抚爱,
以便我的安全,不受你箭矢的威胁。
抓住他,士兵们!把他捆起来!
〔退尔被捆绑起来。

施陶法赫:

怎么,大人?
连上帝都明显地伸手庇护他,
您怎么能这样对待这个人?

格斯勒:

我倒要瞧瞧,上帝是否会救他两次。
——把他押到我的船上去,我随后就来,
我要亲自把他带到居斯纳赫特去。

罗色曼:

　　您想把他押送到国外去?

乡亲们:

　　您不能这样做,皇帝也无权这样做,

　　这违背了保证我们自由的诏书[1]!

格斯勒:

　　这些诏书何在?皇帝证实它们了吗?

　　他未加证实——你们先得表示驯从,

　　然后才能赢得这个恩宠。

　　你们大家都反叛皇帝的法庭,

　　阴谋进行大胆的叛乱活动。

　　我了解你们大家——已把你们看透看清——

　　我现在从你们当中揪出这么一人,

　　可是他的罪行你们大家全都有份。

　　谁要是聪明,就学会沉默,学会听命。

〔他离去,贝尔塔,鲁登茨,哈拉斯和兵丁们随下,弗里斯哈特和罗伊特霍尔特留下。

瓦尔特·费尔斯特(痛苦不堪):

　　现在完了;他已下定决心

　　要毁了我和我全家。

施陶法赫(对退尔):

　　啊,你干吗要去刺激这个暴君!

退尔:

　　感受我痛苦的朋友,请保持镇静。

---

① 诏书确保了瑞士人民独立的司法权。在瑞士国内只有本国人才有权利施行法律。

施陶法赫：

啊，现在一切全都完了！我们大家和你

一样全都捆绑起来！

乡亲们（围着退尔）：

我们最后的安慰也随您一起破灭。

罗伊特霍尔特：

退尔，我可怜你——可是我必须服从。

退尔：

再见了，后会有期！

瓦尔特·退尔（极端痛苦地依偎着退尔）：

啊，爸爸！爸爸！亲爱的爸爸！

退尔（举起双臂向着天空）：

你的爸爸在那上面！你呼唤他吧！

施陶法赫：

退尔，你没什么话要我对你妻子说吗？

退尔（激情满怀地抱起孩子，贴着胸口）：

孩子毛发未伤，上帝会帮助我的。

（迅速抽身，随武装兵丁下）

第 四 幕

第 一 场

〔四林湖东岸。

〔西边怪石峥嵘，峣岩陡峭，遮住人们视线。湖水动荡不宁，涛声阵阵，电闪雷鸣。

〔格尔骚的孔茨，渔夫和渔童。

孔茨：

这是我亲眼所见，你们完全可以相信，
事情就像我说的那样发生。

渔夫：

退尔已被抓住，给押往居斯纳赫特去，
若是要为自由而战，他这人可是
出类拔萃，英勇无比。

孔茨：

总督亲自把他从湖上带走；
我从弗吕伦上船出发，
他们正要离岸出航，
可是当时正好风急浪大，
我也被迫急忙在这里靠岸，

他们可能受阻，未能出发。

渔夫：

退尔戴上镣铐，落在总督手里！
啊，你信不信，总督会把他深埋地底，
让他从此不见天日！
总督深深地伤害了这个自由之士，
一定非常害怕正义的报仇雪耻。

孔茨：

据说老州长，高贵的
阿庭豪森老爷也重病垂危。

渔夫：

这样我们最后一线希望已就此破灭！
本来就只有他一个人能够大声疾呼，
争取权利，为了自己的民族！

孔茨：

风暴来势凶猛，你们多多保重，
我到村里去借住投宿，
今天反正没法再起航出湖。（下）

渔夫：

退尔被捕，男爵将死！
专制暴政，你就大胆妄为，
抛开廉耻：真理的嘴
已经沉默，明亮的眼已被戳瞎，
应该救人的手臂，已被捆绑！

渔童：

风狂雨急，爸爸，快进茅屋，
在这旷野里过夜一点也不舒服。

渔夫：

狂风啊，怒吼吧，霹雳啊，猛劈吧，
滚滚乌云，怒卷翻腾，天上江河，直泻奔流，
把这国家淹没吞噬吧！把尚未出生的
一代代人都毁灭在萌芽之中吧！
暴烈狂野的大自然元素，你们充当主宰吧。
野蛮熊罴，你们来吧，广袤无垠的
荒野中的年老豺狼，这国家又属于你们！
倘若没有自由，谁还愿意在这里生存！

渔童：

你听，深渊里旋风怒号，狂涛轰鸣，
这万丈深渊从来没有这样喧闹不宁！

渔夫：

瞄准自己儿子的脑袋射箭，从来没人
曾向一个父亲提出这样非分的要求！
大自然怎能不火冒三丈怒气冲冲，
——啊，倘若峣岩崩裂，倾入湖中，
这犬牙般的雪山冰峰，从创世之日起从未消融，
倘若高耸的雪山之巅现在突然化开倒下，
倘若巍巍重山纷纷坍塌，
倘若古老的沟壑逐一崩裂，
倘若第二次洪水泛滥施虐，
把世人的居所屋宇吞噬净尽，
我也绝不感到意外，愕然心惊！

〔传来钟声。

渔童：

你听，他们在那山上敲钟，

肯定看见有船遇险正在湖中，
敲响钟声，为它祈祷天公。
（爬上一个山坡）

渔夫：

可怜这只小船，现在飘泊湖上，
在这可怕的摇篮里颠簸摇晃！
船舵已经无用，舵手濒于绝望，
风暴才是主人，狂风恶浪
把人当球抛来抛去，——远近各处
都没有港湾，给它亲切的庇护！
陡峭山岩壁立千仞，
恶狠狠地凝视着小船，
展现一片乱石重叠的湖岸。

渔童（指着左边）：

爸爸，有条船从弗吕伦漂来。

渔夫：

愿上帝帮助这批可怜的人们！
倘若狂风窝在这峡谷之中飞旋，
那小船就像一只惊恐万状的猛兽，
在兽笼的铁栏杆前慌张乱窜；
它狂呼乱叫徒劳无功地寻找大门，
因为高耸的群山直指九天环绕四周，
紧紧锁住这狭窄的山口。
（他爬上高处）

渔童：

这是从乌里来的老爷的官船，爸爸，
一看红顶和旗子我就认出它来。

渔夫：

公正的上帝啊！不错，是他本人，
是总督乘着那条船——他驾船驶去，
船上满载着他的罪行！
复仇者的手臂很快就找到了他，
现在他认识到头上有更强的主人；
波浪不会在乎他发号施令，
山岩不会在他帽子前面鞠躬致敬——
孩子，不要祈祷，
法官执法不要干扰！

渔童：

我祈祷不是为了总督——而是
为了退尔，他也在那条船上。

渔夫：

啊，盲目的风浪啊，你真不明事理！
难道为了惩罚一个罪人，
非把全船和舵手统统葬身湖底？

渔童：

瞧，瞧，他们已经顺利驶过
布基斯格拉特①，可是风暴力大无比，
从魔鬼大教堂② 往回反击，
又把他们向阿克森山③ 抛去，
——我看不见他们了。

① 湖上陡峭山岩的名称。

② 同上。

③ 阿克森山，意为“斧子山”，因为险峻，难以航行，常发生船毁人亡事故，故被喻为“剁肉快刀”。

渔夫：

那儿是把剁肉快刀，

好多船只都在那儿触礁沉没，

要是不能把船聪明地从旁通过，

必然会在山岩上撞得粉身碎骨，

那座山岩陡峭无比，一直沉入湖底。

——他们船上有个优秀的舵手；

他是退尔，只有他能化险为夷，

可是他们捆住了他的双手和双臂。

〔威廉·退尔持弓上。

〔他快步上场，惊讶地环顾四周，显得心情分外激动。等他走到舞台中央，他跪倒在地，两手摸着地面，然后向天伸开双臂。

渔童（发现退尔）：

瞧，爸爸，跪在那儿的人是谁啊？

渔夫：

他用两手抓着土地，

情绪似乎分外激动。

渔童（跑到前面来）：

我瞧见什么了！爸爸，爸爸，快来看啊！

渔夫（走近）：

这是谁啊？——我的上帝啊！什么！是退尔？

你怎么到这儿来的？快说呀！

渔童：

你不是

被抓起来捆在船上了吗？

渔夫：

你没有给带到居斯纳赫特去吗?

退尔(站起来):

我逃脱了。

渔夫和渔童:

逃脱了! 啊,上帝发奇迹了!

渔童:

你从哪儿来?

退尔:

从那船上来。

渔夫:

什么?

渔童(同时):

总督在哪儿?

退尔:

他在波浪里挣扎呢。

渔夫:

这可能吗? 而你? 你怎么在这儿?

你挣脱了他们的绳索,也逃脱了风浪?

退尔:

全凭上帝仁慈的天意——你们听我说!

渔夫和渔童:

啊,你说吧,你说吧!

退尔:

在阿尔特多尔夫

发生的事你们都知道了吗?

渔夫:

我全知道了,你说吧!

退尔：

总督就叫人把我抓住捆牢，
想把我带到居斯纳赫特，关进他的城堡。

渔夫：

他就和你一起在弗吕伦上船出航！
这些我们全都知道，您说，是怎么逃脱魔掌？

退尔：

我五花大绑地捆着，躺在船上，
手无寸铁，一筹莫展——不存希望，
能再看见明媚的阳光，
和妻儿亲爱的脸庞，
我万念俱灰，眼望着湖水茫茫——

渔夫：

啊，可怜的人！

退尔：

我们就这样向前航行，
总督，鲁道尔夫·哈拉斯和几个兵丁。
我的箭壶和我的弓
就放在船尾，船舵旁边。
我们刚驶到拐角处
接近小阿克森山前，
上帝安排，突然从富特哈特深谷
掀起一阵强烈风暴惊天动地，
所有的船夫都心胆皆丧，
大家都说，这次必定淹死无疑。
这时我听见有个仆人
冲着总督这样说道：

“大人,您看见您自己和我们
都陷入绝境,大家都性命难保——
船夫们手足无措,惊魂不定,
已经无法驾船航行——
可是退尔坚强有力,操舟如神——
我们身处危难之际,
大人意下如何,让他出力?”
总督便对我说:“退尔,倘若你自信
能帮助我们逃出风暴,
我愿意解掉捆绑你的绳套。”
我却说道:“是的,大人,凭着
上帝的帮助,我相信能使大家脱险。”
于是他们给我松绑,我就老老实实地
驾船航行,站在船舵旁边。
可是我斜觑一眼,看见我的弓箭
所在之处,我极目四眺审视湖岸,
有什么有利地形可供我跳跃脱身。
我终于发现有块岩石,
直伸到湖水之中平平整整——

渔夫:

我知道那里,是在大阿克森山脚下,
可是我认为那里不可能逃命,——山势
过于陡峭——从船上纵身一跳无法够到——

退尔:

我叫兵丁们使劲划桨,
以便我们靠近山岩,
我大叫,一到那里,就能绝处逢生——

等到我们不久划到那里，
我便祈求仁慈的上帝，
使出全身的力气，
把船尾向山岩直靠过去——
于是我便飞快地抓住我的弓箭，
奋力一跳，跃向突出的平整山岩[①]，
同时用脚使劲一蹬，把那小船
又抛进滚滚翻腾的湖水深渊——
让它随波浮动，按照上帝旨意！
这样我就来到这里，逃脱险风恶浪
和恶人更为邪恶的暴力。

渔夫：

退尔，退尔，上帝在你身上发了如此
明显的奇迹，我简直不敢相信我的眼睛，
可是你说！你现在打算到哪儿去？
因为倘若总督逃脱风暴保住性命，
你就不得安全藏身。

退尔：

我还捆绑在船上时，听他说道，
他要在布鲁南上岸，途经瑞茨
把我带到他的城堡。

渔夫：

他要从陆路到那儿去吗？

退尔：

他有这打算。

① 这块山岩今天叫做退尔岩，上有一三八八年建造的退尔教堂。

渔夫：

啊，那你得躲藏起来不能迟疑，

上帝不会第二次从他手里救你。

退尔：

告诉我到阿尔特和居斯纳赫特去的捷径。

渔夫：

通行的大路要越过许多高山岩石，

可是我儿子能带你走条秘密近道，

这条小道越过洛威尔茨。

退尔（向渔夫伸出手去）：

上帝会报答你的善行义举。后会有期。

（走开又折回来）

——你不是在吕特里也入盟宣誓？

我觉得有人向我提起过你的名字。

渔夫：

我参加了聚会，

也宣誓加入了这个联盟。

退尔：

那就请你快到比克伦去，帮我个忙，

我的老婆为我担惊受怕，请告诉她，

我已获救，安然无恙。

渔夫：

可是我怎么跟她说，你逃到哪儿去了？

退尔：

你会在她那儿见到我的岳父

和其他在吕特里宣誓的盟友——

让他们鼓起勇气，大胆行动，

退尔已重获自由，善于战斗，
他们会听到我的消息，隔不多久。

渔夫：

你心里在想什么？请你坦白相告。

退尔：

这事一旦完成，就会到处传开。（下）

渔夫：

耶尼，去给他指路——愿上帝助他一臂之力！
他不论干什么都会达到目的。（下）

第　二　场

〔阿庭豪森的贵族庄园。

〔男爵躺在一张小沙发上，已在弥留状态。瓦尔特·费尔斯特，施陶法赫，麦尔希塔尔和鲍姆嘎尔腾围在他身边。瓦尔特·退尔跪在垂死者面前。

瓦尔特·费尔斯特：

已经完了，他已经过去。

施陶法赫：

他躺在那里不像一个死人——你们瞧，
放在他唇上的羽毛还在翕动！
那么安详的睡眠，那么平和的笑容。

〔鲍姆嘎尔腾走到门口和什么人说话。

瓦尔特·费尔斯特（问鲍姆嘎尔腾）：

是谁？

鲍姆嘎尔腾（走回来）：

是赫特维希太太,您的女儿。

她要跟您说话,要看看儿子。

〔瓦尔特·退尔站起来。

瓦尔特·费尔斯特:

我能安慰她吗?我能自己安慰自己吗?

怎么所有的苦难全都压在我的头上?

赫特维希(挤进门来):

我的孩子在哪儿?让我进去,我非看见他不可——

施陶法赫:

镇静一点,您想想,您是在一个有死人的房里——

赫特维希(扑向男孩):

我的维尔蒂[①]!啊,他还活着!

瓦尔特·退尔(依偎在她身上):

可怜的妈妈!

赫特维希:

这是真的吗?你一点也没受伤?

(她提心吊胆地仔细打量儿子)

这可能吗?他会向你瞄准?

他怎么能这么干?啊,他真没心肝——

竟然会向自己的儿子射出一箭!

瓦尔特·费尔斯特:

他干的时候,悲痛欲绝,心惊胆战,

生死攸关,他是迫不得已才弯弓射箭。

赫特维希:

啊,倘若他有颗做父亲的心,

---

① 维尔蒂是瓦尔特的爱称。

他宁可死上千万回，也不会答应！

施陶法赫：

你应该赞美上帝仁慈的安排，

使得事情会有这样好的结局——

赫特维希：

我死也不会忘记

事情怎么发展到这一步——我的天！

我哪怕活到八十岁——我也永远会看见

我的儿子捆绑着站在那里，他爹向他瞄准射箭，

那支箭会永远射进我的心里。

麦尔希塔尔：

太太，您知道总督是怎么激他的吗？

赫特维希：

啊，男人们的心多么粗野！只要自尊心受到侮辱，

你们就什么都不管不顾，

你们把孩子的脑袋和母亲的心

都押在盲目怒火的赌博之中充当赌注！

鲍姆嘎尔腾：

难道你丈夫的命运还惨得不够，

你竟要严加指责来伤害他？

你难道对他的痛苦就毫无感受？

赫特维希（转身向着鲍姆嘎尔腾，睁大眼睛看着他）：

你对朋友的不幸难道只会痛哭流泪？

——当他们把这优秀的男子捆绑起来时，

你们在哪里？你们的帮助在哪里？

你们眼睁睁地看着发生伤天害理的事，

耐心地容忍你们的朋友

从你们当中给人带走，——退尔也曾如此
对待你们？当总督的骑兵对你紧紧追逼，
当骚动不宁的大湖在你面前翻腾不已，
他也只是站在那里深表遗憾仰天叹息？
他并没有抛洒无助的眼泪，为你感到惋惜，
而是一跃跳进小舟，
忘记自己的妻儿，把你解救——

瓦尔特·费尔斯特：

我们势单力薄，手无寸铁，
怎么能冒险去救他！

赫特维希（扑在他的胸上）：

啊，爸爸！你也失去了他！
这个国家，我们大家都失去了他！
我们大家想念他，唉！他也想念我们！
愿上帝别让他绝望，拯救他的灵魂。
没有朋友的慰藉浸入阴森荒凉的
城堡地牢之中——他会生病！
唉，在潮湿阴暗的囚牢之中，
他非生病不可——阿尔卑斯山的杜鹃花
会憔悴枯萎在沼泽的瘴气之中，
退尔也会郁郁而死，如果不能
沐浴着明媚的阳光吹拂着芬芳的清风。
如今被捕！他！他原来自由自在地呼吸，
在墓穴的气氛之中他活不下去。

施陶法赫：

镇静一些，我们大家都要采取行动，
来打开他的牢笼。

赫特维希：

你们没有他又能有什么作为？——
只要退尔自由，希望还在眼前。
无辜的人还有一个朋友，
受迫害的人还有人救援，
退尔救过你们大家——你们大家
合在一起也不能打开他的锁链！

〔男爵苏醒过来。

鲍姆嘎尔腾：

别响，他动了一下！

阿庭豪森（撑坐起来）：

他在哪儿？

施陶法赫：

您说谁？

阿庭豪森：

我要见他，
在这最后时刻他竟离开了我！

施陶法赫：

他指的是那个贵族[①]——派人去找他了吗？

瓦尔特·费尔斯特：

已经派人去找他了——您可以感到宽慰，不必生气！
他已经迷途知返，他已和我们在一起。

阿庭豪森：

他为他的祖国说话了吗？

施陶法赫：

① 指鲁登茨。

说得英勇无畏,是个英雄。

阿庭豪森:

他为什么不来

接受我最后的祝福?

我觉得,我油干灯尽,很快就要上路。

施陶法赫:

别这么说,高贵的老爷!刚才小睡片刻,

使您神清气爽,您现在目光清澈。

阿庭豪森:

痛苦就是人生,我也摆脱了这份痛苦;

苦难和希望都将结束。

(他看到了孩子)

这个男孩是谁?

瓦尔特·费尔斯特:

祝福他吧,大人!

他是我的外孙,一个没爹的孩子。

〔赫特维希和孩子一起跪倒在垂死的老人面前。

阿庭豪森:

我将离去,让你们都变成失怙孤儿——

我真不幸,我最后的目光

看到的竟是祖国的沦亡!

难道让我得享高寿,就是让我

死去葬送所有的希望!

施陶法赫(对瓦尔特·费尔斯特):

难道就让他郁郁死去,怀着阴郁的忧愁?

我们何不用美丽的希望的光芒,

照亮他最后的时光?——高贵的大人!

请您振奋精神！我们并非
完全无助，并没有一败涂地无可挽回。

阿庭豪森：

谁会来拯救你们呢？

瓦尔特·费尔斯特：

我们自己拯救自己。您请听！
三州人民已经互相保证，
定要全力驱逐暴君。
联盟已经订立，神圣的誓言
把我们联合在一起，我们
将采取行动，在新年开始之前，
您的骨灰将安息在自由的国度里面。

阿庭豪森：

啊，告诉我！联盟已经订立了吗？

麦尔希塔尔：

我们林间三地都将在
同日举事，一切都已准备就绪，
直到现在严加保密，
尽管好几百人业已获悉。
暴君的脚下，地基已经掏空，
他们称王称霸的日子已经寥寥无几，
不久之后就再也找不到他们的痕迹。

阿庭豪森：

国内不是还有他们坚固的城堡？

麦尔希塔尔：

这些城堡将在同一天里攻陷。

阿庭豪森：

贵族可曾参加这个联盟?

施陶法赫:

必要时,我们等待他们支持,
可是现在只有乡民入盟宣誓。

阿庭豪森(十分惊讶地慢慢坐了起来):

乡里人竟然凭着自己的力量,决心做出
这样的行动,没有贵族帮助,
他们竟对自己的力量这样信任——
是的,那就不再需要我们,
我们可以心安理得地进入坟茔。
在我们之后——人类的辉煌壮丽
将凭借其他的力量得以维系。
(他把手放在跪在他面前的孩子头上)
这个头上曾经放过苹果,更加美好的
新的自由将从这头上繁荣滋长;
旧的一切将要坍塌,时代将要改变,
新的生活将在废墟中盛开怒放。

施陶法赫(对瓦尔特·费尔斯特):

瞧,他的眼睛射出多么明亮的光芒!
这不是回光返照,
而是新生的辉煌。

阿庭豪森:

贵族走下他们古老的城堡,
作为市民向城市宣誓投靠;
郁希特兰和图尔高已经开始自立自强,
高贵的伯尔尼抬起头来,君临一方,
弗莱堡已成为自由者安全的堡垒,

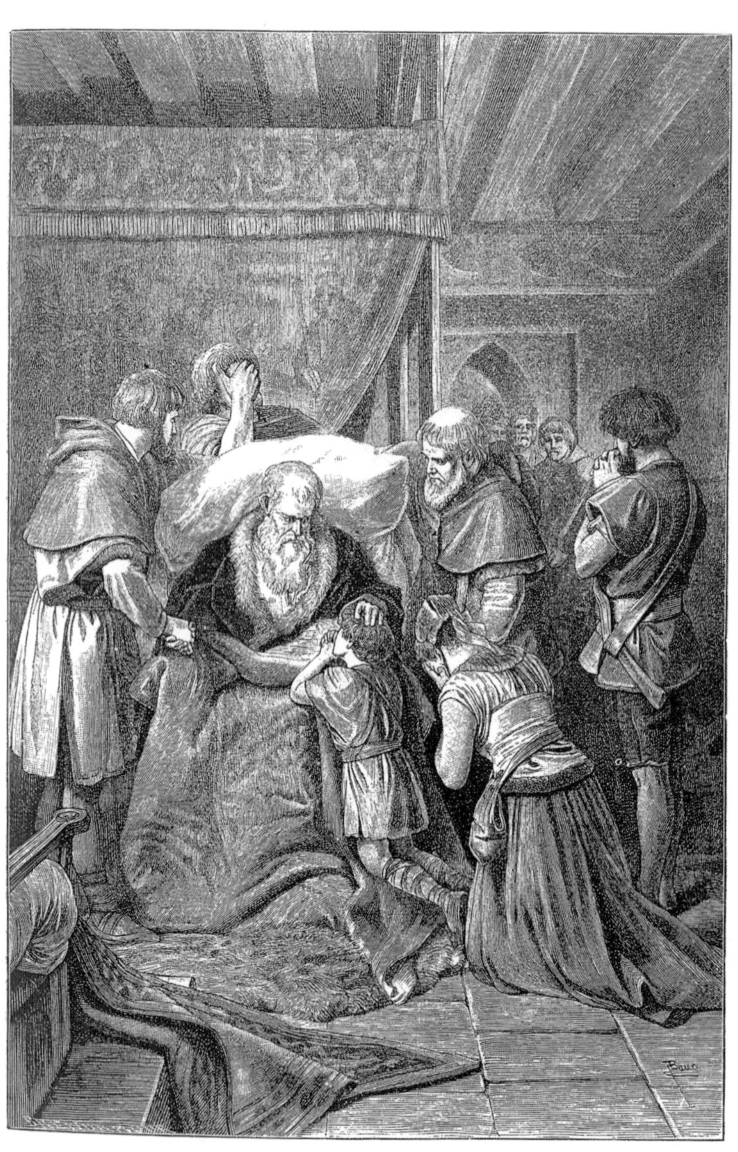

活跃的苏黎士已把各行各业加以武装，
组成战斗的队伍——国王们的权威
已在它们永恒的壁垒上撞得粉碎——
（他以预言者的口气说出了下面的话——
他的语气逐渐变得激昂慷慨）
我看见君侯们和贵族们
身披铠甲向前挺进，
企图打败一帮不善征战的牧民。
进行了你死我活的搏斗，
经过血战才漂亮地夺下有些山口①。
乡民裸着胸膛，甘愿牺牲②，
冲进刀枪剑戟的密密丛林，
勇士奋力挺进，贵族折将损兵，
自由高举战旗，大获全胜。
（抓住瓦尔特·费尔斯特和施陶法赫的手）
因此要精诚团结——永远坚定——
自由之地应该互相亲密，
在你们的山上要岗哨林立，
以便联盟能迅速联合聚集，
要团结一致，——团结——一致——

〔他倒向垫子——他的双手还死死地抓住他们两人的手。瓦尔特·费尔斯特和施陶法赫还默默地观察了他一会儿，然后走开，两人都悲不自胜。与此同时，家丁们静静地挤了进来，走到跟前，或默默表示悲哀，或更激烈地表示悲

① 暗示瑞士人分别在一三一五、一三八六和一三八八年进行的莫尔戛尔腾、散帕赫和奈弗尔斯三次血战，反抗哈布斯堡。

② 暗示乡民阿尔诺特·文克弗里特在散帕赫一战英勇牺牲。

痛,有几个跪倒在他身边,握着他的手哭泣;在这场戏默默进行之中,城堡的钟声响起。

〔鲁登茨和前场人物。

鲁登茨(快步上场):

他还活着吗?啊,你们说啊,他还能听见我的话吗?

瓦尔特·费尔斯特(转过脸去指了一指):

您现在是我们的雇主和保护人,
这座府邸换了一个姓名。

鲁登茨(一眼看见尸体,悲痛欲绝):

啊,仁慈的上帝啊——莫非我已后悔得太迟?
他怎么就不能多活一会儿,
看看我业已回心转意?
在他还能在阳光下漫步时
我藐视他的谆谆教诲,
如今他永远离去,一去不回,
给我留下未曾补赎的沉重罪过!
啊,你们说,他离去时是不是心里恨我?

施陶法赫:

他在弥留之际听到了您的英勇行动,
祝福您有勇气发表那番言论!

鲁登茨(跪倒在死者身边):

是啊,亲爱的人神圣的遗骸!
灵魂已逝的尸体!我在此向你,
向你业已冷却的死者之手发誓——
我已扯断了和外国的一切联系,
回到我自己人民的身边,

我是个瑞士人,我要用我全部身心
做个瑞士人——
(站起来) 请为我们大家的朋友
和父亲致以哀悼,可是不要垂头丧气!
不仅是他的遗产落到我的手里,
他的心,他的精神也降临到我身上;
他年老衰迈未能为你们所做的一切,
要由我来为你们完成,我年富力强。
请把您的手伸给我——尊敬的父亲!
把您的手给我!麦尔希塔尔,还有您!
不必有所顾虑!啊,别转过脸!
请听我赌的咒,请接受我的誓言。

瓦尔特·费尔斯特:

把手伸给他,他迷途知返,
值得我们信任。

麦尔希塔尔:

您对乡亲们傲慢狂妄,
您说,我们对您还能有什么指望?

鲁登茨:

啊,我年轻鲁莽,犯下错误,请别放在心上!

施陶法赫(对麦尔希塔尔):

老爹最后的遗言是"团结一致",
这话请记在心里!

麦尔希塔尔:

这是我的手!
尊贵的大人,农民的握手就是
大丈夫的诺言!没有我们,骑士又算老几?

我们农民可是比你们还古老的等级。

鲁登茨：

我尊敬农民，我的宝剑要保护这个等级。

麦尔希塔尔：

男爵大人，这条手臂既能刨开硬土垦荒，
在大地的怀抱里播种耕耘，
也能捍卫男子汉的胸膛。

鲁登茨：

你们
要捍卫我的胸膛，我愿捍卫你们的胸膛，
这样我们互相支持，更加坚强。
——可是现在祖国还是外国暴政的
猎物，我们何必空谈瞎讲？
等把敌人从我们国土上驱逐尽净，
我们再在和平时期来互相较量。
(他稍停片刻)
你们沉默无语？怎么？没法说给我听？
难道我还不配受到你们的信任？
那我只好违背你们的意志，
自行挤进你们联盟的秘密。
——你们已经开过会——在吕特利发誓结盟——
我知道——我全知道，你们商讨什么事情，
不是你们告诉我的事情，我就
当作神圣的宝物，保留在心。
我从来不是祖国的敌人，请你们相信，
从来没有采取行动反对过你们。
——你们如果迟迟不动，便会有灾祸发生，

时间逼人,必须迅速采取行动——
退尔便是你们拖延造成的牺牲——

施陶法赫:

我们宣誓等到基督的节日再行举事。

鲁登茨:

我当时不在场,没有跟着一起发誓,
你们接着等吧,我立即行动,不再推迟。

麦尔希塔尔:

什么? 你打算——

鲁登茨:

我现在也属于本国的长老之列,
我首要的义务,便是保护你们。

瓦尔特·费尔斯特:

您的首要职责,最神圣的义务,
乃是使这亲爱的尸骸安然入土。

鲁登茨:

等我们解放了国土,就把鲜花
编织的胜利花环放在他的灵床之上,
——啊,朋友们! 不仅为你们的事业,
我还得为我自己和暴君血战一场——
听着,我告诉你们! 我的贝尔塔
被人从我们当中悄悄地抢走,不见踪影,
有人放肆大胆地犯下这一罪恶行径。

施陶法赫:

这个暴君竟敢对一个自由的贵族小姐
干出这样强暴的行径?

鲁登茨:

啊,我的朋友们！我方才答应帮助你们,
而我首先必须请求你们助我一臂之力,
我的恋人已被抢走,被人夺去,
谁知道这个暴徒现在把她藏在哪里,
他们会强迫她接受她深恶痛绝的婚约,
不知会大胆地采用什么样的暴力！
请你们帮我把她救出虎口,啊,别把我抛弃——
她爱你们,啊,她爱我们的国家,
值得大家为她拿起武器——

瓦尔特·费尔斯特:

您想采取什么行动?

鲁登茨:

我哪里知道? 唉!
她的命运笼罩在沉沉黑夜之中,
疑虑重重使我忧心如焚,
我根本不知道该采取什么具体行动,
只有一点我心里清清楚楚:
惟有摧毁暴君的权力,
才能从暴政的瓦砾中把她救出,
必须攻克所有的要塞碉堡,
也许我们能够攻进监禁她的囚牢。

麦尔希塔尔:

走吧,带领我们前去,我们紧紧跟随,
今天能做的事为什么等到明天?
在吕特利宣誓时,退尔还有自由,
尚未发生那骇人听闻的事件。
时间推移,法律也随之改变——

谁要是胆怯,现在还可退缩不前!

鲁登茨(对施陶法赫和瓦尔特·费尔斯特):

你们武装起来,准备行动,
等着烽火信号在山上升起
我们的胜利会很快传到你们这里,
比信使的风帆飞得更加迅急,
一旦看见那令人喜悦的火焰升起,
你们就像雷霆闪电一般向敌人冲杀,
摧枯拉朽地摧垮暴政的大厦。

〔众人下。

第三场

〔居斯纳赫特空无一人的山隘。

〔人们从后面山岩之间爬下,行路者们在舞台上出现之前,已经可以在高处让人看见。巍峨高耸的山岩围绕着舞台;最前面的一块山岩上突出一石,长满灌木。退尔背着弓上场。

退尔:

他必然会从这条山隘走来,
别无其它道路通向居斯纳赫特。
我要在此了断——这可是个难得的良机。
那个接骨木灌木丛,正好容我藏身暂避,
我从那里可以一箭把他射中,
道路狭窄,挡住他来追捕的随从,
总督大人你向上天交账去,

你的气数已尽，你必死无疑。

　　我一向平静地生活，善良随和，
弓箭只是瞄准林中的野兽，
我的思想纯净，从无杀人之心——
你破坏了我宁静的生活，
把我温和的思想变得无比凶狠，
犹如柔和的乳汁变成凶龙毒液，
你让我习惯于凶残狠毒的行径，
谁曾瞄准过儿子的头颅射箭，
定能一箭命中敌人的心。

　　我必须保护可怜无辜的孩子，
和我忠实的妻子，总督大人，
免遭你的愤怒报复，——我当时
被迫拉紧弓弦——我的手瑟瑟发抖——
你像魔鬼似的残忍，兴高采烈，
逼我举起弓箭瞄准我儿子的头，
我束手无策，向你苦苦哀求，
我当时就在心里暗暗发誓，
发出只有上帝听见的毒誓，
我下一箭的第一个目标
便是你的心脏——我在忍受
地狱般苦刑的瞬间发的誓言
乃是一笔神圣的债务——现在我要偿还。

　　你是我的主人，皇上的总督，

可是纵使皇帝也不得胡作非为，
像你这样——他派你来到这里，
是让你执法——法律严苛，显示皇帝天威——
可并非任你以杀人取乐之心，
恣意逞凶施暴而不受惩，
天地之间惩罚复仇是由上帝执行。

现在你出来吧，给人重创的利箭，
我亲爱的宝贝，至高无上的珍宝，
我要给你一个目标，迄今为止，
人们虔诚地百般恳求也无法达到——
可是你可以所向无阻地达到这一目标——
而你，我熟悉的弓弦，你曾多次
为我忠实地效力进行欢快的游戏，
在这次可怕的认真较量时别把我抛弃。
现在请你绷紧，你这忠实的弓弦，
你曾多少次使我冷酷的箭脱弦如飞——
它若现在无力地从我手中脱落，
我可没有第二支箭可以射出。

（行路者走过舞台）

我要在这条石凳上坐下，
它供行路者短暂休息——
因为这里不是故乡——人人都
匆匆走过，彼此互不相识，
也不询问别人的痛苦——

这里有忧心忡忡的商人和衣着简朴
前去朝圣的信徒——虔诚祈祷的僧侣，
神情阴鸷的强盗和性格欢快的乐师。
驮夫牵着载满货物的马匹，
来自遥远的异国他乡，
每条大道都通向世界的尽头，
大家都沿着自己的路忙自己的事
——而我的事乃是杀人报仇！（他坐下）

　　平时爸爸出门，亲爱的孩子们，
你们见他回来，都欢天喜地；
因为每次回家，他都给你们带点惊喜，
一朵美丽的阿尔卑斯山上的花朵，
一只稀罕的小鸟或者一块光洁的菊石，
这是漫游者在山间岭上都会找到的东西——
现在他却去捕杀另外一种猎物，
坐在荒凉的路上，想着如何杀人，
他埋伏这里，要猎取敌人的性命。
——可是现在他也只想着你们，
亲爱的孩子们，——想着如何保护你们，
两个天真孩童，不让暴君向你们行凶，
为了杀死敌人，他现在拉开手里的弓！（站起身来）

我正守着，要猎取一只珍贵的野兽，
猎人不会烦躁恼火，在严冬酷寒气候，
他日复一日，到处搜寻，
在巉岩山石之间纵身跳跃，

在滑不留手的冰墙雪壁之上攀登，
用自己的鲜血粘住自己的身体，
——只是为了捕获一只可怜巴巴的羚羊，
而这里将要取得的代价要更加贵重，
这是我死敌的心脏，他妄想把我葬送。

〔远处传来欢快的音乐，乐声越来越近。

我一辈子弯弓射箭，
按照射手的规定，
比赛中我多次命中鹄的，
带回美妙的奖品，
但是今天我要大显身手，
射出神箭，正中靶心，
赢得整个山区的冠军。

〔一个迎亲的行列走过舞台，沿着窄路走去。退尔手扶着弓，观看迎亲的行列，看守土地者施图西走到他身边。

施图西：

这是莫尔利夏亨修道院的产业总管，
在这里迎娶新娘——他富甲一方，
在阿尔卑斯山上大概拥有十群牛羊，
他现在从伊米湖[①] 迎来新娘，
今天夜里将在居斯纳赫特大宴嘉宾，
你也来吧！每个正派人都受到邀请。

退尔：

一个严肃的客人不适合举行婚礼的喜庆之家。

施图西：

① 即楚格湖旁的茵梦湖。

你要是有烦心事,就把它抛到脑后,
时势艰难,今日到来者,今日就要消受。
因此必须及时行乐,不要迟疑。
这里在办喜事,别处在行葬礼。

退尔:

往往一件事情就接着另外一件。

施图西:

世界就是这样运行,往往
祸不单行——在格拉斯纳地方
发生山崩,格莱尔尼希[①] 整整一边
全都塌陷。

退尔:

连巍巍高山
也都摇晃?没有坚实的东西在这世上。

施图西:

听说别处也发生怪事一桩,
我跟一个从巴登[②] 来的人谈过,
有个骑士想骑马去见国王,
半路上遇到一大群黄蜂,
它们落在他的马上,
骏马不胜其苦,倒地死去,
骑士徒步去见国王。

退尔:

老天也赋予弱者一根刺,供他反抗。

---

① 格拉鲁斯西南面的一座山。

② 哈布斯堡王室在瑞士阿尔高州的巴登有一座王宫。

〔阿姆嘎尔特带领几个孩子上，站在窄路的进口处。

施图西：

有人说全国会有重大的灾祸发生，
会发生违背天性的严重事情。

退尔：

这样的事情天天发生，
用不着预先昭示发生怪异事情。

施图西：

可不是，谁能平静无忧地耕作田地，
毛发无伤地与家人相聚，便算幸运。

退尔：

要是邪恶的邻人不让人安生，
即便是最温驯的人也不得安宁。
(退尔常常不安地带着期待的神情望着窄路的高坡)

施图西：

那就祝你安好吧——你在这儿等什么人吗？

退尔：

我是在等人。

施图西：

祝你愉快地回到家人身边！
——你是乌里人吧？我们的主人，
总督大人，人家今天还在那儿等他光临。

行路者(走来)：

你们今天别再等总督了，
大雨滂沱，洪水泛滥，
大水已把所有的桥梁冲断。

〔退尔霍地站起。

阿姆嘎尔特(走向前来)：

总督不来了！

施图西：

你找他有事吗？

阿姆嘎尔特：

唉，当然有事！

施图西：

你干吗守着这条山隘

拦着他的去路？

阿姆嘎尔特：

他在这儿躲不开我，非听我说话不可。

弗里斯哈特(急急忙忙地从窄路的高处下来，在舞台上大叫)：

大家全都闪开让道——我们的主人

总督大人紧跟在我后面骑马驾到。

〔退尔下。

阿姆嘎尔特(兴奋地)：

总督来了！

〔她带着孩子们走到前台。格斯勒和鲁道尔夫·哈拉斯骑着马出现在窄路高处。

施图西(对弗里斯哈特)：

河水不是已把桥梁全都摧毁，

你们是怎么渡过这茫茫大水？

弗里斯哈特：

朋友，我们和大湖都作过搏斗，

根本不怕阿尔卑斯的山洪急流。

施图西：

你们在狂风暴雨之中乘船？

弗里斯哈特：

我们乘船航行，我一辈子都不会忘记——

施图西：

啊，你等一等，说来听听！

弗里斯哈特：

让我走，我得在前面快跑，

我得到城堡去通报总督已到。（下）

施图西：

倘若好人也在船上，

最后连人带船全都下沉；

水火无情，老百姓不会交好运。

（他环顾四周）

和我说话的猎人到哪儿去了？（下）

〔格斯勒和鲁道尔夫·哈拉斯骑马上。

格斯勒：

你说，你想干吗，我是皇上的仆人，

必须想到如何取悦陛下，

他派我到这个国家来，不是为了

迎合民众，对他们温情有加——

他期待的是民众驯从；争论的问题是，

这个国家的主人应是农民还是陛下。

阿姆嘎尔特：

现在是时候了！现在我要申诉！

（心惊胆战地走近总督）

格斯勒：

我在阿尔特多尔夫把帽子

放在杆上，不是为开玩笑，或是

考验民心;这个我早已心中有数。
我放上帽子,是让他们学会,
低下他们平时高高仰起的头颅。
我在他们必经的路上
设置了这个路障,
让他们仰望高处抬起眼睛,
想起他们业已忘记的主人。

鲁道尔夫·哈拉斯:

可是百姓也有一定的权利——

格斯勒:

现在可不是衡量他们权利的时候!
——气势宏大的事情正在形成,正在进行,
皇室欣欣向荣,蓬勃发展,
父亲开创的光荣事业,儿子① 想要完成。
这小小的百姓是我们前进路上的绊脚石,
不论以何种方式,它都必须俯首称臣。

〔他们想要向前走去,阿姆嘎尔特匍匐在总督马前。

阿姆嘎尔特:

发发善心吧,总督大人!开恩吧,开恩吧!

格斯勒:

您干吗冲到大道上来
拦住我的去路——退下!

阿姆嘎尔特:

我的丈夫关在牢里,

① 这里的父亲和儿子指的是奥地利哈布斯堡王室的两位皇帝鲁道尔夫和阿尔布莱希特。

可怜的孤儿们嗷嗷待哺——
严厉的老爷,请可怜可怜我们巨大的痛苦!

鲁道尔夫·哈拉斯:

你是什么人? 你丈夫是谁?

阿姆嘎尔特:

他是里济山里
可怜的荒山割草人,善良的老爷,
他越过阴沉的深渊在陡峭的岩壁,
收割野生野长的青草,就是牲畜
也不敢爬上这样险峻的岩石,冲天笔立——

鲁道尔夫·哈拉斯(对总督):

上帝啊,这生活多么悲惨多么可怕!
我请您放了他,放了这个可怜的人吧,
不论他犯的罪行多么重大,
他那可怕的工作对他已是足够的惩罚。
(对那女人)
会给你公道的——到城堡里去讲,
去诉说你的请求——这里可不是地方。

阿姆嘎尔特:

不,不,总督不还给我丈夫,
我绝不离开这里一步!
他在塔里已经足足关了六个月,
白白地等着法官的判决。

格斯勒:

你这婆娘,胆敢逼迫我? 滚开!

阿姆嘎尔特:

讲讲公道啊,总督大人! 你在国内

充当法官,是代替皇上和上帝行道,
请你恪尽职责!你期望上天
给你公道,请对我们也主持公道!

格斯勒:

滚开,给我把这大胆刁民从我眼前拖开。

阿姆嘎尔特(拉住马儿的缰绳):

不,不,我已一无所有,
不怕再有损失,你站住别走,
总督大人,你得先给我一个公道——
你爱皱眉瞪眼就皱眉瞪眼,
我们不幸已极,痛苦不堪,
不再在乎您是不是怒火冲天——

格斯勒:

婆娘,让开,
要不然我的马儿就要从你身上踏过。

阿姆嘎尔特:

让它从我身上踩过去吧——踩呀——
(她拉着她的孩子们扑倒地上,和他们一起拦着总督的去路)
我和我的孩子们
躺在这里——让你的马蹄
把这些可怜的孤儿踏得粉身碎骨,
你作恶多端,这还不算最伤天害理!——

鲁道尔夫·哈拉斯:

婆娘,你莫非疯了不成?

阿姆嘎尔特(更加激烈地接着说道):

你早就把
皇帝的这个国度踩在你的脚下!

——啊，可惜我是女人！我要是个男人，
不是跪在这里，自有更好的办法。

〔从窄路的高处传来先前的乐声，但是声音低沉。

格斯勒：

我的兵丁在哪里？
把这婆娘给我拉开，要不然我一冒火，
做出事情会有严重后果。

鲁道尔夫·哈拉斯：

啊老爷，兵丁们挤不过来，
迎亲的队伍堵住了狭窄的小路。

格斯勒：

对于这帮刁民我实在是个过于温和的主人
——他们的舌头还没拴上，放肆得很，
这帮人还没有驯服得惟命是听——
我发誓必须改变这种情形，
我要折断他们这股倔劲，
彻底摧毁他们渴慕自由的大胆精神，
我要在这几个州里颁布一道新的法令
——我要——

(一支箭射穿了他的身体，他伸手去摸自己的心脏，摇摇欲坠。用微弱的声音说道)

愿上帝对我仁慈！

鲁道尔夫·哈拉斯：

总督大人——上帝啊，这是什么？哪儿来的箭？

阿姆嘎尔特(霍地跳起)：

杀人啦，杀人啦！他摇摇晃晃，倒下去了！他中箭了！
这支箭正好射中他的心脏！

鲁道尔夫·哈拉斯(从马上跳下):

多么可怕的事情——上帝啊——骑士大人——

祈求上帝怜悯吧——

您是死定了!——

格斯勒:

这是退尔射的箭。

(从马上滑到鲁道尔夫·哈拉斯的怀里,被放在石凳上)

退尔(出现在山岩高处):

你认得这个射手,不要去找别人!

茅舍草屋从此得到自由,无辜的人

不会受你威胁,你再也不能加害本地。

〔他从高处消失,民众拥上台来。

施图西(走在头里):

这里有什么事?出了什么事了?

阿姆嘎尔特:

总督被一箭射穿了。

民众(冲了进来):

谁给射死了?

〔迎亲队伍最前头的人走到台上,而最后头的人还在高处,音乐奏个不停。

鲁道尔夫·哈拉斯:

他血流不止。

快去找人来救救他!快去追捕凶手!

——您已没救了,您只好这样死去,

我的警告您听不进去!

施图西:

上帝啊!他脸色惨白,好像死人一样!

众人的声音：

这事是谁干的？

鲁道尔夫·哈拉斯：

这帮人疯了，

死了人还奏乐？叫他们安静。

〔乐声戛然而止，更多的人走过来。

总督大人，您能说就说话呀——

您已经不信任我了？

〔格斯勒做了个手势，看见人家不懂他的意思，使劲再做手势。

叫我上哪儿去？

——到居斯纳赫特去？——我不明白您的意思——

啊，别发火——尘世的事您就撒手，

现在想想，怎么去和上天和解。

〔整个迎亲队伍围在这垂死的人身边，神情漠然，有些惊恐。

施图西：

瞧，他脸色死灰——现在，现在死神

已触及他的心脏——他眼睛已经无神。

阿姆嘎尔特（抱起一个孩子）：

你们瞧瞧，孩子们，暴君会有什么下场！

鲁道尔夫·哈拉斯：

你这个疯婆子，你就没有感情，

你就高兴看见这样可怕的场景？

——帮帮忙吧，大家搭把手——就没人帮我

把这支使人痛苦的箭拔出他的胸口？

妇女们（纷纷后退）：

叫我们去碰这个上帝惩罚的家伙!

鲁道尔夫·哈拉斯:

你们这些家伙真该诅咒!

(拔剑)

施图西(抓住他的胳臂):

你敢,先生!

你们作威作福,已经结束,

残害这个国家的暴君已经丧命,

我们不能再忍受暴力,我们是自由民。

大众(齐声高呼):

全国已经自由!

鲁道尔夫·哈拉斯:

事情发展到了这一步?

恐惧和服从这么快就告结束?

(对挤进来的武装兵丁)

你们已经看到,这里发生的谋杀事件,

骇人听闻——救助已是白费力气

——追捕凶手也是枉然。

——前往居斯纳赫特,还有其他急事要办,

上马出发,去拯救皇上的要塞!

此时此刻已经天下大乱,

无人尽忠职守,任何人的忠诚

都已不可信任。

〔他和武装兵丁下场,与此同时六名慈心会的修士上场。

阿姆嘎尔特:

让开!让开!慈心会的修士来了。

施图西:

祭品放在这里——乌鸦从天而降。

慈心会修士们(在死者身边围了半圈,用低沉的声音唱道):

死神迅速降临人的身上,
　　不会给他留下片刻时光。
它在人生中途向人冲击,
　　把年富力强的他拽走。
不论他是否有所准备,
　　必须和他的法官面对。

〔最后几句一再重复,幕落。

第　五　幕

第　一　场

〔阿尔特多尔夫的广场。

〔舞台背景，右边是“乌里镇压堡”，脚手架尚未拆除；左边是群山的远景，山上燃烧着烽火。这是破晓时分，远近各处都响起钟声。

〔卢阿狄，库阿尼，维尔尼，石匠师傅，和其他许多乡亲，还有妇女，儿童。

卢阿狄：

你们看见山上燃起的烽火信号了吗？

石匠：

你们听见越过森林传来的钟声了吗？

卢阿狄：

敌人被撵走了。

石匠师傅：

那些城堡[①] 被攻占了。

卢阿狄：

① 指罗斯堡和萨尔能两个城堡。

我们土地上的这座暴君府邸，
我们乌里人还在容忍？
难道我们是最后获得自由的人？

石匠师傅：

还让这个想要压迫我们的枷锁继续存在？
大家起来，把它推倒！

众人：

推倒！推倒！推倒！

卢阿狄：

乌里的号手在哪里？

乌里的号手：

在这儿，要我干什么？

卢阿狄：

爬到山上的岗哨，吹响你的号角，
让群山之间到处响彻你的号音，
在巉岩豁谷中激起阵阵回声，
赶快把山里所有的男人统统
召来集中。

（乌里的号手下，瓦尔特·费尔斯特上）

瓦尔特·费尔斯特：

站住，朋友们！站住！
我们还没有得到消息，不知道瑞茨
下林发生了什么事，
让我们先等等信使。

卢阿狄：

等什么？暴君已经丧命，
自由之日已经来临。

石匠师傅:

周围群山之上燃起冲天火焰,
这火光四射的烽火信使还不够明显?

卢阿狄:

大家都来啊,来啊,男男女女,都搭把手!
拆掉这脚手架!拉倒这几堵墙壁!
炸掉这穹顶!把一切都夷为平地。

石匠师傅:

伙计们,都来啊!是我们把它建造起来,
我们知道怎么把它毁坏。

众人:

大家来啊!把它拆掉。

(他们从四面八方冲向这幢建筑物)

瓦尔特·费尔斯特:

大家都在奔跑,我已经拦不住他们。

(麦尔希塔尔和鲍姆嘎尔腾上)

麦尔希塔尔:

什么?萨尔能城堡已化为灰烬,洛斯堡
也已攻破,而这城堡还没推倒?

瓦尔特·费尔斯特:

是你吗,麦尔希塔尔?你给我们带来了自由佳音?
你说!各州的敌人都已消灭殆尽?

麦尔希塔尔(拥抱瓦尔特·费尔斯特):

国内已经清除干净。高兴吧,老爹!
就在我们谈话的这一时分,
瑞士境内已不再有任何暴君。

瓦尔特·费尔斯特:

啊，你倒说说，你们怎么攻克了那些城堡？

麦尔希塔尔：

是勇敢无畏的鲁登茨，冒险冲杀，
一举攻占了萨尔能堡，
我在前天晚上连夜爬上了洛斯堡。
——可是你听，发生了什么事情。
我们把城堡里的敌人消灭干净，
放火烧了这座城堡，熊熊烈焰直冲九霄，
这时格斯勒的奴仆狄特赫姆冲出来大叫：
布鲁奈克小姐[①] 快要烧死在城堡。

瓦尔特·费尔斯特：

正义的上帝啊！

〔传来脚手架的梁柱倒塌之声。

麦尔希塔尔：

那就是她，奉总督之命，
她被秘密地带到那里幽禁。
鲁登茨发疯似的跳了起来——我们
已经听见横梁折断，柱子倒塌的声音，
从滚滚浓烟之中传出这不幸女人
悲惨的呼声。

瓦尔特·费尔斯特：

她获救了吗？

麦尔希塔尔：

当时需要迅速行动果断行事！
——倘若鲁登茨只是我们的一名贵人，

① 即贝尔塔。

那我们大概更加爱惜自己的性命，
可他是我们盟友，贝尔塔对百姓又很尊重——
于是我们就豁出命去，
纷纷冲进烈火之中。

瓦尔特·费尔斯特：

她获救了？

麦尔希塔尔：

她获救了，鲁登茨和我，
我们两个亲自把她抬出火场，
我们身后，房梁坍塌，发出轰然巨响，
——等她发觉自己已经获救，
她睁开眼睛又重见天光，
男爵这时扑入我的胸怀，
我们在沉默中宣誓结盟，
这盟约经过烈火的锻炼，
将经得起命运的所有考验。

瓦尔特·费尔斯特：

朗登贝尔格现在哪里？

麦尔希塔尔：

他越过了布吕尼希山。
他害得我父亲双目失明，
我可没想让他保住自己的眼睛。
我穷追不舍，将逃窜的他赶上，
把他拖到我父亲的脚下，
我挥动宝剑，正要取他性命——
他向瞎眼的老人苦苦哀求，
老人发了慈悲，饶他一命。

他发誓永不回来，永不复仇；
他会遵守誓约，他已领教过
我们的拳头。

瓦尔特·费尔斯特：

你们做得好，没有让鲜血
玷污你们纯洁的胜利！

孩子们（拿着脚手架上的残破木料，跑过舞台）：

自由！自由！

〔乌里的号角劲吹。

瓦尔特·费尔斯特：

你们瞧，多么盛大的庆典！孩子们将来
成了老人，还会回忆起这难忘的一天。

〔姑娘们把那根插着帽子的木竿抬来，舞台上渐渐挤满了民众。

卢阿狄：

就是这顶帽子，我们非向它鞠躬不可。

鲍姆嘎尔腾：

告诉我们，怎么处理这顶帽子？

瓦尔特·费尔斯特：

上帝啊！我的外孙当时就站在这顶帽子底下！

好几个人齐声说：

砸烂这个暴君权力的象征！
把它扔进火里烧成灰烬！

瓦尔特·费尔斯特：

不，把它保留下来！
它曾不得不成为专制的工具，
我们要让它永远成为自由的标志！

〔众乡亲，男男女女，和孩子们围着坍塌的脚手架的梁木或站或坐，三五成群，围成一个很大的半圆形，像一幅画一样。

麦尔希塔尔：

盟友们，我们现在踩着暴政的废墟
欢天喜地，我们在吕特利所发的誓言
如今已经圆满实现。

瓦尔特·费尔斯特：

这个工程刚刚开始，还未完成，
现在我们迫切需要团结和勇气，
你们可以确信，国王会毫不迟疑，
为他死去的总督报仇，并且让被驱逐的人
卷土重来，使用武力。

麦尔希塔尔：

让他率领他的军队开过来吧；
既然我们已把国内的敌人赶走，
我们就来迎战外来的敌寇。

卢阿狄：

只有少数几个山口敞开，他可以进来，
我们要用我们的身体堵住这些山隘。

鲍姆嘎尔腾：

我们已经联合起来永远结盟，
他的军队吓唬不了我们！

罗色曼(进来)：

这是上天可怕的审判。

众乡亲：

出了什么事？

罗色曼：

我们生活在什么时代啊！

瓦尔特·费尔斯特：

你倒说说，出了什么事？——哈，是您吗，维尔纳先生？
您给我们带来了什么新闻？

众乡亲：

有什么新闻？

罗色曼：

你们听了大吃一惊！

施陶法赫：

我们刚摆脱了一场极大的恐怖——

罗色曼：

皇上遇刺身亡。

瓦尔特·费尔斯特：

仁慈的上帝啊！

〔众乡亲骚动起来，团团围住施陶法赫。

众乡亲：

遇刺！什么！皇上！你们听！皇上给谋杀了！

麦尔希塔尔：

这不可能！您从哪儿得到这个新闻？

施陶法赫：

这事确定无疑。阿尔布莱希特国王①
在布鲁克遇刺身亡——

---

① 一三〇八年五月一日，阿尔布莱希特一世国王（1255—1308）在阿尔河边的布鲁克遇刺身亡。

约翰尼斯·米勒[①]，一个可靠的人，
从夏夫豪森带来这条新闻。

瓦尔特·费尔斯特：

谁胆敢做出这样骇人听闻的事情？

施陶法赫：

更加骇人听闻的是，凶手竟是国王的侄儿，
他亲生弟弟的儿子向他行凶，
这就是约翰·封·施瓦本大公。

麦尔希塔尔：

什么促使他做出这弑君杀父的罪行？

施陶法赫：

施瓦本公爵渴望获得祖传的遗产，
焦躁不耐地奏请，皇帝却不肯给予，
据说是想完全剥夺公爵的继承权利，
只是让他当个主教，把他打发出去。
不论怎么说吧——这个青年公爵
就听从了他的战友们的恶毒建议，
和封·埃欣巴赫，封·特格费登，
封·德瓦和帕姆[②] 几位贵族决定，
既然得不到公道，
那就亲手报仇雪恨。

瓦尔特·费尔斯特：

啊，你说，这令人发指的事情是怎么完成的？

---

① 约翰尼斯·米勒(1752—1809)，瑞士史学家，其一七八六至一八〇五年间所著《瑞士联邦史》为席勒的《威廉·退尔》提供了重要素材。他和席勒曾于一八〇四年相见于魏玛。席勒亦以此剧中人为这位学者立一丰碑。

② 这几个人是约翰·封·施瓦本公爵的谋士。

施陶法赫：

国王[1] 骑马从巴登的斯泰因下来，
前往莱茵菲尔特，国王驻跸该城，
汉斯和莱奥波尔特[2] 两位公爵，
以及一批出身高贵的扈从随行。
他们来到洛埃斯[3] 河畔
想乘渡船摆渡到对岸，
这时几名刺客冲到船上，
把皇帝和他的随行人员分离。
紧接着，皇帝骑马穿过一片田地，
——据说有座古老的城市[4]，始建于
异教徒时代，就埋在地底——
古老的哈布斯堡城堡[5] 就在眼前，
他这一支皇族就从这里起源——
这时汉斯公爵就把匕首刺进皇帝咽喉，
鲁道尔夫·封·帕姆用长矛把他刺透，
埃欣巴赫便砍下他的人头，
皇帝便倒在自己的血泊之中，
在自己国内，死于自己亲人之手。
别人在对岸看见了这弑君的暴行，
可是为江河所隔，只能大放悲声
无力无奈地表示哀伤；

---

① 国王和皇帝在此时同一人，皆指奥地利哈布斯堡王室的阿尔布莱希特。

② 汉斯即凶手约翰·封·施瓦本公爵，莱奥波尔特乃阿尔布莱希特国王的次子。

③ 洛埃斯河为阿尔河的支流。

④ 公元前十五年，罗马人在此建要塞，名叫文多尼萨，今称为文迪希。

⑤ 哈布斯堡城堡建于一〇二〇年左右。

可是有个贫穷的老妪坐在路旁，
皇帝就在她的怀里，流血身亡。

麦尔希塔尔：

这个贪得无厌之徒什么都想掠夺，
只是早早地挖掘了自己的坟墓！

施陶法赫：

无比巨大的惊恐在国内游荡，
山间所有通道都已禁止通行，
各个地区都在保卫自己边境，
三十年来古老的苏黎世一直
城门洞开，如今关闭了城门，
害怕凶手来犯，更怕有人寻仇。
因为匈牙利王后，威严的阿格纳斯①，
正挥师而来，一腔仇恨，连声诅咒，
王后素来没有女性的温和宽容，
一心要为遇刺喋血的父皇报仇，
复仇的锋芒直指凶手的全族老幼，
以及他们的仆从，孩子和子孙，
甚至向他们府邸的砖瓦石头泄愤。
王后指天发誓，要把仇家世世代代
都送进亡父的坟墓，用仇人的鲜血
沐浴，犹如沐浴于五月的甘露。

麦尔希塔尔：

大家是否知道凶手现在逃往何处？

施陶法赫：

---

① 阿格纳斯为阿尔布莱希特一世的长女，匈牙利国王安德烈亚斯三世的遗孀。

他们在完成弑君暴行之后
立即沿着五条大道逃走，
他们四下分散，彼此永不见面——
约翰公爵大概正在山间逃窜。

瓦尔特·费尔斯特：

他们这样的恶行绝无好的下场！
复仇不会有结果！可怕的滋养，
它自我培植，它的享受
便是谋杀，它的餍足便是惊慌。

施陶法赫：

恶行不会给凶手带来丰收，
而我们则是以纯洁的双手
击破血腥罪行，获取幸福成果。
因为一个巨大的恐惧我们已经摆脱；
自由最大的敌人已经倒台，
据说，将从哈布斯堡王室把王笏
传到另外一个支脉，
帝国要把它的选举自由加以维护。

瓦尔特·费尔斯特和若干人：

你们听到什么消息了吗？

施陶法赫：

封·卢森堡伯爵[①]
已经获得了最多选票。

瓦尔特·费尔斯特：

① 封·卢森堡伯爵(1274/75—1313)即日后的德意志国王亨利希七世(1308—1313)，一三一二年任德意志帝国皇帝。

这下我们可好了，我们始终忠于帝国，
现在可以指望得到公正待遇！

施陶法赫：

新君迫切需要勇敢的朋友，
他将保护我们抵御奥地利的复仇。

〔乡亲们互相拥抱。

〔教堂仆役带来一名帝国使者。

教堂仆役：

国内可敬的首脑人物都在这里。

罗色曼和若干人：

教堂仆役，有什么事？

教堂仆役：

一位帝国使者带来这份文书。

众人（对瓦尔特·费尔斯特）：

打开来读一读。

瓦尔特·费尔斯特：

“伊丽莎白王后[①] 特向
乌里，瑞茨和下林
通情达理的人们示以仁慈和善意。”

许多人的声音：

王后想要干吗？她的王国已经完蛋。

瓦尔特·费尔斯特（接着念）：

“先王遇刺猝然驾崩，
王后居孀无比痛苦，依然念及
瑞士各州对王室

① 伊丽莎白王后即被杀害的阿尔布莱希特一世的遗孀。

忠心挚爱已久。”

麦尔希塔尔：

在她享受欢乐之时从来没有想过我们。

罗色曼：

静一静！听他念！

瓦尔特·费尔斯特(念)：

“王后期望于她忠心耿耿的百姓
对这些该受诅咒的弑君凶手
表现出满腔义愤，
因此王后希望三州民众，
永远也不援助这些元凶，
而是念及从鲁道尔夫王室
获得的挚爱和恒久的恩宠，
忠诚地提供帮助，
交出凶手，使之受到严惩。”

〔乡亲们作愤怒不满状。

许多人的声音：

什么挚爱和恩宠！

施陶法赫：

我们曾从老皇[①] 手里得过恩宠，
难道我们还能向这个儿子谢恩？
他可曾像历代皇帝那样，
确认我们拥有的自由敕令？
他可曾作出公正的判词进行判案，
可曾保护过身处困境的无辜百姓？

---

① 指阿尔布莱希特一世之父鲁道尔夫皇帝。

我们在惊恐之中派使者去见他,
他可曾表示过,我们的倾诉他愿意俯听?
凡此种种,国王没有为我们
办过一件,倘若我们不是
自己勇敢行动,为自己赢得权利,
我们的苦难不会把他打动——要我们感谢他?
他可从来没在这些山谷里播种过谢意。
他一直高高在上,完全可以
成为他百姓的父亲,
可是他却只关心他的亲信:
让那些靠他发家的人去为他流泪伤心!

瓦尔特·费尔斯特:

我们不要为他的崩殂幸灾乐祸,
不要去想我们受到的苦难忧愁,
让我们忘记这一切! 可是要我们
为这个无恩于我们的国王之死报仇,
去追捕那些从未加害于我们的人,
这样做也不合适,这和我们毫不相称。
只有衷心爱戴,才会自愿去牺牲,
死亡解除了人们强加于我们的义务,
——我们不必再向这位国王缴纳任何贡赋。

麦尔希塔尔:

倘若王后悲愁之中哀哀啼哭,
把锥心的痛苦上告天庭,
那么这儿有一群摆脱惊恐的民众
也向这个上天祈求,表示谢忱——
谁想收获他人的泪水,必须先将仁爱播种。

〔帝国使者下。

施陶法赫(对民众):

退尔在哪儿?他缔造了我们的自由,
就他一人不在这里?他完成了最宏伟的业绩,
忍受了最残酷的打击,
大家去吧,去他家里,
为我们大家的救星祈求福祉。(众下)

第　二　场

〔退尔家的前厅。

〔炉灶里燃着火。大门向外敞开着。

〔赫特维希。瓦尔特和威廉。

赫特维希:

孩子们,亲爱的孩子们!今天爸爸回家。
他活着,获得了自由,我们也自由了,大家都自由!
是你们的爸爸救了这个国家。

瓦尔特:

我那时候也在场啊,妈妈!
他们也得提到我的名字啊,
爸爸的箭擦着我头顶飞过,
我连哆嗦也没哆嗦。

赫特维希(拥抱瓦尔特):

是的,上帝又把你
还给了我!我两次把你生了下来!
为了你我受了两次当母亲的痛苦!

现在都已过去——我拥有你们两个,两个乖乖!
今天亲爱的爸爸又要回来!

〔一个僧人出现在门口。

威廉:

瞧,妈妈,瞧——那儿站着一个虔诚的修士,
他肯定要求你给他施舍点吃食。

赫特维希:

带他进来,让我们好好招待他;
让他知道,他是来到了喜气洋洋的人家。

(她走进房中,很快又拿了一个杯子出来)

威廉(对僧人):

来吧,善良的人。妈妈有好东西招待你。

瓦尔特:

来吧,好好休息一下,吃饱喝足了再走。

僧人(怯怯地四下张望,神情慌乱):

我身在何处?请告诉我在哪个国度?

瓦尔特:

您是不是迷了路,都不知道您在哪里?
您是在比克伦,先生,是在乌里州,
往前走就进入谢兴山谷里头。

僧人(对这时返回的赫特维希):

就您自己一人?您先生在家吗?

赫特维希:

我正等他回来呢——可是您怎么了,僧人?
您似乎不像带来什么佳音。
——不论您是谁,您一定口渴了,喝吧!

(把酒杯递给他)

僧人：

不论我干渴的心多么渴望饮用酒浆，
我不会碰它，除非您答应我——

赫特维希：

别碰我的衣裳，别挨近我，
您若要我听您说话，就站远点。

僧人：

凭着这殷勤好客的炉火，
凭着我现在摸到的您的孩子们
亲爱的头——（他抓住两个孩子）

赫特维希：

喂，您这人，您想干吗？走开，
别碰我的孩子！您不是僧侣！您不是！
穿上这身衣服应该平和宁静，
可您脸上完全不是这样的表情。

僧人：

我是世界上最最不幸的人。

赫特维希：

不幸应该强烈地直叩别人心扉，
可是您的目光使我内心紧闭。

瓦尔特（直跳起来）：

妈妈，爸爸来了！（跑了出去）

赫特维希：

啊，我的上帝啊。
（想跟着跑出去，可是停住了脚步）

威廉（跟着跑了出去）：

爸爸！

瓦尔特(在外面):

你终于又回来了!

威廉(在外面):

爸爸,亲爱的爸爸!

退尔(在外面):

我又回来了,你们妈妈呢?

(父子三人进来)

瓦尔特:

妈妈走不动了,她就站在门口,

她又是害怕,又是高兴。浑身发抖。

退尔:

啊,赫特维希,赫特维希!孩子他妈!

上帝帮助了我们——没有暴君再能把我们拆开。

赫特维希(搂着他的脖子):

啊,退尔,退尔!我多么为你担惊受怕啊!

(僧人注意起来)

退尔:

现在忘记一切惊恐,高高兴兴地活着吧!

我又回来了!这是我的茅屋草房!

我又站立在我自己的土地之上!

威廉:

爸爸,你的弓放在哪儿啦?

我没看见你的弓啊。

退尔:

你永远也不会再看见它了,

它保存在一个神圣的地方,

从此以后再也不用它来打猎了。

赫特维希：

啊，退尔，退尔！（往后直退，放开退尔的手）

退尔：

什么事情叫你害怕，亲爱的老婆？

赫特维希：

你——你是怎么回到我身边来的？——这只手
——我可以握它吗？——这只手——啊上帝！

退尔（亲切和蔼而又勇气十足）：

它保卫过你们，拯救过国家，
我可以自由自在地举手向天。
（僧侣迅速地动了一下，退尔看见了他）
这儿的这位修士是谁？

赫特维希：

唉，我已把他忘记！
你和他谈谈吧，我在他身边感到不寒而栗。

僧人（走近）：

你就是那个打死总督的退尔？

退尔：

那就是我，我向任何人也不隐瞒这事。

僧人：

您就是退尔！唉，是上帝的手
把我领到你的屋顶底下。

退尔（用眼睛把他上下打量）：

您不是僧人！您是谁？

僧人：

你击毙了
总督，他对你们坏事干尽——

我也打死了一个敌人,他剥夺了我的权利,
他既是你们的敌人也是我的敌人——
我从他手里解放了全国人民。

退尔(向后直退):

　　　　　　您是——
太可怕了!——孩子们!孩子们,到里屋去,
去吧,我亲爱的老婆,去!快去!——不幸的人啊,
您是——

赫特维希:

　　　　　　上帝啊,他是谁?

退尔:

　　　　　　你别问!
走吧走吧!不要让孩子们听到这事。
快离开这房子——远远地走开——
你不能和此人一个屋顶之下同在。

赫特维希:

真倒霉,这是什么事啊?走吧!(和孩子们同下)

退尔(对僧人):

　　　　　　您是
奥地利的公爵——您就是他!
您把皇帝,您的伯父和主人刺杀。

约翰纳斯·帕里西达:

　　　　　　他是强盗,
夺走了我继承的遗产。

退尔:

　　　　　　杀死了
您的伯父,您的皇上!而这地球

还承载着您，阳光还照耀着您！

帕里西达：

退尔，先听我说，您再——

退尔：

您手上滴着
杀父弑君的鲜血，
您还敢踩进我这纯洁无瑕的家门，
您还敢向善良的人露出您的脸，
要求像客人一样地接待您？

帕里西达：

我原希望在您这儿能获得仁慈宽容，
因为您也向您的敌人报仇雪恨。

退尔：

不幸的人啊！
你能把因为争权夺利犯下的血腥罪行
和一个父亲的正义自卫相提并论？
你可曾捍卫过你儿子亲爱的头颅？
保护过你家炉灶的神圣？
抵抗过令人发指的极端暴行，不使家人受损？
——我向上天举起我洁净的双手，
诅咒你和你的行径——你损害了神圣的天性
而我则为此天性报仇雪恨——
我和你毫无共同之处——你弑君杀主
而我则捍卫我最珍贵之物。

帕里西达：

您把我撵走，让我毫无慰藉地陷入绝望之境？

退尔：

我和你谈话时,感到毛骨悚然,
走吧！去走你那条可怕的道路！
别让无辜者居住的茅屋受到玷污！

帕里西达(转身欲走):
那我没法活下去也不愿再活下去了！

退尔:
可是我的上帝啊,我可怜你！
这么轻的年纪[①],这样高贵的出身,
是我主人和皇上鲁道尔夫的嫡孙,
如今来到我的家里,作为凶手逃亡,
在这穷人家里,苦苦哀求,濒于绝望——
(以手掩面)

帕里西达:
啊,倘若您会流泪哭泣,
请为我的命运一哭,它实在可怕已极——
我是一个公爵——曾是位公爵——倘若
我克服了焦躁不耐的欲念,满可以幸福生活。
可是妒忌咬啮我的心——
看到我的堂兄莱奥波尔特年纪轻轻
加冕称帝拥有全国,
而我和他同龄,
却被视为尚未成年,被迫称臣——

退尔:
不幸的人啊,你的伯父深知你的人品,
拒绝让你统治国家和人民！

① 约翰纳斯弑君时只有十八岁。

你自己以鲁莽狂野的疯狂行动
可怕地证明他的决定确是英明，
——你的那些沾满鲜血的帮手现在哪里？

帕里西达：

复仇的精灵把他们带到哪里就哪里吧，
自从这不幸的事件发生，我没再见到他们。

退尔：

你知道吗，你为法律不容，受到通缉，
朋友不得接纳你，敌人可以追捕你？

帕里西达：

因此我避开一切通衢大道，
任何茅屋我都不敢叩门求助——
我向阒无人迹的荒野移动脚步，
满心恐怖，迷失在群山之中，
小溪映照出我这不祥的身影，
我自己见了都吓得直往后退。
倘若您能人性涌动，心生怜悯，——
（跪倒在退尔面前）

退尔（转过脸去）：

起来！起来！

帕里西达：

您若不伸出援手，我决不起来。

退尔：

我帮得了你吗？一个有罪的人能帮助你吗？
可是起来吧——即使你犯了十恶不赦的罪行——
你是个人——我也是个人——
谁都不得和退尔分手作别，却心灰意冷，

R.Brend'amour X.A

我愿意去做，尽我所能。

帕里西达（跳将起来，使劲握住退尔的手）：

啊，退尔！

你拯救了我的灵魂，使我免于绝望。

退尔：

放开我的手——你必须走开，你不可能
在这里不被发现，发现后别指望得到保护——
你希望在哪里得到安宁？
你打算前往何处？

帕里西达：

我怎么知道？唉！

退尔：

听好，上帝对我的心发出的指示——
你可以去意大利，去圣彼得之城①；
你到那儿就匍匐在教皇脚下，向他
忏悔你的罪孽，救赎你的灵魂。

帕里西达：

他不会把我引渡，交给我的仇人？

退尔：

他对你做的一切，你都当作上帝的安排来接受。

帕里西达：

我怎么前往那陌生的国度？
我不熟悉道路，也不敢
和其他行路者结伴同步。

---

① 指圣彼得大教堂所在地梵蒂冈，在意大利罗马。教皇在罗马赦了帕里西达的罪，帕里西达从此当了修士住在比萨。

退尔：

我会给你指路，你好好记住！
你往上走，朝着洛埃斯河走去，
这条大河从山上冲下，迅猛湍急……

帕里西达(吃了一惊)：

我要看见洛埃斯河？我行凶时它从旁流过。

退尔：

道路沿着深谷，有许多十字架
插在那里，标明这条崎岖山径
纪念那些在雪崩中葬身的过客。

帕里西达：

我要是克服了内心的激烈痛苦，
我并不害怕大自然的骇异恐怖。

退尔：

在每个十字架前你都下跪，
补赎你的罪孽，痛洒忏悔之泪，——
倘若你顺利地通过了这恐怖之路，
倘若山岭不从冰封雪盖的山脊上
向你劈头盖脑地吹来尖利的狂风，
你就走到一条为瀑布喷洒的桥上。
倘若这桥承载着你的罪孽而不断掉，
倘若你顺利地走过了这座险桥，
便有一个漆黑的岩洞在你面前显露——
没有日光照亮——你穿过这个山洞
就走到一个景色宜人的欢乐山谷——
可是你必须快步向前，
不得在安静之处逗留。

帕里西达：

啊，鲁道尔夫！鲁道尔夫！我的先王祖父！
你的孙子就这样走进你帝国的国土！

退尔：

就这样一直往上，到高特哈特山脉[①]
的峰巅，那里有些永恒的山湖，
是从天而降的江河汇集而成。
你在那里就告别德意志[②] 的国土，
另外有条江河奔流向前，把你引到山下
意大利的国土，上帝为你指定的国度——

〔传来阿尔卑斯山号角吹起的牧歌声。

我听见人声嘈杂。你快走吧！

赫特维希（快步进来）：

你在哪儿，退尔？
我爸爸来了！所有的盟友都欢天喜地地
走过来了——

帕里西达（蒙住脸）：

我这下可惨了！
我不能和欢快的人们待在一起。

退尔：

去吧，我的好老婆，让他吃饱喝足，
给他丰富的干粮，因为他要上远路，
而且路上找不到歇脚的客栈。

---

① 即圣·高特哈特山脉，在中瑞士，是从瑞士越过阿尔卑斯山去意大利的最近通道，但山高路险难以逾越。

② 当时瑞士属于神圣罗马帝国，即德意志帝国。故称“德意志的国土”。

赶快！他们走近了。

赫特维希：

他是谁？

退尔：

你别多问！

他走的时候，你就不要张望，

不要看他走哪个方向！

〔帕里西达迅速地向退尔走去，退尔则向他做个手势，走开。当两人朝不同的方向走去时，舞台转换，进入。

最后一场

〔人们看见退尔房前整个山谷的平地，旁边是环绕谷地的高处，上面挤满了乡亲。另一批人通过架在谢兴山谷的小径走来。瓦尔特·费尔斯特牵着两个男孩，麦尔希塔尔和施陶法赫走在前面，其他人挤在后面；退尔一出来，大家就对他大声欢呼。

众人：

射手和救星！退尔万岁！

〔前面的人挤在退尔四周，和他拥抱，这时鲁登茨和贝尔塔上场，前者和乡亲们拥抱，后者和赫特维希拥抱。从山上传来的乐声为这静静的场面伴奏。乐声一停，贝尔塔就走到民众当中。

贝尔塔：

乡亲们！盟友们！请接纳我入盟

我是第一个在这自由的国土上

得到保护的幸运女人，

我把我的权利交到你们勇敢的手里——

你们可愿意保护我把我当作自己的公民？

乡亲们：

我们愿意以财产和鲜血来保护你。

贝尔塔：

好啊！

那我就把右手伸给这个青年，答应他的求婚，

自由的瑞士女子愿意嫁给自由的男人！

鲁登茨：

我现在宣布我所有的雇农都是自由人。

〔音乐又迅速响起，幕落。

德米特里乌斯

或

莫斯科的血腥婚礼

（片断）

张玉书 译

Demetrius.

人　物*

德米特里乌斯　自称为已故沙皇伊凡之子

西基斯蒙特　波兰国王

格内申大主教

莱奥·萨彼哈　波兰贵族

奥多瓦尔斯基　波兰贵族

御前侍卫长

御前宰相

玛尔法　沙皇伊凡四世的遗孀

费奥多尔　沙皇伊凡四世之子

鲍里斯·戈都诺夫　篡夺费奥多尔的王位，自任沙皇者

姆尼谢克①　波兰总督

科累拉

玛丽娜　姆尼谢克之女

奥尔加
谢尼娅　} 修女
阿列克霞

伊戈尔

---

* 原文无人物表，此表为译者所列，以便读者阅读。

① 又译“姆尼什克”。

拉津
格列卜
伊里亚
铁木什卡
奥列格
伊凡斯克
彼特鲁什卡
村长

第一幕

〔克拉考① 帝国会议。

〔幕启时，波兰帝国会议成员在宏伟的元老院大厅就座。舞台的最后方是三层平台，铺着红地毯，上置国王宝座，宝座上面撑着华盖；两边悬挂波兰和立陶宛的徽章。国王坐宝座上；在他左右有十名皇家官员站在平台上，平台下面在舞台的两侧坐着主教们、各省总督和地区首脑，都戴着帽子②；在他们身后站立着两排贵族代表，皆脱帽，佩宝剑。格内申大主教作为帝国的总主教，坐在舞台最前方，他身后有一神父手持一金十字架。

格内申大主教：

这雨急风狂的帝国会议，
终于顺利取得圆满的结局，
国王陛下和各级代表友好地分手。
贵族同意解除武装，
桀骜不驯的贵族联盟愿意自行解散，
国王陛下也说出金口玉言，

① 克拉考，即今天波兰的克拉科夫。

② 在国王面前戴着帽子，表示身份显赫，其他贵族在国王面前必须脱帽。

对合情合理的抱怨予以补偿,
毫不……①
正如国王陛下签署的协议所规定的那样。
　　　　如今国内一片升平气象,我们可以
放眼观看疆界之外。
……
德米特里乌斯王子作为沙皇伊凡的
嫡亲儿子,要求获得俄罗斯的皇冠,
尊贵的各级代表是否同意
德米特里乌斯王子正式提出要求,
在这帝国会议之上证明他的权利?

克拉考总督:
荣誉和公正要求我们这样行事,
拒绝他的这一请求颇不适宜。

维尔默兰主教:
他要求实现他的权利,各种文书
均已经过审查,全都合格。
应该倾听他的申诉。

若干贵族代表:
　　　　应该听他申诉。

莱奥·萨彼哈:
听他申诉便意味着承认他的身份。

奥多瓦尔斯基:
　　　　不听
他的申诉意味着听也不听就把他摒弃。

① 本剧为未完成作,文中省略号代表作者尚未修改补充之处。下同。

格内申大主教：

诸位是否同意倾听他的申诉？

我第二次、第三次提出询问。

御前宰相：

传他来到陛下御前。

元老们：

让他诉说。

贵族代表们：

我们愿意听他申诉。

〔御前侍卫长举起权杖，向守门侍卫示意，侍卫出去，敞开大门。

莱奥·萨彼哈：

宰相大人，请您记下，

我反对这种做法，

反对由此引发的一切，

这违反波兰和莫斯科君王签订的和约。

〔德米特里乌斯上，他向宝座走了几步，戴着帽子鞠了三个躬，先向国王鞠一躬，接着向元老鞠躬，最后向贵族们鞠躬；三方面都分别点头作答。然后他站在一个地方，既可看见大部分会议的参加者，又面向大部分观众，观众的位置估计也设在帝国会议的会场上，只不过他不要背朝国王的宝座。

格内申大主教：

德米特里王子殿下，沙皇伊凡之子！

倘若御前帝国会议的灿烂光辉使你吃惊，

国王陛下的庄严御容使你舌头不灵，

你可以随你的心愿选择一名代言人，

让别人的口舌代你诉说真情,
元老院为你开这一方便之门。

德米特里乌斯:

大主教大人,我在这里要求
取得一个帝国和沙皇的王笏,
面对一个高贵的民族,面对国王陛下和元老院,
瑟瑟发抖,这势必有损我的形象。
我还从来没有见过这样崇高的会场。
可是这番景象使我精神大振,心气高涨,
并没有把我吓倒。在座的证人身份越高,
我就越发高兴,我不可能在比这个会议
更加光辉灿烂的场合讲话。

格内申大主教:

[德米特里王子!][①] 尊贵的会议代表
乐于[倾听]你的申诉。

德米特里乌斯:

盖世无双的国王陛下! 庄严强大的
各位主教大人,总督大人
与会的各位仁慈的贵族大人!
我这个沙皇伊凡的儿子
竟然置身于这个帝国会议,
面对波兰人民,我沉思不已,惊讶不已。
仇恨使这两个国家流血冲突兵戎相见,

① 在本译文的底本(柏林建设出版社一九五四年版)中,方括号外的文字按席勒手稿编排,方括号中的文字出自一九五四年前的版本,为便于读者理解而加上。

沙皇伊凡在位之日,和平始终不能实现。
可是现在上天的安排如此:
我作为他的骨肉,连同奶妈的乳汁,
把旧日的世仇也吮入体内,却不得不
出现在你们面前,向你们求助,
试图在波兰寻找我的权利。因此趁我还没申诉,
请先宽宏大量地忘怀旧日的恩怨,
忘却沙皇——,我承认我是他的遗孤,——
他曾把战争带进你们的疆土。
我是作为一名身遭抢夺的君王,
站在诸位面前,寻求保护:
被压迫者有神圣的权利
向任何高贵的心胸发出呼吁,
你们这个伟大勇敢的民族国势强大,
自由无羁,只须对自己承担责任,
不受[……]限制,只服从美丽的人性,
倘若这个民族都不主持公道,
这世上还有谁能正直公平?

格内申大主教:

你自称为沙皇伊凡的儿子,
无论你的仪表风采,还是你的言谈举止,
都不违背这一高傲的要求。
可是请说服我们你确是伊凡之子,
……
这样你就可以指望与会的代表
都会显示高贵情怀——他们从来没有
在战场上畏惧过俄国人,他们两者全都喜欢,

既充当高贵的敌人,又成为亲切的朋友。

德米特里乌斯:

莫斯科伟大的沙皇
伊凡·瓦西洛维奇[①] 在他悠长的
在位期间共有五位夫人。
第一位皇后是出自英雄辈出的
罗曼诺夫家族,生下了费奥多尔,
他在伊凡驾崩之后,即位当政。
纳哥依家族的玛尔法为他所生的
惟一的儿子德米特里,是迟开的花朵;
他还是一个稚嫩的孩子,父皇[②] 便已崩殂。
费奥多尔年纪轻轻,然而心智愚钝,
体力衰弱,听任他的总司厩官
鲍里斯·戈都诺夫执掌朝政,
此人奸诈,工于权术,牢牢控制幼君。
年轻沙皇没有子嗣,皇后不育,
不可能为他生育嗣君。
等到这足智多谋的显贵以谄媚之术
骗得民众的恩宠欢心,
他便提出愿望,希冀获得九五之尊。
只有一位年轻的王子在他面前横亘,
使他高傲的希望难以实现,这就是
德米特里·伊凡诺维奇,他在孀母眼皮底下长大,

① 即沙皇伊凡四世。此处按德文发音译出,按俄语译为“瓦西里耶维奇”。本文中多数人名、地名均按德语发音译出。

② 沙皇伊凡四世。

在母后孀居之地乌格里奇，
　　　　等到僭逆者的阴谋成熟，付诸实现，
便向乌格里奇派出刺客密探，
前去杀害沙皇之子并把血腥罪行
[诿过……于偶然事件。]
一场大火在午夜时分
波及皇宫的侧翼，年轻王子
和他的卫兵分别住在那里。
熊熊烈火吞噬了整幢房屋，
王子从此在人们眼前消失，
一直无影无踪；大家哀哭不已，当他已死，
我诉说的事情无人不晓，整个莫斯科尽人皆知。

格内申大主教：

您所诉说的一切，我们全都知悉。
德米特里王子在乌格里奇
遭到大火，不幸身亡，
这个消息已传遍各国各邦。
正因为王子遇难对目前执政的沙皇
是件幸事。因此人们毫无顾忌
以严重的谋杀之罪指控沙皇。
可是现在不是谈论王子的死亡！
这位王子，他还活在世上！您声称
这位王子就是您！请向我们提供证明。
您用什么证明，您就是王子本人？
您身上有哪些标记证明您的身份？
如何……
经过十六年之久的沉寂无声，

您又如何出人意表地在公众面前现身？

德米特里乌斯：

我认清自己的身世，还不到一年，
因为迄今为止我一直隐姓埋名，
根本不曾料想到自己的帝王出身。
等我开始萌生自我意识，我只是
僧侣中的一名僧人，
为修道院严格的清规戒律所困。
然而勇敢的精神反抗僧侣生涯的拘谨，
血管里奔流的骑士鲜血
强烈地勃然奋起抗争。
我毅然决然地脱下僧侣的衣衫，
逃到波兰，和蔼可亲的人类之友，
高贵的桑托米尔公爵在这里把我收留，
殷勤好客地把我接进他的府邸，
并且教我使用武器的技艺。

格内申大主教：

——怎么？您那时还不知道您的身世？
可是当时传言已传遍大地，
说德米特里乌斯王子还活在人世？
沙皇鲍里斯在宝座上颤抖不已，
把他的卫兵派到国境各地，
对每一个来往的漫游者密切监视。
怎么？这个传说并非出自您的嘴里？
您并没有自称是德米特里乌斯
王子？

德米特里乌斯：

我叙述的只是我知道的事情,
倘若关于我还活着的谣言四下流传,
那是一位神明在把它拼命传播。
我不知道我的身世。在总督府里,
淹没在他众多的仆役之中,
我快乐混沌的青春年代在那里度过。
我对自己还一无所知,我暗自恋慕
那美艳绝伦的郡主,
但是当时我还没有勇气,
大胆地表示愿望赢得这种幸福。
我的激情冒犯了她的求婚者,
伦堡的总督。他傲气十足
向我发出责问,无名火起
大为失态,竟然向我动粗。
……
我受到严重挑衅,随手拿起武器;
他无谓地火冒三丈,扑向我的宝剑,
被我无意识地失手击毙。

姆尼谢克:

啊,情况原来如此……

德米特里乌斯:

我的灾祸真是登峰造极!我无名无姓,
是个俄国人,陌生人,却行凶杀人,
杀死国内的一位显贵重臣,
我的保护人把我殷勤收留,我却
在他家杀死了他的女婿,他的朋友。
我纯属无辜,但这无济于事;即便是

整个宫廷上下表示同情，即便是这位
高贵的总督对我恩宠有加，我也不能得救，
因为法律只对波兰人仁慈宽大，
对外国人却很严峻，我依法受到深究。
判决已下，我得引颈受刑，
我已跪倒在行刑台上，
向利剑裸露我的头颈。
（他打住不说……）
　　　　这时有一枚金十字架
镶着珍贵宝石露出光芒，
它在我受洗礼时便挂在我的脖上。
按照我们的习俗，我从孩提时起
脖子上就始终戴着
这灵魂得救的神圣保证，
从不让人看见，现在
我要诀别这美妙的人生，
我便抓住它作为我最后的慰藉，
怀着虔诚的热情，放在嘴上亲吻。
　　　　这个珍宝被人发现，它的光辉和价值
引起人们惊讶，激起人们好奇之心。
他们把我松绑，对我进行盘问，
可是我已记不清楚，什么时候开始
我身上佩戴这个稀世奇珍。
事有凑巧，正好有三名罗马尼亚
贵族少年逃避沙皇的迫害，
在桑博尔造访我的主人。
他们看见了那枚珍宝，发现

有九块翡翠镶嵌着紫色水晶，
认出这就是姆斯蒂斯拉夫斯柯伊公爵
在沙皇的幼子受洗时
挂在他脖子上的那枚十字架。
他们仔细端详了我一番，非常惊讶，
发现大自然的一件稀奇的游戏，
我的右臂竟生来就短于左臂。
他们盘问再三，问得我惊慌焦急，
我想起逃亡时随身
带走的一本小小诗集。
在这本诗集里有院长神父
亲笔写进去的几行希腊文。
我从来没有读过这些句子，
因为我不懂这种文字。于是
这时把诗集取来，读了这几行字；
其内容是：拥有此书的菲拉雷特修士
（这是我在修道院里的法名）
乃是德米特里王子，沙皇伊凡的幼子。
一位正直的神父安德烈，
在那行凶杀人的夜晚，悄悄地带着王子逃离；
王子的证明文书存放在
两座已经标明的修道院里。
三位罗马尼亚贵族立即在我脚下匍伏在地，
为这些证明的威力所震慑，向我致意，
称我为他们沙皇之子。
这样命运就突然之间把我从灾难的深渊
一举拉上幸福的峰巅。

格内申大主教：

[真是稀奇！极其不同寻常而又稀奇！
可是上天指引的道路真是妙不可言！]

德米特里乌斯：

这时我自己也恍然大悟！
眨眼间从过往岁月的遥远天边
点点回忆又逐一浮现；
犹如远方的重重高塔辉映在
落日的余晖之中，我的灵魂深处
也有两个人的身影显得清晰可辨，
这是意识中阳光最为灿烂的峰巅。
我看见自己在一个四下漆黑的夜晚奔逃，
我回头张望，看见一道熊熊烈焰
在黝黑的夜幕之中冲天而起。
这想必是我最早的思维，
因为此前种种和此后种种，
全都消融在漫长遥远的时空；
只有这番恐怖景象支离破碎，
孤立而鲜明地留在记忆之中。
我依稀记得在往后的岁月里
一个同伴盛怒之下，称我是沙皇的儿子。
我认为他这是恶意讽刺，
报以一拳回击他的挑衅。
现在这一切都闪电般涌入我的脑海，
我现在知道得清楚明白，
我是沙皇之子，被人认为业已死去。
这一句话就解开了

我这朦胧身世的一切哑谜。
不仅凭着标志,标志可能骗人,
而是从我内心深处,从我心脏的搏动,
我感觉到……
我宁可洒尽我的鲜血,
也……

格内申大主教:
要我们相信全凭偶然在你身上
找到的一些文字?
相信几名逃亡者的证词?
请原谅,高贵的少年!看你的
语气和仪表,显然不是骗子,
然而你自己也可能受人欺骗;
在这样重大的事情上受骗上当
也是人情之常可以原谅。
你能向我们提供什么证明你并未撒谎?

德米特里乌斯:
我提供五十名证人,
他们都是显赫的贵族,生而自由的波兰人,
享有毫无瑕疵的名声,可以为我在这里
所说的一切,提供证明。
那里坐着高贵的桑托米尔公爵,
卢布林的总督坐在他的身旁,
他们可以证明,我是否实话实讲。
……

格内申大主教:
尊敬的各级代表意下如何?

这么多证据提供强大的力量，
想必已足以克服重重疑虑。
一个悄然出现的谣言早已传遍大地，
说伊凡之子德米特里还活在人群之中，
沙皇鲍里斯的恐惧也证明这并非空穴来风，
——一位少年在这里现身，论年龄，论教养，
一直追溯到大自然的偶然巧合，
全都与那位业已消失，人们正在寻找的王子相像，
通过高贵的……与这重大的要求相当。
他凭着奇迹，神秘莫测地走出修道院的高墙，
天生具有骑士的美德资质，
却只是充当了僧侣的弟子；
他出示一枚珍宝，原是皇子所佩戴，
他从来没有和这珍宝分开，
还有一份出自虔诚僧侣之手的书面证明，
证实了他那皇室贵胄的出身，
但是更具说服力的是他朴素的语言
和坦荡的表情，在证明他的真实身份。
欺人之谈不会借用这种特点，
它往往遁迹于夸大其词的豪言壮语
和哗众取宠的巧语花言。
他完全有权要求充当沙皇之子。
我不再拒绝给予他这一称号，
我利用我古老的特权，
作为总主教，向他投这第一票。

伦堡大主教：

我和总主教一样投他一票。

若干主教：

和总主教一样。

若干总督：

我也一样。

奥多瓦尔斯基：

还有我！

众贵族代表(接二连三地迅速说道)：

我们大家！

萨彼哈：

各位大人，

敬请三思。切勿操之过急。

高贵的帝国会议不可一时冲动，

迅速……

奥多瓦尔斯基：

这里

没什么可多加思考，一切都周密想过，

一切证明都在，不容任何反驳。

这里可不是莫斯科。不必畏惧暴君的震怒，

自由的心灵在这里无拘无束。

真理可以坦然行进昂首阔步。

我不希望，诸位大人，在这克拉考城里，

在波兰人的帝国会议，

莫斯科的沙皇会拥有卑劣受贿的奴隶。

……

德米特里乌斯：

啊，感谢诸位，尊敬的……

感谢你们承认证明真相的标志。

既然我真的是我自称的那位王子，
啊，请不要容忍一个强盗无耻放肆，
把该我继承的遗产牢牢抓住，
继续玷污理应属于我这
真正的沙皇之子的王笏。
……
让我夺回我列祖列宗留下的宝座。
正义在我手里，你们掌握权力；
主持公道，伸张正义，
让世上每个人都获得属于他的东西，
这是有关一切国家，一切君王的大事。
因为，在正义掌权执政之处，
每个君王都能安享祖传的遗物，
缔结的条约犹如天使的守护，
保卫着每个王室，每个宝座。
而如果……
倘若僭取别人的王位而不受惩罚，
各国之间坚若磐石的根基便动摇不已。
……正义
就是世界这一构造精妙的拱形大厦，
各个部件互相支撑，互相依存，
一边倾倒，整座大厦就要随之坍塌。
……

德米特里乌斯：

啊，请注视我，无上光荣的西基斯蒙特！
权力无边的国王陛下！请扪心自问，
请从我的命运看到您自己的命运。

您也经历过命运的沉重打击，
您是出生在俘虏营里
于幽囚之中来到人世，
第一眼看见的是监狱的墙壁。
您需要有人拯救，有人把您
放出囚牢，拥上宝座。
您找到了救星，体验到别人的宽容，
啊，也请您宽容待我，在我
……
而诸位，崇高的元老院的各位大人，
尊敬的主教们，教会的支柱，
荣耀的各省总督，各县长老，
此时此刻……
正好使两个长期不睦的民族言归于好。
请诸位谋取这样的荣誉：是波兰的力量
把沙皇还给了莫斯科人，
让一向对你们怀有敌意、咄咄逼人的邻人
变成朋友，对你们感激不尽。
你们这些贵族代表……
请勒住你们快捷的骏马，跃上马鞍，
幸运的黄金大门将为你们洞开，
我要和你们分享敌人掠夺的横财。
莫斯科富甲天下，沙皇的宝库
金银如山，珍宝无数，
我可以给我的朋友优厚的报酬，
我定要这样酬劳他们。
我一旦进入克里姆林宫当上沙皇，

我发誓，定要让你们随我前去的人里，
最穷的一位也身穿丝绒和貂皮，
用晶莹的珍珠装饰他的食用器皿，
银子将是最蹩脚的金属，
用来为他的马掌钉钉。

〔贵族代表当中骚动起来，活跃异常。

科累拉：

……

奥多瓦尔斯基：

难道让哥萨克夺走我们的荣誉和战利品？
我们和鞑靼人的君王和土耳其人
签订了和约，对瑞典也不必有任何畏惧。
在……和平年代消磨了我们的凌厉勇气，
为时已久，宝剑闲置不用业已生锈。
起来，让我们冲进沙皇的国度，
赢得一位懂得感恩的盟友，
使波兰的国力增强伟业长久。

许多贵族代表：

宣战！向莫斯科宣战！

其他代表：

赶快作出决定！
立即收集选票！

萨彼哈（起立）：

御前侍卫长！
请让大家安静，我要求发言。

许多人的声音：

开战！向莫斯科开战！

萨彼哈：

我要求发言，

侍卫长！请执行你的职责。

〔大厅里人声喧哗，厅外也是如此。

御前侍卫长：

您瞧，这是

白费力气。

萨彼哈：

什么？连侍卫长也被收买？

在这帝国会议上已经没有自由？

把你的权杖扔出去，命令大家住口！

我希望你这样做，我对此提出强烈要求！

〔御前侍卫长把权杖扔在大厅中央，喧闹平息。

你们在想什么？作出什么决定？我们不是和

莫斯科的沙皇相安无事和睦为邻？

本人亲自作为国王的使节

缔结了这个二十年的同盟。

我在克里姆林宫里

举起右手庄严宣誓，

沙皇也信守诺言向我们表示诚信。

什么是宣誓保证忠诚！倘若庄严的帝国会议

可以随意撕毁和约，这些和约岂不成了一纸空文？

德米特里乌斯：

莱奥·萨彼哈公爵大人！您说，

您已经和莫斯科的沙皇缔约结盟？

这点您并未办成，因为沙皇是我本人，

我就是莫斯科的沙皇，我是

沙皇伊凡之子,是他真正的继承人。
倘若波兰要和俄国缔结和约,
必须和我签订！你们的协定
用虚无建成,本身也是徒有虚名。

奥多瓦尔斯基:

你们的和约关我们什么事!
我们的想法,此一时,彼一时!
难道我们……

萨彼哈:

事情竟发展到这步田地?既然没人
挺身而出主持正义,那我就来出头,
我要扯烂这张诡计织就的密网,
我要揭发我所知道的一切阴谋。
——尊敬的总主教大人,怎么?您也当真
这样慈悲善良,还是这样善于装假?
你们大家也都这样轻信,诸位元老大人?
国王陛下,您竟这样软弱?您不知道,不想知道,
您是那位奸诈诡诘的桑托米尔总督的玩物。
他树立这位沙皇,他的野心
无可限量,在脑子里已经吞噬
整个莫斯科丰足的财富?
难道非要我告诉你们不可,
他们双方已经发誓结盟,
他的幼女已经和此人订婚?
难道高贵的衮衮诸公要盲目地
投入一场战争的危险之中,
为了让这位总督势力强大,他的女儿

变成沙皇的皇后入主皇宫?
他向所有的人全都行贿,收买了大家,
我很清楚,他要控制帝国会议;
我看见他的党羽在这会议厅里
势力强大,通过多数引导赛姆瓦尔尼①
还嫌不够,还不满意,
他用三千匹马
拉动帝国会议,用他的臣下
控制整个克拉考城。此时此刻,
他们就挤满了这幢房子的各个大厅,
他们想剥夺我们投票的自由,
可是我勇敢的心不为任何恐惧所惊;
只要鲜血还在我的血管里涌流,
我就要捍卫我言论的自由。
思想正派的人请和我站在一起。
只要我还活着,就不容作出任何决议
违反理性和正义;
我和莫斯科缔结了和约,
我用肝胆维护这一协议。

奥多瓦尔斯基:

大家不要听他!快把选票收集起来!

〔克拉考和维尔纳的两位主教起立,各自从一边走下平台,收集选票。

许多人:

开战!向莫斯科开战!

① 即帝国会议。

格内申大主教(对萨彼哈):

　　　　让步吧,高贵的大人!

　　您瞧,大多数人都反对您,

　　别造成一次不幸的分裂纷争。

御前宰相(从宝座前走下,对萨彼哈):

　　国王陛下传诏,命您让步,

　　总督大人,切勿分裂帝国会议。

门卫(悄声对奥多瓦尔斯基说):

　　门外的人向您传话,您得勇敢地挺住,

　　整个克拉考城都站在您一边,全力相助。

御前侍卫长(对萨彼哈):

　　这样优秀的一些决议已蒙通过。

　　啊,请您让步！为了其它出色的决议,

　　请对多数人的意见表示附议。

克拉考的主教(收集了他这一边的所有选票):

　　右边座位上,大家意见一致。

萨彼哈:

　　让大家一致吧——我表示反对。

　　我投反对票,彻底破坏帝国大会。

　　——你们继续干吧。会议已经终了,

　　一切决议全都无效。

　　　〔全场大乱:国王从宝座走下,栏杆被推倒,大厅里乱成一团。贵族代表拔出佩刀,从左右两边直刺萨彼哈。主教们在两边介入,举起权杖,保护萨彼哈。

　　　多数人?

　　多数人是什么?全是草包。

　　理智始终和少数人一道。

一无所有的人会关心全局？
乞丐会享有自由？有选择余地？
有权有势的人付钱给他，供他面包
和皮靴。他只好向他们出卖选票。
应该秤选票多重，而不是数它有多少；
多数人获得胜利，愚蠢者决定大计，
这个国家非亡不可，只是迟早而已。

奥多瓦尔斯基：

你们听听这卖国贼说的话！

贵族代表们：

打倒卖国贼！把他碎尸万段！

格内申大主教（从他侍从神父手里取过十字架，走到人群当中）：

不许动武！
难道帝国会议要让国民的鲜血玷污？
萨彼哈公爵，请息怒！
（对主教们）
把他
带走！用你们的胸膛把他保护！
把他从那扇旁门悄悄地带出去，
免得众人把他剁成肉泥。

〔萨彼哈一直怒目而视、气势汹汹，主教们使劲把他带走，格内申和伦堡两位大主教则把逼上来的贵族们推开。在喧闹嘈杂声和刀剑撞击声中大厅里的人渐渐散去，只有德米特里乌斯、姆尼谢克、奥多瓦尔斯基和哥萨克首领留下。

奥多瓦尔斯基：

这一着我们没有得手……

但是并不会因此而使你无援孤立。
纵使会议代表维持和莫斯科的和约，
我们便用我们自己的力量完成此举。

科累拉：
谁会想到，他竟然会独自一人
反抗整个帝国会议！

姆尼谢克：
国王陛下来了。

〔西基斯蒙特国王在御前宰相、御前侍卫长和几位主教的簇拥下走来。

国王（对德米特里乌斯）：
少年王子，让我拥抱您，
崇高的帝国会议的代表们终于向您
表示了他们的公正，我早有此心。
您的命运使我深受感动。
所有的国王想必也不会无动于衷。

德米特里乌斯：
我所遭受的一切苦难我都已忘记，
我得到新生在陛下的怀里。

国王：
我不喜欢多说空话；可是我将竭尽所能
提供帮助，我的属下藩臣，
比我富有，听我号令。
您刚才看见了……一出好戏；
请您别把波兰王国想得更糟，
就因为这艘国家航船遭到了强烈风暴。

姆尼谢克：

狂风咆哮暴雨飞泻,舵手驾驶着航船,
默默无言把它送到安全的港湾。

国王:

帝国会议已经分崩离析,
我不能断送和沙皇签订的协议,
可是您拥有的朋友强大无比。
倘若我的贵族愿意自冒风险为您披上武装,
倘若哥萨克愿意冒险从事这场战争的赌博,
那他是自由人,我不能妄加阻挡。

姆尼谢克:

整个罗科斯茨还枕戈待战,
只要殿下高兴,那条狂野湍急的大江
冲着殿下掀起冲天巨浪,
会劈头盖脸地倾泻在莫斯科头上。

国王:

俄罗斯将向您提供最为精良的兵刃,
您最为出众的盾牌乃是您人民的心。
俄罗斯只会被俄罗斯所战胜。
您今天在帝国会议上慷慨陈辞,
也请同样在莫斯科向民众侃侃而论,
赢得他们的心,您将掌权执政。
没有一个宝座是通过外国的武器建成,
无人能违背民众的意志把君主
强加给一个自尊自爱的民族。
我是瑞典人天生的国王,
我登上宝座是在太平时光,
我曾……

可是我失去了祖上代代相传的王位，
因为民意对我即位表示反对①。
　　〔玛丽娜上。
……

姆尼谢克：
至高无上的皇帝陛下，我的幼女，
玛丽娜匍匐在您的脚下
莫斯科的王子……
陛下是我家崇高的保护者，
小女理应从陛下帝王之手里
接受她的夫婿。
　　〔玛丽娜跪倒在国王面前。

国王：
好了，表弟！您要是愿意，我愿意
在这位沙皇面前代行父亲之职。
（他把玛丽娜的手交给德米特里乌斯）
我把这幸福的美丽证物交给您，
同时把一位欢快的女神引到您身旁——
但愿我能亲眼看见这对幸福佳偶
稳坐在莫斯科的宝座之上！

玛丽娜：
陛下……
无论我在哪里，都是您的奴婢。

① 波兰国王西基斯蒙特三世（1566—1632）从小受天主教的教育，先登波兰王位，一五九二年其父西基斯蒙特二世去世，他也登上瑞典王位，一五九九年在瑞典受到排挤，一六〇四年在瑞典退位，在波兰也因起义频繁，王位受到威胁。

国王：

起来，沙皇的皇后！此地不适合你，
这里不适合沙皇的未婚妻，
我的首席总督的千金。
你在众姐妹当中年纪最轻，
可是你的精神已在你的幸运前面飞跑，
你心胸高远，追求最高的目标。

德米特里乌斯：

伟大的国王陛下，请为我的誓言作证；
我作为君王把这誓言放在君王的手里，
我接受这位高贵的小姐作为未婚妻，
把这作为幸运的珍贵证物。我发誓，
我一旦登上列祖列宗的宝座，
就把她作为我的新娘隆重地接回家去，
按照伟大的王后应该受到的礼仪。
我将把普列斯柯夫和大诺伊戛特两个公国，
连同所有的城市乡村和居民，
以及所有的主权和兵力
当作新婚的礼物赠给我的娇妻，
作为她的财产，永远归她自由处理。
我要作为沙皇在我的首都莫斯科
向她证实我的这一赠礼。
我将付给这位高贵的总督
一百万波兰金币，
补偿他的军费开支。
……
愿上帝和所有的圣人帮助我，

实现我这忠实的誓言。

国王：

您会实现誓言,永远也不……
这位高贵的总督大胆冒险,
把他确有把握的幸福和
您的希望拴在一起。
这样不可多得的朋友必须善待!
因此,您一旦鸿运高照,千万不要忘记,
您登上宝座是援着什么阶梯,
更换衣衫时切勿把心换去!
要想到您是在波兰找到了您的自我存在,
这个让您获得新生的国家您要热爱。

德米特里乌斯:

不无……
得以……
我是在贫贱之中长大成人,
人们彼此亲近,互相友爱,
我学会尊重这一美好的纽带。

国王:

可您现在要进入一个王国,
风俗习惯迥异……
在这波兰人的国度里,自由君临一切,
国王自己,虽然至高无上,无比显赫,
往往须成为……仆人。
在那里父亲的神圣权力统治万物,
奴隶恭顺服从,受难受苦,
主子发号施令,无拘无束。

德米特里乌斯：

我要把美丽的自由……
移植过去……
我要把奴隶……都变成人，
我不愿统治一群奴性十足的人们。

国王：

不要操之过急，学会服从时代的潮流，
您请听，王子……
我要告诉您，王子，三条教训……
等您回到国内，请忠诚地照此行动。
这是一个国王，一个历经沧桑的老人，
给您的忠告，你们年轻人可以采用。

德米特里乌斯：

啊，请把您的智慧传授给我，伟大的国王陛下！
一个高傲的民族对您敬仰备至，
我该怎么做才能和您近似？

国王：

您是从外国回到国内，
带您回国的是外国敌人的武装队伍；
这第一条错误必须弥补。
因此您要尊重人民的风习，
让人们看到您是莫斯科真正的儿子。
对波兰您要信守诺言……
因为您新登皇位，须要朋友扶持，
把您带进国去的手臂也能把您掀翻在地。
请尊重这条手臂，可是切勿将它模拟。
在伊凡·瓦西洛维奇的国内，外国风习

不能欣欣向荣。没有一个民族会强大，
虽然可以用别人的皮来包装自己，
但是必须活生生的……
为了您的国家……
然而不管您动手做什么事——您也要尊敬您的母亲，
您找到了一位母亲！

德米特里乌斯：

啊我的国王陛下！

……

国王：

您自有理由孝敬她。
请尊敬她！她处于您和您的人民之间，
是一根人性的亲情的纽带。
沙皇的权力不受人的法律的约束，
统治者……不受任何帝国协议的束缚。
除了天性没有任何可怕的东西，
对您的百姓而言，除了您的孝心，
别无他物可以更好地证明您富有人性。
我不再多说什么，在您夺得
金羊毛[①] 之前，还得发生许多事情。
别指望轻易获得胜利。
沙皇鲍里斯善于统治，富有威望和势力，
和您对垒的并非饭桶草包。
谁若凭藉功勋跃上宝座，

① 希腊传说中阿尔戈船上的英雄们在伊阿宋率领下，前往科尔喀斯，寻找金羊毛，一路上历经艰险，最后在美狄亚帮助下夺得金羊毛。

舆论的疾风不能这样迅速把他吹倒。
……
可是他的业绩代替了他的祖先。
——别了,而……
我祝您始终福星高照,
它使您逃脱了谋杀者的魔爪。
它又第二次使您死里逃生,
通过一个奇迹把您……
它将功德圆满,给您加冕。

〔玛丽娜。奥多瓦尔斯基。

奥多瓦尔斯基:

小姐,现在我的任务已经出色完成,
你会不会褒奖我的热忱?

玛丽娜:

很好,我们现在单独在一起,奥多瓦尔斯基。
我们有重要的事情须要商议,
王子对此不必有所知悉。他尽可
去听从那驱使他前进的天神的声音!
让他相信自己,这样大家也都对他相信。
让他只保留那片昏暗模糊,
这是成就丰功伟绩之母——
而我们必须行动,看得清清楚楚。
他提供姓名,激起热情,
而我们得为他保持头脑清醒。
倘若我们凭着足智多谋确保成功,
那就让他觉得

这成功全凭好运,来自天空。

奥多瓦尔斯基:

请下令吧,小姐! 我生而为你效力,
把我的生命和财产全都奉献给你,
难道我关心的是这位莫斯科人的事业?
我是要把满腔热血和全部生命都献给你,
献给你的灿烂辉煌和宏伟壮丽。
我不可能拥有你;
我身为一个毫无资产的……藩臣
不敢向你提出这样非分之想,
但我要赢得你的恩宠,
我惟一的渴望乃是使你显赫风光。
尽管以后会有另外一人把你拥有,
只要我使你达到目的,你依然为我所有。

玛丽娜:

因此我把我整个的心都放在你身上,
你是一个完成伟业的大丈夫——
国王言不由衷,我已把他看透:
萨彼哈的这场戏其实早有预谋,
……虽然国王乐于看见我父亲
在这件事情中削弱力量,
他害怕我父亲的势力日益强大,
他也乐于看见贵族联盟能把力量倾注在这场
对外征战之中,这些贵族他也感到可怕。
可是他在这场斗争中要保持中立。
斗争的幸运……我们若是获胜,
那他就想——莫斯科便遭到削弱;

我们若被打败，他就更容易在波兰
给我们加上他统治的枷锁。
我们孤立无援……
他关心自己的事，我们关心我们的事。
……
你率领部队开往基辅。让三军宣誓
向王子效忠，也向我效忠。
听见吗，向我效忠！这是必要的预防措施。

奥多瓦尔斯基：

向你效忠！这是你的事业，我们是为此战斗，
我将统率三军，为你尽忠职守。

玛丽娜：

我不仅需要你的胳臂，也需要你的眼睛。

奥多瓦尔斯基：

你说吧，我的女王。

玛丽娜：

　　　　你带领小沙皇前进。
好好看守着他，寸步不离他的左右！
每走一步都向我报告，
谁接近他，……
是啊，他最隐秘的思想让我知道。

奥多瓦尔斯基：

你对我尽管放心。

玛丽娜：

　　　　你要把他看紧，
当他的卫士，也当他的看守。
让他获得胜利……可是

要让他永远需要我们。你明白我的意思。

奥多瓦尔斯基：

对我放心好了，我要他永远少不了我们。

玛丽娜：

没有一个人懂得感恩。一旦当上沙皇，
他就要迅速摆脱我们的束缚，伸展翅膀。
施加恩德于他，若想有所索取，
就变成了严重的不义之举。
俄罗斯人恨波兰人，必然恨波兰人，
相互之间没有紧密纽带，从未心心相印。
……[不论发生什么事情]
顺手还是不顺，你都要让我迅速知道。
我将在基辅等候你的信使。
让你的信使变成计程的碑石，
哪怕因此使你军中空无一人，
也要随时向我派出信使！
……

〔许多贵族上。

贵族们：

我们发言了吧，女主人？我们干得对不对？
要我们去杀死谁？请支配我们的佩刀和胳臂！

玛丽娜：

谁愿为我出征上阵？

贵族们：

我们大家！大家！

玛丽娜：

基辅是阅兵场。我父亲

将率三千铁骑在那里上场。
我姐夫率领两千人马。我们指望
从顿河开来哥萨克的援军，
他们住在瀑布下方。

（贵族们）：

拿钱来，女主人，我们在漫长的帝国会议上已经消耗殆尽，
先把我们赎出来，我们在这里已陷入困境。

（另外一些贵族）：

拿钱来，女主人，我们同上战场，
我们让你当上俄罗斯的女王。

玛丽娜：

卡米尼克和库尔姆的主教
拿出金钱，用地产和农奴作为担保！
你们典卖掉你们的农庄，
把一切化为金银，用来购置马匹和武装。
战争是最好的老板，它会变刀枪
为财宝。——你们现在波兰失去的一切
将会在莫斯科成十倍地得到补偿。

罗科尔：

还有二十人坐在酒店里，
你若在那里露面，干上一杯，
祝他们健康，他们就全都由你支配。

玛丽娜：

等等我，你得陪我前去。

众人：

你得当上沙皇皇后，不然我们都不想再活。

其余的人：

你给我们新衣新靴，
我们为你效劳，用满腔热血。

〔奥帕林斯基，俄索林斯基，查莫斯基和其他许多贵族上。

奥帕林斯基：

我们也一同出征。我们！我们绝不
单独留下！

查莫斯基：

我们一同出征。莫斯科的战利品
我们也要有份。

俄索林斯基：

女主人，把我们带上。我们要让你
当上俄罗斯的女沙皇。

玛丽娜：

这都是些什么人？是些普通贱民。

俄索林斯基：

我们是一个当官的家里的马夫。

查莫斯基：

我是维尔纳总督家的厨师。

奥帕林斯基：

我是马车夫。

比尔斯基：

我是烤肉师傅。

玛丽娜：

去你的，奥多瓦尔斯基，这些人太差！

马夫：

我们是波兰的皇族，生而自由的波兰人。
别把那些糟糕的农家一下子和我们搅混，

我们有自己的权利,我们都有身份!

奥多瓦尔斯基:

是的,他们将在地毯上挨揍。

(查莫斯基):

别瞧不起我们,我们心灵高尚。

奥多瓦尔斯基:

雇佣他们吧,给他们皮靴和战马,
他们厮打起来和精良士兵不相上下。

玛丽娜:

……就这样吧!
等你们打扮得人模人样,再来见我。
叫我的总管给你们发放衣服。

(贵族们):

您也管这事?好啊,您什么都瞧在眼里。
不错,您生来就该当女王。

玛丽娜:

我知道,是这么回事;所以我必须当上女王。

俄索林斯基:

请您骑上白色骏马,手执兵器,
请作为第二个万达① 率领您神勇的铁骑
通向万无一失的胜利。

玛丽娜:

我的精神率领你们前进;行军打仗不是女人的事情。

---

① 万达为波兰传说中的英雄人物。她是波兰君王克拉克之女,父亲死后,她在克拉考执政。为了抵御强敌,她把自己奉献给命运女神。胜利后,投维斯杜拉河自尽。

［你们向我宣誓效忠了吗？

众人：

Juramus[1]！我们宣誓！

（拔刀出鞘）

有几个人：

玛丽娜万岁！

另一些人：

Russiae regina[2]。］

〔姆尼谢克。玛丽娜。

玛丽娜：

我的父亲，为什么这么严肃的神情？
幸运正向我们笑脸相迎……
所有的人都为我们拿起兵刃。

姆尼谢克：

正因为如此，我的女儿。所有的事情
都凶吉未卜；你父亲的全部财力
在这场军备之中耗尽。
我自有理由，为此忧心如焚；
幸运翻脸无情，我为后果胆战心惊。

玛丽娜：

为什么……

姆尼谢克：

危险的姑娘，你把我带到了什么地步！
我是个性格多么软弱的父亲，

① 拉丁文：我们宣誓。
② 拉丁文：俄罗斯女王。

竟然被你逼得只好屈服。
我是国内最为富有的总督，
一人之下，万人之上——
难道我们就不能心满意足
乐享我们的幸福？
你总想攀高向上——平凡的命运
不能使你满足……
你想达到人间最高的目标，
把一顶王冠抓住。
我这父亲过于软弱，乐于把
最高的幸运赋予你，我的掌上明珠；
我为你的苦苦哀求所打动，
攫住……
冒险和命运一赌。

玛丽娜：

怎么，我的父亲？你为自己的好心感到悔恨？
谁的头上飘浮着最高的幸运，
却会满足于平凡的命运？

姆尼谢克：

可是你的姐妹并没有头戴王冠，
她们依然生活美满……

玛丽娜：

倘若我从身为总督的父亲家里
搬进我身为省长的丈夫家里，
这算是什么福气？
这样地位的转变，对我又有什么新意？
倘若明天给我带来的乐趣

与今天相似,我能为明天欢欣鼓舞?
啊,陈旧的老套,平淡无奇,一再重复。
啊,生活一成不变,令人悲哀,空洞虚无!
难道还值得费劲去希望去追逐?
必须有激烈爱情或者显赫地位,
其它一切对我都平淡无奇不值一顾。

姆尼谢克:

……

玛丽娜:

你快舒展愁眉吧,我的……
有什么……
倘若我们自己首先对自己丧失信心?
让我们信任那载动我们前进的洪流!
不要去想你作出的牺牲,
想想已经达到的目的,想想即将得到的奖品——
你将看见你女儿身着沙皇皇后的盛装,
在莫斯科登上宝座。
你的子子孙孙将统治天下万国——

姆尼谢克:

我什么也不想,什么也不看,只看见你,我的女儿,
看见你笼罩在王冠的夺目光辉之中!
我已被你打败,我所有的疑虑都已化为乌有;
你要求这样做,我无法拒绝你任何要求。

玛丽娜:

还有一个请求,好爸爸,亲爸爸,
请答应我!

姆尼谢克:

你有什么愿望,我的孩子?

玛丽娜:

难道让我满怀难以遏制的渴望
幽囚在这桑博尔的府里?
在第聂伯河的彼岸将决定我的命运——
无限辽阔的空间把我与之隔离——
我能忍受这样的事情?啊,我的精神焦躁不耐
将随着期待备受折磨,
将无比惊恐心脏狂跳地丈量
这一空间的无限悠长。

姆尼谢克:

你想要什么?你要求什么?

玛丽娜:

请让我在基辅等候胜利的佳音,
在那里我能从源头汲取任何新闻。
在两国交界的边境,
每一个新生的……
迅速传到我耳边,我能在那儿从风中
听到他的消息——我在那儿可以看到
从斯摩棱斯科河流入第聂伯河的波涛,
那里……

姆尼谢克:

你的志向过于高远,我的孩子,你得控制一下自己。

玛丽娜:

是啊,是你让我这样,是啊,是你带我走到这一步。

姆尼谢克:

是你带我走的!你要办的事,我能不办吗?

玛丽娜：

好爸爸，等我在莫斯科当了沙皇皇后，
瞧，那就必须让基辅成为我们的边关。
基辅必须归我所有，而你应该去掌管。
让我先当上莫斯科的沙皇皇后，
宏伟的计划应该逐步成熟。

姆尼谢克：

姑娘，你在做梦！你的精神已嫌
宏大的莫斯科过于狭小，不能满足，
想用祖国作为代价来扩张国土……
夺走……

玛丽娜：

——基辅……
在那里掌权的是华尔累格人[①] 的古老君王。
我已经遍查古老编年史的篇章——
它是从俄罗斯帝国强行掠夺，
我要把它归还给古老的俄罗斯帝国！

姆尼谢克：

别响！别响！不能让总督听见这一番话。
（传来号角声）
他们已经起程出发。

① 据历史记载，华尔累格人于九世纪从北欧的海岛来到乌克兰定居。

第　二　幕

第　一　场

〔一座希腊式的修道院，坐落在波洛塞罗湖边一片荒凉的冬天原野之上。

〔一队身穿黑衣蒙着面纱的修女在后方走过舞台。玛尔法披着白色面纱离开其他人，依着一块墓石而立。奥尔加从那队修女中走出，站立片刻，端详着玛尔法，然后走近她。

奥尔加：

您心里就不想跟我们一起，
走到万象更新的大自然中去？
太阳冉冉升起，漫漫长夜悄然退却，
江河上的冻冰纷纷裂开，
雪橇变成小船，候鸟成群飞来。
世界已敞开胸怀，我们大家又兴致勃勃，
离开狭窄的修道院的斗室，
走向空旷欢欣，焕发青春的野外。
只有你，一直耽于忧郁，
不愿分享大家的欢乐情绪？

玛尔法：

让我单人独处，跟着你的姐妹们去吧。
谁能怀有希望，就让他尽情欢畅吧。
新年来临，万象更新，却不能
给我带来什么；对我来说，一切均已消逝，
一切已在我的身后，成为往事。

奥尔加：

你一直在为你的儿子悲泣，
为已失的灿烂辉煌哀伤不已？
时光乃是油膏，治愈每一个心灵的创伤，
难道惟独对你毫无影响？
你曾是这个庞大帝国的皇后，
曾是一个生机勃勃的儿子的母亲，
一场可怕的命运把他从你身边夺走，
你被人赶进一座荒芜衰败的修道院，
置身于此，这有人居住的世界的边缘。
然而从那可怕的日子至今，
世界的面貌已经十六次更新。
我看见只有你的面貌永远不变，
犹如坟墓上的石人，而盎然生机充溢在你身边。
你就像艺术家们刻在石上的
一尊石像纹丝不动，
具有的意义永远相同。

玛尔法：

是啊，时间把我放在那里，
变成纪念可怕命运的雕像！
我不想自我宽慰，不想

忘怀。只有怯懦的灵魂
才让时间治疗创伤,
让时间来替代不可取代的珍藏!
什么也不能销蚀我的悲伤——
天上的苍穹永远伴随着漫游者同行,
不论他走向何处逃往何方,
总是高不可攀把他围在中央。
我的痛苦也是这样,我到哪里,它都与我同行。
它像无边无际的大海把我包在里面,
我那永恒的哭泣永远也不能使这痛苦穷尽。

奥尔加:

啊,瞧瞧,渔童带来了什么新闻,
修女们好奇地把他围在当中!
他从远方来,来自人烟稠密的边境地区,
给我们带来了人间世界的消息;
湖面已经化开,道路已经通行——
你就没有好奇心,也走过去听听?
因为即使我们已经辞世,不在人间
可是我们乐于听到人世的沧桑变迁,
我们愿意静静地待在岸边,
满心惊诧地观赏波涛的汹涌翻卷。

〔修女们带着一个渔童回来。

谢尼娅:

你说说,带来了什么新闻。

阿列克霞:

外面世界的人生活如何,说吧!

渔夫:

你们让我说话呀，神圣的嬷嬷们。

谢尼娅：

是在打仗？还是和平？

阿列克霞：

谁在君临天下？

渔夫：

有艘船在阿尔汉格尔靠岸，

这船来自北极，那里地冻天寒。

奥尔加：

怎么会有一艘船开进这狂野的大海？

渔夫：

这是一艘商船，英国制造，

它找到了通向我们这里的新的航道。

阿列克霞：

为了获利人们什么危险不敢去冒？

谢尼娅：

这么说世界到处都畅通无阻！

渔夫：

可这只是最不起眼的新闻。

完全不同的命运驱使地球运行。

阿列克霞：

啊说吧，讲来听听。

奥尔加：

说吧，发生了什么事情？

渔夫：

世上发生的事情令人惊叹，

死去的人突然复活，已故之人活在人间。

奥尔加：

你讲讲清楚，说呀。

渔夫：

德米特里王子，沙皇伊凡之子

我们以为他已死去，十六年来，我们为他哭泣悲叹。

可是他还活着，他已复活，现在波兰。

奥尔加：

德米特里王子活着！

玛尔法（直跳起来）：

我的儿子！

奥尔加：

别激动！ 啊，你的心脏，

控制住你的心脏，我们先听他把话说完。

阿列克霞：

他在乌格里奇遇刺，在熊熊烈火之中身亡，

怎么可能还活在世上？

渔夫：

他逃脱了这场大火的劫难，

藏身一座修道院里得到平安，

在那里韬光养晦，长大成人，

直到吉时来临，他才显出真身。

奥尔加（对玛尔法）：

你在颤抖，皇后，你面色苍白？

玛尔法：

我知道，

这是痴心妄想——可是我还不够坚强，

无法抵御恐惧和希望，

我的心在我的胸中颤抖震荡。

奥尔加：

为什么这是痴心妄想？听他说！听他讲！
这样的谣言怎么会无缘无故地
不胫而走，传遍四方？

渔夫：

　　　　无缘无故？立陶宛人，
波兰人，整个民族全都刀枪在手。
伟大的沙皇待在京城里浑身发抖！

〔玛尔法全身颤抖，不得不靠在奥尔加和阿列克霞身上。

谢尼娅：

啊，这下情况可严重了！说，都说出来。

阿列克霞：

说吧，你是从哪儿打听到这个新闻！

渔夫：

我去打听？沙皇有份诏书
发给他治下的各个省份，
咱们村长在全村大会上
宣读了这份敕命。
诏书上说，有人要欺骗我们，
叫我们不要相信这个欺人的把戏！
我们这才信以为真；如果不是实事，
伟大的沙皇定会嗤之以鼻。

玛尔法：

这就是我做到的自己控制？
难道我的心还这样关心时事。
这一句空话就使我内心深处震撼不已！

十六年之久我一直为我的儿子哀泣，
现在一下子得相信，他还活在人世！

奥尔加：

你以为他已死去，哭了他十六年，
可是他的骨灰你从未看见！
没有任何东西可以反驳这个谣言。
上天始终关注各国人民的休戚
和各国君王的成败——啊，请你心里
充满希望——不可预知
……
……上帝的全能谁能限制？

玛尔法：

我好不容易弃绝人生，
难道要我把目光重新向它投去？
……而不是在坟墓之中？
我的希望不是掩埋在死者之中？
啊，什么也不要再对我讲！
让我的心别虚悬在这骗人的图像之上！
别让我第二次失去我亲爱的儿子。
啊，我内心的安宁和平静都已消失！
我不能相信这句话，唉！可我也
永远没法把它从我心灵里抹去！
我真惨，到现在才失去我的儿子，
究竟该在死人中还是在活人中
去寻找他，现在我真的不知所措，
无穷无尽的疑惑将折磨着我！

〔响起一阵铃声。守门的修女。

奥尔加：

铃声在招呼什么，守门的修女？

〔守门的修女上。

守门的修女：

大主教站在门前，

他奉伟大的沙皇之命前来求见。

奥尔加：

大主教站在我们门前！

什么异乎寻常的事把他带到修道院？

谢尼娅：

大家都来，按照礼节接待大主教。

〔她们走到门口，大主教上场；大家在他面前单膝跪下；他在她们头上画了一个希腊正教的十字。

大主教：

我以圣父、圣子和从圣父

身上发出的圣灵之名

给你们带来了和平之吻。

奥尔加：

大人，我们

谦卑地亲吻您父亲般的手，

您有什么……命令您的女儿们！

大主教：

我的使命只和玛尔法修女有关。

奥尔加：

她就在这里，正等着您的命令。

〔大主教和玛尔法。

大主教：

伟大的沙皇派我前来见你。
……他想念你，
因为正如太阳以烈火腾腾的眼睛
烛照世界——向四外散布光芒，
统治者的眼睛也遍及各方；
他的关怀伸向帝国最偏远的角落，
他的目光四下搜索。

玛尔法：

他的手臂能够多远，这我已经领教。

大主教：

他深知您胸怀高洁，
因此有个胆大妄为之徒胆敢对您污辱，
他也感同身受，无比愤怒。

玛尔法：

……

大主教：

在波兰有个放肆的骗子，
一个叛教分子，一个遁出空门的僧侣，
背叛了他许过的心愿，背离上帝，
盗用了你儿子高贵的名字，
死神在你儿子孩提时代就已把他夺去。
这个狂妄的骗子自诩拥有你的血液，
自称是沙皇伊凡的儿子。
……
这个自封帝号的伪君，
率领大军侵入我国边境。
他迷惑俄罗斯人的耿耿忠心，

唆使他们叛变祖国，背叛国君。
……
沙皇对你怀着父亲般的情意。
——你尊重你亡儿的幽魂，
你不会容忍一个大胆狂徒骄横恣肆，
从他的坟墓里盗取他的名字，
肆无忌惮地僭夺他的权利。
你将大声昭告天下，
你[唾弃这个狂妄的来路不明的小子，
他竟敢撒下弥天大谎自称是你的儿子。]
你绝不会把这陌生的杂种搂在心上
你的心高贵地搏动，你不会用你的心血把他喂养，
沙皇期待于你的是：
你定会怀着义愤满腔
痛斥这无耻的杜撰故事，它也只配这样。

玛尔法（大主教说这番话时，她极力控制着内心的激烈情绪）：
我都听到些什么消息啊，大主教？啊，您说吧！
这个大胆狂徒究竟凭什么标记和证物
证明自己确是沙皇伊凡之子？
我们认为他已死去，为他悲泣痛哭。

大主教：
凭他的相貌与沙皇伊凡有三分相像，
还有……
还凭他拿出来的精致珍宝一件，
用来欺骗百姓，百姓也乐于受骗。

玛尔法：
什么珍宝？啊，您倒跟我说说！

大主教：

是一个金十字架，镶了九块翡翠，
据他说是伊凡·姆斯蒂斯拉夫斯柯伊公爵
在他受洗礼时挂在他脖子上的那枚。

玛尔法：

您说什么？他把这个珍宝拿了出来？
（强作镇静）
——他怎么说他逃过这一劫难？

大主教：

他说，一个忠仆和修士帮他逃脱
刺客的魔爪，没有葬身火窟，
把他悄悄地带到斯摩棱斯克。

玛尔法：

可他后来待在哪儿——他说
他直到此刻一直在什么地方藏躲？

大主教：

他说他是在梵多夫修道院长大成人，
全然不知自己的来历出身，
从那里又逃亡到立陶宛和波兰国境，
在桑托米尔公爵手下当差，
直到偶然事件揭示了他的身份！

玛尔法：

就凭这样一个故事他能找到一批朋友，
甘心为了他的幸运去出生入死，无怨无尤？

大主教：

啊皇后，波兰人心思狡诈诡异，
看见我国繁荣富强，心生嫉妒。

……

在我们边境把战火燃起!

玛尔法:

难道在莫斯科也有人盲目轻信,

竟受这……的迷惑?

大主教:

皇后,百姓的心总是摇摆不定,

他们喜欢改朝换代,深信

新人当权会对他们有利。

谎言说得神乎其神,引人入胜,

怪事奇闻讨人欢心,人们乐于相信。

因此沙皇陛下希望你能消除

百姓的这一痴心妄想,通过一篇……

你……

此人以令郎之名撒下弥天大谎。

看见你情绪如此激动,我很高兴;

我看见,这狂妄放肆的骗局,

使你义愤填膺,使你的双颊升起红晕。

玛尔法:

您再告诉我,那个胆敢自称是我

儿子的人,他现在哪里?

大主教:

向切尔尼哥夫逼近,

据说他是从基辅挥师出征,

波兰的轻骑兵和他同行,

连同一队顿河哥萨克骑兵。

玛尔法:

啊，至高无上的全能的主啊，谢谢，感谢至深！
你终于给我派来了救星和复仇之神！

大主教：

你怎么了，玛尔法？我怎么不明白了？

玛尔法：

啊，天国的神明啊，请把他带来，一路顺利，
所有的天使啊，请你们飞绕着他的战旗不离！

大主教：

这怎么可能？怎么？那个骗子竟然能把你——

玛尔法：

他是我的儿子，所有这些标记
让我认出是他，您的沙皇惊惶不已，
也让我认出他是，他活着，他走近了，是他。
从你的宝座上滚下来吧，暴君！发抖吧！
卢里克家族还活着一个后裔，
真正的沙皇，合法的继承人来了，
他来了，要求得到他的权利！

大主教：

疯婆子，你好好想过吗，你说了些什么？

玛尔法：

复仇之日，重整家业之日
终于来临，上天把无辜的人，
从坟墓般的黑夜引向光明，
……我的不共戴天的仇人
必须匍匐在我脚下，乞求我的恩典，
啊，我的热切的愿望已经实现。

大主教：

仇恨竟然能使你目迷神眩到这种田地？

玛尔法：

惊恐竟使您的沙皇这样目迷神眩，
居然希望从我这里找到救命稻草！从我这里，
从这个受尽侮辱的女人这里找到救星？
他竟派您来见我，……
……骗取同情。
上天通过奇迹给我把儿子从坟墓里
召唤出来，他却要我拒不承认？
这个杀害我们全家的凶手，给我带来了
难以名状的痛苦，上帝终于给我送来了救星，
在我蒙受苦难悲痛欲绝之际，
可我却得把它推开，
就为了让这凶手称心如意？

大主教：

……

玛尔法：

不，你逃不出我的手心。
我抓住了你，我不会把你放走。
啊，我终于可以一舒我胸中的悲愤，
我终于可以把我的痛苦，
把我心灵深处淤积已久的怨恨，
向我敌人的脸上直喷——是谁把我
这生机盎然充满青春活力
满怀炽热冲动的女人
推进这埋葬活人的坟坑？
是谁把我的儿子从我身边夺走，

派出杀人凶手,使他活活丧命?
啊,我遭受的痛苦谁也说不清,
漫漫长夜,满天闪烁着繁星,
我彻夜不眠,怀着无法满足的渴望,
用我的泪水计数流逝的时光,
……
获救和复仇的日子终于来临,
我看见权倾天下的人落入我的手心。

大主教:

你以为……

玛尔法:

他在
我的手掌之中——我嘴里说出一句话,
就一句话,就能决定他的命运!
这就是,你的主人何以打发你来的原因!
整个俄罗斯民众,波兰民众,
现在都注视着我,我若承认
这小王子是我和沙皇伊凡所生,
……
我若拒不承认,他便一败涂地。
因为谁会相信,真正的母亲
像我这样,受尽侮辱遭人唾弃,
竟会和她家的凶手达成默契,
拒不承认她心爱的儿子?
我只消说一句话,大家都会弃他而去,
把他看成骗子——难道不是这样?
你主子想从我嘴里得到这句话——你承认吧,

　　我可不能为戈都诺夫帮这个大忙！

大主教：

　　倘若你说出实情，
　　你就把整个祖国救出险境，
　　使帝国摆脱严重的战祸。而你自己，
　　你并不怀疑你的儿子已死于非命，
　　你能作出违背良心的证明？

玛尔法：

　　我为他哭泣哀悼了一十六年，
　　可是我从未见到他的尸灰遗骨，
　　我过去凭着大众的声音和我自己的痛苦，
　　相信他已殒命，现在我凭着大众的声音
　　和我的希望相信他还活在人间。
　　以大胆的怀疑，妄图限定至高无上的
　　全能上帝的恩泽，实属肆无忌惮。
　　可是纵使他并非我心爱的儿子，
　　也应该让他成为我复仇的儿子；
　　我接受他，取代我自己的孩子，
　　上天生下了他为了给我报仇雪耻。

大主教：

　　（不幸的女人！你竟违抗暴力强权！
　　在他手臂面前，你无处藏身，即使在
　　神圣的修道院里你也得不到安全。）

玛尔法：

　　他可以杀死我，可以把我的声音
　　窒息于阴森的坟墓或黑暗的囚牢，
　　使它不得强劲有力地响遍人间，

这点他能够办到；可是让我
违心地说话，这点他办不到，
他无法通过……办到这点
……[他已失去了他的目标！

大主教：

这就是您最后一句话？望您三思，
不要我给沙皇带去更好的消息？

玛尔法：

他要能办到，就让他指望上苍的垂爱，
他指望不到民众的爱戴。

大主教：

不幸的女人，你铁了心非要毁了自己不可，
你手里抓住的是根软弱的芦管，时刻都会断裂，
你将和它一同毁灭。]

〔玛尔法独自一人。

玛尔法：

这是我的儿子，我不愿对此表示怀疑。
甚至荒僻沙漠的狂野部落
都为他武装起来。高傲的波兰人，
那位总督都敢于让他高贵的女儿
下嫁给他，为他的正义事业献上纯粹的黄金，
而惟独我，他的母亲却不肯对他承认？
这股喜悦的疾风暴雨使所有的人
都心情激荡，使大地为之震动，
惟独我却对此无动于衷？
他是我的儿子，我相信他，我要这样做。

这是上天给我送来的救星，
我满怀信任抓住这个救星！
就是他，他率领大军
前来解放我，为我报仇雪恨！
听，他隆隆的战鼓，他嘹亮的号声！
各族人民，你们从拂晓清晨从正午时分
跑出你们的无边草原，你们的莽莽森林，
操各种语言，穿各种服装，
驾着你们的骏马，骆驼，驯鹿，
像大海的波涛汹涌澎湃地涌来，无穷无尽，
全都到你们国王的旗下汇集听命！
啊，为什么我怀着这宽广无边的感情，
却在这里受到限制束缚，遭到关押囚禁！
你永恒的太阳，围绕地球旋转不停，
请你充当我心愿的使者传达我的心声！
你广播四方一往无前的天风，
迅速地完成遥远漫长的路程，
啊，请你给他带去我炽热如火的思念之忱！
我别无所有，只有我的祈祷和哀恳；
它们出自我的心灵深处，发出熊熊烈焰，
我把它们插上翅膀，送上天庭高处，
我把它们像一彪人马派到你的跟前！

第　二　场

〔一个高岗，树木环抱。

〔远处沃野一片，一条美丽的大河流过，秧苗抽芽，嫩绿遍野，大地生机勃勃。远远近近看见几座城市的塔尖在闪闪发光。——幕后传来鼓声隆隆和军乐阵阵。

〔奥多瓦尔斯基和其他军官上。紧接着德米特里乌斯上。

奥多瓦尔斯基：

让部队沿着树林开下山去，
我们在这山岗上四下眺望。

〔几位军官下，德米特里乌斯上。

德米特里乌斯（往后直退）：

哈，多么壮观的景象！

奥多瓦尔斯基：

主上，您看见
您的帝国展现在您面前——这是俄罗斯的大地。

拉津：

莫斯科的徽章修饰着这根石柱，
波兰的领土就到此结束。

德米特里乌斯：

这就是静静地流贯这片沃野的
寂静河流第聂伯河吗？

奥多瓦尔斯基：

第聂伯河在切尔尼哥夫后面流去，
这是杰斯纳河，主上，它……
您眼前看到的是您帝国的土地。

拉津：

是塞维里希·诺夫哥罗德的穹顶，
在那远天闪闪发光。

德米特里乌斯：

多么赏心悦目的景象！多么景色宜人的沃野！

奥多瓦尔斯基：

春季来临，把沃野点缀得繁花似锦，
肥沃的田地造成五谷丰登。

德米特里乌斯：

极目望去，无边无际。

奥多瓦尔斯基：

然而这仅仅是幅员辽阔的
俄罗斯帝国的小小开端，啊主上，
因为帝国广袤无垠，直到旭日东升之地，
向北延伸没有任何边际，
只有大地生生不息的生殖精力。

拉津：

瞧，咱们沙皇陛下陷入了沉思。

德米特里乌斯：

在这片风光优美的沃野上还是一片升平，
而我现在正携带可怕的战争工具
出现在这里，要像仇人似的把它蹂躏。

奥多瓦尔斯基：

主人，这种事情要到事后才去思索。

德米特里乌斯：

你这是波兰人的感觉，而我是莫斯科之子；
这是赋予我生命的国土！
原谅我，亲爱的大地，故乡的国土，
我抓在手里，你这神圣的边界的石柱，
我的父皇曾把他的鹫鹰放在你的身上，
如今我，你的儿子，率领外国的武装，

侵入你和平宁静的庙堂。
我到这里来,要求夺回我世袭的遗产,
夺回我被盗走的高贵的先皇的名号。
我的祖先,华尔累格人曾在这里统治。
连绵不断已长达三十世;
我是这个家族最后一株根苗,
全凭上帝的救助,逃脱了凶手的魔爪。

第 三 场

〔一个俄罗斯的村庄。教堂前空旷的广场。

预示风暴的急促钟声响起。

〔格列卜,伊里亚和铁木什卡手持大斧作为武器,疾步上场。

格列卜(从房里走出来):

大家为什么奔跑?

伊里亚(从另一屋里出来):

谁敲响了火警的钟声?

铁木什卡:

左邻右舍们,都出来,大家都来,一起商量!

〔奥列格和伊戈尔同其他许多人上,妇女孩子拿着行囊。

奥列格:

快逃,快逃……快想办法逃命!

格列卜:

出了什么事?

你们带着女人,孩子,从哪儿跑来?

伊戈尔：

快逃，快逃，波兰人打过来了，

在摩罗缅斯克，见人就杀。

奥列格：

逃吧，逃到内地去，逃到防守坚固的城市里去！

我们已经点燃了我们的茅屋，

全村人都离家逃命，向内地逃，

投奔沙皇的队伍。

铁木什卡：

那边又来了一批新的难民。

〔伊凡斯克和彼特鲁施克带着一批武装的乡民从相反方向上。

伊凡斯克：

沙皇万岁，伟大的君王德米特里万岁！

彼特鲁什卡：

谁……也来了！

格列卜：

怎么啦？这是怎么回事？

伊里亚：

你们急急忙忙地往哪儿跑？

铁木什卡：

你们是些什么人？

伊凡斯克：

……

铁木什卡：

这究竟是怎么回事？全村老幼

都向内地逃走……

这些人从哪儿逃过来，你们要到那儿去？

你们是想投奔祖国的仇敌？

彼特鲁什卡：

什么，仇敌？来的并不是敌人，

他是人民的朋友，是国家真正的继承人。

现在村长来了！

村长（手执一个纸卷上）：

乡亲们，村民们，这可不是一桩好事。

愿上帝帮我们弄清头绪！愿上帝给我们启示！

众乡亲：

出了什么事，村长？

村长：

传来了一份沙皇皇子的信件，

他现在波兰军中，

信中他要求我们……

我们该怎么行动？

众乡亲：

念念那封信！让我们听听！

其他人：

那封信！念一下！

村长：

好吧，那你们听好，

朕乃德米特里·伊凡诺维奇，蒙受上帝恩宠，为整个俄罗斯的沙皇，乌格里奇，第米特罗夫和其他公国的君王，生而为俄罗斯诸邦的主人和皇位继承人，朕向一切臣民致以君王的问候！

格列卜：

这可是咱们沙皇的全部称号啊，

村长：

谨向先皇伊凡·瓦西洛维奇致以光荣的追思纪念

……

对他的子孙永保忠诚和温顺。

……

朕乃这位沙皇真正的嫡亲儿子，鲍里斯·戈都诺夫妄图夺取朕的性命，全凭上天的安排，朕得以保住性命。朕现在前来登上世袭的王位，朕一手执剑，一手握橄榄枝，施恩宠于忠心的百姓，让叛逆者粉身碎骨。因此朕想到了你们的誓言，提醒你们脱离鲍里斯·戈都诺夫的营垒，臣服于朕，你们世袭的统治者真正的沙皇。你们若照此办理，朕将统治你们，恩宠有加；若有违朕意，则流洒的鲜血将落在你们头上，因为朕若不登上列祖列宗传下的宝座，朕绝不会收剑入鞘。

铁木什卡：

……

格列卜：

我们怎能不向我们主上的儿子效忠，
把国门紧紧关闭？

伊里亚：

……

铁木什卡：

怎么？你们别那么天真！脑子放聪明点！
这种事情他怎么可能胡说八道，瞎造乱编？
他要不是王子，怎能这么说话，这么声言？

格列卜：

我也这么想！波兰人会为
一个骗子冲上战场？

铁木什卡：

要是他真是王子,乡亲们,不是别的样子,
那你们说:我们能拒绝向我们主上的儿子
表示忠诚,紧闭国门?

伊里亚:

不过我们曾把鲍里斯·戈都诺夫
当作沙皇,曾向他宣誓效忠。

席勒文集

理论

人民文学出版社

席勒

左：克洛卜施托克
右上：康德
右下：费希特

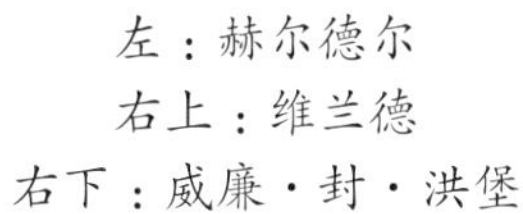

左：赫尔德尔
右上：维兰德
右下：威廉·封·洪堡

上：席勒

下：席勒在魏玛的住处，他在这个房间里逝世

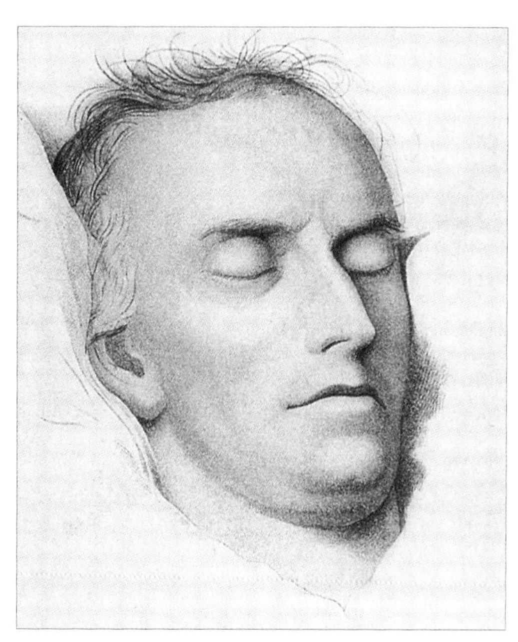

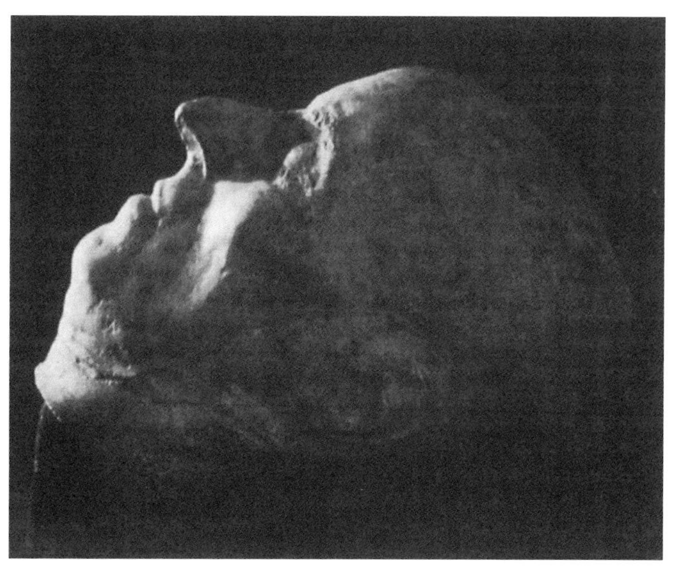

上：席勒遗容
下：席勒逝世后所作面膜

席勒的诗《少女的悲叹》插图

斯图加特的席勒塑像

Fünfzehenter Brief.

Immer näher komm ich dem Ziel, dem ich Sie auf einem wenig ermunternden Pfade entgegen führe. Lassen Sie es Sich gefallen, mir noch einige Schritte weiter zu folgen, so wird ein desto freyerer Gesichtskreis sich aufthun, und eine muntre Aussicht die Mühe des Wegs vielleicht belohnen.

Der Gegenstand des Sachtriebes, in einem allgemeinen Begriff ausgedrückt, heißt *Leben*, in weitester Bedeutung; ein Begriff, der alles materiale Seyn, und alle unmittelbare Gegenwart in den Sinnen bedeutet. Der Gegenstand des Formtriebes, in einem allgemeinen Begriff ausgedrückt, heißt Gestalt, sowohl in uneigentlicher als in eigentlicher Bedeutung; ein Begriff, der alle formalen Beschaffenheiten der Dinge und alle Beziehungen derselben auf die Denkkräfte unter sich faßt. Der Gegenstand des Spieltriebes, in einem allgemeinen Schema vorgestellt, wird also *lebende Gestalt* heissen können; ein Begriff, der allen aesthetischen Beschaffenheiten der Erscheinungen, und mit einem Worte dem, was man in weitester Bedeutung *Schönheit* nennt, zur Bezeichnung dient.

Durch diese Erklärung, wenn es eine wäre, wird die Schönheit weder auf das ganze Gebiet des Lebendigen ausgedehnt, noch bloß in dieses Gebiet eingeschlossen. Ein Marmorblock, obgleich er leblos ist und bleibt, kann darum nichts desto weniger lebende Gestalt durch den Ar-

《人的美学教育书简》第十五封信

前　言

席勒的剧本使诗人给我们留下的印象是个慷慨悲歌的战士，像波萨侯爵时时在吹响为自由而战的号角，像威廉·退尔在弯弓射敌，像约翰娜一手擎着战旗，一手挥舞宝剑，仿佛诗人一直立马高岗，时刻准备战斗，或者说一直在浴血奋战。

但是席勒还有另外一面，哲人的一面。他的理论著作在他作品中亦占有重要地位。

一七八四年六月二十四日，席勒在曼海姆发表了《优秀剧院能起什么作用》的报告，一七八五年刊登在《莱茵塔莉亚》上，其中主要部分日后独立出来，成为《论剧院作为一种道德的机关》一文。文中谈到，一个国家最坚固的支柱是宗教，没有宗教，法律就丧失了自己的力量；政治法律的不足性和摇摆性使得国家少不了宗教，也决定剧院拥有道德影响；法律只控制意志的公开的表现，但宗教却一直管辖到心灵的最隐蔽的角落；整个说来，宗教更多的是对人民的感性方面发生作用。席勒指出，剧院也是通过感性产生作用，发生影响，倘若宗教和法律跟剧院结合起来，它们的威力则要大大加强。席勒强调，剧院形象地进行道德教育，"世俗的法律力不能及之处，剧院便开始审判。"

一七九一年席勒旧病复发，病势沉重。幸亏丹麦的奥古斯腾堡公爵出手相助，提供每年一千塔勒的年金，使得诗人得以渡过难关。病愈恢复期间，席勒还无力从事创作，便利用这段时间进修，研读康德的哲学。在他一七九一年三月三日给好友刻尔纳的信里,他谈到正在阅读一七九〇年才出版的康德的重要著作《判断力批判》,他为这本书启人心智的内容所吸引,决心深入研究康德哲学。接着,他又研读了康德的《实践理性批判》(1788)和《纯粹理性批判》(1781,1787)等著作,受到很大的影响,促使他自己也写出了一系列美学著作。一七九一年十二月四日,他在给刻尔纳的信里提到:"我现在正在撰写一篇美学论文,关于悲剧的快感。你将在《塔莉亚》上找到此文,你会发现我深受康德的影响。"这就是《论悲剧题材产生快感的原因》。此文和《论悲剧艺术》都完成于一七九一年冬,于一七九二年分别发表在《新塔莉亚》杂志第一卷第一、二期上。

在《论悲剧题材产生快感的原因》这篇论文里,他引用康德的一些说法来阐述自己原有的悲剧论点。文章集中探讨悲剧题材为什么能吸引观众和什么东西吸引观众的问题。悲剧题材使观众在感情上产生痛苦,可是在理智上或者在道德上,却使人产生快感。理智战胜感情,观众在道德上得到教益,因此也就得到愉快。从这一论点出发,席勒在《论悲剧艺术》一文中,进一步阐述悲剧艺术的其他要点。既然悲剧题材动人的先决条件是要激发观众的同情心,引起反感、使人厌恶的人物,便不适宜于作悲剧的人物。席勒接着指出:"一切同情心皆以受苦的想像为前提,同情的程度也以受苦的想像的活泼性、真实性、完整性和持久性为转移。"这是悲剧艺术必备的四个要素。要具备这些要素,悲剧的情节必须发挥作用。文章最后部分便谈到对悲剧情节的要求。席勒在写这两篇文章的时候,悲剧《华伦斯坦》正在酝酿之中。他关于悲剧的理论,也牵连到历史剧的理论,对了解席勒本人的戏剧作品很有帮助,同时对于我们今天也有可资借鉴之处。

一七九三年席勒发表了《论激情》、《论崇高》、《论优美和尊严》

等美学论文,分别刊登在一七九三年和一七九五年的《新塔莉亚》上。其中《论崇高》和《论激情》实际上是一篇文章的上下两部。这些文章都是席勒美学大厦的重要组成部分。

《人的美学教育书简》于一七九五年发表在《时序女神》第一、二、六期上。从一七八九年巴黎人民攻陷巴士底狱起一直到一七九四年,法国革命从争取自由平等博爱的斗争,演变成雅各宾党人和吉伦特党人之间,雅各宾党人相互之间的革命派内部的血腥斗争,不仅国王路易十六和王后安多纳德被送上断头台,便是著名的革命家罗兰夫妇,为席勒签署法兰西共和国荣誉公民证书的丹东,以及把一切被他视为可疑分子而处以死刑的最为激进的山岳党领袖罗伯斯庇尔也都先后死于断头机下。无辜百姓葬身于这股激进狂涛的更是不计其数。革命竟以血流成河作为标志,不禁使法兰西人民人人自危,更使莱茵河彼岸的德国知识界对他们曾经为之欢呼雀跃、热情欢迎的法国革命望而却步。这批雅各宾党人纷纷以过激的纲领来压制对方,原来主张争取人权的革命家,竟成了践踏人权的暴徒。《强盗》的作者本来因为法国人奋起反抗暴君感到深受鼓舞,此时不禁为革命的前途、人类的命运深思、担忧。看来不提高人民的素质,不使人民有判断是非、自我约束的能力,出现的将是无法无天的无政府状态,而不是人人享有人权,社会平静安详的局面。于是他一鼓作气写出了《人的美学教育书简》。两百年的历史证明,席勒此举并不是没有道理。

席勒的《人的美学教育书简》是他对法国大革命的表态。巴黎发生的事件,席勒密切注意。更因为他获得了国民议会颁发给他的法兰西共和国荣誉公民的称号,他对革命的进程自然给以特殊的关注。他认真阅读维兰德的杂志上登载的关于法国革命的报导,托他的朋友在巴黎打听消息,并且一度产生过迁居巴黎的念头。凡此种种都说明他对法国革命抱极大的希望和好感,尽管这一切并未落入文字。一七九二年法王路易十六被送上断头台，紧接着是雅各宾党推行的恐怖主义，全欧震惊，舆论哗然。启蒙运动鼓吹的是理性，是人权、人的尊严，并非暴力、流血。席勒的著作是反抗封建暴君的专制暴政，写的是抗暴，并不是鼓吹暴力。因此巴黎血流成河，无辜者遭受杀戮的惨状，令他深感失望。于是他得出结论，人们尚未成熟，需要受到教育，这种教育便是美学教育，它高于道德教育。

《人的美学教育书简》是他从一七九三年二月起写给丹麦王储奥古斯腾堡公爵的一系列书信，写到第十封信时一度中断。最初的几封信因一七九四年二月哥本哈根宫廷失火而全部烧毁，王储便请求席勒重写这些信件。这对席勒并不困难，它们的大部分抄写件以及剩余部分的草稿全在耶拿的抽屉里。

可惜在多数席勒作品集中没有收入这批较早的信件，它们应联系到席勒对法国大革命的态度来讨论。收信人奥古斯腾堡公爵是个开明的君主，但并不特别喜欢长篇抽象的推论演绎。因此这些信和艰深的《卡里亚斯信札》不同，写得生动形象，语气亲切而又急迫，旨在说服对方接受自己的原则。而在第二批信件里，席勒不再提收信者的名字，以与他保持一定距离，席勒认为这很必要。这样他就可以不必照顾某一个特殊的人而畅所欲言。这一点，在第二批信件一开头就表现出来了。席勒写第一批信件时，法国发生的事件正成为大多数人的话题，奥古斯腾堡亲王想必希望席勒对此进行详细地讨论，席勒照办了。与之相反，在后写的信里，席勒对政治问题处理得简短多了，当然他对革命中暴力肆虐的拒斥态度并未缓和。

一七九四年十月二十日，席勒把前九封信寄给歌德审阅时，在附信中写道："关于政治上的苦难我还从未提过一笔。我在这几封信里谈到这些苦难，只是为了永远不要再将其谈起。"

席勒这里指的“政治上的苦难”并不仅指下层人士的粗野和上层人士的更该批判的软弱无力的摇摆不定。现在，他的批评想更尖锐地抓住时代精神的特性，以便使他的要求能更具说服力。他又从希腊古典文化的理想设想出发，这种希腊文化使他对“人类今天的形式”越来越惊讶，因为两者形成如此强烈的对照。他问自己，我们这么开化，业已得到启蒙，却依然还是野蛮人，原因何在？他找到了解释，答案是人越来越机械化。这个解释清楚明了，今天比以往任何时候都更加得到证实：“每个个体都享有一种独立生命、必要时又能结合成为整体的希腊诸城邦的那种珊瑚虫天性，现在让位给一种精巧的钟表结构，无数无生命的部件拼凑在一起，构成一种整体的机械生命。现在，国家和教会，法律和习俗被分离；享受与工作、手段与目的、劳累与报酬相互割裂。人永远只束缚在整体的个别的小碎片上，仅仅把自己培养成一块小碎片；他耳边永远只响着被他不停地驱赶着的小轮发出的单调的噪声，永远也无法达到他本质上的和谐，他未能将其天性中的人性表达出来，而仅仅成为其活动和知识的印迹。”

难能可贵的是席勒在这里批判了资本主义社会，他认为人之所以野蛮、酷爱暴力，是因为机械化的程度日益提高，人们成为一个庞大机器的细小零件，整日进行机械性的活动，“永远也发展不出他本性的和谐”，这个看法自然是很深刻的，但是他并未完全解释暴力行为发生的原因。

席勒认为机械化和专门化完全是历史必然的过程，虽然他对此进行批判：“是文化自己给新的人类制造了这些创伤。”他认为原因在于国家机器日益复杂化，结果不仅在德国，而是在大部分欧洲国家导致了个别市民不可能像在希腊人那里一样，感到自己是整体的代表。席勒接着说，国家对于他的市民来说变得陌生，对于这个国家不能指望它会对建立更美好的人类会提供任何帮助。

从这些令人惊讶的话语得出结论，认为这是一位唯理主义者的通常惯有的高傲，是错误的。这只不过表达了席勒焦躁的心绪。他不耐烦地把称之为“异质的”东西，把权宜之计和代用之物推到一边，以便扫清道路，就像他在两首纲领性的诗歌《艺术家》和《希腊的群神》中所表示的那样，人们将在这条道路上通过“美”走向“自由”。

席勒认为自己有责任宣告一种新的信仰。他用激越昂扬的语言谈起他真正的主题，谈起“优美艺术”产生的消除重负、治愈创伤的效果。在他的第九封书简里，他首先写到歌德这个人对他的影响。按他自己的话说，一切迄今为止所进行的观察都通向这第九封信！他在谈到艺术家时，首先想到的是歌德。他认为人的审美教育可以交给这样的艺术家来进行。我们从下面这几句话可以看出他指的是歌德：“艺术家虽是其时代之子，但如果他同时又是其时代的学生甚或其时代的宠儿，那他就倒霉了。假设一位乐善好施的天神及时把婴儿硬从母亲怀里抱走，用一个较好时代的乳汁喂养他，让他在遥远的希腊天空下长大成人，在他成人之后，让他这个陌生的形象回到自己的世纪；但不是为了以其仪表堂堂让他的世纪高兴，而是跟阿迦门农① 之子同样可怕，要对它进行大扫除。”

写完第九封信，他的第一批书简告一段落。他把这些书简在《时序女神》第一期发表前寄给歌德，对上述这段话作了一段解释：“您将在这些信件里找到您自己的肖像，我真想在像下写上您的名字，可是我不愿越俎代庖，夺走善于思考的读者的感情。凡是对您

① 阿迦门农，希腊神话中的密刻奈国王，特洛亚战争中希腊联军统帅，回国后被其妻克吕泰涅斯特拉和她的情人杀害。阿迦门农之子俄瑞斯忒斯后来杀死了母亲及其情人，为父报仇。

的判断可能会有价值的人，都不会看不到这点。因为我知道，我把握住了您的特点，而且描绘得相当准确。”几天后，歌德在回信中对席勒的书简大加赞扬。

在第二批书简里，席勒又以追根溯源的哲人面目出现。席勒还不能定义，“美”究竟是什么，它产生什么影响。他还在怀疑，迄今为止，艺术是否真的为社会服务过了。席勒表示自己尽管有种种顾虑，他依然是康德的学生，他关心的最终只是“美”的纯粹理性的概念，这种概念势必另有源泉，而不只是经验。

席勒指出：“从现在起我们就得把自己提升为人类的纯概念，而由于经验只让我们见到个别人的个别情况，但从不显示出人类的样子，所以我们必须从其个别的、可变的表现形式出发，设法找出绝对的、历久不变的东西，通过摈弃一切偶然的限制努力掌握其生存的必要条件。虽则这条超验的道路在一段时间内会让我们脱离亲密的现象系列，离开事物的生动现实，停留在抽象概念的赤裸裸的地带里——但我们力求建立的正是一个无法动摇的、坚实的认识基础，而谁要是不敢超越现实，就永远无法占有真理。”

席勒认为，人身上的两种驱动力，物质内在驱动力和形式内在驱动力在独自或交替地起作用。物质内在驱动力他认为就是感性驱动力，人们以他的感受能力来攫住世界，把握世界。而在形式驱动力中，人开始以发展中的理性来理解世界，使世界屈服于理智的法则之下，自己发展成为“人物”(Person)。但是这两种驱动力的倾向互相排斥，或者至少显得互相矛盾冲突，席勒说物质内在驱动力的对象就是在最广泛意义上的“人生”，这种生活理解为纯物质的，受各种意外事件或变化干扰的存在或者是“纯粹印象”。而形式驱动力的对象相反，对他来说就是非原来意义上又是原来意义上的“形象”(Gestalt)，是个纯粹理智的概念，或者“仅仅是个抽象体”。

这两种驱动力通过第三种驱动力的中介,可以在完整的人身上结合起来,这第三种驱动力叫做游戏内在驱动力。通过这种驱动力,“生活”和“形象”发展出(生动的形象),从而也才能发展出“美”。

席勒强调“游戏”,认为它高于理性和经验,对他来说,恰好只有游戏才能使人完美,发展他的双重天性,对他来说游戏内在驱动力是自由的至高无上的形式,是轻盈飘逸、欢快明朗的态度。这种态度去掉了“物质”的滞重和“精神”的严肃,使两者结合成更高的统一体。

用这种非常具有独创性的思想,席勒宣称:“人对愉快的东西、对好的东西、对完美的东西只会采取严肃的态度;但对美却采取游戏的态度。……人与美应该只进行游戏,人应该只与美进行游戏。……人只有在他是十足意义上的人时才进行游戏,而只有在他游戏时,他才完全是个人。”

这几句话,以后我们在他的后期作品里会不时遇到。它们变了形式,一再出现,而且也只有从这几句话才能解释他个人本性所具备的奇特的开朗和宁静。很多人都证明了这点。他们在这位重病的诗人一生最后几年和他交往亲密,他们都证明诗人即使身患重病始终性格开朗,心情宁静。

席勒认为,这些话应该支撑“美学艺术”的整个大厦和更加困难的“生活艺术”的大厦。他说,这些言辞早已存在于艺术之中,存在于希腊人的感情、其最卓越的大师的感情之中,并在那里发挥作用了。在接下来的书简中,席勒又陷入抽象的推论中去,直到后期的作品《论崇高》和《论天真的诗和感伤的诗》两文,才对这一思想进行了更为清晰的阐释。

只有在席勒谈到他的中心概念“自由”时,他的论述才更具说服力,更为有趣。谈到下面这些信札,即第十八封到第二十三封信，他在通知刻尔纳和费希特时，完全有理由说：在这些书简里“（他的）体系得到了清晰的轮廓”。

美的作用至大，“它可使重感性的人通向形式和思考，使重精神的人回到物质和感性世界”。

这几句话看来简单，但是实际做起来不易，因为无论对于席勒还是康德，形式和物质、感觉和思维之间的差距是很大的。所以对他来说，全部问题在于，如何才能令人满意地把矛盾解决，找到“通过美学迷宫的”线索。

席勒在人的“可确定性”和人的“确定”（即：使命）这双重概念上找到了解决的办法。人的“确定”（使命）应该发展到完美无缺的地步，而他的“可确定性”应帮助他达到这一步。问题在于人的最坚强的力量，人的意志，用它来扬弃他的两个基本驱动力的双重强迫，而在它们之间建立一个完全的自由。

席勒明确指出，这里的自由思想是完全在另一个意义上理解的，并不是在原来的意义上理解为道德的自由，实际理性的要求，而是一种特别的审美的自由，是在基本驱动力之间游戏般飘浮的状态。席勒称之为审美的状态。“人在美学状态中就等于零。因此必须肯定，那些宣称美以及它让我们心灵所具有的心境在认识和思想方面完全无关紧要、不会有什么成果的人是完全正确的。他们完全正确，因为美对于理智也好、对于意志也好，都完全不会产生任何个别的结果，它无法实现任何个别的、不论是智力的还是精神的目标，它找不到任何真理，无法帮助我们去尽任何义务，简而言之，它既不善于树立人品，又不善于启发才智。因此，通过美学文化，一个人的个人价值或尊严（假如这件事能够只取决于他个人的话）仍然还是完全不确定的，现在，他由于自然的缘故能够把自己培养成为合乎自己愿望的人物——他完全恢复了充当任何该充当的角色的自由，除此之外，他一事无成。”

席勒接着谈到“美”的作用，称“美”为“我们的第二创造者”，其作用犹如上帝。“因为虽然它只是让我们能成为人，此外则让我们的自由意志决定，我们在多大程度上真正做个人，但它在这一点上是与只赐予了我们做人的能力的大自然这个我们原始的创造者不谋而合的，而让我们的意志自主决定如何运用这种能力。”

席勒最后在第二十七封信里对他在《人的美学教育书简》里提到“人具有的想像力”，“想像力在进行一种自由形式的尝试中从自由的观念系列的游戏(它还完全是物质性的，从纯粹的自然法则中获得解释)终于一跃而至美学的游戏。”接着进一步引出一个第三王国。“在可怕的力量王国中央，在法则的神圣王国中央，美学教育的内在驱动力神不知鬼不觉地建造着一个愉快的第三王国，即游戏和表象的王国，在这个王国里，它解除了人的一切关系的束缚，把人从物质上以及精神上凡叫做强迫的东西中解放出来。”这就是“美学的国度”。“惟有美学的国家能够使得社会成为现实的东西，因为这种国家通过个体的天性贯彻整体的意志。如果需求迫使人进入社会，而理性将群居的原则植入人的内心，就只有美才能赋予他一种合群的性格。惟有情趣才能将和谐带入社会，因为它在个体身上培育了和谐。”

“凡在情趣统治的地方和美的表象王国扩展所到之处，就不容优先权和独裁的存在。这个王国向上扩展，一直到理性以绝对的必然性占支配地位、而一切物质都丧失作用的地方；它往下一直延伸到自然的内在驱动力以盲目的强制手段统治着、而形式尚未开始的地方；甚至在情趣的制定法则的权力已被剥夺的这些极端边界上，它也不容许人家夺走自己的执行权。不合群的欲望必须弃绝其利己主义，而那种一般来说只会诱惑感官的赏心悦目的事物也必须在才智超群者的头上撒下优美的网罟。必然性的严格的声音，即义务必须改变只有反抗能证明其正确性的指责人家的套语，以一种较为高尚的信任尊重惟命是从的自然。情趣把认识从科学的奥秘中导出,引进集体精神的开阔的天穹之下,将学校的私产变为整个人类社会的共同财富。在其领域内,即使至高无上的天才也必须放弃其尊严而亲切地下降为童心。力量必须受仁慈女神的束缚,而桀骜不驯的猛狮则必须俯首听命于一个爱神的制约。物质的需求以其赤裸裸的形象轻侮了自由英才们的尊严,为此,情趣将其令人显得温和的面纱覆盖在它的头上,而在自由的一种可爱的假象里对我们掩盖了这种与物质的丢脸的亲情。在它的激励下,卑躬屈膝的雇佣艺术也脱离尘埃,腾空而起,经其魔杖一触,农奴制度的枷锁从万物身上纷纷脱落,不管是无生命的,还是有生命的。在美学的国度里,一切——包括听人使唤的工具——都是一个自由的公民,他拥有与最高贵者同等的权利,以暴力迫使忍气吞声的大众为其目标卖命的理智不得不在这里征求他们的同意。这就是说,在美学外观的王国里,狂热的拥护者那么热切盼望在本质上能实现的平等的理想在这里实现了;有人说,美的音色在国王宝座附近成熟得最早、最完美,假若果真如此,人们也就必然会在这里看出这种好心的命运安排来,它仿佛常常只是为了驱使人进入一个理想的世界才在现实中加以限制似的。

“但存在着这样一个美丽外观的国度吗?又到哪里去找它呢?就需要而言,它存在于每个高雅的心灵中;实际上,如同纯粹的教会和纯粹的共和国,人们大概只可能在少数几个出类拔萃的社会群体里找到它,在那里面,引导时尚的不是对外来习俗的机械模仿,而是自己的美的天性,在那里面,人以果敢的单纯和心如止水的清白穿越各种最复杂的关系,既不必损害他人的自由,以维护自己的自由,又无须抛弃其尊严,以显示雅致。”

席勒无力为人类的未来提供一个万灵药方,只好借助想像力设计一个美的乌托邦。为此弗朗茨·梅林对他严加批评:“席勒的

《人的美学教育书简》暴露了我国古典文学的秘密,它们明显地足以证实,为什么十八世纪德国资产阶级的解放斗争必须在艺术的领域里开展。但是它在试行从审美走向政治自由的道路时,却不言而喻地落了空。……这审美哲学的唯心主义自己就宣示为一种游戏,精选的卓越人士用这游戏给他们牢狱悲惨的四壁镀金,如今对饥饿的大众是一种嘲弄,若是有人期望他们只是'在自由的可爱的虚幻里'摆脱他们的枷锁。"① 席勒显然不是"试行从审美走向政治自由",而是由于他见到了政治斗争引发的暴行而走到审美教育。对于未来,席勒只能描绘一个乌托邦式的美的王国,鼓舞人们通过理性的革命,而不是通过兽性的暴力,来追求和实现这一个和中国古人提倡的大同世界同样美焕绝伦的理想境界。

《人的美学教育书简》的重要意义乃是它总结了席勒对革命对政治的态度,同时也让我们更好地理解席勒自己的创作。如果说这些书简是他的美学纲领,那么他以后的文艺创作便是根据这些纲领性的理论所进行的艺术实践。我们可以认为,他的作品就是用来向人们进行审美教育的教材,如果说以前的作品是唤起人民,鼓动人民,那么后来的作品便是教育人民,指导人民。态度不同,目的一致,都是为了争取自由而战这一崇高的目标。

席勒写完《人的美学教育书简》、《论崇高》、《论天真的诗和感伤的诗》这几篇论文之后,感到很轻松,从而关闭了他的"哲学小店",不再从事理论著述,重新投入戏剧创作中。在这几篇著作中,《论天真的诗和感伤的诗》首先发表于《时序女神》杂志一七九五年第十一、十二期和一七九六年第一期。但席勒对这一问题的思考至迟在一七九三年就已开始了。

---

① 参看:弗朗茨·梅林著《席勒评传》,转引自冯至、范大灿译《审美教育书简》第7页,北京大学出版社,1985。

所谓天真的诗，席勒认为其代表人物乃是歌德，而他自己则是感伤的诗的代表。歌德的特点是"直觉"，而他的特点是"推想"。在一七九四年八月二十三日席勒给歌德的祝寿信里，有这样的表述："最近和您作的那一番交谈激动了我的全部思想，因为谈话涉及到一个若干年来我一直在思考着的问题。您的精神的观念（我不得不这样来称呼您的思想给我留下的总体印象）点亮了我心中的一盏灯，使我豁然开朗，领悟到了某些我一直拿不准的问题。我有好多抽象观念缺乏对象，缺乏实体，是您引导我获得了寻觅它们的线索。您那观察的目光，它那样平静、纯洁地落在客观事物的上面，使您永远也不会有堕入歧途的危险。而不论抽象推论，还是随意的、只听从主观意志的想像力，却都很容易误入歧途。在您的正确的直觉中，包含着分析法也难于寻找的全部内容，而且要完整得多。仅仅是因它们作为一个整体蕴含在您内部，所以您才不知道您自己的这笔财富；因为可惜我们只知道我们所分析的东西。……

"我久已远远地观察了您的精神的发展过程，并且怀着日益增长的钦佩之情注意到了您给自己规划的道路。您寻找着自然的必然，但您在最艰难的道路上寻找它，任何意志较为薄弱的人都会对之望而却步。……

"假如您生下来就是一个希腊人，哪怕只是个意大利人呢，假如您在摇篮里就为一个精美的自然和一种理想的艺术所包围，那么您的这条道路便会无限缩短，也许会完全变成多余。您在初次观察事物时就会接受必然的形式，在取得初步经验的同时您的伟大风格也会发展形成。如今，由于您生就是个德意志人，由于您的希腊精神已经溶于这种北方的模型之中，所以您没有别的选择，只好要么自己变成北方艺术家，要么用思维能力去取代您的想像所达不到的现实，从而好比从自己的心中并且是在一条理性的道路上生育出一个希腊来。当您那胜利的、优越于物质的天才从内部发现这个缺陷,并从外部通过了解希腊气质弄清楚了这一点的时候,您已经在生命的那个时期里吸收了一种未开化的、北方的气质——在那个时期,心灵受到有缺陷的形象的包围,从外部世界来形成自己的内心世界。现在您不得不按照您的创造精神所创造的较好的模型去修正这个旧的、强加于您的想像力的较坏的气质,而这当然不能按别的,只能按主导概念进行。但是精神在反思时不得不选定的这一合乎逻辑的方向却与精神审美的方向不甚协调,而精神又只能凭藉这个审美方向进行创造。所以您就多了一项工作,在您从直觉转入抽象的时候,您不得不又把概念倒转成直觉,把思想化为情感,因为只有通过情感,天才才能进行创作。”①

《论天真的诗和感伤的诗》一文,对后世影响很大。席勒下的定义,作的比较,不论如何变化,通过浪漫派和两个极端相反的思想家黑格尔和叔本华,直到今天都继续发生影响。他试图从大的关联来看世界文学。这种企图尽管有缺陷,还有一些因时代原因造成的错误判断,但这篇文章直到今天依然可以算作典范之作。席勒写这篇文章也对自己的创作发生了作用,这篇文章帮助他从另一个层面找到了自我,开拓了自己此后创作的道路。歌德曾指出,席勒这篇文章为现代美学奠定了最初的基础。

张　玉　书

二〇〇五年七月十六日　蓝旗营

① 参看张荣昌、张玉书译《歌德席勒文学书简》第 6 页,合肥,安徽文艺出版社,1991。

目　次

理　　论

Michael X.A.
C.Brünner.

论剧院作为一种道德的机关

张 玉 书 译

按照苏尔策[①] 的说法，由于人们对新奇与非常之事物怀有一种普遍的不可遏止的冲动，并且渴望置身于激情的状况之中，于是剧院便应运而生。一个人被高度的精神活动弄得筋疲力尽，被单调乏味，往往压抑心灵的职业性的事务弄得无精打采，而且肉欲又得到餍足，他必然会感到心里空虚，这种空虚之感是和人们永远追求行动的冲动相违背的。我们的本性既不能长期处于动物的状况，也不能老是继续理智的更为精致的劳动，便要求一种中间状态，把这互相矛盾的两个极端结合起来，把生硬的紧张化解为柔和的和谐，便于这两种状况互相转变。只有审美之感或者对美好事物的感觉才有这种功用。可是因为一个明智的立法者首先瞩目的必然是在两种效果当中挑选出最高的一种，那他一定不会满足于仅仅把他人民的爱好剥夺了事；只要有一线可能，他也要努力把这些爱好用作完成更为崇高的计划的工具，把它们变成欢乐的源泉。因此他首先选中剧院，剧院为那些渴望行动的心灵打开了一个无限广阔的天地，使每一种灵魂的力量得到滋养，而不使它们过度紧张，它把理智和心灵的修养

① 约翰·格奥尔格·苏尔策（1720—1779），德国哲学家、美学家，主要著作有《优美艺术概论》等。

跟最高贵的娱乐结合起来。

一个国家最坚固的支柱宗教,没有宗教,法律就丧失了自己的力量——第一个说这句话的人从剧院最高贵的方面为它进行了辩护,也许他自己并没这个意思,或者做了而不自知。正是这种政治法律的不足性和摇摆性使得国家少不了宗教,也决定剧院拥有道德影响。这人要说,法律只管否定的义务,而宗教却把要求扩展到实际行动上。法律只是阻止那些瓦解社会结构的影响,而宗教则支配那些使社会结构更加亲密的影响。法律只控制意志的公开的表现,只有事实隶属于法律,可是宗教却一直管辖到心灵的最隐蔽的角落,并且追随思想直到最内在的源泉。法律圆滑机灵,像人的脾气、激情一样变化多端,可是宗教的约束却严峻永恒。倘若我们现在这样假定——这当然是绝不可能的事情——倘若我们去掉宗教对每一个心灵所拥有的巨大威力,它就会,或者说,它就能完成整个的教养吗?——宗教(我在这里把宗教的政治方面和神性方面区分开来)整个说来,宗教更多的是对人民的感性方面发生作用——也许单单通过感性它的作用才这样可靠。倘若我们拿掉宗教的感性部分,宗教的威力也就此完结——那么剧院又是通过什么来发生影响的呢?倘若我们把宗教传播的图画,宗教讨论的问题去除,倘若我们把宗教关于天堂地狱的画幅毁掉,那么对于绝大多数人来说,宗教便什么也不是了,而这一切只不过是一些幻想的画面,尚未参透的谜语,吓唬人的图画和来自远处的诱惑。倘若宗教和法律跟剧院结合起来,它们的威力不知要加强多少,在剧院里,一切都是形象鲜明、生动具体的,罪过和美德、快乐和苦难、愚蠢和智慧化为千百种画面从人们眼前经过,明白而又真实;在剧院里,上天解开了谜语,当着人们的面把死结打开,在剧院里,人的心灵受着激情的酷刑,忏悔它那最轻微的波动,所有的面具全都脱落,所有的脂粉全都擦去，真理像刺达曼托斯① 似的铁面无私地进行着审判。

世俗的法律力不能及之处，剧院便开始审判。倘若正义惑于黄金而不辨是非，受了恶人的雇佣而沉溺不醒，倘若有权有势的人的恶行公然嘲笑正义软弱无力，人们的恐惧之心又为官厅掣肘，那么剧院便拿起宝剑和天平，把恶人揪到一个可怕的法官座前。幻想和历史，过去和未来的整个领域都听从剧院的支配。早已腐烂在泥土之中的大胆的罪人，现在被全能的诗艺的呼声传唤出来，重演他们可耻的一生，使后世触目惊心地受到一次教育。当年的恐惧像凹镜中的形影无力地从我们眼前移过，我们怀着快活的惊惧诅咒人们记忆中的这些罪人。即使再也不宣传什么道德，再也没有什么宗教获得人们的信仰，再也不存在什么法律，可是当美狄亚② 摇摇晃晃地走下皇宫的台阶，谋杀了自己的孩子，她还是会使我们心惊胆战的。当麦克白夫人③ 这个可怕的夜游病人洗涤双手并且想把阿拉伯所有的香料拿来去除手上凶杀的恶臭时，于人有益的战栗便会攫住人们，人人都会暗自赞美自己洁白无辜的良心。明显的表演肯定比死板板的文字冷冰冰的叙述效果强烈，同样剧院的效果也肯定比道德和法律更为深刻持久。

但是剧院在这里不过是支持世俗正义而已——它还有一个更广阔的天地呢。世俗正义不加惩罚，予以容忍的千百个罪行，受到剧院的惩罚；世俗正义保持缄默的千百种美德，受到剧院的推崇。剧院在这里便陪伴着智慧和宗教。它从这纯净的源泉里吸取自己

① 刺达曼托斯，神话中阴间的三名判官之一。

② 美狄亚，欧里庇得斯悲剧中女主人公。美狄亚帮助伊阿宋取得金羊毛，与他逃到科林斯。伊阿宋将她抛弃，与公主瑞乌萨结婚。美狄亚杀死了情敌和自己跟伊阿宋生的孩子。

③ 麦克白夫人，莎士比亚名剧《麦克白》中的人物。席勒曾翻译该剧。

所需要的教训和榜样，并且给严峻的本分披上一袭迷人诱人的外衣。剧院用何等美妙的感觉，决心和激情来增强我们的灵魂，它提出何等神圣的理想供我们仿效！——叛徒西拿① 以为在善良的奥古斯都已经要说出那句致人死命的话，结果奥古斯都却跟他的天神们同样伟大，把手伸给西拿说："让我们做朋友吧，西拿！"——在这一瞬间，观众当中谁不想效法这天神般的罗马人的榜样，和自己的死敌握手？——弗朗兹·封·济金根② 正要去惩戒一个王侯，为别人的权利去斗争，突然回头，看见自己的城堡浓烟升起，他的妻儿都留在城堡里，孤立无援，可是他——遵守诺言继续前进——这时我觉得人变得多么伟大而为人所惧怕的、不可克服的命运又变得多么渺小，不足挂齿！

在剧院这面可怕的镜子里，美德显得非常可爱，同样罪恶也显得无比丑恶。孤身无助，像孩子一样的李尔王在雷电交加的黑夜里，徒劳无功地敲他女儿们的屋门，他把满头的白发披散在狂风里，向咆哮的风雷诉说，他的里根③ 是多么不自然，最后他那愤怒的痛苦化为可怕的话语，从他嘴里涌出："我把一切都给了你们！"——我们看到，忘恩负义显得多么令人憎厌？我们会多么庄严地发誓一定要孝敬父母！

但是剧院的影响范围还要更加扩大。连宗教和法律认为不屑于伴随人们感情的地方，剧院还在为我们的教养而操劳。社会的幸福遭到愚蠢的破坏和遭到罪行恶事的破坏同样严重。有一条和世界同样古老的经验教导我们，人间万事交织成网，其中千钧的重量往往悬在最细小最纤柔的发丝之上，倘若我们探查人们

① 西拿，法国剧作家，高乃依(1606—1684)同名剧本中的人物，为古罗马执政官。

② 此剧本不详。作者估计是安东·封·克莱因。

③ 里根是李尔王二女儿的名字。

麦克白夫人

的行事,追根溯源,我们不得不哑然失笑的次数会比我们骇然惊异的次数多上十倍。我记载的恶棍的名单会随着我年岁的增长而逐日缩短,而我记载傻瓜的名单却将逐日伸长,逐日增多。倘若傻瓜道德上的罪过完全来自同一个根源,倘若一代人所犯的一切极端罪恶,只不过是一种品质的各种变化形式和不同的更高程度,末了我们对这种品质都一致报以微笑表示喜欢,那么为什么在另一代人身上本性不是走的同样的道路呢?我认为要防止人们趋邪向恶,只有一条秘诀,那便是——保护他们的心灵,不受弱点的侵击。

我们可以指望从剧院方面得到很大一部分这样的效果。剧院给大批的傻瓜举起镜子,让他们揽镜自照,用治病救人的讽刺,使形形色色的傻瓜感到羞惭。剧院在前面用感动和恐惧达到的效果,在这里便通过玩笑和讽刺来达到(也许奏效更快,更有把握)。倘若我们用达到的效果作为标准来评价喜剧和悲剧,也许经验会让喜剧占到上风。讽刺和轻蔑对人们自尊心的伤害要比憎恶对良心的折磨更加尖锐。胆怯使我们在可怕的事情面前退避,可是正巧是这种胆怯使我们遭到讽刺的锋芒。法律和良心往往保护我们不去犯罪不干恶事——而可笑的事情则要求一种自己特有的更细腻的感觉,我们在剧院里使用这种感觉的程度要比在任何地方都强。也许我们会嘱托一个朋友,严厉批评我们的德行和良心,可是他要是嘲笑我们一次,我们就很难对他表示原谅。我们的过失容忍得了旁人的监视和审判,我们的劣习就不容旁人知道。——只有剧院可以嘲笑我们的弱点,因为它照顾到我们的敏感心,并不想知道那有过错的傻瓜是谁。——我们看见自己的面具在剧院的镜子里脱落,而不用脸红,心里暗自感谢这柔和的规劝。

但是剧院巨大的作用范围还远远不止于此。剧院和国家其他任何一种公开的机关相比,更是一所教导实际知识的学校,更是市民生活的指南，更是开启人们最隐秘的心扉的百试不爽的钥匙。我承认，利己之心和冷酷心肠往往把剧院最好的效果摧毁净尽，还有千百种恶行当着剧院的明镜，死命顽抗，千百种善良的感情碰在观众冷酷的心上，毫无效果地弹了回来——我自己也认为，莫里哀的阿尔巴贡[①] 也许并没有使一个放高利贷者改过迁善，自杀者贝弗莱[②] 还很少使别的赌棍戒掉那可憎可怕的赌瘾，而强盗卡尔·莫尔[③] 的不幸故事也不会使大路变得更加安全。可是就算我们缩小剧院的巨大效果，我们甚至想极不公平地完全取消剧院——不是还有多少它的影响仍然留下来了呢？即使剧院没有消除也没有减少恶行，它不是让我们知道了这些恶行吗？我们不得不和这些罪恶之徒，这些傻瓜笨蛋一起生活。我们不得不躲开他们或者碰上他们；不得不把他们毁掉或者就毁在他们手里。可是现在他们不再使我们感到出其不意。我们对他们的侵袭已有思想准备。剧院已经把如何识破，如何抵制这些侵袭的秘诀告诉了我们。它扯下伪善者脸上虚假的面具，揭露把我们团团围住的阴谋诡计的罗网。它把欺骗和虚伪从曲曲弯弯的迷宫中揪出来，把它们可怕的面目公之于光天化日之下。也许垂死的莎拉[④] 并没有使哪一个淫棍感到害怕，一切诱骗妇女遭到惩罚的图像也没有使他的欲火冷却，甚至有些狡猾的女演员还处心积虑地防止这样的效果产生呢——可是，只要天真无邪的少女如今认识到这个淫棍的圈套，剧院教育她怀疑他的海誓山盟，看见他的赞美膜拜便胆战心惊，那就已经万幸了。

剧院不仅叫我们注意人以及人的性格，也叫我们注意命运，并

---

① 阿巴公，莫里哀的喜剧《悭吝人》的主人公。

② 贝弗莱，施罗德的剧本《贝弗莱或赌徒》的主人公。

③ 卡尔·莫尔，席勒的剧本《强盗》的主人公。

④ 莎拉，莱辛的剧本《莎拉·莎姆逊小姐》。

把忍受命运的伟大艺术传授给我们。偶然和计划在我们人生中起着同样巨大的作用;后者可以由我们操纵,而前者我们只能盲目屈从。倘若不可避免的厄运降临之时,我们并不是完全手足无措,倘若我们的勇气和聪明从前已经在类似的厄运中训练有素,倘若我们的心灵已经受到锻炼,不怕遭受打击,那已经是相当大的收获了。剧院把人们受苦的形形色色的景象一一呈现在我们面前。它人为地把我们拖到他人的困境中去,我们受了片刻的苦难,得到的报酬是欢快的眼泪并且勇气和经验也大大增长。随着剧情的发展,我们亦步亦趋地跟着被遗弃的阿里阿德娜① 走过那空谷传声的那克索斯岛,随着剧情的发展,我们降入乌哥利诺② 的饥饿之塔,随着剧情的发展,我们登上那令人毛骨悚然的斩首台,倾听那死神来临的庄严时刻。我们听见我们的心灵原来朦胧预感到的东西,现在被那受惊的大自然大声地不可抗辩地予以证实。囚禁在伦敦塔拱顶暗室里的那个受骗的宠臣失去了女王的恩宠③。——心惊胆战的莫尔④ 在他要死的时候,他那不讲信义的诡辩派的智慧也就离他而去。永恒让死人把任何人都无法知道的秘密揭示出来,做事稳健的恶棍也失去了他最后一道可怕的埋伏,因为坟墓也还会泄露秘密。

剧院不仅使我们认识了人类的命运,还教导我们要更加公平地对待不幸的人,判断他们的时候要更加审慎。只有在衡量了他身遭的困厄有多么深之后,才可以对他宣判。再没有比偷窃罪更

---

① 阿里阿德娜,约翰·克里斯蒂安·勃兰兑斯的剧本《阿里阿德娜在那克索斯岛上》。

② “狂飙突进”时期亨里希·威廉·格尔斯腾贝尔克的剧本《那克索斯岛上的阿里阿德娜》。

③ 英国女王伊丽莎白和她的情人艾赛克斯伯爵的关系为很多剧本的素材。

④ 弗朗茨·莫尔,席勒的剧本《强盗》中反面人物。

可耻的罪行了吧——可是当我们迷失于使爱德华·路贝尔克[1]动手偷窃的那种可怕的冲动中时,我们的判决词中不是也渗进了一滴同情之泪?自杀被公认为一种罪行,深遭厌恶;可是当玛丽亚娜[2]受到暴怒的父亲的威胁,爱情的折磨,想到修道院阴森可怕的高墙支持不住而服毒自尽时,我们当中谁愿意首先挺身而出,把这违犯了一条极恶规则的值得可怜的牺牲品判为有罪?人道和宽容已开始成为我们时代的主宰精神;它们的光芒已经射入法庭,甚至更远——一直透进我们君王的心灵。在完成这件神圣的工作中,我们的剧院究竟作出了多少贡献?难道不是剧院使人们彼此相识的吗?人们的行动所遵循的秘密齿轮,不是剧院揭示出来的吗?

人们当中有一个特别的阶级应该比其余的人更加感激剧院。世上的君王只有在剧院里听到他们从来不曾听到过或者很少听到的东西——真实情形;看到他们从来没有看到过或者很少看到的东西——人。

好的剧院对于道德教养的功绩是如此巨大而且方面甚广,而它对理智的全面启蒙的功绩也不相上下。伟大的人物,热情的爱国者正是在这更高的境界里才懂得全面使用剧院。

他回顾人类的发展,把这些民族和那些民族,这些世纪和那些世纪互相比较,发现广大的民众如何像奴隶似的束缚在一些和他们的幸福永远背道而驰的成见和偏见的铁链上,真理的纯净的光辉只有烛照少数几个人的头脑,而这些少数人也许要花去他们毕生的精力才获得这微不足道的收获。贤明的立法者该采取什么措

① 爱德华·路贝尔克,德国剧作家奥古斯特·威廉·伊夫兰德的剧本《荣誉之罪》中的人物。

② 玛丽亚娜,弗里德里希·威廉·葛特的同名市民悲剧中的女主人公。

施才能使整个民族得到这一真理呢?

剧院是条公共的运河,智慧的光芒从人民中那部分进行思考的比较优秀的人物那里注入这条运河,再从运河化为更柔和的光线扩散全国。更为正确的概念,更为精炼的原则,更为纯净的感觉都从这里流入人民的大小血管;野蛮和迷信的浓雾逐渐消散,在凯旋的光明面前,黑夜远遁。优秀的剧院有这么多辉煌的成果,我只想表彰其中两个。人们对各种宗教和教派如今已相当宽容,这不过是最近几年来的事吧?——犹太人纳旦[①] 和萨拉逊人萨拉丁[②] ——使我们羞惭,无地自容,他们向我们宣扬这种神圣的道理:我们对上帝的虔信是不依赖于我们对上帝的想像的。约瑟夫二世[③] 战胜了宗教仇恨这一可怕的多头怪蛇[④],可是在这些之前剧院已经把人道和温和种植在我们的心里,描绘异教僧侣暴怒的那些可憎的画面教育我们避免宗教仇恨——在这触目惊心的镜子里,基督教拭去了自己的污点。教育方面的谬误剧院也能同样成功地克服;处理这一特殊题目的剧本还有待于写作。就后果而论,再没有比教育这件事对国家更重要的了,可是也再没有比教育更受糟蹋、更加无限制地信托给市民的谬见和轻率的了。只有剧院可以用感人肺腑惊心动魄的画面把那些疏忽教育的不幸的牺牲品呈现在市民的面前;在这里,做父亲的可以学到放弃他们顽固的信条,做母亲的可以学到更有理性地疼爱子女。错误的观念使教育者最善良的心灵步入歧途;要是他们还以教子有方自诩,把柔弱的

---

① 莱辛的剧本《智者纳旦》中的主人公。

② 萨拉逊人萨拉丁(1138—1193),埃及和叙利亚的苏丹,打败十字军后与之签订和约。萨拉逊人即阿拉伯人,泛指伊斯兰教教徒。苏丹萨拉丁也是《智者纳旦》中的人物。

③ 约瑟夫二世(1741—1790),神圣罗马帝国皇帝,给新教徒和希腊正教徒以同样宗教信仰的自由。

④ 许德拉,希腊神话中的多头怪蛇。

子弟放在菲朗特洛彼宁[1]和植物房[2]里有系统地加以摧残，那就更加糟糕了。

同样，民众对政府和执政者的意见也能从剧院出发得到纠正，但愿国家首脑和监护人能明白这点。立法者可以在这里通过陌生的象征对臣仆说话；趁臣仆的怨声未起，便及早辩护；除掉臣仆的疑心病，可是又不露痕迹。甚至工业和发明精神也能够并且可以在剧院里受到鼓舞，只要诗人认为值得费力去当爱国者，国家愿意俯就倾听他们的声音。

一座好的剧院对民族精神可能产生的巨大影响，我在这里不能不谈。我所说的一个民族的民族精神便是在很多事物上，这个民族的意见和倾向近似或者一致，而另外一个民族对这些事物便具有不同的看法和感觉。只有剧院可能在相当高的程度上做到这种意见和倾向的一致，因为它穿遍人类知识的全部领域，经历人生的种种处境，烛照人心的各个角落，因为剧院把各个阶层各个阶级全都聚集在一起，并且有通向人们理智和心灵的最平坦的道路。倘若我们所有的剧本里都有**一个**主要的特点，倘若我们的诗人们能彼此取得一致意见，愿意为达到这一最终目的而建立一个巩固的联盟——倘若诗人的写作是严加选择的，他们的笔是奉献给全民的题材的——总而言之，要是我们有一座民族剧院，我们也就变成了一个民族。是什么东西把希腊全国这样牢固地拴在一起？是什么东西以如此不可抗拒的力量吸引希腊民众到剧院去？不是别的，正是剧本的爱国主义内容，正是希腊精神，正是那种充满在这些剧本里的巨大的压倒一切的国家利益和更优秀的人类的利益。

---

① 按照卢梭的教育原则建立起来的学校，其中第一所巴色多于一七七四年建于德国的德骚。

② 隐射席勒青年时学习的“军事学院”，初名为“植物苗圃”。

剧院还有一种功绩。正因为我估计到,剧院和反对剧院的人所打的官司已经打赢,所以我此刻更愿意把这种功绩估计在内。到现在为止,我们在证明,剧院基本上对风俗和启蒙发生影响,这些论述虽然还可怀疑,可是剧院在奢侈物品争相发明,社会娱乐场合到处都是的情况下,竟能受到人们优先欢迎,这点即使是剧院的敌人也已承认。而剧院在这方面的成就,远比人们通常所想像的要重要得多。

老是不间断地受着日常事务的折磨,这是人的天性所难以忍受的;感官的刺激一得到餍足便死去。人身上充满了兽性享乐的要求,厌倦了长久的辛劳,受尽了渴求行动的冲动的折磨,渴望着更好的更精致的娱乐,不然便毫无节制地堕入粗野的消遣之中,这些消遣加速人的堕落,破坏社会的安宁。倘若立法者不善于引导人民的这种倾向,那么酗酒作乐,纵情豪赌,以及由于饱食终日无所事事而引起的千百种胡乱行为便在所难免。忙于事务的人有这样一种危机,那就是他们慷慨地把自己的一生奉献给国家,最后竟落得一场不幸的怪僻作为代价,——学者堕落成为愚钝不堪的冬烘学究,群氓便堕落成为畜生。剧院是一所娱乐和教育相结合、休息和紧张相结合、消遣和修养相结合的机关,在这里没有一种心灵的力量紧张起来却损及其他的心灵力量,没有一种娱乐享受起来却牺牲了整体的利益。倘若烦恼咬啮我们的心灵,忧郁的心情使我们孤身独处的时光变得十分难堪,周围世界和日常事务都叫我们恶心,千百种负担压抑我们的心灵,在本行职业繁重工作的重压下我们几乎要变得麻木不仁,那么剧院便接纳我们,我们神游在这虚构的世界里,忘去真实世界,我们的天性又得以复萌,我们的感觉又重新复苏,起死回生的激情摇醒我们沉睡的天性,驱使我们周身的血液奔腾得更加迅猛。不幸的人在这里为别人的苦恼掉泪,也发泄了自己的苦闷,生活幸福的人变得冷静,生活安定的人变得审慎。敏感软弱的人锻炼成男子汉,粗野残暴的人在这里第一次产生感情。倘若各个阶层,各个等级,各个方面的人抛弃了各种矫揉和时髦的桎梏,挣脱了命运的各种压力,被**一种**包容一切的同情心联合成为兄弟又融化为**一个**种类,忘怀自身和周围世界,逐渐接近他们天神般的本源,啊,自然,常常被人在地上践踏,又常常死而复活的自然,对你来说这是一个什么样的胜利啊!每个人都享受众人的欢快,这些欢快从千百人的眼睛里落回到他身上,变得更加强烈,更加美丽,他的胸中这时只能容纳**一种**感情,那便是:他是一个人。

论悲剧题材产生快感的原因

孙凤城　张玉书 译

虽然有些近代的美学家致力于保护幻想和感受的艺术，反对那种认为艺术是以引起快乐为目的的普通想法，认为这种想法贬低了艺术的价值，不过这种想法仍然有它牢固的基础，艺术不愿意将它们早已拥有、无法辩驳、有益于人的功能，由一种新的功能来代替，人们一心想要慷慨的提高它们，使之胜任这种新的功能。它们不担心以快乐为目的的功能会降低它们的价值，相反，它们以能直接完成一种任务而感到骄傲，这种任务是其他一切人类精神的倾向和活动只能间接完成的。只要人们承认自然具有目的，也就没有人会怀疑。自然抱有使人类幸福的目的，虽然人类自己在他们的道德行为中没有意识到这一目的。因此可以说，艺术和自然、或者更恰当地说，艺术和自然的创始者，抱有同一目的，即施与快乐和使人幸福。它们的更加严肃的姐妹① 要让我们费巨大的辛劳才能获得的东西，它们轻而易举地就给了我们；在那儿② 只有付出艰巨的努力才能得到的酬劳，它们却赠送给了我们。我们必须用紧张的劳动才获得理智上的快乐，以痛苦的牺牲换取理性的赞许，通过刻苦节制取得感官上的愉快，或者由于过度的感官愉快

① 指哲学等各种精神领域。

② 即注①中所指的那些领域。

而付出一大串痛苦的代价;只有艺术供给我们享受,不必通过事先的劳苦,也不用做出牺牲,也不需要懊悔什么。有谁会把用这种方式取得喜悦的功绩和那种可怜的逗乐的功绩相提并论呢?有谁会仅仅因为文艺凌驾于这一目的之上,就否认艺术具有这一种目的呢?

在任何场合都把道德的善当作最高的目标来追求,这种善意的观点已经促使好些平庸的东西在艺术中产生,并且还帮这些东西辩护;这种观点同样在理论上也引起相似的害处。为了要给艺术一个相当崇高的地位,使之博得国家对它们的宠爱和人类对它们的尊敬,人们把它们从它们原来的领域里驱逐出去,使它们接受一种不是自己的、不自然的功能。这些人为艺术伪造了一个道德的目标,来代替那无足轻重的引起愉快的目标,还以为这样做,正是在为艺术建立功劳呢。而艺术对道德行为所产生的如此明显的影响,也势必会支持这种主张。人们觉得这是一种矛盾:即虽然艺术在这样大的程度上促进人类的最高目标,但却要说它们只是附带地发生这种影响,同时还把他们如何看待快乐这样一个低微的目标说成是它们最后的目标。但是如果我们有一种令人信服的关于愉快的理论和完整的艺术哲学,我们就能很容易地排除这种表面上的矛盾。这一理论将会证实:艺术所引起的一种自由自在的愉快,完全以道德条件为基础,人类的全部道德天性在这一时间也进行活动。这一理论还将会证实:引起这种愉快是一种必须通过道德手段才能达到的目的,因此艺术为了完全达到愉快,它的真正目的,就必须通过道德的途径。对艺术的评价而言,它的目的是否是道德的目的抑或只是通过道德的手段来达到它的目的,这完全是一回事,因为在这两种情况下,它们总是在和道德打交道,并且必须和道德感进行密切的合作;然而对艺术的完善来说,二者之中,哪一个是它的目的,哪一个是手段,就并非一回事了。如果目的本身就是道德的，这样，艺术就失去了惟一使它强劲有力的自由性，并且也失去了使它产生普遍影响的东西——快乐的魅力。于是游戏变成了严肃的事务，而艺术正是通过这种游戏，才能最出色地完成它的事务。只在艺术产生最高的审美作用时，才会对道德产生有益的影响；但是艺术却只是在自己发挥充分自由时，才能产生最高的审美作用。

还可以断言，任何来自道德泉源的快感，既然能在道德上改善人们，效果在这里就必然又会成为原因。对于美的、令人感动的、崇高壮丽的事物感到的乐趣会增强我们的道德感受，正如由善举、爱情等等所引起的快感会增强我们在这方面的倾向一样。同样，正如愉快开朗的精神是一个道德上很优秀的人的必然命运，同时道德上的优秀也往往伴随着愉快开朗的心情而来。因此，艺术在道德上产生影响，不仅是由于它们通过道德手段使人愉悦，而且艺术所赐予的快感本身也成为一种到达道德的手段。

引起自由的快感的源泉有多少，促使艺术达到其目的的手段也就有多少。我所说的那种自由的快感，指的是精神力量，即理性和想像力活跃起来，感觉并通过观念产生出来时的那种快感；与肉体或感官上的快乐相反，灵魂被盲目的自然必然性所控制，感受直接紧随着肉体上的原因而产生。感官上的愉悦是惟一被排除于优美的艺术领域之外的愉悦，能唤起感官愉悦的技能永远不能成为艺术，或者说：只有在这种感官印象被一种艺术计划所安排、所增强或者所节制，而计划又通过观念被我们所认识的时候，才能提升为艺术。但是即使在这种情况之下，也只有能成为自由的快感的对象的那一部分，才属于艺术，也就是说：只有使我们的理智得到愉悦的、在安排上呈现为趣味的那一部分才属于艺术，而不是肉体上的刺激本身，这种刺激只会娱乐我们的感官而已。

任何快感——也包括感官上的快感——的一般源泉是目的

性。如果这种目的性不是通过观念的力量被我们认识,而只是通过必然性的规律唤起肉体上的快感,这种愉快就是属于感官的。这样,个别器官或者整个机能中的血液和生命力的有目的的活动就产生了各种类别的身体上的快乐;我们通过作为媒介的愉快的感受感觉到这种目的性,但是我们对它们既没有得到清楚的观念,也没得到混乱的观念。

当我们设想这种目的性,同时愉快的感受伴随着我们的观念时,这时的快感是自由的;因此,一切观念都是自由快感的泉源,我们通过它们体验到和谐和目的性,因而也就可以被艺术用来达到这种目的。这些观念可以一览无余地包含在下列分类之中:善良、真实、完善、美丽、动人和崇高。善良影响我们的理性,真实和完善影响智慧,美丽以想像力影响智慧,动人和崇高以想像力影响理性。固然魅力或者被唤起来活动的力量也都起愉快作用,但是艺术只是利用魅力来和属于目的性的更崇高的情感做伴;单独看来,这种魅力和其他生活感觉没有任何区别,艺术也就像轻视所有感官的快乐一样轻视它。

艺术赐给我们的快感是从不同的源泉汲取来的,单单源泉不同,还不能作为分类的依据,因为在同一种艺术中,可能有好几种快感同时并存,甚至所有种类的快感都可能汇合在一种艺术中。但是只要某一种快感被当作主要目的,它即使不能作为建立一种艺术类别的依据,到底也能建立对艺术作品的某一种观点。譬如说,主要是满足人们智慧和想像力的那些艺术,也就是说,把真实、完善、美丽作为主要目的的艺术,我们就可以包括在美的艺术名下(趣味的艺术,理智的艺术);相反,那些主要是激动人们想像力和理性的艺术,也就是说,以善良、崇高、动人为主要对象的艺术,我们就可以称之为动人的艺术(感情的艺术,内心的艺术),把它们归为特别的一类。虽然动人不能和美截然分开,但是美即使不动人,也可以单独存在。这种不同的观点虽然不能为自由的艺术的分类提供完美的依据,但至少有助于进一步确定判断艺术时该用的原则,并且预防混乱,倘若在给审美对象制定法则时,把动人和美这两个截然不同的领域混淆起来,混乱就在所难免了。

动人和崇高在这一点上是一致的,即它们通过不快产生快感,也就是使我们感受到事情的目的性(因为快乐是从目的性里产生出来的,而痛苦的产生则正好相反),这种目的性是以某一反目的性为前提的。

崇高之感的产生,一方面是由于我们自觉无力,受到限制,不能掌握某一对象,另一方面则是由于我们感到自己宏伟无比的力量,不怕任何限制,在精神上压倒迫使我们的感性能力屈服的东西。这样说来,崇高的对象既然抗拒我们的感性能力,这种反目的性也就必然会引起我们的不快。但是它同时又使我们意识到我们具有另外一种能力,这种能力胜过迫使我们的想像力屈服的东西。所以一个崇高的对象,正是由于它抗拒感性,因此对理性说来是有目的的,它通过低级的能力使人痛苦,这样才能通过高级的能力使人愉悦。

感动就其严格的意义上说来,表示一种痛苦和痛苦引起的快乐所组成的混合的感情。只有当一个人的不幸所产生的痛苦相当削弱,使他也能像一个表示同情的旁观者那样有从中感到快乐的余地时,他才能对自己的不幸产生感动的心情。我们今天失去一笔巨大的财富,这种打击使我们倒地不起,而我们的痛苦却感动了旁观者;一年以后,我们自己也怀着感动的心情,回忆我们身受的这场灾难。软弱的人随时随地陷于自己的痛苦,不能自拔,而英雄和智者即使遭受最大的不幸,也不过是受到感动而已。

感动也和崇高一样,包含两个组成部分,即痛苦和快感;像前述的崇高之感的情况一样，在感动的情况下，也是以反目的性作为目的性的基础的。痛苦不是人的命运，而人却在受苦，这像是自然界一件违反目的的事，这种反目的性使我们感到痛苦。但是这种反目的性给予我们的痛苦，对我们理性的天赋来说，却是有目的的，同时它要求我们行动，因而对于人类社会也是有目的的。这样，无目的的事物在我们心里激起的不快本身必然会使我们感到快乐，因为这种不快之感是具有目的性的。要决定感动之际究竟是快乐还是不快处于显著的地位，这就要看是无目的的观念，还是有目的的观念占着上风。这又将取决于达到或者破坏的目的的数量多寡，或者要看这些目的与一切目的中最终目的之间的关系而定。

德行高超的人受苦比罪过累累的人受苦使我们更为痛切被感动，因为德行高超的人受苦，不仅违反渴求幸福生活的一般目的，也违反美德使人幸福的特殊目的，而罪过累累的人受苦只不过是违反第一种目的而已。相形之下，恶棍的幸运也远比道德之士的不幸更使我们痛苦，因为首先罪过就是违反目的的，而犯罪竟得好报，更加违反目的了。

再说，美德更善于自我酬报，相比之下，罪过得逞时，却不会自我惩罚；因此，身在不幸之中的正直的人，也会忠于美德，而犯罪之徒身在幸运之中，却决不会皈依美德。

在决定感动中的快乐和不快二者之间的关系时，主要是看遭到破坏的目的比达到的目的、或者达到的目的比遭到破坏的目的，是否更为重要。一切有目的的事物中，再没有比道德的目的性更使我们关心，也再没有什么别的东西能超过我们从道德的目的性中得到的快乐。自然的目的还可能有些问题，但是道德的目的性却是已被证实了的。只有它是基于我们理性的天赋和内在的必然性。它对我们说来，是最接近、最重要、同时也是最容易认识的一种目的性，因为它不是由外界，而是由我们理性的内在原则所决定的。它是我们自由的保护神。

道德的目的性，只有在和别的目的性发生冲突并且占到上风时，才能被人最清楚地认出来；道德法则，只有在和其他一切自然力量进行斗争，而这些自然力量对人们的心灵都会失去力量的时候，才显示出它的全部威力。凡是不属于道德的东西，凡是不在理性的最高法则控制之下的东西，便都算是这些自然力量；所以感觉、冲动、情绪、激情以及生理的必需和命运都包括在内。敌人越是凶险，胜利便越光荣；只有遭到反抗，才能显出力量。由此可以得出结论："只有在暴力的状态中，在斗争中，我们才能保持住我们的道德本性的最高意识，而最高的道德快感总有痛苦伴随着。"

正因为如此，使我们获得无上的道德快乐的诗艺，必须利用混合的感情、需要通过痛苦来使我们快乐。悲剧特别能做到这一点，某一个自然的目的性，屈从于一个道德的目的性，或者某一个道德目的性，屈从于另一个更高的道德目的性，凡是这种情况，全都包含在悲剧的领域。我们认识并且感到道德的目的性和另外一种目的性之间的矛盾关系，我们也许可以根据这种关系，把各种快感从最低到最高排列出来，或者根据目的性的原则，先验地确定愉快的感动或者痛苦的感动的程度。甚至于还可以从这一目的性的原则出来，把悲剧归为几类，并且先验地把悲剧所有的种类画成一张完整的表格，使人一看就能把任何一部悲剧搁在适当的位置，并且预先料到感动的程度和方式如何，由于种类的限制，这出悲剧不可能超出一定的感动程度。但是这个题目还须留待专门的探讨。

对道德的目的性的设想，究竟在我们的心灵里如何胜过对自然目的性的设想，可以从下面的例子清楚看出。

我们看见于翁和阿曼达[1]双双捆缚在刑柱上,两人都甘心让烈火烧死,也不愿意负心自己所爱的人,以换取王位——看到这番景象,是什么东西使我们心里产生一种无上的快感?他们目前的处境和他们轻视的好运之间存在着矛盾,大自然以苦难报美德,显然违反常理,他们两个人漠视自己的利益,似乎违反常情,凡此种种,在我们心里引起种种违反常理的想像,因而使我们心里充满最尖锐的痛苦——但是如果大自然违反常理,能使我们看到我们心里有一种道德的目的性光华夺目,那么大自然的这些目的和法则又和我们有何相干?我们看见这番景象,体验到道德法则的威力获取胜利,这种检验是极其崇高、极其主要的财富,我们甚至于不由自主地想要宽恕这件恶事,因为全靠这件恶事,我们才能得到这种体验。在自由的王国里协调一致,这给我们的快乐,远远超过自然世界里一切矛盾能使我们痛苦的程度。

科利奥兰纳斯[2]屈从于身为丈夫、儿子和公民的职责,离开几乎已被占领的罗马,压抑自己的复仇之心,带回他的军队,听任自己牺牲在一个妒火中烧、满腔仇恨的敌人的手里,他的行动显然十分荒谬悖理;他这一步不仅使自己丧失一切已经得到的胜利果实,而且还是有意奔向自己的灭亡——可是另一方面,他毅然决定,宁可违反自己感情的要求,也不肯违反道德感,他的行动自然也就违反感情的最高利益、违反人的聪明智慧的规律,以便和更高的道德本分协调一致:他这样做,岂不十分恰当,无比伟大?牺牲生命总是违反常理的,因为生命是一切财富的条件;但是由于道德的意图,而牺牲性命,却是高度顺情合理的举动,因为生命并非为了自己才显得重要;它之所以重要,不是作为目的,而是作为达到

① 见于德国作家维兰德(1733—1813)的史诗《奥伯龙》。

② 见于莎士比亚同名剧本。

道德的手段。因此，在某种情况下，牺牲生命成为达到道德的手段，生命就该服从道德才是。伟大的庞培要乘船去非洲的时候，他的朋友请求他暂缓起航，等风暴过后再扬帆出海，庞培说："我并不是非活不可，但是使罗马免遭饥馑，我却是非做不可的。"

一个罪恶之徒的生平也和一个道德之士的痛苦同样可以使人得到悲剧的快感；但是它给我们的是一种道德的违反常理的设想。他的行动和道德法则相矛盾，这使我们心生反感；他这样行动是由于道德上有缺陷，这使我们内心痛苦；即使我们不把那些无辜的受害者遭到的不幸估计在内。我们不满意这些人的道德，因而也就不可能使我们在看见他们的行动和苦难时所感到的痛苦得到补偿——可是对于艺术来说，两者都是令人满意的题材，我们身历其中，感到高度的快乐。我们不难把这种现象和前述的一切协调起来。

不仅顺从道德法则可以使我们得到道德上合情合理的设想，由于违反道德法则而产生的痛苦也可以使我们如此。意识到人在道德上有缺陷而产生的悲哀是合情合理的，因为这种悲哀正好和伴随着道德上的规矩无邪的满足相对立。事后追悔，自怨自艾，甚至于达到最严重的程度、达到全然绝望的地步，这在道德上是崇高的，因为倘若在这个罪人的心灵深处不存在一缕区别正确与谬误的正直之感，并对自己最切身的自私利益做出批判的话，他就永远不会追悔。追悔是在把做过的事和道德法则进行比较之后才产生的，它正是对这件事的否定，因为这件事违背了道德法则。所以在追悔的瞬间，道德法则必然是这个人心灵中的最高裁判，他必然觉得道德法则甚至于比他犯罪得来的代价都更重要，因为他意识到损害了道德法则，这种代价便给他的享乐带上了苦味。把道德法则看成最高裁判的心灵状态，在道德上是合情合理的，所以也就成为道德快乐的一个源泉。一个人由于受不了内心法官的谴责的声音，这些声音他不能充耳不闻，绝望之余，把人生中所有的财富，甚至于自己的生命都弃置不顾，还有什么能比这种英雄气概的绝望心情更加崇高呢？无论是道德之士为了行动合乎道德法则，自愿牺牲也罢——或者是一个犯罪之徒受到良心谴责，因为越出道德法则而亲手毁掉自己的生命也罢，同样可以激发我们对道德法则的敬意，而且尊敬的程度也同样高；如果说二者之间还有什么差别的话，这种差别也是对后者有利的，因为一个道德之士，意识到自己的行动光明正大，心怀喜悦，可能在某种程度上易于下定决心，因为他的内心倾向于这种行动，并对它怀有好感，因而使他这样做的道德功绩也就相应地削弱了。对一桩已犯的罪行痛悔绝望，只是表明道德法则的威力发生作用不过较晚，但不是较弱；这是崇高无上的道德的画幅，只是在强制和高压的状况之下勾勒出来的。一个人由于违背道德本分而悲伤绝望，他这样做，正好又回过头来顺从了道德本身，他自我谴责得越厉害，我们看到道德法则对他的威力就越大。

但是在有些情况下，道德的快乐是以另一种道德的痛苦为代价换取得来，这些情况是这样发生的：必须逾越一种道德本分，为了能使行动符合一个更崇高、更普遍的道德本分。倘若科里奥兰纳斯不去围困他自己的故乡之城，而是率领一支罗马军队来到安提翁和科里奥里城前面，倘若他的母亲是一个佛尔西尔人，而母亲的请求对他发生一定的作用，那么儿子的本分在他心头奏凯，这就会对我们发生全然相反的印象。对母亲的尊敬就会和比这高出百倍的公民的义务处于对立，在二者发生冲突时，公民的义务是应该超过对母亲的尊敬的。一位司令官处于这样一种抉择前面：不弃城投降，就眼见被俘的亲生子被人刺死。他毅然决然地选择后者，因为对儿子的本分应该屈从于对祖国的本分。虽然乍一看来，父亲的行动竟然如此违反父子的天性和爱子之道，我们心里不禁产生反感，可是随即看到，即使是和感情连成一片的道德冲动也不能使理性做出错误的决定，我们又不禁钦佩不置。哥林多人提摩莱翁，把一个心爱的但是野心勃勃的兄弟提摩芳内斯杀死了，因为他的爱国观念要求他把一切危害共和国的东西全都摧毁净尽，虽然我们看见他做了这桩违背天性、严重违反道德之感的行动，内心不无恐惧、厌恶，但是我们的厌恶不久就化为对英雄气概的美德表示的最高敬意，因为这种美德不受爱、憎引起的外来影响，即使在感情猛烈交战之际也能像在内心极其平静之时那样自由自在、正确无误地做出决定。我们对提摩莱翁的共和主义者的本分尽可以有全然不同的想法，但这无损于我们得到的快感。往往正是在我们的理智并不同情剧中人物的时候，我们才会认识到，我们心里顺乎本分之感远远胜过顺乎常情之感，而和理性协调一致又远远胜过和理智协调一致。

人们对任何一种道德现象的判断没有像对上述这种现象的判断如此分歧、差异的了。判断之所以会如此分歧，用不着到远处寻找原因。虽然道德之感尽人皆有，但不会在所有人身上它都有判断这种情况时所必需的强度和自由。对大多数人来说，只要一种行动，一看就知道和道德法则吻合，于是表示同意，而另一种行动，十分明显地违背这法则，于是加以否定，也就够了。可是为了能正确地确定各种道德本分与道德的最高原则之间的关系，一种清醒的理智和不受任何自然力量、也就是说不受任何道德冲动（只要它是本能地发生作用）影响的理性是必要的。因此有的行动，少数人认为最最合情合理，而在多数人的眼里，却显得荒谬绝伦，尽管这两种人都做了同一道德判断；这是因为对这种行动的感动，还不能为大多数人分享，使人普遍具有，正如人类天性的一致性和道德法则的必然性使我们期待的那样。但是谁都知道，连最真实、最崇高的壮烈行为，在很多人看来，也显得过分和荒唐，这是因为认识壮烈行为需要理性,而理性的尺度在所有的人身上并不完全相同。一个渺小的灵魂负担不起这样巨大的想像,被压得沉入地底、或者痛苦地感到这些想像超过他的道德感的寻常限度。不是常有这样的情况吗,一群平庸的人认为混乱不堪之处,思维高深的人恰好认为这是最高的秩序,赞叹不已。

悲剧的感动和我们由痛苦而生的快乐,是以道德上合情合理之感为基础的:关于这种道德感,只谈这些。但是另外还有不少场合,我们仿佛感到自然的目的性以牺牲道德的目的性为代价而使我们快活。一个恶棍在布置他的阴谋的时候,顽强彻底,显然也使我们快活,尽管他的计谋和目的全都违反我们的道德感。这样一个恶人能引起我们高度的关切,我们胆战心惊,惟恐他的计划失误,可是如果说我们真的一切事情都是以道德目的性为准则的话,那我们完全应该热切希望他的计划落空。但是即使有这种现象,前面所说的关于道德目的性的感觉及其对我们的悲剧感动中得到快感发生影响的意见,也不能就此一笔勾销。

目的性在任何情况下都使我们快活,即使它完全和道德无关,或者与道德相违。只要我们根本不想到被违反的道德目的,我们享受的快乐便十分纯净。就像我们看见动物的类似理智的本能,蜜蜂酿蜜的勤奋,以及相仿的情形,尽管心里喜悦,可是并不把这种自然的目的性和一种理智的意志联系起来,更不把它和一种道德目的联系起来;同样,人所做的每一件事,要是我们只想到做这事的手段和达到的目的之间的关系的话,那么,这件事本身的目的性就会使我们愉快。但是如果我们忽然想到,要把这一目的及其手段和一个道德原则联系起来,这时,我们发现它和道德原则发生抵触,简言之,如果我们想到这是一个道德生物的行动,那么,先前的快乐便会被深刻的愤怒所代替,这件事无论看起来如何顺乎理智,也不能使我们和违反道德的设想协调起来。我们绝对不能清楚地想到，这个理查三世、这个伊阿古[①]、这个勒夫列斯[②]竟然是人，否则我们的同情必然会转化为它的反面。我们日常的经验证明，我们能自动地把我们的注意力从事物的某个方面引开，把它倾注在另一个方面，我们具有这种能力，并且也经常使用这种能力，只是通过这种注意力分离才能得到快感，这种快感诱使我们分离我们的注意力并继续处于这种状态。

不过有时候，一件聪明的恶事之所以赢得我们的欢心，主要是由于这件恶事是一种手段，使我们享受到道德目的性的快乐。勒夫列斯对克拉丽莎的德行所设的圈套越是危险，残忍成性的暴君对坚贞不屈、无辜受罪的牺牲者所施的奸刁狡诈的刑罚越是严酷，我们便看见顺乎道德的行为越加光辉地高奏凯歌。我们高兴的是道德的责任感的威力竟如此巨大，使引诱者不得不挖空心思。同时我们知道，在一个顽固不化的恶棍心里，有时候也必然会有道德感在骚动，而他竟能克制这种感情，这也算是他的本领吧，因为这足以证明他的灵魂相当坚强，他的行动非常合乎他的理智，丝毫不受内心道德冲动的影响而改变主意。

话说回来，按照一定的目的进行的恶事，只有当它在道德的目的面前遭到破坏的时候，才能成为完美的快乐的对象，这种说法是无可反驳的。这种恶事甚至是达到最高快乐的一项非常重要的条件，因为只有它才能使人清楚地认识到道德感的强大。关于这一点，《克拉丽莎》的作者留给我们的最后印象，可以说是最有说服力的证明。勒夫列斯的诱惑计划有着高度的理智目的性，我们身不由己，不得不表示赞赏，可是克拉丽莎用来对待她的这个旨在破坏她的贞操的可怕的敌人时所表现的理性的目的性，光荣无比地压

---

① 伊阿古，莎士比亚的悲剧《奥赛罗》中的反面人物。

② 勒夫列斯，英国小说家理查生的小说《克拉丽莎·哈罗》中的恶少。

倒了勒夫列斯的理智的目的性，这样一来，我们就能把这两种享受高度统一起来。

只要悲剧诗人把合乎道德的感情变成一种生动活泼的意识，当作自己的目的，那就是说，只要他精心细致地选择并且运用达到这一目的的手段，他就一定会总是通过两种方法，通过道德的目的性和自然的目的性来愉悦欣赏者。通过前者他可以满足人的心灵，通过后者他可以使人的理智得到满足。大部分观众仿佛盲人似的接受着艺术家对他们的心灵所产生的效果，没有看见艺术用什么魔术向他们行使这种威力。但也有一些欣赏者，情况正好相反，艺术家施加于他们心灵的效果完全丧失，但是通过他所采取的手段所具有的目的性，艺术家还能赢得这些欣赏者的趣味。趣味发展到最精致的地步，往往就蜕化为这样一种奇怪的矛盾，尤其当道德的教化落后于头脑的培养时更是如此。这种欣赏者在动人、壮丽的事件中只寻找理智方面的事物，他们感受和考究这种东西时，倒是显出最正确的趣味来的，但是千万不要诉于他们的心灵。年龄和文化把我们引向这座暗礁，而能很好的克服二者所产生的不良影响，正是有教养之士性格上的最高荣誉。在欧洲各民族中，我们邻居法国人最靠近这种极端，我们在各方面亦步亦趋地模仿他们的榜样，在这件事上也效法他们。

悲剧艺术

张玉书 译

不论使我们感动的事物究竟对我们发生迁善还是从恶的作用,激情本身要包含一些使我们快活的东西;我们努力争取,使自己能受感动,即使做出若干牺牲,亦在所不惜!我们最平常的娱乐就以这种追求激情的冲动作基础;这种激情究竟是产生渴望,还是引起厌恶,按其本性来说,究竟是令人舒畅,还是使人痛苦,全都无关紧要。倒是经验告诉我们,使人难受的激情反而更吸引我们,这就是说,由激情而来的快乐和激情的内容正好处于相反的关系之中。悲惨凄切、阴森可怕的事物本身就有不可抗拒的魅力来吸引我们,每逢悲惨、恐怖的事情发生,我们感到有同样强大的力量推开我们而又吸引我们,这都是我们天性中一种普遍现象。谁要讲述一件谋杀的故事,大家便围了上来,屏息静听;最惊心动魄的神怪故事,我们读起来津津有味,越是读得毛发直竖,越是爱不释手。

倘若亲眼来看具体的事物,这种感情的激动会流露得更加活跃。我们从岸上看去,只见海上的风暴刮沉了一整个舰队,我们善感之心大为激愤,而同时我们的幻想却感到同样程度的愉快。卢克莱修① 认为,这种自然而然的快活是在自身的安全和眼见的危

① 卢克莱修(约前99—约前55),古罗马诗人、哲学家,作品有《物性论》。他的唯物主义哲学和他的无神论促进了科学的传播。

险互相对比之下产生出来的，这种说法，我们很难认可。一个罪犯绑赴刑场，相随而去的人何其众多！这种现象既不能以正义得到伸张、人们心满意足来解释，也不能说是由于复仇之心得到餍足，用这种不高尚的快活来解释。这个不幸的人甚至于能在观众心里得到宽恕，激起观众最真实的同情心，希望他能保全性命；尽管如此，观众心里或强或弱地产生了一种好奇的愿望，希望目睹耳闻他的痛苦。感情细腻、具有教养的人也许是例外，不过并非由于他没有这种冲动，而是因为同情心过于强烈，超过这种冲动，要不然就是世俗礼节规则限制了这种冲动。粗野的自然之子，不受任何细柔的人性感情的束缚，毫无顾忌，完全听任这种强有力的激动拨弄。可见这种冲动根植于人类心灵原始的禀性之中，只能用一般的心理学的规律来解释。

我们也许觉得这种粗野的自然感情和人类本性的尊严极不相容，因而犹豫不决，不敢把它说成人人有份的规律，然而有足够的经验，可以确实证明由痛苦的感动得来的愉快确实存在，而且尽人皆有。相互矛盾的感情或者义务进行着激烈的搏斗，对当事人来说，这是痛苦的源泉，而在我们旁观者看来，却很愉快。我们怀着不断高涨的兴趣注视着一种激情的发展，直到它把不幸的牺牲者拖进深渊。一种脆弱的感情，使我们看到肉体的痛苦、或者看到心灵的痛苦在肉体上的表现时吓得倒退三丈，可是正是这种脆弱的感情，使我们通过对纯粹心灵的痛苦所表示的同情，获得一种更加甘美的快乐。我们听人描绘这种痛苦时所感到的兴趣，是人人都有的。

不用说，上述一切，只是针对叙述的或者想像的或者想像别人的激情而言，因为自己的原始的激情，和我们追求幸福的愿望关系密切，往往非常强烈地控制我们，以至于我们感觉不到愉快，只有在不涉及我们自身利益的情况下，才能使我们愉快。所以一个人如若真被一种痛苦的激情所控制，他心里痛苦之感便占压倒优势，而对他的心情进行的描绘却可以使听众或者观众得到极其强烈的愉快。尽管如此，即使是这种原始的痛苦的激情，对于身受者本人，也并非全无快感可言；只是愉快的程度根据不同的性格因人而异罢了。倘若焦灼不安、狐疑恐惧的心情毫无一点乐趣的话，恐怕赌博对我们的魅力会大大削弱，也不会有人不顾死活去冒生命的危险；对别人的痛苦所感到的同情，也不可能恰好在你有最高度错觉的刹那之间，在最大的程度上，好像化身为剧中人物的情况下，得到最强烈的愉悦。然而这并不是说，令人不快的激情本身就有快感，恐怕谁也不会异想天开，说出这种话来。我想说的只是：心灵的这些状况，只不过提供条件，使我们仅仅在这些条件下，有可能得到某些种类的愉快之感。对这些快感特别敏感、特别渴望的心灵，便比较容易接受这些不愉快的条件，即使置身于最猛烈的激情的风暴中，也不会完全失去自己的自由。

碰到令人讨厌的激情，我们感到不快，是由于某一对象和我们感情的或者道德的功能之间的关系；同样，遇到愉快的激情，感到快乐，也是由于同样的原因。一个人道德的禀赋和他感情的禀赋之间关系如何，决定他在激情中还能保持多少自由。谁都知道，我们在道德方面没有抉择的余地，而感情的冲动是受理性的法则控制的，至少应当受我们的控制，因此，我们可以了解，处于一切和自私的冲动有关系的激情中，我们有可能保持充分的自由，并控制激情应该达到的程度。倘若在一个人身上，道德意识胜过追求幸福的冲动，对个人利益的自私倾向因服从普遍的理性法则而有所削弱，那么，激情所达到的程度，也会相应地变弱。所以当这样一个人处在激情之中时，他很少感到某种事物对他追求幸福的冲动所产生的关系，因而也很少会体会到那种仅由这种关系而产生的不快；相反，他会更加关注这种事物和他的道德本性所处的关系，正

法国作家拉辛的悲剧《菲德拉》,席勒曾翻译此剧

因如此,他也就更容易感受由于道德的关系常常掺杂在最尖锐的感情痛苦中的愉快。这样一种性格最善于享受来自同情的快感,并把自己的原始的激情也限制于同情的范围之内。由此可见,一种人生哲学如能不断地向我们指出普遍的规律,使我们对个人的感觉大大削弱,教导我们着眼大的整体,忘却小的自我,使我们能对待自己犹如对待陌生人一样,这种人生哲学便具有崇高的价值。这种高尚的精神状态是坚强和睿智的人的命运,他们不断进行自我修养,学会了抑制自私的冲动。即使是最悲痛的损失,也不过使他们感到一次平静的忧伤;在这种忧伤之中,还能交织着相当程度的快感。只有他们这些能和自我分离的人,才能享受自我体验的特权,并且只有他们能通过同情心的柔和的反映,来感到自己的痛苦。

上面的叙述已经含有足够的启示,引起我们注意激情本身、尤其是悲伤的激情给予人们快感的根源何在。大家已经看到,在道德高尚的人的心灵中,这种快感较大,心灵越是摆脱自私的冲动,快感也显得越发自由。此外,在悲伤的激情中,对自我的偏爱受到损伤,快感也就更为活跃、更为强烈,而在快乐的激情中,在自我的偏爱得到满足的前提下,快感也就没有那么活跃、强烈。这就是说,自私的冲动受到损伤,快感就增长;这种冲动得到满足,快感就减少。不过我们知道的快感的根源,不外二种:追求幸福的冲动的满足和道德规律的实现;一种快乐,如已证明不是出于第一种根源,就必然出于第二种根源。因此,痛苦的激情在叙述时,使我们感受愉快,甚至于在某些场合下,亲身经历的痛苦的激情也能使我们有一种惬意的感动:这种愉快起源于我们的道德本性。

人们曾经试图用某些方式解释来自同情的快感,然而绝大多数的解释,都不能令人满意,因为他们宁愿到附带的情况中,而不愿在激情的本质中,寻找这个现象的根源。许多人认为,来自同情的快感，只是心灵从多愁善感中得到的快感。另一些人又认为，这只是精力强度活动所给予的喜悦，欲望功能的生动活跃，简言之，乃是活动的本能得到了满足。又有一些人认为，在和厄运和情欲进行搏斗的时候，显示出一些道德上优美的性格特点，而发现这些道德性格的特点，就产生了快感。然而为什么恰恰是我们同情的对象所遭受的痛苦本身、他们真正的苦难本身，对我们的吸引力最大，这一点还是没有解释清楚，因为依照上述的那些解释，痛苦的程度越弱，对我们在感动时获得快感的上述根源，显然就越加有利。在我们幻想中激起的想像活跃强烈，受难的人德行高超，产生同情心的人回忆自己的情况，都可以增强感动时产生的快乐，然而这些都不是产生这种快乐的原因。懦夫的苦恼、恶棍的痛苦，不用说，不会给我们这种娱乐；不过这是因为他们不能像受苦的英雄或者搏斗的君子那样地激起我们的同情心。这样我们就又回到了第一个问题：为什么恰恰是痛苦的程度决定感动时同情的快乐的程度。这个问题只能这样回答：我们的感性受到了打击。这就创造了一个条件，使心灵中激起某种力量，这种力量活动的结果，便产生由同情别人痛苦而来的快感。

这种力量不是别的，乃是理性。如果说理性的自由活动，作为绝对的自我活动，特别应该叫作活动的话，如果心灵只是在道德的行为中，才充分感到独立、自由的话，那么，使我们在悲伤的感动中得到快乐的原因，自然也可以说是我们活动的本能得到了满足的缘故。但是这样说来，作为这种快感的基础的，不是观念的丰富和活跃，也不是一般的欲望功能的作用，而是一种特殊的想像，一种特定的、由理性产生出来的欲望功能的作用。

所以说，一切被叙述的激情，本来就有使我们惬意的东西，因为它满足了我们要求活动的本能；而悲伤的激情在更高的程度上满足了这种冲动，因为它在更高程度上产生感人的效果。心灵只有在完全自由的状态中、只有在意识到它的理性禀赋的时候,才表现出它最高度的活动,因为只有在这种情况下,心灵才运用了一种足以克服任何抗拒的力量。

心灵的这种状态,特别使这种力量表现出来,并唤醒这种较高级的活动,这种状态对于一个理性的生物来说,是最合情合理的状态,而对于要求的本能来说,又是最能使它满足的状态,所以这种状态一定会在很大的程度上和快乐相结合①。悲伤的激情就能使我们处于这样一种状态:我们心里道德的功能,在何种程度上,胜过感情的功能;在同样程度上,悲伤的激情所给的快乐,也能胜过欢乐的激情所引起的快乐。

在一切目的的整个体系中,只能称为次要环节的那种目的,艺术把它从总的联系中隔离出来,当作主要目的来追求。对大自然来说,快乐只是一个间接的目的;对艺术来说,它却是至高无上的目的。因此,重视包含在悲剧感动之中的崇高快乐,尤其是艺术的目的。而特别把同情的快乐作为自身目的的艺术,是在最一般意义上的悲剧艺术。

艺术通过摹拟自然来实现自己的目的,它完成了实际上使快乐得以产生的条件,并为这一目的,把自然中四分五裂的设施,按照一幅一目了然的蓝图结合起来,以便把自然仅仅视为次要目的的东西,当作最终的目的来完成。所以悲剧艺术是在那些特别能引起人们的同情与感动的情节中摹拟自然。

如果要一般地规定一下悲剧艺术的处理过程,首先必须知道,按照惯常的经验,在哪些条件下,感动的快乐最有把握产生,产生又最为强烈;不过同时也须注意,哪些情况限制或者甚至于破坏这种快乐。

① 参看《论悲剧题材产生快感的原因》一文。——作者原注。

从经验得知，有两种相反的原因阻挠感动的快乐：不是被激起的同情心太弱，便是太强，以至于由感染而来的感动转变到最初感动的活跃状态。同情心太弱，还可以是由于我们从最初的痛苦中得到的印象太弱，在这种情况下，我们说，我们内心漠然，既不感到痛苦，也不感到快乐；或者是由于有别的更强烈的感受，压抑从痛苦得到的印象；由于这些感受在心灵中占了优势，便削弱了或者完全窒息了同情的快乐。

按照上面《论悲剧题材产生快感的原因》一文的论述，任何悲剧性的感动，都含有一种违反常理的设想，而这种设想如果要使感动产生快乐，又必须过渡到一种更高级的合情合理的观念。这两种相反的设想彼此的关系如何，决定感动的时候，突出的究竟是快感，还是不快之感。倘若违反常理的设想比合情合理的设想更为活跃，或者被破坏的目的比达到的目的更为重要，那么任何时候，不快之感总占上风；不管这是客观的人性通例，或者只是由于主观的个人特性。

倘若对导致一件不幸的事情的原因所产生的不快之感过于强烈，那么它也会削弱我们对身遭不幸的人的同情心。两种迥乎不同的感情不可能同时高度存在于心灵之中。对引起苦难的肇事人怀有的愤怒变成主宰一切的激情，任何其他感情都得为它让路。所以我们应该同情的受难者，如果由于自身不可原谅的过失而惨遭不幸，或者原来可以免于不幸，然而由于智力薄弱或者胆小怕事，不能免于不幸，都会削弱我们对他的同情。不幸的李尔王受尽忘恩负义的女儿们的百般虐待，但是这位孩子气的老人却那样轻率地放弃他的王冠，并且那样令人难以理解地把他的爱分给他的女儿们，就大大损害了我们对他的同情。在克罗纳格① 的悲剧

① 约翰·克罗纳格(1731—1758)，德国剧作家。

《奥林特和索夫罗妮亚》里,我们即使看见这两个殉道者为他们的信仰遭到最可怕的痛苦,也不能使我们对他们大表同情,而他们崇高的英雄气概,也很难使我们折服,因为奥林特的行为把他和他整个的民族引到毁灭的边缘,这样的行为只能归诸疯狂。

我们照理应该同情一件不幸事件中的无辜的牺牲者,但是倘若不幸事件的肇事者使我们的灵魂深恶痛绝,也会大大削弱我们的同情。悲剧诗人如果不得不在剧中安排一个恶棍,如果他被迫非从穷凶极恶的事件中引出巨大的痛苦不可,那么,这总会损害他的作品的高度完美。莎士比亚剧中的伊阿古、麦克白夫人、《萝多古娜》① 一剧中的克莱奥巴特拉、《强盗》一剧中的弗朗茨·莫尔,都可以为这一论点作证。一个诗人为了自己真正的好处,不要把灾难写成旨在造成不幸的邪恶意志,更不要写成由于缺乏理智,而应该写成环境所迫,不得不然。倘若灾难并非出自道德的根源,而是由于一些自身本无意志、又不顺从人的意志的外界事物,那么,同情心便会纯洁些,至少不会由于道德上违反常理的设想而遭到削弱。可是这样一来,表示同情的观众的心里,不能不对自然界中违反常理的事物产生不快之感,这种悖理性只有借助道德上的合理性,才能挽救过来。假如受难的人和引起苦难的人都是同情的对象,那么,同情的程度便会更加强烈。但这只有在这种情况下,才能产生,即受难的人是违反自己的心意,被迫做了不幸的肇事人。这样他才既不引起我们的憎恨,也不引起我们的轻视。德国的《伊菲革涅亚》中②,一个出色的优点就在于:那位陶里斯的国王

① 法国剧作家高乃伊的作品。

② 歌德的悲剧《伊菲革涅亚》。伊菲革涅亚,希腊神话中阿伽门农之女。由于触怒了女神阿耳忒弥斯,希腊舰队受阻于奥利斯港。预言家说只有把阿伽门农之女杀死,作为牺牲,方能平息女神之怒。阿伽门农便下令杀死伊菲革涅亚以献祭。希腊悲剧家欧里庇得斯等皆采用过这一题材。

是惟一阻挠俄瑞斯忒斯和他姐姐的愿望实现的人,可是他从未丧失我们对他的尊敬,最后还迫使我们非爱他不可。

还有一种感动超过这种感动,那就是灾难的原因不仅不和道德相悖,甚至于还正因为合乎道德,才可能发生这场灾难,而双方遭受的痛苦只是由于感到自己引起了对方的痛苦。在高乃依的《熙德》一剧里,施梅娜和罗德里格两个人的处境就属于这一类;毫无疑问,论到错综复杂性,这应该算是悲剧中的杰作了。荣誉感和孝心武装了罗德里格的手,使他横下心来和他恋人的父亲为敌,英勇无畏地战胜了仇人;荣誉感和孝心又使被杀害者的女儿施梅娜,变成罗德里格的可怕的控告者和迫害者。他们两个人的行动都违反自己的心意,他们的本心因面对被迫害的对象遭逢不幸而惊惶战栗,但他们的道德义务又使他们努力引来这场灾难。两个人都牺牲了自己的心意,完成一桩道德义务,因而博得我们最高的敬意;两个人都是自愿受苦,而受苦的动机又使他们极度为人尊敬,因而也把我们的同情心激动到最高的程度。在这里我们的同情心不会受到不快之感的干扰,反而会在双倍的火焰中熊熊燃烧,仅仅由于我们不能想像为什么这样极其应该得到幸福的人却遭逢不幸,还能以一层痛苦的轻云,使我们同情的快乐稍有逊色。尽管我们对这种违反常理的事件的憎恨并不涉及任何具有道德意志的生物,而是引到最无害的地方,即引向必然性;尽管这样做赢得了许多好处,然而对于自由的、自己主宰自己的生物来说,向命运盲目屈服,总是使人感到耻辱、有伤尊严的。就是这个缘故,哪怕是希腊舞台上最杰出的戏剧,我们依然感到美中不足,因为在所有这些戏里,临了都需要必然性协助,而对我们要求一切都合理的理性来说,便始终留下一个没有解开的纽结。然而在受过道德教养的人所能攀登的最高、最终的阶段,同时感动人的艺术也能到达的阶段上,即使是这样一个结,也能解开。而且这个结一解开,任何不快之感的阴影就都随之消逝。在下述情况下,才可能如此:就是这种对命运的不满也全然消除,散失于预感之中,或者更确切地说,散失于一种明确的意识之中,知道事物之间有一种合乎目的的联系,有一种崇高的秩序和善良的意志。于是我们感到在自然的宏伟整体之中,一切都无比适宜,极其妥帖;这种愉快的感觉和我们因道德上的协调而产生的快乐合在一起;有些地方表面看来,似乎违反常理,这在个别情况下引起我们的痛苦,其实只是对我们理性的一种刺激,让它在普遍规律之中,探寻这种特殊情况存在的理由,并在巨大的和声之中,消除这一个别的噪音。希腊艺术从来没有能达到悲剧感动的这种纯粹的高度,因为无论是希腊人的民族宗教也罢,或者甚至于是他们的哲学也罢,都没有能这样又广又深地照耀他们的道路。现代艺术有这样的好处:它从经过提炼的哲学中获得更为纯净的素材,能实现这最高的要求,因而就能发展艺术的全部道德尊严。倘若我们现代人由于时代的哲学精神和现代文化整个对诗的不利影响,不得不放弃恢复希腊艺术的企图,那么,这些因素对于悲剧艺术的影响并不十分不利,因为悲剧艺术是更多以道德为基础的。我们的文化从整个艺术夺到的东西,说不定都会还给悲剧艺术。

由于不快的想像和感觉混杂起来,悲剧的感动遭到削弱,从而使来自悲剧的感动的快乐也为之减少;另一方面,悲剧的感动由于十分接近最初的感动,又能扩张到痛苦占主要地位的程度。我们已经说过,激情中的不快之感,起源于激情的对象对我们感情的关系,而从激情中得来的快乐感,则来自激情本身对我们道德的关系。因而事情的前提是在感情和道德之间存在着某种关系,这种关系决定悲剧的感动中不快之感与快感的关系;感情与道德的关系可能改变或者倒转过来,并不必然使感动中快乐和不快的感觉倒转过来,或者转变成自身的反面。感情越活跃,道德的影响就越弱。反过来,感情的力量越小,道德的影响便越强。因而一切使我们心灵中感情占优势的东西,必然减少我们对感动的快感,因为它限制我们的道德,而使我们感动的快感却纯粹是从道德来的。正如一切使道德在我们心灵中蓬勃高涨的东西,甚至于使最初的激情也失掉痛苦的芒刺。倘若痛苦的想像上升到这样一种活跃的程度,我们简直不可能区分由感染而来的感动和最初的感动,区分我们自我和受苦的人,区分真实与虚构,那么,我们的感情便的确占了上风。倘若感情的对象比比皆是,被激起的想像力发出一阵令人目眩神迷的光芒,使感情得到滋养,那么,感情也会同样占到上风。想要束缚感情,没有比借助超感情的、道德的思想更聪明的办法了;受到压抑的理性凭着这些思想,像靠着精神的支柱一样挺立起来,超越感情的阴沉迷蒙的氛围,进入更其明朗的境界。因而在戏剧对白里,遇到合适的地方,就插进一些普遍真理或者道德箴言,对所有文明民族都有极大的魅力;这种办法早经希腊人采用,并且简直用得有些过分。当人们在很长一段时期内尽是处于受苦的状态;其后,能摆脱对于感官的屈从,进行自主的活动,重新进入自由之境:对于一个有德之士,没有比这更受欢迎的了。

关于限制我们的同情、阻挠我们从悲哀的感动得到快乐的原因,只谈这些。现在该计算一下,在哪些条件下,同情心将能得到促进,并能万无一失地、最强烈地引起感动的快乐。

一切同情心都以受苦的想像为前提;同情的程度,也以受苦的想像的活泼性、真实性、完整性和持久性为转移。

(一)想像越活跃活泼,也就更多引起心灵的活动,激起的感情也就更强烈、也就更要求它的道德功能起而反抗。受苦的想像可以通过两条不同的途径得到,这两条途径对于印象的活泼性并不同样有利。我们亲眼看见的痛苦,比起经人叙述或者描写而知道的痛苦来,激动我们的程度要强烈的多。前者取消了我们想像力的自由翱翔,直接击中我们的感情,因而通过最短的道路,进入我们内心深处。听人叙述就不同了,特殊事物先应当上升为一般事物,然后再从一般事物认出特殊事物来,也就是说,印象经过理智这番必要手术,力量已经大大削弱。然而薄弱的印象不可能把心灵全部控制住,必然会给其他的想像留下余地,搅扰它的效果,分散对它的注意力。旁人的叙述也往往把我们由正在行动的人物的心灵状态放进叙述人的心境中,这就中断了产生同情心所必不可少的幻觉。只要叙述者以自己的身份插入所述的事情中去,故事的情景立即静止,因而不可避免地也就使我们息息相关的感动中断。遇到戏剧诗人在对白中忘乎所以,让他的人物说出一些只有冷眼旁观者才可能产生的看法时,这种情况也会出现。我们现代悲剧很难不犯这种错误,只有法国悲剧却已经把它变成一条规律。由此可见,想使我们对苦难的想像具有产生高度感动所需要的强烈程度,身历其境和亲身感受是完全必要的。

(二)然而即使我们能得到对苦难的最为生动活泼的印象,倘若这些印象缺乏真实性,也同样不可能产生相当程度的同情心。我们必须对我们所要参与的苦难有所了解;这就需要这种苦难和我们心里本来已有的东西互相吻合。产生同情的可能性建立在这一基础上,即我们意识到或者假定在我们和承受痛苦的对象之间具有相似之处。任何地方,只要能看到这种相似之处,同情便必然产生:如果没有这种相似之处,就不可能产生同情。相似之处越明显,越巨大,同情心也就越活跃;前者越少,后者也就越弱。我们如想感受别人身受的激情,我们自己心里必须具备一切产生这种感动所必需的内部条件,以便和这些内部条件结合起来产生的那个外在原因,也能对我们产生同样的效果。我们必须能毫不勉强地和受苦的人调换一下角色,把我们临时置在他的地位。倘若我们事先没有在别人身上发现我们自己,我们又怎么可能在我们心里感受别人的处境呢?

这种相似之处涉及心灵的整个基础,只要这一基础是普遍的、必然的。但是只有我们的道德本性才特别具有普遍性。我们的感情的功能可以经过偶然的原因而改变,即使我们的认识功能也会因条件改变而转移,只有我们的道德确定不移,因而它就最宜于给这种相似之处以一种普遍的稳定的尺度。只要我们觉得一个设想和我们的思维和感觉的方式一致,和我们自己的思想程序有某种亲属关系,它就很容易为我们的心灵所理解;这种观念,我们就说它是真实的。倘使这种相似之处只关系到我们心灵中的特殊之处、我们心中普遍人性的特殊情况,这些情况又可以撇开不顾而无损于普遍人性,那么,这一设想只对我们具有真实性;倘若这种相似之处涉及全人类都该具有的普遍的和必然的形式,那么,这种真实性就可以和客观真理同样看待。对于罗马人来说,布鲁图斯的判决书① 和加图的自尽② 都有主观的真实性。产生这两个人的行动的想像和感情,并非直接来自普遍人性,乃是间接从特定人性而来。要想和他们共有这些感情,必须具有罗马人的思想,或者能暂时接受罗马人的思想。相反,只要是人,就会被莱奥尼达斯的英勇牺牲③,亚里斯帖得的泰然自若④,苏格拉底的视死如归所深深感动;只要是人,看到大流士惨遭厄运⑤,都会感极流泪。这种想

① 布鲁图斯是罗马共和国(前509—前27)的创建人。他的两个儿子阴谋复辟,他作为执政,宣布他们的死刑,并亲自监刑。

② 加图(前95—前46),古罗马政治家。支持共和派,反对恺撒。得知恺撒胜于塔普索斯后自杀。

③ 莱奥尼达斯是公元前四九〇年到前四八〇年斯巴达的国王,曾率三百战士在温泉关英勇阻击波斯大军,最后全部战死。

④ 亚里斯帖得(前约540—前460),是雅典的将军和政治家,曾被流放,并不介意,后来仍为祖国效忠,击败波斯的侵略。

⑤ 大流士可能指波斯国王大流士三世。在亚力山大大帝进攻之下,全军覆没,受伤致死。

像和前述的想像不同，我们说有客观内容的真实性，因为它和每个人的本性都相一致，这样一来，就获得了同样严格的普遍性和必然性，仿佛它和任何主观条件都没有关联似的。

话说回来，这种主观真实的描述，虽然涉及偶然的情况，但是不能把它和随意的描述混淆起来。说到最后，这种主观真实的事物，也来自人们心灵中普遍的禀赋。这种普遍的禀赋，遇到特殊的条件，便有了特定的情况，二者同样是心灵的必不可少的前提。加图的决定，倘若违反人性的普遍规律，就也不可能有主观真实性。只是这种方式的描述，影响的范围较小，它还需要别的情况作为先决条件。悲剧艺术如愿放弃外延的效果，可以采用这种描述，得到巨大的内向的效果；不过它的最丰富的题材，始终是绝对真实的东西，在人和人的关系中纯粹人性的东西，因为悲剧只有采用这种东西，才能保证产生的印象具有普遍性，而且不至于削弱印象的强烈程度。

（三）悲剧描述除了活泼性和真实性以外，第三还要求完整性。凡是使心灵按照预定的目的活动所需要的一切外部条件，必须在想像中全部具备。无论这位观众具有多么罗马式的思想，如果要他把加图的心境变成自己的心境，叫他把这位共和主义者所下的最后决心变成自己的决心，他必须感到，不但在罗马人的心里，而且在客观环境下，这一决心都站得住脚，他必须充分体会到这个人的外部情况和内心情况，以及它们整个的联系，凡是使这个罗马人下这最后决心所必需的原因，一个也不可缺少。如果没有这种完整性，对于描述的真实性也根本不可能做出判断来，因为我们必须充分认识环境的相似之处，只有这样，我们才能对感觉的相似做出正确的判断，也只有外部和内部的条件互相结合起来，才能从中产生激情。如果要决定我们是否也会像加图一样行动，我们首先必须设想自己处于加图的全部外在情况之中，只有这样，我们才能把我们的感觉和他的感觉对比，才能对相似之处做出结论，对这种相似之处的真实性作出判断。

这种描述的完整性，只有把若干个别的设想和感受结合起来，才可能获得。这些个别的设想和感受彼此互为因果地联系起来，它们对我们的认识来说，是一个整体。所有这些设想，如想生动地感动我们，必须对我们的感情产生直接的印象，因为叙述的形式总是削弱这种印象的，所以必须用一个亲身目击的行动来激起这些设想。所以悲剧描述的完整性必须有一系列个别的亲眼目睹的行动，这些行动结合起来组成一个整体、即悲剧的行动。

（四）倘使痛苦的设想要在我们心里激起高度的感动，这些设想最后还应持续不断地对我们发生作用。别人的痛苦在我们胸中引起的激情，对我们来说，是一种强制的状况，我们急于从中摆脱，于是产生同情必不可少的幻觉便十分容易消逝。所以必须把心灵牢牢束缚在这些设想上面，并剥夺它过早挣脱幻觉的自由。要想达到这个目的，单靠想像活泼，刺激我们感性的印象强烈，是不够的；因为我们感受的功能受到的刺激越猛，我们的灵魂为了战胜这种印象而发出的反作用也就越强。诗人如想感动我们，切不可削弱这种自动的力量；因为悲剧感动给予我们的高度享受，正在这种力量和感情的痛苦展开的搏斗之中。如果要使心灵不顾这种反抗的自动作用，持续束缚在痛苦的感受上面，就必须把这种感受非常聪明地不时打断一下，甚至于用截然相反的感受来代替，使这种感受再回来的时候威力更大，并且不断恢复最初印象的活泼性。感觉转换是克服疲劳、抵抗习惯影响的最有力的手段。感觉转换使精疲力竭的感情重新精力充沛，印象的层层加深使自动作用的功能进行相应的反抗。这种反抗的力量必须毫不间断地进行活动，反抗感情的束缚，争取自身的自由，但是不到最后，决不能过早地获得胜利，更不能在战斗当中遭到失败；因为过早胜利，痛苦便结束了，中途失败，便丧失了行动，只有二者结合起来，才能激起感动。悲剧艺术的极大秘密正在于灵巧地处理二者之间的这场战斗。在这场战斗中，悲剧艺术的表现最是光彩夺目。

要达到这一目的，需要一系列经常变换的设想，也就是说，需要把一些和这些设想相适应的情节有目的的和主要情节连贯起来，并且通过主要情节，使预期的悲剧印象完全从这些情节中展开出来，就好比纺锤上放出来的一个线团，最后把心灵像用一张撕扯不破的罗网包裹起来。请允许我在这里作这样一个譬喻，艺术家选定一个事物，作为达到他悲剧目的的工具，他首先把这个事物发出的所有个别的光线都十分节省地收集起来，这些光线在他的手里就变成点燃众人心灵的闪电。一个新手就会把惊心动魄的雷电，一下子全部朝人们心里扔去，结果毫无收获，而艺术家则不断放出小型的霹雳，一步一步向目的走去，正好这样完全穿透别人的灵魂，只有逐渐推进，层层加深，才能感动别人的灵魂。

我们总结上面进行的研究，可以知道，悲剧感动的基础是下列条件：第一，我们同情的对象必须完完全全和我们同类，而要我们参与的行动，必须是一种道德的行动，也就是说，一种自由领域内的行动。第二，痛苦、痛苦的根源和它逐渐推进的程度，必须通过一系列互相联系的事件，完整无缺地传达给我们；而第三，还必须用感情的亲眼目睹的形式，不是间接通过描写，而是直接通过行动来表现。艺术悲剧中把所有这些条件结合起来，并加以实现。

悲剧可以说是对一系列彼此联系的事件（一个完整的行动）进行的诗意的摹拟，这些事件把身在痛苦之中的人们显示给我们，目的在于激起我们的同情。

第一，悲剧是一个行动的模仿。模仿这个概念就使悲剧有别于其他单靠叙述或者描写的艺术。在悲剧中，个别的事件在其发生的瞬间，必须作为现在的事情，直接陈诸想像力和感官之前，不容第三者插入。史诗、长篇小说、短篇小说,凭它们的体裁,把人物的行动移到远方,因为在读者和进行行动的人物之间,横插进来一个叙述者。但是谁都知道,远方的事情或者过去的事情是削弱印象和削弱人们的关切和激情的。而现在的事实则使之加强。一切叙述的体裁使眼前的事情成为往事,一切戏剧的体裁又使往事成为现在的事情。

第二,悲剧是一系列事件的模仿,即一个情节行动的模仿。它不仅通过模仿表现悲剧人物的感受和激情,还表现出了产生这些感受和激情并促进它们表露出来的事件;这就使悲剧有别于抒情的文学形式,这些抒情的形式虽然也诗意地摹拟心灵的某些状态,然而不模仿行动。一首悲歌、一首短歌、一首颂歌可以把诗人(不管是诗人本人的或者是理想人物的)目前的、由特别情况所决定的心灵状态摹拟地展现在我们眼前,在这层意义上,它们虽然也包括在悲剧的概念之内,然而它们还没有完全符合悲剧的概念,因为它们只局限于表现感情。更为本质的区别在于这些文学形式具有不同的目的。

第三,悲剧是一个完整的情节行动的模仿。一个个别的事件,无论它多么含有悲剧性,还不能构成悲剧。必须把若干互为因果的事件,按照目的,构成一个整体,只有这样,才能使我们感到真实,才能使表现出来的激情、性格等等和我们灵魂的本性彼此吻合,而我们的同情就完全建筑在这种吻合的基础上面。倘若我们感觉不到我们在同样情况下,也会这样受苦、这样行动,我们的同情心就永远不会觉醒。所以关键在于:我们必须全盘看到表现出来的情节行动,看它如何在外部情况的作用下,从产生这个行动的人的灵魂里,逐步自然而然地、层层推进地涌现出来。俄狄浦斯的好奇,奥赛罗的妒忌就这样在我们眼前萌芽、发展、完成。也只有这样,一个无辜灵魂的平静心情和成为罪犯后的良心谴责之间的距离,一个幸福的人的骄傲自信和他的可怕的毁灭之间的距离,简言之,读者在开始时的平静的心理状态和情节行动结束时他的感受的猛烈激动之间的大段距离才会充实。

必须要有一系列彼此联系的事件,才能使我们产生心灵活动的变化,这种变化刺激注意力,唤起我们精神的一切力量,鼓舞逐渐衰退的行动的冲动,这种冲动由于迟迟得不到满足,就燃烧得更为猛烈。心灵如想克制感情的痛苦,只能乞助于道德。悲剧艺术家必须延长感情所受的折磨,才能更迫切地向道德提出要求;但是他也必须使感情得到满足,才能使道德得到的胜利更为艰巨,更为光荣。上述二者只有通过一系列的行动才可能得到,这些行动是经过明智的选择,为这一目的连接起来的。

第四,悲剧是一个值得同情的情节行动的诗意的模仿,因而和历史性的模仿正相对立。如果它遵循一个历史的目的,旨在叙述已经发生的事情,以及这些事情如何发生,就变成历史了。在这种情况下,它必须严格遵守历史的真实性,因为惟有把确实发生过的事情忠实地表现出来,才能达到它的目的。然而悲剧的目的是诗意的目的,这就是说,它表现一个行动,为的是感动别人,并且通过感动使人快乐。倘若它根据这个目的来处理给它的素材,那么,模仿的时候,它就有它的自由;它有权利,甚至于可以说它有责任使历史的真实性屈从于诗意的规则,按照自己的需要,加工得到的素材。可是因为悲剧只有在和自然法则高度吻合的条件下,才能达到它的使人感动的目的,所以在保留自由地处理历史事件的权利下,依然需要遵守严格的自然真实性的法则:这种自然真实性和历史真实性相反,被称为诗意真实性。由此可见,严格注意历史真实性往往损害诗意真实性,反之,严重破坏历史真实性,就会使诗意真实性更能发挥,这种情况就很可理解了。因为悲剧诗人,其实任何诗人都是如此,只服从诗意真实性的规则;对历史事件极其认真的注意,不能使他免除诗人的本分,也不能原谅他违反诗意的真实性,写得平淡乏味的过失。因而谁若想把悲剧诗人召唤到历史的法庭之前,并想向他学习知识,真是对悲剧——其实对全部诗艺都是如此——极其缺乏了解。悲剧诗人顾名思义,只负责使人感动,使人快乐。甚至于如果诗人有时候胆怯畏惧地屈从于历史真实性,放弃了他艺术家的特权,默认历史有裁判他的作品的权利,这时候艺术就完全有权利把诗人叫到它的审判席前。《赫尔曼之死》①、《米诺娜》②、《福斯特·封·斯特洛姆贝尔克》③,倘若经受不起艺术的考验,不管服装如何丝毫不差,民族性格和时代特点如何正确无误,仍然是平庸的悲剧。

第五,悲剧是一个情节行动的模仿,这个行动把受苦中的人展现在我们面前。人这个词在这里并不是可有可无的,它是用来确切地标明,悲剧选择自己对象的界线。只有像我们自己这样的有感情有道德的生物,才能激起我们的同情。那些脱离一切道德的物体,像民间迷信或者诗人幻想所描绘的凶恶精灵,以及和这些精灵相似的人,——再有那些摆脱感情束缚的物体,就像我们所设想的纯粹的灵秀之士,以及一些高度地摆脱了感情束缚的凡人,这种高度不是具有人的弱点的人所能达到的,凡此种种,都不宜成为悲剧的人物。这个苦难的概念也就是我们应该参与一种苦难,这个概念决定:只有在"人"这个字的全部意义上的人,才能作为受苦的对象。一个纯粹的灵秀之士不会痛苦,一个凡人,要是异乎寻常的接近这种纯粹的灵秀之士,那么,在他心里也从来不可能激起巨大的激情,因为他从自己的道德本性中很快就能找到力量,抵御脆弱

① 克洛卜施托克的悲剧《赫尔曼之死》。

② 即格尔斯腾贝尔克的悲剧《米诺娜或盎格鲁-撒克逊人》。

③ 雅各伯·麦耶的同名骑士剧。

的感性所受的痛苦。一个没有道德的彻头彻尾的感情生物，以及和他相似的人，能产生可怕的痛苦，因为他们身上的感情占了上风，但是没有任何道德感情作为内心支柱，因而完全成了痛苦的俘虏——看到这样一种全然无助的痛苦，看到理性根本不去行动，我们便感到厌恶，掉头不顾。所以悲剧诗人特别喜欢善恶交织的性格是有他的道理的，他的理想的主人公正是介乎完全堕落和完美无缺的人物之间。

最后，悲剧把所有这些特质结合起来，引起人们同情的激情。悲剧诗人所作的准备工作，有些完全可以用于另外的目的，譬如道德的目的、历史的目的和其他等等，然而悲剧诗人恰恰给自己规定了这样一个目的而不是任何别的目的，这就使他无需乎理会一切与这一目的无关的要求，但同时也要求他在每次具体运用上面列举的这些规则时，必须以这种最终的目的为转移。

对某一文艺种类有效的所有的规则，都涉及到最终的根本；这就是该文艺种类的目的；这种文艺种类用来达到它的目的时所采用的各种手段结合起来，就叫作该文艺种类的形式。所以目的和形式之间，关系极为密切。形式由目的决定，并由目的规定必须如此，而目的得以实现，则是形式相宜的结果。

任何一种文艺种类都遵循一种特殊的目的，正因为如此，它才通过一种特殊的形式，和其他文艺种类有所区分，因为形式是文艺种类用以达到自己目的的手段。文艺种类必须凭着自身特有的本质，进行那些别的文艺种类不能做的事情。悲剧的目的是感动；它的形式是模仿一个导致痛苦的情节行动。好几种文艺种类都可以和悲剧一样，以同一行动作为它们的对象。好几种文艺种类都可以遵循悲剧的目的——感动，虽说并不当作主要目的。区别悲剧与其他种类的是形式和目的的关系，这就是说文艺种类考虑到自己的目的，并用某种方式来处理自己的对象，以及通过它的对象来达到自己的目的。

如果说悲剧的目的是激起同情的激情,形式是赖以达到这个目的的手段,那么对动人的情节行动的模仿,必须包含最强烈地激起同情的激情的全部条件。悲剧的形式便是最有利于激起同情的激情的形式。

在一部文艺作品中,它的种类所具有的特殊形式,倘若充分得到发挥,使它最好地达到这种文艺种类的目的,这部作品就算得上完美。所以一部完美的悲剧,其中的形式——即对动人的情节行动的模仿——已被充分加以利用,以引起别人同情的激情。如果一部悲剧激起别人的同情,不是由于题材的功效,更多是由于充分发挥悲剧形式的力量,这样一出悲剧,大概可以说是最完美的了。它可以算作理想的悲剧。

有许多悲剧,倒也充满了诗意之美,然而从戏剧的角度来看,却大可非难,因为它们不是试图通过最好地发挥悲剧形式的力量,达到悲剧的目的;另外有些悲剧,通过悲剧形式达到了另外一种目的,而不是悲剧的目的。不少最受我们喜欢的剧本之所以感动我们,全凭题材的特点,我们宽大为怀,或者漫不经心,把题材的这一优点算作拙劣的艺术家的功劳。而在看另外一些戏的时候,我们似乎完全没想起诗人邀集我们到剧院里来的意图,看了一些幻想和机智的杰出的游戏,得到消遣,便心满意足,根本没有觉察到离开这位诗人的时候,我们心情冷漠。这种高贵的艺术(它的确是这样一种艺术,因为它诉诸我们心灵中神圣的部分)难道能让这样的一些战士在这样的一些裁判官面前为它的事业而战吗?观众要求不高,易于满足,这只能使平庸的作家欢欣鼓舞,而对于天才,则是屈辱可怕的事。

论 激 情

张玉书 译

表现痛苦——表现单纯的痛苦——从来不是艺术的目的，但是作为达到艺术目的的手段，这种表现对于艺术却极为重要。艺术的最终目的乃是表现超感性之物，尤其是悲剧艺术要做到这点，其方法是把人们受到感动之时，不受自然法则束缚的那种道德上的独立性，生动地展现在我们面前。只有对感情的威力进行的反抗，才能叫人看出我们心里的自由原则；然而，反抗的程度只有看遭到的进攻的强弱才能估计。所以人的智力如想表现为一种不受自然束缚的独立力量，大自然首先必须在我们眼前证明自己的全部威力。感性生物必须受到深刻激烈的痛苦，在这里必须具备激情，这样，理性生物才能显示他的独立，表现他的行动。

倘若我们并不确切知道，一个人内心平静并非麻木不仁的缘故，那我们永远也不可能知道，这种平静是否是他道德力量产生的效果。有些感情只是浮光掠影似的轻轻触及灵魂的表面，那么控制这些感情，便谈不上是艺术；但是在激动整个感性天性的风暴之中，而能保持心灵的自由，这却需要一种远比一切自然力量更为崇高的反抗能力。只有最为生动地表现了痛苦中的天性，才能表现道德上的自由。悲剧英雄首先必须向我们证明他是一个有感觉的生物，我们才会敬他为理性生物并且相信他灵魂的坚强。

因此**激情**是对悲剧艺术家的第一个要求，和不可放松的要求。他可以尽量表现痛苦，只要这无损于他的最终目的，不压抑道德上的自由。他必须把苦难的全部分量统统加在他的主人公或者他的读者身上，因为不然就很难说他们对苦难的反抗是一种心灵的行动，是积极的东西，而不仅仅是消极的东西和一个缺点。

过去法国人的悲剧里便是上述的后面这种情况，我们在剧中很少看见或者根本看不见受苦中的天性，在大多数情况下，见到的只是一个神情冷淡的一摇三叹的吟咏诗人或是踩着高跷走来走去的喜剧演员。冷冰冰的吟诵声调把一切真实天性全部窒息，这就使法国悲剧作家完全不可能以他们顶礼膜拜的优美风度，把人性真实地表现出来。任何场合，一讲优美风度，即使讲得正是地方，总不免要歪曲天性的表现，而艺术却毫不放松地要求表现天性。我们简直难以相信一个法国悲剧的人物在身受痛苦，因为从他心理状态看来，他仿佛是最平静不过的人，他时时顾虑自己对别人产生的印象，这样他就永远不可能使他心里的天性自然流露。高乃伊，伏尔泰[①] 笔下的国王、公主和英雄即使在身受最激烈的痛苦之际，也绝不会忘记他们的身份，他们宁可放弃人性也不愿放下他们的尊严。他们很像古代图画书里的国王皇帝，上床睡觉的时候也戴着王冠。

可是希腊人以及按照希腊人的精神从事写作的现代作家笔下是多么不同。希腊人从不因天性流露而害臊，他让感性充分发挥，但是又满有把握，绝不会被感性所压倒。恶劣趣味会把偶然之物当作主要的东西，深刻、正确的理智却使希腊人把偶然之物和必然之物区别开来，凡是不符合人性的一切东西，都是人身上的偶然之

① 伏尔泰(1694—1778)，法国哲学家、诗人、戏剧家。

物。希腊艺术家要表现拉奥孔,尼俄柏和菲罗克忒忒斯①,他是不管什么公主国王和王子的;他眼里只有人。所以明智的雕刻家干脆把衣服抛在一边,把赤裸裸的人像呈现在我们眼前,虽然他明明知道,在真实生活中并非如此。衣服对他来说只是偶然之物,必然之物绝对不该屈居其下;礼仪的法则或者时俗需求的法则并非艺术的法则。雕刻家应该给我们看的,并且想要给我们看的乃是人,而衣服掩盖了人,那么他就把衣服抛掉,这是完全有道理的。

正像希腊雕刻家把无用累赘的衣服抛掉,给人的天性留下更多的余地,同样,希腊的诗人也把他的人从同样无用累赘的传统的束缚下解脱出来,从一切冰冷的礼仪的法则下解脱出来,这些法则只能使人矫揉造作,掩藏了人的天性。荷马和古希腊悲剧家的作品里,受苦中的天性直诉我们的心灵,真实诚恳,感人至深:各种激情自由奔放,礼仪的法则并不阻止任何一种感情。英雄们对于人类的一切苦难就和别人同样敏感,正因为他们深切强烈地感受到痛苦,但是又不为痛苦所压倒,所以他们才成了英雄。他们也和我们这种人同样热爱生命,但是这种感情并没有主宰他们到贪恋人生的地步,如果荣誉的责任或者人性的责任要求他们牺牲生命,他们能够视死如归。菲罗克忒忒斯呼天抢地的哀号充斥了希腊舞

① 拉奥孔(Laokoon),传说中特洛亚城祭司,曾警告特洛亚人当心希腊人的木马计。后在海边祭神时为两条巨蟒缠死,两个儿子同时遇害。古代罗得岛的雕刻家阿格山得罗斯(Agesandros)及其子共同雕刻了一座拉奥孔像,表现的是拉奥孔父子遇害时的瞬间。本文中温克尔曼所论述的就是这座雕像。拉奥孔的故事又为维吉尔用于长诗《埃涅阿斯纪》中。

尼俄柏,希腊神话中坦塔罗斯之女,安菲翁之妻。

菲罗克忒忒斯,希腊神话中英雄,波阿斯之子,进攻特洛亚时,脚部被蛇咬伤,发出恶臭,众人听从俄底修斯的建议,把他送到楞诺斯岛上去,在困苦中度过了九年。第十年希腊使者接他回去,参加特洛亚之战,杀死帕里斯,特洛亚陷落。

台，甚至愤怒的赫剌克勒斯[①]也并不抑制他的痛苦。注定要作为牺牲的伊菲革涅亚以动人的坦率承认，和阳光作别，她心中悲痛。希腊人从不认为对受苦麻木不仁，无动于衷就是光荣，而是认为充分感受到苦难，却能忍受苦难才是光荣。即使是希腊人的天神，诗人若想使他们更接近人性，这些天神也得向人的天性让步。马尔斯[②]负伤之后，大声呼痛，喊声震天，犹如一万人齐声大吼，维纳斯被长矛划破了皮，痛哭流涕地跑上奥林波斯山，激起了无尽的争战。

希腊艺术作品里的这种对苦难的细腻的敏感性，这种温暖真挚，诚实坦率的天性，如此深刻生动地感动我们，对于所有的艺术家来说都是一种模仿的榜样，也是希腊的精神为艺术规定的一项法则。对人的第一项要求始终是并且永远是天性提出的，天性永远不容否认；因为人在变成别的什么东西之前，首先是有感觉的生物。对人的第二项要求是理性提出的，因为人是有理性感觉的生物，是个道德的人，他的本分乃是不受天性主宰而去控制天性。只有当天性和理性先后得到伸张之后，方才容许礼仪向人提出第三个要求，叫人在表达感觉和思想的时候，顾及社会的看法，把自己表现为有教养的生物。

悲剧艺术的第一条法则乃是表现痛苦中的天性。第二条法则乃是表现对苦难进行的道德的反抗。

激动作为激动而言，原是无足轻重的东西，而表现激动，单就其本身而言，恐怕毫无美学价值；因为我们不妨再重复一遍，任何仅仅与感性天性有关的东西，是不值得表现的。因此不仅一切柔弱无力(故作感伤)的效果，其实无论什么最高程度的激动，都配不

① 赫剌克勒斯，希腊神话中最著名的英雄，据说是宙斯和阿尔克墨涅之子。

② 马尔斯，希腊神话中的战神。

上悲剧艺术。

故作感伤的激动，仅仅是温柔的感动，属于惬意之物的领域，优美艺术是和它毫不相干的。它们使人松弛，使人衰弱，仅仅使感官得到快乐，它们只和人的外表有关，与人的内心状态无涉。我们很多长篇小说和悲剧，尤其是所谓的话剧（介乎喜剧和悲剧之间的中间产物）和深受喜爱的家庭画卷就属于这类作品。这种作品的效果不过是挤干人们的泪囊，使人周身轻松舒畅；但是人的精神空无所获，人们心里更为高尚的力量丝毫也未增强。正像康德[①]说的，有些人听了一次布道，感到快活，但是内心毫无增益。现代作曲家的音乐，仿佛主要也只是瞩意于感性，藉此讨好占主导地位的趣味，这种趣味只希望受到惬意的刺激，并不希望受到吸引，受到强烈的感动和得到提高。因而一切缠绵动人的东西都受到偏爱，无论音乐厅里多么喧闹，只要奏出一段故作感伤的乐曲，大家忽然侧耳静听。通常众人的脸上便流露出一股近乎兽性的感性表情，眼睛如醉如痴，满含泪水，嘴巴大张，满含热望，一阵快感的战栗流遍全身，呼吸急促虚弱，总而言之，一切陶醉的征象全部出现：这充分证明，感官耽于逸乐，精神，或者人身上的自由原则却被感性印象的威力所夺去。我认为，所有这些感动，碰到一个高贵的男性的趣味，便被摒之于艺术之外，因为它们只是取悦于感官，而艺术和感官是不相往来的。

但是另一方面，所有只是折磨感官，而不让精神为此得到补偿的各种程度的情绪激动，也是被摒之于艺术之外的。这种情绪激动通过痛苦对心灵自由的压抑不亚于那种情绪激动通过欢乐对心灵自由的压抑，因此这种情绪激动产生的效果只可能是厌恶而不可能是和艺术相称的感动。艺术必须欢娱精神，取悦自由。谁若

---

① 伊玛努埃尔·康德（1724—1804），德国古典哲学家。

成了痛苦的牺牲,便只是一头受折磨的畜生,不再是一个在受苦的人;因为如若是人,那就要求他对苦难进行道德上的反抗,只有通过这种反抗,才能叫人看出他内心的自由原则,看出智力。

由此可见,有些艺术家[①] 以为,单单凭藉感动的感性力量,把痛苦描绘得活灵活现,就能达到激情,这些艺术家未免太不擅长自己的艺术了。他们忘记了,痛苦本身,从来也不可能是艺术表现的最终目的,从来也不可能是我们从悲剧事件体验到的快感的直接源泉。激情的东西只有当它是崇高的事物时,才是符合美感的。但是,那些仅仅来自感性源泉,仅仅根植于感觉力激动的基础之上的效果,无论力量多大,也永远不是崇高的:因为一切崇高的东西都只是起源于理性的。

单纯表现一种激烈的感觉(无论是快乐的还是痛苦的)而不表现超感性的反抗力,这就叫做卑劣,其反面就叫做高尚。卑劣和高尚这两个概念,无论在什么地方,只要用到的时候,总表示人的超感性的本性有否参与一个情节或者一部作品。只有从理性涌现出来的东西才是高尚的;凡是由感性为自己制造出来的一切,都是卑劣的。要是一个人只是遵循感性冲动的驱使,我们就说他行事卑劣;倘若他遵循他的冲动的时候,还顾忌到法律,我们就说他行事正派;倘使他只遵循理性,丝毫不顾感性的冲动,我们就说这人的行为高尚。倘若一个脸型丝毫不能表现出人身上的才智,我们就说它鄙俗,倘若精神决定脸上的特征,我们就说它生动,倘若一种纯洁的精神决定脸上的特征,我们就说它高雅。一个建筑物如果给我们看到的,除了物质的目的以外,别的一无所有,我们就称它鄙俗,倘使它除了物质的目的以外,同时又表现了思想,我们就称它高雅。

---

① 可能指“狂飙突进”时期的戏剧家格尔斯腾贝克,克林格尔,棱茨等。

所以我认为,良好的趣味绝不允许表现激动时,只表现肉体的苦难和肉体的反抗,——无论这种表现多么有力——而不同时使人看到更高的人性,超感性能力的存在,理由前面已加阐述,因为并不是受苦本身,而只是对苦难的反抗,才是激情洋溢的,值得表现的。因而无论艺术家或是诗人都严禁表现一切单纯最高度的激动;因为这种激动或者压抑内心的反抗力量,或者以压抑内心反抗力量为自身存在的前提,因为只要人身上的智力还能进行一些反抗,任何激动都不可能达到最高的的程度。

现在问题来了:通过什么东西可以叫人看出激动之中的这种超感性的反抗力量?不通过别的,就通过对激动的控制,或者说得更普通一点,通过对激动的反抗。我说的是反抗激动,因为感性也会反抗,不过它反抗的不是激动,而是反抗引起激动的原因——不是道德的反抗而是肉体的反抗,虫豸遭到践踏、公牛负伤之后,都会表现出这种反抗,而不会因而唤起激情。一个痛苦中的人想表达他的感情,翦除他的敌人,保护受伤的肢体,这一点人和任何动物都是共同的,人的本能就能进行上述活动,完全不用事先动问他的意志。所以这还不算是他的人性的行动,还不能叫人看出这是智力的表现。感性虽说随时随地反抗他的敌人,但从不反抗他自己。

反抗激动却相反,是反抗感性,所以这种反抗就需要具备一些和感性迥乎不同的东西。一个人凭着理智和肌肉的力量就能抵御那使他痛苦的东西;可是反抗痛苦本身,那他除了理性思想,别无其他武器。

什么地方要有激情,就必须把这种理性思想表现出来,或者通过表现,唤起这种理性思想。可是思想要照它本来的意义正面地予以表现,那是不可能的,因为在感观世界里,没有一样东西是和思想相当的。但是反面间接地来表现思想,当然还是可能的,只要在感观世界有一些东西，其生存条件我们在大自然中遍寻不得。任何一个现象，其最终根源不可能引自感官世界，那它就是超感性之物的间接表现。

艺术怎样才能不用超自然的手段，表现一些超乎自然之物呢？这种依靠自然力量完成的现象(因为否则它便不是现象)可是又不可能毫无矛盾地从物质的根源中引出，那么这种现象又该是怎样的一种现象呢？这就是任务。艺术家怎么解决这个任务呢？

我们必须回想一下，我们可以看到一个人处于激动状态的时候，表现出两类现象。或者是一些纯粹属于动物的现象，这种现象只遵循自然法则，人的意志不能控制它，人身上的独立力量根本不能对它发生任何直接影响。这种现象直接由本能产生，并且盲目地服从本能的法则。譬如血液循环、呼吸活动的器官以及整个皮肤表面都属此列。但是有些受意志控制的器官也并不永远静候意志的决定，往往本能就直接使它们行动起来了，特别是在痛苦或者危险威胁着肉体的时候。我们的手臂当然是听从意志支配的，可是当我们无意中抓住一样滚烫的东西时，手猛然缩回，这就显然不是意志的行动，而单单是由本能完成的。是的，还不止于此。说话当然是由意志控制的，可是当我们突然碰到一个巨大的痛苦或者强烈的激动的时候，甚至本能也能任意支配这个理智的器官和产物，而不消先去动问意志。我们不妨叫一个最善自我控制的斯多噶派分子①猛然间看到一样极端奇妙的东西，或者异常可怕的东西，譬如叫他看见别人失足坠入深渊，他准会不由自主地失声大叫，而且叫出来的并非模糊不清的声音，而是一个明确清晰的字

① 斯多噶派，古希腊、罗马时期的一个哲学学派。主张在生活中恬淡冷静，随遇而安。

眼,他身上的天性比他的意志更早采取行动。这就可以证明,人身上有些现象,不能归之于作为智力的他的个性,而只能归之于作为一种自然力量的他的本能。

可是人身上也还有第二类现象,这是处于意志的影响之下受意志支配的,或者至少可以把它们看成是意志可以制止的现象;那么这类现象是由人的个性而不是由人的本能来负责的。本能只是盲目地竭力满足感性的利益,可是个性则顾忌到法则而限制本能。本能自己根本不顾任何法则,可是个性则须留意,不使任何本能的行动损害理性的规则。所以有一点是可以肯定的,单单本能并不能无条件地决定人们激动时的一切现象,人的意志可以对本能限定范围。倘使单由本能决定人身上的一切现象,那么就不再有什么东西可以使人想到个性,我们眼前看到的也不过是一个自然生物,一个动物而已;因为所谓动物就是指的每一个在本能控制下的自然生物。倘若要表现个性,就需要现出人身上若干反对本能或者不由本能决定的现象。这些现象不是由本能决定的这一点,就足以把我们导向一个更高的源泉,只要我们一旦认识到,本能的威力倘若不是对这些现象全然失去作用,准会把这些现象决定成别的样子。

现在我们能够举出如何才能把人身上被激动时的超感性的独立力量,人的道德自我,表现出来的方式方法了。——这种超感性的独立力量是这样表现出来的:那些仅仅服从自然的部分,意志从未能控制,或者至少在某种情况下未能控制,它们暴露出人在受苦;然而,那些摆脱本能的盲目力量的束缚,而又并不必然服从自然法则的部分,毫不表现这种痛苦,或者只表现这种痛苦的一点一滴,因而在某种程度上表现出来是自由的。一方面是依照必然的法则铭刻在动物天性上的特征,另一方面是独立行动的精神所决定的特征,这两类特征互不协调,由此可见人身上有一种超感性的原则存在，这种原则能够限制自然的效果，而这样一来，也显出它和自然有所区别。人身上单纯动物性的部分遵循自然法则，因此可以表现为完全屈服于激动的威力。痛苦的全部强力都在这种动物性的部分上显示出来，恰好作为尺度，可以用来衡量抵抗力的强弱；因为人的抵抗力的强弱，或者人身上道德力量的大小只能从遭到攻击的程度来予以判断。激动在动物性领域内表现得越是坚决有力，而在人性领域内却不能表示出同样的力量，那么人性就越发容易被人看出，人的道德独立性就表现得更加光荣，表现就更富激情，而激情就更加崇高[①]。

我们在古希腊人的雕像里，发现这个美学原则形象地表现了出来，但是要把这感性生动的景象给人的印象抽象成概念并用语言表达出来，是十分困难的。拉奥孔父子的这组雕像大概是衡量古希腊人的造型艺术在激情方面能够做出多大成就的一个标尺。温克尔曼[②] 在他的《艺术史》(维也纳四开本版第 699 页)里对我们说："拉奥孔这个雕像表现的是极度痛苦中的个性，它是依照一个人的肖像制成的，此人试图聚积精神的意志力来抵抗这极度的痛苦；痛苦使他肌肉隆起，神经紧张，而那坚强有力的精神却从那高昂的额头显现出来，胸脯因为屏住呼吸抑制感情而高高耸起，为

① 我所理解的动物性领域乃是人身上全部处于自然冲动的盲目威力之下的现象，即使不具备意志自由也完全可以解释；而人性领域乃是那些接受自由法则的现象。倘若在表现的时候，动物性领域内缺乏激动的情绪，那么这个表现就使我们冷淡；相反，激动的情绪如果君临人性领域，这个表现又使我们反感愤怒。在动物性的领域内，激动的情绪必须随时随地保持凝练不散，否则便无激情；只有在人性的领域里，激动的情绪才许松散开来。因此，倘若把一个受苦的人表现得悲声哀告，痛哭流涕，给人的感动必很微弱，因为哀告眼泪，在动物性的领域内已把痛苦松解开来。静默深沉的痛苦，感动我们更为强烈，碰到这种痛苦，我们在自然中找不到援助，只好躲到超自然之物中去，这样诉之于超感性之物，恰好正是激情和悲剧力量之所在。——作者原注。

② 约翰·约阿希姆·温克尔曼(1717—1768)，德国美学理论家。

了把痛苦深藏心头，不使流露。他尽量压抑悸动的叹息，气也透不出来，使他下腹收缩，身体两侧向内凹陷，我们仿佛可以看见他内脏的搏动。孩子们正仰面朝着父亲，向他呼救，他们所受的罪似乎比他个人的痛苦更使他惊恐；因为一颗父亲的心从那双悲苦的眼睛里显露出来，怜悯之心仿佛在他阴郁暗淡的眼神之中浮现。他一脸怨诉的神情，并无大哭大叫的神气，他的眼睛仰望，期待着上天的救援。嘴巴充满了悲哀，下唇搭拉下来，表现出沉重的悲哀；上唇向上掀起，却交织着悲哀和痛苦，痛苦之中又含有委屈，仿佛觉得不该遭受这样的痛苦，有辱自己的身份。这阵痛苦上达鼻管，使鼻翼膨胀，那张开翘起的鼻孔显出他身上的痛苦。额头底下痛苦和反抗正在鏖战，二者仿佛凝成一体，表现得无比真实；因为痛苦使眉毛直竖之时，对痛苦的反抗又把上眼肉压下，直往上眼睑压去，使眼睑几乎全被上面的眼肉盖住。艺术家不可能美化天性，他就设法把它表现得更加充分酣畅，坚强有力。最大的痛苦落在哪里，哪里也就表现出最大的美丽。巨蛇的愤怒的馋吻正向他的左侧喷吐着毒液，而这左侧显然由于最接近心脏，受苦也最为剧烈。他想伸起腿来，挣脱他的厄运；周身没有一部分静止不动，凿刀的刻痕使僵硬的皮肤获得生命。”

请看智力和感性天性所受的苦难之间进行的这场斗争，在这段文章里表现得多么真实细腻，显示动物性和人性、天性强制和理性自由的这些现象又表现得多么恰如其分！我们知道，维吉尔[①]在他的《埃涅阿斯纪》里也曾经描写过这一幕，但是叙事诗人完全不消像雕刻家似的在拉奥孔的心灵状况中久久盘桓。在维吉尔的诗里，关于拉奥孔心灵状况的全部叙述只是次要部分，它所要达到的目的，单单通过肉体的表现已尽可达到，诗人

① 维吉尔（前70—前19），古罗马诗人。《埃涅阿斯纪》为其长篇史诗。

完全不必让我们洞察受难者的灵魂，因为他既不想激起我们的同情，又不想用恐怖来打动我们。所以在这方面诗人的职责仅仅是消极的，也就是说，受苦的本性表现得不可过分，以至于一切人性的表现，或道德反抗的表现全都丧失殆尽，因为倘若表现过火，必然引起反感和厌恶。因而他宁可表现受苦的原因，宁可多费笔墨描绘两条巨蛇的狰狞可怕和扑向它们的牺牲品时的凶恶神气，少费笔墨刻画牺牲者的感觉。牺牲者的感觉他只能轻笔带过，因为他旨在表现神的惩罚，不能削弱恐怖的印象。倘使相反他和雕刻家一样，让我们对拉奥孔的个性了解颇多，那么这一情节的主角就不复是惩罚人的神，而是受苦中的人了，这个插曲就不免失去对通篇的目的性。

维吉尔的这段故事，我们在莱辛[①] 的出色的评释文中已经读到过。但是莱辛采用这段故事，其目的只是想在这个例子上显出诗画两种表现之间的界线，并不是想用这个例子来阐发出关于激情的概念。可是为了达到后面这个目的，我看这个故事也很合用，请允许我，从这方面把这故事再浏览一遍。

Ecce autem gemini Tenedo tranquilla per alta
(horresco referens) immensis orbibus angues
incumbunt pelago, pariterque ad littora tendunt.
Pectora quorum inter fluctus arrecta, jubaeque
sanguineae exsuperant undas, pars caetera pontum
pone legit, sinuatque immensa volumine terga.
Fit sonitus spumante salo, jamque arva tenebant,
ardenteis oculos suffecti sanguine et igni,

① 莱辛(1729—1781)，德国作家，文艺理论家。其理论著作《拉奥孔或论绘画与诗歌的界线》中曾详细论述了“拉奥孔”雕像。

sibila lambebant linguis vibrantibus ora.①

前面说的,使力量崇高需要三个条件,在这里便已具备了其中之一:这就是一股强大的自然力量,用来摧毁一切,任何反抗都不在话下。但要使这强大的东西同时变得可怕,可怕的东西变得崇高,那就基于两种不同的内心活动,这就是说,基于我们自己心里产生出来的两种想像。我们首先把这不可抗拒的自然力量和人的肉体孱弱的反抗能力联系起来,于是我们认为这种力量十分可怕;其次,当我们把它和我们的意志联系起来,意识到我们的意志不受任何自然影响的束缚,绝对独立不羁的时候,这种自然力量对我们来说,便变成一个崇高的对象。这两种关系都是由**我们**联系起来。诗人只不过给予我们一个具有巨大力量,并努力试图表现出这种力量的事物而已。倘若我们在这事物面前战栗不已,那只是因为我们设想我们自己或者一个和我们相仿的生物正在和这事物搏斗。倘若我们颤抖的时候能感到崇高,那是因为我们意识到,即使我们不幸成为这种力量的牺牲,但是对我们自由的自我,对我们意志力的独立无羁,我们将不必有所畏惧。总而言之,到此为止,表

① 拉丁文。引自维吉尔的《埃涅阿斯纪》;席勒的译文为:
“(我一说起来,不禁舌头直颤,)
从台耐多游来一对可怕的巨蟒,
两条蛇尾弯成骇人的拱形,
浮水而来,驾着寂静的波浪。
胸脯从浪花中升起,
水面上高耸起蛇头的红焰,
身后的长背卷成圈圈巨轮,
在浪涛中翻滚旋转;
一路上浪花汹涌,水声如雷,
血红的眼里,饥火闪闪,
舌头舐着咽喉,嘶嘶作声:
两条巨蟒就这样跃上海岸。”

现不过是静观的崇高而已。

> Diffugimus visu exsangues, illi agmine certo
> Laocoonta petunt[①]

现在这强大的东西同时变得狰狞可怕，静观的崇高的东西进入激情的境界。我们看见它的确和无力的人展开搏斗。此刻究竟是拉奥孔在斗还是我们在斗，这只不过是程度上的不同。同情的冲动激起了我们保存自身的冲动，我们感到这两个怪物正向**我们**扑来，随便怎样想法逃脱都是白费力气。

此刻我们是否想把这种力量和我们自己的力量较量较量，是否想把它和我们的生存联系起来，已经不再由我们做主。这些过程不消我们染指已在事物本身完成。所以我们的恐惧并不像在前面那种情况下，只在我们心里有着一种主观的原因，却还有一种客观原因存在于事物的本身之中。因为即使我们把一切全都认作是想像力的虚构，我们到底还是要在这虚构之中把从外而来的想像和我们自己心里涌现的想像区别开来。

这样一来，心灵便失去了部分自由，因为过去心灵通过自己的活动产生出来的东西，现在是从外界得来。对危险的想像获得一种客观真实的样子，于是心灵也就当真感动起来。

倘若我们只是感性生物，只遵循保存自身的冲动，那么我们到此便驻步不前，停留在单纯受苦的状况。但是我们心里有一些东西毫不参与感性天性的激动，它们的行动丝毫不以任何物质条件

---

① 拉丁文。引自维吉尔的《埃涅阿斯纪》，席勒的译文为：

“看到这番景象，众人大惊失色，
吓得丧魂落魄，四散奔逃；
两条巨蟒，势如飞箭，
射向神坛，直扑长老。”

为转移。根据这种自动的原则(即道德的天赋)在人们心灵里发展程度的不同,这受苦的天性便会多少获得一些回旋的余地,激动之余还会多少给它剩下一些独立的行动。

在道德的心灵中,(想像力造成的)可怕之物能够迅速而轻易地转化为崇高之物。想像力失去了自由,理性的自由才得以伸张;心灵向外发展受到阻碍,于是就更加向内发展。我们被逐出一切只能给感性生物以物质保护的壁垒,投入我们道德自由的不可征服的城堡,这样就获得了一种绝对的无限的安全,而我们在现象的领域里失去的只是一道有限的并不可靠的围墙。可是正因为我们在向道德天性求救之前,必须受到物质的困厄,所以我们只能通过受苦才能换来这种高度的自由之感。卑劣的灵魂只停留于受苦的地步,觉得激情的崇高之物只是可怕的东西而已;一个独立的灵魂相反,却正从这种痛苦逐渐感觉到它的力量的无比辉煌的效果,懂得从每件可怕之物造出崇高的事物来。

Laocoonta petunt, ac primum parva duorum
Corpora gnatorum serpens amplexus uterque
Implicat,ac miseros morsu depascitur artus.①

受到袭击的是道德的人(父亲),而不是肉体的人,这就产生巨大的效果。凡从第二手得来的一切感动总更富美感,任何一种同情都不及我们以同情感受到的同情更为强烈。

Post ipsum auxilio subeuntem ac tela ferentem

① 拉丁文。引自维吉尔的《埃涅阿斯纪》,席勒的译文为:
“只见巨蟒飞快缠住两个浑身颤抖的男孩,
孩子的鲜血首先填进巨蟒的饥肠:
这对不幸孩子的四肢百骸,
全被巨蟒吃得精光。”

corripiunt.①

现在我们把主人公当作道德人物,向他表示敬意的瞬间已经来到,诗人抓住这个瞬间不放。我们从诗人的描写认识了这狞恶怪物的全部力量和熊熊怒火,知道一切反抗全是白费。倘使拉奥孔只是一个卑劣的人,他准会看到自己的利益,就会像其余的特洛亚人那样,拔脚就逃,希图活命。但他是个有心肝的人,孩子生命垂危,他便留下,自己惨遭毁灭。单单这一点就使他值得我们同情。巨蟒无论在什么时候袭击他,我们都会受到感动和震撼。可是巨蟒恰恰在他作为父亲引起我们敬佩的当儿向他袭击,他的毁灭就像是尽了父亲的天职之后,温柔地关怀了儿子之后的直接后果,于是我们对他的同情便升到顶点。他现在便仿佛是一个自己选择死亡的人,他的死便成了一种意志的行动。

因而在任何表现激情之处,感官必须受到痛苦,精神必须获得自由。倘若在表现激情之时,没有表现出受苦的天性,那么这种表现便缺乏美感力量,我们的心便保持冷漠。倘若没有表现出伦理的基础,那么这种表现即使具有一切感性的力量也绝不可能达到激情的境界,而且必然还会激起我们的反感。必须透过一切心灵的自由时时显出那受苦的人,也必须透过人所受的一切痛苦时时显出那独立的精神,或者能够独立的精神。

可以通过两种方式显示出受苦的状况下精神的独立性。一种是反面的:伦理的人不从物质的人那里去接受规则,思想和现状之间不许有因果关系;第二种是正面的:伦理的人把规则交给物质的

① 拉丁文。引自维吉尔的《埃涅阿斯纪》,席勒的译文为:
“为了去救孩子,父亲挥动标枪,
可是正在这一瞬间,
怪物已向他扑来。”

人，思想和现状之间有因果关系。从前面一种情况产生出崇高的心灵状态，从后面一种情况则产生出崇高的行动。

崇高的心灵状态就是每一个不受命运约束、独立不羁的性格。塞内加[①]说："一个英勇的人在和逆境奋战，即使对于天神也是一出引人入胜的好戏。"罗马的元老院在加耐的不幸事件[②]发生之后，就呈现给我们一幅这样的景象。弥尔顿[③]笔下的卢西弗，当他第一次在他未来的住处——地狱里环顾四周的时候，我们也因为他灵魂坚强，对他暗生钦佩之心。他叫道："我向你们致意，各式各样的恐惧，向你致意，阴间世界，向你致意，深深的地狱。请接受你的新客人。他怀着一种任何时间任何地点都不能改变的心情来到你这里。他就生活在他这心情之中。这种心情使他即使身在地狱之中也能为他建造一个天国。在这里我们终于获得了自由……"高乃依悲剧中的美狄亚回答的话也属于这一类型。

崇高的心灵状态可以叫人看出，因为它基于同时并存的事件之上，相反崇高的行动就只能凭人想像了，因为它基于前后发生的事件之上。要从一个自己作出的决定当中把痛苦抽象出来，这就需要理智了。因此只有崇高的心灵状态是造型艺术家的领域，因为他只能成功地表现同时并存的事物；而诗人则两个方面皆可表现。造型艺术家即使需要表现一个崇高的行动，也得先把这个行动化为崇高的心灵状态。

对崇高的行动提出的要求是，人的痛苦不仅不能对他的道德素质有任何影响，相反，还更应该是他道德性格的产物。这可以通

① 塞内加（前4—65），古罗马诗人。

② 加耐，意大利古城，公元前二一六年八月二日，罗马大军在此被迦太基名将汉尼拔击溃，几乎全军覆没。尽管如此，罗马元老院仍决定继续和迦太基作战。

③ 弥尔顿（1608—1674），英国诗人。卢西弗乃其著《失乐园》中主要人物，是一从天堂罚入地狱的天神。

过两种方式来达到。一种是间接的按照自由的法则来达到:这人由于尊重某种职责甘心受苦。在这个场合,对职责的设想成为决定他此举的动机,他这受苦是一种意志的行动。另一种是直接的按照必然性的原则来达到:这人因为违背了一个职责在道德上感到悔恨。在这个场合,对职责的设想成为决定他此举的威力,而他这受苦只是一种效果。倘若雷古路斯① 为了遵守诺言,自己投到复仇心切的迦太基人手里,那么他就是第一类情况的例子;倘若他言而无信,后来又意识到这种罪过,因而十分难过,那他就可以充作第二类情况的例子。在这两种情况之下,痛苦都有一个道德根源,只是有这样的区别,这人在第一种情况下向我们显示了他的道德性格,而在另一种情况下则只向我们显示了他具有道德性格的秉能。在第一种情况下他以一个道德上伟大的人物出现,在第二种情况下他仅仅是一个美学上伟大的题材。

这最后的一个差异对悲剧艺术极为重要,因而值得详加阐发。

单从美学的角度来判断,一个人通过他所处的状况,使我们看出他人性秉能的尊严,这人就是一个崇高的题材,即使我们发现,在他身上这种秉能并未实现。可是从道德的角度来判断,那他的举止必须同时符合那种秉能,我们不仅尊敬他的才能,还尊敬他使用了他的才能,不仅他的意图,就是他确实的举动都要有尊严。只有这样,他才变得崇高。我们在判断的时候,注意力究竟集中在道德能力和意志绝对自由的可能性上,还是集中在这种能力的使用和意志绝对自由的现实性上,这完全是截然不同的两回事。

我认为,这是截然不同的两回事,其不同之处并不只在于受人

① 雷古路斯,古罗马统帅,公元前二六七年任执政时,曾大败迦太基。迦太基求和,雷古路斯提出苛刻条件,和谈不成。后雷古路斯被迦太基人所俘,传说受尽折磨而死。

判断的对象身上，而且在于不同的判断方法上。同一个对象，从道德的观点来判断，不讨我们喜欢，可是从美学观点来判断，又非常吸引我们。即使这个对象在这两种判断方面都满足了我们，那它在这两个方面造成这样的效果所用的方法是完全不同的。往往它在美学上适用，结果在道德上不能使人满足，在道德上使人满足，结果在美学上并不适用。

我就想到莱奥尼达斯在温泉关自我牺牲的例子。从道德上来判断，我认为这个行动表现的尽管违反一切本能，然而却是终于实现了的道德法则；从美学上来判断，它表现的是不受本能任何束缚的道德能力。这个行动使我的道德感（理性）得到满足，使我的审美感（想像力）得到欢娱。

在同一个对象身上我得到的感觉各不相同，关于这点我举出下列的理由。

我们的本质分成两种原则或两种天性，那么依照这两种天性，我们的感情也分成截然不同的两类。作为理性生物，我们感到赞许或者反对；作为感性生物，我们感到快乐或者不快。赞许和快乐这两种感情都建立在满足的基础之上：赞许是由于一个**要求**得到满足，因为理性只提出要求，可是本身并无需要；快乐是由于一个**愿望**得到满足，因为感官本身只有需要，不会提出要求。理性的要求和感官的需要这二者之间的关系就像必然和必需之间的关系一样；因而二者都包含在必要性这个概念之内，只是有这点不同：理性的必要性是无条件的，而感官的必要性只有具备了条件才能存在。但是在这两种情况下，满足都是偶然的。一切快乐或者赞许的感情最终都建立在偶然之物和必然之物协调一致之上。必然之物如是一个要求，感觉便是赞许，必然之物如是一个需要，感觉便是快乐；满足越是来得偶然，两种感觉便越是强烈。

进行任何道德判断之时，都有一个理性的要求作为基础，要求行动合乎道德,我们的要求应该合情合理,这是一个绝对的要求。可是正因为意志是自由的,所以我们是否真的做了这事,(从物质上看)纯属偶然。倘若我们真的做了,那么,在使用自由时的这种偶然性和理性的要求这样协调一致,就该得到赞同或者赞赏,感情的反抗使得这种自由的使用变得越偶然,越可疑,这种协调一致得到的赞同或者赞赏的程度便越高。

在审美判断方面则相反,事物与想像力的需要有关。想像力不能发出命令,只能提出要求,要求偶然性与想像力的利益协调一致。想像力的利益则是:在运作中不受规则的约束。对意志的道德约束,极为严格地限制了它的对象,而对于这种要求不受拘束的倾向依然是有利的。既然对意志的这种约束,正好是道德判断的对象,那么我们就很容易看到,在这样作出判断时,想像力不可能得到满足。只有在意志绝对独立无羁,不受自然冲动强制的情况下进行道德约束,才能设想。道德的可能性要求自由自在,因此在这点上和想像力的利益完全吻合,毫无二致。正因为想像力通过它的要求不可能像理性通过它的要求对个人的意志作出这样的限制,所以自由的能力联系到想像力,便具有偶然性,因而偶然性和(有条件的)必然性相协调一致,必然会引起愉悦。所以我们若从道德的角度评判莱奥尼达斯的那一行动,那么我们便从这样一个角度来观察它:它的必然性比偶然性更引起我们注意。相反我们若从美学的角度来评判它,我们便从另一个角度观察它:它的偶然性向我们表现得比它的必然性更为明显。任何人的意志都有义务,一旦成为自由意志,就这样行动;世上居然存在一种意志自由,它能使人这样行动,这是大自然的一种恩宠,它考虑到使自由成为需要的那种能力。所以道德感——理性——若去评判一种道德行动,那么表示赞同便是能够产生的最高褒奖,因为理性不可能要求得到更多,也很少能得到这些。相反若由审美感即想像力来评判同一个行动,那么就产生一种正面的愉悦,因为想像力永远也不可能要求和它的需要协调一致,必然会因这一需要真正得到满足而深感意外,就像碰到一种幸运的偶然巧合而感到惊喜。莱奥尼达斯真正作出这一英勇的决定,我们对此表示赞同,他可能作出这个决定,我们为此感到愉悦,为此沉醉。

如果让一种行动作为基础,分别从道德和审美的角度作出不同的判断,那么,这两种评判的差异便越发明显。我们不妨以彼累格里努斯·普罗特乌斯[①] 在奥林波斯山上自焚一事为例。从道德的角度来判断,我发现这里面有不纯洁的动机在起作用,因而,自我保存的义务遭到忽视,我不能对这行动表示赞赏,可是从审美的角度来判断,我喜欢这个行动,我之所以喜欢它,是因为它证明意志有一种能力,即使最强劲有力的本能,自我保存的欲望也能抗拒。压抑这位梦想家彼累格林[②] 身上的自我保存欲望究竟是一种纯道德的思想,或仅仅是更强劲有力的感性刺激,在我进行审美判断时根本不予注意,我抛开了这个个人,摆脱他的意志和意志规则的关系,想到的只是人的意志,把它视为和整个自然力相联系的群体的能力。我们发现在进行道德判断时,自我保存被设想为一种职责,因而破坏了这种职责便是污辱人的事情;但是在进行审美判断时则相反,自我保存只被视为一种利益,因而它遭到忽视反而使人愉悦。在进行后一种评判时其运作过程正好和我们在进行前面那种评判时相反。因而在后一种情况,我们把感性受到限制的个人和病态的易受刺激的意志置于绝对的意志规则和无限的精神职责之下,而在前一种情况则相反,我们让绝对的意志能力和无限

① 哲学家彼累格里努斯·普罗特乌斯在举行奥林匹克比赛期间,根据自己事先发出的预告自杀身亡。

② 即彼累格里努斯·普罗特乌斯。

的精神力量与自然的强制和感性的限制相对抗。因此审美判断使我们自由自在，奋发向上，深受鼓舞，因为我们通过单纯的要求绝对的能力，通过单纯的倾向道德性的气质，反对感性获得眼前利益，因为只要我们有可能摆脱自然的约束，我们的自由需求就受到愉快的刺激。因此道德判断使我们受到限制和屈辱，因为我们每做一个特别的意志行动，反抗绝对意志规则，多多少少总处于劣势，因为意志以独一无二的限制方式受到限制，要求职责反抗想像力的自由冲动。在前面那种情况，我们从现实跃向可能，从个人跃向群体，而在后面那种情况则相反，我们从可能降到现实，并把群体局限在个人的范围之中；因此，如果我们在作审美评判时感到心胸开阔，而在进行道德评判时则相反，感到受到约束和限制，就不足为奇了①。

由上述一切可以得出结论，道德和审美这两种评判远非互相支持而是互相阻碍，因为它们给人的心情指出两种截然相反的方

① 我附带提醒一句，这种分解向我们解释，康德关于职责的设想通常对于不同的评判者产生的审美印象也各不相同。不可轻视的一部分观众觉得这种对职责的想像令人感到非常屈辱，另一部分观众则感到它会使人的心灵无限高扬。两者都有道理，产生这种矛盾的原因仅仅在于两者观察这一事物的立场不同。仅仅完成他的职责，当然毫无宏伟之处可言，只要我们能够做到最佳成果，也只是完成我们的职责而已，而完成得还不能尽如人意，就在于最高的美德之中也毫无使人欢欣鼓舞之处。但是尽管对感情天性百般限制，依然还能忠诚而执着地完成他的职责，物质受到约束还能坚定不移地遵循神圣的精神法则，这当然使人奋发向上，值得赞赏。反抗精神世界，对我们的美德而言自然无可称道，不论我们为此付出多少代价，我们永远是无用的奴隶；相反，反对感情世界，因而就是一个更为崇高的课题。只要我们从道德方面评判各种行动，把它们联系到道德法则，我们就没有多少理由为我们的道德感到骄傲；可是如果我们只瞩目于作为这些行动基础的我们心灵的能力，只瞩目于这些现象的世界，这就是说，只要我们从审美角度评判这些行动，我们便会产生某种自尊心，这样做甚至是必要的，因为我们在自己心里发现一种原则，极为宏伟无限，超过一切比拟。——作者原注。

向；因为理性要求循规蹈矩作为道德的法官，想像力则要求无拘无束作为审美的法官，而循规蹈矩和无拘无束是格格不入的。因此一个事物多大程度上不适用于审美方面，正好在多大程度上适用于道德方面；倘若诗人尽管如此还要采用它，那么诗人大概会这样处理它：不是把我们的理性导向意志的规律，而是把我们的想像力导向意志的能力。诗人为了自己的缘故不得不走上这条道路，因为我们若自由无羁，他的王国也就告终。只有当我们向我们身外观望，我们是属于他的；只要我们深窥我们的内心，他就失去了我们。只要一个事物不再被我们视为一种现象，而是作为一种规律在审判我们，上述情况便必然产生。

即便是关于最崇高的美德的论述，诗人也不能用来达到他的目的，除了其中属于力量的部分。力量的方向究竟如何，他毫不关心。诗人即使把最为完美无缺的道德榜样放在我们眼前，除了通过观察这些榜样使我们愉悦之外，别无其他目的，也不得有其他目的。现在只有使我们主体得到改正之物，才能使我们愉悦，也只有使我们的精神力量得以提高的事物，才能使我们在精神上愉悦。那么别人恪尽职守又怎么能使我们改恶迁善，使我们的精神力量大为增长？他的确恪尽职守，这是由于他偶然地采用了他的自由，也正因为如此，对我们来说，什么也不能证明。我们和他分享的只是同样恪尽职守的能力，我们在他的能力当中也觉察到我们的能力，我们为此感到我们的精神力量得以提高。因此这只是一种想像出来的实现绝对自由的愿望的可能性，这种愿望由此得以真正实现，使我们的审美感得到满足。

如果我们考虑到，感性的人物或情节给我们的印象所具有的诗意力量很少取决于它们的历史现实，我们对上文谈到的观点就会更加信服。我们对理想人物的好感绝不会因为它们是诗意的虚构而有丝毫减弱，因为一切审美效果是建立在诗意的真实而不是建立在历史的真实之上的。可是诗意真实并不在于某种事情确实发生过，而是在于，它可能发生，也就是在于这事物的内在可能性。所以审美的力量必然在于想像出来的可能性之中。

即便是历史人物所经历的真正的事件，其诗意并不在于这些事件的存在，而在于通过其存在而表现出来的能力。这些人物的确存在过，这些事件的确发生过，这一情况虽然往往能增加我们的喜悦，但是总带着一种异样的附加物，这与其说对诗意印象有利毋宁说对诗意印象有害。长期以来，人们认为只要向我们诗人推荐民族题材去进行加工处理，准是对我们祖国的诗艺帮了大忙。据说，古希腊诗歌之所以这样动人心弦，是因为它描述的是本国的场景，使本国的事件得以万世永存。不容否认，古希腊人的诗歌由于这一情况产生的影响是现在的诗歌所无法自诩的——可是这些效果是属于艺术和诗人的吗？希腊的艺术天才如果在现代人的精神面前，除了这偶然的优点之外，别无其他占先之处，那他也就够惨的了，倘若希腊的艺术品味只有通过诗人作品中的这些历史关系才能被人赏识，这种艺术品味也够惨的了！只有一种野蛮的趣味才需要私人利益的刺激，才能被引向美。只有外行才从题材借用一种力量，拼命地把它放进形式中去。诗意不得借道冰冷的回忆地区，不得把渊博知识为它大力诠释，不得让私利为己大声疾呼。因为它发自内心，应该诉诸内心，它的目标不是瞄准作为国家公民的人，而是作为人的国家公民。

人们自以为高明，有权不遗余力地告诉天才该如何行事，幸亏真正的天才对于这种暗示并不怎么在意。否则，苏尔策和他的追随者们必然会使德国诗歌的形象变得非常暧昧。给人以道德教育，激发市民的民族感情，诚然是诗人的一项非常光荣的任务；缪斯女神知道得最为清楚，各项崇高和美的艺术和这项任务关系何等密切。但是诗意间接从事这项任务可以做得非常出色，如果让它直接从事这项任务就很难成功。诗艺在人身上,从来也不为人承担特殊的任务,为了很好地完成一项任务,一个细节,而去选择诗艺,那可再也没有比它更不灵巧的了。诗艺影响的范围是人类天性的整体,只有当它影响性格之时,它才能对性格的各个个别方面发生作用。诗歌可以对人发挥的作用,犹如爱情对英雄发挥的作用。诗歌既不能向他发出劝告,也不能为他去斗争,更不能对他有所作为;但是它能把人教育成英雄,能号召人去从事丰功伟绩,能够赋予人坚强的力量去成为他想成为的各式各样的人物。

所以思想和行动的崇高借以感动我们的审美力量,绝不在于使之行动正确的理性的利益上,而在于使得行动可能正确的想像力的利益上,这就是说,没有一种感觉,不论它如何强劲有力,能够压抑心灵的自由。这种可能性在于自由和意志力的每一种强烈的表达之中,只要诗人碰到自由和意志力的表现,他就为他的描述找到了一个符合目的性的对象。对于他的兴趣而言,究竟是从哪一类的人物性格中,从善人抑或恶人中,取得他的主人公,他全都无所谓,因为成为善人所需的那么多的力量,往往作为恶人也同样需要。我们在作审美判断时更瞩目于力量,而不是力量的方向,更瞩目于自由,而不是规律,这已经足以表示,我们宁可放弃规律性,来表现力量和自由,而不愿牺牲力量和自由来关注规律性。一旦出现道德规则和冲动相结合的情况,意志有被冲动的力量裹挟而去之势,人物若能抵御这些冲动,从审美角度看,便是大获全胜。一个罪行昭著的人一旦不得不冒幸运和生命的危险,以贯彻执行他邪恶的意志,此人便开始引起我们兴趣;相反一个德行高超的人,如果幸运迫使他循规蹈矩,也就同样不再引起我们注意。譬如复仇,无疑是一种并不高贵甚至是颇为低下的激情。尽管如此,一旦复仇使复仇者自己付出痛苦牺牲的代价时,复仇就有了审美的价值。美狄亚谋杀自己的孩子,她采取这一行动,旨在打击伊阿宋的心，可是与此同时，她也痛苦地刺中了自己的心，我们一看到她是个柔情脉脉的母亲，她的复仇也就从审美的意义上看，是崇高的行动。

审美的评判在此含有的真实性，远比人们通常以为的要多。罪恶证明自己意志坚强，显然比美德预示了更大的趋向真正道德自由的禀赋，美德是从感情取得了支持，因为彻底的恶棍所付出的代价是只需要战胜自己，只需要反公理之道而行之，就可以把它浪费在邪恶之事上的全部精力和意志力转而向善。否则，我们往往把半好不坏的人物极为反感地从我们身边推开，而心惊胆战地对十恶不赦的人表示钦佩，这又是怎么回事？那无可争辩地是因为我们看见前者已放弃贯彻绝对自由意志的可能性，而在后者身上可以看到，他只要采取一个意志行动，就可能振作起来达到人性的整个尊严。

因此在审美判断方面，我们感兴趣的不是道德本身，而仅仅对自由感兴趣。前者只有在显示后者时，使我们的想像力得到愉悦。因此，在审美的事情里要求道德的目的性，以便扩大理性的王国，把想像力从它合法的领地里驱逐出去，这显然是搅乱了界线。要么不得不把想像力完全强压下去，这样就失去了一切审美效果，要么它和理性分而治之，这样对于道德来说，不会有太多的收获。在同时追随两个不同的目标时，会有两个目标都达不到的危险。人们会用道德的规律性来束缚想像的自由，并且通过想像力的随心所欲而破坏理性的必然性。

论天真的诗和感伤的诗

张佳珏 译

在我们一生中的一些短暂时刻里，我们对植物、矿物、动物、景色里所显示的天性，以及儿童身上、乡村居民和史前时代的风俗里反映出来的人类天性会表示出某种爱和感人的敬意，这倒不是因为它让我们的感官产生了快感，也不是因为它能满足我们的理智和情趣（对此二者往往会产生相反的效果），而只是因为它**出自天然**。每个感觉比较敏锐而非完全麻木不仁的人，在他漫步于户外、生活于乡间或流连于古代遗迹旁时，简而言之，在他身处人境、突见此天然的情景而惊讶不置时，都会有这样的体验。正是这种常常升华为一种需要的兴趣，成为我们对花草和鸟兽、对简朴的花园、对散步、对乡村和乡下人、对远古时代的一些产品等等的许多爱好的基础；要是矫揉造作或别的一种偶然兴趣在这个过程中都没有起什么作用的话。但是，对自然的这种兴趣只在两个条件下才会产生。首先一个必要的条件是，那使我们产生这种兴趣的东西是（或被我们当成是）**自然**；第二，它应该是（在最广泛的意义上）纯真的，这就是说，自然形成了与艺术的鲜明对比，并使得后者自惭形秽。一旦第一个条件加上了第二个条件，而不是在这之前，自然便成为纯真。

按照这个观点，对我们来说，自然仅仅是一种自主的存在，事物因其自身的原因而存在，按自身的不变的法则而存在。

如要我们对这类现象产生兴趣，这种想像是完全必要的。如果人们能以完美无缺的骗术给一朵假花披上自然的外衣，如果人们能把风俗中纯真的东西模仿到足以乱真的程度，那么，这种模仿一旦被揭露，这里所谈的那种感情就会荡然无存。[①] 这说明，对于自然所感到的这种乐趣并非一种审美的乐趣，而是一种道德上的乐趣；因为它是通过一种思想的中介传达给我们的，而不是直接通过观察产生的；它也完全不以形式上的美为标准。一朵不起眼儿的花，一泓泉水，一块长满苔藓的石头，鸟鸣啾啾，蜂声嗡嗡，等等，这些东西本身有什么值得我们喜爱的呢？是什么甚至会给它一种权利，要求获得我们的爱呢？我们爱的不是这些东西本身，而是它们所代表的一种思想。我们爱它们身上的那种静静地进行创造的生命，它们主动的、默默无闻的工作，它们依自身规律的存在，内在的必然性，永恒的自我统一。

它们的**现在**就是我们的**过去**；它们现在是什么样子，我们将来也**该重新变成**什么样子。我们曾经是自然的一部分，跟它们现在一样，而我们的文化将会带领我们沿着理性和自由的道路回归自然。这就是说，它们同时也是我们永远最为珍视的逝去的童年的写照；它们从而使我们满怀某种忧伤。同时，它们又是我们在理想中达到至善至美境界的图景，从而使我们受到崇高情愫的感召。

然而它们的至善至美并非它们的功劳，因为这并非其自选之

---

① 就我所知，康德是开始对这一现象特别进行思考的第一人。他提醒我们：当我们发现一个人能模仿夜莺的鸣啭到以假乱真的程度，并完全沉醉于这种印象之中时，随着这种幻象的破灭，我们所有的兴趣都会消失。请阅读《审美判断力批判》中关于美的智力兴趣的那一章。已惯于只把这位作者视为伟大的思想家而加以赞赏的人们，会高兴地在这里偶遇其心灵的一丝痕迹，并由于这个发现而对此人的高度哲学天赋深信不疑(它绝对要求这两个品格的结合)。——作者原注。

作。这就是说,它们给予我们特有的乐趣,它们成了我们的榜样,而不令我们感到羞愧。有如一幅永恒的群神图,它们围绕着我们,与其说令人眼花缭乱,倒不如说叫人神清气爽。构成它们的品格的,正是我们人格完美化所缺少的;使得我们有别于它们的,正是它们自身神化所缺少的。我们是自由的,它们是必然的:我们不断更迭,它们始终如一。但是,只有当二者相结合时——当意志自由地遵循必然性的法则、幻想虽千变万化而理性仍坚持其规律时,美妙如神的东西亦即理想才会产生。这就是说,**在它们身上**我们总是见到我们所缺少的东西,但人家却要求我们力争获得这些东西,尽管我们从未达到这个目标,却希望在永无止境的前进中能逐步向它靠近。**在我们身上**,我们见到它们所缺少的一个长处,这个长处它们要么根本从来就不可能具有,如无理性状态,要么,它们只有走**我们的**道路,才可能有此经历,如童年。它们因而使我们获得我们人类最甜美的享受即思想,虽则它们在我们人类的每个**具体状况**方面都必然羞辱我们。

由于这种对自然的兴趣是以一种思想为基础的,所以它只能在对思想敏感的人的心灵里,亦即在遵循道德准则的心灵里表现出来。绝大多数人不过是拿来装装门面罢了,而我们时代的这种感伤的情趣,自从某些文章问世以来,普遍表现在感伤的旅行中,表现在这种花园、漫步和这类爱好里,这种情趣的普遍性还完全不能证明这种感觉方式的普遍性。不过,自然对于即便是最麻木不仁的人也总是表现出某些这种影响,因为所有的人普遍都具有起码的趋向道德的**天性**,即使我们的**所作所为**距离自然的纯朴和真实非常遥远,我们大家毫无区别地在**思想**上都会受到这种驱动。在与我们的关系比较密切的、促使我们对我们自身进行回顾并对我们身上**有悖自然的地方**进行观察的这样一些东西的推动下,比如当我们在孩子和孩子般的民族身边时,这种对自然的敏感性表现得尤为强烈而普遍。如果以为使得我们在某些时刻那么感动地在孩子身边徘徊流连的,只是对于无助状态的想像,那就错了。那些面对虚弱经常只感到自身优越性的人或许是这种情况。但是,我所谈的这种感情(它只发生在完全属于个人的道德的心境之中,不能与孩子们的快乐活动在我们内心里激发的感情混为一谈)对自尊心与其说起促进作用,倒不如说使它受到屈辱;要是考虑其中有一种长处的话,这种长处至少也不在我们这一边。我们受到感动,不是因为我们高踞于我们的力量和至善至美的高度之上蔑视孩子们,而是因为我们从我们现状的**局限性**出发——这种局限性与我们既已达到的**目标**是分不开的——抬起头来仰视孩子们的无限的发展前景和他们的纯洁和天真无邪,我们这一瞬间的感情里混杂着某种忧伤,这是显而易见的,其根源是明白无误的。在孩子们的身上体现为**天赋**和**使命**,在我们的身上则体现为**实现**,这种实现总是远远落后于天赋和使命。因此,孩子们对我们而言是理想的一种体现,尽管不是业已实现的理想,却是已经抛弃的理想,这就是说,让我们深受感动的,决不是对于他们的缺陷和局限的想像,正好相反,是对于他们的纯净而自由的力量、对于他们的完美、对于他们的前途无量的想像。因此,对于有道德心和感受能力的人来说,一个孩子会成为一件圣物,它以一个思想的伟大性摧毁了经验的任何伟大性;不管它在理智的评价中会输掉多少,在理性的评价中却会加倍赢回。

正是从理智的评价和理性的评价之间的这一矛盾里,产生出感情混杂这种独特的现象,这种混杂的感情在我们内心里激发了思想方式的纯真性。它把孩子般天真的单纯与幼稚的单纯结合起来;它通过后一种单纯让理智抓住了薄弱环节,引发出显示我们(**理论上**)的优越性的那种微笑。但是,一旦我们有理由相信幼稚的单纯同时也是一种孩子般天真的单纯,因此,不是缺乏理解、不是缺乏能力，而是一种更高的（实际的）力量、一颗充满天真无邪和真理的心，才是以其内在的价值拒斥艺术的帮助的源泉，那么，理智的那种胜利就一去不复返了，而对幼稚的嘲笑逐渐变成对纯朴的赞赏。我们觉得不得不尊重我们以前曾嘲笑过的对象，通过同时对我们自己的观察，抱怨我们与它并无相似之处。这样就产生了把愉快的嘲笑、敬畏和忧郁融为一体的一种感情的独特现象。①

---

① 康德在对崇高的分析(《审美判断力批判》，第一版，225页)里的一条注释中也区分出天真的感情里的这三方面的成分，但他对此另有解释："在天真里存在着二者(即动物般的快感和精神上的尊敬感)的某种组合体，这种天真是原本自然存在于人性中的真诚性的突发，与成为另外一种天性的伪装术针锋相对。人们嘲笑还不懂得伪装的单纯，又乐于见到抵制那种伪装术的自然的单纯。人们指望见到的是那种司空见惯的俗套，这种俗套就是矫揉造作的、意在精心制造美丽假象的言辞，看吧，人们完全没有料到会偶遇的，显然也无意予以剥夺的，正是这种一尘不染的、纯洁无瑕的自然。这种通常在我们的评判中起重要作用的美丽但却虚假的外表在这里突然化为乌有，仿佛依附在我们身上的促狭鬼露出了马脚，这就产生了先后朝两个相反方向发展的内心活动，这种活动同时也抖动身躯，使之恢复健康。然而，思想的纯洁(至少是这种天资)，这种远远优于一切后天养成的习性的东西，并没有在人类的天性中完全泯灭，它把严肃和崇敬掺和在判断力的这种运作里。可是，由于它不过是一种短暂的现象，伪装术的面纱随即又给拉上盖住了脸，所以，一种同情同时也混入其中，这是一种柔情的感动(这种柔情在活动中很容易与这么一种好心的笑结合起来，而且实际上通常也是跟它结合在一起的)，同时它也惯于补偿提供此项材料者的尴尬——他之所以感到尴尬，是因为这种材料尚不具备人类的聪慧，"——坦白地说，我对这种解释方式并不十分满意，主要因为它宣称至多只适用于天真中的一个亚种，即惊诧的天真(这一点我以后还会谈到)的东西也适用于一般的天真。然而，如有人因天真而出丑，就会引起讪笑，在有些情况下，这种讪笑可能出于一种已化为乌有的先前的预期。但是，即使是思想的天真，这种最高贵的天真，也总是会引起讪笑，其原因很难说是一种已化为乌有的预期，一般只能从某种行为与一度已养成习惯的、预期的形式之间的强烈对比中寻求解释。我也怀疑，在后一种天真的情况下掺入我们感觉中的惋惜是不是针对天真的个人的，而不是针对我们自己或全人类的，逢此场合我们就会想起人类的堕落。十分明显，这是一种道德上的悲哀，它必然具有的一个对象，要比威胁到一般世道的真诚的有形弊端高贵一些，而此对象恐怕只可能是人类的真理和单纯的丧失。——作者原注。

对于天真提出的要求是：自然战胜艺术[①]，这种情况应在违背个人的良知和意志或是在他完全清醒的情况下发生。第一种情况是惊异的天真，叫人开心；第二种情况是思想的天真，令人感动。

如是惊异的天真，个人就必须在道德上有能力否认自然；如是思想的天真，他就不可以是这样的，但如果希望它对我们产生天真的影响，我们就不可以想像它**在肉体上**无此能力。因此，只有在我们忘却孩子们在艺术上的无力，并一般只考虑他们的纯朴自然与我们身上的虚饰之间的鲜明对照的时候，他们的言行才使我们获得天真的纯粹印象。天真是在人们不再指望居然还能见到它的情况下出现的一种稚气，正因如此，它不能在最严格的意义上归于真正的童年范畴。

但在惊异的天真和思想的天真这两种情况下，自然必定是对的，艺术必定是错的。

有了这后一个界说，天真的概念才算完备。感情冲动也属于自然，而行为得体的规范则是一种人为的东西；但感情冲动战胜行为得体却不折不扣是天真的。然而，如果同样的感情冲动战胜做作、战胜虚伪的得体、战胜伪装，我们就会毫不迟疑地称之为天真。[②] 因此，应该提出这样的要求：自然之战胜艺术，不是依靠其盲目的威力

---

① 我或许应该直截了当地说：真理战胜伪装；但我似乎觉得天真这个概念有更广泛的内涵，因为战胜虚饰的单纯和战胜生硬和拘束的天然的自由在我们内心里激发一种相似的感觉。——作者原注。

② 要是一个孩子因欲望、轻率、狂热而违背了良好教育的准则，他就是缺乏教养，但是，如果他基于自由的、健康的天性试图摆脱一种不理智的教育的矫揉造作、摆脱舞蹈教师的生硬的姿态等等，那么，他就是天真。要是我们不那么严格地去理解，在天真的问题上也会出现同样的情形，这种情形因从人转移到非理性生物身上而产生。见到在一座管理不善的花园里杂草丛生的景象，谁也不会觉得它天真，但如果力争出头的树枝正在摧毁一座法国花园里剪刀辛勤劳作的成果时，其中却有若干天真的成分。所以，要是一匹接受训练的马因天生驽钝而成绩不佳，那就绝非天真，但如果它是由于天生的自由不羁而忘掉了它的功课，它就带有若干天真的成分。——作者原注。

作为一种**原动力**，而是依靠其形式作为一种**道德力量**，简言之，不是出于**客观的必需**，而是出于**内在的必要性**。促成前者胜利的，想必不是后者的不足，而是它的**不合时宜**；因为不足即匮乏，而任何源于匮乏的东西都是无法令人肃然起敬的。就惊异的天真而言，促使自然敞开胸怀的，虽是一时的感情冲动占了上风，以及思想的匮乏；但后者的匮乏和前者的优势还根本无法形成天真，只是造成一种机会，让自然**顺利无阻地**遵循其**道德性质**亦即**一致**的法则。

惊异的天真只可能归人所有，而且只有在人不再是纯洁无瑕的那一瞬间才归他所有。它是以与自然的独立行为不相吻合的一种意志为前提的。这么一个人，一旦让他恢复了理智，便会对自己大吃一惊；反之，思想天真者则会对人们及其诧异感到惊讶。由于在这种情况下承认真实的，不是个人的、道德的性格，而仅仅是因一时冲动而爆发的、天然的性格，所以我们不把这种诚实视为人的一种功劳，而我们的讪笑是对他的一种嘲讽，这是他咎由自取，哪怕我们对他本人十分敬重也是忍不住要嘲笑一番的。但因为在这里也是从虚伪的面纱里破壳而出的自然的诚实，所以一种较高层次的满足就与出其不意地逮住一个人时的那种幸灾乐祸心理结合起来；因为自然与虚饰相反，真实与欺骗相反，每时每刻都必然引起人们的注意。这就是说，我们对惊异的天真也感到一种真正道德的快乐，虽则对于一种道德的性格却没有这种感觉。①

① 由于天真是以言行的形式为基础的，所以一旦事物或因其因、或因其果而造成一种压倒一切的、甚至相互矛盾的印象时，这种特性便会从我们眼中消失。依靠这么一种天真也能揭露一项罪行，但到那时我们却既没有那种安适心情，也没有那么多时间去专心注意揭露的形式，而对个人性格的厌恶却吞没了对自然性格的喜爱。正如我们一旦因一种天真而获知一项罪行时的那种义愤填膺的感情夺走我们对自然的诚实所感到的那种道德的快乐一样，一旦我们见到某人因其天真而陷入危险境地时，被激发起来的同情心同样也会淹没我们幸灾乐祸的心情。——作者原注。

关于惊异的天真，虽然因我们必须注重真实而总是注重**自然**，但在思想的天真方面，我们却注重人，因而不仅享受一种道德的快乐，而且这种快乐也有一个道德的主题。在这两种情况下，自然都是实话实说，在这一点上它是对的；但在后一种情况下，自然不仅是对的，而且人也有荣誉。在第一种情况下，自然的诚实给人总是带来耻辱，因为他并非出于自愿；在第二种情况下，即使它所说的话使人蒙受耻辱，带给人的总是功绩。

如果一个人评判事物的时候忽略这些事物的不自然的、矫揉造作的情况，只以单纯的自然状态为依据，我们就承认他具有一种天真的思想。能在其健康的自然范围内评判的一切，我们都要求他予以评判，干脆只免除他对以与自然状态（不管是在思想上、还是在感觉上）保持一定的距离、至少以认识自然为前提的那些东西所承担的义务。

如果一位父亲告诉他的孩子，说某人因穷困而忍饥挨饿，孩子前去把他父亲的钱包送给他，此一行动便是天真的；因为这种健康天性的行动出自孩子的内心，如果是在一个健康天性无所不在的世界里，这样去做，肯定是完全正确的。他只重视需要和满足需要的就近的手段；所有权的这样一种延伸（一部分人可能因而走向毁灭）并未植根于纯粹的天性之中。孩子的行动因而使真实的世界蒙受羞辱，我们的心，由于对这一行动感到满意，也承认这一点。

如果一个不谙世事、但在别的方面却很有头脑的人向欺骗他而善于伪装的另外一个人坦陈其秘密，并由于自己的诚实甚至教给他害自己的方法，我们觉得这样做很天真。我们嘲笑他，但不得不因而也敬重他。因为他对另外那个人的信任出自他自己的思想的诚实；至少仅就这一情况而言，他是天真的。

因此，思想的天真决不会是坏人的一种品格，而只会属于孩子们和童心未泯的人们。这后一种人往往在大千世界的矫饰状态中天真地行动及思考;他们基于自身美好的天性忘记了他们是在与一个堕落的世界打交道,甚至在国王的宫廷里,他们的举动也像只有在牧歌世界里才见得到的那般真诚和天真无邪。

此外,要把幼稚可笑的天真无邪和儿童般的天真无邪总那么正确地区分开来,绝非易事,因为有些行动浮悬于两者的极端边界之间,使我们处于犹疑两可的境地,不知是该嘲笑其童稚傻气,还是该敬重其高贵的纯朴。在施罗克① 先生以其特有的透辟笔法和实事求是的真实性所描述的教皇亚得利安六世② 的执政史里可以找到一个此类非常奇特的例子。这位教皇出生在荷兰,在一个对于等级制度极其危急的时刻,担任教皇之职,这时有一个激烈的派别无情地揭露罗马教会的弱点,而其反对派则亟欲加以掩盖。问题不在于,如果在历史上偶有这么一个确乎天真的人物糊糊涂涂地登上了教皇的宝座,他在这种情况下应该怎么做;问题倒在于,这么一种思想的天真与教皇这个角色在多大程度上能够共容。附带说一句,这是亚得利安的前任者和继任者都最不感到尴尬的事情。他们千篇一律地遵循着在任何地方都不让步的既定的罗马制度。但是,亚得利安确实具有其民族的正直性格和他过去所处的等级的天真无邪。他从学者的狭隘领域上升到这个崇高的职位,即使身居新的高位之上,他也没有背离那质朴的性格。教会里的滥用职权行为触动了他的心灵,而他又极其诚实,不愿公开掩盖他暗自承认的一切。这一思路导致他在致派往德国的使节的训示中作了还从来没有任何教皇作过的、直接违背教廷原则的表白。训示中说:“多年来,在这个宝座上发生过许多丑恶的事情,这是我

① 约翰·马蒂亚斯·施罗克(1733—1808),德国神学家。对教皇亚得利安六世的描述见于施罗克所著的《一般传记》。

② 亚得利安六世(1459—1523),一五二二年起任教皇。

们都熟知的事实;此病态已从头传到四肢,从教皇传到高级教士,不足为奇。我们都背离了正道,长期以来,我们中间就没有人干过什么好事,谁也没有。"在别的地方,他也命令他的使节以他的名义宣布,他亚得利安不应因前任教皇任内发生的事情受到责备,也正由于他当时地位低下,他从未喜欢过此类放荡行为,等等。很容易想像得到,罗马的神职人员当时是怎样对待教皇的这种天真言行的;他受到的最轻的指责是,他把教会出卖给异教徒了。假如我们能够相信,他的确很天真,也就是说,他为其天生热爱真理的性格所迫,不顾一切可能的后果而采取这种极不明智之举,他即使对自己所作所为的失当有一个全盘的认识,也会不折不扣地这么去做,此举或许值得我们高度的尊敬和赞赏。然而我们有理由相信,他绝非认为此举就那么不带任何政治性,他天真到如此地步,乃至希望通过自己对敌手的让步而为自己教会的利益赢得重要的一分。他不仅异想天开,以为一个诚实的人必须走这一步,而且作为教皇能够承担有关的责任,由于他忘了一切架构中最虚假的东西只有通过对真实性的不断否认才得以保存,于是犯下了不可饶恕的错误,在完全相反的情况下照搬了在自然条件下屡试不爽的行为准则。这样就大大改变了我们的判断;虽然我们不能不对于促成此行动的心灵深处的真诚表示敬意,但由于我们观察到,自然的对手艺术、头脑的对手心灵都过分弱小,这种敬意就降低了不少。

每个真正的天才必然是天真的,否则就不是天才。就靠他的天真,他才成为天才,表现在智力和美学方面的天才,也必然会在道德方面表现出来。它对规章这些弱者的拐杖和错误的严师茫然无知,只靠自然或作为其保护天使的本能的引导,镇静而稳步地闯过错误的情趣所设下的一切圈套,要不是明智地老远就回避的话,那么非天才必入彀中无疑。只有天才具备这样的本事,他们在已知的范围之外仍然始终驾轻就熟,**扩展**自然而不**超越**自然。尽管后者有时也会遇上最伟大的天才,但那只是因为这些人也有他们的异想天开的时刻,此时,保护天使弃他们而去,因为榜样的力量使他们神往,或者当代的腐败的情趣把他们引入歧途。

天才必须极其简单地、不费吹灰之力地解决最复杂的任务;哥伦布立鸡蛋的方法应适用于任何天才的决定。它以单纯战胜复杂的艺术,惟有这一点证明它是天才。它不按照已知的原则,而是按照突发的念头和感觉行事;可是它突发的念头是神的启示(凡健康的自然之所为均为神授),它的感觉是适用于一切时代、万古不易的法则。

天才在其作品中留下的孩子般纯真性格的烙印在其私生活和习惯中也显露出来。它害羞,自然总是害羞的;可是它并不那么**讲究分寸**,因为只有腐败才讲究分寸。它是**明白事理**的,因为自然不可能与之相反;可是它并非狡黠,因为只有艺术才可能是这样的。它忠实于它的性格和倾向,但既不是因为它遵循什么原则,也不是因为自然尽管千变万化却一再回归原处,总是把老的需要带了回来。天才是谦虚的,甚至可说是羞怯的,因为它对于它自己始终是个秘密,可是它并非胆小怕事,因为它不知道它所走道路的危险。对于最大的天才们的私生活,我们知之甚少,可是比如有关索福克勒斯①、阿基米得②、希波克拉底③,以及较晚时代的阿里奥斯托④、但丁⑤、塔索⑥、拉斐尔⑦、丢勒⑧、塞万提斯⑨、莎士比亚⑩、菲尔丁⑪、斯泰恩⑫等人保留至今的数量不多的资料却证实了这一说法。

是的,看似困难多得多的是,即使是伟大的政治家和将军,一

---

① 索福克勒斯(约前496—前406),古希腊悲剧家。

② 阿基米得(前287—前212),古希腊学者。

③ 希波克拉底(约前460—前377),古希腊医师,西方医学奠基人。

④ 阿里奥斯托(1474—1533),意大利诗人。

旦因其天才而成为大人物之后,也会显露出一种天真的性格。这里,我只想提及古代的伊巴密浓达[13]和恺撒[14],以及较晚时代的法国的亨利四世、瑞典的古斯塔夫·阿道尔夫[15]和俄国沙皇彼得大帝[16]。马尔波鲁公爵[17]、图然[18]、温多默都向我们显示了这种性格。大自然使女性在天真的性格方面达到最高的完美境界。女性取悦于人的强烈愿望最大莫过于对**天真的外表**的追求;即使无其他证据,这就足以证明,女性的最大力量是以这一特性为基础的。可是因为女性教育的主要原则与这种性格处于永恒的矛盾之中,要女性在道德上同男性在智力上一样,在保留良好教育的优越性的同时,完整地保留自然界的那种美妙的馈赠,是同样困难的;能把社交上的灵活作风与这种习惯上的天真联系起来的女人,跟把十分严谨的学风与天才的思想自由结合起来的学者是同样值得尊敬的。

从天真的思想方式里必然既在言语中、又在行动中也产生出一种天真的表达形式,它就是优美的最重要的组成部分。天才以这种天真的优美表达其最崇高、最深邃的思想;那是出自孩子之口

⑤ 但丁(1265—1321),意大利诗人。

⑥ 塔索(1544—1595),意大利诗人。

⑦ 拉斐尔(1483—1520),意大利文艺复兴盛期画家,建筑师。

⑧ 丢勒(1471—1528),德国宗教改革运动时期油画家、版画家、雕塑家、建筑师。

⑨ 塞万提斯(1547—1616),西班牙作家,长篇小说《堂吉诃德》为其代表作。

⑩ 莎士比亚(1564—1616),英国文艺复兴时期戏剧家,诗人。

⑪ 菲尔丁(1707—1754),英国小说家。

⑫ 斯泰恩(1713—1768),英国小说家。

⑬ 伊巴密浓达(约前420—前362),古希腊底比斯统帅。

⑭ 恺撒(前100—前44),古罗马统帅、政治家和作家。

⑮ 古斯塔夫·阿道尔夫(1594—1632),瑞典国王(1611—1632)。

⑯ 彼得大帝(1672—1725),即彼得一世,俄国沙皇,一七二一年称帝。

⑰ 马尔波鲁公爵(1650—1722),英国统帅,辉格党政治家。

⑱ 图然(1611—1675),法国统帅。

的神灵箴言。如果学校的理智因老是担心出错，而将其词语及其概念钉在语法和逻辑的十字架上，生硬而死板，为的是避免含糊不清，言语繁复，为的是防止说得太多，宁肯削去思想的力量和锋芒，以免伤及考虑欠周者，那么，天才就仅以绝妙的一笔给它的思想勾画出永远清晰的、固定的、然而又十分自由的轮廓。如果说，在前一种情况下，符号对于描述的对象永远显得不统一而陌生，那么，在后一种情况下，语言则好像出于内心之必要而从思想中喷涌而出，而且与思想如此协调统一，甚至在躯壳的包裹之中精神仍然显得如同全身裸露，一丝不挂。有一种这样的表达方式，其符号完全隐没在描述的对象之中，而语言却让它所表达的思想仿佛仍然处于裸露状态，因为语言从来就无法描写它而不同时把它包裹起来，这就是在文风上主要被称为天才的、才华横溢的那种表达方式。

天才既自由又自然地在其精神作品中表现出来，同样，心灵的清白纯洁也自由而自然地表现在活生生的社会交往中。大家都知道，人们在社会生活中脱离了表达方式的单纯性和严格真实性，也在相同的程度上脱离了思想的单纯性，而容易受到伤害的罪过感和容易被诱入歧途的想像力使得人们觉得有必要提心吊胆地维护自己的体面。人们并非虚伪，但常常心口不一；人们不得不转弯抹角，说出只会伤害一种病态的自尊心、只会危及一种败坏变质的幻想的东西。对于这些传统法则的无知，与蔑视一切转弯抹角和一切虚伪外表（而并非蔑视因为厌恶这些法则而予以漠视的那种粗暴行为）的天然真诚相结合，在社交中产生一种表达的天真方式，它表现为，以其真名直截了当地称呼那些要么根本不可以称呼、要么只可以生造出一个名称来称呼的事物。孩子们惯用的词语即属此类型。此类词语因与习俗形成鲜明对比而引起哄堂大笑，可是人们总是在内心里承认，孩子们是对的。

本来，只要还是人的纯粹天性真正地在起作用，思想上的天真也只可能成为并非纯粹从属于大自然的生物的人的一种属性;虽则如此,它却常借助于诗化的想像力的一种作用从有理性者身上传播到无理性者身上。就这样,与人的任性和充满幻想的观念相反,我们常赋予一只动物、一片风景、一座大楼乃至整个自然界一种天真的性格。但这总是要求我们在思想上赋予无意志者一种意志,并注意让这种意志遵循必然性法则的严格方向。对我们自己滥用的道德自由的不满、对我们的行动中所缺乏的道德和谐的不满,很容易产生这样的一种心境,使得我们对无理性的东西搭讪、说话,仿佛它是一个人,视其永恒不变为长处,羡慕它静止不动的姿态,就像它确乎曾经与一种诱惑进行过面对面的斗争似的。在这样的一个时刻,我们最好视我们的理性的特权为厄运和祸害,因强烈地感到我们真正的成就并不完美而把对我们素质和使命的公正性置于不顾。

于是,我们把无理性的大自然看作是一个比较幸运的妹妹,她留在充满母爱的家里,而我们却在获得自由的踌躇满志之际冲出了这个家庭,闯入了陌生的世界。一旦开始体验文化的苦楚,我们就满怀着更加痛苦的希冀,思念故里,在遥远的异国他乡倾听母亲的艺术所发出的感人肺腑的声音。只要我们还仅仅是大自然的孩子,我们就是幸福而完美的;我们获得了自由而失去了二者。从中产生出一种对大自然的双重的、很不相同的渴望,一是对其**幸福**的渴望,一是对其**完美**的渴望。对于前者的丧失,只有沉迷于感官享乐的人才会扼腕叹息;对于后者的丧失感到悲伤的只可能是讲求道德的人。

大自然的敏感之友,你就问问自己吧,你的惰性是否渴求大自然的安宁,你受到屈辱的道德观是否渴求大自然的协调?你就问问自己吧,当艺术叫你厌恶、社会上的伤风败俗驱使你进入孤寂的境地、走向死气沉沉的大自然的时候,它身上叫你憎恶的,是不是它的掠夺、它的负担、它的艰辛，是不是它在道德上的混乱、它的肆意妄为、它的杂乱无章？你的勇气必须快乐地投身其中，而你用以取代之物必然是产生这种快乐的自由本身。你尽可把静谧的自然幸福树立为远景目标，但那种幸福只是对你的功绩的酬劳。那么，一点也不要抱怨生活的艰难，抱怨生活条件的不均，抱怨情况的压力，抱怨财产的不稳定，抱怨忘恩负义、压迫、迫害；对于文化的一切**弊端**，你都必须心安理得，逆来顺受，必须把这些弊端当作惟一的善的自然条件加以尊重；你必须抱怨的只是文化的**邪恶**，但不仅仅借助于软弱无力的眼泪。你要努力做到的是，即使在那种玷污之下也该洁身自好地、在那种奴役之下也该自由地、在那种随心所欲的更迭之下也该坚定不移地、在那种混乱状态之下也该合乎法则地行动。不要惧怕你身外的混乱，而应惧怕你内心的混乱；力求达到统一，但不要在千篇一律里去求索；追求宁静，但要借助于平衡，而非借助于你行动的停滞。你羡慕无理性的东西所具有的那种自然不值得尊敬，不值得渴望。你已经跨越了它，它必然永远在你的后面。承载你的梯子既已弃你而去，你除自觉自愿地掌握法则或万劫不复地坠入无底深渊之外，别无选择。

但是，如你失去大自然的**幸福**之后获得慰藉，就让大自然的**完美**成为你心灵的榜样吧。要是你走出你那虚假的圈子，来到它的身边，要是它以其深邃博大的宁静、以其天真的美丽、以其孩提般的清白和纯真出现在你面前，那么，你就在这幅图画前驻足欣赏、培养这份感情吧，这将无愧于你最壮丽的人生。别再异想天开，想跟它**交换角色**，而是要把它纳入你的躯体，努力把它的无穷无尽的长处与你自己的无穷无尽的优点结合起来，从二者中产生出神的力量。让它像一幅可爱的**田园风景画**围绕着你，在画里你在艺术的迷惘中屡屡找到你的身影，此时你会鼓起奔跑的勇气和新的信心，在你的心里重新点燃在生命的暴风雨中那么容易熄灭的理想的火焰。

如果人们忆起围绕在古希腊人四周的美丽的大自然,如果人们考虑,这个民族在其幸福的天空下能多么亲密地与大自然生活在一起,其想像力、感受力、风俗习惯离单纯的大自然该有多近,其诗章又是大自然的一幅多么忠实的画卷,那么,观察到如下这一事实必然是令人惊异的:我们这些新时代的人能够怀着**感伤的**兴趣去眷念自然景色和自然性格,但那个民族所显示的这种感伤的兴趣却几乎了无痕迹。希腊人在描绘大自然时虽然极其精确、忠实、详细,但并不比他们在描绘一套衣服、一面盾形徽章、一副甲胄、一件家用器具或任何一件机械产品时更投入、花更多的心思。在爱的对象方面,他们看起来在自然的产物与艺术和人的意志的产物之间不加区别。大自然引起他们的心智和求知欲的兴趣,似乎超过了它引起他们的道德感的兴趣;他们并不像我们这些新时代的人心怀真挚、多愁善感、并以甜美的忧郁之情眷念自然。不错,他们对自然的个别表现进行拟人化和神化,把自然的活动描绘得如同自由生物的行动,从而消除了它内部不声不响地存在着的必然性,而这种必然性正是它如此吸引我们的地方。他们急不可耐的幻想引导他们越过自然,径直走向人生的戏剧。惟有生动活泼和自由的东西,惟有性格、行动、命运和习俗能满足他们,如果**我们**处于某种道德的心境里能够希望放弃我们的意志自由的优越性(这种优越性使我们陷入如此深重的自我矛盾之中,遭受那么多不安和迷途的困扰),去换取无理性之物的盲目的、但却悄悄存在的必然性,那么,正好相反,希腊人的幻想却早已在那个尚无生灵的世界里忙于开创人类的自然,在受着一种盲目的必然性支配的地方,对意志施加影响。

这种不同的精神究竟来自何处?凡在自然领域的一切方面,老一辈都把我们远远地抛在后面,但正是在这方面,我们怎么会在更高的程度上崇尚自然、衷心地依恋它、以最热烈的感情甚至去拥抱无生命的世界呢？这是**由于**自然从我们人类中间消失了，而我们只是在人类之外、在没有生灵的世界上偶遇了真实的它。并不是由于我们更**合乎自然**，正好相反，是因为我们的现状、处境和习惯**违背自然**，才驱使我们在物质世界上去设法满足对于真实和单纯的正在觉醒中的欲望，这种强烈的欲望，在精神世界上是无法满足的，它正如产生它的道德素质一样，准确无误地、永不泯灭地存在于所有人类心灵中。因此，我们眷念自然的感情如此近似我们悲叹逝去的童年和天真岁月的感情。我们的童年是我们在文明的人类社会里还能见到的惟一保持完美的自然，所以，要是身外的自然的每一足迹都带领我们回归童年的话，那是不足为奇的。

古希腊人却有很大的不同。① 在他们那里，文化没有蜕化到使自然因而遭受遗弃的地步。他们的社会生活的整个结构是建筑在感受之上，而不是建筑在一种拙劣的艺术作品之上；他们的神学自身就是一种天真感情的启示，一种愉快的想像力的产物，并非产生于绞尽脑汁的理性，像晚近民族的宗教信仰那样；由于希腊人并未丧失人类中的自然，所以他们在人类范围之外也不会因见到它

---

① 但只有希腊人才是这样；因为为了给无生命的东西也注入生命，为了以这种热情去注视人类的图景，所需要的正是希腊人当时所处环境的人类生活的那么一种活跃的熙来攘往、那么一种丰富多彩。比如，莪相的人类世界贫困而单调；他周围的无生命世界庞大而有威力，因而自我膨胀起来，甚至将其权利凌驾于人类之上。因此，在这位诗人的颂歌里，无生命的自然远比人类更加凸显出来，成为感受的主体。同时，莪相就已经悲叹人类的没落了，尽管他的民族的文化界及其堕落的规模如此之小，其经验却这么生动而强烈，足以吓唬这位富有感情的道德的歌者，让他回到无生命世界去，在其歌曲里遍洒那种哀伤的音调，使我们觉得它们如此感人、如此吸引人。——作者原注。

莪相，传说中克尔特人的诗人。一七六二至一七六三年间，苏格兰诗人麦克菲生(1736—1796)发表了两组假称是“莪相的歌”的“英译”，一时风行于世。歌德曾在《少年维特的烦恼》中引用这一假托之作。

而惊讶不置，因而不可能迫切需要他们在那里面能重新发现自然的那些对象。他们认识明确，作为人感到幸福，必然停留在他们的这种巅峰状态之中，而努力让其他一切向它靠拢；而**我们**由于认识不明确，在与人交往的经验中感到不愉快，因而觉得最迫切的兴趣莫过于从人间逃离，让这么一个失败的形式从我们的眼中消失。

这就是说，这里所谈的感情并不是老一辈的感情；倒不如说，它等同于我们对老一辈所怀的感情。他们自然地去感受；我们感受到自然的东西。当荷马让他神一样的牧猪人款待尤利西斯[①]的时候充塞荷马心中的感受，与少年维特在一场讨厌的社交聚会后阅读这首诗歌时心中的感受无疑是完全不同的。我们对自然的感情与病人对健康的感受相似。

就这样，随着自然作为**经验**、作为（行动的、感受的）**主体**逐渐开始从人类生活中消失，我们也目睹它在诗人世界里作为**观念**和**主题**缓缓升起。在反自然方面、同时又在有关的思考方面走得最远的民族必然受到**天真**这种现象最强烈的触动，而为它命名。就我所知，这个民族就是法兰西民族。但是，天真的感受以及对它的兴趣当然要古老得多，可以回溯到道德和美学开始堕落的时代。比如，感受方式的这种变化早在欧里庇得斯[②] 的作品中就已显得极其突出，要是把他与其先行者们、特别是埃斯库罗斯[③] 作一比较的话，然而前一位诗人却是其时代的宠儿。这同样的革命也可在老历史学家中间获得旁证。贺拉斯[④] 是一个有文化修养而又腐化堕落的时代的诗人，他赞颂他的提布尔农场的静谧的幸福，可

① 尤利西斯，罗马神话中的英雄，即希腊神话中的奥德修斯。

② 欧里庇得斯（约前 480—约前 406），古希腊悲剧家。

③ 埃斯库罗斯（约前 525—前 456），古希腊三大悲剧家之一。

④ 贺拉斯（前 65—前 8），古罗马诗人。其提布尔农场位于罗马以北的撒宾尼山区。

以称得上是这种伤感诗歌的真正的创始人，正如他在这方面是一个尚未被人超越的榜样一样。在普罗柏兹①、维吉尔等人诗作中也可找到这种感受方式的痕迹，在奥维德② 的作品里这种痕迹少一些，写这样的作品他缺乏满腔热情，在流放到托米③ 的期间，他痛苦地感到缺少幸福，而贺拉斯在其提布尔农场时虽也缺少幸福，但却十分愉快。

诗人在任何地方都是自然的卫士，他们的名称就说明了这一点。在他们再也不能完全充当这一角色而且已经在自己身上感受到随心所欲的、不自然的形式的破坏性影响、或者曾经与这种影响进行过斗争的时候，他们将作为自然的**证人**、作为为自然进行**报复的人**出现。他们要么自己会**成为**自然，要么会去**寻觅**已失去的自然。从中产生出两个迥异的诗作方式，把诗的整个领域包容其中。所有真正的诗人，视其所活跃于的时代之不同，或视各种偶然的因素对其一般的教育、对其一时的心态所施加的影响之不同，将会要么属于天真派，要么属于**感伤**派。

一个天真而富有才智的青年世界里的诗人，正如在艺术文化的各个时代里紧随其后的诗人一样，是严肃无情而难以接近的，如同深居森林中的古罗马狩猎女神狄安娜一般；他全无亲密感地逃避那颗寻觅他的心，避开那种想拥抱他的欲望。他处理主题的枯燥无味的求真精神，常常显出一副麻木不仁的样子。主题完全占有了他，他的心不像一种劣质金属那样直接处于表面之下，而是要人家像找金子那样到深处去找。正如神在宇宙大厦后面一样，他也 在他的作品后面；**他**就是那作品，那作品就是**他**；人们必然是面

① 普罗柏兹(约前 50—约前 15)，即普洛培尔提乌斯，古罗马诗人。

② 奥维德(前 43—前 17)，古罗马诗人。

③ 托米，黑海海港城市，即现今罗马尼亚的康斯坦察。

欧里庇得斯的悲剧《腓尼基少女》中的安提戈涅。席勒曾译过该剧片断

对前者感到问心有愧了，或不再掌握它了，或对它已经腻透了，这才会去打听他。

比如旧时代的荷马和新时代的莎士比亚就是这个样子；两个迥异的、被遥不可测的时代差距割裂开来的天性，然而正是在这一性格特点上却是完全**一致**的。在我年幼时首次认识后者的时候，叫我义愤填膺的是他的冷酷无情，这种心情竟然让他慷慨激昂地开玩笑，让一个丑角出现在《哈姆莱特》、《李尔王》、《麦克白》等剧中令人肝肠寸断的场面上插科打诨，进行干扰，这种心情有时在我的感受飞驰时把它抓住不放，有时在心仿佛就要停止跳动时却冷酷无情地拖着它走。与较新的诗人相识，诱使我首先在著作里去探访诗人，与他的心见面，**跟他**一道思索他的主题，简而言之，在主体中去观察客体，叫我无法忍受的是，诗人在这里完全令人不可捉摸，无论在哪里都不想给我一个说法。他受到我全心全意的崇敬已有多年，而且多年来他一直是我研究的对象，后来我才逐渐学会爱上他这个人。那时我还不会通过直接接触去理解自然。我只能忍受它那幅经过理智思考过的、依据法则准备好的图画，对此，从一七五〇到大约一七八〇年间的法国和德国的感伤诗人正是恰当的主体。此外，我对这种孩提时的判断并不感到羞愧，因为年迈者的批评作出了一个相似的判断，而且这种批评也够天真的了，居然让它尽入笔端，公诸于世。

与我在更晚的时期结识的荷马，我也有类似的经历。我现在忆起《伊利亚特》① 第六卷里那个古怪的段落，那里描写的是，格劳科斯和狄俄墨得斯在战斗中相遇，在彼此认出曾同在朋友处做客之后，互赠了礼物。这幅感人的相互尊重的图画描绘了即使在

① 《伊利亚特》，相传是古希腊诗人荷马所作的史诗之一。

战争中人们也遵守宾客权法则，阿里奥斯托描绘骑士高尚的诗可与之媲美，诗里讲的是费劳和林纳尔德这两个骑士兼情敌，后者是基督徒，前者是萨拉逊人①，在一场激烈的战斗中两人都遍体鳞伤，然后讲和，共骑一匹马去追赶逃走的安格丽嘉。这两个例子尽管可能如此之不同，对我们心灵的影响却几乎一样，因为二者描绘的都是社会品德对激情的光辉胜利，二者都以其思想的天真感动了我们。不过在描写这个相似的情节时，诗人们却有如此迥异的表现。阿里奥斯托出身于一个较晚的、脱离了品德淳朴的世界，在描述这件事时无法掩饰他自己的惊讶和感动。那种品德与作为他这个时代特征的品德之间的巨大差距感人至深。他突然离开了主题的图画，亲自现形。人们都熟悉这美丽的八行诗节，对它赞叹不已：

古老的骑士品德多么高尚啊！
两人是情敌，信仰又对立，
水火不兼容，还忍着剧痛，
在敌对的激战里，遍体鳞伤，
竟捐弃前嫌，同鞍共骑，
穿过弯曲小径的幽暗，
两对靴刺，催马疾驰，
一直来到道路的岔口。②

现在来看看老荷马吧！狄俄墨得斯刚刚听他的对手格劳科斯说起他从父辈时期起就是他家族的一位座上宾，于是把长矛插入泥土，跟他友好地交谈，商定他们今后在战斗中彼此回避，决不以

① 萨拉逊人，欧洲中世纪对阿拉伯人的称呼，后泛指信奉伊斯兰教的人。

② 《疯狂的罗兰》，第一歌，第22节。——作者原注。

兵刃相向。还是听听荷马自己怎么说吧：

“在阿尔戈斯[1] 的中央，我是你的东道主和朋友，
在吕西亚[2]，当我踏上这片国土，你是我的东道主和朋友。
因而在混战中，让我们避免以枪矛相对。
对我自己来说，特洛亚[3] 人和他们光荣的助手为数众多，
只要上帝允许，大腿又够得着，我就杀谁；
你也有为数众多的亚加亚人[4]，你见一个，就杀一个。
但我们交换双方的甲胄，使得别人也能
看见，我们多么自豪，竟是父辈当时的贵宾。”
于是，从战车上一跃而下，他们交谈着，
彼此紧握双手，誓相维护友谊。

一位现代的（至少从道德的意义去理解此词）诗人可能很难会等到这个地方才表露他对这一情节的喜悦。我们会因而更加容易地原谅他，因为我们的心在阅读时也会暂停跳动，乐意离开这个对象，反省自身。但是，这一切在荷马的史诗里却了无痕迹；仿佛他只报道了一些平平常常的事情，甚至可以说，仿佛他胸膛里根本就没有心脏，他以其干瘪的写实手法继续写：

但格劳科斯被宙斯所激动，他不假思索地
跟英雄狄奥墨得斯，以金易铁，交换了甲胄，

---

① 阿尔戈斯，古希腊的奴隶制城邦。

② 吕西亚，古代小亚细亚的西海岸地区。

③ 特洛亚，小亚细亚西北部古城，即今土耳其的希沙立克。

④ 亚加亚人，又译“阿卡亚人”或“阿开奥斯人”，古希腊四种主要居民之一，印欧人的一支，在荷马史诗中是对希腊人的通称。

以小公牛计价，一个值百头，一个值九头。①

这种天真类型的诗人在一个艺术的宇宙时代不再感到那么得其所哉。在这样一个时代，他们几乎已智穷力竭，至少已无其他办法，只能在他们的时代横冲直闯，碰上好运，方能保存自己，免受其肢解性的影响。他们决不可能从社会群体本身中崭露头角；在这个范围之外，他们有时还会露面，但却更像让人家瞠目以对的异乡人，更像惹人生气的无教养的自然之子。对于研究他们的艺术家来说，对于懂得赏识他们的真正行家来说，不管他们显得多么仪表堂堂，令人惬意，但就总体以及他们的世纪而言，他们却是相当倒霉的了。他们的额头上打着统治者的烙印；而我们却想让缪斯女神抱着、背着、摇晃着。他们遭到批评家这些原本是高雅情趣的捍卫者的憎恨，斥责他们是**捣乱分子**，人们皆欲予以压制而后快；因为甚至荷马之所以能得到这些情趣法官的认可，或许也不过是借助于一个千年以上的证明的力量；要维护他们的法则以否定他的榜样，维护他的威望而否定他们的法则，这对他们来说，也将是够伤脑筋的了。

我曾说过，诗人要么**现在就是**自然，要么他将去**寻觅**它。前者成为天真的诗人，后者成为感伤的诗人。

诗的精神在人类中是永生不死、永存不灭的；这种精神只可能与人类及其天生资质同时陨灭。因为要是人因其幻想和理智的自由而远离自然的单纯、真实性和必然性，则通往自然的道路对他不仅永远是敞开的，而且一股强大而永不枯竭的驱动力、即道德的驱动力，也会不断地推动他回归自然，而诗的创作能力正与这种驱动力有着最密切的关系。这就是说，这种能力并不也与自然的单纯

① 《伊利亚特》。约翰·海因里希·福斯(1751—1826)译本，第一卷，153页。——作者原注。

同时消灭，而只是朝着另一方向起作用。

就在此时，自然也仍然是诗人精神获得营养的惟一火焰，是它汲取其全部力量的惟一源泉，也是它倾诉发自艺术的、从事文化的人的心声的惟一对象。任何别的发挥作用的方式对于诗的精神都是格格不入的；因此，附带说一声，把一切所谓的风趣作品称为诗作是完全不当的，虽则我们长期以来由于受法国文学的声誉的误导把它们混为一谈了。我说，直至今日自然仍然如此，在文化的艺术现状中，诗的精神因之而强大；不过诗的精神与自然的关系现今已经完全不同了。

只要人仍然是纯粹的，即非原始的自然，他就起着一个完整的、感性的统一体的作用，起着一个协调的整体的作用。感觉和理性，感受能力和主动能力，在其功能的发挥中尚未分离，彼此更未发生矛盾。他的感受不是偶然性的不拘形式的游戏，他的思想不是想像力的空洞的游戏；前者产生于**必然性**法则，后者产生于**现实**。人一旦进入文化状态，感受到艺术的影响，他内心里的那种**感性的**和谐就停止了，而他就只能表现为**道德的**统一体，亦即一种争取统一的东西。在起初的状态中**真正**存在的他的感受和思考之间的一致性，现在只能作为一种理想存在；它不再存在于他的内部，而是存在于他的外部；这种思想尚待付诸实现，而不再是他生活中的现实。要是把诗的概念——这不是别的什么概念，而是一种**赋予人类尽可能完美的表现力**的概念——运用于那两种状态，其结果是，在那边，在天然单纯的状态中，人仍然全力以赴，起着一个和谐的统一体的作用，因此，他的天性的整体在现实中完全表现出来，在这种状态中**造就诗人**的**必然**是尽可能完整地**模仿真实**，而在这边，在文化的状态中，他整个天性的那种和谐共事不过是一种想法而已，**造就诗人**的**必然**是将现实提升为理想，或(其结果一样)**对于理想的描绘**。而这也是诗的天才得以表现的两种惟一可能的方式。可以看出,这两者之间有极大的差异,但有一个较高的概念能涵盖它们,要是这个概念与人类的想法不谋而合的话,那是完全不会令人惊异的。

这里不是进一步研讨这个思想的地方,只有一篇专论才能充分地阐明它。但谁要是懂得依据精神,而不仅仅依据偶然的形式,不管用什么办法在古代和现代的诗人[①] 之间作一比较,他就会容易地信服这一思想的真实性。老诗人通过自然、通过感性的真理、通过活生生的现实感动我们;现代诗人通过思想感动我们。

此外,晚近诗人所走的这条路是人人非走不可的,不管是个别的、还是整体的。自然把人与它自己融为一体,艺术则割裂他,把他一分为二,通过理想他又回归统一。不过因为理想是一种他永远无法到达的、无止境的东西,所以,文明人在**他的本质**上永远无法达到完美的境地,而自然人在其本质上却是能做到这一点的。他因此必然在完美方面远远落后于后者,要是只注意二者对其本质以及对其最大值的比例关系的话。反之,如对本质本身进行相互比较,则显示在人通过文化**力求达到**的目标与通过自然**达到**的目标二者之中,前者应远远优先于后者。这就是说,一个是因绝对地达到一个有限值而获得其价值的,另一个则是依靠接近一个无限值而获得其价值的。但由于只有后者才具有**等级**和一种**进步**,所以文化人的相对价值总的来说从来就是无法确定的,虽则个别看来,这种人对于那种自然以其全部的完美性在他们身上施加影

① 提醒读者注意下面这一点,或许并非多余:如果在这里把新诗人与老诗人作一对比,不能理解为既有时间上的差别,又有风格上的差别。我们在近代乃至现代也有各类的天真诗,虽则不再是十分纯粹的那一种,而在古代的拉丁语、甚至希腊语诗人中也不乏感伤诗人。不仅在同一个诗人那里,就是在同一部著作里(比如在《少年维特的烦恼》里)往往也遇见两个类型兼而有之的情况,这种作品总是会产生较大的效果的。——作者原注。

响的人而言,处于一种必然的劣势之中。但只要人类的终极目标只有通过那种进步才能达到,而后者只有提高自己的文化教养、从而逐渐过渡而成为前者,才能进步,那么,就这个终极目标而言,二者究竟谁优谁劣,就不成其为问题了。

这里就人类的两个不同的形式所说的道理,也适用于与此二者相对应的两种诗人形式。

因此,在古代的和现代的——天真的和感伤的诗人之间,要么根本就不该进行比较,要么只能在一个共同的高一级概念(这么一个概念的确存在)之下进行比较。因为,不言而喻,如事先单方面地从古代诗人那里抽象出诗的类别概念,就没有什么比通过对比来贬低现代诗人更容易,更平庸的了。要是只把那种上下古今对单纯的自然千篇一律地施加影响的东西称之为诗,其结果只可能是,近现代诗人必然正好在他们最本质、最崇高的美的那一点上遭到非议,说他们配不上诗人的雅号,因为他们正是只在这一点上对艺术的门生发言,而对单纯的自然则无话可说。① 要是谁的心灵尚未做好跨越现实、进入思想王国的准备,对他来说,最丰富的内涵也只是空虚的表面现象,最高的诗人激

① 作为天真诗人的莫里哀可能要靠他的女仆说一句话,决定其喜剧里哪些地方该保留,哪些地方该删除;要是法国的悲剧大师们有时拿他们的悲剧来做这种试验,那就好了。可是我不想建议拿克洛卜施托克的颂歌、拿《救世主》、《失乐园》、《智者纳旦》和许多其他作品中最美的段落做类似的试验。那么,我究竟要说什么呢?这种试验确实做过了,莫里哀的女仆在我们的批评书库、哲学的和文学的编年史以及游记里就诗、艺术之类不厌其烦地挑毛病,诟骂不休,不过,在德国比在法国要无聊一点儿,这是多么合情合理,又多么适合德国文学闲聊室的气氛。

克洛卜施托克(1724—1803),德国诗人。

《救世主》,克洛卜施托克的著名长诗。

《失乐园》,英国诗人弥尔顿(1608—1674)的长诗。

《智者纳旦》,德国启蒙思想家、文艺理论家、剧作家莱辛的剧本。

情也只是夸张的情绪。任何有理智的人都不会突发奇想，要在荷马伟大之处提出某个晚近诗人与之齐名，要是有人认为一位弥尔顿或克洛卜施托克式的诗人会因荣获新荷马的大名而受宠若惊，这听起来是十分可笑的。但是，在现代诗人的典型优点方面，任何一位老诗人，尤其是荷马，也同样是无法与之媲美的。我想这么来表达，前者因限制的艺术而强大；后者的强大所依靠的则是无限的艺术。

老艺术家（因为此处关于诗人的论点，在自行产生的限制之下，也可一般地延伸到造型艺术家）的长处在于限制，正是从这一点出发，可以解释古代的造型艺术相对于晚近的造型艺术所占的巨大优势，也可以一般地解释现代诗歌艺术和现代造型艺术对于古代的这两种艺术类型的价值比例的失衡。一种供视觉欣赏的作品只有在限制中才能达到其完美；一种发挥想像力的作品通过无限性也可达到完美。因此，在雕塑作品里，思想上的优势对新艺术家帮不了多少忙；在这方面，他不得不对他的想像力的概貌作一极其精确的**空间限定**，从而正是在老艺术家具有无可争议的优势的特性上与之较量。诗作的情况就不同了，尽管老诗人在这方面，在形式的单纯上、在感性方面可描绘的、**实体**的事物上，也能旗开得胜，新诗人却在无法描绘、不可言传的素材的丰富方面，简言之，在艺术作品里被称为**精神**的东西这一方面，把老诗人抛在后面。

由于天真的诗人只是在简单的自然和感受的后面亦步亦趋，把自己的活动仅限于对真实的模仿上，所以他对于他的对象只可能有惟一的一种关系，在这方面，他没有行动的选择自由。天真的诗作所产生的不同印象基于（假设我们想像一切属于其内容的东西都不存在，而把那种印象仅仅视为诗行为的纯粹产物），我说，仅基于同一种感受方式的不同**程度**；即使外部形式的不同也不会引起那种美学印象在质量上的任何变化。形式可以是抒情的或叙事的,戏剧的或描写的;我们所受到的感动或强或弱,但是(一旦从素材里抽象出来)这种感动从来就不可能是多种多样的。我们的感情自始至终是同一的,完全由**一种**成分构成,所以我们在那里面分辨不出什么青红皂白。甚至语言和时代的区别在这里也改变不了什么,因为正是其起源及其结果的这种纯粹的统一是天真诗的一个特性。

感伤诗人的情况则完全不同。他们**思考着**对象给他们造成的印象,他们自己受到的感动和他们使我们受到的感动就是以这种思考为基础的。对象在这里关系到一种思想,而他们的诗的力量正基于这种关系。感伤诗人因而经常与两种相互冲突的想像和感觉、即与有限的真实和他们的无限的思想打交道,而他们所激发的混合感情将始终证明这个双重源泉的存在。[①] 由于这里发生的是原则的大多数,所以这取决于二者中间哪个在诗人的感受及其描述中占**优势**,从而可能在处理上有所不同。因为现在出现的问题是,他究竟更多地思考现实,还是更多地思考理想,——他究竟是要把前者当作厌恶的对象、还是要把后者当作喜爱的对象来实施。这就是说,他的描写要么是**讽刺**的,要么是**哀伤**的(此词在这里用于较广泛的意义上,这一点将在后面解释);每一位感伤诗人都会遵循这两种感受方式中的一种。

要是诗人把与自然的距离和现实与理想之间的矛盾(就对心

① 谁要是在自己身上注意到天真诗给他的印象、并能够把其中归属于内容的那一部分剥离开来,谁就会发现这种印象(即使那是些充满激情的对象)总是愉快的、总是纯洁的、总是安静的;如那是些感伤的对象时,则印象总是有些严肃和紧张。这是因为我们在进行天真描述(不管描述的是什么)的时候,总是对于我们想像力中的真实性、对于对象的活生生的现实存在感到高兴,除寻觅它们之外别无所求,反之,在感伤诗方面,我们要把想像力的想像与一种理性观念结合起来,因而总是动摇于两个不同的状态之间。——作者原注。

情的影响而言,二者的结果一致)作为他的主题的话,他就是讽刺诗人。但是他既可严肃地、心潮澎湃地,也可开玩笑似的、轻松愉快地予以实施;那要看他是处于意志的领域、还是处于理智的领域中而定。因**惩罚性**或慷慨激昂的讽刺则出现前一种情况,因戏谑的讽刺则出现后一种情况。

严格地说,虽则诗人的目标既无法容忍惩罚的语调,也受不了逗乐的语调。诗应该始终包含着嬉戏,对此而言,前者过于严肃;对于作为一切诗的基础的严肃性而言,则后者又太轻浮了。道德的矛盾必然引起我们心灵的关切,从而剥夺心情的自由;不过,一切原本的兴趣,亦即对于一种需求的一切关系,均应从诗的感动中驱逐出去。反之,理智矛盾让心灵处于漠不关心状态,而诗人则时时思考着心灵的最高愿望,思考着自然和理想。因此,在慷慨激昂的讽刺中不损害诗的形式(其要旨存乎游戏的自由之中),在戏谑的讽刺中不丢掉了必然始终无穷无尽的诗的内涵,对他来说,这并非一项轻而易举的任务。此任务只能以惟一的一种方式解决。惩罚的讽刺因逐步过渡到崇高的境地而获得诗的自由;笑谑的讽刺则以美处理其主题,从而获得诗的内涵。

在讽刺中,现实作为一种缺陷与理想作为最高的真实形成对比。此外,诗人根本不必把理想明说出来,只要他知道如何在心灵中将它唤醒;但这一点他必须不折不扣地知道,否则他根本就发挥不出诗的作用。因此,现实在这里是憎恶的一个必然的对象;但是,这里一切的关键在于,这种憎恶本身又必然产生于与之相对的理想中。这就是说,它也可能产生于一个纯粹感性的来源,仅仅建立在与现实相冲突的需要之上;我们往往以为我们是对世界怀有一种道德上的愤懑,其实叫我们大失所望的不过是世界与我们的爱好之间的冲突罢了。一般的讽刺诗人打出的牌正是这种物质利益，而由于他循此途径必然使得我们心神激荡，屡试不爽，所以他相信已经控制了我们的心，已是激昂诗作的大师。但是，源出于此的任何激情都不配称为诗的艺术，这种艺术只能借助思想感动我们，只能依靠理性打开通向我们心灵的道路。这种不纯的、物质的激情每时每刻也会通过过分的痛苦、通过心境的难堪的拘束显露出来，因为与此相反，真正的诗的激情可以从过分的主动性和一种即使在感情冲动的情况下仍然存在的心情自由上看出来。因为如果感动来源于与现实相对立的理想，一切束缚的感觉便会消失在理想的崇高之中，而我们满怀的思想的博大就会使我们超越经验的一切限制。因而在描述令人义愤填膺的现实时，一切的关键在于，必要的事物是诗人或讲故事的人描绘真实的基础，他善于调整我们的心情去接受思想。只要**我们的**评价高，即使对象低于我们，那也说明不了什么。当历史学家塔西陀[①]叙述一世纪罗马的无可救药的衰落时，向低处俯视的是一种崇高的精神，而我们的心情确乎是富有诗意的，因为只有他本人伫立的高度（他也善于把我们提高到这一高度）才使得他的对象处于低下的位置。

这就是说，激昂的讽刺必须每时每刻都从一种洋溢着理想的心情中流淌而出。惟有一种渴求协调一致的强烈要求才能够、才可以产生那种道德矛盾的深沉感情，那种针对道德错误的炽烈反感，这种强烈要求激起了郁维纳[②]、斯威夫特[③]、卢梭[④]、哈勒尔[⑤]等人的热情。假如不是一些偶然原因较早的让这些诗人的心情确

---

① 塔西陀（约55—约120），古罗马历史学家。

② 郁维纳（约60—约140），又译为尤维纳利斯，古罗马讽刺诗人。

③ 斯威夫特（1667—1745），英国讽刺作家。

④ 卢梭（1712—1778），法国启蒙思想家，哲学家，教育学家，文学家。

⑤ 哈勒尔（1708—1777），瑞士的德语作家，自然研究家，医生。

立了这一特定方向的话，他们是会、而且必然会同样幸运地在这些感人、柔婉的诗型里进行创作的；他们实际上也部分地这么做了。所有在这里提到名字的人要么生活在一个堕落的时代，目睹了道德败坏的一种可怕的经历，要么自身的命运把苦楚撒进了他们的心灵。由于哲学精神严格无情地把现象与本质分开，并钻入事物的深层，所以它将情感向卢梭、哈勒尔等人描绘真实的那种冷酷和严厉倾斜。可是，这些始终起着限制作用的外部的、偶然的影响至多只能决定方向，而从来不会确定热情的内涵。这种内涵是万变不离其宗的，它不受任何外部需要的影响，从追求理想的一种炽热的欲望中涌流而出，它惟一真正的使命就是做讽刺诗人，或扩而大之，做感伤诗人。

如慷慨激昂的讽刺只适合表达崇高的灵魂，那么，惟有嘲弄式的讽刺才能成功地运用于一颗**美丽**的心。因为前者已因其严肃的主题而能免于轻佻之弊；但是后者只可处理一种与道德无关痛痒的素材，就不可避免地会染上这种毛病而丧失一切诗的尊严，要不是内涵在这里通过处理而变得高尚、要不是诗人的**主体**代表其**客体**的话。但只有美丽的心才被赋予了这样一种能力：不受其作用的对象的影响，在它每一次的倾吐之中铸造其完整的自身形象。崇高的性格只能在一次次战胜感官的阻力时，在热情奔放和瞬时出力的某些时刻显示出来；反之，在美丽的心灵里，理想则像自然那样均衡地起作用，因此也能在一种静止状态中表现出来。深邃的海洋在其运动中显得最为崇高，清澈的小溪在其静静的流动中显得最为美丽。

悲剧或喜剧这二者孰优，就此问题曾进行过多次争论。如讨论这个问题只是为了了解二者中哪个处理的对象更为重要，无疑前者占先；但如想知道二者之中哪个要求有一个更重要的主体，结果就会对后者有利。——在悲剧里，通过主题，情节就有了很多发展，在喜剧里，主题不起什么作用，情节的发展全靠作家。由于在评判情趣时从不考虑素材问题，这两个艺术类型的美学价值当然必定与其材料的重要性成反比。悲剧作者由其对象承担，反之，喜剧作者则必须依靠其主体保持其对象的美学高度。前者可以在没有多少劲头的时候猛地鼓起劲来；后者必须保持不变，在后者不借助于助跑就跑不到的地方，他必须早就**到了**那里，并对那里的一切了如指掌。而这正是美好的性格和崇高的性格相区别之处。前者已包含一切数值，它从其本性中无拘无束地、毫不费劲地流出，按其能力，它在其轨道的每一点上都是一个无穷值；后者能把自己开展、提高到任何高度，它能凭借其意志的力量突破任何受限制的状态。也就是说，后者的自由只是一阵一阵地经过艰辛努力才获得的，而前者的自由则来得轻易，而且他始终是自由的。

在我们身上唤起并培育心灵的自由，是喜剧的美好的任务，而给悲剧规定的任务则是，在心灵自由因感情冲动而被强制抵消后，帮助它循美学道路重新恢复。因此在悲剧里，心灵自由必须人为地、当作试验来予以抵消，因为它在恢复的过程中能证明其诗的力量；在喜剧里则必须提防着永远别出心灵自由被抵消的事情。因此，对于主题，悲剧作者总是进行实际处理，而喜剧作者则始终予以理论处理；即使前者（比如莱辛在他的《智者纳旦》里）突发怪想，要对一种理论性的素材进行加工，而后者异想天开，竟想处理一种实际的素材。不是主题取自什么领域，而是作家把它提交什么论坛去讨论，决定了该主题是悲剧性的还是喜剧性的。悲剧作家必须提防心平气和的推论，始终要激起心灵的兴趣，喜剧作家则要当心激情洋溢，始终都要让理智有用武之地。也就是说，要大显身手，前者靠的是不断地激发感情，后者则借助对激情进行持续的抵制；一方的主题越是带抽象性质，另一方的主题越倾向于激情，双方的艺术则自然越是伟大。[①] 因此,如悲剧有一个较为重要的出发点,那么,我们在另一方面就得承认,喜剧所追求的是一个较为重要的目标,如它达到了这个目标,就会叫一切悲剧成为多余的东西,不可能存在的东西。其目标与人类力争达到的最高目标是一致的:清除激情,始终清楚地、始终冷静地观察四周、观察自身,到处发现的偶发事情多,命中注定的少,因荒唐的事情捧腹大笑的多,为恶毒的事情而恼怒、而哭泣的少。

如同现实生活一样,在诗的描绘中,把单纯轻松愉快的感官、惬意的天赋、快乐的好心与心灵的美相混淆,是常有的事情,而由于一般的情趣从未超乎愉快之上,所以对于如此可爱的精神产物来说,把那种如此难以赢得的荣誉强占为己有,是一件轻而易举的事情。但有一个屡试不爽的检验方法,我们能用这个方法把天性的轻松愉快和理想的轻松愉快、把性情的美德和性格的真正道德区别开来,而当二者在一个又大又难的对象上进行试验的时候,采用的就是这个方法。在这样一种情况下,可爱的天才必然走向平庸,性情的美德必定进入物质范畴;反之,真正美丽的灵魂也同样肯定地会化为崇高的灵魂。

只要琉善[②] 仅仅鞭挞混乱状况(如在《愿望》、《拉庇泰人》、《悲剧角色朱庇特》等作品中),他就始终是个嘲笑者,以其快乐的幽默让我们开心;但在其作品《尼格里努斯》、《泰门》、《亚历山大》

---

① 在《智者纳旦》里没有发生这样的事情,那里面的素材的冰冷性质使得整本作品冷气袭人。然而莱辛知道他不是在写悲剧,他只是在涉及自己的事情时合情合理地忘了"戏剧学"里确立的准则:即剧作家无权把悲剧形式应用于非悲剧目的。不作重大修改就几乎不可能把这首戏剧诗改写成一出好悲剧;但仅作若干偶然的改动,它就会成为一出好喜剧。为了后面这个目的本该牺牲慷慨激昂,为了前一个目的本该牺牲推理,在二者之中,这首诗的美最多究竟以何者为基础,这也许是不成问题的。——作者原注。

② 琉善(约 125—约 200),古希腊散文作家,哲学家。恩格斯称他是"古希腊罗马时代的伏尔泰"。

的许多段落里，他的讽刺也切中了道德败坏现象，在这些地方，他竟完全变成了另外一个人。“不幸的人啊，”在他所著的《尼格里努斯》里，他是这样开始描绘当时罗马叫人气愤的那幅图景的，“希腊啊，你为何离开了阳光和那自由的幸福生活，来到这举目皆是堂堂皇皇的殷勤伺候、晋谒和盛宴、以毁谤攻讦为业者、谄谀者、放毒者、遗产骗子和虚伪朋友的旋涡之中？……”在这种场合和与之类似的地方，必然显露出情感的高度严肃性，一切游戏都必须以此为基础，要是想让它成为诗的游戏的话。即使从琉善和阿里斯托芬[①] 两个人都用来戏弄过苏格拉底的恶毒笑话里，也透露出一种严肃的理性，它替真理报复了这位诡辩家，为了一个它只是没有经常挂在嘴边的理想进行斗争。琉善在他所著《狄俄革涅斯》和《得蒙纳克斯》中也说明了这一特性的合理性，排除了一切疑点；在晚近作家当中，难道不是塞万提斯在他所著的《堂吉诃德》里利用每一个适当的机会，描述了多么伟大而美好的性格？难道不是在诗人的心灵里必然有过多么壮丽的一种理想，才创造了汤姆·琼斯和苏菲亚[②] 这样的角色？约里克[③] 这个开怀大笑的人怎能随心所欲地如此强劲有力地打动我们的心？在我们维兰德[④] 的作品里我也觉察出这种感受的严肃性；甚至心灵的优美也叫他情绪的恶作剧充满灵性、变得高贵；甚至在其歌唱的节律上面，它也打上了它的印记，他从不缺少在关键时刻把我们举到顶点的那种虎虎生气。

---

① 阿里斯托芬(约前446—前385)，古希腊早期喜剧代表作家。

② 汤姆和苏菲亚，二者均为亨利·菲尔丁(1707—1754)所著长篇小说《汤姆·琼斯》里的人物。

③ 约里克，劳伦斯·斯泰恩(1713—1768)所著长篇小说《约里克感伤游记》里的主人公。

④ 维兰德(1733—1813)，德国作家。

对于伏尔泰式的讽刺，不能作出此类评价。虽则这位作家有时能以诗的形式感动我们的，也只有自然的真实和单纯，不管他是以其天真的性格真正达到了这一境界（如在其著作《天真的人》里就曾多次做到），还是如在所著的《老实人》等书中那样寻觅它并为之进行报复。如两种情况都不是，则他虽能以风趣的头脑逗我们捧腹，却肯定无法作为一个诗人感动我们。但是他的嘲讽到处都缺乏严肃性这个基础，而这就理所当然地使得他这个专业诗人显得可疑。他的理智随处可见，与他的感情我们则素未谋面。在那轻薄的外衣下面见不到理想，在那永恒的运动之中几乎没有什么绝对牢固的东西显露出来。他外表形式上的令人惊异的多样性远远不能证明其精神世界内在的充实，反倒提出了一种令人深思的反证，因为尽管有所有那些形式，他却没有找到一个能在上面打上其心灵的烙印。因此人们几乎不得不害怕，在这个渊博的天才身上决定他进了讽刺这一行的，只是其心灵的贫乏。要不是这样，他在他宽广的道路上不管怎样必然早就离开了这条狭窄的轨道了。但是尽管素材和外部形式发生了这一切千变万化，我们却见到这种内在的形式在永恒的、贫乏的单调中间反复出现，尽管他的一生如此丰富多彩①，但人们看见上述的那些讽刺作家愉快走过的人生历程，他自己却并未完成。

如果诗人把自然与艺术、理想与真实进行这样的对比，使得对理想的描述占上风，使得从其中获得的乐趣成为主导的感觉，那么，我就称他是**哀伤的**。跟讽刺一样，这一类型也内分为两类。要么，如果把自然描绘为已经丧失，把理想说成是没有达到，二者就成了悲哀的主题。要么把二者说成是真实存在的东西，从而使它们成为快乐的主题。前者产生较为狭义的**哀歌**，后者产生最广义

① 暗指伏尔泰的卷帙浩繁的著作。

的田园诗。①

如同激情洋溢的讽刺诗中的不满和戏谑的讽刺诗中的嘲弄一样，哀歌里的悲哀也只可来源于由理想唤起的一种热情。哀歌只有从这里才能获得诗的内涵，它任何别的源泉都不配被尊崇为诗艺。创作哀歌的诗人寻求自然，所寻求的是它的美丽，而不仅是它的赏心悦目，是它与思想的统一，而不仅是它的有求必应。只有当感官的宁静状态同时也可想像为道德和谐的对象时，对失去的欢乐的悲哀、对从世上消失的金色年华的悲哀、对青年、爱情等一去

① 我比通常情况较为广义地使用讽刺诗、哀歌、田园诗这些名称，为此我对研究较深的读者几乎用不着说明什么。我这样做的意图决不是想把迄今对讽刺诗和哀歌以及田园诗的观察所合理确定的界限加以改动；我注意的仅仅是在这些诗型中占主要地位的感觉方式，这种感觉方式决不会接受那种狭窄的界限的桎梏，这可是人人皆知的呀。使我们感到忧伤的不仅是因此而得名的哀歌；就是戏剧作家和叙事文学作家也会以忧伤的方式感动我们。在《基督史诗》里，在汤姆逊的《四季》里、在《失乐园》里，在《被解放的耶路撒冷》里我们见到的几幅图画，本来只是田园诗、哀歌、讽刺诗里所特有的。同样，几乎在每首激情洋溢的诗里也或多或少地存在着。可是我认为田园诗本身就属于哀歌一类，其中道理看来倒是需要加以说明的。但要记住，这里所谈的田园诗只是感伤诗中的一类，它在本质上的特点之一是自然与艺术、理想与真实的相互对立。即使诗人对这一点并不明说，即使他把描绘纯洁无瑕的自然或实现了的理想的那幅图画毫不掺假地、独立地展示在我们眼前，那种对立仍存在于他的心里，即使他不愿意也会在一笔一画中透露出来。如若不然，他非使用不可的语言——因为它是时代精神的载体并接受艺术的影响——也会让我们忆起带有限制的真实和带有矫揉造作的文化；甚至我们自己的心也会把堕落的经验与纯洁自然的那幅图画对立起来，从而使得我们内心里的感受方式（即使诗人无此意图）变得悲伤忧郁。这后一种情况如此之不可避免，乃至古今天真诗型中即使是最优美的作品给予有教养的人的最高享受也无法长久保持纯粹，而是或迟或早地会出现一种忧郁的感觉与之为伴。最后我还注意到，这里试行的划分方法——正因为它只是建立在感受方式的差异上——对于决定历史本身的划分以及诗类的划分，完全不该有任何影响；因为，由于诗人即使在同一作品中也决不束缚在同一种感受方式上，所以那种分类方法也就不可能源出于此，而必然来自描述的形式。——作者原注。

汤姆逊（1700—1748），苏格兰诗人。

不复返的幸福的悲哀才能成为哀歌的素材。因此,奥维德从他的放逐地奥克辛[①]唱出的哀歌,不管多么感人,不管个别段落有多少诗意,从整体看来,我不能心安理得地视之为一本诗作。在他的痛苦里,活力太少,心智和高尚情操太少。是需要,而不是热情吐出的那种哀诉之声;那里面流露的虽非普通心灵,却是被他的命运压倒在地的一种高贵精神的普通情绪。要是我们记得他所哀悼的是罗马、奥古斯都[②]的罗马,我们就会原谅这个欢乐之子的痛苦;虽然如此,甚至充满幸福的壮丽的罗马,如事先没有经过想像力的美化,也不过是一个有限值,因而不配成为诗艺术的一个对象,诗艺术超越了现实所建立的一切,只有它才有权去哀悼无限的东西。

因此,诗哀诉的内容从来就不可能是一个外部的,而总是一个内在的理想的对象;即使它所哀诉的是现实中的一个损失,它首先也把它变成了一个理想的损失。诗的加工,其意义就在于把有限值简化为一种无限值。外部的素材本身因而始终是无关宏旨的,因为这种素材,诗的艺术是从来不会按原样拿来就用的,而只是通过加工才赋予它诗的价值。创作哀歌的诗人寻求自然,但在他当作是一种曾经存在过、而现已丧失的东西来哀悼它的同时,他又视之为一种从未有过的完美的思想。在莪相[③]对我们讲述一去不复返的日子和已经消逝的英雄们时,他的创作力量早已将回忆中

① 奥克辛,即托米,奥维德被放逐的地方。

② 奥古斯都(前63—后14),古罗马皇帝(前27—后14)。

③ 莪相,苏格兰农民出身的麦克菲逊(1736—1796)搜集克尔特人的民歌,并以现代英语仿作《莪相集》(1762—1765),假托是古代歌者莪相的作品。该诗集发表于1773年,共收集了22篇以费殷(Finn)及其子欧夷辛(Oisin即莪相Ossian)为主角的、出自爱尔兰和苏格兰民间传说的诗。其最初的德语翻译由米夏埃尔·但尼斯(1729—1800)于一七六八至一七六九年间完成,采用六音步诗行的格律。一七八二年,赫尔德尔(1744—1803)也做了该项翻译工作;歌德于一七七四年将此翻译引入《少年维特之烦恼》中。

的那些图景化为理想，把那些英雄化为神了。某个一定的损失的经历已扩大为普遍的人生易逝的思想，被无处不在的毁灭图景紧追不舍的凯尔特宫廷歌手受了感动，一跃而起，直冲云霄，想在太阳运行的轨道上找到一个永恒不灭的象征。①

我随即转向属于哀歌型的晚近诗人。既是诗人、又是哲学家的卢梭的惟一趋向是要么探寻自然，要么对艺术进行报复。视其感情或与前者、或与后者周旋，我们见他时而为哀歌所感动，时而热衷于尤维纳利斯（即郁维纳）式的讽刺诗，时而像在他所著的《朱莉》里那样，进入田园诗的领域而喜不自胜。他的诗，由于是以一种理想为对象的，所以其诗的内涵是不容反驳的，只是他不知如何以诗的方式去运用它。他的严肃性格虽从不让他堕落为轻佻，但也不容许他把自己提升到从事诗的游戏的高度。由于他有时因激情，有时因抽象思维而陷入紧张状态，所以他极少或从未取得美学的自由，而在素材面前，诗人是必须坚持这种自由，并把它传达给他的读者的。要么是他的病态的敏感主宰着他，把他的感情驱策到难堪的地步；要么是他的思维力给他的想像力套上枷锁，以其概念的严谨摧毁图画的优美。这两方面的特性，其紧密的相互关系和统一本来是造就诗人的要素，异常高度地集中在这位作家身上，一切具备，只是二者未能显示它们已真正合二为一了，以至于他的主动性更多地掺进了他的感受，他的敏感性更多地掺进了他的思维。因此，在他对人类建立的理想方面，对于人类的局限性也考虑过多，对其能力则考虑过少，其中随处可见的是，对于身体安宁的需求多于对道德和谐的需求。为了尽快地摆脱人类中的纷争，他宁肯让它回到原始阶段的浑浑噩噩的单调状态中去，而不愿目睹那种纷争在一种完全彻底实施的教育的明智的和谐中终止，他宁

① 可参阅那首题为“卡松”(Carthon)的极好的诗。——作者原注。

肯让艺术永不萌芽，而不愿期待它止于至善，简言之，他宁肯降低目标，降低理想，但求更快、更有把握地一蹴而就，对于这一切他热切的敏感都难辞其咎。

在这一类型的德国诗人中间，我只想在这里提到哈勒尔、克莱斯特和克洛卜施托克。他们的诗的特性是感伤的；他们以思想、而不是以感性的真实感动我们，既不是因为他们本身是自然，也不是因为他们善于唤起我们对自然的热情。**总体说来**，这些道理适用于这些诗人以及所有感伤诗人的性格，但当然也决不会因此否定**个别人**以天真的美感动我们的能力：如无此能力，他们无论在哪里都成不了诗人。不过，以安静的、单纯的、轻快的感官去感受，并且把所感受的东西也如此重新描绘出来，这并非他们本来的、主要的性格。不由自主地，想像力和思考力一拥而出，抢占了直观和感觉的先手，于是人们闭上耳目，全神贯注于自我观察之中。心情接受不了任何印象，除非它立即观察其自身的游戏，面对自己而且从自己出发进行深入思考，从而找出其中的奥秘。我们以这种方式从来无法获得对象，只能获得诗人的智力对对象进行反复思考的结果，即使诗人自己就是这个对象，即使他想向我们描绘其感受，我们也无法直接地、通过第一手获知其状态，而只能知道它在他的感觉中是如何反映的，他作为自身的旁观者是如何思考这个问题的。哈勒尔哀悼他夫人的诗①（大家都熟悉那首美丽的歌）是这样开始的：

要我唱支歌来哀悼你的亡灵吗？
啊，玛丽安，那是一首多么悲伤的歌啊！
太息和话语相互夺腔而出，

① 哈勒尔一七三一年与玛丽安结婚，一七三六年十月三十日玛丽安去世，哈勒尔于同年十一月写下这首悼亡诗，他当时二十八岁。

言辞全都无力表述……

虽然我们觉得这样的描写极其真实，但我们也感到，诗人想传达给我们的本不是他的感触，而是他对此所作的思考。因此，他对我们的感动也微弱得多，因为他自己先得在很大程度上冷静下来，才能成为他的感动的旁观者。

哈勒尔的诗的绝大部分超感觉的素材和克洛卜施托克的诗的部分这种素材就已经把它们排除出天真诗之外了；因此一旦要把这种素材加工成诗，由于它不可能具有实体的性质，因而无法成为感性观察的对象，就必然会被引入无限的领域而提升为精神观察的对象。一般说来，在这一意义上，只可能想像到一种没有内在矛盾的格言诗；因为，容我再重复一遍，诗的艺术只占有这两个领域：它必定要么在感性世界里、要么在思想世界里盘桓，因为它在概念王国里或在理智世界里简直无法兴旺发达。我老实承认，在古今文学中我还没见过一首这一类型的诗曾把它处理的概念进行过纯粹而完整的加工，使它要么降低为个性，要么升华为思想。通常的情况是，如时运尚佳，则二者交替出现，与此同时，抽象的概念占主导地位，而在诗的领域里应主宰一切的想像力则仅被允许为理智服务。内涵的思想本身就充满诗意并永远如此的教育诗，我们还没见过，尚须翘首以待。

这里所说的一般适用于所有教育诗的道理，也特别适用于哈勒尔的诗。思想本身并非诗的思想，但时而通过形象的运用，时而通过向观念的飞跃，在付诸实现时，它有时会成为诗的思想。只有在质量属于后一种的情况下，它们才归于此类。力量、深度和一种充满激情的严肃是这位诗人的特性。其心灵燃起一种理想的火焰，其热爱真理的炽烈感情在寂静的高山谷中寻觅已从世上消失的清白无瑕。其哀诉感人至深，他以强有力的、几近尖刻的讽刺勾勒出理智和心灵的迷惘，用爱刻画了自然的美丽的单纯。只是概念在其绘画中到处都过分突出，正如在他自己身上理智主宰着感觉一样。因而他始终是**施教**多于**描绘**，而描绘的笔触始终是强而有力多于柔情万转。他大气、果敢、热情、高尚；但却极少或从未升华到美的境界。

在思想内涵和精神深度上，克莱斯特有不少地方逊于这位诗人；在优美方面他可能在他之上，要是我们不像有时那样，把他在一方面的缺陷视为另一方面的长处的话。克莱斯特充满情感的心灵最爱陶醉于乡间景色和风土人情之中。他乐于避开社交聚会的无聊喧哗，而要在死寂的自然的怀抱里去发现他在道德世界深感欠缺的和谐和安宁。他对安宁的渴望该是多么感人啊！① 当他这样歌唱时，该是多么情真意切啊：

世界啊，你真实生活的坟墓。
追求德行的热望常叫我激动，
一溪忧伤的泪沿着面颊流下，
榜样胜了，你啊，青春之火。
你们即将把高贵的眼泪擦干。
一个真正的人必须远离人群。

然而，要是他作诗的欲望引领着他走出自己所处的狭隘圈子，进入自然的启发心智的孤寂之境，那么，时代的忧惧景象及其枷锁也会死死地跟在他后面，一直跟到这里。他欲逃避者，存乎其心，他所索求者，永在身外；他永远无法克服他那个世纪的恶劣影响。倘若他的心同样炽热非常，他的想像力同样充满活力，乃至可通过描绘激活理智的无生命的产物，则冰冷的思想会随即夺去生动创造的诗魂，而思维会搅乱感觉的奥秘的活动。虽则他的诗像他歌

① 请阅读其著作中那首以“对安宁的渴望”为题的诗。——作者原注。

唱的春天那么五颜六色、光彩夺目,他的想像力活跃而积极,然而我们称之为丰富,不如称之为多变,称之为创造,不如称之为嬉戏,称之为不断积累、不断塑造,不如称之为不安地前进。一笔一画,迅速而蓬蓬勃勃地交替,却并不聚精会神地构成独特的个体,并不把自己充实为生命,并不让自己丰满起来而成为形象。只要他还只是在按抒情诗的方式写作,仅仅盘桓于山水画之间,我们就会在这里一般要求多描绘诗人的情感,少描绘对象本身,这么一来,部分地由于抒情诗形式的较大的自由,部分地由于其素材的随意性质,我们就会忽略这一缺陷。但是,要是他像在他所著的《西塞得斯和巴奇斯》和《塞内卡》里那样敢于描写人及其行为,缺陷就只会太明显了;因为在这里想像力被禁锢在固定的、必然的界限之间,而诗的效果只可能从**主题**中产生。他在这里变得贫乏、无趣、干瘪、叫人无法忍受地冰冷:对于所有无内在天赋而从音乐诗的园地擅自闯入造型诗的领域的人都是个儆戒的先例。同一人性也曾与近似的天才汤姆逊相遇。

在感伤诗型里,尤其是在其中的哀歌体里,可与我们的克洛卜施托克相提并论的,出自晚近诗人者少,出自古代者更少。所有在生动形式的界限之外、在个性的范围之外、在观念性的领域之内所能取得的成果,都来自这位音乐的诗人。① 虽然如要从根本上否认他具有天真诗人描写其对象的那种个人特有的真实性和生动性,对他会是极不公正的。他的许多颂歌,其戏剧及其《救世主》中

① 我用"音乐的"一词,为的是在这里提醒大家注意诗与音乐、诗与造型艺术的双重亲缘关系。这就是说,诗或者像造型艺术那样模仿一个特定的对象,或者像音乐那样只是唤起一个特定的心境而无需一个特定的对象,视此种情况之不同,可称之为造型的(雕塑的)或音乐的。因此,这后一个名称所指的,不仅是诗里在材料上真正是音乐的东西,而且一般也指它不用特定的客体去支配想像力也能产生的诗的一切效果;在这个意义上,我喜欢称克洛卜施托克为音乐诗人。

的一些个别的笔触以恰到好处的真实性并轮廓清晰美观地描绘主题；尤其是当主题就是他自己的心灵时，他常表现出一种伟大的自然，一种令人欣喜的天真。只不过**他**的长处不在这里，只不过这种特性无法通过其诗作的整体加以实现。尽管按上述条件《救世主》颂歌在**音乐诗**方面是一首如此壮丽的创作，在**造型诗**方面却显露出如此之多的缺陷，在这些地方，人们还期望见到某些**宜于直观**的形式。此诗中的形象或许已经够明确了，但并不宜于直观；只有抽象思维创造了它们，只有抽象思维能区分它们。它们是概念的好例子，但不是个体，不是活生生的形象。诗人本该充分发挥的想像力，他本该借助于他的形式的普遍确定性掌握的想像力受到过分的放纵，任由它决定怎样以感性上能认识的形式去描绘这些人和天使、这些神和撒旦、这个天堂和这座地狱。理智必须在某个轮廓之内加以思考，这个轮廓是有的，但幻想必须在某个界限之内加以描绘，这个固定的界限却没有划定。我在这里就性格所谈的道理适用于这首诗里的生命和情节或应该成为其生命或情节的一切；而且不仅在这首史诗里，在我们的诗人的戏剧诗里亦然。对于理智来说，一切都十分确定，界限分明（在这里我只想请大家回想一下他的犹大、他的彼拉多、他的费罗、他在同名悲剧里的所罗门），但就想像力而言，却是过分地不伦不类了，在这里，老实说，我觉得这位诗人完全是如鱼失水了。

他得心应手的领域始终是观念世界，他善于把他正在写作的一切带进无穷尽的境界。简直可以说，他把他正在写作的一切的躯体抽出，使之化为精神，正如其他诗人给所有精神的东西披上躯体的外衣一样。他的诗给予人们的一切乐趣几乎都要通过运用思考力才能获得；他善于在我们内心里激起的、而且如此亲切、如此强烈地激起的一切感情都是从超感觉的源泉中涌出的。因此，这种严肃性、这种力量、这种劲头、这种深度就成为出自其笔端的一切的特征;因此,我们在阅读这一切的时候也就保持着这种恒久的紧张心情。可能没有哪位诗人比克洛卜施托克(扬[①] 这样的作家除外,他在那里面比他要求得更多,却不像他那样予以回报)更不适宜充当宠儿和终身伴侣,克洛卜施托克总是只引导我们走出生活,总是只呼唤精神拿起武器,准备战斗,而不以一个目标的静静的存在去振奋意识。其诗神如同其宗教信仰,是纯洁的、超凡脱俗的、与肉体相脱离的、神圣的,人们不得不赞叹地承认,他虽有时不明不白地登上了那样的高度,却从未从那高处跌落下来。我因而坦率地承认,我有些为那种人的头脑担忧,他们能够真正地、毫不装腔作势地把这位诗人的作品奉为至宝,他们相信能用这本书调整其心态以面对任何处境,能从任何处境出发回过头去向它求助;我想,即使人们在德国对于其危险的统治的后果已经见得够多了,也是如此。只有处于某种情绪高涨的心境时,才能去寻找他,去感受他;因此,他也是青年崇拜的偶像,虽则远非他们最幸运的选择。青年总是力图挣脱生活的桎梏,逃避一切陈规旧习,觉得任何界限都过于狭窄,他们漫步在这位诗人开辟的无边无际的园地里,其爱炽烈,其乐融融。然后,当青少年长大成人、从思想的国度回归经验的范围之内时,那种热爱就丧失了许多、非常多了,但人们对于这样一个独一无二的人物、对于这样一个非凡的天才、对于这样一种十分高尚的感情所应有的尊敬,以及德国人特别对于这样一种崇高的功绩所应有的尊敬却丝毫未减。

主要是在哀歌体中,我把这位诗人称为伟人,而且看起来,这一评价并不那么需要特别的论证。他既能够发挥出任何能量,而且是整个感伤诗领域里的大师,所以时而能以最高度的激情震撼我们,时而又能让我们陶醉在如处天国的那种甜美感觉之中;但其

① 爱德华·扬(1683—1765),英国作家。

心灵却主要倾向于一种高度的、才智横溢的忧伤，尽管他的竖琴、他的七弦古琴铮铮地发出多么高尚的音响，其诗琴的柔和多情的曲调却将越来越真实，越来越深沉，越来越感人肺腑。我让一切纯粹的感情出来作证，看它是否会为了温柔的感受而奉献果敢和强大的一切，奉献一切假想、一切出色的描写、《救世主》里一切雄辩口才的模式、我们的诗人感到如此心旷神怡的一切闪闪发光的譬喻，这些温柔的感受在哀歌《致艾伯特》里、在那首美妙的诗篇《巴尔达勒》里、在《早年的坟墓》里、在《夏夜》里、在《苏黎世湖》以及这一诗型中几首其他作品里都有所吐露。尽管《救世主》作为一种情节的描述、作为一部史诗性的作品令我如此之不满意，但我认为它是一座哀伤的情感和理想的叙述的宝库，在这一方面，它却是珍贵的。

在我撇下这一领域之前，或许还该提及乌茨[①]、但尼斯[②]、盖斯纳尔[③]（在其作品《阿博尔之死》中）、雅可比[④]、格斯滕贝格[⑤]、荷尔提[⑥]、戈金克[⑦]及从事这一诗型创作的若干其他诗人的功绩，这些诗人都以思想感动了我们，并创作了如上界定的感伤诗。但我无意撰写一本德国诗歌艺术史，而是想用我们文学中的若干例子阐明上述道理。我想指出古代和现代的、天真和感伤的诗人殊途同归的不同道路，——要是前者以自然、个性和生动的**感性认识**感动我们的话，后者则以观念和高度的**理性认识**证明有一种同样巨大的、虽则不是那么广泛的力量支配着我们的情感。

---

① 乌茨（1720—1796），德国诗人。

② 但尼斯（1729—1800），德国诗人。

③ 盖斯纳尔（1730—1788），瑞士画家，雕塑家，作家。

④ 雅可比（1743—1819），德国诗人。

⑤ 格斯滕贝格（1737—1823），德国作家。

⑥ 荷尔提（1748—1776），德国诗人。

⑦ 戈金克（1748—1828），德国抒情诗人、散文作家。

从上述例子可以看出感伤诗神如何处理一种自然的素材；可是，去了解天真诗神如何处置一种感伤的素材，可能也是不无兴味的。此项任务看似全新，并具有一种独特的困难，因为在古老的、天真的世界里不存在这样一种**素材**，然而在新的世界里却缺少这种**诗人**。但是天才给自己完成并以一种妙不可言的方式解决了这一任务。一种性格，它感情炽热地拥抱一个理想，逃避现实，以力争达到一个虚无的无限境界，它到身外去不断地寻觅着它在自身内部不断地破坏着的东西，对它来说，惟有梦境才是真实，而现实体验永远不过是束缚，它最终只视其自身的存在为一种束缚，而且也撤除了它、冲破了它，以达到真正的现实——感伤性格的这种危险的极端成了一个诗人的素材，在他身上，自然发挥着比在其他任何人身上更为忠实、更为纯粹的作用，而在现代诗人中，他也许与事物的感性的真实性距离最小。

所有那些哺育感伤性格的因素，以多么幸福的本能集于《维特》一身，观察这一点是饶有兴味的；狂热的、不幸的爱情、对自然的敏感、宗教感情、哲学的沉思冥想精神，最后别忘了，还有那阴暗的、不成形的、伤感的莪相式的世界。除此之外，要是不算上现实对此所持的那么不友好、甚至敌视的态度，以及外部的一切如何合力将此饱受折磨者逼回其理想世界，那么，就看不到有什么办法能把这样一个人物从这样一个圈子里解救出来。在同一诗人所著的《塔索》里，同一种对立重新出现了，虽表现在迥异的人物身上；甚至在其最新的长篇小说里，正如在其第一部里一样，诗化的精神与冷静的公共意识相对立，理想与现实相对立，主观想像方式与客观想像方式相对立——但其对立的方式却又是多么地不同啊！甚至在《浮士德》里，我们又遇见了同一种对立，当然，正如素材所要求的那样，双方都变得十分粗俗、十分形体化了；费些气力对细分为如此不同的四类的这一性格进行一种心理的扩展，或许是值得一试的。

上文已指出，没有一种内在的充实的观念世界作为基础，仅靠一种轻松而和蔼的性情，还形成不了戏谑性讽刺的天赋，尽管人们在通常的评判里放宽尺度称之为这种天赋；同样，仅仅有温柔的软心肠和伤感，也无法成为创作哀歌体诗的天赋。在真正的诗人天才方面，两者所缺乏的都是那种活力原则，必须由它来激活素材，从而产生真正的美。这一温柔诗型的产品因而只能融化我们的心，只能讨好我们的感官，而无法振奋心灵，启发智力。持续倾向于这一感觉方式，最后必然会使得性格软弱无力，陷入一种消极状态，从中无法产生任何真情实感，不论对外部的还是对内心的生活都是如此。因此，以无情的嘲讽对**多愁善感**[1] 和**哭哭啼啼的性情**——这些弊病由于对几部卓越的著作的曲解和低劣的模仿而在大约十八年前开始在德国猖獗起来，——不断进行口诛笔伐，这是罚当其罪的，虽则人们对那种哀歌式的讽刺画的好不了多少的对应物、对诙谐的本性、对铁石心肠的讽刺和浅薄无聊的风趣[2] 喜欢表现出迁就的态度，而这种迁就的态度再清楚不过地表明，强烈地加以反对并非出于纯粹的动机。在真正的审美观的天平上，二者相比，半斤八两而已，都不会有多少价值，因为二者都缺少美学的

① 阿德隆先生是这样下定义的："无合情合理的意图并超越正常限度的、对感人的、温柔的感受的一种偏爱。"——阿德隆先生很幸运，他只是从意图出发、而且只是从合情合理的意图出发去进行感受。——作者原注。

阿德隆(1732—1806)，德国语言学家，词典编纂家。

② 人们虽然不该让某些读者失去他们少得可怜的乐趣，如果有人因布鲁茂尔先生的肮脏的笑话而得以振奋、得以开心，这毕竟与批评何干。但艺术法官们至少应当三缄其口，别以某种尊敬的口吻谈论那些对于高尚的情趣理当始终是个秘密的作品。虽然那里边的天才也好，风趣也罢，都是有目共睹、无法看错的，但尤为可悲的是，二者都再也没有受到清除。对于我们德国的喜剧，我无话可说；作家们所描绘的是他们所生活的时代。——作者原注。

内涵，而这种内涵只包含在精神与材料的密切结合之中，只包含在一种产品对于感觉能力和思想能力的统一的关系之中。

西格瓦尔特及其修道院故事[①] 曾遭受嘲讽，而《法国南部游记》[②] 则获得赞赏；然而这两部作品都有同样多的权利要求获得一定程度的好评，都有同样少的权利要求获得无条件的赞扬。真正的、但却夸张的感受使前者受到青睐，而一种淡淡的幽默感和一种聪明而敏锐的智力让后者得到好评；但其中一部完全缺乏智力应有的清醒，同样，另一部则缺乏美学的尊严。前者面对经验显得有点儿可笑，后者对理想而言则几近可鄙。既然真正的美必须一方面与自然、另一方面与理想协调一致，两部小说就都无权获得一部杰作的美名。不过，杜默尔的长篇小说是大家都十分乐于阅读的一部书，这是自然而又合情合理的，我根据自己的经验也知道这一点。由于它只是刺伤了源于理想的（因而也是在阅读长篇小说时绝大多数读者完全不会、较优秀的读者更不会提出的）要求，反过来却在非同寻常的程度上满足了精神上，乃至肉体上的其余要求，所以它必然并永远会理所当然地成为当代以及写美学著作只是为了叫人开心、读美学著作只是为了取乐的一切时代的一部人看人爱的书。

但是，诗歌文学里不是甚至也可以举出一些似乎以类似的方式损害着理想的高度纯洁性、并因其内容的物质性而与要求一切美学艺术著作都必须具备的精神性相距甚远的经典著作来吗？甚至诗人这缪斯的门徒都可以干的事情，不过是他异父兄弟而且让

---

① 西格瓦尔特及其修道院故事，德国作家米勒（1750—1814）所著长篇小说，书名为《西格瓦尔特，一个修道院的故事》。

② 《法国南部游记》，德国作家杜默尔（1738—1817）所著日记体小说，全名为《一七八五至一七八六年间法国南部游记》，描述一个无业的大城市老派绅士为祛除其忧郁症所进行的从柏林出发至马赛、经荷兰返国的旅行。

全球如此动心的长篇小说作家却不准干吗？我在这里更加不能回避这个问题，因为不管是在哀歌体诗还是在讽刺诗这一门类中都有一些名著，它们从外表看来是在寻找和推荐与本文所谈的完全不同的一种特性，并为它辩护，这种辩护既不是针对坏习俗，也不是针对好习俗的。也就是说，要么，那些诗作该受到摈弃，要么，这里提出的哀歌概念必然运用得太随便了。

这是否意味着，诗人可以做的事情，散文作家做了，我们就不能宽容呢？答案已经包含在问题里头了：诗人可以做的事情，对于非诗人说明不了什么。在诗人概念本身、也只有在这里面，存在着其自由的基础，一旦这种自由不能从造就他的最崇高、最珍贵的要素中提取出来，它就仅仅是一纸遭人蔑视的许可证而已。

天真无邪的天性不知道举止得体的法则为何物；惟有道德败坏的经历才促使这些法则的产生。但一旦有了这种经历，而自然的天真无邪从习俗中消失之后，它们就成了不容道德感侵犯的神圣法则。它们在一个非天然的世界里就被视为与统治清白世界的自然法则具有同等权利。但是，诗人在自己身上清除了让人想起非天然世界的一切，他知道如何在自己身上按自然的本来的单纯面目恢复自然，正是这些因素造就了诗人。但要是他做到了这一点，他因此就摆脱了能保障一颗受诱惑的心不致走入歧途的一切法则。他纯洁，他清白，容许清白无瑕的自然去做的事，也容许他做；要是你这个阅读或倾听他的作品的人不再清白无辜，要是你借助于他这个清除污秽者的现实存在片刻也得不到清白，那是**你的**不幸，而不是他的不幸；你离开了他，他没有为你歌唱过。

因此，关于这类自由权利可以确定如下几点。

首先，只有**自然**才能证明它们的正确性。因而它们不可以是自由选择的作品、一种有意模仿的作品；因为我们决不能让始终以道德法则为准绳的意志享受一种感性的眷顾。这就是说，它们必然是天真的产物。但要我们信服它们确乎如此，就必须亲眼见到它们处于其他同样以自然为基础的一切事物的支持和陪伴之下，因为自然只有根据其作用的严格的一贯性、统一性和同样性才能辨认出来。我们只容许一颗普遍憎恶一切矫饰造作(即使在它会带来好处的时候也如此)的心，把自己从这种矫饰造作的压迫和限制下解脱出来；我们只容许一颗饱受自然的各种束缚的心使用自然的这些自由权利。这样一个人的所有其余的感受因而必然在自己身上带有自然的标记；他必然是真实的、单纯的、无拘无束的、坦率的、情感丰富的、正直的；一切虚饰、一切诡计、一切任性、一切小心眼的私欲都必须从他的性格中驱除出去，从他的著作中消失得无影无踪。

第二，只有美的自然才能说明这些自由权利存在的理由。它们因而不应成为欲望的单方面的突然迸发；因为以贫困为惟一起因的一切都是可鄙的。全部丰富的人类天性也必然会产生这些感性的活力。它们必然是**人性**。为了能够判断，要求它们的是人性的全部，而不仅仅是感性的单方面的、一般的需要，我们必须见到对于整体的描绘，而它们则构成整体的一笔一画。就自身而言，感性的感觉方式是一种清白无瑕、无关痛痒的东西。它出现在一个人身上之所以叫我们讨厌，只是因为它是兽性的，证明他身上缺少真正的、完美的人性：它出现在一部诗作里之所以刺伤我们的感情，只是因为这样一部作品竟然要求得到我们的欢心，因而认为**我们**也可能有这么一种缺陷。但如果我们见到人性在那个坐观其变的人身上得到全面的发挥，如果我们在运用了此类自由权利的那本著作里发现人类的一切真实情况都得到表述，那么，我们就没有讨厌的理由了，我们就能因见到纯真而美好的自然的天真表达方式而喜不自胜。这就是说，可以让我们参与如此低级的人类感情活动的那位诗人，另一方面也必然知道如何把我们提高到一切伟大、美好而崇高的人类活动中去。

这么一来,我们或许就找到了那种可靠的尺度,去衡量擅自破坏规矩、肆意描绘自然到了如此地步的任何诗人。一旦他的作品变**冷**了、变**空**了,就平庸了,低级了,无一例外地遭人唾弃了,因为它证明了它起源于故意、起源于一种卑下的需要,证明了那是对我们的欲望实施的一种带来厄运的打击。反之,它一旦成为天真的东西,并把精神与心结合起来,它就美丽而高尚了,而且不管冰冷的礼节如何反对,都是值得人们鼓掌欢迎的。①

假如有人告诉我,在上述标准的衡量下,属于这一类型的大多数法国短篇小说及其在德国的最成功的仿作都不会有特别好的表现,——我们最优秀、最多才多艺的诗人的一些作品可能也是这样,甚至其杰作也不例外,那么,我将无言以对。这句话本身并不新颖,我在这里只是根据任何较为细致的感情就这些题目早已作出的一种判断来说明其理由。但是,正是对于这些文章看上去或许过分严厉的原则,可能有人觉得对有些别的作品或许又过于宽容了;因为我不否认,正是我认为古罗马和德国的奥维德以及克雷毕良、伏尔泰、自称为道德小说家的马蒙特、拉克洛斯和许多其他人的诱人的描绘完全不容原谅的那些理由让我与古罗马和德国的普罗佩尔兹② 的哀歌、甚至与狄德罗③ 的若干遭到诋毁的作品达到和解的;因为前者只是风趣的、只是散文体的、只是满怀欲望的,

---

① 与心结合起来:因为仅仅靠绘画的感性激情和想像力的丰富多彩还远远无法把它造就。因此,尽管具有一切感性活力和一切炽烈的色彩,“阿尔丁海罗”仍然不过是一幅感性的讽刺画,没有真实,没有美学价值。不过,这件稀有的产品(它是一个范例,显示那种单凭欲望就能唤起的近乎诗的活力)将永远是希奇古怪的。——作者原注。

《阿尔丁海罗和幸运岛》,德国作家海因泽(1746—1803)所著长篇小说。

② 普罗佩尔兹(约前47—约前15),古罗马哀歌诗人。

③ 狄德罗(1713—1784),法国启蒙思想家,哲学家,文学家,美学家,无神论者。

而后者则是诗意盎然的、人性的、天真的。①

田 园 诗

关于感伤诗的这个第三类，我还剩下几句话要说，很少的几句话，因为它所亟须的较为详细的讨论，留待另一时机展开。②

---

① 当我提到这群人中间的“阿伽通”、“奥伯龙”等作品的这位不朽的作者时，我必须申明，我决没有把他与这一群人混淆起来的意图。他的描述，哪怕是这方面最令人生疑的描述，也没有任何物质倾向（一位有些轻率的新批评者不久前曾擅自这么说过）；《为爱而爱》和那么多其他天真的、天才的著作——在所有这些著作里，都勾画出一个美丽而高尚的灵魂，形象精确，毫厘不爽——的作者根本就不会有这么一种倾向。但是，在我看来，他似乎让完全独特的厄运死死地攥在手心里了，以致这种描述因其诗作的构想而成为不可或缺的了。作此构想的冷静的理智要求他如此描述，而我觉得他的感情似乎很不乐意助其一臂之力，以致我在实施的时候还老是觉得那冷静的理智在眼前晃来晃去。正是描述中的这种冷静损害了它们的判断，因为只有这种天真的感受才能既在美学上又在道德上证明这类描述的正确性。可是，是否容许诗人在进行这种构想的时候去冒实施中的这么一种危险，不冒犯诗人和读者的纯洁感受、不让二者涉足那些高尚感情宁愿远远避开的主题就（我想承认这一点）无法实施的构想，是否还能称之为诗的构想，——这是我所怀疑的，关于这个问题我很想听到一句明智的判断。——作者原注。

指德国作家克里斯多夫·马丁·维兰德（1733—1813）。《阿伽通的故事》（1767）为其长篇小说，反映了启蒙时代的哲学见解，为德国第一部教育小说。《奥伯龙》（1780）为其童话史诗，后曾被作曲家韦伯谱成歌剧。

② 我要再次提醒的是，在这里提出的惟一可能的三种感伤诗，即讽刺诗、哀歌和田园诗与人们在此名称之下所熟知的三个特殊诗型，除二者所共有的感觉方式之外，别无共同之处。但是，在天真诗的界限之外，只可能有这三重的感受方式和诗作方式，因而这一分类法完全涵盖了感伤诗的领域，这一点很容易从后者的概念中推论出来。

这就是说，感伤诗与天真诗的区别在于，前者把后者在那儿停留不前的现实状况联系到观念上去、把观念应用到现实中去。因此，正如上面也已指出的那样，前者总是同时涉及相互矛盾的两个东西，即理想和经验，在这二者之间，不多不少，正好让人想到下列三个关系。这要么是现状的矛盾，要么是现状与对纯洁无瑕和幸福的人性进行诗的描绘是这一诗型的一般概念。由于这种纯洁无瑕和幸福似乎与较大群体的艺术状况、与一定程度的教育和修养无法相容，因而诗人把田园诗的舞台搬出了熙熙攘攘的市民生活，移进了淳朴的牧人环境，让它在人类的童年时期、在**文化肇始**之前的背景下上演。但是，众所周知，这种安排纯属偶然，不是把它当作田园诗的目的，而仅仅当作达到此目的的最自然的手段来考虑。此目的本身到处都一样，不过是描绘处于纯洁无瑕的状态中、亦即处于一种内外都保持着和谐与和平状态中的人。

然而，这样一种状态不仅存在于文化肇始之前，它也是文化想要达到的最后目标(要是文化到处都只该有一个一定的倾向的

---

① 理想的一致(这种一致主要是一种心理活动)，要么这种心理活动为两者所共有。在第一种情况下，它通过内部的斗争、通过能量的运动得到满足，在第二种情况下，则是通过生命内部的和谐、通过能量的静止而获得满足；在第三种情况下，斗争与和谐、静止与运动相互更迭。一旦人们仅仅想到在这一名称下出现的诗型促使心灵进入的情调，而不去考虑这些诗型造成此种情调的手段，这三重的感觉状态就会产生三个不同的诗型，讽刺诗、田园诗、哀歌这几个惯用的名称完全与之相符。

因此，要是谁在这里还能够问，我把史诗、长篇小说、悲剧等等归到这三类中的哪一类，他可能就根本没有听懂我的话。因为后面这些概念作为单个的诗型要么根本不是、要么不单是由感觉方式决定的；人们都知道，这些类型的作品的写作能以一种以上的感觉方式、因而也能以若干个我所提出的诗型实现。

最后我在这里还要说明，如果人们倾向于把感伤诗视为——这是十分合理的——一个正式的种(而不仅仅是个变种)，视为真正诗艺术的一种扩大，那么，在诗型的确定方面，以及一般在诗的法则的制定——它仍然一直单方面地以古老的、天真的诗人的守则为依据——的整个过程中，也必须适当予以考虑。感伤诗人在极其重要的方面脱离了天真诗人，以致后者所采用的形式无法到处都能自然地去适应他。诚然，要始终正确地区分种类的差异所要求的例外和因缺乏能力而擅自制造的借口，在这里是困难的，但经验却清楚地告诉我们，在哪怕是最卓越的感伤诗人的笔下也没有任何诗型是完全保持老样的，在旧名称底下实际写作的常常是很新的类型。——作者原注。

话)。单单关于这一状态的理念,以及相信它可能真实存在,能使人与他在文化道路上饱受其害的一切弊端和解,如果它不过是幻想,对于那种人的控诉就会完全是有根有据的了,他们把较大的群体和理智的增长只是作为一种弊端加以诋毁,把自然的那种荒凉状况说成是人们追求的真正目的。从事文化事业的人因而极其重视从那种理念在感性世界里的可实现性中、从那种状态的可能的现实性中获得一种感性的证实,而由于实际的经验根本不支持这一信念,却反而不断地证明其虚妄,于是在这里也像在许多情况下一样,诗的创作能力也出来助理性一臂之力,将此理念付诸直观,并在个别情况下予以实现。

诚然,牧人阶层的那种清白无瑕也是一种诗的想像,因而想像力也必然要在那里创造性地表现出来;但这项课题的解决在那里要简易得多,除此之外,在经验自身中也存在着个别特点,它只须加以选择并使之融为一体。在幸运的天空下,在原始状态的简朴情况中,在知识有限的条件下,自然容易得到满足,而人类在需求使得它产生恐惧之前,是不会变得野蛮不驯的。一切有历史的民族都有一个天堂、一个清白无瑕的阶段、一个黄金时代;甚至可以说,每个人都有其天堂,有其黄金时代,他会视其天赋诗性之多寡而以或多或少的热情忆及之。这就是说,经验本身会给牧歌所描绘的图画提供足够的特色。但是这牧歌因而始终是一种美丽的、庄严的虚构,而诗作的力量在描绘这一虚构的过程中实际上是为理想而工作的。因为对于一旦偏离了自然的单纯、而冒着危险、任由其理性牵着鼻子走的人来说,在一个纯粹的实例中对自然法则的建立再次进行实地观察,能借助于这面忠实的镜子再次清除艺术腐败在自己身上的影响,是极端重要的。但在此过程中却出现了一种使这种诗作的美学价值大为降低的情况。它们既植根于**文化肇始之前**,在带有其缺陷的同时,也排除了其一切长处,并在本质上与它处于一场必然的斗争当中。因此,它们在**理论上**带领我们后退,而**实际上**却带领我们前进,并提高了我们的水平。它们本该带领我们**迎着目标前进**,但却不幸地把目标置于我们**身后**,因而使我们感受到的只能是遭受损失的悲痛,而不是希望的快感。因为它们只有通过废除一切艺术、只有通过对人类天性进行简单化才能实现其目标,所以,在**心灵**获得最高内涵的同时,它们赋予**智力**的却太少,而其单调的循环圈结束得太快了。因此,我们爱它们、找它们,只能是在我们需要安静的时候,而不是在我们的力量追求运动和活动的时候。它们只能**医疗**病态心理,却无法**滋养**健康的心灵;它们无振奋之功,只有安抚之力。此缺陷植根于牧歌的本质之中,诗人虽竭其全力亦无法弥补。此诗种虽也不乏热爱者,偏爱"阿明塔斯"①、"达夫尼斯"② 之类的诗作胜过喜欢史诗界和戏剧界的缪斯的最伟大的杰作的读者大有人在,但是这种读者并不是既依据情趣又依据个人需要去评判艺术作品的,因此,其判断在这里不能予以考虑。具有才智和感受力的读者虽不会误判这类诗的价值,但感到深受吸引者较为罕见,并较易产生腻烦感。在发生需要的那一瞬间,它们的作用却更加强大;但这一时刻,真正的美根本不用去等待它,而是要去促成它的到来。

附带说明,我在这里对牧歌略有微词之处,只适用于感伤诗;因为天真诗的思想内涵既已包容在**形式本身之中**,它就从来不会缺乏内容。这就是说,任何诗都必须具有一种无穷无尽的内涵,它因此才成为诗;但是它能以两种不同的方式满足这一要求。如果它对其主题**连同其所有界限**一并加以描绘,如果它凸显主题的个

① 阿明塔斯(Amyntas),大概指意大利诗人塔索(1544—1595)的诗作《阿明塔》(Aminta)。

② 《达夫尼斯》(Daphnis),瑞士画家及诗人萨罗蒙·盖斯纳(1730—1788)的一首田园诗。

性,那么,按其形式,它能成为一种无穷无尽的东西的话,如果它将其主题的**一切界限抹掉**,如果它对主题加以理想化,那么,按其内容,它就能成为一种无穷无尽的东西;也就是说,要么通过一种绝对的描绘,要么通过描绘一个绝对的事物。天真诗人走第一条路,感伤诗人走第二条路。因此,前者不可能错失其内容,只要他忠诚不渝地以始终一贯有限的,也就是说,在形式上无限的大自然为准绳。反之,带有其一贯的局限性的大自然却是后者前进中的障碍,因为他要把一种绝对的内容充实到主题中去。这就是说,如果感伤诗人从天真诗人那儿**借来的主题**本身是完全无可无不可的,只是经过处理后才成为诗,那么,他对自己的优势就不甚了然。他从而完全不必要地给自己套上跟前者同样的限制,却不能完全实施这一限制,不能在描绘的绝对准确性方面与他竞争;也就是说,他本该正是在主题问题上远离天真诗人,因为他只有借助于主题才能重新夺回天真诗人在形式上的优势。

这样就可以解释,为了将它应用到感伤诗人的牧歌上去,这些诗尽管用尽一切天才和艺术,为什么却无法完全满足心灵和智力的需要。它们实现了一个理想,但仍然保留着一个狭隘的、贫乏的牧人世界,因为它们本来早就该干脆地要么为理想选择另一个世界,要么为牧人世界选择另一种描绘方式。它们合乎理想正好到了这种程度,使得描绘因而丧失了个体的真实性,它们又正好具有这么多的个体性,让理想的内涵因而受损。举例来说,盖斯纳笔下的一个牧人无法作为自然、无法以模仿的真实性令我们沉醉,因为他这个人物过分合乎理想了,做不到这一点;他同样无法作为一种理想、以思想的无限性令我们满意,因为他这个人物太贫乏了。因此,**在一定限度内**,他虽然会毫无**例外**地得到各阶层读者的喜爱,因为他力图把天真性与感伤性结合起来,因而在一定程度上能满足对一首诗提出的两种相反的要求;然而正是由于因力图将二者结合起来而不能**完全满足**任何一方，诗人既不是纯粹的自然，也不是纯粹的理想，所以他在美学问题上容不得半点夹生饭的严格的审美观面前就站不住脚。奇怪的是，这种夹生饭似的东西竟然延伸到这位诗人的语言里面，他犹豫不决地动摇于诗和散文之间，仿佛他害怕在韵文里会离真实的自然太远，而在散文里又会失去诗的活力。弥尔顿对天国里的第一对夫妇和清白状态的描绘使人们得到较高的满足；就我所知，这是感伤诗中最美的田园诗。在这里面，大自然是高尚的、充满智慧的，同时又富有广度和深度；人性的最高内涵被包装在最优美的形式之中。

这就是说，在田园诗这里也如同在所有其他诗种里一样，人们也要一劳永逸地在个性和理想性之间作一抉择；因为只要没有到达十全十美的目标，企图同时满足这两种要求，肯定是会两头落空的。如果现代人觉得自己身上的希腊人精神已足以在其题材极难驾驭的情况下与希腊人在他们自己的领域里、亦即在天真诗的领域里与之较量，他就该全面彻底地做，专心致志地做，对感伤诗的时代审美观的任何要求都置于不顾。虽然他可能很难赶上他的样板；在原物与最得心应手的模仿者之间总有一段明显的差距，但沿着这条道路他肯定能创作出一部真正的诗的作品来。① 反之，如感伤诗的创作欲望驱使他走向理想，他也就该毫无保留地、极其纯粹地去追求它，不达顶峰决不止步，也不该回顾，看现实是否在身

---

① 福斯先生不久前在所著的《路易丝》里，以这么一本著作不仅丰富了、而且也的确扩大了我们的德国文学。这本田园诗作虽然没有彻底摆脱感伤诗的影响，却完全属于天真诗这一类，以其个体的真实性和切实可靠的天性跟随着最优秀的希腊榜样奋力争先，获得了罕见的成就。因而就其所到达的高度荣誉而言，它不能与同类的任何现代诗作相提并论，而必须与希腊样板作一比较，因为它们共有如此罕见的一个长处，那就是能给人一种纯粹的、一定的、始终如一的享受。——作者原注。

《路易丝》，福斯的诗作，由三首田园诗组成，描述乡村牧师的生活。

后亦步亦趋。他该鄙夷的不光彩的出路是,为了让理想适应人的需要而降低其内涵的品质,为了使心灵感到轻松而将理智拒之门外。他不该为了以最珍贵的智慧产物去换取与我们智力的休眠同样短暂的一阵安宁而带领我们退回到我们的童年中去,而是应该带领我们走向成年,让我们能够感受到奖赏斗士、激励胜者的最高和谐。他该亲自肩负起一首田园诗的任务,即使在文化的主体中、在最富精力、最火热的生活的条件下、在最广阔的思维的条件下、在最精巧的艺术的条件下、在最高层次的社会教养的条件下也要去体现牧人的清白无瑕,简言之,既已无法将人带回**阿卡狄亚**①,就将他带到**极乐世界**去。

这首田园诗的概念概括了已完全烟消云散的、在个别人内心里及在社会上进行的一场战斗,概括了爱好与法则的一种自由结合,概括了一种经过精炼提纯达到最高道德尊严境界的大自然,一言以蔽之,它不是别的什么概念,而是应用于真实生活的美的理想。也就是说,其特性在于,**真实与理想的一切对立——这种对立**曾给讽刺诗和哀歌体诗提供过素材——完全被取消了,各种感受的一切冲突也随之停止了。因此,**静止**应该是这一诗种的主要印象,但那是寻求完美的、而不是惰性的静止;那是一种产生于力量的平衡、而非产生于力量的停滞的静止,它源于充盈、而非源于空虚,并伴有一种无所不能的感觉。可是,正因为一切对抗都停止了,所以要在这里促使运动的发生就比前面两个诗种困难得无可比拟,而没有运动,诗的效应在任何地方都是不可想像的。最高的统一是非要不可的,但它不可削弱多样性;心灵必须得到满足,但奋斗不能因此而停止。此问题的解决本是田园诗的理论应该完成

① 阿卡狄亚,希腊伯罗奔尼撒半岛内陆山区,古代为牧放地,在诗歌中被赞美为幸福乐土。

的任务。

关于这两种诗之间的关系以及它们与诗的理想的关系已确定如下。

自然对天真诗人的特别优遇表现在，让他始终发挥一个不可分割的统一体的作用，让他每时每刻都是一个独立的、完整的整体，并按照人类的全部内涵描绘其真实状况。自然赋予感伤诗人的是这样一种力量，更确切地说是这样一种活生生的动力，它使由于抽象化在他身上清除了的那种统一性自行恢复，使人类自身完美化，从一种受局限的状态过渡到一种无限的状态。① 把人类的天性充分表达出来，却是二者的共同任务，不然的话，他们就根本不能叫做诗人；但天真诗人因始终掌握感性的真实而领先于感伤诗人，因为他当作一个真实的事实来实现的，只是后者力争达到的目标。而这也就是每个人在欣赏天真诗时观察的亲身体会。在一个这样的时刻里，他感到他作为一个人的全部力量都在积极活动，他什么也不缺，他自成整体；他同时感受到他的精神活动和他的感性生活给他的快乐，而在他的感觉中却分辨不出什么滋味。感伤诗人却将他置于一种迥异的心情之中。在这里他只是感到一股积极的**动力**，要在自身产生他在那里真正感受到的和谐，让自己成为一个整体，把自身的人性完整地表达出来。心潮因而在这里涌动，它紧张地活动起来，动摇于相互冲突的情感之间，因为它在那里安

① 对以科学的眼光进行审视的读者我想说明，两种感觉方式——按其最高的概念来设想——的相互关系如同第一范畴与第三范畴一样，而后者总是产生于前者与其对立面的结合。也就是说，天真的感受的对立面是思考的理智，而感伤的情绪也是在思考的条件下力图按其内涵恢复天真感受的结果。如果艺术与自然重逢的理想得以实现，就会发生这种情况。如按范畴考察这三个概念，就总是会在第一范畴内遇见自然和与它相当的天真情绪，总是会在第二范畴内遇见艺术——它是靠自由发挥的理智保存下来的自然——，最后，在第三范畴内遇见完美的艺术回归自然的理想。——作者原注。

静、轻松、心明眼亮、心满意足。

然而，如果天真诗人一方面在真实性上占了感伤诗人的上风，并促使后者只能据以激发一种蓬勃有力的动力的那种因素得以真正诞生，这就让后者对于前者又占了很大的优势，使它能给这股动力一个比前者已经作成并能够作成的**更大的对象**。我们知道，一切真实都落后于理想；一切存在的东西都有其局限性，但思想是无止境的。这就是说，天真诗人也遭受到一切感性的东西所受到的这种限制，因为与此相反，思想能力的绝对自由对感伤诗人是有利的。前者虽完成其任务，但任务本身是一种有限的东西；后者虽未完全完成其任务，但这一任务却是无限的。每个人从其自身的经验中均可获得有关的教益。人们轻易而兴致盎然地从天真诗人转向活生生的现实；感伤诗人则总是会暂时为真实的生活郁郁寡欢。这就使得我们的心灵因思想的无限性在这里仿佛沿着其自然的直径延伸下去，以至再也没有什么现成的东西能填满它了。我们宁可沉浸于深思内省之中，在内心里，我们还能在观念世界里给激起的欲望找到营养，而不是在那里从自身出发去追求感性的事物。感伤诗是遁世和宁静的产物，它也邀请人们去享受这些东西；天真诗乃生活之子，它也就引导人们回归生活。

我曾称天真诗为**自然的恩赐**，为的是提醒人们：这里面没有沉思冥想的份儿。它是幸运的杰作，如它成功，则天衣无缝，无须任何雕琢，如它失败，也木已成舟，无法改善。在感觉里，天真诗才的全部创作已经完成；其长处及其局限性均在于此。因此，如未立即得到诗的、亦即完全符合人性的**感受**，就再也没有任何艺术能弥补这一缺陷。批评只能帮它认识缺陷，但不能用美填补这个缺陷。天真诗才必须依靠其天性去完成一切，依靠其自由则不会有多大成就；只要它内心的天性按一种内在的必然性起着作用，它就会名副其实。循自然规律发生的一切虽都是必然的，天真诗的天才的任何即便是那么蹩脚的作品也是如此，没有什么比随意涂鸦离天才更远的了；但瞬间的强迫是另外一回事，整体的内在必然性是另外一回事。整体观之，自然是独立的，无限的；但就任何个别的作用来说，它却是贫乏的，有限的。因此，这也适用于诗人的自然。即使诗人可能处在最得心应手的时刻，这一时刻也依存于前一时刻；因此也只能把一种有条件的必然性强加在他头上。然而这么一来，诗人就肩负了一项任务，要他把一种个别的状态与人类整体保持一致，从而让他绝对地、必然地自立。一时的需求必须从热情奔放的那一时刻里永远抹去，不留下任何痕迹。对象本身，无论它受到多大的局限，也不可让诗人受到局限。应该懂得，只有诗人已给对象带去了可以绝对自由发挥的、充裕的能力的时候，只有他能熟练地以其全部人性拥抱一切的时候，这才是可能的。但他只有通过他生活的、他所直接接触的世界才能获得这种熟练性。因此，天真诗的天才依存于感伤诗的天才所不知道的经验。我们知道，在前者已结束其运作时，后者才开始其运作；后者的优势在于，**依靠其自身的力量**补足一个有缺陷的对象，借助本身的力量将自己从一种受限制的状态转入一种自由的状态。这就是说，天真诗人的天才需要外界的帮助，而感伤诗人的天才则能自己养育自己，自己净化自己；前者环顾四周，必须见到一个五彩缤纷的自然界、一个诗的世界、一个天真的人类，因为它在感官的感受过程中就应该完成其作品。如果它缺乏这种外界的帮助，眼见自己处于一种干瘪无味的题材的围困之中，就只会有两种结局。要么，它身上的属性的概念压倒一切，于是脱离了它的**种**，成为感伤诗人，以便能继续做诗，要么种的品格占了上风，于是它抛弃了它的**属性**，成为一般的自然，以便保持其自然的本性。古罗马世界和晚近时期的最出色的感伤诗人或许属于**前一种情况**。现今以思想感动着我们的他们，生于另一时代，被移植于另一片天空之下，想来曾以个体的真实性和天真的美叫人陶醉过。面对后一种情况,在芸芸众生之中离不开自然的诗人难以完全自保。

这里讲的也就是**实际的**自然;但它必须与作为天真诗的**主题**的**真正**的自然区分开来,区分得越仔细越好。实际的自然无处不在,但真正的自然却因而显得越发稀有,因为它需要一种存在的内在必然性。任何即便是那么普通的激情爆发都是实际的自然,它或许也就是真正的自然,但不是一种真正的**人**的自然;因为后者的每一次显示都要求独立能力的参与,它每次的表达都是一种尊严。任何一种道德上的卑劣行径都是实际的人的自然,但愿它不是真正的人的自然;因为后者只能是高贵的。不可忽视的是,把实际的自然与真正的人的自然混淆起来,不论在批评中还是在实行中都导致了多少愚行:该有多少无聊的东西在诗里受到容忍,甚至赞颂,因为——多么叫人遗憾啊!——它们是实际的自然:见到那些把人从真实世界吓跑了的漫画,在诗的世界里却被细心地保存下来,并按照生活实际描绘下来,人们该是多么高兴。诚然,诗人也可以模仿丑恶的自然,对讽刺诗人而言,他名称里面就含有这层意思;但在这种情况下,必须由他自己的美好的天性来**传播**对象,而不能让平庸的题材累及模仿者,连带把他也给毁了。如果只有他自己至少在他描写的那一瞬间是真正的人的自然,那还说明不了他给我们描写的是什么:但是我们也只能容忍出自这么一位模仿者之手的一幅忠实于现实的图画。要是鬼脸反映在鬼脸上,要是讽刺的皮鞭落入奉自然之命进行严惩者的手中,要是那些完全欠缺诗的精神、而只掌握平庸模仿的猴艺的人们竟然牺牲我们的情趣,残暴而可怕地大行其道,就该我们这些读者倒霉了!

可是,我曾说过,一般的自然甚至也会危及真正的天真诗人;因为感觉与思考之间的这种美妙的协调——正是这种协调关系构成了自然的品格——毕竟只是实际上从未完全实现的一种想法;

即使是此类中最得心应手的天才，敏感性也总会超过主动性一些。但敏感性总是或多或少地依存于外部印象，只有超越人的天性的创造能力的持久活跃才能阻止题材不会有时对敏感性施加一种盲目的强迫。但一旦遇到这种情况，诗的感觉就会变成一种平庸的感觉。①

自荷马以下直至波德默尔②，没有哪一位天真诗的天才曾完全避开过这块礁石；但是，它对于那些要从外部抗拒一种平凡的自然或由于缺乏自律而从内部变得粗野的人当然是最危险的。即使受过良好教育的作家也不总能免除浅薄之弊，这应归咎于前者，而后者则妨碍过一些卓越的有才之士去占领自然曾有意降大任于他的高位。其天才曾最受实际生活哺育之恩的喜剧作家因而也就最

① 天真诗人多么依赖于他的对象，许多东西，甚至一切都多么取决于他的感觉，对此古老的诗歌艺术可以给我们提供最好的例证。只要古代的诗歌的内外自然皆美，它们也就是美的；反之，如自然变得平庸了，精神也就从诗里消失了。比如，任何感情细腻的读者在阅读诗里所描写的妇女天性、两性关系、尤其是爱情时，都会感到某种空虚，都会感到描绘中一切真实和天真都无法驱散的一种腻烦。我们不想做当然不会使自然更加高贵，反而会离弃它的那种狂热辩护，但愿可以假定，在两性关系和爱情冲动方面，大自然能够具有较古人赋予它的更为高尚的一种品格；人们也熟知阻碍它们感情的提纯的那些偶然因素。是局限性，而不是内在的必然性，把古人在这方面固定在一个较低的水平上，这是晚近诗人的例子给我们的教训，比起他们的前辈来，这些诗人要走得远得多，却没有违背自然。这里所谈的不是感伤诗人们过去就这一主题所做的一切，因为他们超越自然，进入了理想境界，他们的例子因而对古人提不出什么反证；这里所谈的仅仅是，真正的天真诗人（比如说在《沙恭达罗》里、在宫廷抒情诗人的作品里、在一些骑士小说和骑士史诗里）以及莎士比亚、菲尔丁和一些其他作家、乃至德国诗人是如何处理这一主题的。对于古人来说，这可能就是这样的一种情况，即对一种外表上过于粗糙的素材通过主题从内而外地进行处理，使之升华为一种精神产物，用沉思冥想来弥补外部感觉所缺少的诗的内涵，以观念补充自然之不足，一言以蔽之，借助于一种感伤诗的运作方式将一个有限的对象变为一个无限的对象。但这是天真诗人的天才，而不是感伤诗人的天才；因而其作品以外部感受而告终。——作者原注。

② 波德默尔（1698—1783），瑞士德语作家。

易流于浅薄,阿里斯托芬和普鲁图斯[①]以及步其后尘的所有后来的诗人的例子也是这么告诫人们的。难道不是高尚的莎士比亚有时让我们堕落得那么深,难道不是维加[②]、莫里哀[③]、雷格纳特[④]、哥尔多尼[⑤]以多么无聊的情节折磨我们,难道不是霍尔堡[⑥]把我们拖进了多么可怕的泥沼。施莱格尔[⑦],我们祖国最富才智的诗人之一,他在这一类型中未能名列前茅、崭露头角,这不怪他的天才不济,格勒特[⑧],一位真正的天真诗人,还应该提到拉本纳[⑨]、莱辛本人(他是批评的教养有素的学生、一位如此警觉地批判他自己的法官,要是我在这里可以别样称呼他的话),——他们难道不都是为了自然的平庸浅薄的品格而受到惩罚(因为他们都选择了自然作为他们讽刺的题材)的吗?这一类型中最新的作家我一个都不提,因为我从中一个都挑不出来。

天真诗人的精神有过分接近平庸的实际的危险,不仅如此,由于其自我表达的轻易,也正由于它更接近实际生活,就鼓起了平庸的模仿者在诗的园地里一试身手的勇气。感伤诗在另一方面虽然也具有足够的危险性(这一点我以后还要说明),但它至少与这种人保持若干距离,因为把自己升华到观念的高度,并不是人人都能做到的;但是,天真诗却使人相信,似乎单靠感觉、单靠幽默、单靠模仿实际的自然就能造就诗人。然而,要是性格平

---

① 普鲁图斯(约前254—前184),古罗马喜剧作家。

② 维加(1562—1635),西班牙戏剧家、作家。

③ 莫里哀(1622—1673),法国喜剧作家、戏剧活动家。

④ 雷格纳特(约1540—1600),德国诗人(荷兰人)。

⑤ 哥尔多尼(1707—1793),意大利启蒙时期喜剧作家。

⑥ 霍尔堡(1684—1754),丹麦戏剧家、作家、丹麦民族戏剧奠基人。

⑦ 施莱格尔(1767—1845),德国批评家、美学家、诗人、语言学家、著名翻译家。

⑧ 格勒特(1715—1769),德国诗人,并著有长篇小说和喜剧。

⑨ 拉本纳(1714—1771),德国作家。

庸的人士忽然异想天开,想扮演亲切可爱的、天真的角色,那是再可憎不过的了;他想把自己隐藏在各种各样的艺术外衣里面,以掩盖其令人恶心的本性。因而也就出现了不可言状的陈词滥调,德国人把这些东西冠以天真而谐谑的歌曲的名称,叫人演唱,他们常常边听着歌曲,边品尝着盛宴,其乐无穷。在变化无常的兴致及感觉的纵容之下,人们忍受着这些蹩脚的玩意儿——但我们应该严禁这种变化无常的兴致、这种感觉,禁止得越周密越好。普莱塞河① 上的缪斯们在这里特别组成了一支自己的可怜的合唱队,他们又得到莱纳河和易北河上的缪斯们奏出的并不高明多少的和弦的应和。② 这种玩笑尽管如此无聊,但在悲剧的舞台上听得见的激情冲动场面却也同样可怜,这种场面不去模仿真正的自然,而只能搬出实际自然的一种干瘪乏味而低劣的表现,以致在每次泪雨滂沱之后,我们真正感到,仿佛我们曾去医院作过探访或读过萨尔茨曼③ 的《人类的悲惨》。讽刺诗、特别是诙谐小说的景况还要糟得多,它们依其本性如此接近平凡的生活,因此与所有边防岗哨一样,应掌握在最可靠的能人手中。作为其时代的产物和漫画者,的确最不适宜充当其时代

---

① 普莱塞河,位于萨克森州,莱比锡东南,是埃尔斯特河的支流。

② 这些好朋友很难接受一位评论家数年前发表在《文学汇报》上谴责毕格尔的诗评;他们反驳的冲天怒气似乎显示,他们相信捍卫这位诗人的事业也就是捍卫他们自己的事业。但在这一点上他们却大错特错了。那种责备之词只可能是针对一位真正的诗才的,其诗才车载斗量,均为自然所赐,但未能以自身的文化去构成此稀有的礼物。人们可以并且必须将一个这样的个体置于艺术的最高标准下加以衡量,因为只要认真从事,它本身就有力量达到这一标准的要求;但是有些人并未受到自然的眷顾,他们推向市场的每一种产品都获得一纸完全合格的不合格证,以类似的方式去对待这种人,就既可笑又残酷了。——作者原注。

毕格尔(1747—1794),德国诗人。

③ 萨尔茨曼(1744—1811),德国教育学家,博爱主义的代表。

的**描绘者**;但是,由于在他的熟人当中随便找出一个可笑的人物(哪怕就是个**肥佬吧**),并用粗线条在纸上勾画出他的嘴脸,是一件如此轻而易举的事,于是,一切诗的精神的死敌有时也就觉得手痒痒的,想在这个行当里胡乱涂鸦,以博得出身高贵的一帮可尊敬的朋友之一粲。心境纯洁的感情当然永远也不会有把一种普通的自然的这些产物与天真诗才的才华横溢的果实混淆起来的危险;但所欠缺的正是感情的这种纯洁的心境,在大多情况下,人们只想满足一种需要,而无需精神提出什么要求。人们阅读美好心灵的作品为的是使身心得到**恢复**,这个受到如此误解、但本身却又正确的道理对这种宽容——要是能别称之为宽容的话——确有贡献,在这种情况下,人们觉察不到更高的感情,而读者和作家同样获得各自的好处。这就是说,平庸的天性在处于紧张状态之后,只能在**空虚**中获得休整,即使是一种高度的理智,如果得不到一种感觉的均衡培养的支持,也只能在一种无聊的感官享受中从其事务中得到休息。

虽然诗的创作天才必然能够以自由的主动性超越与任何**一定的**状态密不可分的一切**偶然**的限制,以在绝对能力上达到人性的高度,但在另一方面却不可对人性这个概念所固有的**必要的**限制置于不顾;因为只存在于人类内部的绝对性才是它的任务,才是它的活动范围。我们认识到,天真诗的天才虽无超越这一范围的危险,但如果过分以牺牲内在的必然性为条件给一种外部的必然性或一时的偶然需要提供宽松的活动余地,则有**不能完全完成这一范围内的任务**的危险。反之,感伤诗的天才所存在的危险在于,在力图排除对于人性的一切限制的同时将它一笔勾销,不仅在可以做、应该做的事情的范围内,不顾任何确定的、有限的实际,把自己提升到绝对可能性的高度,或把自己理想化,而且还会超越可能性自身或为之而**陷入狂热之中**。这种**过度紧张**的错误是以其方法的特性为基础的,同样,与之相反的**松弛的**错误则植根于天真诗人所特有的行为方式之中。这就是说,天真诗人的天才让**自然**任意主宰自己,而由于自然在其个别的、以时间为转移的表现方面总是依赖于人的,贫乏的,所以天真诗的感觉不会总是**兴奋激昂到**能对抗瞬间的偶然条件的程度。反之,感伤诗人的天才脱离实际,为的是上升为观念,以自由的主动性支配其题材;但由于理性依其法则总是力图达到无限的境地,所以感伤诗的天才就不会始终保持**冷静**,把自己持续地、一贯地保持在这样的一些条件之内:这些条件是人类天性这个概念本身固有的,而理性即使发挥到最自由的程度在这里也必定始终与之紧密相连。只有借助于一种相当程度的敏感性才会出现这一情况,但是,这种敏感性在感伤诗人的心灵中被主动性超过了,而在天真诗人的心灵里,它在同等程度上超过了主动性。要是人们因而在天真诗人天才的创作里有时感觉缺少**精神**的话,就往往会在感伤诗人的作品里遍觅**内容**而不得。这就是说,虽然情况正好相反,二者都同样陷入**空虚**的错误之中;因为一种没有精神的内容和一种没有内容的精神游戏在美学的评价上都等于零。

所有过分片面地从思想领域里汲取其素材的诗人,他们做诗的动力来自内在的丰富的观念者多,来自感受的冲动者少,这样的诗人或多或少会有误入这一歧途的危险。理性在其创作过程中对感性世界的边界考虑太少,思想被不断驱策向前,经验始终跟不上它。但如它被驱赶着走得如此之远,乃至不仅没有了与之相当的一定的经验(因为在那时之前,理想的美可以而且必须撑起局面来),而且竟与一切可能经验的条件背道而驰,因而为了使它成为现实,就必须把人类天性完全抛弃,这么一来,它就不再是一种诗的思想,而是一种超越理性的思想:这就是说,假定它曾预告过,它是一种可予描述的、诗的思想;因为,不然的话,它只要不自相矛盾就够了。如果它自相矛盾，它就不再是超越理性了，而是一种**胡言乱语**；因为根本不存在的东西是无法超越其限度的。但如果它根本不预告自己是想像力的一个目标，它也就不那么超越理性了；因为思想本身是无限的，而没有限度的东西也就无法超越限度。有些东西虽未违背逻辑真理，但违背了感性真理，却又声称拥有这种真理，只有这种东西才能称之为超越理性。因此，如一位诗人不幸地异想天开，要把完全是**超人的**（而且也**不可**设想为其他什么东西的）自然选定为他描述的素材，他就只有放弃做诗，根本就不借助于想像力去实现他的主题，这样他才得以保全自己，免受超越理性的东西之害。因为假如他这么做了，要么，想像力就会把它的界限转移到对象上去，把一个绝对的课题变为一个有限的**人的**课题（比如，所有希腊的神都如此，也应该如此），要么，对象会夺走想像力的界限，这就是说，它会废除这些界限，而那些超越理性的东西的本质正存乎其中。

必须把超越理性的感觉与描述中超越理性的东西区分开来；这里所谈的只是前者。感觉的对象可能是非自然的，但它本身却属于自然因而也就必然运用自然的语言。因此，如果感觉中超越理性的东西能产生于心灵的热情和一种真正的诗才，描述中超越理性的东西则总能证明那里存在着一颗冷酷的心，常能证明一种做诗的无能。因此，这不是那种必须告诫感伤诗才提防的错误，此错误只用以儆戒擅自模仿这种天才的人，它因而也决不拒绝浅薄、无聊、甚至低级的东西的伴随。超越理性的感受并非毫无真实性，它是一种实实在在的感受，因而必然也有一个真实的对象。由于它属于自然，因而也就容许一个简单的表达方式，它来自心灵，也就不会不切中心灵。但因其对象并非取自于自然，而是靠理智单方面地、人为地创造出来的，所以它也只有逻辑的真实性，而这种感受因而也就不是纯粹的人的感受。赫罗伊丝对阿贝拉德[①] 的感情、彼特拉克[②] 对劳拉的感情、圣普罗依对他的尤丽亚[③] 的感情、维特对他的绿蒂[④] 的感情,以及阿伽通[⑤]、法尼亚斯[⑥]、培勒格里努斯·普洛特乌斯(我指的是维兰德所著的)对他们的理想中人所怀的感情并非骗人的假象;感受是真实的,不过对象是虚构的,存在于人类天性之外。如果其感觉过去只是以对象的感性真实性为依据,它本来就不可能那么猛烈;反过来说,全无内涵的,不过是想像的一种随意的游戏也无法感动心灵,因为只有靠理性才能感动心灵。因此,这种超越理性的情况应该受到的是斥责,而不是蔑视,嘲笑它的人或许倒该检查一下自己,看他会不会因冷酷无情而如此聪明,因缺乏理性而如此通达。以对妇女殷勤多礼和荣誉感为特性的骑士小说(西班牙的这种小说尤其如此)在这一点上的过分温柔多情也是这样,同样,最优秀的法国和英国感伤小说中小心翼翼的、极其珍贵的细致感情不仅在主观上是真实的,从客观上考虑也不是空洞无物的;这是真正的感受,它确有一个道德的源泉,只因超越了人类真理的界限而遭人唾弃。要是没有那种道德的真实性,它们怎能像经验告诉我们的那样如此强烈、如此真挚地为人们传播。同样的道理也适用于道德的、宗教的狂热,适用于对自

① 赫罗伊丝,阿贝拉德,德国17世纪诗人荷夫曼·封·荷夫曼斯瓦尔道(Hofmann von Hofmannswaldau,1617—1679)所著的《英雄情书》(Heldenbriefe)中的一对情侣。

② 彼特拉克(1304—1374),意大利诗人。他写给情人劳拉的十四行诗被视为爱情抒情诗的范本。

③ 圣普罗依,尤丽亚,是法国哲学家、文学家卢梭所著长篇小说《新爱洛伊丝》中的人物。

④ 维特,绿蒂,德国诗人歌德(1749—1832)的书信体小说《少年维特的烦恼》中的人物。

⑤ 阿伽通,德国作家维兰德所著自传体小说《阿伽通》中的主人公。

⑥ 法尼亚斯,维兰德的史诗《穆撒利昂》中的人物。

由、对祖国的激昂的爱。由于这些感觉的对象始终是思想，不在外部经验里出现（因为，比如使得政治狂热者激动的，并非他之所见，而是他之所思），所以，主动的想像力就有一种危险的自由性，不像在其他情况下那样能由其对象的感性的现实存在加以约束。可是，一般的人，特别是诗人，除了接受与理性相反的法则的控制之外，别无他法摆脱自然法则的控制；只是为了理想，他才可以离开现实，因为自由必须固定在这两个锚中的一个上面。但从经验到理想的道路如此遥远，二者之间横亘着幻想及其全无约束的随意性。因此，如果一般的人，尤其是诗人，不是受到理性法则的驱动，而是因其理智的自由性而脱离了感情的控制，这就是说，如果他仅仅因自由而脱离了自然，在此期间，他不可避免地处于无法则的状态，因而成为幻想的牺牲品。

经验告诉我们，整个民族，乃至脱离了自然的可靠指引的个人都的确处于这种情况中，正是这一经验也给我们提供了足够的例子，证明诗艺术里存在一种情况相仿的迷惘。因为真正的感伤诗的创作欲望为了升华为理想，必然要超越实际自然的局限，所以，虚假的感伤诗的创作欲望就超越了所有的局限，硬要自己相信，仿佛诗的热情就是由想像力的天马行空构成的。这种天马行空永远也不可能碰见因思想之故脱离现实的真正的诗的天才，就是能够碰见，也只是在它自行消失的瞬间；因为它反过来却可能受其本性的误导成为一种超越理性的感受方式。但是，它却能以自己为榜样将他人诱向幻想，因为想像力活跃而理智贫弱的读者只见到它擅自违背真实自然的自由，而不能对它一直观察下去，一直跟踪到它的高度的内在必然性。感伤诗天才在这里的遭遇与我们在天真诗天才那里所见到的相同。由于天真诗天才依靠其天性实现它所做的一切，所以，平凡的模仿者想找的向导没有比自己的天性更为糟糕的了。因此，在天真诗型的杰作后面通常有一般天性的最平庸、最龌龊的复制品跟着出现，而感伤诗型的主要著作则有一大批异乎寻常的作品尾随其后，在每个民族的文学里都不难找到这种例证。

关于诗，通行着两个原则，它们本身是完全正确的，但在人们通常采用的意义方面，则正好相互抵消。第一个原则："诗的艺术为娱乐和休憩服务"，我们在上文中已经谈过，它对于诗的描绘中的空洞无物和陈词滥调具有不小的促进作用；另一个原则："诗的艺术为人的道德水平的提高服务"，则保护着超越理性的东西。人们经常把这两条原则挂在嘴边，屡屡予以完全错误的解释，并运用得如此笨拙，所以加以进一步的阐明并不是多余的。

我们把从一种强制状态向那种我们觉得自然的状态的过渡称之为休憩。因此在这一点上，一切都取决于我们如何利用我们的自然状态，以及如何理解强制状态。如果我们把前者仅仅用于无拘无束地发挥我们的体力，把我们从一切强制中解脱出来，那么，任何理性活动（由于任何理性活动都是对感性活动的一种阻力）都是针对我们的一种暴力，而与感官运动相结合的精神安宁则原本是休憩的理想。反之，如果我们把我们的自然状态用在一种人类自我表达的无限能力上，用在能够同样随心所欲地使用我们的全部力量的能力上，那么，这些力量的任何分割和**孤立**就会形成一种强制状态，而休憩的理想就意味着在单方面的紧张之后我们整个的自然体的恢复。这就是说，第一个理想只是由**感官**天性的需要提出的，第二个理想则是由**人类**天性的独立性提出的。诗的艺术可以而且必须提供这两种休憩中的哪一种，这在理论上或许是不成问题的；因为谁也不喜欢显出这么一副样子，仿佛他亟欲让人类的理想急起直追兽类的理想。尽管如此，人们在实际生活中通常对诗作提出的要求主要源于感性的理想，在大多情况下，对这些著作的**尊重程度**虽非取决于此理想，但**爱好**却据此而确立，**心仪之作**

据此而选定。大多数人的精神状态一方面是紧张的、令人精疲力尽的工作，另一方面是令人疲惫无力的**享受**。但是我们知道，前者使得对于精神的休息和活动的停止的感官需求比对于和谐和一种活动的绝对自由的道德需求要迫切得多，因为在**精神**能够提出任何**要求**之前，首先必须满足**自然**的需要；后者束缚并麻痹了必然要提出那种要求的道德欲望本身。因此，有损于对真正的美的感受力的，莫过于人类中这两种再普通不过的心情，从中可以获得解释，为什么即使在较为优秀的人群里也只有为数极少的几个人在审美问题上具有一种正确的判断力。美是精神和知觉之间协调的产物；它能同时适应人的一切能力的需要，因而只能在完全而自由地发挥其全部力量的前提下为人所感受，为人所赞赏。为此，人们必须具备开放的感官，开阔的心胸和新鲜的、充沛的精神，必须集中其全部与生俱来的条件，而决不能走那些因抽象思维而导致内心四分五裂、让狭隘的生意经束缚了视野的、给吃力的聚精会神弄得疲惫不堪的人的老路。这些人尽管要求有一种感性的素材，却不是为了在那上面继续发挥思考力，而是为了停止其活动。他们想摆脱的只是一种使其惯性感到疲惫的负担，而不是一种妨碍其活动的限制。

那么，还可以对美学问题上的平庸和空虚的幸运、对智力低下者对于真正的、强劲的美的事物的报复感到惊异吗？从美的事物那里，他们指望得到的是休憩，但这是一种符合其需要、符合其贫乏的概念的休憩，而他们却懊恼地发现，人们现在才要求他们显示出即使在其最佳时刻也无此能力的一种力量来。反之，按其现状，他们在那里却是受欢迎的；因为尽管他们随身带去的力量微乎其微，但要将其作家的心智全部发挥出来，他们所需的力量还要少得多。他们在这里一下子摆脱了思考的负担，松弛下来了的自然于是得以在陈词滥调的软垫上坐享清福，颐养天年。在像我们这里这样的悲剧和喜剧之神的圣殿里，大家钟爱的女神高坐于宝座之上，在其宽阔的怀抱里接待傻呵呵的学者和精疲力竭的生意人，她焐暖了冻僵的感官，以一种甜蜜的动作轻摇着想像力，从而把精神晃入充满了魅力的梦乡。

连最优秀的头脑也常常会犯的错误，如果普通的头脑犯了，为什么人们就不想予以原谅呢。在每次持久的紧张状态之后，天性都要求能够松弛一下，而且也未经请求而自行放松（人们在平时往往舍不得欣赏美妙的作品，仅仅为了留到这种时刻来欣赏它们），这种放松对审美力极为不利，以致在本来从事雇佣劳动的阶层里只有极少数人在口味问题上具有准确的、（在这个问题上甚为关键的）标准一律的判断力。与有教养的熟谙世故者比较起来，学者在审美问题上闹出最可笑的笑话来，特别是懂行的艺术判官成为所有行家嘲笑的对象，这是再平常不过的事情。他们杂乱无章的、时而超越理性、时而粗野的感情在大多情况下把他们引入歧途，即使他们找到什么理论根据来为它辩护，他们也只能用以形成**技术上**的（亦即与一部著作的实用性有关的）判断，而不能形成审美的判断，这种判断必须始终包容整体，因而在形成这种判断的过程中，感觉必须起决定性的作用。如果他们终于心甘情愿地放弃后者，只要有前者就行了，那么，他们总还是会带来许多好处，因为处于兴奋状态中的诗人和在欣赏的瞬间正在感受的读者是极容易忽略个别情况的。但如果这些原始的自然条件（它们以在自己身上所下的一切细致功夫至多能培养出一种单个的熟巧）将其贫乏的个体树立为普遍感情的代表，并辛辛苦苦地在美的问题上当裁判，那么，这一场戏就尤为可笑了。

我们已经认识到，诗能够提供的**休憩**这一概念通常受着过于狭隘的限制，因为人们惯于过分片面地只用以指感官的需要。正好相反，诗人所追求的**提高人品**的概念通常却被赋予一个过分宽阔的广度,因为人们过分片面地仅仅按照观念确定这一概念。

这就是说,按照观念,人品的提高总会逐步走进无限之境,因为理性在其要求中并不受感性世界的必要限制的约束,它一直要达到绝对完美的境地才会止步。没有任何在想像中尚有提高余地的东西能满足它;在其严格的法庭面前,有限的天性的任何需要都不能成为请求原宥的理由;除思想的界限外,它不承认别的什么界限,至于思想,我们知道,它是越过一切时间和空间界限而展翅高飞的。这就是说,不管是理性依其纯粹的法则所确定的这么一个提高人品的理想,还是感官提出的那种低级的休憩理想,诗人都不可将其定为目标,因为他尽管有义务把人类从一切偶然的限制中解脱出来,却不可废除其概念,不可挪动其必要的界限。他逾越了这些界线而擅自做主去做的事情就是超越理性,他因受一种被误解了的提高人品的概念的误导而走这一步是再容易不过的了。但糟糕的是,他自己或许不能上升到提高人品的真正理想的高度,而不在无意中还跨过界限几步。这就是说,为达到此一目的,他不得不脱离实际,因为他只能从内心的、道德的源泉中汲取这种理想,如同任何理想一样。不是在他周围的世界里,也不是在现实生活的鼓噪声中,只是在他心灵里他才能遇见它,而只是在孤寂的自省中他才发现了他的心灵。然而,这种从生活中退隐的态度并不总是只叫人对人类偶然的限制视而不见,——它也常令人类的必然的、无法克服的限制从其视野中消失,而在他寻求纯粹的形式的同时,就有失去全部内容的危险。理性将在与经验过分隔绝的状态中大行其道,而内省的精神在静静思考的道路上发现的东西,行动的人在生活的熙熙攘攘的道路上将无法实现。于是,正是惟一能造就智者的条件通常就产生出狂热者,而智者的长处与其说是他没有成为狂热者,倒不如说他虽曾是一个狂热者,但却没有保持不变。

如果希望休憩的概念不过分着重肉体而有失诗的尊严，而提高人品的概念不过分超自然、因而过分诗意洋溢，我们就既不可让从事劳动的那一部分人自行按其需要确定前一个概念，又不可让沉思冥想的那一部分人按其揣测自行确定后一个概念（经验告诉我们，这两个概念支配着对于诗和诗作的一般评判），因此，为了有人去诠释它们，我们就必须物色一类人，他们积极活动而不劳动，从事理想化工作而不致流于狂热；他们以对生活的尽可能小的限制将生活的一切实际情况集于一身，由事变的巨流负载而行，而不致为其吞没。只有这样的一类人才能保存遭到每件工作的短暂破坏和工作的一生的持久破坏的美好的人性整体，在一切符合纯粹人性的事物中以其感情为一般的评判制定法则。这样一类人是否真正存在，或更确切地说，在类似的外部条件下真正存在的那一类人是否在内心里也符合这一概念，是另一个问题，我在这里不想讨论。如果它不符合这一概念，那就只有怪它自己，因为与它反其道而行之的阶层至少可以满足于视自己为其职业的牺牲品。在这样的一个阶层（我在此只把它作为一种思想提出来，而决不想称之为事实）里，天真的性格就会与感伤的性格结合起来，使得一方不致受另一方的极端情况的影响，在前者保护其心灵免受偏激之害的同时，后者也提防其心灵走向疲惫。因为我们毕竟得承认，仅就其自身而言，不论是天真的性格，还是感伤的性格都不能穷尽美好人生的理想，这种理想只能产生于二者的紧密结合。

我们迄今也观察到这种情况，只要把这两种性格激发起来，使之成为诗的性格，许多依附其上的限制便会丧失，它们诗化的程度越高，它们的对立就会越来越不明显；因为诗的心情是所有的区别、所有的缺陷都从中消失的一个独立的整体。但正因为只有在诗的概念里这两类感觉方式才能同时出现，所以随着它们抛弃诗的特性，它们彼此之间的差异和需要在同一程度上便显得越来越明显;在平常的生活里就是这种情形。它们向这方面下沉得越深,它们促使彼此亲近的本性就丧失得越多,直至最后在其漫画里只剩下促使彼此对立的类别特性。

这使我注意到在一个走向文明的世纪里人与人之间的一种很奇特的心理对抗:由于这种对抗带有极端性质,它是以内心的情感形式为基础的,所以它造成的人际分裂比偶然的利益冲突所能产生的要恶劣得多;它使得艺术家和诗人失去取悦一切人、感动一切人的全部希望,而这正是他们任务之所在;它使得哲学家——尽管他已尽力了——无法做普遍的说服工作,而这本是哲学的概念本身所固有的;最后,人在实际生活中永远也无福见到他的行为受到普遍的赞同:总之,一个阶层的精神产品和内心的行动别想获得决定性的成功而不正好因此引发另一个阶层的诅咒,对此,这一对立难辞其咎。这一对立无疑如文化之肇始同样年代久远,它或许将在文化消亡前得以消弭,但其消弭的方式与但愿过去和将来都永远存在的个别罕见的主体里的情形很难会有什么两样;然而,虽然其影响之一是,它挫败了促其消弭的一切尝试,因为无法使得任何一部分承认本方的缺陷和对方的实际,但对如此重要的一种分裂跟踪观察到它最后的根源,从而至少能把真正的矛盾之所在归结为一个简单的公式,这毕竟是一个相当大的收获。

如果有人如我刚才所说的那样,既从天真的特性、又从感伤的特性中提取二者所具有的诗的因素,这就是他真正认识这种对立的最佳途径。这么一来,前一种特性中在理论方面就只剩下一种冷静的观察精神和一种对前后一贯的感官证明的忠诚不移,而在实际方面则只剩下对于自然的必然性(而不是对于盲目的强迫)的无奈的屈服:亦即对于现在如此、将来也必然如此的状况的一种屈从。感伤的特性里在理论上只剩下渗入一切认识中的必然规律的一种永不停歇的思索精神,在实际上只剩下一种对于道德原则的严格恪守(它表现为坚持意志行为中的必然规律)。属于第一类的人可称之为现实主义者,而属于另一类的人则可称之为理想主义者,但听到这些名称时切不可联想到形而上学上与之相关的好的或坏的含义。①

由于现实主义者受自然的必然性的支配,理想主义者则为理性的必然性所左右,两者之间必然会产生能出现在自然的影响与理性的行动之间的同样的关系。我们知道,从整体看来,自然虽是一个无穷量,但在每个个别的影响方面却显出依赖性,仰给于人;只是在其表现的万千世界里它才显出一种独立的、伟大的品格。它内在的一切个体的东西之所以存在,是由于有所不同;没有什么是自生的,一切之所以产生于前一瞬间,只是为了导入下一瞬间。但正是这种现象的相互关系保证了一方因对方的存在而存在,其恒久性和必然性是与其影响的依存性密不可分的。自然界没有什么是自由的,但也没有什么是随心所欲的。

这正是现实主义者的表现,在其**认识**中如此,在其**行动**中也如此。其认识和活动的范围囊括有条件地存在着的一切事物;但他永远不会让它超越有限的认识,而他从个别经验中形成的规律,严格地说,也只一次有效;要是他把一时的规律提升为一条普遍的法则,他不可避免地就会陷入错误之中。因此,如果现实主义者在其认识中想获得某些无限的认识,他就必须在自然逐渐成为一种无

① 为防止一切误解,我要说明,进行这样的分类完全不是为了在两者之间作一抉择,从而优遇一个、排斥一个。这种在经验中屡见不鲜的排斥,正是我坚决反对的;现今观察的结果将证明,只有完全同等地**接纳**二者,才符合人类的理性概念。此外,我对二者的理解是以其最尊严的意义和其概念的丰富内涵为基础的,而这一概念始终只有依靠其纯粹性、并保留其特有的区别才能存在。这也表明,高度的人类真实性能与二者协调共存,它们之间的差异虽在个别问题上、却不是在整体上、虽在形式上、却不是在内容上会导致一种变化。——作者原注。

穷量的同一道路上，亦即在整体的道路上、在经验的万千世界中作一尝试。然而由于经验的总体永远不会完全终结，所以现实主义者在其认识中所能达到的顶峰是一种相对的普遍认识。他把他的认识建筑在类似情况的反复出现上面，因而会对一切合乎规律的事物做出正确的判断；但如遇首次出现的一切事物，他的知识又会回到其起点。

适用于现实主义者的认识的规律性，同样适用于他的（道德）行动。他的品格里具有道德感，但按其纯粹的概念，它并不存在于个别行动中，只存在于他一生的整体之中。在每一特殊的情况下，其品格决定于外部原因和外部目的；不过这些原因并非偶然，这些目的也不是暂时性的，而是在主观上源于自然界整体，在客观上涉及自然界整体。也就是说，尽管其意志的原动力在严格的意义上既不够自由，在道德上也不够纯真，因为这些原动力的原因并非单纯的意志，其对象并非单纯的法则；但这同样不是什么盲目的、实用主义的原动力，因为这种别样的东西属于自然的绝对整体，从而是一种独立的、必然的东西。这么一来，人的一般常识，亦即现实主义者的杰出贡献在思想和行为里就普遍地显示出来。他从个别情况里总结出其判断的规律，从一种内心的感觉中总结出其行动的规律；但他凭借着幸运的本能知道如何从二者中剥离出暂时的和偶然的因素。以此方法，他总体上进行得非常顺利，很难找到什么重大的错误来责备自己；只是他不想在任何特殊情况下在重要性和地位方面提出什么要求。这些只是独立和自由的代价，在其个别的行动中我们所能见到的这类痕迹太少了。

理想主义者的情况完全不同，他的认识和动力来源于他自身，来源于单纯的理性。如果说自然在其个别的活动中总是显出依赖性和局限性的话，那么，理性则立即让每一个个别的行动都具有独立性和完整性。它从自身汲取一切，又将一切运用于自身。通过它而发生的一切事情,都是为了它自身的缘故而发生的;它所提出的任何概念都是一个绝对量,它所做的任何决定亦然。名副其实的理想主义者不论在认识上还是在行动上也是这个样子。它不满足于仅仅在一定条件下才有效的认识,而是不断探索,一直深入到其自身已无需先决条件、而是其他一切的先决条件的真理中去。让他满意的惟有这样一种哲学观:它把一切有条件的知识都追根溯源到一种无条件的知识上去,把一切经验都锁定在人类精神中的必然性上;他必须让支配现实主义者的思想的那些东西受他的思考能力的支配。而他在这方面是全权行事的,因为要是人类精神的法则不同时也是世界法则的话,要是理性本身最后受着经验的支配的话,也就不可能有任何经验。

然而,他可能已经获得了绝对真理,但他在认识上却并未因此得到很大的好处。因为,自不待言,一切最终都受着必然的、普遍的法则的支配,但每个个别的事物却受着偶然的、特殊的规律的支配;而在自然界,一切都是个别的。这就是说,他能以其哲学知识支配整体,但对于特殊的情况、对于实施来说,因此却没有什么收获。是的,他到处探索一切之所以成为可能的最高的原因,却容易疏漏一切之所以成为现实的近在咫尺的原因;他到处把目光集中在把千差万别的情况等同起来的普遍性上面,却容易忽略把它们区别开来的特殊性。因此,他用他的知识所能囊括的将会很多,但或许正因如此,他所**理解**的却很少,常不能深入认识他大致了解的东西。因此就出现这样的情况:在思辨理智因一般理智的**局限性**而轻视它的同时,一般理智却因思辨理智的**空虚**而嘲笑它;因为认识在扩大范围的同时,总是在失去一定的内容。

在道德评判方面,人们在理想主义者身上,在个别情况下,会找到一种较为纯粹的道德观,但在整体上所能见到的道德的统一性却要少得多。因为只有在他定名的理由来自纯粹理性的前提下,他才能称之为理想主义者,而理性的任何表现都表明它是绝对的,所以他的个别行动(只要它是道德的)就已带有道德上独立和自由的**全部**性质;如果在实际生活中只要有一个经受得起严格评判的、真正合乎道德的行动,它就只可能是理想主义者之所为。然而,他的个别行动的道德性愈纯洁,其偶然性也愈大;因为恒久性和必然性虽属自然之特性,却并非自由之特性。虽然不是由于这样一种自相矛盾的情况,即仿佛理想主义可能与道德发生冲突,而是因为人类天性没有能力具有一种彻底的理想主义。如果现实主义者在其道德行动中也安然地、一律地接受一种物质的必要性的支配,理想主义者则必须鼓起劲头,他必须立即振奋起他的天性,除非他处于兴奋状态,否则,他会一事无成。此后,他的能力当然会越来越大,他的行为会显示出一种高贵和伟大的性质,这在现实主义者的行动中是找不到的。但现实生活一点也不善于唤起他内心里的兴奋情绪,更谈不上均衡地加以培育了。他每次都从绝对大值出发,要把它应用于个别情况的绝对小值上,绝对小值对于绝对大值所形成的对比实在太强烈了。因为他的意志在形式上总是针对整体的,所以他在内容上不想把它瞄准零碎片段,但在大多情况下,那只是他能用以证明其道德观念的微不足道的成就。于是就往往发生这样的事情:他只见到无限的理想,而忽视了应用的有限情况,心里装满了一个最大值,而忘掉了最小值,但在真实世界里一切伟大的东西只能从最小值中产生。

所以,如果要公平对待现实主义者,就得依据其一生所作所为的全部相互关系评判他;如果要公正地对待理想主义者,就得以其个别的言论为准,但首先必须把它挑选出来。一般的判断喜欢依据个别情况做出决定,因而会对现实主义者不置可否地沉默不语,因为他生活中的个别行为所能提供的或褒或贬的材料同样不多;反之,对于理想主义者,它总是会态度鲜明,要么拒斥,要么赞赏,非此即彼，因为其短处和长处均存于个别情况之中。

不可避免的是，双方在原则上既有如此重大的差异，所作出的判断就不会常常正好是针锋相对的，即使它们在对象和结果上偶合，在原因上也不该存在什么分歧。现实主义者会问：**一件事对什么有好处**？他知道如何根据事物的价值去评价它们；理想主义者会问：**这件事好不好**？并根据事物的重要性对它们作出评价。关于有其自身的价值和用处的东西（但整体始终除外），现实主义者知道得很少，也不怎么重视；在有关品味的问题上，他会力主娱乐，在道德问题上，他会积极支持幸福，要是他不立即把幸福当作道德行动的条件的话；即使在宗教信仰上，他也不乐意忘掉他的**利益**，只是在最高财富的理想中对此利益进行高尚化、神圣化而已。对于所钟爱的东西，他会设法让它**高兴**，理想主义者则设法让它**高尚化**。如果现实主义者因而在其政治倾向上以富裕为目标（假定作为代价，它也会让人民丧失一些道德独立性），理想主义者则甚至会冒损害富裕的危险去关注**自由**。对前者而言，**状态**的独立性是最高目标，对于后者，**不依赖于状态**的独立性是最高目标，我们可以通过他们双方的思想和行动对这种本质的区别进行跟踪观察。因此，他们始终会以不同的方式表明其爱好，现实主义者以付出的方式，理想主义者则以**接受**的方式；每一方慷慨牺牲什么，就表明他最珍视什么。理想主义者将为其系统中的缺陷而牺牲其个体及其现状，作为代价，但他并不重视这种牺牲；现实主义者因其系统中的缺陷付出其个人尊严为代价，但他对于这种牺牲毫不知情。他的系统在他所知悉的和他觉得需要的一切事物上经受了考验——他毫不知情而且也不相信的财富要他操什么心？对他来说，这些东西已经足够了：他有财产，地球归他所有，他明晓事理，心满意足。理想主义者远远没有这么好的命运。他常跟命运闹别扭，因为他未能跟时机交上朋友，这还不够，他也跟自己闹别扭，他的知与行都不能使他满足。他对自己提出的要求是一个无穷数;而他的一切成就都是有限的。他严于律己,对待人家也是这么严格。他虽则宽大为怀,因为他在别人面前较少想到他自己这个个体;但他常不公正,因为他也同样容易忽略他人的个体。反之,现实主义者不那么宽容,但却公正一些,因为他评判一切事物时更多顾及其**局限性**。思和行中的平庸、乃至卑劣,他是能原谅的,只是不能宽容任性和乖僻的东西;而理想主义者则是一切小气和平庸的死敌,他甚至能与奇异的、硕大无朋的东西相安无事,只要它证明存在着一种巨大的能力。前者表明自己是人类之友,但对人和人类的评价却不很高;后者对人类的评价如此之高,以致因而有陷入蔑视人的危险。

现实主义者自身恐怕永远也不会把人类的范围扩展到感官世界的界限之外去,也永远不会让人类的理智认识其独立的伟大和自由;对他来说,人类中一切绝对的东西不过是一幅美丽的幻景而已,对它笃信不疑比狂热强不了多少,因为他从未见过人发挥其纯粹的能力,始终只见到他在进行一定的、因而是有限的活动。但理想主义者自身恐怕也同样不会培育出多少感性力量,同样也不会培养出人这个大自然的产物,这种大自然产物的性质既是人的本性的一个主要因素,又是提高一切道德品质的条件。理想主义者的追求远远超出了感性生活和现时的范围;他只是想为了整体、为了永恒而播种、种植,却因而忘了整体只是由个体组成的完整的团体,而永恒不过是许多瞬间的总和而已。现实主义者想在自己周围建立的、并在实际上正在建立的世界是一座设计完美的花园,里面的一切都是有用的,一切都无愧于其岗位,所有不结果实的东西都遭到排斥;理想主义者一手建立的世界是一个用处少一些、但以较大规模构筑的自然界。前者没有想到,人除了过富裕的、满意的生活之外,还会有什么别的目的,他之所以要扎根,只是为了让他的树干往上长。后者不会想到,他之所以必须生活得好,主要为的是均衡地进行透彻的、高尚的思考,他也不会想到,如没有根,树干也就完蛋了。

要是一个系统里缺少了自然界中迫切需要的、无法回避的某种东西,自然界就只能从一种对系统前后矛盾的做法中获得满足。两部分在这里也都犯了这样一种前后矛盾的错误,要是这种情况迄今仍然可疑的话,这前后矛盾就证明了这两个系统的片面性,同时也证明了人的天性的丰富内容。关于理想主义者,我不必特别说明,他一旦想达到一定的效果,就必然要脱离其系统;因为一切一定的存在都受着时间条件的制约,都要遵循经验的法则。至于现实主义者,他是否在其系统内部就能满足人类一切必要的要求,可能就显得更加可疑了。要是有人问现实主义者:你为什么做正当的事情,而忍受必然的事情?他就会按照其系统的精神这么回答:因为这是自然界与生俱来的,因为它必然如此。但是,问题决没有因此而得到答复,因为我们所谈的并不是自然的固有的本性,而是人意欲何为,因为他也可能不愿意做必然如此的事情。因此可以再问他:那么,你为什么要去做非如此不可的事情呢?尽管你的自由意志同样可以跟自然的必然性对着干(虽然徒劳无功,此处讨论的也根本不是成功与否的问题),而且你千千万万的弟兄们也的确正在跟它对着干,那么,你的自由意志为什么要屈从于它呢?你不能说因为自然界一切其他的生物都是这样屈从于它的,因为只有你才有意志,你甚至觉得你的服从应该出于自愿。这就是说,如果出于自愿,你就不是屈从于自然的必然性本身,而是屈从于其**意念**;因为这种自然的必然性不过是盲目地强迫你,好像它强迫蠕虫一样;但它对你的意志却是奈何不得的,因为即使你被碾成齑粉了,你还可能有一个不同的意志。但你从哪里去获取那种自然界的必然性的意念呢?大概不会取自经验吧,经验只能让你体验自然的个别影响，而不会告诉你整个自然界的情况，只会告诉你个别的实际情况，而不会让你通晓必然性的规律。因此，只要你要么**按照道德的准则行事**，要么只要不**盲目地容忍**，你就会超越自然，按理想主义的原则决定自己前进的方向。因此，显而易见，现实主义者的行动令人肃然起敬，超过了他在理论上所承认的程度，而理想主义者的思想较其行动更为崇高。虽然自己不承认，但前者以其一生的全部态度显示出独立性，后者则通过个别的行动表明人类天性的贫乏。

对于一位专注的而不偏袒任何一方的读者，我无须按照此处所作的描述（其真实性是不接受这个结果的人也能承认的）证明，人性的理想为二者所共有，但任何一方都没有完全达到这一理想。经验和理性二者都有其自身的特许权，任何一方都不能侵入对方的领地而不对人的内部或外部的状况造成恶劣的后果。只有经验才能教导我们，什么需要某种条件，在一定的条件下会有什么结果，为了达到一定的目的必须做些什么。反之，惟有理性能告诉我们，在没有任何条件的情况下什么是有效的，什么必然是不可或缺的。如果我们擅自做主，仅仅凭我们的理性想对事物的外部存在作出某种决定，我们就只能是空忙一场，不会取得任何结果；因为一切存在都需要条件，而理性则无条件地决定一切。但如果我们让一个偶然事件决定早已包含于我们自身存在的概念中的东西，就会使得我们自己成了偶然性的一场空洞无聊的游戏，而我们的人品将一文不值。由此，在前一种情况下，我们生命的**价值**（时间内涵）便丧失殆尽，在后一种情况下，我们生命的**尊严**（道德内涵）就荡然无存。

虽然我们在上面的描述里承认现实主义者具有一种道德的价值，而理想主义者则具有一种经验的内涵，但只是在二者的行动不完全前后一致、而它们固有的天性所发生的影响大于系统的前提下，才是这样。虽然二者都不完全符合完美人类的理性，但它们之间存在着一个重要的差别，那就是：现实主义者虽然在任何个别的情况下都不能满足人类的理性概念，但也从不与人类的理智概念发生矛盾，反之，理想主义者虽然在个别情况下接近人类的最高概念，却常常甚至停留在人类的最低概念之下。可是，在生活实际中更关键的是在整体上一律良好，符合人间的要求，而不是在个别情况下偶然好到天上去，——这就是说，如果理想主义者更善于对人类力所能及的一切唤起一种伟大的想像，使人们对人类的使命肃然起敬，那么，就只有现实主义者能持久地在实践中实行这一使命，并将这一种类保存在其永恒的界限之内。前者虽是一个较为高贵的人，却远远不那么完美；后者尽管在整体上显得不那么高贵，却更为完美；因为高贵性已包含在对于一种伟大的能力出具的证明里面，而完美性则存乎总体的态度和实际的行动之中。

在最佳意义上能说明二者品格的东西，在双方的**讽刺画**里尤为明显。真现实主义产生令人惬意的效果，不过其来源则欠高贵；假现实主义的来源是可鄙的，不过其影响的腐败性略低。这就是说，真现实主义者虽受自然及其必然性的支配，但支配他的是自然的整体，是它的永恒的、绝对的必然性，而不是它的盲目的、一时的**强迫**。他自由地把握并遵循其法则，总是让个体服从一般；因此，无论二者所走的道路如何不同，他都会与真正的理想主义者达到一致的最终结果，这也是必然的。反之，一般的经验主义者盲目地、不加选择地屈从自然的威力。其判断、其努力均局限于个别情况；他只相信、只理解他所触摸到的东西；他只珍视在感性上使他有所改进的东西。因此，外部印象偶然想让他变成什么，他就是什么，除此之外，他什么都不是；他的本性受到压抑，作为一个人，他绝对没有任何价值和尊严。但在万事万物中，他始终仍不失为一件东西，总还是有些用处的。正是他所盲目屈从的自然界没有让他完全沉沦;一旦他毫无保留地放弃他的自由,自然的永恒界限就会保护他,其无穷无尽的救援手段就会挽救他。虽然处于这种状态中他不知道存在什么法则,这些法则却暗中支配着他,不管他个别的奋斗行动与整体如何发生龃龉,整体总是知道如何稳操胜券。在这种可鄙的状态下生活着的人够多了,甚至整个民族也是如此,这些人或民族只是依赖着自然法则的恩赐、全无个性地生存下去,因而也只是有些用处而已;然而他们也只是生活着,生存着,这证明这种状态并不是全无内容的。

要是说真理想主义的影响不可靠,有时甚至是危险的,假理想主义的影响就是可怕的了。真理想主义者之所以背离自然和经验,只是因为他在这里找不到理性叫他奋力追求的那种恒久不变的、绝对必要的东西;空想家背离自然,仅仅出于任性,为的是能够更加无所羁绊地向欲望的顽固不化和想像力的变化无常屈服。他不把他的自由投入摆脱对身体的强制、争取独立的斗争中去,而是要求解除精神上的强制。这就是说,空想家不仅不承认人的性格,——他也不承认一切性格,他全无法则,他因而什么都不是,对什么都毫无益处。但正由于空想不是大自然的肆意妄为,而是自由的放荡不羁,亦即源出于一种就其自身而言值得尊敬的、能够达到无穷无尽的至善至美的境地的天赋,所以它也会使人无止境地坠入一个无底的深渊,而只能以一场彻底的毁灭告终。①

① 本文依据下列版本译出:Schillers Werke in fünf Bänden, 1. Band, Gedichte und Prosaschriften 15. Auflage 1978 Aufbau-Verlag, Berlin und Weimar, 1978。

人的美学教育书简

张佳珏 译

第一封信

这就是说，您想惠赐我一个机会，让我以系列书信的形式呈上我对**美和艺术**的研究成果，供您审阅。我深深感到这一任务的分量，但也感到其魅力和庄严。我将谈到的主题直接关系到我们幸福中的最佳部分，而且与人类天性的道德高尚性的关系也不很疏远。我将在这么一颗心的面前捍卫美的事业，这颗心感受到美的全部威力并加以发挥，它将在不得不同样频繁地叫感情和原则出来作证的一项研究中肩负起我的任务最沉重的部分。

我本想求您给我的恩赐，您却慷慨地让它成为我的义务，您让我看起来似乎有所建树，其实我不过是在追求我的爱好罢了。您命我遵循的行动的自由并不是强制，对我而言，倒不如说是一种需要。我既对运用符合学校要求的形式缺乏训练，就不会有多大因为滥用这种形式而损伤优良情趣的危险。我的思想来自单调地与自己打交道者多，取自丰富的世故人情者少，或来源于阅读，其来源是想否认也否认不了的，也许会犯别的错误吧，但不会犯宗派主义的错误，也许会因自身的虚弱而跌跤吧，但不会依靠权威和外部力量站稳脚跟。

我虽不想对您隐瞒，后面的论点大多以康德的原则* 为基础；但要是您在此项研究的过程中联想到任何一个特殊的哲学学

* 前文字的注文见附录（Ⅰ）。下同。

派，就请您归咎于我的无能，而不要责怪那些原则。不，对我来说，您思想的自由是不容侵犯的。您自己的感受将向我提供我立论所依据的事实；您自己的自由思考力将把工作的法则规定下来。

关于在康德体系的实践部分*中占主导地位的那些观点，只有哲学家们才持不同的见解，但我敢证明，人们从来就是意见一致的。假如把它们从其技术形式中解脱出来，它们就会作为一般理性的历史悠久而备受尊崇的名言和道德本能的事实出现，聪慧的大自然让这种本能行使对人的监护权，一直到他明白事理，长大成人。但正是让理智认清真理的这种技术形式又在感情面前掩盖了真理；因为令人遗憾的是，理智必须首先摧毁内心感觉的对象，要是理智想把此对象据为己有的话。正如化学家一样，哲学家也只有靠分解才能发现化合物，只有通过艺术的折磨才能找到自愿的天性的作品。为了捕捉转瞬即逝的现象，他必须给它戴上规则的枷锁，将其美丽的躯体撕成概念的碎片，将其活生生的精神保存在一具贫乏的词语骨架之中。如果在这样的一幅映象中无法重新找到自然的感觉，如果真理在分析家的报告里显得像一种自相矛盾的怪论，难道这还值得奇怪吗？

因此，如果后面的研究在试图让研究的主题接近理解的同时，却又使得它远离感觉，就请给我几分宽容吧。在那方面符合道德经验的道理，必然更符合美的现象。美的全部魅力以其秘密为基础，其本质也就在与其要素的必要的结合时被扬弃。

第二封信

然而，对于您赐予的自由，除用以在艺术舞台上吸引您的关注之外，我难道不能更好地发挥其作用吗？既然道德界的事情引起了如此密切得多的兴趣，而时势又要求哲学的探索精神去研究一切艺术作品中之最完美者*，去从事一种真正的政治自由的建立，那么，为美学世界去寻觅一本法则书是否至少已不合时宜了呢？

我不愿生活在另一个世纪里，要是为另一个世纪干了这一辈子，我也是不乐意的。一个人既是一个时代的人，也是一个国家的公民；如果觉得背离自己所属群体的习俗是一种不适当、乃至不容许之举，那么，为什么在选择其影响方式时投世纪的需要和品味一票是一种可以忽视的义务呢？

但这一票结果对艺术却似乎毫无好处；至少对我将以之为惟一研究方向的那种艺术如此。时势发展的进程给时代的天才所指引的方向咄咄逼人，大有逼他离理想的艺术越来越远之势。这种艺术不得不离开实际，以相当大的果敢精神超越于需求之上；因为艺术是自由之子，它要从精神的必然性、而不是从物质的必需那儿接受其规范。但如今需求支配着一切，迫使沉沦的人类屈服于其专制的桎梏之下。**利益**是时代的伟大偶像，一切力量都该任其奴役，一切有才之士都应拜倒在它脚下。在这架粗糙的天平上，艺术的精神成就不占任何分量，它无法获得任何鼓励，于是从世纪的嘈杂的市场上消失了。连哲学的研究精神也从想像力的手中夺走了一块又一块地盘,随着科学的领地日益扩大,艺术的范围渐次缩小。

哲学家和社会活动家把目光满怀期望地紧盯在政治舞台上*,人们以为,那儿正就人类的命运进行审理。不参与这一普遍性的对话,不是暴露了对社会福祉的一种应予谴责的冷漠态度吗?既然这一场大官司因其内容及其后果与每个自称为人者如此休戚相关,就必然会因其审理方式而特别受到每个独立思考者的关注。一个通常只由强者的盲目的权利回答的问题现在似乎交由纯理性法庭审理了,只有始终能置自己于整体的中心,将其个体提升为群体者,方能自视为此理性法庭的一名陪审法官,正如他作为当事人,同时既代表人,又代表世界公民,觉得自己或近或远地与胜诉相关联一样。因此,要在这场大官司里付诸判决的,不仅仅是他自己的事情;据以判决的法律也应是他这个有理性的才智之士有能力、有权力制定的。

对我来说,与一位既是才思横溢的思想家、又是崇尚自由的世界公民一道研究这样一个主题,并交由满腔热情奉献给人类福祉的一颗心灵作出决定,这该是多么富有吸引力啊!尽管立足点的差异仍然如此巨大,实际世界的状况所必需的距离又是如此遥远,在思想领域里在这一结论上能与您的毫无偏见的睿智不谋而合,该是多么叫人又惊又喜啊!我抵制这种富有魅力的诱惑,让美优先于自由,这种做法,我相信不仅能以我的爱好辩解,而且能用原则来说明其理由。我希望能让您确信,这种物质对需求来说并不那么陌生,而对于时代的情趣而言则要陌生得多,甚至可以说,为了解决经验里的那个政治问题,必须采取通过美学问题的途径,因为人们是通过美走向自由的*。但如果我不提醒您注意理性一般在制定政治法则时所遵循的原则,就无法进行这一论证。

第三封信

起初,大自然对待人并不比对待它其余的作品要好多少:在人的自主智力还无法独立行事时,它就代行其事。但人正因此而成为人,不致停留于仅靠大自然的力量所造成的状态,而有能力借助理性从大自然预定的道路上退回,将不得已而为之的事情变为一件自由选择的事情,将身体上的必要性提升为精神上的必要性。

人从感觉的朦胧状态中醒来,认识到自己是人,举目四顾,发现自己——处于国家之中。在人处于自由状态之中能够选择这一地位之前,需求已迫使他进入其中;在他依据理性法则能做到这一点之前,迫切的需要依据纯粹的自然法则已做好这一安排。但对于不过是产生于其自然条件、而且仅为应对此条件的这一临时国家*,他这个讲求道德的人过去和现在都不可能满意,——要是他能满意,对他来说,那就糟糕了!因此,他就以做人的同一权利摆脱了一种盲目的必然性的控制,正如在那么多其他方面,他依靠其自由脱离它一样,正如——只举一个例子——他通过道德消灭需求在性爱上打下的普遍性格的烙印、并通过美予以高尚化一样。这样他就以艺术的方式在他的成年期补度了他的童年,在观念上给自己建立了虽非任何经验赋予的、但却是由其理性目标必然确立的一个自然地位,在这一理想的地位上给自己借来他处于其实际的自然地位所不了然的一种最终目标和他当时没有能力作出的一种抉择,然后就这样进行下去,仿佛他是从头开始的,仿佛他是心明眼亮地自主决定以独立的地位去换取契约的地位的。不管这种盲目的任性的成果建立在多么巧妙、多么牢固的基础上，不管这种任性又是多么狂妄自大地坚持其成果不动摇，并给它披上多么令人肃然起敬的外衣，——他在这个运作过程中都可完全视之为若无其事；因为盲目力量的作品没有任何权威可使自由屈从于它，而每个人都必须服从理性在其个性中树立的最高终极目标。依此方式，一个发展成熟的民族尝试着将其自然国家*改造成为一个道德国家，并证明这一尝试是合情合理的。

这一自然国家(其建立源于力量、而非源于法则的任何政治团体都可如此称呼)虽与只靠客观规律性充当其法律的道德人相矛盾，但它却正好能满足一个肉体人的需要，——他之所以要让自己有法则可循，是为了与各种力量达到均衡。但现在，肉体人是真实存在的，而道德人的存在则成问题*。因此，如果理性取消自然国家(这是势所必然)，如果它想以自己的国家取而代之，它将为了成疑问的道德人而拿真实存在的肉体人去冒险，为了仅仅是可能的(虽则在道德上是必需的)一种社会的理想而拿社会的存在去冒险。理性从人的手中夺走了他实际占有的某些东西(没有了这些东西他就一无所有)，并同时指给他看可以而且应该占有的东西；假如理性对人期望过高，为了人还缺乏的(尽管他自己的存在可能仍然缺乏的)一种人性，它甚至可能从他那儿夺走了获得兽性(要知道，这可是他人性的条件啊!)的手段。在人来得及意志坚定地牢牢抓住法则之前，理性可能已经把大自然的梯子从他脚下抽走了。

因此，最重要的考虑是，当道德社会在思想上形成的同时，物质社会在时间上片刻也不能停止，为了维护人的尊严，不可危及其存在。如果一位巧匠要修理钟表，他就先让它停下来；但对国家这活的钟表却必须在它打点报时的时候进行修理，此时的关键在于，把正在转动的齿轮换下来。也就是说，必须为社会的持续发展找到一根支柱，它能让社会摆脱对人们想要解散的自然国家的依赖。

这根支柱在人的天然性格里是找不到的，他自私自利，爱使用暴力，其目标与其说是维护社会的存在，不如说是为了毁灭社会；它在人的道德性格里同样也难以找到，这种性格按其先决条件尚待形成，而由于它是自由的，由于它从不露面，立法者一向就无法对它施加影响，也从来就不能有把握地对它抱有任何指望。因此，关键可能就在于把任性从天然性格里分离出来，把自由从道德性格里分离出来——关键可能就在于，在让前者符合法律的同时，让后者依赖于印象——关键可能就在于，让前者离物质远一些，让后者靠物质近一些，以造就第三种性格。这种性格与这二者密切相关，开辟一条从纯粹力量的统治向法则的统治的过渡之路，不阻碍道德性格的发展，反而给无形的道德提供一种感性的保证。

第四封信

这一点是肯定的：只有这么一种性格在一个民族中占了优势，才能使得按道德原则进行的国家的变化无害，也只有这么一种性格能保证变化的持久。在建立一个道德国家的过程中，既依靠道德准则，又依靠有生力量，而自由意志则被纳入原因的领域里，在这一领域中，一切都以严格的必然性和恒久性紧密相连，互为因果。但我们知道，人类意志的目标始终带偶然性，只有碰到那绝对的存在 * 时，身体的必然性与道德的必然性才会吻合。因此，如果既要依靠人的道德行为，又要依靠自然的成果，那就必然是天造地设的了，人的内在驱动力就已经决定了，他必然要采取这样一种做法，道德的性格始终只能有这样的结局。但人的意志处于义务与爱好之间是完全自由的，对其人身的这种最高权利，不能、也不容许以任何肉体的强迫进行干预。因此，如果要人保留这种选择能力，而且仍然要他充当力量因果关系中一个可靠的环节，只有这样才能办到：现象范围内的那两种动力须完全同时停止发挥其效能，而且尽管形式千差万别，其意愿的实质不变；也就是说，人的内在驱动力与他的理性之间的一致性足以进行一次普遍有效的法则的建立。

可以说，在素质和禀赋方面，任何个人自身都包含着一个纯粹的、理想的人，其存在的重大任务在于，在其千变万化之中与其永恒不变的统一体保持一致。① 在每个主体中或多或少都可清晰辨认出来的这种纯粹的人由国家这个客观的、而同时又是权威的形式充当其代表,多种多样的主体力图在此形式中统一起来。但是,这么一来,可以设想时间中的人与观念中的人相遇的两种不同的方式,因而可以设想国家在个体中得以维护其地位也有这么多方式:要么靠纯粹的人压迫以经验为依据的人,靠国家取消个体;要么靠个体组成国家,时间中的人把自己提高为观念中的人。

虽然在单方面的、道德的评价中,这一区别不起什么作用;因为理性法则只要无条件有效,理性就会得到满足;但在完全的人类学评价*中,内容同形式一样算数,生动的感受同时也有发言权,此时,这一区别却更加受到重视。理性固然要求统一,自然却需要多样性,而两个建立法则的机制都要求人的参与。两种法则印入人的脑海的途径不同,前者借助于一种准确不变的意识,后者则通过一种无法磨灭的感觉。因此,如果道德品格只有在牺牲自然性格的条件下才得以保存,就总是会证明所受的教育还有缺陷;而一部只靠取消多样性才能实现统一的国家宪法将仍然是很不完备的。国家不仅应该尊重个体的客观的、种属的性质,也应该尊重其主观的、特殊的性质,在扩展无形的道德王国的同时,不应让现象王国变得空无一人。

在机械的艺术家用手揉捏一团未成形的东西、想赋予它他所追求的形式时,他不会有对它施加暴力的顾虑;因为他所加工的自然物本身并不值得受到尊敬,这并不是为了部分的缘故而重视整体,而是为了整体的缘故重视部分。在美的艺术家用手揉捏同一

① 我这里所指的是我朋友费希特最近发表的文章《关于学者的使命的讲演录》,文中可读到一段从这句话里推导出来的十分明晰的结论,从前还从未有人做过这种尝试。——作者原注。

费希特(1762—1814),德国哲学家,德国古典哲学的代表。

团东西时,他也不会产生对它施加暴力的顾虑,只不过他避免把这种暴力表现出来。他对所加工的材料丝毫不会比机械艺术家更加尊敬;但是他会试图以对待它的一种表面的宽容去欺骗保护此材料的自由的眼睛。至于使人同时成为其材料和任务的那种从事教育和政治的艺术家,情形就完全不同了。在这里,目标重新回到材料里,只是由于整体为部分服务,部分才可以服从整体。国家艺术家接近其材料时必须采取与美的艺术家对待其材料所伪装的完全不同的尊敬态度,他不仅在主观上,为了制造感官上一种蒙蔽人的效果,而且在客观上,为了内部的本质,必须爱惜其特点和个性。

但正因为国家应是由其自身、为其自身建立的一个组织,所以只有当部分向上符合整体的思想时,国家才能成为现实。因为国家在其公民的心目中是纯粹的、客观的人性的代表,所以它应该与其公民保持公民们之间的那种关系,只能对其主观人性按它提纯为客观人性的程度予以尊重。如人的内心协调一致,他在对其行为进行最高普遍化时也会挽救其特性,而国家将不过是其美好本能的诠释者、其内部法则制定的较为明确的公式而已。反过来说,在一个民族的性格里,如果主观的人与客观的人仍然如此针锋相对,以至只有压制前者,后者方能获胜,国家对公民也就会实行严格的法治,必须毫不容情地镇压这么一个敌对的个体,以免成为其手下的牺牲品。

但是人可以以双重方式与自己对立:要么,作为感情支配原则的尚未开化的人,要么,作为原则毁掉感情的残酷的野蛮人。尚未开化的人*鄙视艺术,认为自然是他绝对的主宰;野蛮人*嘲笑自然,玷污自然,但他比尚未开化的人更为可鄙地一再继续甘当其奴隶的奴隶。有文化的人让自然成为他的朋友,尊重其自由,同时只是约束其任性。

因此,在理性将其道德的统一性带进物质社会时,它不可损害自然的多样性。当自然在社会的道德结构中力图维护其多样性时,道德的统一性不可因而受到损害;节节胜利的形式与千篇一律和混乱保持等距。这就是说,一个民族如果有将因人们陷入困境而组成的国家换成自由的国家的能力和价值,它就必然具有性格的整体性*。

第五封信

难道现今的时代、当前的事件给我们显示的就是这种性格吗？我立即关注这幅宽广的画面上最引人注目的东西。

的确，主观意见*的声誉下降了，专断的观点被揭穿了，它手中仍握有权力，但已无法窃取人们的尊敬了；人已从其无可无不可和自我欺骗的状态中觉醒了，他以强劲有力的多数票要求恢复其不可丧失的权利。但他不只是提出要求；不论是在彼岸还是此岸*，他一跃而起，用暴力去夺取他认为被人不公正地拒之门外的那些东西。自然国家的大厦摇晃起来了，其陈腐的基础下陷了，物质条件似已具备，可将法则置于统治的地位，人终于可因其自身价值而受到尊重，真正的自由成为政治结合的基础。这是空想！*精神的条件尚不具备，慷慨的时刻碰上了麻木不仁的一代。

人以其行动给他自己画像，而在现今时代的戏剧中又在描绘着怎样的一种形象啊！一边是日益粗野，一边是意志衰退：这是人堕落的两种极端表现，而都出现在同一时代！

在为数较多的低等级的人群中，我们见到粗野的、不受法律制约的内在驱动力，它在市民秩序解体之后迸发出来，往前狂奔，去满足其兽性。因此，客观的人或许曾有理由抱怨国家吧；但主观的人却必须尊重其公共机构。只要维护人类天性的存在仍为当务之急，难道我们可以责备国家忽视其尊严吗？难道我们可以责备国家，在塑造力还根本无法想像时，就急急忙忙地用重力去分解、用凝聚力去结合吗？国家的解体就包含着它为自己辩解的理由。裂解的社会如不迅速上升为有机的生命，则将退回到原始状态。

另一方面，文明阶层让我们看到性格的软弱和堕落这幅更加叫人恶心的图景，这种堕落尤其令人发指，因为文化自身就是它的根源。我已记不起来，是哪位老的或新的哲学家*曾说过，较高尚的东西在其毁灭时面目更为可憎；但人们会觉得这句话在道德上也是真实的。一个自然之子，如果放荡不羁，便会发狂；艺术的门徒就会成为卑劣小人。总体看来，有教养的阶层不无道理地用以自诩的理智的启蒙对思想高尚化所产生的影响如此微弱，以至倒不如说，这种启蒙借助于生活准则将堕落巩固下来。我们在自然的合法领地上否认自然，结果却在道德的领地上尝到它专横统治的苦头，而在我们抵制其影响的同时，却从它那儿接受了我们的原则。我们习俗中的伪君子作风拒绝投它可原宥的第一票，却依据我们的物质主义道德观投给它具决定意义的最后一票。在最狡诈的社会活动中间，利己主义建立起它的体系，我们未能从中获取一颗喜爱交往的心，却染上了社会上所有的传染病，备受社会的一切折磨。我们的自由评判惟其专横意见之马首是瞻，我们的感情为其怪诞的习俗所左右，而我们的意志则受其诱惑的支配；只是我们坚持不改，我们的任性，拒不向其神圣的权利低头。骄傲的自足感使广经世故者的心揪成一团，而粗野的原始人的心却还常常同情地跳动，正如人人都只设法带着他那么一点儿可怜的财产逃出一座燃烧的城市一样。人们相信惟有完全弃绝多愁善感方能免受其诱入歧途的影响，而常常有效地严惩狂热者的讥讽也同样无情地诟骂最高贵的感情。文化远远未能解放我们，却只是以它在我们身上培育出来的一切力量发展出一种新的需求；物质的枷锁勒紧了，一天比一天更叫人害怕，以致惟恐丧失的恐惧心理甚至扼杀了要求改善的热切的内在驱动力，逆来顺受的准则被当作生活的最高智慧。于是,人们目睹时代精神摇摆于倒行逆施与粗野蛮横、非自然与纯自然、迷信与道德上无信仰之间,而有时对它还能有所制约的,只是坏东西之间的平衡罢了。

第六封信

我这样地描绘会不会把时代抹得太黑呢？我预期会听见的并非这句责难，而是另外一句：我因此证实的东西太多了。您会对我说，这幅图画虽看似现代的人类，但它一般也像所有正从事文化的民族，因为在它们能靠理性回归自然之前，都无区别地必然通过肤浅的理性思维脱离自然。

但只需对时代的特性稍加留意，我们便会对出现在人类今日的形式和当时的、尤其是古希腊的形式之间的鲜明对比惊讶不置。我们能与任何其他纯粹的自然状态相比较而当之无愧的培训和教养的荣誉，如与古希腊的自然状态*对比，我们占不了什么优势，因为希腊的自然状态是与艺术的全部魅力和智慧的全部尊严相结合的，但却与我们的自然状态不同，没有成为它的牺牲品。希腊人不仅以对我们的时代完全陌生的一种单纯*让我们感到羞愧；他们在我们常用以弥补我们习俗的反自然性质的那些长处方面同时也成为我们的竞争对手，甚至常常成为我们的榜样。我们见到他们既以丰富的形式、又以丰富的内容，既勤于深思、又诲人不倦，既柔和又果断地在一种绚丽的人生中将幻想的青年时代与理性的成人时代结合起来。

当时，在精神力量的那一美好的觉醒过程中，感觉和精神是还没有严格分开的财物；因为还没有什么矛盾促使它们分裂开来，彼此敌对，划清界限。诗歌还没有与风趣*结成情侣，空想还未受到吹毛求疵的亵渎。二者在迫不得已时可以交换角色,为对方办事,因为每一方都尊重真理,不过各自方式不同而已。尽管理性可以升得很高,它总是充满爱心地把物质带在身后,尽管它把一切区分得那么精细、那么清晰,却从未进行过肢解。理性虽然分解了人性,在将它放大之后在其璀璨的群神界里抛洒开来,但并非通过将它撕成碎片的方式,而是对它进行各种各样的混合,因为整个人性在任何个别的神身上都齐备不缺。但就我们这些新时代的人而言,情况又是多么迥异啊!在我们这里,群体的图像在个体身上也是经过放大之后分散抛洒的——但以碎片的形式,而不是以多种多样的混合体的形式,以至必须向个体一一探询,以收齐群体的全部。人们很想这么说,在我们身上,心灵的力量在经验中表现得如此泾渭分明,正如心理学家在想像中予以区分一样,而我们不仅见到个别的主体,也见到整阶层、整阶层的人只发挥了其天赋的一部分,而其余部分则有如残枝断茎,了无痕迹。

我对现今的这一代人从整体看来,在理智的天平上,与古代最优秀者比较起来可能具有的长处不会视而不见;但竞赛必须在独立的成员中开始,整体与整体进行较量。新时代的人中间,哪一个个别的会挺身而出,与个别的雅典人为了争夺人类之奖而进行一对一的搏斗呢?

与种群的这一切优势相比较,个体的这种劣势的根源可能在哪里?为什么个别的希腊人能成为他那个时代的代表,而个别的新时代人却不敢作此尝试呢?这是因为将其形式赋予前者的是否定一切的自然,将其形式赋予后者的则是区分一切的理智。

让新人类受到这一伤害的是文化本身。一旦一方面扩展了的经验和较为明确的思维需要对科学进行更加精确的划分,另一方面,较为复杂的国家机器使更严格地区分等级和行业成为必要,人性的内在结盟也就土崩瓦解,而一场道德败坏的争斗也就造成和谐力量的分裂。直觉的理智和思辨的理智 * 现在互怀敌意,分占其不同的领地,它们现在开始以猜疑和妒忌守卫其边界,有了将其影响局限其中的这块领地,它们也就给自身选定了一位主人,他常以压制其余的天赋而告终。一方面,繁茂滋生的想像力正在毁掉理智艰辛种植的作物,同时,在另一方面,抽象化的精灵却在消耗本可用以温暖心灵、点燃想像的火焰。

由艺术和学问在人的内心里开始进行的这种破坏,被统治的新精神弄得无孔不入,无处不在。不过,头几个共和国的简单组织比最初的习俗和各种关系的单纯性更为长命,这在当时是无法料到的;但这种简单组织没有上升为较高级的动物的生命 * ,却降低为一种普通的、粗笨的机械装置。每个个体都享有一种独立生活、必要时又能结合成为整体的希腊诸国的那种珊瑚虫天性 * 质现在让位给一种精巧的钟表结构,无数无生命的部件拼凑在一起,构成一种整体的机械生命。现在,国家和教会,法律和习俗被分离;享受与工作、手段与目的、劳累与报酬相互割裂。人永远只束缚在整体的个别的小碎片上,仅仅把自己培养成一块小碎片;他耳边永远只响着被他不停地驱赶着的小轮发出的单调的噪声,永远也无法达到他本质上的和谐,他未能将其天性中的人性表达出来,而仅仅成为其活动和知识的印痕。然而,甚至仍然维持着个体与整体的联系的少得可怜的支离破碎的那一部分,也不依存于个体主动赋予自己的那些形式(因为怎么可以把一件如此精巧而害怕公诸于众的钟表托付给这些个体去自由处理呢?),而是极其严格地以一条束缚其自由理解的公式给它们规定下来的。死的文字代表活的理智,而受过训练的记忆力比天才和感觉更稳健地带领我们前进。

如果共有的特性使职务成为男人的标准,如果它只尊重第一位公民的记忆力,只尊重另一位公民的表格般清晰的智力,只尊重第三位公民的机械般熟练的技巧,如果它在此处对品格采取无所谓的态度,只要求具备知识,而在彼处却以理智的最大丧失为由而原宥一种秩序精神和一种法律行为,如果它既要让这些个别的熟巧发展到如此的强度,而又容许主体达到同样的规模,——那么,如果心灵的其余资质受到忽视,只让这惟一受尊重、获回报的资质享受各种各样的维护,这会叫我们感到惊异吗?我们虽然知道,精力充沛的天才不会让自己的活动局限在其行业的界限之内,但具有中等才能者在分配给他的那部分事务中却会耗尽他全部的微薄力量。在职业之外还能找到时间去从事业余爱好的人,必然具有非凡的头脑。此外,如果人力超过了任务,或天才们较高的精神需求在他们的职务之外找到了一个竞争的对手,对于国家来说,这几乎从来就不是什么好事。国家惟恐人家夺走其臣仆,一心想独占他们,于是它更倾向于决定(谁又能说它做得不对呢?)与肉欲的爱神、而不是与精神的爱神共同使唤它的手下人。

于是,个别的、具体的生活就这样逐渐消失了,整体的抽象得以苟延残喘,而国家对于其公民则永远是陌生的,因为感情在哪里都找不到它。统治阶层被迫对其纷繁多样的臣民进行分类,以减轻管理的难度,始终只是采取代表的方式间接地接待他们,把他们与理智的一种地道的劣质产品混淆起来,从而最后完全看不见他们了;而被统治者只能冷漠地对待对自己没有多少切身关系的法律。积极的社会终于对维持国家没有怎么减轻其负担的这么一条纽带感到厌倦,于是瓦解为一种道德的自然状态*(大多欧洲国家的命运早已如此),公共权力机构不过是其中另外一方罢了,那些使它成为必要的人痛恨它、回避它,只有那些对它可有可无的人才重视它。

人类在内外兼施的这种双重压力之下,能够不走实际在走的老路而另辟蹊径吗?观念王国里的思辨精神奋力追求着不可丧失的财产,它因而必然成为感觉世界的一件陌生的东西,因形式而丧失了内容。封闭在一个单调的客体圈子里并在那里面受到公式进一步约束的创业精神必然会亲历自由的整体从视野中消失的过程,并同时随其领地之缩小而减弱。前者跃跃欲试、想按想像塑造现实、将其想像力的主观条件提升为事物存在的基本法则,跟它一样,后者也投身进入相反的极端,按一种特殊的零碎经验去普遍评价一切经验,想让其行业的规律无区别地适用于任何行业。其一必为一种空洞的钻牛角尖作风所擒获,而另一个则肯定成了一种学究气十足的狭隘性的俘虏,因前者对个体而言未免过高,而后者对整体来说又嫌太低。但这一精神方向的缺点不仅局限于知识和创造;它也同样延伸到感觉和行动。我们知道,心灵的敏感性按其程度依存于想像力的活跃,而就其范围而言则视想像力的丰富而定。但这么一来,分析能力的优势就必然会夺走幻想的力量和激情,并减少一个较为有限的客体领域的丰富程度。抽象的思维者因而经常有一颗冷漠的心,因为他把印象弄得支离破碎,而这些印象只作为整体才能感动心灵;生意人则经常心胸狭隘,因为闭锁于其千篇一律的行业圈子里的想像力无法扩大到陌生的想像方式去。

在我揭示时间特性的不利方向及其根源的过程中,我不显示自然用来补偿它的那些有利因素。我乐意坦言相告,尽管在个体的本质分裂时可能对它们影响不大,但种群以任何其他方式都是无法取得进步的。希腊人的出现无疑是在这个阶段上既不能停步不前,也不能上升的一个最大值。不能停步不前,因为理智必然在其现有储量的逼迫下脱离感受和直观,而追求认识的清晰;也不能上升,因为只有一定程度的清晰才能与一定的丰富内容和热度共存。希腊人达到了这一程度,如果他们想向更高的教育水平攀登,就必须和我们一样放弃其本质的整体性,循不同的途径去追求真理。

发挥人身上多种多样的潜能不过是将它们彼此对立起来的一种手段。力量的这种对立是文化的重大工具，但也只是工具而已；因为只有在这种对立持续存在时，人们才朝着文化前进。只有通过人身上的个别力量彼此孤立，并擅自制定排他性的法则，它们才与事物的真理发生矛盾，迫使平时以懒惰的满足感停留在表面的公共意识* 深入客体内部。纯粹的理智攫取了感觉世界的一种权威地位，而经验的理智则从事于置它于经验条件的控制之下，这两种潜能因而发展到最佳的成熟阶段，并将其领地的整个范围据为己有。在这一方面，想像力敢于任性地分解世界秩序，与此同时，在另一方面，它又迫使理性上升到认识的最高源泉，求助于必然性法则来对抗它。

力量运用的片面性虽然不可避免地会把个体引向错误，但却会把人类引向真理。只有靠我们把我们精神的全部力量聚集到一个焦点上，把我们整个身心汇合成一股力量，我们才仿佛给这股单独的力量装上了翅膀，人为地让它远远超越看似自然给它设置的限制。毫无疑问，所有的个人加在一起用大自然赋予他们的视力也永远无法看到望远镜帮天文学家发现的木星的一颗卫星，同样肯定的是，假如理性不在个别有此能力的主体身上零星地、仿佛曲折迂回地摆脱一切物质，以最费劲的抽象化手段把投向绝对领域的目光武装起来，人的思考力就永远不会对无限进行分析、对纯理性进行批判。但是，这样的一种仿佛化为纯理智和纯直观的精神会不会有能力把逻辑的严格桎梏换成做诗能力的自由运作，以忠贞感去理解事物的个性呢？在这里，自然也给全能天才划定了它无法逾越的一条界限，只要哲学还要把防止谬误当作它最重要的任务，真理就始终需要有人做它的殉道者。

因此，不管借助于对人的力量的这种分开的培养可能为整个世界带来多大好处，不可否认的是，它所涉及的个人都要遭受这一世界目标的诅咒。通过体操训练虽能培养强壮的体魄，但只有靠自由的、均匀的四肢运动才能形成美。同样，充分发挥个别的精神力量虽能产生非凡的人，但只有保持其均衡的温度方能培育出幸福的、完美的人。因此，要是培养人的天性需要这么大的牺牲，那么，我们对过去的和未来的时代又会是怎样的一种关系呢？要是那样的话，我们过去就可能是人性的奴仆了，我们就可能为它干了数千年的奴役劳动并在我们残缺的天性上留下这种仆从的令人羞愧的痕迹了，——这么一来，后代才能在一种无比幸福的闲散气氛中期待着其道德健康的来临、并促使其人性的自由成长！

但是，人生在世，难道就是为了追求任何一个目标而虚掷自己的光阴吗？难道要自然能够借助于其目标从我们手里夺走理性以其目标给我们规定的那种完美性吗？因此，培育个别的力量就必须牺牲这些力量的整体，这肯定是错误的；或者，不管自然的法则如何力图达到这一目标，我们的职责必须是，在我们遭艺术*破坏的天性中借助于一种更高的艺术恢复这种整体性。

第七封信

也许我们该指望从国家那里得到这一效果吗？这是不可能的，因为国家按其现状是这一弊端的始作俑者，而理性在观念上要求建立的国家，无法造就这种较为优秀的人性，它自己反而必须首先建立在这种良好人性基础之上。迄今所进行的研究工作就这样又把我带回到一段时间以来它让我离开的那一点上。现今的时代根本不会向我们显示被视为道德的国家改革的必要条件的那种人类形式，却让我们看到其直接的反面。因此，如果我提出的原则是正确的，如果经验证实了我对现实描绘的图景，就必须把这种国家改革的任何尝试称为不合时宜，把建立在此基础上的任何希望称为幻想，一直到人内心里的分裂不再存在的时候，一直到其天性完满发展到自己成了艺术家、并保证理性的政治创造成为现实的时候。

大自然在其物质创造过程中给我们勾画出人们在道德创造中应走的道路。一直到自然力的斗争在较低级的组织中缓和下来的时候，而不是在这之前，自然才会对肉体的人进行高尚的教育。同样，在人们敢于优先发展多样性之前，道德的人内心里的基本矛盾，盲目本能的冲突首先得平静下来，他内心里的粗暴对立必须停止。另一方面，在能把他内心里的多样性置于理想的统一的控制下之前，其性格的独立性必须得到保证，对外来的专制形式的服从必须由一种规规矩矩的自由取而代之。在原始人仍然那么无法无天、恣意妄为的地方,简直不可对他明说其自由何在;在文明人还很少行使其自由权利的地方,则不可剥夺其任意行事之权。如果自由原则的赠与与一股蓄势待发的力量相结合,并加强一种业已过分强大的自然,这种赠与便成为对整体的背叛;协调一致的法则如与一种已很普遍的弱点和物质的限制相联系,从而扑灭了主动性和个人特性的最后一点闪烁着的火花,就会成为对个体的专制。

因此,时代的性格首先必须从其深深的屈辱状态中站立起来,一方面摆脱盲目的自然力量,另一方面回到其单纯、真实和充实中去,——这是一项需要一个多世纪才能完成的任务。我承认,在此期间,有些尝试在个别情况下可能成功;但就总体而言,不会因此而有任何改善,行为将始终显示它与生活准则的统一之间存在着矛盾。在其他大洲,黑人作为一个人受到尊重,而在欧洲,思想家作为一个人则遭到玷污。旧的原则将存在下去,但将穿上本世纪的外衣,对通常由教会授权的压迫,哲学将贴上它的标签。自由在其最初的尝试中经常以敌人的面目出现,人们在其恐吓之下,一方面舒舒服服地甘当奴仆,另一方面,被苛求的监护逼得走投无路,于是遁入自然状态的野性的无拘无束之中。篡夺政权将以人类天性的软弱为依据,而暴乱所依据的则是人的天性的尊严,一直到终于有一天,盲目的暴力作为人类万事万物的霸主出面干预,对这场所谓的原则争端如对一场平常的拳斗一样作出裁决。

第八封信

那么，既丧失勇气、又全无希望的哲学该从这一领域里退出吗？在形式的统治朝所有别的方向扩展的同时，难道要一切财富中之首要者*任由这无形的偶然事件决定其命运吗？该让盲目力量之间的冲突在政治舞台上永远进行下去、让合群的法则永远无法战胜满怀敌意的自私心理吗？

决不！理性本身虽不会与对抗其武器的这种粗暴权力直接兵戎相见，也不会像荷马史诗中萨图恩之子*那样自动屈尊走上昏暗的战场。但它从武士中挑选出最可敬者，如同宙斯对他的孙子*那样，给他配备神的武装，凭借其所向披靡的力量取得这重大的决定性胜利。

如果理性发现并提出了法则，它就做出了它力所能及的贡献；而执行则要靠勇敢的意志和生动的感情。如果真理要在与力量的较量中保持不败，它自己首先就得成为力量，并对其有形国度里的它那管理人形成一种内在驱动力；因为内在驱动力是感觉世界里惟一的动力。如果它迄今还很少显示其所向披靡的力量，其原因并不在于它不知如何表露的理智，而在于对它闭锁的心灵和不为它所用的内在驱动力。

尽管哲学和经验的光芒四射，何以偏见的势力还会这么普遍，头脑还会这么蒙昧？已经是开明的时代了，这就是说，知识已经开发并公诸于众，至少足以订正我们的实际准则；自由研究的精神廓清了长期以来阻碍人们接近真理的荒唐概念，摧毁了狂热信仰和骗术据以建立其宝座的基础；理性已清除了自身的感觉错误和一种骗人的虚假智慧，而起初让我们背离真理的哲学本身也大声疾呼，要我们回到自然的怀抱，——而我们却还老是野蛮人，其原因何在？

因此，由于那原因不在事物的内部，就必然在人的心灵里存在着某种因素，它妨碍我们接受真理，哪怕真理光芒四射；它成了我们承认真理的障碍，哪怕真理如此生动活泼，叫人信服。一位古老的智者感受到这一点，它就存于此含义深邃的话语中：sapere aude。①

拿出勇气来，做个有智慧的人*。与自然的怠惰和心灵的怯懦给教育设置的障碍进行斗争需要勇气和力量。古老的神话把智慧女神*描写成一个全副武装的、从朱庇特② 的头脑里冉冉上升的形象，不是没有道理的；因为她所做的第一件事就是战斗性的。她在出生时就要跟不想被迫脱离其甜蜜的安谧状态的感官恶战一场。大部分人都因与贫困作斗争而弄得疲惫不堪，以致无法重整旗鼓去进行对错误的一场新的、更加艰苦的斗争。他们满足于本身能避开思索的艰辛，乐意让别人去监管他们的概念，如一旦较高的需求在他们内心里躁动，他们就会以如饥似渴的信仰把国家和僧侣集团为应付这种情况准备的公式抓在手里。要是说这些不幸的人值得我们同情的话，那么，另外的那些人就理应受到我们的藐视，他们的命运较好，让他们摆脱了需求的奴役，但自己的选择却让他们在需要面前屈服。在人们有较为生动活泼的感觉、而幻想

① “拿出勇气来，做个有智慧的人。”语出古罗马诗人贺拉斯（前 65—前 8）《书简》第二卷。

② 朱庇特，罗马神话里的主神，等于希腊神话里的宙斯。

随意塑造顺手拈来的形象的地方，这些人宁要模糊概念的朦胧微光，而不喜欢驱散其梦境中愉快假象的真理光芒。他们的幸福正是完全建立在该驱散满怀敌意的认识之光的这些骗术上面的，那么他们该以如此高昂的代价去换取一种一开始就夺走他们所珍视的一切的真理吗？他们要热爱智慧，先就得具有智慧：这是给哲学命名的那位先生[①] 早已心领神会的一条真理。

因此，理智的一切启蒙只有在回过头来影响性格时才值得重视，这是不够的；它在一定程度上也来源于性格，因为经过心灵通往头脑之路必须打开。因此，培养感受能力是时代较为迫切的需要，不仅因为它将成为有效地更好认识生活的一种手段，甚至也因为它能激起提高认识的兴趣。

① 指毕达哥拉斯(前580至前570之间—约前500)，古希腊哲学家、数学家。

第九封信

然而,难道这里不是一种循环论证吗?理论文化本该促成实际文化,而实际文化却该是理论文化的条件吗?政治领域里的一切改进都应以品格的提高为出发点,——可是在一部野蛮的国家宪法的影响下,品格怎么能得到提高呢?因此,为达到这一目标,必须求助于国家无法提供的一种工具,并开凿不管政治如何腐败而仍能保持纯净的清泉。

现在我来到了我迄今进行过的一切观察所力图达到的那一点。这一工具就是文艺,这些清泉在其不朽的样板作品中畅流。

艺术和科学都摆脱了一切由人制定的东西*、由人类传统引进的东西的束缚,二者都享有对于人的专横行为的一种绝对免疫力*。政治立法者能封锁其领地,但却不能在那里面实施统治。他能宣布爱好真理者不受法律保护,但真理仍然存在;他能贬低艺术家*,却无法伪造艺术。诚然,科学和艺术二者尊崇时代精神,创作的品味从评判的品味那里接受法则,这是再平常不过的事情。在性格变得坚定而强硬的地方,我们就见到科学正严守其边界,而艺术则戴着规则的沉重枷锁;凡在性格疲软松弛的地方,科学就力图讨人喜欢,艺术则努力让人开心。整整几个世纪以来,哲学家和艺术家看样子正忙于将真理和美下沉到普通人群的底层;前者在里面沉没了,但后者则以自身的坚不可摧的生命力经过奋斗而胜利上浮。

艺术家虽是其时代之子,但如果它同时又是其时代的学生甚或其时代的宠儿,那他就倒霉了。假设一位乐善好施的天神及时把婴儿硬从母亲怀里抱走,用一个较好时代的乳汁喂养他,让他在遥远的希腊天空下长大成人。在他成人之后,让他这个陌生的形象回到自己的世纪;但不是为了以其仪表堂堂让他的世纪高兴,而是跟阿伽门农[①] 之子同样可怕,要对它进行大扫除。内容他虽将取自当代,但形式却来自一个较为高尚的时代,甚至可说是来自一切时代之前,来自其本质的绝对的、永恒不变的统一体。在这里,从他的恶魔天性的纯净的天空中淌下的美之泉,从未受到深深在它下面混浊旋涡中翻滚的世代腐败的感染。变化无常的情绪能玷污他的内容,正如它曾抬高他的身价一样,但纯洁的形式并未受其变化的影响。在全身雕像尚迎风挺立之时,第一个世纪的罗马人早已屈膝于其皇帝面前;当天神早已成为笑柄之时,神庙在众人眼中仍神圣如故,供奉尼禄或科莫杜斯[②] 之流的遗体的庙宇的高贵风格使得他们的可耻行径无地自容。人类已失去其尊严,但艺术拯救了它,并将它保存在有价值的巨石里;真理在假象* 里存在下去,原型在复制品中得以恢复。高贵的自然已没,高贵的艺术犹存,同样,它在热情上也走在自然的前面,起着教育和振聋发聩的作用。还在真理将其胜利向前的光线射入心灵深处之前,诗歌创作力就截取了它的光芒,当潮湿的黑夜还在深谷里徘徊时,人类的山峰已是晨光辉灿了。

但艺术家如何保护自己,免受包围在四面八方的时代腐败的

---

① 阿伽门农,希腊神话中的密刻奈国王,特洛亚之战中希腊人的统帅,回国后为其妻克吕泰涅斯特拉和她情人埃癸斯托斯杀害。阿伽门农之子俄瑞斯忒斯后来杀死了母亲和埃癸斯托斯,为父报仇。

② 尼禄(37—68),公元五十四年起为罗马帝国皇帝。科莫杜斯(161—192),公元一百八十年起为罗马帝国皇帝。尼禄和科莫杜斯均为骄奢淫逸的暴君。

影响呢？要是他们藐视其评判的话。他们该仰望其尊严和法则，而不该俯视幸福和需求。他们该立即摆脱想在一瞬即逝的时刻里打上其烙印的那种空忙状态，摆脱用绝对标准衡量时代的贫乏的产物的那种迫不及待的狂热精神，让已在这里落地生根的理智主宰现实的领域；而他们该在可能性和必要性的结合中产生理想*。他们该把这种理想在假象和真理中清楚地表现出来，将它表现在其想像力的千变万化及其行动的认真中，表现在一切感觉形式和精神形式中，他该缄默无声地将它投入永无止境的时间长河里。

然而，在这一理想在心灵里炽热发光的人中间，并非每一个都具有那种创造的宁静心情和伟大的、富有耐心的感觉，能把它刻画在沉默无语的石块上或浇注在清醒的词语里，从而托付给时间的忠实的手。天神赐予的受教育的欲望过于迫不及待，不想将此安静的手段贯彻始终，常常直接一跃而进入当今时代，进入活生生的生活中，对道德世界的无定型材料进行改造。其群体的不幸向富有感情的人倾诉得十分迫切，其屈辱则倾诉得更加迫切，热情爆发，炽热的欲望在强劲的心灵里躁动。但他也曾问过自己，道德世界的这些混乱状况是否冒犯了他的理性，或更确切地说，是否刺痛了他的自爱之心？要是他还不知道的话，看看他要求获得一定的、迅速的效果的那种急迫性就一目了然了。纯粹的道德内在驱动力是以绝对性为目标的，它没有时间，一旦未来非从现在发展出来不可，未来就成了它的现在。在一种不受限制的理性面前，方向同时也就是完成，这条道路一开始走，就到达终点了。

热爱真理和美的青年人想从我这里知道，尽管有各种各样的世纪抵制，他该怎样满足他胸怀里的高贵的内在驱动力，我将回答说：给你能施加影响的世界指明通向美好未来的方向，这样，平静的时间节律就会带来发展。要是你以教诲的手段将世界的思想提升到必然和永恒的高度，要是你通过言传身教变必然性和永恒性为其内在驱动力的一个对象,那么,你就给它指明了这个方向。妄念和胡作非为的大厦将会倒塌,必然倒塌,你一旦确信它在倾斜,它就已经倒塌了;但在人的内心里,不仅在他的外表上,它都必然倾斜。那么,你就在你心灵的害羞的寂静之中培育所向披靡的真理吧,把你内心里的真理在美中展示出来,不仅让思想崇敬它,而且也让感官热爱地抓住其外形不放。为了你不致从现实中感受到你该给它树立的榜样,在你自己内心里深信已有一群理想的追随者之前,你就别放胆闯入那个可疑的群体中去。跟你的世纪一道生活,但别做它的宠儿*;给你的同时代人创造其所需,而不要创造他们所称赞的东西。先别分担其罪责,要以高尚的逆来顺受的心情共同承受其惩罚,心甘情愿地戴上他们既无法摆脱又不堪重负的枷锁。你将以鄙夷其幸运的那种坚定勇气向他们证明,不是你的怯懦在向他们的苦难屈膝。你设想,如果你要对他们施加影响,他们该是个什么样子,你再设想,如果你想为他们行动,他们现在是个什么样子。你要以其价值换取其赞许,但要把他们的幸运视为他们毫无价值的一面,这么一来,你自己的高贵在那方面就会唤起他们的高贵,而在这方面,他们的毫无价值就不会毁掉你的目标。你的原则的严肃性会吓得他们避你而远之,但在游戏中他们还能容忍它们;他们的情趣较其心灵为纯洁,而在这里你就得逮住那些胆战心惊的逃亡者。你对其生活准则的攻讦将徒劳无功,你对其行为的谴责也将白费力气,但对改造其游手好闲的习性,你却可试试你那育人之手。把任性、轻浮和粗暴从其娱乐中驱逐出去,这样你也就会神不知鬼不觉从其行动中、最终从其思想中赶走这些东西。凡在你见到他们的地方,你就让高尚的、伟大的、聪颖的形式环绕在他们四周,让卓越事物的象征把他们包围起来,直到假象战胜真实、艺术战胜自然。

第十封信

这么说来，您在下面这一点上跟我意见一致，并且通过我前面几封信的内容确信：人可能经由两条相反的途径脱离其目标，我们的时代的确漫步在两条错误的道路上，一方面为野蛮所掠夺，另一方面遭到虚弱和是非颠倒的吞噬。该通过美把我们的时代从这条双重的迷途中引导回来。可是美的文化如何能同时对付这两种相反的痼疾、并将两种相互矛盾的特性统一于一身呢？美的文化能把尚未开化的人身上的天性束缚起来，而让野蛮人身上的天性获得自由吗？它能勒紧缰绳而同时又松开缰绳吗？如果它并非真能做到这两点，那又怎么能合乎理性地指望它取得像培养人性这么伟大的一种成果呢？

这样一句话虽然老在耳边响起，叫人听得耳朵都起茧子了：发达的美感能美化习俗，以至对此似乎已无需任何新的证据了。人们依据的是日常的经验，这种经验几乎无一例外地在与受教育阶层的情趣相联系的情况下显示出理智的清晰，感觉的活跃，行为的宽宏大量，乃至尊严，而在与一种未受过教育的品味联系在一起时则通常显示出正好相反的情景。人们信心十足地引其美感的发展同时也达到顶峰的古代最文明的民族为例证，用作证明的还有那些部分是原始的、部分是尚未开化的民族所提供的相反的例子，它们因对美麻木不仁而具有一种粗暴或阴暗的性格。尽管如此，勤于思考的头脑有时还是会想到要么否定事实，要么怀疑从中引出的结论的合法性。他们并不把未受教化的民族遭指责的那种野蛮看得那么糟糕，对于有教养的民族受到赞许的那种文明化，也不觉得有那么大的好处。在古代就有人认为艺术决非一件叫人喜见乐闻的事，因而很想阻止想像力的技艺进入他们的共和国*。

我所谈的并不是仅仅因从未获得美惠三女神的恩宠而诟骂她们的那些人。他们除了购买的辛劳和明摆着的收益之外，不知道还有什么别的衡量价值的标准，——他们怎么会有能力去评价情趣在人的外表和内心所做的寂静无声的工作呢？他们怎么能因艺术的偶然的短处而不忽视其本质上的长处呢？不拘礼节的人把表演的一切优美视为讨好观众，把交际中的细微雅致视为虚饰，把行为中的一切感觉细腻和身手不凡视为过分紧张和装模作样而一律加以蔑视。他无法原宥美惠三女神的宠儿的是，他作为旅伴能让一切群体开心，作为生意人能让人人的头脑跟着他的意图转，作为作家能在整个世纪上打上他精神的烙印，而他自己这个勤劳的牺牲品，尽管具有他全部的知识却无法迫使人家关注他，办不成一件事。由于他永远也学不会宠儿的那一套博得人家欢心的天才诀窍，所以他只好哀叹重外表而轻本质的人性的颠倒了。

但令人肃然起敬的声音*是有的，这些声音公然表示反对美的作用，并从经验出发提出一些可怕的理由。“不可否认的是，”他们说，“掌握在好人手里，美的魅力能达到值得赞扬的目的，但如果落入坏人手中，它就会做出结果正好相反的事情来，而其束缚心灵的力量就会被用于错误和不公正的目的，这种情况与其本质并不相矛盾。正因为趣味只重视形式而不重视内容，所以它给心灵最后指出的是普遍忽略一切现实、为了一件美丽迷人的新衣而牺牲真理和美德的危险方向。事物的一切实质差别都不见了，决定其价值的惟有表面现象而已。该有多少能干的人，”他们继续说，“没有在美的诱惑力的吸引下放弃一件严肃而费劲的有效活动或至少被引诱去对它表面敷衍！一些弱智者之所以与市民制度发生龃龉，仅仅因为诗人们的幻想热衷于建立一个世道完全不同、没有任何传统的规矩束缚舆论、没有艺术压制自然的世界。自从激情在诗人的图画里以最璀璨的颜色闪闪发光、而在与法律和职责的斗争中通常保持不败以来，什么危险的雄辩术*它没有学会？过去由真理主宰的交际，现在却由美来给它制定法则，本来只该与功绩联系在一起的尊重与否的问题，竟决定于外部印象，社会在这方面会有什么好处呢？诚然，人们现在目睹在外表上讨人喜欢的、在社会上能赋予一定价值的一切德行欣欣向荣的同时，一切放荡不羁的行为也在大行其道，与华丽的外壳沆瀣一气的一切罪恶横行一时。”几乎在艺术蓬勃发展、情趣起支配作用的任何时期里，人们都会发觉人类堕落了，能够证明一个民族的高度的、普遍的美学文化与政治自由和市民道德齐头并进、优美的习俗与良好的习俗、行为的文雅与行为的真实携手同行的例子一个也找不到，这必然是会引起深思的。

在雅典和斯巴达仍然坚持其独立、对法则的尊重仍为其宪法的基础的时期，情趣仍不成熟，艺术仍处于孩提阶段，还远远谈不上美支配心灵。诗的艺术虽已展翅高飞，但只是借助于天才的翅膀，我们知道，这种天才与蛮荒比邻而居，是一种喜欢在黑暗中闪烁的光线，因此与其说它证明了其时代的情趣的存在，倒不如说对此提供了反证。在伯里克利① 和亚历山大大帝② 的统治下艺术的黄金时代到来、情趣的一统天下进一步扩展的时候，再也见不到

① 伯里克利(约前 495—前 429)，古代雅典政治家。前四四四年历任首席将军，十五年间成为雅典国家实际统治者。当政时被誉为“黄金时代”。

② 亚历山大大帝(前 356—前 323)，公元前三三六年起为马其顿国王。在他治下，镇压希腊，征服埃及和波斯，南下印度，在东起印度河，西至尼罗河与巴尔干半岛的领域内建立起亚历山大帝国。

希腊的力量和自由了:雄辩的口才伪造了真理,在苏格拉底这样的人嘴里辱没了智慧,在富基昂[①] 这样的人的一生中轻侮了德行。我们知道,在我们见到希腊的艺术战胜罗马人性格的严酷之前,罗马人首先必须在数次内战中耗尽力量,在被东方式的奢靡淫逸淘空身体后,屈服于一位幸运的君主的奴役之下。就连阿拉伯人,也只有在自己的战斗精神在阿拔斯王朝[②] 的统治下精力衰微的时候,他们才见到文化的曙光。到辉煌的伦巴第联盟分裂、佛罗伦萨被美第奇家族[③] 征服、在所有那些勇气十足的城市里独立精神都让位给一种屈辱的投降之后,艺术才在新意大利出现。几乎无须再提及新国家的例子了,它们随着其独立的终结,其文明化在同一程度上增长。在旧世界里,凡我们目之所及,随处可见情趣和自由相互回避,而美的统治只以英雄品德的没落为基础。

但通常用来换取美学文化的性格力量,正是人内在的一切伟大而卓越的东西的最有效的发条,缺少了它,任何别的、哪怕是多么巨大的长处都是无法取代的。因此,如果一个人只遵循过去的经验有关美的影响的一切教导,他事实上就不会有很高的兴致去培养如此危及人的真正文化的感情;他就宁愿冒粗野和严酷的危险,让美的软化力量付之阙如,尽管文明化有多种多样的好处,也不想眼看自己处于美的令人软弱无力的影响之下。但经验或许不是裁决这么一个问题的法官,在其证词获得重视之前,下列事实先

---

① 富基昂(前402—前317),雅典统帅,为人正直,于公元前三一八年被判处死刑。

② 阿拔斯王朝,阿拉伯帝国的王朝,即黑衣大食的王朝。七五〇年阿布尔·阿拔斯(约721—754)推翻倭马亚王朝而建立。首都巴格达。最盛时,横跨欧、亚、非三洲。一〇五五年,被塞尔柱突厥人推翻。

③ 美第奇家族,中世纪意大利佛罗伦萨的著名家族。一四三四年至一七三七年间统治佛罗伦萨,十五世纪开设欧洲最大的银行之一。该家族提倡文艺。佛罗伦萨是意大利文艺复兴的中心之一。

得确定无疑:我们所讨论的和用那些例子进行反证的是同一种美。但这似乎要以美的一个概念为前提,此概念并非源于经验,因通过此概念应能认识在经验中称为美的东西是否配得上这个名称。

因为美的纯理性概念* 不可能取自任何实际的案例,反倒可以说,它先纠正并指引我们对任何实际案例的裁决,所以,如要阐明此概念,就必须循抽象的途径去探索,并从感性兼理性的天性的可能性中就能推导出来;一言以蔽之:美作为人类的一个不可或缺的条件必然是可以阐明的。这就是说,从现在起我们就得把自己提升为人类的纯概念,而由于经验只让我们见到个别人的个别情况,但从不显示出人类的样子,所以我们必须从其个别的、可变的表现形式出发,设法找出绝对的、历久不变的东西,通过摈弃一切偶然的限制努力掌握其生存的必要条件。虽则这条超验的道路在一段时间内会让我们脱离亲密的现象系列,离开事物的生动现实,停留在抽象概念的赤裸裸的地带里,——但我们力求建立的正是一个无法动摇的、坚实的认识基础,而谁要是不敢超越现实,就永远无法占有真理。

第十一封信

如果抽象化上升到它总是能上升的那个高度，就会得出两个最后的概念，到了这一步它就得停止脚步，确认边界。它把人身上保持不变的部分和不断变化的部分区别开来。它称保持不变的部分为人的人格，称不断变化的部分为人的状态。

人格和状态——本身和他的特性——在必然之物*里，我们把它们想像为同一种东西，在最终之物里，它们永远是两个不同的东西。在人格坚持不变的情况下，状态发生变化，无论状态如何变化，人格坚持不变。我们从静到动，从内心激动到无动于衷，从协调一致到相互矛盾，但我们却始终存在，而直接发源于我们的东西不变。只是在绝对的主体里，人的一切特性才与个性*一道保持不变，因为特性源于个性。一切属于神的东西之所以属于神，是因为神常在；神性因而整个儿都追求永恒，因为它是永恒的。

由于在人这个有限物的身上人格和状态不同，所以状态既不能建立在人格的基础上，人格也不能建立在状态的基础上。假如后一种情况成立，则人格必然变化，假如前一种情况成立，状态必然保持不变；这就是说，无论如何必然要停止的，要么是个性，要么是有限性。并不是由于我们思考、要求、感受，我们才存在；并不是因为我们存在，我们才思考、要求、感受。我们存在，是因为我们存在；*我们感受、思考、要求，是因为在我们之外还存在别的东西。

因此，人格必然是他自己的基础，因为保持不变的东西不可能出自变化;这么一来,我们就可能首先有了绝对的、建立在自身之上的存在的观念,亦即自由。状态必须有一个基础;由于它不是通过人格而存在的,也就是说,它不是绝对的,所以它必须随后出现;这么一来,我们其次就可能有了一切从属性的存在或发展变化的条件,即时间。“时间是一切发展变化的条件”这个句子在意义上并无二致,它的意思不过是:“结果是某事物随后出现的条件。”

在永远保持不变的自我中、也只有在这个自我中显露出来的人,在时间上不可能发展变化、不可能开始,因为正好相反,时间必然在人身上开始,因为一种坚持不变的东西必然是变化的基础。如果该有变化,某种事物就必须发生变化;因此,这一事物本身不可能就是变化。在我们说花开花谢时,我们让花成为这一变化中的不变因素,仿佛把它比作一个人,在这个人的身上显示出这两种状态。人首先要发展变化,并不是什么反对的理由,因为人并不仅仅是一般的个人,而是处于一定状态中的个人。可是一切状态、一切一定的存在产生于时间之中,因此,人这一现象必然有个开端,虽则他身上的纯智是永恒的。如果没有时间,也就是说,如果不发展变化成为这一现象,他就永远也不会成为一定的东西;他的个性尽管存在于素质中,但这并非事实上的存在。坚持不变的自我本身只有通过其想像的结果才会出现。

因此,人首先必须感受活动的对象或最高智慧从它自身汲取出来的现实,确切地说,人感受它时,把它作为在空间中存在于其身外的某种东西,作为在感知过程中在时间上在他内心里变化着的某种东西。这种在他内心里不断变化的物质伴随着其从不变化的自我,——在一切变化中,他自己保持恒久不变,使一切感知成为经验,亦即认识的统一体,并使他在时间上的任何表现形式成为永恒的法则,这是通过其合乎理性的天性给他做出的规定。人变化着,只有这样,他才存在;他保持不变,只有这样,存在的才是他。

人，假设他处于其完美状态中，便会因而成为在变化的浪潮中永远不变的坚定不移的统一体。

虽然现在不能成为一种无限之物，成为一种天神，但必须把这样的一种倾向称为神的倾向，这种倾向就是让神的最根本的特征、即能力的绝对宣告（一切可能事物的真实性）和出现的绝对统一（一切真实事物的必然性）成为其永无止境的任务。神的素质无可争议地存在于人的个性中；通向神的道路——要是能把永远无法到达目标的东西称为道路的话——在感官里已对人开启。

如果单独地、脱离一切感性材料来观察，人的个性不过是一种可能的、无限的表现的资质；只要人不进行观照，不感受，他仍然不过是形式，不过是虚无的能力罢了。如果单独地、脱离一切精神主动性来观察，人的感性只能使他（没有这种感性，他不过是形式而已）成为物质，但绝对无法把物质与他统一起来。只要他仅仅感受、仅仅渴望、仅仅因渴望而活动，那么，他还只是世界而已（要是我们把这个名称只理解为时间的无形内容的话）。虽然惟有他的感性使他的能力成为影响力，但惟有他的个性才使得他的活动成为他的能力。这就是说，为了不仅仅作为世界，他必须让物质具有形式；为了不仅仅作为一种形式，他必须实现他内在的素质。如果他创造了时间，把变化与固定不变的东西、把世界的多样性与他的自我的永恒统一性对立起来，他就实现了形式；要是他重新取消了时间，在变化中坚持不变，让世界的多样性屈从于他的自我的统一性，他就使物质具有了形式。

对人的两种相反的要求由此而产生，即感性兼理性的天性的两条基本法则。第一条要求的是绝对的现实：他应使得一切仅仅是形式的东西成为世界，而显示出他所有的素质；第二条则要求绝对的表面形式：他应该消灭一切他所固有的仅仅是世界的东西，使他的一切变化协调一致;换言之,他应该将一切内在的东西外化,使一切外在之物成形。如果我们设想这两个任务均能至善至美地完成,那就回到了我的起点,即神的概念。

第十二封信

实现我们身内的必然之物,并让我们身外的实在之物服从必然性法则,这一双重任务是两种相反的力量迫使我们去完成的,由于这两种力量驱使我们去实现它们各自的目标,人们非常确切地称之为内在驱动力*。其中第一种驱动力我想称为感性驱动力*,它来源于人的肉体存在或人的感官天性,它的任务是把人置于时间的限制内,并使他成为物质*:不是把物质给他*,因为要做这件事就需要人的一种自由活动,这种活动接受物质,并将物质与自己(即坚持不变者)区别开来。但物质在这里不过是用以填充时间的变化或现实而已;因此,此驱动力要求变化,要求时间有一种内容。仅仅填满了的时间的这一状态叫做感受,肉体的存在惟有通过它才得以向外宣告。

由于时间中的一切都是有先有后的,所以通过某事物的存在就排除了其他一切。在奏响乐器上的一个音时,在所有能够产生的音中间只有这一个音成为现实;在人感受现实的时候,他的那些使命的全部无限的可能性就局限于这个惟一的存在形式上了。因此,凡在此动力惟一起作用的地方,就必然存在着最高的限制;人在这一状态下只是一个数值单位而已,时间中填充了内容的一个瞬间——或更确切地说,他并不存在,因为只要感受支配着他,时间拖带着他前进，在此期间他的个性就不复存在。①

人在哪里处于有限的状态之中，哪里就是这一内在驱动力的领域；由于一切形式只是在一种内容上表现出来，一切绝对的东西只是通过限制的中介表现出来，所以，人类的全部表现最后就固定在感性的内在驱动力上。虽然惟一唤醒并发挥人类天赋的是这种内在驱动力，但惟一使得人无法达到完美的也是这种动力。它以永不断裂的纽带把努力向上的精神固定在感性世界上，它呼唤抽象化，要抽象从最自由的进入无限境界的旅途中回到现时的界限之内。思想尽管可以一时离开这种内在驱动力，坚定的意志胜利地抗拒着它的要求；但受压制的天性却随即恢复它的权利，以坚持生存的现实性、坚持我们的一个认识内容，坚持我们的一个行动目标。

这些内在驱动力中的第二种可称为形式内在驱动力*，它源出于人的绝对存在或他的理性的天性，它竭力使人获得自由，将和谐注入人的不同表现形式之中，不论状态如何变化都保持他的人格不变。由于这么一来，人格作为绝对的、不可分割的统一体永不可能与自己发生矛盾，由于我们永远是我们，所以要求坚持个性的那种内在驱动力，除了它必须永远要求的东西外永不可能有别的要求；因此，它为未来永远做出的决定，就如同它为现在所做出的决定一样，它现在所要求的就是它永远要求的。因而这种动力总

① 语言对于在感受支配下的这种无我状态有一个十分贴切的用语：außer sich sein（在自身之外），意即：在其自我之外。虽然此惯用语只用于感受导致心情激动、这一状态由于持续时间较长而更引人注意的场合，但任何人，只要他是在感受，就会无法控制自己。描写从这一状态回到心态平稳，有一个同样正确的说法：in sich gehen（进入自身），意即：回到自我，恢复自我。描写一个失去知觉的人，我们不说：er ist außer sich（他在自身之外），而是说：er ist von sich（他脱离自己），意即：他被夺走了他的自我，因为他的自我只是不在他的身上罢了。因而恢复了知觉的人不过是 bei sich（和自己在一起），这能很好地与 Außersichsein（在自身之外）的状态并列。——作者原注。

揽了整个时间序列,这等于是说:它取消了时间,它取消了变化;它要求真实的东西成为必然的、永恒的,而永恒的、必然的东西成为真实的;换句话说:它要求的是真理,是正义*。

如果说第一种动力只构成个别事例,那么,第二种动力则制定法则,——若涉及认识,该法则就适用于任何判断,若涉及行为,这些法则则适用于任何意志。不论是我们认识一个对象,认定我们的主体的一种状态具有客观的有效性,还是我们因认识而行动,使客观的东西成为确定我们状态的尺度,——在这两种情况下,我们都决不让这一状态攥在时间审判权的手心里,承认它对于一切人和一切时间都是真实的,也就是说,都具有普遍性和必然性。感觉只能说:这对于这一主体和这一时刻而言是真实的,但在可能出现另一时刻、另一主体时,它就收回了当前感觉的说法。但如果思想一言既出*:这就是说,它就这样做出了一个永远不变的决定,它的言辞的有效性就得到了抵制一切变化的个体本身的保证。倾向只能说:这对于你个人和你目前的需要是有利的,但变化将带着你个人和你目前的需要飞奔而去,使得你此时热切盼望的东西成了你厌恶的对象。但如果道德感说:应该如此,它就永远如此决定了——如果你因它是真理而公开声明信奉它,如果你因它是正义而实行它,这样你就把个别的例子定为适用于一切情况的法则了,把你生命中的一瞬间当作永恒来对待了。

所以,凡形式的内在驱动力支配一切、纯客体在我们身上发挥作用的地方,存在就会有最大的扩展,一切限制就会消失,人就会从受贫乏的感官所限的一个数值单位上升为囊括整个现象领域的一个观念单位。在此运作过程中,我们不再处于时间之中,而时间连同其整个永无止境的系列却处于我们之中。我们不再是个体,而是种群;一切理智的判断都由我们的判断表达出来,一切心灵的抉择均由我们的行动来代表。

第十三封信

初看上去，似乎没有什么比这两种内在驱动力的倾向更为针锋相对的了，因为一个坚持变化，而另一个坚持不变。但正是这两种内在驱动力把人类的概念囊括殆尽，而能在二者之间起调和作用的第三种基本内在驱动力简直是一个无法想像的概念。人的天性的统一体似乎被这种本原的、极端的对立完全取消，我们将如何恢复它呢？

诚然，这两种倾向是相互矛盾的，但应该注意的是，这种矛盾不是发生在同一客体里，既然彼此碰不到一块儿，也就不可能发生冲突。感性的内在驱动力虽要求变化，但它并不要求这种变化也延伸至个人及其领域，并不要求发生原则的更迭。形式的内在驱动力坚持统一和不变——但它并不要求随着个人的固定，状态也固定下来，并不要求感受的同一。这就是说，这两种动力在本性上并非彼此对立的，如果它们表现如此，那是由于它们随心所欲地乖违自然才成了这个样子，因为它们彼此发生了误解，混淆了它们的范围①。监管这些范围、并保持两种内在驱动力中任何一方的边界都不受侵犯，这是文化的任务，它承担着让双方享受同样的公正的义务，不仅在感性的内在驱动力面前亦应坚持理性的内在驱动力，而且在后者面前亦应坚持前者。它的任务是双重的：首先，维护感性认识免受自由的侵入；第二，维护个性以对抗感受的力量。通过培养感觉能力以达到前一目标，通过培养理性能力以达到后一目标。由于世界是时间上一种延伸的东西,是一种变化,所以使人与世界保持联系的那种能力的完美性将必然是尽可能大的可变性和广度。由于人是变化中的不变因素,所以对抗变化的能力的完美性将必然是尽可能大的独立性和强度。敏感性形成得越具有多面性,它越是机动灵活,它给现象提供的活动场所越是广阔,人所掌握的世界就越大,他身上得以发展的天赋就越多;个体获得的力量和深度越大,理性赢得的自由越多,人就越发理解世界,在他身外所创造的形式就越多。因此,人的文化就在于:首先,给感受能力创造最多种多样的接触世界的机会,而在感觉方面则对消极性进行最高程度的驱动;第二,让确定能力从感受能力那儿获得最高的独立性,而在理性方面则对积极性作最高程度的驱动。凡

① 人们一旦坚持认为在这两种内在驱动力之间存在着一种原本的、因而是必然的对立,当然就没有别的办法维护人内心的统一了,只有让感性的内在驱动力绝对服从理性的内在驱动力之一途了。但从中只能产生千篇一律,而不能产生和谐,而人却仍然永远处于分裂状态中。从属关系必然存在,但这种关系是相互的:因为虽然限制从来不会建立什么绝对的东西,也就是说,自由从来就不可能从属于时间,但同样肯定的是,绝对的东西绝不可能通过它自己建立限制,时间中的状态不可能依存于自由。这就是说,这两个原则之间既有从属关系,又有协调关系,亦即它们处于相互影响的关系之中:没有形式就没有内容,没有内容也就没有形式。[关于这一相互影响的概念及其全部重要性,在费希特所著《全部知识学的基础》(莱比锡 1794 版)一书中可见到十分出色的分析。]观念领域里的人究竟情况如何,我们自然不知道;但我们肯定知道,人若不接受内容,在时间领域里就无法显示;因此,在这一领域里,内容不仅在形式之下、而且也与形式一道、并不依赖于形式而有某种决定权。感情在理性领域内没有决定权,这是必要的,理性在感情领域里不擅自要求决定权,同样是必要的。只要划给二者的每一方一个地域,就把另外一方排除在外了,并给每方划定了一条界限,如越过这条界限,只会对双方都不利。在一种超验哲学中,一切取决于使形式摆脱内容的束缚,保持必然的事物免受一切偶然性的干扰。在这一哲学中,人们很容易习惯于把物质仅仅想像为一种障碍,而把感性——由于它正好在这一活动过程中构成一种障碍——想像为与理性处于必然的矛盾之中的一种因素。这样的一种想像方式虽然全不符合康德哲学体系的精神,但在其字面上却可能是与之相符的。——作者原注。

在两种特性统一的地方，人就会将最高程度的独立性和自由与最丰富的存在结合起来，他面对世界自己不会丧失什么，反而会把世界及其无边无涯的现象吸引进来，使之服从于他的理性的统一体。

这么一来，人就能把这种关系颠倒过来，从而使得他在两方面名实不符。他能把主动的力量所需的强度放在被动的力量上，借助于物质内在驱动力抢在形式的内在驱动力的前面，而使接受的能力成为确定的能力。他能将被动力量应有的广度给予主动力量，借助于形式的内在驱动力抢在物质的内在驱动力的前面，并把感受的能力变成确定的能力。他能把本该属于被动力量的广度分配给主动力量，借助于形式动力抢在物质动力前头，硬说感受的能力具有确定的能力。在第一种情况下，他永远不会成为他自己，在第二种情况下，他永远不会是别的什么，正因如此，在这两种情况下，他二者都不是，因此——他等于零*。①这就是说，如果感性的内在驱动力起决定性作用，感官是法则制定者，世界压制个人，那么，随着它日益成为一种权力，它就不再在同一程度上充当客体。人一旦不过是时间的内容，他就不复存在，因此也就没有内容。随

① 一种占据优势地位的感性对我们的思想和行动所产生的恶劣影响是显而易见的；一种占优势地位的理性对我们的认识和行为所产生的不利影响，虽同样时有发生并同样重要，但并非那么显而易见。因此，请允许我从有关的大量例子中只提出两个来，提醒大家注意，它们能够说明一种抢在直观和感受前面的思维力和意志力的危害性。

为什么我们的自然科学进步这么缓慢，最主要的原因之一显然是对于目的论判断的普遍的、几乎无法克服的偏爱，这些判断一旦用作解决问题的基础条件时，确定的能力就会强加在感受的能力上。大自然尽管可以那么强有力地、那么一而再、再而三地触动我们的感官，——对我们而言，大自然的多样性已丧失殆尽，因为我们在大自然中搜寻的只是我们过去放在它内部的那些东西，因为我们不允许大自然朝我们走进来，我们反而以急不可耐的、抢先手的理性努力对着大自然闯进去。如果后来在若干世纪内出现这么一个人，他以沉静的、纯洁的、开放的感官向大自然靠拢，并因此碰上一大堆我们在预防的过程中忽视了的现象，我们就会因这么多眼睛在光天化日之下竟然什么都未

着他的人不复存在,他的状态也就终止了,因为二者是可以相互转换的概念,——因为变化是一种坚持不变的东西,一种有限的现实要求一种无限的现实。如果形式的内在驱动力起着感受的作用,也就是说,思维力抢在感受的前头,个人硬把自己说成是属于世界的,那么,随着个人日益挤进客体的位置,个人就会在同一程度上停止充当独立的力量和主体,因为坚持不变的东西需要变化,而绝

① 看见而惊讶不置。在构成这种和谐的各种个别的音齐备之前,就匆忙地追求和谐,在思维力不一定有发言权的地方去进行这种思维力的暴力抢夺,这是如此之多为科学的美好前景奋斗的智囊劳而无功的原因,究竟是没有形式的感性,还是不指望有任何内容的理性对我们知识的扩展造成了更大的损害,这很难说。同样难以确定的或许是,我们在实际上施行的博爱之所以受到干扰、之所以冷却,是由于我们欲望的强烈、还是更由于我们原则的死硬,是由于我们的感官的自私、还是更由于我们的理性的自私。为了使我们成为富有同情心的、乐于助人的、积极肯干的人,感情和性格必须结合起来,同样,为了给我们创造经验,感官的开放和理智的潜力必须相辅相成。如果我们缺乏忠诚地、真实地吸收他人天性的能力,体会别人处境的能力,把人家的感情变成我们自己的感情的能力,不管生活准则如何值得赞许,我们又怎么能够公平地、与人为善地、富有人情味地对待他人呢?可是这种能力在人家给我们的教育以及我们的自我教育中所受到压制的程度,与人们试图摧毁欲望的威力和依靠原则巩固性格的程度相同。因为在感情极其活跃的情况下保持对其原则的忠诚要克服许多困难,所以人们采取了比较方便的办法,让感情变得迟钝从而维护性格:因为在一个解除了武装的对手面前获得安宁,比控制一个勇气十足、精力充沛的敌人自然要容易得多了。这一运作过程大部分也是人们称之为对人进行重组的工作,而且在这里,这个词是用在最好的意义上,那意思就是对人的内心、而不仅是对人的外表进行加工。一个经过这样重组的人自然不会性情粗暴,也不会有这样的表现;但他同时也披上了原则的铠甲,具有对付自然的一切感受的能力,而人性不管是从外部还是从内部都奈何他不得。

在评判他人时,在应该为他人发挥作用的情况下,极其严格地以完美的理想为基础,那就是对这种理想的一种很有害的滥用。前一种情况会导致狂热,后一种情况则会引向严酷和无情。要是有人把需要我们帮助的实际存在的人在思想里硬是视为也许能自助的合乎理想的人,他自然就把他的社会义务看得无比容易了。对自己的严格,与对别人的柔和相结合,就会形成真正卓越的性格。但在大多数情况下,对别人柔和者对自己也柔和,而对自己严格者对别人也严格;对自己柔和而对别人严格是最可鄙的性格。——作者原注。

对的现实为了宣告自己的存在则要求限制。一旦人仅仅是形式，他就没有形式了，因而人也就随状态而消亡。简言之：只有在他独立的情况下，现实才在他的身外，他才能感受一切；只有当他具有感受力时，现实才在他的身内，他才是一种思维力。

因此，两种内在驱动力都需要限制，只要把它们设想为能量，也都需要放松。前一种内在驱动力需要的是，不闯入制定法则的领域，后一种内在驱动力需要的是，不闯入感受的领域。可是感性的内在驱动力的那种放松切不可是一种身体上的无能和感受力的迟钝所造成的，这应到处受到蔑视。感性的内在驱动力必须是自由的一种行动和个人的一种活动，它以其精神的强度节制那种感性的强度，并借助于对印象的控制削减其深度，以扩大其广度。性格必须确定气质的界限，因为感性只能让位给理智。形式的内在驱动力的那种放松同样不可以是因受一种精神上的无能和思考力及意志力的一种疲沓的影响而产生的，这会贬低人类。感受的丰富多彩必须是它的光辉的源泉；感性自身必须以所向披靡的力量在其领域内坚守阵地，抗拒理智常欲以其先发制人的活动对它施加的暴力。一言以蔽之：个性必须对物质的内在驱动力进行应有的限制，而敏感性或天性则应把形式的内在驱动力控制在其应有的限制之内。

第十四封信

现在,我们逐渐讨论到两个内在驱动力之间的这样一种相互影响的概念,在这里,两个动力的效果既互为基础,又相互限制,一方之所以能在最高程度上显示自身,正是由于另一方在活动。

这两个内在驱动力的这种相互关系仅仅是理性的一项任务,人在他的存在达到完美阶段时才能完全解决它。在最根本的意义上,这是他的人类观念*,因而是他在时间的进程中不断接近、却永远无法达到的一个无穷无尽的目标。"他不应以其现实为代价去追求形式,也不应以形式为代价去追求现实;他倒是应该通过一种确定的存在去寻求绝对的存在,通过一种无穷无尽的存在去寻求确定的存在。因为他是人,所以他该面对一个世界,也因为面对着他的是一个世界,他就应该是人。因为他有意识,所以他应能感受,也因为他能感受,所以他应有意识。"*——只要他仅仅能满足这两种内在驱动力之一或仅仅能一个接一个地满足它们,他就永远无法获知他是真正符合这一思想的人,因而也就是真正意义上的人:因为只要他仅仅能感受,对他来说,他的个人或他的绝对存在就始终是个秘密,只要他仅仅能思考,对他来说,他在时间上的存在或他的状态也始终是个秘密。但假使出现这样的情况:他同时有这种双重的体验,他既意识到他的自由,同时又感受到他的存在,他既感到自己是物质,同时又认识到自己是精神,那么,在这种情况下,也只有在这种情况下,他才会有对他作为人的一种完整的直观*,而让他获得这种直观的东西就会成为他已实现的目标的一个象征,因而(因为此目标只能在时间的整体中达到)成为对无限境界的一种表现。

假使这些情况能出现在实际体验中,它们就会在他内心唤起一种新的内在驱动力,正由于那两种内在驱动力在他身上所起的共同作用而与它们中的每一方(个别观之)都针锋相对,所以它理所当然地被视为一种新的内在驱动力。感性的内在驱动力要求有变化,要求时间有一个内容;形式的内在驱动力要求取消时间,要求不发生变化。在另外一个内在驱动力里,二者相互结合起来发挥作用。在我为这种命名找到充分理由之前,容我姑且称它为游戏内在驱动力吧*。也就是说,这种游戏内在驱动力所针对的方向是取消时间中的时间,并使变化与绝对存在、变化与同一性协调一致。

感性的内在驱动力要求被确定下来,它要求接受它的客体;形式的内在驱动力要求自己能确定一切,它要求创造其客体;游戏的内在驱动力的努力方向则是:它本身是怎么进行创造的,就怎么去接受,感官是怎么设法去接受的,就怎么去创造*。

感性的内在驱动力从它的主体中把一切主动性和自由排除出去,形式的内在驱动力则从它的主体中把一切依赖性和被动性排除出去。但将自由排除在外是物质上的必要,而把被动性排除在外则是精神上的必要。这就是说,两种内在驱动力都在强迫心灵,前者靠自然法则进行强迫,后者则靠理性法则进行强迫。二者在其中共同起作用的游戏的内在驱动力将在精神上和物质上同时对心灵施行强迫;因为它取消一切偶然性,所以它取消一切强迫,而且既在物质上、也在精神上把人解放出来。如果我们热情地拥抱我们本应鄙视的一个人,我们就会痛苦地感到自然的强迫。如果我们对我们不得不肃然起敬的另一个人心怀敌意,我们就会痛苦地感到理性的强迫。但如果一个人一旦引起了我们的好感，同时又获得了我们的尊敬，感觉的强迫和理性的强迫就都消失了，于是我们就开始爱这个人，也就是说，开始同时与我们的爱好和我们的尊敬做起游戏来。

通过感性的内在驱动力在物质上、形式的内在驱动力在精神上继续对我们施行强迫，前者就偶然地让我们的形式性质保留下来，后者则让我们的物质性质保留下来，这就是说，究竟我们的幸福是否会与我们的完美相吻合，或后者是否会与前者相吻合，都是偶然的。也就是说，二者共同起作用于其中的游戏内在驱动力将同时使我们的形式上和物质上的特性、同时使我们的完美和我们的幸福成为偶然；正因为它使二者成为偶然，也因为偶然性与必然性一道消失，所以它才重新取消二者中的偶然性，从而将形式注入物质之中、将真实注入形式之中。随着它把感受和一时冲动所产生的强有力的影响减低，它就会在同等程度上把它们与理性的思想协调起来，而随着它降低理性法则的精神强迫，它就会在同等程度上让它们与感官的兴趣协调起来。*

第十五封信

沿着一条兴味索然的小道，我带着您走向一个目标，现在我离它越来越近了。要是您耐心一点，随我往前再走几步，我们的视野将更加开阔，一幅更令人鼓舞的前景或许会回报行路的艰辛。

感性的内在驱动力的对象，用一个一般性的概念来表达，在最广泛的意义上叫做生命；这个概念的意义是感官中的一切物质存在和一切直接现实。形式的内在驱动力的对象，用一个一般性的概念来表达，在本意上和非本意上叫做形象；这个概念囊括了事物的一切形式特性和事物对于思考力的一切关系。游戏内在驱动力的对象，如果设想它处于一种普遍的格式*中，可以叫做活的形象；这一概念可用来称呼现象的一切美学特性，简而言之，表示一切在最广泛的意义上被称为美的东西。

借助于上述解释(假如这是一个解释的话)，美既没有延伸到生物的整个领域，也没有仅仅局限于这一领域之内。一块大理石虽无生命、也永无生命，但经建筑师和雕塑家之手仍能成为栩栩如生的形象；一个人虽然活着，也有形象，却因此还远远不是一个活生生的形象。这需要他的形象是生命，他的生命是形象。只要我们仅仅在思考他的形象，它就是没有生命的，只是一种抽象；只要我们仅仅在感觉他的生命，它就是没有形象的，只是一种感觉。只有当他的形式活在我们的感受中、他的生命在我们的理智中逐渐成形的时候，他才成为活的形象，而凡在我们把他评判为美的地方，情况一概如此。

但是，单凭我们知道哪些成分结合起来才产生美，美的产生问题还远未获得解释；因为这就要求我们理解这种结合本身，而这种结合正如有限和无限之间的一切相互影响一样，对我们而言，仍然未经研究。理性出于超验论的原因提出了这样的要求：在形式的内在驱动力和物质的内在驱动力之间应该有一个共同体，亦即游戏的内在驱动力，因为只有现实与形式、偶然性与必然性、被动与自由的统一才能完成人的概念。理性必须提出这一要求，因为它是理性——因为它按其本质要求达到完美，要求清除一切障碍，而这个或那个动力的任何排他性行为却让人类天性无法臻于完美，二者都要在人类天性中设置障碍。理性一旦宣称：应该存在一种人类，它就从而建立了一条法则：应该有一种美。是否存在着一种美，经验能回答我们，经验一旦教导我们，我们就会知道人性是否存在。但是，如何能产生一种美，如何能产生一种人性，理性和经验都无法给我们任何启示。

我们知道，人既非纯属物质，亦非纯属精神。作为人性的完满境界的美因而既非纯属生命（如过分精确地以经验的证明为准绳的目光敏锐的观察家所声称的那样，时代的情趣也喜欢这样贬低美）；也不可能纯粹是形象（如过分远离经验的空想智者和对此作解释时过分让艺术的需要牵着鼻子走的进行哲学思考的艺术家们所判断的那样）①；美是两个内在驱动力的共同对象，亦即游戏的

---

① 伯克在所著《对我们关于崇高和美这两个概念的根源的哲学研究》一书中认定美为纯粹的生命。就我所知，曾就此主题坦陈其观点的任何教条派信徒＊都认定美为纯粹的形象：在艺术家中间，拉法厄尔·孟斯在他就绘画的风格所作的思考中就是这样；不用提及他人。与在所有文章里一样，在此篇中批判的哲学也开拓了将经验追根溯源到原则、将空想追根溯源到经验的道路。——作者原注。

伯克（1729—1797），英国政论家和美学家。在美学上集英国经验派美学思想之大成。

拉法埃尔·孟斯（1728—1779），德国画家，艺术理论家。与温克尔曼共同开拓德国绘画界的古典主义。他的《关于美和绘画中的情趣的思考》一文受到歌德称许，其油画《帕耳那索斯山》获温克尔曼和歌德的赞赏。

内在驱动力的对象。语言的习惯用法完全认可了这个名称,它习惯把游戏一词用于主观上及客观上均非偶然、在外表上和内心里均不实施强迫的一切。由于心灵在对美进行直观时处于法则和需要之间的一个恰到好处的中点上,所以正因它在二者之间一分为二而摆脱了双方的强迫。对物质的内在驱动力和形式的内在驱动力而言,它们的要求都是认真的*,因为在认识的过程中,一方涉及事物的真实性,而另一方则涉及事物的必然性;因为在行动的过程中,前者的目标是保存生命,后者则意在维护尊严,因此二者都以真理和完美为目的。随着尊严的介入,生命就日益显得无关痛痒了,一旦偏爱产生了吸引力,义务就再也无法强迫了;同样,一旦物质的真理与形式的真理、与必然性法则相遇,心灵就会较自由地、较安静地接受事物的现实、亦即物质的真理,而一旦直接的观察能伴随抽象化,心灵就再也不会因抽象化而感到紧张。简言之,当心情与观念相结合时,一切真实的东西就会失去其严肃性,因为它会逐渐缩小;当心情与感受相遇时,一切必然的东西也会失去其严肃性,因为它逐渐变得轻松了。

您或许早就忍不住要反驳我了:但是,美不会因为沦为纯粹的游戏而遭到贬低、因而等同于那些一向占有此名的一文不值的东西吗?美本来被视为一种文化的工具,把美局限为一种纯粹的游戏岂不是有悖于美的理性概念和尊严吗?游戏能与一切情趣的排除一道存在,把游戏局限于美,岂不是有悖于美的经验概念吗?

但是,我们既然知道,在人的一切状态中,正是游戏、而且惟有游戏才使得他十全十美,一下子把他的双重天性发挥出来,那么,何谓一种纯粹的游戏呢?您按自己对事物的想像称之为局限的东西,我按我对事物的想像(我有证据证明其正确性)称之为扩展。因此,我不如反过来说:人对愉快的东西、对好的东西、对完美的东西只会采取严肃的态度;但对美却采取游戏的态度*。自然,我们在这里不可以想到在实际生活中正在进行的、通常只涉及物质性很高的对象的那些游戏;但在真实生活中我们遍觅此处谈及的美,也是白费气力。真实存在的美是无愧于真实存在的游戏的内在驱动力的;但由于理性所树立起来的美的理想,游戏的内在驱动力的一种理想也被放弃了,这种理想是人在其所有游戏中都应念念不忘的*。

沿着人满足其游戏内在驱动力的同一道路去探寻他的美的理想,是永远都不会迷失方向的。要是希腊部族在奥林匹克竞技场上高兴地观赏比力量、比速度、比机敏的不流血竞赛以及才智之士更为高尚的比赛,要是罗马人目睹一个被刺倒在地的斗剑武士或他的利比亚的对手即狮子的殊死战斗而大饱眼福,看这一个回合便会叫我们明白,我们何以不在罗马,而是要去希腊寻访爱和美的女神维纳斯、最高希腊女神朱诺、光明和艺术之神阿波罗的理想形象①。于是理性发言了:由于美给人规定绝对形式和绝对现实的双重法则,美的东西因而不该仅仅是生命,不该仅仅是形象,而应该是活的形象,也就是说,应该是美。因此理性说出了这句箴言*:人与美应该只进行游戏,人应该只与美进行游戏。

因为,一言以蔽之,人只有在他是十足意义上的人时才进行游戏,只有在他游戏时,他才完全是个人。这句话在这个时刻听起来也许显得自相矛盾,但当我们有一天把它应用于义务和命运的双重严肃场合时,它就具有一种伟大而深刻的意义。我向您保证,这句话将肩负起美学艺术和更加艰难的生活艺术的整座大厦。但这

① 让我们还是继续谈新世界吧:如果对伦敦的赛马、马德里的斗牛、过去巴黎的戏剧*、威尼斯的游船竞渡、维也纳的野兽追猎以及罗马的彩车巡游的欢乐而华丽的场面作一对比,就不难把这些不同的民族的审美观微妙地区别开来。但是,在这些不同国家的民间游戏中显示出来的千篇一律的程度要远远低于同样这些国家里的上层社会中的游戏,这是容易解释的。——作者原注。

句话也只有在科学领域里才是出乎意料的;它早已存在于艺术之中,存在于希腊人的感情*、其最卓越的大师的感情之中,并在那里发挥作用了;他们只是把本该在人间实现的事情搬上诸神住所奥林波斯山而已。他们在这句话的真理引导下,从无比幸福的诸神的额头上既清除了使得凡人的面颊布满皱纹的严肃和劳作,又抹掉了使得毫无表情的面孔舒展开来的无聊的欢乐,让永恒的踌躇满志者摆脱一切目的、一切义务、一切忧虑的枷锁,使得闲庭信步和对一切都无所谓*成为神界令人羡慕的命运:这不过是用以称呼最自由、最崇高的存在的一个较为符合人性的名字罢了。自然法则的物质强迫也好,道德法则的精神强迫也好,都在希腊人同时囊括两个世界的更高的必然性概念中消失,而从那两种必然性的统一中,才产生出希腊人真正的自由。在这种精神的鼓舞之下,希腊人从其理想的面容上既不显露偏爱,同时也抹掉了意志的一切痕迹,或说得更明白一些,它们把二者弄得面目全非,叫人无法辨认,因为它们善于将二者最亲密地联系在一起。从朱诺·路多维奇*[①]的庄严优美的面孔上对我们表露的既非优雅,亦非尊严;二者皆非,因为二者皆是。在这位女神要求我们祈祷的同时,这位神女燃起了我们的爱;但在我们沉醉于上天的妩媚而销魂之际,上天的自满自足感却吓得我们望而却步。整个形象存于自身,那是一件完美无缺的作品,仿佛它位于太空的彼岸,既不退让,也不抵抗;这里没有与众力抗争的力量,没有尘世能够侵入的弱点。受到前者不可抗拒的感动和吸引,为后者拒之于远方,我们同时处于最高度的静态和最高度的动态之中,于是出现了那种奇妙的感动情景,理智无法予以概括,语言无以名之。

① 指罗马的朱诺雕像。朱诺是古罗马神话中的女神,大神朱庇特之妻,等于希腊神话中的赫拉。

第十六封信

我们目睹了美的事物产生于两种相反的内在驱动力的相互影响之中，产生于两种相反的原则的结合之中，美的最高理想应在现实和形式的尽可能完美的结合和平衡中去寻找。但这种平衡始终不过是现实永远无法完全达到的一种观念。在客观实际中只剩下一个要素对另一个要素的优势，而经验所取得的最高成果将是两个原则之间的一种动摇状态，其中时而现实、时而形式占上风。因此，观念中的美永远都只是一种不可分割的惟一的美，因为只可能有一种惟一的平衡；反之，经验中的美将永远是一种双重的美，因为在一种摇摆的情况下，能以双重方式即从这边和从那边失去平衡。

我在前边某一封信里*曾经谈过，从上文的因果关系中以严格的必然性也可推导出这样一个结论：我们从美里可以同时期望获得一个松弛作用和一个紧张作用——松弛的作用，是为了既将感性的内在驱动力、又将形式的内在驱动力控制在自己的界限之内；紧张的作用，是为了保持二者的力量。但是，按照观念，美的这两种作用其实只是一种而已。它该通过使两种天性同样紧张起来来达到松弛，它该通过同样使两种天性松弛来达到紧张。这一结论从一种相互作用的概念中就可以推导出来，依此概念，双方既相互决定，又相互被对方决定，它们最纯粹的产物便是美。但经验没有给我们提供一种如此完美的相互作用的任何实例，而是在这里，每时每刻,或多或少,失衡会产生一种缺陷,而缺陷又会产生一种失衡。因此,在理想美的事物里,只在想像中有所区别的东西,在经验美的领域里是不同的存在。理想美虽然是不可分割的,简单的,但在各方面都既表现出一种温柔的特性,又显示出一种刚强的特性;在经验中有一种柔和美和一种刚强美*。现在如此,而且在绝对的事物受时间限制、要在人类中实现理性观念的所有情况下也都会如此。沉思的人是思考德行、真理、幸福的;但行动的人将只实践德行,只掌握真理,只享受幸福的时光。将后者追根溯源到前者——以道德观取代习俗、以认识取代知识、以内心幸福取代幸运,这是物质教育和精神教育的任务;将美好的事物化为美则是美学教育的任务。

刚强美不能使人免受一定残余的野性和严酷的影响,同样,温柔美也不能防止人受到一定程度的软弱和筋疲力尽的影响。因为既然前者的影响在于既在肉体上也在精神上使得心灵紧张起来,并增长它的反应能力,因而发生下面的情况就再容易不过了:气质和性格的阻力降低了对于印象的敏感性,即使是较为柔和的人性也会遭受只有粗野的天性才该遭受的一种压迫,粗野的天性也分享到本该只有自由人才享受到的一种力量的增长;人们从而在力量和充裕的时代里见到了想像的真正宏伟与硕大无朋、荒诞无稽相结合,思想的崇高与最叫人毛骨悚然的激情迸发相结合的场面;人们因而将在规律和形式的时代里见到自然同样常常遭受压制和支配,同样常常受侮辱、被超过的情景。而且,由于温柔美的作用在于在精神上和肉体上放松心灵,因而也容易遇见下面的情形:随欲望的威力的消失,感情的能量也被扼杀,性格也蒙受本该只牵涉到激情的一种力量的降低;因而在所谓的文明时代里,人们常会见到柔和蜕变为软弱、广博蜕变为浅薄、正确蜕变为空虚、自由豁达蜕变为任性、轻松蜕变为轻浮、心境平和蜕变为无动于衷,也常会见到最可鄙的讽刺画成为最美好的人性的近邻。因此，对于处在物质或形式的逼迫下的人而言，柔和美是一种需要；因为在他开始能感受和谐和优雅之前，他早已为宏伟和力量所感动了。对处于情趣的宽容之下的人而言，刚强美是一种需要；因为处于文明状态中的他漫不经意地丢弃从蛮荒状态中带过来的那一股力量，实在是太高兴了。

我以为，这么一来，在人们对美的影响的评判以及对美学文化的评价中常见的那个矛盾*就获得了说明和解答。一想起经验中有一种双重的美，整个种类中的这两部分都声称每一部分只是各自以自己的特殊方式能证明的东西，这种矛盾就得到了解释。人们一旦把与那种双重的美相对应的人类的双重需要区别开来，这种矛盾就不复存在了。因此，只要这两部分一旦就它们所考虑的究竟是哪种美、是人类的哪种形式的问题达成了共识，它们大概就不会错了。

我因而在我研究的进程中将把自然在美学方面与人同行之路也视为我自己的路，把美从诸种美提升为美的总观念。我将在紧张的人身上检验柔和美的效果*，在松弛的人身上检验刚强美的效果，以便在理想美的统一体中除掉这两种相反的美，正如人类的那两种相反的形式在理想人的统一体中消亡一样。

第十七封信

只要关键仅仅在于从人的天性的概念中一般推导出美的普遍理念*来，只要这种状态持续一天，我们就一天只可想到那些直接建立在人的天性的本质之上的以及与有限性概念密不可分的限制，不可想到人的天性的任何其他限制。我们全不理会人的天性在实际现象中可能受到的偶然限制，我们直接从理性这个一切必然性的源泉中汲取人的天性的概念，因此有了人类的理想，美的理想同时也就产生了。

但我们现在走出观念领域，来到现实的舞台，为的是去会见处于一定状态之中、亦即处于限制之下的人，这些限制原本并非来源于一个纯粹的概念，而是来源于外部条件、来源于对人的自由权的一次偶然的应用。但不论人性的观念在他的身上可能受到多少局限，人性的纯粹的内容都告诉我们，总的说来，只可能发生两种相反的对人性的偏离。这就是说，如果人的完美存于他的感性力量和精神力量的协调一致的能量之中，他就只能要么因缺乏协调一致，要么因缺乏能量而无法达到完美。因此，在我们尚未听到有关经验的证据之前，我们仅仅凭理性就确切地预知，视情况之不同，要么，个别力量的单方面活动搞乱了他本质上的和谐，要么，他的天性的统一建立在他的感性的、精神的力量的一概疲惫无力的基础之上，我们会见到真实的、因而受到限制的人要么处在一种紧张的、要么处在一种松弛的状态中。应予证明的是，这两种相反的限制因美而被消除，美在紧张的人身上恢复了和谐，在松弛的人身上恢复了精力，并以此方式、按其天性，使受限制的状态回归到一种绝对的状态，使人成为一个自我完善的整体*。

因此，美在实际中决不否认我们在沉思里对它形成的概念；不过，与我们将它运用于人类的纯粹概念的情况相比，它的手脚所受的束缚在这里要多得多。在由经验树立起来的人身上，美找到了一种业已腐化变质的、带抗拒性质的材料，这种材料给美掺入了多少它的个体特性，它就从美那儿正好夺走多少理想的完美性。它(指美)因而在实际中到处都只以一种特殊的、受局限的变种的面目出现，从来不以纯粹的种类的面目出现。它将在心境紧张时放弃一些它的自由和多样性，在心境松弛时放弃一些它的振奋力。但是由于我们现在较为熟悉美的真实性格了，所以这种矛盾的现象就无法使我们迷失方向。我们根本不会与一大帮评判者一起根据个别的经验去确定美的概念，把人在美的影响下所表现出来的缺点归罪于美，我们知道，是人将他个体的有缺陷之处传染给了美，是人以他主观的局限性不断地阻碍着美走向完满、将美的绝对理想贬低为两种有限的表现形式。

据称，柔和美是为一种紧张的心灵服务的，刚强美则是为松弛的心灵服务的。但我把处于感受和概念双重压迫之下的人说成是紧张的。对他而言，他的两个基本动力的任何排他性统治都是一种压迫和暴力状态；而自由只存在于他的两种天性的共同作用之中。因此，受感觉单方面支配或在感性上处于紧张状态中的人通过形式得以放松而恢复自由；由法则单方面控制或在精神上处于紧张状态中的人则通过物质得以放松而恢复自由。为了完成这一双重任务，柔和美因而会以两种不同的形态出现。首先，它会以安静的形式让狂野的生活平静下来，开辟从感受过渡到思维的途径；其次，它将作为活生生的形象用感性的力量充实抽象的形式，让概念回归直观，让法则回归感情。第一项服务是提供给自然人的，第二项服务是提供给经过文化熏陶的人*的。但由于柔和美在这两种情况下都不能完全随心所欲地支配其材料，而是取决于此材料究竟是无形的自然、还是反自然的艺术给它提供的，所以它在这两种情况下都带有本原的痕迹，在前一种情况下较多地消失在物质生活里，在后一种情况下则较多地消失在纯粹的抽象形式*中。

美如何能成为一个消除那种双重紧张的手段，为了能对此获得一个概念，我们必须设法在人的心灵中去探寻其根源。因此，请您决定在沉思的领域里再停留片刻吧，然后就一去不复返，以更加稳健的步伐在经验的田野上继续阔步前进。

第十八封信

感性的人由美引导着走向形式和思维*；精神的人由美引导着回归物质，被重新还给感性世界。

由此似乎可以得出结论，在物质和形式之间、在被动和主动之间必然有一个中间状态*，而美则置我们于此中间状态之中。大多数人一旦开始思考美的影响，他们也就真正形成着这一美的概念，而一切经验都指明这一点。但在另一方面，没有什么比这样一个概念更为荒唐、更为自相矛盾的了，因为物质与形式、被动与主动、感受与思维之间的距离是无限的，简直是无法调和的。那么，我们如何消除这个矛盾呢？美在感受和思维这两种相互对立的状态之间进行联络，但在二者之间简直就没有中介的东西。前者的获得凭借经验，后者的获得直接依靠理性。

这正是整个美的问题最后要归结到的关键之点，如果我们能满意地解决这个问题，我们同时也就找到了引导我们穿过整个美学迷宫*的红线。

但在这里，两个截然不同的研究方式是关键，它们在这一研究中必须相互支持。这就是说，美将相互对立而决不可能合二为一的两种状态联系起来。我们必须从这一对立出发；我们必须认识并承认它及其全部的纯粹性和严格性，让这两种状态极其分明地区别开来；否则，我们就是在混合，而不是在统一。其次，这意味着，美将那两种对立的状态结合起来，从而消除了对立。但由于这两种状态永远是相互对立的,所以将二者结合起来的惟一途径是扬弃二者。因此,我们的第二项任务就是使得这种结合完美无缺,让这种结合实现得如此纯粹而完满,以至两种状态完全消失在第三种状态之中,在整体中不留下任何分割的痕迹;否则,我们就是在进行孤立化,而不是在统一。在哲学界曾风行一时、部分迄今仍流行不衰的关于美的概念的一切争论,其惟一的根源在于,要么此项研究并未以一种应有的严格区分为出发点,要么没有将研究一直进行到一种完全纯粹的统一。那些对此主题进行沉思时让感觉盲目牵着鼻子走的哲学家们无法得到美的概念,因为他们在感性印象的总体中不能把一个一个的东西区别开来。另外一些哲学家对于理智惟命是从,他们也永远无法得到美的概念,因为他们在感性印象的总体中只见到部分,对他们来说,精神和物质即使处在最完美的统一状态中也永远是分离的。第一种人害怕,如果他们要把感觉上结合在一起的东西割裂开来,就会将美作为生动有力的因素,亦即作为有生力量扬弃掉;第二种人则害怕,如果他们对理智上相互割裂的东西作一概括,就会将美在逻辑上,亦即作为概念扬弃掉。前一种人想完全按照美的作用去认识它;后一种人想完全按照认识中的美去让它发挥作用。这就是说,这两种人都必定会与真理擦肩而过,前一种人是因其有限的思考力对无限的自然亦步亦趋;后一种人则是因为他们想按照其思想法则去限制无限的自然。第一种人害怕以一种过分严格的剖析夺走了美的自由;另外那类哲学家则害怕以一种过分大胆的联合破坏了美的概念的确定性。可是,前者没有考虑到,自由——他们理所当然地把美的本质归结为自由——并非漫无法则,而是各种法则的和谐,并非为所欲为,而是最高的内在必然性;后者则没有考虑到,他们同样理所当然地要求美具有的确定性并不在于对某些客观现实的排斥,而在于对一切的绝对包容,因而它并非限制,而是无限。如果我们从美在理智面前分成的两个要素出发,然后把我们也提升为纯粹的美学统一体——美通过此统一体施加影响于感觉,而那两种状态则完全消失于其中——,我们就会避开让这两部分人遭灭顶之灾的礁石。①

① 细心的读者看了这里所作的对比便会发现,对感受的证明比对理性思维更加重视的信奉感觉论的美学家＊在事实上离真理比他们的对手要近得多,虽则他们在理性上与后者相比是望尘莫及的;而这种对比关系在自然和科学之间是随处可见的。自然(感觉)到处实行联合,理智到处实行分裂,但理性重新予以联合;因此,人在开始进行哲学思维之前,比起尚未结束其研究工作的哲学家来,离真理要近一些。所以,一旦一项哲学论断在结果上受到普通的感受的否定,即可宣布其为谬误,而无需任何进一步的检验;但如果它在形式和方法上得到普通的感受的肯定,则可以同等权利认定其为可疑。任何作家,如不能像一些读者看来指望的那样,在炉火旁侃侃而谈、娓娓动听地进行一场哲学推论＊,都可以用后者来安慰自己。用前者则可令想以人类理智为代价建立新体系的任何人哑口无言。——作者原注。

第十九封信

在人身上一般都可区分出消极的和积极的可规定性的两种不同的状态，以及消极的和积极的规定的两种状态。对这句话的解释是引领我们到达目标的捷径。

人的精神状态，在由感觉的印象给它任何规定之前，是一种无限的可规定性。时空的无限性可供人的想像力任意驰骋，又由于在此广阔的可能范围内未设下任何先决条件、因而也未把任何东西排除在外，所以可把这种无规定状态称为一种空虚的无限状态，此状态切不可与一种无限的空虚相混淆。

现在应触及人的感觉，而在无限量的可能的规定中只应该有一个个别的规定成为现实。一种想像应在人身上产生。在纯粹的可规定性的先前的状态中只是一种空虚能力的东西，现在成了一种起作用的力量，获得了一种内容；作为起作用的力量，它同时有了一个限度，因为它作为空虚的能力曾经是无限的。这就是说，已成为现实，但无限性已告丧失。为了描写空间中的一个形象，我们必须给无穷无尽的空间划定界限；为了能想像时间上的变化，我们必须对时间的整体进行分割。因此，我们只有通过限制才能达到现实，只有通过否定或排斥才能到达否定之否定或肯定，只有通过扬弃我们的自由的可规定性才能到达规定。

但是，如果不存在排斥其他事物的某种事物，如果不是通过精神的一种绝对的实际行动使否定与某种肯定的东西发生关系，使不置可否变为对抗，那么，单单从排斥中永远产生不了现实，单单从感官的感受中永远产生不了想像；心灵的这种活动叫做判断或思考，这种活动的结果则叫做思想。

在我们在空间里确定一点之前，对我们来说，根本就不存在空间；但如果没有绝对空间，我们就永远不会确定一点。时间也是如此。在我们有目前的瞬间之前，对我们而言，根本就不存在时间；但如果没有永恒的时间，我们就永远不会对瞬间有任何概念。这就是说，我们自然只是从部分到整体，从有限到无限；但我们也只是从整体到部分，从无限到有限。

因此，要是有人宣称，美给人开拓了从感觉过渡到思维之路，就切不可这样去理解，仿佛美能填平感觉和思维之间、被动和主动之间的鸿沟；这条鸿沟是没有止境的，如果其间不出现一种新的、独立的能力，个别永远不能成为一般，偶然永远不能成为必然。思想是这一绝对能力的直接行动，它虽需通过感官的启动才能表现出来，但其表现本身却极少依赖于感性，所以倒不如说它只是通过与它进行对抗来表现自己的。这种活动的独立性排除了一切外来影响；不是在它帮助思考（其中包含着一个明显的矛盾）的条件下，只是在它让思考力获得自由、按其自身的法则表现自己的条件下，美才能成为将人从物质引向形式、从感受引向法则、从一种有限的存在引向一种绝对的存在的一个手段。

但这里的先决条件是，思考力的自由应能受到限制，而这又似乎与一种独立能力的概念是互相矛盾的。这就是一种这样的能力，它从外部只能感受它所作用的物质，人们只能靠抽走物质、亦即只能从反面阻止它发挥作用。这就意味着，如要赋予感性热情一种能够从正面压制心灵自由的权力，就是错误地认识一种精神的本性。尽管经验提供了大量事例，说明感性力量发挥得越火热，理性力量看来就在同等程度上受到越发强烈的压制；但人们不能把那种精神上的软弱归咎于感情的强大，反而必须用那种精神软弱来解释感情的这种压倒一切的强大；因为除非精神自愿放弃显示它自己就是这么一种力量，否则，感官不可能成为针对人的一种力量。

但是，在我试图以这一解释来对付一项指责的同时，似乎又被牵扯进了另一项指责，好像我是以心灵的统一为代价挽救了心灵的独立。因为，如果心灵没有自我分裂，如果它不是自我对立，它又如何能从自身同时找到行动和不行动的理由呢？

在这里，我们必须记住，我们面对的是有限的精神，而不是无限的精神。有限的精神是这样的一种精神，它只有通过被动接受才转为主动*，只有通过限制才成为绝对的东西，只有接受物质才能行动，才能有所建树。因此，有限的精神将把一种追求物质或限制的内在驱动力与追求形式或绝对值的内在驱动力结合起来，若无这种结合作为条件，它就既不会具有，也不会满足第一个内在驱动力。在同一个生物内部两种如此对立的倾向能在多大程度上共存，这一课题虽能叫形而上学者一筹莫展，却难不倒先验哲学家。先验哲学家决不伪称自己能解释事物的可能性，而是满足于确定那些用以理解经验的可能性的知识。而如果没有心灵中的那种对立、没有心灵的绝对的统一，就不可能有任何经验，他们则完全有理由把这两个概念树立为经验的同样必要的条件，而不必继续为二者的协调一致操心。此外，一旦只要把精神自身与这两种驱动力区别开来，两种基本内在驱动力的并存就决不会与精神的绝对统一发生矛盾。两种内在驱动力虽然在精神内部存在并发挥作用，但精神既非物质亦非形式，既非感性亦非理性。有些人似乎并未经常考虑及此，他们只在人类精神的活动方式与理性相吻合的情况下才让这种精神自行其是，而在活动方式与理性相矛盾时则只宣称这种精神是消极的。

这两种基本内在驱动力中的任何一种，一旦进入发展阶段，就会依其本性必然追求满足；但正因为二者必然追求相反的目标，所以这一双重的强迫就相互抵消，而意志则坚持二者间的一种完全的自由。因此，意志就起着对抗这两个内在驱动力的一种力量（即现实的基础*）的作用*，但二者中哪一方都不能独自起对抗另一方的一种力量的作用。施暴者决不会缺乏从事正义事业的驱动力，但这种驱动力的最积极的作用也无法阻止他去干非正义的勾当，即使是享乐的最强有力的诱惑也无法促使意志坚强者打破他的原则。除了他的意志之外，人身上并不存在其他力量，只有那些令人消亡的东西，如死亡和剥夺人的意识的任何行为，才能消灭内心的自由。

我们身外的一种必然性借助于感官的感受决定着我们的状态，决定着我们在时间上的存在。这完全是不由自主的，不论对我们施加什么影响，我们都得接受。同样，在那种感官的感受的作用下，又由于对这种感受的对抗，一种必然性在我们内心里展现出我们的个性；因为自我意识不可能依赖于以它为先决条件的意志。这一原始的个性显示不是我们的功劳，不显示也不是我们的过失。只对有自我意识的人才要求理性，亦即要求意识的绝对一贯性和普遍性；此前他不是人，不能指望他做出任何人类的行动。形而上学者难以解释自由和独立的精神通过感受而受到的限制，物理学家同样无法理解由于这种限制而在个性中显露出来的无限性。抽象也好，经验也好，都不能引领我们回到我们关于一般性和必然性的概念的发源地；观察家看不到这个源头在时间之河中的早期形态，形而上学的研究者把握不到它超感性的起源。但自我意识以及它那不变的统一体存在着，这就够了，适用于对人有利的一切、适用于该由人促成的一切、适用于人的认识和行动的统一法则便建立起来了。早在感性认识的时代*，真理和正义的概念就无法逃脱,不可伪造,无法理解*,在人们还说不出它的来源和产生的过程的时候,就已注意到时间的永恒性和偶然系列中的必然性了。主体完全没有帮什么忙,感受和自我意识就这样产生了,二者的起源与我们的意志无关,同样,它与我们的认识范围也无关。

但如果感受和自我意识是真实的,人借助于感觉取得了某种生存的经验,并通过自我意识取得了他的绝对存在的经验,那么他的两种基本内在驱动力就会与它们的对象一起活跃起来。感性的内在驱动力与生活的经验(与个体的开始)一起、理性的内在驱动力与法则的经验(与人的个性的开始)一起觉醒,只有这时,在二者都成为存在以后,人的人性才建立起来。在人性建立起来之前,人身上的一切都依必然的法则进行;但现在自然之手离他而去,而捍卫自然在他身上建立、开启的人性,便成了他的任务。这就是说,一旦两种相互对立的基本内在驱动力在他身上活跃起来,二者就失去其强制力,而两种必然性的对立就成为自由的起源。①

① 为防止一切误解,我要说明,这里一再谈起自由,所指的并非必然属于人这种智能生物的那种自由,并非既不能给他、又不能从他那儿夺走的那种自由,而是建立在人的混合天性之上的那种自由。通过人普遍地只按理性的要求行事的事实,他显示出第一种自由;他在物质的限制下采取理性的行动,而在理性的法则下则采取物质的行动,由此他显示出第二种自由。可以直截了当地用前者的一种自然的可能性来解释后者。——作者原注。

第二十封信

仅仅从自由的概念中便可得出结论:对自由是不能施加影响的;但从前一概念同样必然地可以得出的结论是,自由本身是自然(自然这个词在这里用于最广泛的意义上)所产生的一种效果,而并非人的作品,因而也能用自然的手段予以促进和阻碍。要到人已完整无缺,他的两种基本内在驱动力已获得发展时,他才开始有自由;因此,只要人仍残缺不全,两种内在驱动力仍有一种遭到排斥,他就必定没有自由,必须靠他的完整性归还给他,自由才能得到恢复。

现在,不管是在全人类,还是在个别人身上,我们都能见到人尚不完整、而两种内在驱动力之一在他身上单独发挥作用的那一个时刻。我们知道,人以纯粹的生命开始,以形式告终,他先是个体,然后才是个人,他从有限开始,逐步走向无限。因此,感性的内在驱动力之发挥作用早于理性的内在驱动力,因为感觉先于意识,而在感性的内在驱动力的这种优先地位中,我们找到了对人类自由的全部历史的解释。

这样就产生了一个生命的内在驱动力(因为形式的内在驱动力还没有与生命的内在驱动力对着干)替自然和必然性行事的时刻;这也是一个感性认识成为一种力量(因为人尚未迈出第一步)的时刻;因为在人本身除意志外没有别的力量。但是,在人现在应该向思维过渡，而在思维状态中却正好相反，理性又成了一种力量，一种逻辑的或精神的必然性替代了那种物质的必然性。因此，在这方面的法则建立起来之前，必须消灭那种感受力量*。只是开始创造过去尚不存在的东西，这等于什么都没做；过去已有的某些东西必先终止。人不能从感觉直接过渡到思考；他必须后退一步，因为只有通过一次确定的再废除，相反的确定才能产生。这就是说，人为了以主动取代被动、以一种积极的确定取代一种消极的确定，必须立即摆脱一切确定，经历一种纯粹的可确定性状态*。因此，在任何事物给他的感觉留下一种印象之前，他必须以某种方式回到他过去所处的那种纯粹的全无确定的消极状态中去。但那种状态过去是全无内容的，现在的关键在于，把一种同样的无确定状态和一种同样无限的可确定性与尽可能多的内容统一起来，因为要从这一状态中直接产生某种积极的结果。因此，他经主观感觉获得的确定必须固定下来，因为他不可丧失现实感；但如果这种确定是限制，就必须同时将它废除，因为应该有一种无限的可确定性。任务因而就是同时既毁掉、而又保存对此状态的确定，这只有用另一种确定来与之抗衡的方式才能成功。天平的双盘皆空，它就能保持平衡；但如双盘重量相等，它也能保持平衡。

因此，心灵从感觉过渡到思想要经过一种中间心态，感性和理性在这种心态里同时起作用，但正因如此，它们就相互抵消其确定力，并通过一种对抗形成一种否定。心灵在身体上和精神上都未受强迫、却在两方面都十分活跃的这种中间心态特别堪称自由心态而无愧。如果把感性确定状态称为身体状态，把理性确定状态称为逻辑和精神状态，就得把这种真实而积极的可确定性状态称为美学状态。[1]

① 对于那些对这个因无知而常被误用的词的纯粹意义不甚了然的读者来说,下文或许会起到解释的作用吧。我们可以设想,把能以某种形式出现的任何事物分为四个不同的方面。一个事物能直接涉及我们的感性状态(我们的存在和健康状况):这是它的物质属性。或者,它能涉及理智,增长我们的认识:这是它的逻辑属性。或者,它能涉及我们的意志,而被视为一个供一种理性生物选择的对象:这是它的精神属性。或者,最后一点,它能涉及我们的各种力量的总和,而对任何个别的力量来说,都不是一个确定的目标:这是它的美学属性。一个人能因其乐于助人而取悦于人;他能以其言谈引起我们的思考;他能以其品格博得我们的尊敬;但最后一点,与这一切无关,我们在对他的评判方面既不顾及任何法则,也不考虑任何目的,仅仅由于对他观察和通过他的各种表现,他也可能博得我们的欢心。在最后这一品质上,我们对他进行美学的评价。于是就有了一种健康教育、一种理智教育、一种品德教育、一种情趣和美的教育。最后这种教育的用意是在最大限度的和谐气氛中培育我们感性和精神力量的整体。因为人们在一种错误的情趣的诱惑下,又受一种错误的推理的影响而在此错误中越陷越深,喜欢把随心所欲的概念纳入美学概念之中,所以在这里我还赘言几句(虽则这些关于美学教育的信几乎完全是为了驳斥这种错误的),美学状态中的心灵在行动上虽然没有受到任何强制,在最大限度上摆脱了一切强制,但决未脱离法则的控制,这种美学的自由与思考上的逻辑必然性、与意愿上的精神必然性之间的区别仅仅在于,心灵在此过程中所依据的法则并非想像出来的,由于这些法则没有遇到阻力,所以没有以强制的形式出现。——作者原注。

第二十一封信

在此前的一封信的开头部分里,* 我曾说过,存在着一种双重的可确定性状态和一种双重的确定状态。现在我可以阐明这句话了。

只有在心灵根本就没有确定的情况下,它才是可确定的;但如果它所受到的确定是非排他性的,也就是说,它被确定是不受限制的,它也是可确定的。前者仅仅是无确定状态(它不受限制,因为它没有现实性);后者则是美学的可确定性(它没有限制,因为它把一切现实性都统一起来了)。

只要心灵总的说来是受到局限,它就是确定的;但如果它靠自身的绝对能力进行自我限制,它也是确定的。感受时它处于前一种情况中;思考时它处于后一种情况中。也就是说,凡是关于确定的思考,就是关于可确定性的美学状况;前者是来自无限的内在力量的一种限制,而后者则是源于无限的丰富内涵的一种否定。感受和思考的惟一共同点是:在这两种状态中起决定作用的都是心灵,人是某种排他性的东西——要么是个体,要么是个人——,但除此之外,感受和思考之间的距离是无穷无尽的。与这种情况完全一样,美学的可确定性与纯粹的无确定状态之间的惟一共同点在于,二者在所有其他方面有天渊之别,因而排除了任何确定的存在。因此,如果后者即因匮乏所致的无确定状态被想像为一种空虚的无限状态,那么,作为其真正的对立面的美学的确定自由就必然被视为一种充实的无限状态;这一想像是与前面的研究结论* 极其吻合的。

这就是说,如果我们重视的是一个个别的结果,而不是全部的功能,并考虑到人内心里缺乏任何特殊的确定,那么,人在美学状态中就等于零*。因此必须肯定,那些认为美以及美使我们所处的心境在认识和思想方面完全无关紧要*、不会有什么成果的人,是完全正确的。他们完全正确,因为美对于理智也好、对于意志也好,都完全不会产生任何个别的结果,它无法实现任何个别的、不论是智力的还是精神的目标,它找不到任何真理,无法帮助我们去尽任何义务,简而言之,它既不善于树立人品,又不善于启发才智。因此,通过美学文化,一个人的个人价值或尊严(假如这件事能够只取决于他个人的话)仍然还是完全不确定的,现在,他由于自然的缘故能够把自己培养成为合乎自己愿望的人物——他完全恢复了充当任何该充当的角色的自由,除此之外,他一事无成。

但某种无限的成就却正因此而到手了。因为我们一想起,他的这种自由正是由于感觉时所受到的自然的单方面强制、由于思考时所受到的理性的排斥性法则的约束而被剥夺的,我们就必须把在审美心境中交还给人的功能视为最高赏赐,视为人性的赏赐。诚然,在可能进入任何一种确定的状态之前,他在素质上就具有这种人性;但在事实上,随着进入任何一种一定的状态他都丧失了这种人性,而每当要他能过渡到一种相反的状态中时,就得重新通过审美生活把这种人性还给他。①

---

① 虽然由于具有某种性格的人从感觉过渡到思想和决断非常迅速,所以他们在这段时间内必然要经历的美学心情几乎或根本无法觉察。具有这种心情的人无法长久忍受无确定状态,迫不及待地要求获得他们在美学的无边无涯的状态中找不到的一种结果。反之,对于将其享乐的重点较多地放在整个能力的感觉上,而较少地放在个别行动的感觉上的其他人而言,美学状态则扩展到一个宽广得多的范围中去。尽管前者如此害怕空虚,后者却同样无法忍受限制。毋庸多言,前者为细节、为次要任务而生,而后者,假定他们把现实与这种能力结合起来,则生来是为了对总体负责、扮演重大角色的。——作者原注。

如果称美为我们的第二创造者*，这不仅在诗的意义上是容许的，在哲学上也是正确的。因为虽然美只是让我们能成为人，此外还让我们的自由意志决定，我们在多大程度上真正做个人，但是美在这一点上是与只赐予了我们做人能力的大自然这个我们原始的创造者不谋而合，而让我们的意志自主决定如何运用这种功能。

第二十二封信

如果说，人们一把目光集中到个别的、一定的效果上，心灵的审美心境在一个方面就必须被视为零，那么，在另一方面，只要此时注意到一切限制的消失，注意到在那里面的共同作用力的总和，它又该被视为一种最高的现实状态。因此，对于那些把审美状态在认识和道德方面宣布为最富成果的人*，我们同样难以否认他们的正确性。他们是完全正确的，因为一种本身包含了全部人性的心情，依功能而言，它本身必然也包括人性的任何个别的表现；一种从人性的整体那里清除了一切限制的心情，必然也会清除其任何个别表现上的一切限制。正因为它不仅仅保护人性的任何个别的功能，所以它无一例外地有利于每一种功能，而它之所以不特别优遇任何个别的功能，是因为它是一切成为可能的基础。一切别的训练给心灵以某种特别的技巧，但因此也给了它一种特别的限制；惟有美学的训练导致无限。我们可能进入的任何其他状态都把我们引回到前一种状态中去，而为了它的解除却需要下一种状态；惟有审美状态才自成一体，因为它将它的起源和继续发展的一切条件集于自身。只有在这里我们才有被迫脱离了时代的感觉；而我们的人性表露得如此纯洁、如此完整，仿佛它尚未受到外力入侵的任何损害。

在直接感受方面叫我们赏心悦目的东西，对一切印象开启了我们温柔而活跃的心灵之门，但在同一程度上降低了我们工作的效能。把我们的思考力动员起来并引导它进行抽象思维的东西，强化了我们的精神去进行各种各样的反抗，但却在同一程度上也使我们的精神变得僵硬，在夺去了我们的敏感性的同时，在同一程度上也帮助我们获得了较大的自主性。正因如此，二者最后都必然导致衰竭，因为材料不能长久缺乏塑造力，因为力量不能长久缺乏可塑性强的材料。反之，如果我们沉溺于享受真正的美，我们在这样一个时刻里便会在同等程度上支配我们的被动的和主动的力量，并同样轻易地转向严肃和游戏，转向静止和运动，转向让步和抵制，转向思维和直观。

这种高度的冷静和精神自由与力量和精力充沛结合起来，是我们在欣赏完一部真正的艺术作品时应有的心情，对于真正的美学品质而言，没有更为可靠的试金石了。如果我们在这么一种享受之后对某种特别的感觉方式或行动方式更感兴趣，反过来对另一种方式却感到很不灵活、闷闷不乐，这就可以确切无误地证明，我们没有获得任何纯美学的效应；不管原因在于对象或我们的感觉方式，或（情况几乎总是这样）同时在于二者。

由于实际上碰不到纯美学效应（因为人永远也不能摆脱对力量的依赖），所以一部艺术作品之所以卓越，只能因为它较为接近那种纯粹的美学理想，不管人们可以将艺术作品提高成任何程度的自由，我们却始终会以一种特别的心情、朝着一个独特的方向离开它。心情越带普遍性，由一定的艺术类型、由这一类型中一定的作品给我们的心灵定下的方向所受的限制越少，这一类型就越发高贵，这样一部作品就也越发出类拔萃。可以用不同艺术种类中的作品和同一艺术种类中的不同作品进行这种尝试。我们以生动的感受听完一种美的音乐，以活跃的想像力读完一首美的诗，以醒悟的理智观赏了一座美的雕像和建筑；但要是谁想请我们在一次高水平的音乐欣赏之后随即进行抽象思维，将我们在一次高水平的诗歌鉴赏之后随即投入平常生活的一件安详的事务中去,在观赏美的绘画和雕塑作品之后随即煽起我们的想像力之火、震撼我们的感情,那么,他就选错了时间。因为,即使最才思横溢的音乐*凭借其主题与感官所发生的亲密关系仍始终大于真正的美学自由所能容忍的程度;即使是最美妙的诗,它由想像力及其媒介*的任意而偶然的游戏所占的份额仍一直大于真正的美的内在必然性所容许的程度;即使是最优秀的雕塑品(也许它尤其如此),它也会因为它的概念的确定性而接近严肃的科学。但在这三个艺术类型中的一部作品达到每一个新的高度时,这种特殊的亲和力也随之消失,不同的艺术类型对于心灵的影响彼此越来越相似,而无须变动各自的客观的界限,这是一种艺术类型臻于完美的一个必然的、自然的结果。音乐达到完美的顶峰时,必然会形象化,并以古典艺术静穆的力量对我们施加影响;达到完美之巅的造型艺术必然会音乐化,而以直接的感性现实感动我们;以最完美的形态出现的诗必然像音乐一样强有力地抓住我们的心,同时又像雕塑一样,以沉静明澈的气氛围绕在我们的四周。每一类艺术的完美风格都正好表现在它善于消除该艺术的特殊限制,而不同时放弃这种艺术的特殊的长处,通过对这种艺术的特性的一种明智的利用赋予它一种更为普遍的性格。

而且,艺术家必须通过加工来克服的,不仅有他所采纳的艺术类型的特性所固有的限制,而且包括他所加工的特别素材所固有的限制。在一件真正美的艺术品里,内容不起任何作用,而形式则应使出全身解数*;因为惟有通过形式才能影响人的整体,反之,通过内容就只能影响个别的力量。这就是说,不管内容多么崇高而广博,它每时每刻都限制着精神,只有从形式那里我们才能指望得到真正的、美学的自由。因此,大师的根本艺术秘诀在于,他借助于形式消除素材*;素材本身越雄伟、越自命不凡、越富诱惑力,越独断专横地凭借其影响突出自己,或观察者越喜欢直接与素材打交道,那种既能对付素材又能控制观察者的艺术就越是高奏凯歌。观众和听众的心灵必须完全保持自由、完整无损,它必须在走出艺术家的魔力范围时保持其纯洁和完美,犹如它在走出创造者之手时一样。在处理最轻浮的主题时,我们应保持从那种状态直接过渡到极端严肃状态中去的心情。在处理最严肃的素材时,我们应始终具有放弃它而直接代之以最轻松的游戏的能力。悲剧之类的感情冲动的艺术* 并不构成什么反对的理由:因为,首先,它们不是完全自由的艺术,因为它们是为一个特别的目标(崇高的激情)服务的,其次大概不会有任何真正的艺术行家否认,作品(即使是这一类的作品),哪怕在感情冲动的最高潮中越是不滥用情感自由,就越是完美。有关激情的美的艺术是有的;但一种美的充满激情的艺术则是一种矛盾,因为美的必然效果是脱离激情。同样矛盾的是一种美的起教诲作用或劝人为善的艺术,因为与美的概念相冲突的莫过于赋予心灵某种倾向。

但是,如果一种作品只是靠它的内容产生效果,这并不总是表明作品本身缺乏形式;它能在同样多的情况下证明评判者身上缺乏形式。如果他要么过分紧张、要么过分松弛,如果他惯于要么只与理智、要么只与感官比一比高低,那么,即使有最完美的整体,他也只以部分为准绳,即使有最美的形式,他也只以内容为依据。由于他只能感受未经加工的要素,所以他在感到那是一种乐趣之前必须先毁掉一件作品的美学结构,将大师以无穷无尽的艺术隐藏于整体的和谐之中的个别部分小心翼翼地发掘出来。干脆地说,他对此所感到的兴趣要不是精神上的,便是肉体上的;但这兴趣本当是美学上的,它却偏偏不是。此类读者欣赏一首严肃的、热情奔放的诗,就像朗读一篇布道词一样,欣赏一首纯朴或戏谑性的诗,就像在品尝一杯醇酒;如果他们的格调如此低下,乃至要求从一出悲剧和一部史诗(哪怕那是一部关于救世主耶稣基督的史诗)中获得对心灵的启示,他们对一首阿那克里翁[①]派或卡图鲁斯[②]派的诗就必然会感到心烦。

---

① 阿那克里翁,公元前五五〇年前后的古希腊抒情诗人,其作品歌颂生活乐趣、爱情和饮酒。十八世纪出现了模仿其诗风的轻松愉快而优美的,以爱情、饮酒、欢聚、理想化的大自然为主题的抒情诗流派。该流派在德国文学界的代表有路德维希·格莱姆(1719—1803)、弗里德里希·封·哈格多恩(1708—1754)等人。

② 卡图鲁斯(约前87—约前54),古罗马抒情诗人,善用警句式的语言表现各种不同的情感,亦用优美的文字歌颂生活中的欢乐。他因写性爱抒情诗而闻名。

第二十三封信

我之所以中断了我研究的脉络，只是为了将所提出的语句应用于表演艺术、应用于评判其作品。现在，我重新回到这条脉络上来*。

这就是说，从感受的被动状态过渡到思考和意欲的主动状态，只能通过审美自由的中间状态，虽然这一状态本身对于我们的认识和观点都决定不了什么，因而对我们的智力价值和精神价值完全无法下一个定论，可是这一状态却是我们能够获得一种认识、形成一种观点的惟一的必然条件。简而言之，要使感性的人成为理性的人，只能对他先进行美学化，此外别无他途。

但是，您也许会对我提出异议：难道这一中介是不可或缺的吗？难道真理和义务不是独自并依靠自己的力量就能进入感性人的内心吗？对此我必须这么回答：真理和义务不仅能够、而且简直应该将决定性力量归功于自身，如果我的观点看似要为相反的意见辩护，那么，就没有什么比这更与我迄今所坚持的观点相矛盾的了。现已特别证明，美既没有为理智也没有为意志产生任何结果，它既未干预思考的事，也未过问决定的事，它只是将能力赋予二者，而对此能力的实际运用则未发表任何决定性意见。在这方面，一切外来帮助皆无济于事，纯逻辑形式、概念必须直接诉诸理智，纯道德形式、法则则必须直接诉诸意志。

但我坚持认为，只有通过审美心境才能做到这一点——使得美对感性的人而言只有一种纯粹的形式。真理并非如同客观实际和事物的感性存在那样,它不是从外部就能感受到的;它是思考力的主动的、处于自由状态下的产物,而我们觉得感性的人所缺乏的正是这种主动性和自由。感性的人(在身体上)早已确定,因而不再具有自由的可确定性了:他在能以主动的确定取代被动的确定之前,必须先找回这种失去的可确定性。但是,他要找回它只有两种可能性,要么,他丢掉过去曾经有过的被动的确定,要么,他自身就已经具有了他应向之过渡的积极的确定。假如他只是丢掉了消极的确定,他同时也就会随之丢掉一种积极的确定的可能性,因为思想需要一个载体,而形式只能在一种材料上得以实现。因此,他自身就会早已具备了积极的确定,他可能同时在被动和主动两方面都已确定,这就是说,他必然会成为审美的人。

因此,理性的主动性借助于审美心境在感性的领域里就已显现,感受力在其自身的界限内就已被打破,而肉体的人已经大大提高了品质*,以至精神的人现在只要以他为起点按照自由的法则发展即可。因此,从审美状态向逻辑的、精神的状态(从美向真理和义务)跨出的一步,比起从身体状态向审美状态(从纯粹盲目的生活向形式)跨出的一步来,要容易得不可同日而语。前面那一步能由人借助于他的纯粹的自由完成,因为他只须获取,而不必给予,只须将他的天性孤立起来,而无须予以扩大;具有审美心境的人,只要他愿意,就会作出普遍适用的评判,采取普遍适用的行动。从粗糙的原始材料发展到美的这一步本应在他内心里展开一场全新的活动,大自然必须帮他轻松愉快地走好这一步,他的意志无法支配这样一种心情:先要有这种心情,然后才会产生这种意志本身。为了使审美的人提高认识,在重大问题上有所醒悟,除让他获得重要的机会之外,不可给他别的什么东西;为了从感性的人那里获得同样的东西,就得先改变他的天性。对前者而言,往往只需应一种崇高的(极其直接地作用于意志力的)客观形势的要求,他就能成为英雄和智者;至于后者,则首先必须将他置于另一片天空之下*。

因此,文化的最重要的任务之一,就是在人尚仅处于肉体存在时期就让他接受形式的支配,美的王国的疆土有多辽阔,就在多大的范围内将他美学化,因为只有从审美状态中,而不是从肉体状态中才能发展出精神状态来。要是人在任何个别的情况下都具有使自己的评判及其意志成为全人类的评判的能力,要是他在任何有限的存在中都能找到一条通向无限存在的道路,从任何依赖状态中都能一鼓作气,奔向独立和自由,就必须让他在任何时刻都不仅仅是个体,不仅仅为自然法则效力。如果要他能够而且善于把自己从自然目标的狭窄圈子里提升到理性目标上去,他在受自然支配的范围内就得为适应理性目的做好训练,就得以一定的自由、亦即按照美的法则实现其物质目标。

人能做到这一点,而且不会与其物质目标发生丝毫矛盾。自然对人的要求仅仅针对他所起的作用,即他的行动的内容;至于他起作用的方式,即行动的形式,则不是由自然目标决定的。反之,理性的要求却是严格针对他的行动的形式的。因此,尽管对道德目标而言他必须是纯道德的,他必须显示出一种绝对的主动性,但他是不是纯物质的,他的行为是不是绝对被动的,这对于他的物质目标来说,则是无所谓的。至于物质目标,他是否把它只作为感性生物、作为自然力量(即一种视感受情况之不同才作出反应的力量)来实现,抑或他是否同时把它当作绝对力量、当作理性生物来实现,则全由他自行决定。至于二者之中哪个更符合人的尊严,大概是不成问题的。不如这么说,尽管在感性的驱动下去做他本来出于纯粹的义务动机就该做的事情,使他深感屈辱,但即使在普通人不过是在满足他合理的欲望的情况下,也力争达到合乎法则、和谐和无限的境地,却令他感到十分荣耀和高贵。① 一言以蔽之*,在真理和道德的领域里,不容许感觉有任何决定之权;但在极度幸福的土地上却容许形式存在,容许游戏的内在驱动力发号施令。

这就是说,在这里,在物质生活的无关痛痒的田野上,人就开始了他的精神生活;在他还处于被动接受状态中时,他就必须开始进入主动状态,在他还处于感性限制下时,就必须开始掌握理性自

① 对于普通的现实的这种巧妙的、在美学上自由的处置,不管在哪里见到,都是一种高贵心灵的标志。一个心灵,但凡具有把哪怕是最有限的事情和最琐屑的事物通过处置变成无限的事物的才能,一般就可称之为高贵。有些事物,依其本性不过是为人服务的(仅仅是一种手段),凡在这种事物上打上独立自主标志的任何形式都可叫做高贵。一种高贵的精神并不满足于它自身的自由;它必须使它周围的一切、甚至包括无生命的东西获得自由。但美是自由的惟一可能的表现形式*。理智在一张脸上,在一件艺术品上的突出表现因而从来不可能显得高贵,正如它从来就不美一样,因为这种表现把依赖性(这是与合理性密不可分的)凸显出来,而不是加以掩盖。

道德哲学家*虽然告诫我们,一个人所做的决不可能超过他的义务,如果他所指的只是行动对于道德法则的关系,那么,他说得完全正确。但就只针对一个目标的行动而言,超越此目标而进入超感性领域(它在这里只能意味着以审美的方式实现物质的目标)同时也就意味着超越义务,而义务则只能规定意志是神圣的,而不能规定自然也已神圣化了。因此,虽然在道德上不可能超越义务,但在审美上却可能超越义务,而这样一种行为就叫做高贵。高贵的东西本来只需要一种物质价值,却也具有一种自由的形式价值,或在它本该具有的内在价值之外还加上它可能欠缺的一种外在价值,因此,在高贵的东西那里经常见到一种超过需要的现象,所以有些人把审美方面的过分与一种道德方面的过分混为一谈,而且在看似高贵的现象的诱惑下,把一种随意性和偶然性塞进道德观念之中,这么一来,道德就完全会被消解。

崇高的行为应与高贵的行为区分开来。后者还超越了道德的义务,而前者则不然,虽然我们对它的尊重远远高于对后者的尊重。但我们尊重崇高的行为,并非由于它超越了其客体(即道德法则)的理性概念,而是由于它超越了其主体的经验概念(我们对人类的意愿的善良和意志力的认识);因此,我们反过来之所以尊重高贵的行为,并非因为它超越了主体的本性(倒不如说,它必然是从中完全顺其自然产生的),而是因为它超越其客体的天性(物质目的)而进入精神世界。可以说,在前一种情况下,我们因对象战胜人而感到惊异;在后一种情况下,我们却钦佩人赋予对象的那种活力。——作者原注。

由。就连他的偏爱,他也该置于他的意志法则的控制之下;他必须将针对物质的战火——请容许我这么说——烧进物质自己的边界,使他不必在自由的神圣土地上与这个可怕的敌人作战;他必须学会提出较为高贵的欲求,这样他就不必提出崇高的愿望。这一成就是美学文化取得的,它把自然法则和理性法则都未能束缚的人的一切任性行为置于美的法则的支配之下,并在它赋予外部生活的形式中就已开启了内心生活。

第二十四封信

这就是说，不管是单个的人还是整个人类，如果要他们实现其全部目标，都必然依一定顺序经过三个不同的发展时刻或阶段。由于要么基于外部事物的影响、要么基于人的自由任性的偶然原因，虽然个别时期可能有时会延长，有时会缩短，但没有哪个时期是可以完全跳过的，而且它们的先后顺序也既不会受自然的影响、又不会受意志的影响而颠倒。人在其肉体状态中仅承受着自然的威力；他在审美状态中摆脱了这一威力，他在精神状态中支配着这一威力。

在美诱使人发挥其自由的欲望*之前，在安静的形式使得狂野的生活平静下来之前，人是什么样子呢？他的目标永远单一不变，他的评判永远更迭不定，自私而没有成为他自己，不受束缚但并不自由，身为奴仆而不屈从于任何规章。在这个时代里，世界对于他不过是命运，还不是对象；一切事物，只要能让他存在，对他来说，才存在于世；凡对他既不予之、亦不取之者，对他而言，就根本不存在。正如他在万事万物的系列中的自我感觉一样，任何现象在他面前都显得单独而孤立。存在的一切，在他看来，都基于瞬间的权威之言而存在；在他看来，任何改变都是一种全新的创造，因为与他本身的必要之物一道，他身外的必要性也付之阙如，这种必要性将不断更迭的形象聚合成为一个宇宙，而在个体迅速消失的同时，当场把法则记录下来。大自然让它的五光十色、千姿百态在人的感官面前徒劳无益地掠过；他把自然的壮丽宝藏只视为他自己的猎物，把它的威力和伟大只视为他的敌人。他要么向那些对象猛扑过去，贪婪地将它们撕成碎片，吞下肚去；要么，那些对象向他袭来，意欲置他于死地，而他则憎恶地把它们从身边赶走。在这两种情况下，他都与感性世界保持着直接接触的关系，他永远怀着对感性世界逼迫的恐惧，无休止地遭受巧取豪夺的需求的折磨，惟有在疲惫状态中才得到安宁，只有在欲望消耗殆尽时才见到止境。

诚然，宽阔的胸膛，和提坦般
强劲的骨髓是他的……
确凿的遗传素质；但在他的前额
上帝铸就了一道铁箍，
劝告、克制，还有睿智和忍耐，在他的
羞怯而阴沉的目光下藏而不露。
任何欲求都令他怒火中烧，
他的怒火无边无际，朝四周弥漫。

《伊菲革涅亚在陶里斯》①

既对自己的人的尊严茫然不知，他更不会尊重人家的人的尊严，他意识到自身的粗野的欲望，因而害怕存在于与他貌似的任何生物身上的欲望。他从未在自己身上见到别人，只在别人身上见到自己，社会没有把他扩展为人类，却只是将他日益狭窄地封闭在他的个体内。在这种沉闷的桎梏气氛里，他漫无目标地过着黑夜般的生活，一直到一种有利的自然条件将材料的重负从他昏暗的感官上移走，沉思默想将他自己与事物区分开来，对象在意识的反光下终于显露出来。

① 《伊菲革涅亚在陶里斯》是歌德的剧作。本段引文选自第一幕第三场，席勒在此对歌德的文字做了一些改动。

不过，像在这里所描述的这种原始自然状态在任何一定的民族和时代那里都得不到证实；这不过是观念，但却是经验与之环环相扣、毫厘不爽的一种观念。可以说，人从未完全处于这种兽性状态之中，但他也从未完全脱离过这种状态。即使在最野蛮的人身上也能找到理性自由的确凿的痕迹，正如在最文明的人身上也不会缺少令人想起那种阴森的原始状态的因素。将最崇高和最卑劣的东西集中于他的天性之中，这实为人的本性。如果人的尊严以严格区分二者为基础，那么他的幸福就建立在巧妙地扬弃这一区别的基础之上。因此，应使人的尊严与人的幸福协调一致的文明将承担起责任，把这两条原则的最高纯洁性最密切地混合起来。

理性在人身上最初的出现因而也并非就是人的人性之始。人性的出现是由人的自由决定的，理性首先是从对人的感性的依赖性进行无限化开始的；在我看来，这一现象就其重要性及普遍性而言，似乎尚未得到应有的发展。我们知道，理性通过绝对事物（即以自身为基础的、必然的事物）的要求在人身上显示出来，由于这种要求在他的物质生活的任何个别状态中都无法得到满足，所以迫使他完全脱离物质，从一种有限的实际上升为观念*。但是，虽然这种要求的真正意义在于让他摆脱时间的限制，将他从感觉世界提升到一个理想世界中去，但它却可能因一种（在感性认识占上风的时期难以避免的）误解而以物质生活为目标，不是帮人取得独立，反而将他推进最可怕的奴役的深渊。

事实亦然。乘着想像力的翅膀，人离开了纯粹的兽性将自己闭锁于其中的现实的狭窄牢笼，以奔向一个无限的未来；但在那无限的未来出现在令人头晕目眩的想像力面前的同时，他的心灵尚未停止单独生活，仍然为当前效劳。当他正处于兽性中间时，驱使他奔向绝对化的内在驱动力令他大吃一惊——而且由于在这种沉闷状态中，他的一切努力均仅以物质和时间的因素为目标，均仅局限于他的个体之中，所以那种要求只能促使他扩展其个体至于无限，而并非放弃个体，促使他追求一种永不枯竭的材料，而不追求形式，促使他追求一种永恒不息的变化，绝对确保他一时的存在，而不追求那种经久不变的东西。应用在他的思想和行为上而应该带领他走向真理和道德的这种内在驱动力，就人的承担和感受而言，现在只产生出一种无限的欲望，一种绝对的需求。这就是说，他在精神领域里收获的第一批果实是担忧和恐惧；二者都是理性的结果，不是感性的后果，但这种理性选错了对象，将它的绝对命令* 直接应用于材料上了。这一株树上的果实全都是绝对的幸福体系，这些幸福体系想让今天或整个一生或(这一点儿也不会使它们更受人尊敬)千秋万代成为它们的对象。仅仅为存在而存在、为幸福而幸福的永无止境的存在和幸福不过是欲望的一种理想，因而是只能由一种力图进入绝对境界的兽性提出来的一种要求。这就是说，人通过这样一种理性表露没有为他的人性赢得什么好处，反而因此只是失去了动物的幸运的局限性。与动物比较起来，他仅有的不值得人家羡慕的优越性在于因努力奔向远方而失去对现实的占有，而要在漫无边际的远方寻找的不过是现实而已。

但是，即使理性不选错自己的对象，不提错问题，感性认识也还会长久地伪造答复。人一开始运用他的理智，将周围的现象按原因及目标联系起来，理性就按照它的概念坚持要求有一种绝对的联系和一个绝对的理由。为了仅仅能够提出这么一个要求，人必须先已超越感性认识；但感性正是用这个要求来追回逃亡者的。这里可能正是人必须完全脱离感性世界、飞向纯粹的观念王国的那一点；因为理智永远停留在有条件的范围之内，永远不停地提出问题，永远得不到终极的答案。但由于这里谈到的人还没有进行这样一种抽象的能力，所以，他就会在他的感觉范围内去寻找，并依照外表找到那些他在他的感性认识范围内找不到、又未超越此范围到纯理性中去寻找的东西。感性虽然没有向他指明，他自己的理由何在*，是什么给自己制定的法则；但它向他显示的东西却不过问任何理由，对任何法则都视而不见。因此，由于他无法提出任何最后的、内在的理由令满怀狐疑的理智平静下来，所以他以全无理由这样的概念让理智至少保持沉默，而在物质的盲目强制范围内静止不动，因为他还无法理解理性的崇高必然性。由于感性认识除了它自己的优越性之外，不知道还有什么别的目的，除了感觉受到盲目的偶然性的驱动之外，不知道还有什么别的原因，所以他让感性的优越性规范他的行动，让盲目的偶然性主宰世界。

即使道德法则，人身上的这种圣物，在它第一次出现在感官里的时候也不能逃脱这种伪造的命运。由于道德法则对其感性的自恋所采取的态度仅仅是禁止和反对，所以，只要他还没有到视那种自爱为外来之物、视理性的声音为其真正的自我的地步，道德法则对他必然就显得像某种外来之物。因此，人只感受到理性套在他身上的枷锁，而感受不到理性赐予他的无限的解放。他丝毫觉察不到自身作为法则制定者的尊严，只感受到臣仆的受压心情和无力的反抗。因为他的经验告诉他，感性的内在驱动力总是走在精神的内在驱动力的前面，所以他让必然性法则在时间上有了一个开端，有了一个正面的起源*；由于他犯了一切错误中最不幸的错误，从而把自身存在的万古不易的因素变成了一种一瞬即逝的偶然性因素。他劝说自己把正义和非正义的概念视为由一种意志制定的、本身并非永远有效的规章*。在解释个别的自然现象时，他超越了自然的范畴，并到自然界之外去寻求只能在自然内在规律性中找到的东西。在解释道德现象时，他同样越出了理性的范围，因他在这条道路上寻找一种神性而丢掉了他的人性。如果一种以抛弃他的人性为代价换来的宗教表现得无愧于这样的一个起源，如果他认为，并非自古以来就对他具有约束力的法则，也不具有绝对的、永恒的约束力,这是不足为奇的。人与之打交道的不是一件圣物,只不过是一种有威力的东西。因此,他的神崇拜的精神是使他遭受屈辱的恐惧,而不是提高他的自我评价的敬畏心理。

人从无思想状态发展到认识错误、从无意志状态发展到意志堕落,要经历若干阶段,同时,人不可能在同一时代里如此多种多样地偏离自己的理想目标,虽然如此,这些偏离却都是物质状态所带来的后果,因为在所有这些偏离的情况里,生命的内在驱动力都支配着形式的内在驱动力。除非人内在的理性尚未发表任何意见,物质的一面还在以盲目的必然性支配着他,或理性还没有把感性清除干净,精神的一面还在听命于物质的一面:于是,在这两种情况下,在他身上惟一当权的原则是一条物质原则,而人,至少就其最后倾向而言,还是一种感性生物——惟一的区别在于,他在第一种情况下是一种无理性的动物,在第二种情况下则是一种有理性的动物。但二者他都不应该是,他应该是人*;自然界不该只是主宰他,而理性则不该有条件的主宰他。两种法则的制定应该完全相互独立而又完全统一。

第二十五封信

只要人在其最初的肉体状态中仅仅被动地接受感性世界，只是在感受，他与感性世界也还完全是统一的，而正由于他自己只是世界的一部分，所以对他而言，世界还不存在。一直到他在审美状态中将世界置于身外或从身外观察世界时，才将他个人与世界分开，于是在他面前就出现了一个世界，因为他已不再与世界合二为一了。①

观察（反思）* 是人与他周围的宇宙建立的第一个自由的关系。当欲望直接抓住它的对象时，观察就把它的对象移向远方，而正由于观察帮助对象逃脱了激情，就使对象成为观察的真正的、不可丧失的财产。在单纯感受的状态中集中力量支配着人的自然界的必然性，在反思的过程中放弃了人，在感觉上随即出现一种短暂的安宁，时间本身，这永不停步者停下了脚步，与此同时，意识的分

---

① 我再提醒一次，这两个时期虽在观念上应相互分开，但在经验上彼此是或多或少混合在一起的。也不必有这样的想法，仿佛有过一个时期，人只处于这种肉体状态之中，又有过一个时期，人完全脱离了这一状态。人一看见一个物体，他就不再处于一种单纯的肉体状态中了，而只要他继续看见一个物体，他也就脱离不了这一肉体状态，因为只有在他感受的时候，他才看得见东西。因此，总的看来，我在第二十四封信的开头提到的那三个时刻虽是全人类发展和个别人的全部发展过程中的三个不同的时期；但在一个客体的任何感知过程中也可划分为这些时刻，简而言之，它们是我们通过感官获得的任何认识的必要条件。——作者原注。

散光线聚集起来，形式这幅无限之物在头脑里暂时遗留的图像在一瞬即逝的基础上反映出来。一旦光明在人的内心里出现，在他的身外也就没有黑夜了；一旦他的内心归于寂静，宇宙中的风暴也就停歇了，而自然界里争斗着的力量也就在永恒的边界内偃旗息鼓。因此，毫不奇怪，古老的诗歌*描述起人内心里的这种重大事件来，就好像在描述外部世界的一场革命一样，并以宣告萨图努斯王国终结的宙斯神的形象来象征战胜时间法则的思想。

人在仅仅感受自然的时候，他只是一个自然的奴隶，但人一旦思考自然，就会从这么一个奴隶变成给自然制定法则者。自然从前只是主宰着他的一种权力，现在在他的裁决的目光下成了一个对象。成为人的对象者，就没有主宰他的威力，因为要成为对象，就得感受他的威力。只要他赋予物质以形式，只要他继续这么干，他就不会受到物质的影响的危害；因为对一种精神而言，除了剥夺其自由之外，什么也无法伤害它。由于精神构建了那全无形式的东西，从而显示出它的影响。只有在混沌的一团物质沉重而无形地到处弥漫的地方，只有在昏暗的轮廓在模糊的边界间摇晃的地方，那里才是恐惧的渊薮；一旦人知道如何赋予任何自然界的可怕现象一种形式、并把它变成他的对象，他便占了它的上风。他是怎样开始在自然这种现象面前保持他的独立性的，他也就会怎样在自然这种威力面前保持他的尊严，而他也就会以高贵的自由挺起胸膛来，面对群神。群神抛掉他们曾用来恐吓童年时期人的鬼魅假面具，成了他想像中的东西，从而以人自身的形象让人大吃一惊。以猛兽般的盲目暴力统治着世界的东方神怪，在古希腊的想像中齐集于人类的友善的轮廓中，提坦们的王国由是而崩圮，无限的力量为无限的形式所制服。

但由于我只是在寻找一条走出物质世界的出路和一条进入精神世界的过渡之路，我的想像力的自由发展已经把我直接领进了精神世界的中心。我们所寻觅的美已被我们找到,我们从单纯的生命直接过渡到纯粹的形象和纯粹的对象,从而跳过了美。这样的一跳并非存于人的天性之中,而为了与这种天性保持步调一致,我们将不得不重新回到感性世界中去。

美却是自由观察的产物,我们同它一道走进观念世界——但要注意的是,并不像认识真理时的情形那样因而离开感性世界。这是从一切物质的、偶然的因素分离出来的产物,是纯粹的客体,其中不容许遗留主体的任何限制,是纯粹的主动性,不容许掺杂任何被动的成分。虽然也有一条从最高的抽象回归感性认识的途径,因为思想触及内心的感受,而对于逻辑和道德的统一的想像逐渐变为一种感性协调一致的感觉。但如果我们因认识而感到愉快,我们就会把我们的想像与我们的感受非常精确地区分开来,而视后者为某种偶然因素,它尽可付之阙如,认识不致因而停止,真理不致因而成为非真理。但想把这种对于感受能力的关系与对美的想像割裂开来,恐怕是一件完全徒劳的事情;因此,我们不满足于把一方设想为另一方的效果,而是必须把二者同时并相互视为因果。在我们对认识感到乐趣的时候,我们毫不费劲地辨认出从主动到被动的过渡,并清楚地注意到,在后者出现时,前者已经消失。可是在我们因欣赏美而感到赏心悦目的时候,却无法明辨出主动与被动之间这种前后相继的情况,而沉思默想在这里与感觉水乳交融到如此完美的地步,使得我们觉得能直接感受到了形式。因此,美对我们来说虽是对象,因为反思是我们能对美有所感受的条件;但美同时又是我们的主体的一种状态,因为感觉是我们能对美形成一种想像的条件。因此,美虽是形式,因为我们观察着它;但它同时又是生命,因为我们感觉到它。简言之:美既是我们的状态,同时又是我们的行动。

正因为美一身而二任,所以它能为我们有力地证明,被动决不排斥主动,内容决不排斥形式,限制决不排斥无限——因此,人在精神上的自由决不会因人的必要的身体上的依赖性而被一笔勾销。美证明了这一点,而且我还得补充一句,只有美才能给我们证明这一点。因为由于在欣赏真理或逻辑统一时,感受不一定是与思想合二为一的,而是偶然地跟随着思想的,所以它只能给我们证明,在一个理性的天性后面能跟着出现一个感性的天性或者相反的情况;却不能证明二者共同存在,不能证明二者相互影响,不能证明二者绝对地、必然地是可以统一起来的。也许正好相反,从思考时排斥感觉、感觉时排斥思考这一前提中必然得出这两种天性不能共容的结论,实际上,分析家除了指出纯理性的必要性外*,对于纯理性在人类中的可行性拿不出更好的证明来。但现在由于在欣赏美或美学统一的过程中发生了内容与形式、被动与主动之间的一次实际的结合和对换,所以,两种天性的可统一性、无限的东西在有限性的范围内的可实现性、从而也就是最崇高的人性的可能性正由此而得到证明。

借助于美,精神自由与感性依赖性得以完美地共存,而人为了表明自己是一种精神力量也不必逃离物质,自此以后,我们不会再为找到一条从感性依赖性过渡到精神自由的途径而感到为难了。但如果他像美的事实所告诫的那样,在与感性认识共同存在时就已自由,如果自由,如果其概念必然带有的意义,是某种绝对的、超感觉的东西,那么,他如何能达到这一境地,即如何将自己从限制提升为绝对的东西,并在其思想和意愿中去与感性世界相对抗,就不可能仍然是问题之所在了,因为在美中已经发生了这个过程。简而言之,人如何从美过渡到真理(真理就能力而言早已存在于美中了),不可能仍为问题之所在,问题在于他如何开拓从一种一般的真实过渡到一种美学的真实、从仅仅是生活的感觉过渡到美的感觉的道路。

第二十六封信

我在前面的信里已论及，由于先有了审美心境，然后它才使自由得以产生，可见审美心境不可能来源于自由，因而不可能来源于精神。它必然是大自然的馈赠；单单依靠偶然事件的恩惠就能解除身体状态的枷锁，并将野蛮人导向美。

有些地方，贫瘠的自然条件使得人无法获得任何精神振奋，有些地方，富裕的自然环境又让人不必自己劳神费力——有些地方，迟钝的感官感受不到任何需求，有些地方，强烈的欲望又无法得到满足，在这样的地方，美的萌芽几乎会立即完全停止发育生长。有的地方，人如穴居人一般藏身于山洞中，永远独处，除自己以外从未见过人类，有的地方，人像游牧民族那样成群结队地四处迁徙，永远只是一个数字，在他们中间从未见过人类，不是在这种地方——只是在他在自己的草棚里自言自语、出门时则与整个家族交谈的地方，美的可爱的花蕾才会绽放。在一阵清风随着每次轻轻的触动而启动感官的地方，在一股充满活力的热情使得丰盛的材料栩栩如生的地方，在盲目大众的国度已经倾覆于无生命的创造中而所向披靡的形式使得即使是最低下的自然产物也高贵起来的地方——在愉快的条件下，在幸运的地域里，在那儿，只有行动导向享受、只有享受导向行动，在那儿，神圣的秩序从生命自身涌出，从秩序法则里只产生出生命来；——在那儿，想像力永远逃避现实，却从未迷失自然单纯性这个方向——只有在这里，感觉和精神、感受力和塑造力才得以完美而协调地发展,这种协调性是美的灵魂,是人类的条件 * 。

那么,宣告野蛮人进入人类社会的又是怎样的一种现象呢?不管我们如何尽力地探索历史,源出于兽类的奴隶制度的一切种族都一样:对外观[①] 的喜悦,对装饰和游戏的爱好。

最高的愚蠢与最高的智慧之间存在着一定的亲缘关系,它表现在二者都只寻求实际的东西,而对纯粹的外表却完全麻木不仁。只有通过一个客体在感官里的直接存在,前者才从其静止状态中猛然惊起,而只有将此客体的概念追根溯源到经验的事实上去,后者才会平静下来;一言以蔽之,愚蠢不能超越现实,而理智则不能在真理下面停滞不前 * 。因此,假如客观现实的需要和对实际的亦步亦趋只是匮乏的后果,那么对现实的无关痛痒的态度、对外表的漠不关心就是人性的真正的扩大和迈向文明的决定性的一步。首先这证明了一种外在的自由:因为只要情势吃紧、需求迫在眉睫,想像力就与实际紧紧地捆绑在一起;到需求得到满足时,想像力这才把实际的自由的能力发挥出来。但这也证实了一种内在的自由,因为这让我们见到这么一股力量,它不依赖于一种外部材料而自主地行动起来,它具有足够的能量顶住外来物质的冲击。事物的现实存在是事物的作品;事物的表象是人的作品,一种欣赏表象的心灵已不再对它感受到的东西、而是对它所做的事情感到喜悦。

不言而喻,这里所谈的只是与实际和真理相区别的审美表象,而不是与之相混淆的逻辑表象 * ——审美表象之所以受到喜爱,是因为它是表象,而不是因为人们认为它是一种比这要好一些的东西。只有前者是游戏,因为后者不过是欺骗而已,承认第一种表

① 外观(Schein),又有“表象”、“现象”、“假象”之意。

象具有某种价值，从来不会有损于真理，因为人们从来不会去冒风险，硬说表象是真理的产物，而这才是能损害真理的惟一方式；轻蔑它就等于普遍地轻蔑本质上就是表象的一切美的艺术。有时理智会遇到这样的情况：理智将其对现实的热情推进到这么一种不宽容的程度，乃至对美丽表象的全部艺术作出一种不屑一顾的评判，因为它不过是表象而已；但只有当理智忆及上面所想到的亲缘关系时，它才会碰到这种情况。关于美的表象的必要界限，我将找机会再次特别谈及*。

大自然用两种感官把人装备起来，这两种感官纯粹通过表象引导人去认识现实，正是大自然本身从而将人从真实提高到表象的。在眼睛和耳朵里，汹涌而至的物质已翻滚而去，脱离了感官，我们在动物的感官里直接触及的客体离开了我们。我们通过眼睛所见的东西与我们所感受的东西是不同的；因为理智越过光线，进入了对象。触觉的对象是我们所承受的一种强力；眼睛和耳朵的对象是我们产生的一个形式。只要人仍处于野蛮状态，他用以享受的就只是感觉的感官，而表象的感官在此时期不过为它服务而已。他要么还根本没有把自己提升到能看的高度，要么并不满足于能看。他一旦开始用眼睛享受，而看又让他获得了一种独立的价值，他在美学上也就自由了，游戏的本能也就发挥出来了。

喜欢表象的游戏的内在推动力一旦被激活，视表象为某种独立物的模仿性的创作的内在驱动力便将随之而至。人一旦有了长足的进步，能把表象与实质、形式与物体区分开来，他也就能够把它们与他区分开来；因为通过他对它们的区分，他已完成此事。也就是说，随着创造形式的能力的存在，一般也就有了运用模仿艺术的能力；对形式的追求以另一种素质为基础，我在这里不必详谈。审美的艺术内在驱动力该多早或多晚发展起来，只取决于人能以多深的爱去与纯粹的表象打交道。

由于一切真实的存在来源于大自然这种外来的力量，而一切表象原本就肇始于人这个具有想像力的主体，所以如果他从本质里面把表象找了回来，并用表象按自身法则加以处置，他就只是在行使他的绝对的所有权而已。一旦他能把遭自然分割的东西想像成一个整体，他就能以无拘无束的自由把它结合在一起，一旦他能把自然合成为一体的东西在他的理智中割开，他就能随心所欲地把它分离开来。他一旦只注意他的领域与事物的存在之间或与自然领域之间的那块界碑*，那么对他来说，在这里只有他自己的法则才是神圣的。

他在表象的艺术中行使这一人类统治权，在这里他把你我区分得越是严格，把形象与本质区分得越是仔细，他越善于赋予形象更多的独立性，他就不仅会更大地扩展美的王国，而且还会更好地维护真理的边界；因为他不能把表象里的真实清除掉而不同时令真实脱离表象的影响。

但也只是在表象的世界里，在想像力的虚幻的国度里，只要他理论上谨慎地避免公开宣布表象就是存在，而实际上又不借助表象容许存在，他才完全享有这种绝对的权利。您从中可以看出，如果诗人赋予他的理想以生存的条件，如果他借助理想追求一定的生存基础，他就以同一方式走出了他的界限。因为他没有别的办法实现这两个目标，只能要么超越他诗人的权利，借助理想渗入经验的领域，利用纯粹的可能性擅自决定现实的存在，要么放弃他诗人的权利，让经验渗入理想的领域，把可能性限制在现实的条件上。

只要他是真诚的（毫不含糊地宣布放弃对现实的一切要求），只要他是独立的（不要现实的任何支持），表象就是美的。一旦他虚伪了，假装成现实的样子，一旦他不纯洁了，需要现实来帮他起作用了，他就不过是用于物质目的的一件低级工具而已，显示不出任何力量维护精神的自由。此外,只要我们的有关评判对这种现实性置之不顾,那么,就根本无须要求那些在我们心目中显得表象很美的对象具有现实性;因为只要考虑现实性,就不是什么美学评判了。一个活的美女,与一幅同样漂亮的美女画比较起来,当然一样惹人喜欢,甚至略高一筹;但就她较画的美女叫我们更加喜爱这一点来说,她不再作为独立的表象叫人喜爱,她不再取悦于纯粹的美感;活的东西也只可作为表面现象取悦于纯粹的美感,真实的东西也只可作为观念取悦于纯粹的美感。但要在活的东西身上只感受到纯粹的表象,比感到表象缺乏生命所需要美的文化修养程度自然要高得多。

在哪个个别人或整个民族身上能见到真诚的、独立的表象,就可以推断出精神和情趣状况以及任何与之相关的卓越性——就可以在那里见到理想对真实的生命占着支配地位,见到荣誉对于财产、思想对于享受、不死之梦对于生存大奏凯歌。在那里,公众的声音将是惟一可怕的东西,而一个橄榄叶环比一件紫袍会给人更高的荣誉。只有孱弱无能和是非颠倒才借虚假的、残破的表象为避难所,有些个人和整个民族,“要么以表象弥补现实、要么以现实弥补(审美的)表象”——二者喜欢结合在一起——他们同时显示出其精神上的一文不值及其审美上的无能。

因此,对于“表象在精神世界上可以在多大范围内发挥作用”这个问题,可简要答复如下:只要那是审美表象,也就是说,这种表象既不想取代客观实际,也无需为客观实际所取代。审美表象从不会危及世俗的真理,在人们发现事情并非如此的地方,不难让事实表明,这不是审美表象。比如,只有一个处于美的环境中的陌生人才会把作为一般形式的礼貌的表达方式当作个人爱慕的标志去接受,如果他受到了迷惑,他就会抱怨人家弄虚作假。但也只有一个处于美的环境中的笨伯,为了显示礼貌,才会求助于虚伪,才去阿谀奉承，以取悦于人。前者还缺乏对独立表象的感受力，所以他只能通过真实赋予独立表象某种意义；后者缺乏的则是现实感*，他很想用表象来代替现实。

从时代的某些平庸的批评家那儿听见这样的抱怨是再平常不过的事情了：世界上再也见不到任何品行端正的可靠的人了，人们都重表象而轻实质。虽然我完全不觉得有批驳这一指责、为时代辩解的资格，但这些道德法官散播其控诉的范围之广就足以说明，他们对我们的时代不仅怪罪其虚假的表象，而且也怪罪其真诚的表象；而甚至他们大概是为了美的利益而提出的例外，也来源于贫乏的表象者*多，来源于独立的表象者少。他们不仅攻讦掩盖真相的、擅自替代实际的骗人的化妆品；他们也积极地反对填空补缺并掩盖贫困的令人感到舒适的表象——也反对那种化腐朽为神奇的理想的表象。道德的虚伪性理所当然地刺伤了他们的严谨的真理感；不过遗憾的是，他们把礼貌也算在这种虚伪性里了。外表的虚饰如此经常地遮蔽了真正的功绩，这令他们不悦；但使他们同样气恼的是，人们要求功绩也应具有表象，并要求内涵也应具有悦人的形式。他们思念以往时代的那些真挚的、结实可靠的东西，但他们也想恢复最初的习俗里的那种生硬的、粗犷的东西，旧形式里的那种笨拙的东西和曾盛极一时的哥特式风格*的那种华丽装饰。他们以这类评判向物质自身表明一种愧对人类的尊敬，人类只应按照物质接受形态、扩大观念王国的能力来评价物质。因此，只要世纪的情趣在一般情况下经受得住一级更好的裁判，它就不必那么留意倾听这种声音。一位严厉的美学法官*能够指责我们的，不是我们认定审美表象具有一定的价值(这一点我们做得还远远不够)，而是我们还没有让它达到纯粹表象的境地，我们对存在与现象还区分得不够，因而还没有永远确定双方的边界。只要我们不渴求也就不能享受活生生的自然界的美，只要我们不能欣赏模仿艺术之美而不问及其目的——只要我们还不让想像力建立它自身的绝对法则,以我们对它的作品的尊重向它指明它的价值,我们就该承受这种指责。

第二十七封信

如果要普及我在上一封信里对审美表象所提出的崇高概念，就请别为现实和真理担忧。只要人的教育水平还低到无法对这一概念加以滥用的程度，它就不会普及；假如要普及它，就只有依靠排除任何滥用可能性的一种文化水平才能办到。追求独立的表象所需的抽象能力、心灵的自由和意志的力量，多于人用以将自己限制在现实上之所需，而他要追求独立的表象，首先就得将自己限制在现实上。因此，如果他想走上通向理想之路，以省去通向实际的路程*，他的这个如意算盘就打得大错特错了！因此，就这儿所考察的表象而言，我们不必那么担心表象会对现实产生什么影响；但我们却更应担心现实会对表象所产生的影响。人受着物质的束缚，在他在理想的艺术中承认表象具有独立的人格之前，他已长期让表象只为他的目标服务了。要使表象具有独立的人格，在人的整个感受方式中需要进行一场总体革命，没有这场革命，他也根本不会走上通往理想的道路。因此，凡在我们发现对纯表象的一种漠不关心的、随意的评价的痕迹的地方，我们就能推断出人的天性的这么一场革命以及其内心里的人性的真正的开始。但在他为了美化其生活、甚至冒着因而在感觉内涵上恶化生活的风险而进行的最初的、原始的尝试中实际上就可以见到这种痕迹了。只要他一旦开始重形象而轻物质，为了表象（但他必须认识它）而拿客观实际去冒险，他的动物世界就开启了，而他就走上了一条永不终结的道路。

仅仅以能满足大自然、满足需求的那些东西还无法让他满足，他要求丰足有余；虽起初只要求一种物质富裕，以掩盖欲望的限制，使超越当前需求的享受得到保证；但随即要求那种物质的丰足有余，要求得到一种美学的附加物，为的是也满足形式的内在驱动力，以将享受扩大到任何需求之外。他只是为未来之需而进行储备，在想像中提前享用这些储备，这么一来，他虽超越了目前的这一时刻，却总的来说并未超越时间；他享用得多了些，但其享用方式未变。但是，他一方面将形象纳入他的享用范围，同时又留意满足其欲望的对象的形式，从而他不仅在范围和程度上提高了他的享受，而且在方式上也提高了这种享受的品位。

诚然，大自然赐予无理性世界的已超过其生活之所需，并在晦暗的动物生活里播撒了自由的微光。如果狮子没有受到饥饿的折磨，也没有受到猛兽的挑战，那闲置的淫威便会给自己制造一个对象；它便会以勇猛的咆哮充塞空荡荡的沙漠，而那绰绰有余的力气便会在无意义的消耗中自得其乐。在阳光下，成群结队的昆虫享受着愉快的生活；而我们在鸣禽的悦耳歌声中所听见的也肯定不是欲望的呼声。这些动作所表达的无疑是自由，但并非一般的需求的自由，而只是一种一定的、一种外部的需求的自由。如果动物的行动是受一种匮乏的驱使，它就会工作，如果富裕的精力是这种驱动力，如果过剩的生命力刺激着自己去行动，它就会游戏。甚至在无心灵的自然界，也表现出这样一种精力的奢侈和一种目标的随意性，在那种物质的意义上甚至可称之为游戏。树萌发出无数无法成长而早夭的嫩芽，树伸展出过多的根系、枝条和叶片以吸取营养，超过维持其个体及种群的生命之所需。它富足有余的储备中备而不用、归还给大自然的那一部分，生物可以在快乐的活动中尽情享用，消耗一空。这么一来，自然界在其物质王国中就给我们演出了一个无限的序幕,在这里就部分地打破了只有在形式的王国里才能完全摆脱的枷锁。以需要的强制或物质的认真为出发点,自然经由富足有余的强迫或物质的游戏过渡到美学的游戏,而自然在美的高度自由的状况下上升、超越任何目标的枷锁之前,在作为其自身的目标和手段的自由的运动中,至少从远方就向这种独立状态靠拢了。

人具有的想像力,如同人的各种器官一样,有其自由的运动及其物质的游戏,在游戏中,它不与形象发生任何关系,只尽享其独断专行和自由自在之乐。在还没有任何形式的东西参与这些幻想游戏、而一系列随意排列的图画成为其全部乐趣的前提下,虽然这种游戏只可能归属于人,却只是他的动物生命的一部分,只证明人摆脱了一切外部的感觉的强迫,而不容许推断出在他身上还存在一种独立的塑造力。① 想像力在进行一种自由形式的尝试中从自由的观念系列的游戏(它还完全是物质性的,从纯粹的自然法则中获得解释)终于一跃而至审美的游戏。必须称之为跳跃,因为一股全新的力量在这里启动了;因为在这里,制定法则的精神首次参加了一种盲目本能的行动,让想像力的天马行空般的运动接受其不变的、永恒的统一体的控制,置其独立性于可变的范围之中,置其

① 在普通人生中进行的大多数游戏要么完全建立在观念系列的这种感觉上,要么其绝大部分的魅力皆取自此感觉。但是,尽管这本身难以证明自己具有一种较高的天性,尽管正是最软弱无力的心灵惯于如此心甘情愿地任由这种自由的图画系列牵着鼻子走,但正是不受外部印象的影响的这种幻想独立性,至少成为幻想创造力的反面条件。塑造力只有摆脱了客观实际,才上升为理想,想像力在其创造力中能按自身法则行动之前,就应该在其再创造的过程中先已经摆脱外来法则的影响。当然,从单纯的无法则状态到独立的内部的有法可依的状态,还须跨出很大的一步,而一股全新的力量即观念的能力在这里必须参与到游戏中来——但这股力量现在也能相当容易地发展起来,因为感官并不与它对抗,而不确定因素至少在否定的意义上与无限相邻。——作者原注。

无限性于感性范围之中。但原始的自然仍然过分强大,除从一个变化到另一个变化不停地奔跑之外,不知道还有任何其他法则,只要这种情况持续下去,它就会以其多变的随意性对抗那种必然性,以其不安定状态对抗那种恒定状态,以其匮乏状态对抗那种独立状态,以其要求甚高、难以满足的阶段对抗那种崇高的单纯阶段。因此,审美的游戏内在驱动力在其最初的尝试中仍然是难以辨认的,因为具有其执拗多变的脾气及其放荡不羁的欲求的感性的游戏内在驱动力不停地插手其间*。于是我们见到粗野的情趣首先抓住了新奇的东西、色彩斑斓、惊险怪诞的东西、猛烈而狂暴的东西,而它最想逃避的则是单纯和安宁。这种情趣塑造古怪的形象,喜爱迅速的过渡、丰满的形式、鲜明的对比、刺目的光线、一种慷慨激昂的歌曲。对人而言,在这个时期只有那些让他激动、给他材料的东西才叫做美——但让他激动起来,是为了进行一种主动的反抗,而给他材料,是为了进行一次可能的塑造,因为,不然的话,甚至对人而言也不是什么美的东西。因此,评判的形式已发生了一种奇特的变化;人寻找这些东西,不是因为它们要他消极地忍受什么,而是它们要他有所行动;他喜欢它们,不是因为它们可以应付一种需要,而是因为它们满足了又在人胸中窃窃私语(虽声音还很微弱)的一种法则的要求。

很快,人已不再满足于这些事物使他高兴;他自己要使自己高兴,起初虽只是借助于属于他的东西,最后却借助于他自己。他所占有的、他所产生的东西不可再仅仅在身上带有仆从的痕迹,不再带有为达到他的目的的胆怯的形式。他所占有、他所产生的东西除了应尽的职责外,必须同时反映思考着它的丰富的理智、实现它的仁爱的手、选择它并树立它的愉快而自由的精神。现在,古日耳曼人给自己找出了更加光灿夺目的兽皮、更加华丽的鹿角、更加秀美的牛角杯,而苏格兰北部人则挑选出最漂亮的贝壳做节日的装饰。甚至武器现在也不可仅仅用以恐吓,它们也应该成为叫人欢悦的东西,而精美的佩剑肩带也要与杀人的剑刃争辉。较为自由的游戏的内在驱动力不满足于以一种美学的丰裕给必要的东西锦上添花,终于完全摆脱了贫困的枷锁,而美会独自成为人追求的一个对象。人把自己打扮起来。自由的兴趣将被纳入人的众多需求之中,而那种并非必需之事很快就会成为人的乐趣中的最佳部分。

随着形式从外而内,在人的住房、家用器具、衣服诸方面向人逐渐接近,形式终于开始占有人本身,起初只改变人的外貌,最后也改变人的内心。无规律的欢快的跳跃成为舞蹈,不像样的姿势成为一种优美和谐的手势语;感觉的混乱的声音发展起来,开始听从节拍的指挥,软化而成为歌声。如果说特洛亚的军队* 以嘹亮的呐喊声宛如一群鹤冲入战场,那么,希腊人的军队就是静悄悄地、迈着高贵的步伐向战场挺进。在前一种情况下,我们只见到盲目力量的狂妄自大、忘乎所以,而后一种情况则显示出形式的胜利和法则的质朴的雄伟。

一种更美的必然性现在把两性紧紧地拴在一起,而心灵的参与帮助维护了情欲只是变化无常地、动摇不定地维系着的联盟。摆脱情欲的阴沉的枷锁之后,更为安静的眼睛抓住了形象,心灵透视心灵,乐趣的一种自私的交换变成了爱好的一种慷慨的更迭。情欲扩展、升华为爱情,正如人性溶化于情欲对象中一样,超乎感觉的低微的利益遭到轻蔑和拒斥,以夺取对于意志的一场较为高贵的胜利。取悦于人的需要迫使大权在握者接受情趣的柔和的裁决;他能剥夺情欲,但爱情必须是一种天赋。要夺取这一更高的奖赏,他只能依靠形式,而不能依靠物质。他必须不再触动感情这种力量,他必须面对理智这种现象;他必须让自由自行其是,因为他想取悦自由。正如美化解天性之间最简单、最纯粹的例子中、即在两性的永恒对立中的矛盾一样,美也在社会的复杂的整体中化解矛盾，或至少以此为目标，以它在男性的力量和女性的温柔之间所缔结的自由联盟为榜样，把精神世界里一切柔和的与激烈的东西调和起来。现在，软弱成为神圣，而飞扬跋扈的强力则遭污辱；自然界的不公为骑士习俗的高尚大度所纠正。任何威力都吓不倒者，被妩媚的羞涩红晕解除了武装，而任何鲜血都无法浇灭的复仇之火，眼泪却能将它窒息。甚至仇恨也侧耳倾听荣誉的柔和的声音，胜者之剑宽恕放下了武器的敌人，一般只以杀戮接待陌生人的可怕的海岸对他燃起了好客的炊烟。

在可怕的力量王国中央，在法则的神圣王国中央，美学教育的内在驱动力神不知鬼不觉地建造着一个愉快的第三王国，即游戏和表象的王国，在这个王国里，美学教育的内在驱动力解除了人的一切关系的束缚，把人从物质上以及精神上所有称做强迫的东西中解放出来。

如果在充满勃勃生机的法制之国里，作为力量的人彼此对抗，相互限制其作用——如果在尊崇伦理道德的职责之国里，人们彼此以法律的庄严来要求对方，约束其欲望，那么，在美的环境中，在美学的国度里，他们彼此只能作为形象出现，只能作为自由游戏的对象相互对立。通过自由给予自由是这个国度里的根本法则*。

富有活力的国家只有以自然驯服自然才能建立社会；尊崇伦理道德的国家只有让个人的意志服从大众的意志，这样才能使得社会（在道德上）成为不可或缺的东西；惟有美学的国家能够使得社会成为现实的东西，因为这种国家通过个体的天性贯彻整体的意志。如果需求迫使人进入社会，而理性将群居的原则植入人的内心，就只有美才能赋予他一种合群的性格。惟有情趣才能将和谐带入社会，因为它在个体身上培育了和谐。想像的一切其他形式都把人分割开来，因为它们都无一例外地要么以其本质的感觉部分、要么以其本质的精神部分为基础；只有美的想像使人成为一个整体,因为他的两种天性必须为此协调一致。信息交流的一切其他形式分裂了社会,因为它们无一例外地要么与个别成员的个人敏感性、要么与个别成员的个人技巧、亦即与人与人之间的差别有关;惟有美的信息交流才能把社会结成一个整体,因为它与一切人的共同性息息相关。我们只是作为个体享受感官之乐的,我们身上固有的种群性并未参与其乐;我们因而不能把我们的感官之乐过分普遍化,因为我们不能对我们的个性进行普遍化。我们只是作为种群享受认识之乐的,而且,此时我们小心翼翼地从我们的评判中抹掉了个体的一切痕迹;因此,我们不能让我们的理性之乐普遍化,因为我们不能像从我们自己的评判中那样从别人的评判中抹掉个体的痕迹。只有美我们才既作为个体、又作为种群、亦即种群的代表去享受。感性上的好东西只能使一个人幸福,因为它建立在偏爱的基础之上,而这种偏爱则始终带有排他的性质;它也可能使得这一个人只获得片面的幸福,因为人的个性并未一同分享之。绝对好的事物只能在一般不能设定的条件下创造幸福;因为真理只是否认的代价,而惟有一颗纯洁的心才相信纯洁的意志。惟有美才能使全世界幸福,任何生物,只要仍然感受着美的魅力,便会忘怀自己的局限。

凡在情趣统治的地方和美的表象王国扩展所到之处,就不容优先权和独裁的存在。这个王国向上扩展,一直到理性以绝对的必然性占支配地位、而一切物质都丧失作用的地方;它往下一直延伸到自然的内在驱动力以盲目的强制手段统治着、而形式尚未开始的地方;甚至在情趣的制定法则的权力已被剥夺的这些极端边界上,情趣也不容许人家夺走自己的执行权。不合群的欲望必须弃绝其利己主义,而那种一般来说只会诱惑感官的赏心悦目的事物也必须在才智超群者的头上撒下优美的网罟。必然性的严格的声音,即义务,必须改变只有反抗能证明其正确性的指责人家的套语，以一种较为高尚的信任尊重惟命是从的自然。情趣把认识从科学的奥秘中导出，引进集体精神的辽阔的天穹之下，将学校的私产变为整个人类社会的共同财富。在情趣的领域内，即使至高无上的天才也必须放弃其尊严而亲切地屈就童心。力量必须受仁慈女神的束缚，而桀骜不驯的猛狮则必须俯首听命于一个爱神的制约。物质的需求以其赤裸裸的形象轻侮了自由的英才的尊严，为此，情趣将其令人显得温和的面纱覆盖在物质需求的头上，而在自由的一种可爱的假象里对我们掩盖了这种与物质的丢脸的亲情。在情趣的激励下，卑躬屈膝的雇佣艺术也脱离尘埃，腾空而起，经其魔杖一触，农奴制度的枷锁从万物身上纷纷脱落，不管是无生命的，还是有生命的。在美学的国度里，一切——包括听人使唤的工具——都是一个自由的公民，他拥有与最高贵者同等的权利，以暴力迫使忍气吞声的大众为其目标卖命的理智不得不在这里征求他们的同意。这就是说，在审美表象的王国里，狂热的拥护者那么热切盼望在本质上能实现的平等的理想在这里实现了；有人说，美的音色在国王宝座附近成熟得最早、最完美，假若果真如此，人们也就必然会在这里看出这种好心的命运安排来，它仿佛常常只是为了驱使人进入一个理想的世界才在现实中加以限制似的。

但存在着这样一个美丽表象的国度吗？又到哪里去找它呢？就需要而言，它存在于每个高雅的心灵中；实际上，如同纯粹的教会和纯粹的共和国，人们大概只可能在少数几个出类拔萃的社会群体里找到它，在那里面，引导时尚的不是对外来习俗的机械模仿，而是自己的美的天性，在那里面，人以果敢的单纯和心如止水的清白穿越各种最复杂的关系，既不必损害他人的自由，以维护自己的自由，又无须抛弃其尊严，以显示雅致*。

附　录(1)

《人的美学教育书简》导读资料

张佳珏 编译

一、逐篇介绍

第一封信:席勒的这一系列书信原来是写给丹麦奥古斯腾堡亲王的,现在可以理解为是写给某一位虚拟的收信人的。发表在席勒编辑出版的《时序女神》杂志上的第一封信的标题下附有席勒的下列说明:"这是些实际上写过的信;究竟是写给谁的?并不重要,读者到时也许将会知道有关情况。由于人们觉得有必要删除与地方发生一定关系的一切,而又不愿以别的什么东西取而代之,所以这些信除了外表的分段之外,几乎没有保留书信形式的什么痕迹;要是不想那么认真地对待它们的真实问题的话,这个笨拙之处本是容易避免的。"

也是在《时序女神》杂志上,在标题的后面刊出了卢梭的长篇小说《新爱洛绮丝》里的一段引言:"如果造就人的是理性,带领人前进的则是感觉。"

注释(以下各信注释的词目都引自张佳珏译席勒:《人的美学教育书简》)

"康德的原则":一七九一年三月,席勒开始阅读康德的《判断力批判》,在与克利斯蒂安·戈特弗里德·科尔勒(席勒的好友,时任高级上诉参议)的通信过程中形成一篇关于“美的客观原则”的对话,席勒本欲于次年出版,未果。但他对美的概念所作的思考归结为这样一句话:“美因而无它,不过是表现的自由而已。”次日他就向奥古斯腾堡亲王许诺“在一系列书信里叙述他关于一种美的哲学的想法。”(《奥古斯腾堡通信集》,一七九三年二月九日)

“康德体系的实践部分”:指以《实践理性批判》为代表的康德的伦理学思想。在《奥古斯腾堡书信集》里还有下面这句话:“我随即暂且承认,我在道德观的主要论点上是完全遵循康德观点的。”(一七九三年十二月三日)从而明确地证明,席勒是以康德哲学中的绝对命令为依据的。

第二封信:席勒对自己的时代的分析和批判,从第二封信开始,直至第八封信。对文明的这种批判在奥古斯腾堡通信里更加尖锐,因为席勒在此不仅尖锐地批判法国大革命,而且也尖锐地批判启蒙运动时期的“纯粹理论性的文化”。

注释

“一切艺术作品中之最完美者”:此处指理想的国家,即“理性王国”,“真正的政治自由”就是在这里实现的。

“在政治舞台上”:指法国大革命的舞台巴黎。由于席勒对按此模式进行政治革新持怀疑态度,所以他建议走美学教育和提高人品之路。

“因为人们是通过美走向自由的”:这是席勒必须证明的美学教育的主要论题。它从各方面来说都是异乎寻常的,因为它认为自由并非来源于天赋人权,也不是以一种社会契约为依据,而应视为一种美学功能。

第三封信:席勒提出这一论题是十分大胆的,这迫使他阐明其国家哲学。他勾画出人类社会从“临时国家”经“自然国家”发展到“理性国家”的大致过程。问题的核心在于从自然国家向理性国家的过渡,即从一个被迫相处的共同体向一个道德的社会过渡,从纯粹力量和利益的独裁向法制社会过渡。席勒认为,这种过渡只能依靠独立于其他两种性格之外的“第三种性格”即美学性格的中介才能完成。

注释

“临时国家”(Notstaat):最简单的国家形式,产生于人类共同生活的必要性。

“自然国家”:这种国家由权力利益和暴力依据看似自然的法律统治着。它可能是席勒对于专制主义国家的一种委婉的称呼。这种国家因而有别于“理性国家”。

“而道德人的存在则成问题”:道德人是一种理想,说得更准确一些,仍然是一种要求,所以其存在只是一种可能。

第四封信:这封信讨论的主题是人品的提高问题。有了人的品格的提高,时间上的一种物质共同体才能过渡到观念上的一种道德社会。感性的人应该提高为道德的人,道德的人则应学会尊重感觉的天性,因为只有在这一对立的均衡之中才能形成和谐的人。同样,个体与国家之间也应保持平衡的关系。一方面,国家不可在公共利益上压制个体,另一方面,个体也不能坚持其私利,寸土不让。个体要清除自己的私心杂念,树立整体意识,把自己提高为理想中人。同样,国家应尊重个体的特点。这样,国家才可能既是多种多样中的统一,又是统一中的多种多样,——一个“自由之邦”。

注释

“绝对的存在”:这是席勒对上帝的许多委婉称呼之一。

“人类学评价”:在这里指对最广义的人的本性的评价,与道德上的评价相对而言。

“尚未开化的人(Wilder)——野蛮人(Barbar)”:在席勒的《艺术家》一诗中,此二词同义。此处前者的贬义弱于后者,因为后者意味着理性摧毁感情。但受压制的天性一有机会就实行报复,进行反击。

“性格的整体性”:不管是对个体而言,还是对整个民族而言,这种整体性都是席勒的理论著作的中心议题:自然与理性、感情与理智、感性与理性这两种对立的力量的调和。它造就了有教养的人,使“自由之邦”成为可能。

第五封信:席勒在这里所作的激进的文化批判,接近卢梭认为文明进程导致人类堕落的观点。一七八九年,席勒经歌德介绍受聘为耶拿大学的无薪酬的哲学教授。在所作的题为“何谓世界史?学习世界史的目的何在?”的就职演讲中,他以乐观的语调描绘出一幅时代的图景。但在这封信里,他却毫不留情地要与“当今的时代”进行清算。在法国大革命的印象下,他在“为数较多的低等级人群”身上只见到“日益粗野”的迹象,这些“无套裤汉”让市民社会制度彻底解体。他觉得尤其糟糕的是“文明阶层”的“意志衰退”,他把它归咎于使人堕落的启蒙文化。然而席勒决不考虑回归自然,因为这是与其历史观相左的。他反过来去追求一种新的、更高的文化,它克服纯理论性的启蒙文化,把它变成一种真正的美学文化。

注释

“意见”:指单纯的主观看法或专断的观点,与批判的、有理有据的观点相对。

“不论是在彼岸还是此岸”:可补充为不论是在莱茵河或大西

洋的彼岸还是此岸。席勒用以暗指美国革命(独立战争)及法国大革命。

“这是空想!”:席勒于一七九三年七月十三日致奥古斯腾堡亲王的信中曾显露其对法国大革命的批判、甚至抵制的态度。此处他再次表明这种态度。

“老的或新的哲学家”:老的指柏拉图在所著的《理想国》中,新的指莫塞斯·门德尔松[1] 在其《关于何谓启蒙的问题》的论文中。

第六封信:席勒在一个段落里针对时代的病态进行了尖锐的评述:现代人的纷争和分裂、社会的专业化和分工、国家的职能化和官僚机构化,一言以蔽之:一种普遍的异化成了现代的独特现象。因此,一般而言,此信最常为人们所援引。不可忽视的是,这一激进的文化批判是嵌在一段十分明确的历史哲学的上下文中间的。现代经验与理想化的古希腊人想必曾经有过的一种理想形成鲜明对比,席勒觉得现代所缺少的正是理想化了的古希腊人所具有的整体性、和谐以及和解。他并不抱怨这种损失,反而在这里面见到一种无法逆转的、必然的文明进程。

他要争取达到一个更高的文化阶段,以解决损失与进步之间的这一辩证关系。应该让一种美学教育来为达到这个更高的阶段作出贡献。

注释

“古希腊的自然状态”——“古希腊人”:席勒同他的大多数同时代人一样是古希腊文化的崇拜者,但并非古希腊人的狂热吹捧

① 莫塞斯·门德尔松(1729—1786),德国启蒙哲学家。

者。他的理想化了的希腊人形象无疑是在温克尔曼①、歌德和洪堡② 的影响下形成的。在《希腊的群神》(见本书第一卷)一诗中,他就哀伤地告别了古希腊神话,让艺术在远离现实的地方占据一席之地。他在第十五封信里又重新提起这一理想。

“单纯”:所指的是温克尔曼在其所著的《关于绘画和雕塑艺术中对希腊作品的模仿的思考》(1755)一文中高度赞美的希腊人的“高贵的单纯”。也可联想到古希腊的单纯与现代的“繁复多样”之间的鲜明对比。

“风趣”(Witz):又有“机智”之意,此处带有贬义。

“直觉的理智和思辨的理智”:直观和抽象;通过直觉认识客观真实,与通过推理认识有别。

“动物的生命”:即有机的生命。

“珊瑚虫天性”:珊瑚虫具有断肢再生及恢复其全体的能力。

“道德的自然状态”:完全漠视道德法则、一心只追求自身利益的道德感。这是对专制主义的尖锐的批判。

“公共意识”:在这里不是一个政治概念。更为接近的是康德提出的审美共同感觉的比较狭窄的意义,这种共同感觉是情趣评判的普遍有效性的必要条件,在此情况下,批判者指望公众能与他的评判不谋而合。情趣评判的这种主观共同性促成了一种“社会的和谐”(比较:《判断力批判》第一章,第二十至二十二节和第四十节《关于作为一种健康理智的情趣》)。

“艺术”:此处指脱离了自然的理智文化。

---

① 温克尔曼(1717—1768),德国科学考古学和古希腊、罗马文化鼎盛时期艺术史编写的奠基人。

② 威廉·封·洪堡(1767—1835),德国学者,语言学家和语言哲学家,翻译家,文化政治家,艺术理论家,作家。

第七封信:在这封信里,席勒又回到他原来的那个问题,即如何才能恢复“我们天性的整体性”以及谁能恢复之? 处于其现状中的国家无此能力。“国家的更迭”即革命也无法办到。在能够实现一种“道德的国家改良”之前,在能够建立理性国家之前,首先必须废除“人内心里的分裂”。席勒认为,人在政治上也能实现其自由之前,首先必须成熟起来,去取得道德上的自由。“政治上的一切改良都应以人品的提高为出发点。”为此需要一个“一个世纪以上”的教育过程,——除非出现一个强有力的人物,结束革命造成的混乱局面,恢复秩序。但即使这样,也只能延缓问题,而决不能解决问题。

第八封信:席勒对启蒙的批判最后归结为这封信里的这么一个问题:“而我们却还老是野蛮人,其原因何在?”他本来是会与康德的看法一致的,认为自己生活在启蒙时代,但这个时代却并不因此就开明了,因为理性仍然支配着感觉。席勒认为走出单纯理性启蒙的峡谷的惟一出路是“感觉能力的培养”,而美学教育应该为此作出贡献。(有关评论详见奥古斯腾堡书信,如一七九三年十一月十一日的信。)

注释

“一切财富中之首要者”:指自由,或如在第二封信里早已提及的:开始“去从事一种真正的政治自由的建立。”

“萨图恩之子”:即宙斯,罗马神话中萨图恩的儿子(希腊神话中克洛诺斯之子)。

“宙斯的孙子”:即阿喀琉斯。

“拿出勇气来,做个有智慧的人”:这是康德在其《对“什么是启蒙?”的解答》一文中所引用的贺拉斯的名言。康德写道:“Sapere aude! 拿出勇气来,运用你自己的理智! 因而是启蒙的格言。”(康

德等:《什么是启蒙? 命题和定义》。艾哈德·巴尔编,斯图加特,1974)

“智慧女神”:希腊神话中的雅典娜。

第九封信:在这封信里,席勒完成了从文化批判向艺术纲领的过渡。由于“野蛮的国家宪法”和分工的社会都无法恢复合乎理想的人的整体性,席勒不得不在国家和社会的监护之外去找寻一个领域。他在“美的艺术”里找到了这样一个领域。他在这里首次提出了美的艺术的独立性的假设。艺术家成为全人类的维护者,他们通过教育,使人类具有一种美学文化。

注释

“由人制定的东西”:指成文法(与天赋人权相反)。

“绝对免疫力”:自我保护、免受“政治立法者”侵害的力量。席勒依据康德的情趣判断的无兴趣论声称艺术是一个独立自主的领域。

“艺术家”:席勒对艺术家的看法表现在以下诸处:奥古斯腾堡通信(一七九三年七月十三日的信,一七九三年十一月十一日的信附件),他对布尔格的诗评,诗作《艺术家》,以及一七九四年八月二十三日和一七九四年十月二十日两封致歌德的信。

“假象”:此处的意思不是“欺骗”(如柏拉图以来的哲学家对艺术指责的那样),而是艺术所必然具有的幻想。这种假象尤以戏剧表演为最,观众有意识地让幻想牵着鼻子走,他们期望获得的不仅是虚假的真实,而且还想获得真理。艺术的表象里隐藏着真理。

“该在可能性和必要性的结合中产生理想”:可能性的领域是艺术,必要性的领域是道德。在艺术作品中将二者结合起来作为人类理想加以描写,这是艺术家的任务。

“跟你的世纪一道生活,但别做它的宠儿”:席勒反复强调,艺术家应是一个持批判态度的同时代人,而不可融合在他的时代里,因为不然的话,他就只能复制其时代的矛盾,而不能用艺术去克服这些矛盾。从这里同时显示出艺术的两个方面:一方面与时代保持距离,另一方面又无所不在,艺术家应通过这两个方面成为"一切时代的同时代人"。

第十封信:在这封信里,席勒回过头去再谈他在第四封信讨论过的"尚未开化的人"与"野蛮人"之间的双重矛盾。他给自己重新提出"粗野"与"松弛"如何通过"美的文化"得以相互和解的问题。但是,几个世纪以来的历史经验却告诉我们,阳春白雪的文化促使道德松弛,大国衰亡,这种和解如何才能实现呢?精美的情趣与政治的自由甚至似乎是水火不相容的。由于历史的经验与席勒的通过美达到自由的意图背道而驰,他不得不去寻找对美的另一种理解,或设法找到仍能肯定其论点的关于美的一种纯理性概念。换言之,他必须放弃从经验里导出美来的尝试,另走一条"超验的道路"。论文的方法和重点从而发生了变化。

注释

"因而很想阻止想像力的技艺进入他们的共和国":柏拉图在其所著的《理想国》一书中要将诗人逐出他的理想国。

"令人肃然起敬的声音":此处指卢梭及其论文《论科学与艺术》(1750),论文中对于"科学和美的艺术的恢复是否曾经有助于道德的净化"的回答是否定的。

"危险的雄辩术":诡辩术,伪逻辑。

"美的纯理性概念":书简从此开始了向超验的转折。席勒想通过这一转折显示美是做一个人的必要的条件。

第十一封信:在第十至第十六封信中,席勒沿着超验的道路奠定了美的基础,从而为奥古斯腾堡书信提供了草稿。这么一来,原来的主题也就从迫切的政治和社会问题转变为纯粹美学问题,亦即从经验转变为抽象。由于从经验上无法证明,美的影响如何能有助于体验人的整体性,所以席勒不得不走这条弯路。这不折不扣地意味着从人性概念中推论出美的一般观念,他自己在第十七封信里回过头去,就是这样描述他的方法的特点的。按照席勒特有的方式,思想在一系列的对立面中运动,之所以挑选出这些对立面来,是因为它们既以相互作用、又以和解为目标。这些对立面中的第一对叫做"人和状态",其中,席勒把"人"理解为作为处于时间之外的保持不变的、只能通过智力(而不是通过感觉)认识的生物的人,把"状态"理解为作为处于时间之内的不断变化着的生物的人。

注释

"必然之物":席勒有许多对上帝的委婉称呼,这是其中之一。本信下文中的"绝对的主体"和"最高智慧"也可视为这类称呼。

"个性":用于康德伦理学的意义:"个性,这就是摆脱了整个大自然的机械论的自由和独立性。"(《实践理性批判》,第一部,第一册,第三主题)

"我们存在,是因为我们存在":此处席勒完全接受了费希特[①]的观点,连许多提法都与他一致。试比较费希特在耶拿所作的《关于学者禀赋的讲稿》(1794)及其《全部科学学基础》(1794),比如,文中有这样的句子:"我就是存在嘛,这就是说:因为我存在,所以

① 费希特(1762—1814),德国哲学家,德国古典唯心主义主要代表之一。其哲学思想可概括为三个基本命题:"自我设定自身"、"自我设定非我"和"自我和非我的统一"。认为"自我"是惟一的实在,以此反对康德的"自在之物"。他在唯心主义范围内看到了人的能动作用和理论认识与实践活动的统一性,这种辩证法思想曾对黑格尔产生影响。

我就是存在嘛。”

第十二封信：如果人和状态这一对矛盾的消除迄今只是在一种“绝对之物”的理念中、亦即在上帝的理念中才是可以想像的，于是席勒就问，人的这种双重本性即其“感性和理性的本性”如何对待世界呢？他引进了两种力量，用以更好地理解人的这种双重指引，他仿照费希特称之为“内在驱动力”，因为它们是推动我们采取行动的力量。物质内在驱动力针对感性世界，以占有其丰富的内涵，在时间上实现自身；形式内在驱动力以人的理性的本性为基础，在一切变化中力求保持人的统一和本质。这两种内在驱动力都要实现自身，二者相互关联：人通过物质内在驱动力占有世界，他通过形式内在驱动力理解世界。若无物质内在驱动力，只能靠智力（而无法靠感性接触）去认识的东西就会停留在盲目状态，若无形式内在驱动力，物质存在则是没有概念的。物质需要形式，而形式需要物质。这两种内在驱动力都有固定的功能：物质内在驱动力“应将一切内在的东西表现出来”，而形式内在驱动力则应“赋予一切外在的东西以形式”。

注释

“称之为内在驱动力”：在书简的《时序女神》版本里，这后面接着解释这个概念的一段较长的注解。在第二版里，席勒把它删除了：“我毫不迟疑地既与力求遵守一条法则者、又与争取满足一项需求者共同使用这一用语，虽则其使用在一般情况下通常只限于后者。一旦理性观念被置于时间的限制之下，它就会成为要求或义务，而一旦这些义务关系到某种一定的、实际的东西，它就会成为内在驱动力。真实性是理性规定一切高智能生物具有的一种绝对的、必然的因素。这种真实性是可能的，所以它实实在在存在于至高至尊者身上；因为这是从一个必然之物的概念中产生的。正是这种被置于人类限制之中的观念尽管仍旧是必然的,但只在道德上是必然的,而且首先应该实现它,因为对于一个偶然之物而言,仅凭可能性还不可能成为现实。如果经验现在提供这种真实性要求可援引的一个事例,它就会激活一种内在驱动力,亦即一种前进动力去实施这一法则,从而促使按照理性的规定与自己达成一致。这种内在驱动力必然会产生,即使在那些与它针锋相对的人的身上也不会缺失。如果没有它,就不会有道德上的恶意,因而也就不会有道德上的好意。"

"感性驱动力":席勒在后文(第十三封信)里称之为"物质内在驱动力";在《时序女神》版本中曾称之为"事物内在驱动力"。

"成为物质":感性内在驱动力是受自然法则支配的物质世界的一个组成部分。

"不是把物质给他":作为经验的物质只能通过外部世界来提供;因而把它拿出来给人不可能是感性驱动力的任务。下文中有清楚的说明。

"形式内在驱动力":第十三封信后来的一条注脚里说,席勒所使用的名称术语来源于费希特的《全部知识学的基础》(1794)。但席勒对其名称术语做了某些调整,以用于自己的目的。从费希特的《论哲学的精神和字句》一文中可以看出,席勒对他的理解是一种富有成果的误解。费希特纠正了席勒的内在驱动力理论,但并未对他进行人身攻击,只是提议采用理论内在驱动力、实用内在驱动力、美学内在驱动力这些名称。席勒注意到这种悄然无声的改动,拒绝在他主办的《时序女神》上刊登这篇文章。在接踵而至的尖锐论争中,费希特不仅对席勒的名称术语,而且对其哲学风格的无法理解进行了普遍的批评。

"它要求的是真理,是正义":这就是说,形式内在驱动力的目标既是对真理的认识,又是道德的行动。

“但如果思想一言既出”:此处按照康德的术语体系本该出现“理性”概念,特别由于这里是形式内在驱动力的另一种说法。但与一切术语上的严格区分相反,席勒却认为关键在于感情和思想的对立,其中感情代表主观、个性和多样性,而思想则代表普遍性、必然性和法则。但当他后来谈到“道德的感情”时,他只能是指理性而言。

第十三封信:然而席勒并不想绝对化地去理解刚刚进行的这两种内在驱动力的分离,亦即不想把它们理解为一种对立关系,否则人性的统一就不存在了。在文明化的过程中,人类因文化而疏远了自然,促使内在驱动力的单方面发展,这才形成了这种对立。席勒在这里通过确定其界限及权能再次给这两种内在驱动力下了定义。在看护、保养和培育的意义上正确理解的文化首先应有保护这两种内在驱动力免受相互越权侵犯的任务,也就是说,“保护感性认识,免受自由的侵犯”和“保护个人品格,免受感觉力量的侵犯”。因此,他提出警告,既要提防“占优势的感性”支配一切,也要提防“占优势的理性”占上风。人类教育的首要任务因而就是培养“感觉能力”和“理性能力”。通过培育“感受性”,人就会对世界敞开胸襟,接受其纷繁多样的影响,从而发展自己的禀赋。席勒把人的这一任务称之为“广度”,在另一方面与之相对应的是“强度”。人以理性的“积极性”去理解世界的多样性,赋予它形式,发展其独立性。物质内在驱动力和形式内在驱动力已不再相互对立,而是相互补充,或——按费希特的理解——“相互影响”,以致它们既相互服从,又彼此配合。席勒的人格理想是符合这种理解的,他的人格理想既灵活而又有原则性,既有适应能力而又富独立性,既宽容而又严格。按此理想,席勒不倦地告诫人们提防一个内在驱动力单方面占上风的危险。所以他再次强调其相互影响对于有教养的人该是多么重要。

注释

“等于零”:互相抵消。

第十四封信:物质内在驱动力和形式内在驱动力不仅应该受到限制,而且应该相互补充,或更确切地说:相互影响。为了把这种相互关系界定得更加明确一些,席勒创立了“游戏内在驱动力”一词,起初,它作为一种“新内在驱动力”给席勒的内在驱动力学说带来了一些混乱。他在第十三封信开始处就断然宣布,“能在二者之间起调和作用的第三种基本内在驱动力简直是一个无法想像的概念。”但现在却要“二者在其中结合起来发挥作用”的游戏内在驱动力在其他的这两种内在驱动力之间建立一种和谐的平衡关系。这就是说,席勒并不把游戏内在驱动力理解为第三种基本内在驱动力(约莫相当费希特的“美学内在驱动力”),而是理解为物质内在驱动力和形式内在驱动力的“相互作用”。游戏内在驱动力的目标是两种基本内在驱动力的调和和借助于艺术进行的一种整体性体验,“人类观念”在这种体验里或许能找到其最高的表达方式。于是,以三种不同的方式从头到尾演示了“两种内在驱动力的这种相互关系”,使得在每次演示结束的时候,游戏内在驱动力看起来都达到了和解的理想要求。

注释

“人类观念”:席勒对人达到一种完美和和谐境界的理想,这是人类的一个“无穷无尽”的任务。

“他不应以其现实为代价去追求形式,……所以他应有意识”,席勒的这一段引言出自他的“朋友费希特”的《关于学者禀赋的讲稿》,虽然他没有提及他的名字。他在第四封信里就提到这篇著作。

“对他作为人的一种完整的直观”:席勒在第三封信里就瞄准了“第三种性格”这一目标,但当时还是成问题的,此处他终于达到这个目标。

“容我姑且称它为游戏内在驱动力吧”:“游戏内在驱动力”对席勒而言是一个既独特而又极富个性的概念,它构成了美学教育的核心。它之所以独特,是因为它既不符合 Homo ludens① 的普遍概念,也与费希特的“美学内在驱动力”对不上号。它之所以极富个性,是因为席勒在他所有就世界、人和艺术进行思考的理论文章中一再从一种二元论的结构出发,以在一个起调和作用的第三种力量中消除并调和对立,就像在《论优美和尊严》一文中那样,在感性与理性之争中,矛盾在“美的灵魂”里找到了平衡,也像这里的情形一样,物质内在驱动力和形式内在驱动力的对立在游戏内在驱动力里得以调和。

“感官是怎么设法去接受的,就怎么去创造”:席勒在《时序女神》版本里还作了如下的补充:“可以这么说,事物内在驱动力的目标在于,对时间上的统一性进行多样化,因为感觉是一系列现实的传承;形式内在驱动力的目标在于,把观念上的多样性统一起来,因为思想是差异的一致;因此,游戏内在驱动力要做的事就是,对观念上的统一性在时间上进行多样化;将法则化为感觉;或者,同样重要的是,将时间上的多样性在观念上统一起来;将感觉化为法则。”

第十四封信结尾处:在《时序女神》版本里,还有下列文字接在后面:“在其支配下,愉快的东西将成为一个客体,而善的东西将成为一种权力。它将在其客体中以形式替换物质,以物质替换形式,在其主体中把必然变成自由,把自由变成必然,以此方式把人的两

① 拉丁语。意思是:嬉戏的、因而富创造性的人。

种天性置于最密切的共同体之中。”

第十五封信：席勒在给予内在驱动力相关的对象取名字的同时，展开了一系列的思考，美构成其终点。物质内在驱动力以生命为目标，形式内在驱动力以形象为目标——游戏内在驱动力的对象则是“活的形象”，这个概念同时也是对美的一个恰当的名称。因为生命在美中成形，形象因而也就活起来了，席勒举塑造艺术为例正是这样说明的。在这一观点下，美就既是感性的现象，又是精神的形式。它把平时彼此分离的领域融合在一起，这样才使得体验人的一种完美过程成为可能。在与美的事物游戏般打交道的过程中，人才会有这种体验，因为在这种状态下，人是不受物质存在的需要和法则的强迫的约束的。需要的要求是严肃的，对生活起着决定性的作用，但美是快活的，人跟它一起玩耍。面对美的事物，人感到自身的和谐（按康德的说法就是一种“不感兴趣的惬意”），因为他体验到他自身的可能的整体性。对席勒而言，古希腊人的范例就是这种强烈生活感情的理想范例，“他们只是把本该在人间实现的事情搬上诸神住所奥林波斯山上而已。”（见第十五封信）因为对席勒来说，这不仅关系到艺术经历，而且在美的介质中，这主要还关系到美学教育应助其一臂之力的“更加艰难的生活艺术”。

注释

“普遍的格式”：此处意义同康德的“超验的格式”，其中在感性力量和智慧力量之间也要求有一种“中介的概念”。

“任何教条派信徒”：此处大概是指沃尔夫学派理性主义的代表，他们靠纯粹的抽象推理把美的事物界定为完美。沃尔夫（1679—1754），德国启蒙哲学的卓越代表，奠定了德国哲学专业用语的基础。

“它们的要求都是认真的”:物质内在驱动力和形式内在驱动力的严肃认真与游戏内在驱动力的轻快之间的下述对比,是以席勒和歌德一再强调的生活和艺术之间的差异为基础的。其最言简意赅的表达方式是席勒在《瓦伦斯坦》序诗里的那句名言:“生活严肃沉重,艺术欢快轻松。”

“但对美却采取游戏的态度”:在《时序女神》版本里,席勒还作了如下补充:“有一种纸牌游戏和一种悲剧;但就此名称而言,纸牌游戏显得过分严肃。”

“在其所有游戏中都应念念不忘的”:在《时序女神》版本中,席勒继续写道:“视游戏内在驱动力要么向事物内在驱动力靠拢、要么向形式内在驱动力靠拢的不同情况,美的事物就要么近乎纯粹的生命,要么近乎纯粹的形象,而人们就永远也不会有误,如果……”

“因此理性说出了这句箴言”:在《时序女神》版本中接着还有下文:“游戏内在驱动力不仅应该是事物内在驱动力,不仅应该是形式内在驱动力,而应该是二者兼备,这才是游戏内在驱动力。换言之:人……”

“过去巴黎的戏剧”:这里可能一般指革命之前的巴黎的宫廷和民间的节庆,但也可能指市集滑稽剧场。

“希腊人的感情”:古希腊人能够游戏般地、亦即通过艺术的手段达到物质与精神、感性与道德之间的平衡,对此席勒一再表现出很大的热情,这似乎与第四封信相矛盾。在第四封信里,他曾把这一“人类的观念”称为一个调节的观念,也就是一个只能接近、而不能完全实现的远景目标。这一矛盾只能借助于席勒的历史哲学予以消除。这种历史哲学,我们可以通过比喻的手段理解为人类从永远失去的乐土、经过文明发展的过程直到永恒的福地这个乌托邦的远景目标的一种发展。

“闲庭信步和对一切都无所谓”：此处应理解为正面的行为方式，靠它们才能保证达到摆脱了物质需要和必要的劳动的一个较高的文化阶段。

朱诺·路多维奇：歌德在其《意大利游记》里曾描写过红衣主教路多维奇别墅里的这尊维纳斯巨大头像，席勒用作美的活形象的最后的例证。

第十六封信：席勒在第十五封信里完成了这样一件批判工作，那就是，“从人性的概念里一般地找出了美的普遍理念的根源。”第十六封信的结论是，“真实与形式的平衡”始终只能是一种理念，准确地说，只能是一种调节的理念。然而席勒在观察感性与理性的平衡不可分割的完美事物时，却在经验上发现一种一分为二的现象，即分为“柔和美和刚强美”。因此，第十六封信对于研究的继续有一种承上启下的功能，以便继以超验的方式奠定美的基础之后分析其对人的影响。这在第十七封信中进行。在《时序女神》版本里，第十七封信还给冠上了“柔和美”的标题。可是在文章的进一步发展中，“刚强美”和“理想美”却从席勒的视线里消失了。由此观之，《美学教育书简》可说仍是一部未完成的作品。对于《书简》中遗漏的“刚强美”，后来出版的《论崇高》一文可视为一种补充。但可以肯定的是，在席勒的心目中，美和崇高是两个互补的概念，二者应以不同的方式让人获得其可能的完美化的理想。他在一八〇〇年七月二十六日致聚沃伦的信中写道：“美是给幸福的一代人享有的，但对不幸的一代，必须力求以崇高的情感去感动。”

注释

“在前边某一封信里”：指第十三封信的结尾部分。

“有一种柔和美和一种刚强美”：这是“美”和“崇高”这两个传统概念的另一种说法。

“那个矛盾”：此矛盾在第十封信里业已论及，即粗暴化和疲惫化的双重矛盾，第四封信里的尚未开化的人和野蛮人即为其例。

“检验柔和美的效果”：下面的几封信以此为主题，但并未言及刚强美。

第十七封信：这封信的作用是引导美学理论向美的感性经验过渡。这就是说，席勒要离开抽象思索的领域，下落到“实际的现场”上，去探讨美对人的影响问题。他认为美在人的教育方面应承担一种双重的任务，于是立即又直接采用他常乐于运用的一分为二的方法。为了把人培养成“一个自我完善的整体”，美必须在紧张的人身上恢复和谐，在松弛的人身上恢复精力。在下文中，席勒只考虑了柔和美的作用。他认为柔和美也有一种双重作用，即让紧张的人既摆脱“感觉的强制”，又免受“观念的强制”。席勒认为关键在于人被片面使用的感性力量和精神力量之间的对立，这种对立应通过柔和美的作用予以消除。不过他必须迅速再次为了便于沉思而离开刚刚进入的经验的园地，以便首先能对美这一平衡的媒介形成一种概念。

注释

“美的普遍理念”：其推导构成第十一至第十六封信的内容。

“自我完善的整体”：这可说是美学教育的目的。在《时序女神》版本里对此有一脚注：“《美学基础》(爱尔福特，1791)一文的卓越的作者在美里面区分出两个基本原理，即优美和力量，并认为美是二者最完美的结合；这毫厘不爽地与此处的解释相吻合。因此，之所以将美分为优美占优势的柔和美和力量占优势的刚强美两类，原因即在其定义之中。”此处“卓越的作者”指卡尔·台奥多尔·封·达尔贝格男爵(1744—1817，一八〇二至一八一三年间担任选帝侯)。

“经过文化熏陶的人”:这种人在以往的信里曾被称为“野蛮人”,亦即那种经过文化的熏陶而与大自然疏远了的人。

“抽象形式”:指概念的抽象。

第十八封信:席勒在一七九五年九月二十一日致友人克里斯提安·戈特弗里德刻尔纳(1756—1831,普鲁士国务委员,席勒曾于一七八五至一七八七年间在他家做客)的一封信里称第十八至第二十二封信为“很重要的信”,因为这些信的主题是“美的体系”。从实际的角度看,这肯定是对的,因为在第十八封信里,席勒与十八世纪的感觉论哲学和唯理论哲学划清界限。他要以其美学体系挫败这两个哲学流派。他在更早一些(一七九三年一月二十五日)写给克尔纳的一封信里把这条界限划得更加细微。他把对美的解释区分为“感性主观的(如伯克等人)、或主观理性的(如康德)、或理性客观的(如鲍姆加滕,门德尔松等人)”,而把自己的理论称为“感性客观”的。在第十八封信里,席勒把这种流派之争简化为一种感觉论与唯理论之间的对立,他希望能以其美的体系战而胜之。

注释

“由美引导着走向形式和思维”:“美”在这里实际上指的是“柔和美”(在《时序女神》版本上仍保留这一提法)。

“中间状态”:人借助于美进入一种中间状态,这是席勒早期的美学思想中的一种设想。一七八四年他就写道:“我们的天性[……]要求有一种中间状态,它能把两个相互对立的目标结合起来,缓和硬邦邦的紧张局面,走向柔和的和谐,以便交替地从一种状态过渡到另一种状态。审美观或美感一般就给我们带来这种好处。”于是,席勒——几乎按照黑格尔辩证法的精神——“消除”美的感觉和思维的对立,从而试图进一步说明这种中间状态。

“美学迷宫”:指开始时提到的全都处于矛盾之中的哲学模式。

席勒相信他已找到了走出迷宫的途径。

“信奉感觉论的美学家”:指想按“感性主观”的思路解释美的问题的哲学家和批评家,如埃特蒙德·伯克。

“在炉火旁侃侃而谈、娓娓动听地进行一场哲学推论”:这可能是对那些不理解席勒发表在《时序女神》上的论文第一部分的读者的一种批评。

第十九封信:席勒在批评了感觉论美学和唯理论美学之后,给自己提出了借助于美调和感觉和思维这两个对立状态的任务。虽然他许诺对人的“消极和积极的可确定性”进行分析,循此捷径达到目标,却又走上了一条思想丰富的曲径(第十九至第二十二封信),我们可以把它理解为美学教育的另一种形态。要求以对立的方式实现的两种基本内在驱动力与人的双重可确定性相当。在此二者之间存在着一种意愿,即坚持他在二者之间选择的完全自由的意愿。席勒把这种意愿自由与道德自由区分开来,后者只采取合乎理性的行动,而前者则摆脱了基本内在驱动力的双重强制,于是人“作为混合的天性[……]在物质的限制之下采取合乎理性的行动,而在理性法则的约束之下则按照物质要求行事。”这是这些信函内部发生的一种重大的重点转移,因为开始时对于自由还只是作为一个道德或政治范畴来讨论的。但在这里却被理解为一个美学范畴,它只能间接地对政治自由施加影响。

注释

“通过被动接受才转为主动”:人要首先接受感官的印象,然后才能主动进行精神活动和思考活动。

“意志就起着对抗此二内在驱动力的一种力量(……)的作用”:关于“意志”,席勒在《论崇高》一文开始处,席勒把意志界定为“人类的根本性格”。

“现实的基础”:实现的先决条件。

“感性认识的时代”:自然的时代,人类的童年时代。

“无法逃脱、不可伪造、无法理解”:席勒在《时序女神》版本里把这个“三位一体”称为“一种上帝显灵现象,要是真出过这种事的话。”

第二十封信:席勒现在要更加精确地界定这种自由。只有在这两个基本内在驱动力在人身上得到完全的发展之后才可能出现这种自由。在考虑美学自由作为一种中间状态有任何存在的可能性之前,感觉与思考、生命内在驱动力与形式内在驱动力必须先处于相互对立的地位。于是,它在感性和理性之间起一个中介的作用,仿佛让它们浮悬在半空中,保持平衡。在此状态下,人“既不在身体上也不在精神上感受到任何强制”,他摆脱了一切束缚。席勒把这种状态称为“美学”状态,它可与康德的“无兴趣的惬意”相比拟。

注释

“必须消灭那种感受力量”:“消灭”二字在此处几乎可按黑格尔辩证法的意思去理解:对抗、消灭、扬弃。在后文里有类似的说法:一项任务是“同时既消灭又保留状态的确定,促成此事的惟一方式是以另外一种状态的确定与之对抗。”后来在确定中间心理状态时,席勒阐述得更为清晰一些,“在这种中间心理状态中,感性和理性同时发挥作用,但正因如此,其决定的力量相互抵消,通过对立而导致否定。”

“经历一种纯粹的可确定性状态”:在《时序女神》版本里,这后面还有下列文字:“从负数迈向正数,必须走经过零的道路。”

第二十一封信:在第十九封信里,席勒还把不确定状态称为

"空洞的无限状态"。现在他联系到那封信,更确切地把美学状态界定为"充实的无限状态"。其用意在于让这一状态"极其准确地"符合他的游戏理论。这两种状态在三点上是一致的,即在这种心情之下,这两种相对立的基本内在驱动力处于一种介乎二者之间的状态,二者将人置于一种似乎摆脱了一切束缚的状态之中,二者给人一种他可能达到的完美境地的想像。它们使人能体验一种美学自由,这种自由里面含有一层允诺的意思,即允诺实现一种可能的人的整体性。因此,席勒也能肯定把美及其对人的影响说成是对理论上及实践上的理性所提出的要求"漠不关心"的那些人是对的。美是没有目标的,它既不能在智力上也不能在道德上对人下一个界说,但正因如此,它才让他摆脱了一切束缚。席勒把美进行了神化,简直把它尊崇为"第二创世主",因为它赋予人"该成为什么就能成为什么的自由"。他如何加以实现,完全是他的权利。

注释

"在此前的一封信的开头部分里":指第十九封信的开头部分。

"前面的研究结论":在《时序女神》版本里,席勒指明是含有其游戏理论的第十四和第十五封信。

"人在美学状态中就等于零":这里应该从正面去理解,因为在美学状态中,人处于感性和理性、感觉和思维之间的一种平衡状态。此零状态是最高的实现可能性状态。

"完全无关紧要":大概是指康德关于美的"毫无兴趣的惬意"而言。

"第二创造者":这个概念是席勒从沙夫茨伯里勋爵那儿借用的(见所著《论人、风俗、观念与时代的特征》。伦敦,1711。卷二,第 345 页)。沙夫茨伯里(1671—1713,又译"舍夫茨别利",英国哲学家。)主张美感与道德感一致,和谐即美;认为人天生即有审辨善恶美丑之能力,并称此能力为"内在的感官"。还著有《德性或美德研究》等。其唯心主义的、泛神论的美学和伦理学思想曾对赫尔德、席勒和歌德产生重大影响。

第二十二封信：如果说席勒在上一封信里还按照趣味判断力的种类把美的作用定性为“无关紧要”的话，那么，他现在似乎就想对那些“声称美学状态在认识和道德观念上成果最丰”的人表示肯定的态度。但这一点也不完全对头，因为艺术的影响是极为间接的。体验美的事物既不会使人聪慧一些，也不会叫人更合乎道德准则，但可以促使其心灵的力量再生，振奋并增强其精神。为了至少能粗略地证明这一点，席勒一般地研究了不同的艺术对心灵所产生的影响。然而即使在对艺术作品进行这种辩解的时候也该注意，席勒痛感“美学纯洁性的理想”——实际上没有任何艺术作品能完全达到它，哪怕最卓越的范本也只能接近它——中缺少艺术。这么一来，在艺术作品上进行的这种美学状态的试验也就要符合一种高度的超验的要求，这种要求在语言上表现为许多限制性的句子。

注释

“那些把审美状态在认识和道德方面宣布为最富成果的人”：这里所指的可能是所有那些指望从艺术作品里获得有益的教诲或道德的启迪的唯理论的理论家和批评家。

“即使最才思横溢的音乐”：即使十八世纪以来被认为是最纯粹的艺术的音乐也不符合席勒的美学纯洁性的理想，因为它只能通过暗示唤起某种心情变化，因为它通过旋律和节拍还过分刺激感官。

“想像力及其媒介”：此处“媒介”应与内容区别开来，因为问题不涉及一首诗的题材，而是与语言这个媒介有关，即使在最纯粹的诗里，语言始终与逻辑用法和日常用法联系在一起。

“而形式则应使出全身解数”:“形式”在这里不应与形式内在驱动力相混淆。此处及在下文中,形式都指艺术作品的美学形态。

“借助于形式消除素材”:席勒的这一提法被引用得最多,但被误解也最多,他因而常被扣上“形式主义者”的帽子。但他的意思是,艺术作品的素材被形式消除,思想内涵因而出现。这种观点的确是唯心主义的,但决不是形式主义的。

“感情冲动的艺术”:在一七九四年二月三日致刻尔纳的一封信中,他详谈了《美学教育》的结构问题,其中他也谈到“感情冲动的艺术”与“美的艺术”之间的区别。如果只是一种慷慨激昂的艺术,悲剧就会成为席勒美学的一块礁石,可是他在这里——如同在他论戏剧的文章中一样——也强调,甚至悲剧也必须“在感情冲动的最高潮中节用心灵的自由”。

第二十三封信:在就审美状态问题插入一番议论(第十九至二十二封信)之后,席勒现在笔锋一转,又回到曾在第十六至十八封信里讨论过的“柔和美”问题上来,探究其功能。现在这位康德派传人比康德本人还要着急,他的一些提法充满了果敢精神。比如可称为此信的主旨的那句话就说:“要使感性的人成为理性的人,只能对他先进行美学化,此外别无他途。”尽管席勒在一条脚注里申明他信奉康德的道德论,并再次强调:“美对理智和意志都不会产生任何结果。”但他想引进审美自由充当感性和理性之间的中介,从而克服康德的道德严肃主义。为此必须先通过美提高感性人的品质,而这就不折不扣地叫做“理性的主动性在感性的园地上就已经”开始了。借助于美学的气氛,向道德状态的过渡就容易些了。在美学自由的状态中,人只需有意志去创造合乎理性的东西。虽然在道德上不可能超越义务,但在美学上却是可能的,“而这样一种行为就可称之为高尚。”一种“美学文化”的目的在于提高人的品格,这可能就是一个文明社会的先决条件。这是席勒的美学教育的基本思想。

注释

“我重新回到这条脉络上来”:指第十七封信结尾处。

“提高了品质”:此处不应理解为道德范畴,而应理解为美学范畴。

“置于另一片天空之下”:可能是指古希腊(席勒常如此),但这里是比喻审美状态。

“一言以蔽之”:在《时序女神》版本中,后面还有如下的文字:“在形式内在驱动力占支配地位的地方,在真理和道德的领域里,不容许还有任何物质的存在,不容许感觉有任何决定权;但在物质内在驱动力控制一切的地方,在真理和道德的领域里……”

“但美是自由的惟一可能的表现形式”:这里再次显示出席勒给美下的独特的定义。他在一七九三年二月八日写给刻尔纳的信里就下过这样的定义。在那里,这还是他用康德学派的全部方法都无法证明的一个大胆的论题,在这里却具有了较大的说服力,因为他阐明了人的美,从而把康德的超验美学纳入了人类学的范畴(在《论优美与尊严》一文中,他早已这么做了)。人品的提高在自由已表现在感性事物上的地方标志着从感性向精神的过渡。

“道德哲学家”:指康德。

第二十四封信:如要一种美学文化促使人从肉体状态向精神状态过渡,仅从人类学(或也从本体论)的角度去说明美的根源是不够的,也许还要证明美在历史进程中的中介作用。因为对席勒来说,这不仅关系到人类个体品格的提高,而且也关系到人类达到一个较高的文明程度的问题。在十八世纪萌芽的历史思维方式上,席勒设计了一种三阶段模式,“不管是个别人,还是整个人类都必然”要经历它。他对人类发展史的这一模式所作的变动使得人从肉体状态经过审美状态进入精神状态，这是他思维的特性。在这封信里，他从本体论和种系发生两方面描写人的自然状态，这两种观察方式相互渗透，相互补充。在这个过程中，席勒完全意识到，他对人的自然状态的设想是一种假定的结构，这一点他一下子就强调了两次（在这封信里以及在第二十五封信的脚注里）。不过，他坚持认为他的设计是得到经验证实的。但这里对他至关重要的是证明美学自由——“乘着想像力的翅膀”——已在自然状态里扎下了根以及它是如何扎下根的。对于天马行空的想像力的图景，人的反应是“担忧和恐惧”。此二者是一种人们还不理解的理性的最初的表现，这种理性必须服从感性内在驱动力的优势地位。不过，从“无理性兽类”向“有理性兽类”的这一过渡还不是理想人类的开始。生命内在驱动力在这里仍然支配着形式内在驱动力。

注释

“自由的欲望”：美的作用在这里应理解为康德的“静心养性的欲望”，即一种无法满足的、却能使人心境平和的欲望。

“从一种有限的实际上升为观念”：“观念”此处是康德理解上的理性观念，即上帝、永生、自由。

“绝对命令”：在这里仍然是来自外部的绝对法则，因为人尚未达到道德状态。

“他自己的理由何在”：“自己的理由”指的是为他自己的缘故所做的、其价值在于其自身的、这样才保证人的独立自主的那些东西。

“正面的起源”：用于成文法这个意义上，成文法是根据当时的时间、地点和情况制定的，因而是受历史制约的。与之相反，不受时间局限的法律是以理性原则为基础的。

“规章”：纯粹从外部规范并确定生活的法令，与理性法律相反。

“他应该是人”:启蒙时期的格言,曾多次被莱辛、莫塞斯·门德尔松、歌德等人使用。席勒认为它具有的特殊意义在于,人不受感性或理性单方面的支配,而是尽量保持二者的平衡。

第二十五封信:席勒现在面对第二时期,即从肉体状态向审美状态过渡的时期,从而继续他对逐渐觉醒的人类的发展史的研究。在第二十三封信里,他认为这一过渡比从审美状态向道德状态的过渡还要复杂一些、困难一些。在整篇文章里,这第二个发展阶段的核心问题在于:感性状态如何能通过美学教育变成一种理性状态,从而使得这两个基本内在驱动力保持平衡?把人从其肉体状态的桎梏中解脱出来的第一步是他开始对他周围的世界进行思考。这种观察使他与世界的关系产生了一定的距离,这么一来,世界就成了他思考的对象,失去了其咄咄逼人的态势。感觉与思维本是彼此对立的,从前者向后者的过渡要经过美的经验的中介。经验是“自由观察的产物”,因为观察者在物质和精神两方面都未受到强迫。在美的事物面前我们凝神静思,这就是说,我们感觉到感性能力与精神能力之间的一种和谐,而不必使感觉上升为一种概念。这一点还让我们想到康德,但席勒现在已经大胆地走出了康德的框框:席勒认为对美产生快感证明了通过美的体验,肉体状态过渡到精神状态是可能的,这两种自然状态可以不受限制地协调一致:“思考与感觉在这里如此完美地融合在一起,使得我们觉得直接感受到了形式。”客体和主体、形式和生活似乎在美的快感中达到了如此和谐的境地,以至作为能力的自由已可在感性中相遇。

注释

“观察(反思)”:按照康德术语的意义,这是使得直观能够上升为概念的一种心境。

“古老的诗歌”：比如约公元前八世纪的古希腊诗人赫希俄德的长诗《神谱》（叙述希腊诸神的世系和斗争）。

“分析家除了指出……外”：“分析家”指批判哲学的代表，即特别指康德。

第二十六封信：在第二十四封信里，席勒曾把道德状态称为人类发展的第三时期及其目标。他现在不再回头讨论这个问题了。此外，他也无意把康德的道德严肃主义奉为神明，因为他正想以美学教育克服它。反之，席勒在结尾时探究从一般的现实过渡到美学状态去的问题。从文明史的角度来看，问题在于让人产生一种美感的“对外观的喜悦和对装饰与游戏的爱好”。这些东西标志着“走向文化的决定性的一步”，因为人把自己从现实的需求中解脱出来，面对限制性的现实采取一种无所谓的态度。不过，在人去面对美的领域之前，需求、贫穷和匮乏首先必须得到满足。在这里席勒凭借审美表象引进了一个新的范畴，然后它便成了古典的唯心主义美学的一个核心概念。然而这一审美表象不可与逻辑表象相混淆，依康德的看法，它是一种假象。后者毁掉了真理，前者把真理表现出来。在第九封信里就是这样写的：“真理在假象中继续存在下去”，这里所指的就是从艺术作品里透射出来的真理。一切艺术都存在于这个美的表象世界中，使观察者振奋不已。审美表象具有两方面的特征：一方面它是“诚实的”，即“明白申言放弃对实际的一切要求”，另一方面它是“独立的”，即“它缺少实际的一切支持”。表现在美的表象中的这种艺术独立自主性取消了艺术作品里的真理，而不必把它上升为一个概念或一条道德箴言。席勒让审美表象与“只是伪装实际”的假表象、与仅仅在后面推动实际的“贫困的表象”、与“骗人的脂粉”划清界限，从而赋予了这封信一个带有文化批判性质的结尾。此外,他还保全了审美表象,让它免受败坏“道德真理”的指责。席勒认为,美的表象是人性的一种真正的扩大,而黑格尔将把他移到其美学的核心中去。

注释

“这种协调性是美的灵魂,是人类的条件”:在《时序女神》版本的一条注释中对此有这样一句话:“关于这个主题,请参阅赫尔德在《人类史观念》第十三卷中有关希腊精神形成的推动的原因的论述。”

“而理智则不能在真理下面停滞不前”:在《时序女神》版本里,这后面还有:“想像力的缺乏在那边所产生的影响,在这边则是由想像力的绝对支配所造成的。”

“与之相混淆的逻辑表象”:按康德的观点,逻辑表象是导致错误结论的一种逻辑严格性的缺失。

“关于美的表象的必要界限,我将找机会再次特别谈及”:指后来发表的一篇文章,此文是席勒对于费希特对《美学教育书简》的批评的回答,发表在《时序女神》第九期上,标题为《关于美的必要界限(特别在哲学真理的表述中)》。

“他的领域与……之间的那块界碑”:“他的领域”指对真实无权提出任何要求的(美的)表象的领域。

“后者缺乏的则是现实感”:“现实感”此处指礼貌的基本态度。

“贫乏的表象”:这一表象以客观实际为依据,以发挥其影响,如一切现实主义及自然主义的艺术一样,迫使它支持自己。

“哥特式风格”:“哥特式”在十八世纪还有华丽堆砌的、过分花哨的、趣味低下的意思。

“一位严厉的美学法官”:指这么一位严格的艺术批评家,他在其评判中按原则行事,对自然美的事物进行评判,而不顾其实际用处,对艺术美的事物进行评判,而不探究其目标。

第二十七封信：如何圆满地结束此文，而不是半途中断呢？席勒对于针对他的文章的若干批评的声音肯定已有所耳闻，否则，对于他选择“通向理想之路”，是“为了省去通向实际之路”的指责，他就不会采取先发制人的态度。这一指责常有人提出，对本文后来产生的效果也起了若干决定性的作用。因此，席勒试图证明，要是“审美表象”得以普及，“现实和真理”就不会受损。下文读起来就好像是审美表象的一篇文化史概要，它原来是在大自然中、在“存在的美化过程”中、在多种多样的游戏和聚会中的表现。在现实中，席勒已发现到处都有一种“美学充裕现象”和一种“美学教育内在驱动力”，它正在扩建“一个游戏和表象的第三个愉快王国”。席勒因此也终于找到了指引他解决原有的“国家演变”问题的途径。以席勒的典型方式，现在该由“美学之国”在“充满活力的权利之国”与“道德高尚的义务之国”之间发挥中介作用了。这可能就是席勒在第二封信末尾暗示为“美学道路”的那个问题的答案：经过美达到自由。“通过自由而赋予自由”应该是这个国家的根本大法。接着，美学之国便显现出其光辉的形象，我们可以把它理解为书简的总结。至此提及的美学教育的一切要素都概括在这一乌托邦模式之中。当席勒在结尾处还问及“这么一个美的表象之国”是否已经存在时，他的回答却不那么理直气壮、信心十足。他不过提出了一个美学的乌托邦而已。有些人期望受到一种实用的教益，却只获得人的美学教育所能制造的一种表象，他们可能会有所抱怨。

注释

“以省去通向实际的路程”：在《时序女神》版本中，在“实际”二字的后面还有“和真理”字样。

“插手其间”：在《时序女神》版本里，后面还有下列补充：“理想的高度必要性与个体的生活需求相混淆了，以美的形式对永恒的意志的高贵描绘为一种短暂的欲望的龌龊痕迹所玷污。”

“如果说特洛亚的军队”：参见荷马史诗《伊利亚特》第三卷第一至九行及莱辛在《拉奥孔》第一章中对此的评语。

“这个国度里的根本法则”：在《时序女神》版本里，下面还有几句话：“在这里，个别既不可与整体、整体也不可与个别发生争斗。并不是因为一方让步，另一方就可以强大了；这里只可能有胜利者，而不可能有战败者。”

第二十七封信的最后一段：在《时序女神》版本里，这最后一段还印在一条附注里。

“以显示雅致”：在《时序女神》版本里，尚有下文：“由于一个好的国家不可缺少一部宪法，我们向美学国家也可提出同样的要求。我还没见过这类东西，因此，我希望诸君能宽容地接受我在本刊上进行的这第一次尝试。”

二、全书综述

（一）席勒的《人的美学教育书简》受到多方欣赏和赞誉，对该著作的解释也是多种多样的。但从开始起，其文风就受到批评，迄今仍然给人不少困难。席勒的相互对立的思想，加上许多模棱两可的多义的词语令人难以理解。就连那位奥古斯腾堡的赞助人在首读《时序女神》月刊之后也觉得席勒的哲学文体十分费解。他在一七九五年二月写给他姐姐的信中称：“这善良的席勒生来就不是个当哲学家的料儿。他需要一个译员对那些用诗的语言表达得那么美的东西以哲学的精确性进行再加工，把他的诗的语言译为哲学语言。”水平甚高的《时序女神》的不少读者也有同感。不久，关于对这些信的“抽象的描述”和“笔法的严峻”的抱怨，席勒也有所耳闻。但对他的哲学散文最尖锐的批评来自费希特。席勒于一七九五年六月拒绝了费希特给《时序女神》的一篇投稿《论哲学的精神和文字》,其中也有文体方面的原因。费希特感到深受侮辱,相应地作出了尖锐的反应。他以论战的笔调为自己辩护,回击席勒的退稿行为,反过来批评席勒的文风,说这种文风把科学和诗的描述方式、把概念和形象混杂在一起,叫人难以理解:“我了解到我们对普及性的哲学论述所持原则大相径庭,并非自今日始;读了您本人的哲学著作,我就认识到这一点。您大多采用分析的方法,走严格体系的道路;将推广的希望寄托在其无数的形象身上,您用形象替代抽象概念的例子几乎无处不在。[……]但您的做法却是全新的,而我在旧人和新人中还不知道有谁能与您相提并论。您把只能自由发挥的想像力束缚起来,想强迫它去思考。它无法做到这一点;我相信,阅读您的哲学著作时令我、也令人疲惫不堪的吃力的感觉即由此产生。我不得不首先对您的著作进行翻译,然后才能理解,别人也有同样的感受。”(一七九五年六月二十七日)那位奥古斯腾堡人和费希特异口同声地批评说,他们俩首先都得“翻译”,然后才能了解他的意思。这是令人吃惊的。这些指责想必切中了席勒的要害,特别由于他的写作意图因而受到质疑。他曾多次起草了给费希特的复信,但随后又扔进了废纸篓(一七九五年八月三日至四日)。这一事实表明,他该是多么强烈地感觉到在这场论战中所受到的误解。不过,我们能读到席勒的《论运用美的形式时的必要界限》这篇文章,却也应归功于这场论争。此文应理解为对费希特的批评的回答,其中包含着席勒关于一篇哲学散文的理想。

这篇文章的第一部分发表在《时序女神》第九期上时还标题为《关于美的必要界限(特别在哲学真理的表述中)》。此文既与奥古斯腾堡通信、也与《美学教育书简》紧密相关。早在奥古斯腾堡通信集里的《真理表述里的情趣》的一段夹议中席勒就这么写着："因此，优秀的表述大师必须具备这样一种熟巧，他能把抽象的作品瞬间变成想像的一种材料，把概念变成形象，把结论溶解为情感，把理智的严格的规律性隐藏在一种随意性的外表之下"（一七九三年十一月二十一日）。席勒在这里就把"教条的表述"与"美的表述"区分开来了。教条的表述以逻辑的论证说服读者，而美的表述则"按美学的方式"行事，也就是说，它借助于交谈和说服针对"公共意识"做工作："教条的老师——可以这么说——把他的概念强加在我们身上，苏格拉底式的老师诱导我们自己找到它，演说家和诗人给我们以似是而非的自由从我们自身创造它的机会。"（出处同上）因此，席勒的写作理想是，把理智的规律性与想像力的自由在美的表述中结合起来。

席勒的《关于运用美的形式的必要界限》一文讨论了他如何理解自己这个散文家的，以及他追求的是怎样的一个理想文风。他区分出三种不同的表述方式："科学的文体、普及的文体和美的文体。"此三者都为认识服务，但在描述及其读者对象方面有所不同。科学的表述针对理智，以"达到用原则严格地说服人的目的"。这种方式追求的是纯粹的认识，因此它必须按照逻辑、实事求是地进行；这使得它严格而枯燥。以受过教育的外行的理解力为依据的"大众作家"的普及文体必须超越理智的界限，更发挥想像力，以借助于"直观和个别事例"去刺激思维。这一文体的教诲人的姿态必须同时又带寓教于乐的性质，以提高教育效果。最后，"美的文体"应该把理智与想像力、概念与形象、思维与直观如此理想地结合起来，使得它"在表达上充满感性，在运动中随心所欲"。这种"美的文体"是席勒的哲学散文的理想文体。

席勒避免使用严格的修辞学术语，而仅探索可能运用一种美的文风的条件。他拆散了修辞学的三位一体，为的是随后辩证地重新理解它们。因为他有意识地首先将科学的表述与普及的表述进行对照,以便随后能把美的表述设计为一种综合体。通过建立哲学散文的新理想,通过所有这三个文体形式的界限的确定,他扩展了传统的文体学。因为他所追求的宏大目标是,以美的文体将一事物描述成"可能的及合乎心意的"。

假如我们考虑,席勒不仅在这里要在哲学上奠定其写作理想的基础,而且还要在费希特的批评面前站稳脚跟,那么,对此文就应另眼相看。在其论争中,费希特准确地指出了席勒的哲学散文的关键:概念与形象、思维与直观的关系。费希特指责说,席勒以"数量巨大的储备的形象"取代抽象的概念,信赖其相互影响,从而把它们混淆起来。费希特讥讽地对他承认,这种写作方式是"全新"的。可是席勒关心的正好是概念与形象的平衡,而不是过分强调其中一个方面。他的意图是使想像力的自由与抽象思维的必要性调和起来,以便这样在美的表述中建立它们之间的和谐。在一七九五年八月三日致费希特的一封信的草稿中,席勒对此曾这样写道:"我恒久不变的倾向是,在进行研究本身的同时,投入全部心灵力量,并尽量对一切同时施加影响。"在其论文中,他又回到他著作的主题上来,以便然后对费希特进行论争。他再次展开了他的以"人的协调性整体"为目的的美的描述思想,然后他转而攻击那些他的著作的"平庸的评判者"——费希特也可以算上一个。他说,这些人缺乏和谐感,因为他们坚持要用"赤裸裸、光秃秃的理智"去获得纯粹的认识;因而他们"自然先要翻译",然后才懂得他的意思。他们的行为就像小学生,他们要"先一个一个地拼读字母,然后才能阅读"。席勒指责他们对"描述的作家"没有文风感。

席勒认为,"美的文体的魔力"的基础在于"外部的自由与内在的必然性之间的恰到好处的关系"。它决不应该节省思考的力气,或仅仅赋予抽象的概念一个美的形式,而应该通过"突出事物的个性"以发挥想像力,从而得以获得直观的认识。它通过个别的事例描述一般性的概念,或以个体代表种类,从而解除理智强加给想像的枷锁。"描述式的思维"与席勒的象征概念吻合得毫厘不爽。散文式的描述方式和诗歌式的描述方式在此十分接近。

但席勒作为散文家的自我理解并无助于对其哲学著作的理解。特别是那些《美学教育书简》的翻译者注意到了这一点。《美学教育》的英译者维尔金森发表在一九五九年《重音》(Akzente)杂志第六期上的《关于〈美学书简〉的语言和结构》一文中,不仅对"像 gemein① 和 bloβ② 这样的看上去很不起眼的小词儿"的用法颇多不满,而且尤其抱怨在英语"这样一种众所周知的与哲学格格不入的语言里"几乎找不到对应词的"超验论词汇"。不过,她在这一过程中却遇到早已给席勒研究不断制造麻烦的一个有趣的问题:席勒的"不精确"的术语。这不仅使得按照艾斯勒的《康德词典》的榜样给席勒的哲学著作编纂一部词典的一切尝试都碰了壁,而且也让所有那些想给每个概念只确定一个对应词的翻译者尽遭败局。维尔金森发现,席勒把 Natur③一词"至少用在七个不同的意义上"。但他的语言绝不是随意的,因为词义始终决定于上下文、论证的重要性以及书信的整体结构。

席勒的相互对立的思维是与一套不准确的术语相矛盾的,因为他同他的哲学老师康德一样致力于明确区分不同的心灵力量。可能难以找到别的诗人兼哲学家,其思维活动的矛盾对立显得如

---

① 德语:普通的,常见的,通俗的;平凡的,平庸的;共同的,共通的;下流的,卑鄙的;粗鲁的,粗俗的,粗野的;十分,非常。

② 德语:裸露的,无掩饰的,光秃秃的;仅仅,不过;究竟,到底。

③ 德语:自然;天性;自然力;天然;风景,天然风光;禀性;性情气质;体质,体格;性质,种类;(具有某种性格或气质的)人;精液;生殖器、阴部。(以上三个单词的释义摘自《新德汉词典》,上海译文出版社,1999)

此突出。我们可以把席勒的二重性的世界观追溯到他所受的虔信派教育,也可以证明康德对其哲学概念的形成的影响,但在这里,事情也不如第一眼看去显得那么清晰。因为康德的心灵能力的清晰区分和明确功能总是被席勒理解为,他处于反命题的另一边显示出其可能的综合的条件,以“恢复人性的统一”(第二十二封信)。

席勒绝没有把自然与理性、物质与精神、内容与形式的对立理解为原本的,因而是必要的,而是理解为生动活泼的“相互影响”:“没有形式便没有物质,没有物质便没有形式”(第十三封信)。这就是说,这两个基本内在驱动力既是从属性的,又是相互联系的。这种相互关系在文体上表现为两个概念的交叉配置。说起来,交叉配置不过是多种修辞用法(如反论或讽刺)中之一种而已,但它在席勒那里却成为一个文体修辞的特殊手段,以至有人认为可称之为“席勒至爱的修辞手段”(维尔金森)。大家都知道,交叉配置造句法所具有的文体魅力在于,它能把复杂的对比句缩短为一个人们喜闻乐见的公式,因而具有很大的说服力,试举下例为证:席勒把文化的任务描写为“双重的:首先,维护感性认识免受自由的侵入;第二,维护个性以对抗感受的力量。它通过培养感觉能力以达到前一目标,通过培养理性能力以达到后一目标”(第十三封信)。严格地说,这不是交叉配置,因为这句子的结构是论证式的,相互对应的词组缺少典型的交叉配置。然而,席勒爱用交替概念或形象使其对比式的概念结构发生多种多样的变化。如果我们注意到这一点,在此句中就隐藏着一个交叉配置结构。如以自由取代“人品”(按照席勒的观点,人是“一种自我建立的存在,即自由[第十一封信]”),以感性取代感受(席勒常常交替使用这两个概念),则交叉配置采取了熟悉的形式:感性/自由、自由/感性。席勒以类似的方式变化了一封信结尾处的修辞格,让它达到一个出人意料的高潮:“一言以蔽之:个性必须对物质的内在驱动力进行应有的限制,而敏感性或天性则应把形式的内在驱动力控制在其应有的限制之内”(第十三封信)。作为相互交叉的修辞格,再次运用的交叉配置的目的在于相互限制内在驱动力的主导作用,同时避开其强硬的对比。感性的东西应成为精神的产物,理性的东西应能通过感官去感知。在论证方面先看似一分为二的东西(“首先”和“第二”),在相互配置的结构里是彼此从属的,最后追求的是一个第三目标:对立的内在驱动力在美学状态中的和解。叫专业哲学家讨厌的概念的可交换性和相互交叉使得他们跳起舞来,导致不断更新的布局,最后产生出席勒称为“游戏内在驱动力”的那种中介物。

这就是说,席勒的当作家的理想及其理想主义的有效美学可总结如下:美的表述应“将抽象的作品瞬间变成想像的一种素材,将概念转化为形象,将结论融化为情感”(奥古斯腾堡通信集,一七九三年十一月二十一日),以按此方式“投入全部心灵力量,并尽量对一切同时施加影响”(一七九五年八月三日),从而在理智与想像力中间起中介作用。席勒的文体理想与教育理想在这里相互吻合,因为美学教育应有助于人的“全部感觉方式”的一次“全面革命”(第二十七封信),并改变我们的思维和感觉。因此,席勒在其哲学散文中在文体上尽力消除感性和理性的对立,从而让人的整体作为调节性因素得以恢复。

席勒在《美学教育》里打算把一个哲学主题论述得既叫人信服、又尽善尽美,这不仅要求实事求是的论证。此外,他作为哲学作家从开始起就必须对读者采取相应的得体的态度。这一点在奥古斯腾堡通信里表现得尤为清楚,因为这些信的对象既是他的身为王公贵族的庇护人,又是一个对艺术毫无兴趣的外行。席勒不得不给一个外行讲授美学的入门课,而且还要解释他自己的文化政策大纲,亦即他必须从他的读者的品味和常识水平出发。即使在这位理想的读者身上,他也只取得了有限的成功。如要激发起市民公众对他的美学教育计划的热情，那该要困难多少倍啊！在他制定的以《人的美学教育书简》为起点的《时序女神》规划时，浮现在他眼前的正是这个宏伟的目标。

席勒制定的这一出版计划，雄心勃勃，意在赋予其文化改革方案一个制度的架构。据《时序女神》的预告，这些书信严格遵循其美学教育理想，使得美成为“真理的媒介”，从而为“真正的人道主义”作出贡献。这些来稿应该这样写，让它们能够把科学的结果从其经院哲学的形式下解脱出来，“使之在一种引人入胜的、至少是简单的外壳之中成为普通人都能明了的东西”。这再次肯定了席勒的文体理想，此理想所追求的“较为高尚的目标”是“帮助拆除美的世界与学术世界之间的、对双方都不利的隔离墙”。席勒在这里只谈到美的世界和学术世界，而不提及政治世界。“国家批判的魔鬼”被有意识地排除了，因为现时政治上有限的兴趣置心灵于紧张状态之中，并奴役之、限制之。而席勒所追求的是“一种普遍的、较高的兴趣”，即“在真理和美的旗帜下把政治上分裂的世界重新统一起来”。

席勒所期望的《时序女神》的成功并未实现。其原因不仅仅在于他的文体，虽则大多数批评者对此怀有反感。这方面的失败也有其客观原因，这一点席勒自己也很明白。他“应该在人人手中找到最优秀层喜爱的读物”，从而将“分裂的公众”重新统一起来。教育界精英的口味应成为“整个读者界”的榜样。但是要达到这么高的大众化要求，他无法克服当时就明显存在于精英与群众、经典教育与大众学校之间的分裂。席勒虽然想走着瞧，看究竟是“公众强迫我们，还是我们强迫公众”(一七九五年三月二日致科塔①)。但这场力量的较量很快就见分晓了：席勒追求其写作和文化政治的

① 约翰·弗里德里希·科塔(1764—1832)，当时最著名的出版商之一，曾出版歌德和席勒的著作。

理想——从而失去了他的公众。在这个雄心勃勃的计划失败后，他不再研究美学理论，重新全身心投入戏剧诗歌的创作，从而以别的方式成为大众喜见乐闻的作家和德国人的教育者。

（二）席勒的美学乌托邦思想在现代德国哲学界仍有一定的影响。德国哲学家恩斯特·布洛赫（1885—1977，信奉一种目的论的唯心主义世界观）的美学观即深受其影响。一九二九年出生的德国哲学家兼社会学家哈贝马斯在其大学讲授的《现代哲学论争》课程中有一段关于席勒的《人的美学教育书简》的插论，其中他称席勒的信是“关于一种现代美学批判的第一篇有针对性的文章”。他甚至把这些书简称为一种“美学的空想”，“它赋予了艺术一个简直就是社会革命的角色”。德国哲学家兼社会学家、音乐理论家阿多诺（1903—1969）在所著《美学理论》一书中说：“新的东西是对新的东西的向往，而很少是它本身，一切新的东西都有这个毛病。觉得自己是空想的那些东西，它们永远是对于现存事物的一种否定，并依附于后者。现今无法解决的矛盾的核心问题是，艺术必须是空想，并愿意成为空想，而且，实际功能的综合体越是堵塞了通向空想之路，它的这个愿望就越是坚决；可是为了不让人一眼看穿空想的华美的外表和慰藉作用，它又不可以成为空想。如果艺术的空想实现了，那便是它在时间上的终结。”空想，作为对存在的否定，始终是构成“真实的艺术作品”的要素，却从不勾画未来的图景，因为后者上面“挂有黑纱”。然而它指出了未来应该是个什么样子。反之，没有空想的否定就会丧失其意义。

二十世纪五十年代，德裔美籍社会学家马尔库塞（1898—1979）引证席勒的美学教育书简，为他自己的政治美学进行辩护。对马尔库塞而言，空想的思想是对后工业社会的一种批判形式，同时也是对新的社会发展可能性的预期。艺术因而承担了表现人类希冀和愿望、永远保持对一个光明社会的憧憬的任务。在美学领域里，异化了的人预先体验其解放，从而为政治上的解放作好准备。他说："只有在人不受任何强迫的情况下，既无外来的、又无内在的强迫，既无肉体的、又无精神的强迫，——在他既不受法律、也不受需求的强迫的情况下，他才是自由的。"在其最后的长篇论文《艺术的持久性》中，他写道："表现在伟大的艺术中的空想从来不是对现实原则的单纯的否定，而是对它的扬弃，其中，在幸福上面还笼罩着一片阴影。"①

以与马尔库塞同样的观点诠释席勒的哈伯马斯认为，席勒的美学教育是"毁掉的公德心的一种复活"，这一目标惟有通过一个"教育过程"才能实现。他说："这一教育过程的媒介就是艺术。"这种能以席勒的学说为依据的政治美学在二十世纪六十年代盛极一时。在藐视这股潮流的人看来，它可能犹如去冬降落的雪花，然而，席勒的美学空想既未获得报偿，它也没有过时。它仍然是过去中的一段未来，回过头去再研究它是值得的。

席勒在一七八九年一月二十二日致其友人刻尔纳的信中问道："如果你们夺走了艺术赋予人生的一切，人生会变成什么样子呢？"他的毁灭性的回答是："一幅永远暴露在光天化日之下的破坏情景。"假使我们再也无法区分美丑真伪，那就会是席勒所理解的艺术的终结。"那就会是文明巅峰上的完全野蛮状态。"②

（本文取材于由 Klaus L. Berghahn 编辑出版的 Friedrich Schiller, *Über die ästhetische Erziehung des Menschen in einer Reihe von Briefen*, 2000 Philipp Reclam jun. Stuttgart [Printed in Germany 2002]及其他参考书。）

① 出自马尔库塞《艺术的永恒性》(Herbert Marcuse, *Die Permanenz der Kunst*, Frankfurt a. M. 1977, S. 77.)

② 出自马尔库塞《反革命与造反》(Herbert Marcuse, *Konterrevolution und Revolte*, Frankfurt a. M. 1973, S. 140f.)

附　录(2)

席勒年谱

1759 年　11 月 10 日,生于符腾堡公国马尔巴赫。父亲约翰·卡斯帕尔·席勒为外科军医;母亲伊丽莎白·多罗泰阿·科德薇斯为面包师之女。

1766 年(七岁)　迁居路德维希斯堡。进拉丁文学校。

1768 年(九岁)　作《庆贺新年诗》献给双亲。作拉丁文诗。

1773 年(十四岁)　1 月,被迫进军人养成所(后称军事学院),先习法律,后改习医学。该校校长是卡尔·欧根公爵。诗人舒巴特称之为奴隶养成所。校址在斯图加特附近的公爵"孤寂"别墅。

1776 年(十七岁)　在《施瓦本杂志》发表抒情诗习作。

1780 年(二十一岁)　学校毕业,在斯图加特当实习军医。

1781 年(二十二岁)　完成第一部剧作《强盗》。

1782 年(二十三岁)　1 月,《强盗》首演于曼海姆。2 月,发表《一七八二年度诗集》(其中五十首成于席勒之手,其他约三十首为诗友所作)。5 月,席勒未经请假前往曼海姆,被欧根公爵发觉,公爵处以两星期的禁闭,并禁止他以后再写戏剧。9 月 22 日,跟朋友、音乐家施特赖歇逃出符腾堡公国,前往曼海姆。11 月 7 日,去鲍尔巴赫村沃尔措根夫人家(席勒同学之母),逗留至次年 7 月。

1783 年(二十四岁) 完成《斐耶斯科的谋叛》。

1784 年(二十五岁) 完成《阴谋与爱情》。12 月,由卡尔布夫人介绍跟魏玛大公卡尔·奥古斯特相见于达姆施达特。大公赠席勒魏玛顾问官的头衔。

1785 年(二十六岁) 4 月 9 日,应刻尔纳之邀,去莱比锡,于 17 日抵达。7 月 1 日,跟刻尔纳见面于博尔纳附近的康斯道尔夫。9 月 1 日,随刻尔纳新婚夫妇去德累斯顿。写名诗《欢乐颂》。编《莱茵塔利亚》(演剧评论杂志,次年改名《塔利亚》)。

1787 年(二十八岁) 完成《唐·卡洛斯》。7 月 21 日,抵魏玛(是时歌德出游意大利)。8 月,第一次去耶拿暂住。

1788 年(二十九岁) 歌德于 6 月 18 日回魏玛。9 月 7 日,在鲁多尔施塔特的伦格费尔德家(卡洛莉涅·封·包艾尔维茨的家中)与歌德初次见面,但谈得并不投机。完成《尼德兰独立史》,作诗《希腊的群神》。12 月 15 日,接受耶拿大学历史学副教授聘书(由歌德推荐)。

1789 年(三十岁) 作长诗《艺术家》。5 月 11 日,赴耶拿就任教职。7 月 14 日,法国革命。8 月,跟绿蒂小姐订婚。

1790 年(三十一岁) 2 月 22 日,跟绿蒂(夏绿蒂·封·伦格费尔特)结婚。

1791 年(三十二岁) 1 月 3 日,患肺病。至 5 月曾一度严重,几乎丧命。花掉一千四百塔勒,经济拮据。丹麦诗人巴格森向丹麦王子奥古斯腾堡和丹麦首相希美尔曼提议援助,于 11 月 21 日赠予席勒三年年金,每年一千塔勒。研究康德哲学。

1792 年(三十三岁) 编辑《新塔利亚》杂志(1792—1793)。8 月 26 日,巴黎国民议会授予席勒和克洛卜施托克以法兰西共和国名誉市民的称号。

1793年(三十四岁)　1月21日,法国国王路易十六被送上断头台。5月,法国建立雅各宾派专政,实行恐怖统治。席勒对法国革命由同情转为反对。完成《三十年战争史》。

1794年(三十五岁)　7月,自然科学研究会成立纪念在耶拿举行庆祝演讲。会后跟歌德谈话,甚为投机,揭开两大诗人亲密合作的序幕。

1795年(三十六岁)　发表《人的美学教育书简》、《论天真的诗和感伤的诗》。编文学月刊《时序女神》(《Horen》1795—1797),由科塔书店发行。写抒情诗《诗歌的力量》以及《理想》、《理想和生活》、《散步》。开始跟歌德合写讽刺短诗《克塞尼恩》(赠礼诗之意)。

1796年(三十七岁)　编《诗神年鉴》(1796—1800)。合作《克塞尼恩》高潮期。

1797年(三十八岁)　跟歌德竞赛,写叙事歌《潜水者》、《手套》、《波吕克拉忒斯的戒指》、《伊比库斯的鹤》等。德国文学史上称是年为"叙事歌年"。

1799年(四十岁)　完成《华伦斯坦》三部曲。作抒情诗《大钟歌》。12月3日,转居魏玛。

1800年(四十一岁)　2月,又患重病。完成《玛利亚·斯图亚特》。

1801年(四十二岁)　完成《奥尔良的姑娘》和《图兰朵,中国公主》。

1803年(四十四岁)　完成《墨西拿的未婚妻》。

1804年(四十五岁)　完成《威廉·退尔》。7月底,旧病复发。10月,稍愈,重新投入工作。

1805年(四十六岁)　2月9日,病又发作。5月9日,逝世。

钱春绮

编　后　记

谁鼓励我研究席勒

《席勒文集》(六卷集)戏剧部分的译文在今年二月十八日,一个星期五的下午,我看完最后一个剧本《唐·卡洛斯》的第三次修改稿后,全部完成。三年来,使我寝食难安的一块石头终于落地。在这种时刻,喜悦之情和轻松之感自然难免。但是同时,以往的岁月立即浮现在我眼前,半个世纪的风风雨雨历历在目,我如何初次接触席勒,如何第一次翻译席勒的作品,如何下定决心把研究和介绍席勒作为我毕生奋斗的目标之一;编译这部《席勒文集》的始末,我的颓唐、气馁,谁给我帮助鼓舞,我如何战胜自我,凡此种种,都像一连串默片的镜头,清清楚楚然而无声无息。

上了大学,才知道席勒这个名字,可是席勒不像海涅,海涅的情诗我们在大学一年级时就能看懂,班上一半同学都成了海涅情诗的热心译者。席勒的语言却不然,我在大学二年级时初读他的处女作《强盗》,翻了不知多少次字典,只像雾里看花似的看了个大概,可是看懂的段落已使我欣喜万分,深受鼓舞。

一别七年,到一九六二年,李健吾先生主编《古典文艺理论译丛》,经好友孙凤城介绍,我们合作翻译了席勒的美学论文,经过杨业治先生的修改,得以在一九六四年出版。这是我最初翻译的席勒作品。接下来是史无前例的十年冬眠,文坛上花木凋残,不论参天大树还是小草娇花,都无一幸免。席勒这株世界文坛上的珍贵乔木，也因为“唯心主义”、“莎士比亚化”或“席勒化”之争而遭到冷落。挥舞大棒之辈看不懂译文，更看不懂原文，实在弄不清这位诗人究竟制造了什么毒草，犯下了什么罪行，要想口诛笔伐，却无从下手。人们渐渐忘却了这位德国的莎士比亚，德国古典文学双子星座中与歌德齐名的另一位天才诗人，使得我们这些从事德国文学教学科研的人为之汗颜。

一九七九年，我第一次出国，时年四十五岁。翌年春，读到席勒受尽苦难、不懈奋斗的生平，感慨万千。没有想到我们经历漫漫长夜迎来了新的黎明，而席勒却在我的年龄撒手尘寰，未能实现他可怜见的“能活到五十岁”的愿望，于是有感而发写下了《与逆境搏斗终生的诗人——席勒》，并且立即动手和好友章鹏高一起翻译了从未译成中文的席勒名剧《玛利亚·斯图亚特》。

北大出版社的社长麻子英先生热情地要我编一本我自己的学术论文集，我把它命名为《海涅、席勒、茨威格》，既说明了这本小书中主要文章的内容，也表示了我介绍这三位作家的愿望和决心。岁月匆匆，二十个春秋像流水般逝去，我在教学之外的主要精力用在介绍海涅和茨威格，编选和翻译了四卷本的《海涅文集》，也翻译和编选了茨威格的一些作品。直到一九九九年纪念歌德诞生二百五十周年，我才猛然想起席勒的忌辰不远，而自己对他的介绍和翻译还做得很少，为此深感歉疚。

于是我在给博士生硕士生开的《德国文学名著选读》和《德国古典文学》课上都以席勒的作品为重点，最后干脆开了《席勒研究专题课》。本着“边教边学”的精神，和同学们一同研读席勒的叙事诗和剧作。我像发现宝藏似的在诗人的作品里发现了宝贵的精神财富和丰富的心灵滋养，欣喜不已，更因为有这么多学生和我一起分享这些宝藏倍感欢欣。德语系的学生可以直接阅读原文，广大读者怎么才能和我们共享这些珍贵的精神财富？于是萌生翻译席勒作品以飨读者的念头。热心中德文化交流，喜爱席勒作品的学界前辈马君武、郭沫若、胡仁源等榜样在前，他们并非日耳曼学者，尚且在他们的青年时代热情洋溢地像普罗米修斯盗取天火赠与世人那样，把席勒气势磅礴、激情如炽、烈火利剑般的名著译成中文，使之成为苦难深重的中国人民抗击异族压迫推翻专制暴政的爱国抗暴斗争中的精神武器。我们这些专业的日耳曼学学者在教学科研之余，译述席勒名篇，自然责无旁贷，更何况我们的老师南京大学的百岁老人张威廉教授，在耄耋之年还翻译了《唐·卡洛斯》和《杜兰朵》，用实际行动在无声地激励着我们。

我的这一设想得到了人民文学出版社外国文学编辑部主任仝保民先生的支持。他代表出版社约请我主持《席勒文集》的编译工作，并且和我一起制定计划遴选译者。新世纪之初，由我和好友斯图加特大学霍尔斯特·托美教授主编的德文版中德语言文学文化年刊《文学之路》第一卷面世，许多中外同行计划在北京举办席勒学术研讨会。这时中文版《席勒文集》的编译工作也开始启动。我非常感谢我的好友中山大学的章鹏高教授，和我们的学兄广东外语外贸大学的张佳珏教授。他们都已年逾七旬，正悠闲自在地怡养天年，听说纪念席勒都重新披挂再上战场，欣然加入我们的小组。张佳珏教授作为我的学兄承担了最难翻译的席勒理论文章。前辈翻译家钱春绮先生翻译德国文学孜孜不倦，成绩卓著，几十年如一日。我的学友四川外国语学院朱雁冰教授长年从事中德文化交流，尤其致力于向德国学界和读者介绍中国的古代哲学，赢得“来自四川的孔夫子”的雅号。他们都毫无保留地把自己翻译的席勒诗歌和小说提供给我们，充实了文集的内容。

对我来说，编译《席勒文集》是回报父母的养育之恩，因为父亲死于战乱，青年居孀的母亲秉着爱国热忱，毁家纾难，经营父亲留下的工厂，抚养我们姐弟几人，坚强不屈地经历了战火动乱和无妄之灾；是回报姐姐们的关爱之恩，尤其是四姐代我背负十字架，保护老母，支撑全家，面对一次次狂风暴雨，终于心衰力竭，在阴云消散之后不幸早逝；也是回报老师们的培育之恩，我的老师冯至教授，不仅赠我拉丁文教材和他自己的著作，鼓励我学业精进，还顶住压力，力排众议，使我得到公允的评价，得以留校任教。杨业治教授体弱多病，依然抽出宝贵时间为我这初学翻译的新手，修改我为李健吾先生主编的《古典文艺理论译丛》翻译的席勒论文，使我得益匪浅；班主任田德望先生语重心长地向我指出译文中的理解错误，并且谆谆教导我要提高德文的理解能力，这位平时沉默寡言与世无争的谦谦长者在十年动乱中竟挺身而出，保护我免遭别人的攻讦；赵林克悌先生在我二年级时就不厌其烦地向我耐心解释我初读《强盗》时遇到的大量问题，并且长年帮我解决我阅读翻译中遇到的疑难问题；谭玛丽先生不仅教会我准确的德语语言语调，也一直关心我的教学工作。老师们的殷切期待，和爱我、我爱的亲人们朋友们学生们的关心支持，以及我对读者们肩负的不容推卸的责任，是我前进道路上永不枯竭的动力和促使我在三年内编译完这部《席勒文集》的巨大勇气。

一旦上马，才越来越清楚地看到这项任务的艰巨，责任的重大，不禁心悸，然而开弓已无回头箭，只能勇往直前了。读过多次教过数次的席勒剧作，在翻译时又有一些段落若干字句使我犹豫不决，包括以前忽略不计的细微之处，也必须做到心中有数。这时我的德国同行向我伸出援手。托美先生去年两次来北京开会，他都放弃一切参观游览的机会，和我坐在一起，解决疑难问题，盛情感人。他还多次赠书给我，供我查阅，分手后还通过电子邮件回答我寄去的问题。帮我解答过问题的还有奥格斯堡大学的赫尔姆特·科普曼教授，拜罗伊特大学的瓦尔特·盖普哈特教授，柏林自由大学的哈特姆特·埃格特教授，图宾根大学“德国东亚科学论坛”的办公室主任卡琳·封·摩色尔博士,他们对我都有问必答,有求必应。好友、东京爱智大学的木村直司教授,特地为我弄来《华伦斯坦》的日文译文和他珍藏的旧版《歌德与席勒诗文集》供我参阅比较。而对我们编译的中文本《席勒文集》表示关心鼓励的德国朋友更是人数众多。今年三月我在修改完《唐·卡洛斯》后,应洪堡基金会之邀去德国撰写文集的前言。洪堡基金会的前秘书长,我的老友亨利希·普弗埃弗博士,卡尔·杜伊斯堡语言中心(CDC)的前干事长瓦尔特·基弗尔先生,弗里茨·梯森基金会主席于尔根·克里斯蒂安·雷格先生,两位九十高龄的长者,德国前驻华大使、著名作家埃尔文·魏克德博士和巴伐利亚州教育部前常务副部长卡尔·伯克博士,以及慕尼黑大学前校长伍尔夫·斯泰因曼教授,图宾根大学教授,挚友汉斯－格奥尔格·坎培尔先生等,都祝贺我们文集编译成功。魏克德先生还帮我出主意,如何撰写前言。图宾根大学的格奥尔格·布劳恩戛尔特教授邀我在该校举办的席勒研讨会上作题为《为何、如何翻译席勒》的报告,汉城德韩文学翻译研究所所长、好友金秉玉教授则邀我前往汉城与韩国同行交流经验。通过克里斯多夫·刻尼希教授,我访问了坐落在席勒故居的德国国家文学档案馆。该馆工作人员热情地接待我,负责图片影像的科尔纳先生帮我从他们库藏丰富的图片资料中找出几十幅诗人的珍贵肖像和诗作的优美插图,制成光盘亲自送到我的寓所,供我们采用。因此这部文集也是中德文化交流的结晶,是中德两国学者共同献给德国诗人席勒的赠礼。

五月初回国后,从德国驻华使馆文化参赞寇文刚先生处获悉,德国使馆为纪念席勒举行写作比赛,鼓励中国学生用席勒剧作的主题写作剧本,将以我们编译的《席勒文集》作为奖品发给获奖学生。德国大使史丹泽博士亲自写信给我,邀我参加写作比赛的评审小组,并将应我的邀请出席我们和中国人民大学、人民文学出版社、中国日耳曼学学会联合举办的席勒纪念会和第一届北京国际席勒研讨会，会上将举办此书的首发式。

《席勒文集》得以顺利编译完成，主要归功于德语界几位优秀翻译家的加盟，他们经验丰富，学识渊博，中德文都极有造诣，主要是对席勒怀有崇敬之情，因而不辞辛劳，一直精神饱满地译述。年逾八旬的钱春绮先生为了这部文集还加译了十余首席勒的诗作。张佳珏教授负责的席勒美学论文，艰深难译。我有一次在电话里告诉他，我译的剧本至少修改三遍，张教授答道："我起码改了八遍，你可给了我一块硬骨头啃啊！"我笑道："谁叫你是我们的老大哥呢！"他听了也哈哈大笑。鹏高兄不仅提前译完了《斐耶斯科》和《阴谋与爱情》，还把我们两人合译的《墨西拿的未婚妻》从头到尾修改一遍、润色一遍，并把我译的后半部认真审阅一遍，最后还坚持在排名时把我的名字放在前面。这样的友情使我感动不已。

我自己之所以得偿夙愿，翻译这么多席勒名篇，固然是因为我动手较早，但也归功于我的妻子，她多年来一直对我竭力相助，使我没有后顾之忧，可以全神贯注全力以赴。我在这里不得不提到我的侄女英子对我的工作所起的作用，我的初稿和多次修改稿都改得面目全非，连我自己看了都感到头晕目眩，英子却把大量业余时间都用来把我修改后的译稿改在电脑上，使我赢得了宝贵的时间往下翻译。我还不得不提到编辑部的仝保民，欧阳韬，关惠文三位先生。他们认真负责地修改我们的译稿，找出我们的疏漏，提出积极的建议，保证了文集的质量。我非常庆幸能与这样一个团队合作，在物欲横流、人心浮躁的时代，人们只想以短平快的方法追名逐利，连学界也不复是一方净土，这个团队的成员却能够这样精诚团结目标一致，使我深受鼓舞。编译完这部文集，我更加相信，席勒的理想主义的确能够使人向上，他的作品会给我们强大的精神力量和丰富的心灵滋养。

我们只是在前人的基础上再做一次努力，让中国读者接近这位世界文化巨人，德国的伟大诗人。希望更多的中国读者通过《席勒文集》成为诗人的朋友，以他的理想主义烛照自己的征程，做出杰出的贡献。在我结束这篇后记时，我要向在编译过程中帮助我们，鼓励我们，和我们并肩作战的中外朋友表示由衷的感激之情。

限于水平，谬误在所难免，敬请读者指正。

张 玉 书

二〇〇五年七月十八日 蓝旗营